國家古籍整理出版專項經費資助項目

國家社科基金 2010 年重點項目（批准號 10AZW002）

教育部人文社會科學重點研究基地首都師範大學中國詩歌研究中心重大項目

浙江省重點社科基地江南文化研究中心成果

# 楚辭文獻叢考

黃靈庚 撰

下

國家圖書館出版社

# 屈子説志

《屈子説志》者，清陳遠新之所作也。遠新字日又，又字丹麓，號雲莊，江右高安赤土上官莊人。天性穎異，讀諸子百家書，會心獨遠。爲文不拘繩墨，成一家言。登雍正二年甲辰科副車，官宜黄縣教諭。其著述融會貫通，洞見古人之旨。筆載嚴毅，不肯屈阿。事詳清同治《高安縣志》卷十六《人物·文苑》。其所著亦僅存此書耳。

《説志》大略以朱子《集注》爲藍本，文字彼此稍見異同，或依他本校改也。凡六卷，前有吴興沈瀾乾隆十四年己巳序、陳遠新自序及《凡例》十二則。沈序稱，『自王逸以後訓詁棼繁，不循其意義所歸，遂致《離騷》一經支離晦塞，而苦其難讀。高安陳孝廉日又好古洽物，取是書紬繹，十年手胝口沫，别具會心，重加詮次，駁正章句，脈絡融釋貫串。屈子之志既得，讀者亦曠若發蒙，洵前此所未見』云云。其詆舊注而推揚此書，可謂備至。然遠新自序稱，『以意逆志』解《詩》之法亦適用於解《騷》，而『自讀《騷》於今三十餘年，向閱古注，疑者十九，附論書空，幾無餘白。及閱時解，信者過半，向所附論，反覺茫昧。倘非三閭之靈，有以啓我，則此書爲時解蒙蔽，不尤甚於古注哉？於是始於戊辰秋杪，迄於今歲孟夏，參合古注、時解，舍其所害，取其所得，句釋章疏，務使大旨如日月經天，江河緯地，昭昭井井，一目瞭然。雖不敢謂於此書大有發明，但使好學者置吾説於古注、時解外，時一參互校訂，未必無一得云爾』。蓋取舍之間，既參『古注』，又酌『時解』也。

《凡例》十二則，詳敘其歷年《楚辭》研究之心解，異於『古注』『時解』者大略爲五：一、舊以《騷》稱經，《九歌》

以下稱『離騷』，宋玉以下稱『楚辭』，遠新以《天問》《九章》與《騷》『相表裏』，而《九歌》與《騷》無涉，不當稱『騷』，宜稱『楚辭』云。二、謂『《離騷》有三答問。「衆不可户説」以下答女嬃之詈；「民好惡其不同」以下答靈氛之占；「湯禹儼而求合」以下答巫咸之告是也』。三、《離騷》『以女比列國可入事之君』。而『《九歌》悉照《詩傳》各加所祀之人、所祀之事於前，湘君爲大婚者所祀，通篇託爲舜語湘君之詞；湘夫人爲求嗣者所祀，前半爲自述夫婦情事之詞』。四、《天問》與《騷》爲同時之作，起手『便爲女嬃「鮌婞直」一句洗刷可見。「鮌營」「禹成」二句，翻千古罪鮌德禹之案。其不滿禹啓而於湯武無譏者，一以病其塞傳賢之路，一以大其創興王之門，爲當世舍賢立愛、偏霸自安諷也。屈子生楚仕楚，盡忠於楚，正不得以《春秋》之義繩之，大意歸於自奮用人。自明己忠，只末一句，然通篇許多話説，而云「吾告堵敖以不長，則何試上自予忠名彌彰」之語，又不爲短矣。此《騷》心微渺，令人探索不盡處也』。五、據時重新調整屈賦篇次，謂『《史記》明云「余讀《離騷》《天問》《招魂》《哀郢》」，則太史公所讀《離騷》舊本，必《招魂》在《哀郢》前。又載《漁父》詞後，即云「作《懷沙賦》」，則《漁父》又在《懷沙》前。且《懷沙》自沉以後，不應復有所作。今以《遠遊》等篇次《九章》之後，則知中壘所集，已非其舊』。又謂『《卜居》自敘「竭智盡忠而障蔽於

屈子說志卷一

高安陳遠新編輯

離騷

帝高陽顓頊有天下之號之苗裔顓頊娶騰隍氏，生老僮，其後熊繹事周成王，至孫武王，生子瑕受屈，是屈與楚同宗兮，朕我也皇美也考父也曰伯庸。父字攝提大歲在寅之年貞正也于孟始也陬正月名，又建寅之月兮，惟庚寅日吾以降。生皇叶洪，父也，省考字成詞覽視也揆度也余于初度十歲志已不同兮，肇始也錫賜也余以嘉名。名余曰正則平是字義兮，字余曰靈均。有原字意，即以父所嘉錫示人則誇，不以嘉錫行世又忘，故以意行云。

右第一章明己與楚同宗，而秉陽德以生，氣度克當父心，曾以不凡自己也。於世系見與國休

屈子說志卷一　離騷　一

讒」，是《九章》提綱，故以冠《九章》之首。《惜誦》通篇發忠蔽於讒，末云「重著自明」，又是以下各章冒子，故次之。《思美人》著明其不得於君之故，《惜往日》著其先信後疏之寔，因《惜往日》「不畢辭以赴淵」二句而反覆著明之也，合爲一章。《橘頌》著明己之内美，借物以自況。《悲回風》著明依彭咸之遺則，從彭咸之所居。此二篇始終《離騷》之義，應爲一卷。而卷帙甚少，益以《遠遊》《招魂》，然後與太史公讀本相符，合爲一卷。《涉江》敘遷江南之事，《哀郢》申《涉江》未盡之旨，《漁父》自明沉流之故，《懷沙》則畢辭以赴淵也。附以《大招》，合爲一卷』。是故其卷次爲：卷一《離騷》；卷二《九歌》九篇，而《國殤》《禮魂》爲《九歌》附録；卷三《天問》；卷四《卜居》《惜誦》《思美人》《惜往日》《抽思》；卷五《橘頌》《悲回風》《遠遊》《招魂》；卷六《涉江》《哀郢》《漁父辭》《懷沙》，末附景差《大招》。卷首原有《史記》本傳、班固論、王逸序（總序一散序十七）、劉勰辨，卷末有宋玉《九辯》、賈誼《吊屈原文》《鵩鳥賦》及校閲姓氏、跋。觀陳氏五條創獲，無新出文獻作爲立論根基，惟以《史記》『余讀《離騷》《天問》《招魂》《哀郢》』爲起手，參合各篇詞意，紬繹彼此關聯之處，而重作編次。蓋自王逸以來爲第一人也。『潛玩三十餘年』見陳氏成此書者固非一日之功，乃積其畢生學力、精力，殫思極慮，不可以等閑待之也。

陳氏《楚辭》要在分章，句數多寡不一，純以意爲斷：《離騷》四十一章，《東皇太一》二章，《雲中君》二章，《湘君》四章，《湘夫人》二章，《大司命》二章，《少司命》二章，《東君》三章，《國殤》一章，《禮魂》一章，《天問》三十五章，《惜誦》十章，《思美人》六章，《惜往日》五章，《抽思》五章，《橘頌》三章，《悲回風》六章，《遠遊》十章，《招魂》三章，《涉江》三章，《哀郢》五章，《懷沙》五章，《大招》三章，《九辯》九章。惟《卜居》《漁父》二篇未分章。而除《離騷》《天問》外，每篇之末説以大旨及解讀要點、方法之類云，蓋其研討之精義所在。謂《惜誦》：『此居（據）

《卜居》所云：「竭智盡忠而鄣蔽于讒」者而著明之，因《離騷》之語以發《離騷》之義也。中間亦有語同《離騷》，而義不必同者。學者當以上下文脈求之。』謂《思美人》云：『此篇與《惜誦》緊相承接，亦因《離騷》之語以著《離騷》之義。兩篇皆言情質芳修，一於首尾見，一於中間見，是行文變化之妙。』謂《惜往日》云：『首敘君之信讒遠己（一章），遂言讒諛之蔽賢（二三四章）廢法（五章），欲畢辭以悟君也。與《思美人》皆根《惜誦》「重著」句來（二篇皆有舒情二字）。《思美人》著自己之真情，此著小人之僞情；《思美人》「恐情質之不信」，此「願曾思而遠身」，一時之言也。後人因「沉流赴淵」，遂以《思美人》爲懷王時作，此爲頃襄時作。玩文意乃言赴淵，便不得畢辭，非欲赴淵也。若以辭害意，《離騷》亦有「寧溘死」句，亦頃襄時作乎？《離騷》因「荃不察中情」，故「信讒齌怒」，故此並欲察讒人之虛辭，不至含怒待臣也。《九章》與《離騷》相發，文同者意異（乘騏驥句），意同者文異（遭讒人三句即信讒齌怒），不可不知。』謂《抽思》云：『因《惜往日》君信讒遠己，不察忠佞而欲畢辭以悟君，而追述己之陳辭於君之不見聽也。《惜往日》言君信讒言，此言君不信忠言，是反相承。《惜往日》「君含怒以待臣」，此「數惟荃多怒」「爲余造怒」，是正相承。篇中二陳詞，一所陳耿著，與《惜往日》「陳情白行」「畢辭赴淵」一一關照。』謂《橘頌》云：『此因《離騷》章首「靈修」二字，其旨難以著明，且嫌於自誇，故借橘明之。或不知此以爲非《九章》之文者，誤。舊注前半説橘，後半自説，自是確解。今人不知上下俱有深固難徙句，以致互相錯誤，故謂兩段中句句説橘，句句不是説橘，已與橘分不得是一是二者，非。』謂《悲回風》云：『此正著明《離騷》「愿依彭咸之遺則」「託彭咸之所居」之義。』謂《遠遊》云：『此扁（篇）辭句多與《離騷》相出入而意義各別。《離騷》見帝不得，此遊盡帝宮。《離騷》求女不得，此迎致奏樂。《離騷》睨故鄉即歸，此仍往寒門，其於南疑波中大肆歌舞，以明後日汨羅，不以自沉爲悲。唐沈亞之《屈子外傳》所載沉江後奇迹，見於漢晉間，《丹經》所云「水解仙」

也。篇中「壹氣」等説，與《莊子》所載廣成子之語吻合。朱子以爲神仙要訣，莫過於此。又，此有「重曰」者，一意重言也。重之乘雲上征，即前之氣變曾舉也。重之車旗衆神，即前之神奔鬼怪也。重之太皓、西皇、炎神、顓頊，即前之彷彿遥見也。重之四方六漠，即前之皎皎往來也。」據馬遷《史記》，以《招魂》爲屈子所作，以自招其魂。謂《涉江》云：「此自敘遷南始末，而前（世溷濁句）後（一叚）辭旨與《騷》相發，亦重著以自明也。」謂《哀郢》云：「此與《涉江》皆自敘南遷之情事，古本二篇相違，詞旨自明。時本移置兩處中間，插入他篇則反晦矣。《涉江》「邸車方林」，是自江夏起程，乘舲上沅，是已過洞庭到沅後事。此過夏首至「淼南渡」，是起程後未過洞庭到沅前事。篇首天人相符，臣民一體，足補《離騷》之旨，亦重著之義也。」以《懷沙》爲絶命辭，謂「上因讒諛蔽忠作《騷》，而知者少。下明己非畏死，重著《九章》以求諒於後世也」。以《大招》爲景差所作，「放其師《招魂》之體，以招其君之魂之作也」。以《九辯》爲宋玉所作，謂「辨，明也。辨明其師之忠而枝譏以説其君，以迷其志也。但篇中有不覺其爲師作者，所以太史公謂其有得於師之從容辭令」云。

陳氏『解屈』首重《離騷》一篇，稱屈賦他篇皆《騷》注脚，故説屈子之『志』，當於此篇用力。其著眼處不在技藝枝末，要乎明屈子本旨。如，『名余曰正則兮，字余曰靈均』，屈子不徑言『名平字原』而曰名『正則』字『靈均』者，古來棼繁莫解。徐焕龍《屈騷洗髓》：『正則、靈均，蓋從平、原二字衍釋其義而爲詞也。』王夫之《通繹》：『隱其名而取其義，以屬辭賦體然也。』蓋皆以辭賦創作之法解之。案：陳氏注云：『即以父所嘉錫示人則誇，不以嘉錫行世又忘，故以意義行云。』或者往往度其時勢，審於文意，而發明新義。如，『女嬃之嬋媛兮』，注云『嬋媛，柔態。』又説章旨云：『嬃，女侍也。嬋媛，侍女態。《湘君》曰「女嬋媛爲太息」，注「女，湘君侍女」是也。今以嬃爲原姊，不應有此態矣。且不應一直一媚，懸絶如此。即姊有此説，亦當諱而不言。而有取于嬃者何也？蓋當時王寵鄭袖，無可譏刺，故特借嬃以賤姬之名，借嬋媛以醜姬之貌，借申申之詈以狀姬之口，借抑節尚讒之意以著姬之心，而或可冀君悟耳。後人以申詈不遜，不便加之賢者，左右以姊，則于義無傷。是未達作者立言之旨也。」案：嬃以原姊，固當不倫。前人駁斥之者夥頤。陳氏别解爲『侍女』，以諷刺鄭袖者，以意逆之，蓋合於常理，不爲無徵矣。又，『欲少留此靈瑣兮』，注云：『舊以喻君門，余謂是天之頭開未開。』或者關照上下文以逆其意。如『雜申椒與菌桂兮，豈惟紉乎蕙茝』。注云：『（申椒、菌桂）二物芳烈，喻政之猛。（蕙、茝）二物幽芳，喻政之寬。寬猛相濟，先路所以當遵。』案：蓋於上『先路』及下『遵道得路』推之也。又，『余固知謇謇之爲患兮』，注云：『以黨人偷樂知之。』案：逆上『黨人偷樂』也。又，『朝飲木蘭之墜露兮，夕餐秋菊之落英』。注云：『飲食以此，正脩名之實。』案：承上『恐脩名不立』也。又，『伏清白以死直兮』，注云：『對上章「追曲」言。』案：關照上文『馳騖追曲』也。又，『悔相道之不察兮』，注云：『道，方員異道。方員之不能周。』案：照應上文『何方員之能周，孰異道之相安』，自是確解，毋需深求。又説章旨云：『夫觀異道不相安，未嘗不悔所擇之不審。但于將反，一延停馬，覺一入迷途，罪尤不免。於是及其未遠，回車舊路，一步一馳，芳而且通，進退各得，或不至伏清白而死，未可知也。』蓋似較他注通遂矣。或徵以史實。如，《離騷》：『閨中既以邃遠兮，哲王又不寤。』注云：『案本傳：秦惠使張儀以商於地賂楚懷，絶齊婚，又割地與楚和。張儀又如楚，王聽鄭袖釋張儀，原諫，追儀不及。及秦昭與楚婚，欲會懷王，原諫不聽，卒死於秦而歸葬。卒以見懷王之不寤也。』或者取證他篇及本傳事迹以發微意，如，『願依彭咸之遺則』，王逸注：『彭咸，殷賢大夫也。諫其君不聽，自投水而死。』案：陳氏説章旨云：『本傳「王怒而疏屈平，屈平疾王聽之不聰云云，故憂愁幽思而作《離騷》。《離騷》之作，蓋自怨生也。其志潔，故稱物芳；其行廉，故死而不容自疏」。此《離騷》前半篇之旨也。「懷王竟聽子蘭入秦，死于秦而歸葬。屈平既嫉之，雖放流，不忘欲返，其存君興國，一篇之中三致意焉」。此後半篇之旨也。此時子蘭未嘗聞，頃襄未嘗遷，初無懷石汨羅之想。乃王氏因篇中二言「彭咸」，遂謂咸諫君投水而死。是作《騷》時，早以死自命，不待《懷沙》作賦矣。竊不敢以爲定論。又，彭咸凡七見，此曰「依彭咸之遺則」，「從依彭咸之所居」，《思美人》曰「思彭咸之故也」，《抽思》曰「指彭咸以爲儀」，《悲回風》曰「夫何彭咸之造思」，「昭彭咸之所聞」，「託彭咸之所居」。大抵咸是處有爲，出不苟，才節兼優，三閭心悦誠服之人。但曰「諫死」，何足景慕？』案：彭咸究爲何人，以文獻無徵，故屈子從彭咸之志，無所定讞。然陳氏逆以景慕之志，以爲不當『死諫』，亦可備爲一解也。又，說『啓《九辯》』一章之旨云：『上章就舜問鮌便有殛父相子，鮌營禹成，多少意在，故此遂言，鮌死而子能顧難圖後，辨九州作《九歌》，以有天下。至孫啓猶蒙業而安，雖太康亦垂亡而存，豈終然殀者乎？乃若羿之娛田，澆之行媚，邪曲而死，亡家喪元，視鮌又何如也？此章文意隱微，令人不覺其爲崇伯發者，當潛玩之。』案：其說是也。嬃之詈原自鮌始，故原借詞以答之以禹、啓以後事也。

陳氏意解《離騷》下半篇，雖若射覆，頗有特色，差能自圓其說。釋『求帝』之旨，未明言何意，然於『哀高丘之無女』句注云：『女，舊比賢臣，或比賢君，或比類我之人取以相配。以美人目君例之，則比賢君爲是。又以《老子》「大國者，天下之交，天下之牝。大國欲兼畜人，小國欲入事人」例之，則女當比大國之賢君可入事者。蓋上征喻往西周，帝即西方美人。周爲秦有，已無賢君，故謂之「無女」。言秦不可入而事也。』蓋以『帝』爲喻『西周』之王。故下三求女，女以比周之諸侯國。求虙妃無果是『以明河南諸國久爲楚欺，未易入而事也』。求有娀簡狄，以『有娀生商，商之後爲宋，時政雖衰，猶有霸烈，故次及之』。然高辛先我，高辛『喻秦』，『蓋是時秦用商鞅，遠交與國，其勤諸侯，不後于楚，故三閭三致意焉』。求有虞二姚，有虞『指韓趙魏』三晉，恐秦已入三晉，故求之不得。求帝、求女皆不遂，乃卜之靈氛，『氛總是去國保身』，而『三閭念念撇楚不下』，乃轉卜巫咸。咸告以『勉求一德之君而仕』，己復審視楚國，『欲求榘矱之所同，固不可得之數矣』，故而西逝以求。謂『蓋楚西患秦，有不能外秦求事者，故作者若曰：越秦而西，豈無可求女者乎？何必于秦也。此時懷王留秦，故其言如此。《史記》所謂「存君興國，三致意焉」者是也』。而『僕悲馬懷』，屈子亦終未成行者，以『爲國在于自强，求女原非長策』也。案：其説度以列國縱横之勢，參以楚史，以意逆之，多牽合之語，未必是是，然別出新意，前所未聞，啓人思致，存之亦不發博見多聞之義也。

陳氏以《九歌》『歌以祀神也。有常祀者，《東皇太一》也。有因事而祀者，《雲中君》以下是也。舊注不分歌之之人與所歌情事，如説《詩》無柄，無由得其辭旨所存』。謂《雲中君》『旱時致祀於神之歌也。故前言人望神之切，後言神思人之勞』。謂《湘君》是『娥皇也。此大昏時祀神之歌也。蓋楚之於湘君如周之於高禖。大昏必擇至福以祈好合。故篇中皆設爲舜在蒼梧，致意湘君之詞』。《湘夫人》是『女英也，生商均，有子，故求嗣者祀之』。謂司命所以分大、少者，『大者司男子通塞死生，少者司女子寵辱離合。故此篇士大夫不得志之所祀也。篇内吾、予、余者，親之之詞。君者，尊之之詞。女者，公之之詞。皆指司命』。《少司命》『此婦人不得於夫而無子，歌此以祀神也』。《東君》『入後極稱其除暴濟人之功，而以撰轡東行結之，齊在楚東，蓋託以諷也。與《衛風·碩人》其頎刺莊、《鄭風·有女同車》刺忽同義』。《河伯》是『黄河神，河在楚北，燕、韓、趙、魏所轄。此亦因祀神以致諷也……是時楚與齊絶親，若四國和，齊與楚和好，則秦不足畏矣。此立言之旨也』。謂《山鬼》以『國之祀山鬼，恐鬼之爲民害也，鬼之害人，鬼（人）之不安於鬼也，篇中反覆發明人鬼異道以告之』。《國殤》『祭戰死者之歌。《九歌》至《山鬼》已足其數，此是近事新歌，附之以致諷也』。《禮魂》『祭死者通用之歌』，『是《九歌》一大歸結，句句與《東皇太一》相應』云。案：其説饒有思致，蓋雜以沅湘之間民俗，故發前所未及。若祀雲神以求雨救旱，多爲今人研究《雲中君》所關注，爲祓旱求雨之歌張本也。又，今人或以《東皇太一》爲『迎神』之歌，《禮魂》爲『送神』之歌，抑亦承此陳氏之説歟？

陳氏不以《天問》爲『題壁』之作，謂『天即理也，理有可信，亦有可疑。理可疑，故有問，疑而問，即以問而使人悟，故舉曰「天問」也。又，天，君也。問之冀其一悟也。中間有無可問之事，有不必問之事，有所當問之事，次序井然，脈絡條貫』。乃求『其大旨所存』，於鮌禹之間反覆推演，盡是爲伯鮌洗寃也。謂『明明闇闇』一章『隱隱伏下「不任汩鴻」以下數章，蓋《騷》《問》皆爲鮌婞直而死分解，不可不知』。又，『不任汩鴻』至『夫何以變化』，『明鮌是勝汩鴻之任，非他人所能及，但誤聽障堤之謀，欲速圖功被刑耳。乃帝遏之不殺而用其子，且知其子不以父故避嫌而不蹈父故轍，亦可深患鮌之爲鮌矣。爲鮌出脱，即是爲堯舜出脱。不然棄父用子，終是千古疑團』。又，『日安不到』至『烏焉解羽』問志怪之事，是因『禹鼎之物而反覆擬議之也。蓋以禹鼎所鑄山川物，類人之或長或短可像，而儵忽以行，言不死以壽，言彈日解烏以技，言安可像也。故知石林、靡蓱、負熊、九首蛇、魚鬿堆，是禹鼎所鑄者爲主，而人之形壽技能，是引所聞以證之，是賓也。禹鑄九鼎，益著圖經，正汩鴻告成，荐益傳啓中間事，故置于此』。又，『白蜺嬰茀』至『夫焉喪厥體』，謂『以蜺先死後生，喻鮌先殛羽山後享郊祀，蓋鳥之鳴即爰死之蜺，明錫元圭者即水遏之遺體，未嘗喪也。大抵《騷》《問》多爲「鮌婞直」一句洗刷』。又，『悟過改更，我又何言』至『忠名彌章』，『言我所言，原爲冀君一悟、俗一改耳，豈得已哉？無奈楚棄伍員，發敗于吳，然楚固不乏才如子文者，不可不察也。則吾告堵敖原不多矣，我果試上自予，則上既絀我，我之名將滅，而既絀而忠彌彰，何耶？此自序立言之旨，以結通篇。讀者體玩而有得焉，則庶乎不爲原解所惑矣』。

陳氏注解《楚辭》，稱以『參合古注、時解，舍其所害，取其所得』爲原則。惟『古注』『時解』皆未明言所取。然據其所注，『古注』者，蓋王逸《楚辭章句》也，故字義訓詁多與王逸《章句》同。至于『時解』者，尤未詳所以。然對勘諸家，亦大致可得明之。舉《離騷》一篇爲例，蓋他篇亦可以類推也。如，『皇覽揆余于初度兮』，注：『（皇），父也，省「考」字成詞。』案：王夫之：『皇，皇考省文。』蓋因《楚辭通釋》也。又，『紉秋蘭以爲佩』，注云：『（紉），結也。』案：訓『結』者，承蔣驥《山帶閣注楚辭》。又，『惟黨人之偷樂兮』，注云：『暗指上官、靳尚輩。』案：錢澄之：『如上官、子蘭、靳尚、鄭袖輩内外一氣，以成朋比是也。』蓋因《屈詁》也。又，『路幽昧以險隘』，注云：『即捷徑窘步也。』案：閔齊華：『正道君以捷徑窘步也。』蓋因《文選瀹注》也。又，『忽奔走以先後兮』，注云：『承道先路，以爲左徒時言。』案：朱冀：『此正敘爲左徒時與王圖議國政，直言正諫也。』蓋因《離騷辯》也。又，『苟余情其信姱以練要兮』，注云：『（練），精修。（要），約守。練要，對博學無所成名。』案：徐煥龍云：『以至精練要約，長上顑頷亦又何傷？』蓋因《屈騷洗髓》也。又，『謠諑謂余以善淫』，注云：『喻誣己以伐。』案：林雲銘云：『喻黨人知原清白，無可行讒，而以造令自伐誣之。』蓋襲《楚辭燈》也。又，『忳鬱邑余侘傺兮』，注云：『（忳），心不快也。（鬱邑），氣不暢也。』案：劉夢鵬云：『忳，心不遂也。鬱邑，氣不舒也。』蓋因《屈子章句》也。又，『忍尤而攘詬』，注云：『（攘），物自外來而取。』案：張鳳翼云：『罪自外至曰尤，物自來而取之曰攘。』蓋取《文選纂注》也。又，『不量鑿而正枘兮』，注云『不度君受正言與否，而但以正諫。』案：朱冀云：『以比君本惡聞正言，而爲臣者不諒其君之能受與否，而直言進規也。』蓋因《離騷辯》也。若此，所取『時解』，蓋有十餘種也。

陳氏注釋之文，務在簡潔警省，深中肯綮，而不作繁瑣考證。如，《離騷》『紛吾既有此内美兮』，注云：『（内美），初度上見。』又，『不撫壯而棄穢兮』，注云：『（撫），乘也。（壯），己之壯年。（穢），國之惡政。』又，『余既不難夫離別兮』，注云：『以女可棄而別娶，喻君可去而他仕。』又，『不吾知其亦已兮，苟余情其信芳』。注云：『（上句）不求人知，（下句）實求自信。』又，『喟憑心而歷兹』，注云：『（憑），梗也。』案：憑猶懣於胸，故有梗塞之意。又，『舉賢才而授能兮，循繩墨而不頗』。注云：『（上句）對「菹醢」，言能用人。（下句）對「常違」，言能守法。』又，『夫孰非義而可用兮，孰非善而可服』。注：『（上句）下士，（下句）民心。』又，『攬茹蕙以掩涕兮，霑余襟之浪浪』。注云：『非爲身哀，爲時哀也。「攬茹蕙」，怨誹不亂也。』又，《東皇太一》『盍將把兮瓊芳』，注云：『（將把），奉持也。（瓊芳），供神寶玩。』《雲中君》『浴蘭湯兮沐芳』，注云：『（浴），潔身。沐，濯髮。』又，『靈連蜷兮既留』，注云：『（靈），雲神。（連蜷），屈曲初出之形。（既留），謂雲不布留于上天也。』《湘君》『駕飛龍兮北征』，注云：『據舜在九嶷望中州而言。』《惜誦》『思君其莫我忠兮』，注云：『惟不明也。』又，『忽忘身之賤貧』，注云：『後身故也。』《思美人》『滿内而外揚』，注云：『（滿内），自足自滿。（外揚），不能不俟。』《遠遊》：『往者余弗及兮，來者吾不聞。』注云：『（往者），我未生之先。（余弗及兮），不及知有天地。（來者），我既死之後。（吾不聞），不聞天地窮時。』又，『涉青雲以汎濫游兮』，注云：『未知是北是南。』《招魂》『人有所極』，注云：『賓主相愛。』《涉江》『乃猨狖之所居』，注云：『已到遷所。』又，『哀吾生之無樂兮』，注云：『不暇哀南夷矣。』《懷沙》『願志之有像』，注云：『做個模樣使此志留於後世。』案：類此者蓋不勝枚舉也。

陳氏注屈，或者諸篇前後關照，互相參證，雖未下斷語，其意昭然。如，《思美人》『媒絶而路阻兮』，注云：『（媒絶），無人通言，《惜誦》所謂「何以爲此伴援」是也。（路阻），亦《惜誦》「願陳志而無路」意。』《惜往日》『君含怒以待臣兮』，注云：『觀《離騷》「齌怒」，可見王先有怒意。』又，『遠遷臣而不思』，注云：『《惜誦》以「曾思遠身」望君者，此也意與《離騷》「不察中情」「信讒齌怒」相發。』《抽思》『結微情以陳詞兮』，注云：『《惜往日》有「不畢辭」句。』又，『有鳥自南兮，來集漢北』。注云：『來北是遠，《惜往日》故曰「遠遷臣」。』

陳氏既以意逆之，不免憑臆妄猜，流於無根。如，謂《離騷》以篇首至第二十五章『好蔽美而嫉妬』乃『前半篇，發明志行。已後半篇，惓懷君國。』案：非是。發明『己之志行』當止於『固前脩以葅醢』，言好行忠直，雖死不悔也。『曾歔欷』以下八句，乃過渡之文。及『朝發軔』以求帝喻求明君，則爲繫心君國也。至以《九歌》，每篇皆逆其寓意，蓋無所不至，真如白日夢寐矣。如，謂『《湘君》喻所常事之君，謂周也。下女喻相親近之君，謂齊。與《離騷》「下女」意同。又案楚受秦詐，絶齊婚。中間「心不同」「交不忠」，蓋把以致諷』云。謂《湘夫人》『楚懷于三閭尚可言，至頃襄、子蘭，則不可言矣。故有「思公子兮未敢言」之句』。謂《少司命》：『大丈夫志在四方，乘風載雲，宿帝郊，遊衝風，公爾忘私，國爾忘家，爲民心正神所當宜者。爲之妻者，亦有榮施焉。乃女子心腸，則以離合爲悲樂，竟以其私情不遂歸之于命，以冀司命之宜己作者，蓋借以刺當時之「申申詈予」者』。謂《東君》『極美東君，以寓齊之當好也』。謂《河伯》『擬從河伯所在，而邀與東行之樂，喻六國當并力于秦也』。謂《山鬼》『反覆以明思我之非不得閒懼之也，然疑作斥之也，末言因思公子離憂而來此，爾有所思之可遺，何不安于彼也。鬼與女子、小人爲類一，安分則人也，君子也，男也，胥得志矣。當日靳尚、鄭袖爲患，故借此以刺之』。若此者皆虛妄無所取證也。

陳氏於屈賦分章，多率意妄分，見其未密處夥頤。如，以《離騷》『衆不可户説』至『就重華而敶辭』爲答女嬃之詞。案：非也。自『鮌婞直』至『不予聽』，皆嬃之詈詞也。屈子見詈之後，用就重華節中，故無答嬃之語。若必有之，則借敶詞重華以答之也。又，靈氛占卜繇辭有兩『曰』者，以用藑茅、筳篿故也。首曰：『兩美其必合兮，孰信脩而慕之。思九州之博大兮，豈惟是其有女。』是用『藑茅』之繇辭。次曰：『勉遠逝而無狐疑兮，孰求美而釋女。何所獨無芳草兮，爾何懷乎故宇。』是用『筳篿』之繇辭。而陳氏以氛止於『世幽昧以昡曜兮，孰云察余之善惡』。不審此爲屈子自度之辭也。類此者比比可見，於此但見其一斑耳。

至於字義訓詁，信非其所長，故悠謬之説尤多。如，《離騷》『扈江離於辟芷兮』，注云：『於、與同。』案：於、與古既不同音、同形、同義，何以云『同』耶？又，『指九天以爲正兮，夫唯靈脩之故也』。注云：『（正），期也。期于不舍蹇蹇。（靈）即『靈均』，言其性。（脩）即脩能，言其學……靈修依舊喻君，曰唯君之故，可通。曰傷君數化，難通。故斷以自明性學立解。』案：正無『期約』之義。以『靈修』爲屈子自稱，尤誤也。王逸注：『正，平也。靈，神也。修，遠也。能神明遠見者，君德也，故以喻君。』自是確解。又，『余既滋蘭之九畹兮』，注云：『（畹），百零八畝。』案：王逸注：『十二畝曰畹。或曰：田之長爲畹也。』然未聞『百零八畝』之説。又，『貫薜荔之落蘂』，注云：『貫此則蕪穢矣，下胡繩同。』案：非是。王逸注：『蘂，實也。累香草之實，執持忠信貌也。』確解不可易也。又，『憑不厭乎求索』，注云：『（憑），任勢。』案：憑無訓『任勢』之義。王逸注：『憑，滿也，楚人名滿曰憑。』當是確解。又，『吾獨窮困乎此時也』，注云：『時皆工巧，故浩蕩者窮困。』案：上文『怨靈修之浩蕩兮』，王逸注：『上政迷亂則下怨，父行悖惑則子恨。靈修，謂懷王也。浩猶浩浩，蕩猶蕩蕩，無思慮貌也。』是『浩蕩』斥君失德之詞。陳氏謂屈子自喻。大誤。又，『民生各有所樂兮，余獨好脩以爲常。雖體解吾猶未變兮，豈余心之可懲』。注云：『（懲），叶長。』案：蓋因朱子《集注》『叶直良反』也。非是。常，當作『恒』，避文帝諱改也。恒、懲同協韻。又，《東皇太一》『盍將把兮瓊芳』，注云：『（盍），合也。舊以爲「何不」，誤。』案：訓『合』不辭，舊訓『何不』是也。又，《惜誦》『又衆兆之所讎』，注云：『交口曰讎。』案：

王逸注：『父怨曰讎。』或本誤作『交怨曰讎』，陳氏又誤作『交口曰讎』也。若此類者，皆不堪斟酌，蓋亦舉不勝舉矣。

清乾隆十四年己巳刻此書於慎餘齋，後無再鋟。然海東有莊子嗣刻本，未審刊於何年。大阪大學圖書館藏據莊刻謄鈔本，爲西村氏『讀騷廬』所收藏《楚辭》百種之一。慎餘齋本卷首原有《史記》本傳、班固論、王逸序（總序一散序十七）、劉勰辨，卷末有宋玉《九辯》、賈誼《弔屈原文》《鵩鳥賦》及校閲姓氏、跋。而此本皆未鈔也。（黄靈庚）

# 屈原賦注

《屈原賦注》者，清戴震之所作也。震字慎修，又字東原，安徽休寧人。家屢空，然專志於學。年十七，師從婺源江永，講習禮經；年二十九，補諸生。乾隆二十七年壬午，時年四十，舉於鄉，赴禮部試，不第；三十八年癸巳，開四庫館，以薦充纂修官。三十九年甲午，復試禮部，不第，賜同進士，選庶吉士。震以仕途偃蹇，而肆力於學。人稱其學由聲音文字以通訓詁，由訓詁以尋義理，致考據、詞章、義理相輔相成，實事求是，不主一家，不過騁其辨以排擊先輩云。時漢學分吴中派、皖派。吴中派爲惠棟所創，固守漢師家法，不肯踰越閫限。皖派爲震所創，不爲漢師所囿，博采衆善，自成一家，静安謂其開『專學』之風氣。王懷祖、段懋堂、孔㢲軒，皆其高弟子也。著有《尚書義考》《毛鄭詩考正》《杲溪詩經補注》《原善》《深衣解》《孟子字義疏證》《聲韻考》《聲類表》《原象》《句股割圜記》《策算》《考工圖記》《續天文略》《水地記》《方言疏證》《續方言》《經雅》《經考》《水經注校正》《東原文集》等，後輯集爲《戴氏遺書》。事載《清史稿》卷四百八十一《儒林》二、《清史列傳》卷六十八《儒林》下、《清儒學案》卷七十九《東原學案》。

是書大略以洪氏《補注》爲藍本，文字彼此稍有異同，蓋據他本校改，如《離騷》『余』改『予』者是也。凡十二卷，注《屈原賦》七卷，《通釋》二卷，《音義》三卷。戴氏注《屈原賦》别有初稿本，止注《離騷》《九歌》《天問》三卷，《九章》《遠遊》《卜居》《漁父》四卷但存其目，與《屈原賦注》七卷者異。歙人許承堯跋云：『段玉裁撰先生《年譜》云：「乾隆十七年壬申，先生三十歲，注《屈原賦》成。先生嘗語玉裁云：『其年家中乏食，與麵鋪相約，取麵爲饔飧，閉户成《屈原賦注》。』蓋先生之處困而亨如此。」此書但有汪梧鳳刻本，先生是年館梧鳳家，見程讓堂《五友記》與梧鳳《跋》語合。此爲初稿，前無盧抱經序，「恐美人之遲莫」下亦不引紀曉嵐説。正文與刻本異者數十事，刻本多勝。蓋先生後據各本校正者也。其中亦有出先生改定者，如，《天問》「焉有虯龍」，此本作「龍虯」，與下協韻；「環理天下」，此本從江慎修先生説作「環里」，刻本則皆仍舊文。可見先生著書體例之謹嚴矣。注文亦互有詳略異同，如《離騷經》，刻本「離騷」，訓「離」爲「隔」，此本從王逸《章句》有「經」字，謂「離、牢一聲之轉，猶今人言牢騷」。又謂「經之名起于周末」，「如音之凡首，織之有經」。不取洪興祖「後世尊之爲經」之説。他如説蘭、蕙，説啓，説蕭鍾，二本皆異，且此本駁正舊注，皆直斥其非，刻本則詞較簡渾，但申己見而已。先生之治學矜慎不護前如此。」

案震之注屈賦，蓋處窮厄，寄人籬下，百無聊賴，有所感遇，非惟『窮而亨』也。初稿序稱，『余讀屈子書，慕其爲人』云云。慕者，謂悲憂也，非羨慕之意。其居於困厄，而悲屈子之信而見疑，忠而被謗，不爲時用，蓋既悲原之爲人，亦藉以自哀也。而刻本易作『予讀屈子書，

貌皇君也車覆曰敗績禮記檀弓篇馬驚敗績春秋
傳敗績厥覆是懼是其證
忽奔走以先後兮及前王之踵武荃不察予之中情兮
反信讒而齊怒
武迹也荃靈脩相謂之美稱篇內借以言君也齊讀
如天之方懠之懠
第一段自敘生平大略而終於君之信讒後四
段乃反復推明之
予固知謇謇之爲患兮忍而不能舍也指九天以爲正
兮夫惟靈脩之故也初既與予成言兮後悔遁而有他

屈原賦　離騷　三

久乃得其梗概」。則其已居京之四庫館，由『否』轉『泰』，故刻意隱其著書當初迹矣。稿本著於寄居汪家之時，刻本則居庫館之後，自是迥異。屈子之書，多爲落度不隅者藉以舒發胸中塊壘，諷刺時世者，亦往往有之。稿本『離騷，即牢愁也。離、牢一聲之轉，今人猶言牢騷』之解，當優於刻本《音義》改『離猶隔也，騷者，動擾有聲之謂』者，宜亦作如是觀。又，初稿本序『今特取屈子書注之，書成，名曰「屈賦」，從《漢志》也』。刻本作『今取屈子書注之，觸事廣類，俾與遺經雅記合致同趣，然後贍涉之士，諷誦乎章句，可明其學，覩其心，不受後人皮傅，用相眩疑。書既稿就，名曰「屈原賦」，從《漢志》也』。其所增益文字，務使屈子合乎『遺經雅記』，一歸於正道，而不再以『牢騷』之苦視之。是故改與不改，不全爲『治學不護前』，未免以迎合趨時，或者作回避文字之忌諱計矣。

刻本首有盧文弨序，譽揚之不置。稱『微言奧指，具見疏抉，其本顯者不復贅焉。指博而辭約，義創而理確。其釋「三后純粹」，謂指楚之先君。「夏康娛以自縱」，謂「康娛」連文，篇中凡三見，不應以爲夏太康。「宓妃之所在」及有娀、有虞，皆因其人思其地，冀往遇今之淑女，用輸寫其哀無賢士與己爲侶之意。《九歌・東皇》等篇，皆就當時祀典賦之，非

惟黨人之偷樂兮，路幽昧以險隘。古讀若益 豈余身之憚殃兮，恐皇輿之敗績。二十三錫

皇，君也。敗績，如擅引馬驚，敗績，謂車覆也。已上五章皆泛論人己之事。舊皆指君說，少從容婉轉，非立言之體。

忽奔走以先後兮，及前王之踵武。九麌 荃不揆余之中情兮，反信讒而齌怒。十姥

奔走先後，皆急追之意，欲繼前王之業于今日也。荃，靈脩，相謂之通稱，篇內借以喻君而不明言也。屈子述其不得于君，祇荃不揆余之中情二語，爾歸其罪于黨人之進讒，而君不清澂其然否，未嘗一語懟君也。惜往日篇云，雖過失猶弗治，則屈子于君，且有感恩之辭，愈覺舊說直而近懟。爾雅，武，迹也。齌讀如詩

屈賦　四

祠神所歌。《九章》無次第，不盡作於頃襄王時。《懷沙》一篇，則以《史記》之文相參定。「薜荔拍兮蕙綢」，王逸釋「拍」爲「搏壁」。近代多不知此爲何物，乃引《釋名》「搏壁，以席搏著壁」增成其義。其典確舉類此。夫屈子之志昭乎日月，而後世讀其辭，疑若放恣怪譎，不盡軌於正，良由炫其文辭而昧其指趣，以説之者之過，遂謂其辭之未盡善。戴君則曰：「屈子辭無有不醇者。」此其識不亦遠過於班孟堅、顔介、劉季和諸人之所云乎」。案：盧説諂譽歸美，言過其實，令人可猒。如，「三后純粹」以指楚之先君，非戴氏所創。明汪瑗《楚辭集解》：「三后，謂楚之先君，特不知其何所的指也。」王夫之《楚辭通釋》：「三后，或鬻熊、熊繹、莊王也。」則皆在震前矣。又，「夏康娱以自縱」，謂「康娱」連文，「篇中凡三見，不應以爲夏太康」者。明汪瑗《楚辭集解》：「康娱，猶言逸豫也。」王遠（見王萌《楚辭評注》）云：「舊注謂夏康爲太康，然「康娱」二字下皆連用。」則亦皆在震前矣。

震以《離騷》爲十段：首至「齊怒」爲第一段，「自敘生平大略，而終於君之信讒。後四段乃反復推明之。」自「予固知」至「遺則」爲第二段，「申言被讒之故，而因自明其志如此。」自「長太息」至「所厚」爲第三段，「言君信讒之故，而已終不隨流俗，以申前意也」。自「悔相道」至「可懲」爲第四段，「設爲退隱之思」。自「女嬃」至「浪浪」第五段，「借女嬃之言而因之陳辭」。自「跪敷衽」至「而嫉妒」爲第六段，「託言往見古先哲王之在天者以自廣」。自「朝吾將濟」至「而稱惡」爲第七段，「託言欲求淑女以自廣」。自「閨中」至「不芳」爲第八段，「命靈氛爲卜其行，而因念世之棄賢如此」。自「欲從靈氛」至「猶未沬」爲第九段，「既又聞吉占之故，而復審之於己」。自「和調度」至「而不行」爲第十段，「託言遠逝所至，憂思不解，志在睠顧楚國終焉」。而「亂曰」以下不在十段之内，謂「篇章篇義既成，撮其大要爲亂辭」。案：震之所分十段，頗自成其説。然既以二至四皆反復申明首段之意者，則合爲一段可耳。又，卜氛問咸二段，藉以求其出處，亦當合爲一段。又，求帝爲求古之哲王、三求女爲求『淑女』，其所求指意，而震但『自廣』二字説之。『自廣』云者，猶自慰、自寬也。《史記·屈原賈生列傳》『賈生既以適居長沙，長沙卑濕，自以爲壽不得長，傷悼之，乃爲賦以自廣』是也。惟自廣之術夥頤，然屈子何以求古之哲王、淑女爲自廣、自寬之途，則終不得顯白矣。

震以《九歌》爲原之遷於江南時所作，據《山鬼》一篇所寫山光嵐景，『與《涉江》相表裏，以此知《九歌》之作，在頃襄復遷之江南時也』。《九歌》皆『就當時祀典賦之，非祠神所歌也』。此其異於舊説者。謂《九歌》十一篇，皆各有所託寓，『昭誠敬，作《東皇太一》；懷幽思，作《雲中君》；蓋以況事君精忠也。致怨慕，作《湘君》《湘夫人》，以己之棄於人世，猶巫之致神而神不顧也。正於天，作《大司命》《少司命》，皆言神之正直，而惓惓欲親之也。懷王入秦不反，而頃襄繼世，作《東君》，末言「狼狐」，秦之占星也，其辭有報秦之心焉。從河伯水遊，作《河伯》；與魑魅爲群，作《山鬼》；閔戰爭之不已，作《國殤》；恐常祀之或絶，作《禮魂》』云云。則爲其一家説也。又據《史記》博士對秦始皇之問『湘君何神』，乃謂『統言之但曰「湘君」，分别言之，正妃稱君，次妃降稱夫人。楚人因二妃之葬黄陵，奉以爲湘水神，本民間不經之説，二妃固不隨愚民俗議而享其褻越之祭矣。』案：震以二《湘》爲堯女、舜妃娥皇、女英者是也，而娥皇爲正妃，稱湘君；女英爲次妃，稱湘夫人。以其皆葬在黄陵，民間奉爲湘水神而視爲『不經』之説。則未免拘泥矣。蓋二妃死於湘，湘人後又尊之爲水神以祭之，見其禮俗之沿革。湘君既爲堯女、又爲湘水神，無經與不經之别，且二説並行不悖矣。震之注《九歌》，務在求言外之意。如，以二《司命》『雖在祀典，然二歌皆非祭辭』，稱『懷王初甚任屈原，後乃以讒疏黜之，故二歌並託於與司命離合爲辭』。又，以《東君》一章有『報秦之心，故舉秦分野之星言之，用是知《九歌》之作在懷王入秦不反之後，歌此以見頃襄之當復讎，而不可安於聲色之娱也』。若是者饒有思致，可謂發人所未發。然或失之牽合。如，楚本不祀河，『屈原之歌《河伯》，歌辭但言相與遊而已。蓋投汨羅之意已決，故曰「靈何爲兮水中」，亦以自謂也。又曰「波來迎」「魚媵予」，自傷也』。案《九歌》本夏后氏頌祖報本之樂，後傳入沅湘民間，爲南楚娱神之歌。雖經千年之久，屈之所見者猶存祀河伯之詞，是存夏禮矣。其與屈子投汨之意，蓋風馬牛之不相及矣。

震以屈子作《天問》，緣乎『天地之大，有非恒情所可測者』，而『設難詰之，皆遇事稱文，不以類次，聊舒憤懣』云爾。故注是篇本於『解其近正，闕所不必知』之法則，據其學所知者則詳解之，若震之精於曆算推步，故注『問天』尤悉，如注『斡維焉繫，天極焉加？八柱何當，東南何虧』，不涉舊注引共工争帝説之，乃云：『天極，《論語》所謂「北辰」，《周髀》所謂「正北極」，步算家所謂「不動處」，亦曰「赤道極」，是爲左旋之樞。日月五步，各有一極。日曰黄道極，《周髀》所謂北極，璿璣環繞正北極者也。月與五步之極，又環繞璿璣者也。是皆爲右旋之樞。日之發歛，以赤道爲中；月五步之出入，以黄道爲中。此天所以有寒暑進退，成生物之功也。地在天之中央，《素問》謂「大氣舉之」是也。水附於地而行，循地之脈理，以爲源委高下，《中庸》所云「振河海而不洩」，水附地之謂也。』又，注『天何所沓？十二焉分』，申朱子『自子至亥十二辰』之意，乃云：『十二次之名，出於二十八宿。壽星，角、亢也。大火，氐、房、心也。析木之津，尾、箕也。星紀，斗、牽牛也。玄枵，婺女、虚、危也。娵訾之口，營室、東壁也。降婁，奎、婁也。大梁，胃、昴也。實沈，畢、觜觿、參也。鶉首，東井、輿鬼也。鶉火，柳、七星、張也。鶉尾，翼、軫也。玄枵，一曰天黿，一曰顓頊之虚。娵訾之口，一曰豕韋。斗或以建星，觜觿以罰東井，輿鬼以狼弧。此假恒星識日月之躔，逡恒星右旋二萬五千餘年而後一周。其東移甚微，以是爲星當黄道之差數，謂之歲差。日發歛一終而成歲差數，生於恒星，不生於黄道。是故歲功終古不忒，而《堯典》《夏小正》《月令》之中星隨時爲書以示民，正十二次之名屬恒星，正中氣、節氣屬黄道，斯不繆乎？兩者之名實矣。《春秋傳》：

「玄枵，虛中也。」又，「婺女爲玄枵維首」。十二次，當據此遞之。唐、虞冬至日，在虛、玄枵次也。今冬至日，在箕、析木之津次也。」而注問三代以下興亡輪替甚簡，蓋人所共知者不必注，而人所不知者亦爲其所闕如矣。

原之作《九章》九篇究在何時？震於《涉江》《抽思》《懷沙》《思美人》《惜往日》五篇有解。《涉江》之作，乃云：『是以前既不容於世而不顧，至此重遭讒謗，濟江而南往斥逐之所，蓋頃襄復遷之江南時也。』《抽思》之作，引方晞原云：『屈子始放，莫詳其地。以是篇考之，蓋在漢北，故以鳥自南來集爲比。』又云：『「望南山而流涕」，其欲反郢也。曰「南指月與列星」，曰「狂顧南行」，篇次列《涉江》《哀郢》之後者，《九章》不作於一時，雜得諸篇，合之有九耳。』《懷沙》之作時，引《史記列傳》曰：『乃作《懷沙》之賦，於是懷石遂自投汨羅以死。』則以爲絕筆。《思美人》之作，亦引方晞原云：『上云「觀南人之變態」，此云「煢煢而南行」，宜爲在漢北所言。』以此篇亦作於懷王放於漢北時。《惜往日》之作，引顧亭林云：『懷王以不聽屈原而召秦禍，今頃襄王復聽上官大夫之譖，而遷之江南，一身不足惜，其如社稷何？《史記》所云「楚日以削，數十年竟爲秦所滅」。即原所謂「禍殃之有再」也。』則作於頃襄王時。他六篇皆無說。案：震之前，汪瑗、黃維章、林雲銘、王夫之、蔣驥諸人於九篇作時及編次先後皆有考證，而震漠然如未見者，蓋文獻不足徵矣。然謂《抽思》《思美人》作於漢北，黃維章固已先發之矣，何以但委之方晞原耶？或謂震未見西仲之書者。非也。震之入京師四庫館，協紀曉嵐編《四庫全書》，『楚辭提要』多出其手筆，而『楚辭燈提要』當亦如是，乃稱『此編謂《惜誦》爲懷王見疏之後，又進言得罪，而作時但見疏，而未嘗放，本傳所謂「不復在位」者，以不復在左徒之位，未嘗不在朝也。其《思美人》《抽思》乃懷王置之於外時作。然此時在漢北，尚與江南之野無涉。惟《涉江》《橘頌》《悲回風》《惜往日》《哀郢》《懷沙》六篇，始是頃襄放之江南所作。如此說來，既與本傳使齊及諫釋張儀，諫入武關數事不相礙，且與《思美人》《抽思》章稱造都爲

「南行」，朝臣爲「南人」及「來集漢北」等語，《哀郢》章「仲春東遷」「逍遥來東」「西思故都」等語，一一印合云云。然此説本明黄文焕《楚辭聽直》亦非其創解也」。則既已讀維章、西仲二人書矣。然方氏、顧氏之較黄、林諸家，無所發明，不足爲據。其引彼而棄此者，蓋於諸家取舍之間有所偏頗，非公論也。

震之注屈賦，猶同其注經，由文字聲音通訓詁，由訓詁通義理，以爲『義理不可空憑胸臆，必求之於古經。求之古經而遺文垂絶，今古懸隔，必求之古訓。古訓明則古經明，古經明則賢人聖人之義理明，而我心之同然者，乃因之而明。義理非他，存乎典章制度者也。彼歧古訓、義理而二之，是古訓非以明義理，而義理不寓乎典章制度，勢必流入於異學曲説而不自知也』。是故於注屈賦二十五篇，旨在疏通文字、音韻、訓詁，每下一義，務必有所依憑，而不爲無根之説。大略如下數端：

一是引據詞書古訓。如，《離騷》『朕皇考』，引《爾雅》云：『朕，我也。』引《曲禮》云：『父曰皇考。』又，『攝提貞于孟陬兮，惟庚寅吾以降』，注引《爾雅》云：『太歲在寅曰攝提格。正月爲陬。』又，『榮華』，引《爾雅》：『草謂之榮，木謂之華。』又，『汨予』，引《方言》云：『疾行也。南楚之外曰汨。』又，『朝搴阰』，引《説文》：『搴，拔取也。』又，『九畹』，引《説文》：『畹，三十畝也。』又，『長顑頷』，引《説文》：『顑頷，飯不飽面黄起行也。』又，『帝閽開關』，引《説文》：『閽，常以昏閉門隸也。關，以木横持門户也。』又，『閶闔』，引《説文》：『楚人名門曰閶闔。』又，《東皇太一》『姣服』，引《方言》云：『凡好而輕者謂之姣。』又，《湘君》『荃橈』，引《方言》云：『楫謂之橈，或謂之櫂。』又，『蘭旌』，引《周官·司常》云：『析羽爲旌。』又，《惜往日》『妒娃冶』，引戴仲達云：『金與冰之融冶，光采煜爚，故容貌之豔者曰冶容。』又，《悲回風》『軋洋洋』，引戴仲達云：『軋，載重碾軋有聲也。』案：戴仲達，即戴侗，著《六書故》。

二是引據漢、唐經注。如，《離騷》『靈均』，引鄭康成箋《毛詩》云：『靈，善也。』又，『朝誶』，引《韓詩》云：『誶，諫也。』又，『珵美』，引鄭康成注《禮》引《相玉書》云：『珽玉六寸，明自炤。』又，《東皇太一》『陳竽瑟』，引鄭仲師注《周官・笙師》云：『竽，二十六簧。』又，《雲中君》『壽宮』，引薛瓚《漢書集注》云：『奉神之宮。』又，《湘君》『涔陽』，引何休注《公羊春秋》云：『水北曰陽。』又，『極浦』，引《風土記》：『大水有小口別通曰浦。』又，『北渚』，引《韓詩》云：『一溢一否曰渚。』又，《湘夫人》『紫壇』，引高誘云：『楚人謂中庭爲壇。』又，《天問》『汩鴻』，引韋昭注《國語》云：『汩，通也。』又，『伯禹腹鮌』，引鄭康成箋《毛詩》云：『腹，懷抱也。』又，《懷沙》『幽茀』，引韋昭注《國語》云：『草穢塞路爲茀。』又，《惜往日》『因縞素』，引孔仲遠云：『經傳之言素者，皆謂白絹。』

三是據依《楚辭》舊注，而引王逸注居多。如，《離騷》『昌披』，引王注云：『衣不帶之貌。』又，『馮不厭』，引王注云：『馮，満也。楚人名満曰馮。』又，『蕙纕』，引王注云：『纕，佩帶也。』又，『予侘傺』，引王注云：『侘傺，失志貌。』又，『蘭皋』，引王注云：『澤曲曰皋。』又，『春宮』，引王注云：『東方青帝舍也。』又，『羌内恕』，引呂延濟云：『羌，乃也。』又，『老冉冉』，引呂向云：『冉冉，漸漸也。』《東皇太一》『玉珥』，引王注云：『珥，謂劍鐔也。』又，《悲回風》『施黄棘』，引王注云：『施黄棘之刺以爲馬策。』又，《天問》『號衰』，引《集注》云：『謂號令於殷世衰微之際。』又，《惜誦》『疾親君』，引《集注》云：『疾，猶力也。』又，《橘頌》『廓其無求兮』，引洪興祖云：『凡與世遷徙者，皆有求也。』又，《涉江》『南夷』，引王伯厚云：『屈原，楚人，而《涉江》曰「哀南夷之莫吾知」，是以楚俗爲夷也。陰邪之類讒害君子，變於夷矣。』又，《橘頌》『閉心自慎』，引王伯厚云：『龔氏注《中説》引古語云：「上士閉心，中士閉口，下士閉門。」』

四是引據時賢之説，但方晞原一人，凡八條。如，《離騷》『湯禹嚴而祗敬』一節，引方原云：『三代之興也如此，其亂亡也如彼。無他，祗敬、康娱之分也。就重華陳辭，故遂言其以後之治亂昭然者。』又，《哀郢》『至今九年而不復』，引方晞原云：『《卜居》之「既三年」，當爲懷王時。此篇上言「淼南度之焉如」，則至今九年，蓋頃襄遷之江南，及是九年也。』又，《懷沙》『進路北次』，引方晞原云：『據《涉江》篇，由沅入溆，乃至遷所，則沈羅淵當北行，故有「進路北次」之語。』案晞原，字也，名根矩，號以齋，人稱『以齋先生』。歙人。文宗桐城劉海峰，而學宗婺源江氏慎修，與震爲同門友。著有《道古齊初刻》。據震所引，七條見《九章》，方氏蓋嘗作《楚辭解》，今已佚矣。

五是通文字假借。如，《離騷》『齊怒』，注云：『齊，讀如「天之方懠」之懠。』案：齊、懠同齊聲。毛傳：『懠，怒也。』『信姱』，注云：『信，猶洵也。』又，『攘詬』，注云：『攘，讀爲讓。』又，『不寤』，注云：『寤，猶啎也。』又，『未沬』，注云：『沬，猶微也。香將已而微曰沬。』又，《東君》『蕭鍾』，注云：『蕭，擊也。』案：讀蕭爲擳，擳，擊也。又，《天問》『所沓』，注云：『沓，猶壘也。』又，『其衍』，注云：『衍，猶延也，羡也。』

六是以聲音通訓詁。如，《離騷》『矯菌桂』，注云：『矯，舉也。語之轉。』又，『索瓊茅以筳篿』，注云：『以，猶與也，語之轉。』又，《東皇太一》『盍將把』，注云：『把，秉也，語之轉。』又，《河伯》『媵予』，注云：『媵之言送也，從也。』又，《天問》『馮翼』，注云：『馮，滿也。』又，《惜誦》『心菀結』，注云：『菀，猶緼也，鬱也，語之轉。』又，《涉江》『疑滯』，注云：『疑，止也。疑、凝，語之轉。』又，『乘鄂渚』，注云：『乘之言登也。』又，《哀郢》『江介』，注云：『介，閒也，語之轉。』又，《懷沙》『本迪』，注云：『迪，猶導也，達也，語之轉。』又，《遠遊》『而魂』，注云：『而，女也。爾、女、而、戎、若，語之轉。』又，『夕始臨乎於微閭』，注云：『於微閭，即《職方》

《爾雅》之醫無間，語之轉耳。」

七是疏證舊注。如，《離騷》『浩蕩』，王注云：『浩猶浩浩，蕩猶蕩蕩，無思慮貌也。』案：注云：『浩蕩，漫散無檢柙也。』蓋所以疏『無思慮』之義也。又，《湘君》『薜荔拍』，注云：『王注云：「搏壁也。」劉成國《釋名》云：「搏壁，以席搏著壁也。」此謂舟之閤閭搏壁矣。』又，《思美人》『申旦』，注云：『申旦，猶達旦。申者，引而至之謂。』案：王注：『誠欲日日陳己心也。』以『申旦』爲『日日』。《九辯》亦有『獨申旦』之詞，王注以『達明』解『申旦』，達，至也。李周翰注：『申，至。』謂『申旦』爲『至旦』。申，古爲『終極』之意。《九辯》『獨申旦』，猶《詩·葛生》『誰與獨旦』之『獨旦』。《擊鼓》『不我信兮』，孔疏：『信，即古伸字。申，即終極之義。』申旦，猶『終古』也。

八是審句法。如，《離騷》『察予之中情』『而不予聽』，注云：『「察予」之予，予，屈原也。「予聽」之予，女嬃自予也。』案：『察予之中情』『而不予聽』皆嬃之詈詞，察予，猶察汝也。故予指屈原。『予聽』，猶聽我輩也，故屬嬃自予。《天問》『圜則九重』，注云：『圜則，天也。』案：舊注以『則』爲語詞，朱子《集注》訓法則。震申朱子之義，以『圜則』合爲一句，謂天。是也。又，《惜誦》『所非忠』，注云：『凡誓辭率曰「所」者，反質之以白情實。』案：所，誓詞，猶若非也，故與『非』『不』連文。又，《哀郢》『當陵陽』，注云：『上云「陵陽侯之氾濫」，此言「當陵陽」，省文也。』案：陵陽。蓋以『陵陽侯』之省也。又，《抽思》『望三五』，注云：『三五，謂五帝三王，便文倒舉耳。』案：倒舉者，謂句法倒言之也。

九是發明新義。如，《離騷》『九天』，注云：『九天，《天問》篇所謂「圜則九重」是也。』案：申朱子《集注》之説，以破王注：『謂中央八方』之義也。又，『哀民生之多艱』，注云『概言民生多艱，所以自慨也。』案：王注但『哀念萬民』

云云，未涉於己。又，『忽反顧以遊目兮，將往觀乎四荒』，注云：『反顧，自視也。往觀四荒，猶言無往不自得也。』案：『反顧』之義，舊皆未注，或以回視説之。震解『自視』，至確。又，『神高馳之邈邈』，注云：『《爾雅》：「邈邈，悶也。」蓋神馳而無所終極，踰增煩悶。顔師古云：「此言遭遇幽戹，心中愁悶，假延日月，苟爲娛樂耳。」』案：與舊解『邈邈』之爲『遠貌』者，則亦不同矣。又，《湘君》首節注云：『《周官》：「凡以神仕者，在男曰覡，在女曰巫。」巫亦通稱也。男巫事陽神，女巫事陰神。湘君、湘夫人並陰神，用女巫明矣。二歌不陳享神之物及主祭者之辭，以神不來但使巫致之也。其非祠神所歌，於斯可決。』又，《大司命》『離居』，注云：『謂前相從而今隔離也。』《東君》『青雲衣兮白蜺裳』，注云：『青、白，以東西方色爲飾。』又，《國殤》『路超遠』，注引《方言》云：『超，遠也，東齊曰超。』《天問》『死則又育』，注云：『死，即所謂死霸也。育，生也，所謂生霸也。』又，『離蠥』，注云：『蠥，害也。』又，『革蠥』，注云：『革蠥，猶言爲變害也。』案：蠥、害，亦聲之轉。《悲回風》『隱岷山』，注云：『隱，據也。』案：馮昆侖、隱岷山，相對爲文，隱，猶馮也，據也。《莊子·徐無鬼》『隱几而坐』，《釋文》：『隱，馮也。』《禮記·檀弓下》『其高可隱也』，鄭注：『隱，據也。』

十是闡發意指。《離騷》『草木零落』二句，注云：『草木零落，美人遲暮，皆過時之慨，即《論語》所云「四十、五十而無聞，斯亦不足畏」是也。』又，『既替予以蕙纕兮又申之以攬茝』，注云：『蕙纕、攬茝，喻所陳告之事。』又，『高予冠』二句，注云：『高冠、長佩，即《涉江》篇所云「予幼好此奇服，年既老而不衰」也，以寓從吾所好之意。』又，『邅吾道』一段，注云：『戰國時，言仙者託之昆侖，故多不經之説，篇内寓言及之，不必深求也。』又，『高丘之無女』，注云：『淑女以比賢士，自視孤特，哀無賢士與己爲侶，此原求女之意也。』求虙妃，注云：『念古昔，思來者，故求其地而往，以冀遇今之淑女。』求佚女，注云：『若《詩》「遊女」也。』求二姚，注云：『方少康未家之時，若留此有虞之二姚以待之，故思往事，而冀今之所遇亦然。』篇末遠逝西行一節，注云：『仍託之求女，承前求淑女未遂爲辭。』案震以求古時美女，寓原幸遇賢之望。是其一家説矣。《湘君》『石瀨』二句，注云：『水淺則龍不居，情薄則望不至。』蓋求其言外之意也。《悲回風》『物有微而隕性兮，聲有隱而先倡』，注云：『物不以微而隕性或殊，以蕙摇落言也。聲不息於隱，則聞其先倡，知其終極，以回風之使人傷懷言也。』案：王注：『言芳草爲物，其性微眇，易以隕落；言賢者用志精微，亦易傷害也。言讒人之言隱匿其聲，先倡導君使惑亂也。』繳繞之説。震之解較舊爲優矣。

震之於其所不知，則存疑之。如，《離騷》『彭咸之遺則』，注云：『彭咸，未聞，蓋前脩之足爲師法者。書闕不可考矣。』又，『啓九辯』，注云：『九辯，未聞。』蓋文獻不足徵，而不敢徒逞私臆以曲説之矣。

《通釋》二卷，上卷專釋屈賦『山川地名』，凡四十四條。下卷專釋屈賦『草木鳥獸蟲魚』，凡六十條。大略皆據洪氏《補注》、朱子《集注》爲説，别古今異名，疏諸家流變，然皆極精簡，無繁復徵引其考證文字，或亦有震自爲之解，不盡同洪、朱。如，『九疑山』條云：『在零陵營道南，今湖南永州府寧遠縣南六十里。酈道元《水經注·湘水篇》云：「大舜窆其陽，商均葬其陰。山南有舜廟，前有石碑，文字缺落，不可復識。」』案：洪氏不引《水經注》，長沙馬王堆三號漢墓古地圖，於九疑山繪有九條柱狀之物，其西有『帝舜』二字，譚其驤謂在九條柱狀後之『建築物即舜廟』，『九條柱狀物當係舜廟前九块石碑』（《二千一百多年前的一幅地圖》）。則可證《水經注》『山南有舜廟，前有石碑，文字缺落，不可復識』云云，確乎不拔矣。又，『涔水』條云：『胡朏明以爲即岷江之南派，會澧水注洞庭。禹時南派盛大，爲江之經流，故《禹貢》「導江又東至于澧」。戰國時則南流如帶，謂之涔水。而目北派爲大江。此由涔陽横大江是也。北派於《禹貢》爲荆州之沱。』又，

『夏首』條云：『在今江陵縣東南。《水經注・夏水篇》云：「江津豫章口東有中夏口，是夏水之首，江之汜也。屈原所謂『過夏首而西浮，顧龍門而不見』也。龍門，即郢城之東門也。」今江陵縣東南有豫章口，又東即中夏口。』又云：『夏水、沔水合流，逕魯山東南注於江，爲夏浦。《春秋傳》謂之夏汭，或曰夏口，或曰沔口，或曰魯口，今湖北漢陽府漢陽縣東漢口是。魯山亦謂之翼際山，《禹貢》之大别山也，在縣東北百許步。夏水入沔，在江夏雲杜東，是謂堵口。《水經注・夏水篇》云：「自堵口下，沔水通兼夏目，而會於江，謂之夏汭。」今湖北安陸府沔陽州西北有雲杜故城。《水經注・湘水篇》云：「汨水西逕羅縣北，本羅子國也。又西逕玉笥山，又西爲屈潭，即汨羅淵也。屈原懷沙自沈於此，故淵潭以屈爲名。淵北有屈原廟，廟前有碑。汨水又西逕汨羅戍南，西流注於湘，春秋之羅汭矣，世謂汨羅口。」顔師古注《漢書・地理志》「長沙羅」引盛弘之《荆州記》云：「沿汨西北，去縣三十里，名爲屈潭，屈原自沈處。」羅故城在今湖南長沙府湘陰縣東北，縣北七十里，汨羅山孤峙水中，其上有屈原墓。』案：屈賦地理，夏首、夏口及汨淵等，皆爲學人所難知，且聚訟紛如。震之解如此，讀者可以涣然釋疑矣。震之釋屈賦『草木鳥獸蟲魚』，大略亦皆據洪氏《補注》、朱子《集注》爲説，别異名，疏沿革，然亦有震自爲之解。如，『江離』條云：『大葉芎藭也。芎藭似稿本，《春秋傳》謂之「山鞠窮」。其苗謂之江離。小葉者謂之蘪蕪，似蛇牀。』案：則江離、芎藭、蘪蕪爲一草而異名也。又，『芷』條云：『白芷也，或謂之茝，或謂之芳香，其葉謂之葯。《九歌》「辛夷楣兮葯房」是也。』案：芷、茝、葯亦一草異名也。又，『雄鳩』條云：『謂食桑葚之鳩，似仙鵲，而短尾，多聲。《小雅》謂之「鳴鳩」，《魯頌》《陳風》謂之「鴞」。司馬彪云「鴞，小鳩可炙者」是也。《春秋傳》謂之鶻鳩，《爾雅》謂之鶻鵃，或謂之鷽鳩。』案：雖無新義，然亦所以别異名、疏流變者也。

《音義》三卷，頗類朱子《辯證》，惟此編但爲字義音訓耳。段玉裁《年譜》云：『此書《音義》三卷，亦先生所自爲，假名汪君。』案汪梧鳳乾隆二十五年庚辰仲春敘稱，『據戴君注本爲《音義》三卷。自乾隆壬申秋，得《屈原賦》戴注九卷讀之，常置案頭，少有所疑，檢古文舊籍詳加研核，兼考各本異同。其有闕然不注者，大致文辭旁涉，無關考證。然幼學之士期在成誦，未喻理要，雖鄙淺膚末，無妨俾按文通曉，乃後語以闕疑之指，用是稍爲埤益。又昔人叶韻之謬，陳季立作《屈宋古音義》爲之是正。惜陳氏於反切之學殊疎，未可承用。茲一一考訂，積時録之，記在上端，越今九載矣。爰就上端鈔出，删其繁碎，次成《音義》，體例略擬陸德明《經典釋文》也』。則汪氏之作《音義》緣由、始末及其體例，原原本本，悉作交待，赫然無疑義。何段氏致出『亦先生所自爲，假名汪君』之語？據汪敘，震注《屈原賦》九卷本，於乾隆十七年壬申前已完稿，二十五年庚辰由汪氏梓板，則别作《音義》三卷，附於戴書九卷之後。盧弼嘉慶八年癸亥《跋鈔本戴注屈原賦》云：『戴東原注《屈原賦》九卷，汪梧鳳爲《音義》三卷，乾隆庚辰自刊行，傳本頗少。廣雅書局重雕本誤以《音義》爲戴氏所撰，又將序文《通釋》之《音義》及汪跋均删去，致汪氏苦心著述全湮没。余於廠肆得精鈔本，卷中「甯」作「寧」、諄作「諿」，決爲汪刻以前之舊鈔，殊足珍也。』其所見者即汪刻原書。盧氏又云：『頃閲段玉裁所編《戴氏年譜》云，「此書《音義》三卷，亦先生所自爲，假名汪君」云云。余前跋方爲汪氏申辯，然東原極貧，汪爲歙巨族，嫁名於彼，刻書亦傳，或亦意中事。抱經序亦言有爲之梓行者，當係指汪氏而言。嚴鐵橋之稿多託名他人，事亦相類。但廣雅翻本全抹殺，未免無識耳。』盧氏既辯《音義》爲汪氏所作，但聞段語而改其初衷，遂爲首鼠兩端之説。若《音義》果亦戴氏所爲，姚江抱經盧氏序亦必言及之矣。

《音義》或出震注稿本者。如，《離騷》『初度』云：『容度之度。《列女傳》所謂「生子形容端正」。』案：此出自稿本也。又，『調』下引江慎脩《古韻標準》云：『《小雅》：「決拾既佽，弓矢既調。射夫既同，助我舉柴。」以首句與第四句韻，中二句非韻。猶之「民之未戾，職盗爲寇。涼曰不可，覆背善詈。」戾、詈韻，而寇、可，非韻也。屈子蓋效《詩》中之韻。古人讀書不必無偶相涉誤。東方朔《七諫》，「恐榘矱之不同」「恐操行之不調」，則又誤效《離騷》耳。』案：此出稿本也。《雲中君》『若』云：『王云：「杜若也。」按芳與若不必指一物，芳者，芳草之通稱；若英，言華采如華之英耳。』案：刻本無注，稿本云：『舊説以「芳」爲芳香，白芷之名；以「若」爲杜若。皆不必從。』則因稿本敷演之也。或以補戴氏『闕然不注者』或有餘義者。如，《離騷》『高陽』，引《漢書・地理志》：『東郡濮陽，故帝丘顓頊虚。』張晏云：『高陽所興之地名也。』又，『苗裔』，引王注云：『苗，胤也。裔，末也。』又，『朕』，引蔡邕《獨斷》云：『古者尊卑共之，貴賤不嫌，則可同號之義也。至秦天子獨以爲稱，漢因而不改。』又，《惜誦》『讎』云：『仇讎連舉，則仇爲怨，讎爲敵。』又，《哀郢》『東遷』云：『屈原東遷，疑即當頃襄元年，秦發兵出武關攻楚，大敗楚軍，取析十五城而去。時懷王辱於秦，兵敗地喪，民散相失，故有「皇天不純命」之語。』又，《遠遊》『九陽』云：『《呂氏春秋》云：「禹南至九陽之山，羽人裸民之處，不死之鄉。」此九陽與上「仍羽人于丹丘，留不死之舊鄉」連文，即呂氏所稱。』或以釋戴氏注義。如，《離騷》『毗』下注：『頻脂切。』案：『毗』字出戴注『小阜曰毗』。又，『熊繹』下注：『昭十三年《左傳》：「右尹子革曰：『昔我先王熊繹辟在荆山，篳路藍縷，以處草莽，跋涉山林，以事天子。』」』案：『熊繹』出戴注『在楚言楚，其熊繹、若敖、蚡冒三君乎』。又，《湘君》『閣閭』下注：『《方言》：「首謂之閣閭，或謂之艗艏。」注云：「今江東呼船頭屋謂之飛閭是也。鷁，鳥名也。今江東貴人船前作青雀，是其象也。」』案：『閣閭』出戴注『此謂舟之閣閭搏壁矣』。若《音義》爲戴氏自爲，則斷無自注之理。或臚列屈賦異文，多見洪氏《補注》、朱子《集注》，而後校訂是非。如，《離騷》『揆予』云：『亦作「余」，俗本有「于」字者非。』案：《補注》《集注》皆作『余』，《集注》『余』下有『于』字，《補注》無『于』字，引一有『于』字。又，《少司命》『之際』下云：『《文選》有「與汝游兮九河，衝飇起兮水揚波」凡十三字，或竄入王本。「汝游」作「女遊」，「飇起」作「風至」，餘並同。按王逸無注，蓋因《河伯》文衍誤。』案：王逸無注，古本無此二句。《文選》『遊』作『游』，『女』作『汝』，『風至』作『飇起』。五臣云：『汝，謂司命。九河，天河也。衝飇，暴風也。』《補注》曰：『此二句，《河伯》章中語也。』《集注》校引洪説。又，《天問》『何環穿自閭社丘陵』下云：『一作「何環閭穿社以及丘陵是淫是蕩」。』案：《補注》《集注》同引一本作『何環閭穿社以及丘陵是淫是蕩』。或者以説音韻，但與稿本相類。如，《離騷》『嘉名』云：『名，讀如「民」。按「名」於《廣韻》見十四「清」，「均」見十八「諄」。一收鼻音，一收舌齒音。顧炎武云：「耕、清、青韻中往往讀八真、諄、臻韻者，當由方音之不同，未可以爲據也。」今吴人讀耕、清、青，皆作真音。』案：稿本云：『名，轉讀如民，方音。』又，『莽』下云：『古音莫補切。』案：稿本云：『莽，古讀若姥。』然或見與震注稿、刻二本異者。如，《離騷》『撫壯』云：『俗本作「不撫壯」。按王逸云：「言願君撫及年德盛壯之時。」又《文選》注云：「撫，持也。言持盛壯之年。」此漢、唐相傳舊本無「不」字之證。洪興祖作《補注》不詳核此字爲後人所加。而云「謂其君不肯當年德盛壯之時棄遠讒佞也」。宋已來遂無異説。蓋由「美人」二字失解，故改古書以就其謬，而不顧失立言之體。』案：刻本此句作『撫壯而棄穢兮』，而稿本作『不撫壯而棄穢兮』。且二本皆無校語，則知此校非出自震，而出自汪氏也。又，『彭咸』云：『王云：「殷賢大夫，諫其君不聽，自投水而死。」顔師古云：「殷之介士，不得其志，投江而死。」一説即《論語》所稱老彭，「依彭咸」，亦「竊比」之意耳。』案：初稿雖引王注，而云『未聞所出』。刻本則斷言『未聞』『書闕不可考』。其與《音義》取舍不同如此，當非出自一人也。又，『緯繣』云：『緯音揮。繣，呼麥切。《廣雅》作「敳憻」，乖刺也。』案：刻本、稿本皆訓『結礙』。亦與此別。又，『靈氛』引王注：『古明占吉凶者。』案：

刻本注：『靈氛，卜師之稱，謂善望氣氛。』稿本同。而皆與王注異也。由此益可證，《音義》爲汪氏所作，而非震自爲也。震雖訓詁名家，不免千慮之一失。如，《離騷》『攝提貞于』，注引馬季長注《洛誥》云：『貞，當也。』稿本又云：『舊説，貞，正也。故于文不可通。』案：正亦當也。王注不易。又，『朝搴阰』注云：『南楚語，小阜曰䀝，大阜曰阰。』案：未見其所據。王逸注：『阰，山名。』《史記·叔孫通傳》『故先言斬將搴旗之士』，《索隱》：『案《埤蒼》云：「山在楚，音毗。」』蓋因王注附會。阰、洲，對舉爲文。洲爲水洲；阰，山阜。周孟侯《離騷草木史》：『阰與洲同，水中之土曰洲，丘阜之阿曰阰。』其説是也。阰，猶上也。洲，猶下也。搴於阰而攬於洲，即上下求索也。又，《湘夫人》『登白薠』，注云：『言步白薠之上以縱望之。』案：洪氏《補注》本無『登』字。王注云：『薠草秋生，今南方湖澤皆有之。言己願以始秋薠草初生平望之時。』則王本無『登』字。且『白薠』非所以登高之處，但以記其始秋生之時耳。《天問》『何以墳之』，注引《方言》：『墳，地大也。』案：王注：『墳，分也。』《禮記·檀弓上》『古也墓而不墳』，鄭注：『土之高者曰墳。』土之高且大者所以能別，故引申之言分也。舊注不刊。又，『其尻安在』，注云：『尻，猶尾也。脊椎之末節曰尻骨，亦曰尾骶。』案：此不問昆侖尾尻，乃問昆侖所處。尻，原作凥，古處字。楚簡居處字皆作凥。又，『黎服大説』，注云：『黎服，遍畿服之黎庶也。』案：非也。《方言》云：『⿱罒服，農夫之醜稱也。南楚凡罵庸賤或謂之⿱罒服。』⿱罒服、服通用。黎服，即黎民也。甲骨文作『𠬝』，云：『丁亥卜，叀今庚寅，用𠬝。』（粹四四七）『□酉卜，侑於祖甲，用𠬝。』（拾一·一二）『庚寅卜，酒，血，三宰，册伐廿⿱囟巳，卅牢，卅𠬝。』（前八·一二·六）『來庚寅，酒，血，三宰於妣庚，册伐廿⿱囟巳，卅牢，卅𠬝。』（後上二一·一〇）《宗周鐘銘》：『南國𠬝子，敢陷虐我土。』又曰：『𠬝子迺遣閒來逆邵王。』（于省吾《雙劍誃吉金文選》卷一）𠬝，即楚民。楚爲子爵，故曰『𠬝子』。漢馬王堆帛書《經法·亡論》：『大殺服民，僇（戮）降人，刑無罪，過（禍）

皆反白及矣。」又曰：「三不辜：一曰妄殺賢。二曰殺服民。三曰刑無罪。此三不辜。」二「服民」連用，服即民也。《哀郢》「過夏首而西浮」，注云：「西浮者，既過夏首而東，復溯洄以望楚都。」案：王注：「船獨流爲浮也。言己從西浮而東行，過夏水之口，望楚東門。蔽而不見，自傷日以遠也。」其説不易。古之言「西浮」，既有向西浮行者，又有自西東行之意，與今語別。梁簡文帝《答湘東王》：「適憶途遵江夏，路出西浮，日月易來，已涉秋暮。」謂路遵江夏，從西東行也。《梁書·王僧辯傳》載《祭王氏太夫人文》：「背龍門而西顧，過夏首而東浮。」蹈襲《哀郢》此文，其易「西浮」爲「東浮」，亦「從西浮而東行」。張纘《懷音賦》：「顧龍門其不見，過夏首而西浮。」因襲此語。從夏首東歸湘、羅，西浮，謂東行也。徐陵《與王僧辯書》：「於是乎夏首西浮，雲行電邁，彭波東汇，谷静山空，扼鵲尾而據王畿，登牛頭而埽天闕。」西浮，浮水東行，故下承言「扼鵲尾而據王畿，登牛頭而埽天闕」，皆在夏首東也。又，《抽思》「隱進」，注云：「隱，據也。隱進，言據之以進。」案：非也。蔣禮鴻《義府續貂》謂「隱」當作「乚」，古曲字。是也。又，《卜居》「以潔楹」，注云：「絜者，旋繞之稱。凡度直曰度，圍度曰絜；莊周書所謂「絜之百圍」，賈誼所謂「度長絜大」是也。楹，柱也。堂上有東西楹。」案：震以「絜」爲「計度」，是也。絜之圍繞以度之，則有阿順、曲奉之意。以「楹」爲「柱」，扞格不合。楹，讀作逞。《左傳》昭公二十三年「胡子髡、沈子逞滅」，《公羊傳》逞作楹。逞，謂迎也。湖北張家山漢墓竹簡《式法》：「天一曰困，逞之者死。」又曰：「凡徙、娶婦，右地左天吉，伓（倍）地逞天辱，伓（倍）天逞地死。」逞，皆訓迎也。絜逞，謂曲迎也。

震雖通古音韻，然解屈原賦協韻，偶見疏誤處。如，《離騷》「多艱」，注云：「轉讀如姬，方音。」《音義》同。案：艱、替不協。讀「艱」爲「姬」，亦與「替」不協。鄧廷楨、方東樹據《詩》經用韻，絶無此例，乃皆謂「長太息以掩涕兮哀民生之多艱」二句「轉寫倒置」之誤，本作「哀民生之多艱兮長太息以掩涕」，涕與替協韻。其説可從。或曰：替，當作扶，古伴字，通作拌，棄也。亦可通。又，『可懲』，注云：『讀如長，蓋方音。』《音義》同。案：非是。懲與上常字不協，常，當作恒，避漢文帝諱改也。郭店楚墓竹簡凡恒常義皆作恒。《老子》（甲本）『知足之爲足，此恒足矣』；『是故聖人能輔萬物之自然，而弗能爲，道恒亡爲也』；『道恒亡名，朴雖微，天地不敢臣』。長沙馬王堆漢墓帛書甲、乙二本《老子》亦同，其爲漢初本，在文帝前，今諸通行本《老子》皆改作『常』。又，郭店楚墓竹簡《五行篇》：『□而不傳，義恒□□。』《魯穆公問子思篇》：『子思曰：「恒稱其君之亞（惡）者，可謂忠臣矣。」』《成之聞之篇》：『古之用民者，求之於己爲恒。』《尊德義篇》：『因恒則固。』又：『凡動民必順民心，民心有恒。』皆用『恒』不用『常』，蓋楚語如此。又，『娉節』，注云：『節，轉讀如則，方音。』《音義》同。案：節，古讀則音，文獻不足徵。宜從朱駿聲《離騷補注》作『娉飾』。節，『飾』之訛。娉飾，總上衣芰荷、裳芙蓉、高余冠、長余佩諸事。飾、服古同入職韻矣。又，《天問》『而賜封之』，注云：『封，轉乎金切，方音。』《音義》：『封，甫歆切，蓋方音。』案：封，古入東韻，與侵韻不通轉。冬韻古可轉侵韻。當從洪氏《補注》引一云『雷開何順而賜封金』。沈、金古同入侵韻也。

震之學自視頗高，鶩名亦甚，其《校正水經注》，即剿趙一清《水經注釋》者，前賢既已斥之矣。而注屈原賦，亦見類此劣迹。如，《離騷》『皇輿敗績』，注云：『車覆曰敗績。《禮記·檀弓篇》「馬驚敗績」，《春秋傳》「敗績厭覆是懼」。是其證。』案：後人據此，皆引以爲震之發前人所未發者。然趙一清《離騷札記》：『敗績，覆車也。《禮》有「馬驚敗績」，《傳》有「敗績壓覆是懼」。』又，明汪瑗《楚辭集解》云：『敗績，指車之覆敗，以喻君國之傾危也。』則皆已在震前矣。震之初稿但云：『敗績，如《檀弓》「馬驚敗績」，謂車覆也。』而刻本悉同趙注。蓋其既見趙氏此稿，而重排比之矣。他如盧序所舉『三后』『康娛』二事，汪瑗、董齋皆在震前，且震嘗讀汪瑗書，斥之以『以臆測之見務爲新説』，而又剽剿其説。

洵可謂『盜憎主人，不顧矛盾』，其學術名譽，幾淪於掃地矣。

《屈原賦注》初稿本，爲歙縣許承堯氏所藏，許跋云：『得之湖田草堂，疑原出西溪汪氏不疏園。』則其本爲汪梧鳳不疏園寫本。稿本今已不知所向。但見民國二十五年丙子《安徽叢書》第六期據許氏所藏影印本。稿本與刻本相較，多見異同。如，《離騷》『紛吾』句注：『内美，生而質性容度之粹美。重，猶加也。脩能，好脩而賢能。』初稿注：『言質性純粹，又加以學也。』案初稿之義爲優。然此説已見於董齋《通釋》，故改易之也。又，『肇賜予』，注引《爾雅》云：『肇，謀也。』稿本無此訓。案：王逸注：『肇，始也。』謂語詞之始。而震易舊注，蓋務爲新説也。又，『扈江離』，注云：『扈者，掩襲不散之稱。』稿本訓『襲藏』。案：二説實同，皆非。又，『恐美人』，注引紀編修曉嵐云：『美人，以謂盛壯之年耳。』案：稿本無此解，汪氏不疏園本刻於乾隆二十五年庚辰，其時未入館，亦不當有引紀氏語。至三十八癸巳入四庫館，始與紀氏交，自後刻本方見引紀氏矣。此評所據爲汪氏不疏園本刻本，傳世甚少，國家圖書館有藏本。（黄靈庚）

# 楚辭輯解

《楚辭輯解》者，清丁元正之所作也。元正字少徵，號湘亭，衡陽清泉人。雍正七年己酉拔貢，十三年署任如臯知縣，有政聲。所著有《退思録》十二卷、《湘亭詩鈔》一卷、《文鈔》一卷、《楚詞集注》二十卷等。丁氏長於屈子沉湘之鄉，幼聞屈子之爲人，敬慕之情與日俱增，『嘗適長沙，涉洞庭，訪汨羅故處，入廟得瞻遺像』，有似賈長沙之憑吊湘纍者。故丁氏爲是編，蓋其情之所鍾歟！其所謂『《楚詞集注》』者，即《楚辭輯解》也。清乾隆二十八年《衡陽府志》卷二十四《人物》有傳。

是書依朱子《集注》爲底本。據目録所載，原書有卷首二卷，《楚辭正編》六卷，皆爲屈子所作。《外編》二卷，宋玉、賈誼、淮南小山等祖《騷》之作。《後語》六卷，因朱子所定《楚辭後語》五十二篇也。《附録》六卷，自漢、唐以來，辭家宗屈子而凡散見於諸家載記者，悉採而輯之。都二十二卷。《湖南通志》卷二百五十三著録，『《楚辭輯解》二十卷，清泉丁元正撰』。蓋卷首二卷未計在内也。惜今存者但爲《正編》六編，餘皆散佚不存。

卷首有裔孫丁鵬翥《楚辭輯解編校記》、東臯老民姜任脩作於乾隆十三年序及丁元正自序。姜序稱，『舊令尹丁湘亭先生考信於群書，作《屈子年譜》，創前人所未有，爲讀屈者獨闢手眼。其各篇箋疏精確，脈絡貫通，足集諸家大成，洵爲《楚辭》第一善本』云。則推譽備至。丁氏自序極罒揚屈子作《離騷》爲所以存楚意，稱『屈子固以身存楚者也。身既沉矣，楚亦隨之俱亡，何存乎？曰以《騷》存之。楚自宣、威以來，幾不國矣。原以宗室之誼爲左徒，畹蘭樹蕙，欲率其徒屬以奔走後先，踵武前王，而卒困於讒，疏遠不已，至於放逐。原知生之終無益於國，而國必不能以圖存，於是以纏綿悱惻之意，形爲憂愁幽思之言，直欲千載下咸知楚之尚有人。而其人之心乎楚，則其詞存而不没，其人死而不死，即楚亡而不亡，皆《騷》之爲也。殷有三仁以存殷，楚有屈原以存楚，其揆一也。故曰編之爲《楚詞》者，成屈子意也』。序又申明其所以爲編是書之由，稱『余幼讀其書，初不求甚解。兒姪輩時索解於予，往復甚辨。乃不自量，取萃各家注釋，擇其言無支離者纂輯成編，名曰「楚詞輯解」』云。

目録之後爲史遷《屈原列傳》、唐沈亞之《屈原外傳》、班固《離騷贊序》、劉勰《辨騷》、王逸《離騷後敘》，再次爲《楚三閭大夫像》、丁氏《擬屈原大夫年譜》。蓋原書卷首二卷規模也。

屈子之有《年譜》，蓋肇自丁氏也。其《擬屈原大夫年譜》，蓋爲開創之作。起自戊寅（楚宣王二十七年，周顯王二十六年）正月初八庚寅日，終於壬申（楚頃襄王十一年）五月五日。屈子生年爲五十五歲。屈子之生年月日，丁氏即據《離騷》『攝提貞于孟陬兮，惟庚寅吾以降』二句，參以《萬年曆》而推算之，因王逸生於寅年寅月庚寅日之説，而斥朱子《辯證》『日月雖寅而歲則未必寅』之非。其云：『原既詳其始生之日月而反不及其年歲，何也？況「太歲在寅曰攝提格」「正月爲陬」，出《爾雅》。明著爲寅月，又冠以攝提，不免重複。間嘗取《萬年曆》推之，楚宣王之二十七年戊寅，月建甲寅，癸未朔，初八爲庚寅日，原應於是年生。至楚威王元年壬午，原年五歲。楚懷王元年癸巳，原年十六歲。懷王在位三十年壬戌，襄王嗣位，原年四十五歲。十一年壬申，原自沈汨羅，時年五十五歲。今以懷、襄事迹，按合原之出處情事、本末始終，大略相同。則王逸以爲「太歲在寅」，似未可盡非者。惜未明指爲戊寅歲耳。其少一「格」字者，省文也。「貞，正也」者，言既爲寅年，又正值孟陬月，則「貞于」二字亦非衍文矣。然則不冠以著雍者，猶今人問年不稱「干」而稱「支」，但云屬鼠屬牛屬虎之類，則歲數可知也。』案：丁氏以攝提爲太歲者是也。然『少一「格」字』者，非省文。攝提亦爲歲星別名。歲星之右行，『隨斗以指十二辰者也』。其行自星紀始，星紀爲斗、牛、女宿，故歲星與日『以正月與斗、牽牛晨出東方』。太歲左行自寅位始，在攝提之次，則是歲爲攝提格。『攝提貞于孟陬』者，攝提指歲星，非太歲也，謂歲星正當於星紀之位，次斗、牛、女宿，而太歲適在孟陬之位，是歲爲寅年寅月也。丁氏據《萬年曆》由乾隆丙寅歲逆上推至周顯王十二年，爲第四十甲子，至二十六年之戊寅歲，屈子生於楚宣王二十七年正月初八日庚寅。則與郭沫若爲楚宣王二十九年正月初七日庚寅説、浦江清氏爲楚威王元年正月十四日庚寅説，亦大致相差未遠矣。屈子之卒年以《楚辭》無所記載，故迄今無論。丁氏以爲『頃襄十一年壬申五月五日』，屈子自沈汨羅。又稱『襄王二十年，秦將白起拔西陵，二十一年，白起拔郢，燒夷陵，而楚日以削，秦日以强。所謂「曾不知夏之爲丘兮，孰兩東門之可蕪」。原已先見於十年之前。原所謂不忍及身親見其敗亡，寧赴汨羅以死。此太史公所以悲其志也』云云。蓋以《哀郢》之作與白起破郢事無涉，屈子亦不當死於襄王二十一年以後，與王夫之《哀郢》因襄王二十一年秦將白起破郢而作説相左矣。其雖多有可商之處，然未失爲一家説也。

《年譜》以屈子二十九歲（懷王十四年）始出仕爲三閭大夫。謂《史記·屈原列傳》稱『掌王族三姓，序其譜屬，率其賢良，以厲國士。入則與王圖議國事，決定嫌疑，出則監察群下，應對諸侯，謀行職修。王甚任之』。又，《離騷》云『初既與余成言兮』，又云『余既滋蘭之九畹兮，又樹蕙之百畝』。《九章・惜往日》：『惜往日之曾信兮，受命詔以昭時。奉先君以照下兮，明法度之嫌疑。國富强而法立兮，屬貞臣而日娭。秘密事之載心兮，雖過失猶弗治。』於屈子二十五篇所作之時皆作翔實考辨。以爲當在懷王之十二、三、四年事也，『數年之内不聞興兵構怨，與民休息，所謂「成言」「受命」「法度立而國富强」，指此。』然則原任左徒之職未明言爲何時，據『戊申（懷王十六年）原年三十一歲』條下，引《傳》云：『上官大夫與之同列，争寵而心害其能。懷王使屈原造爲憲令，屬草稿未定。上官大夫見而欲奪之，原不與，因讒之曰：「王使屈平爲令，衆莫不知，每一令出，平伐其功曰：以爲非我莫能爲也。」王怒而疏屈平』。蓋任左徒之職，在此時也。又以『《離騷》云「荃不察余之中情兮，反信讒而齌怒」。當在此時』。案：此説可商。屈子任左徒之職，當在任三閭大夫之前。見疏之後，則爲掌王族三姓之三閭大夫，退而教國子於序庠也。三閭者，三户也，在漢北丹陽。《太平寰宇記》卷一百四十三『房陵縣』條：『三王冢其縣南。有大墳三所，號三王冢。』房陵，在庸之東。《左傳》哀公四年載晉士蔑執蠻王子與其五大夫，『以畀楚師于三户』，杜注：『今丹水縣北三户亭。』《水經注・丹水》：『丹水又逕丹水縣故城西南，縣有密陽鄉，古商密之地，昔楚申息之師所戍也，《春秋》之三户矣。杜預曰：「縣北有三户亭。」《竹書紀年》曰「壬寅，孫何侵楚，入三户郛」者是也。』又，《春秋戰國異辭》卷五十二引《吴越春秋》謂文種荆平王時『爲宛令，之三户之里，范蠡從犬竇蹲而吠之』。《史記・越王勾踐世家》『越王謂范蠡曰』，正義引《會稽典録》謂范蠡『本是楚宛三户人』，『文種爲宛令，遣吏謁奉』。《項羽本紀》『楚雖三户，亡秦必楚』，《索隱》：『按：《左氏》「以畀楚師于三户」，杜預注云：「今丹水縣北三户亭」。』三户在丹水北丹陽。丹陽，楚始封之都。熊渠及句亶、鄂、越章三氏之宗廟在，後謂之三户也。屈子見疏而退居丹陽三户，《抽思》《思美人》之作，當亦在其時也。

《年譜》於屈子二十五篇所作之時皆有論列。謂《離騷》作於『怒而見疏』之後，『《遠遊》承《離騷》篇末之旨而暢言之，聊以寓自寬自解之意，與《九歌》當亦作於懷王時。懷王信任於前，見疏於後，細繹歌詞，躔綿悱惻，殆深於離合而借寓其意如此。若頃襄未嘗一日立於其朝，更何離合之可言乎？謂《天問》《九章》等篇爲作於頃襄之世可也。蓋嘗論之，疏與放實不同。疏，但疏遠不用。其曰「不復在位」者，不在左徒之位，猶後世之罷官也。投閒置散，退居漢北，猶任其涉江與夏，往來郢中，故有時乘閒進説，蓋同姓之親，無官亦得直至王前，非若異姓之去位者比。但所陳之説不肯信用。《九章》所謂「詳聾而不聞」耳』。案：丁氏以《離騷》作於見疏之後，《遠遊》是承《騷》末後西行之詞者，皆是也。然謂《九歌》作於懷王之世，《九章》作於襄王之世。非也。《九歌》爲流放於沅湘時，出見俗人祭神之曲，其詞鄙陋，因而更定之作。故歌詞多見沅湘地名。若作於懷王之世，豈亦放於江南耶？丁氏《離騷序》『襄王立，復用讒言，遷屈原於江南。屈原復作《九歌》』云云，亦以《九歌》作於襄王時。睁其前後自本矛盾如此。《九章》中《抽思》《思美人》《惜誦》三篇亦作於見疏於漢北之後，是作於懷王之世，非作於襄王時也。《抽思》曰『有鳥自南兮來集漢北』，《思美人》曰『指嶓冢之西隈兮與纁黄以爲期』。若放在江南，則不可調遂也。丁氏又謂『頃襄之得歸國而立也，原實陰有力焉，蓋未嘗不望嗣君復召用之，且將報仇秦廷以雪君父之耻。乃原不敢貪天功以爲己力，終不自明，而讒諛反得肆毒，而放之江南，不亦寃哉！《惜往日篇》有曰「情寃見之日明兮，如列星之錯置」。又曰「蔽晦君之聰明兮，虚惑誤又以欺。弗參驗以考實兮，遠遷臣而弗思」。皆原之微詞也。又曰「介子忠而立枯兮，文君寤而追求。封介山而爲之禁兮，報大德之優遊。思久故之親身兮，因縞素而哭之」。蓋介子有從亡之功而不言，文公賞從亡之功而弗及，久乃寤而思大德。原之反覆致意於介子者，其情亦大可見矣。是以忍死須臾，行吟澤畔，迨遲之，九年不復，始絶其望』。案：據其所論，蓋《惜往日》之後爲《哀郢》《懷沙》也。然《涉江》《橘頌》《悲回風》三篇繫於何時，則未有詳説也。

《正編》首卷爲《離騷》，序文全引朱子《離騷序》。首行爲『清衡陽丁元正少微氏輯』，另起一行爲『裔孫鵬翥恭校』。《離騷》正文高一格，注文低一格。《離騷》分章，前篇多以八句爲例。至後有十四句者，若『悔相道之不察』一章是也。或有長至二十句者，若『怨靈修之浩蕩』一章是也。究其所以分段者，甚無條理可尋。觀其所輯之字義訓詁，見於王逸、朱熹、王夫之三家，而以薑齋居多。蓋丁氏湘人，與薑齋同里，且知其以節氣聞，故特表重其説也。如，『日月忽其不淹兮』一章注云：『淹，久。代，更。序，次。惟，思也。零落，皆墮也，草曰零，木曰落。遲，晚也。美人，喻君，《詩》所謂「西方美人」是也。三十曰壯。棄，去也。草荒曰穢，即下所云糞壤，以比群小黨人。』案：自『淹久』至『美人喻君』八解皆見輯於王逸注。『草荒曰穢』，見輯於朱熹《集注》。又，『余既滋蘭之九畹兮，又樹蕙之百畝。畦留夷與揭車兮，雜杜衡與芳芷。冀枝葉之峻茂兮，願竢時吾將刈。雖萎絶其亦何傷兮，哀衆芳之蕪穢』。注云：『三十畝曰畹。畝埒長曰畦。留夷，香草也。揭車，一名乞輿，似零陵香，高數尺，黄花白葉。杜衡似細辛，葉如馬蹄。峻，莖高。茂，葉盛也。刈，采而用之也。萎，病也。絶，落也。』案：『留夷香草也』『萎病也』『絶落也』，皆見輯於王逸注。『三十畝曰畹』，見輯於洪興祖《補注》。而『留夷，香草也。揭車，一名乞輿，似零陵香，高數尺，黄花白葉。杜衡似細辛，葉似馬蹄。峻，莖高。茂，葉盛也。刈，采而用之也』，見輯於薑齋《通釋》。於此可見一斑。概敘章旨義理及行文承接關節，則低二格，多爲丁氏一己之説。如，『紛吾既有此内美兮』一章云：『修能，言欲德備材全，有體有用，即《傳》云「博聞强記，明於治亂」者也……此凡自述德美材能，又力行不怠也。扈者被服在身，以喻德美佩者，隨身取用，以興材能。「若將不及」者，脩之勤也。木蘭去皮不死，則德行彌貞；宿莽經冬不枯，則材能彌茂。取以自喻，便有九死不悔、體解不變之意。』又，『惟黨人之偷樂兮』一章云：『承上捷徑窘步，言黨人偷樂，導君於邪徑。徑既邪，有不幽昧險隘者乎？日行幽昧險隘中，有不敗績者乎？余非以殃及其身爲憚，而以皇輿敗績是懼，是以急欲扶持顛危以盡忠愛之心。奈何過信讒言，諫而不聽，反見疏也。』謂『求帝』一章，『即蒙上不得於君之意而廣言之。言既不得於君而必欲竭忠盡知，多方以求其一遇，庶幾君之一悟、俗之一改也。飲馬咸池，總轡扶桑，自喻長駕遠馭之志，拂日迴光，欲少緩須臾，以俟善治之成也』。又謂三求女之不遂，『承上不諧於衆之意而廣言之。蓋蛾眉見嫉，無一知我，多方求索同心之侶以自通於君，冀君之一悟、俗之一改，亦睽隔之極已』。又云：『高丘無女，見楚國之無人也。以衆女比讒邪，則下女乃喻親臣、重臣能爲己解於君者』。以靈氛之占爲勸原『適異國』，巫咸之告，『援古以證今』，借巫咸之口以痛斥時世黨人。案：雖皆無甚新意，然今人游國恩以三求女爲求通君側者，蓋得其説而敷演之也。

丁氏又稱『巫咸』一段『文義最爲難曉。舊説或以「百草爲之不芳」以上、或以「恐嫉妬而折之」以上爲巫咸言，下則原自序之詞。若以爲自序則與哀衆芳之蕪穢意複，若以爲答神詞又無一語對針，且語意多不貫。甚爲費解。祇緣下有三「余」字字强爲分截，不知「余」字有巫代原自稱者，即女嬃「察余之中情」。固不可以文害辭也』。又以西行遠逝一段『皆設想神遊之詞，以明遠逝之意』云。然則遠逝者爲何意耶？丁氏又云，『一曰「至于西極」，再曰「西皇涉予」，三曰「西海爲期」，何哉？是時山東諸國，政之昏亂無異南荆，惟秦强于刑政，納列國賢士，一言投合，俯仰卿相，士之欲急功名，舍是莫適歸者。是以覽觀大勢，屬意於斯，所過山川，悉表西路。然父母之邦可去，而仇讎之國不可依，中途回望，僕悲馬鳴，況貴戚之卿與國共者哉！卒之之死而靡他』。則以爲屈子曾設想投奔西秦之意也。案：其誣屈子若此，獨不畏其陸離之長鋒耶！

丁氏以爲《九歌》非『祭詞』，謂『原抱忠君愛國、纏綿悱惻之情，遊於江潭，行吟澤畔，奪他人之酒杯，澆自己之塊壘，如後人感懷之什，漫興留題之詠，別有寄託，以寓其幽憂難言之隱，直令千載下，讀者自得於語言文字之外』云。故其解《九歌》也在於探求『於語言文字之外』之幽憂之隱。如，謂《湘君》『寫殷勤求合，不勝纏綿悱惻之意，而形爲伊鬱愁苦之詞。「心不同」等語略逗本旨』云。謂《湘夫人》『寫難合易離之苦。篇中稱「帝子」「公子」「佳人」及「九疑」等語，與前篇但稱「君」不同，益見「湘夫人」指二妃無疑』云。謂《大司命》『寫離合之間，恍惚無定，有號泣於旻天之意，可謂知命』云。謂《少司命》『與前篇同。前言離合安命，冷語熱中。此言「悲莫悲兮生別離」，直提本旨。《九歌》之作所爲寄意者，在於斯矣。《九歌》殆深於離合』云。謂《東君》『況之井鬼爲秦分，章末「射狼」，意有在矣。《詩》曰：「出納王命，王之喉舌。」故此司爲天之北斗。原之初年，即其任也。又曰：「維北有斗，不可以挹酒漿。」斗能調和元氣而使膏澤下於民者，欲王報怨雪恥之後，復引用賢臣，施惠百姓，惓惓屬望，蓋在於斯。按此篇似別有寄託，尚冀其君之一悟，而不忍有絶望之心也。安溪謂寓意襄王，恐未必然。細玩語意，只爲浮雲能蔽日，望撥雲霧而見青天』云。謂《河伯》『寫相從之苦，相別之遽，偏交强結，有情無耦，原至是始歎恩義之薄而有絶望之意』云。謂屈子以山鬼自況，『「思公子兮徒離憂」，則窮極愁怨而終不能忘君臣之義也。以是讀之，則其他之碎義曲説無足言矣。按原「欲從彭咸之所居」，已無復意人世而別離之苦，不啻幽明之隔，審其勢必不可以復合，而眷戀之心没齒不忘，故以山鬼自況』云。謂《國殤》『殆原自爲寫照』，又引陸昭仲云：『雄情猛氣，終古不磨。若伊人者，其能從彭咸之所居乎？「首雖離兮心不懲，魂魄毅兮爲鬼雄」。又「何荃蕙之可化爲茅」也』！蓋有疑原投水自殺爲不可思議事也。謂《禮魂》是『原之所以寄意於後世者深遠』云。案：丁氏探賾《九歌》言外之意，大略如此，如痴人説夢，斷不可信。王逸、朱子以爲祀神之樂，屈子更定其詞，偶或『託之以風諫』云云，自是不刊之説。若《東皇太一》『穆將愉兮上皇』，備陳供張之豐，衆樂之盛，竭其禮敬之意，非祀神則何爲耶？《雲中君》『蹇將憺兮壽宫』，壽宫爲供神之居，亦是祀神之明證也。然其於《大司命》篇末『固人命兮有當，孰離合兮可爲』句注云，『言人受命而生，富貴貧賤，各有所當。或離或合，神實司之，非人之所能爲也。因祀神而發此意，則原之所以順受其正者亦嚴矣』云云。蓋以爲『祀神』之詞。則令前後自相矛盾矣。然非一無可取者，若以湘君爲帝舜，湘夫人爲堯之二女娥皇、女英。則勝舊注。《湘君》篇内『吹參差兮誰思』，參差，舜所作樂也。故迎舜亦以其樂樂之。此以湘君爲帝舜之内證也。又若解《大司命》『高飛兮安翔』一章云：『人之生也，受魂於天，受魄於地。其死也，魂升於天，魄降於地。皆司命導之。』亦較舊説融通也。

《天問》所輯，全出於王夫之《通釋》，丁氏無所發明。惟分段、分章不同於《通釋》，且説以寄寓之意。丁氏以《天問》分九段，甚有條次，頗見新意。自篇首至『何本何化』爲一段，『言天地未形之先以發問也』。『圜則九重』至『曜靈安藏』爲二段，『從天地既形之後，以天地日月星辰氣化晝夜以爲問，而即事以寓規諫之意也』。『不任汩鴻』至『禹何所成』爲三段，『因地形而問鮌禹之事也。寓言得失成敗，莫不自己，可以唔人之不可逆，而復諫自用必得之咎也』。『康回憑怒』至『何所夏寒』爲四段，『以地形之廣大爲問也。寓言天地之間必無長夜之理，日所不至，尚或照之，見明可以察幽，人心其容終昧乎』。『焉有石林』至『烏焉解羽』，『以山川人物之奇異以爲問，蓋欲使聞之者於其有實者，窮所自之理，以推得失興衰之故；於其無實者，知人之爲言詭譎面欺，無所不至，必聽之審，辨之明，而後不爲所惑也』。『禹之力獻功』至『何道取之』爲五段，是『問夏一代』。『桀伐蒙山』至『夫誰使挑之』爲六段，『問湯之所以興，以得伊尹之賢佐也』。『會朝争盟』至『箕子詳狂』，『言紂之賊虐諫輔，崇信姦回，惑之甚也』。『稷維元子』至『夫誰畏懼』爲七段，言『篇中歷敘妹喜、妲己、褒姒之事，兹復以驪姬爲言，蓋深痛鄭袖爲女戎禍楚也』。『皇天集命』至『尊食宗緒』爲八段，言『痛楚不能用賢臣也』。『勳闔夢生』至篇末爲九段，『蓋歷敘楚先世興亡得失之故，見同姓世臣之因亡以圖存，隱然見懷王何終惑于鄭袖、上官、靳尚之徒，使己見疏被放，冀其憬然一悟也』。

《九章》所輯，雖多輯自董齋《通釋》，然亦見采自他家，排比整合，似出於一己者，或者無所因依，徑陳己説。如，《惜誦》首章注云：『惜，愛而不忍之意。誦，如「家父作誦」之誦。家父作誦以式訛，屈原「惜誦以致愍」也。愍，憂恤也。抒，渫也。所者，誓詞，猶《左傳》「所不與崔慶」之類也。正，證也。猶言有如白水之類也。』案：『愍憂恤也』『抒渫也』『正證也』，皆輯於董齋。『所者誓詞猶《左傳》「所不與崔慶」之類也猶言有如白水之類也』，輯自朱子《集注》。『惜愛而不忍之意』，『誦如「家父作誦」之誦家父作誦以式訛屈原「惜誦以致愍」也』，則爲丁氏一己之説也。又，『竭忠誠以事君』一章注云：『贅肬，肉外之餘肉，《莊子》所謂「附贅懸肬」也。儇，小慧，輕利也。媚，柔佞也。忘儇媚以背衆，言己之戇直違衆也。』案：『贅肬肉外之餘肉《莊子》所謂「附贅縣肬」也』『儇輕利也』『媚柔佞也』三解，皆輯於朱熹《集注》，『儇小慧』，則輯自董齋。而『忘儇媚以背衆言己之戇直違衆也』，則糅合朱子、董齋二家爲之。於此可見其一斑也。或者偶見於『按』下，丁氏直出機杼。《九章》總題，首全引董齋之説，以爲九篇皆作於襄王之世。丁氏於『按』下申引其意，補董齋所不逮，云：『《九章》或以爲懷王時作，或以爲襄王時作，紛紛聚訟。林西仲本黄維章所訂，以《惜誦》《思美人》《抽思》三篇爲懷王見疏之後又進言得罪、尚未放時所作。今細讀其詞，有説懷王時情事者，蓋追憶之詞耳。若竟以爲懷王時作，亦多强解難通。而「指嶓冢」「九折臂」等語，俱孱無着矣。況懷王時見疏，至頃襄時沈淵，相去幾二十年。而以十餘年所作聯爲《九章》，亦可哂矣。宜以作於頃襄之世爲正。』案：《九章》之集非出於屈原，《史記》『余讀《離騷》《天問》《招魂》《哀郢》』云云，則馬遷之時，《哀郢》《懷沙》各自成篇，《九章》猶未結集也。所以成《九章》者，蓋東京時所輯。若謂《惜誦》《思美人》《抽思》三篇皆作於頃襄王時，而追憶懷王時情事者，則三篇中亦宜有寫頃襄王時事也。然則似無一語可尋，純爲屈子退居漢北時事，不亦可怪耶？又，薑齋謂《哀郢》之作，是『故都之捐棄，宗社之丘墟，人民之離散，頃襄之不能效死以拒秦，而亡可待』云云，以爲詠東遷於陳之事。案：丁氏雖引薑齋説，但云：『言己雖被放，心思楚國，故太史公讀《哀郢》而悲其志也。』蓋不以其説爲然也。案：見其於諸家有所取舍，未唯依違於薑齋也。又，丁氏疏理《懷沙》章節，概敘要旨。如敘篇首至『離慜而長鞠』之章云：『敘南行而傷懷永哀之情狀也。』敘『撫情効志』之章云：『言己獨守正，而世俗顛倒日甚，是以見放而冤屈也。』敘『任重載盛』之章云：『言黨人不我知，反復致痛不相知之恨，而悵然於古之不可遇也。』敘『古固有不并』之章云：『原之沈湘以自潔之意於斯決矣。』敘『亂曰』之章云：『總申前意而自述其不怖死之情也。』案：皆言簡意賅，頗有可觀。

《遠遊》《卜居》《漁父》三篇全輯於薑齋，丁氏幾無發明。《招魂》一篇，丁氏以爲非宋玉所作，云：『原當懷王之世，雖見疏遠，尚未竄逐，玉何遽爲作《招魂》耶？至頃襄竄原江南，九年不覆，原乃魂魄離散，無生之氣，殆將決意沈淵，故借題寄意以見雖死不忘君國之心。玩篇首及亂詞詞旨甚明，其爲原自作何疑？太史公作《原傳贊》曰：「余讀《離騷》《天問》《招魂》《哀郢》，悲其志。」明以《招魂》與《離騷》《天問》《哀郢》等篇一例，而獨以《招魂》爲玉作，亦惑矣。林西仲定爲原自招，辨證似確，今仍之。』又，《大招》一篇，丁氏則從晁補之及林西仲《楚辭燈》，亦以爲屈原所作，以招『懷王客死於秦』未歸之魂，『升屋履危，北面而皋，自不能已，謂之「大」者，所以別於自招，尊君之詞也』。故二篇所輯之注，採自林西仲者居多矣。

《正編》六卷，每篇正文韻脚字皆有音注，用雙行小字。如，《離騷》首章，『吾以降』之『降』字，注：『古音紅。』又，『紛吾』一章，『又重之以修能』之『能』字，注：『古音泥。』又，『夕攬洲之宿莽』之『莽』，注：『古音姆。』案，其所輯韻脚字音者，皆出於明陳第《屈宋古音考》也。然行中亦有音注。如，『又重』之『重』字，注：『平聲。』又，『與辟芷』之『辟』字，注：『僻同。』又，『朝搴阰』之『阰』，注：『音皮。』皆未見《屈宋古音考》，蓋出自他書也。丁氏又謂《招魂》『音韻，陳季立無考，仍依朱子叶音』。案：陳第《古音考》有《招魂》一篇，則丁氏未見也。《大招》一篇，《古音考》闕如。其二篇皆輯用朱子叶音，然非其古韻也。雖古音之學大行於清世，而丁氏竟未知曉，其學蓋不可稱精善者矣。

據其裔孫翥鵬稱，卷首上係排印本，餘皆鈔本。僅存卷首及《正編》六卷，『屈子之作完全，宋、賈以下各篇皆不存』。原稿因朱子考訂《武成》例而成有《天問校訂輯解》，亦『片紙不存』。又，『《離騷》一篇，破碎較多』；『《天問》一篇，原稿毀損不堪』。翥鵬皆『依據原稿痕迹，查考補入』。而後編入《衡望堂叢書初編》之第二種，於甲午（一九五〇年）仲夏自行油印。浙江圖書館、湖南圖書館皆有藏本。（黄靈庚）

# 離騷經章句義疏

《離騷經章句義疏》者，清張象津之所作也。象津，字漢渡，號峨石，别號雪嵐，山東新城人。乾隆四十五年庚子舉人。學識淵博，通經術，畢生以課授弟子爲業，偃蹇不達至世。至年八十三，始改授濟寧直隸州學正。著有《考工釋車》《等韻簡明指掌圖》《灄中集》《花山集》《峨石詩鈔》《任城詩鈔》《白雲山房集》等。事載清王贈芳道光《濟南府志》卷五十五《人物》。

此集以朱子《集注》爲藍本，衹一卷。首有象津作於嘉慶丁丑仲冬序，稱『《離騷》，三百篇之變體也。屈子始創爲之，體雖變，其比興寄託猶然三百篇之遺也。然言雖比，其正意必有所指，詞有託，其本意必有所存。正學者所當以意逆志也。幼好是書，覽王氏、洪氏之注，名物訓詁，極爲詳博。至其釋詞之所寓，則疑其本旨有不然者。因以己意疏之，録爲《離騷疏》一卷』。又云：『嘉慶甲戌，内人以病歿。踰年次女復夭折。女賢而聰慧，知書中有不自得者，産一男，遂以鬱死。暮年際此，殊難自遣。凡上適有蒲城屈復氏《楚辭新注》，閲之，至「長太息以掩涕，哀人生之多艱」，感女事，不覺愴懷。及閲竟其書，覺其所謂獨得者於心，更有不安，因憶舊所見者，逐節書於其注之上。』案：象津終身潦倒不偶，又值喪妻夭女之厄，藉疏《騷》以遣其抑鬱不伸之志，知有所感寓而作也。大凡古之注《騷》者，多因乎己之落度而中心有所寄興焉，象津氏雖默默鄉間一塾師，則亦是已。

首引朱子《離騷敘》，義疏不在字句訓詁之間，而分全篇爲三大段、十八節。首段凡七節，每節之末直陳己見，以疏解大義、要旨。篇首至『宿莽』十六句爲第一節，云：『前八句言聖人之後，而生得日月之良，所謂「内美」也。後八句言復加之以學也。』

離騷經章句義疏

濟南新城張象津

子朱子曰離騷經者屈原之所作也屈原名平與楚同姓仕於懷王爲三閭大夫三閭之職掌王族三姓曰昭屈景屈原序其譜屬率其賢良以厲國士入則與王圖議政事決定嫌疑出則監察羣下應對諸侯謀行職修王甚珍之同列上官大夫及用事臣靳尚妬害其能共譖毁之王疎屈原屈原被讒憂心煩亂不知所愬乃作離騷上述唐虞三后之制下序桀紂羿澆之敗冀君覺悟反於正道而還己也是時秦使張儀譎詐懷王令絶

離騷經章句義疏　一

案：蓋以『内美』禀之於天，『修能』成之以學。得其藴奥矣。『日月忽』至『窘步』十六句爲第二節，云：『此承上言修之己者，欲致之君心，皆汲汲也……堯舜、三后、桀紂，一法一戒，陳善閉邪。此則導先路之實也。』案：蓋得其相承之章法。何謂『先路』？則『昔三后』云云，自言自注，章法猶今云插敘爾。『惟黨人』至『靈修之故也』十二句爲第三節，云：『黨人偷樂，正桀紂覆亡之道，君而惑此，則國危，而身亦逢殃，故奔走先後以匡救之，但中情則是爲君而非爲身也。乃君之不悦、黨人之忌嫉正在此，故又言明知如此，而不避患以爲之者，正以愛君之故也。君乃不察，天則可監也。』案：概括此節意旨，頗簡要而甚貼切。『曰黄昏』至『蕪穢』十六句爲第四節，云：『「黄昏」以下八句傷其君之變志，「滋蘭」以下八句哀其臣之改節也。』案：君臣相從以邪徑也。『衆皆競進』至『遺則』二十句爲第五節，云：『此又以己心非追逐，白之於其臣也……此節三朝飲夕餐，則窮困後之修能也。「擥木根」四句，言守之至堅，至死不變，正前修之遺則也。』案：首以死自誓。『長太息』至『之所厚』二十八句爲第六節，云：『此則長言悲歌以哀歎之也……此八句爲君言之也，中八句推君之疏，由臣之蔽，末十二句則言正與邪必不可合，而有以自決也。』案：概述甚見層次。『悔相道』至『之可懲』二十四句爲第七節，云：『進既不入於人，則不得不退而唯修於己矣。「製芰荷」八句，上四句言其修之用功，下四句言其修之成功也。下八句「反顧遊目」，内以自考，「觀乎四荒」，以遍考於人也。「繽紛彌章」，則一無所闕也。本以此致禍，而得禍後彌復如此，則以所樂在此，即大禍且不變，豈困窮之可懲乎？』案：又以死自誓矣。

次段凡六節：『女嬃』至『不余聽』十二句爲第八節，云：『（女嬃）愛之至，恐其剛直取忌，終以亡身，故責數之，至申申不已也。』案：嬃以愛之至而責原，不可以方之黨人。其意甚善。舊注或以嬃爲賤妾以比小人者，豈原之本意耶？『依前聖』至『浪浪』四十句爲第九節，云：『原以此心外不見知於朝，内不見知於姊，故欲就聖人之神，質其是非。「九辯」十六句，言康娛者所以亡；「湯禹」八句，言祗敬者所以興；「瞻前」四句，乃合前後而總決之也。』案：疏理前後文脈，方探得其驪珠矣。『跪敷衽』至『而求索』十二句爲第十節，云：『中正既爲重華所許，則無可改易，仍當盡其忠君愛國之誠，而上下無方以求之，猶冀君之一悟，俗之一改也。上征縣圃，喻君所。日暮，言當汲汲。上下，言無方也……王雖見疏原，猶在位，觀其後釋張儀則諫，會武關則諫，則此時求君之一悟、俗之一改，有其心自必有其事，但無奈小人蔽王者深也。』案：其以上征爲比求君之一悟。『飲余馬』至『而嫉妬』二十句爲第十一節，云：『開關望予，正冀君之一察，而分其邪正忠佞，乃延佇久之而終不一悟，則以世之溷濁、小人嫉妬而蔽之者深也。』案：蓋求君之意於此絶矣。『朝吾將濟』至『稱惡』四十句爲第十二節，云：『妻道也，臣道也，其爲佐君之義同也。此節求虙妃爲己求也，求其與己同心爲君也，故直詆其難遷，下求有娀、求二姚，爲君求也，而小人顛倒美惡，方以爲不好。此所以古之聖帝明王有若人之賢助。而楚高丘所以無女，不得不顧之而流涕也。」案：《騷》之求女一節最難解，至今聚訟紛紜。其時屈子既已見疏於外，自身且不得保而求知己爲君者，蓋無是理矣。而又爲君求賢妃云云，尤違於情理。「閨中」四句爲第十三節，云：「『閨中』句，收無女節；『哲王』句，收帝閽節。」亦以啓下文卜氛問咸也。

末段爲五節：「索藑茅」至「其不芳」二十句爲第十四節，云：「假占辭以明當去，而終乃自言其不忍去也。自此至終篇，開合皆一意也。」又，「欲從靈氛」至「而折之」二十八句爲第十五節，云：「靈氛之占已決，而心仍猶豫，必待百神九疑，甚言忠愛之心眷眷無已，至此猶忍而不能舍也……通節皆巫咸傳百神之言也。」又，「時繽紛」至「與江蘺」二十句爲十六節，云：「承上再占，去乃是吉。不但百神勉其去，九疑之神亦勉其去。」又，「惟茲佩」至「觀乎上下」八句爲第十七節，云：「此節又内審之己也。」案：卜氛告以遠逝，問咸告以求君，宜各爲一節。靈氛占辭爲二曰，餘下爲自忖遠逝與否之詞。巫咸告語止於「爲之不芳」，餘下至「觀乎上下」亦聞咸告之後自忖求君與否之詞。故此處四節似分二節爲佳。「靈氛既告」至「蜷顧局而不行」三十六句爲第十八節，云：「此則設言決去矣。但不從巫咸之求君，而從靈氛之遠逝也。首八句提明以下極言遠逝之樂，不爲君繫，不爲世拘，大地勝迹，皆可遊衍，龍鳳祥瑞，皆可親狎，神靈正直，皆可契合，帝王樂舞，皆可鼓歌。雖非事君之初志，乃强抑而爲之，亦足媮樂一時矣。末四句陡轉君國之思，終忍而不能舍也。」從巫咸以求君，蓋隱言求生也。從靈氛遠逝，則是求死，非遠去楚國、遊别國諸侯也。遠逝西海，雖爲設想之詞，是否屈子當真有此念，宜慎重審之矣。西行遠逝，設想冥途之界，死之讔語矣。言屈子果設身赴黄泉之際，又忽見人寰，不忍棄世以去矣。故「亂曰」四句，「通篇之總結也」，則承上以明其決死之志也。

觀象津氏之分節，容或可商，惟始《離騷》爲三大段，爲後之學者所認同，至今稱之，蓋僅此一事，可使其名傳久而不刊矣。

象津氏又駁之班固『謂羿澆二姚與《左氏》不合』之說，云：『羿淫遊佚田，亂流鮮終，即《左氏》所云「不恤民事，淫於原獸，將歸自田，家衆殺而烹之」者也。浞貪厥家，即《左氏》所云「浞因羿室，生澆及殪」者也。澆身被服彊圉，厥首顛隕，即《左氏》所云「澆用師滅斟灌及斟尋氏，少康滅澆於過」者也。後文「及少康之未家，留有虞之二姚」，即《左氏》所云「虞思於是妻之以二姚」者也。其言與《左氏》一一吻合，不知孟堅所云「不合」者安在也。』其駁是也。班氏『及至羿、澆、二姚，有娀佚女皆各以所識有所增減，然猶未得其正』云云，以《騷》之述羿、澆、二姚等史事，非孔子褒貶之義，故其作《離騷經章句》，『博采經書傳記本文以爲之解』。惜其書已佚不傳，不知其所『正』者爲何義也。

字義訓詁固非象津氏所長，然句釋之間，偶見精義。如，『悔相道之不察』，云：『不度君之不悟而强諫，不度方圓之難周而見妬，不料衆芳之改節而終乃背己，此皆相道之不察也。』案：『悔相道』數句歷來訓釋不明。象津此釋，則較他者通融。又，『就重華而敶詞』，云：『言重華者，楚境九疑山，舜所葬也。』案：此解已爲長沙馬王堆漢墓出土長沙國地圖所證實，九疑山確有帝舜之陵及廟宇所在，蓋先秦之世已然。惜類此發明不多見，而無根臆説則充塞其間，令人不耐卒讀。如，『扈江離與辟芷兮，紉秋蘭以爲佩。』云：『扈，被也。被謂全體，佩謂餘飾。』案：王逸訓扈爲被，猶佩帶也，楚之方言，而非披覆於全身之意。訓『全體』者，曲解其義也。扈、佩交互成文，無此分別。又，『雜申椒與菌桂』，云：『椒桂，皆辛烈，椒而重，桂而菌，則極辛也。』又謂以比『多骨鯁强諫之士』。案：若此，則下文『蕙茝』『蘭』『杜衡』將比附何人？不足爲訓。又，靈氛占之有兩『曰』，云：『「曰兩美」之曰，占辭也。「曰勉遠逝」之曰，假靈氛因占而明告以所處也。』案：以『曰』爲靈氛占之繇詞，是也。然後一『曰』非『假靈氛因占而明告以所處』之意，亦繇詞也。靈氛占卜始用『藑茅』以筵，則繇詞曰：『兩美其必合兮，孰信修而慕之。思九州之博大兮，豈惟是其有女。』繼則用筳篿以卜，繇詞又曰：『勉遠逝而無狐疑兮，孰求美而釋女。何所獨無芳草兮，爾何懷乎故宇。』習用二占，即《禮》所謂『習二卜』也。以二卜同，故不再卜，所謂『卜不過三』也。

是書惟有清道光十六年丙申（姜亮夫《楚辭書目五種》誤作『道光九年己丑』）拜經堂家刊《白雪山房詩文集》本，原與《考工釋車》《等韻簡明指掌圖》附刻於集後，山東省圖書館有藏本。（黄靈庚）

# 屈辭精義

《屈辭精義》者，清陳本禮之所作也。本禮字嘉會，號素村，自號邗江逸叟，別號耕心野老，江蘇江都人。生於乾隆四年己未，卒於嘉慶二十三年戊寅。爲揚州著名藏書家，與小玲瓏山館之馬曰琯、石研齋之秦恩復齊名。陳氏以藏書之豐，『勤於考訂，丹黄不釋手』（清光緒九年《江都縣續志》卷二十四《人物》），治學傾向於集部箋注之學，著有《瓠室四種》（即《屈辭精義》《漢樂府三歌箋注》《協律鉤玄》《急就探奇》）、《太玄闡祕》，其中以《屈辭精義》最負盛名。

《精義》大略以朱子《集注》爲藍本，其題名，乃因作者僅收其認定的屈子所作，凡六卷，卷首有《序》並張曾《江上讀騷圖歌》《目録》《參引諸家》《略例》《屈原列傳》《屈原外傳》，卷末附《自識》並四首七絶、《跋》。

《精義》爲陳本禮一生精心刻意之作。作者曾自稱『稿凡五易，實掃盡前人一切巵言蔓語，獨開生面，差以自喜』（見《自識》），而據書中序跋可知陳氏年幼時即嗜《騷》，長年以來頗有心得，反覆精研，直至嘉慶十六年，是其第五稿定本之動筆，『草創於春夏，裁汰於秋冬』，『客歲奮志斯役，潛心一載』，並於隔年（十七年）『復加訂正，由春迄夏』，方纔付梓面世。據姜亮夫之研究，認定稿本絶非『初稿』，而是由『初稿』抄正『定本』，並以此爲『第三稿』，進而印證陳氏所謂『稿凡五易』之言，並非誇大之辭。

縱觀古代《楚辭》學之發展，隨著歷代學者對屈騷創作時地考究之深入，其注本篇目之安排，或循《楚辭章句》之舊，但自述考證於書中；或即以一己之見重新排序，而各有考量。《精義》在其中顯得相當特殊，陳氏以爲『余惟漢儒去古未遠，當以太史公所讀古本爲定。太史曰：「余讀《離騷》《天問》《招魂》《哀郢》，悲其志。」蓋《離騷》，乃《騷》之總名，自應首列。《天問》次之，二《招》又次之。《哀郢》乃《九章》篇名，則《九章》宜繼二《招》後。《九歌》爲巫覡祀神之樂章，《遠遊》則莊生世外逍遥語，皆《騷》之逸響，而以《卜居》《漁》終焉者，《騷》之變體也。』，將篇目排序爲《離騷》《天問》、二《招》《九章》《九歌》《遠遊》《卜居》《漁父》，其説雖新穎有餘，但僅以太史公論贊之言爲證，難免過於信古，亦不足爲據矣。况史遷未言《招魂》爲屈子所作，且讀屈子《離騷》等可以『悲其志』，讀宋玉招其師之《招魂》，則亦可以『悲其志』矣。

《精義》之注釋體例，大抵爲作品篇首有『發明』（僅《卜居》《漁父》無），乃作者參考前賢並參以己見之論述，涉及各篇之主旨要義、時地考證、品文論藝等問題，而品文論藝乃其重點。如，《離騷》『發明』云：『《騷》辭首變三百體製，爲詞賦之祖。其創格之奇，前有序，後有亂，中間往復鋪敘，情詞愷惻，一波未平，一波又起。女嬃以下諸章純用比喻，而幽衷苦意，一一曲繪而出。』而後極稱淮南王、司馬遷論《騷》之當，稱『千古以來善説《騷》者惟淮南與龍門二人而已，

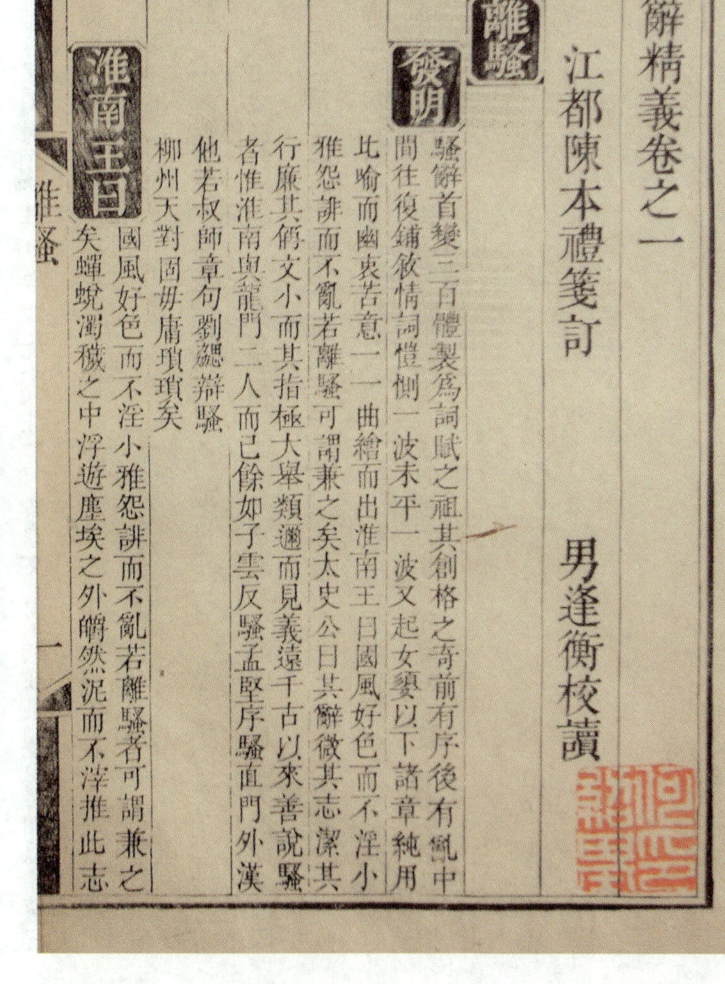
屈辭精義卷之一

江都陳本禮箋訂　男逢衡校讀

離騷

發明　騷辭首變三百體製爲詞賦之祖其創格之奇前有序後有亂中間往復鋪敘情詞愷惻一波未平一波又起女嬃以下諸章純用比喻而幽衷苦意一一曲繪而出淮南王曰國風好色而不淫小雅怨誹而不亂若離騷可謂兼之矣太史公曰其辭微其志潔其行廉其稱文小而其指極大舉類邇而見義遠千古以來善說騷者惟淮南與龍門二人而已餘如子雲反騷孟堅序騷直門外漢他若叔師章句劉勰辯騷柳州天對固毋庸瑣瑣矣

淮南王曰　國風好色而不淫小雅怨誹而不亂若離騷者可謂兼之矣蟬蛻濁穢之中浮遊塵埃之外皭然泥而不滓推此志

離騷　一

餘如子雲《反騷》、孟堅序《騷》，直門外漢。他若叔師《章句》、劉勰《辨騷》、柳州《天對》，固毋庸瑣瑣矣」。其次，《九章》《九歌》兩組作品除首篇篇首有『發明』外，另於以下各篇篇首，或附作者之『箋』，或引他説，針對各篇作品略爲點題或品評。如，《九章》不因舊次，乃取蔣驥説，以《惜誦》《抽思》《思美人》《涉江》《哀郢》《悲回風》《惜往日》《懷沙》爲次，前三篇作於懷王之世，而五篇作於再放江南頃襄王之時。唯《橘頌》一篇是『早年童冠時作』，故置之於末，則未從蔣氏矣（蔣氏謂『作文時不可考』）。其論《哀郢》之作時，較他家通允可信。云：『屈子被放九年，料不能復歸郢都，故有是作。不曰「思郢」，而曰「哀郢」者，頃襄初立，子蘭爲令尹，上官大夫等獻媚固寵，妬賢害國，較之懷王之世尤甚。當初放時，已見百姓震遷離散，不知此九年中更作何狀。恐天不純命，實有可哀者。若夫己之思返不得返，猶在第二義也。』案：據其所言，則是篇爲放逐九年後追憶初去郢之作，與二十一年秦將白起拔郢無關，揆之屈子生世及是篇所賦，亦全乎情理矣。至於內文則採用傳統隨文釋義之形式，又可分爲兩大類：其一爲『正文夾注』，於原文某字詞或某句下，加以注解，主要重於『訓詁注釋』；其二爲『文後箋釋』，即於原文後，以作者自定之段落（以四句爲一小段較爲常見），進行箋釋，主要重於『分析批評』。再者，陳氏針對《離騷》《天問》二篇，進行章節分段（《離騷》分『節』、《天問》分『段』），並於各個章節分段處，附有各段大意與文脈之解説。『文後箋釋』之格式採獨立引文，或自述己見，主要重於『分析批評』，或又最末附有『正誤』，目的在於糾正前人説解之誤，或針對字詞、故實之訓釋，或涉及文意之理解與闡釋。大體而言，陳本禮沿襲前輩學者注《騷》之風，在注釋體例上，是『評』『注』兼有，而重於『評』。

《精義》不重字句訓詁，而以『采輯衆説』並『參以己意』見長，作者强調『采輯衆説，皆掇其能闡揚奧義或足發明言外之義者，探元珠於赤水，識良璧於荆山，要在機神切中肯綮。若語無關乎痛癢，或似是而非，或鑿空謬贊、老生常談，概置弗録』（見《略例》第八則）。即如卷首所附《參引諸家》之三十七家著作，加上漏列之魯筆《楚辭達》、不知名《附注》，參引者達三十九種之多，幾乎涵蓋先前重要之《楚辭》學著作，足見作者著述之用心。尤其，陳氏『旁徵博引』，更參考清代女性注騷之作——即練湖女子陳銀《楚辭發蒙》。惜此書未有刊本，今可見者僅《屈辭精義》中所引佚文，雖是斷簡殘編，卻是目前所知唯一古代女性注《騷》家之遺書，此舉爲吾人保存了如此彌足珍貴之文獻。

誠如上述，《精義》以『披沙揀金』的精神，善於廣采衆家之長，或承繼前見，加以發揮；或自立新説，啓發來者，其中不乏獨到之言。例如沿襲黄文焕、林雲銘、蔣驥等人之見，將二《招》歸於屈原，並以爲『食則吴羹，飲則瑶漿，衣則綺縞，被則珠翠，豈非富貴之極耶？用此以招屈子之魂，所謂南轅而北轍矣！知此義者，可與讀屈子《招魂》』（《招魂》之『發明』），即强調作品中有關宮室苑囿、樂舞嬉戲、美女成群、錦衣玉食等描寫，並不符合屈子身份，以此反駁《招魂》爲宋玉招屈原之作。屈子之創作意圖在於諷刺頃襄王之荒淫，而此種見解，爾後亦由張裕釗、馬其昶發揚光大。又，《九歌》『發明』云：『《九歌》，皆楚俗巫覡歌舞祀神之樂曲……愚按：《九歌》之樂，有男巫歌者，有女巫歌者，有巫覡並舞而歌者，有一巫倡而衆巫和者，激楚揚阿，聲音凄楚，所以能動人而感神也』，即關注到《九歌》作爲『巫覡歌舞祀神之樂曲』的表演特色，更是後人主張《九歌》爲『歌舞劇』説的淵源之一。抑或主張《橘頌》『雖不能定其作於何時，其曰「受命不遷」，是言稟受天賦之命，非被放之命也；其曰「嗟爾幼志」「年歲雖少」，明明自道，蓋早年童冠時作也』（《橘頌》篇首之『箋』），並不贊同舊説所謂放於江南時所作，亦是言之成理。以上諸説，時至今日，仍頗具考參價值。

再者，陳氏呼應王逸《天問》爲『呵壁』之作，以爲楚國先王之廟、先公之祠，實有僪佹怪談之壁畫，而『三閭一腔忠憤，無可寄託，故各按諸圖而題之，以寓其褒貶不平之慨』（《天問》之『發明』），並於《天問》『上下未形，何由考之』

句下注曰：『屈子放逐無以自遣，故不禁逐圖題咏，乃詰問世人之詞，解者謬稱「問天」，誤矣。』案：陳氏既從王逸將《天問》定爲『題圖』之作，卻反對其以《天問》爲『天尊不可問，故曰天問』，企圖揭發在詰問的背後，寄寓著詩人無奈、不平之憤慨，與其説是『問天』，不如説是『詰問世人』，可謂別具新意。

具體而言，陳本禮在『文後箋釋』上，往往採取他説與己見並呈之形式，使兩者環環相扣、相互補充，進而强化對屈子『微辭奧旨』之發掘。尤其針對相同詩句之不同理解與詮釋，作者讓不同注家之解讀同時出現於文本中，且不妄加評斷，自然使讀者各有啓發，因而具有『集評』之性質。再者，近人姜亮夫以爲陳本禮的研究方法『是從「文理」到「義理」的』，即説明作者不論是援引諸家，或是自立新説，皆以闡釋要義爲旨歸。其中有關『詞章』之析論，事實上是服務於『義理』，即是藉由文脈之梳理，企圖掌握作品之奥義。正因作者身爲詩人，以文學家之眼光讀《騷》，故對屈辭之藝術特徵有其獨特感受，對其言外之旨亦多有會心，實可成一家之言。尤其，有關『文脈』之剖析，大至篇章架構，小至片言隻字，皆有所關注，力求探賾索隱。

陳氏剖析文脈，尤注重分節，而後概述大義及前後起承關節。其以四言爲一解，而分《離騷》爲十節（十段）：首節篇首至『靈修之故也』，是《騷》之序文：『凡十一解，起如崑崙，起祖來脈甚遠；落如峰窩結穴，其義甚深，其氣甚厚，非一邱一壑所能盡其蘊也。』二節『曰黄昏』至『纚纚』：『凡七解。已上傷靈修、哀衆芳、表貞潔，作三層入。首以清經之來脈，庶序不與經混。章法既明，則以下文義層次可迎刃而解矣。』三節自『謇吾』至『所厚』：『凡八解。已上法前修、被誶替、受謡諑，亦用三層，承上是死之志決矣。末用一固字稍爲放活，蓋不如此，則下文無轉身之地矣。』四節『悔相道』至『可懲』：『凡七解。已上悔相道、修初服、觀四荒，又分三層作轉，章法一變。』五節自『女嬃』至『浪浪』：『凡十三解。已上女嬃、謰詞遥承上文悔相道章來，草蛇灰綫，至此一結。以下層巒疊翠，重復開障，大有山斷雲連之勢。』六節自『跪敷衽』至『而嫉妬』：『凡八解。已上上征另爲一段，結蘭延佇，到底心灰未死，不得不再作良圖，以起下文求女之思。文心至此一層深一層。』七節自『朝吾將濟』至『終古』：『凡十一解。已上求女一段，較之謰詞、上征，更屬異想天開。』八節自『索藑茅』至『折之』：『凡十二解。此借靈氛、巫咸兩占作局外，指點語爲後文遠逝之根，猶之上文謰詞、上征，借女嬃爲發端張本一樣機局，遥遥相映。』九節自『時繽紛』至『觀乎上下』：『凡七解。已上又借巫咸蔓蔽、嫉妬二語，將蘭芷變態歷數一番，落到兹佩，欲再爲求女計，以起下文遠逝之端。其文思縹緲，大有手揮五弦，目送飛鴻之致。』十節自『靈氛既告』至『不行』：『凡九解。已上由西極至西海，車徒跋涉，不知費幾許勞頓，始得窺見美人宫牆，不意又成虚願。猶幸陟陞有路，不致失望，無如舊鄉在目，使我魂銷故國，依然夢醒如初矣。』亂辭以下爲十一節：『撮其大凡，末仍歸於遺則之一語以爲絶筆也』。綜觀其所分節，大致立意於《離騷》整體結構，而後於闡釋各節之旨，尤其關注各節間相承關係，使其不致中間割裂而相貫如一綫矣。《天問》一篇之分節亦宜作如是觀。

至於各節之重要章解，尤悉心發微，作重點詮注。如，於『女嬃之嬋媛兮』一解『箋』云：『此借女嬃爲中峰起頂，以下陳辭、上征，占氛、占咸，總從此一詈生出，章法奇幻』。即注意到女嬃於全篇結構中，具有舉足輕重之地位。或者《漁父》篇末『箋』云：『屈子之志，皎如日月；漁父之意，清若滄浪。一「濯」字，正以洗屈子之拘，濯則何患乎汶汶，何嫌乎塵埃？此解脱指點語也。「遂去，不復與言」，高絶、妙絶。蓋已默喻屈子之忠貞，而百折不回矣』。在此從《漁父》中『清』『濁』對比，認爲『濯』字道出屈子之『拘』，而漁父雖意在爲詩人指點迷津，但終究是『遂去，不復與言』，再度突顯屈原之忠貞，不容改弦易轍。又，《離騷》『惟黨人之媮樂兮』章『箋』云：『一人傾之，十人下石，所謂黨也。是時楚懷兵敗地削，子質於齊，受欺於秦，疆事日壞，國政日非，而在廷群小，不能卧薪嘗胆，猶日諂佞成風，苟安是圖』。其中針對『黨人』之形容，實可謂一針見血，且文筆生動。抑或《惜往日》篇首『箋』云：『通篇「惜」字三見、「讒」字六見、「貞臣」字三見、「廱」字四見，蓋慟哭陳情之辭，將平昔一片忠肝義膽，生既不能見白於君，故於臨淵致命時，不得不有此一番慟哭也。哀音血淚，一字一泣。』於此，陳氏通過細讀，耙梳並統計《惜往日》中反覆出現之關鍵詞，『惜』『讒』『貞臣』『廱』等，進而聯結至通篇意旨，企圖探求詩人之創作心理，印證屈原之『哀音血淚，一字一泣』，確實深具説服力。

然而，陳氏雖自詡其著述爲『精義』，致力於『發前人所未發』『言前人所未竟者』，但仍有其前後矛盾之問題。一方面『廣采諸家，多方並呈』，另一方面卻失於『好奇逞博，證據不足』；能認識屈辭創作之『虚構性』，提出《離騷》『求女之端，一篇水月鏡花文字，讀者勿認爲實有其事，則癡人説夢矣』（『朝吾將濟於白水兮』章之眉批），但於解讀時又難免一一坐實，流於臆斷；能從民俗文化角度，以『巫覡歌舞祀神』之觀點研究《九歌》，卻又無法跳脱王逸以來『託之以諷諫』之窠臼；對屈辭之章節劃分，有其入木三分之見，然以今規古，硬將《離騷》《招魂》《悲回風》《遠遊》《卜居》《漁父》等六篇，强分爲『序文』『正文』兩大部分。然而，其中最大的問題則在於陳本禮特重『比興』，往往針對部分並未專爲言志而作之篇章，過度解讀，甚至有所根據之字詞故實，亦多所推翻，强作解人。即如《天問》『何闔而晦』一章，本是針對晝夜晦明之故而問，但陳氏卻解爲『此恨太陽之受蔽於群陰也，點明作問本懷，如畫龍有睛』，即從太陽聯想至國君，以此問乃『恨君王受蔽於小人』，正是太過强調《天問》所論『莫不在其諷刺議論之中』，而有此解讀。抑或箋注時特立『正誤』，强調『注中訛謬，有因相舛而誤者，有因踵訛而誤者』（見《略例》第九則），但視其所舉之例，如《天問》：『伯强何處？惠氣安在？』而『伯强』『惠氣』所指爲何？歷來大抵不外乎爲王逸所謂『伯强，大厲，疫鬼也，所至傷人。惠氣，和氣也』。或以伯强乃《山海經》

之北方禺彊二説，但作者卻主張『强、陽音相近而訛』，而『伯陽』即《史記》所載之老子，並將『惠氣』解爲『紫氣』『祥和瑞靄之氣』。如此一來，雖迥異他人，卻也遭受疏於考證、失所依據之批評。

總而言之，《屈辭精義》之最大貢獻，即既能吸取前人注《騷》之精華，旁徵博引，披沙揀金，又能反覆精研，力求突破，另出己見，誠有助於豐富並激發後世讀者對於屈辭之吟味。尤其，作者殫精畢力，以四十餘年之光陰，修改再三，撰成此書，以其爲『文脈大義』解《騷》之集大成者，堪稱清代《楚辭》學史上不容忽視的一部著作。

是書歷來流傳版本，大抵源自嘉慶十七年陳氏裛露軒刻本，國家圖書館有藏本。後復有陳氏讀騷樓刊《陳氏叢書・瓠室四種》本、民國十三年上海掃葉山房影印裛露軒本。又有姜亮夫曾藏有陳本禮《屈辭精義》之部分手稿，經與陶秋英共同整理、校訂後，於一九五五年上海出版公司《離騷經義原稿留真》本等。諸本僅於内容排序上或有異同。今習見者，則爲杜松柏主編《楚辭彙編》本、《續修四庫全書》本，皆據裛露軒刻本影印也。（柯混瀚）

# 離騷箋

《離騷箋》者，清龔景翰之所作也。景翰字惟廣，又字海峰，福建閩縣人。乾隆三十六年辛卯進士，歷官靖遠知縣，中衛、循化同知，固原知州，邠州知州，慶陽知府，蘭州知府等，治有政聲，著《堅壁清野議》聞於時。卒後入祀蘭州府名宦祠、福建省城鄉賢祠。著有《循化志》八卷，《澹静齋全集》七種。事載《清史稿》卷四百七十八《循吏傳》、《清史列傳》七十四《循吏傳》。

是書止箋《離騷》一篇，凡二卷：篇首至『霑余襟之浪浪』爲上卷，『跪敷衽以陳辭兮』至篇末爲下卷。卷首有作於乾隆五十九年乙卯自敘，稱王逸注、洪氏《補注》、朱子《集注》三家『皆隨文訓詁，未能貫通其意義』，乃『因公餘，集三家之注，名物音訓詳焉。别以鄙意，箋其大義，脈絡井然，如絲聯而繩貫』云。據此，是書旨在闡發《離騷》大義，而字義訓詁悉從王、洪、朱三家。其書體例，於《離騷》正文每句下爲雙行注，始王逸，次洪補，次朱注。首次稱『王叔師曰』『洪慶善曰』『朱子曰』，後省『王曰』『洪曰』『朱曰』。間或取『五臣』『邵璜』『吴斗南』等，而涉於篇内草木名物，取『斗南』之説最多，蓋所以補洪氏未備。或斷以己意，則置之於末，稱『翰曰』。或於句末、節末闡述要義，則新見疊出。如，『帝高陽』二句末云：『溯所自出，明己爲楚之同姓也。敘其父者，言世臣也』。案：解屈子父爲『世臣』，蓋以『伯庸』之伯爲爵，庸者封邑也。甚是。又，『攝提』二句末云：『其生也得陰陽之正，氣質清明，所謂「内美」也。』案：至確。内美，則概首八句，而此二句又是八言之關鍵也。下文所謂『昭質』，亦即因此矣。不煩悉舉，於此見其一斑。

是書所用底本，蓋取《補注》本，故異於《章句》本、《集注》本。如，『揆余』，《章句》本、《集注》本『余』下有『于』字。案：《補注》本亦無『于』字。又，『夕攬洲』，《章句》本作『夕攬中洲』，《集注》本作『夕攬洲』。案：《補注》本亦作『夕攬洲』。又，『改此度』，《章句》本作『改此度也』，《集注》本作『改乎此度』。案：《補注》本亦作『改此度』。又，『猖披』，《章句》本、《集注》本作『昌被』。案：《補注》本亦作『猖披』。又，『不予聽』，《章句》本『予』作『余』。案：《補注》本亦作『予』。又，『固亂流』，《章句》本『固』作『國』。案：《補注》本亦作『固』。又，『被服』，《章句》本『服』作『於』。案：《補注》本亦作『服』。又，『縱欲』，《章句》本『欲』下有『殺』。案：《補注》本亦無『殺』字。又，『菹醢』，《章句》本『菹』作『葅』。案：《補注》本亦作『菹』。又，『儼而』，《章句》本『儼』作『嚴』。案：《補注》本亦作『儼』。又，『攬茹蕙』，《章句》本『攬』作『擥』。案：《補注》本亦作『攬』。又，『先戒』，《章句》本『先』作『前』。案：《補注》本亦作『先』。又，『既以』，《章句》本無『以』

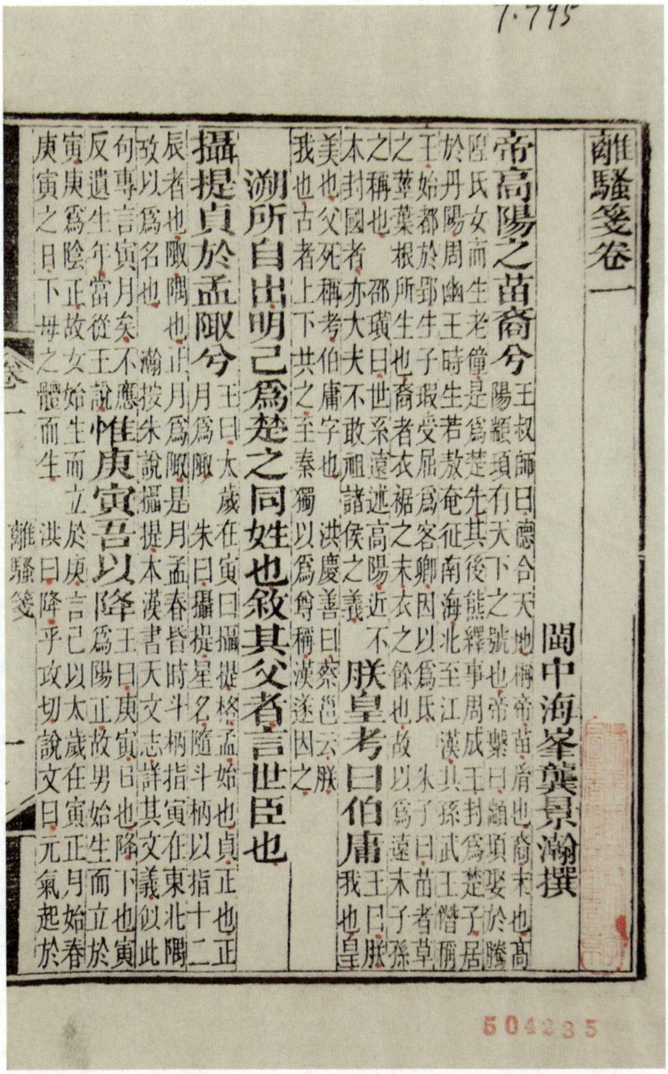

離騷箋卷一
閬中海峯龔景瀚撰
帝高陽之苗裔兮王叔師曰德合天地稱帝苗胤也裔末也高陽顓頊有天下之號也帝繫曰顓頊娶於騰隍氏女而生老僮是爲楚先其後熊繹事周成王封爲楚子居於丹陽周幽王時生若敖奄征南海北至江漢其孫武王僭稱王始都於郢生子瑕受屈爲客卿因以爲氏朱子曰苗者草之莖葉根所生也裔者衣裾之末衣之餘也故以爲遠末子孫之稱也邵瓊曰世系遼遠高陽近不本封國者亦大夫不敢祖諸侯之義朕皇考曰伯庸王曰朕我也皇美也父死稱考伯庸字也洪慶善曰蔡邕云朕我也古者上下共之至秦獨以爲尊稱漢遂因之
溯所自出明己爲楚之同姓也敘其父者言世臣也
攝提貞於孟陬兮王曰太歲在寅曰攝提格孟始也貞正也正月爲陬朱曰攝提星名隨斗柄以指十二辰者也陬隅也正月爲陬是月孟春昏時斗柄指寅在東北隅故以爲名也瀚按朱說攝提本漢書天文志詳其文義似此句專言寅月矣不應反遺生年當從王說惟庚寅吾以降王曰庚寅日也降下也寅爲陽正故男始生而立於寅庚爲陰正故女始生而立於庚言己以太歲在寅正月始春庚寅之日下母之體而生洪曰降乎攻切說文曰元氣起於
離騷箋　卷一

字。案：《補注》本亦有『以』字。又，『涉予』，《章句》本『予』作『余』。案：《補注》本亦作『予』。或者據《章句》本改者。如，『杜衡』，《補注》本、《集注》本『蘅』作『衡』。案：《章句》本亦作『蘅』。又，『不厭』，《補注》本『厭』作『猒』。案：《章句》本、《集注》本亦作『厭』。又，『落蘂』，《補注》本、《集注》本『蘂』作『蕊』。案：《章句》本亦作『蘂』。又，『升降』，《補注》本、《集注》本『升』作『陞』。案：《章句》本亦作『升』。或者異於三家者。如，『荃不詧』，《補注》本『詧』作『察』，《章句》本、《集注》本作『揆』，下同。又，『詈余』，《補注》本、《集注》本『余』作『予』，《章句》本作『罵余』。

是書藉分節以闡述大義，其分《離騷》爲三大節、三十三小節：稱『《離騷》一篇凡二千四百餘言，而其大要，則「亂」之數語盡之。自篇首至「霑余襟之浪浪」爲首一大節，皆言「國無人莫我知」也。而其中又分七小節：「帝高陽之苗裔」至「夕攬洲之宿莽」，言己立身之本末，可知之實也。「日月忽其不淹」至「傷靈修之數化」，言己盡忠於君而君不知之也。「余既滋蘭之九畹」至「願依彭咸之遺則」，言善類皆化於黨人，楚朝之上無一人知己也。「長太息以掩涕」至「固前聖之所厚」，言人心風俗因而敗壞，楚國之中無一人知己也。「悔相道之不詧」至「豈余心之可懲」，言君終不能知之而已之節不可變也。「女嬃之嬋媛兮」至「夫何煢獨而不余聽」，言其姊亦不知之，而其餘可知矣。「依前聖以節中」至「霑余襟之浪浪」，言知之者惟重華，而今人可知矣。此一大節正言之也，詩人所謂賦也。敷陳其事而義自見，其心猶有所望也。故其辭哀而憤。自「跪敷衽以陳辭」至「余焉能忍與此終古」爲中一大節，皆言「莫足與爲美政」也。而其中又分三小節：「敷衽陳辭」至「好蔽美而嫉妬」，言讒諂蔽明，君之不足與爲美政也。「朝吾將濟於白水」至「好蔽美而稱偁惡」，言賢才遺佚，臣之莫足與爲美政也。「閨中」四句，互結之言，其終莫足與爲美政也。此一大節放言之也，詩人所謂比也，引彼以例此也。其心已無所望，而猶庶幾於萬一也。故其辭哀而思。自「索瓊茅以筳篿」至末爲末一大節，皆言「何懷乎故都」而「將從彭咸之所居」也。而其中又分三小節：「索瓊茅以筳篿」至「謂申椒其不芳」，假靈氛之言，而言是非倒置，故都之不可懷如此也。「欲從靈氛之吉占」至「又況揭車與江離」，假巫咸之言，而言時俗變化，故都之不可懷又如此也。「惟兹佩之可貴」至「蜷局顧而不行」，言故都不可懷而又不可去，則惟從彭咸之所居而已。此一大節假言之也，詩人所謂興也，有其言而無其事也。其望已絶矣，故其辭哀而咽。「又何懷乎故都」，即「將從彭咸之所居」矣。義本相承，而分屬之「國無人莫我知」及「莫足與爲美政」之下者。非獨錯綜其文，亦理當如是也。人莫我知，不過一身之不用而已。使宗社無恙則去可也，留亦可也。惟其「莫足與爲美政」，而宗社將亡，則留既不能，去又安忍？故必出於死而後已。通篇大旨，「亂」之數語盡之，亦猶《詩》之小序也。讀者熟讀而深思之，文義曉然矣」。案：龔氏三大節，即同貽六之三大段。首段概之以『國無人莫我知』，是『正言』，是賦，有其言亦有其事；中段概之以『莫足與爲美政』，是『放言』，是比，有其事而無其言；末段概之以『何懷乎故都』而『將從彭咸之所居』，是『假言』，是興，有其言而無其事。則道他人所未嘗言，自成一家，頗有思致矣。

《離騷》之難讀，在於『求帝』『求女』兩節所託指意，龔氏皆以爲是『無聊之思，作萬有一然之想』。《史記》本傳所謂「睠顧楚國，繫心懷王，不忘欲反，冀幸君之一悟，俗之一改也」」。而『求帝』一節，『言己多方以悟主，而小人多方以敗之也』。是以『埃風』『飄風』『雲霓』是喻『小人』『黨人』，『總總離合，陸離上下，變幻詭詐，不可測度』。而始『雖欲少留靈瑣，而日已忽忽將暮矣，此即前美人遲暮之意』。終結以『世溷濁』，『絶望於君國』，『不怨其君而歸咎於世，亦詩人忠厚之義也』。説『求女』一節是比求『賢臣』以『足與爲美政』。春宫是比『嗣君』，宓妃是比『賢之有名望者』，簡狄、二姚皆是比他國之賢。大略因王逸、李安溪説而敷演之。然則上征求帝因陳詞重華來，而陳詞至終末，『不量鑿而正枘兮，固前修以菹醢』爲作結，隱言衹有死路一條，故屈子哀朕時不當，不免涕泣浪浪，悲痛之至，以將死矣。則『上征』以下皆設言冥塗之思。夫如是，方上下相屬。若解以求君、求賢，則意遂隔矣。

龔氏又云：『前半篇曰「願依彭咸之遺則」，曰「寧溘死以流亡」，曰「伏清白以死直」，曰「雖體解吾猶未變」，曰「阽余身而危死兮」。多必死之言，而實非有必死之志，皆以甚言己節之不可變而已。至於開闢、求女俱不可爲，而其望始絶，曰「余焉能忍與此終古」，死志決矣。然後半篇乃無一言及於死，所謂哀之至者不言哀，其情爲至情，而變幻不測；其文亦爲至文歟？』案：此論不確。前半篇屈子屢言死者有五，至『雖體解吾猶未變兮，豈余心之可懲』。是死志誠決，不可回移。而後幻出嬃詈，勸其從衆而不必死。而後因之陳詞，求折中於重華。重華告之『不量鑿而正枘兮，固前修以菹醢』，蓋除死以外，別無他路。乃自哀朕時不當，決意死耳。果真蹈上冥途，不免涕泣漣漣。而後『上征』求帝，不過是反本回歸於帝高陽也。求帝不成，隱言雖死而又不忍，然見時世溷濁如舊，則又上征求下女。三女，隱言三求楚之女先也，亦是死事。而終又不成，是知屈子在生死兩塗，不能遂決矣。而後卜氛問咸，終以西行求女，實亦隱言西歸矣。及至入冥界，而反顧舊鄉又蜷局不行，心猶不忍去矣，而終以『從彭咸之所居』爲歸結。是故後半篇實皆寫屈子之心理於生死兩塗，不能遂決，承前半篇之『死志』來矣。

龔氏雖聲言無意於字義訓詁，而『翰曰』之下或旁徵博引，於格物辨證，實事求是，間有可採。如，『宿莽』，吴仁傑斥王注之謬，比之《山海經》之『莽草』，翰曰：『王注必有所本，且此云「宿莽」，而《山海經》曰「莽草」，未必一物。』案：其説雖未識宿莽爲何物，然辨宿莽非莽草，則得之矣。又，『菌桂』云：『吴以蕙與薰草爲二物，是也。其説互見，下句以菌與桂爲二物，亦有據。但在本文，以「申椒」例之，似指如竹之桂。且此句皆言香木，不應雜以草。從竹、從草，或古字通用，或傳寫之誤，不宜泥也。』案：其以『申椒』之例而斷『菌桂』必爲一木名，是也。又，『九天』，王注訓中央八方，朱注訓九重天，龔氏從朱説，引《天問》『圜則九重』爲證。案：其説是也。又，『恕己量人』云：『韓昌黎所謂「以己之不直，而謂人皆然也」。』又，『信姱』云：『《玉篇》：「姱，奢貌。」洪訓爲好，當兼此義始備。下文「姱修」「姱飾」同。』又，『遂焉』云：『遂，《玉篇》：「安也」。「遂焉」者，任其性而不改，亦縱欲之意。』又，『攬茹蕙』，吴仁傑始引周少隱説訓茹爲食，又訓香草。翰云：『茹有食義，然上用「攬」字，文義似不順。吴必謂爲香草，姑録以廣異聞。』又，『榮華』云：『指瓊枝，非指女。』又，『紛總總』云：『「紛總總」句與上辭同意異。此言宓妃之意無定，一合一離，而後遂乖戾。非指讒佞。』又，『有虞』，洪氏引《左傳》杜注在梁國；又引皇甫謐説在河東。龔氏云：『杜注是也。今河南歸德府虞城縣，古之綸城也。河東之虞城，乃舜初起之地，非此虞。洪引皇甫説，非是。』又，『哲王』云：『統懷襄二世言之。』又，『豈惟是其有女』云：『據洪説，則女字當爲求女之女。非也。此女字，當與汝字通。』又，『鴆鳩』云：『似是伯勞，非子規也。』又，『玉軑』云：『軑，車轄，當音大。王説是。』案：以上諸解皆言必有據，揆之成理，不無於讀《騷》有助矣。

龔氏或考訂史實。如，『五子用失乎家巷』，王注：『圖，謀也。言太康不遵禹、啓之樂，而更作淫聲，放縱情慾，以自娱樂，不顧患難，不謀後世，卒以失國，兄弟五人，家居閭巷，失尊位也。』案：翰云：『王説與本文皆非也。太康爲羿所拒，河北之地爲羿所有，夏之故都亡矣，故曰「失乎家巷」。仲康雖立，皆在河南，國未嘗亡也。金仁山之説甚明，其後澆滅二斟，乃失天下耳。』案：其説亦未必是。戰國楚竹書《訟城是》（容成氏）：『禹又（有）子五人，不以亓子爲後，見㕣咎（咎繇）之賢也，而欲以爲後。㕣秀（咎繇）乃五壤（讓）以天下之賢者，述（遂）俩疾不出而死。禹於是虐（乎）壤（讓）益，啓於是虐（乎）攻益自取。』五子，禹子夏啓昆弟五人，非五觀一人或啓子太康五人也。《逸周書·嘗麥解》：『其在殷之五子，往（忘）伯禹之命，假國無正，用胥興作亂，遂凶厥國，皇天哀禹，賜以彭壽，思正夏略。』殷，當作『夏』。五子，即禹五子、啓兄弟五人。《竹書紀年》：『帝啓十一年，放王季子武觀於西河，十五年武觀以西河叛，彭伯壽帥師征西河，武觀來歸。』沈約云：『武觀即五觀。』武觀，禹季子，非啓季子。『啓《九辯》』以下四句皆言啓，亦不宜變言太康、仲康矣。若舊説兩可，龔則並存之，而不作武斷。如，『鞿羈』，王注：『以馬自喻，韁在口曰鞿，革絡頭曰羈。』則以鞿羈比若馬爲人所繫累，亦比己爲黨人所繫牽也。朱注：『鞿羈，言自繩束不放縱也。』則以爲比自我約束而不放縱也。龔氏以爲二説皆通，故並列之。或於其所不知，則不强爲之説，但存疑之。如，『胡繩』，吴仁傑解以大蒜。龔氏斥之云：『以大蒜爲香草。似非也。繩毒之名亦不見於古。吴説似附會。以上文薜荔例之，胡繩當是一物，但不可考耳。』

然則自視頗高，過於自信，而往往以是爲非。如，『修能』云：『修，《説文》曰「飾也」，《玉篇》曰「治也」。其義當與《大學》「修身」同，訓爲修飾俱可，下文「修名」「好修」皆因此。王訓爲遠，朱訓爲長，俱非。』案：修雖有飾治之義，然内美、修能對舉爲文，皆偏正短語，修之訓遠、長爲是。下『靈修』亦訓長遠。又，『蕙茝』云：『據吴説，則芷與芳爲一物，茝與葯爲一物。茝音昌亥切，其「諸市切」與芷同音者，則蘄茝，即蘼蕪也，與此茝又别。』案：茝、芷實一草，或音『昌亥』，或者『諸市』者，蓋别以方音，非二草名也。又，『謇謇』云：『《玉篇》：「謇，居展切，難也，吃也。」朱説爲本義，王訓爲忠貞，則轉義也。兼之始備。』案：謇謇，猶訐訐、柬柬、拳拳、款款、空空、愨愨、懇懇、區區、悃悃、叩叩，皆聲之轉。前修有言，連語之字義存乎聲，不在其形，宜因聲求義，未可拘其形體。龔説泥也。又，『攘詬』云：『攘字似宜訓爲「攘竊」之攘，取也。義較明白。』案：忍尤、攘詬相對，攘，猶包忍之意，讀如囊，而非竊取矣。

是書流傳未廣，但見清光緒三年丁丑刻於湖北崇文書局，國家圖書館有藏本。（黄靈庚）

# 楚辭韻讀

《楚辭韻讀》者，清江有誥之所作也。有誥字晉三，號古愚，徽州歙縣人。二十二歲舉學官弟子，然無心於場屋，惟耽志古音學，遂杜門著述，創獲甚豐。著有《音學十書》《説文六書録》《説文彙聲》《説文分韻譜》《説文質疑》《説文繫傳訂訛》《經典正字》《等韻叢説》《音學辨訛》《古音總論》《隸書糾繆》《漢魏韻讀》《唐韻再正》等。其經學雖不及戴、段、王諸人，而於古韻學則不在其下也。事載見《清史稿》卷四百八十一《儒林傳》、《清儒學案》卷九十一《懋堂學案》。

《音學十書》：即《詩經韻讀》《群經韻讀》《楚辭韻讀》《先秦韻讀》《魏晉韻讀》《二十一部韻譜》《諧聲表》《入聲表》《四聲韻譜》《唐韻正》是也。《楚辭韻讀》依朱子《集注》爲底本，從内容上分三部分：《楚辭韻讀》《楚辭韻讀古音釋》，末附《宋賦韻讀》。《楚辭韻讀》所收韻字，悉出《離騷》《九歌》《天問》《九章》《遠遊》《卜居》《漁父》《九辯》《招魂》《大招》等十篇，以《離騷》至《漁父》七篇爲屈原所作，以《九辯》《招魂》爲宋玉所作，以《大招》爲景差所作。《楚辭韻讀古音釋》，以十篇入韻之字據其『二十一部説』分別部居，復以古音注之。《宋賦韻讀》所收韻字，除《九辯》《招魂》外，則有《風賦》《高唐賦》《神女賦》《登徒子好色賦》《大言賦》《小言賦》《釣賦》《笛賦》《舞賦》，然無韻之文則不録，若《風賦》首段者是也。

江氏據段氏《六書音韻表》十七部，參取其時古韻學諸家之説，復析出四部，列古韻爲二十一部，即之部第一，幽部

第二，宵部第三，侯部第四，魚部第五，歌部第六，支部第七，脂部第八，祭部第九，元部第十，文部第十一，真部第十二，耕部第十三，陽部第十四，東部第十五，中部第十六，蒸部第十七，侵部第十八，談部第十九，葉部第二十，緝部第二十一。其較段氏分部爲精者蓋有四：一則謂『去之祭泰夬廢，入之月曷末鎋薛，段表入十五部，其類無平上，與十五部合用，不過百中二三而已。八士命名，各分四韻，達適一韻，突忽一韻，即四名而二韻之分暸然矣』。故取戴氏祭泰夬廢四部爲一部之

楚辭韻讀



楚辭韻讀 附宋賦

屈原離騷經

帝高陽之苗裔兮朕皇考曰伯庸攝提貞於孟陬兮惟庚寅吾以降胡冬反東中通韻皇覽揆余於初度兮肇錫余以嘉名名余曰正則兮字余曰靈均眞耕通韻紛吾既有此內美兮又重之以修能奴其反扈江離與辟芷兮紉秋蘭以爲佩音邳之部汩余若將不及兮恐年歲之不我與朝搴阰之木蘭兮夕攬洲之宿莽音姥日月忽其不淹兮春與秋其代序惟草木之零落兮恐美人之遲暮不撫壯而棄穢兮何不改乎此度也乘騏驥以馳騁兮來吾道夫

楚辭韻讀 離騷經 一

説，而别立第九祭部也。此其一也。二則徵之《詩經》、群經及《楚辭》用韻，則取孔廣森東、中（冬）二部分用之説，别立第十六中部也。此其二也。三則謂緝合九部，『平入分配，必以偏旁諧聲爲據。今考侵覃九韻，《詩》四十四見，《易》三見，《左傳》二見，《楚辭》八見。緝合九韻，《詩》十五見，《易》一見，《大戴》一見，《楚辭》五見，並無一字合用者。《棠棣》七章，未必平入合用。又此九韻中，偏旁皆不與侵覃九韻相類，則當以緝合爲一部，盍葉爲一部，其類無平上去。蓋四聲之别，起于周沈，本不可言古韻也』。故據孔廣森氏，别立第二十葉，第二十一緝。此其三也。江氏分韻與王念孫之二十一部頗近，惟未立質部，韻字歸部亦略有出入耳。四則顧氏、段氏等並謂古無四聲，而江氏稱『古人實有四聲，特古人所讀之聲與後人不同』云。此其四也。

《楚辭韻讀》體例，全録《楚辭》正文，以圓圈標示入韻字，凡一韻之末標明其韻部。如，《離騷》：『汩余若將不及兮，恐年歲之不吾與。朝搴阰之木蘭兮，夕攬洲之宿莽。日月忽其不淹兮，春與秋其代序。惟草木之零落兮，恐美人之遲暮。不撫壯而棄穢兮，何不改乎此度也。乘騏驥以馳騁兮，来吾導夫先路。』與、莽、序、暮、度、路皆入韻字，各以圓圈標明之，並於『路』字下注曰：『魚部。』謂以上六字爲一韻，同入魚部。若非同部字，則説以『通韻』或『合韻』。《音學十書凡例》稱『最近之部爲通韻，隔一部爲合韻。』。如，《離騷》『帝高陽之苗裔兮，朕皇考曰伯庸。攝提貞于孟陬兮，惟庚寅吾以降。』庸、降，入韻字，則以圓圈標明之。又於『降』字下注云：『降，胡冬反。東、中通韻。』謂『降』字古音非入東部，入中部。東第十五，中第十六，二部相鄰，故謂之『通韻』。如，『皇覽揆余初度兮，肇錫余以嘉名。名余曰正則兮，字余曰靈均』。靈，入第十三耕部；均，入第十二真部。二部鄰近，故於『均』字下注曰：『真、耕通韻。』又，《九歌·湘君》：『石瀨兮淺淺，飛龍兮翩翩，交不忠兮怨長，期不信兮告余以不閑。』淺、閑古同入第十元部，翩古入第十二真部，相隔一部，於『閑』字下注云：『元、真合韻。』又，《東君》：『駕龍舟兮乘雷，載雲旗兮委蛇。長太息兮將上，心低徊兮顧懷。羌聲色兮娛人，觀者憺兮忘歸。』雷、懷、歸古入第八脂部，蛇古入第五部，間隔二部，故於『歸』字下注云：『歌、脂合韻。』江氏別有『借韻』之説。如，《離騷》：『長太息以掩涕兮，哀民生之多艱。余雖好修姱以鞿羈兮，謇朝誶而夕替。』艱，入第十一文部，替，入質部，第八脂部之入。間隔二部，然一爲陰聲，一爲陽聲，非『合韻』之例，則於『替』字下注云：『脂、文借韻。』又：『佩繽紛其繁飾兮，芳菲菲其彌章。民生各有所樂兮，余獨好修以爲常。雖體解吾猶未變兮，豈余心之可懲。』章、常古入第十四陽韻，懲古入第十七蒸韻，雖同陽聲，且僅隔二部，然考古音陽、蒸合韻者極少見，則亦非在『合韻』例。故於『懲』字下注云：『陽、蒸借韻。』是書韻例，井然有序，畛畦甚嚴，斷非苟合蠅營者可比者矣。

江氏於入韻字，或見版本有異者，則審之於韻，擇善是從。如，《天問》：『簡狄在臺嚳何宜？玄鳥致貽女何嘉？』江氏云：『嘉音哥。本作「喜」，顧氏謂《後漢書》引此作「嘉」。歌部。』案：其説是也。若作『喜』，入之部，出韻也。或者闕而存疑，不强爲之解。如，《離騷》：『索藑茅以筳篿兮，命靈氛爲余占之。曰兩美其必合兮，孰信修而慕之。』説者或以兩『之』字協韻，或以『占』爲『卜』之訛，侯、魚合韻。江氏祇以『無韻』存其疑也。又，『曰勉升降以上下兮，求榘矱之所同。湯禹儼而求合兮，摯陶皐而能調』。段氏以『同』『調』合韻説之。江氏祇以『無韻』存其疑。又，『惟兹佩之可貴兮，委厥美而歷兹。芳菲菲而難虧兮，芬至今猶未沬』。説者或以『兹』『沬』爲之、脂通韻。江氏祇以『無韻』存其疑。皆未强爲之説，見其謹嚴不苟如此。

江氏於凡入韻字或有與今音迥異者，悉以古音注之，而非以『叶音』而改也。如，《離騷》於『修能』字下注：『奴其反。』蓋能古音如耐平聲，之部；而今音爲蒸部『奴登切』。於『宿莽』字下注：『音姥。』蓋莽古音如姥，魚部；而今音爲蕩韻之『模朗反』。於『數化』字下注：『音呵。』蓋化古音如呵，歌部；而非今音禡韻『呼霸』之音也。《楚辭韻讀古音釋》拈出入韻字，無論與今音異同與否，皆注以古音。審其音注或反切，或直音，陳第《屈宋古音考》爲密。如，《離騷》『落蕊』，陳第蕊音裹，江氏蕊音如果反。案：蕊，古入歌部。裹，古入之部。『音裹』非蕊字古音。『如果』之行韻古入歌部，即蕊之古音。又，『行媒』，陳第『音迷』，江氏音『明丕反』。案：媒，古入之部，迷，古入脂部，媒非『音迷』。『明丕』之行韻則入之部。則陳注非而江注是也。又，《湘夫人》『荷蓋』，陳第『音記』，江氏『羯去聲』。案：蓋，古入月部，記，古入之部。蓋古非『音記』。羯，古入月部。陳注非而江注是也。又，《大司命》『余所爲』，陳第『音怡』，江氏『音譌』。案：爲，古入歌部，怡，古入之部。爲古『音怡』。譌，古亦入歌部。陳注非而江注是也。又，《東君》『乘雷』，陳第『音羅』，江氏『音纍』。案：雷，古入微部，羅，古入歌部。雷古非『音羅』。纍古入微部。陳注非而江注是也。又，《國殤》『犀甲』，陳第『音結』，江氏『音頰』。案：甲，古入葉部。結，古入脂部。甲古非『音結』。頰，古亦入葉部。陳注非而江注是也。又，《惜誦》『不可釋』，陳第『音爍』，江氏『書入聲』。案：釋，古入鐸部，魚部之入也。爍，樂部，宵部之入也。釋古非『音爍』。書，古入魚部。陳注非而江注是也。又，《抽思》『漢北』，陳第『北音必』，江氏『音逼』。案：北，古入職部，之部之入聲。必，古入質部，脂部之入聲。北非『音必』。逼，古亦入職部。江注是而陳注非。又，《惜往日》『自代』，陳第『代音地』，江氏代『徒吏反』。案：代，古入之部，地古入歌部，二字不同音。『徒吏』之行韻，古入之部。則陳注非而江注是也。綜觀江氏注音，與古韻古音合者凡十之八九也，鮮見舛誤之處。蓋前修未密，後出轉精也。

江氏注音或標明入韻字之聲調，而標調法有四：一爲徑直注明四聲。如，《離騷》於『詈予』字下注：『上聲。』於『不頻』字下注：『平聲。』於『縣圃』字下注：『去聲。』於《橘頌》『豈不可喜』字下注：『去聲。』二爲直音法，即用同音同調字注之。如，《離騷》於『以日夜』字下注：『音御。』御上聲，謂夜亦讀如上聲。於『洧盤』字下注：『音便。』便平聲，盤亦讀如平聲。三爲反切注音，即據反切下字以明之。如，《離騷》於『徑待』字下注：『待，徒其反。』其，平聲，謂待亦讀如平聲。《橘頌》『圓果摶』字下注：『徒元反。』元，平聲，摶亦平聲。四爲用比擬法，即用直音，而後標明聲調。如，《離騷》於『吾將刈』字下注：『刈，孽，去聲。』孽，入聲，謂刈讀如孽之去聲。於『勿迫』字下注：『迫，補，入聲。』補上聲字，謂迫讀如補之入聲也。《九章・惜誦》於『不可釋』字下曰：『釋，書，入聲。』書，平聲，謂釋讀如書之入聲。考《楚辭韻讀古音釋》，此法用之尤多。如，《之部》：『測，廁入聲。色，史入聲。』《魚部》：『繹，餘入聲。白，蒲入聲……客，枯入聲。穫，胡入聲。』皆此類也。

然江氏不得已亦偶用『叶音』説。據《凡例》稱，『至通韻合韻，則不得不遷就其音，故以叶音别之』。如，《天問》：『伏匿穴處爰何云？荆勳作師夫何長？悟過改更我又何言？吴光争國，久予是勝。何環穿自閭社邱陵，爰出子文。』江氏謂此『言』『文』二字協韻，於『文』字下注：『叶音亠。元、文通韻。』案：非是。《天問》此章或本作：『伏匿穴處爰何云？荆勳作師夫何長先？悟過改更，我又何言？吴光争國，久余是勝；何環閭穿社，以及丘陵？是淫是蕩，爰出子文，吾告堵敖以不長。何試上自予，忠名彌彰？』以『云』『先』『言』三字爲真文、元合韻。又『勝』『陵』同入蒸部。以『蕩』『長』『彰』同入陽部。又，《漁父》：『新沐者必彈冠，新浴者必振衣。』江氏以『冠』『衣』二字協韻，於『衣』字下注：『叶音煙，脂、元合韻。』此二句無韻可耳，不必强説之。當江氏之世，不得用音標注入韻字古音值，『直音』但明其較略而已，非必真古音值如此也。《天問》於『不施』字下注：『施，音娑。』案：施、娑古入歌部，審紐。然施字爲三等音，娑字爲一等音，其音自有别也。或者入韻字歸屬有誤。《東君》：『長太息兮將上，心低佪兮顧懷。羌聲色兮娱人，觀者憺兮忘歸。』江氏

注：『懷，胡惟反。歌脂合韻。』案：懷、歸古同入微部，『胡惟』之行韻亦入微部，非歌部字也。《天問》：『比干何逆，而抑沈之？雷開何順，而賜封之。』江氏以『沈』『封』爲『東侵借韻』。案：非是。或本作『而賜封金』，金、沈同入侵部。江氏疏於校勘也。或者音注有誤，《涉江》於『崔嵬』字下注：『嵬音危。』案：嵬古入第八脂部，危古入第七支部。二字古不同音。《楚辭韻讀古音釋》或見遺漏韻部者，如闕『蒸部』，若《國殤》『懲』『凌』『雄』無所歸屬也。又闕『宵部』『耕部』，則二部入韻之字皆未收録。類此者蓋亦大醇小疵，不足掩其精審耳。

《楚辭韻讀》無單行刻本，皆見於《音學十書》。其傳世者有清嘉慶十九年自刻本，嘉慶二十四年自刻本，一九二八年王國維校刻本，民國甲戌渭南嚴氏《音韻學叢書》本，四川人民出版社一九五七年據嚴氏版重印本，中華書局一九九二年據嚴氏本影印本，上海古籍出版社一九九六年版《續修四庫全書》本。（黄靈庚）

# 楚辭音義

《楚辭音義》者，清陳昌齊之所作也。昌齊字賓臣，號觀樓，又自署『啖荔居士』，廣東海康人。登乾隆三十六辛卯進士，先後任三通館編修官，河南道、廣西道監察御史，兵部、刑部給事中，浙江温處兵備道，翰林院學士等官，晚年主講粵秀書院、雷陽書院，嘗奉旨與修《四庫全書》。陳氏博覽群書，致意於經籍，嘗取《漢書》《史記》《十三經注疏》，凡陸德明《經典釋文》所未備者，輒録之，終成《經典釋文附録》。精地輿之學，嘗與修《海康縣志》《雷州府志》《廣東通志》。所著詩文，皆入《賜書堂全集》六卷。别有《臨池琪語》一卷、《重輯經典釋文附録》三卷、《營兆約旨》一卷、《囊王秘旨别傳》一卷、《呂氏春秋正誤》一卷、《淮南子正誤》十二卷、《歷代音韻流變考》《二十子正誤》《天學脞説》《地理書鈔》等，惜多未見傳後。事載入《清史稿》卷七十二《列傳》。

末後有曾劍、伍崇曜各爲跋一通。據曾氏跋稱，『是書原音韻流變而作，記于《楚辭》篇中。先生殁後，吴石華蘭修從簡端録出，刻之，名曰《楚辭音義》。其實當名《音辨》』云。此書固非陳氏生前所編定，乃後人於原稿中鈔録、拾比、整理而成，書名亦後人所加。伍跋稱陳氏嘗『著有《歷代音韻流變考》，鄰舍不戒於火，並所藏書俱燼，後欲重輯之而未就』云云。此編蓋亦其《歷代音韻流變考》一種耳。

綜觀此書，唯考辨《楚辭》音韻，而不關文字訓詁、章句大義。考辨體例，爲劄記類條目式，凡三十二條，其中《離騷》

十一條，《湘君》一條，《大司命》一條，《少司命》一條，《東君》二條，《河伯》一條，《天問》六條，《惜誦》一條，《哀郢》一條，《抽思》一條，《懷沙》二條，《思美人》一條，《橘頌》一條，《悲回風》一條，《遠遊》一條。

審其所考辨《楚辭》韻字，皆非同韻部者，於古今聚訟之端多所論列。陳氏之意，與前賢角逐是非者歟？或者徑直説以古音。如，《離騷》：『紛吾既有此内美兮，又重之以脩能。』陳氏云：『按能字古音本在之咍部，自《後漢書·郭杜孔張傳贊》以韻朋、肱，劉勰《文心雕龍》以韻恒、朋、騰，而後人幾不復知有古讀矣。』案：能，讀如耐，入之咍部；今讀在蒸部者，之部之陽韻。蓋古字多陰聲，陽聲字皆從陰聲來。故能讀之部音者，古音當如此也。

或者援引書證，以『通轉』之例説之。如，《離騷》：『皇覽揆余于初度兮，肇錫余以嘉名。名余曰正則兮，字余曰靈均。』陳氏云：『古韻真、臻、先部不與耕、青、清部合用，觀三百篇可見然。然孔子傳《易》，於《屯》、於《觀》，以平、

楚辭音義

海康陳昌齊撰

離騷

帝高陽之苗裔兮朕皇考曰伯庸攝提貞于孟陬兮惟庚寅吾以降皇覽揆余于初度兮肇錫余以嘉名名余曰正則兮字余曰靈均

按古韻真臻先部不與庚耕青清部合用觀三百篇可見然孔子傳易於屯於觀以平正韻民於革於兑於節於繫辭傳以成貞韻人民臣是亦有通例矣

紛吾既有此内美兮又重之以脩能

楚辭音義　一

正韻民，於《革》、於《兑》、於《節》、於《繫辭傳》，以成、貞韻人、民、臣。是亦有通例矣。」案：平、正、成、貞，皆入耕部。民、人、臣，皆入真部。陳氏謂《離騷》「名」「均」相協，徵之以孔子《易傳》，「亦有通例」也。又，《天問》：「雄虺九首，倏忽焉在？何所不死？長人何守？」陳氏云：「在字古在之咍部，守字古在尤幽部。而《易乾象傳》以久韻道、咎、首，《詩·思齊》以士韻造，《老子》「持而盈」之節，以己、保、守、咎、道爲韻，皆二部通轉。」案：己，之部字；保、守、咎、道，皆入幽部。在，古入之部；守，古入幽部。《天問》在、守相協，謂亦「通例」也。

或者説之以「音轉」者。如，《離騷》：「百神翳其備降兮，九疑繽其並迎。皇剡剡其揚靈兮，告余以吉故。」陳氏云：「迎字從未有與故爲韻者。此當讀爲「寤」。迎之轉爲寤音，猶卬之轉爲吾義也。」案：卬，古入陽部；吾，古入魚部。魚、陽爲陰陽對轉。故卬、吾音近義同。而「迎」之爲「寤」，亦同此「音轉」。《湘君》：「石瀨兮淺淺，飛龍兮翩翩。交不忠兮怨長，期不信兮告余以不閒。」陳氏云：「翩字古在真臻先部，不與元寒桓删山仙部合用。然《易象上傳·蒙》以實韻巽；《泰》以實韻願、亂，已開音轉之端矣。」案：實，古入質部，爲真之入。巽、願、亂，古入元部。實與巽、願、亂相協，猶真、元相協。而《湘君》淺、翩、閒協韻，淺、閒，古入元部；翩，古入真部。故引此以證《湘君》協韻爲「音轉」也。

或參之以校勘，求其韻字所在韻部。如，《天問》：「比干何逆，而抑沈之？雷開何順，而賜封之？」沈，古入侵部；封，古入東部。古不協韻。陳氏云：「沈字古在覃談咸銜嚴凡部，不與東冬鐘江部合用，故有疑。注一云「雷開何順，而賜封金」爲是者。以侵鹽添部與覃談咸銜嚴凡部，互有通轉也。考屈賦文法，凡用辭助之字，而韻在上一字者，必兩句對舉成文；若單句，則以辭助之字爲韻。此處據文例，自是以封韻沈。此即風梵汎芃楓等字，皆從凡得聲，而今韻收入東冬部之因也。沈，讀當如湛，入侵鹽添部。」案：金、沈，古入侵部。陳氏先校其文而後考辨其韻，謂《天問》原本作「雷開何順而賜封金」，而非沈、封協韻也。又，《抽思》：『何毒藥之謇謇兮，願蓀美之可完。』亡，古入陽部；完，古入元部。古不相協。陳氏云：『完字非韻，當從別本作「光」。』案：光，古亦入陽部。陳氏先校其文而後考辨其韻，謂《抽思》原本作『願蓀美之可光』，而非亡、完協韻也。又，《橘頌》：『精色内白，類可任兮。紛緼宜修，姱而不醜兮。』陳氏云：『任字古在侵鹽添部，不與尤幽部合用，當從別本作「類任道兮」，與下聯醜字爲韻。』案：道、醜古入幽部。陳氏先校其文而後考辨其韻，謂《橘頌》原本作『類任道』，而非任、醜協韻也。

或存疑以待考者。如，《思美人》：『解篇薄與雜菜兮，備以爲交佩。佩繽紛以繚轉兮，遂萎絶而離異。吾且儃佪以娱憂兮，觀南人之變態。竊快在中心兮，揚厥憑而不竢。芳與澤其雜糅兮，羌芳華自中出。』陳氏云：『出字，古在脂微齊皆灰部，不與之咍部合用。』案：出，古入物部，微文之入。異，古入職部，佩、竢，古皆入之部；之、職平入對轉。然皆不與物部字協韻。出，非入韻字。然陳氏未有辨説，蓋存之以待考者。出，本作『來』，以同義而訛。王逸注『生含天姿，不外受也。』云云，『不外受』，即『自中來』之意。來，亦入之部也。

清代盛行考據、古音之學，故此書審音辨韻多得其藴奥，乃一代學術風氣使然。然三審之亦不無可商處。或濫用『音轉』。如，《離騷》：『民生各有所樂兮，余獨好脩以爲常。雖體解吾猶未變兮，豈余心之可懲。』常入陽部，懲入蒸部。陳氏云：『古音懲字在蒸登部，從未有以韻唐陽部者。此蓋彼時音轉。』案：戴震、江有誥皆同此説。非是。常，當作『恒』，避漢文帝諱。《郭店楚墓竹簡》凡『恒常』義皆作『恒』。《老子》（甲本）『知足之爲足，此恒足矣』。『是故聖人能輔萬物之自然，而弗能爲，道恒亡爲也。』『道恒亡名，朴雖微，天地不敢臣。』恒，長沙馬王堆漢墓帛書甲、乙二本《老子》亦同，其爲漢初本，皆在文帝之前。今諸通行本《老子》皆改作『常』，出於漢文帝後也。又，《五行篇》：『□而不傳，義恒□□。』《魯穆公問子思篇》：『子思曰：「恒稱其君之亞（惡）者，可謂忠臣矣。」』《成之聞之篇》：『古之用民者，求之於己爲恒。』《尊德義篇》：『因恒則固。』又：『凡動民必順民心，民心有恒。』皆用『恒』不用『常』，蓋楚語也。又：『汝何博謇而好脩兮，紛獨有此姱節。薋菉葹以盈室兮，判獨離而不服。』陳氏云：『按「節」字古音爲真臻先部入聲，服字爲之咍部入聲，從不合用。此當時音轉，而唐以來遂以即唧等字入職韻，爲之咍部入聲矣。』案：陳氏謂質、職部『從不合用』者是也。然謂『此當時音轉』者，則羌無證據。節，當爲『飾』之訛。劉師培云：『《天問》王注「修玉飾以事于湯」，案《類聚》九十引注作「修飾玉鼎」，此脱飾字。《御覽》八百六十一引作「修節玉鼎」，亦「飾」之訛。』其説是也。即、唧皆入質部，古亦不入職韻。職、質殊甚，無由『音轉』。

或不明韻字古音而誤。如，《離騷》：『高余冠之岌岌兮，長余佩之陸離。芳與澤其雜糅兮，唯昭質其猶未虧。』陳氏：『按「虧」字古在魚虞模部，「離」字在歌戈麻部，此合用。《九歌》《天問》《九章》並同。考《逸周書·武稱解》：「爵位不謙，田宅不虧。各寧共親，民服如化。」則是音之來久矣。』案：虧，古音本入歌部，而非魚部字。《説文》謂從雐、亏，會意；别文作『虧』，從雐，兮聲，形聲。兮，入歌部。則『虧』亦在歌部。《九歌·大司命》虧協何、爲，《天問》虧協加，《抽思》虧協儀，皆入歌部。又，《東君》：『青雲衣兮白霓裳，舉長矢兮射天狼。操余弧兮反淪降。』陳氏云：『按「降」字古在東冬鍾江部，不與陽唐合用。此當時音轉。』案：此章裳、狼、漿、翔、行五字入韻，降非入韻字。《河伯》：『魚鱗屋兮龍堂，紫貝闕兮朱宮，靈何爲兮水中。』宮、中入韻，堂非韻字。陳氏亦誤以陽東爲『音轉』。

或因版本訛誤而强爲之説者。如，《天問》：『伏匿穴處爰何云？荆勳作師夫何長先？悟過改更我又何言？吳光争國久余是勝。何環穿自閭社丘陵，爰出子文？』陳氏云：『云、先、文三字古在諄文欣魂痕部，言字在元桓寒删山仙部，二部之字古或通用。如《詩·小戎》以苑韻群鐓，《楚茨》以孫韻熯愆，《易蒙象傳》以順韻巽，《渙象傳》以順韻願是也。惟勝爲蒸登部，從未有通轉者。」案：以云先文爲文元通轉合韻者，是也。然說『勝』字不確。此當作別本作『吴光争國久余是勝，何環閭穿社以及丘陵？是淫是蕩，爰出子文，吾告堵敖以不長，何試上自予，忠名彌彰？』勝以韻陵，古入蒸部；蕩以韻長、彰，古入陽部。又，《懷沙》：『懷質抱情，獨無匹兮。伯樂既没，驥焉程兮。』陳氏云：『按「程」字古在庚耕清青部，不與真臻先部合用。然《史記》引《尚書》「平秩」作「便程」，則程可讀秩。』案：程讀秩，文義不洽。此當從别本『匹』作『正』。正，古有匹配義。後人不審，遂改『正』爲『匹』。其義得之，然韻不協也。陳氏亦未明『正』字古義而强爲之説耳。

是書清嘉慶五年嘉應吴蘭校刻《賜書堂集》本顔爲『楚辭音義』，道光庚戌《嶺南遺書》本始改爲『楚辭音辨』，浙江圖書館有藏本。别有民國二十三年餐菊軒鉛印本，民國商務印書館《叢書集成初編》本等。（黄靈庚）

# 楚辭天問箋

《楚辭天問箋》者，清丁晏之所作也。晏字儉卿，又字柘堂，晚號石亭居士。江蘇山陽人。道光元年舉人，初不樂仕進，以教課、講學爲事，先後主講於淮安文津書院、麗正書院。咸豐中，承辦地方團練等事務，官至内閣中書，加三品銜。晏博通經術，尤好鄭氏學，著有《毛鄭詩釋》《三禮釋注》《孝經述傳》《尚書餘論》《禹貢集釋》《鄭氏詩譜考正》《周易解故》《周易訟卦淺説》《周易述傳》《易林釋文》《山陽詩徵》《山陽縣志》等四十七種，凡一百三十六卷。《頤志齋叢書》收二十二種，餘皆未刊。事載《清史稿》卷四百八十二《儒林》、《清史列傳》卷六十九《儒林》及《清儒學案》卷一百六十《柘唐學案》。

丁氏際天下崩析、内外亂作，目覩清廷綱紀不振，外侮於英夷，内折於髮寇，而朝中官僚以自保爲計，苟且偷安，不思圖强自奮，國事日非，幾於危亡。於是有激於屈子之忠義精神，以勵士氣。稱『屈子以直行竭忠，被讒憂憤，悼古人之不作，懼來者之難明，述箋申義，感慨係之』云，乃有是書之作。『創始于嘉慶丁丑，屬草粗定，藏於篋中，迄今三十有七年，覆加審定，繕寫成書』云云。據此，則丁氏是書之作，前後經歷三十七載，非倉促苟合者可比，其用力之勤，用意之周，可謂至矣。

是書首有丁氏作於咸豐四年甲寅自敘，《天問》乃『屈子呵壁之所爲作也』。乃據王逸舊序『楚有先王之廟及公卿祠堂，圖畫天地山川神靈琦瑋僪佹及古賢聖怪物行事』云云，大肆臚列書證以徵其説，稱『壁之有畫，漢世猶然。漢魯殿石壁及文翁禮殿圖，皆有先賢畫像，武梁祠堂有伏羲祝誦夏桀諸人之像，《漢書・成帝紀》甲觀畫堂畫九子母，《霍光傳》有周公負成王圖，《敘傳》有紂醉踞妲己圖，《後漢・宋宏傳》有屏風畫列女圖，《王景傳》有《山海經》《禹貢》圖古畫，皆徵諸實事，故屈子之辭，指事設難，隨所見而出之，故其文不次也』。則晏之作解，一以漢師爲依據，其視疑『呵壁』爲虛幻無根之説者，不啻勝於萬萬矣。且開後世據出土於先秦楚墓之圖畫與《天問》相驗證之塗徑。

是書體例，於《天問》正文下始列王逸《天問章句》，次列己之所箋文，蓋『仿鄭箋申毛之例，因《章句》而爲箋』也。凡『叔師義有隱滯，箋以表明；亦有不依《章句》者，如《鄭箋》與《毛詩》異義，是其例也』。則知是書之釋義，無非明《章句》之『隱滯』或者發《章句》之『異義』兩端云爾。

明《章句》之『隱義』者，如：『九州何錯？川谷何洿？東流不溢，孰知其故？』《章句》云：『錯，置也。洿，深也。言九州錯厠，禹何所分別之？川谷於地，何以獨洿深乎？百川東流不知滿溢，誰有知其何故也？』然則何者爲『川』？何者

楚辭天問箋

山陽丁晏譔



天問章句

王逸曰天問者屈原之所作何不言問天天尊不可問故曰天問也屈原放逐憂心愁悴彷徨山澤經歷陵陸嗟號旻昊仰天歎息見楚有先王之廟及公卿祠堂圖畫天地山川神靈琦瑋僪佹及古賢聖怪物行事周流罷倦休息其下仰見圖畫因書其壁呵而問之以渫憤懣舒瀉愁思楚人哀惜屈原因共論述故其文義不次敘云爾

曰遂古之初誰傳道之

章句遂往也初始也言往古太始之元虛廓無形神物未生

楚辭天問箋 一 廣雅書局栞

爲『谷』？東流所歸又在何處？皆未詳所指。丁氏則旁徵博引，詳證其所未明者，云：『《書·益稷》「予決九川」，《傳》：「決九州名川，通之至海。」《禹貢》：「奠高山大川。」《傳》：「大川，四瀆。」蔡邕《月令章句》：「衆流注海曰川。」《呂氏春秋·有始覽》：「何謂六川？河水、赤水、遼水、黑水、江水、淮水，通谷六，名川六百。」《爾雅·釋水》：「注川曰溪，注溪曰谷。」《老子道德經》：「江海所以能爲百谷王者，以其善下也。」』案：皆所以疏『川』『谷』之義也。又云：『《莊子·秋水篇》：「天下之水莫大於海，萬川歸之，不知何時止而不盈；尾閭泄之，不知何時已而不虛。」《釋文》引崔云：「尾閭，海東川名。」《天地篇》：「諄芒將東之大壑。」《釋文》引李云：「東海也。」《列子》：「渤海之東有大壑焉，其下無底，名曰歸墟，八紘九野之水，天漢之流，莫不注之。」《天對》有「東窮歸墟」之説，蓋本諸列圄寇。《山海經·大荒東經》：「東海之外大壑。」郭注：「《詩含神霧》曰：東注無底之谷，謂此壑也。」郭璞《江賦》：「淙大壑與沃焦。」李善注引《玄中記》曰：「天下之大者，東海之沃焦焉，水灌之而不已。」虞厚《合璧事類》引《山海經》云：「沃焦在碧海之東，有石闊四萬里，居百川之下，故又名尾閭。」今《山海經》無此文。《文選》嵇叔夜《養生論》：「或益之以畎澮，而泄之以尾閭。」李善注引《莊子》司馬彪曰：「尾閭，水之從海水出者也，一名沃燋，在東大海之中。尾者，在百川之下，故稱尾。閭者，聚也。水聚族之處，故稱閭也。在扶桑之東有一石，方圓四萬里，海水注者無不燋盡，故名沃燋。」』案：尾閭、沃焦，皆百川所歸，即所以釋『東流不溢』之義也。近人朱季海《楚辭解故》亦爲此説，然則在丁氏後矣。又，『湯出重泉，夫何罪尤？不勝心伐帝，夫誰使挑之？』《章句》云：『重泉，地名也。言桀拘湯於重泉而復出之，夫何用罪法之不審也？帝謂桀也。言湯不勝衆人之心而以伐桀，誰使桀先挑之也？』然王氏言『不勝心』之義，終不顯白矣。丁氏云：『《太公金匱》：「桀怒湯，用諛臣趙梁計，召而囚之均臺，寘之重泉。湯行賂，桀釋之。」「不勝心」者，不快於衆心也。

《書》稱「衆言汝后不恤我衆，舍我穡事而割正夏」者是也。言湯既不勝衆人之心，而猶且伐帝者，果孰挑之使伐耶？意謂雖伊尹導之，而亦湯之自爲，非由夫人挑之也。挑者，引動之意，猶《孟子》所云「要湯」，《史記》所云「干湯」也。』案：則是所以發微王注『隱滯』者也。

丁氏與《章句》『異義』而別爲之解者，如，『鴟龜曳銜，鯀何聽焉？順欲成功，帝何刑焉？』《章句》云：『言鯀治水，績用不成，堯乃放殺之羽山，飛鳥水蟲曳銜而食之，鯀何復能不聽之乎？帝謂堯也。言鯀設能順衆人之欲而成其功，堯當何爲刑戮之乎？』王氏以『曳銜』爲狀言水蟲曳銜爭食之意。丁氏未以爲確，乃别爲解，云：『柳子《天對》云：「胡離厥考，而鴟龜肆喙？」《路史·餘論》引《古岳瀆經》：「禹治水，獲淮渦水神，名巫支祈，授之童律，不能制；授之烏木田，不能制；授之庚辰，能制。鴟脾、桓胡、木魅、水靈、山妖、石怪，庚辰持戟逐去。」「鴟龜曳銜」，益謂怪物之爲祟者，鯀何聽之而不治乎？周拱辰别注經稱「鯀堙洪水」，《國語》又稱其「墮高堙卑」。蓋鯀築長堤如鴟龜之曳尾相銜者。然程子曰：「今河北有鯀堤而無禹堤。」《通志》：「堯封鯀爲崇伯，使之治水，乃興徒役作九仞之城。」又，《淮南子》：「鯀作三仞之城，諸侯悖之。」史稽曰：「張儀依龜迹築蜀城。」非猶夫崇伯之智也？』以『鴟龜曳銜』爲言鯀治水之築堤之法，甚有創意，且與《章句》所謂『水蟲曳銜而食之』之説大相徑庭也。又，『康回憑怒，地何故以東南傾？』《章句》云：『康回，共工名也。《淮南子》言「共工與顓頊争爲帝，不得，怒而觸不周之山。天維絶，地柱折，故東南傾」。』王氏説共工争帝之事甚爲簡略，且未詳所以名『康回』之義。案：丁氏乃博引《淮南子》《列子》《路史·發揮》、江淹《遂古篇》、柳子《晉問》、《抱朴子》、楊泉《物理論》、張華《博物志》、《文選》、劉孝標《辨命論》等典籍載言共工事，幾無餘闕，蓋以補王注疏略。又云：『康回，當作庸回，字形相近誤也。《左傳》文十八年：「靖譖庸回，天下之民謂之窮奇。」杜預注：

「庸，用也。回，邪也。」謂共工其行，窮其好奇，「靖譖庸回」，猶《堯典》之「靖言庸違」也。康成注《書》以共工名氏，未聞叔師以康回爲共工名。恐非。王圻《三才圖會》：「共工死，子康回襲。黑龍氏亦曰共工。」亦傅會之説也。』以『康回』爲『庸回』之訛，因共工德行爲名。是所謂與《章句》『異義』也。

是書復引名『崧』者之注，據陳本禮《屈辭精義》以補《箋》之未備者，雙行小字排版。如，『焉有虯龍，負熊以遊？』於丁氏《箋》下補云：『崧案：陳本禮引《外紀》皇帝有熊氏嘗乘斑龍四巡，《列仙傳》有熊鼎成，乘龍上升。可補引之。』又，『帝降夷羿，革孽夏民；胡射夫河伯，而妻彼洛嬪？』，於《箋》下補云：『崧案：陳本禮云，《竹書》帝芬十六年，雒伯用與河伯馮夷鬬。河雒二國名。伯，其爵。嬪，其妃耳。羿恃善射，殺河伯，奪其國，又殺雒伯而淫其妃也。』或夾於丁氏《箋》文中，多爲訓詁字義，蓋以補丁氏所未備者，然未署『崧案』二字，未審是否亦『崧』之所爲。如，『何由並投』之投，丁《箋》但訓『棄』，則於是訓下補云：『《左傳》文十八年：「投諸四裔，以禦魑魅。」杜注：「投，棄也。」』亦頗可觀。

綜觀丁氏是書之優有三：一是據考古以揭櫫本旨，凡王氏《章句》敘古事未顯或過於疏簡之處，則爲援引古籍詳證之，既明其所出，又藉此以增廣見識。如，『女岐無合，夫焉取九子？』《章句》云：『女岐，神女，無夫而生九子也。』其説甚簡，不明出處所在。案：丁氏云：『女岐，或稱岐母，或稱九子母。《呂氏春秋·有始覽·論大篇》：「地大則有常祥、不庭、岐母、群抵、天翟、不周。」高誘注：「以岐母爲獸名。非也。」《漢書·成帝紀》：「元帝在太子宮，坐甲觀畫堂。」顔注引應劭曰：「畫堂畫九子母。」《天問》本依圖畫而作，意古人壁上多畫此像。西漢去古未遠，猶沿此制。應氏之説是也。内典亦有九子母，蓋古有是説，釋氏更從而傅會耳。《荆楚歲時記》：「四月八日，長沙寺閣下九子母神。是日無子者供養薄餅以乞子，往往有驗。」』其以《呂覽》及《漢書》載九子母畫像徵驗《天問》是問因於壁畫，尤爲有見矣。又，『羲和之未揚，若華何光？』《章句》曰：『羲和，日御也。言日未揚出之時，若木何能有明赤之光華乎？』至爲簡略，且既以『羲和』爲『日御』，而注文又爲指日，兩歧之説。案：丁氏《箋》：『《大荒南經》：「東南海之外，甘水之間有羲和之國，有女子名曰羲和，方日浴於甘淵。羲和者，帝俊之妻，生十日。」郭注：「羲和，蓋天地始生，主日月者也。」故《啓筮》曰：「空桑之蒼蒼，八極之既張，乃有夫羲和，是主日月，職出入，以爲晦明。」又曰：「瞻彼上天，一明一晦，有夫羲和之子出於陽谷，故堯因此立羲和之官，以主四時。」《事類賦》引《淮南子》：「爰止羲和，爰息六螭。」注曰：「日乘車駕以六龍，羲和御之。」今本《天文訓》脱此文。《晉書·律志》：「黄帝使羲和占日。」《廣雅》：「日御曰羲和。」《大荒北經》：「大荒之中有衡石山、九陰山、洞野之山，上有赤樹，青葉赤華，名曰若木。」郭注：「生崑崙西，附西極，其華光赤，下照地。」《海内經》：「南海之內，黑水、青水之間有木名曰若木。」郭注：「樹赤華青。」《南山經》：「有木焉，其花四照。」郭注：「若木華赤，其光照地。」亦此類。《淮南子·墬形篇》：「若木在建木西，末有十日，其華照下地。」高注：「末，端也。若木端有十日，狀如蓮華，光照其下。」揚子雲《甘泉賦》：「飲若木之露英。」張平子《思玄賦》：「躔建木於廣都兮，摭若華而躊躇。」《文選·遊天台山賦》：「羲和亭午。」《離騷》云：「折若木以拂日兮。」』大抵古籍載言『羲和』『若華』之文，盡備於此。而『羲和』『若木』神話之源流及演變之迹，可得按迹求其仿佛。且雖『羲和』一名，有主日者、有生日者、有徑爲日陽名者、有日御者，其於《天問》所言，當以日陽之名者爲允，而非指日御也。

二是字義訓詁之事，斟酌王注而爲之疏解，不爲後世妄加駁議者所惑。如，『雄虺九首，倏忽焉在？』《章句》云：『虺，蛇別名也。倏忽，電光也。言有雄虺，一身九頭，速及電光，皆何所在乎？』柳宗元《天對》自注云：『倏忽，在《莊子》義甚明。王逸以爲電，非也。』案：丁氏云：『《招魂》云：「雄虺九首，往來倏忽，吞人以益其心些。」叔師彼注：「倏忽，疾急貌也。言復有雄虺一身九頭，往來奄忽，常喜呑人魂魄以益其心，賊害之甚也。」《漢書・揚雄傳》：「電儵忽於牆藩。」師古曰：「儵忽，電光也。」《文選・甘泉賦》作「儵忽」，李善注：「儵忽，疾貌。」《西京賦》：「儵忽奇幻，易貌分形。」《蜀都賦》：「碧雞儵忽而曜儀。」《思元賦》：「辰儵忽其儵不再。」李善注皆謂疾。《莊子・大宗師篇》：「儵然而來，儵然而往而已矣。」《釋文》：「本又作倏，徐音叔，司馬云：倏，疾也。李同。」又，《九歌》：「儵而來兮忽而逝。」《章句》謂「往來奄忽」。宋玉《九辯》：「羌儵忽而難當。」《章句》謂「行疾去亟」。則此文亦言雄虺疾急，莫測其往來之所在，與《招魂》正一類。叔師儵忽爲電光，狀其疾也。』丁氏疏《章句》之義，以正後人之誤，辯明儵忽之訓『電光』或『急疾』，實引申之事，本爲一義，非王氏不知『急疾』之訓。斯可謂是王逸之功臣矣。

三是詮釋字義，時有所發明，發前人所未發。或者得於校勘者，如，『簡狄在臺嚳何宜？玄鳥致貽女何喜？』喜，一作嘉。《章句》云：『簡狄，帝嚳之妃也。玄鳥，燕也。貽，遺也。言簡狄侍帝嚳於臺上，有飛燕墮遺其卵，喜而呑之，因生契也。』則似作『喜』字。然則喜、宜不協韻，舊本當作嘉。案：丁氏云：『《續漢書・禮儀志・祠高禖》劉昭《補注》引《離騷》云：「玄鳥致貽女何嘉？」引王逸注亦作「嘉而呑之」。』則意謂劉昭所見舊本固作『嘉』字矣，後則訛作『喜』字耳。其校甚是，當可定讞。或者得於字義詁訓者，如，『白蜺嬰茀，胡爲此堂？安得良藥，不能固臧？』《章句》云：『蜺，雲之有色似龍者也。茀，白雲逶移若蛇者也。言此有蜺茀氣逶移相嬰，何爲此堂乎？蓋屈原所見祠堂也。臧，善也。言崔文子學仙於王子僑，子僑化爲白蜺，而嬰茀持藥與崔文子，崔文子驚怪引戈擊蜺。中之，因墮其藥，俯而視之，王子僑之屍也。故言得藥不善也。』案：丁氏云：『「白蜺嬰茀」，此盛言嫦娥之裝飾也。蜺與霓同，猶月中霓裳羽衣。《九歌・東君》云：「靈之來兮蔽日，青雲衣兮白霓裳。」《九歎・逢紛》云：「薜荔飾而陸離薦兮，魚鱗衣而白霓裳。」以《騷》辭本文證之，知其確矣。

嬰茀，婦女首飾。《荀子・富國篇》：「處女嬰寶珠。」楊倞注：「嬰，繫於頸也。」《説文》：「嬰，頸飾也。从女、賏。賏，其連也。」《易・既濟》「婦喪其茀」，馬融云：「茀，首飾也。」見《釋文》。「胡爲」者，訝之之辭。言此豔裝濃飾，胡爲而畫於此祠堂也。」丁氏復以下二句爲言嫦娥竊藥奔月事，問言『何從得此良藥，致奔月中，不能自固，以善其身也』。其説後爲郭沫若等採用發揮之，且謂堂即裳。是四句問嫦娥之衣飾，庶幾定論矣。

然則丁氏徵引古籍似不甚謹嚴，多有支解剥裂之事。如，《路史・餘論》卷九『無支祈』條引《古嶽瀆經》：『禹治水獲淮渦水神，名巫支祈，授之童律，童律不能制；授之烏木田，烏木田不能制；授之庚辰，庚辰能制。鴟脾、桓胡、木魅、水靈、山妖、石怪奔號叢繞者以千數，庚辰以戰遂去。』而丁氏《箋》引此文，脱後『童律』『烏木田』『庚辰』，又脱『奔號叢繞者以千數』，又誤『戰』字作『戟』。令引文幾不能卒讀矣。或訛脱《天問》正文而未及校者。如，『受禮天下，又使至代之？』丁氏《箋》本無『至』字，蓋未審『至』即『摯』，指伊摯也。無『至』字則不辭之甚。字義訓詁，間有未審者。如，『湯謀易旅，何以厚之』之『湯』，王逸訓『殷湯』，自是確詁。而丁氏改訓湯爲盪、蕩，訓大。謂指澆盪舟謀夏事。非也。又，『該秉季德厥父是臧』至『何變化以作詐後嗣而逢長』十二問，本述殷先王亥、季、恒、微數世之事，劉夢鵬已發之，後王静安據殷商甲骨文證之，其義遂以大顯。王注誤以夏啓，有扈氏及晉大夫解居甫之事解之，丁氏未能辯明，反徵以季札、簡狄、姜源諸事强解之，則愈解愈歧，而離本旨愈遠矣。

是書有廣雅書局刊本，刻於清光緒間，國家圖書館有藏本。（黄靈庚）

# 楚辭字聲略考

《楚辭字聲略考》者，清馬邦舉之所作也。邦舉，號卧廬。山左魚臺人。嘉慶五年庚申舉人，十年乙丑進士。通經術，尤精小學。官曹州府教授，從學者甚衆。著有《周易略考》《尚書略考》《毛詩字聲略考》《春秋三傳略考》《竹書紀年略考》《説文字聲略考》《漢聲略考》《魏晉聲略考》《古聲略考雜記》《子星房星翼》《陝志陵墓考》等。事載民國十六年《濟寧直隸州續志》卷十三《人物志》。

馬氏依毛氏汲古閣洪氏《補注》爲藍本，祇集屈子之作，凡七卷：第一《離騷》，第二《九歌》，第三《天問》，第四《九章》，第五《遠遊》，第六《卜居》，第七《漁父》。無序、無注。『字聲略考』者，即考訂屈賦二十五篇入韻字之古音也。其體式是，於各篇每段或每章之末，繫以『舉按』，逐字考訂古音。觀其所考訂，以析字之法探求其根，而不以實際用韻爲依據。如，庸，用聲；用，中聲；申，亦从中。故庸聲若申。商上从二，二，古之上字；元、天，亦从上。故商、天、元聲若真。然則精麤雜糅，不可陳而不論，宜從其所是，非其所非，逐條詳辯之。若前已辯之者，則後不再重出。

馬氏分《離騷》前半篇爲五章：篇首至『靈脩之故也』爲第一章，云：『庸，用聲，聲若申。降生同，聲若新。名聲若昏。能，以聲，聲若怡。佩聲若肺。與聲若舞。莽、馬同聲，聲若武。序，予聲；予、吾同聲，聲若五。在聲若持。茝聲若姬。隘，益聲，聲若助。績聲若度。怒聲若努。舍聲若吐。故聲若古。』案：庸，東韻，不讀真韻之申。降，冬韻，不讀真韻之新。名，耕韻，不讀真韻之昏。佩，之韻，不讀月部之肺。序、吾雖同魚韻，然予、吾不同聲紐。與、舞雖魚韻，而聲紐不同。隘、益，錫韻，不讀魚韻之助。績，錫韻，不讀魚韻之度。餘皆可從。

『初既與』至『遺則』爲第二章，云：『他聲若迤。化聲即匕，聲若匙。畂，久聲，聲若以。刈即乂。穢，歲聲，聲若易。索即素。妒聲即户。英从艸、央聲，聲若因。傷，旦聲，聲若真。藥聲若止。纚，麗聲，聲若裏。服聲若既。則聲若貝。』案：畂、久雖同之韻，而聲紐不同。穢，月韻，不讀錫韻之易。妒，當故反，與『户』同韻不同聲紐。英，陽韻，不讀真韻之因。傷，陽韻，不讀元韻之旦。藥，歌韻，不讀之韻之止。纚，歌韻，不讀之韻之裏。服，職韻，不讀脂韻之既。則，職韻，不讀月韻之貝。餘則可從。

『長太息』至『猶未悔』爲第三章，云：『艱聲若根。替聲若簪。茝聲熙。悔聲若未。』又云：『《唐韻》二十四《鹽》有朁字，與岑帖、鍼、相連。鹽聲若申、朁聲即真。《唐韻》注：「今作潛。」由是知潛亦聲若真。「夕替」替字，字畫小誤。』案：替，質韻，不讀侵韻之簪。《廣韻》平聲鹽，亦不讀申。替，非暜之訛也。茝、熙雖同之韻，而聲紐不同。悔，之韻，不讀微韻之未。惟『艱聲若根』一條可從。

楚辭字聲略考　屈平離騷第一
帝高陽之苗裔兮朕皇考曰伯庸攝提貞于孟陬兮惟庚寅吾
以降皇覽揆余初度兮肇錫余以嘉名名余曰正則兮字余曰
靈均紛吾既有此內美兮又重之以修能扈江離與辟芷兮紉
秋蘭以爲佩汩余若將不及兮恐年歲之不吾與朝搴阰之木
蘭兮夕攬洲之宿莽日月忽其不淹兮春與秋其代序惟草木
之零落兮恐美人之遲暮不撫壯而棄穢兮何不改此度乘騏
驥以馳騁兮來吾導夫先路昔三后之純粹兮固衆芳之所在
雜申椒與菌桂兮豈惟紉夫蕙茝彼堯舜之耿介兮既遵道而
得路何桀紂之昌披兮夫唯捷徑以窘步惟夫黨人之偷樂兮

山東省立圖書館鈔本

『怨靈脩』至『之所厚』爲第四章，云：『淫，壬聲，聲若歆。錯昔聲，聲若醋。態从心能聲，能，以聲。時聲即寺。態聲即以。然聲若蓳。安聲若歆。詬从言后聲，聲若昜。厚聲若宇。』案：然，元韻日紐，不讀文韻之蓳。安，元韻，不讀侵韻之歆。詬，侯韻，不讀錫韻之昜。厚，侯韻，不讀魚韻之宇。餘則可從。

『悔相道』至『之可懲』爲第五章，云：『反聲若昏。遠聲若昏。息聲即自。服聲若既。裳从衣尚聲，聲若真。芳，方聲，聲若分。虧聲若維。荒聲若昏。章聲即青。常，尚聲，聲若真。懲，壬聲，聲若申。』案：反、遠，皆元韻，不讀文韻之昏。息，職韻，不讀質韻之自。裳、常，皆陽韻，不讀真韻之真。芳、方陽韻，不讀文韻之分。虧，歌韻，不讀脂韻之維。荒，陽韻，不讀文韻之昏。章，陽韻，不讀耕韻之青。懲，蒸韻，不讀真韻之申。無一可從。

『女嬃』以下至篇終未分章，云：『予，聲若五。節，即聲，聲若祭。服聲若既。情聲若真。聽，壬聲，聲若申。詞聲即司。縱聲即昏。巷聲若闇。狐聲若孤。家聲若古。忍从心刃聲，聲若分。隕，員聲，聲若紛。殃，央聲，聲若殷。長聲若申。差聲，即參差之差。頗聲即皮。極，亟聲，聲若記。悔聲若未。醢，右聲，聲若依。當聲若真。浪聲若根。正聲若真。征正聲，聲若真。圃，甫即聲。迫聲若度。桑聲即森。羊聲若申。屬聲若聿。夜聲若度。御聲若「好惡」之惡。下聲若虎。予聲若五。佇聲即宁。馬聲若武。女聲若汝。佩聲若肺。詒，台聲，聲若義。在聲若持。理聲若貍。遷聲若新。盤聲若般。遊，斿聲，聲若字。求聲若氣。好美，即佩字，聲若乂。巧，丂聲，聲若聿。可聲若奚。我聲「台小子」之台。遥，䍃聲，聲若役。姚，兆聲，聲若貝。惡即「好惡」之惡，無他聲。簞聲若申。占聲若真。宇，于聲，聲若五。當聲若真。芬聲若分。迎聲若申。同聲若申。同聲若真。調从言周聲，周从口用聲，聲若申。媒聲若米。舉聲若舞。央聲若殷。折聲若逝。留聲若自。茅，矛聲，聲若逆。艾聲即乂。害聲若聿。幃聲若離。化聲若匙。沫聲若未。行聲若根。粻聲若申。車，北音古讀若轂，南音古讀若具，漢以下讀若移。疏，㐬聲，聲若毓。流即聲㐬，古育字。啾聲若嘻。與聲若五。余聲若吐。待聲若持。邈聲若聿。樂聲若歷。鄉聲若邨。都聲若煮。居聲若古。』案：予、五同魚韻，而聲紐不同。節，質韻，不讀月韻之祭。節、祭皆失韻，當作飾。情，耕韻，不讀真韻之真。聽，耕韻，不讀侵韻之壬，亦不讀真韻之申。縱、巷，皆東韻，不讀文韻之昏。忍、刃與分，雖皆文韻，而聲紐不同。隕、員與紛，雖皆文韻，而聲紐不同。殃、央，陽韻，不讀真韻之殷。長，陽韻，不讀真韻之申。醢，之韻，不讀脂韻之依。當，陽韻，不讀真韻之真。浪，陽韻，不讀文韻之根。正、征，皆耕韻，不讀真韻之真。迫、度雖同鐸韻，而聲紐不同。桑，陽韻，不讀侵韻之森。羊，陽韻，不讀真韻之申。屬，屋韻，不讀物韻之聿。夜、度雖同鐸韻，而聲紐不同。下、虎雖同魚韻，而聲紐不同。詒、台，皆之韻，不讀歌韻之義。理、貍雖同之韻，而聲紐不同。遷，元韻，不讀真韻之新。遊，幽韻，不讀之韻之字。求，幽韻，不讀脂韻之氣。好，幽韻，不讀月韻之乂。巧，幽韻，不讀物韻之聿。可，歌韻，不讀支韻之奚。我，歌韻，不讀之韻之台。遥，宵韻，不讀錫韻之役。姚，宵韻，不讀月韻之貝。篿，元韻，不讀真韻之申。占，談韻，不讀真韻之真。迎，陽韻，不讀真韻之申。同，東韻，不讀真韻之申，當作周。調、周，幽韻，不讀真韻之申。媒，之韻，不讀脂韻之米。舉、舞雖同魚韻，而聲紐不同。留，幽韻，不讀脂韻之自。茅，幽韻，不讀鐸韻之逆。害，月韻，不讀物韻之聿。幃，微韻，不讀歌韻之離。行，陽韻，不讀文韻之根。粻，陽韻，不讀真韻之申。車，魚韻，不讀屋韻之轂、侯韻之具、歌韻之移。疏，魚韻，不讀幽韻之毓。流、育雖幽韻，而聲紐不同。啾，幽韻，不讀之韻之嘻。宵，幽韻，不讀物韻之聿。樂，藥韻，不讀錫韻之歷。鄉，陽韻，不讀文韻之邨。其餘則可從。

《九歌》十一篇，置辯字聲於各篇之末。《東皇太一篇》之末云：『良聲若根。皇聲若申。琅聲若根。瑱聲即真。芳聲若芬。漿，將聲，聲若軍。歌聲若奚。服聲若極。堂，尚聲，聲若真。康聲若申。』案：無一可從。此篇協陽韻，良，不讀文韻之根。

皇，不讀真韻之申。芳，不讀文韻之芬。漿，不讀文韻之軍。歌，非協韻字，不讀支韻之奚。服，非協韻字，與極雖職韻，而聲紐不同。堂，不讀真韻之真。康，不讀真韻之申。

《雲中君》之末云：『宮聲若闇。光聲若昏。憺聲若昆。章聲若音。降聲若新。中聲若申。窮聲若身。』案：無一可從。宮，冬韻，不讀文韻之闇。光，陽韻，不讀文韻之昏。憺，冬韻，不讀文韻之昆。中，冬韻，不讀真韻之申。窮，冬韻，不讀真韻之身。

《湘君》之末云：『猶，酋聲，聲若自。洲聲若聿。修，攸聲，聲若聿。舟聲若聿。波聲即皮。流聲即育。來聲即釐。征，正聲，聲若真。庭聲若申。旌，生聲，聲若新。靈聲若真。極聲若記。息聲即自。側聲即貝。枻聲即世。雪聲即聿。末聲即未。勞聲若利。絶聲若繼。淺，戔聲，聲若浸。翩，扁聲，聲若分。長聲若申。閒聲若森。渚聲若煮。下聲若虎。浦聲即甫。』案：無一可從。猶，幽韻，不讀脂韻之自。洲、修、舟，皆幽韻，不讀物韻之聿。庭，耕韻，不讀真韻之真。旌，耕韻。不讀真韻之新。靈，耕韻，不讀真韻之真。側，職韻，不讀月韻之貝。雪，月韻，不讀物韻之聿。末，月韻，不讀物韻之未。勞，宵韻，不讀脂韻之利。絶，月韻，不讀脂韻之繼。淺，元韻，不讀侵韻之浸。翩，元韻，不讀文韻之分。閒，元韻，不讀侵韻之森。

《湘夫人》之末云：『風聲若分。望聲若申。白蘋一作白薠。張聲若申。中聲若申。上聲若真。蘭，柬聲，聲若森。言聲若伸。湲聲若昏。裔聲若依。澨聲即噬。逝聲即是。蓋聲若弟。壇聲若因。堂聲若真。房聲若分。張聲若申。鎮聲即真。芳聲若分。衡聲若分。庭聲若申。門聲若分。迎聲若親。雲聲若紛。浦聲即甫。者聲若煮。與聲若舞。』案：風，侵韻，不讀文韻之分。望，陽，不讀真韻之申。張，陽韻，不讀真韻之申。上，陽韻，不讀真韻之直。蘭，元韻，不讀侵韻之森。言，元韻，不讀真韻之伸。湲，元韻，不讀文韻之昏。逝，月韻，不讀支韻之是。蓋，月韻，不讀脂韻之弟。壇，元韻，不讀真韻之因。房，陽韻，不讀文韻之分。衡，陽韻，不讀文韻之分。餘則可從。

《大司命》之末云：『塵聲若申。下聲若虎。女聲即汝。予聲若五。翔聲若申。陽聲若真。坑，亢聲，聲若真。被聲若皮。離聲即离。爲，獸名，聲若貍。華聲若㚑。居聲若古。疏聲若育。轔聲若申。天聲若真。人聲若昏。何聲若奚。』案：翔、陽、坑，皆陽韻，不讀真韻之真。爲，歌韻，不讀之韻之貍。華、㚑雖同魚韻，而聲紐不同。人，真韻，不讀文韻之昏。何，歌韻，不讀支韻之奚。餘則可從。

《少司命》之末云：『蕪聲若舞。下聲若虎。予聲若五。青，丹聲，聲若真。莖聲若坤。人聲若昏。成，丁聲，聲若鍼。帶聲若弟。郊聲若乂。河聲若奚。池聲即迤。阿聲若奚。徠聲若釐。歌聲若奚。旍，令聲，聲若今。星，生聲，聲若新。』案：青，耕韻，非丹聲，不讀文韻之真。河、阿、歌皆歌韻，不讀支韻之奚。莖，耕韻，不讀真韻之坤。成、丁，皆耕韻，不讀侵韻之鍼。帶，月韻，不讀脂韻之弟。郊，宵韻，不讀月韻之乂。旍、令，皆耕韻，不讀侵韻之今。星、生，皆耕韻，不讀真韻之新。餘則可從。

《東君》之末云：『明聲若昏。雷，由聲，聲若擊。蛇聲若迤。懷聲若衣，罘聲。歸，帚聲，聲若吉。簴聲若局。姱，夸聲，竽聲若五。姱聲若苦。節聲即。裳聲若真。狼聲若根。』案：明，陽韻，不讀文韻之昏。歸，微韻，不讀脂韻之吉。簴，魚韻，不讀屋韻之局。狼，陽韻，不讀文韻之根。餘則可從。

《河伯》之末云：『螭聲即离。望聲若申。蕩聲若真。歸聲若吉。懷聲若衣。堂聲若真。宮聲若闇。中聲若申。魚聲若五。』案：螭、离雖同歌韻，而聲紐不同。蕩，陽韻，不讀真韻之真。餘則可從。

《山鬼》末云：『羅聲即維。笑聲若異。窕聲若聿。来聲若釐。下聲若虎。雨聲若五。予聲若五。閒聲若分。蔓聲若侵。若聲若度。柏聲若妬。作聲若醋。填聲若真。冥聲若昏。蕭聲若聿。憂聲若貝。』案：羅，歌韻，不讀脂韻之維。笑，宵韻，不讀職韻之異。窕，宵韻，不讀物韻之聿。蔓，元韻，不讀侵韻之侵。若、度雖同鐸韻，而聲紐不同。冥，耕韻，不讀文韻之昏。

蕭，幽韻，不讀物韻之聿。憂，幽韻，不讀月韻之貝。

《國殤》之末云：『甲聲若聿。接聲若祭。雲聲若分。先聲若新。行聲若根。傷聲若真。馬聲若武。怒聲即努。壄聲即吐。反聲若敦。遠聲若昏。弓聲若申。陵聲若侵。靈聲若真。雄，厷聲，聲若伸。』案：無一可從。甲，葉韻，不讀物韻之聿。接，緝韻，不讀月韻之祭。傷，陽韻，不讀真韻之真。反，元韻，不讀文韻之敦。弓、雄，蒸韻，不讀文韻之伸。陵，蒸韻，不讀侵韻之侵。

《天問》分六章，首章自『遂古』至『在腹』，末云：『道聲若聿。考聲若聿。極聲若計。識聲即志。爲聲若移。化聲若匙。度聲若妬。作聲若醋。加聲若離。虧聲若維。屬聲若易。有聲若乂。數聲若異。沓聲若聿。嗽聲若森。氾聲即以。德聲若志。腹从肉、复聲，聲若歷。』案：道、考，皆幽韻，不讀物韻之聿。極，職韻，不讀脂韻之計。爲、移雖同歌韻，而聲紐不同。加、離雖同歌韻，而聲紐不同。有，職韻，不讀月韻之乂。數，侯韻，不讀職韻之異。沓，葉韻，不讀物韻之聿。嗽，真韻，不讀侵韻之森。氾，談韻，不讀之韻之以。腹，覺韻，不讀錫韻之歷。餘則可從。

『女岐無合』至『能言』爲第二章，末云：『旦聲若真。藏聲若分。銜聲若金。功，工聲，聲若真。刑聲若根。施聲若迤。賓聲即真。墳，賁聲，聲若分。晝聲若聿。營聲若昏。傾聲若昏。洿聲若袴。多聲若移。里聲即貍。從聲若昏。通聲若申。到聲即至。照聲若逆。揚聲若真。煖，爰聲聲若親。寒，冰聲，聲若賓。林聲若森。』案：旦，元韻，不讀真韻之真。藏，陽韻，不讀文韻之分。功，東韻，不讀真韻之真。刑，耕韻，不讀文韻之根。晝，支韻，不讀物韻之聿。營、傾，皆耕韻，不讀文韻之昏。里、貍雖之韻，而聲紐不同。從，東韻，不讀文韻之昏。通，東韻，不讀真韻之申。到，幽韻，不讀脂韻之至。照，宵韻，不讀鐸韻之逆。揚，陽韻，不讀真韻之真。煖，元韻，不讀真韻之親。寒，元韻，非冰聲，亦不讀真韻之賓。林、森雖同侵韻，而聲紐不同。餘則可從。

『焉有龍虬』至『烏焉解羽』爲第三章，末云：『虬，乙聲，聲若易。遊聲若字。首聲若聿。守聲若敕。所聲若虎。羽聲若于。』案：虬，幽韻，非乙聲，亦不讀錫韻之易。遊，幽韻，不讀之韻之字。首，幽韻，不讀物韻之聿。守，幽韻，不讀職韻之敕。所、魚韻，而聲紐不同。餘則可從。

『禹之力』至『修盈』爲第四章，末云：『合聲即翕。飽聲若「辰巳」之巳。蟞即孽字，聲若敝。達，大聲，聲若弟。躬聲若身。商由二得聲，二，古文上，聲若真，與天同聲。「賓商」，即賓天。《山海經》作「嬪」，郭璞注：「三進美女于天帝，後賢謂賓于天也。」母聲若迷。地聲若迆。民聲若昏。嬪聲即賓。射聲若度。謀，某聲，聲若迷。揆，癸聲，聲若離。越，戉聲，聲若逆。活，舌聲，聲若自。營，宮聲，聲若閽。盈聲若分。』案：飽，幽韻，不讀之韻之巳，當飢字之訛。蟞、敝雖同月韻，而聲紐不同。達、大同月韻，不讀脂韻之弟。躬，冬韻，不讀真韻之身。商、上同陽韻，不讀真韻之天。母、謀，皆之韻，不讀微韻之迷。越，月韻，不讀鐸韻之逆。活，月韻，非舌聲，亦不讀脂韻之自。營，耕韻，非宮聲，亦不讀文韻之閽。盈，耕韻，不讀文韻之分。餘則可從。

『白蜺』至『遷之』爲第五章，末云：『横聲若昏。鳴聲若昏。興聲若歆。膺聲由人，聲若昏。抃，卞聲，聲若真。遷，䙴聲，聲若新。』案：無一可從。横，陽韻，不讀文韻之昏。抃，元韻，不讀真韻之真。遷，元韻，不讀真韻之新。

『惟澆在户』至末爲第六章，末云：『嫂聲若乂。犬聲若戾。止、殆，《聲類》殆、台聲，台，厶聲，聲若以。湯，前賢讀若康，即少康也。殆音似而譌。厚聲若字。取聲若貳。得聲若志。殛，亟聲，聲若記。鰥，睘聲，聲若昏。一作矜，聲若今。初聲若逆。極聲若記。尚聲若真。匠聲即斤，楚讀斤若今。害聲若聿。敗聲若貝。饗聲若根。喪聲若昏。摯聲若至。説，兑聲，聲若聿。臺，聲若「台小子」之台。喜聲即嘻。臧，臣聲，聲若親。羊聲若申。懷，眔聲，聲若易。肥，巴聲，聲若宜。

逢，夆聲，聲若分。從，聲若昏。德，聲若志。牛聲若聿。来，聲若釐。寧聲若心。情，聲若真。兄聲若昆。長，聲若申。得，聲若志。婦，帚聲，聲若聿。九聲若疑。挑，兆聲，聲若敝。萃聲若衣。嘉聲若離。殺聲若役。惑聲若域。服聲若記。沈聲若深。封聲若分。狂，王聲，聲若申。竺聲若貳。燠聲若繫。將聲若君。牧，牛聲，聲若聿。國聲若域。歧聲即止。譏聲即幾。告聲若聿。救，求聲，聲若氣。戒聲若備。代聲若世。緒聲即煮。止聲若昏。嚴聲若真。嚮聲若敦。欲聲若聿。禄聲若易。憂聲若貝。云聲若分。更聲若分。勝聲若侵。陵聲若侵。文聲若分。章聲即音。』案：嫂，幽韻，不讀月韻之乂。犬，元韻，不讀脂韻之戾。湯、康雖同陽韻，而聲紐不同，音不似也。原作湯字是。厚，侯韻，不讀之韻之字。取，侯韻，不讀脂韻之貳。鱞，元韻，不讀文韻之昏。初，魚韻，不讀鐸韻之逆。匠，陽韻，非斤聲，楚亦不讀侵韻之今。嚮，陽韻，不讀文韻之根。喪，陽韻，不讀文韻之昏。説，月韻，不讀物韻之聿。臧，陽韻，非臣聲，亦不讀真韻之親。肥，非巴聲，不讀歌韻之宜。逢，東韻，不讀文韻之分。牛，之韻，不讀物韻之聿。寧，耕韻，不讀侵韻之心。兄、昆一聲之轉。挑，宵韻，不讀月韻之敝。嘉、離雖同歌韻，而聲紐不同。殺，月韻，不讀錫韻之役。服、記雖同之韻，而聲紐不同。前讀既，亦非。封，幽韻，不讀文韻之分。狂，陽韻，不讀真韻之申。竺，屋韻，非二聲，不讀脂韻之貳。燠，屋韻，不讀錫韻之繫。將，陽韻，不讀文韻之君。牧，之韻，不讀物韻之聿。歧，支韻，非止聲，不讀之韻之止。告，幽韻，不讀物韻之聿。救、求皆幽韻，不讀脂韻之氣。戒、備雖職韻，而聲紐不同。代，之韻，不讀月韻之世。止，之韻，不讀文韻之昏。嚴，侵韻，不讀真韻之真。嚮，陽韻，不讀文韻之敦。欲，屋韻，不讀物韻之聿。禄，屋韻，不讀錫韻之易。憂，幽韻，不讀月韻之貝。云、分雖文韻，而聲紐不同。更，陽韻，不讀文韻之分。勝、陵，皆蒸韻，不讀侵韻之侵。章，陽韻，非音聲，不讀侵韻之音。餘則可從。

《惜誦》之末注：『直聲若志。肬，九聲，聲若疑。變，言聲，聲若申。仇，九聲，聲若聿。貧聲即分。咍，台聲。釋聲若度。

白聲若度也。聞从耳門聲，聲若分。忳，屯聲，聲若諄。杭，亢聲，亢由二得聲，二，古文上，聲若真。旁从二方，聲若分。伴，半聲，聲若分。援聲若親也。好从女子聲，聲若字。就聲若聿。軫聲若真。糧聲若申。』案：變，元韻，不讀真韻之申，然非言聲。白、度雖同鐸韻，而聲紐不同。杭、亢，陽韻，非上聲，亦不讀真韻之真。伴，元韻，不讀文韻之分。援，元韻，不讀真韻之親。好，幽韻，非子聲，不讀之韻之字。就，幽韻，不讀物韻之聿。糧，陽韻，不讀真韻之申。餘則可從。

《涉江》之末云：『哀聲若奚。嵬聲若雞。湘聲若申。汏，大聲，聲若弟。滯，帶聲，聲若弟。陽聲若真。傷聲若真。窮聲即身。壇聲若申。薄聲若度。』案：哀，微韻，不讀支韻之奚。嵬，微韻，不讀支韻之雞。湘，陽韻，不讀真韻之申。汏、滯，皆月韻，不讀脂韻之弟。陽、傷，皆陽韻，不讀真韻之真。窮，冬韻，不讀真韻之身。壇，元韻，不讀真韻之申。薄、度雖同鐸韻，而聲紐不同。餘則可從。

《哀郢》之末云：『愆，衍聲，聲若因。亡聲若昏。霰从雨散聲，聲若分。見，由儿得聲，从目，聲若昏。蹠从足，庶即聲。客聲若路。薄聲若賻。釋聲若度。江，工聲，工由二得聲，二古文上，聲若真。東从日，木聲，聲若森。返聲若昏。接从手、妾，妾从女、立聲，聲若利。涉从水步聲，步止上少下，聲若至。復聲即履。慼从心、戚聲，聲若聿。之聲若岐。慨聲即既。邁聲即厲。丘聲若「其時丘」之聲類。』案：愆，元韻，不讀文韻之昏。霰，元韻，不讀文韻之分。見，元韻，非从儿聲从目，亦不讀文韻之昏。客、路雖同鐸韻，而聲紐不同。江，東韻，工聲，非古文上，不讀真韻之真。東，東韻，不讀侵韻之森。返，元韻，不讀文韻之昏。接，緝韻，非立聲，亦不讀脂韻之利。涉，葉韻，非步聲，亦不讀脂韻之至。復，覺韻，不讀質韻之履。戚，覺韻，不讀物韻之聿。邁、厲雖同月韻，而聲紐不同。餘則可從。

《抽思》之末云：『浮，孚聲，聲若字。懮聲若貝。志，从心，之聲，聲若時。敢由工得聲，聲若真。憺，詹聲，聲若申。

聞聲若音。患，从心，串聲。串、中同，聲若申。完，元聲，元从二，二，古文上，聲若真。獲聲即護。聽，壬聲，由千得聲，聲若申。北聲若鄙。歲聲若易。容聲若昏。潭，覃聲，聲若親。願，原聲；原，泉聲。泉、淵同聲，聲若因。進聲若新。』案：浮，幽韻，不讀之韻之字。懮，幽韻，非貝聲。敢，談韻，非工聲，亦不讀真韻之真。憺，談韻，不讀真韻之申。聞，文韻，不讀侵韻之音。患，元韻，串非同中，不讀真韻之申。完，元韻，不讀真韻之真。聽，耕韻，非千聲，不讀真韻之申。歲，月韻，不讀錫韻之易。容，東韻，不讀文韻之昏。潭，侵韻，不讀真韻之親。願，元韻，不讀真韻之因。餘則可從。

《懷沙》之末云：『夏聲若虎。莽聲若武。默聲若戾。鞠聲若句。替，曰聲，聲若繫。迪，由聲，聲若役。鄙聲若畢。改聲若以。晟，成聲，聲若鹹。量聲若分。怪，在聲，聲若恃。采聲若繫。豐聲若分。强聲若申。岔聲即分。像，象聲，聲若吞。汩聲若繫。忽，勿聲，聲若聿。匹聲若昏。程聲若申。懼聲若故。喟、謂俱胃聲，聲若味。愛聲若聿。類聲若戾。』案：默，職韻，不讀脂韻之戾。替，質韻，非曰聲，亦不讀支韻之繫。迪，幽韻，不讀支韻之役。鄙，職韻，不讀質韻之畢。晟，耕韻，不讀侵韻之鹹。量，陽韻，不讀文韻之分。采，之韻，不讀支韻之繫。豐，東韻，不讀文韻之分。像，陽韻，不讀文韻之吞。汩，月韻，不讀支韻之繫。忽、勿、聿雖同物韻，而聲紐不同。匹，質韻，不讀文韻之昏。程，耕韻，不讀真韻之申。喟、謂、味雖同物韻，而聲紐不同。餘則可從。

《思美人》之末云：『發聲若廢。草聲若甫。誒，矣聲。出聲若非。足聲若跟。罷聲若台。咸聲即真。彭聲若珍。』案：草，幽韻，不讀魚韻之甫。出、非雖爲微物對轉，而聲紐不同。足，屋韻，不讀文韻之跟。罷，錫韻，不讀之韻之台。咸，談韻，不讀真韻之真。彭，陽韻，不讀真韻之珍。彭咸，非協韻字。餘則可從。

《惜往日》之末云：『昭，刀聲，聲若逆。幽聲若避。聊，卯聲，聲若自。繇聲若役。廚，豆聲，聲若聿。置聲若制。載，車聲，古北音載聲若古，楚人舟車同聲，載聲若聿。再聲若既。』案：昭，宵韻，不讀鐸韻之逆。幽，幽韻，不讀錫韻之避。聊，幽韻，不讀脂韻之自。廚，侯韻，不讀物韻之聿。置，職韻，不讀月韻之制。載，之韻，不讀魚韻之車、幽韻之舟、物韻之聿。餘則可從。

《橘頌》之末云：『圖聲即域。摶，專聲，聲若申。爛聲若分。醜聲若厲。友聲若依。』案：無一可從。圖，魚韻，不讀職韻之域。摶、專皆元韻，不讀真韻之申。爛，元韻，不讀文韻之分。醜，幽韻，不讀月韻之厲。友，之韻，不讀微韻之依。

《悲回風》之末云：『倡聲若昏。晛，兄聲，聲若昆。慮聲若膚。去聲若苦。止聲若制。仍，乃聲，聲若昏。顡，《說文》作闇，聲即乞。比聲即敝。愁，秋聲，秋，火聲，聲若嘻。解聲若剔。締聲即帝。儀，義聲，聲即誼。紆聲若五。娛，吳聲，聲若五。洶，凶聲，聲若昏。期聲若箕。』又云：『考《唐韻》二十二《昔》：積、迹、益、適、釋，俱在《昔》部。按昔聲若醋，積聲若貯。迹聲若度。益聲若助。適聲若惡。皆聲類也。又，二十一《麥》載策字與獲、咋相次。按獲聲即護，咋聲若醋，知策字聲若素也。《楚詞》古之南音，與古北音或不類。』案：倡，陽韻，不讀文韻之昏。晛，陽韻，不讀文韻之昆。慮、膚雖同魚韻，而聲紐不同。止，之韻，不讀月韻之制。仍，蒸韻，不讀文韻之昏。顡，非闇字，聲紐亦不同。比，脂韻，不讀月韻之敝。愁、秋，幽韻，非火聲，亦不讀之韻之嘻。解、剔雖支錫對轉，而聲紐殊異。洶、凶，冬韻，不讀文韻之昏。《唐韻》積、迹、益、適、策俱歸古之錫韻，釋、獲、護、咋歸古之鐸韻。策，不讀鐸韻之素。餘則可從。

《遠遊》之末云：『勤聲若今。悲聲若非。仙聲若真。延聲若真。一聲若聿。藎聲若真。咸聲若鍼。戲聲若乎，乎聲若五。霞，叚聲，聲若古。除聲若吐。傳聲若申。垠聲若根。存聲若邨。壯聲若申。放聲若分。榮聲若森。閭聲若五。燿聲若弟。鶩聲若士。涼聲若今。麾，麻聲，聲若靡。轂聲若役。衞聲若歷。弭聲若貳。徊聲若夷。冰聲若賓。壑聲若度。鄰聲若申。』

案：勤，文韻，不讀侵韻之今。延，元韻，不讀真韻之真。蘦，耕韻，不讀真韻之真。戲，歌韻，不讀魚韻之乎。傳，元韻，不讀真韻之申。壯，陽韻，不讀真韻之申。放，陽韻，不讀文韻之分。榮，耕韻，不讀侵韻之森。間、五雖魚韻，而聲紐殊異。燿，藥韻，不讀脂韻之弟。鶩，宵韻，不讀之韻之士。涼，陽韻，不讀侵韻之今。轂。屋韻，不讀錫韻之役。衞，微韻，不讀錫韻之歷。弭、貳雖同脂韻，而聲紐不同。徊、夷雖脂微旁轉，而聲紐殊異。冰，蒸韻，不讀真韻之賓。壑，屋韻，不讀鐸韻之度。鄰、申雖同真韻，而聲紐殊異。餘則可從。

《卜居》之末云：『年，千聲，聲若申。忠，中聲，聲若申。諗在《唐韻》二十三《咸》，與喃相次。按咸聲即鹹，喃，南聲，聲若森。免聲，聲若分。亂聲若昏。從，人聲，聲若昏。楹，盈聲，聲若分。駒聲即句。軀聲若期。軛，厄聲，聲若益。翼，異聲，聲若壹。食聲若噬。重聲若申。輕聲若真。』案：忠、中，皆東韻，不讀真韻之申。諗，談韻，非免聲，不讀文韻之分。楹，耕韻，不讀文韻之分。軀，侯韻，不讀之韻之期。翼，職韻，不讀質韻之壹。食，職韻，不讀月韻之噬。重，東韻，不讀真韻之申。輕，耕韻，不讀真韻之申。餘則可從。

《漁父》之末云：『潭，覃聲，聲若新。唫聲若金。畔聲若分。悴聲若衣。槁聲若易。醒聲若新。物聲若易。醉，卒聲，聲若易。纓聲若新。濁聲若句。足聲若至。』案：潭、覃，皆侵韻，不讀真韻之新。呻，真韻，不讀文韻之分。悴、衣雖物韻，而聲紐殊別。槁，宵韻，不讀錫韻之易。醒，耕韻，不讀真韻之新。醉、卒，物韻，不讀錫韻之易。纓，耕韻，不讀真韻之新。濁、句雖爲侯屋對轉，而聲紐殊別。足，屋韻，不讀脂韻之至。餘則可從。

綜上可知，馬氏所考，失之甚夥，得之甚少，僅以析字求根之法而不參照實際韻部以訂《楚辭》協韻字並不靠譜。其非知音之選矣。存之以增廣異聞云爾。此集爲魚臺馬氏叢書鈔本之一，今藏於山東省圖書館。（黄靈庚）

# 楚辭音韻

《楚辭音韻》者，清高鍾之所作、丁繁滋之所補也。鍾字海樵，蘇之元和人。繁滋，字耘莊，齋名『鄰水莊』『春暉閣』，蘇之金山柘湖人。二人生平皆不詳，鍾蓋際遇於乾隆間，繁滋蓋際遇於乾隆、嘉慶間。鍾著述無考。繁滋則喜吟詠，善畫，著有《耘莊題畫詩稿》三卷，《耘莊詩稿》二卷，《詩餘》一卷，《詞稿》一卷，《鄰水莊詩話》二卷，《鄰水莊詞説》一卷，《松江畫舫録》四卷。

首列朱棟嘉慶二十五年庚申序、高鍾乾隆四十年乙未原序、《凡例》十五條及唐沈亞之《屈原外傳》，然無目録卷次。據高鍾原序，稱『宗西河毛氏《韻學要指》之説，繼《詩經音韻》而復訂是編，本朱子《集注》所定節次，注明古韻，考正切音，期於不失廬山真面目耳』。其本有《詩經音韻》之作，與此編蓋爲『雙璧』。然《詩經音韻》已不復見矣。高氏原書依『本朱子《集注》所定節次』，蓋有十五卷，始屈子之《離騷》而終淮南小山之《招隱士》也。而此書衹三卷：《離騷》卷一，《九歌》《天問》卷二，《九章》卷三。餘下皆闕。朱棟序稱，『元和高海樵先生明于古韻，宗毛西河太史《韻學要指》，而有《楚辭音韻》之作，考訂精確，惜其書前後脱爛不全。耘莊丁子愛其書，師其意，竭年餘心力而補成之，且集諸家之説而箋釋之。俾讀是書者，既得其音，又知其義，所謂「言之不足而嗟歎之，嗟歎之不足而詠歌之」者，深得古人忠愛之思矣。耘莊補成付梓，仍名《楚辭音韻》，存其原序，蓋不欲没前人之心，亦不敢掠前人之美』。則丁氏所據原書，已殘闕不全，抑但存三卷耶？然丁氏又稱，高氏原本，『奈年久首尾斷缺，且多繕寫之訛，僅存十六七』。其所見者爲『繕寫』本，亦不衹三卷也。自高氏繕寫至丁氏刻本，前後衹五十六年，而書之殘闕散佚如此者，可勝歎哉！丁氏音韻雖仍高氏舊書而補之，而箋釋固非原書所有，悉爲丁氏『集諸家之說』而增益之也。

清自顧亭林以來，古音學大行，著作紛如，若顧氏《音學五書》、江永《古韻標準》、戴震《聲韻考》《聲類表》、段懋堂《六書音均表》是也。毛氏西河與諸君子後先於時，邃於古音之學而著《韻學要指》，創爲『五部三聲兩界兩合』之說，乃其一家言也。據《平水韻》歸併古韻爲五部、三十韻，又配以五音：東冬江陽庚青蒸七韻爲一部，屬宮；真文元寒刪先六韻爲一部，屬商；魚虞蕭肴豪歌麻尤八韻爲一部，屬角；支微齊佳灰五韻爲一部，屬徵；侵覃鹽咸四韻爲一部，屬羽。三聲者，古以平上去三聲相通，而不與入聲通，故曰『三聲』也。有『本韻之三聲，如東董送、魚語御類，有通韻之三聲，如東通陽而並通養漾，支通微而並通尾未類』。兩界者，以宮、商、羽三部皆有入聲，而角、徵二部無入聲，有之與無，二者不得相通，故曰『兩界』。然『無入聲一界兩部全通，有入聲一界則宮商相通，不及羽部；商羽相通，不及宮部；羽宮相通，不及商部』。兩合者，無入聲角、徵二部之去聲又與入聲相通，故曰『兩合』，『又名回互通轉』。而『部』『聲』『界』『合』，又總稱『四門』

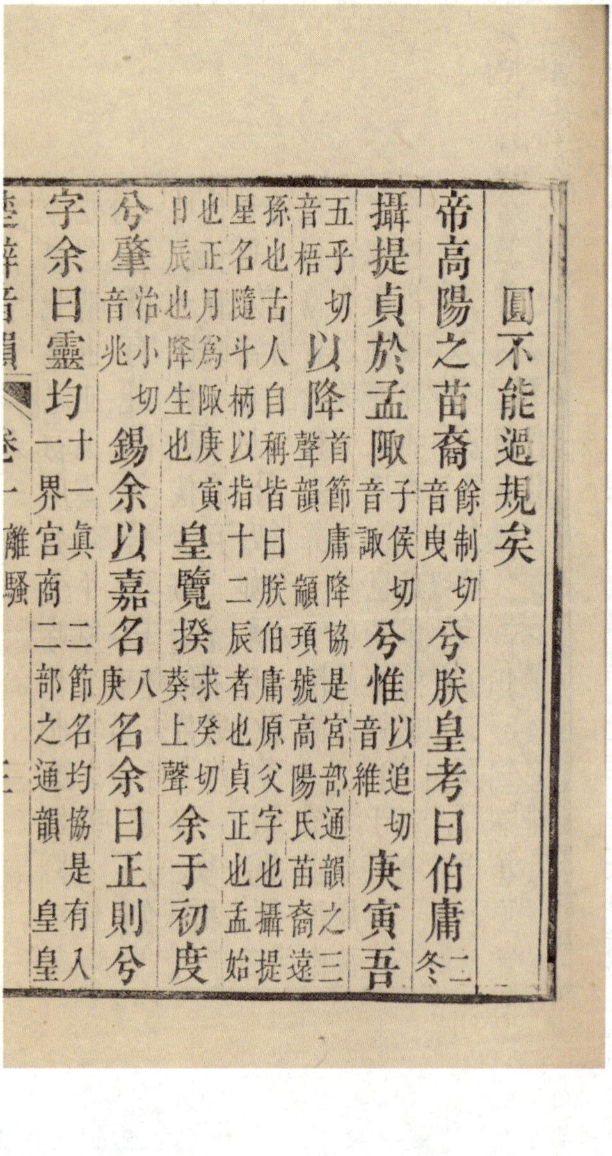

云。若『五部三聲兩界兩合』亦不能通者，則委之以『叶』耳。

高、丁二氏以是音韻原理以釋解《楚辭》音韻也。據《凡例》稱，『本文上注古韻，下注今韻。每章鈎住其換韻處，亦盡畫斷以清眉目』。如，《離騷》：『帝高陽之苗裔兮，朕皇考曰伯庸。攝提貞于孟陬兮，惟庚寅吾以降。』注『庸』字云『二冬』。又，注『降』字云：『「庸」「降」協，是宫部通韻之三聲韻。』案：庸，平聲。降，去聲，則合『宫部通韻之三聲韻』也。又，『皇覽揆余于初度兮，肇錫余以嘉名。名余曰正則兮，字余曰靈均。』注『名』字云『八庚』。又，注『均』字云：『十一真。「名」「均」協，是有入一界宫商二部之通韻。』案：名，屬宫部；真，屬商部，皆有入聲，則合『入聲一界則宫商相通』之例也。又，『紛吾既有此内美兮，又重之以脩能。扈江離與辟芷兮，紉秋蘭以爲佩。』注『能』字云：『叶，十一隊，奴代切，音耐。』又，注『佩』字云：『「能」「佩」協，皆徵部，去聲十一隊韻。』案：能，蒸韻字，屬宫部；佩，隊韻，屬徵部。宫、徵屬『兩界』互不通韻之例。則必改『能』音『奴代』，歸去聲之隊韻，『佩』字本去聲隊韻，屬徵部。故不通而通者則爲『叶音』也。又，『汩余若將不及兮，恐年歲之不吾與。朝搴阰之木蘭兮，夕攬洲之宿莽。』注『與』字云『六語』。又，注『莽』字注：『叶，七麌，莫補切，音姥。「與」「莽」協，是角部上聲通韻。』案：與，麌韻，魚韻之上聲，屬角部。莽，蕩韻，陽韻之上聲，屬宫部。宫、角爲『兩界』不可能通。則改『莽』字音『莫補』者，讀姥韻，轉角部。故不通而通者則爲『叶音』也。又，『日月忽其不淹兮，春與秋其代序。惟草木之零落兮，恐美人之遲暮。』注『序』云『六語』。又，注『暮』字云：『七遇。「序」「暮」協，是角部通韻之三聲韻。』案：序，上聲語韻；暮，去聲暮韻。皆屬角部。是合同部『三聲』之例也。蓋據此一斑而知其書全豹也。

毛氏歸併韻部不甚精確，遠不若江、戴、段諸君據古書韻文以客觀歸納古韻部者，是故難免謬誤百出，至不及宋吴棫之六部。

四庫館臣斥『其病在不以古音求古音，而執今韻部分而求古音』。蓋擊中肯綮矣。雖條例貌似完備，而實不能解《詩經》《楚辭》協韻也。至『五部三聲兩界兩合』之説，流於無所不通，亦斷非古韻之舊矣。高、丁據毛氏五部之説以解《楚辭》古韻，其謬亦可推而知之也。如，《離騷》：『余既滋蘭之九畹兮，又樹蕙之百畮。畦留夷與揭車兮，雜杜衡與芳芷。』注『畮』字云：『畝本字，莫後切，二十五有。』又，注『芷』字云：『四紙。晦、芷協無入一界之上聲韻。』案：晦、芷古同入之部，本自協韻，正不必據『無入聲一界兩部全通』解之。而『莫後』之音，古入侯部，反不協韻也。又，『長太息以掩涕兮，哀民生之多艱。余雖好脩姱以鞿羈兮，謇朝誶而夕替。』注『艱』字云『十五刪』。又，注『替』字云：『他計切，音薙。叶，一先，他前切，音天。艱、替協，是商部通韻。』案：艱，古入文部。替，霽韻，古入脂部，讀『他前』之音，羌無書證。替，扶字之訛，古伴字，通作拌，古入元韻，謂棄也。艱、拌爲文元合韻。又，『民生各有所樂兮，余獨好脩以爲常。雖體解吾猶未變兮，豈余心之可懲。』注『常』字云『七陽』。又，注『懲』字云：『十蒸。常、懲協，是宫部通韻。』案：常，古入陽部；懲，古入蒸部。古不通韻。常，當作恒，漢世避文帝諱改也。恒、懲古入蒸韻。又，『汝何博謇而好脩兮，紛獨有此姱節。薋菉葹以盈室兮，判獨離而不服。』注『節』字云『九屑』。又，注『服』字云：『一屋。節、屋協，是入聲宫商二部通韻。』案：節，古入質韻，真韻之入聲。服，古入職韻，蒸韻之入聲。真、蒸及質、職，古不相通。節，當作飾，訛字也。飾，古入職韻，與服字同部也。又，『索藑茅以筳篿兮，命靈氛爲余占之。曰兩美其必合兮，孰信脩而慕之。』注云：『之、之協，皆徵部四支韻。』案：之、支古不同部，之，非支韻字。又，《楚辭》無一字同協例，下句原作『孰信脩而慕之思』，因與下文『思九州之博大兮』之『思』連讀而訛脱也。之、思，古同入之韻。又，『百神翳其備降兮，九疑繽其並迎。皇剡剡其揚靈兮，告余以吉故。』注『迎』字云：『魚慶切，逆，去聲。叶，六御，魚倨切，音御。』又，注『故』字云：『七遇。迎、故協，是角部去聲通韻。」案：迎，古入陽韻；故，古入魚韻。魚、陽陰陽對轉，古本相協，毋須改讀也。又，『曰勉陞降以上下兮，求榘矱之所同。湯禹儼而求合兮，摯咎繇而能調。」注云：『調，叶，一東，徒紅切，音同。同、調協，皆宫部一東韻。」案：調音同，古無書證，不可信。同，當作周，形訛字。周、調，古入幽韻。洪氏《補注》引《淮南子》『知榘矱之所周』，意謂《淮南》祖構《離騷》此語，其所見本則作『周』也。又，『惟兹佩之可貴兮，委厥美而歷兹。芳菲菲而難虧兮，芬至今猶未沫。」注『兹』字云『四支』。又，注『沫』字云：『叶，十一隊，莫佩切，音昧。兹、沫協，是徵部通韻之三聲韻。」案：兹，古入之韻，非『四支』韻。『莫佩』之音，古入之韻，非『沫』字古音。沫，古入微韻。兹、沫古不相協也。『惟兹佩之可貴兮委厥美而歷兹』，蓋舊作『委厥美而歷兹兮惟兹佩之可貴』，乙訛也。貴，古亦入微韻，與『沫』相協也。《湘夫人》：『合百草兮實庭，建芳馨兮廡門。九嶷繽兮並迎，靈之來兮如雲。」注云：『庭、門、雲協，是有入一界宫商二部通韻。」案：此節門、雲同協古文韻。庭，非入韻字也。《天問》：『勳闔夢生，少離散亡。何壯武厲，能流厥嚴。」注云：『亡，七陽。嚴，十四鹽。亡、嚴協，是有入一界宫、羽二部通韻。」案：亡，古入陽韻；嚴，古入談韻。陽、談古不相協。嚴，當作莊，避漢明帝諱改字也。莊，古亦入陽韻，與『亡』同韻。又，『伏匿穴處爰何云，荆勳作師夫何長，悟過改更我又何言。吴光争國，久余是勝。何環穿自閭社丘陵，爰出子文。」注云：『云，十二文。長，七陽。云、長協，是有入一界宫商二部通韻。言，十三元。勝，二十五徑。言、勝協，是有入一界宫商二部通韻之三聲韻。」案：非是。云，古入文韻。長，古入陽韻。文、陽古不通協。或本『長』下有『先』字，當從。先，古入真韻。云、先，真文合韻也。言，古入元韻。勝，古入蒸韻，而非『二十五徑』也。元、蒸古不通協。言，當與上云、先協，爲真文元合韻。或本『何環穿自閭社丘陵爰出子文』作『環閭穿社以及丘陵是淫是蕩爰出子文』，勝、陵，蓋同協蒸韻。而『是淫是蕩』爲句，『爰出子文』屬下與『吾告堵敖以不長』爲句，

『何試上自予忠名彌彰』爲句，則蕩、長、彰三字同協陽韻也。又，《惜誦》：『恐情質之不信兮，故重著以自明。撟茲媚以私處兮，願曾思而遠身。』注云：『明，八庚。身，十一真。明身協，是有入一界宮商二部通韻。』案：明，古入陽韻；身，古入真韻。陽、真古不相協。『恐情質之不信兮故重著以自明』二句蓋本作『故重著以自明兮恐情質之不信兮』，乙訛也。信，古亦入真韻，與『身』同韻也。《抽思》：『初吾所陳之耿著兮，豈不至今其庸亡。何獨樂斯之蹇蹇兮，願蓀美之可完。』注云：『亡，武方切，通忘，七陽。完，十四寒。亡、完協韻，是有入一界宮商二部通韻。』案：非是。亡，古入陽韻；完，古入元韻。陽、元古不相協。完，當從或本作『光』，古亦陽韻，與『亡』同韻也。

高氏原書無訓釋，而丁氏補之。稱『注釋本《集注》，而採諸說以輔之，間亦竊附己意。非敢漫擬前賢，亦芻蕘之一見耳』。蓋於古今聚訟疑難之間，頗下斟酌之思。如，《離騷》『朝搴阰之木蘭兮』，《集注》：『搴，拔取也。』而丁注：『搴，扳取也。』案：丁說是也。洪氏《補注》：『《說文》：「攓，拔取也。南楚語。」引「朝攓阰之木蘭」。』段注：『《莊子·至樂篇》「攓蓬而取之」，司馬注曰：「攓，拔也。」方言曰：「攓，取也。南楚曰攓。」』段氏以『攓』爲『拔取』，引申爲取、采。失許氏之旨，與『搴木蘭』義尤乖。屈子遣詞，木曰搴，草曰攬，非泛言『取』『采』所盡之。若攬草易曰『搴草』，則譏爲悖於事理。《九歌·湘夫人》『搴芙蓉兮木末』是也。許氏釋『拔取』，拔，讀作披。古書通用。《蓐部》：『薅，披田艸也。』《詩·良耜》『以薅荼蓼』《釋文》引作『拔田草』。《手部》：『從旁持曰披。』引申爲披折、旁折。拔，或作『𠬜』，古攀字。亦作扳，『攀援』之別文作『扳援』。拔取，非上引而取，猶攀取、扳取，言攀折也。又，『余固知謇謇之爲患兮』，《集注》：『謇謇，難於言也。直詞進諫，已所難言，而君亦難聽，故其言之出有不易者，如謇吃然也。』而丁注：『謇謇，直言貌。』案：丁說是也。謇謇，連語，或作訐訐、蹇蹇、拳拳、惓惓、恨恨、款款、悃悃、空空、區區、叩叩、柬柬、慤慤、懇懇等，前修有言，連語之字義存乎聲，不在其形，宜因聲求義，未可拘其形體也。又，『齊玉軑而並馳』，《集注》：『軑音大。軑，錧也，轂内之金也，一云轄也。』案：朱子『軑』『軚』二形雜出而未辨正。丁氏注：『軑字當從大。《字典》云：「字書竝無軚字。《集韻》收軚字，音義同軑。《字彙》又僞作軚。竝可删。」』其説是也。軚、軑，皆軑字俗體。《湘君》『薜荔柏兮蕙綢』，《集注》：『拍，搏壁也。』而丁氏注：『拍，伯各切，同䙏。短袂衣曰䙏。』案：王逸注『屈原言己居家以薜荔榑飾四壁』云云，以『薜荔柏』爲居家之飾。丁氏以爲祭者所服之薜荔衣。丁説是也。《廣韻》：『䙏，短袂衫也。』其説亦有據矣。《天問》『鬿堆焉處』，《集注》引《山海經》曰：『北號山有鳥，狀如雞而白首，鼠足，名曰鬿雀，食人。』案：丁氏云：『鬿堆，注家多以鬿雀爲訓。考《字典》及《韻府》灰、藥二韻，二物各自引據，並無「鬿堆即鬿雀」之説。故從王氏注爲奇獸。見其取舍慎謹如此。《懷沙》『懷質抱情，獨無匹兮。伯樂既没，驥焉程兮。』注云：『匹，當作正字，之盛切。無正，無與平其是非也。』案：朱注云：『匹，當作正字之誤也。以韻叶之及以《哀時命》考之，則可見矣。無正，與「並日夜無正」之「正」之意同。』雖同朱注，而較朱注清通。然則類此新説寥若晨星，多因舊注而節録之也。又，所據《字典》，即《康熙字典》；《韻府》，即《佩文韻府》。引據取證，似亦不甚規範。

丁氏音注，不衹入韻字，凡小序、正文及《屈原外傳》皆有音注。正文音注多爲反切、直音並用，或見於朱子《集注》，或據《康熙字典》自爲增補。如，《離騷》：『帝高陽之苗裔兮，朕皇考曰伯庸。攝提貞于孟陬兮，惟庚寅吾以降。』注云：『裔，餘制切，音曳。陬，子侯切，音諏。吾，五乎切，音梧。』案：唯『子侯切』之音見於朱子《集注》，餘皆因《康熙字典》增益之。以此可以類知。然繁蕪不精，若普通習見之字，人多知之，不必音注。如朱子《離騷序》『屈原之所作也』之『屈』注云：『九勿切，君入聲。』又，『爲三閭大夫』之『閭』字，注云：『力居切，音廬。』又，『出則監察群下』之『監』字，注云：『古銜切，音緘。』又，『卒客死於秦』之『卒』字，注云：『子律切，晉入聲。』案：類此皆無必要，則删之可也。

高氏原書是否有刻本，不可詳考。丁氏稱『高先生原本奈年久首尾斷缺，且多繕寫之誤』云云，似爲謄鈔本也。丁氏春暉閣藏板，鐫刻於嘉慶二十五年庚申。然流傳甚稀少。姜寅清雖有著録，而未著所藏，是否目驗，亦極可疑。國内衹見上海圖書館藏此一部，且末後爛敚數頁，止於《橘頌》『蘇世獨立横而不』，以下無從補全，不亦惜哉。（黄靈庚）

# 離騷九歌釋

《離騷九歌釋》者，清畢大琛之所作也。大琛，號純齋，長沙府善化人。光緒十年庚寅舉人，嘗官夷陵歸州縣。雅與鄉人李氏壽蓉友善，賦詩相酬唱。壽蓉者，譚氏嗣同之岳丈也。他皆無從考見。若非此書之存，則其名湮然莫聞矣。

大略以洪氏《補注》爲藍本，惟釋《離騷》《九歌》二篇，不分卷。末有自序及譚獻序。據自序，其『牧歸州，來大夫故里，敬拜其墓，慨然讀其文，想見其爲人，因出所釋，以與州人士商之』。則是書之作，已在官歸前矣。序又述其作書之由，稱幼讀《離騷》《九歌》，莫測其意之所在。『後得謝梅莊先生《離騷解》，合通首審其意緒，分別段落，以意逆志，始能豁然。惟命意之所在，其淺深次第，恐初學讀之，尚不盡悉。因合各家所注與先生解，集而釋之。並其篇法、句法、字法、筆法，皆爲旁注。所分段落，有未盡協者，妄以己意更之。《九歌》則按《楚世家》及《列傳》，釋以愚見。欲使千餘年囫圇誦習之文朗如日星』云。則《離騷釋》基於謝氏《離騷解》，而《九歌釋》，無所依傍，爲其所獨創也。

書末又附畢氏讀《離騷》《九歌》偶得九則，無題名，然内容涉獵甚博，凡屈子生世、香草美人之所託寄、讀《騷》脈絡、《騷》與《九歌》異同、作《九歌》之旨、兩稱『彭咸』之旨及讀《騷》與讀《九歌》之法皆所論撰，提綱挈領，要言不繁，頗類是書之凡例焉。大要稱，『《離騷》爲屈原被讒見疏時作。考屈子年二十得事楚宣王，懷王時爲三閭大夫，中歷威王十一年、懷王三十年，至襄王二十一年癸未，原年八十餘。是年二月，秦將白起，燒先王墓夷陵。襄王兵散，遂不復戰，東北保於陳城。

原遂以是年五月五日投汨羅以死』。又云：『《騷》中兩稱依彭咸，《哀郢》各篇，又復屢見，大約諫王之事與彭咸諫紂相類，故屢及之。屈子斷無悻悻小丈夫之見。至夷陵被燒，故宮禾黍，梓桑他屬，悲憤填膺，乃以君國之悲，投水自盡。距作《離騷》時已三十餘年，屈子年已八十，小丈夫豈能忍如是之久耶？』案：此蓋畢氏述屈子一世生平。然太史公作傳，明言懷王時官『左徒』。而流放至江南，遇漁父方有『三閭大夫』之稱。其與本傳不合。又謂原年二十事宣王，則其生年至晚在宣王十年，亦似過早矣。據浦江清氏所考，原之生年宜在宣王二十七年，初仕於懷王五年前後，投淵之年蓋在襄王十三年前後，享年五十八左右。不宜壽及八十有餘矣。

畢氏又謂『《離騷》云「雖不周於今之人兮，願依彭咸之遺則」。言雖被讒，仍欲法彭咸以諫君。末云「既莫足與爲美政兮，吾將從彭咸之所居」。乃國無道、至死不變之意。玩通篇前後，無國將亡以死自誓之詞，更非因見疏而以死懟君。太史公言「幽愁憂思而作《離騷》」，其語最確。當時楚襄任用非人，不復用原以修德行政，禍亂日深，故國墟丘，梓桑兵燹，乃悲憤而投水，適與彭咸之死同。謝梅莊謂「《離騷》總一生之始末以立言」，未爲定論』。案：畢氏此説差强人意。以『《離騷》總一生之始末以立言』者，豈但謝

起敘世系，亦脈遠。次句拍入緊。

述高陽，近不本封國，大夫不敢祖諸侯之義。

首二句承上起下，扈江以

離騷

帝高陽之苗裔兮，朕皇考曰伯庸。攝提貞於孟陬兮，惟庚寅吾以降。皇覽揆余於初度兮，肇錫余以嘉名。名余曰正則兮，字余曰靈均。

首節述世系及生年月日名字。

紛吾既有此內美兮，又重之以修能。扈江離與

氏一人哉？今以『自傳體史詩』爲説者，皆是也。譚獻序概括畢氏治《楚辭》之大要，謂『推大於經訓，則引近於庸言』，既以『忠孝文章求屈子』，又以『幽愁憂思盡屈子』，明白曉暢，持之有故，言之成理矣。亦是指此爲言矣。然《騷》云『濟沅湘以南征』，『朝發軔於蒼梧』。沅湘、蒼梧，皆在江南，不在江北。而屈子之放江南在頃襄之世，而不在懷王時。若《騷》作於懷王見疏時，何以有『濟沅湘』『發軔蒼梧』之行？從彭咸之志，當是隱言投水沅湘矣。若衹以『幽愁憂思』而賦《離》，同於後世文人即不得於志而發牢騷云，亦是貶低《騷》之地位，眼界不高，其與班氏所論『露才揚己』『愁神苦思』『責數懷王』同矣。

畢氏釋《騷》，因分節以闡演意旨。乃總分《騷》爲十四節，每節之末，概述其旨，其所發明亦在於是也。篇首八句爲首節，『述世系及生年月日名字』。第二節『紛吾』至『夫唯靈修』，『述壯年汲汲自修，意欲出圖吾君，匡救引導，使法三王五帝而鑒桀紂。及事楚王，而群小結黨，國事孔棘，正在竭力挽回，不意君反信讒』。第三節『初既』至『遺則』，『述上官大夫進讒，因以自白也』。第四節『長太息』至『所厚』，『述懷王見疏以自傷也』。第五節『悔相道』至『可懲』，承上『自寬自勵也』。第六節『女嬃』至『嗽詞』，『申言不吾知之意』。又，『忽眷念舊君，欲訴之於懷王，因託言就重華以陳詞』云云，則其時已有新君頃襄王，與上所謂《騷》作於懷王見疏時者，自相矛盾矣。第七節『啓《九辯》』至『上征』，陳詞重華，是『原感念舊恩，欲哭訴於懷王，故託言如此』。第八節『朝發軔』至『而嫉妬』，上征見帝，『正意謂欲仍效忠於懷王』，而『卒之王不見用，徒抱芳潔以延佇，可見世之蔽美嫉妬，無可挽回，被罪而猶不忘君，忠愛之至也』。第九節『朝吾將』至『而稱惡』，『以懷王不復用己，回憶懷王惑於鄭袖，若内治有人，斷不出此。然此事，爲臣子者當爲君諱，不能直敘於文，故託求宓妃以寫其意。前引虙妃、有娀，後引二姚，連引三人，衹是反面寫足。蓋懷王寵鄭袖，上官大夫、靳尚得乘隙進讒，楚日敗壞，王又疏己，不能盡力匡救。賢妃不得，計則迂，理則弱，同心之友化而爲枉，則媒又拙。皆由世嫉己賢，而蔽美稱惡也』。第十節『閨中』四句，『二句結上，二句起下』。第十一節『索藑茅』至『不芳』，求占靈氛，而『告以遠逝，無眷戀楚國』。第十二節『欲從』至『觀乎上下』，『因再問於巫咸，以求於百神，並求於重華』，而『憂傷之極，聊求女一問以自解耳』。第十三節，『靈氛既告』至『而不行』，述『遠逝如此，聊以解此離騷』。而終『借僕夫作收，蓋宗臣無去國之義也』。第十四節『亂曰』四句，『歸於從彭咸，以見楚不能與爲美政，其亡無日』。畢氏又謂，『細玩通篇正意，祇以懷王信讒疏己』。『至見疏後，王見欺於秦，兵敗國危，見留於秦，皆切要之事，篇中無一語及之。則知《離騷》作於見疏時，不必如謝梅莊所云，作於襄王放原後也』。

畢氏以《九歌》爲因襲夏禹所作之《九歌》，類『漢魏以後用古樂府名篇』者，『屈子悲懷王不反，楚日益弱，襄王又不能用己以自奮，乃襲《九歌》之名，仿《五子之歌》，爲歌十一章。禹之《九歌》詞無考，然其音自安以樂；屈子《九歌》，其音哀以思。治亂不嫌同名也』。又云：『《離騷》之意，以己見疏而傷己；《九歌》之意，以懷王見留於秦而傷君。』故其以《九歌》作於頃襄王時，注釋亦措意於懷王拘秦、襄王不圖復讎之間，而探求其各篇寄寓之旨。謂『楚懷王西留於秦，欲歸不得，屈子以楚人望王東歸，思昔日在楚之安樂也，賦《東皇太乙》』。又，側批『靈偃蹇』云：『極寫昔時在楚之樂，愈見今日留秦之苦，文之正面説不盡，要從反面而攻透者』。亦即此意也。又，謂『懷王留於秦，屈原望王歸，可有爲也，賦《雲中君》』。側批『既留』云：『後雖見留，而不許巫黔中之地，意氣未衰。』批『横四海』云：『能歸則大有可爲。』又，謂『原知秦不放王歸，怨王誤信子蘭，不聽己諫也，賦《湘君》』。側批『揚靈』數句云：『靈指懷王，揚，發揚也。王留於秦，久居鬱鬱，兹欲迎歸，俾王得發揚也。未至秦，知其不得歸，故太息。』又，謂『懷王誤於嬖妾鄭袖，原不能直言，乃託湘夫人，隱約其詞以寫怨，賦《湘夫人》』。眉批『聞佳人』以下十六句云：『言王若用己，將集衆賢治楚，以安王於楚國，故以衆芳比之，意在隱約間，而措辭綺麗莊重，直三百篇之遺。』又，謂『原既被讒，憂其老而不得近王，以救楚亂，思壽夭主於大司命也，賦《大司命》。大司命指懷王』。又，謂『壽夭司命主之，用舍王主之，原望襄王之復用己也，賦《少司命》。少司命指頃襄王』。又，謂『原怨王之不明，聽鄭袖、靳尚之言，而釋張儀。聞原諫，始悔之，復喪師辱國而歸，賦《東君》』。側批『射天狼』云：『復敗於秦，反覺淪降。』又，謂『懷王留於秦，逃之趙魏，乃渡河，秦使人遮楚道，王不得歸。屈原聞之，賦《河伯》』。又眉批云：『此爲懷王逃至趙魏，渡河欲歸，故作《河伯》，以望其東歸。不然，楚隔河甚遠，與原無涉，何必歌此？』又，謂『原被放自傷，憂讒佞得志，楚亂日甚也，賦《山鬼》』。又，謂『楚懷王憤見欺於秦，起兵伐之，敗於丹陽，死者八萬人。後復襲秦，戰於藍田，復大敗。原吊之，賦《國殤》』。又云：『孔子曰：「能執干戈以衛社稷，可無殤也。」懷王忿兵攻秦，糜爛其民，自取覆敗，故曰國殤。』又，謂『原以懷王始受秦欺，繼爲秦敗，終客死於秦，己又見疏被放，不能救也，作《九歌》哀王，以《禮魂》終之，賦《禮魂》。《禮魂》總結《九歌》，如《離騷》之亂詞，亂詞總結全篇』。又云：『言懷王已没，楚兵已敗，己亦將從彭咸，同歸於盡，故以《禮魂》總結之。』案其所釋，蓋猶湘綺老人《楚辭釋》之餘緒，屬《公》《穀》學之索隱派也。雖多比附牽合之説，然偶見新意。若以《禮魂》爲《九歌》之亂，總結全篇之詞，庶幾近乎本旨矣。

是書有眉批，行間有側批。批語内容頗雜，凡字義訓詁、名物考證、上下相承關節、寄寓意旨皆有所涉獵，語多雋永簡明，確有精彩有思致者。如，《離騷》『紛吾』眉批：『「扈江」以下十二句，敘己之修能，欲正己以正君。』又，『黨人偷樂』側批：『黨人偷一身之樂，而導君於邪徑。』又，『離別』側批：『曲筆，離別見疎而別。』又，『朝飲』側批：『表己行修潔，不仕原可無傷。蘭春芳，菊秋節，自比也。』又，『彭咸遺則』側批：『諫君之遺法，不必指投水。』又，『浩蕩』側批：『妙極斟酌，不敢直斥君過，忠厚之至也。』又，『不吾知』側批：『起後半篇，二句倒裝。』又，『女嬃』眉批：『借女嬃以達其意，開文章設爲問答之法，亦正面説不盡，旁面託出之法。』又，『瞻前』眉批：『以下六聯，始自信，既自反，終自傷，泫然不知涕之何從也。此爲最沈痛之文。』又，『吾令』眉批：『以下十六句，設言沿途光景，依稀縹緲，不可捉摹，而正意則欲仍效忠於王，欲同心之友代達其意，而其友化枉者多，卒不能達。故「望予」二字，即了却一片熱腸。』又，『虙妃』眉批：『虙妃三層，因懷王誤於鄭袖，作此奇想，皆忠悃所結。讀者當得其意，不可沾沾字句間。』又，『及少康』眉批：『少康能布德以收夏衆，故引其妻二姚以望王之布德興楚也。』又，『時繽紛』側批：『告詞比占詞進一層，言同心之友皆變心，更難留也。』又，『歷吉日』側批：『非真行，設言之耳，計無復之，乃如此設言。』又，『陟升皇』側批：『一筆折轉本意，筆力千鈞。』又，《東皇太一》『吉日』眉批：『《九歌》第一章從王在楚安樂時敘起，與《離騷》起段，從始祖高陽敘起，皆開局堂皇。』又，《湘君》『君不行』眉批：『歌中稱君、稱夫君，指懷王也。』又，《少司命》『目成』側批：『懷王始用原。』又，《東君》『天狼』眉批：『天狼星，主外夷，應指秦言。』又，『杳冥冥』側批：『再舉兵伐秦，韓乘之伐楚，而齊不救，衹得杳冥冥而東歸矣。』又，《河伯》『波滔滔』側批：『迎王以歸。』又，《山鬼》『君思我』側批：『兩言「君思我」，見忠君愛國之至。』又，《國殤》『帶長劍』側批：『四語是鬼雄。』

綜觀是書探微索隱，偶見與王闓運雷同。如，《離騷》『雜申椒』眉批云：『椒桂味辛，比忠言逆耳。蕙茝香草，比正言。』蓋嘗見《楚辭釋》矣。又，字義訓詁多取王、朱之説，無甚發明。或偶見新義，無非繳繞之説，不足取信。如，《湘君》『薜荔柏』眉批：『柏，迫也，逼也。《周禮·春官》「其柏席」，逼地之席也。』案：柏之訓拍，猶搏著之義。謂以席搏著舟之壁也。非『逼地之席』之謂矣。蓋以闡揚義理爲主，而此道非其所長矣。

是書爲補學齋刻於清光緒十八年壬辰，國家圖書館有藏本。（黄靈庚）

# 楚辭札記

《楚辭札記》者，清朱亦棟之所作也。亦棟原名芹，字獻公，號碧山。浙江上虞人。乾隆三十年乙酉副貢。三十三年戊子，膺鄉薦，屢試不售。就平陽訓導，半歲即乞病歸。鍵户著書，至老不倦。師事錢大昕，友邵二雲，故學有根柢，考據精翔。著作《十三經札記》二十八卷，《群書札記》二十六卷。事載光緒《上虞縣志》卷十二《人物》。

原見《群書札記》之卷三、卷四，爲朱氏讀朱子《楚辭集注》之筆札。卷三凡十條：即《離騷》之『正則靈均』，《天問》之『鴟龜曳銜』『采薇』『封狶』『啓棘賓商』『女岐』，《大招》之『禹麾』，《招魂》之『憚青兕』『楚些』，《悲回風》之『黄棘』，《惜誦》之『九折臂』是也。卷四三條：《服賦》之『鴞賦』，《離騷》之『女嬃』，《招魂》之『掌夢』是也。卷五一條，《離騷》之『瓊枝』是也。

朱氏所論，多爲《楚辭》中懸而未決之難題。或訂正舊注謬誤，或疏理草木名物，或稽鈎三代古史，考證邃密，引申創發，雖止有十四事，而條條有新意，足見其功力湛深。若遊説無根、私心自是者之所作者，動輒即數百萬言，而終無一實處。比較而論，猶若霄壤，固不可同日而語矣。如：

《離騷》：『折瓊枝以爲羞兮，精瓊靡以爲粻。』瓊枝爲何物，舊注未詳。朱氏云：『《莊子》逸篇：「老子曰：吾聞南方，有鳥名爲鳳皇之所居也。積石千里，河水出下，鳳鳥居上，天爲生食，其樹名瓊枝，高萬仞，以璆琅琳玕爲實。天又爲生離珠一人，三頭遞起以飼琅玕。」《離騷》所用，正與此同。」案：以爲鳳鳥所棲之玉樹。庶幾是也。下文『折瓊枝以繼佩』，王逸注：『復折瓊枝以續佩，守仁行義，志彌固也』舊以『瓊枝』比『仁義』之德，猶玉之比也。《詩・木瓜》『報之以瓊琚』，毛《傳》：『瓊，玉之美者。』瓊枝，即玉枝。《後漢書・張衡傳》『佩夜光與瓊枝』，李賢注：『瓊枝，玉樹。以諭堅貞也。《楚辭》曰「折瓊枝以繼佩」也。』《離騷》言『瓊枝』之意，蓋亦猶是已。

又，《天問》：『鴟龜曳銜，鮌何聽焉。』王逸注：『言鮌治水績用不成，堯乃放殺之羽山，飛鳥水蟲曳銜而食之，鮌何能復不聽乎？』洪氏《補注》：『鴟，處脂切，一名鳶也。曳，牽也，引也。聽，從也。此言鮌違帝命而不聽，何爲聽鴟龜之曳銜也。』朱子《集注》：『詳其文勢，與下文「應龍」相類。似謂鮌聽鴟龜曳銜之計而敗其事。然有順彼之欲，未必不能成功，舜何以遽刑之乎？然若此類無稽之談，亦無足答矣。』蓋古人已不能解矣。案：朱氏云：『《搜神記》曰：「秦惠王二十七年，使張儀築成都城，屢頹。忽有大龜浮于江，至東子城東南隅而斃。儀以問巫，巫曰：依龜築之便就。故名龜化城。」按《淮南子》曰：「鮌作九仞之城。」意當日鮌之築城，必有與此事相類者，故《天問》云爾，然不可考矣。』案：其言韙矣。由是而得啓發。長沙馬王堆漢墓帛畫下部兩側各有一龜，背立一鳥，象『鴟龜曳銜』。又，長沙子彈庫戰國《楚

龜築之便就故名龜化城按淮南子曰鮌作九仞之城意當日鮌之築城必有與此事相類者故天問云爾然不可考矣

正則靈均

楚詞皇覽揆余於初度兮肇錫余以嘉名名余曰正則兮字余曰靈均注正平則法靈神均調也按此乃切音之法正則二字合音爲平靈均二字合音爲原正平同韻而均原不同韻者此卽真韻轉文元之法也後儒不知古人切音之法第以字義疏解陋矣

卷之三　六

帛書》：『爲禹爲萬，以司堵襄。』饒宗頤謂『萬即當冥。冥爲玄冥。《山海經·海外北經》：「北有禺彊，人面鳥身。」郭璞注：「字玄冥，水神也。」江陵鳳凰山八號楚墓出土龜質漆畫，其神正是人首鳥足，説者以玄冥當之。』其説是也。《國語·魯語》『冥勤其官而水死』，韋昭注：『冥，契後六世孫，根國之子，爲夏水官，勤於其職而死於水也。』《史記·殷本紀》『曹圉卒，子冥立』，《集解》：『宋忠曰：「冥爲司空，勤其官事，死於水中，殷人郊之。」』《索隱》：『《禮記》曰：「冥勤其官而水死。」』玄冥，龜也。其神人首鳥足，冥亦鳥也。玄冥佐禹治水，亦佐鮌治水。鴟龜曳銜，玄冥之象。屈原問鮌治水何聽從玄冥也。

又，《招魂》：『君王親發兮憚青兕。』王逸注：『發，射。憚，驚也。言懷王是時親自射獸，驚青兕牛，而不能制也。以言嘗侍從君獵，今乃放逐，歎而自傷閔也。』洪氏《補注》：『憚，當割切。《莊子》云：「憚赫千里。」《音義》云：「千里皆懼。」《爾雅》：「兕似牛。」注云：「一角，青色，重千斤。」』朱子《集注》：『憚，懼也。兕似牛，一角，青色，重千斤。言王親發矢以青兕，中之而懼走也。』皆就事論事，未及深意。案：朱氏云：『考《呂氏春秋·至忠篇》：「荆莊哀王獵於雲夢，射隨兕，中之，申公子培劫王而奪之。王曰：「何其暴而不敬也？」命吏誅之。左右大夫皆進諫曰：「子培賢者也，又爲百倍之人臣，此必有故，願察之也。」不出三月，子培疾而死。荆興師戰於兩棠，大勝晉，歸而賞有功者。申公子培之弟進請賞於軍旅曰：「臣兄之有功也於車下。」王曰：「何謂也？」對曰：『臣之兄犯暴不敬之名，觸死亡之罪於王之側，其愚心將以忠于君王之身，而持千歲之壽也。臣之兄嘗讀故記曰：「殺隨兕者，不出三月。」是以臣之兄驚懼而争之，故伏其罪而死。』王令人發平府而視之，於故府果有，乃厚賞之。」《招魂》所云正用此事。憚，有戒心也。即屈子事君，致身惓惓不忘之義也。』意謂屈子亦是子培『以忠於君王之身，而持千歲之壽』而曰『憚青兕』，是發前所未發矣。

又，《悲回風》：『借光景以往來兮，施黄棘之枉策。』王逸注：『黄棘，棘刺也。枉，曲也。言己願借神光電景，飛注往來，施黄棘之刺以爲馬策，言其利用急疾也。』洪氏《補注》：『言己之所以假延日月，往來天地之間，無以自處者，以其君施黄棘之枉策故也。初，懷王二十五年與秦盟于黄棘，其後爲秦所欺，卒客死于秦。今頃襄任用姦回，將亡國是，復施黄棘之枉策也。黄棘，地名。』吴仁傑《草木疏》云：『借光景以往來，猶《離騷經》「聊假日以媮樂」，逸注云「神光電影」。非是。又以「黄棘」爲「棘刺」，而不知所據。今按《山海經》：「苦山有木焉曰黄棘，黄華而員葉，其實如蘭。」《離騷》草木，多用《山海經》，《九章》蓋取諸此。地名之説，誤也。《本草·木部》有赤棘、白棘，唐本注引《切韻》曰：「棘，小棗也。花葉莖實俱類棗。」《嘉祐圖經》云：「枸杞一名仙人杖。」而枸杞有針者一名枸棘。今此所云黄棘，以花黄華得名。又其實如蘭，則用爲馬策者，特取其香耳。不以刺爲嫌也，唯椒亦然。』案：朱氏云：『斗南駁王注確有根據，第「枉策」二字不無微意。則《補注》引《史記》，以「黄棘」爲地名，正未可厚非也。』是朱氏蓋以『黄棘枉策』爲雙關語，既取香若蘭之黄棘爲馬策，又隱喻懷王拒諫而與秦會約於枉策也。如是，則王、洪異説亦得調合矣。

然朱氏亦非條條皆得原旨，或失之牽合。如，《離騷》：『名余曰正則兮，字余曰靈均。』朱氏云：『此乃切音之法，「正則」二字合音爲「平」，「靈均」二字合音爲「原」。正、平同韻而均、原不同韻者，此即真韻轉文、元之法也。後儒不知古人切音之法，第以字義疏解。陋矣。』案：『正則』之合音爲『直』，『則正』之合音爲『睛』，皆不音『平』也。又，『靈均』之合音爲『倫』，『均靈』之合音爲『鏗』，皆不音『原』也。而輕斥舊注『第以字義疏解，陋矣』，是以不陋爲陋矣。又，以『女嬃二字切音爲姊』。案：非是。『女嬃』二字切音爲『嬬』，而非『姊』音也。又，《大招》：『直嬴在位，近禹麾只。』朱氏云：『直嬴，正直而才有餘者。禹麾，朱子曰「未詳」。或曰：「近禹之指麾用人也。」案：《史記》：栢翳與禹平水土，賜姓嬴氏。其後爲秦。此「直嬴」，蓋指伯益言，以喻强秦已服，猶虞賓之在位、伯益之贊禹也云爾。屈子此語，致有深意，而注家殊不得其解。』案：嬴，讀如盈。《左傳》僖公二十七年伯嬴，《呂氏春秋·知分篇》『孫叔敖三爲令尹而不喜』高注引作『伯盈』。盈，满也。直盈，謂正直之士满於朝廷而在位也。則不必如是深求矣。

是集從朱氏《群書札記》中輯出，爲雲鶴堂藏版，刻於道光二年壬午，國家圖書館有藏本。（黄靈庚）

# 屈子正音

《屈子正音》者，清方績之所作也。績字展卿，晚自號牧青，安徽桐城人。終身不樂仕進，坎廪困躓，而篤志於學。師事姚鼐，受古文法，通經史，尤工於詩，出入少陵、山谷間。又喜校讎群書。著有《經史劄記》十二卷、《牧青詩鈔》六卷、《古文辭》一卷。事載道光《桐城續修縣志》卷十五《儒林》。

首有方績自序及鄧廷楨作於道光七年秋七月既望之序。方序稱作書之旨，『以《廣韻》爲主。其《廣韻》之謬者，以古音正之。吴才老《韻補》，朱子依以讀經，固愈於《禮部韻》，然其中誤者亦不少，今悉正之』云云，其名爲正屈賦之音，實以正《廣韻》、《韻補》之誤也。鄧序亦謂是書『據《韻補》以正《唐韻》之誤，而于吴説之疏謬者，復引經傳及西漢先秦古書疏通以證明之，庶幾讀應雅故矣』。然鄧氏又稱，『顧先生此書作於乾隆壬寅，其時顧氏書雖行，而江氏、戴氏之書猶未盛出，段氏、孔氏抑又後矣。故其分部審音，如魚侯蕭尤之類，不能無小失。繼起者易周，而作始者難密。斯固古今之通趣與』；於是乃『間附鄙説於後，則以墨圍「今按」云云，以識别之，用朱子《韓文考異》例也』。據此，『今按』下爲鄧氏之説。又附有其子方東樹辯證之説，悉繫以『東樹按』云云。是書實爲方績、鄧廷楨、方東樹三人先後合著矣。東樹字植之。幼承家學，初師姚鼐攻文辭，而後用功心性之學，最契朱子之言。著有《漢學商兑》《書林揚觶》《一得拳膺録》《思適居鈐語》《半字集》《考槃集》《山天衣聞考正》《待定録》《進修譜》《未能録》《大意尊聞》《最後微言》《老子章義》《陰符經解》《昭昧詹言》等凡百餘卷。事載《清史列傳》卷六十七《儒林傳》。廷楨字嶰筠，江寧人。嘉慶六年辛酉進士，選翰林院庶吉士，三年後，官翰林院編修。二十五年，官湖北按察使。道光六年，官安徽巡撫。二十年，官閩浙總督。二十一年，官兩廣總督。嘗與林則徐禁煙，驅防英夷獲罪，充軍伊犁。二十六年，官陝西巡撫。清通吏治，潔身自守，工詩文，尤長古音韻之學。著有《青嶰堂文集》《雙硯齋詩鈔》《雙硯齋詞鈔》《雙硯齋詩話》《詩雙聲疊韻譜》《說文解字雙聲疊韻譜》。事載《清史稿》卷三百六十九《鄧廷楨傳》。

方氏大略以朱子《集注》爲藍本，凡三卷，上卷取《離騷》《九歌》，十二篇，中卷取《天問》《九章》，十篇，下卷取《遠遊》《卜居》《漁父》《招魂》四篇。據鄧序稱，『先生所說自《離騷》迄《招魂》而止，題曰「屈子正音」，蓋據太史公書，不以《招魂》爲宋玉作也』。末附方東樹《與鄧廷楨論韻書》、方宗誠《方展卿先生傳》。東樹稱『先人空山隱霧，幽谷潛姿，修行明經，澡身浴德，甘韋布以長年，竟松筠於歲晚。百齡飄忽，一命不霑。痾恙侵陵，遂從士隴。陳太丘之積善，羔雁無聞；王仲淹之爲儒，白牛空老。平生著述，不無秋氣之悲；壯歲編摩，實動幽人之怨。人非龔勝，或帶楚風；迹異湘纍，偏吟《騷》些。比因《九歌·山鬼》，翻新陌上之聲；蹇喔咿嘶，竄亂寒山之句』云云。方績氏沈湎於是而不已，隱隱然似澆其胸臆之

屈子正音卷上　桐城方績展卿

離騷

帝高陽之苗裔兮朕皇考曰伯庸攝提貞於孟陬兮惟庚寅吾以降

塊壘，亦有所寄寓之思也。

覆審是書，不及字義訓詁、章句大義，唯屈賦正文之入韻字則隨文爲之注。其説古韻則必引《廣韻》反切爲依據。如，《離騷》：『汩余若將不及兮，恐年歲之不吾與。朝搴阰之木蘭兮，夕攬洲之宿莽。』於『與』字下注：『《廣韻》八《語》：余呂切。』於『莽』字下注：『《廣韻》十《姥》：莫補切。』又，《九歌·大司命》：『廣開兮天門，紛吾乘兮玄雲。』於『門』字下注：『《廣韻》二十三《魂》：莫奔切。』於『雲』字下注：『《廣韻》二十《文》：于分切。』若入韻字同在一韻，則不復出。如，《離騷》：『日月忽其不淹兮，春與秋其代序。惟草木之零落兮，恐美人之遲暮。不撫壯而棄穢兮，何不改乎此度。乘騏驥以馳騁兮，來吾道夫先路。』於『序』字下注：『《廣韻》八《語》：徐呂切。』於『暮』字下注：『《廣韻》十一《暮》：莫故切。』復於『度』字下注：『《廣韻》同上，徒故切。』於『路』字下注：『《廣韻》同上，洛故切。』又，『《廣韻》同上』者，謂同上『十一《暮》也』。若《廣韻》反切之音與古韻不合，則據《韻補》以辯之，且博引經傳以爲證。如，《湘夫人》：『捐余袂兮江中，遺余褋兮澧浦。搴汀洲兮杜若，將以遺兮遠者。』於『浦』字下注：『《廣韻》十《姥》：滂古切。』於『者』字下注：『古音渚。《詩·綢繆》三章、《巷伯》六章、《采緑》四章，並同，《韻補》收入八《語》。《廣韻》四十五《馬》，誤。』案：據方氏注，《廣韻》魚虞模三韻，於古爲同韻，而姥爲模之上，語爲魚之上，實爲同韻，故從《韻補》。而者擬爲渚音。謂馬爲麻之上，非其古音，故謂《廣韻》者字入《馬》韻，『誤』。若《韻補》亦非古音，則援經傳及先秦西漢古書以辯正之。如，《離騷》：『帝高陽之苗裔兮，朕皇考曰伯庸。攝提貞于孟陬兮，惟庚寅吾以降。』方氏於『降』字下注：『古音户工反。《詩·草蟲》首章、《出車》五章、《旱麓》二章、《鳧鷖》四章、《禮記·月令》並同。《廣韻》分入四《江》。誤。宋吴棫《韻補》收江降入《東韻》。是。然以四《江》古通《陽》，或轉入《東》。非也。古音東冬鍾江陽唐本爲一韻。顧氏亭林謂江與陽，南北朝以前不通，唐以下始雜入陽韻。是未考古東冬鍾江與陽唐通也。」又，《東君》：『長太息兮將上，心低徊兮顧懷。羌聲色兮娱人，觀者憺兮忘歸。』於『歸』字下注：『《廣韻》八《微》：舉韋切。按古支脂之微齊佳灰咍同用。如，《詩・南山》首章兼用脂微皆灰，《出車》六章、《蒸民》八章兼用脂微齊皆，《易傳》、諸子先秦之書皆然，即漢、魏而下，如古詩《西北有高樓》兼用脂微齊皆灰咍，蘇武詩《黄鵠一遠別》兼用脂微齊皆灰咍，魏武帝《苦寒行》兼用支脂齊皆灰咍，其他不可殫述。』案：懷，雖在《皆》韻，而歸在《微》韻，古同韻不分也。若與古音亦有出入者，則或委之以『轉用』。如，《離騷》：『長太息以掩涕兮，哀民生之多艱。余雖好修姱以鞿羈兮，謇朝誶而夕替。』於『艱』字下注：『《廣韻》二十八《山》：古閑切。古山與文殷元魂痕寒桓刪先仙同韻。』又於『替』字下注：『《廣韻》十二《霽》，《韻補》收入五《質》；又，十《月》。古四聲轉用。』案：據方氏意，艱爲平聲，而替在霽韻，爲文元韻之去聲；在質韻或月韻，爲元等韻之入聲。此屬『古四聲通轉』而叶韻者也。

方氏考訂屈子古音，實事求是，悉依古書韻例爲憑據，而不强爲之説。此其所長者也。如，《卜居》篇末注：『古人之音，後人不能强爲之解。如，《詩》用風字必入《侵》韻，與林心等字爲韻。後人遂據以爲風不入《東》韻矣。而古人侵與東多混爲一韻，《易・屯象傳》禽與窮韻，《比象傳》中終與禽韻，《恒象傳》深與中容終凶功韻，《艮象傳》心與躬正終韻。如以爲夫子生於周季世，變風移爲方音所限，則《詩》其正矣。然《詩・七月》八章沖與陰韻，《雲漢》二章臨與躬韻，《蕩》首章諶與終韻，下至屈原《天問》亦沈與封韻。是或古有此音，後人弗覺。如執後人所協之音，謂古人之有異，抑亦過矣。』案：風、躬、終、中諸字，古入冬韻，其音與侵韻最近，而非東韻字也。方氏雖未明此。然據《易象傳》用韻之例，謂『古有此音』，不『强爲之説』，正其有識之處者也。又，其注音亦多合于古。如，謂『畝，古音滿以反』；『舍，古音暑』；

『蕊，音如我反』；『服，古音蒲北反』；『虧，古音去禾反』；『池，古音駝』；『明，古音漠朗反』；『移，古音弋多反』。若此者，反切下字與被切字悉合古韻。則勝陳第之直音誠夥，正其精於審音辨韻也。

然覆方氏《正音》之疏，誠如鄧廷楨言，即在古韻之『分部審音』之間，其分韻部，蓋據鄭庠六部説也。如，鄭氏韻目，據《平水韻》，以東冬江陽唐庚青蒸爲一部，則方氏亦以『古東冬鍾江與陽唐通也』。鄭氏以真文元寒删先爲一部，則方氏亦謂『古山與文殷元魂痕寒删先仙同韻』也。然亦有不盡與鄭氏同者。如，鄭氏以魚虞歌麻爲一部，而方氏魚虞模同韻，麻、歌非同韻也。考方氏是書成於乾隆之世，其時古音學已臻至完善，顧氏炎武、江氏慎修發軔于前，戴氏震則繼其後，且皆與方氏蓋同時人也。顧氏分古韻爲十部，謂東冬鍾江爲一部；陽唐爲一部，又分庚韻字屬之；魚模爲一部，又分虞麻韻字屬之。是方氏遠不及顧氏之密也。鄧氏『小失』云云，不無遮短藏絀之意，誠非公允之論。且《廣韻》一書字音反切，與屈賦入韻字音或合或不合者，合者固是先秦古音，而不合者亦不可概斥之曰『誤』，以《廣韻》固非先秦古音之韻書也。如，《招魂》篇末淹漸楓心南相協，注云：『楓，古音方愔反。張衡《西京賦》與林韻，當改入侵、凡韻，《廣韻》一東：方戎切。誤。』案：楓字古音確在侵韻。然《廣韻》收楓入東韻，此古今音之變。非誤入也。若以古音言，則不當以《廣韻》爲據，宜以顧氏、江氏分部爲據矣。其説屈子用韻字變例之古音，或頗類唐宋人之『叶音』，悉憑私臆。如，《離騷》：『皇覽揆余於初度兮，肇錫余以嘉名。名余曰正則兮，字余曰靈均。』注云：『（名），《廣韻》十四清，武並切；（均），《廣韻》十八諄，居勻切。「名」字從「均」字讀，稍異古音。』案，方氏雖據顧炎武，實非顧氏之原旨。考顧氏《唐韻正》云：『真諄臻三韻之字不與耕清青相通，《詩》三百篇可證。然古人往往于耕清青三韻之讀入真諄臻韻者，當由方音之不同，而未可以爲據者也。如屈原賦《離騷》名字從均字讀，《卜居》耕名生清楹皆從身字讀。』蓋顧氏『古人往往耕清青這讀入真諄臻韻者』，意謂古耕真二韻相混合用也，非必謂耕韻之必讀爲真韻也，言均字之從名字讀，身字之從耕字讀則亦可耳。而方氏謂「「名」字從「均」字讀，稍異古音」，泥矣。其注字音，或偶見疏誤。如，謂《離騷》「（詢），古音古。（厚）音户」。案：詢、厚，古在侯部；古、户，古在魚部。詬不當讀古，厚不當讀户。故鄧氏廷楨斥之云：「今按詬古音古，厚古音户，乃改侯就虞也。亭林頗持此論。然考之《詩》，多窒礙，應讀如字。《天保》首章厚字不入韻，《巧言》五章與樹數口韻，樹古讀若豆，數古音藪。《卷阿》三章與主韻，主古讀朱掫反。《廣韻》入四十五厚，不誤。即依《韻補》之説，亦當入虞，不當入語也。」其説是矣。

鄧廷楨、方東樹既生於方績之後，其時古音之學昌明且廣爲普及，學者多悉知之，於古今音韻之歧異處，多所論列，辯駁亦多得其當，蓋「前修未密，而後出轉精」者也。如，《離騷》：「長太息以掩涕兮，哀民生之多艱。余雖好修姱以鞿羈兮，謇朝誶而夕替。」艱、替二字韻，方氏説以「古四聲轉用」例。鄧廷楨、方東樹據《詩》經用韻，絶無此例，乃皆謂「長太息以掩涕兮，哀民生之多艱」二句「轉寫倒置」之誤，涕與替協韻。案：其説是也。又，「汝何博謇而好修兮，紛獨有此姱節。薋菉葹以盈室兮，判獨離而不服。」節、服二字韻，方氏無説。鄧氏廷楨據段玉裁《六書音韻表》，謂節讀如側，「此今韻即、唧字入職韻之所由也」。案：節，當作飾。飾、服古同入職韻。又，「保厥美以驕傲兮，日康娱以淫遊。雖信美而無禮兮，來違棄而改求。」方氏云：「（遊），《詩・泉水》四章、《江漢》首章、《常武》三章並讀蕭宵有豪内韻，《廣韻》十八尤，誤。（求），《詩・桑扈》四章、《下武》二章、《江漢》首章並讀如游韻，《廣韻》同上誤。」鄧氏云：「今按《詩聲類》，以幽尤蕭爲一部，《音韻表》以尤幽爲一部，而以蕭茅等字隸之。其説並同……《廣韻》以遊求等字入十八尤，不誤。但尤字古音隸之部，不當以爲遊求等字部首耳。」案：其説是也。又，「吾令鴆爲媒兮，鴆告余以不好。雄鳩之鳴逝兮，余猶惡其佻巧。」好、巧二字韻。方氏據《廣韻》謂三十二皓、三十一巧同韻，古爲宵韻。鄧廷楨、方東樹則據《説文》好字古文作政，從女、丑聲。鄧又謂巧字丂聲。謂好、巧古音爲蕭尤幽韻，而非宵豪韻也。案：其説是也。又，『百神翳其備降兮，九疑繽其並迎。皇剡剡其揚靈兮，告余以吉故。』迎、故二字韻，方氏謂『迎必迓字之誤』。鄧氏謂『江氏晉三亦謂當作迓，音寤。《詩聲類》以爲迓有遻音，如莽之有姥音』。則兩存之。案：鄧説審矣。又，『邅吾道夫崑崙兮，路修遠以周流。揚雲霓之晻藹兮，鳴玉鸞之啾啾。』流、啾二字韻。方氏謂『當入蕭宵肴豪韻，《廣韻》十八尤，誤』。鄧氏則謂『流啾二字，《廣韻》不誤』。案：《廣韻》尤韻，除尤肬訧沈疣牛丘郵數字外，古皆入幽韻，流啾二字亦入幽韻，故鄧云『《廣韻》不誤』也。《天問》：『動闔夢生，少離散亡。何壯武厲，能流厥嚴。』方氏云：『《廣韻》二十八嚴。嚴凡二韻字少，又閉口之音，不可旁通他韻。故《詩》中多四聲同用，如《殷武》四章嚴與監檻皇同用是已。』鄧氏云：『嚴，恐是莊，漢人避諱改嚴耳。』案：鄧説是也。亡、莊古同入陽韻。《九歌·東君》『思靈保兮賢姱』，方績據《廣韻》去聲十一暮部中『嫭』字，謂『即此姱字異文』。方東樹則以爲非，云：『《大招》「朱唇皓齒，嫭以姱只」，協都娱舒，則姱、嫭是兩字。』案：東樹未爲父隱，是也。《遠遊》：『欲度世以忘歸兮，意恣睢以担撟。内欣欣而自美兮，聊媮娱以淫樂。』方氏云：『《廣韻》三十六效，五教切。』讀樂去聲。東樹云：『《詩·板》三章蹻韻謔槁藥，韻書蹻字四，收於四宵、三十小、十八藥。則撟亦當有入聲，讀入十八藥。十九鐸樂字仍讀盧各切。屈子在前，韻書在後，以前訂後。』案：東樹之説是也。凡此鄧廷楨、方東樹皆所以正績之疏，且較績精審也。姜氏《楚辭書目五種》斥之『徒見枝蔓』，抑亦過矣。

方績雖經廷楨、東樹補正，猶有未愜於心者。如，《離騷》：『索藑茅以筳篿兮，命靈氛爲余占之。曰兩美其必合兮，孰信修而慕之。』占、慕不協。方氏引朱子云：『兩「之」字自爲韻。』廷楨、東樹皆無説。案：屈子無同一字爲韻之例。朱説不足爲據。『慕之』，當作『莫之思』，因下句『思九州之博大』二『思』字連用而脱之。之、思古同入之韻。《少司命》：

『悲莫悲兮生别離，樂莫樂兮新相知。』方氏云：『（離），不入韻。（知），《廣韻》五支，陟離切。按：陟離，當作「陟釐」，古支與之脂同韻。』案：非是。古支、之、脂三韻分用至嚴，絶不通韻。離，古入歌韻；知，古入支韻。歌、支古或通韻。離，當入韻字。《天問》：『閔妃匹合，厥身是繼。胡爲嗜不同味，而快鼂飽。』方氏云：『《廣韻》二十一巧，博巧切。又，《五音集韻》：許既切，音欷，飫也。』案：飽，古入幽韻，無讀微韻之『欷』音。鄧氏云：『今按繼韻飽不可曉。』可謂謹慎。飽，當作飢，古文相似。繼、飢古同入脂韻。

是書始刻於清道光七年丁亥，稱江寧鄧廷楨精刊本。光緒六年庚辰，『罔舊聞齋』據道光本重雕。是書即光緒刻本，扉頁左方有方框『方倫叔贈』，『丁巳八月』，左方有方框『屈子正音』。又，題記云：『此册得於蘇市，急收而藏之倫叔者，存之先生宗誠之子也。』末鈐『无翁』之印。是書本方倫叔舊物，『罔舊聞齋』原爲方倫叔居室名，而倫叔又是作《方展卿先生傳》者宗誠之子。鄧序前又鈐『蜕庵讀書之記』，蜕庵，即蕭蜕庵，又名蜕，初名敬則，一作原名守忠，後改名嶙，字中實、蜕公、盅孚，别署『退庵』『本无』『退闇』『旋聞室主』『寒叟』『苦緑』等，蓋號也。江苏常熟人。通經史，善詩文，精小學，尤工篆書。民國時有『江南第一書家』之稱。書内圈點，蓋亦是蜕庵手迹。則是書又爲轉爲蜕庵所藏。後藏於原杭州大學圖書館，今已併入浙江大學，甚可珍寶也。（黄靈庚）

# 離騷賦補注

《離騷賦補注》者，清朱駿聲之所作也。駿聲字豐芑，號允倩，晚又號石隱，蘇州元和人。年十五爲諸生，從錢大昕學於紫陽書院。嘉慶二十三年舉於鄉，七赴禮部試，皆不第，迭主江陰、吴江、荆溪、嵊、蕭山書院。道光十六年丙申，選授黟縣訓導，以經學課士，與俞正燮、程鴻詔及門人程朝鉦、朝儀等講學，成《經史答問》，黟之學者宗之。咸豐元年，以截取知縣入都，呈其所著《説文通訓定聲》及《説雅》等，詔嘉其賅洽，賜國子監博士銜。旋遷揚州府學教授，以疾，未之官。僑居黟縣石村，唯以著述爲業。朱氏既精於音韻訓詁之學，又兼長推步，明通象數。據歲星『超辰』説以考先秦曆法，多有獲弋。生平著述頗豐，有《周易彙通》八卷、《易鄭氏爻辰廣義》二卷、《易經互卦卮言》一卷、《易章句異同》一卷、《逸周書集訓校釋增校》一卷、《詩集傳改錯》四卷、《詩地理今釋》四卷、《左傳旁通》十卷、《左傳識小録》三卷、《夏小正補傳》一卷、《春秋平議》一卷、《傳經表》一卷、《小學識餘》四卷、《天算瑣記》四卷、《傳經堂文集》十卷、《詩集》四卷、《臨嘯閣詩餘》四卷等六十餘種，而《説文通訓定聲》與段玉裁《説文解字注》、王友菉《説文句讀》、桂馥《説文解字義證》並稱爲『《説文》四大家』也。事載徐世昌《清儒學案》卷一百四十九《豐芑學案》、《清史稿》卷四百八十一《儒林傳》及《清史列傳》卷六十九《儒林傳》。

《補注》以《文選》六臣注本爲藍本，止《離騷》一卷。首有自序，稱『道光丁未十月，養痾居内，日卧誦屈賦，間起讀王叔師注有不溉于心者，忘其弇陋，輒爲補訂如左」云，是書爲其晚年閑居黟縣石村所作，其時國是維艱，危機四起，洪、楊之亂亦將在即。駿聲氏心志抑鬱，無所施展，是以注《騷》以寓其意云。序於《離騷》詞句形式變化尤爲所重，乃稱「《離騷》一百八十韻，金相玉式，豔溢錙豪，爲後世詞章之祖。荀卿賦篇，瞠乎莫逮。所謂智者創物也」。則有「複句」，如「紛總總其離合」「心猶豫而狐疑」之類是也，有「複調」，如「願竢時乎吾將刈」「延佇乎吾將反」之類是也，有「複字」，或六見、五見、四見、三見、二見者不等，如「朝夕」「好修」「修遠」「前修」之類是也。蓋謂《離騷》一篇，句法參差錯落，用語雖複而有韻致，音律起伏變化，未有定式，而莫不臻至精妙，爲千世不祧辭章之祖也。然朱氏注《騷》，不在譚文論藝，此亦非其所長，猶在字義訓詁間耳。

稱《離騷》爲「賦」，而不以「經」目之，蓋尊西京遺意。其注《騷》之例，始於正文下全列王逸注文，其後繫以「補曰」，爲其所補注也。如，「名余曰正則兮，字余曰靈均」。《騷》正文下全録王逸注曰：「正，平也。則，法也。靈，神也。均，調也。言平正可法則者，莫過於天；養物均調者，莫神于地。高平曰原。故伯庸名我爲平以法天，字我曰原以法地。夫人非名不榮，非字不彰，故子生，父思善應而名字之，以表其德，觀其志也。」其後繫以己之「補曰」二字，云：「劉向《九歎·

離騷賦 離别也騷愁也○補曰離鳥名倉庚此讀爲羅網之羅故入於網卽曰羅字或變作罹也王叔師則謂借爲丹非是騷馬擾動也此讀爲愁悳也史記列傳離騷者猶離憂也

屈平作 王逸注 朱駿聲補注

帝高陽之苗裔兮 苗允也裔末也高陽顓頊有天下之號也帝繫曰顓頊娶于滕隍氏女而生老僮是楚先其後熊繹事周成王封爲楚子居於丹陽其孫武王求尊爵於周周不與遂僭號稱王始都于郢是時生子瑕受屈爲客卿因允末之子孫恩深而義厚也○補曰苗讀爲杪木末也裔衣末也禮記云必於歲之杪左傳云是四嶽之裔胄也

朕皇考曰伯庸 稱朕我也皇美也父死稱考詩曰既右烈考伯庸字也屈原言我父伯庸體有美德以忠輔楚世有令名以及于己○補曰朕舟縫也爾雅訓我訓身蓋發聲之辭與卬言同古尊卑皆稱朕猶貴賤皆稱余也秦始皇二十六年始專以朕爲天子之偁

攝提貞

靈懷》云：「兆出名曰正則兮，卦發字曰靈均。」注：「生有形兆，伯庸名我爲正則以法天，筮而卜之，卦得坤，字我曰靈均以法地。」按：兆，謂卜，卦謂筮也。靈讀爲令，實爲良，善也。均亦準也。《周官》有「均人」「土均」。此均讀若扃。」案據向之賦，以爲『正則』『靈均』名字，爲卜於祖廟所得，而旁紹遠引，以補王注之所未備。蓋仿宋洪氏《補注》法式也。

觀其注《騷》，大略五事：一是校正文字，用『當爲』或『當作』之例。如，『朝搴阰』之『阰』，云：『當作陛。』又，『申椒』之『椒』，云：『當作茮。』又，『夕攬洲』之『攬』，云：『當作擥，撮持也。』又，『遲暮』之『暮』，云：『當作莫，下文「將暮」同。』又，『蕙茝』之『蕙』，云：『《廣韻》：「蕙，蘭屬。」疑字當作蕙，蕙，籀文惠字也。茝、芷古今字。』又，『棄穢』之『穢』，云：『當作薉，蕪也。下文「蕪穢」同。』又，『謇謇』之『謇』，云：『當作蹇。』又，『將刈』之『刈』，云：『俗乂字。』又，『朝誶』之『誶』本作『訊』，云：『訊、誶形聲俱近。』又，『延佇』之『佇』，云：『當作眝，長眙也。』又，『芙蓉』之字，『當作夫容，此秋花拒霜也，非複言菡萏』。又『岌岌』字，『當作馺』。又，『雜糅』之『糅』，云：『當作粈。』又，『繁飾』之『繁』，云：『當作緐。』又，『陳辭』之『辭』，云：『當爲詞。』又，『玉虬』之『虬』，云：『當爲虯。』又，『可貽』之『貽』，云：『當作詒，讀爲遺，實爲饋。詒、遺雙聲。』又，『不亮』之『亮』，云：『當作倞，讀爲諒。』皆是類也。或據王注校《騷》者。如，『哲王又不悟』，王逸注：『言君處宮殿之中，其閨邃遠，忠言難通，指語不達，自明智之主尚不覺善惡之情，高宗殺孝己是也，何況不智之君？而以闇蔽，固其宜也。』補曰：『尋叔師此注，是「又」字，當作「猶」也。』或藉注《騷》以校正經籍者。如，『及榮華之未落』，補曰：『木謂之榮。草謂之華。《爾雅·釋草》二句，傳寫誤倒。』

二是考辨字音及協韻。如，『吾以降』之『降』，云：『讀若洪。』案：降音洪，與庸協東韻也。又，『夕替』之『替』，云：『讀若腆。明陳第《屈宋古音義》以爲「簪」字，讀若「侵」。誤也。侵、艱尤乖古韻。』案：其説是也。替音腆，轉文韻，與艱字同入文韻也。又，『未虧』之『虧』，云：『讀若柯。』案：虧、柯同入歌韻。又，『余獨好修以爲常』之『常』，『當作恒，漢人避諱改耳，如田常、常山之比。』案：《郭店楚墓竹簡》凡『恒常』義皆作『恒』。《老子》（甲本）『知足之爲足，此恒足矣』；『是故聖人能輔萬物之自然，而弗能爲，道恒亡爲也』；『道恒亡名，樸雖微，天地不敢臣』。恒，長沙馬王堆漢墓帛書甲、乙二本《老子》亦同，其爲漢初本，在文帝前，而今諸通行本老子皆改作『常』。又，郭店楚墓竹簡《五行篇》：『□而不傳，義恒□□。』《魯穆公問子思篇》：『子思曰：「恒稱其君之亞（惡）者，可謂忠臣矣。」』《成之聞之篇》：『古之用民者，求之於己爲恒。』《尊德義篇》：『因恒則固。』又：『凡動民必順民心，民心有恒。』皆用『恒』不用『常』。此出土文字可以證其説也。又，『姱節』之『節』，云：『當作飾，方合古韻，亦與前後文義一貫。』。案：其説是也。『節』，『飾』之訛。『姱飾』，總上『衣芰荷』『裳芙蓉』『高余冠』『長余佩』諸事。若作『姱節』，節字出韻。於古韻未洽而己未得辨者，則或存疑之。如，《離騷》調以韻同，補曰：『調、同爲韻，學《車攻》詩而實誤也。《車攻》佽、矢、柴，蓋句中韻。《韓非子·揚榷》、東方朔《謬諫》亦皆韻同調，又學《離騷》而誤。或説「調」皆作「詷」，共也。存疑。』案：段氏《音韻表》以調、同爲韻，朱氏不之從。是也。同，當作『周』，與『調』同入幽韻。

三是破假借以求本字本義，謂《離騷》乃先秦古文，且多假借字，必以本字求之，其義方白。如，『苗裔』之『苗』，云：『讀爲杪，木末也……《禮記》云：「必於歲之杪。」』又，『貞于孟陬』之『貞』，云：『讀爲正。』又，『肇錫余』之『肇』爲『肁』、『錫』爲『賜』。又，『重之以修能』之『重』爲『緟』，訓『增益』。又，『修能』之『能』，讀爲『態』，訓『姿有餘』。又，『辟芷』之『辟』爲『廦，仄也，幽也』。又，『汩余若將』之『汩』，『讀爲𣅡』，訓水疾流之意。又，

『踵武』之『踵』，『讀爲歱，足跟也』。又，『靈修』，云：『靈，讀爲令，實爲良，善也。修，治也。』又，『冀枝葉』之『冀』，『讀爲覬』。又，『萎絶』之『萎』，『讀如殀』，死也。又，『憑不厭乎』之『憑』，『當作馮，讀爲畐。厭，讀爲猒，飽也。索，讀爲索』。又，『修名』之『修』，『讀爲筵，長也，遠也』。又，『菊，讀爲蘜，日精也』。又，『信姱以練要』之『姱』，『當作嫵，好也，媚也。下同。練，讀爲柬，擇也』。又，『雖不周』之『周』，『讀爲匌』，同合也。又，『蕙纕』之『纕』，『讀爲囊，香囊也』。又，『改錯』之『錯』，『讀爲措』。又，『忳鬱邑』之『忳』，『當作屯，難也』。又，『忍尤而攘詬』之『尤』，『讀爲訧，過也。攘，讀爲囊。囊詬，猶包羞也』。又，『所厚』之『厚』，『讀爲㫗，多也，重也』。又，『椒丘』之『椒』，『讀爲鑯，雙聲叚借。今之尖字也』。又，『離尤』之『離』，『讀爲罹，即羅字也』。又，『集芙蓉』之『集』，『讀爲雧』。又，『好朋』之『朋』，『讀爲倗，輔也』。又，『煢獨』之『煢』，『讀爲惸，實爲窘，迫也。煢、窘一聲之轉』。又，『節中』之『節』，『讀爲折』。又，『陳詞』之『陳』，『讀爲敶』。又，『佚田，讀爲泆畋』。又，『封狐』之『封』，『讀爲豐』。又，『强圉』之『圉』，『讀爲禦』。又，『顛隕』之『顛』，『讀爲蹎』。又，『儼而祗敬』之『儼』，『讀爲儼』。又，『計極』之『計』，『讀爲既，實爲訖，猶終也。謂興亡之究竟』。又，『曾歔欷』之『曾』，『讀爲增』。又，『靈瑣』之『瑣』，『讀爲鎖，門戶疏窗也。靈瑣，猶言神居也』。又，『若木』之『若』，『讀爲叒，即榑桑也』。又，『帥雲霓』之『帥』，『讀爲達，先導也。御，讀爲訝』。又，『將罷』之『罷』，『讀爲疲』。又，『以爲理』之『理』，『讀爲使』。又，『蘇糞壤』之『蘇』，『讀爲穌』。又，『玉鸞』之『鸞』，『讀爲鑾』。蓋有數百餘例。又，『不難夫離別』之『難』，『讀爲艱，土難治也。引申爲凡不易之詞。離，讀爲冎，俗作另，剮人肉置其骨也。別字從此。凡分解別另等字，皆引申之誼，習用不察，少見則怪耳。』案：朱氏所說本字，悉依《說文》以爲據也。

四是釋《騷》語詞之義，則多所發明。或者援引他書以發微古之成語者。如，『周論道而莫差』，補引『《考工記》曰：「坐而論道謂之王公。」』又，『恐高辛之先我』，補引《詩》云：『不自我先。』又，『余焉能忍而與此終古』，補引《考工記》曰『于焉終古登阤也』，注云：『齊人之言終古猶常也。』又，『時亦猶其未央』，補引《詩》云：『夜未央。』皆是也。或者補舊注之所未備者。如，『哀朕時之不當』，王注未釋『當』字之義。補曰：『當，相值也。』或者申引舊注之義。如，『阽余身』之『阽』，王注：『阽，猶危也。』補曰：『阽，臨危也。臨于危而未傾也。』或者糾正舊注之訛。如，『先路』，王注釋『聖人之道』。補曰：『先路，前車也。《書》「先路在左塾之前」。舊説似兩歧。』又，『三后』，王注：『謂禹、湯、文王也。』補曰：『軒轅、顓頊、帝嚳也。』又，『昌披』，王注：『衣不帶貌。』補曰：『據王注，「昌披」讀爲「裹被」也，愚按當讀爲「倀跛」。倀，狂也。跛，行不正也。』又，『貪婪』，王注：『愛財曰貪，愛食曰婪。』補曰：『婪，從女。愛色曰婪。』又，『飄風』，王注釋『回風』，補曰：『飄風，盤旋而起，即《莊子》所謂「羊角」。王注「無常之風」，則謂借爲飆也。』又，『閶闔』，王注訓『天門』，補曰：『闔，門扇也。《左傳》「以枚數闔」，《管子》「八觀閭閈不可無闔」。《説文》：「楚人名門曰閶闔。」按：閶，亦門也。《騷》言「帝閽」，漢人因有「閶，天門」之訓，望文生義耳。』又，『歸次』，王注訓『歸舍』，補曰：『歸，讀爲饋。次，髮髢也。《周禮》「追師爲副編次」之「次」，歸次，如今俗花髻，盤有結髮髲子也。』或者據字形辨字義。如，『苟得用此下土』，補曰：『苟者，茍之誤字，自急敕也。與《儀記》「賓爲茍敬」、《禮記》「茍日新」同。或曰，敬之誤字也。』

五是闡述文詞意旨。如，釋『初度』爲『言始生時器度也，即下文「不改此度」「周容爲度」「和調度」及《懷沙》「常度」之度，猶今云「意度」「態度」「度量」也。與《橘頌篇》「嗟爾幼志，有以異兮」同意』。又，『美人謂衆賢同志者，

《詩》「彼美人兮，西方之人兮」』。又，『遵道，率由三后之道也』。又，『「滋蘭」以下八句言己先培植衆賢，冀可同心輔治；己一人不用尚不足悲，而悲衆賢必至從俗浮沉，如下文所言「蘭芷不芳」「荃蕙化茅」也。忠君愛國，藹如仁人之言』。或者考辨地理歷史。如，『乃遂焉而逢殃』，補曰：『遂，聆遂也，地名。《周語》：「其亡也，回禄信於聆遂。」《竹書紀年》：「聆隧災。」聆作聆，誤。隧，即遂之俗。《墨子·非攻篇》：「天使陰暴毁有夏之城，命融隆火于夏之城間。」按據《竹書》，是湯征昆吾之年也。明年，桀出奔三朡，獲之焦門，放于南巢。』案：上博簡《容成氏》云：『〔桀〕述（遂）迷，而不量其力之不足，起師以伐岷山氏，取其兩女琰、琬，⿰女火北迲（去）其邦，□爲丹宫，築爲璿室，飾爲瑶臺，立爲玉門。其驕泰如是狀。湯聞之，於是乎慎戒升（登）賢。德惠而不展，秖十⿸尸二是能之。如是而不可，然後從而攻之，陞（升）自戎述（遂），入自北門，立於中⿱亼木。桀乃逃之鬲山氏。湯又從而攻之，降自鳴攸（條）之述（遂），以伐高神之門。桀乃逃之南巢氏。湯又從而攻之，述（遂）逃，迲（去）之蒼梧之野（野）。湯於是乎征九州之師，以批四海之内，於是乎天下之兵大起，於是乎亡宗鹿（戮）族殘群焉服。』遂，猶簡書『鳴攸（條）之述（遂）』也。又，『蒼梧』，補曰：『蒼梧在今湖南永州府寧遠縣之南，桂陽州藍山縣之西。《禮記·檀弓》：「舜葬於蒼梧之野。」』案：竹書『迲（去）之蒼梧之野（野）』，爲桀之最後駐蹕之地也。

朱氏又分《離騷》三段：自『帝高陽之苗裔』至『豈余心之可懲』爲第一段，『女嬃之嬋媛』至『余焉能忍與此終古』爲第二段，『索藑茅與筳篿』至篇末爲第三段，則與王邦采之説悉同，可謂不期而遇者也。

然則反覆是書，雖出於訓詁大家，猶諸多失誤。一是以古今字誤爲假借字。如，『肇錫余』之錫，『讀爲賜』。案：金文賜與之『賜』，但作『錫』。錫古字，賜今字也。又，『偷樂』之『偷』，『讀爲媮，巧黠也』。案：偷古字，媮今字也。

又，『不能舍』之『舍』，『讀爲捨，釋也』。案：舍古字，捨今字也。又，『善淫』之『淫』，『讀爲婬』。案：淫古字，婬今字也。又，『釋女』之『女』，『讀若汝』。案：女古字，汝今字也。類此不一而足。二是濫用通假。如，『忽其不淹』之『淹』，『讀爲倓，安也』。案：淹，留也。古書或者『淹留』連用。此不必讀倓。又，『純粹』之『純』，『讀爲婞，凝一不襍也』。又，『黨人』之『黨』，『讀爲攩，倗群也』。又，『九天以爲正』之『正』，『讀爲貞，猶問也』。又，『私阿，讀爲厶倚』。又，『用此下土』之『用』，『讀爲龐，兼有也』。又，『充幃』之『充』，『讀爲窒，塞也』。其義皆本通，毋需改易以他字，而徒滋歧紛耳。三是於字之審音辨形之疏。如，以『未沬』之『沬』，『讀爲眛，香將已而漸少也。或曰，讀爲弭，止也。弭、沬雙聲』。案：《離騷》作沬，古入月韻。若作沬，未聲，古入微韻。非一字也。又，『詔西皇』之『詔』，『當爲誥，讀爲告。秦時始造詔字以當誥，爲上告下之義』。案：詔字已見楚簡遺文。朱氏未嘗見而率臆妄改也。又，『侘傺，當作「吒瘵」，與「欝邑」同，爲雙聲連語，失志之貌，不當又以「立住」爲訓。』案，既以『侘傺』爲雙聲連語，其義存乎聲而不在其形，則亦不必改字作『吒瘵』也。或者釋義有誤。如，『騰衆車使徑待』，王注訓「騰」爲「過」，固未確，補曰：『騰，奔馳也。』案：亦非。騰，猶傳也。即傳郵之意，言傳令衆車使徑待也，是用騰字本義。博學精審若朱氏者，亦尚有此誤，益知注《騷》、讀通古書，誠難事矣。

是書始刻清道光末，後收入光緒八年臨嘯閣刊刻之《朱氏群書》本，黄靈庚氏所珍藏者，即《朱氏群書》本也。（黄靈庚）

# 屈騷求志

《屈騷求志》者，清顔錫名之所作也。錫名字字嘉，號艮亭，江蘇丹徒人。歲貢生，張崇蘭之入室弟子。精通經學，善倚聲填詞，大爲譚獻所賞識，引爲同流。著有《春秋三傳求歸》《春秋後傳》及《一枝軒詞》等。又，光緒初，與修光緒五年《丹徒縣志》，徵文考獻，其功爲多。卒年七十。事載民國七年《丹徒縣志摭餘》卷八《儒林文苑傳》。

卷首爲蔡錫齡光緒己丑序、楊履泰光緒丙子序、李恩綬光緒丁丑序及顔氏同治庚午自序，次爲史遷《屈原列傳》，次爲《凡例》十二條，次爲林西仲《懷襄二王在位事迹考》，次爲《求志目次》。顔氏直以屈子與孔子比侔，皆以『含冤』稱。其序云：『遂古以來，沈冤不雪，垂二千年者二人：一孔子，一屈子也。孔子作《春秋》，撥亂世，反之正，立百王之極，爲萬世之防。其文約，其辭微，史體然也。後世不知，乃求之日月以爲賞罰，求之名字以爲褒貶，其視孔子一如舞文弄墨之刀筆吏，此冤至於今而莫爲一雪者也。屈子著《騷》歌。陳王道，戒淫昏，誅讒佞之魂，表宗臣之義。其文約，其辭微，《騷》體然也。後世不知，乃昧其實事以求通，摭其虚辭以求合，其視屈子一如交鬼神之靈巫，爲廋辭之説客。此又含冤至今，而莫爲一雪者也。然而孔子不僅以《春秋》見，舍《春秋》以言孔子，孔子之爲孔子如故也，執《春秋》以求孔子，而孔子乃冤矣。屈子則僅以《騷》歌見，舍《騷》歌以言屈子，屈子無可言也，執《騷》歌以求屈子，且多爲之穿鑿牽引以雪其冤，而義愈晦，而冤愈沈。至使湘水貞魂，聞人誦其《騷》歌，且將掩耳急避，慮觸其「莫我知」之痛。則其冤更甚于孔子《春秋》之寃，而不可不急爲一雪者也。』則其作是書之旨，在於爲屈子『雪寃』也。參以蔡序以『今之正則』肖顏氏，蓋其亦有難言之隱，且有所寄寓矣。顏氏於《招魂》篇末云：『小人之禍君子，君子之福也。子蘭上官，楚之瘈狗耳，生而狺狺，没則已焉。乃今展《騷》讀之，吠聲猶在，然則小人之禍君子，適所以自禍也歟。』是有所激而言之者矣。顏氏爲『雪寃』之門徑，『以屈解屈，以完屈子之真』，即『讀屈子之文，即參屈子之文，以證屈子之志』云爾。

顏氏《凡例》徑斥以『經』『傳』之義解屈子，一以《史記》爲正。其頗有見識，屈子固無自稱『經』『傳』之意，乃漢人尊之耳。然洪氏《補注》既已言之矣。又稱解屈子，『要先曉得屈子位置，以宗國而爲世卿，義無可去，緣被放之後，不能行其志，念念都是憂國憂民。故太史公將楚見滅於秦，繫在本傳之末。以其身之死生，關繫於國之存亡也。後人動解作失位怨懟去，把一部忠君愛國文字，坐其有患得患失肝腸，以致受「露才揚己」「怨刺其上」之譏，千古蒙寃』。案：此論直逼班固、顏之推之輩於千丈懸崖之邊。蓋古今貶斥屈子狷介之性者，蓋亦皆不知屈子『位置』故矣。然洪氏亦既有言『同姓無可去之義』，是其皆因洪氏爲敷演之説矣。

離騷第一

懷王信讒而疏屈原紬之漢北不使與聞朝政國事日非原南征陳詞不答律以不合則去之義儘可舍而之他屈子睠顧宗邦低佪不忍憂愁幽思而作是篇通篇分五大節讀之節目詳後

帝高陽之苗裔兮朕皇考曰伯庸攝提貞于孟陬兮惟庚寅吾以降叶胡公反冬絳韻皇覽揆余初度兮肇錫余以嘉名名余曰正則兮字余曰靈均庚真韻

右第一節之一自敘家世及誕降之異命名之由爾

三

是書皆收屈子之作，以朱子《集注》爲藍本，凡五卷、二十五篇，卷一《離騷》，爲第一篇。卷二《九歌》九篇，第二篇至第十一篇：《東皇太一》《雲中君》《湘君》《湘夫人》《大司命》《少司命》《東君》《河伯》《山鬼》。又，《國殤》《禮魂》合而爲一，爲第十二篇。卷三《天問》，爲第十三篇。卷四《九章》，爲第十四篇至第二十一篇：《惜誦》《思美人》《抽思》《涉江》《橘頌》《哀郢》《悲回風》《懷沙》《惜往日》。卷五爲《遠遊》第二十二篇，《卜居》第二十三篇，《漁父》第二十四篇，《招魂》第二十五篇。末附《大招》一篇。

是書於各篇皆有總論，大略闡述各篇旨意、撰作時地及譚藝之妙。謂據史遷本傳，《離騷》作於『上官進讒王怒而疏屈平之後』，據《報任安書》，則作於『放逐』之時。然屈子當懷王之世，並無放逐之事，『懷王放原，止是不欲其與聞國政，絀之漢北，使爲邑大夫之類，並非以爲罪人。「屈原既疏，不復在位」。言其不在朝位而已，非竟絶其禄仕之謂，故猶可以陳詞，可以進諫，可以出使。蓋雖寄身漢北，而仍有時得至郢都也』。又，注篇内『余既不難夫離別兮』云：『離別，謂絀於漢北，不復在位，與君相離，文曰「離騷」』。此拾摭林西仲《楚辭燈》餘唾爾，其無所發明。且終無以釋解史公矛盾兩歧之説。蓋史公或言『屈原放逐而賦《離騷》』者，此《離騷》蓋概二十五篇，乃屈賦之總名也，則作於頃襄時之《涉江》《哀郢》等皆在内。而『見疏』賦《離騷》，是指《離騷》一篇言矣。惟《離騷》之作，下半篇言『南征』沅湘，陳詞重華，似在放逐江南後也。否則不可通矣。至謂『沅湘隱言漢水，重華喻君。自漢北至郢，故曰南征。沅湘、重華皆因南征而借』云云。是亦不能彌縫其齟齬矣。顔氏又謂『《離騷》前半易解，後半難通，皆由不知陳詞爲寄事，而「就重華」爲借辭。且不知前之「陳辭」是起意，「敷衽」以下方是陳詞正文。於是上下求索及三求女諸文，皆茫乎不解所謂』。案：觀《離騷》陳詞之起因，緣乎見詈女嬃比之伯鮌『婞直』，繼以就重華以陳詞，蓋以極鮌者，爲帝舜也，故質之於重華。而陳詞告以方鑿圜枘，必至菹醢，其於君已無望矣，故涕泗漣漣，悲不可抑。乃不得已而『上征』求索帝閽。帝者，帝高陽也。求帝高陽者，猶反本歸宗之意，諷言死爾。則『敷衽』以下非『陳詞正文』甚明矣。

顏氏分《離騷》爲五大節：首節『帝高陽』至『數化』，『敘始親繼疏及爲期不信之事，是一篇文字緣起』。二節『余既滋』至『所厚』，『敘衆芳變節，讒人高張及己守死善道之意，是上半幅文字正面』。三節『悔相道』至『不予聽』，敘『假悔之一説，以明己心之不可變；假女嫛一説，以見己志之不可奪』，是上下文之『過峽』。四節『依前聖』至『終古』，『實敘陳辭不答之事，却以幻筆出之，是下半幅文字正面』。五節『索藑茅』至『不行』，『幻爲巫卜之言，以明己不去楚國之意，是一篇文字結穴』。末爲亂辭，『言楚雖不足懷，而己終不忍去，生茲溷濁之世，無地可以自容，算去算來，惟有死之一法。此則作《騷》之本旨也』。觀其分節，自成系統，且以『亂曰』爲『作《騷》之本旨』，見識尤卓。屈子賦《騷》，始道己生出於帝高陽，終以畢志於彭咸所居。彭咸，本祝融八姓之後，亦帝顓頊高陽氏之裔。從彭咸所居，猶終歸反於帝高陽也。蓋生於斯，而死於斯，所謂歸宗反本之義也。然顏氏以求帝、三求女爲『敘陳辭不答之事』，誠不審求帝、求女之不成，諷言死既不能，生亦不得，處於生死難決之際，實其矛盾心理之觀照也。是以乃求卜靈氛、巫咸以決之。若從其説，則上下『過峽』文字無從繫聯矣。

顏氏以爲『《九歌》九篇，皆屈子悲歌當哭之作。其文愈約，其辭愈微，然其命意，固可參以他篇得之，絶非祀神之辭，亦非感懷漫興之什所可比例』。而《九歌》之作時，『前七篇皆詠未放江南時事，《河伯》則《涉江》時事，惟《山鬼》一篇爲在江南時事。參較全《騷》，顯然明白』。蓋其所謂以屈解屈者矣。故逐篇以逆志，謂借歌《東皇太一》，『以詠懷王任己及己樹賢之事，《惜往日》篇所謂「國富强而法立，屬貞臣而日娭」之日也』。借歌《雲中君》，『以詠己將致君堯舜，俾君令名無窮而君疏己之事』。借歌《湘夫人》以詠『黄昏爲期之事』，篇中『佳期』二字，『即《離騷》《抽思》所謂黄昏之期』。且置此篇於《湘君》之前。《湘君》亦借歌神『以詠黄昏爲期、中道改路之事也』。篇内『期不信』一句是『一篇之主，與《離騷》「初既與余成言，後悔遁而有他」、《抽思》「與余言而不信」諸語合』。借歌《大司命》『以明己所以急於得君之故』，謂『君固萬民司命，故假星天以名其篇』。借歌《少司命》『以詠與期不信改而他往之事，合《湘夫人》《湘君》二篇爲言』。借歌《東君》『以詠爲期改路之後，再待君命，至於來日而杳杳無期之事』。借歌《河伯》『以詠《涉江》時事』。謂『頃襄遷放屈子固曰江南，然其始發郢都則東行也。至《涉江》乃南行耳。又其放時在春，其行日則以甲，故《哀郢》篇云「方仲春而東遷」，又曰「甲之鼂吾以行」。《招魂》篇云「獻歲發春，汩吾南征」。是其行時、行日、行程，在全辭固班班可考。此篇覩流澌東下，而冀送者偕來。的是仲春時候』。借歌《山鬼》『以喻在朝之人，實詠被放江南，獨處懷人景况』。案其所論，頗能遵其『以屈解屈』，善與他篇相證，蓋擊中肯綮矣。然比附牽合，亦在所不免。若以前七篇作於懷王之世，則何以歌詠捿居江南之二《湘》之神耶？其不可能之事亦明矣。

《九歌》中稱謂至繁，而見仁見智，聚訟紛如，亦是一大難題。顔氏執是以入，謂『讀《九歌》必須先將「祀神歌辭」四字剷除净盡，然後心頭眼底始得清明。歌中凡稱「靈」、稱「君」、稱「上皇」、稱「帝子」、稱「夫人」、稱「佳人」、稱「若有人」，皆指目君友之微辭。其稱「子」、稱「女」、稱「蓀」亦然。惟《少司命》篇首一稱「美子」，一稱「美人」，所作美之人解，而篇末之「孅人」，則仍以目君。《河伯》之「美人」，又以自目。其辭雖同，而意不一如此。至曰「余」、曰「予」、曰「吾」、曰「我」，除《大司命》篇中有代神予余之辭，餘皆屈子自稱，斷不容移而他屬。又「公子」字，《九歌》中凡兩見，則一指君側之人，一指所思之人。如此分別觀之，自不爲祀神曲説所摇矣』。其説雖不可謂盡得《九歌》蘊奥，蓋亦能周合彌縫之，則未廢爲一家言矣。

顏氏以『《國殤》《禮魂》二篇是實賦之作，與《九歌》之文約辭微者不同。昔人以其文體相類，因次於後。與《九章》之後次以《遠遊》，體例正復相似』。故顏氏別分《國殤》《禮魂》於《九歌》之外者，以其『實賦其事，並不牽着自己，故無哀怨酸苦之音，較之《九歌》，迥不相類。乃編者既不爲別出，説者遂糾纏遷客，爲皮裏陽秋之論，而屈子且受屈無窮矣』。又以『《禮魂》即《國殤》之末節，與《離騷》《九章》諸篇「亂辭」相似。無如歌無如體，欲去「亂曰」字而綴之於前篇之末，音節又復不同，故另題之。其實兩篇，當合爲一』。案：黄維章《聽直》亦以《國殤》《禮魂》二篇不在《九歌》之內。然皆以『非類』而推求之，惜無文獻依據。考唐初歐陽恂《九歌》碑帖及宋米襄陽《九歌》書帖，皆無《國殤》《禮魂》二篇。豈其所據舊本已如是者耶？此似可爲其説之旁證矣。

顏氏以《天問》爲『屈子被放江南，思悟頃襄之作』。其『所遷之地在楚末界深山之中，杳無人迹之所』，以斥舊注見楚先王之廟及公卿祠堂之壁畫而呵問之妄謬。又以《天問》之作，非漫興以據憤懣者。天問者，即『問天也，實問君也。虞夏殷周興有所以興，亡有所以亡，古事昭彰，在人耳目。我言其效，不著其功，引而不發，躍如也。君苟省覽，自當思而得之。夫思之也審，則其入之也深，如天之福，或者其一悟焉，未可知也。然盛陳興亡之迹，一如左徒之先導、漢北之陳辭，覽者不逸，興味索然，仍歸高閣，故又雜以天地之間萬無可解之事、與夫時俗絶無根據之談。若諧若莊，若疑若信，拉雜書之，以聳人之觀聽。蓋以忠藎之苦心，迫而爲奇幻之絶調，昔人所謂主文譎諫者是也』。則其視《天問》亦諷君、諫君之屬，與《騷》經無異矣。又以《天問》一篇所以難解者，『或亦屈子故爲是迷謬之文，而欲人之潛心玩索耳。其文後幅，似多隱寓當時實事，今亦不可得而指明，必欲强爲貫通，反致失之穿鑿』。案：其説不然。既以屈子《天問》爲諷諫之作，焉得『故爲是迷謬之文』

而不欲人知？《天問》之難解，在於古史悠遠，載籍闕如，而無所取證耳。又，觀其注《天問》者，蓋以朱子《集注》爲主，間取林西仲、王逐直、毛奇齡、夏大霖諸家，而後斷以己意。如，『鴟龜曳衘，鮌何聽焉。順欲成功，帝何刑焉』。首引《集注》：『舊説謂鮌死爲鴟龜所食，鮌何以聽而不争乎？特以意言之耳，詳其文勢，與下文應龍相類。似謂鮌聽鴟龜曳衘之計而敗其事，然若且順彼之欲，未必不能成功，舜何以遽刑之乎？』蓋顔氏不厭其説，復引毛奇齡《天問補注》：『曳猶踵曳，以尾相撣援也。衘猶轡衘，以口相接衘也。鮌築隄以障洪水，宛轉盤錯，如鴟龜牽衘者然。是就鴟龜形而因之爲隄，蓋聽鴟龜之計也。按揚雄《蜀本紀》：「張儀築蜀城，依龜行迹築之。」又史稽曰：「張儀依龜迹築蜀城，非猶夫崇伯之智也。」崇伯，鮌封號。即是其事。』而後『愚按』下申以己説：『順欲，謂順衆之所欲。蓋當時咸以築隄爲得計也。成功者，帝都左近，藉賴隄防，亦可以粗安也。』則其取毛氏築隄障洪爲解也。於是可見一斑，餘皆可以類知矣。

顔氏以《九章》『皆是實賦，其言坦白明顯，非如《九歌》之借題抒情，隱其義而微其辭也。以詩言之，《九歌》爲變風，《九章》爲變雅』。其解《九章》亦以逆志，謂『《九章》自有《九章》之志矣，我逆而得之，某篇因何事而結撰，某節因何思而成辭，靡不軒豁呈露，無有隱情』。至於考定九篇次第，因黄維章、林西仲之説而稍作更定。乃謂『《惜誦》《思美人》《抽思》三篇，俱與《離騷》相表裏，皆懷王置之於外之作』。故首爲《惜誦》，稱『此篇敘竭忠被讒，進退維谷，思欲懷芳遠引，獨善其身之事』。次爲《思美人》，稱『此篇敘不得於君，絀身漢北，既無人爲申寃抑，又不能屈志媚人，以苟合於濁世，滿腹躊躇，惟有自往郢都，拚死進諫，以明己志，庶心之沈菀一開。此則陳詞以前、爲期不信以後之情事也』。次爲《抽思》，稱『此篇繼《思美人》而作』，『言本欲遥赴横奔，覽民尤而自止，乃抽思結撰，竭情陳詞』。以《涉江》以下六篇作於頃襄放逐江南之時，而《涉江》爲放江南後之第一篇。次作《橘頌》，稱『原志不去宗國，與橘之「受命不遷」相似，涉江南來，見而有感，因作是篇」。次作《哀郢》，稱『敘己被放不復，實由讒人嫉妬使然。因念初放之時，百姓已自離散，今則久羈放所，生反無期，國事日非，存亡難必，是可哀矣』。次作《悲回風》，『言立志沈淵，更無他計也』。其作宜在秋時，『通篇以志字爲綫索』。次作《懷沙》，稱『敘將投汨羅，由遷所北行之事』。篇名『懷沙』，『自當以將往長沙、臨淵自沈爲義』，而非『懷囊沙以自沈』也。案：蓋襲蔣驥之説也。舊訓『懷石自沈』，義雖不洽，而以沙爲長沙，亦未必是。長沙，秦漢地名，且『長沙』亦無由省稱『沙』者矣。近或以沙爲徙，楚簡作『⿺辶⿱尾沙』，省作沙。懷，猶憂傷也。懷沙者，謂憂傷遷徙也。此説最爲剴切。沙、徙亦聲之轉也。次作《惜往日》，稱『乃將欲沈淵，猶恐死而無益，作兹絶筆，冀君一悟之文』。其解《九章》次第大略如是。

顔氏以《遠遊》『乃屈子遷適江南，悲憤無聊，偶弄筆墨，以自抒其憂心之作。篇中亦自分兩大節，「高陽邈遠」以上，是言所以作《遠遊》之因，猶後世作賦者之有序也。「重曰」以下，方是實賦《遠遊》，於文爲正面。而在屈子意中，不過藉此荒誕無稽之言，以遺釋悲懷，銷磨歲月，並非意之所存』。是不可以『水解之仙』視屈子矣。以《卜居》爲『屈子嫉時之作。卜居云者，卜其所自處應何等也。觀篇首數語及通篇問意，蓋作於初放漢北之時』。以《漁父》『據《史記》，乃屈子放於江南時作』。

顔氏以《招魂》一篇爲屈子所作，則從林西仲之説。然與西仲又有所修訂者，稱『是篇蓋屈子初至江南所作，篇末亂辭，即是篇之緣起，斷非他人所能代言。林氏據史公傳贊及篇内「朕」字、「吾」字，決其爲屈子自招，自是特識。但文雖繫自招，而篇内則皆以魂歸郢都爲義，與《大招》正自不同。若泥節首數語，謂欲魂返於身，則在遷所自招，不應有「入脩門」「反都居」等語矣。篇中首尾自爲節，中分兩大節，其敘宫室之美、服御之盛、飲食之精、歌舞之樂、賓客之歡，莫不淋漓盡致。

是豈原志所存？不過聊假俗情以寫我憂，一如《遠遊》之託於霞舉濫遊爾者。至寫天地四方神靈物怪，或有或無，無非藉此奇文以自消遣。俗儒好爲迂論，乃以荒淫譎怪誚之，亦何可哂』。案：王逸以《招魂》爲宋玉招師亡魂之作，當有所據依，非無根之説也。人讀屈子之作而悲其志，讀玉之作亦可悲屈子之志，史公傳贊固未以《招魂》爲屈原所作也。篇首『朕』『吾』當是代屈子之稱，固非自稱矣。若以瀉憂云，似不宜肆意爲侈宫室之美、服御之盛、飲食之精、歌舞之樂、賓客之歡，且他篇亦決無是語，無從取證矣。顔氏又以《大招》一篇亦從林西仲之説，定爲屈子招懷王亡魂之作，然已溢出『二十五篇』之外，遂定爲『屈《騷》後跋』云。則私心自臆，羌無實據矣。

顔氏考辨屈氏故居，亦依屈子辭賦爲斷。如，《抽思》『有鳥自南來集漢北』云：「《哀郢篇》云：「去故鄉而就遠。」而下即繼云：「出國門而軫懷。」又云：「發郢都而去閭。」而下即繼云：「去終古之所居。」《招魂》云：「魂兮歸來入脩門。」而下即繼云：「魂兮歸來返故居。」是原固世處於郢者。夔峽歸州之宅，蓋皆好事者之妄指也。況郢本楚都，即今荆州。若鄢郢，則今之宜城。其地皆在漢南。』蓋『秭歸』説、『鄢郢』説，皆不足取信矣。

顔氏於各篇所注，多宗朱子《集注》，間或采林西仲《楚辭燈》、王萌《楚辭評注》、夏大霖《屈騷心印》及毛奇齡《天問補注》等，或於『愚案』下斷以己意，時見新義。如，《離騷》『謇吾法』云：『謇、謇通用，難辭之發端。凡在句首者並同，惟《雲中君》篇「蹇將憺」之「蹇」異義。』案：其説是也。又，『攘詢』云：『攘，當作讓。攘與讓通。《漢書・藝文志》：「道家者流，合於堯之克攘。」又《禮樂志》：「盛揖讓之容。」注云：「攘，古讓字。」是也。言人尤我，我則忍之；人詢多，我則讓之也。』案：其説有據。又，『四荒』云：『四荒是借用字，此句伏下陳詞一大節文字，即所謂將上下而求索也。若作天地四荒，解作欲往他國，則下半篇文字皆不可通。』案：其説融洽。《湘君》『宜修』云：『疊字，與《橘頌》之「紛緼宜修」同，外飾之美也。」案：所謂『疊字』，謂『宜修』爲並列複語也。又『玦』字云：『蓋玦者決也，知君之決然棄外也。』案：蓋以玦爲讔語矣。《惜誦》『所仇』『所讎』注：『相怨曰仇，仇而相報曰讎。』案：其辨『仇』『讎』之别，是也。《涉江》『余上沅兮』云：『上沅，是原所遷之地，並不近湘，云「湘江」者，沅、湘同入洞庭，自下兼受，可通稱也。』案：亦可備爲一解。又，『與前世』云：『與，古通假作舉。猶《禮運》「選賢與能」當爲「選賢舉能」也。《左》昭三年：「豈惟寡君舉群臣，實受其貺。」舉，又當通作與也。』案：其説是也。與前世，猶舉世也。舉，言皆也。

然則顔氏疏於校勘。如，《離騷》『哀生民』云：『生民，一作「民生」。非是。』案：易『民生』爲『生民』，羌無實據。顔氏疏於古音韻之學。如，《離騷》『艱』『替』爲韻，顔云：『艱，叶，牋西反；替，删、霽韻。』案：勉强以叶音改讀韻字，古無讀『艱』爲『牋西』之音，『替』亦不讀删韻也。《離騷》二句倒乙，本作『哀民生之多艱兮長太息以掩涕』。涕、替同協脂韻。又，《惜誦》明、身不韻，乃『身』字下云：『叶，式陽反。陽庚真韻。』《涉江》行與以、醢爲出韻，顔云：『行當作形，叶胡公反。』案：非也。行，舊蓋作來，二字同義，古書有異文可證。來、以同協之韻。臝來，即裸行也。顔氏或疏於訓詁字義。如，《離騷》『憑不厭』云：『按後「憑心」及《天問》《九章》諸「憑」字皆作「憤懣」解，此亦當然。蓋貪人求而不得，則憤懣於中，而求愈無厭也。』案：憑訓滿，猶盈滿，非憤懣也。此謂滿不知足，故曰『憑不厭』也。又，『嬋媛』云：『猶嬋娟，婦人婉綽之貌。《哀郢》「心嬋媛而傷懷」、《悲回風》「忽傾寤以嬋媛」。則義與躔綿同，蓋又借作蟬聯字也。』案：嬋媛，舊訓牽引，猶詰詘糾躔之意。狀以胸臆鬱結，則爲嘽咺，歎息貌。或作低回、儃佪等，而與『躔綿』『蟬聯』固非一語也。又，《抽思》『超回志度』云：『超，超出也。回，轉也。心欲南行，有如沈溺，回轉志度，故云超矣。』案：其説非也。超，當作遲，字之訛也。志度，即跮踱，乍行乍却貌。遲回、跮踱，皆言猶豫不行之意。又，《招魂》『呰』

字云：『西域呪語末皆云「婆娑訶」，亦三合而爲「些」也。』案：豈大雄氏之教於戰國之世已傳於楚俗耶？真天方夜譚矣。顔氏或疏於句法。如，《離騷》『不予聽』云：『予聽之予，要自予也。余、予本通用字，但《楚辭》大例：凡不在韻者作余，其在韻者則作予。以予亦音與，可叶作上聲也。此「予聽」，與《湘夫人》「召予」、《山鬼》「慕予」，三「予」字皆不在韻，疑皆當作「余」，蓋傳寫者之誤。』案：《楚辭》句法，賓格作『予』，領格作『余』，分用至密。『不予聽』之『予』，賓格，不當作『余』。顔氏或妄加比附，捕風射影。如，《離騷》『高辛，蓋指上官、靳尚之屬，言非楚之同姓也。』案：高辛乃古之聖帝，豈上官、靳尚之倫所當比耶？又，二姚未嫁『蓋隱頃襄』，『言未爲君也』。案：若少康比頃襄，猶勉强可耳。而比之二姚，則屬不類。又，西行遠逝，『蓋言明知秦將兼併六國，原是大有可爲之邦，但己終不肯舍楚而他適耳』。案：屈子豈亦有入秦之念耶？其獨不畏夫陸離之長鋏乎？以上蓋舉其大較者，則其疏誤亦可以例推矣。

是書未嘗見鋟刻，但有鈔本，今藏於上海辭書出版社圖書館，爲海内孤本也。（黄靈庚）

# 楚辭釋附佚名批注

《楚辭釋》者，清王闓運之所作也。闓運字壬秋，號湘綺，湖南湘潭人。自幼刻苦勵學，寒暑無間，經史百家，靡不誦讀。箋注鈔校，日有定課。遇有心得，隨筆記述。闡明奥義，中多前賢未發之覆。咸豐三年癸丑舉人。初館山左巡撫崇恩；入都，就尚書肅順聘。已而參曾國藩幕。自負奇才，所如多不合，乃退息無復用世之志。唯出所學以教後進，先後主四川尊經書院、長沙思賢講舍、衡州船山書院山長、江西高等學堂總教。光緒三十四年戊申，特授檢討，加侍讀。入民國，嘗一領史館。著書以經學爲多，學宗今文，以抉發微言要旨爲主，有《周易説》十一卷，《尚書義》三十卷，《尚書大傳》七卷，《詩經補箋》二十卷，《禮記箋》四十六卷，《春秋公羊傳箋》十一卷，《穀梁傳箋》十卷，《周官箋》六卷，《論語注》二卷，《爾雅集解》十六卷，又《墨子莊子鶡冠子義解》十一卷，《湘軍志》十六卷，《湘綺樓詩文集》三十卷及《日記》等。事載《清史稿》卷四百八十二《儒林傳》。

王氏自稱『我年十五讀《離騷》，塾師掣卷飄秋葉』（見《憶昔行與胡吉士論詩因及翰林文學》），於《楚辭》獨有所鍾。據其與裴蔭森之書云：『行年五十，始欲自如。道中注《楚詞》廿五篇，頗疑屈生《遠遊》未忘情於侍從，將古無獨往之轍，抑生有衣食之累乎？』又云：『去歲又著《楚詞注》廿五篇，方付蜀局，剞劂未畢。廿年所研，計略已宣矣。嘗謂生平撰述，當俟百年後有力者開局校刊。今爲門生迫索，已出其半。除詩文決不發刻，諸經注尚有應改者，定本爲難，他日仍須自刻，殊違初願也。」則是書初名『楚辭注』，成於光緒九年癸未。凡十一卷：《離騷》卷一，《九歌》卷二，《天問》卷三，《九章》卷四，《遠遊》卷五，《卜居》卷六，《漁父》卷七，七篇皆屈子所作。《九辯》卷八，《招魂》卷九，二篇皆宋玉所作。《大招》卷十，景差所作。卷十一附宋玉《高唐賦》。所輯皆屈、宋、景之作。卷首無序跋、目録、凡例。每卷之首，先引叔師序，而後次其釋義。字句訓釋，則直陳其義，無旁招遠引之繁絮矣。

王氏大略以洪氏《補注》爲藍本，首以《離騷》稱『經』之義，『猶「逍遥遊」以三字爲名，史公不容翦去「經」字而云「作《離騷》」也。屈子此作，託於《詩》之一義，故自題爲「經」。言此《離騷》乃經義，百代所不變也』。案：其説迂矣。《離騷》稱『經』，當是漢人尊之。史遷作傳之時，猶未稱『經』，而非史遷去之矣。據是一端，見其才麤氣浮，心傲神狠，睥睨古今，開口便知其爲謬言矣。

王氏以《騷》之作時，定在頃襄王之世。云：『初，懷王疏原，後見困於秦，復用原計，爲黄棘之會。秦楚通和，太子出質，已怨原矣。懷王留秦不得歸，而大臣欲立他子，昭雎不從，乃迎横立之，是爲頃襄。時原年四十有六，名高德盛。新王初立，勢不能不與原圖事。原乃結

斥王之不孝乃致切怨於子蘭懷王既歎新王定立
以郎位恩澤釋原自便原復還國而子蘭得見此詞
乃始大怒原使新尚誣以款秦誤國復徙之於沅徙
十六年而楚亡郢乃悉舒其憤而作九章焉凡楚詞
二十五篇皆作於懷王客秦之後初無怨已不
用之事要必先明離騷經反復之文然後知之
帝高陽之苗裔兮將言已爲宗臣而不敢顯言故託於
祖所自出下以高辛喻頃襄先言已
祖高陽與君兄弟也
必明親者同懷王休戚朕皇考曰伯庸皇考大夫祖廟
之名即太祖也
伯庸屈氏受姓之祖屈楚大族言已體國之義也若攝
以皇考爲父屬詞之例不得稱父字且於文無施也
提貞于孟陬兮惟庚寅吾以降孟孟春建寅之月也陬
爲正月三正所同言孟
陬知楚行夏時也復顯三寅者將
言已性與人異託言已生與人異皇覽揆余初度兮肇
錫余以嘉名名余曰正則兮字余曰靈均皇天也謂父
也度謂立身
之恣也蓋原以平旦生與三寅爲祥異故名曰平及冠
賓字之更從平義取廣平曰原而字之曰原至是原以

楚詞一　離騷經一　二

齊款秦，薦列衆賢，詆毀用事者。衆皆患之，乃譖以爲本欲廢王，又以懷王得反，將不利王及令尹。王積前怒，固欲遠之，而無以爲名。因是誣其貪縱專恣，放之江南，而反以忘讎和秦爲其罪。原因託其所薦達者於令尹，而所薦者趨時易節，附和阿俗，國事大變。原忠憤悲鬱無所訴語，故行吟湖皋，作爲此篇。不敢斥王之不孝，乃致切怨於子蘭。懷王既薨，新王定立以即位，恩澤釋原自便，原復還國。而子蘭得見此詞，乃始大怒原，使靳尚誣以款秦誤國，復徙之於沅。徙十六年而楚亡郢，乃悉舒其憤而作《九章》焉。凡《楚詞》二十五篇皆作於懷王客秦之後。初無怨己不用之事，要必先明《離騷經》反復之文，然後知之。」案：王氏此説，發聵震聾，即推倒史遷『疏』而作《離騷》之載，蓋據『先明《離騷經》反復之文然後知之者，然謂『反以忘讎和秦爲其罪』，『新王定立以即位，恩澤釋原自便，原復還國』云云，史載闕如，亦是推測杜撰之詞矣。《騷》之作於頃襄之世，求之篇内『濟沅湘』云云，可謂文獻有徵。至於作年，則文獻不足徵矣，宜存疑而闕之。而《九章》諸作不盡皆作於頃襄之世，若《抽思》『來集漢北』，《思美人》『指嶓冢以爲期』，皆不在江南，且與襄王事無涉矣。

王氏據是以注《騷》，發明隱微託寓之義，皆繫結於懷、襄二王，處處有本，字字有實，爲聞所未聞。如，『汩余若』云：『汩，疾也，不及送喪之貌。懷王客秦，旦夕不忘欲返，故若不及而常恐老死。』又，『春秋代序』云：『言新君代故君也。忽然不留，無念故王者。』又，『惟草木』云：『草喻新進者，木喻在位者。零落，無賢材也。國無賢材，恐王久客而不反。』又，『雜申椒』云：『椒、桂，木類，以喻世臣。時楚用事者，疑原引新進以傾己，故自明其志，亦以勸曉令尹、上官，消其嫉妬也。』又，『恐皇輿』云：『皇，懷王也。出故言輿已敗績矣。復恐者，黨人欲陷懷王，乃以絶秦力戰爲名，誣原畏死，故恐其敗。』又，『荃不察』云：『荃，芥孫。中情，欲反王以成新君之功業，反蓄前怨疾怒，以爲將廢己也。芥爲膾主，故以喻君，以荃喻嗣王也。』又，『夫唯靈脩』云：『靈脩善治，言欲成嗣王之孝。』又，『成言』云：『頃襄約原反王之謀也。』又，『願竢時』云：『俟秦可伐之時，乃決用兵，言非主款秦也。」又，『擥木根』云：『茝蕙，原所薦未退者也。改申椒言木根者，詞不欲太顯耳。薜荔、胡繩皆蔓生依緣，而後起茝蕙，不須貫索，而亦擥矯堅木以結紉之。言託所薦於大臣，使相連絡攀附，謀國之苦心也。』又，『怨靈脩』云：『頃襄先僞誘以陷之死，故切致其怨以感之。』又，『步余馬』云：『身既放退，又託國事於子蘭、子椒，故下專咎二人，而子蘭聞之大怒。』又，『製芰荷』云：『芰荷、夫容，原放於江潭所與游之賢士也。』又，『女嬃』云：『稱嬃，蓋以喻臣之長，上官、令尹之屬，陽與屈原爲同志者。』又，『五子』云：『諷言頃襄以子代父位而娛縱，如太康五子，亦不顧難，喻子蘭等佚遊忘國也。』又，『朝發軔』云：『蒼梧，舜巡方所至，言請命於懷王。縣圃，崑崙山上地，西極所屆，以喻謀秦也。』又，『靈瑣』云：『以喻懷王幽囚也。』又，『飲余馬』云：『咸池、扶桑皆在東方，以喻齊也。飲馬、總轡，言欲結齊爲援。』又，『折若木』云：『若木，日入所拂木，以喻秦也。逍遥相羊，有所待也。懷王在秦不可遽絶秦。』又，『吾令帝閽』云：『「吾令」云者，言己不知幾，猶謀反王也。帝，懷王也。關，秦武關也。閶闔，又在其西，倚望者，帝也。幽蘭，新進賢士也。己知王望歸，故謀令閽開出之，而志不得遂，故更結賢人，少須時日也。』又，『春宮』云：『太子所居，喻頃襄也。』又，『下女』云：『頃襄用事者。』又，『宓妃』云：『齊女也。』又，『夕歸次』云：『夕言懷王，朝言頃襄也。』又，求『有娀』云：『言欲更求楚宗室賢者立之。』又，『雄鳩』云：『鳩喻后妃，雄鳩，夫人預政者，蓋鄭袖也。亦不欲立頃襄，故鳴且逝，而佻巧可惡，尤不可與合謀。』又，『少康未家』云：『楚後王賢明能中興者也。』又，『九疑』云：『喻懷王也。』又，『百草不芳』云：『王薨國破，則賢才無託也。』又，『余以蘭』云：『初託子蘭，故責望之。』又，『飛龍』云：『喻懷王也。』又，『邅吾道夫崑崙』云：『君臣之義，無可自疏，繫心懷王，仍獨轉於昆侖也。』又，『發軔天津』云：『天津，漢津，仍欲從漢中入秦也。』又，『奏《九歌》』云：『言頃襄爲子，不如異姓臣。』

王氏以《九歌》『皆頃襄元年至四年初放未召時作，與《離騷》同時』。又以《禮魂》爲『每篇之亂』，《國殤》『舊祀所無，兵興以來新增之』，故二篇皆不在其數，是以十一篇而猶九篇矣。案：以《禮魂》爲『每篇之亂』，『蓋迎神之詞，十詞之所同』者，最爲有見。聞一多氏即取其説，目此篇爲『送神曲』。而以《東皇太一》一篇『娱神之詞，無託喻』，則與聞氏目爲『迎神曲』亦同。又，《國殤》一篇，信爲屈子之所增，非沅湘《九歌》所有。屈子篤於宗國情愫，於義無反顧、拋屍疆場之楚國將士不能無動於衷，於是作祭歌以祭奠無名英雄，合乎情理。此篇不見眉目傳情之窈窕美人，更無男歡女愛歌舞之樂，短兵相擊，戰馬嗚嘶，鼓聲震天，血肉飛濺。『天時墜兮威靈怒，嚴殺盡兮棄原野』，感天地、動鬼神。若是之作，似祇屬屈子之筆。林氏以爲激憤於懷、襄二世楚國屢屢折兵敗將，蓋近乎事理。其所寫車戰規模之大、地貌之開闊，似不宜在沅、湘水域以及楚南崇山峻嶺之間。『出不入兮往不反，平原忽兮路超遠』。戰場之遼闊、路程之遥遠，似乎祇在郢都以北江、漢平原及接近中原丹、淅之地。國殤之『帶長劍兮挾秦弓，首身離兮心不懲。誠既勇兮又以武，終剛强兮不可淩。身既死兮神以靈，子魂魄兮爲鬼雄』。與《騷》之『亦余心之所善兮，雖九死其猶未悔』『伏清白以死直兮，固前聖之所厚』，『雖體解吾猶未悔兮，豈余心之可懲』。亦一脈相通矣。

王氏以『雲中君』爲楚澤雲杜、雲夢之神。釋篇末『思夫君』云：『夫君，喻楚王也。有廣大之地而不能自强，故勞也。』土氏以『湘君』爲『洞庭之神』，而寄寓於懷、襄二王。故釋是篇以下，悉依循釋《騷》套路，極盡比附牽合之能事。如，釋『君不行』云：『君，喻懷王。美，自謂也。』釋『駕飛龍』云：『頃襄初立，召原謀反懷王，故駕飛龍也。當求賢草野，故邅道也。』釋『心不同』云：『言己於嗣君心異恩淺，欲因近臣以自達，乃又不知所以求，故勞而輕絶。』釋『期不信』云：『期約反王也。』釋『捐余玦』云：『大夫見放得玦則去，不欲去故捐玦也。』釋『杜若』『下女』云：『杜，土衡。下女，嗣王也。凡草可采者爲若。采杜若者，欲且連衡也。』釋『時不可』云：『嗣君初立，内外改觀，彊弱在此時，不可輕舉也。』王氏以『湘夫人』爲『洞庭西湖神，所謂青草湖也』。釋『愁予』云：『頃襄初立，郢受蜀下流，故遠望而愁。』釋『夕張』云：『所謂「指曛黄以爲期」，言密謀反懷王。』釋『麋何食』云：『喻合從不成也。』釋『廡門』云：『廡，覆也。門在外，以喻國四境也。言賢人充庭，則國勢外强。』釋『遺褋』云：『喻密謀。』王氏以『大司命』爲『王七祀之神』。釋『空桑』云：『伊尹所居，喻輔嗣君之意。』釋『清氣』云：『喻初政當清明也。』釋『道帝九阬』云：『帝，謂懷王也。阬，虚也。九阬，九州空虚之地，欲道王從間道以歸。』釋『疏麻』云：『疏麻可書，言將通問懷王。』釋『乘龍冲天』云：『乘龍者，嗣王也。冲天，言但欲自尊立。』釋『願若今』云：『祝懷王無死，己則誓死也。』王氏以『少司命』爲『群姓七祀之神』。釋『美子』云：『美子，嗣君也。父子恩親，己不宜與其憂也。』釋『滿堂美人』云：『美人，喻君也。滿堂者，言宗室子皆可立。然己受懷王恩厚，獨異於衆，故以反王爲己任，終不能自已。』釋『入不言』云：『喻懷王見欺而去，己不及與謀。』釋『荷衣』云：『荷蕙，喻己放在野也。帝郊，郢都；雲際，言客秦也。』釋『與女游九河』云：『九河，齊地；咸池，東地，亦喻齊也。衝風起，破散其計也。晞髮自新，以結交於齊，結齊以攻秦也。』釋『荃獨宜』云：『言必反懷王，乃可定國。荃，懷王也。獨宜，駮頃襄不宜。』王氏以『東君』爲『句芒之神』，比嗣君襄王。釋『心低回』云：『恐嗣君不堪其位也。』釋『忘歸』云：『言將爲聲色所娛惑，忘懷王未歸也。』釋『射天狼』云：『言既射天狼而反淪降之魂，乃後可宴樂也。』王氏以『楚北境至南河』，故亦祀河神。釋『游九河』云：『原於懷王十八年使齊，故嘗游九河。』釋『登崑崙』云：『崑崙，西極山，言懷王惑秦僞説而絶齊也。』釋『寤懷』云：『言既客秦復思齊也。』釋『龍堂』『朱宫』云：『言齊有甲兵府庫，宜西向争衡天下。』釋『送美人南浦』云：『子，謂嗣君也。美人，懷王。南浦，江南國。』釋『媵予』

云：『喜齊兵之見助也。』王氏以『山鬼』爲『遠祖。山者，君象。祀楚先君無廟者也』。釋『子慕予』云：『子謂嗣君也。言己見放也，慕而善之，復見用也。』釋『余處幽篁』云：『余，先祖自余也。夔巫深山多竹。阻絶虧蔽，楚之舊都久成荒廢，故先祖自訴其險難。』釋『歲既晏』云：『歲晏，國將亡也。』釋『怨公子』云：『公子，頃襄也。頃襄所忘者，歸懷王也。君斥山鬼也。』釋『思公子』云：『頃襄不可輔也。』

王氏以屈子作《天問》之時，『當在懷王入秦以後、再放之前』。稱『原先以作《離騷》而見忌，故是篇文彌晦而意彌周，不失變風之義』。又謂『《天問》歷敘天地靈異、帝王興敗之故，皆據時事而言，故篇中皆設難詞以起之。大略分爲三節：首陳天文以明六國强弱之勢，次陳山川物産，以喻望懷王歸國之意，末陳古事以諷頃襄仍當合從復讎、求賢共治及己忠憤之節』。此亦其釋《天問》之關鍵或原則。其例先釋本事，而後『補曰』以發微所寓意旨。如，釋『馮翼唯像』云：『原歷官懷王，自託老成，能識遺事，而頃襄不能問之。凡言「何以」者，皆據以發明時事。』釋『八柱』云：『喻八國也，言燕趙韓魏中山齊秦楚皆勢不相下，東南，專指楚也。』釋『夜光』云：『夜光，月也。月生於西，喻秦。兔，讒臣之喻，靳尚也。在腹者，尚爲秦内應也。懷王與齊爲從親，秦患之，使張儀入楚，儀善靳尚，因而説王絶齊。齊秦交合，是秦之利。篇中兩言「厥利維何」，皆言交涉事。』釋『不任汩鴻』云：『言懷王不用其言，先何必舉爲左徒。』釋『東南傾』云：『楚地緜亙，東南而傾，靡不能自振，其有天意與。』釋『冬煖夏寒』云：『原怨王不用其言而困於秦，節序遷移，當有褱土之感，亦愛君而憂之。』釋『羿焉彃日』云：『喻秦有併滅之志。』釋『閔妃匹合』云：『王信鄭袖言，縱其所欲，不顧後患。此追敘之也。』釋『勤子屠母』云：『言頃襄弟子不能自立。』釋『化爲黄熊』云：『懷王時，原方見黜如鮌栖羽淵，頃襄立，用事者復舉原，如巫之活黄熊耳。』釋『萍號起雨』云：『頃襄先爲太子，時質于齊，昭睢赴齊求之，反立爲王。萍號，雨師，謂昭雎興中興。初意立頃襄，本期中興也。」釋『吴獲迄古』云：『頃襄若不誅子蘭，則當出之吴越，不可與以令尹，或者可如泰伯、仲雍去周而開吴。」釋『繁鳥萃棘』云：『喻秦以婚姻連楚，而頃襄不知禍至無日，方且自負姻好之情。」釋『比干雷開』云：『比干，原自謂也。阿順，何順字誤，指靳尚也。」釋『載屍集戰』云：『此勸頃襄不可忘讎。」釋『兄有噬犬』云：『喻子蘭貪得無厭。」釋『爰出子文』云：『子文亦楚宗臣，故原以自喻。」

王氏以《九章》皆作於頃襄之期，爲『將死述意，各有所主』者，『故有追述，有互見。反復成文，以明己非懟死也』。而《九章》各篇之作時，仍舊本之次以説之。如，稱《惜誦》『本與頃襄謀反懷王，忽背之而以爲罪。欲誦言自明，王怒，益禍，又使王負不孝之罪，國事愈不可爲。故惜之而自致愍也。今卒不存楚，亡郢失巫，己竟殉之而志終不白，故悉發其憤，抒情而作《九章》也』。稱《涉江》作於頃襄二十二年再放於沅之後。『頃襄二十二年，秦拔巫，原年六十七』。稱《哀郢》之作在白起拔郢之後，『頃襄二十年，秦白起拔西陵；二十一年，拔郢，燒夷陵。楚兵散，遂不復戰。東北保於陳城，所謂「離散」「東遷」也』。稱《抽思》之作，原『自郢還沅』，而後『追念傾覆之由，無可奈何，故憂之深、言之哀也』。稱《懷沙》之作，原『自郢還至湘，不過旬日，故仍記孟夏也』。稱《思美人》作於『將死，重思懷王客死之悲，因及己謀國忠誠之本末』。稱《惜往日》之作，『屈原既決懷沙，深思禍本，由楚俗讒諛專成媢疾，始於懷王，極於頃襄，己當任用之時，亦未能挽其波靡之俗。雖無秦兵，知國亦必亡。故惜往日，孤忠之無補也。」稱《橘頌》之作，『蓋遷江南所識之賢士，年少隱居，望其繼己志，故作頌美之』。稱《悲回風》是『謝世之詞，追怨無端』，以爲絶筆矣。

王氏或考屈子生卒之年，釋《涉江》『余幼』『既老』云：『一幼一老見意，原生於楚宣王二十七年，歲在戊寅。懷王元年，年十六。張儀來相時，年三十二。早已見疏，距用事時已十餘年。是見疏在弱冠後，故曰「幼」也。頃襄初年，年五十餘，放沅九年，故自歎「既老」也』。釋《哀郢》『至今九年而不復』云：『再遷沅至郢亡，九年也。逆計之，然則頃襄十二年，原再放。』而後至頃襄二十一年，由郢至沅湘，以次作《哀郢》《抽思》《懷沙》《思美人》《惜往日》《橘頌》《悲回風》，蓋終年六十七耳。至若各篇釋義，王氏一如既往，莫不繫附於懷、襄二王史實。如，釋《惜誦》『君可思』云：『客死於秦，是可思也。終亦不悟，不可恃也。』釋《涉江》『重華遊』云：『重華，謂懷王也。頃襄背約，放原江南，自甘遠徙，故與遊瑶圃，言不願事新王也。』釋《哀郢》『堯舜之抗行』以下云：『此皆采宋玉之詞以著己被放之由。讒者言懷王反不利頃襄，子蘭不知王傳國高世明遠之見，決無「不慈」之事，又譖原款秦主和，不若言戰之忼慨，故頃襄疏遠修美之臣。嫌於自矜，故直用弟子之詞。』釋《抽思》『憍吾』云：『頃襄貪位，不欲王反，託言秦不可和，當力戰以復讎，名既美，志又憍也。』釋《懷沙》『人生有命』云：『聖人惡自殺，故明志非畏懼而死也。人事無可轉移，不忍爲秦虜耳。』釋《思美人》『指嶓冢』云：『嶓冢，蜀山，蓋欲迎王由蜀乘夏水下漢。』又，釋『白日出』云：『白日喻君也。出，謂懷王得反也。』釋《惜往日》『慙光景』云：『光景，前謀通秦之事也。《（悲）回風》曰：「借光景以往來，施黄棘之枉策。」黄棘會在懷王廿五年，秦楚復和，太子出質。其後，頃襄立，欲罪原，因治前謀，故慙也。』釋《橘頌》『年歲雖少』云：『恐人輕其少，故初異之後友之，乃欲師之，好賢之至也。其人終亦長隱江南，無以自見，至今想其風規也。』釋《悲回風》『更統世』云：『言嗣子自當繼統受賜懷王長美，亦必無不慈之意，深恨頃襄也。』

王氏以原作《遠遊》之由，以避輕生就死之嫌。稱『聖人貴舍生而惡自殺，屈原不勝其憤，至於自沈，雖反復敘明其故，猶懼論者謂其窮無復之，智不全身，又嘗受真道，可託尸解，略述其術以示知者。但吐納駐顔，存神壹氣，既不可傳説，又可案文而悟』云。又以《卜居》之作，『在懷王薨後，頃襄定立，悉還前放諸逐臣，而原以名德見重，有復用之機，故自明其不能隨俗取富貴也』。又以《漁父》之作，『時原再放於沅，而漁父歌《滄浪》。滄浪，漢水所鍾，在均鄖之境。蓋楚舊臣避地沅潭，故相勞問也』。案：自《遠遊》以下，王氏刊落舊説，而己注亦甚簡略，無所發微。惟『滄浪，漢水所鍾，在均、鄖之境，蓋楚舊臣避地沅潭』云云，識斷卓矣。屈子始放漢北，蓋在上庸，本其父采邑，故稱『伯庸』，而在竹山、房縣之間。

王氏以宋玉《九辯》作於原《離騷》《卜居》之後，《九歌》《漁父》之前，『原被召再放，送之而作也。《九章》多采其言，是其證矣。《天問》曰：「啓棘賓商，《九辯》《九歌》。」商爲秋，故以秋發端，亦記時也』。故釋是篇，即立意於此。如，釋首章云：『此送別屈原再放沅中也。』釋六章云：『此皆爲原述志之詞。』又，釋『超逍遥』云：『言今再被放，更無止泊也。』釋『泊莽莽』云：『言放不可久，懼終死於外。』王氏以《招魂》作於『楚去郢之後。原自沅暫歸，忽悔悟而南行，君臣相絶，流亡無所。宋玉時從東遷，聞原志行，知必自死。力不能留之，因陳頃襄奢惰之狀，託以招原。實勸其死，自潔以遺世，不得已之行』。王氏復以《大招》之作『與《招魂》同時。《招魂》勸其死，《大招》冀王之復用原，對私招而爲大也。若命已終，宜有哀情，不得盛稱侈靡。或以爲屈原招懷王，則「魂兮」「魂兮」，大不敬矣。今定以爲景差之作，雖知頃襄之昏，而猶冀其一悟，忠厚之至也』。王氏末附宋玉《高唐賦》，稱『屈子之忠謀奇計，在據夔、巫以遏巴蜀，使秦舟師不下，而後夷陵可安。五渚不被暴兵，東結强齊，争衡中原，分秦兵力，楚乃得以其暇，招故民，收舊地，扼長江，專峽險。良謀不遂，頃襄棄國，秦師並下，貞臣走死，弟子宋玉之徒崎嶇從遷，假息燕幕，畜同俳優，不與國謀。然坐見危亡，追思遠謨，雖勢無可爲，而別無奇策。乃後歎息，竊泣哀楚之自亡也，情不得已，因遂作賦。首陳齊楚婚姻之交，中述巴蜀出峽之危，末陳還都夔巫之本計。言不顯則意不見，故直以幸女立廟，明當昏齊，申屈子之奇謀，從彭咸之故宇。後有知者，明楚之所以削，秦之所以霸，然後服達士之遠見，申沈湘之孤憤矣』。案：王氏釋玉、差《九辯》以下四篇雖多比附牽合之説，然徵之以史傳，猶爲有識。至若玉招原魂，而祀享王者之侈靡，若據『因陳頃襄奢惰之狀託以招原』云云，庶幾得以彌縫之矣。探《高唐》之微旨，以爲『首陳齊楚婚姻之交，中述巴蜀出峽之危，末陳還都夔巫之本計』者，亦亘古所未有，似成其一家説矣。王氏注《大招》又云：『只，語已詞也。《招魂》言「些」。些者，此此二字重文，其聲清長；只聲蹙短也。』案：以『些』爲『此此』重文，湯炳正取證於湘西民間招魂，亦倡此説。然王氏已先於湯説矣。

綜觀是書之作，旨在據史傳以發明微旨，類公羊氏、穀梁氏之傳《春秋經》也，一言蔽之以『奇』。藉注《楚辭》，借古諷今，鍼砭時政，寄寓其畢生治政之策，故百方比附，無所不至。然則若是以解《楚辭》，石破天驚，標新立異，奇奇怪怪，聞所未聞。是耶非耶？學者自有繩墨，不爲奇説異義所惑亂矣。至若字義訓詁，亦多憑臆爲説，尤不得稱精允，則不如公羊氏、穀梁氏及何休氏之遠甚矣。如，《離騷》『皇考』云：『皇考，大夫祖廟之名，即太祖也。』案：皇，明也，故叔師引《詩》『烈考』以證之，烈亦明也。父死曰考。似不得解爲遠祖也。又，『侘傺』云：『傺，際也。會合之處。』案：叔師注：『侘傺，失志貌。侘，猶堂堂，立貌也。傺，住也，楚人名住曰傺。』其是不刊。侘傺，『叱咤』之乙，鬱邑侘傺，猶嗚咽叱咤，悲憤不平之貌。《史記·淮陰侯列傳》『項王喑噁叱咤，千人皆廢』，《索隱》：『叱，昌栗反；咤，卓嫁反，或作吒。叱吒，發怒聲。』喑噁叱咤，同此『鬱邑侘傺』。叱吒，《漢書》作『猝嗟』，《列子·湯問篇》作『肆咤』，《後漢書·光武帝紀》作『嘯咤』，《列女傳》作『怛侘』，《韓非子·守道篇》作『嗟唶』，皆語之轉也，根於抑屈不申之意，則同矣。又，《雲中君》『若英』云：『如花英也。』案：叔師注：『若，杜若也。言己將修饗祭，以事雲神，乃使靈巫先浴蘭湯，沐香芷，衣五采華衣，飾以杜若之英，以自潔清也。』其説是也。若非訓如矣。又，《湘君》『薜荔拍』云：『拍，蓋帛也。』案：叔師注：『柏，榑壁也。』戴東原云：『拍，王注云「搏壁也」，劉成國《釋名》云「搏壁，以席搏著壁也」。此謂舟之閤閭搏壁。』其説是也。又，《東君》『吾檻』云：『擥也，今作擥，或作攬。擥扶桑者，喻欲輔嗣君。』案：不成句法矣。叔師注：『檻，楯也。言東方有扶桑之木，其高萬仞，日出，下浴於湯谷，上拂其扶桑，爰始而登，照曜四方。日以扶桑爲舍檻，故曰「照吾檻兮扶桑」也。』其『舍檻』云者，猶後之干欄之舍也。又，《惜誦》『疾親君』云：『疾，猶直也。直疾親君，不顧貴近，所謂「釋階登天」。』案：舊解『疾』爲『惡』，固不可通，然王釋亦非。疾，猶疾力、盡力也。謂盡力親君也。又，《抽思》『有鳥自南來集漢北』云：『有鳥，喻頃襄也。南，郢也。集漢北，渡漢北走陳也。』案：走陳而始東遷，毋須向北渡漢。渡漢而走陳，猶南轅北轍，自投網羅矣。又，『望北山』云：『北山，思念父母，懷王不反，故流涕也。流水不還，喻去郢也。』案：設若此果言懷王留秦不反，其在楚之西，而非『北』也。北山，舊釋郢北之山，或校改『南山』。皆非。北，當作丘，字之訛也。丘山、流水相對成文，皆泛稱也。若是者則不勝其舉矣。由是可知，後之今文經學家之操術，祇不過率意比附、無中生有云爾。或者云，『清人《楚辭》之作，以戴東原之平允，王闓運之奇邃，獨步當時，突過前人』（姜亮夫《楚辭書目五種》）。何其虛譽如是耶！蓋存之徒增博識廣聞，實不足爲訓矣。

是書初鐫於光緒十二年丙戌仲秋，即成都尊經書院精刊本，由其弟子成都方守道校刊。而此本爲光緒二十七年辛丑衡陽刊本，原見《湘綺樓全書》，見藏國家圖書館，且有佚名批注者。封面、卷首及末頁皆鈐『曾襄君章』之印，然未審其爲何人。湖南圖書館藏《忠獻韓魏王君臣相遇別録》三卷《遺事》《家傳十卷》，徐萍芳刻本，鈐有『衡陽常氏潭印閣藏書之圖記』『曾廣詢印』及『曾襄君章』印。『曾襄君章』之篆文、款式與此同。據是，蓋清湖湘間藏書家也。然是書所批，是否出於曾襄君之手，蓋亦不可武斷矣。是書批注，多爲眉批，偶亦見側批，爲朱、墨二色，據其字迹，當是同出於一人之手。據其內容，既關乎《楚辭》本旨，又涉及綺湘老人之注釋，非祇藉注本而評騭《楚辭》者也。《惜往日》眉批：『因不舉一仕頃襄，嫌不臣頃襄，故明世臣無絶君之道也。曾滌生以漫，未知其意。』是亦居於湘鄉之間之隱士耶？

或者闡發屈賦旨意。如，《離騷》『帝高陽』四句眉批：『以己見讒，故先自明，寓意顯明。』案：意謂屈子自敘世系、出生年月日及名字來歷，先自表本是楚之胄子，斷無去宗國之志。又，『汩余若將』一句眉批：『直從謀反王敘起，以此篇專爲此作，暇及前事也。』案：綺湘注：『汩，疾也，不及送喪之皃。懷王客秦，旦夕不忘欲返，故若不及，而常恐老死。』以爲是諷諫懷王客秦時，故批注亦從此發明意旨。又，『余既不難』一句眉批：『此明己行事本末。』案：綺湘以『成言』爲『頃襄約原反王之謀』，屈子傷其『數化』者，即此事不行也。故批注亦云，是乃其『行事本末』，終古不改也。又，『勉遠逝』一句眉批：『此時可適樂國，然當時七國，何處容人？』案：靈氛意謂勸原出走他國，而原以爲亦無路可通也。又，『勉升降』一節眉批：『此勉則折節從俗矣。己身可全，賢才自進，而以椒蘭得老之故，衆人皆從而變，不比己可從俗。《左傳》所謂聖達節，次守節，非聖則不守，失節而已矣，又何事之可謀？』案：謂巫咸是勸其從俗，而原堅以守節不從矣。則氛告、咸告作如此解者，蓋亦是别出必裁矣。又，『邅吾道』一句眉批：『自疏則不必邅，又敘此段者，言己一人足以反王，不借國力也。必無之事，必有之理，古今懷才人，一齊下淚。』案：則以西行遠逝亦是以寓反歸懷王之事。又，《九歌》卷首眉批：『初亦但擬神絃耳，感其牢愁，遂不能已，以有《湘君》下數篇。』案：則蓋以《東皇太一》《雲中君》二篇爲樂神之曲，無所託意，而《湘君》以下，則借娱神以攄憂，有所寄興耳。如《湘夫人》『築室兮』一段眉批：『偶有許多賢才蓋在野可用者不少，後皆不見，何也？』則以『蓀』『紫』『椒』『石蘭』等香草，比在野之賢才也。又，《少司命》『夫人兮』一句眉批：『秀則必媚，忠臣孝子無坐尸立之皃，即有温柔敦厚之情也。聖人舉動以禮，則不如此，故忠孝者一節之行。』又，《東君》『暾將出』一句眉批：『氣象萬千，光明俊偉。是天仙語，非水仙也。惟子長知其與日月爭光。』又，《思美人》『觀南人』一句眉批：『不及古人而觀南人，可悲可憤。』

或者反覆於屈子流放行迹而探其沅湘之志。如，《離騷》『雖體解』眉批：『至此乃自決死，是正意矣。然實不死，仍是以合爲開，以承爲轉。』又，『國無人』四句眉批：『此時不必死，以死於貶所爲幸也。』又，《涉江》『哀吾生』眉批：『再放自甘，猶不必死也。』又，《抽思》『何靈魂之信直』眉批：『至沅而秦兵已至，乃又南走，猶不欲死也。』又，《懷沙》『陶陶孟夏』四句眉批：『沅南走湘，念無可居，與其死零桂間，徇國之志不明，不如死洞庭邊，使楚君臣猶知之。』又，『進路北次』四句眉批：『生不如死，生哀死樂也。任重道遠，使我心死。』又，《思美人》『命則處幽』四句眉批：『明王不及己可死，王尚存，故不死也。』又，《惜往日》『臨沅湘』四句眉批：『不以爲秦兵死之，而以爲頃襄死之。』

或者譚文論藝，揭示行文之妙。如，『昔三后』數名眉批：『上引三后，乘勢引堯舜以切時事，於意爲離，於文爲合，下乃昌言，便無爐錘之迹。』案：舊注以禹、湯、周文王『三后』在堯舜前，不合敘次。而批注謂之『乘勢』，是亦合於文勢矣。又，『余固知』一句眉批：『以倡歎爲頓挫，其意則悲，其文甚樂。本欲敘出所由，乃用贊歎之筆，以束爲提，以緩爲急，使人不測。』又，『忽馳騖』一句眉批：『每發議論，必作唱歎，此所謂寫憂之文。』又，『怨靈修』一句側批：『又作唱歎。』又，『曾歔欷』二句眉批：『又嗟歎之。此調唯《離騷》獨創，後來則《西征賦》亦用之。』案：蓋所謂『唱歎』者，猶云感歎也。情之激越則必生感歎，所以抒愬積憤，是人之一大快意事，而屈子所感歎者，必從怨中生，故曰文樂而意悲、寫憂『必作唱歎』矣。又，『駟玉虬』一段眉批：『以下敘謀國之忠，以五「吾令」總千百事，然不獨無分派之迹，亦無轉折之痕，所謂「情生文，文生情，情文之至盛，則化工」也。』又，『閨中』四句眉批：『總上五「令」，所説皆虛，所謂心煩慮亂，乃謀去也。』又，『陟升皇』一句眉批：『如夢如幻，虛空粉粹，皆成煙雲。神龍掉尾，皆成煙雲。』又，『僕夫悲』二句眉批：『較量論之，實事虚文，同歸無有，不若文之可久也。』又，《湘夫人》『帝子降』四句眉批：『詞韵無虚，千古麗句。』又，《山鬼》『表獨立兮山之上』句側批：『寫山鬼似山神，人固不能作鬼語。』又，《禮魂》眉批：『二句可作廿五篇之贊，「芳菲」，古今同感。』又，《惜誦》『思君其莫我忠』四句眉批：『自難自解，反復低徊。』又，《涉江》『乘鄂渚』四句：『情中景點，時事無迹。』又，《悲回風》『物有微』二句眉批：『哀感頑艷，聲動簡外。』

或者校勘文句。如，《湘夫人》『鳥萃兮』一句眉批：『《文選》本誤衍一「何」字，此二句則不通矣。』又，《懷沙》『人生有命』四句眉批：『此四句誤衍。』又，《天問》『惟澆在户』八句眉批：『下文又言「易犬」「百兩」，似亦此事。澆兄有犬不肯易，因嫂求之，而少康逐犬，犬入嫂户，因得殺澆，並殺女岐也。』則以下文『兄有噬犬』四句爲竄亂之文矣。

然臨文評騭，似不假思索，故憑臆感發，其多悠謬之説亦宜矣。如，《離騷》『百神翳其』數句眉批：『人定勝天，死亦爲福，大福亦必死，何有吉凶乎？』直似囈語，不知所云。又，『齊玉軑』一句眉批：『不須結齊也，此反是上策，然是紙上談兵。』比附牽合，蓋突過綺湘先生矣。又，《湘君》『横流涕』眉批：『攬轡登車，擊楫渡江，固與孟德横槊不同。』二者無可比之處。又，《懷沙》『知死不可讓』四句眉批：『不但已死，且要人死，所謂落水鬼尋替身，至今猶傳此説。』其視屈子亦如害人水鬼者，誣謾甚矣，豈不畏其陸離長鋒耶！（黄靈庚）

# 離騷分段約説

《離騷分段約説》者，清黄恩彤之所作也。恩彤字石琴，山左寧陽人。道光六年丙戌進士。官刑部主事，遷郎中。二十年庚子，任江南鹽巡道，遷安察使，署江寧布政使。二十五年乙丑，任廣東巡撫。時英夷屢犯海疆，荼毒百姓，恩彤身爲朝廷大臣，不思御敵撫民，上疏稱，『欲靖外侮，先防内變』，與權貴琦善、牛鑒、伊里布結黨，喪盡天良，反歸罪於林則徐等『禁煙』與民衆抗擊洋夷之舉。其置民族大義於不顧，屬石敬瑭、秦檜之流，賣國求榮之徒，爲人不齒。著有《撫遠紀略》。事載《清史稿》卷三百七十一本傳。

如此不倫之徒，卑鄙無耻，於《楚辭》竟然獨有所鍾，且復强作解事，妄譚屈子忠貞之德，頗不可思議。此集一卷，首、尾皆有恩彤題識，大略述其所以作書之因，稱自幼以來嗜好《離騷》，『迨通籍二十餘年，遂以吏事輟業，歸養後未忘夙好，仍時時温習之』。而『讀《離騷》當先分段落，得其大意，一切舊解，勿深論也。三間憔悴行吟，有惓惓不能自已之情，有耿耿不欲明言之隱，原不容以字句訓詁求之。諸家紛紛臆説，愈説愈晦，遂千古妙文至文幾於語無倫次，亦可悲也。孟子説《詩》曰：「不以文害辭，不以辭害志，以意逆志，是謂得之。」至矣哉！説《騷》者何獨不然乎？閒嘗就其本文，細加紬繹，始知其脈絡原自分明，語意亦甚清晰，並無難解、費解之處』云。而題後於自漢王逸以來注家大加鞭伐，無有稱其意者，『因思以注説解《離騷》，不若以《離騷》解《離騷》，乃就本文反覆紬繹，數年以來，似有所得，不揣固陋，輒以己意約爲之說』。蓋其用力亦勤矣。其分《離騷》爲十七段，各段之末說以大意，各段之天頭徵引諸家或自補爲之說，與各段大意互爲補充，多融合前人語。然其說確有豁人耳目處，似不可因人盡斥之。

是書大略以洪氏《補注》爲藍本。觀其分段及概括各段大意如下：篇首八句爲第一段，『自敘家世名字，而首溯其系出高陽，以見其爲楚宗臣，無可去之義也』。案：洪氏《補注》『屈原楚同姓也，爲人臣者三諫不從則去之，同姓無可去之義，有死而已』。則『見其爲楚宗臣無可去之義』云云，取於洪氏也。又，『紛吾』至『窘步』爲第二段，『此追溯爲懷王左徒時也』。又，『惟黨人』至『數化』爲第三段，『此言懷王信上官大夫而斥己也』。又，『余既滋蘭』至『不立』爲第四段，『昔之號爲衆芳者，今已漸成蕪穢耳』，衆皆貪競，惟『余之心，但恐老將至而名不立也』。又，『朝飲』至『猶未悔』爲第五段，『此申言其必不可奪之志，抱石沈江，計早決矣。曰「彭咸遺則」，則情見乎辭也』。案洪氏《補注》：『按屈原死於頃襄之世，當懷王時作《離騷》已云「願依彭咸之遺則」、又曰「吾將從彭咸之所居」，蓋其志先定，非一時忿懟而自沈也。』則亦是因洪氏爲說也。又，『怨靈脩』至『所厚』爲第六段，『我亦折衷於前聖可耳，何忍效時俗之所爲也』。又，『以上六段皆《離騷》正文也，太史所云「疾王聽之不聰，讒諂之蔽明，邪曲之害公，方正之不容，故憂愁幽思而作《離騷》」者，大意已具於此』。又，『悔相道』至『可懲』爲第七段，大意『退而獨善其身』，『但鬱鬱久居，不若出而遠遊，忽焉

離騷分段約說

甯陽黄恩彤　石琴

讀離騷當先分段落得其大意一切舊解勿深論也三閭憔悴行吟有惓惓不能自已之情又有耿耿不欲明言之隱原不容以字句訓詁求之諸家紛紛臆說愈說愈晦遂致千古妙文至文幾於語無倫次亦可悲也孟子說詩曰不以文害辭不以辭害志以意逆志是謂得之至矣哉說騷者何獨不然乎閒嘗就其本文細加紬繹始知其脈絡原自分明語意

離騷分段約說　一

反顧游目，方將往觀四荒以寫我憂，此即《楚辭·遠游》之意』，『豈以疏斥退罷而懲其初心也』。又，『女嬃』至『不予聽』爲第八段，『言以見己之不容於時，又交謫於家人也』。又，『以上二段亦正文也。蓋三閭被疏之後、未遷以前，必且退而家居，故其言歷歷如是。自此以下，則不敢明言，而託之荒忽矣』。案：黄氏以女嬃爲家人，不必指爲屈子姊，亦非黨人。又以『三閭被疏之後、未遷以前，必且退而家居』。殆是已。又，『依前聖』至『浪浪』爲第九段，『皆所陳之辭也』。又，『跪敷衽』至『高丘之無女』爲第十段，『《離騷》惟此段最難解，以其語多荒忽，且與下第十六段殊相近，倉卒求之而不知其用意所在也。今細按本文，先云「溘埃風而上征」，次云「吾將上下而求索」，末云「哀高丘之無女」，以下段「相下女之可貽」證之，則此段乃上征以求高丘之女而不可得也』。又云：『蓋自「發軔蒼梧」至此而止，迄無所得，不禁反顧流涕，哀高丘之無女也』。又，『溘吾遊』至『而改求』爲第十一段，爲求虙妃而無果。虙妃『按本文，實羿妻也。《左傳》「后羿自鉏遷于窮石」，則窮石乃羿都，所以號爲有窮后羿。《天問篇》所云：「夷羿妻彼洛濱」，即虙妃也。曹子建《洛神賦》以虙妃爲洛水之神。正與《天問》合。此云「洧槃」，與洛近也。惟爲羿妻，故譏其驕傲淫游。』又，『覽相觀』至『先我』爲第十二段，求有娀之簡狄而高辛先於我，意謂失於鴆鳩佻巧。又，『欲遠集』至『終古』爲第十三段，『適見有虞二姚，佐少康中興者，方留於家，庶幾可得，無如理弱媒拙，誠恐導言不固，則亦未可得』。又，『以上三段，實是一段，雖託之虙妃、娀女、二姚，意必暗有所指，然不可考矣。揆其大旨，求女自係借喻求賢，與共事君，而卒不可得，即「亂」所云「國無人」者也』又，『太史公所云「好色而不淫」，正謂此也。第思懷王外寵靳尚，内嬖鄭袖，張儀之得脱，即二人表裏爲之。則當日女謁盛行，牝晨司令可知。故《卜居》篇有「喔咿嚅唲以事婦人」之問。而此篇於求女尤三致意焉。歷陳一淫妃、三聖后以爲法戒，意謂若能棄去淫妃，更得聖后，以襄内治，庶可裨助君德。無如卒不可得，益令黨人得以交通宫掖，熒惑百端，而國事不可爲矣』。又，『索藑茅』至『其不芳』爲第十四段，以前一『曰』爲占辭，後一『曰』爲靈氛之言，『時幽昧』以下爲『三閭自言』，『此託之於卜，即卜居之意。而答靈氛者，即柳下惠所云「直道事人焉往而不三黜者也」』。又，『欲從靈氛』至『與江蘺』爲第十五段，以『勉升降』至『之不芳』爲巫咸之告言，『何瓊佩』以下『三閭自言』。『此託之於巫，即《九歌》之意，前答靈氛，鍼鋒相注。此答巫咸，語意兩不相涉。何也？蓋靈氛第勸其博求同志，巫咸則欲其去故國而外求君。所謂以不入耳之言來相勸，故竟置不答。下段亦言靈氛不言巫咸也』。又，『惟茲佩』至『而不行』爲第十六段，『雖未至崑崙，亦足快我往觀四荒之素志而寫我憂矣』。又，『三復本文託諸靈氛、巫咸，意必當日楚之賢者，見三閭不容於楚，勸其別適異國，更求同志，甚或有以伊、呂之遇合動之者，即賈生所云「九州相君，何必懷此都」之意。而不知其一念忠君愛國，與共存亡，不以死生易矣』。又，『此即《遠遊》之意，乃承第七段所云「往觀四荒」而暢言之。其與第十段語意相近而實不同者：彼乃求索同志，故曖曖將罷，仍復結幽蘭而延佇，卒之反顧流涕，哀高丘之無女。此則遠逝自疏，故抑志弭節，不妨聊假日以媮樂，忽焉臨睨舊鄉，蜷局顧而不行也』。又，『亂曰』四句爲第十七段，『既莫足與爲美政，國將危矣，吾何歸乎，惟有抱石沈江，從彭咸之所居，以明吾志，不忍見宗國之亡也』。

細審其分段及總括各段之旨，有獨到之處。如，第二段爲『追溯爲懷王左徒時』事，第三段爲『言懷王信上官大夫而斥己時事，皆啓人心智，可成其一家説。又，《離騷》上征求帝、三求女向稱『難解』，自漢以來紛如聚訟。黄氏以『哀高丘之無女』指帝閽無女，以比求賢不果。案：此意甚善。舊注皆以上征求帝喻求君，其不審屈子見疏之後，上下所求者爲何君。若非懷王，則已遠走他國，豈屈子之志哉？若爲懷王，則明已見斥棄，求之亦無益於事。故求君之説不可通也。上征至帝所，叩閽以求女，帝者，猶帝高陽，即女也。《山海經·大荒西經》：『有魚偏枯，名曰魚婦，顓頊死即復蘇。』又云：『蛇乃化爲魚，是謂魚婦，顓頊死即復蘇。』顓頊即高陽，其爲魚婦，是知爲女無疑也。高丘，高陽之丘，高丘無女，謂不見高陽有女也。故下文轉求下女，即三求女也。下女，即下丘之女。又，以虙妃爲后羿妻，説有依據。唯説『洧槃』不確。案：洧，本作有，因槃爲水名羡水旁。有槃，或作鈎槃。《爾雅·釋水》，河有九河，其八曰鈎盤。郭注：『水曲如鈎，流盤桓也。』盤，猶盤桓委曲也。單言曰盤，長言曰有盤、句盤。《漢書·地理志》平原郡有般水。《水經注·河水》：『故渠川派東入般縣爲般河，蓋亦九河之一道也。』《後漢書·公孫瓚傳》『遂出軍屯槃河』，章懷太子注：『槃，即《爾雅》九河，鈎槃之河也。其枯河在今滄州樂陵縣東南。』有槃之水在東土。濯髮有槃亦讔語，謂宓妃陰與后羿通於窮桑，陽爲河神之婦，亂於交匹也。

眉間批注文字，或引自朱注、何義門、于光華、李安溪等，或因上下文關節，批駁舊注，自創新見，雖内容龐雜，於砂礫之中猶見金玉者，不乏可采處。如，『終不察夫人心』，批云：『人心，王注以爲「萬民好惡之心」。以上下文考之，則「人」者，三閭自謂也。』案：其説是也。人，原作民，唐本避諱改也。今人林庚亦以『民』爲屈子自稱。又，批云：『「退脩初服」，正太史本傳中「既疏不復在位時」也。上言「延佇將反」，又云「回車復路」，正是此句緣起。反者，將退也。復路者，退而就蘭皋椒丘之路也。舊説「復反本國」，以去國爲非。細按上文並無「去國」之意。』又，批云：『「余之中情」，此「余」字，實「汝」字也。不曰「汝」而曰「余」者，嬃爲屈子家人，故稱「余」以親之。今恒言亦往往如是。』又，批云：『「衆車徑待」之「待」，林西仲以爲應作「持」，言「藉衆力隨路而持其危」。但按下文，既云「指西海以爲期」，又云「屯余車其千乘」，若非相待，何云「指以爲期」？若非衆車皆待，何以屯至千乘乎？仍以作「待」爲是。』案：此皆爲其所創見，足補舊所未備。又批云：『靈瑣，舊注以「文如連瑣，楚君之門」。但按本文，上方發軔蒼梧，去重華之居未遠，何以無端至楚君之門而少留？又云「夕至懸圃」，則去楚更遠，無從復留君門矣。雖託言荒忽，亦有倫脊，自以重華之門爲是。』案以上下文推之，其説尤合原旨。又，批云：『云「少康以喻嗣君」，無論《離騷》作於懷王之時，頃襄未立，並無嗣君之可喻。且少康以喻嗣君，則高辛以喻先君乎？此則不可解矣。』案：其所批駁，正擊中李安溪輩之肯綮矣。又，批云：『少康未家，二姚尚留，則處子也。故曰「閨中邃遠」。哲王即指少康。不寤者，謂其未家也。如此解，前後文意方相應。』案：舊多以『閨中』一句總三求之不成，而『哲王』一句以結求帝之未果。黄氏作如是解，似亦可通，存之以備一家言矣。又，批第十六段云：『此段應與第十段對看，彼段以上征起，憑羲和以遊，直至帝閽，無可再上。方登閬風而緤馬。此段以遠逝起，望崑崙以遊，至不周左轉，未見崑崙即抑志弭節。此不同也。彼段上征，羲和日御，上之至也。由咸池而至閬風，皆上也。此段遠逝，崑崙神山，遠之至也。由天津而至不周，皆遠也。其遊則皆自東而至西也。彼段先令羲和弭節，留於崦嵫，日暮也。繼則飲馬咸池，總轡扶桑，日出也。又使望舒先驅，日没而月升也。故總之曰繼以日夜。此段陸行則揚雲霓，鳴玉鸞，遇水則麾蛟龍，使梁津，語意自明……「和調度以自娛」「聊浮游而求女」，雖猶存初志，其意已漸歇矣。故下云遠逝自疏，更無一言及求女。舊説乃云決意到崑崙，必有所遇之女者。良由未細按本文也。「聊假日以媮樂」，豈復求女乎？』又，批末段云：『前云「惓惓故鄉」，不忍去國也。此云「何懷故都」，誓將沈江也。子胥留眼以觀越師之入；三閭沈江，不忍見宗國之亡。相越豈不遠哉？』案：其讀書之善乎比較，見上征帝閽與西行遠逝之異同，見惓惓故鄉與何懷故都之異同，見子胥與屈子之異同，皆饒有思致，足知其讀書細心處矣。

然細審之，以上征帝閽爲求賢之不成而哀歎『高丘之無女』，以『閨中邃遠』指二姚居處而不可求得，以『哲王不寤』指少康未家。案：屈子其時既已見疏、見斥，不復在位，而欲爲懷王求得賢能，豈有是理乎？『閨中』一句是結三求女之不果，『哲王』一句是總上征求帝之不得。舊注以爲總括求帝、求女二段，當是不易。『閨中既以邃遠』四句是求帝、三求女與卜氛問咸問之過渡語，與二姚無涉，宜獨立爲一節。若以『哲王不寤』指少康未家。不寤亦不得訓未家也。終是曲解。徵引他人之説，不明出處。如，第九段末云：『班孟堅謂「羿澆二姚」與《左氏》不合。今按「羿淫遊佚田」，「亂流鮮終」，即《左氏》所云「不恤民事，淫於原獸，將歸自田，家衆殺而烹之」者也。「浞貪厥家」，即《左氏》所云「浞因羿室，生澆及豷」者也。「澆身被服彊圉」，「厥首顛隕」，即《左氏》所云「澆用師滅斟灌及斟尋氏，少康滅澆於過」者也。後文「及少康之未家，留有虞之二姚」，即《左氏》所云「虞思於是妻之以二姚」者也。其言與《左氏》一一吻合，不知孟堅所云「不合」者安在也。』案：駁班固『謂羿澆二姚與《左氏》不合』之説，則全剿自張象津氏《離騷經章句義疏》，且一字不差，足見其學如其人品之卑鄙矣。

此集無單刻本，見黄力田輯《知止堂全集八種副編五種》（第十册），民國初年刻本，左右雙邊，單魚尾，國家圖書館有藏本。（黄靈庚）

# 離騷注

《離騷注》者，清王樹枏之所作也。樹枏字晉卿，號陶廬，河北新城人。清光緒十二年丙戌進士。由知縣起家，官至新疆布政使。民國後，入清史館。著有《周易釋貞》一卷、《費氏古易訂文》十二卷、《左氏春秋經傳義疏》一百五十卷、《尚書商誼》三卷、《爾雅説詩》二十二卷、《學記箋證》四卷、《孔子大戴禮校正補注》《夏小正訂經》《十月之交日食天元草》二卷、《爾雅訂經》二十五卷、《爾雅郭注佚存補訂》二十卷、《廣雅補疏》四卷、《説文建首字義》五卷、《莊子大同注》二十二卷、《陶廬文集》二十卷、《内集》三卷、《外篇》一卷、《駢文》一卷、《文莫室詩集》八卷、《陶廬詩續集》十二卷、《新疆圖志》一百十六卷等。事載《清儒學案》卷一百八十四《陶樓學案》。

樹枏以洪氏《補注》爲藍本，其注《離騷》，衹一卷。首載元趙孟頫『三閭大夫像』，然無序跋、凡例，注頗詳悉。以《離騷》稱『經』，非原本意，『後世祖述其詞，尊之曰「經」』。又，《離騷》稱『賦』，見班氏《漢志》，『不知《詩》變爲《騷》，《騷》變爲賦，抒詞創體，一實殊名，後之爲賦者，乃祖效《離騷》之體，亦非屈原自以爲賦也』。又，考『《離騷》之作，據《史記》，蓋在懷王入秦、頃襄王將立之時。觀篇中所言「高丘無女」「遊此春宫」及「少康未家」二語可知』。案：其言必有所據依，若考《騷》之作年，内證、外證互用，不務虚言，庶幾得其實矣。

樹枏之注頗詳審，用力亦深。其注之例，首引叔師舊注，而後以『樹枏曰』下直陳己見，蓋所以疏辨、補正叔師者。若叔師一無可取，則別引李善、五臣、洪興祖、朱熹、錢杲之、顧炎武諸家之説，且多有發明，而釋義亦多方焉。

或者考辨文字歧異者。如，『汩余』云：『汩爲𣲏之借字，《説文》云：「𣲏，水流也。」《方言》云：「汩，疾行也。」南楚之外曰汩。」』案：《包山楚簡》水旁之字或移水於下者，如『漸』字作『𣹢』，『泊』字作『泉』之類。𣲏，即汩字也。則其説與出土楚竹書相合。又，『謇謇』云：『《一切經音義》云：「古文讓、蹇二形。」今作謇。《衡方碑》「謇謇王臣」，《張表碑》「謇謇匪躬」，俱用《易》作謇字。《後漢書・朱暉傳》李賢注云：「謇與蹇同。」』案：漢馬王堆帛書本《易》作『王僕蹇蹇』，蹇，蹇之別文。《張家山漢墓竹簡・二年律令・盜律》『跛蹇』字亦作『蹇』。戰國楚簡《周易》又作『王臣訐訐』。則其字在漢世猶未定矣。又，『峻茂』云：『《上林賦》「實葉葰楙」，李善注引司馬彪云：「葰，大也。」葰楙即峻茂，五臣本《文選》正作葰。』案：峻茂、葰楙，古皆通用。又，『民生』云：『李善《文選》本民作人，係唐人避諱改，王逸本作民。』又，『蘭皋』，據盧文弨以『皋』爲『睪』之訛，云：『睪，當爲澤。睪、澤古蓋同音同借。毛《傳》云：「皐，澤也。」《釋文》引《韓詩》曰：「九皋，九折之澤。」《楚詞章句》曰「澤

離騷注

新城王樹枏

離騷樹枏曰王逸本有經字葢後世祖述其詞尊之曰經非離騷原有經字也班固謂屈原被讒放流作離騷諸賦以自傷悼而藝文志遂直以爲屈原之賦不知詩變爲騷騷變爲賦抒詞創體一實殊名後之爲賦者乃艸效離騷之體亦非屈原自以爲賦也太史公謂憂愁幽思而作離騷離騷者猶離憂也不言爲經逸注失之離騷之作據史記葢在懷王入秦頃襄王將立之時觀篇中所言高邱無女遊此春宫及少康未家二語可知古來善讀離騷者惟太史公心知其意然史傳中語多本之淮南則當時淮南王安爲離騷章句必有能得其旨要者惜乎其不傳也

帝高陽之苗裔兮王逸曰苗胤也裔末也高陽顓頊有天下之號也帝繫曰顓頊娶于騰隍氏女而生老僮是爲楚先其後熊繹事周成王封爲楚子居于丹陽周幽王時生若敖奄征南海北至江漢其孫武王求尊爵于周周不與遂僭號稱王始都於郢是時生子瑕受屈爲卿因以爲氏屈原自道本與君共祖俱出顓頊胄末之子孫是恩深而義厚也樹枏曰原本受屈爲卿卿上有客字案史記屈原列傳正義引王逸注無客字葢衍文也朱子辯證謂客卿戰國時官爲他國之人遊宦者設春秋初年未有此事亦無此官也五帝之稱皆冠帝字於名號之上如史記所稱帝顓頊高陽帝嚳

離騷注卷一　文莫室

曲曰皋」。據此，則經文之「皋」皆爲「罣」字。段氏《説文注》謂「析言則二，統言則一」。亦謬説也。案《招魂篇》云「皋蘭被徑」，皋蘭即澤蘭也。與此同。《文選・洛神賦》云「税駕乎蘅皋」，本此。』案：其説是也。《湘君》『鼂騁鶩兮江皋』，皋即罣，謂江澤也。又，『計極』云：『計，當爲訖字之誤，謂觀人善惡成敗之終極。』案：可備一解矣。

或者以校正叔師注文者。如，『苗裔』王逸注引《帝繫》：『顓頊娶于騰隍氏女而生老僮，是爲楚先。其後熊繹事周成王，封爲楚子，居于丹陽。周幽王時生若敖，奄征南海，北至江漢。其孫武王求尊爵于周，周不與，遂僭號稱王，始都於郢。是時生子瑕，受屈爲客卿，因以爲氏。』樹枏云：『原本受屈爲卿，「卿」上有「客」字。案《史記・屈原列傳・正義》引王逸注無「客」字，蓋衍文也。朱子《辯證》謂「客卿，戰國時官，爲他國之人遊宦者設，春秋初年未有此事，亦無此官也」。』案：其校叔師注文不當有『客』字者，是也。

或者疏叔師注義者。如，『須臾相羊』，叔師但云：『皆遊也。』樹枏疏之云：『須臾，一作逍遥，蓋音轉字。《廣雅》云：「逍遥，儴佯也。」相羊即儴佯。亦作仿佯。《哀時命篇》云「獨徙倚而仿佯」。徙倚亦須臾之音轉。《遠遊篇》云「聊仿佯而逍遥」。《廣雅》云：「仿佯，徙倚也。」古書或用尚佯、徜佯、常羊、方羊。或用仿洋。皆字異而義同。』案：須臾之爲逍遥、徙倚，洵爲一詞而字異者也。相羊之爲儴佯、尚佯、徜佯、常羊，亦屬一詞而異字。然方羊、仿佯、仿洋之與相羊，非一詞矣。須臾、相羊，當亦聲之轉。又，『後飛廉』，叔師云：『飛廉，風伯也。』樹枏補之云：『《漢書》：「武帝元狩二年作長安飛廉館。」應劭云：「飛廉，神禽，能致風氣者也。」晉灼云：「身似鹿，如爵有角而蛇尾，文如豹文。」』

或者發明新義。如，『撫壯』云：『壯，讀爲莊，古莊、壯多通用。《檀弓》柳莊，《古今人表》作柳壯。《集注》云：「壯，讀曰莊。《史記・索隱》莊敖，又作壯敖。皆其證。」《莊子・天下篇》「不可與莊語」，《釋文》云：「莊，一本作壯，正也。」《周書・祭公篇》「汝無以嬖御固莊后」，孔晁注云：「莊，正也。」《謚法》云：「履正爲莊。」撫壯而棄穢者，持正而棄邪也。』案：改壯爲莊是也。蓋避漢諱。莊者，艸之正也，謂稼穡也。故稱稼穡爲『莊』。此莊，猶芳草。撫莊，謂佩帶芳香，喻君之舉賢任能矣。又，『耿介』云：『《文選・射雉賦》「厲耿介之專心兮」，徐注：「耿介，專一也。」此言「任賢不貳」。』案：是也。言堯舜之駕輿行路，專一而不隨。『任賢不貳』者，乃其喻義也。

或者考訂古韻。如，『脩能』云：『能，從以聲，古音在之咍部，故古書多以而、能通用。』案：其説是也。能、佩，古同協之韻。又，『以爲常』引姚鼐云：『常，當作恒，避漢諱改。』案：其説是也。恒與下懲同協蒸韻，而非蒸陽合韻也。出土楚簡《老子》凡恒常字皆作恒，今本作常者，亦皆避漢諱改也。又，『姱節』云：『節，當爲飾字之誤。飾與服爲韻，古音皆在之部。若作節字，則在脂部，古音鮮有相通者。姱飾，即上文所謂「繁飾」也。』案：其説是也。然朱駿聲《離騷補注》校作『姱飾』，豈未見耶。又，『占之』云：『或謂二「之」字爲韻，案下文「蔽之」「折之」，以蔽、折爲韻。則此文「占之」「慕之」，亦當與彼同。占，當爲卜，與慕爲韻。後人誤從下文「欲從靈氛之吉占」句，妄添「口」於「卜」下耳。』案：其可備一解。余謂『慕之』當作『莫之思』，因下文『思九州』兩用『思』字而脱，而後又改『莫』爲『慕』也。

或者糾叔師之非。如，『脩能』云：『王逸以「脩能」爲「絶遠之能」，非也。脩能猶賢能。《魏都賦》「本前脩以作系」，劉逵云：「前脩，謂前賢也。」脩飾、脩美，皆賢善之意。此與下文「脩名」「好脩」之脩同義。』又，『靈脩』云：『靈脩，皆善美之義。稱君爲靈脩，猶稱君爲聖明耳。在君曰靈脩，在臣曰好脩，其義一也。』案：蓋以叔師『靈，神也。修，遠也。能神明遠見者，君德也，故以喻君』云云爲謬説矣。又，『謇吾法』云：『《惜誦篇》「謇不可釋」，王逸云：「謇，詞也。」《雲中君篇》《謬諫篇》亦云：「謇，詞也。」謇與蹇同。此訓爲「忠信謇謇」，非是。』案：其説是也。謇，或訓難者，猶那也，奈何也。又，『節中』云：『節讀爲折。《惜誦篇》云「令五帝以折中兮」，與此意正同。「依前聖以折中」者，謂折中於重華。』案：其説是也。叔師『節其中和』云云，非是。又，『陸離上下』云：『皆形容參差錯雜之貌。王逸謂上下爲上下之義，謬甚。二句承上而言，蓋以狀飄風雲霓之象也。』又，『椒專佞』云：『王逸以椒爲楚大夫子椒。非也。此指懷王幸姬鄭袖言。《後漢書·伏皇后紀》引《漢官儀》云：「皇后稱椒房，取其蕃實之義也。」鄭袖爲張儀説辭，而懷王卒及於難，故曰「專佞以慢慆」也。』

叔師注《騷》，於草木蟲魚天文地理之類名物多疏略不詳，則爲之考辨，徑陳其義。是書於此最可觀，特引二例以窺其斑矣。如，『江蘺』云：『江蘺、白芷、蘪蕪、芎藭，説者不同。《子虛賦》云：「芎藭菖蒲，江蘺蘪蕪。」《上林賦》云：「被以江蘺，糅以蘪蕪。」芎藭、江蘺、蘪蕪對舉，是司馬相如以爲各一物也。自今本《説文》有「江蘺蘪蕪」之文，學者遂以江蘺蘪蕪爲一物。不知此是許君引司馬之説，其文奪脱，遂謂《説文》以江蘺爲蘪蕪矣。《説文》凡一物皆互爲之解。觀上文「虈」「茝」二字可知。「蘪」字解云：「蘪蕪也。」不言江蘺，則非江蘺可知。《淮南·氾論訓》云：「夫亂人者，芎藭之與藁本也，蛇牀之與蘪蕪也。」此皆相似者。許君云：「此四者藥草臭味之相似。」蓋蛇牀與蘪蕪相類，芎藭與藁本相類。而《本草》乃謂「蘪蕪一名江蘺，芎藭苗也」。又云「芎藭，其葉名蘪蕪」。三者皆混爲一。案芎藭之狀，因地各異。蘇頌《圖經》所載，鳳翔府與永康軍所出者迥然不同，古人所指爲蘪蕪者，當是一類二種，後人乃以其根與葉分之，殊失其實。江蘺蓋亦此類。諸書莫有言其狀者，郭璞注《子虛賦》云：「芎藭，今歷陽呼爲江蘺。」蓋以其氣類相似，故土俗混而呼之。《爾雅》「蘄茝蘪蕪」，後人因此文又以蘪蕪與白芷爲一物，不知《本草》家説蘪無之葉有似芹者，又以其香故名蘄茝，非即白芷也。《本草》「白芷一名白茝，一名虈，一名莞，一名苻蘺，一名澤芬，葉名蒚麻，可作浴湯」。據此則《説文》所謂「蘺，楚謂之蘺，齊謂之茝」者，蘺乃苻蘺，非江蘺。故此文「辟茝」與「江蘺」對舉也。』案：其辨江蘺、白芷、蘪蕪、芎藭四物可謂詳審矣。又，『女嬃』云：『《說文》云：「嬃，女字也。《楚詞》曰『女嬃之嬋媛』。賈侍中說，楚人謂姊爲嬃。」尋《說文》上下皆言女字，許君蓋不以爲屈原之姊，賈侍中說亦泛言之。《湘君篇》云「女嬋媛兮爲余太息」。言女而不言嬃，可知女嬃爲設詞，並無其人，猶《漁父篇》之意。鄭志答冷剛云：「須，才智之稱，故屈原之姊以爲名。」《郡國志》云：「秭歸縣，屈原鄉里。屈原暫歸，其姊女須聞原還，亦來喻之，因曰姊歸。」《水經注》引袁崧亦同此說，且言「秭歸縣北有原故宅，宅之東北有女須廟，擣衣石猶存」。此皆當時小說家流傳，不足爲據。《漢書·廣陵王胥傳》云：「胥迎李巫女須，使下神祝詛。」《呂后紀》云：「后女弟呂須。」《開元占經》引石氏云：「須女，四星。」「巫咸」云：「須女，天女也。」蓋須爲凡女之稱，並不定指爲姊。洪興祖所據《說文》作「楚人謂女爲嬃」。可知「姊」字，亦是後人所改也。』案：其說是也。須之爲有才智者，寓言也。猶《列子》愚公不愚而稱『愚』，智叟無智而稱『智』，相反取義也。

或者闡發意旨，據引經義、史傳爲證。如，『怨靈脩』云：『《史記》云：「信而見疑，忠而被謗，能無怨乎？屈平之作《離騷》，蓋自怨生也。」《孟子》曰：「《小弁》之怨親，親也。」』案：以爲屈子怨君者，是親之也。又，『善淫』云：『此《史記》所云：「上官大夫與之同列，爭寵而心害其能也」。』案：以《騷》所言者，即《史傳》所載者也。又，『不忍爲此態』云：『《史記》云：「屈平疾王聽之不聰也，讒諂之蔽明也，邪曲之害公也，方正之不容也，故憂愁幽思而作《離騷》。」案史公蓋隱括以上十二句之意，言心不能見諒於君，行不能曲循乎俗，寧困窮以死，不淟忍以生也。』又，『反顧遊目』云：『反顧者，反顧君國也。此《史記》所謂「雖放流，眷顧楚國，繫心懷王」也。』又，『遊此春宮』云：『春宮，太子宮也。劉孝威詩所謂「能事畢春宮」是也。時懷王爲秦劫留，太子橫爲質於齊，楚大臣欲立懷王庶子在國者。下文「下女」，即指懷王之庶子而言。」案：《騷》之三求女，樹枏悉以女解『懷王庶子在國者』。又，『虙妃』云：『虙妃、有娀，皆喻懷王之庶子。庶子不一其人，故屈子兩喻之。」又，『康娛淫遊』云：『此當指王之庶子子蘭輩，康娛淫遊，美而無禮，蓋不足與有爲也。」又，『恐高辛之先我』云：『據《左傳》，則秦、趙宜祖少昊氏，蓋高辛爲秦之先，而楚爲高陽之後。是時楚受秦欺，故以高辛爲喻也。先我者，先我而得國也。秦得楚之國，猶高辛得高陽之天下，詞旨甚明。惜自太史公而後，無人知此意者。」案：有娀佚女、有虞二姚，雖亦『懷王庶子在國者』，然所比者爲誰，則闕如也。又，『哲王』云：『謂太子頃襄王也。子蘭既置懷王於難，而頃襄王又信任子蘭，忘父之仇，賊賢挫國，故曰「哲王又不寤」也。」又，『列乎衆芳』云：『《史記》言「子蘭聞之大怒」者，即以此也。」又，『靈氛既告余』云：『初疑靈氛之言，復要巫咸，巫咸與百神無異詞，則靈氛之占誠吉矣。然原固未嘗去也，設詞以自寬耳。樹枏曰：聽靈氛、巫咸之言，楚國既不可留，而擇君而事又義所不可，亦惟有遨遊娛樂，遠逝自疏而已。」案：下文遠逝西行，蓋即『設詞以自寬』，無所寄寓也。

或者探求上下文過渡之關節，以抉發文詞意旨之所在。如，『死直』云：『前曰「九死」、曰「溘死」，此又曰「死直」。屈原至此，蓋死志決矣。吾故嘗謂屈原之《離騷》以「尸諫」者也。」又，『行迷未遠』云：『謂行入迷途尚未大遠，故回吾車以復故路也。下文「進不入以離尤兮，退將復脩吾初服」，即此意。」又，『往觀四荒』云：『此二句即伏下文數段之意。蓋由迷而退，由退而觀乎四荒，愈離愈騷矣。」又，『霑余襟』云：『自「就重華而陳詞」至此，歷言古今帝王成敗得失之由，而哀己之生不逢時，阽於危死，託之於舜者，蓋亦無聊之思也。」又，『耿吾既得此中正』云：『此言就舜陳詞，而舜能明吾之爲人得此中正，故將抱此上征以仰訴於天。」又，『好蔽美』云：『以上四句爲上訴於天之詞，以下言己欲濟白水，登閬風，從此決然舍去，永絕人世，而又反顧流涕，望楚生哀。蓋同姓無可去之義，《史記》所謂「屈平雖放流，眷顧楚國，繫心懷王，不忘欲反，冀幸君之一悟，俗之一改也」。』又，『高丘無女』云：『此節之意，與《遠遊篇》略同。《遠遊篇》云「涉青雲以汎濫游兮，忽臨睨夫舊鄉」，即此二句之意。去國忘君，歸於義所不可，所謂「發乎情，止乎禮義」。是時懷王入秦不反，故言無女，女以喻君也。』又，『巫咸夕降』云：『以靈氛之言爲不可從，而更證之於巫咸。』又，『從彭咸所居』云：『屈原懷石投汨羅以死，在頃襄王七年。此時已預定死志，蓋將以諫也……王逸所謂「危言以存國，殺身以成仁」也。』案：以上皆矚意於章節段落過度間，探賾索微，頗見思致矣。

或者於漢、宋間反覆詳審之，明其異同，得失而取舍之。如，『攝提』云：『朱子《辯證》謂「王逸以太歲在寅曰攝提格，遂以爲屈子生於寅年寅月寅日，得陰陽之正中。以今考之，月日雖寅，而歲則未必寅也。蓋攝提自是星名，即劉向所言『攝提失方，孟陬無紀』，而注『謂攝提之星隨斗柄以指十二辰者也』。其曰『攝提貞於孟陬』，乃謂斗柄正指寅位之月耳，非太歲在寅之名也。必爲歲名，則其下少一『格』字，而『貞於』二字亦爲衍文矣。」案《史記·天官書》：「大角者，天王、帝廷，其兩旁各有三星，鼎足句之，曰攝提。攝提者，直斗杓所指，以建時節。」《正義》云：「攝提六星，夾大角，大臣之象，恒直斗杓所指，紀八節，察萬事者也。」《開元占經》引甘氏之説，以攝提之所在，定歲星之所居。攝提屬東方亢宿，分指四時，從寅而起，故太歲在寅曰攝提格，即本此以命義也。』案：蓋以調和王、朱之岐，意謂攝提之爲歲名、星名，二義並不悖矣。

雖然，樹柟深思好學，而疏誤亦班班可指。如，『皇考』王逸注：『皇，美也。父死稱考，《詩》曰「既右烈考」。』而樹柟云：『皇考，猶言「烈考」「顯考」，皆尊美之辭。《祭法》乃以曾祖爲皇考，高祖爲顯考。蓋廟制之殊稱，非常時之尊號也。』案：楚之宗法，父死弟及，蓋承商制，與周制傳適者異。故楚之廟制亦然，不同《祭法》矣。逸引《詩》『烈考』爲證，以烈訓皇，皆尊美之意。皇考稱父，蓋未可輕易矣。又，『初度』云：『謂幼時之心度。《晉語》云「不能深知君之心度」

是也。」案：非是。初度，承上『攝提貞于孟陬』，指初生之日，歲星之躔度也。又，『來吾道』云：『來，招之也。《釋名》云：「來，哀也。使來入己哀之，故其言之低頭以招之也。」』案：以來爲招來，於義不協。『來吾道』，猶言吾來導。《離騷》句法，有述語置於主語前者，『汩余若將不及』『步余馬』『回朕車』『邅吾道』『屯余車』『總余轡』。皆此類也。又，『三后』云：『謂黄帝、顓頊、帝嚳。』案：叔師以爲夏禹、商湯、周之文武。皆非。三后，三楚先也。據出土楚簡載，楚人列舉其先老祖，必以老僮、祝融、穴熊三人，或老僮、祝融、鬻熊三人。是《騷》之『三后』也。又，靈氛占語用兩『曰』，上一『曰』爲『所占之詞』，下一『曰』爲『靈氛之詞』。案：非是。靈氛始用『藑茅』以筵，繼用『筳篿』以卜，是習二卜，故而其繇詞分别用兩『曰』以分别之也。

至若説韻，尤違古韻常識。如，『吾以降』云：『降字古音讀如洪，《詩·草蟲》蟲螽忡降爲韻，《出車》蟲螽忡降仲戎爲韻，《凫鷖》潀宗降崇爲韻，《楚辭·雲中君》降中窮憹爲韻，《天問》躬降爲韻。』案：降，古入冬韻。洪，古入東韻。樹枏所引諸例，皆冬韻字也，亦不足以證降古音如洪矣。又，『數化』云：『古無歌麻之音。化從匕聲，古音在支部。《易繫辭》以化宜爲韻，《天問篇》以爲化爲韻，《周書·酆保篇》以移化奇爲韻，《莊子·山木篇》以訾蛇化爲韻，《秋水篇》以馳移化爲韻，《荀子·天論篇》以畸施多化爲韻。皆其證。』案：他、化古同協歌韻，非支韻。樹枏所引諸證，除『訾』爲支韻外，悉皆歌韻字。古有歌韻，而麻韻之半入歌韻，半入魚韻，謂古無麻韻者是矣。又，『多艱』云：『姚鼐云：「此與上句疑誤倒，蓋涕與替爲韻。」案古音文支通合爲韻。《詩·無將大車》之塵與疧，《北門》之敦與遺摧，《碩人》之頎與衣妻姨私，皆其證。艱字籀文作囏，從喜聲。余《古韻例》，所謂字有兩音者也。』案：文、支古不相協。所引諸證，古皆入微物韻，而非支韻。又，艱雖或作囏，然非喜聲。喜，古入之韻。其非知音之選矣。

樹枏蓋過於自信，乃至剿掠他人而抹其名者，自毀聲名，爲學人之所不齒。如，『恐美人』云：『「恐年歲之不吾與」，恐己也。「恐美人之遲暮」，恐君也。「恐皇輿之敗績」，恐國也。』案：剿自何氏《義門讀書記》。又，『胡繩』云：『胡繩與鼓箏音近相借，蓋即是草也。《爾雅》「傅橫目」，郭璞云：「一名結縷，俗謂之鼓箏草。」《上林賦》「布結縷」，郭璞云：「結縷，蔓如縷相結。」《漢書音義》云：「結縷似白茅，蔓聯而生。」顔師古云：「結縷著地之處皆生，細根如綫相結，故名結縷。今俗呼鼓箏草者，兩幼童對銜之，手鼓中央，則聲如箏也，因以名云。」』案：剿自方以智《别雅》矣。又，『鴆』云：『陰諧非鴆之别名。《淮南子·繆稱篇》云：「鵲巢知風之所起，獺穴知水之高下，暉日知晏，陰諧知雨。」四句各舉一物，而高誘乃以「陰諧」爲暉日之雌。張揖、郭璞俱沿其誤。』案：剿自王念孫《讀淮南志》也。然《説文·鳥部》有『鴆』字，云：『毒鳥也。一名運日。』則漢人有此説，非始於《淮南》高注。《繆稱訓》『鵲巢知風之所起獺穴知水之高下』云云，謂鵲巢築於木末，則知風所興；獺穴在水裔，則知水深淺。鵲巢、獺穴，皆説一事，非鳥名即獸名。陰諧、運日，亦説一事。暉猶翬也，鳥名也。

是書原見於《陶廬叢刻》，爲光緒末至民國初新城王氏刊本，國家圖書館有藏本。（黄靈庚）

# 楚辭訂注及佚名批注

《楚辭訂注》者，清許清奇之所作也。清奇字賞夫，漳州府南靖人。年五十六歲，方中乾隆十五年庚午科舉人。見載《中國第一歷史檔案館藏清代官員履歷檔案全編・乾隆朝》『乾隆肆拾貳年肆月』條。又，《縉紳全書》乾隆四十二年秋『歸化縣教諭』有『許清奇』，云：『南靖人，舉四十二年舉人，六月補。』民國《明溪縣志》卷八載，稱嘉慶五年，任明溪縣教諭。其所載不同如是。而《南靖縣志》皆未載。又，四庫館臣《天玉經内傳三卷外編一卷提要》，稱許清奇嘗著《天玉經注》，未審是否一人。

該書大抵以朱子《集注》爲藍本，凡四卷：卷一《離騷》，卷二《九歌》《天問》，卷三《九章》，卷四《遠遊》《卜居》《漁父》《招魂》《大招》。四卷皆以爲屈子所作，則悉同林雲銘《楚辭燈》編次矣。

卷首爲許氏作於乾隆乙亥自序，大略謂古有《孝經》之作而闕《忠經》，而屈子《離騷》二十五篇，庶幾爲《忠經》之屬，故宜以經解之。蓋『屈子願依彭咸，而至誠惻怛，實與三仁媲烈：其夷於左腹類比干，其内難正志類箕子，以日月懸天地，以芳草謝君王，以靈脩還父祖，立身揚名，本孝作忠』。然『屈子竭智盡忠而蔽於讒，君不悟，俗不改，不得已而引喻託興，終以直陳，蓋皆《風》《雅》之旨，散見軼出。其顯者如求女之辭，即《關雎》哀窈窕、思賢才之旨也，所謂「《國風》好色而不淫」也。見帝之文，即「昊天不平」，夢夢悠悠之意也，所謂「《小雅》怨悱而不亂」也。取諸歌以祀神，取諸橘以頌德，惟予小子，未堪多難，而志潔行芳，所謂「馨香無讒慝」也。是故吾於《騷經》《九章》而見變《風》變《雅》之遺焉，吾於《九歌》而見變《頌》之遺焉。《騷》之繼《詩》也洵哉！夫以忠孝之心發爲温柔敦厚之文，此宜以經讀之，而不宜以子讀之，宜以注經者注之，而不可以注子者注之也』。據是可知，許氏是據經義以解《騷》者矣。其注之法，『不以文害辭，不以辭害意』，即因《孟子》『以意逆志』云爾。

許氏稱『《離騷》一篇總以好修爲主』，而其解《騷》，在於科分段落之中『以意逆志』。總分十七段，首段自『帝高陽』以下八句，『言己得神聖之正脈，得天地之正氣，而因質命名，父母又期以正學，皆好修之所由』。案：其概括得一『正』字，甚切本旨。二段『紛吾』至『先路』，『言己既好修，亦欲引君以共修，蓋使我佩芳香，而任人之不去穢，則未爲好修之至也』。三段『昔三后』至『數化』，『言歷觀聖狂往迹，如黨人引君于邪徑，必致皇輿敗績，己之奔走先後，正欲導以遵路，而君或以信讒齌怒，或以中道改路，己豈不知有患，不難離別，總爲靈修之故而不甘舍去耳』。四段『余既滋』至『蕪穢』，『言己之見廢亦不足惜，但哀平日所培植之人才亦因而蕪穢耳』。五段『衆皆競』至『遺則』，『承信讒來，言己之所以被讒，緣黨

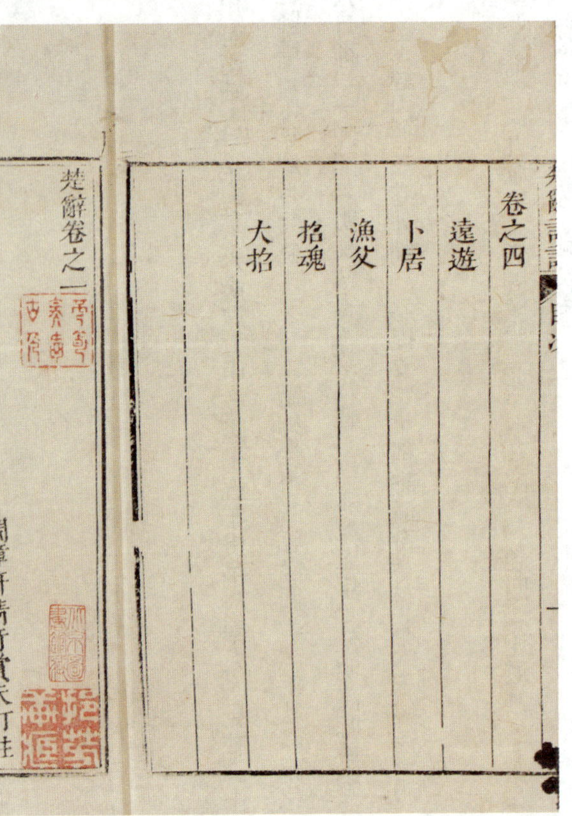
卷之四
遠遊
卜居
漁父
招魂
大招

楚辭卷之一
閩漳許清奇賞夫訂註
離騷
帝高陽之苗裔兮 朕皇考曰伯庸 攝提貞于孟陬兮 惟庚寅吾以降 皇覽揆余于初度兮 肇錫余以嘉名 名余曰正則兮 字余曰靈均

人以競進貪婪相量，疑欲争寵而嫉妬耳。孰知己不以駝騖追逐爲急，祇以修名不立爲恐。故所飲食、所佩服皆異世俗，豈肯與貪婪者競進。但身既疏廢，志不自明，計惟一死報國，庶幾與今人不合，猶得與古人爲徒耳』。又，許氏以爲以上五段爲『一截』，稱『前此之心迹已明，後此之結局亦定，以下反覆感歎，展轉痴想，正謂志雖必死，然終不以一死而恝然也。即此一息尚存，猶冀君之一悟，俗之一改。所謂「言之不足則長言之，長言之不足而詠歌嗟歎之」，故後半篇文字，字字是纏綿愷惻處』。則其涵詠潛思，體察細密，探索《騷》之脈絡要旨，亦可謂有得矣。

六段『長太息』至『未悔』，『以好修而見瞀，雖哀而不悔也』。七段『怨靈修』至『所厚』，『雖怨夫靈修，而仍見厚于前聖也，以好修原有宜厚也』。八段『悔相道』至『可懲』，言己以好修爲常，『嘗自悔相時不審，出仕亂世，欲退處潛修，不求人知，即至遠遁世外無人之處』。又稱『以上三段各有眼目，「長太息」一段，拈「哀」字起。「怨靈修」一段，拈「怨」字起，「悔相道」一段，拈「悔」字起。然雖「哀」「怨」「悔」，而好修終不變也』。案：拈出『哀』『怨』『悔』三字作爲『眼目』，亦是善讀《騷》者能得之矣。然則三段合作一段可矣，不必如是瑣碎。

九段『女嬃』至『不予聽』，見詈女嬃，『外不見容于君與黨人，而内並不見諒于家人，所以無聊之極，而有折中前聖、見帝求女之想也。則此段是全文轉捩處』。十段『依前聖』至『浪浪』，陳詞重華，『此按所陳之詞，即上文之所言。自「啓《九辯》」至「孰非善而可服」，即上文「昔三后之純粹」至「捷徑以窘步」數句意；「阽余身而危死」，即「信讒齌怒」「興心嫉妬」意；「覽余初」句，即「九死未悔」意；「不量鑿而正枘」句，即「何方圓之能周」意；「固前修以菹醢」句，即「自前世而固然」意；「曾歔欷」兩句，即「忳鬱邑」兩句意；「攬茹蕙」兩句，即「長太息以掩涕」兩句意。世之讀《騷》者若知是，撮敘前意，覆述于重華之前，自無總雜重複之疑』。案：其比堪前後文意，則非惟批斥『重複』『亂次』之謬，而使屈子深藏之秘盡白矣。十段『跪敷衽』至『求索』，是段言上征，『遊此精魂』，而『上下求索句實爲下二段總引。按《騷》本於《詩》，告帝，即巧言呼天之旨，淮南所謂「《小雅》怨誹而不亂」，正指此。求女，即《關雎》求賢之意，淮南所謂「《國風》好色而不淫」，正指此。學者不得其旨，反指原爲怪誕，或以喻別求賢君，誤矣』。十一段『飲余馬』至『而嫉妬』，『言上而求索，將以見帝，求其克牖王衷，乃爲帝閽所阻而不得見，所謂「視天夢夢」也』。十二段『朝吾將』至『而稱惡』，言下而三求女也。以虙妃『比巢許』，簡狄、二姚『比傅周』，『求女的是比求賢臣，蓋楚國只是無賢，故使王孤立無輔而黨人得壞政耳。《關雎》求淑女，正是此意』。案：帝以喻君，女以喻賢，是本之王逸注矣。而朱子《集注》求女亦比求賢君，許氏所斥者，抑朱子歟。十三段『閨中』四句，『總結上二段，至是萬不能冀，萬無可忍矣。按見帝，欲見天帝也。而此曰「哲王不寤」，似不相應。不知原之見帝，非如就重華而陳寃也，乃欲「天啓王衷」，使王變愚而哲，如呼寐者使之寤耳』。案：則與上喻比求君者相齟齬矣。此三段可合作一段，科分過細。

十四段『索藑茅』至『不芳』，『因就占靈氛，勉以遠逝』。又以氛占前一『曰』四句爲『原命占之詞』，後一『曰』四句『方是靈氛之言』。蓋不審氛占兩『藑茅』『筳篿』二物，是用二占，故其二繇詞亦以二『曰』字分別之矣。十五段『欲從』至『上下』，『因再決巫咸，勸以去國求君』。謂『周流觀乎上下』，即『如前「往觀四荒」。所謂「何可淹留」者，非求仕他國也』。十六段止『不行』，言從靈氛以遠逝，『特以楚之君臣與我離心，吾將自避疏遠，庶幾耳不聞、目不覩，以稍釋離憂耳。於是不適人國，而始道崑崙，終指西海，《九歌》舞《韶》，欲於無人之處假日媮樂。乃舊鄉情重，忽從天際臨睨，而不勝悲懷局顧。蓋遠逝自疏之心，終不忍遂；而忠君愛國之念，愈不能恝』。十七段『亂曰』以下四句。案：許氏以西行遠逝爲歸隱自疏之喻，而非他國之適之比，然則崑崙、西海、不周亦皆在楚境之內耶？是宜深求之矣。

《九歌》首有《述旨》，許氏稱『《九歌》所祭諸神，皆楚國祀典正神，非淫昏之比。原因竄逐作歌辭以祭之，乃竭忠被斥，無所控訴而訴之於神，猶《離騷》中陳詞重華，《惜誦篇》蒼天爲正、六神嚮服等意，且多迎而不遇，或遇而不留，以寄其牢騷抑鬱之恨。其情景心事，皆非他人祀神者所可取用』。則以爲《九歌》十一篇皆原所作，非因沅湘間流傳《九歌》而『更定』之也。又稱，『觀其題目，《東皇太一》《雲中君》、二《司命》《東君》爲天神，《湘君》《湘夫人》《河伯》《山鬼》爲地示，《國殤》《禮魂》爲人鬼。三峰鼎峙，似皆正文，但《湘君》《湘夫人》，總屬湘神，諒必合祠，考《黄陵廟碑》可證，是神共一神，祭共一祠。雖因二妃而有二篇，亦只當《九歌》之一。《國殤》《禮魂》，本是合爲一篇。則《九歌》之數適符矣』。案：既二《湘》爲一篇，而何以二《司命》不合爲一篇耶？其説固多罅漏矣。

許氏力主山鬼爲山神，而非王逸『山魈罔魎』之説。稱『按其立言，含睇宜笑，仁者之性情也。赤豹文狸，艮德之輝光也。被蘭桂，折芳馨，所謂馨香無邪慝也。正山嶽之正神所有，豈山魈之儀容佩服乎？于是表立山上，興雲降雨，正山神之作用，而祀典之所由隆也。是神靈即以稱山鬼，豈有不遇鬼而遇神之謬乎？既爲正神，自是與原契合，故爲所留而忘歸，然身在山中，心仍思公子，則忠君愛國之心，直是無時放得下耳』。案：王逸未嘗有以山鬼爲『山魈罔魎』之説。考稱山鬼爲『梟陽』者，出自洪興祖《補注》也。而後朱子《集注》因洪氏，乃以『山魈罔魎』屬之。山神之形狀，究與『山魈罔魎』有何別異，古來無説，且許氏亦未及之，何以得輕下妄語？

許氏以《禮魂》一篇，原與《國殤》一篇合。稱『戰死有功社稷，而殤子又無後嗣，故國家宜祠祭。若善終于家。何故取而祭之，或有功德于民社，則當在元祀之列。或如雩祀百辟卿士之例，是宜列在國殤之前，而亦不當以「魂」稱之。蓋「魂」者，遊魂無歸之稱也。若無功德而無主後之魂，又非原所當祭。且無名之祀，亦不應與祀典正神並列矣。竊疑《國殤》《禮魂》當合爲一篇。稽《九歌》之例，前必敘神之儀容功德，後乃敘己之致祭歌舞，今《國殤》止言其武勇剛强，而未及致祭。《禮魂》直言歌舞致祭，而不言所祭何人。又着一「魂」字，亦非泛祭九神。將終歌舞之詞，則《禮魂》爲禮國殤之魂無疑矣。且曰「春蘭秋菊」「無極終古」，蓋以國殤雖無後嗣，而國家春秋祀典不替，亦可以慰其魂矣。此亦合爲一篇之確証也』。又，『或當日祭分兩節，而以前爲迎魂，後爲禮魂，有細注此兩字，故後人誤分爲兩篇歟。抑或本無此，而爲後人所誤加歟』云云。

案：此亦臆度之說，蓋文獻不足徵矣。

許氏以《天問》之作，非『書壁呵問』，稱其文近《齊諧》，『而旨合經雅。其問而不答，含意使人自領，趣更無盡』，乃自爲書之簡册之文也。又稱《天問》甚有敘次，非雜亂無章也。『通篇分三大段，第一段自篇首至「烏焉解羽」止，問天地日月人物事境之奇，而以「陰陽三合，何本何化」二句作關紐。則不可解者，聽之不論不議之數；而可解者，信爲陰陽太極之理。是天命之各正，不答而可知者也。自「禹之力獻功」至「又使至代之」爲第二段。問三代興亡盛衰之故，而以「天命反側，何罰何佑」二句作關紐。則罰佑之不測者，知爲禍福倚伏之機，而罰佑之昭彰者，信爲福善禍淫之常，是天道之無親，不答而可知者也。自「初湯臣摯」至末爲第三段，雜問古事以諷楚失，而以「悟過改更」「我又何言」二句作關紐。是蹈乎三代亂亡之迹，違乎天地人物之理，則天必降之罰，亦不答而可知者也。此事怪而理至常，文奇而意可法，人以爲恢詭譎怪，可笑可詈者，而細按之，乃誠實愷切，可歌可泣者也。則呵壁之誣，可不必辨；而《天對》之淺，亦可共識矣』。案：其分《天問》三段，未盡得之。若據内容，則屈子所問者，天、地、人也。自篇首至『曜靈安藏』爲第一段，是問天。『不任汩鴻』至『烏焉解羽』爲第二段，是問地，而問地自治鴻始，而後問地之志怪。『禹之力獻功』至末爲第三段，是問夏、商、周三代以下人事，而終之以楚事矣。王逸謂《天問》之作因『呵壁』，蓋必有所據依，未可輕易之。乃屈子書之簡策者，亦文獻不足徵矣。

許氏論屈子《九章》之作，非皆在放在江南之野，而各篇之時地不盡相同。稱據《史記·屈原列傳》，屈原在懷王之世，『初被讒，只是見疏，不復在左徒之位，未嘗放之於外也。故有使齊及諫釋張儀、諫入武關數事。至於被放遠遷，傳無明文，不知的在何年。然觀《思美人篇》，有稱楚臣爲南人。《抽思篇》有「來集漢北」之語。則懷王時，亦有被遷於外可知，但必在漢北，與江南之野無涉耳，江南之野乃頃襄時所放。《哀郢篇》謂「方仲春而東遷」「背夏浦而西思」，分明可證。今依林西仲，以《惜誦》爲懷王見疏之後，又進言得罪所作。《思美人》《抽思》爲懷王放原於漢北所作，《涉江》《橘頌》《悲回風》《惜往日》《哀郢》《懷沙》六篇，爲頃襄放之江南之野所作』。案：許氏之説，是從黄維章、林西仲也。而定《九章》之次，爲『《惜誦》第一，《思美人》第二，《抽思》第三，《涉江》第四，《橘頌》第五，《悲回風》第六，《惜往日》第七，《哀郢》第八，《懷沙》第九』也。又以《悲回風》『蓋作于頃襄王迎婦于秦之年』。則亦臆度之説矣。

許氏以《招魂》非宋玉所作，而爲屈子所作。稱『古者人死，有升屋而號，以衣三招之禮。後亦有施之未死者。屈原被放之後，見國之荒淫，己之愁苦，無所宣洩，借爲帝遣巫陽招己之魂，以寄其牢騷不平之恨，而亦因以爲諷諫也』。又以《大招》亦屈子所作，『招懷王之魂也。懷王客死他鄉，故招其魂使反國。謂之「大」者，所以别於自招，乃尊君之詞也』。案：許氏之論二《招》，大抵亦是承林氏《楚辭燈》，似無所發明。至論《招魂》諷諫，乃謂『蓋頃襄初立數年，秦楚告絶，後復連和結姻，是時兵戈暫息，黨人必導君媮樂，極肆荒淫，而原獨以愁苦離魂。故借爲巫陽之詞，言四方之不祥，無如楚國之可樂。觀其所陳，宮室臺榭之奢麗，珍玩飲食之侈靡，女色歌舞戲玩之荒淫，此皆三風十愆之事』，爲君臣之所當戒者。豈亦漢之大賦以『百勸而諷一』之意耶？然於屈子而言，似亦曲矣。

是書之字義注釋，簡要有致。然多因襲舊注，偶見己所發明。如，《離騷》『昌被』注：『衣不帶貌，言無檢束也。』

案：訓『衣不帶』，取於王逸舊注。『言無檢束』，則申引舊注以發明剩義也。又，『哀民生之多艱』注：『民生，猶人生也。語本「厥初生民」來。下文「不察民心」「民生各有所樂」「覽民德」「相觀民」，數「民」字，皆作「人」字解。』案：其説似較舊注爲優。又，『謠諑』注：『楚南謂愬爲諑。』案：以『諑』爲楚語，則亦見《方言》也。又，『悔相道』注：『有道則見，無道則隱，當亂世而不隱，亦相道之不察也。』案：古來注家，於此聚訟紛如，而以退隱解是段之義，可備爲一解。又，『中正』注：『既見許於重華，則中正之道上通於天，中正之神亦可乘天地之正氣以遊無窮矣。其實是一點精誠所到，非以形用也，勿認作幻怪。』案：其説是也。得此中正，即中正之精氣，是以能周遊天地，無所不至矣。不當純以『中正』道德視之。又，《國殤》：『霾兩輪兮縶四馬，援玉枹兮擊鳴鼓。』注：『車輪霾陷，四馬牽縶，而猶援枹擊鼓以進兵，志愈厲也。』案：猶王逸注『示必死』之意，非狀國殤戰敗矣。又，《惜誦》『仇』『讎』注：『怨偶曰仇。讎，報也。』案：王逸注：『交怨曰讎。』或本作『父怨曰讎』。而父讎必報，則知『交』當『父』之訛矣。又，《遠遊》『意恣睢以担撟』注：『担音揭。』案：據其音注，担，當作揭。《慧琳音義》卷七六『揭烏』條引王逸注：『揭，亦高也。』其所據本作『揭撟』。《文選・射雉賦》『眄箱籠以揭驕』，徐爰注：『揭驕，志意肆也。《楚辭》「揭驕」字作「拮獢」。』李善注：『《楚辭》曰「意恣睢以拮獢。」』則徐爰、李善所據本作『拮獢』。拮獢與揭撟、揭獢同。又，『邊馬』注：『驂馬也。』案：其説是也。王逸注：『馳驂徘徊，睨故鄉也。』亦以『邊馬』謂『騑驂』也，蔡文姬《悲憤詩》『胡笳動兮邊馬鳴』。邊馬，謂邊陲西域之馬。與此別義矣。又，《卜居》『寧誅鋤草茆以力耕乎，將遊大人以成名乎』注：『一歸隱田畝，一曳裾侯門。』又，『寧與黄鵠比翼乎，將與雞鶩争食乎』注：『一與逸士同高舉，一與小人共爵禄。』案：以意逆之，語極警省，且恰到好處。

然則是書悠謬之説，亦隨處可見。如，《離騷》『多艱』『夕替』協韻，許氏改『替』爲『晉』，云：『艱叶斤。晉叶侵。」案：艱可讀音斤，古同文韻；晉可讀侵，古同侵韻。惟文、侵二韻，古不相協也。又，《湘夫人》「荷屋」注：「屋，旁屋也。」案：非也。屋，指室頂也。《穀梁傳》文公十三年「大室屋壞」，范注：「屋者，主於覆蓋。明廟不都壞。」《禮記·曲禮下》「席蓋」孔疏：「在上曰屋，在邊曰裳。」字通作「幄」。《後漢書·仲長統傳》「乘露成幃，張霄成幄」，注：「在旁曰幃，在上曰幄。」荷屋，上以荷爲屋蓋也。又，《惜誦》「疾親君」注：「急于得君也。」案：非也。疾，猶勤力也。《荀子·仲尼篇》「疾力以申重之」，楊倞注：「疾力，勤力也。」言己勤力親君，未遑顧及其他也。又，《抽思》「可完」注：「叶，胡光反。」案：完，古元韻字，不得讀「胡光」之音。完，「光」之訛。羅本《玉篇》殘卷《糸部》「綄」字作「絖」，蓋俗書「完」如「光」。《漢書·溝洫志》「今見在成平、東光、鬲界中」，顏師古曰：「胡蘇在東光」，定本誤作「東莞」。《詩·皇矣》「載錫之光」，毛傳：「光，大也。」王逸注句「可興復」云云，即用「光大」義，其舊本亦作「可光」矣。光，與上文「亡」同協陽韻。又，《哀郢》「西浮」注：「舟行屈曲，容有西向處。」案：臆測之說。王逸注：「船獨流爲浮也。」獨流者，謂順水之勢漂流，下「將運舟而下浮兮」是也。《悲回風》：「浮江淮而入海兮，從子胥而自適。」浮、從，相對爲文，浮，猶順水浮行。屈子去郢東行，而曰「西浮」，其義未曉。設若以西浮爲向西浮，則下不可承言「去終古之所居兮今逍遥而來東」也。王逸注「言己從西浮而東行，過夏水之口，望楚東門，蔽而不見，自傷日以遠」云云，則以「從西浮而東行」釋之，本不言西行。古之言「西浮」，既有向西浮行者，又有自西東行之意，與今語別。梁簡文帝《答湘東王》：「適憶途遵江夏，路出西浮，日月易來，已涉秋暮。」謂路遵江夏，從西東行也。《梁書·王僧辯傳》載王裒《祭王氏太夫人文》：「背龍門而西顧，過夏首而東浮。」蹈襲此文，其易「西浮」爲「東浮」，亦「從西浮而東行」也。張纘《懷音賦》：「顧龍門其不見，過夏首而西浮。」因襲此語。從夏首東歸湘、羅，西浮，東行也。徐陵《與王僧辯書》：「於是乎夏首西浮，雲行雷邁，彭波東汇，谷静山空，扼鵠尾而據王畿，登牛頭而埽天闕。」西浮，浮水東行，下承言『扼鵠尾而據王畿，登牛頭而歸天闕』，皆在夏首東也。則皆爲王注佐證矣。

是書自卷一《離騷》至卷二《九歌·湘君篇》有佚名批注。《離騷》眉批十一條，側批一百六條；《東皇太乙》側批七條；《雲中君》眉批二條、側批八條；《湘君》側批十六條。或者多補許氏《訂注》所未備。如，《離騷》『肇錫』側批：『肇，始也。錫，賜也。』又，『汨余』，側批：『汨，水流去疾貌。』又，『纚纚』，側批：『索好貌。』又，『掩涕』，側批：『猶收淚也。』又，『伏清白』，側批：『伏，伏罪也。』案：以上《訂注》皆闕，佚名據舊注補之也。或者申引《訂注》，發明剩義。如，『申椒』，《訂注》：『椒桂帶辣性，不但如蕙茝之純香。』案佚名側批：『喻逆耳之言亦能受也。』或者徑釋本文。如，『夫唯捷徑以窘步』，側批：『所行惟取速，以圖便安，究竟一步亦不可行。』又，《東皇太一》『瑶席兮玉瑱』，側批：『立神位布席，而壓之以玉。』或者説解上下行文關節。如，『朝飲木蘭』以下四句，側批：『此四句亦取已棄之餘芳以爲服，伏下「清白」二字。』又，『伏清白』句側批：『「伏清白」，即上文「替蕙纕」「申攬茝」二句，「死直」緊接「忍尤攘詬」句。惟清白方能直，是一條事收總言之。「前聖」伏下「依前聖節中」句。』又，『跪敷衽』句眉批：『言跪而布敷衽以陳如上之詞於舜，自覺吾心已得此中正之道，與天道無間隔，所以埃風，忽而余遂乘龍跨鳳以上征也。此以下多假設之詞。』或者闡述意旨。如，『雖體解』二句，側批：『末二句言不以見踈爲戒，遽行迷途，致虧始質也。』則所謂『迷途』者，入仕以後之事也。所謂『初』者，未仕前本質也。又，『覽余初其猶未悔』，眉批：『言不計君之不能受，但以正諫如關龍逢、梅伯然，何足爲悔？』案：則所『悔』者，指直言諫諍之事也。或者偶見發明新義。如，『紛吾』，眉批：『紛，喜也。』案：其説至確。紛，王逸訓『盛』。然『紛』爲『内美』之飾語，而『内美』但一『正』字可以蔽之，似不當訓『盛』『衆』。《方言》：『紛怡，喜也。湘潭之間曰紛怡，或曰巸已。』紛之訓喜，楚語也。《九章·橘頌》：『緑葉素榮，紛其可喜兮。』紛其，喜貌。《後漢書·延篤傳》：『紛紛欣欣兮，其獨樂也。』紛紛、欣欣，平列同義，猶喜也。紛喜之字爲『芬』。《説文·屮部》：『芬，屮初生，其香分布也。从中、分聲。』引申之爲和調、和適。《方言》：『芬，和也。』郭注：『芬香和調。』《周禮·敘官》『鬯人，下士二人』，鄭注：『鬯，釀秬爲酒，芬香條暢於上下也。』錢繹《方言箋》：『和，謂之芬，與人相和亦謂之芬。』和適之則爲喜悦。《荀子·議兵篇》：『其民之親我，歡若父母；其好我，芬若椒蘭。』歡、芬對舉，芬亦歡也。《非相篇》『欣驩芬薌以送之』，欣、驩、芬、香四字平列，其義亦同。又，《東皇太一》『揚枹兮拊鼓』，王逸注：『拊，擊也。』佚名側批：『輕擊曰拊。』案：《説文·手部》：『拊，揗也。从手、付聲。』段注：『揗者，摩也。古作拊揗，今作撫循，古今字也。《堯典》曰「擊石拊石」，拊輕擊重，故分言之。』拊之訓擊，散文不別。《左傳》襄公二十五年『公拊楹而歌』，《釋文》：『拊，芳甫反，拍也。』《漢書·吴王濞傳》『因拊其背』，顔注：『拊，摩循之也。』對文輕循曰拊，重曰擊。揚枹而曰『拊鼓』，是輕擊之法。則較舊注剴切矣。

是書刻於清乾隆二十年乙亥，後未見再梓，故流傳不廣，國家圖書館有藏本。（黄靈庚）

# 楚辭釋韻

《楚辭釋韻》者，清蔣曰豫之所作也。曰豫字侑石，江蘇陽湖人。咸豐間官雞澤、元氏知縣，遷蔚州知州。同治七年戊辰，以平捻功，擢知直隸州。豫少聰穎，長而嗜學，雖官事叢脞，而手不釋卷。邃於經術，又善詩文。著有《詩經異文》四卷，《韓詩輯》一卷，《論語集解校補》一卷，《兩漢傳經表》二卷，《國語賈逵注》一卷，許慎《淮南子注》一卷，《問奇室詩集》二卷，《續集》一卷，《文集》一卷，《杕雅》一卷。後輯爲《蔣侑石遺書》十一卷。事載《清史列傳》卷七十三《文苑傳》。

是書一卷，首稱『祁生陸文作《離騷釋韻詩》，取秦漢子書詞賦條晰著之。然屈氏生楚懷王時，用韻未必與後人合。吾友晉壬吳子以爲《詩經》韻文之祖，舉以證合，當可不謬。因草創十數條。體尚未備，且鄙意，凡居屈氏前如諸經、《老》《墨》，皆可引而傳之。共得若干條』云。則知蔣氏之學，實事求是，持論謹嚴，洵爲乾嘉考據學餘派矣。

凡三十一條，首拈出《離騷》韻字，以『讀如』之法

離騷釋韻　　蔣曰豫輯

祁生陸文、作離騷釋韻詩、取秦漢子書詞賦、條晰著之、然屈氏生楚懷王時、用韻未必與後人合、吾友晉壬吳子以爲詩經韻文之祖、舉以證合、當可不謬、因草創十數條、體尚未備、且鄙意、凡居屈氏前、如諸經老墨、皆可引而傳之、共得若干條、有未見者、闕以待補、

降讀如洪　詩、草蟲、喓喓草蟲、趯趯阜螽、未見君子、憂心忡忡、亦既見止、亦既覯止、我心則降、出車、未見君子、憂心忡忡、既見君子、我心則降、旱麓、瑟彼玉瓚、黃流在中、豈弟君子、福祿攸降、鳧鷖、鳧鷖在潨、公尸來燕來宗、既燕于宗、福祿攸降、公尸燕飲、福祿來崇、禮記月令、天氣上騰、地氣下降、天地不通

離騷釋韻　一　養物軒

擬其古音，作爲條目，而後徵引《詩經》及他經用韻之例以證其説。純以臚列書證，而己不著一言。如，『降讀如洪』條：『《詩・草蟲》：「喓喓草蟲，趯趯阜螽。未見君子，憂心忡忡。亦既見止，亦既覯止，我心則降。」《出車》：「未見君子，憂心忡忡。既見君子，我心則降。」《旱麓》：「瑟彼玉瓚，黄流在中。豈弟君子，福禄攸降。」《鳧鷖》：「鳧鷖在潨，公尸來燕來崇。既燕于宗，福禄攸降。公尸燕飲，福禄來崇。」《禮記・月令》：「天氣上騰，地氣下降。天地不通，閉塞而成冬。」』案：書證必先《詩》而後《禮記》。《詩》以降與蟲、螽、忡、中、潨、崇、宗協韻，皆冬部字；《月令》以降與通、冬協韻，亦冬部字。皆其讀『洪』之證也。又，『能讀如耐』條：『《禮記・禮運》：「故聖人耐以天下爲一家。」耐、能通。』案：能，與之部字相協韻者，《詩》無其例，故引《禮運》耐、能通假以證之，以爲《騷》『修能』之『能』亦當讀耐也。又，『索讀如素』條：『《禮記・中庸》「素隱行怪」，《漢書・藝文志》引作索。《春秋左氏傳》「八索九丘」，《釋文》：「索，本作素。」』案：素，桑故反，去聲；索，蘇各反，入聲。《騷》索、妬相協，而妬去聲，故索亦讀去聲，且引諸經素、索相通之例以證之矣。又，『替讀如汀』條：『《詩・召旻》：「胡不自替，職況斯引。」』案：《騷》以艱、替相協韻。艱，古屬文部；替，古屬質部，脂部之入也。對轉可讀真部之音『如汀』者，故引《召旻》替、引相協韻之例。引，真部字，替亦讀真部之音也。又，『家讀如姑』條：『《詩・鴟鴞》：「予手拮据，予所捋荼。予所蓄租，予口卒瘏，曰予未有室家。」《雨無正》：「謂爾遷于王都。曰予未有室家。」《我行其野》：「我行其野，蔽芾其樗。昏姻之故，言就爾居。爾不我畜，復我邦家。」《春秋左氏傳》僖十五年：「歸妹睽孤，寇張之弧，姪其從姑。」六年：「其逋逃歸其國，而棄其家。」襄四年傳：「武不可重用，不恢于夏家。獸臣司原，敢告僕夫。」《墨子》：「治天下之國如一家，治天下之民如一夫。」』案：家，於《廣韻》屬麻韻，而麻韻之半古屬魚韻，故廣引《詩》及他書之韻例以證之，所以通古今之變也。或者但列條目，而不見引證。如，『懲讀如長』『迎讀如遇』『調讀如同』『待讀如特』，蓋無所取證，所以存疑而付之闕如也。

蔣氏引證可謂精確，而『讀如』之音多有失當之處。如，『畝讀如米』條，引《詩》畝與理、秠、芑爲韻。案：畝、理、秠、芑，皆屬之韻，而米屬微韻，不當讀米音。下『媒讀如迷』條，誤同此。又，『服讀如物』條，引諸書服與翼、息、戒、棘、飾、則、克、力、億、德、側、得、國協韻，皆入聲職部字。服，古有去入二聲，《騷》服、則相協韻，讀入聲也。然物雖聲，古屬物部，非職部，不當音物也。又，『佩讀如皮』條，引《詩》佩、思相協韻。案：《騷》佩與詒協韻，詒平聲，則佩亦宜平聲，故引《詩》佩與平聲『思』相協韻。皮，雖平聲，而古屬歌部，佩不當音皮也。又，『邈讀如莫』條，引《詩》藐與虐爲韻，藐與邈古通。案：《騷》邈與樂相協韻，古同屬入聲葯部，虐亦葯部字。莫，去聲，古屬魚部。邈，不當音莫也。據此，蔣氏精於考古，而疏於審音矣。

是書未見單行，即從蔣侑石遺書《滂喜齋學録》卷八中輯出，蓮池書院刻於清光緒三年丁丑，國家圖書館有藏本。（黄靈庚）

# 屈賦微

《屈賦微》者，清馬其昶之所作也。其昶字伯通，晚號抱潤翁，安徽桐城人。幼耽古文辭，師事同邑吴汝綸、張裕釗，主講廬江、潛川書院，後又任教桐城中學堂、師範學堂。性澹泊静約，貌莊氣醇，刻苦鋭進於學。三十以前治古文辭，三十以後治群經，旁及諸子、史。編摹選述，尋躡要眇，覃精窮思，矻矻孜孜，數十年如一日。爲文簡淡，世稱爲桐城學派末期巨擘。光緒末，大臣以經明行修薦辟，詔受官學部主事，充京師大學堂教習。入民國後，任清史館總纂。著述頗豐，已刊者有《抱潤軒文集》十卷，《重定周易費氏學》八卷首末各一卷、《詩毛氏學》三十卷、《中庸篇義》一卷、《三經誼詁》三卷、《禮記節本》六卷、《老子故》二卷、《莊子故》八卷、《桐城耆舊傳》十九卷附《列女傳》一卷、《左忠毅公年譜定本》二卷、《金剛經次詁》一卷、《桐城古文集略》十二卷，未刊者有《尚書誼詁》八卷、《桐城文録》七十六卷及《抱潤軒續集》《抱潤軒尺牘》《抱潤軒筆記》《抱潤軒詩鈔》等。與修《清史稿》，撰《儒林傳》《文苑傳》。事載錢基博《現代中國文學史》。

是書輯録者，皆屈子所作。文字多與洪氏《補注》合，蓋其底本也。凡二卷，上卷合《離騷》《九歌》《天問》，十二篇，下卷合《九章》《遠遊》《卜居》《漁父》《招魂》，十三篇。卷首爲其昶作於光緒三十一年自序，稱班氏《志》載『屈原賦二十五篇』，自《離騷》至《漁父》皆爲屈子所作，自王逸以來皆無疑義，適湊『二十五篇』之數。然《九歌》末篇《禮魂》，無神可祀，似不得獨立成篇，則采王薑齊説，以此篇爲『送神之曲，爲前十篇所通用』者。故《九歌》祇十篇。又，據史遷《傳贊》『讀《離騷》《天問》《招魂》《哀郢》，悲其志』，遂以《招魂》亦爲屈子所作，而非宋玉之作。則適合班《志》稱『二十五篇』矣。

馬氏之序於屈子之死反覆審辨之，以爲所以與日月争光，即在乎其死之志矣。稱屈子以『存君興國之念無可奈何，而繼之以死』，不得與『匹婦匹夫不忍一時之悁忿而自裁者比』。屈子之死，『志定於中而從容以見於文字，彼有以通性命之故矣』。雖『天地之氣儲與扈治，爲人物之所公得，而其間條縷分晰，乃至杪忽不相越紊。宗國者，人之祖氣也。宗國傾危，或乃鄙夷其先，故而潛之他族，冀綿須臾之喘息，吾見千古之賊臣篡子，不旋踵而即於亡者，其祖氣既絶，斯無能獨存也。事可爲則單瘁心力，善吾生且善人物之生，一人一物之生不善，即吾之氣不有虧乎？事不可爲則返其氣於太虚，太虚不毁彼其浩然者，自旁礴而長存，吾又未見屈子之果爲死也。性與性相通於無盡，是故屈子書人之讀之者，無不欷歔感泣』。以是論屈子之死，見其肉體之消亡，而精神長存天地間，雖死而猶未死矣。又稱古來真知屈子之文蓋寡，乃『發其指趣，務使節次暸如秩如』，而『人之讀之者，其益可以興起而決然祛其疑惑』云。蓋馬氏際於清季，目覩列强憑凌，内患頻仍，國勢孱弱，亡在眉捷，

屈賦微序　二

區文字得失聞也光緒三十一年夏五月戊戌桐城馬其昶譔

屈賦微卷上

離騷 史記曰懷王使屈原造爲憲令屈平屬草槀未定上官大夫見而欲奪之屈平不與因讒之曰王使屈平爲令衆莫不知每一令出平伐其功曰以爲非我莫能爲也王怒而疏屈平屈平疾王聽之不聰也讒諂之蔽明也邪曲之害公也方正之不容也乃憂愁而作離騷離騷者猶離憂也

帝高陽之苗裔兮 王逸曰屈原自道本與君共祖俱出顓頊是恩深而義厚也其昶案史公列傳大書曰屈原者名平楚之同姓也同姓之臣義無可去死國之志已定於此 朕皇考曰伯庸 洪興祖曰蔡邕云朕我也古者上下共之咎繇與帝舜言稱朕屈原曰朕皇考至秦獨以爲尊稱漢遂因之 攝提貞於孟陬則謳反兮 王逸曰太歲在寅曰攝提格正月爲陬其昶案貞格同訓正攝提貞即攝提格 惟庚寅吾以降 古音洪其昶案凡古音一本説文諧聲依宋吳才老明陳季立國朝顧亭林戚崔泉姚秋農安古琴苗先麓諸家所訂 皇覽揆余於初度兮 王逸

屈賦微上　一　集虛草堂

而大臣苟且偷安，作倉皇遯逸以自保計。是故思發揚屈子『存君興國之心』以激勵國人者乎？『事不可爲則返其氣於太虚』，死即死耳，而不願『冀緜須臾之喘息』，求其精神之不滅。雖隱約其辭，而其作書之微旨，蓋昭然若揭矣。

馬氏於屈賦二十五篇皆爲『釋題』，於各篇作時、意旨皆有説解。據史遷《原傳》『王怒而疏屈平』云云，以《離騷》作於見疏懷王之時，而『離騷者猶離憂也』。據《漢志》『楚懷王隆祭祀，事鬼神，欲以邀福助却秦軍』，以爲『《九歌》之作，必原承懷王命而作也，推其時，當在《離騷》前』。『懷王十一年爲從長，攻秦。十六年，絶齊和秦，旋以怒張儀，故復攻秦。大敗於丹陽，又敗於藍田。吾意懷王事神欲以助却秦軍，在此時矣』。以《天問》之作，則從董齋之説，『以有道而興，無道則喪，黷武忌諫，耽樂淫色，疑賢信姦，爲廢興存亡之本。原諷諫之心於此而至，抑非徒渫憤抒愁已也』。以《九章》皆爲『原放於江南』而所作：《惜誦》『追述進諫之始末，雖作於頃襄之世而所述者乃未遷以前之情事，故無決於自沈之志』。《哀郢》作時，則從吴汝綸説，蓋作於頃襄王初年，『殆懷王失國之恨』，而非緣於二十一年徙都於陳也。《懷沙》據史遷《原傳》載，作於頃襄『怒而遷之』之後，然非絶筆。《思美人》據董齋，作於頃襄王時，『要以固本自彊，報秦讎而免於敗亡，而頃襄不察，誓以必死』。《惜往日》是『惜其所立之憲令法度也』。《橘頌》據姚鼐説，作於『懷王朝初被讒時』。《悲回風》從董齋説，『蓋原自沈時永訣之辭』。至於《涉江》《抽思》皆無説，蓋存疑瘢如也。《遠遊》從姚永樸説，同死生，輕去就，『與《鵩鳥賦》同一旨趣』。《卜居》之作，從董齋説，『設爲之辭，以章己之獨志』。《漁父》以原感『知時變者漁父所言，『因述己志而成斯篇』』，又謂漁父確有其人，『史公以事載之不爲過』，而《莊子》之《漁父》則『仿此而作，則誠空語無事實矣』。《招魂》是屈子招懷王之魂，『文中所陳皆人君之事，太史公明言「讀《離騷》《天問》《招魂》《哀郢》，悲其志」，其爲屈賦無疑』。案：其所論述皆有所據依，非與徒逞私臆而作游根無實之説者比。然固非皆鐵案釘釘，審之猶或可商。若以《九歌》爲原承懷王命而作，所以事鬼神欲以助却秦軍者，何文中無一詞以及之耶？若以《招魂》爲屈子所作以招懷王之亡魂，而篇中無一語臣以致及君王之意，亂云『君王親發』『與王趨夢』，君王、王，皆非所招之魂，乃追憶亡者嘗伴王遊獵於雲夢之樂也。所陳宮室、美女、飲食、歌樂等，若施之於楚王，則於禮未周矣。叔師以爲宋玉之所作，以招其師屈原之魂者，當有所據依，似未可輕易之矣。

馬氏注屈，乃歷觀自東京叔師以下注《楚辭》，其所徵引者，皆標名氏，無慮四十餘家：若司馬遷、班固、王逸、顔師古、五臣、李善、洪興祖、朱熹、吴仁傑、錢杲之、吴棫、陳第、顧炎武、黄維章、王夫之、錢澄之、毛奇齡、屈復、苗夔、李光地、方望溪、蔣驥、張惠言、姚鼐、何義門、梅曾亮、張裕釗、孫志祖、鄧廷楨、方績、戚學標、安吉、姚文田、王念孫、王引之、張文虎、陳澧、朱駿聲、馬瑞辰、龔景瀚、俞蔭甫、姚永樸、李審言、孫詒讓、吴汝綸、夏忻是也。乃擇其善而去其非，或雖非名家，即有一善，亦必采之。而後剪裁排比，獨具匠心，一若出於己意。若諸家無愜於己心，則於『其昶案』下自爲别解。説者或以此書乃爲清代解《楚辭》之殿、集大成之作，蓋非益譽之詞。觀其每下一義，則或取證史傳及屈原事迹，或旁徵經義，或詳審於上下文，或印證於他篇，務求於心安而後已，是故持之有故，言之成理，而探賾發微，鈎深致遠，頗多新義。特舉其犖犖可觀者，如：

馬氏釋《離騷》『攝提貞』云：『貞、格同訓正，攝提貞，即攝提格。』案：後人斥叔師不當省『格』者，至是休矣。又，『三后』云：『熊繹爲楚始封君，若敖、蚡冒爲楚人之所常誦，三后當指此。將溯皇輿之啓，故述先君以戒後王。欒武子曰：「楚自克庸以來，其君無日不討國人，而訓之于民生之不易，禍至之無日，戒懼之不可以怠，訓之以若敖、蚡冒篳路藍縷，以啓山林。」』案：可備爲一説。又，『既替』云：『上官大夫讒原伐其功，「既替」二句，正述讒言，謂其以善自矜也。』

案：以史證之，庶幾是也。又，『詈予』云：『予讀上聲，與野韻，義仍爲我予之予。古無四聲之別。』案：說古韻不得泥後世四聲。又，『望予』云：『言欲令帝閽倚門覗望以待己之至。《遠遊篇》亦有此語。下二句乃言久待而闢不開，是不肯相望也。』案：舊解阻我者，非矣。又，『難遷』云：『乘雲以求宓妃，乃乖剌難合，此申言「高丘之無女」。』案：高丘無女，與下求三女，則皆以喻賢，義亦一貫矣。又，『夕次』云：『夕次窮石，朝濯洧盤，所見皆無君國之憂者，此申言「相下女」而亦無可詒。』案：是也。又，『容長』云：『長，多也，謂容飾多而無實德。』案：是也。又，『覽椒蘭』云：『巫咸勸其爲及時之芳，毋爲偃蹇之佩，故答言芳易變化，唯茲佩之可貴也。』案：此說新穎，與舊解斥蘭椒變節者大相逕庭。

馬氏釋《九歌·雲中君》『極勞心』云：『雲日之神，九州所共，非楚所能私，故神既降而去，猶思之太息，恐神覘之不答，而禱祀之無靈也。』案：說較舊融通。釋《大司命》『何壽夭』云：『壽夭之柄，司命且不能操，故欲與之適九阬，以縱觀陰陽氣化皆莫之爲，而爲司命雖欲折麻相遺，無能爲助，老之將至，司命與己不近而愈疏，是以愁也。』案：達其曲折之意。釋《少司命》『爲民正』云：『此託爲神言君知愛子，亦宜愛民，所以動其爲民父母之心也。』案：達其諷喻之旨。又，釋《東君》『東行』云：『日冥之時東行而反，則暾將出時之爲西行可知，秦在西也。谷永謂「懷王隆祭祀欲以助郤秦軍」，此章正其祝神郤秦之詞。』釋《山鬼》『憺忘歸』云：『自河伯以上所祀之神皆有專主，而山鬼則其類甚繁，不能遍及，故不得祀者羡，其得祀者，久留君所，憺然忘歸，而歎己之寂寞也。一則安而忘歸，一則悵怨忘歸，曲達其情，既以妥來享之鬼，而其未來者，亦有以慰其思也。』又，『思公子』云：『終乃知公子之不我思矣，徒思公子而有離憂，極寫群鬼望祀之情，所謂鬼猶求食也。神則慕望其來而不可得，鬼則無厭如此，可謂知鬼神之情狀者矣。而山鬼之爲淫祀，亦即此可見。』釋《國殤》云：『懷王怒而攻秦，大敗於丹陽，斬甲士八萬，乃悉國兵復襲秦，戰於藍田，又大敗。茲祀國殤，且祝其魂魄爲鬼雄，亦欲其助卻秦軍也。原因敘其戰鬭之苦，死亡之慘，聆其音者，其亦有惻然動念者乎？』以上數解，皆妙達各篇諷喻意旨。

馬氏釋《天問》『上下未形』云：『發端問此，以見人心之靈，無不可窮之理。』案：可謂深致其旨矣。又，『順欲』云：『《吴越春秋》云：「禹傷父功不成。」順欲，謂禹順父之欲，其成功，亦由於纂前緒，而堯何遽罪鮌？』案：説較舊圓融。又，『黿飽』云：『家元伯先生謂洪注此言禹之所以嗜與衆人異味。以文義求之，當作「胡爲快黿飽而嗜不同味」，味與繼，古音同部。』案：蓋校以倒誤，則韻協矣。又，『眩妻』云：『眩妻之稱，猶本篇之稱「惑婦」「眩弟」及《詩》稱「哲婦」之類。』案：此求以詞例。又，『鮌疾脩盈』云：『謂不以飲食起居爲安，而以疾爲苦也。《徐無鬼》：「勞武侯之病以爲萬乘之主，苦一國之民以養耳目鼻口，夫神者不自許也。」即此意。鮌疾，謂鮌作祟。韓宣子問子產：「寡君夢黄熊入於寢門，其何厲鬼也？」晉侯疾三月有加無瘳，故曰「脩盈」。』案：發人致思。又，『天式縱横』云：『天式，即天道。爰，猶乃也。天道一縱一横，言陰陽有代謝之理。』案：較舊注通融。又，『湯謀』云：『湯、陽、暘同字。《五行志》「時陽若」，即《洪範》之「時暘若」。《史記·索隱》：「暘谷，本作湯谷。」本書「暘谷」屢見，皆作「湯」字。湯謀，即陽謀。易旅，治軍旅也。言少康雖陽以田獵治軍以襲澆，而但有一旅，果何以厚集其勢。』案：是也。又，『妹嬉』云：『以上遥接前段而終夏事，大抵其禍皆起於女戎。』又，『堯不姚告』云：『言堯何故不告其父母而以二女妻之。正《莊子》所謂「二女事之以觀其内也」。』又，『女媧』云：『此因鄭袖而言，舜之登庸由於二女釐降，桀之縱欲由於迷惑妹嬉，末又上溯古女帝形體之怪異者，以見人之至貴，在德不在色也。』案：此三解皆託寓女色之媧，别具眼光。又，『緣鵠飾玉』云：『《周書》云：「湯以諸侯來獻，命伊尹爲四方獻，令因其地勢所有：正南之獻有翠羽菌鶴，正北之獻有白玉。」即此所云「緣鵠飾玉」也。鵠亦鶴類。』案：此已爲清華簡《赤鵠之集湯屋》所證實。又，『到擊』云：『到同倒，《史記》：「紂師皆倒兵以戰。」』案：是也。又，

『受禮』云：『《書》：「伊尹奉嗣王祇見厥祖，侯甸群后咸在。」故曰「受禮天下」。《史記》：「太甲既立，不遵湯德，伊尹放之桐宫三年，伊尹攝行政當國。」故曰「又使至代之」。』案：則『至』讀如『摯』，謂伊尹也。又，『兄有噬犬』云：『此又言秦之無道由來舊矣，自其先世兄弟，且以利相争奪，而楚乃忘仇忍耻，與爲婚姻，豈足恃邪？』見其託寓深矣。

馬氏釋《九章·惜誦》云：『《説文》：「惜，痛也。」惜誦，猶痛陳也。《詩》云：「家父作誦，以究王訩。」』案：是也。又，『遠集』云：『遠集、横奔，皆謂去適他國，君罔謂女何之。言見棄於君，固不問其所之，特己不忍耳。』案：蓋達原旨矣。釋《涉江》『吾將行』云：『此所謂「將行」者，言將去人間世而視死若歸也。』案：則作《涉江》既明死志。釋《哀郢》『東遷』云：『秦在楚之西，楚屢被秦兵，則當時之轉徙避難者，必東遷江夏。疑此是懷王三十年陷秦時事，故有天命靡常之感。』又，『哀見君』云：『此史公所謂「楚人咎子蘭以勸懷王入秦而不反也」。』又，『九年而不復』云：『懷王失國後三年，卒於秦。此文之作又後六年。「忽若去而不信」者，言不信其去國忽已九年也。仇耻未復，故含慼益深。』釋《抽思》『摇起』云：『摇起、横奔，謂使齊之役。』案：皆取證於史。又，『孰不實』云：『賈誼《新書》云：「楚懷王心矜好高，人無道而欲有霸王之號。」今觀屈原所諫語，乃切中其病。聽張儀詐獻商於地六百里。正此所謂不實而欲有獲也。』案：旁取賈生，亦恰到好處。釋《懷沙》『大故』云：『限之以大故，猶言要之以一死。以死爲舒憂娱哀，所謂求仁得仁者也。』案：竟以死爲舒憂，則見其憂甚於死矣。釋《思美人》『馮心未化』云：『懷王十七年，怒伐秦，秦大破楚師於丹陽，斬道八萬，虜屈匄，取漢中地。懷王乃悉發國中兵以深入擊秦。魏聞之襲楚，楚大困。明年，秦割漢中地與楚和。王曰：「不願得地，願得儀而甘心焉。」故曰「馮心未化」。』又，『知前轍』云：『懷王二十年，齊湣王惡楚之與秦合，乃遺楚書，於是懷王竟不合秦，是「知前轍之不遂」也。二十四年又倍齊而合秦，秦來迎婦，至是三次與秦合，故曰「未改此度」。』又，

『變態』云：『君臣上下竊以得位爲樂，並無欲反懷王之志，忘讎忍耻，故曰「變態」。』案：皆以史證屈賦。釋《惜往日》『幽隱而備之』云：『《國語》注：「備，收藏也。」光景，謂日容光必照，由其真陽充實，今己身幽隱收藏，必其誠信之不足，故足慚也。』案：蓋是也。釋《橘頌》『梗其有理』云：『《爾雅》：「梗、正，直也。」梗謂不淫，有文理謂淑麗。』案：説亦有據。釋《悲回風》『孰虚僞』云：『此自言其情發於至誠，所謂「指蒼天以爲正」也。』案：是以屈證屈矣。又，『賦詩』云：『《毛詩序》云：「詩有六義焉，一曰風，二曰賦。」今以心慮煩惑，故竊取賦詩之義以自明其所志也。自屈子創爲此體，而遂有「賦」之名。』案：則屈子自稱其所作爲『賦』矣。又，『聲有隱』云：『再申篇首之意，言因秋聲興感，而知氣化所乘，凡物之彫隕，實亦無可奈何也。』案：則所謂牽上繫下，一以貫之矣。

馬氏釋《遠遊》『上征』云：『原，楚人，故至南巢，見王子，復自南州上征，先入帝宫，尚未覩南疑也。』案：蓋是也。《卜居》『絜楹』云：『絜楹，猶言雕楹。《春秋》「丹桓公楹」，《穀梁傳》：「丹楹，非禮也。」《漢書》云：「周室衰，禮法壞，諸侯刻桷丹楹。」此言潔清者不受飾，若絜楹，則隨俗爲美觀，故王逸注曰「順滑澤也」。』案：是言他人所未言矣。《漁父》『温蠖』云：『司馬貞曰：「温蠖猶惛憒也。」舊作「塵埃」，今從《史記》。』案：温蠖，即溷污也。漢簡『蠖』通作『污』。馬王堆漢墓帛書《五十二病方》：『君欲練色鮮白，則察觀尺污（蠖）。尺污（蠖）之食方，通於陰陽。』《招魂》『秦篝』云：『《類篇》：「上大下小而長謂之篝笭。」《儀禮》鄭注：「篚，竹器如笭者。古之復者升屋而號曰：『皋，某復。』招以衣，受用篚，以衣尸。」鄭謂「衣尸」者覆之，若得魂反之。此云「秦篝」，殆即篚類。齊縷鄭綿，皆謂衣也。』案：篝以蓄魂，則魂猶鳥歟？蓋楚俗崇鳳尊鳥之俗。又，『檻層軒』云：『殿堂前檐特起，曲椽無中梁者曰軒。檻者，層軒之下有欄板也。』案：其説是也。又，『與王趨夢』云：『與王趨夢射獵，而課第群臣功績之先後，此想望之辭，非事實也。』

因其好畋而進以講武習戎之事。楚人以弋説襄王，同此旨也。惜乎襄王終不能用，故莊辛譏其「馳騁雲夢之中而不以國家爲事」。此屈子之所以死也。』案：蓋盡得其所諷喻之意也。

雖然，馬氏猶未免於千慮一失，亦足見注屈賦之難，非一人所能盡解矣。如，《離騷》『博謇』云：『博謇，謂謇諤之甚。』案：叔師以『博謇』釋『博采』。至確。謇，搴字之借。《思美人》『搴長洲之宿莽』，朱子《集注》本搴作蹇。《管子·四時篇》『毋蹇華絶芋』，尹注：『蹇，拔也。』即搴之義。王念孫《讀書雜志·管子》『絶芋』條謂『攓、搴、蹇，皆攓之或字』。《爾雅·釋言》陸氏《釋文》：『搴與攓同，又作蹇。』博搴，謂博采也。又，《湘君》『恩不甚』『交不忠』云：『秦使張儀來詐楚絶齊，賂以商於地六百里。懷王信之，使一將軍西受地。張儀稱病不出三月，地不可得。懷王曰：「儀以吾絶齊爲尚薄邪？」乃使勇士辱齊王。齊王大怒，折楚符。儀乃起朝，謂楚將軍曰：「何不受地？」從某至某六里。懷王大怒，伐秦。自是兵連禍結，旋和旋戰，卒以亡國。所謂「恩不甚而輕絶」也。「交不忠」，謂絶齊。「期不信」，謂張儀稱病不出。此蓋述其事以求神之聽直也。』又云：『諸侯祭其境内名山大川，則楚祀湘水之神，禮也。故舉國之大事正告於神。』案：楚之名川之大，無若江與漢，不就近而求祀於江、漢，而遥祀於南之湘水者，何耶？設若其解，此以正告國之大事，則下文『鼂騁』『夕弭』『鳥次』『水周』又指何事？將何所比附？是知不免落入今文解經之蔽，唯微言大義是求，而失之鑿空矣。又，《大司命》『可爲』云：『一篇之中，兩用「爲」字，分陰陽舒歛以爲聲韻，懷王欲事神邀福。此言命不可爲，其因事納忠懇懇如此。』案：此感歎人命固自天定，人之離合亦自有恒數，雖司命亦無可奈何。其於懷王何預耶？又，《天問》『其尻』云：『尻，諸本作尻。《康熙字典》「尻」字下引此文作「尻」，今據改。《廣雅》：「尻，臀也。」《史記》：「中國山川東北流，其維首在隴蜀，尾没於勃碣。」尻猶尾也。《莊子》亦以首尻對舉。』案：非是。屈子問崑崙縣圃之地在何處，不問其尾尻也。尻，古處字，楚簡凡居處字皆作尻。其尻，即其處也。考作『尻』者惟見戴震《屈原賦注》，而馬氏於戴注未置一詞。是未見之耶，抑有意隱其名耶？其引《康熙字典》爲據，寧不知此字典舛誤百出，猶不足訓耶？又，《哀郢》『過夏首』云：『流亡之民東遷至江夏而止，而原獨以竄逐，復過夏首而西浮。』案：其以『西浮』蓋爲西向而行者。非是。叔師注：『船獨流爲浮也。』獨流者，順水之勢漂流，下『將運舟而下浮兮』是也。《悲回風》：『浮江湘而入海兮，從子胥而自適。』浮、從，相對爲文，浮，言順水浮行。《書·禹貢》『浮于濟、漯』，孔傳：『順流曰浮。』屈子去郢東行，而曰『西浮』，其義未曉。設若以西浮爲向西浮，則下不可承言『去終古之所居兮今逍遥而來東』也。王逸注『言己從西浮而東行，過夏水之口，望楚東門，蔽而不見，自傷日以遠』云云，則以『從西浮而東行』釋之，本不言西行。古之言『西浮』，既有向西浮行者，又有自西東行之意，與今語别。梁簡文帝《答湘東王》：『適憶途遵江夏，路出西浮，日月易來，已涉秋暮。』謂路遵江夏，從西東行也。王哀《祭王氏太夫人文》：『背龍門而西顧，過夏首而東浮。』蹈襲《哀郢》此文，其易『西浮』爲『東浮』，亦『從西浮而東行』。梁張纘《懷音賦》：『顧龍門其不見，過夏首而西浮。』因襲此語。從夏首東歸湘、羅，西浮，是東行也。徐陵《與王僧辯書》：『於是乎夏首西浮，雲行電邁，彭波東滙，谷静山空，扼鵲尾而據王畿，登牛頭而埽天闕。』西浮，浮水東行，下承言『扼鵲尾而據王畿，登牛頭而埽天闕』，皆在夏首東也。又，《懷沙》『刓方』云：『刓方爲圜，乃老氏「和光同塵」之旨。』案：刓方爲圜，以世俗喻變節，其與老氏何涉耶？又，《思美人》『申旦』云：『申旦猶申明。』案：非是。申旦者，猶終古也。申，古爲『終極』之意。『獨申旦』，猶《詩·葛生》『誰與獨旦』之『獨旦』。《擊鼓》『不我信兮』，孔疏：『信，即古伸字。申，即終極之義。』叔師謂『日日』者，是得其旨。又，《惜往日》『孰申旦而别之』，《七諫·謬諫》『獨申旦而懷毒兮』。皆同此。又，《招魂》『掌㝱』云：『夢即篇末「與王趨夢兮」之夢，謂雲夢也。」案：非是。叔師注：『招魂者，本掌寢之官所主職也。』其説不刊。《周禮·太卜》『掌三夢之灋：一曰致夢，二曰觭夢，三曰咸陟。其經運十，其别九十。』掌夢者，則太卜職事；招魂，亦太卜之所主職也。若是者，皆疏於詳審矣。然亦大醇小疵，未足掩其精博，仍不失爲清代研究《楚辭》之名作耳。

馬氏説韻，稱『一本《説文》諧聲』，兼取吴才老、陳季立、顧炎武、姚秋農、戚學標、安古琴、苗先鹿之説。然其注古音，多不足信。如，《離騷》『佩』字云：『古音疲。』案：佩，古入之韻；疲，古入歌韻。二字不同音。又，『舍』字云：『古音戍。』案：舍，古入鐸韻，魚之入也。戍，古入侯韻。二字不同音。又，『晦』字云：『古畝字，音米。』案：晦，古入之韻；米，古入脂韻。二字不同音。又，『艱』字引戚學標云：『艱，籀文作囏，故艱有喜音，與涕、替、茝、悔爲韻。』案：非是。艱或作囏，然非喜聲。《騷》此倒誤，涕、替同協脂韻。茝、悔同協之韻，不與涕、替相協也。又，『態』字云：『古音剃。』案：態，古入之韻；剃，古入脂韻。二字不同音。類此者舉不勝舉，蓋其非知音之選矣。

是書原見合肥李國松刊刻本《集虛草堂叢書》（甲集），鋟梓於光緒三十二年丙午，板心下端有『集虛草堂』四字，國家圖書館有藏本。（黄靈庚）

# 屈賦晳微

《屈賦晳微》者，清馬其昶之所作也。其昶有《屈賦微》已著録，此爲稿本，顔曰『屈賦晳微』。晳者，明也。晳微，謂闡明微旨也。首爲馬氏作於光緒三十一年序，與《屈賦微序》相較，除題名『屈賦晳微』作『屈賦微』及末署『馬其昶敘』爲『馬其昶撰』外，則無一字之差異。是書爲《屈賦微》稿本，而刻本删『晳』者，蓋自謙遜之矣。

雖然，稿本、刻本釋詞闡意，各有詳略，各見異同，宜仔細以對勘、比較之，而判别其是非、優劣可也。大略而言，刻本優於稿本甚多，然則不可以爲稿本而謂處處必劣於刻本，蓋亦有可取之處。若約而言之，蓋爲以下七端焉。

一是刻本詳於稿本且補稿本所闕略或改易前説者，是刻本優於稿本矣。如，『離騷』題下，稿本無釋。刻本則引《史記》曰：『懷王使屈原造爲憲令，屈平屬草稿未定，上官大夫見而欲奪之。屈平不與。因讒之曰：「王使屈平爲令，衆莫不知。每一令出，平伐其功曰：以爲非我莫能爲也。」王怒而疏屈平。屈平疾王聽之不聰也，讒諂之蔽明也，邪曲之害公也，方正之不容也，乃憂愁而作《離騷》。離騷者，猶離憂也。』又，『右《懷沙》』下，稿本無釋，刻本引《史記》：『上官大夫短屈原于頃襄王，王怒而遷之，乃作《懷沙》之賦。』案：馬氏據《史記》以明屈子作《騷》及《懷沙》之起因、作時，誠皆不可省矣。又，《離騷》『朕皇考』，稿本節引《補注》：『蔡邕云：「朕，我也，上下共之。」』刻本則全引《補注》：『蔡邕云：「朕，我也，古者上下共之，咎繇與帝舜言稱朕，屈原曰朕皇考。至秦獨以爲尊稱，漢遂因之。」』案：以明『朕』

義之演變，則宜全引爲允。又，『紉秋蘭』刻本引龔景瀚云：『喻博采衆善以自約束也。』稿本闕如。案：若無龔説，則旨意不明。『代序』，刻本引李詳：『代序，代謝也。古人讀序爲謝。』稿本無注。案：蓋稿本因舊注以次序爲解，刻本以假借説之。則刻本是也。又，『不撫』，稿本：『不，語詞。』刻本『語詞』下補『《文選》無「不」字』。案：其所謂『語詞』，無否定意，故引《文選》無『不』字以證之矣。『三后』，稿本引王夫之曰：『鬻熊、熊繹、莊王也。』刻本：『熊繹爲楚始封君，若敖、蚡冒爲楚人之所常誦，三后，當指此。將溯皇輿之啓，故述先君以戒後王。欒武子曰：「楚自克庸以來，其君無日不以討國人，而訓之于民生之不易，禍至之無日，戒懼之不可以怠，訓之以若敖、蚡冒篳路藍縷以啓山林。」《文十六年》「楚滅庸」，杜注云：「傳言楚有謀臣所以興。」即此所云「固衆芳之所在」也。』案：刻本補稿本未備矣。又，『胡繩纚纚』，刻本引王逸注：『胡繩，香草也。纚纚，索好貌。』稿本無注。案：其義生僻，是宜當注。又，『伏清白』，刻本引方望溪：『前言九死未悔，問之己心而以爲安也。此則質諸前聖而無所疑，其所以處死者，蓋審矣。』稿本無注。案：其闡説大義，不可闕矣。《懷沙》『爰哀』，刻本引王念孫：『《方言》：「凡哀泣而不止曰咺、曰爰。」爰哀與曾傷對文。』案：引時賢以糾舊説矣，則不可闕。《漁父》『汶汶者』，刻本引李詳：『汶古與昏通。《淮南》注：「湣，讀汶水之汶。」《史記·索隱》：「汶汶猶昏暗。」』稿本無注。案：以汶通昏，補稿本所闕矣。

屈賦晢微上

洪注專屬下句

離騷

帝高陽之苗裔兮朕皇考曰伯庸（王逸曰屈原自道本與君共祖俱出顓頊是恩深而義厚也洪興祖曰蔡邕云朕我也古者上下共之其祖案史公列傳大書曰屈原者名平楚之同姓也同姓之臣義無可去死國之志已定於此）攝提貞於孟陬兮惟庚寅吾以降（音戶工反王逸曰太歲在寅曰攝提格貞正也正月為陬其祖案格亦正也攝提貞即攝提格）皇覽揆余於初度兮肇錫余以嘉名（王逸曰皇皇考也肇始也朱子曰初度之度猶言時節）名余曰正則兮字余曰靈均（王逸曰高平曰原洪興祖曰正則以釋名平之義靈均以釋字原之義王夫之曰平者正之則也原者地之善而均平者也靈善也）紛吾既有此内美兮又重之以修能（奴代反）扈江離與辟芷兮紉

二是刻本糾正稿本之偏頗或謬誤。如，《離騷》『朝搴』，稿本：『音蹇。』刻本：『音愆。』案：稿本讀上聲，非。刻本讀平聲，是也。又，『可詒』，稿本：『羊吏切。方績曰：「佩，《廣韻》十八《隊》。詒，《韻補》併入五《置》。古《置》《隊》同韻。」』刻本引李光地：『高丘無女，則高位者無人矣。下女可詒，猶望其有處於下位而備進用者，乃求女如宓妃者，而不可得，相與驕傲淫遊而已。』案：佩、詒古同之部。稿本説古韻，非是。刻本删之，而改釋求下女之旨。當矣。又，『恐高辛之先我』，稿本引李光地：『於是思遺佚之士乃爲媒者，鴆毒鳩巧，隱逸之賢安能以自通？鳳皇既受他人詒而不爲吾國媒，則有娀之佚女必爲高辛有，非高陽有矣。』刻本：『王逸曰：《帝繫》云：「高辛氏爲帝嚳，帝嚳次妃有娀氏女生契。」其昶案：高辛氏有薦賢之人，而高陽之後無有，此傷懷王時之多讒佞也。』案：稿本引李光地説，似未得其微意。而刻本『傷懷王時之多讒佞』云云，乃説求簡狄之微旨，非純説高辛、高陽事矣。《雲中君》『冀州』，稿本引王夫之：『見《淮南子》，九州之一，謂中土也。』刻本引洪興祖：『《淮南子》：「正中冀州曰中土。」注云：「冀，大也。四方之主。」』案：二解雖同，而洪氏在前，故改易之。《國殤》『右刃』，稿本引王夫之：『右，右驂。』刻本引王逸：『殪，死也。言己所乘，左驂馬死，右騑馬被刃創也。』案：左馬爲驂，右馬爲騑。稿本誤矣。《天問》『曰遂古』，刻本引姚永樸：『曰，如「曰若稽古」之曰，詞也。』稿本引王夫之曰：『統一篇而繫以「曰」，則原所自撰成章句可知。』案：刻本發明新義，以『曰』爲句首語詞，類『粵』『越』等。是也。稿本作言説之『曰』，非也。

三是稿本是而刻本非者。如，《離騷》『修能』，稿本：『古音奴代反。』刻本：『古音泥。』案：能，古音屬陽韻蒸部，對轉陰韻之部。『奴代』，古音屬之部。泥，古音屬歌部，非『能』字古音也。又，『百晦』，稿本：『古音满以反。』刻本：『音米。』案：晦，古屬之部，『满以』即古部之音。米，古屬脂部。非『晦』字古音。又，『佩繽紛』，稿本引方苞：『忽反顧昭質之未虧，而不忍坐視滔滔之天下，故欲往觀四荒，或有重我之佩飾，好我之芳菲者乎？』刻本則易作：『其昶案：不能恝然於國，仍欲以直道行之，冀有萬一之合。』案：覆審原文，似方苞更切合本旨，刻本非也。《天問》『不施』，稿本：『王逸曰：「施，舍也。」王夫之曰：「施與弛同，釋也。」』刻本引李詳：『施，讀若《左傳》「乃施邢侯」之施。謂行罪也。』案：『不施』，言不釋其罪而久放之也。若訓施行其罪，則非其旨。刻本非是。又，『革孽夏民』，稿本引王夫之：『革夏祚，孽夏民。』刻本引姚永樸：『《高宗肜日》以民指高宗，《酒誥》以民指紂。「革孽夏民」，言夏本宗子，易之使爲庶孽。』案：王逸注：『孽，憂也。言羿弑夏家，居天子之位，荒淫田獵，變更夏道，爲萬民憂患。』當爲確詁。孽非庶孽，刻本誤。《招魂》『陳吴羹』，稿本：『音古郎反。』刻本：『古音郎。』案：羹、郎古同部而不同聲紐。刻本非矣。

四是雖刻本有注而稿本無，然則不如無注，而不在乎其注之有無間矣。如，《離騷》『猖披』，刻本引五臣：『亂也。』稿本無注。案：猖披，緣君輿『捷徑窘步』，猶車覆也，訓『亂』則不確，不如無注。又，『前王』，刻本：『前王即指三后。』稿本無注。案：其義亦未必如是。又，『落英』刻本引吴仁傑：『《爾雅》：「落，始也。」落英，謂始華之時。』案：落英、墜露對文，落猶隕落之義。稿本不注『落』字，是因舊注爲墜落也。又，『申申』，刻本引王逸注：『重也。』稿本無注。案：其義常見，可省。又，『濟沅湘』，刻本引龔景瀚：『必就重華者，舜崩於蒼梧，葬於九疑，皆楚之邊地，亦詩人歌土風之意也。』稿本無注。案：屈子就重華，因嬃所詈鮌事來，謂殛鮌者，乃舜也。故濟沅湘以就之矣，而非『詩人歌土風之意』。則不如無注。又，『遂焉』，刻本引龔景瀚：『《玉篇》：安也。』稿本無注。案：非是。遂焉，舊訓『終以』，亦非。《訟城是》（容成氏）謂湯『陞（升）自戎述（遂），内（入）自北門，立於中□。傑（桀）乃逃之鬲山是（氏）。湯或（又）從而攻之，降自鳴攸（條）之述（遂），以伐高神之門。』戎遂，即《書序》之『陑遂』，指鳴條之遂，有娀之墟。焉，讀作夷，古字通用。《周禮·行夫》『焉使則介之』，鄭注，焉使，『古書曰夷使』。遂夷，九夷之一。《説苑·三權謀》：『湯欲伐桀。伊尹曰：「請阻乏貢職，以觀夏動。」桀怒，起九夷之師以伐之。伊尹曰：「未可。彼尚猶能起九夷之師，是罪在我也。」湯乃謝罪請服，復入貢職。明年，又不供貢職。桀怒，起九夷之師。九夷之師不起。伊尹曰：「可矣。」湯乃興師。伐而殘之，遷桀南巢氏焉。』楚夷，亦九夷也。《訟城是（容成氏）》：『湯於是虖（乎）徵九州之師，以批四海之内，於是虖（乎）天下之兵大起，於是虖（乎）亡宗鹿（戮）族戔（殘）群焉備（服）。』九州之師，即『九夷』也。《漁父》『淈其泥』，刻本引李詳：『《爾雅》：「淈，治也。」治有掘、汨兩義。』案：李氏《楚辭翼注》，並無此説。其引文有誤。治謂之淈，亂亦謂之淈，正反爲訓。是淈有治、亂兩義，非謂『治有掘、汨兩義』矣。

五是稿本有注而刻本無，亦優劣互見。如，《離騷》『不吾與』，稿本：『余呂反。』刻本無注。案：與，本讀上聲，則不必注。又，『此時』，刻本無注，稿本引方績：『古四聲轉用。時，《韻補》收入五《寘》，正與下態字韻。』案：時，本平聲，此與下句去聲『態』相協，故引《韻補》爲證，謂平聲『時』可轉去聲讀。宜不當省。又，《湘夫人》『思公子』，稿本引朱子曰：『韓子以爲娥皇正妃故稱君，女英自宜降稱夫人。』刻本置此注於『帝子降』句下。案：刻本是也。又，《招魂》『麗而不奇些』，稿本：『奇，古音渠禾反。戚學標曰：「奇，亦可聲，从可一變爲奇。凡从可、从奇之字有此兩音。」』刻本無注。案：奇，與羅、歌、荷、離爲韻，皆歌部字，古音讀如可。『渠禾』之音，亦入歌韻。是當有注。又，《少司命》『堂下』，稿本引王夫之：『此喻人之有佳子孫。晉人言芝蘭玉樹欲其生於庭砌，語本於此。』刻本無注。案：二句乃起興之詞，並無興寓之意。又，晉人云云，不關意旨。皆删之可也。《東君》『乘雷』，稿本引洪興祖：『震，東方爲雷爲龍，日出東方，故曰駕龍乘雷。』刻本無注。案：日之駕龍乘雷，必有所本。似不宜删矣。《抽思》『動容』，稿本引錢澄之：『杜甫詩云「風連西極動」，猶此義也。』刻本無此注。案：二者不可類比。刻本删之可矣。《橘頌》『閉心自慎』，稿本引姚鼐：『「閉心自慎」之語，又若以辨釋上官所云「每一令出，平伐其功」之爲誣也。』刻本無此注。案：王逸注『閉心捐欲，敕慎自守』云云，屈子本不當有自伐其功之事。是神來之筆，則不宜删矣。《招魂》『肴羞』，稿本引洪興祖：『肴，骨體又菹也。致滋味爲羞。』刻本無此注。案：若無注，則肴、羞之義不白矣。不宜删之。

六是釋語雖異而義實同。如，《離騷》『吾以降』，稿本：『古音户工反。』刻本：『古音洪。』案：『户工』即音洪。又同『所在』，稿本：『昨宰反。』刻本：『古音止。戚學標曰：「在从才聲。才古讀慈。」』案：在之音『昨宰』『止』『慈』實同。又，『蕙茝』，稿本：『昌改反。』刻本：『同芷。』案：茝、芷音同，祇開合之别。又，『荃不察』，稿本：『音孫。』刻本引洪氏：『荃與蓀同。』案：讀音孫，即蓀字也。又，『數化』，稿本：『古音毁禾反。』刻本：『古音訛。』案：音『毁禾』『訛』古皆同歌部。又，『擥木根』，稿本：『音覽。』刻本：『同攬。』案：攬亦音覽也。又，『畦留夷』數句，稿本：『王逸稱屈原仕懷王爲三閭大夫，三閭之職掌王族三姓，曰昭屈景。原序其譜屬，率其賢良，以厲國士。此言「廣植衆芳」，即指此也。』刻本引方苞：『此喻己所培養滋植之衆賢也。原序其譜屬，率其賢良，以厲國士。則以長育人材爲己任可知矣。』案：二本意實同。《天問》『何宜』，稿本：『古音魚何反。』刻本引戚學標：『宜，古音俄。然俄音微歛，即同泥。』案：『魚何』『音俄』或『音泥』，古皆入歌部。《惜往日》『日得』，稿本引朱子：『得，得志也。』刻本引姚永樸：『得，如《左傳》「得太子適郢」之得，言日見親説於君也。』案：二解雖詳略有别，實皆得志之意矣。

七是稿本、刻本悉異而皆非。如，《離騷》『以爲佩』，稿本引方績：『《廣韻》能，十九《代》；佩，二十《隊》。古代、隊同韻。』刻本：『佩，古音疲。』案：代，古屬之部；隊，古屬脂部。古不同韻。佩，古屬之部；疲，古屬月部。亦非其古韻也。又，『多艱』，稿本：『方東樹曰：「《廣韻》十二《霽》並出替、暜二字，《説文》：譖，怒也。屈子此所用替字，或是譖字之省，音同義近，皆可通。」鄧廷楨曰：「替，當與涕韻。《天問》之『雄虺九首』與『長人何守』爲韻中間二句，則屈子自有此例。」』刻本引戚學標：『艱，籒文作囏，故艱有喜音，與涕、替、茝、悔爲韻。』案：二本皆非。暜，音七感反；譖，音莊陰反。古屬侵部。艱，古屬文部；替，古屬脂部；皆出韻。譖，非替之省。又，茝、悔，古屬之部，當別一韻。此二句倒乙，涕、替古同協脂韻。又，『能調』，稿本引方績：『《韻補》調入一東讀爲同，朱子從之。』刻本：『古音用，平聲。戚學標曰：「《詩》及《韓非子》調皆叶同，調从周聲，或周之本體，从用兼有用音。」』案：二説皆非。洪氏《補注》引《淮南子》『知桀護之所周』，謂《淮南》祖構《離騷》此語，則以『同』爲『周』之訛。是也。《涉江》『贏行』，稿本引姚文田：『行字從庚轉入東韻。』刻本：『行與下央韻。』案：行，當與下以、醢爲韻。行，陽部；以、醢，之部。出韻。二本皆非。行，當『來』字之訛。來、行二字同義，古有異文。贏來，謂裸行也。《招魂》『朕幼清』，稿本引吴汝綸：『朕謂懷王也。』刻本引蔣驥：『朕，原自謂。』案：據王逸《招魂序》，此篇是玉招屈子之魂，非屈原自招或招懷王也。

從稿本至刻本，大致見馬氏著是書之軌迹，皆於《楚辭》研究不無參徵價值。稿本之敘雖與刻本同署『光緒三十一年夏五月』，當作於刻本之前。然不知此稿本何時、何由流落海外，今藏於美國哈佛大學哈佛燕京圖書館，洵可寶矣。（黄靈庚）

# 離騷嫖補注

《離騷嫖補注》者，彭澤陶之所作也。澤陶字葛懷，湖南省平江人。武昌師範學堂畢業，始教於湖北省江陵第八中學、湖南省立第一中學，後爲湖南大學、廣西大學、廣西师範學院等校教授，精於文字音韻語法，終其一生，以教學、著述爲業，別著有《屈原〈離騷〉今譯校注與答問》《李商隱難詩易解》《古漢語語法標例》《孟子標注補》《九歌標注補》《國文名篇讀本》《匡謬正俗新論》《文言文選新法譯解》《風骨論申黄》《釋以意逆志》《中國文字學及其應用》及《釋所》等。

大略以洪氏《補注》爲藍本，未分卷，題曰「嫖補注」，則是二事：嫖者，猶嫖識也，以語法符號作爲解《騷》嫖志，故顔之曰「嫖」也。復所以補《離騷》正文所省字，注前賢所未備，則又曰「補注」也。首爲作於民國二十三年自序，稱「既作《孟子嫖補注》以爲訓解散文之式，因復取《離騷》而嫖補注之，以見此式施於韻文，亦無滯礙」。又稱屈子《離騷》，原本是「有條理」「有敘次」之文，「結構謹嚴而非支離破碎。本義既明，進而辨證事迹，品騭文辭，庶得其實云」。則解《騷》者，語法固是一術，復合字義、史辨、文辭庶事綜合之，則方爲完備矣。末附《史記·屈原列傳》及劉勰《文心雕龍·辨騷》。

是書之「嫖」，爲語法分析，故首措《嫖例》十五則，即「貫述主」「等述主」「空動」「某動」「被動」「意動」「使動」「置動」「爲動」「它自」「變名」「指倒」「語助」「復位」「聯讀」等是也。名目即彭氏所爲，前所未有，而各嫖皆有特殊符號，若「貫述主」者，「與述語相貫之主語嫖號也。其下必有外動詞或無等義之内動詞，以此主語與述語相交貫」，乃以『下』『上』之古文『括其右上角及左下角』，而『下降上升』，如『豈余身之憚殃』之『余身』，爲主語，『憚殃』爲述語，『憚』爲外動詞，『故謂其主語之幖爲貫述主幖』。於此可見其一斑。『補注』者爲二事：一是補正文所省略之義，如『帝高陽』之『帝』上右小字『□』號，左小字『我』字，意謂所省者一『□』，即『我』字也。餘皆例推。二爲注，即字義解詁。或者側於篇中，或因襲舊注。如『朕皇考』下雙行小注：『朕，我也，古者貴賤同稱朕。』案：即出洪氏《補注》。或自出機杼。如『五子用失夫』注：『失當作夫，此也。』凡『補』與『注』相聯處，則以『☒』分隔之。如『孟陬』注『正月爲陬即寅月也☒□月』，意謂『陬』下闕『月』字。或者置於篇末，皆幖序號，總五十四條。蓋皆《離騷》疑難之詞，宜別作通釋，類朱子《辯證》也。先引諸家，而後於『按』下申以己見。若首條釋『離騷』之義云：『《史記·屈原傳》：「離騷者，猶離憂也。」澤陶按：《九歌·山鬼篇》「思公子兮徒離憂」。離，遭也。屈原自述遭受愁苦始末，故以「離騷」命篇。』則蓋自爲之解也。

是書爲《楚辭》專門語法學之作，於《離騷》句法結構剖析入微，且於領會意旨不無裨益也。如，『來吾導夫先路』之『來吾導』，歸屬『復位幖』，指『提置於前之字使復還其本位之幖號也』。據其所幖，則宜作『吾來導』，來，屬『提置於前之字』。案：其説是也。『來吾道』，猶『吾來導』。《離騷》句法，有述語置於主語前者，

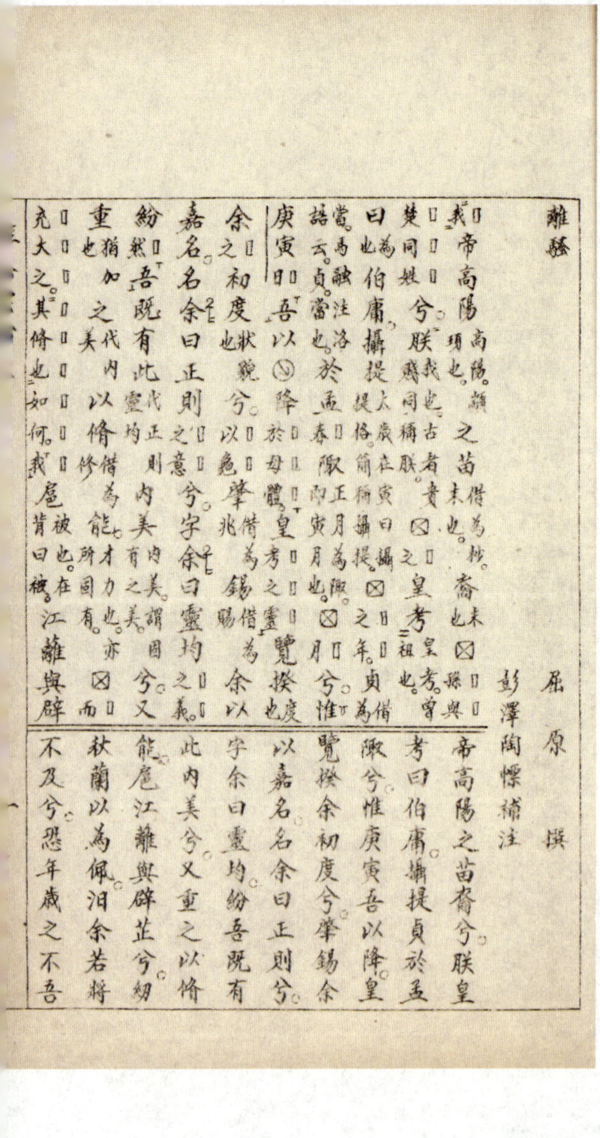
離騷
屈原撰
彭澤陶幖補注
帝高陽之苗裔兮朕皇考曰伯庸攝提貞於孟陬兮惟庚寅吾以降皇覽揆余初度兮肇錫余以嘉名名余曰正則兮字余曰靈均紛吾既有此內美兮又重之以脩能扈江離與辟芷兮紉秋蘭以為佩汨余若將不及兮恐年歲之不吾

『汨余若將不及』即『余汨若將不及』，『步余馬』即『余步馬』，『回朕車』即『朕回車』，『邅吾道』即『吾邅道』，『屯余車』即『余屯車』，『總余轡』即『余總轡』。皆其類也。或解『來』爲屈子招君之來。大謬。然彭氏『汨余若』以下皆未其復位，則亦失察矣。又，『及前王之踵武』之『及』前補『導之』二字。案：是也。自『乘騏驥』以下至此皆以御車爲喻，由『先路』領下『得路』『窘步』『世路』，是屈子爲君輿之御矣。又，『忳鬱邑余侘傺』之『余』，屬『復位幖』，宜作『余忳然鬱邑侘傺』也。案：是也。此《離騷》特有句法，下『曾歔欷余鬱邑』『溘埃風余上征』皆同。又，『歷吉日乎吾將行』，亦屬『復位幖』，猶『吾歷吉日乎將行』者，是也。猶上『周流乎天余乃下』也。

覩是書幖識符號，多繫自創，頗無條理，且不勝其繁。若讀其例，則『空動幖』『某動幖』，類主語省略例；『意動幖』猶意動法，『使動幖』猶使動法，皆屬詞類活用。『置動幖』，指不及物動詞後有賓格也。『爲動幖』，類連動句法。『變名幖』，短語作主語。『指倒幖』，是指『賓格前置』。『復位幖』，是指不順於主述賓之次者也。『聯讀幖』者，指數動詞連用也。既承馬氏《文通》，何不因襲其術語以利讀者之便耶？至其補闕，則以意逆之，未可憑信。如，『孟陬』之『孟』補『春』字，『陬』下補『月』，謂作『孟春陬月』，不辭之甚。又，『脩能』下幖補『而充大之，其脩也如何』，絶似蔓辭。又，『紉秋蘭以爲佩』下幖補『於腰』二字，似爲蛇足矣。又，『汨余若將不及』之『汨』下補『然』字。案：非是。『汨余』猶『來余』句法，猶余汨也。汨，述語，謂疾行也。若加『然』，則爲狀字矣。又，『先路』下補云：『何以必如是耶？有二義焉：一、賢才，國之寶也，爲政者宜多培養之。二、人之所行，必由正大之道，不可入於邪僻之徑。』案：何以知其如是耶？終是臆測。又，『而得路』之『得』下幖補『川上之』三字，以爲堯舜所得之路在川上。謬矣。又，『余成言』下幖補『國政』二字。案：成言，朱注謂『成其要約之言』，以男女婚姻比君臣，是比也。不可直以『國政』解之。若是之類，則不勝舉矣。

彭氏於篇中小注，時出新義，見其雖因循舊注，而猶斟酌取舍，且獨出機杼，未作人云亦云，蓋亦訓詁家本色。如，『撫壯而棄穢兮』注云：『「扈江蘺與辟芷紉秋蘭以爲佩」「朝搴阰之木蘭夕攬中洲之宿莽」，皆「棄穢」之事。』案：頗切本旨。又，『敗績』注：『車覆曰敗績。』案：是也。趙一清云：『敗績，覆車也。《禮》有「馬驚敗績」，《傳》有「敗績壓覆是懼」。』又，『余既滋』注：『滋，借爲蒔。』案：是也。王逸注訓爲蒔，蓋亦通假之義。《説文・艸部》：『蒔，更別種。从艸、時聲。』段注：『今江蘇人移秧插田中曰蒔秧。』滋蘭，即蒔蘭。蒔之從時聲，時爲更替、更別。《莊子・徐無鬼篇》：『堇也，桔梗也，雞廱也，豕零也，是時爲帝者也。』《淮南子・説林訓》：『譬若旱歲之土龍，疾疫之芻狗，是時爲帝者也。』《齊俗訓》：『見雨則裘不用，升堂則蓑不御，此代爲帝者也。』三例句法結構相同，以類證之，時，猶代也。故蒔字解『更別種』。又，『羌』字注：『乃也，今俗隨音變作卻。』案：其説是也。羌、卻陽、鐸平入對轉，同溪紐雙聲。《説文・虫部》：『⿰虫卻，渠⿰虫卻，一曰：天社。从虫、卻聲。』《爾雅・釋蟲》：『蛣蜣，蜣蜋。』《玉篇・虫部》以『⿰虫卻』『蜣』同字。蜣，羌聲。羌、卻古字通用。《卩部》：『卻，卩卻也。』段注：『卩卻者，節制而卻退之也。』虚化爲逆轉之詞。而楚人語卻爲羌，漢世爲卿、慶，類今『竟然』。魚、陽對轉或作詎。廣韻上聲第八語韻：『詎，豈也。』即卻之音轉。《口部》：『噱，大笑也。從口、豦聲。』《廣雅・釋詁》：『⿰亻卻，笑也。』⿰亻卻，從人、卻聲。比例卻、遽可通。《史記・司馬相如列傳》『徼谻受詘』，《集解》引徐廣：『谻音劇。』谻即⿰亻卻字。劇，豦聲。却、遽亦例得通用。羌及詎、鉅、渠、巨、距、遽等並卻字虚化，用爲逆轉語詞。施於問句，羌之解何、豈、何爲。而詎、渠、巨、鉅、距、遽諸字但施於問句。施於非問句者，羌之解乃、反、却也。又，『工巧』注：『工亦巧也。』案：是也。工巧，平列同義。巧，謂工師、工匠。《墨子・非儒下》『巧垂作舟』，《北堂書鈔》卷一百三十七《舟部》『舟總篇』條引《墨子》作『工倕』。《莊子・胠篋篇》曰：『攦工倕之指』，《釋文》：『倕，堯時巧者也。』巧，工也。工巧，工匠之通稱。《韓詩外傳》：『賢人易爲民，工巧易爲材。』賢人、工巧，儷偶相對。工巧，工匠也。《漢書·食貨志》上：『過使教田太常、三輔，大農置工巧奴與從事，爲作田器。』謂工匠之奴作田器。而此謂時世之工匠皆背棄規矩而改作也。又，『以爲常』之『常』注：『當作恒。』案：是也。孔廣森《詩聲類》：『若《離騷》，「余獨好脩以爲常」「豈余心之可懲」，則本「恒」字，漢人避諱改爲常耳。慎勿又據爲陽可通蒸也。』《郭店楚墓竹簡》凡恒常義皆作恒。《老子》（甲本）『知足之爲足，此恒足矣』；『是故聖人能輔萬物之自然，而弗能爲，道恒亡爲也』；『道恒亡名，朴雖微，天地不敢臣』。長沙馬王堆漢墓帛書甲、乙二本《老子》亦同，其爲漢初本，在文帝前，今諸通行本《老子》皆改作『常』。又，《郭店楚墓竹簡·五行篇》：『□而不傳，義恒□□。』《魯穆公問子思篇》：『子思曰：「恒稱其君之亞（惡）者，可謂忠臣矣。」』《成之聞之篇》：『古之用民者，求之於己爲恒。』《尊德義篇》：『因恒則固。』又：『凡動民必順民心，民心有恒。』皆用恒不用常也。又，『孰云』注：『或也，云訓或，見《經傳釋詞》。』案：其説是也。或者，猶有也。言孰有察我之中情者耶。又，『茂行』之『茂』注：『勉也。見《爾雅》。』案：是也。茂，通作懋。《爾雅·釋詁》：『茂，勉也。』《釋文》：『茂字，又作懋。』《釋訓》：『懋懋、慔慔，勉也。』《釋文》：『懋，古茂字。』懋行，勉其行也。王注『盛德之行』云云，非其旨矣。又，『留有虞之二姚』之『留』注：『讀爲流，求也。』案：是也。留、流古書通用。《關雎》『左右流之』，毛《傳》：『流，求也。』又，『哲王又不寤』之『寤』注：『遇也，借爲遻。』案：其説是也。此因求君不遇而言之。寤、遻古書通用。《爾雅·釋言》：『遻，寤也。』《釋文》：『遻，孫本吾作午。』《左傳》隱公元年『莊公寤生』，朱駿聲《左傳補注》：『寤生，遻生也。』皆相通之證。又，『既珵美之能當』，注云：『當，讀爲黨。知也。見《方言》。』案：其説韙矣。《方言》：『黨、曉、哲，知也。楚謂之黨，或曰曉，齊宋之閒謂之哲。」郭璞注：『黨，朗也，解寤貌。』錢繹《箋疏》：『今人謂知爲懂，其黨聲之轉歟？』此言世俗不能知珵美也。

篇末五十四條注釋，考證詳悉，旁紹遠引，精義紛呈，尤見功力。如，『夫惟』爲『夫以』，云：『澤陶按：本篇：「指九天以爲正兮，夫惟靈脩之故也。」又云：「夫惟聖哲以茂行兮，苟得用此下土。」《老子》：「生而不有，爲而不恃，功成而不居。夫惟不居，是以不去。」又云：「夫惟不爭，故無尤。」又云：「夫惟不爭，故天下莫能與之爭。」又云：「夫惟兵者不祥之器，物或惡之，故有道者不處。」又云：「夫惟嗇，是以蚤服。」又云：「夫惟大，故似不肖。」又云：「夫惟無知，是以不我知。夫惟不我知。夫惟不厭，是以不厭。」惟，皆當訓以。《孟子・滕文公下篇》：「是故知我者，其惟《春秋》乎？罪我者，其惟《春秋》乎？」《史記・孔子世家》：「後世知丘者以《春秋》，而罪丘者亦以《春秋》。」惟即以也。《經傳釋詞》亦云：「惟，猶以也。」《書・盤庚》曰：「亦惟女故，以丕從厥志。」《詩・狡童》曰：「維子之故，使我不能餐兮。」僖二年《左傳》曰：「冀之既病，則亦唯君故。」五年曰：「桓莊之族何罪？而以爲戮，不唯偪乎？」是也。又按：惟、維、唯字通。』案：其說是也。朱季海《楚辭解故》亦用此說，以『夫惟』表因、『是故』表果，爲屈賦、《老子》特有句式。且視如楚語，蓋亦由是啓發矣。又，『陸離』爲『長貌』，引王念孫《讀書雜志》云：『王注曰：「陸離，猶參差，衆貌也。」念孫案：陸離有二義：一爲參差貌；一爲長貌。下文云「紛總總其離合兮，斑陸離其上下」，司馬相如《大人賦》云「攢羅列聚，叢以蘢茸兮；衍曼流爛，痑以陸離」。皆參差之貌也。此云「高余冠之岌岌兮，長余佩之陸離」。岌岌爲高貌，則陸離爲長貌，非謂參差也。《九章》云：「帶長鋏之陸離兮，冠切雲之崔嵬。」義與此同。』案：其說是也。聲之轉或作淋灕，《哀時命》：『冠崔嵬而切雲兮，劍淋漓而從横。』章句：『淋漓，長貌也。』或作綝纚（詳《九懷・通路》）、淋灑（《文選・洞簫賦》『被淋灑其靡靡兮』，李善注：『淋灑，不絶貌。』）宜乎因聲以求，不爲其字所蔽也。又。『往觀四荒』注云：『《白虎通・諫諍篇》：「《援神契》曰：三諫待放，復三年，盡惓惓也。」言放者，臣爲君諱，若言有罪而放之也。所諫事已行者，遂去不留。凡待放，冀君用其言耳。事已行，菑咎將至，無爲留之也。屈原待放，亦冀懷王用其言耳。乃所諫止之事，懷王既行之矣，屈原無爲留之也。故將往觀於四荒，以求賢君。然篇末云：「陟升皇之赫戲兮，忽臨睨夫舊鄉。僕夫悲余馬懷兮，蜷局顧而不行。」終不忍去楚而適他國。此則屈原忠愛之意固結於心，又以與楚同姓故也。』案：彭氏以『往觀四荒』爲寓其待放冀還之意，求帝以比求返懷王，求女以比求賢，雖同王逸舊注，然以『待放』説之，似較逸説爲優矣。

《離騷》字義訓詁，漢注已備。後世雖有所辨駁，不過於君臣大義敷演之，至於字義而多延襲之。或動輒斥漢師之謬者，反以不謬爲謬矣。彭氏好爲新解，則亦不免蹈襲是弊。如，濫用通假。如，『苗裔』注：『苗，借爲杪，末也。』案：王逸注：『苗，胤也。裔，末也。』朱子《集注》：『苗裔，遠孫也。苗者，草之莖葉，根所生也。裔者，衣裾之末，衣之餘也。』蓋苗爲初生之禾，故引申爲胤嗣。裔爲衣之邊，故引申末後。不必濫借爲杪矣。又，『攝提貞于』注：『貞，借爲當。』案：王逸注：『貞，正也。』正，即正當之義。不必濫假爲『當』也。又，『忽其』注：『疾也，借爲颮。』案：忽、颮古今字，古本但作忽。又，『謇謇』注：『正作蹇，借爲侃，剛直也。』案：謇謇、蹇蹇並同，漢馬王堆帛書本《易》作『王僕蹇蹇』，蹇，蹇之別文。《張家山漢墓竹簡・二年律令・盜律》『跛蹇』字亦作『蹇』。又，《戰國楚竹書》（三）《周易》作『王臣訐訐』，則在西漢以前字無定形，宜乎求之於音。《郭店楚墓竹簡・性自命出篇》：『有其爲人之迎迎如也，不有夫柬柬之心則采；有其爲人之柬柬如也，不有夫恒怡之志則縵。』又曰：『君子執志必有夫生生之心，出言必有夫柬柬之信，賓客之禮必有夫齊齊之容，祭祀之禮必有夫齊齊之敬。』柬柬，猶訐訐、謇謇，忠愨貌也。聲之轉又作拳拳、款款、空空、愨愨、懇懇、區區、悃悃、叩叩，皆聲之轉。前修有言，連語之字義存乎聲，不在其形，宜因聲求義，不拘其形體矣。又，『數化』注：『數，借爲速。」案：數，本有疾速之義。是濫用通假也。『伏清白』之『伏』注：『借爲踣，僵屍也。』案：非是。伏，通作服，謂服行也。又，『集芙蓉』之『集』注：『借爲緝，合也。』案：集本有合義，毋用改作緝也。又，『博謇』注：『博，借爲捕，取也。』案：非是。王逸『博采往古』云云，謇，通作搴。博搴，言博采也。又，『計極』注：『計，當作紀，借作極。』案：若作『極極』，不辭矣。計，當作許，通作所。極，敬也。所極，謂所敬愛也。又，『媮樂』注：『媮，取也。』案：非是。王本作『偷』，注云：『苟且也。』猶僥幸之意。故偷樂者，謂得過且過，圖目前一得之樂矣。又，『來御』注：『止也。見《左氏·襄四年傳》「季孫不御」注。』案：非也。王注御訓迎，未可移易。洪氏《補注》：『御，讀若迓。』《包山楚簡》迎迓字皆作『御』。又，『所同』『能調』注：『調與同，古韻偶相通。』案：非也。同，東部；調，幽部。則出韻。段氏《六書音均表》説以通韻。亦失之旨。洪氏《補注》引《淮南子》『知椉矱之所周』，意謂《淮南》祖構《離騷》此語，以『同』爲『周』之訛矣。甚是。又，『未央』注：『盡也，借爲竟。』案：《説文·冂部》：『央，中也。』引申之爲終、爲止。《春秋繁露·循天之道篇》：『中者，天下之所終始也。』《九歌·雲中君》『爛昭昭兮未央』，王注：『央，已也。見其光容爛然昭明，無極已也。』謂借爲竟，無徵不信矣。又，『肇錫余』之『肇』字注：『肇借爲兆者，《虞書》「肇十有二州」，《書大傳》「肇」作「兆」。《詩》「后稷兆祀」，《禮記·表記》引作「兆祀」。是肇、兆二字古通借也。《説文》：「兆，灼龜坼也。」劉向《九歎》：「兆出名曰正則兮，卦發字曰靈均。」是屈子名字卜於皇考廟而得也。』案：此説發端於陳第《屈宋古音韻》，陳直《拾遺》、聞一多《校補》亦用此説，然皆未明出處，抑殊途同歸，古今巧合耶？第之書非尋常之作，諸君當得見之。何以皆抹其名耶？

是書爲民國三十二年六月國記印刷局石印本，原爲『芑詒珍藏』，今見藏於國家圖書館。（黄靈庚）

# 讀楚辭·楚辭人名考

《讀楚辭》《楚辭人名考》者，皆俞樾之所作也。樾，字蔭甫，晚號曲園居士。浙江德清人。幼從母教，習《論》《孟》《禮記》等書。十歲，師於戴貽仲，爲時文。既而，隨父至常州讀書，通群經大義。十六歲，補縣學生。十七歲，中鄉副榜。道光二十四年甲辰，中舉人。三十年庚戌，中進士，授翰林院庶吉士。咸豐二年壬子，散館，授編修。五年乙卯，任國史館協修。同年，簡放河南學政。七年丁巳，御史曹登庸彈劾其『試題割裂經義』，罷歸。嗣後，習讀高郵王氏之作，專心經学。同治三年甲子以後，歷主蘇州紫陽、上海求志、德清清溪、歸安龍湖等書院講席，又主杭州詁經精舍，以實學課諸生，章炳麟、黄以周、張佩倫、繆荃孫、吴昌碩、朱一新、吴大澂、譚獻等皆入其門牆。光緒二十九年癸卯，復其翰林院編修職。三十二年丙午十二月二十三日卒於蘇州。俞氏自罷歸，以講學著述爲業，每竟一歲，皆有寫竟之書刊行於世。其學師法王念孫父子，正句讀、審字義、通假借，與永嘉孫詒讓齊名，並爲清季國學之殿軍也。亦工詩文，兼及小説、戲劇、書法篆隸。著述甚豐，經學有《群經平議》三十五卷，子學有《諸子平議》三十五卷，別有《第一樓叢書》三十卷、《曲園雜纂》五十卷、《俞樓雜纂》五十卷、《賓萌集》十卷、《春在堂雜文》四十三卷、《春在堂詩編》二十三卷、《詞録》三卷、《隨筆》十卷、《尺牘》六卷、《楹聯録存》六卷、《四書文》一卷、《右台仙館筆記》十六卷、《茶香室叢鈔》九十六卷、《茶香室經説》十六卷等三十餘種。事載《清史稿》卷四百八十二《儒林傳》及《清儒學案》卷一百八十三《曲園學案》。

《讀楚辭》爲俞氏讀王逸《楚辭章句》札記，都四十一條：《離騷》八條，《九歌》六條，《天問》五條，《九章》七條，《遠遊》二條，《卜居》一條，《九辯》三條，《招魂》三條，《大招》一條，《七諫》二條，《九歎》二條，《九思》一條。不肯因依王氏，於舊注多所駁正，藉以發明新義。大抵亦戴王之學套數，屬『正句讀』『審字義』『通假借』之家法。所謂『正句讀』者，如，《招魂》『巫陽對曰：「掌夢。」』王逸注：『巫陽對天帝曰：「言招魂者，本掌夢之官所職主也。」』又，『上帝其命難從』，王逸注：『言天帝難從掌夢之官，欲使巫陽招之也。』案：俞氏云：『王注未是。巫陽對曰「掌夢」，此乃巫陽自述其所職掌也。《列子·周穆王篇》注曰：「神之所交謂之夢。」上文言上帝欲使巫陽筮予之，巫陽以精神交接之事本己所職掌，無取乎筮，故曰「上帝其命難從」。又申言之曰：「若必筮予之，恐後謝之，不能復用」。言必筮而予之，則後人惟以筮爲事，將謝去巫陽，而不能復用也。下云「巫陽焉乃下招曰」七字爲句。焉乃，猶言於是也。說本王氏引之《經傳釋詞》，又，「恐後謝之」句，或作「之謝」，或無「之」字。愚按：當作「恐後謝之」，予與謝爲韻。「若必筮予之」「恐後謝之」，二句韻語也。』俞説是也。『巫陽焉』三字當屬下。

讀楚辭　俞樓襍纂弟二十四　德清俞樾

離騷經字余曰靈均王逸注曰靈神也均調也愚按屈原名平自取高平曰原之義此均字當讀畇畇原隰之畇

朝搴阰之木蘭兮注曰阰山名愚按下句夕攬洲之宿莽洲非水名則阰亦非山名阰者坒之叚字說文土部坒地相次比也地相次比謂之坒水中可居者謂之洲皆非實有可指之地也

不撫壯而棄穢兮注曰年德盛曰壯棄去也穢行之惡也以諭讒邪百草爲稼穡之穢讒佞亦爲忠直之害也洪興祖謂文選無不字又引五臣云撫持也言持盛壯之年廢棄道德用讒邪之言爲穢惡之行愚按今文選亦有不字蓋李善本與五臣異也詳其文義似以無不字爲長惟王注及五臣注義均未合禮記文王世子篇鄭注曰撫有也撫壯而棄穢此撫字乃撫有之撫此棄字乃自暴自棄之棄言撫有壯盛之年而自棄於穢濁之地也

願依彭咸之遺則注曰彭咸殷賢大夫諫其君不從自投水而死愚按彭咸事實無可考特以屈子云願依彭咸之遺則而屈子固投水而死者故謂彭咸亦投水而

俞樓二十四　一

從、寥、用三字爲韻。若屬上，出韻也。今多從王注以屬上者，因舊之訛也。然『恐後之謝』改爲『恐後謝之』，則亦失之。後之謝，猶後謝也。有『之』字者，乃重『謝』之詞氣也。『後謝之』之『之』，爲賓詞，則與『予』字出韻也。又，《九思·逢尤》『思丁文兮聖明哲』，王逸注：『丁，當也。文，文王也。心志不明，願遇文王時也。』案：俞氏云：『《九思》本王逸所作，而逸即自爲之注。自作自注，殊屬可疑。今以此注考之，則知其決非逸所注也。此文云「思丁文兮聖明哲，哀平差兮迷謬愚。呂傅舉兮殷周興，忌嚭專兮郢吳虛」。四句中每句有兩古人，而四句實止兩事。丁者，武丁也。文者，文王也。呂者，呂尚也。傅者，傅説也。忌者，費無忌也。嚭者，宰嚭也。武丁舉傅説而殷興，文王舉呂尚而周興，故「思丁文兮聖明哲」也。平王用費無忌而楚爲虛，夫差用宰嚭而吳爲虛，故「哀平差兮迷謬愚」也。文義甚明，而注者乃不知丁爲武丁，以當釋之。使逸自作自注，何至有此謬乎？』俞氏審諸句法，以爲四句中每句首二字皆並列爲二古人名，『丁文』之丁，非『當』也。又以文、注乖剌若此，則注亦斷非

至經五千言上至經之名他書亦未見也
黃繚　李云賢人也

楚辭人名考　俞樓襍纂弟三十　德清俞樾
古帝王
伏羲　見大招又曰皇羲見九思王逸注曰羲皇也
女媧　見天問
軒轅　見遠遊九思等篇
高陽　見離騷經遠遊七諫九歎等篇
高辛　見離騷經九章等篇注曰帝嚳有天下之號也
嚳見天問篇
堯　見離騷經天問九章七諫九懷等篇
舜　見離騷經天問九章七諫九懷九歎等篇又曰重

作文者所爲也。所謂『審字義』者，如，《九歌・大司命》『吾與君兮齋速』，王逸注：『齋，戒也。速，疾也。言己願修飾急疾齋戒，侍從於君。』案：俞氏云：『此未達古義。「齋遬」二字連文，即齊遬也。《禮記・玉藻篇》「君子之容舒遲，見所尊者齊遬」。鄭注曰：「謙慤貌也。遬猶蹙蹙也。」《正義》曰：「齊謂齊齊，速謂蹙蹙，言自斂持，不敢自寬奢，故注云謙慤貌也。」詳鄭、孔之説，非急疾齊戒之謂。古書或作「齊肅」。《國語・楚語》「故齊肅以承之」是也。或作「齊宿」。《孟子・公孫丑篇》「弟子齊宿而後敢言」是也。並字異而義同。皇氏解《禮》「齊遬」謂「裳下蹙斂」，趙氏解《孟子》「齊宿」謂「素持敬心」。蓋古語之失傳也久矣。』其説『齋速』之義爲『謙恭』者，確乎不可移易矣。又，《九章・橘頌》『蘇世獨立，横而不流兮』。王逸注：『蘇，寤也。言屈原自知爲讒佞所害，心中覺寤，然不可變節，猶行忠直，横立自持不隨俗人也。』案：俞氏云：『即如其説，則蘇字之義不貫矣。此蘇字當訓啎。寤、啎與蘇聲並相近。然寤世之義不可通。啎，即今忤字。啎世，言與世俗相忤也。蘇得訓「啎」者，《荀子・議兵篇》：「順刃者生，蘇刃者死。」蘇與順對文，則蘇者逆也，故爲啎矣。』其説是也。然謂『寤、啎與蘇聲並相近』者，非也。蘇，心紐，啎、寤皆疑紐，聲不同矣。《荀子》楊注：『蘇讀爲傃，傃，向也。』向，相反爲義，面向爲向，背面亦爲向矣。又，《九辯》『收恢台之孟夏兮，然欿傺而沈藏』。案：俞氏云：『自來説者，均不及「然」字之義。然，猶焉也。《禮記・檀弓》「穆公召縣子而問然」，注曰：「然之言焉也。」《楚辭》每以「焉」字爲發端之辭。《九章》曰「焉洋洋而爲客」，又曰「焉舒情而抽信兮」，皆是也。此用「然」字，亦與用「焉」字同。下篇曰「然中路而迷惑兮」，又曰「然惆悵而自悲」。他篇類此者，不可勝舉，皆發端之詞，與今人用「然」字異。』其説是也。然、焉亦一聲之轉。所謂『通假借』者，如，《離騷》『朝搴阰之木蘭兮』，王逸注：『阰，山名。』案：俞氏云：『下句「夕攬洲之宿莽」，洲，非水名，則阰，亦非山名。阰者，坒之叚字。《説文・土部》：「坒，地相次比也。」地相次比謂之坒，水中可居者謂之洲，皆非實有可指之地也。」其以『阰』爲『坒』之假借，可備爲一説也。又，『僕夫悲余馬懷兮』，王逸注：『僕，御也。懷，思也。屈原設去世離俗，周天匝地，意不忘舊鄉，忽望見楚國，僕御悲感，我馬思歸，蜷局詰屈而不肯行。』案：俞氏云：『以「懷思」屬馬，言甚爲無理。懷，當讀爲瘣。《説文·疒部》：「瘣，病也。」一引《詩》曰「譬彼瘣木」。今《詩》作「壞」。本以「懷」爲「瘣」，猶以「壞」爲「瘣」也。「僕夫悲余馬瘣兮，蜷局顧而不行」。蓋託言馬病而不行耳。《詩》云：「陟彼砠兮，我馬瘏兮，我僕痡兮，云何吁矣。」騷人之辭，即本之《詩》也。』其以『懷』爲『瘣』，且得與《詩》義相發，可謂一錘定音矣。《惜誦》：『衆駭遽以離心兮，又何以爲此伴也；同極而異路兮，又何以爲此援也。』王逸注：『伴，侶也。身無伴侶，特立於世也。援，引也。言忠佞之志不相援引而同也。』案：俞氏云：『此望文生訓，未達古義。伴援，本疊韻字。《詩·皇矣篇》「無然畔援」，鄭箋云：「畔援，猶跋扈也。」《釋文》引《韓詩》云：「武，强也。《玉篇》引作『無然伴换』。」《卷阿篇》「伴奐爾遊矣」，《訪落篇》「繼猶判涣」。伴奐、判涣，並即伴换，亦即畔援也。形況之詞，初無定字，亦無達詁，故美惡不嫌同辭。《論語·先進篇》「由也喭」，鄭注曰：「子路之行失於畔喭。」《正義》曰：「舊注作吚喭，《字書》：吚喭，失容也。」畔喭、吚喭，亦即畔援也。屈子疾時人之跋扈，故以伴援譏之。一則曰「又何以爲此伴也」，再則曰「又何以爲此援也」。文異而義實同，亦猶風人之詞分爲三章、四章而無異義也。解者不達古義，望文生訓，殊非其旨矣。』以爲『伴援』本連語，『此伴』，猶『此伴援』；『此援』，亦猶『此伴援』，一詞分屬爲二，並無異義。其説足破千古之惑矣。

俞氏治《楚辭》，不啻於句讀、字義、假借三端，而於《楚辭》文本校訂、史實考證、名物制度等方面亦多所論及，且有所發明。如，《離騷》『不撫壯而棄穢兮』，洪興祖謂《文選》無『不』字，又引五臣云：『撫，持也。言持盛壯之年，廢棄道德，用讒邪之言，爲穢惡之行。』案：俞氏云：『今《文選》亦有「不」字，蓋李善本與五臣異矣。詳其文義，似以無「不」字爲長。唯王注及五臣注，義均未合。《禮記·文王世子篇》鄭注曰：「撫，有也。」撫壯而棄穢，此「撫」字乃「撫有」之撫，此「棄」字乃「自暴自棄」之棄，言撫有壯盛之年，而自棄於穢濁之地也。』其説可備爲一解。又，《惜誦》：『疾親君而無他兮，有招禍之道也。』王逸注：『言己疾惡讒佞，欲親近君側，衆人悉來害己，有招禍之道，將遇咎也。』案：俞氏云：『疾，乃矦字之誤，語詞。《詩·下武篇》《蕩篇》，毛《傳》、鄭《箋》並曰：「矦，維也。」屈子自言己之志，維親君而無他，此招禍之道也。古文矦作「医」，與「疾」相似，故形近而誤。《周禮·大行人》「立當前疾」。疾，亦矦字之誤。説詳惠氏《禮説》。』其説是也。又，《九歎·愍命》『逐下袟於後堂兮』，王逸注：『下袟，謂妾御也。』案：俞氏云：『下袟，未知何義。洪氏《補注》曰：「《集韻》：袟音秩，祭有次也。」則亦與「妾御」何涉乎？《説文》《玉篇》均無「袟」字。袟，疑「袠」字之誤，即衺字也。衺，從衣、失聲，變而爲左形右聲，又誤衣旁爲示旁耳。下袠，即下陳也。《廣韻》：陳，直珍切。袠，直一切。陳與直，雙聲。袠與直亦雙聲。故陳得轉而爲衺。世人習見「下陳」，罕見「下衺」。王注之義，遂不可曉矣。』俞氏以『袟』爲『袠』字之訛，是也。然袠、陳相通，古書無徵。袠，通作佚，美也。下佚，謂在下美女，故曰『妾御』之屬也。

彭咸其事其人，於揭橥《楚辭》要旨、屈子精神，關係至大，自來聚訟紛紜。俞氏以爲《離騷》『願依彭咸之遺則』，非效法彭咸投水而死，止言取法前賢而已，而詳作辨證。云：『彭咸事實，無可考，特以屈子云「願依彭咸之遺則」，而屈子固投水而死者，故謂彭咸亦投水而死，竊恐其誣古人矣。上文云：「謇吾法夫前修兮，非世俗之所服。」此云：「雖不周於今之人兮，願依彭咸之遺則。」則四句相承，而言「不周於今之人」，即所云「非世俗之所服」也。「願依彭咸之遺則」，即所云「謇吾法夫前修」也。王解「法前修」，爲上法前世遠賢，然則彭咸必古之賢人，屈子素所師法者，豈必法其投水而死乎！當屈子之作《離騷》尚在懷王時。及懷王死，頃襄王立，屈子尚冀幸君之一悟，俗之一改，豈在懷王時早有死志乎？即謂死志早定，然死亦多術矣，何必定取一投水而死之古人以爲法乎？至其後爲襄王遷之江南，乃投汨羅而死，去作《離騷》時遠矣。今按《楚辭》言彭咸者非一，《離騷》末云「既莫足與爲美政兮，吾將從彭咸之所居」。此言今人不足與有爲，吾將從古人，非必從之死也。《抽思篇》曰：「望三五以爲像兮，指彭咸以爲儀。」王注解上句曰：「三王五伯，可修法也。」蓋言三五，古之賢君；彭咸，古之賢臣；可象可儀耳。若儀彭咸，是效其投水而死，然則象三五又何所取乎？他如《思美人篇》曰：「獨煢煢而南行兮，思彭咸之故也。」《悲回風篇》曰：「夫何彭咸之造思兮，暨志介而不忘。」又曰：「孰能思而不應兮，照彭咸之所聞。」皆無從投水之意。惟其下文曰：「凌大波而流風兮，託彭咸之所居。」意似近之。然其下即曰：「上高巖之峭岸兮，處雌蜺之標顛。」既思投水，何又思登山乎？蓋登山涉水，皆是從彭咸之所居。於水言彭咸，而於山則舉雌蜺以儷之。此古人文法之不拘，猶云「伯夷叔齊雖賢，得夫子而名益彰；顔淵雖篤學，附驥尾而行益顯」。上句言夫子，下句變言驥尾，顧亭林所謂「回避假借」之法也。屈子之從彭咸，止是取法前賢，即夫子「竊比老彭」之意。乃因屈子是投水而死之人，遂謂其所效法者，亦必投水而死，固矣夫高叟之爲詩也。其下又云：「求介子之所存，見伯夷之放迹」。此二子亦豈投水而死者乎！太史公曰：「乃作《懷沙》之賦，遂自投汨羅以死。」《懷沙篇》末云：「知死不可讓，願勿愛兮。」然則《懷沙》一賦，殆其絶筆，史公之言，必有所據，而篇中無一語及彭咸，是其平時之效法彭咸，非效其死亦可見矣。然則屈子何以惓惓於彭咸也。彭咸，疑彭祖之後，與屈子同出高陽，故一再言之，親切而有味也。』俞氏又以彭咸、彭祖即一人，云：『彭祖名鏗。鏗從堅聲，《廣韻》堅音古賢切。而從咸得聲之字緘、繫、瑊、黬、⿰黑箴，並音古咸切。則咸與堅亦雙聲也。《廣韻》「緊」字下注云：「慳悋。」是緊即慳矣。彭咸，或即彭鏗乎？《論語》「竊比於吾老彭」，包注：「老彭，殷賢大夫。」邢疏以爲即彭祖。而王逸解彭咸亦云「殷賢大夫」，其投水而死之事因屈子附會。至「殷賢大夫」四字，則必有所受之。《離騷》之彭咸，《論語》之老彭，同爲殷賢大夫，或一人與？《尚書》「巫咸乂王家」，而《山海經·大荒西經》言巫咸，又言巫彭。《海内西經》言巫彭，不言巫咸。疑本一人。巫者，其官也。緊氏言之曰巫彭，緊名言之曰巫咸耳。然則《離騷》之彭咸，或又即《尚書》之巫咸與？古事無徵，不可質言，姑存其説如此。』案俞氏此説，蓋因明汪瑗《楚辭集解》而敷演之。然王注以彭咸爲投水而死，當有所據依。謂固屈子投水而死附會，亦失之無據也。惟此説言之似成理，姑且存之聊備一解，亦不廢增廣異聞耳。詳其説似未密。若謂『於水言彭咸，而於山則舉雌蜺以儷之』云，蓋不識古人雖爲水死亦猶登山也。出土於長沙陳家大山戰國楚墓《人物龍鳳帛畫》，中畫一婦人，側立，高髻細腰，廣袖寬裾，合掌祈禱，足蹈殘存半月形之舟，而舟若在水上行駛狀。出土於長沙子彈庫戰國楚墓《人物御龍圖》，中畫男子，側立，危冠束髮，博袍佩劍，手持韁繩，御一龍，而龍似『乙』字形之龍舟狀，人立於龍脊之上，若在水中行。即皆爲上征飛天之圖，亦猶登山也。故登山、涉水雖若爲二，而亦一事也。又，咸、緘、緊、瑊、黬、黵等字雖與鏗雙聲，然咸、緘、緊、瑊、黬、黵等古屬談部，鏗屬真部，相去甚遠，無由通假。謂彭鏗、彭咸本一人，無徵不信矣。《山海經》所載十巫，巫彭、巫咸自是二人，亦非『緊氏言之曰巫彭，緊名言之曰巫咸』也。

俞氏雖晚清文獻名家，然觀其治學之弊，好逞私臆，輕違古義。或濫用通假，或求之過深，反致詰詘不通。其治《楚辭》，蓋亦未能免。如：

《離騷》『字余曰靈均』，俞氏云：『此均字，當讀爲「畇」。畇，原濕之畇。』案：王逸注：『均，調也。言正平可法則者，莫過於天。養物均調者，莫神於地。高平曰原，故父伯庸名我爲平，以法天；字我爲原，以法地。』其説自通，無需藉假借以解之。必若求其本義，亦非畇字。《文選·嘯賦》『音均不恒』，李善注：『均，古韻字也。』又引晉灼《子虛賦》注：『均與韻同。』均，調和音樂之器。信陽楚簡『乃教均』，言教以和調音樂之器。《國語·周語》下，王將鑄無射，問律於伶州鳩。對曰：『律，所以立均出度也。』韋注：『均者，均鍾，木長七尺，有弦繫之以均鍾者，度鍾大小清濁也。』引申之爲調、和。賈生《惜誓》『二子擁瑟而調均兮』，王注：『均亦調也。』古之音樂具宗教情愫，有交通先神、上帝之特殊功用。《山海經·大荒西經》謂『夏后開上三嬪於天，得《九辯》與《九歌》以下』。《呂氏春秋·古樂篇》謂帝堯『乃命質爲樂，質乃效山林谿谷之音以歌，乃以麋䩉置缶而鼓之，乃拊石擊石，以象上帝玉磬之音，以致舞百獸』。又，《周禮·大司樂》：『掌成均之灋，以治建國之學政，而合國之子弟焉。凡有道者有德者使教焉；死則以爲樂祖，祭於瞽宗。以樂德教國子：中、和、祗、庸、孝、友。以樂語教國子：興、道、諷、誦、言、語。以樂舞教國子：舞《雲門》《大卷》《大咸》《大磬》《大夏》《大濩》《大武》。』言古之樂教也。成均，即成調，樂之所以成調者，以『中正』爲極致。《周語》下：『道之以中德，詠之以中音。』調和音樂使之成均者，必出於『中正』之非常人。屈子名曰『正則』『靈均』，以其出生世系、生辰及初度，皆合之於『中正』，象其能平正、均調萬物也，是以有寓字『原』之義也。

又，『忍尤而攘詬』，俞氏曰：『攘之言藏也。《管子·任法篇》曰：「皆囊于法以事其主。」尹注曰：「囊者，所以斂藏也。」以藏釋囊，義存乎聲。攘與囊聲同，亦得有藏義。「忍尤而藏詬」者，容忍其尤而含藏其詬，實一義也。』案：俞氏既謂『攘與囊聲同，亦得有藏義』，則不必求通假易字爲『藏』也。焦循《易餘籥録》云：『肴饌中有以讓爲名者，皆以他物實之於此物之中。如以肉入海參中則名讓海參。凡讓雞、讓鴨、讓藕，無非以物實其中。或笑曰，讓當與瓤通，謂以物入其中，如瓜之有瓤也。説者固以爲戲名，而不知古者聲音假借之義如此也。瓜之内何以稱瓤？瓤從襄者也。瓤從襄猶釀。《説文》：「釀，醞也。」醞與緼通。《穀梁傳》「緼地於晉」，謂地入於晉也。《論語》「衣敝緼袍」，謂絮入於袍也。醞爲包裹於内之義，而釀同之，此所以名瓤名釀也。《説文》：「鑲，作型中腸也。」《釋名》云：「中央曰鑲。」皆以在中者爲義。囊，裹物者也，從襄省聲，即亦與讓同聲。然則讓取、包裹、緼入明矣。夫讓猶容也，容即包也。爭則分，讓則合矣，故四馬駕車兩服在兩驂之中而《詩》曰「上襄」。水圍於陵，而《書》曰「懷山襄陵」。俱包裹之義也。不爭則退遜，退遜則却，故讓有却義。能讓則附合者衆，故穰之訓衆，讓之訓盛，衆則盛也。」焦氏執從『襄』聲諸字之根，以會通諸字之義，其啓人思者夥頤，亦勝俞氏夥頤。《説文》『襄』字訓『解衣耕』。蓋北土乾燥，下種必啓表土，而後覆之，是謂之襄。《左傳》定公十年：『葬定公，雨，不克襄事。』杜注：『襄，成也。』襄事，謂下柩反土以葬之事。引申爲入、藏、包、反。攘從襄聲，取入謂之攘，包容、包忍亦謂之攘，相反爲訓，則不必改字矣。

又，《湘夫人》『葺之兮荷蓋』，俞氏云：『此當作「芷葺兮荷蓋」。芷字闕壞，僅存下半「止」字，誤作「之」字，文不成義，因移「葺」字於「之」字上，使成文義耳。』案：其説無文獻依據，憑臆妄改古書，絶不可取也。《訓詁柳河東集》卷九《唐故朝散大夫永州刺史崔公墓誌》『一日不萺』，韓注：『萺字當是葺字，傳寫作萺耳。諸韻無此字，唯吴本《楚辭》中有如此書者。』韓氏所稱吴本《楚辭》，未可考。然『萺』，當出《湘夫人篇》。據《干禄字書》，萺，俗葺字。王逸無注，則下『芷葺兮荷屋』，王注：『葺，蓋屋也。』則不宜見諸後。葺，當『胥』字之訛。《戰國策·趙策》『太后盛氣揖之』，馬王堆漢帛書《縱横家書》《史記·趙世家》『揖』並作『胥』。胥，古鉩文作『𦙍』。咠，俗體作『𦙍』，形似相訛。胥，通作疏。《戰國策·魏策》『東有淮、潁、沂、黄、煮棗、海鹽、無疏』，《史記·蘇秦列傳》『無疏』作『無胥』。下『疏石蘭兮爲芳』，王注：『疏，布陳也。』此言疏布以荷蓋也。後未審『胥』爲『疏』之借，誤『胥』作『茸』，是以文義不通也。幸韓注所引，乃髣髴存《楚辭》舊貌矣。

又，《天問》：『伯禹愎鮌，夫何以變化？』俞氏云：『洪氏本曰：「愎，一作腹。」注同。愚按作「愎」、作「腹」，並於文義未安。其字當作「复」。《説文·夊部》：「复，行故道也。」言禹治水，亦惟行鮌之故道，何以能變化乎？㝬字隸變爲「复」，作「愎」、作「腹」，均傳寫誤增偏旁耳。』案：古本當作『腹』。王逸注：『言鮌愚很愎而生禹，禹小見其所爲，何以能變化而有聖德也。』其『愚狠』云云，因《離騷》『鮌婞直以亡身』以説解之，非釋『愎』字義也。後人或據王注誤改『腹』作『愎』爾。《廣雅·釋詁》：『腹，生也。』王念孫《疏證》：『《樂記》云：「煦嫗覆育萬物。」覆與腹通。孳生謂之覆育，化生亦謂之覆育。《論衡·無形篇》云「蠐螬化而爲復育，復育轉而爲蟬」是也。』伯禹腹鮌者，謂伯禹腹生於鮌也。不必强改作『狪』字也。

又，《涉江》『邸余車兮方林』，俞氏云：『邸，當讀爲榰。《爾雅·釋言》：「榰，柱也。」凡車止而弗駕，必有木以榰柱其輪，使之勿動，古謂之軔。《離騷》「朝發軔於蒼梧兮」，注曰：「軔，榰輪木也。」邸余車，即榰余車。氐聲與耆聲相近，故邸得通作榰。《説文·土部》：「坻，或作渚。」即其例矣。』案王逸注：『邸，舍也。我車堅牢，舍於方林，無所載任也。』其説自通，何必求假借作『榰』耶？《招魂》『軒輬既低』，王注：『低，屯也。』屯，謂舍止也。低與邸同氐聲，古得通用。《説文》：『氐，至也。』漢帛書《十經·三禁》：『進不氐，立不讓。』謂進不舍止也。或作底字。《爾雅·釋詁》：『底，止也。』《左傳》昭元年：『勿使有所壅閉湫底。』《釋文》引服虔云：『底，止也。』舊本作『邸』『低』『底』『氐』皆通，然不當作『榰』矣。

《楚辭人名考》一卷，分『古帝王』『古諸侯』『古人』『古婦人』『神人』五類，每人名爲列一條目，下標示出處或異名。如，『舜』條云：『見《離騷經》《天問》《九章》《九思》等篇。又曰「重華」，見《離騷經》《天問》《九章》《九思》等篇注曰：「重華，舜名也。」』又，『紂』條云：『見《離騷經》《天問》《七諫》等篇。又曰「后辛」，見《離騷經》注曰：「辛，殷之亡王紂名也。」』或者於『按』下略作考證，辨析正訛，申其所見。如，『康回』條云：『見《天問》注曰：「共工名也。」按：《禮記・祭法篇》：「共工氏之霸九州也。」鄭注謂「共工氏無録而王謂之霸，在太昊、炎帝之閒」。《正義》謂「《月令》不載共工氏，是無録，以水紀官，是無録而王」。愚謂《禮》言「霸九州」，則非王也。故列之古諸侯之首。』又，『伯樂』條云：『見《九章》。亦曰「孫陽」，見《七諫》注曰：「孫陽，伯樂姓名也。」又曰「王良」，亦見《七諫》。按洪興祖《補注》於《九章》辨王良、伯樂非一人。然郵無正字伯樂，明見《國語》。郵無恤字子良，明見《左氏傳》。皆趙簡子之臣也。郵無正、郵無恤自是一人，則伯樂、王良亦不得爲二人。謂伯樂事秦穆公，王良事趙簡子，未必然矣。』又，『湘靈』條云：『見《遠遊》。按上云「二女御九韶歌」，此又云「使湘靈鼓瑟兮」。然則屈子固不以湘水之神爲即堯之二女也。《湘夫人篇》謂之「帝子」，蓋即郭璞注《山海經》所謂「天帝之二女」，而世俗訛傳爲堯之二女。自秦博士已然，雖大儒如韓退之不能不惑其説。今即以屈子之文證之，而二女是二女湘靈。是湘靈判然爲二，可以祛千古之惑矣。』案：類此皆未依違舊注，别作新解也。

然是編於人物分類未可稱精密。如，『三苗』條列入『古人』類，云：『三苗有二説：一爲國名，一云渾敦、窮奇、饕餮之苗裔，故謂之「三苗」。《九歎》云：「三苗之徒以放逐兮。」則不以爲國名也。故從王注列此。』案：王注：『三苗，堯之佞臣也。《尚書》曰：「竄三苗於三危。」』王氏引《書》，見《舜典》。孔《傳》：『三苗，國名，縉雲氏之後，爲諸侯，號饕餮。三危，西裔。』則以爲國名也。向『三苗之徒』云者，猶謂三苗國之人，亦未以爲人名也。或者所列條目不當，考證不精。如，『夏康』條云：『夏太康也，見《離騷經》。按《離騷經》：「啓《九辯》與《九歌》兮，夏康誤以自縱。」注曰：「啓子太康也。」王懷祖先生《讀書雜志・餘編》則云：「夏，當讀爲下。言啓竊《九辯》《九歌》於天，因以康娛自縱於下也。」其説甚塙。然則太康，不見於《騷經》，今姑依舊注存之。』案：念孫説雖有據，若從其説，『夏』字上讀，失其句法。汪瑗《楚辭集解》：『夏，禹有天下之號。而此曰「夏」者，猶曰夏之子孫，指太康而言也。康娛，猶言逸豫也。』以『康娛』平列同義。戴震《屈原賦注》亦云：『「康娛」二字連文，篇内凡三見。』其説是也。又，『巧倕』條云：『見《九章》《七諫》等篇。按古以倕多巧謂之「巧倕」。余嘗疑是「功倕」之誤。功，借作工，即《莊子》所謂「工倕」也。後見諸書言「巧倕」者多，亦不敢固執前説矣。』案：妄改古書，實不可取。巧，非巧佞之巧，猶工也。《墨子・非儒下》『巧垂作舟』，《北堂書鈔》卷一百三十七《舟部》『舟總篇』條引《墨子》作『工倕』。《莊子・胠篋篇》曰：『攦工倕之指』，《釋文》：『倕，堯時巧者也。』《離騷》：『固時俗之工巧兮，偭規矩而改錯。』工巧，並列同義，謂工匠也。《韓詩外傳》卷三：『賢人易爲民，工巧易爲材。』賢人、工巧，儷偶相對。工巧，工匠也。《漢書・食貨志》上：『過使教田太常、三輔，大農置工巧奴與從事，爲作田器。』謂工匠之奴作田器。工巧亦工匠。《顏氏家訓・勉學篇》：『人生在世，會當有業。農民則計量耕稼，商賈則討論貨賄，工巧則致精器用。』農民、商賈、工巧，相對爲文，工巧，工匠也。《雜藝篇》：『下牢之敗，遂爲陸護軍畫支江寺壁，與諸工巧雜處。』謂與衆工匠雜居也。果以工巧爲工師巧詐，工巧之上亦不當冠以『諸』字。《太平廣記》卷二百二十五『淫淵浦』條（出《拾遺録》）：『皆生埋巧匠於塚裏，又列燈燭如皎日焉。先所埋工匠於塚内，至被開時皆不死。巧人於塚裏，琢石爲龍鳳仙人之像及作碑辭贊。』巧匠、工匠、巧人皆同，謂工匠也。巧猶工也。

又，卷三百七十一『曹惠』條（出《玄怪録》）：『當時天下工巧，皆不及沈隱侯家老蒼頭孝忠也。』卷四百六十三『仙居山異鳥』條（出《録異記》）：『是日，將架巨梁，工巧丁役三百餘人縛拽鼓噪，震動遠近。』工巧亦工匠也。《資治通鑑》卷一百二十四《宋紀》六：『魏主徙長安工巧二千家於平城。』謂遷徙工匠二千家於平城也。《文獻通考》卷三十五《選舉考》八：『唐制：凡醫術不過尚藥奉御，陰陽、卜筮、圖書、工巧、造食、音聲及天文，不過本色局署令。』工巧與陰陽、卜筮、圖書、造食、音聲、天文，對舉爲文，工巧，即工匠也。後人不識『巧』有『工匠』之義，遂妄改『巧倕』爲『工倕』矣。或者引文未全，意旨乖戾。如，『伏羲』條云：『見《大招》，又曰「皇羲」。見《九思》王逸注：「羲皇也。」』案：未識『皇羲』『羲皇』何所區别。且《九思》注，非出王逸，六朝無名氏爲之。其引注『羲皇』亦有誤。《九思·疾世》『將諮詢兮皇羲』，注云：『羲，伏羲。伏羲稱皇也。』則知其引文斷落，未見有『羲皇』之説也。

俞氏二書分别見《俞樓雜纂》第二十四卷與第三十卷，入於《春在堂全書》，刻於光緒二十八年壬寅，國家圖書館有藏本。

（黄靈庚）

# 楚辭札記

《楚辭札記》者，清武延緒之所作也。延緒字次彭，號亦蝯。河北永年人。光緒十八年壬辰進士，授翰林院庶吉士。三年後散館，知湖北京山縣，有政聲。宣統元年己酉，署歸州知州。民國鼎革，歸里。擅考據，精書法。著有《所好齋札記》及《所好齋集》。

稱『箸朱子《集注》本』，故其篇目即同《集注》，始《離騷》而止《招隱士》，凡十五篇。文中所稱『注』者，亦即朱子《集注》也。其爲條目式札記，總二百二十一條：《離騷》二十八條，《九歌》二十三條，《天問》八條，《九章》六十三條，《遠遊》十一條，《漁父》一條，《九辯》二十四條，《招魂》二十三條，《大招》三十條，《惜誓》二條，《吊屈原》一條，《哀時命》六條，《招隱士》一條。於《楚辭》古今聚訟之端多所論撰，旁紹遠引，參以己意，卓然自成一家。

武氏或者校正文字，審訂古本之舊。如，《離騷》『背繩墨以追曲兮』條：『按注：「追，古隨字。」《詩》「無縱詭隨」，傳：「詭人之善隨人之惡者。」隨，古作「隋」、作「遀」、作「追」。』案：引《毛傳》以證朱説有據也。又，『埃風』條：『按：埃，當爲竢。王船山與余説同。又按：《説文》云：「埃，塵也。」凡風起而揚沙皆曰埃。則埃亦可通。』案：雖兩説並存，足見其謹慎不苟矣。又，《涉江》『擊汰』條：『汰，當爲汱。《説文》：「汱，淅灡也。」徐鉉曰：「水激過也。汏，滑也。」又《廣韻》：「汱，濤汱也。」《莊子・天下篇》注：「沙汰也。」郭忠恕《佩觿》：「汱與汏別。音太，沙汰也。汏音大，大濤也。」」案：據文義，舊本蓋作『擊汏』矣。又，《思美人》『命則遽幽』條：『一本作「處幽」。上章「玄文處幽兮，矇瞍謂之不章」。與此「處幽」同。按：一本是也。又，《抽思》「路遠處幽」。亦其證。』案：宋本《集注》固作『處幽』也。

或者審訂古音，考覈古韻。如，《天問》『女何喜』條：『喜，疑當爲「嘉」，古韻宜在歌部。《詩・東山》末章可證。後文「叔旦不嘉」。亦與「嗟」「施」「何」爲韻。』案：其説是也。此『嘉』與『宜』字，同協歌韻。若作『喜』，屬之韻，則不協韻矣。又，《九辯》『善相』條：『譽，一本作「訾」。是也。知、訾爲韻。《類篇》：「訾，思也。」《禮・少儀》「不訾重器」，注：「訾，思也。」《唐書・李勣傳》：「臨時選將，必訾相其奇龐福艾者遣之。」《音義》：「訾，思也。」「訾相」二字，正與本書合。蓋即本於此。唐時傳本猶作「訾」也。』案：洪氏《補注》：『訾音貲，思也。亦通。』洪氏已發之。訾、知，古同支韻。若作『譽』，出韻也。《國語・齊語》『訾相其質』，韋注：『訾，量也。』《呂氏春秋・知度篇》『訾功文而知人數矣』，高注：『訾，相也。』謂今使誰稱量之也。後因王注『歎譽』云云，而易『訾』爲『譽』矣。

或者字斟句酌，補舊注之闕。如，《東皇太一》『將把』條：『將，讀「湯孫之將」之「將」字。將，承也，奉也，持也。』案：是也。『盍將把』，將字，舊皆無注。俞氏樾以『盍將把』類『蹇將憺』句法，以『盍將』連文，『把』字獨立。非是。『將把』，平列同義，

所好齋楚辭考正 用朱集注本 永年武延緒著

離騷經第一

曰黃昏二句 注一無此二句按一本是也此與下二句意複不應有 又按抽思篇昔君與我成言兮曰黃昏以為期羌中道而回畔兮反既有此他志與本文及下二句相類或一本偶脱也

謇朝誶而夕替 按替疑為朁之譌朁與僭通集韻朁音譖與僭同假也詩小雅亂之初生僭始既涵注僭始不信之端也由讒人以不信之言始入王涵容不察真偽也按僭與譖通詩大雅譖始竟背箋本亦作僭又覆謂我僭傳僭不信也本

謂拱持也。《荀子・成相篇》『吏謹將之無鈹滑』，楊注：『將，持也。』將、把、持，散則不別；對文扶助曰將。《詩・無將大車》『無將大車』，鄭箋：『將，扶進也。』拱奉曰把。《孟子・告子上》『拱把之桐梓』，趙注：『拱，合兩手也。把，以一手把之也。』自下上承之曰持。《論語・季氏》：『危而不持，顛而不扶。』

或者比勘諸家，駁正舊注。如，《離騷》『拂日』條：『《廣韻》：「拂，去也，拭也，除也。」《禮・曲禮》：「進几杖者拂之。」疏：「拂去塵埃也。」「拂日」之拂，正作「拂拭」解。《淮南子》：「日出湯谷，浴乎咸池，拂於扶桑。」是其證。』案：王逸注：『拂，擊也。一云：蔽也。』朱注：『拂，擊也。』以爲二訓皆不通，故別以『拂拭』之義解之也。又，『倚閶闔而望予』條：『《遠遊》：「命天閽其開關兮，排閶闔而望予。」注：「望予，須我來也。」按：本文與彼同義，言初合終離，先得後失，而被讒人嫉妬放也。前後文一義，無所謂不同者，大抵古人作文，訓辭深厚，不融會上下文讀，但就本句索解，往往失之也。愚謬之見，待質諸後賢，非敢與前賢牴牾也。』案：武氏以迎我、待我解『望我』。考王逸注：『又

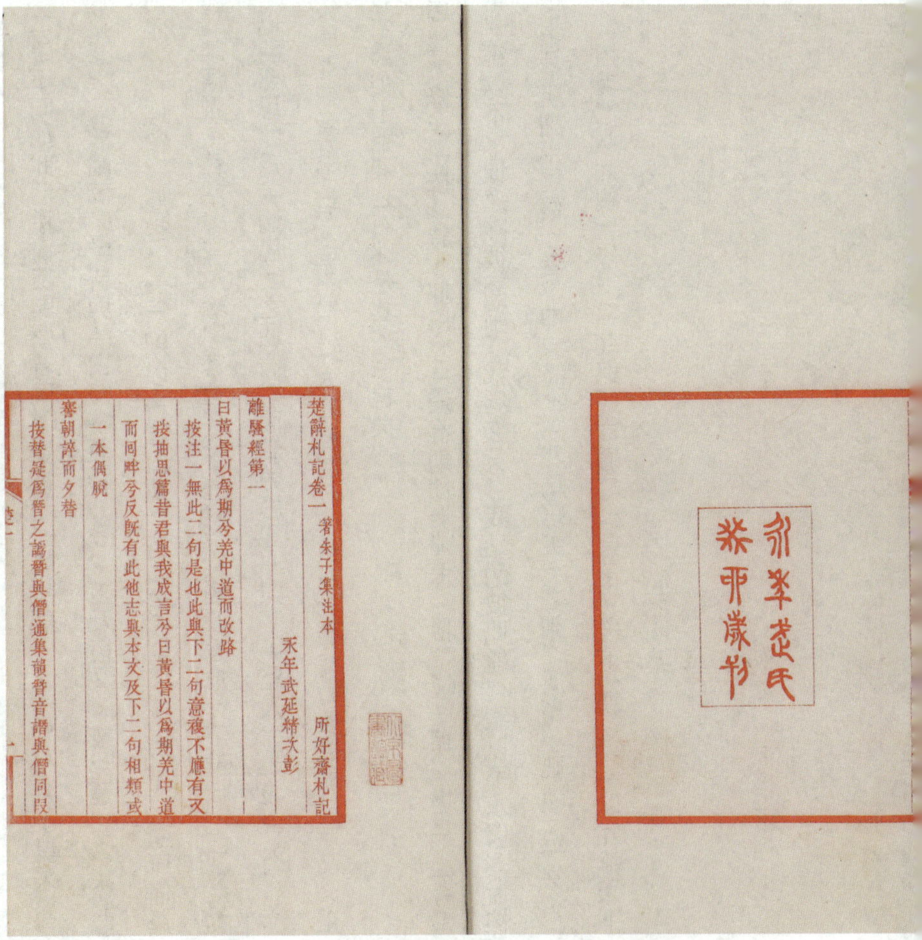
楚辭札記卷一 箸朱子集注本 所好齋札記
禾年武延緒次彭
離騷經第一
曰黃昏以爲期兮羌中道而改路
按注一無此二句是也此與下二句意複不應有又
按抽思篇昔君與我成言兮曰黃昏以爲期羌中道
而回畔兮反既有此他志與本文及下二句相類或
一本偶脫
謇朝誶而夕替
按替疑爲䜝之譌䜝與僭通集韻䜝音譖與僭同段

倚天門望而距我，使我不得入也。』朱注亦云：『閽不肯開，反倚其門，望而拒我，使不得入。』則舊注皆以『阻隔』之義解『望我』也。又，《惜誦》『干傺』條：『按《九辯》之二章「然欿傺而沈藏」，一本「欿」作「坎」。坎與欿通，是也。坎之形類欤，音干，求也。干訓求，欤亦訓求，則欤與干通明矣。本文作「干」者，蓋「坎」譌爲「欤」，後人又改「欤」爲「干」也。坎傺，與儃佪對文。』案：雖多繳繞之説，然求以《九辯》『欿傺』，則庶幾是矣。

或者據文索義，以破通假字。如，《湘夫人》『登白薠句』條云：『注：「薠一作蘋。非是。」王船山曰：「有登者非是。蘋草似莎而大，然青而不白，疑蘋字之譌。」二説不同如此。按：薠與蘩音同，疑古通，或叚借。《詩》：「于以采蘩，于沼于沚。」《玉篇》：「白蒿也。」《爾雅・釋草》：「蘩皤蒿。」皆與「白」字義合。登，王疑衍文。按：登，《集韻》丁鄧反，履也。本文登即作履解。登與蹬通。《博雅》：「蹬，履也。」』則以『登白薠』爲『蹬白蘩』之假借，蓋可備爲一説矣。又，《大司命》『愈思』條：『愈與愉通。《爾雅・釋詁》：「愉，勞也。」《詩》「憂心愈愈」，蘇氏：「愈愈，蓋甚之意。」按：蓋甚，則「勞」之謂也。』案：以『愈思』爲『愉思』之通假，而訓勞思，亦與下『愁人』之義合矣。又，《抽思》『軫石』條：『軫，讀爲砂。《玉篇》《集韻》並音真，石不平貌。《太玄經》：「拔石砂砂，力歿以盡。」又《正韻》：「砂，以石致川之廉也。」』案：以『軫石』爲不平廉隅之石，是其一家言矣。

或者據持經義以解《楚辭》。如，《離騷》『馬懷』條：『按《詩・邶風》「願言則懷」，毛《傳》：「懷，傷也。」又，《周南》：「陟彼崔嵬，我馬虺隤。我姑酌彼金罍，維以不永懷。陟彼高岡，我馬玄黃。我姑酌彼兕觥，維以不永傷。」懷與傷同義，此尤爲明證。且此《詩》既《騷》之所本也。所謂「馬傷」者，即《詩》「我馬瘏矣」之謂，所謂「虺隤」「玄黃」者也。』案：此據《詩》義以解《離騷》也。又，《招魂》『九關』條：『九與糾古通。《莊子・天下篇》：「以九雜天下之山川。」注：「九，讀糾。糾合錯雜，使川流貫穿注海也。」九與鳩、勼、糾並通。《論語》「九合諸侯」，古注：「九，亦讀糾。」是九、糾通用之證。《周禮・天官・太宰》：「以糾萬民。」《釋文》：「糾，察也。」又，《小宰》：「凡官之糾禁。」注：「糾，猶割也，察也。」以「九關」之「九」，即糾察之糾之證也。』案：《招魂》『虎豹九關』，謂察關、督關，當是創見。是因經注而發之矣。

武氏往往勇於自信，破字創解，刻意求新，精神可嘉。而學力不及，率意妄改，反以不誤爲誤，則多不足取。如，《離騷》『息忘』條：『疑當爲「怠荒」之譌。一本「息」作「自」，則「忘」不誤矣。忘與亡古通。』印本此條作『日康娱而息妄兮』，云：『息妄，一本作「自妄」。是也。妄與亡古通。』案：《集注》本作『日康娱而自忘兮』，自之作『息』、忘之作『妄』，皆無版本依據。蓋校勘不精所致矣。又，《懷沙》『本迪』條：『二字有誤。疑「本」或爲「求」，形近之譌。《集韻》：「迪，進也。」《詩・大雅》：「維此哲人，弗求弗迪。」注：「迪，進也。」疑此借用言易初心以求進也。』案：非是。考王逸注：『本，常也。迪，道也。鄙，恥也。言人遭世遇，變易初行，遠離常道，賢人君子之所恥，不忍爲也。』《史記・正義》：『本，常也。言人遭世不道，變易初行，違離常道，君子所鄙。』張守節引即存王注舊文。則唐本王逸《楚辭章句》以『本由』爲『違離常道』。『本』字無『遠離』、『違離』之義。朱熹《集注》：『易初，變易初心也。本迪，未詳。』則爲『於其所不知則闕疑』之意。自此以後，注家異説蜂起，未知所適。遂成爲研究《楚辭》一大難題。《郭店楚墓竹簡》及《馬王堆漢墓帛書》，凡背畔字、背膺字皆作『伓』，或省作『不』。上博簡第九册《文王訪之尚父舉治》：『天之所伓若，拒之。』伓，即借作『不』。伓，倍字古文。《淄衣篇》：『信而結之，則民不伓（倍）。』《五行篇》：『忠人亡僞，信人不伓（倍）；君子如此，故不皇（誑）生，不伓（倍）死也。』又云：『至忠亡僞，至信不伓（倍），夫此之謂此。』《老子》（甲種本）：『絶智棄辯，民利百伓（倍）。』《窮達以時篇》：『善伓（倍）己也。』《語叢篇》（二）：『念生於欲，伓（倍）生於念。』《馬王堆漢墓帛書・式法》第三《天地》：『凡徙、[娶]婦，右天左地貧，左地右天吉，伓（倍）地逞天辱，伓（倍）天逞地死，並天地左右之大吉。凡戰，左天右地勝，伓（倍）天逆地勝而有□關，伓（倍）地逆天大敗。』《經法・四度篇》：『伓（倍）約則窘，達刑則傷。伓（倍）逆合當，爲若又（有）事，雖無成功，亦無天央（殃）。』《懷沙》『本迪』，當作『不迪』『伓迪』。本，是『不』之訛。不、伓是『背畔』之意。迪有『道』義，通作『由』。王注釋『本迪』爲『違離常道』，而今作『遠離常道』，『遠』是『違』的訛字。可知兩漢《楚辭》舊本，『本』作『不』『伓』，則未訛也。後世訛『不』『伓』爲『本』，遂作『本由』『本迪』也。又，《思美人》『蹇長洲』條：『蹇，疑當爲搴。《離騷》：「朝搴阰之木蘭兮，夕攬洲之宿莽。」是其證。』案：舊本固『搴長洲』，而未見作『蹇長洲』者。是無事生非矣。觀武氏率意校改者，他如《大司命》『有當』條『當』改『常』、《東君》『乘雷』條『雷』改『霓』、『蔽日』條『日』改『户』、『余弧』條『余』改『奎』、《國殤》『玉枹』條『玉』改『巨』、『秦弓』條『秦』改『大』、《天問》『吉妃』條『吉』改『嘉』、《惜誦》『儇媚』條『媚』改『娟』、《招魂》『迅衆』條『迅』改『且』之類，則舉不勝舉矣。

或者遊移兩端，自相矛盾，而不知其所從。如，《離騷》『曰黄昏二句』條云：『注「一無此二句」。按一本是也。此與下二句意複，不應有。又按《抽思篇》：「昔君與我成言兮，曰黄昏以爲期。羌中道而回畔兮，反既有此他志。」與本文及下二句相類。或一本偶脱也。』案：據其前解，似二句爲羡文。據其後解，則反以無此二句者爲『偶脱』。蓋遊移不定矣。或者不諳古訓而妄改。如，《離騷》『鳳皇翼其承旂兮』條：『注：「翼一作紛。」按：一本是也。此後人據《遠遊》改之也。下文「翼翼」即指「乘旂」而言，則本文翼字爲重複矣。仍从「紛」爲是。』案：翼，猶紛盛貌，與紛同義，本讀作億。《淮南子・天文篇》『馮馮翼翼』，高誘注：『馮翼，無形之貌。』或作愊臆，言氣滿貌。單言曰馮、曰臆。《廣雅・釋詁》：『憑，臆，滿也。』《說文・心部》：『意，滿也。』《方言》：『臆，滿也。』郭璞注：『愊臆，氣滿之也。』或作憑噫，《文選・長門賦》『心憑噫而不舒兮』，李善注：『憑噫，氣滿貌。』引申之爲紛盛、衆多，古或借『翼』字爲之。《廣雅・釋訓》：『翼翼，盛也。』《漢書・禮樂志》『馮馮翼翼』，顔注：『翼翼，衆貌也。』《詩・信南山》『我稷翼翼』，鄭箋：『翼翼，蕃廡貌。』翼其，類上『紛其』『繽其』句法，皆謂衆盛貌也。後人不知翼有盛多之義，而改作『紛』字矣。

或者審音未密，疏於古韻分部。如，《離騷》『執信修而慕之』條：『按「慕」字疑當爲「篡」。《爾雅・釋詁》：「篡，取也。」《漢書・衛青傳》：「大長公主執囚青，欲殺之。其友公孫敖與壯士往篡之。」顔師古曰：「逆取曰篡。」《揚子》：「鴻飛冥冥，弋者何篡？」皆作取字解。唐張九齡詩：「鴻飛何冥冥，弋者何所慕。」尤「篡」誤「慕」之證。或疑慕當作纂。』案：即作『篡』或『纂』，皆元韻，與談韻之『占』字，古亦不協韻矣。金小春云：『「慕之」當是「莫之思」之脱誤。「曰兩美其必合兮，孰信修而莫之思」，思與上句「索藑茅以筳篿兮，命靈氛爲余占之」之「之」字協韻。』金氏又曰：『「曰兩美其必合兮，孰信修而莫之思？思九州之博大兮，豈唯是其有女？」「莫之思」之下復有一個「思」字，兩「思」字相重而常遺其一。合俞樾《古書疑義舉例》第八十二條「字以兩句相連而誤脱」之例。後人未審，又改「莫之」爲「慕之」也。』其説是也。王逸注『相慕及』云云，以『慕』釋『思』，其舊本作『莫之思』。而後敓一『思』字，因逸注誤改『莫之』爲『慕之』。金氏謂誤自王逸，誣也。又，《湘夫人》『紫壇』條：『壇，讀若唐，今楚中猶有此音。』案：壇，元韻；唐，陽韻。楚音元、陽分用至嚴，絶不相溷。又，《哀郢》『來東』條：『東，楚人今尚讀當。屈子，楚人，想同之也。又按：楚人讀江爲迴，平聲，即注叶音工之謂矣。』案：東與上文『江』字協韻，古音皆入東韻，非楚音如此矣。

或者不曉古義，牽合附會。如，《招魂》『露雞』條：『考《呂氏春秋·本味篇》：「夫夏之鹽宰揭之露。」《開元占經》作「雩揭之露」，《初學記》作「揭雩之露」，宋本《初學記》作「揭蕚之露」。要之上二字雖異，其爲「露」則一。蓋和之美者也。「露雞」，殆以露和雞而製爲食品，猶今俗稱「滷雞」也。疑露古通滷，即今醬油也。』案：未聞有以露水和雞者爲佳肴也。又改露爲滷，謂醬油。而屈子之世是否有醬油，猶待考證，未可以今律古矣。王逸注：『露雞，露棲之雞也。言乃復烹露棲之肥雞，臛蠵龜之肉，則其味清烈不敗也。』露棲雞，又稱爲『承露雞』。《藝文類聚》卷九十一《鳥部》中『雞』條引《江表記》：『南郡獻長鳴承露雞。』《太平御覽》卷九百十八《羽族部》五《雞》引《南越志》，說承露雞，『雞冠四間如蓮花，鳴聲清澈也』。均以『承露雞』爲『長鳴』『鳴聲清澈』之雞，而不見其肉的『肥腯』『鮮美』。將『露雞』釋『承露雞』，亦非《招魂》原意。《包山楚簡·遣策》有『囂（熬）雞』『庶（炙）雞』。則『露雞』之『露』，讀如『烙』。音近通用。《慧琳音義》卷九十四『又烙』條：『烙，熨烙也。』亦通作『格』。《荀子·議兵篇》『爲炮烙之刑』，王先謙《集解》：『盧文弨曰：炮烙之刑，古書亦作「炮格之刑」。』則『烙雞』，猶楚簡之『囂（熬）雞』『庶（炙）雞』，即今之燒雞、烤雞也。

是書輯自《所好齋札記》，有延緒孫之福鼐據原稿民國二十年辛未謄寫本，署『東方文化事業總委員會研究所鈔藏』。寫本未分卷，首有王樹枏《武府君墓志銘》。正文首行爲『所好齋楚辭考正』，蓋原稿書名也。末有孫人和民國二十年四月八日題記。復有民國二十二年癸酉排印本，釐分爲二卷，而無王樹枏《武府君墓志銘》，首行爲『楚辭札記卷一，所好齋札記』。二本條目、文字，互有差異。如，寫本《離騷》之『芳與澤』條、『洧盤』條、『違棄句』條、『委厥美而歷茲』條，印本則無之。《九歌》寫本『匊芳椒』『紫壇』爲二條，印本合爲一條。『廡門』『建芳』爲二條，印本亦合爲一條。類此不勝其舉，是故二本今並收録之。國家圖書館皆有藏本。（黃靈庚）

# 楚辭古均考

《楚辭古均考》者，蓋浚孫、元留二人之所作也。浚孫、元留，蓋清季或者民國初期人，然已不可詳考矣。大抵以洪氏《補注》爲藍本。首行爲『楚辭古均考』，雖冠名『楚辭』，實但考《離騷》一卷古韻，豈未竟之作耶？首尾完整，然無序跋。自『帝高陽』至『所厚』爲名『浚孫』者所作，而『悔相道』至篇終爲名『元留』者所作也。正文惟以韻爲節，先列入韻字之韻部，而後考訂其古韻之通協。『浚孫』所作者，每條皆有『浚孫按』三字。而『元留』所作者，但書『按』字。前、後書法，筆迹迥異，而後者多書古字，以非出一人故也。凡於古今有爭議者，則多所論撰。其考訂韻部，頗爲精審。然是非得失，亦宜加平亭之。如：

『帝高陽』四句云：『庸與降均東冬類也。降字，古音户工反。《毛詩·草蟲》等皆叶東、冬，顧亭林已詳考之。浚孫又按：《説文》隆字降聲，又《爾雅》：「虹，潰也。」《釋文》云：「虹，顧本作訌，李本作降。」皆可見古人讀入東類也。孔顨軒以「夅」聲列入冬均。』案：浚孫據此，以爲《楚辭》東冬爲一類不分，且復引《爾雅·釋文》爲證。而孔廣森别東、冬爲二，似與《離騷》不合。然體而言，屈賦東、冬分多合少。《雲中君》以降、中、窮、憺爲韻，《河伯》以宫、中爲韻，《天問》以躬、降爲韻，《涉江》以中、窮爲韻，《卜居》以忠、窮爲韻，皆冬部字也。而《離騷》以縱、巷爲韻，《天問》以功、同爲韻，又從、通爲韻，《涉江》以東、江爲韻，《懷沙》以豐、容爲韻，《悲回風》以江、洶爲韻，皆東部字也。東、冬合用，除《離騷》此例，亦不復再見。

又，『皇覽揆』四句云：『名與均韻，名，庚類；均，真類也。浚孫按：二類古本通，《説文》趂讀若煢，則匀聲亦可讀入庚類矣。然二類之音最近，所以古多合用。《儀禮》冠辭以正均令，《易·繫辭》以身均成，《周頌》以訓均刑，《碩人》以倩均盼，《何人斯》以身均聲，《那》以淵均聲，《良耜》以寧均人，《雲漢》以天均星，《訟》以淵均成，《文言》及《大畜》《乾》以天均命形成平清精寧貞正等，皆真庚合均之證也。戴孔諸家皆有此説，長不能備録。』案：其説是也。然引證宜從《楚辭》中稽鈎，如《哀郢》以天名、《遠遊》以榮人征、《卜居》以耕名身生真人清楹者是也。

又，『紛吾既有』四句云：『能、茝、佩三字皆之咍均也。《廣均》咍、代、登、等四均，皆收有能字。浚孫按：《説文》能从以聲，本屬之均，轉而爲咍、代二均，亦猶咍字之从以得聲，轉而不出其部也。至登、等二均則如今音矣，蒸、之對轉也。今與茝、佩相均皆屬之咍，當定爲咍均。』案：其説是也。蓋古韻多陰韻，陽韻多轉自陰韻。能之讀陰韻爲耐，耐轉陽韻而能也，猶等之讀陰爲待，待之轉陽韻爲等也。之、咍古韻同部不別，惟《廣韻》以一等爲咍韻，而三等爲之韻也。然此文以偶句入韻，而奇『茝』字雖同部，而非韻字。凡説奇句字入韻者，皆不足憑信。如下文『昔三后』四句以『粹桂爲韻』『雖體解』六句以『變與媛均懲與身均』之類，非合《離騷》韻例矣。

又，『擥木根』四句云：『浚孫按此均與《毛詩》不同。纚字麗聲，古屬歌戈，今與蘂均，則轉入支佳。歌戈一類之字，後人轉入支佳者最

楚辭古均考

帝高陽之苗裔兮朕皇考曰伯庸攝提貞于孟陬兮惟庚寅吾以降

庸與降均東冬類也降字古音户工反毛詩草蟲等皆叶東冬顧亭林已詳考之浚孫又按説文隆字降聲又众足虹潰也釋文云虹顧本作訌李本作降皆可見古人讀入東類也孔顨軒以夅㲄列入

多，如宜義爲離它多等聲，不能盡數。今觀纚與蘂均，乃知古音之流轉從此始矣。然支歌二部音本相近，謂之合均亦可。』案：文、歌古音不相近，至歌戈韻中二、三等之字，若咼喎叉扠芰釵差䑤宜離義爲也等字從歌部分出，與支佳韻合流之後，歌戈與支佳之音始相近矣。纚、蘂二字《廣韻》入支韻，而古音本在歌韻矣。下文『高余冠』四句，以離、虧爲韻，亦屬此例。

又，『長太息』四句云：『浚孫按：艱字，戴東原、江慎修皆音居銀切，列真類。替字在脂類，二均不同部。孔顨軒謂真爲脂之陰聲，二類相對轉。戴氏及嚴鐵橋三家之均皆同。盧抱經《龍城札記》亦謂二均古通。胡春喬《古均論》亦是其説，當以真脂對轉爲均。』案：艱從艮聲，古屬文韻，非真韻；陽聲爲微韻，亦非脂韻。且真脂對轉爲韻，於《楚辭》不足取徵。清人或改『替』爲『暜』。然『暜』古屬侵韻，亦不與真韻相協矣。此文『長太息以掩涕兮哀民生之多艱』，蓋『哀民生之多艱兮長太息以掩涕』之倒乙，涕、替古同屬脂韻也。下文『惟兹佩之可貴兮委厥美而歷兹』，亦『委厥美而歷兹兮惟兹佩之可貴』之倒乙，貴與沬同屬微韻。而元留謂『兹沬二字皆之咍』。非也。

又，『忽反顧』六句云：『荒章常三字皆易唐均。』又，『雖體解』六句云：『變與媛均，懲與身均，予與野均，所謂間均也。變媛，元寒類。予野，魚虞類。懲，蒸登類；身，真臻類。而相均者，懲蒸真合均，戴氏所謂旁對轉也。二類古亦通。《毛詩》懲陵與寧令均。溱水，《説文》作潧水。戴勝，《方言》作戴鳻。可見二音之相近，皆足爲蒸真合均之證也。』案：非是。《離騷》無間韻之例，變媛非入韻字。蒸、真古音迥別，當不合韻。且元留所引三事，皆不足爲據。稱《毛詩》懲陵與寧令均，不知出於何篇？考無此韻例矣。潧水、溱水非一水，段注辨之已詳。《方言》：『鳸鳩，自關而東謂之戴鵀，東齊海岱之閒謂之戴南，南，猶鵀也。或謂之鵖鶝，或謂之戴鳻，或謂之戴勝。』則『戴鳻』之於『戴勝』，非音轉異名也。此十二句當爲三韻：『忽反顧』四句，荒、章同協陽韻。『民生各有』四句，常，本作恒，漢世避文帝諱也，恒懲同協蒸韻。

『女嬃』四句，予、野同協魚韻。

又，『汝何博謇』四句云：『節室服皆之咍類，修列幽蕭，雖可以不均，而之幽相轉，亦可合均也。』案：非是。室、修皆非韻字。節，古屬質韻，脂韻入聲也。服，古屬職韻，之韻入聲也。之、脂二韻，《楚辭》分用至嚴，無合韻之例。姱節，宜從朱駿聲《離騷補注》作『姱飾』。節，飾之訛。飾、服古同協之韻。

又，『前望舒』二十四句云：『屬具夜御下予佇妬馬汝，皆魚虞類也。』案：屬、具，古屬侯類。夜、御、下、予、佇、妬、馬、汝，古屬魚虞類。侯、虞二類，屈賦分用不溷，故不當合爲一韻也。

又，『索瓊茅』二句云：『篿，元類；占，談類。二均亦近。』又，『曰兩美』十句云：『慕女女宇惡，皆魚虞類也。』案：《離騷》無單偶二句協韻之例。『索瓊茅』二句與『曰兩美』二句宜爲一韻。然『占』、『慕』不韻者，字有訛誤也。『慕之』，當作『莫之思』。之、思同協之韻。思，因與下句『思九州』之『思』字相重脱訛。思，猶思慕也。王逸注『欲相慕及者』云云，舊本蓋作『莫之思』。後人因脱一『思』字，遂據王注改『莫』爲『慕』矣。

又，『百神翳』四句云：『迎字，昜唐類；故字，魚虞類。而相均者，魚昜對轉也。⿰爿甬，列魚虞而爿聲。爿，昜類也。庶，亦魚類而芡聲。芡，古文光字，亦昜類也。無从亡聲。皆魚昜對轉之證也。』案：其説是也。猶能之爲耐，古陰聲多而陽聲少。《楚辭》讀迎爲御、讀能爲耐、讀莽爲馬者，蓋存古音也。

又，『曰升降』四句本以『同』、『調』爲一韻，而云『曰升降以上下兮』一句與上迎、故同協魚韻，而『求榘矱之所同』一句『同字非均』，『湯禹儼而求合兮』一句，『儼與合均，皆談類，句中均也』。而『摯咎繇而能調』一句，『繇與調均，皆幽類，亦句中均也』。案：非是。《離騷》及《楚辭》皆無『句中均』之例，憑臆杜撰，實不足爲據。然同，屬東韻；調，屬幽韻。亦不相協韻。同，當作周，形似相訛也。洪氏《補注》引《淮南子》『知桀篗之所周』，其意謂《淮南》祖述《離騷》此文，蓋亦以『同』爲『周』之訛矣。

大略而言，是書考訂《離騷》音韻，於無向争議者，能祖述前賢之説；而有争議者，亦不能發明奥義，徒滋歧紛耳。

是書封面，原署『毛詩本音補第二次稿』，故首爲考訂《毛詩》『邪』字古音。旁見用鉛筆勾抹，改署曰『楚辭古韻考』。題曰：『此書成後，楷書二本：一存莊子皋夫子處。序在楷本中，古奥淵博。今不可得矣。其一化爲烏有，爲之歎恨。此其最先草稿也。檢《説文》時，無意中得之，爲此書幸更爲留想矣。』據其語意，蓋亦作者自題矣。此稿頗不經見，今藏國家圖書館，洵可寶矣。（黄靈庚）

# 離騷擬議

《離騷擬議》者，清劉光第之所作也。光第原名光謙，字德星，號裴邨，或作培邨，又號吉六，蜀之富順人。光緒九年癸未進士。二十四年戊戌因陳寶箴引薦，與譚嗣同等同授四品卿軍機章京，官刑部候補主事。參預戊戌變法。事敗，與譚嗣同、楊鋭、林旭、楊深秀、康廣仁六人同日被害，人稱「戊戌六君子」。後人輯其遺著，則有《衷聖齋集》《介白堂集》《衷聖齋詩文集》《劉光第集》諸集。事載《清史稿》卷四百六十四本傳。

《離騷擬議》爲條目筆札之作，内容龐雜，舉凡屈子之作、宋玉以後擬作及後世品評、題識之語皆所論議之列，隨事而發，實類「詩話」之什也。上、下二卷：上卷爲「總議」八條，擬議《離騷》二十七條，擬議《九歌》三十四條，擬議《天問》五條，擬議《九章》前四篇二十條。下卷爲擬議《九章》後五篇十九條，擬議《遠遊》九條，擬議《卜居》《漁父》三條，擬議《九辯》十八條，擬議《招魂》十一條，擬議《大招》七條，擬議《惜誓》《吊屈原》《服賦》五條，擬議《招隱》《九懷》《九歎》《九思》九條。首行「離騷擬議卷上稿本」，次行「富順劉光第裴邨著」，謂「原本未書此行」。則此爲據原書謄寫本也。「總議」爲節録自漢至明八家評説之語，有漢王逸，宋許顗、周密、嚴羽、張表臣，元陳繹曾，明何喬新、莊天合，清沈歸愚。或者於「按」下斷以己語，直陳其意，即其所擬議也。如，首條始列王逸《離騷後敘》駁班固之説，而後「按」云：「叔師之序《七諫》也曰：「古者人臣三諫不從，退而待放。屈原與楚同姓，無相去之義，故加爲《七諫》。」斯言尤當。夫宗臣之道，有其力，則孟子之所謂「易位焉」可也；無其力，則方朔之所謂「七諫焉」可也。……夫天下大患，莫甚於爲人臣者例以神明聖哲待愚黯之君，謬託於事君盡禮，不敢一言犯之以自固，而其實則欺謾侮弄，無所不至。至於傾覆宗社，殘害生靈，而無有僇其誤國慢君之罪者，豈不深可痛恨哉！然後知《凱風》《小弁》可以怨矣，是乃爲仁之至、義之盡也。』案：其所謂『有其力，則孟子之所謂「易位焉」可也；無其力，則方朔之所謂「七諫焉」可也』者，蓋感激於其時維新之事也。『有其力』者，當指榮祿、曾廉之輩，身爲皇親國戚，而不與國同休戚，非但不敢犯顏直諫，而紛紛投靠母后，欺君賣榮，戕害忠良。『無其力』者，則指康、梁及六君子也。又，《離騷擬議》：『「吾令帝閽開關兮，倚閶闔而望予。」又，「閨中既已邃遠兮，哲王又不寤。」《九辯》：「豈不鬱陶而思君兮，君之門以九重。猛犬狺狺而迎吠兮，關梁閉而不通。」後來詩人惟太白《遠別離》《梁父吟》諸篇最似之。余於甲午之冬，上書不得達，亦有詩云：「我欲扶燭龍，銜火照陰邪。九關逢虎豹，坐歎淚如麻。」輾轉吟諷之，不知涕淚之何從也。』案：光第上書不通，即光緒二十年《甲午條陳》也。是故是編之作，蓋亦在甲午之後、戊戌維新之前也。

《擬議》不止《離騷》一篇，於屈子他篇及宋玉之作皆作論議。或者藉此感慨時局之紛亂。《離騷擬議》：『「固時俗之工巧兮，偭規矩而改錯。背繩墨以追曲兮，競周容以爲度。忳鬱邑余侘傺兮，余獨窮困乎此時也。寧溘死以流亡兮，余不

離騷擬議卷上稿本

富順劉光第裴邨著 原本未書此行

漢王叔師楚辭章句序云屈原履忠貞之質體清潔之性直若砥矢言若丹青進不隱其謀退不顧其命此誠絕世之行俊彥之英也而班固謂之露才揚己競於羣小之中怨恨懷王刺譏椒蘭苟欲求進強非其人不見容納忿恚自沈是虧其高明而損其清潔者也昔伯夷叔齊讓國守志不食周粟遂餓而死豈可復謂有求於世而恨怨哉且詩人怨主刺上曰嗚

忍爲此態也。」阮嗣宗詩：「洪生資制度，被服正有常。尊卑設次序，事物齊紀綱。容飾整顏色，磬折執珪璋。堂上置元酒，室中盛稻粱。外厲貞素談，戶内滅芬芳。放口從衷出，復説道義方。委曲周旋儀，姿態愁我腸。」（光第按）：則較之屈子所訾而更能以規矩自飾者。方今時事敗壞，中外多故。庸懦者無論矣，乃軍務、洋務，各有激昂慷慨，磨勵自誓之徒，若大可恃；其實皆由利之所在，借以規取自肥，而國事終由此日壞不可救。嗚呼，誰柄用人，而可不務知其深求其實哉！』案：此段論議，與《離騷》及阮詩之旨皆了不相涉。蓋光第目覩其時列强欺凌中國、生靈塗炭而姦臣當道，忠臣被斥，而國將不國，感慨不勝情，乃藉此以舒發其疾世之憂憤耳。《九辯擬議》：『「無衣裘以御冬兮，恐溘死而不得見乎陽春。」亦可悲矣。後來詩人之窮者，如陶之「飢來驅我去，不知竟何之」；「豈期過滿腹，但願飽粳糧。御冬足大布，粗絺以應陽。正爾不能得，哀哉亦可傷」。杜之「所愧爲人父，無食致夭折」。「歲拾橡栗隨狙公」，「手脚凍皴皮肉死」。「短衣數挽不掩脛」，「男呻女吟四壁静」。皆是。夫以慕義懷道之士而至缺衣乏食。吾儕碌碌，有何功德於人，乃居然足於温飽，尚不自愛而必規求厚利，詭隨薄俗，喪己害人，以釀世道無窮之患，何耶！』案：其憤世之情已溢於顏面矣。

或者於孤寂之世藉以尋覓精神知音。《離騷擬議》：『「製芰荷以爲衣兮，集芙蓉以爲裳。不吾知其亦已兮，苟余情其信芳。」（光第曰）：即所謂蘭生空谷，不以無人而不芳也。其憤時嫉俗之剛腸，有百折不撓者。……余於斯世，自甘寂寂久矣，哦此數言，真覺有無悶不愠之意。』又，《九章擬議》：『「彼堯舜之抗行兮，瞭杳杳［其］（而）薄天。衆讒人之嫉妒兮，被以不慈之僞名。」蓋痛聖人亦不免於讒毁也。陳伯玉詩：「蚩蚩夸毗子，堯舜以爲謾。」則指託爲禪讓一流人。李太白詩「或言堯幽囚舜野死」云云。則沈歸愚所謂「中有欲言不可明言處，故託吊古以抒之，屈折反復，《離騷》之旨」是也。』又，『韓詩：「兒童畏雷電，魚鼈驚夜光。」何屺瞻云：「兒童二句語，韓蘇詩病。」光第按：因世論詩云爾。古人憤激之辭，實乃各有真際，所謂君非惡足也。《懷沙》：「邑犬群吠兮，吠所怪也。」』《九歎擬議》：『劉之政《九歎・靈懷》：「路蕩蕩其無人兮，遂不禦乎千里。」光第《白雪吟》有句云：「君不見縞素風沙二萬里，粉本可畫無人蹤。」言外俱有説話在，蓋彼則傷皇輿之回畔，此則惜地紀之荒棄也。』案：藉此品評、比較，皆可以窺見光第其時孤憤之心境爲如何矣。

或者與六朝以後諸家詩相比較，求屈子意旨所在，且析其異同。《離騷擬議》云：『陶潛詩：「終日馳車走，不見所問津。」又：「鼎鼎百年内，持此欲何成？」《榮木詩序云》：「《榮木》，念將老也。日月推遷，已復有夏，總角聞道，白首無成。」其詩云：「徂年既流，業不增舊。志彼弗舍，安此日富。我之懷矣，怛焉内疚。」張曲江詩：「衆情累外物，恕己忘内修。感歎長如此，使我心悠悠。」李太白詩：「大雅久不作，吾衰竟誰陳？」又：「希聖如有立，絶筆於獲麟。」虞伯生詩：「於惟仲尼衰，清夢不復然。小子未聞道，何以卒歲年。」此等詩皆與《離騷》「忽馳騖以追逐兮，非余心之所急。老冉冉其將至兮，恐修名之不立」。警畏正同。若阮嗣宗詩：「修途馳軒車，長川載輕舟。性命豈自然，勢路有所由。」「栖栖非我偶，徨徨非己倫。咄嗟榮辱事，去來味道真。」則與鮑明遠詩：「容華坐銷歇，端爲誰苦辛。」俱乃意存憤激，語重譏諷，非復左徒心事。然此可資勵志，彼亦可擴達懷，讀之足發人及時内省之心焉也。』案：蓋以惜時，則與陶諸人同。而以諷喻時世，則與阮、鮑異趣也。又，《九章擬議》：『《惜誦》：「欲横奔而失路兮，堅志而不忍。」「横奔失路」，即主父偃所謂「日暮途遠，倒行逆施」也。不能忍之須臾而喪身敗節者多也。陶詩：「紆轡誠可學，違己詎非迷。且共歡此飲，吾駕不可回。」則即「堅志而不忍」者也。』案：徵引主父偃及陶詩以解屈子『欲横奔而失路兮，堅志而不忍』之意，恰到好處。又，『「哀州土之平樂兮，悲江介之遺風。」蘇子瞻詩：「北行連許鄧，南去極衡湘。楚境横天下，懷王信弱王。」愚以爲蘇詩尤是騷人之意。』又，『「曾不知夏之爲丘兮，孰兩東門之可蕪。」按：伍子胥云：「抉吾眼置之吴東門，以觀越之入吴也。」漢伍被諫淮南王引伍員語：「臣今見麋鹿遊姑蘇之臺也。」今臣亦見宮中生荆棘，露沾衣也。」晉索靖指宮門銅駝歎曰：「會當見汝在荆棘中。」』又，『杜子美詩：「避人焚諫草，騎馬欲鷄栖。」即《楚辭》所稱「心純庬而不泄」也。』《遠遊擬議》：『《遠遊篇》，朱子謂：「司馬相如作《大人賦》多襲其語，然屈子所到，非相如所能窺其萬一也。」光第按：阮嗣宗、李太白兩人詩，亦多仿效此篇之意旨。』《招魂擬議》：『「去君之恒幹」，謂魂離其常體也。陶淵明《神釋》詩：「與君雖異物，生而相依附。」』案：若此類者，是皆據廣引他人之詩，以詮釋屈子本旨矣。

或者辨析屈子使役神靈怪物寓意所在。《離騷擬議》：『《辯證》「望舒」一條：「望舒、飛廉、鸞鳳、雷師、飄風、雲霓，但言神靈爲之擁護服御，以見其仗衛威儀之盛耳，初無美惡之分也。舊注曲爲之説，以月爲清白之臣，風爲號令之象，鸞鳳爲明智之士，而雷獨以震驚百里之故，使爲諸侯。皆無義理。至以飄風雲霓爲小人，則夫《卷阿》之言『飄風自南』，《孟子》之言『民望湯武如雲霓』者，皆爲小人之象也耶。」光第按：「初無善惡之分」，其言最當。若飄風、雲霓，詩人原無定指。「蝃蝀在東」，「其從如雲」。「彼何人斯」，「其爲飄風」。其取象亦非有所善惡也。』案：則以《離騷》上征飛升役使諸神怪之物，無所取象寄寓之義，衹『見其仗衛威儀之盛』耳。

或者探索《詩》《騷》相承之源流。《離騷擬議》：『焦仲卿詩：「未至二三里，摧藏馬悲哀。」即《楚辭》「僕夫悲余馬懷兮，蜷局顧而不行」之意，而其根源則皆從《詩·卷耳》末章來也。』案：《卷耳》末章云：『陟彼砠矣，我馬瘏矣，我僕痡矣，云何吁矣！』則《詩》《騷》及漢詩，確有相承之迹也。又，《九歌擬議》：『謝康樂詩「杳杳日西頹，漫漫長路迫。登樓爲誰思？臨江遲來客」四句，玲瓏秀映，耐人諷玩。阮嗣宗詩：「嘉時在今晨，零雨灑塵埃。臨路望所思，日夕復不來。」謝詩實學之。溯厥權輿，則《九歌》之《湘君》《湘夫人》二篇，其從出也。』案：《湘君》：『望夫君兮未來，吹參差兮誰思？』《湘夫人》：『白薠兮騁望，與佳期兮夕張。』又：『沅有芷兮澧有蘭，思公子兮未敢言。』所謂『權輿』者，即指此也。又，『柳子厚詩：「春風無限瀟湘意，欲採蘋花不自由。」沈云：「言外有欲以忠心獻之於君而未由意。」光第按：柳詩似即化取《湘君》篇「采薜荔兮江中，搴芙蓉兮木末」「心不同兮媒勞，恩不甚兮輕絶」數句之意而爲之者。』案：其説是也。又，《招隱擬議》：『「王孫遊兮不歸，春草生兮萋萋。」經六朝、唐人展轉襲用，如宋范晞文所記，幾於數見不鮮矣。然《招隱》原辭，固自婉麗不滅。實則淮南小山之意，亦本《詩》來。《七月》之二章，《出車》之卒章是也。』案：《七月》之二章云：『春日載陽，有鳴倉庚。女執懿筐，遵彼微行，爰求柔桑。春日遲遲，采蘩祁祁。』《出車》之卒章云：『春日遲遲，卉木萋萋。倉庚喈喈，采蘩祁祁。』其説庶幾是也。

或者比較彼此因襲異同，品評技藝之高下，眼光非凡，常出人意表。《離騷擬議》：『《古詩》「四顧何茫茫，東風摇百草，所遇無故物，焉得不速老」比《離騷》「惟草木之零落兮，恐美人之遲暮」語尤警。蓋同此遇之感，一則逢秋而始悲，一則當春而亦傷也』。《九歌擬議》：『「入不言兮出不辭，乘回風兮載雲旗。」寫得倏來忽去，靈蹤恍惚。陳廣翁謂：「劉姚論文，最重此意。」唐李端《蕪城》詩云：「城裏月明時，精靈自來去。」便純是鬼趣矣。』又，『《東君》：「長太息兮將上，心低徊兮顧懷。」阮嗣宗《大人先生歌》翻之曰：「我騰而上將何懷？」李太白詩：「身騎白黿不敢度，金高南山買君顧。徘徊六合無相知，飄若浮雲且西去。」略似《楚辭》「撰余轡兮高駝翔，杳冥冥兮以東行」筆意。』又，『杜子美詩：「山鬼迷春竹，湘娥倚暮花。」幽秀無匹。出語乃暗用《山鬼》「余處幽篁兮終不見天」意，對語乃暗用《湘君》「搴芙蓉兮木末」意，而能滅去痕迹，真善於用古人者。』又，『劉夢得詩：「清晨登天壇，半路逢陰晦。疾行穿雨過，却立視雲背。白日照其上，風雷走于内。」著語奇險。細玩之，乃是本《山鬼》「表獨立兮山之上，雲容容兮而在下。杳冥冥兮羌晝晦，東風飄兮神靈雨」數句之意，而精煉變化以出之者。』又，『傅休奕《短歌行》收處云：「昔君視我，如掌中珠。何意一朝，棄我溝渠。昔君與我，如影與形。何意一去，心如流星。昔君與我，兩心相結。何意今日，忽然兩絶。」三股竟住，筆力老橫。《楚辭・山鬼》收處云：「采三秀兮於山間，石磊磊兮葛蔓蔓。怨公子兮悵忘歸，君思我兮不得閒。山中人兮芳杜若，飲石泉兮蔭松柏。君思我兮然疑作，雷填填兮雨冥冥，猨啾啾兮狖夜鳴。風颯颯兮木蕭蕭，思公子兮徒離憂。」亦是三股竟住，勢如飄風怒雨，騰踏虛空，又在休奕之上。』又，『《國殤》：「天時墜兮威靈怒，嚴殺盡兮棄原野。」讀之覺唐人《吊古戰場文》于殺戮情狀極力摹寫，終不及此二句慘肅之氣直駿殺人，乃歎古今有數文人，其制造信非後人易到。』《九章擬議》：『「背膺牉合以交痛兮，心鬱結而紆軫。」朱注謂：「胸背一體而中分之，其交爲痛楚，有不可言者。」光第按：後人詩中沉痛警絶，如此者絶鮮。杜詩：「眼枯即見骨。」蘇詩：「淚入飢腸痛。」尚不及之。』又，『蘇子瞻詩：「憑花説與春風知。」即《楚辭》「令薜荔以爲理」「因芙蓉以爲媒」之意，而説來輕妙無比，殊不見有運古之迹。』《九辯擬議》：『「獨申旦而不寐兮，哀蟋蟀之宵征。」杜詩：「巴童渾不寐，半夜有行舟。」從對面著筆，不説己之不寐，其妙乃欲突過前人。』《大招擬議》：『朱子謂《大招》勝《招魂》，以理境言之也。嚴儀卿謂《招魂》勝《大招》，以文采言之也。學者研其理而挹其文可也。』

案：《九歌》《天問》《九章》《九辯》諸篇品文譚藝，皆多此類也。

或者辨析字義，糾舊注之誤。《九辯擬議》：『《藝苑雌黄》云：「宋玉《九辯》云：『悲哉秋之爲氣也，蕭瑟兮草木摇落而變衰。憀慄兮若在遠行，登山臨水兮送將歸。』潘安仁《秋興賦》引此語而曰：『送歸懷徒慕之戀兮，遠行有羈旅之憤。臨川感流以歎逝兮，登山懷遠而悼近。彼四感之疚心兮，遭一途而難忍。』安仁以登山、臨水、遠行、送歸爲四感。予頃年較進士于上饒，有同官張扶云：『曾見人言，若在遠行、登山、臨水、送、將、歸是七件事，謂遠也，行也，登山也，臨水也，送也，將也，歸也。前輩詩中，王介甫：『一水護田將緑繞，兩山排闥送青來。』將、送二字與《楚辭》合。予嘗考《詩》之《燕燕》篇曰：『「之子于歸，遠于將之。」「之子于歸，遠送于野。」』一篇詩中，亦用此送、將、歸三字。然則《楚辭》之言，亦有所本也。安仁謂之四感，蓋略而言之。」光第按：七件之説，頗確鑿穩帖。《燕燕》詩，毛傳將訓行，鄭箋訓送，朱注亦將字訓送，則與上行送字復矣。王介甫詩將字句，當用扶進義爲是，與《小雅》「無將大車」將字正同。」案：毛傳將訓行者，即語詞將行之意。《九辯》亦作此義也。

光第畢竟憑臆掇擷、比附，未免牽合失當之處。如，《離騷擬議》：『「冀枝葉之峻茂兮，願竢時乎吾將刈。」韓昌黎《秋懷詩》：「清曉卷書坐，南山見高稜。其下澄湫水，有蛟寒可罾。」陳廣專先生謂：「昌黎詩志雄而氣遠，若使作宰相，必不肯乾休。」光第按：屈子之喻意，在及時而進德，韓子之喻意，在乘時而除惡也。陳廣翁至謂「不肯乾休」。有以哉！』案：《離騷》本旨，以所植之芳喻其所培植之賢，非喻『及時而進德』也。又，《九歌擬議》：『「沅有芷兮澧有蘭，思公子兮未敢言。」擬之而最妙者《越人歌》：「山有木兮木有枝，心悦君兮君不知。」漢武帝《秋風辭》：「蘭有秀兮菊有芳，懷佳人兮不能忘。」則稍不及矣。』案：溯本追源不當。《九歌》『沅有芷兮澧有蘭，思公子兮未敢言』，是因襲於《越人歌》，而非相反者也。

此書未見鋟刻單行，衹有謄寫本見藏於上海圖書館，封面書《劉衷聖先生離騷擬議遺稿》，民國二十九年在庚辰之春，富順城東硯生香室謄本，鈐有『陳其駿印』。其駿字紫建，光第之婿也。蓋本其駿原物，蓋其所謄鈔者也。（黄靈庚）

# 離騷逆志

《離騷逆志》者，清魏元曠之所作也。元曠字斯逸，號逸叟，又號潛園，江右南昌人。光緒二十二丙申進士，歷官刑部主事、民政部署高等審判廳推事。入民國，歸居故里，以前清遺老自居，賦詩吟詠，據抑鬱沉痛之思，抒黍離故國之悲。嘗應胡思敬約，校勘《豫章叢書》。著述甚富，尤精清代掌故，計有《易獨斷》《易言隨録》《讀易考原校勘記》《周書雜論》《昭疑録》《禮訓纂》《喪服彙識》《春秋通義》《大學古本訓》《潛園讀書法》《光宣僉載》《堅冰志》《都門懷舊記》《都門瑣記》《匪目記》《黨目記》《居東記》《審判稿》《匡山避暑録》《潛書》《賸言》《西曹舊事》《南宫舊事》《蕉盦詩話》《潛園詩集》《蕉盦隨筆》《西山志略》宣統《南昌縣志》等，後彙刻爲《潛園全集》，凡二十四種。

魏氏際遇清季鼎革，思屈原之爲人，而作《離騷逆志》，蓋以寓其志焉。乃謂《離騷》之所以稱『經』者，『其爲志也「怨悱而不亂」，曲而有直，體隱而不晦；其爲音也哀而不迫，其辭藻而富，其氣整而舒，寬而不散，其《小雅》《大雅》之極軌』云，蓋推崇之備至矣。又以『是經舊解多舛誤，未能通澈旨趣，由以香草、珵玉，皆其自喻』。則知其所著，以通旨明義爲要，而不在乎字義訓詁。而通旨明義之要，尤在於分節及抉發篇中香草、珵玉之所以喻賢之通義。以『《離騷》一篇，傷國無賢臣也。國無賢臣，以黨人嫉美；刺黨人，所以怨君，而傷己之見逐也。在廷之臣不保厥美，始爲蘭蕙，卒爲蕭艾。正以己之見逐也，其爲是文非苟作也，猶冀王因其死，喻其志，或終一悟』。案：蓋推其言外之意，清朝之亡，亦在於國無賢臣，邪佞當政；傷屈子之見棄而楚以亡，刺時君昏闇而不能舉賢，終至破家而亡國矣。

魏氏乃分《離騷》爲三大段、八小節，每段、每節皆述其要旨，然後逆其進賢大義。稱首段『總敘其進退疏替之迹』。下分三節：篇首至『先路』爲第一節，『言己懷美潔，欲引衆賢及時進用，立朝共政，而己爲之導』。『昔三后』至『遺則』爲第二節，『言古先后皆以用賢致治，而黨人蔽君，己因見疏，恐己所欲引進之賢，遂以自棄。故當黨人悻悻之時，愈迫切憤勵，甘以忠諫取戾，儻庶幾其一悟也』。『長太息』至『未虧』爲第三節，『言忠諫不悟，因以見替，而謡諑交加。自念直道違俗，振古如此。隱忠肥遯，前聖不非。悔相道之不察，幸昭質之未虧，因放棄以修初服可也』。稱二段『總是憂國無人，乃原之一腔心事也』。下分三節：『忽反顧』至『浪浪』爲第一節，『首言宗國既棄，將往四方，仍誓不改好修，以引起女嬃一詈。乃借陳詞重華，列敘興亡，以申其正諫之説。結言己之好修，本無可悔，非道危身，特所值非時耳』。『跪敷衽』至『而嫉妒』爲第二節，『言己有此美德，終宜用世，將歷覽列國，必有倚闕相待，立談授政之遇。既又思蔽美嫉妒，舉世皆然，日暮歲老，故欲往而又延佇耳』。『朝吾濟』至『終古』爲第三節，『言世固皆溷濁，終有可往之國，忽一轉念宗國無賢，已雖長往，豈能恝然？乃爲之求隱逸之賢，

逆古錄三

南昌 魏元曠 斯逸

離騷逆志

是經舊解多舛誤未能通徹旨趣由以香草珵玉皆其自喻也

帝高陽之苗裔兮朕皇考曰伯庸攝提貞于孟陬兮惟庚寅吾以降皇覽揆余于初度兮肇錫余以嘉名名余曰正則兮字余曰靈均紛吾既有此內美兮又重之以修能扈江離與辟芷兮紉秋蘭以爲佩引香草自喻其修美也攬物起興因以爲比 汩余若將不及兮恐年歲之不吾與朝搴阰之木蘭兮夕攬洲之宿莽懼亡之易老急欲援引楚之衆

逆古錄 離騷逆志 一

皆晦遯不出。復求之遠方，雖有賢者，然國無招致之人，己又不當其任，見其爲他人所得而已。襄王嗣位，庶幾知求賢佐，而黨人滿側，賢者既不肯輕出，王又不知急求，終於舉國無人。於是己則欲留不能，欲往不忍，進退難決，因起卜筮之思』。稱三段，『以終明其忠君愛國，傷讒守死之意』。下分二節：『索藑茅』至『未沫』第一節，『靈氛之言，但謂出必有合，因答以他適，即能察美惡。不應楚國獨有黨人，恐未敢信，故欲再叩巫咸。告以遭時得君，惕以及時求志，則大夫私心刺繆之事，故專舉百草不芳，一言流連慨歎。言己放逐以來，昔所同志之賢者，附黨人而進，改其初之所守，獨己一人懷芬未變。而昔所慮之「何不改乎此度」與「哀衆芳之蕪穢」，固已驗矣。椒蘭諸芳草，皆言廷臣』。『和調度』至篇末爲第二節，『言衆芳皆變，是舉國無可「和調度以自娱」之人。欲逍遥終老，皆不可得，亦惟從靈氛之占，覓同心於西海，相與媮樂，忽忽没世已耳。然而眷念舊鄉，終不忍去，低佪曲折，而大夫自爲之計盡矣。舊鄉既不忍去，國中又不可居，舍沈淵一著，更無他法。汨羅之投，是乃干死箕奴之志也』。案：其分段分節，大致可從。惟合嬃詈、節中重華及上征叩帝閽爲一段，似未愜於旨。下三求女一節若亦繫之，其一段意方完。蓋嬃詈因往觀四荒出，節中重華因嬃詈來，而後承以上征叩帝閽、三求下女，皆遥接往觀四荒也。往荒四方，周流上下，亦不足以合其願，則啓乃卜氛、問咸矣。

魏氏之分段，既以用賢、棄賢逆屈子意旨，則解《騷》亦如是已。如，『朝夕』云：『懼己之易老，急欲援引楚之衆賢。朝搴夕擥，言汲汲也。』又，『美人遲暮』一節，云：『美人謂衆賢也。因己而念衆賢亦年歲不保，不使其撫念壯歲，棄絶穢迹，必至抑塞改節，難終保其芳美。乘騏驥，冀其偕來也。』又，『三后』一節云：『三后，謂三代之后也。用賢立政，自昔皆然。在三代之盛，衆芳攸賴，不惟蕙茝椒菌之細，皆雜收之。椒、菌喻小賢；蕙、茝喻大賢。』又，『荃不察』云：『荃、靈修，皆謂君也。自黨人以偷樂蔽君，使己忠謇不明，信任不卒，欲遂引退，而又傷君之數誤而變也。』又，『余既滋』一節云：『況己搜引衆賢，如滋培蘭蕙，方觀其效，今己委棄，亦何足傷，惟懼衆芳蕪穢，爲可哀耳。』又，『芳與澤』云：『芳澤雜糅，謂忠愛棄捐也。』又，逆『斑陸離』云：『總言皇皇求君，不暇安處之意。』蓋以上征叩閽爲喻求君也。又，逆『高丘無女』云：『瓊枝，喻己德也。欲持其仁禮以招致在下之賢，蓋爲高丘無女之故。高丘，謂上位。無女，謂乏賢人也。』而逆推三求女皆爲求賢之喻，虙妃之『保厥美以驕傲兮日康娛以淫游』云：『驕傲，不事王侯也。康娛淫游，置理亂於不聞也。』則待以高德隱士。有娀佚女，比『異國之賢』，鴆比『楚之執政也』，雄鳩比『楚行人也』，其『皆不能致賢，惟己自往，則身廢而職不屬』。少康，是『謂襄王新君嗣政，賢者庶乎思出，然亂政無人，賢終懷疑而不敢進。理弱，謂政亂也。媒拙，謂乏賢也』。是故三求之皆未遂矣。又，逆靈氛『占曰』云：『女與芳草，承上滋蘭、求女兩節，皆謂賢也。』又，逆『獨異』云：『蓋時當幽昧，美惡顛倒，舉世皆然，草木香臭最易覺察，尚不能辨，何況珵玉之美乎？』案：蓋時世之棄賢用讒，已不可救藥矣。其於清季時政，姦佞當道，禍國賣榮，而國君昏聵，是非莫辨，抑有所諷刺矣。

魏氏既以逆《騷》旨國之興盛在於用賢，則凡屈子修美之事，皆逆以修賢，不斷自我完善，雖處逆境，猶篤守其操而不易其志節，大略寄其遺民之志。如，『扈江離』云：『引香草自喻其修美也，攬物起興，因以爲比。』又，『朝飫』一節云：『特念老之將至，思餐英飲露，益勵忠誠，求信於己，加修晚節，以追古人，故曰「木根」、曰「落蘂」，言晚節也。曰「擥」「貫」「矯」「索」，皆發憤意。』又，『屈心抑志』一節云：『屈心抑志，忍尤攘詬，言隱廢也。死直，言窮餓守正也。不能隨俗周旋，即不免於窮困，前代皆然，終不忍於隨俗失所守之正。』又，『陳詞』一節云：『歷觀前事，皆善可服，獨以遭時不偶，致身阽危，攬茹蕙以掩涕者，蓋自傷其修美也。』又，逆『余以蘭』一節云：『國既無賢，昔所引拔，欲及時觀效，若蘭與椒，宜若可保，乃蘭既委美，椒復專佞，其他衆芳，從流變易，本無足怪。所不變者，惟茲佩耳。佩指上蘭佩、瓊佩，原自謂也。」又云：『原時被放江潭，在可以去國之際，故篇中屢以爲言，因以作結。其設爲女媭一詈，以明所守之不可變。靈氛兩占，以明舊鄉之不忍離。總之以分屬宗臣，義無可去也。』此蓋後世所謂『内聖』也。觀其所逆《騷》意，似不可謂之『通澈』無礙，香草、美人之喻，亦未必妥怗於心。至若末段西行遠逝，謂『詔西皇，指西海，懷西周』云云，豈屈子本意耶？尤不足取信矣。

是書原見《魏氏全書》之《類編述古録》之第三種，刻於民國二十二年，國家圖書館有藏本。（黄靈庚）

# 楚辭拾遺

《楚辭拾遺》者，陳直之所作也。直字進宧，又作進宜，江蘇丹徒人。當今歷史學家、考古學家，嘗任西北大學教授、中國考古學會首届理事、中國秦漢史研究會籌備組組長、陝西省社會科學研究會顧問，陝西省歷史學會顧問。幼秉家學，研習經史訓詁之學。既而私淑静安先生，專以『二重證據法』研治秦漢史，以傳世文獻取證於出土文獻、出土文物，開啓治學之新塗徑。其兄邦福（字墨迻）、邦懷（字保之）亦私淑羅雪堂、王觀堂，專治甲骨、金石之學，卓然有成，時稱『丹徒三陳』云。直畢生勤於著述，著作等身，計有《史記新證》《漢書新證》《關中秦漢陶録》《居延漢簡研究》《兩漢經濟史料論叢》《文史考古論叢》《讀子日札》《讀金日札》《三輔黄圖校證》《弄瓦翁古籍箋證》《摹廬詩稿》等十一種，統編於《摹廬叢書》。

陳直之治《楚辭》而名『拾遺』者，蓋采録遺逸，補正舊注剩義，猶《史記·太史公自序》所謂『以拾遺補藝成一家之言』者也。故凡舊注闕略或與相左者則條陳之，詳爲考證。其每立一解，旁徵遠紹，必以文獻記載爲依據，而後下以己意，蓋屬筆記之作也。前無題序，末自稱『《摹廬》三十以前叢著之一，甲戌二月校寫』。甲戌者，民國十二年也，爲其作書之時。凡一卷，總四十三條：《離騷》五條，《九歌》二條，《天問》三十條，《九章》一條，《遠遊》一條，《大招》四條。其於《天問》一篇尤爲用力焉。每條多以出土文獻、文物與傳世古籍相印證，别開新意，於研究《楚辭》頗多參考價值，可以備爲一解者。如，《離騷》『攝提貞于孟陬兮』之『貞』，王逸注但釋『正』，謂正當之義。《拾遺》云：『貞，當作「卜」

解。劉向《九歎》云：「兆出名曰正則兮，卦發字曰靈均。」可證屈子之名因卜兆而得也。』又，『肇錫余以嘉名』之『肇』，王逸注爲『始』義。《拾遺》云：『肇，即兆字之假借。《虞書》「肇十有二州」，《尚書大傳》作「兆」是也。屈子蓋本名平、字原，因在伯庸祖廟卜名，得名曰正則，字曰靈均也。』案：貞改訓卜，引劉向《九歎》『兆出名曰正則兮，卦發字曰靈均』以爲證；以『肇』爲『兆』，引《虞書》異文爲證。明其説皆有依據也。又，『朝搴阰之木蘭兮，夕攬中洲之宿莽』，王逸注：『阰，山名。』然不知在何處。《拾遺》云：『魏孝文帝《吊比干文碑》云：「登阰巖而悵望兮，眺扶桑以停佇。」知北魏時阰字從山，其理較長。』案：其説取證於魏孝文帝《吊比干文碑》。阰、洲，對舉爲文。洲爲水洲，泛稱；阰亦不得爲專名，猶山阜也，故字或從山。明周孟侯《離騷草木史》：『阰與洲同，水中之土曰洲，丘阜之阿曰阰。』用作動詞，阰，猶上也。洲，猶下也。搴於阰而攬於洲，即謂上下求索也。又，《天問》：『皆歸射鞫，而無害厥躬。』二句所言者，皆不可知曉。《拾遺》云：『牛運震《金石圖》云：「嵩山《啓母廟石闕銘》，兩闕畫像凡四段，其一畫索毬（毬亦爲踘），而蹋踘者二人，坐而睨視者一人，跪者一人。不曉所謂。」予謂皆啓母及啓之事。《天問》射鞫與畫像之蹋踘，正相符合，其事已不可考。《漢書·藝文志》「兵技巧」有《蹵鞠》二十五篇。《荆楚歲時記》：「蹋鞠，鞠形如毬，以皮韋爲之，黄帝時戲。見劉向《别録》。」是蹋踘之制亦甚古也。合上文「何啓惟憂，而能拘是達」觀之，似爲益干啓位，啓殺益事。《晉書·

楚辭拾遺　　鎮江陳直進宦撰

離騷朕皇考曰伯庸　丹陽吉曾甫先生城云伯庸爲屈子之遠祖非屈子之父名劉向九歎云伊伯庸之末冑兮諒皇直之屈原可證予案禮記曲禮云父曰皇考祭法云大夫立三廟曰考廟曰王考廟曰皇考廟鄭注皇考曾祖也以祭法證之皇考殆即屈子之曾祖矣

攝提貞於孟陬兮惟庚寅吾以降　案王逸注云貞正也予謂貞當作卜解劉向九歎云兆出名曰正則兮卦發字曰靈均可證屈子之名因卜兆而得也

皇覽揆余於初度兮肇錫余以嘉名　案潘岳西征賦云皇鑒

一　摹廬叢著之一

束晳傳》本有此説，今本《竹書》並無。此文意同觀射鞠，因有代啓之意，反爲啓所制，故云「無害厥躬」也。』案：揆之上下文義，以『射鞠』爲蹋踘之獻，且證之以《啓母廟石闕銘》，則蓋得成立也。又，『胡終弊有扈，牧夫牛羊』。《拾遺》云：『《淮南子》云：「有扈以義而亡」，高誘注云：「有扈，夏啓之庶兄，以堯、舜與賢，啓獨與子，故反啓。啓亡之。」殷侯子亥在夏帝泄時，與有扈時代不合，爲「有易」之誤無疑。扈，又作「户」，與「易」字篆形相近，故易致誤。』案：其説是也。此問殷先世事，亦不宜竄入夏啓及有扈事也。以『扈』爲『易』字之訛，然清劉夢鵬《屈子章句》及王静安皆已發之矣。又，『湯出重泉』，王逸注：『重泉，地名也。夏桀拘湯於重泉而復出之。』洪氏《補注》引《前漢志》：『左馮翊有重泉。』案《拾遺》云：『《太公金匱》云：「桀怒湯，以諛臣趙梁計，召而因之鈞台，置之重泉。」又，《史記·秦本紀》云：「秦簡公以六年塹洛城重泉。」合肥龔氏藏《大良商鞅量》亦有「臨重泉」等字，列國時地名，疑因夏殷之舊。洪《補注》僅引《漢志》，未深考也。又案《六國表》云：「湯起於亳。」徐廣注：「京兆杜陵有亳亭。」杜陵與重泉，漢時皆屬三輔，則湯出重泉之説，益信而有徵矣。』其引徵文獻，不唯《太公金匱》《史記》，又有古器《大良商鞅量》銘文，深得『二重證據法』之秘奥矣。又，『昭后成遊』，説周昭王南巡不反事，古今亦皆無異詞。案《拾遺》云：『成遊，謂昭王作方城之遊也。《左》僖四年傳云：「楚國方城以爲城，漢水以爲池。」《商朱中子方成鼎》亦省「城」作「成」可證。屈子，楚人，故詳言其地理如此。』其取證於《商朱中子方成鼎》銘文，以成爲方城者，庶幾是也。

然古人語云，智者千慮，必有一失。陳直氏固爲智者，深意求深，蓋未能免焉。如，《離騷》『朕皇考曰伯庸』之伯庸，王逸注以爲屈原父字，唐《文選》五臣注以爲屈原父名。《補注》斥之，曰：『又以伯庸爲屈原父名，皆非也。原爲人子，忍斥其父名乎？』洪氏則亦以爲字。《拾遺》云：『丹陽吉曾甫先生城云：「伯庸爲屈子之遠祖，非屈子之父名。劉向《九歎》

云：「伊伯庸之末胄兮，諒皇直之屈原。」可證。」予案《禮記·曲禮》云：「大夫立三廟，曰考廟、曰王考廟、曰皇考廟。」鄭注：「皇考，曾祖也。」以《祭法》證之，皇考，殆即屈子之曾祖矣。」案：非是。屈子稱「皇考」者，皇，美也，光也。故王注引《詩》「既右烈考」以證之。烈亦美也，光謂之皇，亦謂之烈；美謂之皇，亦謂之烈。皇、烈以同義互訓之。不可據以「皇考」爲稱太祖。且楚之宗法別於周禮，「大夫三廟」之説，不盡可信。郭沫若《屈原研究》謂伯庸爲屈子父考之號。至確。「帝高陽」「伯庸」，儷偶對舉，帝，顓頊之號；伯，非伯仲之伯，乃侯伯之伯。高陽，地名。庸，亦當地名，蓋屈子父考之封邑。庸在房州竹山縣，楚莊王三年滅庸，則庸已入楚。屈子父考爲庸之封君，故號「伯庸」也。又，「啓代益作后，卒然離蠥。」《拾遺》云：「王逸注云：「蠥，一作孽。」《尚書大傳》云：「維王后元祀，帝令大禹步於上帝，爰用五事，建用王極。一時則有服妖龜孽，二時則有詩妖介蟲之孽，三時則有草妖保蟲之孽，四時則有鼓妖，五時則有脂夜之妖。」《天問》蓋謂啓繼禹爲后，能離此五妖孽也。」案：其誤有三：其一，「蠥一作孽」本出洪興祖《楚辭考異》，而非王逸注也。其二，離，王注訓「遭」，即罹字之假借，非謂離分也。其三，蠥，王注訓「憂」，自是不刊。又見出土楚簡。《包山楚簡》第二三九簡、二四〇簡：「疾孽，又𤺺，遞戲（瘥）。以其故敓之。」。第二四七簡、二四八簡：「疾孽，闔又瞶，以其古（故）敓之。」《江陵望山沙塚楚墓》第五〇簡：「憈，又（有）見祱（祟），宜禱。」六二簡：「又（有）𤺺，遲瘥，以（以）亓故敓（祟）之。」六五簡：「瘥，又（有）𤺺。」《新蔡葛陵楚墓》甲二第三二簡：「將爲𤺺於後□。」甲三第五八簡：「午之日尚毋𤺺。占之：亙（恒）□。」甲三第一九二、一九九簡：「鹽齜習之以（以）黽古霝。占之：吉，不𤺺。」甲三第二八四簡：「恒貞無咎，疾𤺺罷，也。」乙二第四一簡：「𤺺。以（以）亓故敓（説）。」乙三第三九簡：「無咎。疾遲瘥，又（有）𤺺。以（以）亓故敓（説）。」乙三第六一簡：「𤺺，以（以）亓故敓（説）之，賽禱北方。」零第一八四簡：「[占]之：吉，不𤺺。」

簡文『癀』、『⿱黃心』或『⿰爿黃』，皆同《天問》『蠥』，謂憂也。蓋亦楚語也。陳氏若見楚簡，蓋亦不作『妖孽』解也。又，『胡終弊於有扈，牧夫牛羊』。《拾遺》云：『《淮南子》云：「有扈以義而亡」，高誘注云：「有扈，夏啓之庶兄，以堯、舜與賢，啓獨與子，故反啓。啓亡之。」殷侯子亥在夏帝泄時，與有扈時代不合，爲「有易」之誤無疑。扈，又作「户」，與「易」字篆形相近，故易致誤。』又，『何繁鳥萃棘，負子肆情』。《拾遺》云：『《山海·東山經》云：「王亥兩手操鳥，方食其頭。」上甲爲王亥之子，故云「負子」。一説，《白虎通》云：「諸侯有疾稱負子。」自簡狄在台以下二十六句皆述殷先祖事，不盡可曉。』案：可謂審矣。王静安先生亦云：『「繁鳥萃棘」以下，當亦記上甲事，書闕有間，不敢妄爲之説。』然猶有剩義。余以爲繁，猶衆多也。鳥，即『玄鳥』之鳥；繁鳥，指亥、恒、微諸人，殷人以鳥爲其族之精，故甲文亥或從隹作『⿱髟亥』（詳參《殷契拾掇》四五五），或作『⿱隹亥』（詳參《殷契佚存》八八八）。隹，短尾鳥也。萃，集也。《詩·墓門》『有鴞萃止』，毛傳：『萃，集也。』《方言》：『凡草木刺人江、湘之間謂之棘。』棘，比凶險之地。《易·坎·上六》『係用徽纆，寘于叢棘，三歲不得。凶。』王弼注：『險陗之極，不可升也。嚴法峻整，難可犯也。宜其囚執，寘于思過之地，三歲，險道之夷也，險終乃反，故三歲不得；自脩三歲，乃可以求復，故曰「三歲不得，凶」也。』謂殷先公亥、恒、微皆淫于有易氏女，如置身于凶險之地也。負，通作婦。《爾雅·釋蟲》：『蟠，鼠負。』《釋文》：『負，又作婦。』《説文·虫部》『鼠負』作『鼠婦』。《漢書·周亞夫傳》『亞夫爲河内守時，許負相之』，顔注：『許負，河内温人，老嫗也。』許負，即許婦。婦，謂有易氏女，始與亥、恒通；後與其子微通。子，謂微也。父與子共淫一婦，故斥之『婦子肆情』也。又，『吴光争國，久余是勝』。《拾遺》云：『余，謂餘眛也。漢萊子侯《封冢記》省「餘」作「余」。《史記·吴世家》徐廣注云：「餘眛生光是爲闔閭。」言光、僚争國既久，餘眛之後終勝也。』案：刻意求深之弊。王逸注：『光，闔廬名也。言吴與楚相伐，至於闔廬之時，吴兵入郢都，昭王出奔，故曰『吴光争國，久余是勝』。言大勝我也。』其説是也。言初楚屢勝吴，何以公子光弑立后，吴乃屢勝楚也。洪氏《補注》云：『楚昭王十年，吴王闔廬伐楚，楚大敗，吴兵遂入郢。懷王與秦戰，爲秦所敗，亡其六郡，入秦不返。故屈原徵荆勳作師、吴光争國之事諷之。』庶幾傳屈平心事。若從陳説，則『久』字屬上。不辭之甚。且『餘昧』亦未見省『余』之例，終是臆説矣。又，《大招》：『美冒衆流，德澤章只。先威後文，善美明只。魂虖歸徠，賞罰當只。』《拾遺》云：『冒，謂蚡冒也。《史記・楚世家》云：「霄敖六年卒，子熊眴立，是爲蚡冒。」又云：「楚武王子文王立，始都郢。」宣王子威王，即懷王之父。文稱「先威後文」，言威、文二王之德，足以比蚡冒也。稱「蚡冒」爲「美冒」，與《天問》「勳闔」一例。』案：其説鑿矣。王逸注：『冒，覆也。章，明也。威，武也。言楚國爲政，先以威武嚴民，後以文德撫之，用法誠善美而君明臣直，魂宜還歸也。』舊注於義無礙，自是不易。若『冒』爲蚡冒，則『衆流』何所繫耶？且『蚡冒』其人，於楚無甚作爲，何以稱『美冒』？終是臆解。且『蚡冒』亦無省『冒』之例，清華大學藏簡《楚居》作『焚冒』，以其『居焚』，因爲名也。則焉得省之乎？焚，即《鄂君啓節・車節》之『西焚』，春秋之世『房國』，在上蔡之西，今河南省遂平南也。

《拾遺》流傳未廣，惟見民國二十三年《摹廬叢書》石印本，國家圖書館有藏本。（黄靈庚）

# 離騷補釋

《離騷補釋》者，胡韞玉之所作也。韞玉字仲明，又字頌民，號樸庵，别署『有忭』『半邊翁』，徽之涇縣人。幼年秉承家學，好讀書，無意仕途。光緒三十二年丙午，至滬上，因朱少屏入國學保存會，與編《國學粹報》。後結南社，入孫中山同盟會。創辦《民立報》《民國日報》《民權報》《中華民報》《大衆雜志》等，嘗於江蘇省民政廳之職，執教於大夏、復旦、東吴、暨南、上海、持志等大學。精於小學、考據學，著有《中國文字學史》《中國訓詁學史》《周易古史觀》《莊子章義淺説》《中庸新解》《通書新解》《樸學齋叢書》《國學彙編》及論文《從文字學上考見古代婦女》《從文字學上考見古代之聲韻與語言》《從文字學上考見古代的辨色本能與染色技術》《從〈詩經〉上考見古代之家庭》等，藉文字形體聲韻之分析，以考證古代社會、歷史、科學技術、家庭，發明良多。又善詩詞，復著有《歙浦集》《志學集》《閩海集》《北遊草》《無聞集》《强仕集》《歸田集》《枕戈集》《養痾集》《悦禪集》《樸學齋曲存》等詩詞集，巋然爲大家也。

《離騷補釋》之前無序及目録，末見自爲題記。稱『此書始于庚戌秋，中間以事作輟，未能卒業。蓋全書浩繁，非五年不能勝任也。先成《離騷經補釋》一篇，照龔氏景翰《離騷箋》例，分爲二卷。自「帝高陽之苗裔兮」起至「霑余襟之浪浪」爲第一卷，自「跪敷衽以陳辭兮」起至「吾將從彭咸之所居」爲第二卷。今將第一卷于本期報内登完，其第二卷以後俟全書殺青時另單行也』。案：書作於宣統二年，此即《離騷補釋》上卷，凡一百二十一條。胡氏又云：『余端居多暇，喜讀《楚辭》，知《離騷》注本莫古于王，莫善于洪。蓋文字必以名物訓詁爲先，名物訓詁未詳，而文字必不可讀也。諷誦既久，覺王氏之注尚有未洽于心者。乃取王氏原本詳爲補釋。如「肇錫余以嘉名」之「嘉」、「紛吾既有此内美兮」之「紛」、「不撫壯而棄穢兮」之「壯」、「雜申椒與菌桂兮」之「申椒」、「何桀紂之昌被兮」之「昌被」、「長顑頷亦何傷」之「顑頷」、「謇朝誶而夕替」之「誶」、「寧溘死以流亡兮」之「溘」，皆與王注不同。其餘或闡發王注，或與王注稍有出入，要皆詳徵古籍，不雜臆測之私。』是故其書體式，首列王注，次以『釋曰』補於其下。而其所補者，皆文字名物訓詁，精義紛如，功力深厚，發前所未發，然罕及文詞指意矣。

或者辨析舊注之謬者。『指九天以爲正兮』，王注：『九天，中央八方也。』釋曰：『九天，九重天也。《天問篇》云：「圜則九重，孰營度之？」下即云「九天之際，安放安屬」。九天即九重可知。九重天，言天之高遠。如《詩》「鶴鳴于九皋」，朱注：「所謂從外數至九，喻深遠也。」』案：其説是也，而王注則非。九天，極言其高遠，不言其廣博。包山楚懷王左尹邵⿰方它大夫墓中棺之上飾物有九疊，皆用絲織之物。第一、二兩疊皆爲錦夾衾，第三疊爲錦帶，第四疊爲帛類網狀物，第五疊爲鳳鳥紋繡絹面綺裏夾

文篇

○○離騷補釋（續七十三期） 胡韞玉

余既滋蘭之九畹兮

王曰、滋蒔也。十二畝爲畹。或曰田之長爲畹。

釋曰、洪氏補注、王氏通釋皆云田三十畝曰畹。朱子集注畹十二畝。或曰三十畝也。兩説俱存。余案説文田三十畝曰畹。（大徐本三作二誤）段氏謂魏都賦下畹。高堂張注引班固曰畹三十畝也。蓋孟堅離騷章句滋蘭九畹之解。此爲釋畹字之最古。其説可從。玉篇三十步爲畹。步字當是畝字之誤。黄山谷蘭説以九畹爲少。百畝爲多。張氏淏云、山谷致誤之由。以三十步爲畹。九畹乃二百七十步。以今制言之。纔一畝餘。山谷以多少分貴賤。玉篇謬本有以誤之。或曰田之長爲畹。曲阜桂馥説文解字義證謂玉篇所云三十步即田之長。亦非。是書樹德務滋。謂植德則務其滋長。滋長者。有蒔。

文篇 內 一 第七十四期

衾，第六疊爲二小衾二中衾，第七疊爲一小衾二中衾，第八疊爲一中衾一小衾，第九疊爲鳳鳥紋絹面素絹裏夾衾。九疊飾物，蓋象九重天也。第五、第九之疊，一處中位，一處極位，皆繡以鳳鳥，有導引亡魂來至之意。以地下實物徵之，以九天爲九重天者最切楚人天體宇宙觀。『中央八方』之説出於齊稷下學人，非楚人舊説。此『指九天以爲正』，謂九天以能平正人間曲直者，則同《騷》下文之『皇天』，天之神靈。《九歌・少司命》『登九天兮撫彗星』，又曰『蓀獨宜兮爲民正』。王注：『言司命執心公方，無所阿私，善者佑之，惡者誅之，故宜爲萬民之平正也。』九天之神，抑『登九天』之少司命耶？司命備受楚人膜拜，江陵天星觀楚墓、包山楚左尹邵𦬁墓出土簡册所載祭禱天神，見於《九歌》者，惟一司命而已。其主知生死，又輔天行化、誅惡護善，宜屈子引爲平正之神也。又，『擥木根以結茝兮』，王注：『擥，持也。』釋曰：『《説文》：「擥，撮持也。」段注：「總撮而持之也。」案擥與攬同。《廣雅・釋詁》：「攬，持也。」《漢書・陳湯傳》「攬城郭之兵」，注：「總持也。」《息夫躬傳》「撫神龍兮攬其須」，注：「謂執持之也。」洪氏《補注》引《文選》本擥作掔，亦持也。予案：非是。《説文》：「掔，固也。」《爾雅・釋詁》：「掔，厚也。」《廣雅・釋詁》一：「固、牢，掔也。」《釋詁》三：「掔，擊也。」《史記・楚世家》「鄭襄公肉袒掔羊」。掔，牽也。遍考諸書，掔無作持訓者。』案：其辨洪氏之誤者，是也。《慧琳音義》卷四十四『承攬』條、卷七十二『不攬』條同引王逸注《楚辭》：『攬，持也。』其所據本作『攬』，擥之異體字也。又，『謇吾法夫前修兮』，王注：『言我忠信謇謇者，乃上法前化遠賢，固非時俗人之所服行也。』釋曰：『孫氏《補正》謂黄伯思《翼騷》云：「些、只、羌、誶、謇、紛、侘傺者，楚語也。」則謇字不當作謇謂、謇難訓。《雲中君》篇「謇將憺兮壽宮」，《湘君》篇「蹇誰留兮中洲」。王注並云：「謇，詞也。」則此當與彼一例，與上文「謇謇之爲患兮」之謇不同。』案：其説是也。王注引一云：『一云：謇，難也，言己服飾雖爲難法，我仿前賢以自脩潔，非本今世俗人之所服佩。』

謇、蹇通用不分，皆難詞也，其用法同羌。謇之訓難，非難易之難，猶言那也，奈何也。王引之曰：『那者，奈之轉也。』又，元、月對轉，謇，或作盍。《東皇太一》『盍將把兮瓊芳』，王注：『盍，何不也。』『盍將把』，比《雲中君》『蹇將憺』，則盍亦謇也。盍之訓『何不』，即問難之詞。難、然古字亦通。難之訓然，亦猶謇之訓然，其義皆通矣。又，『彼堯舜之耿介兮，既遵道而得路。何桀紂之昌被兮，夫唯捷徑以窘步』。王注：『耿，光也。介，大也。昌被，衣不帶貌。』釋曰：『耿之爲言不動移也，故凡言耿者，皆有專壹之義。介者有一無二之謂，其義與耿略同。耿介可以互訓。耿介二字有堅確不拔之象。《孟子》「柳下惠不以三公易其介」。馮衍《顯志賦》「獨耿介而慕古兮」是也。錢田間云：「耿介，言不爲捷徑所惑，昌被，言不由道路以行。」此說甚是。昌被，當是猖狓之誤，言狂妄不守法度，正耿介之對，即五臣之所謂「亂也」。』案：《騷》此文承上『先路』來，以車行爲喻。謂堯舜所以得路，以耿介不隨；桀紂所以窘步者，以昌被顛簸搖擺不定也。是故耿介猶堅確不跛之意，昌被猶盤跚不定之意。王注非是。而胡氏雖未達詁，大意蓋亦得之矣。

或者所以疏證王注者。『又樹蕙之百晦』，王注：『二百四十步爲晦。』釋曰：『《說文》：「六尺爲步，步百爲晦，秦二百四十步爲晦。」案：「步百爲晦」者，古司馬法如是。「二百四十步爲晦」者，秦孝公時商鞅開阡陌之制也。漢仍秦舊，故王注云然。』案：其所疏證王注也。以出土文獻考之，則胡說猶有間焉。秦制實因趙制。銀雀山漢簡《孫子兵法・吳王問篇》言晉六卿田制各別。范、中行氏百六十步爲晦，智氏百八十步爲晦，韓、魏二氏百步爲晦，趙氏二百四十步爲晦。六卿分晉在晉昭公十二年，孝公任衛鞅行新法，在孝公十二年後，去六卿分晉有百五十餘載，趙氏『二百四十步爲晦』之制先於秦矣。許氏謂『秦田』，未見《吳王問》故。鞅，衛人。衛亡屬趙，故諳趙氏田制；相秦則推行之，亦以『二百四十步爲晦』。四川青川秦墓竹簡《田律》：『田廣一步，袤八則爲畛。畝二畛，一百（陌）道。百畝爲頃，一千（阡）道，道廣三步。』

胡平生據安徽《阜陽漢簡》，謂『三十步曰則』。八則，即二百四十步。許云『步百爲畮』，又少范、中行百六十步，周之舊制。戰國諸侯力政，畮制增益，終至『二百四十步』也。又，『冀枝葉之峻茂兮，願竢時乎吾將刈』，王注：『冀，幸也。峻，長也。刈，穫也。草曰刈，穀曰穫。』釋曰：『《説文》：「冀，北方州也。」段注：「段借爲望也，幸也。」王氏《通釋》云：「峻，莖高。茂，葉盛。」案《説文》：「峻，高也。」「茂，木草豐盛貌。」王説亦通。《爾雅·釋詁》：「竢，待也。」竢，古俟字。竢時，猶言待時也。《説文》：「刈，芟草也。」《玉篇》：「刈，取也。」王氏《通釋》云：「刈，采而用之也。」當于取義爲近。』案：王注字義訓詁皆極簡略，是以胡氏廣引《説文》《爾雅》等書以疏證之也。又，『余固知謇謇之爲患兮』，王注：『謇謇，忠言貌也。《易》曰：「王臣謇謇，匪躬之故。」』釋曰：『《集注》：「謇謇，難于言也。直詞進諫，己所難言，而君亦難聽，故其言之出有不易者，爲謇吃然。」余謂朱説似迂曲，不如王注直截。惟王注引《易》「王臣謇謇」。按《易》本文作「蹇蹇」，謂「志在濟君于蹇難之中。其時艱蹇至甚，故爲蹇於《蹇》也」。是蹇訓爲難，與王注所謂「忠言貌」不合。余案《説文》無謇字，而「蹇」字云「彼也」。段注：「彼，曲脛也。《易》曰：蹇，難也。行難謂之蹇，言難亦謂之謇。」據段注，謇字即蹇字。朱子所謂「難於言」者，因行難之義而引伸之。凡諫君者，其言難出於口，然所言皆忠直之言。復引伸爲蹇蹇諤諤之義。《廣韵》：「謇，正言也。」《韵會》：「謇，直言貌。」《正韵》：「謇謇諤諤，忠也。」皆由蹇難之義輾轉引伸。後因謇諤屬言，遂改爲从言之謇，而从足之蹇專爲難訓。《後漢書·魯王丕傳》：「廣納謇謇，以開四聰。」《魏志·高堂隆傳》：「謇諤足以勵物。」皆與此同訓。』案：此所以疏謇謇何以爲訓忠直，而以爲蹇難之引申，非『謇吃然』者也。楚竹書《周易》作『訐訐』，漢馬王堆帛書本《易》作『王僕蹇蹇』，蹇，蹇之別文。則字無定形。若循聲責義，即郭店楚墓《性自命出篇》簡『有其爲人之柬柬如也』之『柬柬』，猶言忠愨貌。《廣雅·釋訓》：

『悾悾、愨愨、懇懇，叩叩，誠也。』又曰：『拳拳、區區、款款，愛也。』皆聲之轉也。前修有言，連語之字義存乎聲。則不拘其形之从言或从足也。

或者補輟王注所未備者。『紛吾既有此内美兮』，王注：『紛，盛貌。』釋曰：『《博雅》：「紛，喜也。」《方言》：「紛怡，喜也。湘潭之間曰紛怡。」《後漢書・延篤傳》：「紛紛欣欣兮，其獨樂也。」』案：其説是也。紛，《説文》訓『馬尾韜』，無盛多、喜悦之義。紛盛之字爲份，紛喜之字爲芬。《説文》：『芬，艸初生，其香分布也。从中、分聲。』引申之爲和調、和適。《方言》：『芬，和也。』郭璞注：『芬香和調。』《周禮・敘官》『鬯人，下士二人』，鄭注：『鬯，釀秬爲酒，芬香條暢於上下也。』錢繹《方言箋》：『和，謂之芬，與人相和亦謂之芬。』和適之則爲喜悦也。《荀子・議兵篇》：『其民之親我，歡若父母；其好我，芬若椒蘭。』歡、芬對舉，芬亦歡也。《非相篇》『欣驩芬薌以送之』，欣、驩、芬、香四字平列。芬、紛古字通用。《老子》『解其紛』，《釋文》：『紛，河上音芬。』或叚作苾字，《大戴禮記・曾子疾病》：『與君子游，苾乎如入蘭芷之室。』皆可知胡説之徵而有據也。又，『各興心而嫉妬』，王注：『害賢爲嫉，害色爲妬。』釋曰：『《説文》：「㑵，妎也。㑵，或从女。」《亢倉子・用道篇》：「同道者相愛，同藝者相嫉。」是嫉爲害賢之稱。《説文》：「妬，婦妬夫也。」《詩》注：「以色曰妬，以行曰忌。」是妬爲害色之稱，其尤有確據者。《史記・外戚傳》「褚先生曰女無美惡，入宫見妬。士無賢不肖，入朝見嫉」是也。然《説文》嫉、妬字無二義。《史記・項羽紀》「嫉妬吾躬」。據此，無害賢、害色之分訓。或謂分言有别，渾言不别。而《列子・説符篇》：「爵者，人妬之。」是分言亦不别矣。予案古人同聲同義之字皆通用，嫉妬二字本義有害賢、害色之分訓，見之於文，則隨所在而用之。如《離騷》此文之嫉妬，亦無分别也。妬，各本多作妒，段注《説文》謂柘、橐、蠹等字，皆以石爲聲，户非聲也。據此，當作從石之妬。』案：其辨嫉妬之分用、渾用之義，足補王注所未及也。嫉、妒對文有害賢、害色之別。賢，謂女德也。《離騷》以女喻臣，即用此義。引申之泛謂害賢也。《惜往日》『遭讒人而嫉之』是也。色，謂女容也。《説文》：『妒，婦妒夫也。从女、户聲。或作妬，从女、石聲。』妒，從女、户，會意，非户聲。户，有閉止義。《釋名·釋宫室》：『户，護也。所以謹護閉塞也。』《小爾雅·廣詁》：『户，止也。』是故掩蔽美色謂之妒。妬，从女、石聲。妬之爲言⿸疒者也。猶⿸疒者害人之美。《釋名·釋疾病》：『乳癰曰妬。妬，褚也。氣積褚不通至腫潰也。』叚妒爲⿸疒者。《説文》訓『病』，即『氣積不通』也。妒、忌，漢世相對爲文。《詩·小星序》『夫人無妬忌之行』，《毛傳》：『以色曰妒，以行曰忌。』信陽楚簡《墨子》殘篇：『戔人剛恃，天於这刑者，有⿱止臤』。⿱止臤，即障賢，妬賢也。障、妬，鐸、陽平入對轉，定照旁紐雙聲。又，『豈余身之憚殃兮』，王注：『憚，難也。』釋曰：『《説文》：「憚，難也。」凡以難相恐嚇者亦曰憚。《左傳》「憚之以威」。因引伸爲畏憚之憚。』案：其説是也。則憚訓忌難、訓畏、訓驚，其義相通。王注解『難』，去聲，猶忌難也。《韓非子·難三》：『人有設桓公隱者，曰：「一難，二難，三難，何也？」桓公不能射，以告管仲。管仲對曰：「一難也，近優而遠士。二難也，去其國而數之海。三難也，君老而晚置太子。」』三『難』字，皆訓畏怖。又，《説疑篇》『有成功立事，而不敢伐其勞，不難破家以便國』。不難，謂不畏也。皆可爲王注旁證。又，『反信讒而齌怒』，王注：『齌，疾也。』釋曰：『《説文》：「齌，炊餔疾也。」《義證》云：「餔，當作釜。《玉篇》作釜。炊釜疾，言氣不可遏而發洩疾也。」齌怒，言怒之蓄于心者深，故發于外者疾。』案：其説是也。齌怒之訓疾，炊釜疾之引申也。

然《離騷》古義深奥，胡氏欲盡發之，而求字字明白，蓋不自量力者矣。是故得失參半、是非雜糅者多有之。茲舉三事，則可以窺見其全豹也。如：

『余既滋蘭之九畹兮』，王注：『滋蒔也。十二畝爲畹。或曰：田之長爲畹。』釋曰：『《説文》：「田三十畝曰畹。」段氏謂《魏都賦》「下畹高堂」，張注引班固曰：「畹，三十畝也。」蓋孟堅《離騷章句》「滋蘭九畹」之解。此爲釋畹字之最古，其説可從。《玉篇》：「三十步爲畹。」步字，當是畝字之誤。黄山谷《蘭説》以九畹爲少，百畝爲多。張氏淏云：「山谷致誤之由，以三十步爲畹。九畹乃二百七十步，以今制言之，纔一畝餘。山谷以多少分貴賤。《玉篇》謬本，有以誤之。」或曰田之長爲畹。曲阜桂馥《説文解字義證》謂《玉篇》所云「三十步即田之長」。亦非是。』案：胡氏猶有剩義。《慧琳音義》卷九十八『蘭畹』條：『《楚辭》云：「滋蘭之九畹。」王注云：「十二畆爲畹。」』《文選・魏都賦》『下畹高堂』，劉淵林注：『班固曰：「畹，三十畝也。」《離騷》曰「既滋蘭之九畹」。』即班氏《離騷章句》遺義。然見劉淵林注而非張載注也。《説文・田部》：『二十畝曰畹。』小徐本作『三十畝曰畹』。蓋因班説改。《玉篇》：『三十步曰畹。』山東銀雀山漢簡《孫子兵法・吴問篇》：『孫子曰：「范、中行氏制田，以八十步爲婉，以百六十步爲⿰田勿，而伍税之。智氏制田，以九十步爲婉，以百八十步爲⿰田勿。韓、魏制田，以百步爲婉，以二百步爲⿰田勿。趙氏制田，以百二十步爲婉，以二百四十步爲⿰田勿。」』婉，古畹字。⿰田勿，古畝字。然不論范、中行、智、韓、魏、趙，畹皆畝之半。考步畹之畹，蓋畎字之借。《説文》：『六畎爲一畮。』段注：『《漢・食貨志》曰：「趙過能爲代田，一畮三甽，古法也。后稷始甽田，以二耜爲耦，廣尺深尺曰甽，長終畮，一畮三甽，一夫三百甽，而播種於甽中。」按：長終畮者，長百步也。六尺爲步，步百爲畮，亦長六百尺，故一夫百畮。其體正方，許云「六畎爲一畮」者，謂其地容六畎耳。與一畮三畎之制，非有二也。』畮，田之方而正，廣、縱皆百步。甽，田之方而長，王注『或曰田之長爲畹也』云云，則爲甽也。甽，參畮之一，步三十又三之奇，即《玉篇》『三十步』也。秦制尚六，謂『六甽一畝』，非姬周田制。合廣、縱則一畮三等分，凡爲三甽，《漢書・溝洫志》謂『一畮三甽』是也。

『畦留夷與揭車兮』，王注：『五十晦曰畦。』釋曰：『《集注》：「畦，隴種也。」《説文》：「田五十晦曰畦。」是畦之本義。此文畦字當是引申之義，以朱注爲是。《莊子·天地》「方將爲圃畦」，注：「埒中曰畦。」《史記·貨殖傳》「千畦薑韭」，韋昭云：「畦猶壠。」案畫界分區曰埒，田中高處曰隴，與朱注隴種之説合。』案：其説非也。據《慧琳音義》卷六十『田畦』條、卷七十七『稻畦』條同引《風俗通》：『秦孝公以二百四十步爲晦，五十晦爲畦』。畦，讀爲圭。《説文》《蒼頡篇》並云：『五十晦爲畦。』段注：『《蜀都賦》劉注曰：「《楚辭》『倚沼畦瀛』，王逸曰：『瀛，澤中也。』班固以爲畦，田五十畝也。」此蓋班固釋「畦留夷」之語，今俗本《文選》佚之。按：《孟子》曰：「圭田五十畝」。』則『五十晦爲畦』，班氏《離騷章句》遺義。圭田，即畦田也。清李鄦齋《炳燭編》卷一『圭田』條云：『圭田之圭，即畦之省也。』《孟子·滕文公上》：『卿以下必有圭田，圭田五十畝；餘夫二十五畝。』又曰：『方里而井，井九百畝，其中爲公田。八家皆私百畝，同養公田；公事畢，然後敢治私事，所以別野人也。』《禮記·王制》：『夫圭田無征。』鄭注：『征，税也。《孟子》曰：「卿以下必有圭田。」治圭田者，不税，所以厚賢也。』孔疏：『圭，絜白也。言卿大夫德行絜白乃與之田，此殷禮也。』據此，圭田，卿大夫之私田。明孫蘭謂《九章·方田》有『圭田』，求廣縱法圭者，合二勾股形，井田外零星之不成井之田。春秋戰國之世，卿大夫專政，徵民力墾其私以傾公室。其時『民患上力役，解於公田』，而『民不肯盡力於公田』有之，令民競耕於卿大夫私田，使『公田稼不善』亦有之。公室以抑卿士之富，强征於圭田，是以魯之田有『初税畝』，秦簡公七年有『初租禾』，皆其一端。又以一圭爲五十畝，不得踰侈；必不得已，『餘夫二十五畝』。卿大夫據『夫圭田不征』以拒徵，非『厚賢』也。圭田之圭，義取於跬。《走部》：『趌，半步也。从走、圭聲。』包山楚簡作迼，亦作跬。《小爾雅·度》：『跬，一舉足也。』《詩·小旻》『是用不得于道』，鄭箋『是於道路無進於跬步』，《釋文》：『舉足曰跬。』引申爲半。

故五十晦曰畦也。隴畦之畦，取法圭形。雖一字二義，未可相溷。《招魂》『倚沼畦瀛』，倚之言徛也。徛，越也，過也。徛、畦對文，畦，即跬，謂越也，非田五十畝之稱。『畦留夷』句法，畦，事也，言畦於圭田。包山楚簡或載田畝訟獄之辭，謂『左馭番戌飤田於邵域數邑城田一素畔畜』，又謂『王所舍新大飤以啻蘆之田，南與郯君執疆，東與陵君執疆，北與鄝易執疆，西與鄱君執疆』。此楚之卿士之圭田。上文百畝，公田，言樹蒔蘭、蕙於公，喻在朝擢引國士。此樹藝留夷、揭車於圭田，比私淑弟子。謂屈子於公於私，唯薦進賢能是務，皆不爲己身謀矣。

『衆皆競進以貪婪兮』，王注：『愛財曰貪，愛食曰婪。』釋曰：『《說文》：「貪，欲物也。」「婪，貪也。」貪婪，無二訓。《禮·禮運》：「用人之仁而去其貪。」朱子謂「仁，止是愛，愛而無義以制之，便事事都愛，所以貪也」。與《說文》「欲物」之訓合。據此，貪不僅爲「愛財」之稱。《說文》「婪」下段注云：「與《心部》惏音義同。」《方言》：『河内之北謂貪曰惏。』《左傳》僖二十四年『狄固貪惏』，《釋文》《正義》並云：『殺人而取其財曰惏。』」據此，婪不僅爲「愛食」之訓。惟據「殺人而取其財」一語，似婪更甚于貪。《集傳》謂「未得而固得之曰婪」。「固得」者，必欲得之謂也。其說甚善。《通釋》謂「貪食不已曰婪」，當云「食得不已曰婪」耳。』案：散文，貪婪不別，對文則有『愛財』、『愛食』之分。然則『愛食』云云，非真謂『飽食』之食也。婪字從女，故朱駿聲《離騷補注》：『愛女曰婪。』婪，林聲。林之爲言霖也。《爾雅·釋天》：『淫謂之霖。』《禮記·月令》『淫雨早降』，鄭注：『淫，霖也。』《雨部》：『凡雨三日以往爲霖。』引申之爲淫佚、越度。越度於色欲是爲婪。而古謂色欲滿足爲食飽，謂色欲不足爲食飢。食者，猶色也。《詩·汝墳》『惄如調飢』，毛傳：『調，朝也。』鄭箋：『未見君子之時，如朝飢之思食。』《衡門》『可以樂飢』，毛傳：『樂飢，可以樂道忘飢。』鄭箋：『飢者，不足於食也。泌水之流洋洋然，飢者見之，可飲以療飢，以喻人君慤愿，任用賢臣，則政教成，亦猶是也。』王注『愛食曰婪』，愛食，猶云愛色。則毋用改也。亦絶非『婪更甚于貪』之意矣。又，《方言》：『虔、劉、慘、㨆，殺也。晉、魏、河内之北謂㨆曰殘，楚謂之貪，南楚、江湘之間謂之歁。』又云：『㨆，殘也，陳 楚曰㨆。』錢繹引《離騷》謂『㨆字即惏』，貪惏同貪婪。非是。《方言》『楚謂之貪』云云，以解殺伐之㨆，非謂貪財也。貪，通作撢，謂摻揵也。楚人殺謂之撢，則叚貪爲之。錢氏謂歁、欿一字。亦非。歁，苦感反。欿音貪，他貪反。同部異聲，則不得通用。歁，通作㦰。《戈部》：『㦰，殺也。从戈、今聲。』《廣韻》：『㦰，口含切。』㦰、歁，入浸韻，溪紐雙聲。南楚、江湘之間又謂殺爲㦰，則借歁爲之。又，《女部》：『婪，貪也。从女、林聲。杜林説，卜者攩相詐譣爲婪，讀若潭。』段注：『此與《心部》之惏音義皆同。』以『貪婪』之『婪』與『㨆殺』之『㨆』相溷矣。《心部》：『河内之北謂貪曰惏。』《方言》：『㨆，殘也。陳、楚曰㨆。』又曰：『晉、魏、河内之北謂㨆曰殘。』則假爲『㨆殺』之『㨆』。郭注：『今關西人呼打爲㨆。』後之未諦審，訛以惏訓殘，雖少餘猶欲食，誤謂貪食矣。或改《方言》：『殺人而取其財曰惏。』以婪、㨆爲一字。惏，或訓畏懼，殘殺之引申也。許氏引杜林説，則是别一字。婪，或叚作喃。喃喃，語聲。杜林謂卜者攩相詐驗爲喃。許氏『讀若潭』，叚潭爲譚。《淮南子·墬形訓》『介潭生先龍』，高注：『潭，讀譚國之譚。』《説文》『婪』字包涵三義，類《爾雅》『同條異訓』也。胡氏溷爲一解，則亦未詳審之矣。

《補釋》之書未見排印出版，上卷刊於《國粹學報》，分九期載畢。刊於第七十期者有『離騷經』『帝高陽之苗裔兮』至『紉秋蘭以爲佩』十條。刊於第七十一期者有『汩余若將不及兮恐年歲之不吾與』至『昔三后之純粹兮固衆芳之所在』十條。刊於第七十二期者有『雜申椒與菌桂兮』至『反信讒而齌怒』十條。刊於第七十三期者有『余固知謇謇之爲患兮』至『傷靈脩之數化』九條。刊於第七十四期者有『余既滋蘭之九畹兮』至『憑不厭乎求索』八條。刊於第七十五期者有『羌内恕己以量人兮』至『貫薜荔之落蘂』九條。刊於第七十六期者有『矯菌桂以紉蘭兮』至『謇朝誶而夕替』七條。刊於第七十七期者有『既替余以蕙纕兮又申之以攬茝』至『競周容以爲度』八條。刊於第八十一期者有『忳鬱邑余侘傺兮』至『悔相道之不察兮延佇乎吾將反』八條，刊於第八十二期者有『回朕車以復路兮及行迷之未遠』至『霑余襟之浪浪』四十五條。而下卷未見刊登。則知此書爲未竟之作。不知其有遺稿在乎？已不可考矣。今從《國粹學報》輯出，國家圖書館有藏本。（黄靈庚）

# 楚辭疑異釋證

《楚辭疑異釋證》者，不知誰人之所作也，亦不知作於何時也。據書内徵引龔景翰光緒三年刻本《離騷注》，著者蓋爲晚清或民國時人。

是書乃所以校釋文字異同者也，然惟校釋《離騷》一篇，兼概《楚辭目録》、王逸前後序文。其例則撮其篇内之字以爲條目，而後考校諸本文字異同、正譌，偶或疏通義藴。其以洪氏《楚辭補注》爲藍本，參校單刻《楚辭章句》、朱子《楚辭集注》及屠本畯《離騷草木疏補》《楚辭協韻》、閔齊汲校刻《楚辭》、黄文焕《楚辭聽直》、林雲銘《楚辭燈》、李陳玉《楚辭箋注》、王萌《楚辭評注》、戴震《屈原賦注》、張詩《屈子貫》、胡濬源《楚辭新注求確》諸家。每下一義，必旁徵遠紹，臚列書證以實其説，故言之鑿鑿，考證頗詳密，非鶩空言臆斷者所可同年語矣。

是書於文字異同，多據《説文》爲斷。如，『離騷經第一』條：『第，依字當作弟。《説文》：「弟，韋東之次弟也。」引申爲次弟之偁。然相承已久矣。』案：是據《説文》次第字作弟。又，『屈原』條：『原，依字作邍。古人名字相符。《説文》：「邍，高平之野，人所登。」名平故字邍。』案：是據《説文》水原字作邍。又，『序』條：『依字作敘。《説文》：「序，東西牆也。」「敘，次弟也。」經傳多叚「序」爲「敘」。』是據《説文》次序字作敘。又，『侯』條：『《説文》作「矦」，隸變作「侯」。』案：是據《説文》諸侯字作矦。又，『憂』條：『依字作「㥑」，《説文》：「㥑，愁也。」

「憂，和行也。」誼別。自經傳叚「憂」代「㥑」，復叚「優」代「憂」，而世不知有「㥑」字矣。』案：是據《説文》憂愁字作㥑。又，『滋』條：『《釋文》作「茲」，音哉。《集注》云：「一作茲，與栽同。」屠作「滋」。案：茲，《説文》所無。當是「哉」字之譌，後人以蒔之義乃加艸頭耳。哉之爲茲，猶時之爲蒔也。』案：是據《説文》栽種字作蒔。又，『萎』條：『屠作「痿」，云：「俗譌萎。」案：《説文》：「痿，病也。」「萎，食牛也。」注訓爲「病」，義當作「痿」。』案：是據《説文》萎病字作痿。類此者蓋比比皆是，則不煩悉舉也。

或者辨正一字諸體之異同。如，『肈』條：『屠作「肁」，胡克家《文選》作「肇」。案：肁，正字；肈，叚借字；肇，譌字。《説文》：「肁，始開也。」「肈，擊也。」「肇，上諱。」經傳多作「肇」，《集韻》：「肇，通作肈。」《玉篇》：「肈，俗肇字。」《五經文字》：「肇作肈，訛。」《廣韻》有「肇」無「肈」。段玉裁云：「《説文》肈字當是後人所增。《後漢書》作肈者，譌也。从戈之肇，漢碑或从殳，俗乃从攵作肈耳。』案：其辨肁、肈、肇三字，已明矣。又，『朝搴阰』條：『搴，仿宋本、坊本云：「《説文》作攓。」魏云：「《説文》作㩮。」屠作「攓」。王、胡云：「《説文》作攓。」案：洪曰：「《説文》作攓，拔取也，南楚語。引『朝攓阰之木蘭』。」《集韻》：

楚辭疑異釋證

楚辭目錄

離騷經第一 屈原 釋文第一

釋文無經字此洪興祖考異文也案陳振孫書錄解題載有古文楚辭釋文一卷此所謂釋文者當即是也然不知何人所作王逸序明云經徑也則逸本確有經字與釋文本不同第依字當作弟説文弟韋束之次弟也引申爲凡次弟之偁然相承已久矣

九歌第二 釋文第三一本九歌至九思下皆有傳字朱子楚辭

「攓與攑同。」《方言》一：「攓，取也。南楚曰攓。」《方言》十：「攓，取也。楚謂之攓。」《爾雅序》「搴其蕭稂」，《釋文》：「搴，拔也。字又作攓。」《釋言》：「芼，搴也。」樊光注云：「搴，猶拔也。」《釋文》：「搴，取也。與攓同。」一本又作「毛蹇」。攑，正字；攓，通字；搴，攑之省字；蹇，攓之叚字。但《説文》無攓、搴字耳。攐，《説文》：「摳衣也。」褰裳字當用之。「褰，綺也。」誼別，非攑取之攑也。㥶，訛。阰，《説文》所無。《集韻》阰字亦作「隉」。隉，亦《説文》所無。阰，山名。《史記・叔孫通傳・索隱》引《埤蒼》云：「阰，山名，在楚地。」疑當作比。或用「𣬉」，爲之𣬉附也。並也，與比通。《左氏》哀五年「城毗」，《公羊》作「比」。諸毗、彭毗之山皆以此得名也。』案：其辨搴、攑、攓、褰及阰、隉、毗等，已無餘蘊矣。又，『荃不察』條：『《補》曰：「荃與蓀同。」《集注》云：「荃，一作蓀。」案：《類篇》蓀亦作荃。《漢書・江都王建傳》「荃葛珠璣」，服曰：「荃音蓀。」《莊子・外物》：「荃者所以在魚，得魚而忘荃。」《釋文》：「荃，音孫，香艸也，可以餌魚。」是荃、蓀音義皆同。徐文靖曰：「《説文》荃，芥脃。蓀，香艸。二字音同而誼別。」案荃亦香艸，《説文》所載，誼不甚備耳。』案：其辨荃、蓀至當。

或者考辨文字正訛。如，『紉』條：『胡《文選》作「紐」，下「豈維紉夫蕙茝」同。尤本亦作「紐」。六臣本校云：「逸作紐，五臣作紉。」下「豈維紉夫蕙茝」校語同。案：紐，繫也，束也。於誼爲長。然注訓爲「索」，逸本固作「紉」也。胡克家《文選考異》曰：「《楚辭》作紉，舊音女陳反，《補注》女鄰切。又下文『矯菌桂以紉蕙兮』，各本盡作紉。蓋傳寫訛耳。」案本書《離世》「情素潔於紐帛」，紐，本亦作紉。紉、紐形近互訛，胡説是也。』案：其斷作紉者是而作紐者非，是也。又，『齌』條：『一作齊，《釋文》：「齊，或作齎。」《集注》云：「又一作𪗋。」魏云：「又一作𪗋。」凌作齎；周作齎，云：「一作齌。」李亦作齎。《文選》作齊。案：作齌者是，作齊者亦當訓疾。《爾雅》《廣雅・釋詁》並云：「齊，疾也。」五臣以齊爲同，非是。作齋者，《說文》：「齌，炊餔疾也。」言怒之熾盛如火欲之欻而不可爲象也。故字又作歘。《六書故》以歘爲欻本字，云：「氣翕歘如焱也。」案：《說文》有欻無歘，「欻，有所吹起也。」張衡《西京賦》「欻從背見」，注：「欻之言忽也。」江淹《雜擬詩》「欻吸鵾雞鳴」，注：「欻吸，疾皃。」歘，欻之譌。……作齎者，齊之叚字，當讀爲齊。作齋者，字之誤也。』案：其斷齊、齋、齌、齎及歘之異同，悉得之旨也。

或者糾屠本畯等本拘泥古字之謬。如，『貞于』條：『貞，屠作「鼎」。案《說文》云：「貞，卜問也。从卜，貝以爲贄。一曰：鼎省聲。京房所說。」此蓋从京說而不省者，許意从貝，故「鼎」下曰：「貞省聲。」京意古文以貝爲鼎，故云「鼎省聲」。然未嘗作从鼎之字。改貞爲鼎，好奇之過也。』又，『離與辟』條：『辟，屠作「𢍏」。案：注訓「辟」爲「幽」，乃今之「僻」字。《書》注與訓「治」、訓「法」之「辟」異。《說文》：「𢍏，治也。」引《周書》「我之不𢍏」，今《書》作「我之弗辟」，傳：「法也。」《釋文》：「治也。」屠知古文之以「𢍏」爲「辟」，而不察其義之各有當也。誤矣。改「與辟」爲「与𢍏」，好奇之過也。』又，『馳騖』條：『凌作「鶩」，屠、周作「騖」。《說文》：「騖，亂馳也。」「鶩，舒鳧也。」一作「騖」者是。《淮南・主術》「魚得水而鶩」，注云：「鶩，疾也。」是亦叚「鶩」爲之。然《周禮・大宗伯》注：「鶩取其不飛遷。」則不得與「騖」同矣。鶩，俗字。』又，『頜』條：『仿宋本、坊本云：「一作頷。」屠作「顉」。案：《方言》十：「頷、頤，頜也。南楚謂之頷，秦晉謂之頜。」此方俗殊語也。《說文》：「頷，面黄也。」「頜。顄也。」「顉，低頭也。引《春秋傳》曰『迎于門，顉之而已。』」今作「頷」。《釋文》云：「本作頷」，皆叚借字也。注云「雖長顑頷，飢而不飽」。《補》曰：「食不飽面黄貌。」則當作「頷」。頜，乃顄頤字。顉，乃低首字，猶言首肯也。屠氏改「頜」爲「顉」，是以借字改本字也，過矣。』

或者考校王注引經原委。如，『忽奔走』條：『注引《詩》：「予聿有奔走，予聿有先後。」今《詩》「聿」作「曰」，「走」作「奏」，「先後」在上。案：曰、聿通。《詩・緜・釋文》云：「奏，本走。」或叚奏爲之，亦作走。《釋名》：「走，奏也，促有所奏至也。」《淮南・説林》「木者走山」，注云：「走，讀奏記之奏。」《書・君奭・傳》「胥附奔走」，《釋文》云：「走，本作奏。」朱珔曰：「此所引當是《韓詩》。」』案：其引朱説者，是也。王注引經，別有所本。引《詩》與毛氏《詩故訓傳》異，而同《韓詩》。引《書》同今文《尚書》，而不同僞古文《尚書》。

或者辨析古今字、通叚字以探明義窟，深心卓見，爲聖人不易之論。如，『用夫顛隕』條：『顛，《釋文》作「巔」。《集注》云：「一作巔。」案：《説文》：「顛，頂也。」顛，即巔字。《説文》有顛無巔。《素問》多作巔，《脉解》：「故狂巔疾也。」《方盛衰論》：「頭痛巔疾。」注：「謂身之上下。」本書《惜誦》「行不群以巔越兮」，亦作巔，顛爲最上，倒之則爲下，故自上下亦曰顛。今以巔字爲山巔專用字，非也。』案：其以顛、巔爲古今字，又以顛高、顛下爲正反同詞者，皆確也。又，『假日』條：『假，一作暇，《集注》云「非是」。閔作「暇」。《補》曰：「顔師古云：假延日月，苟爲娛樂耳，今俗猶言借日度時。故王仲宣《登樓賦》云『登茲樓以四望兮，聊假日以消憂。』今之讀者改『假』爲『暇』，失其意矣。李善注仲宣賦引《荀子》『多暇日』，亦承誤也。」案：《説文》：「暇，閒也。」「假，非直也。一曰：至也。」「叚，借也。」古書暇、假互用。言「借日」，則當作「叚」也。』案：其以假、暇皆『叚』字之叚借也。

或者據唐人注疏引《離騷》以校《離騷》。如，『覽揆余』條：『一本「余」下有「于」字。《集注》有「于」字，云：「一無于字。」凌、閔、李、周、屈、姚、林、王、胡作「於」。及《文選》各本俱有「于」字（五臣無「于」字）。案：《文選・西征賦》「皇鑒揆余之忠誠」，沈休文《和謝宣城詩》「揆余發皇鑒」，注並引此，亦有「于」字。』又，『循繩墨而不頗』條：

『循，一作脩。《集注》云：「作脩，非是。」循，淩、閔、毛、胡作脩。《補》曰：「《思玄賦》注引《楚詞》『遵繩墨而不頗』，遵亦循也。作脩，非是。」《辯證》云：「循、修，唐人所寫多相混，故《思玄賦》注引『修繩墨』而解作遵字，即循字之義也。」案：脩、循二字互混已久，不始于唐。』又，『溘埃風』條：『《集注》云：「溘，一作壒。」案：《文選・吴都賦》注引此作「溢颸風兮上征」。劉逵《蜀都賦》注引此作「溢颸風兮上征」，又引班固注云：「颸，疾也。」《説文》無「颸」字，蓋「䫻」字之譌。《説文》：「䫻，疾風也。」謝玄暉《在郡卧病詩》注引此作「溢颸風而上征」，江文通《擬張黄門詩》注引此作「溢颸風余上征」。其互異如此。惟《思玄賦》注引與此同。』案：其援引古注引《騷》以校《騷》者，蓋爲劉申叔《考異》、聞一多《校補》諸公導夫先路也。

或者考辨草木名物之正訛，搜索古義，頗見苦心。如，『木蘭』條：『《神農本草》云：「一名林蘭。」《名醫别録》云：「一名杜蘭。」《廣雅》云：「木蘭，桂欄也。」欄與蘭同。林猶木也。以其似桂，故亦名桂蘭。張衡《七辯》云「拂以桂蘭」是也。杜，當爲「桂」字之誤也。』其以『木蘭』即『桂蘭』。又，『申椒』條：『王注：「申。重也。」《文選》五臣注：「申，用也。」《補注》以五臣爲非。朱子曰：「申，或地名，或其美名耳。」案：《淮南子》：「申茮杜茝。」注云：「皆香草也。」申茮自是物名。訓「用」者固非。申爲地名，申茮因地得名，它無所證。申，當讀曰神。茮曰申茮，猶蹞曰神蹞也。《説文》：「申，神也。」《風俗通》：「神，申也。」《爾雅・釋詁》：「神，重也。」故王訓爲「重」。申、神音同而誼亦同也。茮、椒，古今字。《説文》有茮無椒。』其以『申椒』即『神椒』。又，『鷤鴂』條引王引之曰：『服虔曰：「鷤鴂一名鵙，伯勞也。順陰氣而生，賊害之鳥也。」王逸以爲「春鳥」，謬也。案：服意蓋謂春分之時，衆芳始盛，不得言百艸不芳，因以爲五月鳴之鵙，五月陰氣生，故百艸爲之不芳也。今按《離騷》言此者，以爲小人得志則君子沈淪，野鳥群鳴則芳草衰謝。此乃假設爲文，不必實有其事。亦如九章云「鳥獸鳴以號群兮，草苴比而不芳」，豈得謂鳥獸群號之時實有不芳之草哉？』其以『恐鶗鴂』二句爲『假設之詞』，鶗鴂非惡鳥也。

或者辨析古字、古訓之是非。如，『馳椒丘』條：『注：「土高四墮曰椒丘。」五臣云：「椒丘，丘上有椒也。」《補》曰：「司馬相如賦云：『椒丘之闕。』服虔云：『丘名。』如淳云：『丘多椒也。』按：椒，山顛也。此以椒丘對蘭皋，則宜從如淳、五臣之説。」今按《文選・風賦》「菊散芳于山椒」，注：「土高四墮曰椒丘。」引《廣雅》「土高四墮曰椒」。俱用王説。』則其以王注爲是而以如淳、五臣之説爲非者，甚是也。又，『溘埃風』條：『溘，《説文》新附字，「奄忽也」。鈕樹玉謂疑當作「盇」，《説文》盇、奄同訓覆，以溘訓奄，故疑當作奄也。溘與𡎐音同而義異，古書無以𡎐爲溘。下文「溘吾遊此春宮兮」，溘，一作壒。《補》曰：「壒，塵也。」無奄忽義。《辯證》云：「溘字，《補注》兩處皆已解爲『奄忽』之義，至此『遊春宮』處，乃云『無奄忽』之義，不知何故，自爲矛盾至此。」案：洪所謂「無奄忽」之義者是，壒非溘也。𡎐與壒同。朱以溘、壒爲一字耳。𡎐、壒爲塵，塵自有「奄忽」義也。』其以盇、溘、壒、𡎐皆可通者，是也。

然則是書固非條條精善，可議之處誠爲不少。或者疏於版本選擇，不當列爲校議之書而校之，頗徒費必力也。如，『苖』條：『苖，當作「苗」之譌。魏、凌本亦誤。《説文》：「苖，蓨也。」「苗，艸生於田也。」音義迥別。』案：《楚辭》單刻本以明正德高第、黄省曾所刻及明隆慶夫容館所刻者最佳，他者洪氏《補注》本、朱子《集注》本、《文選》本，皆有宋、明佳槧。若作『苖』者，皆不見以上諸本，故不必出校也。至若是書所列屠氏以下諸本異同，皆不足稱道，實無必要出校也。或者字義辨析，不甚精當。如，『不及』條：『不，一作弗。屠、凌、閔、李作「弗」。不、弗音義俱同，古書多通用之。弗，不也。』其以爲用『不』、用『弗』無別。案：非是。不，之部；弗，物部。古音不同。弗，不之深也。散文則册，對文則別。舊本蓋作『弗及』。又，『妬』條：『當作「妒」，从户聲。妬，俗字。』案：《説文》：『妒，婦妒夫也。从女、户聲。或作妬，从女、石聲。』《文選音決》：『妒，或作妬，同。』妬，非『俗字』，妒、妬，異體字。妒，从女、户。户，止也。女以蔽止夫爲妒，會意字。妬，清華簡（六）《鄭夫人規孺子》及馬王漢墓帛書《十六經・稱》已有妬字，从女、石聲。石之爲言瘄也。猶瘄害人之美。《釋名・釋疾病》：『乳癰曰妬。妬，褚也。氣積褚不通至腫潰也。』妬、石、瘄音同義通。又，『惟夫黨人之偷』條：『黨，《説文》：「不鮮也。」今之曭莽字，亦用爲鄉黨字。其朋黨字本作攩。』案：黨，許訓『不鮮』，不鮮，既言『不明』，又言『不少』，二訓同條。《方言》十：『鮮，好也。南楚之外通語也。』不明曰黨，不好亦曰黨。物之好者稀，則鮮爲稀少之義。《尚書・無逸篇》『惠鮮鰥寡』，孔疏：『鮮，少乏。』《易・繫辭》『故君子之道鮮矣』，《釋文》：『師説云：盡也。鄭作「尟」。馬、鄭、王肅云：少也。』少、盡亦謂之鮮。則『不鮮』，猶『不少』，亦『衆多』之意。群聚之者謂之黨，後造『攩』字以專之，古猶作『黨』矣。或者率意改字。如，『身之憚殃』條：『疑憚當作憛，憛快，猶悇憛也。《淮南・修務訓》高注：「憚，讀如慘探之探。」音與憛近，疑亦當作憛。本書《七諫》「心悇憛而煩冤兮」注：「憂愁皃也。」』案：憚，元部；慘、探、憛，皆浸部。古音懸遠，不可通用。高注不可爲據。王注：『憚，難也。殃，咎也。』自是通詁，毋庸改字。《説文・心部》：『憚，忌難也。从心、單聲。一曰：難也。』段注：『凡畏難曰憚，以難相恐嚇亦曰憚。』則訓『忌難』、訓『畏』、訓『驚』，義本相通。王注訓『難』，去聲，謂忌難也。《韓非子・難三》：『人有設桓公隱者，曰：「一難，二難，三難，何也？」桓公不能射，以告管仲。管仲對曰：「一難也，近優而遠士。二難也，去其國而數之海。三難也，君老而晚置太子。」』三『難』字，亦去聲，訓『畏怖』。又，《説疑》『有成功立事，而不敢伐其勞，不難破家以便國』。不難，猶不畏也。亦作述語。皆可爲王注旁證。或者於《楚辭》源淵疏於考證，輕下斷語。如，後敘『招魂大招』條：『大招，《雕龍》及《集成》作「招隱」。非。』又引黄本云：『馮云：「招隱，《楚辭》作大招。下云：『屈宋莫追。』疑『大招』爲是。」』案：非是。《楚辭釋文目録》，《大招》以作者『疑不能明也』，則措於第十六，而《招隱》在第九。見於《辯騷》之篇名，則有《離騷》《九辯》《九歌》《天問》《九章》《遠遊》《卜居》《漁父》《招魂》《招隱》《九懷》，餘皆不見。蓋劉協所據《楚辭》之本，正《釋文》前十一卷本，亦即《隋志》所著録王逸注《楚辭》十一卷也。後人據宋陳説之依時先後重作編次目録，而易『招隱』爲『大招』爾。

是書未嘗鋟刻，唯有稿本，今藏於上海圖書館。（黄靈庚）

# 讀騷大例

《讀騷大例》者，郭焯瑩之所作也。焯瑩字子變，號耘桂，湖南湘陰人。清兵部左侍郎郭嵩燾之冢子。雅稱『文章滿家，鸞鳳其儀』。爲清諸生，始從王氏先謙遊。其文典折奥衍，頗得周秦餘緒，能嶄然自立於時。志騖高遠，而不拘細行，日與歌伶、女妓爲伴，蓋有激於時耶？性灑落不群，不事家業生産，家貲斥賣殆盡。晚歲落拓無聊，日遊行衢委巷，辮髮小冠，混迹於劇場酒肆，而生計不周，潦倒終身。於學能識流别，通幽眇，識者服其精到。所著惟是書存於世，他皆未聞也。王嘯蘇著有《郭焯瑩傳》，載《湖南省志初稿·人物傳》。

郭氏以其父爲前朝大臣，已復躬遘易代鼎革之變，慕屈子之爲人，乃爲是書而發其旨意。繼成《楚詞集解》，蒐集衆家，務爲博賅，時下己意，發明甚多。卷帙至富，門生任凱南氏爲整輯之，將以付剞劂氏。然未及刊行而卒。今見藏湖南師範大學圖書館郭氏《屈賦章句古微》二十六卷（六册）、《屈賦内傳》五卷《内傳雜篇》三卷（十册）、屈賦外傳二十七卷附屈賦校勘記一卷屈子紀年一卷（存十七卷七册），皆門人任凱南所鈔。即所稱未鋟刻之《楚詞集解》耶？楊氏樹達謂其書後盡燬於回禄云，蓋未及之目驗而作臆度之詞矣。首有遇夫作於民國二十年跋，稱郭氏『二十年來，自以身丁國家之變，發憤注《騷》，精思力索，凡三易草乃成，多前人所未發也。先生既以兵亂盡喪其資業，晚乃寄頓於某歌伶之家，署其門曰「郭耘桂先生寄頓處」，世俗或駭之，先生不顧也』。則可以想見其爲人，蓋猶際於魏、晉易代竹林七賢之亞者耶？

郭氏隱括『讀騷大例』爲六：一曰『事據史傳取勘』，一曰『意由聲音證入』，一曰『詁本故訓求通』，一曰『辭兼衆本是正』，一曰『論依經訓節中』，一曰『説參異家互發』。據本文『余定著屈賦解故，疏證名物之類別，綜合詞言之條貫』云云，是作蓋原本《楚辭集解》之《凡例》也。書已佚而例存之，則據例以逆知其書之大略矣。六例舉凡於屈子生平事迹、《離騷》寄寓之義及篇内草木蟲魚之辨證、字義訓詁、旁及屈賦二十五篇編次、《楚辭》十七卷本流傳等皆論及之，碻有驚世駭俗之説。然不無譎怪偏頗之言、悠繆之論，宜反覆詳審之，是其所是而非其所非，似未可並存而不辨析之矣。

郭氏『事據史傳取勘』之例，乃於《騷》之體式不同於史傳，切忌簡單互證。抨擊『王逸私造故實，多可怪笑』。以爲『《漁父》之三閭大夫，即史云「楚同姓，爲楚懷王左徒」。猶《騷》之名「正則」字「靈均」，即史云「屈原者名平」。辭賦藻繪，自殊史録質直。改左徒變言三閭典王族，牽合入議出接，特所兼掌。史傳班贊，咸無此説。非牛非馬，持論不根，徇賦改史，尤乖體要。《騷》指堙沈，逸抑安所辭咎』。案：其云『辭賦藻繪，自殊史録質直』，信爲不刊之論。賦之與史傳，自有別異。史傳所載，非必即賦之所言。惟逸未嘗謂『左徒』即『三閭大夫』，似未可深責。《騷序》改史傳『左徒』爲『三閭大夫』，是互言之，蓋謂任左徒、

# 讀騷大例

湘陰郭焯瑩耘桂先生定箸

一曰事據史傳取勘。王逸私造故實。多可怪笑。詹尹貢卜。卜居 楚廟黍嘗。天問 微大都會。誰與奔湊。移置山澤寂漠之區。豈應典法。漁父之三閭大夫。即史云楚同姓爲楚懷王左徒。猶騷之名正則字靈均即史云屈原者名平。辭賦藻繪。自殊史錄質直。改左徒變言三閭典王族。牽合入議出接特所兼掌。史傳班贊。咸無此說。非牛非馬。持論不根。徇賦改史。尤乖體要。騷指堙沈。逸抑安所辭咎。林雲銘之屬自詡根據史傳。顧譏遷言尚多未通。考定賦騷時日。執論騷情根於憲令絀罷。則云在楚懷怒疏之初。唯錢杲之集傳不泥執爲始見疏、說差合、執論騷誼洞燭未形。其後乃皆驗。則云在楚襄怒遷之際。謝濟世解被放將賦懷沙之作、覽景論劉作於懷王不返、襄未立時、同徵信史遷。兩俱病舛。騷辭設隱。按據本事。斯射罶惡中。虙妃者子蘭。楚懷稚子日侍側深居、類伏羲帝女潛神洛水、初賦遠游、騰鶩迎告上官隴令、廷臣亦厭苦憲令拘牽、諱而和之、所謂黨人偷樂也、觀於王子、蘭見寵信、宜可保有厥美、成君於治、已屬意焉、曰解佩結言、爲數陳慭令闕保之鉅也、曰蹇修爲理、引爲替人、覺己未覺之志也、迨賦騷時且儼俗

文字同盟社

三閭之職，皆在懷王朝矣。又，《騷》之『名正則字靈均』，逸亦未謂即史云『屈原者名平』。但云『父伯庸名我爲平以法天，字我爲原以法地』，至若名『平』字『原』與名『正則』字『靈均』是何關係，未嘗一語及之。而斷以『私造故實』，則誣之甚矣。

郭氏復云：『《騷》辭設隱，按據本事，斯射覆悉中。虙妃者子蘭，有娀者鄭袖，二姚者宋玉、唐勒、景差。凡以悼念楚懷無親臣，史云「其所謂忠者不忠」是已。無實之蘭爲陳軫，慢慆之椒爲上官，充幃之榝爲靳尚，藹車江蘺爲將軍屈匄、逢侯丑七十餘人。』則可謂聞所未聞矣。然其説『按據本事』，似有依據，而公言『射覆』，則蓋類求微言大義之今文學也。但舉『虙妃者子蘭』一事，可以類知其他。觀郭氏所以爲『虙妃者子蘭』者，以子蘭『楚懷稚子，日侍側深居，類伏羲帝女潛神洛水』也。又詳論云：『觀於王子，甚見寵信，宜可保有厥美，成君於治，己屬意焉。曰「解佩結言」，爲敷陳憲令關係之鉅也。曰「謇修爲理」，引爲替人，竟己未竟之志也。迨賦《騷》時，且隨俗從風，目覩鄭袖、靳尚比而蔽君，曾莫匡救，是爲紛總緯畫，時丹陽、藍田再挫，國已困棘，故曰「歸次窮石」，釋秦囚與約和親，益從獎亂以速禍；故曰「濯髮洧盤」，彼有足用爲善之資，竟悍心凶害之迫，而驕侮視老成之謀而傲者。唯康娱淫遊，圖苟私其身，大戾《惜誦》「先君後身」之誼。不敬其君，非無禮之尤哉。仰察與君圖議出治之原者，特一子蘭，故曰「周流乎天」。俯視行事之散著爲鴆爲鳩，皆足蠱鄭袖，故曰「余乃下」。鄭褒之爲有娀，固不下索始見也。史言「楚人既咎子蘭以勸懷王入秦而不返也。屈平既嫉之，雖放流，不忘欲反，一篇之中三致志焉」。是國人因勸入秦，始從追咎。屈子則始賦《騷》，已嫉其無禮，故子蘭聞咎，觸怒《騷》所嫉言而蔽之罪耳。《招魂》哀楚懷歆以故居之返，亦刺子蘭窮奢極欲，僭踰君所享有，恝忘推奉諸客秦之父，凡所侈陳，皆康娱淫遊之説。知史遷以爲屈賦，從其本言之。班固定撰人爲宋玉，蓋時方以文字興獄，玉懼往愬逢怒，重本師之戾，私録存，隱其言不宣。後竟寄在宋篇。逸謂玉以此歆屈，殊爲不倫，即導楚懷于淫侈，亦爲悖德。』案：觀其所論，憑臆所構，附會史載，而斷以虙妃比子蘭，誠如『射覆』之戲劇矣。若是而往，則解《騷》亦何所不有？其較之湘綺老人亦遠甚矣。至若『扈江蘺辟芷、紉秋蘭爲佩，譬民情之洽也』『雜申椒菌桂，豈維紉蕙茝，譬官箴之肅也』『其設爲嫛言者，感鄭袖之侵政』『設爲筳者，感楚懷隆祀助卻秦師；設爲巫告者，感靳尚無實之言，熒惑主聽』云云，則皆不足辨矣。

郭氏『意由聲音證入』之例，或説《騷》之用韻，或指誦之腔調。其説韻者，謂《楚辭》多沿襲三百篇之『遥韻』『錯韻』，稱『遥不病嘽緩，錯不苦膠戾，是必別有誦法與調協』。而『遥韻』者，如『長太息』章：涕、替相協，中横入艱、羈兩字。『高余冠』章：常與上荒、章相協，而又協懲。『錯韻』者，如『巫咸告』章：疑、之，隔九句與媒、疑協。錯迎入第六句，隔十五句與央、芳協。錯故入第八句，其第九句轉上韻下，隔八句與舉、輔協。案：其説謬矣。『長太息』章，韻艱、替二字，所以不協者，蓋二句誤倒，涕、替同協脂韻是也。『高余冠』章，韻常、懲二字，所以不協者，常本作恒，避漢文帝諱改也。『巫咸告』章，迎，讀如迓，與故同協魚韻。同，當作『周』，字之訛，與『調』同協幽韻。此前人所共識，幾成定論。毋需以『遥韻』『錯韻』解之。是郭氏非知音之選矣。至稱讀《騷》『要必虚心涵泳乃能得之，凡聲揚則神與俱馳，聲抑則思與俱凝，聲急則意與俱決，聲緩則心與俱遲』云云。此乃誦讀《楚辭》之法，與辨析韻部無涉，猶所謂『腔調』也。古讀《騷》之曰『誦』，即以聲節之之謂。《漢書》載『宣帝召能爲《楚辭》九江被公，召見誦讀』。《隋書》載『釋道騫善讀之，能爲楚聲，音韻清切，至今傳《楚辭》者，皆祖騫公之音』。皆指此類也。然云『詩既失誦，亦唯恃讀能精謹，或尚庶幾。屈賦如「怨靈脩之浩蕩」，語脈實輕而逸讀從重，竟誣爲忿懟君而已。「又何懷乎故都」，語脈實徐而逸讀從疾，竟誣爲婞婞去之唯恐不速已。自讀者拘牽於逸竄説，舉莫循本辭玩索而深思之，於是屈子見冤歿世，殆有甚於獲罪當年者焉』。案：逸訓『浩蕩』爲『無思慮貌』，猶今云糊塗之意。無論輕讀抑或重讀，其義不別，何以見得逸是『忿懟君』耶？『又何懷乎故都』，逸注云：『己復何爲思故鄉、念楚國也。』據注，亦未見其讀之法爲徐抑或爲疾也。攻逸如是，委是偏頗。則稱『謹守先説以涵泳辭氣，於屈子淵情若有會』者，徒淪爲虛辭耳。

郭氏『誼本故訓求通』之例，乃指字義訓詁也。訓詁不明，則意旨不明；意旨不明，則詞章不通。乃云：『屈賦比物連類，錯舉複見，初不物論是齊。如，三后雜申椒菌桂，而馳止遂在椒丘，懷要遂取椒糈，覽察未得始謂申椒不芳，殆茹苦含辛之譬。三后豈惟紉蕙茝，而蕙纕擥茝之誶替亦猶未悔，彼擥木根結茝、矯菌桂紉蕙，特世俗所服，殆嗜甘忌辛之比。並自施身言之，辟芷則扈，芳芷則雜，蘭芷則傷不芳，即茝異文，殆象庶績咸熙。樹蕙百畮，茹蕙掩涕，荃蕙又傷化茅，殆象外患不作，並自治事言之。蘭爲所紉佩，九畹之滋，步馬之皋，望予則結幽延佇，黨人乃謂幽不可佩。皆此物此志，忽簡視爲無實。椒亦衆芳所在，勿深斥以慢慆。藒車與留夷共畦，江蘺與辟芷並扈，又俱降在不足指數之列。是史謂「其志絜，故稱物芳」，形色既非蔽以一致，美惡復不嫌爲同辭，言距可一端盡哉。斯固宜責實以正名，尤必斷取使各當矣。孔子謂多識鳥獸草木之名，自不特粗詳施稱之殊，蓋並臭味質性之别，將亦究知焉。王逸唯混同一以「香草」「香木」概之，所以滋爲迷惑也。』案：其説躂矣。《騷》之草木，雖一物而施用百端，義各有别。然則就其譬喻言之矣。叔師注《騷》，旨在譬喻，注蘭但云『香草』，而義或取於『修身清潔』，或比於『賢能』，或寄於薦引後進，固不必詳説其草何所生、何所芳也。後人讀之，自是未嘗『迷惑』。若進以解蘭之爲草，其狀若何，其芳若何，其性若何，自在《騷》義之外。叔師簡之，當矣。而洪氏在叔師千年之後，補之疏之，亦當矣。蓋以時之緜遠，草木鳥獸蟲魚之名或有變改，致後人不識，故詳爲之解。猶《詩》之《毛傳》之後，又有孔氏《正義》矣。郭氏之斥叔師之簡約，甚爲無知，若非偏見，誠不可以理喻之矣。

郭氏辨『《離騷》命篇，本諸《楚語》「德誼不行則近者離騷」。史言「《離騷》者，猶離憂也」。蓋推賦辭所見，謂身麗於擾動不能以適者，即造令時已殷憂於心，爲圖諸豫者也』。而斥逸『離別』之訓爲『竄説成誣者也。史言「雖放流，眷顧楚國，繫心懷王」，此近羅「不容自疏」之指，豈得等諸浮雲過眼名之爲遭，抑豈僅去位遲留不忍訣別？史言「存君興國，欲反覆之」，此心憂君國騷動，日即危亡之情，豈得誣以患得患失，類長戚戚之小人，抑豈感索居寡歡、效兒女子之啜泣』？案：離騷之義，漢世史遷、班氏、叔師三家雖具訓『騷』爲『憂』，而解『離』字之義，各不相同矣。史遷未解『離』義，庸知其非『離別』之意耶？班氏訓『遭』，謂遭憂而賦之。信似『患得患失，類長戚戚之小人，抑豈感索居寡歡、效兒女子之啜泣』者，故視之屈子，亦『露才揚己，競乎危國群小之間，以離讒賊，然責數懷王，怨惡椒、蘭，愁神苦思，强非其人，忿懟不容，沈江而死，亦貶絜狂狷景行之士』。是成厚誣矣。而逸之解固未嘗如是矣。

郭氏攻逸注《九歎》『倘佯爲山』爲非；斥逸『訓「耿介」曰「光大」意，不與宋玉《九辯》「獨耿介不隨」契也』；斥『訓蹇修曰「伏羲之臣」，事不與《爾雅》「徒鼓磬謂之蹇，徒鼓鐘謂之脩」符也』。案：其説是也。倘佯即相羊，言徘徊也，與下『容與漢渚』，相對爲文，不當解山名。耿介，言專一不依隨之貌，而非『光大』也。蹇脩，古之鼓樂爲媒者之稱，而非『伏羲臣』也。然郭氏又斥逸注『訓浩蕩曰「無思慮貌」，説不與《九歌·河伯》「心飛揚兮浩蕩」通也』。又，『訓偃蹇曰「臺高貌」，曰「佩衆盛」，《九歌·東皇太一》曰「舞貌」。詎不與《左氏》哀六年傳「彼皆偃蹇，將棄子之命」應也』。又，『偭訓背，與鄉相反。詒訓遺，與欺相歧。豈得謂明於古訓』。案：其斥皆非。《騷》之『浩蕩』訓『無思慮貌』，與《河伯》之『浩蕩』訓『志放貌』，實一義之相貫，因所施别矣。偃蹇之語，本爲起伏委曲之義，以況臺之爲高崇，狀佩飾參差之爲衆多，美舞容之爲委曲貌。而《左氏》之『偃蹇』爲『驕傲』，亦其義之引申也。偭之訓背、訓鄉，相反爲義，故不嫌同辭。詒之訓遺，讀如貽；訓欺，讀如紿。蓋字有假借也。逸未嘗有不當之處，何以斥之『不通』『不應』耶？

郭氏『辭兼衆本是正』之例，乃校勘之事也。稱『世治屈賦，皆祖洪校。陳振孫《書録解題》述所定去取，别勒《考異》一卷。而今凡文有兩異，盡散入各句下，則已非洪本之舊已。其論篇目，後人以作者先後次敘。《釋文》第録，獨宗古本，後朱子《辯證》、黄伯思敘《新校》，並考知爲天聖中陳説之所改定。而古人立説，各有宗主，先經後緯，成其家言，不當準程史録年編世次也』。案：其説是也。《楚辭》版本存於今者，惟洪氏《補注》爲最古，《釋文目録》又存古本舊觀，《考異》雖散入各句下，猶存洪氏所見本異同，皆彌足珍貴。朱子《集注》所列異文，悉出洪氏，無所增廣，亦無所發明。校正《楚辭》，追躡舊本，若舍洪氏則無足取矣。惟『洪校顧不定從《釋文》，追正陳謬』，蓋據陳説之所改者爲底本，深可斥之矣。郭氏復舉例云：『逸訓狷披爲衣不帶貌，循辭索誼，頗病迂曲。然横生此説，必緣所見屈賦正同别本，假被爲之，因從傅會焉。』案：斥逸之謬是也。耿介、狷披對舉爲文，耿介爲專一不隨，則狷披猶顛跛不正之意。又云：『訓嬋娟爲牽引，未謬疑婦容之静好，必所見屈賦正同别本作撣援，猶未轉寫成譌，因無所滋惑焉。《釋文》又並闕載，是未失章句之舊者特篇次耳，此可參驗逸注，以究知本辭之朔者也。』案：其説是也。據逸注以訂屈賦之舊，蓋校勘《楚辭》法則之一耳。若『謡諑』之謡，逸訓『毁』。謡無此義，當譖字之誤，通作譖也。『退將復脩』，逸注『故將復去』云云，復，當作退，則知『退將復脩』，本作『退將脩』也。而後又歸納其校書條例，曰『或省文而誼乖』、曰『或增省兩通意究微别』、曰『或偏旁之有沿變』、曰『或通假任意而形聲多謬』、曰『或假誼專行而本訓益晦』、曰『或正變錯出而省覽滋殽』，皆可視爲圭臬矣。

郭氏『論依經訓節中』之例，是説據經誼以解《騷》也，以爲屈子所作，皆涵泳經義之教，與六經關係至密。乃逐篇論之，云：『屈子集誼之功，固基諸《易》教、《書》教、精言《禮》本者也。史稱《騷》兼《國風》「好色而不淫」，其「存君興國欲反覆之」，好色之譬也。屈子所好，憲令而已。然而當其疏，賦《遠遊》爲虙妃之媵迎。當遷且死，賦《懷沙》爲君子之明告，望道得行。終不强期行之自已，不淫者非歟。又稱兼《小雅》「怨悱而不亂，《離騷》之作，蓋自怨生」。怨憲令不興，亂無覬得遄已耳。讒諂蔽明，邪曲害公，彼時俗流從，何芳能衹，能無誹乎？然而始賦《遠遊》《九歌》，覬相感於微言，而忘身疏之足懟。終賦《漁父》《悲回風》，覬得慰所夙願，而絶不憤濁俗之難與言，誠不亂者已。發情以中乎禮誼之止，非有得於《詩》教邪？屈子知言之指，養氣之學，固有會諸《詩》教、《樂》教之深者也。彼於道得其宗，於情協乎正，非篤守周公、仲尼之教，烏能以然？史稱「濯淖污泥，蟬蜕濁穢，浮遊塵外，不獲世垢，皭然泥而不滓」。《騷》歷吉將行，託爲遊僊之説，所謂「浮遊蟬蜕」者也。而《遠遊》精言全生養性，似又深契《參同》之指。黨被疏之初，固一涉獲及焉。劉向以明五行爲儒宗，而幼嘗治《淮南》《枕中》祕書，是所證入者造端於神僊，猶宋儒之學多由釋言證入，不足病也。」案：屈子之學是否基於周、孔之教，固未可武斷。惟《騷》稱三代，則與周、孔庶幾同。然孔氏不語亂神怪力，而《騷》多載神仙譎怪之事；孔氏以夏啓爲聖君，能承禹之政德者，而《騷》以啓康娱自縱、屠母分屍，類亡國暴君；孔氏以爲君子得時則大行，不得時則龍蛇；而屈子不得時則抗志高馳不顧，憤忿自沈汨淵，固非儒者所許可。若拘六經之義以繩之，則亦必詰鞫不通矣。

郭氏以屈賦爲『一經六傳』：《離騷》稱『經』，《九歌》以下六卷皆稱『傳』，至於考辨諸篇所作時，亦皆有詳説。乃云：『史推論《騷》指，至精且詳。復擇舉旁篇使與相發，蓋以《騷》爲屈賦經言。旁賦散出，無勿與《騷》緯也。故録《漁父》以明其仁之至，異漁父鼓枻，忍爲潔身以亂大倫。於是《騷》之死不容自疏，其情實摯，顯非偏溺俱徇。録《懷沙》以明其誼之盡，所告君子以爲類，庶幸有替人爲竟所志，於是《騷》之三致志於存君興國，其道大光，亦非悁絶以名絜。屈賦名《騷》爲經言，名《九歌》《天問》下從傳例，蓋本之此。《歌》賦於丹陽新敗、藍田再舉之前，是爲楚禍之始棘。《問》賦於往會武關迎立頃襄之際，是爲楚禍之益烈，故次最先。徵《騷》之怨生於時難，有足取信。大抵有爲而發，不同無病强呻。《九章》

賦於頃襄七年與秦和親之後。《遠遊》賦於見欺武信，丹陽誓師之初，並慮患未形，其言皆驗。徵《騷》固慮事之周，其意切於追來，固不屑爲咎往。《卜居》賦於疏後三年，復召使齊之始，於是畢慮於從誼。《漁父》賦於頃襄怒遷行吟澤畔之初，於是矢志於成仁，故退次最後。徵《騷》實持身之誼，惟此嚴於責己，固不暇爲競時。一經六傳，本末該備，無謬屈指。」案：其據史傳以考訂屈賦作時，復以經、傳相互取證，後先觀照，似能成其一家說。然則《騷》之稱經，明文載於叔師《離騷敘》，史傳不載，非史遷本意，尤非屈子本意。《遠遊》之作，是續《騷》後半篇，亦不宜作於《騷》之前。《九歌》以爲作於丹陽新敗、藍田再舉之前，蓋以原受懷王之命而欲事神欲以助却秦軍而作者也。然此説已見王湘綺、馬其昶矣，是拾二氏餘唾耶？

郭氏次考屈賦及《楚辭》流傳始末，謂屈賦二十五篇，「疑宋玉諸人所爲第録，劉向校定二十五篇，從舊編次耳。班固承之併合篇第，而竄宋玉《九辯》躐次《九歌》前。蓋病淮南《騷傳》辭多虛張，因取凡屈賦旁篇備内傳，使誼得相發，而冠《九辯》於内傳之首，以攝持立言大紀焉。《辯》代屈子曲致繾綣，哀君賜還而已。彼讒賊是羅，猶不忘競，斯旁賦所發明，皆競辭也。於是所罪以競危國群小閧，以羅讒賊，屈子當亦無辭自解。不知屈子覬年壽得延，還爲君興治，宋玉之情斯然耳。湛汨雖殷望治之思，詎切懷歸之念？奈何誣屈子以曲肆詆哉。覽班撰《楚辭敘》，詆諆爲違道以自賊其身，足證次《辯》與經相接，自有微指也。於《離騷》别繫以贊，櫽括史事，證發《騷》言，增益《騷》解所未及詳，又務巧爲隱美，率略不完。班固用心，即此抑可窺見。立説甚巧，能不令人疾恨乎」？案：玉輯屈賦二十五篇，蓋臆度之説，文獻不足徵矣。班《志》所載，本諸劉向父子《略》《録》，則二十五篇者，當向所輯也。班氏承向，當亦如是。乃以《九辯》躐於《九歌》之前者，爲班氏所爲，恐亦是臆見矣。果爾，則班《志》所載不衹二十五篇矣。班氏乃儒者，凡不與周孔之道合誼者，則盡斥之，非緣乎「巧」也。叔師《離騷後敘》稱，「楚人高其行義，瑋其文采，以相教傳，至於孝武帝，恢廓道訓，使淮南王安作《離騷經章句》，則大義粲然。後世雄俊，莫不瞻慕，舒肆妙慮，纘述其詞。逮至劉向，典校經書，分爲十六卷。孝章即位，深弘道藝，而班固、賈逵復以所見，改易前疑，各作《離騷經章句》。其餘十五卷，闕而不説』。則向所作十六卷，乃分《騷》十六卷也。固、達所作亦指《騷》一篇也。何預《九辯》之次。《辯》之次於《騷》者，乃叔師所定而非班氏。叔師因《騷》《問》有『《九辯》《九歌》』，故以《辯》在《歌》前，《釋文目録》猶存叔師舊次矣。郭氏不明於是，乃誤十六卷編次爲班氏矣。

郭氏『説參異家互發』之例，斥史遷合屈子、賈生爲一傳者，屬編次失中不倫。據《楚辭釋文目録》前八卷：《離騷》《九辯》《九歌》《天問》《九章》《遠遊》《卜居》《漁父》爲《内傳》，而卷九致卷十五凡七卷：即《招隱士》《招魂》《九懷》《七諫》《九歎》《哀時命》《惜誓》爲《外傳》，而《招魂》爲玉招楚懷之魂，而非招屈子之魂。稱『《大招》獨次傳第十六，二劉定校，中壘蓋闕。特民間私習之，以託誼與屈符同，相傳爲二十五篇之逸。然招之云「大」，固廣《招魂》有作，豈宋玉以弟子賦《招》，屈子爲其本師反從廣之？或謂廣者，同門之景差，亦無以難也。兩難遽執定《内言》《外言》所屬，因列末簡，明其爲附録，縣待來者論定之』云云。案：此頗有特見。《釋文目録》，第十五爲《惜誓》，逸敘『不知誰所作也，或曰賈誼，疑不能明也』。第十六爲《大招》，逸敘稱『屈原之所作也，或曰景差，疑不能明也』。則二篇皆存疑之作，故措置於末，繫附録云耳。而《惜誓》篇末數語，與誼之《吊屈》或同，故畢竟有仿佛之詞，遂爲誼所作。而《大招》定屈抑或景，悉無所憑，文獻不足徵矣。故定《大招》次於《惜誓》之後。然此乃王逸所編次，而非出自班固也。第十七篇《九思》，爲唐以後所附，其所作敘、注，見六朝時之口語、熟語，知爲六朝時之所補，皆何豫於叔師耶？而郭氏輕斥云，『觀班固所第《外言》，意存譏正，與史録賈賦之指適反，誼具詳《楚辭敘》。逸疑闕而不説，抑爲不善讀已。逸更賦《九思》綴《章句敘》末，明屈戀依君國，别不勝愁，雖無當《騷》指，要亦《内言》，非復《外傳》之例』云云，則妄加猜測，無端指斥叔師。是不詳審之過矣。餘下並論漢世諸賦，已越度《楚辭》十七卷之外，自可置之不辨矣。

是書流傳未廣，於今唯有民國二十年北平文字同盟社排印本，首行題『湘陰郭焯瑩耘桂先生定箸』，版心有『文字同盟社』五字，國家圖書館有藏本。（黃靈庚）

# 離騷章義

《離騷章義》者，傅熊湘之所作也。熊湘原名専，字文渠，號君劍、屯艮、鈍艮、鈍根、倦還、倦翁，湖南醴陵人。十四歲畢工詩文，人稱『才子』云。後留學海東之國。歸國乃執教於醴陵鄉塾。光緒三十二年丁未，創刊《洞庭波》雜志於滬上，鼓吹反清革命。後與蘇南柳亞子、高天梅、蔡哲夫等結南社。宣統三年辛亥，於姑蘇編刊《大漢報》。未幾，返長沙，創刊《長沙日報》，任總編輯。民初，袁氏竊國，傅氏於報端著論反袁，二年壬子，被通緝，陷於偵緝者屢矣，幸賴名妓黄玉嬌相助得以全身。七年戊午，又至滬上，創刊《湖南月刊》，抨擊張敬堯不遺餘力。九年庚申，又返湘，任湖南省署秘書，省議會會員。十九年庚申，任安徽省民政廳秘書，棉税局長。所著别有《國學概略》《國學研究法》《屯安詩文集》《屯安詞》《廣雅》《冬夏脞録》《廢雅樓説詩》《文通削繁》等。

大略以洪氏《補注》爲藍本，首爲傅氏自序，稱其病王逸、洪氏、朱子以下舊解《離騷》詳於名物訓詁，而不能貫通『文詞指意』，乃『間取《騷》賦以教學僮，泛濫諸家，斷以己意，爲《離騷章義》一卷』云。書成，又不無自歉云：『念屈子處衆濁之世爲哀怨之音，欲一悟君改俗而不可得，然則居今日而欲使朔風變楚樂，操土音者不尤自傷其煢獨邪，斯固難强人以共喻者已。』蓋其所説『文詞指意』者，固爲一家之言，是否爲人所認可，蓋本非易事，不可强人所難矣。

傅氏貫通《離騷》『文詞指意』，蓋從分章始。其總分九章、二十二節。每章之首及每節之末，皆概述其意。條理分明，自成繫統。然得失並存，則不可不論。

首章要之曰『述志』，『總述其立身行道及其所以事君之迹』。凡五節：『帝高陽』至『靈均』八句爲第一節，『述己所自出及所受於親者』。『紛吾』至『宿莽』八句爲第二節，『述己之好修及其勤勉』。『日月』至『先路』八句爲第三節，『述己之欲及時行道以匡君』。『昔三后』至『數化』二十四句爲第四節，『述己之以道事君，始任而終見疏』。『余既滋』至『蕪穢』八句爲第五節，『述己之植賢才以待用，己既見疏，而賢才亦失』。案：此章分節大致允當，惟二、三兩節可合爲一，但言修己以匡時君也。而章旨『述志』宜改『述志行』，非唯言『志』，且亦有『行』也。

第二章要之曰『傷讒』，『此述其被讒之由及以死自誓之故』。凡二節：『衆皆競』至『遺則』二十句爲第六節，『述己之貞廉自處而不諒於衆，所以被嫉』。『長太息』至『所厚』二十六句爲七節，『述懷王任己不終，而己志又不可同於流俗，所以誓死』。案：第七節推究己『窮困』之由，一則靈修浩蕩，二則衆女謠諑，三則時俗工巧。窮困而不能易移，故惟有『伏清白以死直』而已。概述似未到位。

第三章要之曰『返初』，『此設爲歸隱之辭，因明其不欲以隱自全之故』。凡二節：『悔相道』至『猶未虧』爲第八節，『設言歸隱之得計』。『忽反顧』至『可懲』爲第九節，『明己之不欲以歸隱自全』。案：此承『死

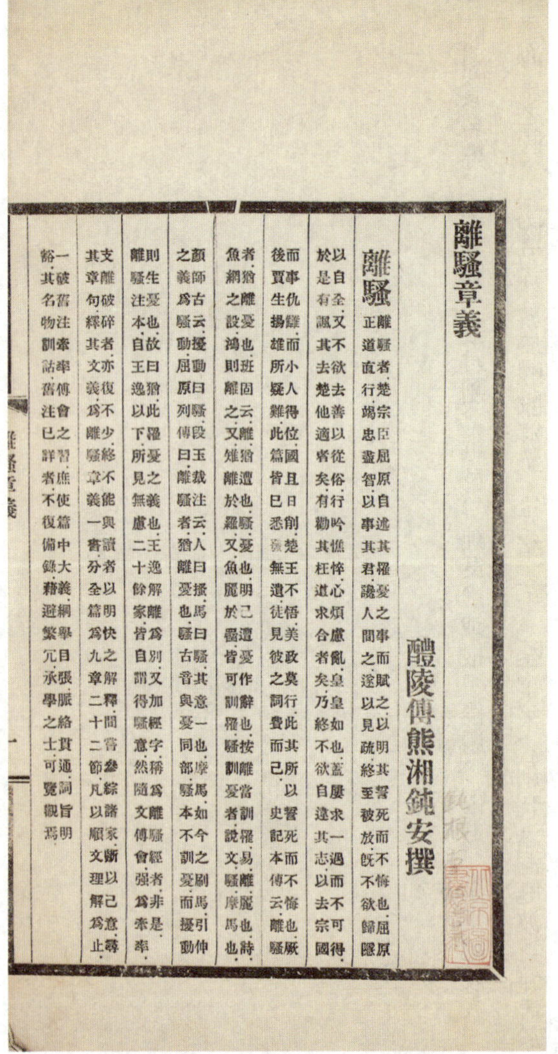
離騷章義

醴陵傅熊湘鈍安撰

離騷 離騷者楚宗臣屈原自述其罹憂之事而賦之以明其誓死而不悔也屈原正道直行竭忠盡智以事其君讒人間之遂以見疏終至被放既不欲歸隱以自全又不欲去善以從俗行吟憔悴心煩慮亂皇皇如也蓋屢求一過而不可得於是有諷其去楚他適者矣有勸其枉道求合者矣乃終不欲自違其志以去宗國而事仇讎而小人得位國且日削楚王不悟美政莫行此其所以誓死而不悔也厥後賈生揚雄所疑難此篇皆已悉發無遺徒見彼之詞費而已史記本傳云離騷者猶離憂也班固云離猶遭也騷憂也明己遭憂作辭也按離當訓羅易離麗也詩魚網之設鴻則離之又雉離於羅又魚麗於罶皆可訓羅騷訓憂者說文騷摩馬也顏師古云擾動曰騷段玉裁注云人曰擾馬曰騷其意一也摩馬如今之刷馬引伸之義爲騷動屈原列傳曰離騷者猶離憂也騷古音與憂同部騷本不訓憂而擾動則生憂也故曰猶此罹憂之義也王逸解離爲別又加經字稱爲離騷經者非是離騷注本自王逸以下所見無慮二十餘家皆自謂得騷意然隨文傳會強爲牽率支離破碎者亦復不少終不能與讀者以明快之解釋間嘗參綜諸家斷以己意尋其章句繹其文義爲離騷章義一書分全篇爲九章二十二節凡以順文理解爲止一破舊注牽率傳會之習庶使篇中大義綱舉目張脈絡貫通詞旨明裕其名物訓詁舊注已詳者不復備錄藉避繁冗承學之士可覽觀焉

離騷章義 一

直』而曰『吾將反』，言反歸於初生之時也。初生之時，亦其死歸之終。故此章非述『歸隱』而述『死歸』之志也。其所悔者，不當於斯入世；其所反者，反歸於高陽之祖廟，死之讔語也。而決志反歸之始，修其初服，洗盡世所污詬。下節往觀四荒，尋覓反歸之途，猶静安三種境界『昨夜西風凋碧樹，獨上高樓，望盡天涯路』之第一種也。而『雖體解吾猶未變兮，豈余心之可懲』。其死志已決，不可改易矣。其緊密如此，似不宜離分爲二節。

第四章要之曰『解詈』，『此設爲女嬃之辭，藉明己非不知明哲保身，蓋嘗衷諸前聖，以善自服雖死不悔』。凡二節：『女嬃』至『不予聽』十二句爲第十節，『設爲女嬃之詞，勸毋違衆以取禍』。『依前聖』至『以菹醢』三十六句爲第十一節，『自言從前史推見興亡之迹，而不得不爲善，不能以全身自懈』。案：女嬃之詈，以鮌婞直亡身爲戒，但沮其歸反耳，謂不必死也。於是鄭重其事，折中於前聖重華，列三代興亡之故，在於用賢與否，而後終之以『不量鑿而正枘兮，固前脩以菹醢』，以爲己所當值，正是廢賢任佞之時，且『耿吾既得此中正』，不肯改其初衷，則不死焉依？而後上征飛升也。故其概述章旨、節意皆未達旨。又，『曾歔欷余鬱邑兮』以下四句，爲上下過度之文，若不獨立成節，則宜歸入第十一節矣。

第五章要之『旁求』，『此述其見放以後，屢求有所遇合，冀君之一悟以反己而不可得』。凡三節：『曾歔欷』至『而嫉妒』三十六句爲第十二節，『以帝閽喻君門，言既難至而又不得親』。『朝吾將濟』至『稱惡』四十句爲第十三節，『以求女喻求與己同志以匡君之人而不可得』。『閨中』以下四句爲第十四節，『結所求之無望，以起下文占巫所言』。案：屈子以危厄之身而求君及求賢以匡君，斷無此理矣。此設想上征求帝，帝即帝高陽也。求帝者求反本於高祖也。求帝之不成，言欲死而不得，其歸於閶門不開而吾之不得入，猶後云欲入陰曹地府而見阻閻羅之意。然『世溷濁而不分兮，好蔽美而嫉妒』。而又不容苟生。『哀高丘之無女』之『女』，亦即帝高陽。遠古傳説，帝顓頊乃魚婦化身，爲女性之神。故下節轉求『下女』：

宓妃、簡狄、二姚。然三女者，皆非高陽氏血統之先祖，故設爲『驕傲無禮』『高辛先我』『媒拙理弱』而三求之皆不遂，其寓意亦是『欲死不得』已。求帝、三求女，衹設想反本途中之虚幻事。『閨中既以邃遠兮』，以結求帝、求女，言死既不能。『哲王又不寤』，結上見斥於君，言苟活亦不得。而死、活兩端皆不可，其痛苦之情狀，則無以言表，故云『焉能忍而與此終古』也。

第六章要之曰『解占』，『此設爲靈氛占詞，藉明己之不欲去楚而適他國』。凡二節：『索藑茅』至『故宇』十句爲第十五節，『設爲靈氛占詞，勸以去楚遠逝』。『世幽昧』至『狐疑』十二句爲十六節，『自言楚既不能用賢，即遠逝他國，亦誰知我』。案：靈氛吉占勉其遠逝，承上求帝、求女之不遂而來，其本旨亦在歸本也，不當指去楚適他國。下節爲屈子自忖，楚國『孰察余之美惡』，果不容其生也，故欲從其占。非謂適他也。

第七章林之曰『解巫』，『此設爲巫咸降神之詞，藉明己之不欲枉道以干進』。凡二節：『巫咸』至『之不芳』二十二句爲第十七節，『設爲巫咸降神之詞，勸其不如枉道以求合』。『何瓊佩』至『此離』二十句爲第十八節，『自言枉道求合，素所耻爲，時俗無賢，亦正坐此』。案：巫咸之告，在於待時求合明君，勸其苟活也。與靈氛勉其遠逝以死者相反。非謂『枉道以求合』也。下節亦屈子聞告之後自度之詞，知咸告之事於楚無望矣，故下文承以從氛而不從咸也。六、七二章實可合爲一章，要之曰『卜氛問咸』可耳。

第八章要之曰『西逝』，『此設爲從靈氛之占而遠逝，蓋詭言適秦，而終明其不可』。凡三節：『惟兹佩』至『自疏』十六句爲第十九節，『詭言將去楚而遠逝他國』。『邅吾道』至『媮樂』二十四句爲二十節，『詭言適秦之可樂』。『陟升』以下四句爲第二十一節，『轉出正意，以明宗國之不可離，仇國之不可事』。案：從氛之吉占，是從其勸歸反遠逝也。此章絶無隱言或詭言適秦事仇之意。言『西』者，楚國之西鄙，其祖之所在也。反祖之路修遠多艱，以楚自高陽以來，歷老僮以至懷王，自北而西、而南，路途遥遠，且歷盡艱難，而魂之反歸亦猶是已。將至其處，則不盡媮樂之事。非謂『適秦之可樂』也。秦當知屈子之志，雖適秦亦必不見用，何樂之有？宗親之臣不去故國，屈子亦不當有此念想。持此説者，獨不畏陸離長劍之利鋒耶？此章首節言西逝之前種種準備，次節敘西逝經歷，末節託言僕夫、余馬蜷局止步者，瀕死之際忽念楚國，又不忍死矣。

第九章止『亂曰』四句一節，要之曰『遂志』，『此結全篇，所以明其不得不誓死之故』。案：上言蜷局不忍死，而此承以不得不死。其生出自帝高陽，其死反於帝高陽，正遥相呼應也。

傅氏前有『離騷』解題，稱『《離騷》者，楚宗臣屈原自述其罹憂之事而賦之，以明其誓死而不悔也』。又以『離騷』二字之義，離即罹，遭也。騷本訓『摩馬』，『今之刷馬』，引申爲騷動、憂愁。『騷，古音與憂同部』。而『王逸解「離」爲別，又加經字，稱爲「離騷經」者。非是』。案：漢世『離騷』三解：史遷曰『離憂』，然未解『離』義。班固曰『遭憂』，王逸曰『別憂』。各有所本，亦皆可通。不必斷其是非。稱『經』，非始自叔師，蓋劉安時已然。又，末後注云：『《離騷》當作於懷王入秦以後，頃襄王未立以前。《傳》所謂「楚人既咎子蘭以勸懷王入秦而不反也，屈平既疾之，雖放流，睠顧楚國，繫心懷王，不忘欲反，冀幸君之一悟，俗之一改也。其存君興國，而欲反復之，一篇之中，三致意焉」。此即承上文言《離騷》之所由作也。下文云「令尹子蘭聞之大怒，卒使上官大夫短屈平於頃襄王」。「聞之」者，聞屈原作《離騷》之事也。此與《報任少卿書》所云「屈原放逐乃賦《離騷》」尤相吻合。非一見疏懷王即誓死也。證以「亂曰」以下之文，尤信。』案：其説以《離騷》作於懷王三十年（周赧王十七年）入秦之後，蓋是也。

傅氏各節又爲訓詁，甚簡略，與各章、各節『詞旨』並相輔助，雖多因舊注爲説，時見新義。如，『名余曰正則兮，字余曰靈均』。注云：『屈原名平字原，正則隱平，靈均隱原，辭賦之體宜爾。辭賦與滑稽同流，如《史記》淳于髡説隱是也。』案：以辭賦隱語之法解名字，甚有思致。又，『扈江離與辟芷兮，紉秋蘭以爲佩』。注云：『離，一作蘺，與芷、蘭皆香草，以喻所修之能。本傳所謂「博聞彊志，明於治亂，嫺於辭令」是也。凡香草皆以爲喻，傳所謂「其志絜，故其稱物芳」也。所喻各有不同，不必實指，猶數學之用甲乙以代數也。』案：發凡《離騷》詞例，亦甚有所裨補云。又，『夫惟靈脩之故也』，注云：『靈修者，善修飾也。《九歌》「美要眇兮宜修」，宜修，即靈修。』案：引例甚合其義。又，『謠諑謂余以善淫』，注云：『善淫，即上官大夫之讒，所謂「每一令出，平伐其功」之類。』案：引史證《騷》，恰到好處。

傅氏注《騷》異於舊注，即説以句法。如，『紛吾既有此内美兮』，注云：『紛，狀「有」字，單置句首。』又，『汩余若將不及兮』，注云：『汩，水流疾貌，以狀「不及」，單置句首。』又，『日月忽其不淹兮』，注云：『忽，狀「不淹」，先「其」字，置逗首，「日月」一頓。』又，『謇吾法夫前脩兮』，注云：『謇，狀「法」字。』又，『謇朝誶而夕替』，注云：『謇，狀「誶」字。』又，『相觀民之計極』，注云：『「相觀」二字重著。』又，『來違棄而改求』，注云：『來，一字逗，來豐隆也。』又，『覽相觀於四極兮』，注云：『「覽相觀」，三字重著。』又，『民好惡其不同兮，惟此黨人其獨異』。注云：『兩「其」字用作「豈」，同音通假也。』又，『覽察草木其猶未得兮』，注云：『「覽察」，兩字重著。』又，『鳳凰翼其承旂兮』注云：『翼其，狀字，建旂車上，如鳳皇之翼然也。』又，『陟升皇之赫戲兮』，注云：『「陟升」二字重著。』

或者審辨音韻。如，『恐皇輿之敗績』，注云：『績，從「責」得聲。責、債古今字。績，古讀債，與隘叶。』又，『傷靈脩之數化』，注云：『化，古音訛，與佗叶。古人「化」字皆叶入歌麻韻。』又，『長太息以掩涕兮，哀民生之多艱。余雖好脩姱以鞿羈兮，謇朝誶而夕替。』注云：『艱不入韻。替與涕叶。』蓋以『長太息以掩涕兮哀民生之多艱』二句倒乙也。

又，『偭規矩而改錯』，注云：『錯讀措，則度叶渡，讀酢，則度叶鐸。古人四聲不分。』又，『五子用失乎家巷』，注云：『巷音弄，與縱叶。今猶謂巷爲衖，俗亦作弄。』又，『浞又貪夫厥家』，注云：『家，古音姑，與「狐」叶。』又，『登閬風而緤馬』，注云：『馬讀武，與佇叶。』又，『恐嫉妒而折之』，注云：『折音制，與蔽叶。』

雖然，新意寥若晨星，且時見悠謬之説。如，『衆不可户説兮』，注云：『户説者，猶云每人而悦之。』案：非是。户説，猶户告人説也。又，『紛總總其離合兮，斑陸離其上下』。注云：『必求事以實之，則咸池、扶桑俱在東方，亦可指齊。望舒、飛廉、鸞皇、雷師、鳳鳥、飄風、雲霓，則諸侯從齊以爲楚擊秦者也。或原有此計畫，欲反懷王歸楚亦未可知，然不必鑿。』案：求帝而令望舒、飛廉等，狀其儀容之壯，並無託寓之意。又，『來吾道夫先路』，注云：『來，一字逗，用如《虞書》「來禹」、《論語》「謂孔子曰來」之來。』案：失於句法。來吾道，猶吾來道，《離騷》句法，有述語置於主語之前者，『汩余若將不及』『步余馬』『回朕車』『邅吾道』『屯余車』『總余轡』。皆其類也。又，『余不忍爲此態也』，注云：『態與時叶。態從能，能古音台。支灰通叶也。』案：時、態古同入之韻。非支灰通叶也。又，『索藑茅以筳篿兮，命靈氛爲余占之。曰兩美其必合兮，孰信脩而慕之』。注云：『占與篿叶。慕與合叶。』案：非是。『慕之』，當作『莫之思』，思字，因下文『思九州之博大』之『思』而爛脱之。之、思古同入之韻。又，『曰勉陞降以上下兮，求榘矱之所同。湯禹儼而求合兮，摯咎繇而能調』。注云：『同，上叶迎。調舊叶音同。』案：非是。同，當作周，字之訛也。周、調古同入幽韻。

是書爲長沙中華書局民國十三年甲寅排印本，蘭皋題箋『離騷章義』，扉頁有鈍安集曹全碑『離騷章義』四字及全録劉協《離騷贊》：『不有屈原，豈見《離騷》，驚才風逸，壯志煙高。山川無極，情理實勞。金相玉式，艷溢錙毫。』浙江圖書館有藏本。

（黄靈庚）

# 屈宋方言考

《屈宋方言考》者，李翹之所作也。翹字孟楚，曾名石，又字煒儀，别號錯錯盦，浙江瑞安人。民國九年，與江步瀛、夏承燾等結東嘉慎社。工詩詞，擅駢文，與宋慈抱、薛鍾斗、夏承燾等稱『永嘉七子』。又才學富贍，與宋慈抱、洪錦龍、周予同等稱『瑞安十才子』。民國末，翹曾任教於河南大學、安徽大學、中山大學。一九四九年後，任浙江文史館館員。著有《老子古注》《道德指歸輯本》《晉南北朝殘碑文記》《説儒》《轉注正義》《玉河詩草》等。

凡屈、宋辭賦中涉於楚者，則逐一摘出，計六十八條，據詞類以繫屬之：『名物字』三十四條，『形容字』十二條，『動作字』十五條，『狀況字』五條，『語詞』二條，末附《楚故記》『采菱揚荷』『鄭舞』『勞商』『石林』『鬼』五條，《楚方志》『阯』『龍門修門兩東門』『空桑』三條。蓋出自王逸《章句》者二十一條，餘四十七條爲翹之所增補也。其書體例，以楚語爲條目，各條首明出處，則引屈、宋原文；若爲王逸所定，則次引王逸注；次爲翹所考證。

首有翹自敘，稱『《漢書·藝文志》「詩賦略」屈宋文辭均稱「賦」若干篇，而《朱買臣》《王褒》諸傳已有「楚辭」之目。王逸《章句》云：「宋玉閔惜其師忠而放逐，故作《九辯》以述其志。至於漢興，劉向、王褒之徒咸悲其文，依而作詞，故號爲楚詞。」』案：辭與詞通，本當作詞。『楚辭』之名始於漢，可以無疑。然據叔師所言，玉及漢人王褒、劉向諸作所以悲懷屈子、『依而作詞』者方得稱『楚詞』，故唐勒《大言賦》、相如《大人賦》、《長門賦》、司馬遷《悲士不遇賦》、張衡《思玄賦》，雖爲《騷》體，而皆不預焉。則朱買臣、九江被公所誦者，是否同叔師所稱『楚詞』，蓋未可武斷焉。逸之所以名『楚詞』者，蓋因語氣詞『兮』字之故也。

屈宋方言攷　李　翹述

芰以下名物字三十四

離騷經○製芰荷以爲衣兮按說文艸部蔆芰也楚謂之芰爾雅釋草釋文及疏均引呂忱字林楚人名蔆曰芰宋宋庠國語補音卷三仝禮記祭義注釋文亦云楚人名蔆爲芰

招魂宋玉作○芙蓉始發雜芰荷些

蘺

離騷經○扈江離與辟芷兮按江離本當作江蘺蘺正字離借字儀徵劉氏楚辭攷異曰文選思玄賦

《隋書·經籍志》云：『蓋以原楚人也，謂之楚辭。』黃伯思《校定楚詞序》：『蓋屈、宋諸騷，皆書楚語，作楚聲，紀楚地，名楚物，故可謂之楚詞。若些、只、羌、誶、蹇、紛、侘傺者，楚語也。頓挫悲壯，或韻或否者，楚聲也。沅、湘、江、澧、脩門、夏首者，楚地也。蘭、茝、荃、葯、蕙、若、蘋、蘅者，楚物也。他皆率若此，故以楚名之。』若此以言，但目之曰『楚』可也，而未得所以稱之曰『詞』矣。

翹敘又云，『覽其辨物敷詞，多屬楚語。淮南作傳，後世不傳。王叔師生于炎漢，又爲楚人，所釋楚人之語凡二十一則。予嘗翻帬舊籍，益以左證，依類區分，得六十八字。他若逸說之紕繆舛違，均爲訂正。研覈推尋，古誼益明。宋代注家如洪氏興祖《補注》，潛心究索，亦頗足觀。清儒明于通叚，諸家札記，時或兼采』。案：據此敘意，翹之所以作是書者，一曰疏叔師舊注，二曰正舊注之訛，三曰補舊注之闕。

或疏叔師舊注者，則旁徵博引，以證叔師之説於古有徵也。如，『宿莽／莽』條，見《離騷》『夕攬洲之宿莽』，王注：『草冬生不死者，楚人名曰宿莽。』又見《思美人》『搴長洲之宿莽』，王注：『楚人名冬生草曰宿莽。』翹云：『《風賦》（宋玉作）「梢殺林莽」。按揚子《方言》十：「卉、莽，草也。南楚曰莽。」又，《方言》三：「草，南楚、江湘之間謂之莽。」莽字誤作芥，休寧戴氏《方言疏證》本依薛綜《西京賦》注改正。」案：是翹引《方言》以疏王注之義也。又，『潭』條，見《抽思》『長瀨湍流泝江潭兮』，王注：『楚人名淵曰潭。』翹云：『洪《補注》：「一説：楚人名深曰潭。」《一切經音義》五亦有此語，不注出處，當是王逸注。又，《文選·述祖德詩》「隨山疏濬潭」，注云：「楚人謂深水爲潭。」《漁父》「游於江潭」。按《文選·魏都賦》「巖岡潭淵」，注：「潭，淵也。屈平《卜居》曰『横江潭而漁』。」《卜居》，當是《漁父》之誤。』案：翹據洪引或説，意謂訓淵、訓深皆同，淵亦深水也。然『横江潭而漁』一句，本出揚雄《答客難》，劉逵注誤。翹謂出《漁父》，亦誤。又，『閈』條，見《招魂》『去君之恒幹，何爲四方些』，幹，或作閈。王注：『楚人名里曰閈也。』翹云：『案《廣雅·釋宫》：「閈，里也。」《文選·述韓英彭盧吴傳贊》注引應劭：「南楚汝沛名里門曰閈。」』案：翹引《廣雅》《選》注以證幹本作閈，楚語里門之稱也。又，『憑』條，見《離騷》『憑不猒乎求索』，王注：『憑，滿也。楚人名滿曰憑。』又，『喟憑心而歷兹』，王注：『喟然舒憤懣之心。』《思美人》『羌憑心猶未化』，王注：『憤懣守節，不易性也。』又，『揚厥憑而不竢』，王注：『思舒憤懣，無所待也。』《九辯》『馮鬱鬱其何極』，王注：『憤懣盈胸，終年歲也。』馮一作憑。翹云：『據王注「楚人名滿曰憑」，《廣雅·釋詁》亦有「憑滿也」之訓，引申之則爲憤懣。《方言》又有「怒也」之訓。怒義當入動作字類。然吾國文字依其運用，狀況動作，倏忽變異，箟分縷析，錯出互見，反覺瑣屑殽亂。好學者心通其意可耳。』案：憑之爲滿、爲懣、爲怒，固一義之貫通，各施于語境而别。滿者，貫通之義，懣、怒者則是爲傳注也。

或正舊注之訛者，取《方言》或他人之説以駁正之也。如，『蘇』條，見《離騷》『蘇糞壤以充幃兮』。王注：『蘇，取也。』

翹云：『長沙易氏《楚辭校補》曰：「蘇，不宜訓取。《方言》云：『楚人呼草曰蘇。』」按《方言》三：「蘇、芥，草也。江淮南楚之閒曰蘇。」』則以蘇爲楚語，蘇糞壤爲三物，亦通。又，『軑』條，見《離騷》『齊玉軑而並馳』，王注：『軑，錮也。一曰車轄也。』翹云：『《説文・車部》：「軑，車輨也。」段氏若膺曰：「王注車轄，乃車輨之誤。」今考《方言》九：「輨、軑，鍊鐫也，南楚曰軑。」正合。又「輪韓楚之閒謂之軑」，與此義不同。』案翹以軑爲輪之別名，楚語。齊玉軑，謂齊輪並馳。義優於舊也。又，『堵敖』條，見《天問》『吾告堵敖以不長』，王注：『堵敖，楚賢人也。』翹云：『洪《補注》曰：「堵敖，即莊十四年之堵敖。」（成王兄也。《史記》作杜敖。）《左傳》昭十三年杜注：「不成君無號謚者，楚皆謂之敖。」（日本柏木刊殘本《玉篇・放部》「敖」下引杜預注同。《左傳》莊十四年疏亦引之）王注非是。』案：其説是也。敖，楚語。《楚世家》，文王卒，『子熊囏立，是爲杜敖』。囏，古難字。若敖熊儀居都，然未稱爲都郢，至堵敖因依若敖之都，而始稱爲都郢也。堵敖繼位之時蓋年幼未成人，位五年，爲弟所弑，故曰『未成君』而以『敖』稱之也。又，『謇』條，見《離騷》『謇吾法夫前修兮』，王注：『言我忠信謇謇者，乃上法前世遠賢，固非今時俗人之所服行也。一云：謇，難也。言己服飾雖爲難法，我仿前賢以自修潔，非本今世俗人之所服佩。』朱子《集注》：『謇，難詞也。』翹云：『《方言》十云：「𧬊、極，吃也。楚語也。」吃者，語難也。字作𧬊。《一切經音義》卷七、卷九、卷廿二、卷廿三均引《方言》：「謇，吃也，楚人語也。」知古本「𧬊」作「謇」。《原本玉篇・言部》「謇」下曰：「《方言》：謇，吃也，楚語也。」郭璞曰：「亦北方通語也。」𧬊，《聲類》亦「謇」字也。謇爲楚人語詞，若「羌」字之類。』案：其説是也。用作語詞，謇、蹇通用不別，皆難之詞，楚語也。其用法同羌，施於非問句，訓乃、訓然、訓反、訓竟。下文『謇朝誶而夕替』。《雲中君》『蹇將憺兮壽宮』，《湘君》『蹇誰留兮中洲』，《哀郢》『蹇侘傺而含慼』，《抽思》『蹇吾願兮』，《九辯》『蹇淹留而躊踳』，皆是也。謇之訓難，非難易之難，猶那也，奈何也。難、那，歌、元陰陽對轉，同泥紐雙聲。《詩・桑扈》『受福不那』，《説文・鬼部》引《詩》則作『受福不儺』。儺，難也。《周禮・占夢》『遂令始難毆疫』，鄭注：『故書難或爲儺，杜子春：「難，讀爲難問之難。」』難亦那也。王引之曰：『那者，奈之轉也。』（訓見《經傳釋詞》）吴昌瑩云：『那者，奈何之合聲也。直言之曰那，長言之曰奈何也。』（訓見《經詞衍釋》）《左傳》昭公十年：『忠爲令德，其子弗能任，罪猶及之，難不慎也？』言何不慎也。施於問句，謇爲問辭，訓豈、訓何、訓奚也。《思美人》『蹇獨懷此異路』，言何獨懷此異路也。《九辯》『蹇充倔而無端兮』言何失節充倔而無端直之行也也。《招魂》『謇其有意些』，豈其有意於此哉？元、月對轉，謇，或作盍。《東皇太一》『盍將把兮瓊芳』，王注：『盍，何不也。』盍將把，比《雲中君》『蹇將憺』，盍亦謇也。訓『何不』，問難之詞。謇訓『乃』，逆轉之詞。或作蓋。《抽思》『蓋爲余而造怒』，言乃爲余而造怒也。又，『遥』條，見《抽思》『願摇起而横奔』，王注：『欲摇動而奔走。』翿云：『《方言》六：「汩、遥，疾行也。南楚之外曰汩，或曰遥。」嘉定錢氏《方言箋疏》曰：「遥字通作摇，《廣雅》：摇，疾也。」並引「摇起」句爲證。錢説甚是。王注解作「摇動」。誤。《讀書雜志餘編》曰：「摇起，疾起也。疾起與横奔文正相對。」』案：以摇、遥相通，爲楚語訓急疾者，是也。又，『婬』條，見《離騷》『羿婬遊以佚畋兮』，王注：『言羿爲諸侯，荒婬遊戲，以佚畋獵。』翿云：『王解「婬」爲「荒婬」，不知「婬遊」乃重疊字。《方言》十：「婬、惕，遊也。江沅之閒謂戲爲婬。」婬、淫字通。』案：其説是也。然《離騷》『日康娱以淫遊』，王注：『日自娱樂以遊戲自恣。』《遠遊》『神要眇以淫放』，王注：『魂魄飄然而遠征也。』《招魂》『歸來兮不可以久淫些』，王注：『淫，遊也。』則叔師非不知淫爲遊戲義，弟不識其爲楚語耳。

或增補舊注之闕者，取《方言》或他書補王注之遺也。翿之所考，此類居多。如，『芰』條，見《離騷》『製芰荷以爲衣兮』，王注：『芰，蔆也，秦人曰薢茩。』翹云：『《説文·艸部》：「蔆，芰也。楚謂之芰。」《爾雅·釋草·釋文》及《疏》均引吕忱《字林》：「楚人名蔆曰芰。」宋宋庠《國語補音》卷三同。《禮記·祭義》注、釋文亦云：「楚人名菱爲芰。」』案：其説是也。王注遺其義。菱、蔆、蔆三字同。又，『何所獨無芳草兮』，翹云：『草，舊作卉。按《文選·吴都賦》劉逵注云：「卉，百艸總名，楚人語也。」』而《離騷》『覽察草木其猶未得兮』，草，一作卉。『使夫百草爲之不芳』，草，一作卉。『何昔日之芳草兮』，草，一作卉。三例『草』字，意謂舊皆作『卉』。案：其説是也。出土楚簡凡草木字悉作「卉」。據楚語可校訂傳本歧異。又，『豨』條，見《天問》『馮珧利決封豨是射』，翹云：『《淮南·本經訓》：「堯時封豨長蛇皆爲民害。」《説文·豕部》「豨」下云：「古者封豨之害。」《淮南·脩務訓》：「申包胥曰：吴爲封豨脩蛇。」《春秋左氏傳》作「封豕長蛇」。《方言》八：「豬，南楚謂之豨。」左思《吴都賦》「封豨蔻」，張協《七命》「豷封豨」，李善注竝引《方言》此語。又，《初學記》二十九引宋何承天《纂文》曰：「豕，南楚謂之豨。」《廣韻》五尾「豨」下曰：「楚人呼豬。」』案：豨，楚人語也。王注遺其義。湯炳正云（見《楚辭新探》）：『由「豨」「豕」「猪」演化而爲「狐」，如果從古代神話慣例來看，則語言因素所起的媒介作用，還是有痕迹可尋的。例如，《方言》八云：「猪，北燕、朝鮮之間謂之豭，關東、西或謂之彘，或謂之豕，南楚謂之豨。」由此可見，《天問》所謂「封豨是射」，或係后羿神話流傳於南楚者，故據《方言》稱「封豨」，《淮南子·本經》也謂羿射「封豨」，當顯係南楚之傳説，至於《左傳》昭公二十八年，晉人又稱后羿滅「封豕」，則或係神話之流行於北方者，已向歷史化發展，故《方言》稱爲「封豕」。至於揚雄《上林苑箴》謂羿射「封猪」，則係用通語，故稱猪。但根據《方言》所記，又謂「猪，北燕、朝鮮之間謂之豭」，而且現在看來，春秋時稱猪爲「豭」者，也並不限於「北燕、朝鮮之間」，如《左傳》昭公四年謂穆子夢見一人「深目而豭喙」，哀公十五年亦有「輿豭從之」之語，可見齊、魯之間當時亦稱猪爲「豭」，因此，很可能后羿射「封豭」的神話流傳於齊、魯之間者，或據方言稱「封豨」爲「封豭」。而「豭」與「狐」古係同音字，皆屬喉紐，魚部。由於「豭」，「狐」同音無别，故后羿射「封豨」的神話，以語言爲媒介，從「封豨」轉爲「封豭」，又由「封豭」演化爲「封狐」。屈原在《天問》裏稱「封豨」，可能是用南楚傳説；而在《離騷》裏又稱「封狐」，或齊、魯傳説之流入楚地者」。其説可補翹之不及者。又，『棘』條，見《橘頌》『曾枝剡棘圓果摶兮』，王注：『棘，橘枝刺若棘也。』翹云：『《方言》三：「凡艸木刺人，江湘之閒謂之棘。」郭璞《方言》注引《楚詞》曰「曾枝剡棘」，正合。』案：以棘爲楚語，是也。王注遺其義。又，『儝』條，見《離騷》『夫何煢獨而不予聽』，煢，一作焭。翹云：『煢、焭與儝通。或曰儝，古煢字。《方言》六：「儝，特也。楚曰儝。」』案：其説是也。《抽思》『魂識路之營營』，營，一作煢。《思美人》『獨煢煢而南行兮』，《遠遊》『魂煢煢而至曙』。煢煢，孤特貌。又，獨亦楚語。『獨』條翹引《方言》十二：『一，蜀也，南楚謂之獨。』則『煢獨』連文同義，並爲楚語也。

翹之考定楚語必引《方言》或他書爲徵，其説當可信據。然智者之千慮，必有一失，蓋其亦未能免也。如，『欸』條，見《涉江》『欸秋冬之緒風』，王注：『欸，歎也。』洪《補注》：『欸音哀。』翹云：『《方言》云：「欸，然也，南楚凡言然者曰欸。」按《方言》十雖有「欸然也」之訓，然，於此文義不通。當從王注，依王注則爲動作字。』案：然者，乃也。乃，猶欸乃也。《方言》訓然，正『欸乃』之義，與此文義正合。又，『貪惏／貪㨆』條，見《離騷》『衆皆競進以貪婪兮』，翹云：『婪字亦作惏，《廣韻》二十二覃：「婪，貪也。」惏爲婪之或體。《一切經音義》一「貪惏」下引《楚辭》「衆皆競進而貪惏」。當是古本。《方言》一：「惏，晉魏河内之北謂㨆曰殘，楚謂之貪。」盧紹弓曰：「㨆即惏字。」《方言》二：「惏，殘也。陳楚曰惏。」』案：王逸注：『愛財曰貪，愛食曰婪。』不以爲楚語。是也。又，《方言》一：『虔、劉、慘、㨨，殺也。晉、魏、河内之北謂㨨曰殘，楚謂之貪，南楚、江湘之間謂之歁。」又，《方言》二：『惏，殘也，陳 楚曰惏。』錢繹引《離騷》謂『㨨字即惏』，貪惏同貪婪。非是。《方言》『楚謂之貪』云云，以解『殺伐』之㨨，非謂貪財。貪，通作撢，謂摻撻。楚人殺謂之撢，借貪爲之。錢氏謂歁、欿一字。亦非。歁，苦感反。欿音貪，他貪反。同部異聲，不得通用。歁，通作𢦟。《戈部》：『𢦟，殺也。从戈、今聲。』《廣韻》二十二覃：『𢦟，口含切。』𢦟、歁，浸韻、溪紐雙聲。南楚、江湘之間又謂殺爲𢦟，借歁爲之。又，《女部》：『婪，貪也。从女、林聲。杜林説，卜者攩相詐諗爲婪，讀若潭。』段注：『此與心部之惏音義皆同。』以『貪婪』之婪與『㨨殺』之㨨相溷。《心部》：『河内之北謂貪曰惏。』《方言》二：『惏，殘也。陳 楚曰惏。』又曰：『晉、魏、河内之北謂㨨曰殘。』則借爲『㨨殺』之『㨨』。郭注：『今關西人呼打爲㨨。』後人訛以惏訓殘，雖少餘猶欲食，誤謂貪食。（詳參《説文》段注『惏』字）或改《方言》：『殺人而取其財曰惏。』以婪、㨨爲一字。翹亦沿承此訛。惏，或訓畏懼，殘殺之引申。許氏引杜林説，是別一字。婪，或借作喃。喃喃，語聲。杜林謂卜者攩相詐驗爲喃。許氏『讀若潭』，借潭爲譚。《淮南・墬形篇》『介潭生先龍』，高注：『潭，讀譚國之譚。』《説文》『婪』字涵三義，類《爾雅》『同條異訓』。朱駿聲《離騷補注》：『愛女曰婪。』婪，从女、林聲。林之爲言霖也。《爾雅・釋天》：『淫謂之霖。』引申爲淫佚、越度。越度於色欲是爲婪。古謂色欲滿足爲食飽，謂色欲不足爲食飢。食，猶色也。《詩・汝墳》『惄如調飢』，毛傳：『調，朝也。』鄭箋：『未見君子之時，如朝飢之思食。』《衡門》『可以樂飢』，毛傳：『樂飢，可以樂道忘飢。』鄭箋：『飢者，不足於食也。泌水之流洋洋然，飢者見之，可飲以瘵飢，以喻人君慤願，任用賢臣，則政教成，亦猶是也。』王注『愛食曰婪』云云，愛食，即愛色。毋用改也。

若以楚語論，翹之所考六十八條，未可稱完備，或見遺漏者。如，《大司命》『踰空桑兮從女』，王注『故欲踰空桑之山』

云云，蓋以踰爲踰越之義。非也。案：踰，猶降也。《新蔡葛陵楚墓》竹簡：『賽禱於荆王以逾，訓至文王以逾。』（甲三：五）何琳儀《新蔡竹簡選釋》據《老子》三十二章『以降甘露』，郭店楚墓竹簡《老子》、馬王堆漢墓帛書《老子》『降』皆作『逾』，謂『二字義近之證』。其説是也。高亨謂『降』『逾』通用。非是。逾之訓『降下』，未見漢、唐舊詁，然確乎存乎戰國楚地出土簡牘文獻。《新蔡竹簡選釋》又曰：『睪（擇）日於八月脠祭競坪（平）王，以（以）逾至吝（文）君。占之：吉。既敘之。』（甲三：二〇一）逾至文君，謂降至文君。又：『☐競坪（平）王，以（以）逾至☐。』（甲三：二八〇）又：『⿱刑田（荆）王、文王、以（以）逾至文君☐☐☐。』（零：三〇一、一五〇）以上『逾』字皆爲『降下』之義。又，《戰國楚竹書》（五）《季庚子問孔子》：『君子强則遺，愧（威）則民不道（導），俞（逾）則失衆，礓則亡（無）所新（親），好型（刑）則不羊（祥），好殺則作亂。』威、逾相反對，威猶威嚴也，逾猶懦下也。逾亦降也。《君子爲禮》：『淵起，逾席曰：「敢䎽（問）可（何）胃（謂）也？」』逾席，猶下席也。《戰國楚竹書》（七）《武王踐阼》：『武王祈三日，耑（端）備（服）冕，逾堂楣，南面而立。』逾堂，下堂也。踰與逾同。逾降之義祇存楚簡，他書不見，當爲楚語也。至於楚地名及楚所産之物，如江蘺、閶闔、阰、龍門、修門、空桑等是否屬楚語，似有待商榷。若收之過濫，則猶不及矣。

此集爲芬熏館刻於民國十四年乙丑，十九年庚午又有瑞安陳氏湫漻齋刻本，皆藏於原杭州大學圖書館，今已併入浙江大學。

（黄靈庚）

# 楚辭通釋解詁

《楚辭通釋解詁》者，清鄭知同之所作也。知同字伯更，巢經先生珍之子也，遵義人。少從父習《説文》。應鄉試未中，遂絶意仕進，專心樸學，紹述先業，益暢其支。時人以高郵王氏父子、吴中惠氏父子比之，稱之曰「大小鄭」云。光緒初，張文襄督學湖北，乃從之。光緒十三年丁亥，文襄開兩粵，設廣雅書局於羊城南園，聘知同爲總纂。著有《説文正異》二卷、《説文本經答問》二卷、《説文淺説》一卷、《屈廬詩稿》四卷、《漱芳文鈔》一卷、《鄭徵君行述》一卷、《補姚氏説文考異》二十卷，而未刊稿有《説文述許》《説文諤字》《説文商義》《經義慎思篇》《愈愚録》《隸釋訂文》《轉注考》《集韻正誤合鈔》等。事載《清儒學案》卷一百六十九《鄭珍學案》。

鄭氏此書或名「楚辭考辨」「楚辭通義」，屬未定稿。總八卷，卷首題名「楚辭總辨」，下列「彙楚詞注家」，計有「楚詞注王逸」「楚詞補注洪興祖」「楚詞集注辯證變騷後語朱子」「離騷草木疏吴仁傑」「離騷集傳錢杲之」「離騷圖蕭雲從」「山帶閣楚詞注蔣驥」「楚詞注説屈復」「楚詞燈林雲銘」「楚詞詳疏吴世尚」「楚詞評注王遜直偕侄帶存」「屈子賦注戴震」「楚詞韻辨陳昌齊」「楚詞韻考顧鳳毛」「楚詞新注求確胡濬源」「屈宋古音義陳第」「天問補注毛奇齡」等十七種。卷一《離騷》，

楚辭集注卷二

遵義鄭知同伯更纂

九歌

九歌者屈原之所作也昔楚國南郢之邑沅湘之間其俗信鬼而好祀其祠必作歌樂鼓舞以樂諸神屈原放逐竄伏其域懷憂苦毒愁思怫鬱出見俗人祭祀之禮歌舞之樂其詞鄙陋因爲作九歌之曲上陳事神之敬下以見己之冤結託之以風諫故其文意不同章句雜錯而廣異義焉

卷二《九歌》，卷三《天問》，卷四《九章》，卷五《招魂》《卜居》《漁父》。案以上皆屈子所作，篇次即依胡濬源《楚詞新注求確》。卷六《九辯》（宋玉），卷七《大招》（景差）、《遠遊》（闕名）、《弔屈原》（賈誼），卷八《鵩鳥賦》（賈誼）、《惜誓》（闕名）、《哀時命》（莊忌）、《招隱士》（淮南小山）。案：卷六以下皆爲宋玉以後擬作，而《七諫》以下四篇，則從朱子『俱删去』，『不復闌入重解』。《鵩鳥賦》一篇，僅存其目。末有《卷末語》及黎庶昌《後識》。

卷首考辨傳本《楚詞》篇次及作者，而作《目次考》。鄭氏據史遷《原傳》，定《招魂》爲屈子所作，而以《遠遊》爲『闕名』，列於二十五篇之外。其大略稱，『《楚詞》傳至今日，屈子本文與宋玉已下諸作，其篇第紊亂久矣。非先辨孰爲原賦，無由得其真詮，而不免謬解。欲識原賦，以《漢·藝文志》所載二十五篇爲準。蓋班氏作《志》，一本之向、歆父子所撰《别録》與《七略》，其二十五篇之數，當計自劉向。而今之《楚詞》始輯自向手，前此但有屈賦單行。可知二十五篇，劉向依元本著録，決無誤也。以今考之，《離騷》《天問》《卜居》《漁父》各一，《九章》九而《九歌》十一，凡二十四篇。此自來無異議者。據史公《傳贊》，《招魂》本原作，益以此篇已足其數，知此外皆他人文也。乃自劉向輯編，傳至漢末王逸作注，遽相移混，出《招魂》一篇屬之宋玉，而入《遠遊》《大招》兩篇繫之屈原。則屈賦凡二十六，即不協史公所言，又非班氏所計，豈非舛誤。宜其次敘顛倒，以屈賦與附録諸篇先後雜廁，且漫然不顧。據洪氏興祖得某氏《釋文》，是依王注舊本作音，其篇第《離騷》後，即次《九辯》，繼以《九歌》《天問》《九章》《遠遊》《卜居》《漁父》《招隱士》《招魂》《九懷》《七諫》《九歎》《哀時命》《惜誓》《大招》。王氏既認《大招》爲原作，而反用之殿末。即《招隱》已後考之，撰人時代，亦無一合者。若今傳王注篇次，猶爲近理，則宋陳説之所重定，朱子嘗稱之。王氏本不如是。然則王氏於此書，綱領全誤矣。下逮劉勰《文心雕龍》論屈賦，不特舉《遠遊》《大招》歸之屈子，並牽及《九辯》。此於《漢志》篇數更相懸殊，不知何據。惟數《招魂》

一篇，較王爲得之。至朱子作注，不改王氏之舊，祇依王氏所稱或説，定《大招》出於景差，令合班《志》二十五篇，改訂二十六篇之無據。良是。而猶未審屈子有《招魂》，無《遠遊》。今以《遠遊》作屈子語，即詞意多不合矣。亦有疑《遠遊》出後世詞人擬託者，而並疑及《九章》，則又非也。宋、元以來，因漢魏間相傳舛駁如此，更各出己見以求勝。要不外乎於《九辯》《招魂》《大招》商確是否屈賦，然辨論愈紛，愈覺難信也。其弊至國朝林氏雲銘，創解《大招》爲屈子招懷王而作。説至新巧，人多信之。其奈本非原作何哉！惟近世胡濬源審正二十五篇如上次第，今從之』云云。其《卷末語》尤申《招隱士》《惜誓》《哀時命》三篇『非必悼靈均之詞』『更與屈子異趣』之意。

今案鄭氏所論，知其於屈子所作真僞及《楚詞》先後編次，頗見用心，其於取舍之間，非倉卒苟且、漫無經紀者所同日語，必經其深思而熟慮之。然不無可商可議之處，蓋有三焉：一是屈子二十五篇爲向父子所定，此無異議。而謂《楚詞》十六卷亦向父子所輯集，則羌無實證，不足爲據矣。若向、歆果有《楚詞》十六卷之輯集，何以《録》《略》及班氏《漢志》不載之耶？輯集《楚詞》十六卷者乃叔師，非子政父子也。叔師乃東漢安帝永初時人，非『漢末』人。向、歆父子乃『漢末』人也。鄭氏亂其時世矣。《釋文》存叔師舊本編次，《九辯》所以次《離騷》後、《九歌》前者，乃據《離騷》：『啓《九辯》與《九歌》兮，夏康娱以自縱。』《天問》亦云：『啓棘賓商，《九辯》《九歌》。』《九辯》皆次《九歌》前。故雖爲玉之所作，叔師猶據此以編次。王國維亦云：『按《九辯》《九歌》，皆古之遺聲。《離騷》云：「啓《九辯》與《九歌》兮，夏康娱以自縱。」《大荒西經》云：「夏后開上三嬪於天，得《九辯》與《九歌》以下。」故舊本《九辯》第二、《九歌》第三。後人以撰人時代次之乃退《九辯》於第八耳。』緣乎此，六朝時或目《九辯》爲屈子所作者。陳思王植引屈平云：『國有驥而不知乘，焉皇皇而更索。』此出於《九辯》，非屈子所作明矣，而定爲『屈平曰』，是其證。《隋志》『八篇』云云，

《九辯》一篇不次《漁父》後，而在《離騷》後、《九歌》前，雜於屈原辭賦中也。又，據《隋志》六朝時傳逸本《楚詞章句》祇十一卷，其篇目排列先後次第，除《招隱》一篇，與《釋文》目録篇次略同。《七諫》以後五卷，當亦叔師所輯，然注非出其手，蓋漢季無名氏所補。《惜誓》《大招》所以殿末，以二篇作者不追定，故存疑於末也。詳參拙著《楚辭集校》。史公讀玉之《招魂》而悲屈子志，則未嘗謂《招魂》必屈子所作。蓋讀屈子之作可以悲其志，讀玉招屈魂之作亦可悲其志也。叔師以爲玉所作，蓋必有文獻依據，非憑空臆説。何以推翻之耶？且《遠遊》乃《離騷》之續篇，前人固已論之，何『詞意多不合』之有？若無新文獻足以推倒叔師者，則宜慎重舊説，似未可魯莽矣。故黎庶昌《後識》云：『《遠遊》文辭瑰放，氣象超舉，計非宋、景以下諸家所能爲。後人擬《騷》之文，莫高於《惜誓》，然試取與《遠遊》合讀，其興象高下厚薄，固自不侔，他可無論。且《遠遊》語句頗與《離騷》出入。宋玉之賦《高唐》、賈生之賦《鵩鳥》、司馬相如之賦《大人》又多竊擬其辭。是即可爲原文之左證。』其説韙矣。

次爲《屈原傳》及沈亞之《屈原外傳》。鄭氏乃依史遷《屈原傳》所載，考辨、探究屈子生平事迹，確有所發明，有所裨補焉。如，《傳》：『王怒而疏屈平。』釋曰：『此原得罪之始。疏者，不親信其言，猶在官也。』又，《傳》：『屈平既絀。』釋曰：『自始疏以至見絀，其間蓋有歷年。絀則罷官，下所謂「不復在位」，蓋削左徒之職，獲譴加重矣。』又，《傳》：『是時屈平既疏，不復在位。』釋曰：『此「疏」字謂遠適他國，故云「不在位」。雖承上「疏」字，而屏棄又甚矣。』案：由『疏』至『絀』，再至『不復在位』，層次井然。是原之使齊，已不位左徒之位矣。又，《傳》：『楚人既咎子蘭以勸懷王入秦不反也，屈平既嫉之，雖放流，睠顧楚國，繫心懷王，不忘欲反。冀幸君之一悟，俗之一改也。其存君興國而欲反覆之，一篇之中三致意焉。然終無可奈何，故不可以反，卒以此見懷王之終不悟也。』釋曰：『史公不先序屈子何時流放，於此著之，知懷王必先放屈子，而後入秦。依此文，則《離騷》明作於既放之後，與史公《自敘》「屈原放逐著《離騷》」及《報任安書》「屈原放逐乃賦《離騷》」之語合。《漢書·藝文志》亦言「屈原放流乃賦《離騷》諸賦以自傷悼」。上文疏屈平之下即接以作《騷》者，急其所重，先贊之也。惟其作於既放之後，故篇中所陳，不忘反國，爲一事。冀幸懷王一旦覺悟而復召己，己當反覆。王於國中，令君得還，存國以再興，爲一事。不特一言之，且再三言之。史公讀《離騷》之指如是，此古義也。今以此指求之篇中，覺條理畢貫，文意較然可識。乃自王逸作序，衹據上文，認《離騷賦》作於甫疏之日，不暇究此。後世注家轉相忽略，於是解篇並無求己反國之言，尤不見使君復位之語，致令《騷》詞終古不明，並史公此一節文悉成虛設矣。不知屈子自始疏以至見屏，計其年數，不減二十，中間既疏且絀，既絀復放，不惟反覆力諫，求君悟而不得，方且日增重罪。直至懷王入秦不反，辱同藩臣，屈子愈加悲憤，固結而不可解，萬不得已，而後泄之於文，以紓其恨。」案：屈子作《騷》之年，自叔師以來，多以爲在見疏以後；而屈子之放，又多以爲在襄王之世，懷王之世未嘗放逐。而鄭氏據《傳》謂屈子見放於懷王入秦之前，《騷》作於既放之後，皆在懷之末。屈子不宜一逢君怒而遂作賦以紓其怨忿，自『疏』至『放』，不減二十年，蓋合乎情理矣。洵是不細繹史傳之過。此可謂切中叔師以來研究屈子者之弊，而其別具隻眼，得自成一家説矣。

鄭氏注《楚詞》，原爲『通釋』『解詁』兩端：通釋者，逐篇闡述大意、諷諭微旨、疏分結構及品文譚藝之類也。而『解詁』者，逐篇逐字以注釋其義也。然則以屬未完之稿，有『通釋』兼『解詁』者，惟《九歌》之前九篇耳。《離騷》《天問》《九辯》但存『解詁』數條，《九章》九篇衹有『通釋』，其餘則『釋』『詁』並闕。每篇之首全録叔師舊敘，間或於敘中加注，以申己意。如，《離騷敘》『不知所愬，乃作《離騷經》』下注云：『其《離騷》題爲「經」者，繫漢人尊加之名，以爲群賦鼻祖，推之同於經耳。屈子肯自號其文爲經乎？金蟠曰：「《南華》《離騷》皆古今奇絶之文，故後人於六經之後，並尊爲經。」其說是也。王氏乃誤認爲屈子舊題，而曲爲之解。既誣屈子，又没《離騷》所以名經之故。」案：其說《騷》稱『經』之由，洪氏既已言之矣，豈未之見耶？又，叔師《惜誓敘》下云：『《惜誓》不知誰作。王氏稱「或曰賈誼，疑不能明」。洪氏因其間數語同《吊屈原賦》，信爲誼作。朱子亦云：「其詞瑰異奇偉，非誼莫及。」獨何孟春疑誼死時年纔三十三，不應有「惜余年老而日衰」語。近胡氏據《史記·誼傳》無此文，謂誼孫嘉嘗與史公通書，不應獨忌此篇，斷非誼作。余以爲當先辨文意所主。蓋自王氏以來，咸認爲代設屈原哀惜懷王，自不妨言年老，特其文非爲屈子爾。不爲屈子，則誼不宜出此言矣。今玩通篇大旨，乃賢者事主不合，恐遭讒賊之禍，欲退身歸隱，以自保全之詞。其尤異乎屈子者。曰非重軀以慮難，惜傷身之無功。明是異姓之臣，義不合死，死無益於國家，徒自戕其生命。是以思患預防，超然遠行。若屈子之義，則雖慮難而不顧軀，功不成而必舍身也。其不宜施之屈子亦明矣。須知劉向采輯《九辯》以下諸家擬《騷》之作，附之屈賦二十五篇之後，其詞有爲屈子作者，有不爲屈子作者。子政意在會萃騷體，上繼三百篇，具《風》《雅》之變音，非必悲悼靈均之詞而後哀録也。故《惜誓》與下《哀時命》《招隱士》並屬作者自抒其志，殊不關屈子事。自王逸作注，篇篇指爲假託屈子聲口，遂覺多不合款，後注家又寧爲之强解傅會，而不肯易舊說。豈不惑哉！所謂「惜誓」者，惜己不見用而誓將去也。王逸解惜爲哀，誓爲信約，言「古君臣將共爲治，必以信誓相約」。亦就屈子初信任於懷王爲說。皆曲說也。朱子原本此篇編置《吊屈原》之先。今定非誼作。則篇末數語，恐是後人襲誼文，誼非襲他人文者，故次於誼賦之後。』案：鄭氏以此篇與屈子放逐無涉，非代原、吊原之作。當可備爲一解。然則叔師哀集漢世《楚辭》之作，必爲代屈以寄哀者，否則雖爲《騷》體，亦不得預其列。若相如《長門賦》、史遷《悲士不遇賦》、馮衍《顯志賦》、張衡《思玄賦》等悉屏棄之，而未以『楚辭』目之。《楚辭》十七卷祇於劉安、東方朔、王褒、莊忌、劉向等『追憫屈原』、代屈原『舒憂瀉憤』之作，冠之以『楚辭』。故漢世所稱『楚辭』者，亦不包括先秦之世屈原、宋玉等辭賦。《惜誓》究爲誰作，叔師已不能定，而以爲『代屈』者，則無疑慮矣。所謂『代』者，非必字字句句皆是代原也。《惜誓》雖與屈子意未合，猶不廢其爲代之矣。若誼之《吊屈》，而曰：『般紛紛其離此尤兮，亦夫子之辜也。瞝九州而相君兮，何必懷此都也。鳳皇翔于千仞之上兮，覽德輝而下之。見細德之險微兮，摇增翮逝而去之。』其不合屈子『同姓無去國』之義矣，豈可謂非代屈、吊屈之作哉！鄭氏復以『《哀時命》《招隱士》並屬作者自抒其志，殊不關屈子事』，蓋亦失之偏頗矣。

據《九歌》十一篇『解詁』，多因襲叔師、洪氏、朱子、戴氏之注而爲之，無所發明。偶或與舊説異者，多屬悠謬之説。如，《東皇太一》『穆將愉』之『將』訓『進』，而不審『穆將愉』句法，類《詩・有女同車》『美且都』、《魚麗》『旨且多』、《論語》『驕且吝』『貧且賤』者，將即且也。又，『浩倡』訓『大作』，不審『浩』有合義，謂合倡也。《湘君》『夷猶』，注云：『夷與徲同，《説文》：「行平易也。」猶，猶豫不前也。欲行不行之謂夷猶。』案：夷猶，亦作夷由，連語也，不當分拆爲二義。又，『美要眇』注云：『眇與妙同。眇得其要，猶言最好。』案：要眇，《漢書》作『幼眇』、戰國簡書作『要浴』，皆連語，猶美貌。不當分拆爲二字。又，『捐余玦』，注云：『半環曰玦。』案：非是。玦，楚簡稱『少環』，言其有缺也。静安先生云：『顧余讀《春秋左氏傳》，「宣子有環，其一在鄭商」。知環非一玉所成。歲在己未，見上虞羅氏所藏古玉一，共三片。每片上侈下斂，合三而成規。片之兩邊各有一孔，古蓋以物繫之。余謂此即古之環也。環者完也，對玦而言，闕其一則爲玦。玦者闕也。環缺其一故謂之缺矣。以此讀《左氏》，乃得其解。後世日趨簡易，環與玦皆以一玉爲之，遂失其制。而又知古環之非一玉，于是有連環。《莊子・天下篇》「連環可解也」，《齊策》：「秦始皇遺君王后玉連環，曰：『齊多知，而解此環不？』君王后引椎椎破之，謝使者曰：『謹以解矣。』」不知古之環制如羅氏所藏者，固無不可解也。』然則玦者，非半環，如羅氏所藏之玉制，但闕其一片也。《東君》『聲色』注云：『「聲色」二句，言日未出則一物無睹，日經天則萬物皆明。』案：繳繞之説。聲色，皆是所以娛神也，聲是指『緪瑟』三句，色是指『思靈保』三句。若是者皆無所取，稱其精於訓詁，蓋徒見虛名矣。惟《離騷》三條注釋，考辨聲韻、名物，頗見功力。如，注『夕替』云：『鞿與替不協。姚氏鼐云：上二句疑倒，涕與替韻。』是也。又，注『鳳皇既受詒』之『鳳皇』云：『鳳皇雖有雌雄，要是一鳥，不宜上下聯用。上文之皇，别爲一鳥。《爾雅》有「皇黄鳥」，《周書·王會》云：「方揚以黄鳥。」《北山經》云：「軒轅之山有鳥，名曰黄鳥。」蓋亦是瑞鳥。所謂「鸞皇」，意是此鳥。《大招》云：「畜鸞皇只。」又云：「鳳皇翔只。」本此言之。若認皇爲鳳皇，則兩文皆復矣。』又，注『鵜鴂』云：『《爾雅翼》字「巂」條引作「鵜鴂」，云一作鷤鴂。《爾雅翼》云：「鵜鴂先鳴」，即太史公所云「孟春秭鳺先嘷」。秭鳺即子規、杜鵑。此物以芳時最先鳴，一發其聲，次日視之，梨菊之穎皆截然萎折數寸，莫知其故。然則古人蓋忌其鳴之。』案：其辨『鳳皇』『鵜鴂』二物，皆有思致，則可得備爲一解矣。他如《天問》訓『并投』之『并』爲『屏』、『萍號』爲雨師萍翳呼號、『朴牛』爲『牦牛』，《惜誦》訓『儃』即『邅』、『恐情質』二句疑倒，以『信』『身』爲協，《哀郢》訓『不信』爲『不一二日』，《抽思》訓『營營』爲『營惑』，《懷沙》訓『疏』乃『章采』、『違』爲『蓄怨』、『類』爲『善』，《思美人》訓『服』爲『事』、『然者決定之詞』，《九辯》『梧楸』爲『菩蕭』，《大招》校『昭』爲『昫』，雖寥寥數語，似皆極有參考價值。

鄭氏蓋著力於『通釋』，而不在字義訓詁也。『通釋』繫於篇末，惟《九歌》自《東皇太一》至《東君》，《九章》自《惜誦》至《悲回風》皆有『通釋』，餘皆闕之。其是非雜糅，不可存而不論。鄭氏首稱《東皇太一》一篇爲『總冒下篇』，云：『凡祭諸神皆宜有是，預卜吉日良辰，遍列嘉肴旨酒，致其肅穆誠敬，盛其容飾佩玉，八音迭奏，五聲繁會，舞者舞而歌者歌。此祀神所必用者也。先于此言之，後文例可省耳。』案：若是，則類聞一多氏所謂『迎神曲』也。而後諸篇所祀之神，皆得用之。

然則其説有鑮，稱此爲『上皇』，似雲神以下似不得『冒』矣。又，鄭氏從胡濬源説，以『雲中君』爲『雲夢之神』，云：『雲中，地名也。雲、夢二澤，分言之曰雲中、夢中。《左傳》「楚子入於雲中」，「令尹子文之生，䢵夫人使棄諸夢中」是也。澤雖有二，其地相連，其神爲一，舉「雲中」以該「夢中」。倘屬雲神，則「中」字贅矣。即名稱足以定之。』案：惟據『名稱』而置篇中内容之不顧，則偏頗矣。篇内稱『冀州』『四海』，似非楚之雲夢所極也。舊解爲雲神，是也。《九歌》之所以有神晉之『雲中君』，是存夏后氏《九歌》之舊矣。鄭氏釋二《湘》『以求神而不答，比事君之不偶』。然屬意於通篇脈絡及『余』『汝』所屬身份，稱《湘君》『全篇皆祭者言』，而『自「告余不閒」以上，皆迎神而神不來之詞。「君不行」三字是全篇柱意。「望」與「思」二字是全篇眼目。而所以迎神而神不行，地則由近及遠，情則由疏以戚，極懇誠之至』。稱《湘夫人》是承《湘君》屬詞，『上篇迎湘君，當並湘夫人迎之。終迎湘君於北渚而神降，湘夫人當亦同降』。云：『上篇當託諷懷王，前文「思輕絶」「交不忠」云云，皆刺懷王有始無終。又云「期不信」，則下《九章》述懷王事，所謂「與余言而不信」也。故終以「時不再得」，低徊慨歎足之。惜懷王初信任於己之年，今徒付之想像已耳。此篇則託諷頃襄。首先「佳人召予」一節，意求今君復用。中間極寫宫室之壯麗芳香，與《招魂》思返故居，見種種紛華，同一理緒，而終以「時不驟得」，遲回觀望足之。恐新君賜環之期，亦徒付之想像已耳。』又，鄭氏釋二《司命》以爲彼此酬答之詞。《大司命》篇是答少司命之詞，『大段主於司命宣布陰陽群生壽命，本祇代天行化，不能以私意禍福於人』，而『知屈子既明天道，又能安命』云。《少司命》篇是答大司命之詞。『今屬少司命自言，即處處與上篇相對應』。如，『「與我目成」，謂大司命視衆人情迹皆疏，獨屬意於己。所以二司命之相親信也。「出入」四句，擬少司命揣度大司命顧切己言，若曰君爲若人黯然神傷，至於默默焉出亦愁、入亦愁乎！事有忍氣吞聲，付之不可説者，固莫如有生别離之悲，無新相知之樂。而若人當之，真無可如何也。此又與大司命哀閔離居數語同意』。

而『「獨爲民正」，則歸功於大司命，而自謙之詞』云。案：其闡發二《湘》、二《司命》之意旨，雖未嘗謂盡得屈子本心，然能疏理文脈，體會文心，細緻入微，蓋啓人思致者蓋夥頤。以余言之，静安先生以大司命屬天神，即《大宗伯》『以槱燎祀司中、司命』是也；而少司命指《祭法》『司命主督察三命』之司命，類後世之竈神（見《東山雜記》六）。最爲允當。惟《九歌》之有《大司命》篇，屬夏后氏《九歌》遺禮，而《少司命》篇乃沅湘越人所祀，後所增益矣。

鄭氏之釋《九章》不易叔師舊次以説之。稱《惜誦》一篇『首承《騷》經。大要約《騷》之旨，而以促節寫之。《離騷》之作，欲以感悟懷王。《九章》則欲以感悟頃襄。然所以訴於頃襄者，不外作《騷》之事。章末言「恐情質之不信」，故「重著以自明」。此自點明題旨，爲重繹《騷》詞也』。《涉江》承《惜誦》而出，稱『自紀南遷以來所歷行程，以至見在身居荒野之苦，適是第二篇位置。大凡孤臣孽子，觸物傷懷，雖值韶光淑景，猶且看花濺淚，聞鳥驚心，何況時屆窮冬，遠投昏墊，中間荒郊晏歲一節，真含無限悲涼』。而『首章規橅《騷》經，按部就班，低回層折説來。此章特以奇偉之筆接之，始見變化。然篇中不及思君憂國，衹發攄羈愁落寞一邊，而略以行舟淹回水次，隱隱見不忍去國之意』。又，《哀郢》一篇『從初放時敘起』，而『一意到底，不旁及他事。結構最爲明著。其沉痛處，尤在「曾不知夏之爲丘」二語。已逆料故宫禾黍，城郭荆榛，所以爲「哀郢」也』。據是篇『九年不復』以考屈子沈湘之年，云：『説者據此章「九年不復」語，以爲放逐九年而死。余謂《九章》非一時所成。自此以上，並不及舍生一言。此章尚處處思歸，下章（指《抽思》）猶望君感悟，至《懷沙》《思美人》始道出死事。又作《惜往日》《悲回風》而後沈淵。其間不知更經閲幾時。恐屈子之死，是後猶有歷年也。』《抽思》一篇作於『南遷以後』，因《哀郢》而下，是寫『行蹤靡定，旅次無聊，中夜思君之作』。《懷沙》一篇因《抽思》，『乃露出舍生而「知死不讓」「明告君子」之言』。以爲『此是欲明己志無改，所以終不合衆，乃一篇縁起』。其非紼筆矣。《思美人》則於《懷沙》『進路北次』，而出言『媒絶路阻』『言不可詒』，『乃發爲絶望之詞』。《惜往日》『正言被讒而死，冀君因己之死，或能省悟察覺也。屈子以一死全忠，即以一死感君，不能格君於生前，猶冀勸君於身後』云，故『至此語語憤激，略無含蓄』。自此以下爲《悲回風》，『凡一切感物傷懷、慮君憂國，忿疾小人，自憐身世，殊勳未建，一逝不還，往事難忍回思，命數將終旦夕，莫不乘此悲愁涕泣，無日無夜，紛投疊至，縈繞寸衷』。蓋視爲絶筆矣。惟《橘頌》一篇『恐初紬時所爲，前《涉江》已言「年老」，此乃云「幼志年少」。雖是值穉橘而作頌，豈宜以況己之老乎』。是故『當編置《九章》之首，不然或附見於末。自來傳者誤次』。

案鄭氏考《九章》篇次，蓋未以清儒重加整理者爲然矣。若《涉江》繫於《惜誦》後，彼此似無因承關節。《惜誦》之詞氣語意頗與《抽思》《思美人》相仿佛。林雲銘、蔣驥等以爲屈子退處漢北時所作，皆作於懷王之世。可謂有見矣。若此三篇作於頃襄放於江南後，則《抽思》『來集漢北』、《思美人》『指嶓冢之西隈』，不得通其義矣。史遷以《懷沙》爲絶命之詞，當有所據依，似不可輕改。至若《悲回風》《惜往日》乃追憶之詞，雖頻臨沈淵時所爲，然不若《懷沙》之語促急絶矣。『知死不可讓，願勿愛兮。明告君子，吾將以爲類兮』。若非絶命之詞，則將何以處之耶？以此言之，考辨屈子諸作之先後，鄭氏非惟於清儒之基址更進一步，而反退至於漢儒之初，則是幸與不幸？學者當得知之矣。

鄭氏於《惜誓》《哀時命》《招隱士》三篇，首録叔師舊敘，而後逐篇批駁叔師之謬。大略皆以此三篇非爲屈子而作。《惜誓》之旨，『乃賢者事主不合，恐遭讒賊之禍，欲退身歸隱，以自保全之詞』。《哀時命》『純是見幾而作，隱居避禍之言』。而《招隱士》所招之隱，固非屈子，『别有所指』。其孰得孰失，上述已論及之，此不復贅矣。

『通釋』『解詁』多見闕如，若《遠遊》一篇，未著一字；即《鵩鳥》一篇，僅存其目。蓋屬鄭氏未畢之作。此稿本藏於貴州省博物館，後經蔣南華等點校、注釋，二〇〇四年由貴州人民出版社出版。（黄靈庚）

# 楚辭舊注考

《楚辭舊注考》者，駱鴻凱之所作也。鴻凱又名蒼霖，字紹賓，號彦均，湖南省長沙人。早年畢業於北京大學，從黄季剛先生學文字音韻訓詁，又嘗問學於劉師培、章太炎，民國十年，先後任教於南開大學、北京師範大學、北京女子師範大學、上海暨南大學、保定河北大學、武漢大學等。二十一年，先後任湖南大學、國立師範學院教授，兼任中山大學中文系主任。一九四九年後，任湖南大學、湖南師範學院教授。駱氏博涉經史子集，尤邃於小學及《楚辭》《文選》之學。著有《文選學》《爾雅論略》，未刊者有《楚辭通論》及《聲韻學》。已發表之楚辭學單篇論文有《楚辭章句徵引楚語考》《楚辭連語釋例附楚辭雙聲疊韻字譜》《楚辭義類疏證》《楚辭文句集釋敘》《楚辭文句集釋》《楚辭小學》等。蓋章、黄之門諸弟子中，肆力於《楚辭》者，惟駱鴻凱及朱季海二人云爾。

《楚辭舊注考》之行文，以正文及雙行夾注並重，鉤沉檢視今人知見之兩漢《楚辭》注，計有淮南王《離騷傳》、劉向、揚雄《天問注》、賈逵、班固、馬融《離騷注》及王逸《楚辭章句》。對於各書價值、流傳及遺文，駱鴻凱皆有細緻論述。如，論淮南王《離騷傳》云：『《楚辭》有注，肇始淮南，定「經」「傳」之稱。』其下雙行夾注云：『《漢書·賈誼傳》：「屈原，楚賢臣也。被讒放逐，作《離騷賦》。」《司馬遷傳》：「屈原放逐，乃賦《離騷》。」《揚雄傳》：「賦莫深於《離騷》。」據此，則《離騷》本稱《離騷賦》，以爲「經」者，蓋淮南作傳時所題。』案：駱氏亦由是而推斷《離騷》稱『經』，始於淮南。正文繼云：『明風、雅之繼，太史採之，以入實録。』雙行夾注云：『淮南《離騷傳》略見於班孟堅《離騷序》，載《楚辭補注》卷一。《史記・屈原傳》「國風好色而不淫」以下至「與日月争光可也」，即取《離騷傳》之文。』則以《離騷傳》遺文仍保存於《史記・屈原列傳》及班固《離騷序》中。正文復云：『而孟堅謂猶未得其正，蓋食時而就，創始之難也。』雙行夾注云：『《漢書・淮南王傳》：「安入朝，武帝使爲《離騷傳》。旦受詔，日食時上。」』案：班氏《離騷序》曰：『又説「五子以失家巷」，謂五子胥也。及至羿、澆、少康、二姚、有娀佚女，皆各以所識，有所增損，然猶未得其正也。』以斥淮南王於『五子』等訓詁未洽，故駱氏引《淮南》本傳，以其作《傳》之倉促而解之。而淮南創始之功，特爲彰明之矣。

正文於淮南以下，叙及劉向、揚雄之《天問注》：『《天問》一篇，自太史公口論道之。劉向、揚雄援用傳記，加之解説，而所闕者多。』雙行夾注：『《楚辭章句・天問後序》語。』案：王逸《天問後敘》云：『昔屈原所作，凡二十五篇，世相教傳，而莫能説《天問》，以其文義不次，又多奇怪之事。自太史公口論道之，多所不逮。至於劉向、揚雄，援引傳記，以解説之，

# 楚辭舊注考

駱鴻凱

楚辭有注。肇始淮南。定經傳之稱。漢書賈誼傳。屈原楚賢臣也。被讒放逐。作離騷賦。司馬遷傳。屈原放逐。乃賦離騷。楊雄傳。賦莫深於離騷。據此。則離騷本稱離騷賦。以爲經者。蓋淮南作傳時所題。明風雅之繼。太史採之以入實錄。淮南離騷傳略見班孟堅離騷序。載楚辭補注卷一。史記屈原傳國風好色而不淫已下至與日月爭光可也。即取離騷傳之文。而孟堅謂猶未得其正。亦見班氏離騷序。蓋食時而就。創始之難也。漢書淮南王傳。安入朝。武帝使爲離騷傳。旦受詔。日食時上。天問一篇。自太史公口論道之。劉向楊雄援用傳記。加之解說。而所闕者多。楚辭章句天問後序語。賈逵班固並釋離騷。改易前疑。義多乖異。楚辭章句敘語。其書雖佚。然淩長說字。博問通人。考之於逵。凡引楚辭七見。而女部之㜕。明著侍中說楚人謂姊爲㜕。是即賈說離騷之遺文矣。孟堅之作。傳至晉世。猶多稱引。文選魏都賦張載注引班固曰。不變曰醇。不雜曰粹。此釋離騷三后純粹也。叔師本醇作純。注。至美曰純。齊同曰粹。義略同。又班固曰。畹三十畝也。下文即引離騷曰既滋蘭之九畹。明其爲注文無疑矣。叔師注。十二畝曰畹。或曰。田之長曰畹。與班異解。蜀都賦劉逵注引離騷曰。溢飀風兮上征。班固曰。飀疾也。溢當爲溘字之誤。今本溘埃風余上征。由王班所見異也。又曰楚辭猗沼畦瀛。王逸曰。瀛澤中。班固以爲畦。此謂楚辭本作倚沼瀛。孟堅解之爲畦耳。今本楚辭作倚沼畦瀛。文始四引先師黄氏曰。據劉逵注。是楚辭本作倚沼瀛。而孟堅解之爲畦。錄者並書畦瀛。遂至文不比類。則班氏所釋。兼賅

楚辭舊注考　一

亦不能詳悉。所闕者衆，日無聞焉。』駱氏全引王逸語。其後又論及賈逵、班固之《離騷注》：『賈逵、班固並釋《離騷》，改易前疑，義多乖異。』雙行夾注：『《楚辭章句敘》語。』案：王逸《離騷經後敘》：『孝章即位，深弘道藝，而班固、賈逵復以所見，改易前疑，各作《離騷經章句》。其餘十五卷，闕而不説。又以壯爲狀，義多乖異，事不要括。』其説即據此。正文又云：『其書雖佚，然洨長説字，博問通人。考之於逵，凡引《楚辭》七見。而《女部》之嬃，明著「侍中説楚人謂姊爲嬃」，是即賈説《離騷》之遺文矣。孟堅之作，傳至晉世，猶多稱引。《文選・魏都賦》張載注引班固曰：「不變曰醇，不雜曰粹。」此釋《離騷》「三后純粹」也。又班固曰：「畹，三十畝也。」下文既引《離騷》曰「既滋蘭之九畹」，明其爲注文無疑矣。《蜀都賦》劉逵注引：『《離騷》曰：「溢飅風兮上征」，班固曰：「飅，疾也。」』溢，當爲『溘』字之誤。今本『溘埃風余上征』，由王、班所見異也。又曰：『《楚辭》「倚沼畦瀛」，王逸曰：「瀛，澤中。」班固以爲畦。此謂《楚辭》本作「倚沼瀛」，孟堅解之爲「畦」耳。則班氏所釋，兼晐《小招》。凡張、劉所稱，皆其碎金也。』雙行夾注：『今本《楚辭》作「倚沼畦瀛」。《文始》四引先師黄氏曰據劉逵注，是《楚辭》本作「倚沼瀛」，而孟堅解之爲「畦」。録者並書「畦瀛」，遂至文不比類。』案：駱氏辨賈逵、班固之舊注，則於王逸《章句》及《文選注》中鉤沉、稽考之。辨《蜀都賦》劉逵注引班固釋『畦』，既存《楚辭》古本之異文，又校劉注之訛文，且以章、黄之説爲佐證。蓋班氏非如王逸所言僅注《離騷》，嘗釋解《招魂》矣。下文又考論馬融之注，云：『復有馬融，亦注《離騷》，而遺文不少概見。』雙行夾注云：『見《後漢書》本傳。』案：姜亮夫《楚辭書目五種》云：『《大招》洪氏《補注》「鴻鵠弋遊，曼鷫鷞只」句，引馬融説，亦見融《左氏傳注》，此遺説之可考者。』

駱氏考論及王逸《章句》：『追叔師據中壘之本，附以自作，爲注十七卷，則凡屈宋篇章，以及賈生、小山以來摹擬之作，咸列譜録，訂班、賈之乖異，匡揚、劉之澒洞，章決句斷，訓詳義顯，可爲成學治《楚辭》者要删。蓋舊注之躂者，都歸搴採，其不合者，雖亡，亦無足惜也。」案：駱氏以王逸之注爲兩漢《楚辭》學集大成之作，於舊説去取得當、自出機杼，可謂讚譽有加。惟謂「爲注十七卷」，亦未及深考。逸注《楚辭》，衹十一卷，見《隋書·經籍志》著録。而十一卷目録，即《離騷》《九辯》《九歌》《天問》《九章》《遠遊》《卜居》《漁父》《招隱士》《招魂》《九懷》是也。《七諫》《九歎》《哀時命》《惜誓》《大招》五卷，注雖出漢人之手，而非出王逸也。至李唐之世，合此十一卷與五卷爲一編，而成王逸《章句》十六卷。《九思注》，出於六朝人後，附於十六卷之末，蓋始於五季也。詳參黄靈庚《楚辭集校》。

駱氏末後補云：「若夫朱、嚴貴顯，其説不傳。被公見徵，一誦與粥。諸如此類，固無譏焉。」雙行夾注：「《史記·酷吏傳》：『買臣以《楚辭》與助俱幸。』《漢書·朱買臣傳》：『嚴助薦買臣，武帝召見，説《春秋》，言《楚辭》。』又，《地理志·吴地》：『淮南王安都壽春，招賓客著書。而吴有嚴助、朱買臣，貴顯漢朝，故世傳《楚辭》。』」又云：「《漢書·王褒傳》：『宣帝徵能爲《楚辭》，九江被公召見誦讀。』又嚴本《七略》：『孝宣帝詔徵被公，見誦《楚辭》，被公年衰母老，每一誦，輒與粥。』」案：其於兩漢之世，凡有涉於《楚辭》之傳播者，小大不遺，並逐一考述之。則可謂勤矣。

兩漢《楚辭》舊注，清人姚振宗、顧懷三等《補後漢書藝文志》或有著録，然全面考察諸書及其遺説，則駱鴻凱開其先河。以淮南王安首定『經』『傳』之稱，旁徵《説文》《文選》《史》《漢》諸書，探索賈逵、班固注之原貌，並訂正其訛誤，言而有據。厥後饒、姜書目著録兩漢《楚辭》舊注，亦未出駱氏之範圍焉。

《楚辭舊注考》刊於《制言》（半月刊）第三十四期，今别出單行，國家圖書館有本。（陳煒舜、廖蘭欣）

# 楚辭章句徵引楚語考

《楚辭章句徵引楚語考》者，駱鴻凱之所作也。鴻凱已有《楚辭舊注考》已著録。此文實爲王逸注引楚語所作疏證也，凡十四條，即『扈』『宿莽』『羌』『侘傺』『篿』『憑』『邅』『潭』『鋏』『泭』『閈』『爽』『夢』『瀛』是也。

駱氏首出楚語條目，次引《楚辭》正文，次引王逸注，而後於『按』下直陳己見，疏證其義。察其疏義之方，蓋未脱乾嘉諸老考據之學，然其釋義，是非雜陳。如：

『憑』條，見《離騷》『憑不猒』，叔師注：『楚人名滿曰憑。』駱氏云：『按《説文》：「馮，馬行疾也。」字亦作憑。憑滿之義，當爲畐之聲轉。《説文》：「畐，滿也。」古音畐在德部，憑在登部，登、德平入通轉。』案：其説是也。《説文》段注『馮』字曰：『馮者，馬蹏箸地堅實之皃。因之引申，其義爲盛也，大也，滿也，懣也。如《左傳》之「馮怒」，《離騷》之「馮心」以及《天問》之「馮翼惟象」，《淮南書》之「馮馮翼翼」，《地理志》之「左馮翊」，皆謂充盛，皆「畐」字之合音叚借。畐者，滿也。』朱駿聲《離騷補注》云：『憑當作馮，讀爲畐，下文「喟憑心」同。』則是義清儒固已發之。憑，承上之黨人『競進貪婪』，宜讀如每。《漢書·賈誼傳》『品庶每生』，孟康曰：『每，貪也。』《史記·賈生列傳》作『品庶馮生』，《集解》引孟康注：『馮，貪也。』憑、每，之、蒸陰陽對轉，並、明旁紐雙聲。《天問》：『穆王巧梅，夫何爲周流？』叔師注：『梅，貪也。』憑不厭，言貪不知足矣。

又，『羌』條，見《離騷》『羌內恕己』，叔師注：『羌，楚人語詞也，猶言卿何爲也。』駱氏云：『按「卿何爲」者，漢人語也，以今釋古語。故云「猶」。羌本爲轉捩之詞，故《九章·惜誦·章句》又云：「羌，乃也。」羌，或變言謇，或變言蹇，或變言慶，皆楚語也。其本字當作「其」。《史記·高祖本紀·集解》引《風俗通》「沛人語初發聲好言其」是也。其又當作「乚」，其、乚一聲之轉，本別事之詞，引申爲語詞。』案：叔師以『羌』爲楚語。『猶言卿』，比況之詞，謂漢人語『羌』如『卿』，所以通古今別語。或讀如『慶』。《漢書·揚雄傳》『厥高慶而不可虖疆度』，顏師古注：『慶，發語辭也。慶，讀曰羌。』『何爲』，釋『羌』之義。羌之解何爲、乃、然、何，其義皆通。若施於逆句，爲逆轉之詞。猶『反而』也。謂衆皆競逐爭進，貪婪求索，反而恕己量人，興生嫉妒之心。若求其語源，蓋羌之言卻也。羌、卻陽、鐸




# 楚辭章句徵引楚語考

駱鴻凱

扈

離騷經扈江離與辟芷兮。章句云，扈，被也。楚人名被爲扈。按扈本國名。說文扈夏后同姓所封戰于甘者 扈被之義，乃嫵字之段也。說文嫵，覆也。覆被義同。唐韻扈胡古切匣紐。嫵荒烏切曉紐。古音同在模部。

宿莽

離騷經夕攬洲之宿莽。章句云，草冬生不死者，楚人名曰宿莽。九章思美人搴長洲之宿莽。章句云，楚人名冬生草曰宿莽。按莽正作茻。說文茻，衆艸也。宿讀如宿麥宿草之宿。訓久也，小爾雅廣詁 留也。廣雅釋言 草經冬不枯。即久與留之義。故曰宿莽。爾雅釋草卷施草拔心不死，郭注宿莽也。離騷云。類聚八十一引沈懷遠南越志云。寧鄉縣草多卷施。拔心不死。江淮間謂之宿莽。又引郭氏讚云，卷施之草，拔心不死。屈平嘉之。諷詠以此。取類雖邇。興有遠旨。此則宿莽乃卷施之異名。故此文以與下木蘭到舉。拔心不死，正章句冬生之說也。

羌

離騷經羌內恕己以量人兮。章句云，羌，楚人語詞也。猶言卿何爲也。按卿何爲者。漢人語也。以今釋古語，故云猶。毛傳糾糾猶繚繚也綢繆猶纏綿也說文爾麗爾猶靡麗也正此例 羌本爲轉捩之詞。故九章惜誦章句又云羌，然詞也。廣雅釋言云，羌，乃也。羌或變言謇。九章惜誦紛逢尤以離謗兮謇不可釋 或變言蹇。九歌湘君蹇誰留兮中洲 或變言慶。揚雄反離騷慶夭悴而喪榮 皆楚語也。其本字當作「其」。史記高祖本紀集解引風俗通沛人語初發聲好言其。是也。其又當作「乚」。說文鉤識者謂之「乚」。其乚一聲之轉。古書中其厥通用厥本乚之借 本別事之詞。引申以爲語詞。

侘傺

離騷經忳鬱邑余侘傺兮。章句云，侘傺，失志貌，侘猶堂堂立貌。傺，住也。楚人名住曰傺。九章惜誦心鬱邑余侘傺兮。章句云，傺，住也。楚人謂失

平入對轉，同溪紐雙聲。《說文・虫部》：『蝍，渠蝍，一曰：天社。从虫，卻聲。』《爾雅・釋蟲》：『蛣蜣，蜣蜋。』《玉篇・虫部》以『蝍』『蜣』同字。蜣，羌聲。羌、卻古字通用矣。《卩部》：『卻，卩卻也。』段注：『卩卻者，節制而卻退之也。』引申之爲斥棄，而虛化爲逆轉之詞。楚人語『卻』爲『羌』，漢世爲『卿』『慶』，類今『竟然』。魚、陽對轉或作詎、或作距、或作鉅、或作渠、或作巨，皆卻之音轉。施於問句，羌之解『何』『豈』『何爲』。詎、渠、巨、鉅、距、遽諸字但施於問句。施於非問句者，羌之解乃、反、却。《惜誦》『羌衆人之所仇』，叔師注：『羌，然辭也。』然，讀如難。洪引一云訓『歎聲』，歎，亦作難，字之訛。難，猶那也，奈何也。其義皆通。則知『羌』之義，固非源於『其』矣。

又，『宿莽』條，見《離騷》『夕攬洲之宿莽』，叔師云：『草冬生不死者，楚人名曰宿莽。』然未詳其爲何草。駱氏云：『宿讀如「宿麥」「宿草」之宿，訓久也（《小爾雅・廣詁》），留也（《廣雅・釋言》）。草經冬不枯，即久與留之義，故曰宿莽。《爾雅・釋草》：「卷施草拔心不死。」郭注：「宿莽也，《離騷》云。」《類聚》八十一引沈懷遠《南越志》云：「寧鄉縣草多卷施，拔心不死，江淮間謂之宿莽。」又引郭氏讚云：「卷施之草拔心不死，屈平嘉之。」諷詠以此，取類雖邇，興有遠旨，故此文以與下木蘭到舉。拔心不死，正章句冬生之説也。』案：卷葹草，《詩》稱『卷耳』，《爾雅》別名『蒼耳』，惡草也。即下『薋菉葹以盈室』之『葹』。屈子采此草以喻芳潔之性，辭以害義矣。且『冬生不死』與『拔心不死』亦異義。木蘭、宿莽，儷偶對舉。木蘭，香木；宿莽，猶芳草。宿之猶言脩也。《釋名・釋飲食》：『脯又曰脩。脩，縮也，乾燥而縮也。』縮，宿聲，是以通用。脩者，謂美、善也。莽，楚人謂草之通名。《方言》：『蘇，草也。南楚江湘之閒謂之莽。』又云：『莽，草也。南楚曰莽。』故『脩莽』，猶芳草也。《湘君》『采芳洲兮杜若』，《湘夫人》『搴汀洲兮杜若』，又曰『沅有茝兮醴有蘭』。蘭茝、杜若，皆生於水洲，蓋其類矣。

又，『扈』條，見《離騷》『扈江離』，叔師云：『扈，被也。楚人名被爲扈。』駱氏云：『按扈本國名。扈被之義，乃幠字之段也。《說文》：「幠，覆也。」覆被義同。《唐韻》扈，胡古切（匣紐）。幠，荒烏切（曉紐）。古音同在模部。』案：《說文・巾部》：幠，無聲，古屬明紐，非曉紐，與扈不同聲，不可通假。《文選》唐寫本陸善經注：『扈，帶也。』陸氏疏叔師之義，謂扈訓被，非『被覆』，猶佩帶也。至確。《吴都賦》『扈帶鮫函』，扈帶，平列同義，扈亦帶也。扈江離，佩帶江離也。《方言》：『帍裱謂之被巾。』郭注：『婦人領巾也。』《廣雅・釋器》：『帍裱，被巾也。』裱，表也，上衣之稱（詳《說文・衣部》）。帍，謂被帶也。扈、帍音同義通。扈，猶護也。《史記・司馬相如列傳》：『扈從横行，出乎四校之中。』扈從，平列同義，扈亦從也。《九辯》『扈屯騎之容容』，叔師注：『群馬分布，列前後也。』扈，謂隨從也。言隨從、扈帶，其義相貫通。楚人因之，則佩帶亦謂之扈帶。其義不涉文字通假矣。

據此，可見其學之崖略，則不煩悉舉矣。此文原載於北平中國大學出版社《師大國學叢刊》第一卷第一期，今輯出單行，國家圖書館有藏本。（黄靈庚）

# 楚辭論文

《楚辭論文》者，駱鴻凱之所作也。鴻凱已有《楚辭舊注考》已著録。是文詳論《離騷》，爲駱氏研討《離騷》全部要點所在。其大略有六：

首曰「離騷解題」，臚列古今三解：一是司馬遷「離騷者離憂」説，以爲本於《山鬼》「思公子徒離憂」也，故史公雖未釋「離」字之義，實讀「離」爲「羅」、「罹」，猶遭也。班固「離猶遭也，騷憂也」，即本史公。二是王逸「離騷別愁」説，篇中「余既不難夫離別兮」，是「離騷」爲「離別之愁」之内證。三是「離騷」即《楚語》「騷離」，謂牢愁之音轉，楚語。揚雄作《反離騷》，即畔牢愁也。亦可以互證。比較三家，雖各有依據，駱氏猶以史公、班固爲是，且取戴震《屈原賦注》云：「離猶隔也，騷者動擾有聲之謂，蓋遭讒放逐，幽憂而有言，故以「離騷」名篇。」又謂《離騷》稱「經」始自王逸《楚辭章句》，賈誼、司馬遷、班固皆稱「賦」。

二曰「屈子所處之時代與《離騷》之指趣」。駱氏蓋以爲史公《屈原列傳》爲傳世最早文獻，最爲可靠，舉凡屈子身世際遇、放逐本事、作《離騷》之因及《離騷》意旨，一歸之本傳，故鈔録本傳自起始至「頃襄王怒而遷之」，以爲史公切理饜心，毋需別作新異之論。惟於末後依據《六國表》《楚世家》《秦本紀》《張儀列傳》等，以補楚師敗丹淅、屈子使齊及諫張儀、諸侯共擊楚、懷王入武關之確切年月而已。又附屈子生卒年月考，取陳瑒説，屈子生於楚宣王二十七年（公元前三四三）戊寅正月二十一日。屈子沉汨之年，取劉師培説，在襄王元年（公元前二九八），亨年四十有五。又云，『或差後，然終無從確斷也』。案：屈子再放江南，蓋在襄王元年，而後轉徙於沅湘之間，歷秋入冬，又至『孟夏』，固不宜在頃襄王元年矣。又，《卜居》云『既放三年』，《哀郢》云『至今九年而不復』，則已歷十又一年矣。故屈子之沉汨，蓋在頃襄王十一年前後也。

三曰『《離騷》章法』。駱氏讀書甚精細，關注字句前後關聯，時有特見。如謂『《離騷》之文組織細密，非特見之於章法也。即用字之微，亦無不有著落。如「退將復修吾初服」，一「服」字該下衣裳冠佩諸項，而「佩繽紛其繁飾兮」，一「佩」字又總上衣裳冠佩而言。又，「來吾道夫先路」，提出一「路」字，此下「道」字、「路」字及捷徑窘步、險隘、皇輿、奔走、踵武等字，皆與相應』。又謂《離騷》之作『因忧愁幽思溯浮出之，若江河之流，初未必有意於文，然細爲尋繹，悉其篇章結構，脈絡分明，意緒雖紛至賾而不可亂』云。而後矗略巡視古今分段科節之異同，如，『有以不能爲分章節爲説者』，如王世貞、錢澄之是也；『有分三大段者』，如王貽六、朱駿聲是也；『有分三大節十三小節而以亂辭總一篇之大旨者』，如龔景瀚是也；『有分十段者』，如載震是也。駱氏折衷諸家，乃取三段説，即篇首至『可懲』爲第一段，『女嬃』至『終古』爲第二段，『索藑茅』至篇末爲第三段。其又分析第一段爲十三小節：首節止『靈均』，言『世系生日名字』；二節止『宿莽』，言『素志』；

楚辭論文一　　駱鴻凱輯

離騷

一離騷解題

司馬遷曰離騷者猶離憂也

按此於離字初未明下注脚應劭訓離爲遭蓋襲班説也

九歌山鬼思公子兮徒離憂馬遷之言出此

班固曰離猶遭也騷憂也明己遭憂作辭也

朱駿聲曰離鳥名倉庚此讀爲羅網謂之羅字或變作罹也王叔師則謂借爲罒非是騷馬擾動也

此讀爲愁思也史記列傳離騷者猶離憂也

王逸曰離別也騷愁也言已放逐離別中心愁思

屈復曰此篇有余既不難夫離別兮之句則離別之憂也

項安世曰楚語伍舉曰德義不行則邇者騷離而遠者距違韋昭注騷愁也離畔也蓋楚人之語自古如

此屈原離騷必是以離畔爲愁而賦之（項氏家説）　王應麟曰伍舉所謂騷離屈平所謂離騷皆楚言

三節止『窘步』，言『格君』；四節止『齋怒』，言『遇讒』；五節止『數化』，言『傷君悔遁非爲己私』；六節止『蕪穢』，言『己身斥退衆賢亦沮』；七節止『不立』，言『志與衆殊』；八節止『遺則』，言『引古自厲』；九節止『未悔』，言『守死不悔』；十節止『相安』，言『忠邪異路』；十一節止『未遠』，言『思復歸故國』；十二節止『未虧』，言『退復保身』；十三節止『可懲』，言『欲之四荒求君，雖遠而不改其素行』。又謂『第三段巫咸之詞，王注未爲別白。今案揚子雲《反離騷》有「纍既攀夫傅說」之言，知巫咸之詞至「何必用夫行媒」而訖，「說操筑於傅巖」以下皆屈子語』。案：此說非也。巫咸告語當至『使夫百草爲之不芳』止，不然，『苟中情』以下無所繫屬矣。

四曰『《離騷》之辭與義』，駱氏又細分『用詞』『釋句』『命意』『屬辭』『措語』『抒情』六端。而『用詞』又釐分爲『語詞』『副詞』『同詞異義』『喻字一貫』，『語詞』者，若『羌』『惟』『惟夫』『夫惟』『夫』『乎』『焉』『之』『以』『於』『其』『也』是也，例類爲『用於句首』『用於句首及句中』『用於句中』『用於句終』五事。『副詞』者，若『紛』『忽』『汩』『判』『喟』『溘』『阽』『耿』是也，『恒冠句首』。『同詞異義』者，若『以』之一詞，或解爲『而』、或解爲『與』；『歷茲』一詞，或解爲『歷數此詞』、或解爲『歷逢此咎』是也。『喻字一貫』者，謂若香草『芳』物，或喻君、喻賢、喻己，皆所以比忠貞高潔也。若『玉』者，皆所以比德也。若『女』者，皆所以比臣也。若『路』者，皆所比治道也。其分門別類，各有繫屬。『釋句』者，蓋所以明《離騷》句法結構，細分爲『倒句』『倒字句』『屈折句』『複句』『複調句』五門。謂『屈折句』者，首字必逗，若『憑不猒乎求索』是也。然『來吾道夫先路』，不當在其例。來吾道，猶『步余馬』『邅吾車』『長余佩』句法，猶吾來道也，實倒字句。謂『複調句』者，則義不可曉，據其引『吾將』『其猶』『吾猶』『孰云』『菲菲其』『剡剡其』『及……未……』『朝……夕……』之句例，調，蓋『詞』字之訛，謂『複詞』也。『命意』

者，謂句子含意，無非二端：或『爲國』，或『明己』。『爲國』者或『爲王』，若『恐美人之遲暮』『荃不察余之中情』『傷靈脩之數化』是也。或『兼王與國言之者』，如『恐皇輿之敗績』『哀高丘之無女』『何懷乎故宇』是也。或『斥楚臣言之者』，如『惟黨人之偷樂』『衆皆競進以貪婪』『謠諑謂余以善淫』『競周容以爲度』是也。而『明己』云者，若『恐年歲之不吾與』『恐修名之不立』『既有此内美又重之修能』『惟昭質其猶未虧』『願依彭咸之遺則』是也。『屬辭』者，蓋屈子表達方式，有『正言』，如『帝高陽之苗裔』是也。有『喻言』，如『扈江離』之類是也。有『實言』，篇首至『不予聽』是也。有『幻言』，如求帝、求女等是也。有『援古』，如『昔三后』之類是也。有『徵今』，如『鮌婞直』、『衆不可户説』是也。『措語』者，蓋亦屬表達方式，或『屈折』，如『余固知謇謇之爲患兮忍而不能舍也』是也。或『優柔』，如『著意何孰豈焉況疑問詞及雖寧固苟猶非既又等字』之句是也。『抒情』者，有於用字見之者，如『哀傷』『悔』『忍』『冀』『願』『欲』『將』『聊』『怨』『恐』等句是也。有出於語辨之者，如『撫壯而棄穢兮何不改乎此度』『汩余若將不及兮恐年歲之不吾與』之類是也。

五曰『《離騷》本音』，專論《離騷》協韻，於韻字注明其古音，上字爲古聲紐，下字爲古韻，而後注明其協韻。而所用聲韻，則本其師十九紐、二十八部也。如，『名：明清。均：見先。清與先通』。案：名之古聲紐爲明，古韻部爲清。均之古聲紐爲見，古韻部爲先。而清韻與先韻古可通韻。又，『能：泥咍。佩：明咍』。案：能之古聲紐爲泥，古韻部爲咍。佩之古聲紐爲明，古韻部亦爲咍。是同韻部。於是可見其崖略也。然黄氏十九紐影喻不别，故其於喻四之字悉歸影紐，頗爲麤疏。如，『庸：影東』。案：庸，餘封反，喻紐四等，古歸定紐。又，『與：影模』。案：與，余呂反，喻紐四等，古歸定紐。又，『予：影模』。案：予，余呂反，喻紐四等，古歸定紐。又，『野：影模』，案：野，羊者反，喻紐四等，古歸定紐。又，『羊：影唐』。案：羊，與章反，喻紐四等，古歸定紐。又，『遊：影蕭』。案：遊，以周反，喻紐四等，古歸定紐。又，

『遥：影蕭』。案：遥，餘昭反，喻紐四等，古歸定紐。又，『姚：影豪』。案：姚亦餘昭反，喻紐四等，古歸定紐。其解《離騷》不協之韻，時有特見，令人解頤。如，『艱：見痕。㬱：透没。从曰聲在没部，痕没爲平入，故得爲韻』。案：是也。㬱，他計反，《説文》从扶、从曰。曰，非聲。或作『替』，从二先、曰。先亦聲。先，蘇前反，古屬真痕，與艱同韻。又，『常：當作恒，漢人避文帝諱改，匣登。懲：定登』。案：是也。清儒多以陽蒸合韻説之。非矣。然其瑕疵亦不可掩。如，『占之』『慕之』不韻，謂其兩『之』韻。案：非是。『慕之』，蓋『莫之思』之誤。思，因下句『思九州』脱，而改『莫』爲『慕』也。之、思古同之咍部。又，『兹：精咍。未：明没』。案：『未』，本作『沬』，無沸反，明紐、没韻。其與咍之『兹』不協。此蓋倒文，當作『委厥美而歷兹兮惟兹佩之可貴』，貴、沬同爲没部也。

六曰『《離騷》評論』，臚列宋祁、祝堯、莊天合、馮覲、馮夢禎、陳繼儒、蔣之翹、王世貞、嚴羽、陸時雍、劉熙載論《騷》之語。蓋多鈔自《七十二家評楚辭》或《八十四家評楚辭》，則無足觀矣。

是集版心署『國立北京師範大學』，蓋駱氏執教於北京師範大學講稿。駱氏後任湖南大學教授，於一九五一年前後排印出版，中國科學院文獻情報中心有藏本。（黄靈庚）

# 楚辭義類疏證

《楚辭義類疏證》者，駱鴻凱之所作也。鴻凱有《楚辭舊注考》已著録。首有小序，云：『丁卯之歲，侍師北平。時方涉《楚辭》以教，氾濫衆家，無所宗主也。燕閒之暇，執本以問，乃知斯學綱領，義類之作，造端於兹。講授四方，不離造次，循《爾雅》之條例，貫叔師之故訓，錯綜群言，依傍師説。』則是文作時，始於民國十六年，所以通《楚辭》字義訓詁爲鵠的也。從《爾雅》以義繫屬編次，故云『義類』；以王逸《章句》爲據依，兼採諸家，折衷於其師黄侃之説，故云『疏證』。

序又舉《説文》及郭璞《爾雅注》諸書所引《楚辭》文句，云：『《楚辭》訓故，無不與《蒼》《雅》傅合。許君博訪周咨，嘗引以釋字義。《説文》「嬃」下曰：「女字也。《楚詞》曰：女嬃之嬋媛。賈侍中説：楚人謂姊爲嬃。」「蒦」或體「彠」下曰：「蒦或從尋，尋亦度也。《楚詞》曰：求矩彠之所同。」「顥」下曰：「白皃。從景、頁。《楚詞》曰：天白顥顥。」「彈」下曰：「躲也。《楚詞》曰：羿焉彈日。」「菩」下曰：「草也。《楚詞》有菩蕭艸。」今本《九辯》作「梧楸」，注亦以木釋之，則許、王所見本不同也。景純注《雅》，亦嘗于《釋天》篇引《離騷》云「攝提貞於孟陬」，以證「正月爲陬」。又「蜺」爲「挈貳」注云：「蜺，雌虹也。見《離騷》。」「暴雨謂之涷」，注曰：「《離騷》云『令飄風兮先驅，使涷雨兮灑塵』是也。」《釋草》「卷葹草」注云：「宿莽，《離騷》云。」凡此皆出引《楚辭》之文以爲證佐。蓋自王子朝奉周之典籍以奔楚，左史倚相能讀墳典丘索之書。豪傑之士楚産北學，説周公、仲尼之道。江、漢以南，風氣日開。屈、宋詞賦雖雜楚音，不乖《蒼》《雅》，故許、郭二氏有取焉爾。逮魏張揖踵古有作，依乎《爾雅》。《雅》之所略，悉著于篇。則經子成文、辭賦奇字，罔羅放失，品録加詳。而《楚辭》舊注大半甄采，亦見叔師訓詁之精，言小學者莫能外也。」案：駱氏以先秦之世，楚國浸潤周學，屈、宋之作於語言詞彙合於三《蒼》《爾雅》故訓，許慎、郭璞時見徵引；而曹魏張揖作《廣雅》，於王逸舊説頗有採用。故駱氏此文以《章句》爲基礎，良有以也。序又簡要敘及撰寫形式，稱「茲編自爲義類，加之疏證，不能如王、郝之引申觸類，穿穴群書。惟推尋本字，甄明通叚，間輯舊訓，以作證凭。二君所詳，亦無贅焉」。

序後爲「釋詁上」，無「釋詁下」以及「釋訓」「釋親」「釋宮」之類，蓋未竟之作。全文所列義類凡十條：一、「孟、初、肇、本、倡、昔、古，始也」。二、「天、帝、皇、王、后、林、烝、上、日、陽、靈脩、荃、蓀，君也」。三、「介、浩、廣、衍、朴、元、馮、壯、豐、曠、滂、假、隱、鴻、閎、魁、恢，大也」。四、「極、迄、底、致、造、假、到、臻，至也」。五、「逝、適、遂、徂，往也」。六、「吉、脩、臧、嘉、謹、佳、淑、祥，善也」。七、「娛、愉、怡、媮、安、誒、閑、聊，樂也」。八、「錫、賜、詒、貽、遺、貺、施、予、暨、以，與也」。九、

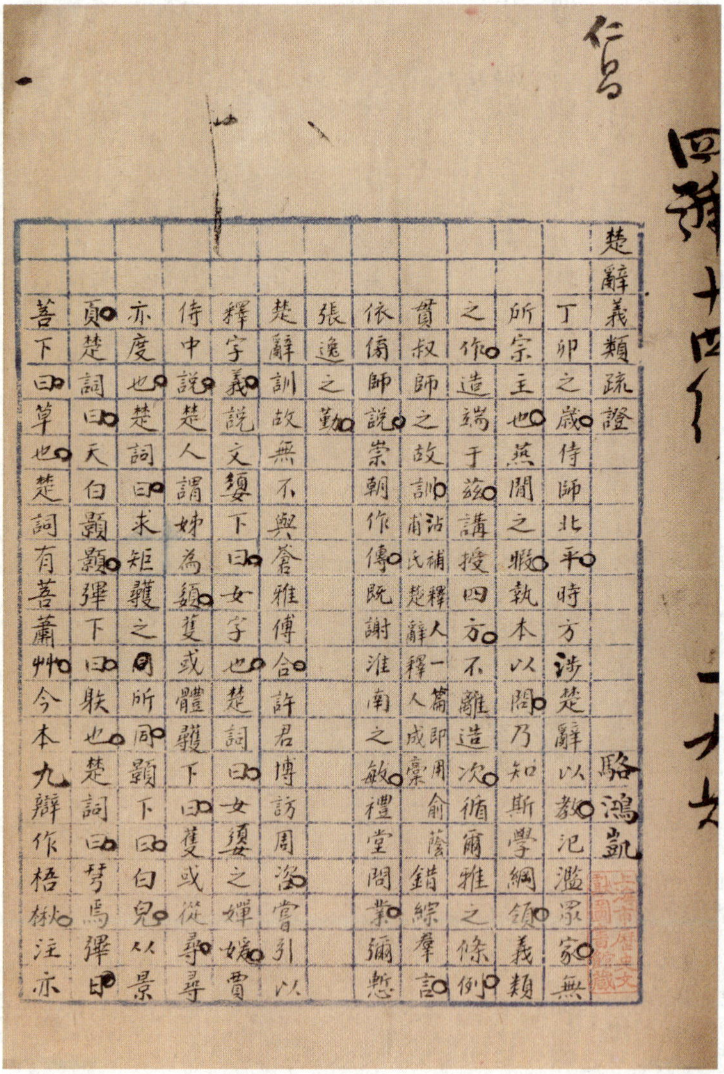
楚辭義類疏證　駱鴻凱
丁卯之歲侍師北平時方涉楚辭以教汜濫眾家無
所宗主也燕閒之暇執本以問乃知斯學綱領義類
之作造端于茲講授四方不離造次循爾雅之條例
貫叔師之故訓（詁補釋人一篇即用俞蔭甫氏楚辭釋人成稾）錯綜羣言
依倚師説崇朝作傳既謝淮南之敏禮堂問業彌慙
張逸之勤
楚辭訓故無不與蒼雅傅合許君博訪周洽嘗引以
釋字義説文嬃下曰女字也楚詞曰女嬃之嬋媛賈
侍中説楚人謂姊爲嬃蒦或體韄下曰蒦或從尋尋
亦度也楚詞曰求矩韄之所同顥下曰白皃从景
頁楚詞曰天白顥顥彃下曰䠶也楚詞曰芎焉彃日
善下曰草也楚詞有善蕭艸今本九辯作梧楸注亦

『仍、逐、侍、從也。從、原，由也』。十、『則、度、式、辟、像、儀、圖、類、制、罔、律、刑，法也』。而『始、君、大、至、往、善、樂、與、由、法』十字，恰見《爾雅·釋詁》，先後次序悉同，駱氏將《爾雅》未收之《楚辭》之字並録入之。

是文體例，先列義類，次以雙行夾注標明各字出處，次列諸家之説。所徵引之舊籍，有《周易》《尚書》《詩經》《禮記》《左傳》《穀梁傳》《論語》《孝經》《爾雅》《蒼頡篇》《春秋繁露》《方言》《白虎通》《説文》《釋名》《廣雅》《小爾雅》《逸周書》《國語》《史記》《漢書》《韓非子》等。稱『郝、王二疏舉證已備，今不復覼縷』。故於郝懿行《爾雅義疏》王念孫《廣雅疏證》之説，未逐一鈔録。如，『孟、初、肇、本、倡、昔、古，始也』一條，雙行夾注先標出處：『孟，《離騷》。初，《離騷》二見。本，《天問》。倡，《九章·悲回風》。昔，《離騷》《天問》二見，《九章·抽思》。古，《九歎·思古》』。

是文疏證，誠如郝、王家法，以文獻爲證。如，『逝、適、遂、徂，往也』。疏證曰：『《説文》：「往，之也。」《釋名》：「往，暀也，歸暀於彼也。故其言之卬頭，以指遠也。」逝者，《説文》《爾雅·釋詁》並云「往也」。適者，《説文》：「適，之也。」《爾雅·釋詁》：「往也。」遂者，㒸之叚借。《説文》：「㒸，從意也。」從，隨行也。從行謂之㒸，已行亦謂之㒸，通作遂。《廣雅·釋詁》：「遂，往也。」《論語》：「成事不説，遂事不諫，既往不咎。」成事、遂事，即既往也。《逸周書·史記解》：「取遂事之要戒。」亦謂往事也。徂者，《説文》：「退，往也。」或作徂。《方言》：「徂，往也。」』案：駱氏於『逝』『適』『徂』三字，僅列《説文》《爾雅》《方言》之舊訓以疏證之。而於『遂』字因義皆得自『㒸』。《説文》雖以『㒸』爲『從行』義，又引《廣雅》《論語》《逸周書》爲據，以有『已行』之義。故亦可訓『往』。故王逸注《天問》『遂古之初』云：『遂，往也。』

駱氏疏證《楚辭》，則審字形、辨字音、通字義，三者兼而用之。如，『孟』字曰：『孟者，《爾雅》《説文》並云「長也」。《説文》孟，古文呆，與「保」古文「呆」同。古蓋一語。「保」訓「養」，「孟」訓「長」，義無二也，引申爲長幼、爲始。《廣雅》：「孟，始也。」《漢書·劉向傳》：「孟陬無紀。」孟康曰：「首時爲孟。」首亦始也。』案：王逸注《離騷》『孟陬』曰：『孟，始也。』駱氏先證『孟』『保』於《説文》古文形同，是審字形也。引申有始義，後引《廣雅》《漢書》注，以證『孟』之訓『始』，是通字義也。駱氏訓『君』字云：『《説文》：「君，尊也。從尹。發號故從口。」《逸周書·謚法》：「從之成群曰君。」《春秋繁露·滅國篇》：「君者，群也。」』案：君、群音同義通，是以聲音通訓詁也。又，『底，至也』。駱氏云：『底者，《説文》：「底，止居也。一曰下也。」案：底之言氐，氐，至也。从氐下箸一，一，地也。从氐聲者有邸，郡國舍也。《漢書·文帝紀》顔注：「邸，至也。」有坻，小渚也。《爾雅·釋水》：「小陼曰沚。」沚之言止也。有抵，擠也。《廣雅·釋詁》：「至也。」有抵，觸也。亦與至近。』案：《天問》：『昭后成遊，南土爰底。』王逸注曰：『底，至也。』駱氏於從『氐』得聲之字以疏證之。是故低、坻、底、抵皆從『氐』聲，則聲同義通也。又，『像，法也』。駱氏云：『像者，《説文》「象也」。《韓非》曰：「人希見生象也，而得死象之骨。案其圖以想其生也。故諸人之所以意想者，皆謂之象也。」故像衍於象，而爲想像擬則之義。《説文》像讀若養，即今式樣字也。』案：象、像、樣，皆聲之轉，音近而義通矣。其引《韓非子·解老》以釋『象』字由動物而引申爲圖畫之義，是亦所謂疏通字義也。

要之，駱氏字義疏證，家法謹嚴，絶無向壁虚造之説。然亦有不足之處。如，訓『林』『烝』二字曰：『林、烝者，《爾雅·釋詁》並云「君也」。案《説文》：「平土有叢木曰林。」《白虎通·五行》：「林者，衆也。」又訓君者。與君訓群同意。《詩·賓之初筵》：「有壬有林。」《傳》《漢書·律曆志上》並云「林，君也」。《爾雅·釋詁》又云：「烝，衆也。」君訓群，亦有衆義。《詩·文王有聲》：「文王烝哉。」《傳》：「烝，君也。」朱駿聲曰：「林訓君者，叚借爲臨。」《左·定八傳》「林楚」，《公羊》作「臨南」。案臨訓監臨。《論語·爲政》：「臨之以莊則敬。」皇侃疏：「臨者，以高視下之名。」則朱説「臨」爲「林君」之本字，似亦可從。黄先生曰：「《爾雅·釋詁》：『烝，進也。』《説文》：『烝，火氣上行也。』《書·多方》：『不蠲烝。』馬注：『烝，升也。』烝有升上之義，故引申訓君。」案：師説直從烝本義求所以訓君，而不取烝訓衆君、訓群之説，尤爲確詁。」案：林、烝之訓君，君讀作群，謂衆多也。昔人目爲「二訓同條」是也。駱氏非不知之，嘗云：『錫、賜、詒、貽、遺、貺、施、予爲賜予之與，暨、以爲與及之與。《爾雅》二義，不嫌同條，于《釋詁》篇屢見之。』何以『林、烝，君也』非『二訓同條』？且『林』『烝』二字，古書絶無『君王』之義。《詩·賓之初筵》『有壬有林』林，亦謂衆也。朱駿聲以『林』通作『臨』。濫用通假，不足爲訓。烝，雖有『上升』之義，而亦無訓『君上』之徵矣。又，『陽，君也』，出自《涉江》『亂詞』：『陰陽易位，時不當兮』。王逸注云：『陰，臣也。陽，君也。』案：王注以陰陽喻君臣，非以『陽』爲『君』之義也。又。『像，法也』，駱氏以其出於《抽思》《橘頌》。案：《招魂》：『像設君室，静閒安些。』王注：『像，法也。……言乃爲君造設第室，法像舊廬，所在之處，清静寬閒而安樂也。』駱氏未引，蓋失察矣。

《楚辭義類疏證》稿本尚存，末有潘景鄭跋，稱『駱君未完之作』，藏於上海圖書館。又，刊於《制言》第十九期，國家圖書館有藏本。今合刊本、稿本並景印之，以供學者參勘也。（陳煒舜、廖蘭欣）

# 楚辭連語釋例

《楚辭連語釋例》者，駱鴻凱之所作也。鴻凱已有《楚辭舊注考》已著録。

是文類《楚辭》之連語，分爲甲、乙二編，末附《楚辭雙聲疊韻疊字譜》。首論連語有雙聲、疊韻、疊字三端，其在三百篇中之表現形式，變化多端，致不可窮究。而「《楚辭》之作，嗣響風人，凡摹儗情事景物，一字不能盡者，則亦連語疊字以形容之，組織纏綿，與三百篇同工異曲」云，故是文「舉《楚辭》釋其義」。然駱氏所謂「釋其義」者，僅類別而已。

甲編總稱「雙聲疊韻連語」，細分五類：一是「一句兩用例」，如《離騷》「曾歔欷余鬱邑」一句而疊用「歔欷」「鬱邑」是也。二是「四句疊用例」，如《哀郢》「淩陽侯之氾濫兮，忽翱翔之焉薄；心絓結而不解兮，思蹇産而不釋」四句而疊用「氾濫」「翱翔」「絓結」「蹇産」是也。三是「六句疊用例」，如《九辯》「泬寥兮天高而氣清，寂寥兮收潦而水清，憯悽增欷兮薄寒之中人，愴怳懭悢兮去故而就新，坎廩兮貧士失職而志不平，廓落兮羇旅而無友生，惆悵兮而私自憐」六句而疊用「泬寥」「寂寥」「憯悽」「愴怳」「懭悢」「坎廩」「廓落」「惆悵」是也。四是「累句疊用例」，如《九辯》「秋既先戒之以白露兮，冬又申之以嚴霜；收恢炱之孟夏兮，然欿傺而沈藏；葉菸邑而無色兮，枝煩挐而交横；顔淫溢而將罷兮，柯彷佛而萎黄；萷櫹槮之可哀兮，形銷鑠而瘀傷；惟其紛糅而將落兮，恨其失時而無當」數句而疊用「恢炱」「菸邑」「交横」「淫溢」「彷佛」「萎黄」「櫹槮」「銷鑠」是也。五是「顛倒用例」，如《湘夫人》「荒忽兮遠望，觀流水兮潺湲」二句中「荒忽』在句首、『潺湲』在句尾是也。

乙編總稱『疊字連語』，細分九類：一是『一句兩用例』，如《山鬼》『石磊磊兮葛蔓蔓』一句而疊用『磊磊』『蔓蔓』是也。二是『二句三用例』，如《山鬼》『靁填填兮雨冥冥，猨啾啾兮狖夜鳴』二句而疊用『填填』『冥冥』『啾啾』是也。三是『二句四用例』，如《招隱士》『崟崟兮峨峨，淒淒兮漇漇』二句疊用『崟崟』『峨峨』『淒淒』『漇漇』是也。四是『四句三用例』，如《九歎·遠遊》『波淫淫而周流兮，鴻溶溢而滔蕩；路曼曼其無端兮，周容容而無識』四句疊用『淫淫』『曼曼』『容容』是也。五是『四句四用例』，如《悲回風》『藐蔓蔓之不可量兮，縹綿綿之不可紆；愁悄悄之常悲兮，翩冥冥之不可娛』四句疊用『蔓蔓』『綿綿』『悄悄』『冥冥』是也。六是『六句六用例』，如《悲回風》『紛容容之無經兮，罔芒芒之無紀；軋洋洋之無從兮，馳委移之焉止；漂翻翻其上下兮，翼遙遙其左右；氾潏潏其前後兮，伴張弛之信期』六句疊用『容容』『芒芒』『洋洋』『翻翻』『遙遙』『潏潏』



# 楚辭連語釋例 附楚辭雙聲疊韵字譜

駱紹賓

錢大昕曰，聲音在文字之先，而文字必假聲音以成。綜其要，無過疊韵雙聲二端。而疊韵易曉，雙聲難知。股肱，叢脞，虞廷之賡歌也。次且，劓刖，文王之演易也。至詩三百篇興而斯秘大啓。卷耳之次章崔嵬，虺隤，兩疊韻。三章高岡，玄黃，兩雙聲。碩人之次章，巧笑美目雙聲。大叔于田之次章，上句磬控雙聲，下句縱送疊韻。出其東門之首章，綦巾雙聲，茹藘疊韵。七月之觱發，栗烈，雙聲兼疊韻。上下相對。東山之伊威，蠨蛸，町畽，熠燿，四句連用雙聲。佻兮達兮，哆兮侈兮，既敬既戒，既霑既足，如蜩如螗，如蠻如髦，不吳不敖，不競不絿，允文允武，令聞令望，宜岸宜獄，式夷式已，之綱之紀，以引以翼，隔字而成雙聲。嘽嘽啍啍，顒顒卬卬，疊字而成雙聲。與與翼翼，隔句而成雙聲。居居究究，隔章而成雙聲。死生契闊，搔首踟躕，一句而成雙聲。膂力方剛，山川悠遠，一句而一疊韵一雙聲。其組織之工，雖七襄報章，無以過也。其音節之和，雖壎篪迭奏，莫能加也。其尤妙者，角枕粲兮，錦衾爛兮。不獨粲爛韻，而枕衾亦韻。錦衾疊韻，角錦又雙聲也。不敢暴虎，不敢馮河。暴馮雙聲，虎河亦雙聲也。（潛研堂答問）王筠曰，詩以長言咏歎爲主，故重言視他經爲多。（毛詩重言）顧炎武曰，詩用疊字最難。衛詩河水洋洋，北流活活，施罛濊濊，鱣鮪發發，葭菼揭揭，庶姜孽孽。連用六疊字。可謂複而不厭，賾而不亂矣。（日知錄二十一）詳此諸說，連語疊字之起，本於天籟。而三百篇爲最多。所以被之管絃，依永成文者，亦半由此。（虞書曰，詩言志，歌永言，聲依永，律和聲。詩大序曰，情發乎聲，聲成文謂之音。鄭注聲謂宮商角徵羽也，成文謂宮商上下相應。）楚辭之作，嗣響風人。凡摹擬情事景物，一字不能盡者。則亦連語疊字以形容之。組織纏綿，與三百篇同工異曲。逮漢代司馬相如楊雄作賦，益大暢斯旨。連語疊字，累牘連篇，讀者聱牙。不歌而誦，故無嫌也。今舉楚辭釋其義云。

## 甲雙聲疊韻連語（雙聲用圈疊韵用點爲別）

### 一句兩用例

曾歔欷余鬱邑兮哀朕時之不當（離騷）

是也。七是『累句疊用例』，如《九辯》『棄精氣之摶摶兮，騖諸神之湛湛；驂白霓之習習兮，歷群靈之豐豐；左朱雀之茇茇兮，右蒼龍之躍躍；屬雷師之闐闐兮，通飛廉之衙衙；前輕輬之鏘鏘兮，後輜乘之從從；載雲旗之委蛇兮，扈屯騎之容容；計專專之不可化兮，願遂推而爲臧』數句中而疊用『摶摶』『湛湛』『習習』『豐豐』『茇茇』『躍躍』『闐闐』『衙衙』『鏘鏘』『從從』『容容』『專專』是也。八是『雙聲疊韻與疊字並用例』，如《離騷》『佩繽紛其繁飾兮，芳菲菲其彌章』二句而疊用雙聲連語『繽紛』、疊字『菲菲』是也。九是『雙聲疊韻與疊字錯用例』，如《九辯》『燕翩翩其辭歸兮，蟬寂漠而無聲；鴈廱廱而南遊兮，鵾雞啁哳而悲鳴』四句中連語『寂漠』『啁哳』與疊字『翩翩』『廱廱』錯用是也。

末附雙聲疊韻疊字三譜：雙聲譜、疊字譜皆據其業師黄季剛『影』『曉』『匣』『見』『溪』『疑』『端』『透』『定』『泥』『來』『精』『清』『從』『心』『邦』『滂』『並』『明』十九紐編次，疊韻譜亦據黄季剛『歌』『曷』『寒』『屑』『先』『灰』『没』『魂』『齊』『錫』『青』『模』『鐸』『唐』『侯』『屋』『東』『豪』『沃』『冬』『蕭』『咍』『德』『登』『合』『覃』『帖』『添』古韻二十八部編次。然則以十九聲紐而言，『喻』三、『喻』四不别，皆歸於『匣』，而不知『喻』三爲『匣』三，『喻』四爲『定』紐也。故誤『猶豫』『容與』『夷由』『溶與』『容裔』『淫遊』『淫噎』『委約』『窈悠』『淫溢』『溶溢』『踊躍』『遠遥』『畏夷』爲影紐雙聲，而不審『猶』『豫』『容』『與』『夷』『由』『溶』『與』『容』『裔』『淫』『遊』『約』『悠』『溶』『踊』『躍』『遥』古皆爲『喻』紐四等，非喉音字，不得爲雙聲矣。又，以『蕪穢』爲影紐雙聲，非也。蕪，从無聲，明紐，非影紐也。以『荒忽』『慌忽』『忽荒』『儵忽』爲曉紐雙聲，非也。『荒』『忽』『慌』皆明紐，非曉紐矣。

王念孫云：『夫雙聲之字，本因聲以見義，不求諸聲而求諸字，固宜其説之多鑿也。』（見《廣雅疏證》卷六『躊躇猶豫」條）此爲判斷「連語」與否之金科玉律。是故連語之義不在其字，而在其音。若「踊躍」「遠遥」「譁讙」「噓吸」「險戲」「萑葦」「權槩」「困窮」「丘墟」「空虚」「菅蒯」「絓結」「踡跼」「追逐」「震盪」「擠推」「炳分」「芬芳」「駕鵝」「晦明」「悶瞀」「閒安」「動容」「壽考」之類，雖或雙聲疊韻，實二字各具其義，或爲並列復合詞，或爲述賓之詞。而皆非連語。駱氏輯録連語，蓋失之濫矣。

此文原載於《湖南大學期刊》一九三三年第八期，今輯出單行，國家圖書館有藏本。（黄靈庚）

# 楚辭小學

《楚辭小學》者，駱鴻凱之所作也。鴻凱有《楚辭舊注考》已著録。首稱『往余仿陳氏疏毛之例，有《楚辭義類》之作。復自疏證，得《釋詁》《釋言》二篇而止。苦其繁重，又以王郝及先師黄君《雅》疏已備，《楚辭》訓詁，義多相通。無竢疊床架屋之爲，而説有忽於前修。解或得於一己，輒爲詮明，以祛觝滯，凡書十有七卷，顔曰「楚辭小學」，蓋師懋堂詁《詩》之意云』。懋堂爲段玉裁之號，段氏有《詩經小學》四卷，駱氏循其例而作此篇。然小引雖曰『凡書十有七卷』，而此文僅解《離騷》一篇耳。

凡一百零六則。首則解『離騷經第一』，末則解『亂曰云云』，其餘皆解《離騷》文句，各則依照行文先後爲次，每則多衹解一句，亦有數句一則者。如第十五則『雜申椒與菌桂兮豈維紉夫蕙茝』乃解相連之二句，第七則『紛吾既有此内美兮紛獨有此姱節』乃合不連屬之二句而解之，故中空一格。不爲解析之文句，則不列出，如『肇賜余以嘉名』『又重之以修能』『紉秋蘭以爲佩』『恐年歲之不吾與』等等皆是。各則體例，大抵先列王逸注，後徵群書，斷以己意。如，第二則『帝高陽之苗裔』云：『王注：「高陽，顓頊有天下之號。」此以所封國爲有天下之號，亦若帝堯封於唐，因以唐爲大號也。續《漢·郡國志》：「汲之高陽城，高陽氏之虚也。」《白虎通·號篇》云：「高陽者，陽明也，道德高明也。」』案：引《漢書》以證高陽故地所在，引《白虎通》以證高陽二字之義，似所以疏證王注矣。又，第九則『汩余若將不及兮』云：『王注：「汩，去貌，疾若水流也。」《説文》：「汩，治水也。水治則流疾。」』案：引《説文》『治水』爲本義，水治而流通，則『水流』爲其引申義。又，第十六則『何桀紂之昌披兮』云：『王注：「昌披，衣不帶貌。」昌猶裹也，《説文》：「漢令：解衣耕謂之裹。」解衣與不帶意同，今俗語言人嬾散曰「拖衣靸胯」，正「昌披」之謂。』案：《説文》訓『解衣耕』，分解表層之土，故有分解、分散之義，又申之以近代俗語之義。又，第十七則『恐皇輿之敗績』云：『《左傳·莊公十一年》：「大崩曰敗績。」』案新出《三體石經·僖公經》「楚師敗績」，古文作速，從辵束聲，速即籀文迹字踈。古言敗績，本謂敗駕。古者車戰，駕敗則轍亂，《傳》所謂「大崩」也。其字自應作速，績爲借字。本餘杭章君説。』案：尊其師章太炎之説，援引曹魏《三體石經·僖公經》之異文，以『敗績』爲『敗駕』之義。

# 楚辭小學

駱鴻凱

民國三十四年十一月

往余仿陳氏毛詩之例，有楚辭詁類之作。復自疏證，緝釋詁編言二篇而止。昔其箋疏，又以王郝及先師黄君雅疏已備，楚辭訓詁，義多相通。無庸疊牀架屋之爲，而説有忽於前修。解或得於一己，輒爲詮明，以扶微滯，凡書十有七卷，顔曰楚辭小學，蓋師繼堂詁詩之意云。

離騷經第一

王注：離，別也，騷，愁也，言己遭遂離別，中心愁思，案，説文，離黄鳥也，離借爲麗，引申則凡離別字皆離之借也。錢辛楣謂説文稱讀若者往往爲經典通用字，離讀若離，求其類，騷訓愁者，即愁之借字，子虔反，亦題其篇曰畔牢愁，離騷本稱離騷賦。以爲經者，蓋淮南作傳時所題，叔師本之，凡屈賦自九歌已下，大題皆曰離騷，蓋以離騷爲經，則此諸篇，皆其傳也。

帝高陽之苗裔兮。

王注：高陽顓頊有天下之號，此以所封國爲有天下之號亦若帝堯封於唐，因以唐爲大號也。續漢郡國志汲注：高陽城高陽氏之虛也，白虎通號篇云，高陽者陽明也，道德高明也。

朕皇考曰伯庸。

朕者，身之稱語，説文朕舊也（舊訓之舒也）本發聲之詞，引申以爲稱身自謂，徐鉉曰，今俗有朕字，案凡自稱曰朕，殆亦聲之轉也，又聲之轉字，王注，伯庸字也，案古者諱名不諱字，禮以王父字爲氏。

攝提貞於孟陬兮，惟庚寅吾以降。

此第舉歲名之寅呂覽敍意篇，維秦八年，歲在涒灘。亦第舉歲名之申，惟史記曆書太初元年名焉逢攝提格，則兼舉歲陽歲名，則以黄帝定曆時以甲寅爲首，是年正得甲寅故舉之，若尋常紀辭，則不然也。説文包字説解曰，元氣起於子，男左行三十，女右行二十，俱立於巳爲夫婦，褢妊於巳，巳爲子，十月而生男起巳至寅，女起巳至申，故男年始寅女年始申，王注寅爲陽正，故男始生而立於寅庚爲陰正，故女始生而立於庚，其説正與許同庚申皆西方位也（亦見淮南氾論訓高注），此屈子自謂其祿命之優也，詩小弁天之生我，我辰安在傳辰，時也，箋云，謂六物之吉凶，六物，歲、時、日、月、星、辰是也。辰，十二辰也，詩文言時，但舉一偏，離騷舉歲、月、日不言時者，文從省耳，九歌東皇太一吉日兮辰良則言日兼舉時矣，今日者卜命，兼用歲月、日、時，蓋自周已然矣。屈子生年月日，自叔師注以爲寅年正月寅日，清江寧陳瑒撰周曆推之，知屈子生於楚宣王二十七年戊寅建寅之月，二十七日，儀徵劉先生又以夏曆推之，得屈子生於楚宣王二十七年正月二十一日。

王注於於也，案説文於於也，象气之舒於，離騷此於，正用本，言之間也，貞之言丁，釋詁丁，當也屈，子自謂當太歲在寅正月庚寅日生也。

皇覽揆余初度兮。

王注，揆，度也，案揆度讀如忖度之度，初度，法度之度也。

名余曰正則兮，字余曰靈均。

正則以釋名平之義靈均以釋字原之義，皆代語也，郭璞江賦，悲靈均之任石，此以靈均號屈子之始。隱侯鬱靈運傳論，又其後也。劉向九歎首篇，原生受命於貞節兮鴻永路有嘉名，齊名字於天地兮，並光明於列星，又惡憤篇，兆出名曰正則兮卦發字曰靈

— 28 —

亦或有純用己説者。如，第四十六則『長余佩之陸離』云：『陸離猶犖麗也，犖駁麗爾，故爲參差衆貌。』案：陸離、犖麗，聲之轉也。又，《史記·司馬相如列傳》所録《上林賦》：『赤瑕駁犖，雜臿其閒。』司馬貞《索隱》引司馬彪曰：『駁犖，采點也。』則『犖』有『光彩』之意。

於是可知，駱氏是篇以小學訓詁、名物考證爲主，間及辭章文意，博涉群籍而能結合現代語彙而並觀，頗有新見矣。

若字義訓詁，因聲求義，據義繫聯，乃其當家本業。如，第三則『朕皇考曰伯庸』云：『朕者，瞀之轉語。《説文》：「瞀，曾也。」（「曾，詞之舒也。」）本發聲之詞，引申以爲施身自謂。徐鉉曰：「今俗有昝字，蓋瞀之譌。」案凡自稱曰傻、咱、洒、又昝之聲轉字變也。』案：以『朕』爲『瞀』之音轉，乃由發聲語引申爲第一人稱代名詞，而據其音轉，後世口語之『昝』『咱』『洒』等，亦自此衍生。又，第廿一則『余固知謇謇之爲患兮』云：『王注引《易》「王臣謇謇」，今《易》作蹇蹇。《説文》：「蹇，跛也。」蹇者，行之難，引申爲言之難，古無二字也。王注訓忠貞，亦難義。』案：王注曰：『謇謇，忠貞貌也。《易》曰：「王臣謇謇，匪躬之故。」』駱氏以蹇、謇古無二字，而以行之難爲言之難，蓋一義之引申矣。又，第廿七則『老冉冉其將至兮』，王注云：『冉冉，行貌。』五臣云：『冉冉，漸漸也。』而駱氏之説頗爲不同：『《説文》：「冄，毛冄冄也，象形。」蓋柔弱下垂之皃。故姌字從之，而説解訓弱。《詩·巧言》：「荏染柔木。」毛傳：「荏染，柔意也。」染即「[冄]」之借。老與柔弱相因，故此文以爲老之狀語。』案：據《説文》而考求『冄』字本義，而後求其引申義。然『老冄冄』類『紛總總』『皇剡剡』，爲一固定詞組爾。又，第四十二則『伏清白以死直兮』云：『伏讀爲褒。《説文》：「褒，裦也。」包、伏聲通，如「包犧」即「伏羲」、《方言》「伏雞曰抱」之類。』案：以『伏清白』乃『懷抱清白』之意，其言是也。又，第六十五則『溘埃風余上征』云：『溘猶蓋也，二字並從盍聲。蓋，覆也。蓋埃風，即《莊子》所謂「九萬里風斯在下矣」。』案：王逸注：『溘，猶掩也。埃，塵也。言我設往行遊，將乘玉虬，駕鳳車，掩塵埃而上征，去離世俗，遠群小也。』溘之爲掩，猶掩之爲蓋也。蓋、掩、溘，皆一聲之轉。又，第七十九則『余焉能忍與此終古』云：『《考工記》鄭注：「齊人之言終古猶言常也。」案：古，始也。終古猶言終始，終始則有常義。』案：終謂之古，始亦謂之古。詞義相反爲訓矣。

駱氏於名物、制度考證，亦會貫通之，以發明剩義。如，第四則『攝提貞於孟陬兮，惟庚寅吾以降』云：『此第舉歲名之寅。《呂覽·敘意篇》：「維秦八年，歲在涒灘。」亦第舉歲名之申。惟《史記·曆書》太初元年名「焉逢攝提格」，則以黃帝定曆時以甲寅爲首，是年正得甲寅故舉之。若尋常屬辭，則不然也。《説文》「包」字説解曰：「元氣起於子。男左行三十，女右行三十，俱立於巳爲夫婦，裹妊於巳。巳爲子，十月而生，男起巳至寅，女起巳至申，故男年始寅，女年始申。」王注：「寅爲陽正，故男始生而立於寅。庚爲陰正，故女始生而立於庚。」其説正與許同。庚申皆西方位也（亦見《淮南·氾論訓》高注），此屈子自詡其祿命之優也。《詩·小弁》：「天之生我，我辰安在？」傳：「辰，時也。」箋云：「謂六物之吉凶。」六物，歲、時、日、月、星、辰是也。辰，十二辰也。詩文言時，但舉一偏，《離騷》舉歲、月、日，不言時者，文從省耳。（《九歌·東皇太一》「吉日兮 辰良」，則言日兼舉時也。）今日者卜命，兼用歲、月、日、時，蓋自周已然矣。屈子生年月日，自叔師注以爲寅年正月寅日，清江寧陳瑒據周曆推之，知屈子生於楚宣王二十七年戊寅建寅之月二十七日，儀徵劉先生又以夏曆推之，得屈子生於楚宣王二十七年正月二十一日。』案：王逸注曰：『言己以太歲在寅，正月始春，庚寅之日，下母之體而生，得陰陽之正中也。』駱氏據其説，以爲《離騷》所言僅謂年（攝提）、月（孟陬）、日（庚寅）皆爲寅，非三者皆爲庚寅。不然陳瑒、劉師培不得推屈原生年爲戊寅也。且舉年月日而不及於時，則詩文之省耳；若《呂氏春秋》唯用地支（歲陰）紀年，即其證也。又，第六則『名余曰正則兮，字余曰靈均』云：『「正則」以釋名「平」之義，「靈均」以釋字「原」

之義，皆代語也。郭璞《江賦》「悲靈均之任石」，此以靈均號屈子之始。隱侯《謝靈運傳論》又其後也。劉向《九歎》首篇：「原生受命於貞節兮，鴻永路有嘉名。齊名字於天地兮，並光明於列星。」又《靈懷篇》（案：當作《離世篇》）：「兆出名曰正則兮，卦發字曰靈均。」王注：「生有形兆，伯庸名我爲正則以法天。筮而卜之，卦得坤，字曰靈均以法地。」子雲《反離騷》亦曰：「正皇天之清則兮，度后土之方貞。」」案：以『正則』『靈均』分別爲『平』『原』二字之代語，故揚雄《反離騷》可將『正則』二字分拆入文。代語之説，蓋屬辭之格，類讔語也。又，第卅五則『雖九死猶未悔』『雖體解吾猶未變兮』云：『九死，支解之刑也。《春秋》謂之轘。《左傳・桓公十一年》轘高渠彌（又宣公十一年殺夏徵舒、轘諸栗門，襄公二十二年環［轘］觀起於四竟）。《釋名》：「車裂曰轘。轘，體也，支體兮散也。」戰國之刑，則楚曰支解，秦曰車裂，《韓非・姦刼賊臣篇》曰：「商君所以車裂於秦，吳起所以支解於楚。」下文「雖體解余猶未變兮」，體解亦言九死也。』案：王逸注云：『雖以見過支解九死，終不悔恨。』又云：『雖獲罪支解，志猶不艾也。』體解即支解，固無疑義；然所謂『支解九死』，猶有含糊之處。故駱氏依據《離騷》此二句之句法相近，排比其義而以『九死』爲『體解』，亦即支解車裂之刑罰，堪稱灼見。又據此亦知『車轘』之刑於楚亦有之矣。又，第一百零六則『亂曰云云』云：『詩者歌也，所以節儛者也。如今二節儛矣，曲終乃更變章亂節，故謂之亂也。詳《騷》賦篇末皆有「亂辭」，亦猶《詩》之「亂」也。《樂記》「武亂皆坐，周召之治也」。鄭注：「亂謂失行列。」《記》又云：「行其綴兆，要其節奏，行列得正焉，進退得齊焉。」若然，亂則行列不必正、進退不必齊。《騷》賦之末繁音促節，其句誦韻腳與前文大異，亦失行列進退之意也。』案：王逸注云：『亂，理也。所以發理詞指，總撮其要也。』蓋取『亂』之反訓。而駱氏徵諸《樂記》諸書，以『亂』爲變亂音樂節奏、失列進退之意，似更爲貼切矣。

駱氏尤矚意於《離騷》辭章，藉辨析章句以疏通大旨。如，第卅二則『願依彭咸之遺則』云：『屈子是時死志以没，而猶回車復路、退修初服、往觀四荒、詢占訊巫、周流上下，至於僕悲馬懷，而後卒從彭咸。班固以爲懟，不亦過乎？』案：班固《離騷序》曰：『今若屈原，露才揚己，競乎危國群小之閒，以離讒賊。然責數懷王，怨惡椒、蘭，愁神苦思，强非其人，忿懟不容，沈江而死，亦貶絜狂狷景行之士。』而駱氏以爲屈原雖曾萌生死志，然亦思量反覆、斟酌甚久，非一時意氣用事矣。又，第五十三則『衆不可户説』至『夫何煢獨而不予聽』云：『女嬃意非勸原弃嬰媚世，但謂忠直見棄，人事之常，焉用憤嫉爲耶？』案：揣摩女嬃之語意，亦是親愛之詞，非真詬詈也。又，第八十一則『豈唯是其有女』『孰求美而釋女』云：『上女喻臣，下女猶爾也。』案：駱氏以求女爲喻求賢，從王注而不從朱子。惜其限於體例，未能申論，然大旨已明矣。又，第八十六則『百神翳其備降』云：『王注：「翳，蔽也。」《九歌·東君》曰：「靈之來兮蔽日。」』案：百神燦於日星之光，正合於後文『皇剡剡其揚靈兮』，則『蔽日』者，狀百神之神光愈於日陽，而非遮蔽之意矣。又，第九十六則『吾將遠逝以自疏』云：『《史記·屈原列傳》「自疏濯淖污泥之中」，自疏字本此。』案：駱氏乃更以《離騷》印證《史記》之文義矣。

駱氏於第一百零四則下嘗曰：『叔師之注，但憑經訓，不侈語怪，亦漢師家法然也，豈觀聞見之博隘乎？』觀其《楚辭文句集釋》《楚辭義類疏證》諸作，屬守漢師舊義，甚少踰越王注於跬步。而本篇雖作此語，卻有所突破。如，第六十二則『覽余初其猶未悔』云：『余初曰素志。王注釋爲初世伏節之賢士，失之。』已正面批駁王注矣。又，第五十五則『啓九辯與九歌兮。夏康娱以自縱』云：『此本責啓之詞。叔師引《左傳》釋之，非是。《山海經·大荒西經》曰：「夏后開上三嬪于天，得九辯與九歌以下。開焉得始歌九招。」郭注曰：「皆天帝樂名，開登天而竊以下用之也。」……案：開即啓也，漢景帝諱啓，古書啓、開因是而亂。又《海外西經》曰：「大樂之野，夏后啓于此儛九代。」《天問》亦曰：「啓棘賓帝（作商者誤），九辯九歌。」』則亦徵引『怪力亂神』之説以補王氏不足矣。

駱氏雖精義疊出，亦偶有疏失之處。如，第四十九則『女嬃之嬋媛兮』云：『《説文》：「嬃，女字也。」引此文，又云賈侍中説：「楚人謂姊曰嬃。」尋嬃之言諝，《説文》：「諝，知也。」《周官》《詩》皆假「胥」爲之，《天官》「胥十有二人」注：「胥讀諝，謂其有才知爲什長。」《秋官》「象胥」注：「胥，其有才知者也。」《小雅・桑扈》：「君子樂胥。」箋云：「有才知之名。」正義曰：「天文有嬃。」屈原之姊名女嬃。又引《鄭志》答泠剛云：「須，有才知之稱，故屈原之姊以爲名。」（《易》「歸妹以須」，鄭注亦云：「須，有才知之稱。」）皆諝之段借也。』案：嬃以爲有才智之『諝』，已見《説文》段注，而駱氏未標其出處。若非一時疏忽，蓋以此文乃效其《詩經小學》而作，故不贅言耳。又，第七十四則『夕歸次於窮石兮』，王逸注：『《淮南子》言弱水出於窮石，入於流沙也。』洪興祖《補注》：『郭璞注《山海經》云：「弱水出自窮石。窮石，今之西郡删丹，蓋其别流之原。」《淮南子》注云：「窮石，山名，在張掖也。」《左傳》曰：「后羿自鉏遷于窮石。」』駱氏解云：『王注引《淮南子》，見《墬形篇》，高誘曰：「窮石，山名也。在張掖北塞外。」《史記・夏本紀・正義》引《括地志》曰：「蘭門山一名合黎，一名窮石山。」在甘肅删丹縣西南。案：此與后羿所遷之「窮石」無涉。（據《元和志》，河南道滑州衛南縣故鉏城，在縣東十五里。《左傳》「后羿自鉏遷于窮石」是也。）洪興祖牽合説之，非是。』案《天問》『胡䠶夫河伯，而妻彼雒嬪』，王逸注云：『河伯化爲白龍，遊于水旁，羿見䠶之，眇其左目。……羿又夢與雒水神宓妃交接也。』《離騷》所謂『歸次窮石』，正言二人之交接；後文復點出洛妃『信美而無禮』，厥因在此。而后羿所遷窮石，雖或果在河南而非甘肅，然至《離騷》中已爲神話地理，未可僅憑現實而考證之。洪興祖列舉《左傳》資料，有備説待考之意，未可遽以牽合責之矣。又，第九十四則『芬至今猶未沬』云：『沬猶曶也，曶同冥也（《説文》），亦猶晦也。晦，冥也（《爾雅·釋言》）。兹、沫爲韻，咍、灰旁轉。』又，第一百零三則『神高遲之邈邈』云：『《說文》：「皀，望遠合也。」「杳，冥也。」「窅，冥也。」「窈，深遠也。」並得爲「邈」之正字。』案：皀，烏皎反，杳、窅、窈，皆聲轉也。而邈音莫角反，與『皀』雖同韻而不同聲矣。邈與皀、杳、窅、窈，本非一字。

是篇刊於民國三十六年六月《師聲》一卷。然『小引』之落款爲民國三十四年十一月，是其所作年月也。（陳煒舜、廖蘭欣）

# 楚辭文句集釋

《楚辭文句集釋》者，駱鴻凱之所作也。鴻凱有《楚辭舊注考》已著録。前有《楚辭文句集釋敍》，曰：『自風雅寖聲，楚辭鬱起，叔師章句發揮淹貫，紹統毛傳，承學守此弗畔，鑽仰焉窮。而最其大凡，無過數事：一曰訓詁，二曰名物，三曰故實，四曰句度。訓詁則取於《爾雅》《廣雅》而所遺無多，郝、王二疏，即《楚辭》之正義也。名物則《蒼雅》之外，有《離疏草木》專書，而經史證類本草，近代吴其濬《植物名實圖考》尤號淵椒。……故實則《楚辭》用事，大都出於傳記，多語神怪，《山海經》《歸藏》《淮南》諸書，斯其佐證。雖難盡信，而質可蹤迹。……句度則宜略解《詩經》之文法。始能剖析《楚辭》之詞言。《詩經》四言，而人心聲不盡與之同符，往往變易常行之文法，以就句中字數，故有足句，有變文，有省文，有倒文，有複文。儀徵、蘄春二師嘗爲發其例矣。《楚辭》變四爲六，而同體韻文，語詞句度亦自有條，不得以尋常文律相格。或者不察，以爲言必託數，經悉對文。高郵釋「五子用失乎家巷」，斥失字爲羨文。五臣解「冠切雲之崔巍」，指「切雲」爲冠號。斯非所謂平流鼓其怒浪、静樹震以驚飆者乎？凱少承師訓，粗涉道津，訓詁諸耑，既放陳氏疏《毛》之例，纂《楚辭義類》《楚辭音》二編，惆得統緒。叔師注敷析文曲，精微朗暢。由繹者久，規爲是作，名曰《楚辭文句集釋》，離經辨志，聊示童蒙，設文立例，仍演師恉。』案：蓋駱氏是作，專爲考究《楚辭》之句法也。正文分析《楚辭》之句式，於『變文』『省文』『倒文』『複文』外，又細分爲『倒文』『省文』『錯綜成文』『變文避複』『連類竝稱』『反言若正』『正言若反』『副詞冠句』『副詞單用等於重言』『上下詞同義異』『上下義同詞異』『一人之詞中加曰字』『二人之詞省曰字』『句似同實異』『數句連讀』『施受同辭』『偶句間奇句』『長句間短句』『同義字複用』『複句』『語詞複用』『發句詞』『助句詞』『隔韻』『錯韻』『助詞韻』『重韻』『續韻』『虛數』『熟語』等，凡三十例。其理解原文、斷定各例之依據，則爲王逸《楚辭章句》。詳此三十例，可歸爲句式、詞語及用韻三方面。發凡立例，多所發明，頗類俞樾之《古書疑義舉例》也。

倒文例，歸爲四類：其一，如《離騷》『憑不厭乎求索』，駱曰：『注云：「憑，滿也。言中心雖滿，猶復求索，不知厭飽也。」此倒句。』案：以此句本爲『憑求索而不厭』，一句之內文字及文意上下顛倒，故曰『倒句』。又，『斑陸離其上下』，駱曰：『注云：「斑，亂貌。陸離，分散也。俗人競爲讒佞，僔僔相聚，乍離乍合，上下之義，斑然散亂，而不可知。」此倒句。』案：以此句本爲『斑上下而陸離』，亦同。又，《惜誓》『樂窮極而不厭兮，願從容虖神明』。駱曰：『下句倒文。注云：「願與神明俱遊戲也。」按：文省「與」字，「虖」字足句。』案：則倒句亦稱爲『倒文』，而倒文可能牽涉行文之省變。其二，如，《離騷》『攬茹蕙以掩涕兮，霑余襟之浪浪』。駱曰：『注云：「茹，柔軟也。霑，濡也。衣眥謂之襟。浪浪，流貌。言己

# 楚辭文句集釋叙

駱鴻凱

自風雅寢聲。楚辭鬱起。叔師章句發揮淹貫。紹㳘毛傳。承學守此弗畔。鑽仰焉窮。而最其大凡。無過數事。一曰訓詁。二曰名物。三曰故實。四曰句度。訓詁則取於爾雅廣雅而所遺無多。郝王二疏。卽楚辭之正義也。名物則蒼雅之外。有離疏草木專書而經史證類本草。近代吳其濬植物名實圖攷尤號淵㮴。豹鼠既辨。彭蜞無惑。輿論之指由以大明。故實則楚辭用事。大都出於傳記。多語神怪。山海經歸藏淮南諸書斯其左證。雖難盡信。而質可蹤迹。后羿彈日。見天問言其善射與天時之旱也。十日代出。見天問招魂言艸昧之初地熱未散也。乃至女媧鍊五石。非關天地之虧殘。列子湯問篇天地亦物也物有不足故昔者女媧氏鍊五色石以補其闕張湛注曰陰陽失度三辰盈縮是使天地之闕不必形體虧殘也女媧神人故能鍊五常之精以調和陰陽使晷度順序不必以器質相補也共工觸不周。形其鑿山以陻水。淮南原道訓昔共工氏之力觸不周之山使地東南傾高注共工以水行霸於伏羲神農閒者豈眞荒誕難稽者哉。列子張湛注有曰。人形貌自有偶與禽獸相似者。古聖人多有奇表。所謂蛇身人面。非被鱗臆行。無有四支。牛首虎鼻。非戴角垂胡曼頞解頷。亦如相書龜背鵠步鳶肩鷹喙耳。見列子黃帝篇庖犧氏女媧氏神農氏夏后氏蛇身人面牛首虎鼻此非有人之狀而有大聖之德注此可以明神怪之質矣。句度則宜略解詩經之文法。始能剖析楚辭之詞言。詩經四言。而人

楚辭文句集釋叙　一

自傷放在草澤，心悲泣下，霑濡我衣，浪浪而流，猶引取柔軟香草，以自掩拭，不以悲放失仁義之則也。」此上下句倒置。』案：考其文意，乃先流涕、後掩拭，故云上下句倒置。又，《天問》『何往營班禄，不但還來』。駱曰：『注云：「營，得也。班，遍也。言湯往田獵，不但驅馳往來也，還輒以所得禽獸，遍施禄惠於百姓也。」此上下句倒置。』案：以『何往營班禄，不但還來』二句倒乙。亦同。其三，如，《離騷》『昔三后之純粹兮，固衆芳之所在；雜申椒與菌桂兮，豈維紉夫蕙茝？彼堯舜之耿介兮，既遵道而得路』。駱曰：『注云：「后，君也。謂禹、湯、文王也。」案：先言禹、湯、文王，後言堯、舜，此倒序。』案：以堯、舜本在禹、湯、文王之前，而此後言堯舜，故云倒序。又，『湯禹儼而祇敬兮』『湯禹嚴而求合兮』，駱曰：『二句先湯後禹，亦倒序。』案：此説不確。湯禹，駢詞也。駢詞排次，或因聲調。湯，平聲；禹，上聲。平聲居前，上聲居後。舜禹，亦可乙作『禹舜』，以舜爲去聲故也。先湯後禹，因聲先後，非倒序也。其四，如，《九歌·東皇太一》『吉日兮辰良』，駱曰：『順言之當曰「良辰」。《九歌》起句無不韻者，此倒文相叶也。』案：『辰良』與次句『上皇』協韻，故云『倒文相叶』。又，『璆鏘鳴兮琳琅』，駱曰：『注云：「璆、琳琅，皆美玉名也。靈巫垂衆佩周旋而舞，動鳴五玉鏘鏘而和，且有節度也。」此倒文就韻。』案：原文本意爲『璆與琳琅鏘鏘而鳴』，亦因韻脚之故。然前例『辰良』爲韻，此例『琳琅』爲叶，則以爲同類也。

省文例，歸爲五類：其一，如，《離騷》『皇覽揆余初度兮』，駱曰引王注云：『皇，皇考也。』案：此名詞之省。又，『周論道而莫差』，駱曰引王注云：『周，周家也。』案：亦名詞之省。其二，如，《離騷》『湯禹嚴而求合兮，摯咎繇而能調』。駱曰：『下句省「得」字。注云：「摯，伊尹名。得伊尹、咎繇，乃能調和陰陽，而安天下也。」』案：此動詞之省。又，《九歌·雲中君》『華采衣兮若英』，駱曰：『省「飾」字。……注云：「乃使靈巫衣五采，華衣飾以杜若之英，以自潔清也。」』

案：此亦省動詞。其三，如，《九歌·湘君》『蹇誰留兮中洲』，駱曰：『省介詞「於」字。注云：「留，待也。言湘君蹇然難行，誰留待於水中之洲乎？」』案：此介詞之省。又，《湘夫人》『合百草兮實庭』，駱曰：『省介詞「以」字。注云：「合百草之華，以實庭中。」』案：亦省介詞。其四，如，《九歌·湘君》『美要眇兮宜修』，駱曰：『省連詞「又」字。注云：「要眇，好貌。修，飾也。言二女要眇而好，又宜修飾也。」』案：此連詞之省。又，『心不同兮媒勞，恩不甚兮輕絶』及『交不忠兮怨長』，駱曰：『並省連詞「則」字。注云：「婚姻所好，心意不同，則媒人疲勞而無功也。人交接初淺，恩不甚篤，則輕相與離絶。」又云：「言朋友相與不厚，則長相怨恨。」』案：此亦連詞之省。其五，如，《天問》『何后益作革，而禹播降』。駱曰：『注云：「后，君也。革，更也。播，種也。降，下也。言啓所以能變更益，而代益爲君者，以禹平治水土，百姓得下種百穀，故思歸啓也。」』案：若據王注，則原文當有百姓擁戴后啓之事，姑稱爲語句之省。又，『何聖人之一德，卒其異方』。駱曰：『注云：「聖人，謂文王也。卒，終也。言文王仁聖，能純一其德，則天下異方，終皆歸之也。」』案：據王注意，則原文省略『終皆歸之』之意。駱氏又以語句之省，或由於協韻。如，《九辯》『忼慨絶兮不得』，駱曰：『上文「不得見兮心傷悲」，此「不得」，亦言不得見也。省字就韻。』案：此句上下文云：『倚結軨兮長太息，涕潺湲兮下霑軾。忼慨絶兮不得，中瞀亂兮迷惑。私自憐兮何極，心怦怦兮諒直。』故云『省字就韻』也。

錯綜成文例：如，《九歌·東君》『思靈保兮賢姱』，駱曰：『注云：「靈，謂巫也。姱，好貌。言己思得靈好之巫，使與日神相保樂也。」』案：『賢姱』乃『靈保』之定語，而置於後，故曰『錯綜』。又，《招魂》『光風轉蕙，氾崇蘭些』。駱曰：『注云：「光風，謂雨已日出而風，草木有光也。轉，摇也。氾猶汎。汎，摇動貌也。崇，充也。言天雨霽日明，微風奮發，動摇草木，皆令有光，充實蘭蕙，使之芬芳，而益暢茂也。」』案：『光』字既爲『風』之定語，又爲動詞『充』主語，故云其詞次序『錯綜』也。

變文避複例：如，《離騷》『偭規矩而改錯，背繩墨以追曲兮』。駱曰：『注云：「偭，背也。」案：上偭下背，避複文。』又，《九章・涉江》『忠不必用兮，賢不必以』。駱曰：『注云：「以，亦用也。」』案：以、用，亦以變文避複也。

連類竝稱例：如，《離騷》『孰云察余之善惡』，駱曰：『「惡」字連類而言。注云：「誰當察我之善情而用己乎？」』案：換言之，此處『善惡』構詞，雖並列結構，然『惡』字無義，故云『連類竝稱』。又，《九章・悲回風》『伴張弛之信期』，駱曰：『「張」字連類而言之，字足句。注云：「伴，俱也。弛，毀也。言己思君念國，而衆人俱共毀己，言內無誠信，不可與期也。」』案：據王注意，『張』字無義，但足其音節，故云『字足句』也。

反言若正及正言若反例：如，《大招》『舉傑壓陛，誅譏罷只』。駱曰：『注云：「壓，抑也。陛，階次也。言壓抑無德不由階次之人。」』案：陛爲階次，然『不由階次之人』當爲『不陛』，然上文曰『舉傑』，下文曰『誅譏罷』，乃知『陛』意，實爲『不陛』，此反言若正也。又，《招魂》『被文服纖，麗而不奇些』。駱曰：『注云：「不奇，奇也。猶《詩》云：『不顯文王。』不顯，顯也。」』案：此正言若反也。或云此『不顯』之『不』乃『丕』字。然『不』（丕）加在形容詞詞根之前。如《大雅・生民》：『上帝不寧，不康禋祀。』《毛傳》：『不寧，寧也。不康，康也。』故『不奇，奇也』，則屬此例也。

副詞冠句例：如。《離騷》『紛吾既有此內美兮』，駱曰：『注云：「紛，盛貌。言己之生，內含天地之美，與衆異也」案：文本言吾既紛然有內美也。下同。』案：『紛』即副詞而冠於句首者。又，《九章・涉江》『幽獨處此山中』之『幽』、『忽乎吾將行』之『忽』、《抽思》『牉獨處此異域』之『牉』，駱氏皆歸爲副詞冠句之例。

副詞單用等於重言例：如，《離騷》『紛總總其離合兮』，駱曰：『紛猶紛紛。』又，《九章・涉江》『深林杳以冥冥兮』，駱曰：『杳猶杳杳。』不一而足。唯《離騷》『怨靈修之浩蕩兮』，駱曰：『注云：「浩猶浩浩，蕩猶蕩蕩也。」』案：觀《九歌·河伯》『心飛揚兮浩蕩』，王注云：『浩蕩，志放貌。』則『浩』『蕩』二字，自組成詞。分別解作浩浩、蕩蕩，並非確詁。故此，若謂其爲副詞單用等於重言，或需斟酌矣。

上下詞同義異例：如，《離騷》『長余佩之陸離』，駱曰：『注云：「陸離，猶參嵯，衆貌也。」』又，『斑陸離其上下』，駱曰：『注云：「陸離，分散也。」』案：同篇之中『陸離』二見，而訓釋各別。又，『望瑶臺之偃蹇兮』，駱曰：『注云：「偃蹇，高貌。」』又，『何瓊佩之偃蹇兮』，駱曰：『注云：「偃蹇，衆盛貌。」』案：『偃蹇』在一篇之中二見，而訓釋不同。又，《九歌·少司命》『滿堂兮美人』，駱曰：『注云：「言萬民衆多，美人並會，盈滿於堂。」然則美人萬民也。』又，『望美人兮未來』，駱曰：『注云：「美人，謂司命也。」』案：同篇之中，『美人』之義截然不同。故駱氏歸爲『詞同義異』也。

上下義同詞異例：如，《離騷》『恐美人之遲暮』，駱曰：『注云：「美人，謂懷王。」』又，『荃不察余之中情兮』，駱曰：『注云：「荃，香草，以喻君。言懷王不徐徐察我忠信之情。」』又，『夫唯靈脩之故也』，駱曰：『注云：「靈，神也。脩，遠也。能神明遠見者君德，故以喻君。言惟用懷王之故，欲自盡也。」』案：『美人』『荃』『靈脩』之義，各有不同，然皆持以喻君者同也。又，《九歌·湘夫人》『帝子降兮北渚』，駱曰：『注云：「帝子，謂堯女也。降，下也。言堯二女娥皇、女英，隨舜不反，没於湘水之渚，因爲湘夫人。」』又，『與佳期兮夕張』，駱曰：『注云：「佳，謂湘夫人。」』又，『思公子兮未敢言』，駱曰：『注云：「公子，謂湘夫人。」』又，『聞佳人兮召予』，駱曰：『注云：「予，屈原自謂。冀湘夫人有命召呼」』案：『帝子』『佳』『公子』『佳人』，皆稱湘夫人，是亦同義異詞也。

一人之詞中加曰字及二人之詞省曰字例：如，《離騷》：『索藑茅以筳篿兮，命靈氛爲余占之。曰：「兩美其必合兮，孰信脩而慕之？思九州之博大兮，豈唯是其有女？」曰：「勉遠逝而無狐疑兮，孰求美而釋女？」』駱氏於第二『曰』字下云：『已下亦靈氛之詞，加「曰」以別更端。』案：此一人之詞中加『曰』字之例。是也。靈氛占卜，始則用藑茅以筳，繇辭曰：『兩美其必合兮，孰信脩而慕之？思九州之博大兮，豈唯是其有女？』後以筳篿以卜，繇辭曰：『勉遠逝而無狐疑兮，孰求美而釋女？何所獨無芳草兮，爾何懷乎故宇？』故分用兩『曰』字。又，《離騷》靈氛之語畢後有『世幽昧以昡曜兮，孰云察余之善惡』等句，駱曰：『注云：「屈原答靈氛。」』而前無『曰』字。蓋此二人之詞省曰字之例也。

句似同實異例：如，《離騷》『畦留夷與揭車兮，雜杜衡與芳芷』。駱曰：『畦，名詞。注云：「五十畝爲畦。」』案：前後二句，『畦』爲名詞，『雜』爲動詞，故云句似同實異。又，『百神翳其備降兮，九疑繽其並迎』。駱曰：『注云：「翳，蔽也。繽，盛也。百神蔽日來下，舜又使九嶷之神，紛然來迎。」案：翳，動詞。繽，副詞。注「翳」「蔽」，蔽日也。』案：『翳』『繽』之差異亦如此。

數句連讀例：如，《卜居》：『將氾氾若水中之鳧乎，與波上下，偷以全吾軀乎。』駱曰：『「將」下三句連讀。』又，《九辯》：『憭慄兮，若在遠行。登山臨水兮，送將歸。』駱曰：『「若」下三句連讀，本言若在遠行、若登山、若臨水、若送將歸也。』又，《九歎·惜賢》：『若由夷之純美兮，介子推之隱山。晉申生之離殃兮，荆和氏之泣血。吳申胥之抉眼兮，王子比干之横廢。』駱曰：『「若」下六句連讀。』皆此類也。

施受同辭例：如，《離騷》『余雖好脩姱以鞿羈兮』，駱曰：『注云：「鞿羈，以馬自喻。韁在口曰鞿，革絡頭曰羈，言爲人所係累也。」又云：「言己雖有絶遠之智，姱好之姿，然以爲讒人所鞿羈而係累矣。」』又，『雖九死其猶未悔』，駱曰：『注云：「雖以見過支解九死，終不悔恨。」』皆此類也。

偶句間奇句例：如，《九歌・東皇太一》『揚枹兮拊鼓，疏緩節兮安歌，陳竽瑟兮浩倡』。駱氏於『陳』句下標曰：『此句踦立。』又，《九辯》『坎廩兮貧士失職而志不平；廓落兮羈旅而無友生；惆悵兮而私自憐』。駱氏亦於『惆』句下標曰：『此句踦立。』案：蓋《楚辭》句式非皆成對，故特爲拈出奇句以舉凡也。

長句間短句例：如，《九章・涉江》『被明月兮珮寶璐』『駕青虬兮驂白螭，吾與重華遊兮瑶之圃。登崑崙兮食玉英』諸短句，間於『余幼好此奇服兮，年既老而不衰。帶長鋏之陸離兮，冠切雲之崔嵬』『世溷濁而莫余知兮，吾方高馳而不顧』『與天地兮同壽，與日月兮同光』等長句之間，故曰『長句間短句』。又，《九辯》『謂騏驥兮安歸？謂鳳皇兮安棲變。古易俗兮世衰，今之相者兮舉肥』四短句，前有『願銜枚而無言兮，嘗被君之渥洽。太公九十乃顯榮兮，誠未遇其匹合』，後有『騏驥伏匿而不見兮，鳳皇高飛而不下。鳥獸猶知懷德兮，何云賢士之不處』，皆爲長句也。

同義字複用例：如，《離騷》『相觀民之計極』，駱曰：『注云：「相，視也。」案：相、觀同義。』又，『聊逍遥以相羊』，駱曰：『注云：「逍遥、相羊，皆遊也。」』又，『和調度以自娱兮』，駱曰：『和、調同義。』又，『陟陞皇之赫戲兮』，駱曰：『陟、陞同義。』又，《九章・惜誦》『設張辟以娱君兮』，駱曰：『設、張同義。』又，《懷沙》『眴兮杳杳，孔静幽默』。駱曰：『静、幽默同義。』皆此類也。

複句例：如，《離騷》『紛總總其離合兮，斑陸離其上下』與『紛總總其離合兮，忽緯繣其難遷』『心猶豫而狐疑兮，欲自適而不可』與『欲從靈氛之吉占兮，心猶豫而狐疑』。案：以『紛總總其離合』『心猶豫而狐疑』相重。又，《九章・思美人》（案：當作《抽思》）『憍吾以其美好兮，敖朕辭而不聽』與『憍吾以其美好兮，覽余以其脩姱』。又，《橘頌》『深固難徙，更壹志兮』與『深固難徙，廓其無求兮』。又，《招隱士》『猨狖群嘯兮虎豹嘷，攀援桂枝兮聊淹留』與『攀援桂枝兮聊淹留。虎豹鬭兮熊羆咆，禽獸駭兮亡其曹」。皆屬複句也。

語詞複用例：如，《離騷》『閨中既以邃遠兮』，駱曰：『以猶已也，既、已複用。』又，『乃遂焉而逢殃』，駱曰：『乃，於是。遂，於是。焉，亦於是也。而猶乃也。』又，《天問》『伯林雉經，維其何故』。駱曰：『維、其複用，並發端語。』又，《遠遊》『焉乃逝以徘徊』，駱曰：『焉，於是。乃，亦於是也。』皆此類也。

發句詞例：分作『惟唯夫伊』『羌蹇謇』『然乃』『余』『安焉』『蓋盍』數例。如，《離騷》『惟庚寅吾以降』『惟草木之零落兮』，駱曰：『案：惟字或作維、作唯。《説文》：「唯，諾也。」蓋但取其聲氣，故亦引申爲發語詞。《離騷》「夫唯靈脩之故也」，注云：「唯，詞也。」作惟、作唯皆假借。』又，『夫何煢獨而不予聽』『夫孰非義而可用兮』，駱曰：『案：夫爲彼之借。《説文》：「彼，往有所加也。」引申爲發語詞。《禮記・三年問》：「夫焉能相與群居而不亂乎？」《荀子・禮論篇》「夫」作「彼」。』又，《離騷》『羌内恕己而量人兮』『羌無實而容長』等句之『羌』字，駱曰：『案：《離騷》注云：「羌，楚人語詞，猶言卿，何爲也。」《九章・惜誦》注云：「羌，然辭也。」《九辯》注云：「羌，乃也。」蓋「羌」本轉捩之詞，故又訓然、訓乃。「羌」或變言「謇」、言「蹇」，用之句中又變言「其」，皆楚人語也，其本字當作「其」。《史記・高祖紀・集解》引《風俗通》曰：「沛人語，初發聲好言「其」是也。」』案：羌之訓『何爲』、訓『乃』、訓『然辭』，實因句式而別，施於問句，則爲『何爲』，施於非問句，則爲『乃』。王逸訓『然辭』者，然猶難也；難，猶那也。皆聲之轉。羌、謇、蹇亦聲之轉，而『其』，非楚語也。

助句詞例：分『于』『其』『之』『乎』『余』『夫』『以』『焉』『爰』『然羌』『伊用』『兮也些只』數例。如，『于』云：『《離騷》「攝提貞于孟陬兮」，駱曰：「案：《説文》：『于，於也。氣气之舒于。』《離騷》此『于』正用本誼。」』

又，『其』云：『「日月忽其不淹兮，春與秋其代序」。駱曰：「二『其』字並語詞。『忽』下省『然』字。」』又，『之』云：『「恐年歲之不吾與」，駱曰：「案：『之』者『只』之借。《説文》：『只，語已辭也。象气下引之形。』《楚辭》『之』字多爲語詞，亦與『其』通用。《離騷》『高翱翔之翼翼』，『之』可易『其』；『苟余情其信芳』，『其』又可易『之』也。《書·舜典序》：『虞舜側微，堯聞之聰明。』言堯聞其聰明也。《康誥》：『孟侯，朕其弟。』言朕之弟也。正以『之』『其』通用。」』又，『乎』云：『《離騷》「願俟時乎吾將刈」，駱曰：「注云：『刈，穫也。言願待天時，吾將穫取收藏，而饗其功也。』案：《楚辭》此類『乎』字，用以暫緩音節，與《九歌》句中『兮』字用同。《説文》：『乎，語之餘也。』」』又，『余』：云『《離騷》「忳鬱邑余侘傺兮」，駱曰：「此『余』非余我，亦語之舒也。用與『以』同。」』又，『馴玉虬以乘鷖兮，溘埃風余上征』。駱曰：『《吴都賦》劉逵注引《離騷》曰：「溢（當作溘）飃風兮上征。」班固曰：「飃，疾也。」此則孟堅本「余」作「兮」，爲語辭明矣。更以《遠遊》「掩浮雲而上征」句比例（王注：「溘猶掩也。」）知「余」用與「而」同。』案：以異文及他書論證之，其説甚辯。然『余』非語詞，劉逵引《離騷》作『兮』，蓋『余』字之形訛。又，『兮』云：『《九歌·東皇太一》「吉日兮辰良，穆將愉兮上皇」。駱曰：「右兮字間句。」《離騷》「帝高陽之苗裔兮，朕皇考曰伯庸」。駱曰：「右兮字殿句一。上下二句，上句句末用兮。」《九章·涉江》「亂曰：鸞鳥鳳皇，日以遠兮」等，駱曰：「右兮字殿句二。上下兩句，下句句末用兮，此亂辭體，《橘頌》全篇亦用之。」《九歎·逢紛》「歎曰：揄揚滌盪、漂流隕往、觸崟石兮，龍印脟圈、繚戾宛轉、阻相薄兮」等，駱曰：「右兮字殿句三。上下三句，末句句末用兮，此亦亂體。」《離騷》「余固知謇謇之爲患兮，忍而不能舍也；指九天以爲正兮，夫唯靈脩之故也」。駱曰：「《玉篇》：『也』，所以窮上成文也。」』

隔韻及錯韻例：駱氏所謂隔韻，乃指奇數句之協韻。如，《離騷》：『長太息以掩涕兮，哀民生之多艱；余雖好脩姱以鞿羈兮，謇朝誶而夕替。』案：駱氏以『涕』爲隔韻，『羈』與『涕』協韻。又，『心猶豫而狐疑兮，欲自適而不可；鳳皇既受詒兮，恐高辛之先我』。案：駱氏以『疑』爲隔韻，『詒』與『疑』協韻。又，《天問》：『圜則九重，孰營度之？惟茲何功，孰初作之。』案：駱氏以『重』爲隔韻，『功』與『重』協韻。又，《九章·哀郢》：『曾不知路之曲直兮，南指月與列星。願徑逝而未得兮，魂識路之營營。』案：駱氏以『直』爲隔韻，『得』與『直』協韻。錯韻例：如，《九歎·逢紛》：『揄揚滌盪，飄流隕往，觸崟石兮，龍卬脟圈、繚戾宛轉，阻相薄兮。』案：駱氏以『往』與『盪』協韻，『圈』與『轉』協韻，非僅兩句末『石』『薄』協韻，類似長短句所謂『包韻』也。又，《思古》：『譬彼蛟龍，乘雲浮兮。汎淫澒溶，紛若霧兮。潺湲轇轕，雷動電發，馺高舉兮。升虛淩冥，沛濁浮清，入帝宮兮。搖翹奮羽，馳風騁雨，游無窮兮。』案：駱氏以『龍』與『溶』協韻，『浮』與『霧』協韻，『轕』與『發』協韻，『舉』『羽』與『雨』協韻，『冥』與『清』協韻，『宮』與『窮』協韻。惟此類韻例，是否可靠，則有待斟酌矣。

助詞韻例：駱氏發凡此例，首舉頗具代表性之例證，即《九章·涉江》『亂辭』及《漁父》之《滄浪歌》，云：『古詩歌以助詞收句者，用韻俱在助詞上一字。其助辭則餘聲耳。自《虞書》「元首明哉」，「哉」字，《左傳》「我有圃生之杞乎」，「乎」字，《國策》「松耶柏耶」「耶」字皆然。而《三百篇》尤以此爲定式。凡兮、也、之、只、矣、而、思、焉、哉、斯、且、忌、猗之類，皆不入韻。』駱氏復舉『些』『只』『也』『之』『哉』『焉』『乎』等助詞韻例以證之。案：助詞在韻字之後，未必協韻。如，《離騷》：『何瓊佩之偃蹇兮，衆薆然而蔽之。惟此黨人之不諒兮，恐嫉妒而折之。』兩『之』字與協韻無涉也。

重韻例，駱氏分爲一字連韻、一字疊見爲韻二例：一字連韻者，駱氏舉《離騷》『思九州之博大兮，豈唯是其有女？曰：

勉遠逝而無狐疑兮，孰求美而釋女』、《九章·涉江》『露申辛夷，死林薄兮。腥臊並御，芳不得薄兮』及《九辯》『泬寥兮，天高而氣清；寂寥兮，收潦而水清』爲例。且謂『古不忌重韻』，復列舉《詩經》諸篇爲證。案：然觀此三例，二『女』，前一『女』爲本義，後一『女』借爲『汝』。二『薄』，前一『薄』爲本字，後一『薄』通作『迫』。二『清』，前一『清』通作『瀞』，後一『清』爲本字。則各一字兩義，讀音亦異，似不可例爲『一字連韻』也。一字疊見爲韻，駱氏所舉三例，皆出《離騷》。駱氏又云『《離騷》一篇凡兩韻「度」字、「暮」字、「索」字、「輔」字、「在」字、「茝」字、「悔」字、「離」字、「兹」字、「女」字、「故」字、「長」字、「余」字、「當」字，三韻下字，四韻「服」字、「芳」字。此外短篇如《懷沙》兩韻「故字」、「質」字，《思美人》兩韻「詒」字，《悲回風》兩韻「茅」字、「迹」字、「適」字，《遠遊》兩韻「聞」字、「都」字、「門」字、「行」字，《招魂》兩韻「先」字，《大招》兩韻「海」字、「盛」字，《七諫·初放》兩韻「壄」字，《沉江》三韻「傷」字、兩韻「望」字，《哀命》兩韻「路」字，《繆諫》兩韻「託」字，《哀時命》兩韻「容」字，《九歎·離世》兩韻「遊」字，《怨思》兩韻「情」字，《憂苦》兩韻「行」字，《遠遊》兩韻「桑」字。皆是。』

續韻例：文義已終而協韻未止，駱氏謂之續韻。如，《離騷》：『女嬃之嬋媛兮，申申其詈予；曰鮌婞直以亡身兮，終然殀乎羽之野。』駱曰：『曰以下二句述女嬃之詞，而韻則與上連。』又，『曰勉遠逝而無狐疑兮，孰求美而釋女？何所獨無芳草兮，爾何懷乎故宇？世幽昧以昡曜兮，孰云察余之善惡』。駱氏以前四句爲靈氛之詞，後二句乃屈原答詞，而與上文爲韻。案：非也。『曰勉遠逝而無狐疑兮，孰求美而釋女？何所獨無芳草兮，爾何懷乎故宇』亦靈氛占詞。而『世幽昧以昡曜』以下皆屈原自忖之詞，非答靈氛也。又，《招魂》：『上無所考此盛德兮，長離殃而愁苦。帝告巫陽曰：有人在下，我欲輔之』。』駱氏以首二句爲代述屈原之辭，然後文帝告巫陽之辭與之押韻。

虚數例：如，《離騷》『雖九死其猶未悔』，駱曰：『注云：「雖以見過支解九死，結不悔恨。」』又，《九章·惜誦》『九折臂而成醫兮』。駱曰：『案：《左·定十三年傳》：「三折肱知爲良醫。」三與九皆虚數。』

孰語例：如，《離騷》『心猶豫而狐疑兮』，駱曰：『案：狐疑二字合爲動詞，即言疑也。如蟬蜕、沙汰之比。』案：駱氏以狐性多疑、蟬能蜕殼、沙礫須汰，然形成固定詞語（即孰語）後，用者之意則偏重於疑、蜕、汰，而未必關涉狐、蟬與沙。又，《九辯》『願銜枚而無言兮』，駱曰：『注云：「意欲括囊而静默也。」案：銜枚，官名。《周禮·秋官·序官·銜枚氏》注：「止言語囂讙也。枚狀如箸，横銜之，繣結於項。」此文銜枚但用爲静止義。枚叔《七發》：「銜枚檀桓。」李注：「銜枚，水無聲也。」用與此文同。』案：銜枚之詞，已演化爲成語，僅取『静』意矣。

駱氏畢竟出於章、黄之門，小學功夫頗深，考辨精審。然亦有瑕疵。誠如前隨文所論外，玆更略述之。如，駱氏謂《湘君》『蹇誰留兮中洲』省介詞『於』『美要眇兮宜修』省連詞『又』，則將『兮』字之視爲語助而已。而《山鬼》『采三秀兮於山間』之類，『兮』『於』並存，在《楚辭》中甚爲罕見。若從郭沫若之説，以『於山』爲『巫山』，則並此『於』字亦非介詞。《九歌》『兮』字之用，非徒限於語助，或作介詞，或作連詞，比比皆是，不煩舉例矣。又，駱氏《楚辭小學》嘗云：『叔師之注，但憑經訓，不侈語怪，亦漢師家法也，豈觀聞見之博隘乎？』似爲王逸開脱之意。屈、宋之學，本非出於孔氏，於儒理時或不合。縱使王逸博覽，然注『怪力亂神』之文，勉强『折衷六藝』而刻意忽略『山經怪物』，無法中其肯綮。《楚辭小學》時或指斥王注之缺失，而《楚辭文句集釋》唯其馬首是瞻，求解文理而必較《章句》，不免齟齬難合矣。如，《天問》『伯鯀愎禹』，王注解爲『鯀恨愎而生禹』。案：此即《山海經·海内經》所謂『鯀復［腹］生禹』之意。王逸不言《山海經》固漢人師法，駱氏據此而以該句省文，則削足適履矣。又，王逸注文中所增益之信息，未必即原文所固有，而駱氏全盤視爲屈、宋本意。如，《九歌·大司命》『孰離合兮可爲』，駱曰：『注云：「己獨放逐離別，不復會合，不可爲思也。」省「思」字。』案：駱氏持注文與原文對勘，見注文多出一『思』字，乃謂原文省『思』字。然此句與前句『固人命兮有當』合看，縱無『思』字，文意亦自完足矣。《九歌·少司命》：『悲莫悲兮生別離，樂莫樂兮新相知。』駱曰：『上句省連詞與字，下句省介詞於字。注云：「人居世間，莫痛與妻子生別離。天下之樂，莫大於男女始相知之時也。」』案：駱氏不言原文省『妻子』『男女』，足見其知此二語乃王逸因解説而增益矣。

《楚辭文句集釋敘》刊布於《制言》（半月刊）第三十四，《楚辭文句集釋》刊布於《制言》四十四期，今別出單行，國家圖書館有藏本。（陳煒舜、廖蘭欣）

# 屈原賦注

《屈原賦注》者，任傳薪之所作也。傳薪字味知，蘇州吴江人。性豪雄，尚俠崇義，人稱『柴大官人』。清光緒二十九年癸卯，與同里柳亞子等就學於蔡元培上海愛國學社，後入學於震旦學院。追隨孫中山反清，結交陳去病、金松岑等革命黨人，以興學救國爲任。嘗自費考察德國、日本教育。光緒三十二年丙午，時年僅十九，乃以所居『退思園』爲校舍，出巨資，延名師，創辦麗則女校，自任校長。錢穆、袁桐蓀、錢祖翼、范煙橋等宿儒、名流畢聚於此，可謂盛於一時矣。别著《齊詩説》。

是書顔以『屈原賦』，非鈔録屈子白文，實有校注，宜名爲『屈原賦校注』或『屈原賦校箋』可也。然祇注釋《離騷》《九歌》二篇，且《九歌》止於《少司命》，僅存之半，《東君》《河伯》《山鬼》《國殤》《禮魂》五篇皆闕如。首行爲『屈原賦卷一』，次行爲『《離騷》第一』，而《九歌》篇末署『第二』，亦未署『屈原賦卷二』。又觀其眉批首行『古分今合，古合今分』云云，其於分卷未必同古本。然此書乃其未定且未畢之稿也。

任氏分《離騷》爲三大段，每大段又各分若干小段，概敘各段大意，皆出自姜亮夫《屈原賦校注》，偶略作删節而已。任氏首爲『離騷』解題，稱《國語》韋昭注以『浰騷』釋『牢愁』，亦即『離騷』聲轉，『今常語也，謂心中不平之意也』。亦摘鈔於《屈原賦校注》。任氏注釋體例，以四句一韻爲解，首校勘，次注音，次説韻，次釋詞，終串解大意，大致與《屈原賦校注》同。如，『帝高陽』四句，『于，一本作於』，此校勘也。『隕，洪《補》側鳩切。降音洪，《集韻》「乎攻切」』。

此注音也。『庸降（東）』，此説韻也。『《爾雅》：「太歲在寅曰攝提格。」貞，古與鼎同，鼎，當也』。眉批：『《史記・天官書》云：「攝提者，直斗柄所指以建時節，故曰攝提格。」則「格」以斗柄起義。』此皆釋詞也。又，眉批『補第一解』：『此開始一解，屈原自言，余乃顓頊胤末之子孫，我父名伯庸，我降生之日是寅年寅月之庚寅日。』是乃串解四句大義也。於此一斑，可窺度其注書大略也。

任氏以洪氏《補注》爲藍本，參校者有《文選》唐鈔本、六臣本、五臣本、李善注尤刻本，單行《楚辭章句》黄省曾正德刻本、大小雅堂本，朱熹《集注》宋端平本、《古逸叢書》本、《掃葉山房》本，錢杲之《離騷集傳》本，可謂夥頤。如，『不撫壯』校云：『「不撫」不字，《文選》六臣本無。「改」下錢《傳》本、端平《古逸》《掃葉》三朱本皆有「乎」字，惟唐寫本與此同。「度」下唐寫本《文選》、六臣本、五臣本《文選》、錢《傳》、黄省曾校刊宋本、大小雅堂本皆有「也」字。』案：《文選》陳八郎五臣本、呂祖謙《觀瀾文集》（用五臣注）本無『不』字。六臣注建州本有『不』字，謂『五臣無「不」字』。六臣注明州本、秀州本無『不』字，謂：『逸本有「不」字。』則無『不』字者，宋刻五臣本、明州六臣本、秀州六臣本，而明州六臣本有『不』字也。又，《文選》五臣本、明州六臣本、尤袤李善注本『改』下有『其』字。唐鈔本、秀州六臣本無『其』字。《補注》引《文選》『改』下有『其』字，引『改』下一有『乎』字。正德本、隆慶本『改』下有『乎』

屈原賦卷一

任傳薪學

離騷第一

帝高陽之苗裔兮，朕皇考曰伯庸。攝提貞于孟陬兮，惟庚寅吾以降。皇覽揆余初度兮，肇錫余以嘉名。名余曰正則兮，字余曰靈均。紛吾既有此內美兮，又重之以脩能。扈江離與辟芷兮，紉秋蘭以為佩。

字。《集注》『改』下有『乎』字，《集傳》『改』下有『其』字，引一作『乎』。則《文選》本『改』下有『其』字，佚校。又，錢氏《集傳》『改』下有『其』字，而非『乎』字。對勘《屈原賦校注》，與此悉同。任氏鈔録姜校而未標明，故承人之訛乃未知。是書之校，不足一噱矣。

任氏之説古韻，用段氏《音均表》標目，無甚心解。觀任氏之釋詞，多見《屈原賦校注》，如，『紛吾既』云：『紛，紛然美盛也。下文「紛獨有此姱節」「紛總總其離合兮」，皆同。此倒裝句也。《離騷》句法，往往以疏狀字倒置於主詞之前，如「汨余若將不及兮」「忳鬱邑余侘傺兮」「高余冠之岌岌兮」「阽余身而危死節兮」「朝吾將濟於白水兮」「溘吾遊此春宮」「耿吾既得此中正」「邅吾道夫崑崙」之類皆是也。』案：此説已見姜亮夫《屈原賦校注》，任氏但增『「阽余身」以下五例而已，其餘亦可類推。則所謂『屈原賦』者，鈔録姜氏《屈原賦校注》而已。

然偶見任氏精鑿之義，多筆諸眉批。如，『扈江離』四句眉批引清吴其濬《植物名實圖考》云：『芎藭，《本經》上品，《左氏傳》「山鞠窮」，《益都方物記》謂「葉落時可用作羹」，《救荒本草》「葉可調食煮飯」。今江西種之爲曰「藭菜」，廣西謂之「坎菜」，其葉謂之「江蘺」，亦曰「蘼蕪」，李時珍謂「大葉者爲茳蘺，細葉者爲蘼蕪」。説亦辯。」』案：庶補洪氏《補注》所未備矣。又，『汨余若』四句眉批：『薪案：沈括《夢溪筆談》五八三條云：「世人用莽艸種類最多，有葉大如手掌者，有細葉者，有葉光厚堅脆可拉者，有柔軟而薄者，有蔓生者，多是謬誤。按《本艸》若石南（楠），信然，葉稀無花實，亦誤也。今莽艸，蜀道、襄漢、浙江湖間山中有，枝葉稠密，團欒可愛，葉光厚而香烈，花紅色，大小如杏花，六出，反卷向上，中心有新紅蕊，倒垂下，滿樹垂動摇摇然，極可翫。」沈括説，則莽非草，而《楚詞》與木蘭爲木類矣。録此以備一説。』又云：『莽草乃木蘭科植物之果實，形若大茴香，有劇毒。』案：以『宿莽』爲似石楠之香木，雖非確詁，存之亦不廢廣異聞矣。又，『九天』，王注以中央八方説之。任氏云：『薪案汪中《述學》云：「九者，數之終也。《楚辭》『雖九死其猶未悔』，此不能九也。《詩》『九十其儀』，《史記》『君九牛之亡一毛』，又『腸一日而九迴』，此不必限以九也。《孫子》：『善守者藏於九地之下，善攻者動於九天之上。』此不可以九言也。故知九者，虛數也。」然則「指九天以爲正」之「九天」，亦與《孫子》所謂「九天」相同，不必實指九天之名實矣。』案：九天爲正，則九天似爲人格之神，類司命之『獨宜兮爲民正』。九，非實數也。又，『羌内恕己』眉批：『恕，如也。《一切經音義》二引《蒼頡》：「以心揆心爲恕。」又引《聲類》：「以己量人謂之恕。」朱子謂「在位之心，心皆貪婪，内以其志量他人，謂與己同，則各生嫉妬之心」。其説是也。』案：此『恕』之古訓也。王注亦云：『以心揆心爲恕。』『以心揆心』者，即以此心度彼心，謂仁恕也。《説文·心部》：『恕，仁也。』段注：『孔子曰：「能近取譬，可謂仁之方也矣。」孟子曰：「彊恕而行，求仁莫近焉。」是則爲仁不外於恕。』許云『恕』訓『仁』，即以己度人之意。《新書·道術篇》：『以己量人謂之恕，反恕爲荒。』《淮南子·主術訓》：『内恕反情，心之所欲，其不加諸人；由近知遠，由己知人。此仁智之所合而行也。』《論語·里仁》『忠恕而已』，皇疏：『恕，謂忖己度物也。』《禮記·中庸》『忠恕違道不遠』，孔疏：『忠者，内盡於心；恕者，外不欺物。恕，忖也。忖度其義於人。』則人心如己亦曰恕。忠、恕亦相對。《左傳》昭公六年『誨之以忠』，孔疏：『中心爲忠，如心爲恕，謂如其己心也。』蓋善者以己之善心以度人心之亦必善也。而後引申之，惡者以己之惡心以度人心之必惡也。朱子所言者是也。則正反同詞。又引申之爲『寬恕』，是今義也。錢杲之《集傳》：『恕己，不責己也。』張鳳翼《文選纂注》：『恕，乃責己則昏之謂恕。言責己則恕，度人則刻，各生妬心也。』李陳玉《楚辭箋注》：『自己本可做好人，而曰我不能，謂之恕己。』皆以爲『寬恕』之義。非也。又，『日康娛而自忘』眉批：『薪案：《漢書·戾太子傳·集注》：「忘，亡也。」

又，《詩·假樂》「不愆不亡」，《説苑·建本》引作「不愆不忘」。則忘可通假爲亡。《書·仲虺之誥》「取亂侮亡」，疏：「亡，滅也。」，自亡者，言自滅其身也。』案：以『忘』爲『亡』之通假，亦其一家説矣。又，《雲中君》『靈連蜷』，王注：『靈，巫也，楚人名巫爲靈子。』朱注：『靈所降也，楚人名巫爲靈子，若曰神之子也。』任氏云：『巫之所以或稱靈者，大概平常稱巫，及神既降附于巫身，則敬之如神，而稱之曰靈。』案：其分析『靈』『巫』之别，蓋亦是一家矣。惟類此者寥若晨星，惜不多見矣。

是書惟有稿本，扉頁署『翰墨緣』三字，蓋稿所用筆記本商家名，今藏於上海圖書館。（黄靈庚）

# 楚辭札記

《楚辭札記》者，民國徐英之所作也。英，字澄宇，湖北漢川人。其生平履歷已不可考。其所著别有《國學大綱》《徐澄宇論著集》《天風閣詩》《詩經學纂要》《詩法通微》等多種。據自序稱，英幼從其父受學，《札記》即以其父遺稿《評點離騷》爲基址，以後『隨手記注，旁及《九歌》以下，凡逾月而終』云云。其治《楚辭》，蓋承父未竟之志也。既而，『在太學，講授《楚辭》，因出曩之所記以示諸生；或煩於鈔胥，乃付之寫官，逐條分録，釐爲八卷，名曰《楚辭札記》』。則英嘗執教於太學之庠，且開設《楚辭》課程，而此書集其父子二代世業之作也。

是書封面有陳家慶篆書題『楚辭札記』，右署『徐澄宇先生著』。凡八卷。卷首有『楚辭札記提要』，略敘各卷内容之要旨。卷一首論《楚辭》之名義與《楚辭學》之原委，次論楚辭與北方文學，次論屈賦篇目，次論《離騷》作期。文四篇：《〈楚辭〉與〈楚辭〉學》《〈楚辭〉與北方文學》《屈賦篇目》《離騷之作》。卷二專釋《離騷》本指，次論驅辭遣句之術。文二篇：《離騷本義》《離騷攡辭》。卷三專論《九歌》，痛斥作於屈子以前之説。文一篇：《九歌》。卷四首論《天問》爲呵壁之作，次釋《天問》，校其文字，通其指意云。文二篇：《天問辯》《天問》。卷五首論《九章》次第先後，以考屈子放逐事迹，次釋《九章》。文二篇：《論〈九章〉次第》《九章》。卷六力辟《遠遊》《卜居》《漁父》以爲非屈子作之説。文二篇：《遠遊》《卜居》《漁父》。卷七專論宋玉之作，辯《招魂》歸屬尤力。文三篇：《九辯》《辯招魂》《招魂》。卷八重在辯《大招》《惜誓》作者，文二篇：《大招》，附《論〈惜誓〉〈招隱士〉》。蓋是書於《楚辭》歷代聚訟之端皆已論及之也。

徐氏深感於民初之『疑古』之風，乃曰：『近人論《楚辭》者衆矣，然皆好爲詭異之論，以炫新奇。於是《離騷》《九歌》《天問》《遠遊》《卜居》《漁父》《惜往日》盡非屈原所作。剥筍抽蕉，穿鑿附會，必謂《楚辭》皆僞作而後快。而於西夷遠古史事微茫之荷馬但丁，致其尊崇，一若文章唯荒夷之所獨擅，而中土不應有此詩人之魁傑者。其鄙陋不學，蓋深可笑詫。予悲夫後生小子之陰受其惑，直辟其妄，又不獨理屈大夫之沉冤於千歲之後也已』。則徐氏之爲是書，旨在張揚吾中華文化學術，不亦弘且深耶！

徐氏從文學發生學論『楚辭』名稱及《楚辭》地位，謂『南方文學以楚人屈原爲之祖，宋玉、唐勒、景差之徒，並揚芳烈，皆楚人也。其時楚地，西自庸蜀，東達吴越，北至汝潁徐泗，南暨豫章九疑，幅員之廣，半于天下，江山奇偉，萃于南紀，而楚聲楚調，亦流行於南北，暨於河朔……則「楚辭」云者，不以地限，而爲南方文學之總稱矣。』其論『楚辭學』，則上朔『淮南王安奉詔作《離騷經章句》，則又「楚辭學」之始也』，至『西漢武宣之世，「楚辭」已爲天下之通學，而與六藝並重矣。其後劉向校録群書，集屈原宋玉東

# 楚辭札記卷一



漢川徐英澄宇譔

## 楚辭與楚辭學

隋書經籍志屈原爲楚人。故稱之曰楚辭。宋黃伯思東觀餘論校定楚辭序。屈宋諸騷。皆書楚語。作楚聲。紀楚地。名楚物。些只羌誶蹇紛侘傺。楚語也。悲壯頓挫或韻或否。楚聲也。沅湘江澧脩門夏首。楚地也。蘭茝荃藥蕙若蘋蘅。楚物也。故謂之楚辭。英案南方文學以楚人屈原爲之祖。宋玉唐勒景差之徒。並揚芳烈。皆楚人也。其時楚地西自庸蜀東達吴越。北至汝潁徐泗南暨豫章九疑。幅員之廣。半於天下。江山奇偉。萃於南紀。而楚聲楚調。亦流衍於大江南北。暨於河朔。劉季曰吾爲若楚歌。武帝時吴人朱買臣淮南王安之屬。並以楚聲流譽當代。則楚辭云者。不以地限。而爲南方文學之總稱矣。

史記張湯傳朱買臣以楚辭與莊助俱幸。楚辭之名。始見於此。淮南王安奉詔

方朔莊忌淮南小山王褒諸人之作，並己所爲《九歎》，都爲一集，凡十六卷，而名之曰《楚辭》。《楚辭》之有專書，蓋昉乎此。向又有《天問解》，並時揚雄亦解《天問》，東漢班固、賈逵並作《離騷經章句》，餘十五卷未有注釋。其後王逸據向本而爲之《章句》，又加己作《九思》一篇，共十七卷，實爲《楚辭》注本之最古者」。徐氏復於魏晉以下《楚辭》注本多有論述，謂洪興祖《補注》『於訓詁名物，號稱詳盡』，朱子《集注》雖『斥爲强附事實，未明大義』，然『未能多勝於王、洪也』。謂吴仁傑《離騷草木疏》『徵引宏富，考辨典核，可補王、洪所不及』。其論大抵平實公允，擊中肯綮。然批評楊萬里《天問天對解》『略無勝誼』，錢杲之《離騷集傳》『誤解實多』，黄銖《楚辭協韻》『未爲全璧』，而明、清以下諸作，或者『借抒牢愁，無關本義』，或者『喜强附義理，略無是處』，或者『詞旨淺近，或多妄陋』，或者『無所發明』，『而多拘滯』，或者『穿鑿比附，無異説夢』，或者『特村塾講章，而紕繆百出』，庶幾無一稍可。至斥時人所作，『唇吻激揚，詭辨是非，江湖遊士之説，蓋不值通人之一哂耳』云。則未免過於偏激，蓋論非公允也。

徐氏復論南北文學之異同，謂『《楚辭》爲南文總集之最古者，《詩經》爲北文總集之最古者。中國民族之發祥始於黄河，次及長江，故北方文學之興早於南方文學』。其次，於南方學術思想、民俗土風、南北音樂等諸端以論南北文學之異同。又謂『屈原爲南方文學之開祖』，老、莊等皆『啓《楚辭》之先路』，『屈、宋適應此時代之精神，遂創此新體之文學，後世名之曰「楚辭」，以與十五《國風》相抗，良有以矣』。三百篇多王公大人之作，『所謂廟堂之音，受政治影響，爲國家學校之教本，故格律嚴整，六義四始，昭然若揭』；而《楚辭》『皆流放或不得位之人之所作，所謂山林之文，無政治影響，不爲學校教本，故格律不如詩經之整嚴。而生氣蓬渤，有風虎雲龍之致。或取風雅，字櫛句比，以爲《楚辭》其源出於《詩經》，繆矣』。其以廟堂、山林區別北方、南方文學，蓋前所未聞，啓人心智也。

徐氏大略以洪氏《補注》爲藍本，于屈子之作逐篇解釋其義。其以爲屈原賦二十五篇，即指《離騷》一篇，《九歌》前九篇合爲一篇，《國殤》一篇，《禮魂》爲一篇之送神曲，蓋未計在内，《天問》一篇，《九章》九篇，《遠遊》《卜居》《漁父》各一篇，則凡十六篇而已。其説雖或有偏頗，未必皆是，然存之不失爲其一家言也。

徐氏論《離騷》爲是書重點，大略占全書篇幅三分之一，蓋父子世業即盡乎此也。

首論《離騷》之作時。《離騷》作時，自王逸以下，或謂作於懷王時，或謂作於襄王再放江南時。徐氏以爲『或謂屈原爲襄王所放而作，或謂非一時之所作者』，稱二説皆可通。然又謂『《離騷》之作，既非一時，則懷世被絀時當已爲之』，『然則《離騷》初稿蓋起於始疏之日，而藏事於再放之後』。徐氏蓋有意調停古今之歧紛云。徐氏痛辟持屈原否定論者及廖季平以《離騷》爲秦博士作説，可謂不遺餘力。且斥『疑古派』之風氣爲『江湖下士，競拾廖氏之唾餘，淺見寡聞，勇於疑古。其無恥之尤者，更竊其説，没其名，而自矜創獲，不知其説之不可通也』。於今觀之，蓋其言鞭朴今之屈原否定論者亦適當矣。

徐氏釋『離騷』之義，蓋取班固『罹憂』説，乃謂『離字古訓爲遭』，騷本訓馬擾動，『而擾動則生憂也』。『故曰離騷者，猶離憂也』。徐氏分《離騷》爲二十三節，每節皆總括其旨意：首節自『帝高陽』至『曰靈均』，稱『述己所自出，及所受於其親者。後世文章開篇即自序生平者，其源盡出於此』。二節自『紛吾』至『先路』，稱『自述生有美德，親善遠邪，朝勤夕惕，若得行其道，可以竭智盡忠，爲國造福也』。三節自『昔三后』至『以窘步』，稱『三后能用衆賢，堯舜能遵三后軌轍，以爲聖君。桀紂猖披，不遵前軌，窘迫而亡。此所以風諫楚君也』。四節自『唯夫黨人』至『數化』，稱『從政之迹及被讒之事』，『此一段與《史記》及《新序》所載事實相應』。五節『余既滋』至『之蕪穢』，稱『述己脩節厲名，終不見用』。六節自『衆皆競』至『亦何傷』，稱己『以芳潔自潤，道義爲樂，雖窮困亦無傷也』。七節自『擥木根』至『遺則』，稱『我善自約束，乃法夫前脩，雖違異世俗，亦昔賢之遺則也』。其不以從彭咸遺則爲從彭咸水死。八節自『長太息』至『所厚』，稱『能清白死直，亦前聖之所厚也』。九節自『悔相道』至『猶未虧』，稱『言歸隱之得計』。十節自『忽反顧』至『可懲』，稱『避世非計，寧效忠以死』。十一節自『女嬃』至『不余聽』，稱『女嬃之詞，責其不當與衆立異，以招怨尤而離禍害。篇中女嬃、重華、靈氛、巫咸等，皆屬對語，後世《子虛》《上林》問答之體，蓋從此出』。十二節自『依前聖』至『浪浪』，稱『歷述前古興亡之故，折中至道，唯有「循繩墨而不頗」者，始能得皇天之輔，庶幾可以興。故己雖與時不合，亦必執此誼而無悔，忠而被謗，至於菹醢，前脩已然，不獨我也』。十三節自『跪敷衽』至『好蔽美而嫉妒』，稱『上下求索之第一段』。十四節自『朝吾濟』至『好蔽美而稱惡』，稱『上下求索之第二段』。十五節自『閨中』至『此終古』，稱『結上兩段之意』，其『三月無君，則皇皇如也，況屈原之以忠而被放？哀憤哀惋之至，而出以温柔敦厚之詞，所謂「《小雅》怨誹而不亂」者，此類是也』。十六節自『索藑茅』至『故宇』，稱『靈氛勸其他適，不必窮居楚國』。十七節自『世幽昧』至『其不芳』，稱『以上答靈氛』。十八節自『欲從靈氛』至『爲之不芳』，稱『巫咸勸我枉道事人』。十九節自『何瓊佩』至『與江離』，稱『枉道求合，素所耻爲』。二十節自『惟兹佩』至『觀乎上下』，稱將『宅心世外，神遊化域』。二十一節自『靈氛既告』至『以自疏』，稱『言將去矣』。二十二節自『邅吾道』至『而不行』，稱『神遊八極，不問世事，然一臨舊鄉，又睠懷本國，有不忍遠行之意』。二十三節爲『亂曰』四句，稱『明其不得不死之故』。案其分節及所概括大旨，於屈原本意大略。惟『求帝』『求女』比於求賢君，西行遠遊比於『神遊仙界』，則仍舊之訛也。

徐氏於《離騷》本文每句下皆有訓釋，且能前後照應，反復排擊，時見發明。如，『紛吾既有此内美兮，又重之以修能』。徐注云：『内美，即下文所謂「昭質」也。此言其天性之美。修亦美也，修能，謂美材也。言天性既佳，材知亦美也。王注遠也，朱注長也。俱失之。修能與内美對稱，此二句自言其志行之高。」又，『朝飲木蘭之墜露兮，夕餐秋菊之落英』二句，洪興祖引魏文帝説，以爲『輔體延年』之意。徐氏辟之云：『屈原將悲老者，恐修名之不立耳。豈如曹丕輩委瑣鄙夫恐填溝壑哉！墜露既不可飲，落英亦不必餐，屈原自喻芳潔，未可拘爲真有其事，强作解人也。』又，『屈心而抑志兮，忍尤而攘詬』。徐注：『攘詬，避耻也。王曰：「欲以除去耻辱，誅讒佞之人，如孔子誅少正卯。」望文生義，附會無理。』又，『不吾知其亦已兮，苟余情其信芳』。徐注：『二句因叶均而倒植。言苟余情其信芳，雖無人知亦已耳。此仲尼「人不知而不愠」之誼也。』又，『駟玉虬以乘鷖兮，溘埃風余上征』。徐注：『或曰埃，疑培之訛。培，讀爲馮。馮，乘也。言乘風而上也。』又，『閨中既以邃遠兮，哲王又不寤』。徐注：『哲王，言今日明哲之王也，指襄王言之。洪説指懷王。非也。原指懷王，皆曰「靈修」。閨中邃遠，猶言「君之門以九重」也。』又，『陟陞皇之赫戲兮，忽臨睨夫舊鄉』。徐注：『陞皇，猶言登庭也。《莊子·秋水篇》「跳黄泉而登大皇」。「陟陞」二字重著。』案：觀以上訓釋，皆饒有思致，發前人所未發，爲其勝義之選也。

《離騷攟辭》一篇專『就《離騷》中所引神人物事及驅遣詞藻之類』分門别類，即分『天神』『古人』『神物』『神地』『實地』『實物』『謰字』『疊字』『狀詞』『動詞』『況詞』『語詞』『重著字』及『狀況詞語倒植句』等十四類，且就各類詞語論其大略，謂『天神』類分善神、惡神，善神以『喻君子之助屈原者』，惡神以『喻小人之沮屈原者』。謂『狀詞，所以狀物形也。「修」字尤見不一見』。此類釋義，雖過於簡略，然頗啓後學之思也。

《九歌》以下六卷皆爲條目式之學術筆札，每篇條目多寡不一，非如《離騷》每句必釋也。《東皇太一篇》但存『揚枹兮附鼓』一條，《雲中君》亦衹『覽冀州兮有餘，横四海兮焉窮』、『思夫君兮太息，極勞心兮爞爞』二條。徐氏依據王、朱舊説，乃謂『《九歌》既非屈原本作，不過更定蠻歌之所爲，故其風調格律，與《離騷》《九章》皆不甚同』，然屈子『爲之潤色』，仍當屬其所作。蓋以力辟《九歌》非屈原所作之說。其說韙也。其論《天問》，大略三事：一曰《天問》信爲據壁圖畫而作，且以《魯靈光殿賦》及近年出土文物爲驗證，知王逸之説非誣。二論屈子所覩壁畫，即『楚宗廟或公卿祠堂而有堵敖之畫象』者，『其地在紀南城之舊廟，可無疑矣』。三論《天問》所疑者爲四端，或者『致疑于古帝王賢聖，所謂仁義道德之迹者，或不可據，廣前史之異聞。其流一也』；或者『致疑于古帝王受命自天之說，辟禎祥之誕怪，其流二也』；或者『致疑於積善不積善之説，論禍福之虚妄，其流三也』；或者『致疑於神聖開天之事，辟宇宙之誕説，其流四也』。未可以斥之以『文理不通』耳。其論《九章》次第爲始《惜誦》、次《抽思》、次《思美人》、次《涉江》、次《哀郢》、次《橘頌》、次《悲回風》、次《惜往日》、終《懷沙》。謂『屈原生平放逐兩次，初放漢北，前兩篇即作於此時，後七篇作於再放江南時所作。『知《九章》次第之先後，則屈原流放之蹤迹可以知』。其論《遠遊》，謂『此篇周歷四方，固與《離騷》相表裏也。且超世樂觀，乃悲抑怨憤之極，激而爲之之詞』，而不得謂非屈子所作也。其論《卜居》《漁父》二篇，『蓋屈原與人問答之詞，其徒記之而成篇者也』。其論《九辯》，謂『宋玉依古體以制新詞而抒己懷，蓋亦後世古題樂府詩之類也』，且目此篇爲『千古悲秋之祖』。其論《招魂》，力主爲宋玉所作。謂據《史記》『讀《招魂》悲其志』語，不足定爲屈原所作。此『太史公特通言屈宋之作以悲屈原之志耳。讀屈原自作，固可以悲屈原之志，讀宋玉哀屈之作，獨不可以悲屈原之志乎』？『則史公讀《招魂》而悲屈原，王逸以《招魂》爲宋玉作，兩説固不背矣』。如上所述，皆平實可信，非私心自是者可比矣。

徐氏所立條目，多屬字義訓詁，且與舊注相駁，以見其新説。如，《湘君》『蹇誰留兮中洲』，徐注：『誰，何也。言何所爲而止於中洲耶？注微失之。』又，『隱思君兮陫側』，陫側，王逸釋『陫側爲側陋之中』，徐注：『陫是悱之借字，側是惻之借字。陫側即悱惻，纏綿也。』或者詮釋意境之美。如，《湘君》『鳥次兮屋上，水周兮堂下』，徐注：『日暮蕭寥，不勝淒寂之感。」《湘夫人》『嫋嫋兮秋風，洞庭波兮木葉下』，徐注：『此記時序。心既於邑，遇風物蕭瑟而益以淒其也。』或者與屈賦他篇相發，如，《山鬼》末段釋曰：『自「雷填填兮雨冥冥」至此，風雨交迫，百感横集。此段及「余處幽篁兮終不見天」一段，並與《九章·涉江》篇「山峻高以蔽日兮」以下四句，用意相同。』其於字義訓詁間或可采者，如，《天問》『伯禹愎鯀』，徐注：『愎，當作後，篆隸形近，傳鈔致誤也。後鯀，言繼鯀之後。』又，『何羿之射革，而交吞揆之』，徐注：『舊注不明。疑交爲反字之誤。揆爲撥字之誤。撥又癹字之訛。癹，以足蹋草也，亦有滅義。言何羿之善射，而反遭吞滅乎？』《惜誦》『命咎繇使聽直』，徐注：『聽直，猶言爲判公正也。』又，『壹心而不豫兮』，王注豫訓猶豫，徐注：『豫，樂也，猶《孟子》「吾何爲不豫」。王説非也。』《抽思》『何毒藥之謇謇兮』，毒藥一作獨樂。徐注：『當作獨樂，斯毒藥，蓋字誤也。』又，『望北山而流涕兮』，北山，一作南山。徐注：『當作南山。前云「來集漢北」，若更望北山，何所指乎？蓋原在漢北，則郢都諸山爲南山矣。』《思美人》『遵江夏以娱憂』，徐注：『江夏，通言之也，實循漢水而東耳。夏，漢水之異稱也。』《哀郢》『過夏首而西浮兮，顧龍門而不見』，徐注：『夏首，在今高觀山下，即黄鵠磯。當夏水入江之口，故曰夏口。後世以江北之漢上爲夏口。非其舊也。夏口又曰夏首，首，猶丘也，在鄂渚之上，即今黄鶴樓下。或引《漢書》注「華容有夏水首」。非也。華容夏水，夏水之原也。《涉江》云「乘鄂渚而反顧」，此云「過夏首而西浮」，既登望故國，更浮舟而西也，故接句即云「顧龍門而不見」。』《橘頌》『淑離不淫，梗其有理兮』，徐注：『淑，寂之借字。淑離，寂歷也。萬物摇落之後，舉目蕭條之狀。淫，楚語摇也。言桔雖遇萬物凋疏之時而不摇落，自有强梗之性，耐寒之姿也。』《大招》『昭質既設』，徐注：『昭，讀若招。招質，謂射埻也。《呂覽》「萬人操弓，共射一招」，高曰：「招，準的也」。』案：如上所考，雖未必皆是，然持之有徵，言之有據，足見其考據功底之深厚也。

然徐氏别出心裁，乃謂《離騷》之『初服』爲『隱士之服』，誣屈子有退隱之意。獨不畏其陸離之長鋒耶？又謂《國殤》一篇在《九歌》之外，未審其所據。其於字義訓詁，疏誤尤夥。以《離騷》『曰黄昏以爲期兮，羌中道而改路。初既與余成言兮，後悔遁而有他』爲斷，未審路、他非韻，『曰黄昏』二句本錯亂之文，古本無之。釋《惜誦》『干傺』之傺『是察字之誤』，不知傺本楚語，訓立。干傺，謂求住、求居也。舊注未可移易。釋《抽思》『無正』爲『無所就正』，不知正古有匹配之義，無正即無匹也。釋《涉江》『疑滯』作『凝滯』，不知古本文質，安徽阜陽漢墓出土《楚辭》殘簡，正但作『疑滯』。釋《懷沙》『孰察其揆正』之『揆正』爲『揆度之正』，不知揆字古有曲義，揆正，即曲正、曲直也。類此疏誤，則不悉舉也。又，《橘頌》『蘇世獨立，横而不流兮』，徐注：『蘇，舒適也。引申有逸意。蘇世猶言逸世也。逸世即遺世，故遺世之民謂之逸民。』案，不審蘇字古有逆反之義，蘇世，謂逆世也。且古斷無『逸民』變易爲『蘇民』之例者。徐氏輾轉曲會，其説之詰詘不通，固其宜矣。

是書爲一九五三年南京鍾山書局排印本，然流傳未廣，多不易得見。國家圖書館有藏本，臺灣新文豐出版社《楚辭彙編》亦據此本重印。（黄靈庚）

# 楚辭音

《楚辭音》者，徐昂之所作也。昂，初字亦軒，後字益修，號逸休，江蘇南通人也。先後師事管仲謙、孫敬銘、孫伯龍，范當世，以第一名秀才入庠。嘗執教於通州師範、南通中學、南通女子師範、杭州子仁大學、無錫國專等。時稱徐氏治學謹嚴不苟，畢生以讀書著述爲業，造詣頗深。尤精於《易》學及文字、音韻、訓詁。著有《周易勘復》《京氏易傳箋》《釋鄭氏爻辰補》《周易虞氏學》《詩經聲韻譜》《楚辭音》《石鼓文音釋》《説文音釋》《等韻通轉圖證》《詩經形釋》《文談》《馬氏文通正誤》《休復齋雜志》等，後輯爲《徐氏全書》十二種。

首《引言》，稱『南音所播，時或異調，而韻之和協，仍不越乎三百篇之古音。文化既由北而南，聲韻亦隨之流衍，以華化夏，與用夏變夷，其道同一』。案此説是也。孟子稱楚爲『鴂舌』之音，以楚音異乎中土也。然楚之官話，與中土不異。故《楚辭》協韻與三百篇合，亦知《楚辭》乃楚之官話也。徐氏又云，《離騷》『區爲八十一節，合九九之數。《九歌》《九章》《九辯》胥本此陽九之數而成篇也』。案：求之過深也。《騷》凡三百七十六句，除去『曰黄昏』二句，則爲三百七十四句，若每四句爲一節，則九十三節，九十三韻。若以協同韻爲區，則爲八十三節。則皆非『八十一節，合九九之數』也。果若止『八十一節』，純屬巧合，其與《九歌》《九章》《九辯》之『九』無涉矣。

徐氏於區分古韻爲十攝，比較王力三十韻，大略相應如下：干攝，相當於『元』『談』二韻。根攝，相當於『真』『文』

『侵』三韻。岡攝，相當於『陽』韻。庚攝，相當於『東』『冬』『耕』『蒸』四韻。裓攝，相當於『之』『支』『脂』『微』四韻，傀攝，屬『之』『微』二韻中之一等音，相當於『灰』韻（然古韻部無此名目）。歌攝，相當於『歌』韻。高攝，相當於『宵』韻。該攝，相當於江有誥二十一部之去聲『泰』韻。鉤攝，相當於『幽』『侯』二韻。而後以『間隔協韻』『聲韻隔協』二例釋《楚辭》各篇協韻也。

人稱徐氏之精於古音韻，然觀此書，名實不符。其區別韻部之疏簡，分辨聲紐之乖戾，誠遠不及清乾嘉諸老之縝密。是故其説《楚辭》各篇之協韻字致無所不通，多乖舛不合。不可存而不論，宜取其是，而棄其非矣。

徐氏所謂『間隔協韻』者，指每節奇句之末一字及偶句之末一字皆各協韻也。如，《離騷》：『朝搴阰之木蘭兮，夕攬中洲之宿莽。日月忽其不淹兮，春與秋其代序。』徐云：『蘭、淹二韻屬干攝，莽、序二韻屬裓攝，間隔相協。』案：蘭，古入元韻；淹，古入談韻。二韻分用至嚴，不協韻也。莽，當與上『恐年歲之不吾與』之與同協魚韻。序，與下『恐美人之遲暮』之暮亦同協魚韻。若以莽、序爲韻，則『不吾與』二句無韻也。

又，『擥木根以結茝兮，貫薜荔之落蘂。矯菌桂以紉蕙兮，索胡繩之纚纚。』徐云：『茝、蕙二韻屬裓攝，蘂、纚二韻

# 楚辭音

南通徐昂著

引言

吾國古音發源於黃河流域。詩無楚風。騷辭繼起。流域攸殊。方言亦別。南音所播。時或異調。而韻之和協。仍不越乎三百篇之古音。文化既由北而南。聲韻亦隨之流衍。以華化夏。與用夏變夷。其道同一。聲音之於人心。蓋有潛移默化者焉。楚辭以韻爲節。昂錄詩離騷經。區爲八十一節。索瓊茅以筳篿兮命靈氛爲余占之篇占協韻爲第五十四節以上一節至五十三節以下五十五節至亂辭八十一節以合九九之數。九歌九章九辯胥本此陽九之數而成篇也。協韻相間。或聲韻隔協。皆與詩經同例。爰於詩經聲韻譜著成之後。撰楚辭音一卷。

離騷經

間隔協韻

朝搴阰之木蘭兮。夕攬洲之宿莽。日月忽其不淹兮。春與秋其代序。第四節 蘭淹二韻屬干攝。莽莫補序二韻屬裓攝。上文與字韻下文暮度路三韻亦協裓攝間隔相協。衆皆競進以貪婪兮。憑不厭乎求索。羌內恕己以量人兮。各興心而嫉妒。十一節 婪入二韻。干根兩攝相通。索音素妒二韻屬裓攝。間隔相協。婪發聲來紐。人發聲日紐。半舌半齒音相通。擥木根以結茝兮。貫薜荔之落蘂。矯菌桂以紉蕙兮。索胡繩

一 南通徐昂著

古音屬歌攝，間隔相協。』案：茝，古入之韻，蕙，古入質韻，脂之入也。之、脂二韻古不相協。蘂、纚古同入歌韻。

又，『屈心而抑志兮，忍尤而攘詬。伏清白以死直兮，固前聖之所厚。』徐云：『志、直二韻屬裓攝齒音，詬、厚屬裓攝脣音。間隔相協。』案：志、直，古屬職韻，之之入聲。詬、厚古入侯韻。四字非同一韻也。

又，『製芰荷以爲衣兮，集芙蓉以爲裳。不吾知其亦已兮，苟余情其信芳。』徐云：『衣、已二韻屬裓攝，裳、芳二韻屬岡攝，間隔相協。衣、已二韻發聲兼同喉音。』案：衣，古入微韻，已，古入之韻。二韻不相協。衣，影紐，屬喉音。已，喻紐四等，古屬舌頭音，非喉音也。裳、芳古同入陽韻。

又，『女嬃之嬋媛兮，申申其詈予。曰鮌婞直以亡身兮，終然殀乎羽之野。』徐云：『媛、身二韻，干、根兩攝相通，予、野二韻屬裓攝，間隔相協。』案：媛，古入元韻，身，古入真韻。真、元合韻。予、野古同入魚韻。

又，『夏桀之常違兮，乃遂焉而逢殃。后辛之菹醢兮，殷宗用之不長。』徐云：『違、醢二韻，裓、傀兩攝相通。殃、長二韻屬岡攝。間隔相協。』案：違，古入微韻，醢，古入之韻。古不相協。殃、長古同入陽韻。

又，『跪敷衽以陳辭兮，耿吾既得此中正。駟玉虬以乘鷖兮，溘埃風余上征。』徐云：『辭、鷖二韻屬裓攝，正、征二韻屬庚攝。間隔相協。』案：辭，古入之韻，鷖，古入脂韻，古不相協。正、征古同入耕韻。

又，『朝吾將濟於白水兮，登閬風而緤馬。忽反顧以流涕兮，哀高丘之無女。』徐云：『水、涕二韻屬裓攝齒音，馬、女二韻屬裓攝脣音。間隔相協。』案：涕，古入脂韻，水，古入微韻。脂、微合韻。馬、女古同入魚韻。四字非同一韻。又，水，曉紐，喉音；涕，透紐，舌頭音，皆非齒音。馬，明紐，脣音。女，泥紐，舌頭音，非脣音也。

又，『吾令鴆爲媒兮，鴆告余以不好。雄鳩之鳴逝兮，余猶惡其佻巧。』徐云：『媒、逝二韻傀、裓兩攝相通，好、巧二韻屬高攝。間隔相協。』案：徐氏設『傀攝』，不審其字之所屬，然甚無理也。媒，古入之韻。逝，古入月韻，歌之入也。古不相協。好、巧古同入幽韻。

又，『理弱而媒拙兮，恐導言之不固。世溷濁而嫉賢兮，好蔽美而稱惡。閨中既以邃遠兮，哲王又不寤。懷朕情而不發兮，余焉能忍而與此終古。』徐云：『拙、發二韻屬祴攝唇音入聲，固、惡、寤、古四韻屬祴攝唇音，賢、遠二韻屬干攝。間隔相協。』案：拙，古入物韻，微韻之入；發，古入月韻，歌韻之入。歌、微合韻。發，非紐，唇音。拙，章紐三等，正齒音，非唇音也。固、惡、寤、古同入魚韻，皆牙、喉之音，亦非唇音也。賢，古入真韻，遠，古入元韻。真、元合韻，非同一韻也。

又，『曰兩美其必合兮，孰信修而慕之。思九州之博大兮，豈惟是其有女。曰勉遠逝而無狐疑兮，孰求美而釋女。何所獨無芳草兮，爾何懷乎故宇。世幽昧以昡曜兮，孰云察余之善惡。』徐云：『大、疑二韻該、祴兩攝相通，慕、女、女、宇、惡五韻屬祴攝唇音。草、曜二韻屬高攝。間隔相協。』案：大，古屬泰韻，歌、月之去聲，王力不設此韻。疑，古入之韻。古不相協。慕、女、女、宇、惡古同入魚韻，慕，明紐，唇音。而女、女、宇、惡，皆非唇音。草，古入幽韻。曜，古入宵韻。幽、宵合韻。

又，『朝發軔於天津兮，夕余至乎西極。鳳皇翼其承旂兮，高翱翔之翼翼。』徐云：『津、旂二韻屬根攝，極、翼二韻屬祴攝，齒音入聲。間隔相協。』案：津，古入真韻，旂，古入文韻。真、文合韻。極、翼古同入職韻，之韻入聲。極，群紐，牙音。翼，喻紐四等，舌頭音。皆非齒音。

又，『路修遠以多艱兮，騰衆車使徑待。路不周以左轉兮，指西海以爲期。』徐云：『艱、轉二韻屬干攝，待、期二韻傀、祴兩攝相通。間隔相協。』案：艱，古入文韻，轉，古入元韻。文、元合韻。待、期古同入之韻，非二韻字也。『傀攝』不當設。

又，『陟陞皇之赫戲兮，忽臨睨夫舊鄉。僕夫悲余馬懷兮，蜷局顧而不行。』徐云：『戲、懷二韻祴、該兩攝相通，鄉、行二韻屬岡攝。間隔相協。戲、懷、鄉、行，喉音同聲。』案：戲，古入歌韻，懷，古入微韻。歌、微合韻。鄉、行古同入陽韻。

《少司命》：『緑葉兮素枝，芳菲菲兮襲予。夫人自有兮美子，蓀何以兮愁苦。』徐云：『枝、子二韻屬祴攝齒音，予、苦二韻屬祴攝脣音。間隔相協。』案：上文有『秋蘭兮麋蕪，羅生兮堂下』二句與此四句爲一節，蕪、下、予、苦同入魚韻相協，否則僅『秋蘭兮麋蕪羅生兮堂下』二句相協，失其韻例也。枝，古入支韻，子，古入之韻，二韻雖同齒音，而韻不同亦不相協。予，喻紐四等，古屬舌頭音。苦，溪紐，牙音。皆非脣音。

《河伯》：『子交手兮東行，送美人兮南浦。波滔滔兮來迎，魚隣隣兮媵予。』徐云：『行、迎二韻屬岡攝。浦、予二韻屬祴攝。間隔相協。』案：上文有『與女遊兮河之渚，流澌紛兮將來下』二句與此四句爲一節，渚、下、浦、予同協魚韻。否則僅『與女遊兮河之渚流澌紛兮將來下』二句相協，失其韻例也。行、迎古同入陽韻。

《山鬼》：『表獨立兮山之上，雲容容兮而在下。杳冥冥兮羌晝晦，東風飄兮神靈雨。留靈修兮憺忘歸，歲既晏兮孰華予。』徐云：『下、雨、予三韻屬祴攝脣音。晦、歸二韻傀祴兩攝相通。間隔相協。』案：下、雨、予古同入魚韻相協，然皆非脣音。晦，古入之韻，歸，古入微韻，古不相協。

《天問》：『圜則九重，孰營度之。惟茲何功，孰初作之。』徐云：『重、功二韻屬庚攝，度、作二韻屬祴攝，脣音入聲。間隔相協。』案：重、功古入東韻。度、作古入鐸韻，魚韻之入聲，然皆非脣音。

又，『九天之際，安放安屬。隅隈多有，誰知其數。』徐云：『際、有二韻屬祴攝齒音，屬、數二韻屬祴攝脣音。間隔相協。』案：際，古入月韻，歌韻之入聲；有，古入之韻。二韻古不相協。有，喉音，非齒音。屬、數古同入侯韻，皆齒音，非脣音。

又，『雄虺九首，儵忽焉在。何所不死，長人何守。』徐云：『首、守二韻古音屬高攝，在、死二韻傀、裓兩攝相通。間隔相協。』案：在、守相協，而非首、守相協。在，古入之韻；守，古入幽韻。之、幽合韻。在、死非韻字。

又，『登立爲帝，孰道尚之。女媧有體，孰制匠之。』徐云：『帝、體二韻屬裓攝，尚、匠二韻屬岡攝。間隔相協。帝、體發聲皆舌頭音，尚、匠發聲皆齒音。』案：帝，古入錫韻，支韻之入聲。體，古入脂韻。古雖雙聲亦不相協。尚、匠古同入陽。

又，『干協時舞，何以懷之。平脅曼膚，何以肥之。』徐云『舞、膚二韻屬裓攝唇音，肥、懷二韻該裓兩攝相通。間隔相協。』案：舞、膚古同入魚韻。肥、懷古同入微韻，非該、裓兩攝也。

《惜誦》：『惜誦以致愍兮，發憤以抒情。所非忠而言之兮，指蒼天以爲正。』徐云：『愍、言二韻，根、干兩攝相通。情、正二韻屬庚攝。間隔相協。』案：愍，古入真韻。言，古入元韻。真、元合韻。情、正古入耕韻。

又，『昔余夢登天兮，魂中道而無杭。吾使厲神占之兮，曰有志極而無旁。』徐云：『天、占二韻屬干攝，杭、旁二韻屬岡攝。間隔相協。』案：天，古入真韻，占，古入談韻。古不相協。杭、旁古入陽韻。

《涉江》：『陰陽易位，時不當兮。懷信侘傺，忽乎吾將行兮。』徐云：『位、傺二韻屬裓攝，當、行二韻屬岡攝。間隔相協。』案：位，古入物韻，微韻之入聲。傺，古入月韻，歌韻之入聲。非同一韻。當、行古同入陽韻。

《哀郢》：『羌靈魂之欲歸兮，何須臾而忘反。背夏浦而西思兮，哀故都之日遠。』徐云：『歸、思二韻屬裓攝，反、遠二韻屬干攝。間隔相協。』案：歸，古入微韻，思，古入之韻。古不相協。反、遠古同入元韻。

又，『當陵陽之焉至兮，淼南渡之焉如。曾不知夏之爲丘兮，孰兩東門之可蕪。』徐云：『至、丘二韻屬裓攝齒音，如、蕪二韻屬裓攝唇音。間隔相協。』案：至，古入脂韻，齒音。丘，古入之韻，溪紐牙音。古不相協。如、蕪古同入魚韻，如，泥紐舌頭音，非唇音。

《抽思》：『兹歷情以陳辭兮，蓀詳聾而不聞。固切人之不媚兮，衆果以我爲患。』徐云：『辭、媚二韻屬裓攝。聞、患二韻根、干兩攝相通。間隔相協。』案：辭，古入之韻。媚，古入微韻。古不相協。聞，古入文韻。患，古入元韻。文、元合韻。

《懷沙》：『進路北次兮，日昧昧其將暮。舒憂娱哀兮，限之以大故。』徐云：『次、哀二韻裓、傀兩攝相通。暮、故二韻屬裓攝唇音。間隔相協。』案：次，古入脂韻。哀，古入微韻。脂、微合韻。暮、故古同入魚韻，故，見紐牙音，非唇音。

《悲回風》：『穆眇眇之無垠兮，莽芒芒之無儀。聲有隱而相感兮，物有純而不可爲。』徐云：『垠、感二韻根、干兩攝相通。儀、爲二韻古音屬歌攝。間隔相協。』案：垠，古入文韻；感，古入談韻。古不相協。

又，『漂翻翻其上下兮，翼遥遥其左右。氾潏潏其前後兮，伴張弛之信期。』徐云：『下、後二韻古音屬裓攝唇音，右、期二韻屬裓攝齒音，間隔相協。』案：下，古入魚韻，後，古入屋韻，皆喉音，非唇音。右、期古入之韻，右，喉音，期，牙音，皆非齒音。四字三韻，非同一韻也。

《遠遊》：『春秋忽其不淹兮，奚久留此故居。軒轅不可攀援兮，吾將從王喬以娱戲。』徐云：『淹、援二韻屬干攝，居、戲二韻屬裓攝。間隔相協。』案：淹，古入談韻，援，古入元韻。不相協韻。居，古入魚韻。戲，古入歌韻，亦不相協韻。娱戲，蓋『戲娱』之乙。居、娱古同入魚韻。

《漁父》：『屈原曰：「吾聞之，新沐者必彈冠，新浴者必振衣。安能以身之察察，受物之汶汶者乎？寧赴湘流葬於江魚之腹中，又安能以皓皓之白，而蒙世俗之塵埃乎？」』徐云：『冠、汶二韻干、根兩攝相通，衣、埃二韻裓、傀兩攝相通。

間隔相協。』案：冠，古入元韻；汶，古入文韻。文、元合韻。衣，古入微韻；埃，古入之韻。不相協韻，皆非入韻字。此節無韻可也。

《九辯》：『何氾濫之浮雲兮，猋壅蔽此明月。忠昭昭而願見兮，然露曀而莫達。』徐云：『雲、見二韻根、干兩攝相通，月、達二韻該、傀兩攝入聲相通。間隔相協。』案：雲，古入文韻；見，古入元韻。文、元合韻。月、達古入月韻，元韻之入聲，非兩韻也。

《招魂》：『美人既醉，朱顏酡些。娭光眇視，目曾波些。被文服纖，麗而不奇些。長髮曼鬋，豔陸離些。』徐云：『醉、視二屬裓攝，纖、鬋二韻屬干攝，酡、波、奇、離四韻屬歌攝。間隔相協。』案：醉、視古入脂韻。纖，古入談韻，鬋，古入元韻，古不相協。

又，『青驪結駟兮齊千乘，懸火延起兮玄顏烝。』徐云：『駟、起二韻屬裓攝，乘、烝二韻屬庚攝。間隔相協。』案：駟，古入脂韻，起，古入之韻，二韻不相協。乘、烝古同入蒸韻。

《大招》：『雄雄赫赫，天德明只。三公穆穆，登降堂只。諸侯畢極，立九卿只。昭質既設，大侯張只。執弓挾矢，揖辭讓只。魂乎歸徠，尚三王只。』徐云：『赫、穆、極、設入聲相通。矢、徠二韻裓傀兩攝相通。明、堂、卿、張、讓、王六韻屬岡攝。間隔相協。』案：赫、穆、極、設雖皆入聲，然韻部甚殊，不相協韻。矢，古入月韻，歌韻之入聲；徠，古入之韻。古不相協。

徐氏所謂『聲韻隔協』者，指每節奇句之末一字以雙聲協韻也，多不足取信。如，《離騷》：『固時俗之工巧兮，偭規矩而改錯。背繩墨以追曲兮，競周容以爲度。』徐云：『巧、曲顎音協聲，錯、度二韻協裓攝。』案：巧、曲，皆溪紐牙音，即淺喉音也。巧，古入幽韻，曲，古入屋韻，侯韻之入聲。實幽、侯亦合韻。錯、度古同入魚韻。

又，『曰勉陞降以上下兮，求榘矱之所同。湯禹儼而求合兮，摯咎繇而能調。』徐云：『下、合喉音協聲。調，舊説從同聲。昂謂「同」字當從調讀，同、調字二韻兼舌頭音同聲。』案：下、合同匣紐雙聲。下，古入魚韻，合，古入葉韻，談韻之入聲。古不相協。同，古入東韻。調，古入幽韻。同，不得讀『調』音，當『周』字之訛。洪氏《補注》引《淮南子》『知榘矱之所周』。意謂《淮南》祖構《離騷》此語，以『同』爲『周』字之訛也。

又，『余以蘭爲可恃兮，羌無實而容長。委厥美以從俗兮，苟得列乎衆芳。』徐云：『恃，正齒音；俗，齒頭音。發聲古今相通。長、芳二韻同協岡攝。』案：恃，禪紐三等，正齒音；俗，邪紐四等，齒頭音。準旁紐雙聲。恃，古入之韻。俗，古入屋韻，侯之入聲。古不相協。長、芳古同入陽韻。

《天問》：『桀伐蒙山，何所得焉。妹嬉何肆，湯何殛焉。』徐云：『山、肆齒音協聲。得、殛，祴攝一二等入聲協韻。』案：山、肆雖同齒音而韻不同部，古亦不相協。得、殛古同入職韻，之韻之入聲。

《抽思》：『心鬱鬱之憂思兮，獨永歎乎增傷。思蹇産之不釋兮，曼遭夜之方長。』徐云：『思、釋齒音協聲，傷、長二韻協岡攝。』案：思，之韻；釋，鐸韻，魚之入聲。雖同齒音而古不相協。傷、長古同入陽韻。

又，『望孟夏之短夜兮，何晦明之若歲。惟郢路之遼遠兮，魂一夕而九逝。』徐云：『夜、遠喉音協聲，歲、逝祴攝協韻。』案：夜，喻紐四等，古屬舌頭音，非喉。夜，古入鐸韻，魚韻之入聲。遠，古入元韻。雖同喉音亦不相協。歲、逝古入月韻，歌韻之入聲，非祴攝也。

又，『何靈魂之信直兮，人之心不與吾心同。理弱而媒不通兮，尚不知余之從容。』徐云：『直、同、通舌頭音協聲，同、通、容庚攝協韻。』案：直，之韻；同、通，東韻。三字雖雙聲亦不相協。同、容古同入東韻。通，非韻字。

又，『低佪夷猶，宿北姑兮。煩寃瞀容，實沛徂兮。』徐云：『猶、容喉音協聲。姑、徂祴攝協韻。』案：猶，幽韻，喻紐四等；容，東韻，喻紐四等。皆舌頭音，非喉音。然雖雙聲亦不相協。姑、徂古入魚韻。

又，『道思作頌，聊自救兮。憂心不遂，斯言誰告兮。』徐云：『頌、遂齒頭音協聲，救、告高攝協韻。』案：頌，東韻，遂，脂韻。雖雙聲亦不相協。救、告古同入幽韻。

《懷沙》：『重仁襲義兮，謹厚以爲豐。重華不可遻兮，孰知余之從容。』徐云：『義、遻顎音協韻。豐、容庚攝協聲。』案：義，古入歌韻，疑紐；遻，古入魚韻，疑紐。雖雙聲亦不相協。豐、容古同入東韻。

《思美人》：『高辛之靈晟兮，遭玄鳥而致詒。欲變節以從俗兮，媿易初而屈志。』徐云：『盛、俗齒音協韻，詒、志祴攝協韻。』案：盛，古入耕韻，俗，古入屋韻，侯韻之入聲，雖雙聲亦不相協。詒、志古同入之韻。

《悲回風》：『寤從容以周流兮，聊逍遥以自恃。傷太息之愍憐兮，氣於邑而不可止。』徐云：『流、憐半舌音協聲，恃、止祴攝協韻。』案：流，古入幽韻。憐，古入真韻。雖雙聲亦不相協。恃、止古同入之韻。

《遠遊》：『風伯爲余先驅兮，氛埃辟而清涼。鳳凰翼其承旂兮，遇蓐收乎西皇。』徐云：『驅、旂顎音協聲，涼、皇岡攝協韻。』案：驅，古入侯韻；旂，古入文韻。雖雙聲亦不相協。涼、皇古同入陽韻。

《大招》：『叩鍾調磬，娱人亂只。四上競氣，極聲變只。』徐云：『磬、氣顎音協聲，亂、變干攝協韻。』案：磬，古入耕韻，氣，古入脂韻。相隔甚殊，雖雙聲亦不相協。

綜上『間隔協韻』『聲韻隔協』二事，其舛誤若是，則顯不得成其通例也。

《雜釋》三條，屬考證《楚辭》音韻短劄，似皆可商。如，首條云：『《離騷經》荒、章、常、懲四韻，《九歌·河伯章》

堂、宮、中三韻，皆剛、庚二攝相協。」案：《離騷》荒、章爲一韻，常、懲又別爲一韻。常，當作恒，避文帝諱改也。《郭店楚墓竹簡》凡謂固常字悉作「恒」。《老子》（甲種本）「知足之爲足，此恒足矣」；「是故聖人能輔萬物之自然，而弗能爲，道恒亡爲也」；「道恒亡名，樸雖微，天地不敢臣」。此三「恒」字，長沙《馬王堆漢墓帛書》甲、乙二本《老子》亦同，其爲漢初本，即在文帝之前，今諸通行本《老子》皆改作「常」字。又，《郭店楚墓竹簡・五行篇》：「□而不傳，義恒□□。」《魯穆公問子思篇》：「子思曰：「恒稱其君之亞（惡）者，可謂忠臣矣。」」《成之聞之篇》：「古之用民者，求之於己爲恒。」《尊德義篇》：「因恒則固。」又：「凡動民必順民心，民心有恒。」皆用「恒」而不用「常」。據此，《離騷》此「常」字可以徑校改爲「恒」。《河伯》宮、中爲韻，堂，非入韻字。

次條云：「《九章・惜誦章》信、明、身三韻，《哀郢章》天、名二韻，《抽思章》亡、完二韻，《遠遊篇》榮、人、征三韻，《卜居篇》年、見、忠、讒、亂、從六韻，忠、窮、耕、名、身、生、貞、人、清、楹十韻，宋玉《九辯》首章清、清、人、新、平、生、憐、聲、鳴、征、成十一韻，賈誼《吊屈原文》生、身二韻，皆岡、庚、干、根四攝輕重鼻音混合相協。」案：《楚辭》真、耕合韻，確有其例，然與東韻之「從」，談韻之「讒」，元韻之「完」「亂」，冬韻之「忠」「窮」，陽韻之「亡」，絶不相協也。《抽思》亡、完相協者，完，當從或本作「光」，字之訛也。亡、光同入陽韻。《卜居》年、見爲一韻。忠、讒爲一韻，冬、談合韻。又，忠、窮爲一韻。然不與「耕」「名」等相協。

末條云：「《國殤章》弓、懲、終、凌、靈、雄六韻協庚攝而異其等，變等不變攝。」案：《國殤》弓、懲、凌、雄四韻同入蒸韻，終、靈，非入韻字。「變等不變攝」，殊不足信矣。

《訂正》一篇，屬校勘之列，先校訂其訛誤，而後説以協韻。如，「《離騷經》：「長太息以掩涕兮，哀民生之多艱。

余雖好修姱以鞿羈兮，謇朝誶而夕替。」昂按：涕、替協韻兼同聲。當云：「哀民生之多艱兮，長太息以掩涕。」否則「替」字疑爲「譛」字之譌。』案：以爲二句倒乙者，是也，然姚鼐已發明之，見《古文辭類纂》。或説『替』改『譛』，已見陳第《屈宋古音義》，然不足取。譛，即譖字，古入侵韻，艱，古入文韻。二韻不相協。

又，『「百神翳其備降兮，九疑繽其並迎。皇剡剡其揚靈兮，告余以吉故。」昂按：迎乃「迓」字之誤。迓字，古韻收唇，與「故」協韻』。案：迎、迓，屬魚、陽陰陽對轉，非訛字也。所謂『古韻收唇』者，蓋指陰聲韻，無韻尾也，乃轉音使然。

又，『《九歌・東君章》：「駕龍輈兮乘雷，載雲旗兮委蛇。長太息兮將上，心低佪兮顧懷。羌聲色兮娛人，觀者憺兮忘歸。」昂按：蛇古音它，與雷、懷、歸三韻不協。前後兩句似倒置，否則雷韻協一句，懷字三句協一韻。』案：蛇，古入歌韻，雷、懷、歸，古入微韻。歌、微合韻，古有其例，非『駕龍輈兮乘雷載雲旗兮委蛇』二倒乙也。

又，『《九歌・少司命章》「離」字非韻，不與辭、旗、知協韻。《東君章》「降」字非韻，不與裳、狼、漿、翔、行協韻。』案：謂《東君》『降』字非韻者，是也。然《少司命》『離』『知』爲歌、支合韻，古有其例。『辭』『旗』爲別一韻，同協之韻。

又，『《九章・惜往日章》：「思久故之親身兮，因縞素而哭之。」朱子《集注》云：「哭下之，叶音周。自沈流至此，二十四句爲一韻。」昂按：前文流、昭、幽、聊、由十句爲一韻，虜、廚二句爲一韻，牛、知四句爲一韻。牛，古音疑，「知之」二字韻協在「知」字，不協在、之字。彼注云：「廚叶音稠，之叶音周。」牽就「牛」字今音，强爲協韻，誤甚。「哭之」二句韻協在「哭」字，亦不協在「之」字。與上文憂、求、遊六句，平入通爲一韻。原注謂二十四句爲一韻。非也。』案：徐斥朱子之謬，是非相雜。此篇『沈流』以下二十四句分七韻：『流』『昭』爲一韻，屬幽、宵合韻。『幽』『聊』『由』『廚』

爲一韻，屬幽、侯合韻。『牛』『之』爲一韻，同屬之韻。『憂』『求』『遊』爲一韻，同屬幽韻。『之』『疑』爲一韻，同屬之韻。『辭』『之』又別爲一韻，亦屬之韻也。

又，『「妒佳冶之芬芳兮，嫫母姣而自好。」昂按：好字與上文疑、辭、別、戒、得、佩六韻，下文代、意、置、載、備、異、再、識八韻，俱不相協，當是「媚」字之譌。』案：好，古入幽韻，上『疑』等六韻及下『代』等八韻皆入之韻，不相協韻。然校改爲『媚』，古入微韻，亦不相協。好，喜也，當作『怡』，以同義而訛也。怡，古入之韻。

又，『《橘頌章》：「閉心自慎，終不過失兮。秉德無私，參天地兮。」《集注》云：「一作失過，一無失字。皆非是。或疑過字亦衍文。」昂按：過字與地字協韻，地古音與過同韻，「過失」，宜作「失過」。原注謬。』案：其説是也。過、地古同入歌韻。朱子不識『地』字古音，而誤以爲與『失』字相協矣。

又，『宋玉《九辯》第六章：「竊美申包胥之氣盛兮，恐時世之不固。」《集注》云：「固，當作同，叶通、從、誦、容韻。」昂按：固韻不誤，與下文協。下文云：「何時俗之工巧兮，滅規榘而改鑿。」鑿字屬裓攝唇音入聲。或當作錯。《離騷經》：「固時俗之工巧兮，偭規榘而改錯。」《九辯》第五章：「何時俗之工巧兮，背繩墨而改錯。」第六章兩句複疊前章之詞，鑿當作錯，音義同措，與固韻協。』案：其説是也。然『鑿』字古入藥韻，宵韻之入聲，從紐，非『唇音』也。當校作『錯』，清紐。蓋音訛使然也。

《楚辭音》原與《易音》《石鼓文音釋》《説文音釋》《聲紐通轉》《等韻通轉圖證》屬《徐氏全書》第八册，今輯出別爲一書，爲民國三十六年南通翰墨林書局排印本，國家圖書館有藏本。（黄靈庚）

# 離騷講義

《離騷講義》者，易順豫之所作也。順豫字由甫，號叔由，湖南龍陽人。父佩紳，歷任貴州按察使、四川布政使、江蘇布政使，有政名，能文善詩。順豫光緒癸卯進士，官江西臨川縣知縣、刑部主事。民國後，入『九九社』，與王樹枏、宋伯魯、黃維翰、秦望瀾等交，以前清遺老稱。工詩詞，與其兄順鼎相酬唱。嘗任輔仁大學、中國大學教授。著有《易釋》四卷、《易表》一卷、《周易講義》一卷、《孟子年略》一卷、《詩史發微》一卷、《禮記大學篇古微》一卷、《孟子發微》一卷、《爾雅學講義續編》、《墨經通釋》一卷、《周厲宣之際共和詩史發微》二卷、《琴思樓詞鈔》一卷、《仿建除體分句詩鈔》五十三卷、《宂莽文鈔》一卷等，後彙成《琴思樓雜著》，多見傳世。

易氏之作，蓋當日爲諸生授課之講章。大略以朱子《集注》爲藍本，首爲『離騷經』解題，大略申辨屈子生平事迹，欲推翻千載傳統公案，别出新義。乃謂屈子爲古世與穆公、荀子三大寃人。屈子之寃，非惟在其時，而在其殁之後，謂爲後世之人所寃者蓋有三焉：一是本無放逐之事而曰『被放於懷而又被放於襄』，二是《離騷》之作在於求仁而曰『怨懷而作《騷》』，三是屈子不以沉湘死而曰『自投於湘以死』。而『顧其所以致寃，初非欲毁之也，乃實欲譽之；初非有所憾之也，乃實哀之。曾不知譽之，適足以毁之；哀之，祇重益其哀也』。則讀之不勝惶愕，似聞所未聞矣。

易氏謂屈子一生本無放逐之事，《離騷》之作亦不因乎『怨』，屈子未嘗有怨懷、襄之意。『本傳載懷王爲張儀所紿，云是時屈平既疏，不復在位，使於齊，反，乃諫「王何不殺張儀」。王悔，追儀不及。是屈子初不怨王，王亦非不聽其言，且爲王使齊，則王固未嘗黜而遠之，乃亦置己所言於不顧，而曰「疾王聽之不聰，故憂愁幽思而作《離騷》」，則不惟失實，且自相矛盾矣。其後載懷王入秦，云王欲行，平復諫王，言「秦不可信，不如無行」。而子蘭勸王行，竟死於秦。則終懷王之世，王固未放流屈子，屈子亦初未怨王也。而本傳於頃襄即位，以子蘭爲令尹，云「平既嫉之，雖放流，睠顧楚國，繫心懷王，不忘欲反，冀幸君之一悟，俗之一改也。其存君興國而欲反復之，一篇之中三致意焉」。然終無可奈何，故不可以反，卒以此見懷王之終不悟也。是又以《離騷》爲作於此時矣。然其時屈子並未嘗放流也，乃云「雖放流」，何耶？且懷王既死矣，而猶冀其悟，怨其終不悟，抑又何謂耶？夫屈子之南濟沅湘也，曰「依前聖以節中」，則遵禮而行也，懷王未嘗遷之放之，襄王亦未嘗遷之放之也，《離騷》之辭，固明明可考而知也」。然則屈子《九章》《卜居》《漁父》之作，載其放逐之事，其方鑿鑿。而易氏以爲『其文淺陋直卑，卑無足道』，而一概斥之『僞作』。則似以屈子但作《離騷》一篇而已矣。

易氏以屈子《離騷》之作，既非『怨生』，其在於求仁，求仁在於己而不在人。乃謂『屈子之學，顔子學於孔子之學也。屈子之心，顔子之心也，顔子三月不違仁之心也。屈子之身世，殷三仁之身世也，其去楚也，猶微子之去商也，其求仁也，伯夷、叔齊之求仁也。其作《離騷》也，所以自明其志也，明其志在求仁也。明求

離騷講義一卷

易順豫述

離騷經

易順豫曰孟子曰誦其詩讀其書不知其人可乎吾國文學亦云盛矣乃自漢以來有誦其人之詩讀其人之書而不知其人爲何人或知其人矣而曾不知其人爲何如人且盛稱其人極推尊其人不惟誦其人之詩讀其人之書且爲之博考而詳說之而仍不知其人之爲何如人人誣之亦從而誣之或且從而惜之原之若未曾誦其人之詩讀其人之書者然致其人含寃負屈於千載以下有較其生時所含之寃所負之屈爲尤甚而莫之伸愬者吾於周得三人焉其一爲召穆公厲王流彘之亂宣王逃於穆公之宮國人圍之欲得而殺之穆公以其子代之而以宣王冒爲己子教之誨之至十四年之久又爲之結婚於申伯及厲王死於彘始假申伯之力得立宣王以復周室之舊大雅抑抑威儀一詩爲穆公教宣王之詩乃自秦火之後羣以是詩爲衛武公刺厲王且以自警之詩是誦其人之詩而不知其詩爲何人之詩此尚不足爲穆公憾所可憾者則共和行政大臣固別有人在而史記乃竟以穆公與周公兩人當之夫厲王之難穆公至以其子代宣王之一死子且莫之保而謂其代王行政有是理乎使果代王行

離騷講義 一

仁之道在己而不在人也，故曰「夫孰非義而可用兮，孰非善而可服」。「吾既得此中正」，「吾將上下而求索」。義與善，中正也，所謂仁也。上下求索，求此中正也，求仁也。「吾令帝閽開關兮，倚閶闔而望余」，求仁而得仁也。「忽反顧而流涕兮，哀高丘之無女」。哀天下之不能歸仁也。天下不能歸仁，則求仁終未得仁也。是己之求仁有未至也，故曰「閨中既以邃遠兮，哲王又不寤。懷朕情而不發兮，余焉能忍而與此終古」。於是乃假靈氛而占之，而後知爲仁之必由己焉。曰「兩美其必合兮」，所謂求仁得仁也。乃更假巫咸而要之，曰「苟中情其信芳」，「又何必用夫行媒」。則爲仁由己而由人乎哉？大義至是始瞭然於中矣，於是乃曰：「已矣哉，國無人莫我知兮，又何懷乎故都。既莫足與爲美政兮，吾將從彭咸之所居。」則《離騷》之所由作也』。又釋『離騷』之義，謂『離者，去離之辭。「余既不難夫離別兮，傷靈脩之數化」。初不忍去，至是乃竟去也。《樂記》曰：「其哀心感者，其聲噍以殺。」騷者，噍殺之音。哀心之所生也，故名之曰「離騷」云』。其説辨且巧，然終不能翻千古之案。若既云『哀天下之不能歸仁』，而『國無人而莫我知』，求其仁而亦不得仁，則能不生怨乎？《離騷》之作，信由『怨生』矣。且篇内曰『怨靈修之浩蕩』，若非言怨君，寧有他説可調遂之耶？

易氏以爲屈子無放逐之事，更無投水沉湘之事，《離騷》濟沅湘南行，不過是『辟内亂』，未嘗出境。謂『屈子，楚之親屬臣也，義不得去。「濟沅湘以南征」，辟而去之而已。臣不得放，君亦不得而放之也。故曰「依前聖以節中」，「喟憑心而歷茲」，言辟子蘭之難以行也，蓋猶微子去商之志也，所謂禮也，故孔子曰「克己復禮爲仁」』。總之，『屈子之去，爲辟内亂而去。』又謂讓王『復用讒言』，遷屈子於江南，『復用《九章》，援天引聖以自證明，終不見省，不忍以清白久居濁世，遂赴汨淵以死』，是『緣太史公而誤，而又誤信《九章》《遠遊》《卜居》《漁父》諸篇之真爲屈子之所自作也』。其爲彌綸屈子無放逐、無沉湘，竟輕易抹殺屈子《九章》《遠遊》《卜居》《漁父》諸篇之作，欺人亦欺己也，則無一真際語。又，篇中『願依彭咸之遺則』，云：『彭咸，古史官，孔子曰：「述而不作，信而好古，竊比於我老彭。」老聃、彭籛也。彭即彭籛。咸則巫咸也。《書・君弼》曰：「在太戊時，則有若巫咸乂王家。」巫咸，亦殷史官也。屈子造憲令，即繼《檮杌》而作，皆史官之職。故曰「願依彭咸之遺則」，即孔子曰「竊比老彭」之意。漢儒誤以爲一人，又謂爲諫君不聽，因自投水而死之。古人謂屈子投湘已決於此時，特先言以見志。謬矣。』此蓋拾掇汪瑗之言以張皇其説也。

易氏解《騷》，以四句一韻爲章節，其不在字義訓詁協韻，而惟探究心性義理之學，而一以貫之於『仁』。如，首章『帝高陽』章，前二句是『言身受之於父母也』，後二句『言受之於天也』。而後云：『天正於子，地正於丑，人正於寅，寅者，仁之時與位也，仁者，人之所以爲人也。屈子生時月日適皆建寅，故以是自矜異，若天獨厚之，予之以求仁之命與其性也。』謂屈子天生之命與性，是求仁者也。又，『皇覽揆』章，是『屈子之志與學』。謂『名者，父之所以命其子也，故名之爲言命也。《中庸》曰：「喜怒哀樂之未發謂之中，發而皆中節謂之和，中也者，天下之大本也。和也者，天下之達道也。致中和，天地位焉，萬物育焉。」中，所謂禮也。禮以率性，率之使盡其性以至於命，所謂庸也。庸之爲言用也，中庸，中之用，禮之用也。有子曰：「禮之用，和爲貴。」故曰「致中和」。正則靈均，其義出諸此，則所謂命也，禮也。靈，所謂性也，仁也。正，所謂中也。均，所謂和也。名之曰正則，字之曰靈均，《詩》之所謂「好是懿德」、《中庸》之所謂「致中和」、孔子之所謂「求仁」、所謂「克己復禮爲仁」、顏子所謂「好學」、所謂之「擇乎中庸」，孟子之所謂「思誠」、《大學》之所謂「明明德」，伯庸固一一舉之以命其子矣。』又，『紛吾』章：『言受命於天而有此內美，受命於父而又重之以脩能也。內美，性之仁，天之命也。脩能，求仁之學，父之教也。』又，『索藑茅』章：『屈子乃悟爲仁由己之義，不復思用於楚，曰「遠逝」、曰「何懷乎故都」，言不復以楚爲念也。曰「兩美必合」，言求仁得仁，亦在求之於己而已。』又，『陟陞皇』

章：『志在求仁，既求之於人而不可得，乃去，而求之於己焉，所謂居易以俟命也。又豈屈子之所忍言哉？故爲之文以述之，而名之曰「離騷」。』則悉以孔子之『仁』學貫通之，多拘牽不經之詞。而讀其解，如墮五里霧霾之中，真不知其所云爲何如也。

易氏探微索隱，證以史事，求其言外之旨，類王闓運之《楚辭釋》也。如，『汩余若』章，前二句『言出而仕也』，後二句『言入則與王圖議國事，以出號令，出則接遇賓客，應對諸侯也』。又，『日月忽』章：『春與秋，蓋即指憲令而言。「恐美人之遲暮」，懼屬稿之未易成也。』又，『不撫壯』章：『蓋述其與懷王圖議政事之言，棄穢，猶言作新也。撫壯，猶言撫茲强國也。「乘騏驥」二句，言王欲新民，吾可以爲之先道也。』又，『余既滋蘭』章及『冀枝葉』章，『皆指造憲令而言，願俟時吾將刈，言屬稿成即可施之於國也。』又，『悔相道』章：『此至屈子始追述當時退志之萌，蓋在懷王既死之後、襄王初立之時。』又，『忽反顧以遊目』章：『至此始追述當時引退未成，而子蘭、上官復讒之於襄王也。於是屈子乃不得不辟之以行矣，所謂辟内難以行也。』又，『依前聖』章：『以明遜荒之志既決，至此毅然以行也。於是乃南濟沅湘，就重華而陳詞，則言《離騷》之所由作也。蓋此章四句，即屈子自作《離騷》之序，曰「依前聖以節中」。《中庸》所謂「喜怒哀樂之未發謂之中，發而皆中節謂之和」也。中，所謂禮也，親屬臣無去國之義，遜於荒則固禮之所許也。』又，『閨中既』章：『屈子蓋反復展轉，至是猶未能忘情於故都也。言遜荒既遠於王，王必無由自寤而復迎之使還也。蓋親屬臣辟内難而去，非待放而去，君得迎之以還，如季子去魯後復歸於魯是也。』又，『亂曰』章：『傷造憲之未成也。孔子之作《春秋》也，曰「竊比老彭」；屈子之作《離騷》也，曰「願從彭咸」。然則屈子之志，其猶孔子之志也歟？』若此比附牽合，則又可別造一部《離騷經》矣。湖、湘學者多宗公羊氏之學，讀古書求微言大義、言外之旨，往往牴牾誕妄，不復實事求是。故其間考證，無不舛謬。然其大旨惇實，可爲觀法。故存之則亦不廢以廣博異聞可矣。

是書《離騷》正文大略與洪氏《補注》本多同，然亦不盡出於《補注》，如，『揆余于』，《補注》本無『于』字，朱子《集注》本有『于』字。又，『扈江蘺』，《補注》本『蘺』作『離』，《文選》本作『蘺』。類此者蓋易氏據他本改也。

是書爲民國十四年排印本，上海圖書館有藏本。（黄靈庚）

# 天問校箋

《天問校箋》者，劉盼遂之所作也。盼遂名銘志，字盼遂，後多誤『盼』爲『盻』，遂以字行作『盻遂』。河南息縣人。民國十四年考入清華大學國學研究院，師從王静安、黄季剛、梁任公、陳寅恪習經傳考據之學，博聞絡識，精於文字、音韻、訓詁、鍾鼎、甲骨、經史、辭章，巋然爲一代文獻名家。後爲清華大學、燕京大學副教授，河南大學、北平師範學院教授，一九四九年後任北京師範大學教授，丙午『文革』之禍，死於難。著有《論衡集解》《顔氏家訓集解》《世説新語集解》《段王學五種》《説文師説》《穆天子傳古文考》《赤子解》《中華人種西來新證》《文選篇題考誤》《齊州即中國解》等，後輯爲《劉盼遂文集》，主編《中國歷史散文選》。詳參其弟子聶石樵《劉盼遂古文獻學家》。

《天問》一篇以文詞古奥，學者雅稱『難讀』。是爲劉氏研讀《天問》筆記，總三十一條。其必於文字句義之間推求本原，考訂正訛，頗有創發。

或者通其假借。如，『天式從横，陽離爰死。大鳥何鳴，夫焉喪厥體』。王逸注：『言天法有善陰陽從横之道，人失陽氣則死也。』以『式』爲『法式』。劉氏云：『式爲弑之壞字，古通謂殺爲弑，如魯昭公「將弑季氏」。而弑，古亦稱殺，如「齊公子商人殺其君舍」。故「天式」即「天弑」。天弑猶天殺矣。陽離，殆即漢人所謂之長離，司馬相如《大人賦》「前長離而後矞皇」，顔師古注：「長離，靈鳥也。」張衡《思玄賦》「前長離使拂羽兮」，李賢注：「即鳳也。」靈鳥與鳳，皆爲大鳥。屈子駭于王子僑之被弑于弟子，而化爲大鳥飛去，故復以「大鳥何鳴」，問陽離之死；「焉喪厥體」，問天式之從横也。』案：讀式爲弑、陽爲長，皆破其假借矣。雖未遑定論，不廢一家言矣。

或者説以文字本義。如，『女歧縫裳，而館同爰止』。王逸注：『言女歧與澆淫佚，爲之縫裳，於是共舍而宿止也。』叔師以『同』爲『共同』之義。劉氏云：『同，即通，爲旁淫之本字。《説文》：「同，合會也。从冃从口。」冃象岢帳蒙覆，口象男女根器。與合字同意。合亦男女覯精之本字也。《山海經・海内經》「伯陵同吴權之妻阿女緣婦」，注：「同猶通也。」《急就篇》「沐浴揃搣寡合同」。皆其證矣。《天問》之「館同」，猶《皋陶謨》之「堋淫」，同一文法。後之解者多失之。』案：其説是也。楚簡文字通字多作迵，亦同、通相通之例矣。

或者審辨舊説之悠謬。如，『圜則九重，孰營度之』。劉氏云：『《説文》：「營，帀居也。」帀有圜意，故熒爲回飛，罃爲長頸瓶，䡓爲車輮規，𤬪爲小瓜，縈爲收拳，皆與營同意。《説文》「厶」字説解引韓非曰：「蒼頡作字，自營爲厶。」今《韓非・五蠹篇》作「自環者謂之私」。故營古與環通矣。天圜九重，

# 天問校箋

劉盼遂

冥昭瞢闇、誰能極之。王逸章句、言日月晝夜、清濁晦明、誰能極知之。　盼遂按、自遂古之初至何本何化凡六韻、皆言混沌未辟時景象、惡有所謂清明者、此昭字自屬昒之誤字。昒說文尙冥也、與昧古通用、故冥昒瞢闇四字爲平列詞矣。

馮翼惟像、何以識之。王逸章句、天地既分、陰陽運轉、馮馮翼翼、何以識其形像乎。　盼遂按、淮南子天文訓、天地未形、馮馮翼翼、洞洞灟灟。高誘注云、馮翼洞灟無形之貌。廣雅釋訓、馮馮翼翼元氣也。皆謂馮翼爲大氣瀰漫、無形可指。此文馮翼惟像、惟疑未之聲誤、蓋惟與未古雙聲復疊韻也。

陰陽三合、何本何化。王逸章句、天地人三合成德、其本始何化所生乎。　盼遂按、三讀爲參、古三參通用。詩魏風綢繆三星在天、毛傳三星參也。考工記弓人有三均、鄭注有三讀爲又參。廣雅釋言參三也。皆其證。陰陽參合何本何化者、謂天地未分之時、陰陽壹壺、迄無分際、將以何者爲本根、何者爲化生乎。與天地人之事尙遠違不相及也。王氏所說失之。

圜則九重、孰營度之。　盼遂按、說文營帀居也。帀有圜意、故熒爲回飛、罃爲長頸瓶、䡓爲車輮規、𤬪爲小瓜、縈爲收卷、皆與營同意。說文厶字說解、引韓非曰、蒼頡作字自營爲厶。今韓非五蠹篇、作自環者謂之私。故營古與環通矣。天圜而九重、故須環回以度之。洪氏補注謂營經營也、遠失之矣。

天問校箋　二六九

故須環回以度之。洪氏《補注》謂「營，經營也」。遠失之矣。』案：其說是也。厶，象己之所圈之圜，故云『自營』，厶，則亦有回圜之義。又，『何聖人之一德，卒其異方。梅伯受醢，箕子詳狂』。王逸注：『聖人，謂文王也。言文王仁聖，能純一其德，則天下異方，終皆歸之也。』劉氏云：『聖人，謂下文梅伯與箕子也。梅伯諫紂不聽，伏身受醢，箕子一諫不納，逕然行遯，此皆聖人，而所行之乖違如此，此屈子所怪問也。使如王說，則梅伯二語無問詞，與書例不合，未可信也。洪氏《補注》引或曰，略同此意，今爲發之。』案：其說是也。據《天問》問例，或探下而問，此文是也。

或者以出土銘器文以證。如，『何乞彼小臣，而吉妃是得，水濱之木，得彼小子』。王逸注：『小臣，謂伊尹也。』又云：『小子，謂伊尹。』劉氏云：『《禮經・燕禮》「小臣戒與者」，鄭注：「小臣相君燕飲者。」先師王先生曰：「金器中亦多言小臣，蓋皆屬天子近幸之人，不盡爲卑屬也，故伊尹相成湯定社稷，而有小臣之名。」《呂覽・尊師》：「伊尹，湯之小臣。」《墨子・尚賢下》：「堯有舜，舜有禹，禹有皋陶，湯有小臣。」是且以小臣名伊尹矣。小子之名蓋亦相類。後人牽于女師割烹之說，謂小臣爲卑稱。然則呂望應稱之屠沽，井伯應謚之媵臣，必不然矣。』案：其說是矣。然則『小子』之名，非小臣矣。小子，本幼孩也。睡虎地秦簡《日書》：『酉，巫也。其後必有小子死，不出三月有得。』又，上博簡《周易・隨》：『六二：係小子，失丈夫。六三：係丈夫，失小子。』小子、丈夫對舉。伊尹幼時，得於水濱之空桑，故以『小子』稱之矣。

或者審辨古韻。如，『比干何逆，而抑沉之。雷開何順，而賜封之』。劉氏云：『靈均蓋讀封同風。風，古音在侵覃韻，故可以韻沉。此條實以沈爲本韻，封乃合韻也。清儒皆以之列入東冬韻。未是。』案：其說是也。風，侵韻，故《涉江》風韻林，《哀郢》心韻風，《招魂》楓韻南，皆爲侵覃韻，非冬韻矣。封，東韻；東、侵合韻。

或者類推以古之事例。如，『何啓惟憂，而能拘是達』。王逸注：『言天下所以去益就啓者，以其能憂思道德，而通其拘隔。

拘隔者，謂有扈氏叛啓，啓率六師以伐之也。』以『惟』爲『思惟』之義。劉氏云：『惟乃罹之借。惟憂猶離蠥也。真本《竹書紀年》稱「伊尹放太甲於桐乃自立也，伊尹即位於太甲七年，太甲潛出自桐，殺伊尹」。想益之干啓，啓之遑難，亦應若是，故云啓既被幽囚，何以能于桎梏之中而得以自達于外乎？』案：其説雖以商類推夏，然考之似有據矣。《戰國楚竹書》（二）《訟城是（容成氏）》：『禹又（有）子五人，不以丌子爲後，見㕣咎（咎繇）之賢也，而欲以爲後。㕣秀（咎繇）乃五壤（讓）以天下之賢者，述（遂）俑疾不出而死。禹於是虗（乎）壤（讓）益。啓於是虗（乎）攻益自取。』《晉書・束晳傳》、《册府元龜》卷六八〇《學校部》同引《竹書紀年》：『益干啓位，啓殺之。』《史通・疑古篇》引《汲冢書》：『益爲啓所誅。』又，《雜説》上引《竹年紀年》：『后啓殺益。』則出土楚簡及《汲冢竹書》皆可印證其説。

或者論以遠古民俗。如，『稷維元子，帝何竺之』。王逸注：『帝，謂天帝也。竺，厚也。后稷生而仁賢，天帝獨何以厚之乎？』劉氏云：『帝謂帝嚳，竺當作毒，聲之誤也。如天毒，亦作天竺，《説文》毒、竺同訓厚也，此二字相通之證。帝嚳毒之者，指下文投之冰上而言。若王氏之説，拘絞難通矣。又按古者夫婦制度未確定時，其妻生首子時，則夫往往疑其挾他種而來，媢嫉實甚，故有殺首子之風。《史記・夏本紀》：「禹曰：予辛壬娶塗山，癸甲生啓，予不子。」此不以啓子爲也。《漢書・元后傳》：「王章上封事云：羌胡尚殺首子，以盪腸正世。」顏師古曰：「言婦初來所生之子或它姓。」《墨子》亦云：「越東有輆沐之國，食其長子，謂之宜弟。」知古代於元子所最毒視，不如周世之重嫡長子也。屈子生于戰代，故以后稷陋巷平林寒冰之寘爲怪問矣。』案：此以遠古棄首子之俗釋其義者，是也。棄首子或食首子之俗，蓋行於昏姻未定之時。人之娶婦，所以延其種類矣，婦之能生子與否，爲婦德之至大者，而驗其生育能力，必經生子者，蓋不在貞節與否矣。而其所懷之子，知其母而不知其父，故或者棄之，或食之。棄首子者，蓋在婦未嫁之前。食首子者，則在婦已嫁之後也。甲金文之『孟』字，从八、子、皿，八者分也，謂解子而食也。其所食之子爲首子，故引申長也、正也、始也，大也。

或者論辨三代往古歷史。如，『胡射夫河伯，而妻彼洛嬪』。王逸注：『胡，何也。雒嬪，水神，謂宓妃也。傳曰：「河伯化爲白龍，遊于水旁，羿見，䠶之，眇其左目。河伯上訴天帝曰：『爲我殺羿。』天帝曰：『爾何故得見䠶？』河伯曰：『我時化爲白龍出遊。』天帝曰：『使汝深守神靈，羿何從得犯？汝今爲虫獸，當爲人所䠶，固其宜也。羿何罪歟？』」羿又夢與雒水神宓妃交接也。』叔師以『洛嬪』爲『宓妃』。劉氏云：『河伯斥伯封言，洛嬪即伯封之母后夔之妻名玄妻，又作眩妻，而浞所貪之純狐氏也。《左傳》昭公二十八年，「昔有仍氏生女黰黑而甚美，光可以鑑，名曰玄妻。樂正后夔取之，生伯封，實有豕心，謂之封豕。有窮后羿滅之，夔是以不祀」。襄公四年又云，「浞因羿室生澆及豷」。《離騷》云：「羿淫遊以佚田兮，又好射夫封狐。固亂流其鮮終兮，浞又貪夫厥家。」《天問》云：「浞娶純狐，眩妻爰謀。」歷來解者皆云，純狐，羿之室而浞蒸之者也。然則浞取羿之妻純狐氏名眩妻，而羿所殺封豕之母，亦名玄妻，故知爲一人矣。《路史後紀》注：「洛嬪，蓋有洛氏之女也。或以爲宓妃，妄甚。」是羅氏亦以王注爲不然矣。』案：三代以往古史與神話傳説相交錯，蓋於屈子之世已漫然不可辨。河伯、雒嬪，皆非水神，夏時諸侯也。叔師以神話説之，則非其旨。然劉氏於河伯亦闕焉其説。《竹書紀年》帝芬十六年：『洛伯與河伯馮夷鬭。』又帝泄十六年云：『殷侯微以河伯之師伐有易，殺其君綿臣。』朱季海《楚辭解故》：『今謂河伯是有國之號，其地蓋在洛水之北，河之左右。羿雖射其君，未滅其國，故近百年間，復能以師助微，伐有易而滅之。』其説韙也。河、雒皆國名。西河有雒，猶《周禮・地官司徒・掌節》『澤國用龍節』之『澤國』。《淮南子・氾論篇》：『羿除天下之害，死而爲宗布。』高注：『羿，古之諸侯。河伯溺殺人，羿射其左目。風伯壞人屋室，羿射中其膝。又誅九嬰、窫窳之屬，有功於天下，故死託祭於宗布。此堯時羿，非有窮后羿。』洪氏《補注》：『此言射河伯、妻洛嬪者，何人乎？

乃堯時羿，非有窮羿也。革孽夏民，封狶是射，乃有窮羿耳。《淮南》云：「河伯溺殺人，羿射其左目。」注云：「堯時羿射十日，繳大風，殺窫窳，斬九嬰，射河伯。」」堯時之羿、夏時有窮后羿，是一氏族之事，而非一人之事也。羿，非人名，氏族名也。又，河伯化爲白龍，《儀禮・覲禮》『象日月，升龍降龍』，鄭注：『馬八尺以上爲龍。』白龍，謂白馬也。《山海經・海内經》：『駱明生白馬，白馬是爲鯀。』河伯，夏鯀之裔。則羿射河伯，是『革孽夏民』也。

觀劉氏之學，乃考據之學也，其承傳清世乾嘉諸老之餘緒，每下一義，必旁紹遠引，以書證輔佐其説，惟空言是戒。然時或率意改字，發爲怪異之論，蓋求深之過矣。如，釋『冥昭瞢闇』之『昭』，爲『昒』字之訛，謂『冥昒瞢闇四字爲平列詞』。案：其説好奇。舊作昭字未訛。冥昭，古之恒語。《弘明集》引晉 王該《日燭》『三幡著而重冥昭』是也。又作冥照，《藝文類聚・帝王部》『帝舜有虞氏』條引晉庚闡《虞帝像贊》：『雖冥照之鑒獨朗』是也。瞢闇，平列同義，言不明貌。謂陰陽不明也。又釋『馮翼惟像』之『惟』爲『未之聲誤，蓋惟與未古雙聲復疊韻也』。未，古明紐三等；惟，古喻紐四等，非雙聲也。未、惟無相通之證。又，繼、飽二字不韻，劉氏以爲『繼爲紹之誤字』。案：飽，飢之訛，《戰國楚竹書》（二）《魯邦大旱》『飽』字作『飤』，與『飢』字形似。飢、繼同協脂部。《詩經・汝墳》『惄如調飢』、《衡門》『可以樂飢』、《候人》『季女斯飢』，飢、飽，皆男女兩性廋讔之語，性欲不得滿足爲飢。朝飢，猶《汝墳》『調飢』也。若改『紹』字，於義不合。雖若是，不過大醇小疵，不足掩其美矣。

是作未嘗單行成書，發表於清華國學研究院《國學論叢》第二卷第一號，國家圖書館有藏本。（黄靈庚）

# 離騷集釋

《離騷集釋》者，衛氏瑜章之所作也。瑜章字仲璠，號樗廬，安徽合肥人。專攻先秦漢唐文學及古文字學，歷任中央大學、安徽大學、安徽師範大學中文系副教授、教授。著有《段注説解字斠誤》《揚子法言會箋》。

據衛氏弟子潘嘯龍稱，衛氏研討《楚辭》，是受益於桐城馬氏其昶。衛氏業師張氏子開乃其昶好友，嘗爲合肥李氏經義家教授其子，『以譏彈文字相往還，爲莫逆交』。馬氏所著《屈賦微》《莊子故》《周易費氏學》亦皆由經義子國松捐貲鐫板刻於家，收於《集虛草堂叢書》中。而子開晚歲開館設講座，以《屈賦微》授衛氏，『令自誦習』。衛氏『如獲拱璧』，『不覺自扃一室之內，長吟短詠，低回往復，不能自已』。自述『受《屈賦微》之啓發，方知作科學的研究。從此忝登講台，教課著文，皆與《楚辭》似結不解之緣』云云。則衛氏之承馬氏之餘而作是書，蓋所以增補前賢所未逮矣。

首有作於民國二十四年自序，稱『承廬州師範講席，授《離騷》，迺爲諸生刺取自逸以降，至於時賢，無慮數十家，束群説，發旨趣，章挈其義，句求其詁，要使能通其讀爲歸』。據此，其作書之法，剪裁衆家，裒爲一編，似與馬氏相類。次『例言』，稱『傳《楚辭》者，劉安而後，迄於隋唐，無慮數十百家，今多不傳。最通行者，惟王叔師、洪慶善、朱晦庵之注而已。昔賢謂大別之，可分爲四派：一爲訓詁派，王逸等是也。一爲義理派，朱子、王夫之等是也。一爲考據派，吴仁傑、蔣驥等是也。一爲音韻派，陳第、江有誥等是也。余謂尚有詞章派，姚鼐、梅曾亮等是也。五者不備，不可以通《楚辭》，不可以讀《離騷》。

本書網羅衆説，衷於一是，欲使達於所謂「渙然冰釋，怡然理順」之境而已」。案：歸綜楚學爲五派，則前所未聞，甚得要義。若細審之猶未密，復可增益『索隱』『寄寓』『集成』三派。『索隱派』，專探屈賦之『微言大義』，類公、穀之解經，王闓運、劉光第等是也。『寄寓派』，則藉屈賦之酒杯，以澆己之壘塊，筆下之屈子即其人化身，黃維章、周拱辰是也。『集成派』，彙集諸家之説，合古今於一編，而後加『案』，略陳己意，若王貽六、馬其昶是也。則衛氏是書名『集釋』，裒輯自叔師以下六十餘家，較馬氏其昶四十餘家又夥頤。而後擇善而從，排比組織，一若出自己意。蓋『集成派』之流也。後之游澤承《離騷纂義》《天問纂義》亦屬此類。末附《史記·屈原列傳疏記》、沈亞之《屈原別傳》《離騷韻譜》《參考書目》及作於民國二十五年之後記。

衛氏折衷史遷、龔景瀚諸家之説，稱『《離騷》之作，或草創於懷王見疏之後，成於頃襄王斥逐之時，未可知也。張衡之賦二京，精思傅會，十年乃成；左思之作三都，亦搆思十稔；是無嫌經過悠久歲月也。《漢書·司馬相如傳》：「相如見上好僊，因曰：臣嘗爲《大人賦》，未就，請具奏之。」安知原非初屬稿，至頃襄放逐始就之耶？況《離騷》爲屈子名世之作，其非草草成篇，決矣。史遷於本傳、

# 離騷集釋

帝高陽之苗裔兮。王逸曰：「高陽顓頊有天下之號也，屈原自道其本與君共祖，是恩深而義厚也。」朱子曰：「苗裔，遠孫也，苗者草之莖葉根所生也，裔者衣裾之末，衣之餘也，故以爲遠末子孫之稱。」馬其昶曰：「史公列傳大書曰：屈原者名平，楚之同姓也。同姓之臣，義無可去，死國之志已定於此。」朕皇考曰伯庸。洪興祖曰：「蔡邕云：朕我也，古者上下共之，至秦獨以爲尊稱，漢遂因之。」聞一多曰：「王注，皇美也，父死稱考，詩曰既右烈考，伯庸字也。案九歎逢紛篇曰：『伊伯庸之末胄兮，諒皇直之屈原。』是劉向謂伯庸爲屈原之遠祖，與王逸以爲原父者適異，疑劉是而王非也。皇考之稱，稽之經典，本不專屬父廟，詩周頌雝篇，魯韓毛皆以爲禘太祖之樂章，而詩曰『假哉皇考』，此古稱太祖爲皇考之明徵。（王闓運亦謂皇考爲太祖，蓋即本此詩爲說。）以彼例此，則離騷之皇考，當即楚之太祖。漢書韋玄成傳曰：『禮王者始受命，諸侯始封者爲太祖。』是離騷之皇考，又即楚始受命之君。且禮記祭義篇曰：『王者禘其祖之自出，以其祖配之。』楚人之祖，出自高陽，楚人禘高陽，當以其先祖配之，然則屈子自述其世系，以高陽與先祖之名並舉，乃依廟制之成法，劉向此說，必有所受。王逸徒拘父死稱考之成見，翻然易之，豈其然乎？至於楚之太祖，究係何王，則史乘缺略，縣難肊斷。」瑜章案：「聞从劉說，允合古義。皇考既爲楚之先祖，其熊繹乎。楚世家：『當周成王之時，舉文武勤勞之後嗣，而封熊繹於楚蠻，封以子男之田，姓羋氏。』左昭十二年載右尹子革對楚子云：『昔我先王熊繹，辟在荊山，篳路藍縷，以處草莽，跋涉山林。』楚之始封創業之君爲熊繹，是史有明文。」攝提貞於孟陬兮。王逸曰：「太歲在寅爲攝提格，正月爲陬。」戴震曰：「馬季常注洛誥云：『貞當也。』蓋攝提之年，當孟春寅月。」劉師培曰：「原之生當在楚宣王著雍攝提格之歲，正月二十一日也。」惟庚寅吾以

離騷集釋

孟堅於《離騷贊序》皆以作於懷王時代，乃就其始事言之也。史於《報任安書》及班於《賈誼傳》曰：「屈原，楚之賢者也。被讒放逐，作《離騷賦》」，要其終篇言之也」。案：設若其言，屈子見疏而初創作《騷》，則蓋在懷王十三年前後；至頃襄王三年斥逐之時，終而成稿。幾二十年矣。豈有是理耶？蓋亦是蠡測之詞，文獻不足徵矣。要之，屈子作《騷》之時，似以龔氏景瀚之説最爲近理，即在懷王三十年至頃襄三年間，郭沫若、游國恩等亦皆據龔氏而敷演之矣。

衛氏細分《離騷》爲十章，每章之末皆述章旨。首章篇首至『先路』，是『敘己與楚同姓，則義不能去國；皇考賜嘉名，則應無忝所生；術業既修，美善畢集，時乎不再，敢不亟亟爲吾君與吾相導其先路乎』。二章『昔三后』至『數化』，是『言先代治亂之故，昭然甚明，目擊讒人行險誤國，心所謂危，敢不竭智盡忠，以冀治亂持危？孰意君竟二三其德，一至於此』。三章『余既滋蘭』至『所厚』，是言『博求賢士，置之君側，秉執忠正，修己事君，屈子之所知，如是而已。曰「願依彭咸之遺則」、曰「寧溘死以流亡」、曰「伏清白以死直」，是則生死以之矣』。四章『悔相道』至『可懲』，是『言世不吾知，惟有潔身引退，荷衣蓉裳，高冠長佩，我行我素，矢志靡他』。五章『女嬃』至『浪浪』，引吴汝綸云：『因女嬃之言，就正於舜，言得道則興，失道則亡，從古如此，故不敢阿諛以絆身。』六章『跪敷衽』至『終古』，是『於無可奈何之中，忽託遐想，上叩帝閽，既徒延佇，求之下女，或保厥美而難致，或乏良媒可使，或爲他人所先，上下求索，事屬徒勞。哲王既蔽障於讒，良臣又避之若浼。豈高陽之祀將斬於是，而國事信不可爲歟？吾且占之於卜，決之於巫矣。已逆攝下文』。案：此章内含求帝、三求女，其所寓意，爲解《騷》之最難者，而衛氏悉無一言，然引李安溪、龔景瀚之説，蓋以求賢之喻解之矣。七章『索藑茅』至『其不芳』，從姚鼐説，『以上皆靈氛之辭』，以斥王逸以下諸家靈氛之辭止於『故宇』句之誤。案：衛説非也。靈氛占辭，止於『故宇』句，間用兩『曰』者，以氛習二卜也。始占以藑茅，而繇辭『兩美其必合』至『是其有女』，故用『曰』字。次卜以『筵篿』，而繇辭『勉遠逝』至『故宇』，故以又『曰』字分別之。『世幽昧』以下至『其不芳』，乃屈子聞氛二占後自忖之辭也。八章『欲從靈氛』至『覩乎上下』，從姚鼐説，『以上皆巫咸之詞』，以斥舊説巫咸告語止於『爲之不芳』者爲謬誤。案：衛説非是。舊説巫咸告語止於『爲之不芳』，而『惟此黨人』至『又況揭車與江離』，皆屈子聞咸告後自忖之詞。『惟兹佩』至『覩乎上下』爲下章遠逝之過度也。九章『靈氛既告』至『而不行』，是『承靈氛、巫咸之意，忽思遺此遠遊，極縱横瑰詭之觀，筆情恣肆，不可控制。然而忠愛性成，意存君國，舊鄉倏睹，僕悲馬懷，吾行何之耶』。十章爲『亂曰』四句，『故都不足懷，美政絶無望，安忍坐視神州陸沉哉？語絶悲痛』。案：以上分章大略如此，除靈氛卜辭、巫咸告語可商之外，皆能自成一家矣。

衛氏注《騷》，『網羅衆説，衷于一是』。此其剪裁諸家之原則，故雖一句而取自多家，見其反覆審辨，擇善而從。如，『恐皇輿之敗績』，『皇輿』之訓詁取王逸：『皇，君也。輿，君之所乘，以喻國也。』而『敗績』之訓詁取王夫之：『敗績，車覆也。』義理則取蔣驥：『言黨人導君非義，於余身非有患害也，特恐有誤國是，而不忍坐觀耳。』又，『信姱以練要』，『練要』訓詁引朱子：『言所脩精練，所守要約也。』而『信姱』訓詁引洪氏：『言實好也。與「信芳」「信美」同意。』意旨則引朱冀：『練要，謂與王圖議國政，皆諳練國勢敵情，而舉必扼要，實可見諸施行也。』又，『追曲』『周容』，訓詁引王夫之：『追曲，隨意曲直，無定則也；周容，比周以求容。』意旨引錢澄之：『原作憲令，楚弊政多所釐革，上文「何不改乎此度」是也。原一遵規矩繩墨以爲度，故使姦邪無所容，原去而法廢，則棄其規矩繩墨而周容以爲度矣。』或祇引一説，蓋其餘皆不足取。『陸離』引王念孫云：『陸離有二義：一爲參差貌；一爲長貌。下文云「紛總總其離合兮，班陸離其上下。」司馬相如《大人賦》云「攢羅列聚，叢以蘢茸兮；衍曼流爛，痑以陸離」。皆參差之貌也。此云「高余冠之岌岌兮，長余佩之陸離」。岌岌爲高貌，則陸離爲長貌，非謂參差也。《九章》云：「帶長鋏之陸離兮，冠切雲之崔嵬。」義與此同。』案：其所創獲者即在綜合衆説、辨析是非而折中取舍之中矣。人固習知其所道前人不能道者爲獨創，安知疏理原委、彌綸衆説亦非爲獨創者耶？

或者引諸説雖一義，而詳略不同，蓋彼此互有疏補。如，『扈』字引王逸注：『扈，被也，楚人名被爲扈。』又引聞一多：『唐寫本《文選集注》本篇注引陸善經曰：「扈，猶帶也。」扈訓帶，故被亦訓帶。《漢書・韓王信傳》「國被邊」，師古注曰：「被，帶也。」』案：聞氏意謂叔師扈訓被，非披覆之意，猶謂佩帶也。又，『奔走以先後』，引王逸注：『奔走先後，四輔之職也。《詩》曰：「予聿有奔走，予聿有先後。」是之謂也。』又引聞一多：『《小雅・正月篇》「其事既載，乃棄爾輔」，又曰「無棄爾輔，員于爾輻」。黄［山］（生）曰：「毛、鄭不爲輔作訓，必當時所共知。《釋詁》：『輔，俌也。』《説文》：『俌，輔也。』俌從人，猶僕從人，本以人爲輔。大車載物，以僕御車，必以俌輔行而護持其車，蓋古法如此。載重踰險，下有折輻之患，即上有輸載之虞，爲之輔者或挽或推，所以助其車。」案：黄説郅塙。自「乘騏驥以馳騁」至此一段，以行路爲喻。「忽奔走以先後」，承上「皇輿」言，謂奔走於皇輿之先後也。注云「四輔之職也」者，四輔，《尚書大傳》：「前曰疑，後曰丞，左曰輔，右曰弼。」案疑之言礙也。丞、承古通。車前覆則礙止之，後傾則承持之，輔弼之義亦然。四輔之名蓋亦起於車輔，故王引以説「奔走先後」之義。』案：聞氏因叔師之義申延之，亦所以疏其説也。又，『羌』字引王逸注：『羌，楚人語詞也。』又引王引之云：『《廣雅》：「羌，乃也。」字或作慶。』案：王引之以申叔師之義，羌之語詞，猶乃也。字亦通慶。蓋所以疏補其簡也。

或者取舍之間，亦不求『一是』，而在乎列異。蓋所以綜異聞，備多識，而未專于一家也。如，『肇』字，既引王逸云：『肇，始也。』又引聞一多云：『劉向《九歎・離世篇》曰：「兆出名曰正則兮，卦發字曰靈均。」云原之名字，得於兆卦，則是卜於皇考之廟。皇考之靈，因賜以此名此字也。肇、兆古通。《詩·大雅·生民篇》「后稷肇祀」，《禮記·表記》作兆。《商頌·烈祖篇》「肇域彼四海」，箋曰：「肇當作兆。」是其證。』案：意謂二解皆可通，故並存之。又，『阯』字引王逸注：『阯，山名。』又引戴震注：『南楚語，小阜曰毗，大阜曰阯。』案：二義相左，意謂皆可通，並存而不廢也。又，『騰』字，引王逸注：『騰，過也。言令衆車先過，使從邪徑以相待也。』又引聞一多：『《説文·馬部》：「騰，傳也。」傳當讀《儀禮·士相見禮》「妥而後傳言」之傳，《淮南子·繆稱篇》「子産騰辭」，高注曰：「騰，傳也。子産作刑書，有人傳詞詰之。」《漢書·郊祀志》（案，當作《禮樂志》）：「騰雨師，洒路陂。」謂傳言於雨師，使灑路陂也。《後漢書·隗囂傳》：「因數騰書隴、蜀。」謂傳書隴蜀也。《北堂書鈔》一〇二引蔡邕《吊屈原文》，「託白水而騰文」。謂託白水而傳文也。《文選·洛神賦》：「騰文魚以警乘。」謂傳文魚以警乘也。《楚辭》騰字多用此義，如本篇「騰衆車使徑待」，《遠遊》「騰告鸞鳥迎宓妃」，《九歌·湘夫人》「將騰駕兮偕逝」，《大招》「騰駕步遊」，皆是。』案：騰之訓過、訓傳不同，然皆可通，故並存而不廢也。

或者於『瑜章案』下直陳己意，蓋所以『衷于一是』，亦或爲其所創獲也。如，『皇考』，王逸注以爲屈原『父考』，聞一多氏據劉向《九歎·逢紛》『伊伯庸之末胄兮，諒皇直之屈原』，以『皇考』即『屈原之遠祖』。衛氏『案』云：『聞從劉説，尤合古義。皇考既爲楚之先祖，其熊繹乎？《楚世家》，「當周成王之時，舉文武勤勞之後嗣，而封熊繹於楚蠻，封以子男之田，姓羋氏」。《左》昭十二年載右尹子革對楚子云：「昔我先王熊繹，辟在荆山，篳路藍縷，以處草莽，跋涉山林。」楚之始封創業之君爲熊繹，是史有明文。』案：聞氏未言楚之先祖爲何人，而衛氏申其意，定以熊繹也。或者考辨文字形義。如，『汩』字，王逸注：『去貌，疾若水流也。』衛氏『案』云：『汩从曰，與「汨羅」之汨異。《騷》賦多用「汩」爲狀詞。《懷沙》：「傷懷永哀兮，汩徂南土。」《招魂》：「獻歲發春兮，汩吾南征。」揚雄《河東賦》「汩低回而不能去兮」，左思《吴都賦》「汩乘流以砰宕」。皆是也。注者或訓流，或訓疾，或訓行，或訓去，皆緣詞立訓耳。』案：此考辨汩、汨形義之異同矣。或者發明舊注剩義。如，『忍尤攘詬』云：『攘訓取、詬訓耻，是也。忍尤攘詬，猶言忍耻含辱耳。《儒行》注：「詬病，猶耻辱也。」詬同垢。《左傳》宣十五年「國君含垢」，《釋文》「垢，本作詬」是矣。』案：攘訓取、訓含，義相貫通。或者辨舊説不可輕移，而斥新説之繆妄。如，『女嬃』云：『王逸以女嬃爲屈原姊，與賈逵、許慎之説皆合。至朱子乃云：「嬃者賤妾之稱，比黨人也。嬋媛，妖態也。」於是郭沫若遂以女嬃爲屈原之妾。夫申申詈余，謂爲原姊，則不失爲賢姊。若斥原妾，原有此岸然撒嬌善詈之妾，亦大奇矣。唐突古人，抑何太甚。』或者辨舊注謬誤相沿不改者。如，『余以蘭』數句云：『舊注以蘭斥懷王少弟司馬子蘭，椒斥楚大夫司馬子椒。史遷稱屈子之文，曰「其辭微」，恐無是顯著語也。謝無量以椒蘭都是比喻國名，蘭指齊國，椒、樧指韓魏，揭車、江離指燕，益創新奇，使人難信。蒙謂此等，在屈子當時，或隱有所指，今不必强爲索隱，求其人以實之也。』案：其斥是也。或者棄衆家而别爲新解，必旁紹遠引，以古訓爲據依。如，『遂焉』云：『遂焉，猶終然也。《周書》：「太子晉逡巡而退其不遂。」注：「遂，終也。」《禮記・檀弓》「穆公召縣子而問然」，注：「然之言焉也。」是遂焉可訓爲終然。』案：其爲一家説也。又，『保厥美』云：『保字，讀如《左氏傳》「保君父之命」之保，保猶恃也。』案：至確。杜注訓『保猶恃也』。

末附《史記・屈原列傳疏記》，頗具功力，舉凡楚族先世、屈氏先世封邑、屈子生年、見疏、使齊、再放、自沈年月及二十五篇作時，皆涉獵之。大略謂屈子生於楚宣王二十七年戊寅（前三四三），是年爲周顯王二十六年，死於頃襄王十一年至十三年間。壽五十又四、五。懷王十一年爲五國縱長，屈子官左徒。十七年，屈子年三十二，召屈子使齊修好齊楚。三十年，諫懷王毋入秦。頃襄王三年，懷王客死秦，屈子復被讒，再放於江南也。九年之不復，而後投水死。又，據史遷《傳贊》，《招魂》亦爲屈子所作。

衛氏又稱《離騷韻譜》之作，『先列《廣韻》，明今讀也。次取陳第、張德純、顧炎武、孔廣森、段玉裁、江有誥及方績父子、鄧廷楨、戚學標之説，明古韻也』。見其取舍甚廣且慎，非苟且草率所成，較之馬氏其昶説古韻，自更勝一籌。蓋『前修未密，後出轉精』也。然無所發明，衹述而不作而已。是以清儒擬音之訛誤，依然承傳如故。如，能『古音泥』、悔『古音喜』之類是也。

是書爲衛氏精心刻意之作，蓋民國之時，治《楚辭》者不可多得也。然悠繆之説，時或見焉。如，『代序』，引李詳曰：『代序，代謝也。古人讀序爲謝。』衛氏云：『李説甚確。《大招》「青春受謝」。《日知録》云：「古人讀謝爲序。《儀禮・鄉射禮》注：『豫讀如「周成宣榭」之榭，《周禮》作序。』可證謝、榭、序古同聲得相假也。」』案：李詳《楚辭翼注》無此解，聞一多、游國恩以代序爲代謝。蓋衛氏誤以爲李詳矣。又，『來吾道』云：『來，詞之則也。下文「雖信美而無理兮，來違棄而改求」。來，詞之乃也。前人以來去釋之，則詰籲爲病矣。』案：非是。『來吾道』，言吾來導。《離騷》句法，有述語置於主語前者，『汩余若將不及』『步余馬』『回朕車』『邅吾道』『屯余車』『總余轡』。皆其類也。『來違棄』之來，釋乃是也。又，『憑心』云：『憑心，猶任意也。若曰歎息我平素知秉忠貞之道，不與貪婪爲伍，任意而行，非一朝一夕，不知其不可也。』案：憑，古無『任意』之義，即字通馮、凭，亦皆無此意，其説不足爲訓。舊注訓滿，未可移易也。然則類此者，衹大醇小疵，未足掩其美矣。

是書爲民國二十年北平文字同盟社排印本，印數甚寡，流傳未廣，於今已視爲稀見物矣。國家圖書館有藏本。（黄靈庚）

# 離騷音讀

《離騷音讀》者，劉文興之所作也。文興，字詩孫，後改思生，齋名『食舊德』，係明東林名士劉永澄之裔孫、清經師劉寶楠之曾侄孫，江蘇寶應人。肄業於北京大學研究所國學門，師從錢玄同，爲章門三傳弟子。精通文字、音韻、訓詁之學。抗戰時，任輔仁大學研究所編輯，中國大學講師。著有《劉端臨先生年譜》《劉楚楨先生年譜》《北宋本〈文選〉校記》《宋本〈唐鑑〉校記》，別有《食舊德齋收藏金石録稿》《射陽古甓考》，皆未刊行。又，家藏《皇父攝政王起居注》，公之於世，於清初多尔衮故事，亦多有所裨補云。

是書以釋《離騷》入韻字及疑難字之古音，乃屬專門之作。首爲《凡例》四則，稱是書《離騷》正文，據隋、唐鈔本録入，即敦煌隋道騫《楚辭音》殘卷及日藏唐鈔《文選集注》本中公孫羅《離騷音決》、陸善經《離騷注》是也。『遇有三家所缺的詞句』，即參考宋刻王逸《楚辭章句》、洪興祖《楚辭補注》及朱熹《楚辭集注》補録。案：劉氏旨在恢復《離騷》古本原貌，其意甚善。然《楚辭音》起《離騷》『駟玉虬以乘鷖兮』之『乘』字，止『雜瑶象以爲車』之『瑶』字，存《離騷》正文衹一百八十八字。唐鈔《離騷》，存篇首至『恐導言之不固』，後皆殘缺。王逸《楚辭章句》、洪興祖《楚辭補注》、朱熹《楚辭集注》三家，雖不乏佳槧，而多爲明季世翻刻本，不無改竄，已非宋刻舊觀。故僅據以上諸本以復《離騷》舊貌，則戛戛乎難哉。

劉氏臚列《離騷》之『音』，以時之先後爲次，首列道騫《楚辭音》，次列公孫羅《音決》。若二家所闕者，則酌取明陳第《屈宋古音義》、清汪梧鳳《屈賦音義》、江有誥《楚辭韻讀》三家。凡入韻之字，據騫音及公孫音之反切，『標出隋唐音』。而『隋唐擬音的標準，主要是參考趙元任、李方桂、羅常培等所擬隋唐《切韻》音，並參考本人研究《音決》的音系，確定聲母和韵母與調類，及國際音標標出音讀來。遇有不易讀出的隋唐音，並注出現代方言來説明，便於讀者容易讀出字音』。正文非入韵字，『衹寫出反切和直音，而不加音標』。則知是書標音以標入韻字爲注。既以標入韻字爲主，而但標其隋、唐之音，不標先秦古音，豈先秦古音與隋、唐音無所分别耶？此尤不可思議也。

劉氏臚列《離騷》古注，亦以時之先後爲次，首列唐陸善經注，次列明末劉永澄《離騷經纂注》。謂前者爲『世間難得之佚書，後者雖是明末清初注本，於今亦不易得見。『本書著重音讀，古注衹是附帶的列出，因爲難得和不易見，所以也列出來供讀者參考』。案：《離騷》古注，當以王逸《章句》爲最重要，唐人五臣乃拾其餘唾耳，陸善經亦不例外。如，『朕皇考』，王注：『朕，我也。』陸注：『朕，我也，古者尊貴共之也。』蓋漢人皆知『朕我之義，古所共稱，毋庸縷説，唐人不知，故補益之耳。又，『孟陬』，

離騷音讀

劉文興編訂

唐陸善經注（以下簡稱陸注）引漢王逸離騷序曰：離騷經者，屈原之所作也。屈原與楚同姓，仕於懷王，爲三閭大夫。三閭之職，掌王族三姓，曰昭、屈、景。序其譜屬，率其賢良，以厲國士。同列大夫上官靳尚，妬害其能，共譖毀之。王乃疏屈原。屈原執履忠貞，而被讒邪，憂心煩亂，不知所愬，乃作離騷經。離，別也；騷，愁也；經，徑也。言已放逐離別，中心愁思，猶陳道徑，以諷諫君也。故上述唐虞三后之制，下序桀、紂、羿、澆之敗，冀君覺悟，反於正道，而還已也。是時，秦昭王使張儀譎詐懷王，令絶齊交；又使誘楚，請與俱會武關，遂脅與俱歸，拘留不遣，卒客死於秦。其子襄王復用讒言，遷屈

王注：『正月爲陬。』陸注：『正月爲孟陬也。』案：是重複王注。若臚列古注，當從王逸《章句》始，而後補輯與王注不同者，以見其承傳軌迹也。至若劉永澄《纂注》，文興又云：『劉注本意，原爲家塾讀本，旨在淺顯明白容易，繹讀《離騷》，先行綜合漢王逸注、宋洪興祖《補注》、宋朱熹《集注》以及其他各家之説，所以叫做「纂注」。然後再附以己見，特别是有些注語裏加〇識以下的注語，都是劉氏個人心得之言。劉氏處在明末的時候，目擊朝政的腐敗，自己又是東林黨人，所以注中自己的話，多半是有所指摘朝政的讜語。當時劉氏的友人文震孟（號文起）很欣賞劉氏的話，特地指定他這本書，並叫外甥姚希孟代刻，即是世傳的明本。』是書於明、清諸家《楚辭》注本，當屬平庸之作，然文興稱道之不置，以至于全録其説，庶幾一字不落。是一味諂譽歸美宗親，亦令人生厭矣。

公孫氏《音決》解『協韻』云：『凡協韻者，以中國爲本，傍取四方之俗以韻，故謂之「協韻」。然於其本俗，則是正音，非協也。』劉氏爲之發揮新解，云：『是公孫氏説明「協韻」的標準，其中「以中國爲本」句，應當解做「以國中爲本」。因爲用「中國」當是國中」解釋，在《楚辭》裏是有證據的。《楚辭·惜誓》：「臨中國之衆人兮，託回飆乎尚羊。」漢王逸注：「尚羊，遊戲也。言己臨見楚國之中，衆人貪婪，故託回飆遠行遊戲也。」就是把「中國」當作「國中」解釋的一個證據。還有《孟子·公孫丑》下：「我欲中國而授孟子室」之句，漢趙岐注：「王欲於國中而爲孟子築室。」也是把「中國」當作「國中」來解釋的。既然用「中國」當作「國中」來説明「協韵」標準，那就是説明用「國中」音做押韻的了。也有不寫出「協韻」的，説明是「楚本音」。如，《招魂》：「湛湛江水兮上有楓，目極千里兮傷春心。」《音決》：「楓，方凡反。心，素含反。」案：「方凡」「素含」是楚本音，非協韻，類皆放此。如本句「莽」字：「協韻，亡古反。楚俗言也。」説明是楚國方俗的音，而非國中的音。又如，「傷靈修之數化」句，《音決》：「化，協韻，呼戈反，楚之南鄙言。」説明是楚國南鄙的方音，不是「國中」的音。

這就說明了「協韻」的標準，是用四方俗音來押韻的。「協韻」之說，是六朝人相傳的說明用方音押韻的一種學說，在隋唐間，陸德明《經典釋文》和隋釋道騫《楚辭音》裏都應用着，隋唐間公孫羅《音決》加以說明，使我們明確了「協韻」標準，是古人用方音押韻的音讀。不幸致使宋代朱熹在《楚辭集注》和《詩集傳》裏亂用「協音」，有協有不協，以致於被明代陳第《毛詩古音考》和《屈宋古音義》裏加以批評，說「以今之音讀古之作，不免乖刺而不入」了。陳氏之後，講古音的都不贊同「協韻」之說，這是由於朱熹亂用「協音」所致，也由於「協韻」標準不傳，不能讓後人明確它的定義。現在看到公孫羅說明「協韻」標準的一段，可以明確古人用方音押韻的標準，一掃陳誤解「協韻」，對於古音學是很有貢獻的。』案：劉氏以爲《音決》『協韻』說與宋人臨時改字音之『叶韻』不同，『協韻』爲六朝人以方俗音協國中音，而『叶韻』强改今音以協古音，蓋是快論，足破千古之疑也。充是書之量，亦惟有此條差强人意。然則謂『方凡』以讀『楓』、『素含』以讀『心』，是楚本音，非『協韻』。其寧可證據乎？蓋亦是以今音改讀古之字也。若是者，尤需消息斟酌之，似不可鹵莽矣。

是書於《離騷》難解之韻，均有所論列。如，『艱』『替』二字不協，乃用姚鼐說二句『誤倒』說，以『涕』『替』相協。以『常』『懲』出韻，乃取梁章鉅『避漢』說，改『常』爲『恒』，以同協蒸韻。然則有取舍不當者。如，『姱節』『不服』不協，劉氏取廣州方音，謂『即』字之韻讀與『服』近。案：節，即古同質部。服，職部。古韻不相協。節，當『飾』之訛，朱駿聲已有此說。飾、服古同職部。又，『占之』『慕之』，取江有誥爲『無韻』。案：『慕之』，當作『莫之思』，因下句『思九州之博大』二『思』字連用而脱之。之、思古同入之韻。又，『歷兹』『未沫』不韻，亦取江有誥爲『無韻』。案：此蓋誤倒，前二句本作『委厥美而歷兹兮，惟兹佩之可貴』。貴、佩古同爲微部，乃相協韻也。

劉氏考論韻部，不無舛謬。如，《離騷》首韻『庸』協『降』，劉氏云：『「降」字韻讀，《離騷音決》：「協韻：下江反。」如照隋唐陸法言《切韻》分韻來看，「降」字應列在「江」韻，與「庸」字列在「鍾」韻不通用了。後代人拘牽著「庸」字列在「鍾」韻，都把「降」字念入「冬」韻。以期符合。「冬鍾通用」的韻讀，最顯著的例子，如洪念「乎攻切」，明陳弟《屈宋古音義》念「古音洪」，清江有誥《楚辭韻讀》念「胡冬反」，「東中通韻」。實際上，六朝韻書的陽休之《韻略》本是「東鍾江同用」，在故宮唐寫本王仁昫《刊謬補缺切韻》「冬」目下，明注：「陽與東江同用。」可以「鍾江」通讀的，無須把「降」字讀入「冬」韻的了。至於「降」字「協韻下江反」的「協韻」標準，乃是古人用方音協韻的韻讀，也正是楚音所在。』案：公孫氏《音決》、陸法言《切韻》，乃六朝隋唐時之音，非先秦古音。《韻略》『冬』目下明注『陽與東江同用』，謂『江』從『東』分出，始與『陽』韻合用。先秦之世『江』『陽』絶不合用，其分至嚴。『東鍾江同用』，乃是先秦古音遺存，然不得謂與『陽』亦合用也。陳第、江有誥乃標注先秦古音，降入冬部，庸入東部，故謂『東中通韻』，自是不刊之説。劉氏非知音之選也。

劉氏惟唐鈔本是據，而不知其亦有悠謬者。如，唐鈔本《文選集注》陸善經引王逸《離騷序》『王乃流屈原』，洪氏《補注》及明刻單行《章句》『流』皆作『疏』。劉氏極推美唐本，謂『「流」字最佳，和下面屈原「放逐離別」而作《離騷》的句意相合，説明是第一次放逐屈原。如照王注和洪注作「疏」字，便顯不出第一次放逐屈原的事迹了』。案：非也。屈原當懷王之世，並無放逐之事。若果見放逐，之後出使於齊、武關諫止懷王入秦，則成烏有矣。《文選》本引序皆作『流』，非獨唐鈔如此。然『流』即『疏』字之訛。《史記·屈原傳》：『王怒而疏屈平。』班固《離騷贊序》：『王怒而疏屈原。』皆王注所因，其舊本作『疏』也。王注或言『放流』。下文『又樹蕙之百畝』，王注：『言己雖見放流，猶種蒔衆香，修行仁義，勤身自勉，朝暮不倦也。』又，『申申其詈予』，王注：『言女嬃見己施行不與衆合，以見放流，故來牽引數怒，重詈我也。」《懷沙》『汩徂南土』，王注：『言己見草木盛長，而己獨汩然放流，往居江南之土，僻遠之處，故心傷而長悲思也。』《大招序》：『屈原放流九年，憂思煩亂，精神越散，與形離别。』或爲『流放』。《九懷序》『言屈原雖見放逐』，《補注》引『放逐』一作『流放』。《通路》『悲命兮相當』，王注：『不獲富貴，值流放也。』而未見有單作『流』者也。

是書末附《文選集注》凡《音決》『協韻』全部條目及道騫《楚辭音》殘卷影印照片。是書未見付梓板，惟有稿本，今藏於上海圖書館。（黄靈庚）

# 楚辭發微

《楚辭發微》者，路百占之所作也。百占字梅村，號山父，又號黑白樓主，河南長葛人。民國二十八年畢業於河南大學中文系，嘗師從高亨、范文瀾先生。先後任河南鎮平縣初級中學、臨汝縣豫西高級中學教師。一九四九年後，任許昌第一中學、許昌師範學校國文教師。一九五七年被劃右派而勞動教養，沈埋十年餘載，至一九七八年平反。後任職於許昌師範專科學校中文系。別著《名字號研究》《讀説文箋記》《詩品勘研》《諸子札迻》《讀史偶得》《昭明文選箋注》《賈誼新書校注》等，然多未見鋟梓。

卷首有民國三十三年自序及民國二十九《離騷札迻序》及《例言》十三則。自序稱，其治《楚辭》，乃『八年之往事』，蓋入大學初，已立治《騷》之志。又，《離騷札迻序》稱，『主豫高講席，授諸生《離騷》，於講述先哲近賢訓詁之暇，乃迻録舊箋，馳騁愚見』，爲《離騷札迻》一卷。則成於民國二十九年，任教豫西高級中學時矣。是年自爲石印百册，分送各地及高校圖書館以傳後。後繼作《二〈九〉札迻》《天問札迻》，凡上、中、下三卷，『二九』者，即《九歌》《九章》也，《遠遊》以下似皆未及。然中、下二卷未及付梓，倭寇亂豫，乃攜稿避之豫西魯陽山中。是稿原名『楚辭札迻』，因友人趙希堯、張子萬慫恿，復補訂一過，易名曰『楚辭發微』。凡四卷：首卷《離騷發微》，卷二《天問發微》，卷三《九章發微》，卷四《九歌發微》也。

路氏之治《騷》，『感屈誼之霾，歎近賢之迂，乃統繹全書，爲之説解。必求事當而後止，誼適而後安。若古賢之説，或崇信，或問疑，今古賢哲所並未解者，籀誦群書，以貫其會通，驗之《楚辭》，以求其實證。而尤重以《楚辭》證《楚辭》，蓋避陋且迂以求真也』。其《離騷札迻序》亦云，『論不務新奇，理求于允中，準史實以説解，以《楚辭》證《楚辭》』。則其作書宗旨，在於講明《離騷》字義訓詁。乃不狃於漢宋舊説，法乾嘉諸老，糾前賢之謬，言人所未言，期於『求真』，而發明新義矣。全書凡五十九條，每條首列《離騷》正文，次列各家之説，而後於『百占案』下斷以己意。如，考釋『離騷』之義，首列司馬遷、班孟堅、顔師古、應劭、王逸、蕭該、王應麟諸家之説，而後折衷之，乃復證以《楚辭》用『離』字之例及屈子被逐事實，『「離騷」之離訓爲離别，當合乎情理。故知史遷、叔師之説是，應劭、師古之説不足信矣』。又以『《離騷》之當作於罷官後之懷王十二年』云，蓋亦據史遷『王怒而疏屈平』推斷之矣。所謂『準史實以説解，以《楚辭》證《楚辭》』者，亦於斯可見其一斑矣。

楚辭發微 上卷

長葛路百占著

離騷發微

離騷。

司馬遷曰：「離騷者。猶離憂也」。班固離騷贊曰：「離。猶遭也。騷。憂也。明己遭憂作辭也」。漢志曰：「大儒荀卿及楚臣屈原。離讒憂國。皆作賦以自風」。史記索隱引應劭曰：「離。遭也。騷。憂也」。漢書賈誼傳顔師古注：「離。遭也。憂動曰騷。遭憂而作此辭」。王逸章句曰：「屈原執履忠貞。而被讒言。憂心煩亂。不知所愬。乃作離騷經。離。別也。騷。愁也。經。徑也。言己放逐離別

離騷發微　第一葉

路氏所釋，偶見精義，且必旁紹遠引，求其確鑿證據，而非憑臆妄解者比矣。如，『惟庚寅占以降』條云：『庚寅日實非吉日。《楚世家》載：「共工氏作亂，帝嚳使重黎誅之而不盡，帝乃以庚寅日誅重黎。」又：「將戰，庚寅，昭王卒於軍中。」兩記「庚寅」，雖曰大事，可窺知庚寅日在楚人目中必視爲凶日，故大書之。如，《楚世家》：「伐隨，楚王卒師中而兵罷。」同爲王卒於車中而一則書其日，一則不書其日，知庚寅日却爲迷信過深之楚人所深忌也。』案：此説雖未遑定論，然饒有新意，則可備爲一解矣。然考《史記·秦本紀》：『四年正月庚寅，孝公生。十一年，周太史儋見獻公曰：「周故與秦國合而別，別五百歲復合，合（七）十七歲則霸王出。」』周文康氏謂『「正月庚寅」生主其必霸。乃至欲取周而代之。就秦孝公言，是可謂之吉』。在六國言，謂之『凶日』，預示『異姓之變』。屈子生同孝公之辰，有『易主』嫌疑，是爲『凶日』。則人之吉凶，固未必在日。《論衡·譏日篇》：『人殺傷不在擇日，繕治室宅，何故有忌？又，學書諱丙日，云倉頡以丙日死。禮不以子卯舉樂，殷、夏以子卯日亡也。如以丙日書、子卯日舉樂，未必有禍。重先王之亡日，悽愴感動，不忍以舉事也。』《簠室殷契類纂·帝繫》六十之二云：『丁亥，卜，于翊戊子酒三豕且乙？庚寅用。三月。』據此卜辭，先貞於戊子日，得兆不吉，後貞於戊子後二日庚寅，吉而行之。殷以『庚寅』爲吉日也。又，睡虎地秦簡《日書（甲）·生子》：『庚寅生子：女爲巫，男好衣佩而貴。』觀屈子好服芳潔，豈以庚寅日生故耶？篇内以女子自比，有靈巫之質。其爲日者所言中，蓋未能離俗矣。又，『既遵道而得路』條云：『道，應讀爲「道夫先路」之道，道、導古字通。《荀子·不苟》「以開道人」，《非相》「起於上所以道於下」，《王道》「故道王者之法」，《性惡》「必將有師法之化、禮義之道」，揚倞説諸「道」字，均讀如導。是道、導通用之證。《説文》：「路，道也。」得路者，得治天下之道也。蓋堯舜聖君，其德耿介，聽良臣之言，信賢士之行，故舜得舉於堯，禹得舉於舜，而成其治功，得治天下之道也。原陳此辭者，述懷王之不聽己言，未能如堯舜也。』其訓『遵道」之道爲導引之導者，是也。導者，謂導引也。遵導，循行導引也。自「來吾道夫先路」以下以車輿爲喻，屈子自比先導，爲君所乘「皇輿」奔走先後也。然「得路」之「路」，非謂治道也。王逸注：「路，正也。」案：正，讀如征。正、征古字通用。《易·小畜》上九「君子征凶」，漢馬王堆帛書本「征」作「正」。征，行也。「路正也」之解，謂征也。得路、窘步，對舉爲文，窘步，不得行；路，用如動詞，則亦謂行走也。又，「悔相道之不察」條：「考相，輔也，佐也。《左氏昭元年傳》「樂桓子相趙文子」，注：「相，佐也。」《禮記·檀弓上》「莫相予位焉」，注：「相，佐也。」《樂記》「治亂以相」，《釋文》引王注：「相，輔也。」《左宣十六年傳》「原襄公相禮」，注：「相，佐也。」是相訓輔佐之證。又，道應讀作導，相導，重言也。此句蓋原述己輔導楚王之忠心，未蒙明察，而有悔意。」案：此承上屈子以先導自比，以君所乘之輿喻國政，則「相導」云者，謂丞疑輔弼「四輔之職」者，是也。

路氏所爲「發微」，務求新穎，實多悠繆之説。如，「朕皇考曰伯庸」條以「伯庸」爲楚武王熊通。案：熊通之名，見諸《史記》，曰：「蚡冒弟熊通，弑蚡冒子而代立，是爲楚武王。」先秦古籍未載。近見清華簡《楚居》「至武王酓⿰⿱舌月奚自宵遷（徙）居免」云云，武王，簡文乃名「⿰⿱舌月奚」，整理者云：「「⿰⿱舌月奚」字左側所從爲舌之繁體。」未識其爲何字。審其左旁作「⿱舌月」，從舌、從月，舌亦聲。⿰⿱舌月奚，讀舌聲，通作徹。舌，食列切，審紐，月部。徹，丑列切，透紐，月部。透、審旁紐雙聲。例得通用。上博簡《姑成家父》有「伐⿸尸乇⿺辶⿱舌月适」之「⿺辶⿱舌月」，亦從「⿱舌月」，整理者云「未識」。⿺辶⿱舌月，亦徹字。酓⿰⿱舌月奚，即熊徹。徹，是其本名。《楚世家》作「熊通」，以避漢武帝名諱也。故以「伯庸」爲「熊通」，以地下出土文獻證之，知其謬誤也。他如釋《騷》開頭八句爲自敘被紬之時，故「惟庚寅吾以降」條，以庚寅爲其見疏之日，以降爲紬其職。「皇覽揆余于初度」條，以「皇」爲國君，指楚懷王。謂國君懷王，以「初度」爲官初日。「肇錫余以嘉名」條，以「名」爲「美譽」，而非「名字之名」。「名余曰正則』條，以『正則』爲『品行端正可爲世則也』。『字余曰靈均』，以『字』爲愛，而『靈均者，意謂原乃良臣，能導君入於正途，使國家臻於治平也』。則皆聞所未聞，令人瞠目結舌。若是以解《騷》，炫奇逞臆，詆訾先儒，落於輕薄矣。

路氏立言，雖依據經典，而未達舊詁，濫用通假。往往失之毫釐，謬以千里矣。如，『惟夫黨人之偷樂兮』條，以黨爲讜，據《說文》訓『直言』，謂『此處謂「黨人」者，直言之人也。直言之人違其責而不言，謂之「偷樂」』。案：是則無事生非，徒滋紛擾。王逸注：『黨，朋也。《論語》曰：「朋而不黨。」』確詁不易。銀雀山漢簡《六韜》：『以禄取人胃（謂）之交，以義取人胃（謂）之友。友之友胃（謂）崩（朋），崩（朋）之崩（朋）胃（謂）黨，黨之黨胃（謂）群。』聚之以非義謂之黨。《論語·述而》『吾聞君子不黨』，《集解》引孔安國、皇疏並云：『相助匿非曰黨。』《說文》朋黨字作『攩』，曰：『朋群也。从手、黨聲。』又，《黑部》：『黨，不鮮也，从黑、尚聲。』《易·說卦》『爲蕃鮮』，孔疏：『鮮，明也。』不鮮者，猶不明也。『黨』字從黑，後以作『曭』字。《遠遊》洪氏《補注》：『曭，日不明也。』又，《方言》：『鮮，好也。南楚之外通語也。』則不明曰黨，不好亦曰黨。蓋物之好者則稀，則鮮之義爲稀少。《書·無逸篇》『惠鮮鰥寡』，孔疏：『鮮，少乏。』《易·繫辭》『故君子之道鮮矣』，《釋文》：『師說云：盡也。鄭作尟。馬、鄭、王肅云：少也。』則『不鮮』云者，即不少，亦衆多之義。故群聚以非義者謂之黨，亦不必別制字作攩也。

路氏刻意探賾其言外之義，可謂心勞而日拙者矣。如，『夫惟靈修之故也』條：『靈，善也。修，《說文》：「飾也。」意謂爲君者宜聽賢臣之諷諫，變己爲聖明，不宜聽信讒言，流於邪惡，猶人之須善於修飾也。』又云：『蓋懷王不知修身以爲明君而聽姦言，故屈子命以「靈修」二字，諷諫之義，無微不入也。』案：其說繳繞不通，去屈子本恉甚遠。王逸注：『靈，神也；修，遠也；能神明遠見者，君德也，故以諭君。』靈之爲神者，則同『字余曰靈均』，皆表襮其天生非凡氣質。修之爲遠，

《方言》：『修，長也。陳、楚之間曰修。』遠謂之長，君謂之長，楚語也。靈修，猶後世『聖主』『聖君』之義。《論衡·知實篇》：『使聖人達視遠見，洞聽潛聞，與天地談，與鬼神言，知天上、地下之事，乃可謂神而先知，與人卓異。』其叔師『君德』之謂也。則漢師舊説，不可輕棄矣。

路氏崇其師説甚過，語亦偏譎，難饜衆心。如，『羌内恕己以量人兮』條：『本師高先生（亨）云：「羌，語詞，猶今之竟字。羌、疆一聲之轉。邊疆、邊境意同。故疆、境通用，又，境、竟同音，故羌、竟亦可通用。王逸云：『羌，卿何爲也。』實非。」一百占案：高先生説，實發千古之疑。』案言之過實也。王逸注：『羌，楚人語詞也，猶言卿，何爲也。』叔師以羌爲楚語。『猶言卿』，比況之詞，謂漢人語『羌』如『卿』，所以通古今別語，即以今語釋古語。羌，或讀如慶。《漢書·揚雄傳》『厥高慶而不可虖疆度』，顔注：『慶，發語辭也。慶，讀曰羌。』又，『竢慶雲而將舉』『慶夭顇而喪榮』，張晏曰：『慶，辭也。』顔注：『慶，讀與羌同。』而『何爲』，釋『羌』字義。故『卿何爲』三字不得連讀，知高氏誤讀也。又，羌之解『何爲』『乃』『然』『何』『竟』，其義皆通。羌字施於逆句，則爲逆轉之語詞。宋本《玉篇》：『羌，反也。』言猶『反而』也。此言衆皆競逐争進，貪婪求索，反而恕己量人，與生嫉妒之心。下『余以蘭爲可恃兮，羌無實而容長』。言我本以爲子蘭可怙恃，反無實容長而不可恃。皆爲逆轉之語詞。羌之語根蓋卻也。羌、卻陽、鐸平入對轉，同溪紐雙聲。《説文·虫部》：『⿰虫卻，渠⿰虫卻，一曰：天社。从虫，卻聲。』《爾雅·釋蟲》：『蛣蜣，蜣蜋。』《玉篇·虫部》以『⿰虫卻』『蜣』同字。蜣，羌聲。羌、卻則古字通用。《卩部》：『卻，卩卻也。』段注：『卩卻者，節制而卻退之也。』引申之爲斥棄。《老子》『卻走馬以糞』，《釋文》：『卻，除也。』虚化之爲逆轉之詞。楚人語卻爲羌，漢世爲卿、慶，類今『竟然』矣。魚、陽對轉或作詎。《廣韻》：『詎，豈也。』或作距。《韓非子·難四》：『衛奚距然哉？』或作鉅。《荀子·正論篇》：『是豈鉅知見侮之爲不辱哉？」或作渠。《王制篇》：『豈渠得免夫累乎！』或作巨。《漢書・高帝紀》：『公巨能入乎？』顏注：『巨，讀曰詎。詎猶豈也。』楊遇夫《詞詮》引清人劉琪《助字辨略》：『遽，遂也。』謂『何遽、奚遽之文，「豈」義頗不可通』。詎、遽等即亦卻之音轉。《口部》：『噱，大笑也。從口、豦聲。』《廣雅・釋詁》：『⿰亻卻，笑也。』⿰亻卻，從人、卻聲。則知卻、遽可通。若施於問句，則羌之解『何』『豈』『何爲』，與『詎』『渠』『巨』『鉅』『距』『遽』諸字同。羌、竟、疆古音皆屬陽韻，亦不必先借疆而後通竟，則高氏信非知音之選矣。又，『索胡繩之纚纚』條：『本師高先生曰：「胡繩，香草名。纚，一束一束之皃。作索好皃，非也。」百占案：高先生說是。』案：王逸注：『胡繩，香草也。纚纚，索好貌。』叔師未詳爲何草，高氏祇增一『名』字，亦未補釋。何以非『王』而是『高』？胡繩，蓋烏藤也。胡、烏同魚部，影匣旁紐雙聲。繩、藤同蒸部，定牀旁紐雙聲。烏藤，《本草》謂之『烏藤菜』。或名劉寄奴草、金寄奴草。李時珍云：『《南史》云：「宋高祖劉裕，小字寄奴。微時伐荻新洲，遇一大蛇，射之。明日往，聞杵臼聲。尋之，見童子數人皆青衣，于榛林中擣藥。問其故，答曰：『我主爲劉寄奴所射，今合藥傅之。』裕曰：『神何不殺之？』曰：『寄奴，王者，不可殺也。』裕叱之，童子皆散，乃收藥而反。每遇金瘡傅之即愈。人因稱此草爲劉寄奴草。」鄭樵《通志》：「江南人因漢時謂劉爲卯金刀，乃呼劉爲金。是以又有金寄奴之名。江東人謂之烏藤菜云。」』又云：『劉寄奴一莖直上，葉似蒼朮，尖長糙澀，面深背淡。九月莖端分開數枝，一枝攢簇十朵小花，白瓣黃蕊，如小菊花狀。花罷有白絮，如苦蕒花之絮。其子細長，亦如苦蕒子。所云實如黍稗者，似與此不同，其葉亦非蒿類。』又，纚，《說文》解『冠織』。則名事相因，綏垂長好亦謂之纚。纚，从糸、麗聲。《說文》麗訓『旅行』，即侶行也。侶、旅，古字通用。引申之爲繫聯不絕之意。縚髮之繩綫謂之纚，是名也。重言之以狀物之繫聯委長而不絕，則作『纚纚』也。而訓『一束一束』，羌無證據。

路氏以《天問》之『問』爲『反對批判』，其爲『不尊天而問之』之意。屈子『被放頃襄之初，放地即在漢北之都』，即《九歌·山鬼》『若有人』之『若』，鄀是楚昭王所建之都，有先王宗廟在焉。屈子據圖畫所問難者，蓋指鄀城先王宗廟所覩也。其作《天問》『必非作于江南』，而在漢北鄀城也。蓋其一家説也。

路氏考定《九章》之作時，謂首《橘頌》，『懷王初年爲左徒時，作于郢都』。次《抽思》，『懷王十三年秋七月，作于漢北』。次《思美人》，『懷王十八年春，作于漢北，復位之前』。次《惜誦》，『襄王三年，再遷漢北時之作』。次《悲回風》，『襄王十六年後、十九年前，作于漢北』。次《哀郢》，『襄王二十一年仲春後，作于鄂渚』。次《涉江》，『襄王二十一年冬，作于辰溆』。次《懷沙》，『襄王二十二年孟夏，作于北次』。終《惜往日》，『襄王二十二年端午前作，地近汨羅』。若是而言，屈子既於寅年，即懷王十二年初放。其入仕如以歲二十左右計，蓋生於楚威王四年，而投汨之歲在襄王二十二年，則其年命庶幾五十有二矣。寧有斯理耶？蓋不足憑信耳。

路氏以《九歌》作於放沅湘之時，故置於後。謂十一篇而名『九』，九，非實數，乃『總數』『極數』，是『多數』之意。『篇各有其主題，意不相複，用思綿密，組織完整，非大手筆如屈原者不能作也』。其『非祀神所用』，且謂『不同時且不同地。其爲用也，或賦祀神之禮，《東皇太一》是也。或頌抗戰烈士，《國殤》是也。若其餘作，充類以言，盡隱喻以抒忠君愛國之懷也』。則以《九歌》爲寄寓屈子情懷之辭也，故其肆力以求其言外之旨。

路氏所發之『微』，私心逞臆，得之者蓋十之一，而失之者十之九，多不可取。他若，以『嬋媛』爲『嬋連』『嬋嫣』，解『族親』，以『申申』爲『詞詞』之通假，改『博謇』爲『專謇』『獨離』爲『獨麗』，訓『不忍』之『忍』爲『變』，易『亂曰』之『亂』爲『歎』。《天問》『三合』爲『氣合』。釋《大司命》『老冉冉』句：『深懼年將老大，如不能逐漸接近朝廷，則勢將愈疏矣』。釋《湘君》『君不行』：『君，莊蹻也。』又，『令沅湘』數句：『殷望莊蹻驅秦兵于境外。』《雲中君》『靈皇皇』之『靈』，『稱莊蹻也。本詩前八句寫大夫對莊蹻之認識與期許。』案：無根無據，竟成夢囈。及其詆訐前賢，務爲新奇，頗失忠厚之意。雖聲言遵乾嘉之法，而去乾嘉諸老遠甚，流於措大習氣。論者或謂『其説多新穎可喜』者，是言過其實矣。

是書爲石印本，刊於民國三十三年，復旦大學圖書館有藏本。（黄靈庚）

# 離騷直解讀本

《離騷直解讀本》者，蕭惠長之所作也。惠長字整文，廣東興寧人。清光緒二十年甲午，舉嘉應童子試。受教於汕頭嶺東同文學堂，師事丘逢甲。三十二年，入同盟會，於興寧縣創興民學堂。民國二年，任廣東經略使署參議。民國九年，知順德縣。十七年，知吴川縣。民初著有《種山修河説帖》。

凡一卷，首有羅獻修作於民國二十一年壬申序、蕭惠長自序及《凡例》六條。羅序稱，『蕭生惠長會衆家之長，細加疏櫛，使隱者彰，微者顯，窒者通，三易稿而成《離騷直解讀本》一卷。詞無飾以艱深，意惟取其豁露，而能密切屈子身世，畢達其款曲懇摯之蘊，明而能融，瞭無滯障，讀者稱快』云云，以爲其真『善讀《離騷》』者。則極其褒美揄揚之詞。而自序述其作書之緣起，稱讀《騷》經三十年、百千遍，不能明白通曉，後讀鄉賢梁燮譜《離騷注》，『其旨趣與意中所畜頗有相同，而足資啓發者正多』，乃『冥心孤往，費兩月力，易稿數四，成此一卷』云云。蓋藉梁氏《離騷注》而申引之矣。《凡例》首稱，『玆解涵泳全篇旨趣，入作者口氣於文字縫中，增加詞意以資聯絡，又於起伏照應處皆爲詮出，使上下文意無錯糅』。蓋其讀《騷》之法，全盤掌握，求其通篇之旨要及上下彼此關聯之處，而未斤斤於細節也。前綴王逸《離騷序》，後附史遷《屈原列傳》，在於『明作者身世』，亦『俾讀者免翻檢之勞』云。

蕭氏注《騷》，字義訓詁，或因叔師舊注而剪裁之，『間有異處，亦根據古訓，求與文義相比附，非故爲立異也』。如，

『初度』注：『度，體度，猶儀表也。』案：叔師注：『言己父伯庸觀我始生年時，度其日月，皆合天地之正中，故賜我以美善之名也。』雖不單釋『度』字之義，則亦以爲初生時之體度言矣。又，『正則』注：『方直不曲謂之正，天理不差謂之則，皆有平之義。』案：叔師注：『正，平也。則，法也。』其實並同。又，『乘騏驥』注：『騏驥，駿馬，日致千里。』案：叔師注：『騏驥，駿馬也，以喻賢智。言乘駿馬一日可致千里，以言任賢智則可成於治也。』則剪裁王注爲之。間或取於宋人之説。如，『鞿羈』注：『鞿羈以馬自喻，韁在口曰鞿，革絡頭曰羈。言以清白自防閑也。』案：朱子《集注》云：『鞿羈，言自繩束，不放縱也。』二者意同，而與叔師『言爲人所係累之』云云異矣。又，『忳鬱邑』注：『忳，悶也。』案：忳之訓悶，乃見洪説。與叔師訓『自念貌』者别矣。間或取於明、清注家。如，『内美』『脩能』注：『内美，指上生質之美言；脩，治也；能，本獸名，堅中，故稱賢能，又勝任也。言己生質已美，又加以修治才能之功。』案：戴震《屈原賦注》：『内美，生而質性容度之粹美。脩能，好脩而賢能。』是取於戴氏也。又，『雜申椒與菌桂』注：『申椒、菌桂，皆香木，味芳而烈，寓骾直之意。』案：錢澄之《屈詁》：『椒、桂性芳而烈，比亢直之士。』又，『黨人』注：『黨人，指上官、靳尚讒佞輩。』案：錢澄之《屈詁》：『如上官、子蘭、靳尚、鄭袖輩内外一氣，以成朋比是也。』是皆取於錢氏也。又，『所厚』注：『厚，重也。』案：何焯《義門讀書記》：『厚，重也。』又，『節中』注：『即折中。』案：林西仲《楚辭燈》：『節中即折中，乃持平之意。』或糾正舊注之繆。如，『成

按史記屈子本傳太史公止言作離騷逸序添一經字於義無取故從别本不綴經字

離騷直解讀本　　興甯蕭惠長批解

離騷　屈原

漢王逸序曰離騷經者屈原之所作也屈原與楚同姓仕於懷王爲三閭大夫三閭之職掌王族三姓曰昭屈景屈原序其譜屬率其賢良以厲國士入則與王圖議政事決定嫌疑出則監察羣下應對諸侯謀行職修王甚珍之同列大夫上官靳尚妒害其能共譖毀之王乃疏屈原屈原執履忠貞而被讒衺憂心煩亂不知所愬乃作離騷經離别也騷愁也經徑也言已放逐離别中心愁思猶依

離騷直解讀本　一

言」，叔師注：「成，平也。言，猶議也。言懷王始信任己，與我平議國政，後用讒言，中道悔恨，隱匿其情，而有他志也。」案：蕭注：「成，就也。凡功卒業就謂之成。成言，猶已定之言。」以成爲成就之義，不宜訓「平」也。又，「謇吾」，叔師注：「言我忠信謇謇者，乃上法前世遠賢，固非今時俗人之所服行也。一云：謇，難也。言己服飾雖爲難法，我仿前賢以自修潔，非本今世俗人所服佩。」案：蕭注：「謇，發語詞。」不宜釋爲「謇直」「謇難」也。又，「競周容」，叔師注「苟合於世以求容媚」云云，以容爲容媚。案：蕭注：「容，包涵也。」則以「周容」爲「苟合包容」也。或申引舊注之意。如，「願竢時乎吾將刈」，叔師注：「言己種植衆芳，幸其枝葉茂長，實核成熟，願待天時，吾將穫取收藏，而饗其功也。以言君亦宜畜養衆賢，以時進用，而待仰其治也。」案：蕭注：「言當日與王成言，原欲致君堯舜三后，故廣植衆芳以期豐穫，爲王輔助。」又，眉批云：「培植衆芳，正逸序所謂「率其賢良，以勵國士」。」又，「嬋媛」，叔師注：「猶牽引也。」案：蕭注：「嬋媛，柔態牽戀之貌。」

或者發明新義，自成其一家。如，上征叩閽一節爲求楚王之喻，求女爲求賢之比。注「上征」云：「上征，上赴楚廷也。言此中正之道，實歷代帝王治亂興廢之由，我雖見替，既有所得，敢不陳於王前，冀王一悟？故中情汲汲，思欲乘鷖駕虬，絶塵而奔遄歸王所也。」注「朝發蒼梧」云：「上言「南征」，設言由楚至蒼梧也。此言「上征」，設言由蒼梧反楚都也。縣圃，神山，在崑崙之上，喻楚王所居。」眉批亦云：「「跪敷衽」至「嫉妒」一節，欲以所得中正之道，千方百計上告楚王，冀王一悟，無如群邪間阻，終不得達。中間言縣圃、帝閽，皆借喻楚廷。其崦嵫、咸池、扶桑、羲和、望舒、飛廉、鸞皇、鳳鳥、雷師、飄風、雲霓等等，亦類物比興，與風人之旨無異。不過説得迷離徜彷，錯糅夾雜，想見其滿懷孤憤，情急勢迫狀況。舊注因「帝閽」二字，多以求知己於天帝爲言，殊無意義。又以上下求索爲求賢，至上下文勢皆失貫串，且又與下段求女數節重複。』又，注『高丘無女』云：『高丘，楚山名。女，以喻賢臣。』又，注『下女』云：『喻賢人之在下者。』又，注『宓妃』云：『神女，以喻隱士。』又，注『有娀佚女』云：『佚女，指帝嚳之妃、契母簡狄也，以喻隣國之賢。』又，注『少康未家留有虞二姚』云：『少康，喻懷王太子頃襄王也。二姚進爲配合，則内助有人，將來如夏業之興復可望，蓋欲進賢爲太子頃襄王之輔也。』又，此節眉批云：『「下女可詒」句，領起下三層求女；「將濟」至「終古」一節，言己既見替，朝無正人，欲求賢爲王輔佐也。内分宓妃、佚女、二姚三層。舊注多以求知己於賢女，以謀配合，其立意與上文求知己於天帝，同一無謂。且又何必分作三層？李文貞以求賢代輔，宓妃貴女，以喻朝臣，佚女以喻隱士，二姚以喻中興良佐。其意是矣，然於文義亦未盡合。懷王之時，满朝讒佞，上言高丘無女，正傷朝無正人。且賢而在朝，何用再求？所言次窮石，濯洧盤，驕傲淫遊，信美無禮，明是在野之賢見朝政昏亂，不肯出仕，是宓妃當喻隱士，不得言朝臣也。佚女屬於有娀。有娀，係別國名稱，借指異國，係戰國時通例。所言覿於四極，自適不可，高辛先我，遠集無止，自求隣國之賢爲合。』案：以求女爲求賢之喻，雖非其所發明，然則疏理原委，彌綸衆説，折中取舍，亦頗見匠心矣。

蕭氏於眉批標明各節起止，歸綜大意，凡十二節。首以『「帝高陽」至「導夫先路」一節。潘曰：此敘己之好脩，欲與君及時圖治也』。二以『「三后」至「衆芳」一節，言王不遵先聖大道，而循黨人捷徑，本身已遭讒間，則衆正將隨之罷黜』。三以『「競進」至「彭咸」一節，言雖被黨人嫉妒，仍益勵晚節，不以顑頷易其前脩』。四以『「長太息」至「前聖所厚」一節，言以忠見替，復蒙善淫之名，寧抱其清白，含垢而死，不肯與時俗相周容也』。五以『「相道」至「可懲」一節言自己不識時務，率意妄進，既遭嫉妬，復蒙謡諑，見替之後，當退而自脩，不必求知己於國内，或可得默契於四荒也』。六節『女嬃」詈，生出下半篇文字也』。七以『「依前聖」至「余襟浪浪」一節，係因女嬃之詈，提出重華爲折中規臬，中間歷數三代賢暴、興廢、治亂之由，爲楚王借鑑，是全篇導王先路正面文」。而後上征、三求女爲第八節，稱上征是反歸楚王，求女是求賢之喻。九以『「索藑茅」至「狐疑」一節，言恐遠逝亦未必有合』。十以『「巫咸」至「未沫」一節，言昔日正人皆變節從俗，爲讒佞所化，而佩帶芬芳，始終不變者，惟自己一人，雖欲忍與終古不可得矣』。十一以『「和調度」至「不行」一節，言決從靈氛之占，去楚遠適，極鋪陳行色之壯。至臨睨舊鄉一句，兜轉從僕』。亂曰爲十二節，稱『居既不可，去又不能，當以一死，完其清白』。

蕭氏於協韻字或注古音。如，『茝』云：『古讀采。』又，『服』云：『古讀匐。』又，『家』云：『古讀姑。』又，『差』云：『讀磋。』又，『屬』云：『古讀樹。』又，『夜』云：『古讀豫。』皆是也。然標注音值，多有訛誤。如，『能』云：『古讀尼。』案：能，蒸韻，之韻之陽也。尼，歌韻。二字不同音。又，『多艱』云：『古讀泥。』案：艱，古入文韻、見紐；泥，古入歌韻，泥紐。二字不同音。又，『態』云：『讀悌。』案：態，古入之韻；悌，古入脂韻。二字不同音。又，『懲』云：『古讀長。』案：懲，古入蒸韻；長，古入陽韻。二字不同音。又，『無女』云：『女，讀若有。』案：女，古入魚韻、泥紐；有，古入之韻，喻紐三等。二字不同音。據此，蕭氏非知音之選矣。

蕭氏字義訓詁，雖多因叔師舊注，而不無沿襲之誤。如，『攝提』注：『太歲在寅曰攝提。』案：叔師注：『太歲在寅曰攝提格。』是因《爾雅》也。删一『格』字，則不通矣。又，『敗績』注：『績，業也。恐君國傾危，致敗先王大業。』案：非是。敗績，謂車覆也。汪瑗《楚辭集解》云：『敗績，指車之覆敗，以喻君國之傾危也。』又，『夏康娱』注：『夏康，啓子太康也。娱，樂也。』案：因襲叔師之謬。『康娱』連文，本篇二見，康，非太康。汪瑗《楚辭集解》：『康娱，猶言逸豫也。』是也。

是書有民國二十三年由上海中華書局聚珍仿宋鑄版排印本，國家圖書館有藏本。（黄靈庚）

# 楚辭地理考

《楚辭地理考》者，饒宗頤之所作也。宗頤初名福森，字伯濂，又字伯子、固庵，號選堂，廣東潮州人。蘆溝事變後，移居香江，遂占籍爲香港人。學貫中西，淹博弘通，時人以『國學大師』稱之。嘗云，『平生治學，所好迭異。幼嗜文學，寖饋蕭《選》；以此書講授上庠歷三十年。中歲董理繪事，以元人爲依據，尤喜錢《選》。六十退休後，莅法京，以上代宗教與西方學者上下其論。記敦煌《老子化胡經》，其十一《變詞》有句云：「洪水滔天到月支，選擢種民留伏羲。」選民云云。由是觀之，選擢之説，亦有可限焉。余之以「選」名吾堂，蓋示學有三變』。著述頗豐，計有《殷代貞卜人物通考》《甲骨集林》《簡帛文藪》《長沙楚帛書研究》《經學昌言》《老子想爾注校證》《國史上之正統論》《敦煌學散論》《潮州藝文志》《楚辭書録》《文選卮言》《清詞年表》《遠東學院藏唐墓志目》《選堂詩文集》等，後輯集爲《饒宗頤二十世紀學術文集》，凡十四卷。

是書專以考釋《楚辭》地理，屬『楚辭學』之專門之作，於近世楚學界，特見推重。總二十一篇，釐爲三卷：上卷有『高唐考』並附『伯庸考』『釋阤』『説滄浪之水』『涔陽考』『北姑考』並附『抽思解』『三閭辨』『蒼梧考異』『方林考』，凡十篇。中卷有『洞庭辨上篇』『洞庭辨中篇』『洞庭辨下篇』『説五渚』『江南解』『湘水巫山辨』附録『方淮考』，凡六篇。下卷有『釋鄢郢』『釋都』附『楚昭王墓辨』『哀郢辨惑』『楚黔中考』，凡五篇。末附《楚辭地名索引》，以首字筆畫多寡編次，凡在百八條。每條皆標示出處，便於學人審覈矣。

卷首有作於民國二十九年童書業序及自序。自序稱，考古代地理，『其方法有二：一曰辨地名，二曰審地望。前者爲考原之事，所以窮其名稱之由來與所指之範圍也。後者爲究流之事，即求其地之所在與遷徙沿革也。辨名者，當知地名之種類不一，有泛稱之地名，如「江南」之指大江以南一帶之地是也；有專稱之地名，如「江南」亦爲邑名是也；有合稱之地名，如「鄢郢」爲宜城之鄢及江陵之郢之合稱是也；有別稱之地名，如楚徙陳後，所謂鄢、郢乃轉指鄢陵及郢陳是也；有借稱之地名，如楚都江陵曰郢，復假爲楚都代稱，故在紀謂之紀郢，在鄢謂之鄢郢，在陳謂之郢陳是也；有混稱之地名，如邊裔地名，多所淆亂，南方蒼梧之名，亦訛傳於東西方是也。故宜詳加辨析，庶無舛誤。至於審地望，則當留意於其民族遷徙與建置沿革。遷徙之例，如鄀爲楚亡，徙之江夏，仍號曰鄀；蔡爲楚滅，遷於武陵，謂之高蔡；建置之例，如楚黔中之疆域及所治，異於秦漢之黔中郡，並宜區別而論之。古代地名，多同號而異地，或殊名而同實，其紛紐繁賾，至難悉究，然亦有大例，可資尋考，循是以求，或可得其情實』。是蓋其歷歲研究古代地理之心得，所以發明凡例，綜理樞要，於後人之治地理學，不無有所裨益矣。

# 楚辭地理考

## 卷上

### 高唐考

（一）

宋玉高唐賦：『楚襄王與宋玉遊于雲夢之臺，望高唐之觀。玉曰：「昔者先王嘗遊高唐，夢見一婦人曰：「妾巫山之女，爲高唐之客，聞君遊高唐，願薦枕席。」王因幸之。去而辭曰：「妾在巫山之陽，高丘之阻，旦爲朝雲，暮爲行雨。朝朝暮暮，陽臺之下。」」旦朝視之，如言，故爲立廟，號曰「朝雲」……』如賦言，高唐是觀名。（漢書司馬相如傳孟康注稱「雲夢中高唐之臺。」按，臺與觀義同。）

渚宮舊事三：『襄王與宋玉遊于雲夢之臺，望朝雲之館，其上有雲氣，……玉曰：「昔者

楚辭地理考　卷上

饒氏《高唐考》稱，玉之《高唐賦》『高唐之觀，朝雲之館，雲陽之臺，陽臺，巫山之臺，實一處而殊名』。其進以考證云，『蓋高唐即高陽也。唐、陽古通，《春秋》昭十二年「納北燕伯於陽」，《左傳》作「唐」。杜注：「陽即唐。」《説文・口部》：「啺，古文唐，从口、昜。」甲骨文，湯皆作唐。齊侯鎛鐘銘「成湯」作「成唐」。《吴都賦》「啺夷勃盧之旅」，《越絶書外傳》作「腸夷」，《吴越春秋》作「唐夷」。《漢書・高帝紀》「芒碭」，蘇林注：「碭音唐。」凡此皆昜古讀唐之證。故高唐之即高陽，絶無可疑。《史記・楚世家》：「楚之先祖出於帝顓頊高陽。」屈原者，楚同姓也，其《離騷》亦言「帝高陽之苗裔」。由是觀之，楚之先出於高陽，故楚人禘高陽。高唐之觀，當即祀高陽之所在，故名高唐也』。又云，『考楚人發迹丹陽，丹陽蓋在丹山之北，地正與巫山爲鄰。《山海經・海内南經》：「夏后啓之臣曰孟涂，是司神於巴人。居山上，在丹山西。丹山在丹陽南。」酈道元曰：「丹山西，即巫山者也。」楚人居丹陽，必禘其遠祖高陽於此。巫山與丹山接境，楚人蹤迹所及，故巫山亦有高陽之廟焉。故知高唐觀所在之巫山，非丹山西之巫山固莫屬矣』。案：高唐之爲高陽，固有文字通假之證，無可疑義矣。然則楚人始祖顓頊高陽，原不在丹山西之巫山，而在濮陽之濮水之陽，於文獻可徵。楚之始封之地丹陽，原在丹水之陽，即今河南之丹淅之間，不在丹山西之巫山。據出土楚簡《楚居》載，熊繹之所封爲夷頓，即在汝水之頓縣，不在丹山西之巫山。楚君始王，皆必遷都，自季連至楚肅王凡建都計二十又六，且多在汝南、淮上陳蔡之間。亦皆不在丹山西之巫山矣。丹山西之巫山之所以有高陽廟，當是肅王以後所遷者，頃襄王之遊高唐之觀，則其時已有此廟，然必非原始高陽之廟矣。

饒氏《説滄浪之水》取董齋之説，謂滄浪之水不在南楚沅湘之間，而在漢水東，即『今均州武當山東南』。乃云：『滄浪之歌自爲漢上流行之風謡，觀孔子、孟子所述，此歌非爲無聊之倡，實含極深之旨者。屈原，楚人，故采用之以寓其意。

此歌初見於《孟子》，蓋爲「孺子之歌」，而屈原采之，則以爲「漁父之辭」。由是觀之，漁父之出於假託，非真有其人甚明」。又云：『辭中所言之滄浪，自非屈原親到之地，乃孺子歌所産之域。究無與於屈原遷徙之地望，可不必沾沾執爲居漢北佐證。焦循《孟子正義》曰：「歌出孺子，孔子所聞，遠在屈原之前。屈原取此假爲漁父之辭耳，非其本也。」此論最洽，可破數千載之惑』。案：其説是也。史遷以《漁父》作於放於南楚沅湘之後，與《懷沙》同時，最爲有識。今人乃不識『假託』之旨，於沅、湘之間索求滄浪之水，斯猶緣木而求魚、南轅而北轍，弊弊焉徒費心力耳。

饒氏作《涔陽考》，蓋所以批駁錢穆涔陽即漢水之陽説。錢氏嘗作《楚辭地名考》，中有『《楚辭》湘澧沅諸水皆在漢北説』一節，乃謂涔即漢也。而饒氏據地志所載，旁博遠紹，謂『涔陽以在涔水北得名』。而『涔水者，《水經》：「澧水又東過作唐縣北。」注云：「澧水入縣左合涔水，水出西北天門郡界，南流逕涔坪屯，屯堨涔水溉田數千畝。又東南流注於澧水。」《澧州志》：「涔水爲岷江別派，從公安入境爲四水口，又東南流過焦圻一箭河至匯口入澧，故稱涔澧。」』又據《湘君》『望涔陽兮極浦』『横大江兮揚靈』之地理，乃謂『蓋湘水以北爲洞庭，洞庭以北爲涔水，涔水又北則爲大江，以涔陽爲涔水，位置固甚合。且從其對文之大江言之，涔亦以指涔水爲當。在文理上，「望涔陽兮極浦」，涔陽亦不宜解爲浦名』。案：其言之鑿鑿，可以定讞矣。又，作《蒼梧考異》，所以駁斥錢氏蒼梧在漢説，謂古地記雖東、西、南三方皆有名蒼梧者，而屈《騷》之蒼梧即在南楚之境。此已爲出土長沙馬王堆漢墓地形圖及里耶秦簡所印證，而不在漢北也。又，作《方林考》，所以駁錢氏方林『即方城之野』説，謂方林即湘南之氾林，或作范林。自可備爲一説。

饒氏中卷復作《洞庭辨》上中下篇，所以辟錢穆氏『《楚辭》洞庭在江北説』也。謂屈《騷》『洞庭波』『上洞庭』，皆在江南。案：此已由新出湘西里耶秦簡所證，秦時已有『洞庭郡』之名，而不在江北矣。而錢氏移諸江北，徒爲枉費精力矣。又，

《説五渚》謂『五渚、五都、五湖皆同一義，本爲五水，亦爲邑名，在湘域，與洞庭、江南兩邑相邇也』。而取《水經注》、《戰國策》吴師道注、胡渭《禹貢錐指》居多。又，《江南解》，謂江南非泛指大江之南，乃楚之邑名。謂『《秦策》：「襄郢，取洞庭、五都、江南。」高誘注：「洞庭、五都、江南，皆楚邑也。」即其明證。』又，『王逸《楚辭章句》：「遷屈原於江南。」又云：「屈原放於江南之野。」《史記·鄭世家》：「楚莊王入自皇門，鄭襄公肉袒掔羊以迎，曰：孤不能事邊邑，使君王懷怒弊邑，孤之罪也，敢不惟命是聽。君王遷之江南，及以賜諸侯，亦惟命是聽。」又《張儀列傳》：「鄭袖日夜言懷王曰：王未有禮而殺張儀，秦必大怒，攻楚，妾請子母俱遷江南，毋爲秦所魚肉也。」此可見楚江南，自來爲遷謫之地。屈賦《涉江》且言「哀南夷之莫吾知」。後漢黔中，尚屬五溪蠻，靈均時，自益難説。楚人之視江南爲僇人貶所，亦猶漢後之視交廣耳』。案：以江南爲楚邑名，雖古籍有徵，而習《楚辭》多未經意，而誤以爲泛稱。饒氏則發前人所未及矣。又，作《湘水巫山辨》，所以辟錢氏據《楚策》『蔡聖侯南遊乎高陂，北陵乎巫山，飲茹溪之流，食湘波之魚』，釋湘水即漢北之襄水，巫山即隨縣西南之大洪山，亦在江北。乃謂『戰國之蔡在楚西。蓋下蔡爲楚滅，復徙其民於巫山之南而邑之；是猶鄀爲楚滅，而楚遷其餘民於江夏，故江夏又有鄀城也』。『凡高陂、巫山、茹溪、湘波諸地望，依予所考，絶無睽隔，然則高蔡之囿，當在今湖南西北澧沅之間，大致可信』。其説大致可從。然高蔡地名，未見載里耶秦簡及漢馬王堆帛書，則亦宜存疑之可也。

饒氏下卷《釋鄢郢》所以辟錢氏『楚自昭王徙都，後遂無復還江陵之明文；先秦舊籍，斥言楚都，亦曰「鄢郢」，以别於舊郢』之説，『蓋以楚自昭王後，皆都在漢北宜城之都，以證戰國時，洞庭不在江南』也。饒氏則旁證廣引，稽之史傳及地志，以爲『都不得以與鄢近而以鄢郢爲名，鄢郢當鄢之名』。案：其説是也。里耶秦簡稱『鄢到銷百八十四里，銷到江陵二百四十里』。鄢地正與宜城地望相合。清華簡《楚居》『都人』，注云：『《左傳》僖公二十五年：「秋，秦晉伐都。」

杜注：「鄀本在商密，秦楚界上小國，其後遷于南郡鄀縣。」銅器上有「上鄀」和「下鄀」。河南淅川下寺春秋楚墓出土上鄀公瑚。本篇中鄀當是商密之鄀，亦即銅器中的上鄀，在今河南淅川西南。』而下鄀在南郡鄀縣，此昭王所都者。據《楚居》載，楚自季連以下凡建都二十有六，若莊王凡四遷，多在淮上新蔡之間。而江陵之郢稱疆郢，雖建自武王，皆未嘗居。蓋肅王以後、頃襄徙陳之前多居於紀郢也。又，《〈哀郢〉辨惑》所以辟游國恩氏《哀郢》作於頃襄二十一年白起破郢之説，乃云：『「哀州土之平樂」，則其時非遭亂可知。曰「楫齊揚以容與」，豈離亂逃荒之情邪？曰「出國門而軫懷」、曰「發郢都而去閭」、曰「哀見君而不再得」，則其時乃初去郢也。或疑下文「至今九年不復」，爲原遷於外之期，不知「不復」者言不復職耳。曰「哀故都之日遠」，則以楚曾徙都，後復還郢，故亦稱曰「故都」。屈子言故鄉，但曰「日遠」，蓋以初違其地，漸去漸遠。若耳聞秦襲郢，則何以無淪亡之語？且其沈痛見於文詞者，必不止如此。至「夏之爲丘」二語，乃假設以寓諷諫之意，謂楚之將亡，故曰「曾不知」，謂彼狡童者猶不知國之垂危也。曰「孰可蕪」，謂泱泱之國烏可任其廢墜也』。案：其辨之有理。考屈子其放時，蓋在頃襄王三年，故《卜居》有『屈原既放三年』之語。而《哀郢》『至今九年而不復』，則在十一年也。『不復』云者，不得復反於郢也。曰『方仲春而東遷』，是追憶其初放時，與二十一年秦將白起拔郢無涉。又，《楚黔中考》，謂秦黔中郡與楚之黔中不相吻合，楚之黔中，『沅水西及西南之地』。引丁謙《西南夷傳考證》云：『黔，水名，於義爲黑，今曰烏江。古黔中郡，即漢武陵。章懷注：「黔中故城在辰州沅陵縣西，按辰州古黔水，必郡雖置此，其轄境均在烏江流域耳。」』案其説差可釋古今之惑矣。

綜上所述，饒氏此作，蓋因錢氏《楚辭地名考》也。其精於考據，每下一義，必徵以經傳地志所載，不務虚言臆測矣。雖然，或疏於詳辨，或失於好奇，或濫用通假。如，《伯庸考》以《離騷》『朕皇考』之『皇考』，非指屈原父考，而其惟一依據是『庸

『融』二字通假。案：叔師已『皇考』爲父，而皇訓美，引《詩》『烈考』爲證。父考之飾詞。自是不刊之説。然則『庸』非名亦非字，以『帝高陽』推之，伯，楚之爵號；庸，則地名，蓋原父封邑。屈子之父嘗爲楚之封君，賜邑於庸，故稱『伯庸』。庸在郢都之北，後屈子見疏退居於是，故《抽思》云『有鳥自南兮，來集漢北』也。又，《釋阯》謂，阯，通作沚，即沚山。《漢書·地理志》『廬江郡』之『灊』下云：『沚山，沚水所出，北至壽春入芍陂。』在今安徽霍山縣天柱山一帶。案：非是。叔師注『山名』，謂阯乃山之泛稱，非專名。《離騷》『朝搴阰』『夕攬洲』對舉爲文，洲爲水中之地，阰爲山陵，皆非專名。且屈子作《騷》，最晚至懷王三十年，未嘗流放至廬江之境矣。又，《北姑考》，謂『北姑即齊地之薄姑』，『蓋在今山東博興縣東北也』。『故《抽思》作期，當在懷王入秦之後。以「宿北姑」語證之，原時正在齊也。觀《抽思》文曰「實沛徂兮」，曰「路遠處幽，又無行媒」，曰「道思作頌」，則其時原或被召，自齊將返郢也』。案：饒氏疏於考證。《抽思》與《惜誦》《思美人》三篇，是屈子見疏於漢北之作，其時蓋在懷王十六年後。十七年，楚敗師丹陽、藍田、鄧，王乃復用原，出使於齊。十八年，原在使齊途中，聞秦割漢中地和親，而懷王願得張儀，不願得地。既而從鄭袖而釋儀，乃諫追儀不及。則知原是時已返楚，其距懷王三十年入秦，猶在十二年之後。北姑，當是由漢北返郢途中所歷之地，在楚不在齊矣。又，《附録〈抽思解〉》以『有鳥』之『非屈子自喻，乃指懷王』。案：《抽思》『有鳥』以下皆原自述其由漢北南下經歷，與懷王入秦事何涉？且懷王入秦在楚西，亦不在漢北也。『望北山』『臨流水』對文，北山乃泛稱。北，當作丘。丘山、流水正對舉也。又，《三閭辨》駁錢穆『三閭』即『三户』之非，與昭屈景三族無關。案：錢氏以三閭爲昭屈景三族代稱，固未允當。然謂非三户，則亦非矣。三户，蓋指楚熊渠所封句亶、鄂、越章三家。當三家之世，楚始稱王，而方强盛，三王拓疆之功，蓋亦甚偉，遂賜封三族，而後繁衍爲楚之著姓。《左傳》哀公四年載晉士蔑執蠻王子與其五大夫，『以畀楚師于三户』，杜注：

『今丹水縣北三户亭。』《水經注・丹水》：『丹水又逕丹水縣故城西南，縣有密陽鄉，古商密之地，昔楚申息之師所戍也，《春秋》之三户矣。杜預曰：「縣北有三户亭。」《竹書紀年》曰「壬寅，孫何侵楚，入三户郛」者是也。』又，《春秋戰國異辭》引《吴越春秋》謂文種荆平王時『爲宛令，之三户之里，范蠡從犬竇蹲而吠之』。《史記・越王勾踐世家》『越王謂范蠡曰』，《正義》引《會稽典録》謂范蠡『本是楚宛三户人』，『文種爲宛令，遣吏謁奉』。《項羽本紀》『楚雖三户，亡秦必楚』，《索隱》：『按：《左氏》「以畀楚師于三户」，杜預注云：「今丹水縣北三户亭」。』三户在丹水北丹陽。丹陽，楚始封都。熊渠及句亶、鄂、越章三氏之宗廟在，後世謂之『三户』。六國末，楚南公曰：『楚雖三户，亡秦必楚。』三户，是楚宗室王族代稱。屈子爲三閭大夫，掌王族三姓。王逸謂三姓爲屈景昭，則亦未得矣。又，《方淮考》云，『方淮蓋湘水，方淮、方皇，同音通用。古音湘可讀爲潢或湟，屈原《漁父辭》：「寧赴湘流。」《史記・屈原傳》作「常流」。《墨子・尚賢下》：「舜灰於常陽。」《公孫尼子》及《路史・有虞紀》作「潢陽」。又，《海内東經》「潢水」，《漢書》作「湟水」，《史記》作「滙水」。據此，湘、常與湟、潢、滙、淮古並同音可通假』。案：濫用通假。湘、常古音同通用，而與潢、湟同部異聲，與淮、滙，聲韻殊絶。湘水，古亦絶無别名方淮之例。斯可謂『例不够，音來湊』也。宜深以爲戒爾。

是書有民國二十三年由上海中華書局聚珍仿宋鑄版排印本，國家圖書館有藏本，後編入中國人民大學出版二〇〇九年版《饒宗頤二十世紀學術文集》卷十一《文學》，文字略有增補，如《伯庸考》『此文少作』一段，斥趙逵夫伯庸爲熊渠子句亶王説者是也。（黄靈庚）

# 離騷正義

《離騷正義》者，佘雪曼之所作也。雪曼，原名仁傑，字蓮裔，號蓮齋，因慕蘇曼殊爲人，而更名雪曼。原籍重慶巴縣。畢業於民國中央大學藝術系。民國十九年庚午爲教育部聘爲教授，先後執教於國立女子師範、川東師範、東北大學、四川大學、中山大學等。佘氏工於書畫，書擅王羲之體、瘦金體、蓮體，畫工山水、花卉。一九四九年移居香港，創雪曼藝文院。一九五六年主持新加坡南洋大學文學系。後嘗任重慶市文史研究館名譽館員、全國政協委員。畢生以著述爲業，出版著作逾百種，別有《詩品疏證》《唐宋詞講疏》《中國文學欣賞》《詞學演講録》《文藝論集》《李後主詞欣賞》《女詞人李清照》《書畫合集》《中國三千年書法大系》《潑墨山水》等。

是書或名『離騷王注補正』，乃佘氏民國三十六年在四川大學任教時講稿，原由婉明女士付商務印書館出版。丁時局戰亂，原稿散佚。至移居香港六年後，復檢得婉明初稿，遂整理梓刻於雪曼藝文院。封二爲『内容介紹』，扉頁以瘦金體自署書名，落款爲『甲午冬朝』，即一九五三年也。次爲其中年照像，次前言，次正文。據『内容介紹』云，是書爲《楚辭正義》第一分册。其宗旨以文字學、語音學、文法學、修辭學、校勘學知識，批判王逸解詁，以哲學、史學及純文學觀點評騭屈原艱苦一生。然今僅存《離騷正義》，而《九歌》以下皆闕如。佘氏復有《楚辭論文集》，亦不見刊印。

佘氏《前言》詳論《離騷》之題義及其作時。謂『離騷』之義有司馬遷、班固、王逸三解，皆漢師之説，於『騷』字無異辭，訓『離』則別。佘氏稱王逸訓『離騷』爲『別愁』，後人雖病其望文生訓，實得屈子命篇之旨。蓋《國語》伍舉曰『邇者騷離』，韋注云『騷，愁也；離，叛也』。故佘氏以『《國語》面世，先於騷賦；伍舉楚人，先於屈子，其以「騷離」連文，明係楚語；而屈子命篇，蓋緣彼鄉賢之義，顛錯其詞。豈不以騷離者，因懷愁而去國；離騷者，緣去國而增憂乎』？又本篇云『余既不難夫離別』，此一內證與王逸『放逐離別中心愁思』一義若合符節云。而《離騷》之作時，佘氏云：『竊疑當撰於頃襄即位之年，懷王留秦不返之際也。《史記》云：「王怒而疏屈平。屈平疾王聽之不聰也，讒諂之蔽明也，邪曲之害公也，方正之不容也，故憂愁幽思而作《離騷》。」龔景瀚《離騷箋》：「其實《離騷》之作非在此時，特要其終而言之耳。」其下曰：『楚人既咎子蘭以勸懷王入秦而不反也；屈平既嫉之，雖放流，睠顧楚國，繫心懷王，不忘欲反，冀幸君之一悟，俗之一改也。其存君興國，而欲反覆之，一篇之中，三致意焉；然終無可奈何，故不可以反，卒以此見懷王之終不悟也。』是《離騷》之作，在懷王不返，頃襄未立之時。」』佘氏則云：『按謂《離騷》作於懷王不返之日誠是，作於頃襄未立之日則非也。傳文明云，「雖放流，睠顧懷王，不忘欲反」，是懷王時屈子僅被疏耳。「不復在位」，不復在左徒之位耳，故尚能使齊；其遭放流，則在頃襄即位之年。史稱以子蘭爲令尹，卒使上官大夫短屈原於頃襄王，頃襄王怒而遷之是也。其時懷王尚留秦

離騷王注補正義

佘雪曼講述

帝高陽之苗裔兮，朕皇考曰伯庸。

★王注

德合天地稱帝。苗，胤也。裔，末也。高陽，顓頊有天下之號也。帝繫曰：「顓頊娶於騰隍氏而生考僮，是爲楚先。」其後熊繹事周成王，封爲楚子，居於丹陽。周幽王時生若敖，奄征南海，北至江漢。其孫武王，求尊爵於周，周不與，遂僭號稱王，始都於郢。是時生子瑕，受屈爲卿，因以爲氏。屈原自道本與君共祖，俱出顓頊胤末之子孫，是恩深而澤長也。朕，我也。皇，美也。父死稱考。詩曰：「既右烈考。」伯庸，字也。屈原言我父伯庸，體有美德，以忠輔楚世，有令名以及於己。

★正義

五

而原已被放。懷王聽子蘭之言，拒屈子之諫，輕身入秦，漂淪不歸。屈子嫉子蘭之誤國，傷時君之蒙難，表章輿論，指斥姦非，故子蘭當國，原即被放。原知頃襄在位之日，聯齊擯秦，絶難實現；身雖放流，猶冀懷王安返故都，重理國政，幡然悟其親秦之非，起用貞臣，礪精圖治。「不忘欲反」，不忘懷王之欲反耳，非謂己也。《離騷》之作，即在斯時，此推勘史文可得而言者也。又頃襄嗣位之年，懷王尚在；其後三年，始客死於秦。故《離騷》之作，謂作於懷王之世可，謂作於頃襄之世亦無不可也。』觀佘氏立論，依據《屈原列傳》，輔以《離騷》文本，判别古今紛紜轇轕之論，於《騷》學深有功焉。然《列傳》記載屈原事迹甚簡略，且有竄入劉安《離騷傳》之文，則亦不可全恃矣。

是書訓釋體式，以正文兩句爲一解，首列王逸舊注，次爲《考異》《韻讀》，後爲佘氏《正義》，每欄之間，皆隔以『★』號。

佘氏《考異》，引洪興祖《補注》居多，且參以諸書異文，或補充，或斷以己意，其所據途徑則不一。如，『惟夫黨人之偷樂兮』，《考異》：『洪校：「一無夫字。」按《文選》六臣本無，他本有。』案：此即以六臣注本以補洪校者。又，『衆皆競進以貪婪兮，憑不猒乎求索』。《考異》：『猒，一作厭。慧琳《音義》四十二、四十八引「婪」並作「惏」。』案：此補洪氏未校者。又，『何不改乎此度』，《考異》：『六臣本「乎」作「其」。按「其」猶「乎」也，《九章》「終不反其故鄉」，其一作乎，可證。』案：此據内證而斷之。又，『扈江離與辟芷』，《考異》：『洪校：「《文選》離作蘺。」按離，蘺之假。《吴都賦》《思玄賦》注並引離作蘺。《子虚賦》作茳蘺。』案：此據古注所引以斷之。又，『日月忽其不淹』，《考異》：『洪校：「忽，《釋文》作曶。」按忽、曶古字通，説詳下。』案：此據《楚辭釋文》以斷之。又，『固時俗之流從』，《考異》：『洪校：「一作從流。」王注可證。《文選》五臣本亦作「從流」，張銑注「流行相從」，知漢唐舊本如此。』案：

此據注文斷之。又，『相下女之可詒』，《考異》：『洪校：「詒一作貽。」案「詒」，「貽」之或體。《爾雅・釋言》《説文》並云：「詒，遺也。」』案：此據字書斷之。又，『非世俗之所服』，《考異》：『唐寫《文選》及六臣本「世」作「時」，蓋避唐諱改。』案：據唐諱斷之。又，『豈余身之憚殃兮』，《考異》：『洪校：「一無身字。」按此誤脱。』案：此據文意斷之。又，『雄鳩之鳴逝』，《考異》：『洪校：「《釋文》雄作鴆。」案敦煌本《楚辭音》正作鴆，下云「或雄字也」。此亦《釋文》爲舊本之證。』案：此據唐鈔本斷之。又，『爾何懷乎故宇』，《考異》：『洪校：「宇一作宅。」又云：「若作宅則與下文叶。案宇惡爲韻，惡讀若愛惡之惡。洪説非也。』案：此據以聲韻斷之矣。

佘氏《韻讀》，以考訂《離騷》古音，多據敦煌本《楚辭音》、陳第《屈宋古音義》爲斷，兼及顧炎武、戴震、朱駿聲、黄侃、胡光煒等人之説。如，『路幽昧以險隘』，《韻讀》：『陳第曰：「隘，古音益，從阜，益聲。」荀卿《知賦》叶「隘」「狄」「敵」「迹」可證。』案：此據陳第斷之，復引荀賦爲證。又，『後飛廉使奔屬』，《韻讀》：『敦煌本《楚辭音》：「屬，協韻作章喻反。」陳第曰：「屬音注。《考工記》：『犀甲七屬，兕甲六屬，合甲五屬。』鄭玄云：『屬，讀如灌注之注。』」』案：此據《楚辭音》斷之，復輔以陳第説、《周禮》鄭注爲證。又，『余獨好修以爲常』，《韻讀》：『梁章鉅曰：「常，當作恒，與懲爲韻，此避漢諱改（《文選旁證》三十七）。」案梁説是。恒，常也。《釋詁》文。《書・禹貢》「恒衛既從」（恒衛二水名），《史記・夏本紀》「恒」作「常」。又，「恒山」，漢皆作「常山」（見《漢書・地理志》注），「姮娥」作「常娥」，輓近説韻者以常、懲蒸陽對轉，蓋失考。』案：此據漢諱斷之，引證頗富。佘氏亦或拘泥舊説。如，『九疑繽其並迎』，《韻讀》：『《説文》：「迎，逢也。」迎與故叶。陳第《古音考》「迎讀爲寤」，此用吴才老説。恐非也。迎，古讀御，《詩・思齊・毛傳》御訓迎，《鵲巢》《甫田》箋並云：「御，迎也。」迎、御聲訓。《史記・天官書》云：「迎角而戰者不勝。」《集解》徐廣曰：「迎，一作御。」是其證矣。《士昏禮》注：「御當爲訝，訝，迎也。」（《說文》：「訝，相迎也。」）或作迓，《釋詁》：「迓，迎也。」按古讀訝如御，御借字，御、迎、迓並音轉字通。』案：以吴才老協韻之説不宜從，而證御、迎、迓之相通，其説是也。佘氏亦或發明新見。如，『憑不猒乎求索』，《韻讀》：『索，古音素。《釋名·釋典藝》：「素，索也。」索、素雙聲，例得相假。《左傳·昭十二年》「八索九邱」，《釋文》「索本作素」可證。洪注引《書序》曰：「八卦之説，謂之八索。」徐邈讀作蘇故切，則索亦有素音。』案：索，入聲；素，去聲。蓋考訂去入古同用之例，而非通假矣。又，『余焉能忍與此終古』，《韻讀》：『洪云：「《釋文》古音故。」敦煌本《楚辭音》古下云：「協韻作故音。」疑《釋文》所本。』案：古，上聲；故，去聲。蓋考訂上去同用之例矣。又，『心猶豫而狐疑』及『鳳凰既受詒』二句，《韻讀》：『疑、詒間句韻。』案：發明間句韻例矣。又，『唯昭質其猶未虧』，《韻讀》：『虧，古音去戈切。其字從兮。兮，讀若猗，亦歌戈之屬，《唐韻》始入四支。《九歌·大司命》「願若今兮無虧」，亦此讀。』案：辨『虧』字古今音之變也。又，『惟庚寅吾以降』，《韻讀》：『降，古音洪。江永《古韻標準》、顧亭林《詩本音》並音户工反。按《孟子·滕文公下》云：「洚水者，洪水也。」「降」（洚）洪同音相訓。《淮南·原道訓》：「與天地鴻洞。」高注云，「鴻與洪通，鴻洞即洪洞」可證。「降」字屈辭三見：《九歌·雲中君》：「靈皇皇兮既降，猋遠舉兮雲中。覽冀州兮有餘，横四海兮焉窮。」《天問》：「皆歸射鞠，而無害厥躬。何后益作革，而禹播降？」並屬東韻。東方朔《七諫》：「忠臣貞而欲諫兮，讒諛毁而在旁。秋草榮其將實兮，微霜下而夜降。」始入江韻同今讀矣。』案：辨『降』字古今音之變也。

佘氏《正義》皆以『雪曼謹案』起始，直陳己見，頗下功力。或考證，或訓詁，或釐清句意，或概括章旨，多所發明。若考證之類，多見草木蟲魚鳥獸或人物地理等文化詞語，往往疏證名稱異同及其演變。如，『雄鳩』之物，《正義》：『鳩有兩種：小者曰楚鳩，《方言》謂之鶻鳩；一曰荆鳩，《爾雅》謂之鵻，李巡注云「今楚鳩也」。其大者曰斑鳩，《方言》謂之鴘鳩，鴘音班，項有繡班而善鳴，故曰班鳩。此云雄鳩，或即楚鳩，王逸於舊見之物，或字義易曉者，例不注。』又，『咸池』之名，《正義》：『咸池三説：一爲神名，見《七諫》注；一爲星名，見《九歌》注；一爲日浴處，即此文注，亦同名異義也。《大荒南經》：「羲和之國，有女子名羲和，常浴日于甘淵。」甘淵，即咸池，甘、咸聲轉，淵、池義轉。《初學記》《藝文類聚》諸書引作「甘泉」者，避唐諱改耳。《淮南·天文訓》「日浴于咸池」，與經云「日浴于甘淵」，尤爲咸池即甘淵之確證。』

若訓詁之類，則多爲普通詞語之解詁，往往旁證博引，或疏通舊注，或抉發古義，用力最著。如，『朝搴阰』之搴，王注訓『取』。《正義》云：『《方言》一：「攓，取也。南楚曰攓。」《史記·叔孫通傳·索隱》引《方言》：「南楚取物爲搴。」《説文·手部》作攓，下云：「拔取也。南楚語。」引《楚辭》曰「朝攓阰之木蘭」。今本《楚辭》作搴。《九歌·湘君》《湘夫人》並有搴字。蓋本字作攓，搴從寒省，而攓則後起字耳。搴、攬互文，搴爲仰攀，攬爲俯拾，此其異也。搴、攬對文則異，單用無別。』案：其説韙矣。許氏釋『拔取』，拔，讀如披。歌、月平入對轉，滂並旁紐雙聲。《蓐部》：『薅，披田艸也。』《詩·良耜》『以薅荼蓼』《釋文》、宋本《玉篇·艸部》《五經文字》引作『拔田草』。《手部》：『從旁持曰披。』引申之爲披折、旁折。《左傳昭公五年》『又披其邑』，杜注：『披，析也。』《史記·魏其武安侯列傳》『不折必披』，《正義》：『披，分析也。』元、月對轉，拔或作攀、或作扳。『攀援』之別文作『扳援』是也。拔取，猶披取、攀取、扳取，攀折也。錢起《江行無題詩一百首》：『涉江雖已晚，高樹搴芙蓉。』校云：『搴，一作攀。』（《全唐詩》卷七一二）戴侗《六書故》『搴』字曰：『丘虔切，引取也。』蓋楚人語攀折、折取則爲搴矣。又，『練要』，王注云：『練，簡也。中心簡練而合於道要。』《正義》曰：『《廣雅·釋詁》：「揀，擇也。」揀與練音義同。「練要」當如王説「擇道要而行」。朱、戴兩家注並云「精練要約」，錢澄之《詁》「練，謂老成諳練；要，謂提綱挈領」，恐失之。』案：其説是也。練、簡古字通用，猶謂果敢、嚴毅。《戰國楚竹書》（二）《訟城是（容成氏）》：『與之言正（政），説柬（簡）以行。』《郭店楚墓竹簡·五行篇》：『不直不遙，不遙不果，不果不柬（簡），不柬（簡）不行，不行不義。』又曰：『遙而不畏强御，果也。不以少（小）道夌大道，柬（簡）也。又（有）大罪而大豉（誅）之，行也。貴貴，其止（等）尊賢，義也。』又：『又（有）大罪而大豉（誅）之，柬（簡）也。又（有）少（小）罪而赦之，匿也。』又云：『柬（簡）之爲言猷（猶）練也，大而罕者也。匿之爲言也猷（猶）匿匿也，少（小）而軫者也。柬，義之方也。匿，仁之方也。』《六德篇》：『義强而柬。』仁、義對舉，柬、匿對舉。匿，猶寬容、仁慈。柬，猶嚴毅、果敢。《呂氏春秋·簡選篇》『可以勝人之精士練材』，高誘注：『練材，拳勇有力之材。』其義亦與楚簡合。

若釐清句意之類，蓋探究句中要義所在。如，『冀枝葉之峻茂』二句，王注云：『言己種植衆芳，幸其枝葉茂長，實核成熟，願待天時，吾將獲取收藏而饗其功也。以言君亦宜蓄養衆賢，以時進用，而待仰其治也。』《正義》云：『此屈子追敘爲三閭時，身司教養，冀王族少年，成德達材，以爲國用；亦猶雜植香草，俟其美茂而後刈之，俾一一效其用也。注未諦。』案：蓋佘氏認爲『植者』『刈者』皆爲屈原所爲，若謂『君亦宜蓄養衆賢』，則失之迂曲。又以『衆芳』比其所培植之賢，而非自喻其德行。其説是也。又，『雖萎絶其亦何傷』二句，王注云：『言己所種芳草，當刈未刈，蚤有霜雪，枝葉雖蚤萎病絶落，何能傷於我乎？哀惜衆芳摧折，枝葉蕪穢而不成也。以言己修行忠信，冀君任用，而遂斥棄，則使衆賢志士失其所也。』《正義》云：『王注非也。審文義，刈香草，供雜佩，此天職也。雖萎絶黄落，庸以何傷？以言人材儲爲國用，義之所在，蹈死不辭。此種思想，極近儒家，在南方爲僅見。特屈子曩日所長育者，執操不固，與世同污，蘭芷變而不芳，荃蕙化而爲茅。脩名未樹，身自穢惡，是屈子之所哀矣。」案：根據出土楚簡，南楚於戰國時已盛行儒學經典，謂其『在南方爲僅見』，則亦未審。然王注稱屈原歎息斥棄後『使衆賢志士失其所』，則誠有未洽矣。又，『怨靈修之浩蕩』二句，王注：『上政迷亂則下怨，父行悖惑則子恨。靈修，謂懷王也，浩猶浩浩，蕩猶蕩蕩，無思慮貌也，《詩》云：「子之蕩兮。」言己所以怨恨於懷王者，以其用心浩蕩，驕傲放恣，無有思慮，終不省察萬民善惡之心，故朱紫相亂，國將傾危也。夫君不思慮，則忠臣被誅，忠臣被誅，則風俗怨而生逆暴，故民心不可不熟察之也。』《正義》云：『按上云「怨靈修之浩蕩」，下云「衆女嫉余之蛾眉」，皆就自身一面説，王注無端闌入萬民善惡一節，則文不成義。』案：其説甚確。則知『民心』之民，乃屈子自稱也。又，『忽奔走以先後』二句，《正義》：『「奔走先後」一語，承「皇輿」言。謂懼其將敗，勤瘁不辭，以奔走於皇輿之先後也。』案：王注『奔走先後』爲『四輔之職』者，即前擬、後承、左弼、右輔之意，承『車輿』爲言也。又，『余既不難夫離別』二句，《正義》：『此追敘懷王朝被疏時事。言我非難與君離別，但傷君無常操，蔽障於讒，爲衡人所欺耳。下文「怨靈修之浩蕩」亦此意。』案：證以史事，庶幾是矣。又，『矯菌桂以紉蕙』二句，《正義》：『按上二語結茝木根，貫以薜荔，喻守道持本，不改堅貞之節；下二語矯桂紉蕙，約以胡繩，喻謹身勑行，不蹈有過之地。』案：此以衆芳喻其德行，是也。又，『夏桀之常違』二句下，《正義》：『按夏桀之「違」，湯禹之「敬」，皆指「道」言，此可於「周論道而莫差」一語覘之，修辭學所謂探下省者。』案：關連上下文，令人解頤。

若概括章旨之類，則余氏於各章末二句之下，撮其大要，往往言簡意核，頗有特識。如，『惟草木之零落』二句，《正義》：『以上自序其生年月日及其個性。』又，『余既不難夫離別』二句，《正義》：『以上言治國須賢，引古爲證；而終於君之信讒，因以自傷。』又，『伏清白以死直』二句，《正義》：『以上言當懷王之世，雖疏猶諫，九死不悔，重申不隨流俗之意。』

又，『雖體解吾猶未變』二句，《正義》：『以上雜寫思想之複沓變化，而終以體解不變。』又，『世並舉而好朋』二句，《正義》：『以上女嬃勸屈原和光同塵，而以婞直取禍爲戒。』又，『攬茹蕙以掩涕』二句，《正義》：『以上折衷重華，歷敘古今治亂興衰之迹，言道不可貶。』又，『世溷濁而不分兮，好蔽美而嫉妒』二句，《正義》：『此言見天帝之失意。』又，『懷朕情而不發兮』二句，《正義》：『自「朝吾將濟於白水兮」至此，戴震注：「以上託言欲求淑女以自廣，故歷往賢妃所産之地，冀或一遇於今日，而無良媒以通己志，因言世之溷濁，無所往而可者。」』又，『曰兩美其必合兮』二句，正義：『此去國求君之意，出於靈氛，屈子初無此圖（此雖設詞，但屈子心理，曲折變化，則可於言外模擬得之）。其索宓妃等神女，意在求賢，以相匹合，必如此解，文義始通而不滯也。』又，『及余飾之方壯』二句，《正義》：『以上再問卜於巫咸，而巫咸亦勸其遠逝。瓊佩以下，證行之不可緩也，而去志遂決（略參葉樹藩説）。』又，『僕夫悲余馬懷』二句，《正義》：『以上託言遠遊自疏，有浩然長往之志，而終以不忍離去作結。』又，『亂曰』以下，《正義》：『總全篇之意。』

若義有未盡者，更於章首二句申言之，如，『悔相道之不察』二句，《正義》：『自此以下，迄於「豈余心之可懲」一節，皆自寫游移不定之情緒。始疑前此視路未明，而屢攖世患；遂引頸跂立，將旋轉吾車以復於昔來之路，庶幾行迷未遠，葆其天真。於是步馬蘭皋，息心椒岨，浩然有長往之意。……下云「忽反顧以游目兮，將往觀乎四荒」，著一「忽」字，繼以反顧游目，則亦未能淡忘人世；竊欲幡然改圖，遠遊四荒，庶幾一遇賢君，以行其道，此「將往」之説也。然此念纔起，旋即灰滅，故總結曰：「民生各有所樂兮，余獨好修以爲常」；復申之曰：「雖體解吾猶未變兮，豈余心之可懲？」屈子意志，經此思惟，亦遂決定不復改矣。此一節王注以反國爲説，戴氏設爲退隱之思，餘子或依違其言，皆各得一偏，未能盡是。兹參用朱注及劉永濟説，並抒鄙意辨正如上。』又，『跪敷衽以陳辭』二句，《正義》：『屈子緣女嬃之詈，意不自得，敷衽論心，質之於舜。覺其平昔所爲，與所謂依前聖以節中者，正復相副。陳辭既已，而舜不見答。乃駟玉虬，溘埃風，去離塵俗，上愬於天。自此以下，皆謬悠之説、荒唐之言，無端崖之辭，以寓其繾綣悱惻之思。』又，『欲從靈氛之吉占』二句下，《正義》：『靈氛吉占，即上所云「兩美必合」四語也，靈氛勉其遠逝。屈子終於狐疑不出其所料者，愠於群小，身遭放逐，猶弗忍一日而忘君國；舉世混濁，哲王不悟，此其勢又不可以久處。用是首鼠兩端，依違莫決，乃趁良夕，懷椒糈，要彼大巫若巫咸者再決其去留，屈子之心，亦良苦矣！』其沈潛反覆，務求意旨所在，而大義惇實，爲後人觀法矣。

要而言之，是書爲近代港臺學者研討《楚辭》之翹楚，考據訓詁，精密近理，有特見，具識力。然佘氏聰慧之過，時或私心憑臆，往往落於小智。如，王注釋『羌』曰：『楚人語詞也，猶言卿何爲也』。《正義》云：『羌，猶嗟也。《九歎·離世篇》：「日暮黄昏，羌幽怨兮。」洪校「羌」作「嗟」。《七諫·謬諫》：「過厲武之不察兮，羌兩足以畢斮。」羌，亦當訓嗟。《文選·吴都賦》：「嗟難得而覼縷。」此本襲王延壽《王孫賦》語。而謝靈運《擬鄴中詩》注引王賦徑作「羌」。劉淵林舊注：「《爾雅》：嗟，楚人發語端也。」王逸注同。又，王融《曲水詩序》「羌難得而稱許」。《雪賦》「嗟難得而備知」，揆其語意，實襲《王孫》，亦「羌」「嗟」通用之證。武丁時有甲骨殘版文曰：「王若曰羌！女（汝）曰……」（下缺）是羌即嗟也（楊馬賦以慶爲羌，本文注以卿爲羌，亦音變）。又，羌猶其也。《史記·高祖本紀》引《風俗通》：「沛語初發聲皆言其。」「其」亦音變。』案：其説誤矣。羌，古屬陽韻，溪紐；嗟，古屬歌韻，精紐。二字不同音，無由通假。羌，俗作羗，或作㖃，非嗟字也。又，『猶言卿何爲也』，不當連讀，『卿』下當斷。叔師以漢世語『卿』釋楚語『羌』，古今音之變也。『何爲』者，乃『羌』字之義。於此可見其一斑。雖然，亦大醇小疵耳。

是書鋟板於一九五五年香港雪曼藝文院，一九六七年再版。香港中文大學圖書館有藏本。（陳煒舜）

# 離騷四釋

《離騷四釋》者，黄華表所作也。華表字二明，廣西藤縣人。生於清光緒二十四年戊戌，畢業於復旦大學。既而留學美國，獲加爾福尼亞及士丹福大學研究院碩士。民國時，歷任廣西教育廳廳長，國民政府立法委員，浙江省政府秘書長，國立浙江大學教授兼秘書長，國立復旦大學教授兼訓導長。一九四九年後移居香港，任香港珠海書院文史系及香港中文大學新亞書院中文系主任。繼而赴臺，任臺北中國文化大學教授。平生著述頗豐，有《莊子淺釋》《荀子十講》《大學國文選》《大學詞選》《古人論文大義憶録》《古人論文大義續編》《史記導讀》《歷代文選導讀》《韓文導讀》《論詩絶句集》《論詞集句集》《清代詞人別傳》《清代詩人別傳》《白沙學案》《粤書過眼録》《廣西詩録》《廣西文録》《藤州藝文志》等。

《離騷四釋》即黄氏執教香港所開《楚辭》課講稿。據王恢《校印後記》稱，是書成於一九五三年，嘗於珠海書院油印。全書首正文，次附録一，録《史記·屈原列傳》、班固《離騷贊序》、王逸《楚辭章句敘》及《離騷經章句敘》、劉勰《辨騷》、洪興祖《論離騷》、朱熹《楚辭集注離騷經序》、朱熹《楚辭集注序》；次附録二，録論文《關於屈原〈離騷〉的幾個問題》；次録王恢《校印後記》，紀録鈔書、印書經過；次《壁山閣著作目録》。

《離騷》題下注云：『按太史遷、班孟堅引《離騷》，未有稱「經」者，稱「經」蓋自王逸叔師始，《昭明文選》因之，朱文公《楚辭集注》亦沿之而不能去。然自洪興祖已知其非，何義門亦知之，謂賈生曰「屈原被讒放逐，作《離騷賦》」，若用此語，去「經」之名，則無吴楚僭王之疑矣。至桐城姚氏《古文辭類纂》、武進張氏《七十家賦鈔》、上元梅氏《古文詞略》、湘鄉曾氏《經史百家雜鈔》《古文四象》録之，但曰屈原《離騷》，斯復舊稱。今仍其説。』案：蓋於《離騷》稱『經』之是非及源流所爲疏理也。然《離騷》稱『經』謂始於王逸，似亦可商。考王逸《離騷經後敘》『使淮南王安作《離騷經章句》，則大義粲然』云云，若是爲安所作書名，則稱『經』之始，爲淮南王安也。

若探研《離騷》本旨，則必從分段始，古今治《騷》者多如是，黄氏亦未例外。其依清人葉樹藩之説，分爲十二節，每節皆撮其要旨。如，一是『自篇首至「導夫先路」爲第一節，序己之好脩爲常，而欲與君及時圖治也』。二是『自「三后純粹」至「衆芳蕪穢」爲第二節，序己好脩而見棄也』。三是『自「衆皆競進」至「前聖所厚」爲第三節，言雖以好脩被讒，而終以死自誓也。提出依彭咸句作主，曰「九死未悔」、曰「溘死流亡」、曰「清白死直」，皆以明「願依彭咸遺則」之意』。四是『自「悔相道之不察」至「豈余心之可懲」爲第四節，言殺身無益，欲相君於四方也。「忽反顧以遊目」二語，開出下半篇，爲通篇一大關鍵』。五是『自「女嬃嬋媛」至「不予聽」

·離騷四釋·

離騷四釋

屈原離騷　　古藤黄華表二明甫述解

按太史遷班孟堅引離騷，未有稱經者。稱經蓋自王逸敘師始。昭明文選因之。朱文公楚辭集注亦沿之而不能去。然自洪興祖已知其非。何義門亦知之，謂賈生曰屈原被讒放逐作離騷賦。若用此語去經之名，則無吴楚僭王之疑矣。至桐城姚氏古文辭類纂、武進張氏七十家賦鈔、上元梅氏古文詞略、湘鄉曾氏經史百家雜鈔、古文四家録之，但曰屈原離騷，斯復舊稱。今

·1·

爲第五節，述女嬃之諷己改節也』。六是『自「依前聖以節中」至「霑余襟之浪浪」爲第六節，歎世無知己，乃就虞舜而陳詞焉』。七是『自「跪敷衽以陳詞」至「蔽美而嫉妒」爲第七節，陳詞既畢，而往觀於天也。朱子以此爲比大君也』。八是『自「濟白水」至「忍與此終古」爲第八節，言求之天而不遇，乃往而觀於下也。朱子以爲求賢伯也。「閨中邃遠」一章，見去住兩難，狐疑莫釋，以領起下靈氛、巫咸兩段』。九是『自「索藑茅以筳篿」至「謂申椒其不芳」爲第九節，言卜之靈氛，靈氛謂楚不可留』。十是『自「欲從靈氛」至「又況揭車與江離」爲第十節，言又卜之巫咸，而巫咸則云去不可復』。十一是『自「惟茲佩之可貴」至「蜷局顧而不行」爲第十一節，從靈氛之吉占，遂欲周流上下以致好脩之用，歷指崑崙、天津、西極、流沙、赤水、不周、西海，而忽以睨舊鄉而中輟，則終歸於不忍去楚也』。而『自「亂曰」至末爲第十二節，前言「依彭咸之遺則」，至此則直欲從其故居，《懷沙》之志，決於此矣』。

黄氏依照朱子《集注》，以每四句爲一章，每章後皆綴以『釋文』『釋詞』『釋韻』『釋義』四端，其後多有按語及前人舊説，亦其釋義之組成部分。『釋文』宗王逸《章句》，『釋詞』宗朱熹《集注》，『釋韻』宗龍啓瑞《古韻通説》，復參照陳第、段玉裁、錢大昕諸家；『釋義』宗以王逸、朱熹兩家。若有不厭於心者，則於『按』下直陳己見，而前賢如劉知幾、何焯、戴震、姚鼐、張惠言、謝濟世、葉樹藩、梅曾亮等衆家之説，亦時時附焉。如，『帝高陽之苗裔兮』一章，『釋文』云：『王逸注：德合天地稱帝。高陽，顓頊有天下之號也。苗裔，胤末也。朕，我也。皇，美也。父死稱考。伯庸，字也。太歲在寅曰攝提格。孟，始也。貞，正也。于同於。正月爲陬。庚寅，日也。降，下也。』案：所謂『釋文』，即字義訓詁也，而全引王注，唯略作删節併合。『釋詞』云：『朱文公《楚辭集注》：「此章賦也。」』案：所謂『釋詞』，即論藝品文也。乃從朱注以分析其賦、比、興，於此書附録中又云：『朱文公以爲讀《楚辭》如讀《三百篇》，應分別其賦、比、興。因屬辭之別，而辨其命意之不同，以知其變風變雅。」『釋韻』云：『龍啓瑞《古韻通説》：「庸、降並入第二部，平聲東韻。」按降，今音杭。朱文公《集注》：叶乎攻反。陳第《毛詩古音考》引《詩・草蟲》章，降與忡韻。《出車》章，降與忡韻。《旱麓》章，降與中韻。《鳧鷖》章，降與宗韻。證降之古音爲洪，而明其非叶。顧炎武《詩本音》因之。顧陳、顧二氏，雖皆知叶音之非，降之古音爲洪，而未明其所以變遷之故。至錢大昕、龍啓瑞，一切以雙聲讀之，凡《詩》《騷》之韻之齟齬不可讀者，無不可讀而韻。而後知古音之變，有其自然之灋則，即錢氏之所謂「轉聲」，帝己氏之所謂「雙聲」也。以雙聲還其原，則本音矣。故降洪之轉爲降杭，古所以變今也。降杭之轉爲降洪，今所以復古也。降杭不能與庸韻，雙聲爲降洪，則可與庸韻矣。凡本篇之韻，前人讀之以爲無韻或方音者，以雙聲讀之，亦無不可讀而韻矣。庸、降其一例也。』案：所謂『釋韻』，考訂《離騷》協韻也。其以『降』今音有『杭』、古音爲『洪』，杭、洪雙聲，故爲一聲之轉。『釋義』云：『此章前二句，王逸云：「屈原言我父伯庸，體有美德，以忠輔楚，世有令名，以及於己。」朱文公云：「屈原自道，與君共祖，世有令名，以至於己，是恩深而義重也。」後二句，王云：「原言己以太歲在寅，正月始春，庚寅之日，下母之體而生。」』案：所謂『釋義』，即闡發章旨也。是雖鈔録舊注，然有刪節，如王注『下母之體而生』，或本後有『得陰陽之正中也』之語，蓋以其過於附會也。按云：『太史公曰：「原雖放流，睠顧楚國，繫心懷王，不忘欲反，冀幸君之一悟、俗之一改也。其存君興國，而欲反覆之，一篇之中，三致意焉。」固原忠臣之志，然亦原與楚同姓，同姓無去國之義故然也。此章開宗明義，先寫家世。謝梅莊「第一句便見無去國之義」是也。然則原之終不忍去、不能去，原固早知之矣，早決之矣。』其徵引《史記》，證以謝濟世語，以推求屈子行誼。後復引謝氏《離騷解》曰：『首述世系，生年月日名字，第一句便見無去國之義。』引劉知幾《史通・序傳篇》云：『自敘出於中古，《離騷經》首章上陳氏族，下列祖考，先述厥生，下顯名字，自敘發迹，實基於此。』

印證屈原自道家門之深意。又，『日月忽其不淹兮』一章，『釋文』云：『王注：淹，久也。代，更也。序，次也。零、落，皆墮也，草曰零，木曰落。遲，晚也。美人，謂懷王也。人君服飾美好，故曰美人。』則皆引王逸故訓。『釋詞』云：『《集注》：「此章賦而比也。」』則亦從朱注以明其體。『釋韻』云：『「《古韻通説》：「序、暮竝入第十一部，上聲語韻。」』亦從龍啓瑞之説。『釋義』云：『此章前二句，王云：「言晝夜日月常行，忽然不久，春往秋來，以次相代，言天時易過，人年易老也。」後二句，「言天時運轉，春生秋殺，草木零落，歲復盡矣。而君不建立道德，舉賢用能，則年老耄晚暮，而功不成，事不遂也。」朱云：「此承上章，言己但知朝夕脩潔，而不知歲月之不留，至此乃念艸木之零落，而恐美人之遲暮，將不得及其盛年而偶之，以比君子之心，唯恐君之遲暮，將不得及其盛時而事之也。」』兼引王、朱之説。黄氏按云：『原未仕之前，蓋已見懷王之失德矣。故一方恐己之不得用，一方亦恐君之遂老，不能用賢以致治也。』是基王、朱成説而申引之，以意逆志也。據此一斑，即可窺見全豹矣。

黄氏講授詩古文辭，以傳統文章家之方法切入，故《離騷四釋》『釋義』之按語，最見功力。如，關於《離騷》作時，黄氏以爲在屈原遭襄王流放江南之後，於是在『謇吾法夫前修』一章『按語』中有詳盡討論。綜合其説，大抵可以歸結三點：一、懷王之時，屈原仍在楚廷，行動自由，不可能令他萌生沉水之心。二、比對《離騷》和《漁父》，頗有相類之處，可見二者作時比較接近，所呈現屈子之心情亦頗相似。三、《離騷》祇述及懷王時事，並不代表此文即作於懷王時。黄氏論斷之方法，主要在於時代背景分析、文辭穎悟，以及對舊注細心爬梳。或者參照古籍及諸家所論，而作出斷語。如，『惟夫黨人之偷樂』一章，按云：『言己之所以急於求進，不避禍殃者，爲君國耳。太史公所謂「存君興國，而欲反覆之，一篇之中，三致意焉」者是也。四句證今。』即從《史記》之陳述來印證《離騷》。又，『昔三后之純粹』一句，戴震《屈原賦注》謂『三后』爲楚之先王熊繹、若敖、蚡冒。此説出自汪瑗《楚辭集解》。『釋文』云：『戴説甚新，但恐非屈意。』雖未作進一步分析，但觀其解後文『彼堯舜之耿介』章曰：『此章與前章，剖析治亂，何其甚明。』知其説是根據前後文而推斷之。對於章法解析、微言闡發、屈子心理揣摩，是《離騷四釋》之所長。如，『惟草木之零落』一章『按』云：『原未仕之前，蓋已見懷王之失德矣。故一方恐己之不得用，一方亦恐君之遂老，不能用賢以致治也。』是二句，舊解作屈子對己身『老冉冉其將至』而過時之慨，而黄氏則認爲是屈子憂對楚王日夜荒湎，於意亦通，且更見人臣眷眷無窮之情。又，『前望舒使先驅』一章『按』云：『以下三章，每章皆正反其辭。正者，原之所以求見乎君也。反者，君之左右所以蔽原使不得見乎君也……皆承上「欲少留此靈瑣」及「將上下求索」而言，皆冀君王庶幾復我也。』案：黄氏結合此三章，發現每章皆前振而後抑，如『雷師告余以未具』『飄風屯其相離』『倚閶闔而望予』三句，無不令前文氣沮。屈子未得覲見上帝，不待司閽阻撓，前雷師、飄風已有徵兆矣。足見其觸覺之敏鋭矣。至於『釋韻』雖多引《古韻通説》，亦偶有創見。如，『求矩矱之所同』與『摯咎繇而能調』二句同在一章，而唐、宋以後不能押韻，朱子亦以未詳備考。《四釋》則在此處眉注：『按《韓非子·揚搉篇》：「君操其名，臣放其形。形名參同，上下和調。」亦以「調」「同」爲韻。屈、韓約略同時，豈爲學舌之誤？又豈得屈韓並誤？又屈韓異域，又不得謂之方音，甚顯然矣。』案：短短數語，雖未從古音變化、韻部分合等方面來論説，卻從《韓非子》中找到戰國後期『同』『調』二字押韻之例。復根據屈、韓籍貫之不同，進一步指出：對於《楚辭》中不甚協韻之字，不能一概歸爲方言矣。

《附録》二録其《關於屈原〈離騷〉的幾個問題》一文，乃應王道（貫之）之邀而作。其所針對之屈原否定論廖平與胡適二人。廖平之否定論立足點有三：其一，《屈原列傳》文義不連屬，傳中事實既不能拿來證明屈原出處事迹，又不能拿來證明屈原作《離騷》時代。其二，《楚辭》所講乃是『天上之事』，故有遠遊出世之思想及關於天神魂鬼之文詞。其三，『帝高陽之苗裔』乃秦始皇自序，其他屈原文筆多半是秦博士所作《仙真人詩》。黄氏認爲，廖氏之疑古一如康有爲《新學僞經考》《孔子改制考》，多出於主觀臆斷，而於客觀考證法並不講究。故廖平否定之三事，直等『齊東野語』，雖出自今文家大師之口，難使人信服。胡適之疑問，亦緣自《屈原列傳》文義扞格。黄氏則認爲，屈原存在與否，根本在於其二十五篇作品而不繫於《屈原列傳》。即使無此傳記，屈原猶復存在。以傳記之錯簡、添改質疑屈原存在與否，並不合乎邏輯。進而言之，先秦時代楚文化甚高，兩漢記載、流傳、慕效屈賦者水平亦然。如淮南王、八公、大小山之徒，能著成《淮南子》，又能撰寫《招隱士》，若連《離騷》是何人所作、屈原有無其人皆成問題，則何以作《離騷傳》？又賈誼年輩視淮南爲早，所居之長沙又距淮南甚遠，然前後見聞正同，若非真有屈原其人，斷無此巧合。且東方朔、王褒、劉向、揚雄等人追慕屈原，《漢書》亦有記載。若僅憑《史記》以否定屈原存在，顯然不足以服人。蓋批駁屈原否定論之學者中，黄氏爲導夫先路也。

然是書書於《離騷》聚訟之端，若『求帝』『求女』之旨，依違於王、朱之間，無所發明，字義訓詁、《離騷》協韻，亦列諸家而已。蓋是書爲大學本科課程基礎教材，以踏實慎重之態度紹述前人之觀點，務求平實而戒新奇，故不同於專門研究之作所應有『大膽假設、小心求證』之習氣也。書稿由王恢據珠海書院油印本手鈔，效鄭燮之書體，頗爲精美。然於校勘卻有不逮。蓋全稿二百五十餘頁，全由王氏手鈔，文字訛誤在所難免。然不予排印，自然無法進一步校勘文字。如，前引王注『屈原自道本與君共祖，俱出顓頊胤末之子孫，是恩深而義重也』。原書『義重』本作『義厚』。又，『願俟時乎吾將刈』句，『釋義』云：『以君言亦宜蓄養衆賢，以時進用，而待仰其治也。』原書『以君言』本作『以言君』。是書後於一九七九年，由臺灣學生書局影印出版。（陳煒舜）

# 楚辭新考

《楚辭新考》者，何天行之所作也。天行幼名無雙，杭州人，後易名天行，字摩什，民國二十五年丙子畢業於上海復旦大學文學系，曾任西湖博物館歷史部主任、杭州藝專圖書館主任、浙江大學人類學系器物學教授、東北人民大學圖書館研究員。學識廣博，凡文字、考古、文學、歷史、經濟、社會、教育靡不涉獵，稽沈索隱，多有創獲。著有《唐太宗》《孔夫子》《中國服裝史參考資料》《中國古代文化史參考資料》《黑陶文化資料》《記述古代浙江文化初稿》等。

何氏撰寫此書，成於民國二十一年。首有作於民國三十六年自序，述其撰寫此書之始末。稱『原名《楚辭新考》，余十年前之舊作也。民國二十年秋，「九一八」事變之際，余負笈吳淞中國公學大學部，時於顧君誼先生名處受中國文學史，余於先秦諸籍作者頗滋疑竇，而於《楚辭》一書尤甚，輒思考索而釐訂之。每有所惑，無所折中，則就教於顧先生，先生亦樂於獎誘。乃益裒集諸書，稍加研勘，遇有所見，即爲敘録』，於是乃成是書。初刊時乃名『楚辭新考』，及後重刊行時，則更爲《楚辭作於漢代考》也。案：何氏於『九一八』事變之後方涉《楚辭》，是否有感於國難之作，雖未遑定論，然巧合若是，蓋未可思議者矣。何氏其人，秉性狷介，重氣節，習大義，不意而爲是作，尤爲人所不解矣。

是書由六篇連貫論文組成。要之，六篇論文之中心議題，皆圍繞傳世《楚辭》非屈原所作，實是漢人之作，屈原事迹衹是傳説。故是書乃爲『屈原否定論』之代表作。

一曰『緒論：楚辭的意義及起源』。何氏稱『楚辭』之名稱，産生於班固之前，原是『秦漢時代楚地一帶的詩歌』，指『以楚人的語言文字所寫的詩歌辭賦』，是『楚辭』之源，及至劉向，始以『楚辭』爲專書之名。何氏以《離騷》爲屈原出於憂國之作，則是『王逸《章句》的錯誤，將《楚辭》的面目蒙蔽了二千多年。加以漢儒「忠君愛國」之説，在專制政治的時代，又配合一般儒者的心理，於是離讒忠諫之説遂成歷來解説《楚辭》的原則』。何氏又稱叔師《離騷後敘》所言淮南王安、班固、賈逵各作《離騷經章句》並不存在，而『逮至劉向典校經書分以爲十六卷』之説『也未見得可靠』，『「楚辭」的命名當源於東漢時，劉向在西漢已死，因疑《楚辭》的彙集成書，亦未必出於劉向之手』。案：何氏所論，難以成立。史遷、班書所載『楚辭』，未必即叔師傳本《楚辭》也。傳本《楚辭》，除屈、宋而外，賈生以下漢人之作，皆代屈憂閔之作。而朱買臣、九江被公所誦者，未必爲屈、宋及漢世代屈憂閔之作也。何氏謂向未必彙集《楚辭》，則頗爲有見。若向、歆父子果嘗彙集《楚辭》，何以不見於《録》《略》及班氏《漢志》。彙集《楚辭》者，東漢叔師也。叔師『劉向典校經書分以爲十六卷』云云，是謂向分《離騷》爲十六章而已。此乃後人曲解，遂據此謂向集《楚辭》十六卷矣。餘皆不足爲據。

# 楚辭作於漢代考

## 一　緒論　楚辭的意義及起源

「楚辭」（辭或作詞）這個名詞，二千年來，一般注家，都沒有確切的解釋；其中闡明「楚辭」的意義的，祇有宋人黃伯思說得最好：

「屈宋諸騷，皆書楚語，作楚聲，紀楚地，名楚物，故可謂之楚辭。若「些」「只」「羌」「誶」「紛」「侘傺」者，楚語也；悲壯，頓挫，或韻或否者，楚聲也；沅、湘、江、澧、修門、夏首者，楚地也；「蘭」「茝」「荃」「藥」「蕙」「若」「芷」「蘅」者，楚物也，」（直齋書錄解題引黃氏翼騷序）

黃氏之說楚辭中包含楚語楚聲，最爲切要。依據此說，可知「楚辭」無疑是以楚語、楚聲所構成的一種文學作品。

我爲什麼要這樣說明呢？因爲：

（一）有人把「楚辭」的產生，和「楚辭」的編定成書，常常混而爲一，以爲「楚辭」是成書後的專稱，西漢時是還沒有這種名稱的。其實，「楚辭」這個名詞，在班固以前便已成立了。

（二）因「楚辭」一名容易誤解爲專書，不但對於「楚辭」產生的時代混淆不清，而且對於現存的楚辭章句中的篇數和內容，也容易無從區別其眞僞。

由於這兩種原因，我們先要認識「楚辭」的發生，和「楚辭」究竟是什麼東西。

一　緒論　楚辭的意義及起源　一

二曰『楚辭傳説的檢討』。否定《惜誓》《吊屈原賦》爲賈誼所作，理由是：一則《吊屈》首見於《屈賈列傳》，而未見收入《章句》，『王逸必不至於遺漏』；二則屈原投水死的傳説出自劉向，《吊屈》必在西漢劉向以後；三則賈誼《過秦論》不見有屈原。其次，謂《招隱士》與屈原没有關係。再次，謂《七諫》亦是僞作。再次，謂《屈原列傳》非史遷所作。最後，謂『「屈原」傳説，以及西漢有關於「屈原」傳説的《楚辭》體的作品，大都是在劉向裒集《楚辭》時纔發生的』。案：《惜誓》一篇，叔師以爲存疑之作，稱『或曰賈誼，疑不能明也』。故《釋文》目録列爲卷十五。後世以篇中語有類《吊屈》者，乃定爲賈誼。斯與叔師無涉矣。史遷之作《賈生傳》，而載其渡湘吊屈之事，且全録《吊屈》之賦，言之鑿鑿，豈能憑空捏造？賈生之孫嘉『最好學，世其家』，與史遷友好『通書』，則撰此傳，必有所聞於嘉者矣。若謂《七諫》《屈原列傳》皆是僞作，羌無實據，亦祇是懷疑而已。至於謂《招隱士》與屈子無涉，則當别論。叔師彙集《楚辭》未免誤入非代屈憂閔之作，而真代屈憂閔之作未預其列者時或有之。然不可據是以否定屈子其人及其所作矣。

三曰『傳説與史實之對演發展』。何氏謂作《離騷》者是劉安，而劉向屢次『諫忠被讒』，與傳説中『屈原』所處頗同。『劉向是漢朝的宗室，猶之乎傳説中的「屈原」是楚國的宗室』，由是遂杜撰藉以寄託幽憤『屈原傳説』，且《離騷》之作亦署曰『屈原』。其立論依據，即荀悦《前漢紀》載『上使作《離騷賦》』，而《漢書·劉安傳》作『離騷傳』，而清王念孫又以爲『傳，當作傅，傅與賦古字通』。案：安之所作是否《離騷賦》，當以文獻爲依據。學者多以史遷《屈原傳》『屈平疾王聽之不聰也』至『推此志也雖與日月争光可也』一段爲出自安所作《離騷傳》，史公採擷其文而入傳，則信如顔注：『傳，謂解説之，若《毛詩傳》。』非《離騷賦》明矣。且《離騷》殘簡有二，已出土漢文帝世夏侯灶墓，一者爲《離騷》四字，即『寅吾以降』。一者爲《涉江》六字，即『不進旖奄回水』。夏侯灶已習《離騷》《涉江》矣。而推安之年，至多不過六、七歲童子，其焉得能作《離騷》？有二簡在，則何氏所論，皆不攻自破矣。

四曰『離騷新證』。是乃何氏此書精心刻意之作，分别臚列十四條證據，以論《離騷》作於劉安而非屈原。（一）楚曆用殷正，漢曆於淮南王時用夏正，《離騷》『攝提貞於孟陬兮，惟庚寅吾以降』，是劉安之生年，而非楚人屈原的生年；（二）《離騷》用『修』而不用『長』，緣乎『安以父諱長，故其所著，諸長字，皆曰修』。謂『此亦《離騷》應爲劉安所作之證』。（三）『《離騷》中所以多芳草的原因，完全是因爲淮南王的好神仙黄白之術。故此凡是一些可以制藥成仙的草木在《離騷》中特别多，但並不限於「香草」』。（四）《離騷》中的『桂』『菌桂』等，爲漢武帝時始由嶺南傳入中土，前此未聞，『這是《離騷》爲漢代淮南王所作的第四個明證』。（五）彭咸非投水死，彭咸即老彭，是古代的神仙家，從彭所居，是劉安仙遊思想的表現。（六）劉安之入世與出世矛盾思想，與《離騷》俟留待君與遠逝仙界内容完全吻合。（柒）《離騷》所寫之地理環境及『神仙思想』等，『都是秦漢以來在大一統的政治形態之下，象徵國力四披的表現』，而『決不是戰國時的楚人所能想像的』。（八）謂《離騷》上征下浮，上下求索，與司馬相如《大人賦》同，都是漢人求仙觀念，無寄寓屈原『忠君被讒』之意。（九）謂《離騷》『雖體解吾猶未變兮』之『體解』，『是秦代以後纔有的刑法』，故《離騷》『當然不是秦以前的作品了』。（一〇）從文字上看，《楚辭》作品不是先秦古文，而是漢代今文。（一一）《離騷》首韻東、冬合用，爲漢世語音，『更可證明《離騷》（包括《九歌》等）必是漢代的作品』。（一二）《離騷》神話傳説多出於《山海經》《淮南子》等，而《山海經》《淮南子》均爲漢代之作，故《離騷》亦不出於先秦楚國。（一三）《離騷》與《淮南子》比較，語句多見雷同，説明衹能同出於劉安之手。（一四）《離騷》『湯禹嚴而祇敬兮』之語，『分明有蹈襲僞《皋陶謨》的痕迹』；『就重華而陳詞』則是蹈襲《堯典》，而《堯典》《皋陶謨》均是漢世僞書，是故《離騷》亦不出於先秦。末尾又附有《『屈原』傳説源流表》，大略謂漢前無『屈原』傳説，至漢亦未見『屈原』傳説之僞作。案此十五條證據，可謂是殫思竭慮，實皆妄相比附，似是而非，無一能鑄成鐵證矣。

五曰『九歌作於漢代諸證』。何氏以胡適、陸侃如等所謂『《九歌》與屈原的傳説絶無關係』爲基址，分别從八端證明之。（一）以《東皇太一》之祠始漢代，『是漢初長安東南郊的祀神』，而前此未有。（二）『《九歌》中的「雲中君」「司命」「東君」等亦是漢初宫裏或宫外所立的祀神或神廟』，且『必出於高帝立祠之後』。而『《九歌》中的「山鬼」與「河伯」，在漢初亦屬於廟神』。（三）『《九歌》中「未央」與「壽宫」，均漢代所有宫殿』。（四）『《九歌》中「椒房」與「紫壇」均屬漢代宫室』。（五）《九歌》以漢武帝求仙宏大場面爲背景，『它必出於武帝時自明堂至未央宫甘泉宫一帶』，因而『推斷它是武帝時司馬相如等人所作』。（六）《九歌》所用芳物、祭具、祭品，皆爲『漢代的宫廷生活』。（七）《九歌》中地名，皆爲漢地名。如『醴浦』之『醴』，即屬『漢地名醴陵無疑』。（八）《山鬼》爲漢世祭山時所用曲名，『《國殤》是武帝時爲祭祀征西北的陣亡將士而作』。乃謂『由上述的八項證據，《九歌》之爲西漢（武帝時）宫廷作品，已可斷言』。案：太一之名，已見出土楚簡《太一生水》篇，楚俗尚東，以其祖出自東方，故最尊之神曰『東皇太一』。雲中君，本夏后氏《九歌》所祀之神，故仍夏禮之舊，有『冀州』『四海』之語，然非出於漢世矣。司命，亦屢見於出土楚簡。山鬼，居於沅湘以南越人所祀山神，故其地理與《涉江》篇相合。《國殤》所敘，乃車戰也，非漢世習騎之戰。『醴』字本作『澧』，指澧水也。其與『醴陵』何涉耶？何氏所列八端，牽合之甚，無以復加矣。

六曰『九章以下各篇的時代』。此文從陸侃如謂《惜誦》《思美人》《惜往日》《悲回風》《橘頌》爲僞作之説，又詳述《抽思》《哀郢》《涉江》《懷沙》亦非屈原所作。謂《惜誦》敘事以他人口吻，而非屈原自述，是最有力證據。謂《抽思》蹈襲《離騷》，『其爲後人僞託無疑』。謂《哀郢》『江與夏』『夏首』悉是秦、漢以後地名，故非出於先秦之世。謂《涉江》

鈔襲《離騷》《九歌》，亦與屈原無涉。謂《懷沙》是『寫前漢時平南越之亂的繇役』，與屈原無關。謂《遠遊》多襲《大人賦》，『是東漢人所僞託』。謂《天問》是『秦末的產物』。末後又否定《招魂》《大招》《漁父》《卜居》等爲屈原所作，稱《招魂》『曾受印度佛教的影響，佛教自西漢傳入中國，《山海經》與《天問》《招魂》等的神話，一部分便源出於印度，可見《招魂》的時代必定在漢朝』。而《大招》摹仿《招魂》，其出亦必在《招魂》以後。謂《卜居》《漁父》以『後人的口吻』敘事，當爲漢人所作無疑。

若是，不啻屈、宋之作爲僞書，而屈原其人亦後世所杜撰，屬子虛烏有。洵乃重可笑噱耶！然綜觀何氏所論，是承『五四』以來疑古之風之餘烈應運而生，治學方法無非胡適之『大膽懷疑，小心求證』之類，倡言『累層地造成的中國歷史』説，全盤否定三代至戰國歷史及歷史人物。而何氏於胡氏『屈原是「箭垛式」的人物』大加發揮，比其前輩走得更遠，往往是攻其一點，不及其餘。故其爲立説也，奇異怪詭，出自私臆者多，而實事求是者少。此書於《楚辭》研究無甚價值可言，於後世亦無甚影響。屈原及其作品之存在悉已定論，無庸舊調重彈。然今存之不廢者，蓋足以廣異聞、增見識而已。惟海東學者視此書若瑰寶，推崇爲『在「否定論」的諸文中，最周密、最系統的』之作，若三澤玲爾、白川静、鈴木修次、岡村繁、稻畑耕一郎等相繼重蹈謬迹，拾其餘唾，行否定屈原之能事，惑亂世人之視聽，旨在否定中華愛國民族精神與歷史文化，國人未可等閒視之，『小子鳴鼓而攻之可也』。

何氏此書由中華書局初版於民國二十六年，名曰《楚辭新考》；再版於民國三十六年，則易名曰《楚辭作於漢代考》。國家圖書館皆有藏本。（黄靈庚）

# 離騷圖

《離騷圖》者，明蕭雲從之所作也。雲從字尺木，號無悶道人，别號于湖漁人、梅石道人、東海蕭生、梅主人、江梅、謙翁等，晚又號鍾山老人，安徽姑熟人。崇禎十二年己卯、十五年壬午兩科副榜貢生。入復社，與東林黨人互通聲氣。明亡後，遁迹他鄉，終身不仕。工畫，善詩文。著有《易存》不分卷、《杜律細》一卷，畫有《太平三書圖》，皆梓以傳後。其詩文集已佚。蕭氏嘗於采石太白樓下四壁畫泰山、華山、峨嵋、匡廬，題者紛如，一時成爲美談。後居城之東，近夢日亭遺址，築室種梅，顔其居曰『梅築』。清康熙七年己酉卒，年七十又八。事載清黄鉞《左田畫友録》。

宋、元以下，朝廷積弱不振，屢遭胡虜侵陵，以至亡國破家，百姓離散，生靈塗炭。而士大夫出處兩難，無所容身。畫師若宋李公麟、元趙孟頫、錢選、張渥、明文徵明、仇英、董其昌、陸治、杜瑾、周介、陳洪綬之輩，每於蹭蹬不偶或者易代交替，則致意於屈子《楚辭》，因賦而繪圖，以興懷故國之情，而抒攄其愁思。而蕭氏身際逢明、清鼎革，不無黍離之悲，則引屈子爲同調。其稱『取《離騷》讀之，感古人之悲鬱憤懣，不覺潸然泣下』。又云：『僕本恨人，既長貧賤，抱疴不死。家區湖之上，秋風夜雨，萬木凋摇，每聞要眇之音，不知涕泗之横集。豈復有情之所鍾虡？謝皋羽擊竹如意，哭於西臺，終吟《九歌》一闋；雪菴和尚汎舟貴陽河，讀《楚辭》畢，則投一紙於水中，號嗚不已。兩人心湛狂疾，戀慕各有所歸。』乃『不爲廣文，亦不爲水部，戴種種之髮，拾古人之殘膏賸馥，而渲朱染碧熠燿，自娱樗散而終天年』。與刻工湯復、湯義合謀，刊刻《離騷圖》。則其寄興之心迹，亦昭然若揭而無所回避矣。

是書首爲河濱李楷叔則序及蕭氏自序。自序尊《離騷》爲『經』，稱與經旨合符。若『《離騷》本《國風》而嚴斷於《書》，《九歌》《九章》本《雅》《頌》而莊敬於《禮》，［奇］（寄）法於《易》，屬辭比事於《春秋》』。六經之有圖，是『聖人立象以盡意』也。而『索圖於《騷》與索圖於經並論』，是以《離騷》亦宜有圖，即宗朱子《集注》以『補綴』之。乃輯集《楚辭》十篇，首《離騷經》，次《九歌傳》，三《天問傳》，四《九章傳》，五《遠遊傳》，六《卜居傳》，七《漁父傳》，八《九辯傳》，九《招魂傳》，十《大招傳》，悉同明刻《楚辭章句》。蕭氏繪製《離騷》一圖、《九歌》九圖、《天問》五十四圖、《遠遊》五圖，總六十八圖。《凡例》又稱，《惜誓》《吊屈原》以下漢賦皆删芟之，是『亦尊經之義也』。而『《遠遊》原有五圖，經兵燹闕失，竢續之』。然是本亦未見有此五圖矣。

楚辭

區湖蕭雲從尺木甫較

離騷經

離騷經者屈原之所作也屈原名平與楚同姓仕於懷王為三閭大夫三閭之職掌王族三姓曰昭屈景屈景序其譜屬率其賢良以厲國士入則與王圖議政事决定嫌疑出則監察羣下應對諸侯謀行職修王甚珍之同列大夫上官靳尚妒害其能共譖毀之王乃疏屈原屈原執履忠貞而被讒衺憂心煩亂不知所愬乃作離騷經離別也騷愁也經徑也言

離騷經

《離騷》一圖，篆文題『三閭大夫卜居漁父』，似非因《騷》而繪者。《凡例》稱『屈子有石本名臣像暨張僧繇圖，俱豐下髭旁，不類枯槁憔悴之遊江潭者也。又見宋史藝作漁父圖，李公麟作鄭詹尹圖，皆有三閭真儀，如沈亞之《外傳》，戴截雲之冠，高纓長鋏，拭巾以明潔也。今合爲一圖』云云。是圖即據南朝劉宋之史藝及北宋之李公麟而繪製也。

蕭氏於《九歌》諸神皆爲釋解，稱『太乙，天之尊神，祠在楚東，以配東帝，故曰「東皇」。玉琳璆鏘，瓊芳蘭藉，獻享之麗也。繁會樂康，禮樂之盛也。生爲聖君，没爲明神。昭格籲誠，幽顯不二。和平之聽，神具醉飽矣。昔人謂屈子「愛君無已」之義，非幻也。蘇氏曰：「愛君莫先於尊君，故圜丘方澤以祖配天，忠孝之至也。」」案：敬祖尊天以爲一事，則『東皇太乙』，猶帝高陽顓頊氏耶？其繪『東皇太一圖』，亦儼然似聖君也。又稱雲神『觸石而生，膚寸而合，不崇朝而遍天下。神之格，思不可度。思靉靆之中有望龍髯而莫可扳者。金蟠曰：「讀之令人有天顔咫尺之思。」』案：其圖『雲中君』，即飄忽於蒼穹之上，自下仰視，真如天顔不可及矣。又以舜之二妃娥皇、女英爲『湘君』『湘夫人』，故合二篇而繪爲一圖。又以『大司命』爲陽神而尊，不宜作美婦人狀。而『少司命』爲何狀，則未有説也。然合二司命爲一圖，宜亦丈夫狀矣。稱『樂莫樂』一句，是『追念始者相知之樂』，而『悲莫悲』一句，豈敘與君別離之苦耶？是牽合之説也。以《東君》一篇爲『王宫祭日』，無所比附，而圖繪祭日之狀。以河之發於崑崙，至於尾閭，不可窮極，類人之一身『膏液周環，連天濟澤』，以諷寓『天地人，三才一理』。又圖繪河神似婦人貌，蓋讀『馮夷』之夷爲姨，『乃作麗姝焉』。似亦好奇之説。舊圖『山鬼』多類蒙倛，猙獰可怖。乃別出心裁，繪其貌似窈窕淑女。則當矣。又以《國殤》之作以激勵士氣，謂『魏文帝圖龐德不屈狀於壁，而于禁慙鬱自絶。彼傾人社稷以延吾旦暮之生，又何忍乎？此先師之所以慟錡童也。故畫其敗績而後知武終。鬼雄、

生死無二。亦擬其古戰場之吊云爾』。案：反觀明季，將軍倒戈，不肯盡節於朝廷，其視國殤者何如耶！蕭氏蓋有所感寓矣。故其貌國殤，則極其武勇之狀，絶無敗績之痕。又，《禮魂》一篇，乃畫一女巫，手執菊、芭、蘭，翩翩起無，極其妖嬈之態。謂『古者雩禱用舞，如風雲之翩躚焉。女巫者，使陰氣之上接也。自秦漢不用，而郊祀之歌、求唐山夫人致辭，亦各從其類也』。

蕭氏於圖《天問》一篇，用力爲最，其功至鉅，後之圖《天問》者皆沿襲其説。謂屈子之作《天問》，洵緣宗廟壁畫。後世『畫家之工於堵壁，其楚先王之廟之遺乎？古者尸居監觀，以爲天道人事之正，象物而動。神禹鑄鼎，文周勒鐘，其來遠矣。第孅迪則吉，從慝則凶，頫仰之間，憂樂之頃，相應如響。乃暴者自謂有命在天，投龜詈之，囊血射之，悠悠蒼天，亦無可如何於若輩矣。然則天至此其不可問邪？問之不可而復有對之者乎？對之不得而復有畫之者乎？屈子見宗廟祠堂，不忍復會於荆棘中，而不甘遽死，逐事呵而問之。彼其中豈不知福善禍淫之若循環然邪？意謂天必有不可明告於人者，與人之必有不可解於天之故者，只此殘粉況丹照耀四壁間者，淒淒然可相索也』。乃因王逸之義、柳子之對、朱子之注及萬里之解，包舉折衷，繪圖五十又四。其例每圖，首爲圖，次《天問》原文，末繫注解，參以己義，亦不無新見也。蕭氏門生張秀璧《天問圖跋》云，如圖『日月三合九重八柱十二分』，即繪《天問》問天一段，注云：『十二辰禒，本《詩》之庚午禡祭史，二首六身，三月龍見。蒼頡巳蛇、寅虎是也。柳《對》「烏傒」即三足，在日中者也；月則顧菟矣。嘗見《皇極圖》，三合、九重、八柱具焉。爲《洛書》之疇數也，即三百六十一，爲象山方罫，京房之律原也，非敢臆也。』案：十二辰以十二生肖圖之，蓋始於蕭氏。然周、秦傳説，謂月中有兔爾。兔，屬卯，見《睡虎地秦墓竹簡·日書（甲）盜者》，曰：『子，鼠也；丑，牛也；寅，虎也；卯，兔也；辰，（缺獸名）；巳，蟲也；午，鹿也；未，馬也；申，環也；酉，水也；戌，老羊也；亥，豕也。』是先秦舊説，亦非始於秦也。《隨州孔家坡漢墓簡牘·盜日》以『卯』爲『鬼』，『未』爲『鹿』，『申』爲『玉石』，『戌』爲『老火』。則又别也。又，圖『伯强』，以繪『伯强何處』之問，云：『道書有伯强，云「古之憤忠戰殤者」，如睢陽所謂「死當爲厲」是也。或曰：伯强，即《周禮》「方相」二字轉注，故虎豹熊羆黄金四目從之。』案：據其所圖，虎豹其身，黄金四目而龍尾，蓋肖方相之狀也。是亦爲一解。又，圖『荓號脅鹿鼇戴山抃』，以繪『荓號起雨』以下四問，注云：『荓翳，雨師名，號呼則雨興。天撰十二神鹿，一身八足，兩頭。鼇，大龜也。擊手曰抃。巨靈之鼇背負蓬萊山而抃，獻於海若舟，使龜舍水而行於丘陵，何能遷徙此山乎？皆本王注也。或曰：釋舟陵行，即奡盪舟也。是不然。』案：雖因王注，而繪圖獨有心解。馬王堆漢墓帛畫下部有一巨獸，形似鼇，首以載地，兩手託之。即此『鼇戴山抃』，與蕭氏所繪，大致相似。又，《文選・思玄賦》：『登蓬萊而容與兮，鼇雖抃而不傾。』祖構《天問》。又，《淮南子・覽冥篇》『斷鼇足以立四極』，高注：『鼇，大龜。《楚辭》曰「鼇載山下，其何以安之」是也。』蓋漢代已有此説。洪氏《補注》以《論語》『奡盪舟』溷之，故未從其説，亦見嚴謹於取舍矣。又，圖『舜閔堯女』，以繪『舜閔在家』以下四問。注云：『注桀作玉臺十里。此語寃哉。故附於「舜閔在家」後。』案：王逸注：『言紂作象箸而箕子歎，預知象箸必有玉杯，玉杯必盛熊蹯豹胎，如此必崇廣宫室。紂果作玉臺十重，糟丘酒池，以至于亡也。』則舊注『玉臺十里』者，是紂而非桀也。雖然，蕭氏意謂『厥萌在初』以下四句亦是問帝舜事，故附於『舜閔在家』之後。是其創獲也。言舜初未顯之時，堯妻以二女，是預見其後果登帝位，居十重之璜臺，是何人窮極之也。又，圖『元子挾矢伯昌秉鞭作牧旅醢上帝罰殷』，以繪『稷維元子』以下十問，注云：『宜分作四圖。然周以后稷積功，累代有數十聖，而後王天下，卜年八百，則一心之運也。故合之。』案：所謂『一心之運』，從后稷之心也。王逸注：『言后稷長大，持大强弓，挾箭矢，桀然有殊異將相之才。』謂后稷有『馮弓挾矢』之異能，兼有文武材也。《戰國楚竹書・孔子詩論》：『后稷之見貴也，則以文、武之悳也。』孔子以后稷兼有文、武之才。王注『將相』云云，以文、武之材稱其德。然后稷『馮弓挾矢』之武材，人罕言之，漢以後幾不傳。稱后稷之德多在乎其藝種六穀也。《詩・生民》：『克岐克嶷，以就口食；蓺之荏菽，荏菽旆旆。禾役穟穟，麻麥幪幪，瓜瓞唪唪。』《史記・周本紀》：『弃爲兒時，屹如巨人之志。其遊戲，好種樹麻、菽，麻、菽美。及爲成人，遂好耕農，相地之宜，宜穀者稼穡焉，民皆法則之。帝堯聞之，舉弃爲農師，天下得其利，有功。帝舜曰：「弃，黎民始飢，爾后稷播時百穀。」封弃於邰，號曰后稷，別姓姬氏。后稷之興，在陶唐、虞、夏之際，皆有令德。』則知『馮弓挾矢』者，周、秦佚説，幸《天問》存之。蕭氏繪后稷左『挾弓』、右執禾之狀，亦切合文、武兼備之旨矣。

蕭氏門生張秀壁《天問圖跋》云，『屈子取不根之説，憤激彷皇，上呇真宰，非如騰蘭水陸之教，能肖其情。則當日古廟長牆，金碧森列，啓王孫之呵殿者，蓋亦取意不取像，安能與刻舟索駿之徒同類而共笑之哉』。以屈子『取意不取像』之問，而蕭氏據意以繪像，亦戛戛乎難哉！若意不明，則像亦非屈子所問之像，則不免『觚之不觚』之病矣。如，圖『鴟龜曳銜永遏羽山』，繪『不任汩鴻』一段之問。乃因王注『堯乃放殺之羽山，飛鳥水蟲曳銜而食之，鮌何能復不聽』云云，畫二鴟鳥、一龜於鮌體『曳銜而食之』狀。案：固非屈子問難之意也。長沙馬王堆漢墓帛畫下部兩側各有一龜，背立一鳥，即『鴟龜曳銜』也。又，長沙子彈庫《戰國楚帛書》：『爲禹爲萬，以司堵襄。』饒宗頤氏謂『萬，即當冥。冥爲玄冥。《山海經・海外北經》：「北有禺彊，人面鳥身。」郭璞注：「字玄冥，水神也。」江陵鳳凰山八號楚墓出土龜質漆畫，其神正是人首鳥足，説者以玄冥當之。』其説是也。《國語・魯語》：『冥勤其官而水死』，韋注：『冥，契後六世孫，根國之子，爲夏水官，勤於其職而死於水也。』《史記・殷本紀》『曹圉卒，子冥立』，《集解》：『宋忠曰：「冥爲司空，勤其官事，死於水中，殷人郊之。」』《索隱》：『《禮記》曰：「冥勤其官而水死。」』玄冥，雖爲龜形，而其神則人首鳥足，是冥亦鳥也。玄冥佐禹治水，亦佐鮌治水。『鴟龜曳銜』者，玄冥之形象也。屈子是問鮌之治水，何聽從玄冥也。

蕭氏所輯屈、宋諸作，雖出明刻《章句》，然與高第、黄省曾所刻正德本、朱多煃所刻隆慶本皆有異，而與俞初所刻萬曆本多同。蓋其藍本爲俞氏所刻也。特舉《離騷》一篇亦可知也。如，《離騷序》『屈原名平與楚同姓』，正德本、隆慶本無『名平』二字。案：俞本亦有『名平』二字。又，『扈江蘺』，正德本、隆慶本『蘺』作『離』。案：俞本亦作『蘺』。下『江蘺』亦同。又，『羌内』，正德本、隆慶本『羌』作『羗』。案：俞本亦作『羌』。又，『以忘身』，正德本、隆慶本『忘』作『亡』。案：俞本亦作『忘』。又，『世竝舉』，正德本、隆慶本『竝』作『並』。案：俞本亦作『竝』。下『竝迎』、『竝馳』亦同。又，『紛緫緫』，正德本、隆慶本『緫』作『總』。案：俞本亦作『緫』。下『紛緫緫』亦同。又，『雺雲』，正德本、隆慶本『雺』作『乘』。案：俞本亦作『雺』。於是可見其一斑矣。然亦見異於俞本。如，『緫余轡』，正德本、隆慶本、俞本『緫』作『揔』。或者見有訛字。如，『長太息』之『長』誤作『是』。蓋屬校勘未精也。

是書爲原刊本，流傳極少，刻於清順治二年乙酉。《天問圖》一册，藏於浙江圖書館。《離騷圖》《九歌圖》一册及《九章》以下一册，據國家圖書館藏本補。（黄靈庚）

# 補繪蕭氏離騷圖

《補繪蕭氏離騷圖》者，清門應兆之所作也。應兆字吉占，奉天正黄旗漢軍人。善畫，尤工人物花卉。由工部主事派懋勤殿修書。繼入四庫館，充繪圖分校官，補工部員外郎，除郎中。乾隆五十二年以監生知授寧國府。其畫作别有《西清硯譜圖》《太祖實録圖》《皇朝禮器圖式》等。事載胡敬《國朝畫院録》。

凡三卷：卷上《離騷》三十二圖、《九歌》九圖，卷中《天問》五十四圖，卷下《九章》九圖、《遠遊》五圖、《卜居》與《漁父》合爲一圖、《九辯》九圖，《招魂》十三圖、《大招》七圖，末附《香草》十六圖。以《九辯》次於二《招》之後。卷首爲乾隆《上諭》《御製詩》《四庫提要》《蕭尺木序》。四庫館臣稱，是書因『蕭雲從原圖，乾隆四十七年奉勅補繪』。館臣又詳述其補繪始末，云：『原本所有祇以三間大夫鄭詹尹漁父合繪一圖冠於卷端，及《九歌》爲九圖，《天問》爲五十四圖，而《目録》《凡例》所稱《離騷經》《遠遊》諸圖並已闕佚。《香草》一圖，則自稱有志未逮。核之《楚辭》篇什，挂漏良多。皇上幾餘披覽，以其用意雖勤，而脱略不免，特命内廷諸臣參考釐訂，各爲補繪。於《離騷經》則分文析句，次爲三十二圖。又，《九章》爲九圖，《遠遊》爲五圖，《九辯》爲九圖，《招魂》爲十三圖，《大招》爲七圖，《香草》爲十六圖。於是體物摹神，粲然大備，不獨原始要終，篇無剩義，而靈均旨趣，亦藉以考見其比興之原。仰見大聖人游藝觀文，意存深遠。而雲從以繪事之微，荷蒙宸鑒，得爲大輅之椎輪，實永被榮施於不朽矣。』據此，門氏所補者凡九十圖：《離騷》

三十二圖，《九章》九圖，《遠遊》五圖，《招魂》十三圖，《大招》七圖，《九辯》九圖，《香草》補十五圖。而蕭氏原『以三閭大夫鄭詹尹漁父合繪一圖冠於卷端』者，則以《卜居》與《漁父》合爲一圖。餘皆襲蕭氏舊編。

《離騷》以『經』稱，《九歌》以下稱『傳』，則從舊説也。每篇首録王叔师序文，而十篇《楚辭》正文以洪氏《補注》爲藍本。乃謂《離騷》『屈原一生梗概，備載其間，非片楮所能殫其義。因繹三閭之詞，復考諸家之注，分文析句，釐爲三十二圖，蓋準原書《天問圖》分繪之例』。其所繪者，『帝高陽』四句一圖，『皇覽揆』四句一圖，『紛吾』至『此度』一圖，『乘騏驥』二句一圖，『昔三后』至『數化』一圖，『余既滋』至『不立』一圖，『朝飲木蘭』至『未悔』一圖，『怨靈脩』至『此態也』一圖，『鷙鳥』四句一圖，『屈心』至『初服』一圖，『製芰荷』至『可懲』一圖，『女嬃』至『不予聽』一圖，『依前聖』四句一圖，『啓九辯』四句一圖，『羿淫遊』至『浪浪』一圖，『跪敷衽』至『求索』一圖，『飲余馬』四句一圖，『前望舒』至『其上下』一圖，『吾令帝閽』六句一圖，『朝吾將濟』四句一圖，『溘吾遊』四句一圖，『吾

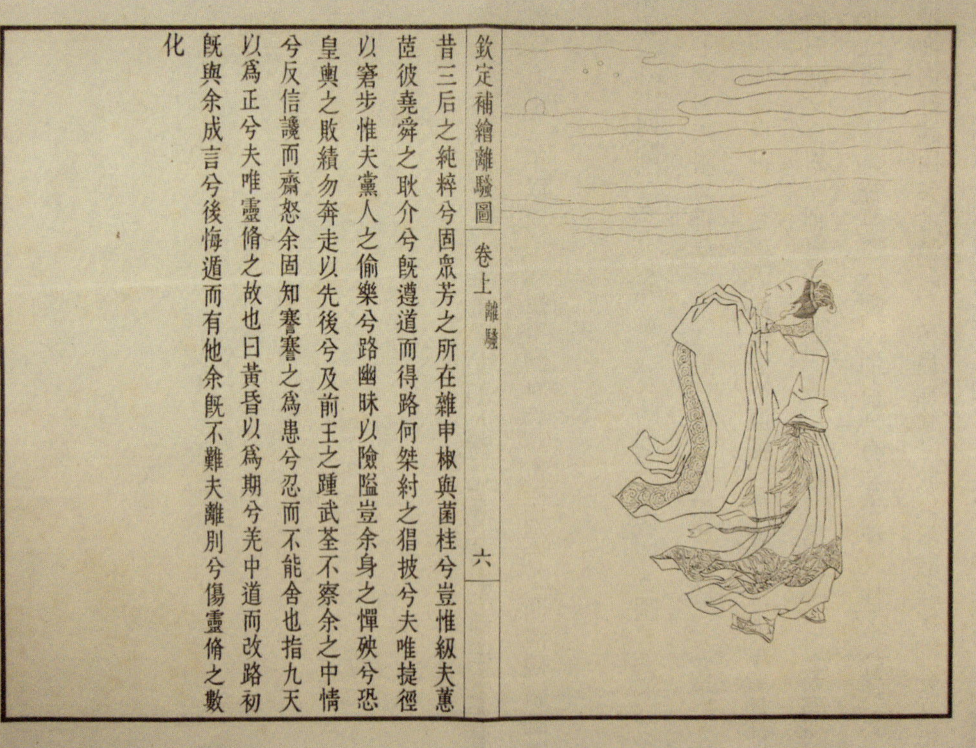

欽定補繪離騷圖　卷上　離騷　六

昔三后之純粹兮固衆芳之所在雜申椒與菌桂兮豈惟紉夫蕙茝彼堯舜之耿介兮既遵道而得路何桀紂之猖披兮夫唯捷徑以窘步惟夫黨人之偷樂兮路幽昧以險隘豈余身之憚殃兮恐皇輿之敗績忽奔走以先後兮及前王之踵武荃不察余之中情兮反信讒而齌怒余固知謇謇之爲患兮忍而不能舍也指九天以爲正兮夫唯靈脩之故也曰黄昏以爲期兮羌中道而改路初既與余成言兮後悔遁而有他余既不難夫離别兮傷靈脩之數化

令豐隆」至「改求」一圖，「覽相觀」至「終古」一圖，「索藑茅」至「其不芳」一圖，「欲從靈氛」至「吉故」一圖，「曰勉陞降」至「不疑」一圖，「呂望」四句一圖，「及年歲」至「未沫」一圖，「和調度」至「以爲粻」一圖，「爲余駕」至「以爲期」一圖，「屯余車」至「媮樂」一圖，「陟陞皇」至「所居」一圖。

蕭氏《九章》無圖，門氏稱「蓋雲從初輯是編，未經繪畫者也。按《九章》爲屈原既放江南以後之作，時序不同，景物亦異，所宜分圖布景，指事傳神。於每章各繪一圖，與原書《九歌》同例」云。九圖皆置各篇之首：《惜誦》爲占於厲神圖，《涉江》爲駿駕螭龍圖，《哀郢》爲登大墳反顧圖，《抽思》爲狂顧南行圖，《懷沙》爲「鳳皇在笯鷄鶩翔舞」圖，《思美人》爲車覆馬顛圖，《惜往日》爲乘氾柎圖，《橘頌》爲閉心自慎圖，《悲回風》爲回風搖蕙圖，各擷取其一端以繪之也。

蕭氏舊本原有《遠遊》五圖，已闕佚。門氏乃補之：「悲時俗」至「以驕鶩」一圖，即輕舉遠遊也。「騎膠葛」至「徑度」一圖，即飛廉啓路也。「風伯」至「自樂」一圖，即風伯先驅也。「涉青雲」至「徘徊」一圖，即宓妃、湘靈群舞也。「舒并節」至「爲鄰」一圖，即太初清境也。

門氏例稱：「《九辯》《招魂》《大招》三篇，原目凡例中既以宋玉、景差爲屈原授經之士，並引王注疑爲屈子所作，附存於後。則亦宜據雲從纂輯體例，一律補圖。今《九辯》按章爲九圖，《招魂》分段爲十三圖，《大招》分段爲七圖。」案：《九辯》分章悉從朱子《集注》本，首章爲清秋蕭瑟圖，次章爲遠行圖，三章爲秋夜圖，四章爲秋風秋雨圖，五章爲鳳皇高舉圖，六章爲霜露霰雪圖，七章爲杪秋遥夜圖，八章爲浮雲蔽日圖。九章爲遨遊雲中圖。《招魂》首爲巫陽下招圖，次爲東方長人攝魂圖，三爲南方諸害圖，四爲西方赤蟻玄蠭圖，五爲北方增冰圖，六爲天上虎豹九關圖，七爲幽都土伯圖，八爲故居宮室圖，九爲二八待宿圖，十爲離榭修幕圖，十一爲飲食女樂圖，十二爲象棊圖，十三爲遊獵圖。《大招》首爲東有大海圖，次爲南方蝮蛇諸害圖，三爲西方害魂圖，四爲北方寒山圖，五爲荆楚飲食女樂圖，六爲夏屋禎祥圖，七爲豪傑執政圖。

門氏又例稱：『《楚辭》各篇皆借香草以喻君子，誠宜殿以芬芳，寫其高潔。雲從原書凡例亦稱香草一圖，有志未逮。今按名別類，分爲十六圖，以附於後。至於椒、榝爲木本，芰、荷爲水花，已散見於各篇。所補圖内，他如茅、蕢、菉、葹之類，凡所指爲惡草者，概不闌入。』案：蕭氏《凡例》云：『香艸圖名，載之蜀中畫記，乃黄荃所作。皆寡陋不能讀。艸木之經，不復紀録，然愚亦有志未逮爾。』其未載有香艸一圖。是十六圖皆門氏所補也。所繪者爲『江離』『芷』『秋蘭』『蕙』『蘭』『留夷』『揭車』『杜衡』『菊』『荃』『蘼蕪』『杜若』『薠』『三秀』『薇』『薺』也。

觀門氏所補圖，旨趣盈然，頗合『古人左書右圖之意』，且裨益於經義之解也。如，《離騷》『昔三后』一圖，繪少年屈子對天遥揖，口中念念有詞，則『指九天以爲正兮，夫唯靈脩之故也』二句，幾無餘蘊矣。又，『女嬃』一圖，女嬃倚門而詈，屈子掩耳不欲聽而遯之，即所謂『夫何煢獨而不予聽』之意也。又，『前望舒』一段，繪中年屈子行遊天庭，則月御在前引導，飛廉後屬，鸞皇先戒，雷神擊鼓，而飛廉、雷神皆繪翅翼，蓋亦以神鳥爲類，猶發舊注所未及也。又，《抽思》繪屈子順水流而急行，即肖『狂顧南行聊以娱心』之意也，而其窘迫之狀畢現。又，《懷沙》繪屈子見鳳皇囚於籠中，鷄鶩翔於籠外，即狀『鳳皇在笯，鷄鶩翔舞』也，其神態俱備。又，《惜往日》繪屈子臨水欲渡，而馬無轡銜、舟無楫櫂矣，即『背法度而心治，辟與此其無異』之意也。又，《遠遊》繪朱芒似人鳥，蓐收似人虎，黔嬴似人蛇而有鳥翼，皆有所據依，非憑虚想象也。又，《招魂》繪東方長人之攝魂、南方雕題黑齒之怪之醢骨、上天一夫九首之拔木，幽都土伯之甘人，皆可怖可駭，悉與其文相符也。又，《九辯》繪清秋蕭瑟圖，宋玉臨於懸崖，不勝凄楚之狀，但見秋氣蕭殺，草木零落，無復生意。而次章遠行圖，秋風瑟瑟，而玉乘小車，馬弊人困，似不勝其寒狀。皆有裨文義之理解也。末附草艸圖，其辨『秋蘭』與『蘭』

之異同，圖文兩相參照，讀之豁然解頤。

然則覆審其圖，見與文義未協者。如，《離騷》『紛吾』一圖，繪屈子披覆衆艸之狀，蓋因『扈江離與辟芷』也。案：王逸注：『扈，被也。楚人名被爲扈。』《文選》唐寫本陸善經注：『扈，帶也。』陸氏蓋疏證王注，謂扈訓被，非被覆，猶佩帶也。至確。《吴都賦》『扈帶鮫函』，扈帶，平列同義，扈亦帶也。扈江離，佩帶江離也。若解披覆於背，屈子豈野人耶？又，『乘騏驥』二句一圖，繪屈子乘骑一馬在先，君王乘騎一馬在後。不知《離騷》所乘者，皆輿也。本篇『恐皇輿』亦可徵，而非乘騎也。下『屈心』至『初服』一圖，亦誤以乘騎繪之。又，『怨靈脩』至『此態也』一圖，繪七女子之齊詈一男，男者，蓋屈子也。而未審本文『衆女』以喻衆臣，則屈子亦以女自喻，不當繪以須眉男子狀也。又，『鷙鳥』四句一圖，繪一鷹隼立於木末，而群鳥棲於其下，以爲『鷙鳥不群』之意。非也。案：《詩·關雎》『關關雎鳩』，《毛傳》：『雎鳩，王雎也，鳥摯而有别。』《鄭箋》：『摯之言至也。謂王雎之鳥，雌雄情意至，然而有别。』《鳲鳩》『鳲鳩在桑』，《毛傳》：『鳲鳩，秸鞠也。鳲鳩之養子朝從上下，莫從下上，平均如一。言執義一，則用心固。』聞一多《詩經通義》：『案本篇（庚案：指《關雎篇》）《傳》云「摯而有别」者，雌雄情意專一，不貳其操之謂。《淮南子·泰族篇》曰：「《關雎》興於鳥，而君子美之，爲其雌雄不乖居也。」不乖居，猶言不亂居。《後漢書·明帝紀》注引薛君《韓詩章句》曰：「雎鳩貞潔慎匹。」慎匹，即不亂其匹，亦猶《素問·陰陽自然變化論》曰「雎鳩不再匹」。張超《誚青衣賦》曰，「感彼關鳩，性不雙侶」也。凡此並即專一之義。而《易林·晉之同人》曰：「貞鳥雎鳩，執一無尤。」義尤顯白。此皆「有别」二字之碻解也。《鳲鳩篇》一章曰：「鳲鳩在桑，其子七兮；淑人君子，其儀一兮；其儀一兮，心如結兮。」儀當訓匹，一謂專一。三章曰「其儀不忒」，釋文：「忒，本或作貳。」「其儀不貳」，正猶上揭諸書言「不乖居」「不再匹」「不雙侶」也。《荀子·勸學篇》曰：「行衢道者不至，事兩君者不容。目不能兩視而明，耳不能兩聽而聰，螣蛇無足而蜚，梧鼠五枝而窮。詩曰：『尸鳩在桑，其子七兮；淑人君子，其儀一兮；其儀一兮，心如結兮。』故君子結於一也。」《淮南子·詮言篇》曰：「買多端則貧，工多技則窮，心不一也。有百技而無一道，雖得之，弗能守。故《詩》曰：『淑人君子，其儀一也；其儀一也，心如結也。』君子其結於一乎？」二書均言「結於一」，是訓一爲專一。此魯説也。《易林·乾之蒙》曰：「鳲鳩鳲鳩，專一無尤；君子是則，長受嘉福。」《隨》之《小過》曰：「慈鳥鳲鳩，執一無尤，寢門内治，君子悦喜。」以「專一」「執一」釋《詩》「一」字、此齊説也。又曰「寢門内治」，則所謂「執一」者，明指夫婦之情。執一不渝，是其訓儀爲匹，抑又可知。毛讀儀爲義，因不得不訓一爲均一，而釋爲父母對七子之情「平均如一」，失之遠矣。鵲巢之鳩，亦以比婦人專一之德。鳩之爲鳥，性至謹慤，而尤篤於伉儷之情，説者謂其一或死，其一亦憂思不食，憔悴而死。封建社會所加於婦女之道德責任，莫要於專貞，故國風四言鳩，皆以喻女子。雎鳩既稱鳩，又爲女子之象徵，則必與鳲鳩、鶻鳩同類。乃自來説雎鳩者，咸以爲鷹鷙雕鶚之類，此蓋因左傳昭十七年「雎鳩氏司馬也」而誤。不知《詩》之雎鳩，與《左傳》之雎鳩，名雖同物而實則異指。舊傳鷹與鳩轉相嬗化，《左傳》五鳩之雎鳩司馬，爽鳩司寇，皆神話中與鷹相化之鳩。《詩》之雎鳩，以興女子，乃真生物界之鳩。學者不察，混爲一談，過矣。』千古疑讞，一決於此。《騷》之鷙鳥，屈子因《詩》義，亦雎鳩之屬。其性耿介專一，《詩·車舝·鄭箋》稱爲『耿介之鳥』，以『喻王若有茂美之德』。戰國楚竹書《孔子詩論》：『鳲鳩曰：「丌義一氏，心女（如）結也。」吾信之。』毛、鄭蓋因孔子。王逸以『擊殺鳥』之鷙與『摯一』之鳲鳩，溷爲一鳥，是因《左傳》也。而門氏因王逸之訛矣。

國家圖書館有藏本。（黄靈庚）

# 楚辭圖

《楚辭圖》者，鄭振鐸之所輯也。振鐸字西諦，筆名『文基』『賓芬』『郭源新』，祖籍爲福建長樂，清光緒二十四年戊戌生於浙江省永嘉縣。幼時家道中落，備歷艱辛。民國六年，入北京鐵路管理學校。雅愛文藝，乃畢生致力於是。『五四』風潮起，與瞿秋白、耿濟之等創辦《新社會》。民國九年，與茅盾等發起成立『文學研究會』。後入中國共産黨，主編《小説月報》《文學周報》，歷時甚久。民國十五年丁卯，『國共』破裂，遭上海警局通緝，被迫流亡西歐。次年回國，就職於商務印書館，且受聘於復旦大學中文系教授。民國二十五年丁丑，蘆溝橋事變起，振鐸流離轉輾香港，聞古籍流散他國，乃傾其力收購域外古籍，乃著《劫中得書續記》，其耿耿愛國之心終生不渝矣。一九四九年後，任全國政協常務委員、文教組組長，文化部文物局局長。一九五八年戊戌，以飛機失事罹難。振鐸博學多識，時稱『全才』。著有《近百年古城古墓發掘史》《插圖本中國文學史》《古代文學研究》《小説研究》《詞曲與民間文學研究》《中國文學雜論》《鄭振鐸古典文學論文集》《敦煌壁畫選》《中國古代木刻畫史略》《中國版畫史圖録》《中國古代木刻畫選集》《古代戲曲叢刊》《宋代畫册》等，主持出版《魯迅全集》《海上述林》。

凡二卷，上卷所輯多見明以前所繪圖，有明弘治戊午屈子像圖、萬曆癸巳屈子像圖、明彩繪屈子像圖、清南薰殿藏屈子像圖、宋李公麟《九歌圖》（十四圖）、元張渥《九歌圖》（十一圖）、明文徵明《湘君湘夫人圖》、明陳洪綬《九歌圖》（十二圖）、明蕭雲從《離騷圖》（卜居漁父圖、《九歌》九圖、《天問》五十四圖）。下卷爲清門應兆氏《補繪離騷圖》：《離騷》三十二圖、《九章》九圖、《遠遊》五圖、《招魂》十三圖、《大招》七圖、《九辯》九圖、《香草》十六圖。首爲振鐸作於一九五三年自序及《楚辭圖目録》，末爲《楚辭圖解題》，於所輯各家圖畫之作者、畫風及流傳之迹，皆作詳實考述，頗見功力，是識是圖者津筏也。

是書所輯明季屈子像，皆面頰周正，體態豐腴，絶無顴頷枯槁之狀，頗類修煉得道之方士。蓋其時人之所崇尚也。畫圖雖出一人，而風氣所尚，正由此得見矣。

李公麟《九歌》十四圖：《東皇太乙》《雲中君》合爲三圖，《東君》《河伯》《山鬼》各二圖，《湘君》《湘夫人》合爲三圖，《大司命》《少司命》各爲一圖。《國殤》《禮魂》無圖，蓋其所見《九歌》無此二篇，例同歐陽詢、米襄陽所書《九歌》也。鄭氏以爲『獨缺《國殤》』，恐未及深考。每篇皆鈔録原文，然不知爲何人所鈔。若爲李氏所鈔，則爲北宋時鈔本，彌足珍貴。與明刊諸本對勘，頗多異文，與傳世《楚辭》

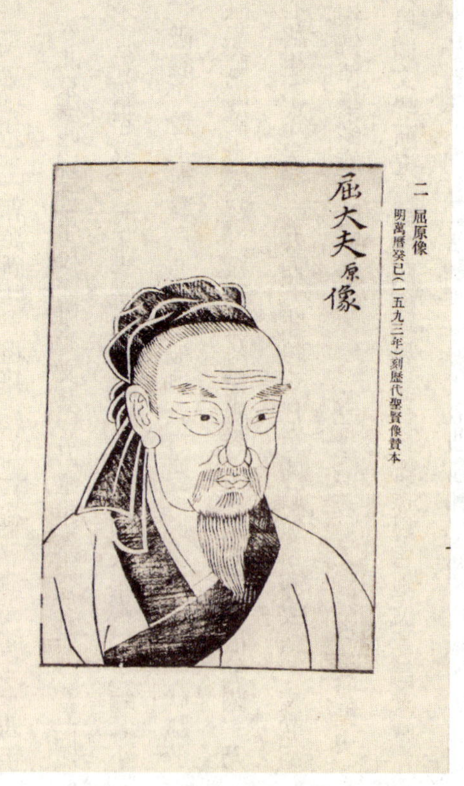

二 屈原像 明萬曆癸巳（一五九三年）刻歷代聖賢像贊本

三 屈原像 明代（約一六〇〇年）彩繪歷代聖賢圖像本

互有異同。如：

《東皇太一》「撫長劒」，《補注》本「劒」作「劍」，正德本、隆慶本亦作「劍」。又，「蕙肴烝」，《補注》本、正德本、隆慶本「烝」作「蒸」，《文選》五臣本亦作「烝」。又，「䟽緩節」，《補注》本、正德本、隆慶本「䟽」作「疏」，《文選》本亦作「䟽」。又，「芳霏霏」，《補注》本、正德本、隆慶本、《文選》本「霏」作「菲」，元刊《集注》本亦作「霏」。

《雲中君》「靈連蜷」，正德本、隆慶本、《文選》本、《集注》「蜷」作「踡」，《補注》本亦作「蜷」。又，「蹇將憺」，《文選》明州本、《集注》本「蹇」作「謇」，《補注》本、正德本、隆慶本亦作「蹇」。又，「齊光」，《補注》本、《集注》本引「齊」一作「争」，正德本、隆慶本亦作「齊」。又，「猋遠舉」，《文選》本、《集注》本「猋」作「焱」，《補注》本、正德本、隆慶本亦作「猋」。

《湘君》「宜修」，《文選》本、《集注》本、正德本、隆慶本「修」作「脩」，《補注》本亦作「修」。又，「薜荔拍」，《補注》本、《集注》本、正德本、隆慶本「拍」作「柏」，《文選》本亦作「拍」。又，「承荃橈」，《補注》本、《集注》本作「蓀橈」，《文選》明州本作「采荃橈」，建州本、五臣本尤刻本亦作「承荃橈」。又，「朝騁鶩」，《補注》本、《集注》本、正德本、隆慶本「朝」作「鼂」，《文選》本亦作「朝」。又，「澧浦」，《補注》本「澧」作「醴」，《集注》、正德本、隆慶本、《文選》本亦作「澧」。又，「時不可」，《補注》本、《集注》本、正德本、隆慶本「時」作「旹」，《文選》本亦作「時」。

《湘夫人》「愁余」，《補注》本、《集注》本、《文選》本「余」作「予」，正德本、隆慶本亦作「余」。又，「登白薠」，《補注》本、《集注》本作「白蘋」，《文選》本、正德本、隆慶本亦作「登白薠」。又，「鳥萃」，正德本、隆慶本「鳥」

上有『何』字，《文選》本、《補注》本、《集注》本亦無『何』字。又，『沅有芷』，《補注》本、《集注》本『芷』作『茝』，《文選》本、正德本、隆慶本亦作『芷』。又，『澧有蘭』，《補注》本『澧』作『醴』，《文選》本、《集注》本、正德本、隆慶本亦作『澧』。又，『慌忽』，《補注》本、《集注》本作『荒忽』，正德本、隆慶本作『慌惚』，《文選》本亦作『慌忽』。又，『麋何爲』，《補注》本、《文選》五臣本作『爲』作『食』，《集注》本、《文選》六臣本、正德本、隆慶本亦作『爲』。又，『以荷蓋』，《補注》本、《集注》本、正德本、隆慶本無『以』字，《文選》本亦有『以』字。又，『荃壁』，《補注》本、《集注》本、正德本、隆慶本『荃』作『蓀』，《文選》本亦作『荃』。又，『播芳椒』，《補注》本『播』作『囷』，《集注》本作『匊』，《文選》本、正德本、隆慶本亦作『播』。又，『成堂』，正德本、隆慶本『成』作『盈』，《文選》本、《補注》本、《集注》本亦作『成』。又，『擗蕙櫋』，《文選》五臣本作『檘蓮櫋』，《集注》本作『擗爲櫋』，《補注》本、正德本、隆慶本亦作『擗蕙櫋』。又，『九嶷』，正德本、隆慶本『嶷』作『疑』，《補注》本、《集注》本亦作『嶷』。又，『澧浦』，《補注》本『澧』作『醴』，《文選》本、《集注》本、正德本、隆慶本亦作『澧』。

《大司命》『元雲』，《文選》本、《補注》本、《集注》本、正德本、隆慶本『元』作『玄』。又，『君迴翔』，正德本、隆慶本『迴』作『回』，《補注》本、《集注》本亦作『迴』。又，『齊速』，《補注》本、正德本、隆慶本『齊』作『齋』，《集注》本亦作『齊』。又，『導帝之』，正德本、隆慶本『導』作『道』，《補注》本、《集注》本亦作『導』。又，『九阬』，《補注》本、《集注》本『阬』作『坑』。

《少司命》『蘼蕪』，《補注》本、《集注》本、正德本、隆慶本『蘼』作『麋』，《文選》本亦作『蘼』。又，『素華』，《補注》本、《集注》本、正德本、隆慶本『華』作『枝』，《文選》五臣本亦作『華』。又，『夫人自有兮』，正德本、隆慶本作『夫人兮自有』，《補注》本、《集注》本亦作『夫人自有兮』。又，『蓀何以』，《補注》本、《集注》本、正德本、隆慶本『以』作『爲』，《文選》六臣本亦作『以』。又，『衝飆』，《補注》本、《集注》本、正德本、隆慶本『飆』作『風』，《文選》本亦作『飆』。又，『翠旌』，《補注》本、《集注》本『旌』作『旍』，正德本、隆慶本亦作『旌』。又，『長劒』，《補注》本、《集注》本『劒』作『劍』，正德本、隆慶本、《文選》本亦作『劒』。

《東君》『夜晈晈』，正德本、隆慶本『晈』作『皎』，《補注》本、《集注》本亦作『晈』。又，『緪瑟』，正德本、隆慶本『緪』作『絙』，《補注》本、《集注》本亦作『緪』。又，『杳冥冥』，正德本、隆慶本作『翔杳冥』，《補注》本、《集注》本亦作『杳冥冥』。

《河伯》『魚隣隣』，正德本、隆慶本作『魚鱗鱗』，《補注》本、《集注》本亦作『魚隣隣』。

《山鬼》『帶女蘿』，《補注》本、《集注》本『蘿』作『羅』，正德本、隆慶本、《文選》亦作『蘿』。又，『從文貍』，《補注》本、《集注》本『貍』作『狸』，正德本、隆慶本、《文選》本亦作『貍』。又，『帶杜蘅』，《補注》本、《集注》本『蘅』作『衡』，正德本、隆慶本、《文選》本亦作『蘅』。又，『東風飄』，正德本、隆慶本作『東風飄飄』，《補注》本、《集注》本、《文選》本亦作『東風飄』。又，『雷填填』，《補注》本、《集注》本『雷』作『靁』，正德本、隆慶本、《文選》本亦作『雷』。又，『狖夜鳴』，《文選》本、《補注》本、《集注》本『狖』作『又』，正德本、隆慶本亦作『狖』。

張渥《九歌圖》之《湘君圖》，湘君爲美丈夫，而《湘夫人圖》，夫人爲二美婦人。蓋以湘君爲帝舜，而夫人爲娥皇、女英也。而文徵明《湘君湘夫人圖》繪兩窈窕淑女，似以湘君爲娥皇、夫人爲女英也。《東君圖》之東君爲剛烈武夫，類張翼德或李逵之狀，似爲不倫矣。《山鬼圖》之山鬼類須眉丈夫，則頗失『善窈窕』之態矣。《國殤圖》但繪三荷戈男子，不見車輿，則『車錯轂兮短兵接』『霾兩輪兮縶四馬』，似無所繫屬矣。

陳洪綬《東皇太乙圖》類帝王之形，右手擁劍，左手執玉符，僊氣從中飛出，似騰升於天之上。然不見《九歌》禮敬之意，不及李公麟更符合原意矣。《雲中君圖》，繪雲神爲荷戈之將軍，又不知其所據依。《湘君圖》《湘夫人圖》，二神皆爲女神，蓋以爲娥皇、女英二人也。《大司命圖》繪大司命類後世天官，而《少司命圖》繪少司命之形爲背影，不知其故。《東君圖》繪東君類關帝之形，手舉旌旗，而旌旗之上又挂一弓，不知爲何義。弓宜挂於腰間，不得懸乎旗竿之上矣。《河伯圖》繪河神之形類風雪之夜奔梁山之林冲，手執舟楫，然不見舟船。下畫一黑龍，亦不見有水車云。《山鬼圖》繪山神類釋家地獄之惡煞，而不見原文『又宜笑』『善窈窕』之情態矣。《國殤圖》繪一武士舞刀格鬬之形，狀其雄武，蓋肖『帶長劍挾秦弓』之意矣。而《禮魂》以屈子像殿之，屈子亦佩長劍，行吟於山澤間。觀其所繪，推極武勇精神，故《九歌》諸神皆蒙勇士戰鬬狀，蓋身際明清鼎革，冀一神武天神出世以平天下之亂矣。

是書爲一九五三年人民文學出版社景印本，稱其時共印五百部，每部皆有編號，國家圖書館有藏本。（黄靈庚）

# 楚辭評苑

日本國蘆東山輯。東山，本姓岩淵，其先葛西氏移居野州蘆野，乃易姓蘆。本名胤保，易名德林，字世輔，又字仲堈。東山，號也。又號『澀民』『玩易齋』『赤蟲』『貴明山下幽叟』，通稱『幸七郎』。日本江户中葉爲陸奥國（現爲宫城縣仙臺市）藩士。師事室鳩巢氏，研習程、朱理學，著有《無刑録》《玩易齋遺稿》。東山職事仙臺藩，以强諫藩主而遭幽拘於東山，竟達二十年之久，故以『東山』爲號也。乃雅好《楚辭》以屈子自況，稱『與余同懷者，千古惟有屈大夫耳』。後受淺見絅齋氏之作《楚辭師説》啓迪，蓋亦欲以『漢讀』『和讀』『譯讀』注《楚辭》，以廣其傳，書名曰『評苑』，然其未竟而卒也。

蘆氏之作此書，並無獨立之書稿，乃鈔録自漢至晚明評騭《楚辭》之語於《注解楚辭全書》之内。《注解楚辭全書》，實朱熹《楚辭集注》本也。日本慶安四年（即清順治八年），乃翻刻明萬曆年間南京柏芝挺刻本以傳，亦《集注》之書翻刻於日本爲最早之本。藤原惺窩氏復於漢字皆注日語『訓讀』。稻田畑一郎氏稱，日本《楚辭》傳本之有『訓讀』，『則自惺窩始』。然闕原刻本《楚辭後語目録》及《楚辭辯證》上下二卷。卷首原有何喬新作於成化十一年序及馮開之先生讀《楚辭》語五條，明人所增益也。蘆氏以爲不宜獨立，乃云：『按馮夢禎評，當附各篇後。』

蘆氏以朱、墨二色鈔録，字體端正，丹黄燦然。扉葉之正面朱書『楚辭評苑』四字，是其書名也。扉頁之反面，墨書『靈脩』『彭咸』『好脩』『孟陬』，『彭咸』下朱批：『殷賢大夫，投水死云。』『好脩』墨批：『則是原之所旨。』『孟陬』

下墨批：『正月也。』又朱批：『三十六：衆不可户説兮，孰云察余之中情。四十三：皇天無私阿兮。』蓋特拈出之將以重點考證者。然又墨批『楚辭六册』，下分三行：『蘆幸七郎直書』一行，『蘆德林書入並點，可貴也』又一行，『儒人物志第二篇出』又一行。字迹似與德林不類，當非蘆東山氏手筆，蓋後人所題，然未知出自何人。

蘆氏於卷首鈔輯《楚辭》評語凡五十八家，八十七條。首爲『楚辭總評』，本出蔣之翹《七十二家評楚辭》，録司馬遷、班固、揚雄至明陸鈿、蔣之翹止，凡四十五家，六十條。又據沈雲翔《八十四家評楚辭》（『古與堂訂輯』本），手録增補王逸、蘇轍、吴子良、張時徹、金蟠等五家，凡十二條。次爲『各家楚辭書目』：王逸《楚辭章句》十七卷、《楚辭釋文》一卷、《補注楚辭》十七卷《考異》一卷、《重編楚辭》十六卷、《續楚辭》二十卷、《變離騷》二十卷、《龍崗楚辭説》五卷、《楚辭贅説》《楚辭集注》八卷。凡九種。每書有解題，本出晁公武《讀書記》及陳振孫《直齋書録解題》。二書凡作者未詳者，則於眉端補益之。若據《宋史》本傳補『晁補之傳』，據周密《紹熙行禮記》及《朱子年譜》補『朱熹作《集注》之由』。次爲《屈原傳》，鈔自《史記》，又增朱批評語九條：録金蟠四條、張鼐、楊慎、余有丁、

楚辭總評

司馬遷曰夫詩書隱約者欲遂其志之思也昔西伯拘羑里演周易孔子厄陳蔡作春秋屈原放逐著離騷左丘失明厥有國語孫子臏脚而論兵法不韋遷蜀世傳呂覽韓非囚秦說難孤憤詩三百篇大抵聖賢發憤之所為作也此人皆意有所鬱結不得通其道也

又曰作辭以諷諫連類以爭義離騷有之

班固曰離騷文辭雅麗為詞賦之宗

王鏊、董份各一條。次爲沈亞之《屈原外傳》，又墨批録《一統志》載屈原廟一條，朱批録徐禎卿、金蟠各一條。

蘆氏分《離騷》九十三節，且於眉端標序號，輯録評語總六十條。《九歌》四十七條。分《天問》九十一節，引王注最多，凡六十八條。《九章》五十六條。《遠遊》十六條，《卜居》二十一條，《漁父》十七條，《九辯》二十八條，《招魂》三十一條，《大招》十七條，《惜誓》七條，《吊屈原》十四條，《鵩賦》十七條，《哀時命》十條，《招隱士》九條。又，《楚辭後語》三十九條，《長門賦》詳爲注釋。《續楚辭》七條，《歸去來兮辭》詳爲注釋。其無署名或『德林按』者，蓋蘆氏自爲之説，其或破舊説，或發明新義，或疏補之，或旁證之，或注明出處，深得漢學真諦，最見學術價值。如，《離騷序》：『屈原被讒，憂心煩亂，不知所愬，乃作《離騷》。』集注：『班孟堅曰：「離，猶遭也。」顔師古曰：「擾動曰騷。」』蘆氏云：『《九歌・山鬼》「離憂」之「離」，即與「離騷」同。注云：「離，罹也。」經中「離尤」之「離」，乃是「罹」也。』案：蘆氏以爲『離』訓『罹』，屈賦有本證也。序又云：『宋景文公曰：「《離騷》爲詞賦之祖，後人爲之，如至方不能加矩，至圓不能過規矣。」』蘆氏云：『宋景文筆記，見《説郛》卷十六。』案：明其引文出處也。又，『願依彭咸之遺則』，蘆氏云：『德林以爲此乃結上起下，一篇之要旨也。「亂」之末句，正決此意耳。《抽思》云：「指彭咸以爲儀。」《思美人》云：「思彭咸之故也。」《悲回風》云：「夫何彭咸之造思兮，暨思介而不忘。」又云：「昭彭咸之所聞。」又云：「託彭咸之所居。」』案：此乃揭全篇要旨所在也。又，『不量鑿而正枘兮』，集注：『正，謂審其正而納之也。』蘆氏云：『王注云：「正，方也。」』案：蓋謂朱注不若王注允當也。又，『吾令蹇脩以爲理』，集注：『蹇脩，人名。』蘆氏引王注云：『蹇脩，伏羲氏之臣也。』案：以朱説過於簡略，故復引舊注補之。又，『呂望之鼓刀兮』，集注：『太公避紂，居東海之濱，聞文王作興，而往歸之。』蘆氏云：『「作興」二字，《孟子蒙引》《淺説》分讀，存疑。連讀，緒言云：「存疑，一下讀，非是。」』又云：『古與堂本「作」字句。』案：此所以辨句讀。謂斷句當作：『聞文王作，興而往歸之。』『作興』二字，不當連讀也。其無署名者《九歌序》陳繼儒曰：『更覺其幼』，蘆氏云：『幼一作幻。今按：幼爲是。幼妙，出《漢書》。』又，《湘君》『美要眇兮宜脩』，集注：『要眇，好貌。脩，飾也。』蘆氏引王注：『二女之貌，要眇而好，又宜脩飾也。』案：蓋以朱注之意不知誰，故徑引舊注，以爲指「二女」也。又，《湘夫人》『時不可兮驟得』，集注未注『驟』字，蘆氏云：『王注：「驟，數也。」按：《左傳》哀十四年傳「驟顧諸朝」。』案：以『驟』訓『數』，徵之《左傳》，亦有據也。又，《河伯》『送美人兮南浦』，洪興祖曰：『杜子美詩：「岸花飛送客，檣燕語留人。」蓋用此語。』蘆氏云：『愚按《丹鉛録》云：「賈島詩：『長江風送客，孤館雨留人。』二句爲平生之冠，而其全集不載，僅見于坡詩注所引。」』案：則補洪氏所未備也。又，《山鬼》『歲既晏兮孰華予』，蘆氏云：『華，謂光華之，如《史記》「華氏」之華。』案：此説語法，謂『華』字用作動詞也。《天問》『女岐無合夫焉取九子』，蘆氏云：『夫字，據釋音、古與堂本「合」字句，夫字屬下爲是。』案：此説句讀，謂『夫』屬下也。又，『應龍何畫，河海何歷』，集注引柳子《對》曰：『畚鍤究勤，而欺畫厥尾。』蘆氏云：『畚音本。《説文》「⿰阝毘屬，蒲器也」。《左傳》「賓諸畚」，注：「畚以草索爲之，筥屬。」鍤，測洽切，鍫也。』案：所以疏『畚』『插』之義也。又，『東流不溢』，集注：『水流東極，氣盡而散。』蘆氏云：『按東極，東方之極處。見《史記》秦皇泰山石刻銘。』案：所以疏『東極』之義也。又，『水濵之木，得彼小子』。集注：『母因溺死，化爲空桑之木。』蘆氏云：『按《漢書・禮樂志》師古注云：「空桑，地名也，出善木，可爲琴瑟也。」今按：山名。《大司命》曰：「踰空桑兮從女。」』案：此補《集注》所未備也。又，『會鼂争盟』，蘆氏云：『按「會鼂」，會戰之旦，《詩》所謂「會朝清明」是也。』案：此斥『甲子朝誅紂』之説『會鼂』者也。又，『厥利維何』，蘆氏云：『按此句語意，與前「夜光」

章同，言雖有何利，而昭王迎之乎？』案：以爲此章句法，『昭后』統攝此章，下承上省也。又，『帝何竺之』，集注：『竺字，當爲「天祝予」之祝。』蘆氏云：『祝音竹，斷也。《公羊傳》：「子路死，子曰：『噫，天祝予！』」』案：以『祝』爲『斷絶』之義，疏解集注之未詳也。又，『秉鞭作牧』，集注：『言服事殷而爲之執鞭，以作六州之牧也。』蘆氏云：『按：六，當爲雍。王注云：「紂號令既衰，文王執鞭持政，爲雍州之牧也。」又按：六州，謂荆、梁、雍、豫、徐、楊，蓋天下九州，皈文王者六，故曰六州之牧。所謂「三分天下有其二」者是也。』案：備列二解，所以廣異聞也。又，『受賜兹醢』，蘆氏云：『受，紂名也。注以爲「受之」之義，恐非是。』案：所以斥舊注、標新義也。《九章·惜誦》『戒六神與嚮服』，集注：『六神，日、月、星、水旱、四時、寒暑也。』蘆氏云：『六神，即《舜典》所謂「六宗」，詳于《祭法》。蔡邕《獨斷》以風伯神、雨師神、明星神、地社神、地稷神、先農神爲六神。』案：博引衆説，以廣異聞也。又，『俾山川以備御兮』，集注：『若曰司謹司盟，名山大川。』蘆氏云：『《左傳》襄公十一年，「慎」作「謹」，避宋帝諱。「大」，當作「名」。』案，校正引文出處也。又，『欲高飛而遠集兮，君罔謂女何之』，集注：『集鳥飛而下止也。』蘆氏云：『而下，古與堂本作「下而止」。下無「也」字。』案：校以列別本異文也。又，《哀郢》『美超遠而踰邁』，集注：『謂讒佞之人日進於前，使人美而好之愈甚而無已也。』蘆氏云：『「美超遠而踰邁」一句，朱説恐非是。此言修美之人，畏讒避害，超然遠衆，逾邁不反爾。又按：此一節復見《九辯》之中，王解「美超遠而踰邁」，云：「接輿避世，辭金玉也。」意與愚説稍似。但以接輿言之，乃欠通耳。』案：所以辨舊注得失也。《橘頌》『閉心自慎』，蘆氏云：『愚謂「閉心自慎」，即「慎其獨」之謂，閉字深可玩味。』又，『秉德無私』，蘆氏云：『愚謂「秉德無私參天地」，即《中庸》「能盡其性，與天地參」之謂。正足見屈子識道之明。特立獨行，萬世以俟聖人而不惑矣。』又，『行比伯夷』，蘆氏云：『愚謂屈子《橘頌》，是頌伯夷也。

頌伯夷，是自頌也。退之《伯夷頌》，分明自屈子《橘頌》中説出來，人都不覺者。唐荆州評《伯夷頌》云：「分明從《孟子》中脱來，人都不覺。」愚謂《孟子》論伯夷，既已詳矣，而退之又爲之頌，人豈不知自《孟子》中脱來也？但未無有論自屈子《橘頌》中説出來者耳。』案：皆所以闡發《橘頌》之義理精藴也。《遠遊》『載營魄而登霞兮』，集注：『載，猶加也。營，猶熒熒也。魄，説見《九歌》矣。此言熒魄者，陰靈之聚，若有光景也。霞與遐通，謂遠也。蓋魄不受魂，魂不載魄，則魂遊魄降而人死矣。』盧氏云：『按老氏「載營魄」章：「載營魄抱一，能無離乎？」營，魂也，神也。魄，精也，氣也。此三字，《老子》之原意。載，猶車載物也。每一「載」字在上，而置「營魄」二字於下，如謎語。然魄以載；載營則衆人，營以載魄則爲聖人。合而言之則營魄爲一，離而言之則魂魄爲二。抱者合也，其意蓋曰：能合而一之，使無離乎。此六字意亦甚隱。正要人自參自悟也。』案：參證《老子》，以發明新意也。《卜居》『吾寧悃悃款款朴以忠乎，將送往勞來斯無窮乎』，盧氏朱批：『寧盡心於君國，役情於世俗。』又，『寧誅鋤草茅以力耕乎，將遊大人以成名乎』，盧氏朱批：『皈隱於田畝，曳裾於朱門。』又，『正言不諱以危身乎，將從俗富貴以媮生乎』，盧氏朱批：『直諫以取禍，違義以苟免。』又，『寧超然高舉以保貞乎，將哫訾粟斯喔咿儒兒以事婦人乎』，盧氏朱批：『出世以全天性，强顔以事便嬖。』又，『寧廉潔正直以自清乎，將突梯滑稽如脂如韋以絜楹乎』，盧氏朱批：『自植己節，曲順人情。』又，『寧昂昂若千里之駒乎，將氾氾若水中之鳧與波上下偷以全吾軀乎』，盧氏朱批：『不匿其才以事屈，不露其能以免忌。』又，『寧與騏驥亢軛乎，將隨駑馬之迹乎』，盧氏朱批：『上希聖賢，下比愚劣。』又，『寧與黄鵠比翼乎，將與雞鶩争食乎』，盧氏朱批：『與高士同避羅網，與小人同受爵禄。』其批語簡練精微，直逼原旨，對仗工整，真作家手也。

盧氏或以他本校此本，僅舉《離騷》一卷爲例，猶取『管中窺豹』之義。其能斷者則斷之，不能斷者則闕如，家法謹嚴，多得其當。如，何喬新《楚辭序》『諸子所以訓釋此書之意』，墨批：『「諸子」，韓版作「朱子」。是。』又序末『何喬新書』，墨批：『韓版：「賜進士第嘉議大夫河南按察司按察使盱江何喬新書。」』案：『韓版』者，即朝鮮刻本，即覆宋端平本也，卷首補鈔何喬新序。此本未知何時傳入日本。蘆東山氏據韓版改者，其手批多用墨色。或本多用朱色。馮開之《讀楚辭語·離騷》『如微雲之染空』，朱批：『微，一作浮。非。』又，『巧若沿隨注疏』，朱批：『巧，一作「乃」。是。』《招隱士》『詛楚之物』，朱批：『物，一作文。是。』《楚辭集注目録》『卷二離騷九歌第二』下，朱批：『德林按：王逸本此篇以下乃有「傳」字。』又，目録末朱子題語『聊括舊編』，墨批：『括，韓版作「据」。』卷一《離騷》『扈江離與辟芷兮』，集注：『離，香草。』朱批：『香草，一作草名。』又，『朝搴阰之木蘭兮』，集注：『搴，扳取也。』墨批：『扳，韓版作「拔」。』又朱批：『扳，一作拔。非。』又，『余既不難夫離別兮』，集注：『一無「既」字。』朱批：『既，一作夫。』又，『芳菲菲其彌章』，集注：『意愈脩而潔。』朱批：『注「而潔」下一有「也」字。是。』又，『飲余馬於咸池兮』，集注：『咸池，日落處也。』朱批：『落，一作浴。』又，『帥雲霓而來御』，集注：『蜺：五稽、五歷、五孑三反。』朱批：『孑，一作結。』又，『吾令豐隆乘雲兮』，集注：『蓋雷迅疾而威震，求無不獲。』朱批：『疾，一作速。』又，『余猶惡其佻巧』，集注：『惡，烏路反。』朱批：『烏路。』又，『余焉能忍而與此終古』，集注：『此闇亂嫉妬之俗。』朱批：『闇，一作闇。是。』又，『民好惡其不同兮』，朱批：『其，一作有。』又，『恐鵜鴂之先鳴兮』，集注：『陰氛至則先鳴。』朱批：『氛，一作氣。』又，『僕夫悲余馬懷兮』，集注：『悲，一作志。』朱批：『志，一作思。是。』或者徑改訛字。如，《離騷》『聊逍遥以相羊』，集注：『逍進，一作須臾。』朱抹『進』字，又朱批『遥』字。又，『帥雲霓而來御』，集注：『師，一作率。』朱抹『師』字，又朱批『帥』字。

覆其手批評語，或有疏誤可商之處。如，《離騷》『騰衆車使徑路待不周以左轉兮』，墨批：『歷檢諸本，「路」字在「不」字下。此本誤矣。』案：諸本『路』字在『不』上，非在『不』字下。蘆氏筆誤也。《天問》『何勤子屠母』，蘆氏云：『按：勤，篤厚也。《詩》所謂「恩斯勤斯，鬻子之閔斯」是也。』案：勤無『篤厚』義。鄭箋云：『鴟鴞之意殷勤於此，稚子當哀閔之。此取鴟鴞子者，言稚子也。以喻諸臣之先，臣亦殷勤於此，成王亦宜哀閔之。』孔疏：『王肅云：「勤，惜也。周公非不愛惜此子，以其病此成王。則傳意亦當以勤爲惜。』鄭注解爲『殷勤』，孔疏解『愛惜』，皆不解『篤厚』也。又，『啓棘賓商，《九辯》《九歌》』。集注：『啓棘賓商，未詳。』蘆氏云：『按《天對》曰：「啓達厥聲，堪輿以呻；辨同容之序，帝以晉嬪。」蔣之翹注引《山海經》云：「夏后氏上三嬪于天，得《九辯》與《九歌》以下。」又《騷經》云「啓《九辯》與《九歌》兮，夏康娛以自縱」是也。子厚之《對》，亦知「商」爲「天」字之意。而「夢」之誤「棘」，「賓」之誤「嬪」，所未聞者也。』案：蘆氏引《山海經》解『啓棘賓商』，是也。然謂『「夢」之誤「棘」，「賓」之誤「嬪」』，非也。賓，獻嬪於天也。賓、嬪古字通用。棘，急也。商，帝字之訛。言夏后啓急上嬪於帝也。

或偶見非蘆氏所批。如，《離騷》『吾令鴆爲媒兮』，集注：『鴆，運日也。羽有毒，可殺人。以喻讒佞賊害人也。』墨批云：『《廣志》：鴆鳥大如鴞，毛紫緑色，有毒。頸長七八寸，食蝮蛇。雄名運日，雌名陰諧。以其毛歷飲食，則殺人。范成大曰：鴆聞邕州朝天鋪及山深處有之，形如鴞，差大，黑身赤目，音如羯鼓。唯食毒蛇，遇蛇則鳴，聲邦邦然。蛇入石穴，則于穴外禹步作法，有頃，石碎，啄蛇吞之。山有鴆，草木不生。秋冬之間，脱羽，往時人以銀作爪拾取，著銀瓶中，否則手爛墮。鴆矢著人，立死。集於石，石亦裂。此禽至兇極毒，所謂酖，即鴆酒也。陸佃《埤雅》曰：鴆似鷹而紫黑，喙長七八寸，作銅色，食蛇，蛇入口輒爛。屎溺著石，石亦爲之爛，羽翮有毒，以櫟酒，飲殺人。惟犀角可以解，故有鴆處，必有犀。此《通鑑》胡三省注所載，其説最詳，故著於此。王充所謂「含太陽氣而生者，皆有毒螫，固有其毒，鴆生于南方，亦其一耳。中村氏學山録。」案：中村氏學山，名明遠，號蘭林。本姓藤原。師事室鳩巢，與蘆東山氏爲同門友也。又，《橘頌》：『后皇嘉樹，橘徠服兮。』墨批云：『《左傳》云：「譬諸草木，吾臭味也。」屈平《離騷經》一篇之中，固以香草而比君子矣。然於《九章》中，特出《橘頌》一章。朱文公謂「受命不遷，謂橘踰淮爲枳也。原自比志節如橘不可移徙也」。末乃言「橘之高潔，可比伯夷，宜立以爲像而效法之」。亦因以自託。余因文公之言，而謂濂溪周子作《愛蓮説》，謂「蓮爲花之君子」，亦以自況，與屈原千古合轍。不寧惟是，而二篇之文皆不滿二百字，詠橘、詠蓮，皆能盡物之性，格物之妙，無復餘藴，蓋心誠之所發越，萬物皆備於我之所著形，是可敬也。讀者宜精體之。』此節評語，字迹與蘆氏不類，而與中村氏字迹相同。蓋亦中村氏所鈔補也。

此書凡六册，首尾完整，今藏於日本國岩手縣磐井郡花泉町教員會，洵可寶也。（黄靈庚、石川三佐男）

# 楚辭玦三種

《楚辭玦》者，日本國龜井昭陽之所作也。昭陽名昱，字元鳳，昭陽，其號也。築前（今福冈）人。江户後期，任築前藩儒。父曰龜井南冥，名魯，字載道，業儒兼醫，江户初期儒學碩師荻生徂徠昭之三傳門生，人稱「徂徠学者」。昭陽秉承家學，潛心聖經，著述甚豐，有《家學小言》《尚書考》《毛詩考》《古序翼》《左傳纘考》《周禮鈔説》《讀辨道》《莊子瑣説》等多種存世。

據龜井氏《空石日記》卷十一載，文政四年，始治《楚辭》。如，「三月十八日」條稱，「書生乞夜講《楚辭》，欣然校之，借道革《楚辭燈》，徹夜鷄鳴」。又，「廿二日」條稱，「夜講《離騷》及《九歌》之三，頗有發明云」。又，「廿三日」條稱，「校《九歌》」。又，「廿六日」條稱，「校《天問》」「夜講《河伯》至《天問》」。又，「廿八日」條稱，「校《天問》徹夜，講《天問》」。又，「廿九日」條稱，「《天問》校了」。又，「四月朔日」條稱，「夜講《楚辭》，迫鷄鳴卧」。又，「四日」條稱，「夜講《天問》了」。又，「十四日」稱，「夜校《九章》《招魂》了」。又，「十六日」條稱，「《招魂》講了」。又，「十九日」條稱，「夜講《大招》了，《楚辭》止于是」。見其治《楚辭》之時，在文政四年，其時年已四十九歲。《日記》卷三十八，又載其撰《楚辭玦》始末，詳記其撰寫時日。時在天保五年，龜井氏年已六十有二矣。如，「八月十九日」條稱，「《尚書》卒講，乞講《楚辭》」。又，「廿日」條稱，「始就《楚辭玦》緒」。又，「廿四日」條稱，「《離騷》注了」。

又，『晦日』條稱。『《大（九）歌》畢，及《天問》』。又，『九月七日』條稱，『《天問玦》了』。又，『十日』條稱，『注《惜誦》之《涉江》』。又，『廿日』條稱，『《九章玦》了』。又，『十月四日』條稱，『夜《楚辭》會』。又，『五日』條稱，『《楚辭玦》卒業，七十二枚，分上下卷』。《日記》卷四十，『翌天保六年七月廿日』條稱，『釘《楚辭玦》』。玦者，猶決也，謂決斷疑難問題也。此書體式屬考據札記，以《楚辭》句詞爲條目，分上下卷：上卷爲《離騷》《九歌》《天問》，下卷爲《九章》《遠遊》《卜居》《漁父》《招魂》《大招》，即朱子《集注》所定《楚辭》篇目也，而《九辯》《招隱士》《惜誓》《哀時命》四篇未置一詞，蓋未竟之作也。凡《楚辭》文句之正訛、字詞之訓釋、句法之奇正、段落之劃分，皆多論列之。每下斷語，旁證遠紹，以徵引文獻爲依據，且探幽發微，申明己意，堪稱精湛之作也。

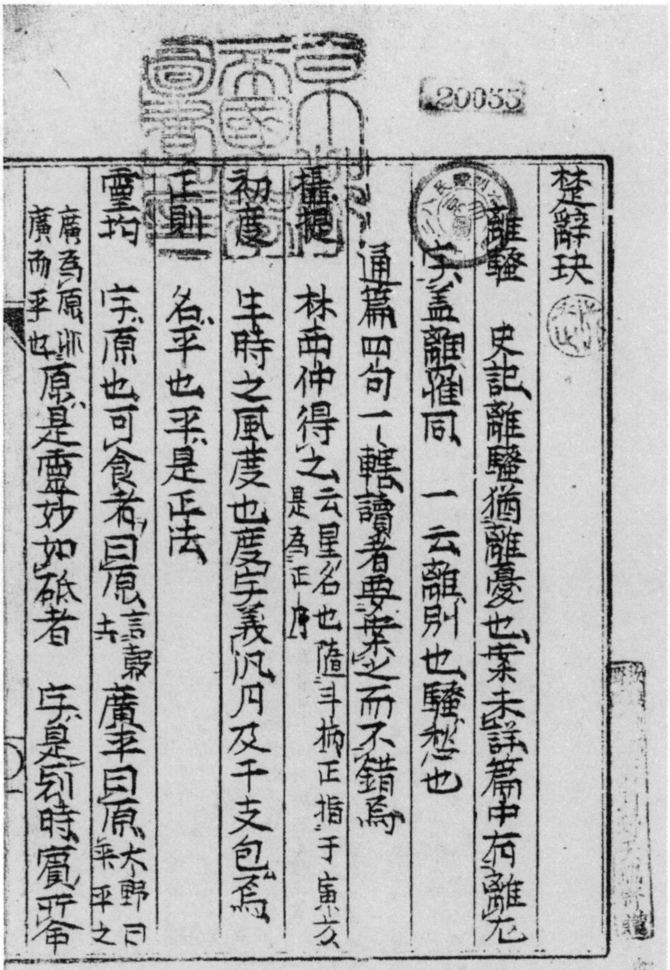
楚辭玦
離騷 史記離騷猶離憂也案未詳篇中有離尤字蓋離罹同 一云離別也騷愁也
通篇四句一轉讀者要案之而不錯焉
攝提 林西仲得之云星名也隨斗柄正指于寅
初度 生時之風度也度字義凡用及干支包焉
正則 名平也采是正法
靈均 字原也可食者曰原 廣平曰原

《楚辭玦》條目引文，與朱熹《集注》本多合，蓋底本用朱子《集注》也，故其校勘，多以朱注本爲依歸。間或參酌他本，擇善從之。而對校者，則日本莊允益《楚辭章句》本也。如，《離騷》『夫維聖哲之茂行兮』，校云：『莊子謙校本「之」誤作「以」。』案：王逸《章句》明刻本、洪氏《補注》本皆作『以』，惟朱子《集注》作『之』。又，『縱欲而不忍』，校云：

『莊本衍「殺」字。』案：《章句》本『欲』下有『殺』字，朱子《集注》本無『殺』字。又，『阽余身而危死兮』，校云：『莊本衍「節」字。』案：《章句》本『死』下有『節』字，朱子《集注》並無『節』字。又，『望崦嵫而勿迫』，校云：『莊本「勿」誤作「未」。』案：朱子《集注》本作『勿』，《章句》本作『未』。又，『繼之以日夜』，校云：『莊子脱「又」字。』案：朱子《集注》本無『又』字，惟《文選》本有『又』字，從《文選》本也。又，『閨中既以邃遠兮』，校云：『莊本脱「以」字。』案：單刻王逸《章句》無『以』字，朱子《集注》本有『以』字。《九歌·東皇太一》『瑶石兮玉瑱』，校云：『玉瑱，一作「鎮」，所以壓席也。』案：鎮、瑱古今字。朱子《集注》引『瑱』一作『鎮』。《湘夫人》『登白蘋兮騁望』，校云：『據字典，此固作「白蘋」也。或云作「薠」爲是。』案：朱子《集注》作『登白薠』，洪氏《補注》本作『白薠』，《文選》六臣本作『登白蘋』，五臣本作『白薠』。從六臣本也。《大司命》『導帝之兮九阬』，校云：『阬，一作坑。』案：朱子《集注》本作『坑』，引一作『阬』。然洪氏《補注》《文選》本皆作『阬』，未審其所據本。《少司命》『與汝遊兮九河，衝風起兮水揚波』，校云：『二句古本無，王氏無注，衍文。』案：朱子《集注》云：『古本無此二句，王逸亦無注。《補》曰：「此《河伯》章中語也。」當刪去。』從朱注也。《禮魂》『盛禮兮會鼓』，校云：『盛，一作成。』案：朱子《集注》本

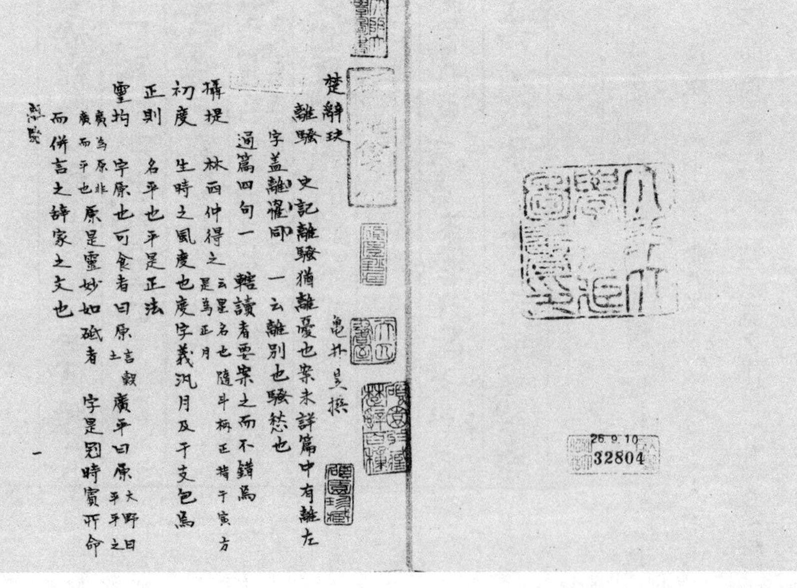
楚辭玦　龜井昱撰
離騷　史記離騷猶離憂也案未詳篇中有離左字蓋離罹即　一云離別也騷愁也
通篇四句一轄讀者要案之而不錯焉
攝提　林西仲得之云星名也隨斗柄正指于寅方是爲正月
初度　生時之風度也度字義汎月及干支包焉
正則　名平也平是正法
靈均　字原也可食者曰原言廣平曰原大野曰平平之廣爲原非原也原是靈妙如砥者　字是冠時賓所命而併言之辭家之文也
一

作『成』，《章句》本作『盛』。是從《章句》本也。《天問》『女岐無合夫焉取九子』，校云：『女岐無合夫：一云無合，無配也。「夫焉」字，下文亦出。』案：朱子《集注》云：『女岐，神女，無夫而生九子。』朱本似以『夫』字屬上。朱氏承王注，蓋舊讀皆如此。昭陽據『夫焉』詞例斷之，以爲『夫』字當屬下也。又，『崑崙縣圃，其凥安在』，校云：『山至高，則入地之根亦當至深。脊骨盡處曰凥。』案：朱子《集注》作『凥』，引一作『居』，云：『與「居」同。』惟戴震《屈原賦注》據《注釋音辯柳先生集》凥音『丘刀切』，則校作『凥』。是從戴氏説也。又，『何所不死』，校云：『此上下似脱二句。』案：《天問》：『雄虺九首？儵忽焉在？何所不死？長人何守？』死、守出韻。是以脱文爲説。又，『下土四方』，校云：『朱云，有「四」字非是。無者或依《商頌》删，亦不可知。』案：其不從朱本，洪氏《補注》有『四』字。又，『胡爲嗜欲不同味』，校云：『依王注，一無「不」字爲真。』案：朱注本、洪氏《補注》本並作『胡爲嗜不同味』，《章句》本作『胡爲嗜欲不同味』。是從《章句》本，復據王注以删『不』字也。又，『撰體脅鹿，何以膺之』，校云：『從朱本。案「協脅」字重亦可知。』案：《章句》本、洪氏《補注》本並作『撰體協脅，

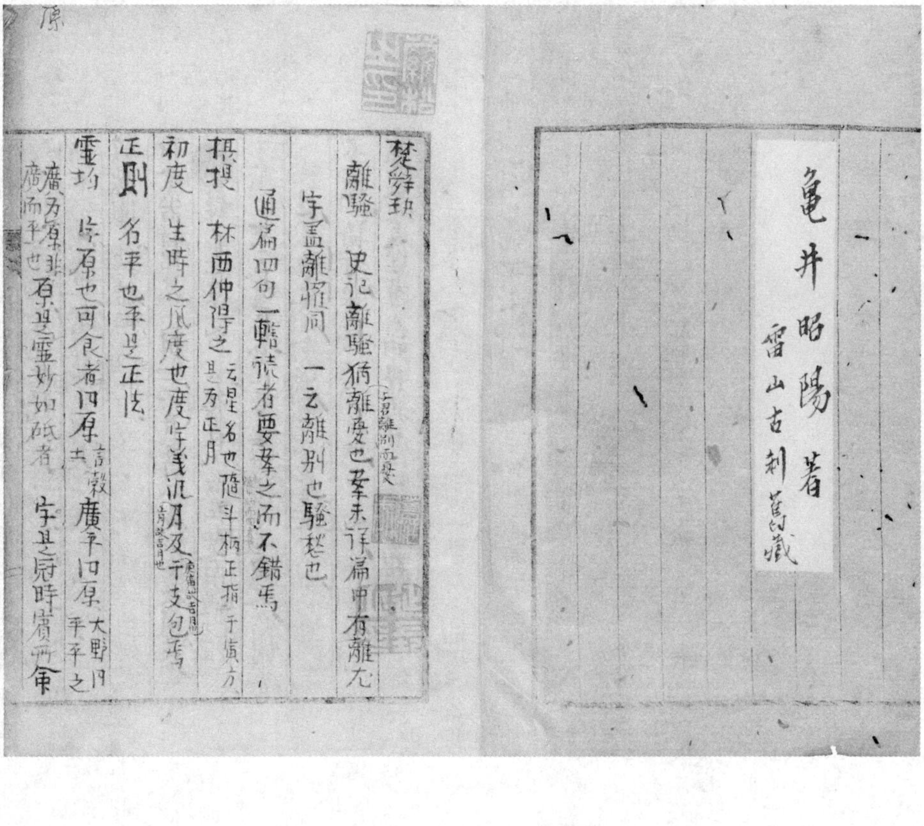

鹿何膺之』，則惟從朱本也。又，『湯謀易旅』，校云：『朱云，湯當作康。得之。』案：朱注云：『湯與上句澆、下句斟尋事不相涉，疑本康字之誤，謂少康也。』又，『何肆犬豕』，校云：『依王注，豕作體。失之。』案：據王注『肆其犬豕之心』云云，舊本亦作『何肆犬豕』也。《章句》本、洪氏《補注》本並作『肆其犬體』，惟朱注本作『肆其犬豕』也。又，『而後嗣逢長』，校云：『莊子作「後嗣而」者，誤也。』案：洪氏《補注》本作『後嗣而逢長』，莊本據洪氏《補注》本也。朱注本作『而後嗣逢長』，是從朱本也。又，『雷開阿順，而賜封之金』，校云：『阿，當作何。寫誤也。朱注：之一作金。案：封之金，雅甚。莊本必有據。』案：朱注本、洪氏《補注》本作『雷開阿順而賜封之』，並引一作『雷開何順而賜封金』。《章句》本作『雷開阿順而賜封之金』。則參校諸本而從其善也。又，『荆勳作師夫何長』，校云：『無「先」字爲良。』案：《章句》本『長』下有『先』字，朱子本無『先』字，謂有『先』字者『非是』。是從朱本也。《九章·惜誦》『背膺牉合』，校云：『一無「合」字，皆好。』案：《章句》本作『背膺牉合』，朱子《集注》本無『合』字。《哀郢》『仲春』，校云：『朱本、林本「仲」上有「方」字，余以無者爲是。』案：《章句》本無『方』字，是其所據本也。又，『憂與憂其相接』，校云：『朱本可從。一本下「憂」作「愁」。』案：《章句》本、洪氏《補注》並作『憂與愁』。又，『忽若去不信』，校云：『朱云，「去」字上下恐有脱誤。一無「去」字。』案：《章句》本亦有『去』字，惟洪氏《補注》本無『去』字。《抽思》『悲夫秋思之動容』，校云：『一無「夫」字爲優。』案：朱注本、洪氏《補注》本並無『夫』字，《章句》本有『夫』字。又，『君既與我成言兮』，校云：『一作「誠」，誤。朱本可從。』案：《章句》本亦作『成』，惟洪氏《補注》本作『誠』。又，『豈至今其庸亡』，校云：『一「豈」下有「不」字。誤。』案：《章句》本有『不』字，朱注云：『非是。』其從朱注本也。《懷沙》『黨人之鄙固』，校云：『莊本脱「之」字。』案：《章句》本、洪氏《補注》本皆無『之』字，惟朱注本有『之』

字。又，『豈知其故也』，校云：『莊本似據《史記》，文字與諸本異同。』又，『分流汩兮』，校云：『汩，流貌。林以爲汩羅解。』又，『曾唫恒悲兮』，校云：『此四句，莊本似依《史記》補之。』案：《章句》本皆若是，亦莊本所祖，非莊氏據《史記》補改也。又，『獨無匹』，校云：『朱云，匹當仍正。得之。』案：洪氏《補注》云：『匹，俗作疋。』與正相似而訛也。又，『曾傷爰哀』，校云：『此四句《楚辭》本脱於上而跳於是，《史記》亦涉《楚辭》而重出，故《史記》「哀」下、「知」下無「兮」字。可削。』案：朱子云：『若依《史記》移著上文「懷質抱情」之上，而以下章「死不可讓，願勿愛兮」，承「余何畏懼」之下，文意尤通貫，但《史記》於此又再出，恐是後人因校誤加也。』知其説據朱子也。《思美人》『竊快在其中心兮』，校云：『朱本可從，莊本脱二字。』案：《章句》本無『在其』二字，洪氏《補注》本無『其』字。又，《惜往日》『諒不聰明而蔽壅』，校云：『一作「聰不明」。未如作「諒聰明之蔽壅兮」。朱子得之。』案：《章句》本作『不聰明』，洪氏《補》本作『諒聰不明』。朱本作『諒聰不明』，云：『或疑無「不」字，「而」字當作「之」。』《橘頌》『類任道』，校云：『朱本可從。朱云，一作「類可任」，非是。』案：洪氏《補注》本、《章句》本皆作『類可任』。若作『可任』，任字出韻。王注『故可任以道而事用之』云云，其舊本作『類任道』也。又，『終不過失』，校云：『朱云，過，衍文。得之。』案：朱注本無『失』字。《章句》本作『終不失過』，洪氏《補注》本作『終不過失』。然王注『終不敢有過失』云云，舊本蓋作『終不失過』。《惜往日》『雖過失而弗治』。此作『失過』，趁韻倒也。《遠遊》『曾舉』，校云：『「翠曾」之曾，出《九歌》，翻本字。』案：《九歌・東君》王逸注：『曾，舉也。』洪氏《補注》引《博雅》：『翻、翥，飛也。』又，『徑侍』，校云：『侍，當作「待」，與《離騷》意自異。』案：朱注本作『待』。《離騷》『騰衆車使徑待』，王逸注：『令衆車先過，使從邪徑以相待也。』《遠遊》『左雨師使徑侍』，王逸注：『告使屏翳，備不虞也。」是其不同也。又，『汎濫游』，校云：『「游」字恐衍。』案：朱注本無『游』字。若無『游』字，不成句法。又，『張樂咸池』，校云：『林本無「樂」字爲優。』案：朱注本、洪氏《補注》本皆無『樂』字，《章句》本有『樂』字。張咸池、奏承雲，相對爲文，舊本似無『樂』字。《漁父》『懷瑾握瑜』，校云：『本作「深思高舉」，《史記》注可徵。此本又據《史記》。』案：朱注本、洪氏《補注》本皆作『深思高舉』，《章句》本作『懷瑾握瑜』。《屈原傳》作『懷瑾握瑜』，《索隱》引《楚詞》作『深思高舉』，蓋所據版本不同。若作『深思高舉』，則無『忠直』之義。舊本宜作『懷瑾握瑜』。《招魂》『歸來反故室』，校云：『一無「來」字。朱注：一作「歸來歸來反故室」。案：涉前文而誤。』案：朱注本無『來』字，云：『一有「來」字，一別有「歸來歸來」四字，而「反」上亦無「來」字。』知其引文有誤。《章句》本、洪氏《補注》本並有『反』字，《文選》本作『歸來歸來反故室』。又，『士女雜坐』，校云：『「士女雜坐」四句不似屈子語，必是宋、景輩所攙。』案：未知其所據。又，『時不可以淹』，校云：『一作「時不淹」三字者是真。』案：《文選》本、朱注本並作『時不可淹』，朱云：『一無「可」字。』洪氏《補注》本作『時不可以淹』。蓋據朱引別本爲説也。《大招》『溺水』，校云：『朱云，一作「弱」。案：似是。』案：王逸注『其水淖溺，沈没萬物』云云，乃沈溺之義，非弱水之名也。朱注本、洪氏《補注》本、《章句》本亦皆作『溺』。又，『湯谷宋只』，校云：朱本作「宋廖」。林從之，韻不得不然。『案：白皓膠、湯谷宋，相對爲文，不當作『宋廖』，且膠、宋，幽宵合韻。王逸注『視聽宋然無所見聞』云云，舊本亦無『廖』字。又，『遽爽存』，校云：『未詳，必是誤寫。』案：王逸注：『遽，趣也。爽，差也。存，前也。言乃復煎鰿魚，臛黄雀，勑趣宰人，差次衆味，持之而前也。』遽爲趣促，爽爲食物之等級次第，存爲前，讀如荐，實爲薦，進獻之也。謂勑趣宰人，差次衆味，進獻而前也。其義自通，當非誤寫。又，『二八接武』，校云：『莊本「武」作「舞」。然詳王注，本作「武」耳。』案：《章句》本、洪氏《補注》本皆作『舞』，惟朱注本作『武』。武、舞古通用字。

字義訓詁及發明篇題旨意，除依王逸、朱熹二家舊注外，《離騷》一篇偶或采用林雲銘《楚辭燈》說。《離騷》『攝提』條云：『林西仲得之，云：星名也，隨斗柄正指于寅方，是爲正月。』又，『申椒與菌桂』條云：『林氏可念，云：椒、桂带辣氣，喻逆耳之言亦能受也，不但用純香之蕙茝而已。』又，『謠諑』條云：『林云，徒歌曰謠。』又，『攘詬』條云：『林云，攘，取也。』又，『嬋媛』條云：『林云，柔態牽繼之皃。』《天問》一篇偶用屈復《新注》，如，『鴟龜曳銜』條云：『屈悔翁有考，張儀依龜迹築蜀城，非猶夫崇伯之知耶？據之蓋言鮌視鴟龜曳尾相銜，因築城堤。』案：長沙馬王堆漢墓帛畫下部兩側各有一龜，背立一鳥，象『鴟龜曳銜』也。惟其意未詳。又，『負子』條云：『屈云，婦、負古相通。』案：其說是也。負子猶婦子，謂母子並淫也。或采戴東原說，『其尻』條云：『山至高，則入地之根亦當至深。脊骨盡處曰尻。』案：王、朱二本皆作『凥』，戴東原《屈原賦注》改作『尻』，訓『脊尾』。然此問昆侖在何處，不問其尾脊也。

龜井氏條疏王逸或朱熹舊注遺義，或補其闕，或正其誤，或辨二家是非，或存疑闕如，或自爲新解，發明意旨，其必持之有故，言之成理，頗見功力者。特舉其顯著者以明之，如，《離騷》『離騷』條：『篇中有「離尤」字，蓋離、罹同。』案：以『離騷』之『離』，爲遭逢之『罹』也。又，『紉秋蘭』條：『紉，結也。』案：王注：『紉，索也。』朱注：『紉，續也。』龜井氏猶繫結之義，非謂繩索、繼續也。又，『不淹』條：『淹有留意。』案：王注：『淹，久也。』龜井氏以爲非久長之淹，乃久留之淹也。又，『不撫壯』條：『撫，循也，「撫于五辰」之撫，正同。』案：王注『君甫及年德盛壯之時』云云，以撫爲『甫及』之意，而龜井氏以爲猶『撫循』之撫，正與『甫及』相因也。又，『及前王』條：『楚先哲王也。』案：王注『冀及先王之德』云云，未詳『前王』爲何人，龜井氏以爲『楚先哲王』，疏其遺義也。『余之中情』條云：『所以「奔走先後」之心也。」案：王注『忠信之情』云云，不能確指，所以補之也。又，『忍而不能舍也』條云：『忍，忍身患也。』案：王注『然中心不能自止而不言』云云，所『忍』之意甚含胡，所以申言之也。又，『蕪穢』條云：『比玉石混雜，貞士而題以僞也。』案：王注以『蕪穢』爲『衆賢失其所』，而龜井氏以爲『畢生所育成爲俗士』，以斥衆賢變節也。又，『嫉妬』條云：『恐屈子之率群才以獲于君也。』案：王注『各生嫉妬之心推棄清潔使不得用』云云，意雖相同，然舊注含胡，故疏以明之也。又，『矯菌桂』條云：『揉以佩之。四句是「姱以練要」處。』案：王注『猶復矯直菌桂芬香之性』云云，意頗牽合，所以正之也。又，『韁羈』條云：『「一心韁羈而不開」，出《九章》。王氏得之。』案：王注：『韁羈，言爲人所係累也。』朱注云：『言自繩束不放縱也。』龜井氏以王注是而朱注非，且引《九章》爲證，所以辨析是非者也。又，『朝誶』條云：『誶，告也，與「訊」同。』案：從朱注也，且引《幽通賦》『既誶爾以吉象』爲證，而不從王注訓『諫』也。又，『馳椒丘』條云：『與「蘭皋」對，王誤。』案：王注：『土高四墮曰椒丘。』朱注云：『其中有蘭，故曰蘭皋。丘上有椒，故曰椒丘。』是從朱注不從王注也。又，『節中』條云：『節有等節其中而執之也。』案：王注以節爲節度，於義未明，蓋所以疏之也。又，『厥家』條云：『王氏得之，非國家之家。』案：王注：『婦謂之家。』龜井氏復云：『《左傳》「棄其家」，言棄妻也。』所以疏解王注也。又，『正枘』條云：『枘，刻木端所以入鑿。正，直立牢固之也。』案：王注：『正，方也。枘，所以充鑿。』蓋以『正』爲『枘』之飾語，於義未暢。龜井氏以『正』爲述語，猶揷入之也。則無遺義也。又，『相羊』條云：『相翔一義。相翔，出《周禮》。將升天故姑且止息。』案：王注訓『相羊』爲『遊』，龜井氏視爲連語，猶同『相翔』，蓋以疏王注也。又，『要之』條云：『要，迎也。《詩》云：「要我乎上宮。」』案：王逸、朱注並以要爲邀求之義。其訓爲迎，蓋所以正之也。又，『上下』條云：『亦升降也，辭沓而已，前曰「上下而求索」。』案：王注：『上謂君，下謂臣。」朱注：『陟降上下，陟而上天，降而下地也。』是從朱注而未從王注也。又，《九歌·東皇太一》『蕙肴蒸』條云：『蒸，烝通，言美肴升於俎也。』案：王注：『以蕙草蒸肉也。』朱子訓蒸爲進。是從朱而不從王也。《雲中君》『壽宮』條云：『供神之處也。』案：王注以爲『祠祀皆欲得壽，故名爲壽宮』。龜井氏則以爲牽合之説，『未必是』。又，《湘君》『洞庭』條云：『帝女居其山，出《山海經》，故道於大湖也。』案：王、朱於湘君所以『邅吾道兮洞庭』，皆未置一言，故所以補之也。又，『蘭枻』條云：『閱字書，枻亦楫也，王氏有據乎。』案：王注枻訓楫，龜井氏復引《韻會》云：『短曰枻，長曰櫂。』所以疏之也。又，《湘夫人》『思公子』條云：『非帝子也，但是所思也。佳人亦非帝子。』又，『麋何食』條云：『公子亦帝子之徒也，不與我人同。』又，『佳人』條云：『帝子之使也。』案：王、朱二家皆以『公子』『佳人』爲『帝子』，蓋龜井氏所以正其誤也。又，『擗蕙櫋』條云：『櫋，連檐木也，在椽之端，擘蕙爲之。』案：王注云『以析蕙覆邊屋』，朱注云『析蕙以爲屋邊聯』，皆未達『櫋』字之義，至龜井氏『在椽之邊』，則涣然冰釋矣。又，《大司命》『冲天』條云：『神已棄我去也，欲近之未由己也。』案：王注以『冲天』屬言屈原『抗志高行』，朱云神去不留。是從朱而棄王也。又，《少司命》『竦長劍』條云：『竦，高舉也。』案：王注訓『執』，朱注訓『挺拔』，龜井氏以爲舊注皆非其義，是以訓『高舉』。於古亦有徵。《廣雅·釋詁》：『竦，上也。』《慧琳音義》卷十二『森竦』條注：『竦，高上也。』又，《東君》『翠曾』條云：『字書有「翧」字，訓舉也。』案：洪興祖《補注》曰：『《博雅》曰：「翧、翥，飛也。」』是用洪氏説也。又，《河伯》『龍堂』條云：『蓋四面置龍以爲堂也。』案：王注『堂畫蛟龍之文』，朱注『以龍鱗爲堂』，皆未愜其意，而設爲此解也。又，《山鬼》『徒離憂』條云：『別而憂者，猶有眷眷之意故也。』案：此篇『怨公子（山鬼）』而曰『憺忘歸』、『悵（暢）忘歸』，言喜而悲，言樂而怨，反意爲説，徒增其喜其樂也。龜井氏善發微其意矣。又，《國殤》

『右刃傷』條云：『車右之刃毀折也。車右用矛而其刃傷。』案：王注以『右』爲右騑，朱注未妥説解。龜井氏以爲車右。亦未廢爲一家之説也。又，《天問》『明明闇闇』條云：『日月正，晝夜定，是其何故邪？』案：王注以爲説陰陽，朱注以爲説晝夜，則其從朱説也。又，『永遏』條云：『蓋幽囚之也。』案：其説是也。鮌遏於羽山，同《離騷》『夭乎羽之野』，謂囚拘於羽淵也。又，『腹鮌』條云：『朱云：「腹，懷抱也。」《詩》云：「出入腹我。」亦通。』案：王注本『腹』作『愎』，訓狠戾。龜井氏不從其説，且引《詩》以證朱説可通。又，『阻窮西征』條、『巖何越焉』條云：『蓋鮌在東裔，而阻阨困窮，自向西行，何能越巖險而西向？』案：王注謂鮌『西行度越岑巖之險因墮死』，朱云『未詳』。龜井氏謂『越巖險』而未嘗死，蓋勝舊説也。又，『并投』條云：『「屏諸四夷」之屏。』案：并字之義，王、朱皆未釋，此所以補其未備也。又，『厥萌在初』，王、朱未有確指。案：龜井氏據上文事，云：『末喜以亡，二女以興，其萌在興亡之先。』則暢達無隔也。又，『會鼂爭盟』條云：『蓋言八百會同乞盟也。《詩》云：「會朝清明。」』案：龜井氏不以王注『不失期』、朱注『請盟』爲説，而以爭爲清、盟爲明，以《詩》『清明』爲證，從洪興祖《補注》也。又，『鹿何祐』條云：『二章姑從古注，此言福自然而生。』案：此二章古來聚訟紛繁，龜井氏未敢憑臆妄爲，故猶從舊注，見其慎之至也。又，《九章·惜誦》『言與行其可迹』條云：『我所言所行可推迹以知之。』又，『情與貌』條云：『貌不變是不脅肩諂笑之類。』案：訓釋簡要明快，可勝舊注繁冗也。又，『疾親君』條云：『急於親君而無他念也。』案：王注疾訓惡。則義生詰詘，故改易之也。又，『初若是』條云：『初占如是而今果逢殆。』案：龜井氏以『初』爲上文『昔』占厲神之時。蓋未以王氏謂屈子本性之初、朱子『初以君可恃』之初爲然也。又，《哀郢》『民離散』條云：『時必有百姓亂離之事，非唯屈子一人。』案：王逸以爲民指屈原，但就己言。朱子『屈原被放時，適會凶荒，人民離散，而原亦在行中。』知其從朱説也。又，《抽思》『搖起』條云：『奮起之意。朱本作「遥起」，然依古注，莊本可從。』案：摇，非摇動之義。王念孫《讀書雜志·餘編》下：『摇起，疾起也。疾起與横奔，文正相對。《方言》曰：「摇，疾也。燕之外鄙、朝鮮、洌水之間曰摇。」《淮南·原道篇》曰：「疾而不摇。」《漢書·郊祀志》曰：「遥興輕舉。」遥與摇通。彼言遥興，猶此言摇起矣。』其説是也。《方言》：『汩、遥，疾行也。南楚之外曰汩，或曰遥。』摇、遥古通用字。又，《懷沙》『獨無正』條云：『朱云：「匹當作正。」得之。』案：其説是也。若作『匹』，出韻也。正，當也，對也，亦有匹敵之義。又，《思美人》『申旦』條云：『載中情以至明發也。』案：其意得之。王注『誠欲日日陳己心』云云，申旦，猶言無已也。《九辯》『獨申旦』，王注以『達明』解『申旦』者，達，至也。李周翰注：『申，至。』謂『申旦』爲『至旦』。申，猶『終極』之義。『獨申旦』，猶《詩·葛生》『誰與獨旦』之『獨旦』。《擊鼓》『不我信兮』，孔疏：『信，即古伸字。申，即終極之義。』又，《惜往日》『孰申旦而别之』，王注：『世無明智，惑賢愚也。』申旦，猶『終古』也。又，《橘頌》『蘇世』條云：『難解，恐有寫誤。』案：蓋慎之也，不爲强解。相反爲訓，背逆亦謂之蘇。《荀子·議兵篇》：『以故順刃者生，蘇刃者死。』楊倞注：『蘇讀爲傃，傃，向也。』蘇、順相對爲文，蘇，猶逆也。楊氏説以假借字，蓋未審其義相反而相通也。《商君書·賞刑篇》：『萬乘之國不敢蘇其兵於中原』，高亨注：『蘇，逆也。』又，陸時雍《楚辭疏》謂蘇當作疏，言疏遠之意。蘇、疏古字通用。《易·震》六三『震蘇蘇』，漢帛書本『蘇蘇』作『踈踈』，踈與疏同。其亦可通也。若龜井氏明此，蓋亦謂不『難解』也。又，《悲回風》『隱其文章』條云：『不群故隱，亦天性然。蛟龍隱，蘭茝幽，是屈子自比。而「比而不芳」、「荼薺不同」，亦比其志介。』案：説比興之義雖本王、朱舊義，然寥寥點睛之詞，妙乎神會也。又，『惟佳人之永都』條云：『永保都美，乃世濟之意。』案：都訓美，雖本朱注也，而説喻義則過之也。又，『爲膺』條云：『蓋後世兜肚類歟？』案：王注訓『胸衣』，朱注釋『絡胸者』，龜井氏比之

『兜肚』，甚確，蓋以今況古也。又，《遠遊》『求正氣之所由』條云：『正氣，言己中心純正之氣也。』案：正氣，即《離騷》『耿吾既得之中正』之『中正』也。得正氣，而後能上征飛行，蓋神靈之氣也。神靈之氣，乃純正之氣也。又，『登霞』條云：『《莊子》「擇日而登遐」。朱云：「霞古與遐借用。」』案：其説是也。登遐，猶後世云『仙逝』也。又，《漁父》『鼓枻』條云：『枻，楫也。以枻鼓舷。』案：王注云：『叩船舷也。』所以疏之也。又，《招魂》『巫陽』條云：『筮人職有巫易，古精筮者，《山海經》注：「巫陽，古神醫。」』案：王注無説。朱注云：『女曰巫，陽，其名也。』未詳其事，此注所以補之也。又，『後之謝』條云：『言後其死也。屈子既困危，筮求其魂而予之，曠日彌久，必不逭其生。』案：蓋以『謝』爲『死』。王注：『謝，去也。巫陽言如必欲先筮問求魂魄所在，然後與之，恐後世怠懈，必去卜筮之法，不能復修用，但招之可也。』則以『謝』爲『怠懈』。朱注：『此一節巫陽對語，不可曉，恐有脱誤。然其大意似謂帝命有不可從者，如必筮其所在而後招而與之，則恐其離散之遠，而或後之，以至徂謝，且將不得復用巫陽之技也。』則以『謝』爲『徂謝』。是從朱不從王也。又，『血拇』條云：『拇，足大指也。裂人蹂人，故常染血。』案：王注『以手中血漫污人』云云，未詳『手中血』所以然者，龜井氏以爲『裂人蹂人』所致，蓋所以疏王注未明也。又，『入脩門』條，舊注以『脩門』爲『郢城門』。龜井氏云：『舊説脩門，郢城門也。未審門名與否。爲郢門，固也。説不得了。』乃曰：『唯是門修美而可入。』案：則以修爲修美者，新穎別致，存之以一家説也。又，『像設君室』條云：『模像舊宅而造設之。古注猶可從。朱、林云：設像而祀。未優。』案：其説是也。像者，故居之像也，非人像也。又，『室家遂宗』條，王注云：『言君九族室家，遂以衆盛，人人曉味，故飲食之和，多方道也。』朱注云：『言君既歸來，則室家之衆皆來宗尊，當爲設食，其方法多端也。』案：王、朱皆牽合。龜井氏云：『屈子繁榮如前段，故族人遂以爲宗食多方。此族食之事也，族人皆食於宗。』其説蓋近之也。又，『撫案下』條，王注：『以手抑案而徐來下也。一云：撫，抵也。以手抵案而徐下行也。』朱注：『以手撫案其節而徐行也。』案：皆未達旨。龜井氏云：『下，蓋舞畢而退也。』其説是也。又，『發激楚』條，王注：『激，清聲也。言吹竽擊鼓，衆樂竝會，宫庭之内，莫不震動驚駭，復作《激楚》之清聲，以發其音也。』朱注：「《激楚》，歌舞之名，即漢祖所謂楚歌、楚舞也。』案：龜井氏云：『林云：「《激楚》，清凄之曲名。」發清凄之曲以止宫庭之震驚。』則較舊説通達也。又，『費白日』條，王注：『費，光貌也。言晉國工作篿基箸，比集犀角以爲雕飾，投之皜然如日光也。』朱注：『費，耗也。費白日，言博者争勝，耽著不已，耗損光陰也。』案：龜井氏云：『費，光皃。大似古義，必是古讀。』其説是也。據此，費，讀作曊。《慧琳音義》卷九八『麗曊』條引王逸注《楚辭》：『曊，光皃也。』其所見本作『曊』字，蓋古讀也。又，《大招》『誒笑狂』條，王注：『誒，猶强也。』朱注：『誒，强笑也。』案：龜井氏云：『《説文》：「誒，可惡之辭。」又與譆、嘻通。誒笑，蓋冷笑也。故王以爲强笑。』蓋所以疏舊注也。又，『鼎臑盈望』條，王注『望之满案』云云，以望爲觀望。案：龜井氏云：『望亦满也。《莊子》「望人之腹」。』其説所以正舊之訛也。《釋名·釋天》：『望，月满之名也。』是望亦盈满也。又，『滂心』條云：『不相嫉妬也。妬忌者曰性不曠，宜反觀。』案：王注『美女心意廣大寬能容衆』云云，即『不相嫉妬』之意。蓋所以疏之也。又，『觀絶霤』條，王注：『觀，猶樓也。霤，屋宇也。言復有南房别室，閒静小堂，樓觀特高，與大殿宇絶遠，宜遊宴也。』案：龜井氏云：『舊説未穩。蓋言觀之高出房窗上也。』其説則通暢無礙也。

龜井氏尤致意於上下文之關節，疏分段落，發明屈子本旨，且多有思致。如，《離騷》『彼堯舜之耿介兮』條云：『提自上古而既然以起桀紂。』又，『死直』條云：『自「屈心」至此一氣讀，是屈子别提一個臣節以自奮厲者。』又，『衆不可户説』條云：『此二句與次二句前後錯誤。此二句屈子所歎以緩遠遊，四句與靈氛語未全同。』又，『吾將上下而求索』

條云：『上縣圃以望四荒，路曼曼修遠，於是又作氣而有上下求索之志，不唯觀乎四荒也。「求索」自「孰察余之中情」來，下文「勉升降以上下兮，求榘矱之所同」。』又，『好蔽美而嫉妬』條云：『文字既伏下章求女之事。』又，『欲遠集』條云：『行而至曰「集」，二句與「覽相觀」二句應。』又，『靈氛』條云：『屈子無擇君之心，故不提巫咸而提靈氛。』《九歌》十一篇皆爲分段。如，《雲中君》分二段，『齊光』條云：『是篇上八句，下六句。上段比楚君之懷安於玉堂中。』又，『既降』條云：『下六句別段也。故其辭不與上八句相接。』《湘君》《湘夫人》『分段凡四』。《湘君》『吹參差』條云：『以上首段。』又，『隱思君兮陫側』條云：『以上二段。』又，『告余以不閒』條云：『以上三段。』又，《湘夫人》『罾何爲』條云：『以上首段。』又，『夕濟』條云：『以上二段。』又，『靈之來』條云：『以上三段。』《大司命》分三段，『在予』條云：『以上首段。』又，『余所爲』條云：『以上二段。』《少司命》分四段，『愁苦』條云：『以上首段。』又，『新相知』條云：『以上二段。』又，『望美人』倏云：『以上三段。』又，《東君》分三段，『色聲』條云：『以上首段。』又，『靈之來兮蔽日』條云：『以上二段。』《河伯》分二段，『惟極浦兮寤懷』條云：『以上首段。』《山鬼》細分六段，『善窈窕』條云：『以上首段。』又，『獨後來』云：『以上二段。』又，『孰華予』條云：『以上三段。』又，『君思我兮不得閒』條云：『以上四段。』又，『然疑作』條云：『以上五段。』《國殤》分二段，上十句爲首段，下八句爲二段。《天問》一篇以事爲六段，如，『顧菟』條云：『以上問天事。』又，『伯强』條云：『自此章問地事。曰「焉」、曰「何」、曰「安」，並地方問。』又，分《九章·惜誦》爲八段，『嚮服』條云：『以上首段。』又，『所以證之不遠』條云：『以上二段。』又，『有招禍之道』條云：『以上三段。』又，『中悶瞀之忳忳』條云：『以上四段。』又，『爲此援也』條云：『以上五段。』又，『知其信然』條云：『以上六段。』又，『背膺牉合』條云：『以上七段。』自此以下爲八段也。分《涉江》爲四段，『濟乎江湘』條云：『以上首段。』又，『承宇』條云：『以上二段。』又，『重昏而終身』條云：『以上三段。』自此以下爲四段也。分《哀郢》爲三段，『思蹇産而不釋』條云：『以上首段。』又，『蹇侘傺而含感』條云：『以上二段。』自此以下爲三段也。分《抽思》爲二段，『矯以遺夫美人』條云：『以上首段。』自此以下爲二段也。分《懷沙》爲三段，『自抑』條云：『以上首段。』又，『余之所臧』條云：『以上二段。』自此以下爲三段也。分《思美人》爲四段，『難當』條云：『以上首段。』又，『與纁黄以爲期』條云：『以上二段。』又，『居蔽而聞章』條云：『以上三段。』自此以下爲四段也。分《惜往日》爲六段，『雖過失』條云：『以上首段。』又，『過之』條云：『以上二段。』又，『無由』條云：『以上三段。』又，『久故之親身』條云：『以上四段。』又，『如列宿之錯置』條云：『以上五段。』自此以下爲六段也。分《橘頌》爲二段，『姱而不醜』條云：『以上前段。』自此以下爲後段也。分《悲回風》爲段，『所明』條云：『以上首段。』又，『遂行』條云：『以上二段。』又，『昭彭咸之所聞』條云：『以上三段。』又，『所居』條云：『與前段對結。以上四段。』又，『伴張弛』條云：『以上五段。』自此以下爲六段也。以《遠遊》『四句一串』，稱『成於《離騷》之前』云。又，『忽乎吾將行』條云：『曰「道」至是句爲一貫，然王子之辭猶是四句一串，三串而十二句如例。』以《招魂》『不以四句爲串，變調也。唯「亂辭」如例，上半六段，下半二段而有「亂」』。又，『離彼不祥』條云：『五句總招以下四方天地之不祥，六節起結一例，而修門一節準初，其次起法不同，亦以「魂兮歸來」結。』又，『天地四方』條云：『以下亦巫陽之辭也。分二段以言故居之樂。但作者所敷衍，似與上不接，是屈調也。』又，『魂兮歸來』條云：『自天地四方多賊姦至此一招畢，凡六十八句。』又，『魂兮歸來反故居』條云：『前以此二句括一篇上半，又以括下半，作者用心處。自「室家遂宗」至此凡八十句。』又，『亂曰』條云：『以上託巫陽敷衍之，以下屈子自敘實事。』則更見精密也。以《大招》『體製與《招魂》同，不必四句成串』云。

又，『青春受謝』條云：『陽春受萬物之謝盡而又新也。《招魂》「獻歲發春」在篇末，此在篇首。』又，篇末云：『「美人」五節，「好閒」「容則」「滂心」等，皆有宮闈之意。它二節恐是後人竄入耳。』龜井氏或辯之以句法，多有警醒之處。如，《離騷》『何方圜之能周』條云：『猶曰「方圜何能周」也。奇句。』又，『國無人莫我知兮』條云：『七字一句。』《天問》『禹之力獻功』，校云：『首章變句法。』《大招》『英華假』條云：『四句一氣，言蘭桂假英華於瓊，錯互相紛葩也。』

龜井氏於《楚辭》可謂勤矣，日人研習《楚辭》當以此爲翹楚之作，不可多得。然三覆其書，不無粗疏悠謬之説。

首先，校讎未精。如，《離騷》『汝博謇而好脩兮』，校云：『「博謇」二字必有一誤。』案：王逸注『博采往古』云云，謇訓采，讀如『朝搴阰之木蘭兮』之搴。非誤字，通假字也。『鸞皇爲余先戒兮』，校云：『林本「鸞皇」作「鳳鳥」。』案：王逸注：『鸞，俊鳥也。皇，雌鳳也。以喻仁智之士。』則舊本作『鸞鳥』也。又，『覽相觀於四極』，校云：『「覽相觀」字甚沓，可疑。』案：劉永濟《屈賦通箋》云：『本篇有「相觀民之計極」句，疑此與之同。「覽」字或後人旁注以釋「相」者，誤入正文耳。今删。』説同龜井氏。實非也。朱駿聲《離騷補注》曰：『「覽相觀」三疊字。』覽，王逸但訓『觀』，不釋『相』，無由竄入正文。《悲回風》：『聞省想而不可得。』屈賦本有三疊字句法也。又，『衆不可户説』，校云：『此二句與次二句前後錯誤。此二句屈子所歎，以緩遠遊，四句與靈氛語末，全同。』案：龜井氏蓋以『衆不可户説兮孰云察余之中情』，宜在下『世並舉而好朋兮夫何煢獨而不予聽』之後，謂屈子感歎不宜遠遊四方，與靈氛『世幽昧以昡曜兮孰云察余之善惡』末句之意全同。然憑臆妄改，且無版本依據，不足信據也。《天問》『列擊紂躬』，校云：『朱云，列一作到，非是。』案：洪氏《補注》本、單刻《章句》並作『到擊紂躬』。到者，倒也，謂殷人倒戈以擊紂也。列，訛字也。《九章·惜誦》『中道而無杭』，校云：『一作航，似未造。』案：杭、航同，非今云航船也。《抽思》『望北山』，校云：『朱云，一作「南山」。」案：據下『臨流水』，流水，泛稱；北山，非指一山名。北，當作丘。丘，古作『北』，與『北』字形似相僞。《周易·頤》：『六二：顛頤，弗經於丘頤，征凶。』丘頤，《戰國楚竹書》（三）《周易》、長沙馬王堆漢帛書《周易》皆作『北頤』。丘山，平列同義，古之習語，作『南山』者，非也。《思美人》『其遠烝兮』，校云：『朱本可從。朱注一作「承」。此本不可。朱本而從別本，未知何故？』案：《章句》本、洪氏《補注》作『遠承』，洪又引一作『蒸』。然據王逸注以『流行』釋『承』義，蓋讀作騰，音訛字。騰，傳行之義。《淮南子·繆稱篇》『子產騰辭』，高注：『騰，傳也。子產作《刑書》，有人傳詞詰之。』《惜往日》『清澈』，校云：『朱本「澈」作「澂」，云：一作「澈」，非是。案此類並通。』案：洪氏《補注》本、《章句》本皆作『澈』。《慧琳音義》卷十五『暎澈』條引《考聲》云：『澈，水清澈也。』《廣雅·釋詁》：『澂，清也。』故云『此類並通』也。又，『久故之親身』，校云：『莊本脱「之」字。』案：《章句》本無『之』字。又，『孰申旦』，校云：『未詳。或「旦旦」寫誤。《詩》云「信誓旦旦」。』案：非也。《九辯》『申旦以舒中情兮』，王逸注：『誠欲日日陳己心也。』王注以『達明』解『申旦』，達，至也。申，猶『終極』之義。『獨申旦』，猶《詩·葛生》『誰與獨旦』之『獨旦』。《擊鼓》『不我信兮』，孔疏：『信，即古伸字。申，即終極之義。』又，《思美人》『申旦以舒中情兮』，王注：『誠欲日日陳己心也。』《惜往日》『孰申旦而別之』，王注：『世無明智，惑賢愚也。』申旦，《楚辭》習語，非訛字也。

其次，字義訓詁，識斷未明。如，《離騷》『靈均』條云：『大野曰平，平之廣爲原，非廣而平也。』案：非也。《爾雅·釋地》：『大野曰平，廣平曰原，高平曰陸。』散則原、陸不別，對文則有『高平』、『廣平』之異。《説文》訓『高平』。段注：『謂大野廣平偁原，高而廣平亦偁原。』乃散文也。又，『追逐』條云：『奮飛而去不顧之意。或云：三諫不從去之意歟？』

案：非也。王注『言衆人所以馳騖惶遽者，争追逐權貴，求財利』云云，以狀衆人之穢行，非謂屈子三諫不從而去之也。又，『朝誶』條云：『誶，告也。與訊同。《幽通賦》「既誶爾以吉象」。』案：王注：『誶，諫也，《詩》曰：「誶予不顧。」』王氏引《詩》見《陳風・墓門》。《毛詩》作『訊予不顧』。傳云：『訊，告也。』鄭箋：『歌，謂作此詩也，既作，又使工歌之，是謂之告。』《釋文》：『本作誶，音信。徐：息悴反，告也。《韓詩》：「訊，諫也。」』王注因《韓詩》。《詩》之誶、訊皆爲『責誚』『詬詈』之義，非謂告語也。誶、訊一字。《説文・言部》：『誶，讓也。从言、卒聲。《國語》曰：「誶申胥。」』卒猶猝也。訊，從言、卂聲。卂，鳥疾飛，亦急疾義。言之急迫爲誶。《左傳》文公十七年『執訊而與之書』，杜注：『執訊，通問訊之官。』《漢書・王子侯年表・安檀侯福表》『訊群臣』，顔師古注：『訊，問也。音信。』《賈誼傳》『立而誶語』，服虔云：『誶，猶駡也。』又引張晏曰：『誶，責讓也。』《鄒陽傳》『卒從吏訊』，顔師古注：『訊，謂鞫問也，音信。』俗語『訓斥』，訊之遺義。朝誶，旦朝見斥讓也。王注以誶解諫，『朝諫謇謇於君』云云，失之旨。諫，讕也。《漢書・藝文志》『讕言十篇』，顔師古注：『陳人君法度。』蓋借讕爲諫。《言部》：『讕，抵讕也。』抵，讀如詆，訶斥也。詆讕，以罪責讓人也。又，『謡諑』條云：『謡爲毁，未見所徵。林云：「徒歌曰謡。」』案：謡無毁義。䍃、詹古書相亂，《周禮・考工記・矢人》『是故夾而摇之』，《釋文》：『摇，本又作搢』搢，摇之别文。漢隸從䍃之字或變從晉。《漢書・天文志》『元光中天星盡搢。』搢、擔形近相訛。《史記・建元以來王子侯表》『千鍾侯劉摇』，《漢書・王子侯表》作劉擔。《墨子・經下》『而不可擔』，擔，摇之形訛。舊本作譫，通作譖。侵、談旁轉，照、穿旁紐雙聲。譖，毁也。《九思・逢尤》『被諑譖兮虚獲尤』，諑譖，『譖諑』之乙，蓋因於此。《太平御覽》卷四百八十三《人事部》一百二十四『怨』引《楚辭》作『譖諑謂余善淫』，引王逸注：『譖，毁也。諑，譖也。』則其所據本作『譖諑』也。《大司命》『玄雲』云：『玄天之玄，林云，風雨將作，雲色必玄。』案：非也。玄雲，黑雲，是司命所居，乃夏后氏所祭之司命也。《禮記·祭義》：『夏后氏祭其闇，殷人祭其陽，周人祭日，以朝及闇。』鄭注：『闇，昏時也。陽，謂日中時也。』孔疏：『以夏后氏尚黑，故祭在於昏時。殷人祭其陽者以尚白，故祭在日中時。』殷人、楚人崇尚光明、紅色，商人祭祀常用赤色雄雞爲犧牲品，用赤色陶鬶作爲彝器。楚人亦然，不論服裝、漆器、内棺，大抵圖案繁縟、色彩斑斕，以赤色爲主調。楚人尚赤色，以赤色爲貴。江陵馬山一號楚墓，年代屬戰國中期，出土衣衾，圖案繁縟，色彩豔麗，皆以赤爲主色。各地楚墓所出土漆器，黑底朱彩，絶少例外。淮陽楚車馬坑，屬戰國晚期，從中發現多幅戰旗，皆爲赤色。夏人不然，其俗尚黑，故夏文化封口盉改用黑色，或者近於黑色之深灰色。司命乘駕玄黑雲車而出天門之景象，夏人『尚黑』遺風。又，《淮南子·墬形訓》：『玄泉之埃，上爲玄雲。』《漢書·息夫躬傳》：『初，躬待詔，數危言高論，自恐遭害，著《絶命辭》曰：「玄雲泱鬱，將安歸兮。」』皆以玄雲爲冥界之象，漢世以後風習，非夏后氏遺義也。又，《東君》『暾』條云：『日也，其光自扶桑而照祠堂之檻也。』案：非也。王逸注：『檻，楯也。言東方有扶桑之木，其高萬仞，日出，下浴於湯谷，上拂其扶桑，爰始而登，照曜四方。日以扶桑爲舍檻，故曰「照吾檻兮扶桑」也。』則因《淮南子·天文訓》。然『日以扶桑爲舍檻』云云，日神所居，類苗、僮民族所居之干欄房（俗稱高脚樓）。屈子言『檻』，蓋存沅、湘之越俗遺制也。又，『安驅』條云：『祭者迎日也。迎曰「安驅」，送曰「馳翔」，緩急之辭。』案：非也。『安驅』『馳翔』皆狀日之升降，非言祭日、者也。又，《國殤》『霾兩輪』條云：『舍車馬而徒步，欲以侵軼敵也。』案：非也。王注：『言己馬雖死傷，更霾車兩輪，絆四馬，終不反顧，示必死也。』其説不移。縶馬霾輪，猶《孫子兵法·九地篇》之『是故方馬埋輪』，曹操注：『方，縛馬也。埋輪，示不動也。』明姚富《青溪暇筆》卷下：『「方馬」二字，諸家之注皆欠明白。富按：《詩·大明篇》傳注：「天子造舟，諸侯比舟，大夫方舟，士特舟。」《爾雅》注：

「方舟併兩船，特舟單船。」「方馬」之義，當與「方舟」同。蓋并縛其馬，使不得動之義耳。』縶馬霾輪，亦《九地篇》所謂『死地吾將示之以不活』。《左傳》文公三年：『秦伯伐晉，濟河焚舟。』杜注：『示必死也。』《史記·項羽本紀》：『項羽乃悉引兵渡河，皆沈船，破釜甑，燒廬舍，持三日糧，以示士卒必死，無一還心。』曹公謂『示不動』也。又，《陳書·虞荔傳附弟寄》：『孰能被堅執銳，長驅深入，繫馬埋輪，奮不顧命，以先士卒者乎？』《藝文類聚》卷五十七《雜文部三『七』條引梁蕭子範《七誘》：『守邊鄙而擁角節，集兵旅而馳牙璋。或埋輪於絶域，或縶馬於遐疆。』皆因於此也。又，『擊翼』條云：『鼓舞其翅也，王注了了。』案：王注『奮擊其翼』云云，謂擊殷紂之兩翼也。翼，陣之兩翼。銀雀山漢簡《孫臏兵法·官一》：『□□陣臨用方翼，泛戰接厝用喙逢。』方翼，旁翼也，謂軍陣於兩側。又曰：『浮沮而翼，所以燧鬬也。』《十陣》：『擊此者，必將三分我兵，練我死士，二者延陣張翼，一者材士練兵，期其中極。此殺將擊衡之道也。』《十問》：『材士練兵，擊其兩翼，□彼□喜□□三軍大北。此擊箕之道也。』《六韜》云：『翼其兩旁，疾擊其後。』龜井氏誤其意也。又，《九章·惜誦》『干傺』條云：『恐是際字，求親之意，交際之際。』案：際，古不解親近之意。舊訓『干傺』爲『求住』，自是可通也。又，《涉江》『欸』條云：『訓歎，似未確。《詩》云：「如彼遡風，亦孔之僾。」欸、僾古蓋一義。』案：對文，歎曰欸，唈曰僾，散文則亦通也。又，『秋冬之緒風』條云：『屈云：「春寒，猶有冬之餘風。」屈子仲春西遷。』案：《涉江》承《哀郢》，屈子東遷在仲春，止於鄂渚，入秋而涉江，遭道洞庭而南行，龜井氏非也。又，《哀郢》『當陵陽』條云：『朱云「未詳」。蓋舟向陵陽而經過也。』案：朱子『未詳』，見其慎之也。王注『意欲勝馳，道安極也。』蓋以陵爲淩乘也，陽者陽侯之波也。若以『陵陽』爲地名，則『當』字不得確解，且與下文『淼南渡之焉如』亦不相接也。又，《抽思》『造怒』條云：『爲己故構造忿怒也。』案：造非構造、制造之意。王注以『横暴』釋『造怒』，蓋以造爲驟。《易・乾 用九・象》：『大人造也。』《釋文》：『造，劉歆父子作聚。』《漢書・楚元王傳》引造作聚。聚、驟古通用字。《説文・馬部》：『驟，馬疾步也。从馬、聚聲。』引申爲言疾也。《老子》『驟雨不終』，河上公注：『驟雨，暴雨也。』驟怒，謂暴怒也。又，『望北山』條云：『朱云：一作南山。案以漢北照之反顧，南山似優。』案：非也。北山，王注但釋『高景』，未確指其爲何處之山。據下文『臨流水』，流水，泛稱，北山亦當泛稱，非確指一山名也。北，當作丘。丘，古文作『北』，與『北』字形似相僞。《周易・頤》六二：『顛頤，弗經於丘頤，征凶。』丘頤，《戰國楚竹書》（三）《周易》、長沙馬王堆漢墓帛書《周易》皆作『北頤』。丘山，平列同義，古之習語。又，《懷沙》『易初本迪』條云：『初本，猶曰本末。』案：非是。本，『不』之訛。易初、不由，相對爲文。《郭店楚墓竹簡》及《漢馬王堆帛書》，凡言『背畔』字皆作『伓』，倍字古文。《緇衣篇》：『信而結之，則民不伓（倍）。』《五行篇》：『忠人亡僞，信人不伓（倍）』；君子如此，故不皇（誑）生，不伓（倍）死也。』又曰：『至忠亡僞，至信不伓（倍），夫此之謂此。』《老子》（甲）：『絶智弃辯，民利百伓（倍）。』《窮達以時篇》：『善伓（倍）己也。』《語叢篇》（二）：『念生於欲，伓（倍）生於念。』《戰國楚竹書》（二）《從政》（乙）：『思則伓（倍），恥則犯。』《葛陵楚墓竹簡》凡『背膺』之背，皆作『伓』。馬王堆漢墓帛書《式法》第三《天地》：『凡徙、［娶］婦，右天左地貧，左地右天吉，伓（倍）地逞天辱，伓（倍）天逞地死，並天地左右之大吉。凡戰，左天右地勝，伓（倍）天逆地勝而有□闘，伓（倍）地逆天大敗。』《經法・四度篇》：『伓（倍）約則窘，達刑則傷。伓（倍）逆合當，爲若又（有）事，雖無成功，亦無天央（殃）。』《懷沙》此『不由』，當『伓由』。由與迪通，訓道。『易初伓（倍）由』，謂違初背道也。王注『違離光道』，今作『遠離常道』者，遠，當『違』之訛。光，蓋『先』字之訛。漢時舊本，『本』作『伓』，猶未訛也。蓋在東漢以後訛作今本『本由』『本迪』也。又，《惜往日》『弗味』條云：『不熟察忠佞是非之分也。』案：非是。弗味，猶未沫也。味、沫通用。未沫，謂吴信讒無休止之時也。又，『下戒』條云：『《周語》：「火見而清風戒寥。」戒言戒人也。』案：引文不通，必有爛脱或訛誤。《周語》：『火見而清風戒寒』，韋昭注：『謂霜降之後，清風先至，所以戒人爲寒備也。』知『寥』爲『寒』之誤，引注亦未爲完備也。又，《橘頌》『淑離』條云：『淑離，未詳。蓋離，文明之象也。淑離，言果之文章而不淫，言不如桃李然歟？』案：强爲之説。王注以『言己雖設與橘離别猶善持己行』釋『淑離』義，固繳繞之説。蔣驥《山帶閣注楚辭》：『離，麗也。』離、麗古通用字。《易·離》六五象『離王公也』，《釋文》：『離，鄭作麗。』《招魂》『麗而不奇些』，王注：『麗，美好也。』淑麗，平列同義。張衡《定情賦》：『夫何妖女之淑麗，光華豔而秀容。』蔡邕《檢逸賦》：『余心悦于淑麗，愛獨結而未并。』《青衣賦》：『盼倩淑麗，皓齒蛾眉。』淑麗，古之恒語也。又，《悲回風》『心調度而弗去』條云：『深慮而不去二子也。』案：非也。調度，同《離騷》『和調度以自娱兮』之『調度』，猶跮踱，謂猶豫未決之貌。心調度，謂心猶豫未決也，非『深慮』之意。又，《遠遊》『担橋』條云：『担與揭通。橋，舉也。』案：非也。担、揭古不同音，乃訛字。《慧琳音義》卷七六『揭鳥』條引王逸注：『揭，亦高也。』其所據本作『揭撟』。《文選·射雉賦》『眄箱籠以揭驕』，徐爰注：『揭驕，志意肆也。《楚辭》揭驕字作拮矯。』李善注：『《楚辭》曰「意恣睢以拮矯。」』則徐爰、李善所據本作『拮矯』。拮矯與揭撟、揭矯同也。又，《招魂》『以益其心』條云：『資其精力也。』案：心，無『精力』之義。王逸注：『言復有雄虺，一身九頭，往來奄忽，常喜吞人魂魄，以益其賊害之心也。』其説是也。而他本『以益其賊害之心』誤作『以益其心賊害之甚』。則義遂晦矣。又，『秦篝齊縷』條云：『二句未詳，蓋招魂之衣也。篝，所以絡絲者，紡車歟？籰子歟？齊之縷，蓋美好。』案：謂魂衣者是也，然比之以紡車、籰子，非也。王注：『言爲君魂作衣，乃使秦人職其篝絡，齊人作綵縷，鄭國之工纏而縛之，堅而且好也。」《周禮・春官宗伯・司服》『大喪，共其復衣服、斂衣服、奠衣服』，鄭注：『奠衣服，今坐上魂衣也。』賈疏：『至祭祀之時，則出而陳於坐上。』《太平御覽》卷八百八十六《妖異部》二《魂魄》引王肅《喪服要記》：『魂衣起苑荆，苑荆於山之下，道逢寒死，友哀往迎其屍，魂神之寒，故作魂衣。』《海録碎事》卷二十一上《天衣》：『亡人座上作魂衣，謂之上天衣。』馬王堆漢墓『T』形帛畫，蓋古魂衣也。後世謂之魂幡。魂衣所以爲篝笿，因楚人崇鳥禮俗。清陈元龍《格致鏡原》卷八十一《諸鳥》引《古今注》（今本無此文）：『楚魂鳥，一曰亡魂；或云楚懷王與秦昭王會於武關，爲秦所執，囚咸陽不得歸，卒死於秦，後於寒食月夜，入見於楚，化而爲鳥，名楚魂。』《抽思》：『有鳥自南兮，來集漢北。』蓋屈原以鳥自喻，宋玉編籠篝爲招其魂，供其魂鳥所栖息也。又，《天問》『砥室』條云：『朱云：「礱之加密石。」最爲近理。』案：王注：『砥，石名也。《詩》曰：「其平如砥。」言内卧之室，以砥石爲壁，平而滑澤。』則以『砥』爲室之石壁。朱注：『砥，礪石也。《穀梁》云：「天子之桷，斲之礱之，加密石焉。」注云：「以細石磨之。」』則以砥爲磨桷椽之器也。王説是而朱説杆格不通也。又，《大招》『湯谷宋只』條云：『朱本作「宋寥」，韻不得不然。』案：上句『白日膠』，膠、宋爲宵、覺平入合韻。後人未審，而妄增『寥』字也。又，『娱人亂』條云：『未詳。亂，或聽誤。』案：妄改古書，不足爲據。然王注亂訓理，亦未通。『娱人亂』與下『極聲變』，相對爲文。亂，猶《招魂》『亂而不分』之亂，謂合也，同也。言叩鍾調磬，與娱人者同也。又，『青色直眉』條云：『林云：「直，當也。」青色當眉，不資於黛。』案：非也。王注：『言復有美女，體色青白，顔眉平直，美目竊眄，婳然黠慧，知人之意也。』蓋周、秦以蛾眉爲好，漢以後以平直爲美。姚最《續畫品・謝赫》『直眉曲鬢，與世争新』是也。《天問》一篇分段未密。『烏焉解羽』條云：『墮羽於何地乎？並問地方。以下問地事以鮌禹土功起之，以異物異事繡錯之。』案：《天問》以事分段，則自『烏焉解羽』以上分『問天』『問地』者是也，而『禹之力獻功』以下非問地，問人事也。要之，大醇小疵，未足掩其弘博精微也。

龜井氏此書未見刻本、印本，流傳未廣。日本國京都大學、慶應義塾大學、大阪大學等圖書館皆庋藏鈔本，惟未識孰爲龜井氏原稿也。中國科學院文獻情報中心亦藏一鈔本。大阪大學圖書館藏二鈔本：一者爲雷山古刹舊藏，今藏於慶應義塾大學；一者爲碩園珍手鈔本，見其《讀騷廬叢書》坤集。然鈔録皆未精，多見訛字。如，雷山古刹舊藏本《離騷》『皇輿之敗績』之『敗』字訛作『財』，《九歌·湘君》『斲冰』之『斲』訛作『劉』，『捐余玦』之『捐』訛作『揖』，《天問》『羿焉彃日』之『彃』訛作『彈』，『承謀夏桀』之『桀』訛作『渠』，《哀郢》『憂與憂』之後一『憂』字訛作『夏』，《惜往日》『過之』之『過』訛作『迥』，《悲回風》『放迹』之『放』訛作『施』。碩園手鈔本《天問》『不勝心伐帝』之『伐』誤作『代』。《橘頌》『深固難徙』之『徙』誤作『徒』。《招魂》『文緣波』之『緣』誤作『綠』。又，『娭光』之『娭』誤作『始』。《大招》『青春受謝』之『受』誤作『愛』。故兩存之，以資互校之需也。（黄靈庚、石川三佐男）

# 楚辭考

《楚辭考》者，海東岡松辰之所作也。辰字君盈，號甕谷，時稱辰吾先生，謚號文靖，豐後高田（現九州大分縣）人。日本明治前期著名漢學家。早年師事於帆足萬里，任職於熊本藩。後在江户爲德川幕府昌平黌教授，創建紹成書院。又任東京大學文學部教授、學士院會員。精通漢學，善文。著述甚豐，計有《楚辭考》四卷，《莊子考》四卷，《論語講義》稿本（三册），《先聖事迹考》一卷，《東瀛紀事本末》二十卷，《甕谷遺稿》八卷等。

《楚辭考》《莊子考》爲岡松辰刻意之作。卷首有其子參太郎、匡四郎所作《弁言》四則，詳述岡松辰著述《楚辭考》等經歷，稱『先考夙深慨時事，年垂耳順，讀《莊子》及《楚辭》以遣懷，遂著二《考》。比過古稀，屢罹疾病，尚呼筆硯，枕上改稿删字，至易簀手不釋卷。不肖等竊以爲，二《考》乃先考心血之所傾注也。先考嘗曰：「我邦漢學衰廢，莫甚於今日。經史子集，束之高閣，無復顧者。余將攜二《考》，賦禹域遊。歷訪碩學鴻儒，以相商榷。」一弟子以其老羸諫止之。居一年許，二《考》在架，而先考則捐館矣』。既而，參太郎、匡四郎恐二《考》失傳，乃印行於世，以遂其先考之志云。

首卷爲《離騷》《九歌》，次卷爲《天問》，三卷爲《九章》，末卷爲《遠遊》《卜居》《漁父》《招魂》《大招》《九辯》《招隱士》。案：岡松氏以《九歌》止九篇，非十一篇，又以《招魂》、《大招》皆爲屈子所作。自《離騷》至二《招》，爲二十五篇之數，故目録置《九辯》於《大招》之後也。然漢人之賦，祇收淮南小山《招隱士》，餘皆棄之。

岡松氏於屈賦之作時、要旨、歷史背景及諷喻之義等，皆作詳實考述。以《離騷》作於見疏懷王之初，蓋本《史記·屈原列傳》，又於篇中求證，『願依彭咸之遺則』句下云：『王氏以爲「彭咸，殷賢大夫，諫其君不聽，自投水而死」。疑似因三閭事附會者。要之，《魯論》所載「老彭」類，其爲前代盛德之士明矣。但至其行事，不必深求可也。』又於『吾將從彭咸之所居』句下亦云：『居字取諧韻，非必謂以彭咸沈水，己亦欲從之死與居于水中也。且此篇屈子初獲罪於懷王，猶在郢都所作也。此時未遷於江南，豈有豫蓄汨羅投水之謀？彭咸諫其君不聽，投水而死，亦無所經見，不免使人遺疑。』案：蓋以彭咸之事無所徵驗，但見於《論語》『老彭』云者，可謂審矣。以《九歌》『每篇託言鬼神，以述君臣遇合之慨，猶後世題詠類』，非據沅湘藍本『更定』改作也。謂『蓋《東皇太一》與《禮魂》相爲終始，皆措辭忠厚和雅，而中間《雲中君》至《國殤》，逐序變幻，姿態橫生，極哀痛慘憺之情，疑如將前後十餘篇打爲一長歌者。則知非如王氏、朱子所謂觀江南祠廟圖畫，隨見隨寫者也』。然各篇作時亦不同，而有諷喻之意。《東皇太一》『言己恭肅以事神，神亦喜而歆之，以喻君臣相須之隆，所謂「王明，並受其福」也』。《雲中君》『述君意初相睽也』。二《湘》『神意全與我相背，欲邀之與游，而神無我顧，是以攀戀思慕之情，居然溢於紙上』云。屈子獨得意於二《司

楚辭考卷一

甕谷　岡松辰君盈著

離騷

考曰。離。如王風雉離于羅之離。遭也。騷。騷擾也。屈原遭騷擾之患。而作此篇。故名曰離騷也。

帝高陽之苗裔兮。朕皇考曰伯庸。攝提貞于孟陬兮。惟庚寅吾以降。

王氏曰。高陽。顓頊有天下之號也。苗。胤也。裔。末也。顓頊之後熊繹。事周成王。封爲楚子。居於丹陽。至熊繹孫武

楚辭考　卷一　離騷　一

命》，『褒善誅惡』，『與此相肖』云。《東君》一篇『除貪殘之敵』，『蓋其有望於楚王深矣』。謂屈子放逐山林水澤，而假《河伯》《山鬼》『敘攀戀之情』。《國殤》慰死魂，作士氣，張國威云。《禮魂》以祭人鬼，禮意畢備云。凡多道人所不道，雖多比附牽合，而存之亦未失爲一家説也。以《天問》之名爲『就天訪問』云，稱『大抵舉當時所傳俗説，辨駁其不足信，因以供遊戲而已』。又謂『與吾邦近世澤蟠龍所著《俗説辨》略同，《詩》所謂「善戲謔兮不爲虐」者，蓋幾之矣。但其文詞，酷似周公爻辭，儵忽變幻，不可得而端倪，真爲詼奇絶特之筆。故讀《天問》者，獨觀于此而足矣，其言則不必置辨可也』。案：以《天問》爲『遊戲』之説，比之《詩·淇奧》『美武公之德』者，實屬不倫。《天問》亦屈子遭放而發爲憤懣之詞，與『君子之德，有張有弛，故不常矜莊而時戲謔』之《淇奧》者不類也。以《九章》爲屈子『平生所歷之迹』。而《惜誦》爲『懷王時初獲罪，猶在郢都所作也』。《涉江》『蓋懷王時，遷於江南所作也』。《哀郢》『爲襄王時所作，篇中云「至今九年而不復」，是南遷經九年後所作。則篇首載初出郢踰江時事，皆追敘也』。又謂『《九章》，獨此篇及《悲回風》爲襄王時南遷所作，餘皆懷王時作，而《惜誦》《思美人》二篇，未遷江南，猶在郢都所作。《橘頌》不可知何時作，然據「后皇嘉樹，橘徠服」之語，蓋亦懷王時所作也。若夫在江南作者，《涉江》《抽思》《懷沙》《惜往日》，皆有「江潭」「沅湘」等語，而此篇曰「仲春而東遷」，又曰「今逍遥而來東」。《悲回風》曰「登石巒以遠望」、曰「上高巖之峭岸」，篇末又曰「浮江淮而入海」、曰「望大河之洲渚」，未嘗一語及沅湘，蓋以其所居東北近江海，因舉以爲言也。是知屈子初遷已過江，更循沅湘而南，後直遷太湖東遷』。案：其力辟舊説，而刻意求新，發爲新説若此，蓋勇氣可嘉，而證據綿薄矣。《抽思》曰『有鳥自南，來集漢北』，作於見疏漢北時之明證也，何以移置於江南耶？《哀郢》『東遷』，言自郢向東，至鄂渚而止，何嘗遠至江淮近海者耶！他皆荒謬，毋足論矣。《悲回風》『浮江淮而入海』『望大河之洲渚』，乃敘申徒狄、伍子胥事，猶未可張冠李戴於屈子行迹也。史遷稱《懷沙》爲絶命之作，自是不易，而移置於懷王時作，輕翻二千年以前鐵案，真可謂不自量力者。以《遠遊》『乃繼《悲回風》而作』，謂『屈子幽阨之餘，不勝世溷濁，適得神遊之樂』。案：《遠遊》爲《離騷》西行上遊之續篇，蓋作於懷王之世。若續接《悲回風》之後，則絶不類也。以《卜居》《漁父》『設題敘述，以洩憤懣，非必有是事』者，又以《漁父》作於懷王時，欲翻史遷鐵案。案：《卜居》《漁父》設爲問答，以散體韻文爲之，絶不類屈子他篇，蓋出於屈子門生或熟稔屈子者所作，史遷采入本傳，知其在戰國末、漢初已有傳本矣。而《招魂》《大招》二篇，則從林西仲説，以爲屈子所作，《招魂》爲屈子自招，《大招》爲屈子招懷王之魂。以《九辯》爲弟子宋玉所作，『痛其師忠而放逐，久不得還，因作此篇。……其辭適至九章而止，故名爲「九辯」』云。以《招隱士》爲淮南小山所作，『以招屈原也』。

岡松氏逐篇注解《楚辭》，其書體例，首爲解題，次以四句爲一章，逐字逐句詳解《楚辭》正文。以王注或朱注及林西仲《楚辭燈》爲可取者，則引其説。而後於『考曰』下，申引己説。發明舊注剩義。觀其學術作風，類清世乾嘉君子，在乎字義音韻訓詁，疑於義者質之以聲，疑於聲者求之以義，務必使形音義三者相諧，而必以書證爲依據，是故多發前人所未發也。擇舉其精義數事如下：《離騷》『攝提貞于孟陬兮』，王逸注：『貞，正也。』考曰：『與此相直而無動是爲貞。《説文》：「貞，卜問也。從卜、貝。」貝以爲贄，鄭玄云：「貞，問也。」國有大疑，問於蓍龜。夫問於蓍龜者，求其得與此相直而無動也。是卜之要，而貝所以爲贄貞之義在此矣。與此相直，正也。無動，固也。故貞兼正、固二義，不可單訓正。如「君子貞而不諒」是也。築牆所用兩木，旁曰幹，題曰楨。或作貞，亦取與此相直而無動之義也。太歲在寅，方與寅月相直，無有移動，故曰「攝提貞于孟陬」。』案：岡松氏説『貞』字之義，以『從貝』，『貝以爲贄』云云，雖不知『貝』之字爲古鼎字，非貝贊也。然與築牆『楨幹』之字相繫連，謂本有『正直』『正固』之義。則渙然冰釋矣。又，『紉秋蘭以爲佩』，王逸注：『紉，索也。』案：考曰：『紉，與《内則》「紉箴」之紉同，蓋因刃得義。從糸，言續之令長。《方言》：續「楚謂之紉」是也。』刃，刀刃，許氏云『刀堅』。引申之爲堅固、礙止。故從刃聲之字多有固止義。如止車木謂之軔，中心堅止謂之忍，滿塞謂之牣，言語頓滯謂之訒。以繩縷展而續之使物堅固不釋者則爲紉。紉及訒、牣、忍、軔，皆聲兼義也。又，『朝搴阰之木蘭兮』，王逸注：『阰，山名。』案：考曰：『注家以阰爲山名，與下「洲」字不協，恐不可從。阰，蓋謂兩山之間，與陂同。兩山之間，窊下必成陂陀之勢，故曰陂。成陂陀之勢者必兩兩相比，故又曰阰。』其説是也。又，『恐皇輿之敗績』，王逸注：『績，功也。言我欲諫争者，非難身之被殃咎也，但恐君國傾危以敗先王之功也。』案：考曰：『《左傳》：「若未嘗登車射御，則敗績厭覆是懼。」《檀弓》又云：「魯莊公及宋人戰于乘丘，縣賁父御，卜國爲右，馬驚敗績。公隊，……遂死之。」蓋車御曰敗績，當時自有此語也。』其説是也。明汪瑗注：『敗績，指車之覆敗，以喻國君之傾危也。』戴震亦云：『車覆曰敗績。』則與汪、戴殊途同歸矣。又，『夕餐秋菊之落英』，王逸以『落英』爲墮落之華，至宋世歐陽修、王安石遂有菊英有無墮落之争。案：考曰：『落英，謂零落之英，古文固有如此者，不必以後世王、蘇所論争爲拘。』又云：『先儒伊藤仁齋又云：「男長敦語予：菊單瓣者皆落，其千葉者，自彫枯枝上。屈子落英，蓋詠單瓣者也。予試之信然。不唯菊已，諸花皆然。蓋古時菊唯有單瓣，其千葉富麗者，因後來翫花之盛致之。菊之落英復何疑？諸家蓋不深考古今之異。」仁齋之言，或有可信據也。』菊之單瓣者，余至今未見。然存其説，亦未失爲廣異聞耳。又，『忳鬱邑余侘傺兮』，案考曰：『忳，蓋因屯得義，心鬱屈之貌。』其説是也。又，『女嬃之嬋媛兮』，案考云：『注家以女嬃爲屈原姊，蓋以樊噲夫人呂嬃爲呂后妹，而以嬃爲名，適與女嬃同，因有此説。然未足以爲確證，恐不可從也。竊疑嬃、須同。女嬃猶言女侍。又曰「須女」。《史記・天官》「婺女」，《正義》：「須女，四星，亦婺女，天少府也。」須女，賤妾之稱，婦職之卑者。蓋須，用也。賤妾必有所用，故曰須女。三閭女侍諫三閭，然自三閭言之，故曰「詈予」。且是亦假女嬃發端，未必真有此事也。』女嬃非原姊，是也。以須爲用，須女爲賤女之稱者，雖亦未必是，然未失爲一家説也。須者，胥也，有才智之稱。嬃之詈雖無才智而以才智稱者，猶智叟之無智而以智稱者，蓋寓言也。又，『又何必用夫行媒』，王逸注：『行媒，喻左右之臣也。』案岡松氏申引其義，考云：『行媒，謂往來爲媒者也。』其説是也。又，『和調度以自娱兮』，案考云：『和調度，猶言儀式刑。自和調其心氣以適法度，故曰「和調度」。』岡松氏以『和調度』類之以『儀式刑』句法者，以爲三字同義。是也。又，『邅吾道夫崑崙兮』，案考云：『據《天問》：「崑崙縣圃，其尻何在？」是屈子亦不知崑崙之墟定在何處也。蓋崑崙及下章流沙、赤水、不周并上章白水、閬風、窮石、洧盤，要皆寓言，不必深求。』其説可從。蓋《離騷》下篇皆神話，固不必求其實也。亦不必若聞一多氏以通假求其本字本義也。《天問》『冥昭瞢闇』，案考曰：『注家以「冥昭」爲謂「晝夜」。然下章言「明明闇闇，惟時何爲」，是謂晝夜之分也。果然，在此不宜言「冥昭」。昭，蓋「晦」字之訛。冥晦瞢闇「，謂太古蒙昧之時也。』《湘君》『美要眇兮宜修』，案考曰：『凡醜者，粧飾或反增醜，唯好者不然，方與粧飾相稱，故曰「宜修」。』其説是也。其可備爲一解。又，『崑崙縣圃，其尻安在』。案：尻，岡松氏本校作尻，考曰：『脊骨盡處謂尻。凡山必有託根，猶人之尻，故謂之尻。何在，言不知其託根於何處也。余嘗謂崑，混也。崙，綸也。崑崙，猶渾沌不明瞭之謂也。古未知河源所出，假言出于崑崙，猶言無何有之鄉，未必實有其山。屈子蓋謂此也。』其改『尻』爲『尻』，雖未必是，然釋『崑崙』之名，取義於渾沌者，則得其驪珠也。又，『何所不死，長人何守』。案考曰：『長人，蓋謂長生之人，非謂長狄，言長生之人久在，不知何所守也。』可備爲一解，惟古籍稱長生之人，曰『不死』『長壽』者，而未見曰『長人』也。又，『啓棘賓商，九辯九歌』，案考曰：『賓，蓋「宮」，亦以形似訛也。言啓能陳列宮商，有《九辯》《九歌》之樂。』存之當可備爲一解。《涉江》『入溆浦余儃佪兮』，王逸注：『溆浦，水名。』案考曰：『溆浦，謂水浦，老杜詩「舟人漁子入浦溆」是也。蓋既下舟，更循水濱而行，故曰「入溆浦」。注家以爲地名，恐非是。《廣輿記》：「辰州溆浦縣有溆溪，出鄜渠山。」所謂溆浦縣，或因屈原言得名，非屈原時以爲縣名也。』其說是也。又，『山峻高以蔽日兮』以下四句，考曰：『王逸以爲「幽晦多雨」，言暑熱泥濘。蓋上二句言夏時地氣，下二句言冬月地氣也。』案：甚得其旨。《哀郢》『曾不知夏之爲丘兮，孰兩東門之可蕪』。考曰：『朱子釋「兩東門之可蕪」，以爲懷王二十一年，秦拔郢，而楚徙陳。然余考之《史記·楚世家》及《年表》，秦拔郢，燒夷陵，在襄王二十一年，非懷王時。《白起傳》亦然。朱子偶失記而已。』案：足見其讀書細心之處也。又，『忽若去不信兮』，王逸注：『始從細微，遂見疑也。』蓋以『信』爲相信也。案考曰：『再宿爲信。忽若去郢未及再宿者，今則歷九年，猶未得復。』以『信』爲信宿。蓋勝舊注也。又，『憎慍惀之修美兮』，考曰：『慍與緼同，謂有所緼蓄。惀與綸同，紛綸也。《橘頌》亦有「紛緼」語。蓋謂老成之人，設心深奧，而多憂慮者爲緼慍，以其屬心，遂從心爲慍綸也。言老成深於憂國，善自修而美者，常爲王所憎疾也。』案：其說是也。《遠遊》『羨韓衆之得一』，韓衆，見於《史記·秦始皇本紀》，曰『今若韓衆去不報』，乃秦方士名也。說者據此以爲《遠遊》非屈原所作，乃秦漢以後人所賦。案考曰：『始皇在屈子後百餘年，蓋古有韓衆，秦時方士亦襲此名也。』其說審矣。衆，或作終。夏后氏時有寒浞，春秋時有韓終，蓋承傳之異也。又，『載營魄而登霞兮』，考曰：『霞、假通。如「王假于有廟」之「假」。登假，謂登至于天也。』案：其說是也。《招魂》『秦篝齊縷，鄭綿絡些』。王逸注：『篝，絡。縷，綫也。言爲君魂作衣，乃使秦人織其篝絡，齊人作綵縷，鄭國之工纏而縛之，堅而且好也。』然『篝』字從竹，不得解纏絡也。案考曰：『秦篝齊縷，言爲招魂製衣也。篝，竹器。秦曰篝，齊曰縷。互文也。』其説是也。縷，讀作簍，亦竹器名。篝簍，蓋所以棲魂者也。又，『室家遂宗』，王注：『宗，衆也。』案：不確。考曰：『遂宗，蓋「邃崇」之假借，謂室家深邃而崇高也。』其説是也。《大招》：『四上競氣，極聲變只。』古來解『四上』之義，多非。案考曰：『聲音之變，止于五，所謂宫、商、角、徵、羽也。故曰「五降」之後，不容彈矣。「四上」與正「五降」相反，自羽漸上至於宫，方爲「四上」，故曰「極聲變」，謂極聲音之變也。』其説較舊注通融。

岡松氏考説韻，多取段懋堂《六書音均表》。如不合處，偶陳列己説，然謬誤頗多，其非知音之選矣。《離騷》『皇覽揆余』一章，考云：『此章「名」「均」爲韻。段玉裁以爲均在古韻第十二部，「名」在第十一部，與「均」爲合韻。蓋《詩・定之方中》零與人田淵千韻，《車轔》令與鄰顛韻，《惜誦》「明」與「身」韻，《哀郢》「名」與「天」韻。古固有此例也。』又，『惟黨人』一章考云：『此章「隘」「績」爲韻。段玉裁以爲二字皆古韻第十六部本音。』又，『衆皆競進』一章考云：『此章「索」與「妬」韻。段玉裁以爲二字皆古韻第五部本音。』又，『長太息』一章考云：『此章「替」與「艱」韻，段玉裁以爲二字皆古韻第十二部本音。蓋《詩・召旻》亦替與引、頻韻。古固此例也。』又，『固時俗』一章考云：『此章「錯」與「度」韻，段玉裁以爲，錯度二字皆古韻第五部本音。蓋上文「索」與「妬」韻，《天問》「作」與「度」韻。古固有此例也。』又，『民生各有』一章考云：『此章「懲」與「常」韻，段玉裁以爲，常在古韻第十部；懲本音在第六部，與常爲合韻。』然或見其微有新意者。如，『孰信修而慕之』，慕與占字不協。考云：『慕字不可解。王氏、朱子皆以爲楚國無慕原者。然循語勢推之，覺意義微乘，終不可從。朱子又言，此章以兩「之」字爲韻，段玉裁亦以爲然。竊疑或當作「厭」字，如《論語》「天厭之」之「厭」，庶得辭順義協，且與「占」爲韻。然未敢以爲然，要闕疑而已。』案：可謂審矣。以慕爲厭，測度而已，無文獻依據。蓋存之，則未失爲一家説也。又，『曰勉遠逝而無狐疑兮』一章考云：『此章「宇」與「惡」韻，亦上章「妬」與「索」韻、「度」與「錯」韻、「固」與「惡」韻之例，宇、惡二字，亦古韻第五部也。』又，『百神翳其備降兮』一章考云：『此章「迎」與「故」韻，段玉裁以爲，故在古韻第五部，迎在十部，與「故」爲合韻，讀如魚。』案：迎，讀如御，魚、陽對轉也。又，『曰勉升降以上下兮』一章考云：『此章「同」與「調」韻，段玉裁以爲，同在古韻第五部，調在第三部，讀如裯。』案：同，當作周，字之訛也。周、調古同幽部，與東部之『同』不協韻也。《天問》『閔妃匹合』一章，繼、飽二字出韻。考曰：『今韻飽在巧，而《大雅・楚茨》與首、考韻，《苕之華》與首、罶韻，若收在有韻者。而繼在霽，霽與有，固得相通。至《國風・權輿》飽又與簋韻，隨類求之，固知飽得與繼韻也。』案：考、首、罶、簋皆在幽部，有在之部，霽、繼在脂部。繼、飽古韻不協。其非知音之選。飽，當作飢，字之訛也。飢與繼同在脂部。《懷沙》『刓方以爲圜兮』一章，考曰：『下一節「改」，與上「替」「鄙」韻。』案：非也。替，與上章『俛屈以自抑』之『抑』同協質韻，鄙，與下章『改』同協之韻。岡松氏蓋不曉古韻也。《思美人》『羌芳華自中出』，考曰：『段玉裁以爲，「出」在古韻第一部，而《詩・雨無正》與「瘁」韻，則其與上文「佩」「異」「態」「竢」韻，亦可類推而悟也。』案：出，古在物韻，文之入也。佩、態、竢，古在之韻，異，古在職韻，之之入也。出，與『佩』等字不協韻，蓋來之訛。來，古屬之韻。

岡松氏於《楚辭》文字，多作校勘，其途徑非一。或者擇善而從，《離騷》『謠諑謂余之善淫』，考云：『諸本作「謂余以善淫」。朱子言：「以一作之。」今從之。』類此甚夥，不煩悉舉。或者徑下斷語，《離騷》『夫何煢獨而不予聽』，考云：『朱子疑下句「不」字爲衍。王氏本亦有「不」字。今詳王氏注，王氏爲注時，蓋未有「不」字，至後乃誤衍也，宜刪去。』又，『縱欲而不忍』，考云：『王氏本「欲」下有「殺」字，注以爲「殺夏后相」，然終不免爲誤衍。朱氏本刪之爲是。』又，『阽余身而死節兮』，考云：『死節，王氏本作「危死節」，朱子本作「危死」。皆不可從。今因王氏本，刪一「危」字。』又，《東皇太一》『揚枹兮拊鼓』一章，考云：『此篇措辭尤爲整齊，獨至此覺稍差錯，與前後不相稱。竊疑「拊鼓」下蓋脱「吹竽兮鼓簧」一句也。簧與上下韻諧，蓋通篇用一韻也。』案：岡松氏補『吹竽兮鼓簧』一句，並無版本依據，亦不足爲憑也。《抽思》『豈不至今其庸亡』，案考曰：『諸本「豈」下有「不」字。林西仲以爲費解，删去，最爲有理，今從之。』又，『願蓀美之可光』，案考曰：『光，諸本作「完」，朱子言「一作光」。今又從之。』其説皆是也。光與亡韻。完，出韻也。然未可稱精審，時見誤改、妄改之處。《懷沙》『易初本迪兮』，考曰：『「易初本迪」，疑有誤，或當作「易初變迪」。易初，謂易初之所以爲心。變迪，謂變所迪行之道。』案：易『本』爲『變』，無版本依據。聞一多氏以『本』爲『卞』之訛，通作變。與其説同。皆非是。本，當作『不』，通作『伓』，古『背』字也。本迪，即背迪，謂違背常道也。《惜往日》『思久故之親身兮』，考曰：『親身，蓋割身之訛。』案：王逸注：『言文公思子推親自割其身，恩義尤篤，因爲變服悲而哭之也。』岡松氏蓋因王注『親自割其身』云云而校改也。非也。王本作『親身』，『自割其』云者，增字解經之弊，不足爲據。

岡松氏闡釋《楚辭》義理，或者鈎沉史實，以史證《騷》，以《騷》證史。《離騷》：『冀枝葉之峻茂兮，願竢時乎吾將刈。雖萎絶其亦何傷兮，哀衆芳之蕪穢。』王逸注：『言己所種衆芳草，當刈未刈，蚤有霜雪，枝葉雖蚤萎病絶落，何能傷於我乎，哀惜衆芳摧折，枝葉蕪穢而不成也。以言己循行忠信，冀君任用，而遂斥棄，則使衆賢志士失其所也。』蓋以『萎絶』就己言。朱熹云：『言此衆芳雖病而落，何能傷於我乎？但傷善道不行，如香草之蕪穢。』蓋以『萎絶』就人言。案：岡松氏云：『是言既刈之後，雖萎病而斷絶，吾亦何傷乎？特哀其未及刈而蕪穢而已。蓋懷王初信任屈子，使造爲憲令，屬草藁未定，遽遭讒廢棄。屈子自惜不能竭才，所以有此言也。』則指造憲令未就之事，亦是一家言也。又，『閨中既邃遠兮，哲王又不寤。懷朕情而不發兮，余焉能忍與此終古』。王逸以見帝、求女皆比求賢君，朱子以見帝比求君，求女比求賢臣。自此以後聚訟紛紜，至今未已。案岡松氏則含胡其辭，蓋以爲不必糾纏於此，而極力稱其布局、藝術之精妙，云：『自「朝發軔於蒼梧」以下至此，述欲得明主爲致力之意。而其間有度彼之未必能容我，趦趄而不敢遽進者。有將往有所求，忽思其無好女遂止者。有欲因下女以通慇懃而無能得者。有既通言於女，稍爲左右讒佞所毁沮，吾亦聞女淫遊無禮，厭惡而與絶者。有爲媒之人凶惡輕佻，不告我以實，而他人賄屬，先我娶女者。有欲及女之未過門，要而娶之，然女既與夫家有約，則自知其不可遂止者。蓋無所適而不與我相左。要之，欲正己而有以求乎人，終無能得也。其命意皆無中生有，而慘憺營求之情，層層相繼興，而前後語意，亦尤縝匝。讀之使人咨嗟低回，而無自釋於懷，所以稱千古絶唱，而後世終不能及者，蓋在此矣。』其『正己以求人』者，蓋取之於清董國英《楚辭貫》也。又，『莫好修之害也』，岡松氏云：『言好自脩潔者，往往罹禍害，若變節改行以徇俗，則無有此患，芳草之所以變爲蕭艾者，職此之由，故曰「莫好修之害也」。』案：此節文字，前後不連貫，人多不能解。岡松氏則以『脩飾』之義貫穿之，遂得通其讀也。《湘夫人》『聊逍遥兮容與』，考曰：『蓋懷王時，三閭固因讒搆，一遷於江南矣。已而懷王思其才，欲召而用之，三閭亦聞王召己也，意欲致其忠貞，有以輔王，故篇中曰「聞佳人兮召予」及「築室兮水中」，采衆芳務爲裝飾者，謂此也。於是讒人又起而沮之，王遂意變，而復疎三閭……篇末乃至捐袂遺褋，欲輕裝而從之，蓋知王意實非有惡於我也。此其攀戀思慕，比前篇更加深者，以此也。』案：其説雖無所依據，考之史實，蓋亦庶幾也。《天問》『馮珧利決，封豨是射。何獻蒸肉之膏，而后帝不若』。案考曰：『屈子意蓋以爲羿固篡奪賊臣，然一旦王天下，則其所以祭天，與湯武放伐而後祭天何別？帝乃獨不享羿祭，終降敗滅之禍者，何也？』其通疏文義，亦較注家順暢也。

岡松氏參以三教學術，善於比較、綜合，發微索隱，而求其真奧所在。《遠遊》：『漠虛靜以恬愉兮，澹無爲而自得。聞赤松之清塵兮，願承風乎遺則。』考曰：『漠，心不外馳也。澹，如水之虛而沖融也。皆爲形容之辭。言心漠然定于一，不復外馳，止覺虛豁而淵静，又且恬然愉樂，澹乎如水，非有所作爲，而自然有得乎己。吾固聞古神仙有赤松子，願得以此心從遺則，而承其風也。人之所行，必有塵坌隨之，故曰「塵」。清塵，猶言高躅也。昔者釋氏始有禪定之學，其所以治之方曰「止觀」。通觀於萬有，明其得失是非，斯心自然定止，是爲「止觀」。既而漸成虛澹，衆邪無自而入焉，是爲「禪定」。禪定，猶言静止也。其要載在《楞嚴經》。至唐時，天台智顗述爲摩訶止觀，尤爲詳備。其説與世所傳達磨之禪迥然自別。余少受之文簡先生。先生言三十四五時，嘗一發禪。余問之，曰：「身體柔軟，斯心怡然愉樂，世間紛紜事，無復上心。而居處思恭，發言必慎，如此者三數日而止。自此厥後，無復有斯心。」余學之數十年，時或一發之，真如先生之言。但以余陋質，每發率半日頃而罷，終不能保久也。先生又曰：「釋氏之教，自初禪漸修至第四禪，爲最上乘。」蓋治心之術尤巧者也。若夫聖人有禮樂之教，使人居然至於四禪之地，三代所以無治心之術者，以此也。孟、荀以後，禮樂廢壞，然高材之士、德性出衆者，非必據釋氏之教，而往往有斯心。若屈子蓋是也。觀其神儵忽而不反，與「漠虛静以恬愉，澹無爲而自得」及下文「形穆穆以浸遠」「離人群而遁逸」等語，非真踐此境者，不能爲此言也。但不知其爲禪，以當時獨傳神仙清虛之術，以爲斯心有以協於此，是以其下承以赤松事。無他，以當世所爲傳爲説也。蓋屈子之得於心者，與其所見，自成殊途，要以學術未闡也。』案：岡松氏執釋氏『禪定』之説，以比附老莊『無爲』『虛静』之義，雖不免牽合，然開拓思路，啓發心智，蓋不能一概而斥之曰『荒唐』也。

宋玉《九辯》及淮南小山《招隱士》注釋，則多重於藝術之道。其稱《九辯》『首章至第四章，哀怨慘憯，真爲千古絕唱。

老杜所謂「風流儒雅亦吾師」，蓋謂此也。至第五章，覺神韻頓減，蔣之翹斥其淺俗，固當。第六章比前稍爲蕘蕘。第七章，張鳳翼謂西京、建安所祖。蓋西京以至鄴下及江左名家鮑照、謝朓等諸篇，命意重疊，而語意斬新，頗有與此章相似者。第八章劉翁辰推其一往奔發，神采俱在。及第九章，首節數語，最爲理勝，皆有可觀者。抑《九歌》諸篇，輕鬆而雍容，愈出愈巧。《九章》規模宏豁，步驟自肆。若以此篇比之，蓋隔數層者矣』。案：評騭之語允當，擊中肯綮。然以玉爲屈原弟子，未知出於何書，蓋亦『疑以傳疑，信以傳信』者矣。

岡松氏畢竟爲日本學者，雖深研漢學訓詁，然終未得其堂奧，不可稱精善。其往往望文生義，面壁虛造，比比皆是。雖釋一字一義，則失之豪釐，而繆以千里也。《離騷》『扈江離與辟芷兮』，考曰：『扈，從後也。扈之爲被，蓋取被服自背後之義也。』案：岡松氏以扈被爲扈從之引申者，是也。然謂扈被『取被服自背後』者，非也。扈訓被，猶被被帶也。《文選》唐寫本陸善經注：『扈，帶也。』陸氏以疏證王注『扈被』之訓，謂扈訓被，非被覆，猶佩帶也。至確。《吴都賦》『扈帶鮫函』，扈帶，平列同義，扈，亦帶也。扈江離，謂佩帶江離也。又，『指九天以爲正兮』，考曰：『指天以盟，無他志，猶射之有正，故曰「指九天以爲正」。』案：以正爲射的之正。未免求之過深。九天，是有意志之天，能斷人是非者。王注云：『正，證也。』即驗證之人。是也。又，『後悔遁而有他』，考曰：『悔遁，謂其信用讒言，心悔與我言，遁逸不肯復見我。故下文曰「不難夫別離」，以此也。』案：悔遁，平列同義，猶言改也，遷也。非後悔而遁逸也。《弘明集·答蕭司徒》：『心世有源，不欲終朝悔遁。』又，『余既滋蘭之九畹兮』，考曰：『滋，謂使其滋蔓也。』案：非也。王逸注：『滋，蒔也。』滋，『蒔』字之借，王注以本字釋借字。《説文·艸部》：『蒔，更別種。从艸，時聲。』段注：『今江蘇人移秧插田中曰蒔秧。』滋蘭，即蒔蘭也。蒔之從時聲，時爲更替、更別之義。《莊子徐·無鬼篇》：『堇也，桔梗也，雞廱也，豕零也，是時爲帝者也。」《淮南子·説林訓》：『譬若旱歲之土龍，疾疫之芻狗，是時爲帝者也。』《齊俗訓》：『見雨則裘不用，升堂則蓑不御，此代爲帝者也。』三例句法結構相同，以類證之，時，猶代也。故蒔字解『更別種』也。又，『固前聖之所厚』，考云：『「前聖之所厚」，猶言前聖之所重。厚字，特取諧韻耳。』案王逸注：『言士有伏清白之志以死忠直之節者，固乃前世聖王之所厚哀也。』以『厚』爲『厚哀』，今人多不以爲然，岡松氏爲此説，蓋亦因王注『厚哀』云者也。其實不然。哀猶愛也。非副詞。厚哀，平列復語，亦愛也。又，『長余佩之陸離』，考云：『陸、坴同。《説文》：「坴，土塊坴坴也。」段玉裁以爲「坴坴，大塊之貌」。是知陸離猶言坴坴然、離離然，謂玉佩。』案：陸離，連語，不當拆分爲二字。王逸訓『猶參差衆貌』，固未必當。王念孫《讀書雜志餘編》下：『念孫案：陸離有二義：一爲參差貌；一爲長貌。下文云「紛總總其離合兮，斑陸離其上下。」司馬相如《大人賦》云「攢羅列聚，叢以蘢茸兮；衍曼流爛，痑以陸離」。皆參差之貌也。此云「高余冠之岌岌兮，長余佩之陸離」。岌岌爲高貌，則陸離爲長貌，非謂參差也。《九章》云：「帶長鋏之陸離兮，冠切雲之崔嵬。」義與此同。』其説是也。又，『女嬃之嬋媛兮』，考云：『嬋，蓋因單得義，謂單弱。媛、援同，謂求媚于人，故嬋媛，猶言柔順。』案：嬋媛，連語，與低回、儃佪等爲聲之轉，猶回曲貌。王注訓『牽引』，亦回曲之鄰。其誤同訓『陸離』者也。又，『相觀民之計極』，考云：『相，察也。觀，示也。謂察所以觀示于民。』案：相觀，平列復語，二字同義，謂視也。不當分析爲二義。下文『覽相觀於四極兮』，三字連用。又，『溘埃風余上征』，考云：『埃，疑「培」之訛。培，陪同。《大雅》「無陪無卿」，《釋文》：「陪，本又作培。」是也。陪與背通。溘培風上征，謂忽然背風冲上也。』案：其説繳繞。埃，通作唉。唉，應答也，引申爲應承也。唉風，猶承風也。又，『吾令帝閽開關兮，倚閶闔而望予』。考云：『將入謁帝，復且倚天門，躊躇顧望，未敢遽進也。《詩·衛風》「跂予望之」，《湘夫人》「目眇眇兮愁予」。顧予，語勢正與此同。非人之望予，予自回頭顧望也。』案：以『望予』爲予自望，而非人望予者，謬也。《詩經》《楚辭》斷無此類句法。又，『朝濯髮乎洧盤』，考云：『洧，水名。洧水上有大石盤陀，故曰洧盤。』案：其説無據。王注云：『洧盤，水名也。』是也。然非出於崦嵫山。洧者有也，詞頭。盤，水名，九河之一，曰鈎盤也，又稱檠河。又，『索藑茅以筳篿兮』，考云：『筳、挺通。挺，拔也。篿，《説文》：「圜竹器也。」段玉裁以爲篿與團音同。蓋折茅代蓍，茅幹形圜，故曰挺篿。猶言使茅幹之團團者挺拔也。』案：筳，猶擲也。篿，竹簽。筳篿，折（擲）竹卜也，其與『茅幹』何涉耶！又，『曰勉遠逝而無狐疑兮』，考云：『曰字，蓋因上文誤衍也。』案：曰，非衍文也。靈氛占卜之繇辭所以用二『曰』者，以用二物故也。上文『曰』，蓋藑茅繇辭也。此『曰』，即挺篿繇辭也。又，『衆薆然而蔽之』，考云：『薆，蓋因愛得義，衆與聚掩蔽之貌。』案：薆之爲言隱也，愛、隱，亦聲之轉也，或作依、殷等，非因於愛也。草隱曰薆，竹隱曰𥳒，日不明曰曖，雲隱曰靉，皆其分別文也。《山鬼》『子慕予兮善窈窕』，考曰：『窈窕，喻善行。言山鬼喜我有善行，欲與我結歡。』案：王逸注：『窈窕，好貌。《詩》曰：「窈窕淑女。」言山鬼之貌既以姱麗，亦復慕我有善行好姿，是以故來見其容也。』蓋因王注爲説。非也。窈窕，形容山鬼美貌，非喻詞也。《天問》『而顧菟在腹』，考曰：『顧，反也。顧兔在腹，猶言兔反在腹。』案：顧，反顧也。引申爲回反，然無『反而』之意。《涉江》『與前世而皆然兮』，考曰：『與，猶謂。與前世而皆然，謂前世而皆然也。』案：非是。與，猶皆也。與世，謂舉世也。與，亦通舉。《抽思》『望北山而流涕兮』，考曰：『北望郢中山流涕。』以爲屈原其時『遠在江南絶異之鄉』。案：非是。北，當丘字之訛。丘山、流水相對，皆泛稱。《抽思》作於見疏而遷居漢北之時，亦不在江南也。《懷沙》『羌不知余之所臧』，考曰：『臧、藏同。謂不知吾心之所藏蓄也。』案：非是。臧，善也。王逸注：『莫照我之善意也。』照，知也。言莫知我之善也。自是不刊之説。《橘頌》『后皇嘉樹』，考曰：『竊疑皇字訛也，據語勢，當作「后愛嘉樹」。或作「喜」亦可。要之不過爲訛謬也。是言楚王愛嘉樹，故橘懷楚王德徠服也。』案：妄改本文，無以復加也。王逸注：『后，后土也。皇，皇天也。言皇天后土生美橘樹，異於衆木，來服習南土，便其性也。屈原自喻才德如橘樹，亦異於衆也。』當是不刊之説，其橘徠服習於南土者，與楚王何預耶！又，『横而不流兮』，考曰：『橘枝葉盤鬱，横于四面，然不至成蔓延，故曰「横而不流」。是亦稱其有守也。』案：若痴人解夢。此稱『少年』之人，非狀橘也。王逸注：『言屈原自知爲讒佞所害，心中覺寤，然不可變節，猶行忠直，横立自持，不隨俗人也。』當是不易之説。《悲回風》『夫何彭咸之造思兮』，考曰：『彭咸初創思造法，故曰「造思」。』案：其説大謬。造、遭，古書通用。《書・大誥》『弗造哲』，《漢書・翟方進傳》『未遭其明悊』。《書・呂刑》『兩造具備』，《史記・周本紀》引同，《集解》引徐廣曰：『造一作遭。』思，憂也，愁也。造思，謂遭逢憂患也。又，『居戚戚而不解』，考曰：『居處戚戚，不能自解釋。』案：以居爲處。非也。王逸注：『思念憔悴，相連接也。』以居爲思念，當作尻，古處字。處，憂也。處戚戚、愁鬱鬱，亦相對爲文。《遠遊》『意恣睢以担矯』，考曰：『担，居傑反，與揭通。矯歟撟通。皆舉也。』案：担、揭古不通用。担，揭之形訛。《文選・射雉賦》『眄箱籠以揭驕』，徐爰注：『揭驕，志意肆也。《楚辭》「揭驕字作拮矯」。』李善注：『《楚辭》曰「意恣睢以拮矯。」』則徐爰、李善所據本作『拮矯』。皆通用字。王逸注：『縱心肆志，所願高也。』其舊本亦作『揭矯』。《招魂》『有粻餭些』，考曰：『粻餭，注家以爲餳。蓋粻，脹也。餭，皇也。餹性粘，可令膨脹而至于皇大，故曰「粻餭」。』案：非是。粻餭，連語也，不得拆爲二義。其合音爲『餹』，猶『扶搖』之爲『飆』也。類此疏誤，蓋不勝其舉也。

《楚辭考》於日本明治四十三年由日本國東洋印同刷株式會社排版印行，門生關口隆正、大塚勝二郎校字。大阪大學圖書館所藏者，原爲碩園先生『楚辭百種』舊物也。（黄靈庚、石川三佐男）

# 楚辭纂説

《楚辭纂説》者，日本國西村時彦之所作也。西村時彦有《楚辭考異稿》已著録。其顔曰『纂説』者，自漢司馬遷《史記》以下，舉凡涉及屈原與《楚辭》相關文獻皆輯録之，編次雖不甚嚴整，大致以類相屬。凡四卷，卷一輯録屈原事迹文獻，以見屈原遺迹流傳之概況。卷二輯録歷代吊祭、吟詠及評騭屈原辭賦等文獻，蓋所以記述歷代評價屈原及《楚辭》之異同也。卷三輯録歷代讀《楚辭》筆記，以補歷代注釋《楚辭》專書所未及也。卷四輯録論述歷代楚辭賦體之文獻，以志『楚辭』及漢賦文體演變軌迹。

《纂説》取材豐贍，其所徵引典籍，見於經、史、子、集四部者色色有之，無慮百餘種之多。蓋日間讀書，凡涉於屈原與《楚辭》者一一筆録之，大小不捐，長者竟至萬言，而短者僅數字，足見其用力之勤矣。故是編爲《楚辭》注本之附録，或可稱之曰『楚辭外編』，供學人檢索、查考相關資料之方便，其功至鉅矣。如，卷一首録司馬遷《屈原列傳》、漢劉向《節士篇》、劉歆《西京雜記》、班固《古今人表》以下，歷六朝、隋、唐、宋，至清《湘陰縣圖志》中《重立楚三閭大夫墓碑記》等，計四十六題，其中清蔡仲光《書屈原傳後》（出《謙齊遺集》）、清嚴如熤《論屈原》、清向曾賢《屈原論》、明羅奎《三閭行祠碑記》、清黄本驥《屈賈像説》、清鄒漢勳《屈子生卒年月考》、清周韞祥《屈子疑冢辨》《湘陰縣》《汨水》《三閭祠》《屈原宅》《漢屈原廟碑》《唐屈原墓碑》、唐蔣防《汨羅廟碑記》、後梁《楚三閭大夫昭靈侯廟記》《明重修汨羅廟記》《明三閭行祠記》《明重修汨羅廟碑記》《三閭墓田蠲税記》《重修汨羅三閭大夫祠記》《獨醒亭記》《騷壇記》《重立楚三閭大夫墓碑記》《屈田》等，或出文集，或出筆札、或出地志，均不易蒐集。凡屈原行迹相關傳説文獻，皆已羅觳其中矣。蓋務在求其詳悉，即平庸之辭亦見必録之。若於《書屈原傳後》末按云：『平反之言，無所發明，偶翻閲一過，鈔以消閒耳。』於此亦可知之矣。卷二内容頗龐雜，首輯録自漢賈誼以後至清代『吊屈』之作凡二十一題，取其辭之似《騷》者。又輯録兩《漢書》凡涉及《楚辭》文獻資料，其中《藝文志》『賦類』書目、《禮樂志》《地理志》《淮南王安傳》《朱買臣傳》《揚雄傳》及《後漢明德馬皇后傳》《應奉傳》《梁竦傳》《孔融傳》、班固《與驃騎將軍王蒼書》等，次輯録班固《離騷序》《離騷贊序》、張衡《四愁詩序》、魏文帝《典論》、陸雲《與兄平原書》、摯太常《文章流別論》、劉勰《文心雕龍》涉於《楚辭》章節，昭明《文選序》，歷唐、宋以下至清王泉之《楚國無詩辨》，凡七十一題，蓋類纂論述《楚辭》文體者也。卷三鈔録宋元以下筆記凡涉於《楚辭》者，始自朱子《語類》、沈括《夢溪筆談》至清顧亭林《日知録》、何焯《義門讀書記》、王念孫《讀書雜志》、孫詒讓《札迻》等，凡二十三家，多爲條目札記，於文字校勘、詞義訓釋見於王逸、洪興祖、朱子之外，且考證詳明，

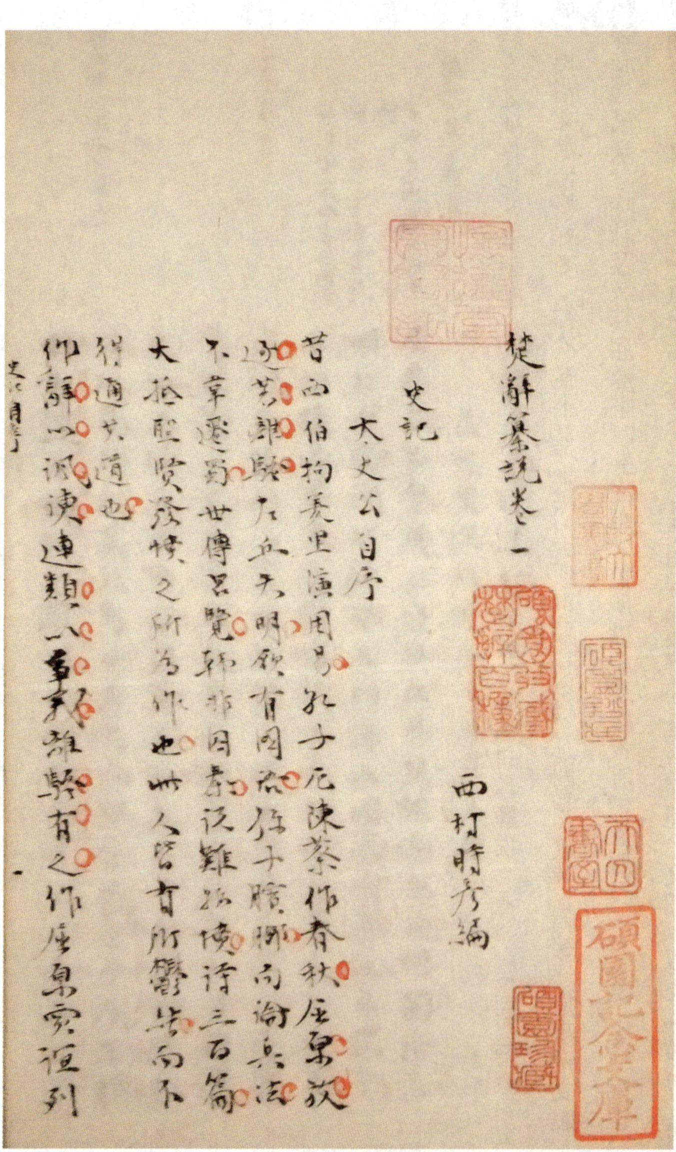
楚辭纂説卷一

西村時彦編

史記

太史公自序

昔西伯拘羑里演周易孔子戹陳蔡作春秋屈原放逐著離騷左丘失明厥有國語孫子臏脚而論兵法不韋遷蜀世傳呂覽韓非囚秦説難孤憤詩三百篇大抵聖賢發憤之所為作也此人皆意有所鬱結不得通其道也

作辭以諷諫連類以爭義離騷有之作屈原賈生列

發明餘藴，蓋治《騷》之淵藪，雅爲學人所重矣。而西村氏於此卷無一『按語』，蓋以所録者皆爲確論，毋庸辨證矣。卷四輯録所以辨文體者，首鈔録元祝堯《古賦辨體》中『楚辭體』七篇，『兩漢體』上下二篇，『三國六朝體』一篇，『唐體』一篇，『宋體』一篇。次鈔明張溥《漢魏六朝百三名家集》中《漢賈誼長沙集題詞》《劉向中壘集題詞》《王叔師集題詞》三篇。次鈔明徐師曾《文體明辨》中《楚辭》《賦》二篇。次鈔清費經虞《雅倫》中《楚辭格式》《離騷》《天問》《抽思》《九歌》《招魂》六題。次鈔張惠言《七十家賦鈔》中《序言》《離騷》十六條、《九歌》十五條、《惜誦》一條、《哀郢》二條，《抽思》一條、《懷沙》一條、《思美人》一條、《惜往日》一條，《橘頌》一條，《悲回風》一條，《遠遊》一條，《九辯》一條，《招魂》一條，《大招》一條。次鈔姚鼐《古文辭類纂》中《序目》及《離騷》《九章》二篇，次鈔梅伯言《古文詞略》中《離騷》，次鈔曾滌生《雜鈔》中《離騷》《惜誦》《哀郢》《思美人》《惜往日》《遠遊》五篇，凡二十二條。次鈔吴至父《古文辭類纂評點》中《離騷》二十五條、《九章》四十三條、《遠遊》三條。皆類讀書札記者也。此卷時見精辟考據條目。若吴至父《古文辭類纂評點》『姱節』條云：『朱駿聲云：「當作姱飾，方合古韻。」』案：其説是也。《離騷》『紛獨有此姱節』與『判獨離而不服』協韻。若作『節』，質部；而『服』，職部。古韻不協。飾，古亦職部。

西村氏非唯彙輯、類編資料而已，或校其異文，彙列諸家，考訂是非。或於篇之末詳引諸説，續補餘義，復加『按語』，論列古今異同，直陳己見，内容極爲豐富、龐雜。如，西村氏全録《屈原列傳》，批語計二十六條，多層面表達其學術見解。『博聞彊志』句云：『彊志，《古史》作「彊識」。』『王怒而疏屈原』句及下文『屈平既疏』句云：『《古史》無「屈」字。』案：蓋蘇轍《古史》所見《史記》與西村氏所引者別，故校列異文。又，『其志潔其行廉』句云：『張廉卿：「廉猶《論語》『古之矜也廉』之廉，故曰『其行廉』，故『死而不容自疏』。非謂『廉潔』之廉也。」』案：《論語》邢昺疏：

『廉者，謂有廉隅自檢束也。』此所以補《史記》三家注所闕也。又，『一篇之中而三致意焉』句引《古史》云：『太史公言《離騷》之作自懷王之世，屈原始見疏而作矣。今案《離騷》之文斥刺子蘭，宜在懷王末年，頃襄王出，故正之於此。』案：此所以定《史記》『見疏』而作《離騷》之年也。又，『卒使上官大夫短屈原於頃襄王』句云：『案《離騷序》云「上官靳尚」者，其仍《新序·節士》之誤。考《楚策》靳尚爲張儀所殺在懷王世，而此言上官爲子蘭所使，當頃襄王時，必別一人。故《漢書人表》列上官五等，靳尚七等。』案：此所以辨史載人物，以爲上官、靳尚當爲二人。又，末後西村列『四按』語，云：『太史公自序曰：「昔西伯拘於羑里演《周易》，孔子厄陳蔡作《春秋》，屈原放逐著《離騷》，左丘失明厥有《國語》，孫子臏脚而論兵法。此人皆意有所鬱不得通其道也。」是皆司馬遷之所以自方，而以屈原竝列于大聖大賢，其信且尊之，可謂極矣。』又云：『屈原名平，原其字。而《卜居》《漁父》又竝自稱「屈原」，是以或疑「原」爲名，「平」爲字。然古人自稱字，其例甚多。梁玉繩《瞥記》卷七《雜事》引《日知録》卷二十三，歷舉十餘條，又補數條之。今俗以署名爲敬，以稱字爲簡。蓋不足語于斯。則《卜居》《漁父》屈平自稱其字，不足怪焉已。』又引《日知録》云：『《屈原傳》：「雖放流，睠顧楚國，繫心懷王，不忘欲反。卒以此見懷王之不悟也。」似屈原放流於懷王之時。又云：「令尹子蘭聞之大怒，卒使上官大夫短屈原于頃襄王，頃襄怒而遷之。」則實在頃襄之時矣。「放流」一節，當在此文之下，太史公信筆書之，失其次序爾。』又引《日知録》『《通鑑》不載文人』云：『李因篤語予：「《通鑑》不載文人，如屈原之爲人，太史公贊之，謂『與日月争光』，而不得書於《通鑑》。杜子美若非『出師未捷』一詩爲王叔文所吟，則姓名亦不登於簡牘矣。」予答之曰：「此書本以資治，何暇録及文人？昔唐丁居晦爲翰林學士，文宗於麟德殿召對，因面授御史中丞。翼日制下，帝謂宰臣曰：「居晦作得此官，朕曾以時諺，謂杜甫李白輩爲四絶，問居晦，居晦曰：此非君上要知之事。嘗以此記得居晦，今所以擢爲中丞。」如君之言，其識見殆出文宗下矣。』案：首論史遷所以尊屈原者，緣乎藉贊原以表襮己之寃也。次辨所以自稱『屈原』者，合古之通例。次以《史記》敘事或亂次序，當須辨之。次辨《通鑑》不載屈原事迹，以其無暇顧及文人矣，此條蓋緣三澤玲尔而發，三澤氏以《通鑑》不載屈原故，因而否定屈原存在。可知三澤輩識見亦在文宗下也。四條均涉屈原及《史記》重大問題，而西村氏皆辨析之，斷以是非，亦甚有心解也。又，見西村氏於温公《答張尉耒書》之末按云：『司馬温公誠希世儒相也，然其言往往有不飽公論者。其疑孟子，稱揚雄爲大儒，孟、荀不及。賈生學爲不能正，曰「材高而道不正」者，君子惡之。罵柳宗元爲邪佞之人，而《通鑑》不載屈子之事，蓋薄之以辭人，非公論也。』則於司馬温公亦頗有微意，其識又在顧亭林之上矣。

西村氏輯録唐沈亞之《屈原外傳》全文，末後按云：『《四庫提要·别集類》三：「《沈下賢集》十二卷，唐沈亞之撰。下賢，亞之字也，本長安人。杜牧《李商隱集》均有《擬沈下賢詩》，則亞之固以詩名世。而此集所載，乃止十有八篇，其文則務爲險峻，在孫樵、劉蜕之間。觀其《答學文僧請益書》，謂『陶器速售而易敗，鍛金難售而經久』。《送韓静略序》亟述韓愈之言，蓋亦戛然自異者也。其中如《秦夢記》《異夢録》《湘中怨解》，大抵諱其本事，託之寓言，如唐人《后土夫人傳》之類。劉克莊《後村詩話》詆『其名檢掃地』。王士禎《池北偶談》亦謂『弄玉邪鳳』等事，大抵近小説家言。考《秦夢記》《異夢録》二篇，見《太平廣記》二百八十二卷，《湘中怨解》一篇，見《太平廣記》二百九十八卷，均注曰：『出《異聞集》。』不云出亞之本集。然則或亞之偶然戲筆，爲小説家所採。後來編亞之集者，又從小説摭入之，非原本所舊有歟」云云。《屈原外傳》亦是小説，而《提要》不説及，爲集中所無。《狩野子區》亦云：「嘗檢《下賢集》，無此文。」則出小説類可知也。此文明人蔣之翹《七十二家評楚辭》之卷首，其後明清諸家注本及至清蔣驥，與《史記》本傳竝置諸卷首，可謂不倫矣。』

案：引館臣《提要》，以辨《屈原外傳》類『小説家』言，非其本事，乃後所杜撰者。其説是也。明清注家置此篇於卷首，其謬固不待辨也。惟觀亞之《湘中怨解》，雖亦類小説，然躔綿哀怨，屬詞清麗，蓋深得《楚辭》骨髓矣。故亞之作此《外傳》，亦有以致之矣。西村氏又於歐陽修《秦祀巫咸神文》之末按云：『別本「熊良夫」上有「熊疑」，其間文字頗有異同。「屢本攻伐」則下斷曰：「秦所詛所者，是懷王也。」但《史記》以爲「熊槐」者，失之。余謂槐、相二字相近，蓋轉寫之誤。當從《詛文》石刻以「相」爲正。』案：據石刻《詛楚文》以校正傳本《史記》之訛者，猶静安先生所謂『二重證據』法也。西村氏亦嫻習於此道歟？

西村氏褒貶是非，嚴謹不苟。甚器重賈誼《吊屈》文獻價值，云：『屈原之姓字事迹與其所作之文，先秦古書則不一及，屈子死後見于記載者，以此篇爲始，微此篇則雖有《卜居》《漁父》記其姓字，而後人或以爲假託，馬史亦恐不能徵信也。則賈生誠爲屈子知己，此篇爲《騷》學功臣第一。王逸裒集《楚辭》，不知何以不收此篇？至宋晁無咎《重定楚辭》，所以爲《續》，祖《騷》，朱子斥之是也。』又云：『《史記》《漢書》本傳均載此文以爲「賦」，《文選》則作《吊屈原文》，蓋本集如此云。』案：日本學人若三澤玲尔、岡村繁、鈴木修次等拾吾國廖季平、何天行、胡適之、衛聚賢輩之餘唾，主張『屈原傳説』，否定屈原其人其事之存在，以爲《離騷》非原所作，乃西漢淮南王安之作也。西村氏據此篇而以賈生『爲《騷》學功臣第一』，甚有眼光。蓋賈生親歷汨淵，其時距屈子投水僅八十年左右，或遇嘗見屈子赴水事者，故其史料價值尤爲真實可信也。西村氏頗重晉淵明氣節，録其《屈賈詩》，末按云：『淵明又有《感士不遇賦》，其序云：「故夷皓有安歸之歎，三閭發已矣之哀。悲夫！寓形百年，而瞬息已盡，立行之難，而一城莫賞。此古人所以染翰慷慨屢伸而不能已者也。」其嚮慕屈子可謂殷矣，今謹録于此，以爲尚友之資云。』案：以此見西村氏所以耿耿於屈子者，蓋亦『以爲尚友之資云』已。又於唐柳宗元《吊屈原文》末按云：『《古賦辨體》引晁氏曰：「宗元得罪，與昔人離讒去國者異，其吊屈原，殆困而知悔者，其辭慙矣。」愚謂此篇亦用賦體，而雜出於風興之義，其吊屈之心亦頗得之。晦翁嘗稱柳於《楚辭》逼真，必非苟言者。』案：其與晁氏相反，若有一善可稱，則必稱焉，蓋不因人而盡廢之矣。又，揚雄《反離騷》雖見録於此，然於末評騭其人至爲不屑，愛憎分明，取舍至嚴。云：『雄不死漢室，甘爲莽大夫。此文毋乃豫作。以爲北宋司馬文正以宋代大賢，尚心醉揚雄之學，《通鑑》亦不載屈子之事。予所不解也。方望溪醇儒，亦以爲《吊屈》之文無若《反騷》之之工者，其隱痛幽憤，微獨東方、劉、王不及也，視賈、嚴猶若過焉。而以爲文之意則悖矣。其文誠工矣，然至引孔子以攻湘淵，則其誤後世亦甚矣。近儒吴至甫則極筆回護《劇秦美新》，又注此篇「仲尼去魯」云：「屈氏見於春秋之初，其爲楚同姓遠矣。其死由於耿介。説者輒以同姓解之，豈知屈子者？子雲稱仲尼，不足與論屈爲楚得姓者道也。同姓豈可以親疏而厚薄事君之心哉？此論尤有害世教矣。嗚呼，風氣之衰，使儒生有此言。』案：西村氏知忠義之方，見其學之純正矣。反觀吾國之儒每以怪論詭言貽誤世教，誠不若海東鄙遠之人，不亦有愧乎耶。

西村氏於《騷》學若有所發明，雖一言亦必取之。如卷四最末一條鈔自《艮齋南柯餘編》下，云：『大谷士由，仙臺人。性質直，澹於名利，遊寓四方，不肯婚宦。平居以書籍爲性命，所讀必鈔出，蠅頭細字，凡數十行，紙幅不能容。積年所鈔，不知溢幾簣，五指爲之胝。故雖未嘗學於大都，而博涉群書，奇籍鱗典，靡不淹綜，年踰五十猶矻矻不止。所著《花徑樵話》三百卷。其中有一條云：「《楚辭》無梅，是詞客之常談。然《楚辭》實有梅，後人蓋未深考耳。《離騷》云『朝飲木蘭之墜露』，木蘭即梅也。何以言之？《文選·蜀都賦》：『其樹則有木蘭。』注云：『劉曰：「木蘭，大樹也。葉似長生，冬夏榮，常以冬華。其實如小柹，南方以爲梅。」』《史記·司馬相如傳·子虛賦》：『其木則桂椒木蘭。』《正義》曰：『《廣雅》云：「木蘭似桂，皮辛可食。其實如小柿，辛美，南人以爲梅也。」』」據此，則木蘭爲梅，確有明證矣。伊勢貞丈《隨筆》云：「染色有梅谷澁，斫紅梅之根，煎之取其汁，和以明礬少許，其色赤黄，狩衣直垂之色，木蘭地著是也。木蘭乃梅花之異稱，以梅木而香似蘭，故稱木蘭，亦可證梅之爲木蘭也。」此説大奇，千古文人所未發。』案：此條又見《屈原賦説》上卷《風騷》之末，西村氏云：『古今東西，多名同而實異、名異而實同者，不獨草木鳥獸。愚不通草木學，未知斯説當否？但梅樹皮不可食，其實酸美，非辛美，恐木蘭非梅也。姑書以待後考焉。』見其實事求是，不務好奇。以王逸『木蘭去皮不死』考之，則非梅也。然存之不廢其廣異聞、博異説之義也。

西村氏於《楚辭》歷代闕注問題多所涉及，鑒察頗精。以《史記·屈原列傳》『《國風》好色而不淫』至『雖與日月争光可也』一段爲淮南王劉安《離騷傳》佚文，云：『《楚辭》至漢大行者，雖因屈子之忠與其詞藻之美者，然亦高祖、武帝並樂楚聲、作楚辭之所致也。武帝朝淮南王安爲《離騷傳》，是爲《騷》學之祖。其書今亡而不傳。班孟堅序所引淮南王語與《史記》本傳中之文合。洪氏補注《楚辭》第一卷下引之云：「豈太史公取其語以作傳乎。淮南王、太史公二人尊重屈賦之意，而其所以盛行後世，與日月争光者，此語啓之也，可不尚哉？洪氏所引不過數句，故予今自本傳中鈔出，以徵《騷》學之淵源焉。』案：此説啓自洪氏《補注》，然洪氏節引數句。章太炎氏亦以『《國風》好色而不淫』至『雖與日月争光可也』一段，出自爲淮南王劉安《離騷傳》，蓋與西村氏同時，可謂不謀而合，異地而同聲也。西村氏於宋黄伯思《新校楚辭》評騭甚高，見識非凡，稱伯思爲『智者』。案黄氏《新校楚辭》已佚而不傳，惟存《新校楚辭序》一篇，西村氏據此乃云：『今讀此序，知伯思邃于《騷》，視諸晁氏勝萬萬矣。蓋取太史公《屈原傳》、班固序，以爲《楚辭》羽翼，似昉於伯思，而楊萬里《天問天對解》比附貫綴，亦實襲伯思，故智者也。』至於《楚辭》與《山海經》關係，西村氏於朱子《題屈原天問後》云：

『嘗疑《山海經》與此書相出入處，皆是並緣此書而作。今説者反謂此書爲出於彼，而引彼爲説。誤矣。若《淮南子》則明是此書之訓傳亡疑，然亦未必有所傳同，只是傅會説合耳。』案洪氏《補注》以爲逸未見《山海經》，故逸注但引《淮南》，蓋《山海經》一書其時未有，屈原豈得見之？其出於《天問》之後誠無疑也。《漢志》載有《山海經》，而入於術數形法之屬，與今所傳者是否一書，蓋終不可斷也。西村氏於明徐師曾《文體明辨》中辨『楚辭』與『賦』，謂《楚辭》者有『兮』字，又謂荀子賦在屈子前，乃駁之云：『徐師曾《文體明辨》剿襲吴訥《文章辨體》，識者無取焉。然予書架單薄，不藏吴書，此間藏書家亦無藏本，因姑採徐書。其言大概皆前人唾餘，無所爲。明人益以「兮」字爲讀，不獨楚聲。《詩》三百篇中，《國風》尤多「兮」字，以荀賦在屈《騷》前者，前志皆然。以予觀之，屈在荀前，否則同時而作，無所因襲也。荀賦是比體，今言於「六義不啻天壤」者，尤誤矣。徐書盛行我邦，有翻刻，有鈔本，其誤人不尠。予他日有間，當作一篇辨其謬。』案：其駁擊中肯綮，且見取材謹嚴不苟矣。

然此書編次未可稱完善。若卷一引《風俗通》『風廉』條：『《楚辭》説「後飛廉使奔屬」，飛廉，風伯也。』案：此條存漢世《楚辭》遺義，宜入卷三『筆記類』，若第二卷前者爲『吊屈』之文，後者爲《楚辭》書目著録，合作一編，實屬不倫。故擬分爲二卷可也。卷四中梅伯言《古文詞略》中《離騷》，次鈔曾滌生《雜鈔》中《離騷》《惜誦》《哀郢》《思美人》《惜往日》《遠遊》五篇，凡二十二條。吴至父《古文辭類纂評點》中《離騷》二十五條、《九章》四十三條、《遠遊》三條。皆類讀書札記，則宜歸諸卷三之中，蓋編排未當也。或見前後重複，而未删盡者。如，卷二蘇轍《屈原列傳論贊》之末云：『《古史·屈原傳》「一篇之中三至意焉」下注云：「太史公言《離騷》之作自懷王之世，屈原始見疏而作矣。今案《離騷》之文斥刺子蘭，宜在懷王末年，頃襄王出，故正之於此。」』案：此引文已見史遷《屈原列傳》，蓋未嘗詳加審覈之也。

又，西村節録班氏《人表》與『屈原』相關人物表，『按』下全引楊用修《古今人表論》云：『班史《古今人表》，予反覆論之，其謬有四：一曰識見之謬，二曰荒略之謬，三曰名義之謬，四曰妄作之謬。夫傳道者曾子，乃列於冉、閔、仲弓之下，蓋不知曾子不與四科之故也。首霸者齊桓，乃居於四公之次，蓋不知五霸莫盛於桓文之説也。魯隱列於下下，而葛伯及於上中，若以讓桓爲行善而未盡，彼廢祀仇餉者，惡未極乎？嫪毐列於中下，而於陵仲子與之同等，若以好名者，誠非中道。彼淫穢叛逆者，尚可齒乎？此其識見之謬也。夔，后夔也。居夔於上下，出后夔於下上。韋，豕韋也。寘韋於下上，列豕韋於上下，是以一人而二之。郵無卹與王良並著，范武子與士會俱垂。是名謚而離之。此其荒略之謬也。兹二謬者，古人嘗論之。見於張晏、羅泌之書，然猶就其成籍而謫之耳。若其名義妄作之謬，則未有及之者也。予以爲固作《漢書》，紀漢事也。鴻荒以來，非漢家之宇，上古群佐，非劉氏之臣。乃總古今以著《人表》，既已乖其名，復自亂其體。名義謬矣。有仲尼之聖，然後可以裁定前人，憲章後世，然而六經之述，必待晚年。固何人也，而高下古今之人乎？依阿人螭，自取大憲，使其自署，當在何等？身陷於重淵之下，而抗論於逵霄之上，誰其信哉？昔荀卿論十二子，一時人耳。識者猶或非之，固又豈卿儔乎？謂之妄作可也。大謬若此，而古人之論曾不及之。豈以爲不足論乎？班史文詞，世所深好，蓋有愛忘其醜者矣。注家之説曰：六家之論，輕重不同，百行所同，趣舍難一，班史所論，未易掎摭。陋哉，顔氏誠班氏之佞臣乎？』西村氏蓋以《人表》屈原、漁父、子思、孟子、孫卿同置於上中『仁人』之列，雖無不可。然『孟堅《離騷解序》以屈原爲非「明智」。而今此《表》列之於「仁人」，以錯乎「智人」之上。以謂《人表》不謬，則序或依託也。今姑採録于此』。且下詳梁玉繩《人表考》，蓋作爲參考云。案：以班氏《人表》有四謬者，升庵固已論之，已無餘蘊，自當别論。然《人表》與《離騷》未一致，見班氏論屈原自相矛盾處，不可因己所好，以《人表》爲是，而斷《序》爲依託也。且反觀班氏貶斥原『露才揚己』『顯暴君過』，未嘗以『仁』『智』論之，則序爲其所持之説，而《人表》爲依託矣。

西村氏論述亦有未密處。如《隋志》『楚有賢臣屈原被讒放逐，乃著《離騷》八篇』云云，乃曰：『按《漢志》稱二十五篇，《隋志》則云「乃著《離騷》八篇」。所謂「八篇」，豈指《離騷》《九歌》《天問》《九章》《遠遊》《卜居》《漁父》《招魂》歟？《九歌》以下皆有篇名，而《隋志》總稱《離騷》，雖是王逸以《離騷》爲「經」，餘篇爲「傳」。昭明以《離騷》以下諸篇爲《騷》之遺意，而亦實總稱《楚辭》曰《騷》。』案：據《楚辭釋文目録》，『《離騷》八篇』之説涣然可解。漢人尊《離騷》爲『經』，居於篇首，故六朝以後凡屈原《離騷》以外之作，皆以『離騷』稱之。《釋文》目録，自《離騷》至《漁父》爲八篇。《隋志》所謂『乃著《離騷》八篇』，即指《離騷》《九辯》《九歌》《天問》《九章》《遠遊》《卜居》《漁父》八篇也，《招魂》未在其内。《九辯》本宋玉之作，以其次於《離騷》後，乃據《離騷》：『啓《九辯》與《九歌》兮，夏康娱以自縱。』《天問》亦云：『啓棘賓商，《九辯》《九歌》。』以《九辯》皆在《九歌》前。雖宋玉所作，逸猶據此排列，置於《九歌》前也。王國維手校汲古閣《楚辭補注》，於《目録》下批云：『按《九辯》《九歌》，皆古之遺聲。《離騷》云：「啓《九辯》與《九歌》兮，夏康娱以自縱。」《大荒西經》云：「夏后開上三嬪於天，得《九辯》與《九歌》以下。」故舊本《九辯》第二、《九歌》第三。後人以撰人時代次之乃退《九辯》於第八耳。』其説是也。《釋文》目録篇次，誠存王逸《楚辭章句》本之舊。六朝人或目《九辯》爲屈原所作者，正由於此。《三國志·陳思王植傳》引屈平：『國有驥而不知乘，焉皇皇而更索。』此出於《九辯》，非屈子所作，而定爲『屈平曰』，即其證也。故《隋志》『八篇』云云，《九辯》一篇不次《漁父》後，而在《離騷》後，雜於屈原辭賦之中故也。西村氏蓋未詳考矣。

若蒐集文獻資料言，此編遠未至於可以稱『全』，其遺漏尤爲甚多。如《楚辭》書録者，對勘姜亮夫《楚辭書目五種》，可見其書之闕者。如以評騭屈原及《楚辭》者，對勘李誠氏《楚辭評論集覽》，可見其所闕尤夥頤。然海東學人憑一人之力能臻至於兹，實屬難能可貴，未可以求全責備而廢棄之也。此鈔本原爲西村氏『讀騷廬』所收藏《楚辭》百種之一，今藏於日本國大阪大學圖書館。（黄靈庚）

# 屈原賦説

《屈原賦説》者，日本國西村時彦之所作也。西村時彦有《楚辭考異稿》已著録。凡上下二卷。上卷以研討屈賦二十五篇，計有《名目》《篇數》《篇第》《篇義》《原賦》《體製》《亂辭》《句法》《韻例》《辭采》《風騷》《道術》十二篇。字迹工整，蓋謄清之稿。《目録》之末，作於大正九年自題云：『時彦在京都帝國大學爲學生講述，遂綴成册。夫屈賦繼《風》《雅》於前，啓辭賦於後，爲文學之大宗，不可不必讀。而古今注釋，亡慮百家，群言紛淆，疑惑學者。愚因著論，略述大旨。刊誤補義，待諸他日焉。』此十二篇本爲講義也。下卷以研討屈原生平及辭賦流傳爲主，計有《名字》《放流》《自沉》《生卒》《揚靈》《騷傳》《宋玉》《擬騷》《騷學》《注家》十篇，然闕《騷學》《注家》二篇，字迹潦草，蓋未竟之作。體例同上之十二篇，當亦屬講義之類。每篇爲一專題，彼此相互關聯。蓋於屈子及屈賦古今聚訟之端，皆所論列，彙集西村氏歷年研究《楚辭》精義，屬『通論』者，蓋亦其《騷》學研究總結性之作也。兹下依次以論列之。

《名目》一篇以論述、考辨稱『楚辭』、稱『騷』之名目演變，云：『「楚辭」是統名，漢以後諸作亦得其名。「屈原賦」是專名，唯屈子諸作得稱其名。「離騷」是篇名，非諸篇統名，而自晉以來借以爲統名。「騷」則「離騷」之省，亦不可統言各篇。但沿習已久，字面亦雅，從舊用之，亦無妨耳。』案：其説大致得之。然詳細論之，見其猶有可商處。如以『楚辭』之名不始於劉向，而始於武帝之世朱買臣。未審買臣所『言楚辭』是否即屈原、宋玉所作《離騷》《九辯》？蓋未可武斷也。

漢人所稱『楚辭』，雖與屈、宋之作有關係，然不盡相同。漢人所稱屈、宋之作爲『賦』，稱漢人類似或摹擬屈、宋之作爲『楚辭』。《史記·屈原列傳》：『屈原既死之後，楚有宋玉、唐勒、景差之徒者，皆好辭而以賦見稱。』或者居然以『好辭』之『辭』爲『楚辭』之『辭』。甚者改『屈原賦』爲『屈原辭』。實大謬也。《史記》『好辭』之『辭』，是文辭也，辭章也，『以賦見稱』，則是稱宋玉等人所作統曰之以『賦』也。其實後人僅稱劉安、東方朔、王褒、莊忌、劉向等『追憫屈原』、代屈原『舒憂瀉憤』之作，而冠之以『楚辭』。故漢世所稱『楚辭』，並不包括先秦之世屈原、宋玉等人之詩賦，尤於內容與屈原遭憂放逐無所牽涉者，如司馬相如《大人賦》、張衡《思玄賦》等，雖形式上相同，猶似不得以『楚辭』稱之也。且『楚辭』之名亦非始於中壘，向之《别録》亦以『賦』稱之。實昉自王逸也。詳余《楚辭十七卷成書考辨》。又，作爲文體，『騷』之名誠昉自昭明《文選》，前者雖有『反騷』『廣騷』『悼騷』『愍騷』諸名，皆《離騷》之省，非文體之名也。

《篇數》一篇以論定『屈賦二十五篇』所在，西村氏歷敘自王逸以下諸家異同。大致《離騷》《天問》《遠遊》《卜居》《漁父》及《九章》九篇，蓋多無異義，而《九歌》爲九篇

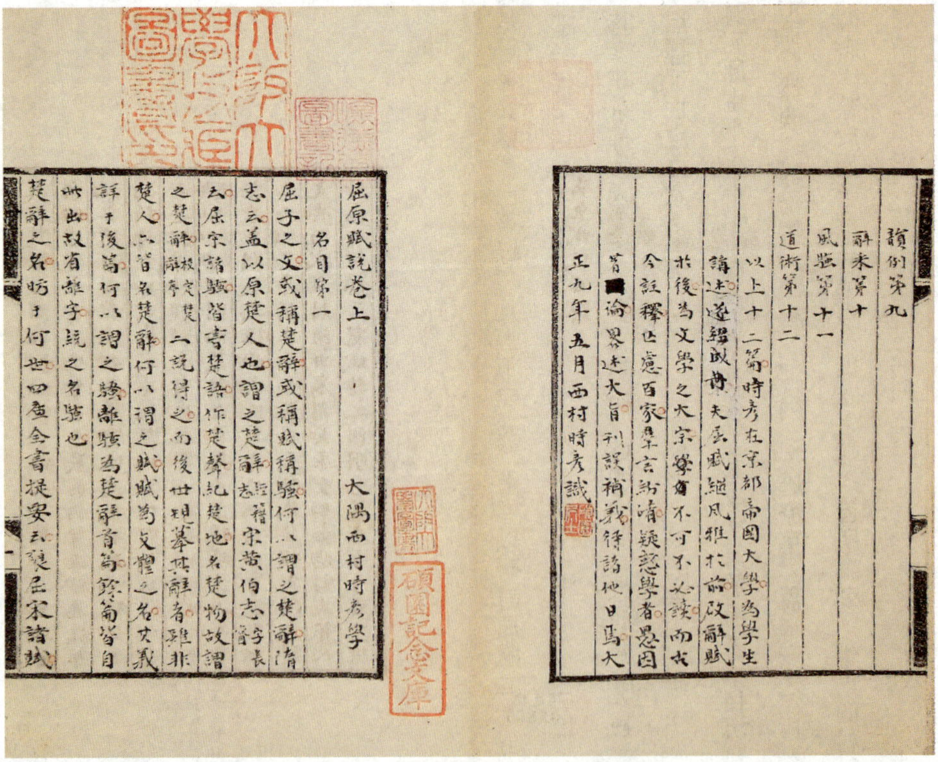

讀例第九
辭本第十
風雅第十一
道術第十二
以上十二篇時彥在京都帝國大學為學生論述遂錄成書夫辭賦繼風雅於前啟辭賦於後為文學之大宗學者不可不必讀而古今註釋亡慮百家異言紛淆疑惑學者愚因旨[illegible]論略述大旨刊誤補義以待諸他日焉大正九年五月西村時彥識

屈原賦說卷上　大隅西村時彥學

名目第一

屈子之文或稱楚辭或稱賦稱騷何以謂之楚辭隋志云蓋以原楚人也謂之楚辭（隋志經籍）宋黃伯思（字長睿）云屈宋諸騷皆書楚語作楚聲紀楚地名楚物故謂之楚辭（校定楚辭序）二說得之而後世規摹其辭者雖非楚人亦皆名楚辭何以謂之賦賦為文體之名其義詳于後篇何以謂之騷離騷為楚辭首篇餘篇皆自此出故省離字號之名號也

楚辭之名昉于何世四庫全書提要云裒屈宋諸賦

抑或十一篇？則聚訟紛繁矣。若以《九歌》止於《山鬼》爲九篇，則二十五篇闕其二，别以《招魂》《大招》充其數，而《國殤》《禮魂》二篇，無所繫屬矣。若以《九歌》爲十一篇，則二《招》排除在外，與史遷《屈原列傳》『余讀《離騷》《天問》《招魂》《哀郢》，悲其志』云云不合矣。西村氏以爲『以《九章》九篇例之，《九歌》亦當九篇，後人附載《國殤》，而《禮魂》本爲《國殤》之文，則《九歌》實十篇，與《九章》九篇，《離騷》《天問》《遠遊》《卜居》《漁父》各一篇，共爲二十四篇。猶闕其一，宜以《大招》充其數也。《大招》，王逸云：「屈原之所作。」蓋此説承自西漢。「或曰景差」，是後人疑之之言也。』又曰：『蓋屈子初作《招魂》，以祭懷王，太史公讀而「悲其志」者是也。後屈子沉汨羅，而宋玉爲作《招魂》，於是有二《招魂》。故及劉向哀集《楚辭》，稱屈子《招魂》以「大」，今本宋玉《招魂》無「小」字、屈子《大招》無「魂」字者，蓋竝省文也。二十五篇中不可無《大招魂》。而《隋志》「八篇」，晁氏以《大招》充其數，其見卓卓矣。』案：其説自成一家，存之可以增廣異聞。然《大招》一篇，多見漢世習語，若『三公九卿』『粉白黛黑』之類，非周秦時之作也。且以『大招』爲『大招魂』之省，『招魂』爲『小招魂』之省，終是臆説，無文獻可徵也。且必以班氏『二十五篇』之數求之，未免削足適履，宜實事求是，存其真而去其僞可也。

《篇第》一篇，西村氏論述《楚辭》十七卷篇次，以爲《楚辭釋文目録》置宋玉《九辯》於《離騷》之後、《九歌》之前，斷非唐以前之舊。其依據是，『《文選》「騷」類首《離騷經》、次《九歌》《九章》《卜居》《漁父》，而《九辯》在《漁父》下，與今本同。《漢書·地理志》：「始楚賢臣屈原被讒放逐，作《離騷》諸賦以自傷悼。」顔師古注云：「諸賦謂《九歌》《天問》《九章》之屬。」則唐時篇第亦以《九歌》繼《離騷》，次《天問》《九章》，與今本合』。又以『《釋文》爲妄人所移易，而知洪氏所引《九章》注文爲後人竄入矣』。案：《文選》『騷』類所收《楚辭》非全帙，且以作者先後爲次，蓋蕭氏所編次，非存原本之舊。顔注所引者均爲屈原之作，《九辯》未入其内，以非原所作也。二事均未足以證《九辯》不次《離騷》之後者。《釋文目録》編次是否爲王逸《楚辭章句》之舊，僅於《離騷》未稱『經』而斷之，蓋失之輕率。《楚辭釋文》已佚而不傳，《目録》僅見洪氏《補注》所録，是否《釋文》原貌，已不可知矣。然《九辯》次於《離騷》之後、《九歌》之前，確存王逸原本之舊。《釋文》目録自《離騷》至《漁父》爲八篇。《隋志》所謂『乃著《離騷》八篇』者，即《離騷》《九辯》《九歌》《天問》《九章》《遠遊》《卜居》《漁父》是也。《九辯》所以次於《離騷》後者，非如湯炳正氏所言，先秦時期爲宋玉編纂的『屈、宋合集』，乃緣《離騷》『啓《九辯》與《九歌》兮，夏康娱以自縱』。《天問》亦云：『啓棘賓商，《九辯》《九歌》。』《九辯》均次《九歌》前。國家圖書館藏王國維手校汲古閣《楚辭補注》本，見王氏於《楚辭目録》下批云：『按《九辯》《九歌》，皆古之遺聲。《離騷》云：「啓《九辯》與《九歌》兮，夏康娱以自縱。」《大荒西經》云：「夏后開上三嬪於天，得《九辯》與《九歌》以下。」故舊本《九辯》第二、《九歌》第三。後人以撰人時代次之乃退《九辯》於第八耳。』其説與吾若桴鼓相應。六朝人或目《九辯》爲屈原所作者，亦正由於此。《三國志·魏書·陳思王植傳》引屈平云：『國有驥而不知乘，焉皇皇而更索。』此出於《九辯》文，非屈子所作明矣，而定爲『屈平曰』。故《隋志》『八篇』云云，《九辯》不次《漁父》後，而次《離騷》後、《九歌》前，雜於屈原辭賦中也。又，西村氏據《史記》本傳、古本《釋文》、陳氏逕定王逸本、晁氏《重編楚辭》、朱子《楚辭集注》、黄氏《楚辭聽直》、陸氏《楚辭疏》、林氏《楚辭燈》、陳氏《屈子説志》、陳氏《屈辭精義》，編爲《楚辭篇第異同表》。又據王逸《楚辭章句》、黄氏《楚辭聽直》、林氏《楚辭燈》、陳氏《屈辭精義》，編爲《九章目次異同表》。謂『陳遠新《屈子説志》割裂《九章》，插入各篇間，尤不可從。蔣驥《山帶閣楚辭注》目次一從林氏。《楚辭燈》《九章》章次，則沿舊焉』。又謂『《漢書·揚雄傳》所謂「《惜誦》

以下至《懷沙》一卷」，確指《九章》，而揚雄所見《九章》雖中間目次未可知其詳，然其首《惜誦》、終《懷沙》也明矣。則可知今本《九章》目次，非劉向之舊，而黄氏所更定，尤近于古矣」。案：所製二表，見各家目録編次異同，一目瞭然。黄氏、林氏、蔣氏諸家目録雖未分拆《九章》，然於書中已置《九章》各篇其餘十三篇間矣，且各家又有異同。陳氏《説志》目録編次，與書内統一，不亦善乎？且《九章》篇次舊本始《惜誦》、終《懷沙》，亦與今本不同，正不必拘泥矣。

《各篇名義》所以釋屈子二十五題名之旨。『離騷』之義，古有四説：一曰『離憂』。二曰『遭憂』，三曰『别離之憂』，四曰同《楚語》之『騷離』。西村氏以爲釋『遭憂』爲允，『别愁義淺』。而《離騷》稱『經』，『後世祖述其詞，尊之爲「經」耳』。以《九歌》因『其俗信鬼好祀』，『屈子惟託祀神之曲以寫其隱衷者，適有九首耳。故取諸《夏書》以名《九歌》』。《九歌》之名，非楚國自古有之也』。又以『荆楚之俗，信巫鬼，重淫祀者，蓋殷人之遺』云。以『屈子《天問》所説「琦瑋僪佹怪物行事」，亦蓋楚國之古傳舊説也。屈子遭文字之禍，不肯正言，託爲天問于人之詞，以列舉古傳舊説，或合經或不合經者，或反辭，或正説，不可端倪，寓鑑戒於其中，以使人自思自悟』云。以《九章》『後人所名，或追述舊事，或反覆而詠歎，其一時之作與否未可知也。《惜誦》《思美人》《惜往日》《悲回風》，並取篇首文字以爲名』，而『敘乘船放流道程，故名《涉江》；回顧放迹，哀慕郢都，故名《哀郢》』。《抽思》舊本名《抽怨》」，『《懷沙》是懷抱沙石以自沉之意』，《橘頌》是假橘不可涉而寓『宗國無可去之義』云。以『屈子初作《離騷》，其情迫切，尋作《遠遊》』云。『《卜居》《漁父》皆假設之辭』，而『非實録』，王逸既以『屈原之所作』，又以『楚人思念屈原，因敘其辭以相傳焉』，『前後矛盾，尤不可解』云。案：觀其所論，大略得之，且言之有據，與私心虚造者不可同時語矣。然未嘗深入，可商之處亦復不少。如《九歌》之名，既云因於夏樂，又云『殷人之遺』，自相矛盾矣。屈子二十五篇題名，約爲三端：一是古樂名，《離騷》《九歌》是也。

宋玉《九辯》亦古樂名。二曰以篇首數字爲名，《惜誦》《思美人》《惜往日》《悲回風》是也。三曰以所詠之事爲名，《天問》《遠遊》《涉江》《哀郢》《懷沙》《抽思》《橘頌》《卜居》《漁父》是也。釋屈子二十五篇題名之旨，當以例求之可也。又，《抽思》或作《抽怨》者，蓋後人不知『思』有『憂愁』義而妄改，非古本作《抽怨》也。

《原賦》者，所以辨『賦』義與『賦』體異同及屈原稱『賦』之意。以爲《詩》『六義』之『賦』，本屬『直陳鋪敘』之修辭之法，而屈子『竊賦詩以所明』，以爲『「賦詩」連文，「竊」字倒置，言介然微志之所惑者，吾賦詩之所竊明也。詩爲詩歌總名，故並舉詩，然屈子意在「賦」字，故「賦」居首，蓋自名其所作曰「賦」也。屈子二十五篇，雖篇内混用比興，然其篇首鋪陳辭法，仍多用「六義」之賦，而「六義」之賦是辭法之名，非文體之名。屈子之賦，雖辭法是賦，而其體製一變，本於詩而與詩異其面目，故另擇名目曰「賦」。於是「賦」字又三轉實用：辭法之名一變爲文體之名，賦體與賦名，竝創於屈子矣。屈子《大招》曰：「二八接舞，投詩賦只。」曰「賦詩」，曰「詩賦」，猶曰「詩文」、曰「文詩」也』。又以『屈原作賦在懷襄之際』，而荀子適楚在屈原之後，『賦體賦名已創於屈子，而賦盛行於屈門，荀子之賦，其亦承屈子餘韻歟？第荀子大儒，不相蹈襲，其體製稍異，賦名雖同，實似箴體，故《漢志》以屈子爲賦家之祖，以荀賦寘雜賦之首，允矣』。

案：其辨『賦』及『賦』體、屈子稱『賦』者詳矣。然覆審之猶有剩義。屈子未嘗稱其所作曰『賦』。《悲回風》『竊賦詩以所明』，王逸注『鋪陳其志以自證明』云云，賦猶鋪陳也，用作動詞。逸注詩爲志，則亦失之。原稱其所作曰『詩』。賦詩，猶作詩云爾，非連文同義也。而《大招》『詩賦』者，賦，通作傳。《論語·公冶長》『可使治其賦也』，《釋文》：『賦，梁武「《魯論》作傳。」』銀雀山漢簡有《神烏傳》，即《神烏賦》也。傳，當作傳，形訛字。若《漢書·淮南王安傳》稱安作《離騷傳》，或本訛作《離騷傳》，而後又訛作《離騷賦》矣。『投詩傳』，謂投合歌詩之節以傳遞之也。『傳』與下『亂』

『變』同協元韻。若作『賦』字，則出韻也。又，《大招》非屈子所作。且『詩文』古亦無乙作『文詩』者。故其説根柢已誤，不足爲訓。以『賦』稱屈子之作，蓋始於漢代。《漢志》稱屈子爲『賦家之宗』是也。屈子自稱其作曰『詩』，然體製已變，不類詩，故後世以『賦』分別之也。又，屈子《橘頌》之作，名曰『頌』，亦詩『六義』之一體也。賦，通作傅，實傳之訛。《論語・公冶長》『可使治其賦也』，《釋文》：『賦，梁武云：「《魯論》作傅。」』銀雀山漢簡有《神鳥傅》，即《神鳥賦》也。傅，當作傳，形訛字。若劉安作《離騷傳》，或作《離騷傅》，而訛作《離騷傳》也。傳與下亂、變同協元韻，傳，傳遞也，謂舞女聯袂而舞，投合詩歌之節，而傳遞之也。

《體製》者，論述屈賦、漢賦之異同也。西村氏以爲班固『不歌而誦者謂之賦』，是漢賦也。楚賦，則能歌也。是楚、漢之賦名雖同而實則別也。『楚人善歌而不善詩焉，所謂歌，非入樂之詩；而所謂詩，謂《大雅》正聲也。屈子之文，《離騷》《九歌》《九章》《遠遊》皆用「兮」字』，而『「兮」字是民間歌詞助語，蓋帶野調，非《大雅》之音矣』。觀『詩歌用「兮」字者，或四句成章，或六句、八句成篇，謂之「小歌」』。屈賦《抽思》之「少歌」，荀子《賦篇》之「小歌」，皆是也』。『楚人好作「小歌」，又好用「兮」字，世謂之「楚歌」』。『屈子學問文章超絶千古，豈不能作詩？但詩之最長者不出五百言，而屈子以賢被讒，以忠見放，憂憤怨悱，鬱結于中，非尋常詩體可能盡。且夫屈子亦楚人也，窮迫呼天，不能不楚也，隨其所習，發爲楚歌，反覆詠歎，不覺繁重，纍「小歌」而成大篇，是實《離騷》神來之音』。『是以《離騷》之文，如斷如續，汪洋自恣，將往而不反，乃摘一篇要旨以作「亂」。亂者，小歌也。積纍小歌，層層疊章，結以小歌，鏗爾而止，而後天下之奇文成矣。是屈子之創體也』。案：以『歌』『詩』之別而辨楚賦、漢賦之異同，謂《離騷》長篇鉅製，爲纍『小歌』，而故結撰『重覆纍疊』，『似斷似續』。信西村氏所獨創也。然『小歌』『倡』『重』『亂』皆古樂章名。《東皇太一》曰『安歌」，乃遲緩之歌調，「浩倡」，乃大聲唱也。「小歌」者，謂聲調降低，若今「低音」也。「重」者，二重合唱也。「亂」者，謂衆樂齊鳴而大合唱也。故「亂曰」爲「合樂」之名，第七《亂辭》論之甚詳，則不當與「小歌」溷矣。又，屈賦用「兮」，確與民間歌調相關。兮，出土戰國竹書作「可」，即「呵」也，語稽之詞也。「楚辭」之辭，實亦語稽之詞，指「兮」字而言。此蓋屈賦所以名「楚辭」者也。

《句法》《韻例》《辭采》《風騷》四篇，西村氏所以研習屈賦藝術特色，謂「《離騷》居屈賦之首，而綜二十五篇之美，欲知文體，則宜先檢《離騷》也」。《天問》「乃謂之箴體亦可，蓋雜賦所由出也。至《卜居》《漁父》，則體制大變，散韻相交，其用韻者亦帶散文之氣」。「要之，屈賦二十五篇，雖云古詩之流，然其體製，則創造于屈子，以啓後世辭賦之法門矣」。又以「昧于音韻之學」，未敢言明清諸家言音韻之短長，惟據明陳第《屈宋古音義》、蔣驥《楚辭説韻》，制《屈賦用韻分段表》，示其異同，蓋供後學檢索之便。乃謂屈賦多古音，亦用楚聲，「聲音之學，非專門不能通」云。故其《楚辭》用韻實無甚發明矣。西村氏屈賦「造語措辭，亦多別創獨造，自我作古者」，如「紛吾」「沛吾」「謇吾」「喟憑心」「忳鬱邑」「余侘傺」「判獨離」「佩繽紛」「老冉冉」「芳菲菲」等，皆「別開生面」，「變化百出，意態清新」，前所未有也。其尤關注於屈賦「駢偶句法」，以爲「屈子之文，則著色傅彩，以華麗勝，駢偶辭法，於是一變，開千古未到之蹊逕」云。西村氏據淮南王安「《國風》好色而不淫，《小雅》怨悱而不亂，若《離騷》者可謂兼之」，以「風騷」竝稱者，實啓於劉安。然後辨屈賦「好色與怨君，發于人情，而止于禮義」，「其文約，其辭微；其稱文小而其指極大，舉類邇而見義遠；其志潔，故其稱物芳；其行廉，故死而不容」。其不便明言而引喻借喻，寄意於草木鳥獸。蓋推崇備至，則無以復加矣。案：《句法》四篇乃泛泛而論，讀之不無增廣異聞爾，故未可因其泛而廢之也。

《道術》一篇，西村氏旨在探究屈子思想道統及其學術，以斥後世研究屈子『重辭采而輕道術』之習氣，乃謂屈子之文『寓道術於辭章，以言志之什兼載道之辭，是其所以上繼風雅也』。觀『屈子折中于三后五帝，求合于堯舜禹湯，有孔子祖述堯舜，孟子言必稱堯舜之風。而其尤惓惓于帝舜者，豈以舜怨慕父母，號泣于昊天，與己之怨慕君王相似乎？……及其言不用，其身被絀，則哀衆芳之蕪穢，而怨靈修之浩蕩，稱聖哲之茂行，而悲夏桀、后辛之無道，美咎繇、伊摯、傅説、呂望、寧戚之遇，而悼梅伯、箕子、比干、介子推、伍子胥之志，鬱于中而發于外，豈汲汲于能文？蓋亦不期然而然也，則讀其文者，豈可略其道術哉』？案：其説韙也。論屈子思想與學術，探其『内美』『修能』之旨，莫不在乎『正則』『靈均』之義，蓋一『正』字可得涵蓋之矣。生得年月日之正，而行得其正中，死亦得其正中，故屈子言『指九天以爲正』『耿吾既得此中正』『求正氣之所由』『内厚質正』，『既莫足與爲美政』，蓋亦有所本也。後天之『修能』也繫於『正』，佩飾衆芳者，喻其好行中正，好善行義也。故曰『受命不遷生南國』，忠事楚國，同姓無去事二姓之義，曰『法度』、曰『繩墨』、曰『祇敬』、曰『不群』、曰『服清白以死直』，皆緣乎『正』也。故探索屈子思想道術，當於『正』字反覆磨礪，庶幾得其實矣。觀西村氏所論，雖百方稽之於屈賦内證，求之於楚國學術以及與其時諸子相比較，大略亦在『中正』二字用力矣。清華簡《保訓》云：『昔微叚中于河，以復有易。有易伓其辠，微無害，迺歸中于河。微志弗忘，傳貽子孫，至于成湯，祗服不解，用受大命。』殷之『中正』之道能以興邦，而楚文化多承殷商之制。屈子『中正』之道，蓋亦殷道之遺餘矣。

自《名字》以下爲下卷，蓋分專題以研討屈子生平事迹也。西村氏以屈子與孟子、莊子，荀子、韓非、呂不韋等皆在其後，而不載屈子名字者，以『僻處南夷，放逐江南，竄伏沈没于葭葦波濤之間』故也。又，力辨《史記》所載，屈子名平字原。《離騷》名『正則』以隱『平』，字『靈均』以隱『原』也。以《文選》作者『史不書字者皆書其名，餘皆書字不書名』，而卷三十二書『屈平』，則昭明蓋以原爲名、平爲字。自是『異説始出，紛紛聚訟』，五臣張銑云：『《史記》云：「屈原字平。」』西村氏謂『《史記》明書「名平」，雖多異本，無書「字平」者。則知張注「字平」是「名平」之誤。否則臆改《史記》，牽附其例也。李周翰釋注「正則」「靈均」仍從王逸，未嘗以「平」爲字，可以證已。後世學者好異標奇，乃謂六臣注釋「正則」爲「原」，釋「靈均」爲「平」，而或咎《史記》之疏漏。如宋馬永卿、明汪瑗、陳第、清屈復等皆以「平」爲字者，蓋本于此』。乃駁諸家之非而不遺餘力，謂『名以正體，字以表德，古人不名前賢，尊其人則必稱其字』。而『賈誼去古未遠，祖述孔子之道，其《吊屈原文》云「敬吊先生」，其尊之亦至矣，固其不名而字之。其所謂「仄聞屈原兮，自湛汨羅」者，豈非原是字之證乎』？又以『正則、靈均已爲隱義謎語，其爲原爲平，本無定義，顧解釋何如耳。《史記》所據果在此否，是未可知矣，意司馬遷父子相繼成《史記》，而定原爲字，定平爲名。劉向校祕書，博覽多識，不減于司馬氏，而亦從《史記》而不疑，可以知其必有的據矣』。案：其辨甚詳且當，則屈子名平字原之公案，至此蓋可定讞矣。然『正則』之名、『靈均』之字，當涵名『平』、字『原』之義，王逸之注亦未可易移矣。惟《離騷》於當世人物皆不直書，君曰『靈修』，同僚曰『衆女』，姊曰『女嬃』，謂女之有才智者。以例推之，屈子亦不當直書其名字，平之爲『正則』、原之爲『靈均』者，蓋讔名也，寓名也。馬永卿以爲『小名』『小字』，古人『小名』雖有之，未聞有『小字』也。

《放流》者，西村氏所以論辨《史記》載屈子『疏』『絀』『放流』之異同及作《離騷》等二十五篇之時也。屈子生平事迹莫詳於《史記·屈原列傳》，然記載其事，往往前後齟齬，是以古來紛紛聚訟，莫衷一是。西村氏辨之曰：『《史記》懷王時曰「疏」、曰「絀」、曰「放流」，《新序》不言「疏」「絀」，而惟言「放」，似小異而其實同。何以言之？《離騷》曰：「何離心之可同兮，將遠逝而自疏。」言懷王見疏之日，屈子自退，去郢而隱居遠地也。自疏猶自退也。「何離心之可同兮」，言君則怒而疏之，屈子則退而自疏，以冀君之悟，其心不同也。故賈誼《吊屈原賦》云：「鳳縹縹其高逝兮，夫因自引而遠去。」雖君怒而疏之，然不言君疏之而言自疏者，人臣自罪也。東方朔《七諫》王逸序云：「人臣三諫而不從，退而待放。」謂自疏所以待放也。古者人臣三諫不從，待放三年，君命還則復，無則遂行也。屈子自疏而待放，不知退居何處也？林雲銘以爲「漢北」，以《抽思》有「有鳥自南兮，來集漢北；好姱佳麗兮，牉獨處此異域」句也。嚴忌《哀時命》云：「賢者遠而隱藏。」王注云：「賢者遠逝而藏匿也。」又云：「願退身而窮處。」又云：「時厭飫而不用兮，且隱伏而遠身。」皆言自疏自退之意，而不言懷王放流者，改屈子志也。嚴忌、東方朔與司馬遷同時，其視屈子如此。而《史記》云：「王怒而疏屈平。」直書其實也。既疏則不能居侍從貴近之列，其罷左徒也明矣。故疏即絀也，猶不失爲同姓大夫也。而《史記》書「雖放流」者何也？以雖「疏」「絀」非「放流」，而其迹猶放流也。蓋屈子爲懷王所疏、絀，乃亦自退而待放者日久矣。使屈原使於齊以謀從横，可知其非放也。顧反諫王不殺張儀，王雖悔亦不能大用屈子，仍是疏也。屈子仍退而自疏。自十八年使於齊，至懷三十年入秦，經十二年，疏、絀依舊，雖非放亦猶放也。懷王入秦，楚之興亡係焉，故雖見疏，猶而不忍坐視，因諫不如無行。王不聽而入秦被留，於是作《離騷》。令尹子蘭聞之大怒。曾國藩云：「聞屈原作《離騷》。」此説得之矣。《史記·屈原列傳》以《離騷》作骨子，故先敘屈子所以作《離騷》，而其初疏在何年，不可知也。後敘其「繫心懷王」，以明作《離騷》在懷王入秦之後也。屈子既疏之初作《九歌》以攄隱衷。……蓋既疏之後出使於齊者，其或懷王讀《九歌》憐而復用歟？其後二十八年，秦與韓魏齊共攻楚，大破楚軍，殺其將唐昧，屈子作《國殤》以招陣歿將士之魂，疑在此時也。《離騷》迫切，乃又作《遠遊》，以申遠逝自疏之意，自寬自慰，其情彌哀，而人不知其本意所在，以其辭微也。懷王入秦，待三年，客死不返，乃作《大招》，以招其魂，存君興國，欲反覆之之志存焉。《卜居》作于頃襄放遷後之三年。而尋作《九章》語多追述，或顧望舊都，或回憶放迹，皆非一時之言。《哀郢》作于既放之九年，《懷沙》爲絶命之辭，而《漁父》又恐賦于《懷沙》之前。」案：其辨『疏』『絀』『放流』之義大略得之矣。蓋史遷『疏』『絀』『放流』之義，皆散文也，是以不别。若對文則别也。然《離騷》篇内有『濟沅湘以南征』『朝發軔于蒼梧兮』之句，沅湘、蒼梧皆在南楚，是見遷於頃襄之時所居地。據此《離騷》似作於再遷江南時也。王逸《九歌序》明言作于見放『楚國南郢之邑沅湘之間』，則亦作於頃襄之時也。又，西村氏《離騷》『不撫壯而棄穢』之『壯』指頃襄王，以『棄穢猶雪耻』。牽合之甚。其不知壯、穢皆承上佩飾衆芳，以草木喻賢佞也。

西村氏於歷考儒、道二家論生死之文，又歷述賈、揚雄、班固、王逸以下所以評騭屈子之異同，而作《自沉》一篇。以屈子之自沉而死，既與孔孟相合，又與老莊齊死生者同。謂『屈子楚之同姓大夫，猶貴戚之卿也，諫而不聽，安得如異姓之卿不聽則去哉？懷王嘗信任屈子，蓋非不可匡救之闇主，但近小人，嬖鄭袖，而疏絀賢者，因受敵國之欺，有亡滅之兆，危國之辱。屈子知幾，雖見疏在外而進言，「不如無行」。懷王不聽，客死于秦，爲天下笑。屈子雖致愍發憤，尚不自沉，以有嗣王在焉，冀其報仇雪辱也。而頃襄王亦聽讒放之。楚人勸原以去國求君。楚材晉用，習尚固然。屈子乃作《離騷》以陳堯舜之道，述治亂之因，終寓不可去國之意，以宗臣宜死宗廟也。其後楚國君臣淫樂是耽，國日以弱，危亡益迫，屈子不忍坐視兩東門之可蕪，守死善道，殺身成仁，因以所欲，有甚求生者，所惡有甚於死者也。豈非信與孔孟之道相合者乎？然南人不知北方之學，惑老莊長生之説，羨神仙不死之術。先是或有嘲屈子之憂憤而勸以學仙猶勸去國者。屈子因作《遠遊》篇託仙家之言，以説孔孟内省之學，以述仁者之壽，在於此而不在於彼，猶《離騷》如欲去國者而終于不可去也。曰：「悲時俗之迫阨兮，願輕舉而遠遊。質菲薄而無因兮，焉託乘而上浮。」託諸謙辭，而實言輕舉上浮之不可得也。但遭沉濁，而鬱結愁悽，炯炯不寐，於是内省端操，自求正氣，見有所守而志不移也。「保神明之清澄，精氣入而麤穢除」。「壹氣孔神兮，於中夜存」。與孔子清明立身，氣志如神，孟子浩然之氣及夜氣相合。臨睨舊鄉，僕夫心悲，邊馬不行，太息掩涕數語，是屈子真面目，不覺流露于夢遊神往之間。又勉强而遐舉，抑志而自弭，遂爲徜徉自恣之語。「超無爲以至清，與泰初而爲鄰」。可以知其一死生而齊壽夭，又可以知其可謂不死之舊鄉，即是汨羅之屈淵也。《遠遊》一篇如情志思，錯落而出，如憂如樂，終歸于正，見其知命。不讀《離騷》，則不知屈子之所以自沉；不讀《遠遊》，則又不知屈子之所以知生知死也」。又，西村氏別作《生卒》一篇，可與《自沉》合爲一篇。其以爲『屈子生於顯王二十六年（公元前三四三）、楚宣王二十七年戊寅正月二十一日，沉于赧王二十七年（公元前二八八）、楚頃襄王十一年癸酉五月五日』，享年五十六。案：西村氏可謂長於綜合者矣。然謂南人不知北方之學，則近年出土竹書多見孔子、子思遺篇，蓋不攻自破矣。觀屈子自沉汨淵，既是理性選擇，殺身以成仁者，然不盡與儒家説同。又是情感衝動，回歸於帝高陽之冥塗者，故効法彭咸以水死，亦非老莊謙死生之義也。余嘗詳論之，參之可也。屈子自沉之年，史無記載。西村氏據《史記》『自屈原沉汨羅後百有餘年，漢有賈生爲長沙王太傅，過湘水，投書以吊屈原』云云，賈生吊屈在漢文帝前四年，逆上而推，則屈子自沉蓋在楚頃襄王十一年也。亦自可備爲一説也。

《揚靈》《騷傳》《宋玉》《擬騷》以下諸篇，以論述屈子事迹及其辭賦傳於後世所産生之影響。謂以南郡襄陽及沅湘之間，五月五日龘舟競渡，『自晉時已然』。而屈子故宅，『在今湖北省宜昌府歸州』。屈原廟舊址，『舊在汨羅屈淵之北』。二者《水經注》載之至詳。謂以《楚辭》之傳，其故有二：一是漢不忘本，樂楚聲；二是楚元王之力。元王本荀卿三傳，向之族祖也。稱『劉向典校祕書，裒輯《楚辭》，分爲十六卷，而其第十六卷，則向所自作《九歎》九篇。其惓惓于屈子果何如也？蓋《魯詩》與《楚辭》並爲元王所傳家學，緜延至向有斯編』云。所製《楚元王傳詩表》，亦頗可觀。又以宋玉爲屈門弟子，謂屈子初作《招魂》以祭懷王。宋玉亦爲作《招魂》。於是有二《招魂》。二《招》皆爲死者作，與舊説相反』。『以旨而言，則《大招》醇古如朱子説；以辭而言，則汪洋恢詭不可端倪，爲古辭賦中第一奇文。玉之富于辭采，殆過于其師』云。《九辯》亦宋玉所作，蓋作於『原遷江南之日』。『雖不明言屈子，而使人知其爲屈子南竄是也。所謂微辭也，所謂從容辭令也』。謂《惜誓》爲賈誼所作，『代原述志也，擬騷之文，大抵皆爲代言之體』。《招隱士》『爲淮南王致山谷潛伏之士，絶無関屈子而章之之意。其可以類附《離騷》之後者，以音節局度，瀏瀟昂激，紹《楚辭》之餘言，非他辭賦可比』。《九諫》《九懷》《九歎》《九思》，『蓋擬《九歌》《九章》《九辯》而作』，朱子以『其詞氣平緩，意不深切，如無所痛而强爲呻吟者』而删之不存。西村氏謂『擬騷諸篇之必不可不一讀也』，『是二十五篇注脚也。漢人讀騷之法存于擬騷諸作之中，而屈子事迹，往往有可徵者。其辭氣雖平緩，而其造語之鍊，結撰之工，亦皆可以爲法』云。則皆其所創獲，蓋前所未聞也。然可商者亦復不少。如以《大招》爲屈子所作，所以招客死於秦懷王之魂。未審此篇多雜漢世習語，非出於先秦人之手也。逸序亦云『疑不能明』，蓋未可武斷也。

西村氏是編與《楚辭纂説》頗有相重之處，然此編以論述爲勝，而彼則以纂輯資料見長，雖相重而不可偏廢也。此稿本原爲西村氏『讀騷廬』所收藏《楚辭》百種之一，今見藏於日本國大阪大學圖書館。（黄靈庚）

# 楚辭貫

《楚辭貫》者，朝鮮董國英所作也。國英字逸倫，自稱籍於『唐昌』『博川』，皆朝鮮之古地名也，在今朝鮮平安北道之西南部。以諸生老終。國英作是書之時，已七十有二歲，當清嘉慶五年庚申，推其生年，蓋在康熙五十七戊戌。乃身歷中國康熙、雍正、乾隆、嘉慶四朝也。朝鮮氏學者著《楚辭》者，蓋以是書爲最。

雖顔曰『楚辭貫』，實秖《離騷》一篇。據《凡例》稱，『《列傳》詳言《離騷》，最後帶言《懷沙》，其《天問》《招魂》《哀郢》亦只於贊中帶言，餘皆置之。蓋《離騷》一篇，包舉全部，全義全神，看透此篇，以後各篇，自可迎刃而解。故循《楚辭達》之例，直以《楚辭貫》標之。全部論釋，如天假之年，即當呈政』云云。蓋其論釋規模，除《離騷》一篇外，復有《懷沙》《天問》《招魂》《哀郢》五篇。則是書雖依例《楚辭達》，實未竟之作也。

是書所以名『貫』者蓋有二：一則所以貫穿屈子《離騷》、司馬遷《屈原列傳》，使二者相互印證，合符若一也。董氏《凡例》首云：『讀《列傳》者，未必兼讀《離騷》；讀《離騷》者，無不兼讀《列傳》。顧當其讀《列傳》也，以爲是敘屈子之爲人，誰計及《離騷》；及其讀《離騷》，則以爲是屈原之文也，又誰憶及《列傳》。蓋判《列傳》與《離騷》而二之也久矣，不知馬遷傾心於屈子，全在《離騷》一篇奇文，《列傳》爲屈子而作，實爲《離騷》而作。二子世相近，而皆不得志於時，心術才情，復一一相當。馬遷自是屈子知己。《列傳》大率爲《離騷》注脚。後千百載，欲舍此而讀《離騷》，何啻濟川者之先自棄其舟楫也。爰按注脚之所在，一一標之上方，且以明乎今此論釋之所本也。』故其書遂置《列傳》於簡首，蓋以爲《離騷》之序也。二則董氏以『修己』『用人』爲《離騷》全篇之二柱，且統攝始終，一貫到底。稱『讀《離騷》者每苦其重複雜沓，解此則部位既清，意義全别，一綫牽去，彼此分明，何處容其複雜之疑？全篇類此，鄙集以「貫」字名者，此也』。又於『陳詞重華』一段末云：『「修己」眉眼已于首段「修能」字點明，「取人」眉眼至此「舉賢任能」句方經醒出，前後段段跟定，或正言，或喻言，或合説，或分説，或遞説，或就自己言，或就君身言，或就黨人言，或就三邊合言，或就本國言，或就列國言，治《騷》者若先于此章認清作者主意，任他前後千頭萬緒，無不絲絲入扣。』蓋亦所以名『貫』之義也。

卷首有羅以智道光二十三年癸卯序及余蓮道光六年丙戌序，羅序稱，『逸倫董先生病治《騷》者附會重複，多不得其旨，取舊説之疏通證明者，間以己意貫之。謂篇中大旨，終始不離「修己」「取人」兩端。習工巧而爲謡諑，黨人之不可與修己、取人；心浩蕩而信謡諑，楚王之不可與悟己、取人。立修名而哀衆芳，則屈子之修己，爲正君之本。取人爲正君之助也，而以直顯於諫，舉康、桀之不修己，后辛之不用賢，爲楚王戒；湯、禹之能修己，文武之能取人，爲楚王法。屈子之望王修己、取人，迫矣。讀先生所論釋，是能治《騷》而得其旨者』云。余序亦云，

以正而生便注篇末之以正而變着筆　貞字可貫通篇爲屈子一生守正不阿之本

楚辭貫

離騷　　博川董國英逸倫氏論釋

後學余蓮少白參訂
甥孫程錦心如　程章雲如
曾孫希仲詡齋校刊

帝高陽之苗裔兮朕皇考曰伯庸攝提貞于孟陬兮唯庚寅吾以降

林西仲註伯庸原父字攝提星名隨斗柄指十二辰爲月建貞當雁門註正也陬隅也孟春昏時攝提隨斗柄正指東北隅爲寅月庚寅寅日也人生於寅寅月寅日言得人道之正也○開端自敘其源流託生之正起句亦見與楚同姓宗卿有休戚相關存亡與共之誼以後盡忠致命皆

楚辭貫　一

『標出「修己」「取人」兩注脚，於《傳》引其端，於《騷》暢其旨，步步相承，絲絲入扣，如牟尼珠一綫穿成，更無從前複沓難通之苦，洵不負以「貫」名篇也』。蓋二子之序，亦大略揭櫫董氏治《騷》之道徑及是書之基本特徵也。序之後爲《史記・屈原列傳》，又次爲《凡例》六則。末有曾孫希仲跋，敘其刻書經歷，謂得力於余蓮者甚多，故第四段之末附余蓮一則。正文首標『楚辭貫』，次行『博川董國英逸倫氏論釋』，下小字三行爲『後學余蓮少白參訂，甥孫程錦心如、程章雲如、曾孫希仲誼齋校刊』，末又稱其子家培、孫運坤運昇、曾孫泰常泰清泰正、玄孫位達位贊位庚合亦與校刊事也。

董氏於《屈原列傳》批注凡十一條，皆置之眉端，無非與《離騷》相貫通，以爲馬遷作《傳》，本乎注《騷》，總要引即歸於『修己』『用人』兩端。如，《列傳》『屈原者名平楚之同姓也』眉批云：『首句即爲《離騷》首句注明語意。』又，『入則與王』數句批注云：『極寫政教修明，四鄰親睦，國家治平氣象。此用賢之效，與後「屈原既絀」兩長段相對，爲《離騷》「用賢」一柱注脚也。』又，『上官大夫見而欲奪之』數句批注云：『次段敘屈子見疎之由，即是敘屈子作《騷》之由。』又，『推此志也』批注：『「此志」與上「其志」之「志」字不同。「其志」，是其一生之素志。「此志」，是總承上文，指其作《騷》之志而言，「與日月争光」，言其光明之至，匪他可比，且人人共見，無俟深求也。』又，『屈平既絀』批注云：『遥接前文疎屈平句來，以下詳寫其數爲張儀侮弄，以致兵挫地削，客死於秦。向使委任屈平不改，何至於此？此皆不用賢之禍，與首段相對，爲《離騷》用賢一柱注脚也。』又，『寵姬鄭袖』數句批注云：『篇中既以「修己」「用人」分兩柱，而於「用人」一柱中，又分兩項。其前後言懷王受欺於上官大夫及靳尚、子蘭處，蓋爲取賢士而言。此言寵姬鄭袖，「竟聽鄭袖」，及後内惑於鄭袖，則爲後半篇求淑女而言也。兩項同屬「用人」一柱。』又，『人君無智愚賢不肖』數句批注云：『此段又突起議論，以懷王之不能用賢，歸咎於不明，不明須合前「貪」字看。林西仲曰：「懷王爲人貪而愚。」愚則但知有利益，滋其貪，貪則令利智昏，益甚其愚。其以賢爲不賢，不賢爲賢也固宜，蓋取人以身之不修，如何能用人？此爲《離騷》「修己」一柱注脚也。』又，『頃襄王怒而遷之』批注云：『《離騷》作於懷王疎屈平時，已言「從彭咸所居」矣。越襄王怒遷之後，而後投汨羅者，蓋《離騷》一篇所謂「依彭咸之遺則」，則盡忠極諫，期以一死，感悟懷王，冀幸其一改也。及懷王既死，襄王嗣立，猶欲以此感悟襄王，故留其身以有待耳。卒至仍蹈覆轍，而其望絶矣，乃決於沉淵遂志。然又惡知其不欲感悟於既死之後哉！甚矣，屈子之忠也！』案董氏以《傳》釋《騷》，以《騷》證《傳》，且緊扣『修己』『用人』兩端，絲絲入理，細緻縝密，蓋古今一人耳，其啓人之思致亦多，於屈平、史遷皆有功也。然失察、牽合之處亦未能免。如《列傳》『屈平疾王聽之不聰也』至『雖與日月争光可也』一段，批注云：『突接屈平之作《離騷》皆由「怨」生，則《離騷》一篇皆屬怨詞。篇末「從彭咸所居」，是怨字結果。屈子所持以感悟懷王，與倖其一改者尤在此句，故通篇一字一句，皆注此句着筆。』又云：『上段既原作《騷》之由，此段又極意贊揚《離騷》之文。蓋太史公之傾心於屈子全在《離騷》，故《列傳》一篇，大抵爲《離騷》注脚，讀《騷》者惡得不先盡心於《列傳》？』案：《列傳》自『屈平疾王聽之不聰也』至『雖與日月争光可也』一段，非史遷之文，本出淮南王劉安《離騷傳》也。安，武帝叔父，雅好辭賦。帝『使爲《離騷傳》，旦受詔，日食時上』。唐顔師古云：『傳，謂解説之，若《毛詩傳》。』然安《傳》久佚未傳，幸史遷所引而存其殘簡。班固作《離騷序》，亦引淮南王安敘《離騷傳》，以『《國風》好色而不淫，《小雅》怨悱而不亂，若《離騷》者，可謂兼之。蟬蜕濁穢之中，浮游塵埃之外，皭然泥而不滓，推此志，雖與日月争光可也』云云，則在東京時猶未散佚也。洪興祖《補注》：『班孟堅、劉勰皆以爲淮南王語，豈太史公取其語以作《傳》乎？』可謂審矣。章炳麟先生亦云：『《楚辭》傳本非一，然淮南王安爲《離騷傳》，則定出於淮南。』又云：『班孟堅序引淮南《離騷傳》文，與《屈原列傳》正同，知斯《傳》非太史自纂也。』董氏徑以爲史遷評騭《離騷》語，是失察也。謂『《離騷》皆由「怨」生』者，是也。然又謂『從彭咸所居』，『是怨字結果』。豈屈子爲怨天怨地，乃至不顧生死者耶！董氏謬矣。屈子雖怨而未嘗亂，猶未至於『從彭咸所居』也。其卒從彭咸所居而投水汨羅者，是忠孝之極致也。

綜觀董氏治《離騷》工夫，在於疏理文脈，鈎沉關節，分章分段，而後求其意旨所在。其以《離騷》爲前、後兩篇，總十二段。前篇自開端至『豈余心之可懲』，細分五段，凡三十三章，每章四句。概括各段要旨，闡述各章、各句要義，詳説上下文脈過渡關節，然終要約於『修己』『用人』兩端。其説自成體係，頗見特色。其分段大略如下：『帝高陽』至『遲暮』五章爲第一段，謂『修身取賢，暗立通篇之柱』。『不撫壯』至『之蕪穢』十章爲第二段，謂『自敘始導君以用賢而不納，繼以諫君不用賢而見疏，因自表其無他心，而傷君德之不恒，並哀諸賢之廢棄也。』又析其文脈云：『此段暗承「修己」「用賢」二柱，意在君一邊説。開口「撫壯棄穢」，兼二項言。以下皆側重「用賢」一項。然云「唯靈修之故」，又云「傷靈修之數化」，則其意之歸宿處，自在「修己」一項。』『衆皆競進』至『其猶未悔』七章爲第三段，謂『己見疏之後，其黽勉於立修名者，事事悉與小人相反，要與初志相符，退既不敢枉道徇人，進且願以忠言效死，無罪見廢，又何悔焉！』又析其文脈云：『此段暗承「修己」「取人」，意在自己一邊説。中二章分發作偶體，前以衆之不能「修己」「取人」，襯起後以「修己」「取人」之道諫君。見「替」作收，迴應完密整齊，直是一篇兩扇題文。』『怨靈修』至『之所厚』五章爲第四段，謂『始而怨王，繼而歸罪於黨人，終仍歸怨於王。究之罪黨人，而黨人之勢方張，怨王，而王之心不寤。腸轉車輪，無一是處。末乃下氣安心，拼一死直，與前聖同歸。馬遷稱其「怨悱而不亂」，非以是與！援前聖以自信，伏下就舜陳辭十章意。』又析其文脈云：『此段承「修己」「取人」二柱意，統王與黨人與一己合言之。習工巧而爲謠諑，黨人之不可與「修己」「取人」也。心浩蕩而信謡諑，王之不可與「修己」「取人」也。大夫之清白，大夫之己修矣，大夫之直顯於諫，大夫之望王「修己」「取人」迫矣。至直道不容而以死自盟，其「修己」「取人」之心不既盡乎？』『悔相道』至『之可懲』六章爲第五段，謂『偶悔而幾入于迷途，轉念而復修其初服，因初服之既修，而欲往觀於四方，因民情之不協，而至自矢以體解，併繳歸前文「萎絶何傷」「九死未悔」與「死直」意。此前半篇之歸宿處也。』又析其文脈云：『此段承「修己」「取人」二柱意，在自己一邊説。「步余馬」二句先將「取人」一項了結，以下單言「修己」，與首段先言「修己」，後説「取人」，迴環相應。』

後半篇分七段（其誤作『六段』），凡六十章，『女嬃』至『不余聽』三章爲第六段，謂『以上三章足前五段，此一章起後六段，爲通篇過文，不在前五段、後六段之列。』案：所謂『過文』，猶今云『過渡』也。『依前聖』至『浪浪』十章爲第七段，謂『傷己之忠言獲罪，因陳辭以折中於舜也』。『跪敷衽』至『好蔽美而嫉妒』八章爲第八段，謂『言欲叩帝陳辭而不得也，其所欲陳不得陳之辭，即就舜所陳之辭，固仍不離兩柱意。末云「溷濁不分」「蔽美嫉妒」，傷世之不可「修己」「取人」也。』又以此段『跪敷衽』二句爲『承上』，『駟玉虬』二句爲『起下』，是『前後段之過脈』。『朝將濟于』至『而稱惡』十章爲第九段，以『朝將濟』四句爲『牽上搭下之過文』，而『無女求女』，稱『自單爲鄭袖言也』，『下文曰虙妃、曰有娀、曰二姚，皆至尊之配，其爲鄭袖發也審矣』。是段謂『歷敘求女不遂，而即以前段之結句結之，蓋深歎世變之難挽爲篇末一句作逼勢也。前言「取人」欲得賢士以爲君輔，爲黨人言也。此言求女欲得賢女，以爲君配，爲鄭袖言也。求女與取士，一也。其意之歸宿處，總唯靈修故，欲君之修己也。結句詞同而意尤痛切，「嫉賢」字，更爲柱意，反逗出麋眼。』『閨中既以邃遠』至『申椒其不芳』六章爲十段，『閨中』一句，總上求女；『哲王』一句，總上『就舜求帝』。『懷朕情』二句，『起下問占，亦是前後過文』。是段謂『以當世之昏暗瞀亂，固無可往，而以本國之顛倒蔽錮更不可留，下文所爲猶豫狐疑，要巫咸而復占之也。此段因前段之求女不遂而占之靈氛，其拳拳于求女，猶是爲君取人，望君修己之初志也。至其所言天下與本國之人情，大意亦衹傷世之不可與修己，不可與取人也』。『欲從靈氛』至『猶未沬』十二章爲第十一段，前四句『牽上搭下過文』。是段謂『因論求君而決言本國之不可留。下又極言天下之不可往，兩意交互説來，見得四方之蹙蹙靡騁，一身之進退皆窮，以引起下文逍遥世外意，要爲篇末一句作逼也』。『和調度』至『從彭咸之所居』十一章爲第十二段。『和調度』四句爲『結上領下之過文』，是段『末一句是一篇大旨，開端自敘己之以正而生，便注此句之以正而斃作緣起，以後四段收處皆照定此句作結』。謂『「修己」「取人」兩暗柱，一路相承不脱，至此段逍遥世外，既與君國長辭，豈遑及此？乃其始也尚假名求女，及其繼也奏歌而舞韶，猶願與恭己無爲得人致治之君，共樂承平，仍暗抱定兩柱意。迨至篇終，乃寄慨于取人而國無人，修己而世莫知，事既無濟，生亦何爲，唯一死以冀感悟君心於萬一，或者憐其忠而悔萌遲暮，棄蕭艾而佩蘭椒，正未可知。蓋歿時與歿後終不脱此兩項事，而大夫之心，於是盡矣。晦翁乃病其忠爲過，爲人臣者豈當留有餘不盡之心哉』。

董氏歸綜《離騷》要旨，謂『篇末「從彭咸之所居」，在屈子爲一生大節，在《離騷》爲一節大旨。開端以「正」而生，便照定篇末一句之以「正」而斃意着筆。第二段收處以開筆輕輕逗出「萎絶」二字，以後或云「九死」，或云「死直」，或云「體解」，段段皆於收處用正筆，繳歸本旨。疊疊重重，斬斬絶絶。下文已可直接「亂曰」一章。以未盡中情之鬱勃才氣之縱横，故復有後半篇之奇文也。』其疏理後半篇脈絡云：『因女嬃之申申，遂去而就舜陳辭，因陳辭無聞，遂去而上征叩帝，至叩帝不得，則控訴無門，窮無所之，又可直接「亂辭」點出此句矣。乃始終捨不得楚，捨不得君，復去而求女。因求女不遂，遂去而問占，因勸以遠逝求女，遂決言歷國之無可往，又極言本國之不可留，復去而問神，因勸以遠逝求君，遂決言本國之必不可留，又極言列國之必不可往。言所遇之窮，逐層相生，逐步相逼，至此真窮無所之，逼入死港，再可直接「亂辭」，點出此句矣。乃又從列國之不可往，生出此段之逍遥世外一層來。前路皆就離憂本旨，寔寫情景，是正逼。至此又變用反逼。自啓程以至西海，一路作無數滿心快意之筆，瀟洒淋漓。寫至極樂處，方轉入離憂本旨。見得本國不可留，列國不可往，今則世外又不可居矣。人舍此已再無容身處，文至此已再無轉身處，然後跌落「亂辭」，翻身又就本國籌度一番，嘅歎一番。見得故都，必不可復返，窮無所歸，舍彭咸所居，更將奚適？于是以「正」而斃。』案：真可謂其獨具法眼，看得屈子本心，探得《離騷》驪珠。觀《離騷》前半篇，屈子已六言『死』也，見其死意已決，望已絶，斷無戀生、念世之想，其文自可直接『亂曰』而止矣。然幻出後半篇奇奇怪怪之虚妙之文，然非『以未盡中情之鬱勃才氣之縱横』故，蓋猶緊承前半篇之『死』意，幻出嬃詈、陳詞重華、求帝、三求女等故事者，蓋寫反歸於冥途之中種種虚幻事也。求帝者，求歸於帝高陽也，生出於帝高陽，死亦歸乎帝高陽，即史公所謂『人窮則反本』也。三求女之虙妃、簡狄、二姚，皆遠古之宗神，惜非楚人之祖也，求之不遂固其宜也。生既不能，然後求帝見拒，求女不遂，蓋寓屈子欲死亦不得。而後方將卜氛而問咸。氛謂不必懷故宇，遠逝無狐疑。是告其赴冥途也。咸告其遠走他方，求列國之君。是告其苟合求生也。屈子權衡再三，決無是理，乃從氛而不從咸，於是乃有西行西極之事。西行者，即寓言死也。設想真至冥界，臨睨故都，而又止步不前。是屈子身處生死兩難之境矣。而後於『亂曰』點出從彭咸所居，方見得兩端決絶之果。惜乎董氏築九仞之山，尚差一簣，蓋亦未審矣。

董氏蓋於《離騷》每章之上皆有眉批，或一則，或數則，文字亦長短不一，然要在於疏通《離騷》脈絡也。如，『皇覽揆』四句批云：『揆初度，而後錫以嘉名。名之嘉，即其質之美，故下文接云「既有」。』又，『扈江離』二句批云：『二句爲一生節概，立定脚根。』又，『恐年歲之不吾與』句批云：『因此「恐」字使引動下章「恐」字，故陡接取人以爲輔君地，若置之下章「恐美人遲暮」句下便落平。』又，『不撫壯而棄穢兮』批云：『「不」字緊從上章「恐」字脱口而出，健絶警絶。』又，『昔三后』四句批云：『切實指點爲前後取人意立標的，「固」字神理可會。』又，『彼堯舜』四句批云：『「既」字、「夫唯」字與上「固」字皆現成指點之辭，「純粹」「耿介」之能修己，皆由取人；「昌被」之不修己，皆由不能取人也。』類此見於通篇，則不煩悉舉矣。且或見重複雜沓。如，『帝高陽』一章眉批云：『以「正」而生，便注篇末之以「正」而斃着筆。』案：類此言語已在注文出現兩度，實無需眉批也。董氏於行間亦有批注，多着眼於《離騷》用字之法。如，『紛吾既有此内美兮』，行批『紛』字云：『字法妙。』又，『汨余若將不及兮』，行批『汨』字云：『字法妙。』又，『朝搴阰之木蘭兮』二句行批云：『正與韓文「朝取一人，暮取一人」語意句法皆同。』又，『不撫壯而棄穢兮』句行批云：『「兮」字當「乎」字用。』又，『豈余身之殫殃兮』之『豈』字行批云：『接得脱。』又，『余固知謇謇之爲患兮』句行批云：『委婉百折，十分愷切。』類此雖便於初學，然無關乎學術，姜亮夫氏云：『蓋仍明人結習也。』

董氏治《騷》，蓋最服膺林西仲、魯筆二人，故其通篇引二家者夥頤。行文脈絡引林氏説居多，而字詞訓詁，蓋多見於魯筆也。然董氏讀書未廣，不知林、魯之説多見於王逸、洪興祖、朱熹等。如，『帝高陽之苗裔兮，朕皇考曰伯庸。攝提貞于孟陬兮，惟庚寅吾以降』。注云：『林西仲注：「伯庸，原父字。攝提，星名，隨斗柄指十二辰爲月建。」貞，魯鴈門注：「正也。」』案：王逸注：『伯庸，字也。貞，正也。』朱熹注：『攝提，星名，隨斗柄指十二辰者也。』又，『恐美人之遲暮』，注引魯注：『美人，喻君也。』案：朱熹注：『美人，美好之婦人，蓋託詞而寄意於君也。』又，『反信讒而齌怒』，注引林注云：『齌，吹餔疾也。』案：洪興祖《補注》：『《説文》云：「齌，炊餔疾也。」』林氏實本《補注》。吹，當『炊』字之訛。又，『余固知謇謇之爲患兮』，注引林注云：『言人所難言若口吃者曰謇謇。』案：朱熹注：『謇謇，難於言也。直詞進諫，己所難言，而君亦難聽，故其言出有不易者，如謇吃然也。』林氏實本朱注。又，『謇朝誶而夕替』，注云：『魯注：「鞿，鞿在口。羈，馬絡首。」誶，林注：「諫也。」「替，廢也。」」案：王逸注：『鞿羈，以馬自喻，鞿在口曰鞿，革絡頭曰羈。誶，諫也。替，廢也。』則皆本王注也。蓋不勝悉舉也。董氏或改易舊注，然失之無據。如，『願依彭咸之遺則』，注云：『彭咸，殷大夫，諫紂不用，投水死。』案：王逸注：『彭咸，殷賢大夫，諫其君不聽，自投水而死。』董氏改『其君』爲『紂』，且無文獻依據。或者逞其私臆，虛空造作。如，『索胡繩之纚纚』，注云：『纚纚，美好飛揚貌。』案：王逸注：『纚纚，索好貌。』自是確詁，蓋本以形況胡繩之索委蛇迤邐之狀，而董氏訓『飛揚』，乃想象之詞也。又，『怨靈修之浩蕩兮』，注云：『浩蕩，魯注：「如水之汎濫無涯。」』案：王逸注：『浩猶浩浩，蕩猶蕩蕩，無思慮貌也。』至碻。『無思慮』者，猶思慮糊塗不解事也。董氏引魯注，謂『如水之汎濫無涯』。當非其義也。又，『班陸離其上下』，注云：『班，成行列也。』案：『班陸離』三字狀詞，王逸注：『班，亂貌。陸離，分散也。』自是不易之説。董氏非也。又，『時曖曖其將罷兮』，注云：『曖曖，魯注：「天將明未明之時。」林云：「日暮也。」愚謂上文既云「繼之以日夜」，則是夜行未到，又繼之以日矣。此既到後所云，自當以林説爲是。』案：『時曖曖』以下四句由虛幻跌轉於時世，由求帝不成過渡至下三求女之文，時者，時世也，非謂『日夜』之時。王逸注：『曖曖，昏昧貌。言時世昏昧，無有明君，周行罷極，不遇賢士。』當是確詁。林、魯及董氏皆非也。又，『望瑶臺之偃蹇兮』，注云：『偃蹇，孤特貌。』案：王逸注：『偃蹇，高貌。』而董氏易訓『孤特』，未見有高義。又，『陟陞皇之赫戲兮』，注云：『陞皇，東陞之日也。日，君象，故曰「皇」。』案：王逸注：『皇，皇天也。』亦未必是。皇，非皇天。何義門《讀書記》云：『陟陞，猶言陞遐。此終言至死不能或忘楚國，反應前「焉能忍而與此終古」之辭也。』其説是也。然『陟陞』非陞遐，平列同義，猶陞、登也。皇，讀如遑，古字通用。《漢書・律歷志》上：『秦兼天下，未遑暇也。』遑暇，平列同義，遑亦暇也。《儒林傳》『亦未皇庠序之事也』，顔師古注：『皇，暇也。』

陟陞皇，猶登遐，謂靈魂歸反帝居。類此皆無足觀，雖貌似新説，徒增歧義耳，無關乎學術也。觀夫董氏生歷乾嘉之世，音韻考據訓詁之學已臻至極盛，而此書一無所見，猶踵武明人空虛不實之習氣，好爲鑿壁無根之説，宜乎其不顯於時也。

此書鋟刻於道光二十年己乙，距董氏之歿已四十載，爲博川正誼齋藏板。正誼齋者，其曾孫希仲齋號也。流行未廣，至今爲稀見物矣。浙江圖書館有藏本。（黄靈庚）

# 後記

黄靈庚

靜下心來構思這部書的《後記》時，腦海裏翻起了圈圈漣漪，如煙的往事紛呈於眼前，變得清晰起來。

記得二〇〇八年春，意外接到了國家圖書館出版社殷夢霞女士電話，建議我編纂《楚辭》文獻叢書。這是一個極佳的選題。但是，我與夢霞未曾謀面，對於此項目的成否，頗存疑慮，没有信心。況且那時我正接手編纂《重修金華叢書》，時間和精力，都不容分心顧及此事，加上剛做了大手術，肝臟被剜了一塊，元氣大損，若兩邊同時展開，擔心這破殘的軀體是否支持得了。便建議她與中國屈原學會會長、北京語言大學方銘教授接洽，希望由他來承擔，想一推了事。

事過一年，我在北京出差，與夢霞女士相約於紫玉飯店，這也是與夢霞首次見面。看她貌似文弱的川妹子，而言談之間，思維縝密，對於策劃此類大項目，矻矻不倦，充满信心、活力。我真是被她的誠意和精神打動了，便正式接了過來，且協助她設計申報課題。同年，獲批國家古籍出版專項經費支持。二〇一〇年，我又嘗試申報國家哲學社會科學基金的年度重點項目，居然也獲得了成功。二〇一一年，又獲立爲教育部人文社科重點基地首都師範大學中國詩歌研究中心的重大項目。至此，我已無退路，即使再大困難，惟有奮然前行。自一九九八年至今，我先後獲得了五項以研究《楚辭》爲内容的國家社科基金的課題，這個課題屬於其中的第四項，二〇一三年十一月結題，成果獲『免於鑒定』。

當時，社會上已有兩種《楚辭》的叢書出版。但是，無論是輯録書目、版本選擇，還是提要説明，兩種已出版的叢書都存在比較大的問題，不能滿足研究《楚辭》者的需要。我認爲，彙刊大型《楚辭》叢書，最好是一步到位，起點一定要高，於是定下了如下四條：一是編排務求其『新』，即從研究《楚辭》的專業角度來確定《楚辭》文獻的書目、版本，突出重點，體現《楚辭》文獻史的面貌。回顧兩千餘年的《楚辭》學術史，東漢的王逸《楚辭章句》與南宋的朱熹《楚辭集注》是兩種標誌性質的文獻著作。《楚辭》文獻研究，南宋以前，基本上以《楚辭章句》爲軸心，南宋以後至民國，基本上以《楚辭集注》爲軸心。編輯、彙刊《楚辭》文獻叢書，必須圍繞兩大『軸心』來編次，故而這部叢書不再單純以時代先後或者以『注釋』『音韻』『評論』『札記』等分類編次，而分成了『章句』『補注』『文選』『白文』『集注』『明清』等系列，而以注家承傳、版本因襲爲次序，由此體現出《楚辭》文獻流傳的軌迹。二是版本選擇務求其『精』，好中求好、精益求精。《楚辭章句》《楚辭補注》《楚辭集注》等著作，明代以後版刻甚多。選用何種刻本，均需好好斟酌。如《楚辭章句》，自明正德至民國間，海内外有三十來種刻本，雖然其間有承傳、因襲關係，但是必須花費時間逐本對勘，這樣纔能發現其彼此間的差異，而後斷其優劣。經過對勘、比較，發現《楚辭章句》現存刻本，其中任何一種均代表不了其他刻本，故雖是同一種注本，需要選用多種刻本。這部叢書選用《章句》非衹一種，有十一種不同版本，也是經過仔細對勘以後確定下來的。三是歷代注本務求其『全』。不惜一切代價，想盡一切辦法，廣泛徵求，小大不捐，求其完備齊全。這部叢書彙輯了各個歷史時期的注本稿本、排印本、批注本等，其中不乏舉世罕見善本、孤本及明清名人圈點的批校本，如輯自日本國的十七種古籍、輯自美國哈佛大學的稿本，都是難得稀見的珍本。應該收録的書，基本上已齊備，全書凡二百多種，超過了以往任何一種《楚辭》類的叢書，是至今最齊全、規模最大的《楚辭》文獻叢書，也是獨一無二的。這部叢書出版後，相信百年之内，不會有人再來重複做這樣的項目、彙刊這樣的《楚辭》叢書了。四是每書『考論』務求其『深』，即對每種入選著作，詳細介紹、評述，明其版本淵源，注釋因襲，别白是非，有真知灼見，切忌人云亦云，拾人牙慧矣。

但是，在運作實施過程中，遇到了難以想象的困難。可以説，徵集每一種注本，每一種刻本，都頗費周折，都有一段不同尋常的『故事』。如清彭遹孫批校馮紹祖觀妙齋刻《楚辭章句》本、清顔錫名的鈔本《屈子求志》、王國維批校洪興祖《楚辭補注》清同治十一年刻本等，都是經幾番交涉、花費高額代價，最後在各圖書館支持下輯録而成的。其間所經歷的曲折，實在難以一言説盡。又如清初鄭武的寄夢堂《屈子離騷論文》，雖見於書目著録，然而不知其藏於何處。我們百方搜索，終於在江西省吉安市圖書館找到了它，真是『踏破鐵鞋無覓處，得來全不費工夫』。後來在當地政府部門的幫助下，無償提供複製，我們如獲至寶，興奮不已。類此經歷，舉不勝舉，甘苦自知，毋需一一讕謱。

這部叢書輯録了十七種日本國庋藏的《楚辭》文獻，均屬珍貴古籍，其中有海内外的孤本、稿本及名家批注本。可以説，現存於日本國的《楚辭》精品，皆已囊括在内。我們之所以能收集到這些著作，完全是日本著名漢學家、《楚辭》學專家、秋田大學教授石川三佐男先生的功勞，我們永遠不能忘記他。石川先生是中日邦交正常化以後最早訪問中國的學者之一，一生頻繁往返於中日兩國之間，是中日人民友好的文化使者，在《楚辭》研究領域中做出了很大貢獻。二〇一〇年七月，我特邀石川先生參與《楚辭》文獻編纂，給其任務是收集、複製藏於日本國《楚辭》著作。石川先生欣然接受了邀請，并且全身心地投入徵集資料工作，走遍了日本高校所有的圖書館及藏書室。同年十一月，石川先生邀請我赴日本富山大學、東京大學講學之機，帶我專訪大阪大學圖書館，日本著名的《楚辭》學家西村時彦先生生前珍藏的『讀騷廬』百種《楚辭》，均藏於此館。那天下午，我與石川先生一起複製了四種《楚辭》古籍。他脱了鞋子，站在桌子上，把相機固定在架子上，我蹲在地上翻頁。拍完一頁，他在上面喊一聲『嗨衣』，我在下面翻過一頁。忙乎了五個多小時，直至關門纔結束。同行的湯漳平先生拍下了我們兩人複製工作的照片。没複製的書或闕漏的部分，後來石川先生自己專程從埼玉乘車去大阪補拍。之後，我又與石川先生合作，撰寫從日本複製過來的《楚辭》著作的十七篇『考論』。每篇都由我起草，然後寄石川先生審讀。他看得極仔細、極認真，每條引文材料均作仔細覈對，對於那些認爲不甚恰當之處也作刪改。二〇一一年五月，我邀請他來浙江師範大學講學，共同商討叢書的體例、規模。二〇一二年八月，又邀請他來金華作三天的文化考察，陪他遊金華雙龍洞、衢州爛柯山。石川先生興致極高，意猶未盡，臨別時説以後再來，且要帶夫人一起來，好像不過癮。孰料去年四月，石川先生身罹二竪，被診斷爲『腦癌』。旋即住院手術，竟從此一病不起，於今年二月七日在醫院溘然長逝。這個突如其來的噩耗，使我一方面爲失去好友而傷心，另一方面又感到内疚，愧對石川先生。石川先生生前非常在意這部叢書，時常關心、垂詢編纂的進度，并催促我儘快出版。後來，我發現在他的名片上加了一行『《楚辭文獻叢刊》編委』，可見他以能參與編纂這部叢書感到自豪，自覺承擔責任。石川先生還對我説，這部叢書出版後，一定要寫評文向日本漢學界朋友介紹。遺憾的是，石川先生走得太匆促了，没能趕上這部叢書的正式出版。但是，我深信石川先生的學術功績、學術貢獻不會泯滅，必將伴隨此書載入史册，傳之後世，成爲萬古不朽的名山事業。在石川先生安葬的那天，我託日本朋友大野圭介先生獻上了《楚辭》一章，陳列於其靈柩之前，寄我無窮之哀思。辭曰：

遥祭海東兮，涕泣漣漣。先生云逝兮，再見無緣。生憫契濶兮，死隔地天。尼父之歎水逝兮，莊生之傷疣懸。情懷幽明兮，命繫兩間。魂魄安在兮，九京起之誠難。惟其文章翰墨兮，獨重於璵璠。先生猶在兮，不朽千年。嗚呼哀哉，尚饗！

光蔭荏苒，項目啓動到出版，已經歷了七個年頭，我也步入『古稀』。這是我從事《楚辭》研究方面的最龐大的一項工程，『書山甲子渾忘却，白髮满頭歲月催』，幾年的心血、精力均耗費於此，總算向學術界遞交了一份答卷。幸而在編纂過程中，得到了趙敏俐、方銘、陳煒舜、殷夢霞、羅琳、劉剛等編委的大力支持與幫助，浙江師範大學對這個項目給予經費支持，前黨委書記梅新林教授給予多方面關懷，在此一一表示謝忱。國家圖書館、浙江圖書館、上海圖書館、中國科學院文獻情報中心、復旦大學圖書館、北京大學圖書館、山東省圖書館、湖北省圖書館、寧波天一閣博物館、温州市圖書館、貴州省博物館、香港中文大學圖書館、臺灣『中央圖書館』、日本大阪大學圖書館、日本足利學校圖書館、美國哈佛大學燕京圖書館等提供使用資料的方便，責任編輯南江濤先生及張愛芳女士爲此書付出巨大勞動，也在此表示衷心感謝。時維甲午之歲，孟春丙寅之月二十七日戊辰作於婺州麗澤寓舍。

# 楚辭文獻叢考

黃靈庚 撰

中

國家圖書館出版社

# 楚辭辨體

《楚辭辨體》者，明吴訥之所作也。訥字敏德，常熟人。永樂中以醫薦至京。召對稱旨，俾日侍禁廷，備顧問。洪熙元年，薦經明行修，授監察御史。敬慎廉直，不務矯飾。宣德初出按浙江，以振風紀植綱常爲務。後進南京右僉都御史、進左副都御史。正統初，訥發光禄丞董正等盗官物，謫戍四十四人。英宗初御經筵，録所輯《小學集解》上之。四年三月，以老致仕。家居十六年而卒。謚文恪，鄉人祀之言偃祠。著有《文章辨體》《小學集解》《祥刑要覽》《唐宋元明百家詞》《棠陰比事》多種。事載《明史》卷一五八本傳。

《楚辭辨體》一卷，原出《文章辨體》之卷二，非獨立成書。吴氏所作《文章辨體》，乃仿宋真德秀《文章正宗》、元祝堯《古賦辨體》之例。彭時《文章辨體序》所云，『蓋有以備《正宗》之未備而益加精焉者』。彭時又解『辨體』之義云：『「辨體」云者，每體自爲一類，每類各序題，原制作之意而辨析精確，一本於先儒成説，使數千載文體之正變高下，一覽可以具見。』就形式和内容來説，是在正文前面以序説的方法逐一辨析各種文體的制作之意。因此《文章辨體》一書卷帙雖富，所收録的作品也有簡注，但學者稱道的則在其序説部分。程敏政所編《明文衡》即收有《文章辨體序説》，陸深《谿山餘話》以此書號爲精博，自真德秀以下未有能過之者。晚明袁宗道對《文章辨體》亦多有稱譽。全書分文體爲五十九類，第二類即古賦。此類主要參考了朱熹和祝堯研究成果，加以融會貫通，出以己意，以時代爲序，分爲楚、兩漢、三國六朝、唐、宋、元、明等卷，而以《楚辭》居首。顧名思義，所謂『楚辭辨體』者，是書乃辨《楚辭》體製也。

《楚辭》一卷稱『古賦一』，其所録，有《離騷》、《九歌》九首（無《國殤》《禮魂》）、《九章》九篇、《遠遊》、《卜居》、《漁父》、《九辯》、《招魂》。而卷三『古賦二』《兩漢》一卷，則輯録《吊屈原賦》《鵩賦》《惜誓》三篇。荀子《成相》《佹詩》等作品，吴訥未如朱熹、祝堯那樣列入『賦類』，而是附於卷一『古歌謡』之末。

吴氏於《楚辭》體製有詳盡之論説。若涉及本源，則引祝堯《古賦辨體》云：『按屈原爲《騷》詩，江漢皆楚地。蓋自王化行乎南國，《漢廣》《江有汜》諸詩已列於二《南》、十五國風之先。風雅既變，而楚狂《鳳兮》、滄浪《孺子之歌》，莫不發乎情，止乎禮義，猶有詩人「六義」。但稍變詩之本體，以「兮」字爲讀，遂爲楚聲之萌蘖也。原最後出，本《詩》之義以爲《騷》，但世號「楚辭」，不正名曰「賦」。然自漢以來，賦家體製，大抵皆祖於是焉。』蓋楚聲如《漢廣》《江有汜》，在《詩三百》中已冠於《國風》之首。其後風雅雖變，楚聲之體稍易，卻仍能保存古詩温柔敦厚之義。屈子繼承這個傳統，發憤抒情，其作雖不以賦名之，實際上卻是賦家之祖。由此可知，吴氏和祝堯一樣，相信《楚辭》不僅稍變《詩三百》之文體，且繼承詩人『發乎情，止乎禮義』之六義。但是，吴訥意識到《詩三百》與《楚辭》迥異之處，通過對風、賦、雅、

文章辨體卷之二　　海虞後學吴訥編集

古賦一

楚

離騷　屈原

離遭也擾動曰騷晦翁云原名平與楚同姓仕懷王爲三閭大夫與王圖政鑒察群下應對諸侯同列上官大夫及用事臣靳尚妬其能譖之王疏原原乃作離騷上述唐虞三后下序桀紂羿澆冀君覺悟是時秦使張儀誘懷王倶會武關原諫勿行不聽而往遂爲拘留不遣卒死于秦襄王立復聽讒遷原於江南原復作九歌九章遠遊卜居等篇冀悟君心終不見省不忍見宗國危亡遂赴汨羅之淵自沉而死

辨體卷二

頌、騷、辭諸先秦兩漢文體界定而表達其蹄筌：『夫刺美風化、緩而不迫謂之「風」；采摭事物、摛華布體謂之「賦」；推明政治、正言得失謂之「雅」；形容盛德、揚厲休功謂之「頌」；幽憂憤悱、寓之比興謂之「騷」；傷感事物、託於文章謂之「辭」。』若從『正變』角度觀之，吴訥有關風、賦、雅、頌的描述傾向於『正』之一端：風有『刺』，卻説是『緩而不迫』；雅能言政治之『失』，卻稱爲『正言』。然而，此論與其説是淡化風雅正變區别，毋寧説是要强調《詩三百》與《楚辭》間之異同。風有『刺』，也『寓之比興』，但不像騷之『幽憂憤悱』；雅言得失，也『託於文章』，但不像辭之『傷感事物』。吴訥雖不否認《楚辭》源於《詩三百》，卻認識到二者不同之處就在於《楚辭》有幽憤感傷之情調。這種情調不合乎中庸之道，爲朱熹等宿儒所詬病。吴訥雖也强調『教化』『明理』，但此處衹是就文論文，没有過於責難屈原之狂狷。這在明代前期尤爲難能可貴。

吴訥以《楚辭》爲古賦之祖，律賦爲古賦之變。《詩三百》中衹有風、雅、頌三體，賦僅爲一種寫作手法。但回觀前引《文章辨體》對各種文體定義，竟將賦躋於其間。班固『賦者古詩之流』之説，吴訥蓋首肯之。然則並未因此遽言賦直承於《詩》，而是確認二者之間猶有《楚辭》這一環。吴訥引《漢書·藝文志》云：『古者諸侯卿大夫交接鄰國，必稱詩以喻意。春秋以後，聘問歌詠，不行於列國，而賢人失志之賦作矣。大儒荀卿及楚臣屈子，離讒憂國，皆作賦以風。其後宋玉、唐勒、枚乘、司馬相如，下及揚子雲，競爲侈麗閎衍之辭，而風諭之義没矣。』申明由詩至騷至賦之演變，也提到賦與騷最不同之處，在於『風諭之義』之淹滅。换言之，屈騷尚能得《詩》之精神，而宋玉等人之賦徒具《詩》之寫作手法而已。持此而言，吴訥對於前人編選體例有不厭之處：『《文選》編次無序，如第一卷古賦以《兩都》爲首，而《離騷》反置於後……不足爲法。』以爲《文選》置古賦於前、列騷於後，昧於二者之間源流關係，甚不可取。而於《文章辨體》，吴訥將三類文體一概劃入古賦類。

吴訥不僅注重文體源流，同時也認爲文體特色直接影響到其功能。早在西漢末年，揚雄就指出：詩人之賦麗以則，辭人之賦麗以淫。在二者之外，祝堯益以騷人之賦一環。吴訥於祝氏基址之上，又申之云：『夫騷人之賦與詩人之賦雖異，然猶有古詩之義，辭雖麗而義可則；至詞人之賦，則辭極麗而過於淫蕩矣。蓋詩人之賦，以其吟詠性情也；騷人所賦，有古詩之義者，亦以其發於情也。其情不自知而發於情，其辭不自知而合於理。情形於辭，故麗而可觀；辭合於理，故則而可法……二十五篇之〈騷〉，無非發於情者，故其辭也麗，其理也則，而有賦、比、興、風、雅、頌諸義。』吴訥抽譚『騷人之賦』，即揚雄所謂『詩人之賦』，所指即是《詩三百》中的運用『賦』這種手法的段落；他將賦與風、雅、頌並列，自有其因。吴訥又稱，詩、騷、詞人之賦的演化在於文辭與義理此消彼長。古詩質樸，有美刺諷諫之意；漢賦華贍，勸百而諷一；而《楚辭》則辭義兼具。其情不自知而發於情，其辭不自知而合於理，正是因爲有得於『在心言志、發而爲詩』之義，而不像後世賦家刻意爲文，斲喪天真。再者，雖然《詩》《騷》同秉六義，但因時代的變化，六義在作品中體現的面貌又有所不同。朱熹對這一點可謂剖析毫芒，吴訥則全盤接受了朱熹之説。

《楚辭》正文中，祝堯祇標出音讀、假借字及賦比興手法，吴訥則更有小注。如《離騷》『帝高陽』下注：『楚祖。』又，『攝提』下注：『星名，隨斗柄以指者。』不一而足。因體例之故，其注遠視王逸、朱熹爲簡略，如，『紛總總其離合兮』，王、朱皆云：『紛，盛多貌。總總，聚貌。』而吴氏於『紛總總』下徑言：『盛多貌。』蓋盛多已含聚義在内。其注文多取自朱熹《集注》，如，『苟情其信姱以練要兮』，王逸釋『練要』僅云：『練，簡也。』朱注則云：『練要，言所脩練潔，所守要約也。』吴訥於此句下簡注曰：『所脩精練，所守要約。』則是棄王注而從朱注。又，朱熹在《離騷》『蜷局顧而不行』下注曰：『屈原託爲此行，而終無所詣。周流上下，而卒反於楚焉。亦仁之至而義之盡也。』吴訥則於『忽臨睨夫舊鄉』下注曰：『屈原託爲此行，終無所詣，卒返於楚。仁之至、義之盡也。』亦因朱注爲説。又，《九歌·雲中君》『靈皇皇兮既降，猋遠舉兮雲中』二句，吴訥注云：『言神降於巫，忽疾去至神所居。』案朱注：『靈，謂神也。皇皇，美貌。降，下於巫也。猋，去疾貌。雲中，神所居也。言神飲食既飽，猋然遠舉，復還其處也。』王逸章句：『靈，謂雲神也。皇皇，美貌。降，下也。言雲神來下，其貌皇皇而美有光文也。猋，去疾貌。雲中，雲神所居也。言雲神往來急疾，飲食既飽，猋然遠舉，復還其處也。』王、朱二注内容相當接近，唯朱注謂『降，下於巫也』，乃王注所無，而吴訥此處所據義亦用朱注。《山鬼》『子慕予兮善窈窕』，吴注云：『言君始者珍己。』朱熹於此篇題下按云：『子慕予之善窈窕者，言懷王之始珍己也。』王注不見有此説。蓋明人學術尊崇朱子風氣如此，吴訥亦未能免矣。

是書爲劉孜等刻於明天順八年甲申，國家圖書館有藏本，是編從此本輯出。《四庫全書存目叢書》《續修四庫全書》亦皆據此本影印。（陳煒舜）

# 楚辭明辨

《楚辭明辨》者，明徐師曾之所作也。師曾字伯魯，江蘇吴江人。嘉靖二十六年丁未中禮部試，念父年老，遂稱疾不對策。三十二年癸丑對策，選庶吉士，轉兵科給事中。明年丁嫡母艱，服闋，補吏科。三十九年庚申，奉命册封周藩，閲歲歷轉左給事中。隆慶五年辛未致仕。事載徐氏肆力經籍，著有《周易演義》《禮記集注》《正蒙章句》《小學史斷》《宦學見聞》《湖上集》《世統紀年》《六科仕籍》《吴江縣志》《經絡全書》《文體明辨》《詠物詩編》《臨川文粹》《大明文鈔》，計數百卷。事載清乾隆《蘇州府志》六十四《人物》。

《楚辭明辨》凡二卷，原見徐師曾《文體明辨》之卷一、卷二，非獨立成書。《楚辭明辨》卷一録《離騷》《遠遊》《招魂》，卷二録《九歌》《九章》《九辯》《卜居》《漁父》《惜誓》《吊屈原》《哀時命》《招隱士》《易水歌》《越人歌》《大風歌》《瓠子歌》《秋風辭》《烏孫公主歌》、元結《引極》、王維《山中人》《望終南》、顧況《日晚歌》、韓愈《訟風伯》、王安石《書山中辭》《寄蔡氏女》、邢居實《秋風三疊》。各篇之首有『解題』，末有『總評』，注文乃節略朱子《集注》而成，視吴訥《文章辨體》略詳。而『總評』要爲朱熹、祝堯之語。

徐氏自序稱其書『大抵以同郡常熟吴文恪公所纂《文章辨體》爲主而損益之』，然所論與吴氏亦有不同處。與吴書相似，其創見主要體現於《序説》部份。如，《文章辨體》徵引祝堯之言：『按賦者，古詩之流……屈子《離騷》，即古賦也。按屈原爲《騷》詩，江漢皆楚地。蓋自王化行乎南國，《漢廣》《江有汜》諸詩已列於二《南》、十五國風之先。風雅既變，而楚狂《鳳兮》、滄浪《孺子之歌》，莫不發乎情，止乎禮義，猶有詩人六義。但稍變詩之本體，以「兮」字爲讀，遂爲楚聲之萌糵也。原最後出，本《詩》之義以爲《騷》，但世號「楚辭」，不正名曰「賦」。然自漢以來，賦家體製，大抵皆祖於是焉。』則全因祝堯之論。而徐師曾則云：『按《楚辭》者，詩之變也。詩無楚風，然江漢之間，皆爲楚地。自文王化行南國，《漢廣》《江有汜》諸詩列於二《南》，乃居十五國之先，是《詩》雖無楚風，而實爲風首也。風雅既亡，乃有楚狂《鳳兮》、孺子《滄浪之歌》，發乎情，止乎禮義，與詩人六義不甚相遠。但其辭稍變詩之本體，而以「兮」字爲讀，則夫楚聲固已萌糵於此也。』比較二人之異，徐師曾大抵原封不動因襲祝堯與吴訥之説。

夕餐（一作食）秋菊之落英（叶放姜反。花也）。苟余情其信姱（音誇）
（實美也）以練要（精練要約）兮，長顑頷（坎漢二音，渟含二音，一作含。食不飽而面
黃之貌）亦何傷。覽（一作擥）木根以結茝（一作芷）兮，貫薜（音避）
荔之落蘂（橤也），矯菌桂以紉蘭兮，索胡繩（薜荔、胡繩，並香草。胡
繩又可作索）之纚纚（音洗，好貌）。謇（難詞，一作蹇）吾法夫前脩（前代
脩德之人）兮，非世俗之所服（叶蒲北反）。雖不周（合也）於今之人
兮，願依彭咸（殷賢大夫，諫其君不聽，自投水而死）之遺則。長太息以
掩涕兮，哀生民之多艱。余雖好脩姱以鞿羈（韁在口曰
鞿，革絡頭曰羈）兮，謇朝誶（訊、粹二音，諫也）而夕替（叶未詳。廢也。或云艱居艮一音
它因反。以上賦也）。既替余以蕙纕（佩帶）兮，又申之以攬茝（一作

文體明辨卷一　〈楚辭上〉　二十四

芷）。亦余心之所善兮，雖九死其猶未悔（以上賦而比也）。怨
靈脩之浩蕩（無思慮貌）兮，終不察夫民心。衆女嫉余之
蛾眉兮，謠諑（音卓，楚南謂愬爲諑）謂余以（一作之）善淫。固時俗
之工巧兮，偭（音面，背也）規矩而改錯（音措）。背繩墨以追（古隨
字）曲兮，競周容（求合苟容）以爲度（常法也。以上比也）。忳鬱邑（一作
悒）余侘（义二音）傺（姹、祭、蔡二音，失志貌，楚人語也）兮，吾獨窮困乎此
時也。寧溘（音渴，奄也）死以（一作而）流亡兮，余不忍爲此態
（叶士宜反）也（一無也字。以上賦也）。鷙鳥之不羣兮，自前世而固
然。何方圜（一作圓）之能周（合也。一作同）兮，夫孰異道而相
安（叶一先反。以上比也）。屈心而抑志兮，忍尤而攘（自遺）詬（音詬）

對於辭、賦之間的關係，徐師曾之論與吴訥則有所不同。吴訥從祝堯之説，在『詩人之賦』和『詞人之賦』之間，益之以『騷人之賦』這一環，希望突出騷體獨特性，並進一步理清詩、騷、賦之間傳承關係。徐師曾則於吴訥之説有所損益。在《文體明辨》中，徐氏對祝堯、吴訥所論詩人、騷人、詞人之賦之概念進行調整，曰：『古者諸侯卿大夫交接鄰國，揖讓之時，必稱詩以喻意，以别賢不肖，以觀盛衰。（諸種賦詩）皆以吟詠性情，各從義類。故情形於辭，則麗而可觀；辭合於理，則則而可法。使讀之者有興起之妙趣，有詠得之遺音。揚雄所謂「詩人之賦麗以則」者是已。此賦之本義也。春秋以後，聘問詠歌不行於列國，學詩之士逸在布衣，而賢士失志之賦作矣，即前所列《楚辭》是也。揚雄所謂「詞人之賦麗以淫」，正指此也。然至今而觀，《楚辭》亦發乎情，而用以爲諷，實兼六義而時出之，辭雖太麗，而義尚可則，故朱子不敢直以詞人之賦目之，而雄之言如此，則已過矣。』揚雄是否把《楚辭》視爲詞人之賦，至今尚有争議。祝堯、吴訥提出『騷人之賦』這個名目，大抵是爲提高《楚辭》地位，免將其歸於可能遭受批評『詞人之賦』一類。而徐師曾既不贊成《楚辭》爲『詞人之賦』，又没有沿襲祝、吴『騷人之賦』之説，無疑是將《楚辭》直接歸入『詩人之賦』矣。

與《辨體》相比，《明辨》注文有所損益。如，《離騷》『帝高陽之苗裔兮』，吴注僅爲『楚祖』，而徐注則云『楚祖顓頊』。又，『欲少留此靈瑣兮』，吴注云『神之門鏤』，而徐氏未注。又，《抽思》『豈不至今其庸亡』，吴氏無注，而徐氏注：『言昔吾所陳之言明白如此，豈不至今猶可覆視，而何用乃亡之邪？』乃采用朱注。類此不一而足。其次，吴注協韻，徐注有所承襲，而『賦而比』『比而賦』等標示則皆爲删去。此外，徐注還增入校勘文字，如，《離騷》『何不改乎此度』『來吾道夫先路』，注曰：『度、路下一皆有也字。』又，《遠遊》『悲時俗之迫阸』，注曰：『阸一作隘。』又，《招魂》『恐後之謝』，注曰：『一作謝之，一无之字。』類此校勘，皆源自洪興祖《補注》，朱熹《集注》承之。然比勘之，如前引『度、路下一皆有也字』之文，《補注》係在兩句下分別注云『一云何不改乎此度也』『一本句末有也字』，朱注方將兩語合併爲一句，知徐校之文字大抵來自朱注矣。

徐師曾《文體明辨》有明萬曆十九年辛卯茅坤活字印本，國家圖書館有藏本，《四庫全書存目叢書》亦據此本影印。是書從此本單獨輯出也。（陳煒舜）

# 周用楚詞注略

《楚詞注略》者，明周用之所作也。用字行之，蘇州吴江人。弘治十五年壬戌進士。授行人。正德初，擢南京兵科給事中，改南京兵科。諫迎佛烏斯藏，以逆旨遷黜尚書、都給中等官。出爲廣東參議，預平番禺盜，有功。歷浙江、山東副使。擢福建按察使，改河南右布政使。代監司鞫南陽滯獄，獄爲之空。嘉靖八年戊子，擢右副都御史，巡撫南、贛。召協理院事。歷吏部左、右侍郎。以起廢不當，調用南京刑部。遷右都御史，工、刑二部尚書。九廟災，自陳致仕。既罷，中外皆惜之，頻有推薦。久之，以工部尚書起督河道，數月，改漕運。未上，召拜左都御史。二品九年滿，加太子少保。二十五年丙午爲吏部尚書。明年，卒於官。贈太子太保，謚恭肅。著有《讀易日記》一卷，《周恭肅公集》十六卷。事載《明史》卷二百二本傳、清乾隆《蘇州府志》卷六十四《人物》。

《注略》一卷，首爲閔亥生序，次爲周用自序。下署『周恭肅公著，裔孫之彝較刻』。序後即爲《注略》本文一卷，釋屈子所作二十五篇，録氏注解，不收原文。二十五篇之篇目悉據朱熹《集注》。而《東皇太一》《雲中君》《禮魂》《橘頌》《漁父》五篇無注，但列篇題；其餘則每篇有全篇總論及章句大意，《九歌》獨有釋題。不計《東皇太一》等五篇標題，正文有注文四十一則。

周用一生仕途數落數起。正德時不畏劉瑾之氣焰，抗顔而諫迎佛；嘉靖時平番禺盜、鞫南陽滯獄，政績皆足稱述，故晚明首輔葉向譽揚之云『內攻貂璫，外觸要津』，史稱其『端亮有節概』。武宗逸樂，世宗昏憒，周用雖亦深明用晦之道（如九廟災而請致仕），然其本性剛正，未必不引屈原爲知己。自序『人生相知之難，豈直君臣者』云云，殆有感而發矣。故其注《騷》之因緣，大抵藉以抒發仕途之抑鬱。除此之外，又申明其研究《楚辭》方法：其一，屈原平生以貞信自許，學問汗漫橫肆。其文采雖然斐然，但爲文猶以明心、宣哀、達志。後人讀《楚辭》，若衹眩惑於文辭，模擬其辭以騁浩蕩之懷，是非屈原之志。其二，《楚辭》諸篇意義往往前後相發明，故『比類而觀』，是理解《楚辭》之法門。其三，鑒於朱熹《集注》及其他舊説仍有未盡之處，猶須探索闡釋，故『注略』有兩層意義：一爲領其要，一爲祛其疑。領要、祛疑皆基於舊注而爲之，故《注略》一書簡短，僅陳大略而已。此外，此書以《集注》爲本，然於王逸、朱熹之注有申述處、有反對處。閔亥生序稱《注略》『其詞約，其旨遠，斷章取義，與王逸、朱紫陽相表裏。誠左徒之功臣，而立言之盛事也』。是書乃因而王、朱二注斟酌損益之矣。

明代前期，楊士奇避而不談《楚辭》；何喬新承朱熹之説，指《楚辭》一書『醇儒莊士，或羞稱之』。李東陽又云：『荆楚之音，聖人不録，實以要荒之故。』一脈相承，皆未以屈子爲修身之的。李東陽爲武宗顧命之臣，尚屈於劉瑾的氣焰；周

楚詞註略

周恭肅公著　　裔孫之夔較刻

屈子離騷既放而追叙之辭也其心忠故終始以貞信自許而不敢少忘其君其情哀故每作則糾纒鬱塞往復再四而不可離其志窮故周旋迫切而無所容其身蓋以義無所逃於天地之間亦卒命而已矣又其學本博極故汗漫橫肆足以明其心宣其哀而達其志必如是而後

楚詞註略　一

用爲李氏後學，正德間同處一朝，而『內攻貂豎，外觸要津』，比對判然。而周用評價屈原，與臺閣諸老亦有不同。他雖然承認很多人眩惑於《楚辭》文辭，進而模擬騁懷，此爲讀者一己所好，與屈子了不相涉。換言之，臺閣諸老之論有本末倒置之嫌。朱子於屈原非議，以爲『忠之過』，周用亦未以爲然。由於朱子於明代擁有崇高地位，《注略》不能直斥其非，但處處皆是回應朱熹之論，對屈原評語十分正面，非朱注可比也。論志行，朱子謂屈原行事過於中庸，不足爲法；而周用止着眼於其『忠』，不提中庸，且以爲屈原狷介之行乃出於周旋迫切而無所容身之故，語調頗爲包容。論作品，朱子以屈作流於跌宕怪神，不可爲訓；而周用則稱其糾纏鬱塞，往復再四。心忠、情哀、志窮，實是屈原爲人如斯、《楚辭》爲書如斯的原因。若此三端，朱子固然也有察覺。但朱子偏執於結果，聲稱《楚辭》離經；周用則兼重其原因，斷言屈原可慕，是二人的不同之處。至於就論才學，朱子責屈原不知學於北方，周用讚其學本博極，汗漫横肆。以周氏之見，屈原無所不知，則孔孟之學、中庸之道，也自當瞭然於心。二人見解可謂南轅北轍。周用指出，屈原明儒理卻流於狂狷，是因『宗臣』無去國之義。後來不少注家等皆著力闡發了這一點。

因時世久遠、文獻缺逸，屈原生平事迹已難詳考。但其作品創作年代，又與生平關係密切，影響重大。周用深明此理，於《注略》每每論及於此。關於《離騷》創作之時，自漢代以來莫衷一是。金開誠氏比對司馬遷《屈原列傳》、劉向《新序·節士篇》、班固《離騷贊序》、王逸《離騷經序》，指各説皆肯定《離騷》作於楚懷王時。王逸、朱熹《離騷經序》悉謂屈原遭懷王疏遠而作《離騷》，但皆未明言遭疏後是否放流。周用於《自序》開首便道：『屈子《離騷》，既放而追敘之辭也。』又言：『《史記》曰：「屈平雖放流，睠顧楚國，繫心懷王，不忘欲反，冀幸君之一悟，一篇之中三致意焉。然終無可奈何，故不可以反，卒以此見懷王之不悟也。」則是原在懷王時已放流，故作《離騷》。』以爲屈原作《離騷》而『冀幸君之一悟』，表示他對懷王仍抱有幻想，因此斷定屈原見疏後，楚廷實有放流之舉，而《離騷》創作年代就在放流不久之時。針對這個論點，毛慶批評道，周用的話不符合《屈原列傳》的實情。司馬遷於『王怒而疏平』，後接著寫『憂愁幽思而作《離騷》』，明確記載《離騷》是作於見疏之後，懷王之時。而周用所引一段在後，在懷王已卒、頃襄王即位以後。大約周用認爲『一篇之中』的『一篇』是指《離騷》。然此論不確。毛氏以爲，周用没有注意《屈原列傳》陳述先後次序，且把屈作『一篇之中三致意』的特色僅僅當成是《離騷》一篇特色。近代以來，一直有學者懷疑《屈原列傳》有竄亂之處。周用所引，聶石樵就指出是『對《離騷》寫作意圖及懷王不聽忠諫的結果的説明』。至於古代學者，雖然並無這樣的懷疑，但有人認爲這一段是對前文有關《離騷》補充。因此，周用斷言《離騷》作於懷王之時、放流之後，是可以理解的。他很清楚，《離騷》的語氣仍帶有希冀，不可能是屈原的晚年作品。

至於其他篇章，王逸、朱熹認爲大都創作於江南沅湘之間。而周用考察文意，認爲《離騷》以外，《九歌》也應作於初放之時：『《九歌》之作，疑亦在是時（案：指作《離騷》之時），其辭猶有望焉。至襄王又遷江南，復有《天問》以下等篇，則悲痛殆絶矣。』所謂『猶有望』，周氏於《九歌》解題一則中申釋道：『（《九歌》各篇）其周旋勞苦、徘徊延佇、求之不得而不得已者，尤原之所致意者也。』我們由這兩段文字還可知道：周氏以《九歌》與《離騷》的辭氣比較接近，故應作於同時。由於文中流露出『猶有望』心態，他推測屈原此時放流不久，尚未遷於江南。而《天問》《九章》《遠遊》《卜居》《漁父》諸篇，辭氣不類《離騷》《九歌》，周用則斷言創作於頃襄之世、江南之野。這些篇章中又以《天問》的創作時間最早：『蓋原此篇作於《離騷》《九歌》之後，而迫切之情尤有甚焉。』認爲《天問》辭氣比《離騷》《九歌》迫切，但又不及《九章》諸篇『悲痛殆絶』，因此應當作於《九歌》之後、《九章》之前。聶石樵以爲《天問》並没有放逐痕迹，衹是抒發了一些憤懣和失意的情緒，可能是屈原被讒去職後到漢北所作。這種見解在今天較爲學者所接受。周用僅根據文辭的緩促來推斷《天問》的作年，並不太科學。總體而言，周用對屈作年代的推斷主要援引了《史記》和屈作本文爲證。這與後來很多注家如黄文焕、林雲銘、蔣驥等逐篇考定創作年代的方式是一致的。然而，由於周用之説大都點到即止，沒有進一步的闡發，所以尚欠精詳，且有武斷之嫌。

歷來楚辭學的另一個焦點，即篇章命名問題，《注略》也有所論及。此書第一則便對各篇章的命名作出了通盤的推斷：『《離騷》，《史記》曰「猶離憂也」，蓋本篇有「余既不難夫離別」之言，與《東皇太乙》至《禮魂》《惜誦》至《悲回風》《遠遊》至《漁父》及《天問》，皆原自命。《離騷》曰「經」，曰《九歌》《九章》，爲後人所加。《九歌》蓋因首篇「《九辨》《九歌》」，又合《湘君》《湘夫人》《太司命》《少司命》爲二篇故；下宋玉則取《九辨》自命其辭。』《離騷》之名乃司馬遷、班固所用，王逸《章句》則稱之爲《離騷經》。洪興祖、朱熹對《章句》雖有質疑，直稱『經』字爲後人所加，但在其注本中仍然保留了經、傳的名目。及至周用之書，便毅然不用《離騷經》之名。其後汪瑗、黄文焕、李陳玉等注家皆是如此。至於周氏解『離騷』二字則有欠穩妥。他的説法明顯和王逸『離，別也；騷，愁也』之故訓是一致的，卻援引《史記》爲解。實際上，《史記》『離憂』與《楚辭》『進不入以離尤』『思公子兮徒離憂』等句一樣，『離』解作『遭』，並非王逸『離別之憂愁』之意。因此，『離憂』即『遭憂』之義。周用拈出『余既不難夫離別』一句爲證，未免紆曲。關於《九章》之名，周用認爲是後人所加，這個意見源於朱熹：『屈原既放，思君念國，隨事感觸，輒形於聲。後人輯之，得其九章，合爲一卷，非必出於一時之言也。』觀王逸云：『章者，著也，明也。言已所陳忠信之道，甚著明也。』相比之下，朱熹之説更具説服力，因此得到後來大多數學者的支持。然而，周用以《九歌》之名也是後人所加，就有臆測之嫌了。王逸謂屈原『作《九歌》之曲，上陳事神之敬，下見己之冤結，託之以諷諫。』朱熹《辯證》也以此名爲屈原自定，又説：『或疑猶有虞夏《九歌》之遺聲，亦不可考。』雖言不可考，但道出一個訊息：《楚辭》之《九歌》、虞夏之《九歌》皆祀神之曲，屈原《九歌》之名雖爲自擬，實亦取於固有。周用也留意到《離騷》『啓《九辯》與《九歌》』之語，然見解大不相同。他認爲屈原創作的二十五篇是各自獨立的。後人在《離騷》之外，合思君念國之篇爲《九章》，合祭祀歌舞之辭爲《九歌》。實際上，和《九章》不同，《九歌》十一篇具有連貫性，明顯是同時所作。否則很難解釋，屈原爲甚麼要異時異地、斷斷續續地創作這些篇章。因此，周用此論僅因《九章》而推斷《九歌》的題目爲後人所加，完全忽略這組詩歌本身的性質和屈原創作的動機。

古今《楚辭》注家對各篇的主旨反覆争論。對於前賢的解釋，周用並没有盲從，云：『《楚辭》爲《國風》之變，而《遠遊》又《離騷》之變也。蓋《離騷》猶寄言君臣，其終也猶睠焉故都，則原之於楚猶有庶幾之望焉。於《遠遊》則言神仙輕舉，無復向之徘徊眷戀，而於所謂「忽臨睨夫舊鄉」者，則又没其辭於篇間，而非究竟致意之言。故曰《離騷》之變也。雖然，原於向之所懷，豈其少改乎？誠以疾痛號呼，無所不至，終無以自明，致命遂志，信誓不可越，乘化歸盡，於吾蓋無毫髮之憾。迹雖幾於愈疏，其蓄極而通、哀極而樂，人窮反本，乃知生死一致，奈何畏懼？「知死不可讓而無愛」者，於此又可以驗其言之有自，而不變其初心也。』對於《遠遊》，周用依然堅持全篇不是遊仙之説，而是生死之道，屈原並非有求仙之志，而是通過對這些境界描繪表達自己對楚國俗世的徹底絶望。故此，此文雖與《離騷》一樣有神遊内容，亦有『忽臨睨夫舊鄉』之句，卻已無《離騷》牽掛之情。此時屈原對自己的生死去留已有周備審思，《懷沙》『知死不可讓，願無愛兮』之語就是極好注解。當然，周用也指出：屈原的絶望，正是對於先前拳拳寄望的一種逆反。他對《遠遊》篇旨的解説，依然側重於『懷念楚國』這一端。又如《天問》之創作動機，王逸所謂『呵壁』問天，以渫憤懣之説爲大多數學者所贊同。周用則與王逸不盡相同：『《天問》是因先以天爲問，故以命篇，非以通篇爲問天也。』又云：『自「遂古之初」以下十一章，皆因天設問，此非原本意，特假此發端，猶是婉辭。』則前段有關自然現象之發問，衹是後文發端、鋪墊。聶石樵云：『《天問》中有些詩句固然有諷諫意義，有些則與諷諫無關。』正中周用之意。周氏又以爲人事興替纔是屈原所在意之處：『羿、澆、桀、紂、妺嬉、褒姒、箕子、比干之事，正其所致意者，指摘殆盡。天所諱隱，乃驟引而置之有無絶續之間，以爲人有知我者，如是足矣。』這些歷史陳迹雖然不堪回首，乃至於上天都想有所諱隱，但卻斑斑可考、歷歷在目。楚國君臣將歷史教訓完全置之不顧，沉溺於歌舞昇平，諱疾忌醫，更對清醒者進行無情打壓，正是屈原需要洩憤原因。明末李陳玉論《天問》第一大段道：『屈子非不知其故，特欲問下面人事種種，先爲是迂遠之言，此文字之妙也。』無疑受到周用影響。

對於《天問》取材，周用如是説：『屈原此篇，蓋取古昔世代明白可鑒之迹，間以巫史鬼物譸張不經之書，俚俗口耳茫昧無稽之説，美惡雜陳，先後易置，是以歷世既久，其文遂多不可解，而其篇章首尾則猶存。』現代學者或指出，《天問》確有楚國和上古的神話傳説成分，但絶非取之『譸張不經之書』『茫昧無稽之説』，進而認爲周用對《天問》的基本理解尚有問題。不過在儒學主導的時代，將上古神話傳説斥爲荒誕不經是司空見慣的事，似難要求古人像近百年來的學者一樣結合出土文物及有關史料，證明《天問》並非不可解，相反有著極重要的科學史、民族史及文化史之價值。其次，總觀周用整體的論述，所謂『巫史鬼物譸張不經之書，俚俗口耳茫昧無稽之説』，主要是針對第一段自然現象而言。至於和人事相關的掌故，他都是歸於『古昔世代明白可鑒之迹』的。

《注略》又論及《九歌》篇數。《九歌》《九章》名皆有『九』字，後者九篇，前者十一篇。若《九歌》之『九』爲實數，則與篇數有差；爲虚數，則與《九歌》之名不侔。明代主虚數説者，除楊慎外，少有所聞：『古人言數之多止於「九」……《楚辭•九歌》乃十一篇，《九辯》亦十篇。宋人不曉古人虛用「九」字之義，强合《九辯》二章爲一章，以協九數，兹又可笑耳。』林兆珂解《九歌》時亦徵引姚寬之説。而可考知明清《楚辭》學者中，周用爲主實數説之第一人。周用以二《湘》合一、二《司命》合一而得『九』之數。其後學者以主實數者爲多：汪瑗、王夫之合二《司命》爲一，以《禮魂》爲前十篇之亂辭；黄文焕、林雲銘、蔣驥以《山鬼》《國殤》《禮魂》爲一篇；錢澄之以河非楚望、山鬼妖邪，去而得九章；諸説紛紜，不一而足。

觀《九歌》之内容，周用對『事神』作出了較詳細劃分：『《九歌》，迎神、享神、送神之詞。』通過迎、享、送神三端，周氏將十一篇進行歸類：『《湘君》《湘夫人》《山鬼》，言迎神；《東皇太乙》《國殤》《禮魂》，言享神；餘兼迎送。』周用所定迎、享、送神之標準何在，注文並未説明，大抵是玩味文本、參詳舊注後所得。嘗試論之，如《東皇太一》『穆將愉兮上皇』到『君欣欣兮樂康』都没有明確描述到神的降臨與離去，故周用以爲衹有『享神』部分。《湘君》一篇，朱熹以爲『言湘君既不可見，而愛慕之心終不能忘』。等待許久，神終不來，故周用認爲此篇衹言迎神。至於《雲中君》、二《司命》《東君》《河伯》五篇，諸神的迎、享、送都層次分明，周用云『兼迎送』，也包括『享』禮。對於這一點，毛慶認爲『確可補朱熹之缺』。其後，明末李陳玉亦有類似之説。

周用以《河伯》《山鬼》並稱，謂『猶概言山川之神，無所輕重』。雖然没有詳細申述，卻很值得注意。王逸、朱熹皆以河伯爲黄河之神，山鬼係木石之怪。而周用似已否定王、朱之説，以河伯爲普通水神（而非黄河之神），否則不會稱他『無所輕重』。直至近世，學者方提出類似意見。周用分析《山鬼》時始終以『神』稱之。然直至清末，主山鬼爲神者依舊爲數戔戔。近人郭沫若謂山鬼爲巫山神女，姜亮夫也道：『《山鬼》祭的不是「鬼」而是山中女神。』周用説山鬼『無所輕重』，自然不會將之和地位顯赫的巫山神女聯繫起來。然而，認爲『鬼神可以通稱』，不再簡單地把山鬼看成山魈，《注略》在諸家中年代是比較早的。

《注略》是《楚辭集注》後之第一本較具規模地分析屈作章法之作，論及章法篇幅甚多，涉及《離騷》《湘君》《湘夫人》《大司命》《少司命》《東君》《河伯》《山鬼》《天問》《惜誦》《涉江》《哀郢》《抽思》《懷沙》《思美人》《惜往日》《悲回風》《遠遊》《卜居》等十九篇，或就全篇而論，逐一探討各章意義及起承轉合之法；或就個别有疑問之詞句而論，在有需要時另開新則。以《哀郢》篇爲例，朱注雖詳盡，但句釋僅是詞釋的衍申，並非就論章法而言，稍爲支離；至於各章相互關係，也鮮有貫穿一氣的講解。而周用之注則云：『《哀郢》「皇天之不純命」四章，追敘去國之始，徘徊眷戀，臣子不忍之情。「心嬋媛而傷懷」二章，反覆言流亡未知所止，不能爲心之甚。「將運舟而下浮」二章，言遂欲遠去，而此心益不忍忘乎故國也。「登大墳以遠望」四章，言升高反顧，寓目興感，無已解憂，所向瞀惑，不知所適。而國之將亡，吾亦無如之何，是以憂心相仍，不忍遠去，離久而此心不能舍也。「外承歡之汋約」三章，言我之遠遷實因小人之壅蔽，無所不至，是以至於此也。亂辭所及，其攀慕垂絶之音，抑亦有無窮之悲焉。』雖略於訓詁，卻能提出各章間關聯，進而加以概括，分全篇爲六個層次，歸結每層的大意。《集注》以訓釋爲主，所言較客觀；《注略》更偏向文章欣賞，行文時帶感情。如評價亂辭爲『攀慕垂絶之音』、『有無窮之悲』，主觀色彩比較强烈，與稍後陸時雍、陳繼儒、蔣之翹等《楚辭》評點家的文字風格比較接近。

周氏概括屈作層次、分析章法之時，亦間或一己之創見。如，解《抽思》篇，認爲『「亂曰」以下與前「少歌」一意，皆總上文意』。解《思美人》，指出『「開春發歲」至終篇（與前段）大義略同』，又申言此篇所以深長，是因爲『如《詩》反復疊詠之體』。引《詩》爲證，將司馬遷『一篇之中三致意』之舊説推進一步。這些見解不久便産生了影響。黄文煥云：『《思美人》以變易爲複，以情志心度爲複。』又云：『《抽思》以詞言爲複。』與周用之説同，而所論更詳。陸時雍評《抽思》：

『此篇凡三致意於良媒矣。』亦與周氏所見略同，以《抽思》可分爲三個內容相近的層次。陳子展稱《抽思》爲兩篇合而爲一，蓋亦是承此思路而來。然而，周用分層析章亦有缺失之處。如，《湘夫人》『麋何爲兮庭中，蛟何爲兮水裔。朝馳余馬兮江皋，夕濟兮西澨』四句，朱熹定爲一章，周用從之。實際上，這四句雖然押韻，但前兩句與後兩句的文意有所不同。周用全盤接受朱熹之説，似欠熨貼。

對於一些詞句的見解，周用時有新意。如，《離騷》中屈原、靈氛對話的一段有『世幽昧以昡曜兮，孰云察余之善惡』兩句，朱熹謂係屈原聞靈氛忠告後的自念之詞。周用卻認爲：『「世幽昧以昡曜」二句正申「爾何懷乎故宇」，意亦靈氛之言。』《湘君》『令沅湘兮無波，使江水兮安流』二句，朱熹稱此爲巫者『恐行或危殆，故願湘君令水無波而安流也』。周用同樣以爲篇中之『我』爲巫者，但卻指出：『「令沅湘」二句，言「我」令之使之也。』這些皆是周用細味全篇後所得。

周用善以『比類而觀』之法推敲詞義句義，間有所獲。注《少司命》云：『孅人，猶《湘夫人篇》「佳人」，謂神也。』注《河伯》云：「美人」與「予」，皆指神。「予」與《太司命》「予」「余」同，親之辭也。』觀《集注》中，朱熹謂《湘夫人》中『佳人』指湘夫人，《少司命》中『孅人』指巫，《河伯》中『美人』與『予』皆巫自謂，《大司命》中『予』則是『贊神者爲其自謂之稱』。朱熹多逐篇獨立釋意，故所解細碎。而周用則引原文交相互證，解會自然殊別。又，《離騷》『朝發軔於蒼梧兮，夕余至乎縣圃』兩句，王逸注：『言己朝發帝舜之居，夕至懸圃之上，受道聖王，而登神明之山。』周用云：『「朝發軔於蒼梧」，與本篇「朝發軔於天津」、《遠遊》「朝發軔於太儀」，皆取遼遠之意。王逸獨取「蒼梧」，義係於舜，未然。』朝發蒼梧，夕至縣圃，意謂路途遥遠，而一去竟日。『蒼梧』二字充其量僅可説承上啓下，未必如王逸所言，有受道於帝舜之意。又，《東君》『羌聲色兮娛人，觀者憺兮忘歸』，朱熹注：『下方所陳鐘鼓竽瑟聲音之美、靈巫會舞容色之盛，足以娛悅觀者，使之安肆喜樂，久而忘歸。』認爲體現出祭祀者與神遇合的歡喜之意。周用云：『猶《湘夫人》「蹇誰留兮中洲」，與《河伯》「日將暮兮悵忘歸」、《山鬼》「留靈修兮憺忘歸」「怨公子兮悵忘歸」詞意皆同。凡曰「歸」者，內之辭也。』又云：『「駕龍輈」一章，恐其爲他人所留而不來也。』指出《東君篇》有著與其餘諸篇一樣的離合懷思之情。然而，某些詞句的文字雖然相近，其意卻有所不同。如周用以《離騷》「倚閶闔而望予」與《遠遊》「排閶闔而望予」意同，來證《離騷》此處無倚門拒我不得入意。朱熹注《遠遊》謂：『排，推也。望予，須我來也。與《騷經》「倚閶闔而望予」者意不同矣。』明瞭『倚』『排』二字訓義不同，致兩句意有相差。而周用僅以兩句皆有『閶闔』『望予』字樣，便稱其意同，不啻倉猝。

《注略》於字詞訓釋雖多簡略，然亦偶有新意。如，《懷沙》『吾將以爲類兮』一句，王逸注：『類，法也。《詩》云：「永錫爾類。」』《集注》從之：『類，法也。以此言爲法也。』然不復引《詩》爲證。按『永錫爾類』句出《詩三百》之《大雅·既醉》，《毛傳》訓『類』爲『善』。朱子於《集傳》釋『類』字，實本於《毛傳》之說：『類，善也……孝子之孝，誠而不竭，則宜永錫爾以善矣。』但這樣一來，《集注》與《集傳》之說有牴觸。周用則謂『類』字『若與《左傳》所引《詩》「永錫爾類」意同』，此處『類』字用法同於《毛詩》。又，『乘騏驥而馳騁兮』一句，分別見於《離騷》《惜往日》兩篇。《離騷》篇中，王逸注『騏驥』曰『駿馬』，然注《惜往日篇》則云『駑馬』，自相矛盾。《集注》從之。周用駁斥云：『「乘騏驥」若泛云乘馬亦是，不必頓作「駑馬」與「泛泭」對。《楚辭》措詞，往往參錯礧磈。』又，洪興祖《補注·卜居篇》，『呢訾』謂『以言求媚』，『栗』訓『謹敬』，『斯』訓『慄』、『喔咿儒兒』爲『强笑之貌』、『突梯滑稽』謂『委曲順俗』、『如脂如韋』『訓滑柔』、『絜楹』言『諂諛』。《集注》從之。兩注大都逐字求義。周用云：『「栗斯」與「呢訾」

「喔咿儒兒」大意同，皆連綿字。』又云：『「絜楹」承「突梯滑稽」「脂韋」言，蓋亦皆連綿字意。』後世林雲銘謂：『哫訾栗斯，喔咿嚅唲，突梯絜楹等語，王注不知其何所據。先輩謂當以意會之，斯得之已。』見其啓後人亦夥矣。

周用對於舊注、尤於《集注》或有異議，大都不明確指出，衹是陳述己見。前引『乘騏驥而馳騁兮』句即是一例。又，他比對《離騷》『鮌婞直以亡身』與《惜誦》『行婞直而不豫』兩句，以『婞直』爲褒義詞；而《集注》承王逸《章句》，訓『婞』爲『很』，與周用之見相左。又，《集注》釋《河伯》『送美人兮南浦』，言『美人與予，皆巫自謂也』，《注略》則謂『美人與予皆指神，予與《大司命》「予」「余」同，親之辭也』。類似情況，不一而足。其時朱注仍頗具權威，《注略》未敢直斥其非，是可以理解的。

《注略》除上海圖書館收藏一册外，别無所見。《自序》未言刊行年代。姜氏《楚辭書目五種》僅著録爲『裔孫周之彝敘倫刊本』。據《明史》，周氏卒於嘉靖二十六年丁未，則該書之作必不遲於此年。閔亥生謂『其後人敘倫，將梓之以行世，而屬余更爲序』，題署於『壬辰』仲夏。而據昝亮考證，此書實應刊於順治九年壬辰，並未提及此次梓行爲重刊。故由是推斷：《注略》蓋是周用讀《騷》筆記，隨篇發論，並未制定嚴格條例，在周用生前未有梓印。周之彝得先人遺墨，遂以原樣刊行，亦未整理全書矣。（陳煒舜）

# 騷苑

《騷苑》者，明黄省曾之所撰，張所敬之所補也。省曾，字勉之，號『五嶽山人』，蘇州吴縣人。少好緗素、古文辭，通《爾雅》。舉嘉靖十年辛卯鄉試，後進士不第。從王守仁、湛若水遊，守仁講道越東，省曾執贄爲弟子。又受學於李夢陽，爲『前七子』之羽翼。弱冠與其兄魯曾散金藏書，多宋、元佳刻，富贍冠於一郡。其於書無所不覽，長於農業與畜牧。著述頗豐，涉及經學、史學、農學等，有《高士傳頌》二卷、《稻品》一卷、《蠶經》一卷、《五嶽山人集》三十八卷、《詩法》八卷、《輿地經》一卷、《吴風録》一卷、《西洋朝貢典録》二卷、《西湖遊詠》二卷、《養魚經》一卷、《獸經》一卷、《申鑒注》五卷、《芋經》一卷、《騷苑》四卷。此外，尚有一些著述錯置於他人名下，如《菊譜》《擬詩外傳》《客問》《兩漢博聞》等。事載《明史》卷二百八十七《文苑傳》、《明儒學案》卷二十五《南中王門學案一》、清乾隆《蘇州府志》卷五十三《人物》。所敬，字長輿，人稱『黄鶴先生』，而自署『清河』，疑從郡望也；晚年號『三止居士』，明上海縣龍華人。自童子時既有文章之譽，弱冠補弟子員。詩文、詞賦皆佳。著有《酒志》十三篇、《潛玉齋稿》八卷、《潛玉齋續稿》一卷、《春雪篇》二卷、《解弢篇》一卷、《語苑》五卷。事載何三畏《雲間志略》卷二十一《張文學長輿先生傳》。

《楚辭》『金相玉式』，詞彙『艷溢錙毫』，雅爲後世典範。劉彦和云：『才高者菀其鴻裁，中巧者獵其艷辭，吟諷者銜其山川，童蒙者拾其香草。』自六朝以來，類書編纂，即以古書中詞藻、典故分門別類，方便結撰者檢索。唐宋以後，又有論述詩格。如皎然《詩式》以十九字概括詩體，四庫館臣便稱其『備陳法律』。至明代中葉，古文辭之復興，於是彙編《楚辭》字詞之作，後先繼起，如張之象的《楚騷綺語》及黃省曾、張所敬《騷苑》，皆是類也。張之象復有《楚範》，分標格目，以爲擬作之式，蓋皎然《詩式》之餘裔矣。

《騷苑》凡四卷，前三卷爲省曾所撰，雲間潘雲獻恭校，後一卷爲所敬所撰，滎陽潘雲獻季文校。《四庫》收此書入『子部類書類存目』。其所收詞條，皆爲雙音節詞，其目詳情如下：

卷一詞目凡一百四十五條，《離騷》詞目一百零二條：苗裔、孟陬、脩能、秋蘭、遲暮、棄穢、衆芳、蕙茝、耿介、猖披、捷徑、偷樂、皇輿、踵武、齌怒、靈脩、悔遁、數化、峻茂、萎絶、貪婪、信姱、顑頷、前脩、掩涕、鞿羈、九死、謠諑、改錯、

騷苑卷第一
吴郡黄省曾撰
雲間潘雲獻恭校
苗裔
帝高陽之——兮
注云苗胤也裔末也
孟陬
攝提貞于——兮
注云太歲在寅曰攝提格孟始也正月爲陬
脩能

周容、侘傺、溘死、鷙鳥、延佇、蘭皋、椒丘、初服、昭質、繽紛、嬋媛、婞直、好朋、嗽詞、家巷、康娛、菹醢、私阿、歔欷、敷衽、玉虯、發軔、縣圃、弭節、崦嵫、咸池、扶桑、相羊、望舒、飛廉、陸離、帝閽、閶闔、溷濁、白水、緤馬、瓊枝、榮華、豐隆、宓妃、佩纕、緯繣、窮石、驕傲、偃蹇、佚女、佻巧、猶豫、閨中、筳篿、靈氛、故宇、眩曜、珵美、椒糈、榘矱、操築、鼓刀、該輔、鵜鴂、蕭艾、慢慆、未沬、瓊靡、瑶象、晻藹、玉鸞、容與、玉軑、赫戲、臨睨、馬懷、蜷局。《九歌》詞目四十三條，其中《東皇太一》十條：鏘鳴、瑶席、瓊芳、桂酒、揚枹、安歌、浩倡、姣服、繁會、樂康；《雲中君》三條：連蜷、壽宮、周章；《湘君》十條：夷猶、要眇、安流、參差、極浦、潺湲、陫側、桂櫂、石瀨、騁鶩；《湘夫人》七條：嫋嫋、白薠、水裔、騰駕、紫壇、葯房、驟得；《大司命》三條：迴翔、齋速、瑶華；《少司命》三條：浩歌、孔蓋、幼艾；《東君》三條：緪瑟、翠曾、展詩；《山鬼》三條：幽篁、容容、三秀；《國殤》一條：鬼雄。

卷二詞目凡一百四十六條，《天問》三十三條：遂古、瞢闇、馮翼、斡維、八柱、隅隈、夜光、曜靈、汩鴻、曳銜、纂就、洪泉、增城、燭龍、降省、射鞠、馮珧、莆雚、璜臺、緣鵠、曼膚、遵迹、蒼鳥、巧梅、環理、抑沈、雷開、秉鞭、雉經、彭鏗、蠭蛾、薄暮。《九章》五十二條，其中《惜誦》十二條：惜誦、杼情、枏中、贅肬、儇媚、悶瞀、矰弋、罻羅、側身、儃佪、紆軫、情質；《涉江》八條：長鋏、切雲、緒風、舲船、吴榜、猨狖、林薄、腥臊；《哀郢》九條：軫懷、去閭、陽侯、絓結、蹇産、江介、汋約、愠惀、踥蹀；《抽思》三條：承閒、詳聾、嵗嵬；《懷沙》四條：幽默、陷滯、懷瑾、庸態；《思美人》四條：竚眙、沈菀、遷逡、纁黄；《惜往日》五條：純庬、清澂、訑謾、轡銜、氾泭；《橘頌》一條：紛緼；《悲回風》六條：髣髴、案志、曶曶、省想、繚轉、標顛。

《遠遊》二十二條：迫阨、徙倚、惝怳、恬愉、遁逸、壹氣、羽人、旬始、溶與、膠葛、氛埃、曖曃、恣睢、邊馬、南疑、軒翥、博衍、六漠、列缺、峥嶸、寥廓、泰初。《卜居》五條：呰訾、喔咿、滑稽、雞鶩、高張。《九辯》三十四條：蕭瑟、摇落、憭慄、泬寥、憯悽、薄寒、懭悢、坎廩、廓落、申旦，煩憺、結軨，菸邑、煩挐、櫹槮、瘀傷、逍盡、佂攘、震盪，旖旎，駒跳、梁藻、鉏鋙，雰糅、壓按，逴逴、減毀，霧曀、默點、膠加、潢洋，高枕、衙衙、輕輬。

卷三詞目凡二百二十條，其中《招魂》四十一條：恒幹、蓁菅、彷徉、啄害、彅彅、邃宇、累榭、突夏、光風、蘭膏、華容、二八、盛鬋、姱容、洞房、曼睩、靡顔、脩幕、翠帳、曲池、蘭薄、吴虆、柘漿、餦餭、羽觴、華酌、女樂、按鼓、新歌、采菱、朱顔、吴歈、雜坐、妖玩、秀先、六簙、鏗鍾、梓瑟、娱酒、華鐙、結駟。《大招》十三條：受謝、皓膠、菰梁、楚瀝、秀雅、綽態、小腰、芳澤、長袂、笑嗎、便娟、鵾鴻、三圭。《惜誓》四條：蚴虬、調均、後時、深藏。《招隱士》六條：巃嵸、嵯峨、嶄巖、王孫、茷骫、霍靡。《七諫》詞目二十八條，其中《初放》三條：訥譅、彊輔、葳蕤；《沈江》一條：秋蓬；《怨世》十三條：沈淖、岭峨、床笫、跙踔、點灼、八師、勃屑、孫陽、路室、乖剌、囁嚅、閭娵、輡軻；《自悲》二條：巒山、大壑；《哀命》二條：窟伏、素水；《謬諫》七條：駑駿、悇憛、孔鳳、要褭、太阿、玄芝、甂甌。《哀時命》十條：屬詩、抱景、攝葉、涫灪、剞劂、臧獲、負檐、依斐、悶歎、爛漫。《九懷》十一條，其中《匡機》一條：蓍蔡；《通路》一條：綝纚；《昭世》四條：滃鬱、懰慄、崎傾、泫流；《尊嘉》二條：榜舫、汎淫；《蓄英》一條：黴黧；《陶壅》一條：壓壓；《株昭》一條：超驤。《九歎》七十二條，其中《逢紛》六條：懭慌、曼著、淫曀、越裂、九運、肹圈；《離世》八條：幽辟、回畔、摧轅、鑣銜、坎毒、石碕、横灡、黨旅；《怨思》九條：空宇、冤鶵、紉帛、壓次、靡散、筐簏、棠谿、荊和、殽亂；《遠逝》十條：繚轉、鶬鵝、颯戾、壖翳、隆波、隕集、聊啾、滔蕩、蓬龍、槁悴；《惜賢》七條：澒溶、溷湊、鬱渥、清激、懭悢、撚支、挑揄；《憂苦》六條：山庱、巑岏、噓吸、駑羸、偓促、律魁；《愍命》九條：悃誠、呂管、叢林、充廬、號鍾、彈緯、莞芎、爬騷、薪柴；《思古》十條：騷屑、湫戾、倥偬、瘏悴、濡袂、噤閉、山陘、氾觀、仳倠、清府；《遠遊》七條：覺皓、靈圉、澒濛、虹采、瑶光、羅囿、黯黮。《九思》三十五條，其中《逢尤》一條：餔結；《怨上》八條：窈悠、鈕樞、煎熬、彭務、硠磕、介特、忉怛、結緡；《疾世》五條：譁讙、衒鬻、睄窕、罤騄、緊紊；《憫上》七條：嗌喔、歕靡、隔錯、圃藪、灌澧、局數、葶藶；《遭厄》二條：謑詢、踼達；《悼亂》三條：茅絲、惶悸、鴻鸕；《傷時》四條：澆饡、迮陘、噭誂、要娙；《哀歲》二條：墨陽、叢攢；《守志》三條：紫華、陶遨、蜿蟬。

卷四詞目爲張所敬所增補，凡一百三十三條。其中劉勰《辨騷》十條：抽緒、軒翥、鑄辭、驚采、逸步、循聲、衣被、鴻裁、乞靈、驚才。《離騷》十六條：宿莽、樹蕙、墜露、練要、攘詬、製芰、陸離、姱節、强圉、量鑿、靈瑣、蔽美、服艾、充幃、揚靈、兩美。《九歌》十四條：蕙肴、浴蘭、龍駕、木末、夕張、九阬、目成、蕙帶、晞髮、擁幼、天狼、含睇、躐行、傳芭。《天問》五條：蒙汜、若華、雒嬪、顧菟、犬體。《九章》二十五條：寵門、巔越、吹整、釋階、寶璐、駿螭、董道、巢堂、若霰、荏弱、耿著、九逝、離慜、刓方、鳳皎、群吠、非俊、異采、馬顛、佳冶、素榮、剡棘、茸鱗、編愁、捫天。《遠遊》四條：沆瀣、雄虹、寒門、澒瀁。《卜居》二條：絜楹、瓦釜。《九辯》六條：啁哳、狺狺、渥洽、舉肥、繚悷、畹晚。《招魂》十四條：雕題、赤蟻、九關、敦脄、齊縷、方連、砥室、羅幬、弱顔、伏檻、蜜餌、靈勺、激楚、五白。《大招》三條：嫮目、娭昔、昭質。《七諫》七條：鮑肆、媞媞、桂蠹、怦怦、八維、廢蒸、闔口。《哀時命》四條：欞檻、機臂、梟楊、珽珽。《九懷》六條：嘉月、瞵盼、九靈、蟬蛻、四佞、堯緒。《九歎》十一條：襜襜、揚采、鴻節、考旦、八靈、剸讒、駭電、騁雨、下袟、阱室、赤瑾。《九思》六條：靈閨、結誓、玉巒、雷策、增泉、天弧。

前三卷詞目以《楚辭章句》篇目爲藍本，間或字體有異同。如，《騷苑》『遵跡』，《章句》作『遵迹』。每篇完結處爲小字注，如，『已上騷經』『已上九歌』之類是也。卷四首爲劉勰《辨騷》詞目十條，如，詞目『抽緒』，非《楚辭》詞彙，而見《辨騷》『自風雅寢聲，莫或抽緒，奇文蔚起，其離騷哉』一句，頗爲突兀。後亦循《章句》篇目而下，每篇完結處亦爲小字注。然非《章句》每篇均有摘録，如《九歌》之《河伯》《禮魂》均不見有目，《漁父》整篇，均無有目。詞目之下爲原句，原句之後作注，『注云』之後，多摘鈔王逸《章句》爲解。如《離騷》『孟陬』條，引原文『攝提貞｜｜兮』，注云：『太歲在寅曰攝提格。孟，始也。正月爲陬。』或注文引五臣注、洪氏《補注》。如，『信姱』條，引原文『苟余情其｜｜以練要兮』，注云：『練，簡也。五臣云：練，擇也。擇道要而行。補曰：信姱，言實好也。與「信芳」「信美」同意。』卷四和前三卷有異者，或見所立之目，從一句中摘抄兩字拼湊而成，如：《辨騷》『鑄辭』條，引原文『雖取鎔經意，亦自｜偉｜』，即從『自鑄偉辭』一句中取『鑄辭』二字。又，《九歌》『晞髮』條，引《少司命》原文『｜汝｜兮陽之阿』，即從『晞汝髮』中取『晞髮』二字，注云：『晞，乾也。』則注文亦用王逸《章句》也。

《騷苑》一書選詞依次隨手摘鈔，若同爲一詞，見於《楚辭》不同篇中，省曾衹在最早處摘録，如『陷滯』一詞，《懷沙》《思美人》並存，但前者收，而後者不再收；『髣髴』一詞，《悲回風》《遠遊》並見，亦前者收，後者不再收也。或者一句摘鈔兩詞，如，卷三淮南王《招隱士》『山氣巃嵸兮石嵯峨』一句，收録『巃嵸』『嵯峨』二詞，分列兩條；或整段、整篇無一詞，如《漁父》是也。收詞無邏輯可言，釋義無所發明，向爲讀者所不屑。崔富章氏謂此書抽出單詞條目，先引原文，次列王逸註、洪興祖補註，實無所發明也。或取舍失當。如，《湘夫人》『時不可兮驟得』，取『驟得』爲目；而《湘君》『時不可兮再得』，則未立『再得』之目。蓋不知『驟得』『再得』之義相同故也。或鈔録訛誤。如『踢達』之『踢』，當『踼』之訛。洪氏《補注》：『踼音湯；達，他達切，一音跌。跌踼，行不正貌。林云：踼，徒郎、大浪二切。』案：踢音湯者，踼之訛。踼達，猶磄突，即聲之轉。《文選·長笛賦》『奔遯碭突』是也。或作唐突，跌蹱貌。四庫館臣斥之曰：『摘《楚辭》字句以供剽剟之用，亦劉攽《文選雙字》之類。而併泯其篇題，則尤簡略。所敬所續，乃併劉勰《辨騷篇》亦摭入之，蓋以《楚詞》刊本附載此編也。亦可謂隨手攟拾，不核端末矣。』當是確論。

潘雲獻《騷苑序》云：『吴郡黄勉之先生，深嗜其文，曾手摘其腴，名爲《騷苑》，藏之于家。余不敏，幸而獲睹，不啻枕中鴻寶。』是書初刊之時，距離省曾去世已五十八年，距省曾之子姬水去世亦有二十四年。潘雲獻與張所敬同時，皆振鐸於省曾身後，未嘗問學於省曾。潘雲獻以《騷苑》摘《楚騷》之腴而成，此一家之言，非省曾自言。觀黄省曾重刊《楚辭章句》時，躬自讎校，其槧允稱善本；而《騷苑》一書，疏略如此，似不符省曾治學之方，當爲未定之稿，間或爲初學者《楚辭》之疑難而已。省曾不收之《漁父》，固非全無腴詞綺語，以其相對淺顯故也。

潘序又曰：『戊戌之秋，出以示吾友張長輿，讀之卒業，謂尚有遺略，復爲廣摘，總成四卷，付之劂氏，足稱全璧矣。』張所敬《刻騷苑序》亦曰：『吾友潘君季文，屣脱綺紈，耆深竹素，手讐訛舛，將授劂剞。又謂漁父臨淵，思竭澤而取，賈胡貪寶，願剖腹而藏，尚有遺者，吾其舍諸乃役。不佞從事丹鉛，復爲搜采，計百餘則，總千餘言。匪敢續貂，聊欣附驥，庶邯鄲得睹乎完璧，滄海靡難乎遺珠云爾。』見其成書情況大致如此：省曾撰《騷苑》一書三卷，死後此書爲藏書家潘雲獻所獲。潘雲獻如獲至寶，示以其友所敬。所敬評價雖高，但認爲收詞仍有遺漏，故增補充一卷。所敬等人得此稿本，未細究成書因由，亦未核對資料來源，而一味標榜並付梓，殆亦挾黄氏父子之名聲而已。故二人極力推崇《楚辭》及《騷苑》，言《楚辭》『莫廷韓之言曰：藝林之有楚騷，猶草木之有梅竹。夫豈賞其清森幽致乎哉。誠以其單辭隻語，意遠旨微。自昔藝林號能詞賦者，靡不祖之也』。又言『方其行吟澤畔之時，意何悵怏哉。乃創體成經，令後世放臣逐子讀而且有餘悲。而宋玉景差之徒，仿體象辭，以終屈子未盡之蘊，假令諸君子生先孔氏，猶當采爲楚風，與《三百篇》齊駕，又不特止爲藝林重已也』。又言『五嶽先生黄勉之，雄師詞壇，白眉吴儁，著書盈於篋笥，有集粲若日星，別有豹斑、名之《騷苑》。標舉則華辭奕奕，重比雙金；詮釋則名理津津，玅同三語。蓋掄材足任斧斤，澂玄可稱儁永，洵蔡中郎帳中之秘寶、李鄴侯架上之奇編也』。又云『長輿搜精抉玄，遂能補黄之不逮。斯書流布，兩君之名並垂，則余不敏，亦竊有光矣』。平情以觀是書，無如此價值，皆自我高標，若寱語醉醬，欺誆愚俗。可覘明人商業炒作之端倪也。

所敬補《騷苑》，原是認爲省曾『收詞仍有遺漏』，爲『補黄之不逮』。然較之前三卷，更爲混亂。先是摭入《辨騷》詞目十條，已是怪異之極，且後一卷收詞一百三十三條，僅有兩條和省曾收詞重疊，一爲詞目『軒翥』，《騷苑》卷二《遠遊》篇『軒翥』，原文『鸞鳥—而翔飛』，注云：『軒，一作騫。補曰：《方言》：翥，舉也。』卷四引《辨騷》補曰：『軒翥，—詩人之後，奮飛辭家之前。』一爲詞目『陸離』，《離騷》二次，先是『高余冠之岌岌兮，长余佩之陸離』，後是『紛總總其離合兮，斑陸離其上下』，《騷苑》卷一《離騷》篇舉後者爲例，『陸離』，原文『斑—其上下』。注云：『陸離，分散也。言己遊觀天下，但見俗人競爲讒佞，僔僔沓沓，相聚乍離乍合，上下之義，斑然散亂，而不可知也。『卷四則補舉前者爲例，原文『高余冠之岌岌兮，长余佩之—』。注云：『—，猶參差，衆貌也。言己懷德不用，復高我之冠，長我之珮，尊其威儀，整其服飾，以異於衆人也。』案：此二條雖重疊而並，以訓義不同也。然其餘一百三十一條皆重新擷取，則非補省曾之不逮，而是補所敬之不足矣。省曾所收之詞，確爲難解之詞；所敬所收之詞，則難易不別。或所録者非依原次。如《遠遊》篇，『溷潫』在『寒門』前，所敬收詞則『寒門』在前，『溷潫』在後。則甚無謂矣。

若以辭典、類書繩之，《騷苑》實不值一讀。然若省曾編是書，惟予初習《楚辭》者之用，或有所裨益。《楚辭》之難讀，古有共識。《章句》注釋繁複，初學生厭，故若能摭取難懂之詞，稍作注解，則興趣不減，獲益或多。且《騷苑》所立詞目，與《章句》不盡合。如《章句》本「遵迹」「蜂蛾」「抒情」「姿睢」「煩挐」「恒榦」「修幕」「按鼓」「蚴虯」「漫著」「紐帛」「澗瀼」「潔楹」「赤螘」「九坑」等，《騷苑》本則作「遵跡」「蠭蛾」「杼情」「恣睢」「煩拏」「恒幹」「脩幕」「按皷」「蚴虬」「曼著」「紉帛」「洞瀼」「絜楹」「赤蟻」「九阬」。其於文字校勘亦不無參證焉。

是書流布未廣，僅見萬曆二十六年戊戌潘雲獻刊本，清華大學圖書館有藏本。（陳煒舜、蔡玄暉）

# 離騷直音

《離騷直音》者，明張學禮、胡文煥之所作也。據《畿輔通志》卷六十二載，學禮，字以立，順德府平鄉縣人。正德辛未科楊慎榜進士，官南京監察御史，彈劾不避權要。清乾隆《順德府志》卷十二《人物》下有其傳。文煥字德甫，號全菴，一號抱琴居士，錢塘人。與學禮蓋同時。其著述甚豐，別有《文會堂琴譜》六卷、《古器具名》二卷、《附古器總説》一卷、《詩學彙選》二卷、《詩學字類》二十四卷、《韻學字類》十二卷、《神事日搜》二卷、《皇圖要覽》十卷、《格致叢書》五十卷。詳參清嘉慶二十五年《郴州總志》卷二十二《名宦》。

封面顔之曰『離騷直音六卷』，前無序跋、目録。首行『離騷直音一卷』，次行『後漢王逸叔師章句』，次行『皇明張學禮、胡文煥仝音』，次行『離騷經』。所録者皆屈子之作，而統以『離騷』稱之。故卷二《九歌》（十一篇），卷三《天問》，卷四《九章》（九篇），卷五《遠遊》，然此四卷皆題作『離騷』，而不以『九歌』『天問』『九章』『遠遊』名也。然卷六首題《卜居》，次題『漁父章』，次題『大招章』，末以『離騷』名之。《大招》亦以爲屈子所作，則總二十六篇，其較班《志》多一篇也。

此書爲屈賦正文，每篇首皆鈔録王逸小序，而注文概不涉及。末附歙邑黄鑑題記，云：『已上《離騷》六卷，俱屈原所作。照宋紹與二年内官監本正文楷書，字無簡略，板俱單面。工起於萬曆十九年花朝，畢於次年臘日，藏之金陵思蓴館。秣陵陳邦泰大來臨書。』案：稱『宋紹與二年内官監本』《楚辭》，則較洪氏《補注》本早二十餘年，然未見藏家著録，其時猶存也。其書原貌是否亦衹正文，已不可知。然其文獻價值之高，固自不待言。與明覆宋《補注》本及正德《章句》本對勘，與《補注》本、《章句》本多見異同，其祖本已不可詳考矣。特舉《離騷》一卷爲例，餘皆由此可窺其全豹也。

此本同於《補注》本而異於《章句》本。如，『皇覽揆余初度兮』，《章句》本『余』下有『于』字。案：《補注》

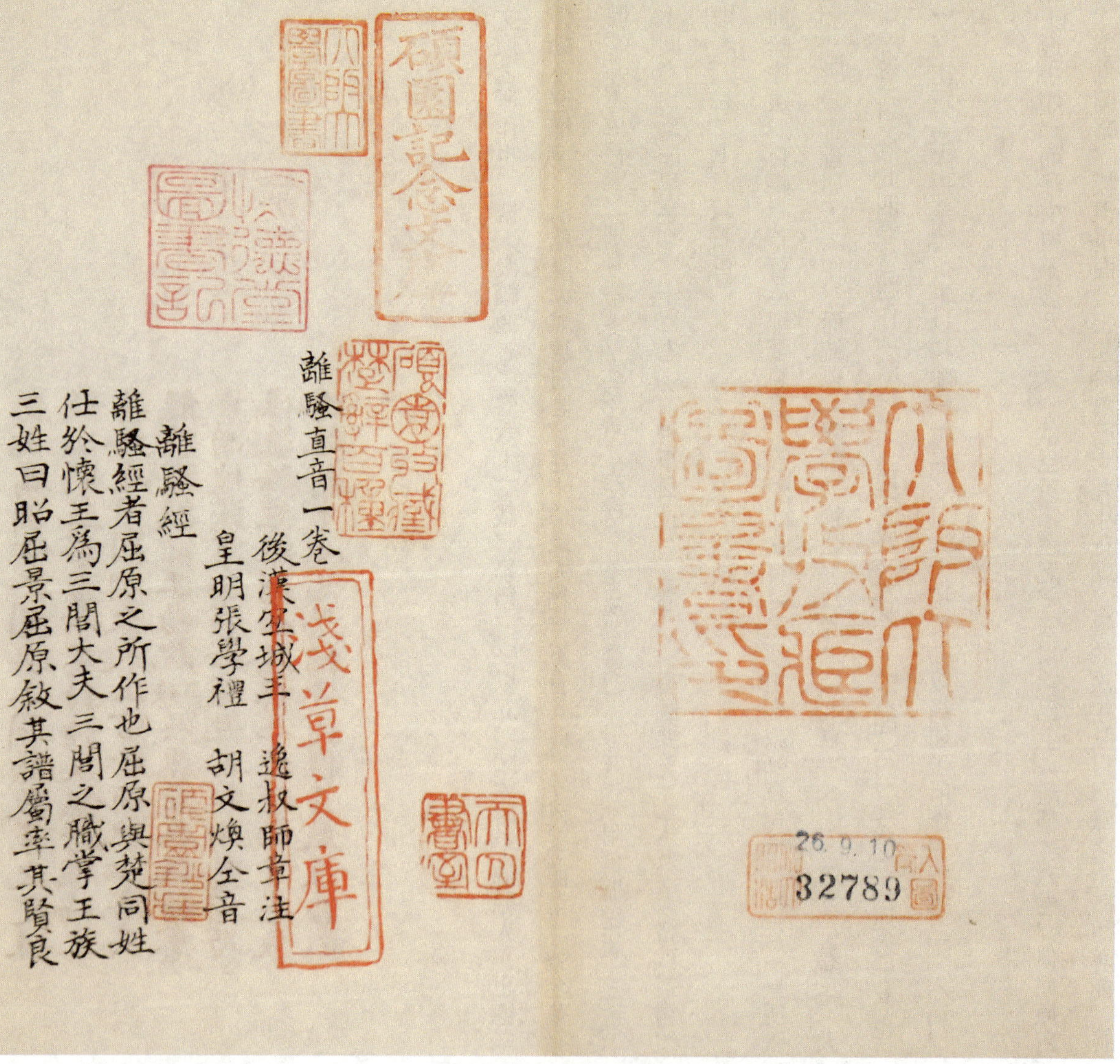

離騷直音一卷
後漢王逸叔師章注
皇明張學禮　胡文煥仝音

離騷經

離騷經者屈原之所作也屈原與楚同姓仕於懷王爲三閭大夫三閭之職掌王族三姓曰昭屈景屈原敘其譜屬率其賢良

本亦無「于」字。又，「夕攬州之宿莽」，《章句》本「洲」上有「中」字。案：《補注》亦無「中」字。又，「何桀紂之猖披兮」，《章句》本「猖披」作「昌被」。案：《補注》亦作「猖披」。又，「荃不察余之中情兮」，《章句》本「察」作「揆」。案：《補注》亦作「察」。又，「馳椒丘且焉止息」，《章句》本「馳」作「駝」。案：《補注》亦作「馳」。又，「澆身被服彊圉兮」，《章句》本「服彊」作「於强」。案：《補注》作「服强」，引「强」一作「彊」。又，「后辛之菹醢兮」，《章句》本「菹」作「葅」。案：《補注》亦作「菹」，引一作「葅」，下「菹」字同。又，「舉賢而授能兮，循繩墨而不頗」，《章句》本「賢」有「才」字，「循」作「修」。案：《補注》本無「才」字，亦作「循」。又，「阽余身而危死兮」，《章句》本「危」下有「節」字。案：《補注》本亦無「節」字。又，「鸞皇爲余先戒兮」，《章句》本「先」作「前」。案：《補注》亦作「先」，引一作「前」。又，「帥雲霓而來御」，《章句》本「帥」作「率」。案：《補注》亦作「帥」，引一作「率」。又，「溘吾遊此春宮兮」，《章句》本「溘」作「壒」。案：《補注》亦作「溘」，引一作「壒」。又，「吾令豐隆椉雲兮」，《章句》本「椉」作「乘」。案：《補注》亦作「椉」，引一作「乘」。又，「閨中既以邃遠兮」，《章句》本無「以」字。案：《補注》作「以」。又，「思九州之博大兮」，《章句》本「思」作「思」。案：《補注》亦作「思」，引一作「思」。又，「九疑繽其竝迎」，《章句》本「疑」作「嶷」，「竝」作「並」。案：《補注》亦作「疑」，引一作「嶷」，「竝」作「並」。又，「曰勉陞降以上下兮」，《章句》本「陞」作「升」。案：《補注》亦作「陞」，引一作「升」。又，「湯禹嚴而求合兮」，《章句》本「嚴」作「儼」。案：《補注》亦作「嚴」，引一作「儼」。又，「惟兹佩之可貴兮」，《章句》本「之」作「其」。案：《補注》亦作「之」，引一作「其」。又，「揚雲霓之晻藹兮」，《章句》本「藹」作「靄」。案：《補注》亦作「藹」，引一作「靄」。又，「聊假日以媮樂」，《章句》本「假」作「暇」。案：《補注》亦作「假」，引一作「暇」。

此本同於《章句》本而異於《補注》本。如，「雜杜衡與芳芷」，《補注》作「蘅」作「衡」。案：《章句》本亦作「蘅」。又，「申申其詈余」，《章句》本「詈」作「罵」。《補注》「余」作「予」。案：《章句》亦作「余」。又，「夫何煢獨而不余聽」「詔西皇使涉余」，《補注》本「余」作「予」。案：《章句》亦作「余」。又，「擥茹蕙以掩涕兮」，《章句》「擥」作「攬」，《補注》本作「攬」。又，「望崦茲而勿迫」，《章句》《補注》本「茲」作「嵫」，《章句》本「勿」作「未」，《補注》本引一作「未」。又，「吾令蹇修以爲理」，《補注》本「修」作「脩」。案：《章句》本亦作「修」。

此本好用古字，是故與《章句》本、《補注》本皆異者。如，「以」悉作「以」、「飄」悉作「飊」、「惟」「唯」悉作「維」、「修」悉作「脩」、「暮」悉作「莫」、「秋」悉作「秌」、「時」悉作「旹」、「前」悉作「歬」、「世」悉作「卋」、「死」作「𣦸」、「服」悉作「𦨈」、「善」悉作「譱」、「規」悉作「嫣」、「草」悉作「艸」、「容」悉作「頌」、「憑」悉作「馮」、「和」作「咊」、「列」作「𠛱」之類。又，「攝提貞於孟陬兮」，《章句》《補注》本「於」作「于」。又，「扈江蘺與辟芷兮」，《章句》《補注》本「蘺」作「離」。又，「夕攬州之宿莾」，《章句》《補注》「州」作「洲」、「莾」作「莽」。又，「春與秌其代敘」，《章句》《補注》「秌」作「秋」、「敘」作「序」。又，「椉騏驥以馳騁兮」，《章句》《補注》「椉」作「乘」。又，「後悔遁而有它」「豈其有它故兮」，《章句》《補注》「它」作「他」。又，「各興心而嫉妒」「恐嫉妒而折之」，《章句》《補注》「妒」作「妬」。又，「朝㱃木蘭之墜露兮」，《章句》《補注》「㱃」作「飲」。又，「謇吾灋夫歬修兮」，《章句》《補注》「灋」作「法」。又，「偭嫣榘而改錯」，《章句》《補注》「榘」作「矩」。又，「吾獨竆困乎此旹也」，《章句》《補注》「竆」作「窮」。又，「雧芙容以爲常」，《章句》《補注》「容」作「蓉」、「常」作「裳」。又，「又好射夫圭狐」，《章句》《補注》「圭」作「封」。又，「㱃余馬於咸池兮」，《章句》《補注》「㱃」

作「飮」。又，「紛總總其離合兮」，《章句》《補注》「總」作「緫」，下「總總」同。又，「倚閶闔而望余」，《章句》《補注》「余」作「予」。又，「朝濯髮虖洧盤」「爾何懷虖故宇」「苟得列乎众芳」「周流觀虖上下」「歷吉日虖吾將行」「又何懷虖故都」，《章句》《補注》「虖」作「乎」，「众」作「衆」。又，「命霛氛爲余占之」「皇剡剡其揚霛兮」「霛氛既告余以吉占兮」，《章句》《補注》「霛」作「靈」。又，「謂申茮其不芳」「懷茮糈而要之」，《章句》《補注》「茮」作「椒」。又，「惟此黨人之不亮兮」，《章句》《補注》「亮」作「諒」，洪引一作「亮」。又，「儃吾道夫昆侖兮」，《章句》《補注》「儃」作「邅」，「昆侖」作「崑崙」。又，「屯余車其千椉兮」，《章句》《補注》「椉」作「乘」。又，「齊玉軑而竝馳」，《章句》《補注》「竝」作「並」。

謄鈔者爲「秣陵陳邦泰大來」，鐫字者爲歙邑黄鑑、劉承邦。字體爲楷書，莊端秀整，典雅可玩，然其人本末無從考見。或偶見誤字。如，「芳菲菲而難窺兮」，《章句》《補注》「窺」作「虧」。案：窺，當「虧」之訛。而黄鑑事載《江南通志》卷一百六十《人物志·孝義》，云：「鑑字德昭，歙人。父久商不歸。鑑兒時問父安在，輒號泣不食。家貧，拾薪養母。年十四，告母行訪其父，至黄州境得之。」則孝子人也。劉邦承，未可考矣。

「直音」皆雜置於各篇之中，音注字較正文小，繫於被注字之右。如，《離騷》「寋阰」之「阰」下注「皮」，「蕙茝」之「茝」字下注「采」，「貪婪」之「婪」字下注「藍」，「求索」之「索」字下注「素」，「信姱」之「姱」字下注「户」，「鞿羈」之「鞿」字下注「幾」，「擥茝」之「茝」下注「齒」，「謡諑」之「諑」下注「卓」，「侘傺」之「傺」下注「稚」，又，「嬋媛」之「嬋」下注「禪」、「媛」下注「娟」，「薋菉」之「薋」下注「慈」，「家巷」之「巷」下注「恭」，「浞又」之「浞」下注「促」，「祗敬」之「祗」下注「氏」，「錯輔」之「錯」下注「措」，「量鑿」之「鑿」下注「作」，「不當』之『當』下注『蕩』，『余乃下』之『下』下注『户』，『佻巧』之『佻』下注『條』，『筳篿』之『筳』下注『廷』，『珵美』之『珵』下注『呈』，『鶗鴂』之『鶗』下注『提』、『鴂』下注『決』，『椴又』之『椴』下注『殺』，『未沬』之『沬』下注『昧』，『晻藹』之『晻』下注『闇』，『蜷局』之『蜷』下注『拳』。《東皇太一》『璆將鳴』之『璆』下注『球』，《雲中君》『憺憺』之『憺』下注『忡』，《湘君》『薜荔柏』之『柏』下注『博』，《湘夫人》『白蘋』之『蘋』下注『煩』，『罾何爲』之『罾』下注『增』，『紫壇』之『壇』下注『善』，『蘭橑』之『橑』下注『僚』，『葯房』之『葯』下注『約』，『蕙櫋』之『櫋』下注『綿』，『屋繚』之『繚』下注『了』，《東君》『暾將』之『暾』下注『敦』，『既明』之『明』下注『芒』，『摇簴』之『簴』下注『虡』，『鳴篪』之『篪』下注『池』，『竘姱』之『姱』下注『户』，『翾飛』之『翾』下注『宣』，『撰余』之『撰』下注『僎』，『東行』之『行』下注『杭』，《河伯》『媵予』之『予』下注『與』，《山鬼》『華余』之『余』下注『与』，『磊磊』之『磊』下注『雷』，『填填』之『填』下注『田』，《國殤》『縶四馬』之『縶』下注『執』。《天問》『蒙闇』之『闇』下注『暗』，『安屬』之『屬』下注『注』，『蒙汜』之『汜』下注『似』，『汩鴻』之『汩』下注『骨』，『雄虺』之『虺』下注『灰』，『鯪魚』之『鯪』下注『凌』，『彃月』之『彃』下注『畢』，『離蠥』之『蠥』下注『孽』，『躰籟』之『籟』下注『菊』，『嬰茀』之『茀』下注『弗』，『山抃』之『抃』下注『卞』，『姚告』之『姚』下注『桃』，『女媧』之『媧』下注『娃』，『巧梅』之『梅』下注『媒』，『煥之』之『煥』下注『郁』，『何識』之『識』下注『志』。《惜誦》『悶瞀』之『瞀』下注『茂』，『吹鳌』之『鳌』下注『賁』，『有曩』之『曩』下注『囊』，『此援』之『援』下注『緩』，《涉江》『寶璐』之『璐』下注『路』，『猨狖』之『狖』下注『秀』，『霰雪』之『霰』下注『綫』，『髡首』之『髡』下注『坤』，《哀郢》『所蹠』之『蹠』下注『隻』，『諶荏弱』之『諶』

下注『忱』、『荏』下注『稔』，『愠惀』之『惀』下注『淪』，『踥蹀』之『蹀』下注『牒』，《抽思》『自鎮』之『鎮』下注『珍』，『心怛』之『怛』下注『達』，《懷沙》『微睇』之『睇』下注『弟』，《思美人》『沈菀』之『菀』下注『宛』，『造父』之『父』下注『甫』，『嶓冢』之『嶓』下注『波』，《悲回風》『不瞑』之『瞑』下注『眠』，『自締』之『締』下注『啼』，『於邑』之『於』下注『烏』，『潏潏』之『潏』下注『決』，『絓結』之『絓』下注『掛』。若此者皆是也。

『直音』所標者，非皆爲音注。或爲異體字，如，『愬』下注『訴』，『㳅』下注『流』，『悳』下注『德』，『茝』下注『芷』，『畝』下注『畆』，『澹』下注『淡』，『蟉』下注『糾』，『倡』下注『唱』，『衺』下注『邪』，『糅』下注『揉』。皆是也。或爲古今字，如，『以』下注『以』，『艸』下注『草』，『采』下注『彩』，『擥』下注『攬』，『女』下注『汝』，『椉』下注『乘』，『恖』下注『思』，『墬』下注『地』，『縣』下注『懸』，『曼』下注『漫』，『邑』下注『悒』，『馮』下注『憑』，『儵』下注『倏』，『曾』下注『增』，『凥』下注『居』，『歙』下注『飲』，『逴』下注『卓』，『徠』下注『來』，『疑』下注『嶷』，『要』下注『腰』，『卋』下注『世』，『敖』下注『傲』。皆是也。或爲通假字，如，『遁』下注『遯』，『張』下注『帳』，『軼』下注『逸』，『漠』下注『幕』。皆是也。或爲連緜字之別體，如，『嬋媛』下注『嬋娟』，『汋約』下注『綽約』，『委蛇』下注『逶迤』，『炫燿』下注『炫曜』，『轇葛』下注『膠葛』。皆是也。或爲版刻異文，如，《東皇太一》『姣』之。朱子《集注》：『姣服，一作妖服。』案：妖、姣異文也。《少司命》『翠旍』之『旍』下注『旌』。《補注》引旍一作旌。案：旍、旌異文也。

注音有失精審之處。如，《離騷》『紉秋蘭』之『紉』下注『紾』。案：《廣韻》：紉，女鄰切。紾，知演切，或徒典切。紉、紾不同音也。又，『溘死』之『溘』下注『曷』。案：《廣韻》：溘，口答切。曷，胡葛切，或阿葛切，或丘葛切。溘、曷不同音也。又，『岌岌』之『岌』下注『疑』。案：《廣韻》：岌，魚及切。疑，語其切。岌、疑不同音也。《東君》『觀者憺』之『憺』下注『坦』，案：《廣韻》：憺，徒濫切，又徒敢切。坦，他但切。憺、坦不同音也。《河伯》『媵予』之『媵』下注『映』。案：《廣韻》：媵，以證切，或實證切。映，於敬切。媵、映不同音也。《國殤》『躐余』之『躐』下注『列』。案：《廣韻》：躐，良涉切。列，良薛切。躐、列不同音也。又，『左驂殪』之『殪』下注『異』。案：《廣韻》：殪，於計切。異，羊吏切。殪、異不同音也。《天問》『夢生』之『夢』下注『孟』。案：《廣韻》：夢，莫鳳切。孟，莫更切。夢、孟不同音也。《惜誦》『所咍』之『咍』下注『台』。案：《廣韻》：咍，呼來切。台，土來切，又與之切。咍、台不同音也。《懷沙》『在笯』之『笯』注『幕』。案：《廣韻》：笯，乃都切，又乃故切，又女加切。幕，慕各切，又慕半切。笯、幕不同音也。又，《遠遊》『聊仿佯而逍遥』，『仿』下注『相』。案：仿佯、相羊雖同意，然非一詞也。當屬謄鈔之訛誤。

是書爲海東西村時彦氏所得，原爲其『讀騷廬』所收藏《楚辭》百種之一，今藏於日本國大阪大學圖書館。（黄靈庚）

# 楚騷協韻

《楚辭協韻》者，明屠本畯之所作也。本畯有《離騷草木疏補》已著録。四庫館臣稱，『此本惟題曰屠畯，蓋未改名以前刻也。本畯以朱子《楚辭集注》韻爲未備，故廣爲此書』云。凡十卷，皆集屈宋之作，然無目録。卷一《離騷》，卷二《九歌》，卷三《天問》，卷四《九章》，卷五《遠遊》，卷六《卜居》，卷七《漁父》，卷八《大招》，卷九《九辯》，卷十《招魂》。其以《大招》措《漁父》後、《九辯》前者，蓋以爲屈子所作也。

卷首有二敘：一者爲四明沈九疇作於隆慶壬申，一者爲吴郡黄姬水，然未署作年。黄敘稱，王尗師、洪慶善於《楚辭》用韻，皆『闕而未協』，而朱子『協而未詳』。『至於文字之點畫偏旁，多所舛謬，甬東屠田尗氏玩誦而病焉。乃精研博考，積日累歲，緝爲《楚辭協韻》十卷。如英央之盭，則通之以古韻。亥豕之譌，則訂之以古文。復炎漢篆隸之舊，黜江左聲病之拘，然後千載作者之意始無遺憾矣。《離騷》之衣被詞人也，田尗有功哉！田尗本高華之胄，稟超曠之資，負通達之才，於書無所不讀，而獨寤寐屈宋焉。夫屈宋賢人失志之賦也，田尗豈亦不得志者哉？噫乎古之君子志於邦家，今之君子志於富貴，田尗豈今之所謂不得志哉？而田尗以四事答客難，詎蓋田尗之志也？田尗之志亦足悲矣』。案本畯生處明隆、萬之間，士大夫之屬多沉湎於聲色走馬之娱，貪贖成風，頽勢幾不可挽，而本畯雖未曾落度不偶，然獨立獨行，不肯附流，故繫心於屈宋之書，耿耿以自明，蓋其志昭然若揭矣。

屠氏爲此書者，無非協古韻、正古文二事。所稱『協韻』『黜聲病』者，改入韻之字以未協者而使之協於古韻，然憑臆妄改，多非其古音古韻，蓋聲病未黜，而徒增新訛也。如，《離騷》『降』字，改音『胡公翻』以協『庸』。案：降，古入冬部，與東部『庸』字爲東冬合韻。而『胡公』之音入東部，非其古音。又，『名』字，改音『彌延翻』以協『均』。案：名，古入耕部，與真部『均』字爲耕真合韻，而『彌延』之音入元部，非其古音。又，『能』字，改音『年題翻』以協『佩』。案：能，古入蒸部，之部之陽聲，與之部『佩』字爲之蒸通韻。而『年題』之音入支部，非其古音。又，『在』字，改音『此禮翻』以協『茝』。案：在、茝，古同入之部。而『此禮』之音入脂部，反不協韻。又，『隘』，改音『於力翻』以協『績』。案：隘、績古同入錫部，支之入聲。而『於力』之音入之部，反不協韻。又，『化』字，改音『虎瓜翻』以協『它』。案：它、化古同入歌部，而『虎瓜』之音入魚部，反不協韻。又，『及』，改音『蒲北翻』以協『則』。案：及，群紐，古入緝部，與職部『則』字爲職緝合韻。而『蒲北』之音入職部、帮紐，非其古音。又，『悔』字，改音『虎偎翻』以協『茝』。案：茝、悔古同入之部，而『虎偎』之音入微部，反不協韻。又，『態』字，改音『土宜翻』以協『時』。案：態、時古同入之部，而『土宜』之音入歌部，反不協韻。又，『懲』字，改音『直良翻』

讀騷大旨

明甬東屠畯田叔撰

總篇

楚騷者發舒憤懣之詞闡揚忠孝之本依六義以敷言繼三百篇而作剏者也屈原開其始景差倶廹日而體之宋玉紹其業隨珠並夜光而希世假哉寔兮不可尚矣洎茲以徃雖頗更備然而大都式其摹範竊其華藻矣今之此編以離騷經九歌天問九章遠游卜居漁父九辯招

以協『常』。案：常，當作『恒』，避文帝諱改。恒、懲古同入蒸部。而『直良』之音，非『懲』字古音。又，『節』字，改音『子息翻』以協『服』。案：節，當作『飾』，訛字也。飾、服古同入職部。而『子息』之音，非『節』字古音。又，『悔』字，改音『呼磊翻』以協『醢』。案：悔、醢古同入之部，而『呼磊』之音古入微部，反不協韻。又，『調』字，改音『如同』以協『同』。案：同，當作周，字之訛。調、周古同入幽部。『如同』之音，非『調』字古音。又，『茅』字，改音『莫侯翻』以協『留』。案：茅、留古同入幽部，而『莫侯』之音入侯部，反不協韻。又，『祇』，改音『如支翻』以協『幃』。案：祇、幃古同入微部，『如支』之音入支部，反不協韻。又，『沬』字，改音『莫之翻』以協『兹』。案：沬無『莫之』之音，妄改也。『惟兹佩之可貴兮委厥美其歷兹』二句倒乙，貴、沬古同入微部。又，『待』字，改音『徒奇翻，又徒帝翻』以協『期』。案：待、期古同入之部。而『徒奇』之音入歌部，『徒帝』之音入錫部，反不協韻。《離騷》一篇如此，其餘九篇可以類推。屠氏斷非知音之選也。四庫館臣斥之云：『至「肇錫余以嘉名」「字余曰靈均」。則方音矣。江以南真庚互叶，今世尚然。本畯必讀「名，彌延反。均，居員反」。殊爲牽合。』可謂擊中肯綮。

屠氏所稱因『古文』『復漢隸』者，『以爲楚《騷》文字在小篆未變之前，寫《楚辭》宜用小篆分草。今刊本雖用隸書，然宜以六書善本正其差譌』。而實屬不倫，徒滋歧紛，不足取信。如，《離騷》『攝提貞于孟陬』之『貞』，改爲『鼎』。案：楚簡文字『貞卜』字皆作『卣』。又，『名余曰正則』之『則』，改爲『𠟭』，下皆同。案：楚簡文字亦作『則』。又，『朝搴阰之木蘭』之『搴』，改作『攐』。案：搴取字，《說文》作『𢶍』，或作『攓』，未見作『攐』。又，『夕攬洲之宿莽』之『莽』，改爲『茻』。案：《說文》：『茻，衆艸也。』又，『犬善逐兔艸中爲莽』。然古字通用不別。又，『雜申椒與菌桂』之『椒』，改爲『茮』，下皆同。案：茮、椒，古字通用，香木作椒。又，『惟夫黨人之偷樂』之『偷』，改爲『媮』。案：偷、媮古今字。古字作偷。又，『雖委絶其亦何傷』之『委』，改爲『痿』。案：委、痿古今字，古字作委。又，『憑不猒乎求索』之『索』，改爲『索』，下皆同。案：求索字始見秦簡，古但作索。又，『長顑頷亦何傷』之『頷』，改爲『頷』。案：顑頷，楚簡作『㥶㤚』，連語也，字無定體。又，『貫薜荔之落蕊』之『蕊』，改爲『惢』。案：惢，心疑貌，本當作蕊。又，『非世俗之所服』之『服』，改爲『㞋』，下皆同。案：㞋、服古今字，楚簡作服。又，『余雖好修姱以鞿羈』之『好』，改爲『玻』。案：楚簡作好，而無玻字。又，『佩繽紛其繁飾』之『繽紛』，改爲『闠閿』。案：繽紛，連語，字無定體，不必據《説文》改爲『闠閿』。又，『終然殀乎羽之野』之『然殀』，改爲『肰夭』，下『然』字皆同。案：夭、殀，肰、然，皆古今字。楚簡已有然字。又，『薋菉葹以盈室』之『菉』，改爲『箓』。案：菉竹之菉，無作『箓』者。誤改也。又，『浞又貪夫厥家』之『厥』，改爲『欮』，下皆同。案：語詞之厥，楚簡作『氒』，無作欮。又，『跪敷衽以陳詞』之『跪』，改爲『跽』。案：長跪爲跽，非一字，不當改。又，『班陸離其上下』之『班』，改爲『辬』。案：班亂字作斑，班、斑、辬，古皆通用。又，《東皇太一》『蕙肴烝兮蘭藉』之『肴烝』，改爲『殽脀』，下皆同。案：蒸、烝、脀，古皆通用不别。又，『奠桂酒兮椒漿』之『奠』，改爲『尊』。案：非是，奠祭字不作尊。又，《國殤》『矢交墜兮士争先』之『墜』，改爲『䃍』。案：墜、䃍，古字通用不别。又，『凌余陣兮躐余行』之『陣』，改爲『陣』。案：戰陣字古作陳。《天問》『鯪魚何所』之『鯪』，改爲『淩』。案：鯪魚本作鯪，淩則通假字。又，『而黎服大説』之『服』，改爲『伏』。案：黎服者，黎民也。服猶民也。不當作伏。又，《涉江》『余將董道而不豫』之『董』，改爲『蕫』。案：蕫爲蕫蓈草，董正字作董。又，《抽思》之『抽』，改爲『搯』。案：抽、搯，異體字，二者皆可。又，『悲秋風之動容』、《漁父》『形容』、《大招》『容則秀頸』、《招魂》『華容備』之『容』，改爲『頌』。改爲『頌』。案：頌、容，異體字，二者皆可。又，『超回志度』之『志』，改爲

『忘』。案：非是。超回即遲回，志度猶踁踱，皆言行不定之貌。若作『忘』，不辭。又，《橘頌》之『頌』，改爲『誦』。案：屈子賦橘形容，本作頌，非謂諷誦也。又，《遠遊》『時曖曃其黨莽』之『時曖曃』，改爲『旹埃⿱能日』，《楚辭》之『時』皆改作『旹』。案：旹，古時字。埃⿱能日、靉靆，連語，字無定體，不必據《説文》改也。又，『上寥廓而無天』之『寥廓』，改爲『廫霩』。案：寥廓、廫霩，連語也，不必據《説文》改。又，《卜居》『駑馬』、《九辯》『駑駘』之『駑』，改作『奴』。案：駑馬字作奴，羌無證據。又，《大招》『虎豹蜿』之『蜿』，改爲『⿰夕巴』。案：⿰夕巴字未見字書，蓋本作夗。夗、蜿，古字通用，然亦不必據改。是故四庫館臣斥之曰：『若盡依《説文》改變形體，以爲能守六書之義。轉爲煩重，則但作篆可耳，奚以隸爲？是亦好奇之過也。』又，屠氏改定古字，前後亦不一致。如既改好惡字爲玫，然見有未盡校改者。案：《離騷》『鳩告余以不好』之『好』，未改爲『玫』也。又，《湘君》『捐余玦兮江中』之『捐』，改爲『涓』。案：《湘夫人》『捐余袂兮澧浦』之『捐』，猶未改爲『涓』。且改『涓』亦非是。或者誤改原文，以正爲訛者。如，《離騷》『伏清白以死直』之『死』，改作『反』。案：反，蓋『歺』之訛。然『歺』音五割反，則非死字也。或者當校未校，漏改訛字。如，《遠遊》『意恣睢以担撟』。案：担撟，不可解。《文選・汧馬督誄》『犖更恣睢』，李善注引《楚辭》『担撟』作『指撟』。担，當作『揭』，訛字也。《慧琳音義》卷七十六『揭鳥』條引王逸注：『揭，亦高也。』其所據唐本作『揭撟』。《文選・射雉賦》『眄箱籠以揭驕』，徐爰注：『揭驕，志意肆也。《楚辭》揭驕字作拮矯。』李善注：『《楚辭》曰「意恣睢以拮矯。」』則徐爰、李善所據或本作『拮矯』。拮矯、揭撟、揭矯皆同。屠氏遺漏未校改也。

卷首附《讀騷大旨》一卷，首《録篇》，稱『屈原開其始，景星俱旭日而麗天；宋玉紹其業，隨珠竝赤光而希世』。故此編但録屈宋之作十卷。《惜誓》而下『大都式其模範，竊其華藻』云，故皆不録。次《原協》，稱『因取《韻補》《輯注》

《音略》《獵要》《字苑》諸考」以定韻，『或一二，一二協之；三四，三四協之。苟足兼收，無嫌竝照，將使韻靡不通協』云。此篇蓋所以作《楚辭協韻》之大旨也。然未見其條理所在。所舉《漁父》之例，謂『舉世皆濁我獨清』之『清』與『是以見放』之『放』協韻，清音『千芊翻』，放音『分房翻』。案：『千芊』之音入真部，『分房』之音入陽部，真陽不協韻。當從舊説，清，與下『衆人皆醉我獨醒』之醒同協耕部。類此訛誤，比比可見。藉是知考定古韻，非其所長，是以妄論古韻，謬誤百出而不自省。次《正字》，稱據《説文》六書以正其差譌。然觀其所正者，多憑臆妄改，不足取信矣。次曰《明鈔》，稱『夫辯博宏深，肆魁偉之文於楚《騷》者，王尗師也。援據精博，昭奇怪之事於《補注》者，洪慶善也。擬議正，義理明，發忠孝之道於訓詁者，朱仲晦也』。三家各有所長，不可偏廢。而『今以俗監之迷古，深廢淺售，咸屈王洪而尊仲晦』，則爲偏也。案其時大行朱子《集注》，王、洪二家幾廢，屠氏能發此論，寔屬難能可貴。次《示志》，以四事答客之難：一者時不待我，恐修名不立；二者傷骨傷肉之連徂；三者歎守正潔志之不易；四者哀朋友中道改易。持此四事乃寄情於《楚辭》，『不病而呻唫者』云。蓋明其所以篤好屈宋之由矣。終篇《解嘲》，大略自明著此編之旨，在於上承前賢要妙之旨，非以『違衆獨立，鬻世釣名』者。蓋亦無甚高論矣。

是書刻於明隆慶六年壬申，後未見鋟刻，流傳不廣，上海圖書館有藏本，《四庫全書存目叢書》據此本景印。（黄靈庚）

# 林氏楚辭述注

《楚辭述注》者，明林兆珂之所作也。兆珂字孟鳴，一作孟鴻，號榕門、富孫，福建莆田人。嘉靖壬戌，倭陷郡城，與兄兆瓚俱被縶。倭刃磨兄頸，兆珂以身翼蔽。倭義釋之。萬曆二年甲戌進士，授刑部侍郎，官廉州、衡州、安慶知府。著有《毛詩多識編》七卷、《考工記述注》二卷、《檀弓述注》二卷、《注大明律例》二十卷、《林艾軒先生文鈔》一卷、《挈朋草稿》六卷、《杜詩鈔述注》十六卷、《李詩鈔述注》十六卷、《林伯子詩鈔》一卷、《選詩約注》十二卷、《宙合編》八卷等。事載《閩中理學淵源考》卷五十六《郡守林孟鳴先生兆珂傳》。

首有方承章、郭喬泰、黄似鳳序。方序稱《楚辭》雖有王逸、朱熹之注，猶有未顯剩義，而林氏之書，『酌兩家之中而綜以微旨，其法當，其詞覈，其引援切，而其辯鞠詳，其訓釋精，而其發明廣』。則頗多推譽。方氏又以林氏『自其典試粤西，與朱轓守衡陽時，過湘者再，所仿敬吊之篇，方足爲郢人增色，至覽山川芳草，以觸其連類争義之致，於當年阰側相通，何怨不會？以獨知之契，表獨創之格，斯舉千載而曙之目前不難耳』。郭氏亦云『知謇謇之爲患，慨然投簪；芳菲菲而難虧，嗒焉掃軌。每諷毛詩以發興，間讀楚辭以舒懷』。蓋林氏是著，於其際遇有所寄寓也。而黄序稱，林氏作是書之時，『常慨靈均以干骨之言，戟解兩主，踢而賦諸騷，即鬱伊淋漓，而輔其折、虚其缺，猶可想其揮且謁者』，遂於公務之暇，『攟摭諸説而注之』，『勿論正宗别閏，取義斷章，當令叔師、元晦不獲前擅其美』云云。見其用心勤且恪也。末附林氏後序，稱『輒取叔師、元晦之注訂之，擘肌分解，藉手當理。王孝伯嘗言：「名士不必須奇才，但使常得無事，痛飲酒，熟讀《離騷》。」余不任麴糵，又短誦性，惟是擊節吾伊，聊以澆胸中之壘塊，送居諸之迅焉耳。經曰：「衆不可户説兮，孰云察余之中情。」則竊附有然。又曰：「苟余情其信姱以練要兮，長顑頷亦何傷。」則不敢不勉』。據其所言，當作是書時日之心態，鬱抑不得於志如此，乃藉注《騷》以抒攄其怨憤已。

《凡例》八則，蓋本書之綱目：一曰『録篇』，述《楚辭》版本源流之迹及本書取舍原則，稱『劉子政校書，始經《離騷》，録屈子別撰與《九諫》（諫，當歌之誤）、二《招》，他如《惜誓》而，下祖原意者附焉，總命《楚辭》，共十六卷。班孟堅、賈景伯各章句《離騷》一卷，不及其餘。王叔師復因子政之舊而章句之，自續《九思》，附以班氏二序爲十七篇。昭明《文選》自《騷經》《卜居》《漁父》之外，《九歌》去其五，《九章》去其八。洪慶善以爲不宜去取也，因作《補注》十七卷。而朱元晦則以《諫》《歎》《懷》《思》雖爲騷體，然如無所疾痛而强呻吟者，遂不復以入篇帙，而於長沙增《弔》《鵩》二賦，爲之《集注》共八卷，復補定晁氏《續》《變》二書爲《楚辭後語》六卷。兹《騷經》外至《大招》而止，而長沙以下別爲一編，非敢有所去取，不以禰溷宋也』。其書但取屈、

劉知幾云作者自敘其流出于中古離騷經首章上陳氏族下列祖考先述厥生次顯名字自敘發跡實基於此降及司馬相如始以自敘爲傳至司馬遷楊雄班固自敘之篇實煩於代

祖曰屈原死于頃襄之世當懷王時作離騷已云願依彭咸之遺則又曰吾將從彭咸之所居蓋其志先定非一時忿懟而自沈也

帝高陽之苗裔兮朕皇考曰伯庸攝提貞于孟陬兮惟庚寅吾以降皇覽揆余于初度兮肇錫余以嘉名名余曰正則兮字余曰靈均紛吾既有此内美兮又重之以脩能扈江離與辟芷兮紉秋蘭以爲佩

德合天地稱帝高陽顓頊有天下之號也帝繫曰

陬側丘反　降叶呼工　紛音墳　重去聲　能叶音耐　紉女鎮反

騷經　二

宋二家，凡十卷，自《離騷》至《漁父》七卷皆屈子所作，卷八《九辯》、卷九《招魂》，皆宋玉所作，卷十《大招》，則從朱子所斷，定爲景差所作。漢以下諸賦皆芟之也。

二曰『點序』，詳論《楚辭》篇目之次第先後。稱『《楚辭釋文》未詳孰撰，而洪氏得之吴郡林德祖，其篇次不與今本同。今本首《離騷》，次《九歌》《天問》《九章》《遠遊》《卜居》《漁父》《九辯》《招魂》《大招》，而《釋文》則以《九辯》次《離騷》，而後《九歌》《天問》《九章》《遠遊》《卜居》《漁父》，如《招魂》《大招》則入在《諫》《歎》間。晁補之《重編》，則遷《遠遊》《九章》次《騷經》，在《九歌》上，以原自敘，意近《騷》也；而《九歌》《天問》，乃放後據憤所作，故遷於下；《卜居》《漁父》，自敘餘意也，故又次之；《大招》，沉淵不返，故以終焉。此編誠爲有理。然叔師自以爲南陽人，與原同里，編當不謬。況朱子不因晁而因王，其必有見乎。兹編所以依今本也』。林氏始《離騷》而終《大招》，與今本目次同。然其説不確，今本編次乃宋陳説之依時之先後次第之，非王逸舊本。《釋文》篇目編次，貌似錯雜無次，實出有因，確乎爲漢時舊本，詳參本書《楚辭章句總述》。

三曰『分章』，論科分《離騷》段落。稱『叔師句解似太離析，元晦韻分，旨稍可尋，而永嘉林應辰始爲段釋，盈尺可披，諷誦尤便。兹依其義分《騷經》爲十八段，諸篇亦隨長短分之』。林應辰書今未傳。《離騷》十八段，蓋林氏舊分：一段自篇首至『爲佩』，二段『汩余』至『先路』，三段『昔三后』至『數化』，四段『余既滋蘭』至『未悔』，五段『怨靈脩』至『所厚』，六段『悔相道』至『可懲』，七段『女嬃』至『不余聽』，八段『依前聖』至『上征』，九段『朝發軔』至『而嫉妒』，十段『朝吾將濟』至『無女』，十一段『溘吾遊』至『而改求』，十二段『覽相觀』至『先我』，十三段『欲遠集』至『終古』，十四段『索藑茅』至『其不芳』，十五段『欲從靈氛』至『之害也』，十六段『余以蘭』至『上下』，十七段『靈氛既告」至『而不行』，十八段『亂曰』四句。又，《九章》九篇及《遠遊》《九辯》《招魂》《大招》等皆作分段，此亦依林氏舊分也。惟《天問》一篇猶以『韻分』，是存朱注本舊觀。

四曰『詮故』，蓋論注釋之依歸，稱『淮南、孟堅、景伯之《傳》迥乎不復睹矣，及隋唐訓解，尚五六家，亦漫不復存。惟是叔師之《章句》，慶善之《補注》，元晦之《集注》鼎具，王宏深魁偉，洪援據精博，朱擬議正義理明，笙簧迭奏，總俾均天。兹並采之，而附以近世諸公所論者』。其書體例，注在段下。顏題『述注』，述者，猶循行也。誠如『詮故』所稱，其注悉依遁漢宋舊注。雖未越度前賢，而遵依家法，一言之得，可供酌取。而『王宏深魁偉，洪援據精博，朱擬議正義理明』云云，甚得三家要旨。林注雖遠依王逸，近依洪、朱，於諸家之間有所取舍。如，《離騷》『怨靈修之浩蕩兮』，王注：『浩猶浩浩，蕩猶蕩蕩，無思慮貌也。』而林氏從朱注：『浩蕩，無思慮貌。』删『猶浩浩』『猶蕩蕩』六字。又，『謡諑謂余以善淫』，王注：『謡，謂毁也。諑，猶譖也。』而林注曰：『謡諑，謂譖毁也。』比合王注爲之。或者比合王、朱二家。《惜誦》『又衆兆之所讎』，王注：『父怨曰讎。言己專心思欲竭忠情以安於君，無有他志，不與衆同趨，故爲衆所怨讎，欲殺己也。』朱注：『讎，言怨之當報者。』林注：『但我專思竭忠於君，非有他志，何讎於衆而視爲必報之讎乎？』父怨之讎，當必報之。是合王、朱二家爲解也。然觀林氏所取，朱注爲多，王注次之，洪補衹見名物考證，最少矣。

五曰『譯響』，論《楚辭》用韻也。稱『詩人綜韻，率多清切；《楚辭》辭楚，訛韻實繁。兹音釋叶韻，一以朱氏爲主』。林氏説韻，悉從朱子，無所發明。且置於書之地脚。如，《離騷》『長太息以掩涕兮，哀民生之多艱。余雖好修姱以鞿羈兮，謇朝誶而夕替。』朱注曰：『替與艱叶，未詳。或云，艱，居垠反；替，它因反。』林氏亦曰：『替，它因反。』又，《雲中君》：『蹇將憺兮壽宮，與日月兮齊光。』朱注曰：『宮，叶古荒反。』林氏亦曰：『宮，叶古荒。』又，《天問》：『斡維焉繫？

天極焉加？」朱注曰：『加，叶音基，又如字。』林氏注亦曰：『加，叶音基。』又，《懷沙》：『懷質抱情，獨無匹兮。伯樂既没，驥焉程兮。』朱注曰：『匹，當作正，字之誤也，以韻叶之，以及《哀時命》考之，則可見矣。』案：林氏亦云：『匹，當作正。無正，與「並日夜無正」之正意同。』即此類是也。

六曰『訂訛』，論校定古本也。稱『《騷經》「黄昏以爲期兮」二句，慶善以爲舊本無此，叔師無注，疑爲後人所增。《九歌·少司命》章「與女遊兮九河」二句，元晦以爲《河伯》章誤入。《大招》篇脱「魂乎無東西」四字。不敢妄爲删補。如，《九辯》諸章舊本分段未明，已經元晦點定，今從之』。《楚辭》此類訛誤，傳本絶少見，僅三、四事而已，似無必要設例。《九辯》分段，唐初已然，《文選》輯《九辯》前五段，分段悉同朱注，是朱子所依據矣。

七曰『印字』，屬校勘之事，定文字之是非，而求其古本之真。稱『《楚辭》字多奇，而流傳既久，鈔本互異，如「覽鑒」、「忽曶」「滋蕺」「獨樂毒藥」之類及助語有無，元晦載之詳矣。兹恐閲者岐羊，而先世所傳古本，似爲畫一，今依之』。考其所據底本，不盡同朱注本，蓋斟酌《章句》本、《補注》本而取舍之，而從《章句》本居多。以《離騷》一卷爲例，餘可類知矣。如，『夕攬洲』，朱注本『攬』作『擥』。案：《章句》本、《補注》本亦作『攬』。又，『此度也』，《補注》本、朱注本無『也』字。案：《章句》本亦有『也』字。又，『雜杜蘅』，《補注》本、朱注本『蘅』作『衡』。案：《章句》本亦作『蘅』。又，『落蘂』，《補注》本、朱注本『蘂』作『蕊』。案：《章句》本亦作『蘂』。又，『不余聽』，《補注》本、朱注本『余』作『予』。案：《章句》本亦作『余』。又，『國亂流』，《補注》本、朱注本『國』作『固』。案：《章句》本亦作『國』。又，『縱欲殺』，《補注》本、朱注本『欲』下無『殺』字。案：《章句》本亦有『殺』字。又，『危死節』，《補注》本、朱注本『死』下無『節』字。案：《章句》本亦有『節』字。又，『擥茹蕙』，《補注》本、朱注本『擥』作

『攬』。案：《章句》本亦作『擥』。又，『前戒』，《補注》本、朱注本『前』作『先』。案：《章句》本亦作『前』。又，『壒吾遊』，《補注》本、朱注本『壒』作『溘』。案：《章句》本亦作『壒』。又，『求宓妃』，朱注本『宓』作『虙』。案：《章句》本、《補注》本亦作『宓』。又，『驕敖』，《補注》本、朱注本『敖』作『傲』。案：《章句》本亦作『敖』。又，『閨中既以』，《補注》本、朱注本『既』下無『以』字。案：《章句》本亦有『以』字。又，『能忍』，《補注》本、朱注本『忍』下有『而』字。案：《章句》本亦無『而』字。又，『從流』，《補注》本、朱注本作『流從』。案：《章句》本亦作『從流』。又，『晻靄』，《補注》本、朱注本『靄』作『藹』。案：《章句》本亦作『藹』。或見不從三本者。如，『察予之善惡』，《章句》本、《補注》本、朱注本『予』作『余』。不知其所從矣。

八曰『蕞評』，輯集乍漢至明品評精辟之語列於簡端。稱『《楚辭》評騭自東西京至昭代，夥若蝟毛，散若玉屑，兹特揭其有關章旨與指示文法者，列于上方』。其所集評語大抵雖未出明蔣之翹《七十二家評楚辭》範圍，而輯亦有所選擇，蓋以洪興祖、馮覲、陳深、高似孫、王世貞、姚寬等居多矣。

非惟如是，林氏於屈宋諸賦所作時地及緣由，多所論述，且不專主一家，融合折衷諸家而取其長者。如，論屈子作《離騷》之緣起及作時，王逸、朱注皆據《史記》本傳載上官、靳尚共譖毀原而見疏於懷王，謂《離騷》正作於懷王見疏之時。林氏依從此説。然時人或據篇内屢言自死之語，以爲作於頃襄之説者，乃復引洪氏《補注》云：『屈原死於頃襄之世，當懷王時作《離騷》已云「願依彭咸之遺則」，又曰「吾將從彭咸之所居」，蓋其志先定，非一時忿懟而自沉也。』雖無新意，然於王、朱二家，則别有思致矣。論《九章》所作時地，蓋不厭王注『章明也』之訓，唯用朱説，云：『屈原既放，感觸輒形於聲，後人輯之，得其《九章》，合爲一卷，非出於一時之言也。今考其詞，大抵多直致無潤色，而《惜往日》《悲回風》又其臨絶之音，以故顛倒重複，倔强疏鹵，尤憤懣而極悲哀，讀之使人太息流涕而不能自已。』於此可見其周密用心矣。

林氏於彌綸折衷三家舊注，時下識斷，其説必有證，洵非逞奇炫博者可同日語，而於晚明諸注之中尤爲難能可貴。如，《離騷》『悔相道之不察兮，延佇乎吾將反。回朕車以復路兮，及行迷之未遠。』王注：『悔，恨也。相，視也。察，審也。延，長也。佇，立貌。回，旋也。路，道也。迷，誤也。言己自悔恨，相視事君之道不明審，當若比干伏節死義，故長立而望，將欲還反，終己之志也。乃旋我之車，以反故道，及己迷誤欲去之路，尚未甚遠也。同姓無相去之義，故屈原遵道行義，欲還歸也。』王氏謂屈子曾『欲去』楚而『未甚遠』，此爲反歸『事君』之『故道』也。朱注：『比也。悔，追悔也。察，明審也。延，引頸也。佇，歧立也。回，旋轉也。迷，惑迷也。言既至此矣，乃始追恨前日，相視道路未能明審，而輕犯世患，遂引頸歧立，而將旋轉吾車，以復於昔來之路，庶幾猶得及此惑誤未遠之時，覺悟而還歸也。』朱注『迷惑』究屬己之『輕犯世患』，抑屬君之『惑誤未遠』，終不能白。林氏乃折衷之，注云：『悔，追悔也。察，明審也。延，引頸也。佇，歧立也。回車復路，將還也。迷，惑迷也。言己有輔相之道而不見察，故悔其昨非，長立而望，將還以終老之志，庶幾爲不遠之復也。』林氏『終老』之志，猶云『將從彭咸之所居』也，言其決死耳，爲後半篇之三度飛行、求歸高陽帝居之事張本。故是説最切意指。又，《國殤》：『凌余陣兮躐余行，左驂殪兮右刃傷。霾兩輪兮縶四馬，援玉枹兮擊鳴鼓。』朱注甚簡略，但云：『凌，犯也。躐，踐也。殪，死也。援枹擊鼓，言志愈厲，氣愈盛也。』王注較朱詳盡，林氏則取王注，且錯綜其説，云：『凌，犯也。躐，踐也。殪，死也。敵家來侵淩我屯軍，踐踏我行伍，我所乘左驂馬死，右騑馬被刀創也。縶，絆也。言我馬雖死傷，更霾兩輪，絆四馬，終不反顧，示必死也。援枹擊鼓，言志愈厲，氣愈盛也。』詳審『霾兩輪，絆四馬』爲古車戰『示必死』之方，猶後之『破釜沉舟』之類，《孫子》謂之『方馬埋輪』。方者，縛也。王逸去古未遠，悉知其方。朱子已昧矣。故林氏猶從王注，蓋未爲近習之説所惑耳。又，《天問》：『鯀何所營？禹何所成？』王注但云：『言鯀始鴻水何所營度，禹何所成就乎？』朱注亦甚簡，云：『鯀禹事已見上六章，此不復答。』林氏注云：『懷山襄陵，鯀當其難，況方命堙遏乎？事蠹改圖，禹乘其易，況順下導疏乎？』林注以鯀敗於堙遏，禹成於疏導，言至簡而意至明矣。又，『該秉季悳，厥父是臧。』王注：『該，苞也。秉，持也。父謂契也。季，末也。臧，善也。言湯能包持先人之末德，修其祖父之善業，故天佑之以爲民主也。』朱注：『此章未詳。詳此該字，恐是啓字，字形相似也。但牧夫牛羊未有據，而其文勢似啓反爲扈所弊，不可考也。』林氏云：『該，即兼該之該，秉，持也。季，末也。言啓爲君雖末細之德，亦能兼而秉之，是能繼承其父之善矣。』該，殷先王王亥也。林説雖未必是，其非唯依傍舊注而已，時見其所爲新説矣。

林注之失，即在取舍舊注間，妄加删芟，致古訓湮没。如，《離騷》『羌内恕己以量人兮』，王注：『羌，楚人語詞也，猶言「卿」，何爲也。』朱注同。林氏云：『羌，楚人發語詞，猶言何爲也。』删一『卿』字。羌、卿，語之轉。蓋楚曰羌，漢曰卿，或作慶。王注『猶言卿』，謂楚語之羌，即漢之卿也。『何爲』，即其義也。故『卿』字不當删。或因舊注之誤。如，《離騷》『曰黄昏以爲期兮羌中道而改路』二句，洪氏已言『此二句後人所增』，朱注則强詞奪理，以爲古本有此二句。非也。故後世多未從。林氏明知洪氏有辯，猶復從朱説，亦誤以爲古本有此二句。是崇朱之過也。

是書傳世版書絶稀，衹見明萬曆三十九年刻本，國家圖書館有藏本。臺灣新文豐出版公司一九八六年《楚辭彙編》據該版本影印。（黄靈庚）

# 來氏楚辭述注

《楚辭述注》者，明來欽之之所作也。欽之字聖源，又字風季，蕭山人。蓋生當明崇禎末世。居世、仕履皆未詳，史乘及縣志亦未載。

卷首有陳洪綬序及來氏自序，末附其裔孫來逢春後序。皆敘其述注《離騷》之緣起。陳氏序作於崇禎戊寅，與來自序同庚，其稱來氏本『以爲文章事業，前途於邁』，然身處亂世，慘澹人生，唯以哦《騷》或『擬李長吉長短歌行』爲娱，每取琴『作激楚聲』，時『有寥天孤鶴之感』，而未四十而歿。歿後方見刻於剞劂氏。來逢春後序稱，『吾宗聖源，博學宏才，其所疏注，自經及史，率皆千古盛業。可以大用，而尚不遇於時。故讀屈原之詞，取晦翁之注，而少加裒益。書始大定，而曰《述注》云者，其亦同屈原、晦翁兩人有大悲慨夫』！據是，來氏當日注《騷》之用意，蓋有所寄寓矣。晚明注《騷》者多如此，若黄文焕、陸時雍、周孟侯等是也。姜氏亮夫但斥之曰，『明人陋習極好名，來氏此刊，可謂代表。列來氏子姓之説至四五家，則以屈子書作顯揚宗親之用矣』。其説有理，然知人當以論世，恐未可一概而言之矣。

據自序稱，是書於朱熹《楚辭集注》『止録其前之五卷，而於最後之續者，俱不一及。則是何故？是特以著屈原之所爲文而已矣』。而其『竊觀《楚詞》自《離騷》以至《漁父》二十五篇，皆屈原所作』。故定爲五卷，《離騷》卷一，《九歌》卷二，且附陳洪授《九歌圖》十一幅，《天問》卷三，《九章》卷四，合《遠遊》《卜居》《漁父》三篇爲卷五。來氏又以解屈子之作，貴乎探得微隱之意，『柳子厚曰：「恭讀《離騷》，以致其幽。」由是言之，則凡爲文者所不可忽也。然其詞旨難明，語意杳冥，非藉解釋，不能通曉。朱子之《集注》，其補裨於後人者多矣。欽之伏而誦之，間或裒多益寡，此固欽之《述注》本意矣』。以此觀之，來氏之所爲『述注』者，未拘泥乎字義訓詁，要在得屈子之『幽』。於朱子《集注》之取舍，即以是爲準繩。

卷一《離騷》之首題『漢宜城王逸章句宋新安朱熹集注』、『明會稽王亹校定蕭山來欽之述注』，而校勘非王亹一人，卷二《九歌》稱『蕭山來集之校定』，卷三《天問》稱『明會稽王紹美校定』，卷四《九章》稱『明會稽王紹蘭校定』，卷五稱『明會稽劉錫和校定』。案：來集之，初名偉才，又名熔，號倘湖，蕭山長河人。蓋來氏宗親也。崇禎十三年庚辰進士。官太常寺少卿、兵科左給事中。著有《讀易偶得》《易圖親見》《卦義一得》《春秋志在》等十餘種。康熙《蕭山縣志》有其傳。王紹美，字子璵，會稽人。崇禎庚辰進士，授肇慶府推官，有能聲。王紹蘭，紹美弟也。崇禎九年丙子舉人。著有《梅莊合稿》。二人俱見道光《會稽縣志稿》卷十九《文苑》。而王亹、劉錫和，皆未可考。然對勘王逸《章句》與來氏《述注》，二者無甚因緣關係，實本於朱子《集注》也。若《離騷》《天問》《九章》等

紛音墳能叶如代反○賦而比也紛盛貌生得日月之良是天賦我美質於內也重再也脩能長才也能獸名熊屬多力故有絕人之才者謂之能扈被也離香草生於江中故曰江離辟幽也芷亦香草生於幽僻之處紉續也蘭亦香草至秋乃芳佩飾也記曰佩帨茝蘭則蘭芷之類古人皆以爲佩也

汨余若將不及兮恐年歲之不吾與朝搴阰之木蘭兮夕攬洲之宿莽

搴音蹇阰音毗○賦而比也汨水流去疾之貌言已之汲汲自脩常若不及者恐年歲不待我而過去也搴拔取也阰山名木蘭木名去皮不死攬采也水中可居者曰洲草冬生不死者楚人名曰宿莽言所采取皆芳香久固之物以比所行者皆忠善長久之道也

楚辭　離騷卷一　三

自始至末，皆同《集注》，以四句爲一章。《九歌》《遠遊》分章錯落不一，或四句，或八句，或十二句，則亦悉同《集注》。王豐等人之校，亦未可稱精審，其沿宋本之訛而未校改。如，《離騷》『矯菌桂以紉蕙兮』，宋本『蕙』作『蘭』。案：非是。《楚辭》諸本皆作『蕙』。明成化本已改作『蕙』，而此本猶作『蘭』。又，『使夫百草爲之不芳』注『以此時一過』，宋本『此』作『比』。案：據義，舊當作『此』。比，訛字也。明成化本已改作『此』，而此本猶訛作『比』。又，『齊玉軑而並馳』注：『軑，錮也。』宋本『錮』作『輨』。案：錮者，所以固輪也，故王逸注引『一云車轄也』。而輨，包裹車轂端之鐵皮。則非其義矣。舊本當作『錮』，明成化本已改，而此本亦訛作『輨』。又，《東皇太一》『吉日』注：『此言主祭者吉日齋戒。』宋本『吉』作『卜』。案：正文作『吉日』，則舊作『吉』是也。明成化本改作『吉』，而此本又訛作『上』。又，《山鬼》『含睇』注：『睇，微眄貌。』宋本『眄』作『盼』。案：盼，即眄字之訛也。明成化本已改作『眄』，而此本仍訛作『盼』。下《懷沙》『微睇』亦同。又，『猨啾啾兮狖夜鳴』，宋本『又』作『狖』。案：宋本是也。此本猶訛作『又』。又，《天問序》『呵而問之』，或本『呵』作『何』。案：舊作『呵』字是也。而此本訛作『仰』。

來氏於《集注》多所刪芟，如，首卷《離騷序文》雖全録《集注》，而『曰昭屈景』句下刪注引《戰國策》《元和姓纂》二文。『乃作《離騷》』句下刪注引班固、顔師古釋『離騷』語。『遂赴汨羅之淵自沈而死』句下刪注『汨羅』地理位置之語，又全刪序末朱子《離騷》詳論比、興、賦三義之文，蓋以爲皆無關宏旨也。來氏於祗節取其義，故凡《朱注》引經據者，皆捐棄不用。如朱注訓『帝陽』云：『顓頊之後，有熊繹者事周成王，封爲楚子，居於丹陽。傳國至熊通，始僭稱王，徙都於郢，是爲武王。生子瑕，受屈爲卿因以爲氏。』來氏但存『高陽，顓頊有天下之號也』。訓『苗裔』，朱注：『苗裔，遠孫也。苗者，草之莖葉，根所生也。裔者，衣裾之末，衣之餘也。故以爲遠末子孫之稱也。』來氏但存『苗裔，遠孫也』。訓『蕙』

本引《本草》及陳藏器之説，來氏删之，但存『蕙，草名，薰草也』。朱子訓『荃』引陶隱居之説，來氏删之，但云：『荃與蓀同，蓋亦香草，故時人以爲彼此相謂之通稱。此又藉以寓意於君也。』注『沅湘』，但曰『皆水名』，删朱注『沅水出象郡鐔城西，東注江，合洞庭中；湘水出帝舜葬東，入洞庭下』諸語，注《東皇太一》『璆鏘鳴兮琳琅』，但云『璆鏘，音（當皆字之訛）玉聲；琳琅，美玉名，謂佩玉也』，而删朱注『《孔子世家》云：「環佩玉聲璆然。」《玉藻》云：「古之君子，必佩玉，進則揖之，退則揚之，然後玉鏘鳴也」』之引文。又於朱注之注語，能删則删，務求簡約。如，朱注訓《離騷》『歷』字，謂『經歷之意』，而來氏但曰：『歷，經歷。』朱注《離騷》『就重華而陳詞』，引洪興祖曰：『天下明德皆自虞帝始，其於君臣之際詳矣。屈原以世莫能察己之志，故欲就之而陳詞。』而來氏但存『屈原以世莫能察己之志，故欲就之而陳詞』，亦不注明此爲洪氏之説。蓋來氏意謂『天下明德』未必自帝舜始，故捐棄不用也。又，《卜居》《漁父》二篇無注，則盡删之矣。

來氏於歷史人物、文物典故雖引經據典，必全録不删。如注《離騷》『吕望』『甯戚』等由窮至達之故事，則全録朱注，一字不遺。注《湘君》『吹參差』曰：『參差，洞簫也。《風俗通》云：「舜作簫，其形參差不齊，象鳳翼也。」』注《天問》『爰出子文』曰：『子文，楚令尹，鬬穀於菟也。《左傳》曰：「若敖娶於䢵，生鬬伯比，若敖卒，從其母畜於䢵，淫於䢵子之女，生穀於菟，實爲爲令尹子文。」』則皆全録之。蓋類此注文必不可少，以關乎宏旨故矣。來氏於朱注所列異文、音切，則多删之，唯涉及詞義之異文及音切則存之不棄。如，《離騷》『豈維紉夫蕙茝』句，來氏校録朱注『維與唯古字通用』。又，『又樹蕙之百畮』句，來氏云：『畮古畝字。』又，『就重華而敶詞』，來氏云：『敶，古陳字。』又，《湘君》『美要眇兮宜修』句，來氏云：『要，《漢書》作幼，於笑反；眇與妙同。』又，《湘夫人》『匊芳椒兮成堂』，來氏謂『匊，古播字』。又，

『遺余褋兮澧浦』『將以遺兮遠者』句，來氏云：『「遺余」，遺，平聲；「遺兮」，遺，去聲。』則皆全録朱注，蓋類此皆關乎文義故也。

來氏非唯删芟朱注，偶爲增益補綴之説。如，説《大司命》，首益『陽神』二字。案：朱子以《湘君》爲『男主事陰神之詞，故其情意曲折尤多，皆以陰寓忠愛於君之意』，爲陽神也；而蓋以《湘夫人》爲女主事陽神之詞，爲陰神也。來氏於此得以類推，遂以『大司命』爲陽神，蓋以『少司命』爲陰神，陰陽相配之神也。然朱子於二《司命》未有説，特增益以補其遺者。或者與朱注相左而改易之者。如，朱注説《湘君》如上所引，爲『男主事陰神之詞』；而來氏將朱注置諸眉批之中，則於《湘君》題下云：『湘君，堯長女娥皇，爲舜正妃者也。舜陟方死於蒼梧，二妃死於江湘之間，俗謂之湘君。』案：來氏以『湘君』爲堯女娥皇，似未以爲『陽神』也。又，《九歌》十一篇、《九章》九篇，朱注每篇標題皆從舊之卷子本，置於篇末，而來氏是書悉易置於篇首，見其未抱闕守殘，唯便於讀者爲務也。

是書援引衆家評語，雖新意不多，然足開心智、廣博聞。其臚列者除來欽之者，外有來方伯、來旦卿、來與京、來正侯、來子問、來子升等來氏宗親及沈括、劉辰翁、沈素先、王世貞、鍾伯敬、陶岸生、陳洪綬、覃有四、胡應麟、陳眉公、王儀甫、陸時雍、張鳳翼、朱有虔、陳辟生、王芳侯等，凡二十二家，計六十三則。其中有二十餘則未署名者，多出朱氏《集注》，亦或有未知所出也。而署名『來欽之』者，但七則爾。

評語内容龐雜，或者關文字校勘。如，《少司命》『與汝遊兮九河，衝風至兮水揚波』，來欽之眉批曰：『與遊兮九河，風至兮水波，《河伯》章中之語。古本存此二句，存不敢删。』又，《懷沙》『曾傷爰哀，永歎喟兮，世溷濁莫吾知，人心不可謂兮』四句上眉批引朱注曰：『按此四句若依《史記》，移著上文「懷質抱情」之上，而以下章「死不可讓，願勿愛兮」，承「余何畏懼」之下，文意尤通貫，但《史》於此又再出，恐是後人因校誤加。』又，《惜往日》「乘騏驥而馳騁兮」眉批曰：『騏驥，按王逸解爲駑馬。又詳下文，恐當作駑駒。』又，《悲回風》「入景響之無應兮」句眉批引朱注曰：『景，於境反，葛洪始加彡爲「影」字。』又，《遠遊》「旹曖曃其曭莽兮」眉批曰：『曖曃，一本作晻曀。晻音衍，曀音意。』又，「召黔嬴而見之兮」眉批曰：『黔嬴，《史記》作「含靁」，《漢書》作「黔靁」。』

或者説音韻，然多因朱子《集注》。如，《湘夫人》「合百草兮實庭，建芳馨兮廡門。九嶷繽兮並迎，靈之來兮如雲。」眉批曰：『庭與迎叶，門與雲叶，四語兩韻。』又，《惜往日》「吳信讒而弗味兮，子胥死而後憂」眉批引朱子曰：『自「沈流」至此二十四句爲一韻。』又引一説曰：『自篇首至「孰申旦而別之」爲一韻。』又，《卜居》「智有所不明」眉批：『明，叶音芒，通叶，他光反。』又，《漁父》「而揚其波」眉批曰：『波，叶補悲反。』又，「汶汶者乎」眉批曰：『汶，叶莫悲反。』

或者説以詞義。如，《東君》「思靈保兮賢姱」，眉批曰：『靈保，《詩》謂神保。』案：以《詩》類《騷》而互證之。又，《天問》「顧菟在腹」眉批曰：『「顧菟在腹」，或看以爲日月在天如兩鏡相照，而地居其中，四旁皆空水也。故月中黴黑之處，乃鏡中天地之影，略有形似而非真有是物也。』以後世天文科學解之。又，「降省下土方」眉批曰：『下土方，蓋用《商頌》語。案：亦以《詩》《騷》互證也。又，《涉江》「余幼好此奇服兮」，引無名氏眉批曰：『此篇多以「余」「吾」並稱，詳其文意，「余」平而「吾」倨也。』案：別其語法矣。又，《懷沙》「重華不可遻兮」，來欽之眉批曰：『遻，通作梧。讀梧平聲者，非是。』案：意謂遻讀梧去聲，訓遇也。又，《卜居》「將哫訾粟斯喔咿儒兒以事婦人」，眉批曰：『哫訾，以信求媚。喔咿儒兒，强笑語貌。婦人，蓋謂鄭袖。』又，「將突梯滑稽如脂如韋」，眉批曰：『謂無隅角。脂韋，是鮮挺植。』

或者闡發大旨，感興寄寓時世者。如，《離騷》「羿淫遊以佚田兮」至「厥首用夫顛隕」一節之上眉批引陶岸生曰：『此言羿以逆取，而羿即以逆亡。羿之距、浞之弑，一轍耳。』又引來正倓曰：『寒浞取羿妻而生奡，奡復爲少康所誅，乃知亂流鮮終，不特對羿而言，亦足爲千古亂臣之殷鑒也。』案：蓋諷寓於李自成覆朱明王朝而又落草也。又，『何昔日之芳草兮，今直爲此蕭艾也』二句之上眉批引來旦卿曰：『中材以下，變化從俗，君子好脩，小人嫉之，不容於世，故謂「莫好脩之害也」。』案：蓋憤世嫉俗之語，世道不振，人心不古矣。又，《惜誦》眉評曰：『此篇全用賦體，其言最爲易曉，而其言作忠造怨，遭讒畏罪之意，爲君臣者皆不可以不察。』又，《惜往日》篇首一節眉評引王儀甫曰：『此一節自敘其信任之專，而兼明其職守之重。』或者探求《九歌》諷喻之旨。如，《雲中君》眉評曰：『此篇言神既降而久留，與人親接，故既去而思之不能忘也。足以見臣子慕君之深意矣。』又，《湘君》眉評曰：『此篇蓋爲男主事陰神之詞，故其情意曲折尤多，皆以陰寓忠愛於君之意。』又，《山鬼》眉評曰：『此篇皆是其託意於君臣之間而言。』

或者體會文心，斟酌前後轉承之義，偶見精賅之語。如，《離騷》「來吾道夫先路」，來氏眉批引無名氏曰：『道夫先路，正其素志。「來」字中有許多冀望，無限深情。』又，『衆皆競進以貪婪兮』以下四句之上，來氏眉批曰：『雖憑不厭，正以見其貪婪；內恕己量人，還是著自家身上説，蓋言既恕己以量人，而又不免夫嫉妒也。』又，『朝飲木蘭之墜露兮』四句之上，眉批引陳洪綬曰：『信姱練要，顑頷何傷，自信之確也，對上「貪婪」看。』又，『朝吾將濟於白水兮』四句之上，眉批引無名氏曰：『此至「違棄而改求」，言訴天不得，而因欲「求虙妃之所在」。』後復自批曰：『自此以至「來違棄而改求」，始詒之以「下女」，既理之以蹇修，而不幸遭讒人之間，至使神妃離合，其意緯繣乖戾，卒難遷其拒絶之意，而且神妃又復驕傲淫遊，不循禮法，故「來違棄而改求」也。此求虙妃不得之終始。』觀此書批語，此類爲多，雖警語不多，或排擊上下關節，刻意探求，固自有可取處也。

總觀來氏注述，大抵因朱子《集注》，無甚新見。縱其一己之説，而存之於眉批者，充其量亦祇七事。且批語除『佚名』數則略有可觀者，餘皆陳腐，而以來欽之尤甚。如，《離騷》『心猶豫而狐疑兮』四句之上，來氏自批曰：『自「覽相觀於四極」至「恐高辛之先我」，始問於鴆之爲媒，既慮鳩之佻巧，終恐鳳皇受高辛之詒。』案：來氏就文説文，絶無深意，實不足訓。蓋本無學術之人，仕途既無望，乃託名注《騷》而發其慨聲，胸中無點墨，則不免捉襟見肘，難掩其拙矣，亦無怪乎後世以見解之庸拙鄙陋視之也。唯是書爲明槧，注宗朱子《集注》，故亦視之如奇珍云爾。

是書始爲明崇禎十一年戊寅原刊本，首但來氏自序。後有清順治刊本、清康熙三十年辛未重刻本，則首增陳洪授序、末增來逢春後序。國家圖書館皆有庋藏。（黄靈庚）

# 删注楚辭

《删注楚辭》者，明張京元之所作也。京元字思德，又字無始，泰興人，鵠舉之曾孫也。萬曆三十二年甲辰進士。授户部主事，擢江西參議僉事，選提學副使。幼有異秉，三齡即讀書成誦。及長，文辭敏贍，傾倒一時。書法尤精妙。所著别有《寒燈隨筆》一卷。事載光緒《泰興縣志》卷二十《人物志》。

是書顔曰『張無始先生鴻飛閣删注楚辭』。『鴻飛閣』者，蓋張氏齋名，用孟浩然《同曹三御史行泛湖归越詩》『杳冥雲外去，誰不羡鴻飛』之意，喻超塵脱俗之想矣。首爲焦竑作於萬曆四十六年戊午序及張氏作於同年端午《引首》。張氏乃焦竑晚輩，故焦序稱其爲『年家子』。謂『張君無始侃直不群，爲忌者所中，登第十五年，猶迴翔郎署間。其爲此編，孰不謂爲如朱子之意？乃其指一歸之平淡，覈者存之，謬者祛之，未備者補之，或辭意未愜，即出自大儒，不難爲之定正，令讀者不主故常而得作者之本旨，君誠獨得其解而非隨人以爲妍媸者已』。是書雖同屬『假此以自寓』之作，而能客觀讀《楚辭》，乃『一歸之平淡』，則未失輕薄矣。

張氏《引首》則謂，『參合諸家，偶爲删正，存者十三，削者十七，臆證者十一。略戕淺語，冥契深情，以意逆志，俾覽觀者得之言外而已』。是因舊注而存删之，所謂『諸家』，乃漢王逸《楚辭章句》、唐李善等《文選注》及洪氏《補注》、朱子《集注》而已，明以下皆未涉及。張又謂，『夫《離騷》寫怨已盡淋漓，讀《九歌》，則瀟湘如畫；誦《九辯》，則魂斷秋空；驚采絶豔，信哉罕儔。至於《天問》之雜沓，《九章》《遠遊》之重複，《卜居》《漁父》意淺語膚，即非魚目，寧屬夜光』。此其論《楚辭》大較矣。張氏又以朱子『刊定《楚辭》，憤惋忠誠，微譏雅變，則是驚鴻遊龍，惜其無馴伏之態，而毛嬙西施，恨不爲曜德之短衣也，不亦固哉』。是於朱子有所微意，乃謂切理饜心之説矣。

《引首》之後爲『删注楚辭目録』，不分卷，其序次爲：《離騷》《九歌》《天問》《九章》《遠遊》《卜居》《漁父》《九辯》《招魂》《大招》，皆屈宋之作，漢人擬作悉删。末附史遷《屈原列傳》。又次爲『舊本楚辭目録』，即王逸《楚辭章句目録》也。又次爲『朱子刊定楚辭目録』。

張氏所據底本，與單行《章句》本多合，僅舉《離騷》一篇，則覩一斑而窺全豹，其餘亦可類知矣。如，『揆余于』，《補注》本無『于』字，單行《章句》本有『于』字。又，『中洲之宿』，《補注》本無『中』字，單行《章句》本有『中』字。又，『昌被』，《補注》本作『猖披』，單行《章句》本作『昌被』。又，『荃不揆』，《補注》本『揆』作『察』，單行《章句》作『揆』。又，『余忍而』，《補注》本無『余』字，單行《章句》本有『余』字。又，『落蘂』，《補注》

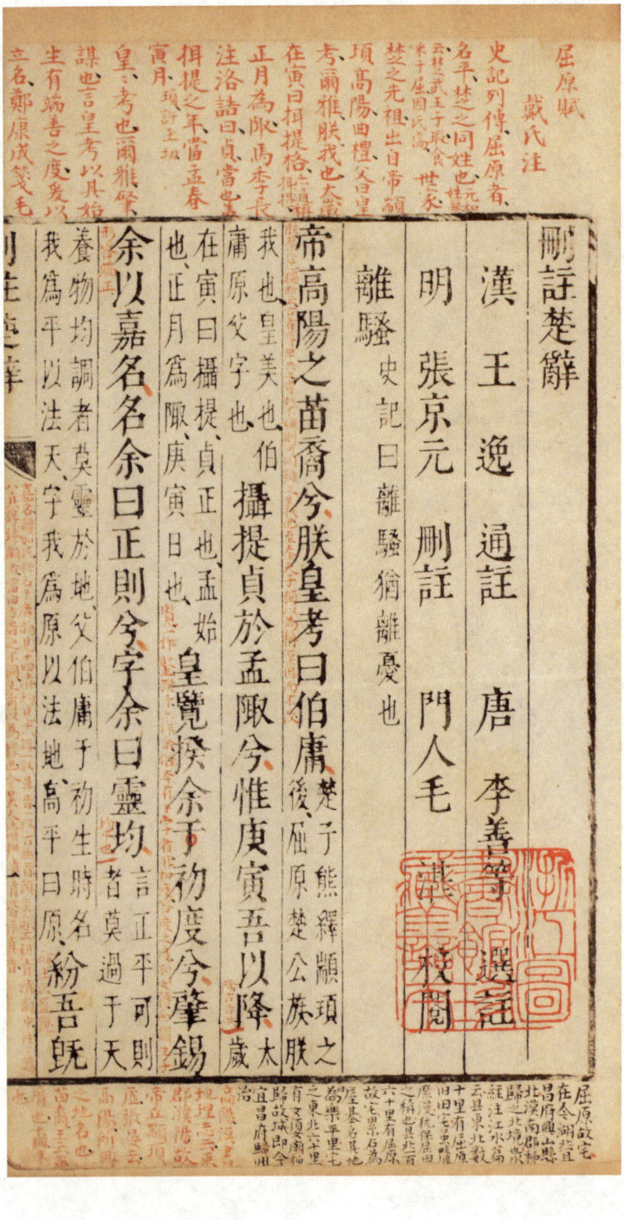
删註楚辭
漢 王逸 通註 唐 李善等 選註
明 張京元 删註 門人毛 校閲
離騷 史記曰離騷猶離憂也
帝高陽之苗裔兮朕皇考曰伯庸 楚子熊繹顓頊之後屈原楚公族朕我也皇美也伯庸原父字也
攝提貞於孟陬兮惟庚寅吾以降 太歲在寅曰攝提貞正也孟始也正月爲陬庚寅日也
皇覽揆余于初度兮肇錫余以嘉名
名余曰正則兮字余曰靈均 言正平可則者莫過于天養物均調者莫靈於地父伯庸于初生時名我爲平以法天字我爲原以法地高平曰原
紛吾既

本『蘂』作『蕊』，單行《章句》本作『蘂』。又，『而流亡』，《補注》本『而』作『以』，單行《章句》本作『而』。又，『非余心』，《補注》本『非』作『豈』，單行《章句》本作『非』。又，『罵余』，《補注》本『罵』作『詈』，單行《章句》本作『罵』。又，『不余聽』，《補注》本『余』作『予』，單行《章句》本作『余』。又，『舉賢才』，《補注》本無『才』字，單行《章句》有『才』字。又，『修繩墨』，《補注》本『修』作『循』，單行《章句》本作『修』。又，『危死節』，《補注》本無『節』字，單行《章句》有『節』字。又，『擥茹蕙』，《補注》本『擥』作『攬』，單行《章句》本作『擥』。又，『未迫』，《補注》本『未』作『勿』，單行《章句》本作『未』。又，『前戒』，《補注》本『前』作『先』，單行《章句》本作『前』。又，『率雲霓』，《補注》本『率』作『帥』，單行《章句》本作『率』。又，『⿰土盍吾遊』，《補注》本『⿰土盍』作『溘』，單行《章句》本作『⿰土盍』。又，『既邃』，《補注》本『既』下有『以』字，單行《章句》無『以』字。又，『又何用』，《補注》本『何』下有『必』字，單行《章句》無『必』字。又，『繽紛以』，《補注》本『以』作『其』，單行《章句》本作『以』。又，『從流』，《補注》本『從流』作『流從』，單行《章句》本作『從流』。又，『以梁津』，《補注》本『以』作『使』，單行《章句》本作『以』。然或見異於單行《章句》本，而同於《補注》本、《文選》本者。如，『扈江蘺』，單行《章句》本、《補注》本『蘺』作『離』，《文選》本作『蘺』。又，『杜蘅』，《補注》本、單行《章句》本『蘅』作『衡』，《文選》本作『蘅』。又，『被服』，單行《章句》本作『被於』，《補注》本作『被服』。或者皆異於《補注》本、單行《章句》本，如，『既與予』，《補注》本、單行《章句》『予』作『余』是也。

張氏以《離騷》題意，取《史記》『離憂』之義，然於其作時地皆無説，蓋文獻不足徵矣。以《九歌》之作，因舊説『沅湘之間信鬼好祀，原見其祝辭鄙俚』而改作之。然異於舊説者，謂是篇『亦文人遊戲聊散懷耳，篇中求神語與時事絶不相涉。

舊注牽合附會，一歸怨憤，何其狹也」。其說大致得之。然屈原改定《九歌》，雖屬祀神，然不經意間，亦或寓其君臣離合之意，惟不可强加附會可矣。

張氏以《天問》作於「原見放屏居，咄咄無聊，雜憶往古，隨筆詰問」。其與楚先王祠堂壁畫無涉。「舊謂其見宗廟圖畫而問焉，恐壁間未必畫此種種也」。又謂「似涉迂怪，實關至言」。似以有寄託諷喻之意。又謂「若曰人不足問，故呼天而問之」。蓋憤激之詞也。又謂「且其命辭樸拙，斷非漢以後人所能道者」。蓋因或以《天問》爲漢以後僞作者而發也。又謂「篇中雜沓參差，讀者費解，因隨其次，略爲條分詮解，以便觀覽」。故其解《天問》分節：首節自篇首至「曜靈安藏」，「問天地日月星辰之事，內女歧、伯强二則不倫」。二節「不任」至「禹何所成」，「問鮌禹治水之事」。三節「康回」至「其衍幾何」，「問川谷方隅之事」。四節「崑崙」至「何氣通焉」，「問崑崙門户」。五節「焉有石林」至「烏焉解羽」，「雜問怪異物事」。六節「禹之力」至「死分竟地」，「問禹啓事，多不可解」。七節「帝降夷羿」至「而鮌疾脩盈」，「問羿浞事，雜以鮌禹」。八節「白蜺嬰茀」四問，「問王子僑事」。九節「蓱號起雨」三問，「雜問」。十節「釋舟陵行」至「而親以逢殆」，「問少康滅澆事」。十一節「湯謀」至「湯何殛焉」，「問夏商征伐事」。十二節「舜閔在家」至「後嗣而逢長」，「雜問」。十三節「眩弟並危」二問，「雜問不次」。十四節「成湯東巡」至「夫誰使挑之」，「問湯尹事」。十五節「會鼂爭盟」至「何罰何祐」，「問武王伐紂及昭穆幽王事，言天命無常也」。十六節「齊桓」至「箕子佯狂」，「問紂事」。十七節「稷維」至「何所急」，「問天生后稷及武王伐紂事」。十八節「伯林」至篇末，「雜問不次」。案：其分節惟首節得之，餘皆失之。《天問》分三大節，首節問天，二節至五節，是問地，當連及地之志怪也。六節至十八節是問人事，依夏商周三代之次：「禹之力」至「黎服大説」，是問夏。「舜閔」至「夫誰使挑之」，是問商。「會鼂」至「何所急」，是問周。「伯林雉經」

至篇末，是問春秋雜事。

張氏以爲，『屈原既放，時爲憤辭，先後集之，偶得《九章》，非有所取義也。語意重複，亦《離騷》之蛇足耳』。《惜誦》『以篇二字命題』，謂『見楚國將亡，痛惜在心，誦言在口』之意。以《涉江》爲『原放於江南，故涉江作此』。以《哀郢》爲『原既去國，還顧郢都，念其將亡而哀之也』。以『原以仲春去國，今且孟夏矣，悵焉戀國，爰賦《懷沙》』此篇。以《抽思》次《懷沙》後，『徂夏而秋，抽其悲思也』。不以爲絶筆。以《思美人》之『美人』，謂『指懷王也』。以《惜往日》爲『追惜往日曾見信用，不意遭讒被放。篇中故實皆典淺，不必注』。亦不以爲絶命辭。以『江南多橘，偶感而作』《橘頌》，而不明作時。以《悲回風》『自春而夏而秋，此又溯朔風而悲也』。則亦以爲作於秋。復以『原既見放，慼慼靡騁，爰賦《遠遊》，託志沖舉，已見《離騷》，復廣而申之云爾』。以《卜居》《漁父》二篇『語義太膚，疑是僞作，姑存之』。以《九辯》一篇，從焦竑之説，非玉閔師之作，謂『篇中語氣，類自傷者，當出屈原自作，讀者辯焉』。此説誤矣。《九辯》但悲『貧士失職而志不平』，與《離騷》『服清白以死直』，格調自是不同。以《招魂》爲宋玉所作，謂『古者人死，則持其衣升屋而招之，此必原初死時，玉所爲招辭也。舊謂作於生時，冀其感悟懷王，恐不可解。篇中備稱飲食居處、房帷聲伎之樂，豐辭蔚采，文則有餘，略不及冥途之苦。何不導以往生之樂？無一語令人鼻酸，招固如是乎』？人死已不可復生，而招之以往樂境，不復冀其若生時之苦，亦人之常情耳。又何必復以冥界之苦，以恐懼死者之魂魄，令其迫促無所之耶？又以《大招》『摹擬《招魂》，體式略同，而寒儉迫促，於義無取。然亦楚人之辭，姑存之卷末』云。其説是也。《大招》篇中已羼入漢世習語，不當爲景差所作。

張氏《楚辭》注，以刪取王逸者居多。特舉其要者，如，《離騷》『朕皇考曰伯庸』注：『朕，我也。皇，美也。伯庸，原父字也。』又，『攝提貞』句注：『太歲在寅曰攝提。貞，正也。孟，始也。正月爲陬。庚寅，日也。』又，『名余曰』句注：『言正平可法則者莫過于天，養物均調者莫神于地，父伯庸于初生時名我爲平以法天，字我爲原以法地。高平曰原。』又，『朝搴阰』句注：『搴，取也。阰，山名。攬，采也。草經冬不死曰宿莽。』又，『九畹』注：『十二畝爲畹。』又，『貪婪』注：『愛財曰貪，愛食曰婪。』又，『憑』注：『憑，滿也，楚人名滿曰憑。』又，『忳鬱邑』注：『忳，自念貌。侘傺，失志貌。』又，『攘詬』注：『攘，除也。詬，耻也。』又，『椒丘』注：『土高四墮曰椒丘。』又，『陸離』注：『猶參差，衆貌。』又，『就重華』句注：『謂己所言皆依前聖所法，喟然歷數作爲此詞，欲渡沅湘就舜而陳之。』又，『瞻前而顧後』注：『言前觀湯武之興，後視桀紂之亡，足以觀察民心。』又，『耿吾既得此中正』注：『備述歷代興亡，陳辭於重華，明己得中正之道，精合真人，當乘雲駕龍，神遊六合。以下多寓言。』又，『豈珵美之能當』注：『言楚人服艾棄蘭，草木之香臭猶不能別豈當知玉之美惡？』《雲中君》『周章』注：『周章猶周流，言雲神往來無定也。』《湘夫人》『遺余褋』注：『褋，襜襦也。』《天問》『三合』注：『天地人也。』又，『角宿』注：『角，東方之宿。』《惜誦》『言與行』二句注：『言己之事君，言行相孚，情貌相副，無變易孔。』《哀郢》『夏首』注：『夏水口也。』《悲回風》『逖逖』注：『欲利貌。』

張氏或綜合舊注之意，雖自造之詞，然其意旨仍舊也。如，《離騷》『帝高陽』句注：『楚子熊繹，顓頊之後，屈原楚公族。』又，『朝飲木蘭』四句注：『言己飲露餐英，美好簡練，雖飢餓何傷。』又，『既替余』二句注：『言既以帶衆見廢，又重結芳茝，相左明矣。』又，『延佇』注：『延佇，長立望貌。』又，『罵余』注：『女嬃罵原曰：鮌以婞直自用，不順堯命，殛于羽山，比原好爲姱節，世方惡草盈廷，原獨離棄而佩服芳潔，不承君意，亦將遇害也。』又，『不量鑿而正枘』注：『言方正之士，與世鑿枘，前輩身爲菹醢者多矣。』又，『蜷局顧而不行』注：『屈原意欲高飛遠舉，周天帀地，忽望楚國，僕馬悲戀，終不忍去，寧赴汨羅而已。』大致取王注，而末句『寧赴汨羅而已』乃自造之詞。《東皇太一》『上皇』注：『即東皇也。』又，『玉珥』注：『珥，劍鐔也。』《雲中君》『靈連蜷』注：『連蜷，委蛇貌。』案：王逸注：『連蜷，巫迎神導引貌也。』其意實同。《天問》『延年不死』注：『延年之術何時而了。』案：王逸注：『言仙人稟命不死，其壽獨何所窮止也。』其意實同。《思美人》末節注：『薜荔不可求，芙蓉不可采，高不能登天，下不能入淵，進退狐疑，舍彭咸其何從哉？』案：舊注此節皆極簡略，張氏撮其意爲解矣。

張氏或因洪氏《補注》。如，《湘夫人》『目眇眇』注：『眇眇，渺茫之意。舊注好也，非。』案：洪氏《補注》：『眇眇，微貌。言神之降，望而不見，使我愁也。』因洪氏爲説，是也。《文選·思玄賦》『風眇眇兮震余旟』，李善注：『眇眇，遠貌。』亦猶微茫之意。《悲回風》『路眇眇之默默』，王注：『郢道遼遠，居僻陋也。』又曰『穆眇眇之無垠兮』，王注：『天與地合，無垠形也。』《九懷·蓄英》『微霜兮眇眇』，王注：『霜凝微薄，寒深酷也。』《七諫·怨世》『安眇眇而無所歸薄』，王注：『東西眇眇，無所歸附也。』《哀命》『日眇眇而既遠』，王注：『言雖行遠，不失清白之節也。』

張氏或因朱子《集注》。如，《離騷》『相羊』注：『即徜徉。』案：朱子《集注》引《玉篇》作『儴徉』。徜、儴同。又，『飄風屯』數句注：『總言風雲擁護，御空而行，舊注以飄風、雲霓喻小人。非也。』案：朱子云：『望舒、飛廉、鸞鳳、雷師、飄風、雲霓，但言神靈爲之擁護服役，以見其仗衛威儀之盛耳，初無善惡之分也。舊注曲爲之説，以月爲清白之臣，風爲號令之象，鸞鳳爲明智之士，而雷獨以震驚百里之故使爲諸侯，皆無義理。至以飄風雲霓爲小人，則夫《卷阿》之言「飄風自南」，《孟子》之言「民望湯武如雲霓」者，皆爲小人之象也耶？』又，『覽椒蘭』注：『椒蘭俱變，何況他草？舊注蘭指子蘭，椒指子椒。似杜撰。』案：朱子云：『此辭之例，以香草比君子，王逸之言是矣。然屈子以世亂俗衰，人多變節，故自前章蘭芷不芳之後，乃更歎其化爲惡物。至於此章遂深責椒蘭之不可恃，以爲誅首，而揭車江離亦以次而書罪焉。蓋其所感益以深矣，初非以爲實有是人，而以椒蘭爲名字者也。而史遷作《屈原傳》乃有令尹子蘭之説，班氏《古今人表》又有令尹子椒之名。既因此章之語而失之。使此詞首尾横斷，意思不活。王逸因之又訛以爲司馬子蘭、大夫子椒，而不復記其香草臭物之論。流誤千載，遂無一人覺其非者，甚可歎也。使其果然，則又當有子車、子離、子椴之儔，蓋不知其幾人矣。」是二解據朱子爲説矣。

張氏或因舊注而别造新義。如，《離騷》「夏桀常違」注：「違背天理。」案：據宋儒理學爲解。又，「無女」注：「女，美人也，喻君子，即下宓妃是也。」案：王逸、洪氏以女爲喻臣，五臣、朱子以女爲神女，喻賢君。張氏皆棄之不用矣。又，「其離合」注：「不定貌。」案：離合，舊皆未注。又，「靈氛既告」注：「言靈氛告己去楚，今時世如此，己將行矣。」案：王逸但云「去君而遠行」，未嘗言「去楚」矣。洪氏云：「靈氛告以吉占，巫咸告以吉故，而此獨曰靈氛者，初疑靈氛之言，復要巫咸，巫咸與百神無異詞，則靈氛之占誠吉矣。然原固示嘗去也，設詞以自寬耳。」蓋張氏以靈氛之占勸原去楚，巫咸之告留止待時，而原審時度世，以爲巫咸之告必無望，故從氛以去楚。是棄舊注而别創義矣。《東皇太一》「靈偃蹇」注：「偃蹇，舒徐貌。」案：王逸注：「偃蹇，舞貌。」洪氏云：「委曲貌，一曰衆貌。」朱注：「美貌。」皆棄之不取矣。《湘君》「沛吾乘」注：「沛，順流貌。」案：王逸注：「沛，行貌。」蓋沛本訓水疾流貌，引申爲疾行也。《惜誦》「鮌功用」注：「言子不見信於父，臣不見信於君。《楚辭》每引鮌爲言，想雖自用罔功，亦是剛直不阿時之人耳。」案：王逸注：「鮌，堯臣也。言鮌行婞很勁直，恣心自用，不知厭足，故殛之羽山，治水之功以不成也。屈原履行忠直，終不回曲，猶鮌婞很，終獲罪罰。」洪氏《補注》曰：「申生之孝，未免陷父於不義。鮌績用不成，殛於羽山。屈原舉以自比者，申生之用心善矣，而不見知於君父，其事有相似者。鯀以婞直忘身，知剛而不知義，亦君子之所戒也。』則以鮌爲小人，與張説異矣。

張氏或駁斥舊説而別爲新解。如，《離騷》篇末云：『篇中「秋菊之落英」，説者謂菊花不落，引《詩》「訪予落止」，注云：「落，始也。」始英，蓋菊之初開者。夫落花、落葉，乃草木通稱。辭人琢句，惟工豔采，又非神農嘗百草，何必一一辯其性體哉？村學究管窺一字，詫爲格物，往往類此。』以爲宋人解『落』爲始，純屬多事。《湘君》『駕飛龍』二句注：『言湘君駕飛龍，道洞庭而來也。舊注非。』案：其説是也。王逸注：『屈原思神略畢，意念楚國，願駕飛龍北行，亟還歸故居也。言己欲乘龍而歸，不敢隨從大道，願轉江湖之側委曲之徑，欲急至也。』是繳繞附會之説。《少司命》『悲莫悲兮』二句注：『言神肯來格，方樂相知，而倏忽風雲，又悲別離也。但生別離、新相知，非祀神語。逸注謂屈原自傷，尤不相屬。』案：其説雖是。然逸注復云：『人居世間，悲哀莫痛與妻子生別離，天下之樂，莫樂於男女始相知之時。屈原言己無新相知之樂而有生別離之憂也。』蓋不經意間，觸景生情，則有以致之矣。

張氏或於難解處，付之闕如。如，《天問》：『何啓惟憂，而能拘是達？皆歸射鞫，而無害厥躬？何后益作革，而禹播降？』此三問注：『舊注未通。』又，『厥萌在初，何所意焉？』注云：『無謂。』又，『該秉季德，厥父是臧。』注：『舊注指湯，無謂。』

張氏文字考異或注音則取洪興祖説。如，《離騷》『追曲』注：『追，古隨字。』又，『能周』注：『一作同。』又，『椉』注：『古乘字。』又，『姱』注：『口瓜切。』案：洪音苦瓜切。口、苦同見母。又，『顑頷』注：『顑，苦感切。頷，户感切。』又，『女嬃』注：『嬃音須。』又，『軑』注：『音大。』《惜誦》『贅肬』注：『肬音尤。』又，『無杭』注：『與航同。』或者亦自爲之者。如，《離騷》『以離尤』注：『離，去聲。』又，『鮌』注：『音衮。』《東皇太一》『枹』注：

「一作桴。」《遠遊》「怊惝怳」注：「怊音超，惝音敞，怳，吁往切。」案：洪氏：「怊音超。惝，昌兩切。怳，詡往切。」實同，反切用字異耳。

張氏删節舊注，引文或有脱誤。如，《離騷》「百晦」注：「三百四十步爲晦。」案：三，當作二。字之訛也。又，「鞿羈」注：「韁在口曰鞿，絡頭曰羈。」案：「絡頭」上脱「革」字。或者删剪不當，致失原旨。如，《離騷》「後悔遁而有他」注：「言懷王始信任己，後用讒中，悔有他志。」案王逸舊注：「言懷王始信任己，與我平議國政，後用讒言，中道悔恨，隱匿其情，而有他志也。」則「後用讒中」者，本於「後用讒言中道悔恨」。中，中道也，非中傷之意。其所爲新解，或爲悠謬之説。如，《離騷》「鳳皇既受詒」注：「鳳皇即比娀女。」案：非是。鳳皇是高辛氏求簡狄所遣媒使也。又，篇末云：「篇中「啓《九辯》與《九歌》」，焦太史謂即後《九辯》《九歌》是也。啓字，當屬虚字。因指《九辯》語似自傷，必謂原作無疑。愚謂《九辯》即出原手，恐未必作於《離騷》之先，且上下句文義不屬，故仍依逸注並存此。此説俟讀者詳焉。」案：非是。《九辯》非原所作，出於玉手，叔師之説當不易。又云：「《離騷》原不用韻，强叶者非。」案：《離騷》乃韻文，與三百篇合，皆古韻也。其不協者，古今音不同故矣。「强叶」者，固不知古今音之變，而謂「不用韻」者，益知其非知音之選矣。《湘君》「夷猶」注：「自得貌。」案：王逸注：「夷猶，猶豫也。」唐、宋以後皆無異義。夷猶，即猶豫之變體。訓「自得」無據。《湘夫人》「鳥何萃」二句注：「湘中荒凉景色，舊注俱非。」案：王逸注：「夫鳥當集木巔而言草中，罾當在水中而言木上，以喻所願不得失其所也。」自是確詁不易。湘中景色，豈有顛倒如此者耶？《山鬼》「然疑作」注：「然疑，時然疑思也。」案：非是。然者，是也。疑者，非也。然疑作，謂是耶非耶，不能遽決也。王逸注：「言懷王有思我時，然讒言妄作，故令狐疑也。」亦非。《天問》：「皇天集命，惟何戒之？受禮天下，又使至代之？」注云：「泛言。」案：此非泛言。至，猶下「初湯臣摯」之『摯』，謂伊尹也，其與殷湯爲『異姓』。言伊尹代太甲攝行商政之事。馬其昶《屈賦微》：『此言伊尹放太甲事也。』是也。摯、至，古字通用。《書·西伯戡黎》『大命不摯』，《史記·殷本紀》作『大命胡不至』。《孟子·萬章》上：『伊尹相湯以王於天下。湯崩，太丁未立，外丙二年，仲壬四年，太甲顛覆湯之典刑。伊尹放之於桐。三年，太甲悔過，自怨自艾，於桐處仁遷義。三年，以聽伊尹之訓己也，復歸于亳。』趙注：『太甲，太丁子也。伊尹以其顛覆典刑，放之於桐邑。治而改過，以聽伊尹之教訓己，故復得歸之於亳，反天子之位也。』《殷本紀》：『帝太甲既立三年，不明，暴虐，不遵湯法，亂德，於是伊尹放之於桐宮。三年，伊尹攝行政當國，以朝諸侯。帝太甲居桐宮三年，悔過自責，反善，於是伊尹迺迎帝太甲而授之政。』此屈子所問事，故下承云『初湯臣摯，後茲承輔。何卒官湯，尊食宗緒』也。《悲回風》『魚葺鱗』二句注：『亂世景象如此，舊注非。』案：王逸注：『言衆魚張其鬐尾，葺累其鱗，則蛟龍隱其文章而避之也。言俗人朋黨恣口舌，則賢者亦伏匿而深藏也。』實亦亂世景象，其何非之有？

張氏《刪注》，偶或見羼入他人所説。如，《少司命》『夫人兮』二句注：『逸注、《選》注皆謂凡人自有子孫，司命何爲握其年命，用心愁苦。《刪注》則謂凡人各有所歡，巫者獨以迎神勞苦。皆屬牽强，且上下略不相貫。疑是錯簡，如下文「衝風起兮」二句之類。』案：其稱『刪注』云云，非出張氏原書，抑門人毛湛所增益者耶？已不可考矣。

是書自《離騷》至《漁父》皆有朱墨批注，實鈔録於戴震《屈原賦注》《屈賦通釋》及汪梧鳳《屈賦音義》，大致而言，眉批爲《音義》，地脚批注爲《通釋》，而側批爲《屈原賦注》；然《離騷》分段亦鈔録於眉端。可謂一字不漏，惟未審爲何人所鈔。是書爲傳世孤本，今藏於浙江圖書館。（黄靈庚）

# 離騷經訂注

《離騷經訂注》者，明趙南星之所作也。南星字夢白，號儕鶴，高邑人。晚明東林中堅之士，於政壇影響頗鉅。萬曆二年甲戌進士。除汝寧推官，遷户部主事。張居正寢疾，朝士群禱，南星與顧憲成、姜士昌戒弗往。居正歿，調吏部考功，起歷文選員外郎。疏陳天下四大害，朝論韙之，以病歸。再起，歷考功郎中。二十一年甲午大計京官，與尚書孫鑨秉公澄汰，政府大不堪，貶三官。俄因李世達等疏救，斥南星爲民。里居名益高，與鄒元標、顧憲成，海内擬之『三君』。中外論薦者百十疏，卒不起。光宗立，起太常少卿。俄改右通政，進太常卿，至則擢工部右侍郎。居數月，拜左都御史，慨然以整齊天下爲任。天啓時，小人競進，天下大柄盡歸魏忠賢。忠賢及其黨惡南星甚，每矯敕諭，必目爲元凶。卒戍代州，抵戍所，處之怡然。思宗登極，有詔赦還。巡撫牟志夔故遲遣之，竟卒於戍所。崇禎初，贈太子太保，謚忠毅。編著別有《學庸正説》《毛詩類鈔》《增定二十一史韻》《兩漢書選》《羅近溪先生語録鈔》《笑贊》《上醫本草》《目前集》《嘉祐集選》《味檗齋文集》《趙忠毅公詩文全集》《正心會選文》《正心會房稿》《開心集》《時尚集》《芳茹園樂府》等。事載《明史》卷二四三本傳。

趙氏少年即黄榜高捷，後因在大計中秉公澄汰，觸犯時忌，遭貶爲民，在神宗朝後期家居幾三十年。《離騷經訂注》即作於此時。有關此書著作緣起，趙南星《自序》講得很清楚：『余林居無事，諸生就學，頗集文繹，而值文章極衰之會，操觚者人人好奇，强非其質，每至絶不似物；而平正者又爲有司所斥。余乃合《離騷》與《屈子傳》刻之，而於王逸所注，稍加刪改，名曰《訂注》，使學者能讀萬過，令不思而誦於口，寤寐而悦於心，爲文不模擬而得其似，則亦可以動有司，取青紫矣。」《訂注》是趙南星林居時講學教材。正如前節所言，趙南星注重文學，是基於他對文學教化功能的認知。故在當時以道學爲核心的講學風氣下，趙南星的講授內容更能兼及文學。所謂『文章極衰之會』，固然是針對萬曆晚年後七子影響告退、而公安派日益壯大的文壇狀況而言。後七子矜字句之奇，公安派逞文意之奇，這在主張『奇正合一』之趙南星看來，自然『强非其質』。趙南星更指出，這種好奇之風甚至影響到很多官員，以致有司取士都不喜平正之文。趙南星要求學生將《離騷》『讀萬過，令不思而誦於口，寤寐而悦於心』，這可以從兩個層面來討論。就爲文而言，趙南星無疑認爲《離騷》是『奇正合一』之作品的表率。《離騷》大義粲然，符合趙氏所認知的教化意義；而其文辭瑰麗、造意新異，又可迎合當時朝野的好奇文風。如果《離騷》爛熟於胸，士人在義理、詞章兩道上都會有長足的進益。就爲人而言，正如毛慶所説，趙南星主張爲官正直，清廉利民，而屈子正是榜樣。他希望士人受到《離騷》大義的感召，保持謹正的操守，不向權貴屈膝諂媚。如果在爲文、爲人兩個層面都有相當的修爲，不難得到有司的青睞，取得功名。趙南星常把文章和功名相提並論，論及《離騷》時也不例外。作爲諸生的師長，教導他

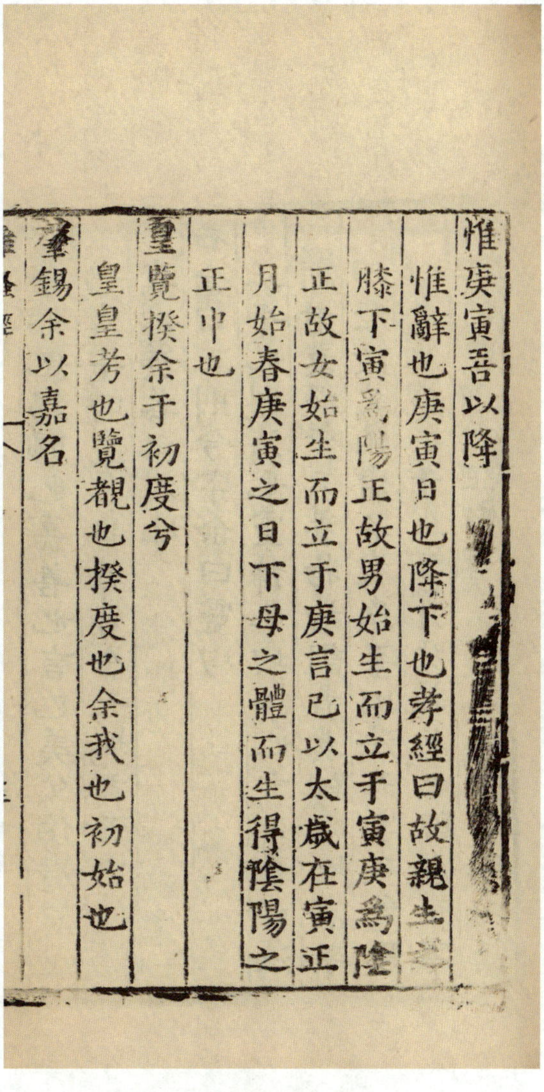
惟庚寅吾以降
惟辭也庚寅日也降下也孝經曰故親生之膝下寅爲陽正故男始生而立于寅庚爲陰正故女始生而立于庚言己以太歲在寅正月始春庚寅之日下母之體而生得陰陽之正中也
皇覽揆余于初度兮
皇皇考也覽觀也揆度也余我也初始也
肇錫余以嘉名

們如何獵取功名，無可厚非。相反，趙氏身爲當時著名的在野文人，並不故作清高。他瞭解士子要出人頭地，科舉之路無可迴避，於是因勢利導，教育諸生不要成爲目光短淺的禄蠹，希望他們在詞章、義理上都有所建樹。如此的想法，無疑是趙南星長期官場浮沉後的經驗總結。他强調『實學』，不願侈談心性而獨善其身；在仕途挫折後，唯有將希望寄託於弟子們。因此，《離騷》成爲趙南星的教科書之一，也不難理解。

由於《訂注》正文是在王逸《楚辭章句》的基礎上删節補訂而成，體例上有一定局限，因此要瞭解趙南星的楚辭學，先須着眼於《自序》與《後跋》。從這兩篇文字可知，趙南星對於屈騷的一些看法與自身的經歷、政見關係甚大。如他對於楚國君臣的分析，即源於他對官場的觀察；而將屈原沉江與魯仲連蹈海相比擬，無疑對普天下之士大夫都有激勵的作用。《自序》還敘述到著作此書的背景，前節已論，茲不贅言。而毛慶先生認爲：《自序》中值得注意的有兩點，一是重視屈原及傳屈原者之心理分析，二是認爲學屈騷仍可作仕進之途。《後跋》也有兩個特點值得注意，一是對當時楚國形勢的分析，强調在此基礎上認識理解屈原，二是對《離騷》中『求女』意義探索。除屈騷與仕進的關係外，其餘三點都牽涉到趙南星知人論世的治學方法。趙南星認爲，要研究《離騷》，必須瞭解屈原的生平背景，知人論世。他説：『孟子謂誦《詩》讀《書》，宜論其世。善哉乎其言之也。非論其世，烏知《詩》《書》之所謂哉！』僅僅讀《離騷》的文本，不可能没有疑問；因此在閲讀時，必須與司馬遷的《史記·屈原列傳》對看，『反覆抽繹』。由於歷史久遠，文獻散亡，有關屈原生平的第一手紀録極爲罕見。流傳後世的可靠材料，首推《屈原列傳》。自王逸、洪興祖、朱熹以至元明清治《騷》諸家，無不參考、徵引此篇。就現存楚辭學專著來看，將《屈原列傳》與《楚辭》作品合編爲一書，以陳深《批點本楚辭》爲最早。《訂注》遵循如此編排，除了方便學子查閲外，趙南星還有如此解釋：『屈子以神妙殊絶之才，處鬱邑無聊之極，肆爲文章，以騁志蕩懷，出入古今，翺翔雲霧，恍惚杳茫，變化無端，匪常情之攸測，迂儒曲士之所必不能解。實剖泮以來，所未有之文也。司馬子長天才侔於屈子，而憤世嫉俗之意，異代一揆。故爲之立傳。敘次其事，纔及數行，不勝愴惘，輒爲論議，又復敘次，未幾復論議焉。且泣且訴，且唱且歎。子長以前作史者，亦無此體也。要之世有屈子，乃能爲《離騷》。爲屈子傳，必以子長之文。亦惟子長乃能傳屈子耳！」《史記》被譽爲『無韻之《離騷》』，蓋因屈原、司馬遷仕途不遇，發憤著書，其揆一也。趙南星認爲屈原的才情之高、遭遇之苦，非一般迂曲之人可以想像，因此他的文章也不能用常情去理解。而古今能體察屈原心態並爲之作傳的，唯有司馬遷一人——因爲司馬遷的才情與屈原相侔，而憤世嫉俗之心也與屈原一樣。進而言之，趙南星認爲《屈原列傳》夾議夾敘、『且泣且訴，且唱且歎』的手法，與《離騷》『一篇之中，三致意焉』特點相類。這並非司馬遷對《離騷》的模仿，更因他對屈原的遭際感同身受，故作傳時『敘次其事，纔及數行，不勝愴惘，輒爲論議』，不求模擬而自然有契於《離騷》。因此，如果不研讀《屈原列傳》，不可能對屈原有全面理解。

趙氏知人論世，除將《屈原列傳》納入書中，對於屈原的處境與當時局勢也有頗爲透闢的分析。在《後跋》中，趙氏從秦的策略、楚之內政兩方面探論了楚國必然衰亡的原因：『此時秦最强，用張儀合從六國。六國之中，懷王最愚且貪。欲其絕齊則絕齊，欲其入秦則入秦，受欺于張儀，既來而復釋之。竊意懷王雖愚，或不至此。六國之臣，皆聽張儀割其主之地，以市于秦。楚之臣尤利懷王之易欺，而用之媚秦，以苟終生之富貴。不顧社稷之傾覆。內復有鄭袖，相與愚弄其君，屈原用則諸臣當失富貴，袖當失寵。是以必不能容。」趙氏指出六國之君王不過是臣子取利的工具。楚國之臣利用懷王好欺，把他作爲媚秦的工具，由此可得終生富貴，也必不能容屈原。表面看君王是主宰，群臣不過是君王的工具，實質則相反。所論甚爲在理。且萬曆後期，神宗二十餘年不上朝，又大肆搜掠礦稅，官員遇缺不補，若曲從取媚、不以社稷蒼生爲念，同樣是利君上之易欺以苟終生之富貴。趙南星對楚國君臣的心理分析，顯然本於對萬曆時局的認知。東林後進劉永澄論『奢朝誶而夕替』云：『蓋世間君子有兩種：有一種煬和之君子，從容諷議，猶可需以歲月；有一種婞直之君子，鋒芒勁峭，必難待之一朝。秦檜謂張九成曰：「立朝須優遊委曲。」果其優遊委曲耶？庶幾免乎，然而無所不至矣。』益可證萬曆黨爭的情況。楚懷王愚貪，群臣爲求富貴不惜出賣楚國的利益以媚秦。屈原身處這樣的環境，要扭轉局面，無疑是螳臂當車。對於這一點，身爲儒者的東漢班固也有認知：『今夫屈原，露才揚己，競乎危國群小之間，以離讒賊。』然而，班固卻從純粹儒家的角度批評屈原道：『責數懷王，怨惡椒、蘭，愁神苦思，强非其人，忿懟不容，沈江而死，亦貶絜狂狷景行之士。』此論在顏之推、朱子等學者手上得到發揮。趙南星明白屈原的思想行爲非儒家可以規範，於是駁斥道：『屈原以同姓之臣，坐視宗國之敗亡，不得出一言，雖沉江不亦可乎？且非獨此也，天下之勢，已將一于秦，虎狼統人群，此魯連所以蹈海也。屈子之沉江，其即魯連之志乎！』王逸云：『同姓無相去之義。』又謂屈子『與君同姓共祖，無離絶之義也』。洪興祖亦曰：『同姓事君，有死而已。』趙氏承襲了這種説法，强調屈原的出身以證明投江行爲是合理的。另一方面，他又從國際情況來分析，指出虎狼之秦統一天下，已成必然之勢。連僻處山林的魯仲連都不甘秦國統攝人群，有蹈海之志，更何況身爲宗室的屈原？因此，對於後世貶斥屈子之人，趙氏作出了尖鋭的批評：『班固以爲露才揚己，非明哲之器，此懷王之諂臣，而靳尚之知己也。夫士君子苟友愛國家、扶世教之心，亦何忍譏屈原哉！』

《離騷》『三次求女』意旨，歷來都頗具争議性。而明代以前，則始終以與王逸『求賢臣』、朱子『求賢君』二論影響最大。入明以後，汪瑗《楚辭集解》曰：『女，神女，蓋以比賢君也。』實從朱子之説。周用《楚詞注略》則曰：『求宓妃以下，則託言夫婦，其意益微矣。』語焉不詳；然既謂『託言』，即以夫婦比君臣，依然傾向於王、朱舊説。東林中人何喬遠解『及少康之未家兮，留有虞之二姚』二句道：『吾及少康之未家，而求見二姚，因以求見虞舜乎！』帝舜姚姓，二姚之父虞思即帝舜之後。何氏之言乃折衷王、朱之説。趙南星對諸人的看法表示了不同的意見，他在《後跋》論道：『昔者幽王信用褒姒，讒巧敗國。其大夫傷之，思得賢女，以配君子，故作《車舝》之詩曰：「四牡騑騑，六轡如琴。覯爾新昏，以慰我心。」屈原患鄭袖之蠱，亦託爲遠遊，求古聖帝之妃，以配懷王，而高丘無女，宓妃緯繣，鴆與雄鳩，不可爲媒，終不能得，無可以慰心者。此屈子之意也。而論者以爲譎怪虚無，非法度之正，過矣！王逸之解，又以爲屈子欲得賢智，與之事君。夫人臣而令媒妁求母后，以比于共事君者，豈不悖哉！此皆不論其世之蔽也。』從這段文字中，我們可知氏分别從幾個角度來闡述他知人論世的觀點。首先，他徵引了《詩經・小雅・車舝》。《毛序》云：『《車舝》，大夫刺幽王也。褒姒嫉妒，無道並進，讒巧敗國，德澤不加於民。周人思得賢女以配君子，故作是詩也。』朱子則云：『此燕樂其新昏之詩。』趙氏棄朱子之説而從漢儒之言，來證明其『求賢女』看法。其次，趙氏又指出《離騷》中三次不成功的求女，反映了屈子『患鄭袖之蠱，亦託爲遠遊，求古聖帝之妃，以配懷王』心理。然後，趙氏又從反面論證道，母后居君位，而用以比附人臣，實不相倫。屈原身爲楚人，在創作時未必考慮到這些儒家式的名份問題。但趙南星本爲儒者，且欲使屈原居儒者之位，故此番論述，可以理解。總而言之，趙氏之『求賢女』説，當是同類説法之最早者。毛慶指出：『此見解與詩中情感不太吻合，但聯繫到鄭袖恃寵誤國，此見確也有一定道理，可作一家之言參考。』趙氏能儘量從知人論世的角度去分析、印證自己的觀點，依然非常可取。

《訂注》是在《章句》基礎上删節補訂而成。《續修四庫全書總目提要》論曰：『核其所釋，雖曰「訂注」，寔於王氏之説鮮所更易。』作爲講授之作，趙氏不標新立異是可以理解的。持《章句》與《訂注》二書對勘，可將趙氏删節補訂的特色歸納爲三點：删節撮寫、注音釋字和闡發文義。首先，趙氏對《楚辭章句》的删訂，大抵可以分爲四種。其一，衆所周知而無須詳解者。如，『彼堯舜之耿介兮』『何桀紂之昌被兮』，《章句》：『堯、舜，聖德之王也。』『桀、紂，夏、殷失位之君。』堯舜桀紂，遺臭流芳，不待饒舌；故《訂注》不復贅言。其二，刪異文。如『澆身被服强圉兮』，《章句》：『澆，一作奡。一云被於彊圉。』《訂注》刪去此語。『縱欲而不忍』，《章句》：『一本欲下有殺字。』《訂注》則徑作『縱欲殺而不忍』，不列異文。其三，刪串講。如『不量鑿而正枘兮，固前脩以菹醢』，《章句》：『言工不量度其鑿，而方正其枘，則物不固而木破矣。臣不度君賢愚，竭其忠信，則被罪過，而身殆也。自前世脩名之人，以獲菹醢，龍逢、梅伯是也。』此乃易曉之義，讀者不難揣度，故趙氏亦斷然刪去。又如『前望舒使先驅兮，後飛廉使奔屬』，《章句》：『望舒，月御也。月體光明，以喻臣清白也。』『飛廉，風伯也。風爲號令，以喻君命。言己使清白之臣，如望舒先驅求賢，使風伯奉君命於後，以告百姓。或曰：駕乘龍雲，必假疾風之力，使奔屬於後。』王逸之注雖詳，然頗爲牽强迂曲，且失於繁瑣。故《訂注》僅言道：『望舒，月御也。飛廉，風伯也。』其四，集中焦點。如易重廉提出：『在《離騷》「怨靈修之浩蕩兮」句下，趙氏特別突出王逸「上政迷亂則下怨，父行悖惑則子恨」等注文。在《離騷》的結尾，他刪去了王逸的不少文字，而特別保留了「屈原舒肆憤懣，極意陳辭」等句，都可以看出他對屈原作品怨忿內容的强調和肯定。』易氏之語，可謂熨貼。進而言之，趙氏着重一個『憤』字，實與明神宗荒政、君子在野的背景有莫大的關係。除刪節之外，趙氏也嘗歸納王逸之語而撮寫之。如『冀枝葉之峻茂兮，願俟時乎吾將刈』，《章句》：『言己種植衆芳，幸其枝葉茂長，實核成熟，願待天時，吾將穫取收藏，而饗其功也。以言君亦宜蓄養賢，以時進用，而待仰其治也。』《訂注》則改寫云：『喻進用群賢也。』此外，《章句》注文分列於每句之下，《訂注》則傾向併合數句而解之。

《訂注》用單行《章句》爲其藍本，文字多同《章句》本。如，『余于初度』，《補注》無『于』字，《章句》亦有『于』

字。又，『夕攬洲』，《集注》『攬』作『擥』，單行《章句》《補注》亦作『攬』。又，『荃不揆』，《補注》『揆』作『察』，《章句》亦作『揆』。又，『其罵余』，《集注》《補注》作『詈予』，《章句》亦作『罵余』。『不余聽』，《集注》『余』作『予』，《章句》亦作『余』。又，『其罵余』，《集注》《補注》作『詈予』，《章句》亦作『罵余』。又，『國亂流』，《集注》《補注》『國』作『固』，《章句》亦作『國』。又，『被于』，《集注》《補注》作『被服』，《章句》亦作『被於』。又，『舉賢才』，《補注》無『才』字，《章句》亦有『才』字。『殷宗用之』《集注》《補注》作『用而』，《章句》亦作『用之』。又，『修繩墨』，《集注》《補注》『修』作『循』，《章句》亦作『修』。又，『擥茹蕙』，《集注》《補注》『擥』作『攬』，《章句》本亦作『擥』。又，『既遂遠』，《集注》《補注》『既』下有『以』字，《章句》本亦無『以』字。又，『涉余』，《集注》《補注》『余』作『予』，《章句》本亦作『余』。又，『婉婉』，《集注》《補注》『婉』作『蜿』，《章句》本亦作『婉』。偶或見與《章句》本異者。如，『危死兮』，《章句》本『死』下有『節』字。《集注》《補注》亦無『節』字。又，『溘吾遊』，《章句》本『溘』作『壒』。《集注》《補注》亦作『溘』。蓋據《集注》或《補注》本改也。

《離騷》文字注音、訓詁，《訂注》在《章句》基礎上作出了一些補充。如『扈江離與辟芷兮』，《訂注》：『辟，匹亦反。』又，『乘騏驥以駝騁兮』，《訂注》：『駝音馳。』反切、直音，唯其所用。訓詁方面，如『惟庚寅吾以降』，《訂注》：『惟，辭也。』又，『昔三后之純粹兮』，《訂注》：『昔，往也。』此其簡單者。又，『雜申椒與菌桂兮，豈維紉夫蕙芷』，《訂注》：『芷，昌改反，又音齒，即白芷。荀子謂之蘭槐。蕙、芷，皆香草也。』又，『長顑頷亦何傷』，《訂注》：『顑，音喊，瘦也。頷，户感切，面黄也。』又，『曾歔欷余鬱邑兮，哀朕時之不當』，《訂注》：『歔，出氣也。欷與唏同，哀而不泣也。』

歔欷，悲泣，氣咽而抽息也。』這些注解比較詳細，可補《章句》之不足。抑有進者，趙氏在注音釋字時，偶有詳析。如，『紉秋蘭以爲佩』，《訂注》云：『紉，索也，女陳反。從刅，楚良切，傷也。非從刃。』『刅』音創，其義與創通。《正字通》釋『紉』：『紉字之訛。凡靭、訒皆從刅。刅與刃别。』《訂注》於注音時亦有定以己意，不復旁列他説者。如，『謇朝誶而夕替』，《章句》：『誶，諫也。《詩》曰：「誶予不顧。」』《補注》：『誶音邃，又音信，今《詩》作訊。訊，告也。』故《訂注》云：『誶音訊。』而不復詳加説解取捨之因由。此外，《訂注》於注音時或有舛誤。如，『汩余若將不及兮』，《訂注》：『汩，音覓，從「子曰」之曰，非從日。奔汩疾貌。』汩、汨不同，而自古至今，讀者淆亂不已。『汩余若將不及兮』一句，《章句》：『汩，去貌，疾若水流也。』《補注》：『汩，越筆切。』王逸之注，正合表中所見『汩』字『水流』『疾貌』之義。故知此處『汩』字從曰，而非從日。《訂注》釋義雖確，然注音卻謂讀作覓，誤矣。

趙氏於詞章之賞析，主要在闡發文義，俾讀者理解無礙。王逸《章句》在釋字後，每有串講。而趙氏《訂注》多删去，蓋以其時有附會之言。然訂注亦時有自添數語，疏通大義之處。如，『肇錫余以嘉名』，《章句》：『嘉，善也。』《訂注》則更謂：『嘉，善也。言己美。』使文義更爲清晰。又，『余既滋蘭之九畹兮，又樹蕙之百畝』，王逸串講云：『言己雖見放流，猶種蒔衆香，修行仁義，勤身自勉，朝暮不倦也。』《訂注》則曰：『平日培植群賢。序所謂「率其賢良，以厲國士」者也。』王逸之注，以爲此二句係言個人之修行；而趙氏則認爲是培植群賢之意，並引《離騷序》證之，其解較王逸者更爲通順可取。又，『既替余以蕙纕兮，又申之以攬茝』，《章句》：『言君所以廢棄己者，以余帶佩衆香，行以忠正之故也。然猶復重引芳芷，以自結束，執志彌篤也。』《訂注》：『蕙纕已可廢，又重之攬茝，益可廢也。』觀趙氏之注，所用文字更爲精簡，闡發文義更爲分明，且帶有悲憤之意，與王逸之中正和平又有所不同。

在分段方面，『衆不可户説兮，孰云察余之中情』前後數句，或曰爲屈子語，或曰爲女嬃語，歷來莫衷一是。《章句》：『屈原外困群佞，内被姊詈，知世莫識，言己之心志所執，不可户説人告，誰當察我中情之善否也。』《集注》承之，以爲屈子語。《訂注》：『女嬃言人不能察屈原之情。舊説溺余字，以爲屈原之言。《論語》：「荷蕢曰：莫己知也。」非言孔子耶？』趙氏引《論語》句法爲證，以此兩句爲女嬃語，繼以女嬃爲明義者，非他人可比；然其愛之心切，不得不勸詈爾。

又，『相下女之可詒』，《章句》：『言己既脩行仁義，冀得同志，願及年德盛時，顔貌未老，視天下賢人，將持玉帛而聘遺之，與俱事君也。』《集注》：『欲遊春宫求虙妃，見佚女，留二姚，皆求賢君之意也。』《訂注》則未率從二説：『下女，女傒之類。遺之玉帛，冀以上達淑女，求配君王也。下文大約言淑女之難得。』《離騷》三次求女之涵義，衆説紛紜。王逸以爲喻求賢，趙氏則純照字面，釋爲求淑女以配君之意。他首創的求賢妃之説，在明清兩代影響頗大。

《訂注》是一種『課本』，故整體來説，内容尚可謂平實穩健，不以標新立異爲務，加上趙氏有切身的官場經歷，故在探討義理、賞析詞章兩方面都有較好的發揮。而音韻訓詁方面，《訂注》主要在王逸《章句》的基礎上加以增删，排除舊注的附會之言，有獨到之處（如釋『歔欷』），但羅列之證據或有不足（如論『誶』音『訊』），有時甚至有誤説（如『汨』『汩』不分），蓋小學終非其當行本色。毛慶提及，趙氏以後，從心理角度研究楚辭的途徑被廣爲拓寬，如，清代朱冀《離騷辯》、魯筆《楚辭達》中對研究者在研究中的潛意識現象和作用給予了高度的關注。這證明《訂注》的義理、詞章研究確有一定成績。《訂注》雖然簡短，仍能以義理、詞章以及考據的方法對《離騷》作出探究，其内容不僅反映出晚明的政治生態、學術狀況，即就楚辭學發展的角度而論，此書始終具有承上啓下的作用。

《訂注》内容共有四部分，首《自序》，次《史記·屈原列傳》，三爲《離騷》正文，四爲《後跋》。如《自序》所云，

《訂注》是趙氏『合《離騷》與《屈子傳》刻之，而於王逸所注，稍加删改』而成。港大所藏趙悦學重刊本，《自序》後爲正文、後跋共四十九頁。《史記·屈原列傳》部分，《正義》《索隱》《集解》之注擇善而從，列於文本之下。《離騷》正文以王逸《章句》爲底本而加删節，有時補以己意。全書卷首題『宜城王逸叔師注』『高邑趙氏夢白訂』，可見『注』是指王逸舊注，訂則是指趙氏的删節補意。黄虞稷《千頃堂書目》著録此書爲《離騷經訂詁》，姜亮夫以『詁』字誤，是也。趙氏《自序》作於萬曆癸丑（四十一年），全書隨而付梓，則成書年代應不晚於此年。原刊本於浙江圖書館、北京大學圖書館、中國科學院文獻情報中心等處有藏。

據崔富章《楚辭書目五種續編》别有明末趙悦學刊本，清華大學及天津圖書館有藏。香港大學馮平山圖書館亦藏有此書，著録爲萬曆癸丑本。筆者檢閲此本，發現與清華大學藏本相同，港大藏本實爲趙悦學重刊本。不論清華本或港大本，皆無明文記載重刊之年份。然比對中科院藏原刊本與港大重刊本的《後跋》，發現有一處文字略有不同。現先將中科院本的原文逐録於下：『楚之臣尤利懷王之易欺，而用之媚秦，以苟終生之富貴。<u>不用則諸臣當失富貴，袖當失寵</u>。是以必不能容。』上文以底綫標出的字句，港大本作：『不顧社稷之傾覆，内復有鄭袖當失寵。』就文義來看，港大本『内復有鄭袖當失寵』一句與前後文並不一致，固非趙氏原文，當亦其非所自改。筆者推測，此處改動當與趙悦學有關。趙悦學生卒年不詳，然其傳亦見於《高邑縣志》：『趙悦學，冢宰南星之孫，以廕選武安知縣。青年彊幹，鋭意爲治，諸務畢舉。時官兵駐鄴，軍需繁劇，有司縮畏葸不前。悦學獨毅然任之，供應力辦，滿漢悉器重之。大盗宋謙，窩武安之無棘村，悦學夜半率役，突馳其地，謙黨羽悉就擒，獨窩主高芝漏網。芝蹤迹詭秘，造蜚語以誣悦學，遂挂彈章。後事卒得雪，解綬歸里。』而《河南通志》載趙悦學於順治十年癸巳以貢士任武安知縣，十三年丙申由胡焜接任。趙悦學仕於清廷，初任武安知縣時正值青年，則其經歷明清鼎革無疑。觀《後跋》異文，『不用則諸臣當失富貴』應是趙氏原話，有感於萬曆時朋黨傾軋而發；而『不顧社稷之傾覆』則可能係趙悅學在明清易代後所改。如此亦可解釋港大本『內復有鄭袖當失寵』與前後文不一致的原因。因此，將趙悅學重刊本的印行年代定於清初，當更爲確切。此外，天津圖書館所藏重刊本卷首有『趙儕鶴注』『古部廉善堂藏板』字樣。核港大本及清華本，皆作『宜城王逸叔師注、後學李瀠校正、高邑趙氏夢白訂』，知港大本、清華本爲一版本，而津圖本乃另一版本。（陳煒舜）

# 楚辭集解

《楚辭集解》者，明汪瑗之所作也。瑗字玉卿，新安（今安徽歙縣）人。其生平事跡頗爲闕略，清勞逢源道光《歙縣志》卷八之九列入『詩林』，但云：『叢睦坊人，爲諸生，博雅工詩，與弇州、滄溟友善，所著有《巽麓草堂詩集》《楚辭注解》。』弇州者，王世貞也；滄溟者，李攀龍也。皆明嘉靖間『後七子』之巨魁。則可推知，汪氏蓋亦嘉靖間之諸生也。又據汪氏之侄汪仲弘《〈楚辭集解〉補紀由》載，汪氏自幼好學，『治經之餘，肆其力於藏書，弗令大父知也』。與弟珂遊學於『時以經術擅海内』之毗陵震澤，然無心於場屋科舉之事，未肯專學於『經術』，乃不顧父訓，『經史辭章，靡不詣極，而尤精於《楚詞》』。後爲其父察知，『言且誶』，弟珂則因此『挾篋而賈遊』，而瑗猶『屈首經藝，試數冠諸生』，『期以經藝顯』。足見其爲好學之士。據歸有光《楚辭集解序》稱，『平生博雅，攻古文辭，不慕浮豔，優遊自適，無意功名』，三吴時有『雙丁（指三國時丁儀、丁廙）、二陸（指西晉時陸機、陸雲）』之美譽。歸氏挹引備至，嘗謂『玉卿豐姿奇俊，迥異尋常，超然有塵世想』，從其學者數百人，而『未有如玉卿』者。瑗三年學成，則歸鄉里，乃『杜門卻掃，不與物接，志存著述』。生平著作頗豐，除《楚辭集解》外，别有《李杜詩注》《南華經注》《巽麓草堂詩集》等。傳於今者，但《楚辭集解》與《杜詩五言補注》二種而已。

《集解》卓然獨秀，爲明代研習《楚辭》所罕見力作，雅爲後世學人矚目。是書蓋成於明嘉靖年間，依次爲《大小序》《集解》《蒙引》《考異》。卷首有歸有光、焦竑序及汪瑗自序，歸氏序稱此書，『發人之所未發，悟人之所未悟，發以辯理，悟以證心，千載隱衷，藉玉卿一朝而昭著。倚歟盛美，人誰得而間之？至於《天問》，聚絲贊錦，綸緒分之，一目而領其概，再目而得其詳，讀之令其一唱三歎』云。焦氏評騭此書，乃目以『精審之列，謂『核者存之，謬者去之，未備者補之』；『至於名物字句，不憚猥細，一一詳究』，『誠藝苑之功人，楚聲之先導已』。『今讀之，有同於昔談者，非強同也，理自不得異也。有異乎前論者，非好異也，理自不可同也。在學者善會之而已』。二人褒揚有加，器重之至。察汪瑗己序，則謂屈原《離騷》乃空前絶後之作，不可擬。『蓋楚山川奇，草木奇，故原人奇、志奇又文奇，發乎辭章，迥立千古，沿規襲武，無能仿佛其片言』。又謂其爲注，既不苟合成説，又非一味標新立異，而於王逸《章句》、朱子《集注》折衷取舍，『其有洞而無疑者，則從而尊之；有隱而未耀者，則從而闡之；有諸家之論互爲異同者，俾余弟珂博爲搜採，余以己意斷之。寧爲詳，毋爲簡；寧蕪而未剪，毋缺而未周』，務在『令昭然無晦，卓然有徵，以無失扶抑邪正之意，庶可以得原之情於萬一』云云。其時爲此書者，更是『永夜嚴更，篝燈達旦』，知其用力之勤，而其弟珂亦

嘗去楚而實未嘗不去楚也其不去楚者固不舍楚而他適其終去楚者又將隱遁以避禍也孰謂屈子昧大雅明哲之道而輕身投水以死也哉學者卽楚辭熟讀而遍考之可見矣舊註牽強支離之說世俗流傳無徵之言何足信哉

帝高陽之苗裔兮朕皇考曰伯庸攝提貞于孟陬兮惟庚寅吾以降

帝者王天下者之通稱也高陽帝顓頊有天下之號也苗裔胤嗣久遠之通稱屈原自道已爲顓頊之子孫也朕我也屈原自謂也皇美也大也父死

甚力焉。

《〈楚辭集解〉補紀由》亦繫於此書簡端，不啻於考證汪瑗生平，而且於察審作書經過及此書流傳始末，皆極有價值。據其所述，汪瑗『注《楚詞》，嘔心爲之』，然終其生，未嘗付梓。瑗殁之後，『扃匱韞之數十年，而家益以落，家人挈藏書權以售之』。後由其猶子汪仲弘『藉他手倍值以購』，惟闕《天問》注。然據歸氏序，汪氏原書確有《天問注》也。而後汪瑗長子文英『晚橐少贏』，刻印父書。此乃此書首刊本，即萬曆乙卯本也。此本有焦序、汪文英跋及《集解》八卷、《離騷蒙引》二卷、《考異》一卷。以其闕《天問注》。則不得已，乃裒集汪瑗於朱子《楚辭集注》本所下批眉，附刻於書末，謂『使讀者因一斑而窺全豹』云。

厥後汪仲弘『夙夜黽勉』，以補其全，歷三年而成《天問補注》。謂『雖不敢仰媲班史續成之義，亦庶自爲一家之言，是棄之者又有以成之也』。乃復將歸氏序、汪瑗自序及《〈楚辭集解〉補紀由》《天問補注》增補於乙卯本，於萬曆戊午重刊之。此本見藏於日本京都大學及上野圖書館。然據汪文英《天問注跋》云，『奈《天問》之注爲近屬輩藏匿，欲掩没先人之善，懸之國門』，『從之祈求，不啻再三，卒匿其稿，不付剞劂』。又不審『近屬者』爲何人。今人姜亮夫氏據萬曆戊午本《天問補注》，乃謂『諸圖皆極精致，度非仲弘所補，當亦汪氏原作』，『而仲弘其人，乃盜竊世父書者矣』（見《楚辭書目五種》）！蓋一時臆測，證據不足耳。

《楚辭大序》於明以前重要注本序文之總彙，計其所收，有班固《離騷解序》《離騷贊序》，王逸《楚辭章句序》，洪興祖《楚辭總論》《楚辭補注》，朱熹《楚辭後語》《六義》《楚辭集注序》，劉勰《辯騷》，何喬新《重刻楚辭序》，王鏊《重刊王逸注楚辭序》等，凡十一題。蓋自西漢至明中期，歷代學者評騭屈原及《楚辭》概況，由此可知之矣。《楚辭小序》則搜集自汪氏以前歷代注家於屈原作品逐篇論述，輯録漢王逸、宋洪興祖、朱熹三家之説，末列明海虞吳訥《文章辨體》有關論述屈賦之説。其爲此者，蓋旨在流覽前賢既成之説，且闡明其學之有所承也。

《集解》以朱子《集注》爲藍本，故與《集注》多同而異於他本。特以《離騷》一卷爲例，則可以類窺他篇也。如，「于初度」，《補注》無「其」字。案：《集注》有「于」字。又，「改乎」，《補注》無「乎」字。案：《集注》有「乎」字。又，「荃不揆」，《集注》「揆」作「察」。案：《集注》作「揆」。又，「惟黨人」，《補注》「惟」下有「夫」字。案：《集注》無「夫」字。又，「不厭」，《補注》「厭」作「猒」。案：《集注》作「厭」。又，「落蘂」，《補注》「蘂」作「蕊」。案：《集注》作「蘂」。又，「舉賢才」，《補注》「賢」下無「才」字。案：《集注》有「才」字。又，「危死」，單行《章句》「死」下有「節」字。案：《集注》無「節」字。又，「攬茹蕙」，單行《章句》「攬」作「擥」。案：《集注》作「攬」。又，「勿迫」，單行《章句》「勿」作「未」。案：《集注》作「勿」。又，「先戒」，單行《章句》「先」作「前」。案：《集注》作「先」。又，「吾令鳳鳥」，單行《章句》作「鳳凰」，案：《集注》作「鳳鳥」。又，「帥雲霓」，單行《章句》「帥」作「率」。案：《集注》作「帥」。又，「虙妃」，《補注》「虙」作「宓」。案：《集注》作「虙」。又，「閨中既以」，單行《章句》無「以」字。案：《集注》有「以」字。又，「九疑」，單行《章句》「疑」作「嶷」。案：《集注》作「疑」。又，「流從」，《補注》作「從流」。案：《集注》作「流從」。又，「涉予」，單行《章句》「予」作「余」。案：《集注》作「予」。又，「假日」，單行《章句》「假」作「暇」。案：《集注》作「假」。然此書又頗異於《集注》者，乃汪氏私心臆改。如，「揆予」，《集注》「予」作「余」。又，「吾將返」，《集注》「返」作「反」。又，「罹尤」，《集注》「罹」作「離」。又，「女須」，《集注》「須」作「嬃」。又，「葅醢」，《集注》「葅」作「菹」。又，「懸圃」，《集注》『懸』作『縣』。又，『釋汝』，《集注》『汝』作『女』。又，『盈腰』，《集注》『腰』作『要』。案：皆古今字，汪氏妄改以今字。或者據《集注》引或本而改。如，『與江蘺』，《集注》『蘺』作『離』。案：《集注》引或本作『蘺』。又，『此度也』『先路也』，《集注》無『也』字。案：《集注》引或本有『也』字。又，『猖披』，《集注》作『昌被』。案：《集注》引或本作『猖披』。又，『後悔遯』，《集注》『遯』作『遁』。案：《集注》引或本作『遯』。又，『畱荑與蕮車』，《集注》作『留夷與揭車』。案：《集注》引或本作『畱荑與蕮車』。又，『杜蘅』，《集注》『蘅』作『衡』。案：《集注》引或本作『蘅』。又，『俟時』，《集注》『俟』作『竢』。案：《集注》引或本作『俟』。又，『夕飡』，《集注》『飡』作『餐』。案：《集注》引或本作『飡』。又，『蹇吾』『蹇朝』，《集注》『蹇』作『謇』。案：《集注》引或本作『蹇』。又，『人心』『人生』，《集注》『人』作『民』。案：《集注》引或本作『人』。又，『忳鬱悒』，《集注》『悒』作『邑』。案：《集注》引或本作『悒』。又，『方圓』，《集注》『圓』作『圜』。案：《集注》引或本作『圓』。又，『攘詬』，《集注》『詬』作『訽』。案：《集注》引或本作『詬』。又，『集芙蓉』，《集注》『集』作『雧』。案：《集注》引或本作『雧』。又，『悻直』，《集注》『悻』作『婞』。案：《集注》引或本作『悻』。又，『陳詞』，《集注》『陳』作『敶』。案：《集注》引或本作『陳』。又，『嚴而』，《集注》『嚴』作『儼』。案：《集注》引或本作『嚴』。又，『家巷』，《集注》『巷』作『衖』。案：《集注》引或本作『巷』。又，『班陸離』，《集注》『班』作『斑』。案：《集注》引或本作『班』。又，『鳳凰』，《集注》『凰』作『皇』。案：《集注》引或本作『凰』。又，『無疑兮』，《集注》『無』下有『狐』字。案：《集注》引或本無『狐』字。又，『美惡』，《集注》『美』作『善』。案：《集注》引或本作『美』。又，『升降』，《集注》『升』作『陞』。案：《集注》引或本作『升』。又，『晻靄』，《集注》『靄』作『藹』。

案：《集注》引或本作「靎」。又，「陟升」，《集注》「升」作「陞」。案：據《集注》引或本改也。或者偶見訛字。如，「鳳爲余先戒」，《集注》「鳳」作「鸞皇」。案：諸本「鸞皇」無作「鳳」者，蓋訛誤矣。

《集解》凡八卷。依次對屈子《離騷》《九歌》《九章》《遠遊》《卜居》《漁父》等逐篇作注。每卷不標卷次，但曰「離騷卷」「九歌卷」云。覆其注書體例，始於每篇作簡明解題，然後逐字逐句注釋。《離騷蒙引》則是《離騷》字義條目考證，內容雖與《集解》相重，然較後者詳盡，蓋取朱熹《集注》附作《辯證》之例云。

觀其解題，旨在説明題意、所作時地及概述全篇大意，其折衷前賢是非，時有真知灼見，非依違舊説者可比。乃謂《離騷》篇內「余既不難夫離別兮，傷靈修之數化」，「此《離騷》之所以名也」。此説後爲清劉熙載《藝概》大加申引，且亦見今人采用之。又謂「亂曰國無人莫我知兮」以下四句，「終示以去楚之意」，「將隱遁以避禍也」。「孰謂屈子昧《大雅》明哲之道，而輕身投水以死哉」？此亦汪氏説《離騷》迥異乎前人者，雖容有可商之處，《四庫提要》斥之爲「臆測之見，務爲新説，以排詆諸家」云，蓋貶之太過。平情其説，非一無可取，存之固爲一家言也。

汪氏謂「《九歌》之詞，固不可以爲無意也，亦不可以爲有意也」，若「句句字字爲念君憂國之心，則《九歌》掃地矣」。可謂通論。又辯《九歌》名「九」而實有十一篇者，謂末一篇《禮魂》「固前十篇之亂辭」，此乃其獲弋，後人多宗之。惟謂《大司命》《少司命》，「因可謂之一篇」，此「蓋其職相同，猶文武之道相同，大可以兼小，猶文武父可以兼子」。則又多臆説也。而謂《湘君》《湘夫人》爲「敵體」云，「又有男女陰陽之別」，故不得合爲一篇，「篇數雖十一，而其實爲九也較然矣」。又云：「《湘君》一篇，則湘君召夫人者也。《湘夫人》一篇，則夫人之答湘君者也。前以男召女，故稱女、稱下女。後以女答男，故稱帝子、稱公子、稱遠者。其中或稱君、或稱佳人、或稱夫君，則彼此相謂之詞也。以男遺女，故有玦有珮，此男子所有事也。以女遺男，故有袂有褋，此女子之所有事也。其于彼此酬答之際，一一相應。」此亦即後世謂《湘君》《湘夫人》爲『配偶神』説之先導也。後人多謂此説肇自閔齊華《文選瀹注》，則未之審矣。

汪氏以《九章・惜誦》大抵『作於讒人交構，楚王造怒之際，故多危懼之詞。然未遭放逐也，故末二章又有隱遁遠去之志』。謂《涉江》之作，亦在『遭讒人之始、未放之先』，『與《惜誦》相表裏，皆一時之作。《惜誦》敘己事君之忠，略已盡矣，特末二章言其欲隱之志，故此但決其隱之之志耳』。謂《哀郢》作於楚頃襄王二十一年東遷陳城之時，『其曰「方仲春而東遷」，曰「今逍遥而來東」，其遷於東方無疑』；『夫所謂「何百姓之震愆，民離散而相失」者，乃指國亡君敗，百姓被秦遷徙，即《史記》之所謂「襄王兵敗，遂不復戰而東走」是也』。此説後爲王夫之等采用，且流傳至今，影響甚大。然多委之於王夫之《楚辭通釋》，而未知肇自汪氏也。謂《抽思》篇内有曰『悲秋風之動容』，則『可以考其所作之時矣』。作於頃襄王之時，當在《哀郢》之後，且謂『《抽思》作於東遷之秋，《懷沙》作於次年之夏者也』。謂《懷沙》爲原遷於長沙時所作，『懷者，感也；沙，指長沙。題《懷沙》云者，猶《哀郢》之類也』。此説後爲蔣驥所采用，後人則隱没之而委之以蔣氏，不審其故。謂《思美人》作於《哀郢》之後，『雖其不可考其所作之年，要之在襄王之時，而非懷王之時則可必也』。謂《惜往日》作於懷王十六年齊楚絶交、張儀爲楚相之時，而『非臨絶之音』。謂《橘頌》託物自喻，『乃平日所作，未必放逐之後之所作者也』。惟《九章》餘八篇皆言放逐之事，而獨此篇爲平日所作者何？乃謂『《九章》云者，亦後人收拾屈子之文得此九篇，故總題之曰《九章》，非心屈子所命所編者也』。此説亦深爲後世所取，誠確乎不跋之論也。謂《悲回風》一篇，『辭旨略與後《遠遊篇》一二相類』，感秋風之起，萬物凋傷，蘭芷獨芳，『遂託爲遠遊訪古之辭，以發泄其憤懣之情』。『篇末「驟諫君而不聽，任重石之何益」二言，又足以證屈子未嘗投水而死也』。要之，今察其論《九章》作地，雖有臆解不實之處，而不流於前世成説，且或直陳勝義，啓迪後學，如王夫之、蔣驥輩多受其沾濡，其功亦鉅矣。

汪氏以《遠遊》大旨，『蓋悲末世平日惡陋之俗，而欲遠遊以遁去耳。後世遊仙之詩仿於此』。又以《卜居》『占卜其所處事務吉凶之宜也』，乃折衷王逸、朱熹之説，謂鄭詹尹蓋『當時之隱君子』，『觀屈子所問之詞，似以詹尹爲知己者，而詹尹所謝之詞，似亦爲知屈子者。其或當時尋訪，談論之問偶及此事，而屈子遂述其問答之意，以成此篇也』。其較舊説爲通達。汪氏謂《漁父》『非特屈子之寓言』，篇中漁父，類『楚狂荷蕢之流』，與《莊子》之漁父『不可一概而相量也』。諸如此類，亦皆成其一家説也。

是書注釋，於字義訓詁之間用心至悉，事必有據，一掃明代空疏不實之習氣，或駁議舊注，或詳徵博引，或離章析句，或考辯名物，祛滯釋疑，勝義紛呈。其於《離騷》一篇致意尤篤，别爲《楚辭蒙引·離騷篇》上下二卷，凡二百四十餘條，則精義鍾聚，咸有據依，多所發明，且開清世考據之先。惜乎其説多爲後世所抹殺不彰，今特於三端總合《集解》論之。

第一，其有得之於説『古韻』者，但舉二事言之可知。如：

《蒙引》『降』條曰：『降，何以音洪也？瑗嘗思之，彼洚水之洚，亦曰洪水；絳色之絳亦作紅解，虹霓之虹亦可虹（音絳）讀。蓋共音恭，共、工、夅偏旁，俱可相叶也。則降之音洪也明矣。又如江海之江、杠鼎之杠與山峰之峰、劍鋒之鋒，古韻多通用。相逢之逢亦可讀作逄（音龐）姓之逄。觀虹、逄二字不易一畫而可兩音，則洚洪絳紅或其音亦可更相兩讀，不特其義之可以相通而已。此類不可勝數，覽者當以意會。』案：汪氏所舉降絳洚洪工江諸字，古音皆在東部，固自相叶。此説於今言之，誠未足爲奇。然當汪氏之世，古韻學之未明，而能從『共、工、夅偏旁』發微探賾，謂『窮理之根本，儒者之先務』，不可不習『六書之學』。斯啓清世樸學之先緒，真有超前意識者也。

《蒙引》『能』條曰：『蓋能字即古耐字，通用，見《禮記》。故加心而爲態者，以耐音轉之也。《天官書》「三台星」之台字，亦作「三能」，是能亦有台音。台又有怡音，故後章態與時字爲韻，又以怡音轉之也。六書假借轉注之字，可不知乎？……由此觀之，則能字古有數音，有賢能之能音，有熊羆之熊音，有三台之台音，有耐煩之耐音，有怡悦之怡音。故羆從能而通作疲，態亦可與時爲韻也，三足鱉之能字與台同聲也。學者苟知如此説，則古韻無不可通者矣。』汪氏説古韻固有粗疏不密處，如謂羆、能同聲通作疲者，當非審音之選也。然汪氏據形聲字之右聲繫聯古韻，然後以古音説通假之事，則又在清人前矣。

第二，有得之於名物考釋、字義訓詁而多爲後世誤歸之於清儒而抹其説者，概舉三事可以窺其全豹也。如：

《離騷》：『昔三后之純粹兮，固衆芳之所在。』王逸注曰：『后，君也。謂禹、湯、文王也。言往古夏禹、殷湯、周之文王，所以能純美其德而有聖明之稱者，皆舉用衆賢，使居顯職，故道化興而萬國寧也。』朱熹《集注》斥之，曰：『三后，果如舊説，不應其後方言堯、舜，疑謂三皇，或謂少昊、顓頊、高辛也。』案：汪瑗《集解》曰：『三后，謂楚之先君，特不知其何所的指也。』《蒙引》復敷演其説，曰：『此祇言三后而不著其名者，蓋指楚之先君耳。先言楚之先君，而後及堯舜，在屈子則得立言之序也。……吾嘗謂顓頊高陽氏爲楚之鼻祖矣，其餘如祝融氏、季連氏、鬻熊氏及熊繹爲受封之始，熊通爲稱王之始，熊貲爲遷都之始，皆楚之先君有功德所當法焉者也。但不知其所指耳。昔夔不祀祝融、鬻熊，而楚成王滅之，則二氏爲楚之尊敬也久矣。然則所謂三后者，以理揆之，當指祝融、鬻熊、熊繹也。昔周成王舉文武勤勞之後嗣，而封熊繹於楚蠻，封以子男之田，則是熊繹爲楚之始祖，其必祀也無疑矣。今亦無所考證，姑誌其疑，以竢君子。而指楚之先君則決然矣。《詩·大雅·下武》曰：「三后在天。」即指周之太王、王季、文王耳。』汪氏以三后爲楚之先君，確然可信。雖未知其所確指，而啓迪後人，功固未没。厥後，王夫之以三后爲指楚之先君鬻熊、熊繹、莊王。戴震則曰：『三后者，楚之先君賢而昭顯者，故徑省其辭，以國人共知之也。其熊繹、若敖、蚡冒乎？』固皆承汪氏爲説也。然後人以三后爲楚之先君多歸之於王夫之，則汪氏反湮没不聞，是非公允之論矣。

《離騷》：『豈余身之憚殃兮，恐皇輿之敗績。』王逸注曰：『績，功也。言我欲諫争者，非難身之被殃咎也，但恐君國傾危，以敗先王之功。』則『敗績』爲『敗功』義。唐、宋注家皆從之無疑。案：汪瑗《集解》則曰：『此章言朋黨之小人，惟喜偷安逸樂，故每誘君於幽昧險隘之路，竊以自肆其志，而不知捷徑窘步，適所以來顛覆之禍也。我之所以不肯行於幽昧險隘之路者，是豈畏憚顛覆之禍，而爲一身之私圖也哉？蓋君車宜安行於大中至正之道，而當幽昧險隘之地，則敗績矣。王逸曰：「輿，君之所乘，以喻國也。」是也。蓋不敢斥言其君，故以皇輿言之，且於行路之比亦切也。「敗績」則指車之覆敗，以喻君國之傾危也。舊注謂「敗先王之功」，非是。』《蒙引》復辨之曰：『蓋「豈余身之憚殃」句，即承上二句而言，言黨人之偷樂，唯喜君行乎幽昧險隘之路，雖捷徑以窘步，皇輿之敗績，有所不顧也。是行於幽昧險隘之路，必有顛仆錯跌之禍。而我之所以不肯行於幽昧險隘之路，必欲君行於光明正大之地，如堯舜之遵道而得路者，豈爲我一身顛蹶之禍也哉？蓋恐皇輿之行於幽昧不明之處、險隘危迫之中，必敗績耳。必如此解，則「豈余身之憚殃」方明白，言己不行幽昧險隘之路者，非爲己身之畏禍也，蓋爲皇輿之敗績也。敗績，即指顛仆傾危而言。』汪氏釋詞，結合《離騷》具體語境，體會文心，即是其邁越前人處。其每下一義，間及考證，無不碻覈。若此釋『敗績』者，是其例也。『敗績』之訓『車覆』，於古有證。戴震《屈原賦注》曰：『車覆曰敗績。《禮記・檀弓篇》：「馬驚敗績。」《春秋傳》：「敗績厭覆是懼。」是其證。』後人但知戴氏引證是説而轉輾引用，以爲戴氏發明，而未審汪氏固在戴氏之先矣。

《離騷》：『啓《九辯》與《九歌》兮，夏康娱以自縱。』王逸注曰：『夏康，啓子太康也。娱，樂也。言太康不遵禹啓之樂，而更作淫聲，放縱情欲，以自娛樂，不顧患難，不謀後世，卒以失國，兄弟五人，家居閭巷，失尊位也。』以『夏康』連文，娛字獨立成句。洪興祖、朱熹亦無異説。案：汪瑗《集解》曰：『夏，禹有天下之號，而此曰夏者，猶曰夏之子孫，指太康而言也。康娱，猶言逸豫也。』又，《蒙引》『夏康娱以自縱』條亦曰：『舊注皆謂上句「啓」字爲禹子，此「夏康」爲啓子太康也。俱非是。觀下文曰「日康娱而自忘」，又曰「日康娱以淫遊」，則「康娱」二字，當相連講無疑。況既曰「夏」，又曰「康娱以自縱」，則不待言而可以知其爲太康矣。猶舉《九辯》《九歌》，則不待言而可以知其爲禹樂矣。』汪説極確。然後世據清戴震《屈原賦注》曰：『言啓作《九辯》《九歌》，示法後王，而夏之失德也，康娱自縱，以致喪亂。』又加注曰：『「康娱」二字連文，篇内凡三見。』説者亦多誤以此説始創於戴氏，實即戴氏踏襲汪氏而未明其所自者也。

第三，汪氏闡發屈賦諸篇大義，勇於破舊立新，不爲既成之見所拘；又敢於立新，發前人所不敢言。如：古來説屈子投水事，宋洪興祖首倡同姓之臣、義無可去之説，乃謂『爲人臣者，三諫不從則去之，同姓無可去之義，有死而已』；『故雖身被放逐，猶徘徊而不忍去，生不得力争而强諫，死猶冀其感發而改行，使百世之下，聞其風者，雖流放廢斥，猶知愛其君，眷眷而不忘，臣子之義盡矣』。則以屈子投水爲『死諫』者也。此説影響甚大，後世治《楚辭》學者無不宗焉。汪氏始以爲非，《離騒》『悔相道』四句下乃辯之曰：『王、洪二注，皆以同姓之義言之，以爲屈原初欲隱去，既而悔其不當隱去，故復回返以終事君之道。不亦大謬其旨而牽强之甚乎？殊不知雖隱而去之，固無害於屈子之忠也。何爲回護之若是而反使屈子之心事千載之不明也。故揚、班之流，往往譏之者，皆未知屈子實有去志也。且以同姓言之，則殷之三仁，固有不去者，亦有去者；固有死者，亦有不死者。豈可謂同姓之臣自古皆不去而盡死也哉？其事君之忠，同姓之義，要亦顧時勢事體及各人之自處何如耳，固不必於去不去、死不死以爲賢否也。』又，《蒙引》『往觀四荒』條曰：『屈子方欲製芰荷、集芙蓉，戴高冠，垂長佩，脩吾初服，聊且止息，優遊於蘭皋椒丘之間，使吾情之信芳，昭吾質之無虧之不暇，而不使進入以離尤也，又何暇戀戀於溷濁之世哉？孔子亦嘗數去魯矣，苟吾道之果是，固不在乎去與不去也；苟吾道之當去，固不在乎同姓與不同姓也。屈子去楚之意，實欲隱遁耳。考之《惜誦》《涉江》及此脩吾初服數章可見。而此篇後歷訪聖帝求賢女之說，特設言以見舉世而無一人以爲知己者耳，非謂欲求賢君而事之也。縱使屈子欲去楚，而求賢君以事，蓋亦欲行其道耳，非戰國儀、秦遊説之徒之可比也。嗚呼！微子、箕子嘗抱祭器而歸周矣，孰謂同姓無可去之義乎？但聖賢之去國，非欺君賣國者所可同，蓋以爲道在吾，不可自我而絶也。聖賢固不苟生，亦不苟死也。如此，孰謂屈子之未嘗去楚乎？孰謂屈子之果投江而死乎？雖然，屈子之去楚者，亦去楚廷，離黨人而隱於山林耳，又未嘗去楚而事他邦也。論屈子者，不可謂其不去，不可謂其去也。所謂可與智者言，難與俗人道者，此類是也。」詳審汪氏所言，大袛謂事君忠、同姓之義未可一概而相量，因人因事因時而異，不必拘泥在去與不去、死與未死之間論曲直、辯是非。比干、微子、箕子，皆殷之同姓也，比干諫而死，微子歸周而去，箕子佯狂爲奴，然孔子猶一律目爲「三仁」。汪説雖不無可商處，唯其別開生面，不流舊習，頗能啓人思致，存之蓋亦有助於屈學研究也。

《楚辭考異》則彙集王逸《章句》本、洪氏《補注》本與朱熹《集注》本於《離騷》一篇之文字異同，仿朱熹《韓文考異》之例，附於篇末，間或以己意折衷是非。如，「又重之以修能」，能一作態。汪氏謂「非是」。或兩可俱通，則存之以備考。如，「荃不揆余之中情」，荃一作蓀，揆一作察，中一作忠。汪氏皆無所是非。然其所列異文，悉見諸洪補《楚辭考異》與朱熹《楚辭集注》，無甚新材料補充，故後世亦多未致意焉。

汪氏力辯屈子無投水事之説，於考證彭咸其人其事猶致意焉。綜觀屈賦七言以彭咸爲法，而彭咸究爲何人，則是考證屈子水死之關鍵。自王逸而下，皆以彭咸爲殷之賢者，諫其君不聽，以投水死。屈子法彭咸則爲水死之意也。朱熹《集注》始置疑焉，但謂舊注『皆不知其據』，而汪氏因之大發其難，别立新説。《集解》『願依彭咸之遺則』句注曰：『彭咸，殷之賢人，孔子竊比於我老彭，即其人也。』又《蒙求》『彭咸辯』條爲之詳考，曰：『蓋讀太史公《世家》有曰彭祖者，乃帝高陽顓頊氏之玄孫，陸終之第三子也。虞翻注曰：「彭祖，名翦，封於彭城，爲彭姓。」《神仙傳》云：「彭祖者，殷賢大夫也。姓籛名鏗。」《系本》亦云：「籛鏗，是爲彭祖。」又按《大戴禮·虞德篇》有商老彭之語，包氏注曰：「商賢大夫。」《論語·述而篇》有「竊比老彭」之語，朱子注亦曰：「商賢大夫。」考其德而論其世，稽其姓而辯其名，則曰彭咸、曰彭鏗、曰彭翦、曰彭祖、曰老彭、曰籛鏗，其實爲一人也明矣。……然則以爲自投水死者非耶？曰：非也。意者後世因其有西逝流沙之語，故誤以爲投水，而又不知屈原實未嘗赴淵自沉，見篇内亟稱其人，遂附會其説焉。若以屈原慕彭咸爲欲自投水死，則孔子竊比之意，豈亦欲自沉乎？嗚呼！孔子嘗欲浮海矣，嘗欲居夷矣，使無上文「述而不作，信而好古」之語，又安知後世不援引浮海居夷之説，亦以孔子爲欲投水耶？蓋孔子竊比之意，實指删述六經，而老彭當年亦必有所著作，惜乎世遠言湮，莫之考矣。屈原之亟慕彭咸者，又安知非指己之所作《離騷》而擬其好古之心乎？』汪氏攟摭繁富，考證精密，其影響亦播及於後世。若曹耀湘謂彭咸水死，『依屈原之事，傅會爲之』云，祇是拾汪氏餘唾。俞樾氏謂『彭咸即彭鏗』，亦即《論語》之老彭，殷賢大夫，屈子所師法者。近人多以俞説爲斷。則皆未審汪瑗固在俞氏三百餘年前矣，祇與汪説偶合耳。夫漢人彭咸水死之説固未必全可信，惟汪氏但據彭咸未必水死而下推屈子亦未必有自投水事，亦未必盡可信也。汪氏執一端欲翻盡千古之疑案，故致後人非議耳。

是書於其音韻及字義訓詁雖時有新義，而牽合附會之説，亦不復少見矣。如，《離騷》『指九天以爲正兮，夫惟靈修之故也』《集解》謂『正，古與證通用。如此解更明白』。案，正，古入耕部；證，古入蒸部。本不同音，古不通用。又，《蒙引》『他化』條曰：『此二韻可兩協，他如字讀，則化音花也。他音駄，則化又協作訛音也。』案：他、化古同歌部，自本相協，無須改讀兩音。蓋汪氏未脱叶韻改音之陋習也。《蒙引》『羌』條曰：『此字本西戎之稱，餘義不見於經。《楚辭》中所言者，亦衹數處。……然直解作語詞可也。「卿何爲」之意，以後所言羌者參之，亦不甚切。』案：王逸注曰：『羌，楚人語詞也，猶言「卿」，何爲也。』即是説，楚人之『羌』，至漢讀爲『卿』，或作『慶』，此古今音之變也。『何爲』，即是『羌』字之義也。汪氏以『卿何爲』連言，則誤解王注而反譏舊注之謬，信不敏之甚者。《蒙引》『逍遥相羊』條，乃謂『相羊』取義於羊，『羊性好群而抵戲』，『悦樂之意與羊相同』云，真如癡人説夢也。蓋未脱明人爲學之空疏不實之習氣也。類此悠謬，則不盡舉矣。

《楚辭集解》最初由汪瑗息子汪文英刻於明萬曆四十三年，嗣後有萬曆四十六年汪仲弘修版補刻本，首增補歸有光序、汪瑗自序、汪仲弘《楚辭集解補紀由》，内增汪仲弘《天問注補》一卷。二書國家圖書館皆有藏本。（黄靈庚）

# 天問注補

《天問注補》者，明汪仲弘之所作也。仲弘，字畸人，汪瑗之猶子，自稱『邗山嘉樹軒主人』，徽之新安人。其父曰珂，瑗之胞弟。仲弘嘗與休寧金文獻、戴元禮同業於吳仲昆之門。見《休寧名族志》卷四《學林》『金文獻』條。又，著有《海外遊記》，見《江南通志》卷一百九十一《藝文志·史部》。然其字號及其履歷出處，皆不得詳考焉。

汪瑗《楚辭集解》，最晚成於嘉靖二十七年戊申，然據歸有光作於戊申《楚辭集解序》稱，『至於《天問》，聚絲攢錦，綸緒分之，一目而領其概，再目而得其詳，讀之令人一唱而三歎』。則《集解》原有《天問》一卷，歸氏嘗親獲得聞。而萬曆四十三年乙卯，瑗之息子文英始刊刻《楚辭集解》，已闕《天問》一卷，乃以瑗批於朱子《楚辭集注》之《天問集注》一卷補之。未後作跋，云『《天問》之注，爲近屬輩藏匿，欲揜没先人之善，懸之國門』，且『從之祈求，不啻再三，卒匿其稿，不付剞劂』。故不得已，『謹將初解之書，微有字句在於朱《注》之旁，今梓之，使讀者因一班而窺全豹』云云。

文英之所斥『近屬輩』，未明確指。或者以爲仲弘也，謂仲弘之《天問注補》，即瑗之原稿《天問集解》。是説似非屬實，失之武斷矣。考瑗三子：孟者『能讀父書』，惜『夭靳其齒』。惟『仲若季富於齒，不能讀父書』。乃至『伯夭仲孱，扃匱櫃之數十年，而家以益落，家人挈藏書櫃以售之』。則瑗之仲、季二子，皆不肖甚矣。或云，『季』者尚幼，瑗之捐館時，文英亦自稱『甫離襁褓』，『煢然在疚，無所識知』。故『家人挈藏書櫃以售之』云云，文英是否當亦在内，則未遑考定。

而仲弘聞之，能『藉他手倍值以購』，失而復聚，『幸睹前書』，且『受而卒業』。其於汪氏，不亦功臣耶！至萬曆四十六年戊午，仲弘乃重刊《集解》，則删瑗批《天問集注》一卷，代以其所作《天問注補》。又於文英之子麟處得歸有光序、瑗自序（二序得於『敗篋』中，皆文英刊本所無），補梓於卷首，復增仲弘所作《楚辭集解補紀由》，於文英之《跋》，則未置一言。仲弘詳述作《注補》之始末，稱『驫者目擊《天問》之闕，欲補其全。顧瞻遺編，惴惴莫敢搦管，畏以成玩，坐令蹉跎。迺者故鼎幸還，金甌仍令長闕，玩之罪且浮於棄矣。夙夜黽勉，幸爾成編，不敢仰媲班史續成之義，亦庶幾自爲一家之言。是棄之者又以成之也』。蓋經三載之力，卒成《天問注補》。而《注補》自序亦謂『《天問》舊注，莫知所擴，建鼓而求，終莫能返』，而『弘承先教，慨未親炙伯父之休，謝墅阮竹，大誼實爲相關；秘笈家珍，素心更切向慕。今兹缺簡，補綴成編，固余事也，余衷也，而責有不容諉者矣。因忘陋愚，採輯群注』。則仲弘之《注補》，固所以補《集解》之闕，固非瑗之《天問集解》原稿本矣。

《注補》藍本爲朱子《集注》本，凡二卷：上卷自篇首至『曜靈安藏』，下卷自『不任汩鴻』至篇末。卷首爲『凡例』六則，曰『分章』『繪圖』『採輯』『考異』『叶韻』『音釋』。則與《集解》之例不符。如，『繪圖』之例云：『事關天地陰陽，

楚辭

新安 汪仲弘 畸人甫 補註

稜陵 焦竑 弱候甫 裁定

門姪 汪猶龍 季玄甫 參校

天問

天問者屈原之所作也何不言問天天尊不可問故曰天問也屈原放逐憂心愁悴彷徨山澤經歷陵陸嗟號旻昊仰天嘆息見楚有先王之廟及公卿祠堂圖畫天地山川神靈琦瑋僑佹及古賢聖怪物行事周流罷倦休息其下仰見圖畫因書其

非圖不顯。自設卦觀象以至河洛呈祥，圖書之説，有自來矣。篇内所問，圜則方輿，二曜列星，不爲圖以明之，即巧曆不能析其精。顧其書藏自靈臺，非草野之所獲見。今即保章之所頒布與群書之所繪行，明以示人者。共分十圖，仿以繪之。』案：末附《考異》《叶音》《音釋》，《考異》則逐鈔於朱子《集注》或洪氏《注補》，《叶韻》《音釋》逐鈔於朱子《集注》，皆無甚發明。惟仲弘所繪者，專爲《天問》一篇，而未涉屈子他賦。其繪天文地理圖者有：《圜則九重圖》《南北二極圖》《山海經輿地全圖》《十二支宫屬分野宿度圖》《日月五星周天圖》《太陽中道圖》《太陰九道圖》《列星圖》《明魄晦朔弦望圖》《古今州域新舊河道輿圖》是也。若十圖果爲瑗所繪，而《離騷》之南征蒼梧，上征帝庭，《九歌》之祭天神地祇，《九章》之紀流放之迹，《遠遊》之神遊天地，《漁父》之徘徊滄浪，則必涉及之，若天文圖不得止八，而輿地圖猶不得止二矣。是《注補》爲仲弘之所作者，證之一也。又，《注補》每章之末有贊，序稱『爰效司馬《索隱》，篇末各綴韻言，專對不煩，諮諏微寓』。如，『陰陽三合何本何化』下云：『混沌初啓，太極未儀。俯仰無象，觀察何稽，先天一竅，槖籥靡遺。今古何照，道器兼知。由近及遠，緣顯通迷。無俟傳説，能自得師。陰陽代禪，明暗互移。卷舒任運，開合惟時。爲而不宰，行盡如馳。自本自化，始斯終斯。誠能參贊，位育我司。』又，案：類是贊語，以解《天問》，實屬不倫。然《集解》所無，僅見《注補》，當仲弘所爲。是《注補》爲仲弘之所作者，證之二也。仲弘《楚辭集解紀由》云：『三閭篇什，今古煒然。而汨羅一沉，絶筆無價。』是以屈子沉汨而死矣。而《集解》以屈子無投水汨淵之事，謂屈子效法彭咸，是『孔子竊比之意』。若《注補》果爲瑗所爲，不宜前後齟齬如此矣。是《注補》爲仲弘之所作者，證之三也。

再者，對勘瑗之批注及仲弘之《注補》，頗多歧異。如，『何闔而晦？何開而明？』瑗眉批：『此上十段皆問天道，「女歧」一段疑錯簡在此。此篇雖無次敘，亦頗有條理，非漫然而亂道也。』仲弘注：『此上十一條皆問天道，雖無次第，頗有條理，非樊然淆亂也。女岐或疑錯簡，然物之化生，氣之順逆，亦天道也。』案：瑗以爲『十段』，仲弘以爲『十一條』。瑗非而仲弘是。又，瑗意『女歧』爲『錯簡』，仲弘則以爲非錯簡，以爲亦是問天道之化生、氣之順逆。是其説之相左矣。

又，『日安不到？燭龍何照？羲和之未揚，若華何光？』瑗眉批：『此四句乃斷之之詞，屈子明闢世俗之妄矣。乃謂此章所問，尤是兒戲之語，何其不察之甚耶？』仲弘注：『一説：此四句乃斷之之詞，非詰問之詞。豈日有不到之處？豈龍能銜燭之理？豈若華而能代之光？屈子明闢世俗之非。亦通。但通篇文義俱屬問難，不應毗四句獨異。當更詳之。』案：則仲弘徑以瑗注爲『一説』，而據例以斥其非也。

又，『鮌何所營？禹何所成？康回憑怒，墜何以東南傾？』瑗眉批，以上二句『斷上二節，言鮌逆水性而敗，若盜息壤，又何所營，而堯殛之乎？禹順水性而成功，若因龍計，則又何所成而堯賞之乎？此上言鮌禹之事，而下二段言地理。蓋地平天成，實鮌禹之功，故屢言之。』仲弘注：『舊本此二句屬「何所成」句下，以韻之同也。但篇内自「不任汨鴻」至「何所成」，盡言鮌禹治水事，當自篇爲一章，不應以共工事插入。如不察其義斷，而衹以韻聯，是貴耳而賤目也。且篇内韻同而義異者甚多，難盡贅綴，覽者辨之。』案：仲弘以『康回憑怒，墜何以東南傾』二句衹以韻聯，而不繫内容，而瑗注强以内容牽合之。

又，『鯪魚何所？鬿堆焉處？羿焉彈日？烏焉解羽？』瑗眉批：『此上皆述世俗所傳人物奇異之妄而闢之也。』仲弘注：『此上皆述世俗所傳鳥獸草木之異，而以人與地參問之。不死則性命之異，長則形體之異，黑水玄趾則土風之異，所謂「山川神靈僪佹」是也。』案：瑗以爲屈子斥世俗之妄，而仲弘以爲記『山川神靈僪佹』，博聞多識之意。

又，『吾告堵敖以不長，何試上自予，忠名彌彰？』瑗眉批：『此上疑有缺文。《世系》作莊敖，劉氏音杜，曰「亦作杜」。《十二諸侯表》作堵。杜、堵聲相近，未知孰是。然似是謚也。堵敖名囏，爲王五年，爲弟惲所殺。夫既五年矣，乃曰未知君而死。恐非。楚康王之子員立三年，爲叔公子圍所弑，亦曰郟敖。楚人謂未成君而死曰敖。堵敖，楚文王兄也。今哀懷王將如堵敖之不長而死，故告之。二句言弟惲，即成王也。惲既殺兄自立，當時有以忠名之者，故屈子怪而問之。試當作弑，聲相近而誤也。一作議，一作誡，皆非。予、與同。自予，自取也。謂弑其兄而自立也。上，君也。兄既爲君，則惲乃臣矣，故曰弑上。惲弑其兄堵敖自立，其後欲殺太子商臣立職，太子恐，與潘崇殺王。王欲食熊蹯而死，不聽。自立爲王。嗚呼，豈非天道好還也哉？瑗按：《楚世家》：「熊儀立二十年爲堵敖。」《索隱》曰：「號若敖。」熊坎立六年爲霄敖，員立三年爲郟敖，熊囏亦立五年。若以爲未知君而死，則儀立二十年矣，豈可曰未知君而死乎？若以爲不得其死，則霄敖又未嘗爲人所殺也。《索隱》之説或是乎？』仲弘注：『堵敖，楚賢人也。屈原放時，語堵敖曰：楚國將衰，吾將以身報之，不復能久長也。「告之以不長」者，知己談心，自露忱悃，何敢嘗試君上，自號忠直之名以顯彰後世乎？……舊説又謂：試、弑同，予，與也。自予，自取也。謂惲殺其君而自立也，而當有以忠名之者。故屈子問之。此説更非。』案：瑗氏排推舊注，而發明新説，則改『試』爲『弑』，通『予』爲『與』。問惲弑其兄堵敖自立而獲『忠』名。仲弘則直斥之『更非』，豈有竊其説而若是者耶？彼此對勘，其異同可以立見，安得以盜竊誣之哉。

仲弘《紀由》又云：『雖伯父多所創發，未獲親承，然去其世若此未遠也。家學淵源，循補其闕，伯父之《天問》固在』。仲弘雖『未獲』親睹瑗之《天問集解》，而去其亡佚不遠，猶有餘義存焉，況『家學淵源』，彼此一脈承傳，故《注補》於《集解》偶有相承之處，然意旨終焉別異矣。如：瑗集用朱子《天問序》，而序『何不言問天』，朱子删之。瑗云：『少陵詩曰：「一擬問高天，自斷此生休。」問天。』意謂古有『問天』之語。仲弘改用逸序，云：『是雖後人所識，不妨删除，然於初旨，終爲缺略。』是謂不當删也。

又，『遂古之初，誰傳道之？』瑗眉批：『曰，屈子發問之詞。遂、邃通，深遠也。二句泛舉而統言之也。下二句言天地遂古之初，《老子》所謂「天地之始」「象帝之先」也。』仲弘注：『曰，屈子發問之詞。遂，深邃也，又往也。初，始也。遂古之初，老氏所謂「天地之始」「象帝之先」也。誰，上古之人也。彼此授受曰傳。言語論述曰道。二句泛言天地萬物。又曰：一説屈子之學洞見本原，道之大原出於天，故問天而首言傳道。傳道即傳古今之道，羲、黄以來相傳者是也。若云羲、黄以前，此道誰傳也？』案：仲弘雖訓『遂』字之義及亦引《老子》『天地之始』『象帝之先』以釋『遂古之初』，蓋參考、援引瑗之《天問注》，然瑗未釋『傳道』之義。瑗以爲二句問『天地遂古之初』，而仲弘以爲『泛言天地萬物』，注意不同。又，援引『一説』，爲問『羲、黄以前』事，則亦與瑗注異矣。

又，『上下未形，何由考之？馮翼惟像，何以識之？』瑗眉批：『形而上者之謂天，形而下者之謂地。考，究也。像，形之清輕者，形則有質矣，像與形同，而但有清輕重之異。其理屈子非全不知，正怪誕者之傳，雜書謬妄之説，故設此問而闢之耳。屈子知其然而不知其所以然，宋儒徒能言其所以然，而實不知其所然也。若揚雄、洛下閎、僧一行、張衡之流俱能推步星曆，巧於制作，是知其所然者，而未知其所以然也。程朱析理氣性命之説，入於神妙，是知其所以然者，實未知其所然也。』仲弘注：『上下，謂天地。形，質也。由，因也。考，稽核也。二句專言天地。又曰：《易》曰：「形而上者之謂天，形而下者之謂地。」言道器未形，理與書皆未備，後人何由得考證乎？亦通。馮，讀作憑，馬行疾也。翼，羽翼也。馮翼，氣機氤氲浮動之貌，言如馬之馳、鳥之飛也。《易》曰：「象者，像也。」見乃謂之象，隱見有無之間惟像者，僅有其像也。上言未形，此言惟像，像清輕而形重濁，氣與質之别也。識，知之精也。此問幽明未分之時，二氣氤氲之際，欲極而誰則能之，欲識而何所從乎？言今人莫能稽古也。』案：瑗以爲屈子是明知故問，力闢雜書謬妄之説。仲弘以爲屈子是問所以『稽古』，極上下未開之形，識二氣氤氳之像也。雖二人同引『形而上者之謂天，形而下者之謂地』，而瑗以『形而上者』爲『清輕』之物，未有名也。而仲弘以『形而上者』爲『清輕』之氣名。瑗以『像與形同』，而仲弘以『像』爲清輕之氣，不同於『形』，『形』爲重濁之『質』。是見其訓詁、旨意固異矣。

又，『明明闇闇，惟時何爲？陰陽三合，何本何化？』瑗眉批：『謂一明而又暗，暗而又明，循環不已也。明明者，晝而陽也。暗暗者，夜而陰也。上二句直問晝而明明，夜而暗暗，一明一暗，遞代不已，果將何所營爲乎？下二句又推本上二句而言之耳。三、參古通用，謂陰陽二氣參錯會合，發生萬物，果何所本始而變化乎？《穀梁》之説，亦非是、朱子雖以理釋天字，然屈子衹言「陰陽三合」，而原無「天」字、「理」字在内。王以天地人釋之，亦非。都緣未深究本文之旨，而泥「三」字，强爲就數，而不深考「三」與「參」同，故輾轉牽就其説也。《招魂》曰「參目虎首」，參與三。《荀子・勸學篇》：「君子博學而日參省乎己。」』仲弘注：『三與參同，古字通用。謂陰陽二氣參錯會合也。本，猶根也。化者，變之成，本化，物之終始也。此問一明一闇，遞代不已，是必有爲之推遷主宰者，果何物之所爲乎？陰陽會合，萬彙生成，何者爲本，何者爲化乎？三合，舊本謂天地人三合成物，固爲無據。朱注又引《穀梁子》「獨陰不生，獨陽不生，獨天不生，三合而後生」。謂天與陰陽並立而爲三。天與陰陽對，固爲未妥，又以「天」字訓作「理」字，謂爲陰陽之本，而其循環不已者，爲之化焉。則陰陽二字亦當作「氣」字。理與氣止兩端，亦不得言三合。此皆泥「三」字之迹勉强以湊數耳。《招魂篇》「參目虎首」，《荀子・勸學篇》曰：「君子博學而日參省乎己。」《易》曰：「參伍以變。」《本義》云：「參，三數之也。」是其證。』案：二注大意雖同，彼此確有因襲之迹，即仲弘作注，嘗參考瑗説矣。然則亦有别。若瑗之斥朱注，止云『原無「天」字、「理」字在内』。而仲弘之斥朱注，『陰陽二字亦當作「氣」字。「理」與「氣」止兩端，亦不得言三合』。則以『氣』在『理』先，與其像爲氣之説亦相貫矣。

又，『九天之際，安放安屬？』瑗眉批朱注『或問乎邵子曰：天何依？曰：依乎地。地何附？曰附乎天？天地何所依附？曰自相依附。天依形，地附氣，其形也有涯，其氣也無涯』一段云：『邵子之説固是。不知天地自相依附之外，又何所倚附耶？宋儒徒以理，亦不能使人昭然也。非獨不能使人昭然，吾恐宋儒徒能言之於口，而又未能飛出乾坤之外。以親覽之，又安能豁然於心也。周、孔未嘗一言以及於此，亦以其不可論也。俗儒動輒以理斷之，而目謂昭然於心者，亦妄而已矣。』仲弘注：『黄帝書曰：「天在地外，水在天外，水浮天而載地者也。」隅，角也。隈，水涯也。此問九天邊際，直置何所？附麗何地？方隅水曲，其數衆多，誰則知之？此二條上二句俱以天言，下二句俱以地言。』案：瑗注之斥宋儒以『理』釋天文之妄，其不遺餘力。而仲弘未置一言，蓋不以宋儒之言爲非矣。

『中央共牧后何怒？蠭蛾微命力何固？』瑗注：『中央，猶中州也。牧，君也。蠭，民也。』仲弘注：『此二句當以君臣爲言，謂此中國之民，君作之牧，當加軫邺，何怒而殘虐之？且下民之命，如蠭蛾之微，生殺由我，其力何敢固執而與上抗？言當垂憐憫，即有故不較也。』案：仲弘雖承瑗説，而其詳略之異同，見其發揮之精當矣。

洵如上述，仲弘之注，字義訓詁雖偶與瑗注同，而詳略、意旨，多見差異。是《注補》之非瑗原稿《天問集解》者明矣。《注補》或者以疏舊注剩義。如，『夜光何德，死則又育？』瑗無注，仲弘注：『皇甫謐《年曆》曰：「月，群陰之宗光，内日影以宵曜，名曰夜光。」何德，光明之德也。《釋名》曰：「晦，灰也。火死爲灰，月光盡也。朔，蘇也。月死復生也。」晦而月見西方謂之朓，朔而月見東方謂之朒，亦謂之側匿。《易鑿乾度》曰：「月三日成魄，八日成光，蟾蜍體就，穴鼻始明。」穴，缺也，謂兔也。厥利，濟物之利也。菟作兔。《五經通義》曰：「月中有兔與蟾蜍者何？兔，陰也。蟾蜍，陽也。

而與兔並明，陰係陽也。」顧，却望也。腹，月之腹也。此問月有何德，死而復育，月有何利，而顧望之兔常居其腹乎？顧望，若貪見其利也。」案：逸以『夜光』爲『月』名，然未明其所以然，故仲弘引皇甫謐《年曆》以疏其剩義。又據《釋名》釋月之死，即月晦也；月之生，即月朔也。又據《五經通義》釋『顧兔』之義，皆所以疏舊注剩義矣。

又，『閔妃匹合，厥身是繼。胡爲嗜欲不同味，而快鼂飽？』王逸注：『言禹治水道娶者，憂無繼嗣耳，何特與衆人同嗜欲，苟欲飽快一朝之情乎？故以辛酉日娶，甲子曰去而有啓也。』仲弘注：『言使禹娶而爲嗜欲，則當相戀而圖久聚，如飢者之求飽矣，胡爲四日而别而快於鼂飽者乎？食色，性也，取譬親切。』案：舊注以『飽快一朝之情』釋『鼂飽』，意旨含胡。而仲弘蓋以『飽』非『飽食』，乃指情色之滿足也。古者謂色欲滿足爲食飽，謂色欲不足爲食飢。食猶色也。《詩·汝墳》『惄如調飢』，《毛傳》：『調，朝也。』《鄭箋》：『未見君子之時，如朝飢之思食。』《衡門》『可以樂飢』，《毛傳》：『樂飢，可以樂道忘飢。』《鄭箋》：『飢者，不足於食也。泌水之流洋洋然，飢者見之，可飲以療飢，以喻人君慤願，任用賢臣，則政教成，亦猶是也。』此義已發於聞氏一多，然仲弘固已先發之矣。

又，『帝降夷羿，革孽夏民。』王逸注：『帝，天帝也。言羿弑夏家居天子之位，荒淫田獵，變更夏道，爲萬民憂患。』仲弘注：『篇中最重「帝」字，至此方露。帝降者，言萬事皆宰於帝，憑帝而畀也。』案：《天問》言『帝』者凡十二，義各不同。若『何獻蒸肉之膏，而后帝不若』『稷維元子，帝何篤之』『何親就上帝罰，殷之命以不救』『厥嚴不奉帝何求』者，是亦皆天帝也。又，『順欲成功，帝何刑焉』『彭鏗斟雉帝何饗』者，是皆帝堯也。又，『登立爲帝，孰道尚之』者，是人文始祖也。又，『緣鵠飾玉，后帝是饗』『帝乃降觀，下逢伊摯』者，是殷湯也。又，『不勝心伐帝，夫誰使挑之』者，是后桀也。又，『既驚帝切激，何逢長之』者，是殷紂也。仲弘『至此方露』，謂『天帝』之義，始見於『帝降夷羿』也。

《注補》或者别引新證，以補舊注之闕失，蓋所以增廣異聞焉。如，『九州安錯？川谷何洿？』王逸注：『言九州錯廁，禹何所分别之？川谷於地，何以獨洿深乎？』仲弘注：『顔峻《始學篇》曰：「人皇氏兄弟九頭，依山川土地之勢，裁度爲九州，各居其一方，即古中國之九州：荆、梁、豫、徐、揚、青、兗、冀也。此問九州土宇何所錯置？川谷亦地，何獨洿深？」』案：舊注以錯九州者爲禹，而仲弘以爲『人皇氏』，雖未必是。然兩存之，蓋所以廣異聞矣。

又，『厥萌在初，何所億焉？璜臺十成，誰所極焉？』王逸注：『言賢者預見施行萌芽之端，而知其存亡善惡所終，非虚億也。璜，石次玉者也。言紂作象箸而箕子歎，預知象箸必有玉杯，玉杯必盛熊蹯豹胎，如此必崇廣宫室，紂果作玉臺十重，糟丘酒池，以至於亡也。』仲弘注：『屈子此篇之問，欲人下克私萌，上聽天命。萌念有善敗，而天之罰祐因之。愚者臨境而不覺，智者見始而知終。意者，心之發念之初萌處也。何所意者，言意當於至善之地，不可落方所也。此屈子「慎獨」之學，見道之言。舊注以意爲億，則屢中之億。非是。初，紂伐有蘇氏，蘇以妲己女之，有寵。因厚賦税以實鹿臺之財，盈鉅橋之粟，酒池肉林，爲長夜之飲；作玉臺十重，以快遊觀，又爲炮烙之刑，膏銅柱，下加之炭，令罪者行之，輒墮炭中，以博妲己之笑。惟其萌意之不善，以至此極也。誰，何也。非伊誰使之極也。』案：仲弘以『億』爲『意』，非謂『億度』，指初發之念，而以君子『慎獨』之義解之。若不善於『慎獨』以約束之，則衆惡必至，故進以紂博妲己之笑而爲長夜之飲、玉臺十重之遊、炮烙之刑諸惡，以至無所不極矣。

又，『簡狄在臺嚳何宜』，王逸注於『宜』字無解。案：仲弘注：『宜，即「宜其家人」之宜。』其説是也。又，『天命反側，何罰何佑？齊桓九會，卒然身殺。』王逸之注未明何以舉齊桓之事，以答『天命反側』之問。案：仲弘注：『伏羲爲五帝之首，夏禹爲三王之首，齊桓爲五伯之首。當時崇尚伯功，故「天命反側」之下，首即舉以爲言。』是補舊注未備，是得之旨矣。

《注補》於文字訓詁、闡發意旨，不步人云亦云之迹，且審於詞氣，有所創獲。如，『圜則九重，孰營度之？惟茲何功，孰初作之？』注云：『則，規則，即治曆明時之法也。茲，指「圜則」而言。何功，何等之功，言大也。此「何」字與篇内諸「何」字異，諸「何」字皆詰詞，此矜詞也。此問天圜而九重，誰經營而量度，爲是推步之法，以明四時之功而成歲功？即此之功，何其廣大，孰能開天以制作之乎？又曰：《易》曰：「乾爲天爲圜。」又曰：「乾元用九，乃見天則。」是天之爲圜，圜之爲九，九之有則也。《易》詳之矣。又曰：「庖羲氏觀象於天，觀法於地，始作八卦。」是「圜則」自《乾》發之，而《乾》又自庖羲畫之。是皆營度初作之證也。説天莫辨於《易》，信矣。』案：以『圜則』爲天運治時之法則，又以《易》之『乾元』爲證，蓋古今一人耳。當屈子之世，《易經》已大行於楚，包山楚墓竹簡祭祀卜筮已見《易》卦，上海博物館藏楚竹書則有《周易》殘本。故釋《天問》之天文，宜引《易》旨，與之相發也。又，釋『何』爲『何等』，爲形容詞，贊語也，而非問詞。則亦較舊注通允矣。又，『孰期去斯，得兩男子？』王逸注：『期，會也。昔古公有少子曰王季，而生聖子文王，古公欲立王季，令天命至文王長子。泰伯及弟仲雍去而之吴，吴立以爲君。誰與期會而得兩男子？兩男子者，謂太伯、仲雍二人也。』案：舊注以『期』爲『期會』，若先有預謀者。非是。仲弘注：『孰期，猶云不意也。去斯，去古公所封之國也。男子，丈夫之稱。泰伯、仲雍至吴，吴人立以爲君，創業垂統，上以繼父祖傳位之志，下不失撫有宗社之國，是豈尋常之人所能及？在吴可謂得兩男子矣。』其説是也。孰期，謂不意，猶在意中之外也。泰伯、仲雍走之吴，是無可奈何之舉，而於意外之中，因咎而得福，成爲吴之君矣。

《注補》雖承《集解》緒統，刻意求新，而不免繳繞之説，而去本旨益遠矣。如，『阻窮西征，巖何越焉？』仲弘注：

『此又言鮌事。阻，險也。窮，困也。羽山在東裔，言「西征」，西爲陰方，言其向死地不能復陽也。』案：洪氏《注補》：『羽山，東裔。此云「西征」者，自西徂東也。上文言「永遏在羽山，夫何三年不施」，則鮌非死於道路，此但言何以越巖險而至羽山耳。』洪説是也。鉏、窮，皆地名。《左傳》襄公四年：『昔有夏之方衰也，后羿自鉏遷於窮石。』乃自東而西，故曰『西征』也。是問后羿由鉏遷窮石，又西上崑崙，其險巖何以越度之乎。固非言鮌事。杜注：『鉏，羿本國國名。』《史記·夏本紀·正義》：『《帝王紀》云：「至嚳，賜以彤弓素矢，封之于鉏，爲帝司射，歷虞、夏。」《括地志》云：「故鉏城在滑州韋城縣東十里。」』

又，『何獸能言』，注云：『《禮記》曰：「鸚鵡能言，不離飛鳥；猩猩能言，不離禽獸。」言猩猩則兼禽獸，則此問獸而禽亦在其中矣。』案：禽獸，猶獸也。禽，非飛鳥名。孔氏疏云：『今案：禽獸之名，《經》《記》不同。《爾雅》云：「二足而羽謂之禽，四足而毛謂之獸。」今鸚鵡是羽曰禽，猩猩四足而毛，正可是獸。今並云「禽獸」者，凡語有通、別。別而言之，羽則曰禽，毛則曰獸。通而爲説，鳥不可曰獸，獸亦可曰禽，故鸚鵡不曰獸，而猩猩通曰禽也。故《易》云：「王用三驅，失前禽。」則驅走者亦曰禽也。又，《周禮·司馬職》云：「大獸公之，小禽私之。」以此而言，則禽未必皆鳥也。又，康成注《周禮》云：「凡鳥獸未孕曰禽。」《周禮》又云：「以禽作六摯，卿羔，大夫鴈。」《白虎通》云：「禽者，鳥獸之總名。」以此諸經證禽名通獸者。以其小獸可擒，故得通名禽也。』仲弘但知以『禽』爲『飛禽』，以『獸』爲『走獸』，於『禽』字古義，則未精審。

又，『何由并投，而鮌疾修盈？』仲弘注：『并，當作「迸諸四夷」之迸。言民之得耕種者，咸於鮌之迸投四裔也。何因而迸投之？以鮌惡長久而滿盈，與衆違之也。』案：繳繞之説。洪氏《注補》：『并，並也。言禹平水土，民得並種五穀矣，何由鮌惡長滿天下乎？所謂蓋前人之愆。』其説大意得之。然洪氏『民得並種五穀』云云，亦非其旨。投，爲『役』字之訛。孟郊《立德新居詩》『虚食日相投』，注：『投，一作役。』役，勞也。謂鮌、禹父子並作役勞，何鮌之惡特盈長也。

是集爲汪文英刻於萬曆間，卷之首行署『新安汪仲弘崎人甫注補』，次行署『秣陵焦竑弱侯甫裁定』，次行署『門姪汪猶龍季玄甫參校』。國家圖書館有藏本。（黄靈庚）

# 屈宋古音義

《屈宋古音義》者，明陳第之所作也。第字季立，號一齋，别號子野子、五嶽山人、乾坤寄客、温麻山農、温麻山中農夫，閩東連江人。年十九，補弟子員。萬曆時諸生。都督俞大猷召致幕下，授以兵法喜談兵，起家兵營。萬曆初，出守古北口，歷薊鎮遊擊將軍。在薊鎮歷十年，邊務整飭，有治能。又與譚綸、戚繼光之倫交，平倭屢建奇功。譚死戚罷，遂絶意仕進，退歸鄉里，所居世善堂，藏書極富。第博學好思，善詩，精通五經，尤長於《詩》《易》。著述頗豐，别有《易用》《毛詩古音考》《伏羲先天圖贊》《尚書疏衍》《寄心集》《世善堂藏書目録》《一齋詩集》《兩粤遊草》《五嶽遊章》等。事載明何喬遠《崇禎閩書》卷一百二十四《弁轄志》。

陳氏開啓明清古音學之研究，以《毛詩古音考》始。自六朝以來，讀《詩》三百篇，凡入韻之字不甚和諧者，乃求讀之以合韻，即所謂『叶韻』也。然改讀之法因人、因書而異，以致一字數叶，茫然莫知所從。宋吴才老作《韻補》、明楊用修作《古音叢目》，雖知『叶音』之不可從，猶依違可否之間。陳氏以『《左》《國》《易》《象》《離騷》《楚辭》、秦碑、漢賦以至上古歌謡、箴、銘、贊、誦，往往韻與《詩》合，寔古音之證也』。乃排比韻例以取證之法求其古音古讀，以破『叶韻』之謬。其所取書證有本證、旁證，『本證者，《詩》自相證也，旁證者，采之他書也。二者俱無，則宛轉以審其音，參錯以諧其韻』。本證以探古音之源，旁證以明古音之委。是故每檢一字，其於古世與何字相協，即一目瞭然。《毛詩古音考》

於萬曆三十四年丙午既成，至四十二年甲寅，又『獨慨夫注屈宋者率不論其音，故聲韻不諧。間有論音者又率以叶韻概之』，而『一一以古音讀之，聲韻頗諧，故復集此一編』，成《屈宋古音義》。凡三卷，卷首有焦竑序、第自序、《凡例四則》及《屈宋古音義目録》，末有第自跋。四庫館臣云，陳氏『以《楚詞》去《風》人未遠，亦古音之遺，乃取屈原所著《離騷》等二十五篇，除去《天問》一篇，得二十四篇；又取宋玉《九辯》九篇、《招魂》一篇，益以《文選》所載《高唐賦》《神女賦》《風賦》《登徒子好色賦》四篇，共三十八篇。其中韻與今殊者二百三十四字，各推其本音，與《毛詩古音考》互相發明。惟每字列本證，其旁證則間附字下，不另爲條，體例稍異，前書已明故也。書本一卷。其後二卷，則舉三十八篇各爲箋注，而音仍分見諸句下。蓋以參考古音，因及訓詁，遂附録其後，兼以「音義」爲名』云。其於考訂古韻可謂用力也。

《毛詩古音考》《屈宋古音義》爲陳氏研討古音學之『雙璧』，於中國古音學史具有舉足輕重之地位，亦研探《楚辭》古音韻者必讀之作。陳氏於古音學之貢獻，一在理論上之開拓，主張古今音韻有變化，《詩》《楚辭》自本協韻之字，於今則不協者，是今音異乎古音也，而臨文改音於葉，則斷不可信。乃謂『蓋時有古今，地有南北，字有更革，音有轉移，亦勢所必至。故以今之音讀古之作，

屈宋古音義卷一

閩中陳　第季立著

金陵焦　竑弱侯閱

綏安徐時作筠亭重訂

降音洪詳見毛詩古音攷

離騷 帝高陽之苗裔兮朕皇考曰伯庸攝提貞于孟陬兮惟庚寅吾以降 九歌雲中君 靈皇皇兮既降猋遠舉兮雲中覽冀州兮有餘橫四海兮焉窮 宋玉風賦 故其清涼雄風則飄舉升降乘淩高城入于深宮

能佩能音泥佩音皮俱見毛詩古音攷

屈宋古音義　卷之一

不免乖剌而不入，於是悉委之叶』。又云：『夫古今聲音必有異也，故以今音讀今，以古音讀古，句讀不齟于脣吻，精義自釋于天衷，確乎不可易之道也。自唐以來，皆以今音讀古之辭賦，一有不諧，則一曰「叶」；百有不諧，則百曰「叶」。借一叶之字而盡該千百字之變，豈不至易而至簡？然而古音亡矣。古音既亡，則昔人依永諧聲之義泯泯于後世，不可謂非闕事也。』此論爲後人探究古音學廓清迷霧，其功至偉矣。二是以繫聯之法，逐篇逐文考訂《詩》《楚辭》等周秦韻文中協韻字，以實際解決先秦古音。如，『降』字條，引《離騷》『帝高陽之苗裔兮，朕皇考曰伯庸。攝提貞于孟陬兮，惟庚寅吾以降』。庸、降叶韻。引《雲中君》『靈皇皇兮既降，猋遠舉兮雲中。覽冀州兮有餘，横四海兮焉窮』。降、中、窮叶韻。引宋玉《風賦》『故其清凉雄風，則飄舉升降，乘凌高城，入于深宫』。風、降、宫叶韻。可推知降與庸、中、窮、風、宫皆在一部，故其注『音洪』，非讀今音『强』者也。清代若顧亭林、江慎修、戴東原、段懋堂等輩即以此法考訂，歸綜古韻部，終至古韻大明，第之二書，則導夫先路也。

陳第考定古音之法，蓋有七端：一據《説文》以定古音。如，『隘』字條，《離騷》與績字韻，第云：『音益。籀文从阜、益聲。』案：見《説文》。又，『殆』字條，《惜誦》與恃字韻，第云：『音以。《説文》台聲。』案：台，以聲。故殆字亦以聲也。又，『滯』字條，《涉江》與汰字韻，第云：『音帶。《説文》从水、帶聲。』又，『蹠』字條，《哀郢》與客字韻，第云：『音鵲。《説文》从足、庶聲。庶，古讀鵲。』又，『江』字條，《哀郢》與東字韻，第云：『音工。《説文》以工得聲。』又，『鎮』字條，《抽思》與人字韻，第云：『音真。《説文》从金、真聲。』又，『改』字條，《懷沙》與鄙字韻，第云：『音己。《説文》己聲。』又，『恙』字條，《九辯》與臧字韻，第云：『音央。《説文》从心、羊聲。』

二據字書聲訓以定古音。如，『索』字條，《離騷》與妬字韻，第云：『音素。《釋名》：「索，素也。」（《書序》）

「八卦之説謂之八索」，徐邈音素。」又，『帶』字條，《少司命》與際字韻，第云：『音蒂。《史記·平準書》「禄帶」，劉伯莊音蔕。《釋名》：「帶，蔕也。著於衣如物之繫蔕也。」』

三因古書異文以定古音。如，『莽』字條，《離騷》與與字韻，《懷沙》與土字韻，第云：『音姥。古「馬」亦音姥。二字義異而音同。漢有「馬何羅」者，明德皇后惡其先有叛，以「莽」易「馬」，改字不改音也。』案：馬何羅、莽何羅，一名異文也。又，『陳』字條，《招魂》與先字韻，第云：『音田。古陳田通音，故陳敬仲奔齊，後改爲田。』案：田、陳之爲姓氏實一也。

四據前修之説以定古音。如，『舍』字條，《離騷》與故字韻，第云：『音暑。魏了翁云：「六經凡下皆音虎，舍皆音暑。」』又，『池』字條，《河伯》與河、波、阿字韻，第云：『音沱。徐鉉曰：「池沼之池，古通作沱。今作池，非是。」』

五據古注通假以定古音。如，『壇』字條，《涉江》與遠字韻，第云：『音廛。《周禮·廛人》注：「故書廛爲壇，杜子春讀壇爲廛。」以壇、廛爲通者也。』又，『抑』字條，《懷沙》與替字韻，第云：『音懿。《詩》「抑抑威儀」，抑，讀如《易》「懿文德」之懿，《國語》引《詩》作「懿戒」可證也。』

六據漢人古注以定古音。如，『屬』字條，《離騷》與具字韻，第云：『音注。《考工記》：「犀甲七屬，兕甲六屬，合甲五屬。」鄭玄云：「屬，讀如灌注之注。」』又，『華』字條，《大司命》與居、疏字韻，第云：『音敷。《周禮·形方氏》：「正其封疆，有華離之地。」鄭玄云：「華，讀謂胍哨之胍。」』又，『絡』字條，《招魂》與呼字韻，第云：『音路。《淮南子·覽冥篇》「黄雲絡絡」，高誘讀作「道路」之路。』

七據一字多構以定古音。如，『巷』字條，《離騷》與縱字韻，第云：『音諷。字一作衖，又作閧。揚子「一閧之市」，

《詩・丰》「子之丰兮，俟我乎巷兮，悔予不送兮」。』案：巷、衖、閧，一字異體。又，『差』字條，《離騷》與頗字韻，第云：『音磋。今之蹉跎，古作差沱。』案：蹉跎以訓詁爲之，差沱但記其音，同一連語之異體文也。陳氏注古音，以重唇讀輕唇，如，『服』字條，《離騷》與則字韻，第云：『音逼。《詩》及《易》、秦漢古辭，無有不讀「逼」者。故《儀禮》載冠辭曰：「吉月令日，始加元服。棄爾幼志，順爾成德。」德讀的，與服韻。此其當世之音，毫無所假借者。唐賈公彦疏《儀禮》曰：「服，叶蒲北反。」失之矣。豈古人命冠數語，不能以正韻，而必待于叶耶？以此見唐人之不知古音也。』案：服，奉紐，輕唇。逼，帮紐，重唇。第以重唇易輕唇，未言『古無輕唇音』者，而清人『古無輕唇音』之説，由此啓發也。又，『否』字條，《惜往日》與欺字韻，第云：『音胚。』案：否，非紐，輕唇。胚，滂紐，重唇。亦以重唇易輕唇也。

陳第此書非惟考定屈宋古音，當稱古今第一人。於《楚辭》定本，亦别具一格，自有心解。稱屈賦『二十五篇』，即『《離騷》一篇、《九歌》十一篇、《九章》九篇、《遠遊》一篇、《卜居》一篇、《漁父》一篇、《天問》一篇，共二十五篇』。而其書不録《天問》，存屈賦二十四篇。『宋玉所著《九辯》《招魂》舊附於屈原爲《楚辭》，然《高唐》《神女》《風賦》《登徒子好色賦》皆宋玉作也。今彙而合之，共十一篇，總之爲三十八篇，題之以「屈宋」之名』云。蓋以爲既集《楚辭》，則宋玉所著，不當止録《九辯》《招魂》二篇，《高唐》《神女》諸作，亦宜采録在内。而朱子之《續楚辭》，亦不預其列。故以《高唐》《神女》諸作入選《楚辭》，蓋陳第爲古今之第一人耳。

後二卷於屈宋之作三十八篇，逐篇作注。其藍本多與《文選》本同，僅《離騷》爲例，餘可類。如，『于初度』，《補注》本无『于』字，《文選》《集注》本有『于』字。又，『吾導夫』，《補注》《集注》本『導』作『道』，《文選》本作『導』。又，『乘騏驥』，《集注》本『乘』作『椉』，《文選》《補注》本作『乘』。又，『昌披』，《補注》本作『猖被』，《集注》本作『昌披』，《文選》本作『昌披』。又，『荃不察』，《集注》本『察』作『揆』，《文選》《補注》本作『察』。又，『哀人生』，《補注》《集注》本『人』作『民』，《文選》本作『人』。又，『家巷』，《集注》本『巷』作『衖』，《文選》《補注》本作『巷』。『舉賢』，《集注》本『賢』下有『才』字，《文選》本無『才』字。又，『後悔遯』，《補注》《集注》本『遯』作『遁』，《文選》本作『遯』。又，『既遼』，《補注》《集注》本『既』下有『以』字，《文選》本無『以』字。又，『鶤鴂』，《補注》《集注》本作『鶗鴂』，《文選》本作『鶤鴂』。又，『婉婉』，《集注》本『婉』作『蜿』，《文選》《補注》本作『婉』。然或見同《集注》本。如，『夕攬洲』，《集注》本『攬』作『擥』，《文選》《補注》本作『攬』。又，或見同《補注》《集注》本。如，『民生各』『民好惡』，《文選》本『民』作『人』，《補注》《集注》本作『民』。蓋陳氏據他本校改也。陳氏又稱『從前注《楚辭》者，或以一、二句，三、四句斷章，雖解其義，而其韻混淆未易曉也。如《離騷》屢次轉韻，其韻多有至八句、十二句爲一韻者，《招魂》亦屢次轉韻，韻之多有至十六句、二十句爲一韻者。今余一以韻爲斷。若《惜往日》《悲回風》有以二十句、二十二句、二十四句爲一韻者，其韻既長，不得不分而注之，然亦書於其下。其他二句、三句韻者亦明書之。故一開卷，若指諸掌』云云。觀第作此書既以考訂古韻，是故分章亦斷之以韻，每韻爲一章，而不計句之多寡。辨古韻未涉及古韻之分部，而據其所列韻例，雖未分而似分者也。如，《離騷》：『吾令羲和弭節兮，望崦嵫而勿迫。路漫漫其修遠兮，吾將上下而求索。前望舒使先驅兮，後飛廉使奔屬。鸞皇爲余先戒兮，雷師告余以未具。吾令鳳鳥飛騰兮，繼之以日夜。飄風屯其相離兮，帥雲霓而來御。』案：若以《廣韻》言之，迫、索並入陌韻；屬，入燭韻；具，入遇韻；夜，入禡韻；御，入御韻。唐時用韻，平聲魚虞模多合用不分，則去聲御遇暮亦宜同用不分。然陳氏離析爲三韻，以迫與索、屬與具、夜與御各爲一韻。則驗以之古韻部，若合符節然。其魚、侯二部之分用，已在顧炎武、江永、戴震諸老之前也。又，《九歌・湘君》：『望夫君兮未來，吹參差兮誰思？』《山鬼》：『被石蘭兮帶杜衡，折芳馨兮遺所思；余處幽篁兮終不見天，路險難兮獨後來。』陳氏以二例分別以『來』與『思』爲韻。案：《廣韻》，來，入咍韻；思，入之韻。而驗之以古韻部，則之、咍於古確爲同部也。段懋堂《六書音均表》即以『之咍』爲一部。又，《惜誦》：『欲儃佪以干傺兮，恐重患而離尤。欲高飛而遠集兮，君罔謂汝何之。』《惜往日》：『信讒諛之溷濁兮，晠氣志而過之；何貞臣之無罪兮，被讟謗而見尤。』陳氏以二例『之』與『尤』爲韻。案：《廣韻》，尤，入尤韻。而驗之以古韻部，《廣韻》『尤韻』中尤、牛、謀、郵、掊等字，古韻皆入之部也。若以陳氏所斷韻例，驗之以古韻部，符合者蓋十之八、九。且以繫聯之法彙合之，蓋與清人所立古韻分部，蓋亦大致相合也。

陳氏於屈子二十五篇，尤重《離騷》一篇，且因《騷》以論其人其事。嘗云：『愚讀《離騷》，愛其才情濬發，託興高遠，誠辭賦之宗也。至云「紛吾既有此內美兮，又重之以修能」。則歎曰：是其謗之招乎！至「不量鑿以正枘兮，固前修以菹醢」。則又歎曰：夫其自知之矣。蓋其嫉謠諑，怨靈修，回望故都，深綣綣焉。直令惻然傷心。然披抉小人之情，剖析治亂之幾，終不若變雅之爽朗也。且其飲馬咸池，總轡乎扶桑，前望舒，後飛廉，令豐隆，求宓妃諸語，後人修辭率慕而效之。乃《雅》則指牛女而惜其不可「服箱」「報章」也，覩斗箕而傷其不可「簸揚」也。悲而無聊，典而含痛，有不廢書流涕乎？此所以經千載而如新歷、百誦而不盡也。』其推重如此，抑亦有所寄寓耶？

陳氏於屈宋諸賦字義訓詁，自稱『因舊注刪潤之，間亦附以鄙意』云。較之舊注，簡約明瞭，極便初學，且時出精義。如，《離騷》：『紛吾既有此內美兮，又重之以修能。』注云：『紛，盛貌。修，遠也。言己之生，內含秀美，又重有致遠之能。』又，『曰鮌婞直以忘身兮，終然夭乎羽之野。』注云：『曰，女嬃詞。婞，狠也。言鮌不順堯命，乃殛之於羽山。比屈原於鯀，亦將遇害。』又，《湘君》：『石瀨兮淺淺，飛龍兮翩翩；交不忠兮怨長，期不信兮告余以不閒。』注云：『淺淺，流貌。翩翩，飛貌。若曰石瀨則淺淺矣，飛龍則翩翩矣，皆往而不反之意。故交不以忠則其怨必長，期不以信則必告我以不暇。即所謂「心不同而媒勞」者也。』又，《國殤》：『霾兩輪兮縶四馬，援玉枹兮擊鳴鼓。天時懟兮威靈怒，嚴殺盡兮棄原野。』注云：『霾輪絆馬，示必死之意。天命雖墜，威靈奮發，誓言壯士盡死，骸骨棄於原野，而不土葬也。』又，《悲回風》：『入景響之無應兮，聞省想而不可得。』注曰：『景，古影字。山高路遠，故影響俱無，而聽事寂滅。』案：以上所舉，但其一端，雖已見於王逸《章句》、朱子《集注》，似無甚發明，而經第之删節、整合，取其精要，汰其雜蕪，若一出於己者，不新而猶新者矣。又，第非惟因舊注而删節，偶見其所發明奥義。《離騷》：『名余曰正則兮，字余曰靈均。』注云：『名「正則」、字「靈均」，皆少時之名，如司馬相如少名「犬子」及「封胡」「羯末」之類，見其父篤愛之意，何必强以「原」「平」當之乎？劉向《九歎・靈懷篇》：「兆出名曰正則兮，卦發字曰靈均。余既有此鴻節兮，長愈固而彌純。」注云：「生有兆形，伯庸名我爲正則以法天，筮而卜之，卦得坤，字我曰靈均以法地。幼少有大節度以應天也，長大修行而彌純固。」其意得之矣。』案：少時之名之説，雖未遑定論，未失爲一家言矣。又，『委厥美以從俗兮，苟得列乎衆芳。……惟兹佩之可貴兮，委厥美而歷兹』。注云：『上「委厥美」，乃自委；此「委厥美」，人委之。』案：其説是也。而王逸注以上『委厥美』爲子蘭棄其美，下『委厥美』爲君棄其美；朱子注亦含糊不明。

第於每篇之末皆爲『題解』，歸綜篇旨，探究藴奥，疏理關節，多得其當，且不乏真知灼見。謂讀《離騷》者不可『忽略其大體』，抉其『託興寓言之指歸』，在於『存君興國而欲反覆之，一篇之中三致意焉。此真得《離騷》之意于文章蹊逕之外，而不徒以文詞視之也』。而探其意必疏其脈絡關節，乃分《離騷》七節，『自「帝高陽之苗裔」至「余不忍爲此態也」

爲第一節，言己不得於君也。自「鷙鳥之不群」至「豈余心之可懲」爲第二節，言己之不遇而不改其素也。自「女嬃之嬋媛」至「霑余襟之浪浪」爲第三節，蓋託敷詞于重華，言己于善敗之迹，嘗三復於王所也。自「跪敷衽以陳詞」至「哀高丘之無女」爲第四節，言欲輕舉遠去，忽哀故國之無人也。自「溘吾遊此春宮」至「焉能忍而與此終古」爲第五節，言黨人衆多，賢人不可見，難與之久處也。自「索藑茅以筳篿」至「吾將遠逝以自疏」爲第六節，言卜筮皆勉其遠遁，將從之以遠適四方也。自「邅吾道夫崑崙兮」至「蜷局顧而不行」爲第七節，言逍遥娛樂，庶幾藉以自遣，然眷顧楚國，終不能忘而自離也。「亂」則總結前意，謂義無可往，惟以死自誓而已矣』。夫如是，《離騷》一篇大旨已無餘蘊，盡得其提綱攜領之妙。

稱《九歌》之作，《九歌》非純爲祭神之歌，『以事神之言寓忠君之意。……大都原之忠愛，無刻而忘，故借題託興，以發其眷勤懇惻之懷』云。而其所記者，『純乎虛者也，如仙人神女浮遊于青雲彩霞之上，若可見，若不可見；若可知，若不可知；而其深致又未嘗不可見不可知者也。蓋虛以寓實，實不離虛，其詞藻之妙，操觚摛采者既擬而莫之及，而理道之精，通經學古者將探索而未之到』。闡發大義與藝術鑒賞並舉，是可謂善讀書者。

稱《九章》之作，『未始有出於《離騷》之外也。《離騷》括其全，《九章》條其理，譬之根幹枝葉，總之皆樹；源委波瀾，總之皆水。未始有異也。且其慕古哀時，思善疾惡，怨靈修之不彰，悲黨人之壅濁，厲素履之芳潔，將超遠而不安，願儼合於湯禹，終徇迹於彭咸，每篇之中，不離此意。蓋其意膠葛而纏綿，故其詞重複而閒作，要以舒其中心之鬱懣，未嘗琱琢以冀有傳後世也』。案：蓋據宋人以《離騷》稱經，他者稱傳而申張之也。

稱《遠遊》之作承《離騷》後半篇『遠遊之意。原猶以爲未盡也，乃作此篇，以布寫其無聊不得已之懷』。案：其説與黄文煥若合符節，蓋智者不約而同矣。

稱《卜居》承《離騷》占氛、問咸之意。『原猶以爲未盡也，故八設條目以行之必不能勝，事之必致相反者。決去就，定從違，且以見己之廉貞，不以見棄而悔改也。』

稱《漁父》之作，『原設爲問答之辭以見己之不能和光同塵也』。稱宋玉《九辯》之作，『其託興遠，其言紆徐而婉曲，稍露其本質，即輒爲蓋藏。以此傷其抑鬱憤怨之深，亦以知楚王之終不悟，而黨人接迹于世，故恐有不密階禍，而波及于罪也』。而辨《釋文目録》，《九辯》次《離騷》之後者，古本『不依作者之先後』，以駁《九辯》亦屈子所作之謬。案：所駁甚是。《釋文》舊本，《九辯》次《離騷》者，以《騷》有『啓《九辯》與《九歌》』及《天問》亦有『啓棘賓商，《九辯》《九歌》』之内證也。

稱玉之作《招魂》在『屈原既死之後』，『悲其師之不用，痛其國之將亡，而託之招魂。意謂外有怪誕，内有荒淫。怪誕暗指張儀輩之變詐吞噬，荒淫則楚之所以亂也。舊注皆未之及。愚故揭而章之，以見玉之用心婉而實深。先自處無罪之地，而後微談以冀人之曉也』。案：以《招魂》爲屈子已死之魂，且取篇内『去君之恒幹』『像設君室』之語，蓋可以定讞矣。至説『寄託』之旨，確乎發前修所未發矣。

觀陳第之失誤在於擬注『直音』。蓋其扞格於四聲不協而率意改讀，不知古之四聲不同於今，『勞脣吻而費簡册』也。如，『能、佩』條，注『佩音皮』。案：佩，古入之部；皮，古入歌部。二字古不同音。又，『畝』條，注『畝音米』。案：畝，古入之部；米，古入脂部。二字古不同音。又，『穢』條注『穢音意』。案：穢，古入月部，歌部之入；意，古入職部，之部之入。二字古不同音。又，『蕊』條注『蕊音里』。案：蕊，古入歌部、禪紐；里古入之部、來紐。二字聲韻俱殊。又，『時』條注『時音是』。案：時，古入之部；是，古入支部。二字古不同音。又，『虧』條注『虧音欺』。案：虧，古入歌部；欺，古入之部。二字不同音。又，『懲』條注『懲音長』。案：懲，古入蒸部；長，古入陽部。二字不同音。又，『夜』條注『夜音裕』。案：夜，古入鐸部，魚部之入；裕，古入屋部，侯部之入。二字不同音。他者如『媒音迷』『幃音詒』『化音嬉』『邦音崩』『蓋音記』『爲音怡』『雄音盈』『釋音爍』『遠音煙』『得音的』『聞音煙』『北音必』『歌音箕』『毀音喜』『哀音噫』『石音削』『歲音試』『進音箭』『默音穆』『代音地』『再音至』『匹音傳』『草音楚』『會音係』『礚音記』『口音苦』『灰音虛』等，皆非古音。陳氏擅長考古，而不善審辨字音。乃未明古韻之分野，而憑己私臆，則謬同其所駁斥之『叶音説』焉。又，第既以《天問》一篇在二十五篇内而無端删之，甚不可解也。

是書始刻於明萬曆四十二年甲寅，至清世古音學大備，屢見鋟板，有清乾隆三十一年丙戌徐時作重刊本，嘉慶十年乙丑虞山張氏刊《學津討源》本，道光二十八年戊申刊《明儒陳一齋先生全集》本，同治二年癸亥長沙余氏刊《明辨齋叢書》本，光緒六年庚辰張氏刊刻本，民國二十四年商務印書館據《學津討源》景印《叢書集成初編》本。此即《學津討源》本也。（黄靈庚）

# 楚辭聽直合論

《楚辭聽直》，明黃文焕之所作也。文焕，字維章，號坤五，永泰白雲人。明天啓五年乙丑進士。歷官番禺縣、海陽縣、山陽縣知縣、後召進京，任翰林院編修。黄道周因論楊嗣昌、陳新甲，牽連文焕，遂與道周同入獄。年餘獲釋，無心仕途，流寓於白下鍾山之麓，築草屋數楹，縱情山水間，著述自娱。學問淹博無涯，所著有《楚辭聽直》《四書嫏嬛》《易釋》《書繹》《詩經考》《詩經嫏嬛集注》《毛詩箋》《老子知常》《莊子句解》《秦漢文評》《漢詩審索》《韓詩審索》《昌谷集評注》《觚庵草》《談談草》《陶詩析義》《杜詩掣碧》《赭留集》《蜂史》等，而赫然彰顯於後世者，蓋唯《楚辭聽直》云爾。生平事迹，見李清馥《閩中理學淵源考》卷四十八《福清葉氏家世學派》。

文焕以坐道周黨於崇禎末，蒙『講學市聲』而下獄，於是獄中發憤作書。四庫館臣稱，文焕『蓋借屈原以寓感。其曰「聽直」，即取原《惜誦》篇中「臯陶聽直」語』云云（《四庫全書總目》），知其託意固深矣。文焕蓋因東漢叔師注，『直』猶『忠直』也。其以『咎繇』自況，蓋陽以『聽直』於《楚辭》，實以『聽直』於己之寃獄也。文焕嘗自稱，『朱子因受僞學之斥，始注《離騷》；余因鈎黨之禍，爲鎮撫司所羅織，亦坐以平日與黄石齋前輩講學立僞，下獄經年，始了《騷》注。屈子二千餘年中，得兩僞學之洗發，機緣固自奇異，而余抱病獄中，憔悴枯槁，有倍於行吟澤畔者。著書自貽，用等《招魂》之法。其懼國運之將替，則實與原同痛矣。惟痛同病倍，故於《騷》中探之必求其深入，洗之必求其顯出，較之朱子注《騷》，抑揚互殊，正以與朱子逍遥林泉，聚徒鹿洞，苦樂迥殊也。非增僞學不獲，全闡真《騷》，上天之意固自如是，人何尤焉』。又，文焕著此作之際，竭盡其心力，悲憤交織，幾無自處，思屈子之寃如己同者，注《騷》以『遺愁』，其精神所至，感動神鬼，乃歎曰：『如感余作又似畏余作，獄中之嘯鬼也。入秋以來，每至更静，柝鈴道中，鬼輒悲嘯，風雨彌慘，往來於同繫之屋後，聲聲不絶。將作余室一二丈則輒寂，既過復如之。余或拈筆，或諷誦，或卧不能寐，夜夜悉焉。嗟乎！以余之不獲諧于世，而獲尊於鬼，感耶畏耶？』由是知其著書之本意及其用心之專固也。

文焕獄中注《騷》，『分計告竣之候，《九歌》《九章》竣於仲夏季夏，《騷經》《遠遊》竣於初秋仲秋。補所姑置，則《卜居》《漁父》以季秋之朔一日而畢』。出獄後蹭蹬落拓，有甚於昔，嘗謂『年來流離瑣尾，節食典衣。出門惘惘，無澤畔可吟，無宋玉之徒可侣，無詹尹、漁父可問，其爲憔悴約結，視屈百倍』云云。然經門人之懇請，乃於窮厄中補注《天問》，至辛巳，既成《楚辭聽直》八卷。書成，蓋意似猶未盡，則仿朱子《楚辭辯證》之例，繼撰《楚辭合論》，歷時頗久，至清順治十四年丁酉始畢。然貧病交織，而著意不減，乃『繇夏至秋，成十九聽』。故是書也，實分《楚辭聽直》《楚辭合論》二編，



楚辭卷一

閩黄文焕聽直

離騷經

帝高陽之苗裔兮朕皇考曰伯庸攝提貞于孟陬兮惟庚寅吾以降皇覽揆余于初度兮肇錫余以嘉名名余曰正則兮字余曰靈均 降叶洪

品開口譜系相關字字血誠抱許多衷悃藏許多根緒與後人襲套敘姓不同全以矢死之身追初生之

13

而自《楚辭聽直》至《楚辭合論》，前後竟達十九年之久，見其用力之專且勤矣。

《聽直》惟存屈子所作，凡八卷，二十五篇，且於屈子之作有所釐正，卷次亦與舊本異，雖以《離騷》爲卷一，而以「《遠遊》之意與句，多與首篇《騷》近」，故列卷二；據太史公説，《天問》繫《離騷》後，爲卷三；《九歌》卷四，而「歌以「九」名，當止於《山鬼》」云。「既增《國殤》《禮魂》，共成十一，仍以「九」名者，《殤》《禮》皆鬼也，雖三仍一也」。《卜居》卷五，《漁父》卷六，《九章》卷七，末以《大招》《招魂》卷八。舊本以「經」「傳」分別《離騷》及《九歌》以下二十四篇者，文焕則盡删芟之，以爲非原之本意。文焕據《史記》「讀《離騷》《天問》《招魂》《哀郢》，悲其志」云，以《招魂》爲屈子所作。兹後林雲銘、蔣驥輩皆從其説而彌綸之，蓋《招魂》繫於屈子，幾於定讞矣。文焕以「王逸之論《大招》，歸之「或曰屈原」，未嘗以專屬景差。晁氏曰：「詞義高古，非原莫能及。」余謂本領深厚，更非原莫能及。則存《大招》，固所以存原之自作也」。且以《大招》作於《招魂》之前。至於班氏原所作「二十五篇」之説，文焕亦別自爲解，謂自《離騷》《遠遊》《天問》《九歌》《卜居》《漁父》《九章》，祇二十三篇耳。「《九歌》雖十一，而當時定之以九，無由析爲十一。則於二十三之中，再合二《招》，恰是二十五之數焉。是又以篇計之，而愈似乎原之自作也」。

《合論》作於《聽直》之後，凝聚其解《楚辭》之精粹。以古來讀《騷》者，「人人所未能直，而謂字字咸直於余」，從原自爲聽、自爲咎繇，「而一一申明之」，求其本旨所在。首《聽直總論》，敘「十九聽」之大略也。次《聽忠》，以爲原死於忠、死於直，「不死即不忠，別無可以不死之途容其中立也」，故其死「無可寬」，其忠亦「無可訊」也。次《聽學》，「學者，忠之本。宜先於「聽忠」，顧反居次，以屈子之忠不可不早白，屈子之學可以不求知也。「聽忠」者，示世之共辭；「聽學」者，尊屈之專辭也。專辭者，吾所欲祀之廡者也」。次《聽年》，「年明而忠明矣。何年宜未死，何年宜就死」。

原死於懷死秦，頃襄不復仇九年以後，忠之至也。次《聽次》，『核次即藉以核年。年所難考，尚於次乎略考之』。次《聽複》，複者，謂重複也。『其篇其句，則人人讀。《騷》之所易聽，而亦鬱不得直，用複之難讀故也。能直其複，豈反不直於不複，故以「聽複」爲要，而詳於「複芳」以及「複玉」「複路」，又詳於「複女」焉』。故以《聽芳》《聽玉》《聽路》《聽女》爲『四聽具』。『而「複女」之宜聽，倍於他複，故以終也』。又，『諸聽之關係大，《聽體》之關係小，然不可不聽也，附於九聽之後』云。『凡此十者，皆總聽也』。此以下『九聽』爲『分聽』。《聽離騷》者，斷以『來吾道夫先路』，爲『其一生之本意』，亦《離騷》本旨。概述其内容，云：『我有先路而黨人竟以異道險路敗之，君既改路而我無蹊以相道復路救之』。『篇末説到事不可爲，號天三叫，曰「路修遠以周流」，曰「路修遠以多艱」，曰「路不周以左轉」』。『始之言「乘騏驥以馳騁，來吾道夫先路」，於堯舜所遵之道傲然欲着先鞭焉，何其壯也。終之曰「抑志弥節」，「僕夫悲余馬懷兮，蜷局顧而不行」，何其憊也。』其於『路』字一以貫之，得他人所未能言，甚有新意。《聽遠遊》者，即與《離騷》比較，而後辨其異同，發其奥旨。以爲要在『從顓頊』，反歸於始祖，非真求仙也。《聽天問》者，雖意在審篇章之結撰，句法之逆順，次序之關節，然鈎玄索隱，頻見新意。若解『女尤』者，云：『篇中極憤之言專在輕宥婦人，原因鄭袖與中官大夫相比，釋放張儀，以致敗師結盟，遂爲秦留，然讒臣罪重女寵罪輕，夏商之亡，孰不曰妹嬉、妲己？此湯武所籍口以殛桀譏紂者。然非讒佞满朝，僅一妃子豈遂亡國？故特曰「妹嬉何肆湯何殛焉」，「殷有惑婦何所譏」。如此之問，將答之以爲然乎？以爲不然乎？以爲然，失當年之事實。以爲不然，乖屈原之憤詞矣。』其解《天問》，亦於此可見也。《聽九歌》者，始辨『余』字爲原自稱，以斥舊注倏『巫』、倏『原』之謬。次辨天、地、鬼排列之次，末稱《山鬼》『陰賤，不可比君，故以人況君，以鬼喻己。而爲鬼媚人之語，此未盡知原也。原於下篇《國殤》《禮魂》，俱以鬼言，實自矢於一死，不得復爲人矣。此非以人喻君也，歎己之將殊於人類也。望於神而不獲庇，不得不自日爲鬼也。爲鬼而悟君之念絶矣，尚不獲與人親，況與君親乎？《山鬼》通篇，純屬鬼語。」雖多臆測，然不乏啓人思致也。《聽卜居漁父》者，『以龜策之不肯告，漁父之不肯復言，合爲一轍，以鳴其孤慘。蓋措詞之顯淺、立意之淒深如此』。復求其言外之旨，云：『龜策既不能知其事，則吾不得自行吾志，是吾之所卜不待卜也。漁父雖不復言，而歌中清水、濁水則殊，歸之於濯，則一皆濁之，世豈知濯者？纓濯而纓清，足濯而足清，依然藉清濁爲快志矣。是漁父之歌，終同於我之言，不待其再與吾言也。此屈之借旁訕以自明矣。』《聽九章》者，乃更定九篇之次第，始《惜誦》，作於被放初年之冬；次《思美人》，次《抽思》，次《涉江》，次《橘頌》，次《悲回風》，此五篇被放次年之四季；次《哀郢》，作於被放九年；次《惜往日》，被放九年後所作；『而以《懷沙》終焉』，爲屈子絶筆云。《聽二招》者，力辨二篇屬原所作。以爲二《招》曰『青春受謝』、曰『獻歲發春』，見其作時在春，而無涉及屈子夏日沉湘之語，知其非弟子或後人招屈之詞，乃皆屈子自招其魂之作也。蓋前十『聽』爲屈賦專題論述，重於要旨大義之闡微；後九『聽』則分篇綜述，詳爲考證各篇所作時地云耳。

文焕蓋激於己之身世之患，『與屈原同痛』，專以闡發屈子忠義，乃以『千古忠臣，當推屈子爲第一』。以屈原之投水自殺全出於忠義，爲其勢之所必然。『懷王信疏原，而出使於齊，尚在任使之列，原不宜死。迨懷客死於秦，原自謂身負不忠之罪，故屢言不欲死，不即死，而究歸必死焉。其罪安在？當懷王入秦時，原諫勿行，子蘭勸行。既已明知虎狼之國，將貽君王之不返，乃不碎首堦前，堅以死諫，姑一諫而止。是懷之死，不獨子蘭死之，實原死之也。原真身負死罪矣，欲不以一死謝君，可乎哉？此其痛心疾首自咎，自知非他人所敢以咎原者也。』以後人『可以不死』責原者，是詆其忠義也。而原之作《騷》本出於忠義，謂漢、宋之儒曲解其甚深。『原以言自明，而衆以其言爲罪。此所可忍受者也。至以死自明，而衆又以其死爲罪，毋乃再死有餘辜乎？讒人於原，但讒之而已，未即逼其死；即欲其死矣，未必既死以後尚加以再死之罪矣。然則《騷》之受罪於讀《騷》，倍於受讒矣』。故《合論》力破班固之『揚己』、揚雄之『揚眉』及朱熹『忠之過』之説而不遺餘力。云：『小人所誣原曰：「自伐其功，以爲非我莫能爲。」託是言以相加耳，無原自伐之實據也。今孟堅、子雲合稱「揚己」「揚眉」，是真自伐矣。問所揚之確據安在？從原之《騷》辭而定之耶？未讒之先，何曾有《騷》？迨受讒而不得不抒言自明，尚云「揚」乎？必欲以無據之自伐，反證成爲有據乎？彼讒人者既以空言得行於當年，乃益以實證倍行於後世，何讒人之重幸也。屈原有淚，地下無獲拭之晨；讒夫有口，地下增益張之舌也。人人讀《騷》，人人助讒，云如之何？』以爲班、揚及彦和之論，似同子蘭、上官之讒言，理當盡破之。至於朱子以原『忠而過』之説，文焕大不以爲然，云『原知後人必將詆之爲「忠而過」』者，故屢屢自明，曰『依前聖以節中』，曰『耿吾既得此中正』，曰『指九天以爲正』，曰『令五帝以折中』，曰『指蒼天以爲正』，曰『求正氣之所由』，云：『中矣正矣，何過之有？』文焕以原之『怨君』亦爲『忠之行，怨君之『非』，斥君之『昏』，亦不無其合理。云：『九死其未悔者，忠臣之志也。身死而無益於君，死有餘恨。恨相道之不察者，良臣之願也。改路在君，誤君以改路在小人。此君之咎也。』又云：『含怒待臣，不清澂其然否，千古直臣受冤，昏君亡國，根因盡此二語中。』不惟可以『怨君』，亦可以『怨天』，以《天問》爲『悲絶憤絶』之作，『創拈問字，以寫其不敢咎人，但當咎天之意，實由抒憤』云。蓋於王逸『天尊不可問』及朱子『據怨憤而失中』之説，有所修正也。

《聽直》分節注釋，列『品』與『箋』二目。《凡例》稱，『評《楚辭》者不注，注《楚辭》者不評。評與注分爲二家。余於評稱「品」，於注稱「箋」。合發之，以非合不足盡《楚辭》之奥也。「品」拈大概，使人易於醒眼；「箋」按曲折，使人詳於回腸。「品」之中，亦有似「箋」者，然係截出要緊之句，不依本段之次序也。至於「箋」中字費敲推，語經鍛煉，就原之低回反復者，又增低回反復焉。則固余所冀王明之用汲，悲充位之胥讒，自抒其無韻之《騷》，非但注屈而已』。又云：『余所抽繹，概屬屈子深旨與其作法之所在。從來埋没未抉，特爲創拈焉。凡復字復句，或以後翻前，或以後應前，旨法所關，尤倍致意。其餘字義訓詁，每多從略。』然不論『品』抑或『箋』，在於發明舊所未發之『深旨』。而『品』重在句子結撰之意，行文脈絡起承之間，『箋』在於字句詮釋、闡發章節大旨，時或參雜寄寓身世之感而借題發揮者。而『品』『箋』之體式，若宋、元以後鄉間老成爲諸生講習經書者，逐字逐句逐段，層層遞進，求其奧義所在。但舉二事可得知之。《離騷》自『帝高陽之苗裔兮』至『字余曰靈均』爲一節。『品』云：『開口譜系相關，字字血誠，抱許多哽咽，藏許多根繇，與後人襲套敘姓不同。至以矢死之身，追初生之辰，曰某日某月某年，尋思墜地作此結果。數得瑣屑，念得淒涼，通篇最慘在此。「正則」起下從咸「遺則」，「靈均」起下呼君「靈修」，創造稱呼之中意有寄託，語各映帶，以「靈」匹「靈」，暗寓宗臣一體也。以「正則」映「遺則」，苟不從彭咸而苟免焉，失則矣，比於邪矣，烏乎正？』案：品評全在鈎索『正則』『靈均』『遺則』『靈修』之間關連，以説大義所繫。而『箋』云：『祇言盡忠，尚有可諉，曰事是君者非我獨也，縱不得志，何至求死？迨溯所自出，明爲宗臣，休戚存亡，誼弗獲避，此不得不竭忠之前因也。數月日而自矜命名，又於本名本字之外，别創美稱焉。既已許身鄭重，何得偷生苟簡？顧名思義，當生之日，便是盡瘁之辰。使爲臣不忠，辱其名矣，辱其考矣。此又不得不竭忠之前因矣。遠以亢宗，近以慰考，忠也，即所以爲孝也。忠孝兩失，而欲靦顔以立於人間，可乎哉？此原所以未死而嘗矢死也。嗚呼！讀原之開章，而「明哲保身」之論，霍然失所麗矣。』案：藉箋屈子名字來歷，蓋以闡揚忠、孝之旨矣，以爲《離騷》首言出生，即預示其必爲宗國而死也。此説甚有啓發，屈子生自帝高陽，故没亦歸帝高陽，後篇『求帝』『求女』乃暝途中事耳。然『品』『箋』二者，實皆關乎忠、孝，惟切入之點，蓋各有所側重耳。又，『紛吾』一節，『品』云：『「既有」「又重」，與下「既滋」「又樹」相吸。』而『箋』云：『「内美」言質，「脩能」言才。有質無才，蘊于内無以善措于外；故才與質不可不合也。恃其才質，不加功焉，質將易虧，才亦連敗。兩合之中，又且兩傷矣。』案：若是而言，『品』重在句法結構，『箋』則重在闡發藴隩，求言外之意矣。謂《離騷》『既有』『又重』句法，前後數事可以比照，則『又重』之『重』，同下文『又樹』之『樹』『又申』之『申』，皆爲述語也。又，《橘頌》一篇爲前後二節，自『嗟爾幼志』至篇末爲後一節。『品』云：『復前數語，再加洗發。從「壹意」添出「幼志」，「不遷」添出「獨立」，「難徙」添出「無求」，「内白」添出「閉心」，「任道」添出「有理」「秉德」，因「幼志」又曰「年歲雖少」，因「與友」又曰「可師」，複中更複，義味無窮。許大議論，妙在只從橘説，自表之意即在其中。舊注不得其解，乃以前半説橘，後半屬原自言，遂令奇語化作腐談。「梗其有理」，「年少置像」諸句，皆刺謬難通矣。』則全在篇中數語前後照應關聯之處申説其意也，所稽鈎之語，悉具點睛之妙。而『箋』云：『此申上意再一歎也。曰「文章」，曰「任道」，頌橘最奥，不再洗發。乃專承「不遷」「難徙」之言，重複不厭，何也？屈子爲楚宗臣，生死以之，無復可去故都之誼。非比異姓，尚可轉移，猶之橘樹，獨宜楚國，不能踰淮。此比他木，堪以别植也。忠心物理，最爲相似，可感可涕，故專承四語，闡義寄感也。前曰「壹志」，此曰「幼志」，橘之有志，自幼而然，非待其後也，原之幼好一也。前曰「葉榮可喜」，此又曰「獨立不遷」之可喜，葉榮之足珍，總以「獨立不遷」爲重，與衆樹之花葉可喜殊也。原之背衆一也。前已曰「難徙」，此又曰「無求」而益之以「廓」，難徙之性非獨硜硜也，廓然見大，舉世無可求故也。無可求者，物類自適其性，不求媚人也，原之「廣志」一也。獨立必曰「蘇世」者，死而再生，此性不改，橘可枯而復生於楚土，不可以移之淮北也；「横而不流」者，不隨波流也，隨流而直奔，不隨流而横砥，故曰「横」也。原之矢死一也。「閉心自慎」者，橘有「不遷」「難徙」之志，閉守於心，不待告人，人終莫能尋其可徙之過失也。此則原之對橘而自傷且自愧也。莫能譏橘之過失者，而以譏原，原不逮橘之善閉矣。「秉德」者，橘之幼而志立，老而德成也。「參天地」者，橘受地宜而不負地則參地，受天命而不負天則參天也。「歲謝」，斯青黄之實俱謝，圓果不復存矣，然而可「長友」也，其志其德俱在也。與友而曰「願歲謝」者，知松柏必於歲寒，尊橘必於歲謝，吾所欲友，存乎「徠服」「不遷」之志，非獨珍其嘉實也。故於實謝之後願與友也。紛華堪悦者友短，凋謝仍堪盟者友長也。舉世無可友之人，乃奉友譜以拜嘉樹，原之拊心痛世極矣。淑，善也。離，附離也。不淫，即前所云「獨立無求」也。梗，枝梗也。歲謝而圓果謝，所謂青黄之文、精白之色不復可見，然而其志其德，原自附離未謝，枝梗之間皆有道理存焉，不惟可友且可師也。縱橘之年壽不必侈八千歲之椿，而論師固不論年也。所謂「幼志有異」也，其不踰淮也，猶之伯夷不事周焉。吾置橘爲像，宗國以外，豈有可他之乎？」案：此箋開宗明義，首以『申上意再一歎』爲説，而掃破舊注爲『原自謂』之論。謂當與前一節相呼應，且約以四『一』者爲解，條理帙然；而後逐句逐詞注釋，詳略得當，盡得其奥。説雖容或可商，而見其體例甚有章法，可謂井然有序而不紊也。要之，蓋於各篇大旨、分段及章法等多所論列，而不重在字義訓詁與考證。以故論詳於注釋，評多於考證，實爲綜論《楚辭》之作也。

文煥研討《楚辭》最可稱道者，在於考證屈原生平事迹及其二十五篇之作期。據《史記·屈原列傳》『王怒而疏屈平』云，乃謂此『則僅減信任之專，非放也，固未嘗不在位也。《史記》又云「屈原既絀」，絀而不復在左徒之位耳。觀其又云，「原既疏，不復在位，使於齊」，則王不任以左徒，乃任以出使，非放逐無位明甚』。又謂『懷王十八年既釋儀，而原諫其宜殊；懷王三十年將入秦，而原復諫其毋入。則無日不在朝明矣』。至楚頃襄王之時，則屈原放逐於江南沅湘之間矣。則考定原之初放，『非頃襄初年則次年』，而其自沉，據『九年不復』語，蓋在頃襄十年也。此説後爲林雲銘《楚辭燈》、王夫之《楚辭通釋》、王邦采《離騷彙訂》、蔣驥《山帶閣注楚辭》等大加引申、發揮，謂屈原在懷王之世見疏，已不在朝，而退居漢北也。林、王、蔣較近於事實，然皆由此説而啓其思致矣。

文煥又稽鉤屈賦內證，考辨屈賦諸篇作期，甚有見地。以《離騷》作於初見疏楚懷王之後，而『其餘俱作於頃襄時』。以『《遠遊》雖作於頃襄，當屬懷王在秦尚未死時，原雖不爲頃襄所用，尚未迫遷時，故其語但云仙遊，無大悲恨』，但申《離騷》後半言西遊未盡之意云。據《天問》結句『吾告堵敖以不長，何自試自予，忠名彌彰』，乃謂屈原『罪己之知王不返，未以死諫』；於其時，『不敢望襄之復仇矣，不敢咎蘭之不佐襄以復仇矣，皆吾之罪而已』云。則定《天問》作於懷王初死、頃襄始繼位之時。據《少司命》『夫人兮自有美子，蓀何爲兮愁苦』，謂此句是歎『懷王已死，而頃襄無復仇之志』，『以此知作《九歌》之年，自在《天問》之後』，『偏祈慰望於諸神也』。又『從《九章》中詳稽歲月，自非一時之作』，其《九章》之次第，『遂爲更定』，則據《惜誦》『願春日以爲糗芳』句，定是篇作於茲歲始放之年之冬，而『預計明年春日之欲行』也；欲行而未行，故篇中言『謂汝何之』，曰『曾思而遠身』也。據《思美人》篇『獨煢煢而南行兮，思彭咸之故也』句，謂其所向屬南，未詳地名，故爲初放時之作，蓋繼《惜誦》後也。據《抽思》『曼遭夜之方長』『悲秋風之動容』『望孟夏之短夜』，則是繼始行之年之春後事，述孟夏迄初秋，俱在放流之塗中。又謂『泝江潭』，是逆水而上也；『宿北姑』，復止而未遽行也。故定此篇作於《思美人》之後。據《涉江》『旦余將濟乎江湘』，謂『宿北姑』後之設想，將溯江南行；曰『欸秋冬之緒風』，是言在南行塗中，經秋入冬也；曰『上沅』、曰『宿辰陽』、曰『入溆浦』，是其放流之經歷也；故定此篇在《抽思》之後。謂橘乃冬候之物，蓋止溆浦時所見，因物生感，而作《橘頌》，故繼《涉江》之後。據《悲回風》『歲忽忽其若頽』，謂此指作《橘頌》之歲之末；而謂『觀炎氣之所積』『悲霜雪之俱下』，是復合夏、秋、冬言之，蓋志途中愁思也；故繼於《橘頌》之後。要之，以《思美人》《抽思》《涉江》《橘頌》《悲回風》五篇爲始放之次年內之作。據《卜居》『既放三年』云，謂是篇作於放逐後之第三年，『應在《九歌》之後』。據《漁父》『行吟澤畔，顔色憔悴，形容枯槁』云，謂亦係作於既放三年，篇曰『寧葬魚腹』，是決意將死之辭。故繫於《卜居》之後。據《哀郢》雖敘被放次年遠離郢都事，然據篇中『九年不復』云，謂是篇作於流放九年後，所寫之景信事，皆追憶之詞也。據《惜往日》『臨沅湘之玄淵兮，遂自忍而沉流』，明言自決投水，意似臨終絶命之辭；然據『惜壅君之不識』『不畢辭以赴淵兮，惜壅君之不識』云，又不忍自決，言待畢而後死也。故謂是篇非絶命之作，定在《哀郢》之後。又據《懷沙》言『滔滔孟夏』『汩徂南土』云，謂此自投前一月之作也。又，據《大招》『青春受謝』『春氣奮發』，《招魂》『獻歲發春兮，汩吾南征』『目極千里兮傷春心』等語，謂屈原遭放在春日，『蓋當出門之日，即爲決死之期，魄存而魂散矣，夫是以指春而兩自招也』。其立論雖不無臆測之處，未必皆是。然以屈賦與史載相證，縝密有致，成其一家言。且能離析舊本屈賦篇目之次第，重以作時先後排列之，乃可謂古今第一人矣。

文煥闡述屈賦諸篇奧旨，刻意求言外之意，頗有思致。以《離騷》三求女與西行求女爲真求女，以寓斥懷、襄二世迎秦婦之事。蓋是一例。察覆其説，雖萌自趙南星《離騷彙訂》，然文煥以史事與《離騷》互證，則較趙氏詳悉。《聽女》云：『二十五篇多言女，後人訕之者，病其褻昵太甚；尊之者，比於《國風》之不淫。夫不能確知其寓意，始何所感，終何所歸，何怪乎尊之者無以間執訕者之口也。原因被讒而作《騷》，豈其不懼讒人之指摘，以褻昵爲戒，而歎當時之無女，求上古之妃后？按迹而論，誣瀆罪大，何至褻昵哉？蓋寓意在斥鄭袖耳。惟暗斥鄭袖，故多引古之妃嬪，以此爲吾王配焉。懷王外惑於上官大夫，内惑於鄭袖。觀其盛怒張儀，欲得而甘心，乃儀卒通楚用事，設辯於鄭袖，脱身而去；用事之人，非上官輩耶？此表裏爲奸，詎屬一日？使有賢妃，何臻脱儀於國中，反勞師於遠伐耶？是以首篇之《騷》專言求女，其前半篇之不遽言也。以不聽本屬王聽，高張本屬讒夫。疏原者，王之信上官，非鄭袖之罪也。故前半篇疊言王，疊言黨人，悲慟不能已也。然「衆女疾余之蛾眉兮，謠諑謂余以善淫」。雖斥黨人，已隱隱道及鄭袖矣。後半篇之不復及王，不復及黨人，而但言求女，其殆因張儀發慨歟？是篇之作，殆鄭袖脱儀，王怒伐秦之候耶？觀其於駟虬上征以後，純言天上，亟接之曰：「忽反顧以流涕兮，哀高丘之無女。」此其致恨君王乏賢內助明矣。宮中之女不可以爲女，高丘又未易得女，安得若古之賢女乎？於是求之虙妃，求之有娀，求之二姚。』又云：『且《騷》所寓意求女又有不止於斥鄭袖者。鄭袖之脱張儀，因靳尚使人謂袖曰：「秦愛張儀，王欲殺之。今將以美人聘楚，以宮中善歌者爲之媵。秦女必貴，而夫人必斥，不如言而出之。」此祇虛言耳。迨懷王二十四年，秦昭王初立，乃厚賂於楚，楚往迎婦，遂爲美人聘楚之實事。二十八年、二十九年、三十年，秦三攻楚，取楚地。乃又遺楚書曰：「寡人與楚，故爲婚姻，相親久；今秦楚不驩，無以令諸侯，願會武關。」而懷王於是乎被留。頃襄七年，楚迎婦於秦，秦楚復平。是懷之送死，頃襄之忘仇，總以求女爲始終之敗局。秦則昔所虛言，後所實行，亦總以予女爲始終之巧計。原安得不痛心於求女，反覆低徊哉？誠合鄭袖與兩迎婦爲細繹，誰能不深恨？誰忍不屢言？尚敢妄訕之乎，尚但泛尊之乎？』文焕雖未闡明《離騷》後半篇所以求遠古神女之要旨，即何以遠古神女比秦婦者，然據漢儒解《詩》『樂得淑女，以配君子』之説，以釋三求女及西行求女之寓意，自勝朱熹以求女爲求君之説多矣，故當可備爲一解。此後，錢澄之《離騷經詁》、方楘如《離騷經解略》、林雲銘《楚辭燈》、魯筆《楚辭達》、夏大霖《屈騷心印》、屈復《楚辭新注》、顧成天《九歌解自序》等多因承文焕之説，申張發微，見其説影響之鉅矣。

《聽直》頗善體會文心，時而執一關鍵詞語，反覆推排、研磨，精義較然，且讀之回環曲折，含韻無窮，其可謂善讀《騷》者也。如，《悲回風》一篇，古來以爲紛亂無頭緒可繹，視爲難讀之作，往往不知從何入手。本書『總品』《悲回風》一篇，但執一『死』字與『愁』字反覆旁擊，云：『從「悲回風」至「託彭咸之所居」，繇不欲死説到必當死。「悲搖蕙」，不欲死也；

「統世自貺」，不欲死也；掩哀逍遥，惘惘遂行，種種不欲死也。至「不忍嘗愁」，則當死；始於「造思」者，繼則以「昭聞」，則當死；欲望遠自寬，而眇眇默默，總無佳況，則當死；「物有純而不可爲」，則當死；非託居何以昭聞，則必當一死矣。從「上高巖」至「負重石之何益」「不解」「不釋」，又繇可以死説到不忍死。「託彭咸」曰「凌大波」，則見「波聲之洶洶」，可以死；「覩潮水之相擊」，可以死；「入海」，可以死；「望河」，可以死；而凌波之後，亟曰「上高巖」，是避彭咸之所居也，不忍死也；涌湍曰憚，益怯彭咸之所居也，不忍死也。伯夷之死，子推之死，未嘗不出山巖，而徒爾吊古怨悼也，又一不忍死也。徘徊河海洲渚間，則非復高巖矣，彭咸之所居，僅人矣，乃宗子胥而又排申徒，曰「負重石之何益」，久欲爲彭咸，復不肯遽爲申徒也，又一不忍死也。前後兩截，文陣工於互繞。』屈子是篇在乎死與不死之間，反覆推琢，反覆詠歎，其可謂善論文者矣，亦據此可知屈子當日從彭咸之志，自沉而死，絶非出一時之忿，乃不得已而爲之，蓋情勢不容其苟活爾。又可謂其知論人者矣。文焕又拈出一個『愁』字百方推擊，由一『愁』字散開，牢籠全篇，若綱之繫網也。云：『就中言「愁」，複語百出，而愈複愈清；處處擒應一綫到底，不外兩意。一曰愁之聚者，欲共散而袪之也。「寃結内傷」「隱伏思慮」「鞿羈不開」「繚轉自締」「調度不去」「著意無適」「絓結蹇産」，皆結聚難破之愁況。「於邑不止」「踴躍若湯」「眇眇無垠」「芒芒無儀」「漫漫不可量」「綿綿不可紆」「容容無經」「芒芒無紀」「馳委蛇」也、「漂翻翻」也、「遥遥」也、「遹遹」也，均爲四散難收之愁緒。「氣於邑而不可止」之下，亟曰「糺纕編膺，散者欲其聚而銷之也。「糺」「編」之後，亟曰「隨飄風之所仍」，聚者又欲其散而袪之也。「踊躍若湯」之下，亟曰「撫佩衽以案志」，散者又欲其聚而銷之也。不開自締，則無繇銷而彌添其聚也。眇眇、芒芒、漫漫、綿綿，則無繇袪而彌添其散也；「據青冥以攄虹」，結聚者欲得其攄而散出。「依風穴以自息」，四散者又欲其得息而止聚，然終不能不散也。「可軋」則堪以聚銷，乃紛罔者欲軋以聚之而無從。「馳漂翼氾」

者，祗伴之而莫主，又終不能不聚也。有所適則堪以散祛，乃調度者欲散以遣之而無所適。絓結蹇産者而係之莫開，奈之何哉？晦庵謂《悲回風》顛倒重覆疏鹵，試以篇法兩截之互繞，句法兩意之互擒，細細尋之，變化無窮，一絲不亂。求隻字之顛倒，片語之重覆，纖隙之疏鹵，俱無繇摘矣。甚哉《騷》之深，而未易讀矣。』若此者雖屬明人評文風習，然自有高明處。往往拈出一字而牽動一篇，提綱攜領，而後左右關聯之，觸類旁通，妙語連珠，然終未嘗離其所拈出者之綱之領矣。

《聽直》解《九歌》亦不苟舊説，云：『《九歌》之名，自古有之，非楚俗之歌也。稽原之朔古曰「啓《九辯》與《九歌》」，又曰「奏《九歌》以舞韶」，又曰「啓棘賓商，《九辯》《九歌》」，固自明言之。兹之有作，如後人擬樂府、代古樂府，因其名而異其詞云爾，不可以云楚，何云巫？』此説多爲後世學人展轉屬引，至今猶有倡言不絶者。又云：『歌以九名，當止於《山鬼》。既增《國殤》《禮魂》共成十一，仍以九名者，殤、魂，皆鬼也，雖三仍一也。《山鬼》之悲，《國殤》之憤，視前訴神爲倍鬱。乃《禮魂》寥寥數語，致其贊詞，寂然安之，似無可悲、無可憤、無可訴者，蓋魂不能不滅，無繇悲、無繇憤、無繇訴矣，吞聲之視放聲，慘更甚矣。此前言神後言鬼之淺深次序也。』案：此説雖不無可商處，且《禮魂》所祀，無所對象，斷以爲『鬼』，實屬臆説。後人以爲送神曲，若《騷》之『亂』，蓋近是也。然文焕以類爲比，宜乎存其説以備參考亦可也。

《聽直》解《卜居》以原所以不同於衆者，『衆臣留智以衛身，忠臣竭智以憂國。智留則詭蹤日秘而愈巧，智竭則忠腸日露而日愚，心煩慮亂，不知所從。長於謀國者，自拙於謀身也』。又云：『以事婦人，則原之所痛心致慨也。此法以事婦人則可，奈何以事君乎？以妾婦自待不可言也，以人待其君尤不可言也。』雖寥寥數語，擊中肯綮也。

《聽直》《合論》之病固爲明代學術習氣所染，空疏不實，説多臆測。如，解『離騷』之義，既排列屈子言『離』之文，終不斷『離』爲何義，乃云：『彌離而心彌動，騷之爲言「騷屑」也。騷，擾也。緒不可斷，勢不可静，百端交集於其端，則「離騷」之所爲名也。原自注「離」而不言「騷」，知「離」之多端，足知「騷」之多況矣。舉「離」可以概「騷」也。」

案：班固以『離騷』爲『遭憂』，叔師爲『離別之愁』。漢解『騷』爲『憂愁』則同，而『離』有遭逢、離別之異。然『離』『騷』爲二義，舉『離』亦不得概『騷』也。文煥研習《楚辭》因己身世之感，不免流於强彼以己之，圓鑿方枘，齟齬難合。如以屈子不得意於楚王，乃藉祭鬼神以渫攄其憤，發吐心聲，而鬼神亦不顧，則不得不決意一死，《山鬼》《國殤》《禮魂》『俱以鬼言，實自矢於一死，不得復爲人』云云。純屬臆測無根之説。又以《離騷》『不顧難以圖後兮，五子用失夫家巷』二句，『歎五子之失家，原以自比也。宗臣與國共存，國破而家亦亡。憂國所以憂家，未聞有獨存之身也。五子之作歌，原之作《騷》一也』。以『上下求索者』爲『原自表其意中之事，經營無盡也』以《天問》『舜服厥弟，終然爲害。何肆犬豕，而厥身不危敗』數語，『痛斥子蘭之隱語也。原阻懷王以毋入秦，子蘭堅勸其入，遂死於秦。是害懷王者子蘭也，與象之謀殺舜一也。頃襄立而仍用子蘭爲令尹，不正其陷懷之罪，而反欲信其扶楚之才，天下事有倒置如此哉？然古已有之矣』云云。類此者皆參雜己事而强爲之説，當非事實。於字義訓詁尤多悠謬之説。釋《離騷》『吾將刈』之『刈』爲『藏之也』。釋『溘埃風者，人世塵埃之中，忽然騰飛也』。釋『驕傲淫遊』，爲屈子自道之詞。釋『緯繣』爲『如織絲者經之有緯，引繩者纆之有繣』。釋《遠遊》之『耿耿』『營營』爲『夜況也』。釋『步徙倚』爲『意忽蕩，曙況也』。釋《天問》『成遊』爲『聖代省民，原有巡狩，昏主恣欲，祇爲成其爲遊而已』。釋《抽思》『隱進』爲『隱隱而自進』。釋《懷沙》『本迪』爲『棄我初心反索本領於俗之迪我也』。釋『北次』爲『乖其所之一託宿焉，不欲死之意也』。釋《卜居》『突梯』爲『攀援而工上升』，『滑稽』爲『圓轉而無旁滯』。類此無根之説，猶不勝其舉也。

《聽直》蓋以朱子《集注》爲底本，故與《集注》本多同。以《離騷》爲例，餘皆可推。如，『于初度』，《補注》本無「于」字，《集注》本有「于」字。又，「夕擥」，《補注》本「擥」作「攬」，《集注》本作「擥」。又，「昌被」，《補注》本「昌」作「猖」，《集注》本作「昌」。又，「荃不揆」，《補注》本「揆」作「察」，《集注》本作「揆」。又，「落蘂」，《補注》本「蘂」作「蕊」，《集注》本作「蘂」。又，「攘詢」，《補注》本「詢」作「詬」，《集注》本作「詢」。又，「舉賢才」，《補注》本無「才」字，《集注》本有「才」字。又，「用之不長」，《補注》本「之」作「而」，《集注》本作「之」。又，「忍與」，《補注》本「與」作「而」，《集注》本作「與」。又，「蜿蜿」，《補注》本「蜿」作「婉」，《集注》本作「蜿」。或偶見別異於《集注》。如，「憑不厭」，《補注》《集注》本「厭」作「猒」。是蓋據他本校改也。

《聽直》有明崇禎十六年癸未刻本，《聽直》《合論》合刻者有清順治十四年丁酉補刻本，國家圖書館皆有藏本。臺灣新文豐出版社一九七四年版《楚辭彙編》《四庫全書存目叢書》《續修四庫全書》皆據順治本影印。（黃靈庚）

# 楚範

《楚範》者，明張之象所作也。之象字月鹿，一字玄超，號王屋。華亭人。少穎異，好讀古先秦以來百家之書，間著詞賦詩歌，則又多仿漢、魏、晉、宋，下及唐開元、天寶、大曆、建中以來詞人之旨而揣摩之，而無不得其似。由國學謁選。嘉靖間，時宰欲其撰青詞以進，不應。就浙江按察司知事，以吏隱自命。因故劾歸，益務撰著。晚居細林山。與同里何良俊、徐獻忠、董宜陽友善，並有聲。著有《四聲韻補》五卷、《韻經》五卷、《太史史例》一百卷、《鹽鐵論注》十二卷、《剪綃集》二卷、《古詩類苑》一百二十卷、《唐詩類苑》二百卷、《唐雅》二十六卷、《回文類聚》四卷、《彤管新編》八卷、《詩苑繁英》二百卷、《張王屋集》一卷、《上海縣續志》十卷等。事載《明史》卷二百八十七《文苑傳》及《重修華亭縣志》。之象於《楚辭》深有所契，除《楚範》外，傳世者又有《楚騷綺語》六卷，未傳者別有《楚林》《楚翼》二種。據其名，似爲紹《騷》之作。

《楚範》凡六卷、十二篇：卷一《辨體》第一、《解題》第二、《發端》第三，卷二《造句》第四、《麗辭》第五，卷三《協韻》第六，卷四《用韻》第七，卷五《更韻》第八、《連

楚範卷之一

雲間張之象玄超撰

虎林高濂士深校刻

辨體第一

賦體

帝高陽之苗裔兮朕皇考曰伯庸攝提貞于孟陬兮惟庚寅吾以降

皇覽揆余于初度兮肇錫余以嘉名名余曰正則兮字余曰靈均

文》第九、《疊字》第十，卷六《助語》第十一、《餘音》第十二。觀其所作類别，雖未可稱精善，而於研討屈宋詞賦亦有可借鑒之處。且明人不厭於義理之闡發，而多於屈、宋之作之藝文處着意，蓋一時學術風氣使然，則未可盡廢也。

《茅坤集》中有《楚範序》，然未見本集，茅序述其作書始末。稱之象少時與何良俊、徐獻忠等人相倡和，「當其宴歌遊覽，情興所適，輒分曹而賦，相與比音節、刻字句，抉腸劌腎，以極騷人之變」。之象爲文好擬古，「比音節、刻字句」，蓋其日後撰寫《楚範》之原因。其後，何良俊等人並舉進士，而之象依然困頓山林。晚歲雖以貲補浙江按察司知事，不久即因故劾歸。仕途失意，令之象對《楚辭》體會愈深：「《楚範》者，君亦自悲才廢，當其數手《天問》《卜居》《漁父》《九歌》諸什而讀，讀而唏嘘嗚咽不自已；遂以纍箋簡端，爲之論次者。若此，亦賈誼出長沙所爲投書以吊湘水，而因以見其微者也。」《楚範》乃其晚年歸隱時作，論析《楚辭》有抒發哀憤之意。儘管張之象與他人窮愁注《騷》不同，其《楚辭》研究是從修辭、論藝入手，專論體裁、造句、用韻諸端，而不及於義理，然茅坤强調：「後之讀是編者，抑可以吊君，而並知君之所屹然自重者，蓋在此而不在彼也已！」蓋深知其寄寓之慨矣。

唐代以降，如皎然《詩式》等討論詩歌體裁、造句、用韻的著作不絶如縷，但大都着眼於近體詩、古風及樂府，騷體因非主流體裁而無所留意。《楚範》作爲一部系統性析論《楚辭》修辭學之作之事實，卻難以否認。之象正是通過這種「分標格目」之法，較詳細而完備地分析了《楚辭》語言特點。

《楚範》「割裂」了哪些《楚辭》篇章，書中並未專門説明；然據《解題》第二所録，知有《離騷》《九歌》《天問》《九章》《遠遊》《卜居》《漁父》《九辯》、二《招》《惜誓》《吊屈原》《哀時命》《招隱士》《七諫》《九懷》《九歎》《九思》諸篇，折衷王逸《章句》、朱熹《集注》選所輯之作。解題大抵遵循王逸，然於《大招》《惜誓》之作者問題，則折衷於朱熹之說。

作爲楚辭學史上較早專論修辭學之作，《楚範》一書甚具特色，現分而論之。《辨體》第一涵蓋寫作方法與句式正變兩個問題。朱熹以賦、比、興分析《離騷》，之象更將其法細分爲『賦體』『賦而比體』『比體』『比而又比體』『比而賦體』『興體』及『興而比體』七種，並分別舉例爲證。句式方面，將楚辭分長、中、短、散四種句式。長句以《離騷》《惜誦》等爲正體，《離騷》之亂、《涉江》等爲變；中句以《涉江》之亂、《橘頌》等爲正體，以《天問》、二《招》等爲變；短句以《九歌》爲正體，以《九懷》之亂等爲變；散句以《卜居》《漁父》爲變體。對於騷體文句，《造句》第四以字數爲單位，以『兮』字爲眼目，分爲兩個大類。第一大類文句，『兮』字居句中間，之象以之爲終點，一共歸結出三十六種句式。從『上一下一』式，如『坱兮軋』。又，『上一下二』式，如『眴兮杳杳』。又，『上二下二』，如『吉日兮辰良』。直至『上九下六』式，如，『苟余情其信姱以練要兮長顑頷亦何傷』。則應有盡有，名目繁富。第二大類文句，或『兮』『些』『只』『乎』字居句末，或全無此等感歎詞。之象歸結出『三字句』，如，『分流汩兮』。又，『四字句』，如『浩浩沅湘兮』。又，『五字句』，如『知死不可讓兮』。又，『上四下三』，如『長瀨湍流泝江潭兮』。又，『上四中五下五』，如『雕題黑齒得人肉以祀以其骨爲醢些』。又，『上八下四』，如『何環穿自閭社丘陵爰出子文』。凡三十二種句式。每一式下皆儘量蒐羅例句，除可令讀者一目瞭然，更能進而統計這些句式在楚辭中出現的頻率。而《楚辭》中『短句中間以長句』，如《湘君》『期不信兮告余以不閒』。又，『長句中間以短句』，如《涉江》『步余馬兮山皋邸余車兮方林』。『句意相襲』，如二《湘》『采芳洲兮杜若』及『搴汀洲兮杜若』。又，『一篇中一句兩見』，如《離騷》『紛總總其離合兮』，《招隱士》『攀援桂枝兮聊淹留』等。《楚範》也作出較準確之統計。復次，楚辭作爲辭賦之祖，對於後世駢體文的影響也很深遠。《麗辭》第五窮蒐《楚辭》中對偶句達一百三十五組，令學者對楚騷文字中的駢儷情況有了準確瞭解。

之象在《楚騷綺語》中將大量詞語分門別類，而《楚範》則有三編專論連文（連綿詞）、疊字及助語之用法。《連文》第九歸納爲『一句中兩用連文』『四句中纍用連文』『七句中纍用連文』三類。《疊字》第十歸納爲『一句中兩用疊字』『二句中三用疊字』『二句中四用疊字』『十八句中疊用疊字』『顛倒用疊字』『連文與疊字並用』『連文與疊字錯用』七類。《助語》第十一則羅列『之』『于』『於』『而』『以』『其』『夫』『乎』等七十一個助語。是開《楚辭》句法專門研究之先河也。

原始《楚辭》，本是入樂之作，與音樂甚有關係。如，亂詞、少歌等皆是也。之象繼承王逸之論，將之通稱爲『餘音』，蓋謂古樂之遺餘也。稱『餘音之體，有「亂」、有「少歌」、有「倡」、有「重」、有「誶」、有「歎」。「亂」者理也，所以發理詞指，總撮其行要也。「少歌」者，小吟謳謡以樂志也。「倡」者，起唱發聲，造新曲也。「重」者，憤懣未盡，復陳詞也。「誶」者，告也，即亂辭也。「歎」者，傷也，息也，傷念其君，歎息無已也。』《餘音》第十二，多象將此類涉及古樂內容彙聚爲一處，以便研習者分析之用。

之象於《楚辭》韻例亦作較爲深入研討。《用韻》第七歸納出『二句每句用韻』『三句每句用韻』『四句每句用韻』『五句每句用韻』『六句每句用韻』『七句每句用韻』『四句三用韻』『五句四用韻』『六句三用韻』『六句四用韻』『六句五用韻』『七句五用韻』『七句六用韻』『八句四用韻』『兮字用韻』『之字用韻』『些字用韻』『哉字用韻』『焉字用韻』『乎字用韻』『也字用韻』『散句用韻』『隔句用韻』『交錯用韻』『疊字用韻』『一字連用爲韻』『二字疊見爲韻』等二十七類，使人得以瞭解《楚辭》韻式之變化多端。《更韻》第八云：『一篇之內，韻之更否不齊；一韻之中，句之多寡不一。錯綜變化，本無定體，在知者意悟爾。』由此可知，騷體創作並無近體詩般嚴密之格式，用韻較爲自由。之象仔細地分析《楚辭》

諸篇更韻之狀，如，謂《九歌》：『短句如《九歌》諸篇，或二三句爲一韻，或四五句爲一韻，或六七八句爲一韻，惟《國殤》更韻最多，《東皇太一》自首至尾不更他韻，全篇十五句爲一韻，皆陽韻也。』《國殤》頻更韻，《東皇太一》不更韻，殆非偶然：蓋前者爲述戰爭之激烈慘酷，音節急促，起伏較大。後者爲狀至上神之莊嚴肅穆，故音節舒揚、緩慢，毋需變革矣。之象雖道出事實，而並未進一步嘗試解釋其所以然者，則甚爲遺憾矣。

《楚範》的不足之處顯而易見。現分而論之。其一，編次不當。如，《解題》第二列陳諸作之序，論述創作背景與動機，與《楚辭》修辭學關聯卻並非直接，無須專設一編。又，《辨體》第一包含其寫作方法（『賦』『比』『興』體）與句式正變（『長』『中』『短』『散句』）兩部分，一爲創作手段，一爲創作形式，二者雖各有其『體』，未可混爲一談。《造句》第四應專論各句字數多寡，『句意相襲』『一篇中一句兩見』等可分編論之，合之則亂其例矣。其二，自亂體例。如，《辨體》第一以《九歌》爲短句正體，《九懷》之『亂』爲短句變體。蓋以《九歌》貫見『上三下二』式爲正，『上三下三』爲變。然《國殤》通篇皆爲『上三下三』式，句式與《九懷》之『亂』無顯區別。又，『魂兮歸來東方不可以託些』一句，《楚範》歸爲『上四下六』式。然前文所舉『眴兮杳杳』與『魂兮歸來』亦無甚差異，卻歸入『上一下二』式。《助語》第十一將『遭』『汩』『迷』等動字置於句首者，悉歸爲助語，是尤爲不當矣。其三，仍主協韻。之象認爲：『《楚辭》皆用古韻，不知古韻者率難誦讀，須從古韻以轉聲求之。』自宋代至明中期，學者臨時更改讀音以求文從字協、脣吻流便，誠然昧於『時有古今，地有南北，字有更革，音有轉移』之實。雖云祇『姑録此數十則』例句，實際卻達一百四十四之多，尚可使讀者瞭解古今字音不協之例。而《楚範》侈談協韻，多出於朱子《集注》，於己無其發明，蓋非知音之選也。其四，訛誤時見。如，『泬』作『沉』、『刓』作『利』、『代』作『伐』等，皆校勘不精所致。又，『去君之恒幹』一句『去君』二字顛倒，這些訛誤甚或影響論述，如，

《造句》第四以『塊鞠兮當道宿』爲『上二下三』句式，然此句實本作『塊兮鞠，當道宿』矣。

《楚範》付梓後，陳深《批點本楚辭》、馮紹祖刊《觀妙齋楚辭章句》集評皆有參用其説之處。四庫館臣將之收入存目，斥之云：『屈、宋所作，上接風人之遺，而下開百代之詞賦，性情所造，音律自生，所謂文成而法立者也。之象乃摘其某章某句，多立門類，限爲定法，如詞曲家之有工尺。以是擬《騷》，寧止相去九牛毛乎？』蓋館臣認爲文生於情，文成而法立，非因法而作文矣。其所言良是。觀明中葉直至清初，師古文風盛行，七子流亞所模擬者除《楚辭》之外，幾乎遍及各代作品之典範。以漢魏古詩爲例，其作者亦未嘗究心音韻，然後人作古詩則刻意避免律句，此亦注重聲韻修辭之一端。張之象身處此世，汲汲以擬古爲事，且撰寫《楚範》《楚騷綺語》等書以資參考，良有以也。然忽略此書作時背景，僅就內容而責其作者重法輕情，則似欠公允。《楚範》一書，利弊兩見，然不失爲《楚辭》修辭學著作之嚆矢。

《楚範》原刊於隆慶至萬曆初葉，饒宗頤《楚辭書録》著爲明高濂刊本，前北京人文科學研究所藏。姜亮夫《楚辭書目五種》從之。周建忠《明代楚辭要籍》亦著録此書，而所言多從《四庫》及姜氏。《四庫全書》雖存其目，而《四庫全書存目叢書》亦未收。據《中國科學院文獻情報中心藏中文古籍善本書目》及朱易安《中國詩學史》『明代卷』所附明詩話書目，饒氏著録之本現藏於中國科學院文獻情報中心。此外又有湖南師範大學圖書館藏本。中科院本一函三册，册一爲卷一（廿五頁）、二（卅四頁），册二爲卷三（十七頁）、四（廿七頁），册三爲卷五（十頁）、六（卅八頁）。烏絲欄，版心標『楚範』及卷、頁數。每半頁九行，行十八字，白口，四周單邊。無序跋，各卷首頁題爲『雲間張之象玄超撰，虎林高濂士深校刻』。卷六末題爲『天目山人陳曉訂正』。每册首尾處除中科院圖書館印外，皆鈐有『東方文化事業總委員會所藏圖書印』。知此書乃日人於侵華時搜購而來，後爲中科院所藏也。（陳煒舜）

# 楚騷綺語

《楚騷綺語》者，明張之象之所作也。之象著有《楚範》已著録。據《重修華亭縣志》載，之象著《楚語》，即《楚騷綺語》也。卷首有凌氏桂芝序，云：『余少讀楚《騷》，苦其聱牙。先大夫藻泉君授以大父練溪翁所藏批本，展卷間群疑稍融，而尤拳拳於綺麗之語間，嘗採而輯之。適雲間張君玄超持所摘騷語印證，余重訂之，梓布海内。』見其時讀《騷》者每有摘摭詞彙之習慣。張之象作《楚騷綺語》應不晚於萬曆丙子年，然今所見《楚騷綺語》，或有部分爲凌氏所輯矣。

《綺語》凡六卷，按詞目類别歸類，每卷詳細詞目如下：卷一總十目：斡維、皇天、沖天、寥廓、下土、接徑、峻高、祲氛、遂古、代序。卷二總九目：前聖、皇羲、登立、國家、法度、聖明、思君、感時、謬愚。卷三總七目：曼著、誹俊、不耦、中情、罹殃、軫懷、思慮。卷四總十五目：臨睨、樂康、瑞圖、吉占、問師、索合、美容、情質、雕題、天禄、上帝、天道、帝宫、修幕、承雲。卷五總八目：桂舟、水車、雲旌、伐器、鉅竇、帝服、肴羞、草木。卷六總二十五目：鳳凰、麒麟、蛟龍、鼈黿、蟲豸、龍舉、翺翔、慕予、自修、相和、是繼、一見、日娭、難當、考之、所在、願進、有芷、無私、固然、未形、莫貴、何爲、不阿、若日。每卷詞目各爲一篇，並循《詩三百》之例以首詞命篇。如，卷一『斡維篇』『皇天篇』『沖天篇』『寥廓篇』等。每篇之内羅列『綺語』若干條。如，卷一『斡維篇』下，計有『斡維』『闢啓』『營度』『天地』『后皇』『圜方』『上下』『東西』『南北』『順橢』『隅隈』『從横』『經營』『傳道』『制匠』十五條，皆關涉天文類内容也。每條後以雙行小字或録出原句解釋其意，或先釋其義，復列出處。以『斡維篇』之『斡維』爲例，先注『斡維』出處見《天問》『斡維焉繫，天極焉加』。引用王逸《楚辭章句》：『斡，轉也；維，綱也。言天晝夜轉旋，寧有維綱繫綴，其際極安所加乎。』又，『皇天篇』之『風雨』一條，引王逸《楚辭章句》：『風爲號令，雨爲德惠，故風動而草木摇，雨降而萬物殖。以風雨喻君，言政令德澤所由出也。』先解釋風雨之義，而後引《九辨》『風雨』原句『何曾華之無實兮，從風雨而飛颺』，復引王逸解釋該句『言隨君嗜欲而回傾也』。全書各條體例大致如此。姜亮夫於《楚辭通故》第二輯稱《綺語》略傳林樾《漢雋》、蘇易簡《文選雙字類要》之體，抑若比之明清『類書』者爲允當矣。

《綺語》收詞，以同類詞歸於一處，而以首詞命篇。所收詞多爲雙音詞，少數亦有三音、四音詞，如，卷二『皇羲篇』之『晉申生』『介子推』『晉驪姬』

楚騷綺語卷一

雲間張之象玄超輯

吳興淩迪知穉哲訂

斡維篇

斡維 斡維焉繫天極焉加斡轉也維綱也言天晝夜轉旋寧有維綱繫綴其際極安所加乎

闢啓 西北闢啓何氣通焉言天西北之門獨常開啓豈元氣所能通也

營度 圜則九重孰營度之言天圜而九重誰營度而知之乎

天地 宇於齊名天地

后皇 后后土也皇皇天也后皇嘉樹橘徠服兮

圜方 鴻鵠之一舉兮知山川之紆曲再舉兮覩天地之圜方

楚語卷之一　一

上下 上下未形何由考之言天地未分溷沌無垠誰考定而知之乎

東西　南北 東西南北其修孰多言天地東西南北誰爲長乎

順墮 南北順墮其衍幾何言天地南北墮長其廣大差幾何乎

隅隈 隅隈多有誰知其數言天地廣大隅隈衆多寧有知其數乎

從橫 天式從橫陽離爰死言天法有善陰陽從容之道人失陽氣則死也

經營 南北爲經東西爲營經營原極

傳道 遂古之初誰傳道之言往古太始之元虛廓無形神物未生誰傳道此也

制匠 女媧有體孰制匠之傳言女媧人身蛇頭一日七十化其體如此誰所制匠而圖之乎

『路室女』，卷四『美容篇』之『佳治芬芳』等。然讀者僅觀篇名，未必能知全篇所收詞語之性質。如，卷二『前聖篇』『皇羲篇』二篇之名，看似相近，不明爲何分列兩篇。細閱條目，『前聖』下有『前聖』『聖哲』『先聖』『前王』『皇祖』『嘉皇』『靈皇』『靈修』『明君』『哲王』『君子』『伯林』『强輔』『貞臣』『正臣』『忠臣』『忠正』『獨行』『聖人』等條目；而『皇羲』下有『皇羲』『伏戲』『軒轅』『高陽』『帝高陽』『高辛』『顓頊』『唐虞』『虞唐』『堯舜』等條目，方知前者爲泛稱、後者爲專名。且各篇所收詞目，亦見分類未當者。如，卷一『皇天篇』初爲『皇天』『蒼天』『昊天』『旻天』『九天』『九重』『巴維』『建維』『天極』『天式』等與天相關之條目，後則收『日月』『流星』『朝霞』『雷電』『白露』等與自然有關之詞語，蓋彼時天地自然未及細化，玄超未知也。又，卷六『翱翔篇』，似專收與禽鳥名狀相關之詞，然又有『狺狺』『鱗鱗』等條目，實有未安。卷五『桂舟篇』重水路交通工具、『水車篇』重陸路交通工具，故『水車』諸條實應併入『桂舟篇』，或二篇合而爲一。分類未當，此是書之一弊矣。

《綺語》輯録資料繁富，且將詞語卷列篇分，頗便讀者檢索。詞條之下列出該詞出自何句，然若前文已有例句包含該詞，則以『已見』標示，卷四『美容篇』之『容態』『姣麗』『佳麗』等，皆稱『已見』，讀之頗費周折。《四庫全書總目》評《楚騷綺語》：『是書摘《楚辭》字句以供撏撦，已爲剽剟之學，又參差雜録於二十五賦，不復著出自何篇，亦與黄省曾《騷苑》同一紕陋。』館臣所言甚是。原句原注屬何篇何家，皆未明言。筆者檢閲全書，知其所録之篇目與注文皆引自王逸《章句》，且不限於屈子二十五篇。如館臣所言，此書於詞目之下標句而不標篇，若學者不諳《楚騷》，則祇知各詞出自何句，卻難知該句出自何篇，仍須花費功夫查覈。況所收詞大多只列出自何句，少有注釋，且何詞注，何詞不注，玄超信手拈來，似無一定規則。如卷六『蛟龍篇』釋『蛟龍』曰：『水蟲，小曰蛟，大曰龍也。』而後『水蛟』『六蛟』『神龍』『飛龍』『燭龍』

皆引例句，而不作注。然『應龍』又注曰：『有鱗曰蛟龍，有翼曰應龍也。』如此不一，對初學者而言難度頗大。引而不注，注而不全，此是書之二弊矣。

楚《騷》之難讀，自有共識。凌迪知亦言：『文章自六經下，楚騷爲最，第玄言奇字，讀者艱之，昔人謂王荆公文章蓋世，而妄譏歐老，經曰：「朝飲木蘭之墜露兮，夕餐秋菊之落英。」原蓋假此以見志，謂木蘭仰生，本無墜露，秋菊就枝而隕，亦豈有落英哉。今似反當物，理之變也。而吾之憔悴放浪楚漢間者，奚疑荆公祖此有殘菊飄雪之句。歐陽文忠公以詩譏之，曰：「秋英不比春花落，爲報詩人仔細看。」迺爲荆公運會構機，千古一快，而顧落英反理之論也。荆公聞之，以爲歐老不學，豈其然哉……然余竊有懼焉，學如荆公，尚爲歐老譏，而且未悟，則騷之奇而玄者何如？』故其亦心憂《綺語》『苟徒以詞，而不本其悲惋淒愴之意，豈特如落英之誤用已哉。余故爲讀楚騷者懼之』。摘録綺語予以解釋，爲是書之初衷，然割文裂句，置《楚騷》之意而不顧，此是書之三弊矣。

清人因凌氏刊本，『字樣拓大，未便風行，縮爲袖珍』。故有清光緒庚辰年會稽徐氏八杉齋刊本，綫裝，二册，徐友蘭訂，收入《融經館叢書》。徐氏刊本在凌氏序文後加注『萬曆丙子秋八月穀旦前進士司空尚書郎吴興凌迪知稚哲父撰』，俾衆周知凌氏身份。又在之後另序申明重刊原因，稱『昔人謂痛飲讀騷便稱名士，前明吴興凌氏所梓《楚騷綺語》薰香摘艷，條貫分明，展誦一過，古人惋曲之旨，哀艷之思，概可想見，古色醉心，麗藻怡目，浣其香澤，迥爾不凡。原版字樣拓大，未便風行，縮爲袖珍，放證亥豕，詞章家見之，當亦珍爲巾箱枕秘也已』。署『光緒六年庚辰五月八杉齋主人識』。見徐氏對是書讚賞有加，以爲《綺語》『薰香摘艷，條貫分明，展誦一過，古人惋曲之旨，哀艷之思，概可想見，古色醉心，麗藻怡目，浣其香澤，迥爾不凡』。案：此番評論與《四庫全書總目》分歧甚大。抑或徐氏刊本不録四庫提要之故歟？

《綺語》將《楚辭》中同類詞語彙集爲一篇，爲時世習賦者提供方便，蓋制藝家課舉子習藝之器具也。雖然，於語言學家觀之，不無有所啓悟焉。《綺語》所列雙音詞乃至三音、四音節詞，以知詞彙演變，歷來有之。如以「未」字爲例，卷六「未形篇」，則有「未形」「未虧」「未變」「未悔」「未改」「未替」「未遠」「未家」「未具」「未來」「未極」「未光」「未央」「未晏」「未暮」「未迫」「未落」「未沬」「未晞」「未舒」「未離」「未知」「未達」「未清」「未察」「未殫」，總二十六詞多。遠在《楚辭》之世，蓋雙音詞已大量運用。且組詞能力之活躍，則於是書亦可知之矣。

《綺語》原爲四册，萬曆四年丙子吴興凌迪知訂，輯入凌氏桂芝館刻《文林綺繡》，萬曆五年丁丑刊行，後收入《四庫全書》。後復有光緒六年庚辰八杉齋巾箱本、光緒十三年丁亥徐友蘭《融經館叢書》本、光緒二十二年丙申上海鴻寶齋《文林綺繡》石印本，流傳頗廣矣。（陳煒舜、蔡玄暉）

# 楚辭箋注附佚名批注

《楚辭箋注》者，清李陳玉之所作也。陳玉，字石守，號謙菴，又號謙道人、梅先生，江西吉水人。蓋生於萬曆三十年間，卒於順、康之際。崇禎八年乙亥進士，後知嘉善縣，建鶴湖書院，有儒林循吏之稱。明清甲申之鼎革後，陳玉棄家入山，往來楚、粤間，窮愁著書以終。李氏家學，淵源於東林。曾手注《易》《書》《詩》《春秋》三《傳》，又有《臺中疏稿》《楚詞箋注》《退思堂集》。今存者僅有《楚詞箋注》及《退思堂集》兩種。事載雍正《浙江通志》卷一百五十《名宦》五《嘉興府》。

《箋注》作於明亡之後。據李陳玉《自敘》，其於順治十年癸巳，途經雲陽，門人執《楚辭》爲問，因取而觀之，深感以往注家『塗污極矣』，於是遂立心注《騷》。三十日而事畢。見李氏之注《騷》，有微言大義存焉，非僅矻矻於訓詁而已。其門人魏學渠云：『甲申三月之變，先生慷慨棄家入山，往來楚粤間，行吟澤畔，憔悴躑躅，猶屈子之志也。衡雲湘雨，往往作爲詩歌，以鳴其意。有《離騷箋注》數卷，其詞非前人所能道。然而涉憂患，寓哀感，猶屈子之志也。』又謂：『先生之志，屈子之志也。其所爲箋注者，惻愴悲思，結撰變化，猶夫《離騷》之辭，托于美人香草山鬼漁父，縹緲恍忽，而情深以正也。』可知其作此書，不無寄寓故國黍離之思，亦是藉彼澆己之什矣。

李氏去世後，此書方由其子李龍孫託魏學渠於康熙十一年刊行。然魏氏《附記》則謂此書書稿前此已爲人盜刊。姜亮夫《楚辭書目五種》著録楊金聲《楚辭箋注定本》十三卷，亦力主此書爲盜刊本。此雖言之有理，然仍有疑處：姜《目》記載楊金聲之書刊印於順治三年丙戌，而李陳玉《自敘》則謂其書作於順治十年癸巳。若係楊氏盜竊，則李陳玉之書稿必成於順治三年前，而無晚及順治十年之可能。由於姜氏並未標明楊書之館藏，筆者無從取而核對。就此矛盾，目下衹能作出三種比較可能的解釋：一、姜氏著録年份有誤；二、楊書所記刊印年份並非屬實；三、李陳玉《自敘》中『癸巳』字樣有訛誤。孰是孰非，猶待考證。

《箋注》四卷，全書標題上下，而題下小注則標卷數，其詳情爲：上第一卷《離騷》、上第二卷《天問》、下第三卷《九歌》《九章》《遠遊》《卜居》《漁父》，下第四卷《九辯》《招魂》《大招》。李陳玉《自敘》以爲箋、疏、傳、注，當分四家，而自兩漢以來，世儒即已混而爲一。然此四者之間實有不同：『箋之爲言綫也，不多之謂也。讀者之悟與作者之意相遇於幽玄恍惚之地，一綫孤引，竟欲忘言。其文反略於作者，而以作者爲我注腳。此爲上上人語也。注則句櫛字比，求先故，推義類，入泥入水，現學究身説法。此爲下下人語也。不屑屑於逐句逐字之櫛比，止擇其要，時爲疏導，如水去滯，如草去穢，每一章節不過數處。此爲中人語也。取作者之意，傳而出之，識窺岷源，學如大海，本末始終，鉅細精麤，靡不該攝條貫謂之傳。此包上中下

楚詞箋注上 卷一

問諸心外問諸人上問諸天下問諸神亦只此而已殆至九死不悔登天入地終惟故國之懷從先臣彭咸於江潭者亦只結果此兩字公案而已故千古忠臣悲痛未有如離騷者也每讀一過可以立身可以事君可以解憂可以忘年

離騷當分作十四段詳列于后

帝高陽之苗裔兮原是楚國同宗朕皇考曰伯庸又是同宗世臣攝提貞於孟陬兮惟庚寅吾以降生年月日皆秉陽剛皇覽揆余于初度兮肇錫余以嘉名自小家教便服名義名余曰正則兮

人而爲語者也。是故注繁而箋簡，傳至繁，疏居繁簡之間。』李陳玉之取名爲『箋注』，表達《楚辭》研究方法，全書實以闡微發義的『箋』爲主，書中《離騷》《九歌》《九章》及《九辯》《招魂》《大招》諸篇，皆取『箋』法。然李陳玉以爲《天問》已被人解壞，箋則愈益不解，乃爲注以明之。此外，李氏又念《離騷》爲《楚辭》開篇，於是仍然箋而復注，使讀者『開篇便知大意，則以後曲折竟如破竹矣』。至於《九歌》以下則箋詳而注略，《招魂》《大招》則箋略而注詳，各有所取。對於舊本的篇目次序，李陳玉亦有所更動。他以《天問》同於《離騷》，俱爲屈集中之大篇，於是將之提於《九歌》之上，與《離騷》並，『若鳥雙翼，若車兩輪，使讀者先觀其大，則屈子之至性與屈子之奇情，觸目如有見，觸耳如有聞，《九歌》《九章》等篇，特其一端耳。』箋注的體例是，先作小序，以下則分段言之。每段都先標明旨義，再箋注句意。至於音讀，則於句下雙行夾注之。《九歌》以後，不再分章節，注釋也比較簡略。姜亮夫論《箋注》云：『明季注《騷》，立義闡幽，此書爲多別解。』此正爲李陳玉箋《騷》之意。非僅如此，李陳玉既在書中寄託了故國黍離之思，在箋文中自然會以己心推求屈子之心，而以作者爲我注腳。因此，全書的主要內容在於闡發大義，並時時借題發揮，自澆壘塊，且兼涉考據訓詁，這與萬曆、天啓年間劉永澄、趙南星、何喬遠等東林中人的解《騷》方法是一脈相承的。東林中人的文學、學術主張本身就下開明末清初的師古文風、經世學風。李陳玉作爲東林餘裔，自然也繼承、濡染此風氣矣。

李陳玉在《自敘》中解釋何以選擇以『箋』法解《騷》：『屈子千古奇才，加以純忠至孝之言，出於性情者非尋常可及，而以訓詁之見地通之，宜其蔽也。且夫《騷》本詩類，詩人之意，鏡花水月，豈可作實事解會？惟應以微言導之，則四家之中，箋所宜有事也。』可見是以透發微言大義爲主。如，《離騷》『朝搴阰之木蘭兮，夕攬洲之宿莽』兩句，李氏釋云：『朝搴夕攬，朝夕爲國家進賢鋤奸也。舊注並以宿莽爲香物，蓋始於郭璞之誤。郭以卷心草爲宿莽，故有贊曰：「卷葹之草，拔心不死。屈平嘉之，諷詠以比。取類雖邇，興有遠旨。」不知卷葹即後女嬃所云「薋菉葹以盈室」三惡草也。』不僅引內證證明宿莽爲惡草，更闡發了『進賢鋤奸』之義，可備一說。又，解『悔相道之不察兮』至『豈余心之可懲』一段：『言妒譽既深，便有抽身引退之思，然猶徘徊躊躕不忍去，尚冀覺悟，不然退亦自樂矣。』將屈子那種進退兩難的心情描畫得非常細緻。再看李陳玉解釋《天問》的創作動機道：『天道多不可解，善未必蒙福，惡未必獲罪，忠未必見賞，邪未必見誅。冥漠主宰，政有難詰，故著《天問》以自解。此屈子思君之至，所以發憤爲此也。不曰問天，曰天問者，問天則常人之怨尤，天問則上帝之前有此一段疑情，憑人猜揣。柳子厚《天對》失其旨矣。』認爲《天問》的出現，是因爲屈子對於天道的往還産生了懷疑的態度。這比王逸、朱子等純粹以『舒洩憤懣愁思』的説法更爲深刻。

李陳玉親身經歷了明末清初之變亂，故申訴屈子之意時也寄寓著家國之痛和壯年入仕、終生未能一展抱負的身世之感。其身世遭遇與屈子有相似之處，體驗固然有獨到的地方，且《箋注》中也時有自澆壘塊之語。舉例而言，李陳玉非常注意《楚辭》中的鯀禹故事。《離騷》女嬃之語中，有『鯀婞直以亡身』一句，《箋注》釋曰：『婞，訓狠，非。乃女子不肯低眉，才色自負之態。』『婞』訓作『女子不肯低眉，才色自負之態』，自古未聞。李氏此處乃是隨文釋義。然而他觀察到女嬃之語與重華陳辭兩段相接，於是分析道：『世事各執一説，不如依前聖中道，則是非得失辯矣。爾以吾爲鯀，吾亦何言？惟有喟然長嘆，但憑此心歷茲沅湘以南，質之重華爾。蓋當日殛鯀者，重華也。吾所以事君者，有一不合中正，則果是婞直，與鯀同歸，爲重華之罪人矣。』其説頗能疏通文義。李氏又注陳辭之語云：『止爲不肯誤君爲太康一輩，所以婞直。』『止爲不肯誤君爲桀紂一輩，所以婞直。』『止爲望君爲商周賢君，所以婞直。』『止爲告君敬天，所以婞直。』『止爲告君師聖，所以婞直。』『止爲告君愛民，所以婞直。』李氏在崇禎朝正直敢言，觀其論伯鯀之語，每每論及君臣之事，且語氣甚爲激動，蓋關乎其與明思宗之際合。再看《天問》『不任汨鴻』至『而厥謀不同』一段，也是講述鯀禹治水的神話。李氏意猶未盡地論道：『以前女嬃之詈，以鯀方之，故胸中不平，丟開許多聖賢不問，而數數爲鯀致詰也，大有爲鯀辯屈之意。』又比對鯀禹父子道：『曰前緒，曰成功，曰續初繼業，明明禹之功皆鯀之功，豈父子之間亦有命耶？禹善變化而鯀婞直，特謀不同耳。』可謂罵盡天下的反覆小人。這不由人想起崇禎時期東林與閹黨之間的鬥爭。再看《山鬼》『余處幽篁兮終不見天，路險難兮獨後來』二句，李氏箋道：『不從鬼路不敢來，焉知此語，屈子自寫苦況，同於鬼耳。』朱子以下，很多注家都看出屈子在創作《山鬼》時有意無意地流露了身世之感。李氏如此發揮，無可厚非。而其解『君思我兮然疑作』，則曰：『然疑作三字妙，楚國之君，難道不思屈子，到底疑作，以爲鬼耳。』同樣牽涉到李陳玉自身與君上的關係。

然而不可否認的是，李陳玉在闡發大義時往往有求之過深之嫌。如，《天問》『何獸能言』，《箋注》云：『舉能言之獸以況讒慝之輩皆獸也。』既然如作者所言，此段乃就『地上許多不可解處』設問，屈子原意殆未遽有此微言。又像《涉江後敘》云：『此是屈子一篇行程記，端直懷信，是其俯仰自得處。篇中雖説無樂不豫，其寔自發舒其樂與豫也。』説此篇爲『行程記』固然庶幾。然觀全篇的情調，分明忿懟不已。李氏硬坐屈子有樂豫之心，實有未安。再看《哀郢》『外承歡之汋約兮，諶荏弱而難持』二句，《箋注》：『味承歡句，原尚有母在。』讀此處之上下文，都是在講忠奸之争，故『承歡汋約』數語無疑是屈子用來控訴子蘭等人曲意媚上。如果將之解作『尚有母在』，縱使切合了『純忠至孝』之論，卻與《哀郢》整體文義有所扞格。

在申發大義之餘，李氏對於詞章分析也很重視。其分析也歸爲論章法和論詞句兩端。如其論《天問》的章法道：『《天問》

當分作三大段當分作三大段。自「遂古之初」起至「曜靈安藏」止，爲上段，共四十四句，是問天上事許多不可解處。自「不任汩鴻」至「烏焉解羽」止，共六十八句，爲中一段，是問地上事許多不可解處。自「禹之力獻功」起至末「忠名彌彰」止，共二百六十一句，爲後一段，是問人間事許多不可解處。天既生君子，又生小人，有許多君子做得起，亦有許多君子做不起；有許多小人做不起，亦有許多小人做得起。究竟歸於君子有常名在世，纏綿悽惻，不離忠孝之旨。此《天問》所以令人唏嘘欲絶也。』可見李氏在分析章法時，不僅能照顧文義，同時也能緊扣微言大義的宗旨，保持全書内容的一貫性。再觀其論『日月安屬，列星安陳』等句：『即《中庸》「日月星辰繫焉」之意，換一屬字陳字，與前「安放安屬」同一幻想癡想。屈子非不知其故，特欲問下面人事種種，先爲是迂遠之言，此文字之妙也。』以爲屈子問天上、地下許多不可解之事，衹是作爲後文問人間之事的鋪墊之筆。

李氏論《九歌》的篇數云：『按《九歌》……其十一章何也？蓋《山鬼》《國殤》《禮魂》共爲祭鬼，合前八禮，故名「九歌」。』對於《九歌》寫作藝術，李氏有比較準確的認知：『屈子文章變化各各不同。《東皇太一》高簡嚴重，《雲中君》飄忽疾急，《湘君》《湘夫人》纏綿婉惻，《大司命》雄倨疏傲，《少司命》輕俊艷冶，《東君》豪壯頎偉，《河伯》飄逸浪宕，《山鬼》幽倩細秀，《國殤》酸辣悲烈，《禮魂》短棹孤潔。』此實爲切中肯綮之語。對於各篇的寫作手法，李氏也多有獨見。如論《雲中君》道：『自「靈皇皇」句起至末，言雲中君降後便行，舉止軒軒之態。蓋雲神倏忽，故其去來急疾，此善於相體作文者。篇中不復言降神之禮，高甚脱甚。』認爲全篇不言降神，而篇末文筆戛然而止，正能貼合雲的特性。又論《湘君》：『此章極力描寫思神來而得來之狀，又思其來時光景，將來不來時徯首望幸之態。捐玦遺佩，神究不來，已到盡頭矣，末二句「時不可乎再得，聊逍遥乎容與」，畢竟要等到神來方休，以前都是反語。水窮山盡，忽然出此一路想頭，體格可謂絶奇。蓋湘君與湘夫人皆陰神，故極難降，而詞亦鄭重帶激，鬼神之家有用激請者，屈子可謂博通天人之情矣。末後竟不言神降後事，可謂高脱中更復高脱。」提出以『激』法請神，也是前人所未言者。

李氏於訓詁考證，時自創新説，亦有駁斥、繼承舊説者。舉例言之，《大司命》『導帝之兮九坑』，王逸《章句》：『導迎天帝，出入九州之山，冀得陳己情也。』洪興祖《補注》：『坑，一作阬。《文苑》作岡。』李陳玉則云：『九州謂九坑，可知都在坑阱中，無帝誰育？無神誰爲帝育？』可謂自出機杼。又釋《河伯》之名曰：『河伯，水神。楚鄉祀江亦稱河者，統名爾。』至今江楚仍有稱長江爲河者，可資證明。《橘頌》『紛緼宜修，姱而不醜兮』，李氏釋『宜修』云：『橘樹年須芟繁去蠹，與他樹不同，修士之行也。』能從橘樹本身的特性來解釋，亦非常新穎。此外，李氏以《九辯》、二《招》皆宋玉之作：『宋玉爲屈原弟子，憐師以忠直被禍，明擬《九辯》以配師《九歌》，今取而附之。《招魂》《大招》，則又宋玉擬配《天問》也。自出手眼，殆所謂青出於藍，其可敬也夫。』對於二《招》的來源與區別，則作出了非常詳細的論述。在歸二《招》著作權於宋玉的基礎上，李氏指出了兩個要點：一、根據唐代馬周的傳説和明代江楚之俗，自古就有在重病時進行『收召魂魄』的巫術。因此，無論是出於寄託性——戲作以相慰於寂寥，託意發憤，抒寫不平，還是出於實用性——屈子在得罪後爲憂鬱所傷，至於病苦，宋玉都有爲屈子招魂的可能。二、《招魂》《大招》名稱不同，乃因巫覡之事有大小之故。小則求一方之鬼神，大則合四方上下鬼神而大索之。這從二《招》所用『些』『只』二字可以看出：《招魂》用『些』，爲楚人土音，所以相呼者；《大招》用『只』，本古韻，見於《毛詩》等先秦故籍。『凡鬼神之事，陰陽本隔，多以聲音感之。陽聲相呼，綿綿不絶，陰神既感，自將隱隱隨之。陽聲先入爲導，陰神後隨自至。』故而《招魂》用『些』。而《大招》則大索於四方上下鬼神，楚之方言未可概通，必用中原古韻，因此《大招》用『只』。

觀第一點，李氏雖然能旁徵博引、申述二《招》之創作動機，卻也未必可否定屈子自招的可能性。至於第二點，李氏之説縱然頗涉不經，卻能從文字聲韻的角度來區别二《招》性質的差異，可謂慧眼獨到。此外，以《九歌》《九章》即《離騷》『啓《九辯》與《九歌》』，亦李陳玉之新説：『《九歌》之外又有《九章》，疑即《九辯》之别名，以應《騷》中之語。初疑文詞與《九歌》不類，《九歌》高簡奥澀，《九章》繁富明衍，或是擬作。所以歷代簡册，退《九章》於《天問》之後，不與《九歌》相連。亦序書者之傳疑也。及細讀之，煩寃苦恨，非屈子不能自道。今取而連之。』此論雖未廣泛爲人接受，卻也能自備一説。

對於前人的論點，李陳玉每有糾正之處。如《離騷》：『女嬃之嬋媛兮，申申其詈予。』王逸《章句》云：『女嬃，屈原姊也。』其後酈道元、洪興祖等更將此與夔州秭歸縣聯繫起來。《廣韻》亦引袁崧言曰：『屈原此縣人，被放，姊來，因名其地。』李陳玉駁曰：『不知秭歸之地，誌稱歸鄉，原歸子國。《舜典》樂官夔封於此，故郡名曰夔州。《樂緯》曰：「昔歸典協聲律。」然則歸即夔，後人乃讀爲歸來之歸。宋忠曰：「歸鄉蓋夔鄉矣。」酈道元好奇而不能辨，遂兩誌之《水經注》，故世互相沿習。』同樣從聲韻學的角度，對女嬃爲屈子之姊的説法提出了質疑。再者，對於前代研究《楚辭》者的意見，李氏也是擇善而從，選擇性地揚棄和繼承。如《懷沙》篇名，自東方朔、司馬遷等解釋爲『懷抱砂石』後，歷來多從之。李陳玉則云：『舊謂懷沙石以自死，非也。看前《涉江》《哀郢》，當是寓懷于長沙，謂當抱石沉淵，結局于此也。』主張『沙』爲『長沙』之説。舊本《九章》篇目安排並無一定次序，李陳玉以《涉江》《哀郢》印證《懷沙》之名，未必具説服力，然此説實乃自汪瑗《楚辭集解》開之。其後清人蔣驥又作了詳細的闡發。李陳玉主此説，有承先啓後之功。

在訓詁考證之時，李氏在審視舊説的同時，也留心於新的資料。如《天問》『營度初作』一句，《箋注》云：『即今天主教稱世界爲天主所造是也。不謂中國數千年前已有人作此想矣。』雖然仍存『中國自古有之』心態，但對於西學的思想也始終能兼容並蓄。又，《天問》『斡維焉繫，天極焉加』，《箋注》云：『蓋天地原係一氣所成，既是一氣，天自在虛中，地毬自在天中，譬如人身全是一團活氣，欲上即上，欲下即下，在天地中間原無依倚，有何所繫、有何所加乎？』中國至遲在兩漢時便有渾天之説，但由於儒學獨尊的關係，這些學説都被視爲不經之談。李陳玉在《箋注》中提出『地毬』之説，雖有繼承兩漢遺説的可能，但也不能排除西學的影響。

《箋注》始終以闡發大義爲主，訓詁僅是視爲末事。故李陳玉在考證之時也頗有疏略之處。如其《離騷小敘》云：『騷爲文章之名，自是風之一種。故「風」「騷」嘗合言之。「風」之與「騷」，譬古詩之與樂府也。』案：『風騷』並稱是比較後期之事，而李氏引之以證『騷』爲文體之名，可謂本末倒置。

是書爲爲清康熙十一年壬子魏學渠刊本，唯書中僅有李氏自敘，而無魏學渠序、附記及陳子覲、錢繼章後序。自敘首頁有『朱荃之印』『薌圃一字芳麋』『琴心』三印，皆朱文。卷一頁三、卷二、三、四之首頁亦皆有『琴心』之印。卷一首頁有『霞』『白雲樵史』『筠圃』『南浦魚支郎』『桂子秋風天上杏花春雨江南』『遺世獨立』等印。夾頁中尚有紙片，上書：『朱荃，清桐鄉人，乾隆中由生員舉博學鴻詞，授編修，視學四川，以事被劾，遂棄官走，不知所終，有《香南詩鈔》。』據張廷銀所考，朱荃字子年，號香南，浙江桐鄉人。由監生舉乾隆二年鴻博，廷試授庶吉士，散館授編修，工書，尤工小行楷。張氏又云：『「白雲樵史」「筠圃」「南浦魚支郎」等似乎皆與朱荃無涉，所以此書至少還曾經過朱荃之外的另一兩人之手。』張氏復考據道：『在國家圖書館所藏這本《楚辭箋注》上，有朱墨筆眉批、行批、夾批約一百多處。其中行批和夾批都是墨筆，而眉批則分朱、墨兩種。眉批之朱筆、墨筆或者各有其用，或者朱筆塗改墨筆，或者朱筆後補墨筆。經過初步的對比，朱筆和墨筆似乎出於兩人之手。墨筆筆畫細而靈活，朱筆筆畫粗而方正。但因爲在批點文字中及其他位置未透露任何關於批點者的個人信息，我們暫時無法知道到底是誰做的批點。不過，關於朱荃籍貫仕履的夾紙字迹與墨批字迹接近，這似乎可以證明批點不應該是朱荃所爲。《天問》部分的夾批的紙質與晚近所常見的紙張非常接近，批點的時代或許在清中晚期甚至民國。』所論甚辯。唯夾批亦偶有朱筆，且眉批之朱筆亦有不同字體，如，《離騷》字體較爲方正，而《九歌》則多行書。然究其文義，當係一人之言爾。四卷之中，唯卷二《天問》無朱批，且多夾紙。張廷銀云：『經核對，其與眉批中的正式文字皆有聯繫，而且紙片中的文字也有修改的痕迹，因此可以證明它就是眉批的原稿或底稿。如《天問》題下墨批：「若作問天，是人所不能解而資諸天以求解之，今曰天問，是天亦在不可解中，而無異世之能解之也。二字奇絶。」而夾頁則云：「不作問天而作天問，何也？若作問天，是世間人所不能解，而欲問諸天以解之也。今曰天問，是天亦在所不能解，無望世間人之能解之也。然則是終付之不可解乎？佛言：『如來發明世、出世法，知其本因，隨所緣出；如是乃至恒沙界外，一滴之雨，亦知頭數。現前種種松直棘曲、鵠白烏玄，皆了元由。』恨屈子不能進其前而問之。」』小字側批：『此段應寫在《天問》下。』張氏指出，這若非批者自我提醒，就是對抄寫者的提示。總之，皆當爲當時所寫，非從某處過録。誠然。張氏且曰：『在《九歌・少司命》「竦長劍兮擁幼艾，蓀獨宜兮爲民正」後，有一條墨批云：「林注以幼艾爲老少，甚腐。竇媛、玉女，天上固亦有之矣。」所謂「林注」，應即林雲銘《楚辭燈》。說明此評點者必在林雲銘之後，或者在《楚辭燈》刊印之後。』然又注云：『墨批關於林雲銘的引述並不十分準確。林雲銘原注僅曰「十年曰幼，五十曰艾」，倒是王逸《楚辭章句》、陳第《屈宋古音義》、陳本禮《屈騷精義》和胡文英《屈騷指掌》比較明確地稱：「幼，少也。艾，長也。」』案：張氏謂林注爲林雲銘《楚辭燈》，是也。茲復補證一例，如《天問》『桀伐蒙山，何所得焉』句上，墨批云：『不料蒙山之伐，他無所得，而獨得妹喜。』

考林雲銘注此二句曰：『除妹喜之外，别無侵掠。』所言甚爲相近，益可知批者於林注有所參詳。且觀有關朱荃生平的夾紙稱其爲『清桐鄉人』，則夾紙作者爲民國時人無疑。此紙文字雖爲行書，用筆卻視其他批語爲瘦硬，似非一人所書。然配合其思想内容而觀之，批語乃晚清時所爲，而有關朱荃生平之夾紙則爲清末民初遞藏者甚或書賈所爲，庶無大謬。

綜覽批語内容，可歸納爲作者、文意、章法、訓詁、詞句諸方面，而有些批語則對於李陳玉的注文有所回應。茲逐一論述之。作者情志方面，如《離騷》眉批：『「高陽」二句見宗臣世系不同，「攝提」二句見生辰稟氣不同，「覽揆」四句見家學相承不同，「紛吾」四句見才德本領不同。「江離」二句揭出一生受患之根，蓋一應議論設施，決不肯一毫假借。』又，『怨靈脩』至『余不忍爲此態也』，眉批：『從來小人害君子，只誣他一個沽名賣直，彰君之過，人主便深忌入骨，屈子所以有自伐之謗也。引避此謗，須是入他隊裡，周容爲度，方可免得，孰知此態固死不肯爲者乎！』《抽思》『固切人之不媚』句及『善不由外來』二句，眉批云：『脩身事君，只此一副本領，所謂切人也。』見其對於屈子思想及個性氣質，理解甚爲透闢。

批者於文意方面，則以《天問》主旨要爲屈子對賢良不遇之歎惋及對女尤之憂慮。如『不任汩鴻』至『而厥謀不同』段，眉批：『天之下有地，地上事莫大於治水，想起治水又復看「鯀悻直以亡身」一語。故先從鯀禹父子事問起，非爲鯀訟冤也。悻直人往往不容於世。若鯀之功多罪少，而獨遭大罰，不知讒邪害公正之人，天將何法處置，故首以此事向天發問也。』又，『禹之力獻功』至『而快鼂飽』一段，眉批：『此下要問人間許多不可解，而仍從禹之治水説起，歸到鯀疾修盈一語，亦仍爲悻直亡身者訟冤也。』『阻窮西征』至『而鯀疾修盈』一段，眉批：『「阻窮西征」即所謂永遏在羽山也。自不能越巖而出，即化爲黄熊，雖死隨巫祝而活，其神靈似有不可泯滅者。厥後禹功既成，烝民乃粒，實則鯀有以開其先，乃後人並其功而棄之，致疾於鯀，則鯀誠冤矣！上文言横逆如羿，天獨曲庇之，勞勤如鯀，帝必采罰之不可解也。〇上言射河伯、妻洛嬪者，帝猶不遽加顯戮，亦何罪鯀者之太甚？』又，『白蜺嬰茀』至『夫焉喪厥體』一段，眉批：『因言鯀之化熊，不能復活，思古今有死而復活之神仙，而傷鯀之不能也。』以鯀事串連各段内容，其説發前所未覆。涉於『女尤』者，如『惟澆在户』至『而親以逢殆』一段，眉批：『天下女子儘多，澆偏蠱惑于嫂，而隕首于少康之手，豈禍來神昧耶？〇此又接上浞妻謀羿事，爲妹喜妲己作引。』又，『舜閔在家』至『孰執匠之』一段，眉批：『夫女豈必皆禍人國者？如舜之愛閔至孝，而父必欲鰥之。堯竟不告而妻以二女，出其不意之事。若紂之玉臺十重以處妲己，誰使之極其欲也？歷觀女禍至此，傾城傾國，洵可恨矣。因想有過如伏羲與其妹女媧，至以女人爲天子，豈非天故意生此人成此妖孽事？』謂諸段之旨，皆切以『女尤』而問難之矣。

批者於章法者，蓋善於歸結意旨，並尋繹前後文關聯之語。尤其《離騷》一篇，分節尤爲細密。如篇首自道家世及德性諸句，眉批云：『下文衆女之嫉、女嬃之詈，俱從此來。』又，『不撫壯』至『而齋怒』一節，批云：『「撫壯」四句望君，「三后」四句望君廣求賢臣，「堯舜」四句承君言，「黨人」四句承巫言，「奔走」四句見闇君讒臣既成一路，忠邪遂從此不並立矣。』又，『長太息』至『以攬茝』一節，批云：『「太息」八句承彭咸遺則來。』又，『怨靈脩』至『爲此態也』一節，眉批：『「靈脩」以下二十句承九死未悔來。』又，『就重華而陳詞』句，墨筆眉批：『遥接「將往觀乎四荒」句。』又，『欲從靈氛之吉占兮』以下二十四句，眉批：『巫咸勸其去楚國以求女。靈氛猶是世間人，故又決之巫咸，天上人也。』若是者，皆能梳理層次，疏通大意，俾讀者深入瞭解其結構。

李陳玉《箋注》較爲簡潔，且以申發大意爲主，故於訓詁校勘或有疏略。批者對於李氏未及之處時有矯正及補充。如，《天問》『儵忽焉在』句，李氏曰：『儵忽，《莊子》所謂北海之帝也。』而眉批：『《莊子》：「南海之帝曰儵，北海之帝曰忽。」』又，『卒然離蠥』句，眉批：『蠥，憂也。』《哀郢》『顧龍門而不見』，眉批：『龍門，楚都南關三門之一。』《抽思》『覽民尤以自鎮』，眉批：『民尤，謂民之尤者。覽民尤以自鎮，謂取古賢之曾處此者以自鎮也。』此皆補李注所闕此也。且如《抽思》『固切人之不媚兮』，眉批：『切人，猶云「樸實頭地人」也。』更有白話注釋之意。《河伯》『魚鱗屋兮龍堂』，眉批：『堂音同。』《悲回風》『糺思心以爲纕兮』，眉批：『糺音糾。』《遠遊》『意恣睢以担撟』，眉批：『担，亶；撟，矯。』案：此叶韻或直音也。《惜誦》『背膺胖以交通兮』，眉批：『通自應作痛。』《遠遊》『野寂漠其無人』，眉批：『寂古本作家。』案：此校正文字也。《哀郢》『憂與愁其相接』，眉批：『只改一「愁」字，語妙盡失矣。』案：王逸《章句》作『憂與愁』，而朱注作『憂與憂』。批者蓋右坦朱熹，且以文學角度審視，故有此言矣。然批者之言亦有未妥處。如《懷沙》『汩徂南土』，眉批：『按汩字（從曰）與汩字（從日）音義各別。汩音骨，亂也，没也。汩音聿，水流疾貌。《離騷》「汩余若將不及兮」及此處似從汩字，字或音密，或音骨，恐俱有誤。至汨羅之汨字又是別音，似不容混。』案：從日者爲『汨羅』之汨，音覓。從曰者則有骨、聿二音，本爲治水之義，引申之爲疾、亂、去貌、行貌諸義矣。

批者徵引古詩及名賢語録，抉發篇中用語或句子意旨。如，《離騷》『恐美人之遲暮』句，眉批：『曹子建云：「盛年處房室，中夜起長歎。」此正屈子美人遲暮意。』《湘君》『鼂騁騖兮江皋』四句，眉批：『荒涼之極，李賀詩「梨花落盡成秋苑」，彷彿似之。』《卜居》篇末批云：『胡文定公嘗曰：「行已大致去就玄默之幾，如人飲食，其飢飽寒温必自斟酌，亦非人能決也。」正與此篇可相證。』引《宋元學案》中胡安國語録以證鄭詹尹『用君之心行君之意』一語。《九辯》『惆悵兮私自憐』句，眉批：『「私自憐」三字悶絶千古。古詩云：「枯桑知天風，海水知天寒。入門各自媚，誰肯相爲言？」』《湘君》眉批：

『佛爲波斯匿王談觀河見性，言：「變者受滅，彼不變者原無生滅。」正此意。屈子於生死之際審矣。』以《楞嚴經》語證『無絶終古』句意也。《九辯》『悲窮戚兮獨處廓』句，眉批：『鮑照《行路難》本此。』又，『四時遞來而卒歲兮』二句，批曰：『《莊子》云：「寇莫大於陰陽，無所遁於天地之間。」所謂不可與儷偕也。每讀此語，毛骨俱竦。』《招魂》『結撰致思』等句，眉批：『西園公子、南國佳人，賞心快事，必藉辭章，千古一例也。』皆此類也。

批者於李陳玉箋注，時有回應，或採用，或批駁。如，《離騷》『就重華而陳詞』句，李氏注：『爾（按指女嬃）以予爲鮌，請即質之於舜。』後文箋注云：『蓋當日殛鮌者，重華也。吾所以事君者，有一不合中正，則果是婞直，與鮌同歸，爲重華之罪人矣。』眉批則曰：『「就重華」句注極好，所以重華是高陽氏一家眷屬也。』案：李注以屈子『就重華』，緣乎嬃詈，以鮌比屈子，而殛鮌者舜也，故就之。而批者以重華同出高陽，本屬一家人也，故就之。又，李氏以《離騷》『帝高陽之苗裔』至『字余爲靈均』八句爲一節，而批者則概括至『紉秋蘭以爲佩』十二句爲一節。其分節不與李氏同。則其餘亦可推知矣。又，《離騷》求女一段，李氏以爲求宓妃、簡狄、二姚分別指皇道、帝道、王道之合，而眉批則有所斟酌：『余謂此處求女斷指求友。初求伏羲氏之女，求皇佐之合也。繼求高辛氏之女，求帝佐之合也。又求少康之二妃，求王佐之合也。若仍指求賢君，與見帝一段意複矣。』案：將皇道、帝道、王道之合改釋爲皇者、帝者、王者之佐。不與李氏同。又，李氏《九歌》題下注云：『《招魂》《大招》，則又宋玉擬配《天問》也。』眉批：『據《史記》則《招魂》自是屈子作。』《湘君》『思夫君兮太息』，李云：『右用女巫，竟以神爲夫君，奇。』眉批：『夫君應只是男子之美稱，不定是婦人目其夫也。』又，《招魂》『君王親發兮憚青兕』，李氏注：『此言魂歸當還故都，從王射獵，君臣之好如初，所以深招之也。』箋注又云：『以青兕讓君親發，憚而避之，臣道之善也。』眉批：『憚字字法之妙，兕猛獸，使之懾服不動，見君王之神武也。注未當。』則皆直駁於李氏之非。《哀郢》『外承歡之汋約兮』，李氏云：『外承歡句，原尚有母在。』眉批：『朱注解此語極精，此云有母在，何其無謂。』案：朱注：『言小人外爲諛説，以奉君之歡。』則據朱説駁斥李氏也。是書見藏於國家圖書館，洵可寶也。（陳煒舜、郭劍鋒）

# 楚辭箋注定本

《楚辭箋注定本》者，清楊金聲之所作也。金聲字條理，又鏡亭，别號雙峰，堂號簡古，湖北孝感人。據彭而述序稱，『楊子孝感名士，余順治丙戌司江北文衡，曾與此君有國士之知。今乃屢躓不售，尚滯冷氈，以楚人而談楚事，宜其詳也』。其爲鄉試不第，蓋際逢明、清鼎革，落拓不偶，故孝感地志亦無記載。清光緒《湖南通志》卷一二七《職官志》十八，順治十三年載，任湖南茶陵州學正；卷一二九《職官志》十九載，任湖南江華縣教諭。又，清丁宿章《湖北詩徵傳略》卷十二載，『才名藉藉，與兄金通埒。聞張曬石訃，追憶分袂淥日，云：「廿年兄弟髩毛催，君下晴川猶壯哉。别路幾回江日醉，相思約略布帆開。鈞天廣樂誰爲夢，蝴蝶莊生不復來。欲共故人寒夜語，可能洣水倩龍媒。」《楚詩紀》所登數詩，惟此首尚清脱無滯。其一往情深，尤徵友道之篤。』蓋亦善詩者。著有《天官書》《史疏》《水經注》《逸史》《半疑録》《靈異録》等，多散失未存。

彭序又云：『會己亥秋，余以朱陵兵使者，蒐乘茶陵，得楊子雙峰是編。』己亥者，即順治十六年也。而楊氏自序則曰：『丙申承乏茶校，竊幸人士温醇，士鮮跳達，遂得杜門卻掃，肆力兹編，楚人解《楚詞》，余知勉矣。中湘唐魏子、白下周鶴胎暨攸濱陽晉侯，俱以名宿各出手眼，遥相訂正，緣是降心静氣，謬擅折衷。梓人促之行世，題曰定本。』丙申爲順治十三年，其書成於此時。姜亮夫《楚辭書目五種》著録楊書，謂其刊於順治三年丙戌，當係誤記。案如後文所論，楊書乃剽竊李陳玉

《楚辭箋注》而成。考李氏《自敘》謂其書作於順治十年癸巳。若楊氏盗刊，則李陳玉之書稿必成於順治三年前，而不至晚及順治十年也。

全書凡十三卷。卷首彭而述序，次楊氏自序，次《楚辭定本》校梓姓氏，次《楚辭定本》校梓友人姓氏，次《凡例》，次《楚辭》引用目録，次批評《楚辭》姓氏，計八十四家，次《楚辭定本總評》。次《目録》，所取篇目大致取王逸《楚辭章句》，而分卷、篇次未遵舊式：卷一《離騷》，卷二《天問》，卷三《九歌》，卷四《九章》，卷五《遠遊》《卜居》《漁父》，卷六《招魂》，卷七《大招》，卷八《九辯》，卷九《哀時命》《惜誓》《招隱士》，卷十《七諫》，卷十一《九懷》，卷十二《九歎》，卷十三《九思》。

張平子思玄賦行積水之皚皚兮清泉沍而不流寒風淒其永至兮拂雲岫之騷騷

離騷當分作十四段詳列于後

帝高陽之苗裔兮原是楚同宗朕皇考曰伯庸又是同宗世臣攝提貞於孟陬兮惟庚寅吾以降呼放切生年月日皆秉陽剛皇覽揆余于初度兮肇錫余以嘉名自小家教便服名義名余曰正則兮字余曰靈均

此第一段言其同姓親臣恩深義重本非可離之人且受天之氣稟父之教自墮地來便以正直爲則

楚辭定本　卷一　離騷

魏學渠康熙十一年刊李陳玉《楚辭箋注》中，魏氏《附記》引陳玉之子龍孫之語，楊氏此書乃是盗刊本：『頃過鄖水，已有梓成，而自以其姓名傳者矣……先祖諱良桂，故第四段注中有云「蘭桂」之「桂」，去「木」止書「圭」者，避先諱也。乃贋本仍之。以自我著述之書，避他人祖父之諱，彌見其謬耳。』魏學渠云：『先生《箋注》，自《大招》而止，贋本于宋玉以下俱有所著。並爲辨正，恐後之學者不悉其詳，則續貂者至亂其真也。』姜亮夫則論楊書亦曰：『此書與上列李陳玉《楚辭箋注》當爲一書，而此則稍有增益。據李龍孫言，則楊乃盗竊其父之書云。』又論楊氏之序云：『此文全襲李氏原文。其增益處，筆調情味，皆不相似，且有不甚可通處，盗襲之迹顯然。』對勘李陳玉序及楊序，確然頗有點竄增益之處。如楊序篇首云：『箋注非有加於《楚詞》也，益致辨也。不辨箋注，不解《楚詞》矣。不辨箋注，並不解箋注矣。蜀水洗錦，水非有加於錦也。不辨蜀水，不能鮮錦矣。』李序云：『予生平爲傳，止《易》與《詩》，箋則微見於《易眼》一書。至於後世注疏訓詁之文，見之輒欲寐，甚且嘔吐，繼之終日不平，况執筆而爲之乎！癸巳復過雲陽，門人執《楚詞》爲問，因取而觀之，爲注家塗污極矣。』此節爲楊氏删之，改云：『昔鍾儀南冠而縶，尚能操土風。寧有楚儒不解楚詞，譬少唐兒不知鄉土者乎？余嘗取五《雅》《風俗通》《水經》諸書，旁搜引注，幾廢寢食。然博而寡要，穢而反漏，不睹康衢。』李序復云：『四家之中，箋所宜有事也。於是箋《離騷》，次《九歌》《九章》及宋子《九辯》《招魂》《大招》諸篇，獨是《天問》既被人解壞，箋則愈益不解，乃爲注以明之，自《天問》有注。又念《離騷》爲《楚詞》開篇，不妨仍爲中下人，入泥入水，使開篇便知大意，則以後曲折竟如破竹矣。是以《離騷》有箋而復有注，《天問》則有注無箋，《九歌》以下則箋詳而注略，《招魂》《大招》則箋略而注詳，各有取爾也。又提《天問》於《九歌》之上，與《離騷》並，比世本序次稍爲更置者，以俱爲屈子集中大篇，若鳥雙翼，若車兩輪，使讀者先觀其大，則屈子之至性與屈子之奇情，觸目如有見，觸耳如有聞，《九歌》《九章》等篇，特其一端耳。凡三十日而書告成。嗚呼！吾於是重有感焉：自古聰明聖智之士，不見之功業，必見之文章。見之功業者，必與皋伊並價，見之文章，其不幸也，然亦必與六經相上下，史氏所謂争光日月也。向令屈子遭時遇主，則其文章全發抒於絲綸謀議之地，後世烏從而知之？惟其有才而無命，有學而無時也，是以長留後世之悲歌，而亦無所見其不幸焉。嗚呼！使余而亦爲之訓詁之文者，豈非屈子時命之累，更數千年尚相波及也哉！』楊氏改云：『四家之中，箋尤喫緊。癸巳赴官寧庠，冷席卧病，城郭空荒，鳥啼猿嘯，音聲悽清。余用是困衡久之，萬慮盡净，逗露虚明，雖過此已往，畔岸茫如。而積歲徒勞，疑城突出，然後悟《騷》《問》二首竟與《南華》相爲表裏，以其多寓言而非蹠實也。丙申承乏茶校，竊幸人士温醇，士鮮跳達，遂得杜門卻掃，肆力兹編，楚人解《楚詞》，余知勉矣。中湘唐魏子、白下周鶴胎暨攸濱陽晉侯，俱以名宿各出手眼，遥相訂正，緣是降心静氣，謬擅折衷。梓人促之行世，題曰定本。固念《楚詞》篇首有箋有注，而復有疏，過此一關，則向後勢如破竹。又提《天問》於《九歌》之上，與《離騷》並列，較之世本序次稍爲更，所以然者，謂其俱爲屈子大篇，若鳥雙翼，若車兩輪，欲吾輩先觀瀚海，則屈子之奇情幽致，觸目如見，其他《九歌》以下諸篇，或箋或注，或傳或疏，另用竹疎煙補法治之，各有取尔也。噫，讀《楚詞》者，使潛而玩之，涉身其地而體之，邇事父，遠事君，興觀群怨，天則皆不能越，但考其鳥獸艸木，取材本國山川路徑，專意而西行者，便知爲屈子手筆。宋玉而外，照樣葫蘆，未免衣冠是而神骨非。此又螺紋分寸，不可雜汎者也。余兹重有感焉：自古聰明聖智，不表諸功業，必著爲文章。表諸功業者自應與皋伊比隆，著爲文章，其不幸也。雖然，《楚詞》與六經相上下，既已争光日月，向使屈子遭時遇主，則其文章全發抒於絲綸謀議之地，千載而下，又孰知澤畔江濱有此德慧術智一段公案哉？惟其有才而無命，有學而無時也，故長留諷詠天壤之間，亦無所見其不幸焉耳。」損益痕迹，清晰可辨。楊書凡例云：『原本自《離騷》至《大招》而止，宋玉以下殊有遺珠。兹特並劉向、王褒之擬作者概爲録入，俾閲者誦詠無疑，然後信楚材之傳。』所謂『原本』者，即李陳玉本也。剽竊之根，昭然若揭，而梨棗之厄，至於此極矣。

楊序及各卷卷首所記，協成是書者有湘潭唐世徵魏子、江寧周鳴遠鶴胎、攸邑陽始亨晉侯。然書首之校梓姓氏有十五人，多爲原任或現任官員；而校梓友人姓氏竟達一百二十人，蓋有以是書固誼聯友之意。而《楚辭》引用目録有書四十二種，而楊氏自著者有《天官書》《史疏》《水經注》《逸史》《半疑録》《靈異録》，佔全目七分之一，不可謂少。而批評《楚辭》姓氏及《楚辭定本總評》凡八十四家，剿襲沈雲翔《八十四家評楚辭》，無所增減。姜亮夫謂楊書視李氏原書『稍有增益』，除增加《哀時命》以下諸篇外，於各篇之箋注略有補充。詳審楊書《凡例》之若干條目，其所補充方式，蓋得藉此與聞焉。《凡例》或曰：『幽奥難解處，或箋或疏，所以括其藴而開其滯，非臆測也。皆引據古史，簩以心裁。』又曰：『山川草木、鳥獸蟲魚，多搜《爾雅》《水經》諸書，雖博必確，非特供辭家之拾瀋，亦且備天地之大觀。』又曰：『音義旁解之外，遍考《篇海》、《字彙》及《洪武正韻》，另用總釋，庶免魯魚豕亥之訛。』案覆李陳玉原序云：『予生平爲傳，止《易》與《詩》，箋則微見於《易眼》一書。至於後世注疏訓詁之文，見之輒欲寐，甚且嘔吐，繼之終日不平，況執筆而爲之乎！』其箋注《楚辭》以闡發大義爲主，而不以訓詁考據爲務。此蓋楊氏所欲增補之處也。

現存楊書之前四卷，皆爲李陳玉已箋注之篇章。唯李書卷三有《九章》《遠遊》《卜居》《漁父》，卷四有《九辯》《招魂》《大招》。而楊書則以卷四爲《九章》，卷五爲《遠遊》《卜居》《漁父》，卷六、七、八分别爲《招魂》《大招》《九辯》，此編次之不同也。然綜覽楊氏箋注部份，大率皆爲李陳玉原文，僅措辭或略有修改而已。如《九歌》題下注末，李氏云：『……《招魂》《大招》，則又宋玉擬配《天問》也。自出手眼，殆所謂青出于藍，可敬也夫！』楊書删去『可敬也夫』四字。其所增入箋注内文者，則多爲王、朱舊注之訓詁。如《離騷》『怨靈脩之浩蕩』一段，李氏云：『讒人害人，必先進飛語中之。謡歌亦其一也。……』楊書於此前增補：『浩蕩，謂驕傲放恣，無思慮貌。女無專擅之義，猶君動而臣隨，故以喻臣。蛾眉，蠶蛾之眉。徒歌曰謡。』案：王逸注云：『言己所以怨恨於懷王者，以其用心浩蕩，驕傲放恣，無有思慮。』又云：『女，陰也，無專擅之義，猶君動而臣隨也，故以喻臣。』又，洪氏《補注》引顔師古云：『蛾眉，形若蠶蛾眉也。』《爾雅・釋樂》：『徒歌謂之謡。』除《爾雅》一例外，皆採《楚辭》舊注，無甚發明。又，《天問》題下注，楊氏補云：『舊按屈原既放，彷徨山澤，見楚有先王之廟，及公卿祠堂，圖畫天地山川神靈，及古賢聖與夫怪物行事于壁，呵而問之，以渫憤懣。

楚人哀惜之，因共論述，故其文無次敘。然不曰問天，而曰天問，天尊不可問也。』則刪略王逸《天問序》也。又，《天問》『洪泉極深』一節，楊氏於李陳玉箋注後補云：『有角曰蛟龍，有翼曰應龍。禹時有神龍以尾畫導水徑所當決者，因而治之。按：當作洪淵，而云泉者，唐本避諱改之也。』案：王逸注曰：『有鱗曰蛟龍，有翼曰應龍。……禹治洪水時，有神龍以尾畫地，導水所注當決者，因而治之也。』朱子《集注》曰：『泉，疑當作淵，唐本避諱而改之也。』則剿襲王、朱舊注也。其餘各篇段落，大率如此。不見者李注及舊注者，間或有之。如，《天問》『何闔而晦』一節，楊氏補云：『即唐詩「明從何處去，暗從何處來。但覺年年老，半是此中催」之意。』此乃韋應物《詠夜》詩。然此處引之，不似箋注，似眉間評點語也。各篇以側批增入直音、協韻或反切。如，《離騷》『夕余至乎縣圃』，『縣』字側批：『音玄。』《雲中君》『華彩衣兮若英』，『英』字側批：『於姜反。』又，『靈連蜷兮既留』，『蜷』字側批：『音拳。』《湘夫人》『望夫君兮未來』，『來』字側批：『力之。』是皆李氏《箋注》所不見者。雖然，猶不足掩其剿襲之迹矣。

若書中果有原創之説，蓋爲楊氏及周鳴遠、陽始亨數人偶見之評語也，然識力不濟，多爲悠謬不經説。如，《離騷》『怨靈脩之浩蕩』一段，楊氏評云：『分明將「諑」字疏「謡」字，可見《孟子》「怨慕」章，分明將「陶」字疏「鬱」字也。古文疏法簡貴如此。』案：鬱陶，雙聲連語，謂以『陶』字疏『鬱』字。是誤拆連語爲二字二義也。又，『悔相道之不察』一段，楊氏評云：『大凡品芳潔者，多失之冷刻。曰「延佇」，曰「回車」，曰「步馬」，進退之間，篤摯長厚，全無忿懟君父之意。《離騷》可繼《風》《雅》，信不誣也。君子處身處世，可以法矣。』案：『延佇』『回車』『步馬』，乃《離騷》敘寫將往觀四荒之始，百無聊賴，無處容身，乃高自標榜清潔之志，不肯降節，而與『冷刻』何涉耶？又，《離騷》篇末有楊氏評云：『余官寧遠，分祭九疑，雖峰勢昂霄，然不見大舜葬處。按《九疑志》：「蒼梧連亙粵西，從尋據而止。辨在《半湖集·舜陵記》。」知舜未嘗葬九疑也。余邑孝感，以漢孝子董永得名，去縣十里，有理絲橋，橋碣云：「仙女助永行孝處。」然考縣志，實名李師橋。後一故老，從橋頭掘得石匣，內藏金鑄女像，勒有銘，字畫如牛毛，首云李師女，九世巫，是知李師字竝訛，非仙女理絲之説也。即此推之，女嬃姊歸，誣可知也。』又，周氏評云：『指女嬃星爲屈原姊，猶世俗指黄姑星爲天女，同一訛謬。然嚴君平能辨支機石，恰符天河之所見。宇宙間另有此一段奇理，此《天問》所由起也。』案：謂舜不葬九疑者，臆説也。《山海經·海内南經》：『蒼梧之山，帝舜葬于陽，帝丹朱葬于陰。』郭注：『即九疑山也。《禮記》亦曰，舜葬蒼梧之野。』又，《大荒南經》：『赤水之東，有蒼梧之野，舜與叔均之所葬也。』郭注：『叔均，商均也。舜巡狩，死於蒼梧而葬之，商均因留，死亦葬焉，基在今九疑中。』出土於長沙馬王堆三號漢墓古地圖，圖九疑山爲九柱狀，山西側書有『帝舜』二字，譚其驤謂九條柱狀後面『建築物是舜廟』，而『九條柱狀物當係舜廟前的九塊石碑』。其説韙矣。女嬃姊歸，前人固已斥之，亦非楊氏所發矣。《天問》篇末陽氏評云：『此篇引據多非正史，蓋取荒幻不經之事，咄咄不解，聊寫其憂憤之極致耳，所以爲《天問》也。若出後人手筆，則付之野史矣。閲者要看其句法章法，奇奥簡貴，便有分寸。』案：拾王逸《天問敘》『以渫憤懣舒瀉愁思』之餘涶，無所發明。《天問》所以難解，以古史佚傳，尤不當目以『荒幻不經』也。又，《橘頌》篇末楊氏評云：『此篇是屈子假物寓懷，與蘇老泉木假山同旨。古人文字，多此體制。』案：『假物寓懷』之旨，叔師已及之矣。然類之蘇老泉『木假山』者，實屬牽合不倫。

洵若龍孫所言，陳玉因避父『良桂』諱，書中『桂』字悉作『圭』，而楊書悉從之，以避陳玉父諱，荒唐至極。魏學渠刊本，僅《湘君》『沛吾乘兮桂舟』之『桂』未改，而楊書併此處亦作『圭』，是其所補者耶？令人一粲。蓋陳玉書稿無誤，而楊氏悉從之，而魏刊本則手民一時失察耳。復次，楊氏《凡例》雖言『庶免魯魚豕亥之訛』，然此類訛誤，至不能免，見其學之絀劣矣。如，《天問》『日安不到』節，李氏箋注云：『……有無日處，有龍啣燭炤之。』楊書作『有龍啣燭留炤之』，衍一『留』字。又，『湯謀易旅』，楊書作『湯桀易旅』。又，『彭鏗斟雉』節，李氏箋注云：『……堯饗之壽，亦百有餘歲，天何以壽考錫此一人？』楊書『天』訛作『夫』。又，《思美人》『解萹薄與雜菜』，楊氏於箋注後補云：『篇似小梨，好生道旁。』則『萹』訛作『篇』。又，《天問》『何所冬煖』節，李氏箋注云：『不死之鄉，如小説雞窠中小兒，乃七世祖父也。長人之鄉，如防風氏及《春秋》所載長狄。』楊書則作：『不死之鄉，如小説雞窠中小兒，乃七世祖父也。按山中有人，年老不死，子孫藏之雞窠。即《春秋》所載長狄也，爲防風氏。』案：楊氏『按語』，採自朱子《集注》，而隱晦其迹，占爲己有。李氏原文，本意防風、長狄皆是巨人，然楊氏竄入『按語』後，竟於『《春秋》所載長狄』句前增一『即』字，防風氏豈即長狄耶？其妄改經義，虚造證據，竟至於是。楊書本有句讀，亦有訛誤。如，《天問》『湯出重泉夫何罪尤』節，李氏箋注云：『……既出省無罪尤，不勝忿忿之心。』楊書作『既出省無罪，尤不勝忿忿之心』，且《天問》正文中『罪尤』爲一詞解之，則詰曲不通矣。

點竄前人著述以爲己作之情況，晚明之世，不時有見。如沈雲翔增益蔣之翹《七十二家評楚辭》至八十四家，即是一例。又，來欽之《楚辭述注》五卷，姜亮夫論云：『來氏以朱熹《集注》本爲據，……于晦翁之《集注》，稍稍裒多益寡，或加删節，謂之《述注》。凡熹所謂《續離騷》者以下三卷，及《後語》全部，皆删而不録。而又採擇諸家評語，載之眉邊。並輯入陳洪綬屈子像及《九歌》十二圖，以成本書。實無所發明。明人習陋好名，來氏此刊，可爲代表。列來氏子姓之説至四五家，則以屈子書作顯揚宗親之用矣！』案：沈雲翔增益於蔣書者僅十二家評語，來欽之增益於朱注者僅其本人其親友之評語，而尚存蔣、朱之名。楊氏之於李陳玉，既竊其書，復掩其名，增益寥寥，而剿襲紛紛，則於沈、來二書，可謂有過之而無及矣。

若是之類，宜棄之不收。今猶所以存之以彰其醜行者，後世苟且好名之士讀之，庶幾有所儆戒焉。

是書刻時不詳，當刻於李陳玉《箋注》後，即在清康熙十一年後。流傳未廣，國家圖書館所藏者爲海内孤本，然僅存前四卷，《遠遊》以下九卷皆佚。（陳煒舜）

# 批點本楚辭集評

《批點本楚辭集評》者，明陳深之所輯撰也。深字子淵，號潛齋，浙江長興人。明嘉靖二十八己酉舉人，隆慶五年辛未知歸州，後調官雷州府推官。性嗜古，不喜爰書。致仕後，纂輯忘倦，年八十餘，猶篝燈至丙夜不輟。尤邃於經學，折中條貫，粹然大儒。著有《周禮訓雋》二十卷、《考工記句詁》一卷、《春秋然疑》一卷、《十三經解詁》五十六卷、《諸史品節》三十九卷、《諸子品節》五十卷、《韓子迂評》十卷及《秭歸外志》《丹經刊誤》等。事載清趙定邦《長興縣志》卷二十三《人物》、卷二十九《藝文》。

是書之撰，則緣乎其嘗知歸州，優遊於屈原故居，而見屈原故迹，蓋不能無動於衷焉。總十七卷，以《離騷》一篇稱『經』，《九歌》以下各卷皆稱『傳』。目録亦同王逸《楚辭章句》，依次爲《離騷》《九歌》《天問》《九章》《遠遊》《卜居》《漁父》《九辯》《招魂》《大招》《惜誓》《招隱士》《七諫》《哀時命》《九懷》《九歎》《九思》。止録正文，而無注釋。每卷之首，皆録王逸小序。惟《離騷》之末，又録王逸《離騷後敘》；《天問》之末，録王逸《天問後敘》及班固《離騷序》。卷首爲王穉手書《屈原賈生列傳》及劉勰《辨騷》、宋晁補之《題跋王逸楚辭十七卷》，末附王世貞《楚辭序》。

各卷首行，署曰『王逸編次，陳深批點』。點者既有句讀，又有句批，於句側用『、』或中空之『○』號。各卷之末又有『疑字音義』。考隆慶本卷首有《楚辭疑字直音補》，然執是書與之相比較，不啻例字增益甚多，且注音釋義之方式亦別。即以

《離騷》卷末所列一百三十三字爲例，注音直音居大半，如『紛音墳』『褰音蹇』『齋音劑』『萎音透』之類是也。或注四聲，如『重去聲』『莽去聲』『令平聲』『鴆朕去聲』之類是也。或用反切，如『汨于筆反』『侘敇加反』『傺丑利反』『浞上角反』之類是也。入韻字或注叶音，如『降叶乎攻反』『妬叶音跖』『御叶音迓』『媒叶音糜』之類是也。或注字義，如『追古隨字』『罵與罵同』『彙古集字』『鮌與鯀同』『澆又作奡』『要古腰字』之類是也。與隆慶本不盡相同，是蓋陳深據隆慶本增改之也，其於讀《楚辭》者有所裨益焉。

陳氏或於文句有側批，雖甚少，然事涉文字校勘。如，《離騷》『夕攬中洲』之『中』字間批：『一本無。』又，『競進而貪婪』之『而』字間批：『一作以。』又，『惟茲佩其可貴兮』之『其』字間批云：『一作之。』《湘夫人》『慌惚兮』間批：『一作荒忽。』《天問》『一蛇吞象』之『一』字間批：『一作靈。』又，『卒然離蠥』之『蠥』間批：『一作孼。』又，『死分竟墜』之『墜』間批：『一作地。』又，『黎伏』之『伏』字間批：『一作服。』《涉江》『同光』之『同』字間批：『一作齊。』《抽思》『毒藥斯』間批：『一作獨樂之。』《懷沙》『撥正』之『撥』字間批：

楚辭卷之一

離騷經第一　王逸叙次　陳深批點

離騷經者屈原之所作也屈原與楚同姓仕於懷王爲三閭大夫三閭之職掌王族三姓曰昭屈景屈原序其譜屬率其賢良以厲國士入則與王圖議政事決定嫌疑出則監察羣下應對諸侯謀行職修王甚珍之同列大夫上官靳尚妬害其能共譖

楚辭　卷一　一

「一作揆。」又，《惜往日》「昭詩」之「詩」字間批：「一作時。」《悲回風》「荼苦」之「苦」字間批：「一作薺。」又，「慇歎」之「歎」字間批：「一作憐。」《遠遊》「晨向風」之「晨」字間批：「一作長。」《卜居》「心煩慮亂」之「慮」字間批：「一作意。」又，「儒兒」間批：「一作嚅唲。」《九辯》「安極」之「安」字間批：「一作何。」《大招》「朱唇」間批：「一作美人。」大略皆出於洪氏《補注》、朱子《集注》，而不作斷語，但列異同而已。

是書所輯評語，皆措之眉框外。內容大致以評騭屈子精神、抉發《楚辭》旨意、論文譚藝爲主。卷首十九條：茅坤三條，楊慎、樓昉各二條，陳沂、楊慎、余有丁、董份、王鏊、唐順之、黄省曾、何維驥、何孟春、蕭統、沈約、高似孫。《離騷》四十六條：洪興祖十條，朱熹七條，陳深三條，劉知幾、鍾嶸、唐順之、馮覲、王慎中二條，茅坤、蘇轍、李塗、劉鳳、賈島、宋祁、蘇軾、王世貞、張之象、郭正域、劉次莊、汪道昆、何景翰、李夢陽、嚴滄浪、楊起元、吴國倫各一條。《九歌》三十六條：洪興祖八條，朱熹六條，祝堯、樓昉各三條，楊慎、馮覲、何景明各二條，呂延濟、張銑、郭正域、姚寬、沈括、洪邁、劉次莊、王世貞、柳子厚、張之象各一條。《天問》十二條：洪興祖六條，陳深二條，朱熹、楊慎、王逸各一條。《九章》三十一條：洪興祖十二條，朱熹五條，馮覲、陳深各四條，張之象、王應麟各二條，楊慎、郭正域各一條。《遠遊》七條：洪興祖三條，朱熹二條，王世貞、祝堯各一條。《卜居》九條：王世貞二條，姚寬、郭正域、朱熹、陳深、洪興祖、唐順之，樓昉各一條。《漁父》六條：洪興祖、朱熹、葛立方、祝堯、郭正域、王維楨各一條。《九辯》十五條：陳深三條，楊慎、汪道昆、張之象各二條，洪邁、郭正域、祝堯、王維楨、朱熹各一條。《招魂》十九條：吴國倫四條，洪興祖、郭正域各三條，朱熹二條，王世貞、呂向、張鳳翼、洪邁、王維楨、陳深各一條。《大招》：陳深二條。《惜誓》三條：朱熹二條，何孟春一條。《招隱士》六條：朱熹二條，高似孫、馮覲、洪興祖、郭正域各一條。《七諫》三條：陳深、張之象、洪興祖各一條。《哀時命》：陳深二條。《九歎》三條：陳深、張之象、洪興祖各一條。《九思》二條：洪興祖、陳深各一條。末輯黄汝亨二條。總二百二十條。

陳氏集評，實藉他人語以申達己意，故是書剪裁、編輯，頗具匠心。如，《離騷》『帝高陽』引劉知幾云：『作者自敘其流，出於中古。《離騷經》首章上陳氏族，下列祖考，先述厥生，次顯名字，自敘發迹，實基於此。降及司馬相如始以自敘爲傳，至馬遷、揚雄、班固自敘之篇，實頫於代。』案：蓋以《離騷》爲傳體，而開漢世自傳之先矣。又，『願依彭咸之遺則』句引洪興祖云：『屈原死於頃襄之世，當懷王時作《離騷》，已云「願依彭咸之遺則」，又曰「吾將從彭咸之所居」。蓋其志先定，非一時忿懟而自沈也。《反離騷》曰：「弃由聃之所珍兮，摭彭咸之所遺。」豈知屈子之心哉。』案：陳氏借洪氏説，意謂屈子沉湘之志，在懷王之世已定，是理性之選擇，而非一時衝動之爲。又，陳詞一節引朱熹云：『此爲舜言之，故所言皆舜以後事也。』案：蓋陳氏以爲嬃詈引鮌戒之，而殛鮌者，舜也。鮌乃夏后氏之先，故引夏啓以後事而陳述於舜也。又引洪興祖云：『言己所以陳詞於重華者，以吾得中正之道，耿然甚明故也。《反離騷》云：「吾馳江潭之汎濫兮，將折衷乎重華。舒中情之煩惑兮，恐重華之不纍與。」余恐重華與沉江而死，不與投閣而生也。』案：陳氏意謂陳詞重華而得中正之道，至死猶不悔，是亦重華之意。而子雲《反騷》云『恐重華之不纍與』，是非屈子本旨矣。又，《少司命》引王世貞云：『「悲莫悲兮生别離，樂莫樂兮新相知」者，千古情語之祖。』又引洪興祖云：『《樂府》有《生别離》，出於此。』案：借此二評，意謂悲樂之情，莫甚於離别與相知。此乃古今文學之所共，屈子導夫先路，而後世承其流也。又，《天問》引楊慎云：『「東流不溢，孰知其故」。柳子之《對》、朱子之注，大抵以歸墟爲説。予謂水由氣而生，亦由氣而藏。今以噓物則得水，以氣吹水則即乾。由一滴可知其大也。歸墟、尾閭，是水之大窮盡與氣之大升降處。』案：藉是評以爲不溢之故，在於氣、水之相互轉換也。又，《惜誦》引洪興祖云：『申生之孝，未免陷父於不義。鯀績用不成，殛於羽山。屈原舉以自比者，申生之用心善矣，而不見知於君父，其事有相似者。鯀以婞直忘身，知剛而不知義，亦君子之所戒也。』案：借洪氏言，君子宜剛、義兼備，忠、孝雙美也。又，《抽思》引洪興祖云：『少此章有少歌、有倡、有亂。少歌之不足，則又發其意而爲倡，獨倡而無與和也，則總理一賦之終，以爲亂辭云爾。』案：借洪氏，所以釋『少歌』『倡』『亂』之義也。又，《悲回風》引王應麟云：『「忠湛湛而願進兮。妬披離而鄣之」。壅蔽之患也。元帝似之，故周堪、劉更生不能決一石顯。「聲有隱而相感兮，物有純而不可爲。」偏聽之害也。德宗似之，故陸贄、陽城不能攻一延齡。』案：應麟借題發揮，屈子本旨未必如是。陳氏讀應麟語，似有所感觸，故引以爲解也。又，《漁父》引洪興祖云：『《卜居》《漁父》，皆假設問答以寄意耳。而太史公《屈原傳》、劉向《新序》、嵇康《高士傳》或採《楚詞》《莊子·漁父》之言以爲實録，非也。』案：借洪氏言，以爲非實録，則以寓言待之可也。若是之類，雖非出於陳深自撰，乃借他人言以申己所説矣。

陳氏自撰評語，計二十一條，所論内容頗雜，皆陳其一得之見。如，《離騷》『啓《九辯》與《九歌》』句評云：『以下皆重華之詞也。』案：是評涉乎分辨章義也。又，『前望舒以先驅』句評云：『經涉山川，役使百神，望舒、飛廉、鸞皇、雷師、飄風、雲霓，皆言神靈爲之擁護服役，以見儀衛之盛。』案：王逸舊注以『役使百神』皆有寄託，而深以爲『以見儀衛之盛』，無所寄寓。又，《離騷後敘》評云：『《離騷經》凡二千四百九十二字，可謂肆矣。然氣如纖流，迅而不滯；詞如繁露，貫而不糅。故曰騷人之情深，君子樂之，不慁其長，漢氏猶步趨也。魏晉而下卮焉瀾焉，浩矣，博矣，忘其祖矣。』案：是評推崇《離騷》爲辭賦之祖，後世無可及也。又，《天問》評云：『特創爲百餘問，皆成容成、葛天之語，入神出天，此爲開物之聖，後有作者，皆臣妾也。』又云：『《天問》發難至千五百言，書契以來，未有此體，原創爲之。先儒謂其文義不次，乃原褀書其壁，楚人輯之。今讀其文，章句之長短，聲勢之詰詘，皆有注度，似作也，非輯也。屈子以文自聖，且在無聊何之焉而不爲作也。深嘗愛《曾子問》五十餘難，雖亦至奇之文，說者乃曰，非曾不能文，非孔子不能答。非也。禮家託於曾、孔，以盡禮之變耳。抑獨出於曾子之門乎？何文之辨而理也！』案：是評屈子所獨創之『問體』，前後相貫，不可規度，而以舊說『書壁』『輯之』之不可信。又，《九章》評云：『有文字以來，此爲創格，鏗訇漫汗，怪怪奇奇，邈焉寡儔，卓然高品。』案：是評以《九章》爲有別於《離騷》《天問》又一文體，惜未及深究焉。又，《抽思》評云：『此章陳詞以望君之察，而君若不聞。是以憂心不遂，作頌自解。』案：是評釋解屈子『陳詞』之由。又，《悲回風》評云：『忠州有屈原廟，蘇軾詩云：「聲名實無窮，富貴亦暫熱。大夫知此理，所以持死節。」第《忠州竹枝歌序》云：「傷二妃而哀屈原，思懷王而憐項羽。」此亦楚人之意，何其不倫哉？』案：是評褒揚屈子精神，而不可與二妃、懷王、項羽比類矣。又云：『此篇矻矻似沉寔未沉也。既沉矣，焉用沉詞？』案：是評以《悲回風》非絕命之詞。又，《卜居》評云：『句極長不見有餘，極短不爲不足，以十六「乎」字爲之，固抱或侈或弇，或平或杼，惟意所適，無不中繩。必也聖乎，後此猶病。』案：是評《卜居》句式長短合宜，足以表達其情意。則以上皆所以評屈子之作也。

陳氏評宋玉以下諸作，亦不流於俗說。如，《九辯》評云：『屈氏而後，宋玉其善鳴者也。《九辯》深悽眇悅，《招魂》爛然列肆。談歡則神貽心動；心懼則縮頸咋舌；數味則讒口津津。情見乎辭，盡態極妍。雖然，猶有未盡。纖濃則純白不載，涵漫則遠於世教，屈子之風微矣。然其竭情奉愛，與《大招》皆振振有詞焉。』又，《招魂》評云：『巧筆如畫，纖手如絲，意動成文，吁氣成采，燁燁有神。後之名家能優孟若幾人也。』案：玉善於敷張事狀，描摹情態，濃姿極妍，光怪陸離，而諷詠之旨、切諫之意，則微矣。蓋玉雖得屈子之貌，而失屈子之神矣。又評《九辯》『馮鬱鬱』句云：『末又應前悲秋。』案：

前後呼應，是《九辯》結撰之妙。又評『申包胥』句云：『孤介硬特之詞，真不忘溝壑之心也。』案：溝壑之心，謂貪婪之心也。晉張協《雜詩》『雖榮田方贈，慙爲溝壑名』是也。是玉亦非不知『純白』矣。又，《大招》評云：『夫以原之孤介，枯槁赴淵，死且不惜。豈可以鬼怪懼之、以荒淫動之耶？若曰：及時歸郢，察民隱，存孤寡，治田邑，阜人民，禁苛暴，流德澤，舉賢能，退罷庸，尚三王，及君之無恙，尚可爲也。以是招之可矣。此則《小招》所不及也。』又云：『此篇閑靚簡古。』案：以藝論之，則《大招》遜於《招魂》；以義較之，則《招魂》不及《大招》矣，而是評則繩以義爾。是以終末引黄汝亨云：『玉而下，有其才而非其情，賈誼有其情而非其才。』斯言庶幾矣。

漢人諸賦，若《七諫》《九懷》《九歎》《九思》四篇，朱子以『其詞氣平緩，意不深切，如無所疾痛而强爲呻吟者』，則盡删之。故明、清以下注家多宗朱子之説，而鄙薄《諫》《懷》《歎》《思》四篇。惟陳氏探乎其旨，詠乎其味，猶稱道之不置。如，《七諫》評云：『幽凄孤恨同，令人氣勃。』又，《哀時命》評云：『才高氣鬱，讀之凄其。』又『冠崔嵬』評云：『此段議論懇至，文氣纖密。』又，《九歎》評云：『辭語短長，於邑鬱結不倫，有不任其聲而促舉其詞者焉。』又，《九思》評云：『温文粹語，絶似《騷經》口氣。』案：若是四篇，蓋其人非楚，而辭則楚；或其辭非楚，而旨則楚。是未嘗輕棄之矣。

是書蓋與馮紹祖觀妙齋所刻爲同一祖本，是以與馮本同者居多，而與正德本、隆慶本有别。即以《離騷》爲例，餘皆可類推。如《序》『妬害其能』，正德本、隆慶本『妬』作『妒』。案：馮本亦作『妬』，下『妬』字皆同。又，『修能』，正德本、隆慶本『修』作『脩』。案：馮本亦作『修』。又，『宿莾』，正德本、隆慶本『莾』作『莽』。案：馮本亦作『莾』。又，『奔㚔』，正德本、隆慶本『㚔』作『走』。案：馮本亦作『㚔』。又，『羗中道』，正德本、隆慶本『羗』作『羌』。案：馮本亦作『羗』，下『羗』字皆同。又，『偭規矩』，正德本、隆慶本『偭』作『偭』。案：馮本亦作『偭』。又，『溘吾遊』，正德本、隆慶本『澨』作『塩』。案：馮本亦作『澨』。於是可見一斑。然亦或有與正德本、隆慶本、馮本不同者。如，『憑不猒』，正德本、隆慶本、馮本『憑』皆作『凴』，下『憑』字同。又，『蛾眉』，正德本、隆慶本、馮本『蛾』皆作『蛾』。又，『不群』，正德本、隆慶本、馮本『羣』皆作『羣』。又，『逢殃』，正德本、隆慶本、馮本『逢』作『逢』。又，『揔余轡』，正德本、隆慶本、馮本『揔』皆作『揔』。又，『紛總總』，正德本、隆慶本、馮本『總』皆作『緫』。又，『鵜瑹』，正德本、隆慶本、馮本『瑹』皆作『鴂』。又，《雲中君》『猋遠舉』，正德本、隆慶本、馮本『猋』皆作『焱』。《湘夫人》『杜蘅』，正德本、隆慶本、馮本『蘅』皆作『衡』。若此者，蓋是書據他本改也。

是書爲吴興凌毓枏校刻於明萬曆二十八年庚子，爲朱墨二色套印本，寧波天一閣博物館有藏本。（黄靈庚）

# 玉虛子·鹿溪子

《玉虛子》《鹿溪子》者，明歸有光之所輯也。有光字熙甫，號項脊生，江蘇崑山人。九齡能屬文，弱冠盡通《五經》、三史等諸書。嘉靖十九年庚子中鄉試。後二十餘年間，八上春官不第。遂徙居嘉定安亭江上，讀書論道，無意仕進，學徒常數百人，人稱『震川先生』。至四十四年，時已六甲矣，方成進士。官長興知縣、南京太僕寺丞，修《世宗實録》。爲文本於經術，好史遷書，得其神理，推爲明文第一。著有《易經淵旨》一卷、《洪範傳》一卷、《考定武成》一卷、《孝經敘録》一卷、《讀史纂言》十卷、《三吴水利録》四卷、《諸子彙函》二十六卷、《文章指南》五卷、《震川文集》三十卷、《外集》十卷。事載《明史》卷二百八十七《文苑傳》。

《玉虛子》《鹿溪子》，並見於《諸子彙函》之卷九。《玉虛子》輯屈子《天問》《九章》九篇、《卜居》，凡十一篇。《鹿溪子》輯宋玉《九辯》《對楚王》二篇。首行署『崑山歸有光熙甫蒐輯』，次行署『長洲文震孟文起參訂』。案：文震孟字文起，吴縣人，文徵明之曾孫也。弱冠以《春秋》舉於鄉，十赴春官會試，皆不第，至天啓二年壬戌殿試第一，官修撰。忤魏閹，調外，遂歸。崇禎時，擢禮部侍郎。著有《藥圃全集》《藥圃詩稿》《姑蘇名賢小記》。事載《明史》卷二百五十一《文震孟傳》。首有『玉虛子』解題，稱『楚歸州有玉虛洞，可容千人。石壁異文，成龍虎艸木之狀。平嘗讀書於此，故名』云云。則前所未聞，然文獻無可徵，故四庫館臣斥之以『荒唐鄙誕，莫可究詰，有光亦何至於是也』。

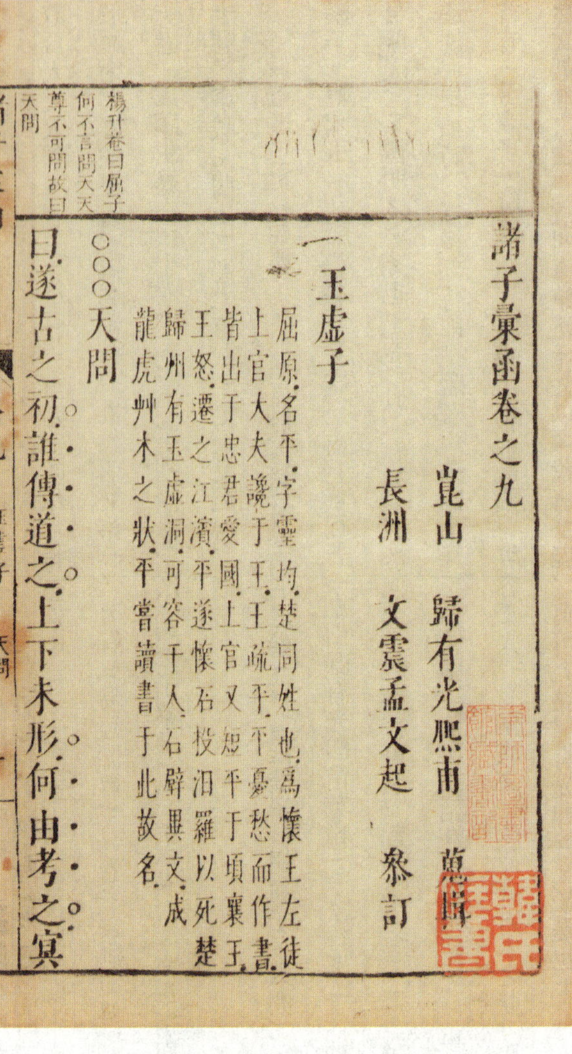
楊升菴曰屈子何不言問天天尊不可問故曰天問

諸子彙函卷之九

崑山　歸有光熙甫　纂閱

長洲　文震孟文起　參訂

玉虛子

屈原名平字靈均楚同姓也爲懷王左徒上官大夫讒于王王疏平平憂愁而作書皆出于忠君愛國上官又短平于頃襄王王怒遷之江濱平遂懷石投汨羅以死楚王歸州有玉虛洞可容千人石壁異文成龍虎艸木之狀平嘗讀書于此故名

天問

曰遂古之初誰傳道之上下未形何由考之冥

《天問》輯評三十五條，其眉評三十三條：楊升庵七條，王鳳洲三條，洪實夫、李于鱗各二條，宋潛溪、楊南峰、陶主敬、彭可齋、康礪峰、岳季方、陳白沙、王夢澤、汪南溟、廖明河、鄒東軒、陸貞山、王深陂、王暘谷、張方洲、莊定山、蔡虛齋、蔡後渠、諸理齋、吴匏菴各一條。末總評二條：楊升庵、王鳳洲各一條。

《九章》輯評六十五條：眉評五十五條，總評十條。《惜誦》眉評九條：楊升庵、莊定山各二條，羅整菴、康對山、王鳳洲、徐廷岳、方希古各一條，末總評楊升庵一條。《涉江》眉評六條：解大紳、胡雅齋、張玄超、林尚默、莊定山、康對山各一條，末總評王鳳洲、顧江東各一條。《哀郢》五條：樓迂齋、袁元峰、高中玄、諸理齋、馮琢庵各一條，末評楊升庵一條。《抽思》眉評七條：王陽明、王鳳洲、羅近溪、洪實夫、宗方城、唐荆川、李卓吾各一條，末總評帥楚澤一條。《懷沙》眉評六條：余同麓、穆少春、胡柏泉、胡雅齋、邵國賓、馮開之各一條，末總評王鳳洲一條。《思美人》眉評四條：洪實夫、秦華峰、楊南峰、羅一峰各一條，末總袁中郎一條。《惜往日》六條：唐荆川、汪南溟、何咨圖、李空峒、陸貞山、張玄超各一條，末總評洪實夫一條。《橘頌》眉評四條：解大紳、李見羅、徐匡岳、胡雅齋各一條，末總評汪南溟一條。《悲回風》八條：袁元峰二條、楊碧川、陳克庵、許子春、王鳳洲、彭彥實、李于鱗各一條，末總評王鳳洲一條。

《卜居》眉評五條：楊升庵二條、王鳳洲、洪景盧、樓迂齋各一條，末總評三條：朱晦庵、呂東萊、王鳳洲各一條。

《鹿溪子》題解稱宋玉字『子淵』，亦前所未聞。又，玉之何以名『鹿溪子』，未得其詳，豈亦玉之讀書處名耶？蓋有光之所杜撰矣。《九辯》分章同朱子，每章皆有眉評及總評。眉評二十三條：王鳳洲、陳明卿各三條，陸貞山、沈君典各二條，陶主敬、顧江東、魏莊渠、李石麓、解大紳、沈覓川、孫季泉、李西崖、羅念菴、楊碧川、陶蘭亭、宋潛溪、王槐野各一條。總評八條：楊升庵三條，王鳳洲二條，方初庵、羅念菴、唐荊川各一條。《對楚王》眉評五條：真西山、何燕泉、董潯陽、康礪峰、沈几軒各一條。總評二條：

鹿溪子

姓宋名玉字子淵楚大夫屈原弟子也閔其師忠而放逐故作九辯以述其志世傳云傷秋宋玉蓋因九辯云

九辯

悲哉秋之為氣也蕭瑟兮艸木搖落而變衰憭慄兮若在遠行登山臨水兮送將歸在遠行羇旅之中而登高望遠臨流歎逝以送將歸之人因離別之懷動家鄉之念可悲之甚也泬寥兮天高而氣清一作平寂寥兮收潦而水清憯悽增欷兮薄寒之中人愴怳懭悢曠浪兮去故

鄒東郭、唐荆川各一條。

綜上所輯諸家，多未見陳深《批點本楚辭集評》及蔣之翹《七十二家評楚辭》，蓋以歸氏入眼與他人不同，是故其所採輯亦不同矣。若約之以肉容，則概之以三端：

一是評騭屈子忠信人格，推崇屈子精神。如，《惜誦》引楊升菴云：『此章言己忠信事君，可質于神明，而爲讒邪所蔽，進退不可，博採衆善自處而已。』又，《涉江》引康對山云：『忠良誅，蓋前世固然。屈子之見達矣，奈何後從彭咸而死矣？蓋不欲以夫差、殷紂望其君耳。《離騷經》云：「閨中既邃遠兮，哲王又不寤。」屈子用意蓋如此。』案：是出於馮覲，非康對山語也。又，《哀郢》總評引楊升庵云：『此章言己雖被放，心在楚國，徘徊而不忍去，蔽于讒諂，思見君而不得，故太史公「讀《哀郢》而悲其志」也。』又，《懷沙》引胡柏泉云：『德高者不合于衆，行異者不合于俗，故爲犬所吠，衆人之所訕也。』《思美人》引洪實夫云：『此章言己思念其君，不能自達。然反觀初志，不可變易，益其修飾，死而後已也。』又，《橘頌》『深固』眉批引李見羅云：『平見「根深堅固，終不可徙」，則專一己志，守忠信也。』又『參天地』眉批引胡雅齋云：『秉，執也。言己執履忠正，行無私阿，故參配天地，通之神明。』又，總評引汪南溟云：『此篇雖橘以起興，舉天地以自明，引伯夷以自比，乃所以爲愛國忠君之初念也。』又《九辯》二節眉批引顧江東云：『悲傷之詞，讀之欲涕，可謂勢雖懸而情則親，君雖昏而臣則忠者。』又總評引方初庵云：『《尚書·五子之歌》，五子悲宗廟社稷危亡之不救，兄弟離散之不可保，憂愁抑鬱，情不自已，此章詞意，不相上下。』又，三節『歲忽忽』眉批引李石麓云：『幽悽孤恨之情，溢于言表。』又，六節總評引王鳳洲云：『孤介鯁持之詞，真不忘溝壑之心也。』案：此語本出陳深，非王鳳洲語也。以上皆極盡描摹忠臣心迹及其精神面貌矣。

二是以疏解文義，容或可採。如，《天問》『石林』『靡蓱』眉批引陶主敬云：『《吴都賦》：「雖有石林之岝㟧，請攘臂而靡之；雖有雄虺之九首，將抗足而跳之。」石林，當在西。靡蓱九衢，從《莊子》「萍有九岐」，以岐路解衢。』案：洪氏《補注》以石林在南，而此批以在西。蓋不同舊注矣。又，『靡蓱』之義，朱子稱『未詳』，此批引《莊子》解之，蓋補朱注遺義矣。又，『鼇戴山抃』眉批引楊升庵云：『言龜所以能負山者，以在水中也。使釋水陸行，則何能遷徙夫山？』案：所以疏舊注未密，而清世以『釋舟陸行』爲問奡『蕩舟』事，則去本旨益遠矣。又，『爭遣伐器』眉批引張方洲云：『史言武王人人樂戰，並載驅載馳，赴敵争先，前歌後舞，梟噪讙呼，奮擊其翼。』案：據史以疏補舊注也。又，《惜誦》『晉申生』眉批引王鳳洲云：『申生孝未免，陷父子不義；鮌績用弗成，殛于羽山。原其事有相似者。』案：蓋原引申生、伯鮌事以自喻也。又，《哀郢》『曾不知夏之爲丘』，眉批引高中玄云：『此見懷王信用讒佞，國將危亡也。』案：朱子以爲記襄王二十一年秦白起破郢事，而此批以爲預見郢將來事，是所以斥舊注矣。又，《惜往日》『屬貞臣』，眉批引唐荆川云：『平疾王之不聰，讒諂之蔽明，邪曲之害公，方正之不容。正此意。』案：是引《史記》以疏之矣。又，『或忠信』數句眉批引李空峒云：『其詞之危迫如此，蓋女嬃勸之歸也。太史公以爲實然。』案：則援引《離騷》以解《惜往日》，以爲『孰申旦而別之』，類女嬃之詈也。又，『不意』眉批引陸貞山云：『平此遭遇，實出意外，故云「不意」。』案：則以『不意』猶言『意外』也。又，《悲回風》『施黄棘』眉批引李于鱗云：『一云，秦楚虹盟于黄棘，後懷王再會武關，遂被執。是黄棘之盟，楚禍所始。若以爲棘刺，恐可商。』案：『一云』者，即洪氏《補注》也。則引洪説以斥朱注之謬矣。

三是譚藝品文，論述屈、宋辭賦之妙，然多見張冠李戴。如，《天問》總評引楊升庵云：『有文字以來，此爲創格。鏗訇汗漫，怪怪奇奇，邈焉寡儔，卓乎高品。』又引王鳳洲云：『特創爲百餘問，皆容成、葛天之語，入神出天，此爲開物之聖。後有作者，皆臣妾也。」案：並以爲《天問》爲「創格」之體，前所未有，後所不能也。然後二條實爲陳深之語，何以前者移於揚升庵，而後者移於王鳳洲耶？又，《懷沙》「抑心而自彊」，眉批引邵國賓云：「抗志欲沉者，其文也。而未沉者，其文以後之事也。」又引馮開之云：「屈子《懷沙》，特《九章》之一耳。史遷作史，獨採此篇，蓋以煩音促節，至此而愈深耳。其曰：「知死不可讓，願勿愛兮。」何其志之決而詞之悲也。」案：意謂屈子之精神，寓于其文而千古不刊矣。《橘頌》「后皇嘉樹」眉批引解大紳云：「美橘之有是德，故云頌，以橘自喻也。」案：如同舊舊說，以此篇爲借物諷喻也。又，《悲回風》「孤子唫」眉批引許子春云「遠離父母，無依歸處，是原傷己無安樂之志，而有孤放之罪，意欲終命，心始快也。」案：意謂一死以了之，不忍常愁如此。而稱「心始快」者，即董齋所謂「樂以志哀，則倍增其哀」矣。又，「從子胥」眉批引袁元峰云：「此篇詑詑似沉，實未沉也。既沉矣，焉用沉詞？」案：蓋不已此篇絶命詞矣。然此語出陳深，非袁元峰語矣。又，《卜居》首句眉批引楊升庵云：「有文字以來，此爲創格。」又總評引王鳳洲云：「《卜居》《漁父》，便是赤壁諸公作俑，作法于凉，令人興慨。」案：則於文體之變而論定之，以爲開答問類賦體之始矣。又，《九辯》眉批首節引陶主敬云：「《九辯》，妙詞也，悽惋寂寥。宋玉他詞甚多，率荒淫靡嫚矣。」又引王鳳洲云：「談節序則披文見候，敘孤蹇則循聲見寃，首篇尤爲簡切。」案：簡切，謂簡要切實。《世説新語·文學》：「劉便作二百許語，辭難簡切，孫理遂屈。」意以此節寫秋景，皆是實寫也。又，三節總評引楊升庵云：「《九辯》固玉賦之最精者。此章尤《九辯》中之最佳者。然纖濃而純白不載，涵漫而遠於世教，屈氏之風微矣。」案：意謂玉賦雖得於藝，而精神氣度，不及屈子遠甚，即在於「世教」矣。然此語出於陳深，截頭去尾，非出於升庵矣。又，七節引唐荆川云：「此章見四時日月無不傷懷，可謂尺幅中有遠致。」案：遠致，情致高遠也。蓋以此節含意不盡，而不可及矣。又，八節引王鳳洲云：「宋玉深至如屈原，宏麗如司馬，可謂兼撮二家之勝。」案：深至，深遠、深厚也。鳳洲，王世貞號也。原見其《藝苑卮言》卷二引楊用修言：『宋玉深至不如屈，宏麗不如司馬，而兼撮二家之勝。』升庵本謂玉既不用屈子深至，又不及司馬宏麗，而兼二家之長。惟歸氏則删二『不』字，豈升庵原意耶？又，《對楚王》眉批引真西山云：『此後世設問之祖。』案：設問之祖，當推屈子《卜居》，且《對楚王》是否爲玉所作，後世固有異議矣。

觀歸氏所引，出處或見舛誤。如，《天問》眉批引宋潛溪云：『夫屈子身遭放逐，憂心愁悴，彷徨山澤，經歷陵陸，嗟號旻昊，仰天歎息，見楚有先王之廟及公卿祠堂，圖畫天地山川神靈，琦瑋僪佹，及古賢聖怪物行事。周流罷倦，休息其下，仰見圖畫，因書其壁，呵而問之，以發渫憤懣，舒瀉愁思。故其文義不次敘序。』案：是文實出王逸《天問序》，何以移於宋潛溪耶？又，九節眉批引宋潛溪云：『《九辯》清姿歷落，驚才壯逸，似此高品，恐不得不議其不如屈子也。』案：是文未見宋潛溪本集，且潛溪亦未嘗論《楚辭》。蓋亦屬張冠李戴之訛矣。

《玉虛子》《鹿溪子》所輯《楚辭》，皆有雙行注釋。姜寅清《楚辭書目五種》云：『多本洪、朱兩家之説。』案：歸氏悉據朱子《集注》而節約之。間偶或因襲王逸《章句》。如，《卜居》『何以教之』注云：『願聞其要。』又，『將送往勞來』注云：『追俗人也。』又，『斯無窮乎』注云：『不困貧也。』又，『寧超然高舉』淳云：『讓官爵也。』又，『以保真乎』注云：『守玄默也。』案：以上皆見王逸注，蓋《卜居》一篇未因朱注也。然於洪氏《補注》，皆無涉也。或者因襲朱注之誤。如，《哀郢》『孰兩東門之可蕪』。注云：『又不知而東門亦先王所設以守國者，豈可使之至于蕪廢耶？懷王二十一年，秦遂拔郢，而楚徙陳，不知在此後幾年也。』案：懷王二十一年，史載無秦拔郢之事。懷王，當作『襄王』。朱子筆訛。歸氏既襲其誤而未改，又以『兩東門』訛作『而東門』。則益不可讀。是書校勘未精，訛字時或見之，至不可卒讀。如，《天問》『三年不施』注云：『施，謂形殺之也。此問鮌功不成，何但囚之羽山而不施以形乎？』案：朱注本兩『形』

字皆作『刑』。此本訛作『形』也。又，『能拘是達』注云：『而能伐益、伐扈，以達拘執之旗乎？』案：朱注『旗』作『嫌』。此本訛作『旗』也。又，『而交吞揆之』，注云：『《騷經》潘遊佚攻，而亂流鱔終。』案：朱注云：『此即《騷經》所謂「淫遊佚畋而亂流鮮終也。」是『淫』訛作『潘』、『畋』訛作『攻』，『鮮』訛作『鱔』。又。『昭后成遊』，注云：『昭王南巡守，涉漠，船壞而溺。』案：朱注引杜預云：『昭王南巡守，涉漢，船壞而溺。』則『漢』訛作『漠』。又，『堵敖』注云：『楚人謂未知君而死者曰敖。』案：朱注：『楚人謂未成君而死者曰敖。』則『成』訛作『知』。又，《思美人》『擥涕』注云：『擥，猶敗也。』案：朱注本『敗』作『收』，或本作『拉』。而作『敗』不可讀矣。又，《惜往日》『禍殃之有再』注云：『不死則恐邦淪褒，而辱爲臣僕。』案：朱注本『褒』作『喪』，此本訛作『褒』也。又，『惜廱君』注云：『則上官、勒尚之徒。』案：朱注本『勒』作『靳』。此本訛作『勒』也。又，《悲回風》『浡江淮而入海兮』。案：朱注本『浡』作『浮』，此本訛作『浡』也。類此者，則若不勝舉也。

《玉虛子》《鹿溪子》，並輯於《諸子彙函》，刻於明天啓六年丙寅，國家圖書館有藏本。（黄靈庚）

# 楚辭疏

《楚辭疏》者，明陸時雍之所作也。時雍字昭仲，檇李（今浙江桐鄉）人。明崇禎六年癸酉貢生。性剛真，好使性氣，不能俯仰於人。工詩文，終不遇。以生逢明清鼎革亂世，鬱鬱不得於志，唯吟詩著書是娱，與同里周氏孟侯相唱酬於語溪，時人稱之爲『雙龍』。論詩重情靈、神韻、真素，戒刻意過求，失自然真趣，爲時人所稱道。所著别有《古詩鏡》三十六卷、《唐詩鏡》五十四卷、《莊子影史》《公羊墨史》《聖雨齋詩文集》。清許瑶光光緒《嘉興府志》卷六十一《兩廡先儒》有傳。

卷首有唐世濟序、陸氏自序、同里周拱辰序及門人張煒如序，再次爲史遷《屈原列傳》，再次爲《楚辭條例》，再次爲《楚辭姓氏》，『注』者有王逸、洪興祖、朱熹。『疏』者爲陸時雍。『别注』者爲周拱辰。『評』者有孫鑛、張煒如、李挺、李思誌、張焕如，『権』者有唐元竑、張存心。『訂』者有陸元瑜、張煒如、張寄瀛。是故此書名『疏』，則是疏王、洪、朱舊注也。再次爲《楚辭目録》，再次爲《讀楚辭語》，後爲十九卷《楚辭疏》正文也。末附《楚辭雜論》，輯集魏文帝等九家論《楚辭》而爲之。

陸氏是書於明季爲研習《楚辭》名著。唐序稱，『陸昭仲起孝亭之後，盡掃諸附會，獨以《楚辭》還《楚辭》。間取舊詁，録其瑜，拂其違，踵其事，變其本，合論而分疏之。使作者幽墨紆軫奇瑰陸離之詞，不必離朱睇而賈胡鑒，乃始較然，勤哉其用心乎。振考亭之業，纘湘累之緒，以當《騷》之苗裔，則繼禰者也』。其雖不無過譽之詞，然陸氏之於《楚辭》，不可謂不勤矣。又，據周序稱，陸氏『居常扼腕，每欲網羅昭代二百七十餘年故事，成一王不刊之史，而蛟龍有神，風雲未便，間以其感慨鬱騷，孤憤不平之氣，寓之詩賦雜著。今其諸書具在，一縱一横，籠絡宇宙，亦凡凡乎掩屈宋諸人而上之，而弘獎名教，義存陽秋。則昭仲之詩、騷與賦，固昭仲之史之精華也』。當明亡之秋，憤而著是書，蓋深有所託寓焉。其自序亦稱，『《離騷》作而忠義明，楚國既撓，君臣相蒙，然小人愧，君子奮，仁人志士，感憤而扼腕者，即千載如一日焉。嬴秦制帝，六國既靡，謂「楚雖三户，亡秦必楚」。國有遺勁，人有餘烈，忠義之教，所砥世固甚遠矣。《離騷》存楚，是故矣』。則陸氏之旨，『揭大義以訓世』，藉以張大屈子『忠義』之義，正人心、挽頹勢而匡時救國耳。

《楚辭條例》，蓋是書之大綱，於《楚辭》各篇作者、古本篇目次第、序意及比興賦之用、文籍評論諸端之古今是非，多所論定。乃謂屈賦二十五篇，即《離騷》《九章》《遠遊》《天問》《九歌》《卜居》《漁父》《大招》是也，而謂『《九章》即《離騷》之疏，而《遠遊》者，自《離騷》中

陬側鳩反　降叶攻

帝高陽之苗裔兮帝高陽楚始祖顓頊也。末之地曰苗。衣之末曰裔。朕皇考曰伯庸古人稱已曰朕朕幼也小也稱父祖皆曰皇皇大也美也今則不然矣。生曰父。死曰考考老也成也平作騷父已殁故稱考。伯庸平父字。攝提貞于孟陬兮攝提六星直斗柄之南。主建時節。昏時正指東北隅夏正建寅之月也。貞正孟始也。春四時之始。孟春春之始正月爲陬。又太歲在寅曰攝提格。惟庚寅吾以降庚寅平所生之月也。降生也。據太歲所在。則平蓋

倚閶闔登扶桑一意逗下，至《天問》《卜居》《漁父》，則屈原所雜著也』，正合二十五篇之數。由此而定《楚辭》篇目次序，則爲『首《離騷》、次《九章》、次《遠遊》、次《天問》、次《九歌》、次《卜居》、次《漁父》、次《九辯》、次《招魂》、次《大招》』也。此爲是書前十卷之次第，下有《反離騷》卷十一、《惜誓》卷十二、《吊屈原賦》卷十三、《招隱士》卷十四、《七諫》卷十五、《哀時命》卷十六、《九懷》卷十七、《九歎》卷十八、《九思》卷十九，凡十九卷也。『《離騷》名「經」，後人尊之也。則《騷經》而諸篇皆「傳」也』。《條例》尤致意於《楚辭》諸篇王、朱小序，謂『書之有序以挈領也，要領不得，則終篇茫然矣』。以『王叔師大都謬誤，朱晦庵亦未全得也』，然後爲之一一辯正，『更爲序論焉，使其幽情隱痛世多覺者，非敢矜鶩文采，以傲前人也』。如，稱《離騷》『變風爲歌，瑰異詭譎，上自《谷風》《小弁》之所不睹，厲言類規，温言類諷，竅言類訴，狂言類號，聆其音均可當浪浪之致焉。要一發於忠愛，雖激昂憤懣，世莫得而訾也。處末世，事闇君，賈贛罹禍，心雖無疵，君子有遺議焉。觀《離騷》之辭，推屈原所以婉孌於君者，可幸無罪，而姱衷弗答，怨日以深。太史讀其辭而嗚咽慨涕在以也』。則變改舊序叙事爲議論，面目爲之一新。謂《九章》諸篇，以章《離騷》之未盡者也。謂《天問》之作，在『試上自予，忠名彌章』之意。謂《九歌》藉事無形之神，以張奉君思君之情也。而『《卜居》憤世，《漁父》自傷』也。則其所論雖未必皆是，唯不以襲陳言是務，可謂别開生面也。

《讀楚辭語》類朱子《楚辭辯證》，爲陸氏治《楚辭》之綜論。大抵鉤玄提要，持論精闢，言簡意賅，便於初學入門。觀其論述内容頗雜，然重點在揄揚屈子之『忠愛』精神，《離騷》之辭賦之宗。乃開明宗義，謂《離騷》『愛君憂國，顯忠斥讒』，而『非怨君也，專病黨人貪婪求索，謠諑善淫，並舉好朋，蔽美稱惡，一篇之中，强居半焉』，則合乎『義禮』，當得以『經』稱。其評騭《離騷》曰：『踵武前王，取鑒堯舜，何其貞也；九天爲正，重華陳詞，何其亮也；顑頷何傷，九死未悔，何其忠也；鷙鳥不群，忍尤攘詬，何其卓也；靈修美人，抑何親也；聰既塞矣，猶稱哲王，何其厚也。」又曰：『《離騷》之愛君，其本懷也。人未有不愛其君者，而《離騷》爲甚。以高陽之苗裔也，高陽之苗裔非一，而愛君《離騷》爲甚者，「紉秋蘭以爲佩」故也。其「紉秋蘭以爲佩」，動必以芳，舍愛君則莫若己者，所以九死而未悔也。不憚謇謇，不難離別，不惜以其心愁，不吝以其身死，貞婦愛夫，莫逾此矣。』陸氏善於論藝，往往於評議批點之際，多有發人思致之語。自序曰：『或問乎《離騷》曷「離」爾？曰：義取諸夫婦也。曷君臣而夫婦之？屈原深被寵眷，諸臣莫與比肩，上官大夫、靳尚之徒心害其能而讒間構之，王懵不寤，賜之遠去，其「離」窮矣。辨之言曰「重無怨而生離」，此《離騷》所以作也。』又《讀楚辭語》曰：『其爲遠遊求女也奈何？曰：此託也。意有所不可，則託而逃之以自解也。慍託而喜，憂託而豫，知其不可而無奈，姑託之以自解矣。』案《離騷》男女君臣之喻，雖發軔於朱熹《集注》，然未有若陸氏之明晰也。游國恩氏大張『《楚辭》女性中心説』，廣徵博引前人之説，而於陸氏未置一言。蓋未之見耶？又以『求女』爲『自託』『自解』，不苟合舊注，爲其一家説也。

陸氏評屈賦諸篇，皆有警語，啓人神智。如，論《騷》，則一目之以『淒婉』，謂『讀其詞，如逐客放臣，羈人嫠婦，當新秋革序，荒榻幽燈，坐冷風淒雨中，隱隱令人腸斷。昔人謂「痛飲讀《離騷》」，酒以敵愁，《騷》以起思，温涼並服，差足當耳』；復以『語莊而直』『語直而凜』『語淺而旨』『語深而思』『怨而不憤』『號而不狂』『約而不餒』『華而不繢』『高而不詭』『欲而善閑』『砭而善悟』等警語以品評《騷》之『善立言』者，雖廖廖片言隻語，然頗探得屈賦之驪，讀之有味，令人豁然解悟。或者比較諸篇之異同，有畫龍點睛之妙。謂『《涉江》一筆兩筆，老杆疏枝；《哀郢》細畫纖描，著色著態，神韻要自各足』。謂『《抽思》，懷美人也。懷美人而不得，所以三致意於良媒也。《離騷》蹇修，蓋託也；《抽思》良媒，則實矣」。謂「《懷沙》意絕緒之歌」，其衷「迫」，其言「肆而直」。謂《思美人》始思得美人，次思得良媒，終思得歸鳥，其思「苦且窮」也。謂《悲回風》多「叮嚀繁絮而惘有餘悲」。謂「讀其文，《離騷》尚多冀幸之詞，而《九章》一於絕歎，知《離騷》作于初放，而《九章》作于頃襄時耳」。謂「屈原之作《天問》，似謂天下都不可知者。天不可知，地不可知，人不可知，物不可知，古不可知，今不可知。惟其不知，所以爲怪。惟其爲怪，所以有問。惟有此問，千載以下，並無此答」。「《天問》不可以理論，不可以情求。逆其意者，當得之寥廓之表，窈冥之中耳。」論《九歌》，一繫之以「情」字，乃謂「《九歌》因物詠之，隨意致情」，其「體物撰情，雅與事稱」，故「東皇太一、雲中君、大司命、東君，彼漠然無情者，邈而不可親也，爲嚴禮以事之，遥情以拱之，温語以款之，極歎以崇之。求而不得，安之若命。是可無憎於彼，而無愆於己也。湘君、湘夫人爲有情者也，以情投之，宜倡予而和汝者，已而不答，而綢繆繾綣之不已，情生於所至也。天下之相聞而慕，相睹而愛，已過而思，思甚而涕，生生死死而不滅者，皆是物也。山鬼多情，而況人乎？況君臣父子親知密締而不可解者乎？故通於情者，無不可言。湘水之潺湲，而堂陛之精神可得也。少司命言之苦矣，人之所託命者，其誰而能若是恝也。河伯勞矣，意求非其偶，故往從而不得矣。山鬼思人，人莫之知，彼其所以致媚者亦以窮矣。人惟無情，人而有情，其於《九歌》，未有不悲其言之切而意之惋矣」。則要言不煩，而《九歌》諸神之神形畢肖矣。論《卜居》，「憤世隱情不彰，若孑孑然而無偶於人，若耿耿然而欲鳴之已者，而不知憑憑然而欲扣之天也」。論《漁父》，「如寒鴉數點，孤雲匹練，疏冷絕佳，至語標會，總不在多矣」。論《九辯》，「得《離騷》之清，《九歌》之峭，《九章》之婉。其佳處，如梢雲修杆，獨上亭亭，孤秀森疏，物莫與侶」。謂《招魂》「絢麗，千古絕色」，「刻畫描畫，極麗窮奇」。又謂宋玉不及屈原者三：一是「情」，二是「致」，三是「色」，而及於屈原者亦三，即「氣清，骨峻，語渾」。皆一語道破機關，韻味無窮矣。以《大招》「語不成趣，有貌無情，一爽羹敗酒之類耳」。其貶之「語之不精，言之無味者，力不足也」。是故不當爲屈子所作。以《反離騷》「譏不智也，譏張材也，譏自孽也，譏不善作合也。此皆不當乎原之心，並不諳乎原之時」。其「評古之言，而實自狀之案。言之可以觀人，文之可以掩衷」云。以《招隱》之作爲「自招隱士耳，於屈原無與也」。稱「《反離騷》有屈氏風味，《招隱士》有屈氏精神。自此以往，難具論矣」。雖寥寥數語，則皆能中其肯綮。

是書注疏之例，先於每篇下爲小序，然後分段爲解。小序簡述每篇要旨及各自藝術特色。每段少則八句，多則二十多句，皆以意爲斷。其注始列「舊詁」，次繫之以「陸時雍曰」，爲其所疏者也。「舊詁」蓋綜合漢王逸《章句》、宋洪興祖《補注》、朱熹《集注》而爲之，非專主一家。如，《離騷》自「帝高陽之苗裔兮」至「字余曰靈均」一節，「高陽」「皇考」，取王逸《章句》説，而「苗裔」「攝提」取朱熹《集注》説。然《九章》以下諸篇，王逸舊注多以韻語爲之，故不録，徑陳其説。觀其所注，要在闡發屈子意旨，敷演「忠君愛國」「進賢斥讒」之義，或有足可取者。疏《離騷》之「高陽」，則曰：「本自高陽，同源已久，世載令望，至於伯庸，以顯于時。是不得行路其君，傳舍其國明矣。且天授以性，皇錫以名，履忠蹈信，死而不渝，則騏驥有具而彭咸亦有胎也。」疏「鷙鳥不群」「方圜難周」則曰：「此君子自處耳，於人乎何尤。所以屈心抑志，忍尤攘訽，雖以此擯死，亦前聖之所厚也。君子雖急於得君而不能投衆，所以趑趄而難進耳。」疏「將往觀乎四荒」則曰：「其夫子居夷浮海之思乎？欲近之而不得，欲遠之而無所，忠臣念國，衷有結而不可解者也。」疏上天「求帝」則曰：「屈原厲志高潔，動與俗殊，其所云號令鬼神，役使靈異，真有日月争光之意，又非徒佩蘭扈芷，以誇衆人之耳目已矣。」疏三度「求女」則曰：「室家既遂，中道棄捐，進無以自明，退無以自處，所以遑遑求合，必之死以爲期耳。《苕之華》：「其葉青青，知我如此，不如無生。」此自傷其焦灼之苦也。人非其毒太苦，寧至以死爲愉快耶？然其所言，一似遇不苟遇，求不妄求，躊躕審顧，抑何凜凜焉者？剛直之志，死而不渝，所稱與日月争光者此矣。』疏『黨人獨異』則曰：『原之致病於黨人者至矣，如日之雲可以掩光，黨人之爲雲也大矣，令左右前後以蔽一人，不亦易乎！世所謂「三人成虎」有以也，黨人不生，君心不蝕，而賢不肖之途自清。原之所以深咎黨人者以此。』疏《惜誦》則曰：『此篇深病黨人發明禍本。』疏《涉江》登昆侖之遊，則曰：『所謂卓然高遠，不與俗同者也。』皆饒新意，發人深省。又疏《哀郢》爲追憶其離郢之日，且謂『去郢之朝，即郢亡之乎？故篇中纍纍歷敘去思，而所謂「哀郢」者，止兩言已耳。「曾不知夏之爲丘兮，孰兩東門之可蕪」。其痛情者，在於去國；而不忍言者，乃其郢亡也』。蓋亦王夫之《哀郢》作於頃襄二十一年秦拔郢説所本也。疏《惜往日》首段『明法度之嫌疑』數語，則援引《史記·屈原列傳》載奪稿事以參證之，乃謂『懷王既入上官大夫之讒，而平不能婉以自白，意平之爲人，樸忠而寡志者也』。似亦差得其情實耳。

《天問》疏義，唯取周拱辰《離騷草木史·天問别注》，然小序陸氏則自爲之，謂『屈原正其義，詭其詞，錯舉往昔爲問，斯亦無救於天而祇自恚耳。「何試上自予忠名彌彰」，此問又曷可少哉？嗚呼！自原作《天問》以來，而此意不明，大都爲覽古者之所憑吊，令其詞固多存而不可論云』。則以《天問》爲抒泄憤懣之作，非無端吊古之詞也。是故復於篇末申其意曰：『屈原之作《天問》也，夫曷問夫爾？曰：天不平也。已不平矣，又曷爲問之？曰：天失其平，人争溺焉，賢以爲佞，佞以爲賢，故有問也者而省之。』其視是作類他篇，皆爲屈子所以别賢佞之辭。注文間有陸氏疏語，措置周注之前，發微索隱，求其諷喻所在，亦一歸之忠君愛國之旨。如，『禹之力獻功，降省下土方』以下八句，疏謂屈子『問之意，似謂禹承命獻功，而得通嵞山女於台桑，是疑聖人之忽君臣也。既閔妃匹合，惟厥身之是繼耳，「胡爲嗜不同味而快朝飽」，又疑聖人之輕父子也。所云「堯舜之抗行兮，被以不慈之僞名」。大率類此，所以爲憤辭也。』雖然，或以糾正周注之未當者。周注『陰陽三合，何本何化』，以『三陽三陰』，即正陽、正陰、少陽、少陰、陽明、厥陰爲説。陸氏蓋未爽其心，乃別爲解，曰：『一陰一陽，而又有一非陰非陽、爲陰爲陽者，三者常合而不舍也。一是本，兩即是化，更何本何化，故曰一生二，二生三，三生萬物，天地萬物皆然矣。』或補周注之未備者。『不任汩鴻，師何以尚之？僉曰何憂，何不課而行之？』周氏無注。陸氏則爲之詳辯曰：『四岳薦鯀，帝曰：「咈哉，方命圮族。」則不任汩鴻，帝所知也，而曰「何不課而行之」，若疑之，若訝之。此其所爲《天問》之辭，難以理論事質者也。然則堯之所以使鯀者何也？當時在廷諸臣治水之事，亦未有能逾鯀者。僉曰「可使」，則堯姑使之。此古人所謂「不得已而用之」者也。逮九載績用弗成，亦未嘗加有害于天下，于堯何損焉。《天問》中有一等漫興語，如此類是也。』又，周注『日安不到，燭龍何照』四句，怪而問曰：『同一宇宙，何明暗不均若是懸乎？』似不解焉。陸氏則曰：『天地間盡有陰陽不匝處，東有無雷之國，西有無雨之國，北有無日之國。又，造天地經祭河宴國，土人無有日光。』蓋陸氏之意，謂『陰陽不均』事，固未足怪矣。夫若是者，雖未必皆是，然能自圓其説，別出新意，其用心亦勤其苦矣。

是書信如《讀楚辭語》稱，以《九歌》非祭神之歌，視爲隨意漫興之作，故其疏注各篇，一繫之以『情』。疏《東皇太一》『君欣欣兮樂康』句，則曰：『若或見之，若或語之，其爲慰藉，何可道者？凡會合則喜，意者其人情乎？』疏《雲中君》『與日月兮齊光』句，則曰：『極讚歎之，極景仰之，亦既無不罄之情矣。』疏《湘君》『時不可兮再得』句，則曰：『此何時乎？湘君無聞，下女無見，當前者但有水石淺淺而已。然流涕潺湲，斫冰積雪，幾爲竭惘，以至於斯，故不能遂去而爲之，聊寄於斯須也。「曲終人不見，江上數峰青。」則此數峰正是可惜耳。凡人之相與，一求之而觀其禮，再求之而觀其意，三求之而觀其決，遇與不遇亦可知矣。』疏《湘夫人》『時不可驟得』句，則曰：『古之事神者，或頌之，或饗之，或祝之，《九歌》深於離合，湘君、湘夫人、少司命，語何昵也！山鬼則又幾於妖矣。屈原伊鬱愁苦，無所發攄，而隨事撰情，深其思慕。騷變而歌，歌變而問，蓋不知其所至矣。」疏《大司命》『固人命兮有當』句，則曰：『大司命何其贊歎之至也！以其尊而不可近，無可奈何而安之若命，非忘情焉者也。「固人命兮有當，孰離合兮可爲」。可謂冷語熱衷矣。」疏《少司命》『蓀獨宜兮爲民正』句，則曰：『極其愛慕而不能自已於情矣。大抵愛人者因自以爲己愛，思人者因自以爲己思，拒而常懷，絶而猶顧，則將迎者之極慮也。」疏《河伯》『子交手兮東行』句，則曰：『既已别矣，而波猶來迎，魚猶來送，是其眷眷之無已矣。三閭大夫豈至是而始歎君恩之薄乎？」疏《國殤》『魂魄毅兮爲鬼雄』句，則曰：『雄情猛氣，終古不磨。若伊人者，其誰能從彭咸之所居乎？」疏《禮魂》『長無絶兮終古』句，則曰：『揚雄有云：「中正則雅，多哇則鄭。」天下有境之所可至，而情不至焉；有情之所可至，而言不至焉。《九歌》孌婉已至，昵昵兒女語，何褻也！情太泄而不制，語過豔而不則。朱晦翁謂再變之鄭、衛，良不虚矣。後之人離去其情，而巧爲意以追之，求其鄭而不得。悲夫！」要之，其純以『隨意致情』釋《九歌》諸篇，而未以字字句句君臣之喻，庶幾或得其本真，誠陸氏解《騷》之一大特色也。

《卜居》《漁父》《九辯》《招魂》《大招》《反離騷》六篇，注疏頗爲簡略，但録舊注而已。要其精義，蓋皆在《讀楚辭語》中也，故不煩贅出。而《惜誓》以下諸篇，意謂『倡楚者屈原，繼楚者宋玉一人而已。景差且不逮，況其他乎？自《惜頌》以下至於《九思》取而附之者，非以其能楚也，以其學楚耳』；而『取以附之，是則私心之所以愛楚也已』。故但録其文，一概不注，差亦不違其尊屈賤宋貶漢之意云爾。

置於是書眉端諸家評語，凡五家，而取張煥如者居多，皆隨文而設，簡練雋永，落落可觀。就内容言，則頗爲廣泛。或論藝，如，張煥如評《離騷》：『備極幽怨，而委蛇百折，愴有餘悲，其文情如霧綰絲縈而下。」又評『余既滋蘭之九畹』句：『人謂《離騷》複，信複矣，然結撰至思，各有趣，但覺其意變而不知其詞複矣。」又評《哀郢》『亂曰』四句：『二語可作絶命詞矣。」孫鑛評《離騷》：『名字卻只以意説，煞是奇絶。』又評《涉江》『余幼好此奇服兮』句：『是《離騷》餘韻，而微較清澈。』或論章法，如張煥如評《離騷》『紛吾既有此内美』句：『「吾」「余」上俱一字作句法最簡，掉若後人得此入之句腹，衍一長文矣。』孫鑛評《九歌·東皇太一》：『《九歌》諸篇句法稍碎而特奇峭，在楚騷中最爲精潔。』又評《卜居》：『難設爲質疑，然卻是謦己嗤衆，以明決不可爲彼意。細味造語自見。』又評《九辯》悲秋一段：『宋大夫乃快其語，最醒而俊。』或評雍疏之妙。如，張煥如評雍疏《離騷》『帝高陽』一段文：『只此數語，凡令通章血脈俱靈。』李挺評陸疏《天問》篇末一段文：『其文在《公羊》《檀弓》間。』又評《招魂》陸氏小序：『法言語。』又曰：『《檀弓》語。』李思志評陸疏《九辯》悲秋一段文：『深入苦衷，道得痛癢自著。』又評陸疏《招魂》『入修門』一段文：『魂行垂空，空想入妙境。』李挺者，陸氏門生也。又論宋玉有『三不及』與『三及』，云：『宋玉所不及屈原者三：婉轉深至，情弗及也；嬋娟嫵媚，致弗及也；古則彝鼎，秀則芙容，色弗及也。所及者亦三：氣清骨峻，語渾清而寒潭千尺；峻則華嶽削成，渾則和璧在函。』凡此論文析藝，語雖廖廖，然皆如畫龍點睛，啓人思致者亦多也。

是書於文字校勘、句讀訓詁誠或可取者。如，謂《抽思》『孰不實』之『實，當爲殖』；謂《懷沙》『獨無匹』之『匹，當作正』；謂《桔頌》『蘇世獨立』之『蘇，當作疏』；謂《悲回風》『翼遥遥其左右』之『遥遥，當作摇摇』；以《遠遊》『登霞』爲『登遐』，借用字。凡此皆助於校勘者也。又訓《離騷》之『嬋媛』爲『眷顧流連之意』；訓『申申』爲『繁絮貌』；訓『偃蹇』爲『撟倨貌』；訓《惜誦》之『向服』之服爲『服其罪』；又訓『聽直』爲『聽而曲直之』；訓『無杭』之杭『通作航，方兩舟而並濟也』；訓《涉江》『切雲』爲『言其高耳，朱晦翁以爲冠名，恐未必』；訓《抽思》『庸亡』爲『何庸亡』；訓《遠遊》『邊馬謂兩驂也』；訓《雲中君》『覽冀州兮有餘』之『覽，神覽之也』；訓《卜居》之『呢訾，心欲言而口若吃也；栗斯，身欲動而膽若怯也；喔咿，强笑；儒兒，强語』。若此類者，亦皆似較舊注爲勝者也。

陸氏爲學，務在求新求奇，則牽强附會、空疏不實者亦在所不免。如，疏《離騷》『余既滋蘭』一段，曰：『蘭憔蕙悲，蕭焚艾歎，觀一葉之落，將知萬木之萎黄也。人之云亡，邦國殄瘁，君子能不是之慮乎？』疏《悲回風》『登石巒以遠望』一段，則曰：『入景響之無應，其鬼徑耶？聞省想而不得，抑何無人緒也。聲隱相感，最足撩愁，而物之純者，則堅確而不可爲者也。秋氣愈高，孤衷愈凜，豈因蕭瑟之感，摧折其抗厲之情乎？此以託彭咸之所居也。』則迂曲繳繞，漫無邊際，幾同囈語。再者，變亂王逸《章句》十七卷次序，甚無道理可言。又推斷《國殤》《禮魂》本不在《九歌》內，而『當時所作亦不止此，而後遂以此二者附之《九歌》末耳』。羌無書證，惟以臆斷，恐亦非其情實。又以《反離騷》首列於漢人擬騷諸作之前，其推崇揚雄如此，真不可思議矣。陸氏於文字訓詁未精，其所新説，十九之不可信。謂《離騷》『莽音姆』。未審莽古入魚韻，姆入在之韻。古不同音。謂『齌怒』之，當作『齎』。『齎，盛畜而將致之也』。則不辭之甚。謂『化，叶音虎瓜反』。案：未審化古入歌部，『虎瓜』之音古入魚部，古不同音。謂『野，叶上與反』。案：未審野爲喻四，聲不讀『上』。謂『媒，叶音縻』。案：未審媒古入之部，縻古入微部，古不同音。謂『沬，叶莫之反』。案：未審沬古入月部，『莫之』之音古入之部，古不同音。謂《惜頌》『抒，上與反』。案：未審抒爲審母三等，聲不同『上』也。謂《抽思》『完，叶胡光反』。案：未審完古入元部，『胡光』之音古入陽部，古不同音。完，當從或本作『光』。以《思美人》佚、出不韻，謂『出，叶尺遂反』。案：未審出古入物部，『尺遂』之音亦説物部，雖改猶不叶。出，當作來。來、佚古並入之部。類此音注之誤，則不盡舉矣。謂《離騷》『浩蕩』爲『無畔涯、無繩尺也』。案：未審『浩蕩』本連語，聲轉爲『鶻突』『糊塗』，王逸訓『無思慮貌』，當是確詁。而陸説非也。又，《懷沙》『從容』，王逸訓『舉動』。自是確詁。而陸氏改訓『舉動自得』，則反致蛇足。凡此亦不可悉舉耳。

是書版本有明緝柳齋本，又有緝柳齋原刻康熙四十四年乙酉有文堂刊本、緝柳齋原刻學山堂刊本、緝柳齋原刻天章閣重印本，三本皆增末附《楚辭雜論》一卷，集魏文帝、沈約、劉勰、洪興祖、朱熹、葉盛、王世貞、陳深、周拱辰九家之説，而朱熹説居多。如葉盛、陳深之説，亦多采之。又殿以李思誌《楚辭跋》。惟是集爲浙江圖書館藏明緝柳齋原刻本，無《楚辭雜論》一卷，亦無李思誌跋，則有之者，後所增益之也。（黄靈庚）

# 楚辭榷

《楚辭榷》者，明陸時雍之所疏、金兆清之所參評也。時雍有《楚辭疏》十九卷已著録。金兆清，字太青，歸安人。《明史》及地志皆不載其傳。然猶有鴻爪可稽考。明天啓貢生（光緒《歸安縣志》卷三十二《選舉録》二）。天啓間官興化縣教諭（嘉慶《揚州府志》卷三十七《秩官志》）、嘉興教諭（同治《湖州府志》卷十四《選舉表·貢生》），崇禎三年官東城兵馬司指揮（乾隆《震澤縣志》卷十四《人物》）。則其人之身世，際逢明、清易幟，而其耿耿於治《騷》者，抑明季遺民之思耶？

榷者，猶『渡航』之意。其取陸氏《楚辭疏》而爲之，於陸氏原本重作編次、删改，以爲讀《楚辭》之『津筏』，是蓋所謂『榷』云者也。卷首爲陸氏原序。次爲《楚辭榷條例》，陸本原有十條，此本擇取其中六條，且各條多有删節。次爲《屈原列傳》，眉端及末皆有評語，陸本則無，蓋皆金兆清所爲也。眉評五則，致意於行文技巧，如『故憂愁幽思而作《離騷》』一段眉評云：『將《離騷》中意挈入於此，所謂虚而得實，簡而得詳者，史氏之妙法也。』末評一則，推究其學術指歸，云『太史公之於屈原悲其志，高其行，而又重賞其文，故以《離騷》爲傳意，而以行事附見，其傾心於《騷》者何其至。妙在作《屈原傳》，更似屈原，纏綿悱側，過於女嬃之申申遠矣。』陸本《楚辭姓氏》十五家、《楚辭雜論》六十條，此本删之。次爲《楚辭榷目録》，凡八卷，序次異於陸本：卷一《離騷經》，卷二《九歌》，卷三《天問》，卷四《九章》，卷五《遠遊》《卜居》《漁父》，卷六《九辯》《招魂》《大招》，卷七附《招隱士》《反離騷》《短招》，卷八附陸時雍《讀楚辭語》，而陸本以《九章》《遠遊》爲《離騷》之傳疏，而次第二、第三，《九歌》又次第四《天問》爲第五，《卜居》《漁父》繫《九歌》後，爲第六、第七，而《短騷》一篇，爲陸本所無。又删陸本《惜誓》《吊屈原賦》《服賦》《七諫》《哀時命》《九懷》《九歎》《九思》八篇。

各卷首行署『檇李陸時雍叙疏』『吴興金兆清參評』。首録陸氏原序，而後分節爲解。《離騷》分節不盡同陸氏，如陸氏『紛吾』至『宿莽』爲一節，『日月忽』至『先路』爲一節；而此書『紛吾』至『以爲佩』爲一節，『汩余』至『先路』爲一節。其他諸篇分節則悉同。各節之下，先『參』後『疏』，眉端爲評，篇末爲總評。『參』者，説者即陸本《舊詁》也，皆出朱子《集注》。『疏』者，説者即陸氏原疏也。然與陸本相較，蓋金氏有所取舍、增删或重作文字排比，致使二者面目全非。如：《離騷》『昔三后』一節，陸本《舊詁》云：『申椒者，或其地名。』而此本《參》云：『椒，木實之香者，申，其地名。菌桂無骨，正圓如竹。』二者意雖略同，而文字差異可知。陸時雍云：『三后純粹，能集衆芳，世非無賢，而不賢者吐棄之，恐後調五味而進之。豈能强其啗乎？捷徑快意，窘步自窮，迨跼蹐而無所復之，悔則靡及矣。』而此本《疏》云：『芳不集於穢，與芳畢集於芳也，惟類

楚辭權卷一

檇李陸時雍叙疏　吴興金兆清參評

離騷經

叙 離騷變風爲歌，瓌異詭奇，上自谷風小弁之所不覩，厲言類規，溫言類諷，欸言類訴，狂言類號，聆其音均可當浪浪之致焉，要之發於忠愛，雖激昂憤懣，世莫得而訾也。處末世，事闇君，賈戇罹禍，心雖無疵，君子有遺議焉。觀離騷之辭，推原所以婉孌於君者，可幸無罪而婞衷弗答

楚辭權　卷一　離騷　一

使然。堯舜之世，皋夔比肩；桀紂之朝，惡來接踵，以所收之，足以相盡也。捷徑自快，窘步自窮。當是時，雖勒騏驥而進之何益？惟寧蹶於塹，弗登於塗。君子所以有生不同時之慨。』則幾無一句相同，蓋金氏自爲之疏矣。

又，《涉江》『余幼好此奇服』一節，陸本無《舊詁》，陸時雍云：『鋏，劍把。切雲，言其高耳。朱晦翁以爲冠名。崐崘至高，玉英至潔，天地比壽，日月齊光，所謂卓然高遠，不與俗同者也。南夷謂楚。』此本有《參》，云：『鋏，劍把。切雲，言其高耳。朱晦翁以爲冠名。在背曰被。皆見其志之高遠。』則悉從《集注》輯出。又《疏》云：『古之介士，不致君於堯舜，則欲比駕於偓佺，不者寧與彭咸爲侶。塵世齷齪，非其所居也。「世溷濁」云云，萬鍾九鼎，曾不掛其齒頰。』與陸本原疏無不相同矣。

又，《山鬼》『采三秀兮』一節，陸本《舊詁》：『三秀，芝草也。狖，猿屬。離，罹也。』此本『參』云：『三秀，芝草也。采之將以貽所思。狖，猿屬。離，罹也。』則增益『采之將以貽所思』。陸時雍云：『山鬼於人不啻親矣，人於山鬼不啻遠矣，而山脆則巧言以誘之也。何然而慕，何然而思，何然而然疑作耶？代爲之思，代爲之疑，而人則曾何意乎？入其肝腑而挑其隱衷，此山鬼所以善爲誘也。采三秀者，亦將遺所思也。』此本『參』云：『「留公子兮憺忘歸」，謂歸公子家也。「怨公子兮悵忘歸」，似公子家於山中者，而曾不一歸，則怨甚矣，亦親甚矣。又曰「君思我兮不得閒」，非不思也，奈無閒何？爲公子者，胡然乎念之？已絶望矣。不敢顯言，而曰「君思我兮然疑作」，既善爲身地，復厚爲公子地，直欲留情以待遇者，令有心者聞之，寧不翻然一顧？世之求而不得者則怨，怨而不已則訕，此輕於絶人而薄於自待，何交之能合也，山鬼其多情也夫。』則二者釋意悉異。

又，《天問》『水濱之木』一節，無『舊詁』，陸時雍曰：『伊尹母妊，夢神女告之曰：「白竈生鼃，亟去無顧。」居無何，白竈生鼃，母去東走，顧視其邑，盡爲大水。女因溺水，化爲空桑之木。水漧之後，有小兒啼水涯，人取養之。既長，有殊材。有莘氏惡其從空桑出，因以媵女。夫何惡之媵有莘之婦？蓋歎之也。所云「棄騏驥而不乘，更遑遑而求索」者歟？』又引周孟侯云：『伊尹生空桑，爲説已久，夫何惡之媵有莘之婦？湯乞小臣，借謀於吉妃，使干有湯，借兆於莘婦。然則有莘之女爲商家四百九十六年薦賢之功臣可知也。』此本《參》云：『伊尹母姙，夢神女告之曰：「白竈生鼃，亟去無顧。」居無何，白竈中生鼃，母去東走，顧視其邑，盡爲大水。女因溺水，化爲空桑。水乾後，有小兒啼，出之水涯。既長，有殊材。有莘氏惡其從空桑出也，因以媵女。』皆因《集注》，文字略小異。此本《疏》云：『一伊尹事，上以美湯，此以歎有莘也。惟工愛寶，君愛有道。水濱之子，實興王之佐。夫何惡之，以媵有莘之媍？罪在不知，禍莫大於愚。却賢人以資敵，有莘所以自取亂亡也。』則興失賢亡國之歎，爲陸本所無也。

又，《漁父》一篇，二本皆不分節，陸本無《舊詁》，疏云：『《禹貢》：「嶓冢導漾，東流漢。又東爲滄浪之水。」鼓枻，扣船舷也。』此本《參》云：『歠，飲也。醩、釃皆酒滓。以水醑糟曰釃。鼓枻，扣船舷也。《禹貢》：「嶓冢導漾，東流漢。又東爲滄浪之水。」』則增益二解。此本《疏》云：『昔人謂謂醒難，醉尤難。余謂醉、醒一也，醒不厭世塵，醉非耽世，味非善醒者，曷善醉哉？』是亦金氏自疏語，而不繫陸氏疏也。

若是五事，知此本之《疏》，固非悉鈔自陸時雍《楚辭疏》，乃或金氏自爲之疏耳。然《九辯》以下諸篇，則二本幾同，蓋悉鈔之矣。或者《參》《疏》皆出自陸氏《疏》。如，《卜居》之《參》曰：『送往勞來，將迎物情也。呢訾，心欲言而口若吃也。栗斯，身欲動而膽若怯也。喔咿，强笑。儒兒，强語。事婦人者，非此不可，不則畏憚而遠拒之矣。所謂婦人，丈夫女子者也。突梯，滑澾貌。滑稽，圓轉貌。脂亦滑澤，韋則柔韌也。楹，屋柱，亦圓物。以脂灌韋，而以絜楹，益圓轉而無所止矣。輣，車轅前衡也。黃鐘，謂鐘之律中黃鍾者，器極大而聲閎。瓦釜，無聲之物，以妖怪而作鳴。』此段悉輯自陸《疏》，非出《集注》也。又《疏》云：『原之問，其意似謂天有定論，人有定情，而福善禍淫，賞忠醜佞，世多不必然者。至詹尹之對，一付之茫不可憑。此所以憤懣不平之詞。』亦鈔自陸《疏》同一段文字。是書之崖略，蓋亦可得知矣。

是書之『評』，有篇評與眉評，蓋皆出於金氏機杼。篇評者，或繫於各篇之敘後，稱『前評』；或綴各篇之末，稱『後評』。或者一篇前後皆備。其內容不外乎探旨與譚藝兩端，雖寥寥數語，見其感發真摯，情深意密。如，《離騷》前評：『極備幽怨，而委蛇百折，愴有餘悲，其文情如霧綃絲以下。』又，《九章》前評：『不懟君，不悱衆，鬱鬱忠悃，嗚咽自鳴，尤極躔綿之致。』此雖論其藝，如聞其悲泣。又後評云：『余讀《離騷》，弗可尚已，事醜而辯，言肆而檢，情委折而不亂，愛君憂國，必欲一反之正而後已。而後之論序者多疑之，謂矢歌爲「騷」，殉節爲「悁」，令原再起，何以自解焉。嗚呼，自孔子列三仁之後，世無完人，士無粹行。三代以下，難爲人矣。』此探其旨也，然身處末世，爲忠臣義士張目，則不無黍離之思。又，《哀郢》後評：『此篇於《九章》之中最爲悽惋，讀之一字一淚。』《抽思》後評：『意旨躔綿惻怛，三復讀之，應使山鬼夜哭。』是藉屍還魂而據其亡國之悲矣。又，《悲回風》後評：『其方飄眇無方，旋繞無端，可謂繪風之筆。』是譚其藝也，以爲古今描摹秋風，無過是篇者。又，《卜居》前評：『《卜居》爲《騷》之變體，信口恁地，皆自成文，其奇崛故不可及。』《漁父》前評：『讀此一過，山月窺人、江雲罩笠之致。』《九辯》前評：『《九辯》深情渺悅，而首章猶字字悲曠。』後評：『秋氣可悲，想古悶如也。自玉一爲指破，遂開千古怨端。其詞意躔綿錯落，勿令一讀便竟。』《招魂》前評：『侈談鬼怪，瑣陳縷述，務窮其變態，自是天地間瓌瑋文字。』後評：『博衍宏麗，未足稱奇，簡古精奧，當屬三代時手迹。』《大招》前評：『他人纚纚處，只着一二言，不必秀色，古意自莽莽。』後評：『不爲荒淫鬼怪之談，而尊賢士，尚三王，一軌于正，此則《小招》所不及。』《招隱士》前評：『古奥奇倔，當屬漢文第一。』後評：『詞瑰佶而意幽妙，即方之《穆天》之謡，《詛楚》之文，未見其下。信宜與屈宋竝驅。』以上是皆所以譚藝也。《反離騷》前評：『昔人云，雄之出處，既與原異趣矣，其文又以摹擬掇拾之故，斧鑿呈露，脈理斷續。然與《騷》切近，故即綴之《騷》後。《惜誓》以下，文體相去遠矣。』案：此猶狗尾續貂，眼光不及洪、朱之高矣。

終末附陸時雍《短招》一篇，稱『余讀《離騷》，俯仰痛悼無已，擬作《短招》，衷次迷謬。不能宏麗詞説，苦世煩嬈，聊以自誘，抑《招魂》娱耳目之前，《大招》抗功名之表。余生今世，俱無冀焉。昔陶潛自作挽歌，廣情放志，亦以終此百年，慰兹廓落，率情命物，斯亦丘壑之雕棊，而雲泉之鼓吹而也已』。案：陸氏賦《短招》，曰：『魂兮歸來，盤桓兮無畏人之多言，踟躇兮戢影厚潛。坎壈兮世不可干，顑頷惆憭兮朝露滄。』而所招者，乃明季貞臣、忠烈之魂，或落拓不得志之士之魂，而終寄意於丘壑不仕，自守臣節，甘爲勝朝遺民矣。故金氏爲之同悲慼，而推崇備至。其前評云：『逸秀多風，體格較《騷》一變，而感奮欷歔，可謂傳楚之神。』抑亦過矣。又，《遠遊》前評：『簡折奥卓，此非度世語，知其深于託者。』蓋人之處百無聊賴之際，憂思躔縛，無所解脱，乃託意遠遊，寄寓仙蹤以排遣之。然則屈子果欲仙者乎？亦未必矣。

金氏眉評，大略致意於文辭敷設之妙，行文上下關聯之巧，是譚藝論文之屬矣。或者鈔自陸本原書，而不著姓氏。如，《離騷》『帝高陽』眉評：『屈原譜世，蓋在言情，自馬遷以降，幾乎名籍矣。』又，『怨靈修』眉評：『言娟娟而嫵媚，娓娓與黨人爲理。』案：皆實出陸本眉評張侯如。或改易一二字。如，『紛吾既有』眉評：『紛、汩、來，俱一字作句。』陸本眉評張侯如曰：『「吾」「余」上俱一字作句。』案：雖改三字而意實同。或者爲陸本所未見者。如，『汩余若』眉評：『上一句是汲汲慕君意，寫得濃至。』又，『惟黨人』眉評：『歷敘此至，方説出被讒來，何婉而切。』又，『衆皆競進』眉評：

『即「汩余」一段意，而語益深，旨加測矣。』又，『阽余身』眉評：『鶴唳如清商之音。』案：以上皆未見陸本，然不知鈔自何書。《離騷》一篇如此，他篇眉評之崖略，亦可以此類知矣。

是書刻年未詳，蓋在《楚辭疏》之後，於明末清初鼎革之際，中國科學院文獻情報中心有藏本。（黄靈庚）

# 離騷草木史附朱駿聲批注

《離騷草木史》者，明周拱辰之所作也。拱辰字孟侯，浙江桐鄉青鎮人。清順治三年丙戌歲貢。周氏爲宋濂溪先生之裔孫，素以儒爲業。其才情奇麗，擅詩古文，好撰秘册稗乘及國家典故。然際遇易代，世業中落，家徒四壁，居常扼腕，鬱鬱不得志。七入棘闈試，皆落拓不值。乃北走燕豫，南下百粤，名山大川，多所經歷，以發其胸中奇氣也。及清軍南下，則蟄居鄉間以避亂，唯與鄉人陸時雍相酬唱。後，朝廷傳檄諸生應貢，拱辰淡於仕進，乃曰：『休矣！吾第欠一死耳，尚知身外哉？』哭歌不輟，竟未就，乃賦《揮杯勸孤影》詩以明志。晚遷居吴江震澤以終。著有《南華真經影史》九卷、《公羊墨史》二卷、《聖雨齋詩文集》十卷及《問魚篇》等存世。事載清嘉慶《桐鄉縣志》卷七《人物傳·文苑》。

卷首有李際期序及周氏自序。自序於屈子辭賦譽揚備至，視如繼三百篇後之佚詩。稱『《離騷》者，楚補亡之詩也，而即孔子未删之詩也』。而以王世貞『孔子而不遇屈氏則已，孔子而遇屈氏，必采而列之楚風』云，爲『知言』之選。周氏詳述其治《騷》之由。謂其始也，蓋出於身世之感，以其『生不逢時，沉幽侘傺，加之嚴慈繼背，風木爲慘。又草莽孤臣，請纓無路，不勝血灑何地之感。寒讀之當紉蘭結芷，飢讀之當瓊靡菊英，放棄哀怨讀之，當中徒之石，江魚之贅。竊覩《騷》中山川人物草木禽魚，一名一物，皆三閭之碧血枯淚，附物而著其靈。而漢王叔師，宋洪興祖、朱元晦三家雖遞有注疏，未爲詳確，陸仲昭新疏，仍涉訓詁習氣，于典故復多挂漏。予向輯《天問别注》一卷，附刻陸氏新疏中，行世已久，而餘注未及。

苦塊之餘，廣爲搜訂，其中山川人物，草木禽魚，多所弋獲，憲古條義，自謂兼之。譬諸睇羲坂之龜圖，都縈淑氣；指宣塚之草木，盡含貞性。吊蜀山化女之石，恍逢怨魄；掬杞國崩城之土，親見啼痕。使後之人一一爲之捫膂，爲之太息，爲之肅然生敬，不敢以一名一物，褻爲蟲篆雕刻之靡，而恍如見夫子未删之詩』。又謂『然則稱史者何？以治之也。草木之中有君子焉，有小人焉，一一比其類而暴其情，使蕭艾菉葹知所顧忌而不敢進，而與蘭芷江蘺競德，凜凜乎袞鉞旨也。以治草木而還以治草木者治人，是所望于靈修者摯焉爾』云。則周氏之所以注《騷》，而特重於『山川人物草木禽魚』者，知其非徒爲格物，乃於易代交替之際，乃有『荒衷』寄託之意焉。大祇假《離騷》之酒杯，以澆己懷之塊壘，而一一興寓於《騷》之『草木禽魚』者矣。李際期序稱，周氏落拓鄉間，『行吟草澤，流湎無次，慷慨讀騷，若泣若歌，有不任其聲』者，時人稱曰『騷聖』云云。則仿佛屈子再世，而不勝其黍離之悲、遺民之思矣。又謂『干寶作《搜神記》，人號「鬼中董狐」，先生此注，亦草木之董狐也已。下以抒狐爰哭國之憤，上以吊湘累負石之痛』。斯可謂周氏是書之知言君子矣。

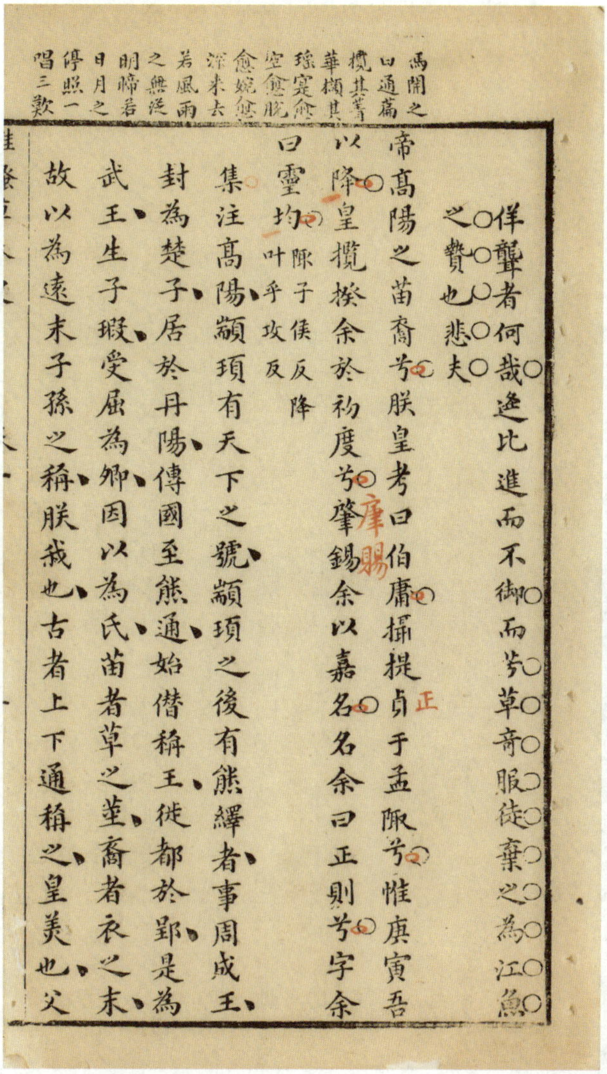
禹開之口通篇攬其菁華擷其瑤寔僉空僉脆僉婉憊洋來去若風雨之無從明啼若日月之傳照一唱三歎

佯聾者何哉？進比進而不御而兮草奇服徒棄之爲江魚之贊也悲夫

帝高陽之苗裔兮，朕皇考曰伯庸。攝提貞于孟陬兮，惟庚寅吾以降。皇攬揆余於初度兮，肇錫余以嘉名。名余曰正則兮，字余曰靈均。陬，子侯反。降，叶乎攻反。

集注：高陽，顓頊有天下之號。顓頊之後有熊繹者，事周成王，封爲楚子，居於丹陽。傳國至熊通，始僭稱王，徙都於郢，是爲武王。生子瑕，受屈爲卿，因以爲氏。苗者，草之莖；裔者，衣之末。故以爲遠末子孫之稱。朕，我也，古者上下通稱之。皇，美也。父

是書識斷精博，爲明代《楚辭》文獻之翹楚。凡十卷附録一卷：《離騷經》卷一，《九歌》卷二，《天問》卷三，《九章》卷四，《遠遊》卷五，《卜居》卷六，《漁父》卷七。以上皆屈子所作。《九辯》卷八，《招魂》卷九。二篇皆宋玉所作。《大

招》卷十，宋玉或景差所作，所以『續《招魂》』者。末附《楚辭拾細》一卷。周氏於字詞訓釋，祇宗朱子一家，而於『朱注』之下繫以『周拱辰曰』，乃自爲之解也。《拾細》者，蓋補綴前所未備也。自《離騷》至《招魂》，皆摘句以爲解：《離騷》九則，《九歌》六則，《天問》十一則，《九章》九則，《遠遊》二則，《漁父》一則，《九辯》一則，《招魂》二則。末又《離騷補》一則，《天問補》四則。此所謂『復多觸發，間有剩義』云，既補《草木史》十卷所闕，又仿朱熹作《辯證》之例焉。每篇之末，輯録姚寬、桑悅、馮覲、陳深、顧之奇、焦竑、王世貞、楊慎等品騷論藝之語，多鈔自蔣之翹《楚辭評林》，蓋以與其所闡釋相映襯也。書之眉端雜置評點，所以評《楚辭》者，似偶涉或《草木史》，繫吴郡顧有孝、王撰二人所增益也。

周氏於《離騷》一篇致意極深，用力最勤。乃謂《離騷》蔽之以一『怨』字。楚人善怨，『善其以怨諫也』。案：此可謂有識，執此以讀《騷》，如持關鑰以通其室，庶幾得其坦途矣。周氏又以《離騷》異乎《詩》之『温柔敦厚』之教，讀其辭，『有聖明之爲思焉，有規誨之誠焉，有悱惻崩悼不任其聲趨舉其辭者焉，怨而盈矣，不可以加矣。甚矣楚人之善怨矣。且非獨於此也，其語壯也似直，其爲隱託也似諷，其狂號也似戇，其謔浪中悼也似譎，其俯躬曲跽以將之也似降。使其爲君感而思，思而悟，悟而改，以期畢吾「天王聖明」之戴，而未始不歸於忠厚。……雖然歷山號而親允若，《小弁》怨而親維忍，其如蓀之倦聾者何哉，逢此進而不御，而芳草奇服徒棄之爲江魚之賚也』。案：時論多以《騷》與《詩》同風不別，周氏體貼入微，見識獨特，較之有以過之者。又如釋《悲回風》『登石巒』一段，本是虚無飄渺之語，雅稱難解，周氏謂『皆指愁緒言。愁緒微杳，故曰「眇眇」；愁緒吐不出，故曰「嘿嘿」；愁緒佶曲不申，故曰「鬱鬱」，愁緒危苦，故曰「戚戚」；愁緒栓鎖不開，故曰「鞿羈」；愁緒如軸盧，故曰「繚轉」；愁緒難倪，故曰「芒芒」；愁緒長，故曰「曼曼」；愁緒不可斷，故曰「綿綿」；愁緒削厲自凛，故曰「悄悄」；愁緒幽僻難白，故曰「冥冥」。呼之不應，省之不得。聲者此聲，物者此物，不能不愁，而又不忍常愁之意，凄然言外』。案：一『愁緒』統攝其意，致屈子狀愁之文，繽紛璀璨於目前而無遺蘊矣。於此見其執『怨』『愁』以解《騷》者，鼎中可嘗其一臠矣。

明季或有疑屈子非投汨淵死者，若汪瑗即是。周氏於屈子沉湘之事堅信不疑，且終歸以『屍諫』，以爲乃時世之所造，所謂『父母不慈有孝子，國家昏亂有忠臣』也。其於《離騷》篇末云：『屈原爲之於懷，言死者屢矣，曰「吾將從彭咸之遺則」，曰「吾將從彭咸之所居」。然而爲不死也。頃襄之不令，比之父有甚焉。逮於玉笥山幽放，亦未即死也。至於九年不復，爲乃始賦《懷沙》以自畢。原豈真以一死以謝責哉？人固有死有餘於忠者，有忠有餘於死者。死有餘於忠，身一死而責已畢；忠有餘於死者，身畢而忠未畢也。《九章》爲曰：「不畢辭而赴淵兮，恐壅君之不昭。」又曰：「驟諫君而不聽兮，任重石之何爲益？」噫，所謂忠之未畢，皆是物也。猶乎史魚之屍諫也。若曰苟吾君翻然改圖而社稷靈長，屈平受賜而死，千百世而下寢食於其所未畢，而爲之悲歌，爲之慟哭，爲之歧慕興起，流連未已，亦皆是物爾。如此者可以吊屈原矣，可以讀《騷》矣。』案：察其言也，雖與洪興祖『生不得力争而强諫，死猶冀其感發而改行』云，同出一轍，然『屍諫』之説，蓋肇於周氏矣。

周氏以《九歌》之作雖因沅湘享神民俗而作，然『在在託之君』者，以『君之信我也不固矣，而託之神以邀之，以痛己之不獲職也』，而『借鬼神以自治也，即以治君也』。故百方求其『在在託之君』者，『太一以喻帝，故曰「上皇」；山鬼喻臣，故曰「若有人」；雲中君、湘君、湘夫人、大司命、少司命、東君、河伯以喻君，故曰「佳人」、曰「夫君」。山鬼媚君，所以尊君；太一臨君，以正君，亦以尊君也。使吾君凜然知君之上，復有上皇，而不敢自縱，亦愛君之極思矣』。以『湘君』『湘夫人』二神，皆不苟舊注，注引《禮經》舜崩蒼梧之野，『三妃未之從也』，則『三妃，一娥皇，二女英，三癸比。從則俱從，此何以遺其一？總之，湘君、湘夫人皆湘川之神，猶水母玄女貝宫夫人之類，不必泥也』。案：其與汪瑗之説不謀而合。又稱《天問》『天之所以爲天也，賢必以而忠必報，天久矣其細矣，屈原蓋借天以大其問，亦借問而大其天也與。或曰：《小招》《大招》，屈原之招魂也。《天問》，古今帝王卿相之招魂也。呼千古以上人而與之徘笑，與之慟哭，將毋同調之慨也乎哉。非直此也，千古以上人而無知也則已，其有知也者，而佞者以慚，忠者以起，凛凛乎衮鉞旨也』。案：據其所言，則注《天問》者，必求『借天而問』之旨，未在乎問之解與不解矣。又以《九章》之九篇『屈原再被楚襄之放而作』。而九篇作期未有説，惟《哀郢》『九年而不復』云：『似實有所指，非空言也。以義考之，蓋在頃襄復放之後無疑。百姓震愆，兩東門之可蕪，是時秦楚日尋於兵，人民仳離，城閭荒圮，往往而是，不必拘其必拔郢徙陳之年也。』案：秦白起拔郢在頃襄王二十一年。而此篇『九年不復』，蓋在十年前後。謂《哀郢》蓋作於是年。其説是也。汪瑗以爲是篇因白起拔郢而楚東遷陳而作。故周氏爲是説。其又以《懷沙》『語肆而直，有獸死不暇擇音之意』，則視作爲絶命詞，懷沙者，『猶抱石沉沙云爾』。稱《思美人》有云『思彭咸』，即思美人之意，『古有生不用而以屍諫者，託湘魚之骨以致其思君之極思』。蓋亦此以作於將絶命之際矣。又，以《遠遊》之作爲『尋仙』，所以『侑愁』也。稱其『無天無地，無見無聞，寓意更遠，益欲逃天地之外，付時事於不見不聞，較前「涉青雲以泛濫遊」，抑又眇矣』。稱《卜居》所以悲『握粟』之窮，《漁父》所以慨清濁之歌，二篇皆『僞立主客』，未必屬託言。又稱《九辯》是『宋玉爲師貢憤而作』，而《招魂》是玉招屈子之魂，即『原「指九天以爲正」之極思』。《大招》是景差『嗣《招魂》而作』，所招者亦三閭之魂也。周氏説《楚辭》諸篇要旨，蓋大略若是。

書之既名曰『草木史』，則周氏於名物、地理、制度之考證，頗見功力。或補舊説所闕。如，《離騷》『菌桂』，宋儒惟據《本草》『花白葉黄，正圓如竹』解之，周氏云：『菌桂，葉似柿，而光滑鮮净。蓋菌桂無骨，如空心竹。《蜀都賦》所云「菌桂臨崖」，《莊子》「桂可食，故伐之」是也。』又，『秋菊落英』，宋儒之有菊華之落與不落之辨，周氏乃云：『《水經注》：「酈縣城南，菊水注之。」菊水即今名菊潭，源傍悉生菊草，所云「食菊」是也。《花木釋異》曰：「南陽甘谷水，其山上有大菊，落水從山間流出，飲其液者多壽。」合二説考之，乃知菊有落英不誣也。』案：則以秋菊之英確有墜落者，以證漢儒之未誣。又，『高丘』注云：『既云「登閬風」矣，又曰「反顧」興哀，則舊訓高丘爲閬風，謬矣。王叔師注：「楚有高丘之山。」是也。疑即楚之高唐山。』《拾細》又云：『原固没身楚境耳，似皆指楚山也。且搴薜荔，采然支，戲疾瀨，望高山，皆不出楚境。其曰高丘赤岸，或指黄岡之赤壁與武昌之赤壁與？』案：後解爲聞一多氏所敷演。又，《大司命》『九坑』，注謂『坑與崗同。《郢地志》有九崗山，在今松滋縣』。又，《湘君》『參差』，注云：『即物類所稱管。簫長二尺。《爾雅》云「編十二管」，蓋截竹二十二根，横束之爲二十二管也。長一尺四寸曰管，尺二寸曰巢。』又，《湘夫人》『白蘋』注云：『《招隱》云：「青莎雜樹兮，蘋草靃靡。」又，《子虛賦》「薛莎青蘋」。蘋與莎相似，但以大小相異爾。葉長而色老爲青蘋，葉初生而色嫩爲白蘋。』又，『紫壇』，注云：『紫壇，非紫貝所築，漢行宫用紫泥爲壇。齊梁《郊祀歌》亦有「紫壇」。即此也』。又，《山鬼》『女蘿』，注云：『女蘿，《廣雅》云，松蘿也。細長無雜蔓。帶女蘿，蘿青而長如帶，即用以爲帶也。』又，《國殤》『操吴戈兮披犀甲』，注云：『《考工記》：「句兵欲無彈。」又曰：「句兵埤。」句兵，戈戟屬，無彈而埤，吴工最良，薛治稱吴鉤可知也。』又，《涉江》『露申辛夷』，朱子『未詳』，注云：『按《花木考》，露申，即瑞香花，一名錦薰籠，一名錦被堆。辛夷，葉似柿而長，正、二月花開如木筆，又曰辛夷花，即侯桃也。』又，《哀郢》『過夏首』，注云：『《水經注》：「江津豫章口東有中夏口，是水之首、江之汜也。」是謂夏首。又杜預曰：「漢水曲入江，即爲夏口。」』案：其分辨『夏首』『夏口』者是也。

或者抉發名物新意。如，《離騷》『蹇修』，《拾細》云：『（蹇修）猶云亡是公、烏有先生之類。』案：則以寓言解之，勝舊説多矣。又，『珵美』注云：『言世人於草木臭味尚未能別識，況能知玉之美邪？珵，楚玉也。魯之玉以璠璵，晉之玉以垂棘，楚之玉以珵美。』案：珵爲楚玉名，爲周氏所創。又，證之以《儀禮》，注謂《離騷》『蕭艾』皆『香草』，『比之蘭蕙則已賤矣』。亦信而有據。又，『鳴玉鸞之啾啾』，《拾細》謂『揚旌旗而鳴玉鸞，則此鸞乃旗旍之鸞也』。又，《東皇太一》『撫長劍兮玉珥』，注引《考工記》『姚氏爲劍，身長五，其莖長，重五埒，謂之上制』云，謂長劍即指此。又，《雲中君》『浴蘭湯兮沐芳』，注引《幽明録》『古制廟方四丈，不墉壁，道廣四尺，夾樹蘭香，齋者煮以沐浴，然後親祭』云云，謂即『所謂蘭湯也』。又，《湘君》『捐余玦兮江中』，注謂『玦取決別之義。《左傳》「金寒玦離」是也。古者君遣臣，遺之以玦。篇中曰「輕絶」、曰「告余以不閒」，湘君已隱然棄我矣。然我敢自棄乎？捐余玦，還之而不敢受矣。遺余佩，銘德之念，終身佩之而不敢忘也』。又，《天問》『撰體』二句，注曰：『「撰體」二句未詳，愚謂即風伯也。晉灼曰：「飛廉鹿身，頭如雀有角，而蛇尾豹文。」應劭曰：「飛廉，神禽也，身似鹿，能致風雨。」蓋風神也，神禽而鹿身，不尤怪乎？』案：此説後爲蔣驥等所認可。凡若此類，皆爲其所獲弋，得成一家言矣。

或者糾朱注名物之訛。如，《離騷》『集芙蓉以爲裳』，周氏辨之云：『舊以芙蓉爲蓮花，是矣。此章之芙蓉則非蓮花也。一花也，以爲衣，又以爲裳，不重出乎？《大招》：「芙蓉始發，雜芰荷些。」既是一物，又何以云芙蓉雜以芰荷乎？按《花木考》，芙蓉、蓮花，自是兩物。唐詩云：「芙蓉開在秋江上。」荷開以夏，芙蓉以秋，何可混也。』案：芰荷，即芰也，荷乃襯詞耳。芙蓉、芰荷，自是兩物。又，『薋菉葹』之菉，漢、宋舊注多以《爾雅》『王芻』解之，且引《詩》『終朝采菉』爲證。周氏辨之云：『菉，《韓詩》作「薄」，亦云薄萹竹，似小梨，赤莖節，今呼白脚蘋，即鹿蓐草也。』案：其非『王芻』及《詩》之『緑竹』明矣。又，《湘夫人》『麋何爲』二句，朱子以爲『麋當在山林而在庭中，蛟當在深淵而在水滴，以比神不可見，而望之者失其所也』。周氏辨之曰：『師曠《獸經》「麋性喜澤」。麋，水獸也。蛟，龍屬。然不能致而能裂山，蓋龍居水而蛟居山也。麋水獸而來庭，蛟山蟲而泳水，失其居矣。雖然，漸鴻翠狗，鸂鶒鵁鶄，水亦有鳥也。鯢魚緣木，鮧魚登竹，木亦有魚也。靈囿濯濯，齊囿設禁，庭亦有麋也。蛟食鯊虎，虬卵淵伏，滀亦有蛟也。緣木求魚不得魚，亦道其常也。冀幸之意，溢于言表。』案：則肆其弘博，足見舊説之絀，而義幾無餘藴矣。又，《禮魂》『姱女倡兮容與』，注云：『舊以女子爲優倡者，非。按姱女，即巫女也。』案：所謂『舊』者，即朱注也。又，《禮魂》注云：『前曰國殤，乃爲國死者也。此曰禮魂，迺鄉先生之賢，有功德於桑梓，而俎豆之於瞽宗者。』案周氏以朱注『以禮善終者』爲非也。又，《思美人》『解萹薄與雜菜』，朱子以萹蓄雜菜皆非芳草，周乃注云：『夫既解去矣，又何以備之而交佩乎。且既非芳草，昔何以佩之，必待今日始解去乎。按《考工記》「工人茭解接中也」，取接續積中之義。《草木考》：「萹，小梨，味酸而澀，勝苦李，可以救飢。」菜有多種，謂之「雜菜」。有圃中之菜，有石上之菜，有水中之菜，有仙人服食之菜，一種清苦香澀之味，何至不能與揭車、江離等。』則以萹、雜菜皆爲芳草也。

周氏於字義訓詁，雖非其所長，或時見新義，不乏可采者。如，《離騷》：『名余曰正則兮，字余曰靈均。』注云：『名余字余，即劉向《九歎》所云「兆出名」「卦出字」也。』《拾細》亦云：『正則、靈均，舊訓各釋其義，以爲美稱。若以美稱則近之，以爲各釋其義則非也。篇中曰「佳人」、曰「孅人」、曰「靈修」、曰「蓀」、曰「荃」，皆此意。謂各釋其義，則「佳人」「靈修」等語，僉以比君也。豈臣不敢稱君名而借以釋其義乎？亦難通矣。』又，『羌内恕己以量人』注云：『恕己量人，言小人之恕責己，苛責人也。量者，度量，亦概量妬盈之意。以螭量龍則可，以蛇量龍則已非，以蚓量龍則不忍言矣。』又，『九死』注云：『九死，即俗所云「九死一生」，言死數多，生數少也。……自勗也，亦以感君也。』又，『終不察夫民心』注云：『此「民」字，亦屈原自謂。前既賜香草以與臣訣，此蓋廢棄後對君之稱也。』又，『攘詬』注云：『攘，獲也。忍尤矣而反獲詬，則情愈苦矣。』又，『不量鑿而正枘』句注云：『量鑿而正枘，則危吾君；不量鑿而正枘，則危吾身。進退維谷，告舜而舜亦何以爲之計哉？』又，『溘埃風』注云：『埃，舊訓塵，似塵埃也。《莊子》云：「野馬也，塵埃也，生物之以息相吹也。」野馬塵埃，絪緼吹息，即所云「埃風」也。』又，『拂日』注云：『拂日，非擊日。《左傳》曰「靡旌摩壘」，拂即摩之義。言折若木之榦，上摩日光，藉其蔭以逍遥也。』又，『望予』注云：『未必拒我也，曰「倚」、曰「望」，若與我無關切者然，袖手旁觀，出拏雲之手者誰與？此所以欲進前而不敢，「結幽蘭以延佇」也。』其釋似較舊説通允。至於他篇亦時見勝義。如，《少司命》『忽獨與余兮目成』，注曰：『目成，凝睇貌，亦心許貌。』《天問》『永遏在羽山，夫何三年不施』，注：『《書》稱「殛死」，猶言貶死，實未嘗殺也。則「永遏在羽山」，似乎永不施矣。』又，《涉江》『欸緒風』，注云：『舊以欸爲歎聲，似矣。然非以緒風爲可傷歎也。按欸即風聲，《莊子》：「大塊噫氣，其名爲風。」秋冬之風多愁慘，聽之噫歎之聲也。』又，《悲回風》『物有微而隕性兮，聲有隱而先倡』二句，素稱難解，周注似最圓融，云：『「物有微而隕性」，愁苦之來，最微渺，而中人不覺，所謂憂能傷人也。秋不覺而聲倪之，亦復如是。微而隕性，微之不可蓋也。隱而先倡，隱之不可蓋也。質實者不磨，虚誕者終滅，故曰情不可蓋，僞不可長。』案若此者，則不煩悉舉矣。

周氏於其所弗知，則不强爲之解。如，《離騷》『濟沅湘以南征』，注云：『舜葬九疑，爲説已久。愚考《舜典》，五月南巡，至于南岳。史言舜南巡狩，崩于蒼梧之野，今云塚在零陵之九疑山。楚地志，九疑去南岳千餘里，蒼梧在廣西域内，去九疑又百里。孟軻言，舜卒於鳴條。鳴條在東方夷服，不聞有舜塚。今無一實據，存疑可也。』又，《天問》『射鞫』，注云：『未詳宜闕。』則見其慎謹如是，非倉促苟且者同日語矣。

周氏或藉辨章析句、疏通文法以探其藴奧者。如，《離騷》『來吾道夫先路』，注云：『「來」字折句讀，言果能來以相從乎？吾當爲汝前導耳。又按：《郊特牲》：「先路三就。」《左傳》：「鄭賜子展先路，子産次路。」先路乃車名。抑御先路之車爲導耶？』案：以『先路』解爲車名者，則自周氏始矣。又，辯自『昔三后之純粹兮』至『夫惟捷徑以窘步』八句，《拾細》云：『王弇州謂構法全亂，此段尤甚。不可謂似亂非亂，然別是一格調。中間突然陡説處，了不具原委，只是苦難氣人，東説兩句，西説兩句，史道自己心事，不管人省不省。吾謂此矮人觀場之説也。即如「昔三后之純粹」至「桀紂窘步」八句，言三后純粹之德，爲衆芳之所在，「雜申椒與菌桂，豈維紉夫蕙茝」，即以明三后衆芳之所在也。言三后純粹之德，纖悉備美，豈維大體之馨聞已乎？堯舜之耿介，先三后而立極，誠千古作君之大路也。其如桀紂之猖披，自窘厥步何哉？章法句法，一綫貫串。其曰「構法全亂」，又曰「東説兩句，西説兩句」。吾不知其如何全亂，如何兩句是東説，兩句是西説也。』案：説此段上下相承，得章法脈絡。此亦猶後世所謂『文中自注例』以概之耳。又，《天問》『羿焉彃日，烏焉解羽』。注云：『舊訓抹卻「焉」字，而曰「羿射九日」，九烏墮其羽也。非是。二「焉」字，即「鴳雀焉處」？焉字，問詞也。』案：審《天問》問難之句法，其説是也。

周氏或者藉以男女婚姻，發明屈子託寓旨意。如，《離騷》『數化』注云：『數化者，反覆遷徙之意。《左傳》：「人之化也，何日之有？」《公羊傳》：「常之母有魚菽之祭，願諸大夫之化我也。」亦取小人致誘之義。改路而得之昏期之餘，悔遁而得之成言之後，約婚矣而他娶，爲女子者難矣，而「士也罔極，二三其德」，亦何解於承羞之吝乎？』案：解『數化』而説以男女婚約，蓋得屈子言外意矣。又，《湘君》『心不同兮媒勞』一節，注云：『媒勞、輕絶二語，千古隕涕。女子因媒而嫁，不因媒而親，媒不足憑，恩亦不足恃也。語曰：男懽不敝輪，女懽不敝席。古來忠臣棄婦，大率如斯矣。』案：由婚姻轉入君臣，則託意深矣。

周氏於《天問》一篇著意深切，用工至鉅，多發前所未發。首段問天體，周氏每每與朱子相左。其説『九天』或『顧菟』，皆引西人利山人（利瑪竇）説，蓋以科學而破舊注之謬，其學與時俱進，凡理之所在，雖西夷亦不拘。其説『伯强惠氣』云：『伯强、惠氣，風屬。上指日月星，此專言風也。《黄帝風經》：「風者，氣也。得怒之氣則暴，得喜之氣則和，得金之氣則凉，得木之氣則温，得火之氣則炎，得水之氣則烈。」《淮南》云：「强隅，不周風之所生也。窮奇諸稽攝提，廣漠風、條風之所生也。」不周風居西北，律中應鐘，氣主肅殺。廣漠居北，律中黄鐘，條風居東北，律中太簇。黄鐘胎養萬物，太簇出生萬物，皆主生，所謂惠氣者是也。』案：如是則伯强爲隅强，爲厲疫惡氣可知也。較之朱説爲長。又，『鴟龜曳銜』，朱子斥之『無稽之談，亦無足答』。周氏云：『蓋「鴟龜曳銜」，鯀障水法也。鯀睹鴟龜曳尾相銜，因築爲長堤高城。參差綿亘，亦如鴟龜之曳尾相銜者然。程子曰：「今河北有鯀堤而無禹堤。」《通志》曰：「堯封鯀爲崇伯，使之治水，乃與徒役作九仞之城。」又，《淮南》：「鯀作三仞之城，諸侯背之。」史稽曰：「張儀依龜迹築蜀城，非由崇伯之智也。」即其證。按揚雄《蜀本紀》言：「張儀築成都城，依龜迹築之。」龜殼猶在軍資庫。宇文遇云：「比常爲主庫吏，見龜殼長六尺。」依龜築城，儀襲鯀智，大抵然矣。』案：其説確矣。長沙馬王堆漢墓帛畫之下部有『鴟龜曳銜』之象，可證周説有據。聞一多氏《天問疏證》亦爲此解，蓋因周氏張目矣。類此勝義，不煩悉舉，此乃管中窺豹，時見其一斑也。

周氏或於注疏字義中，體會文心，索言外之旨，雖未必謂盡得屈賦本意，而論藝品文，則不無勝義焉。如，《離騷》『紉秋蘭以爲佩』，注云：『《爾雅翼》：「蘭乃香草之最。」江南蘭春芳，荆楚及閩中秋再芳，故有春蘭、秋蘭，爲王者香也。紉蘭爲佩，乃原自表芳潔之性，原非實語。』又《拾細》云：『孔子有《猗蘭之操》，蓋見蘭生深林，不爲人采，故傷之。

且重其爲王者香也。《禮經·內則》：「女子有賜蘭者，獻諸舅姑。」又《左傳》：「燕姞生子，曰：敢徵蘭乎？」又《華夷草木考》：「蜂采百花釀蜜，皆濡其股切之，采蘭則以背馱之，以獻於王。」貴爲王者香，不敢以褻承之也。《離騷》云「紉秋蘭以爲佩」，曰「滋蘭之九畹」，又曰「覽椒蘭其若玆，又況揭車與江離」，原之尊蘭至矣。故曰「結幽蘭而佇」，又曰「謂幽蘭其不可佩」。蘭曰「幽蘭」，其蘭可知也，即知希我貴之意也。』宋儒以《騷》之蘭，似澤蘭，『今處處有之』，周氏駁之曰：『既曰「處處有之」，則人皆耳而目之，何以稱曰「幽蘭」也。愚謂紉蘭爲佩，特懷芳抱潔之寓言耳。素王棲棲，撫國香而自惜，靈均見放，佩幽蘭以自旌，故曰知我者希，則我貴矣。』案：周氏於屈子稱蘭之意，爲『自表芳潔之性』，『非實語』，以斥宋儒之泥。當矣。且攝出一『幽』字，寄寓『知希我貴之意』，亦可謂有識。又，『滋蘭九畹』八句，寄寓懷才不遇於時而遭斥棄不用之意，云：『語曰：「過時而不來，將隨秋草萎。」樹衆芳者亦已矣。令衆芳不見其美於天下，而反致疑衆芳之非真，又令衆芳反自疑，又令天下慕芳者舍此而他有所樹，而置衆穢于衆芳之上，不亦傷乎。懷美不見，匪第與無美同也，且以快妬美者之心。荃蕙化茅，糞壤充幃，隱憂更亟矣。』案：見感遇之深、體會之切，幾與屈子同悲。又，陳詞重華一段注云：『「啓《九辯》《九歌》」以下，皆舜千百年以後事，舜亦惡從而知之？而娓娓言之者，儼然以吾君爲當日之舜，而不惜苦口之陳也。若曰前王之轍，後王之師也。其成敗得失已如此矣。吾君而具四目、四聰如舜，其亦有戒心乎！』案：直以此段爲諷諫懷王之詞，非唯一味懷古吊傷也。又，『僕夫悲余馬懷』，注云：『岱馬懷北風，君子懷故國，匪戀土也，宗廟存焉爾。』案：其以『思宗廟』比之『戀土』，更進一層矣。又，《少司命》注云：『「悲樂」二語，側重別離而言。然二語合看，纔見言情之苦，以爲已別離矣。而昨天之相知尚新，以爲相知伊始耳，而生離隨繼。夫相知而別離，不如不相知之愈也，而況新相知乎？一日之內，忽新忽故，忽聚忽散，無限啼笑無憑之感，所謂「今宵剩把銀缸照，猶恐相逢是夢中」也。含情寫恨，歎聲壓雲。」案：若非通感於時世而寓有深意者，似不得出此沉痛語也。又，《河伯》篇末注云：『交手東行，相送南浦，何眷顧流連之靡已，深味語意，非原招河伯，乃河伯招原也。蓋東門秭歸，兩靡税駕，惟有沅湘清波，可了靈均一生結局。「波滔滔兮來迎，魚隣隣兮媵予」。河伯固以江魚之腹贈原矣。』案：是篇以寄寓隨河神而自沉之意，蓋前所未聞矣。又，《抽思》『曰黄昏以爲期』，注云：『已隱許我以私婚矣，苟可以偕老，不避多露之嫌，竟無如遵路摻袪，無譏終棄也。俄而信誓，俄而造怒，畢嫁無望矣。』案：以男女婚姻比君臣，目此篇爲『棄婦閨怨』，而泄其『逋臣離緒』，自是別俱慧眼。又，『望孟夏之短夜』，注云：『曼遭夜之方長，故冀夏夜之短以自息也。長夜而思短夜，夜益以長矣。』案：是所謂反襯法，相反爲義矣。則揣摹屈子心思，如入人肝腑。又，《悲回風》『竊賦詩之所明』，注云：『蟲至秋而皆聲，心至愁而皆鳴。詩之自明，非求人之代爲我鳴也。』案：斯所謂『比類合誼』以爲解矣。又，《天問》一卷，原附於陸時雍《楚辭疏》，時有借題發揮之論。如，『康回馮怒，地何故以西南傾』，注云：『此是荒唐不可致詰，非真謂有其事而詰之也。細味語意，大似借康回之怒，代鮌賁憤者。然所云天高不能寄怨，地厚不能埋怨，謂天地缺陷，至今可如何哉？嗟乎盛氣彌天，厚土不能載康回之怒；積憾化物，流水不能況崇伯之冤，恨血成碧，精靈至今良可悼矣。』又，《惜往日》『虚辭』注云：『吾讀《騷》「聽讒人之虚辭」一語，而竊有疑於晉文也。晉文賢於夫差，亦剛愎猜忌主耳。親如子犯，尚須沉璧之盟，豈其有讒之者耶。舟之僑棄虞而從，備歷艱辛，亦與子推同棄。嗟乎，欒書慘矣。封介山以奚爲耆蛇冤哉，拭縞涕而何益？「自前世而嫉賢兮」「謂蕙若其不可佩」，古者已然，豈獨一文公哉。』案：當亦有所感發而激也。

然周氏刻意求新，訓詁未密，故卒多穿鑿附會之説。如，《離騷》『汩余若將不及兮』，注以『汩』爲『汨』，云：『郢有汨、羅二江，此曰「汨兮若不及」，亦指汨流以自悼年歲之徂云耳。』案：悠謬不通，莫甚於此。又，『鷙鳥之不群』，注引《禽經》：

『庶鳥雄大雌小，鷙鳥雄小雌大。』而謂『不群言不與凡鳥伍也。《東齊志》：「人見二鷹鳥擲卵相上下接之。」蓋習飛也。其胎教乎？未破卵而英鷙夙成，故曰「自前世而固然」也。』則荒誕不經之甚。又：『攬茹蕙以淹涕』，注云：『攬蕙掩涕，前云「替余蕙纕」，君與臣訣別之物。抑睹物思君，故攬蕙掩涕而涕愈滋乎。』又：『雄鳩之鳴逝』，注云：『雄鳩將雨則逐婦，己不有其婦而能代人聘婦乎？佻巧，言孟浪狂薄不可任也。』案：皆不知所據，信如夢囈。又，『鵜鴂』注云：『鵜鴂一作鶗鴂，揚雄《反騷》：「恐鶗鴂之先鳴兮，顧先百草爲不芳。」顔師古以爲子規。近是。太史公「冰泮發熱，秭鳺先滜」。滜即鳴也。此物於草芳時最先鳴，一發其聲，漬血滿叢，草木之穎，半皆萎折，莫知其故。然則古人蓋忌其鳴之蚤也。晦翁以爲鵙。按《月令》「七月鳴鵙」。若以鵙七月鳴，豈復有芳草耶？揚雄去古未遠，以鵜鴂爲鶗鴂，當弗誤也。』案：鵜鴂、鶗鴂、子規，皆聲之轉也，其實不別。字又作鶗鴃、鷤鳺、子嶲。《詩・七月》『七月鳴鵙』，《詩》用周正，七月當夏正之五月，以立夏鳴矣。其時猶有花事矣。又，『未沬』之『沬』，注云：『水沬，衆芳遭水漬即變色矣』，爲『言衆芳遭黯汶多矣』云云。案：牽合之説，不通文理。《國殤》『霾兩輪』，注云：『風而寸土曰霾。霾，晦也。言戰塵迷沓，不辨車輪也。』案：非是。王注云：『更霾車兩輪，絆四馬，終不反顧，未必死也。』自是不易。『霾兩輪』，即《孫子・九地篇》之『是故方馬埋輪』，曹操注：『方，縛馬也。埋輪，示不動也。』又，釋《九章》之名，『一曰日章，二曰月章，三曰龍章，四曰虎章，五曰鳥章，六曰蛇章，七曰鵲章，八曰狼章，九曰韞章，乃旌屬』。案：悉是無稽之論。其釋句意猶未脱明代學人憑臆批點評注之習氣，引例漫不經心，且多空疏不實之言。解《天問》『受賜兹醢』以下四句謂殷紂醢文王長子伯邑考，而文王受而食之，『不敢言，所不敢以私怨對君父也』云云，屬腐迂之見。字義訓詁，鑿空之説在在有之，如以《離騷》之『猶豫』爲二獸名，而不其爲連語之詞不可分者。《惜誦》『疾親君』之『疾』訓『急』或『懟』，而不知其爲『疾力』之意。類此牽合之説，則不勝舉矣。

周氏以朱子《集注》爲藍本，各篇正文分節即同朱子，各節之下爲音注，多鈔自朱子。然校勘未精，時見舛誤。如《離騷》「博謇」乙作「謇博」，「脩姱」乙作「姱脩」，「體解」乙作「解體」，「節中」乙作「中節」，「紉蕙」誤作「紉蘭」，「繽其」誤作「紛其」，「靈氛」誤作「靈脩」，「承旂」易作「承旗」。如此不一而足，他篇亦可推而知之矣。故其文獻價值，亦大打折扣，蓋不足道矣。又，其於《集注》下多見非《集注》之説。如，《遠遊》「與泰初」，引《集注》下自「又天門大壑」至「天地未分之始也」一段，《九辨》「卒壅蔽此浮雲」，引《集注》：「浮雲，當作明月。」《招魂》「秦篝齊縷」，引《集注》：「設篝縷爲綫，綿絡爲竿，若世之所爲浮度是也。」，周氏斥曰浮屠氏「異端之説」。案：然皆未見《集注》，類此者即從陸時雍《楚辭疏》竄入之矣。

是書凡二刻：始爲明末清初桐鄉聖雨堂原刻本，前無目録，凡十卷，無《大招》一卷，而以《拾細》爲卷十。各卷首三行皆署「檇李周拱辰孟氏注，錢塘程光禋奕先參権，男周宷展臣校閲」，惟《拾細》之參権爲「金式玉藍珂」，餘皆同。繼爲清嘉慶八年周氏重刻本，有目録，凡十卷，卷十爲《大招》，《拾細》爲附録。目録下數行署「西吴周拱辰孟侯纂録男周宷敬校，吴郡顧有孝茂倫王撰隨菴評閲，歸安鈕緒生起文訂正，彭遹孫羨門、趙吉士天羽、沈皋日融谷、徐喈鳳竹逸、宗元鼎定九、陸嘉淑冰修、毛際可會侯、毛奇齡大可、汪耀麟叔定、徐秉義果亭、陸世楷孝山、董閶如齋」，而卷一之首署「古檇李周拱辰孟侯注，吴江顧有孝茂倫太倉王撰隨菴評點，六世孫湧潛、以清及七世孫東、杰、椅、楨、桂、材、楚、棨、相、榦重校刊」。卷二「評點」易「參閲」，爲「黄岡杜濬茶村、蕭山任辰旦待菴」二人，餘同。卷三「參閲」者爲「海寧葛惠保邇周、吴江顧樵樵水」，卷四「參閲」者爲「泰州黄雲仙裳、無錫錢肅潤十峰」，卷五「參閲」者爲「祥符周在浚雪客、松臨張拱乾九臨」，卷六「參閲」者爲「無錫秦松齡對巖、長洲許虬竹隱」，卷七「參閲」者爲「山陽邱象隨季貞、長洲程秉榴石」，卷八「參閱」者爲「無錫嚴絅孫菉友、吴江徐釚虹亭」，卷九「參閱」者爲「吴江潘耒稼堂、長洲吴藹虞升」，卷十「參閱」者爲「錢塘光禋奕先、吴江顧樵樵水」，附録「參閱」者爲「吴江朱□天飲、長洲陸肯遂升」。則與其事者亦衆矣。

是爲桐鄉聖雨堂原刻本，原藏朱師轍氏，間有乃祖朱駿聲以朱、墨二色批注。朱氏隨文眉批、側批，衹批《楚辭》正文，而於周氏《草木史》注文未置一言。據其内容，涉及文字訓詁者居多，蓋其小學家之本色矣。而《離騷》一卷批注最多，或者求其本字本義。如，「貞于」側批「正」，「肇錫」側批「庫賜」，「脩能」側批「修態」，「又重」側批「緟」，「江離」側批「蘺」，「辟芷」側批「廦茝」，下同。「汨」側批「㲼」，又眉批：「汨从曰不从日。」「阰」側批「陛」，「代序」側批「敘」，「遲暮」側批「莫」，「蕪穢」側批「薉」，「申椒」側批「茮」，「捷徑」側批「疌」，「黨人」側批「攩」，「踵武」側批「歱」，「舍也」側批「捨」，「靈脩」側批「篴」，「離別」側批「𠆭」，「揭車」側批「藒」，「冀枝」側批「覬」，「憑不厭」側批「畐不猒」，「求索」側批「索」，「秋菊」側批「蘜」，「不周」「周容」「能周」側批「匑」，「姱脩」側批「嫵修」，「改錯」側批「措」，「淹死」側批「盍」，「忍尤」側批「訧」，「所厚」側批「亭」，「攘詬」側批「囊」，「延佇」側批「眝」，「離尤」側批「罹訧」，「芙蓉」側批「夫容」，「岌岌」側批「馺」，「繁飾」側批「緐」，「好朋」側批「倗」，「獨離」側批「㔷𠆭」，「煢獨」側批「惸」。皆屬此類也。

朱氏批注，或者注解字義。如，「扈江離」之「扈」側批「被」。案：舊注以扈爲楚語，訓被。此猶被帶之被，非謂披覆之意矣。又，「玉軑」眉批：「《方言》九：「輪也，韓楚之間謂之軑。」《説文》：「車輨也。」《詩·節南山》疏及《廣韻》皆引《説文》作「車轄也」。」案：舊注軑訓「錮」，又訓「車轄」。然别有「車輨」「車輪」之義，且皆多通。意謂比較而言，

『車輪』之義，尤爲允當。朱氏批注，或者於朱子《集注》有所補正。如，『崦嵫』朱注：『日所入之山。』眉批引《西山經》：『崦嵫之山多丹木。』又，『窮石』朱注：『山名，在張掖，即后羿之國也。』側批：『今甘肅甘州府山丹縣西南，弱水所出。』又，『流沙』朱注：『今西海居延是也。』側批：『《書》：「導弱水，餘波入于流沙。」在今甘肅塞外，沙流如水。《大荒西經》：「西南海之外，流沙出焉。」又，《海內西經》：「流沙出鍾山，西行。又南行崑崙之墟。」』又，『不周』朱注：『《山海經》：「西北海之外，有山而不合名不周。」』側批『山海經』下補『大荒西經』四字。『名』下補『曰』字，眉批『不周』下補『負子』二字。又引《西山經》：『不周之山，東望泑澤，河水所潛也。』類此者皆是也。

朱氏或涉校正文字之訛。如，『困桂』側批『菌』。案：困，當『菌』之訛。《楚辭集注》本及他本皆作『菌』。又，『齎怒』側批『齌』。案：齎，當『齌』之訛。《楚辭集注》本及他本皆作『齌』。又，『姱修』乙作『修姱』。案：《楚辭集注》本及他本皆作『修姱』。又，『解體』乙作『體解』。案：《楚辭集注》本及他本皆作『體解』。又，『姱節』側批『飾』。案：若作『節』，則與『服』不相協同。又，『中節』乙作『節中』。案：《楚辭集注》本及他本皆作『節中』。又，『勿追』眉批『迫』。案：追，當『迫』之訛。《楚辭集注》本及他本皆作『迫』。又，『率雲師』眉批『霓』。案：師，當『霓』之訛。《楚辭集注》本及他本皆作『霓』。又，『椒又』下補『欲』字。案：脱訛也。《楚辭集注》本及他本皆有『欲』字。又，『芬至今』側批『芳』。案：芬，當『芳』之訛。《楚辭集注》本及他本皆作『芳』。又，《天問》『吴獲迄古』眉批：『以上脱四句。』案：蓋據文義臆測之也。或者校以異文。如，『逍遥』眉批『須臾』。案：唐鈔《文選集注》《楚辭音》殘鈔本皆作『須臾』也。

朱氏批注之病，正如其《離騷經補注》，濫用通假。如，『不淹』側批『倓延』，以爲『淹』通『延』或『倓』。案：淹，古屬談韻、影紐；延，古屬元韻、喻紐四等；倓，古屬談韻、定紐。或異部異聲，或同部異聲，皆不可通假也。又，『謇謇』側批『蹇』，以爲本字作『蹇』。案：謇謇、蹇蹇，皆聲之轉，漢帛書作『蹇蹇』，楚簡作『訐訐』『柬柬』，皆其記音異體字。或作悾悾、慤慤、懇懇、叩叩、拳拳、區區、款款、悃悃，皆聲之轉也。前修有言，連語之字義存乎聲，不在其形，宜因聲以求義，未可拘其形體矣。或者誤改原文。如，凡『難易』之『難』悉改作『艱』，『又不痦』側批『猶』，『未沬』眉批『沫』，皆無版本依據，且詰曲難周矣。

是書原爲朱氏舊藏，今藏於浙江圖書館，洵可寶矣。（黄靈庚）

# 離騷纂注附劉寶楠批評

《離騷纂注》者，明劉永澄之所作也。永澄字静之，號練江，維揚寶應人，明萬曆二十九年辛丑進士。授順天儒學教授，時稱『淮南夫子』，遷國子學正。四十年壬子，起兵部職方司主事，未上乃卒。私謚貞修先生。其人刻苦自勵，斷然以古聖賢自期，以天下事爲己責，凡古今人物及朝廷典章、兵農錢穀、九邊要害無不詳究原委。性耿介不阿，直言無忌，不避權貴。久與劉宗周、顧憲成、高攀龍等東林諸賢遊，參性命微旨，桀桀有聲名。著有《禮記删注》《兩漢人物纂》《甲乙雜志》《家塾緒言》《邸中雜記》《吾心亦涼》《詩簡遺草》等，後六世孫彙刻爲《劉練江先生集》八卷。《清史稿》卷五百《遺逸》、萬斯同《明史稿》、徐秀炎《明史稿》及黄宗羲《明儒學案》有傳。

《纂注》一卷，原附《劉練江先生集》末，扉頁鐫『寶應劉永澄静之撰，長洲文震孟文起閱』。首有外甥姚希孟《離騷纂注序》，稱劉氏歿後，『檢録遺笥，得其《離騷注》一卷，手自點定』。則此書是經姚氏整理而後得傳。然四庫館臣稱，『其友劉宗周等共爲哀輯』，蓋别有所據也。姚序多深切激憤語，謂『自古忠臣去國，其人多强直自遂，掛神武之冠，至於黄馘而不可復彈，裹屍鴟夷，迹同比干，迺欲抉其目以觀越兵之入吴，何懟也。若夫信見疑、忠被謗，已矣行且休矣，而宛轉唏嘘，悽悽惻惻，如貞婦之見放，誼無再適。宵燈魂夢，常婉孌於故夫之旁。一讀一思，令人泣數行下。但臣主恩義之間，乖匿無門，合亦有道。譬如相如賦則《長門》，幸中涓奏而玉環召。雖閶闔沈沈，而宗卿貴戚又非疏遠小臣比。豈微呼吸一綫，可以代爲行媒？而原之言曰「何必用」，即用亦惟其拙者，徒恃夫芳澤雜糅、昭質未虧，以待終風之徐悟。而欲其謝繩墨、附佻巧，則「寧溘死流亡，不忍爲此態也」。嗚呼，此原之所以爲原也」。又以静之生平磊落，忠孝大節，頗類屈子，耿介之志無愧屈原。是故「於屈左徒氏，所以手其書，不忍讀，讀又不忍去，丹之鉛之，而不覺借事以發也。然則静之自有《離騷》，何注之有？然静之有《離騷》而以示後之上官大夫者，不曰考亭之裔言，則曰長沙之流憤，又藉以爲聖世孽矣」。則以此書之存，當與「屈左徒千古上下兩相印」云。劉氏之注《騷》，蓋激於物、憤於世者，以舒渫其所不平塊壘耳。

首有静之《離騷序》，論述屈賦諸篇之作時，大抵以王逸《章句》爲基。謂原見疏懷王之時，「憂心煩亂，不知所愬，用作《離騷》」。至「頃襄王立，復用讒言，遷屈原於江南。屈原復作《九歌》《天問》《九章》《遠遊》《卜居》《漁父》等篇，冀申己志，以悟君心。而終不見省，不忍見其宗國將遂危亡，遂赴汨羅之淵自沈而死」。於屈子《離騷》，静之揄揚備至，奉爲不祧之典，非唯引淮南王「雖與日月争光可也」之語，乃復引朱子叙《離騷》引宋景文公云：「《離騷》爲詞賦之祖，後人爲之，如至方不能加矩，至圓不能過規矣。」注《騷》體例，以四句爲節居多，亦以二句、六句、八句等爲節者，

離騷經纂註

應劉永澄静之譔

震孟文起閲

離騷經者屈原之所作也屈原名平與楚同姓仕於懷王爲三閭大夫三閭之職掌王族三姓曰昭屈景屈原序其譜屬率其賢良以厲國士入則與王圖議政事決定嫌疑出則監察羣下應對諸侯謀行職修王甚珍之同列上官大夫及用事臣靳尚妬害其能共譖

蓋以文意爲斷。先注字義，而後闡述章旨。字義訓詁多折衷於王逸《章句》、洪興祖《補注》、朱子《集注》諸家舊説，無甚發明。其重在闡述章旨大義也。

靜之闡發大義，可約爲六事：一則藉注《騷》以表白己之心志，或者借題發揮，寄寓時世之慨。如，『汩余若將不及兮』數句下注：『言好修之心，其急如此也。今之語好修者，敝車羸馬而已，蓬藋陋巷而已，疏食豆羹而已，之數者，豈不亦人之所難，而非其至也。人有所不爲也，而後可以有爲，從古聖賢孳孳汲汲、自强不息者，豈徒有所不爲而已哉？如有所不爲而已，則一恬淡之士能之，安用好學爲？王良不仕莽朝，可不謂介？布被瓦器，妻子不入官舍，可不謂廉？而無忠言奇謀以取大位，往來屑屑，致譏友人。王良且然，況其下乎？然則良猶不可謂之好修也。故士有真好修者，必如屈之「若將不及」而後可。』靜之謂『好修』之人，必汲汲好學，有忠言奇謀，爲國之大器者，非徒有其表而已。此蓋激於東林黨人也，而未必真屈子本意如此。又，『昔三后之純粹兮』數句下注云：『孔子評列國之君，獨賢衛靈公，非其能任公子渠、牟慶足、史鰌乎？評列國之相，獨賢鮑叔、子皮，非其能達管仲、子産乎？然則相不進賢，雖才如管仲、子産亦尠遠烈。君能任賢，雖失道如靈公，猶有足稱。諸葛孔明云：「親君子，遠小人，先漢所以興隆重也；親小人，遠君子，後漢所以衰頹也。」古今興衰大較若此。』屈子本以勉君舉賢選能、廣攬人才爲務，而靜之轉以説相之進賢，非屈子意也。豈非針砭晚明朝政，姦党鴟張、屠戮忠良之事？又，『余既滋蘭之九畹』一節注云：『樹德日滋，樂善無厭之喻也。若此者豈以獨善其身哉！將効之國家耳。衆芳過時不刈，則蕪穢矣；君子過時而不用，則衰耄矣。《詩》云：「摽有梅，其實七兮；求我庶士，殆其吉兮。」傷哉。』靜之蓋以自喻，言己修身問學，動以聖賢爲期，而朝廷不大用，能不惆悵乎？又，『既替余以蕙纕兮』一節下云：『非有加於蕙纕，衹明其至死不變之志耳。説到「顑頷」，則以擥木根結之。説到「替余」，則以申蘭茝結之。所謂每到窮困處，即加一倍精神是也。豈惟意氣凛冽，文章照應亦十分緊嚴。謂之「替」，僅失官爵耳。九死未悔，死且不顧，何有官爵哉！視「長顑頷」又深入一層矣。世人小小蹭蹬便思改，玉讀此愧殺。』若剔去注屈之意，則嚴然爲東林諸君子寫照，而斥宋玉之戀位易節，寄意尤深。又，『何昔日之芳草兮』一節下注云：『言世間取禍之事非一，而好修爲甚也。諺曰：「直如弦，死道邊。」故亂世之君子不足爲人之勸，而反足爲人之懲耳。東漢之亡，議者以爲黨錮諸賢之罪，豈真罪之？蓋反其詞。以深悲之也，飲鴆自殺之慘不及于恭顯，而望之獨罹；歐血詔獄之戮不及于禹光，而王嘉獨受。』其借題發揮，誠有感於時局政治，魏閹專權，東林君子顧憲成、高攀龍等相繼罹禍，斥逐殆盡。所謂『好修爲甚』，當有所指矣。

二是藉注《騷》，褒揚正人君子處世之道，而排擊貌恭心險之僞君子，尤爲激切。如，『雖不周於今之人兮』一節下注云：『「及前王」「依前聖」「法前修」，自是「不周於今之人」，安得今人與諧？狂者嘐嘐然曰「古之人」。古之人，原類之矣。周如周至之周。劉元城曰：周旋人事者，費盡一身心力，不過人稱之曰「周至」。其實人不能使君子小人皆喜。惟有一個誠意，千古萬今使不盡。或曰：人情好競，得一周至之人，不亦熙熙煬和也哉？曰：彼之周至者，直嚬笑語言，揖讓饋遺之間耳，大利大害所在，未嘗不惟己是便也。夫其大利大害所在，只知有己，又何取乎居平之謙讓未遑也哉？推而言之，堯舜之舉直錯枉，仁者之能好能惡，皆不周於今之人也。然究竟乃無不周也，故君子有所不周，而其卒也無不周；小人無所不周，而卒也無所周。』屈子之『周』，言親也，固非『周至』、四面玲瓏之意。而静之於一『周』字反復推衍其義，則一種遇事唯和，周旋於無是非之争之僞君子面目躍然而出。蓋東林與閹豎之争，無可『周至』，『不周于今之人』者爲『宿德君子』，而『周至』兩端者爲小人也。又，『長太息以掩涕兮』一節下注云：『君子安其身而後動，何樂乎一鳴輒斥？然其勢有必不相容者，則謇謇之爲害也。蓋世間君子亦有兩種，有一種煬和之君子，從容諷議，猶可需以歲月；有一種婞直之君子，鋒芒勁峭，必難待之一朝。秦檜謂張九成曰：「立朝須優遊委曲。」其優遊委曲，即庶幾免乎？然而無所不至矣。三代以下，黯之戇，何如孫弘之尊顯？雲之直，何如張禹之親幸？其人甘則其遇亦甘，其人苦則其遇亦苦，理勢然也。故坎壈跋疐，非君子之不幸，不容然後見君子，一言自是破的耳。若無災無難，坐取公卿，不問而知其匪人矣。千古巧宦，衣鉢都是秦檜傳來。』其竟以『煬和君子』與賣國求榮之秦檜同日而語，則何者爲君子、何者爲姦佞判然分別矣。又謂『坎壈跋疐，非君子之不幸，不容然後見君子』，其所寄寓，誠激切且深刻矣。又，『女嬃之嬋媛兮』一節下注云：『嗟夫，傷於内而復窮于外，君子將何之而可哉？雖然，謂原博謇，謂好修，猶以原爲博謇好修也。謂世爲「薋菉葹」，猶以小人爲小人也。若在後世，則原爲不近人情，而小人爲善宦矣。然嬃猶爲原慮患耳。客子入門月皎皎，則室人交謫矣。室人猶婦子之見耳。陳萬年教兒以諂，則父子相夷矣，世衰道微，世人故應至此。』女嬃之詈與陳萬年何干？寥寥一語，而其用意亦昭然若揭也。

三是藉屈賦他篇以闡發《騷》之微意，所謂求其内證，以屈證屈也。如，『曾歔欷余鬱邑兮』一節下云：『又攬茹蕙掩涕，豈畏死哉？原之心有大不得已者矣。……敶詞於舜，正明其爲中正之道，而非婞直也。然其如時之枘鑿何哉？於是不能無遐舉之思焉。《遠遊篇》曰：「遭沈濁而汙穢兮，獨鬱結其誰語？超氛埃而淑尤兮，終不返其故都。」可作此注。』兩相比勘，非唯有助理解於《離騷》此文浪浪悲泣之意，亦可觸類旁通，及乎《遠遊》『鬱結』四句之旨也。或藉《楚辭》他篇及《史記》論屈之文獻以闡釋《離騷》之旨者，如，『名余曰正則兮字余曰靈均』下注云：『正，平也；則，法也；靈，神也；均，調也。正平可法者莫如天，故名平以象天也；養物均調者莫神於地，故字原以象地也。劉向《九歎》首篇有云「齊名字於天地兮」可證。』若無引劉向《九歎》以爲證，則祇是拾摭叔師之餘唾耳。此雖引一事，其説與劉向相表裏，陡然生色也。又，『扈江離與辟芷兮，紉秋蘭以爲佩』下注云：『《記》曰：「佩帨茝蘭。」則蘭芷之類，古人皆以爲佩也。《史記》云：「其志潔，故其稱物芳。」扈佩皆潔，其他可知。』其引《禮記》《史記》二書恰到好處，頗具點睛之妙。皆此類也。

四是從《離騷》上下章節以闡揚求帝、三求女之旨意，以求前後一貫，而不至上下相戾也。如，『吾將上下而求索』句下注云：『自「駟玉虬」以後，總「上下求索」一言盡之。朱子注「求賢君」。余玩鸞皇、鳳鳥、帝閽、下女、豐隆、蹇修、鴆、鳩等喻，似是求通於君者。觀其一則曰「蔽美嫉妬」，一則曰「蔽美稱惡」，意可想矣。女無美惡，入宮見妬。孰非近不相得爲患哉？處處求媒，處處離間，原自度陳志無路，故重歎夫「閨中之邃」耳。若曰君心易寤，行媒難得也，及對靈氛猶是此意，故巫咸直應之曰「何必用夫行媒」。』静之以求帝、三求女皆爲求賢君說，與朱子同。然静之以『鸞鳥』等以比『求通於君者』之説，爲其所創。此説未揚於後世，然近世游國恩氏有以求三女比求通君側說。二者誠未可同日語，而静之『求通於君者』，不有以啓游氏之思歟？静之又於『三求女』之節末注云：『以上索虙妃，求簡狄，留有虞，皆喻賢君。所謂《國風》「好色而不淫」也。阻於帝閽，綽繣於下女，間於鴆鳩，拙於導言，皆左右蔽明也。』蓋『左右蔽明』，即指無通君側者，足見其論思之密也。

五是劉氏善於疏理文脈，求其『一以貫之』之關鍵語，於章末或段末點明之，且兼説大意。如，『反信讒而齌怒』下云：『自「日月忽其」至「窘步」，原自述其中情，而下以「不揆余之中情」點之。』又，『哀衆芳之蕪穢』下云：『自「日月忽其」至「蕪穢」，怨其不得乎君也。自「衆皆競進」至「未悔」，又明其所以不得乎君者，由其爲衆妬也。』又，『雖九死其猶未悔』下云：『自「衆皆競進」至此，皆怨楚國之臣。』又，『固前聖之所厚』下云：『自「怨靈修」至此又一段。』又，『豈余心之可懲』下云：『自「悔相道」至此，言其歸與之志如此。』又，『余焉能忍而與此終古』下云：『自「駟玉虬」以下大抵寓言，非真有是事也。嫉塵世之溷濁，思託乘而上浮，雖涉幻誕，情見於辭矣。假令懷王聞之，思其上下求索者何人，反顧流涕者何意，以言逆志，能不愀然？孰蔽美而嫉妒，孰緯繣而難遷，豈其令虎豹踞于九關，鴆鳩掉其三寸？誅上官，反屈子，且不移時矣。斯其一唱三歎而不能已之微意也。王庶幾改之，予日望之。千古同此惻惻。』又，篇末云：『讀《離騷經》「鷙鳥不群」一語，知落落難合者之未必非，讀「苟列衆芳」一語，知容容多福者之未足豔。篇中稱「蘭」者十，稱「江離」者二，稱「芷」者三，「申椒」二，「菌桂」二，「蕙」「茝」分見七，「揭車」二，「瓊枝」二，「衆芳草」二，「鳳皇」三，「好修」四，「蔽美」二，「靈修」三。信讒齌怒，窮于君也；謡諑善淫，窮于友也；申申詈予，窮于家也。内外窮矣，計無復之，不得已而嗽詞重華，不得已而上下求索，聊以寫其憤懣，抒其延結耳。乃孔雀東南，十里一回首。至靈氛既告而猶豫，陟皇既陟而懷睨舊鄉，則無解之情，終天罔極矣。』若此者，語至簡略，而極具概括性，探得《離騷》之幽驪矣。静之非唯於此，或者扣擊一詞一語，著意闡延，雖未脱明人虚空無根之弊，然頗具苦心，不乏警新之意。如，稱首八句『「攝提」句看「貞」字，「庚寅」句看「惟」字。「貞」有得氣之正之意，「惟」有若或擇之之意』。又，『不撫壯而棄穢兮，何不改乎此度也』下云：『「上」「不」字抑詞，下「何」字揚詞。《字書》曰：「人氣向上，則散去爲何。」』又，注『余既不難夫離别兮』二句，『二語一字一淚，去婦之怨本此』。皆此類也。

六是論文譚藝，比類互證，發微《騷》之『衣被後世』之所在，頗有啓發性。如，『余既滋蘭之九畹兮』一節下云：『滋蘭樹蕙，即上章扈離紉蘭之説，所以重複詠歎者。撫今追昔，懊憹而不能已也。杜甫《枏樹歎》敘到「根斷泉源豈天意」已矣，復有「江波老樹性所愛」，一翻非惟貌態憔悴，情詞悲惋，宛轉一時，涕淚千古，而流風迴雪之韻，令人愛賞不盡，詩家倒插之法，莫妙于此。』静之以『滋蘭樹蕙』一節，與上節『扈離紉蘭』爲重復詠歎，而移植於此者，是詩家『插敘』之法，且比之老杜《枏樹歎》前抑後揚之章法，似見其承傳一脈矣。

静之雖以闡延大義見長，於字義訓詁頗見慎重，非草率從事者可比。或者比較衆説，擇善而從。如，注『和調度以自娱兮』云：『朱注調猶今人言格調之調，王逸注調即和也，和調己之行度以自娱樂也。按《悲回風》有云「心調度而弗去兮」，則調字宜從逸注。』或者博引他説以糾漢宋舊説之非。如，注『羌無實而容長』云：『容長，謂徒有外貌耳。一云，蘭芬芳而不可種，與無實同，其高者四五尺，故云「容長」。』或者棄舊注，創新説。如，注『將往觀乎四荒』云：『荒，遠也。朱注「四荒」謂「四方絶遠之國」。余按陶元亮詩，「迢迢百尺樓，分明望四荒」。四荒，則泛言曠遠之境耳，非必指四國也。』其説較舊注通融。静之，君子人也，眼光、議論一歸之於正，自是無偏頗處。四庫館臣云：『永澄雖與東林諸人遊，而操履篤實，故詞采不足而持論不詭於正，無門户標榜之習云。』此可謂知言矣。

觀是書之弊，闡發大義過於牽合。如，首四句注云：『余按《閟宫》詩美魯公曰「周公之孫」「莊王之子」。《碩人》詩美莊姜曰「齊侯之子，東宫之妹，邢侯之姨，譚公維私」。然則《離騷》未作之先，已有鋪張貴族以美其人者矣。味原自「帝高陽」至「靈均」，無非誇詡之辭，安知非原自美以感動其君乎？』若此類比，屬事不倫，則兩敗俱傷矣。釋義或有自相矛盾處。如，『來吾導夫先路』，注謂『先路，所謂「司南車」也。下文「三后純粹」一節，正其所道之路，道先路者，道之入三后之路耳』。案：前既以『先路』爲車名，則後不得又以路爲道路也。

姚序稱，終静之之世，此書未見梓版，而後文震孟手自點定，付之剞劂，初刻於明興讓堂，然傳本未見。清乾隆間裔孫劉穎彙刻《劉練江先生集》，則復以此書附於末。此本爲明刻，鈐有『劉寶楠印』『楚楨』之印，又有朱墨二色批評，字體一致，當其一人遺墨。寶楠乃静之先生裔孫也，字楚楨，江蘇寶應人。乾隆五十一年舉人，國子監典簿，知直隸文安縣。著《論語正義》二十四卷。事載《清史稿》卷四百八十二《儒林傳二》及《清史列傳》卷六十九《儒林傳》。

寶楠蓋朱批在先，有點有批；墨批繼後。其批有側批、眉批。如，首節『帝高陽』原注『故託異而錫之嘉名也』，朱筆於『之』下、『嘉』下、『名』下皆有點，而墨筆去之，眉批曰：『亂點可恨。』蓋自怨自艾也。朱批卷首引揚雄、班固、曹丕、沈約、劉勰評騭屈原《離騷》之語，然首三條未署名氏，未知出於誰人，抑寶楠自爲之説耶？據其所批，多關乎《離騷》本書，而於静之注文鮮加評論。僅『余既滋』一節墨批：『此即上文注中「衆芳」，喻群善也，故有九畹、百畝之多。注頗兩意紛錯。邵解小序所云「率其賢良以厲國士」也。』此條批評注文。謂《纂注》前以喻衆賢，此以喻己美，故云『兩意紛錯』。蓋不以爲確解，故引邵説以糾其悠謬。其雖於先祖，亦實事求是，未敢掩其陋矣。

墨批總評《離騷》云，『繼變《風》變《雅》之後，爲賦之先聲，所以上承三百，下開枚馬之文者也。至其心可與日月争光何疑』？又稱《離騷》情感之復雜，『有不得不説之情，有不敢明言之義，有不容恝置之事，有不容遽白之衷，欲默不可，欲言不可，所以有此一種文字』。於《離騷》但約以『不得不説』『不敢明言』『不容恝置』『不容遽白』『欲默不可』『欲言不可』六端，可謂提綱挈領，要言不煩矣。

眉批以發明各節指意所在，朱筆或引朱子、李注、邵氏之説，墨筆悉自出機杼，是其最用力處。如，『來吾道』一節朱批：『吾道先路，遵道得路，捷徑窘步，幽昧險隘，皇輿敗績，奔走踵武，皆以馳驅之必適。路，喻爲治之貴適道也。故朱注逐以賦而比爲釋也。雖不必瑣瑣，亦不可不識其大意。』其以『路』字爲眼目，此節文義無礙矣。又，『彼堯舜』一節墨批：『大意在亂詞數語，感歎國之無人，而願從彭咸所居，反覆愁思以爲此也。』此顧視後文。又，『曰黄昏』一節墨批：『前段言獲怒之由，此乃以離别承之，爲「南征」張本。欲離者其勢不忍離者，其心情末段歸到故都之思，與此相應。』不以二句爲衍文，蓋取朱子説也。又，『衆皆競進』一節墨批：『黨人最爲傷心，所以有「國無人」之歎，四語一片苦心。』此等讀書法，所謂『瞻前而顧後』是也。又，『擥木根』一節連批三墨：『邵解此言志節之不渝，以善保其卒也。曰「木根」、曰「落蘂」，皆指末路之意。』似求其言外之意，蓋未必是，失之過深矣。又曰：『彭咸遺則，屈子胸中主意已定，而反覆纏綿，總以冀君之寤也。不難離別，先頓一筆，爲下文遠逝張本。』又曰：『留則生遲暮之嗟，去則有故都之感，惟有一死以冀君之悟耳，可歎之也。』又，『屈心』一節朱批：『自首至前聖所厚，文義錯綜反覆，皆敘己之忠而見蔽正道，莫容重悔。悔相道一段則精神振起，詞采煥發，爲去國遠逝張本。自此以下皆有段落可尋。』又墨批：『此下言吾自行吾之義，豈可以讒謗之來，遽自引去，故復屈心抑志，忍尤攘詬，悔向之不難離別者，相道之不察也。』又，『悔相道』一節墨批：『此下敘將遠逝之意，先言欲行而復止，見不忍忘君也。忽反顧而將往，勢不可復留也。庶幾陳之聖帝以察其衷耳。』又，『忽反顧』一節墨批：『往觀四荒，爲後半文法提綱，以爲嬃言作一折，正以「目」顯。』又，『女嬃』一節墨批：『身雖在野，而節愈離，望愈歸，則思者必不能釋，女嬃復以鮌死羽野戒之也。』朱批：『無數波瀾皆從女嬃發源。自女嬃之詈，而歎衆皆不察。遂涉江南征，陳詞於舜。陳詞畢而遂肆意遠遊，乃懸圃難留，帝閽延佇，更歷閬丘等處，求索同心，而終無所遇。於是占於靈氛，決疑於巫咸，波瀾節節相生。』又，『吾令羲和』一節墨批：『以下言求索同志之難，反覆彌至。』又，『余以爲蘭可恃』一節墨批：『美女難求，芳草易改，如椒蘭其不可恃乎？所恃己德未渝，及時以求同志耳。此靈氛、巫咸兩屬之比喻也。』又，『亂曰』墨批：『亂辭極緊，一氣説下，可痛處在「國無人」三字。數語中嗚咽絶矣，故便截然而止。』以上所論甚確，《離騷》之文，前後相扣，如環環相接，信非亂無頭緒、斷斷續續之作也。

《離騷》求女一節，或以爲比求賢，或以爲比求君。如，『時曖曖』一節墨批：『美人以比同志，有幾層披剥，總之其不可得也。嫉賢蔽美，明説哲王不悟，其如國家者，或比喻，或明説，有多少低佪之致。』又，『朝吾將濟』一節朱批：『愚謂列國時皆卿大夫爲政，三閭之不得志於楚，由國無有同心，而上官子蘭輩讒間也。舊注（王逸）、吴注（吴仁傑）之説不爲無見。』則以求女爲比求賢。墨批：『乘鷖上征，亦「指九天以爲正」之意，而念不忘君。心傷遲暮，反顧之頃，高丘無女，所以有「國無人」之痛也。徬徨求索，正與上文舉賢授能之意一貫。』又，『相下女』一節墨批：『李云，此辭通處，無如中間求女三節。然文意坦然明白，而寄屬望之態到全在此段。蓋帝閽既不爲我開關，是讒佞蔽賢而主心無由悟矣。於是歎息徬徨，而朝廷之無人。高丘之女，貴近者也。下女，亦在位而未貴近者也。貴近既無人，其餘亦惟保禄懷安，無有憂國之意，故云康娱淫遊而不足求也。在位者無人，則求遺佚者也，見用則國猶有人也。然而讒佞高張，巧佞盈朝，誰能爲賢人道達者？己欲爲之道達而又不可，則賢人自有求之者，恐不爲國家有矣。朝雖無賢，或嗣君左右有人輔導，則有以爲來日中興之基，國尚有可爲，而又無爲賢人媒者，則吾何望乎？故終歎息於君之不悟，以卒受讒佞所蔽，而已不得志以久居矣。』其所比附雖未必是，然能彌綸舊注，亦自成一家矣。

側批或者疏通上下文脈絡，頗爲緊貼。如，『皇覽揆』朱批：『伏爲「好修」之意根。』又，『離别兮』墨批：『伏下遠征。』又，『願依彭咸』墨批：『伏結意。』又，『長太息』墨批：『此即申上一節言之。』又，『不予聽』朱批：『前余心不可變懲，爲下女嬃亩予起端，以煢獨不予聽，又爲下就舜陳詞起端，自「啓九辯」至「余襟浪浪」，皆所陳之詞也。』又，『索蔓茅』『巫咸將夕降』墨批：『又起一波。』又，『惟此黨人』墨批：『黨人應前。』又，『歷吉日』墨批：『不可留矣。』

側批或者訓繹字義。如，『謇謇』朱批：『蹇、謇同，謇諤，直言貌。』又，『數化』朱批：『化與訛同，數化，屢誤其路也。』又，『既替』朱批：『替，梯去聲，代也，廢也，衰也，委靡也。』又，『民心』墨批：『一作人心，萬民好善惡惡之心。』又，『忳鬱邑』墨批：『忳，豚，詞也。鬱邑，亂也，憂也。』又，『侘傺』朱批：『侘，立也。傺，住也。言憂思失意住立不能前也。』又，『所厚』墨批：『厚，重也。遲回鄭重，不遽引決也。』又，『靈瑣厚』墨批：『謂君門。』又，『春宮』墨批：『謂嗣君所居。』又，『矩矱』朱批：『規矩準繩。』又，『何離心』墨批：『離心字，最爲可傷。身離可以心令，心離難以身親也。以「離心之可同」，言不同他爲者可離。』又，『吾將』墨批：『吾將者，傍偟瞻顧之詞，猶前猶豫狐疑也。』又，『陟陞』墨批：『猶言升遐。終言至死不能或忘楚國，反應前「焉能忍而與此終古」之辭也。』至確。然或有小瑕。陟陞連文，猶升也。皇，遐也。陟陞皇，乃登遐之意，謂死也。

側批或者點明一句之意，牽前搭下，相互照應，其於讀《騷》，不無裨補矣。如，『紛吾』朱批：『本然之廣。』又，『汩余』朱批：『感慨在此。』又，『感時。』又，『朝搴』墨批：『朝夕，即若將不及之意。』又，『來吾道』墨批：『願與衆賢共之。』又，『昔三后』墨批：『引古。』又，『捷徑』墨批：『道之者然，故必至於捷徑窘步也。』又，『婾樂』墨批：『痛心在此。』又，『恐皇輿』墨批：『念君。』又，『荃不揆』『阽余身』墨批：『證今。』又，『余固知謇謇』墨批：『自表其心。』又，『衆皆競進』墨批：『黨人。』又，『老冉冉』墨批：『歲不我與。』又，『雖九死』墨批：『彭咸遺則。』又，『寧溘死』墨批：『九死未悔。』又，『何方圜』墨批：『見有遠志。』又，『回朕車』墨批：『不忍遂行。』又，『忽反顧』墨批：『即「不難離別」言。』又，『雖體解』墨批：『九死不悔之意。』又，『依前聖』墨批：『法前修也。』又，『就重華』墨批：『所謂「依前聖以節中」也。重華遵道而得路。』又，『固前修』墨批：『體解不變。』又，『欲少留』墨批：『心不忘君。』又曰：『可以告於神明，豈不感悟其主？故幡然上征，欲少留靈瑣也。』又，『日忽忽』墨批：『遲暮之感。』又，『吾將上下』墨批：『將以導夫先路。』又，『倚閶闔』墨批：『冀倖一悟。』又，『及年歲之未晏』墨批：『恐遲暮也。』又，『莫好修之害』墨批：『所以國無人。』又，『蜷局顧』墨批：『終不忘君。』又，『既莫足與爲美政』墨批：『憤語，結在「九死未悔」。」

側批或者闡發比喻之義。如，『扈江蘺』朱批：『蘺、芷、秋蘭取其芳潔，木蘭、宿莽取其久固。』此分別其喻義也。又，『固衆芳』朱批：『比衆賢。』墨筆眉批泛而論之，概述其例：『同一芳草，而比意不同。有自謂者，有比衆賢者，亦有感時序者，當分別觀之。』又，『滋蘭』墨批：『比衆賢。』又，『相下女』墨批：『比同志也。』又，『兩美其心合』墨批：『忠臣明君。』

側批或者涉注音、辨叶韻。如，『紛吾』之『紛』側批：『音憤。』又，『紉秋蘭』之『紉』側批：『匿，平聲。』又，『以爲佩』之『佩』側批：『能、佩叶。』又，『夕擥』側批：『音覽，同擥。』又，『駝騁』之『駝』墨批：『音馳。』又，『所在』之『在』朱批：『才，上聲。』又，『荃不揆』之『荃』朱批：『荃與蓀同。』又，『齌怒』朱批：『武怒叶。』又曰：『王逸本作齎，音劑。又，『怒』字墨批：『上聲。』又，『晦』朱批：『叶美，同畝。』又，『芳芷』之『芷』朱批：『畝、芷叶。』又，『貪婪』之『婪』墨批：『音藍。』又，『落英』之『英』朱批：『叶央。』又，『顑頷』墨批：『音欲菡。』又，『練要』之『練』朱批：『連去聲。』又，『落蘂』之『蘂』朱批：『蘂纚叶。』又，『纚纚』墨批：『史屣。』又，『所服』之『服』朱批：『蒲北切，音勃。』又，『以爲粻』墨批：『粻音章。』又，『邅吾道』朱批：『邅，廛去聲。』或者二筆重複。如，又，『修能』之『能』朱批：『叶耐。』墨批：『耐。』又，『朝搴阰』之『阰』。朱批：『音皮，山也。』墨批：『音毗。』又，『宿莽』之『莽』朱批：『叶姆，與莽叶。』墨批：『姆。』又，『蕙茝』之『茝』朱批：『采。』墨批：『芷。』又，『險隘』之『隘』朱批：『叶乙。』墨批：『益。』又，『求索』之『索』朱批：『索亦叶素，妬如字。』墨批：『素。』又，『多艱』之『艱』朱批：『叶勤。』墨批：『勤。』又，『夕替』之『替』朱批：『叶秦。』墨批：『四句以涕替首尾相叶，近。』或以校正文字。如，『鮌直以亡身兮』一句，朱批『直』上補『婞』字。是也。

寶楠雖屬名家，通於訓詁，然率意批點，未遑消息從容，故不無悠謬之説。如，前後自相齟齬。如，『恐美人』墨批：『此「恐」字謂君王也。』案：『美人』墨批：『念同志也。』似又以比同列之賢。又，『紛總總』朱批：『總上望舒、飛廉、鸞烏、雲霓相隨之盛，乍離乍合，倏上倏下，因而得至帝閽也。《文選》注非。』案：是以爲『望舒』等無所比喻。然『飄風』墨批：『飄風雲霓，無非比也。總爲黨人蔽賢，有此感慨。』則又同《文選》以飄風比讒佞矣。『椉騏驥』朱筆側批：『椉，或去聲，車也。象輪轉輗軏之形。』案：非是。據甲金文，椉字象人兩足登木之形。又，『忽馳騖』墨批：『緣不難離別來。』案：此狀小人貪婪之態，與屈子『不難離别』了不相涉矣。『不能舍也』之『舍』朱筆側批：『音赦，處去聲。』而錯竄於『齋怒』之側。

是書於清代名人批點中，可稱佼佼者，不可多得，洵可寶也，今藏於上海圖書館。（黄靈庚）

# 楚辭奇賞

《楚辭奇賞》，明陳仁錫之所作也。仁錫字明卿，號芝臺，長洲人。仁錫生於明萬曆九年。十九歲，舉萬曆二十五年鄉試。聞武進錢一本善《易》，往師之，得其指要。久不第，益究心經史之學，多所論著。天啓二年，始得殿試第三名，授翰林院編修。三年，丁内艱。服闋，起故官，尋直經筵，典誥敕。魏忠賢冒邊功，矯旨錫上公爵，給世券。仁錫當視《鐵券文》草，持不可。魏黨以威劫之，仁錫堅拒曰：『自有視草者，何必我？』不數日，仁錫里人孫文豸以誦《步天歌》遭捕下獄，供詞連及仁錫及文震孟，罪將不測。有密救者，仁錫得削籍歸。崇禎改元，召復故官。進右中允，署國子司業事，再直經筵。以預修神、光二朝實録，進右諭德，乞假歸。崇禎九年，即家起南京國子祭酒，甫拜命而得疾卒，年五十六。福王時贈詹事，謚文莊。《明史》本傳稱陳仁錫『講求經濟，有志天下事，性好學，喜著書，一時館閣中博洽者鮮其儔』。其遺著有四十餘種。

陳氏所編《古文奇賞》有《楚辭》之什，《諸子奇賞》則有屈子及宋玉之作。《文賞》初集自序作於萬曆四十六年戊午，《子賞》刊於天啓六年，二書的《楚辭》評注相去祇八年。《文賞》主旨在於探討作品章法。陳氏將古今文章分爲大作手、持世、榮世三類，可見其對於義理、詞章二學調和彌縫的心態。所謂大作手，即義理詞章兼備者，持世之文即以義理勝者，榮世之文即以詞章勝者。再觀《子賞》，據陳仁錫自序所説，其編纂動機，可謂是調和彌縫義理、詞章之學而所作之努力。

此書卷一爲《文賞》，所輯《楚辭》之作，計有《離騷》《九歌》《天問》《九章》《遠遊》諸篇，《卜居》《漁父》

以下不收。《離騷》等五篇末皆有後敘，蓋採王逸之説。此外，後敘亦或附有近人之説者，如《天問後敘》即引陳深語。各篇有圈點、注文、眉批、側批。圈點率爲白圈，蓋麗文警語則標之。注文較簡略，多參考王逸、洪興祖、朱熹舊注。唯《天問》注文以柳宗元《天對》以附之。側批以疏通文義、析論章法爲主，如《離騷》『攬木根以結芷兮』，側批：『據根本。』又，『貫薜荔之落蕊』，側批：『執忠信。』又，『既替余以惠纕』，側批：『以芳而弃。』《湘夫人》：『沅有芷兮澧有蘭，思公子兮未敢言。』側批：『湘夫人如芷如蘭。』《山鬼》：『君思我兮然疑作，雷填填兮雨冥冥，猨啾啾兮狖夜鳴。』側批：『俱是然疑狀。』《惜誦》：『忽謂之過言』，側批：『過言，奇。』亦或有批駁前人成説者，如《離騷》：『呂望之鼓刀兮，遭周文而得舉。』側批：『顔之推謂原爲文常陷輕薄，何其謬歟！』總體而言，側批因限於版式空間，故篇幅不廣，數量亦遠不及眉批之多。至若眉批部分，或抒己見，或徵舊説，篇幅不一，達九十餘條。卷後又附有《楚辭音義》。

《子賞》所收作者篇章與《文賞》大率不同，重疊處則包括《楚辭》。《子賞》前集卷三十五之《楚辭》作品，《離騷》《九歌》《天問》《九章》《遠遊》《卜居》《漁父》皆收，是爲《屈子》；又有《九辯》《招魂》兩篇，合稱《宋玉》。正文前有王逸《離騷序》，各篇皆無前後敘，唯《湘君》題下雙行小注云：『此篇蓋爲男主事陰神之詞，故其情意，曲折尤

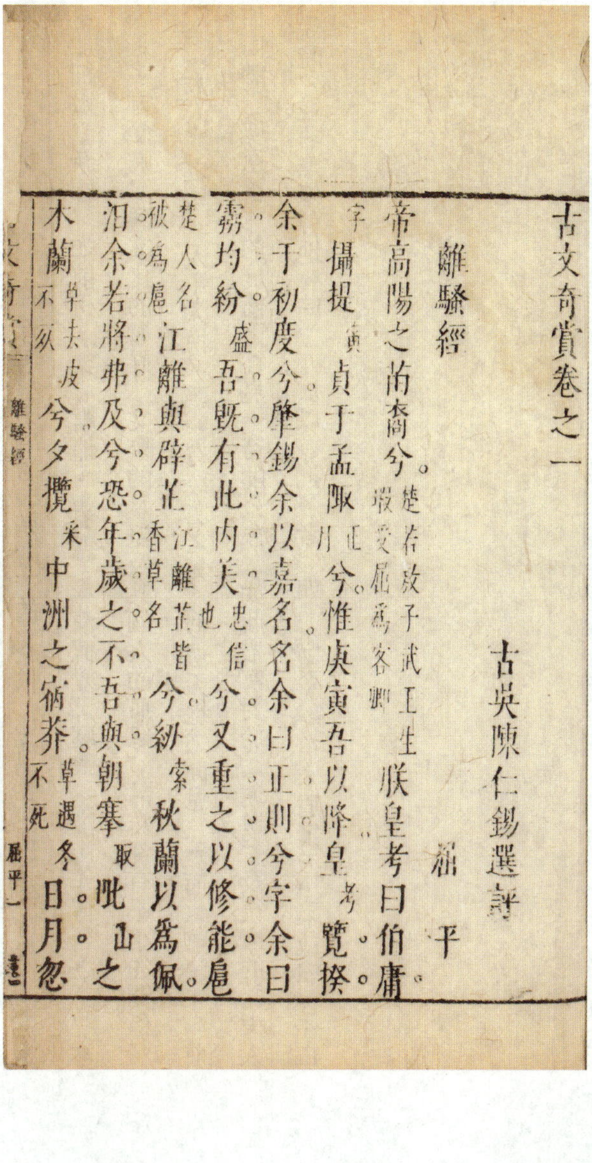
古文奇賞卷之一

古吳陳仁錫選評

離騷經　屈平

帝高陽之苗裔兮。楚有敖子武王生瑕受屈爲客卿 朕皇考曰伯庸。字 攝提貞于孟陬兮，惟庚寅吾以降。皇考 覽揆余于初度兮，肇錫余以嘉名。名余曰正則兮，字余曰靈均。紛吾既有此內美兮，忠信 又重之以修能。扈楚人名被爲扈 江離與辟芷兮，江離芷皆香草名 紉秋蘭以爲佩。汨余若將弗及兮，恐年歲之不吾與。朝搴阰之木蘭兮，草去皮不死 夕攬中洲之宿莽。草遇冬不死 日月忽

多。』實乃朱熹《集注》之説。此外亦有圈點、注文、眉批、側批等部份。圈點用法悉同於《文賞》。注文視《文賞》爲簡，如《惜往日》《橘頌》注文寥寥，且幾乎皆爲注音，《漁父》全無注文。《天問》注文則於柳宗元《天對》偶爾引用而已。綜觀二書所收《楚辭》，注文乃裁剪舊注而成，幾無新意，側批數量少、篇幅短，而眉批則頗有精彩之處。《文賞》之《楚辭》眉批共九十一條，《子賞》八十四條，二書重見僅六條。就《楚辭》而言，蓋《子賞》編纂之意，亦爲補《文賞》不足，進一步闡釋諸篇的義理、辭章。

《楚辭》眉批因襲舊説者居多，或檢點舊説，或文本互證。如《文賞》之《山鬼》篇首，眉批云：『柳子厚《吊文》：「委故都以從利兮，吾知先生之不忍。立而視其覆墜兮，又非先生之所志。」可謂知已。』引文多數皆僅標論者而已，如《離騷》『理弱而媒拙兮』數句，眉批云：『劉知幾曰：可以方駕南、董，俱稱良直。』此語實出自《史通·載文》。又有論家名氏及書（篇）名皆未拈出者，如《離騷》『前望舒使先驅兮』數句，眉批云：『漢武愛《騷》，淮南作《傳》，有以也。』所引文字出自《文心雕龍·辨騷》。此外，尚有間接引用者，如《離騷》末眉批云：『劉向尊之爲經，司馬遷以《國風》《小雅》兼之。』如此之例，不一而足。陳仁錫引用舊説的目的，往往是爲了論證《楚辭》的文本，如前文所舉諸例皆然。不過，以舊説印證文本時，陳仁錫的論述做得更加細緻、新穎，如前引《文心雕龍·辨騷》『漢武愛《騷》，淮南作傳』之語，本衆所周知者。漢武帝喜愛《楚辭》的原因是多方面的，與文化的發展、文學的嬗變及其個人的血緣、品味都有不小的關係。《史記·司馬相如列傳》記載：『相如既奏《大人》之頌，天子大悦，飄飄有凌雲之氣，似遊天地之閒意。』而《離騷》『前望舒使先驅兮』數句恰在鋪敘屈原在風伯雨師、鳳凰雲霓的屏衛下往見上帝的景象。如此描寫對於《遠遊》及後來的《大人賦》皆有影響。抑有進者，陳仁錫引用舊説時，並非無條件地贊同，亦加以有批駁者。如《思美人》篇末眉批云：『或曰：「古今文章無首尾者，獨莊、騷兩家，蓋皆哀樂過人者也。」恐未然。』所謂『哀樂過人』，即作品帶有强烈的抒情色彩；所謂『文章無首尾』，即作品不太講求起承轉合的章法。陳仁錫所引實爲陳繼儒之説。復觀《惜往日》『吴信讒而弗味兮』章，眉批云：『頓挫變化。』《抽思》『倡曰』，眉批引馮覲曰：『《離騷》斷如復亂，而緜邈曲折，又未嘗斷、未嘗亂也。諸篇皆然。』《懷沙》『舒憂娱哀兮』章，眉批引陳深曰：『氣如纖流，迅而不滯。詞如繁露，貫而不糅。』可知陳仁錫認爲屈作諸篇是有章法可尋的，不可以『文章無首尾』一語而含糊概括之。又如《九歌》末，陳氏於《禮魂》篇眉批道：『揚雄曰：「原也過以浮，浮也過雲天。長卿不及也。」似未盡。』揚雄之語出自李善《文選・謝靈運傳論》注引《法言》，陳仁錫稱此説『似未盡』，當是就『浮』字之論而發。除引用前人論騷之語外，《古文奇賞・楚辭》亦好引用其他作品與屈作諸篇進行文本互證。其引用者多爲王逸《章句》及朱子《集注》所收録的騷體篇什，如宋玉《九辯》《招魂》、景差《大招》、賈誼《惜誓》、淮南小山《招隱士》、東方朔《七諫》、揚雄《反離騷》、柳宗元《吊屈原文》等，此外亦引用了蘇軾《屈原塔詩》《竹枝歌並敘》及昔人《太湖詩》等，爲數不多。與前文所論述之情況類似，眉批徵引這些篇章時，或標作者，或標題目，或二者皆有，或二者皆無。至於徵引互證的原因，可以歸納爲二。其一爲文義互發，其二爲文思互較。文義互發方面，如《離騷》『何桀紂之猖披兮，夫唯捷徑而窘步』句，眉批云：『《惜誓》云：「俗流從而不止兮，衆枉聚而矯直。」』朱熹注《離騷》二句云：『桀紂之亂，若披衣不帶者，獨以不由正道，而所行蹙迫也。』又注《惜誓》二句云：『枉者自以爲直，又群衆而聚合，則其黨盛，而反欲揉直以爲枉也。』兩段一言不由正道，一謂揉直爲枉、群聚爲害，其義自有可互發之處。又，《抽思》『矯以遺夫美人』句，眉批引《招魂》：『結撰至思，蘭芳假些。人有所極，同心賦些。』亦然。再如《惜誦》『情與貌其不變』句，眉批云：『宋玉辭：「秋既先之以白露兮，又申之以嚴霜。」情貌之變也。』則進一步證明情貌變化的狀態。

文思互較方面，如《離騷》『曰黃昏以爲期兮，羌中道而改路』句，眉批云：『「王孫兮歸來，山中兮不可以久留」，則忍矣。惟美人遲暮至此。』陳氏所引乃淮南小山《招隱士》末二句。蓋其認爲《招隱士》森然可怖、魂動魄悸，與傳統所認知的《離騷》怨誹不亂、温柔敦厚的情調大有逕庭。故此，他將《離騷》『羌中道而改路』『恐美人之遲暮』等香草美人的喻示與《招隱士》芳草王孫的淒厲感受相比，不僅呈現出兩篇的情思差異，亦展示出先秦和西漢騷體作品格調的不同。又如《抽思》『何靈魂之信直兮，人之心不與吾心同』句，眉批云：『揚雄《反離騷》：「芳酷烈而莫聞兮，不如襞而幽之离房。」又曰：「何必湘淵与濤瀨。」豈知其心哉！』即引揚雄『明哲保身』的責備來顯現屈、揚二人心思上的差距。

陳氏於眉批中表達出己所見解。自西漢以來，學者對於屈騷褒貶互見。淮南王劉安、司馬遷推崇屈騷，以屈原是承傳儒家道統之典範，《離騷》是繼《風》《雅》而出。無論稱許抑或斥責，論者皆據儒家經義爲言，即是説，屈騷始終是詮釋儒家經典之作。陳氏以爲屈騷不同於經典，《文賞》眉批云：『「及漢宣嗟嘆，以爲皆合經術。揚雄諷味，亦言體同詩雅。」猶未盡其妙。』所引爲劉勰《文心雕龍・辨騷》之語。陳仁錫以此言『猶未盡其妙』，正因爲無論是漢宣帝也好、揚雄也好，都祇是把屈騷與儒家經術、詩雅相比附而已。在一般儒者看來，將屈騷列於楚風之論當然是志在拔高。但陳氏卻認爲，屈騷自有其崇高地位，不待録入《詩》中方纔得人稱許：『物色盡而情有餘者，曉會通也。文其至矣！楚無《風》而有《騷》，或曰不遇孔子耳。然以彼其人與文，豈一國之風也哉！不録於《詩》而自存天地間可矣。』何爲屈騷是天地間至文？不在於其體物瀏亮、辭彩粲然，而在於其真誠流露、抒情性强，且能使古今作者爲之共鳴。而屈騷作爲至文，不僅不可與六經比擬，其他子、集部的作品也無法相提並論：『以原比左氏、比相如、比揚雄、比莊周，可謂冤極。以宋玉、劉向、王逸諸人之作合爲《楚辭》，可謂辱極。』《左傳》文字富豔，而主旨蓋爲以史解經，《莊子》以逍遥齊物、保真全身爲貴，二者與屈原意旨大相逕庭。司馬相如作爲辭賦，鋪張揚厲，思想内涵不足，被譏爲『華無根』。揚雄初始步司馬相如後塵而好『雕蟲篆刻』，而後則投身儒術，且對屈子沉江表示不理解。故陳氏以爲屈原跟他們道不同不相爲謀。《辨騷》云：『自《九懷》已下，遽躡其迹，而屈、宋逸步，莫之能追。』其後學者甚至認爲宋玉之作也無法與其屈作相比。故陳氏覺得《楚辭》僅收録屈作即可，不必以宋玉等人之作相附麗，勉强合爲一編，於屈原爲侮辱也。換言之，陳氏以爲屈騷之無與倫比，非儒家、史家、道家、詞章家、訓詁家之名目可以規範限制。

陳氏强調《楚辭》獨特地位，建基於其於屈子人格之肯定、推崇。換言之，對於前人評騭屈原『狂狷景行』『露才揚己』『顯暴君惡』『不知求周公仲尼之道』之語，陳氏一一作申辯、反駁。

首先，對於屈子『狂狷』之舉，陳氏於《文賞·離騷》『雖信美而無禮兮，來違棄而改求』處眉批云：『汨羅所以異於洗耳之士。』《子賞》此處亦云：『宓妃無禮，更求賢良。』屈原被放在野，仍孜孜以替楚王物色賢才爲務，可謂身在江海而心存魏闕，與許由等不問世事之隱逸之士，實在相去甚遠。身處困境而爲若是，主要源於屈原本身高尚之品質。陳氏稱讚屈原『生而耿介，天命之已』。《子賞》又論『芳與澤其雜糅兮，唯昭質其猶未虧』及『和調度以自娱兮，聊浮游而求女』數句道：『和調以自律，浮游以索人，非昭質未虧者能乎？』如朱熹所説，所謂昭質乃光明之質，亦即耿介之性。而如此品格包括了哪些内涵？《文賞》論《懷沙》『重仁襲義兮，謹厚以爲豐。重華不可逻兮，孰知余之從容』一章道：『重、襲、謹厚、從容，自寫得意處。』重仁襲義，乃承襲儒家汎愛衆人、捨生取義之思想。如王逸所言：『謹，善也。豐，大也。言衆人雖不知己，猶復重累仁德及與禮義，修行謹善，以自廣大也。』又朱熹云：『從容，舉動自得之意。』昭質爲何，屈原已自言之。陳氏特别著重屈原之『厚』，如《懷沙》『内厚質正兮』句，《文賞》眉批：『原之人與文，厚而正。』《離騷》

『余將遠逝而自疏』句，《子賞》眉批：『忠厚懇惻，可風可雅，蓋遠逝非其志也，況巫咸乎！』陳氏指出，屈原念念不忘故君故國，遠行並非其本意，是乃其忠厚之處。又《抽思》『人之心不與吾心同』句，《子賞》眉批：『猶欲强人心而同之，其厚之至也夫。』陳氏認爲，屈原不僅自心厚正，還望身邊隨波逐流之徒可以與自己一樣厚正，是乃『至厚』。屈子正直忠厚是三代以下極罕見者，如《惜誦》『思君其莫我忠兮』句，《子賞》眉批：『三代以下，誰親君者？誰疾君者？正直忠厚，屈子一人而已。』陳氏不僅指出『親君』是忠臣，還冠『疾』一字。疾者，盡力也。所謂『疾親君』，當爲竭盡全力以親愛其君，不留半點私意。《涉江》『余幼好此奇服兮』句，《文賞》眉批就直接將『奇服』解讀爲『忠直』，亦即忠厚正直：『以忠直爲奇服，好奇何害？』當世之人立身不正、事君不忠，故忠厚正直者反成稀有，與被衆人視爲穿著奇裝一樣怪異。緣乎此，身爲忠臣者更要振聾發聵，使國君不致身陷泥淖。至於如何保持君臣間之距離，則端賴『祇敬』。《離騷》『湯禹儼而祇敬兮』句，王逸注謂這些受命之君皆『敬天畏賢』，而同篇『又何芳之能祇』句，朱熹解釋爲英才化爲邪佞後，不能『復敬守其芬芳之節』。故《文賞》眉批此句：『芳而能祇，所以爲芳。』換言之，如果不能事君以敬，富於才幹者反而易於爲惡，故邪佞所欠缺者乃『祇敬』，而忠良所憑依者也是『祇敬』。由於有『祇敬』軌範，忠臣在直諫時便可進退得宜。《子賞》於《離騷》『汩余若將不及兮』句眉批云：『進修及時，中庸之流也。不得已以狷節著。』孔子謂『用之則行，舍之則藏』。於陳氏言，屈原身居草莽，仍唯恐年歲不居，汲汲自修，是與儒家『中庸』之道有相合之處。縱然屈原觸忤君上而遭貶是無可諱言，全然出於不得已之心，故即使稱其狷節，對於其聲名地位卻無所影響。

評點文字與原文本共處一個版面，能夠讓讀者在閲讀文本之際，同時理解文章内容與寫作方法。南宋以降，評點一直是文章家樂用之法。在《文賞》與《子賞》眉批中，除了論述屈原思想者外，從文學角度探析楚辭作品者也爲數不少。綜而觀之，可分爲文義疏通、文辭賞析兩類。文義疏通方面，對於原文交代得較簡略之處，陳氏往往會在眉批補充。如《離騷》『世並舉而好朋兮』句，《子賞》眉批：『非不好朋，無與爲朋。』指出屈原斥責舉世所好之朋，乃喻於利的朋黨，並非賢人君子所組成的群體。其次，陳氏非常注意詞句前後文，並藉以進行文義闡釋。《湘夫人》『沅有芷兮澧有蘭，思公子兮未敢言』句，《文賞》眉批：『湘夫人如芷如蘭。』文中所言公子，就是祭祀者要迎接湘夫人。蓋陳氏以『沅有芷兮澧有蘭』既爲起興，亦不無比喻之意，故其眉批遂有此語。再次，對於文章首尾呼應，陳氏也没有忽略。《離騷》『雖萎絶其亦何傷兮，哀衆芳之蕪穢』句，《文賞》眉批云：『淵明無思，天路本此。』蓋陶詩《歸園田居》中有『常恐霜霰至，零落同草莽』之句，故陳氏指出，草木零落是天然之事，陶淵明之恐，衹是純粹擔心農事。而屈原之憂心，卻一如朱熹所説：『此衆芳雖病而落，何能傷於我乎？但傷善道不行，如香草之蕪穢耳。』持陶詩與《騷》比對，使讀者更能明瞭屈子比喻之意。不僅如此，陳氏還會通過眉批來點出篇章的前後照應之處。如同篇篇末『國無人莫我知兮』句又批云：『衆芳萎矣。』提醒讀者正因前文所言『衆芳蕪穢』，導致最後有『國無人』之歎，使全篇香草美人意象更加得到凸顯。文辭賞析方面，可細分幾點來談。其一爲論遣詞造句，《山鬼》『君思我兮然疑作』，眉批：『作字妙，望其君無已也。』《天問》『平脅曼膚，何以肥之』，眉批：『一肥字寫紂，其惡肥如此。』《惜誦》『惜誦以致愍兮』，眉批：『惜誦奇絶。』《思美人》『與纁黄以爲期』，眉批：『纁黄奇。』《惜往日》『君含怒以待臣兮』，眉批：『含字妙。』《悲回風》『編愁苦以爲膺』，眉批：『愁亦可編。』四庫館臣謂鍾惺、譚元春《詩歸》『點逗一二新雋字句，矜爲玄妙』，陳氏亦類似，僅以『奇』『妙』等字點出作者遣詞造句之不同凡響，卻不進一步申論奇妙之處何在，這就有賴讀者領悟。當然，陳氏討論詞法、句法，並非衹有『點逗一二新雋字句』此種方式而已。《山鬼》『君思我兮然疑作』，《文賞》眉批：『「君思我兮」，再言淒絶。』指出一篇之中『君思我兮不得閒』『君思我兮然疑作』

二句，同樣字面重複出現，顯示出山鬼因對方爽約而産生淒婉之情。此外，他還會就文句内容作出一些略帶感發式之評論，《離騷》『欲少留此靈瑣兮，日忽忽其將暮』，《文賞》眉批：『少留將暮，如泣如訴。』又《湘君》『恩不甚兮輕絶，交不忠兮怨長』，《文賞》眉批：『足見交態。』皆是如此。進而言之，陳氏評論有時不僅局限於某句，還會就前後文而發。《離騷》『鳳凰既受貽兮，恐高辛之先我』，《子賞》眉批：『求美人難，遣媒更難。』又，『覽察草木其猶未得兮，豈珵美之能當』，《子賞》眉批：『識草木易，識玉難。』兩條眉批各自涉及了兩節文本，而其文字又類近排比，于喁相應，讓讀者更深一層地感受到屈原求賢不遇、壯志不遂之孤寂感。

其次，陳氏於《楚辭》與各代文學關係也有所究心。首先，他指出屈子之作與前代相傳承。《離騷》『路不周以左轉兮，指西海以爲期』句，《文賞》眉批：『即「夾右碣石」書法。』知陳氏以爲《離騷》此處源自《禹貢》『夾右碣石』等語。又，《哀郢》『憎愠惀之修美兮』句，《文賞》眉批：『文章沉奥，有忠質人之遺，蓋三代法物也。』朱熹云：『愠，心所緼積也。思求曉知謂之惀。』二字較爲罕見，故陳氏目爲『沉奥』，然以『三代法物』稱之，未免失之武斷。至於屈作對後世作品的影響，陳氏所論則多在《九歌》。《東皇太一》『吉日兮辰良』等句，《文賞》眉批：『唐人詩文，或于一句中自成對偶，謂之當句對。《楚詞》「蕙蒸蘭藉」「桂櫂蘭枻」「斲冰積雪」，自齊梁以來亦如此。』認爲唐人當句對雖近承齊梁，然《楚辭》中如《九歌》諸篇已有此等修辭格。又，《國殤》篇首，《文賞》眉批：『此篇敘殤鬼交兵挫北之迹甚奇，而詞亦淒楚。固知唐人《吊古戰場文》爲有所本。』以爲唐代李華作《吊古戰場文》時參考過《國殤》。此外，陳氏還點出《雲中君》與《史記·伯夷列傳》《東君》與唐人描摹太陽、以及《招魂》與《七發》之因襲關係等，不一而足。可惜限於眉批之篇幅，陳氏未就此問題較詳盡地展開論述，但始終予後人一些具有可能性研究之切入點。再者，陳氏眉批也有一小部份是純粹抒發個人情感。

《哀郢》『諶荏弱而難持』句，《文賞》眉批：『荏弱難持，説盡小人病痛。』《懷沙》『夫惟黨人之鄙固兮』句，《文賞》眉批：『黨人鄙固、黨人偷樂，並快論。』《子賞》眉批亦云：『鄙固酷似。』類此條目，雖係評論《楚辭》文本，蓋亦陳氏際遇晚明黨争，而爲感同身受之言，是於批評之中有所寄託矣。尤有進者，陳氏眉批對於楚辭辨僞與編纂問題也略有討論，然數量不多。兹亦於此拈出。陳氏認爲，《卜居》《漁父》並非屈原所作，故《文賞》不録。其於《文賞・遠遊》篇首眉批道：『原文止此矣。《卜居》《漁父》，世所習譚，故不録。』以爲兩篇係後人紀録屈原軼事之作，非屈原手筆。此説後世頗有雷同者。至若僅收録於《子賞・九辯》篇，篇首眉批云：『此前以爲屈子所作，未必然也。乃自屈而外，可傳者此耳。』萬曆年間，焦竑、陳第確曾懷疑《九辯》作者乃屈原而非宋玉，而陳氏並不贊同二人之説。其原因在於篇中『無衣裘以御冬兮，恐溘死不得見乎陽春』二句。句上眉批：『或謂屈作，非也。屈必不肯作此二語。』子曰：『士志於道，而恥惡衣惡食者，未足與議也。』屈原雖然好芳好潔，但流放在外卻並未抱怨衣食艱困，於《九章》各篇可以得知。陳氏以『無衣裘』兩句駁斥焦竑、陳第之説，確實獨具慧眼。由於陳氏對屈原重視遠甚於其他《楚辭》作家，故於《文選》所收録『騷體』篇什甚爲不滿。《文賞》眉批：『《文選》自《騷經》《卜居》《漁父》以外，《九歌》去其五，《九章》去其八，何居？』《文選》所收《九歌》篇章有《東皇太一》《雲中君》、二《湘》、《少司命》及《山鬼》，《九章》則僅收《涉江》一篇。陳氏蓋以爲《楚辭》類儒家之經典，『豈可重以芟夷，加之剪截』，遂有此問難矣。

誠然，陳氏如明末《楚辭》評點者，有其不足處。一是瑣碎蕪雜，無系統可言。如前所論《涉江》，二《賞》眉批僅四條，篇幅簡略，究其原因，乃陳氏以爲此篇『多直致語，不加潤飾』，讀者理解無礙之故。然《天問》全篇三百七十三句，而《文賞》眉批三條，《子賞》僅二條，誠然有比重失衡之疑。二是隨感而發，漫無邊際。如前引『惜誦奇絶』『曛黄奇』等語，皆未就作品之藝術特色進一步展開係統論述。三是陳氏在轉録舊説時，偶有不慎。如《文賞·遠遊》篇首引舊説云：『忠臣義士，殺身成仁，亦云至矣。然猶追琢其辭，申重其意，垂光來葉，待天下後世之心至不薄也。』題爲葉盛説。此段文字出自《變離騷序》，葉盛《水東日記》雖有載録，實乃南宋高元之作。陳氏讀中秘書，以博學見稱，則不免此疏漏，蓋亦時俗積非勝是之故也。

《楚辭奇賞》一卷，原見陳氏《古文奇賞初集》中《諸子奇賞》之《屈子附宋玉》，明末刻本，國家圖書館有藏本。（陳煒舜）

# 周文歸・楚辭

《周文歸・楚辭》者，明陳淏子之所輯也。淏子，字扶摇，號爻一，又號西湖花隱翁，武林人。生卒年不詳。亦不見史乘及縣志記載。明亡後，『以課花爲事，聊以息心娱老』。蓋亦明遺民也。然精於園藝，有《花鏡》存世。

《周文歸》二十卷，《楚辭》一卷在其中。四庫館臣誤此書爲鍾惺所輯，然據書中陳氏自注，《周文歸》撰於『大明崇禎庚辰春王閏正月』。復如胡揆《周文歸序》曰：『陳子爻一，思有以反之，輯自《周禮》以下，訖於屈《騷》，凡十三種，割腋烹蹠，章研句節，集成得二十卷，仍漢選之顔，曰歸。余及范子建白、蔣子仲光，獲襄事焉。』知爲陳淏子主事，而胡揆、范德建、蔣尚實參編；四人前已有《漢文歸》行世。鍾惺除於書中偶有批語外，並無參與其事。館臣論云：『其書刪節三《禮》《爾雅》《家語》、三《傳》、《國語》《楚詞》《逸周書》共爲一編，以時文之法評點之。明末士習，輕佻放誕，至敢於刊削聖經，亦可謂悍然不顧矣。』撇除偏見，可知此書與陳深的《諸子品節》、陳仁錫《古文奇賞》等書類近，仍是以評點章法、詞章爲主，兼及一些獨抒性靈之語。此書《楚辭》部分，以舊題屈原、宋玉所作爲主，如不收《大招》，或因作者『疑不能明』。與王逸注本相比，其篇次略有調整，依次爲《離騷》《九章》《天問》《九歌》《卜居》《漁父》《九辨》《招魂》。每篇均有注釋、眉批及總評，除編者四人及鍾惺以外，又録有真德秀、陳深、魏之允、王世貞、孫鑛、陳仁錫、陸時雍、周拱辰、李思誌、莫體崇、范士超諸家評語。

總括而言，《周文歸》注釋尚簡，而重於總評。注釋並非逐字訓釋，點到即止，與王、洪及朱注相比尤見簡略。如釋《九章・涉江》首四句：『余幼好此奇服兮，年既老而不衰，帶長鋏之陸離兮，冠切雲之崔嵬。』王注及洪興祖補注則爲『奇服』『衰』『長鋏』『陸離』『崔嵬』諸字作訓，朱熹則兼釋詞涵義釋之：『鋏，古挾反。冠，去聲。崔音摧。嵬，一作巍，並五回反。奇服，奇偉之服，以喻高潔之行，下冠劍被服，皆是奇服也。鋏劍把或曰刀身劍鋒也。長鋏見《史記》。切雲當時高冠之名。』而《周文歸・楚辭》卻全不出注。總觀《涉江》全篇，音義僅有七處簡注，如『寶』注云『美玉』，『邸』注云『一作低』之類，聊備一解而已。

注釋較詳者爲《天問》篇。綜觀之，其多取王洪名物訓釋之義而簡化之，雖無如朱熹闡發其大義者，然或參酌朱子以取舍之。如，《離騷》『帝高陽之苗裔兮』，注云：『顓頊之後有熊繹者事周，封爲楚子。至武王生子瑕，受屈爲卿。』案：此注雖從王逸注，審逸注『卿』上有『客』字。朱子《辨證》以爲『客卿』之名爲戰國策士之稱，春秋無『客卿』之稱，而屈暇本楚同姓之裔，無稱『客卿』之理，當删『客』字。淏子是參酌朱子，亦無『客』字矣。又，《天問》『八柱何當，

孫鑛曰前世未聞後人莫繼亘古奇作也劉勰曰不有屈原豈見離騷信哉

周文歸卷之十九

竟陵伯敬鍾惺選　武林爻一陳淏子輯

曲沃部孫衛周胤鑒　瀫西仲衍胡揆參　仲光蔣尚賓閱

離騷

屈原與楚同姓仕於懷王爲三閭大夫職掌王族三姓曰昭屈景原序其譜屬同列大夫上官靳尚妬毀之王遂疏原乃作離騷懷王子襄王仍信讒言遷原江南復作九章終不

周文歸　卷十九　離騷　一

東南何虧』，王逸注云：『言天有八山爲柱，皆何當值？東南不足，誰虧缺之也？虧，一作虧。』洪興祖更引《河圖》《淮南》《神異經》《素問》諸書作解，而本書則僅注有『地缺陷於東南』六字。

是書偶爾會引申注釋之內容或進行推論，以稍補朱注之不足，此當爲注釋部分較有價值之處。如《天問》：『閔妃匹合，厥身是繼。胡爲嗜不同味，而快鼂飽？』朱注云：『一本「嗜」下有「欲」字，一本「快」下有「一」字，一本「爲」作「維」，「不」作「欲」。鼂，一作晁，一作朝，並陟遥反。閔，憂也。言請所以憂無妃匹者，欲爲身立繼嗣也。下二句未詳。』《周文歸・楚辭》則爲下兩句作解云：『問之意似謂禹承命獻功，而得通鑫山女於台桑，是疑聖人之忽君臣也。既閔妃匹合，惟厥身之是耳，胡爲嗜不同味而快鼂飽？又疑聖人之輕父子也。』則徑出己意。

《楚辭》之眉批，則泛引諸家之説，而以分析其遣詞用字之妙及章法爲主。如釋《離騷》『恐高辛之先我』前的一段文字則引蔣尚賓曰：『讀此須思當溺管時如何着想，如何落筆，如何比次，成如此文章，乃知古人真不可及，而文字之妙亦全不在讀書討論之力。』又如《九歌・東王太一》『靈偃蹇兮姣服』引孫子起曰：『姣服二字，新淺得妙。』《招魂》『謇其有意些』，則稱：『陳淏子曰：寫得丰神煒煒，真千古絶調。』諸如此類。

值得注意的是，部分學者的評語於其他集評本頗爲少見，故此書算是保存了一些珍貴資料。如魏之允、李思誌、莫體崇、范士超等學者的評語，幸賴此書而得以略窺其説，現列舉諸例以見其大概：魏之允：『自恃二字，危悚有味。』（見《悲回風》『聊逍遥以自恃』批語）李思誌：『意融手快，諸解□□祖龍。』（見《天問》『忠名彌彰』批語）范士超：『説出正意。』（見《卜居》『世溷濁而不清』批語）莫體崇：『乃更清雋，似近代人作。』（見《大司命》『使涷雨兮灑塵』批語）至於篇末之總評，則以酣論章法之規矩變化而主，而略及於屈子之人。如陳淏子《離騷總評》：『首尾三千餘言，只作痛哭一場。

然不露一憤懣字，更和柔委宕，可被絃唱。夫痛哭而至于可絃可唱，情之至者，人或有之，但未有見之君臣之間者。唐文皇以魏徵爲嫵媚，三閭固嫵媚之宗也。有幸有不幸耳。』又，《九章·涉江總評》：『此章篇法最清緊，極顛倒錯綜，而矩度森然。首段明所言之誠，以啓人之聽己。末明所以言之故，以見言非無謂。中間不得不言，不可不言，不忍不言，或追悔，或悲歎，或假喻刻畫，或引古證今，錯見旁出。原意曰：是皆忠言可聽者也，述荃之鑒諸乎！針綫相引，絲理可尋，而但不存畦徑，真神品也。』均屬此類。

此書流傳不廣，祇見明崇禎刻本，圖家圖書館有藏本。《四庫全書存目叢書》所收録者，亦據此本影印。（陳煒舜、郭劍鋒）

# 釋騷

《釋騷》者，明何喬遠之所作也。喬遠字稚孝，號匪莪，晉江人。萬曆十四年丙戌進士。除刑部主事，歷禮部儀制郎中。坐累謫廣西布政使經歷，以事歸。里居二十餘年，中外交薦，不起。光宗立，召爲光禄少卿，移太僕。王化貞駐兵廣寧，主戰。喬遠畫守禦策，力言不宜輕舉。無何，廣寧竟棄。天啓二年進左通政。旋進光禄卿、通政使。五疏引疾，以户部右侍郎致仕。崇禎二年起南京工部右侍郎。給事中盧兆龍劾其衰庸，自引去。卒年七十五。何氏早年詩文遵循七子之法，中年以後，詩以即景抒懷、觸物遣興爲主，忠厚和平，具性情之正，不泥於古，得情之真。其文風則近歐陽，亦淵源於臺閣。何喬遠著作豐富，《福建通志·經籍志》著録有《書經釋》《大學繹》《閩書》《清溪志》《武榮全書》《名山藏》《膳志》《獄志》《鏡山前後集》（一作《萬曆集》《後萬曆集》《天啓集》）、《明文徵》《葉文忠公行狀》。葉向高《蒼霞續草》有《何匪莪先生詩選序》，知何氏曾將己之詩作編選結集。《萬曆集》卷十三、十四爲『釋經』，解《大學》及《尚書·武成》《大誥》《召誥》《洛誥》諸篇；此兩卷其後殆有所增益，單行出版，即《福建通志》所録《大學釋》及《書經釋》。《膳志》《獄志》自序收於《萬曆集》卷十六。清李清馥《閩中理學淵源考》卷七十五《司徒何鏡山先生喬遠學派》有傳。

《釋騷》祇一卷，篇幅雖不宏，總其內容，則有義理闡發、詞章賞析、考據訓詁三端。何喬遠分析《離騷》文理時，常自出機杼，不拘泥舊説。與詞章相比，何喬遠對於訓詁考證並非一般注重，但仍不時有所論及。最重要的是，何喬遠注《騷》

有明志之意，他對於楚廷的忠奸之争甚爲著意，分析細膩，也不無借題發揮之處。何喬遠浮沉於晚明政壇，對於屈子的事迹不無切膚之痛。他的《離騷》注文隱含了對朝政的一些批評。如他認爲『三次求女』實爲求賢臣、求同道之意，但在解釋時也涉及『紅顔禍水』之説：『古之昏主讒夫昌，而皆繇於女謁盛，妲己亡商，褒姒亡周。賢明之君，則有永巷之妃，雞鳴之女，太姒佐文，邑姜佐武。楚懷外欺張儀，内悦鄭袖，屈原不得於君，而尚望其君夫人託言於高邱，要求兩美之一合。』此論驟看衹是老調，但結合史實來看，萬曆後期的國本之争中，神宗寵愛鄭貴妃，施及福王，欲三王並封，何喬遠力争不可。故這番言論，有可能爲影射鄭貴妃，並以神宗後宫無賢妃爲憾。何喬遠非常熟知黨争中構陷的手段，因此解《離騷》能切中肯綮。如『余雖好脩姱以鞿羈兮，謇朝誶而夕替』，朱子釋『鞿羈』曰：『自繩束不放縱也。』何氏闡發道：『余之好脩，如銜鞿絡羈，豈敢有一毫縱逸之意哉！而吾謇諤之言，朝夕被人誶替，其所替我者，又非謂我競進貪婪，不過謂我違衆自異。』如果要在朝中立足，必須結黨自保。假如『違衆自異』，自然會被視爲另類。即使没有『競進貪婪』等顯著的劣迹，一樣會遭到攻擊。此誠知言。他在分析巫咸之語時進而論曰：『蘭芷變芳、荃蕙爲茅，蓋好脩爲害，是以芳草甘爲蕭艾，以避禍耳。若余之意，汝以蘭爲佳矣。然蘭無實而空有其容，若委美從俗，亦何嘗不得列於衆芳？苟得列乎衆芳，亦苟且以竊

釋騷

晋江何喬遠穉孝著

同里楊浚雪滄録

離騷解、

帝高陽之苗裔兮朕皇考曰伯庸攝提貞于孟陬兮惟庚寅吾以降皇覽揆余于初度兮肇錫余以嘉名名余曰正則兮字余曰靈均紛吾既有此内美兮又重之以脩能扈江離與辟芷兮紉秋蘭以為佩

帝楚之先王也言楚之先是高陽之後也伯庸原父也原父生原名而字之矣而又以脩能内美祝之如父冠

芳名也。椒也而變佞慆矣。榝也而求充夫佩幃矣。……汝若匿影收聲，不在人世則已；既欲干進務入，又何芳之能祗耶？』無論『競進貪婪』，即使爲了避禍，都必須委美從俗。非有親身經歷，不能得其委婉。儘管如此，何喬遠早有自己的處世方針。如他解『進不入以離尤兮』至『芳菲菲其彌章』一段：『吾念今進而入朝，不與邪人相忤，以罹愆尤，第返而自脩。世不我知，吾姑置之。吾自求吾心之不愧而已。如是則余冠仍高，余佩仍長，不復攬木根、貫落蕊、矯菌桂、纚胡繩，作纍垂彳亍之狀矣……芬芳膏膩，一聽雜糅，惟信吾昭質之無虧而已。如是則亦涉世之一道乎！吾往觀四荒，將謂持此道以往，雖入大千世界，亦可無害。然反顧之間，又不覺佩繽紛而芳彌章者。蓋忠耿之人，性習不移，如韓愈初貶陽山，入朝之後，又貶潮州。蘇軾初貶黄州，入朝之後，又安置惠州，皆所謂佩繁飾而芳彌章者也。』在嚴峻的政治現實下，何喬遠懷抱忠耿，不屑委美從俗以自保，更不欲干進務入，故屢遭貶斥，家居二十餘年，正如《離騷》所謂『往觀四荒』。他引屈子爲類，而屈子以後的韓愈、蘇軾等人，皆『佩繽紛』而『芳彌章』，他也立以爲象。

而立身方面，何喬遠則非常注重『内省』的功夫。這同樣在《釋騷》中可以得見。如『不撫壯而棄穢兮，何不改乎此度』，朱子云：『言君何不及此年德壯盛之時，棄去惡行，改此惑誤之度。』何喬遠解作：『吾不撫此壯年，棄厥穢行，何能不改吾平日之所行之非乎？』竟將『棄穢』歸諸屈子自己。『余既不難夫離別兮，傷靈脩之數化』，王逸云：『傷念君信用讒言，志數變易，無常操也。』何喬遠解作：『吾自怨自艾，吾以靈脩爲善，而自好其恍洋漭瀁，無所底止，而實不涉世解事，不能察夫人心非我心也。』而『余雖好脩姱以鞿羈兮，謇朝誶而夕替』，王逸云：『韁在口曰鞿，革絡頭曰羈，言爲人所係累也。』何氏曰：『余之好脩，如銜鞿絡羈，豈敢有一毫縱逸之意哉！』求宓妃一段，『紛總總其離合兮，忽緯繣其難遷』，王逸云：『言蹇修既持其佩帶通言，而讒人復相聚毁敗，令其意一合一離，遂以乖戾而見距絶。言所居深僻，難遷徙也。』

又，『保厥美以驕傲兮，日康娛以淫遊，雖信美而無禮兮，來違棄而改求』，朱子云：『言虙妃驕傲淫遊，雖美而不循禮法，故棄去而改求也。』何喬遠解作：『若宓妃可謂美矣。吾求宓妃，已有家不與我應，與我緯繣乖戾矣。吾復窮石洧盤而求之，但覺吾之驕敖淫游而無禮耳。』綜觀這些注文，皆爲指責楚懷王、虙妃之語，而何喬遠之論迥異舊注，悉目爲屈子自道、躬自內省之意。從楚辭學的角度看來，如此解《騷》僅可聊備一説，難免斷章取義之譏。然取劉永澄《離騷經纂注》比較，可知這種注《騷》明志、强古人以就我的義理闡發方式於東林中人非徒僅見。何喬遠窮愁鄉居，講學鏡山，與東林遥相呼應。他於省身功夫蓋甚注重，如此注《騷》原因尚可理解。

明代弘治、正德以後，文學發展興盛，《楚辭》新著紛紛面世。《釋騷》以義理闡發爲主，有得有失；而其詞章賞析雖爲輔佐，卻頗有助於讀者理解《楚辭》。明人注《騷》，好論文理文法，《釋騷》亦同。《離騷》中一些對話之起訖，歷來常有分歧。《釋騷》中，何喬遠云『自「婞直亡身」至「煢獨不聽」，女嬃之語也』，全歸於女嬃之語。自『勉陞降以上下兮』至『周流觀乎上下』，何氏以爲『以上皆巫咸之言也』。皆異於朱子《集注》之言。何喬遠對於《離騷》文義的理解，甚爲深入，每能探其幽秘。如《離騷》後半部講到向靈氛與巫咸問卜之事；篇末『西極之遊』一段，又以『靈氛告予以吉占兮』一句起始。有關此句止言靈氛而不及巫咸的原因，洪興祖曰：『靈氛告以吉占，百神告以吉故，而此獨曰靈氛者，初疑靈氛之言，復要巫咸，巫咸與百神無異詞，則靈氛之占誠吉矣。』洪氏之言，據前文而發，以爲靈氛、巫咸，其意一也。而何喬遠對兩次問卜作出了比較：『從靈氛之言，則欲博求賢君而事之，而不必懷故都；從巫咸之言，則亦欲求君而事之，則不變節以趨時。然變節趨時，吾所不可從，惟靈氛求君而事，庶幾獲福，或可從乎！靈氛不惟告予吉占，而又爲余選日，爲予具羞粻，爲予治車馬，吾可行矣。若從巫咸之言，則使□□□心之人相同，吾斷不能也。吾其遠逝而自疏於吾言矣。』比對靈氛、巫咸兩段，繼而指出二人所言之差異，甚爲透闢；且以巫咸『變節趨時』之論，非屈子所能應同，故末段西極之行，遂由靈氛一手謀劃。『何離心之可同兮，吾將遠逝而自疏』兩句，就是對巫咸之言的回應。

然而分段析層、字解句評，前人爲者多矣，非《釋騷》一書獨有之特色。此書最引人注目處，是能夠在分段析層、字解句析基礎上，結合前後文以透發大義、並得詞章之妙趣。如『汩余若將不及兮』至『恐美人之遲暮』八句，句意本不甚艱深。其中『朝搴阰之木蘭兮，夕攬洲之宿莽』二句，王逸《章句》曰：『言己旦起陞山采木蘭，上事太陽，承天度也；夕入洲澤采取宿莽，下奉太陰，順地數也。動以神祇自敕誨也。』其語看似圓通，實甚牽鑿。故朱子《集注》不録。汪瑗《集解》釋爲『朝夕修潔』，劉永澄《纂注》則謂『朝搴夕攬，唯日不足之意』，皆甚通達。而趙南星《離騷經訂注》復録王逸之語。何喬遠則曰：『吾慮吾之汩没而年歲之不吾與，吾搴阰之木蘭，其時方朝，復往攬洲之宿莽，而不覺夕矣。日月春秋，易邁如此，吾惟恐年歲不足，求造於賢人君子之域，遲而且暮也。』解『朝』『夕』二字，頗得時間推移之妙；且以此意串講前後數句，亦甚順暢。再如『曰黄昏以爲期兮，羌中道而改路』二句，洪興祖視爲衍文，朱子以下，周用、汪瑗等大抵皆從之。何喬遠《考異》則云：『二句王逸不解，洪氏疑爲後人所增。看其文勢以六句爲一段，亦可；且以路協故，應前起後，自不必拘。』且將此二句與下四句視爲一段，並而解之曰：『何吾君期我於黄昏，而改道於中路，成言不信於初，他遁復悔於後？予亦何難離别吾君而去之？』由此可見，何氏對於《離騷》文字頗能體察入微，發其隱義，然後聯繫前文後理而合論之。

何喬遠解《騷》，非僅於前文後理尋章摘句，更能貫穿全篇。如《離騷》一篇中數次提及帝舜及與之相關的人物、事物，但這些都没有得到前賢的注意。何喬遠則能將之串聯在一起，不僅令全篇的文脈更爲明顯，也使主旨更清晰地呈現出來。篇首『彼堯舜之耿介兮』數句，何喬遠釋曰：『吾監堯舜桀紂興亡之迹，以此脩身，即欲以此自靖自獻於吾君。』可謂開宗明義。

及至文中之求女部分，何氏雖未明言其涵義，然大抵當解爲求賢臣。『及少康之未家兮，留有虞之二姚』二句，何氏解道：『宓妃簡狄皆有家矣。吾及少康之未家，而求見二姚，因以求見虞舜乎！』帝舜姚姓，二姚之父虞思即帝舜之後。將求二姚之動機提昇至『求見虞舜』的層面，不啻爲求賢臣之説增加了一項證據。既然監於帝舜是爲了修身以『自靖自獻於君』，則求賢臣當是爲了尋找同志，相互砥礪，以共事君。然而，文中三次求女皆失敗，遂曰『閨中既以邃遠兮，哲王又不寤』。何喬遠以其意爲：『吾欲求之宓妃、有娀、虞氏二姚，則中閨遠矣。訴之虞帝，則哲王不我悟對矣。』以帝舜爲哲王。此雖未必，然『有虞』『哲王』之文既相連接，此解也自可聊備一説。至篇末西極之行，有『奏九歌以舞《韶》兮』一句。何氏乃曰：『皇路緬邈，賢君難遇，吾將歷昆崙、至西極、行流沙、遵赤水、轉不周、指西海，吾不忘奏歌舞《韶》而見虞舜也。』《韶》固舜樂，然何氏以前的解者甚少將之與前文帝舜的字面放在一起考慮。此又何喬遠細心之處。然而，何喬遠在因文析理之際，時或因好爲新説，求之過深，有失熨貼。如『曰黄昏以爲期兮』一句，解作：『黄昏相期，繇闇而將趨於明也。』甚爲迂曲，反不如朱子舊注，平實可信。

明代考據學自楊慎於嘉靖間肇端，至明末蔚爲大宗。何喬遠精於理學，訓詁考據非其所長。《釋騷》之中偶或觸及此道，大抵皆用以闡發義理、疏通詞章而已。如『長太息以掩涕兮，哀民生之多艱』，朱子云：『哀此民生遭亂世而多難也。』釋『民』爲黎民之民。何氏則曰：『吾太息掩涕，而哀吾生之多艱。民生多艱，如《詩》「鮮民之生」，皆自謂也。』案：《詩·蓼莪》：『鮮民之生，不如死之久矣。』鄭箋：『此言供養日寡矣，而我尚不得終養恨之言也。』可見『民』字可用於個人自稱。何喬遠如此解來，文理似亦暢達。又如『苟余情其信姱以練要兮，長顑頷亦何傷？』何喬遠解道：『苟余情信姱以練要，則雖飲露餐英，不得宿飽，使筋骨堅練而顑頷空長，亦復何傷？人瘦削則頷領長。舊以爲飢色面黄，恐未必然。』解『頷』

字實妙，深得文趣。然於『顑』字的分析則有未逮。『攬木根以結茝兮，貫薜荔之落蕊』，解道：『攬木根，貫落蕊，矯菌桂，帶胡繩，如遊方道士、乞食山僧，纍纍垂垂，歷歷落落，無復人世衣冠結束之態。胡繩，舊解香草。鄙意謂即古人之帶索而歌爾。』從文學角度訓解『攬木根，貫落蕊，矯菌桂，帶胡繩』之義，甚爲新穎。抑有進者，對於一些詞語的解釋，何喬遠亦有新説。如『昔三后之純粹兮』，王逸曰：『謂禹、湯、文王也。』汪瑗曰：『謂楚之先君，特不知其何所的指也。』何喬遠曰：『三后，高陽也、楚之先王、及吾父伯庸也。』此論或承自汪氏，亦玩味文理後方纔能發。然稱伯庸爲『后』，似有僭越之嫌。又如解女嬃：『女嬃未必屈原姊，即室謫［嫡］家人亦可耳。』諸如此類，固皆新説。唯何喬遠始終未作進一步的論述，以致其言不具較强的説服力。此外，書中偶然言及《離騷》之著成年代。『願依彭咸之遺則』下解云：『彭咸，殷大夫，諫君不用，投水而死者也。屈原死於頃襄之世，而作此篇當懷王之時，蓋其憂君憤俗之意，非一日矣。』然而，以《離騷》之作在懷王之世，是承自舊説，還是另有新見，何氏語焉不詳，讀者遂無從得知。總而論之，何喬遠雖不精於考據訓詁，然仍有涉獵運用，由此可見發展中的明代考據學對萬曆、天啓間整個學界的影響。

何喬遠的《釋騷》具有鮮明的時代烙印。作爲臺閣後進、東林中人，何喬遠對國事表現出高度的責任感。和劉永澄、趙南星等人一樣，他注《離騷》是爲了明志，流露出對朝政日壞的焦慮，以及小人在位、賢俊在野的不平。由於自身的閲歷，《釋騷》對於楚廷的政治鬥爭分析非常細緻；但爲表達了自己的節操，何喬遠卻不惜曲解了《離騷》的文句。次者，由於接受了一些師心説的論點，何喬遠在分析《離騷》的文理時能夠突破舊説窠臼，自出新意。如對靈氛、巫咸對話的比較，以及强調屈子對帝舜的追慕，這些見解皆可自成一家之言。與義理闡發、詞章賞析相比，何喬遠於考據訓詁並非當行本色；然亦不時有所論及，以便疏通文義。如其解『顑頷』一詞，雖極具文學情趣，卻缺乏論據，有臆測之嫌。從楚辭學發展的角度而言，《釋騷》具有承上啓下的特點。朱子《集注》中發大義的風格，晚明評點家尋章摘句的方式，乃至楊慎等人引經據典的路數，在《釋騷》中都可以尋見。由於何喬遠自身的學問取向、著作動機，令《釋騷》一書有義理發揮有餘、立論證據不足之感。但這依然體現了義理、詞章、考據之學在晚明逐漸合流的趨勢。因爲有東林中人的《釋騷》《離騷經纂注》《離騷經訂注》等導夫先路，明末清初的楚辭學著作纔會於數量、質量上都出現顯著的進步。

《釋騷》不見於明清書目。今人崔富章《楚辭書目五種續編》著録，版本爲清咸豐間楊浚冠悔堂抄本一册。今藏福建省圖書館。首頁記書名曰《釋騷》，而正文前又有『離騷解』之名目，下方字樣爲『晉江何喬遠稚孝著，同里楊浚雪滄録』，版心有『冠悔堂雜録』字樣，末頁有『考異』附。何喬遠爲晚明時人，距楊浚幾三百年。楊浚何從鈔録此書，不得而知。楊既爲何喬遠同里，此書必得來有自，但所據何本則已難考證。全書十四頁，無序無跋。《萬曆集》並無一處言及該書，唯蘇茂相《序》謂何喬遠早年寫詩取法乎《騷》，尚可解釋他對《楚辭》的興趣其來有自。顧《釋騷》內容不時關涉黨争，以此推測其成書背景，蓋亦作於萬曆後期，辭官退隱鏡山之時。《釋騷》全書爲楷書鈔本，字體娟秀，然正文時有訛誤。訛誤可分三類。第一類無損文意，殆繇何氏一時誤記、或鈔者一時誤寫，如，『汩余若將不及兮』作『汩余者終不及兮』；『矯菌桂以紉蘭兮』作『矯菌桂以紉蕙兮』；『高余冠之岌岌兮』作『高余冠之岌岌乎』，『紛總總其離合兮』作『紛總總其離合乎』；『雖信美而無禮兮』作『雖信美其無禮乎』；『覽察草木其猶未得兮』作『覽察草木其猶未知兮』；『何昔日之芳草兮』作『何昔時之芳草兮』；不一而足。第二類爲形訛者，如『終然殀乎羽之野』作『終然妖乎羽之野』；『循繩墨而不頗』作『脩繩墨而不頗』；『不量鑿而正枘兮』作『不量鑿而正柄兮』；『欲少留此靈瑣兮』一作『欲小留此靈瑣兮』；『溘吾遊此春宮兮』作『溘吾遊此春官兮』；『余猶惡其佻巧』作『令猶惡其佻巧』；『百神翳其備降兮』作『百神醫其備降兮』。第三類爲闕奪者，如『寧溘死以流亡兮』至『何方圜之能周兮』作『寧溘死方圜之能周兮』，中奪二十四字。次者，此書不並存異文，唯擇善而從之。如『縱欲而不忍』作『縱欲殺而不忍』；『阽余身而危死兮』作『阽余身而危死節兮』；『鸞皇爲余先戒兮』作『鸞皇爲余前戒兮』；『好蔽美而稱惡』作『好蔽善而稱惡』。此外，注文有云：『若從巫咸之言，則使□□□心之人相同。』又似其所據原本已有殘闕，遂空白以傳疑之意。（陳煒舜）

# 楚辭評注

《楚辭評注》者，清王萌之所作，而侄王遠爲之考音也。王氏伯侄乃湖廣天門人。清章鑁所纂《天門縣志》有《王萌小傳》。觀《評注》自序題款云『疆［彊］圉大荒落仲冬長至日裝溪在叟王萌書於蠟梅花下』，《天門縣志·藝文志》又有其《裝溪詩集》，知『裝溪』乃王萌之號。『彊圉大荒落』即康熙十六年丁巳，時王萌自稱爲『叟』，兼以小傳謂其早年得見譚元春，則王萌生於明季無疑。進而言之，王萌於明末當已成年，入清後以遺民自居。其證有四：一、《天門縣志》謂其入清後不求仕進，終身貧窶，與其他明遺民行徑類似。二、《評注》自序題於『疆［彊］圉大荒落』，即康熙十六年，不書年號。書中猶有不避清聖祖諱之處，當爲不奉新朝正朔之舉。三、自序稱引李贄、鍾惺二家之言，猶是明人習氣。四、《湖北通志·藝文志》著録《評注》，作者題曰『明王萌』，蓋王萌聲迹於明社未屋前已聞於鄉里，後人尚知軼聞，遂冠之於明代。設明亡時，王萌年二十，則其生年約在（約天啓四年）。譚元春爲王萌師長輩，其晚歲正當王萌之童年。王萌卒年亦有綫索可尋。評注《天問》『咸播秬黍』節，王遠按云：『臆解如此，恨不及先伯父之存而質之。』可知王遠作此按語時，王萌業已故去。除《評注》外，王萌又有《易注解頤》六卷、《石鼓音義》一卷、《裝溪詩集》五卷。王遠亦於《天門縣志》有傳，其年壽似近耄耋，約生於順治初，卒於雍正中。有《家禮輯略》。王遠於《楚辭評注》非僅考音，全書平均大約每兩節正文就出現一次王遠按語，頻率甚高，於義理、詞章、考據方面皆有涉獵。

清代以前的學者論《楚辭》，往往失之偏頗：褒尊者想將《楚辭》提升到儒家義理的高度，貶抑者則直以奇技淫巧、玩物喪志詆之。王萌論屈子云：『屈子古狷者流，其志行必則彭咸，本不必有合大中之行。然屈子意未嘗自諱也。』指出屈子爲狷者，其思想行事與儒家中庸之道不必有合是理所當然。此看法頗爲接近事實，可見他深切瞭解屈子的生平思想。王萌認爲屈子之偉大在於立德，如其評注《大司命》『愁人兮奈何』一節云：『章首曰「何壽夭兮在予」，繼曰「衆莫知兮余所爲」，以影言命非人所能爲也。卒乃正言之，而先矢之以無虧，《魯論》曰「不知命，無以爲君子也。」《莊子》曰：「知其不可奈何？而安之若命。」安命而後可以守死，守死而後可以立名。懷沙之人，胸中本領固不同矣。』屈子胸中與衆不同的本領，就是『守死』。『守死』不僅是盲目接受那人力不可改變的命運，而是瞭解自己的個性、堅守自己的宗旨，如此便是立德、便是順應天命。因此，王萌覺得鄉先賢鍾惺對於屈子之不遇依然斤斤計較，其實跟揚雄的《反離騷》大意相同，並非篤論。屈子這套本領『鬱爲幽思，抒爲真怨』，化成《楚辭》之作；由立德而立言，而其忠名便隨《楚辭》而不朽了。對於自己的不遇，王萌未嘗不有感於心。然而他覺得，與其和姦邪之人共事，不如潔身遠逝：『薺不同荼，遠其苦也。幽蘭空谷，守其獨也。物理且然，人可悟矣。』通過這番詮釋，可知其本人雖然終生不遇，卻並未因此自憐。王萌之注《騷》，與他所認知的屈子作《騷》之意，其揆一也。他要通過《評注》一書而留名於簡冊之上。

楚辭卷一

竟陵 王萌遂直 評註

姪 遠帶存 攷音

高安 朱軾可亭 校訂

離騷

離騷者屈原見疏於懷王而作也離猶遭騷猶憂幽愁憂思而作離騷古詩之變也其謂之經者後人祖其辭而尊名之非原本意也

楚不列風有騷而後可無遺憾天生屈子以補此段

由於屈子在楚社將墟之際大聲疾呼，欲挽狂瀾，故明代遺民對《楚辭》大都抱有特殊的感情。王萌於明代毫無功名，入清後以遺民自居。他對於《楚辭》的共鳴，可想而知。其自謂『窮老讀《騷》，終日不厭』，當非大言欺人。《評注》自序云：『夫屈子宗臣，而值夏屋之將丘……寧能碌碌默默，苟以爲厚道也？』《評注》固爲王萌之讀《騷》心得，然更寄託了故國黍離的悲哀。進而言之，王萌贊成屈子不『苟以爲厚道』，實深有感觸。比核《惜往日》『惜壅君之不昭』『惜壅君之不識』二句，注云：『一曰惜壅君之不昭，再曰惜壅君之不識，惓惓欲以一死明讒人之罪，獲冀與之並命，亦未可知也。此法用於英主之世，未爲失計。漢張湯自殺，而三長史皆案誅，以有武帝在上也。原死而上官靳尚之屬不聞得罪，汨羅之沉，爲無益矣。然千載而下，讀《騷》者輒代爲切齒，恨不起若輩於泉下而手誅之。忠良之死，故讒諛之極刑也。』所謂聖主賢臣，自古不偶。王萌對讒佞當道，屈子自決表達了極大的哀憤。他甚至把矛頭直指帝王，認爲屈子沉水，固然是以死明志；但没有英主在上，死亦徒然。又，《懷沙》『任重載盛兮，陷滯而不濟』，注云：『重車陷於泥濘，言時之當國者僨事也。』對於昏君讒臣之誤國，也深有不滿。明思宗雖非庸主，然剛愎自用，猜忌成性，在位十七年間首輔更換五十餘次，中清太宗之計而殺袁崇煥。而另一方面，東林黨争終明之世未嘗稍息，不斷的攻訐傾軋直接斲喪了明王朝的生機。王萌作爲一位有責任心的士人，親歷明亡之痛，不可能不嘘唏感歎。從『起讒諛於泉下而手誅之』一類的過激言辭可知，王萌晚年注《騷》時回想明末，仍有餘慨，遂形之於筆。對《天問》所記湯武征伐之事，明末清初學者每有感觸。如，周拱辰《離騷草木史》眉批：『商周之際，真堪痛哭。』王萌注《天問》至此處，亦有類近之語。如，『伯昌號衰』節注：『言文王奉紂命爲西伯，號令于殷衰之時，秉鞭筥，作牧伯，率殷之叛國以事紂。』謂文王『率殷之叛國以事紂』，則文王之居心亦可知矣。又，『列擊紂躬』節注：『言周公既不喜擊紂，何爲又教武王使定周命乎？』周公以聖賢之身份，協佐武王行征伐之事，在王萌看來也非常可議。

《自序》説明注《騷》之法道：『一切注疏，束而不觀，反覆吟詠。偶有所通，即筆之於下，不敢以迂解滯之。雖未知於屈子之意何如，大約二者諒亦湘纍之所許也。已而取柳子厚《天對》與《天問》並讀，時有發明。又取叔師、晦翁及洪氏注，録其安穩確然不可易者，綴於各篇之下。』正如館臣提要所言，此法並非王萌所獨秉，清人解《騷》，許多亦如此。然而，從明末清初的學術風氣來考察，王萌之語並非無的放矢。所謂『迂解』，指那些道學家援屈入儒之論。所謂『鑿説』，指師心説者隨性矢口之詞。要求屈子之心，必須叩其兩端而折衷之。王萌注《騷》時非常著重文本分析。他將舊注『束而不觀』，先靠反覆吟詠來探討，從這種方法中不難看出竟陵派師心説的影響。故《續四庫提要》論《評注》云：『詞旨淺近，語多簡質，仍不免拘於騷人比興之體，而失之穿鑿。』實亦承清人之見。不過，王萌這種方法衹是評注的第一個步驟。他爲了避免遊談無根，仍會參詳《章句》《補注》《集注》三種權威舊注；至於《天問》一篇，更要取柳宗元的《天對》合讀，纔能有所創見。總而言之，王萌的評注方法可以分爲評文和注解兩部分，前者爲詞章賞析，後者爲字詞訓釋。明代以還，評點之學大盛。評點文字的内容非常繁雜，但其典型者多是一些以感性筆調陳寫成的閲讀心得。這些文字未必有益於義理、考據，但在詞章上能幫助讀者對文字的理解，如《提要》所言，具有藝術欣賞的成分。《評注》一書並没有圈點、眉批、夾批、總評，但評點性質的文字卻爲數不少。如，《湘君》『桂櫂兮蘭枻，鑿冰兮積雪』二句，評注云：『其櫂也桂，其枻也蘭，水擊有似鑿冰，水揚有似積雪，示芳示潔，寓意良妙。』又，《九辯》『年洋洋以日往兮』一節，評注云：『全是遲暮之感，不言怨而怨益深矣。』短短數語，雖然感性成分甚重，卻能將篇章的神理點撥出來。除了感性評點外，王萌就論各篇章的文風，時時以小見大，有獨到的分析。《九辯》『計專專之不可化兮』一節，評注云：『繾綣低徊，深得屈子之意。不敢怨天，而反曰賴天，立言柔厚如此。』讀者由此不僅可以掌握《九辯》的筆觸，更可勾勒出其作者宋玉的性格與精神。《離騷》爲屈子代表之作，《楚辭》的其他篇章在精神、感情、筆法上有與此篇有著各種關聯。王萌從筆法入手，對這些隱藏的關聯作出了一些爬梳。如，《離騷》中『巫咸夕降』一段，王萌指出：『巫咸教以遠去，上下周流，無境不歷，而卒歸于懷其故都，文字詰曲盤旋，馳驟往復，真曠世驚才也。《遠遊》及《九辯》末章皆如此命意。』認爲《遠遊》《九辯》筆法都直承於《離騷》。王萌就論文法，主要在於句法、字法，通過分析句式的構造、遣詞的方式來闡發《楚辭》的藝術技巧。句法方面，如，《離騷》『麾蛟龍以梁津兮，詔西皇使涉予』，王萌云：『二句亦倒裝，言詔西皇使蛟龍爲梁也。』又，《湘君》『薜荔拍兮蕙綢』，評注云：『薜荔言拍，蕙言綢，互文耳。』所論多爲此類。字法方面，正如洪湛侯所言，王萌能用互證之法，加深對作品的理解，成就比較突出。其解《離騷》中『衆芳』一詞：『篇中凡三言衆芳：曰「衆芳之所在」，小芳依大芳，以顯明穆之道也。曰「哀衆芳之蕪穢」、曰「苟得列乎衆芳」，大芳溷小芳，以没昏亂之道也。』大芳指蘭、蕙等賢人，小芳指揭車、江離等衆人。『衆芳所在』，是因爲有大芳的領導；『衆芳蕪穢』，則係小芳悉皆變節，迫使大芳不得不從俗。這種方法並非從訓詁入手，而是通過詞章文理的分析以得到較熨貼的解釋。再觀『折瓊枝以爲羞兮，精瓊靡以爲芳』二句之評注：『瓊枝瓊靡，並不言蘭蕙矣。蘭所同也，瓊所獨也。紉蘭其始也，瓊佩其終也。屈子固不肯苟列於一切矣。』屈子目睹衆芳蕪穢，唯有瓊佩不會凋萎，最後不得不獨倚瓊佩，以示節概。此論體現出王萌的細心之處。此外，王萌在評注時也常常援引外證。這些外證的功能有二：一助賞析，二資注解。就第一端而言，如，《湘夫人》『聞佳人兮召予』句，評注云：『本無聞而如聞其召，以幻爲確，與《詩·皇矣》「帝謂文王」同一思理。』蓋『帝謂文王』固爲詩人虚擬。王萌持之以比《湘夫人》，令讀者更好理解辭中那種疑幻疑真的縹緲境界。《招魂》『湛湛江水兮上有楓，魂兮歸來哀江南』，評注云：『楓木……至霜後葉丹可愛，故騷人多稱之……同一楓也，少陵「玉露凋傷」，寄興于秋，屈子「湛湛江水」，寄興于春。古之傷心人，任舉一物，皆有濺淚驚心之感，難與俗子道也。」文筆頗得鍾、譚遺風，别有致趣。

至於文字訓釋，王萌比較審慎。即便遇到難解之處，『存而質之』，不强作解釋。由於以紹述舊説爲主，一己獨見不甚多，與評文相比，可謂遜色。儘管如此，王萌的注解也有可取者。如『偃蹇』一詞，在《楚辭》中出現過數次。《離騷》『望瑶臺之偃蹇兮』，王逸注：『偃蹇，高貌。』朱子從之。王萌云：『凡言偃蹇，皆有高踞之意。蹇者，移步其而必仰，偃蹇之義也。』又，『何瓊佩之偃蹇兮』，王逸注：『衆盛貌。』朱子從之。王萌云：『蘭佩柔弱如俯，瓊佩森挺如仰，故曰偃蹇。』又，《東皇太一》『靈偃蹇兮姣服』，王逸注：『偃蹇，舞貌。』洪《補》：『偃蹇，委曲貌。一曰衆盛貌。』朱注：『偃蹇，美貌。』案王萌云：『神靈居高而容仰，故曰偃蹇，尊嚴之貌也。』釋『偃蹇』一詞，緊守『高踞』之意，不作他想，其説甚爲圓融。舊注未及者，王萌也有所剖析。《抽思》『與美人之抽思兮』與《惜往日》『焉舒情而抽信兮』，二句皆用『抽』字。王萌注云：『繹之而不窮者，思也。故上曰「抽思」。引之而如一者，信也。故此曰「抽信」。』案釋『抽』字爲何可以用於『思』『信』二字之前，很是完善。抑有進者，王萌注《騷》，經常援引外證。前文已言，這些外證一助賞析，二資注解。就第二端而論，《離騷》『恐美人之遲暮』句，王萌指出：『以美人稱君，本《詩·簡兮》卒章，其曰：「彼美人兮，西方之人兮。」駘蕩多姿，此騷胎也。親而媚之，故目以美人。尊而嘉之，故目以靈脩。』點出『美人』一詞的來源與用法。明人陳沂同樣注意到《簡兮》卒章『山有榛，隰有苓』二句，認爲是《湘夫人》『沅有芷兮澧有蘭，思公子兮未敢言』所由自。然而他卻忽略了後面『彼美人兮，西方之人兮』。《詩》三百中的『兮』字句固然不少，但切近於《楚辭》『駘蕩多姿』風致者，當首推這兩句。王萌究《詩》《騷》文心，稱這兩句爲『騷胎』，可謂至評。王萌留心於《易》，有《易注解頤》，亦用《易》解《騷》。《九辯》『皇天淫溢而秋霖兮』二句，朱注：『衆人皆蒙君澤，而我獨不霑。』《評注》云：

『況君澤之横施也。《易》屯膏非九五所宜，然亦有小貞吉之文。』《屯・九五》：『屯其膏。小貞吉，大貞凶。』引《易》指出楚王濫賞的不當。《評注》雖以《集注》爲主要參照本，然對於朱子的一些論説卻並不盲從。這在王萌的一些注解中可以見到。如，《離騷》『既替余以蕙纕兮』節，朱注：『申，重也。此言君之廢我，以蕙茝爲賜而遣之。』將『替蕙』『攬茝』全部解成楚王宣示決裂之意。王萌不同意此解：『言我雖以修姱見替，而猶攬芳以自結束，故曰又申之也。晦翁解未安。』更爲平實貼近。《少司命》『夫人兮自有美子，蓀何以兮愁苦』，朱注：『蓀，猶汝也，蓋爲巫之自汝也。』王萌云：『言其不與己合，何爲以我而愁苦也？朱謂巫自稱，非是。』玩味原文，若將此兩句解作巫師向少司命陳述之語，情致更永。《楚辭》流傳日久，訛誤難免。洪興祖《補注》業已羅致了各種異文。王萌於校讎並不在意，但因注解的需要，亦偶有論及者。《天問》『吴獲迄古』一節，王逸解作太伯、仲雍讓國之事，然『迄古』二字甚爲費解。王萌云：『迄當作逃，言伯逃古公也。』若能進一步提出證據，當更有可取。此外，王萌注《騷》，非僅一味尚雅，同時也援據俗語爲證。如，《山鬼》『歲既晏兮孰華予』句，評注云：『華予，猶俗所謂光寵也。』

《評注》十卷，每卷之首皆題『王遠考音』。綜觀全書所收正文六百一節，其下大都綴有王遠的考音文字，而有王遠按語者則共二百六十四節。由於時代和學術風氣的變化，王遠的學術好尚及其對《楚辭》的見解已與乃伯頗有不同之處。因此在刊印乃伯著作時，王遠以按語的方式增入了己見。王萌的評注主要著眼於詞章賞析，這一點得到王遠按語的繼承發揮，故洪湛侯謂按語『涉及對《楚辭》藝術技巧方面的評價』。再者，王萌評注雖善疏通字句，但其風格偏向穩健，於篇章大義闡發有限；相形之下，王遠按語多有探求篇章大義之處，個人寄託之語也較王萌爲少。義理的闡發，往往會流於附會。這一點，王遠自己也有認識。因此他説『臆解如此，恨不及先伯父之存而質之』。不過，王遠本身的學殖較爲豐厚，加上大膽假設的風格，因此其按語中往往閃爍著靈光。這和王萌的平實穩健頗爲不同。

王萌身經明清鼎革，故在評注《天問》湯武征伐的文字時頗有感觸。他説：『文王奉紂命爲西伯，號令于殷衰之時，秉鞭笞，作牧伯，率殷之叛國以事紂。』又謂：『周公既不喜擊紂，何爲又教武王使定周命乎？』對於衰亡的殷商似乎還有留戀之處。對於這些文字，王遠也有按語，但察其語氣，則與王萌不同。如《天問》稱伊尹爲『小臣』、又曰『小子』。王遠按云：『若深惡之。屈子於君臣放伐之際，蓋不勝忿矣。』又，『會鼂爭盟』節，按道：『言盟津之會八百，甲子之朝畢集，蓋必有期之者。將帥之勇，師旅之衆，蓋必有萃之者。曰何踐，曰孰使，深爲不滿之詞。掃盡應天順人等語。』又，『彼王紂之躬』節按：『惡桀紂所以亡國，然亦不寬湯武。』驟而觀之，似乎將桀紂、湯武各打五十大板。但玩其辭氣，王遠之語與乃伯相比不帶一絲感情色彩。他所貶斥的固然包括昏君，但更在於亂臣賊子。這樣的言論，與康熙以後君權强化的背景殆不無關係。王遠身處的時代，清廷的統治已相對穩定。故王遠雖無功名在身，其思想比起乃伯更加傾向儒家。這在他發揮《楚辭》義理之際不時可見。如夏禹與塗山氏的結合，歷來不無可議。《天問》所謂『胡爲嗜不同味，而快鼂飽』，王逸解曰：『何特與衆人同嗜欲，苟欲飽快一朝之情乎？』而王遠按道：『胡爲辛壬癸甲四日便往治水，何其嗜好不與人同，如彼飲食，人甘其味，而禹止快朝飽乎？』如此一説，反進一步呈現了夏禹捨身爲民、大公無私之風。這無疑是站在儒者的立場，歌頌聖君先王。可是，前文『焉得彼塗山女，而通之於台桑』二句，王遠卻闕而不解。可見其立論並不踏實。不過，王遠本身的文學素養甚深，故他對某些篇章之大義的闡釋還是比較到位的。如《禮魂篇》『春蘭兮秋菊，長無絶兮終古』，王萌注云：『春祠以蘭，秋祠以菊，即所傳之芭也。』將蘭、菊和『傳芭代舞』之『芭』扣上關係。其解固然通融，卻仍是就文理而言。然王遠按語則謂：『言二時之祭必薦馨也。無絶終古，言魂得長享之也。屈子蓋憂楚之不祀，而致意于篇終如此。』將此篇的內涵更提昇了一個層次。《天問》『永遏在羽山』『纂就前緒』二節，都是就鯀禹之事來發問。王遠按云：『以幹蠱之事望之頃襄也。』又云：『言禹纂鯀之緒而能成功者，惟厥謀之不同也。望頃襄正在此。』認爲屈子道及鯀禹，就是爲了提醒頃襄王要繼承父業、爲父報仇。

由於王遠關於詞章論述皆用『按語』形式出之，因此所言大抵是以王萌評注爲參照，作出補充、牽合和駁正。王萌好言字法、句法，好作評點之語，王遠論述方式亦有相近處。爲免冗沓，此處不復贅言。進而言之，王遠更著重從整體來析《楚辭》之義，故考求主旨、析探章法兩者是王遠就論詞章的核心工作。就論詞章，王萌多以疏通文句爲主，王遠進而考求一篇主旨。如《雲中君》篇，朱子謂第一節『浴蘭湯兮沐芳』描寫巫女降神，第二節『謇將憺兮壽宮』描寫神至之景，第三節『靈皇皇兮既降』爲雲神離去之狀。王萌之注幾乎全部取自舊詁，甚爲簡略，對於主旨、章法也無論述，蓋亦以祭祀樂曲一概視之。王遠則能把握此篇獨有的特點而總括道：『此篇全是頌雲，未言主祭迎神之禮。』他的理據是：『英，花英，言五采之衣，鮮明若華之英，寫雲之色。連蜷，長曲貌，寫雲之態。』又按第二節道：『雲無定在，望其降而安於此也。雲能蔽日月，有時得日月而益絢爛，日月齊光，善於頌雲。雲從龍，故曰龍駕。帝服彰施五采，故曰帝服。翱遊周章，言其將下降也。二章總是言雲中君衣服容貌之美、性情之變動也。』所論可謂深得宛曲。這樣的論述也許削弱了此篇的情節性，但一、二節合解，則全成賦體，描寫雲之狀貌，酣暢淋漓。又，《天問》篇，王逸已經論道，屈原見楚有先王之廟及公卿祠堂，圖畫天地山川神靈及古聖賢行事，因書其壁，呵而問之，故其文義不次序。所謂『文義不次序』，王萌以爲主要是『有一人而前後錯舉以問者』，乃因『人事』這段而言。而王遠的解釋則是：『曰書其壁而問之，不必實有其事。而奇情至理，如或見之。非叔師無此妙解。或議其非者，癡人也。通篇多故爲癡語，不可以恒理求。蓋思君之至無所發，憤而爲此也。』認爲王逸之説固妙，卻有坐死之嫌；屈子心情既然哀憤瞀亂，文義不次序可以想像。與王萌同代的李陳玉謂《天問》言天、地、人的脈絡非常清楚。

而王遠認爲，天、地兩段都是人事一段的鋪墊：『蓋欲問人事種種，故先爲迂遠之言也。』然而，即便説道人事，屈子也時時施以『欲擒故縱』之法。如。『桀伐蒙山』一節，王遠按道：『言伐蒙山何所得？得一妹嬉，以自亡國耳。冷語自妙。又言妹嬉亦未大肆其惡，湯何以遽興兵端乎？又故作駭語也。』由於以陌生化的視覺進行觀察，因此人世不合理處更加突顯出來。直到『天命反側』節，方按云：『以前多作駭語，似欲歸咎于天，至此乃作正論，歎天命之無常，實由人事之臧否，天何嘗有意罰之、有意佑之乎？』如此解説，不但使《天問》一篇大義昭明，其章法節構也一目瞭然。章法的析探，在王遠按語中比比皆是。王萌好言字法、句法，而故王遠更著眼於章法。如他因《湘夫人》首章而比較二《湘》道：『此亦神未來而想望之，與《湘君》首章微别而實同。前言不行，此偏言降，其實北渚之降，止是懸空摹擬，與中洲之留無異也。「目眇眇」，屬己既擬其降，遂含睇而遠望之也。前篇「願無波安流」所以遲夫君之來；此以「木落風生」知帝子之不降，意同而文法變換如此。』二《湘》是二神贈答之詞抑或世人祭祀之詞，古無定説，而王遠取後者。他認爲二神終篇皆未降靈，故云篇旨相同。本於相同的篇旨，再細細比較章法，於是曲得其妙。又，《遠遊》『指炎神而直馳兮』節之前，已經暢言東、西、北三方的遊歷。王遠仔細揆察文義而按云：『上三方皆在天上，此則仍在地下矣。蓋故鄉也。』指出前三方天際翱翔，正是爲了烘托出下文故鄉楚國之倍加可愛。可是，《評注》所收的四十篇作品，王遠並未一一析探章法。而且某些篇章的分析也失之粗略。以《離騷》爲例，王遠雖亦提及某段某段，但事實上並未明確地爲《離騷》分段。像『靈氛告余以吉占兮』以下的那一大截文字，也没有隻字片言提及。這種情況在其他篇章中也復如此。因此可以斷言，王遠的章法之論雖有創獲、一定程度上也補充了王萌的不足，但猶未盡善。

與王萌不同，王遠《楚辭》學的内容有更多的考據學成分。王萌評注、王遠考音，固是分工；但觀書中除王遠以外，幾乎無人論及聲韻，可見王遠學術興趣與衆人相異。自明代楊慎開始，學者逐漸重視楚辭聲韻學。然而，清初坊間流行的《楚辭》本子中，關涉聲韻學處似乎有限。《評注》所徵引的陸時雍《楚辭疏》、黄文焕《楚辭聽直》、周拱辰《離騷草木史》、林雲銘《楚辭燈》等書，都以論文爲主。王遠考音獨見雖然不多，但他能夠徵引吴棫、楊慎、顧炎武等人之説以解《楚辭》，在考據學尚未興盛之清初，是有其學術意義的。下文會分别論述其在訓詁、聲韻上的得失。王遠在論評《楚辭》的詞章時，比較注重援引内、外證，也不時作出一些新穎的推測。這樣的方法同樣被用於訓詁。在引用内證方面，王遠很善於通過揣度他篇的文義來解釋問題。如《離騷》『反信讒而齌怒』，按云：『齌怒，猶言釀怒，《抽思》所謂「造怒」也。』洪興祖引《説文》曰：『齌，炊餔疾也。』案『炊餔』是一個漸進的過程，所以王遠把『齌怒』釋爲『釀怒』，並舉《抽思》『造怒』爲佐證。又，《惜誓》『臨中國之衆人兮』，按云：『中國謂楚國之中，即「臨睨舊鄉」之意。』皆其類也。再看外證。關於《楚辭》中第一人稱代名詞的用法，王遠按《大司命》『紛吾乘兮玄雲』句道：『《楚辭》「余」字、「吾」字多有代人稱者。《補》引漢樂歌云「靈之車，結玄雲」是也。』除參考洪興祖意見外，復引用《古文尚書》加以論述。《離騷》『孰云察余之中情』『夫何煢獨而不予聽』二句，按云：『此亦女嬃之言，上余字代原稱，下予字嬃自予也。今人口頭時有此等稱謂。又《尚書·五子之歌》「萬姓仇予」，予指太康；「鬱陶乎予心」，予字乃自予。與此一例。』對『余』、『予』自謂、他謂的用法分析，大意粲然。再如《惜誦》中『仇』『讎』二字，朱子注云：『怨耦曰仇』『讎，謂怨之當報者。』王遠則引述《爾雅》以申析道：『仇讎微有深淺。《爾雅》：「仇仇敖敖，傲也。」讎有必報之義。』案：王遠對『仇』『讎』之義辨析，指出在乎『深淺』之分，可知他對於一些舊説領會頗爲深刻。再如《招魂》『像設君室』句，《章句》云：『像，法也。』《集注》則云：『像，蓋楚俗，人死則設其形貌於室而祠之也。』朱子既言『蓋』，知其僅爲推測。王遠按道：『朱子解非不佳，但古未必有畫像事，且下文俱造作第室事也。』從古俗和文理兩端支持王逸的論述。對於明人的論點，王遠也有採用者。《離騷》『夏康娛以自縱』一句，按云：『舊注謂夏康爲太康，然「康」「娛」二字下皆連用，「夏」字少住亦可。』此説本自汪瑗《楚辭集解》，實較王、朱之解爲佳。而近代、同代《楚辭》注家於訓詁雖然留心不足，然若有創獲，王遠同樣從善如流。《天問》『崑崙縣圃，其尻安在』，王遠考云：『尻舊注與居同，從几。陸時雍釋作脊骨盡處，則字當從九，音苦高反。遠按：陸音釋是也。』同篇『緣鵠飾玉，后帝是饗』二句，引林雲銘曰：『治象謂之鵠。君子比德于玉，皆克享天心也。何桀承以謀國，終致亡乎？』王遠評析道：『解亦佳，但解「飾玉」未安。遠意：玉，天子所執之圭。《考工》云：「天子用全。」注言：裸器也。裸圭一器，天子全用玉，爲之飾玉。似當作如此解。』對於林氏的説法作出了補正。除此之外，王遠常常根據文義，就一些字詞之義進行較合理的推斷。《惜往日》『慙光景之誠信兮』，朱注：『慙見光景，故竄身於幽隱，然亦不敢不爲之備也。』而王遠按語則謂：『景古影字。日月照臨，有光有景，人物不能逃，故曰誠信。而我身獨備歷幽隱，不蒙日月之照臨，故見光景而慙也。』將一句中的『光景』『誠信』二語串而講之，更爲周詳。又《離騷》『倚閶闔兮望予』，王逸云：『使閽人開關，又倚天門望而距我，使我不得入也。』王遠曰：『望予，有旁觀冷笑之意，不必言拒我。』觀此節的確沒有明言帝閽不准屈子進入天庭，故把『望予』解作『旁觀冷笑』，其意更堪涵詠。

王遠幾乎在每節都附有考音部分。舉例言之，《離騷》『索藑茅以筳篿兮，命靈氛爲余占之。曰兩美其必合兮，孰信脩而慕之』一節，王遠考音云：『藑，一作瓊。筳，音廷；篿，音專。晦翁云：兩之字自爲韻。遠云：慕字從莫諧聲，可以韻合。篿占自韻。』文字雖然簡短，卻在體例和內容兩端比較全面地呈現出考音部分的特點。體例可歸結爲：一、備異文，二、標音韻，三、徵舊説，四、下按語。而在內容上，以其論『慕』『合』爲韻、『篿』『占』爲韻。案：《離騷》此韻，從來未得確解。慕，即『莫之』之訛。本作『莫之思』，而之、思同協之韻。後以兩『思』字連文，脱一思字，遂無韻矣，故又『莫之』爲『慕』。然王遠在考據時獨立思考，不依違舊説。王遠又説：『古音不可求，而古韻相通處最寬也。』因此在考音中，王遠雖主要斟酌朱子、吴棫之説，但卻更偏向於後者。這在兩方面可以見到：第一，朱子叶韻，是以《廣韻》的韻部爲標準的。即使《楚辭》原文韻腳用的是《廣韻》中的鄰韻字，朱子也會以同韻字協之。而吴棫分韻，後人歸納爲九部，因此就很少有朱子這種情況。試舉一例：《天問》『應龍何畫，河海何歷』，朱注：『歷，協音勒。』王遠云：『古韻陌、錫相通。』可知王遠也並不拘於《廣韻》韻部。第二，同攝之字，衹要平仄不同，朱子就會叶韻。而王遠則指出，古代四聲是可以通押的，不必協音。如《惜誦》『發憤以抒情』『指蒼天以爲正』二句，朱注：『正，協音征。』王遠云：『情正平去通韻。』《惜往日》『遭讒人而嫉之』『不清澂其然否』二句，朱注：『否，協音悲。』王遠云：『否，方彼反。平上通韻。』《招魂》『多珍怪些』『華容備些』『射替代些』三句，王遠云：『古音寘、至、志、霽、祭、泰、卦、怪、夬、隊、代、廢韻通用。』這自然是吴棫方法的繼承。

顧炎武認爲，入聲韻和陰聲韻相配是古音的正宗。這是因爲《詩經》中有陰、入相押的情況，《説文》形聲字中也有陰入相諧的現象。王遠同樣認爲陰入相諧的現象於古韻常見。如，《湘君》『桂櫂兮蘭枻』至『恩不甚兮輕絶』一節，王遠云：『枻音曳，晦翁協音泄。末，吴才老協莫結反。按古音皆有去聲。雪相例反，末莫佩反，絶疾例反。』這大概是受到顧氏的影響。

顧炎武對於方音的意見，也得到王遠的贊同。《遠遊》『麗桂樹之冬榮』『野寂寞而無人』『掩浮雲而上征』三句，王遠云：『顧亭林先生曰：「人字本不與榮成征通，然古人于耕、清、青韻中往往有讀入真、諄、臻韻者，當由方音之不同，未可以爲據也。」遠云：此語即是。今吾鄉讀真、庚、清韻皆無分別，不知音者囿于風土，翻覺古人分部多事，乃知方音各有是非，未可據此訾彼。』然王遠於古韻分部，大略在宋、明之間，不及顧氏周密。《續四庫提要》論王遠雖『於古音方言，辨訂頗詳』，然『審音或未盡洽』。以爲考音部分也有不足之處，此誠的論。王遠雖贊同顧炎武的一些意見，但顧氏離析《唐韻》、不以《廣韻》韻部爲依歸的觀念，王遠卻幾乎毫無提及。此外，對於多音字、破讀字，王遠認爲其説始於六朝。前此古人原無此疆彼界之分。這樣的説法是比較科學的。可是，另外一些按語的論述卻有與這番説法有所牴觸。如《離騷》『余焉能忍與此終古』，王遠云：『《集韻》：「古音估者顧也，音顧者始也。」則是古原有上去二音。』既然古無破讀，『古』字讀音又何必區分上去？更有甚者，王遠既云『求古人之音，不得以本字爲協』，但在按語中有時卻依然採用了叶韻方法。如《離騷》『周流乎天余乃下』『見有娀之佚女』二句，王遠云：『下音户。』又，『九疑繽其並迎』『告余以吉故』二句：『迎，吴才老讀元具反。』《大司命》『靈衣兮被被』節：『按古音被音坡，離音羅，爲音譌。』《天問》『而抑沉之』『而賜封之』二句：『沈讀若蟲，與封韻。』率意改讀，其實均没有擺脱叶韻説。

是書有康熙刊刻本及乾隆三十五年丙子鱸香居士刊本，國家圖書館皆有藏本。《四庫未收書輯刊》據後者影印。（陳煒舜）

# 屈詁

《屈詁》者，明錢澄之之所作也。澄之本名秉鐙，字飲光，一字歛光，徽州桐城人。萬曆間諸生，詆閹黨聞名。崇禎間以明經貢京師。後與吴中復社、幾社君子遊，雅相引重。預陳子龍、夏允彝雲龍社，踵武東林遺風。南明桂王稱帝，官翰林院庶吉士，晉編修，知制誥。明亡，祝髮爲僧，法號『西頑』，字幻光。後退歸故里，結廬先人墓傍，環廬皆以田，因自號『田間老人』，淪爲明末遺民云。所著别有《田間易學》十二卷、《所知録》六卷、《田間詩學》十二卷、《田間集》十卷、《田間文集》三十卷、《藏山閣集》二十四集、《田間詩集》二十八卷等，皆傳於世。事載《清史稿》卷五百七、道光《桐城續修縣志》卷十五《儒林傳》。

《屈詁》原與《莊子詁》合爲一編，顔曰『莊屈合詁』。大凡歷代注屈者，多際蹇産困厄之難而窮愁無聊，無所舒洩，於屈子辭賦覓得『心印』，而後乃爲注屈之作。若朱子遭僞學之禁而作《集注》，維章坐道周黨寃而作《聽直》，錢氏亦是已。錢氏《與徐方虎書》稱，七十五歲之際，正值清康熙二十四年乙丑之冬，於窮愁無聊之中『又了得《莊屈合詁》一書』云。其晚年際異代鼎革乃作《屈詁》，不無寄寓故國黍離之悲矣。《清史稿》本傳稱，『蓋澄之生值末季，離憂抑鬱，無所洩，一寓之於言，故以《莊》繼《易》，以《屈》繼《詩》也』。四庫館臣亦云，『蓋澄之丁明末造，發憤著書，以《離騷》寓其幽憂，而以《莊子》寓其解脱，不欲明言，託於翼經焉耳』。

《屈詁》不分卷，所詁者祇爲屈子之作，即《離騷》《九歌》《天問》《九章》《遠遊》《卜居》《漁父》是也，凡二十五篇。《目録》尊《離騷》爲『經』，他者皆蓋爲《騷》之『傳』，可以類推。《騷》之稱『經』雖非屈子本意，然錢氏嘗謂『「經」字自後人尊稱，據王逸稱「漢武帝使淮南王安作《離騷經章句》」，則「經」之稱，其由來也舊矣』，故仍以『經』稱之，且爲詁屈之重點。前有《楚辭屈詁自引》，以爲讀屈子之文不必生硬强求承合次序，宜循乎屈子情緒之起伏變化。稱『以屈子之憂思悲憤，詰曲莫伸，發而有言，不自知爲文也。重複顛倒，錯亂無次，而必欲以後世文章開合承接之法求之，豈可以論屈子哉？吾嘗謂其文如寡婦夜哭，前後訴述，不過此語。而一訴再訴，蓋不再訴，不足以盡其痛也。必謂後之所訴異於前訴，爲之循其次序，别其條理者，謬矣。故因朱子之《集注》更加詳繹，不立意見，但事詁釋。則見其情緒之感觸，有無端而生者，有相因而起者。意之所致，忽然有詞。詞同而意固不同，則亦未嘗無次序、無條理也』。此其讀《騷》之法不同於他人者，確乎别開生面而啓人致思也。

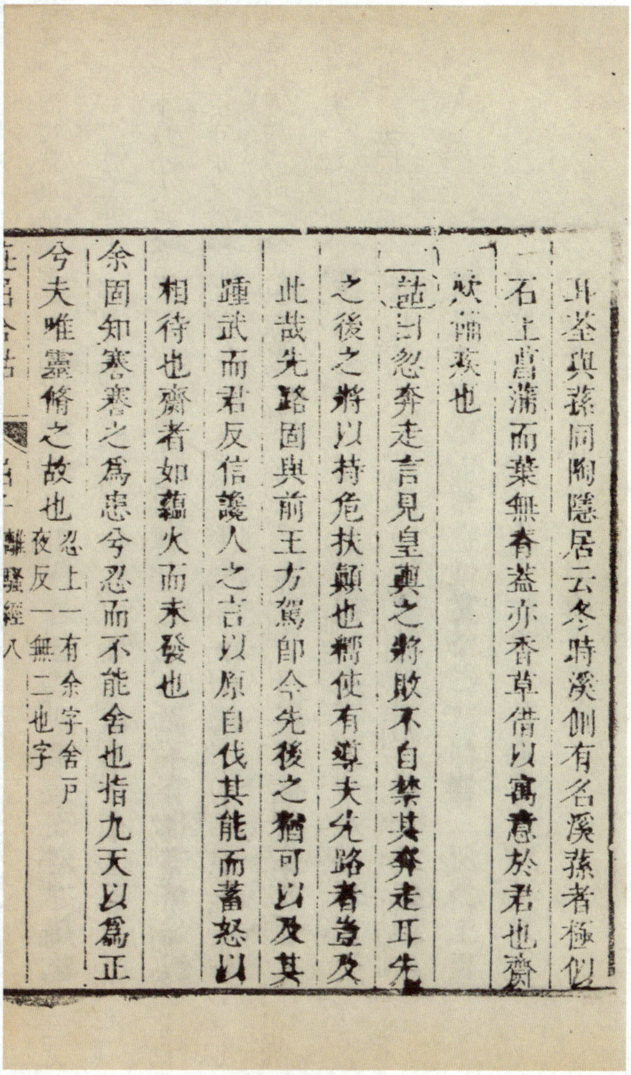

錢氏詁屈，依朱子《集注》爲底本。首列屈賦正文，均以四句爲一章，頂格，雙行夾注正文字音或異文校訂，悉本朱注，似無甚發明。或見自亂其例者。如，『帝高陽』四句下，雙行音注：『陬，側鳩反。又，子侯反。降，叶乎攻反。苗者，草

之莖葉，根所生也。裔者，衣裾之末，衣之餘也。」』案：所列反切，悉見朱子《集注》。又，詁『苗』『裔』二解，亦見朱注。本當在『集注』之中，而置於音注。則亂其例也。其正文之次，另行列朱子《集注》，低一格。姜寅清以爲『演繹朱注之義』。然或偶引他家，如王逸、汪瑗、張鳳翼、黄文焕、李陳玉、陸時雍、王慎中、楊慎、焦竑等，屬於朱注之後，以『〇』號分别之。似未盡專爲『演繹』朱注也。又次另行列『詁曰』，則錢氏所爲解也。每篇皆有解題，首列王逸序或朱注序，而後於『詁曰』之下直陳己意，大略闡明詁屈各篇之原則。其説得失並存，然不乏真知灼識。

錢氏既以『經』稱《騷》，故畢力著意於是篇。以研討《騷》而首明其體，稱《騷》之體肇自《離騷》，而『近於《風》。《風》之與《騷》，猶古詩之與樂府』云云，蓋《騷》猶楚風也。案若循其説，則『離騷』之義，不當詁『遭憂』或『别愁之意，類夏之『九歌』『九辯』，猶古之樂府名也。惜其仍從漢注舊詁，而未及深入探究之也。此篇『析詁之後，又爲之「總詁」』，以總結各篇之大旨也。撮其要點，蓋言屈子『既疏之後，不復在位，然猶出使於齊，則應對諸侯之職仍舊，但不能入議政事耳。所以失志者，在奪其内職也』。而後就重華陳詞，『明其所爲者皆中正，非婞直也。既質之重華，即可以告之上帝，庶幾降衷於王心乎』，乃有『求帝』之事，『志在慕君，君如上帝，必鑒其忠忱，而不意寫閽所阻，無怪乎王之見疏也』。下轉思『求女』者，『蓋君昏而有賢妃在内，不致小人蠱惑已甚』，『閨中既以邃遠』一段，『是暗指鄭袖』。而『靈氛勸其遠逝，哂其局於楚也』。『巫咸之言猶是人臣守正之道，原之本志也。原欲從靈氛之占而更借咸言以自審，蓋欲尊咸之正訓以自勵，而從氛之吉占以遠害也』。似皆可備爲一解。錢氏以原之『好自揄揚，則自矜誠亦有之，宜王之不信而不復察也。原不知以此得罪而自謂以謇謇致患。女嬃亦詈其「婞直以亡身」，謬矣。直至《九章·抽思篇》有云：「憍予以其美好兮，覽予以其脩姱。」亦是揣量之詞，非實有見也。班固以爲「露才揚己」，原難免焉。若懷王則至死不知其誣，此原所痛心不能已於一死也』。錢氏蓋以原『好自揄揚』、好『自矜』，其患亦不能自免，今人所謂『性格悲劇』也。蓋於探索原之死因，則不無有所裨益焉。

錢氏爲《離騷》前半篇分節，每節之末皆述其意旨及上下相承關節之語。首節三章，稱『始述氏族，次及厥生，詳其名字，稱其德美，不嫌盛自表章。古人爲文，自序本末，往往然也。若司馬相如殆以自序爲傳，至馬遷、揚雄、班固之徒，類有自序之篇，皆本諸此』。以爲《騷》開後世文人自序之先河也。然唐劉子玄《史通》既以發凡其例矣。第二節二章，稱『欲及時效用，然其求進太急矣。玩「汩余不及」二語，已伏壽命不永之幾』。第三節自『不撫壯』至『夫唯靈』，凡六章，稱『述被讒之由，蓋愛君之至，以帝王望其君，乃因以見罪也』。第四節衹一章，稱『述君之見疏，勢不能不離。篇末「何離心之可同，將遠逝以自疏」，已伏此』。第五節自『滋蘭』至『纚纚』，六章，『言己之不特正己，以正君也。又廣樹人才以供國用，而今皆已矣』。第六節自『謇吾法』至『猶未悔』，三章，稱『見已替無他過，即以己之所善爲之罪也』。第七節自『怨靈脩』至『所厚』，五章，稱後三章『以死自矢』。第八節自『悔相道』至『可懲』，六章，稱『不忍遽死』而往觀四荒，終而『一死而已』。案以上八節之分，頗見條理，亦有心解。然自『女嬃』以下後半篇則分節不甚嚴密，雖偶或及之，且無條貫可究。蓋於分節爲其未竟之事歟？

錢氏以『《九歌》只是祀神之詞，原忠君愛國之意隨處感發，不必有心寓託，而自然情見乎詞耳』。又謂《九歌》名爲『九』而十一章者，『楚祀不經，如河非楚所及，山鬼涉於妖邪，皆不宜祀。屈原仍其名，改爲之詞而黜其祀，故無贊神之語，歌舞之事，則祀神之歌正得九章』。案：舊注妄爲比附，某神比君，某神比臣，終無可適從。錢氏甚慎，於《東君》一篇云：『候日之早，惜日之去，舉矢操弧，大有感慨時事，據寫憤懣之情，蓋喻題以喻志也。』又於《國殤》一篇云：『戰鬬交兵死者，不可數計。原痛心國事，故於死事者深加慟惜，而極贊其勇以慰之。』此所謂『隨處感發』者，庶幾是已。然以《河伯》《山鬼》不在《九歌》之内，恐亦未必是也。或者見於句釋字詁間。《湘君》：『心不同兮媒勞，恩不甚兮輕絶。』詁曰：『此二句正是原忽然感發，自道其情事。』又，『交不忠兮怨長，期不信兮告余以不間。』詁曰：『交不忠，則處處皆招怨之端，故怨長。期不信，則本無來意，而託爲不得間以見謝也。因神見弃，自咎自悔如此。』又以楚俗先有雲中君之祠，『其來久矣。楚多淫祀，若此數者，後王載在祀典，當爲正神，必原所釐正以存其樂歌也』。案：楚人祀典雲神甚久者，蓋因夏后氏《九歌》也。夏人祀雲神於雲中。夏桀兵敗，南遷於蒼梧之野，而《九歌》傳至沅湘之間。原流放於此，因改定其詞，是以楚人亦祀雲中君也。惜錢氏未深考焉。

錢氏詁《天問》，仍依王逸序『呵壁』而『文不次序』之説而演繹之，稱『文無次序，只是就壁上所見隨發問端，不必求其倫次。先儒謂原雜書於壁，楚人輯成之，理或然也。屈原許多憤懣，覺天道人事往往俱不可解，故借此問發攄。後儒欲一一詳對以釋其疑，亦愚矣』。故以『焉有石林，何獸能言』『焉有龍虯，負熊以遊』『雄虺九首，儵忽焉在』等，『皆壁上畫所有』，正不必求其次序也。又以『吴獲迄古，南嶽是止。孰期去斯，得兩男子』錯置於舜、夏桀之間，緣『壁上畫有太伯虞仲采藥荆蠻之事而因歎吴楚之得失』，亦不必求其次序。然若有次序、類屬可繫之者則説其次序、類屬，如『自「桀伐」以下皆言女德。桀得喜以致殛，舜因二妃以受禪，妲己寵以璜臺而亡商，女媧生有駭形而王天下』是也。案：錢氏基於此識，故詁《天問》，解其所能解，而不能解悉存疑之，可謂實事求是者矣。

錢氏解《九章》，依傍朱注爲多。又引陸時雍説，以『《九章》《遠遊》即《離騷》之疏』。是故其解《九章》每與《騷》相參驗。如，《惜誦》：『晉申生之孝子兮，父信讒而不好。行婞直而不豫兮，鮌功用而不就。』詁云：『以申生與鮌並言，蓋人以婞直罪鮌，自申生觀之，則亡身不必婞直也。屈子每與鮌多有不平，明鮌殛非以湮水得罪，畢竟以婞直得罪也。』案：蓋應《騷》『鮌婞直以亡身』也。惟錢氏『深惡夫牽强穿鑿附會以求其前後之貫通』，故於《九章》九篇序次，仍於漢世舊編，無所發明，以爲雖非作於一時一地，然皆作於頃襄王之時也。《抽思》一篇云：『原之放在頃襄王之時，而反復哀怨，皆懷王見疏時事。事已往矣，一一抽繹思之，故曰「抽思」。若襄王本未見用，無可思也』。謂追思之作，亦作於再放襄王時也。以是而論，反不如黄維章、林雲銘輩之通融也。

錢氏以《遠遊》之作，『遊窮六合，亦以遠矣，然猶在天地内也，不能離見聞也。遠之又遠，至於下無地、上無天，視無見、聽無聞，直出無爲之先、太初之始而後至道，而後爲真能遠遊者。以此下視夫沈濁污穢之世，紛紛譏壓於何有哉？如此一部《楚辭》可以不作，然而原終不能也，亦言之而已』。若以此解《遠遊》，蓋淪於虚無而無所繫屬已。恐亦未必是。然解『悲時俗』二句云：『是賦《遠遊》之本懷，非真欲延年上升也。』則心又似有所繫挂矣。又，錢氏既亦以此篇爲《騷》之疏，故時時以《騷》之義參驗之。如，『涉青雲以汎濫游兮，忽臨睨夫舊鄉。僕夫懷余心悲兮，邊馬顧而不行。』詁云：『既已忘歸，而此復臨睨，故情忽動，百靈皆散，相隨者仍是向來之僕馬也。』又，『思舊故以想像兮，長太息而掩涕。』詁曰：『忽然臨睨，故舊之情，未免動其想像，增其太息。』皆以爲《騷》之『陟陞皇之赫戲兮，忽臨睨夫舊鄉。僕夫悲余馬懷兮，蜷局顧而不行』翻版，其意亦同矣。

錢氏於各篇析詁，往往藉抉發行文脈絡、點破上下關聯處，以闡發大義爲要，偶或涉字義訓詁，精粗並見，然勝義時有可採者。《離騷》：『帝高陽之苗裔兮，朕皇考曰伯庸。攝提貞于孟陬兮，惟庚寅吾以降。』詁曰：『古上下通稱「朕」，謙詞也。朕者，眇小之稱，胎中初有微形曰「朕」，猶云「兆」耳。《詩》云：「維岳降神。」原曰「吾以降」，其自命亦不凡矣。」案：以朕我之稱因於朕小、朕微之義，不爲無見。又，以稱『降』爲自命不凡者，尤得屈子本旨矣。又，『紛吾既有此內美兮，又重之以脩能。扈江離與辟芷兮，紉秋蘭以爲佩。』詁曰：『內美以質言，修能以才言。修能，猶言長才也。重之，言既有其質，又有其才也。扈與護同。』案：質者，承上世繫、出生、初度諸事。才者，啓下文扈芳佩蘭也。又重，平列複語，猶又也。《離騷》『既』『又』句法，下句述語承上句省，故『又重』者，即『又有』也。又，『惟草木之零落兮，恐美人之遲暮。』詁曰：『美人自況爲是。臣之於君猶女之於夫，故《坤》曰地道也，妻道也。以「零落」況「遲暮」，與下文「及榮華之未落」相應。』案：『臣之於君猶女之於夫』云云，蓋爲後人『夫婦比君臣』、《離騷》『女性中心説』張本也。又，『彼堯舜之耿介兮，既遵道而得路。何桀紂之昌被兮，夫唯捷徑以窘步。』詁曰：『遵道則迂，由徑則捷。耿介，言不爲捷徑所惑。昌披，言不由道路以行。得路者安坐而至，窘步者覆轍以亡。』案：耿介，猶特立不隨貌。昌披，猶行不正貌。皆連語也。錢氏詁得其義也。又，『余既不難夫離別兮，傷靈脩之數化。』詁曰：『不難，難也。化，謂見化於群邪數者。君心非無覺時，旋覺旋昧，久而不自知其化也。』案：不，語助詞，猶《詩》『不顯』之比。其説『化』之義，妙達本旨。又，『余既滋蘭之九畹兮，又樹蕙之百畮。畦留夷與揭車兮，雜杜衡與芳芷。』詁曰：『從上所謂蘭芷，言己之懷芳以爲德也。此則廣集衆芳以人事君之義也。屈原序其譜屬，率其賢良，以勵國士，固有進賢之職。』案：滋蘭樹蕙，舊解自喻其德，非也。當以比所培植之衆賢也。又，『朝飲木蘭之墜露兮，夕餐秋菊之落英。苟余情其信姱以練要兮，長顑頷亦何傷。』詁曰：『但飲露餐英，至於顑頷，亦足慰矣。上二句應前「哀衆芳之蕪穢」，下二句應前「雖萎絶其亦何傷」。』案：關照上下，以揭櫫其旨，若『顑頷』之義，雖不詁而詁矣。又，『既替余以蕙纕兮，又申之以攬茝。』詁曰：『「蕙纕」指其懷芳，上所云「紉秋蘭以爲佩」是也。「攬茝」，指其樹芳，上所云「攬木根以結茝」是也。』案：善於上下照應處發微探賾矣。又，『寧溘死以流亡兮，余不忍爲此態也。』詁曰：『上言「忍而不能舍也」，此言「不忍爲此態也」，一忍一不忍，其忠直有不期然而然者矣。』案：藉一『忍』字，説盡其義，善讀之妙，亦在乎此。又，『衆不可户説兮，孰云察余之中情。世並舉而好朋兮，夫何煢獨而不予聽。』詁曰：『此亦述女嬃之言。上「余」字爲原言也。下「予」字，自指姊弟一體皆可以爲「予」也。』案：如此則下『予』字，猶今云『我們』也。又，『曾歔欷余鬱邑兮，哀朕時之不當。』詁曰：『始因姊言而自疑，至是益自信，信非余之過，乃朕時之不當也。』案：如此則反襯原之不知時變，前後對照看亦甚有味。又，『忽反顧以流涕兮，哀高丘之無女。』詁曰：『是時楚宮南后、鄭袖並寵於王，袖與靳尚輩表裏惑君，君之不之問譏與嬖，此王所以終不悟也。』案：無女以比楚無賢后，以諷鄭袖專權，蓋得屈子本旨。又，『豈珵美之能當』，詁曰：『當，當所值也，言識其貴重也。』案：至確。又，『固時俗之流從兮』，詁曰：『流從，謂前者流，後者從，所謂「隨波逐流」也。』案：至確。又，『何離心之可同兮，吾將遠逝以自疏。』詁曰：『從前之遊，上下求索；此直周流，觀乎上下，無所復求，志在遠逝以自疏而已。』案：若此則西行遠逝，非必有所求，亦志在遠逝以自疏也。亦勝舊説。又，『陟陞皇之赫戲兮』，詁曰：『陟陞同義，言上而益上也。』案：其説是也，第有剩義。皇，讀作遐，古字通用。陟陞皇，猶登遐也。或作升遐、升假、登假，謂登升僊逝，死之讔語耳。或作登霞，《遠遊》『載營魄而登霞』是也。古之貴賤尊卑共之。《竹書紀年》黄帝軒轅氏一百年，『帝王之崩皆曰陟』。單稱之曰陟，複語爲陞假、陟陞皇。《禮記·曲禮》：『天王崩，告喪，曰：「天王登假。」』鄭注：『登，上也。假，已也。上已，若僊去云耳。』《墨子·節葬》：『秦之西有儀渠之國者，其親戚死，聚柴薪而焚之，燻上，謂之登遐。』此言屈即將蹈登假於赫羲之上，臨睨舊鄉，止而不行，言不忍猝死也。

非唯《離騷》然，錢氏析義新説，亦或可采於他篇者。如，《大司命》：『靈衣兮被被，玉佩兮陸離。壹陰兮壹陽，衆莫知兮余所爲。』詁曰：『靈，指神之附於巫而言。衣與佩即在巫身者是也。被被，衣奔趨而欲解也。陸離，佩摇動而成色也。承上章登天導帝，上下勤樂，故衣佩皆如此。一陰一陽，《易》所謂「陰陽不測之謂神」也。』案：如是則祀神巫覡之態，盡現無餘矣。《國殤》：『凌余陣兮躐余行，左驂殪兮右刃傷。』詁曰：『凌陣躐行，猶今所謂踹營也。』案：比況甚當，然未明彼此。此言我國殤踹敵營，而非敵踹我營也。《天問》：『八柱何當，東南何虧。』詁曰：『當猶底也。以地承天，以柱承地，則又有何物爲底以承八柱乎？』案：底者猶抵也。抵當之義又爲承接也。又，『夜光何德，死則又育。』詁曰：『死則又育，即據《尚書》「哉生明」「哉生魄」以致疑也。』案：其説是也。古以月之出没爲生死。《戰國楚竹書》（七）《萬物流型》：『氏（是）古（故）陳爲新，人死復爲人，水復於天，咸百勿（物）不死女（如）月。』馬王堆漢墓帛書《經法·論》：『月信出信入，南北有極，度之稽也。月信生信死，進退有常，數之稽也。』山東銀雀山漢墓竹簡《孫子兵法·實虚篇》：『日有短長，月有死生。』皆以『生』『死』爲出没也。《惜誦》：『背膺牉以交痛兮，心鬱結而紆軫。』詁曰：『膺在前，背在後，一體之中前後牉裂不通，況上下之間乎？』案：君臣之分裂之痛甚於自身背膺分裂之痛也。《涉江》『哀南夷之莫吾知兮』，詁曰：『南夷，不指郢，指江湘以南，皆夷地也。』案：其説是也。南夷，當指居於沅湘之間越夷人。朱注謂『楚國』。非是。《哀郢》：『去故鄉而就遠兮，遵江夏以流亡。出國門而軫懷兮，甲之鼂吾以行。』詁曰：『原初發郢由夏口出江，而轉溯湖湘也。由郢入漢，以至夏口，皆東行，故曰「東遷」。過夏首則西浮矣。既過夏口，溯鄂渚以益西直上洞庭，轉與郢直，其曰東自郢至江也。曰背夏浦而西思，自江至湖，望郢而思也。』又，『哀州土之平樂兮，悲江界之遺風。』詁曰：『由夏浦上荆河口，去郢益近，故增其哀也。』案：其所述屈子行遊途徑，前後相應。自可備爲一説也。又，『當陵陽之焉至兮，淼南渡之焉如。』詁曰：『陽侯，陵陽國侯也。此陵陽，即前陽侯之波焉。』案：其説是也。此謂屈子正當乘陽侯水波而不知至於何處也。或以『陵陽』爲地名者。非是。《懷沙》：『文質疏内兮，衆不知余之異采。材朴委積兮，莫知余之所有。』詁曰：『文質，文隱於質，故不知其異采也。材朴，材隱於朴，故不知其所有也。疏内者，其拙已甚，所以爲質。委積者，無以表異，所以爲朴。』案：暢達無滯義也。《惜往日》：『祕密事之載心兮，雖過失猶弗治。』詁曰：『史稱原入則與王圖議國事，以出號令。則所議固多祕密也。「祕密」二字，是招妒致讒之根。』案：以史解賦，則『祕密』盡解矣。《遠遊》：『内惟省以端操兮，求正氣之所由。』詁曰：『端曰正，是大道根本。先有端操，而後有正氣。天上神仙皆是世間忠臣孝子所成，求道者必正氣，則自内省端操始。』案：『天上神仙皆是世間忠臣孝子所成』者，明所以求『端操』『正氣』之由也。《卜居》『寧誅鋤草茅以力耕乎』，詁曰：『漢朱虚侯行酒作《耕歌》曰：「非其類者，鉏而去之。」自是宗臣正誼。』案：可謂點石成金。

然則錢氏生於明、清易代之際，學術風氣仍然以空疏不實爲主導，肆論『天理』『人心』，注釋古書，師心自是，司空見慣，錢氏蓋亦不能超脱。且訓詁又非其所長，故其『新説』流於空疏無根者亦時或有之。如，《離騷》：『雜申椒與菌桂兮，豈維紉夫蕙茝。』詁曰：『椒桂，性芳而烈，比亢直之士，非如蕙茝一味芳馥可親。』案：果若此説，則『蕙茝』『秋蘭』『木蘭』『秋菊』『杜衡』『留夷』又何所比附耶？又，『和調度以自娱兮，聊浮游而求女。』詁曰：『調度，指玉音之璆然，有調有度也。古者佩玉進則抑之，退則揚之，然後玉聲鏘鳴和者，鳴之中節也。』案：非是。『和調度』『聊浮遊』，對舉爲文。和，非和合，讀如爰，猶言聊且也。爰、桓，古字通用。調度，讀如跮踱。《史記·司馬相如列傳》『跮踱輵轄』，《集解》引徐廣：『跮踱，乍前乍却也。』《索隱》引張揖：『跮踱，疾行前却也。』聲之轉或作滌蕩、滌潒、遊蕩、婬蕩、佚蕩，皆其異體，猶戲遊貌。又，『鳳凰翼其承旂兮，高翺翔之翼翼。』詁曰：『叩帝閽則「鳳皇之飛騰」，窮西遊則「鳳皇翼其承旂」。鳳皇，文明之鳥，有道則見。狂接輿以是諷聖人之隱見，故原欲依爲行止耳。』案：非是。《離騷》後半上征飛行，皆寫死後反本之情。《大招》：『魂乎歸徠，鳳皇翔只。』鳳鳥，楚之精靈。楚人反本，必引鳳皇爲先導之使。清陳元龍《格致鏡原》卷八十一『諸鳥』引崔豹《古今注》（今本無此文）：『楚魂鳥，一曰亡魂。或云楚懷王與秦昭王會於武關，爲秦所執，囚咸陽不得歸，卒死於秦，後於寒食月夜，入見於楚，化而爲鳥，名楚魂。』懷王死而化爲鳥，寓其精魂之歸反，非謂『楚魂』之鳥由懷王出。楚俗招魂有秦篝之具，鳥之所棲。長沙陳家大山楚墓人物龍鳳帛畫、包山邵𣄰墓棺蓋以繡有鳳紋之衾，內壁畫以鳳皇之飾，皆寓導引死者之魂魄反本先祖之意。鳳鳥日夜飛騰，以導引屈子魂魄反歸先祖之居也。又，《懷沙》：『重華不可遻兮，孰知余之從容。』詁曰：『不遇重華知人之帝，其孰知之？而余不求人知也。不求知，故從容。』案：蓋以從容爲舒緩不迫之意。非是。王逸注：『從容，舉動也。』王引之《經義述聞》卷三十一通説『從容』條：『從容有二義：一訓爲舒緩，一訓爲舉動。其訓爲舉動者，字書、韻書皆不載其義，今略引諸書以證明之。《九章·抽思篇》曰：「理弱而媒不通兮，尚不知余之從容。」《哀時命》曰：「世嫉妬而蔽賢兮，孰知余之從容。」此皆謂己之舉動，非世俗所能知，與《懷沙》同意。《後漢書·馮衍傳·顯志賦》曰：「惟吾志之所庶兮，固與俗其不同；既俶儻而高引兮，願觀其從容。」此亦謂舉動不同於俗。李賢注：「從容，猶在後也。」失之。又案：《中庸》曰：「誠者不勉而中，不思而得，從容中道，聖人也。」從容中道，謂一舉一動，莫不中道。猶云「動容周旋中禮也」。《韓詩外傳》曰：「動作中道，從容得禮。」《漢書·董仲舒傳》曰：「動作應禮，從容中道。」王褒《四子講德論》曰：「動作有應，從容得度。」此皆從容、動作相對爲文。」此皆昔人謂舉動爲從容之證。』其説是也。《悲回風》：『愁鬱鬱之無快兮，居戚戚而不可解。』詁曰：『惟居寂寂，益不可解鬱鬱之愁也。』案：以居爲居止義。非是。楚簡『處』字皆作『処』。居，古作凥，與処形似訛亂。『処戚戚』之処，讀如《詩·雨無正》「鼠思泣血」之「鼠」，鄭箋：「鼠，憂也。」或作癙字，《正月》「癙憂以癢」，《毛傳》：「癙、癢，皆病也。」《釋文》：「癙音鼠。」《爾雅·釋詁》：「癙，病也。」孫炎注：「癙，畏之病也。」処、鼠、癙音同通用。長沙子彈庫《戰國楚帛書》：「其歲，西國有吝，如日月既亂，乃有鼠□，東國有吝，□□乃兵，□于其王。」又曰：「群民以□，三恒墮，四興鼠，以亂天常。」又曰：「是則鼠至，民人弗知。」商承祚三「鼠」皆作「癙」。《呂氏春秋·仲秋紀·愛士篇》「陽城胥渠處」，高注：「處，猶病也。」處亦癙也。若此者，蓋不勝其舉矣。藉此一斑可見其全豹耳。

《屈詁》無單行本，最早則爲清康熙斟雉堂藏版《莊屈合詁》刻本，《四庫全書存目叢書》影印者，即據此刻。後有清同治三年甲子刊刻《桐城錢飲光先生全書》本。今人殷呈祥亦據斟雉堂本點校，已由安徽黃山書社於一九九八年排印出版也。

（黃靈庚）

# 楚辭通釋

《楚辭通釋》者，明王夫之之所作也。夫之字而農，號薑齋，湘之衡陽人。崇禎十五年壬午舉人。性至孝，尚氣節。際明、清鼎革之變，起義師以抗之。後爲瞿式耜薦於南明永曆桂王，官行人。事敗，易姓名爲瑶蠻。未幾，吴三桂僭號衡陽，或以《勸進表》相屬，辭曰：『亡國遺臣，扶傾無力，所欠一死耳，今安用此不祥之人哉！』遂隱身遯逸於深山幽谷，旋築室於衡陽之石船山，杜門不出，以著書自娱，人稱『石船先生』，與昆山顧亭林、浙東黄宗羲齊名。其學宗漢、宋儒教，尤推重張載《正蒙》之説。其著述甚豐，都三百二十四卷，入於《四庫全書》者即有《周易稗疏》四卷附《考異》一卷，《書經稗疏》四卷，《尚書引義》六卷，《詩經稗疏》四卷，《春秋稗疏》二卷，《春秋家説》三卷，巋然成大家氣象。他者則有《讀四書大全説》《續春秋左氏傳博議》《大學衍》《中庸衍》《張子正蒙注》《周易内傳》《周易内傳發例》《説文廣義》《讀通鑑論》《宋論》《思問録》《識小録》《夕堂永日緒論》《噩夢》《瀟湘怨詞》《薑齋詩話》《南窗漫記》《船山記》等，後結集爲《船山全集》及《船山遺書》。《清史列傳》六十六《儒林》及《清史稿》卷四百八十《儒林》有傳。

書成於清康熙二十四年乙丑，未見收入《船山全集》，屬《船山遺書》第四十五種。凡十四卷，首七卷皆爲屈原之作：《離騷》稱『經』，爲卷一，《九歌》卷二，《天問》卷三，《九章》卷四，《遠遊》卷五，《卜居》卷六，《漁父》卷七者是也。《九辯》九篇卷八，《招魂》卷九，俱宋玉所作。《大招》卷十，景差所作。《惜誓》卷十一，賈誼所作。《招隱士》

卷十二，淮南小山所作。《山中楚辭四篇》卷十三，《愛遠山》卷十四，俱江淹所作。卷末附以己作《九昭》。

卷首爲船山《序例》，稱其作書之旨，『希達屈子之情於意言相屬之際，疏川澮以入經流，步岡陵而陟絶巘，尚不迷於所往』。而屈子二十五篇，『或爲懷王時作，或爲頃襄時作，時異事異，漢北、沅湘之地異，舊時釋者或不審，或已具知而又相刺謬，其瞀亂有如此者。彭咸之志，發念於懷王，至頃襄而決。遠遊之情，唯懷王時然，既遷江南，無復此心矣。必於此以知屈子之本末，蔽屈子以一言曰忠』，而後可以釋其作矣。蓋敷演孟子『知人論世』之意耳。然則反覆致意於屈子者，未免覩江山之易幟，舒遺臣之塊壘矣。

是書雅稱明、清之際研習《楚辭》之名著，爲當今治《楚辭》者必讀之作。綜觀其内容，卓然有三大特色。

第一、以考定屈賦諸篇及宋玉以下諸人所作，論其時地、旨意及結構等，時有創獲，能成一家之説，其影響播及後世者

楚辭通釋卷一 訓詁并載

衡陽王夫之譔 船山遺書四十五

離騷經

王逸舊注曰離騷經者屈原之所作也屈原與楚同姓仕於懷王爲三閭大夫三閭之職掌王族三姓曰昭屈景屈原序其譜屬率其賢良以厲國士入則與王圖議政事決定嫌疑出則監察羣下應對諸侯謀行職修王甚珍之同列大夫上官靳尚妒害其能共譖毀之王乃疏屈原屈原執履忠貞而被讒衺憂心煩亂不知所愬乃作離騷經離別也騷愁也經徑也言已放逐離別中

亦鉅矣。

《通釋》雖據王逸舊注謂《離騷》之作在懷王之世，然則與漢世『初放』之説大相徑庭。乃謂『原雖被讒見疏，而猶未竄斥。原引身自退於漢北，避群小之愠，以觀時待變，而冀君之悟。故首敘其自效之誠，與懷王相信之素，讒人交構之繇，而繼設三端以自處。遊志曠逸，舒其愁緒。然其臨睨舊鄉，蜷局顧眄，有深意焉。至於終莫我知，後有從彭咸之志。矢心雖夙，而固有待，未遽若《九章》之決也。夫以懷王之不聽不信，内爲黷妻佞幸之所蠱，外爲横人之所劫，沈溺昏亂，終拒藥石，猶且低回而不遽舍。斯以爲千古獨絶之忠，而往復圖維於去留之際，非不審於全身之善術。則朱子謂其過於忠，又豈過乎？若夫蕩情約志，瀏瀧曲折，光燄瑰瑋，賦心靈警，不在一宮一羽之間。爲詞賦之祖，萬年不祧。漢人求肖而愈乖，是所謂奔絶塵，瞠乎皆後者矣』。審其『退居漢北』説與雖夙有從終彭咸之志而未遑自決、『而固有待』説等，即其發明，且多爲後世學者所首肯。

《通釋》於《九歌》之作，折中前修是非，用力至勤，其説亦較舊注平實公允。曰：『今按逸所言託以諷諫者，不謂必無此情，而云「章句雜錯」，則盡古今工拙之詞，未有方言此而忽及彼，乖錯昏亂，可以成章者。熟繹篇中之旨，但以頌其所祠之神，而婉娩纏綿，盡巫與主人之敬慕，舉無叛棄本旨，闌及己冤。但其情貞者其言惻，其志菀者其音悲，則不期白其懷來，而依慕君父，怨悱合離之意致，自溢出而莫圉。故爲就文即事，順理詮定，不取形似舛盭之説，亦令讀者泳泆以遇意言之表，得其低回沈鬱之心焉。按逸言沅、湘之交，恐亦非是。《九歌》應亦懷王時作。原時不用，退居漢北，故《湘君》有「北征」「道洞庭」之句。逮後頃襄信讒，徙原於沅湘，則原憂益迫，且將自沈，亦無閒心及此矣。』基於此説，其釋『諷諫』之意，不强爲之説，差得其情實矣。謂《東皇太一》『但言陳設之盛，以徼神降，而無婉戀頌美之言，且如此篇，王逸寧得以冤結之意附會之邪？則推之它篇，當無異旨，明矣』。釋《雲中君》『思夫君兮太息，極勞心兮𢝊𢝊』二句曰：『前序其未見之切望，後言其嚮往之永懷，肫篤無已，以冀神之鑒乎。凡此類，或自寫其忠愛之惻悱，亦有意存焉，而要爲神言。舊注竟以夫君爲懷王，則舛雜不通矣。』釋《湘君》『交不忠兮怨長，期不信兮告余以不閒』二句曰：『望石瀨之淺淺而不返，待飛龍之翩翩而不集，將無神之心不與我同，恩於我而不甚耶？抑我交不忠而致怨，故雖有期不信而託言不閒以相拒耶？望之迫，疑之甚，自述其情，以冀神之鑒。凡此類皆原情重誼深，因事觸發，而其辭不覺如此，固可想見忠愛篤至之情。而舊注直以爲思懷王之聽己，則不倫矣。』釋《山鬼》『靁填填兮雨冥冥』以下四句曰：『此章纏綿依戀，自然爲情至之語，見忠厚篤悱之音焉，然非必以山鬼自擬，巫覡比君，爲每況愈下之言也。』而説大、小兩司命不以『文昌第四星』爲説，乃以北土之『高媒』之神當之，謂『篇內乘清氣，御陰陽，以造化生物之神化言之，豈一星之謂乎？大司命統司人之生死，而少司命則司子嗣之有無，以其所司者嬰稚，故曰少。大則統攝之辭也。古者臣子爲君親祈永命，遍禱於群祀，無司命之適主而弗無子者祀高媒，大司命、少司命，皆楚俗爲之名而祀之』。其説頗有思致，多爲後世學者揶揄。又，以《禮魂》爲《九歌》前十神之『送神曲』，曰：『凡前十章，皆各以其所祀之神而歌之。此章乃前十章之所通用。而言終古無絶，則送神之曲也。舊説謂以禮善終者，非是。以禮而終者，各有子孫以承祀，別爲孝享之辭，不應他姓，祭非其鬼，而篇中更不言及所祭者，其爲通用明矣。』此説亦多爲後世稱道，且與汪瑗氏『亂辭』之説，可謂不謀而合矣。

《通釋》謂《天問》之作，『言雖旁薄，而要歸之旨，則以有道而興，無道則喪，黷武忌諫，耽樂淫色，疑賢信姦，爲廢興存亡之本。原諷諫楚王之心於此而至。欲使其問古以自問，而躡三王、五伯之美武，違桀紂、幽厲之覆轍。原本權輿亭毒之樞機，以盡人事綱維之實用。規瑱之盡辭，於此備矣，抑非徒渫憤舒愁已也』。據此以離析《天問》結撰，得挈領提綱之妙。乃謂篇首至『十二焉分』一節，爲『問天地幽明之故。原好學深思，得其所以然。爲吉凶順逆之原本，而爲習而不察者詰，使察識而不自錮於昏昏之內也』；謂『不任汩鴻』至『禹何所成』一節，爲『因地形而問鯀禹之事，言得失成敗，莫不自己也』；而以『九州安錯』至『烏焉解羽』一節爲『廣詰地理物變之事』；謂『禹之力獻功』以下至終末，『述古人得失成敗而詳問之，於去讒遠色、貴德賤力之理，反覆致詰，欲令懷王鏡古以自悟也』。據此以説《天問》章次，則涣然冰釋，『自天地山川，次及人事，追述往古，終之以楚先，未嘗無次序焉』。

《通釋》以《九章》之作時，悉如舊注所説，在頃襄之世。稱『追頃襄狂惑，竄原於江南，絶其紓忠之路，且棄故都而遷壽春，身之終錮，國之必亡，無餘望矣，決意自沈。而言之無容再隱，故《九章》之詞，直而激，明而無諱。章者，無言不著，以告天下後世，而白己之心也』。而『至於《悲回風》之卒章，馳神寫歿後之悲思，生趣盡，而以焄蒿悽愴之情與日星河嶽互相融結，惟貞人志士神遇於霏微惝慌之中，非王逸諸人所能盡知矣』。其『歿後之悲思』云云，當指《悲回風》『登石巒以遠望兮』以下一節敘寫上征飛升之事言，儼如今世云『死亡體驗』『瀕死體驗』之類，蓋爲心理學研究之權輿矣。《通釋》以《惜誦》爲『追述進諫之本末，言己之所言，無愧於幽明，冀君之見諒』；而『《離騷》《遠遊》與此章皆有歸隱之説。此章雖作於頃襄之世，遷竄江南之後，與彼異時，而所述乃未遷已前屏居漢北之情事，故與彼同，而無決於自沈之意』。以《涉江》爲『自漢北而遷於湘、沅，絶大江而南也。此述被遷在道之事』。以《哀郢》爲作於頃襄『棄故都而遷陳』之時，『哀故都之棄捐，宗社之丘墟，人民之離散，頃襄之不能效死以拒秦，而亡可待也』；而『曰「東遷」、曰「楫齊揚」、曰「下浮」、曰「來東」、曰「江介」、曰「陵陽」、曰「夏爲丘」、曰「兩東門可蕪」、曰「九年不復」，其非遷原於沅溆，而爲楚之遷陳也明甚』，則此篇作時，遂定於頃襄王二十一年，秦白起破郢之後。以《抽思》亦爲追述退居漢北事之作，謂

『原於頃襄之世遷於江南，道路憂悲，不能自釋，追思不得於君見妒於讒之始』，其『曰「漢北」，曰「南行」，殊時殊地，舊注都所未通，讀者當分別觀之』。以《懷沙》爲『自述其沈湘而陳屍於沙磧之懷，所謂不畏死而勿讓也』，則『絶命永訣之言也，故其詞迫而不舒，其思幽而不著，繁音促節，特異與他篇云』。以《思美人》爲『述其所爲國謀之深遠，前後一志，要以固本自强，報秦讎而免於敗亡。忠謀章著，而頃襄不察，誓必以死，非悻悻抱憤。乃以己之用舍繫國之存亡，不忍見宗邦之淪没，故必死而無疑焉』。以《惜往日》爲『追述初終，感懷王始之信任，而惜功之不遂；讒人張於兩世，國勢將傾，故決意沈淵，而餘怨不已。誠忠臣之極致也』。以橘爲楚之嘉木，原之作《橘頌》者，『因比物類志爲之頌，以自旌焉』。以《悲回風》爲『原自沈時永訣之辭也，無所復怨於讒人，無所興嗟於國事，既悠然以安死，抑戀君而不忘，述己志之孤清，想不亡之靈爽，合幽明於一致，韜哀怨於獨知。自非當屈子之時，抱屈子之心，有君父之隱悲，知求生之非據者，不足以知其死而不亡之深念』云。則體貼深切，成一家言也。又以《卜居》《漁父》二篇爲『屈原設爲之辭』，《卜居》『託爲問之蓍龜而詹尹不敢決，以旌己志』。《漁父》『述所遇而賦之』，以明非不知避禍，惟『修能已夙，素節難汙』，固不能從俗也。以上所論，雖或可商，要皆剖析有度，合乎情理之中矣。

《通釋》以《九辯》爲『宋玉感時物以閔忠貞』，則謂：『辯，猶遍也。一闋謂之一遍，蓋亦效夏啓《九辯》之名，紹古體爲新裁，可以被之管弦。其詞激宕淋漓，異於《風》《雅》，蓋楚聲也。』又云：『玉雖俯仰昏廷，而深達其師之志，悲愍一於君國，非徒以隘窮爲怨尤，故嗣三閭之音者，唯玉一人而已』。以《招魂》亦宋玉之作，『定作於頃襄』，謂『頃襄遷竄原於江南，原乃無生氣，魂魄離散，正在斯時』。以《大招》爲景差所作，『因宋玉之作而廣之。其意以《招魂》盛稱服食、居遊、聲色之美，而不及王伯之道，未足以慰賢士之心，故仍其旨而廣之，則爲紹玉之作，而非屈子倡而玉和明矣』。

以《惜誓》爲賈誼所作，『惜屈子之誓死，而不知變計也』。以《招隱士》『義盡於招隱，爲淮南召致山谷潛伏之士，絶無閔屈子而章之之意。其可以類附《離騷》之後者，以音節局度，瀏漓昂激，續《楚辭》之餘韻，非他詞賦之比，雖志事各殊，自可嗣音屈宋』。謂江淹之作《山中楚辭》，『夫辭以文言，言以舒意，意從象觸，象與心遷，出内檃括之中，含心千古，非研思合度，末由動人哀樂，固矣。此江氏所以軼漢人而直上矣』。又謂江淹之作《愛遠山》，『依屈子之心以自旌，而文筆沈鬱，意指蘊藉，不忘君之意，溢於尺幅，非但如漢人怨懟之辭，徒寄恨於懷才不試也，故嘉其志而録之』。篇末附以己作《九昭》，陽『以旌三閭之志』，實則寄忠愛憤激之情於勝朝矣。是著自成體統，而用心不亦深乎哉。

第二、則多寄託感懷興衰之意。原刻本卷首有清張仕可康熙四十六年之序，稱『船山王先生曠世同情，深山嗣響，賡著《九昭》，以旌幽志。更爲《通釋》，用達微言。攻堅透曲，刮璞通珠，嘯谷凌虚，搏風揭日，蓋才與性俱全於天，故古視今藉論其世』云云。其詞雖隱約不定，而視如爲前朝之亡而疾痛之，以攄抒憂懣之懷也。船山《序例》亦稱，其所處與屈子『時地相疑，孤心尚相髣髴』，可謂異代同悲。乃於《九昭》序引，稱『有明王夫之生於屈子之鄉，而遘閔戢志，有過於屈者』云云，則徑以屈子自況，藉釋屈子酒杯，澆胸中塊壘，不無寄寓之以亡國黍離之思矣。

觀其寄興之意，雖散厝於注釋中，可約之三：一則藉此以諷君昏而斥臣讒，吐露己之心迹。據《薑齋公行述》載，夫之身列南明永曆之朝，屢見讒人若王化澄輩所毁，且險遭不測之禍，乃至於『憤激咯血，因求解職』云。若此痛隱，豈能默然忍之？故於注《楚辭》中時或渫抒之，所謂不期而然，不自覺而至者。如，釋《離騷》『余既滋蘭之九畹兮』至『哀衆芳之蕪穢』一節曰：『已既不得於君，讒人指爲朋黨，驅逐皆盡，使衆芳萎廢。在已之萎絶何傷？而群賢坐絀。此周公鴟鴞取子之悲，所不能已；李、杜戮而黨錮興，趙、朱斥而道學禁，蓋古今之通恨也。』又，釋『忽反顧以遊目兮』至『豈余心之可懲』一節曰：『蓋使魯侯以高宗之師傅説者師孔子，則孔子豈徒爲傅説？齊王以桓公之任管仲者任孟子，則孟子豈徒爲管仲？即懷王以秦之待范雎、燕之待樂毅者待原，原亦不徒爲雎、毅而已。然則當世豈無君臣相信之美？而已獨受謠諑之傷，君獨怙悔遁之過，哀憤忘生，雖欲返初服，以怡情芰荷，何能自戢乎？忠貞之士處無可如何之世，置心澹定，以隱伏自處，而一念忽從中起。思古悲今，孤憤不能自已，固非柴桑獨酌，王官三休之所能知，類若此夫！』又，《九歌·東君》題解云：『陽光遠照，其寓意於去讒以昭君之明德者。事與情會，而因寄所感，固不待比擬而自見。』又，釋《哀郢》『慘鬱鬱而不通兮』至『諶荏弱而難持』四句曰：『東遷之役，原所不欲，讒人必以沮國大計爲原罪而譖之，故重見竄逐。其傷心悲歎者，於此爲切。而深感昏主佞臣，安於新邑，嬉遊自得，曾不知國之弱喪，不可復持，則雖放逐，憂難自已也。』又，釋《懷沙》『任重載盛兮』至『固庸態也』一節曰：『黨人以匪材而居大任，以致陷覆。然且愎諫自用，使有嘉謀嘉猷者，無可告語而反遭疑謗。』又，釋《思美人》『勒騏驥而更駕兮』至『與纁黄以爲期』一節曰：『秦者，楚不共戴天之讎而不兩立之國也，深謀定慮以西擣其穴，至於嶓冢，雖未可卒圖，而黄昏不爲遲暮。此與岳鵬舉痛飲黄龍之志同，而君懦臣姦，忠臣被禍，其不能雪恥以圖存一也。』又，釋《悲回風》『悲回風之摇蕙兮』至『聲有隱而先倡』四句曰：『讒人之在君側，一唱百和，交蕩君心，則國是顛倒，誅逐無忌，忠貞之士更無可全之理。故追原禍始，而知己之不可復生也。』若此類者，多漫興之語，與屈子本旨不甚緊切，而字字句句似皆切己身之痛，繫其時之國事，致情於所遭讒罹禍之憂，渫其寃詘不申之志矣。

二則藉此以痛悼明廷之亡而懷抒故國之思。如，釋《離騷》『日月忽其不淹兮』至『何不改乎此度也』一節曰：『至於懷王，秦難益棘，疆宇日蹙，有隕墜之憂。君之起衰振敝，當如救焚拯溺，不容濡遲。盍不用自强之術，棄邪佞之説，以改紀其政而免於傾喪。以上言己所必諫之故，以國勢之將危也。』是借秦、楚以諷寓南明之朝也。又，釋『陟陞皇之赫戲兮』

至『蜷局顧而不行』四句，曰：『抑考郭景純不屈於王敦，顔清臣不容於盧杞，皆嘗學仙以求遠於險阻，而其究皆以身殉白刃，則遠遊之旨，固貞士所嘗問津。而既達生死之理，則益不昧其忠孝之心。是知養性立命之旨，非秦皇、漢武所得有事。而君子從容就義，固非慷慨輕生、奮不顧身之氣矜決裂者所得與也。審乎進退者裕而志必伸，原之忠，豈忠之過乎？』又，釋《惜往日》『乘騏驥而馳騁兮』至篇末一節曰：『追念受知懷王見任之始，中被讒謗，至於今日，非國之不可爲，君之不可寤，而群臣壅閉，以至於斯。則雖死而有餘惜。貞臣一以君國爲心，所云伊、呂、戚、奚者，惜君之不王不伯，豈以身之不遇爲憤怒，如劉向諸人之所歎哉？』又，釋《招魂》『魂兮歸來』至『恐自遺災些』一節曰：『蓋屈子忠憤内結，不忍見君與黨人之所爲，而恥與同歸，悵惘遊心。若舍此惡俗，而皆安處，初非有所慕而願去，故身未死而魂先離者，泮渙於兩間，蕩佚無定，招之不可以方隅求也。』又，釋《九辯》『事綿綿而多私兮，竊悼後之危敗』二句曰：『亡國之臣，亦有源淵。呂惠卿之姦傳於蔡京，一小人不足以戕數十傳之國家。靳尚之續復爲靳尚，是以危敗不可瘳，古今一轍也。』又，釋江淹《山中楚辭》『忌蟪蛄之早吟』至『方夭病兮秋蘭』四句曰：『此仿《招隱士》而廣之，悲放逐之士歸國無期，空山抱怨之情。』若此類者，字字皆關乎時世之思也。且於《九昭·蕩憤》題解曰：『楚之勢不兩立者，秦也。百相欺、百相奪者，秦也。懷王客死、不共戴天者，秦也。屈子初合齊以圖秦，爲張儀、靳尚所阻，憤不得申。放竄之餘，念大讎之未復，夙志之不舒，西望秦關，與争一旦之命，豈須臾忘哉？事雖没世不成，而静夜思之，炯然不昧，若渫血咸陽，飲馬涇渭，無難旦夕必爲者。聊爲達其志，以蕩其憤焉。』雖不明其所確指，而語意激切，當於時局有感而發矣。

三則藉《楚辭》所言湘西之景致，感會其時困窘於幽僻之境，觸景生情，以哀己之不遇，而直抒『曠世同情』也。如，釋《涉江》『入溆浦余儃佪兮』至『雲霏霏而承宇』一節曰：『沅西之地與黔、粵相接，山高林深，四時多雨，雲嵐垂地，簷宇若出其上。江北之人習居曠敞之野，初至於此，風景幽慘，不能無感。被讒失志之遷客，其何堪此乎？』又，釋《九辯》首篇敷張秋色一段曰：『《九辯》之哀，此章爲最，不待詳言所以怨，而怨自深矣。』若非有如屈原之親身經歷之體驗，孰能出此抑鬱沉痛之語？

第三、《通釋》於字義訓詁、章句偶有新意。如，謂『上官、靳尚疑本一人，猶原之稱三閭。若別爲一人，不應有姓而名』。釋《離騷》『內美，得天之美命，爲親所嘉予；修能，志正道，學正學而成材也』。釋『三后，舊説以爲三王，或鬻熊、熊繹、莊王也』。釋『敗績，車覆也』。釋『靈，善也；修，長也。稱君爲靈修者，祝其所爲善而國祚長也』。釋『九死，言十有九死，勢必不能容也』。釋『鬱邑與於邑通，讀如嗚咽』。釋『延佇，遲回也』。釋『芳與澤，澤，垢膩也』。釋『體解，謂被刑支解。懲，改也』。釋『橫流而渡曰亂流，言不順理也』。釋『被服强圉，負强捍衆也』。釋『常違，與常相違』。釋『鸞皇先戒，盡禮紹介以往求也』。釋『屯其相離』之離，『麗也，附也』；則相離言相附也。釋『榮華未落，喻君猶聽己之時；高丘無女，在位者不可與謀。故相下女，求草澤之賢』。釋『蹇修，蓋始爲媒氏者；理，合二姓之好也』。釋『覽也，相也，觀也，重疊言者，明旁求之不止也』。釋『終古，言久與居也』。釋『筳，折竹枝；篿，爲卜算也。楚人有此卜法，取瓊茅爲席，就上以筳卜也』。釋『蘭、椒，舊説以爲斥子椒、子蘭。按子蘭，懷王之子，勸王入秦者，素行頑愚，固非原之所可恃。且以椒、蘭爲二子之名，則榝與揭車、江離，又何指也？此五類芳草，皆以喻昔之與原同事而未入於邪者，當日必有所指而今不可考釋爾』。其析《離騷》段落，乃謂自『鯀婞直以亡身』以下至『固前修以菹醢』，『皆女嬃責原之詞』。謂自『耿吾既得此中正』以下至『哲王又不寤』，『皆答女嬃之言』。謂自『曰勉陞降』以下至『周流觀乎上下』，『皆巫咸降神之言。託於神告，以明其自審以處放廢者』。則迥異於他者。又，《九歌》一篇，釋《東皇太一》『撫長劍兮玉珥』

一句，『此巫歌舞之飾，古人有劍舞以送酒，項莊拔劍起舞，蓋楚俗也』。釋《雲中君》之『連蜷，雲行回環貌』。釋『壽宮，清虚之宇，終古不變』。而『稱夫君者，親之之詞，猶阿翁阿母』。釋《湘君》之『夷猶，坦然自適而無行意也』。釋『宜修，宜於收斂坦適無氾濫也』。釋『横大江兮揚靈』之靈，『當作艫』，船也。釋『陫側與悱惻同』。釋『淺淺，湍水急流不退貌』。釋《湘夫人》之『帝子，尊貴之稱。山川之神，皆天所子也』。釋『疏古蘭，疏刻徹石爲蘭草』。釋《大司命》『超形器之上曰高飛，善屈伸之用曰安翔』。釋《少司命》之『雲旗，雲舒卷如旗』。釋『幼艾，嬰兒也。竦劍以護嬰兒，使人宜子，所爲司人之生命也』。釋《東君》之『桂漿，天漿，謂露也』。釋《山鬼》之『雲容容，不一色也』。釋『然疑，且然且疑』。釋《天問》之『顧兔，月中暗影似兔者，能虧月圓明之體』。釋『鴟龜曳銜，相傳鯀死，棄屍於羽淵，上爲鴟銜，下爲龜曳』。釋『何三年之不施』之施『與弛同，釋也』。釋『石林，石能生枝葉，近貴州有之。石幹木枝，亦一異也』。釋『璜，石次玉者，璜台，瑶台成級也』。釋『遷藏就岐』之『藏，帑也。太王舍邠之畜聚而遷岐』。釋《惜頌》之『離群，爲衆所不容也』。釋『恐情質之不信』之信，『與伸同』。釋《涉江》之『緒風，相續之風』。釋《哀郢》之『震愆』二字，爲『震，動而不寧也；愆，失其生理也』。釋『登大墳』之登，『泊舟而登也』。釋『憂與愁』爲『憂者，憂所遷之不寧；愁者，愁故都之不復』。釋『汋約，縱斂自如貌』。釋《抽思》之『憺憺，猶蕩蕩，動而不寧貌』。釋『自救』之救爲『申理也』。釋《懷沙》之『疏內，內通而外不炫也』。釋《惜往日》之『親身，愛己也』。釋《悲回風》之『統世，周覽群情，知其變也』。釋『證此言』之『此言』，『所言也』。釋《九辯》之『絶端，謂一意隱遁，不思復進』。釋『老廖廓而無處』之『處』，猶『侶也』。釋『乘騏驥之瀏瀏』之『瀏瀏』，『猶溜溜，順行無阻貌』。凡若此類，雖容或可商之處，而饒有思致，言之成理，未可盡廢也。

《通釋》以煉丹養氣之説發微《離騷》後半篇及《遠遊》旨意，爲神仙方外之説。乃謂《遠遊》『與《離騷》卒章之旨略同。而暢言之，原之非直忘身，亦於斯見矣。所述遊仙之説，已盡學玄者之奥。後世魏伯陽、張平叔所隱秘密傳，經詑妙解者，皆已宣洩無餘。蓋自彭、聃之術興，習爲惝怳之寓言，大率如此，要在求之神意精氣之微，而非服食燒煉禱祀及素女淫穢之邪説可亂，故魏、張之説釋之，無不吻合』云云。其謬自不待言矣。至釋《離騷》『和調度者，怡性理情以養生也』。釋『飾方壯，道家所謂鼎未敗也』。釋『周流觀上下，遊神物外，體天地之和也』。釋『天津，析木之津，在箕斗之間，東北之隅，真鉛之所生，氣之海也。西極，魄之言也，東方魂，北方氣。魂乘氣而遊歷以喘魄，自東徂北而西，所謂逆之則仙也。流沙，西方大澤；赤水，南方真汞，神之舍也。蛟龍爲梁以渡魄而南，所謂龍呑虎髓，龍虎匹合交構而與神遇，則三花聚頂矣』。釋『八龍，八卦之精；陰陽水火山澤雷風，惟其所御而行，不沈不掉，如西子之離金閣，楊妃之下玉樓，婉婉、委蛇，和氣守中，長生之玄訣也』。如癡人説夢，頗見後世詬訾焉。

《通釋》於訓詁字義，私心所憑，多爲無根，未可稱善，蓋未脱明人空疏不實之習氣矣。如，釋《離騷》『剡剡，猶冉冉，仿佛之意』。釋『偃蹇，受蔽而不安也』。釋靈氛之『再言「曰」者，卜人申釋所占之義』。釋『是非不察曰幽昧，好聽辯言曰眩曜』，强爲區别。釋《湘夫人》之『嫋嫋，木葉辭枝，梟翔欲墮貌』。釋『袂當作玦，褋當作韘』。皆羌無證據。又，釋《天問》『伯林：伯，長也；林，君也』。案：蓋因《爾雅・釋詁》，蕫齋未審林之訓君者，實借爲群，非指君王也。且古書『林』字亦無解君王之例。乃不明《爾雅》『二訓同條例』之故。類此悠謬，蓋不勝其舉矣。又，釋《九辯》『泊莽莽而有待』之『泊』爲『疑洎字之誤，及也』。而釋『泊莽莽而無垠』之『泊』爲『無定向也』。豈宋玉之遺詞之亂若此者乎？憑臆妄改，益不可思議矣。

《通釋》由王敔始刻於清康熙四十八年己丑。道光二十二年壬寅王世全刊《船山遺書》，收入此書。清同治四年乙丑曾國藩增輯重刊《船山遺書》，亦收入此書。而後有民國二十二年上海太平洋書店續增排印《船山遺書》本、中華書局上海分局一九五九年據曾刻《遺書》排印本、上海人民出版社一九七五年排印本、臺北宏業書局一九七二年排印本、臺北廣文書局一九七九年排印本，上海古籍出版社《續修四庫全書》據曾刻《遺書》本影印。此書亦據曾刻《遺書》本影印，浙江圖書館有藏本。（黃靈庚）

# 楚辭燈

《楚辭燈》者，清林雲銘之所作也。雲銘，字西仲，號損齋，室名挹奎樓。自稱籍於晉安，即福建侯官人。清順治十五年戊戌進士，官江南徽州推官。耿精忠亂東南，身陷賊所，被囚十八月之久。耿亂平，始得釋，後寓居杭州，至於終老。性孤直，屢見蹭蹬。好讀書，人稱『書痴』云。友仇兆鰲、毛際可。著述甚豐，別有《挹奎樓文集》十二卷、《吴山鷇音》八卷、《讀莊子法》《增注莊子因》六卷、《損齋焚餘》十卷。又有《韓文起》《評選古文析義》《遊雨花臺記》等。事載《清史稿》卷五百八《列女傳·林雲銘妻蔡》。

『挹奎樓主人』於扉頁題云：『三閭《楚辭》爲千古辭賦之祖，每篇中各有意義，各有脈絡。向被諸家訂訛，穿鑿附會，塵上加灰，以致紛如亂絲，汩没殆盡。兹先生研精四十年，痛掃從前謬誤，逐字分析，逐句融會，使每篇中意義脈絡無不躍躍眼前，誠二千餘年以來暗室孤燈，而作者之真面目可以一照畢現，不勞探索矣。』案此語不類雲銘自所爲，蓋其子沅所作。則雲銘及沅皆以『挹奎樓』稱也。然雲銘亦高自標榜有『千百年眼之目』，父子皆過於自負矣。

凡四卷，底本乃依據朱子《集注》，彼此文字多相同。卷一《離騷》；卷二《九歌》《天問》，而《九歌》前有總論，各篇末有分論；卷三《九章》，前有總論，各篇皆有分論；卷四《遠遊》《卜居》《漁父》《招魂》《大招》，其以二《招》亦定爲屈子所作。則其所集者，皆屈子之作也。故《九辯》一篇未收。而各篇議論皆殿於末。卷首始爲林氏作於康熙丁丑西泠挹奎樓之序，次爲《凡例》十二條，次附《楚懷襄二王在位事迹考》、次爲《史記・屈原列傳》，次爲《楚辭燈目次》。案其序詳述注《楚辭》始末，稱『少癡妄，不達時宜，私謂用世可以得行其志，及筮仕後，所見所聞，皆非素習，以故動罹譴訶，每當讀《騷》，輒廢書痛哭，失聲仆地』。於是爲注《騷》之志，而原稿未就，而悉燬於戰亂。蓋其注《騷》之時，正值明、清易代之變，不免黍離之感。及徙居武林，『老僊異域，貧窶不能自存，且以四海之大，無一人能知余之爲人者。而畢生不踰跬步之志，九死不悔，在屈子未必不引以爲類』。於是『因於丙子良月，杜門追記並補未注諸篇，萬駁千翻，正求其大旨脗合，脉絡分明，使讀者洞若觀火，還他一部有首有尾、有端有緒之文』。又『命其子沅録分四卷，顔之曰「燈」，庶幾屈子之文可以燭照無遺，即其志亦可以昭垂勿替，而萬世之綱常有賴』云。其雖陽以託言還屈子本來面目，而心中塊疊，蓋以藉注屈子澆之，未免有所寄寓矣。如，《離騷》『長太息以掩涕兮，終不察夫民心』。林氏注：『可憐這些百姓，征戰則危其身，賦歛則奪其財，謀生多少艱難，如何再當得滿朝求索！』案屈子原意，未必如此。林氏蓋身逢明、清易代之世，戰亂頻仍，艱於生計，實有過於楚之懷、襄之時。其所寄意者，不亦其時之政治耶！又，『固時俗之流從兮，又孰能無變化。覽椒蘭其若兹兮，又況揭車與江離』。林注感慨寄意，云：『世道江河，豪傑如此，中材可知，是百草已不芳，鶗鴂之鳴久矣，伏下「國無人」句。』與其説楚之故事，毋寧歎其時世也。是以其所注《楚辭》，固非必是屈子本來面目矣。

正文用大字，注文爲雙行小字。正文左側或有批注，多爲校字、正音。如，《離騷》『惟庚寅吾以降』，『降』字側批注：『叶，洪。』案：謂『降』字協韻，音洪也。又，『又重之以脩能』，『能』字側批注：『叶，泰。』案：謂『能』字協韻，音泰也。又，『扈江離與辟芷兮』，『辟』字側批注：『僻同。』案：謂辟同僻也。又，『乘騏驥以馳騁兮』，『馳』字側批注：『駞，同。』案：謂馳同駞也。或注字音，用直音法。如，『朝搴阰之木蘭兮』，『阰』字批注：『音皮。』又，『雜申椒與菌桂兮』，『菌』字批注：『音窘。』又，『傷靈脩之數化』，『數化』字旁批注：『音朔花。』又，『長顑頷亦何傷』，『顑頷』二字側批注：『音咸含。』然亦有用反切注音。如，『雖萎絶其亦何傷兮』，『萎』字側批注：『於危反。』又，『芳與澤其雜糅兮』，『糅』字側批注：『女救反。』又，『民生各有所樂兮』，『樂』字側批注：『五教反。』類此蓋不勝舉也。然無甚發明，且多謬誤。如，『孰非善之可服』，『服』字側批注：『叶，弼。』案：服與極協韻，古同屬職部；弼，古屬質部。服，古不讀弼音也。又，『吾將上下而求索』，『索』字側批注：『叶，色。』案：索與暮、迫同協鐸韻，色，古屬職部，索古不讀色音也。又，『登閬風而緤馬』，『馬』字側批注：『叶，母。』案：馬與妬、女同協魚韻，母，古屬之部，馬古不讀母音也。蓋雲銘不曉古音，審音辨韻，非其所長也。

雲銘解《楚辭》，首在定位，即以屈子爲忠君愛國之臣，其所作詩賦，無不抒攄忠君愛國之情。《凡例》稱云，『讀《楚辭》要先曉得屈子位置。以宗國而爲世卿，義無可去。緣被放之後，不能行其志，念念都是憂國憂民，故太史公將楚見滅于秦，繫在本傳之末，以其身之死生，關係於國之存亡也。後人動解作失位怨懟，去把一部忠君愛國文字，坐其有患得患失肝腸，以致「露才揚己，怨刺其上」之譏。千古蒙寃，願與海内巨眼共洗之』。又云：『三閭大夫是古今第一等人物，其文章亦古今第一等手筆。最難讀者，莫如《離騷》。』故其治《楚辭》，以治《離騷》爲重點。

林氏治《騷》，自始至末，即『定位』於『忠君』『愛國』二端。如，『帝高陽之苗裔兮』，林注云：『顓頊後，與楚同姓，爲世官。便有宗國不可去義。』又，『忽反顧以遊目兮，將往觀乎四荒』。林注云：『四海之外，豈無知我、類我者乎？因上文「不吾知」，故自考而欲往觀之，以自廣其意，非思去國求君也。伏下周流上下數段。』篇末云：『若設一癡想，能以神遊往觀四海之外，得一知我或類我者，則人道當不至澌滅殆盡，君尚可一悟、俗尚可一改，於願足矣。』《離騷》往觀四荒以求帝、求女之旨，最難説解。林氏以爲求得知我、類我者，較之比附求君、求賢之説，更爲合理、通融也。又，『豈余心之可懲』，林氏注：『總以時俗中無一人知原，亦無一人類原，而原又無去國他適之義，除是四荒或有相遇。乃極言楚國必無一遇也。自此至篇末皆是此意。』林氏痛斥屈子行遊四方爲比去楚適他國者，乃謂『往觀四荒』非有出走他國之意。下篇『求帝』、三求女及西行遠逝，亦祇在楚國之内。求之未果，『極言楚國必無一遇』，謂『四海之外與時俗之溷濁嫉賢無甚異也，計已窮矣』。而卜氛、問咸，亦『止求示一容身之地，别無他願。而靈氛又以他國求女爲詞，巫咸又以他國求君爲勸』，而己爲『楚族世卿，大義攸關，一言及他國，已無自存矣』。

《凡例》又稱，讀《楚辭》『總要理會全局血脉，再尋出眼目來，任他如何摇曳，如何宕軼，出不得這個圈子，不用一毫牽强，自然雜而不亂，複而不厭』。其讀《離騷》尤重於斯。所謂『眼目』者，指前後後關照之詞、句，故於注篇内特别拈出，使人矚目於此。如，《離騷》『皇覽揆余于初度也』，林注云：『初生時氣象便與凡人不同，父視而揣之，知余長成時必無邪行，始擇其名之美者而命之，下文許多「度」字，俱本於此。舊注作「時節」。欠妥。』又，『又加以脩治之力。下文許多「脩」字，俱本於此。舊注作「長才」。大謬。』又，『服清白以死直兮，固前聖之所存』。林注云：『伏清白，即上文替蕙纕、申攬茝二句，死直，緊接忍尤攘詬句。前聖，伏下「依前聖以節中」句。』又，『閨中既以邃遠兮』，林注云：『總上求女一段。』又，『哲王又不寤』，林注云：『總上求帝一段。』又，『周流觀乎上下』，林注云：『如前云「往觀四荒」，所謂何可淹留者，非求仕於外也。』又，『奏《九歌》而舞《韶》兮，聊假日以媮樂』。林注云：『舜、禹之樂，乃平日大本領。今西皇肯涉予，則西皇其知矣。途中不妨奏而舞之。且眼不見楚國，正好借此餘日，把在楚之鬱抑侘傺，太息掩涕，苦情一切放下，所謂「和調度以自娛」者，此也。』

林氏依據內容，擅長《楚辭》每篇分段之事。其細分《離騷》爲十六節，用曲截「乚」號爲標志，且概括各節旨意，且於前後關聯處反覆排推：首節自『帝高陽』至『靈均』，稱『敘祖、父及初生來歷。』二節自『紛吾既』至『先路』，稱『己之脩治有年，可佐君爲美政，故爲左徒時，以匡君濟國自任』。三節自『昔三后』至『窘步』，稱『歷敘前代君德治道之得失，以起下文』。四節自『惟黨人』至『靈脩之故也』，稱『取怒於君之故，實由於愛君，欲導夫先路，而心迹無以自明所致』。五節『曰黃昏』至『數化』，稱『敘己之見疏不足恨，但君德無常操，不足與有爲，是可悲耳。反應上文堯舜耿介、遵道得路二句』。六節自『余既滋蘭』至『之蕪穢』，稱『敘己之見疏不足惜，但正士皆喪氣，無有與君爲美政者，所關非小耳。反應上文三后純粹、衆芳所在』。七節自『衆皆競進』至『其猶未悔』，稱『皆以清白受過，脩名既立，餘無足介意』。八節自『怨靈脩』至『之所厚』，稱『敘君之聽讒，實由於黨人忌原清直以形其短，誣以惡行，而君不察國人之公心，只信黨人之迎合，究竟不得於今，在原亦無損』。八節自『悔相道』至『可懲』，稱『此以行迷當復，欲觀四荒，竟在時俗之外矣』。

九節自『女嬃』至『不予聽』，稱『借女嬃詈己之言，見得舉世皆婦人見識，没處置辯，没處容身。爲下文折中前聖、見帝、求女張本。此無聊之極也』。十節自『依前聖』至『之浪浪』，稱『諫君皆據三代興亡之理，其獲罪之故，則自認不能上度其君，而歸之生不逢時，所謂「怨誹不亂」者也』。十一節自『跪敷衽』至『而嫉妒』，稱『因想天帝之溷濁不分，與世無異，不得不舍之而他求也』。十二節自『朝吾將濟』至『終古』，稱『竟無一能知我、類我者，則君必不能冀其一悟、俗必不能冀其一改可知矣。此身所寄少不得要決之於卜，定之於巫，雖滔滔汩汩，無數層折，弄成這一大段，看來却是下文靈氛、巫咸二段引子』。十三節自『索藑茅』至『其不芳』，稱『靈氛言九州，原止言楚，以念念撇楚不下也』。十四節自『欲從靈氛』至『乎上下』，稱『巫咸言陞降求君，原只言黨人嫉妒，亦念撇楚不下也』。十五節自『靈氛既告』至『而不行』，稱『敘宗國世卿無可去之義。一觸目間，西海不能到，媮樂不能終，而遠逝自疏之舉，徒成虚願。總是忠君愛國之心，鬱結不解，除死之外，無第二條路也』。十六節『亂曰』以下，稱『把與國存亡之義，結出本旨。晦翁謂原忠而過。嗚呼！忠豈有慮其過之理乎！』蓋於朱熹《集注》有所微意也。

《天問》最爲難解，王逸以爲呵壁之作，文義不次序。而朱子以爲多怪誕妄説，不必深究，而以『未詳』闕其義。林氏以爲《天問》本有次序，云：『細味其立言之意，以三代之興亡作骨，其所以興在賢臣，所以亡在惑婦。惟其有惑婦，所以賢臣被斥，讒諂益張，全爲自己抒胸中不平之恨耳。篇中點出妹喜、妲己、褒姒，爲鄭袖寫照；點出雷開，爲子蘭、上官、靳尚寫照；點出伊尹、太公、梅伯、箕比，爲自己寫照。末段轉入楚事，一字一淚，以天命作綫，見得國家興亡，皆本於天。無論賢臣，即惑婦讒諂，未必不由天降。或陰相而默奪之，或見端於千百年之前，而收效於千百年之後，天道不可知，不得不歷舉而問也。至於引舜象、王喬、二姚、簡狄、女媧、昭王、穆王、幽王、齊桓、彭鏗、吴光、子文，皆逐段中錯綜襯貼，反擊旁敲，原不分其事迹之先後，點染呼應，步步曲盡其妙。看來只是一氣到底，序次甚明，未嘗重複，亦未嘗倒置，無疑可闕，亦無謬可闢，世豈有題壁之文，能妥確不易若此者乎！」林氏發明意旨，亦自分段始。其《天問》爲十五段，自『遂古』至『何本何化』爲首段，『言天地未形之先，從無可問處發問也』。自『圜則九重』至『曜靈安藏』爲次段，言『從天地既形之後，併生人之始以爲問也』。自『不任汩鴻』至『康回憑怒墜何故東南傾』爲三段，『皆問鯀禹之事。若論作文定體，問天之後，即當問地，因下文所舉山川人物，皆人所不經見者。惟禹迹所及最廣，且鑄而爲鼎，而益復著而爲經，故先插治水一段，庶所聞者可以徵信，非無稽之言。讀者以爲文不次序，誤矣』。自『九州安錯』至『烏焉解羽』爲四段，言『將地形之廣大及山川人物之奇詭者以爲問也』。自『禹之力獻功』至『死分竟地』爲五段，『皆禹啓之事，問人倫之間，雖聖賢處之，亦不能無缺陷之故』。自『帝降夷羿』至『交吞揆之』爲六段，『問羿浞亂夏之事』。自『阻窮西征』至『何以遷之』爲七段，言『爲少康得天眷，獨力興夏起引』。自『惟浞在户』至『何道取之』爲八段，而三段以下至此五段，『皆問夏一代之事』。自『桀伐蒙山』至『女何喜』爲九段，『問桀所以當亡之故』。自『該秉季德』至『後嗣逢長』爲十段，言『商若當興』。自『成湯東巡』至『夫誰使挑之』爲十一段，『問湯所以能取夏之故』。自『會鼂争盟』至『何以將之』爲十二段，言『皆天命所祐者』。自『昭后成遊』至『箕子佯狂』爲十三段，言皆天命所罰者。自『稷維元子』至『夫誰畏懼』爲十三段，『皆問周取殷之事』。自『皇天集命』至篇末爲十五段，言『皆問楚國之政及當國之人，結上「皇天集命」，所當戒之也』。林氏體會文心，於文理前後承接下手，探索屈子本旨，實屬難能可貴。較之後世學者動輒改易文字，强就己意，甚者變易章節，以爲錯簡，至舊籍面目全非。其可謂賢於後世千千萬也。

林氏治《楚辭》處處聯係史事，卷首所作《楚懷襄二王在位事迹考》，即比綜《戰國策》《史記》，辨證古史，間有可取。

以爲治《楚辭》者，須知其背景，不可不聞。其據史解《騷》，正序所謂『尚友古人，貴論其世』也。《離騷》『惟黨人之偷樂兮』，林注云：『爭寵行讒如上官靳尚輩，把舉朝聯成一氣，謂之「黨人」。此輩只圖苟且便安，不計及國家利害。』又，『反信讒而齌怒』，林注云：『既疏猶諫，所以怒氣從中鬱蒸。因信讒在先，又疑原欲以所諫之事自伐耳。《惜往日篇》所謂「君含怒以待臣」，蓋指此也。』又，『忍而不能舍也』，林注云：『無奈事關國家，又耐不過。』又，『謠諑謂余以善淫』，林注云：『女有淫行，雖美不足賞。喻黨人知原清白，無可行讒，而以造令自伐誣之。』又，『保厥美以驕傲兮，日康娛以淫遊。雖信美而無禮兮，來違棄而改求。』林注云：『此女勿論不易求，亦不願求也。驕傲無禮等句，明指鄭袖，與《大招》美人俱在「比德姱脩」「易中利心」上較論，立意相同。』林氏尤關注於鄭袖之亂楚。於《離騷》篇末云：『至所謂「求女」一節，按《史記》張儀至楚，厚幣靳尚，設詭辯于鄭袖，懷王竟信鄭袖。厥後稚子子蘭勸王入武關，稚子何知，其爲鄭袖主之無疑，故又斷其内惑於鄭袖，即《卜居篇》亦有「事婦人」之句，明明當日黨人與鄭袖表裏。貪婪求索，殘害忠直，舉朝皆袖私人。奈黨人可以明言，而袖不便形之筆墨。』其皆據史以解《騷》，審時度勢，探微索隱，庶幾近乎事實也。其論屈原生平，謂於懷王之世，『大約先被讒止是疏，本傳所謂「不復在位」，以不復在左徒之位，未嘗不在朝也。故有使於齊及諫張儀二事。及再諫，被遷於外。方是放，然不數年而召回，故又有諫入武關一事。其後《哀郢篇》所云「九年不復」者，痛在遷所日久，以懷王召己比照，所以甚頃襄之暴耳。《涉江》以下六篇，方是頃襄放之江南所作。初放起行，水陸所歷，步步生哀，則《涉江》也。既至江南，觸目所見，借以自寫，則《橘頌》也。當高秋摇落景況，寄慨時事，以彭咸爲法，且明赴淵有待之故，則《悲回風》也。本欲赴淵，先言貞讒不分，有害於國，且易辨白，一察之後，死亦無怨，則《惜往日》也。《哀郢》則以國勢日趨危亡，不能歸骨於郢爲恨；《懷沙》則絶命之詞，不得於當身，而俟之來世爲期。看來九章中各有意義，雖所作之先後，未有開載，但玩本文，瞭如指掌』。林氏乃據同里黄文焕《聽直》，更易《九章》篇次先後，曰：《惜誦》第一，見疏於懷王時所作，祇是見疏，未嘗放逐，不復在左徒之位，非不在朝也。《思美人》第二、《抽思》第三，是見放於懷王時所作，且放在江北。又，《抽思》『有鳥自南兮，來集漢北』。林氏注：『遷之於外，止不使預朝政，不便自言，故以鳥爲喻，亦止曰集。』《涉江》第四，是初放江南時所作。《橘頌》第五，《悲回風》第六，《惜往日》第七。《哀郢》第八，謂『屈子被放九年，料不能復歸郢都，故有是作』。《懷沙》第九，謂『此靈均絶筆之文』。六篇皆放逐於頃襄王時所作。其説雖不乏可商之處，然於考證屈子生平事迹，較之漢、宋以來，似又推進一步也。林氏以《遠遊》之作，謂『屈子放廢既久，自傷時俗之迫阨沉濁，日懼衆患，不可與處，所以有遠遊之私願。蓋謂人生短景，長勞至死，無益於世，與草木同腐朽，不如超然輕舉，上下四方，以自遂其娱樂』。蓋亦以爲作於放逐江南時也。

林氏據史遷『讀《離騷》《天問》《招魂》《哀郢》，悲其志』云云，以爲《招魂》亦屈子所作，爲招懷王生魂也。其云：『古人招魂之禮，爲死者而行，嗣亦有施之生人者。屈原以「魂魄離散」，而招尚在未死也，假是篇。自千百年來，皆以爲宋玉所作，王逸茫無考據，遂序於其端』。又云：『原被放之後，愁苦無可渲洩，借題寄意，亦不嫌其爲自招也。……玩篇首自敘、篇末亂詞，皆不用「君」字，而用「朕」字、「吾」字，斷非出於他人口吻。舊注無可支飾，皆爲宋玉代原爲詞，多此一番回護，何如還他本文所載，直截明顯，省却多少葛藤乎？故余決其爲原自作者。以首尾有自敘、亂詞及太史公傳贊之語，確有可據也。若係宋玉所作，無論首尾解説難通，即篇中亦當仿古禮，自致其招之詞，不待借巫陽下招，致涉遊戲，且撰出許多可畏可樂之事，茫不知原之立意。九死未悔，不爲威惕，不爲利疚，其招之術，毋乃疎乎。通篇段落甚明，開口敘「魂魄離散」之因，轉入帝告巫陽，招於四方上下，而以故居堂室之樂爲招之詞。又分出室中、堂中二處，件件工妙，令人快樂無比。而終以亂詞，悲愴作結。蓋以懷王留秦未返，而君正當臥薪嘗膽之時，猶向江南荒寂之境，夜遊遠獵，先後從車中，不過如子蘭、上官、靳尚之輩，美政無聞，國事日非，魂若來歸，觸目傷心。是快樂爲虚詞，哀江南爲實事。哀江南，正所以哀楚。終其身於愁苦，魂魄之離散，帝亦無如原何矣』。林氏據史遷傳贊，以《招魂》爲原招懷王生魂之作，不爲無見，自可備爲一解，亦正其讀書不依傍習見，能發明新義也。然覆審之則未必然。讀史遷『悲其志』云云，史遷固未嘗謂《招魂》爲原之作也。讀屈子之作，可以悲原之志，而讀宋玉招屈子之魂之作，亦可以悲原之志也。逸非不知史遷傳贊有是言也，而謂《招魂》爲玉所作，當有文獻依據，非其臆度之詞也。篇首『朕』『吾』，五臣謂玉代原爲辭。是也。而稱君爲『上』。則非謂懷王甚明。亂詞一段，原追憶嘗與君俱獵之事，末云：『目極千里傷春心，魂兮歸來哀江南。』意謂昔日遊獵之樂已成陳迹，而己獨放逐於此，故曰『傷春心』『哀江南』也。其與懷王羈客於秦者，亦了不關涉也。故若無堅實之證，未可輕薄舊説。

王逸或以《大招》爲屈原所作，或以爲景差所作，乃存疑之，且置之於末後（見《楚辭釋文目録》，《大招》爲卷第十六，蓋存其舊也）。林氏以爲此篇爲屈原所作，以招懷王死魂也。其云：『原自放流以後，念念不忘懷王，冀其生還楚國，斷無客死歸葬、寂無一言之理。骨肉歸於土，魂魄無不之，人臣以君爲歸，升屋履危，北面而皋，自不能已。特謂之「大」，所以別於自招，乃尊君之詞也。篇中段段細敘，皆是對懷王語。開首提出「魂無逃」三字，便是懷王逃秦隱衷，生前之神與死後之鬼，總是一念所轉，所以有四方之招也。所云飲食之豐，音樂之盛，美人之色，苑囿之娱，皆向日所固有，其中亦各有制，與《招魂》大不相同。不爲逸欲，至末六段説出親親仁民，用賢退不肖，朝諸侯，繼三代，分明把五百年之興，坐在懷王身上。雖屬異樣歆動，其實三代之得天下，實不外此。此帝王之事，原豈能自爲乎？舊注認定景差招原，不得不硬添楚王舉用等語。』其説此篇招魂用君王禮，非人臣所當者，蓋亦是也。然定爲屈原所作以招懷王死魂，則失之武斷矣。朱季海

《楚辭解故》謂篇内『三公九卿』『粉白黛黑』，皆漢世遺義，遂定爲淮南大山之作，『其曰「大」者，望《招隱士》言之』。今考此篇首韻協昭、遽、逃、遥。昭、逃，宵韻；遽，魚韻；遥，幽韻。幽、宵、侯、魚四部合韻者，始於後漢。蓋此篇信非周、秦之作，漢世好事者所造，其所招者未識爲誰人。朱君若歸之大山，於韻亦未洽也。

林氏善於揣摩，反復推排，以求其合乎情理者。《離騷》：『悔相道之不察兮，延佇乎吾將反。回朕車以復路兮，及行迷之未遠。』此四句旨意，古來聚訟紛紜，未有確解。林注云：『上文既云「九死未悔」矣，忽從千思萬想中，悔前此視路不審，冀反前所行，少貶和光，再圖進用，亦猶上文駝鶩追逐之意。乃窮困之極，一時妄念也。又思此是迷途，一失足便入黨穢，猶幸離故路無幾，可以速回。』案林氏以爲此乃屈子以『窮困之極』而『一時妄念』，蓋亦合乎常理矣。又，『路曼曼其脩遠兮，吾將上下而求索』。林注云：『舉世無一人，若得知我者而事之，是君之一寤也。得一人同我者而交之，是俗之一改也。安得不上下而求索？雖曰寓言，然搶地呼天之情，已不勝其危急矣。此一句作下文見帝、求女總引。舊注皆作求賢君，是以與國存亡之箕比，認爲朝秦暮楚之蘇張，豈不辱敘！』又，『忽反顧以流涕兮，哀高丘之無女』。林注云：『因求見帝而不得，意謂知我之人，竟無可求索矣。然豈無類我之人可以相配，免我爲煢獨乎？故有求女一着。且是時鄭袖專寵，緣君不明，其德相配，故以古賢后爲感諷之微詞。《史記》稱「《國風》好色而不淫」，指立言之體如此，非謂有是事也。舊注比求賢臣，已屬無謂。或又比求賢君，是以君反爲臣之配，且侮褻古賢后，豈不寃殺？』林氏以見帝爲求知我之人、以求女爲求類我之人，皆無所比附。較之王逸、朱熹，蓋爲合理矣。又，『何離心之可同兮，吾將遠逝以自疏』。舊注『遠逝自疏』，以爲去君而『遠去自疏』。林注云：『惟有他適避之，免礙楚君臣耳目，致煩擯斥，此收拾起程之詞。』蓋謂避禍之計，自疏遠之，非適他國也。又，説《雲中君》云：『雲之爲章於天，無所不到，或行或止，皆使人可望而不可即。其爲神亦猶是也。開手輕輕提出迎神誠敬二句，即説入神之止於天而不行、及行而不降與降而不留之景，則迎神之誠敬不得不轉爲思神之勞瘁，大旨已盡，層折甚明也。」其以行文條理説解《雲中君》全篇旨意，蓋探得其幽矣。《湘君》「將以遺兮下女」，林氏注：「下女，即前太息之女也。既爲我太息，尚有哀我之情，當以我之物致贈，求其代達我意。」林注謂「前太息之女」，即「女嬋媛」之女，謂「侍女」也。甚是。而王逸注：「女，謂女嬃，屈原姊也。」其謬固毋待辯矣。朱熹云：「女，指旁觀之人。」亦非。又，《湘夫人》篇末云：「乃忽舍北渚而還九嶷，究竟末後一着，仍與《湘君》一般發付，總是見斥於君以後，無可告語，精誠所結，顛倒迷亂，幻成無端離合，不可以常理論。故中間提出「怳忽」二字作前後眼目，末段把前篇語換個「驟」字，以前此曾有相關之意，冀將來從容圖之，或可以庶幾一遇，癡想到底，不比《湘君》時難再得，其望便絶。此惓惓之深衷也。」案林氏或據時事，或因前後關節，或恕度其必，揣摩其所以然者，確乎道他人所未道者也。

林氏以屈證屈，求其内證所在。《九歌總論》稱，「《九歌》諸神，悉天地雲日山川正神，國之所常祀。……按《九章・惜誦篇》有蒼天爲正、五帝折中、六神嚮服、山川備御等語，總因竭忠被斥，無所控訴，不得已而求之於神，冀有以自白其心，且多不遇，尤覺悲慘」。至於諷諫之事，乃謂「時黨人環侍君側，總未必能上達也。萬斛血淚，九曲熱腸，搶地難通，呼天不應，又豈隨意致情，感懷漫興之什所能擬乎」。其説差是也。然林氏又謂「若《湘君》《湘夫人》二篇，即《離騷》「求有娀」「二姚」之意，初未嘗爲男主事陰神」云云，則屬比附非類，削足適履也。林氏以「《九歌》之數至《山鬼》已滿」。「蓋《山鬼》與正神不同，《國殤》《禮魂》，乃人之新死爲鬼者。物以類聚，雖三篇實止一篇，合前共得九，不必深文可也」。此説亦不足訓。「九歌」之曲，本夏后氏舊樂，屈子祇以舊樂賦新歌，猶唐人作詩用漢世「樂府」之曲名者也。正不必强合其「九」數與否。九者虬也，龍也，不涉數之「九」也。又，《山鬼》篇末云：「《涉江》章言頃襄放己之處，「深林杳以冥冥，乃猨狖之所居。山峻高以蔽日，下幽晦以多雨。霰雪紛其無垠，雲霏霏其承宇」。與是篇言處幽篁苦境，語語脗合。則知是篇作於頃襄之時，與懷王了無交涉。」其説是也。則知山鬼之神亦宜在沅湘之南，而非巫山神女也。《惜誦》「故重著以自明」，林氏注：「重著，言作《離騷》之後，再著是篇也。」其取證二篇，乃謂《惜誦》作於《離騷》後，俱是作於見疏懷王時，不復在左徒之位，猶在朝廷也。亦其一家説也。

蓋明末學術風氣，多涉空疏，林氏解《楚辭》，雖云「引用典實及花木鳥獸玉石器物等類，舊注有考核無訛者，量採入小注，以便初學」。故猶能依據舊注，以其時之語釋之，初學者易於知曉也。如，《離騷》「憑不厭乎求索」，林氏注：「楚人謂滿曰憑，財既滿，猶取之不已也。」案：「楚人謂滿曰憑」，本王逸舊注，而「財既滿猶取之不已」云云，因舊注以其時語疏之也。又，「怨靈脩之浩蕩兮」，林注：「放縱於規矩繩墨之外，如水之橫溢，即上文「昌被」之義，本不成其爲君也。」案：王逸注：「浩猶浩浩，蕩猶蕩蕩，無思慮貌也。」林氏蓋據王注爲解也。林氏又以爲其時學人之説或有可取者，則亦採用之。如，《天問》「女歧無合，夫焉取九子」。舊注但謂「女歧，神女，無夫而生九子」。案：林氏注云：「周拱辰以爲「人類之種」是也。陰陽三合，生天生地，漸漸生出人來，總是惠氣使然。」《惜誦》「惜誦以致愍兮」，王逸誦但訓「論」。案林氏注：「惜，痛也。即「惜往日」之惜。不在位而猶進諫，比之矇誦，故曰「誦」。」其説是也。《周禮·大司樂》「興道諷誦言語」，鄭注：「倍文曰諷，以聲節之曰誦。」孔疏云：「云「倍文曰諷」者，謂不開讀之。云「以聲節之曰誦」者，此亦皆背文，但諷是直言之，無吟詠，誦則非直背文，又爲吟詠以聲節之爲異。《文王世子》「春誦」注：「誦謂歌樂。」歌樂，即詩也，以配樂而歌，故云「歌樂」。亦是以聲節之。」蓋「矇誦」者，聲以節之，亦類歌樂也。非泛言「論説」之義。又，「又爲衆兆之所讎也」，王逸注：「父怨曰讎。」一本「父」訛作「交」。案：林氏注：「讎，報也。」謂父怨必報也。

知其所據本蓋亦作『父怨』也。《大招》『昭質既設』，王逸注：『昭質，謂明旦也。』案：非是。昭質，即招質，謂射的也。王念孫《讀書雜志·餘編》下：『昭，讀爲招。招質，謂射埻的也。《呂氏春秋·本生篇》曰：「萬人操弓，共射（其）一招。」高注云：「招，埻的也。」《盡數篇》曰：「射而不中，反循于招，何益于中？」《別類篇》曰：「射招者，欲其中小也。」《小雅·賓之初筵篇》「發彼有的」，《毛傳》曰：「的，質也。」《荀子·勸學篇》曰：「質的張而弓矢至焉。」是埻的謂之質，又謂之招。合言之則曰招質。《魏策》曰：「今我講難於秦，兵爲招質。」是其明證也。作昭者，假借字耳。設謂設昭質，非謂設禮，昭質在侯之中，故即繼之以大侯，猶詩言「大侯既抗」，而繼之以「發彼有的」也。若以昭質爲明旦，則義與下文不相屬。且明旦謂之質明，不謂之昭質也。』其說是也。案：林氏注云：『昭質，謂射侯所畫之粉地。』林云『粉地』，即射的也。其所發明，固先於乾嘉遺老也。

雲銘之子沅，參校此書，每卷之首曰『晉安林雲銘西仲論述』『男沅芷之校』。四卷各篇之末，雲銘皆作有論，而沅獨得之見或附於其父之後。如，《離騷》『林西仲曰』後有『愚按』，即沅所附者也。或者中其父意，如，雲銘以屈子爲忠君愛國之士，《離騷》爲舒洩忠君愛情。沅乃申之，云：『屈子全副精神，總在憂國憂民上。如所云「恐皇輿之敗績」「哀民生之多艱」，其關切之意可見。因被讒疏絀之後，純是黨人用事，以致國事日非，民生日蹙，即哀自己，亦所以憂國憂民也。後段既云「往觀四荒」，宜如《遠遊篇》四極俱到。乃發軔，即云至縣圃，又云邅道崑崙，至於西極。及詔西皇，期四海，止於西方一面。因見故鄉而遂歸，絶不提起東南北三方，明明知楚屢困於秦，將來必爲秦併，故特取道以覯形勢。亟歸視楚，若國中有人與爲善政，或可稍支。蓋微詞諷諫，而懷王竟置若罔聞。此太史公所以謂之「終不悟」也歟。』其長篇短說，亦出其父巢曰，故是書蓋集其父子二代之學也。然沅長於譚藝論文，或雖寥寥數語，常得探其奥妙，有突過於其父者。如，《湘夫人》篇末云：『開篇「嫋嫋秋風」二句，是寫景之妙；「沅有芷」二句，是寫情之妙；其中皆有情景相生，意中會得、口中說不得之妙。人知「山有木兮木有枝，心悅君兮君不知」，猶「沅有芷」二句起興之例，而不知「無邊落木蕭蕭下，不盡長江滾滾來」，實以「嫋嫋秋風」二句作監本也。』沅下語又極謹慎，以屈證屈，比綜歧說，擇其優者而爲之。如，《思美人》篇末辨『豐隆』云：『按篇首豐隆，或曰雲師，或曰雷師，即《離騷》求虙妃者。《集注》謂雷威求無不獲。雖本於淮南、張衡、郭璞之語，但數子皆漢、晉之間人，在屈子之後。《離騷》言「乘雲」，此篇言「浮雲」，其與雷師無涉明矣。況求女結言，以禮爲貴，若用雷威，是先自處於無禮矣，何怪虙妃之緯繣乎？注屈而悖屈，自非作者本意，不如以屈注屈之當。』其說灼然有識也。

《楚辭燈》確爲明、清之際重要之作，後世多依傍其說，以至傳遠於海東。然未可稱善，說雖新而不能彌合之。如，《離騷》『世溷濁而嫉賢兮，好蔽美而稱惡』。林注云：『欲求與我同類之人，天上天下，或遇讒間，或乏任使，而所往皆不合，因思天上天下溷濁嫉賢，亦與世無異也。』林氏既以飛升上天與下界相比襯，謂無論天上天下皆無知我者也。然天下無人，因何求之於天上耶？天上既同天下，皆溷濁嫉賢，因何卜氛問咸耶？其關節處孰在？蓋林氏亦不能說也。又，林氏復以『求女』爲諷鄭袖，則未免爲迂腐之説、牽合之見。於《離騷》篇末云：『其敘求女，皆古賢后。如虙妃驕傲，既不足求。而有娀、二姚，又不能求。蓋惟不能求所以成其为賢后，原意謂「牝鷄司晨」。君所以聽者，必如古賢后則可，不然未有不爲夏喜、殷妲、周褒、晉驪之續。《史記》所謂「其詞微」者，蓋指此也。』案：《離騷》男女比君臣，朱子以求女爲求賢臣，當是確說。且『衆臣』爲『衆女』，屈子亦自比『蛾眉』女子，其於鄭袖何涉耶？果如林說，『虙妃驕傲既不足求』，而『有娀、二姚』何以又『不能求』耶？蓋不能彌縫其說也。而其悠謬之説時或可見。蓋其時風氣所被，好作無根之議論。蓋林氏未能免。如，《離騷》『夕餐秋菊之落英」，林注：『日墜曰落，皆已棄之餘芳。』案：王注：『草曰零，木曰落。』固爲確解。日墜爲『落日』，落無『日墜』之義。又，以『落英』爲『餘芳』，寧有書證耶？林氏疏於訓詁，或竟以不誤爲誤者，其改易王逸舊注者，多不足信據。《東皇太一》『穆將愉兮上皇』，林注云：『穆，静敬之意。將，奉也。謂静敬其心，奉其物以致祭也。愉，悦之也。伏下「欣欣」句。』案：穆，敬也。即下文『撫長劍兮玉珥』至『奠桂酒兮椒漿』六句，皆所以敬神也。愉，樂也。下文『揚枹兮拊鼓』至『君欣欣兮樂康』六句，皆所以樂神也。穆、愉二字平列，總領全篇。則將字，猶且也。不得訓奉。穆將愉，敬且樂也。《論衡·知實篇》：『將者，且也。』《廣雅·釋言》：『將，且也。』穆將愉，同《詩·有女同車》『美且都』《魚麗》『旨且多』、《論語·泰伯》『驕且吝』『貧且賤』句法。《國語·齊語》『且有後命曰』，韋注：『且，猶復也。』又，『盍將把兮瓊芳』，林氏駁難舊注，云：『「盍」字解作「何不」二字之義，不知「盍」字原有「合」與「覆」二義。「何不」二字，乃詰問之義，奏假無言，更有何人可詰問耶？……舊注因不解「將把」二字之義，硬作巫所持以舞之物。……舊注乃把「靈」字硬作巫身。謂身則巫而心則神，不但妄誕，且指巫爲神，侮神極矣。』案：王逸訓『盍』爲『何不』，是爲確詁。然其釋語『乃復把玉枝以爲香』云云，則以述語爲，訓爲『乃』，詞氣較强也。類『羌』義，若問句，訓『何爲』，若述句，則訓『乃』也。又，王注『將把』釋『持』，持者猶奉也。蓋林氏未之審也。又，巫以通人神之間，爲雙重身份，若以求神者巫也，而巫所求者，則神也。巫或者爲靈尸，故以神呼之。古之巫覡非如明代所見跳神者也，能『絶地天通』，必學識富贍者充其任。屈子字曰『靈均』，蓋亦有靈巫、靈神之義，豈有『侮神』之理哉！《雲中君》『華采衣兮若英』，林氏注：『草木之華曰英，言其新鮮之意。』案：英，非華之新鮮者。《爾雅·釋草》：『木謂之華，草謂之榮。榮而不實者謂之英，不榮而實者謂之秀。』若英，杜若之華也。杜若，即杜蘅，有華而無實也。林氏非格物之選也。又，『謇將憺兮壽宮』，林氏注：

『壽宮，靈久居之處，即雲中也。舊注非。』案：王逸注：『壽宮，供神之處也。祠祀皆欲得壽，故名爲壽宮也。』洪氏且引臣瓚曰：『壽宮，奉神之宮。』證王説有依據。林氏以爲神所久居者，文獻寧有徵耶？《湘君》『蹇誰留兮中洲』，林氏注：『蹇，難行貌。』案：王逸注：『蹇，詞也。』以爲語氣詞。蓋『蹇』之爲詞，類『羌』字之義也。施於述句，猶乃也，則也。施於問句，猶『何爲』也，豈也。此爲問句，猶何也，豈也。林注非也。《國殤》『霾兩輪兮縶駟馬』，林氏注：『其餘未盡之車，戰塵雖蒙翳其輪，而車馬維繫未脱，猶可進戰。』其如痴人説夢。王逸注：『言己馬雖死傷，更霾車兩輪，絆四馬，終不反顧，示必死也。』此説不移。縶馬霾輪，猶《孫子·九地篇》之『是故方馬埋輪』，曹操注：『方，縛馬也。埋輪，示不動也。』明姚富《青溪暇筆》卷下：『「方馬」二字，諸家之注皆欠明白。富按：《詩·大明篇》傳注：「天子造舟，諸侯比舟，大夫方舟，士特舟。」《爾雅》注：「方舟併兩船，特舟單船。」「方馬」之義，當與「方舟」同。蓋併縛其馬，使不得動之義耳。』縶馬霾輪，猶《九地篇》所謂『死地吾將示之以不活』。《左傳》文公三年：『秦伯伐晉，濟河焚舟。』杜注：『示必死也。』《史記·項羽本紀》：『項羽乃悉引兵渡河，皆沈船，破釜甑，燒廬舍，持三日糧，以示士卒必死，無一還心。』曹公所謂『示不動』也。

此書爲清康熙三十六丁丑挹奎樓自刊本，浙江圖書館有藏本。嗣後有清同治十二年癸酉孔氏嶽雪樓鈔本。此書流傳海東國，頗見倚重，有日本寬政十年大阪池内八兵衛刊本、文政四年江户鶴屋金輔重刊本、天保十三年刊本、明治後青木嵩山堂刊本等。

（黄靈庚撰）

# 天問補注

《天問補注》者，清毛奇齡之所作也。奇齡字大可，一字齊于，而本名甡，字僧開，以其望郡在西河，故學者多以「西河先生」稱之，浙江蕭山人。明末諸生。明亡，竄身山谷，築土室讀書其中。康熙十八年己未，薦試博學鴻詞科，官翰林院檢討，充《明史》纂修官。二十四年乙丑，以疾歸，遂不復出仕。奇齡淹通文史，尤長經學，著述宏富，門人蔣樞編輯《西河全集》，分經集、文集，經集自《仲氏易》以下凡五十種，文集合詩賦序記及他雜著，凡二百三十四卷。入《四庫全書總目》者亦有四十餘種。事載《清史稿》卷四百八十一《儒林傳》、《清史列傳》卷六十一《儒林傳》。

是書一卷，凡三十四條，其例先列《天問》原文，次列《集注》，而後以《補注》繼之。首有《天問補注目》及作於順治十五年戊戌題記，大略稱其作書之旨，以《天問》一篇「不經」，無所取正，「特屈子哀憊呵詰無倫，故往多難明，而朱子縝慎拘撿，必不敢以遲回猶豫之胸，罔所未信，一篇之中，三疑闕焉。予不揣猥陋，取凡朱子之所爲「未詳」者，概依文索義，求所解會，且從而証據之，因爲《補注》」。又云：「朱子何所不學？然且過于減慎，似乎《山海》《嶽瀆》諸書未嘗一見，即見之亦且寧棄勿取，其必以其説之後起，而無所于商、周之舊文也。……猶之《爾雅》本注《毛詩》，而後之注《毛詩》者更引據《爾雅》，且謂《爾雅》一書爲《毛詩》辭所從出。此則朱子所不取，亦予之所不敢妄爲依附者也」。案毛氏既以責朱子過於謹慎，又以「《山海》《嶽瀆》諸書」若《山海經》《水經注》之類，雖或出於《天問》後，未可盡廢，猶有取證以解《天問》之價值。毛氏雖辯，然『《山海》《嶽瀆》諸書』之於《天問》，似與《毛詩》之於《爾雅》，似未可同日語矣。蓋毛氏之爲學，崇尚漢師考據，黜宋儒心性之説，又喜辯駁，角力求勝，排擊異説，不遺餘力，故專難名家，即於朱子亦未肯少遜之。其書皆因朱子《集注》而作，大略三事：一則以疏證朱子所簡略，一則增補朱子所『未詳』，一則糾朱子悠謬也。

毛氏旁徵博引，所以疏證朱子簡略，不廢朱説而詳疏之也。如，『鴟龜曳銜，鮌何聽焉。順欲成功，帝何刑焉』。朱注云：『鴟龜事無所見。詳其文勢，與下文應龍相類，似謂鮌聽鴟龜曳銜之計而敗其事，然若且順彼之欲，未必不能成功，舜何以遽刑之乎？然若此類無稽之談，亦無足答矣。』毛氏據朱子『似謂鮌聽鴟龜曳銜之計而敗其事然』云而疏之云：『曳，猶踵曳以尾相撣援也。銜，猶轡銜以口相結也。按古語聒抱者鴝鵒，影抱者龜鼈。鴟與龜皆異物，故嘗並見也。鮌築堤以障洪水，宛委盤錯如鴟龜牽銜者。然是就鴟龜形而因之爲堤，蓋聽鴟龜之計也。古人制物多因物形，如視鴟製桅，觀魚製帆類，此不足怪。特築堤障

西河合集

蕭山毛奇齡又名甡字僧開稿

吳涇漣如 彭軏元車 校

天問補註

漢王逸註楚辭唯天問一篇不經據宋洪興祖補之又麗淺無所取正此朱子集註之所爲作也特屈子哀憤呵詰無倫故往多難明而朱子縝愼拘撿必不敢以遲回猶豫之胸罔所未信一篇之中三疑闕焉予不揣猥陋取凡朱子之所爲未詳者概依文索義求所解會且從而証據之因爲補註凡三十四則附

天問補註 一

水，如戰國白圭術，不用疏導，但用防遏，則迄無成功。是聽鴟龜之計而誤之耳。所謂鯀之治水也障之，禹之治水也導之也。按揚雄《蜀本紀》：「張儀築蜀城，依龜行蹤築之。」又，史稽曰：張儀依龜迹築蜀城。非猶夫崇伯之智也。崇伯，鯀封號，即是其事。大抵鯀治水隨地築堤。今河北清河、廣宗、臨河、黎陽等界所在，皆有鯀堤可見。順欲，猶《書》云「俾予從欲」也。既使鯀治水，將遂己所欲，使彼成功，又何爲遽刑之也。《祭法》云：「鯀障水而殛死，禹能修鯀之功。」《史記》云：「禹傷先人父鯀功之不成。」則鯀非無功者，特未成耳。下章問「纂就前緒，遂成考功」。益可知也。』案：此可取證於今出土漢墓帛畫。長沙馬王堆漢墓帛畫之下部兩側，各有一龜，背立一鳥，象『鴟龜曳銜』也。又，『伯林雉經，維其何故。何感天抑墜，夫誰畏懼。』朱注云：『舊注以此爲晉太子申生之事，未知是否？』毛氏因舊注而詳疏之，云：『此申生事也。伯，長也。林，君也。《詩》曰：「有壬有林。」毛謂「有孝子之人君」，鄭謂「有卿大夫，又有國君也」。《爾雅疏》云：「平地有叢，木曰林。」蓋謂人物之衆，必樹君長司牧之，故林爲君。蒸亦爲君，所謂「文王蒸哉」也。申生，晉獻公世子，是長君也。雉經，縊也。獻公取驪姬生奚齊，驪姬欲立之，讒申生。申生縊死。《國語》云：「雉經于新城之廟。」注：「言頭搶而懸死也。」或曰：王充云：「申生雉經，林木震霣。」則似伯曾雉經于林中者。當以「林雉經」爲文，亦一說也。抑，寃也。感天抑墜者，言感激天地也。《左傳》僖十年：「狐突過太子，太子曰：夷吾無禮，吾得請于帝矣，將以晉界秦。狐突不可。後又因巫以見，復告曰：帝許我罰有罪矣，敝于韓。」即其事也。夫誰畏懼，言誰使之見畏懼于晉也。』案：毛氏申舊注之義，且引《國語》《左氏》、王充等以爲證，定以問申生經縊之事，蓋可以無疑矣。

毛氏所以增補朱子『未詳』，或發前所未明，於《天問》訓解甚有裨補焉。如，『焉有石林』，朱注云：『石林，未詳。』毛氏補云：『石林在南方焉。有者，何以有此也。謝靈運《還舊園詩》云：「石林豈爲艱。」左思《吴都賦》云：「雖有石林之岝崿，請攘臂而靡之。」注云：「石林，南方，鳥所聚處是也。」惟《海外紀》云：「石林山在東海之東，深洞五百里。」又，《蜀地志》：「蜀山有石笥如林，亦名石林。」雖西蜀、東海，一西一東，實皆南方。』案：石林似不在楚地，然當爲楚人所傳説者。又，『靡蓱九衢，枲華安居。』朱注云：『靡蓱，未詳何物。九衢，言其枝九出耳。《山海經》有「四衢」「五衢」之語是也。』毛氏補之云：『靡蓱，蔓蘋也。其葉九出爲九衢。《呂覽》曰：「菜之美者，崑崙之蘋。」蘋即蓱也。又，釋氏説崑崙山下有蓱沙國，其地産蓱，即靡蓱。王巾《頭陀寺碑文》有云「九衢之草千計」是也。若《山海經》「有建木在弱水西，青葉紫花而赤實，百仞無枝，上有九欘，下有九衢」。則此九衢又似與靡蓱不同。此本木類，非草類。然其曰「百仞無枝」，又曰「下有九衢」，則木枝無九衢可知。其云「下有」者，或即弱水中所云「靡蓱」者，故古賦有云：「搴弱水之九衢」，亦一驗也。嘗考沈約《郊居賦》「舒翠葉而九衢，開丹花而四照。」《八詠詩》：「彫芳卉之九衢，實靈茅之三脊。」皆以「九衢」與「三脊」琪花對，見其皆是仙草，故曰「卉」、曰「葉」。而梁元帝《爲妾弘夜珠謝東宮賚合心花釵啓》曰：「夜珠在昔往陽臺，雖逢四照，曾游澧浦，慣識九衢。」則竟以九衢爲水中之草，故曰「澧浦」。夫水中之草，非蓱乎？若《魏都賦》云：「孰愈尋靡蓱于中逵。」則誤以九衢爲九逵之衢，故云「中逵」。此屬訛解，非實據也。』案：其説可補朱注者也。然余别有一説：靡，讀爲麻。《呂氏春秋·任數篇》『西服壽靡』，高注：『靡，亦作麻。』《山海經·大荒西經》『壽靡』作『壽麻』。蓱，洪氏引《考異》作幷，讀爲并，即下『何由并投』之并，同也，皆也。麻榦以直稱，《荀子·勸學篇》：『蓬生麻中，不扶而直。』俗謂麻榦曲者則無華也。九，讀如糾。《莊子·天下篇》『禹親自操橐耜以九雜天下之川』，楊注：『九讀糾，糾合錯雜，使川流貫穿於海也。』糾逵，猶糾枸，謂曲枸不直也。蓋壁畫有畫麻榦曲枸不直者且復有枲華，則屬怪異之事，故屈子有此問矣。又，徐仁甫《古詩别解》據《爾雅》『靡，無也』之訓，乃謂『「無」有「何」義，則「靡」

亦猶「何」也。司馬相如《封禪文》「厥涂靡從」，文穎曰：「其道何從乎？」此靡訓何之證』。無、靡之訓何，失之無徵。文穎以疑問語釋陳述語，則改靡爲何，非謂靡字爲何也。又，『鷩女采薇鹿何祐，北至回水萃何喜。』朱注云：『此章未詳，亦當闕。』毛氏以夷齊之事補之，云：『此夷齊事也。按譙周《古史考》云：「夷齊采薇，有婦人難之。」劉峻《辨命論》云：「夷叔斃淑媛之言。」注：「夷齊采薇，有女子謂之曰：『子義不食周粟，此亦周之草木也。』因餓首陽。」又按《廣博物志》：「伯夷、叔齊逃首陽，棄薇不食，白鹿乳之。」又，《類林》亦云：「夷齊棄薇，有白鹿來乳。」似言夷齊采薇，既鷩于女，何以鹿復祐之也。鷩，警也。夷齊初不知采薇之非，聞女言而後警焉，故曰「鷩女」，猶言警於是女也。李德裕議夷齊云「聞媛不薇爲不智」是也。回水，河水回曲處也。首陽在蒲坂華山北河曲中，《禹貢》：「河水至雷首下，屈曲而南，故曰河曲。」曲即回也，猶《瓠子歌》所謂「北渡回」也。萃，止也。言夷齊諫武不聽從而去之，則亦已矣，抑又何喜于首陽而就止之也。其曰「北至」，以雷首在北。《莊子》：「北至于首陽之山。」《路史》「北之止陽上」是也。』毛氏屬以夷齊止首陽采薇事者，則發前所未發。後人解《天問》，多遵從其說。

毛氏所以正朱子謬誤，探賾索微，發明新説。如，『厥利維何，而顧菟在腹。』朱子《辯證》云：『上官桀曰：「逐麋之犬，當顧菟耶。」則顧當爲瞻顧之義，而非兔名。又莊辛曰：「見兔而顧犬。」亦因菟用顧字，而其取義又異。蓋不可曉。』毛氏補云：『顧菟，月中兔名。梁簡文《水月詩》云：「非關顧兔没。」隋袁慶《和煬帝月夜詩》云：「顧兔始馳光。」皆指月言。以兔本善視，故禮曰「兔」、曰「明視」，而月腹之兔名爲月魄。則又善于下顧，故《古怨歌》云：「煢煢白兔走西顧。」若以顧爲瞻顧之義而非兔名，則梁戴詩《月輪行》云：「從來看顧兔。」語云：「視顧兔而感氣。」于「顧」上又加「看」字、加「視」字，其可通乎？若漢上官桀云：「逐麋之犬當顧菟耶。」則「顧」字不屬「菟」，此就凡兔言，而以証「顧兔」，誤矣。』毛斥朱子以『顧』爲『瞻顧』而非兔名者，是也。顧菟，當一詞不可分拆。又，『阻窮西征，巖何越焉。』朱注云：『此章似又言鮌事，然羽山東裔，而此云「西征」，已不可曉。或謂越巖墮死，亦無明文。』毛氏以爲非『言鮌事』，以斥其謬，而别爲之解云：『此羿事也。阻，當作鉏，地名。窮即有窮國也。巖，險也。越，過也。羿自鉏遷窮，急于西征，其巖險何所過他國也。此特指遷窮一事。按《左傳》魏莊子曰：「昔有夏之衰也，后羿自鉏于窮石，因夏人而代夏政。」又，《帝王世紀》云：「帝羿有窮氏，其先世封于鉏。羿自鉏遷于窮石。逐帝相于商丘，依斟灌、斟鄩氏。」據地志，故鉏城在滑州衛城東，商丘在東郡濮陽。《晉地記》云：「河南有窮谷。」蓋本有窮氏所遷也。斟灌、斟鄩，皆在東極，古隅夷地。以商丘、二斟較之，有窮在西，故曰「西征」。蓋夏帝世居二斟，如《竹書》太康、仲康、帝相皆依二斟，而汲古文云：「太康居斟尋，羿亦居之。」是從帝所居以定向背。當以遷窮爲「西征」也。羿居窮后代夏政，然即爲浞滅，故曰其險何似。古險字即巖字，如傅巖，史作傅險可見。』案：洪氏《補注》：『羽山，東裔。此云「西征」者，自西徂東也。上文言「永遏在羽山，夫何三年不施」，則鮌非死於道路，此但言何以越巖險而至羽山耳。』洪説是也，朱子因叔師之誤。然洪氏無確解。毛氏解屬后羿遷鉏，則其創獲矣，後人多從之。又，『登立爲帝，孰道尚之。女媧有體，孰制匠之。』朱注云：『舊説伏羲始畫八卦，脩行道德，萬民登以爲帝，誰開導而尊尚之乎。傳言女媧人頭蛇身，一日七十化，其體如此，誰所制匠而圖之乎？上句無伏羲字，不可知。下句則怪甚，而不足論矣。』蓋朱子未以舊説爲然。毛氏則堅舊説，且稍有所改易，云：『此二句皆上古女氏事也。登，女登也，亦名女登，炎帝之母也。《世紀》云：「炎帝母任姒有嶠氏，名女登。」《春秋元命苞》云：「女登遊于華陽，生神農焉。」蓋上古立國多本女氏，如伏羲本華胥、黄帝本附寶、契本有娀、后稷本有邰是也。「登立爲帝」，言登之所立，則爲帝也。詳其文勢，如《商頌》云「有娀方將，帝立子生商」也。其云「孰道尚」者，蓋古無帝稱，神農以前有氏號而不稱帝。稱之自炎帝始，故云「孰道尚之」也。言登之所立獨爲帝者，亦何道而尊尚此也。按《周禮·外史》有掌五帝書者，孔安國、鄭康成皆謂「五帝之典自少昊始」，《史記》亦稱「自黃帝始」，皆後于炎。獨《易大傳》則云「自伏羲始」，若在炎先者。但伏羲無從帝名，則伏羲與炎帝雖亦皆有稱三皇者，總之帝名始炎也，故曰「孰道尚之」也。若其並以媓媧者，則女固創帝，然帝又創女，故並著也。登者，帝之始，媧者，女帝之始也。至于媧體蛇身，則猶之《玄中記》曰「伏羲龍身」，言相似耳，非真蛇也。猶今相家者流曰「蛇形」者也。』案：其駁朱注，雖未盡是，然以『登』爲『女登』，固爲一家説矣。

《天問》難解，叔師已不能盡其義，毛氏欲悉解之，誣矣。其所考三十四條，雖引經據典，而居半不足信。四庫館臣斥之，『語本恍惚，事多奇詭，終屬臆測之詞，不能一一確證』云云，當是確論。如，『何馮弓挾矢，殊能將之。既驚帝切激，何逢長之。』朱注：『馮弓，引弓持滿也。其他文多不可曉，注以爲后稷，補以爲武王，未知孰是，今姑闕之。』毛氏云：『馮弓挾矢，文王事也。《史記》「文王脱羑里之囚，紂賜之弓矢鈇鉞，使得專征伐」是也。驚，震也。文王三分有二，勢已寖逼，其震驚紂，切激實甚。《書》稱「西伯戡黎，祖伊奔告」。《史記》稱，「崇侯虎譖西伯，諸侯嚮之，將不利帝」。皆是也。』叔師謂指后稷，不可移易。殊能，異能。謂后稷有『馮弓挾矢』之異能，兼有文武材。《戰國楚竹書》（一）《孔子詩論》：『后稷之見貴也，則以文、武之悳也。』孔子以后稷兼有文、武之才。王注『將相』云云，以文、武之材稱其德。然后稷『馮弓挾矢』之武材，人罕知之，漢世以後幾不傳矣。稱后稷之德，多在乎其藝種六穀。《詩·生民》：『克岐克嶷，以就口食；藝之荏菽，荏菽旆旆。禾役穟穟，麻麥幪幪，瓜瓞唪唪。』是『馮弓挾矢』，周、秦佚説，幸屈子《天問》存之。又，『將之』，非『將相』之將。將，謂行也。《詩·燕燕》『遠于將之』，毛《傳》：『將，行也。』是謂后稷行其殊能也。毛氏輕易舊説，則反以不誤爲誤。又，『該秉季德，厥父是臧。胡終弊于有扈，牧夫牛羊』以下十一問，舊注誤以啓與有扈爭國或解居父淫陳女之事解之，而毛氏逐問以斥舊解，易以殷紂或商湯諸事説之，亦悉屬誤解，無一可取。此本以問殷先世王亥、王恒、王微衰而復興之事，静安王先生據殷墟遺册已揭櫫之，義已大白矣。餘皆不煩悉舉矣。

此集無單刻本，原見《西河全集》（第六十六册），清乾隆十年乙丑蕭山陸凝瑞堂刊本。國家圖書館有藏本。（黄靈庚）

# 飲騷

《飲騷》者，清賀寬之所作也。寬字瞻度，號拓庵，江蘇丹陽人。順治九年壬申進士，授潮州推官，有治名。以靖藩功，擢大理右評事。致仕歸鄉，主講紫陽書院。性和而能介，閉户著書，至老不休。著有《五禮輯要》《讀易模象》《左國史漢序事合鈔》《分國分年史斷》《本草傷寒摘要》《日曆月令廣義》《歲華録》《萬姓考》《山響齋集》。事載清劉誥光緒《丹陽縣志》卷十九《仕進》。

《飲騷》，又稱《山響齋别集》或《離騷箋釋》，凡十卷。以朱子《集注》爲其藍本，故彼此文字多同。雖未標卷次，然每卷另起换頁。前九卷皆爲屈子所作，從黄維章《聽直》編次：卷一《離騷》，卷二《九歌》，卷三《天問》，卷四《九章》，卷五《遊遊》，卷六《卜居》，卷七《漁父》，卷八《招魂》，卷九《大招》。黄維章《聽直》，以二《招》皆爲屈子所作，而賀氏未可置否，見其謹慎。而『增《九辯》一篇。古人屈宋並稱，存之以見宋玉之去屈彌遠，亦所以尊屈』云，故卷十爲宋玉《九辯》。又，姜亮夫《楚辭書目五種》著録『二卷』，稱『上卷爲《離騷》《九歌》《天問》，下卷爲《九章》《遊遊》《卜居》《漁父》《招魂》《大招》《九辯》』。非是。蓋未親目驗此書而作臆度之詞也。王弘序稱『作《飲騷》四卷』，則未審其故。

卷首爲三序，即王弘序、倪會宣序及賀寬自序，次《敘例》十則，次《屈原外傳》，次三閭大夫像，次《飲騷之目》，録王逸小序，而雙行夾注附以朱熹小序，並校王、朱異同；次《飲騷原始》，録史遷《屈原列傳》；次《諸家品騭》，録司馬遷、王逸、曹丕至明蔣之翹、金蟠，凡二十條，蓋皆鈔録於沈雲從聽雨齋《八十四家楚辭集注總評》，末一條則寬自爲評，於朱子頗有微意。云：『按諸家所説，惟洪氏云「使遇孔子，當與三仁並稱」，是爲確論。朱子謂其不知學北方，從周公、孔子之道。夫原爲宗臣，已列於楚之廷，安能去官而學於北方耶？若謂其不知周公、孔子之道，何以能知堯舜、三王之道也？且云「醇儒莊士或羞稱」。苟羞稱，則非醇儒莊士矣。他家止論詞賦，益不必較也。』周公、孔子之道，當屈子之時已傳於南國，郭店楚簡、上海博物館藏戰國簡皆多孔子、子思之遺策，屈子不必去官而學於北方矣。然則屈子之學不盡同於周、孔之學，注家執經義以繩《離騷》者，固方枘圓鑿，鉏鋙不入，賀氏蓋亦未能免矣。

王弘序比賀氏爲陶淵明，且目之以『逸民』。云：『拓庵被服古訓，承父命而仕，引母年而隱，蓋所謂任真自得，非必道不偶物而矯厲以出於此也，遇不遇何有焉？彼登西山而歌《采薇》，慨念黄、虞，至於長餓而不恤者，非怨也耶？而孔子以爲無怨，《魯論》記逸民，首列之。嗚呼，知怨之爲無怨，斯知無怨者之可以怨也。以此讀《飲騷》，思過半矣。』賀氏既無屈子被讒遭放之遇，又官嘗至廷評，惟以養母而退居林下，而况以淵明，冠以『逸民』者，豈非有激於時耶？淵明以前朝貴臣之胄而不肯易節仕劉宋，辭官居隱，故以『逸民』自况。而賀氏之去職，憤而注《騷》，其出處行藏，蓋亦類淵明矣。雖隱約其辭，而賀氏之注《騷》之旨，洵亦『思過半矣』。自序詳述其注《騷》，緣乎生庵之託，且授其黄維章《聽直》之書。及其《飲騷》成以示生庵，庵但曰：『子何事亦吾《離騷》爲？善《易》者不言《易》，子知之乎？』乃取《聽直》竟去。此意頗可玩味。觀夫生庵際逢明、清鼎革，而出家爲僧，唯矻矻好《春秋》之學。其人可以想見，蓋貞節勵行之士、明之遺民也。賀氏竟事異朝，則絶無節概可言，是故勸其讀《騷》，而授以《聽直》，意謂當效屈子之志及維章之節，誠不在其句讀間矣。

以此知賀氏之作《飲騷》，是有激於時世，惓惓於麥秀黍離而不肯明言者矣。其所以名『飲騷』者，非『痛飲讀《離騷》』之意，稱『自有其飲者在』者，蓋猶在『不言』之中矣。

是書分節，從《聽直》而不從朱子『四句爲一章』。其注體例，凡四事：首爲『音』，次爲『釋』，次爲『箋』，末爲『評』。皆低一格。『音』者，指注字音、叶音也，多取朱子。僅以《離騷》爲例，可見其一斑。賀氏云：『陬，側鳩反；又子侯反。紛音墳。能，叶奴代反。汩，于筆反。搴音蹇。阰音毗。攬，力敢反。莽，莫補反。菌，渠隕反。茝，昌改反。被，匹皮反。奔，布頓反。畹，于遠反。畮，莫後反；叶满彼反。藹，丘謁反；又起例反。萎，於危反。婪，

飲騷

不可到

金蟠曰忠盡語易腐偏佚宕懇切語易戇偏婉轉寄諷語易諧偏雄峭所以風雅道學之家俱不可廢

寬按諸家所說惟洪氏云使遇孔子當與三仁並稱是爲確論朱子謂其不知學於北方從周公孔子之道夫原爲宗臣已列於楚之廷安能去官而學於北方耶若謂其不知周公孔子之道何以能知堯舜三王之道也且云醇儒莊士或羞稱之苟羞稱則非醇儒莊士矣他家止論詞賦並不必較也

山響齋別集　七

山響齋別集

丹陽賀　寬贍度私箋

古虞倪會宣爾猶

艮常周而衍東會　同閱

離騷 朱子每四句爲一章此從黃文煥本分註

帝高陽之苗裔兮朕皇考曰伯庸攝提貞于孟陬兮惟庚寅吾以降皇覽揆余于初度兮肇錫余以嘉名名余曰正則兮字余曰靈均

音陬側鳩反又子侯反降叶紅

釋高陽帝顓頊有天下之號其後熊繹事周成王封爲楚

力含反，一音藍。姤，一叶跖。要，於笑反。顑，虎感反；又古湛反。頗，普禾反。錯，七故反。枘，而鋭反。」案以上悉見朱注。或因朱注改易，實皆同音。如，賀云『降叶紅』，朱云『叶乎攻反』。賀云『重去聲』，朱云『直用反』。賀云『辟音僻』，朱云『匹亦反』。賀云『先去聲』，朱云『悉薦反』。賀云『纚音徙』，朱云『所綺反』。賀云『纕平聲』，朱云『息羊反』。賀云『悔叶毀』，朱云『虎猥反』。婞，上去二聲，而朱云：『胡泠反，又胡頸反。』説音鋭，朱云『輸芮反』。賀云『英叶秧』，朱云『於姜反』。賀云『行去聲』，朱云『下孟反』。賀云『浪平聲』，朱云『音郎』。賀氏或者補朱子所闕。如，賀云：『恐，去聲。』案：恐有去隴、區用二讀。『去隴』者，上聲，自動詞。『區用』者，去聲，使動詞。『恐草木之零落』，意謂見草木之零落，而使我懼也。是使動用法，故云去聲。朱子無注。或者徑改而致訛誤。如，賀云：『索音瑟，又所格反。』案：索，古無讀『瑟』音。朱云：『索，所格反；一叶蘇故反。若索音素，則姤如字。若索从「所格」讀，則姤叶音跖。』瑟，蓋『素』之訛字也。又，賀云：『替，一叶汀。』案：替，不當讀『叶汀』。若以陰陽對轉，宜讀真韻之音，汀，古屬耕韻。朱云『它因反』，屬真韻也。

賀氏於『音』或涉於文字校勘，亦取朱子《集注》，鮮見發明。如，《離騷》『將不及』云：『不，一作弗。』又，『朝搴阰』云：『搴，《説文》作攓。』又，『夕攬洲之宿莽』云：『檻，一作攬，一作擥。洲，一作州。一作中洲。』又，『日月忽』云：『忽，一作曶。』又，『零落』云：『零，一作苓。』又，『乘騏驥以駝騁兮』云：『乘，一作策。駝一作馳。』又，『先路』云：『「此度」「先路」二句末一皆有「也」字。』又，『菌桂』云：『菌，或从竹。』又，『蕙茝』云：『茝，一作芷。』又，『昌被』云：『昌，一作猖。被，一作披。』又，『荃不揆余之中情』云：『荃，一作蓀。揆，一作察。中，一作忠。』又，『齌怒』云：『齌，一作齊，或作齎。忽，一作欻。』又，『忍而不能舍也』云：『「忍」上一有「余」字。』

一無「而」字。一無二「也」字。』又，『曰黃昏以爲期兮羌中道而改路』云：『「曰黃昏」二句，王逸本無。』又，『悔遁』云：『遁同遯。』又，『百畮』云：『畮，古畝字。』又，『留夷』云：『或加艸頭。』又，『藒車』云：『揭，一作藒，又作藒。』又，『杜衡』云：『衡，一作蘅。』又，『峻茂』云：『峻。一作葰。』又，『憑不厭』云：『憑，一作馮。』若是類，舉不勝舉矣。

賀氏之『釋』者，則字義訓詁也，信如王弘所言，『取王與朱注損益之，附以諸家之説』。如，《離騷》『帝高陽』一節云：『帝高陽，顓頊有天下之號。其後熊繹事周成王，封爲楚子。傳國至通，僭稱王，徙郢，是爲武王。生子瑕，受屈爲卿，因以爲氏。苗者，草之莖葉；裔者，衣裾之末；故引爲遠末子孫之稱也。古人上下通稱之朕。皇，美也。父死稱考。』案：以上節録於朱注也。又云：『太歲在寅曰攝提格。貞，正。孟，始也。陬，隅也。正月爲陬月。孟春昏時，斗柄指寅，在東北隅，故名陬也。降，下也。皇即考。揆，度也。初生之度，猶時節也。靈，神。均，調也。高平曰原，故名平而字原也。』案：此又斟酌於王、朱之間而比綜之也。於是亦可見其一斑。或者取汪瑗《楚辭集解》。如，《離騷》『紛吾既有此内美』云：『紛，盛也，指上家世、生時、名字之類，無一不美也。』案：汪瑗《集解》云：『内美，總上二章祖父世家之美、日月生時之美、所取名字之美，故曰「紛」，言其盛也。』賀氏因汪氏爲説也。又，『朝搴阰』云：『阰，山名。一云：地相次爲阰也。』案：山名，見於王、朱舊注。而『地相次爲阰』者，蓋見汪瑗《集解》云：『阰，地之有次第而相連比也。』或者因黃文煥《聽直》。如，《離騷》『三后』云：『三后，舊作楚先王。非是。朱子作禹、湯、文王。黃維章作三皇。因述堯舜，而溯三皇。黃説爲當。』案：『三后』始解作楚先王者，汪瑗《集解》也。王注解『禹、湯、周文王』，而非朱注也。朱注解『少昊、顓頊、高辛』。文煥『三皇』未有確指，以爲『先堯舜』，則同朱注也。或者因洪氏《補注》爲解。如，《離騷》『女嬃』云：

『嬃，原之姊也。閔原見逐來歸，喻令自寬，鄉人名其地曰秭歸，因以爲邑。邑北有原故宅，宅北有嬃廟，擣衣石尚存。』案：此見洪氏《補注》引袁山松説也。或者參以己意。如，《離騷》『九畹』云：『十二畝爲一畹，五十畝爲一畦。百畝則兩畦，九畹則一百八十畝。』案：九畹、百畝，於斯已無餘蘊。又，『謇吾法』云：『謇，難詞。』案：雖取朱注，然賀氏以爲非謇難之詞，乃語詞之難，猶那也，奈何也。難、那歌、元陰陽對轉，同泥紐雙聲。《詩·桑扈》『受福不那』，《説文·鬼部》引《詩》則作『受福不儺』。《左傳》昭公十年：『忠爲令德，其子弗能任，罪猶及之，難不慎也？』言何不慎也。又，『錯輔』云：『錯，置也。《儀禮》多用此字。』案：賀氏雖未引例，然考《士喪禮》：『入阼階前，西面錯；錯俎北面。』鄭注：『錯，置也。謂置鼎西面，與門外同。北面，横置之以俎，本西順也。』正與此同義。

賀氏之『箋』，乃自爲之解，依原文而串釋，類漢世章句，而專以抉發屈子大義，且諷喻時世。如，《離騷》首節箋云：『此屈子自敘年譜，開漢人韋氏及班、馬、揚雄述祖德言志等詩之祖也。以矢死之日，追初生之辰，尋思墜地作此結果，語雖莊重，意極悽涼。嗟乎，屈子不得志於君，未有如龍逢之於夏、比干之於殷、子胥之於吴也，不過疏遠放棄之耳，何至求死？乃以系出帝胄，身爲宗國之存亡，休戚與共。而且日月命名，天若留意焉，親若預知焉。既已許身鄭重，而或偷生苟簡，即與辱身賤行者同科。此原之一死，固以竭忠，亦兼盡孝。試問古人中以一死全忠孝者誰哉？黄文焕曰：「讀原之開章，而明哲保身之論，霍然失所麗矣。」』賀氏以死生大義解《離騷》自述出生，而演繹之以『全忠孝者』，與孔氏『明哲保身』大相逕庭，則知其非據經義爲解，故於朱子『忠而過』之説亦大不以爲然也。然則在其時，多乏氣節，能『全忠孝』者若楊漣、魏大中、劉宗周、左光斗及東林黨魁顧憲成、高攀龍、劉永澄諸君子外，復有幾人耶？又，『悔相道』一節箋云：『君不能遵道而得路，此君之過也。然吾不能引君於當道，悔何及矣。吾將回車復路，庶幾引吾君「及前王之踵武」乎，雖迷未遠，不至終誤也。蘭皋椒丘，「衆芳之所在」；或步或馳，終焉止息。雖進不能入，祇以「離尤」而已。既不容進，安得不退而修吾初服耶？衣裳冠佩，正所謂修吾初服也，而昭明之質有退藏而無虧缺。所謂道行則兼善天下，不行則獨善其身，夫豈望人知耶？然雖回車反服，猶未能頓忘人世，故復返顧遊目，睠焉宗國，及彼四方，庶幾得行吾志，遵彼先路，亦未可知。佩服愈盛而明，志氣愈修而潔，若此者，余情以信芳爲可樂，不敢祈人之必同於我，亦不患人之有害於我。即此以獲罪，至於體解，終不以此而悔。惟悔吾囊時之不察耳。』《離騷》至『悔相道』一節大跌轉，開下『往觀四荒』之波折。而釋『悔相道』之義爲關鍵。賀氏以爲屈子自悔『不能引君於當道』，而反顧遊目而『往觀四荒』，是『庶幾得行吾志，遵彼先路』。蓋亦自成一家説矣。又，『女嬃』一節箋云：『嬃之於原名爲詈而實譽，此後人慎勿爲好之説也。姊之所以責原者，即原之自負處。「衆不可户説」四句，余獨以爲猶是女嬃之言。言衆同汝，獨誰察汝情？奈何甘爲煢獨而不聽我言，稍示和同耶？總之女嬃亦係飾詞，不必粘定，即如嬃言，至情相迫，則理有所不得不辯，姊之愛原至矣。然舜所以誅鮌者，以其「婞直」耳。豈忠直耶？依前聖爲我節中，以消忿恨，故欲歷沅湘而就重華，陳吾所願。沅湘皆水，此亦依彭咸之意也。就鮌起舜，文心最密。』賀氏是論可取者有三：一以嬃詈爲『實譽』『係飾詞』，蓋相反爲説。二以『濟沅湘』亦寓『依彭咸』之意。皆所謂求其言外矣。三以誅鮌者舜也，鮌以『婞直』見誅，而我以『死直』見疏，故所以節中於重華也。所謂『文心最密』，職是故也。然鮌之『婞直』，亦類原之『死直』，似無殊異，則不必强生區別也。

賀氏以求帝比求返楚懷王，求女比求助於鄭袖。其『朝吾將濟』一節『箋』云：『前叩帝閽而不開，此求神女而見阻，理之不可通者也。愚意帝以擬楚懷，女以比鄭袖，庶幾其可通乎？懷王之見蔽，蔽於袖也。使袖而能識原之芳潔，轉以達於其君，亦何不可？然袖固君之寵幸也，不可見也。下女、豐隆、蹇脩、鳳皇、鴆、鳩，同朝共事之人上官、子蘭之徒也，皆可以知吾以芳潔，而轉達於君若妃者也。乃勇而速如豐隆、婉以達如蹇脩，皆不能得志；而强如鴆鳥、巧若鳲鳩，益復何賴？即吾最信者鳳皇，而又弱且拙焉，終不足望矣。』又，『閨中』四句『箋』云：『閨中邃遠，即四極以祈求女之説也。哲王不寤，即叩閽不得見帝之説也。此四語結上兩節，閨中、哲王對舉，益見余楚懷、鄭袖之説不謬矣。』賀氏以『西行遠逝』一節爲漫無所求，『箋』云：『前二章或求帝，或求女，至此兩無所求，不過駕言出遊以寫我憂，而憂實甚矣。……既無同心，故毅然遠逝，非若昔之有狐疑矣。世棄君平，君平亦棄世，不待黨人疏我而我先自疏矣。前之朝發蒼梧，夕至縣圃，飲馬咸池，總轡扶桑，先驅奔屬，上下求索，日夜飛騰，其求甚切，其行甚疾，無暇遊觀。繼之濟白水，登閬風，相觀四極，周流於天，恐求不遂，少遷延矣。至此一無可求，所以不憚脩遠。屯車容與，抑志弭節，無聊之極，假名愉樂，登天及地，上下已窮；自東徂西，四極已盡。將安之乎？所以遇欒生悲，睠言舊鄉。故都不可懷矣，天下靡所騁，舍彭咸其將奚適耶？』《離騷》求帝、求女及西行遠逝之旨，最爲難解。古來衆喙喧嘵，議論蜂起，懵然莫知其所從。賀氏以求帝而見距閽寺，爲喻求懷王而見阻於讒佞矣。三求女之不遂爲比求通鄭袖而不得左右之通言。又比較求帝、求女及西行遠逝之異同，則以後者爲無冀求，駕言出遊以寫其憂耳。雖不言盡得屈子底藴，蓋存之爲其一家説矣。然詳覆其説，亦多見未契合處。若求簡狄而遣鳳皇，則已在帝辛之後，於是乃歎『媒弱理拙』，是本非斥鳳皇弱拙矣。且屈子之於鄭袖，已絶矣，本無所冀幸，而欲藉求袖以諷懷王，斯豈可得耶？類緣木求魚矣。

賀氏因史遷『屈平之作《離騷》蓋自怨生也』，以爲《九歌》之作亦猶如是，『借事神以寫其怨』。如，《東皇太一》一篇充容愉樂，雖始終無一怨意，而謂『深於怨者也。當屈子委質致身之初，寧不願其君爲堯爲舜，身則爲皋爲夔，都俞吁咈，賡歌一堂，追明良喜起之盛哉。不意忠而見謗，信而見疑，牢落江潭，憔悴以死。溯懷往事，能不傷心？《碩人》之什，爲賦蛾眉蚩蚩之章，興思言笑，亦猶是耳。讀彼二篇，怨耶非耶？即以文體論文，有正有反。《九歌》篇什雖多，其實一旨。《東皇》爲之篇首，是題正面，不得不正寫之。又，屈子之文多主於怨，怨其正面也。而先言不怨，以反形之即淺。觀乎屈子者，不得不推爲極文章之能事也。」此相反爲言，蓋猶董齋所謂『哀以志樂則倍增其樂，樂以志哀則倍增其哀』之意，故云『深於怨』也。讀之令人解頤。又，箋《雲中君》末節云：『靈既周章無定，勢不能憺然忘歸，乃不意一降而猋然高舉，徒望冀州而何在？即横絶四海而難求，不可再見矣，安得有不思君而至勞心忡忡也。此即《騷經》所云「曰黄昏以爲期兮，羌中道而改路。初既與余成言，後悔遁而有他」之意。』蓋以雲中君比況懷王之去留不定，似雲之反覆無常也。又，箋《國殤》末節云：『此篇全賦國殤，與諸章借神自況者不同。然「首雖離兮心不懲」，猶《騷》之「雖體解吾猶未變兮，豈余心之可懲」也，依然自況也。』《九歌》『自況』之説，雖非賀氏獨創，然至其條理貫串明晰矣。蓋原以祭司自況，而以所祭鬼神多致意於君也。乃謂《少司命》『我之惓惓於君者，豈獨在我乎？以之威儀秩然，光彩顯赫，足以誅鋤衆穢，擁護衆芳，爲民取正。誠能如是，雖不我顧，我亦無用深悲矣』。謂《東君》謂『思君如日不願其暫蔽也』。《河伯》始與我遊而後竟别，是『歎君思之薄也』。謂《山鬼》『屈子自寫其思君而託諸山鬼，即爲鬼言』。若是之説，牢籠穿穴，而一以貫之矣。

賀氏釐析《天問》爲三大段。首段自篇首至『曜靈安藏』以問天，謂『原所欲問者自有天以來，世間多少可驚可駭、可憤可惜之事，難言難盡。試推未有天以前，不知何若？蓋問其無可問，而非故爲衒奇詭怪之論也』。次段自『不任汩鴻』至『烏焉解羽』以問地，謂『天平地成之後，洪水爲災，以致懷山襄陵。此亦天地一大變局也。故劈就鮌禹問起』。末段自『禹之力以獻功』至篇終以問人事，謂『此以下詳人事之治亂，而先有夏一代之始末也。其仍從禹起者，帝降而王官天下，而改爲家天下。古今一大疑案，不得不問也』。其説是篇次序井然可晰可序。而舊注以原因壁呵問而文『不次序』云云，蓋未以爲然矣。又，以是篇爲多諷寓時世之意。如，箋『燭龍何照』『若木何光』云：『燭龍、若木承上西北來，使二者果能代日之光，則世無覆盆之怨、長夜之苦矣。原蓋假此以寓悲也。』又，箋問禹啓一節云：『千古聖賢行事尚多可議，亦何者不可議乎？是原被辞之憤懷，借此以自解耳。』又，箋舜娶二女、帝嚳十成高臺之問云：『桀以妹嬉亡，舜何嘗無二妃？瞍不爲娶而堯竟下降於潙汭，不害其爲重華也。帝嚳爲有娀女築臺以至十成，不害其爲高辛也。至於女媧，則又以女子治天下矣。豈獨女寵能亡國耶？懷王之不聰，罪不在鄭袖矣。』又，末節箋云：『「中央」云云，秦之於楚，各司其牧，疑天有所偏怒於楚，而令秦得淩楚也。「蠭蟻」云云，言苟用其力，凡物皆能自保，而懷王不固也。「驚女」云云，王逸以爲采薇之女有所驚而走，北至回水之上而得鹿，其家遂昌。天能祐一女子，而獨不祐楚懷王，至秦走趙，不納而復歸死於秦。其驚其走則同，而懷卒無可喜也』。以上雖不無牽合比附之説，而大旨醇實，似可爲觀法也。

賀氏箋《九章》仍依舊本編次，而各章作時先後，則從黄維章説，謂『由《惜誦》起，次《思美人》，次《抽思》，次《涉江》，次《橘頌》，次《悲回風》，次《哀郢》，次《惜往日》，次《懷沙》』。又以《哀郢》作於『懷王未客秦之前矣。《離騷》末章願依彭咸而居，何其激切；此章日夜思歸，何其哀婉。吊古傷今，寄之曼目，生不能歸，死期還葬此，與魂魄猶思故鄉者，倍傷心矣。彼屈子者，始願沉湘者耶』？黄維章惟《離騷》一篇作於見疏懷王之時，餘皆作於頃襄王放逐之後。而以《哀郢》作於『懷王未客秦之前』，是亦與維章不同矣。又，洪興祖以『緩』『切』論《離騷》《九章》之異同，而賀氏以爲『亦可一概而論也。《橘頌》通篇賦橘，《悲回風》絶不及楚事，惟末章「驟諫君而不聽」二語，仍説申徒，其可盡謂之切乎』。洪氏所謂『緩』者，委婉曲折而有所隱也。而所謂『切』者，直白無隱之意也。《九章》之於《騷》，洵乎義顯而意豁，解之亦不難。賀氏舉《橘頌》《悲回風》之例，以爲二篇不『切』而『緩』，然有逾於《騷》者乎？恐顧此而失彼矣。又，賀氏箋《抽思》云：『前云「集漢北」，此曰「南行」；甫云「狂顧」，又曰「娛心」；甫曰「泝流」，又云「軫石」。煩寃之極，以致迷瞀，忽南忽北，忽喜忽愁，忽山忽水，忽徂忽宿，總屬遥思，無非愁歎。歌哭無端，借此抒情耳。屈子所以云「自救」也，而究竟何能救也。故又曰「憂心不遂，斯言誰告」也。』箋《惜往日》云：『此原所以致恨於今日也。法度，即往日信吾之時之法度也。今既廢絶，師心自治，譬之乘馬無制，乘桴無具，國亡無日矣。吾若不死，則國將折於秦，死非吾土，是「禍殃之有再」也。若遽死而不言，讒人壅君之罪，則吾君何所鑑而悟過改更耶？此吾之忍死畢辭，欲吾君識之，天下後世識之也。覩子胥抉目東門以應吾言者，未可同日語也。』類此議論平正，且有特見，足可與維章驂驔雁行矣。

賀氏箋《遠遊》之題云：『題曰「遠遊」，即先言所以遠遊之故，非真爲延年度世也，悲時俗耳。以時俗之迫也而欲舒之，時俗之阨也而欲廓之，非遠遊不能也，非「輕舉」不能遠遊也，非「上浮」不能成其爲遠遊也。』又，其箋篇末云：『四荒六漠四語，括盡一篇遠遊之境。以下則皆悟境矣。身處寰中，神遊天外，何天何地，何見何聞。無天無地者，非天地之所能囿我也。無見無聞者，非見聞之所能域我也。……誰爲屈子非見道者而爲此大言以自欺哉？若曰屈子既知塵視一切，何必以見放於君之故憔悴以死？似非知道者，則又不然。神仙忠孝，總從正氣煉出。此中無甚高下，若疑忠孝不如神仙，則並不知忠孝矣。龍逢、比干至今尚在，是豈形銷骨化者可同日語耶？況後世如顔真卿魯公本以兵死，而猶人見之仙家，謂之兵解。安知屈子沉湘非水解耶？』其目『神仙』『忠孝』爲一事，俱根於『正氣』之故，則所謂『神仙』不死者，乃延聲譽於千古不朽之謂矣。論甚新巧，自成其説。

賀氏箋《漁父》以漁父比類孔子，云：『古之聖人有清有任，有和有隘，有不恭。惟孔子則無可無不可，漁父之言，孔子之言也。豈果出自漁父哉？屈子知孔子之所以聖而必欲出於清、出於隘，蓋亦不得不如是耳。設爲問答，欲後人諒其心，知其可以至於孔子之聖，而故出於清與隘也。所遇不同也。莞爾一歌，遠水蒼茫，煙波直逝，覺武陵漁父多一番繾綣耳。余嘗有句云：吾家楚尾近吴頭，千載沉湘恨未休。却怪當年漁父冷，公然鼓枻去中流。是猶淺觀乎漁父者也。余蓋未聞道也。』此説牽合不足爲訓。漁父者，猶《論語》之長沮、桀溺之流，皆出世之士，而孔子爲入世之士，屈子亦是入世之士。是道不同而不相謀矣。以『淺觀』評其漁父詩，猶《卜居》不疑而問，故意作態，藉口設爲隱遁之詞耳。

賀氏以『《大招》典樸，《招魂》麗則，屬辭争異，興會非一。傳云景宋，或以還屈。不知何人，視詩三百』。蓋因循舊説，不欲失之武斷矣。又謂二篇同是招魂，而景差云『大招』，宋玉云『招魂』者，『以宋玉所陳宫室、園囿、侍女、游獵之事，而此末章歸於政治，所見大，故曰「大招」也』。陳腐之見，不足道。至箋《九辯》首節之『悲秋』，乃云：『春女怨，秋士悲，要自古而然矣。微屈子亦云，秋風之動容也。當其悲從來，寧獨秋風之蕭瑟，秋霖之躔綿，秋夜之悠悠，秋霜之凛凛，即星月皎潔，明河在天，水浄潭碧，煙凝山紫，人以爲爽，我以爲愁矣。嗟乎，失志不平，羈旅岑寂，猶其淺淺耳。至於年已過中，如逢秋候，荏苒無成，泯戚以死，我與古人遥遥同恨，雖欲不悲，亦何能不悲也。』若是文字，讀之令人不厭。然與其云詮解玉賦，寧似自述心迹，借人屍而還己魂矣。至自序作是書之際，亦云，『歲聿云暮，萬感畢來，零雨鍵門，剥啄不已，迫迫之苦，有同逋逃，憤懣已極，忽自奮發』。則與此箋可以互鑑。然根柢不深，語蕪意淺，未脱明人，流入空疏矣。

賀氏之『評』，乃蒐集衆家之説，多見於蔣之翹《七十二家評楚辭》，偶亦列其己説。有節評，總評，節評繫於各篇每節之末，如，《離騷》『惟黨人』一節之末引馮覲曰是也。總評置於各篇之末，如，《九歌》之末引姚寬、張鋭、馮覲、陳深、金蟠是也。此不足觀，大半論文品藝，漫無義法，存之可資異聞矣。

是書爲丹陽華天章刻於清康熙間，傳存甚稀，國家圖書館有藏本。（黄靈庚）

# 屈子離騷論文

《屈子離騷論文》者，清鄭武之所作也。武字友杜，廣東東莞人。生平履歷莫考。又，清同治《端州府志》卷十五《人物·忠義》『鄭士喜』條，載言鄭武與士喜、黄興恩、戴重光、沈本濟等陰結勇士三千餘人，計擒張獻忠僞官王文直。未審其人否？《廣東通志》卷一百九十四《藝文略》六有『《莊子論文》三十六卷』條，云：『存，國朝鄭武撰，粤人。』又，民國《東莞縣志》卷八十六《藝文略》四亦有『《莊子論文》』條，云：『國朝鄭武撰，載府志。』而未見《屈子離騷論文》著録，蓋其時已放失而不易得見矣。

凡十一卷：首卷《大序》，次卷《讀法》，三卷史遷《屈原列傳》，四卷《離騷》，五卷《九歌》，六卷《天問》，七卷《九章》，八卷《遠遊》，九卷《卜居》，十卷《漁父》，附録一卷《大招》《招魂》《九辯》三篇。鄭氏稱，《離騷》『一篇之意，實該全書之義也。故約而言之，首篇《離騷》中已有《九歌》也，已有《天問》《九章》也，已有《遠遊》《卜居》《漁父》也，已有逸《騷》之《大招》《招魂》《九辯》也。廣而言之，則《九歌》，即首篇《離騷》之外傳也。《天問》《九章》，即首篇《離騷》之内傳也。《遠遊》《卜居》《漁父》，即首篇《離騷》之義疏也。逸《騷》，《大招》《招魂》《九辯》，亦首篇《離騷》之别解也。然則謂讀《離騷》一篇，而即該《九歌》等篇可也，言簡而意盡也。謂讀《九歌》等篇，不過讀《離騷》一篇亦可也，理明而志决也。則此一部書中，何篇不可名爲《離騷》也？夫以屈子之篇，無不可名爲《離騷》，則以第一篇之專名，而爲其一部書之總名，蓋斷斷乎有一部如一篇、有一篇如一句、有一句如一字之意也』。鄭氏又稱，『夫文，陽也；詩，陰也。文之體奇，故稱陽焉；詩之體偶，故稱陰焉。今《離騷》爲《風》《雅》之再變，蓋亦《詩》之支流餘裔，李杜元白諸詩，莫不祖之。而其縱橫馳騁，轉轉不窮，則又進乎文矣。況賈誼《過秦論》，實從《騷》來。眉山之文雖原本於《莊》，而其篇法複而不複，亦非與《騷》無會者也。若然，則是《離騷》一書，真爲詩文之總持，而題曰「論文」者，以文可以該詩，猶陽得以兼陰，理固然也』。合是二端，故以顏是書曰『屈子離騷論文』云爾。

鄭氏《大序》爲是書總論，開篇藉論忠、孝之義，直斥時世小人。以爲忠、孝二端，本所以維持『天地之所以不壞，山嶽之所以不崩，江河之所以不竭，人心之所以不死者』。孝以事親，忠以事君，乃爲人立世之大本大綱，『二者原不相離，故亦不能偏廢者也。奈之何世之小人以禍福爲重，而忠孝爲輕，見禍必避，見福必趨，不問是非，不揆義理，一以計私避害爲其枕秘。斯其人，外未嘗奉教於君子，內未嘗自反於神明，真所謂無學無才、無智無識而爲無忌憚之小人也』。鄭氏以爲人之禍福，乃天命所定，是禍無所避，是福不可强求。小人『欲趨福以避禍，其心姦，其計巧，不悉副之唐捐乎』。君子雖不幸而獲禍，而『自快自足，明目張膽，筆之於書，千秋萬世，感歎不衰，則君子之便宜，孰大於是』？小人『若倖而獲福，一時唾之罵之，千秋萬世，筆之削之，而且後之讀史者，以指爪代斧鉞，何其甚哉』。若是而言，『君子樂得做君子，小人

寄夢堂屈子離騷論文卷之五

東莞鄭　武友杜集評

九歌第二

李賀曰其骨古而秀其色幽而豔由此觀之則宋玉瞠乎其後矣

馮覲曰神情慘惋詞復騷豔喜讀之可佐歌悲讀之可當哭清商麗曲備盡情態矣

離騷之文沉鬱頓挫奇恣極矣故必以九歌

離騷論文　卷五　一　寄夢堂

枉了做小人也」。鄭氏際逢明、清鼎革，亂世之中，目覩君子趨義而亡，小人鶩利而存，誠不在少數。或者鄭氏亦嘗無辜蒙咎，險遭不測，若黄維章之罹黨禍者，故藉評屈子《離騷》，而發爲此論，據其胸臆憤懣矣。又，《惜往日》末評：「追思往事，不勝風景不殊，舉目有河山之異之感，凄凄慼慼，如聽金陵老人述秦淮舊事，覺菖蒲北里，松枏西陵，光景宛然在目，正以斷腸爲快活也。」如是與評屈賦，寧是以感觸時世者矣。類是不著邊際之語，比比皆是，可知其作書心迹。其於屈子人格，乃推崇備至。謂屈子「盡忠盡孝、不計禍福」之人，《離騷》之作，是「學爲君子之寶書」，「其立身孝友、忠君、愛國之情溢于言表」。稱「爲人君父而不通《離騷》之義，必蒙庸愚之名；爲人臣子而不通《離騷》之義，必陷篡弒之誅，死罪之名。學者誠知《離騷》爲文行俱足，而學爲君子之寶書，必能以忠孝爲文行之本，以讀書爲文行之輔，以山水朋友爲文行之助」。又謂「既欲盡忠孝以致吾之君，事吾之親，致吾之用，立吾之身，明吾之道，而上下三古，自《易》《書》《詩》《春秋》三《禮》之外，孰有如《離騷》者哉」。則《離騷》之書，儼然與六經並侔矣。

《大序》又謂，讀《騷》之法，「必當窮經，一；讀史，二；評子，三；辨集，四也」。以爲經爲衡器，「屈子之學，皆經學也。若不窮經，則不能明理，胸無平衡」。而史猶權也，「不讀史不能廣識，有衡而無權，雖有銖兩之分，而不知輕重之等，則無以論世，無以考見得失」。若「子書者，戰國之時群言淆亂，各自馳騁其説，以取悦時君世主，雖有所蔽，亦各有所長，正屈子之時之風氣也。降自兩漢魏晉而下，至於元明，子書寢微，然亦未嘗絶也。若不能評斷諸子之純駁，則無以知屈子之學之精、屈子之心之正、屈子之行之端」。屈子《離騷》，爲集之始作俑者，而「集之爲文不一，其議論拘謹者則失之腐，流蕩離奇者則失之野，求其不腐不野者，代無幾人焉。若不能辨集之腐與野，則無以識其人之詩文，亦無以識其人之邪正。下此者猶爾，又何以識屈子？欲讀《離騷》者，又不可不先讀集。夫誠於經史子集皆有以讀之，斯其人有衡有權，有識有力，方可與之讀《騷》，方可信其能讀《騷》也」。鄭氏雖所以論讀《騷》之法，實傳授爲學者入門要津矣。非獨讀《騷》然矣，舉凡一切學問，經史子集四部書，皆是治學之權輿。若是而言，猶宜再進一法，蓋讀《騷》者不可輕小學之書。《離騷》之字，傳古形也；《離騷》之韻，爲古音也。《離騷》之言，存古義也。若字之形音義不得通解，則其義其理亦不得明矣。古人治學，每以訓詁、詞章、義理爲次，循序漸進，而以訓詁爲根基。否則若七寶樓臺，基礎不固，卒焉傾圮，豈可忽略哉。鄭氏所論，蓋有所未及矣。

鄭氏《論文法》八則，實爲鄭氏是書凡例也。前三則爲讀《騷》原則，首稱評《騷》須知「頭項」，其所稱「頭項」，猶綱領、大法也。以爲「評《莊子》者欲其盡，評《離騷》者欲其不盡」。理由是，《莊》是純文體，評之當盡其義；而《騷》是詩兼文，文義雖宜盡，詩意則不宜盡，盡則「意無餘味」矣。「不盡」云云，猶董仲舒「《詩》無達詁」之謂，似非半知半解、故弄玄虛之意。次條引《孟子》「説《詩》者不以文害辭，不以辭害志。以意逆志，是爲得之」云云，亦與首條「不盡」者同意。又，鄭氏「《騷》以音聲勝，而其意味深長，最宜潛玩，非好學深思、心知其故者不能讀」云云，猶朱子「沈潛反覆，嗟歎詠歌，以尋其文詞指意之所出」者也。後五則考論屈子所作篇什，以爲《離騷》可以統攝《九歌》以下諸篇，《離騷》稱「經」之説爲後世所加，據《釋文目録》宜删「經」字。注《騷》之作，雖衆多紛如，惟王逸、洪興祖、朱子及黄維章四家殊可稱道，而是書每篇仍宗王逸小序，云惟據《釋文》删稱「經」之説，餘皆從舊也。然謂「經」字爲門人宋玉、景差所加。蓋亦臆度之詞。

鄭氏以逸《騷》之二《招》，從黄維章説，定爲屈子所作。《九辯》一篇，據《離騷》「啓《九辯》與《九歌》兮」《天問》「《九辯》《九歌》」，「今以《九歌》爲原作無疑，則《九辯》亦爲原作，可不辯而明。況《九辯》「余」「我」，皆屈原之自「余」「我」也，方説得去。如此注解，殊費周折。不若作屈原作，則「余」「我」不煩辭而解，何至騎驢而覓驢耶』。又謂逸《騷》三篇，若編入《離騷》，則二《招》『應在《遠遊》之下、《卜居》之上，《九辯》應在《九歌》之下、《天問》之上』。此鄭氏所以異於舊説、己所發明也。然覆審之，皆不能成立。史遷雖讀《招魂》而『悲其志』，未嘗言《招魂》亦爲屈子所作矣。讀屈作可以『悲其志』，讀玉作亦可以『悲其志』，故史遷云云，不足爲據。《招魂》爲宋玉招屈子之魂而作，蓋毋庸置疑矣。《大招》之作，當在《招魂》之後，且見兩漢熟語，明非屈子所作。逸云『景差或屈原』，其已不能決斷矣，故《釋文目録》置於第十六。朱季海斷爲漢人所作，庶幾是矣。《九辯》爲宋玉所作，古來無異詞。其格詞、氣韻皆不類屈子。觀原之所悲，在於靈修數化、國無人知，而不憚『身之賤貧』；而玉之所悲，在於一己『失職』而『志不平』。玉之作《九辯》，既以吊師，亦以自悲也。又，《抽思》『悲夫秋風』句鄭氏注評：『只一句，便抵《九辯》悲秋一篇，妙絶。』固知《九辯》不能與《騷》並侔矣。《釋文目録》置《九辯》一篇於《離騷》之後、《九歌》之前，固因《騷》之『啓《九辯》與《九歌》兮』、《天問》之『《九辯》《九歌》』，而未以作者爲次矣。其置是篇於『《九歌》之下、《天問》之上』，則益無倫次矣。

鄭氏於《離騷》各卷皆爲評語，卷首有題評，篇内有眉評、注評，篇末有總評。凡引自他人者或出其姓氏，或隱其名字，計有劉知幾、張銑、李賀、劉辰翁、王應麟、馮覲、桑悦、張鳳翼、鍾惺、陳深、陳仁錫、孫曠、蔣之翹、蔣之華等，蓋皆未出於蔣之翹《七十二家評楚辭》之規模。或者鄭氏自出機杼，内容頗雜碎，多著意於譚文論藝，偶或借題發揮，鍼砭時世。然其是非得失，則隨文以辨之可矣。

鄭氏於《離騷》一篇，多見無端發議論，蓋屬借題發揮。如，『忽其不淹兮』下注評：『光陰迅速，人壽無幾，世事無常，頃刻變幻，一簾之外，我看盡世人許多營蠅狗苟。』與其評《騷》，毋寧斥言時人，而發痛世疾俗之慨也。又，『敗績』下注評：『千古忠臣，同聲一哭。』蓋非但哭屈子，亦哭殉忠於朱明烈士矣。其遺民之思耶？又，『中道而改路』下注評：『予讀《騷》至「曰黄昏」二語，未嘗不垂涕也。本是同調，得無相憐？』至此，益知鄭氏作是書之由，在於澆己塊壘爾。又，『貪婪兮』下注評：『「競進」二字，駡盡一世。』何祇一世，蓋駡盡千古矣。見其憤激如是。又，『蛾眉』下注評：『蛾眉受妬，是古今最可恨事，於家於國，何地無之，真令人淚落也。』真若有此親身經歷者，故其感觸特深切。又，『寧溘死』二語注評：『吴冠五極賞此句。余友閩南高固齋先生有詩云：「亦知從俗好，但覺處心難。」與此同慨。』案：冠五，名宗信，屯溪人。際明、清之交，負才不羈，好吟詠，不拘格調，直攄胸臆。嘗落拓不偶，詩多憤激之聲。又，高固齋，名兆著，字雲客，明崇禎諸生，清順治間布衣。以遺民自處，著有《續高士傳》五卷、《列女傳編年》《六經圖考》。民國《閩侯縣志》卷七十二《文苑》下有其傳。則見其所徵引者，亦可知鄭氏爲人矣。又，『女嬃』二語下注評：『借女嬃以發端，就重華以明志，以世無可語而爲此不得已之辭也。』則所以解女嬃、重華二章之相承因緣也。又，『濟沅湘』二語眉評：『親朋盡一哭，鞍馬去孤城。』案：二句出杜甫《送遠》，所以哭訴離别也。以況屈子别妻拋子，遠走沅湘，亦甚剴切。又，『危死節兮』下注評：『進則危吾身，退則危吾君，雖舜何以告之哉？』眉評：『奇句，有鋒稜。』案：已道明屈子進退兩難之境，告舜亦不得排解其憂，其已隱含下文『上征』藴奥，惜鄭氏若蜻蜓點水，未追問到底，豈所謂『不盡』之意耶？然屬譚藝論文者亦比比皆是。如，『帝高陽』二句注評云：『起得正大，從《清廟》《生民》諸詩摹出，妙。』謂《騷》承《詩》而起之證據。是也。又，『曰靈均』下注評：『如此怨亂之文，却作如此正大起手，真好手法。』謂《騷》雖生於怨亂，而起首敘事『如此正大』，未見其怨亂之所在。正其章法不尋常處也。類此不煩悉舉。或者爲文字校勘。如，『改乎此度也』下注評：『一本無「也」字。』又，『以追曲兮」之『追』下注評：『古隨字。』

鄭氏以屈子『上征』以下至『終古』爲寓言，然其所寓之意，如『求帝』者，終焉未白。惟『以延佇』下注評：『好筆，上下終不見容，可謂無聊之極矣。』又，『高丘之無女』下注評：『惓惓不舍，憂君之至。』則以寓求君上、求臣下爲解矣。又，『來違棄而改求』下注評：『此二句蓋有自寓去國之意。』則以三求女爲比別走他國諸侯耶？恐是曲解。若謂屈子有去離宗國之想，是誣矣，獨不畏屈子之陸離長鋒哉？又，『忍而與此終古』下注評：『定要寫出令人痛哭，文筆又沉鬱頓挫。』是語蓋於時世，亦有所激矣。又，『豈惟是其有女』下注評：『明明知之而不能舍，杜麗娘亦然。』案：屈子之寄意於闇君，杜麗娘之痴情於負心郎，二者碻焉可類。又，『察余之善惡』下注評：『原答靈氛如此，可哀也已。』又，『其不芳』下注評：『自念之詞至此。』案：其辨卜氛一段句法，當矣。又，巫咸告語一段注評：『諸賢俱在側陋，猶爲賢王所用，況我屬宗臣，乃爲擯棄乎！真淚迸腸斷之語也。世非乏呂、寧流也，第恨文、桓無從遇耳，爲之三歎。』案：若屈子借巫咸陳説三代古事以諷今，則鄭氏借屈子以刺世也。又，『莫好修之害也』下注評：『上有好者，下有甚焉。』反觀明季君臣敗亡，又何嘗非如此耶？又，『聊浮遊而求女』下注評：『睠睠之意，終不能忘，太史公所謂一篇三致意也。』亦以西行求女寄寓求君矣。又，『自疏』下注評：『忠厚懇惻，可風可雅。蓋遠遊非其志，況從彭咸乎？』案：況其『從彭咸』亦是不得已，然則其志謂何？鄭氏故弄玄虛，未明言矣。又，『又何懷乎故都』下注評：『託爲遠行，而卒返故都。曰「何懷乎」，懷之至也。』遠行而終反故都，不言懷而實懷，皆相反爲意也。

鄭氏以《九歌》以『九』名而載『十一篇』者，即『如《七啓》《七發》以數名之，非以章名之，可以例觀也』。其評《九歌》皆爲譚藝論文，途徑多方，而不復見諷喻時世矣。或者置身其境，細加體會，隨屈子之喜樂哀怨而起步，蓋所謂『潛玩』之意矣。如，《東皇太一》眉評：『風致撩人。』又曰：『黃鍾大呂之音。』《雲中君》眉評：『幽意別情，如在蓬萊三島。』《湘君》『使江水兮安流』下注評：『畫水有聲。』又，『將以遺兮下女』注評：『幽情密意，字字撩人。』《大司命》『何壽夭兮在予』下注評：『令人陡然一驚，不獨君相不言命也。』《少司命》『羅生兮堂下』下注評：『真好景，令人想殺。』又，眉評：『寫景中能入神，語絕佳。』又，『悲莫悲兮生別離，樂莫樂兮新相知』下注評：『刺骨語，何以寫得到此。』又，『臨風怳兮浩歌』下注評：『我亦欲浩歌矣。』《東君》『觀者憺兮忘歸』眉評：『讀者樂兮忘疲。』《山鬼》『帶女蘿』下注評：『雅澹如西子。』又，『芳杜若』下注評：『讀「山中人」一段，如入深徑無人，覺古藤枯木，皆有異致。』又，『狖夜鳴』下注評：『月落燈昏，壁動鬼出，令人嚇絶。』又，『徒離憂』下注評：『豪雄激壯，讀之令人起舞。』《國殤》『短兵接』下注評：『咄咄逼人。』《禮魂》篇末注評：『燈光之下讀之，閃閃奪目。』或者喜與經、史、子及漢、唐以後詩文集比況爲言，以見相承之脈，若其例所言者。如，《東皇太一》『樂康』下注評：『流麗婉約，晚唐之祖。』《雲中君》末評：『香艷之筆，千古無雙也。』《湘君》『吹參差』下注評：『六朝金粉，已肇於此。』又，『聊逍遥兮容與』下注評：『「佳人難再得」，本此。』《湘夫人》『嫋嫋兮秋風』下注評：『一句抵一篇《悲秋賦》。』《大司命》『羌愈思兮愁人』下注評：『唐人閨怨之祖。』又，『愁人兮奈何』下注評：『唐人夢想不到。』又，眉評：『二「愁」連接而下，唐詩多祖此。』《少司命》『忽獨與余兮目成』下注評：『《神女》《登徒》妙處，皆本此二句來。』《東君》『照吾檻兮扶桑』下注評：『古詩：「日出東南隅，照我秦氏樓。」可爲善學。』《河伯》『衝風起兮』注評：『漢武《秋風辭》本此。』又，『河之渚』注評：『仿佛莊惠濠上文。』又，『魚鱗鱗兮媵予』下注評：『杜子美詩云：「岸花飛送客，檣燕語留人。」亦是此意也。』《山鬼》『歲既晏兮』下注評：『如讀《蘭亭記序》。』《國殤》『敵若雲』下注評：『《吊古戰場文》，遜其悲壯。」又，『爲鬼雄』下注評：『此篇敘殤鬼交兵挫北之迹甚奇，而詞亦凄楚，固知唐人《吊古戰場文》爲有所本也。」《禮魂》『終古』下注評：『千古如新，江文通「春草暮兮秋風驚」數語，從此脱去，而反其意，亦自凄絶。」或者擬以圖畫比況。如，《湘君》『望涔陽兮極浦』下注評：『馬麟《秋水烟平圖》。」又，『斲冰兮積雪』下注評：『趙文敏《江天暮雪圖》。」又，『水周兮堂下』下注評：『二句如畫，畫中又似倪迂《平遠》。」《湘夫人》『搴汀洲兮杜若』下注評：『徐青藤花卉筆法本此。」或者商榷舊説。如，《雲中君》末注評：『屈子作文，不過就題寫去，自覺别有會心。乃洪興祖謂此章以雲神喻君，言君德與日月同明，故能周覽天下，横行四海，而懷王不能，故憂之。此説大是拘腐。」《湘君》『北征』下注評：『自此以下，皆指湘君而言，想望之辭也。王逸注以屈原自序。疑誤。』案：其説皆是也。

鄭氏以『奇』字以評《天問》，蓋頗得其藴奥。綜其條例，可約爲二端：一爲評其所問之事迹奇，茫然莫測，而不可究極也。如，『何由考之』下注評：『雖百辯才，亦難置喙。」又，『何本何化』下注評：『此不可以理論，不可以情求，逆其意者，當得之寥廓之表、窈冥之中耳。」又，『若華何光』下注評：『我更有奇問，但問不出耳。」又，『一蛇吞象，厥大何如』下注評：『稗官之祖。」又，『胡爲此堂』下注評：『奇之甚，妙之甚。」又，『不能固臧』下注評：『荒忽怳宕，其情可憫，其理不可求。」又，『夫焉喪厥體』下注評：『荒唐恣肆，大類《莊子》，韓昌黎動稱「莊屈」，不虚也。」又，『孰期去斯，得兩男子』下注評：『必尋其解，致斯索此異人異書，正資奇賞。」又，『下逢尹伊』下注評：『古書中不多得。」又，『而黎伏大説』下注評：『此一段文，不減《尚書》。」又，『既驚帝切激，何逢長之』下注評：『語及興亡，自不覺其言之激而痛也。想其當日光景，必怒髮直上指冠。」又，『西伯上告』下注評：『文奇，事奇。」又，『螽蛾微命力何固』眉評：『好奇至此，令人一驚。』又，『忠名彌彰』下注評：『真正忠肝義膽，讀之令人起立。』二爲評所問之句法奇，變化多端也。如，『東南何虧』下注評：『此篇看他用「何」字法，忽然上，忽然下，忽然縱横，忽然變化，自始至尾，轉换不窮，真八門五花之文也。』又，『十二焉分』下注評：『何字、焉字又間用，錦心繡口。』又，『焉有石林』下注評：『焉字用在當頭，奇妙。』又，『厥身是繼』下注評：『句法奇峭。』又，『孰道尚之』下注評：『孰字又一様字法，妙。』又，『元鳥致詒女何喜』下注評：『文法變幻不窮，如雲在天，如波在水。』又，『穆王巧梅，夫何周流』下注評：『漢以下無等文章。』又，『鼓刀揚聲后何喜』下注評：『文法至此又變，細讀之真如秋風捲籜。』又，末評：『《天問》文章，如古塚器，非復人間之物。』類此者則舉不勝舉矣。

鄭氏評《九章》在於探旨與論藝兩端。以《九章》視如《騷》之『内傳』，所以傳述《騷》之義也。故其讀法，重在『潛玩』，即隨屈子喜樂哀怨，以意逆志也。如，《惜誦》『羌衆人之所仇』下注評：『令我失聲大哭。』又，『又衆兆之所讎』下注評：『真令目眥盡裂，髮上指冠。』又，『之所咍』下注評：『作忠造怨，違衆取咍，此千古大不平事，故《九章》紬繹此意以明《騷》也。』又，『願側身』句注評：『重足而立，可歎可歎。』《涉江》『年既老』句注評：『古人真不及處正在此。』又，『莫余知』下注評：『賢亦有此厄，可歎。』又，『乘鄂渚』句注評：『步步不忘君，所謂痴心女子負心漢。』《哀郢》『以容與兮』下注評：『如聞邪許之聲，妙絶。』又，『之忼慨』下注評：『滔滔皆是，每一思惟，唾壺口缺矣。』或諷喻時世，有所寄寓。如，《涉江》『腥臊並御』下注評：『有銀奴得意矣，無耻之輩趨奉銀奴，亦復得意，聽其頤指，笑駡諸芳，真令人按劍而起也。』案：銀奴，乃閩北莆田木連戲中一佣名，於屈子何涉？蓋別有所譏矣。又，『芳不得薄兮』下注評：『作官尊者日宜三復斯言，不獨人君也。』案：亦是言外之意。《哀郢》『而東遷』下注評：『李後主揮淚對宮娥詞，遜其淒惋。』案：蓋亡國之思也。《思美人》『何變易之可爲』下注評：『亦是正理，不特作《騷》者癡，連我讀《騷》者也癡了。』則見其讀《騷》甚用心。《悲回風》『聽波聲之洶洶』下注評：『知己難逢，俗人易謗，讀此令人流涕。歸熙甫先生一代文人，乃爲俗人所謗訕。其知己者不過張茶陵、高新鄭二人而已。又聞山陰諸狀元大綬，招鄉人徐文長飲，入夜乃至，諸怪問：「何來遲也？」徐答曰：「適來在一士人家避雨，見其齋懸歸熙甫文一軸，余迴翔雒誦，不能舍去。乃當今之歐陽子也。」諸即命隸卷其軸來，張燈快讀，相對歎賞，至於達旦。歸先生平生重知己，每談及張文隱事，輒爲流涕，惜當時無人以此事語先生。先生聞之，其流涕更當何如？甚矣俗人多而知己少也。』其爲歸有光鳴不平，抑亦歸氏私淑耶？又，『刻著志之無適』下注評：『古人尚友，必有一二人夢寐以求之，方見得其得力處。試以讀書而論，賈太傅之於《鶡冠》，蔡中郎之於《論衡》，曾南豐之於《太玄》，蘇東坡之於《莊子》、賈誼、陸贄，要見古人專求自得，不隨人呼拜。讀書猶然，況持身立品，而可無古人以爲師哉？』是亦是借題發揮，別有所指矣。或參證經史子集及繪畫，發明意旨。如，《惜誦》『所以證之不遠』下注評：『當與《莊子》「九徵」合看。』《涉江》『以擊汰』下注評：『文章之妙，如在扁舟上看程孟陽吟詩作畫也。』又，『夕宿辰陽』下注評：『此敘南遊經歷荒遠悽愴之景，「千里江陵一日還」由此脱出。』又，『吾之所如』下注評：『妙筆如畫，恐董北苑所不及也。』又，『以蔽日兮』下注評：『孔子《龜山操》云：「予欲望魯山兮龜山蔽之。」屈原「山峻高」句，蓋本此。』又，『今之人』下注評：『陳明即云：「蘇眉山之文，得之《離騷》。」讀此一段益信。』《哀郢》『以流亡』下注評：『寫景如畫，壓倒荆關。』又，『而不見』下注評：『周櫟翁詩云：「一家命薄重關外，萬里鄉迷夕照中。」從此脱出。』《抽思》『而有穫』下注評：『以上四語典雅似經，豈可以其詞賦而忽之？』又，『之短夜兮』下注評：『古詩「愁多知夜長」，本此。』又，『營營』下注評：『沈約「夢中不識路，何以慰相思」，反此意，又佳。』《懷沙》『而相量』下注評：『絳灌伍之，猶且不可，況其甚乎？可歎。』《思美人》『與纁黃以爲期』下注評：『盛此公云：「須黄昏讀史，大家混帳一場。」意從此脱出。』《惜往日》『雖過失而勿治』下注評：『此句最妙，方如是見得君臣之相得。昭烈所謂「孤有孔明，如魚之得水也」。』《橘頌》『生南國兮』下注評：『我與我周旋久，寧作我。』又，『紛其可喜兮』下注評：『徐青藤花卉從此悟入。』又，『閉心』句下注評：『一部大《易》，盡此二語。』《悲回風》『撫珮衽以案志兮』下注評：『西廂云：「我拽起羅衣欲要待行。」從此脱化而出。』鄭氏評《九章》之文，蓋得之一『變』字。卷首稱，『《九章》則用疏奇筆，篇篇各變，無一筆相似也』。是所以概敘《九章》文法也，探究《九章》用詞及句法之多變。如，《惜誦》『昔余夢登天兮』下注評：『「夢」字奇妙，三千大千無不同在一局。可歎。』又，『懲於羹』句下注評：『造語似諧，轉多奇致。』《涉江》『被明月兮』句注評：『横入此句，章法奇絶。』《抽思》『心之憺憺』下注評：『此段一句一轉，事君惓惓之意如見，妙絶。』《懷沙》『眴兮杳杳』下注評：『句法變。』又，『從容』下注評：『思之不得，轉而爲怨；怨之不已，轉而自解。最是懊恨處。』又篇末評：『此章爲一部書之腰，而適值屈原自沉之篇，章法奇絶、横絶。可與《哀郢》並驅。』《思美人》『致詒』下注評：『有意無意，從上「歸鳥」卸下，章法奇絶。』又，『遵江夏』下注評：『愁苦中忽作此快意語，好筆。』《悲回風》『先倡』下注評：『寫風入微，今而知繪風妙手，不獨莊生也。』

鄭氏亦以『奇』評《遠遊》，卷首稱，『筆陣放蕩，文致奇肆，幾幾乎與莊生爲一，如泛溟海，天風海濤，收帆不住，真天下之奇觀也』。又稱，『筆法之奇恣，忽而九天，忽而九地，非復可以常理測之。一部《離騷》哀怨極矣，忽覩此雄奇之篇，如聞羯鼓催花也』。則《遠遊》之奇，與《天問》《九章》不同。蓋以《天問》爲奇崛，《九章》爲奇變，而是篇爲奇蕩也。又，謂《遠遊》『往者勿及，來者勿聞，一篇本旨，託遊仙以寄意耳』。『讀之令我哭，令我想』。亦是『金聖歎先生「慟哭古人，留贈後人」之文之所作也」。是蓋得其藴奥矣。鄭氏又評《卜居》正反卜問，「文勢盤旋跳躑，如絳雲在霄，神龍戲水。此等筆法，真堪與《莊子·至樂篇》並驅争先，世稱《莊》《騷》合璧，不虚也」。評《漁父》爲「一部哀怨文章」。稱「《莊子·天下篇》結一部《莊子》，結得精嚴。此《漁父篇》結一部《離騷》，結得瀇宕。譬之東泰西華，真乃各極其妙也」。又，附録三篇衹有眉評，極簡略，多鈔自閔齊伋《校刻三色套印楚辭及彙評》，無甚要妙之言，故存而不論。

是書蓋據正德或隆慶單行《楚辭章句》爲藍本，故各篇文字與洪氏《補注》、朱子《集注》多所異同。僅舉《離騷》一篇爲，則可概他篇也。如，「揆余于」，《補注》《集注》無「于」字，正德本、隆慶本有「于」字。又，「弗及」，《補注》「弗」作「不」，正德本、隆慶本、《集注》亦作「弗」。又，「中洲」，《補注》《集注》無「中」字，正德本、隆慶本有「中」字。又，「改乎此度也」，《補注》作「改此度」，《集注》作「改乎此度」，正德本、隆慶本亦作「改乎此度也」。又。「昌披」，《補注》作「猖披」，《集注》作「昌被」，正德本、隆慶本亦作「昌披」。又，「荃不揆」，《補注》「揆」作「察」，正德本、隆慶本亦作「揆」。又，「余忍」，《補注》《集注》無「余」字，正德本、隆慶本亦有「余」字。又，「曰黄昏以爲期」下無「兮」，《補注》《集注》有「兮」字，正德本、隆慶本亦無「兮」字。又，「杜蘅」，《補注》《集注》「蘅」作「衡」，正德本、隆慶本亦作「蘅」。又，「進而」，《補注》《集注》「而」作「以」，正德本、隆慶本亦作「而」。又，「落蘂」，《補注》《集注》「蘂」作「蕊」，正德本、隆慶本亦作「蘂」。又，「而流亡」，《補注》《集注》「而」作「以」，正德本、隆慶本亦作「而」。又，「罵余」，《補注》《集注》作「詈予」，正德本、隆慶本亦作「罵余」。又，「不予聽」，《補注》《集注》「余」作「予」，正德本、隆慶本亦作「余」。又，「佚田」，《補注》《集注》「田」作「畋」，正德本、隆慶本亦作「田」。又，「欲殺」，《補注》《集注》無「殺」字，正德本、隆慶本亦有『殺』字。又，『葅醢』，《補注》《集注》『葅』作『菹』，正德本、隆慶本亦作『葅』。又，『用之』，《補注》《集注》『之』作『而』，正德本、隆慶本亦作『之』。又，『嚴而』，《補注》《集注》『嚴』作『儼』，正德本、隆慶本亦作『嚴』。又，『舉賢才』，《補注》《集注》無『才』字，正德本、隆慶本亦有『才』字。又，『危死節』，《補注》《集注》無『節』字，正德本、隆慶本亦有『節』字。又，『擥茹蕙』，《補注》《集注》『擥』作『攬』，正德本、隆慶本亦作『擥』。又，『未迫』，《補注》《集注》『未』作『勿』，正德本、隆慶本亦作『未』。又，『前戒』，《補注》《集注》『前』作『先』，正德本、隆慶本亦作『前』。又，『鳳凰』，《補注》《集注》『凰』作『皇』，正德本、隆慶本亦作『凰』。又，『率雲霓』，《補注》《集注》『率』作『帥』，正德本、隆慶本亦作『率』。又，『𡎺吾遊』，《補注》《集注》『𡎺』作『溘』，正德本、隆慶本亦作『𡎺』。又，『九嶷』，《補注》《集注》『嶷』作『疑』，正德本、隆慶本亦作『嶷』。又，『升降』，《補注》《集注》『升』作『陞』，正德本、隆慶本亦作『升』。又，『繽紛以』，《補注》《集注》『以』作『其』，正德本、隆慶本亦作『以』。又，『從流』，《補注》《集注》作『流從』，正德本、隆慶本亦作『從流』。又，『茲佩其』，《補注》《集注》『其』作『之』，正德本、隆慶本亦作『其』。又，『晻靄』，《補注》《集注》『靄』作『藹』，正德本、隆慶本亦作『靄』。又，『龍以』，《補注》《集注》『以』作『使』，正德本、隆慶本亦作『以』。又，『涉余』，《補注》《集注》『余』作『予』，正德本、隆慶本亦作『余』。又，『暇日』，《補注》《集注》『暇』作『假』，正德本、隆慶本亦作『暇』。然偶或參閲《補注》《集注》，以校改單行本者。如，『馳騖』，《補注》《集注》同，正德本、隆慶本『騖』作『鶩』。又，『固亂流』，正德本、隆慶本『固』作『國』。案：據《補注》《集注》改也。又，『被服』，正德本、隆慶本『服』作『於』。案：據《補注》《集注》改也。又，『世溷濁』，正德本、隆慶本『世』亦作『時』。案：據《補注》《集注》改也。又，『幽蘭之』，《補注》《集注》『之』作『其』，正德本、隆慶本作『兮』。案：據《補注》《集注》引或本改也。又，『慢慆』，正德本、隆慶本『慆』作『謟』。案：據《補注》《集注》改也。

是書蓋刻於清康熙乙亥三十四年，爲寄夢堂藏板，流傳未廣。藏於江西吉安市圖書館者，蓋爲存世孤本也。（黄靈庚）

# 騷筏

《騷筏》者，賀貽孫所作也。貽孫，或作詒孫，字子翼，號孚尹，又號水田居士，江西永新縣人。九歲能屬文，明末諸生。明季江右社事盛行，貽孫與萬時華（茂先）、陳宏緒（士業）、徐世溥（巨源）等遊，結社豫章。貽孫師法歐陽脩、曾鞏之古文，選輯刊刻。清人入關，舉家退隱，高蹈不出。順治七年，學使慕其名，特列貢榜，避不就。巡按御史笪重光欲舉博學鴻儒，貽孫遂翦髮衣緇，結茅深山，無復能蹤迹之者。晚年益窮，布衣蔬食，然不改其志，毫無慍色，終日著書自娱。康熙二十七年戊辰卒於鄉里，享年八十四歲。著述有《易觸》七卷、《詩觸》六卷、《水田居掌録》二十卷、《水田居典故》二卷、《水田居文集》五卷、《水田居存詩》三卷附一卷、《詩筏》一卷、《激書》二卷及《甘露山房制義》《浮玉館制藝》《史論》《詩餘》等。事載《清史稿》卷四百八十四《文苑傳》及《清史列傳》卷七十《文苑傳》。

賀氏以遺民自居，而鍾情於屈子《離騷》，其心境亦可想見。《騷筏》之成書年代，貽孫未曾言及。然《騷筏》舊本與《詩筏》合刊。《詩筏》卷首附賀雲黻《詩騷二筏序》云：『家子翼先生四十年著作諸書，嘗鼎一臠，吾知其食指已動矣。遂丹黄而受之剞劂，以質同人云。』題署於『康熙甲子仲春』，即康熙二十三年。貽孫《詩筏自序》云：『二十年前與友人論詩，退而書之，以爲如涉之筏也，故名曰《詩筏》。』故可推測《詩筏》起稿於康熙三年甲辰左右，《騷筏》與《詩筏》宜相去不遠。

《騷筏》一卷，卷首有自序，稱：『東坡教人作詩，云：「熟讀《毛詩・國風》與《離騷》，曲折盡在是矣！」此語甚妙。但《國風》曲折，深於三百篇者能言之；而《離騷》則鮮有疏其曲折者，余故將《離騷》及諸《楚辭》一併拈出。倘由吾言以學詩，則知屈、宋與漢唐詩人相去不遠也。』謂鮮有疏《離騷》之曲折者，知貽孫不滿舊注，故《騷筏》之寫作動機，實爲引領讀者領會《楚辭》之曲折也。又謂屈宋與漢唐詩人相去不遠，則知貽孫著重二者間傳承之關係。《騷》者，屈原、宋玉之作也，而名之曰『騷』，蓋以《離騷》可以統攝《楚辭》矣；『筏』者，賀繼升跋語謂『直以渡迷之寶筏自許』之意也。明末文人不滿前人偏重文字訓詁，忽略文章真味。貽孫著是書，蓋欲引領讀者深入領會屈、宋作品之精髓，闢啓《楚辭》閱讀之法，即在乎『涵泳文意』、體會文心。如，評《涉江》曰：『每歎注《騷》者，不涵泳文意，乃誣忠良爲誹謗，嗟乎焉哉！吾不可不辨也。』

賀氏評《楚辭》之作，凡三十六篇，計五十四條。依序爲屈原之作《離騷》十條，無總評，結尾云『離騷經評』；《天問》一條，結尾云『天問篇評』；《九歌》十四條，『總評』二條，十一篇分評各一條，《九歌》『後評』一條；《九章》十一條，『總評』一條，《哀郢》二條，其餘八篇各一條，結尾另起一段云《九章》評畢；《遠遊》《卜居》《漁父》各一條；宋玉之作《九辨》十一條，『總評』一條，『第八辨』二條，其餘八辨各一條；《招魂》

騷筏

離騷開首云朕皇考曰伯庸即子長所謂人窮反本也未有知有君不知有父者竭智盡忠不過求無媿於皇考而已况庚寅吾以降天既授我以剛德而父復命我以正則乎若曰吾非不知爲上官大夫令尹子蘭所爲可以保祿而固寵但保祿而固寵是叛父也是違天也不敢叛父不敢違天是以不敢欺君誤國云爾即此數行眞實語是離騷一篇本領是屈子一生本領近世假人僥倖說不來剽竊說不去

汨余若將弗及兮六句自傷易老讀之惕然忽接以惟草木之零落兮恐美人之遲暮以草木自喻以美人指懷王蓋自傷

《大招》『總評』四條；最後全文『總評』一條。每條評語多爲數百字，亦有少至數十字，如《河伯》《國殤》《九辯》『第七辨』諸篇。《騷筏》選擇《楚辭》與《昭明文選》『騷體』相同，與王逸《章句》頗有不同。是書採講評形式，非逐條逐句訓解，故不盡録原文，而是自行摘録文本關鍵處，甚至完全略去原文，《天問》即是如是。全文或篇章總評，或拆句分評，有時亦點明一詞一字於文章段落中之意義。

篇章總評，重在描繪文本之主旨，言簡意賅。如，《天問》評云：『《天問》一篇，靈均碎金也。無首無尾，無倫無次，無斷無案，倏而問此，倏而問彼，倏而問可解，倏而問不可解。』描述《天問》整體風格、寫作題材及方式。緊接著又挖掘《天問》這看似無甚章法之風格之因，曰：『蓋煩懣已極，觸目傷心，人間天上，無非疑端。既以自廣，實自傷也。其詞與意，雖不如諸篇之曲折變化，然自是宇宙間一種奇文。……吾不知今之擬《天問》者，果何感觸耶？豈無病而吟、不哀而哭耶？然《離騷》《九歌》難擬，《天問》易擬，以《天問》中有古事可搜求，攤書滿案，即可成篇也。惟其易學，所以不及諸篇。然則爲文者當爲其不易擬者，擬古文者亦擬其不易擬者，斯可矣。』《詩筏》云：『嚴滄浪《詩話》，大旨不出「悟」字；鍾、譚《詩歸》，大旨不出「厚」字，二書皆足長人慧根。』貽孫論《天問》即體現『厚』『悟』兩端之結合。《天問》言及宇宙洪荒、自然萬物、人事興衰，不遍窮此理，不得有此問。可見屈子能作此篇，與其平日積學有極大關係。此即是『厚』。而其作此篇時，煩懣已極，設出這些問題，正是爲了舒洩自己的愁懷，因此全篇無甚倫次。後之擬《天問》者，没有屈子的遭遇、襟抱，徒然堆砌典故，即是没有領會到『悟』道。

拆句分評，是《騷筏》常見評論方式。如，《離騷》開篇四句，評曰：『《離騷》開首云「朕皇考曰伯庸」，即子長之所謂「人窮反本」也，未有知有君不知有父者，竭智盡忠不過求無愧於皇考而已，況「庚寅吾以降」，天既授我以剛德，而父復命我以正則乎。若曰吾非不知爲上官大夫、令尹子蘭所爲，可以保禄而固寵。但保禄而固寵，是叛父也，是違天也。不敢叛父，不敢違天，是以不敢欺君誤國云爾。即此數行真實語，是《離騷》一篇本領，是屈子一生本領。』《離騷》開篇四句，前人注疏甚多，但多著眼於屈子貴族特性，貽孫則點出君、國與天、父等同之關係，是以『不敢欺君誤國』，乃因『不敢叛父，不敢違天』。又，『汨余若將弗及兮』六句，評曰，此六句『自傷易老，讀之惕然』，一言以概之。緊接評『惟草木之零落兮恐美人之遲暮』二句，以『忽接以』三字指出前六句至此二句看似轉折突兀，實則甚有關聯，並詳細解釋旨趣所在，曰：『以草木自喻，以美人指懷王，蓋自傷未既，忽傷美人。謂吾老，君亦將老矣，不獨情意淒惻，而轉折映帶之妙，不啻駿馬驀澗。』而字詞評析，亦穿插其中。如，《離騷》『惟黨人之偷樂兮，路幽昧以險隘』。曰：『「偷樂」二字，蓋寫小人情狀。蓋小人亦非有意誤君，但其識量不遠，惟知目前快意。後日皇輿敗績，禍國禍身，所不及計。不獨幽昧險隘，從偷樂而生，而恕己量人，亦偷樂之所必至也。蓋偷樂則必恕己，謂吾所爲者，苟如是，斯可矣。吾何以異于人哉。偷樂則必量人。謂人所爲者，不過如是，斯已矣。人何以異于吾哉。千古小人皆從，不好名不立異，一班庸人做去，被屈子無意描出，不覺失笑。』詳釋『偷樂』二字，亦延至屈子小人之關係。又謂『變與不變二意，是通篇柱子』。則直接從全文摘取主旨，詳加解析。

《楚辭》舊注重文字訓詁，貽孫有意忽略舊注影響，而以己意爲勝，闡發《楚辭》各篇大義、藝術。如評《九辨》之『第二辨』云：『楚騷、漢詩皆不可以訓詁，求讀騷者須盡棄舊注，止録白文一册。日携於高山流水之上，朗誦多遍，口頰流涎，則真味自出矣。』故其讀《離騷》，頗能發前人所未見，曰：『常怪屈子不畏死而畏老，不傷無年而傷無名，既視死如歸矣，則殤子與彭祖皆死也，又況於死後之虚名耶？乃其言曰：「汨余若將弗及兮，恐年歲之不吾與。」又曰：「老冉冉其將至兮，懼脩名之不立。」又曰：「及年歲之未晏兮，時亦猶夫未央。」反覆流連，與日月不淹、美人遲暮、鵜鴃先鳴、百草不芳，同一感慨。何耶？蓋屈子一生好修，彼其從彭咸也，必有所以俱死者；倘不即從彭咸，亦必有挾以俱老者。苟無所挾以俱老，則老之可畏甚於死；無所挾以俱死，則無名之可傷甚於無年。此屈子所以三致意也。』其斥世人『常怪屈子不畏死而畏老』是誤解，屈子非畏『老』也，而是畏『老而無名』，故爲『修名』寧願赴水求死。

貽孫雖甚少留心於字義訓詁，而其於解《騷》，亦非天馬行空、游談無根，依然是本於舊詁。貽孫長於詞章之學，於《騷筏》中仍時有考據。是《騷筏》一大特點，亦常爲人所忽略者。如，論《東皇太乙》：『東皇太乙，尊神也。《九歌》中獨有此章詞意莊重，蓋尊神之前不敢以褻語進之也。「穆將愉兮上皇」，深静可想，於玄元無朕之中有顰笑不假之意。「偃蹇」二字，描寫尊神欲降不降之狀，如將見之。「芳菲菲兮滿堂」，則滿眼鬼神，不獨有形可見，且有氣可接矣。』則先釋『東皇太乙』乃尊神，因之闡發歌詞特别莊重之由，且藉詞、句之訓，如『穆將愉兮上皇』『偃蹇』『芳菲菲兮滿堂』等，與闡發大旨相輔。又，《大司命》亦云，『大司命，亦尊神，故一切娱神邀神之語俱不敢進，惟從神降後鋪張其威權氣燄、壽夭在握而已，然終無所請』；繼而又論道：『「一陰兮一陽，衆莫知兮余所爲」，讀此二語，令人大夢忽醒。陰陽不測如此，邀福者胡爲哉！』既援引内證以切合其立論，又不無感懷身世之意。貽孫自詞章而抒發義理，則每每相類矣。

貽孫之不重訓詁，衹對《楚辭》舊詁無所新發揮，與束書不觀者未可同日而語。貽孫云：『凡古詩文不可解處，俱不必解。陶元亮不求甚解，真不落學究氣，讀《騷》當具此法，蓋《騷》非學究可讀也。』以其評《抽思》爲例，稱『「回極浮浮」等語，當闕而勿解』。又，評《悲回風》：『「黄棘枉策」等語，當闕而勿解，觀其大意可也。』貽孫之『闕而不解』，實與朱子『未詳』之標無甚差别。且《騷筏》之於字義訓詁，並非全不注重。如，論《哀郢》云：『「憎愠惀之修美兮，好夫人之慷慨」語最奇，而注皆未暢。此言朝廷愛憎失當耳。愠惀，憂鬱貌。愠惀中之修美，宜好也，而憎之；夫人之慷慨，宜憎也，而好之。

蓋小人有小人之意氣，較君子更熱，似乎慷慨可好，然所好者夫人之慷慨耳，豈吾所謂慷慨哉！』案：『愠惀，憂鬱貌』諸訓，可見貽孫實以訓詁結合詞章義理，自有心得。

與字義訓詁相比，賀氏考據爲數更多。如，論《九歌》篇數云：『《九歌》共十一首。或曰：《湘君》《湘夫人》共祭一壇，《國殤》《禮魂》共祭一壇，此外一《東皇太乙》，一《雲中君》，一《大司命》，一《少司命》，一《東君》，一《河伯》，一《山鬼》，各一壇。每祭即有樂章，共九祭，故曰「九歌」。或曰《山鬼》《國殤》《禮魂》共爲祭主，而《東皇太乙》《雲中君》《湘君》《湘夫人》《大司命》《少司命》《東君》《河伯》各一祭主，是爲「九歌」。二説皆可採。但古者列國皆祭其山川之神，《山鬼》原以並《河伯》，非山魈也。《河伯》既有專祀，則《山鬼》不應降居《國殤》之列。似以前説爲當耳。』貽孫所引，前者近於汪瑗之説，後者當爲黄文焕之説。貽孫認爲『山鬼』與『河伯』兩兩相對，故不應爲鬼而當爲山神。古代學者多以『山鬼』爲鬼怪之屬，明代中期惟周用有以其爲神之意。至清人顧成天《楚辭九歌解》則云：『楚襄王遊雲夢，夢一婦人，名曰瑶姬。通篇辭意似指此事。』顧氏以『山鬼』爲巫山神女，後世學者以爲首創。貽孫所言雖與顧氏不同，然其以山鬼爲神而非鬼，則又早於顧氏，發展了周用之論。又，《涉江》『哀南夷之莫吾知兮』一句，王逸注：『屈原怨毒楚俗疾害忠貞，乃曰：「哀哉，南夷無知我賢也。」』朱子注：『南夷，謂楚國也。』王應麟云：『屈原楚人，而曰「哀南夷之莫我知」，是以楚俗爲夷也。陰邪之類，殘害君子，變於夷也。』屈子斥宗國爲『夷』，王應麟以不妥，故解曰『斥楚俗爲夷』。由此説來，楚國强盛之時，忠賢並進，則其俗不爲夷矣。王説猶嫌紆曲。貽孫則釋云：『屈子生平以忠厚自處，不應稱楚國爲南夷。李密《陳情表》有「少事僞朝」語，遂爲千古所譏，況可以宗臣指斥宗國耶？怨望醜詆，小丈夫悻悻者所不爲，而謂屈子爲之乎？蓋屈子自郢涉江，及於湘沅、三楚，以湘江爲南楚，以其夷蠻雜居，故曰「南夷」。』王逸謂『屈原放於江南之野』，饒宗頤《楚辭地理考》云：『楚江南，自悼王時，吴起平蠻越，遂有洞庭蒼梧，然仍屬南蠻，號稱難治，惟其在楚爲遐壤，于是以爲黜臣竄逐之所。』貽孫根據屈子流放地域，以南楚夷蠻雜居，故曰『南夷』，其法尤爲穩妥。

《騷筏》之獨到處，在於釐清詩歌在題材、風格方面的承傳脈絡。如，《九歌總論》云：『《九歌》中兼有今古，如「穆將愉兮上皇」「靈之來兮如雲」，漢人《郊祀歌》也。「疏緩節兮安歌」「傳芭兮代舞」「芳菲菲兮滿堂，五音紛兮繁會，君欣欣兮樂康」，晉人《拂翔白紵辭》也。「覽冀州兮有餘，横四海兮焉窮」，《大風歌》也。「令沅湘兮無波，使江水兮安流」，《瓠子歌》也。「心不同兮媒勞，恩不甚兮輕絶」「交不忠兮怨長」「君思我兮不得閒」《子夜》《讀曲》《捉搦歌》也。「悲莫悲兮生别離，樂莫樂兮新相知」，《東飛伯勞歌》也。「滿堂兮美人，忽獨與予兮目成」「思公子兮未敢言」，《定情篇》《同聲歌》也。「舉長矢兮射天狼，操余弧兮反淪降」「首身離兮心不懲」「魂魄毅兮爲鬼雄」，唐人《從軍行》也。「東風飄兮神靈雨」「雷填填兮雨冥冥，猨啾啾兮狖夜鳴」，太白《蜀道難》《夢遊天姥吟留别》也。「山中人兮芳杜若，飲石泉兮蔭松柏」，劉安《招隱》也。「既含睇兮又宜笑，子慕予兮善窈窕」「折芳馨兮遺所思」「君思我兮然疑作」，《古艷歌行》也。「老冉冉兮既極，不寖近兮愈疏」「愁人兮奈何，願若今兮無虧。固人命兮有當，孰離合兮可爲」，韓退之《琴操》也。然其中又各有所近，有近《國風》者，有近《雅》《頌》者，有近賦者，有近宋人詩及元人歌曲者。至其沉鬱悲壯，則杜少陵古風獨得其全。讀其詞者如取光於日月，酌水於滄海，愈用愈無窮，真奇文也。』案：貽孫將《九歌》與後世詩歌在題材、風格上承傳脈絡仔細爬梳。這種尋章摘句之法承自竟陵，雖或貽人『點逗一二新雋字句，矜爲玄妙』之譏，然而畢竟有其精當之處。

貽孫在《騷筏》中亦甚留意分析《楚辭》諸篇章法。蓋胡應麟諸人以爲騷體之特點在於複雜無倫罷。貽孫雖然贊成《天問》一篇『無首無尾，無倫無次』，但對於其他篇章，卻並非如是。如，《離騷》一篇，洋洋二千餘字，史公稱其『一篇之中，三致意焉』；而貽孫則頗能看出『複雜無倫』中之來龍去脈。『恐美人之遲暮』，他以爲與下文三次求女爲因果；『惟黨人之偷樂』與下文『委厥美以從俗』相呼應；『余固知謇謇之爲患兮，忍而不能舍也』，『寧溘死以流亡兮，余不忍爲此態也』，『懷朕情而不發兮，余焉能忍與此終古』，反覆言之，又有層層遞進之意。不一而足。故於《離騷》作如是說：『若其行文，斷如復斷，亂如復亂，愈斷愈續，愈亂愈整，方續方斷，惟漢人五言古能得其法，魏晉以下，知者鮮矣。』貽孫以爲，章法之變與詩人感情有很大的關係。《詩筏》嘗舉例云：『詩家有一種至情，寫未及半，忽插數語，代他人詰問，更覺情致淋漓。最妙在不作答語，一答便無味矣。』《離騷》女嬃一段正是如此：『袁山松云：「屈姊有賢德，原放逐後亦來歸慰，令之自寬。」篇中所引「女嬃之嬋媛兮，申申其詈予」，即其相慰之語也。自「鯀婞直以亡身」至「夫何煢獨而不予聽」八句，呢喃絮叨，無限親愛，酷肖婦人姑息口氣。無端插此一段作波瀾，妙甚。尤妙在不作答語，便接以「依前聖以節中」云云，蓋吾行吾意，付之不辯也，筆法高絶。《史記》聶政姊一段波瀾，從此脱出。』女嬃是否屈子之姊，至今尚未定論。貽孫並没有執著於探尋女嬃是否存在，而是以爲『女嬃』一段雖無端插入，卻『筆法高絶』，爲屈子説辭。又，論《湘君》云：『「令沅湘兮無波，使江水兮安流」，二語若出俗筆，必在迎神之後，即是祝史祈請語矣。此在迎神之前，則頌語非祝也。《九歌》中皆有頌無祝。事神者，但求神之來享而已，非以邀福；猶事君者，但冀君之感悟而已，非以邀寵也。占地高甚！』案：貽孫縱論《九歌》諸篇，一直緊守『事神者，但求神之來享而已，非以邀福』之認知；故其詮釋『令沅湘兮無波，使江水兮安流』，以爲二句佈局正正與大宗旨吻合矣。

《騷筏》對於《招魂》《大招》解説，頗爲精彩。稱『《大招》云「閒以静只」「安以定只」「心意安只」，正爲心煩意亂者對治。《大招》作於《招魂》之後，蓋多方招之也，與《招魂》皆出宋子手，而比較鄭重。或云景差作，非也』。以爲二《招》皆出於宋玉之手。又云：『凡從病沉痼之人，非刀圭所能療。親愛者每多方譬解，以庶幾其一慰；沉憂之病，必廣以樂事；聲色之病，必進以讜論。醫家所謂對治是也。如屈子一生以廉潔正直被困，其魂飄蕩於愁城苦海之中，鬱鬱不樂，故宋玉廣引聲色、繁華、淫佚種種樂事，以陶寫其煩冤，亦猶楚太子有聲色之疾，而枚生《七發》歷舉孔、老、莊、孟方術，資略微言妙道以起之，以度之，太子霍然病已也。《大招篇》文舉恤孤寡、舉賢才、明天德、尚三王爲詞者。蓋屈子以不能致君爲堯舜三王自恨，致沉痼未已。宋子始以世俗之樂廣之，不得，乃更歷舉屈子夢想中樂事，爲生平所痴心希望而不必可得者以招之，以爲屈子之魂或睠睠在此，庶幾可瘳云爾』。案：所謂『對治』之説，新而有據，且能引枚乘《七發》之文爲佐證，論述『沉憂之病，必廣以樂事』，故《招魂》專言聲色之樂，動機在此。至對治之法無效，方『爲生平所痴心希望而不必可得者以招之』，即《大招》也。對於《招魂》用『些』、《大招》用『只』，貽孫解云：『《離騷》《九辯》《九歌》《九章》之「兮」「也」，《招魂》之「些」，《大招》之「只」，雖無關於文，然文之輕重緩促，皆在於此，讀者因此生哀焉，去之則索然不成調矣。「兮」「也」「只」，皆中原音，而《招魂》之「些」，獨用楚中方語者，蓋魂無不之，聞聲則感，故招魂者，必使親愛之人以方語俚詞頻頻相呼，則魂魄來附，所以用「些」者，蓋不欲以不習之語駭之也。若《大招》則多莊重之辭，故不用「些」而用「只」耳。』案：關於『些』『只』之用法、差別，歷來學者皆有言及。然貽孫之獨到處，在於指出招魂時『必使親愛之人以方語俚詞頻頻相呼』。若非對招魂之術有實際考察、細微認知，則不能作此論矣。貽孫之言，可與李陳玉之言參看。二人同爲贛籍，且有交往，在《楚辭》學上，相互當有影響。

《騷筏》亦涉《詩》《騷》地位之爭問題。《騷筏》總評曰：『自《離騷經》至《大招》，皆《楚辭》也。楚詩不列於

《國風》，今觀《楚辭》，則楚之爲風大矣！學者分《詩》與《騷》《賦》爲三，不知《詩》有「比」「興」「賦」，則「賦」乃《詩》中一體。若《騷》則本風人悱惻之意，而沈痛言之耳。』即貽孫認爲《詩》《騷》地位等同，『賦』僅爲《詩》之一，亦即騷、賦分立，故宋玉之後，貽孫不選。然貽孫評《懷沙》云：『人皆謂《騷》始於屈，賦始於宋，而不知屈子《騷》中已開賦之先。《九章》及《漁父》《卜居》《遠遊》，皆以賦體行之。《懷沙》一篇，從來皆雜入《九章》，獨太史公別爲《懷沙賦》，則賦非創自宋玉可知矣！賦既爲《楚辭》之一體，則騷、賦合一，不應分立。』又，《騷筏》總評曰：『屈、宋當日，未嘗分爲兩種名目，《騷》即宋子作《賦》之心，《賦》即屈子作《騷》之事。意其與風人之詩，雖有異名，基本于至性，可歌可詠，則一也。』貽孫承認騷、賦本同源。貽孫看似矛盾，實則認爲《詩》中有賦，《騷》中亦有賦，獨推《詩》爲經，頗爲不妥。《騷筏》總評又曰：『經者，常也；騷者，變也，變固未可爲經。然《離騷》爲古今第一篇忠愛至文，忠愛者，臣子之常，屈子履變而不失其常。《變風》《變雅》皆列於經，則尊《離騷》爲經，雖聖人復起，寧有異辭？』故貽孫評完《離騷》，自題『右離騷經評』，確係尊《離騷》爲經，當可與《詩》相抗廷也。《詩筏》云：『詩以《騷》爲祖，以賦爲禰，以漢、魏諸古詩，蘇、李、《十九首》，陶、謝、庾、鮑諸人爲嫡裔。』以《楚辭》爲詩之祖、繼之以賦，而避《詩》不言，是繼承嚴羽之論。貽孫論詩，祖《楚辭》而祧《詩三百》，良有以也。

貽孫既處晚明變幻莫測之時局，所論亦頗能映襯時勢。如，論《離騷》『變與不變』云：『蓋小人未嘗不慕爲君子，但以偷樂故，畏禍、畏死，漸度變易，至於爲小人而不自覺耳。「偭繩墨而改錯，背規矩而追曲」，未嘗不知有繩墨規矩也，因畏禍畏死遂變而改錯追曲耳。又有一輩，賢者，初入朝端，風裁可觀，一經懲創，遂爾委蛇，於是「蘭芷變而不芳」矣，「荃蕙化而爲茅」矣。蘭既難恃，椒亦專佞，以至揭車、江蘺，盡沫芳菲，蕭艾芳草，無不漸靡。平日慷慨自命，至此盡逐臭矣。』

又云：『不變是屈子一生把柄，亦是千古忠臣把柄。不變則好脩之事畢矣，不獨屈子。自處不變，又望吾君以不變，故其責懷王曰「羌中道而改路」，曰「後悔遁而有他」，曰「傷靈修之數化」，即此三語，可痛可哭。可見庸主未嘗無一日之明，但易變耳。惟其易變，所以爲庸也。』案：庸主易變，不由令人想起明思宗剛愎狐疑；『蘭芷變而不芳，荃蕙化而爲茅』，似對萬曆朝以來激烈的黨争有所影射。貽孫類是言論，殆非無心而爲之。

總而觀之，貽孫《騷筏》一書是本於詞章之學，注重詞章探析，講求一己之獨得，與晚明以來師心説一脈相承，以『詩話』方式論《騷》、解《騷》，或多或少體現出以論文爲主導之旨意。言語之間，或稍有缺，如，謂《招魂》《大招》『遊戲之文』『無聊之語』，人不敢苟同，然通篇信手拈來，本自内心，『涵泳文意』，開闢讀書之新法。在經世之風的影響下，貽孫本身也兼善義理、考據之學。故就《騷筏》而言，義理發揮是因爲詞章分析之透闢，考據的運用是爲了幫助詞章之分析。

《詩騷二筏》原爲一書，敕書樓製板重刊於道光二十六年丙午，增五世孫賀珏及族孫賀繼升跋語各一。國家圖書館有藏本。《四庫未收書輯刊》獨收此版之《騷筏》，並删除序跋。後復有道光咸豐間刊《水田居叢刊》本。（陳煒舜、蔡玄暉）

# 諸家評點楚辭類纂

《楚辭類纂》者，清姚鼐之所輯也。鼐字姬傳，一字夢穀，號惜抱，安徽桐城人，人稱『惜抱先生』。乾隆十五年庚午舉人，二十八癸未進士。先後官翰林院庶吉士、兵部主事、禮部儀制司主事、刑部廣東司郎中。歷典山左、湖南鄉試，所得多知名士。充《四庫全書》館纂修官，以辨漢、宋學術與時不合，遂乞病歸，主講梅花、鍾山、紫陽、敬敷等書院達四十載。士爭受業，越千里而從。鼐善古文詞，爲文高簡淵穆，由曾王而上溯韓愈。乾嘉之學尚漢世訓詁而鄙視宋學義理，而鼐秉承方望溪、劉大櫆之傳統，折衷於漢、宋，倡行『義理』『考證』『辭章』三者相互爲用，文風爲之一新，與方、劉並稱『桐城三祖』。著有《惜抱軒全集》八十八卷、《左傳補注》。事載《清史列傳》卷七十二《文苑傳》、《清史稿》卷四百八十五《文苑傳》及《道光桐城縣續修志》卷十五《儒林傳》。

《楚辭類纂》原出自鼐所輯《古文辭類纂》。《類纂》成於乾隆四十四己亥，選録自戰國至清代古文辭賦七百七十四題，依文體爲『論辨』『序跋』『奏議』『書説』『贈序』『詔令』『傳狀』『碑誌』『雜記』『箴銘』『頌贊』『辭賦』『哀祭』十三類，凡七十五卷。鼐編是書，蓋藉此鬯揚桐城道統、文統，構築桐城學脈基址，彰顯古文主張，與漢學訓詁派相對壘也。其卷六十一至六十四爲『辭賦類』，稱是『《風》《雅》之變體也，楚人最工爲之』。是故輯録屈、宋之作十篇，屈子十三篇：《離騷》《九章》九篇、《遠遊》《卜居》《漁父》。宋玉二篇：《九辯》《招魂》。景差一篇：《大招》。

鼒於《楚辭》各篇偶作考辨，然皆極簡要。而説解《離騷》爲八段，且概述各段之要旨。首段自篇首至『蕪穢』，『言以道事君，見疑而改』。二段『衆皆競進』至『所厚』，『言讒人之害而將擠於死』。三段『悔相道』至『可懲』，言『欲退隱不涉世患而不能也』。四段『女嬃』至『不予聽』，『設爲女嬃辭，所謂慎毋爲善也』。五段『依前聖』至『浪浪』，『言以此心正於舜而無愧，又安能不能善也』。六段『跪敷衽』至『終古』，『言將以此中正適於此世，其於楚也，則如天閽之不通，是哲王不寤也。其於異國，則世無賢君，相從驕傲，或有有賢而非我偶，如佚女之不可求，是閨中邃遠也』。七段『索藑茅』至『其不芳』，『皆靈氛之詞』。八段『欲從靈氛』至『觀乎上下』，『皆巫咸之詞』。八段『靈氛既告』至篇末。案：觀鼒分段，大致能成一家言。然以靈氛之詞止於『不芳』，巫咸之告止於『觀乎上下』，則非也。氛之繇用兩『曰』，各四句，以用茅、篿二物故也。『世幽昧』至『不芳』乃屈子聞氛卜後自忖之詞。咸告自『曰勉升降』至『之不芳』，『何瓊佩』至『觀乎上下』亦屈聞咸告後自忖之詞，而『欲從靈氛』至『告余以吉故』爲過度語也，亦非咸告之詞。

鼒謂《離騷》『上征』以下，若求帝、三求女者，『承「往觀乎四荒」極言之，而卒歸於不可，所謂「發乎情止乎義理」』。

文云以上言以道誘掖楚君臣卒不能悟〇梅伯言云閨中句結求臣節哲王句結求君節〇吳至父云自欲少留靈瑣至結蘭延佇言多方以救楚國之將亡而爲小人所隔自朝濟白水至導言不固言廣求羣賢卒無一得而各以濁濁妬蔽束之然後以閨中邃遠結衆賢以哲王不悟結危亡之無救總束二事姚氏所說殊非本恉〇又云跪敷衽四句是蒼莽特起之筆閶中四句迷離總束與起四句又自爲一段之首尾

筳篿吳至父云王註筳小破竹也楚人名結草折竹卜曰篿

蘭何懷乎故宇梅伯言什

中正適於茲世其於楚也則如天閽之不通是哲王不寤也其於異國則世無賢君相從驕傲或有賢而非我偶如佚女之不可求是閨中邃遠也

索瓊茅以筳篿兮命靈氛爲余占之曰兩美其必合兮孰信修而慕之思九州之博大兮豈唯是其有女曰勉遠逝而無狐疑兮孰求美而釋汝何所獨無芳草兮爾何懷乎故宇世幽昧以眩曜兮孰云察余之美惡人（吳氏校改民）好惡其不同兮惟此黨人其獨異戶服艾以盈要兮謂幽蘭其不可佩覽察草木其猶未得兮豈珵美之能當蘇糞壤以充幃兮謂申椒其不芳（以上皆靈氛之詞）欲從靈氛之吉占兮心猶豫而狐疑巫咸將夕降兮懷椒糈而要之百神翳其備降兮九疑繽其並迎皇剡剡其揚靈兮告余以吉故曰勉升降以上下兮求矩矱（吳氏校改彠）之所同湯禹儼（吳氏校改嚴）而求合兮摯臯（吳氏校改咎）繇而能調苟中情其好修兮何必用夫行媒說操築於傅巖兮武丁用而不疑呂望之鼓刀兮遭周文而得

案：其識卓絶。然其考辨虙妃之事云：『虙妃者，蓋后羿之妻，《天問》所謂「妻彼洛濱」者是也。言方合蹇修爲理，而彼乃難於遷而歸我，而反適無道之羿，相從於驕傲無禮，何足顧邪？羿自窮遷於窮石，窮石是羿國。凡《淮南子》《山海經》之類多依《楚辭》，妄爲附會，皆不足據。上言「相下女」，故虙妃、有娀、二姚皆下土女，非謂神也。案：其説非也。求女之旨，乃求反歸先祖之居，讔言死也。下女對高丘無女言，猶包山楚簡所載高丘、下丘也。高丘，帝高陽之丘，而下丘，高陽以下若老僮、祝融等之丘也。屈子上征，訴之於先祖神靈，冀得開示，而高丘不見高陽，下丘所遇者三女，皆非楚先神靈。若虙妃，夷羿之先；簡狄，殷族之祖；二姚，虞氏之妣也。非其死所也，故託詞神女之『驕傲』『淫遊』『先我』『媒弱理拙』而皆不遂。《天問》乃記史，《騷》託詞神話，則未可溷矣。又，羿遷窮石，非在西域山丹，猶在河、洛之東也。鼒又辨末段『遠逝自疏』云：『上虙妃、有娀一節，猶言求女，靈氛、巫咸二節亦以求女爲言，欲其擇君而事也。至此節則知求女之必不可矣，姑遠逝以自疏，遨遊娛樂，如《遠遊》一篇之旨，而卒亦不忍，而死從彭咸焉而已』。案：《騷》末段西行遠逝，信如《遠遊》一篇之旨，遨遊四方以求。然其所求者，卒歸泰初，爲生命本始之時矣，其與死從彭咸之志亦同。西行所求者，實『聊浮遊而求女』也。所謂『西』者，不出楚國輿地，乃楚之西也。楚亦有崑崙、西海、不周，尤不可以走西秦爲解矣。

鼒或考辨《離騷》協韻，頗有見識。如，『長太息以掩涕兮，哀民生之多艱。余雖好修姱以鞿羈兮，謇朝誶而夕替』。艱、替二字出韻。鼒云：『疑誤倒，蓋涕與替爲韻。』案：其説是也。涕、替古同脂韻。又，『人生各有所樂兮，余獨好修以爲常。雖體解吾猶未變兮，豈予心之可懲？』常，陽韻；懲，蒸韻。出韻矣。鼒云：『常，當作恒，避漢諱改。』案：其説是也。《郭店楚墓竹簡》凡『恒常』義皆作『恒』。《老子》（甲本）『知足之爲足，此恒足矣』；『是故聖人能輔萬物之自然，而弗能爲，道恒亡爲也』；『道恒亡名，朴雖微，天地不敢臣』。恒，長沙馬王堆漢墓帛書甲、乙二本《老子》亦同，其爲漢初本，在文帝前，而今諸通行本《老子》皆改作『常』。又，《郭店楚墓竹簡·五行篇》：『□而不傳，義恒□□。』《魯穆公問子思篇》：『子思曰：「恒稱其君之亞（惡）者，可謂忠臣矣。」』《成之聞之篇》：『古之用民者，求之於己爲恒。』《尊德義篇》：『因恒則固。』又：『凡動民必順民心，民心有恒。』此出土簡帛亦證其説有據矣。

鼒解《九章》祇四、五事。謂《惜誦》疑『與《離騷》同時作，故有「重著」之語』。又謂《橘頌》一篇疑『尚在懷王朝初被讒時作。首言「后皇」，末言「年歲雖少」，與《涉江》「年既老」之時異矣。而「閉心自愼」之語，又若以辨釋上官所云「每一令出，平伐其功」之爲誣也』。案：其言之雖巧，然揆之有理，且篇内亦似有依據可尋也。

鼒以《抽思》後半篇爲屈子諷懷王入秦不返之事，蓋爲前所未聞者。其釋『有鳥自南』至『而九逝』一段云：『此承上言我初陳言，明知施報之不爽，而君乃不聽，安得無禍乎？懷王入秦渡漢而北，故託言「有鳥」，而悲傷其南望郢都而不得反也。故曰「雖流放，睠顧楚國，繫心懷王，不忘欲返」。』又釋『曾不知路』至『之從容』一段云：『言懷王以信直而爲秦欺矣，又無行理爲通一言，王尚不知予之心，所謂以此見懷王終不悟也。懷王昔者所任用，蓋皆小人爲利者耳。一旦主遭憂辱，則棄而忘之。冀如瑕生之於晉惠，子展、子鮮之推挽衞獻者，安可得哉？屈子痛心於理弱也，與《離騷》之理弱託意異矣。』又釋『亂曰』一段云：『懷王之事不可追矣，聊作頌爲戒，以救襄王尚可及也，故曰「冀幸君之一悟」。此篇悲傷懷王之拘困於秦，其辭致爲悽切，既自抒忠愛，亦所以厲頃襄報仇之心。而是時君臣方躭逸樂，惡聞國耻。此令尹子蘭聞之大怒也。』案：其説不無牽合。此篇大抵詠歎初斥漢北之情景，全不關及懷王之入秦也。『有鳥自南』，屈子自況也。理弱媒拙，言無人可通其志於君也，與《離騷》同意。而『亂曰』之『道思作頌』，言抽思抒憂以作此篇也，其與頃襄何涉耶？鼒蓋求之過深矣。又，『初吾所陳』注：『言所陳成敗得失無不耿著，其言猶在，而至今不已驗乎？』案：其釋『其庸』之義有間。

『其庸亡』之『其庸』者，猶言豈也，詰問詞。其庸亡，言豈亡也。

鼒於《哀郢》『當陵陽』句下考辨云：『疑懷王時放屈原於江南，在今江西饒、信地，處郢之東，蓋作《哀郢》時也。頃襄再遷之，乃在辰湘之間，處郢之南，蓋作《涉江》時也。《招魂》曰：「路貫廬江兮左長薄。」廬江，古彭蠡之水，故山曰廬山。漢初廬江郡猶在江南，後乃移郡江北。《地理志》云：「廬江出陵陽東南，北入江。」蓋彭蠡東源出今饒州東界者，古陵陽界。及此，故屈子曰「當陵陽之焉至」，言不意其忽至至此也。其後陵陽南界乃益狹，乃僅有今南陵、銅陵縣耳。』案：以陵陽爲地名，不確。當，方也，謂正當也。陵，乘也。陽，陽侯之波也。言方當乘陽侯之波以行，不知至於何所也。若以『陵陽』爲地名，則『當』字之義不可解矣。《招魂》之『廬江』，乃中廬江也，在襄、漢之間，非彭蠡之水也。且彭蠡之水，古亦無稱廬江者。且屈子當懷王之世，無放流之事。

鼒以《招魂》爲玉所作，而《諸家評識》篇末引吴至父云：『太史公云：「余讀《離騷》《天問》《招魂》《哀郢》，悲其志。」然則《招魂》，屈子作也。「有人在下」，謂懷王也。「魂魄離散」，蓋入秦不返，驚懼憂鬱而致然也。屈子不能復見君身，而爲文以招失之魂，以寄其哀思。是時懷王未死也，故曰「有人在下」。』又曰：『太史公云「讀《離騷》《天問》《招魂》《哀郢》」，是《招魂》爲屈子作甚明。則哀懷王入秦之不返，盛稱故居之樂，以深痛在秦之愁苦也。劉協《辨騷》摘「士女雜坐」「娛酒不廢」等句以爲屈子異乎經典之據，則固不謂此篇爲宋玉作矣。誤雖始於王逸，沿之者昭明也，然則無復異詞矣。』又曰：『懷王爲秦所虜，魂亡魄失，屈子戀君而招之。盛言歸來之樂以深痛在秦之愁苦。古今解者並失之。或云諷頃襄荒淫，亦非本恉。』張廉卿亦云：『《招魂》，招懷王也。屈子蓋深痛懷王之客死，而頃宴安淫樂，置君父仇耻於不問，其詞至爲深痛。』

《大招》一篇，則但引其伯父姚薑塢之説，似亦有可采者。如，『三圭重侯』引薑塢云：『出若雲，言其車騎從官之盛。《莊子·讓王》「延之以三旌之位」，司馬彪作「三珪」，云：「諸侯公卿執珪。」』則以『三圭』爲『諸侯公卿』也。然此説見於明董説《七國考》。又，『舉傑壓陛』引薑塢云：『俊傑光輔本朝殿陛之間，如待以鎮壓。』則以『壓陛』爲輔臣壓於殿陛也。又，『直贏在位』引薑塢云：『《呂覽·求人篇》：「禹治水得陶化、益、直窺、横革、五交。」《荀子·成相》：「得益、皋陶、横革、直成爲輔。」《戰國策》「禹有五丞」，此直贏，即五丞之二也。』則以直贏即直窺、直成也。又，『不歡役』引薑塢云：『禾役穟穟，毛《傳》云：「役，列也。」「不歡役只」，言雖不及於飲而陳列於前。』案：此説未確。役，猶勞也。言酒之清馨凍飲，甚易入口，故曰『不歡役』也。

《諸家評點楚辭類纂》，清徐樹錚之所輯也。樹錚，字又錚，又自名『徐則林』，倒乙之則爲『林則徐』，可想見其志，徐州蕭縣（今屬安徽省）人。清同光間秀才。性豪雄，殊有才略。民初易幟，爲段祺瑞幕僚，甚見信任。其輯《諸家評點古文辭類纂》，爲有清一代《古文類纂纂》評黯點之集大成之作，時譽籍甚。此本原出《諸家評點古文辭類纂》之卷六十一至六十三，卷次悉同《古文類纂纂》。觀徐氏所輯者，有洪興祖、朱熹、陳深、陳眉公、孫月峰、曾滌生、劉須溪、王引之、朱駿聲、張皋文、梅伯言、吴至父、張廉卿等，以吴至父（名汝綸）、梅伯言（名曾亮）、張廉卿（名裕釗）三家居多，皆桐城派之中堅也。而三家之中，又以吴至父爲多。諸家之評有總評、篇中評，總評置於篇末，篇中評爲眉評；圈點祇晚年本、張廉卿、梅伯言、吴至父四家，則依次別置於各篇之末。

徐氏所輯諸家評語，内容至爲蕪雜，凡於《楚辭》各篇指歸、作時、段落相承、字義訓詁及版本異同等皆論及之，於舊説有所匡正，亦不無龜鑑之識。如，《離騷》『哀衆芳之蕪穢』引吴至父云：『舊謂衆芳爲衆賢，姚以衆芳爲道德。某謂扈蘺辟芷爲道德之衆芳，後之結菌矯桂，凡言服佩者是也。樹蕙滋蘭，爲賢人之衆芳，後之蘭可恃、椒榝干進是也。此衆芳蕪穢，即芳草爲蕭艾，故曰「衆皆競進」。此不宜分畫章段，致失本恉。』案：吴氏以『衆芳』非比『道德之衆芳』，實喻變節之『衆賢』，故後承以『衆皆競進』。匡姚氏分段之謬。其説可取。又，『婞直亡身』，吴至父校『亡』爲『方』，云：『依五臣，蓋讀「身」爲「命」。《盤庚》「女誨身何及」，漢石經「身」作「命」。下言「殀乎羽野」，此不應先言「亡身」也。』案：其説有據，且與《堯典》『方命圮族』合矣。又，『姱節』，引朱駿聲云：『當作「姱飾」，方合古韻。』案：其説是也。飾與服同協職韻，若作『節』，古屬質韻，則不協韻矣。又，『節中』引吴至父云：『當作「折中」，《反騷》「將折中乎重華」，即用此文也。』又引朱駿聲云：『節中，當讀作「折中」。』案：其説是也。折、節亦聲之轉。又，『吾令帝閽』一段引張臯父云：『帝閽不開，傷懷王也。高丘無女，傷椒蘭也。』案：見識猶高。又，『故宇』引吴至父云：『靈氛言止於「故宇」句，以下答言人情相同，猶吾大夫不必去也。』案：其説是也。此蓋所以糾姚氏分段之謬矣。篇末引張臯父云：『「願竢時乎吾將刈」「延佇乎吾將返」「吾將上下而求索」「吾將遠逝以自疏」「吾將從彭咸之所居」，五句爲五層次。』案：讀之令人飛動，啓人致思也。《惜誦》『又何以爲此伴也』『又何以爲此援也』引吴至父云：『此用《詩》「無然畔援」，釋爲「伴侣」者，非。』案：其説是也。此連語分拆兩用之例，猶謂『又何以爲此畔援也』。伴，讀如扳。古書从半與从反字多通用。《詩・皇矣》『無然畔援』，宋本《玉篇・人部》引作『伴援』。又，《戰國策・秦策》『韓、魏反之』，《新序・善謀》『反』作『畔』。《莊子・秋水篇》『是謂反衍』，《釋文》：『反衍，本亦作「畔衍」。』扳援，猶牽引也。《涉江》『南夷』引吴至父爲『貶所』，非楚國。案：其識卓矣。屈子不當稱楚爲『夷』。其時居於沅湘間者，非楚人，乃越人也。沅湘之入於楚者，蓋在吴起相楚以後。雖至屈子放逐於此，猶是越人聚居之所，故以『南夷』爲稱耳。《哀郢》『當陵陽』

引吴至父云：『《史記》遷屈原乃襄王事，懷王但疏之耳。故猶楚使齊，諫釋張儀，諫入秦，未嘗被放也。姚謂懷王放之郢東，襄王放之郢南，殆不足據。』案：其説是也。《惜往日》『遂自忍而沈流』引吴至父云：『《懷沙》乃投汨羅時絶筆也。若此篇已自明言「沈淵」，則《懷沙》可不作矣。彼文云「舒憂娱哀，限之以大故」。不似此爲徑直之辭也。下文「不畢辭而赴淵」，則似更作於《懷沙》後者。史公何棄此而録彼邪？』案：體貼細微，不可以尋常語待之。

《九章》末引吴至父云：『向疑此篇（《哀郢》）爲頃襄王徙陳時作。徙陳在襄王二十一年，屈原遷逐蓋在襄王初年，不能至徙陳時尚在也。然篇内「百姓震愆」「離散相失」及「兩東門之可蕪」，皆非一身放逐之感，且必皆事實，非空言。殆懷王失國之恨歟？』案：《哀郢》之作，蕫齋始以爲頃襄徙陳時所作，實無謂也。吴氏以爲作於懷王失國，則在頃襄初年，庶幾近之。吴至父又云：『《九章》自《懷沙》以下不似屈子之辭。子雲《畔牢愁》所仿自《惜誦》至《懷沙》而止，蓋《懷沙》乃投汨羅時絶筆，以後不得有作。《橘頌》或屈子少作，以篇末有「年歲雖少」之語。《悲回風》文字奇縱而沈鬱譎變之致，疑非屈子之作。所謂「佳人」，乃屈子也。「眇志所惑」，則作者自言，蓋諫君不聽，任石何益，即「眇志所惑」也。然則此殆吊屈子者所爲歟？』案：《九章》之名，本非屈子所定，《史記》亦未載《九章》之名，乃漢人蒐此九篇而名之也。是以《九章》自《懷沙》以下，或疑其有僞作之竄入者，亦無謂矣。吴氏視如吊屈之作，又爲今人如趙逵夫君所發揮，然但藉推理，而證據終不足憑。故信之者甚稀。此以待地下出土文獻有以致之矣。

《遠遊》末引吴至父云：『此篇殆後人仿《大人賦》託爲之。其文體格平緩，不類屈子，乃謂相如襲此爲之。非也。辭賦家展轉沿襲，蓋始於子雲、孟堅。史公所録相如數篇，皆其所創，爲武帝讀《大人賦》，飄飄然有凌雲之意。若屈子已有其詞，則武帝聞之熟矣。此篇多取《老》《莊》《吕覽》以爲材，而其詞亦涉於《離騷》《九章》者。屈子所見書博矣，《天問》《九歌》所稱神怪，雖閎識不能究知。神仙修煉之説、服丹度世之恉，起於燕齊方士，而盛於漢武之代，屈子何由聞預之？雖《莊子》所載廣成告黄帝之言，吾亦以爲後人羼入也。』案：其説雖不無有見，且爲後世郭沫若等所發揮，而定此篇僞作。然《遠遊》者，自與《大人賦》不同，猶續《離騷》遠逝自疏未竟之志，終歸於泰初顓頊之居，是亦與『吾從彭咸之所居』同矣，敘其尋祖歸根之種種經歷，固非後世遊仙者可比。此篇作時，蓋在《離騷》後。復審相如《大人賦》，則賦以遊仙，言辭雖同而其神恉別矣。近出土楚簡文獻、圖畫，類《遠遊》者亦夥頤。是故不可據與《大人賦》而目爲『仿《大人賦》託爲之』矣。王逸以此篇屈子所作，當有據依。若無堅實證據，亦不可輕率否定之矣。

《九辯》末引吴至父云：『《楚詞釋文》本《離騷》第一、《九辯》第二，王逸注《九章》云：「皆解《九辯》中。」知叔師目次與《釋文》略同。是舊本次此篇於《離騷》之後、《九章》之前。吾疑固屈子之文，嘗以語張廉卿，廉卿頗然吾説。《九辯》《九歌》，兩見《離騷》《天問》，皆取古樂章爲題，明是一人之作。』又曰：『曹子建《陳審舉表》引屈平曰「國有驥」云云，洪《補注》亦載此語，則子建固以《九辯》爲屈子作，不用王氏宋玉「閔師」之説。』又曰：『詞爲宋玉作，則固宋玉之自悲，乃又以閔屈，其説進退失據。宜用曹子建説，定爲屈子之詞。』案：王逸舊本篇次，信如其説『與《釋文》略同』。然謂《九辯》亦屈子之作。則非矣。《九辯》次《離騷》後、《九歌》前，固因《離騷》『啓《九辯》與《九歌》』、《天問》『《九辯》《九歌》』之文也，皆古樂歌名，王逸以類爲編而不計作者異同矣，是以雖宋玉所作《九辯》雜置於屈子所作中，曹子建遂誤以爲亦屈子之作而徵引之。篇内云『貧士失職而志不平』，所哀者乃其一身去就。屈子云：『豈余身之憚殃兮，恐皇輿之敗績。』則所憂者，乃國與君也。其格調、氣韻自是不同。

《大招》篇末引吴至父云：『此宜爲招屈子之辭起，言頃襄初政方明，魂無遠遥，此諷君之婉詞也。後言「三圭重侯」，聰聽極於幽隱，無不雪之，寃魂可歸而輔治也。文字古質而義則視《招魂》爲儉，奇麗亦少遜之，殆依仿《招魂》而爲之者。昔人題爲《大招》而《招魂》爲《小招》，殆妄耳。』案：其説韙矣。考此篇首韻協昭、遽、逃、遥。昭、逃，宵韻；遽，魚韻；遥，幽韻。幽、宵、侯、魚四部合韻者，始於後漢。此篇信非周、秦之作，後漢好事者所以招屈原之辭。若歸之大山，於韻未洽。朱季海《楚辭解故》謂篇内『三公九卿』『粉白黛黑』，皆漢世遺義，遂定爲淮南大山之作，『其曰「大」者，望《招隱士》言之』。則庶幾之矣。

然徐氏所輯評語，率多孟浪不經之言、臆測無根之論。如，《離騷》『蘭皋椒丘』引張廉卿云：『椒、蘭即指謂二人，言不更爲所欺，後所謂「余以蘭爲可恃，椒專佞以慢諂」是也。』案：其牽合之甚。蘭皋，言皋澤有蘭；椒丘，言丘上有椒。皆取其芳香也。若以爲子蘭、子椒二人，則文理不通矣。又，『判獨離而不服』引梅伯言云：『女嬃之言至此。』案：非也。女嬃之言，當至『夫何焭獨而不予聽』止。又，『計極』引吴至父云：『猶言紀極。』案：非是。計，當作許，字形之訛，通作所。所極，謂所敬愛者也。又，『跪敷衽』引梅伯言云：『因女嬃言而自疑行之過激，及就重華，而知中正之無可悔也。則又將以此道望之吾君、吾相矣，所謂一篇之中三致意者也。自此以下言求君也，求臣以女，言求君不敢斥言，故迷離惝恍言之。羲和、望舒、飛廉、鸞皇，皆喻己所以悟君之道。』案：就重華，因女嬃之詈。是也。復以上征爲求君、求女爲求臣，所以諷吾君、吾相，亦因舊説而敷演其意，固未嘗不可。而以『羲和』等爲『喻己所以悟君之道』者，則漫衍不經矣。篇末引張皋父云：『「彭咸之遺則」，謂其道也；「彭咸之所居」，謂其死也。不可混。』案：遺則，實亦從其死法，變文以避複。則不必强生區别。又，《惜誦》『心鬱悒』引吴至父云：『古人用韻與今異，「心鬱悒」句韻在上句「傺」與「詒」韻。朱子改「中情」爲「善惡」，陳第改「情」爲「愫」，張惠言以四句倒易，皆非。』案：其非知音之選。傺，古在歌韻；詒，古在之韻。不相協韻。朱子改爲『善惡』，最爲可信。情字楚簡，易心旁於青下，與惡字形似相訛也。《抽思》『與美人抽怨』引吴至父云：『怨，朱本作「思」。案王注云：「爲君陳道拔恨意也。」是本爲「怨」字之證。』案：其説非也。思，古有怨愁之義。題作『抽思』，故此亦宜作『抽思』。後人不明思怨義，遂改爲『抽怨』也。篇末『道思』，亦猶『抽思』之義。又，『望北山』，吴至父校作『南山』，云：『望南山，言懷王在秦望楚山也。』案：非是。北，當作丘，古字形似相訛。丘山，與下『流水』相對。此言屈子望丘山、觀流水，惟歸郢是想，而不關懷王拘秦矣。《招魂》『幸而得脱』眉批引吴至父云：『殆懷王走趙復爲秦得之後所爲歟？』案：若是爲説，則東方、北方、南方、天上、地下又何所比附？終是無根臆説矣。

是集《楚辭》不識其所據底本。如，《離騷》『揆於初度』，是爲單行《楚辭》本也。又，『荃不察』，是爲《補注》本也。又，『自前代而固然』，是爲《文選》唐本也。每篇輒引吴至父校勘，然吴校皆出洪興祖《楚辭補注》或朱子《楚辭集注》，多存古字。如，《離騷》『百畝』之『畝』改『晦』、『憑不厭』之『憑』改『馮』、『漫漫』改『曼曼』之類，似皆未足觀矣。

是集爲民國五年排印本，國家圖書館有藏本。（黄靈庚）

# 離騷辯

《離騷辯》者，清朱冀之所作也。冀字天閑，號悔庵，蘇州人。清同治《蘇州府志》卷十四《選舉表》『康熙三十二年癸酉科』條『解元，盛度，靖江人』下首爲：『朱冀天閑。』然其生平仕履，已無從考知。

首有作於康熙丙戌序及作於嘉平望後二日小引、《凡例》七條、《管窺總論》《林西仲總評》《辯前賢論騷二則》。序及小引，大略斥黜朱子《集注》求女以求大君之比之悠謬，而辯其本非朱子所説，疑爲後所假託者。其既是林雲銘《楚辭燈》之未襲求君之謬，以爲求遇知己，是『先得我心』，然又謂『林説之背謬，不滅舊注者』，乃痛闢之不置，不爲《離騷》『争文章之得失，直欲辯終古不白之厚誣』。稱林氏於君臣大節、親戚友愛之間論議失當，最著者蓋有二端：一是『既仍舊説以「靈修」爲稱君矣，而其釋「浩蕩」也，則云「放縱於規矩繩墨之外」，即上文之「昌披」，不成君德。假令質言之，則是怨君之放縱同於桀紂也。此成何等語？試問大夫是何等人而忍出諸口？非誣大夫以不敬乎』？二是『女嬃之爲三閭賢姊，誠巾國丈夫，雖五尺童子其知之矣。引崇伯以爲鑒，知幾之神也。歛娉節而善藏，保身之哲也，本親愛其弟之至情，發爲金石不刊之論。何端而林子竟儕之於彼婦？又加以極詆，一若所言全不入耳者，大夫聞之，不勝其怒，悻悻而去，訴神靈以攄其怨憾不平之氣者，非誣大夫以不弟乎』？故是書所辯，惟此二端二手，『先認得三閭與姊是何等人物，具何等心腸。一是忠君忠到至處，不惜摩頂之捐糜，一是愛弟出於至誠，未免情辭之迫切，雖兩人意見相去天淵，要其發乎情，止乎理，所謂易地皆然，其揆一也」。案據是所論，蓋是其辯《騷》之作，固在斥林氏之謬也。然其論之腐迂，固不待辯矣。

《管見總論》一篇，類串講全文大意，據《離騷》之文，徑説之己意。謂『守死善道』四字，『可以作通篇骨子，可貫前後血脈』。而卒章『與爲美政』四字，『則又文中之眼目，大夫項下之驪珠』。其論文析義，頗見次第眉目，蓋能自圓其説。總分六束（即六段），謂自篇首至『衆芳蕪穢』爲『一束』，皆始從『與爲美政』立説，而『萎絶何傷』以下吐露『于死中求善道』。謂『衆皆競進』至『遺則』爲一束，『願以死諍，祇無愧前修』，繼述『于死中求善道』。謂『長太息』至『之所厚』爲一束，『蓋直諫不已，君怒轉深，旋遭斥棄』，『惟有伏守清白而安心矢死』，亦繼述『于死中求善道』矣。謂『悔相道』至『可懲』爲一束，既追悔前此之進言之不審，然芳潔之性終不可移易，『特立獨行，不可一世，雖或惕之以體解之極刑，卒不能變此好修，故我不知人』。謂女嬃詈予至『終古』爲一束，聞嬃詈而哭訴於重華，『訴之無益，又呼天以求鑒。而天遠不可聞（見帝數章），因復設想神遊』，而『冀得一二高人達士，以折中此身之去就』，而虙妃之驕傲、佚女不可得、二姚不可留，孤忠獨立無援。『蓋大夫一身之生死，實關宗國之存亡，故久懷清白死直之心，而猶未絶「與爲美政」之望設也』。謂卜靈氛以下至末爲一束。卜氛而告以『去國』，故復折中於巫咸，而告以去國求賢君。『斯言污耳，大夫所不忍置懷，然還顧楚之人心風俗，果若江河日下，難以一日與居，設或

離騷辯　一麟瑞書

吳門朱冀悔广氏論述　男佐周聲越較

王蛟雲友

孫　莪念祖

離騷

帝高陽之苗裔兮。林註顓頊後與楚同姓爲世官便有宗國不可去之義

朕皇考曰伯庸。原父字　攝提貞于孟陬兮惟庚寅

姑從靈氛之占，聊作遠逝之想』。而『瞻眺之餘，觸目故鄉，睠懷宗社，便不禁趦趄涕洟，雖欲頃刻遠離，而終有所弗忍。興言及此，則去國誠非本願，而故都又已無人，美政遂成絶望。計惟湘流魚腹，不忝前修，獲我死所』。乃云『不如此千迴百折，不成洋洋大文；不如此千推萬敲，亦不能守死善道』。其論大致言之若前後相貫，然細析其局部，則似有隙隔。若以西行遠逝一節爲屈子設想去國之意，即屈子亦嘗去楚而就他邦之念也。楚之西者爲秦也。屈子是否真有去國之想，亦不宜去秦，宜之齊可矣。然則去秦之際，何以若『陟陞皇之赫戲』而居於九天之上者，而後顧見下土爲故楚之居乎？朱冀氏如九京可作，不知當作如何解説也。

《林西仲總評》一篇，爲斥林氏《離騷總論》是非。林氏《總論》全文照録，評語則以雙行夾注插置文中。是者褒之、揚之，林氏論《離騷》章法，『一條綫直貫到底，並無重複』。朱云：『此數語深得《離騷》妙處，可一正從來邪説。』又，林氏求女以諷鄭袖，朱云：『此句斷案極當。但論求女，而必牽入鄭袖。』又，閨中、哲王二句，林云：『閨中邃遠句，既比求賢君而不遇矣。「哲王又不寤」句，更比何等人耶。』朱云：『名語透闢，自此至末，真千百年眼矣。』然非者貶之，而貶斥居多，且不留餘地。『傷靈修之數化』。林云，君王『德無常操，其不足有爲可知』，朱斥云：『此處不無誤認一針，所以後文都成錯鑄。』又，『羌内恕己以量人兮』，林云，緣衆本『以貪婪固寵，謬謂我得侍君側，亦以賄進，妨奪其利』。朱斥云：『林子看「恕」字不清，故立身苦不高，話頭盡入卑鄙一路。』又，『怨靈修之浩蕩兮』，林云：『吾君聽讒之故，又緣其放縱無檢。』朱斥云：『豈有忠如三閭，而忍直斥其君之過，而詆毁之者耶？』又，『悔相道之不察兮』，林云：『在吾既斥之後，非不知少貶從俗，以圖再進。』朱斥云：『《離騷》此一轉，真非非想，有不可思議之妙。今却用如此轉接，又吐出一派卑污苟賤話頭，頓令大夫人品心術一齊掃地。豈非恨事？』又，『及行迷之未遠』，林云：『但思此一番失足，便入黨人之群，同作欺君誤國之事。』朱斥云：『何遽至此！一路想頭，俱落到第三、第四乘去，非但不到第一乘已也。』又，『退將復修吾初服』，林云：『修吾初服，即舉世無見知，若作一癡想。』朱斥云：『從容以審去就之宜，曲折以盡文章之變，無邊妙悟，絶世豐神。乃林子輕輕用「癡想」二字，抹殺苦心，冤哉！』又，『將往觀乎四荒』，林云：『能以神遊，往觀四海之外。』朱斥云：『海外皆島夷，安得有知我類我之人？況此時便思去國遠行，又何勞靈氛、巫咸苦口相勸。』又，『女嬃之嬋媛兮』，林云：『女嬃當面搶白，絮絮叨叨。』朱斥云：『林氏自誇千百年眼，凭地女中豪傑，竟當前失之耶？』又，『吾將上下而求索』，林云：『神遊上天下地以求索焉，蘄其庶幾一遇，亦可謂無聊之極者。』朱斥云：『妙文開闔變化處，僅僅用如許没氣力閒話作收束，段段皆然，令人對之氣盡。』又，求帝、求女，林云，帝、女皆在『四海之外』。朱斥云：『怪論使人絶倒。』又，卜氛、問咸，林云：『計已窮矣，一決之于卜，再決之于巫，止求示一容身之地，别無他願。』朱斥云：『兩段煞有層次，豈容囫圇嚼過。』又云：『不意恁地高賢，其胸中所有，只是一副偷生苟活肚腸，豈不冤哉！』又，從靈氛吉占而遠行，林云：『即靈氛遠逝之言，亦當在四海之外。』朱斥云：『如君言，大夫已兩番去國，兩適海濱耶？試問初次啓行，何其不待商量，輕裝速進？此番再往，何反占巫詳審鄭重裝束耶？勿論遠逝之意，大夫不合早萌於占巫未勸之前。但看篇法次第，亦決無海上神遊。』又，求女之比，林云：『武王十亂，邑姜與於九人之數，才德相當，不足爲嫌，故取爲同類之比。』朱斥云：『《離騷》純用比體，故舉朝皆衆女，而大夫則蛾眉也。「求女」云者，殆以蛾眉求蛾眉耳。衆女既右黨人而嫉蛾眉，所以欲遍求境内之蛾眉，與之訴中情而商去就。兩蛾眉相慕而相求，何嫌何忌，又安用爾許話頭，曲爲之説耶！』大略以維護君之絶對權威及屈子絶對忠貞而毫無雜念爲宗旨，迂曲不堪。館臣斥之云：『以時文之法解古書，亦同浴而譏裸裎也。』

《辯前賢論騷二則》，一者所以辯朱子《集注》謂屈子『忠而過』之説，謂屈子類殷商比干之死諫，『大夫所處之地，正與比干同而與微子異，其所以從容詳審，至再至三者，蓋于視死如歸之中，必欲其獲我死所。湘流誓葬，非義精仁熟，而無一毫人欲之私者不能及也。如是則猶議其過，又何以異於責剖心之比干，以不能存宗祀』？以爲『此決非朱夫子之言，與《楚辭集注》一書同屬後人之假託爾』。其偏頗之論一至於此。二者所以辯王鳳洲《離騷》『總雜重複，寄興不一者』之論，謂《離騷》『所引用蘭芷芳草之類，或再三見，或數數見，要之立言各有取義，寄託各有深情，一縱一横，忽離忽合，處處移步換影，引人入勝，並未嘗此章重出也。無奈世俗泥於陳詮，不能自出手眼，因疑其重複，病其總雜，紛紛夢囈矣』。案《離騷》重複詞句正復不少，則不可謂無重複者。惟其詞句重複而意旨各別。王鳳洲稱『寄興不一』，亦未嘗不謂『立言各有取義』矣。

是書以朱子《集注》爲藍本，彼此文字多合。其稱『辯』不稱『注』。首行署『吴門朱冀悔厂氏論述，一麟瑞書、男佐周聲越、玉蛟雲友、孫受新念祖較』。不分卷，《離騷辯》一篇，附《山鬼辯》一篇於末。之所以然者，朱氏稱云，『蓋《楚辭》中最難讀者莫如《離騷》一篇，大夫畢生忠孝，全副精神，俱萃於此』，故《離騷》之辯明，則可以概其餘也。而『予讀《騷》管見，與舊説同者十一，異者十九。其異同無關輕重者，舊説或節而録之，其謬説已經林子闢過者，時或存林而去舊。若予自抒己見，力反前人，則是非無中立之勢云』，故其書體例，先載《集注》、林注之説，而後『愚案』下直陳己見。又稱，『惟《九歌》中《山鬼》一篇，鄙見與舊説全別，特附篇末』云。

朱氏辯《騷》，雖重在演繹義理，求言外之意，疏於字義訓詁，且不無牽合之説，然於砂礫之中偶見之精金者，則未可盡斥之。如，『名余曰正則兮，字余曰靈均』，注云：『古人著書，不肯顯露名氏，而造爲隱語，寓名氏于其中，往往有此。』案：《騷》於其時君臣親戚皆不書真名而隱之，若父曰『伯庸』，蓋庸之封君也。君曰『靈修』，同列曰『衆女』，皆比況於男女也。故『正則』『靈均』亦當是隱名也。又，『惟黨人之偷樂兮』，注云：『「偷樂」二字，畫盡千古庸臣誤國肺腸。蓋所以貽國家無窮之憂者，不過圖己身目前之便，逸樂是耽，惟日不足。竄突炎上，猶然處堂。若乘間而竊人之物而罔䘏後患者然。』案：則描摹黨人偷樂苟且之情態，畢現無遺矣。又，『豈余身之憚殃兮』，注云：『殃，謂宗臣國危與危，覆巢之下無完卵也。』案見解深刻，殃，固非一己之殃。又，『夫惟靈修之故也』，注云：『借以況君者，只是一「靈」字耳，有尊之爲神明之意。望君修其美政，故曰「靈修」。』案：自可備爲一解。又，『背繩墨以追曲兮』，注云：『「追曲」與「死直」對照，小人有曲必追，凡所以陷君子者，不曲到極處，其術不工，其毒不快。君子直道而行，但知有國而不知有身，往往群小之伺隙者愈密，而君子之防患者恒疏。艱生不逢時，除却一死明心，更無別路。』案：描寫君子、小人之意態則畢肖矣。又，『屈心而抑志兮』，注云：『心，謂「修姱」「立名」之本懷。志，謂正君善俗之素願。』案：解説有新意。又，『濟沅湘以南征兮，就重華而陳詞。』注云：『舜崩蒼梧之野，故沅湘之南有廟在焉。』案：南楚沅湘之地，確有帝舜巡狩而死於九疑之遺迹。《山海經·海内南經》『蒼梧之山，帝舜葬于陽』，郭注：『即九疑山也。《禮記》亦曰，舜葬蒼梧之野。』又，《大荒南經》：『赤水之東，有蒼梧之野，舜與叔均之所葬也。』郭注：『舜巡狩，死於蒼梧而葬之，商均因留，死亦葬焉，基在今九疑中。』今出土於長沙馬王堆三號漢墓《古地圖》，九疑山繪有九條柱狀。山之西側有『帝舜』二字，譚氏其驤云，九條柱狀之後『建築物是舜廟』，而『九條柱狀物當繫舜廟前九塊石碑』，且引《水經·湘水注》『南山有舜廟，前有石碑，文字缺落，不可復識』爲證。帝舜神廟及九石碑，乃楚、漢祀舜之遺存。出土文物亦證其説非妄。屈子陳詞，蓋至於舜陵及九石碑前矣。又，『啓《九辯》與《九歌》兮』，注云：『蓋此下七章，乃自陳其平日以往昔興亡之故諫君，而撮其大略如此耳。要知大夫一言一淚，一字一血，全是爲楚王對症發藥，並非心閒無事，坐古廟中對土木偶人攀今吊古也。』此段解爲借古諷今之意，甚得其藴。又，『溘埃風余上征』，注云：『自思吾平日所爲，皆前聖所垂大中至正之道，可以陳之重華而無愧者，亦可以質之上帝而無慚。』

一注想間，恍若龍鳳來迎，余乘之而起，奄忽之間與隨風之塵埃，同其飛揚，余遂冉冉上行也。人情于無可奈何、極無聊賴之際，往往有此奇思幻想，情文俱堪絶世。』朱氏以上征求帝爲『于無可奈何、極無聊賴之際往往有此奇思幻想』以求上帝者，一掃舊注比附楚王之説，可謂别開生面也。下文三求女以比求高賢折中，雖因襲林氏，然亦有有心解。稱三求女皆在楚境之内，求虙妃是『招隱』；求簡狄是暗指若同列昭睢，『身仕亂朝而卓然自立，未入黨人者』；求二姚，是『大夫尤惓惓屬意于後王，望亦如少康之復興夏道也』。又，『周流觀乎上下』，注云：『前之「往觀」，是去都城而觀楚之四境，此言「周流」，是去楚國而曠觀天下。』而下文『西皇』，指『西方主宰之神，似不必實指金天氏也』。又，『西海爲期』，『言外隱然有二老避紂海濱之想，益可證其非他國求君也』。蓋自成一家。

朱氏據『守死善道』四字，從上下文關節過度間，反覆推求其意，使之一貫相聯。如，『惟草木之零落兮，恐美人之遲暮。』注云：『若與後文「嫉余之蛾眉」對看，即謂大夫自況也亦可。』美人，即屈子自比爲允。又云：『蓋上二句，承「不吾與」來。蓋言時光迅速，不覺由少而壯，遂出仕也。既出仕，則前此之一意自修者，忽又念匡時矣。故託草木以興思，恐君臣相得之晚，不獲展我生平之素志也。如彼「行道遲遲」而徒徬徨于日暮也。玩「零落」二字，言外隱然有疆埸日蹙、國是日非之痛。「遲暮」二字便見得己之遭時，正值晚。及今匡救已是亡羊補牢，皆爲後文不得不極言正諫張本爾，字無虚設也。』此解正合乎屈子一生不甘寂寞、忽於自薦君國心思。又，『來吾導夫先路』，注云：『吾今此來，將盡出其生平之所學，引吾君于當道也云爾。故下文緊接「三后」、堯舜，爲楚王改度任賢之榜樣也。下文數「路」字及「捷徑」「險隘」「踵武」等句緊相照應。』案：『先路』，正啓下何者『得路』、何者『窘步』、何者『路幽昧』，朱注蓋探得其文心矣。又，『寧溘死而流亡兮，余不忍爲此態也。』注云：『前章「忍而不能舍」，是大夫不忍明哲保身。此章不爲時態，是大夫不忍臨難改節。後章說到「終古」，則大夫直不忍與小人同戴日月矣。有此三不「忍」，方成得大夫人品，章法亦是遥遥相對。』案：牽出一『忍』字，則使前後文關聯成一體。又，『朕車以復路兮』，注云：『「復路」與前「改路」遥應。君因改路，致行迷路以自悮。原思復路，庶幾易轍以匡時。復路者，謂從前忠憤所激，機關未密，作用未深，差了路頭，使小人得乘間以行讒，今當復於從容詳審之路耳。乃來復之復，非謂復于昔來之路也。行迷，謂黨人誤君改路，致入迷途，及其病根未深，尚可救正。方是大夫念切匡君本旨。』案：『復路』一段，古來未有確解。朱氏繫乎上下文之間求之，蓋差强人意矣。又，『濟沅湘以南征兮，就重華而陳詞。』注云：『姊嬃以鮌之死危大夫，然悻直如鮌，固宜爲重華所誅，而忠直如原，未必不爲重華所諒也。此陳辭重華之來脈也。文心極迴環轉側之妙。』誅鮌者重華，故陳詞於重華以究其所由，即『繫鈴還須解鈴人』矣。

末附《山鬼注》一篇，聲稱與舊説別異者，蓋以爲『招隱』之意耳。『怨公子兮悵忘歸』，注云：『遥想其歸途所歷，深山邃谷之中，大有人在，意欲招隱也。公子，指隱居山谷中之人。怨者，大夫怨彼古隱者流，徒悵悵然久居此難堪之境，迷而不復，終忘其歸國之心也。』又云：『此篇曷爲有取于山鬼？曰：爲求折中也。夫欲求折中，必待隱處之奇士，故意在乎招隱也。惟大夫先胸中先有招隱主意，因借山鬼以命名也。』案『招隱』云云，終是牽合，且注解穿鑿，無中生有，説多無根無據。蓋存之祇徒增廣聞異耳。

朱氏排斥舊説若朱子、林西仲者，嚴詞甚峻，而不知其説悠謬甚於朱子、西仲者矣。如，『扈江離與辟芷兮，紉秋蘭以爲佩。』注云：『扈，從也。喻一言一動，必依芳香。言「江」、言「辟」者，不遺遐遠、不忽細微之意。紉以綫貫針也，紉以爲佩，喻貫串古今聖賢理義而佩服弗諼也。』又，『朝搴阰之木蘭兮，夕攬中洲之宿莽。』注云：『木蘭，取其高大；宿莽，取其不朽。搴者，仰而扳之，有仰止攀躋之意。攬者，束而持之，有把持牢固之意。蓋比己之所朝斯夕斯者，有造乎正大光明之域，務儲此古今不朽之業也。』又，『豈維紉夫蕙茝』，注云：『物之分者，紉之則合。物之斷者，紉之則聯。此章「紉」字取聯合意，與前後二紉字又有微別。』案：以上皆屬無中生有，牽合之甚。又，『反信讒而齌怒』，注云：『玩「齌」字字意，謂君爲讒言所中，積怒于心，蓄而未露，如火之蘊于中而未發于外也。』案：非是。齌，急疾之意。齌怒者，謂疾怒也。其怒已發於外矣。又，『傷靈修之數化』，注云：『顧與離別，己所不難，所傷者向日所修之美政，今皆格于讒邪，屢被變亂，數載之成勞，廢于一旦耳。最要知大夫決無片辭肯直怨君父。』案：『數化』，屈子指斥君之變化無定，背棄『成言』而無常操也。不必迂曲其辭而爲之掩飾如此。又，『羌内恕己以量人兮』，注云：『世豈有心存忠恕之人而爲妒賢病國之事者乎？』案：恕，舊釋『以心揆心』，恕己量人，斥黨人之詞。當是確解，非謂『忠恕』矣。又，『朝飲木蘭之墜露兮，夕餐秋菊之落英。』注云：『木蘭高大，露墜其上，仰而飲之，喻勸王建高世之功，垂遠大之業。菊英既落，委棄於地，拾而餐之，喻勸王修舉廢缺，補偏救敗。』案：此屈子以食貧守節之喻，不涉於諷諫矣。又，『怨靈修之浩蕩兮』，注云：『篇中凡涉怨悱處，俱是歸咎黨人，並無片詞指斥君父。』案：百方掩飾昏君穢行惡德，曲解之莫甚於此。又，『忽緯繣其難遷』，注云：『緯，杼所持絲也。凡織絲者縱曰經、横曰緯。繣，大匠斗中所引之墨繩也，故書法從系、從畫。蓋織先經而後緯，則分寸不能移，匠引繩以定畫，則廣狹不踰矩。緯繣，守其一定之意，非乖戾也。』案：非是。《補注》引《廣韻》作徽繣。皆其别文。或作微嫿，《後漢書·馬融傳》『徽嫿霍奕』，李賢注：『並奔馳貌。』霍奕，聲之轉。或作潏湟，《文選·江賦》『潏湟淴泱』，李善注：『皆水流漂疾之貌。』或作䬍汩，《思玄賦》『䬍汩飂淚』，李善注：『皆疾貌。』或作聿越，《吴都賦》『嶛嶕聿越』，劉淵林注：『聿越，豹走貌。』緯繣之爲疾、乖戾，其義相通。忽緯繣，三狀字句法。忽，疾也。緯繣，疾貌。狀人忿恚疾怒作嫛盈。《方言》：『嫛盈，怒也。燕之外郊、朝鮮、洌水之間凡言呵叱者謂之嫛盈。』或作回遹，《西征賦》

作回泬，李善注引薛綜《韓詩》注：『邪僻也。』即疾捷義。狀淑女體態輕盈捷疾謂之婉嫿，《神女賦》『既婉嫿於幽静兮』，李善注：『《説文》曰：「婉，靖好貌。」《廣雅》曰：「嫿，好也。」』或作爲嫿，《魏都賦》『風俗以韰果爲嫿』是也。或作瑰瑋，《後漢書·班彪傳》『因瑰材而究奇』，李賢注引《埤蒼》云：『瑰瑋，珍奇也。』或作傀偉、譎詭，皆語之轉，則不可泥以訓詁字矣。

緑筠堂刻此集於康熙四十五年，扉頁題『楚辭辯』，又署『别開生面』四字，皆書肆所以炫惑眼目爾。中國科學院文獻情報中心有藏本。（黄靈庚）

# 屈子貫

《屈子貫》者，清張詩之所作也。詩字原雅，嘉定人。清王昶嘉慶《直隸太倉州志》志卷三十七《人物》：『張禮字儼思，大受從孫，修行纘文館，寶山巨室。會其家難，禮多方調護之。弟詩字原雅，廩貢生。詩文雜藝皆工，著《何庵集》。』又，范鍾湘民國《嘉定縣續志》卷十五《軼事》：『龍門張氏自副使後，有歲貢生何庵先生，名詩字原雅。及門多知名士，有金履仁者，以文就正，市得戍肉，欲餉先生。其友謂曰：「此物不登盤筵，恐見怪。」金不聽，自袖以入，先生曰：「妙哉！」亟具爐火烹熟，沽酒相與大啖。金退而喜，曰：「風流儒雅，真吾師也！」』則『何庵』者，蓋詩之號也。所稱『張氏自副使後』，副使，即其從叔祖張大受也。而『張禮』者，乃其『堂兄』，嘗爲『參訂』也。張大受序稱，『平生不趨時而好古，研精刻苦，思以著述傳世』。張大琦序又稱，『寢饋於十三經、二十一史，旁及諸子百家，靡弗淹通』，而『懷材不遇，黄鐘毀棄，有與三閭大夫同一憤懣不平者，故能與古人腑肺，融若水乳』云。則雖博學多識，而淹蹇落拓，志未得伸於時者，籍注屈以澆其塊壘矣。

是書以朱子《集注》爲藍本，彼此文字略有差異，而同者居多。凡五卷：卷一《離騷》，卷二《九歌》，卷三《天問》，卷四《九章》，卷五《遠遊》《卜居》《漁父》，皆爲屈子所作。卷首爲叔祖張大受序、張大琦序及詩自序。詩序詳陳作書之由，稱屈子之賦，如『天半雲霞，卷舒於空濛有無之中，或濃或澹，或斜或整，或聚或散，儵忽變化，不可思議，不可摹捉。

故今日讀之謂然，明日讀之又可不謂然；一人讀之謂然，他人讀之又可不謂然。而無以解之，則亦終無從以解之矣』。乃『偶讀屈子，有會於心。因取王氏、洪氏、考亭夫子之《集注》，損益去取，參以己見，聯綴其詞，以貫穿其意而已。凡草木、山川、鬼神、邑都之類，則不必深究其所由然，敢自謂能解之哉。譬之丹青者，繪樓臺、宮闕、人物、魚鳥則有定，繪雲霞則無定。然一日之間，偶見夫爛焉蔚焉者，悠然會心，振筆以存之，雖未云得其真，其不致去而不留乎。蘇子云：「振筆直遂，以追其所見，以兔起鶻落，少縱則逝矣。」余於屈子，恐其逝也，姑就一人之解與一時之解存之，而名之曰「貫」』。案：蓋詩之作是書，尤重整體感悟而輕文字訓詁矣。次爲參訂同學趙俞等九人及堂兄張禮，校閲門生張萬選等二十六人，次爲『凡例』七條。次爲目録，首行署曰『嘉定張詩原雅纂輯，男子虹汝璜、鶩既迥、鳳漢翌、鵷遂喈，姪鵬翀天飛，婿顧松鋌嶽瞻校閲』。而卷一首行署曰『受業楊夢熊男吉編次』，次行署曰『胞兄張易占參訂，叔祖張士琦天申參定，同學嚴勤校閲，嘉定張詩原雅纂輯，茅茹彙言』。卷二『參訂』者又有從兄張禮儼思，『校閲』者別爲族兄張雲章漢瞻、張覲光漢昭。卷三『參訂』者又有朱文龍方賡、侯開國鳳阿，『參定』者又有同學嚴勤宣令、王晦樹百、奚士柱中石。見各卷皆不同，

屈子貫卷一　受業楊夢熊男吉編次
胞兄張　易恒占參訂　陸　縉紀雲
叔祖張士琦天申參定　同學嚴　勤宣令校閲
嘉定張　詩原雅纂輯　茅　茹彙吉
離騷
離遭也騷憂也
帝高陽之苗裔兮朕皇考曰伯庸攝提貞於孟陬兮惟
庚寅吾以降叶平工切
卷一　離騷

則又似諸人合力之作矣。

詩之題解屈子之作皆甚簡，且多闕而不論。但以《離騷》猶『遭憂』之意，是取班固『離罹也』之解。以《九歌》止九篇，即合二《司命》爲一篇，末一篇《禮魂》『乃前十篇之亂辭』。此説亦爲後世所取。而以『曰「東皇」者，天地之氣始于東，皇者，尊之之詞』。則自爲新解矣。以《天問》『辭既鬼怪，注者自然荒唐謬詭，予止就向來之注節之，以備觀覽，不敢參以己見』云，蓋見其取舍謹慎如是。以《九章》『隨事感觸，輒形于聲，後人輯之，得其九章，非必出于一時之言』者，則從朱子之説也。而以『《卜居》《漁父》二篇家誦户習，故不復注釋』。

詩之注屈體式，始通釋大意，而後繫之以字義訓詁，與王逸先訓詁而後章句者相反。張氏往往涵三家舊注之義於串講之中，求其平實通暢，意指明達，使之前後連貫，又務切屈子本旨。如，《離騷》『紛吾』節：『言吾既有此祖父年月日名字之内美，又加之以不敢自怠之修能，以見天人之交至也，于是被服江離辟芷，更紉結秋蘭以爲雜佩。』案：則以『内美』指《離騷》首八句，是受之於天；而以『修能』爲成之於勤學也。又，『忽奔走』節：『承上言皇輿之敗績，故不憚奔走先後以輔翼君者，蓋欲誘我掖我君，以追躡三后堯舜之遺迹也。而君顧不察予之中情，反輕信黨人之讒言，而發怒于我，如火之盛。』案：洪氏引《説文》：『齌，炊餔疾也。』故云『如火之盛』又，『衆皆競進』節：『言黨人皆競進而貪于財、婪于食，雖至盈滿，猶不以爲猒，而求索不已。』案：王逸注：『愛財曰貪，愛食曰婪。』故曰『貪于財婪于食』矣。又，『高余冠』節：『言高余冠，使之岌岌如山之峻焉；長余佩，使之陸離而參錯美好焉。』案：王逸注：『陸離，猶參差衆貌也。』故曰『參錯美好』矣。又，『忽反顧』節：『言于是忽然回首而反顧，遠望而游目，將往觀乎四方荒遠之境，不能久息於椒丘也。』案：則以登臨椒丘之上而往觀四荒，是甚得屈子本意。蓋因王注『土高四墮曰椒丘』爲説矣。又，『閨中』節：『上歷言求之于天，求之于衆女，皆寓言求君之不遇也。至「哲王」句，則直指以言之矣。』案：王逸以求帝喻求賢君，求女喻求賢臣。朱子以求帝、求女皆喻求賢君。是詩之從朱説矣。《涉江》『余幼好此奇服』節：『言余少好此美麗之奇服，至老不衰。奇服如何？腰帶長鋏之劍，則參錯而陸離，首冠切雲之冠，則高峻而崔嵬。被明月之美珠，佩寶貴之璐玉，奈世方溷濁，莫能知我，故服此奇服，高馳不顧。駕青虬，驂白螭，去溷濁之世，而與虞舜遊于瑶玉之圃。登崑崙之高山，食美玉之華英，而緜緜之壽與天地比永，炯炯之光與日月齊輝焉。豈與夫世之庸庸者共生滅于覆載間也。然則今之南夷，既莫吾知，余將乘旦以濟江湘之水矣。』案：繹語多因王注而貫之，如，『美麗之奇服』，即王注『好服』之類是也。又，『霰雪紛其無垠』洪氏引《詩》『先集維霰』，訓『霙』，又訓『雨雪雜』。朱注訓『雨凍如珠，將爲雪者』。案：詩注：『霰，雪粒也。』蓋約二家之説以注之。《橘頌》『蘇世獨立』句：『且能蘇醒世俗之人，挺然獨立，横逆加之亦不流也。』案：『蘇醒世俗』云云，即據王注蘇寤之説矣。

詩之通繹《九歌》諸篇，文字優美，極有韻味，若精致之散文然，擇其三、四，蓋窺斑見豹之意。如，《湘君》『駕飛龍』節繹云：『言于是駕此飛龍之舟，北行以迎之，又遲遲以至洞庭之湖。其舟之飾，則以薜荔繚繞于櫂楫之上，復以蕙草綢繆束縛之，又以蓀之香草縛于舟之檣，而旌旗之竿，則以蘭木爲之。于是眺望涔水之陽，以至極遠之浦，遂横舟大江之中，而歌嘯慷慨，以發揚吾之精靈而感格之。乃揚靈未已，而此嬋媛嬌美之下女見吾慕望之切，不禁爲之長歎太息焉。而余此時涕流横溢如潺湲之水，蓋此心隱痛思君，故陫然如病者之轉側不安耳。』又，《湘夫人》『沅有芷』節繹云：『言沅則有芷矣，澧則有蘭矣，何吾思公子獨未敢以言乎？然雖未敢言，而思終不忘也。乃遠望北渚而荒忽莫覩，惟見流水之潺湲而已，則思亦何益之有哉？夫麋當在乎山林，何爲乎庭中也？蛟當在乎深淵，何爲乎水裔也。吾與公子，其乖違亦如是矣。于是朝馳余馬于江皋，夕則濟乎西澨，水陸並進以求之焉。』又，《少司命》『入不言』節繹云：『言司命入不語言，出不訣辭，往來如此奄忽也。乘回風，載雲旗，形貌不可狎見也。蓋人生之悲，莫悲于生別離，而樂莫樂于新相知。今司命衣此荷衣，束此蕙帶，倏然而來，忽然而逝，雖欲與之，長有相知之樂，而無離別之悲，其可得乎？今且將宿乎上帝之郊矣，試問之曰：君其誰人之待乎？乃在此雲之際也。』又，《山鬼》『表獨立』節繹云：『言子特然獨立于山之上，雲容容然反在于下。杳乎冥冥雖白晝猶然晦暗。而東風忽然以起，則神靈之雨應之。蓋山川雲雨，故神妙有如此者。但予以靈修之故，不得已留滯于此，而憺然忘歸。且年歲既已垂暮，誰復能榮華予者乎？言不得與之相親，若有虛其思慕之心也。』案：如上繹語，行文流暢，無矯媃造作之態，讀之抑揚頓挫，琅琅上口，如身臨其境然；又妙達原作，貫之若珠綴然，見其涵詠功夫。

雖云訓詁依王逸、洪氏、朱注三家損益去取，猶於草木名物不作考證，而間出己意。如，《離騷》『紛吾』節：『江離、辟芷、秋蘭，皆香艸。其所引草木，不過寓言，蓋採擇衆芳以自約束，即採衆善以自修耳，非果以爲扈，以爲佩也。餘仿此。』案：其説是也。屈子又，『昔三后』節：『椒生重纍叢簇，故曰申椒。』又，『忳鬱邑』節：『侘傺，失志傍徨貌。』案：是也。王逸注：『侘傺，失志貌。侘，猶堂堂，立貌也。傺，住也，楚人名住曰傺。』洪氏《補注》：『《方言》云：「傺，逗也。南楚謂之傺。」郭璞云：「逗，即今住字。」』二家皆析以字義訓詁。方以智《通雅》：『智謂當以聲取之，狀其咄怪爾。趙凡夫曰：「侘傺，本又作諸慸，吴氏言當用吒憶。」』意謂連語，不當分析二字。侘傺，叱咤之乙，鬱邑侘傺，猶嗚咽叱咤，悲憤不平之貌。根於抑屈不申。而行之曲折不舒亦曰『侘傺』，故猶『彷徨』也。《湘君》『君不行』節：『言君不即行來，而夷猶于彼。夷猶，自得意。』案：舊訓夷猶即猶豫不定之意，此云謂悠然『自得』，二者雖相通，然不若此説得其神致矣。《天問》：『鴟龜曳銜，鮌何聽焉。』王逸注：『言鮌治水績用不成，堯乃放殺之羽山，飛鳥水蟲曳銜而食之，鮌何復能不聽之乎？』朱注：『詳其文勢，與下文應龍相類，似謂鮌聽鴟龜曳銜之計而敗其事，然若且順彼之欲，未必不能成功，舜何以遽刑之乎？』案：詩乃取朱説，云：

『鴟龜，如應龍之屬。曳銜，曳尾而銜食也。』然『曳尾而銜食』云云，仍因王注爲解也。又，《惜誦》『行不群以巔越兮』，王逸注：『巔，殞。越，墜。』案：詩注：『行不與衆人爲群，而巔頓隕越如此。』訓越爲隕，與王訓墜同。越，非越度、過度之意，謂下也，隕也，墜也。《涉江》『亂曰』節：『林薄之薄，叢也；得薄之薄，近也。』案：是約王、洪之説矣。《抽思》『倡曰』節：『倡，大也，猶云長歌也。下皆歌詞。』案：王注訓『起倡發聲』，朱注訓『發歌句』，似皆不若詩之訓『長歌』爲允矣。《遠遊》『誰可與玩斯遺芳兮』句：『遺芳，即餘年也。』案：王注喻忠貞，朱子亦無解。而詩以爲『餘年』，據上下文意推之，蓋是矣。又，『下峥嶸而無地』句：『峥嶸，勢參差也。』案：洪氏、朱子訓『深遠貌』，則未若『勢參差』更爲貼切矣。

屈子正文或臚列異文，如《離騷》『昌被』云『昌同倡，被同披』之類是也。或説以韻字，如《河伯》『將來下』云『叶，後五切』之類是也。然皆出自朱子《集注》，於己無所發明，故略而不論。

然訓詁之事，本非其所長，或取舍不當，或繳繞不通，悠繆之説，在所未免。如，《離騷》『汩余』節：『木蘭、宿莽，皆木名。』案：木蘭，木名。而宿莽，草名，非木也。又，『余既滋』節：『滋，灌也。』案：非是。王逸注：『滋，蒔也。』則滋爲蒔之假借，《説文·艸部》：『蒔，更別種。从艸、時聲。』段注：『今江蘇人移秧插田中曰蒔秧。』滋蘭，即蒔蘭。蒔之從時聲，時爲更替、更別。《莊子·徐無鬼》：『堇也，桔梗也，雞廱也，豕零也，是時爲帝者也。』《淮南子·説林訓》：『譬若旱歲之土龍，疾疫之芻狗，是時爲帝者也。』《齊俗訓》：『見雨則裘不用，升堂則蓑不御，此代爲帝者也。』三例句法結構相同，以類證之，時，代也。故蒔字爲『更別種』矣。又，『怨靈修』節：『謡諑，讒譖也。』案：王逸注：『謡，謂毁也。諑猶譖也。』即因王注。然謡無『讒毁』之義。䍃、詹古多相亂。《周禮·考工記·矢人》『是故夾而摇之』，《釋文》：『摇，本又作搢。』搢，摇之别文。《漢隸》從䍃之字或變從晉。《漢書·天文志》：『元光中天星盡搢。』搢、擔形近相訛。

《史記・建元以來王子侯表》『千鍾侯劉搖』，《漢書・王子侯表》作劉擔。《墨子・經下》『而不可擔』，擔，搖之形訛。舊本作譫，通作譖。侵、談旁轉，照、穿旁紐雙聲。譖，毁也。《九思・逢尤》『被諑譖兮虚獲尤』，諑譖，『譖諑』倒乙，蓋因於此。《太平御覽》卷四百八十三《人事部》一百二十四《怨》引《楚辭》作『譖諑謂余善淫』，引王逸注：『譖，毁也。諑，譖也。』則其所據本作『譖諑』也。又，『依前聖』節：『此原自歎世無知己，不合于今，欲合于古也。言吾事事遵依前聖以樽節其中道，既以充滿其本心之量，而不見知于世，故遭此困辱也。』案：陳詞重華，非『不合于今，欲合于古』之意，因女嬃詈詞『鮌婞直』而出。殊鮌者帝舜也，而嬃詈屈子若鮌婞直，亦將夭之山野，故就重華而折中之矣。又，『曾歔欷』節：『自「啓九辯」至此，皆所陳于舜之詞。茹，香草。』案：非是。陳詞止於『固前修以菹醢』，而『曾歔欷』以下四句是屈子述其陳詞後悲憤情狀矣。茹，亦非香草名，舊訓『柔耎』不易。又，『何瓊佩』節：『此偃蹇，困阨貌。』案：王逸注：『偃蹇，衆盛貌。』自是不易。言余之瓊佩雖盛多，而猶見衆所映蔽也。又，《東皇太一》『靈偃蹇』節：『言上皇之神靈，偃蹇于此。此偃蹇，留滯貌。』案：靈，巫也，非指上皇。偃蹇，舞屈折之貌。舊注不易。又，《雲中君》『浴蘭湯兮』節：『言神之來，以蘭湯浴其身，以芳香沐其首，服此華采艷麗之衣，如草木之花英，如此其蠲潔也。』案：若，非釋如，王逸注：『杜若也。』此取朱子説，非也。《哀郢》『當陵陽之焉至』注：『言縱吾之船以當陵陽之波，而將焉至乎？陵陽，陽侯。』案：其意雖是，而釋陵陽爲陽侯者，亦失之矣。陵，乘也。陽，即陽侯，指水波也。謂方當乘波以行，則將焉至乎。《抽思》『倡曰』：『南，郢都也。漢北，指所遷之地，大約在郢都之南，江漢之北。』案：以南爲郢都者是也。漢北，江漢之北，不在郢都之南也。

是書爲清康熙四十年辛巳孝友堂刻本，國家圖書館有藏本。後有嘉慶三年戊午⿰目翏城萬春堂刻本，則闕張大琦序及詩自序。

（黄靈庚）

# 楚辭讀本

《楚辭讀本》者，清方人傑之所評輯、清錢樹本所參定也。人傑字星渡，新安人。樹本字根堂，金山人。二人生平仕履、著述皆不詳。樹本別有《一點閣文選》，見載光緒《金山縣志》卷十五《藝文志》。又，錢氏家蓄萬金而耽樂古籍，嘗捐資鐫其族人錢長涵《寶素堂全集》可知矣。見載嘉慶《松江府志》卷五十八《古今人傳》。

是書原名爲《評輯莊騷讀本》，凡四卷：前三卷爲《評輯莊子讀本》，後一卷爲《評輯楚辭讀本》。其輯録《楚辭》十八篇，各篇序次爲方氏自定：屈子之作《離騷經》《九章》《遠遊》《天問》《九歌》《卜居》《漁父》《大招》，宋玉之作《招魂》《九辯》《風賦》《高唐》《神女》，賈誼之作《惜誓》《吊屈原》《鵩賦》，嚴忌之作《哀時命》，劉安之作《招隱士》。觀其所輯篇目，除《風賦》《高唐》《神女》三篇外，餘皆同朱子《集注》。

《莊騷讀本》首有錢樹本作於乾隆三十七年壬辰序及方人傑《莊騷發凡》九條。錢序稱，《離騷》本諸《詩》而極《詩》之變，『愈變愈奇而不失其正』。謂『蓋言理，不變不足以窮理；言情，不變不足以盡情。惟愈變愈奇，愈奇而不失其正，始可以言奇，可以言變』。若是，讀《騷》者若不知變，不知其奇，則無以探其幽，盡其情矣。錢氏又謂本欲刻莊、屈之書而未果，『適得星渡方先生《評閲莊騷》舊本，惜其丹黄未竟，遽遊道山，二書遂湮没不傳，良可歎也。余故更爲參訂，以公同好』云云。方氏舊本乃未畢稿本，評輯亦未竟，錢氏參訂於其歿後，非同時共爲之作矣。

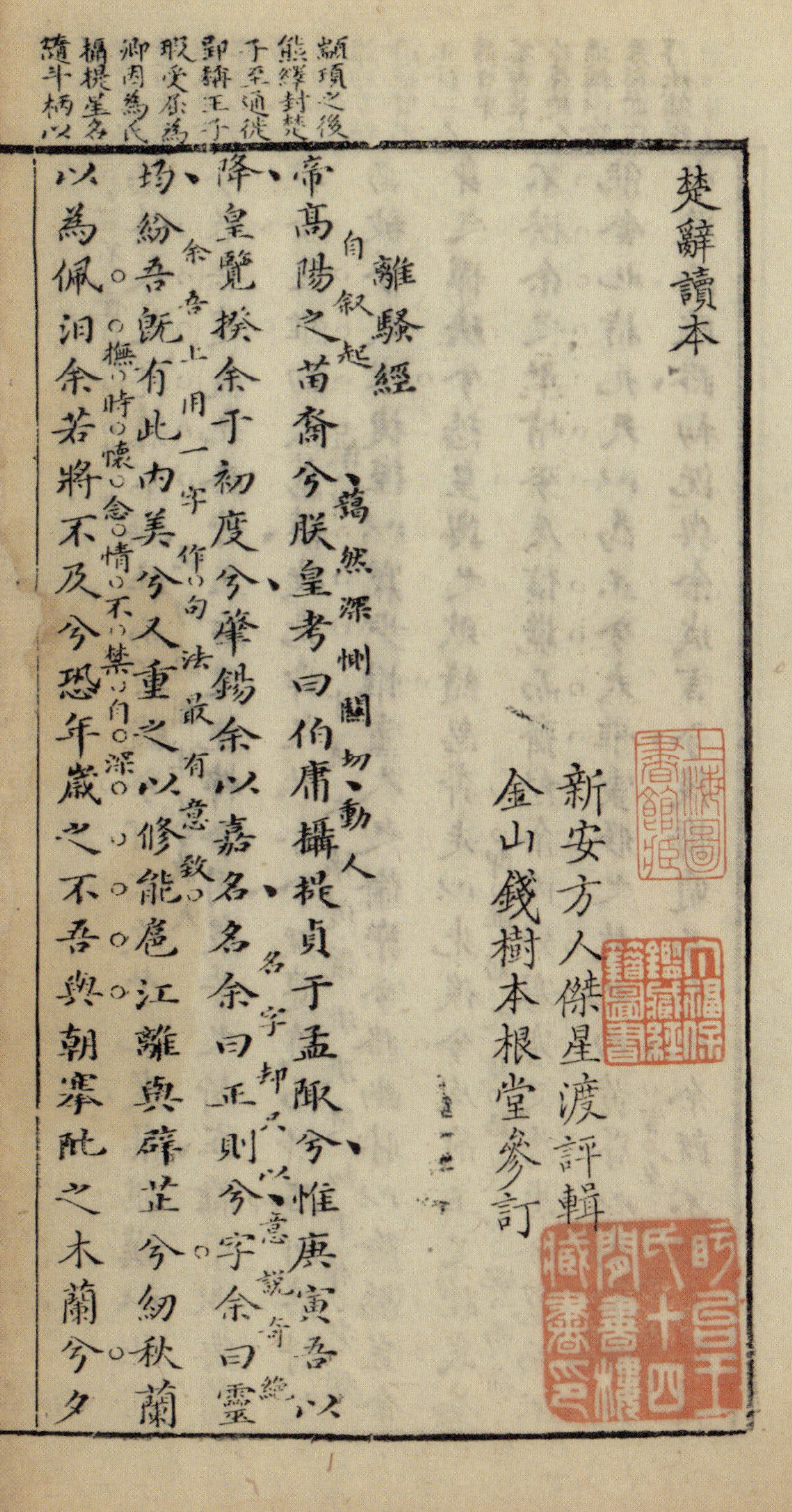
顓頊之後熊繹封楚子至通從郢稱王子瑕受屈為卿因為氏 攝提星名隨斗柄以

楚辭讀本

新安方人傑星渡評輯
金山錢樹本根堂參訂

離騷經

自叙起

帝高陽之苗裔兮朕皇考曰伯庸攝提貞于孟陬兮惟庚寅吾以降皇覽揆余于初度兮肇錫余以嘉名名余曰正則兮字余曰靈均紛吾既有此內美兮又重之以修能扈江離與辟芷兮紉秋蘭以為佩汨余若將不及兮恐年歲之不吾與朝搴阰之木蘭兮夕

鶺然深惻關切動人

名字却又以意說奇絕

余吾上用一字作句法最有意致

撫時懷念情不禁自深

方氏《發凡》大略言四事：一是《楚辭》「含情深遠」，類多《莊子》「寓言」，「一篇之中，三致意焉，心所至筆亦至，心所不至筆亦無所不至。凡天地神鬼，魚龍百怪，無不網羅發揮，抒寫其欲言、難言之意。不倫不類，雜沓紛披，以爲證則非，以爲喻亦非，此則所謂寓言，此則興、比之所難分，而朱子所不滿意者也」。其所謂「寓言」，寄寓其意之言，或寄草木，或託神靈，是非「比」「興」之所能概括者也。二是謂讀《騷》在於「幽」「深」二字，其辭雖幽深，而其志未嘗幽深。「忠愛之思，浮動楮上，其志甚平，易淺之」，而不必深求「看艱難了」。此蓋讀《騷》大忌，其所謂「失之求深」也。故方氏進而論《離騷》之「幽深」之理：「夫離，離也，亦云罹也。騷，憤也，憂也。經者，後人名之者也。蓋言平志盡於此，而後此二十四篇之皆爲流也。上陳祖德，下悼君王，中閲千載，哀既往，懼來今，反覆傍徨，悲憤激越，而有莫可如何之意。是故其辭吞吐晦明，抑之而不得揚，斷之而不得續，蓋有不得不幽深之勢，而非有意於幽深也。後世司馬遷、相如、揚雄、李白之倫，徒以其文似而已；深之如李長吉、桑民懌感慨沉痛之意，得之鬼趣已耳。而其一片光明正大，字字句句從心坎中流出，猶未爲深求焉。然則後之讀《楚辭》者，微之不失鬼趣之樂，淺之又不得作者之意，無惑乎人之簡而棄之也」。其蓋以《離騷》一篇統領他篇，《騷》爲本，他篇爲流，故當重點讀之解之，而猶不可「深求」矣。三是以《楚辭》「涵濡聖澤」，「上承《風》《雅》三百篇之遺」，下開「漢晉辭賦之祖，此辭學之淵源，後先之所係者」。而「其文章瀠紆深蕩，痛快淋灕」，回旋反復，變化多端，「此所謂無可奈何，而又不肯安之若命，而欲挽回補救以造命焉」。「造命」者，謂不甘心於挫折，而自造新命以脱離困境也。見得「屈子立志堅切」，雖變而不肯回撓，亦猶錢氏所謂「愈變愈奇而不失其正」之意也。四是論「圈」「點」《楚辭》之法，貴在「立言創意」，發揮微旨，期於所得，「斯讀者之心與作者之心，當自有曠然相遇處」。

方氏《楚辭讀本》蓋以朱子《集注》爲藍本，故與《集注》本多同，而與洪氏《補注》本異。如，《離騷》「皇覽揆余于」，洪氏《補注》本無「于」字，《集注》本有「于」字。又，「改乎」，洪氏《補注》本無「乎」字，《集注》本有「乎」字。又，「昌被」，洪氏《補注》本作「猖披」，《集注》本作「昌被」。又，「荃不揆」，洪氏《補注》本「揆」作「察」，《集注》本作「揆」。又，「不厭」，洪氏《補注》本「厭」作「猒」，《集注》本作「厭」。又，「落蘂」，洪氏《補注》本「蘂」作「蕊」，《集注》本作「蘂」。又，「攘詢」，洪氏《補注》本「詢」作「詬」，《集注》本作「詢」。又，「家衖」，洪氏《補注》本「衖」作「巷」，《集注》本作「衖」。又，「舉賢才」，洪氏《補注》本無「才」字，《集注》本有「才」

字。又，『暇日』，洪氏《補注》本『暇』作『假』，《集注》本作『暇』。《離騷》一篇既如此，則其餘諸篇可類推而知之矣。然偶見不同者。如，《離騷》『制芰荷』，洪氏《補注》本、《集注》本『制』作『製』。又，『菹醢』，洪氏《補注》本、《集注》本『菹』作『葅』。又，『又繼之』，朱子《集注》本無『又』字，洪氏《補注》本有『又』字。又，『忍與』，朱子《集注》本『忍』下有『而』字，洪氏《補注》本無『而』字。又，『鳳凰翼其』，洪氏《補注》本、《集注》本『凰』作『皇』。是蓋據他本改易之矣。

方氏評輯體式有眉評、側評及總評，而分工明確。眉評置於簡端，專爲字義訓詁，即《發凡》所謂『若其聲音聱牙，字義瑣僻，悉用注釋，附見眉端』是也。其訓義多取意、熔裁於王逸《楚辭章句》、洪興祖《楚辭補注》及朱熹《楚辭集注》，甚簡要。如，《離騷》『化，變易意。』案：王逸注：『化，變也。言我竭忠見過，非難與君別離也，傷念君信用讒言，志數變易，無常操也。』又，《惜誦》『所咍』評云：『咍，嗤笑，楚語也。』案：王逸注：『咍，笑也。楚人謂相嗤笑曰咍。』又，《天問》眉批：『天尊不可問，故不言「問天」而言「天問」。』案：王逸《天問序》：『何不言問天，天尊不可問，故曰天問也。』如上皆熔合王注而爲之也。《離騷》：『荃，一作蓀，楚人通稱，以喻君。』案：朱注：『荃與蓀同，亦香草，故時人以爲彼此相謂之通稱，此又借以寓意於君也。』又，《惜誦》『所非』批云：『所，誓詞，與「所不與舅氏」「所不與崔慶」同意。』案：朱注：『所者，誓詞，猶所謂「所不與舅氏同心」「所不與崔慶」者之類也。』如上皆裁剪朱注而爲之。或取明人説，如，《天問》『東流不益』眉批：『楊慎以爲水由氣生，亦由氣滅。今以氣噓物則得水，又以氣吹水則乾，由一滴可知其大也。』或者自爲新解，如《，離騷》眉評求帝、求女一段云：『入天門，遊春宮，求虙妃，見佚女，留二姚，總喻不得于君，展轉無聊意。』又，『告余以不好，讒人反間也。佻巧，不可信用也。』又，批評『何爲此蕭艾』云：『言士無常守，其故何在，淋離勃鬱之至。」又，《惜誦》『專惟君』評：『不懟君。不誹衆，鬱鬱忠悃，嗚咽自鳴，誠千古善言人也。』又，《哀郢》評：『天命，民心起見，所哀不獨在郢也。忠臣之所繫何如，而槩以怨君目之，何哉？』又，《湘君》『下女』評：『下女，以不敢指言湘君，託辭侍女。』又，《少司命》『悲莫悲』評：『悲、樂二句，千古言情之祖，樂府《遠別離》《古別離》《生別離》皆本此。』又，《卜居》『哫訾栗斯喔咿儒兒』：『恐是楚語。』又，『尺有』二句：『物如天地不滿，智如堯舜不遍，數如日月盈虛，神如夷跖窮通。』其語甚雋，與原媲美矣。

方氏於側評置於篇中句間，專爲離析段落、講論文法，『總使一篇大意，首尾起伏，轉換關鍵，呼應晦明，摻縱離合，深淺彼我，一二次第，本末上下，遲速聚散，章法、句法、字法，一展卷間，無不瞭然』。如，《離騷》『紛吾既』句：『「余」「吾」上用一字作句法，最有意致。』又，『余既滋蘭』句：『又自敘起，愈婉愈緩。』又，『悔相道』句：『復閒閒頓起思，入退修初服，意尤悽惋。下女媭、重華、靈氛、巫咸，從此入想，俱是無中生有。』又，『蜷局顧』句：『一筆掉轉，將上文都放活。』《惜誦》『惜誦以致愍』句：『激楚沉着，一起已盡章意。』《思美人》首句『起語無限曲折，下文反復皆明此意。』《惜往日》『何貞臣』句：『自寫只一「貞」字，便已天驚鬼泣。』《悲回風》『憐思心』句：『一篇轉棙。』《遠遊》『惟天地』句：『立四語作骨，字字真切任下。』《天問》『何馮弓』句：『語及興亡，不覺其言之激而痛也。』《雲中君》『靈連蜷』句：『在尊處見其親，筆意幽穆。』《招魂》『入脩門』句：『應上生下，一篇關紐。』或者點破旨意，深致其文妙處所在。如，《離騷》『名余曰』句：『名字却只以意說，奇絶。』又，『依前聖』句：『縱觀千古，取衷先聖，興懷憑吊，在身尤痛。』又，『何昔日』句：『感憤之極，翻成啁笑，令委美者崛然而起。』《哀郢》『民離散』句：『原之去，天命、民心之所繫也。』《抽思》『望孟夏』句：『縹緲荒忽，一唱三歎，是情是文，上入九天，下入重淵矣。』《懷沙》『撫情効志」句『短節，字字咽住。』《天問》『鮌何所營』句：『治水歸東南，因思其傾，蒙上開下，妙想妙文。』《湘君》『交不忠』句：『觸緒紛來，前節虚境皆實而仍不實。』《湘夫人》『荒忽兮』句：『情景相生，摹寫曲至，澹蕩中疊出無限烟波。』《國殤》『出不入』句：『已盡《吊古戰場》一文。』皆寥寥數語，似點睛之妙。方氏解《九歌》諸神，自《東皇太一》至《少司命》及《山鬼》皆引朱注。《東君》以下或者引前賢之説，皆屬論文譚藝。如，評《東君》『此篇却有頌體』。評《河伯》『此篇寫決絶之意，君恩之薄，不覺吐露』。評《國殤》『此篇敘殤鬼交兵挫敗之迹甚奇，而辭亦凄楚，文至此，亦情不能禁矣』。評《禮魂》『俛仰低回，情文俱極，以短節結盡大意，筆力甚大而奇』。則變其凡例矣。

總評置於各篇之末，輯有王叔師、李長吉、洪容齋、劉辰翁、桑民懌、朱如仲、洪慶善、朱晦翁、高似孫、嚴滄浪、樓迂齋、祝堯、鄧定宇、孫文融、陳仲醇、陳麇公、王鳳洲、王元美、李卓吾、陸昭仲、王元美、宋小玉、焦弱侯、張泰先、蔣楚稺、馮覲、胡應麟、馮開之、陳深、孫月峰、林西仲，凡三十一家，大抵未出蔣之翹《七十二評楚辭》規模，惟『不列名號者，俱出鄙意』，蓋爲其一得之見。其論《離騷》云：『詩言志，歌永言，讀《離騷》須知其志之所在。淵源世系，于君則親也，于國則家也，休戚何如關切也。況又委摯圖君，更非泛泛者比。不能格君心之非，正君身之瞻聽，又不能驅除黨比，以振興國祚，即主臣相得，猶未保其盡善，乃放廢乎？忠不一聞，佞倖满室，闇者愈闇，危者愈危。此原之志萬難萬難，莫可如何者也。此而欲吐其情，直是一字不可著手？此而欲達而意，即至萬言亦難盡。今觀運想之深，攬取之博，筆墨之横溢，音節之琳琅，所以哀者，哀己之生、之遇合、之遭逢，所望者，望君之悟、之悔、之挽回振作，未嘗有一字怨憾也。其實處皆空，空處又實，讀之不見其人，但見有一屈子；並不見有屈子，但見有一我在，其間萬難萬難，而莫可如何者也。此入人爲何如？豈僅永言、言志而已乎？』史公亦云『悲其志』，是知『志』爲讀《騷》之本。若非知『志』，則焉得而入？『豈僅永言、言志而已乎」，蓋爲知『志』之難，非別有他路可走矣。又，方氏《九章》各篇概述其意，往往一言中的。如，謂《惜誦》『所欲愛吾之言以致其憂思也』。謂《涉江》『初放江南而涉江之辭也』。謂《哀郢》『寫身之所經歷，皆是寫心之所至』。謂《抽思》『美人終不得與，惟有一望叫絶而已』。謂《懷沙》『節短勢險，氣壯情高，斷非詹詹細響，非得讀書養氣之功，未易語此』。謂《思美人》『獨寫出骨鯁身分』。謂《惜往日》是『實敘中有虛致，直言中有婉致，回環反覆，一氣凝結，揮刀不斷，千載如生』。謂《橘頌》爲後世詠物之祖。謂《悲回風》『是自敘其萬無奈何之意』。方氏謂《九歌》之作，『觸事興懷，雖木石猶將和之，況洞洞漆漆，視聽于無形聲者乎？豈借題之謂哉』。則以有所諷寓者矣。方氏雖以《大招》爲屈子所作，然未有詳説。篇末引朱子、劉須溪、桑民懌、陸昭仲四家，而皆未《大招》爲屈子所作矣。則不知其所據。又論《招魂》云：『招魂之禮，本于死者，荆楚或以施之生人。此《招魂》賦，前人訖無定説。總之，宋玉憫其師無罪放逐，恐其魂魄離散，故假此辭以招之，致其誠愛之意也。』則其不在招死魂與生魂之間糾纏之矣。又謂《遠遊》非遊仙，痛時世不淑，君臣相棄矣。論《九辯》云：『爲師辯陳其情，故激直而感慨，反反覆覆，天人理事之間，其明切透快不待言，而字字皆有指點，開示怨憾告愬、無盡無已之意。此則風人之文，深得《離騷》之旨，而非後世所能仿佛者也。』又論『高唐』云：『蘭臺《高唐》一賦，純是悲秋。少陵《秋興》，無限蕭騷離愁，惜往傷今，忠君愛國之思，極淋灕感慨之致，有章曰「巫山巫峽氣蕭森」，盡之矣，似此賦爲之感動也。』其推崇宋玉之極至，蓋以屈子之後，惟宋玉而已。其論《招隱士》則承舊説，所以哀屈、吊屈。云：『昔人謂與屈原無與。夫與屈原無與，何過哉？然何以道得如許悽愴歷落，感憤痛惜，與《大招》《小招》悲慘之意無異也。安得謂非招屈者哉。』

方氏大體因明人陋習，評文論藝，多空虛不實之言。如，《卜居》『竭智盡忠』句：『登高而呼，陵谷俱震。』其此與『登高』何與？大言無當。《大招》『青春受謝』句：『履雨露而迎來，怵惕之心，寫得濃至。』則漫無際涯，不知所指。或者疏於古訓。如，《抽思》云：『抽，拔；思，意也。』案：思，猶憂也，非意思之思。抽思者，謂抒憂也。若此類者，蓋舉不勝言矣。又，方氏總分《離騷》爲七段，每段用横綫隔斷。篇首至『數化』爲首段，二段『余既滋蘭』至『所厚』，三段『悔相道』至『可懲』，四段『女嬃』至『浪浪』，五段『跪敷衽』至『終古』，六段『索藑茅』至『與江離』，七段『惟兹佩』至篇末。前五段之劃分，甚得《離騷》文理。惟六段、七段之分，則牽合甚。六段之宜止於『周流觀乎上下』句，而後承言從氛占而遠逝西行矣。

是書爲清乾隆三十七年壬辰世春堂鋟《莊騷讀本》，而《楚辭讀本》即從中單獨輯出。上海圖書館有藏本。（黄靈庚）

# 屈辭洗髓

《屈辭洗髓》者，清徐焕龍之所作也。焕龍字友雲，江蘇宜興人。徐氏自稱『荆溪』者，古縣名，後併入宜興，即今之丁蜀鎮。史傳、地志皆不載其事。據儲欣稱，『補博士弟子員』。『好讀書，悟性超拔』，『其説五經尤卓』。其『制藝陶鑄經史，爲震澤、毘陵適傳，貌小變耳。然進取之際，恬退特甚』。康熙五年丙午鄉薦，其年二十又二。後屢挫場屋。『益讀書，或以禄仕勸，弗聽』。年踰五十，杜門南郭，注《周易》《詩》。蓋鄉間一諸生耳。考儲欣生於明崇禎四年辛未，卒於清康熙四十五年丙戌，康熙二十九年庚午舉人。焕龍生於清順治二年乙酉，而卒年未詳。所著别有《大易象解》《經辨補》《四子全章制義》八百首、《大小題》千餘首、《詩藝》三百餘首。惜皆未傳。

卷首有儲欣作於康熙三十七年戊寅序，大意謂東漢王叔師《楚辭章句》及宋朱子《楚辭集注》二家之書爲研治《楚辭》所宗，叔師詳於訓詁，朱子嚴於章句，皆其所長。惟屈子以楚宗族之裔，因言得禍，遭讒見放，『則凡澤畔行吟之作，必故微其辭，詭其指，前後轉折，必有所扞格而不可推，亦事勢所使然，其無足恠。惟讀者出吾超拔之悟，設身處地，逆其幽憂窈渺之思，然後微者可顯，詭者可正，扞格者可貫通』。王、朱二家於此有所不及，亦是其所剩義。故徐氏之作，因王逸、朱子二家短長而爲之，即『採二家之所長，補二家之所短』。篇末爲其侄徐瑶跋，亦言自鄉薦後，『困公車二十餘年，杜門樂道安貧』，乃於《離騷》之文，『字剖之，句析之，逐節詳疏之，更會一篇之旨而融貫之，語核而奇，理精而確』。蓋其所以耿耿於屈子而不置者，以畢生專注於場屋之業，而制藝之精熟如此，猶落度終身，未得一官半職。想其當日鬱邑冤屈之情亦可知矣，乃藉注《騷》以爲之一吐憤懣爾。顔曰『洗髓』者，本道教修煉之詞，洗去凡髓，換成仙骨之謂。即徐瑶所謂『明乎今日之注，極深研幾，探討靡剩義，與作者精神相貫徹，非止得其皮毛而已也』。凡五卷：首卷《離騷》，次卷《九歌》，三卷《天問》，四卷《九章》，五卷《遠遊》《卜居》《漁父》，皆『洗髓』屈子所作也。

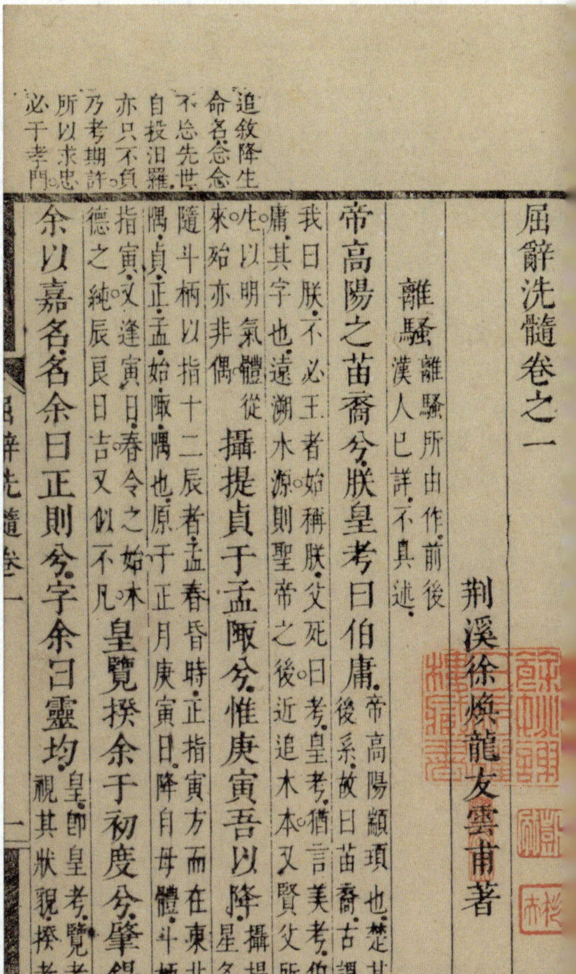
屈辭洗髓卷之一

荊溪徐煥龍友雲甫著

離騷 離騷所由作前後漢人已詳不具述

帝高陽之苗裔兮朕皇考曰伯庸 帝高陽顓頊也楚其後系故曰苗裔古謂我曰朕不必王者始稱朕父死曰考皇考猶言美考伯庸其字也遠溯水源則聖帝之後近追本本又賢父所生以明氣體從來殆亦非偶

攝提貞于孟陬兮惟庚寅吾以降 攝提星名隨斗柄以指十二辰者孟春昏時正指寅方而在東北隅貞正孟始陬隅也原于正月庚寅日降自母體斗柄指寅又逢寅日春令之始木德之純辰良日吉又似不凡

追敘降生命名念念不忘先世自投汨羅亦只不負乃考期許所以求忠必于孝門

皇覽揆余于初度兮肇錫余以嘉名名余曰正則兮字余曰靈均 皇即皇考覽者視其狀貌揆者

屈辭洗髓卷一 一

首爲徐瑶所作《屈辭簡明音釋》一卷，稱『一概反切及他書常見字而平上去入易曉者，俱不載』云，則其所釋者，似皆難曉之音也。觀其所釋者，或者叶古音。如，《離騷》『重以脩能』條：『能，叶音耐。』又，『數化』條：『化，叶音訶。』又，『刈』條：『叶音艾。』又，『日夜』條：『夜，叶音下。』或者注字音，用直音法。如，《離騷》『荃』條：『音詮。』又，『糅』條：『音柔。』《湘夫人》『櫋』條：『音棉。』《東君》『坑』條：『音岡。』《天問》『珧』條：『音瑶。』《哀郢》『楸』條：『音秋。』或者注音調，用比況法。如，《離騷》『頷』條：『含字上聲。』又，『藥』條：『隨字上聲。』又，『侘』條：『嗏字上聲。』又，『溘』條：『堪字入聲。』又，『在』條：『齊字上聲。』《山鬼》『磊』條：『雷字上聲。』《惜往日》『謾』條：『懣字去聲。』或者正字音，祇見《離騷》一例。如，『紉』條：『音寧，作刃讀者誤。』或者辨字體異同。如，《離騷》『鮌』條：『鯀同。』又，『詢』條：『詬同。』又，『澆』條：『奡同。』《湘君》『要眇』

條：『窈妙同。』《天問》『意』條：『臆同。』《懷沙》『瞬』條：『眴同。』或者辨古今字，祇見《離騷》『雧』條：『古集字。』又，『陳』條：『古陳字。』然其義法未密，溷淆字體。如，《山鬼》『譱』，古善字，而曰『同』。《哀郢》『亝』，古齊字，而曰『同』。或誤釋古音。如，《離騷》『宿莽』條：『莽，叶音姆。』又，『馬』條：『叶音姆。』案：莽、馬皆魚部，姆之部，非其古音。又，『多艱』條：『艱，叶音基。』案：艱文部。基之部，非其古音。又，『爲此態』條：『態，叶音梯。』案：態之部，梯脂部，非其古音。類此悠謬，則舉不勝舉矣。

徐氏以朱子《集注》爲藍本，故多異於《補注》本、單行《章句》本。僅舉《離騷》一卷爲例，則可概其餘。如，『揆余于』，《補注》本無『于』字，《集注》本有『于』字。又，『不及兮』，單行《章句》本『不』作『弗』，《集注》本亦作『不』。又，『夕攬洲』，單行《章句》本『洲』上有『中』字，《集注》本亦無『中』字。又，『此度』，單行《章句》本『度』下有『也』字，《集注》本亦無『也』字。又，『昌被』，《補注》本『昌』作『猖』，《集注》本亦作『昌』。又，『荃不揆』，《補注》本『揆』作『察』，《集注》本亦作『揆』。又，『杜衡』，單行《章句》本『衡』作『蘅』，《集注》本亦作『衡』。又，『攘詢』，單行《章句》本『詢』作『詬』，《集注》本亦作『詢』。又，『詈予』，單行《章句》本『詈』作『罵』，《集注》本亦作『詈』。又，『家衖』，單行《章句》本『衖』作『巷』，《集注》本亦作『衖』。又，『固亂流』，單行《章句》本『固』作『國』，《集注》本亦作『固』。又，『被服』，單行《章句》本『服』作『於』，《集注》本亦作『服』。又，『儼而』，單行《章句》本『儼』作『嚴』，《集注》本亦作『儼』。又，『舉賢才』，《補注》本無『才』字，《集注》本亦有『才』字。又，『危死』，單行《章句》本『死』下有『節』，《集注》本亦無『節』字。又，『攬茹蕙』，單行《章句》本『攬』作『擥』，《集注》本亦作『攬』。又，『勿迫』，單行《章句》本『勿』作『未』，《集注》本亦作『勿』。

又，『先戒』，單行《章句》本『先』作『前』，《集注》本亦作『先』。又，『繼之以』，《補注》本『繼』上有『又』字，《集注》本亦無『又』字。又，『帥雲霓』，單行《章句》本『帥』作『率』，《集注》本亦作『帥』。又，『溘吾遊』，單行《章句》本『溘』作『AA』，《集注》本亦作『溘』。又，『虙妃』，單行《章句》本、《補注》本『虙』作『宓』，《集注》本亦作『虙』。又，『閨中既以』，單行《章句》本無『以』字，《集注》本亦有『以』字。又，『其不可』，單行《章句》本『其』作『兮』，《集注》本亦作『其』。又，『流從』，單行《章句》本作『從流』，《集注》本亦作『流從』。又，『假日』，單行《章句》本『假』作『暇』，《集注》本亦作『假』。然亦有與《集注》異而同他本者。如，『黨人之婨樂』，《補注》本、《集注》、單行《章句》本『婨』皆作『偷』。又，『落蘂』，《集注》本『蘂』作『蕊』，單行《章句》本亦作『蘂』。又，『不余聽』，《集注》本『余』作『予』。單行《章句》本亦作『余』。又，『葅醢』，《集注》本『葅』作『菹』，《集注》本亦作『葅』。又，『以𠷕詞』，單行《章句》本、《集注》本皆作『陳辭』。又，『矩矱』，單行《章句》本、《集注》本皆作『榘矱』。又，『鵜鴂』。單行《章句》本、《集注》本皆作『鶗鴂』。又，『週流』。單行《章句》本、《集注》本『週』皆作『周』。『涉余』，《集注》本『余』作『予』，單行《章句》本亦作『余』。蓋參以他本而改之也。

徐氏之作，不在字義訓詁，而在抉發微旨，補王、朱二家所未備。於各篇皆論列之。其品論《離騷》而以樂曲比況之，『讀屈詞如聽琴音』，蓋其心所體驗也。謂『此篇如《秋鴻》三十段，備極《廣陵散》之遺韻。他篇雖妙，亦特《瀟湘水雲》《洞天春曉》《陽春白雪》《夢蝶御風》諸而已』。其分《離騷》爲十四段，各段皆撮其要旨，發明微意：首段篇首至『宿莽』，『序己之生質不凡，而好修無已』。二段『日月不淹』至『踵武』，『述己忠君念切，而急欲成君』。三段『荃不揆』至『蕪穢』，『言君之信讒疏己，而前功盡棄』。四段『衆皆競進』至『夕替』，『是不爭寵利，惟法前修，雖疏不忘諫君，因而遂遭放廢」。五段「既替余」至「未虧」，「是雖遭放廢，甘心窮困，卒不改圖，而益修初服」。六段「忽反顧」至「不予聽」，「是初服加修，而望有知者，而至戚外人，無一可告」。七段「依前聖」至「中正」，「是訴諸重華，援古証今，而情詞中正，聖帝鑑之」。八段「駟玉虬」至「嫉妬」，「是求索美人，空際經營，天門眺望而杳無所得」。九段「朝吾將濟」至「不固」，「是哀今無美，求古名妃，而帝室王家，遭逢不逮」。十段「世溷濁而嫉賢」至「終古」，「是總結前文，往古今兹，皆成夢幻，而中情難忍，無所適從」。十一段「索瓊茅」至「百草不芳」，「是往卜諸神，勸其遠逝，心猶不決，復問巫咸，而吉占不爽」。十二段「何瓊佩」至「吾將行」，「是參透朝局，自珍修姱，深信前占，決意遠行」。十三段「折瓊枝」至「媮樂」，「極言遠逝之勝，無往而不屈，有險不足憂，真堪娱樂」。十四段「陟陞皇」至末，「則終不忘楚，死于其地以明臣節也」。觀其前七段之分，大致切合原旨。八段以下，似不甚合理。求帝、三求女、卜氛、問咸、西行遠逝，宜各爲一段。三求女止「終古」，卜氛止「不芳」，問咸止「上下」，西行遠逝止「顧而不行」，末「亂曰」宜別爲一段，乃全篇之總結矣。

徐氏釋《離騷》「求帝」一段，視「帝」爲「女」，別開生面。「吾將上下而求索」注：「吾將上天下地，求索美女，日暮則難篇索矣。以比求索賢君也。」又，「吾令帝閽」注：「空際求索無門，未知何方有女，庶幾置身無上，可以縱目遐搜，故令帝閽開關。」其以「帝」爲「女」者，是也。又，「哀高丘之無女」注：「高丘比王位，無女比無賢君。」則「高丘無女」，是以比楚之王室之内無賢君。案：帝，即帝高陽，楚之先祖也。求帝以喻歸反高陽，實與篇首遥相呼應，生自高陽，死亦歸高陽也。高丘，即高陽之丘。高陽顓頊爲女性之神，故以「女」稱之。求帝，是否有寄寓楚無賢君之意，蓋亦不可鹵莽矣。又，徐氏「求虙妃」注：「虙妃，帝祖未嫁之女，較娀女、二姚尤貴高，所以先求。蓋以世無賢君，惟遠皇上古有聖帝明王如伏羲、帝嚳、夏少康，而又借其女其妃作寓言，故先虙妃，次娀女，降及二姚也。」三求女以比求君之賢妃。豈屈子求君之不得，思通女謁之路而轉輾求之？鄭袖亦肯爲之通言於楚懷耶？見其説爲悠謬不經甚矣。徐氏注『靈氛既告』云：『不及巫咸者，本靈氛吉占，特要巫咸決之耳。』則非其義矣。靈氛勸其去，而度楚國無有能察善惡之人，欲行而不忍，乃決之於巫咸。巫咸勸其留而度楚國已可留之地，故終於從氛以遠逝也。又，『指西海以爲期』注：『篇將終，而日至西極，詔西皇，指西海，皆矢死之詞，投江之志已決矣。』其以西行遠逝爲『矢死之詞』者，是也。若以此而推氛占，蓋勸其遠逝，非走他國，是決死耳。巫咸勸其留待明時，是苟活耳。其從氛不從咸，而遠逝西行，則其死志之決甚明矣。

徐氏以《國殤》《禮魂》二篇，原不在《九歌》之内，後人附於其末，本『不在九數之中』。《九歌》實止九篇而非十一篇。陸時雍《楚辭疏》、李光地《九歌解義》已發此説，似在其先矣。考歐陽詢書寫《九歌》及米襄陽書寫《九歌》皆無《國殤》《禮魂》二篇，蓋其所據藍本如此。有此二篇者，豈宋世後人所增益之耶？惜文獻不足徵，存之以廣異聞耳。徐氏以『祠在楚東偏，故號「東皇」』。以『雲中君』之有『中』字，『又列司命、東君之先，或者未必即是雲神』。以『湘君』爲『舜正妃，堯長女娥皇也』；以『湘夫人』爲『堯次女女英，舜次妃也』。是因韓昌黎説。又，以『大司命』『少司命』爲《周禮》『大宗伯有司命之祀』之『司命』，一則『三台星上台』，一則『文昌第四宮』。以『東君』爲『日神無疑』。以『河伯』爲『黄河之神』。以『山鬼』爲『木石之恠夔罔兩』之屬。是皆因洪氏《補注》也。以《國殤》『死于國事，其家不知，莫爲之喪，是謂國殤』。則屬戰死野鬼也。以『禮魂』爲『世之亡魂，其家春秋禮祀之，故曰「禮魂」』。即首句「成禮」二字便見。舊説以禮善終之魂，對國殤爲言，似未必』。其揭蹄筌所在，見識亦高矣。其釋《九歌》各篇，一掃種種附會之説，亦見其獨到之處。

徐氏以《天問》一篇，『事有人莫能解，故于天是問，蓋聊以寄其感慨，雖明知其事之荒唐亦問。此千古奇觀，本不可以文義之條貫、物理之信確繩之』。又謂《天問》之作，『本不欲有對，正不可有對。朱子亦每于其説之荒唐者病之，然揣屈子意中，或亦謂之荒唐，特借之以遊戲筆端』，而『不必以道學之見，如孟子闢齊東野人，一例施其辨駁也』。其説似在模棱兩可之間，非深切之論。其分《天問》爲八段：首段篇首至『曜靈安藏』，二段『不任汩鴻』至『禹何所成』，三段『康回』至『解羽』，四段『禹之力』至『鮌疾修盈』，五段『白蜺』至『何以遷之』，六段『惟澆在户』至『能流厥嚴』，七段『彭鏗』至『無禄』，八段『薄暮』至篇末。則分段似亦不密。大抵《天問》以天、地、人爲問，問地從治水始，終以志怪。問人則自夏、商、周爲次，而殿以楚事。三大段中又可分若干小段也。惟問殷商事自登立爲帝之舜事始，則錯雜五帝事，是以後世以爲不次矣。徐氏謂『其問不拘時代之後先，多顛倒以問，不循此事之本末，每斷續而問』，蓋亦指此類言。又，以通篇之旨，全結在末段，是也。『薄暮，言己之必死；伏匿，言己之無告。因思武王始拓楚疆，而今喪師失地，子元猶能悟過，而今並無其人。有一子胥，讒人迫之，使輔吴光覆楚。惟有子文，曾獲見用。我再世子文也，夫何使我至此？皆子蘭嫉賢之故。然彼身能長久乎？故明告之』。其於紛緼轇轕之中清理緒端，若非深契於此，則安得出此精語耶？

徐氏以《九章》爲屈子『雜著，後人輯之有九，因彙爲一卷』云，則本於朱子《集注》。其釋九篇之所以題名及各篇作時先後亦或偶及之。如，謂《惜誦》『即篇首二字名篇』，『即事詳言其本末曰誦。向因借此誦言，不忍直出此口，以致中心憂慼，今用發洩憤懣，聊以自抒其情。二句明是篇所由作』。謂《涉江》『因詞有濟湘上沅而名篇』。謂《哀郢》『原被放時，適會凶荒，郢民流散，己亦發郢，故作此篇』。又『至今九年而不復』注：『去郢不來，至今已九年不復矣，是篇之作，亦久放無聊，追述前事，故有九年之云。』則以是篇作於放郢九年之後。謂《抽思》『即「少歌」首句有此二字以名篇。他本「美人抽思」句作「抽怨」，謂拔其怨，亦似有理。今合以篇名，原本當是「抽思」』。案：朱子本作『抽思』，單行《楚辭章句》本作『抽怨』。是知其藍本爲朱子《集注》也。謂《懷沙》『懷抱沙石以沈江而作』。謂《思美人》『專爲襄王而作』，蓋以美人爲襄王，以是篇作於頃襄再放江南時也。其注『知前轍』云：『前轍，謂懷王之轍，呼襄王而欲使知之意。若曰王亦知前轍之所以不遂，特因矜己自用，信讒遠忠，此度未改，乃至見欺於張儀，喪師失地，車既覆而馬以顛。尚猶聽信小人，獨安此回邪之異路，前事所由不救耳。今王嗣立，即當任用豪傑，勒騏驥而更駕，令善調御如造父者爲我操其轡，遷步之法，當逡巡漸次，勿用急驅，聊假有餘之日以須可騁之時，庶不蹈前轍而繼世可競。』案此篇多以爲作於懷王初疏退居漢北之時，徐氏別作此解，似亦可通，不妨備爲一説。謂《惜往日》『詞質而易曉，然須分清段落。「惜往日」至「晠氣」，言懷王。「何貞臣」至「何由」，言襄王。「聞百里」至「縞素」，援古以自慨。「或忠信」至「使讒諛」，概論古今暗主。「自前世」至「如列宿」，言懷王。「乘騏驥」一段，慨懷兼慨襄，然後結言其所以死與其所以作是篇之意』。其剖析層次亦井然有次矣。謂《橘頌》『不分段落，每兩句一意，而由淺入深，起得鄭重，結得簡嚴』。其疏理段落，亦有心解。謂《悲回風》『竊賦詩以自明』句，『先明作是篇之意』，則篇中『佳人』爲屈子自比云。其論《九章》大略如此。

徐氏以《遠遊》之作，『不聊人世，擬作飛仙，即《騷》篇遠逝意，而旨較玄，詞較肆。原亦豈仙侶之謫降乎？何言之入微，同符乎老莊』云。謂此即《騷》末段『遠逝』之意，是也。然謂『同符乎老莊』，則非矣。又，謂《卜居》『卜其所以居身之術，非真自疑，聊寄感慨耳。鄭詹尹，或亦猶《騷》篇所謂靈氛、巫咸，而未必當時果有是人』。謂《漁父》『亦或無此事，猶東方《客難》之意耳。靖節記桃源，無乃脱胎于此與』。其説差是也。

徐氏之注，據節釋義，分節或二句、或四句、或八句不等，蓋以意爲斷。其雖本叔師、考亭二家，然多融會其義而後發揮之，非如因襲鈔録者可同日語，故讀之大有耳目一新之喜。如，《離騷》『正則』注：『平也者，無偏頗，合繩準也。原也者，中通理，外普周也。「正則」「靈均」，蓋從「平」「原」二字衍釋其義而爲詞也。』案：王注：『正，平也。則，法也。靈，神也。均，調也。言正平可法則者，莫過於天。養物均調者，莫神於地。高平曰原，故父伯庸名我爲平，以法天；字我爲原，以法地。』徐注蓋撮其要而别爲言矣。又，『内美』注：『民之初生，莫不各有「元亨利貞」之美德，紛然内藴，故曰「吾既有此」，非人無獨有之謂。但「内美」天所賦，「修能」人自爲，我則又加以修能矣。』案：王注：『言己之生，内含天地之美氣。』朱注：『生得日月之長，是天賦争美質於内也。』徐注因王、朱而發揮之也。又，『余既滋蘭』注云：『此追敘前勞而惜其盡棄，原于楚懷一切宫府内外，其始盡屬其維持調度，固望國勢有成，而讒間得行，規模具廢，故託此爲比。』案：王、朱皆以培植衆芳爲自修道德之比。而徐氏比发在位時『前勞』政績，蓋猶逸敘所云『入則與王圖議政事，決定嫌疑；出則監察群下，應對諸侯，謀行職修』也。又，『既替余以蕙纕』注：『古者待放臣之禮，賜之以玦，以示與訣之意。楚王于原，必無所賜，而身放山野，惟有結蕙爲纕，時復攬茝，以寄其間無聊之情。此即君之所賜，以之替己者矣。既替又申，絶之至再，不復見收可知。』案：王注：『言君所以廢弃己者，以余帶佩衆香，行以忠正之故也，然猶復重引芳茝，以自結束，執志彌篤也。』朱注：『此言君之廢我，以蕙茝爲賜而遣之，如待放之臣，予之以玦，然後去也。』因朱注而敷張之也。又，《惜誦》『衆兆之所讎』注：『相怨曰仇，必報曰讎。』案：王注：『怨耦曰仇，交怨曰讎。』朱注：『讎，怨之當報者。』是因朱注改王注也。然王注或本作『父怨曰讎』，言父之怨當必報復。則知『交』爲『父』字之訛。又，《哀郢》『望長楸』注：『長楸，梓也。忽然望見長楸，故國徒存喬木，孤臣桑梓遠離，能無涕淫若霰。』案：王注：『長楸，大梓。』朱注：『長楸，所謂故國之喬木，使人顧望徘徊不忍去也。』是撮合彌綸王、朱而爲之解也。

徐氏於各篇皆有眉評，多致意於闡發旨意，論文譚藝，與其注文互爲補充。以《離騷》《九歌》二篇居多，《離騷》二十五條，

《九歌》二十三條，足見其用力之勤。如，首段八句眉批：『追述降生、命名，念念不忘先世。自投汨羅，亦只不負乃考期許，所以求忠，必于孝門。』此則闡發首段出生、命名之微旨，埋下汨羅之志矣。又，『日月忽其』一節眉批：『日月不淹以下，既修其己，而急欲成君。「美人遲暮」，是一篇要領，入後幾許「成言」「結言」「有女」「無女」，皆從此句生根。』此即抉發『要領』，疏理關節矣。又，『怨靈修』一節眉批：『此又以美人自況，君臣之交若男女，相得如夫婦，故時以美人比君，時或自比，無所不可。如後文許多求女，明比求君，而蔽美嫉妬、蔽美稱惡，則又忽比及于己。揔屬寓言，而不可拘而泥也。』此所以説解其修辭比況之義也。又，『啓《九辯》』一節眉批：『原出楚宗，楚敗則宗亡，雖賢無救于楚。述古中，寓意深遠。』此求陳詞一段興託寓意，以箴砭時世也。又，『陟陞皇』一節眉批：『才若三閭，失志如此，他人必圖顯名異國矣，而卒戀舊鄉，仁至義盡。所以《騷》經爲詞賦之祖，後之學者雖或肖其皮毛，而哀音亮節，可涕可歌，終莫能及。非由才華過人，職以赤忠千古。』此評述屈賦之所以能特立千古之由，甚爲有得。屈子不祗才華莫及，而其忠亮之性，亦無人可擬。要皆實至名歸，表裏相符矣。學《騷》者當學其人，即學屈子之中正而不爲邪曲所惑，文士但學其詞藻耳，故往往失其真矣。《湘君》眉批：『楚俗淫祀，湘君、湘夫人，功德不相照臨，精意無從感召，祭非其鬼，焉得來歆？所以二篇之歌，皆以神不見答，勞心無益爲詞。是謂中倫之言，未必借此以慨君不答己。蓋《九歌》非《離騷》諸篇比，諸篇自寫憂思，無所不可寓言者；《九歌》神將聽之，而專意鳴其不平，是即慢神，三閭未必出此。但忠愛血腸，遭此放棄，出口便成哀怨，似言言寓慨耳。不然，《東皇》《雲中》篇，何又絶無感慨耶？』此論甚韙。《九歌》非專意託寓君臣之詞，乃祀神樂歌，其間即有徘徊悽楚之怨、繾綣哀傷之情，乃不經意而流露之，所謂『無意識』之思也。故解《九歌》必不可强附於君臣之間，而求其微意矣。《湘夫人》眉批：『秋風加上「嫋嫋」，非止狀風，并湖波落葉中有許多疑鬼疑神，而句樸情深，較《蒹葭》

「白露」，更覺悲涼。」此屬譚藝，正所謂情景交融矣。

徐氏注釋，或自造新義，多啓人深思。如，《離騷》「朝飲」二句注：「朝無飲，但飲木蘭之墜露；夕無餐，但餐秋菊之落英。清貧如此，顑頷可知。正與貪婪之輩相反。」案：以二句比己之「清貧」，以反對衆之「貪婪」，具見慧眼。又，「悔相道」注：「以前聖所厚之道行于今時，我之相視道路，蓋已不察，亦嘗竊悔于心，爲之引頸以延，跂足以佇，將反而爲不犯難行之事。」其以「相道」之「道」爲「前聖所厚之道」，非王注所謂「相視事君之道」。「悔相道」，則猶下「不量鑿而正枘兮，固前修以菹醢」。於舊注爲通允。又，「命靈氛」注：「靈氛，古之明占吉凶者，謂靈察氛祥也。」案：古有占氛之巫，説當有據。《雲中君》「華采衣兮若英」注：「華采衣，衣備五色也。若英，色如花也。雲有五色，故巫亦衣五采以爲之憑依。」案：其説是也。若以西方哲人所論，悦神則摹擬神之衣飾、動作者是也。於禮儀亦當如是，無足怪也。《湘夫人》「鳥何萃」二句注：「蘋不棲鳥，鳥何萃兮蘋中？緣木無魚，罾何爲兮木上？以比己之夕張，如以蘋徼鳥，設罾於木，雖期而佳豈能來？」案：蘋乃水中物，魚所食也；木乃陸上物，鳥所棲也。網魚當於蘋，罾鳥當在木，以比求非其所求。舊解忽略「蘋」「木」二字，亦見讀書不精細故也。《少司命》「悲莫悲」注：「此神去而不勝嗟歎之詞。生別離、新相知，亦承上「目成」，而以男女悲懽離合比。言神之入也，不通一言，相視莫逆；及其出也，亦不致辭，絶無繾綣。乘回風之疾，戴雲旗以馳。纔與目成，便相抛撇，方之人世，如生別離，人事之悲，莫悲于此。于此別離，于彼其有相知矣，彼新相知者，何樂如之？悲樂天淵，曷堪想像？蓋因神之去己，意其他有眷顧也。舊説追念始者相知之樂。誤矣。惟此句一誤，故下文多支離錯解。」案：舊注牽合君臣，往往扞格，而其説最剴原旨，讀之令人解頤。《天問》「曰遂古」注：「往古之初，誰人傳道一切之事？二語揔括一篇，以見傳聞大都無據，而多多問端，屬子虛烏有。」案：此其從大端解《天問》，不致拘泥於細微間矣。《涉江》「船容與』注：『似乎亦戀故鄉。』案：點睛之語。又，『忽乎吾將行』注：『不能遠遊，即將沈水，非謂欲往他邦。』案：以『行』爲『沈水』，甚是。舊解『遠行他鄉』，非也。若是之類，見其讀書之細緻精密，體會極深，且悟人所未悟、發人所未發。《卜居》『尺有所短寸有所長』注：『尺寸所以度物，然物長於尺，則尺短而不能知物之長；物短於寸，則寸長而不能知物之短。言此以興下文。』案：寄意姦佞之徒無術治國，而行陰謀詭計，賢者不能料；國之大材謀深慮遠，而不能自保其身。眼界自是開潤矣。《漁父》『衆人皆醉而我獨醒』注：『安危利災，醉也；知凶辨吉，醒也。』案：注文警切且簡賅，庶無遺藴。

徐氏又善於因上下文義之關節處，反覆推擊、琢磨，而求其藴窟。如，《離騷》『不撫壯而棄穢』注云：『「何不」，與上句互文，上句「不」字已暗含一「何」字，而又帶起下文之詞。此等連上搭下繾綣句法，後人莫辨且莫知。』案：其所謂『連上搭下繾綣句法』者，即通關節之處也。又，『何桀紂』注：『祖宗道路昭然，子孫家法不遠，何至桀紂，乃遂昌被，不用周行，以邪出小路，自窘國步乎？恠而歎之，緊喝聽信黨人之故。』案：意謂此以啓下『黨人偷樂』，暗示世路幽昧如桀紂之昌被，非惟懷古矣。又，女嬃詈詞，徐氏以爲衹『鮌婞直』四句，而『衆不可户説』四句爲屈子聞詈後自忖之詞，云：『女嬃同室至戚，尚不諒我忠君憂國之心，彼外人之衆，更不可户户與之解説，孰云察余之中情者乎？世方竝而好結朋黨，非其朋者蔑如也。煢獨如余，彼且曰「夫何煢獨之有」？而如是以不余聽，余復向誰説哉？』又，『折若木』注：『聖賢豪傑惟以時日易邁爲憂，故承上而反復寓言，以極致其愛日惜陰之志，乃寓言中又有寓意。國有王，猶天有日，楚懷貪秦地，輕絶齊，信張儀，死異土，皆因剛愎鹵莽。三間欲以柔順文理之，若木拂拭其舊染，令其逍遥相羊，然後能從容以詳事理耳。』《騷》言折若木以拂擊日，令其回反，既寓其『愛日惜陰之志』，又寓其絶俗離塵，保持清潔，其參之亦深矣。

雖然，徐氏疏於字義訓詁，往往以意斷之，故不無牽合虛空之説。如，《離騷》『乘騏驥』注：『乘騏驥以馳騁而來隨我，來則吾當引道汝以先王之大路也。身爲萬乘王，擁有荊襄勝，正如駛驥是乘，不難馳騁，但不知先路，終是謬迷。而有道者有吾，只要汝來，何不改此而來隨我也。」案：來，非君來隨我之來。「來吾道」，猶「吾來導」，《離騷》固有此倒句法，如，「邅吾道」「回朕車」「長余佩」「高余冠」之類是也。又，「荃不察」注：「楚方言相稱或曰荃、或曰蓀，蓋皆美其人以芳草號之。言「荃」者，不便指斥君也。」案：以「荃」「蓀」爲楚方言，不知其所據。荃、蓀，芳草名，實一物，讔語也。暗言「峻」「俊」，女悦男之詞，類今語「帥」也。又，「夕餐秋菊之落英」注：「秋菊之英，但萎不落，獨楚地有夕落者。」案：不知其所據，楚地未見有「夕落」之菊。蓋臆度之説。又，「索胡繩之纚纚」注：「胡繩，亦芳草，莖繁而色麗，故曰纚纚。」案：纚纚，索好貌。其字雖從麗，然與色之艷麗與否無涉矣。又，「依前聖而節中」注：「節中者，不同俗，亦不矯俗，節于中道也。」案：非是。節，猶斷也，折也。節中，即折中，斷别是非於中也。又，「望瑶臺之偃蹇」注：「偃蹇，美好衆多，若隱若現，不可枚舉之形。」案：偃蹇之義，或云「高貌」，此即是也。或云委曲貌，《東皇太一》「靈偃蹇」是也。絶無「若隱若現，不可枚舉之形」之解。又，「巫咸之夕降」注：「巫咸，古神巫，術數勝於靈氛。」案：於古無徵，純屬臆測。《湘夫人》「匊芳椒兮成堂」注：「播布芳椒以成大堂。」案：非是。成堂，即盈堂，言满堂也。成，通作盈。楚簡字作浧，呈聲，與成同音。《哀郢》「當陵陽」注：「陵陽，江陵之陽，正郢都之處。」案：非是。陵陽，非地名。陵，乘也。陽，陽侯之波。陵陽，言乘波也。謂我方當乘波而不知安至。若解地名，則當字無處著落矣。《遠遊》「此中夜存」注：「夜存是氣静之象，非《孟子》「存夜氣」之謂。」案：非是。王逸注：「恒在身也。」中，身也。《國語·楚語》「余左執鬼中，右執殤宫。」韋注：「中，身也。」夜，通作亦，以「恒」釋之，讀夜作亦。《新蔡葛陵楚墓銘器》「平夜君」皆作「平亦君」。《戰國楚竹書（二）《容城氏》：「既爲金桎，或（又）爲酒池，厚樂於酒。溥亦（夜）以爲槿（淫），不聖（聽）丌邦之正（政）。」

亦猶常也。《涉江》『哀南夷』注：『南夷，謂楚。哀其習于夷俗，無一人能知己。』案：南夷，非楚人，屈子不當自貶毀其族。當屈子之時，居於沅湘之地者爲越人，猶揚越、駱越之衆也。諸若此類，則比比皆是矣。

是書刻於清康熙三十七年戊寅，後未見有再版，故流傳不廣，人所罕見。上海圖書館有藏本。（黄靈庚）

# 楚辭新注附王獻唐楚辭韻考

《楚辭新注》者，清屈復之所作也。復字見心，號『金粟道人』，晚號『悔翁』，關中蒲城人。康熙二十五年丙寅童子試第一，乾隆元年癸卯，舉博學鴻詞科，然不就試，不樂仕。屈氏素以能詩擅長，與李因篤、李柏周旋甚篤。二李及李顒重氣節，時有聲望，世稱『關中三李』。因篤又顧亭林摯友，入清後『北遊雁門，南遊三楚，皆有所圖』；柏隱太白山，『心傷故國，歌哭行吟，通天入地，以寄其悲憤無窮之感』。復乃武迹顧氏之後，亦以氣節見重。壯歲嘗遊晉、豫、蘇、浙、閩、粵等地，並四上帝京。晚歲滯居京城蒲城會館，惟以著述立説爲業，居僧廬、坐土床，以詩教授弟子自娱，至死未歸。沈德潛氏稱復能『以布衣遨遊公卿間，不屈志節，固是有守之士』云。則揄揚之不置。復著述甚豐，别有《弱水集》二十二卷、《杜工部詩評》十八卷、《玉溪生詩意》八卷、《唐詩成法》八卷、《南華通》七卷等，乾隆時皆列爲禁書。事載《清史列傳》卷七十一《文苑傳》及《清儒學案》卷二十六《西河學案》。

《新注》爲其晚年居京時研習《楚辭》之作，自以爲屈子後裔，雖『自漢遷關中，至今已忘乎爲楚人矣』，而於《楚辭》耿耿不忘，獨有所鍾焉。自序稱，『幼好《楚辭》，多不解；稍長，讀諸家所注，愈不解。然往往一吟其可解者，則回風雨雪，身置沅湘』。康熙三十二年，年已逾七十，乃遊泰山，觀滄海，謁孔林，而後下吴越。及『訪古金陵，俯仰延佇而不能去，遥望荆郢鬱蔥之氣，涌耀夕陽亂石間，若咫尺可到。此非吾二千年之故國耶？將揚帆破浪，問「江界之遺風」與所謂「兩東門」者不果，而美人芳草，益渺渺興懷，乃集《楚辭新注》。始戊午正月，三月而畢。略諸所共解者，而詳予向所愈不解者，欲令吾党同解焉。然恐終未當於三閭意中之言，言外之意，亦僅斯章句而已。嗚呼！四十五年之奔走，蓋出於跋涉艱辛窮愁迫厄之餘者也」。則復爲是書者，不無黍離之悲，亡國之感，寓意不亦深乎。崔繼亭氏序稱，『蓋其志潔行芳，感通一氣，非偶然也』。

《新注》凡八卷，選目蓋傍依朱子《集注》，且其藍本亦依據《集注》，文字彼此多見合同。然其衹收屈、宋之作，漢世擬作則皆屏棄。目録序次爲《離騷》卷一，《九歌》卷二，《天問》卷三，《九章》卷四，《遠遊》卷五，《九辯》《卜居》《漁父》卷六，《招魂》卷七，《大招》卷八，不盡與舊本同。據史公傳贊，定《招魂》爲屈子所作，又謂《大招》亦屈子之作。則從林西仲説也。宋玉之作惟收《九辯》一篇，謂『以存古也』。然本應置於末卷，目録雖次於《遠遊》後，而篇次於《漁父》之末。卷首列崔繼亭後序（《關中叢書》本删此文），末附宋聯奎、王鍵、吴廷錫三人合跋；次爲屈復自序、《凡例》《史記·屈原列傳》、沈亞之《屈原外傳》、林雲銘《楚懷襄二王在位事迹考》、目録等。卷末附録爲班固《離騷贊序》、王逸《楚辭序》、洪興祖《楚辭後敘》及劉勰《文心雕龍·辯騷》。别有《天問校正》一卷，或附見是書《天問新注》末；或者獨爲一卷，而繫於是書之末。每卷之首爲『蒲城屈復新集注，宗侄汝州放賢編，曾孫來泰録，受業同邑王垣校』。刊是書者爲放賢、

令若是讀服鳥賦同死生輕去就又爽然自失矣

來泰、王垣等也。

《凡例》十二則，言是書斟酌『王逸、洪興祖、朱熹、林西仲諸家』之説，取其善者而爲之。如釋『離騷』之義，司馬遷首以『離騷』爲『離憂』，班固、應劭、顔師古皆因此釋『離』爲『遭』，以『離騷』爲『遭憂』，朱熹亦取此説。王逸釋『離』爲『别』，謂『離騷』爲『别憂』。復比較漢唐舊説，乃謂『《楚辭》作遭離用者固有據，而此篇有「余既不難夫離别兮」之句，則「離騷」者，離别之憂也。三閭之意，若謂明己遭憂而作此辭，則全部宜總名之曰「離騷」』。其雖未明言《離騷》作時，蓋在懷王之末、襄王之初也。解《天問》以『不可情原，不可義立，不可言詮，不可事判』，蓋以意會之。此皆所謂折衷舊注而取其善者之意也。復又謂『舊注是者，固能發作者之精微；其非者，亦足開後賢之思路』，不敢妄加菲薄，横議是非；故於『典故字釋，多采諸家舊注。李光弼將郭子儀之兵，才經號令，精彩一變，非予所能。間有補者，不關妙意，亦不另著。至篇章意義，斷自愚衷，未敢依樣葫蘆也』。據是，既見其所爲注釋，謹嚴取舍，非苟合蠅營者比，又知復爲是書，本不拘泥在字義訓詁間，而要在探賾融貫篇章大義，尤重於『言外』所託也。四庫館臣亦稱，『能求騷人言外之意，與拘言詮、涉理路者有殊』云。

復又稱，『《楚辭》惟《離騷經》最難解，句有同者，意自各别，並非重複』；而『《離騷經》難在解大義，《天問》難在解典故』。故於《離騷》《天問》二篇用力最勤，注釋、論述、考證亦較他篇尤爲詳悉。

屈復氏闡發大義於分段始，謂《離騷》『長篇大作，原有條貫；和氏之璧，御璽材也，推碎作零星小玉，連城失色矣。兹分五段，庶得要領』。其分段之旨，瞻前顧後，自出機杼，成其體繫，啓人思致者夥頤。自篇首至『字余曰靈均』爲第一段，謂此段『敘世系、祖考、生時、名字，有木本水源，顧名思義之意，言外見分當與國存亡也』。蓋猶看重此四句，視爲全篇綱領，篇中屢言『死』，曰『願依彭咸之遺則』，曰『伏清白以死直』，曰『雖九死其猶未悔』，曰『從彭咸之所居』，皆由篇首四句領出。

自『紛吾既有此内美兮』至『夫何煢獨而不予聽』爲第二段，分六節：自『紛吾』至『窘步』爲『追言未疏時』。自『惟黨人』至『蕪穢』爲『追述初見疏時也』。自『衆皆競進』至『遺則』爲『既疏後猶欲死諫也』。自『長太息』至『所厚』爲『既廢之後太息掩涕，自述其志也』。自『悔相道』至『可懲』爲『將反初服往觀四方』，『欲隱不能也』。自『女嬃』至『不予聽』爲『不能見知於骨肉也』。此段『自未疏説到既疏，自既疏説到既廢，反復紛紜，言己之上不見知于楚君，下不見知於盈朝，外不見知於黨人，内不見知於骨肉，一片孤忠，無可告語，不得不折衷於前聖矣』。

自『依前聖以節中兮』至『余焉能忍而與此終古』爲第三段，分五節：自『依前聖』至『浪浪』爲『皆求折中之詞也』，『言外以我爲是耶非耶』。自『跪敷衽』至『求索』爲『廣求折中，欲使君悟俗改』，以此節『爲下一大段領袖』。自『飲余馬』至『而嫉妬』爲『欲就天帝陳詞折中』。自『朝吾將濟』至『蔽美而稱惡』爲『欲求女折中』。『閨中』四句『畫龍點睛』之詞，『前美人、靈修、蓀、荃皆暗指楚王，至此明點出「哲王」，又帶出「閨中」，不惟結第三段，又後半篇之總起，一篇之樞機，所謂文之心也』。此段大旨謂『折中重華，既得中正，因上叩天閽，拒於閽者，溷濁嫉妒，丈夫中莫能我知，復求之女中，又不可得，乃歎息閨中深遠，既不能陳辭，哲王又不能覺悟，我之情懷，終不能發之于世，安能隱忍而與溷濁嫉妒者共此無窮之日月乎？計惟有一死而已』。又謂閨中、求女之言外意，『是借女字，暗點鄭袖』云。

自『索藑茅以筳篿兮』至『蜷局顧而不行』爲第四段，分五節。自『索藑茅』至『其不芳』爲言『靈氛之占當言遠逝』。自『欲從靈氛』至『而折之』爲巫咸告以待時『擇君』。自『時繽紛』至『與江離』爲『答巫咸之詞』，待時求君已無望也。

自『惟兹佩』至『觀乎上下』爲『從其吉而遠逝也』。自『靈氛既告』至『而不行』，言不忍離故，遠逝亦未遂也。而其遠逝之路，『一則曰「道崑崙」，一則曰「至西極」，一則曰「詔西皇」，終之「以西海爲期」……而不言三方者，不惟懷王在秦，言外蓋欲滅秦復讎之志也』。此段『假閨中深遠，哲王不寤，決之靈氛、巫咸，多不入耳之言，風俗變易，君子化爲小人，惟余良貴，雖爲人棄，一毫未損，不從其求君之占，從其遠逝自疏而已。龍車鳳旗，西皇可詔，西海可期，虞夏之樂可奏，志願可遂，而終不忍去故鄉也』。

『亂曰』以下四句爲第五段，謂『將從彭咸而死，庶不負命名字之義，而可見祖考於地下也』。則與首段始於『帝高陽』者遥相呼應之。

屈復氏解《九歌》之作在於求其『言外』所託。稱『詩有寄託，非比興賦也。漢張衡《定情》，班婕妤《團扇》，曹植、王粲《三良》，樂府《去婦詞》，六朝《子夜》等歌，唐宫詞閨情無題古意，上而《毛詩》之《有女同車》諸什，朱晦翁所謂「淫奔」之類者，或君臣朋友間，言不能盡，借酒杯，澆塊壘，言在此而意實在彼，隱乎字句之中，躍乎字句之外，千載下令人思而得之。無論賦比興俱可以寄託，而寄託非賦比興也。三閭《九歌》，即楚俗祀神之樂，發我性情，篇篇祀神而眷戀君國之意存焉。若云某神比君，某神比臣，作者固未嘗一字明及之，是讀者心領神會耳』。乃《東皇太一》『言其竭誠盡敬以迎神，神鑒誠敬，降而欣説，安寧以饗。人臣盡忠竭力愛君無已，而人君自鑒其誠之意，寄託言外，可想而知也』。《雲中君》『言神既降而不久留，故既去而思之不能忘也，可以想見臣子慕君之深意』云。《湘君》《湘夫人》求而不值，不怨神之不至，而深自責咎，『終望其合，可想見其忠愛無已之心』云。《大司命》託以『安命』，《少司命》寄以『爲民之所取正』。《東君》『矢射天狼，斗酌桂漿，明喻其赫赫威靈』，託意於君也。《河伯》寄况於『别易會難』也。《山鬼》多自喻之義，稱『其言被服之芳者，自明其志行之潔也。其言容色之美者，自見其才能之高也。「子慕予之善窈窕」者，言懷王始珍己也。「折芳馨而遺所思」者，言持善道而効之君也。「處幽篁而不見天，路險難而又晝晦」者，言見棄遠而遭障蔽也。欲留靈修之所而卒不能者，未有以致君之寤而復用也。知公子之思我而然疑作者，又知君之初未忘我，而卒困於讒也。至於「思公子而徒離憂」，則窮極愁怨而終不能忘君臣之義也』。《國殤》以『楚人多死於秦』，故藉以深痛之也。《禮魂》『乃前十篇之亂辭也，《九歌》總一亂辭。觀東方朔《七諫》、王褒《九懷》、王逸《九思》，皆諸篇之後，總一亂辭，祖三閭大夫之例也』。此説與汪瑗、王夫之不謀而合，且爲今人聞一多、孫常敘等所取，庶幾定讞矣。復又以『魂』爲『成』之訛，言『禮善終』云。雖乏證據，然亦不妨存之以廣異聞云。

屈復氏解《天問》亦從分段始，凡九段。以篇首至『曜靈安藏』爲第一段，是問天。自『不任汩鴻』至『地何故以東南傾』爲第二段，問鯀禹治水事。自『九州安錯』至『何所夏寒』爲第三段，是問地。自『焉有石林』至『烏焉解羽』爲第四段，問山川人物奇怪事。自『厥萌在初』至『而後嗣逢長』爲第五段，問上古之事。自『禹之力獻功』至『巫何活焉』爲第六段，是問夏朝事。自『簡狄在台嚳何宜』至『婦子肆情』爲第七段，問商代事。自『稷維元子』至『又使至代之』爲第八段，問周代事。自『中央共牧後何怒』至篇末爲第九段，痛楚之當世事。然其述是篇之旨，則重在言外，乃謂『此篇九段，前八段皆末一段作引，事之有無，理之是非，物之變怪，三閭豈真昧昧哉？讒佞高張，忠賢菹醢，天地陰陽，何故如斯？千秋萬載之人，所欲同聲一問者也。問帝王之興亡，讀者已心印懷襄；問后妃之貞邪，讀者已心印鄭袖；問人臣之賢奸，讀者已心印黨人；是三閭之言，祇在天地山川商周唐虞，而人自得於瀟湘江漢間也』。又，屈復有感於王逸《天問後序》『文不次序云』，乃謂『通篇起結盡人了然。細玩中間屢起屢結，次序井井，其爲錯簡明甚，因少校正。每見前人妄改古書，竊爲不可，豈可效尤？今仍列舊文於前，更定附後』。是爲《天問校正》也。論《天問》錯簡者，蓋復爲第一人也。據其所校，於原文略有移易。如『日安不到，燭龍何照』四句，以爲問日陽事，遂移於『自明及晦，所行幾里』下；『女岐無合夫焉取九子』四句，事涉怪異，則移於『何所不死，長人何守』下；自『白蜺嬰茀』至『三危安在』十六句，爲遠古神怪，故移至『延年不死，壽何所止』下。屈氏校正之簡，蓋或依類相從。而涉及夏商周三代事變易最多，言周代一段，經屈氏校正，則爲：『稷維元子，帝何竺之？投之於冰上，鳥何燠之？遷藏就岐何能依？伯昌號衰，秉鞭作牧；何令徹彼岐社，命有殷國？何馮弓挾矢，殊能將之？既驚帝切激，何逢長之？受賜茲醢，西伯上告。何親受上帝罰，殷之命以不救？師望在肆昌何識？鼓刀揚聲後何喜？武發殺殷何所悒？載尸集戰何所急？會鼂爭盟，何踐吾期？蒼鳥群飛，孰使萃之？到擊紂躬，叔旦不嘉；何親撥發足，周之命以咨嗟？授殷天下，其位安施？反成乃亡，其罪伊何？爭遣伐器，何以行之？並驅擊翼，何以將之？穆王巧梅，夫何爲周流？環理天下，夫何索求？昭後成遊，南土爰底。厥利維何，逢彼白雉？妖夫曳衒，何號於市？周幽誰誅，焉得夫襃姒？皇天集命，惟何戒之？受禮天下，又使至代之？』若細繹之，其所正之錯簡，則又據時之先後也。未必果真得《天問》之舊，且多臆度之詞，然則啓考校《天問》錯簡之端，影響於後世亦鉅矣。

屈復以爲『三間忠而被謗，國無知音者，《離騷》之作以自表明其志。懷遷襄放，遠志彭咸，又作《九章》以表明也』。則以《九章》皆作於《離騷》之後。論九篇之次，則『《惜誦》作於懷王既疏、又進言得罪之後。《思美人》《抽思》作於懷王置漢北時，篇中「狂顧南行」是以造都爲南行。「觀南人之變態」，是以朝臣爲南人。「有鳥自南，來集漢北」，是己身在漢北也。然則懷王見疏，止遷漢北，未嘗放逐。此其證也。餘六篇，方是頃襄放江南作也。初放時，道途經歷，作《涉江》。既至後，覩物興懷，作《橘頌》。秋風摇落，感時明志，作《悲回風》。忠佞不分，傷今追昔，作《惜往日》。若《哀郢》，則知楚之必亡。《懷沙》，則絶命辭也』。其大略攟拾林西仲說，故與其《離騷》作於懷王之末者自相矛盾。至於解《哀郢》

『九年不復』句，稱『追敘初時日及既到之後』，則以此推之，屈子蓋初放於頃襄三年間，作《哀郢》之時，蓋在頃襄十一年前後。庶幾得其實情矣。

屈復解《遠遊》之旨，極有思致。云：『《遠遊》，寓言也。自沈汨羅，即是遠遊。遠遊之樂，即是自沈之樂。篇中「時俗迫厄」，「鬱結誰語」，「愁凄增悲」，「高陽既遠」，「免衆患」，「軒轅不可攀」，「嘉炎德」，「寂漠無人」，皆是自沈之恨。觀其全部，若身死之後，惟恐有知，恨無已者，何長生之足樂乎？玆兩寫水遊，又極寫水游之樂，明是寫自沈之樂。如以余言爲不然，仙道已成，不以《咸池》《承雲》，二女《九韶》，極寫仙宫之樂，何也？』又深怪古來解《遠遊》者皆未明此意，乃曰：『異日畢志汨羅，至今「與日月争光」，其與往古所傳之白日飛升者，果何如哉？』此説雖未縝密，然驗之古世之喪俗及死亡觀念，差亦近之。余發微《離騷》後半篇寫飛升事，以爲是寫屈子回歸反本於先祖之寓言。是屈子設想死後之種種經歷，是三次死亡幻夢。又謂《遠遊》是《離騷》西行反歸之續篇，亦是屈子關於死亡之内心體驗。則與屈氏是説相仿佛，可謂異代而同心矣。

屈復解《卜居》甚見次第，以爲首段敘求卜之故，次段『應心煩慮亂』，三段『應竭智盡忠』，末段『質諸鬼神而無疑也』。解《漁父》亦四段：一則敘既放之由，二則設爲問詞，以起下文。三則答以志不受汙，寧死不苟。四則見舉世如此，無可言者。亦其脈絡所在也。

屈復解《九辯》重於説文論藝。稱此篇風神『清則寒潭千尺，峻則天外三峰』，《九辯》之外無《九辯》也。其具體論藝，則見諸分段及段末概述其旨，而緊扣『悲秋』二字，『或分合長短，比賦兼陳，而藕斷絲聯，深得諷諭之旨，亦可謂善述其志者』云。其雖隨文評點，瑣屑而無甚次第，而啓迪後人思致，其於探索宋玉『悲秋』藝術，亦不無有助云爾。

屈復解二《招》秉承於林西仲，既以《招魂》爲屈子『自招於生前』之魂，曰：『史公《傳》贊讀《招魂》，悲其志也。此篇首帝曰「我欲輔之」，助成其志也；篇中欲召還而興楚國，自喻其志也。若乃痛頃襄忘不共戴天之仇，雖寫篇末，又隱躍言外，有懷莫展，生何如死。究未明出志字，幽愁隱痛，水霧煙霏。嗚呼，子長可謂善讀也！』又求其言外之意，云：『此篇「入脩門」「反故居」，喻楚王召還大用也。豹飾之侍，步騎之羅，喻官屬侍衛以入朝也。「室家遂宗敬而無妨」，同姓之卿，君臣共樂也。女樂鐘鼓，喻賞興復楚國之功也。』以《大招》爲『三閭痛懷王之文也』，所招之魂爲懷王。又謂『篇首「無逃」二字，已明點逃秦事實；後段用賢退不肖，立三公九卿，尚三王，豈人臣事哉？有如此之資，而客死于秦，良可痛也。文甚平淡，意甚深微。愈平淡，愈深微，讀者愈難解，而論議愈紛紛矣』。又謂『此篇招懷王之魂，歸楚國，行仁政，朝諸侯，有天下，德美備於宫闈，鳳皇翔於園囿，化楚國之家，爲三王之世，有可爲之資，競客死於秦而不還也』。蓋其諷諭大旨所在也。

屈復氏論述屈賦各篇大旨，常常拈出一字，視爲一篇之『主腦』，而後貫穿繫聯，通篇意思遂活。如《離騷》『通篇五段以祖考命名爲綱領，以「知」字爲鍼綫，以「從彭咸」而死爲主意。篇中「余固知」後，止兩「知」字，前「不吾知其亦已矣」，後「莫我知兮」，而君之放逐，黨人之嫉妒，女媭之詈，折中重華，叩帝閽，上下求女，占靈氛，問巫咸，遠逝自疏，莫與爲美政，皆「莫我知」也。「願依彭咸之遺則」下，云「雖九死猶未悔」，又云「寧溘死以流亡」，又云「伏清白以死直」，又云「雖體解吾猶未變」，又云「阽余身而危死」，又云「焉能忍而與此終古」，結云「從彭咸之所居」，主意如此，究之所以死者，皆「莫我知」也』。《悲回風》『心是悲楚國，故以思起，以思結，中間又用數「思」字，又三用「彭咸」字，其意可知』。《卜居》『「知」字起，「知」字應，「知」字結，章法井然』。《漁父》『前兩段兩「何故」字，兩「皆」字，兩「獨」字，兩「何不」字作呼應，後兩段兩「必」字，兩「安能」字，兩「去」字作呼應，章法井然』。《九辯》首章『首句以悲秋起，下分應之。一段合寫，二段分寫，三段又合寫，然通章皆題前虛寫也』。六章『起句點秋字，中二段單寫悲字，末段以冬春夾寫秋字，含而不露，無法不備』。若此類者，非沈潛反復吟詠者則未易得之者，是可謂善讀書者也。

屈復雖未措意於字義訓詁，然折衷舊注，斟酌諸家，擇善而從，不妄斷語，持論公允。間或詳審上下文之關節，發明辭例，多所創獲。故其説有據可憑，而絶非專剿他人爲己説或發空疏不實之言者可比也。如，謂《離騷》『「內美」句收上，「修能」句起下，謂自修其才能，即扈、紉、搴、攬是也』。釋『「偷樂」者，竊取淫佚之私，不顧君國之安危存亡者也』。謂『人生之多艱』『終不察夫人心』之人字，『皆三閭自謂』。釋『嬋媛，著戀留連之意』。謂遣蹇修以求宓妃，終不合者，在於『夕歸次於窮石兮』以下四句道出原因，『此倒敘，《楚辭》中多用此法』。釋《國殤》『霾兩輪兮縶四馬』，乃『埋輪縶馬，示必死之』云云，非敗績之象。當是確詁。類此者，依舊注爲説，又獨發新義，不爲諸説所囿也。

屈復既以《遠遊》一篇敘言四方之行遊爲『自沈』汨羅之『寓言』，然則別以《離騷》後半篇上徵求帝爲折中於帝，求女爲折中於三神女，西行求女爲『不惟懷王在秦，言外蓋欲滅復仇之志也』云云，則前後抵捂，自亂其旨矣。是書校正《天問》錯簡，前後達十餘事，悉以時之先後或以事相類爲憑據，重加編次，以求其『次序』之順，且無文獻可徵，則不無參雜私臆，亦未必皆是也。以《大招》爲屈子『痛懷王之文』，招懷王之魂。雖然前有林西仲首倡之，而未審《大招》多雜漢世禮制、言語，其非周秦之作甚明。於訓詁之事，是書尤爲不密。解《離騷》『偭規矩而改錯』之偭爲『向』，謂『明有規矩在前，而方圓任其錯置』云云，而不審偭即面，古今字也；面字古有向、背二義，正反同詞也。舊注訓背，自是未可輕易。以《離騷》艱、替二字韻不叶，謂『艱，《汲冢周書》音泥，與溪叶替。《韻補》叶「才淫切」，而艱之音勤，多一轉音。不如依三聲例，替作平聲，而艱葉泥爲直捷耳』。案：《韻補》改艱爲音『才淫』，固爲謬甚，不可信據。然復謂艱音泥，尤爲荒謬。即依

『三聲例』讀之，艱之陰聲韻爲微部，入聲韻爲物部，亦不音泥。其非知音之選。《離騷》此二句涕、替叶韻，蓋『長太息以掩涕兮，哀民生之多艱』之乙也。又，以『藑茅』爲『藑香』『白茅』二草，未審『藑茅』之『藑』字爲飾語，『藑茅』，本指一草也。釋『陟升皇』三字，謂『陟，從下而上；升，初出；皇，皇天』，未審『陟升』爲複語，不當析爲二字二義。解《橘頌》『蘇世獨立横而不流』云：『蘇，按《本草》注，舒暢。横，縱横。言獨立無求，舉世之人，食其實而舒暢也。』案：幾若夢囈。蘇，逆也。蘇世，逆世也。類此謬誤，蓋不勝其舉也。

《楚辭》入韻字，屈復據毛奇齡《古今通讀》擬其古音，謂其『有根據，今之所音悉本此此書，即注字傍以便誦習』云。如，《離騷》首段『降』字傍注『洪』，以與『庸』同叶東部者是也。然其所標者，與古音多見乖戾。如《離騷》『均』字傍注『扃』，以與『名』字同叶耕部。案：《楚辭》真耕本可合韻，且改『均』爲『扃』，無徵不信也。『晦』字傍注『使』，以與『芷』字叶。案：雖同之部，然晦爲明紐，使爲審紐，非同音字。『穢』字傍注『已』，以與『刈』字叶。案：穢、已，既非同紐，又非同部，古非同音也。『則』字傍注『禄』，以與『服』字叶。案：則爲職部、精紐；禄爲屋部、來紐，雖同入聲，然非同音字也。『艱』字傍注『泥』，以與『替』字相叶。案：艱，古無泥音，絶不可據。『服』字傍注『弼』，以與『息』字叶。案：服、弼雖同聲，然服古爲之部，弼古爲質部，本非同音字。類此妄改，私心自是，羌無證據，幾無是處，斷不可從。蓋屈復氏本非知音之倫而强爲之説耳，足以貽誤後學而見笑於大方也。

是書堪稱清代研習《楚辭》名作，流傳頗廣，屢見雕版。然刻未爲稱善，時見訛字。如，《悲回風》『居戚戚而不可解』，居，訛作『君』是也。其本今存者有：清乾隆三年戊午弱水草堂刻本，又同年居易堂刻印本；清屈來泰抄寫本，道光十五年乙未朝邑劉氏《青照堂叢書》本，道光十七年弱水草堂刻本，民國二十五年陝西通志館《關中叢書》排印本。

# 附王獻唐楚辭韻考

此書據爲清乾隆三年戊午弱水草堂刻本景印，間附鈔本王獻唐氏《楚辭韻考》。

獻唐初名家駒，後易名琯。獻唐，則其字也。號『鳳笙』，晚又號『向湖老人』，山東日照人。畢生耽志於國粹研究，學問淵博，擅長於考古、金石、文字、音韻、訓詁、歷史、版本諸學。曾任山東齊魯大學教授，山東省圖書館館長。一生勤於著述，有《炎黄文化通考》《山東古國考》《中國古代貨幣通考》《國史金石志稿》《雙行精舍輯跋》《雙行精舍叢輯》《雙行精舍石文》《齊魯陶文》《臨淄封泥》《兩漢印帚》《五鐙精舍話》《兩周古音表》《宵幽古音表》《公孫龍子懸解》等五十餘種存世。

獻唐雖無研習《楚辭》專著存世，然有《楚辭韻考》（以下簡稱《韻考》）稿本藏於山東省圖書館，已影印出版。《韻考》原稿非單行謄寫本，乃以墨筆批寫於清乾隆三年戊午弱水草堂刻屈復《楚辭新注》本之中。《韻考》之作，蓋不厭於屈氏《新注》韻脚字注音也。雖屬未定稿本，而出自名家之手，勝義紛呈，彌足珍貴。其依附屈氏《新注》。凡入韻字皆以墨筆圓圈標識之，於《新注》本天頭注明韻部。又，獻唐庚寅春三月託以『三家村人』題識於後，道其作書原委。『三家村人』，亦其别號耶？稱『病中無俚，精讀一通，初以高郵廿一部，韻之逐之泰半，於破篋中檢出王氏《古韻譜》，時取勘對。王《譜》本非定本（見《與江晉三書》），於異部諧韻之字皆未記出，可商處亦甚多。余於讀時每以見臆見隨手録寫，只一記事珠而已』。審其標注韻目悉依據清王念孫二十一韻部，然亦時見異同。如，《懷沙》：『懷質抱情，獨無匹兮。伯樂既没，驥焉程兮。』《古韻譜》以『匹』『程』叶十二至部，獻唐校『匹』爲『正』，改同叶耕部。《卜居》『梯』『稽』『脂』『韋』四字，《古韻譜》未有説，獻唐以爲入脂部，『句中韻』。又，『訾』『斯』『咿』『兒』四字，《古韻譜》入支部，獻唐未標注，蓋以爲非入韻字。於此可見其一斑。

對勘王念孫《古韻譜》，浸知《韻考》甚有裨於《楚辭》韻學研究，置此編於當今出版《楚辭》之作中，則猶如鶴立鷄群，毫不遜色於今世所稱『楚辭大家』也。故不煩覼縷，欲薦之於學林，使不致埋没其光澤矣。

獻唐之所謂『可商處』，蓋指《古韻譜》『異部諧韻之字』。石臞老多付之闕如，未作考證，獻唐則爲之補其闕，或申引其説，或補其書證，或糾其非。惟其説精粗並存，當是其所是，非其所非。乃逐篇條陳如下：

《離騷》以『名』『均』相叶，《古韻譜》未有説。獻唐云：『均入真部，與名韻，猶《説文》赹讀若縈也。』案：均、赹皆古真部，名、縈皆古耕部。《楚辭》二部字多相通也。又，『艱』與『替』相叶，《古韻譜》校『替』作『暜』，以爲同叶第八諄部。獻唐以『艱』『暜』叶真部，云：『暜爲「譖」譌，即「譖」之初文，字入没部，聲近通用。』案：暜、譖，古屬侵部字，非真、諄部也。皆非。舊當作㚘，訛爲替。《説文・夫部》：『㚘，竝行也。从二夫。讀

字倒句倒數句神龍變化不可端倪向者予不知用古之法多不解不知倒敘法愈不能解也

傳曰不歌而誦謂之賦

若「伴侶」之伴。』音薄旱反。通作拌。《方言》：『拌，棄也。楚凡揮棄物謂之拌。』郭璞《音義》：『拌音伴。』《廣雅·釋詁》：『拌，棄也。』王念孫云：『拌之言播棄也。《吴語》云「播棄黎老」是也。播與拌古聲相近。《士虞禮》「尸飯，播餘於篚」，古文播爲半，半，即古拌字。謂棄餘飯于篚也。』拌，楚語。夕拌，夕見放棄也。又，『常』與『懲』相叶，《古韻譜》歸第二蒸部，云：『今本「恒」作「常」，乃漢人避諱所改矣。吴棫《韻補》因以懲叶直良反。非是。』獻唐亦云：『常，本作恒，漢人避諱所改。』其説是也，惜其無所取證。《郭店楚墓竹簡》凡『恒常』義皆作『恒』。《老子》（甲本）『知足之爲足，此恒足矣』。『是故聖人能輔萬物之自然，而弗能爲，道恒亡爲也』。『道恒亡名，朴雖微，天地不敢臣』。恒，長沙馬王堆漢墓帛書甲、乙二本《老子》亦同，其爲漢初本，在文帝前。今諸通行本《老子》皆改作『常』，當是文帝以後所改也。又，郭店楚墓竹簡《五行篇》：『□而不傳，義恒□□。』《魯穆公問子思篇》：『子思曰：「恒稱其君之亞（惡）者，可謂忠臣矣。」』《成之聞之篇》：『古之用民者，求之於己爲恒。』《尊德義篇》：『凡動民必順民心，民心有恒。』皆用『恒』不用『常』，抑楚語如此歟？又，『節』與『服』相叶，《古韻譜》入之部，未有説。獻唐云：『節入至部，此讀如今音之部。』其説非也。『姱節』，宜從朱駿聲《離騷補注》作『姱飾』。節，『飾』之訛。飾、服同叶之部。又，『迎』與『故』相叶，《古韻譜》但入魚部，未有説。獻唐云：『迎入耕部，疑爲迓譌，與「故」韻。不譌，亦轉讀迓。』其説得失並存。迎，古屬陽部，非耕部字也。魚、陽對轉，故與迓通假。又，『同』與『調』相叶，《古韻譜》入東部，未有説。獻唐云：『調入幽部，與東部韻。《詩·車攻》同，《七諫》亦同。《史記·衛青傳》「大當户銅離」，徐廣曰：「一作稠離也。」』其説不足補證《古韻譜》。《史記》『銅離』一作『稠離』者，或本訛也，非周、同可以通假。同，當作周，訛字也。洪氏《補注》引淮南子『知榘矱之所周』，意謂《淮南》祖構《離騷》此語，其所據本作『周』字未訛。其説是也。

又，『兹』與『沬』相叶，《古韻譜》入之部，未有説。獻唐云：『沬入脂部，轉讀以今今音之没。』沬、没皆物部字，脂之入也，與之部『兹』字不叶。蓋『委厥美而歷兹兮惟兹佩之可貴』之乙訛，貴、沬同叶脂部。

《九歌·東君》以『蛇』與『雷』『懷』『歸』相叶，《古韻譜》未有説。獻唐云：『蛇音入歌部，楚音轉讀爲脂。《九辯》有此例證。』此猶脂歌合韻也，不見得其爲楚音。《九辯》：『白日晼晚其將入兮，明月銷鑠而減毁。歲忽忽而道盡兮，老冉冉而愈弛。』毁，脂部；弛，歌部。亦脂歌合韻。又，以『降』與『裳』『狼』『漿』『翔』『行』相叶，《古韻譜》未有説。獻唐云：『此段每句爲韻，「降」字轉讀今音。而《離騷》入東部，古音不同。本篇《雲中君》「降」字亦入東部，《天問》同。似不能一篇兩叶。或非正韻，不拘於通押乎？』案：其以爲『似不能一篇兩叶』者是也。降，非入韻字，不可『轉讀今音』以强就之。又，念孫東冬不别，未可稱密。降亦非東部，即冬部也。故《雲中君》以『降』『中』『窮』『𢥞』同叶冬部，《天問》亦以『躬』『降』同叶冬部。《離騷》『庸』『降』乃東冬合韻，亦非正韻也。獻唐拘泥念孫太過。《河伯》以『堂』與『宮』『中』相叶，《古韻譜》未有説。獻唐云：『堂入陽部，與東部字多通押，舊謂對轉。夏燮述韻據朱注謂呼東似陽爲楚音，中原西北之音不爾。』宮、中，冬部字。謂『呼東似陽爲楚音』，羌無證據。堂，非入韻字，不必强就《古韻譜》。

《天問》以『寘』叶『墳』，《古韻譜》入諄部，未有説。獻唐云：『寘入真部，能押。』寘，從宀、真聲，故入真部也。真諄合韻。又，『虬』『遊』叶幽部，《古韻譜》以『龍』叶『遊』，入幽部。獻唐云：『王注本「龍虬」作「虬龍」。龍入東部，舊説轉作幽部音，與遊協。』《新注》本作『龍虬』是也。又，『在』以叶『首』『守』，《古韻譜》入幽部。獻唐云：『在入之部，此讀如幽。』之、幽合韻，古有此例。又，『繼』『味』以叶『飽』，《古韻譜》入脂部。獻唐云：『飽入宵部，疑爲「飢」譌。飢，脂部字，篆文形與「飽」近。』其説是也。余撰《天問疏證》亦爲此説，且引簡文爲證。又，『宜』

以叶『喜』，《古韻譜》以『宜』叶『嘉』，入歌部，云：『「嘉」作「喜」者非。』獻唐云：『宜，入歌部。楚讀近之部。《釋文》：「喜，一作嘉。」是。』《古韻譜》作『喜』者是也。獻唐模棱兩可，又以『宜』字『楚讀近之部』者，抑有證據耶？又，『佑』『惑』『服』以叶『殺』，《古韻譜》『殺』作『弑』，同入之部。獻唐云：『「殺」爲「弑」字形譌。』其說是也。又，以『沈』叶『封』，《古韻譜》入東部。獻唐云：『沈，入侵部，《楚詞》每與東部字通押，《詩》三百篇侵東通韻者，亦間有之。』《楚辭》侵、冬相叶者有之，未見東侵通叶也。三百篇亦然。舊本『封之』下有『金』字，是也。沈、金入侵部。又，『亡』『饗』『長』與『嚴』叶，《古韻譜》入陽部，未有說。獻唐云：『嚴，本作莊，與「亡」韻，避漢明帝諱改。』嚴古入談部，與『亡』等陽部不叶。其說是也。又，以『云』叶『長』，或本『長』下有『先』字，《古韻譜》謂『無「先」字者非』，以『云』『先』入諄部。獻唐亦云：『王注云「夫何長先」。案有「先」字是。』其說是也。又，末段以『言』『勝』『陵』『文』『長』相叶，《古韻譜》以『言』『勝』『陵』『文』屬同上韻，入諄部。獻唐云：『以上韻讀不明。言入元部，勝、陵入蒸部，上入陽部。』蓋存疑闕如也。或本作『何環閭穿社以及丘陵是淫是蕩爰出子文』。以『陵』字句斷，與上『勝』同入蒸部。『是淫是蕩』爲句，而『爰出子文』屬下，『蕩』與末句『彰』字同入陽部。如此則叶韻也。

《惜誦》『情』以叶『路』，《古韻譜》據朱子《集注》，謂『中情，當仍「善惡」，由《離騷》一句差互，故此亦因之耳』。獻唐云：『情入耕部，與「路」不韻。當爲愫字形譌。』以『中情』爲『中愫』，不啻屈賦無徵，且古籍亦不見有『中愫』之詞矣。朱子校爲『善惡』者，蓋未可移易。又，以『明』叶『身』，《古韻譜》入陽部，未有說。獻唐云：『身入真部，錢大昕說身可轉躬，即爲東部字，與陽可對轉。』身、躬虽同訓我，然無相通之理。以韻爲斷，上『恐情質之不信兮故重著以自明』二句之乙，信、身叶真部。或者曰：身，當作行，字之訛也。明、行同叶陽部。身、行同義，古書或互易之。褚少孫補《史記・龜策列傳》「行一良貞」，《集解》引徐廣：「行，一作身。」《荀子・非相篇》「行若將不勝其衣」，《淮南子・氾論訓》「身若不勝衣」。句式悉同，行，亦作身。皆其證。兩説並列之，以俟達者。又，《涉江》以「風」「林」相叶，《古韻譜》入侵部。獻唐云：「風字古入蒸部，三百篇以下轉入侵部矣。」風從凡聲，古韻屬侵部，不屬蒸部。又，「死楚薄」「芳不得薄」同叶「薄」字，《古韻譜》入魚部，未有説。獻唐云：「第二「薄」字或爲「溥」，爲陽部。」溥亦魚部字，若讀陽部，則如旁音。非是。前一「薄」爲林薄，後一「薄」爲「附薄」，蓋讀迫字，猶言近也。《哀郢》以「天」叶「名」，《古韻譜》入耕部。獻唐云：「天入真部，多與耕部通協。」案：其説是也。又，「慨」以叶「邁」，《古韻譜》入脂部。獻唐改入祭部，云：「慨入脂部，與祭部通押。《九辯》同。」《抽思》以「亡」叶「聞」「患」「完」，《古韻譜》入元部，獻唐以「聞」「患」叶真部，云：「完，亦作「光」。□□文作「光」，是。與王注意合，又與韻合，當爲形訛。」其校「完」作「光」是也。然以「聞」「患」入真部，亦非。聞入真部，患入元部。真、元合韻也。又，以「願」叶「進」，《古韻譜》入諄部。獻唐入真部，云：「願入元部，與「進」相通。」真、元合韻也。《懷沙》以「默」叶「鞠」，《古韻譜》入之部。獻唐云：「鞠入侯部，通押。」默入職部，之之入聲。鞠入屋部，侯之入聲也。《思美人》以「草」叶「莽」，《古韻譜》入魚部，獻唐云：「草入幽部，轉押。」莽與下草字不協韻。舊本乙作「搴長洲之宿莽兮，擥大薄之芳茝」。茝、草，之幽合韻。《惜往日》「時」「疑」「娭」「治」「之」「否」「欺」「思」「之」「尤」「之」，《古韻譜》入之部。獻唐云：「以下通爲之部，四聲之在古代正難分也。」又云：「尤牛二字兼入幽之兩部，《楚詞》多入之部。」蓋古四聲異於今四聲，然不可謂古無四聲也。又，尤、牛二字古音本入之部，後轉入幽部。又，「流」「昭」「幽」「聊」「由」相叶，《古韻譜》入幽部。獻唐云：「昭入宵部。宵、幽部字古多通押。」幽、宵合韻也。又，「廚」「牛」「之」相叶，《古韻譜》

入之部。獻唐云：『廚入侯部，段茂堂等多與上韻。非是。當時似讀如今音也。』段君以『廚』與上幽部字叶，蓋亦可通也。侯與幽、宵合韻，於書可徵。《悲回風》以『還』叶『聞』，《古韻譜》入諄部。獻唐云：『還入元部，聲近通押。案王注「昭彭咸之所聞」云：「覩見先賢之法則也。」是王本原作「見」，與「還」韻。』聞，古有見義，不當校改。元、諄合韻。又，『媛』與『天』『雰』叶，《古韻譜》入諄部。獻唐云：『媛説元部，與上「還」「聞」例同。』案：其説是也。此猶證『聞』不當改『見』也。又，『釋』以叶『積』『擊』『策』『迹』等，《古韻譜》入支部。獻唐云：『由「釋」字之通押，知楚人讀支部字如今音，當時北人不爾也。』臆度之詞也。或本無『心絓結而不解兮思蹇産而不釋』二句。聞一多《校補》云：『陸侃如云：二句本《哀郢》文，後人誤加於此。依《章句》例，凡已注者皆不再注。本篇若原有此二句，則注當云「皆已解於哀郢中」。今則逐字加注，且與《哀郢》注同，可證此文及注皆自哀郢移此。』其説是也。若以韻言之，釋，入鐸部，亦不得與上支部叶韻矣。

《遠遊》以『傳』『垠』『然』『存』『先』『門』叶，《古韻譜》入諄部。獻唐云：『傳、然俱入元部。』元、諄合韻，已見《悲回風》。又，『人』『征』叶，《古韻譜》入耕部。獻唐云：『人，入真部。』真、耕合韻，已見《離騷》《哀郢》。又，『衞』以叶『厲』，《古韻譜》入祭部，獻唐云：『衞入脂部。亦或入祭部，非是。《楚詞》祭、脂多通用。』其説是也。又，『妃』『歌』『夷』『蛇』『飛』『徊』相叶，《古韻譜》入脂部。獻唐云：『以例求之，妃、歌爲韻。夷、蛇爲韻。然皆不合。歌、蛇雖爲韻，相隔又不遠。江晉三皆以叶韻當之。』又云：『妃，之部；歌，歌部。夷，脂部。蛇，歌部。南音脂、之相偶，歌音讀如今音。大抵或音近通和。』《楚辭》脂、之分用至嚴，二部南音亦殊異。妃，當與上『自浮』之『浮』相叶，爲之幽合韻。脂、歌合韻。《楚辭》皆自有其例，不必深解。又，『門』與『冰』叶，《古韻譜》入諄部。獻唐云：『冰入蒸部。」諄、蒸古不相叶。二句乙作「從顓頊乎增冰兮，軼迅風於清源」。源、門爲文、元合韻也。《卜居》「耕」「名」「貞」「生」「楹」「清」以叶「身」「人」，《古韻譜》入耕部。獻唐云：「身、人入真部。」真、耕合韻也。又，「長」「明」以叶「通」，《古韻譜》入陽部。獻唐云：「通入東部。」此屬例外，屈賦未見有東陽合韻者。《漁父》「塵埃」，《史記》作「温蠖」。獻唐云：「據《史記》白、蠖亦可爲韻。以上文察、汶例求之，非是。」其所「非」者未審爲誰。白、蠖入魚部。

《九辯》「蕭瑟」「憭慄」，《新注》以爲非韻，獻唐據《古韻譜》，「瑟、慄爲韻，至部」，下「泬寥」「寂嵺」「憯悽」「增欷」，「愴怳」「懭悢」亦皆爲韻。又，「平」「生」以叶「憐」，《古韻譜》入耕部。獻唐云：「憐入真部，楚人耕真不分。此句與上耕真部字亦或合用。」其説是也。又，「濟」「死」與「至」叶，《古韻譜》入脂部。獻唐云：「至入至部。」王懷祖既立至部，則「至」字亦當入至部也。又，「毀」叶「弛」，《古韻譜》入脂部。獻唐云：「弛入歌部。」脂、歌合韻也。又，「冀」叶「欷」，《古韻譜》入脂部。獻唐云：「冀入之部。」冀字古音爲脂部，皆不與之部叶。冀，幸也，本字當作覬。獻唐以爲之部者，因《説文》異聲故也。非是。又，「天」叶「名」，《古韻譜》入真部。獻唐云：「名入耕部。」真、耕合韻也。又，「瑕」叶「加」，《古韻譜》入歌部。獻唐云：「瑕入魚部。加，古讀如哥，今俗謂「枃品加上一點」爲「哥上一點」。音義多通。」瑕、加相叶，歌麻同韻也。又，「帶」「介」「邁」「敗」以叶「慨」「昧」，《古韻譜》入祭部。獻唐云：「慨、昧入脂部。《楚詞》脂、祭部多不分。」案：脂、祭合韻也。又，「知之」「礐之」「得之」「鄣之」，《古韻譜》以四「之」字爲韻。獻唐云：「四「之」字爲韻王氏疏於韻例。悮作通轉各音。」知，當爲「如」之訛，與上「索」、下「礐」同叶魚部。「得」，「當」字之訛，與「鄣」入陽部。又，「中」「豐」以叶「湛」，《古韻譜》入東部。獻唐云：「湛入侵部。洪注：湛音羊戎反。」中、豐，古入冬部。冬侵合韻也。

《招魂》『天』『人』『侁』『身』以叶『瞑』，《古韻譜》入真部。獻唐云：『瞑入耕部。』耕、真合韻也。又，『都』叶『鬌』『駓』『牛』『災』，《古韻譜》入之部。獻唐云：『都入魚部。』之、魚無合韻例。都，非韻字。又，『先』『還』『先』叶『兕』，《古韻譜》入元部，獻唐云：『兕入東部。』非是。兕入脂部，出韻。聞一多《校補》、徐仁甫《古詩別解》並以『憚青兕』爲『青兕憚』之乙，憚，讀爲殫，殪也，入元部。《大招》『遽』叶『昭』『逃』『遥』，《古韻譜》入宵部，獻唐云：『遽入魚部，毛讀如超。或超字譌。』魚、宵合韻見諸兩漢，先秦無其例。則是篇之作，蓋在漢世以後矣。又，《古韻譜》以『北』與下『湫』『悠』等叶幽部。獻唐證以《古樂府》，『北』『西』爲韻，入脂部，云：『北，入之部。』王譜是也。之幽合韻，乃漢世通例。之、脂，漢世亦分用至嚴，獻唐非也。又，『不歡役只』，獻唐云：『役字應入侯部，此殆讀如今音。南如支部字，南音固多如今音也。役轉支部，音同溢，當解爲溢。王注以下皆誤。』役，《廣韻》音營隻切，昔韻，古支韻之入聲，非侯部字。且謂南音支部字『多如今音』者，亦臆測之詞也。王注役訓賤，固不可通。然訓溢，亦繳繞不解。審『不歡役』與上『不澀嗌』，相對爲文。役，非賤役，猶勞也。《荀子·脩身篇》『程役而不録』，楊注：『役，勞役也。』『不歡役』者，謂凍酒清涼，入口即下，若不勞歡飲然耳。又，『賦』以叶『亂』『變』『譔』，《古韻譜》入元部。獻唐云：『「賦」入魚部，雖與上句「武」字合，與韻例不合。』獻唐以『賦』不合韻者，是也。然『賦』不當與上句『武』字叶韻。古書『賦』字作『傅』，漢簡作『神烏傅（賦）』是也。蓋本作傳，訛作『傅』，後改作『賦』也。『投詩傳』者，謂二八舞女聯袂而舞，投合歌詩之節奏，相互傳遞之。《九歌·禮魂》『成禮兮會鼓』，王注：『乃傳歌作樂，急疾擊鼓，以稱神意也。』獻唐惜未及見漢簡，若見此書證，當亦爲此解也。又，『佳』『規』『施』『卑』『移』相叶，《古韻譜》入支部。獻唐云：『施、移入歌部，南音歌讀通支。』漢世支、歌二部合用不分，若屈賦分用至密，亦未嘗溷。非南音如此也。又，『暴』以叶『罷』

『麾』『施』『爲』，《古韻譜》入歌部，謂『「苛暴」當作「暴苛」』獻唐承其説。是也。

或者發凡《楚辭》用韻體例。云：『《九歌》每章首句皆入韻，章之轉韻，首句亦多入韻。只有六處不叶，以非正韻，可不計也。』案：獻唐所謂『正韻』者，通例也。『非正韻』者，變例也。『六處不叶』者，見《湘君篇》者：『鼂騁騖兮江皋，夕弭節兮北渚。鳥次兮屋上，水周兮堂下。捐余玦兮江中，遺余佩兮澧浦。采芳洲兮杜若，將以遺兮下女。時不可兮再得，聊逍遥兮容與。』渚、下、浦、女、與同叶魚部，而首句『皋』字未入韻。此其一也。見《湘夫人篇》者：『聞佳人兮召予，將騰駕兮偕逝。築室兮水中，葺之兮荷蓋。』逝、蓋同叶祭部，而首句『予』字未入韻。此其二也。『蓀壁兮紫壇，匊芳椒兮盈堂。桂棟兮蘭橑，辛夷楣兮藥房。罔薜荔兮爲帷，擗蕙櫋兮既張。白玉兮爲鎮，疏石蘭兮爲芳。芷葺兮荷屋，繚之兮杜衡。』堂、房、張、芳、衡同叶陽部，而首句『壇』字未入韻。此其三也。『合百草兮實庭，建芳馨兮廡門。九疑繽兮並迎，靈之來兮如雲。』門、雲同叶諄部，而首句『庭』字未入韻也。此其四也。『捐余袂兮江中，遺余褋兮澧浦。搴汀洲兮杜若，將以遺兮遠者。時不可兮驟得，聊逍遥兮容與。』浦、者、與同叶魚部，而首句『中』字未入韻也。此其五也。見《山鬼篇》者：『表獨立兮山之上，雲容容兮而在下。杳冥冥兮羌晝晦，東風飄兮神靈雨。留靈修兮憺忘歸，歲既晏兮孰華予。』下、雨、予同叶魚韻，而首句『上』字未入韻。此其六也。

獻唐批注蓋於《楚辭》凡古今聚訟之端皆或論及之。其於《楚辭新注凡例》批注，詳論《楚辭》流傳始末，云：『古今之雅善藏書者，以隋煬帝爲第一。秘閣所藏《楚詞》注本，雖多散佚，唐初脩《隋書》時存十種（外一種注佚），内中《楚詞音》即有五種。宋脩《唐書》時，十種者已失三種，五種者失二種。今只王叔師一種流傳耳。其餘未失各本雖然至宋猶存，乃開元盛時《群書四部録》或《古今書録》等，遂寫名目。至先後散佚之故，不能不歸功於隋末草澤英雄及以後之安禄山、黄巢諸人。佚則佚耳，余獨懷念郭璞注。此老專注異書，其解《天問》必多可觀。又，《隋書・經籍志》有釋道騫《楚辭音》一卷，謂「道騫能爲楚聲，音韻清切，今傳《楚辭》者皆祖騫公之音」云云，亦云可徵也。』道騫《楚詞音》殘卷，存敦煌遺書，始自《離騷》『駟玉虬以椉鷖』之『椉』字，終於『雜瑶象以爲車』之『瑶』字。獻唐豈未之見耶？其論《楚辭》注本，又云：『《離騷章句》昉於劉安。傳世注本，王叔師爲最古，不可謂始於王也。《漢書・淮南王傳》謂「武帝使爲《離騷傳》，旦受詔，日食時上」。師古注：「傳，謂解説之，若《毛詩傳》。」大抵《屈原賦》傳於楚地，劉安爲淮南王時得之，先已有傳，迨入朝獻傳本於武帝。帝愛之，使爲傳。又以所作傳獻上，故能「旦受詔，日食時上」。否則鈔寫尚不及，安能再解説耶？博士撰述亦不盡出劉安所爲稿，猶今傳《淮南子》，類門下賓客纂集者，班書但稱「傳」，王氏稱「章句」。近人因劉安作傳，遂謂《離騷》亦安所爲。大誤。班書《藝文志》明有淮南王賦八十一篇，與屈原賦二十五篇分别，本不溷淆。曷必先後使成之邪？』其説是也。果若安之前有《離騷》注本，作注者殆賈生無疑。而後安得其注本爲之作傳耳。獻唐『近人』者，蓋指胡適之、何天行、朱東潤輩。而海東學者亦大倡此説，至泯滅屈原其人，意在消鑠我民族愛國之志云耳。獻唐又於王逸《離騷敘》『使淮南王安作《離騷經章句》』批云：『班《傳》謂「作《離騷傳》」』。於『逮至劉向典校經書，分爲十六卷』批云：『班《志》屈原賦二十五篇，不言「十六卷」。其書本於《七略》，《七略》之《詩賦》出劉向校定。今與王説不同。《隋書・經籍志》作十二卷，新舊《唐書》作十六卷。另敘同。』獻唐氏别具隻眼，讀書甚仔細，雖寥寥數語，啓人思致者夥頤。至向『分爲十六卷』云者，乃於《離騷》一篇之中别分爲十六章也。宋趙希弁《讀書附志》卷下『楚辭類』於録『呂祖謙《離騷章句》一卷』之下云：『左呂成公所分也。以《離騷經》一篇爲十六章。公謂王逸嘗言劉向典校，分《離騷爲》十六卷。班固、賈逵各爲《離騷章句》，惟一卷傳焉，餘十五卷闕而不録。今觀屈平所作凡二十有五，各有篇目，獨此一篇謂之《離騷》。竊意劉向所分此篇，猶一篇之中有數章焉。故嘗因逸之言，即《離騷》之一篇。反復求之，考其文之起伏、意之先後，固有十六章次第矣。因而分之爲十六章。』其説是也。王逸所注本爲十二卷（目録一卷在内），即《離騷》《九辯》《九歌》《天問》《九章》《遠遊》《卜居》《漁父》《招魂》《招隱士》《九懷》是也。《七諫》《九歎》《哀時命》《惜誓》《大招》五篇，逸雖選目，然未及注。故五篇注解體式不同於前十一篇，蓋東漢以後無名氏爲之。《九思》一篇小序及注，皆蕭梁以後好事者所爲。唐時合十一卷與五卷爲十六卷本，至五季以後又附以《九思》，則爲今所傳十七卷本也。詳本書《楚辭章句考述》。

或者考訂屈原所作之真譌。如，《卜居》卷首批云：『此與《漁父篇》王注皆謂屈原作，非是。』蓋《卜居》《漁父》二篇首稱『屈原既放』云，乃以他人敘屈原事，不當爲自作之詞也。或者校正《楚辭》文字。如，《離騷》『曰黄昏以爲期兮羌中道而改路』，自洪氏《補注》以下多以此二句爲衍文。獻唐以爲『此有脱文，非衍也。惟與《九章·抽思》篇詞意重複，或因有誤』。唐本《離騷》（見《文選》）無此二句，而歐陽詢書帖《離騷》亦有此二句，未必是衍文，其祖本異也。又，《九歌·東皇太一》：『揚枹兮拊鼓，疏緩節兮安歌，陳竽瑟兮浩倡。』獻唐云：『「揚枹兮拊鼓」下疑有脱文。』案：以韻例言之，『揚枹兮拊鼓』句下當有一句末字叶陽部者，故謂有『脱文』也。《懷沙》『寃屈而自抑』，獻唐據《史記》作『俛詘以排抑』，云：『以、而通用。史遷、王逸所校二本，彼此稍異。』又，『舒憂娛哀』，《史記》作『含憂娛哀』，獻唐云：『虞、娛間義猶茹，與「含」對文，《史記》作「含」字義長。含，蓋先誤「舍」，後誤「舒」。』其説是也。又，《史記》『道遠忽兮』下有『曾唫恒悲兮永歎慨兮世既莫吾知兮人心不可謂兮』四句，王逸本無此四句，至『余何畏懼兮』下有『曾傷爰哀兮永歎喟兮世溷濁莫吾知人心不可謂兮』四句。獻唐云：『《史記索隱》曾以《楚辭》校《史記》，多未盡白。

此四句明係鈔録錯複，《索隱》無之，知司馬貞所見唐時傳本。如此錯複之先，有□問題，後人别據他本誤增入也。』又云：『《史記》「懷質」上多此四句，即下文「曾傷爰哀」四句，文字□異，《史記》多録下文。』又，『民生禀命』，獻唐云：『《史記》「民」作「人」，殆避唐諱未改者。』又，『獨無正』，獻唐云：『《史記》「正」誤「匹」。』又，《史記》『亂曰』每句下多有『兮』字，祇『廣志』下、『曾傷』下、『世溷』下無『兮』字，獻唐云：『以錯複四句皆有「兮」字，推證知「爰哀」下、「吾知」下原有「兮」字。而「廣志」當有而悉脱矣。』其説皆是也。《橘頌》『終不過失』之『過失』，獻唐據王注本乙作『失過』，與下『地』字同叶歌部。其説是也。《漁父篇》獻唐以《史記》、洪注互校，悉出異文。如『屈原既放遊於江濱』句旁注『至於江濱披髮』六字，『深思高舉』旁注『懷瑾握瑜』四字，皆爲其異文也。《九辯》『氣清』與『水清』相重，《新注》謂『氣清』之『清』，『當作澄』。澄入蒸部，出韻也。《古韻譜》未有説。獻唐云：『王本「氣清」一作「氣平」。洪注：「清，古本作瀞。」』平、瀞皆入耕部。又，『仰浮雲』，獻唐云：『《楚詞》「仰」皆作「卬」。此殆後改。』卬、仰古今字。《大招》『無東無西無南無北』下，獻唐云：『以文例求之，上文「東有大海」上當有「魂乎無東」句。』朱子《集注》、明林兆珂《楚辭述注》並謂『東有大海』句上當補『魂乎無東』四字。下『魂乎無南』『魂乎無西』『魂乎無北』例補之也。又，『膾苴蓴只』，獻唐云：『蓴，當從洪注作「蓴」。』其説是也。蓴，與『酪』『薄』『擇』同叶魚部。作『蓴』，出韻也。

或者因聲求義，通古今異語，多所創獲，此爲其學所長，常於不經意間出爲奇語，發前人所未發。如，《離騷》『唯昭質其猶未虧』，獻唐云：『虧，讀如今音之缺。』虧、缺爲歌、物旁轉，見、溪旁紐雙聲，故其義相通。又，『衆薆然而蔽之』，獻唐曰：『蔽，讀如敗。猶敝之音義同敗也。敗字今讀爲祭部，古音正聲。』蔽、敗，聲之轉也，故音近義通。又，

『又何芳之能祇』，舊注祇解敬，清王引之謂振字假借。獻唐云：『祇，通抵，謂抵禦。』猶抵當也。可以備爲一説。《懷沙》『羌不知余之所藏』，王注：『羌，楚人語詞。』獻唐云：『今山東濰縣、膠縣每以「張」或「娘」爲發語詞，即「羌」也。』羌、張、娘皆古陽部字，所以通古今異語也。《漁父》『而能與世推移』之『移』，獻唐云：『移讀如挪。』又，『自令放爲』之『爲』，獻唐云：『爲，讀如啊，乃句尾語詞。』移、挪古同歌部，喻（四）、泥雙聲，故音近義通。爲、啊亦歌部字，喻（三）、影雙聲也。又，『葉菸⿱艹邑』，獻唐云：『王本：「邑一作⿱艹邑。」五臣：「言草木殘瘁也。菸⿱艹邑，傷壞也。」補曰：「菸，臭草也。⿱艹邑，草傷壞也。」案吾鄉謂草木枝葉瘁萎爲偃傴，即菸⿱艹邑也。下文「顔淫溢」之「淫溢」，音義亦通。吾鄉謂之委隨曰偃傴。』菸⿱艹邑、偃傴，聲之轉也。又，『然欲傺』，獻唐云：『王本「欲」多作「坎」。五臣注：「傺，止也。」案：欲傺，猶「流行坎止」之「坎止」而已。傺，古讀如賽。今謂人之定住爲賽住，仍存古音。傺、止，一聲之轉。』又，『然惆悵』，獻唐云：『《楚詞》然字在語首者，多用爲語詞。然、乃一聲之轉，義猶乃也。』然、乃爲泥日雙聲。《招魂》『朕幼清』，獻唐云：『朕，即今語詞之咱。』案：朕、咱亦聲之轉也。又，『巫陽焉乃下招曰』，獻唐云：『王石臞《古韻譜》、王菉友《楚辭校語》均謂「焉乃」二字連讀，並引《遠遊篇》「焉乃逝以徘徊」爲證。案：焉、爰古同音，此及《遠遊》之「焉乃」，皆猶「爰乃」。』又，『而離彼不祥』，獻唐云：『王本「離」一作「罹」。《文選》五臣注：「罹，羅也。」案：離騷，班固云：「離猶遭也。」』離，假作羅，聲之轉。羅、罹，古今字也。

或者補《新注》之闕或糾其謬者。如，《離騷》『循繩墨而不頗』，《新注》：『又舉賢才，遵法度而無偏頗也。頗，幽昧險隘之路也。』獻唐曰：『頗與陂假。』以爲偏頗之本義當作陂也。又，『索藑茅以筳篿兮』，獻唐云：『以，與也。見《詩・江有汜》箋、《儀禮・鄉射禮》注等。據筳篿詞義，楚用筮。而《卜居》「端策拂龜」求之，殆卜、筮兩用。卜筮兩用，周制也。」其破古今之惑。既以『以』爲『與』之通假，而『蔓茅』『筳篿』分別爲卜、筮二物並用，故靈氛繇辭分別用兩『曰』字以區別之也。又，『雜瑤象以爲車』，《新注》：『雜瑤象，華美其車。』獻唐云：『以瑤象飾車，即鑲嵌也。此術商已有之。』獻唐精於考古，蓋多見殷器如此，故以出土實物以證之。此所謂靜安先生以『二重證據』之法研治古學者也。《東皇太一》：『疏緩節兮安歌，陳竽瑟兮浩倡。』獻唐云：『倡、唱通。「浩唱」與「安歌」對文，皆樂歌聲調。』其說詳下。其以『安歌』爲普通歌調，未知所據。安歌，蓋與『激楚』相反對。激楚，節奏最緊張者。安歌，節奏最疏緩者也。《大司命》『導帝之兮九坑』，《新注》以《周禮》『九州之山鎮』解『九坑』。獻唐云：『《文苑》作「岡」，王本「坑一作阬」。案：《漢書·甘泉賦》注：「師古曰：阬，大阜也。」』坑爲大阜泛稱，不確指某山者。是也。《天問》『曰遂古之初』之『曰』字，舊皆未説。獻唐云：『曰，發語詞。』以補舊所闕也。又，『靡蓱九衢，枲華安居』。舊解繳繞不達。獻唐云：『「靡萍枲華」二句，一問言九衢之靡萍，其如枲之華，何居乎？衢，岐居，猶託靡萍而有枲華。蓋往昔傳説如此。』其説雖無實據，蓋較舊爲暢通也。《懷沙》『分流汩兮』，《新注》：『汩，汩羅，汩水沅湘之分流也。』獻唐云：『此「汩」字亦不可當「汩羅」解。□仍作汩，《方言》：「汩、遥，疾行也。南楚之外曰汩。」在此當爲沅湘急流之形容詞。王注但訓爲流義，猶未盡。司馬相如《上林賦》「偨沸宓汩」，注：「宓汩，去疾也。」』其説是也。《九辯》『心不繹』，《新注》：『繹，解。』獻唐云：『繹即「懌」之通假。《文選》五臣注訓解，洪興祖注訓抽絲。皆誤。』又，『曾歔』之『曾』，獻唐云：『《楚詞》「曾」當作「層」，故訓重層，爲後起字。』《招魂》『脩門』，獻唐云：『《漢書·東方朔傳》「足下何不白主獻長門園」，如淳曰：「竇太主園在長門。長門，在長安城東南。」案：脩門，疑本作「長門」，地不同而門名則相同。此作「脩」字，殆避淮南厲王名諱。《楚詞》各篇之蒐集寫，大抵出於淮南王安時，故避長爲脩，猶《淮南子》及劉安時鏡文之避也。』

其說殆是。然《方言》楚人以長爲修。蓋出於楚語也。

或者考辯古史傳說真譌。如，《天問》『鼓刀揚聲后何喜』，《新注》因襲舊注呂望對以文王語『下屠屠牛上屠屠國』解之。獻唐云：『「屠牛」「屠國」之對本王注。呂望《陰謀》出諸口，後世必詭詞以飾矣。』其說差是。或者辨風土異俗。如，《招魂》『發激楚』，獻唐云：『《文選》李注：「《激楚》，歌曲也。」此與上文「發《揚荷》些」文例同。《揚荷》爲歌曲，此當從李注《楚詞》。王注及《文選》五臣注多誤釋，不可從。《釋名·釋州國》：「楚，辛也。其地蠻多而人性急，數有戰爭，相爭相害，辛楚之禍也。」案：民族性格時反映於歌舞。以「激楚」名歌，必聲調抗厲疾急，舞亦隨之，乃楚地歌舞之最緊張者。』又，『激楚之結』，獻唐云：『洪氏《補注》：《淮南》云：「結《激楚》之遺風。」《舞賦》：「《激楚》結風，《陽阿》之舞。」《列女傳》：「聽《激楚》之遺風。」《上林賦》：「激楚結風。」案：洪引各證，初結風當爲《激楚》歌調之舞法，《文選·舞賦》五臣注：「舞急縈結其風。」《上林賦》注：「文穎曰：結風，廻風，亦急風也。」蓋《激楚》爲急調，舞亦隨之如結風然，「結風」爲時通稱久，可簡稱曰「結」。此言「《激楚》之結」，乃用簡稱。楚人相沿，至漢猶存。』王注以『激楚之結』爲頭髻者，後人鮮知其非，蓋相承其誤已久也。或者糾前修之謬。如，《天問》『祐』『喜』本叶之部。清王筠《楚辭補注》校本改『祐』爲『祜』。獻唐曰：『殆以韻讀求之，此老疏於韻例，因有是失。』祜，入魚部，不合《天問》韻例。王筠妄改也。

又，獻唐補《離騷》『亂曰』之義於簡端，洋洋乎近二千言，以音樂爲介，旁紹遠引，綜彙百端以考之，於舊學推演之至於新學，熟門熟徑，運斤成風，枝乎可謂臻於極至。云：『案歌有獨唱，有合唱。今川中、鄂西戲劇，一人唱至後數句，劇臺內外皆同聲和之，樊然盈耳，即所謂「亂」也。《論語》「《關雎》之亂」，《禮記》「又亂以武」「及武，亂皆坐」，《楚辭·

大招》「娛人亂只」，均指《樂記》云「壹唱三歎」。歎，猶喊。一人唱而三人同聲喊和。數雖少，亦爲亂調。亂調皆在曲終，不在曲首。《楚辭》如此，川鄂劇亦如此。《文選·雪賦》李注：「亂，理也。總理一賦之終也。」必於賦終總爲名亂，總爲上種音節，不主賦義，亦不限賦體。古凡聚衆唱歌，率用此節。亦似有空間之限。鄂西爲楚地，上溯《關雎》，則周南之詩武，亦西周王朝樂章。殆漢水流域，西北西南，商周以來久行此調，後又轉入巴渝。屈原身居楚地，因用楚調，又特署曰「亂」。亂，如曲本中稱合唱，曰『合』而已。魏三體石經古文亂字作『𤔔』，即《古文四聲韻》之『𤔔』。《説文》古文『䜌』字之『𤔔』，象絲三縷，合爪以治之。金文小篆作『𤔔』，形義亦同，衹是於中加『H』，象絞絲工俱耳。字之本訓治絲，故有治義，有理義。治而集絲成縷，故有總義。初以『𤔔』或『𤔔』當之，其作『亂』者，從乙，象引絲形，爲後時別體。又訓爲紊、爲兵寇者，乃孌之借字。《詩》《楚辭》樂章之「亂」皆以合唱，爲總集義。後出之「纂」，形音義與之正合。纂行而亂之古訓廢矣。《九歌（章）·抽思》有「少歌」、有「倡」、有「亂」，樂節分爲三種。大抵「少歌」之前爲普通歌調。少猶小，至此聲調降低。又至倡，則聲大矣。唱後之亂，更大合唱矣。《九歌》之《東皇太一》，言「安歌」，言「浩倡（唱）」。安歌，即普通歌調。浩倡，即聲大之倡。只不言「少歌」「倡」「亂」，此殆安歌也。《大招》「謳和揚阿」，正與《淮南》字同。王注：「揚，舉也。阿，曲也。」揆王注旨，蓋名「唱啊」，在楚國當時已沿爲歌調之定名矣。其言謳和等，謂以謳歌和之。楚蔡接壤，蔡能謳，楚亦能之。徒歌曰謳。徒乃步行，猶言行吟，蓋且唱且走，亦似秧歌。惟不言扭。今山左之謳，已演變戲劇矣。倡，本不分男女，後專指女，又造「娼」字。而字書訓「倡」爲「女樂」，沿後世之俗也。唱、舞，古多合演。舞則身肢動摇，摇、優音義相通，因有「倡優」之名。吾東俗謂「摇擺」。《傳》曰：「不歌而誦謂之賦。」屈原所作未自署爲「賦」，乃中壘父子加以此稱。且《九歌》之名，明爲歌，又稱「少歌」、稱「倡」，未可以後世代署之「賦」名，謂皆不歌而誦者也。

《遠遊篇》有「重曰」，與「亂」不同。前此一人獨唱，至是兩人合唱，故名「重」。若「亂」則多人矣。《招魂》：「涉江采菱，發揚荷些。」洪氏《補注》：「《淮南》云：歌《采菱》，發揚阿。又云：足蹀《陽阿》之舞。注云：《陽阿》《采菱》，樂曲之和聲。」按：《涉江》，亦楚人歌曲，與《采菱》一稱。大抵因歌首二字得名，皆本地風光之民間歌曲。而《楚詞》之「揚荷」，《文選》作「陽荷」，注云：「荷，當作阿。」（見曹子建《樂府・箜篌引》「陽阿奏奇舞」）阿，借啊，即《楚詞》「兮」字。古音爲歌。句尾或在句中，因聲而成楚地歌調。謂此歌調爲「兮」，或爲「荷」、爲「阿」，當一事。「陽阿」者，陽、唱音通，即「唱啊」也。有以此得名者，因名其人，故《淮南》注云：「陽阿，古之名倡。」倡，出於唱，以唱而名倡，有此伎者更名倡技，即今娼妓，所由昉也。楚人喜啊，齊人喜謳。謳亦爲山左歌調。俗謂周股，即「謳歌」言譌。又謂「唱周股」，即楚人之「唱啊」而爲「陽阿」者也。陽阿爲樂歌和聲，且歌且舞，大似苗人之跳月。近日扭秧歌，亦樂其流風遺韻。本出楚地之安徽，流行於山左，今不具論。但此《陽阿》《采菱》《涉江》者，應爲民間歌曲。士夫鄙若《下里巴人》俗調及入都市，數經改善，竟成雅歌如《陽春白雪》。屈原、宋玉時已臻此境，更無論西漢淮南王時。百餘年來，西皮、二簧由民間戲劇入北京後，變爲皮簧京調之正聲，同一例也。樂府之「引」，亦猶「嗯」，又言行則人「吭」矣。爲「黄」之去聲，即「倡狂」之「狂倡」。狂，初猶倡優，摇擺失次，溕爲論人之形容詞。若優若狂，猶今日之「扭」耳。篇名《九歌》亦見《離騷》《天問》，蓋相傳古調曲。共十一首，與「九」數不符。未首實爲「亂」詞。自漢以來失敘次久矣。楚之歌舞，其最緊張之節奏名「激楚」，見《招魂篇》。《史記・留侯世家》：「上曰：當爲我楚舞，吾爲若楚歌。」和楚之歌舞。歌之所以名歌，亦由啊調演出。倡優之優，今謂「窰」，又謂「窰子」。窰音猶摇，爲幽、宵部字，多通談，窰當作婬。」案：獻唐因聲以求義，觸類旁通，凡所以名『亂』『少歌』『倡』『重』『揚荷』『倡優』『扭秧歌』『窰』『婬』

等所由來，皆一一疏證之，庶幾已無遺藴矣。不啻破解《楚辭》『亂』『少歌』等疑難詞義之惑，且通古今音樂、戲劇之變，於吾國音樂史、戲劇史研究亦不無有所裨補，於此見其學問淹博、精湛，善於繫聯、會通，執一以貫之萬端，斷非唯讀死書者所可同日語矣。唯此一條，蓋得可與屈子辭賦並傳不朽矣。

然則智者千慮，必有一失，獻唐蓋亦未能免焉。要而言之，大略有數端：或者疏於版本考索，未深究《楚辭》傳本之源淵也。如，《湘君》『鼂騁騖兮江皐』，獻唐云：『王本注：「鼂一作朝。」案：朝爲本字。《説文》：「鼂，讀若朝。杜林以爲朝旦。」本書朝旦字或書「鼂」，或書「朝」。並不一律，本篇亦然。王逸注時已如此。』案：洪氏《補注》本凡『補曰』前，某一作某者，非王逸所列異文。本出洪氏《楚辭考異》，而後散入各篇句間者。獻唐以爲王逸舊注。非也。或者失於求之過深，反生隔閡。如，《湘夫人》『目眇眇兮愁予』。獻唐云：『愁，讀如瞅，不作憂愁解。眇眇，讀「宵宵」。』案：舊解『愁予』爲使我愁者，固未確詁。然讀『愁』爲『瞅』，即今瞅字，蓋泥於『眇眇』之義也。愁予，即首鼠、躊躇，遲疑不決貌，與《湘君》『君不行兮夷由』之『夷由』相應也。或者漏標韻脚字。如，《少司命》：『悲莫悲兮生別離，樂莫樂兮新相知。』離、知，見《古韻譜》第十一支部。而獻唐未注。案：蓋遺漏之也。又，《禮魂》篇，獻唐校云：『王本注：「禮一作祀。」疑「祀」譌爲「礼」，又爲禮。』案：此篇首云『成禮』，未言『成祀』。古本作『禮』者是也。《天問》『台桑』，獻唐云：『台、有古同音，台桑即有桑。』案：台、有同之部而不同聲紐，不相通假。又，『何獻蒸肉之膏，而后帝不若。』獻唐云：『若，讀爲豫。不豫，猶不説。』案：若，順也，善也。不若，猶不順、不善也。舊説本通，不必濫用通假。又，『伯昌號衰，秉鞭作牧』之『牧』，獻唐云：『《説文》牧，從牛。案：牛亦聲。音讀如詒，爲牧牛呼呵之聲。此讀詒，故與「國」韻，入之部。』又云：『苗先路《説文聲訂》亦謂牛亦聲，説解微異。』案：牧、牛同部不同聲，非諧也。牧明紐，牛疑紐。牛、詒雖同之部，然亦不同聲。詒喻紐四等字，牧、詒古今皆不同音。《涉江》『與前世而皆然兮』，獻唐云：『與、於通。』案：與、於雖同魚部，然聲紐殊異，古不相通。與，猶舉也。古字通用。舉世，猶全世也。又，『甲之鼂』，《新注》鼂訓旦。獻唐云：『鼂，用爲朝，不需訓旦。』案：朝、鼂，即旦也。《懷沙》『汨徂南土』，《新注》以『汨』爲『汩』，指長沙『汨羅』。獻唐云：『汨、汩兩體，後世有別。水名作「汨」，音覓，即相傳屈原所投汨羅。此作「汩」，《廣韻》于筆切，乃用爲語詞。音義猶「聿」。王注：「汩，行貌。」亦可通。』又云：『《招魂》「汩吾南征」，王菉友批云：「《詩》「曰爲改歲」，借「曰」字爲「聿」字也。汩，于「曰」加水耳，乃是語詞。」』案：其斥以『汩』爲『汨』之非者，是也。然又以爲語詞者，則亦非。汩，本訓水疾流，引申之爲『疾行』也。王注不移。《惜往日》『好』與『代』『置』等叶，《古韻譜》入之部。獻唐云：『好入幽部，此轉音如喜。《詩·巷伯傳》：「好好，喜也。」《荀子·解蔽》注：「好，喜也。」』案：好、喜屬同義互訓，非通假字。《九辯》『君之門以九重』，獻唐云：『以猶有也。』案：以、有同入之部，然以爲喻四，有爲喻三，古聲殊甚，不可通假也。又，『不固』之『固』，《新注》謂『當作同』。獻唐云：『王本舊之作固，乃同字形譌。王注釋固爲「俗人執誓多不堅也」。大誤。』案：《古韻譜》『固』與下『改鑿』入宵部，不與上『從』『誦』『容』叶。非『同』之訛也。獻唐沿襲屈氏之誤也。又，『泊莽莽而無垠』，獻唐云：『此「泊莽莽」與上文「泊莽莽與壄草同死」之「泊莽莽」義同。王本皆云：「泊一作汨。」殆亦即𩰲，用爲語詞。』案：泊莽莽，《楚辭》三字狀語句法。泊，當『泊』字形譌也，不當解語助詞。《大招》『白日昭只』，《新注》：『只，語已詞。』獻唐云：『《招魂》洪氏《補注》：「些，蘇賀切。《說文》云：語詞也。沈存中云：今夔峽湖湘及南北江獠人，凡禁呪句尾皆稱「些」。乃楚人舊俗。」』案：彼篇『些』『兮』兩用，知不同，讀如此篇『只』字，入支部。支部字，北音讀歌，南音讀支。或如章太炎說，若支讀音語尾之子歟？』

案：非是。些，歌部；只，支部。古不同音，非由方音，乃古今音轉。蓋楚讀『些』，漢讀『只』也。又云：『《招魂》「兮」字此皆作「乎」。』亦古今音轉也。此足證《大招》作於漢世，非屈子所作也。又，獻唐云：『此「魂乎無往」，往，當作「北」。』案：『無往』若改『無北』，則與『魂乎無北』複矣。又，『麗以先只』，《新注》：『麗，類也。』獻唐云：『王本「麗一作進」。案：麗、羅古同音。殆又音假羅，列也。韻書以「麗」入支部，爲南音。』案：麗，謂施設也。《書・多方》『不克開于民之麗』，孔傳：『麗，施也。』亦猶列也。則不必改字。且以『麗』入支部爲南音者，羌無實據也。類此疏誤，亦大醇小疵耳，未足掩其弘博精湛矣。

此稿本今藏於山東省圖書館，洵可寶也。（黄靈庚）

# 離騷經注附九歌注

《離騷經注》者，清李光地之所作也。光地字晉卿，四庫館臣又云「字厚菴」。晚自號「榕村老人」，閩之安溪人，人稱「李安溪」。康熙九年庚戌進士，纍官兵部右侍郎，直隸巡撫，文淵閣大學士兼吏部尚書。清初理學名儒，讀書析理細緻入微。侍康熙講學最久，奉旨修《朱子全書》《周易折中》《性理精義》等，而入選於《四庫全書》者有《周易觀象》《周易通論》等十一種。五十六年以病致仕。五十七年，卒，謚文貞。所著别有《榕村語録》《榕村語録續集》《榕村全集》。《清史稿》卷二百六十二有傳。

是書二卷：《離騷經注》一卷，附《九歌注》一卷。其底本大略依朱子《集注》。然偶見别於《集注》，如「夕攬」，《集注》「攬」作「擥」。「此度也」，《集注》無「也」字。「乘騏驥」，《集注》「乘」作「椉」。類此蓋據他本改也。四庫館臣云：「《史記》但稱屈原著《離騷》，至王逸注本始於《離騷》加「經」字，而《九歌》《九章》加「傳」字。此稱《離騷經》，從逸本也。」然《九歌注》未作《九歌傳注》，似未見從王注本也。

卷首有江夏汪瀛康熙五十八年序，卷末有李安溪後序及附記。汪序述李氏作書之由。稱『自言年十四，爲賊所掠，囚拘楚辱，恒默背以遣日，無慮千周萬遍云者。故於微辭隱義，悉能貫徹而得作者之心。常患注家之龐，有所不通而輒割裂其章句，顛倒其前後，乃援朱子之例，解經餘暇，爲疏通箋釋』云。幼時受辱而誦《離騷》，至老而耿耿不忘，乃爲作注之由，孰信之耶？

此藉口也。想安溪雖見知於君上，而遭人嫉妬，疑謗叢集，飛語盈朝，屢受參劾，罪幾殺身。雖欲辨而無辭，猶忍尤攘詬，危若累卵者數矣。李氏後序稱，『吾徒生於明盛，而欲寫其幽思，窮其寓物，譬猶無病而呻，陸居者繪遠島爲煙市，固不能得其情狀之真切，姑存所感，而俟世之知原者知焉』。其注《騷》之心迹，蓋隱約可見矣。《附記》又云：『前半篇，自皇考命名以至女嬃訓誡，直述己事。後半篇，自陳辭重華，以至問占遠逝，託意寓言。直述己事者，身之已經而傷其時，道其志行，以攄其憂鬱。託意寓言者，意之未已，而決其時之無可爲，斷之以志行之所不屑爲者，以矢其堅貞。書之大致也。前之詞顯，故議者以爲譏小之太過；後之詞微，故談者以爲荒幻而不經。夫怨誹而其流及上，《小雅》先之矣。親之過大而不怨，是愈疏也。若至決上下之無人，將違棄而遠去，是豈忍以明言者？原之滑稽，其不忍明言之心乎？』案：安溪注《騷》，亦有『不忍明言之心』而隱晦其意。然以『原之滑稽』者，則非也。考康熙五十四年，以母喪未葬爲由，安溪上疏乞假歸里。

離騷經　安溪李光地注

帝高陽之苗裔兮朕皇考曰伯庸攝提貞于孟陬兮惟庚寅吾以降皇覽揆余于初度兮肇錫余以嘉名名余曰正則兮字余曰靈均

自敘其系之所從出近舍始封者不敢以戚戚君之義也攝提寅歲也孟陬寅月也日又庚寅是年月日皆爲支首故曰初度也繩直準平故平曰正則高原廣闊故原曰靈均詩曰畇畇原隰

紛吾既有此內美兮又重之以脩能扈江離與辟芷兮紉秋蘭以爲佩汩余若將弗及兮恐年歲之不吾與朝搴阰之木蘭兮夕攬中洲之宿莽

後序又稱，『兹行舟中，友人有相促就《騷》説者，盛暑暴下，展轉於疾爲之』。則注《騷》之作，蓋在此時矣。

安溪注《騷》在於闡述、抉發大義，而訓詁不詳。其注以分段始，總分《離騷》爲十七段，而注在每段之末，概述各段大意及疑難字義訓詁。首一段八句，『自敘其系之所從出』。第二段自『紛吾』至『宿莽』，八句，『自述其德美材能之優，而又力行不怠也』。第三段自『日月忽』至『先路』，八句，『自言其致主之殷，欲及時以成君德也』。第四段自『昔三后』至『之蕪穢』，三十四句，『自傷其不遇於君也』。第五段自『衆皆競進』至『遺則』，二十句，『自述其不諧於衆也』。第六段自『長太息』至『之所存厚』，二十八句，『蓋敘被讒之後忠告不已而重遭譖害之辭也』。第七段自『悔相道』至『其信芳』，十二句，言『道之不合，引身自退也』。第八段自『高余冠』至『之可懲』，十二句，『蒙上文而又寓其不能遂退之意』。第九段『女嬃』至『不余聽』，『述姊訓己之言也』。第十段自『依前聖』至『浪浪』，四十句，『聞姊言而未信，故欲就前聖以度中也』。第十一段自『跪敷衽』至『而嫉妬』，三十二句，『自此以下言心既自信，而將復盡誠以悟君，求賢以自助。此一段則喻其欲達於君者也』。第十二段自『朝吾將濟』至『而稱惡』，四十句，『此一段喻不得於君而欲廣賢人，與之共濟也』。第十三段『閨中』以下四句，『揔上兩段之意。蓋至是原始絶望於本國，而有下文問卜之云』。第十四段自『索藑茅』至『其不芳』，二十六句，敘靈氛之言及原之自念。第十五段自『欲從靈氛』至『而折之』，二十八句，『疑於靈氛之言，故復問巫咸以決之也』。第十六段自『時繽紛』至『乎上下』，二十八句，『原因巫咸之言，而自念其不可淹留者』。第十七段自『靈氛既告』至篇末，四十句，遠逝於西路，以喻『父母之邦可去，而仇讎之國不可依』，而『卒之死而靡他』。觀其所述，斟酌舊説，取其所長，前後相承，自成體系，故不失爲一家言也。四庫館臣稱，『所注皆推尋文意，以疏通其旨，亦頗簡要』。其説韙矣。

安溪以上征求帝一段以喻『欲達於君者』，其注云：『縣圃在崑崙之上，喻王居也。靈瑣者，王居所以啓閉，即下帝閽所司者也。靈瑣閉而未開，欲留以待之，日又將暮，故欲多方求索，庶幾遇合，而使日馭稍緩其節。上下求索者，多方遇合之意。解者因此遽謂有遠適求君之志，則非其序也。』王逸注以『求索賢人』，朱子注以『求賢君』。則其所斥者，蓋朱注也。誠然，屈子是時已遭斥棄，不復在位，流於江南，何有『求索賢人』以爲君助耶？若別求賢君，尤違同姓不可去之義矣。屈子所求除復反於君廷外，蓋無他欲矣。安溪以『多方遇合』解『上下求索』之義，庶幾得屈子本旨也。

安溪以三求女一段以喻求賢士，『皆爲君求，非自求也』。其注云：『高丘無女，是則可哀傷楚國上位之無人也。下女，喻賢人之在下者也。宓妃，伏羲氏女也。求宓妃者，遊青帝之舍，故求其女也。蹇脩，伏羲臣也。求宓妃，故令爲媒也。在下之士，行與時乖，泉石自嬉，傲世自逸，不知君臣之禮，故欲違棄而改求也。佚女，喻遊士也。遊士來自他邦。楚系高陽，與高辛別氏，故佚女以有娀言之。惟有鳳皇好德，可以爲媒，然恐受他邦之託，而女非高陽氏有矣。及少康之未室，爲之求有虞之二姚，蓋寓意於嗣君，欲其未繼而爲之求賢以導輔，庶幾異日如少康之赫然中興，不失舊物也。此數節求女喻求士，皆爲君求，非原自求也。故有娀則爲高陽氏求，二姚則爲少康求，皆託古以剴今，寓言比類，義尤易見。以爲冥婚非法，可謂固哉高叟，豈可與言詩已哉？又若以求女況求君，則恐地道妻道有謬經指，中間碎義，多所難通。』求女比求賢君，謬固可待辨。惟求女以比求賢之説，蓋王逸已發其意旨。然逸以『宓妃』比『隱士』，『佚女』比『貞賢』，『二姚』則喻義未明，似自亂其繫統矣。安溪以宓妃喻同姓者，佚女喻異姓遊士，二姚比輔嗣君之賢。則較舊説有條理矣。蓋亦有不可通者：屈子是時遭放荒陬，且自身難保，焉得爲君求賢、爲嗣君求輔耶？

西行遠逝一段，安溪以爲假設遊秦之意。注云：『一曰「至乎西極」，再曰「西皇涉予」，三曰「西海爲期」。何哉？

是時山東諸國，政之昏亂，無異南荆。惟秦强於刑政，收納列國賢士，一言投合，俯仰卿相，士之欲急功名，舍是莫適歸者，是以覽觀大勢，屬意于斯。所過山川，悉表西路。然父母之邦可去而仇讎之國不可依，中途迴望，僕馬悲鳴，況貴戚之卿，義與國共者哉！卒之死而靡他，爲「亂」章以自矢。』案：蓋以其時局勢及士之行狀而審度之，屈子雖未嘗西走投秦之事，而嘗有西走投秦之念矣。嗚乎，若以此誣屈子，獨不畏其陸離之長鋒耶？

安溪以《九歌》爲《離騷》外篇，注末自爲後敘，略論《九歌》之喻義及其注解之途轍，云：『自太乙以下皆以事神之恭，況己事君之敬，以神人之接之闊，喻君臣之交之難。惟《山鬼》一章乃以鬼自比，而人則君也。以此讀之，大義則得矣。愚觀屈子蓋鑾荆之一人，北方學者未能或之先也。《離騷》之篇陳古義，剴治道，三代名臣，何以加兹？至所託言取類，上自象曜風霆雲雨，下迄地域山川，中錯人倫族氏，草木禽鳥之芬芳，靈鷙與《易象》稱名，風雅與物無異。自說文者乖舛，於是有引喻失義，放言無章者，非屈氏意也。推是以類《九歌》，則《離騷》之外篇爾。故天神尊上則以喻君，司命爲太乙之佐。湘君、河伯非天神之倫，則以喻臣。玩其辭，潛其義，凡莊重嚴肅，禮樂威儀備者，君之族也。凡投贈親昵，遊從驩宴者，臣之族也。中寓怨悱之離憂，而不失其尊卑之體，輕重淺深久近之序。嗚呼，以意逆志，斯爲得之矣。《騷》言高丘下女、佚女，卒乃寓意於少康者，尤於湘神、東君見之。是時襄既繼位，讒佞高張，無改於昔，原之拳拳猶如此。蓋無日不幸其君臣之悟，邦家之再興也。若言言而以爲怨舊君，懷昔懟，原方悲其西羈之不暇，怨懟奚施焉？故今稍更定其文指，本於性情，以竢知者。』此其解《九歌》之大綱也。於是《東皇太乙》《雲中君》以喻君，《湘君》『以寓己意』，《湘夫人》喻『新進貴達』，《大司命》喻『同輔政者』，《少司命》喻『親近用事者』，《東君》喻頃襄王，《河伯》喻『四境之臣』，《山鬼》『況幽人處士』。《九歌》寓意，在夫不經意之間，並非如此分明。如，《東君》：『長太息兮將上，心低回兮顧懷。』其愁腸百轉，一步一反顧，戀戀不舍家居，而又不得不去離扶桑故居之所之情，若與《離騷》『陟升皇之赫戲兮，忽臨睨夫舊鄉；僕夫悲余馬懷兮，蜷局顧而不行』、《哀郢》『狐死必首丘兮，鳥飛反故鄉；信非吾罪而棄逐兮，何日夜而忘之』思鄉戀故之情緒對比，東君即屈原，不當比君也。《東君》又云：『青雲衣兮白霓裳，舉長矢兮射天狼。』王逸注：『天狼，星名，以喻貪殘。射天狼，言君當誅惡也。』戴震注：『天狼，一星。《天官書》：「秦之疆也，占於狼、弧。」此章有報秦之心，故舉秦分野之星言之。用是知《九歌》之作，在懷王入秦不反之後，歌以見頃襄之當復讎。』若執孟子『知人論世』之法，則所託者『君當誅惡』抑或『報秦之心』，皆不言而喻，未必寄寓於頃襄王一人，不可坐實矣。故館臣云：『《楚辭》實詩賦之流，未可説以詁經之法。』又，安溪以『《九章》止九篇，則《九歌》疑亦當盡於此。其辭所寄託，皆感遇抒憂，信一時之作也。後兩篇或無所繫屬而以附之者』。則以《國殤》《禮魂》二篇爲外附者，非原本所當有，寧有文獻可徵者耶？館臣非之云：『至《國殤》《禮魂》二篇，向在《九歌》之末，古人以九紀數，實其大凡之名，猶《雅》《頌》之稱什，故篇十有一，仍題曰「九」。光地謂「當止於九篇」，竟不附載，則未免拘泥矣。』其説是也。

字義訓詁雖略而不詳，且因襲舊注居多，而或時見新義，未可盡廢耳。如，注《騷》『正則』『靈均』云：『繩直準平，故平曰正則。高原廣闊，故原曰靈均。《詩》曰：「畇畇原隰。」』又，『擥木根以結茝兮，貫薜荔之落蕊。矯菌桂以紉蘭兮，索胡繩之纚纚』。注云：『茝即芷也，前言「扈芷」，而此更以木根結之，益之以薜荔而貫之。蕙亦蘭屬也。前言「佩蘭」，而此更以「菌桂」紉之，益之以胡繩而索之。』又，『溘吾遊此春宮兮』，注云：『春宮，青帝舍也。《周禮》「春會男女」。遊春宮者，冀群女於是聚也。』又，《雲中君》『靈連蜷兮既留』，注云：『連蜷，猶《騷》之蜷局，盤旋不行之貌。』又，《湘君》『横大江兮揚靈』，注云：『揚靈，猶招魂也。』又，『隱思君兮陫側』，注云：『陫側，疑與「悱惻」同。』以上諸訓，皆饒有思致，有所裨補耳。

此書無單行刻本，見於清康熙五十八年己亥清謹軒刻《安溪李文貞公解義三種》，姜寅清《楚辭書目五種》謂刻於『康熙五十七年』者，誤矣。後之著録此書，多承姜氏之誤。別有見於道光間李維迪刻《榕村全書》本及光緒四年戊寅李光延刻《榕村全書》本。《四庫全書存目叢書》收録此書，據康熙己亥本影印也。（黄靈庚）

# 楚辭達

《楚辭達》者，清魯筆之所作也。筆字鴈門，號蘸青，又號榆谷，齋名見南，雷州人。蓋當乾隆之世。博學多識，於星緯皇極數及軒岐郭廖等書靡不切究，尤邃於六書韻律諸内典，工真草各家書法。然屢躓場屋，故絶仕意，閉户讀書爲娱。窮年矻矻，不得志以死。著有《南齋詩文集》。

是書一卷，名爲『楚辭達』而實止《離騷》一篇。稱『《離騷》一篇，包舉《楚辭》全部。全義全神，最是難看，看透此一篇，以後各篇自可迎刃而解，則一達無不畢達矣，故以「楚辭達」標之』。首有錢唐梁山舟序及《見南齋讀騷指略》三十七條，末有樓方城跋。梁序不無揄揚之至，稱『自王逸以下，注者不乏，或達其文而不達其辭，達其辭而不達其志，有能疏通證明，使當日屈子之用心千古若揭者誰乎？雷川魯子鴈門，深於《離騷》，著《讀騷》三十七條，於文章之道，曲盡其變。其注《騷》也，取舊時影響附會之解，辨論而訂正之。又自爲融貫而條晰之，命之曰「楚辭達」。讀三十七條，而《騷經》之旨思過半矣。讀注《騷》一篇，而《九歌》《天問》又無待煩言矣。不惟達注《騷》者所未達，並作《騷》所不能達者，盡從而達之，魯子真屈子之知己，而後學之津筏』云。魯氏窮慼而思屈子，不得志於時而注《騷》，則其固視屈子爲知己，論《騷》而寄託心迹矣。大凡落拓失意之士無所據其抑鬱，則多刻意注《騷》以明志，魯氏亦是已。

《見南齋讀騷指略》三十七條，皆其讀《騷》心得，亦視爲入《騷》門徑。觀『總論』核心，乃一『情』字。稱『《離騷》

蓋以鄭聲爲雅樂者也，厥詞淫放幻妙，可喜可愕，不必盡本中和，要歸於憂君念國而止，發乎情，止乎義理』。是所以斥朱子謂『屈原忠而過者』，則突破以儒學倫理繩墨之闔域。蓋以爲雖君王而不隱其惡，是情之所至矣。然《騷》之情，合乎『雅樂』，得之於正，爲文『必用曲傳』『多寓言』，『言在此而旨在彼』，不可視以『傳記』，而以傳情之風雅讀之。則可謂有識。又云『以情爲妙，識其情真則味永，一一如從人心所欲出。令人忠孝之心油然而生』。蓋今所謂設身處地，置彼屈子所處情境而後讀之，求其氣韻、真性情。『若徒究義理，斯爲鈍根』，即失其情境矣。故必於篇法之中『玩其詞調，審其音節，按其氣骨，討其神味，挹其風韻』，是皆矚意於傳情之事也。是以專立『篇章』『段落』『氣脈』『章法』『筆法』『句法』『字法』等名目以詳論之，以究屈子情思之脈絡。尤重在科分段落及闡述『章法』之妙矣。

魯氏分《騷》爲十二段，前半篇五段，後半篇七段，較爲縝密，大致如下：『開端五章（每章四句）爲每一段，自敘其具天人交至本領，急乘時圖君也。以「不撫壯」一章爲過文。自「三后」以下七章爲第二段，敘因導先路見疏，總由于黨人蠱惑君心也。以「余既滋蘭」爲過文。自「衆競」以下五章爲第三段，言與衆競進馳騁，立修名如古人。以「長太息」二章爲過文。自「怨靈修」以下五章爲第四段，忽怨忽疑，自傷自解，以末章自信，起下忽疑爲過文。自「悔相道」以下六章爲第

起法高遠與生民詩同體勢
貞字義大惟字義精俱見天之有意篤生處

楚辭達

雷川魯筆雁門氏論釋

離騷

◎起◎句◎立◎通◎篇◎之◎本 是所以作離。騷之根◎

帝高陽之苗裔兮朕皇考曰伯庸攝提貞於孟陬兮惟庚寅吾以降

降叶胡攻反。伯庸原父字攝提星名一名攝提格在角亢間隨斗柄指十二辰為月建者也攝貞正也陬隅也爾雅云正月為陬孟春昏時斗柄指寅在東北隅故以為名孟陬寅月也庚寅日也俱跟貞字來人生於寅得天道人道正始之義一貞字可貫通篇為屈子一生守正不阿之本故篇首便提出自明其正由于天特生意。朱悔广離騷辨訓孟為孟冬月陬為陬訾謂以日躔為主今攝提指陬訾則日躔析木大

楚辭達

五段，先悔後解，與上段共翻論前半篇之案。忽出「女嬃」三章作過文爲第六段。自「依前聖」以下十章爲第七段，皆陳重華之詞，以「跪敷衽」一章爲過文。自「朝發軔」以下七章爲第八段，總爲叩帝之故，以「朝將濟」一章爲過文。自「溘吾遊」以下十章爲第九段，中分三小段，皆求女不遂之詞，以末章結上三大段，並起下爲過文。自「索藑茅」以下五章爲第十段，中分兩小段，以「欲從靈氛」一章爲過文。自「百神翳」以下十二章爲第十一段，中分兩小段，即以末章爲過文。自「靈氛既告余」至末爲第十二段，寫去國自疏，以末章死節爲歸結』。其『過文』云者，猶所以承上啓下者也。然亦有乖濫。如，『長太息』一章非『過文』，及下章『既替余』四句，皆所以寫我生之『多艱』也，而後究其所以致『多艱』之由：一是靈修浩蕩，二是衆女謠諑，三是時俗工巧，而後又表其心迹，雖處窮厄，猶『伏清白以死直』也。又，闡述《騷》之『章法』之妙，即在於『開合』『斷續』『埋伏照應』『反覆』『抑揚』『進退』諸端矣。

《指略》三十七條，多半屬虛空鑿壁、不著邊際之語，如『骨法』『辭法』『補法』『過文法』『倒掉法』『隔類相照法』『移步換形法』『虛字法』等，寥寥數語，究不知其體現於《騷》者何許，細讀之，似亦未足以達屈子之旨矣。序謂『凡得是本而讀之，鮮有不解其妙者』，是溢譽之過矣。

魯氏大略以朱子《集注》爲藍本，文字多同朱本。其注《騷》曰『論釋』，蓋内容凡四：始爲字音古韻，則多取朱子或陳第《古音義》。次爲字義訓詁，多取王逸、洪氏、朱子三家。次爲敷演義理，發明微旨，或批駁謬誤，申己之見。終則概述章旨。如，『帝高陽』章，首考『降』古韻，謂『叶胡攻反』。與陳氏音『洪』同。伯庸訓『原父字』，貞訓『正』，陬訓正月，皆因王注。攝提爲『隨斗柄指十二辰爲月建者』，取朱子。而『一貞字可貫通篇，爲屈子一生守正不阿之本，故篇首便提出，自明其正由于天特生意』。是其發明微旨矣。又斥朱冀『訓孟爲孟冬月，陬爲陬訾』，申明『此二句原取寅年寅月寅日，生得天人正始之意』。而末云，『自敘其源流託生之正，起句便見宗卿與宗國休戚相關之誼』。是概述章旨矣。又，『朝飲』章，首考『英』之古韻，謂『叶，於良反』，則與朱子『叶，於姜反』同。姱訓『美潔』，是因王注；練訓『精練不粗疎』，要訓『要約不浮泛』，是因朱子；顑頷訓『食不飽貌』，是因王注。而後云：『首句喻尋先王之墜緒，蘭爲王者之香故也。次句喻前哲之遺徽，菊爲晚節不變之芳故也。墜、落喻見棄于世也。飲、餐，即孟子言「飽乎仁義」意。末句即不願人之膏粱之味意。春蘭有露，如仁之元氣足以潤人；秋菊有英，如義之精華足以顯人。』是探賾意蘊矣。又云：『自見疏後，群小競進用事，使先王之澤將斬于世，吾則接其流，不使沌其膏，使潛德之光不發于人。吾則咀其華，不使落其實，爲仁義于舉國不爲之日，朝夕切切焉。内以善身心，外以善君國，但聞此情苟可自信其芳美，以至精練而不粗疎，要約而不浮泛，則此中無歉，雖長窮困我身，亦不能自已。』是蓋意猶未盡，而後又補益之。而末云：『自明日爲朝廷修舉廢墜，不因見疏而遂不急切也，指一己輔政説。』則爲概述章旨矣。或者徑陳己説，音訓皆省略。如，『椒專佞』章：『此章又推原蘭所以喪節，由于不識時變而干進不已也。下二句繳完上章正意，而横插上兩句作襯筆變化之至。椒比素具有才幹，矯然以風節自持者，榝類椒，臭惡有毒，比權門鷹犬，黨人引以爲排擊善類者。此何等朝局，蘭既不能砥柱中流，又不思潔身引退，反干進不休，雖有國香，何能敬守勿失乎？』又云：『此責蘭同變節干進，不能引身而退，所以自褻其芳也。隱隱對照己身處此時局，亦當引退而去，却不露痕。妙。』案：蓋前者所以論大義，而後者所以解結撰也。則舉此三端，可以知是書内容、結構大致概貌矣。

魯氏解《騷》務在創新，發明他所未及。如，『忽奔走』章釋『中情』之義，云：『「中情」二字最重，是作《離騷》之根。屈子總因一片「中情」，不能見察于君，信而見疑，忠而被謗，能無憂愁而作《騷》，所以後文處處欲申訴求一知心而不得，於此先發其端焉。』《騷》之作，正以屈子中情不得見察於君矣。故稱之以『根』，甚爲貼切，又頗新穎。又，『余固知』

章釋『靈修』之義，歷論諸家之得失，云：『《集注》解「靈修」爲「明智而善修飾，託婦悦其夫之稱于君」。林注謂「以善行而修治者稱君」。《騷》尚情語，《集注》雖不精當，猶有致。林注則鈍置。朱晦庵謂修其美政之故。更迂遠而腐，全不比合。又解靈字有尊爲神明之意，亦荒唐。又釋靈均爲均出顓頊神明之胄，臣與君一體，所以自號曰靈均，愈穿鑿。試問與「平」「原」二字義何屬？』其辨析舊説如是，而後申其新説，云：『靈修，暗指君心，不便質言，故假此俊妙字法以影之。靈字有三義：神也，明也，善也。修即心所修。爲君心本靈，爲物所蔽則昏，必待修治以保之。神明至善，天性本然之心也。潔清自治，人事當然之心也。天人合發，足盡「靈修」二字義藴。且心爲天君，格君必先正其心，不但「靈修」二字包含不盡，一故字中有無限維持，並足見大夫事君之心，故必待治而後善，故曰「靈修」。』以靈爲善，以修爲修治，靈修是『待治而後善』之意。雖多繳繞之詞，亦其一家説矣。又，『跪敷衽』章云：『大夫一段中情，將欲問之于世，舉世既好朋而不知，今既跪陳于虞聖，虞聖已往而不聞。然則吾生平本具此大中至正之道，耿耿于心而不能忘，其遂無所申訴乎？仰而思之，仍有維天可正，奄忽之間，吾其趁埃風而上征而叩之乎？此即馬遷所謂「人窮返本」「勞苦呼天」之意。』其説韙也。《騷》之上征帝庭，確乎類人窮反本以呼天者。然則所謂『天』，即天帝也，亦即帝高陽氏也。高陽氏爲楚人最原始之祖神，猶楚人所崇尚之天神也。反本，謂反歸於楚先之居，讕言死耳。則非朱冀《騷辨》稱『與舜號泣于旻天相似』者矣。

《離騷》三求女一段，意旨最爲難曉。魯氏歷辨諸家之失，乃於『朝將濟』章云：『無女、求女，歷來注家不得其實。各妄加指目，有謂指無賢臣者。夫楚非無賢臣，君不得用耳。處于下僚末吏，何關輕重？且亦是大概説，何用如此屢屢着意求他？有謂指無賢君，欲求賢君。更倍忠臣不事二君，豈大夫尚欲别求君而事之乎？林西仲爲原欲自求賢女爲配，擇一賢德如原者同心配合事君，以隱刺袖爲配。更謬。豈有臣子欲求一君夫人配合之理？朱晦庵謂諷楚無賢人，欲求一賢人折衷心事，一意重疊到底。夫前因舉世無察余之中情者，故求折衷于舜，再求折中于帝，凡情不得白，至求聖叩帝亦已極而無可加矣，豈反降而求賢申理乎？不但道理愈卑而下，意味亦薄而疎。且前就舜叩帝，已是求折中，後求女三層，又是求折中。及到篇終，都是求賢折中，亦何數見不鮮至此，令段段妙境皆成一樣葫蘆，奇思反爲庸態？況求賢折中是非，不過楚國無人，亦何絶迹于上天下地，姑無論無人。即有賢折中，亦何益于原？何益于君國？何損于黨人？即前就舜叩帝亦不同。就舜者，舜爲至聖，故求折中其是非，若中次等人，天下不乏，原未必甘屈心求正。至于叩帝，其義更深遠。國家治亂，君臣賢否，皆帝王之可以轉禍爲福，轉邪歸正，在此一機，豈徒爲一己是非不明，呶呶叫天不已耶？苟君臣遷善改穢，原即心迹不白，亦所甘心。古人爲國受惡，大夫豈不聞之？何煩後人屢作洗冤録？況敢以求賢折中，上同聖舜、天帝一例？陋哉。』其所指斥，擊中肯綮矣。則知求君、求賢或真求賢女以配君者，皆不足爲訓矣。然魯氏解求女之旨，以爲緣乎『輔相無賢』，女以比賢相。乃云：『高丘，明指閬風，暗指楚國。無女者，喻無輔相吾君之賢人也。隱隱外刺令尹子蘭，内刺鄭袖。蓋女所以輔相夫子者，故得借喻内外二相。夫惑君敗國，妬賢集黨，以致大夫斥逐奔走，就重華無聞，叩帝閽不得，皆因此内外二相爲致禍之根，黨人附會之罪，猶次一等。乃大夫第一切恨于心者，但黨人可明指，篇中不避忌，二相不敢顯斥，只用借喻。人以子蘭、鄭袖亦作黨人。非也。二人爲惡之主，黨人黨此二人之惡，如上官、靳尚輩是也。豈可將二人混到黨人内，不分首從乎？若云黨君之惡皆爲黨人，則倍傷矣。』而以虙妃比『不事王侯，高尚其事，放浪于名山大川以自適，而不屑人之求者，如巢許以上諸人是也』。以有娀佚女『比才望素高，立身孤峻，不輕爲人下，必擇主而出，待聘而起，如伊吕諸人是也』。以二姚『比儲君之傅相賓客中人賢行，後即位升以爲相者，如鮑叔狐趙房杜鄴侯諸人是也』。以末段『浮遊求女』，爲『大夫本懷，終不能舍。擇主非大夫轉念，終不忍較，故不應承巫咸勸去國事君，猶計及靈氛勸去國求女』，意謂求賢相於他邦矣。然則屈子已遭放逐，且欲見君而不得，自身難保，安得有緣爲君求一賢相耶？蓋亦不免繳繞矣。

是書眉批，多涉於所謂『章法』『筆法』『骨法』者，屬譚藝之什。如，『皇覽』章云：『肇字用意，警不待看，其後之所修治，即承天意以錫之，知其必能副也。』又，『紛吾』章云：『紛字本屬句尾，却倒在首，《離騷》每善用倒字法，妙。』指『汩若』『忽若』之類是也。又，『惟黨人』章云：『第三句倒從下文掉起妙法。「惟」字與上章「何」字呼應。』又，『余固知』章云：『寫得中情懇懇，委婉百折，上二句一退一進，下二句一起一伏，筆端鼓舞婀娜。』又，『衆皆競進』章云：『因衆芳蕪穢，故衆黨競進，二「衆」字對照緊接有情。』又，『長太息』章云：『一起開賈長沙痛哭之先路，情真則詞響，不同膚詞。凡《離騷》哭泣有兩種，有以沉鬱爲聲，格格不能吐者。有以發揚爲聲，咄咄不能忍者。高低各盡其妙。』又，『怨靈修』章云：『不悔而怨，以轉筆爲起筆，有忽然舉頭天外之意，奇絶。』又，『悔相道』章云：『按此章遥接前段「未悔」，近承上章自信意而翻過一層，作反勢起，如行山千蹊萬壑，邅迤頓斷，中忽然聳起一曲，奇妙。』以上皆所謂『章法』之妙也。又，『固時俗』章云：『歎俗一層用寬筆，爲開寬中有緊峭之勢。』又，『忳鬱邑』章云：『傷己一層用緊筆，爲合緊中有寬宕之勢。』又，『鷙鳥』章云：『自解一層又用寬筆，爲開寬中有峭拔之態。』又，『屈心』章云：『自信一層又用緊筆，爲合緊中有安閒之態。』以上所謂『筆法』之奇也。或以説古韻。如，『初既與』章云：『古韻他音拖，化音訛。梵書《孔雀經》：他，敕駕反。則化如字。』古韻他、化俱入歌韻，而至魏晉以下，則入麻韻矣。或補充於注文未盡之意。如，『和調度』章云：『小人，至君子變小人則無復可望，惟有不見不聞是幸，至是去國之念始決。』注文但謂巫咸勸其去國，而屈子之意是否已決，則未及言矣，故於批眉中補及之矣。

每章之下皆有音注，以從古韻。稱『《離騷》叶韻，猶是商周遺法，與三百篇不同。不但不合沈韻，並不全合漢魏。今注家每以私意便口妄叶，當以古韻爲正」。然其注者，多非古韻。如，『紛吾』章：『佩叶音派，能又叶音奴尼反，佩又叶音皮，此古韻。』案：非是。佩，古入之韻，而皮，古入歌韻，派，古入支韻，皆非佩古音也。能，古入蒸韻，之韻之陽聲，『奴尼』，古入歌韻，非能字古韻矣。又，『余既滋』章云：『晦，叶满彼反。』案：晦，古入之韻，『满彼』之音，古入歌韻，非其古音也。又，『忳鬱邑』章：『時，叶施吏反，音勢。態，叶他計反，音替。』案：時，古入之韻；『施吏』之音亦入之韻，云聲。然音『勢』者，古入歌韻，非時之古音也。態，古入之韻，『他計』之音及『替』，皆入脂韻，非『態』字古音也。又，『民生』章：『懲，叶直良反。』案：此章常、懲不韻，常，當作恒，漢人避諱改也。恒、懲古叶蒸韻，不讀『直良』之音。若是之類，亦是『私意便口妄叶』，見其非知古音之選而妄以古韻説之矣。

字義訓詁雖多因襲舊注，然或私心自是，别爲新解，率多虚妄。如，『怨靈修』章云：『浩蕩，如水之泛溢無涯意。』又，眉批云：『「浩蕩」二字于立言似止，謂其君心之侈大粗而不細，浮而不寔，自然昏昧，意俱在言外。』其説鑿矣。王注：『浩猶浩浩，蕩猶蕩蕩，無思慮貌也。』以『浩蕩』爲『無思慮貌』，且甚得屈子本心。又解『驕傲放恣』，其義相仍。《九歌・河伯》『心飛揚兮浩蕩』，《哀時命》『志浩蕩而傷懷』，王注並解『志放貌』，謂曠放達觀、無所羈羇，與解『無思慮』者不别。游澤承《離騷纂義》斥之爲『常據上下詞義以求合』。信非知言。浩蕩，猶不分、不别之貌，訓詁字或作『溷沌』『溷濁』『鴻洞』『洚洞』『港洞』『虹洞』等，皆廣大無際極之貌。聲轉或作『恢炱』，《九辯》『收恢台之孟夏』，洪氏引《文選・舞賦》注：『恢炱，廣大之貌。』《後漢書・馬融傳》字作『恢胎』。或作『浩盪』『圖傲』『鯺𩣺』，皆言大貌。或作『陶傲』。《九思・守志》『遊陶遨兮養神』，王注：『陶遨，心無所繫。』與『浩蕩』之訓『無思慮』者通矣。或作『豁達』，通暢無礙貌，其義相仍。水之迷茫無涯曰『泓澄』『浩洋』『瀇洋』『洸洋』，月色朦朧不明曰『朦朧』，耳不聽曰『惝恍』，日不明曰『埃䁗』，雲覆蔽日曰『靉靆』『曖䨴』，思慮不清曰『貸駃』，或作『懛獃』，或作『懛剴』『儓儗』。魚、陽對轉，浩蕩或作『糊塗』。孫奕《示兒編》卷二十二《字說》引《呂氏家塾記》：『呂端之爲人糊塗。』注：『讀爲鶻突。』王注『無思慮』云云，即糊塗也，與下『不察』接榫。說者宜因聲抽繹，則會心非遠；若拘形强解，則生扞格矣。又，『固時俗』章云：『偭有向、背二義。此作向，方不複。』案：王注：『偭，背也。』舊注不易，非訓向也。偭，古字作面，背也。《左傳》僖公四六年『許男面縛銜璧』，杜注：『縛手於後，唯見其面。』《史記·項羽本紀》：『顧見漢騎司馬呂馬童，曰：「若非吾故人乎？」馬童面之，指王翳曰：「此項王也。」』《集解》引張晏：『以故人故，難視斫之，故背之。』又引如淳：『面，不正視也。』《宋微子世家》『肉袒面縛』，索隱：『面縛者，縛手于背而面向前也。』《後漢書·光武帝紀》『丙午，赤眉君臣面縛，奉高皇帝璽綬』，李賢注：『面，偝也。謂反偝而縛之。』焦竑《筆乘》云：『古文多倒語。面規渠而改錯，以面訓背也。』後以別於正面，別以偭字別之。又，『陟陞皇』章云：『陞皇，東陞之日也。』案：非是。何義門《讀書記》：『陟陞，猶言陞遐。此終言至死不能或忘楚國，反應前「焉能忍而與此終古」之辭也。』其說是也。然『陟陞』，非陞遐。陟陞，平列同義，猶陞、登也。皇，或作偟，通作假。陟陞皇，謂登遐。或作升遐、升假、登假，謂登升僊逝也。

是書乾隆三十一年丙戌見刻於南齋，國家圖書館有藏本。（黃靈庚）

# 楚詞宗旨

《楚詞宗旨》者，不知何許人所作也。據書内避『玄』『眩』等字皆闕末筆，而不避『胤』『弘』等字，蓋鈔寫於康熙世也。篇内注文或引康熙《性理精義》，則作者亦當爲康熙時人也。

顧名思義，是書在於探求『《楚辭》宗旨』。其底據朱子《集注》，凡八卷：卷一《離騷》，卷二《九歌》，卷三《天問》，卷四《九章》，卷五《遠遊》《卜居》《漁父》，以上皆屈子所作。卷六以下皆爲附，卷六宋玉《九辯》，卷七玉《招魂》景差《大招》，卷八賈誼《惜誓》《吊屈原》《服賦》、莊忌《哀時命》、劉安《招隱士》。則悉同朱子《集注》。惟《招隱士》朱子謂『淮南小山』所作，而此曰『劉安』。《離騷》末附揚雄《反離騷》及《漢書》顔師古注。

卷首列漢司馬遷《屈原列傳》、唐沈亞之《屈原外傳》、朱子校定《楚辭目序》及《楚辭總評》。《總評》所輯録者，有班固《離騷序》，王逸《離騷後敘》，劉勰《辨騷》，洪興祖《漁父》『遂不復與言』下補曰論蕭統《文選》一節及《離騷後敘》駁班固、顔之推『或問』一段，朱子《楚辭後語》卷二《反離騷》末『嗚呼』一段及《楚辭辯證》『晁録』一段，宋黄伯思《東觀餘論》所載《校定楚詞序》首一段。大致輯自漢至宋論《騷》之文，明、清以下則皆未與也。

各卷之序、注，悉鈔自朱子《集注》，無所增減、發明，故不足論撰。惟各卷之末，仿陸德明《釋文》例，而附《音義考正》《音義續考》，各自獨立，蓋是書所創。

《考正》音注，悉鈔自朱子《集注》。《集注》原錯置於注文之首，而此書悉輯録之，而別爲一篇，並以四句爲節，繫於各節之下，而後詳加『考正』，且悉采陳季立《古音義》爲説，多出自其《毛詩古音考》。如，《離騷》『帝高陽節』之『降』云：『叶，乎功反。陳季立《古音義》云：「宜屬東韻，沈約入江韻，如今讀。然東方朔《七諫》：『忠臣貞而欲諫兮，讒諛毁而在傍。秋草榮其將實兮，微霜下而夜降。』」音之變有自來矣。』案：『叶，乎攻』之音，見朱子《集注》，引陳季立《古音義》，則見《毛詩古音考》矣。又，《湘君》『來』云：『叶，力之反，一作「歸」。非是。《古音義》：「音釐。《儀禮》『來女孝』，孫注：『來，讀爲釐。』《釋名》：『往歸於彼也，故其言之昂頭以指遠也。來，使之入也，故其言之低頭以

# 楚詞宗旨卷之一

## 離騷經

離騷經者屈原之所作也屈原名平與楚同姓仕於懷王為三閭大夫三閭之職掌王族三姓曰昭屈景屈原序其譜屬率其賢良以厲國士入則與王圖議政事決定嫌疑出則監察群下應對諸侯謀行職脩王甚珍之同列上官大夫及用事臣靳尚妬害其能共譖毁之王疏屈原屈原被讒憂心煩亂不知所愬乃作離騷上述唐虞三后之制下序桀紂羿澆之敗冀君覺悟反於正道而還己也是時秦使張儀譎詐懷王令絶齊交又誘與俱會武關原諫懷王勿行不聽而往遂為所脅與之俱歸拘留不遣卒客死於秦而襄王立復用讒言遷屈原於江南屈原復作九歌天問九章遠遊卜居漁父等篇冀伸己志以悟君心而終不見省不忍見其宗國將遂危亡遂赴汨羅之淵自沈而死淮南王安曰國風好色而不淫小雅怨誹而不亂若離騷者可謂兼之矣又曰蟬蛻於濁穢之中以浮游塵埃之外不獲世之滋垢皭然泥而不滓推此志也雖與日月爭光可也宋景文公曰離騷為詞賦之祖後人為之如至方不能加矩至圓不能過規矣

按周禮大師掌六詩以教國子曰風曰賦曰比曰興曰雅曰頌而毛詩大序謂之六義蓋

招之也。』《劉向傳》『貽我來牟』作『飴我釐麰』。又有有力、利二音。」』案：《古音義》前切音、校語，皆見朱子《集注》。而引《古音義》，即見《毛詩古音考》矣。《天問音義考正》各節音注下，皆輯録柳子厚《天對》，而注蓋輯自宋童宗説等《注釋音辯唐柳先生集》。如，『昭冥』節『瞢闇馮』云：『瞢，莫鄧反。闇，暗同。馮，皮冰反。《對》曰「曶黑晰眇」，注云：「曶，呼骨切。《説文》：『出气詞也。從曰，象气出形。』郭璞《三蒼解詁》曰：『曶，旦明也。』『曶，黑微昧也。』晰，之列切。」』案：瞢、闇、馮，三反切，皆見朱子《集注》。《對》曰注文，即同《注釋音辯唐柳先生集》也。又，《橘頌》『國』云：『音域。《古音義》：「《釋名》：『國，域也。』《博古圖》：『周南宮鼎，光相南國。』《周穆公鼎》南國、東國，皆作或。《周官》『蟈氏』，鄭司農亦云：『蟈，讀如域。』至晉、宋時猶此音，故范曄《光武贊》以國韻塞，袁宏《三國名臣贊》以韻德，謝靈運《鄴中詩》以韻賊，顔延之《皇后策》亦韻塞，皆可據而證也。」』案：『音域』，見朱子《集注》，引《古音義》，即見《毛詩古音考》矣。又，《遠遊》『存』云：『叶，才緣反。《古音義》：「音前。揚雄《解嘲》：『攫挐者亡，默默者存。位極者高，危自守者身全。』曹植《文帝誄》：『朝聞夕，逝孔志所存。皇維殪没，天禄永延。』《參同契》：『津液腠理，筋骨緻堅。衆邪辟除，正氣常存。』」』案：『才緣』之音，見朱子《集注》，餘見《屈宋古音義》也。又，《卜居》『通』云：『叶，他光反。《古音義》：「音湯。《易緯》：『煌煌之耀，乾爲之岡。合凝之類，坤握其方。雄雌呿吟，六節摇通。』東方朔《七諫》：『身寢疾而日愁兮，情沉抑而不揚。衆人莫可與論道兮，悲精神之不通。』」』案：『他光』之音，見朱子《集注》，餘見《屈宋古音義》也。又，《漁父》『塵埃』云：『史作「温蠖」。若從諸本，埃，叶衣，於支反。若從史，則白叶，蒲各反。蠖，於郭反。而二字自相叶矣。《古音義》：「埃音噫。《龜筴傳》：『若爲枯旱風而揚埃，蝗蟲暴生，百姓失時。』又按此散文，不必泥韻。如朱子云云，以汶汶叶莫悲，似未有的據。

即以蠖叶白，白本有博音。又與汶、汶不相涉矣。」」案：《古音義》前見朱子《集注》，後即見《屈宋古音義》也。《九辯》以下皆可類推，不煩悉舉矣。

《續考》所設條目，多爲古今所聚訟者。觀其注釋，皆爲未見諸朱子《集注》、陳季立《屈宋古音義》，别引他書以爲説，末於『按』下申其己説。如，《離騷》『蘭』『蕙』『晼畆』『落英』『蹇脩』五條，皆見宋代筆記。如，『落英』引宋姚寬《西溪叢話》云：『《楚詞》云「夕餐秋菊之落英」，王逸云：「英，華也。」《類篇》云：「英，草榮而無實者。」後漢《馮衍賦》云「食玉芝之茂英」，言英華之英。洪興祖補注《楚辭》云：「秋花無自落者，讀如我落其實而取其華之落。」此言爲是今秋花，亦有落者，但菊蘂不落耳。若云「黄菊飄零滿地金」，即《詩》用《楚辭》之句。且《宋書·符瑞志》沈約云：「英，葉也。言食秋菊之葉。」據《神農本草》，菊服之輕身耐老，三月採葉。《玉函方》：「王子喬變白增年方，甘菊，三月上寅採，名曰玉英。」是英，謂之葉也。晉許詢詩云：「青松凝素體，秋菊落芳英。」』而後『按』云：『「落英」之説紛紛矣，此説頗近理，故並附之。然皆不若朱子云：「飲露餐華，言其芳潔自隨也。」』

《天問》『九天』『縣輔層城』『石林龍虬』『靡蓱』『黑水玄趾』『嗜欲不同味而快鼂飽』『皆歸躲鞫』『啓棘賓商』『咸播秬黍』『釋舟陵行』『吴獲迄古』『該秉季德』『列擊紂躬』『何馮弓』『伯林』『中央』『驚女采薇』『兄有噬犬』『薄暮』『伏匿』『悟過改更』『堵敖』『試上』二十三條。其中二十二條悉出王逸注，惟『九天』條云：『《太玄經》曰：「九天，一爲中天，二爲羡天，三爲順天，四爲更天，五爲晬天，六爲廓天，七爲咸天，八爲沉天，九爲成天。」又，《性理精義》云：「古有九重之説，然未實指其數。」今歷推得，最上一重爲宗動天，乃一氣運群動行之宗也。次一重爲恒星天，又次一重爲土星天，又次一重爲木星天，又次一重爲火星天，又次一重爲太陽天，又次一重爲金星天，又次一重爲水星天，又次一重爲太陰天。其高下遠近，各有層次。若以左旋論之，則近外者，其行愈速。朱子所謂「轉得更緊」者是也。』案：其引《性理精義》，爲康熙御編，可考知其作書時矣。

《九章》『露申』『陵陽』『回極浮浮』『軫石』『超回隱進』『北姑』『本迪』七條，六條見王逸注，惟『陵陽』一條見林西仲《楚辭燈》，云：『陵陽，楚地，卞和封爲陵陽侯，即此言卞和以寃被刖，而卒能白。已以寃被逐，而不能白，是以流亡終矣。』案：非是。陵，乘也。陽侯之省，指陽侯大波。陵陽，言乘波也。『當陵陽之焉至』，謂方當乘波而去，而不知之何方也。若解楚地名，則是句不通矣。又，《招魂》『迅衆』一條，引王逸注。《大招》『遽爽存』『四上』『禹麾』三條。前二條引王逸注，後一條引林西仲《楚辭燈》也。

是書面無封，各卷首題『楚詞宗旨』，亦不署作者名氏，今藏於中國科學院文獻情報中心。（黄靈庚）

# 楚辭約注

《楚辭約注》者，清高秋月、曹同春之所作也。秋月，字素蟾。江蘇金壇人。順治丁亥補弟子員，同張願結槐江社，文譽籍甚。康熙十五年丙辰恩貢。凡經史及四子書、先儒語録尤勤手輯，宿遷令嘗延請主書院，諸生多有成就。事載清光緒《金壇縣志》卷九《文學》。同春，字孟序。亦江蘇金壇人。生平履歷，均未得詳考。二人別著《莊子釋意》三卷。

是編專取屈子之作，不泥於班書『二十五篇』之限。以二《招》亦爲屈子所作，則定爲二十七篇。全書未分卷次，而《楚辭》目録，悉依黄文焕《楚辭聽直》『更定』其次：首《離騷經》，次《遠遊》，次《九歌》：《東皇太一》《雲中君》《湘君》《湘夫人》《大司命》《少司命》《東君》《河伯》《山鬼》《國殤》《禮魂》，次《天問》，次《漁父》，次《卜居》，次《九章》：《惜誦》《思美人》《抽思》《涉江》《橘頌》《悲回風》《哀郢》《惜往日》《懷沙》，次《大招》，次《招魂》。《聽直》原次，《天問》次《遠遊》後，而在《九歌》前，《卜居》次《漁父》後，二者異同，僅此二端云爾。其底本亦依據《聽直》，故彼此文字多同。

首有曹氏作於康熙二十八年己巳序，稱『素蟾高先生篤嗜古學，嘗遍讀《楚辭》評注，獨取王逸、朱晦翁、黄坤五三子之書，删其繁蕪，去其穿穴，依文立解，使觀者一覽而其意曉然，不與世之摭陳言、駕浮説以徒矜淹博者同。予伏讀而善之，因悉取其舊本，辨其音義，集以成編。名曰「約注」云耳』。首署『金壇高秋月素蟾删定，曹同春孟序纂述』。則是書之『約注』者，高秋月所作；『纂述』者，曹同春所作也。又，《莊子釋意》，首署『歸震川先生原批，金壇高秋月素蟾集説，曹同春孟序論正』，亦有曹氏序一通，其末署年年月亦爲『康熙己巳』。則《莊》《屈》二書作於同時，知二人學問相當、交誼至篤，其在師友間歟？

高氏《約注》，乃拾比、删取王逸、朱子、黄文煥三家爲之，頗簡略，然未主於一家説者。如：《離騷》：『紛吾既有此内美兮，又重之以修能。』王注：『修，遠也。言己之生内含天地之美氣，又重有絶遠之能，與衆異也。』

懷沙

大招

招魂

楚辭約註

金壇　高秋月素蟾删定　家擁開遠

曹同春孟序纂述　曹　鳳釆亭山　重訂

離騷經○

帝高陽之苗裔兮朕皇考曰伯庸○攝提貞于孟陬兮惟庚寅吾以降○楚之先出于顓頊高陽氏攝提星名貞正也正月爲孟陬庚寅日也降生也○皇覽揆余于初度兮肇錫余以嘉名○名余曰正則兮字余曰靈均○

朱注：『生得日月之良，是天賦我美質於内也。重，再也，非輕重之重。脩，長也。能，才也。能，獸名，熊屬，多力。故有絶人之才者謂之能。』黄箋：『内美言質，修能言才。有質無才，藴於内者無以措於外，故才與質不可不合也。恃其才質，不加功焉。質將易虧，才亦速敗，兩合之中又且兩傷矣。』高注：『修能，長才也。内美，以質言。修能，以才言也。』則『修長』之義截自朱子，『才能』之義取於王逸，『内美』『修能』以『質』『才』爲説者，因乎黄文焕。綜合三家爲説也。又，『雖萎絶其亦何傷兮，哀衆芳之蕪穢。』王注：『言己所種衆芳草，當刈未刈，蚤有霜雪，枝葉雖蚤萎病絶落，何能傷於我乎？哀惜衆芳摧折，枝葉蕪穢而不成也。以言己循行忠信，冀君任用而遂斥棄，則使衆賢志士失其所也。』朱注：『言此衆芳雖病而落，何能傷於我乎？但傷善道不行，如香草之蕪穢。』黄箋：『艸木不能不零落，萎絶則香枯，刈之香亦枯。有榮必有萎，恒理如是，豈足深傷？然吾不忍其萎地，與他艸同蕪穢也。故萎而香枯，寧刈而枯也。枯同穢不同也。惜香之意，不以香歇而賤視也，且吾功存焉，尤深自惜耳。』高注：『萎絶，未刈而彫落也。蕪穢者，摧折而不成也。言君子見棄，則衆賢皆失其所也。』以『未刈而彫落』釋『萎絶』者，綜合王、黄之説，以『摧折而不成』爲『蕪穢』者，取於王注也。『君子見棄則衆賢皆失其所』，亦因王注爲説也。又，『女嬃之嬋媛兮，申申其詈予。』王注：『嬋媛，猶牽引也。申申，重也。』朱注：『嬋媛，眷戀牽持之意。申申，舒緩貌也。』黄氏無注。案：高注：『申申，重也。嬋媛，眷戀牽持之意。』前者因王注，後者襲朱子也。

高氏或專取王注。如，《離騷》：『余固知謇謇之爲患兮』，王注：『謇謇，忠貞貌也。《易》曰：「王臣謇謇，匪躬之故。」』朱注：『謇，謇難於言也。直詞進諫，己所難言，而君亦難聽，故其言之出有不易者，如謇吃然也。』黄氏『謇謇』未注。高注：『謇謇，忠貞貌。』是專取王注，而舍朱、黄也。又，『余雖好修姱以鞿羈兮』，王注：『鞿羈，以馬自喻也。

韁在口曰鞿，革絡頭曰羈。言爲人所係累之也。』朱注：『鞿羈，以馬自喻。言自繩束不放縱也。』黄氏無注。高注：『鞿羈，言爲讒人所係累也。』則專取於王注也。又，『耿吾既得此中正』，王注：『耿，明也。中心曉明，得此中正之道。精合真人，神與化遊。故設乘雲駕龍，周歷天下，以慰己情，緩憂思也。』朱注：『此言跪而敷衽以陳如上之詞於舜，而耿然自覺，吾心已得此中正之道，上與天通，無所間隔，所以埃風忽起，而余遂乘龍跨鳳以上征也。』黄箋：『「依前聖以節中」，則可以得「中」矣。「量鑿而正枘」，則可以得「正」矣。……故曰至是而耿耿得之也。既明得於是乎，以人間之身開天上之眸；以宗國之裔，騁四方之轍。庶幾胸懷步武，益爲廓然乎！』高注：『耿，明也。言中心曉明，得此中正之道也。以下言欲周歷上下，以緩其憂也。』以『緩其憂』解『上征』者，是專取王注而舍朱、黄也。又，『聊浮遊而求女』，王注：『且徐徐浮遊以求同志也。』朱注：『浮遊以求女，如前所言虙妃、佚女、二姚之屬，意猶在於求君也。』黄箋：『復言求女者，世既無與我同芳之人，不得不別求也。』高注：『求女者，世既無與我同芳之人，不得不別求同志也。』黄氏『同芳之人』既可以爲君，亦可以爲同志。高注益『同志』二字，是從王注而舍朱子『求君』説也。《遠遊》『願輕舉而遠遊』，王注：『翱翔避世求道真也。』朱注、黄箋皆無説。高注：『輕舉遠遊者，避世而求真也。』則從王注也。《招魂》『牽於俗而蕪穢』，王注：『言己施行，常以道德爲主，以忠事君，以信結交，而爲俗人所推引，德能蕪穢，無所用也。』朱注：『言己之所行，雖常以此盛德爲主，然而牽於世俗，亦不能無所蕪穢。蓋其自勵之嚴，而常恐不善之加乎己也。』黄箋無注。高注：『牽引于世俗，而使之蕪穢，無所用。』是承王注爲解也。

高氏或專取朱注。如，《離騷》『悔相道之不察兮』，王注：『悔，恨也。相，視也。察，審也。言自悔恨相視事君之道，不明審察，若比干伏節死於義。』朱注：『悔，追恨也。言既至於此矣，乃始追恨前日相視道路未能明審而輕犯世患。』黄箋：『既已自解，又復自咎。九死其未悔者，忠臣之志也。身死而無益於君，死有餘恨。悔相道之不察者，良臣之願也。」高注：『悔省，自引咎也。言始進不察而輕犯世患。』是專取朱注之義也。又，『哀高丘之無女』，王注：『女以喻臣，言己雖去，意不能已，猶復顧念是國，無有賢臣，心爲之悲而流涕也。無女，喻無與己同心。』朱注：『女，神女，蓋以比賢君也。於此又無所遇，故下章欲遊春宮，求虙妃，見佚女，留二姚，皆求賢君之意也。』黄箋：『忽然反顧而歎無女者，哀楚無可求之人，故欲他往也。』高注：『歎無女者，楚無賢君也。』是以『求女』爲『求賢君』者，取朱注而舍王、黄也。又，『謂申椒其不芳』，王注：『言近小人而遠君子也。』朱注：『自念之詞止此。』黄箋：『此承占詞之既畢，復悵然自念也。』高注：『自念之詞止此。』徑取朱注，黄氏實亦因朱注也。又，『使夫百草爲之不芳』，王注：『言我恐鵜鴂以先春分鳴，使百草華英摧落，芬芳不得成也。以諭讒言先至，使忠直之士蒙罪過也。』朱注：『巫咸之言止此，亦勉原使及此身未老，時未過而速行之意。』黄箋：『鵜鴂先鳴，百艸均不芳，所憂者在天運。此咸之言，層層與原相反者也。』高注：『鵜鴂以鳴而草不芳，亦勉原及年未老，時未過而自厲以待時也。巫咸之言止此。』是舍王注而因朱注爲解也。《少司命》『竦長劍兮擁幼艾』，王注：『竦，執也。』朱注本作『慫』，云：『挺拔之意。』黄箋從朱注。高本亦作『竦』，然注云：『聳，挺拔之意。』蓋雖從朱注，而以本字作『聳』也。《大招》『四酎並孰』，王注：『醇酒爲酎。』朱注：『酎，三重釀酒。此云「四酎」，則是四重釀矣。』黄箋無注。高注：『四酎，四重釀也。』是因朱説也。

高氏或專主黄箋。如，《離騷》『反信讒而齌怒』，王注：『齌，疾也。言懷王不徐徐察我忠信之情，反信讒言而疾怒我也。』朱注：『齌，炊餔疾也。』黄箋：『其曰「齌怒」者，謂如藴火而未發也，即含怒之説也。』高注：『齌怒猶含怒，藴而未發也。』此舍王、朱而專取黄箋之説也。又，『吾將上下而求索』，王注：『吾方上下左右，以求索賢人，與己合志也。』朱注：『求索，求賢君也。且勿附近，冀及日之未莫而遇賢君也。』黃箋：『上下求索者，原自表其意中之事，經營無盡也。』高注：『上下求索，言其意中之事，經營無盡也。』是舍王、朱而專取黃箋也。又，『飲余馬於咸池兮，總余轡乎扶桑。折若木以拂日兮，聊逍遥以相羊。』王注、朱注於行遊方嚮皆無説，黃箋：『咸池爲日浴之處，扶桑則日出之區，懸圃在西北，崦嵫在西，既至懸圃，又涉遠路，總轡扶桑，繇西而東也。扶桑在東，若木以在西，既至乎東，又轉之西極。』高注：『咸池日所浴，扶桑日所出，此由西而之東也。』蓋撮黃箋爲説也。又，『閨中既以邃遠兮，哲王又不寤。』王注：『言君處宫殿之中，其閨深遠，忠言雖通，指語不達，自明智之王，尚不能覺悟善惡之情，高宗殺孝巳是也。』朱注：『閨中深遠，蓋言虙妃之屬不可求也。哲王不寤，蓋言上帝不能察，司閽壅蔽之罪也。言此以比上無明王，下無賢伯。』黃箋：『閨中邃遠，則四海以祈求女，終不可求之説也。哲王不寤，則即叩閽以祈求帝，終不可見之説也。』高注：『閨中邃遠，結上求女而不獲也。哲王不寤，結上叩閽而難見也。』是因於黃箋爲解者甚明也。《遠遊》『庶類以成兮』，王注：『衆法陳也。』朱注：『庶類自成，萬化自出。』黃箋：『庶類以成，則自度而兼度人，所成更大矣。』高注：『自度而兼度人也。』是因黃箋也。又，《湘君》『駕飛龍兮北征』至『隱思君兮陫側』一段，王注、朱注皆逐句爲解，黃箋以段説之，云：『此因其不來而往迎之。駕飛龍以往，欲其速也。循湖而往，覓其方也。既環洞庭，復横大江，分其途也。揚靈者，揚彼之靈也。神闕之以避我，我揚之以求神也。神之所在，光氣必有異也。』高注：『此又因其不來，往而迎之。駕飛龍以往，欲其速也。循湖而往，不見其方也。既環洞庭，復横大江，分其途也。揚靈者，求神之所在而祭，揚己之精誠以感之也。』是大略依黃箋爲解也。《東君》『舉長矢兮射天狼』，王注、朱注，天狼，皆謂『星名』，以比貪殘。黃箋：『然毋乃日來，而惡氛蔽之，與偕來乎。吾於是射天狼之星，以杜惡氛焉。』高注：『日來而恐惡氛蔽之，于是射天狼之星以杜惡氛。』是因黃箋者也。《天問》『何試上自予忠名彌彰』，王注：『屈原言我何敢嘗試君上自號忠直之名，以顯彰後世乎？誠以同姓之故，中心慇惻義不能已也。』朱子未注。黄箋：『試上彌彰，則原之自咎也。已矣已矣，不敢望襄之復仇矣，不敢咎蘭之不佐襄以復仇矣，皆吾之罪而已。當日諫懷勿入，明告以入秦，壽必不長，而卒爲子蘭所誤也。使堅以死諫，懷或可不入乎？不以身堦前，而徒令言之而中，彰忠臣先見之名也。是经主上爲嘗試而以名自予。此原所繇必沉湘也。』高注：『吾告君以入秦不可長久，將有危亡之憂，然不能以死强諫，徒令言之而中，彰忠臣先見之名。是以主上爲嘗試，而以名自予也。此原自咎之詞也。惟其自咎，故必死而必始安矣。』是因黄箋爲説也。《大招》『青色直眉』，王注：『言復有美女體色青白，顔眉平直。』朱注：『青色，謂眉也。』黄箋：『前曰「曲眉」，又曰「青色直眉」。曲者其形，直者其色也。色之青如一綫之直也。』高注：『青色直眉者，色之青如一綫之直也。』是承黄箋爲説者也。

高氏詳審三家，或有不猒己意者，別作新説。如，《離騷》『昔三后之純粹兮』，王注：『后，君也。謂禹、湯、文王也。』朱子《辯證》：『三后，若果如舊説，不應其下方言堯、舜。疑謂三皇，或少昊、顓頊、高辛也。』黄箋：『曰三后、曰堯舜、曰桀紂，敘次皇帝王，遞降世代，層節甚明。原以高陽爲祖，繇高陽視三皇，時相遞統相接者也。遡芳最先，孰先於此？堯舜舉在後矣。承上先路，持論甚確，下字有因。或以爲夏商周三后，或以爲楚三后，失原敘次之因矣。』高注：『三后，堯舜禹也。衆芳，君子也。』則自爲其説，皆不同三家也。又，『依前聖以節中兮』，王注：『言己所言皆依前代聖王之法，節其中和。』朱注、黄箋皆無説。高注：『節中，言節度得中，非有過也。』則自爲之解，不從王注也。又，『吾令帝閽開關兮，倚閶闔而望予。』王注：『言己求賢不得，疾讒惡佞，將上訴天帝，使閽人開關，又倚天門望而距我，使我不得入也。』朱注：『令帝閽開關，將入見帝，更陳己志，而閽不肯開，反倚其門，望而拒我，使不得入。蓋求人君而不遇之比也。』黄箋：

『開關倚望者，欲見帝之懷，急于速見也。相其「未具」「繼日夜」之懷，總期一速。待自叩閽而後見，則遲矣。令帝閽開關，倚門而望我之至，而後見之可速，志可慰。然天上豈有如此意之事哉？前之日忽忽其將暮者，茲又時曖曖其將罷矣。』王、朱皆以帝閽拒我而求帝不遂，黄氏則委之以失時，不關其倚門而望。高注：『使其倚門望我，將因之以見帝也。』則以爲非惟未嘗拒我，將以迎我之至也。《遠遊》：『往者余弗及兮，來者吾不聞。』王注：『三皇五帝不可逮也，後雖有聖，我身不見也。』朱注：『屈子於此乃獨眷眷而不忘者，何哉？正以往者之不可及，來者之不得聞，而欲久生以俟之耳。』黄箋：『往世之治非吾所及見，來世之治非吾所得聞，嗚呼，現在之痛，真難言矣。』高氏以爲諸注皆遝沓紛亂，乃云：『「往者」二句，所謂「前不見古人，後不見來者」也。』雖同舊注，然言簡意賅，豁然明白。《天問》：『啓棘賓商，《九辯》《九歌》。』王注：『棘，陳也。賓，列也。言啓能備修明禹業，陳列宮商之音，備其禮樂也。』朱注：『棘賓商，未詳。竊疑「棘」當作「夢」。「商」當作「天」。以篆文相似而誤也。蓋其意本謂啓夢上賓於天，而得帝樂以歸，如《列子》《史記》所言周穆王、秦穆公、趙簡子夢之帝所而聞鈞天廣樂，九奏萬舞之類耳。』黄箋：『棘，猶亟也。《詩》所謂「匪棘其欲」之棘也。賓，陳也。商，略也。《九辯》《九歌》，即禹所云「九敍九歌」也。以所敍列者，明辯而不容混，故曰「辯」也。言啓亟于纘禹之緒，陳列而商略此者九也。』高注棄三家説，乃云：『棘，急也。賓，陳也。商，略也。言啓急于圖治，陳列而商略以緝禮樂。』

高氏『約注』惟剪裁、錯綜三家而已。惟陳言是務，庶無新見。即偶見所謂新異者，或屬悠繆。如，《國殤》『霾兩輪兮縶四馬』，朱子無注，黄箋：『輪霾者，戰塵漲車伍迷也。馬縶者，乘馬既殪傷，餘馬又被縶也。』高注：『霾輪縶馬，廢不可用也。』案：蓋因黄箋爲説。非是。王注：『言己馬雖死傷，更霾車兩輪，絆四馬，終不反顧，示必死也。』其説不可易移。縶馬霾輪，猶《孫子·九地篇》之『是故方馬埋輪』，曹操注：『方，縛馬也。埋輪，示不動也。』明姚富《青溪暇筆》卷下：『「方馬」二字，諸家之注皆欠明白。富按：《詩·大明篇》傳注：「天子造舟，諸侯比舟，大夫方舟，士特舟。」《爾雅》注：「方舟並兩船，特舟單船。」「方馬」之義，當與「方舟」同。蓋並縛其馬，使不得動之義耳。』縶馬霾輪，猶《九地篇》所謂『死地吾將示之以不活』。《左傳》文公三年：『秦伯伐晉，濟河焚舟。』杜注：『示必死也。』《史記·項羽本紀》：『項羽乃悉引兵渡河，皆沈船，破釜甑，燒廬舍，持三日糧，以示士卒必死，無一還心。』曹公謂『示不動』也。又，《陳書·虞荔傳附弟寄》：『孰能被堅執鋭，長驅深入，縶馬埋輪，奮不顧命，以先士卒者乎？』《藝文類聚》卷五十七《雜文部》三『七』條引梁蕭子範《七誘》：『守邊鄙而擁角節，集兵旅而馳牙璋。或埋輪於絶域，或縶馬於遐疆。』皆因於此。又，《橘頌》：『蘇世獨立，横而不流兮。』王注：『蘇，寤也。言屈原自知爲讒佞所害，心中覺寤，然不可變節，猶行忠直，横立自持，不隨俗人也。』朱注：『死而復生曰蘇。』黄箋：『獨立必曰「蘇世」者，死而再生，此性不改。橘可枯而復生於楚土，不可移之淮北也。』案：高注：『蘇，生也。』其雖因於朱注，然不解『蘇世』者爲何義，含胡帶過。蘇，逆也。蘇世，猶逆世、抗世也。背逆亦謂之蘇。《荀子·議兵篇》：『以故順刃者生，蘇刃者死。』楊注：『蘇讀爲傃，傃，向也。』蘇、順相對爲文，蘇亦逆也。楊氏説以假借字，未審其義相反而相通也。《商君書·賞刑篇》：『萬乘之國不敢蘇其兵於中原』，高亨注：『蘇，逆也。』皆其證。又，《懷沙》：『易初本迪兮，君子所鄙。』王注：『本，常也。迪，道也。鄙，耻也。言人遭世遇，變易初行，遠離常道，賢人君子之所耻，不忍爲也。』朱注：『易初，謂變易初心也。本迪，未詳。』黄箋：『變易其初心也。迪訓迪也。本迪者，棄我初心，反索本領於俗之迪我也。』案：本迪之義，皆未瞭然。高注：『迪，道也。變易初所好之道，君子所鄙，不忍爲也。』則『本』字亦無落處。本，當作『不』，通作『伓』，古倍字。倍迪，猶背道也。注『遠離常道』即『違離常道』之訛，蓋其所見本猶作『佊迪』未訛也。類此訛誤則不勝舉，蓋於此三端可窺見其全豹矣。姜亮夫云：『删繁去穿，依文立解，不與世之摭陳言，駕浮説以徒矜淹博者同。』其揄揚之何其過耶？

高氏訂正文字，多見朱注，且沿襲其訛。如，《離騷》『背繩墨以追曲兮』，高注『追』字：『古隨字。』案：朱子云：『追，古隨字。』非是。追，逐也。隨，行於末也。散文隨謂之追，對文而追謂之逐，不逐謂之隨。追、隨二字，非古今字也。過録朱説，時見訛字，校讎未精。如，《離騷》『忍而不能舍也』，高注『舍』字注：『叶，户夜反。』案：朱注作『尸夜反』。户，當尸之訛也。《遠遊》『意恣睢以担矯』，高注『担』字：『揭同。』案：担，揭之訛也，非一字。朱注：『担，居桀反。』即『揭』字之音。高氏沿襲朱訛也。《慧琳音義》卷七十六『揭鳥』條引王逸注：『揭，亦高也。』其所據唐本作『揭撟』。《文選》潘岳《射雉賦》『眄箱籠以揭驕』，徐爰注：『揭驕，志意肆也。《楚辭》「揭驕」字作「拮矯」。』李善注：『《楚辭》曰「意恣睢以拮矯。」』則徐爰、李善所據本作『拮矯』。拮、揭古字通也。《惜誦》『又莫察余之中情』，高注『情』字：『宜作「愫」。』案：情，與下『路』字不協韻，故改『愫』以協之。然屈賦無『中愫』詞例。中情，當校作『善惡』。朱注：『中情，以韻叶之，當作「善惡」字，又當以去聲讀，由《騷經》一句差互，故此亦因之耳。』其説是也。高氏反棄之不用，見其攎擇未精也。

高氏音注説韻，大都取於朱注。《離騷》『樹蕙之百畮』，高注『畮』字：『叶，满彼反。』案：已見朱注。又，『申申其詈予』，高注『予』字：『叶，音與。』案：已見朱注。又，『終然殀乎羽之野』，高注『野』字：『叶，上與反。』案：已見朱注。《遠遊》『怊惝怳而永懷』，高注『懷』字：『叶，胡威反。』已見朱注。類此比比皆是，不勝舉也。偶或取於黄氏《聽直》。如，《離騷》『反信讒而齌怒』，高注『怒』字：『叶，弩。』案：已見《聽直》。又，『憑不厭乎求索』，高注『索』字：『叶，素。』案：已見《聽直》。亦或自爲之者。如，『傷靈修之數化』，高注『化』字：『叶，華。』案：朱注：『化，叶虎瓜反。』黄箋無注。高氏自爲之也。又，『忳鬱邑余侘傺兮』，高注『侘傺』字：『侘音乍，傺音債。』案：朱注：『侘，敕加、敕駕二反。傺，丑利、敕界二反。』黄箋無注。高氏自爲之也。然高氏音注，非惟别無新意，且多因襲叶音之訛。如，《離騷》『哀民生之多艱』之『艱』，與下『謇朝誶而夕替』之『替』協韻。高注『艱』字下注：『叶，居垠反。』又於『替』字下注：『叶，它因反。』案：涉朱注誤也。替，古入質部，不可改叶『它因』之音。替，當作『扶』，古伴字，通作『拌』，斥棄也。艱、拌，文元合韻。又，『退將復脩吾初服』，高注『服』字：『叶，必。』案：服古入職部，必古入質部，非其古音也。朱注：『服，叶蒲北反。』『蒲北』之音亦入職部。又，『豈余心之可懲』，高注『懲』字：『叶，長。』案：懲與上『余獨好修以爲常』之『常』協韻。常，當作恒，避文帝諱也。恒、懲古入蒸部。朱注：『叶，直良反。』亦非。又，『紛獨有此姱節』之『節』，與『判獨離而不服』協韻，高注『服』字下注：『中，必。』案：服，古入職部，無質部『必』字之音。節，飾字之訛。飾、服古同入職部。《遠遊》『沛罔瀁而自浮』，高注『浮』字：『叶，肥。』案：浮入幽部，肥入微部，古音别也。朱注：『浮，叶扶毗反。』『扶毗』之音，古入脂部。亦非。《東君》『操余弧兮反淪降』之『降』，與『裳』『漿』『行』協韻，高注『降』字：『叶，胡剛反。』案：朱注同。『胡剛』之音，古入陽部，降，古入冬部。古不同音也。《天問》『何以墳之』，高注『墳』字：『叶，敷連反。』案：墳與『寘』協韻，寘同填字，古入真部。墳，古入文部。真文合韻。音『敷連』者入元部，反不叶也。朱注同。承朱子叶音之訛也。又，『河海何歷』，高注『歷』字：『叶，音勒。』案：朱注同。勒古入職部，歷古入錫部。古不同音也。承朱子叶音之訛也。《思美人》『羌芳華自中出』，高注『出』字：『叶，尺類反。』案：朱注：『出，叶尺遂反。』『尺類』『尺遂』入微部，與上『態』『竢』之部字不協。

出，當作來。蓋字之訛也。來，古入部。《抽思》「豈不至今其庸亡」之「亡」，與下「願蓀美之可完」之「完」協韻，然亡、完不叶。高注「完」字下：「叶，胡光反。」案：涉朱注誤也。完，不可改叶「胡光」之音，當從一本作「光」，字之訛也。《惜往日》「嫫母姣而自好」，高注「好」字：「叶，虚既反。」案：朱注同。好入幽部，「虚既」之音入脂部。古音不同。承朱子叶音之訛也。好，與下之部「代」協韻，之、幽合韻也。《大招》「萬物遽只」，高注「遽」字：「叶，渠驕反。」案：朱注、黄箋同。「渠驕」之音入宵部，遽入魚部。古不同音也。此承朱注、黄箋之訛。此篇首韻協昭、遽、逃、遥。昭、逃，宵韻；遽，魚韻；遥，幽韻。幽、宵、侯、魚四部合韻者，蓋昉於後漢。信非周、秦之作，後漢人所擬作，所以招屈原之辭。夫有清一代，古音學極盛。其雖生於康熙初期，然已有顧亭林《音學五書》、江慎修《古韻標準》行世矣。高氏且承朱子謬誤不自知，見其學根柢不固，師承無體統矣。

曹氏《纂述》均附於每篇《約注》之末，其以通屈子「性情」爲宗旨，謂「性情既得，則其辭有不足言者。苟徒擬其辭而於性情顧失之，則辭愈工而與古人相云愈遠，無惑乎其莫之能繼也」。讀《楚辭》法，極推崇朱子「吟詠諷誦以觀其委曲折旋之意」，然後徵之於史，考定每所作之時。如，解《離騷》之旨，着眼於「從彭咸之所居」。云：「《離騷》作于懷王時，其志已「願從彭咸」，然未遽死也。懷雖信讒疏原，而出使于齊，尚在斥使之列。及懷客死于秦，原自謂當入秦，時未能强諫，身負不忠之罪，故以此自咎而卒死也。其不死于懷死之時者，冀頃襄之報仇也。至七年，頃襄迎婦于秦，復與秦平，原所以痛憤而死耳。」又，謂《遠遊》繼《離騷》之後，「當作於懷王未死時」。又，以「《九歌》之名自古有之，原作亦如後擬古樂府、代古樂府之類，因名而異其詞耳」。非屈子所獨創也。舊注解《九歌》各篇多附會寄寓之意，而曹氏未一言以及之，亦忌其妄猜失實矣。又，曹氏以二《招》皆屬屈原所作，是承黄文煥《聽直》也。稱「太史公曰：「讀《離騷》《招魂》悲其志。」則《招魂》當屬原作。原之死以夏者，弟子招之必當從死月以立言。今《大招》曰：「青春受謝。」《招魂》曰：「獻歲發春。」不及夏月。可知其非景、宋作也。』案：史遷『讀《離騷》《招魂》悲其志』者，因未言爲原所作也。讀《離騷》可悲原志，讀玉《招魂》亦可悲原志也。據此以遂定原作，未免斷矣。又謂招魂之禮必以死者之日招之者，亦未必然。若招者聞其死者之明年，則於所聞之日招之。二《招》所記時日亦非原之死日也。

曹氏於《天問》一篇最勤，前後皆有『纂述』。重在結構分節及所以名『天問』之由，稱『此篇一百七十一問，略分三大節。首遡天地開闢，一也。中列夏商周之治亂，二也。末乃歸于楚事結之，以「何試上自予忠名彌彰」，顯言己罪，三也。《天問》者，世間治亂倚伏及諸變異，皆天所爲，非天自問其何故，人豈能知之乎』？又云：『自「遂古之初」至「烏焉解羽」，純言天地，中插禹鮌治水，禹之功由在天地也。「禹之力獻功」至「鮌疾修盈」，純言夏代之興而忽衰，爲臣所篡。由「惟澆在户」至「湯何殛焉」，純言夏代之中興而再衰。乃插「白蜺嬰茀」至「何以遷之」十六句，言興亡之難料，猶仙人之變化，雨之驟起，鹿之殊形，鼇之浮沉也。雖言仙人物類，仍以比興亡也。既言妹嬉湯殛，可以直接「緣鵠飾玉」矣，又插「舜閔二女」至「女媧孰制」十二句，又插「舜服厥弟」至「得兩男子」八句，何也？承上「妹嬉何肆」，故言舜之不告而娶，高辛簡狄之築臺，使桀不拒諫信讒，雖有妹嬉，何害哉？因婦女而及兄弟，象殺兄而舜容之，湯獨不能以臣容君乎？太伯讓弟以王，湯獨不能讓其君之終王乎？此穿插意也。既入緣鵠謀桀，即宜接「成湯東巡」，又插「該秉季德」至「不但還來」十六句，重言夏代少康中興。復插「昏微有狄」四句，復言簡狄之呑卵。更插眩弟害兄四句，復言舜之愛弟。何也？重言中興，爲夏歎也。遇湯之卒殛與初之逢篡，一也。姦臣聖主，人品難分，其干奪夏，正不必分也。復言簡狄，天之生契，即伐夏之根也。此興彼自廢也。復言舜之容弟，以況臣之不肯容君也，譏征誅之慙德也。「東巡」十二句，結湯伐夏之全局，乃啓尹之挑湯，與周之太公、周公輔武放伐相映。既由武王以及昭穆幽桓，周代之盛衰畢矣。復逆溯紂亂以及生稷之預造，周文王之無由扶殷，仍以咎武。「終焉」以下可以直接「皇天集命」四句作收矣，而又插「伯林雉經」四句，以見子受虐于父，惟有一死。臣受虐于君而紛紛放伐也，何君臣之不如父子也？集命使代，原屬總收。又單拈「初湯臣摯」四句，咎夫放伐之自湯始，武其踵行者也，單收仍是總收也。此中段之全局也。「勳闔」至末，專言楚事而以闔閭之勳爲首者，楚不能復秦仇也。中插「彭鏗」八句者，歎懷之死不蒙天之祐而恨秦之暴也。篇中極憤之言專在輕宥婦人，因鄭袖與上官相比，釋放張儀，以致敗師結盟，遂爲秦留。然讒人罪重，女寵罪輕，夏商之亡，孰不曰妹嬉、妲己？此湯武所藉口者。然非讒佞满朝，僅一妃子，豈遂亡國？故曰「妹嬉何肆湯何殛焉」，「殷有惑婦何所譏」，「周幽誰誅」，「焉得夫褒姒」。褒姒，褒人之所獻，非其獻，則幽王烏從而得之？褒姒亦非自入宫。』《天問》難讀，素以『文義不次』稱。又古史傳説，茫然無徵。曹氏能以文脈關節間求之，而未以錯簡而私心作乙改者，信有可采處矣。又其説問三代鼎革間事，意在譏『征伐』者，亦可謂别具只眼，誠有識矣。又以女寵非亡國之首禍，爲妹嬉、妲妃、褒姒輩開脱，亦甚中理。惟説『該秉季德』以下十六句爲復言夏少康中興者，仍舊注之訛。是問殷先公王該、王恒、王微等事也。是王静安據殷甲所記者以發之矣。

曹氏次第《九章》之篇，曰：《惜誦》《思美人》《抽思》《涉江》《橘頌》《悲回風》《哀郢》《惜往日》《懷沙》。全襲黄文焕《聽直》。稱『《惜誦》以從未惜誦言，遂致抑鬱，憂慼杼詞，則知《九章》自當以此爲首。《惜誦》之結曰「願春日以爲糗芳」，是作于冬而預計明年之欲行也。《思美人》曰「開春發歲」，則届期矣。結曰「獨煢煢而南行」。作時其初行耶？《抽思》曰「悲秋風之動容」「望孟夏之短夜」，則是由春以後，孟夏初秋俱在途間也。曰「泝江潭」，逆水而上也。曰「宿北姑」，又止而未遽泝也。《涉江》曰「將濟乎江湘」，則泝以行矣。曰「欸秋冬之緒風」，則舟間由秋而冬矣。《橘頌》，其冬候邅迴之所見，即物生感者乎？其曰「願歲并謝，與長友兮」，則是歲于此終矣。《悲回風》曰「歲忽忽其若頽」，明言是歲之終。而又云「觀炎氣」「悲霜雪」，又合是年之夏秋冬，總言之以誌途間、舟間之愁況耳。首篇作于被放初年，而《思美人》《抽思》《涉江》《橘頌》《悲回風》作于被放次年之四季。蓋一一可考如此。其第三年，則有《卜居》「既放三年」之確證。《漁父》之「行吟澤畔」，自屬三年以後。《哀郢》曰「放九年而不復」，則是屬九年之作。其曰「仲春東遷」，皆追溯之詞也。蓋因上官再讒爲頃襄所逼逐而遷也。《惜往日》顯言追溯，則又九年後之作也。世傳原死仲夏之五日，《懷沙》曰「陶陶孟夏」，此死前一月所作。太史公曰：「作《懷沙》之賦自投汨羅。」則《九章》之終于《懷沙》。以原之死期與太史公言合考之，足以決矣。其命曰《九章》者，藉歷年所作以章明己志也』。曹氏考訂《九章》作年，不乏真知灼見，然多因襲黄維章説。然其以《漁父》爲作于《卜居》「既放三年」之後，則篇次當在《卜居》之後，而又何以居于《卜居》前耶？此其説未周處。以《惜誦》作于將放前年之冬，差近之。然則《離騷》作于何時耶？《九歌》又當作于何年耶？蓋未遑考矣。

是書流傳未廣，惟見康熙二十八年己巳《莊騷》合刻本，後無翻刻本。浙江圖書館有藏本。（黄靈庚）

# 楚辭述芳

《楚辭述芳》者，清牟庭之所作也。庭又名庭相，字陌人，又字默人，山左棲霞人。庭幼穎異，有『山左第一秀才』之譽。乾隆六十年乙卯，優貢，官莘縣訓導。屢試不第，絶意仕途，專心經史。與郝懿行友善，頗得切摩問學之樂。道光中，没。其人博學廣識，勤於著述，著有《詩切》《同文尚書》《周易注》《周分年表》《古今年表》《投壺算草》《兩勾與兩股較帶縱》《春秋算草》《學易録》《左傳評注》《國語評注》《明史論》《繹老》《道德經釋文》《方雅福書》《釋參同契》《校正氏易林》《校正韓詩外傳》《校正晏子春秋墨子呂氏春秋韓非子淮南子》《校正説文》等五十餘種。生前僅刻《楚辭述芳》，卒後由其子輯其遺文雜記若干篇爲《雪泥書屋遺文》四卷、《雜文》一卷。事載清諸可寶《疇人傳三編》卷二『牟庭劉曰義條（出《投壺算草》）。

《述芳》皆輯録屈子所作，其底本依據朱子《集注》，分上、下二卷：卷上爲《離騷》《九辯》《天問》《卜居》《遠遊》《招魂》，卷下爲《大招》《九歌》《漁父》《懷沙九章》。卷首有武臆作於乾隆六十年乙卯序，稱『其識足以窺作者之藴，其膽足以破注家之迷，其筆足以辨讀者之惑，而措詞雅馴，如漢、晉儒者解詁之語，體與《騷》稱，不愧立言』。又謂『知向之所讀是王逸《離騷》，非屈子《離騷》也。讀牟君《離騷》，是得屈子《離騷》，不復讀王逸《離騷》矣』。則揄揚極致，不免過譽。王逸注《楚辭》於今存者爲最古，文獻價值最高。若無王注，《楚辭》之傳與不傳，則未可知矣。王注雖或有疏謬，而王注以下注家有能超軼者乎？治《騷》者，必以王注起步，蓋至今不能回避之。若云超越王注，則非誣則妄。繼之牟氏繪製《靈均所涉楚境山水之圖》，繼之《聽潮四章思屈子也》，皆四言體詩，曰『顑頷者我，食瓊之粻。拭瓊之佩，齊日月光』。曰『子之聞之，懷我椒糈。子不之聞，吐我角黍』。蓋牟氏亦『喜怒不平有動於心』者耶？末附《讀楚辭雜記》一篇，詳述作《述芳》之始末，徑直斥林西仲《楚辭燈》爲『黑本』。謂其《楚辭》始於乾隆五年丁未，九年辛亥秋爲第一稿，十一年癸丑爲第二稿，十二年甲寅爲第三稿，乃名曰『楚辭述芳』。前後五年，則其勤矣。

卷上之首，爲《楚辭述芳小序》，蓋牟氏論列屈賦精義之所在也。每篇復爲題旨，與小序之意，互相補充。如，稱《離騷》作於居郢時，在懷王十六年前。『張儀欺楚，原時已黜，黜而作《離騷》』。又謂『懷王未入秦，原未出郢』。而《騷》之有『濟沅湘以南征』，是『他日實然，在此日則亦有「路不周」「指西海」之比耳』。篇前題旨云：『離騷者，猶離憂也。懷王始與原「成言」，而中道回畔，悵然如別離也。』其『離憂』之説，見史遷《屈原列傳》。然觀屈子之陳詞重華，濟沅、湘而至九疑山。若是實寫，則《離騷》宜作於再放江南之後矣。若是想象之詞，則屈子何以有斯哭訴舜祠之念？牟氏似不能自圓其説矣。又，若止是『別離』之意，而篇内不宜屢言死。蓋屈子於君王之望已絶，猶近臨終之詞矣。

稱《九辯》非宋玉之作，爲屈子在懷王十八年作於郢，『秋夜詠懷擬古樂以名篇』。又謂『其詞曰「去鄉離家兮來遠客」，

楚辭述芳小序

棲霞牟　庭學

卷上

離騷懷王世郢都作也懷王十六年張儀欺楚原時已黜黜而作離騷在十六年之前也當懷王未入秦原未出郢濟沅湘以南征他日實然在此日則亦路不周指西海之比耳

九辯郢都作也其詞曰去鄉離家兮來遠客原之鄉里夔峽是也來仕於郢而見疏棄衆衆作客也驕

原之鄉里，夔峽是也。來仕於郢而見疏棄，睘睘作客也。「驕美伐武」，怒秦也。美包胥，耻藍田之敗也。未能銜枚焉，諫追儀也』。案：《九辯》爲宋玉所作，古今皆無異辭。且是篇基調、品格，亦與屈賦不類。而牟氏刻意翻王逸之案，蓋所謂『其膽足以破注家之迷』，於斯可想見矣。

稱《天問》居郢時所作。『文是據圖而問，圖在先王廟及公卿祠堂之壁，而祠廟自是附近國都，不在遠境也』。其與王逸說不悖。故解是篇，悉據畫爲說。然考楚之先王祠廟，爲昭王十二年由郢遷鄀時所建，在今湖北宜城。篇末問吴光争國事，是在春秋末年。《楚王酓章鎛銘》：『唯王五十又六祀，返自西陽。楚王酓章作曾侯乙宗彝，置之于西陽。』徙自西陽者，即昭王自鄀還郢之所居。《漢書·地理志》西陽屬江夏郡，去鄀、去郢皆甚近，非宜城莫屬也。其城舊有先王廟觀祠堂在，是以『寘之于西陽』也。牟氏又云『蓋列圖秀發，間不容書，投隙點筆，雜出於冕旒旌旆之間，如棋散布横縱。爲文時，不得景差、宋玉身至繕寫，廟史顛亂，詎可究詰，而又承誤千載，字畫或多遷就，輒據舊文考正，令可讀而已』。則悉爲想象之詞，蓋文獻不足徵矣。

稱《遠遊》居郢時時所作。稱『知者原在遠，未嘗不思國，而云「終不反其故都」，此爲身在故都，疾俗而言之耳』。又稱『原心煩慮亂，夜長不寐，魂魄離散，因爲賦以自悼也』。《遠遊》爲《離騷》西行遠逝之續篇，雖屬想象之詞，而終至於『與泰初爲鄰』，宜是臨終絶命之意，當作於頃襄之世矣。

稱《卜居》作於居郢時，『太卜鄭詹尹，郢中官也』。是篇『原之質鬼神而無疑者也』。所謂不疑而問之卜者也。太卜詹尹，蓋寓言，類漁父，非真有其人矣。

稱《招魂》《大招》皆居郢時所作。『《招魂》者，原自以壽不得長，魂已離去也。司馬遷讀《招魂》「悲其志」。舊題宋玉作，非也』。又，《大招》『亦《招魂》之意也。而《招魂》託乎巫陽，言閭國之樂則益使人哀，故乃憤然自爲《大招》，以抒其所不能忘，其意以爲春氣奮發，而冥凌之浹行，可以無逃；天德昭明，而滋味聲色、宮室苑囿之奉，亦可以無譏。粹然欲聳楚德於三王之表，此真所謂「睠顧楚國，冀幸俗之一改」者矣』。則以二《招》皆爲屈子自招其生魂也。非惟翻王叔師舊注案，又翻林雲銘、黄維章以《招魂》爲屈子自招生魂、《大招》爲屈子招楚懷王亡魂之案矣。

稱《九歌》居郢時所作，在懷王之世。『九神，楚國之典祀，領在祠官。原廢棄未去國，故得造新聲以寄思焉』。又云：『《國殤》曰：「天時墜兮威靈怒。」此懷王時事，居然可知也。《司命》曰：「忽獨與余兮目成。」《山鬼》曰：「君思我兮不得閒。」頃襄又不能堪此語也。』此全翻叔師《九歌》作於沅湘間之案矣。然《九歌》本夏后氏古樂曲，夏桀亡命於蒼梧之野，因而傳之於沅湘之間。屈子放逐而見之，爲更定其詞，是爲屈子《九歌》，而非楚之宮庭之樂也。《國殤》所記雖是懷王時事，而不得據以爲必作於懷王之世矣。

稱《漁父》作於居漢北時，在頃襄之世。『滄浪之水，漢水也。原在漢北，思郢尤切。其賦曰：「曾不夏之爲丘兮，孰兩東門之可蕪。」又曰：「南指月與列星。」澤畔吟者是耶』？又以漁父爲古之隱者，爲屈子知己。屈子於頃襄之世放於江南，未嘗放漢北。『曾不夏之爲丘兮，孰兩東門之可蕪』，乃《哀郢》中語，曰『逍遥來東』，亦未言至漢北也。漁父者，屈子所設寓言，未必真有其人。

稱《九章》本爲《懷沙九章》，而詳論九篇之次。屈子『遷逐以來十餘年，流浪南北所爲作也。懷王之入秦也，其二月而原放逐，四月而濟沅湘而作《懷沙》第一。已至沅湘，作《惜誦》第二。在沅湘間頗久，困於俗人，思違去之，作《涉江》第三。《涉江》秋冬時作也，然不知距《懷沙》幾易年矣。自是西歸夔峽，《水經注》所稱「原既流放，忽然暫歸」者也。

暫歸旋去，流寓漢北。其地在郢之東北，其時則被逐九年之後也，作《哀郢》第四、《抽思》第五。《抽思》，秋間作也，又一年去而南下作《思美人》第六。自是南行，重至沅湘，作《惜往日》第七。臨淵容與，頫玉腕顔，美人去矣，佩遺秋蘭，爰借嘉樹，留像人間，作《橘頌》第八。遂乃乘風上山，負石入水，作《悲回風》第九，畢命之篇也。九章序次，此其大略，而屈子在頃襄之世，萍漂蓬轉，蹤迹可尋，賴有此耳。自王逸以來概以爲遷原於江南，而不知原之遷實未嘗有所繫置，而其跋涉楚境固無不到，而靡所止居也」。牟氏論定《九章》序次，惟置《懷沙》一篇，原由第五而爲第一，餘同王逸舊次。逸以《九章》皆作於『放於江南之野』，固未爲稱旨。而牟氏以《涉江》『西歸夔峽』『流寓漢北』之作，而篇曰『乘鄂渚』『發汪渚』『宿辰陽』『入溆浦』，皆在沅、湘之間，則當爲何解？其説之謬，不攻自破矣。復以『抽思』易名『道思』，雖無害於義，而篇内猶稱『抽思』，蓋疏於校讎耶？即以《思美人》『南行』，爲自漢北南至沅、湘，終是臆斷，文獻不足徵矣。餘皆私心自是，破綻百出，故比較而言，牟氏論《九章》序次，則不若林西仲、黄維章之遠甚矣。

牟氏科分《離騷》十六段，每段概以要旨。首段『帝高陽』至『宿莽』，謂『重家世念學，修忠臣之本也』。二段『日月』至『窘步』，謂『匡君之志』。三段『惟黨人』至『數化』，謂『悼姦臣之誤君而閒己也』。四段『余既滋』至『遺則』，謂『所欲立者修名耳，終不與黨人争也』。五段『長太息』至『所厚』，謂『民生之艱不在於夕替之速，而在於貞淫之無辨也。不恤時俗謡諑之口，而求前聖之所厚，屈原所謂修名蓋如此也』。六段『悔相道』至『可懲』，謂『始將退而修己，則又將進而圖君，其所修然也』。七段『女嬃』至『不余聽』，謂『親者爲之駭懼也』。八段『依前如』至『節中』，謂『前聖厚我，我依之也』。九段『跪敷衽』至『而嫉妬』，謂『上征喻求君也』。十段『朝吾將』至『洧盤』，謂『求女，喻求賢臣，與之事君也』。十一段『保厥美』至『先我』，謂『高丘無女，故改求有娀』。十二段『欲遠集』至『而稱惡』，謂『欲留二姚』。十三段『閨中』至『終古』，謂『下無賢臣，上不得於君，原於是始煢獨而不可居矣』。十四段『索藑茅』至『不芳』，謂『皆作靈氛語也』。十五段『欲從』至『上下』，謂『皆作巫咸語也』。十五段『靈氛既告』至『不行』，謂『設爲遠去』，終不忍去離楚國也。十六段『亂曰』，謂遠逝之不能，故鄉之不留，『惟從彭咸居耳』。分段雖因人解讀而異，然『求帝』固一段以喻求君，三『求女』又是一段以喻三求賢臣。君者不可有二，故惟一求。臣者衆也，故有三求。則三『求女』，不當科爲三段。又，『靈氛』一段，二『曰』爲靈氛告語，『世幽昧』下以爲屈子自忖之詞。『巫咸』一段，『曰升降』至『不芳』，爲巫咸告語，『何瓊佩』以下，亦爲屈子自忖之詞也。

牟氏論述《九歌》諸神之旨，謂《東皇太一》《雲中君》《東君》皆『無寓意』，前者『言人之交際』，次者『言神之來去』，後者『言迎神之事』。《東皇太一》全以寫祭祀之禮，可謂『無寓意』。而《雲中君》言求神而神不留，因而勞心𢥞𢥞，蓋亦有所寄託矣。《東君》曰『舉長矢兮射天狼』，戴震以爲有『報秦之心，故舉秦分野之星言之』。庶幾是矣。其論二《湘》，以『娥皇』爲『湘君』、『女英』爲『湘夫人』，皆舜之二妃也。《湘君》『迎神而未來，因託嬋媛之太息，抒不遇之積憂也』。《湘夫人》『因迎神水次，而忽有沉流之想，亦猶從彭咸之思也』。迎湘君神亦在水次，何以未寓從彭咸之思耶？其説鑿矣。其論二《司命》，謂『司命，喻其君也。我昔得君以有爲，今失君而將老死。其得君如迎神來也。其失君如送神去也。原既傷命之不猶長，言而不足，歌凡二章，因以大小分題，非有兩司命也』。司命之有大、小，當是二神，大者主司壽夭，小者興善除惡而主司生育也。不當合爲爲一。《禮》有『司中』之神，中者，身也。《禮記·檀弓下》『文子其中退然如不勝衣』，鄭注：『中，身也。』《國語·楚語上》『余左執鬼中，右執殤宫。』韋昭注：『中，身也。』身，猶娠也。《詩·大明》『大任有身』，毛傳：『身，重也。』鄭箋云：『重，謂懷孕也。』司中，猶司生育也。少司命，即《周禮》之『司中』。其論

《河伯》，謂『因迎神水次，而思沉流也，亦猶從彭咸之思也。本楚境距河絶遠，昭王所謂「祭不過望，而河非所獲罪也」。其後河日南徙，原時已有浸淫淮瀆之勢，而楚亦廣地，至淮、泗以北，望祭遂有河矣』。《九歌》之有《河伯》，存夏后氏《九歌》之舊祀也。楚之不祭河神，文獻可徵。謂原時楚境及河，而有『望祭』云云，終是臆測之詞。其論《山鬼》，謂『山鬼以自喻也。山鬼者，山魈木客之倫，而領在祠官，蓋小鬼之最神者也。原棲玉笥山，訂舊文，夜吟《山鬼》之篇，四山啾啾，草木萎焉』。山鬼猶山神，古無異詞。謂原作於玉笥山云云，向壁虚造矣。其論《國殤》，謂『吊戰場也，痛時王之好兵也』。此説似可從。又，終以《禮魂》爲『《九歌》之通調也。每以歌終，則奏以《禮魂》，蓋以侑神也』。案：此猶《九歌》前十篇之『亂曰』也。然王夫之有云：『此章乃前十祀之所通用，言「終古無絶」，則送神之曲也。』是薑齋既有此説，已在牟氏前矣。

牟氏注字義極簡，蓋以闡釋大旨爲宗，而無意於訓詁也。然亦偶見新意，精核可喜。如，《離騷》注『正則』『靈均』云：『屈原名平曰「正則」、曰「靈均」者，《騷》之體，無質言也。』其『無質言』者，猶虚構之詞，類寓言也。又，注『數化』云：『化者何？差訛也。』案：化、訛古字通用。又，注『忍尤攘詬』云：『不可受而受之曰「忍」，不當得而得之曰「攘」。』案：忍，猶忍耐，非殘忍也。攘，猶忍讓，而非竊取也。又，《遠遊》注『往者』『來者』云：『往者誰？高陽也。來者誰也？陌人輩耶？』案：《離騷》『帝高陽之苗裔兮』，《懷沙》『高陽邈已遠兮』，『往者』當是高陽也。王逸注泛指『三皇五帝』者，非也。『陌人』者，猶路人也。似不確。王逸注『後聖』云云，猶董仲舒、二程、朱子耶？又，《涉江》云：『舊本「接輿」二句，在「固將愁苦而終窮」下，「伍子」二句，在「忠不必以」下。蓋錯簡也。今據協韻移正。』案：據其所乙，則中、窮、行爲冬、陽合韻，以、醢同協之韻。是可備爲一解矣。

然牟氏之説，專斥王逸舊注，其大膽有餘，謹慎不足，憑臆私斷，持論不根。如，《哀郢》『而鄣之』下云：『此下舊有「堯舜之抗行兮」八句，《九辯》文重出在此者也。今删之。』若是而論，則凡相重者皆得删之。則二十五篇不勝删矣。豈舊本如是耶？《抽思》『倡曰』注：『倡者，放厥詞也。』非是。小歌、倡、亂，皆樂章之名。倡，猶一人先唱而衆人和也。又，《橘頌》『蘇世』注：『蘇者朔也，寤也。獨立歲寒之世而不失其素也。』訓蘇爲朔，是也。朔者，逆也。蘇世，猶逆世也。又訓『寤』，是因王逸注。則非也。又，《漁父》『不復與言』云：『不與言，深於與言也。』不，豈有『深於』之意耶？平情而言，牟氏夜郎自大，不免露其傖荒之態矣。

是書爲牟氏俗園刻於清乾隆六十年乙卯，又有清雪泥書屋鈔本，皆藏於國家圖書館。（黄靈庚）

# 山帶閣注楚辭

《山帶閣注楚辭》者，清蔣驥之所作也。驥，字涑塍，武進人。少穎悟好學，下筆千言，悉中理解。年二十，補博士弟子員。驥久困於諸生，淹蹇不振，乃薈萃百家，徵引精覈，以注《楚辭》自娱。康熙五十三年甲午嘗遊京師，怡親王徵爲上客，噉名之徒争羅致之，謝弗與往，拂衣歸鄉里。以經學教後進，多登上第。年六十八卒。蓋其畢生所著，則惟是書存爾。事載清道光《武進陽湖合志》卷二十三《文學》。

是書凡十卷：卷首一卷，《楚辭注》六卷，《餘論》二卷，《説韻》一卷。卷首爲自序、後序、採摭書目、史遷《屈原列傳》、沈亞之《屈原外傳》《楚世家節略》及《楚辭地圖》。《四庫全書》『楚辭類』收録五種，此書爲其殿也。館臣稱『是書自序題康熙癸巳，而《餘論》上卷有「庚子以後復見安溪李氏《離騷解義》」之語，蓋《餘論》又成於注後也』。又，驥作於雍正丁未後序，則詳其作此書之由，蓋有二焉。一是『老於諸生逾三十年，場屋之苦，下第之牢愁，殆與身相終始』。二是『年二十三，得頭目之疾，畢生不痊，畏風若刀鋸』。是其貧病相交矣。而後序隷述其著書始末，稱『生平詩古文詞，時有論撰，經史子集之書，評注者不少，率以束於舉業，牽於疾病，未獲成編。獨於《離騷》，功力頗深。訂詁之外，益以《餘論》《説韻》若干卷。今雖訖事已久，然偶觀他書，有與《騷》相發明者，未嘗不筆而存之。古云「熟處難忘」，又云「物各從其類」。以余窮愁之身而沉没於《騷》，豈不然乎？甲午，遊京師，有覩是書者，竊議曰：「方今文教大行，苟從事經籍理學及詩章算術，皆可立致青紫，顧窮年畢精爲此凶衰不祥之書，奚取焉。」余是年九月有《書闈卷詩》三十首，其二十二云：「斜日增城虎豹嘷，玉虬蜷局駐靈旐。頻年注屈真成讖，贏得江楓識畔牢。」蓋有感而然也。嗚呼，丈夫負七尺之軀，涉覽千古文章政術，冀少有以自見，位不在己，則與空空無能等。乃至稠人廣坐，面牆之徒鳴得意，論古今，變白爲黑，俯首唯唯，噤而不敢發言。東方朔云：「用之則爲虎，不用則爲鼠。」豈不痛哉？況復二豎馮陵，呻吟疾苦，時時閉置學婦容，造物困人，嘻其甚矣。年來精益消亡，病端蜂起，兼之憂患死喪，腐心摧骨，萬念灰冷，雅不喜爲仙佛之逃。《離騷》一編時横几上，聊以舒憂娱哀云爾。意者澤畔行吟，真所謂凶衰不祥之書耶？抑余頭方數奇，命則處幽，重以累《騷》也」。據其所言，《楚辭注》六卷，康熙五十三年甲午已傳聞京師。而《餘論》《説韻》則成於雍正丁未，前後相隔十四年矣。且以位卑微，有才不得施用於時，於人前『噤而不敢發言』，心之抑鬱不樂可知，而獨矻矻於《離騷》不已者，不亦借注屈而抒其塊壘耶？

《楚世家節略》以考訂屈子一生行蹤，雖因林西仲《楚懷襄二王在位事迹考》而增益之，然繫年之下多所訂正，直陳己説，

楚辭卷首終

楚辭卷一

離騷

蔣驥註

離別騷愁也篇中有余既不難離別語蓋懷王時初見斥疏憂愁幽思而作也

帝高陽之苗裔兮朕皇考曰伯庸攝提貞於孟陬兮惟庚寅吾以降皇覽揆余于初度兮肇錫余以嘉名余曰正則兮字余曰靈均

高陽顓頊有天下之號顓頊之後有熊繹者事周成王封於楚傳國至武王熊通生子瑕受屈爲卿因以

頗爲有見，讀之可以大致明瞭屈子生平事迹之委曲。乃以屈子見疏於懷王十六年而賦《離騷》，而未嘗見放，猶在楚廷。至十八年諫誅張儀不用而因讒獲罪，乃始放於漢北，而作《抽思》《思美人》《卜居》諸篇。又謂襄王元年、二年，再放於江南。十六年前後自投汨羅。蔣氏云：『黄維章謂原死於頃襄十年，林西仲謂死於十一年，皆以《哀郢》有「九年不復」之言故耳。然豈必《哀郢》甫成，即投淵死哉？今考《哀郢》在陵陽已九年，其後又《涉江》，入辰溆。又由辰溆東出龍陽，遇漁父。遂往長沙。其秋又有《悲回風》「任重石何益」之言。後以五月五日畢命湘水。則在長沙亦非一載也。故約略其死，當在頃襄十三、四年，或十五、六年。若王薑齋論《哀郢》謂指襄王徙陳。則爲時太遠，未必及見矣。其時長沙曾爲秦取，原尚得晏然安身其地乎？』雖無文獻依據，揆之以理，則成其一家言也。而其繪製五圖，即『楚辭地理總圖』『抽思思美人路圖』『哀郢路圖』『涉江路圖』『漁父懷沙路圖』是也。前所未有，後人多因襲之以爲據依。館臣亦謂其『以考原事迹之本末，次以楚辭地理，列爲五圖，以考原之涉歷之後先，所注即據事迹之年月，道里之遠近，以定所作之時地，雖穿鑿附會，所不能無，而徵實之談，終勝懸斷』云云。蓋以圖文並兼，考定屈子行迹，而以蔣氏首家，故特推重之爾。

蔣氏以朱子《集注》爲底本，注《楚辭》六卷，皆定爲屈子所作。首卷《離騷》，次卷《九歌》（十一篇），三卷《天問》，四卷《九章》，五卷《遠遊》《卜居》《漁父》，六卷《招魂》《大招》。其因黄維章、林西仲説，以二《招》皆爲屈子所作。稱『然《大招》自漢以來，已相傳爲原作，而《招魂》篇名具見《史記·屈原傳贊》，則固非二子創論也』。又作《餘論》二篇，與注本輔相成。蓋仿朱子《辯證》之例，詳論各篇之旨，『駁正注釋之得失，考證典故之同異』。説多異於前人，且時時發明新意，雅爲後人所重。

蔣氏以《離騷》作於見疏懷王後，『篇中云「退脩初服」，又云「往觀四荒」，皆見疏時始願如此。既重自念宗國世臣，義不返顧，遂決計爲此篇以章志節，定猶豫。其未章大聲疾呼，而著之曰「吾將從彭咸之所居」，蓋自是終原之世，志不少變矣』。又以《離騷》雖素稱難解有八，而其『獨取本文循繹數過，豁然似有所得』。乃疏其層次，明其相承次第。『通篇以「好修」爲綱領，以「從彭咸」爲結穴。自篇首至「衆芳蕪穢」，序其以好修而獲罪也。自「衆皆競進」至「前聖所厚」，序獲罪而不改其修也。提出「依彭咸」句爲主，大意皆以死自誓，然語各有次第。「衆皆競進」以下，本得罪之始言，故第曰「顑頷」。「長太息」以下，舉其中言，以「多艱」爲目，故曰「九死」。「怨靈修」以下，要其終言，以「終不察」爲目，故曰「溘死流亡」。自「悔相道」以下，又以徒死無益，而轉生一念，欲求君四方，開下半篇之局，然好修終不改也』。故以『「民生」四句，總承篇首至此之意而結之，以起下文，實一篇之樞紐也』。而下『「女嬃」一段，緊承「往觀」句說入，重「並舉好朋」句，言欲相君四方，除是改其好修。陳辭一段，對照女嬃言發議，重「量鑿正枘」句，言但當擇君而事，而好修終不可改，所謂「中正」也。中間上下求索二段，承「量鑿正枘」之言。而徧觀上下，乃真似好修之難合，故各以「世溷濁」二句結之，以証合「並舉好朋」之言。皆意中遥度之詞，非實求之而不合也。「閨中」四顺，因四方無好修者，而返觀楚國，去住兩難，所謂「狐疑」也。哲王，指楚懷言。「靈氛」一段，言好修之必合，而深勸其去楚，以釋其疑。「世幽昧」以下，証楚之不可留，以寔靈氛之言也。「巫咸」一段，極言好脩作合之易，而深著戀楚不往之害，以速其行。「何瓊佩」以下，証行之不可緩，以寔巫咸之言也。「惟茲佩」以下，決意遠行，非復爲前此觀望之舉，以是結往觀之局，以是盡好修之用。半幅縈洄，專爲此舉。然行車未周，忽然中止，則終不忍舍楚而去也。「亂曰」以下，楚不可留，終歸於爲彭咸而誓死也。如此則通篇結撰，如天造地設之不可易』。蔣氏説《離騷》段落相承，如連環相扣，皦若日月，可謂無餘藴矣。然求帝、求女及西行三段，《騷經》之最爲難解處，而蔣氏一語帶過，若未經意之者。似避重而就輕矣。又注以叩閽求帝及西行求女皆爲比求賢君，而三求女爲喻求賢諸侯。何故三求女之女是比賢諸侯，而西行求女之女是改比求賢君耶？則自亂其詞矣。夫楚之既無賢君，豈西有之者耶？此『西』之所指爲何國？將楚之西乎？抑西秦乎？其斥『舊解西爲歸藏之地，專言「西」者，即沉江誓死之心。然則自西而返楚，將之死而求生乎』。殊不知屈子之神遊，固爲生、死兩端心理之交錯，及其真赴西天而歸入冥界，則顧視楚境又不忍舍之矣。欲死不能，欲生不得。『亂曰』以下，於楚無望，乃從彭咸所居以畢志耳。蔣氏未之詳審，而反斥之爲謬，即館臣所謂『其間詆訶舊説，頗涉輕薄』者是也。

蔣氏説『《九歌》本十一章，其言九者，蓋以神之類有九而名。兩司命，類也。湘君與夫人，亦類也。神之同類者，所祭之時與地亦同，故其歌合言之。此家三兄紹孟之説』。觀無錫王邦采貽六《離騷經彙訂》已持有此説，亦蔣氏『庚子以後所讀三書之一』。豈蔣氏未之見耶？何以抹貽六之名而歸之其家兄？又稱『《九歌》之作專主祀祠，祀祠之道，樂以迎來，哀以送往。欲其來速，斯愈覺其遲。欲其去遲，斯欲覺其速。固祭者之常情也。作者於君臣之難合易離，獨有深感，故其辭尤激云耳，夫豈特爲君臣而作哉？今欲牽附於事君不答之意，而並所祀之神皆以爲不見答，其於作歌之旨殊背』。斯論甚當。舊注以某神比君，某神比臣，而牽强多所不通。『《九歌》之託意君臣，在隱躍即離之際』。如，《東君》『照吾檻兮扶桑』，王逸注：『吾，謂日也。檻，楯也。日以扶桑爲舍檻，故曰「照吾檻兮扶桑」也。』扶桑，乃東君之故居也。故其去離故居，一步三回首，『長太息兮將上，心低佪兮顧懷』，寫日之升也，然日猶戀戀然，不忍離去扶桑故居，而又無可奈何不得不上升而上漫漫之征途，其與《離騷》『陟升皇之赫戲兮，忽臨睨夫舊鄉；仆夫悲余馬懷兮，蜷局顧而不行』、《哀郢》『狐死必首丘兮，鳥飛反故鄉；信非吾罪而棄逐兮，何日夜而忘之』此類思鄉戀故之情緒，則聲氣相接，如同一轍，東君似隱隱然有屈子之影子在也。《東君》又云：『青雲衣兮白霓裳，舉長矢兮射天狼。』王逸注：『天狼，星名，以喻貪殘。射天狼，言君當誅惡也。」戴震云：『天狼，一星。《天官書》：「秦之疆也，占於狼、弧。」此章有報秦之心，故舉秦分野之星言之。用是知《九歌》之作，在懷王入秦不反之後，歌以見頃襄之當復讎。』若以『知人論世』察之，屈子所處時世，不論託喻『君當誅惡』抑或『報秦之心』，皆是『有觸而發，固其理也』。若不再以《九歌》十一篇字字句句、事事處處悉牽合於君臣大義，則逸之『上陳事神之敬，下見己之冤結，託之以風諫』云云，亦無可非議也。是以蔣氏以《九歌》『本祭祀侑神樂歌，因以寓其忠君愛國、眷眷不忘之意，故附之《離騷》』云云，誠爲篤實之論矣。

蔣氏以屈子作《天問》，既從逸序『原放逐山澤，見楚先王廟及公卿祠堂圖畫天地神靈、古聖賢行事，呵而問之，以渫憤懣』，然斥其『原辭止書於壁，而楚論述成篇』之說，蓋以《天問》爲屈子自書於簡牘而成册者也。惟以見圖而問，率意而起，故一篇之中『多漫興語，蓋其閱覽千古，仗氣愛奇，廣集遐異之談，以成瑰奇之製，亦舒憂娛哀之一助也。其意念所結，每於國運興廢、賢才去留、讒臣女戎之構禍，感激徘徊太息而不能自已。故史公讀而悲其志焉。蓋寓意在若有若無之際，而文體結撰在可知不可知之間。故首原天地，次紀名物，次追往昔，終之以楚先。總其大指，條事秩然。若夫事迹相合而類序之，圖次相近而連及之，意有所觸而特發之，情有未盡而言之不足又重言之，殆未可以行墨計也。譬之化工造物，菀枯異禀，妍醜異形，必欲纖悉比類以推其故，則幾於窮矣』。其解《天問》一繫之以情，非若胡適輩視之類童蒙課本而以傳授知識者。則甚中肯綮。《天問》之作，固屈子情之所寄，言志之詩也。是以解《天問》者，未可『一句一事必欲牽附懷王以明諷諫』也，而『在若有若無之際』反覆沈潛，求其文詞指意之所在。如，『桀伐蒙山，何所得焉？妹嬉何肆，湯何殛焉？舜閔在家，父何以鱞？堯不姚告，二女何親？』注云：『二節一以婦人而亡，一以婦人而興，故問之。』又，『比干何逆，而抑沈之？雷開何順，而賜封之？』注云：『比干，紂諸父。《韓詩傳》：紂爲炮烙刑，比干諫，紂殺之，剖其心。《大紀》：雷開進訣言，紂賜金玉而封之。按紂以好色用讒棄賢而亡。此蓋原傷今懷古，痛哭流涕之言也。』《餘論》亦云：『「比干何逆，雷開何順」之類，本人所共知，而特寄其慨者也。』又，『咸播秬黍，莆雚是營』。《餘論》云：『指鯀治水之效言。隄障既立，民得耕穫，高者種秬黍，下者植雚蒲，所謂「順欲而成功」也。《天問》於鯀多惋惜之辭。《離騷》《惜誦》至以自比，而但惜其「婞直亡身」。原之意中，固不謂鯀以治水無功見殛也。』又，『伯林雉經，維其何故？何感天抑墜，夫何畏懼？』注云：『篇中於女戎之禍，三致意焉。蓋深痛鄭袖之禍楚也。』《餘論》亦云：『明憲廟以萬貴妃之死，哀痛賓天，萬乘之命，懸於婦人，由來久矣。吁，申生之志可悲也。』若以上諸解，似揭櫫屈子皆隱隱然有諷諭時世之意也。

《天問》所載三代文物、古史，與儒者經傳所載多所異同，爲素稱『難解』處，蔣氏若經義可考，則從經義以敷演之。否則別啓徑路，不拘曲於經義。如，『夜光何德，死則又育。』王逸注：『夜光，月也。育，生也。言月何德於天，死而復生也？一云：言月何德居於天地，死而復生。』則以生、死說月之出没。案蔣氏《餘論》云：『本《尚書》生明、生魄、死魄而言。』是據經義爲解也，新出簡書亦可取證。《戰國楚竹書》（七）《萬物流型》：『氏（是）古（故）陳爲新，人死復爲人，水復於天，咸百勿（物）不死女（如）月。』馬王堆漢墓帛書《經法·論》：『月信出信入，南北有極，度之稽也。月信生信死，進退有常，數之稽也。』山東銀雀山漢墓竹簡《孫子兵法·實虚篇》：『日有短長，月有死生。』則皆以『生』『死』爲出没也。又，『啓代益作后，卒然離蠥。何啓惟憂，而能拘是達。皆歸䠶鞫，而無害厥躬。何后益作革，而禹播降？』注云：『此段文義多不可曉。按《通釋》云：「《竹書紀年》：益代禹立，拘啓禁之。啓反殺益以承禹祀。」卒然離蠥，言忽然攻益而去其害也。能拘是達，言被拘而能出也。言啓之黨皆爲益之所排擊，而不能爲害於啓，何益已革夏命，而禹之統緒復能流傳於下乎？』《餘論》云：『《竹書》：「益干啓位，啓殺之。」王薑齋所引「拘啓禁之」之文，今未及見。然詳文勢恐是如此，姑存其説，以俟考。禹播降，似亦應指益遷逐禹而言。劉子玄《史通》曰：「舜因堯而立丹朱，禹黜舜而立商均。」益手握機權，勢同舜、禹，而欲因循故事。其事不成，自貽伊咎。蓋好事之説，所由來久矣。」其未拘經義也。蓋楚所傳三代古史與經傳異聞，解者不當以經義爲解。蔣氏别引《竹書》爲證者，是也，新出簡書亦可證之。《戰國楚竹書》（二）《訟城是》（容成氏）：『禹又（有）子五人，不以丌子爲後，見咎咎（咎繇）之賢也，而欲以爲後。咎咎（咎繇）乃五壤（讓）以天下之賢者，述（遂）俑疾不出而死。禹於是虖（乎）壤（讓）益。啓於是虖（乎）攻益自取。』知此亦不獨行於楚，周、秦通説也。

蔣氏於屈賦發明最多者，在於考證《九章》各篇、且旁及他篇所作時地。以《惜誦》作於《離騷》之前。云：『惜，痛也。誦，增韻，公言之也，通作訟。愍，即後篇「離愍」之愍，謂憂困也。蓋原於懷王見疏之後，復乘間自陳，而益被讒致困，故深自痛惜，而發憤爲此篇以白其情也。』以《涉江》作於《哀郢》之後，云：『《涉江》《哀郢》皆頃襄時放於江南所作。然《哀郢》發郢而至陵陽，皆自西徂東。《涉江》從鄂渚入漵浦，乃自東北往西南，當在既放陵陽之後。舊解合之誤矣。其命意浩然一往，與《哀郢》之嗚咽徘徊，欲行又止，亦絶不相侔。蓋彼迫於嚴譴，而有去國之悲。此激於憤懷，而有絶人之志。所由來者異也。』又云：『發郢之後，便至陵陽。考前後《漢志》及《水經注》，其在今寧池之間明甚。以地處楚東極邊，而奉命安置於此，故以九年不復爲傷也。』以《抽思》作於懷王初放之時，云：『此篇蓋原懷王時斥居漢北所作也。史載原至江濱，在頃襄之世。而懷王之放流，其地不詳。今觀此篇曰「來集漢北」，又其逝郢曰「南指月與列星」。則漢北爲所遷地無疑。「黄昏爲期」之語，與《騷經》相應，明指左徒時言，其非頃襄時作又可知矣。原於懷王受知有素，其來漢北，或亦謫宦於斯，非頃襄棄逐江南比。故前欲陳辭以遺美人，終以無媒而憂誰告，蓋君恩未遠，猶有拳拳自媚之意，而於所陳耿著之詞，不憚亹亹述之，則猶幸其念舊而一悟也。』以《懷沙》爲懷長沙，云：『《懷沙》之名，與《哀郢》《涉江》同義，沙，本地名。……即今長沙之地，汨羅所在也。曰「懷沙」者，蓋寓懷其地，欲往而就死焉耳。原嘗自陵陽，涉江湘，入辰溆，有終焉之志。』以《思美人》作於《抽思》之後，云：『此篇大旨承《抽思》立説。……皆作於懷王時，與《騷》經皆以彭咸自命。』以《惜往日》爲絶命之詞，云：『夫欲生悟其君不得，卒以死悟之，此世所謂孤注也。……《九章》惟此篇詞最淺易，非徒垂死之言，不暇雕飾，亦欲庸君入目而易曉也。』以《悲回風》作於《懷沙》後，云：『於爲彭咸之志，反覆著明，幾已死矣。而卒不死，蓋恐死不足以悟君，徒死無益，而尚幸其未死而悟，則又不如不死之爲愈也。故原之於死詳矣。原死以五月五日，玆其隔年之秋也。』惟《橘頌》作時不可考，『然玩卒章之語，愀然有不終永年之意焉，殆亦近死之音矣』。蔣氏遂定屈子作文次第：『首《惜誦》，次《離騷》，次《抽思》，次《思美人》，次《卜居》，次《大招》，次《哀郢》，次《涉江》，次《漁父》，次《懷沙》，次《招魂》，次《悲回風》，次《惜往日》終焉。初失位，志在潔身，作《惜誦》。已而決計爲彭咸，作《離騷》。十八年後，放居漢北，秋，作《抽思》。逾年春，作《思美人》。其三年，作《卜居》。此皆懷王時作也。懷王末年，召還郢。頃襄即位，自郢放陵陽。三年，懷王歸葬，作《大招》。居陵陽九年，作《哀郢》。已而自陵陽入辰溆，作《涉江》。又自辰溆出武陵，作《漁父》。適長沙，作《懷沙》《招魂》。其秋作《悲回風》。逾年五月，沉湘，作《惜往日》。蓋察其辭意，稽其道里，有可徵者。故列疏於諸篇，而目次則仍其舊，以存疑也。若《九歌》《天問》《橘頌》《遠遊》文辭渾然，莫可推詰，固弗敢强爲之説云』。蔣氏此論出，於後世研究《楚辭》者影響至鉅，若考論屈子諸作先後，必引其説爲據依。

謙察蔣氏所考，陵陽之地是否爲地名，乃至爲關鍵。陵陽出《哀郢》『當陵陽之焉至兮，淼南渡之焉如』。洪氏《補注》曰：『《前漢·丹陽郡》有陵陽仙人。陵陽子明所居也。《大人賦》云，「反太壹而從陵陽」。』洪氏謂『陵陽』即子明所居之山。蔣氏注云：『陵陽，在今寧國池州之界，《漢書》丹陽郡陵陽縣是也。以陵陽山而名。至陵陽，則東至遷所矣。』又，《餘論》云：『陵陽縣，兩漢屬丹陽郡，唐、宋爲宣州涇縣。《水經注》云：「陵陽山，竇子明昇仙之所也，縣取名焉。」《志》云：「今陵陽故城，在池州府青陽縣南六十里，陵陽山有三峰，二屬池州石埭，一屬寧國府之太平，其地南據廬江，北拒大江。」且在郢之直東。竊意原遷江南，應在於此。』謂屈子放逐，遠至今皖之池州廬江。然王逸注：『意欲騰馳，道安極也？』不以『陵陽』爲地名。洪氏又引『陵』一作『淩』。則王注『意欲騰馳』云云，其舊本字蓋作『淩陽』。淩，乘也。陽，陽侯之波也。淩陽，謂乘波也。今作『陵』者，後因洪説妄改。當，方也，正也。言我方當乘波而行，然不知其之何所也。若『陵陽』爲地名，則『當』字之義不可解，而使『當陵陽之焉至』一句爲語病。《哀郢》敘屈子之東行蓋至鄂渚而止，而後涉江南遷，無至於皖之池州陵陽山也。下句『淼南渡』，則已從鄂渚而南行到洞庭也。洞庭浩渺，水天一色，故以『淼』形況之。而陵陽乃崇山峻嶺，亦不可以言『淼』也。若九年不復而非居陵陽之九年，則又當居於何處？故又當別開蹊徑以研討之，而作各篇之時地亦宜重作調整矣。又，以『懷沙』之沙爲長沙者，古無『長沙』省稱『沙』之例。且《戰國策》載『長沙之難』，高注：『長沙，荆州國。懷二十九年，秦大破楚。王恐，使太子質齊。楚蓋破於此。』則長沙已於懷王之世已爲秦所破，非楚之所有矣。其戀戀懷之而往之者何耶！誠不如舊解之『懷沙礫以自沉』爲確矣。又，説者或據楚簡，懷，傷也。沙，即⿺辶⿱尾沙字之形訛。⿺辶⿱尾沙，古徙字，遷徙也。懷徙者，謂傷念遷徙無定也。則亦通。

蔣氏以《遠遊》祇『幽憂之極，思欲飛舉以舒其鬱』而已，而首章『悲時俗之迫阨兮，願輕舉而遠遊；質菲薄而無因兮，焉託乘而上浮』四句，『乃作文之旨也。原自以悲蹙無聊，故發憤欲遠遊以自廣。然非輕舉不能遠遊，而質非仙聖不能輕舉，故慨然有志於延年度世之事，蓋皆有激之言而非本意也』。以《卜居》《漁父》皆爲『寓言』，而非實録。《卜居》『既放三年』，其在漢北，設問以明所自處之道，『其謂不知所從，憤激之辭也』。而漁父其人之有無，殆不可知，本傳采之，遂以爲實録。惟『江潭滄浪，其所經歷，蓋可想見矣』。案蔣氏《卜居》《漁父》似探得其驪，而説《遠遊》之旨未免淺俗。前人解爲以續《離騷》後半篇上征、西行遠逝之餘意，蓋得其旨矣。

蔣氏從黄文焕《楚辭聽直》、林雲銘《楚辭燈》，謂《招魂》《大招》皆屈子所作。而據古有招生人魂之禮，乃以《招魂》爲屈子自招其魂，且作於繼《懷沙》之後。而『卒章「魂兮歸來哀江南」乃作文本旨，餘皆幻設耳。哀江，即汨羅所在。招魂歸此，蓋即「懷沙」之意』。《大招》是招懷王之魂，『因懷王逃秦而言』，作於頃襄元年懷王歸葬之時，其『篇中所言飲食、音樂、女色、宫室之樂，皆懷王向所固有，其中亦各有制，與《招魂》大不相同。至末六段舉五百年興王之業，望之懷王，蓋三代之得天下，實不外此』。《招魂》序宫室、女色、飲食、音樂之樂非實寫，『是幻語』。庸知《招魂》非實有而爲『幻語』耶？蓋以屈子之爲大夫，而觀其所陳之樂爲侈糜、越度之設，不合於禮。然則雖『幻』亦不合於禮矣。見其多臆度之詞，羌無實據，且於黄、林之外亦無所發明矣。惟其分疏《招魂》一篇相承次第，則甚爲有見。謂首節『凡人七情所激，皆能卒然失其精魂。原於《遠遊》固曰「神儵忽其不反」「形枯槁而獨留」。況當近死之時，煩寃轉甚，其神魂必有惝然不能自持者，故言「魂魄離散」而設爲此篇雖假託之言，亦非無因之説也』。次『乃下招』後備陳四方上下之害，魂不當往。次『承故居而敘宫室陳設之樂』，次『承奥室而序女色之樂』，次『承離榭而序其遊覽侍從之樂』，次『序飲食之樂』，次『承酒食而序歌舞音樂之樂』，次『序賓客狎戲之以極之』，『亂曰』一節『申篇首之意』而『哀江南』也。然審《大招》一篇多見漢世之語，誠非屈子或景差所作。逸云『疑不能明』，蓋未能決而存疑之也。其語言最具各時特徵，朱季海謂篇内『三公九卿』『粉白黛黑』，皆漢世遺義，遂定爲淮南大山之作，『其曰「大」者，望《招隱士》言之』（《楚辭解故》）。

其以漢人所作者，是也。然考此篇首韻協昭、遽、逃、遥。昭、逃，宵韻；遽，魚韻；遥，幽韻。幽、宵、侯、魚四部合韻者，始於後漢。此篇信非周、秦、前漢人之作，蓋後漢好事者所以招屈原之辭。若歸之大山，於韻亦未洽矣。

蔣氏注屈，多依傍王、洪、朱等各家舊説，偶見有所發明。如，《離騷》『初既與余成言兮』，注：『成言，謂成其要約之言，以婚姻之無信，比君心之合而復離也。』案：以男女『婚姻』比君臣而釋『成言』之義，至確。又，『忍尤而攘詬』，《餘論》云：『攘詬，即忍尤意。忍，甘心忍受也。凡非其所有之物，因其自來而取之之謂攘。』案：所謂『因其自來而取之』者，攘猶收入、包裹之意。是也。又，『申申其詈予』，注：『申申，繁絮貌。』案：舊注訓重，意與此同，然不若蔣氏剴切矣。《大司命》『導帝之兮九坑』，注：『坑、崗同。今荆州府松滋縣及長沙府益陽縣皆有九崗山，又常德府有九崗沖，皆屬楚地。未知孰指。』案：以地名解『九坑』者，始自蔣氏。聞一多氏以『荆州松滋縣』九岡山解之，即因其説也。《天問》『帝降夷羿』，舊以『羿善射者之通名，有窮之君亦善射，故以羿目之』。《餘論》云：『詳《天問》中「彈日」「射豨」，與寒浞所殺又初無二人。吾意古今惟此篡夏之羿以善射稱，後人因設諸異以神之，而混其時於嚳與堯耳。不然何事歷三朝而錯出如一乎？且前羿之功齊於舜禹，而經傳未嘗齒及，無是理也。』案：其駁剴當矣。《惜誦》『又衆兆之所讎也』，注：『怨偶曰仇；讎，謂怨之當報者。』《涉江》『欸秋冬之緒風』，注：『緒，餘也。謂初春而秋冬，餘寒未盡，即《招魂》所謂「獻歲發春」也。』又，《餘論》云：『《涉江》之「濟江湘」。即《招魂》之「發春南征」。《涉江》作於未行之時，故曰「將濟」。南征在「發春」，此應作於冬杪，曰「秋冬緒風」，舉目前之景也。』案：其説是也。秋，蓋襯詞爾。《招魂》『秦篝齊縷，鄭綿絡些』。注：『篝，竹籠，以棲魂者。縷，綫也。五色之綫以飾篝者也。綿絡，靈幡也。古者人死以其服升屋而號曰：「皋，某復。」又以車建綏，復於四郊。綏以牛尾爲之，綴於橦上，冀神識之而來歸。此言綿絡，蓋其遺意也。』案：

其以禮俗説之，足以解千古之惑。而館臣每譏其隨俗而失典雅，『以少司命爲「月下老人」之類，亦幾同戲劇』云。是正其敢於破舊立新之處，而拘守經義者所不能及矣。

然其新義多涉於無中生有，私心自是者，瑕不掩瑜矣。如，《離騷》：『昔三后之純粹兮，固衆芳之所在。』注：『三后，見《呂刑》，謂伯夷、禹、稷也。衆芳，言其德之備也。』案：三后，舊解夏、商、周三代，固未必是。然當指君，不當謂臣。

三后，三楚先也。詳參拙著《楚辭與簡帛文獻》。又，衆芳，『言其德之備』，喻衆臣也。又，『長余佩之陸離』，注：『佩，玉佩也。陸離，燦爛之貌。』案：非是。此同《涉江》『帶長鋏之陸離』。佩，指佩劍也。陸離，長貌。若解玉佩，則長字無所繫屬。又，『終然殀乎羽之野』，注：『不盡天年謂之殀。』案：殀，通作夭，實爲壅，謂夭遏也。非夭死之意。《湘君》『君不行兮夷猶』，注：『君，謂湘君。夷猶，如犬子之蹲踞也。』案：夷猶亦作由夷、猶豫，冘預，連語也。舊注訓『猶豫』，不可移易。又，『薜荔拍兮蕙綢』，注：『拍，《周禮·醢人》注：「與膊同，肩也。」又短袂衣亦曰膊，以護膊而名，猶以絡胸爲膺也。綢，束也。以薜荔爲短袂衣而以蕙纏束之。或指駕舟之服也。』案：當指駕舟之服。拍，舊訓『搏壁』，甚確，言薜荔搏飾於壁也。則舊注未可輕易。《哀郢》『過夏首而西浮兮』，注：『西浮，舟行之曲處，路有西向者。』案：浮者，同下『將運舟而下浮』之浮，謂順水流行也。西浮，自西而順水東行也。舊注不易。又，『妒被離而鄣之』，注：『被離，衆盛貌。』案：被離，分散貌，不訓『衆盛』。類此之謬，蓋不勝舉，此特舉其大端矣。

《説韻》一卷，首列屈子辭賦各篇韻例：《離騷》八十一韻，《東皇太一》一韻，《雲中君》一韻，《湘君》七韻，《湘夫人》七韻，《大司命》七韻，《少司命》七韻，《東君》五韻，《河伯》五韻，《山鬼》八韻，《國殤》六韻，《禮魂》一韻，《天問》八十五韻，《惜誦》二十一韻，《涉江》十三韻，《哀郢》十五韻，《抽思》二十韻，《懷沙》十五韻，《思美人》十四韻，《惜往日》五韻，《橘頌》九韻，《悲回風》十六韻，《遠遊》三十五韻，《卜居》八韻，《漁父》五韻，《招魂》三十六韻，《大招》二十九韻。次以「通」「叶」「同母叶」三例逐部説之。「東」「冬」韻，祇通「江」「蒸」「侵」。「江」韻祇通「東」「冬」。「陽」韻祇通「庚」「青」。「庚」韻祇通「陽」「青」。「青」韻祇通「陽」「庚」。「蒸」韻祇通「東」「冬」。「侵」韻祇通「東」「冬」「覃」「鹽」「咸」。「覃」韻祇通「侵」「鹽」「咸」。「鹽」韻祇通「覃」「咸」。「咸」韻祇通「侵」「覃」「咸」。「真」韻祇通「文」「元」「寒」「刪」「先」。「文」韻祇通「真」「元」「寒」「刪」「先」。「元」韻祇通「真」「文」「寒」「刪」「先」。「寒」韻祇通「真」「文」「元」「刪」「先」。「刪」韻祇通「真」「文」「元」「寒」「先」。「先」韻祇通「真」「文」「元」「寒」「刪」。「魚」「語」「御」通「麻」「尤」。「麻」韻祇通「魚」「支」「歌」。「歌」韻祇通「支」「麻」。「支」韻祇通「歌」「麻」。「齊」韻祇通「微」「脂」「佳」「灰」。「微」韻祇通「齊」「脂」「佳」「灰」。「脂」韻祇通「齊」「微」「佳」「灰」。「佳」韻祇通「齊」「微」「脂」「灰」。「灰」韻祇通「齊」「微」「脂」「佳」。「之」韻祇通「脂」「灰」「尤」，「尤」韻祇通「魚」「脂」「之」「灰」。「蕭」「肴」「豪」祇通「尤」。合於「通」者爲「叶」，不合於「通」而其母同者爲「同母叶」。如，《招魂》冬韻之「楓」與韻之「南」協韻，故稱之曰「叶」。而《大招》元韻之「鶱」與冬韻之「躬」協韻，非合「通」韻之例，然二字並見母，故稱之曰「同母叶」。「叶者非同收，則音相近」。《離騷》東韻之「同」與幽韻之「調」協韻，亦不在「通」韻之内，然二字並徒母，故稱之曰「同母叶」。「同母叶則其音遠矣」。而後設爲條目，直陳己見，總二十六條，於音韻之「雙聲互轉」「四聲遞轉」皆詳論之，以正顧炎武、毛奇齡之謬。

館臣稱之「以其引證浩博，中亦間有可採者」。不無有識矣。如，蔣氏云：「顧氏論『簡狄在臺嚳何宜，元鳥致詒女何嘉」。後人改「嘉」爲「喜」，而不知古讀「宜」爲「蛾」，正與嘉爲韻。《招魂》：「飛雪千里，不可以久。」後人改爲「不可以久止」，而不知古讀久爲几，正與千里爲韻。余以爲後人之改古字，誠昧古而妄作。而顧氏之斥今音，亦泥古而失真也。顧氏謂十八「憂」部，俱通「蕭」「肴」「豪」而不必改音，何獨於他部之今音而盡斥爲誤耶？』案：其說是也。宜、嘉古同入歌韻，若改作『喜』，入之韻。則出韻也。又，里、久古同入之韻，其本相協，不必增『止』字也。又云：『《廣韻》「支」「脂」「之」三部，舊注同用。至南宋劉淵并爲一部。余按《詩》《易》《騷》三書所用三部字，凡六、七百處。支常叶歌麻部，脂之常叶灰尤部，脂又常叶微齊佳部。至三部相通處，支叶脂，止《詩》三見，《騷》一見，《易》並無。叶之，止《易》一見，《詩》《騷》並無。又脂、之常叶尤，而支無有。天下未有不常叶之字，而可合爲一部者，然則脂、之之分，何也？脂常叶微、齊，亦間叶歌、麻，而之與歌、麻、微、齊絶無叶焉。則亦不得而合矣。余嘗舉《裳華》卒章「左」與「宜」叶，「右」與「有」「似」叶，人所共知。「宜」在支部，「似」在之部。一部有左、右之判而莫之察也。蓋嘗遍考兩漢以前經史諸子及凡詩賦謠諺，莫不吻合，故仍列爲三。』案：支、脂、之三部，古韻分用，人多歸之於段懋堂《六書音均表》，以爲段氏古韻学之一大發明。然蔣氏固已言之，則在段氏先矣，三部分用首唱之功，則宜歸之於蔣氏。人稱《四庫提要》凡『楚辭類』多出戴氏之手，而戴氏爲段氏師，宜段氏固知蔣氏已有此説，何以抹其名而自表襮之耶？學術乃天下公器，雖時過數百年之久，是非之論亦不可移易矣。君子立論可不慎之歟！

然則蔣氏於古音之學發明不多，未可稱精善。如，以『江』韻通『東』『冬』，引《東君》『狼』『降』『漿』爲例，不知《東君》本『裳』『狼』『漿』『翔』『行』五字同協陽韻，而『降』非入韻字矣。以『陽』『元』二部『同母叶』者，引《抽思》『亡』『完』爲例，不知古本『完』作『光』，形訛字。光、亡同協陽韻。以『陽』韻通『蒸』，引《離騷》『常』

『懲』爲例，不知古本『常』作『恒』，避漢諱改字。恒、懲古同協蒸韻。以『魚』通『尤』，引《招魂》『都』『鰲』爲例，不知其『鰲』『拇』『駓』『牛』『來』『災』同協之韻，而『都』字，非入韻字矣。若此悠謬之説，則不勝舉也。又，蔣氏斥顧氏立麻韻之謬，云：『人聲至變，從古以然，而直謂三代以前無麻部音，其果於自用甚矣。《卷阿》「君子之車」六句一韻，係支、歌、麻之通。今删去麻部，以車馬入魚、虞，遂區一章爲兩韻，無亦割裂乎？』案：《卷阿》云：『君子之車，既庶且多。君子之馬，既閑且馳。矢詩不多，維以遂歌。』顧氏《詩本音》以車、馬同叶魚韻，多、馳、多、歌同叶歌韻。當是不易之論。《廣韻》麻部之字，古分兩類，一類入歌韻，一類入魚韻。而支韻之字，於古亦有入歌韻者。支、歌、麻三部不全通矣。若此以正爲謬，反不若顧之審矣。故館臣云：『古音字而數叶，亦如今韻一字而重音。佳字佳、麻並收，寅字支、真並見，是即其例。使非韻書俱在，亦將執其别音，攻今韻之部分乎？蓋古音本無成書，不過後人參互比校，擇其相通之多者，區爲界限，猶之九州列國，今但能約指其地而不能一一稽其犬牙相錯之形。驟不究同異之由，但執一二小節，遽欲變亂其大綱，亦非通論。』則可謂中其肯綮矣。

是書於清世研習《楚辭》諸作中，獨樹一幟，堪稱名家，流傳頗廣。始刊於雍正五年蔣氏山帶閣，乾隆間收入《四庫全書》，民國二十二年北平來薰閣據雍正原刊本影印，一九五八年中華書局上海編輯所又據雍正原刊本斷句排印。此爲雍正原刊本，據浙江圖書館藏本影印也。（黄靈庚）

# 離騷經講録

《離騷經講録》者，清劉獻廷之所作也。獻廷字繼莊，一字君賢，别號廣陽子，直隸大興人。生於順治五年戊子七月二十六日，卒於康熙三十四年乙亥七月六日。其先故吴人，父礦，官太醫，遂占籍京師。幼穎悟，博覽群籍，不爲虚空之學，主張經世致用。創『廣陽學派』，而人稱『廣陽先生』。於禮樂、象緯、岐黄、律曆、音韻、方輿、農桑、軍政諸書，無所不究習。然不喜詞章之學，更無意仕進。與梁谿顧培、衡山王夫之、南昌彭士望爲師友。康熙五年丙午攜眷歸，居吴江聖院者甚久。二十六年丁卯，萬斯同引參《明史》館事，顧祖禹亦引參《大清一統志》事。所著多佚。歿後，弟子黄宗夏輯録之，爲《廣陽雜記》五卷。全祖望稱其爲薛季宣、王道父一流云。事載《清史稿》卷四百八十六《文苑傳》。

此書爲諸生講習《離騷》記録，故稱『離騷經講録』。講者署『劉繼莊』名，録者門人黄曰瑚宗夏也。其分『總講』及『分講』兩篇。

『總講』從何爲『忠孝』之義起講，以爲『忠孝者，人道之極致，則忠之所以爲忠，孝之所以爲孝，爲人臣人子之所當知者也』。乃首講『《離騷》一經以忠孝爲宗，故當首論夫忠孝。夫忠孝者，乃千聖眼目之所注射，以之扶世翼教者也』。

劉氏際明、清鼎革之亂，蓋退居鄉里之時，屢聞忠事明廷壯烈之士雖殺身成仁，而終無濟於明廷之亡。故其講《離騷》即從屈子之死起，是因感激於東林黨人及明之遺臣情事也。以爲此輩雖殉國死，而不能與屈子比侔，機鋒利甚，令人解頤。

乃云：『夫人臣之謀人家國也，當論其事之如何，若何爲之綢繆匡弼之也。今不論其國之成敗禍患，單要盡汝之心。汝心盡矣，其如天下後世乎？夫不能綢繆於未亂之前，至於潰敗決裂，事既不成，以一死塞之。宋、明季年之所謂正人君子者，皆此類也。平日間未嘗不以忠孝自命，然適足以僨國家之事，故天下之亂未有不自清流始也。至於大敗決裂之際，無可如何，則始以一死塞之，而取一美名終焉。此輩人皆「盡己之心」四字累之也。』至『若屈子者，千秋萬世之下以屈子爲忠者，無異辭矣。然而未嘗有知其孝者也。其《離騷》一經，開口曰「帝高陽之苗裔兮，朕皇考曰伯庸」。則屈子爲楚國之宗臣矣。屈子既爲楚國之宗臣，則國事即其家事。盡心于君，即是盡心于父。故忠孝本無二致。然在他人或可分而爲兩，若屈子者盡忠即所以盡孝，孝盡即所以盡忠，名雖二而實即一也。是故《離騷》一經以忠孝爲宗也。』則以屈子與楚爲同姓之宗，忠君即孝父，並行不悖，無如後世『忠孝不兩全』者。乃云：『今以屈子之文觀之，以求夫屈子之志，真所謂仁之至而義之盡也。觀其自敘家系，則國事即其家事，盡忠即所以盡孝，自當與國同其安危，與社稷同其存亡矣。太史公《屈原列傳》曰：「屈原者，楚之同姓也。」其開口二句可謂已得其要領矣。夫身爲宗臣，豈有捨棄宗國、遠適他邦之理？況當懷王之時，國亂宗危，非特無遠適他邦之理？抑且除死之外，更無第二路

離騷經講録

劉繼莊先生講　　門人黄曰瑚録

凡一書必有一書之宗宗者尚也崇也主也老子曰言有宗事有君若不揭一書之宗則無以辨其文心而一書之起伏頓挫開闔抑揚擒縱斷續之妙皆不可得而見矣離騷一經以忠孝爲宗故首當論夫忠孝夫忠孝者乃千聖眼目之所注射以之扶世翼教者也南華先生有言天下有大戒二其一命也其一義也子之愛親命也不可解於心臣之事君義無適而非君也無所逃於天地之間是之謂大戒是以事其親者不擇地而安之孝之至也事其君者不擇事而安之忠之盛也夫南華先生拈出義命二字分說君臣則世之言忠

離騷講録　經　一

矣。』又云：『夫以屈子之高明，却肯落將下來以死其君，則屈子之一生所得之學可知矣。豈非忠孝二字爲《離騷》一經之宗旨乎？且屈子之死，猶夫人之死耳，何以有《離騷》之作也？蓋以屈子之學、屈子之見地，其人如此而生非其時，事非其主，而展轉至於死，此其一死可知爲何如之死也。太史公曰：「以彼其才，何施而不可？」豈知屈子爲楚國宗臣，豈特無捨棄宗國而遠去之理？抑且除死之外，更無第二路矣。此《離騷》之所以不得不作也。』故屈子之死乃其忠、孝精神之所化，《離騷》之宗旨之體現。

劉氏論《離騷》之旨，以爲屈子在於『離』與『合』『死』與『不死』之間糾結、掙扎。云：『「離」字與「合」字對，非始合而終離，又何以謂之「離」乎？屈原之與楚懷王始之合也，原則竭智盡忠以事其君，入則與王圖議國事，以出號令，出則接遇賓客，應對諸侯，王甚任之。始之合也如此。迨上官大夫讒之既入也，王怒而疏屈平，而平與王始離矣。若離之而仍可合焉，則猶不得謂之真離也。而原之與王則一離而不復再合矣，是離之爲離，乃真離也。然則原也既不得之于其父，或者可望之于其子，則猶未得謂之真離也。迨至頃襄既立，子蘭又使上官大夫短之，非但不能得於其父者，而可以望之於其子，抑且有三年之放焉，然後

離騷經講錄

劉繼莊先生講　門人黃曰瑚錄

凡一書必有一書之宗宗者尚也崇也主也老子曰言有宗事有君若不揭一書之宗則無以辨其文心而一書之起伏頓挫開闔抑揚擒縱斷續之妙皆不可得而見矣離騷一經以忠孝爲宗故首當論夫忠孝夫忠孝者乃千聖眼目之所注射以之扶世翼教者也南華先生有言天下有大戒二其一命也其一義也子之愛親命也不可解於心臣之事君義無適而非君也無所逃於天地之間是之謂大戒是以事其親者不擇地而安之孝之至也事其君者不擇事而安之忠

離騷講錄　經　一

其離之爲離，始真離矣。夫屈原既放之於江南，以彼其抱負，又身爲宗臣，無他適之理，此《離騷》之所以作也。』又云：『世人皆知《離騷》一書爲屈子欲死之書。不然也，此屈子不死之書耳。夫人之死也大矣，彼屈子不知之？然死而可以有益于家，有益于國，有益于天下，則屈子又何惜乎一身，而不爲天下國家死也。今屈子之一死而無益于天下國家也，則死竟死耳，與楚何與哉？以屈子之時之勢論之，則決當死，死之無謂也。又決不當死，死又不可，不死又不可乎？是二念展轉胸中，故不得已而遂有《天問》《遠遊》《九歌》以及《離騷經》之七篇也。我故曰：《離騷》一書，乃屈子要死而不能死之書也。』

劉氏以《離騷》繼《詩》而來，且兼《詩》之長。稱『若夫《離騷》一書，其間所有之若干篇章、若干字句，原委無不一一皆從《詩》中流出。三百篇之後，能得夫比興之旨者，無有過于屈子，則《離騷》一經爲言情之書不言可知矣』。又云：『《離騷》之體裁格調雖與《詩》異，然觀其所用之韻多有楚韻，則是楚國一方之音。必先自有體裁，而後屈子爲之，非屈子之特創也。即如《九歌》一章，乃屈遊於神祠，見祀神之辭鄙俚，遂因其舊而改之。豈非楚國先有此音調者乎？然其間一唱三歎，重見側出，斷亂無間，抑揚宛轉之妙，則《離騷》一書盡之矣。太史公曰：「《國風》好色而不淫，《小雅》怨悱而不亂，若《離騷》者可謂兼之矣。」此言可謂深知其事而親見《離騷》之精髓者矣。夫《離騷》之源流于《詩》也』。案：所謂『體裁格調雖與《詩》異』者，指《騷》於《詩》有所創新，非純承其統而已。

劉氏於古注舊説，尊漢而卑宋，重王逸而薄朱熹。云：『《離騷》注釋者不下數十家，獨王逸者爲稍勝。雖不能深得屈子之心，然去古未遠，其詮名釋物，尚有可考而據之者。若考亭本則處處以賦比興配之，每四句一截，遂使氣脈斷絶，死板呆腐，令人愈讀愈惑。故《離騷》之旨意一隱而不復再顯者，自考亭始也。』其説可謂平允。

然此書解《離騷》最可稱道者，其拈出『離騷』『佩芳佩瓊』二事爲讀《騷》之階，頗見心智。云：『《離騷》一經，妙思奇構，如天工鬼斧，不一而足。向後自見中間有兩大要扼須先知之：一者是「離騷」二字。自「帝高陽之苗裔兮」起，至「豈余心之可懲」，上是全做「離」字。自「女嬃之嬋媛兮」起，至於篇終，是全做「騷」字。二者是篇中之芳佩、瓊佩二事也。《離騷》一書，涵泳悠揚，千迴百轉，重複斷落，莫可端倪。其間字句有一見、再見、三見、四見，乃至於正見、反見、側見、複見者，種種不一，要知皆有其故。中間惟芳佩、瓊佩則尤爲緊要者也。前半篇純是芳佩，後半篇純用玉佩。芳也瓊也，屈子以此二事終身佩之于身者也。佩者，古人以之表德。始佩芳而終佩瓊，是此經中最要眼目。其他妙構種種不同，向後開章自見。惟「離騷」二字與芳佩、瓊佩爲所當先知也。』又云：『夫以屈子何如其才、何如其學、何如其人，而他人可得而間見之者乎？以一人之言就可以不用，則其用之也可知矣，不過投其所好，一時高興，偶然用之耳。若謂懷王之一用，使可以展屈子平生之志願，而致一世子熙雍者，吾不使也。由此觀之，非特不用，爲不能展屈子平生之抱負，即用亦毫不相干也。何况於離乎！離者，既合而復離之謂。……蓋未合，猶可望其合，若既合而又離焉，則終於離而已矣。此「離」之所由作也。夫未合也，則求其合也必急。若既合矣而又離焉，則求其復合也愈急矣。然求復合愈急，而決不可以復合。此「騷」之所由作也。騷者憂也，何不言「離憂」？蓋憂止言心，騷狀其貌。左不是，右不是，横不是，竪不是，不知何者爲是。此「騷」之狀貌也。』『今見國事日非，局面日壞，隣國日强，將見社稷危亡，宗廟不得血食，故其求合也非爲一己也，爲宗廟社稷也。夫其合也，有關社稷宗廟如此，則其求合也爲何如，故非「騷」不足以自狀其貌也』。又云：『是一篇自「帝高陽之苗裔兮」起，至「非余心之可懲」，止是敘「離」之情也。夫屈子既身爲宗臣，故心憂宗國。而女嬃者，乃屈子同胞之手足也。見屈子有死亡之患，則其心憂一家，則又天倫之情所不能已者，故有女嬃責弟之一段也。從此遂轉出欲以此無所控訴之情嗽之重華，此「騷」之所由起也。以後有謁帝、求女之二大段，又有靈氛、巫咸之二占，而以西遊終焉。蓋生者其時春，其方東，其色青，滅者其時秋，其方西，其色白。故西所以表滅，而西遊則欲死也。結句曰：「僕夫悲予馬懷兮，蜷局顧而不行。」反結到不死，豈非欲死而不能死乎？故曰《離騷》一書，屈子不死之書也。』善乎其言，提綱攜領，信解《騷》之門徑。若循此以往，則達乎境信不難矣。尤以『不知何者爲是』狀屈子其時生與死糾結之心理及西行遠逝爲『欲死』之意，則別具慧眼，亦恰如其分已。

劉氏疏理《離騷》結撰之法，未人言亦言，而別創新説，自成體統。云：『《離騷》一書，最有章法。後世讀者皆苦其中之字句重見複出，以爲斷亂無端。不知世之文字無過于此篇者矣。今文之最整齊者，莫過制藝之八股，則以此篇章法觀之，則絶似八股。自「帝高陽之苗裔兮」起，至「紉秋蘭以爲佩」，猶之乎文之有破承也。「汩余若將不及兮」至「夫惟靈修之故也」，猶之乎文之有開講也。「曰黄昏以爲期兮」至「傷靈修之數化」六句，言始之合，而之離也。而獨以「余既不難乎離別兮」一句，點出「離」字，猶之乎文之有點題也。自此以下又有四段，「余既滋蘭之九畹兮」至「恐修名之不立」與「朝飲木蘭之墜露兮」至「雖九死其猶未悔」之二段，是比興。「怨靈修之浩蕩兮」至「固前聖之所厚」與「悔相道之不察兮」至「非余心之可懲」之二段，是正説。此四段猶之乎文之有起股也。「女嬃之嬋媛兮」至「夫何煢獨而不予聽」，是散行一段，然後轉出「濟沅湘以南征兮」至「好蔽美而嫉妬」之一段，爲之謁帝；「朝吾將濟於白水兮」至「好蔽美而稱惡」之一段，爲之求女。此二段如兩峰雙闕，巍巍並立，猶之乎文之有中比也。「閨中既邃遠兮」至「余焉能忍與此終古」之四句，又總上兩段者也。「索藑茅以筳篿兮」至「周流觀乎上下」，是爲靈氛之占、巫咸之占之二占。此二段如水窮雲起，奇峰插天，猶之乎文之有援股也。而以西遊一段爲大結。章法之整齊若此，又何斷亂無端之有？蓋讀者不知其起盡，遂目之爲斷亂無端。其實《離騷》一經，爲最嚴最整之文也。』其以八股之法分析《離騷》結構，雖屬附會，然終以『嚴整』、縝密之説，破『斷亂無端』之論，蓋不無有見矣。

劉氏非惟推崇《離騷》，於《天問》《遠遊》《九歌》三篇亦極揄揚之不置。稱『讀屈子文中《天問》《遠遊》《九歌》三篇，而知其爲聖人之徒也。如《天問》一篇，在其分中不過一時寄託不得於君之表，一一書而問之，遂成千古至奇之作，遂將千聖萬聖之傳心秘密藏盡情寫出其中面目，與大《易》之所謂「仰望乎天文，俯察於地事，是故知幽明之故」以及《中庸》之「所以爲中」、堯舜禹受授相傳之「允執其中」之中，此雖五宗大老尚不能明言其故，而假捧唱以出之，而屈子乃和盤托出，與天下萬世之人共見而共聞之。夫以千聖之不能言，而屈子言之；千聖之不能通，而屈子道之。吾謂屈子爲聖人之徒，豈不信然乎？此固非世人所得而知也』。又，『若《九歌》一章，其於鬼神之情狀則確有可見者矣，非但朝聞夕死之理洞無遺藴，即西竺之唯識一家亦復收攝無餘矣。夫仰觀於天文，俯以察於地理，是故知幽明之故，《天問》一篇盡之。原始及終，故知生死之説，《遠遊》一篇盡之。精氣爲物，游魂爲變，是故鬼神之情狀，《九歌》一篇盡之。即使以南華先生以縱恣恍洋之筆，極力描寫，尚不能透露至此，而屈子乃輕輕省省和盤托出，與天下萬世之共見共聞，豈非絶世之奇人、絶世之奇事、絶世之奇文，豈非真能知聖人之學者乎！使他人而至此，自然輕死生、遺萬物，逍遥徬徨於一世之外矣。今屈子則不然，其妙悟也既如此，而當忠孝之際以身殉之也又如彼，蓋聖人之學肯翻身落地，到那精義入神之義字上來，惟屈子一人而已』。惜乎其未有《天問》《遠遊》《九歌》三篇之『講録』，故其説不得詳盡也。

劉氏以單行《楚辭章句》爲藍本，其『分講』《離騷》者，始『帝高陽』，終『之所厚』，僅存《離騷》三之一，蓋未竟之作也。其以分節爲起講。每節多寡不限，蓋以意爲斷。講論不局限於字詞句義，而以闡發要旨爲主，與『總論』互爲聲氣，得益相彰也。且亦長篇累牘，不無特見妙語。

自『帝高陽』至『以爲佩』十二句爲第一節。以《離騷》爲『將死』之作，云：『《離騷》雖曰楚風，然是一人之書，一人之事，故必從一人敘起，是以始之於宗支祖派焉。夫以將死之人而追敘至于始祖，可謂字字皆血淚漬透。』此節又以佩玉爲修己，佩芳爲及人。云：『佩芳、佩瓊是一篇大章法，無窮之深意寓焉。君子無故，玉不去身。古人所佩，大抵皆玉。蓋取玉之堅貞潤澤以表其内德也。然玉止能守己，不能及物，故又於聲色臭味中取其香者以爲之佩。蓋美色、美聲亦俱能美己，不能及物，惟香非特美在於己耳，並可以薰不香之物，變而爲香。當屈子立志之日，豈爲獨善一身，只完一己之事而已哉？直欲使香澤遍薰天下，與天下之人共處於芝蘭之室也。故其於留夷、揭車、杜衡、芳芷之屬無不細載而羅列之，正取芳香可以及遠之意。』自『汨余若將不及』以下四句爲第二節。此節説『木蘭』『宿莽』之義，頗啓人心智。云：『大凡草木去其皮、抽其心，則無有不死者，獨木蘭則去其皮而猶生，宿莽則抽其心而不死。屈子採此二物以明其人之堅貞，至死而不變也。』自『日月忽』至『先路』八句爲第三節。此節解『來吾道』之『來』字云：『乃設身於美人之前曰：「來。」此「來」字是點句，吾當爲君導夫先路耳，莫憂前路之無人也。有牽衣頓足之勢。此「路」字應下堯舜得路與黨人幽昧之路。路字暗做針綫也。』其摸擬屈子之神態，則活靈活現。自『三后』至『靈修之故也』二十二句爲第四節，云：『以上皆屈子與王未離以前之事也。迨至讒人間之，而後屈子之與王始離矣。以下四句正敘屈子與王離之之故，意所不及而竟至焉謂之「忽」。此書中三言「忽」字，凡作三解。前「日月忽其不淹兮」，此「忽」字是從屈子眼中獨見，言其修能刻刻驚心之意。「忽奔走以先後兮」，此「忽」字是從黨人目中見屈子之忽前忽後。至後「忽馳騖以追逐兮」，此「忽」字是從屈子目中見黨人之馳騖。凡此三解，各有妙義。』則拈出『忽』字前後比較，各具其義，於讀《騷》者不無裨補也。此節解『皇輿敗績』之義頗有思致，云：『皇，大也。輿，君所乘也。績，車上繫馬之繩。車覆繩斷曰敗績。古時兵陣以車爲主，故師覆曰敗績。』自『曰黄昏』至『數化』

四句爲第五節。以上五節『爲一大段，至此點出一「離」字，然却反是不離矣。下四段皆足「離」字，首二段皆以比起，下二段則覺以賦起也』。此即『總講』所謂初合而後離也。

自『余既滋蘭』至『不立』十六句爲第六節。解云：『以下四段皆敘其離之所以離也。若以初分、中分、後分論之，此則初分也。自女嬃之一詈，轉出陳舜、謁帝、求女三段，結云「余焉能忍與此終古」，此《離騷》之所以作也。此則猶之中分也。自此以後，遂有初占、後占、西游之三段，以爲後分。到結句「願從彭咸之所居」一句，始是此一經之宗旨，而屈子之心事始見矣。』離之分『初』『中』『後』三段，甚見層次。以『余焉能忍與此終古』，爲『《離騷》之所以作』之由。此所謂『難逃法眼』也。自『朝飲』至『未悔』爲第七節。解云：『「願依彭咸之遺則」，此「則」字，我還上「正則」之「則」字，必依彭咸爲則，然後爲屈子之正則也。』『《離騷》一書，是死不得之書也。蓋屈子之分，則當法夫彭咸，決定是死的這一條路，是屈子之歸宿。然想到屈子一死之後，天下國家之事便無第二人可以料理，則又不得不忍死以待，猶冀君之一悟、俗之一轉也。故曰《離騷》者，屈子不死之書也。』案：謂《離騷》『是死不得之書』『不死之書』，然終至於『死』，則屈子始終在生死兩端間徘徊矣。以屈子之死而解讀《離騷》，自是深刻百倍。自『怨靈修』至『所厚』爲第八節。云：『此「怨」字承上文「悔」字而言之。』然戛然而止，且無下文。其未竟之作耶？抑或此爲斷編殘簡耶？已不可詳考矣。

然此『講録』遭人詬病者，議論宏闊，茫無邊際。若『總講』之首論『忠孝』，斷斷然不休，至三千餘言之後，方及屈子之忠孝，讀之令人生厭矣。其議論迂曲牽合，時或見焉。如，以《離騷》繼《詩》而來，稱『經』爲屈子自定，非後所尊之者。云：『「離騷」二字，乃《天問》《遠遊》《九歌》《九章》《卜居》《漁父》以及於《離騷經》之七篇總名也。若「離騷經」三字，則此「離騷」一篇之別名也。故「離騷」是總名，「離騷經」是別名，向下自見，茲不必先提。若夫《離騷》一書，其間所有之若干篇章、若干字句，原委無不一一皆從《詩》中流出。三百篇之後，能得夫比興之旨者，無有過于屈子，則《離騷》一經爲言情之書不言可知矣。然其體裁則又有獨異者矣。蓋經者對緯而言，有經必有緯。天體以東西之恒星爲經，南北之七曜爲緯。以所織之布帛言之，則長者爲經，短者爲緯。由此觀之，則經者乃總緯之名，當是屈子自定者也。或者以後人尊稱之，吾不信也。何以言之？設經字果爲後人之所尊而稱之者，則當以《九歌》《遠遊》《天問》諸篇總名之爲經矣，何獨取此一篇爲經耶？豈《九歌》以下諸篇非屈子之作耶？何獨不可爲之經也？《九歌》以下諸篇皆屈子所作而不得名之爲經者，獨此篇而名之爲經，則可見屈子自定者矣。要知「經」之一字在當時尚不知後世之爲尊稱也。蓋《遠遊》《天問》諸篇各有面目，各有意旨，有似乎緯，故作此一篇尾於後，總一總所以經此一部之若干篇章字句，絶不是自尊自大之稱也。』其説非也。屈子《悲回風》『賦詩以自明』，稱其所作曰『詩』也。《離騷》稱『經』之説，蓋始於淮南王安或東漢王逸，非原所自定矣。《離騷》既稱『經』，則以屈子他作稱『離騷』，以宋玉以後所作稱『楚辭』，是漢、宋人所分也，尤非屈子自定。『分講』凡涉及字義訓詁，多是面壁虚造之説。如，『騷字從馬從蚤。蚤之跳躍不定，再無一息之安寧。無羈韃之馬，其馳騖也亦如此。故「騷」字以此二物合見其義，所以自寫其狀也』。何以知『騷』之從馬，是『無羈韃之馬』？謬同荆公《字説》。又，『辟者避也。白芷服之内，可祛十三經之瘋；焚之外，可使蛇虺之遠遁，故曰「辟芷」』。案：辟，幽也。芷幽而芳，非避遁也。又，『紉有二義：從刃有刀割之義，從糸有聯綴之義。』案：非是。紉，綴續之也。從刃，有止義。如止車木曰軔，心止曰忍，訥於言曰訒，綴合而止曰紉也。又，『荃，蓀也，全也，通體備具衆香，蘭中之最美而最小者。屈子既以衆香爲體，則所謂美人者非荃不足以當之矣。』案：説如囈語。荃、蓀一物，香草名，非取義於全。又，『以字論之，貪字從含從貝，以寶貝在口裏，則其貪財爲何如也。婪字從女從林，有女如林，蓋漁色之謂也。』案：貪字從今，非從含。婪之從林，通作霖，言過度也。婁，謂過度於女色，非『有女如林』之意也。

是書無刻本，祇見清鈔。國家圖書館所藏鈔本，爲清汪退谷所鈔，鈐有『汪士鋐印』『退谷』二章，士鋐，生於順治十五年戊戌，卒於雍正元年癸卯，略晚於繼莊。書體瘦勁疏朗，不愧出於名家。末有名『顆』者題記，云：『是本藏書題跋記失載。據《存目》，當爲方桒如撰。書法清挺，退谷先生本色，奕奕逼人。不必以疑之存無定真僞也。卷首題劉繼莊先生講。《存目》所録，别爲一本，而標題偶同耶？抑劉本爲方氏所録，遂以屬之方氏耶？書以待考。顆記。』案：顆者，不知何所人。然《存目》所録者，《離騷經解》一卷也。館臣云：『方桒如撰。桒如字文輈，淳安人。康熙丙戌進士，官豐潤縣知縣。是編所解甚略，無所考證發明，原附刻《集虚齋學古文》後，今析出别著録焉。』則是别一書也。（黄靈庚）

# 離騷正義

《離騷正義》者，清方苞之所作也。苞字鳳九，又字靈皋，晚號望溪，齋號『抗希堂』。安徽桐城人。康熙四十五年丙戌進士，官至内閣學士、禮部右侍郎。五十年辛卯，因戴名世案下刑部獄達二年之久，乃作《獄中雜記》。苞自弱冠即以授徒講習爲業，至八秩猶孜孜不倦，人稱『桐城學派』鼻祖，爲文雅稱『義法』而馳名一代。平生勤於著述，蔚爲大家，彙刻《抗希堂全書》十六種，即《周官折義》三十六卷、《考工記折義》四卷、《周官集注》十一卷、《周官辨》一卷、《儀禮折義》十七卷、《禮記折義》四十八卷、《春秋直解》十二卷、《喪禮或問》一卷、《離騷正義》一卷、《史記注補正》一卷、《删定荀子》一卷、《春秋通論》四卷、《朱子詩義補正》八卷、《書義補正》八卷、《望溪集》十八卷、《集外文》十卷、《補遺》四卷等。《清史稿》卷二百九十、《清史列傳》卷十九皆有其傳。

望溪終生矻矻以秉承孔孟之正學爲志，以『學行繼程朱之後，文章在韓歐之間』自況，本無意於屈子《離騷》。然則吗然爲之『正義』者，蓋有感激辛卯刑部之獄焉，頗類朱子以遭僞學之禁注《楚辭》以舒憤懣者也。惟其時文網正密，不敢公言，乃以隱晦之意而寓寄於注《騷》之間。如，『冀枝葉之峻茂兮，願竢時乎吾將刈。雖萎絶其亦何傷兮，哀衆芳之蕪穢。』注云：『前以草木零落喻盛年之逝，故此以「萎絶」喻遭廢斥也。』案：萎絶本言己所培植之賢未及時見用，而望溪改釋己見廢棄。蓋暗射其身遭囚禁也。又，『長太息以掩涕兮，哀民生之多艱』注云：『民生多艱，言生逢亂世，進退維谷，雖推廣言之，而意仍以自悼也。」案：雖陽以言屈子，而亦有『推廣言之』而實『以自悼』也。又，『時曖曖其將罷兮，結幽蘭而延佇。世溷濁而不分兮，好蔽美而嫉妬。』注云：『結幽蘭，喻所懷芳潔之道，深歎之言，即欲開關而入告於帝者也，時既將罷，帝閽啓閉，徒結幽蘭以延佇，而陳志無路，故不禁歎恨於舉世之溷濁，姦邪之蔽嫉也。』案：想方囚於京獄之日，亦是陳志無路，申辯無門，能不啓其怨憤之恨而移情別意於屈子者乎？又，『世幽昧以眩曜兮，孰云察余之善惡。』注云：『幽昧則不能知賢，眩曜則興心嫉妬。原之時，天下無邦，國風士習，其察之也蓋審矣。』案：此士之處窮而絶望之詞。人之處於絶境，必審時度勢，而追索致困之由，屈子固是已，想其身罹縲械，呼天不應，請託無人，又何嘗不是已。類此憤激不平之語，出自若望溪謙謙君子之口，斷非純爲屈子申寃，蓋亦爲己洗白矣。據此，《離騷正義》蓋作於康熙五十年辛卯以後也。

書名及版心皆署『離騷正義』，而正文首行題『離騷經正義』，未知孰爲正。『正義』者，所以正屈子君臣、夫妻之大義也。故望溪注《騷》，旨在闡揚、推衍大義，而名物、訓詁在其次。其分《騷》七十六節，每節多寡不一，以義爲斷。而其所注，皆陳説、演繹本節之旨。如，『汩余若將不及兮，恐年歲之不吾與。朝搴阰之木蘭兮，夕攬洲之宿莽』。注云：『木蘭去皮不死。宿莽，至冬不枯。喻所守之堅固也。朝搴夕攬，無須臾離，蓋好修以爲常，故終則九死而不悔也。』案：雖若解『木蘭』



離騷經正義　　方望溪著

帝高陽之苗裔兮朕皇考曰伯庸攝提貞於孟陬兮惟庚寅吾以降皇覽揆余於初度兮肇錫余以嘉名名余曰正則兮字余曰靈均

首推所自出見同姓親臣義當與國同命也次及生辰見人之於天以道受命也次及名字見先人以德命成忠乃所以成孝也○清溪李氏曰不近稱熊繹而遠溯高陽大夫不得祖諸侯之義

紛吾既有此内美兮又重之以脩能扈江離與辟

『宿莽』之物，釋『搴』『攬』之義，實求其所喻之旨也。又，『惟黨人之偷樂兮，路幽昧以險隘。豈余身之憚殃兮，恐皇輿之敗績。』注云：『言導君以捷徑者，何人哉？惟此黨人耳。黨人偷一身之樂而導君於邪徑，徑既邪有不幽昧險隘者乎？日行幽昧險隘中，有不敗績者乎？我所以深惡黨人，非憚其能爲身殃也，恐其敗皇輿之績耳。』案：以遞進推演之法而由『黨人』以及至『敗績』，深惡黨人所以誤國及我之所憚、所恐也。

演繹節旨、節義，途徑不一，大略示人以涵泳經文，尋繹義理之法。或者於上下文義推求之。如，『不撫壯而棄穢兮，何不改乎此度。乘騏驥以馳騁兮，來吾道夫先路』。注云：『穢謂群小，以衆芳比衆賢，故以穢比群小。「恐美人之遲暮」，故欲其「撫壯而棄穢」也。騏驥喻賢人。君度之迷亂，以群小之穢德累之，棄穢則必改度，改度則必棄騏驥。而己可爲君前導矣，欲君之棄穢，故下言「三后」之用衆芳；欲導君以先路，故陳堯舜之遵道、桀紂之窘步、邪徑之幽險、皇輿之傾敗，而奔走先後以及前王之踵武，正所謂導以先路也。』又進以補充云：『曰「糞壤充幃」、曰「榝充佩幃」，則以穢比群小可知。原目君爲美人、爲靈修、爲哲王，無斥指其穢行之義。』案：望溪以釋『穢』比群小，不以斥君穢行，則上下繫聯，求其內證，庶幾已無賸義矣。又，『世溷濁而不分兮，好蔽美而嫉妒。』注云：『「延佇」下直接「世溷濁而不分」，足徵以上云云，皆自喻遭讒見疏，陳志無路。舊注以遠遊之義解之，誤矣。』案：其以上下銜接之語，探求『上征』一段之旨，庶幾亦有證矣。

或者前後比較，别其異同。如，『昔三后之純粹兮，固衆芳之所在。雜申椒與菌桂兮，豈維紉夫蕙茝。』注云：『此以芳草比衆賢，與前後所稱異義。』案：前者，則指『扈江離與辟芷兮，紉秋蘭以爲佩』，注云：『扈離芷、佩秋蘭，束身芳潔自修之始事也。』後者，則指『余既滋蘭之九畹兮，又樹蕙之百畮。畦留夷與揭車兮，雜杜衡與芳芷』。注云：『喻己所培養滋植之衆賢也。原序其譜屬，率其賢良，以勵國士，則以長育人材爲己任可知矣。』又，『朝飲木蘭之墜露兮，夕餐秋菊之落英。』注云：『此自喻居官之清潔也。』又，『擥木根以結茝兮，貫薜荔之落蘂。矯菌桂以紉蘭兮，索胡繩之纚纚。』注云：『此自喻當官守道審固而不可摇奪也。』又，『製芰荷以爲衣兮，雧芙蓉以爲裳。』注云：『古人佩容臭芳草，本可雜佩，故以爲脩持善道之喻。若芰荷芙蓉則不可以爲衣裳，蓋以喻隱者之野服也。』如此則芳草之義各不相同，由比較而得明矣。

或者證之以史傳，抉發其藴奥。如，『怨靈脩之浩蕩兮，終不察夫民心。衆女嫉余之蛾眉兮，謡諑謂余以善淫。』注云：『以懷王之昏迷而見爲浩蕩，忠厚之至也。惟無思慮，故不能察正人愛君之心，亦不能察黨人嫉妬之心。女之蛾眉，人所愛也。諑以善淫，則變喜而爲嗔矣。原之才美，王所珍也。謂其「自伐」，則懷疑而造怒矣。』案：屈原以『蛾眉』自比，正驗證本傳『自伐』之讒，亦黨人謡諑之言，所以能屢中也。

或者據屈子他篇之文以解《離騷》之義。如，『吾令鴆爲媒兮，鴆告余以不好。雄鳩之鳴逝兮，余猶惡其佻巧。』注云：『語意與《九章》「令薜荔以爲理，憚舉趾而緣木；因芙蓉以爲媒，憚褰裳而濡足」相似。蓋擬度及此，而非實有其事也。若曰吾欲使鴆爲媒，則必告余以不好矣。鳩之佻巧又不可信，無人可以自通，故下承以「欲自適而不可」也。』案：以『鴆』『鳩』類『薜荔』『芙蓉』，皆爲『擬度』之詞，以言『無人』可通，啓下又不可以自通。甚得其文理矣。

或者據古世禮俗以解《離騷》之義。如，『時曖曖其將罷兮，結幽蘭而延佇。』注云：『古人以言致人多用物結之。下文「解佩纕以結言」、《九章》「煩言不可結而貽」是也。』案：其説足徵。《詩·溱洧》『維士與女，伊其相謔，贈之以勺藥』是也。

或者引他人之説以補其所不及者。如，『帝高陽之苗裔兮』至『字余曰靈均』止，注云：『首推所自出，見同姓親臣義，當與國同命也。次及生辰，見人之於天以道受命也。次及名字，見先人以德命成忠，乃所以成孝也。』又引李安溪云：『不近稱熊繹而遠溯高陽，大夫不得祖諸侯之義。』案：蓋所以補其未及稱『帝高陽』之義也，然引他人之説僅祇一事。

或者於大段之末概括大意。如，『雖不周於今之人兮，願依彭咸之遺則。』注云：『自首至此，皆正言己意。以後則言之不足而長言之，長言之不足而嗟歎之也。』案：『正言』二字，概盡其意，恰到好處。惜其未能一以貫之，但此一見耳。

古人稱《離騷》難讀。蓋所難者，即自『駟玉虬以椉鷖兮』以下後半篇敘寫求帝、三求女及西行遠逝之旨。自東漢王逸以來聚訟紛繁，莫衷一是。望溪深自揆度，别作心解，間有新穎可採處。謂後半篇『雖假託荒忽之辭，而按之各有喻義。言我既得此中正之道，質之前聖而無疑，不可以一跌而自沮，仍當乘時上進，以冀君之一悟、俗之一改也。「駟虬」「乘鷖」，喻己之材美可用也。「溘埃風余上征」，喻己爲同姓親臣，雖遭時亂濁，義不可以苟止也。原既疏之後，尚未與君絶，故使齊而反復諫釋張儀，蓋常欲乘間納忠，匡君輔治，故隱寓其義於此。』又，『朝發軔於蒼梧兮，夕余至乎懸圃。欲少留此靈瑣兮，日忽忽其將暮。』注云：『懸圃、靈瑣，皆喻君所，自明見疏之後，猶依依於君側之故也。』又，『前望舒使先驅兮，後飛廉使奔屬。鸞皇爲余先戒兮，雷師告余以未具。』注云：『此喻用衆賢以輔治也。』又，『紛總總其離合兮，斑陸離其上下。吾令帝閽開關兮，倚閶闔而望予。』注云：『總總離合、陸離上下，喻邪佞之充塞也。邪佞充塞，欲叩帝閽使開關而入訴之，而已爲所拒隔而不能通矣。上言欲少留靈瑣，雖被疏而猶得至於君所，故欲少留也。至是則閶闔不開，見思君而不再得矣。』案：夫如是，其以求帝爲喻見君而見拒矣。

又，『朝吾將濟於白水兮，登閬風而緤馬，忽反顧以流涕兮，哀高丘之無女。』注云：『古人以男女喻君臣，蓋地道也，妻道也，臣道也。以佐陽而成，終一也。有男而無女，則家不成；有君而無臣，則國不立。故原以衆女喻讒邪，以蛾眉自喻。蓋此義也。高邱無女，喻楚國之無臣也。意謂群邪塞路，我復遠逝，則楚國爲無臣矣，故忽反顧而爲之流涕也。』又，『及榮華之未落兮，相下女之可詒。』注云：『下女，乃喻親臣重臣，能爲口解於君者。』又，『吾令豐隆椉雲兮，求虙妃之所在。』

注云：『貫魚以宮人、寵后、夫人之職也。以有技彥聖事其君，一个臣之道也。故以帝妃喻左右大臣。宓妃以喻上官靳尚輩，而有娀非其倫也。』又，『閨中既以邃遠兮，哲王又不寤。』注云：『「閨中既以邃遠」，謂帝閽不可叫，而左右親近又莫肯爲言也。「哲王又不寤」，恨君又不能自覺而若寐者之忽寤也。』案：則以求女爲求君上親近之臣，蓋近世游國恩氏比君側者張本也。

又，『何離心之可同兮，吾將遠逝以自疏。』注云：『「將往觀乎四荒」「聊浮遊而求女」「周流觀乎上下」，皆設言以自廣也。其實同姓親臣無去國之義，原思之審矣。故至此正言其指，謂靈氛、巫咸雖勉我歷九州以相君，然楚國之離心者不可以更同，即他國人各有心，亦恐難以强同也。吾將遠逝非復求道之行，聊自疏以遠黨人之穢濁而已。』又云：『曰「崑崙」、曰「西極」、曰「流沙」、曰「赤水」、曰「西皇」、曰「不周」、曰「西海」，皆以西爲言何也？原既反覆審處，知濁世不可以終變，舊鄉不可以久留，而決意遠逝以自疏。蓋日暮途窮，將從彭咸之所居矣。日薄西山，萬物歸暝，故託言出遊於此。《九章》「指嶓冢之西隈，與纁黄而爲期」。亦此意也。或疑其有意於仇讎之秦廷。過矣。』案：其以遠逝西行，同『從彭咸之所居』之意者，甚善，頗啓人致思。夫屈子於《騷》，本糾躔於生死之間。前篇至『豈余心之可懲』，蓋死志已斷，故往觀四荒者，言反本於帝居而已，爲歸反冥世之設想也，求帝、求女亦皆當於此立說。氛勸其遠逝，是勉其死也；咸告以待時，是留其生也。屈子自度時世之不可救，乃從氛不從咸，去離時世而歸入於冥途也。終焉蜷局不行者，言猶不忍死也。至『亂曰』則決其死志矣。

望溪雖未措意於字義訓詁，而或見精到之處。如，『騰衆車使徑待』，注云：『待，當作「持」。《周官·旅賁氏》「車止則持輪」。』案：待、持古書通用。持，扶將也。蓋徑路窄小，故扶持之使我過也。然類此勝義甚寡，而多以漫衍無所歸，至落入臆度之臼。如，『索藑茅以筳篿兮，命靈氛爲余占之』。案：藑茅、筳、篿、靈氛，《騷》之疑難之語，當務盡其詳，而注一言未及。蓋避重就輕也。又，『不量鑿而正枘兮，固前脩以菹醢』。注云：『枘，喻己之操。鑿，喻君之度也。』案：古無此分别。朱注云：『鑿，穿孔也。枘，刻木端所以入鑿者也。正，謂審其正而納之也。』則以『枘』『鑿』爲泛稱矣。

此書無單刻本，見於清康熙嘉慶間桐城方氏抗希堂刊《抗希堂十六種》本及乾隆十二年方氏刻《抗希堂九種》本，臺灣新文豐出版公司一九八六年《楚辭彙編》，即據乾隆本影印。（黄靈庚）

# 離騷札記

《離騷札記》者，清趙一清之所作也。一清字誠夫，號東潛，又號勿藥子、泊花居士、虞樂生、蘭花賣魚師、瓊花街散人，浙江仁和人。國子監生。秉承家學，博極群籍。父趙昱以蓄書稱，而一清聚書之癖則勝乃父，聞有異書，則神色飛動，不獲於己則不休也。家有小山堂，蓄書連茵接屋。精地志及校讎之學，著《水經注釋》四十卷、《水經注刊誤》十二卷《附録》一卷，即爲戴震所竊者。又著《直隸河渠志》一百二卷，亦爲震所删改而没其名。又著《三國志注補》六十五卷，《小山堂藏書目》二卷，《東潛文稿》二卷。事載《清史稿》卷四百八十五《文苑傳》。

《札記》稱『以張敬名本爲主』者，張敬名，蓋其時藏書家也，已不可考。據其所引，見洪氏《補注》本者爲多，蓋即『張敬名本』也。此稿專考《離騷》疑難字詞之義，先録《離騷》正文一句，而後訓釋此句中一字或一詞。凡十七條，悉必考據，務求至當。直陳己見，發明通假，絶去空疏詰曲之説。如：

『攝提貞于孟陬兮』，趙云：『貞訓正，然貞古音同丁。《尔疋》：「丁，當也。」即當年當也。「我二人共貞」，亦假丁。』案：貞，古字作鼎，从卜、鼎聲。丁、鼎古同入耕部，音同字通。『我二人共貞』，見《書·洛誥》，亦假作丁，且引以爲旁證者也。

又，『扈江離與辟芷兮』，趙云：『扈，《方言》有「帍領巾」也。』案：王念孫《廣雅疏證》云：『帍猶扈也。巾所以扈領，故有「帍裱」之稱。』說與趙同。然念孫乃乾嘉時人，則趙氏先念孫近百年矣。

又，『春與秋其代序』，趙云：『代序，後人都作「代謝」。《說文》：「謝，辭去也。」花謝猶花辭去也。古人稱事了曰射，亦作斁。《詩》「無射于人」，斯即謝也。』案：其說是也。游國恩《離騷纂義》云：『代序即代謝，序與謝古通用。《詩・崧高》「于邑于謝」，《潛夫論》引作「于邑于序」。是其證。』與趙說同。然趙已先游氏三百年矣。

又，『恐皇輿之敗績』，趙云：『敗績，覆車也。《禮》有「馬驚敗績」，《傳》有「敗績壓覆是懼」。』案：其說是也。王逸注『敗先王之功績』者，非也。然戴震《屈原賦注》云：『車覆曰敗績。《禮記・檀弓篇》「馬驚敗績」，《春秋傳》「敗績厭覆是懼」。是其證。』與趙說悉同。念戴氏讀趙氏《水經注刊誤》而竊之以爲己有，豈此稿亦戴氏嘗所見耶？何其相契合如此也！

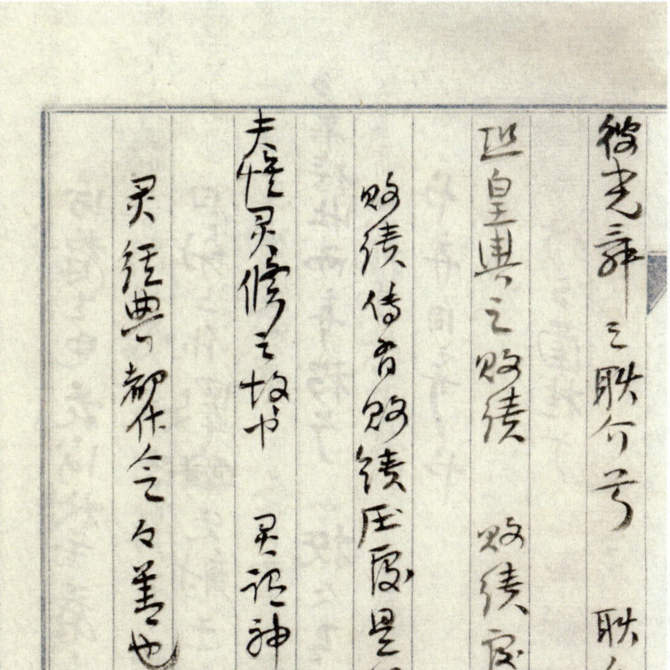

又，『憑不厭乎求索』，趙云：『憑，滿也。假畐字。』案：朱駿聲《離騷補注》云：『憑，當作馮，讀爲畐。下文「喟憑心」同。』憑，古入蒸韻；畐，古入職韻。蒸、職平入對轉，故二字音同通假也。然豐芑乃道、咸間人，其晚於趙氏蓋近二百載矣。

又，『謇吾法夫前修兮』，趙云：『謇，發語辭。上言蹇展者，此訓難，發聲詞也。《詩》「展如之人兮」「展我甥兮」，言難我甥于此，猶漢時之言乃者也。』案：其説是也。謇訓難，非艱難，猶詞之難，即乃也，那也，奈何也。皆一聲之轉。

趙氏精於音韻、訓詁，故每下一義，必徵引書證以爲説，無憑空臆測之病，於《騷》學有所裨補矣。然智者千慮，必有一失，其亦未能免。如：

『夫惟靈修之故也』，趙云：『靈，謂神。修訓遠。非是。按靈，經典都作令。令，善也。故靈亦可以訓善。修本訓長。《楚辭》必漢淮南王傳本，淮南王名長，故都改長爲修。諱也。靈修即令長，謂君也。』又，『謇吾法夫前修兮』，趙云：『修，恐必假長。《禮》「先正」之「正」，非「正直」之謂。《周禮》「長官」都謂正。故前修猶先正也。』案：説雖有據，然《楚辭》不避『長』字。《離騷》『長顑頷亦何傷』『長太息以掩涕兮』『長余佩之陸離』『殷宗用而不長』『羌無實而容長』，《東皇太一》『撫長劍兮玉珥』，《湘君》『交不忠兮怨長』，《少司命》『竦長劍兮擁幼艾』，《東君》『長太息兮將上』『舉長矢兮射天狼』，《國殤》『帶長劍兮挾秦弓』，《禮魂》『長無絶兮終古』。皆是也。豈淮南王安未盡改者耶？靈修非令長，前修亦非先正也。

又，『長顑頷亦何傷』，趙云：『顑頷，不飽面黄病也。』案：是洪氏《補注》之説，拘泥其字矣。王逸注：『顑頷，不飽貌。』猶『不足』『不止』之意。楚簡已有此詞，字作『褭衺』，落拓不偶貌。《戰國楚竹書》（五）《苦成家父》：『於言有之：「褭衺（顑頷）以至於今才（哉）！無道正也，伐是恬適。吾之圖之。」苦成家父曰：「吾敢欲褭衺（顑頷）以事世才（哉）？」』聲之轉作坎窞。《易・習坎》初六『習坎，入於坎窞。』坎窞，猶窞井，言不足於地者。或作埳窞。《文選》馬融《長笛賦》『埳窞巖覆』，李善注：『埳，即坎也；窞，坎中小坎也。』析之以二字二義，失之旨。或作歛陷。《呂氏春秋·審應覽·不屈篇》：『入於門，門中有歛陷。新婦曰：「塞之，將傷人之足。」』高注：『歛，讀曰脅。』畢沅云：『歛從欠，呼濫切，疑即坎窞。』高下不平謂之坎坷。《漢書·揚雄傳》『濊南巢之坎坷兮』，顔師古注：『坎坷，不平貌。』或作頬頷，《玉篇·頁部》『頬』字、《廣韻》去聲第二九《換韻》並曰：『頬頷，不平也。』山之嵯峨字作嵁巖，《廣韻·咸韻》：『嵁巖，不平正皃。』《莊子·在宥篇》字作嵁巖，《釋文》：『嵁，苦巖反。巖音嚴，語銜反。』皆以訓詁字爲之。仕途不達謂之埳軻。《後漢書·馮衍傳》『非惜身之埳軻』，李賢注：『《楚詞》曰：「然埳軻而留滯。」王逸曰：「埳軻，不遇也。」』心志不平謂之欿憾。《哀時命》『志欿憾而不憺』是也。相反爲訓則作耿介、慷慨等。華之事未足期者名曰菡萏，《艸部》：『芙蓉華未發爲菡萏。』或作莟蓞，《慧琳音義》卷七十三『花莟』條：『又作菡，同胡感反，謂花之未發者也。』食之不飽曰顑頷。各書以訓詁字。聲之不平曰含可。《楚辭》佚篇《有皇者起》（《戰國楚竹書》第八册）句末『可（兮）』皆作『含可（兮）』，即『坎坷』之轉也。屈子設喻奔走前驅，不遇於世，爲衆所斥，道路坎坷蹇難，不得於志。顑頷，猶不遇皃。不必扼其訓詁字義解『食不飽』。上言飲露餐菊，自況清潔芳香之性而非實有其事。王注云『不飽』，猶不得於志，與坎坷不遇者通。

又，『貫薜荔之落蘂』，趙云：『蘂，《説文》訓「縈」，王訓「實」，今謂蘂爲花。按《尔疋》：「芛、葟，華也。」「以水」切蘂，假芛。』案：蘂，古入歌韻；芛，古入物韻。音雖近而無相通之書證。若改『芛』，則與『纚』字不協。『貫薜荔之落蕊』『索胡繩之纚纚』，儷偶爲文，落蕊、纚纚，儷偶語，狀薜荔美好貌。下『駕八龍之婉婉兮，載雲旗之委蛇』。又，『神高馳之邈邈』。《抽思》『傷余心之憂憂』。《悲回風》『漱凝霜之雰雰』『憚涌湍之磕磕兮，聽波聲之洶洶』『悼來者之愁愁』。《遠遊》『覽方外之荒忽』。《九辯》『襲長夜之悠悠』『扈屯騎之容容』等，其爲『動|名|之|疏狀形

容詞（連語或疊字）』句法，『之』下必用疏狀形容詞，而非名詞。疏狀形容詞以狀言『之』字上之名物，類今定語倒置。貫薜荔之落蕊，猶貫落蕊之薜荔也。落蕊，猶委垂貌。與『路亶』『落單』『鹿埵』『隴種』『東籠』『羸垂』『落度』『潦倒』『獨漉』『藍攙』『蘭單』『拉搭』『邋遢』等皆一聲之轉，而各書以訓詁字也。趙氏未審句法也。

惜乎趙氏未竟其事，衹存十七條耳。此稿是趙氏舊物，未嘗公之於世。今藏於上海圖書館，洵可寶也。（黄靈庚）

# 離騷正音節指

《離騷正音節指》者，清張德純之所作也。德純本宋郟亶之裔，故自稱『古郟』，後改姓張。字能一，號松南，又號天農，蘇之長洲人。依外家黄氏，遷居上海青浦。少以詩才爲同里諸公所器，入青溪吟社，推爲巨擘。康熙三十九年庚辰進士，初官内閣中書舍人，後改遷常山縣知縣。晚年罷官，殫心經義，於《周禮》《儀禮》《史記》等咸有注釋。所著别有《詩經解頤》《孔門易緒》《松南詩鈔》。清宋如林嘉慶《松江府志》卷五十八《古今人傳》有其傳。

德純於《楚辭》用力尤深，所著《離騷正音節指》者，實《正音》《本韻》《節指》《節解》四種也。前有作於康熙五十三年甲午自序，詳敘其作書之緣起。云：『徒以小在懷抱時，值先君子晚歲幽屏於古人文章，特嗜此篇。坐諷行吟，曾不蹔舍。不肖爾時便能上口。逮識字後，先子復時有所指授，作者何如人，所遭何如境，篇凡幾節，節凡幾解，某語本屬某意，某字當從某音，謹識之而已。及年漸長，出遊文場，見諸名流每有稱引，與曩時所聞不甚契合。遍求自漢以來各家疏注，錯綜觀之，亦離合相半。終覺胸中所懷，格格未盡，不知先入者之據於中邪，抑作者之精神果不盡於此也。歲乙酉，薄遊鄂城，劉君嵩齡相從受經，次及《楚辭》，就洪興祖舊本隨手點定，意所欲言，便旁著數語，於舊解小有異同，大抵小時所聞於先子者。是劉君年少熹事，以爲雋絶，慫恿悉加箋訂，便自成書。余漫應之而未暇也。自抵官常山，益牵於吏事。今歲夏旱，輟訟齋居，偶檢篋中文字，得顥兒録存小本，見大體麤具，棄之可惜。苟意所未盡，吐而暢之，亦足以追古人之心曲，而備一家之言。

故復爲詮次，手鈔一通，藏之家塾，以爲他年歸老倦餘吟諷之資，非敢出而示人，令復嗤其無病而呻，不悲而涕也。雖然，先君子見背，蚤遺書散軼，即授諸剞前者唯此篇略可記憶，迄今四十年乃能仿佛而存其大都。臨文愴然，不啻謦咳之接於耳也。是則雖無所緣以起，而實有所不能自已者夫。』德純先父『特嗜』《離騷》者，雖未明言，然計其年歲，蓋正當明、清鼎革之際，不免懷抱黍離亡國之悲，藉《騷》以寄其情已，蓋勝朝遺民歟？而德純事過『四十年』，猶耿耿不忘，『臨文愴然，不啻謦咳之接於耳』者，

離騷節解　三

之顥

男　之項校字

之頔

屈子　古郟張德純節解

以楚辭名篇舊矣然而靈均之文上嗣四始下開百代超前軼後獨自成家與之同世者若孟之醇莊之誕各得以子名而獨囿靈均以南音竊所未安也茲論定而宋景輩且難乎爲繼聲況褒向以下哉

離騷

史本傳曰離騷者猶離憂也遭罹憂患與離別而懷憂兼有二義此屈子所以自名其篇漢人

亦遺民之思歟？其時文網縝密，緹騎四布，言稍不慎，即入縶囚，故隱約其辭，且以『幸生太平之時，竊禄以仕，又平生寡所怨惡於鄉國之閒』陽爲藉口，而其真實心地實難以遮掩矣。故以一言蔽之，此作之緣起，即明代遺民之憂思也。

《正音》拈出《離騷》中一百五十字而逐字注音。注音之法有：一反切法，如，『陬，子侯切』『紉，尼鄰切』『菌，丘運切』『畹，於管切』『侘傺，上勑駕切，下勑世切』之類是也。二是直音法，如，『溘音磕』『帥音同率』『理音同呈』『佻音同挑』『謟音同滔』『薆音同藹』之類是也。三是比況法，如，『阰音如毘』『韉音如祈』『嬋媛，音如蟬爰』『射，入聲，讀如石』『晻音如掩』『蜷音如拳』是也。四改聲法，如，『裔，衣去聲』『顑頷，上呼感切，下含，上聲，亦作去讀』『菲平聲讀』『鮮上聲讀』『相去聲讀』『茹平聲讀』『飲去聲讀』『爲去聲讀』『離去聲讀』之類是也。五並存異音，如，『羌，去羊切，吴音多讀如匡』。又，『軔，日印切。凡字從刃者皆當去聲讀，吴音多從上聲。』又，『蜺，音同倪。或入聲，讀如匿。』又，『詒，通作貽，亦作遺，兼有去聲。』又，『蜿，於管切，亦讀平聲。』皆是也。六曰正字音，如，『揆音同癸，本上聲，今吴音但作平讀。非是。』又，『峻，須閏切，音如濬，吴音讀同俊。譌。』又，『幃，音如揮，吴音讀同帷。譌。』七曰通據音釋義，如，『重，直容切，凡增加之義，當平聲讀。』又，『被，音義同披。』又，『婾，音義同偷，後同。』又，『背，音義同悖。』又，『彊圉，音義同强禦。』又，『鑿，去聲，讀如皁，乃合本義。』皆是也。八曰辨字形，如，『覽，力敢切，今俗譌加手作攬。』又，『搴音同騫，或作攓，讀如蹇。』又，『擥，力敢切，本作擥，今作攬。後同。』又，『椉，直繩切，今作乘。』皆是也。九曰考辨字義。如，『誶，舊音義同訊，引《詩》「誶予不顧」。按字從卒，當讀如碎，乃得本音。』又，『樂，去聲，讀亦從效音。凡心有所嗜俱如此讀。』皆此類也。

《本韻》者，所以考辨《離騷》入韻字之相協與否也。乃拈出入韻之字，以四句爲一韻，凡九十二韻，凡入韻字皆注其音。如，『度路』云：『上讀故切，下陸故切』。又，『路步』云：『上陸故切，下薄故切。』又，『急立』云：『上基乙切，下釐乙切。』又，『心淫』云：『上息音切，下亦音切。』又，『情聽』云：『上疾盈切，下剔盈切。』案：如上音注，切語下字皆同，此蓋所謂『韻協』也。或者切語下字雖異，實同韻，亦謂『韻協』。如，『錯度』云：『上族忤切，下讀故切。』案：忤、故古同入魚韻。又，『然安』云：『上如延切，下彦寒切。』案：延、寒古同入元韻。又，『下女』云：『上乎古切，下而呂切。』案：古、呂古同入魚韻。又，『當芳』云：『上得郎切，下敷王切。』案：郎、王古同入陽韻。又，『舉輔』云：『上菊與切，下敷五切。』案：與、五古同入魚韻。又，『鄉行』云：『上希羊切，下胡亢切。』案：羊、亢古本音同入陽韻。

然音有古今，遞相轉易，以今音讀《騷》，則必不協韻矣，故不得已而改之以叶音。德純未以『叶』爲説。凡古今不相協，其音注之法有四：一則切語下字異聲者則轉讀之爲同聲。如，『時態』云：『上轉式至切，讀如恃。下轉忒異切。』案：時本音市之切，平聲。轉讀『式至』者，去聲。態，亦去聲。又，『隘績』云：『上烏懈切，則下轉音如債。下祭昔切，則上轉音如搤。』案：隘，去聲；績，入聲。故轉音『如債』者，亦去聲也。若下音『祭昔』者，入聲；則上轉音『如搤』，亦讀入聲也。又，『武怒』云：『上亡五切，下轉音讀如努。』案：武，上聲；怒，去聲。故轉音『如努』，努亦去聲。又，『詬厚』云：『上呼構切，亦作詬。下胡後切。』案：詬厚有呼構、苦候、古厚三音。此讀『呼構』，去聲，故改上聲『厚』爲『胡後』，亦去聲也。又，『宇惡』云：『上聿渚切，下轉讀如户。』案：宇，上聲；惡，去聲。『下轉讀如户』，則亦上聲也。

二則切語下字異音則轉讀之爲同音。如，『舍故』云：『上轉音暑互切，下孤互切。』案：舍，本音始夜切，入禡韻；轉讀『暑互』，則同入暮韻。又，『夜御』云：『上羊茹切，下音正同。古音，非叶。若下音同迓，則上恰與吴音合。』案：《廣韻》夜音羊謝切，去聲，禡韻。御，牛倨切，亦去聲，御韻。是今音也。轉讀『羊茹』，則亦御韻也。若御音迓，則爲禡韻，而吴音『夜』亦音『迓』，故曰『與吴音合』也。又，『馳蛇』云：『上直移切，下轉音如移。上若作「佗」音，則下音亦同。皆本音也。』案：《廣韻》馳音直離切，支韻。蛇音食遮切，麻韻。是今音不協韻。故轉讀如『移』或『佗』，古同入歌韻。

三則明之以古『本音』。如，『與莽』云：『上弋渚切，下莫補切。考古正得本音，非叶。』案：莽本音明朗切，陽韻。魚、陽對轉則音『某補』者，亦入魚韻，而非叶音也。又，『索妒』云：『上字通作素，音同。下當故切，俱本音。非叶。』案：索本入聲，通作素，音桑故切，去聲，非叶音改去聲也。故，亦去聲。實古同入職韻，去入不分也。又，『服則』云：『上蒲北切，音如弼。下子色切。本音非叶。』案：服本屋韻，音『蒲北』，則轉入德韻。則亦德韻。實古同入德韻，非叶音也。又，『離虧』云：『上力何切，下去何切。考古俱本音，非叶。』案：《廣韻》離音吕支切，虧音去爲切，皆今音也。而其古音皆同入歌韻，故切語下字和『何』，音同，非叶韻也。又，『予野』云：『上亦汝切，下弋渚切。本音，非叶。』案：《廣韻》予入語韻，野入馬韻，今音不叶。然古韻皆入語韻，是其本音，非叶韻也。又，『差頗』云：『上測何切，下朴何切。本音，非叶。』案：《廣韻》差音初牙切，入麻韻。頗音滂禾切，入戈韻。是今音也。古音同入歌韻，故曰非叶音也。又，『迫索』云：『上蒲必切，下所革切，俱本音。』案：《廣韻》迫博陌切，入陌韻；索音蘇各切，入鐸韻。是今音也。古本音則同入鐸韻。

四則考之以古韻。如，『庸降』云：『上以紅切，下舊呼攻切。愚謂當項翁切，乃合考古，正得本音，非叶。』案：庸，古入東韻；降，古入冬韻。東冬合韻，非叶音也。又，『他化』云：『上託何切，則下毁何切，如花。下讀如貨，則上轉音如柁。俱本音。』案：他、化古同入歌韻。若《廣韻》化音呼霸切，去聲，禡韻。是今音也。音『貨』『柁』亦皆入歌韻。又，『迎故』云：『上咢故切，本作遻。下孤互切。古音如是。』案：其説是也。遻、故古同入魚韻。

五則於己所不知，則存疑之。如，『艱替』云：『上稽寅切，下音如秦。於古無可證，姑從舊。按《説文·立部》作暜，他計切。從竝、從白。亦從兟從日。俗作替。非。而《曰部》朁又七感切，曾也。引《詩》「朁不畏明」。音義俱別，不知所從。」案：艱朁古不相協，朁古亦不讀秦音。替，即本作㚘，訛作替。㚘，古伴字，通作拌，謂棄也。艱、拌則爲文元通韻。又，『占慕』云：『篇中惟此韻不知所從，考古亦無據。舊以爲兩之字自相協，又無此例，今仍闕之。』案：《騷》『孰信修而慕之』，當作『孰信修而莫之思』，思字因與下句『思九州』連接而脱訛也。之、思古同入之韻。

然《正音》正字音注偶見訛誤者。如，『鷤，丁奚切，今作鶗。或譌作鵜、鶙。』案：鷤、鶗、鵜、鶙，皆異體字，鵜、鶙，非訛字也。又，『偭，本作面。《史·項羽本紀》「呂馬童面之」，《索隱》解作「背之」。曲矣。』案：面之訓『對面』『背面』，屬正反同辭之例，非曲解矣。面、偭古今字耳。《本韻》注入韻字之古音，訛誤則不勝其舉。如，『可我』云：『上克五切，下厄五切。』案：可、我古同入歌韻，而『克五』『厄五』之音古入魚韻，非其本音也。又，『狐家』云：『上洪吾切，下瓜禾切。本音，非叶。』案：狐、家古同入魚韻，是其本音。而『瓜禾』之音古入歌韻，非其本音也。又，『異佩』云：『上亦計切，下匹位切。』案：異佩古皆入職韻，而計、位古皆入質韻。『屬具』云：『上轉祝樹切，音如注。下局御切，本音，非叶。』案：屬、具古同入侯韻，其本相協。而『局御』之音古入魚韻，則反不協韻也。又，『艾害』云：『上⿸尸乞異切，下曷異切。本音如是。』案：艾、害本音同入月韻，然切語下字『異』古入職韻，非其本音也。

至於考辨古韻，則多無可取之處。如，『名均』云：『上本彌盈切，此當讀如民音。下俱匀切，古無以耕清青字與真諄臻爲韻者，自《騷》賦乃有之，考見顧炎武《唐韻正》。』案：耕、真通韻，《楚辭》恒見。若《哀郢》天名相協，《遠遊》榮人征相協，《卜居》耕名身生真人清楹相協，皆耕真通韻，不得謂無其例也。又，『能佩』云：『上舊音奴代切，下匹位切。蓋古有以能作耐用者。然此當爲内異切較便，不則又須轉佩爲敗音始合矣。』案：能，古入蒸韻，轉讀如耐者，古入之韻。

佩，亦之韻。音『匹位』者古入物韻，音敗者古入月韻，皆非佩字古音也。又，『節服』云：『上子亦切，下蒲北切。』案：節古入質韻，無『子亦』之音。服，古入職韻，『子亦』之音古入鐸韻，亦不相協。節，當作飾，字之訛也。飾、服古同入職韻。又，『常懲』云：『上如張切，下轉直張切。』案：常音市張切，不音『如張』，當有誤。常古入陽韻，懲古入蒸韻，不相協韻。常，本作恒，避漢文帝諱也。恒亦入蒸韻。又，『同懲』云：『上徒紅切，下轉直紅切，舊音如同泥。』案：《離騷》：『曰勉升降以上下兮，求榘矱之所同。湯禹儼而求合兮，摯咎繇而能調。』同、調爲韻，則非同、懲爲韻也。同，當作周，字之訛也。周、調古同入幽韻。

《節指》者，離分《離騷》章節也。每節含若干解，每解四句，總十三節，九十三解。節下皆概述其節旨。篇首至『先路』爲第一節，『溯其初而敘言之也』。『昔三后』至『數化』爲第二節，『探其本而正言之也』。『余既滋』至『遺則』爲第三節，『表其實而昌言之也』。案又謂『自此已上《離騷》之大指已備，下文皆本此以立言』。此意甚得其蘊奧。『長太息』至『所厚』爲第四節，『素懷既定而反復以堅其願也』。『悔相道』至『可懲』爲第五節，『自反無缺而從容以廣其志也』。『女嬃』至『浪浪』爲第六節，『蓋即既堅之願而歷證以明其守也』。案又謂『此上俱法語之言，已下率皆寓言也』。所謂『法語』者，猶合乎禮法之語也。『寓言』者，寄託之語也。『跪敷衽』至『延佇』爲第七節，『欲廣之志而號呼以致其情也』。『朝吾將濟』至『終古』爲第八節，『不勝睽孤之懼，而曲盡其繾綣之思也』。『索藑茅』至『其不芳』爲第九節，『託意占辭，凡五解，設爲去就之端，而旁啚其刺譏之指也』。『欲從靈氛』至『折之』爲第十節，『託意巫言，凡七解，再稽異同之説，而大放其幽憤之辭也』。『時繽紛』至『乎上下』爲第十一節，『舍吉凶趨避之見，第信之於理，而決志於離群也』。『靈氛既告』至『而不行』爲第十二節，『極縱横瓌詭之觀，仍束之於義，而歸情於悱惻也』。『亂詞』爲第十三節，『綜全篇離憂之緒，而撮其大凡，仍堅矢於畢命之期，以爲歸宿也』。案：分節甚爲合理，多爲後世所取。節旨提綱挈領，簡要明白，甚便初學也。

《節解》者，以四句一韻爲節，每節詳加注釋。前有『屈子』『離騷』題解，稱屈子之文宜同孟子、莊子同列，不當以南音『獨囿』。又稱『離騷者，猶離憂也。「遭罹憂患」與「離別而懷憂」，兼有二義』。又謂『大抵屈子生平志行本末，具見此篇，蓋其所殫精畢力而爲之。以考之三王，建之天地，質之鬼神，俟之百世者，非如他作之或闡其畛、或抽其緒也。據此篇以觀《九章》諸作，其真僞離合不待辨而明矣』。則推崇《離騷》之可謂至矣。

字義訓詁、演繹意旨雖並存，然以見文詞指意爲重。訓詁宗王逸、朱注，而已爲其所改易，且時見新義，知其非因循舊説者比也。如，『紛吾既有此内美兮，又重之以修能。』解曰：『紛，盛貌。内美，賦之自天者。重，增益也。修能，修之於己者。承上言，己不徒恃美質，又克盡人事，如下文所云也。』『愚謂人自大聖以下，苟非績學砥行，則無以動心忍性，增益其所不能。屈子之於修能，所以歸潔其身者也。自此至終篇，凡言「好修」者五，「前修」「姱修」者再，而特發端於此。此一篇之指要也。』案：以『内美』爲『賦之自天』，『修能』爲『修之於己』『績學砥行』者，舊雖亦言及之，然未若此之利落透徹。又，『昔三后之純粹兮，固衆芳之所在。雜申椒與菌桂兮，豈維紉夫蕙茝。』解曰：『是即所謂「先路」者也。』案：其説甚確。何謂『先路』？此承以接之。所謂『自注』之法，今人謂之『插敘』也。又，『忽馳騖以追逐兮，非余心之所急。』解曰：『馬大縱曰馳，横奔曰騖。』案：其説是也。然『馳騖』連文，非兼用之。王注『馳騖惶遽』云云，蓋義之重在『騖』也。而『馳騁』之義則重在『騁』也。又，『汝何博謇而好修兮，紛獨有此姱節。』解曰：『博采舊聞，正言而不諱，是謂博謇。姱節，行之美也。』案：王注『獨博采往古，好修謇謇，有此姱異之節』云云，意與王注同，然直截簡明則過之矣。

或者修正舊注。如，『不撫壯而棄穢兮，何不改乎此度也。』解曰：『年盛曰壯，行惡曰穢。此度，己好修之度也。此正屈子自白其本懷，承上解言，若非欲乘壯盛之年，去穢行而集衆芳，胡終汲汲不遑若此乎？但言自恐其遲暮，而風切之指，已寓其中。若如舊解，方盛陳己美，而遽斥其君之惡，非義所安矣。』案：德純以二句指己言，是反意正説。而王注『言願君務及年德盛壯之時，修明政教，棄遠讒佞，無令害賢，改此惑讒之度，修先王之德法』云云，則以斥君之詞。其是非雖未遑定，蓋存之亦可備爲一解也。又，『悔相道之不察兮，延佇乎吾將反。』解曰：『悔，猶憾也。非「追悔」之悔。』案：其説是也。王逸注：『悔，恨也。』恨亦憾也，非『怨恨』之恨。朱注訓『追恨』，訛也。則德純蓋因王注而言。又，『忽反顧以遊目兮，將往觀乎四荒。』解曰：『遊目，周覽也。荒，遠也。此託言聊以自遣，即《詩》所云「駕言出遊，以寫我憂」者，固非求賢君之謂，亦不與篇末神遊之意同。』案：王注『將遂遊目往觀四遠之外以求賢君』云云，蓋因王注而發也。

或者駁斥時人俗世之成見。如，『雖不周於今之人兮，願依彭咸之遺則。』解曰：『屈子言己之所練要者，皆昔賢修己之成法，而今人以爲駭俗之畸行。其有不相牴牾以取患者乎？然果如彭咸之直諫沈身，是即前修砥行立名之極致矣。奉之以爲法，乃吾願也，而又何死生之足患哉！孔子有言，「志士不忘在溝壑，勇士不忘喪其元」。彭咸遺則，屈子蚤以畢命自矢矣，固不待《懷沙》之賦而後決也。』案：明季自汪瑗以來多以屈子『依彭咸』非水死之義，其斥之者固宜矣。

或者以男女君臣之喻解之。如，又，『惟草木之零落兮，恐美人之遲暮。』解曰：『美人，謂心所美之人。蓋託詞以寄意於君也。』『愚謂以美人目懷王。是矣。然語意最爲微至，蓋即男女妃匹，合離早暮之情，以言君友之際。此風人之家法，亦《離騷》之所以命篇也。讀者於此會心，思過半矣。』又，『初既與余成言兮，後悔遁而有他。余不難夫離別兮，傷靈修之數化。』解曰：『此亦以男女之際言之。成言，謂初相得之時，共成其約誓之言。』案：以『男女妃匹合離早暮之情』解『美人』之義，以男女相約解『成言』，皆甚得本旨。後世發明『《離騷》女性中心説』，亦因以承之矣。

《離騷》後半篇謁帝之旨，德純以爲『欲廣之志，而號呼以致其情也。凡所稱蒼梧、縣圃、扶桑、崦嵫，皆寓意託詞，初無定所，如想如夢，瞬息而周於六合之間。即虬鷖、鸞皇、望舒、飛廉之屬，亦心思偶至，雜撰成文。必一一爲之傅會其間，非愚則鑿矣。已後諸寓言，大都類此』。又，求女之旨則見之於『忽反顧以流涕兮，哀高丘之無女』之解，其曰：『女，以謂賢人也。承上言，世之汙濁如此，我其將離俗而遠去矣乎？乃忽焉睠顧宗國，不能不惻然於君側之無人，固將及我未死之年，冀得一同志之人，出而圖吾君耳。是此節求女之本懷。』是與王注無異。然具體詮釋之間則未盡相同。如，『求虙妃之所在』，解曰：『虙之爲言伏也。此以寓賢人之伏處肥遯，而無求於世者，如沮溺丈人之流。』又，『見有娀之佚女』，解曰：『佚之爲言逸也。此寓賢人之遺逸於時，沈淪而不偶，遂自高其志，如孔子所稱「逸民」者。』又，『留有虞之二姚』，解曰：『姚，虞之姓也。此則謂賢人之懷抱利器，歷土而相君者，故其詞曰「留」。』又，概述『求女』一節之意云：『愚聞古之治朝，非特賢輔力也，蓋亦有内助焉。懷王以不寤之故，内惑於鄭袖，而外欺於張儀，其所由來漸矣。屈子以呼搶之情，而借言於求女，諷譏之指，不在於斯乎！』則又以真求賢女，而爲君之内賢助矣。

德純以西行遠逝一節爲『遊魂之境』，云：『萬物生於東而死於西。前者周流求謁，備極險難，是意猶不能無冀幸也。今也無所爲而爲此遊，亦既志得氣揚，可以麾斥六合而自如矣。乃其詞曰「夕余至乎西極」、曰「詔西皇使涉予」、曰「指西海以爲期」。虞淵日迫，而無復有扶桑、若木之思。此即以畢命自期之明驗也。人特炫於瑰麗之文而弗之覺耳。蓋形骸雖化，而清明正直之氣，浩然與天地相往來，縱不必爲神爲仙，而神與仙初不異此也。況乎屈子庚寅之降，其生也有自來。則彭咸遺則，其死也必有所爲。意若曰：他日魂遊定何所？其在崑崙、赤水之閒乎？此屈子卒章之意。而後人傅會於登遐冲舉之説，爲夸而無當也。』案：此番論議至善，頗得屈子本旨。屈子之西行遠逝者，實魂遊於西方地府，是死之讔語。舊所謂『登遐』，亦死之讔語，非仙遊也。而魂神及至死亡之境，僕懷馬蜷，蓋臨死猶不忍以死之。其於生與死之際首鼠兩端，似未能遂決之也。及至『亂曰』，知『國無人莫我知兮』『既莫足與爲美政兮』，於世無可立足，則方毅然從彭咸所居，以死畢其志矣。

然則此書非『足金』之美，不無瑕疵，見其牽合傅會、思慮不周之處亦復不少。舉其犖犖者，蓋莫甚於『卜氛』『問咸』二節也。『靈氛既告余以吉占兮，歷吉日乎吾將行』。解曰：『巫咸之言，悉與占合，而獨再舉靈氛者，蓋求君之説，所不願聞，而第信其遠逝之爲吉也。』案：觀氛之占，勉其遠逝以去，即下魂遊西方也。而咸之告其陟降上下，『求榘矱之所同』者，是待時謁君，若三代君臣相合也。氛占是勉其死，咸告是勉其生。且靈氛繇辭『有女』之『女』，即『高丘』之『女』，指楚之先祖也。求女，即反本歸宗之謂耳。二者不同若是，誠不知其『合』在何處。字義訓詁，蓋非其所長，於舊注取舍猶有不密處。如，『畦留夷與揭車兮』，解曰：『作壟而種曰畦。』承朱注者也。王逸注：『畦，共呼種之名。五十畮爲畦。』案：『五十畝爲畦』，當是確解。《説文》《蒼頡篇》並云：『五十畮爲畦。』段注：『《蜀都賦》劉注曰：「《楚辭》『倚沼畦瀛』，王逸曰：『瀛，澤中也。』班固以爲畦，田五十畝也。」此蓋班固釋「畦留夷」之語，今俗本《文選》佚之。按：《孟子》曰：「圭田五十畝」。』則『五十畮爲畦』，班氏《離騷章句》遺義。圭田，即畦田也。清李無齋《炳燭編》卷一『圭田』條云：『「圭田之圭，即畦之省也。」《孟子·滕文公上》：「卿以下必有圭田，圭田五十畝；餘夫二十五畝。」又曰：「方里而井，井九百畝，其中爲公田。八家皆私百畝，同養公田；公事畢，然後敢治私事，所以別野人也。」《禮記·王制》：「夫圭田無征。」鄭注：「征，税也。《孟子》曰：『卿以下必有圭田。』治圭田者，不税，所以厚賢也。」孔疏：「圭，絜白也。言卿大夫德行絜白乃與之田，此殷禮也。」據此，圭田，卿大夫之私田。明孫蘭謂《九章·方田》有『圭田』，求廣縱法圭者，合二勾股形，井田外零星之不成井之田。春秋戰國之世，卿大夫專政，徵民力墾其私以傾公室。其時『民患上力役，解於公田』，而『民不肯盡力於公田』有之，令民競耕於卿大夫私田，使『公田稼不善』亦有之。上文百畝，公田，言樹蒔蘭、蕙於公，喻在朝擢引國士。此樹藝留夷、揭車於圭田，比私淑弟子。謂屈子於公於私，唯薦進賢能是務，皆不爲己身謀矣。又，『固時俗之工巧兮，偭規矩而改錯。』解曰：『偭，猶面也。』蓋謂對面之意。案：王逸注：『偭，背也。』其説不易。面之訓面向、訓背面，正反同辭也。面、偭古今字。《左傳》僖公四六年『許男面縛銜璧』，杜注：『縛手於後，唯見其面。』《史記・項羽本紀》：『顧見漢騎司馬呂馬童，曰：「若非吾故人乎？」馬童面之，指王翳曰：「此項王也。」』《集解》引張晏：『以故人故，難視斫之，故背之。』又引如淳：『面，不正視也。』《宋微子世家》『肉袒面縛』，《索隱》：『面縛者，縛手于背而面向前也。』《後漢書・光武帝紀》『丙午，赤眉君臣面縛，奉高皇帝璽綬』，李賢注：『面，偝也。謂反偝而縛之。』《張衡傳》『故智者面而不思』，李賢注：『面，偝也。』明焦竑《焦氏筆乘》云：『古文多倒語。面規榘而改錯，以面訓背也。』皆其證。

此書有康熙五十三年甲午讀書松桂堂刻本及乾隆五十年乙巳郡署重刊朱墨套印本。乾隆本雖據原本重刊，然增何義門之批語。此評所據爲康熙本，原屬海東碩園舊物，末尾題曰：『大正丁巳八月十一日馬山泉場客舍與諸本對讀，可取者不少也。』今見藏大阪大學圖書館。（黄靈庚）

# 楚三閭大夫賦

《楚三閭大夫賦》者，清王邦采之所作也。邦采字貽六，號『湖上逸人』，蘇之錫山人。康熙間諸生，中歲棄舉子業，覃精經義，淹該史學。能詩，好古文辭，尤工畫。所著别有《吴淵穎詩箋》十二卷。又嘗作傳奇《雙奇會》一種，已佚。事載《國朝耆獻類徵》卷四百二十四《王邦采傳》。

此書依朱子《集注》爲底本，文字彼此多合。其雖分《離騷彙訂》《屈子雜文箋略》，實即一書。其所輯者皆屈子所作，合而稱之曰『楚三閭大夫賦』，蓋以三閭之『職爲貴戚之卿，誼矢靡他，故繫之以「楚」也』。又，『「楚詞」者，統宋玉、景差而言之，非屈子之專書也。此爲屈子之專書，例不得統言也。若夫不曰「詞」而曰「賦」者，從《漢志》也』。凡六帙：首帙有王邦采《離騷彙訂序》《彙訂姓氏》，屈子像及像贊，司馬遷《屈原列傳》（稱『善讀《離騷》者千載以來一人而已』），沈亞之《屈原外傳》（稱『可補《列傳》之遺』），賈誼《吊屈原辭》《離騷讀本》《書〈離騷〉後》《讀騷絶句》二首。第二帙至第四帙《離騷彙訂》，第五帙《九歌箋略》《天問箋略》，第六帙《九章箋略》《遠遊箋略》《卜居箋略》《漁父箋略》。則以《漁父》以上七卷爲《漢志》『屈原賦二十五篇』之數，《九歌》雖名『九』而實即『十一』。而林雲銘氏以《九歌》實止『九』，而據史遷《傳贊》，充之以二《招》，以合二十五之數。嗣後從之者甚衆，故邦采氏不能不辨，乃斥之云：『所謂「悲其志」，即讀玉之文而悲原之志，何不可者？如必援此爲證，何以《九章》之中，太史專指《哀郢》、傳中又止載《懷沙》一章，外此爲原作與否，亦不妨用此爲疑也』。又云：『且二《招》文采雖極絢爛可觀，而靡麗閎衍有不免焉。使屈子秉筆自招、招君，必有一種忠愛激楚之意溢於筆墨之外，而不徒侈陳飲食宴樂之豐、妖冶歌舞之盛、堂室苑囿之娛，爲此勸百諷一，如楊子雲之所譏也。具明眼人自能鑒之』。二《招》是否爲原所作，則至此庶幾定讞矣。

邦采之作是書之緣由，蓋有二焉。一則在乎有感於『世多好古之士，無一人不讀《離騷》，卒無一人能讀《離騷》』者，以『屈子之自命高，以庸俗求之則陋；措詞婉，以粗鄙求之則悖；取徑曲，以艱深求之則

讀離騷絕句

讀離騷絕句

離騷彙訂

離騷

王氏 離騷經者屈原之所作也離別也騷愁也經徑也言已放逐離別中心愁思猶依道徑以風諫君也

洪氏 案古人引離騷未有言經者蓋後世之士祖述其詞尊之爲經耳非屈原意也逸說非是

帝高陽之苗裔兮朕皇考曰伯庸

王氏 德合天地稱帝高陽顓頊有天下之號帝繫曰顓頊娶于騰隍氏女而生老僮是爲楚先其後熊繹事周成王封爲楚子居于丹陽周幽王時生若敖奄征南海北至江漢其孫武王求尊爵于周周不與遂僭號稱王始都于郢是時生子

離騷彙訂　一　廣雅書局栞

晦；頭緒煩，以拘牽求之則亂；採用博，以臆鑿求之則舛；罕譬多，以色相求之則誣；意言雋，以塵腐求之則固。坐此七病，而《離騷》不可得而讀矣，況規規焉擬而學之，欲與之俱馳騁筆墨，不已過乎」。二則有激於清初文字之獄，誅連無辜，人心惶懷，乃不無感慨云：『文字之禍，自古爲然哉。《坤》爻之六四曰：「括囊无咎。」《鴻雁》之卒章曰：「維此哲人，謂我劬勞。維彼愚人，謂我宣驕。」一讀至此，未嘗不掩卷太息也。屈子之被讒而見疏也，以奪藁而不與也，入朝見嫉，甚于入宮見妒，屈子知之稔矣。《騷》胡爲而作哉？「正則」隱其名矣，「靈均」隱其字矣，夫非憂讒畏譏之意乎哉？而卒來子蘭之怒，上官之短，遂令後人議其「露才揚己，競乎危國群小之以離讒賊」，生不免于放流，死猶招夫訾病，能不動人焚筆硯之想哉！』其隱約其辭，不亦借題發揮而別有所指斥之乎！尤以《讀離騷有感》二絶，云：『何物王敦擊唾壺，悲哉阮籍哭窮途。楚騷夜讀一輪月，若有人兮窗外呼。』其處境、心迹亦自可推知矣。是以《彙訂》詮釋字句，亦不無寓己所慨，有意延拓推演之。如，『長太息以掩涕兮，哀民生之多艱』句云：『蓋大夫貞白盟心，以身殉國，彼譖人者，其心孔艱，有志莫伸，反遭束縛，緬懷興歎，振古如兹，真欲放聲一慟矣。』與其云放聲爲屈子慟，則莫如慟己矣。

邦采讀《騷》，矚目於剖析結構，劃分段落，稱『必審其結構焉，必尋其脈絡焉，必考其性情焉，結構定而後段落清，脈絡通而後詞義貫，性情得而後心氣平』。是故讀《騷》者必先反覆誦讀，熟讀本文，『尋繹玩味，後取諸家注釋，證其異同，考其得失，自然神遇心契』云。其設一『讀本』者，正緣於此也。乃分《離騷》三大段，《彙訂》於各段之末皆概述其意：自篇首至『豈余心之可懲』爲第一段，云：『文勢至此，爲第一段大結束，而全文已包舉。後兩大段雖另闢神境，實即第一段之意而反覆申言之，所謂「言之不足又嗟歎之」也。其中起伏斷續，變化離奇，令人莫測。』自『女嬃之嬋媛兮』至『余焉能忍而與此終古』爲第二段，云：『大夫明以天帝喻楚王，以神女喻良輔，叩閽解佩，奄忽神遊，延佇逍遥。終同夢幻，反覆嗟歎之也。』自『索蔓茅以筳篿』至篇末爲第三段，云：『彭咸所居，乃通篇之結穴也。……再託爲靈氛、巫咸之語作一餘波，即大夫意中亦不妨姑設一去國之想，歷吉將行，遠逝自疏。……其如義不可去，情不忍去，惟以死諫，竊比彭咸。則汨羅之投，審之詳而處之當，非輕身一擲明矣。』此三段之説，雅爲後人所重所因襲者，於斯而言，此書於楚辭學史真可占據一席矣。

《彙訂》於明季注家皆斥之不置，稱黄惟章之《聽直》『有激而言之，非注書之正體』，而陸昭仲之《疏》『甚爲疏陋』，而專取王逸《章句》、洪興祖《補注》、朱熹《集注》、徐煥龍《洗髓》、林雲銘《燈》、朱冀《辨》六家，蓋其時最顯者也。乃評騭云：『朱子《集注》，大半本之王、洪兩家，間有改竄，未見精融。天閑氏謂屬後人之假託，疑或然也。林氏西仲自謂「可燭照無遺」，而讀之如聞夢囈。天閑氏力闢之皆當，惜其拘牽臆鑿諸病，更甚於前人，而才情横溢，又足以文其背謬，迷人心目，其貽誤後學尤非淺淺。因俱用直筆標於旁，而詳加辯正焉。但求其義之安而已，非好爲論難也。』其論六家得失，大略深刻。然以朱子《集注》『屬後人之假託，疑或然』云云，屬道聽塗説，不足爲訓矣。其書體例，列陳六家異同，蓋惟於是非之端則取舍之。或者於『案』語直陳得失，徑下己意。如，『攝提貞于孟陬兮』，首列王注：『太歲在寅曰攝提格。正月爲陬。』次列朱注：『攝提，星名，隨斗柄以指十二辰者也。陬，隅也。正月爲陬，蓋是月孟春昏時斗柄指寅在東北隅，故以爲名也。』則與王注不同。次列朱氏《辨》：『孟，謂孟月。陬，謂陬訾。從來「欽若授時」，未有不以日躔爲王者。孟春之月，日在營室。營室即亥方，陬訾之次。《爾雅》之釋「正月爲陬」，義疑取此。若論孟春攝提所指，實在寅方析木之次，與陬訾無涉也。今攝提指陬訾，則日躔析木可知。大夫之生明係孟冬十月，非正月矣。』其與王、朱又不同。邦采『案』語云：『《史記·曆書》：「閏餘乖次，孟陬殄滅，攝提無紀，曆數失序。」注云：「正月爲孟，閏餘乖錯，不與正歲相值，謂之殄滅。攝提，星名，隨斗杓所指建十二月。若曆誤，春三月當指辰而指巳，是謂失序。』據此，則孟陬爲正月無疑。曰「貞于孟陬」者，謂時序之不錯誤也。釋陬爲隅，意固未的，代貞以指，義亦不安。陬訾尤屬强爲牽合。』則直駁朱冀訓『陬訾』之訛。又，『皇覽揆余初度兮』，首列王注：『言父觀我始生時，度其日月皆合天地之正中，故賜我美善之名也。』蓋以『初度』爲『始生時』。次列朱注：『初度之度，猶言時節也。』與王注同。次列徐氏云：『初度，猶言初時日月星辰各以度成時也。』蓋亦取『時節』之意。次列林氏云：『初生時氣象，便與凡人不同……下文許多「度」字，俱本于此。舊注作「時節」，欠妥。』則以爲法度之義。邦采『案語』力主『時節』之説，云：『下文「度」字多説法度，與此處「度」字無涉。林子蓋誤于五臣注「我父鑒度我初生之法度」句耳。宜從《集注》爲正，而徐説尤長。』又，『名余曰正則兮字余曰靈均』。首列王注：『正，平；則，法。靈，神；均，調。言正平可法則者莫過於天，養物均調者莫神於地。高平曰原。故名我爲平以法天，字我爲原以法地。言己上能安君，下能養民也。』次列洪《補》：『《史記》：「屈原，名平。」《文選》以平爲字，誤矣。正則，以釋名平之義。靈均，以釋字原之義。名有五：屈原以徳命也。《禮記》曰：「三月之末，父執子之右手，咳而名之。」又曰：「既冠以字之，成人之道也。」《士冠禮》云：「賓字之曰：昭告爾字，爰字孔嘉。」字雖朋友之職，亦父命也。』次列徐氏：『平也者，無偏陂、合準繩也。原也者，中通理外普同也。正則、靈均，蓋從「平原」二字衍釋其義而爲詞也。』次列林氏：『便有顧名思義，不當從俗之意。』次列朱氏：『正則，起後「遺則」。靈均，對後「靈脩」。』邦采『案』語乃評騭各家云：『「正則」「靈均」四字，王説太遼闊，洪亦無所發明。惟徐氏解字著實切當。至天閑氏云云，猶西仲氏謂「初度度字起下文許多字耳」。古人行文埋伏照應，固有一定之法。若必欲字字强爲牽合，未免別生枝節，墮入雲霧矣。』全書皆以此式，一貫到底。今人游國恩氏著《離騷纂義》《天問纂義》，蓋取式於斯也。

邦采以爲『屈子之文生于情也，洋洋焉，灑灑焉，其最難讀者，莫如《離騷》一篇，而《離騷》之尤難讀者，在中間見帝、求女兩段。必得其解方，不失之背謬侮褻，不流于奇幻，不入于淫靡，令屈子一片深情千古共白，如聞其聲，如見其人也』。是以《彙訂》全力以釋解見帝、求女兩段之旨，乃比較、折中六家，取其所是，棄其所非，一本之於屈子之情。稱『朝發軔于蒼梧』以下，『雖多寓言，然皆大夫忠誠之悃，存想所注，非徒以奇幻淫靡，開後來周秦行紀等法門也』。至『若望舒，若飛廉，若鸞皇，若雷師，若鳳鳥，若飄風，若雲霓，所謂「紛總總」而「斑陸離」者也。乃使望舒前驅矣，飛廉後屬矣，鸞皇先戒矣，而雷師若或沮之。又令鳳鳥飛騰，繼之日夜矣，而飄風若或難之，且統率雲霓朋比而鄣蔽之。凡此紛然其若離若合，斑然其或上或下者，迄無一定。此時大夫之心神意緒，亦爲之怳惚不寧矣』。邦采以見帝之役使神靈，種種儀從之敷張，不以『奇幻淫靡』待觀，乃屈子之『心神意緒』之映照，亦是『忠誠之悃存想所注』。則可謂獨具慧眼，足破前人妄附比喻之迷霧矣。又，『吾將上下而求索』，以『求天帝之所在也。天帝廣莫沖居無朕，以喻君門萬里，欲叩無由。蓋大夫既遭放斥之後，不能再覲天顔，雖一念思絶塵離世，獨作飛仙，而一念旋憂及君國，不能自已，急圖以所得中正之道再進之于君，又恐日暮途窮，補救莫及，欲令羲和弭節，暫稽日輪，庶天衢雖遠，猶得從容求索天帝之所在，而一見之也』。又，見帝受阻於帝閽，稱『大夫之意，以天帝喻楚王，王爲黨人所蔽。溷濁蔽美一歎，蓋歎楚也。認定此意，自無錯鑄』。

三求女一節，邦采亦自爲新解，而約之以『忠君愛國之懷』。以『哀高丘之無女』爲『從上轉下之關棙』，而『相下女之可詒』方是『求女之入題』。則以虙妃比『當時位高望重者』，以求有娀佚女爲高辛先我而得，是比『楚材晉用』，以二姚爲『貞而不字之淑女』，是比『隱而不仕之高人』。而『靈氛一段蒙求女而言。大夫之求女，求之楚境也。靈氛則勸其求之九州，乃求女之餘波也』。至『巫咸一段蒙見帝而言。大夫之見帝，蒙君之悟也。巫咸則勸其擇君而仕，乃見帝之餘波也』。

雖不無罅漏之處，然前後脈絡聯貫，自成繫統矣。又，邦采說末節西行遠逝，以爲設想去國以赴西天，謂惟『西皇爲能鑒予之忠誠』，乃『騰衆車以候升，其憐才者至矣。曰「徑待」者，遣使以致慇懃，必于路旁小道也。西海，西皇之所居也。「指以爲期」，所謂「遠逝以自疏」者，此則其盡境耳。雖然《哀郢》之章曰：「背夏浦而西思，哀故都之日遠」。然則西海爲期者，大夫其終不忘情于西乎』。然則西至何地？『西皇』以比何人？楚王歟？抑秦王歟？邦采模糊其辭，皆未言其義，似存疑之不得其解也。邦采又云：『西極，以寓日暮途窮之意。』蓋近屈子本旨。若夫遠逝西行以自疏，實以寓死耳。『奏《九歌》以舞《韶》兮，聊假日以媮樂』，此屈子設想至於西天極樂之境也。而果『陟陞皇』而入于冥塗，則心又不忍，故借『僕夫悲余馬懷』以言之。蓋屈子之處乎生既不得、死又不能之矛盾境地而無從解脱。直至篇末『國無人』，又『莫足與爲美政』，乃毅然『從彭咸之所居』也。此邦采亦未詳審矣。

邦采之精義，即在於『案』語，蓋實事求是，務求平易，力戒好奇之說。如，『扈江離與辟芷兮，紉秋蘭以爲佩』。朱冀訓『扈』爲『從』，釋『紉』爲『以綫貫針』。邦采云：『扈，王訓被，無不可從。而天閑氏必抹「被」而改訓爲「從」，何也？且古人注書，義簡而明。紉之訓「索」，訓「續」，即「以綫貫針」之意云爾。觀下文「貫薜荔」「索胡繩」，自可了了。今乃一概抹殺，何哉！至曰「江」、曰「薜」、曰「秋」者，總是不求人知，羞與俗伍，無用零星說、囫圇說之叨絮也。』朱冀別出心裁，徒滋歧紛耳，其駁至當。又，『來吾導夫先路』，六家皆訓『來』爲君之隨我而來。邦采云：『「來吾」者，吾來也。《騷》多此句法，自覺矯健。諸解不免沾泥帶水。』其說是也。『來吾道』，言吾來導。《離騷》句法，有述語置於主語前者，『汩余若將不及』『步余馬』『回朕車』『邅吾道』『屯余車』『總余轡』，皆其類也。六家皆非。又，『余固知謇謇之爲患兮』，王注：『謇謇，忠貞貌也。《易》曰：「王臣謇謇，匪躬之故。」』洪氏：『「王臣謇謇」，《易》作「蹇謇」，先儒引經多如此。蓋古今本或不同耳。』朱子：『謇謇，難于言也。直詞進諫，己所難言，而君亦難聽，故其言之出有不易者，如謇吃然也。』朱氏：『謇，直言貌。謇謇者，犯顏苦口，屢進讜言也。謇謂太甚，君怒轉增，徒爲身患。』邦采折中之曰：『《後漢》魯丕疏曰：「陛下既廣納謇謇，以開四聰，無令芻蕘以言得罪。」則謇謇訓謇吃，不如訓謇謂爲優。』案：謇謂，正言直諫也。謇吃，口吃語訥也。又，『余既滋蘭之九畹兮，又樹蕙之百畝』。王注：『滋，蒔也……樹，種也。』朱氏：『蘭蕙以比有德之士，蘭有國香，成德君子也。原與之互相滋益，故曰滋。』邦采云：『滋與樹爲互文，滋者猶《泰誓》「樹德務滋」云爾，無互相滋益之意。』案：其説是也。然王注訓『蒔』，通假借也。《説文》：『蒔，更別種。从艸、時聲。』段注：『今江蘇人移秧插田中曰蒔秧。』滋蘭，即蒔蘭。蒔之從時聲，時爲更替、更別之義。《莊子·徐無鬼篇》：『堇也，桔梗也，雞廱也，豕零也，是時爲帝者也。』《淮南子·説林訓》：『譬若旱歲之土龍，疾疫之芻狗，是時爲帝者也。』《齊俗訓》：『見雨則裘不用，升堂則蓑不御，此代爲帝者也。』三例句法相同，以類證之，時即代也。故蒔字解『更別種』也。又，『羌内恕己以量人兮』，朱氏云：『言我内存恕心，外揆人事，以進説于君上，期引君于當道，初未嘗與黨人争利。』則以恕爲屈子自恕。邦采云：『小人鄙穢心腸，累千百言，摹寫不盡者，屈子以「内恕己以量人」六字括之，能令小人面目如生，肺肝如見。朱子集注亦仍洪氏之説。何天閑氏所見之固也。恕本是好字面，然恕人則公，恕己則私。猶之利本是不好字面，然利己則私，利物則公。在用之者何如耳。』案：其説是也。忠恕之義在於所施於何人何事者何如耳，非處處一成不變，皆爲褒義也。又，『非世俗之所服』，王注訓服行，林氏訓服用，朱氏訓服習。邦采云：『服字宜從王注訓行。緊承上文而言，以遍體之清芬，表服行之貞潔也。』案：此以上下文承接之間，而斷諸家之得失者也。

邦采體察入微，反覆審度，而求其文詞意旨所在，而考定《離騷》之作年。『亦余心之所善兮，雖九死其猶未悔』。邦采云：

『「九死未悔」，在「既替」「又申」上，見得大夫以蕙茝喻忠言，攬則有持而進之之意。若曰君既替余以蕙纕，余心宜知自悔矣。而「余又申之攬茝」，終不以王之怒而變塞者，亦以蕙茝之芬芳，余心所善在此，故雖九死而不悔也。篇中惟此處爲既疏猶諫之。正文諸解俱走入拙路，愈求愈晦矣。』其眼界卓爾。若此爲『既疏猶諫之』者，則屈子作《騷》之年，非在『見疏』之時，宜在見斥棄之後之確證矣。邦采固以《離騷》爲『大夫致命之詞』，稱『洪氏謂作于懷王之世者，由于讀腐史本傳而未深究之耳。本傳「王怒而疏屈平」，敘所以見疏之由，「憂愁幽思而作《離騷》」，敘所以作《騷》之故。爲一篇之總冒，非謂懷王怒而疏之，即作如許哀慘之音也。果爾，與遠之則怨者何以異？且《離騷》爲屈辭之總名，非專指此辭也。《天問》《遠遊》皆是也。所謂「一篇之中三致志焉，令尹子蘭聞之大怒」者，又安知非作于頃襄既立，借鑒前車以屬望後王歟？腐史之文疏而不密，吾于屈子之傳而益見云』。則足掃盡千古之迷霧矣。又，『忽反顧以遊目兮，將往觀乎四荒』。邦采云：『反顧者，低頭回看也。遊目者，舉頭流覽也。四荒，猶言四方。曰「荒」者，言觀望之遠，有傲睨一世之意。往觀之徵之于人以自考也。繁飾彌章，佩與芳菲，有加于前也。四荒之大，絶無同類，即大夫眼中意中，亦自覺其光耀奪目，而疑其不近人情也。』案：往觀四荒，諸家聚訟紛如，然多以爲開下篇上征之詞。邦采以『徵之于人以自考』解之，則啓下女嬃、重舜、上帝、三女、靈氛、巫咸，皆其所徵者歟？蓋亦爲一家説也。又，『女嬃詈予』一節，邦采云：『女嬃三以「獨」字詰大夫，獨，非大夫所諱也。「獨好脩以爲常」，大夫不嘗自云乎？特衆好爲朋，便見「獨」耳。舉世滔滔，獨行踽踽。姊嬃之云若責之，實深痛之也。』案：拈出『獨』字以標舉屈子之行，以『若責之實深痛之』云云，以括嬃之詈詞，皆深得其奧矣。

《彙訂》又有『考異』『音釋』『叶韻』三目，隨文而注。然『考異』取之於洪氏《補注》，『音釋』『叶韻』取之於朱子《集注》，無所發明，故略而不論。邦采考訂《離騷》文句，嚴謹不苟，頗費周折。如，『不撫壯而棄穢兮，何不改乎此度』。《考異》：『「不撫」，一無「不」字。』邦采云：『「何不」與上句互文，上「不」字已暗含一「何」字，而又帶起下文之詞。此等連上搭下繾綣句法，全從三百篇來，後人莫辨且莫知。』案：其説是也。邦采云：『此段本之徐友雲氏《洗髓》，稍爲增益之。』則未抹他人之名而占爲己有，尤難能可嘉矣。又，『曰黄昏以爲期兮，羌中道而改路』。洪氏：『二句王逸無注，至下文「「羌内恕己以量人」，始釋「羌」義。疑此後人所增。』朱子：『洪説雖有據，然安知非王逸以前此下已脱兩句邪？』邦采云：『王之不注此二句者，蓋併此二句而無之也。若此下脱兩句，則王當云「疑有闕文」矣。且少此二句，于文氣未嘗不貫。宜從洪説。』案：其説是也。呂伯恭嘗云，朱侍講持論過高，雅好勝人，『頗乏廣大温潤氣象』。亦於此斯可見矣。

《屈子雜文箋略》者，所以箋釋《九歌》《天問》《九章》《遠遊》《漁父》《卜居》也。序稱『屈子之文舊傳二十五篇，而其精神之凝聚、學問之歸宿，胥於《離騷》大篇發之。外此則皆其散見之文耳。《九歌》之音思以慕，《天問》之音思以荒，《九章》之音思以激，《遠遊》之音思以曠，以至《卜居》《漁父》惝怳愁悽鬱結之思，纏綿莫解，要莫能出《離騷》之範圍矣』。故《離騷》詳而『彙訂』之，而《九歌》以下『箋略』之可矣。然各篇皆爲之解題，批駁謬誤，直陳己見，多有新解。其乃稱《九歌》之曲，歌曰『九』而篇『十一』者，以二《湘》、二《司命》各祇一歌，則『《九歌》是九篇耳』。蓋異於陸時雍等以《國殤》《禮魂》二篇不在其内者。稱《天問》『蓋其所爲呵而問之者，心煩志迫，有觸即書，非必出於一時想，屈子意中亦未嘗先定全篇結構，如何聯絡，如何照應，然後濡毫也。特楚人哀而惜之，從頽垣斷壁間彙録編次，以志不忘，其中豈無遺漏舛譌？而後人强爲聯絡照應，過已。至所問之事在屈子亦不求甚解，如「鴟龜」「朴牛」及「采薇」「嗌犬」等類，當時必實有見聞，一經秦火，載籍無稽，既未詳考其由來，何從臆斷其謬妄，乃嘵嘵辨厥有無，一一爲之條對邪？嗟乎，吾安得起屈子於九原而還問之』云。意謂不必强求其次序也。稱《九章》『屈子既放，思君念國，隨事感觸，輒形於聲。

後人輯之得九章，合爲一卷」，其雖『非必出於一時之言』，大抵作於江南之野。而黄維章《聽直》、林雲銘《燈》改易舊次，未見其能通也，『悉仍《章句》舊編，不敢附會穿鑿，妄有更定』。足見謹慎如此。稱《遠遊》之作，特借遊神山、煉丹砂『以一抒其沈鬱之氣耳』。而『其最難尋玩者，在遊過東西兩方後，即接以驚霧流波一段，而詞意又在隱顯之間。或以爲水遊娱樂，固屬節外生枝。或則謂楚南諸澤，向爲黑霧驚散之流波，以比楚政昏亂，人民驚散流亡。如其説，則是遊於南矣。下文「臨睨」「直馳」如何承接邪？不知屈子之意雖欲縱遊四方六合，而獨不忍南遊，故由西即以及北。北遊用前後分寫，中間夾入南疑，又極侈言樂事，聊以忘憂。忽輕輕兜轉玄帝，用三四言煞住。蓋彗星、北斗、玄武、文昌已鋪張在前耳。後人墮入迷樓，遂至紛紛錯解。試細心反覆讀之，當不以予言爲河漢也』。疏分脈絡，亦自成其説。稱《卜居》者，『卜其居身之術』，屈子設疑以『警世』耳。稱《漁父》同《卜居》，『皆假設問以寄意』。案：『警世』二字，蓋括盡二篇，幾無剩義矣。

《屈子雜文箋略》字義訓詁，『舊文仍其什七，管見參以二三。雖略焉而不詳，亦擇之而心慎』，誠有可取者。如，《東皇太一》『吉日兮辰良』，注云：『祭必卜日。此句爲一篇之總冒，亦《九歌》之總冒也。』凡祭必皆有卜日之禮，後十篇雖無此言，則可據此以推之矣。《雲中君》『謇將憺兮壽宫』，注云：『將憺，與「將愉」同一句法。』其説是也。將，謂且也。然謇非語助詞。謇即蹇也。猶偃蹇之蹇，高也。蹇將憺，謂高且安也。又，《湘君》『隱思君兮陫側』，注云：『陫側，猶悱惻也。』《湘夫人》『目眇眇兮愁予』，注云：『眇眇，歛目以望遠也。』《山鬼》『既含睇兮又宜笑』，注云：『含睇，謂含情於睇中。』《天問》：『登立爲帝，孰道尚之？女媧有體，孰制匠之？』注云：『天地肇判，邃古遐邈，不可得而詳矣。同處儔類之中忽焉登立爲帝，如包羲氏之王天下，孰開道而崇尚之？人生禀氣血於父母，如器之制於匠氏，若女媧有此異體，孰制匠之？人首蛇身之説未可信，然必有異於人者矣。』又，『伯林雉頸，維其何故？』注云：『人自經則項青紫相間如雉色，故曰雉經。」《惜誦》「又衆兆之所讎也」，注云：「相怨曰仇，必報曰讎。」《懷沙》「獨無正兮」，注云：「正，舊作匹，今從《集注》。無正，與「並日夜無正」意同。」案：以上皆言之有據，於解屈賦不無有助云爾。

然訓詁之事，非邦采之所長，憑虛臆解者，時或見之。如，《彙訂》「夫惟靈脩之故也」，邦采云：「「靈脩」二字，原難强爲分疏。諸家聚訟紛紛，終未了了。據鄙見，宜從二字反面會意。蓋懷王爲讒諂所蔽，心不敏靈矣，而方正日疏，政不脩治矣。靈脩者，大夫頌其君之詞，即借以爲稱其君之詞。」其説繳繞不通。朱子以爲「婦悦其夫之稱，亦託詞以寓意于君」者，最爲達詁。又，「怨靈脩之浩蕩兮」，邦采云：「浩蕩，猶詩人「蕩蕩上帝」之謂……若浩浩蕩蕩，無思無慮，豈復能細心體察而不爲所惑哉？大夫以「浩蕩」二字怨其君，真所謂「怨誹而不亂」者矣。」案：王注：「浩猶浩浩，蕩猶蕩蕩，無思慮貌也。」最爲達詁。惟分拆二字，則亦失之。浩蕩，猶不分别之貌。訓詁字或作「溷沌」「溷濁」「鴻洞」「虹洞」，皆廣大無際極之貌。與訓「無思慮」者通矣。或作「豁達」，通暢無礙貌，其義亦相仍。水之迷茫無涯曰「泓澄」「浩洋」「瀇洋」，月色朦朧不明曰「朦朧」，耳不聰曰「惝怳」，日不明曰「埃暟」，雲覆蔽日曰「靉靆」「曖曃」，思慮不清曰「貸騃」「懛獃」。魚、陽對轉，浩蕩或作糊塗、鶻突。王注「無思慮」云云，即糊塗也，與下「不察」接榫。解者宜因聲抽繹，則會心非遠；若拘形强解，則生扞格矣。迂濶無所繫屬。又，陳詞重華一節，邦采解云：「陳詞而就重華者，以古今來，君臣相得，莫過于唐虞。君則放勳，臣則重華，一堂之上，都俞吁咈，何等氣象，何等規模，而今殊不然也。此大夫之所以撫膺而長太息者也。」案：嬃詈之詞，自鮌之婞直起，而殛鮌於羽野者，雖是堯命，實是重華也。是以屈子陳詞因之就重華而節中之。其説漫無邊際，大而無當矣。又，「和調度以自娱兮，聊浮游而求女」。邦采云：「調字，當依《集注》作去聲讀，言聲調太高，則和者彌寡，法度太峻，則合者愈難。和其調則不傷于促矣，和其度則不病于隘矣，掃去憤嫉之情，頓覺春融在抱，何不足以自娱乎？』如痴人説夢，不知所指。和者，爰也，於是也。調度即踸踔，乍行乍止之貌。與下句『聊浮游』相對成文。《哀郢》『過夏首而西浮兮』，注云：『夏首，即夏口。』非也。夏首，夏水别江之口。夏口，夏水復入江之口，即今漢口。又，『當陵陽之焉至兮』，注云：『陵陽，謂江陵之陽，正郢都之處焉。』案：非也。陵陽，言陵乘陽侯之波也。謂方當乘波而行，其至於何所也。若作地名，則當字亦不可解。《抽思》『道思作頌』，注云：『道思，道達其幽思。』道者，猶抽引也。思者，愁也。道思，即抽思，謂抒憂也。頌，通作誦，指作《抽思》之詩也。作此詩以抒憂也。《懷沙》『孰知余之從容』，注云：『從容，深造自得之意。』王逸注：『從容，舉動也。』未可移易。《橘頌》『蘇世獨立』，注云：『蘇，猶蘇蘇，氣索貌。』蘇，朔也，向也。蘇世，謂逆世、牾世也。若此者則不勝舉矣。

是書始刊於康熙六十一年壬寅，清華大學圖書館有藏本。乾隆九年甲子據原刊本修印，北京師範大學有藏本。清光緒二十六年庚子收入《廣雅叢書》。此本即《廣雅叢書》也，爲浙江圖書館所藏本。（黄靈庚）

# 楚辭詳解

《楚辭詳解》者，清奚禄貽之所作也。禄貽字克生，一字蘇嶺，湖北黄岡人。博通群籍，有文名，宗西漢。清順治十六年己亥進士，官常州府同知。嘗修《黄州府志》，著有《知津堂集》七卷。事載清王鳳儀乾隆《黄岡縣志》卷八《文苑傳》。

是書首有三序：一者爲王士翰作於乾隆九年甲子序，稱奚氏是書『體合淵微，精研刻骨，覺前人有發焉而未逮者，無不訂正，揭若日星，而要其緣經解旨，總歸依經立義之意』云。又稱『誠由是集而入之，將酌奇而不失其真，翫華而不墜其實，于以抉摘精英，揮揚藝苑，則是集寧非魚兔之筌蹄哉』。則不免溢譽之詞。二者爲奚氏自序，稱『屈大夫非辭人也，王佐之才也。不幸生衰楚，不忍見其宗社之狐祥，自沉於汨。心比干之心，而道周公之道也』。且『搗情啓志，不得已而書爲二十五編。要其旨歸，六經之義遺焉。其上陳天道，函剛健中正之則，僴宇僴宙，旁通其情，則幾於《易》者也。稱先王，卹兆民，撥亂之意，歸於仁義，則幾於《書》者也。憂心愀愀，續四始五際之變，哀而不傷，達於事埶，而懷其舊俗，則幾於《詩》者也。國之大事，居之以慎，伸君子，抑小人，比物類情，而志存虖經世，則幾於《春秋》者也。放於江介，過自檢束，潔衣冠，尊瞻視，三綱九法，鬱結於胸中，則幾於《禮》者也。感物而動，聲成文，律諧聲，廉直遒殺之音，資於六氣，則幾於《樂》者也』。則視屈子之爲儼然孔門一純儒矣。三者梁機序，亦作於乾隆甲子，稱奚氏『三閭之鄉人也。感先賢之忠正，諷誦其文章，取《騷》而注之，所見固有在矣』。又追記奚氏先祖名世寬者，『守福之延平，盡忠倭難，從祀忠臣祠，庶幾三閭之風，而君又博聞足録，後先相望，所謂維楚有材，不其然乎」。則閃爍其詞，意奚氏當日苦心注《騷》，正際明清易幟，則不亦以寄寓於異代之變遷而據黍離之怨思耶？

是書文字與汲古閣毛晉緑君亭刻本《屈子》大略相合，如《離騷》「余」多作「予」者，蓋其底本歟？然間或不同者。如《離騷》「國亂流」，毛本「國」作「固」；「循繩墨」，毛本「循」作「修」是也。凡五卷，首卷《離騷》，二卷《九歌》，三卷《天問》，四卷《九章》，五卷《遠遊》《卜居》《漁父》，所注者皆屈子之作也。於目録後云：「此書存舊注不及十之一二，非敢翻古人之案，求合理云爾。詳其名物音韻，昭後學也，循古體也。」是知此書之旨，蓋爲二端：一則於舊注有所取舍，但存其「合理」者；二則「詳其名物音韻」，故云「詳注」。卷首皆題「泰和太史梁惠亭先生鑒定，

是為楚先其後熊繹事周成王封為楚子傳至楚武王生子瑕受地於屈因以為氏○苗者禾之穎也裔者衣之末也朕我也皇美也父死曰考伯庸原父字也歲支在寅曰攝提格言能提斗攜角直斗杓所指以建時節也孟陬者孟春之月日在營室寅與亥合故在亥陬觜之次○孝經曰親生之膝下寅為陽正故男始生而立於寅庚為陰正故女始生而立於庚原言巳生於庚寅蓋得陰陽之正也蘊嶺曰述祖父者見同姓之臣恩深而義厚開口便有死國之意論文法則本思文玄烏二詩來非自詡其祖宗而巳後來司馬遷揚雄班固之自敘又倣屈子此法

○陬與娵通又增韻曰正月為孟陬者謂在東北隅艮地

皇覽揆予於初度兮肇錫予以嘉名名予曰正則兮字予曰靈均　二章

賦也皇皇考也覽觀也揆度也初度始生也肇始也言父觀我始生年時度其日月合天地之正中故賜我以美名也靈神也均調也正平可法則者莫大於天養物均調者莫神於地高平曰原故名之以平字之以原法天地也○王註曰正則靈均釋名字之義以見父本敎之以道也禮曰子生三月而名之既冠而字之名所以正形

楚黄奚禄詒蘇嶺甫注，侄孫冠仲光、孫學極建中、建霖漢樓編次」。每篇之首，皆録王逸舊序。惟《離騷序》以雙行小注以釋序文遺義，他皆無注。如，『屈』下注：『九勿切，音與橘同。』又，『上官靳尚』下注：『楚莊王少子爲上官大夫，後遂爲氏。』又，『離騷經』下注：『古未稱經，後世尊之爲經，非屈子意也。』又，『經徑也』下注：『經訓徑，猶是漢儒之解。』又，『令絶齊交』下注：『時屈原已放，止昭睢諫之。』案：若是者，皆所以補舊注所未及也。

奚氏分《離騷》一篇爲九十二章、七小段：首段『帝高陽』至『未悔』，二段『怨靈脩』至『可懲』，三段『女嬃』至『浪浪』，四段『跪敷衽』至『而嫉妒』，五段『朝吾將濟』至『終古』，六段『索藑茅』至『自疏』，七段『邅吾道』至『而不行』，『亂曰』以下蓋爲八段。又，『總之則四大段，自首至「予心可懲」是一段，自「女嬃」至「予襟浪浪」是一段，自「敷衽陳詞」至「焉能終古」是一段，自「索瓊茅」至末是一段』。則四大段之説，尤爲後世所推重。又以《離騷》之旨，在於『宗臣無去國之義』，来見知於世，惟有殉國以死已。雖無甚新意，然際於明清鼎革，賦陳詞濫調以别一種心思。其言詞之激切，則尤可想見矣。又謂《離騷》三求女喻求懷王反歸於楚，言外之旨，蓋亦隱隱諷喻明廷之恢復矣。又解『朝吾將濟於白水兮，登閬風而緤馬。忽反顧以流涕兮，哀高丘之無女。』曰：『《歸妹》之六五，君位也，故前爻皆言賢之待君，而六五獨言「帝乙歸妹」，是君女下嫁矣。詞曰：「其位正中，以貴行也。」言正以中德之君行下賢之禮，則高丘之無神女，斷指君説，懷王留秦未返也。下面宓妃、有娥［娀］、二姚，皆帝室之女，皆喻懷王。故周遊四極，引領跂望，冀懷王之反國，而幸其一寤以召己也。至下女、蹇修、媒理、鳳凰，才喻言同志之臣，亦信友始可獲君之意。若概指賢臣，何不求之於楚而求之四方乎？原寧有去國之心乎？』案：則其陽是從漢注爲比求君説，且引《易·歸妹》以證其義，則亦審矣。然『下女』本指『宓妃』『有娀』『二姚』，而不當喻朝中同志友也。

奚氏以《九歌》十一篇而猶稱『九』者，既然洪氏《補注》『九者陽數』之説，又云『乾之九也，至於亢而有悔，故聖人必用九而後中進退存亡之道，如禹益之賡颺，龍比之致命，所謂時焉正也。原自念宗臣成仁取義，其於進退存亡，内求無悔，故有取於「九」』云。案：其以《易》義解『九』之義，蓋一人而已。又，以《雲中君》一篇諷喻懷王，稱『雲中君之遠舉，比懷王留秦不歸，是矣。然舉冀州，何也？蓋冀乃堯舜禹都，或者欲懷王鑒於聖帝，猶有興廢，何苦貪秦人商於之地？且爲懷王入秦之路也。惓勤貌惻，思量無窮矣。』以『湘君』爲『舜后，故尊之曰君』。而《湘君》一篇『借求神不得，以比懷王留秦不返，己不見用。猶宓妃、有娀之意。通篇賦而比也，然比之中又有比焉，匠心靈腕，變化無窮。』以《東君》一篇諷喻君，稱『日爲君，象王者弧矢之利以威天下，蓋取於《睽》。故《睽》六五終言「悔亡」。蓋上火下澤，性相違異，故見惡人而成睽，至六五之君。君臣合德，威以服之，斯有慶而悔亡矣。立言之意在此。』則亦據《易》以解《東君》也。楚本不祀河神，而《九歌》有《河伯》一篇。舊注解河神馮夷。奚氏非之，以此篇爲祀『權星』之詞，稱『權星即軒轅，軒轅，黄龍體也』。又據《河圖象緯》，『黄河九曲，上應天星，首爲權星第一曲，次爲距樓星第二曲，次爲别符星第三曲，次爲營室星第四曲，次爲卷舌星第五曲，次爲樞星第六曲，次爲星紀第七曲，次爲輔星第八曲，末爲虚星第九曲也。又以『河伯』以比懷王，解『波滔滔兮來迎魚鱗鱗兮媵予』云：『原既與神别，而猶曰「波迎」「魚媵」，惓惓無已之思，只望懷王自秦歸國，幸其一悟，招己而賜之環耳』。以《山鬼》比懷王，其解『怨公子兮悵忘歸』云：『公子悵然失志而忘歸矣，君本思我又有蠱惑其思者而不得閒也。公子、君，皆指懷王。』若是而解，則《九歌》所祀諸神，皆所以諷喻懷王也。

奚氏申王逸《天問》之作爲『呵壁』之説，稱『屈子覽宗廟畫圖，逐日書而問之，楚人述成篇章，非原一筆揮就之文字也。原若謂時至六國，天道、人事、物類悖理反經，比比紕亂，故借此以抒憤耳』。案：奚氏以《天問》屬『抒憤』之作，而非周秦之世童蒙所課習之書，洵不無有識。至『逐日書而問之』『非原一筆揮就之文字』云云，蓋亦臆度之詞已。

奚氏以『《九章》非一年之作，不必分其先後，如《懷沙篇》，安知不在《卜居》《漁父》之後』？又稱《惜誦》之旨，『楚之君昏臣諂，機設羅張，屈子自歎有招禍之道，然儃佪遠集、横奔而不忍者，匪躬之故也。昔朱游折檻之後，引迹於鄠田；袁閎黨錮未起，潛身於土室。彼義當遠去而原非其儗也。國家之事，但當論是非，不當論利害，原於義利之界，可謂明矣』。案：其論義利若是，似不關屈子，蓋諷喻明季晚世之政矣。稱《哀郢》之作，『屈原去郢有《濡》尾之象矣。而九年之内企望賜環，猶以堯舜之道尊其君，而歸辠於己，是憂讒畏譏之懼，既不失於平常，而推亡固存之念，又不忘於久遠，奈何楚之君臣終止則亂，其道窮也』。案：似亦未以附會頃襄二十一年秦白起破郢之事。以《懷沙》一篇爲屈子絶命詞，即『懷石自沉』之意。謂『懷王卒而屈原死，誠得其死矣。楊維禎謂「不徇於虎狼之秦而葬於江魚之腹，何其不審情度勢，而刻以儗人乎」？方懷王與秦昭約會之時，已疎原而無位，豈肯使原傔從乎？如皆執羈靮而從，孰守社稷？勢也，原之心寧忍逆王之不返而曰我以身殉哉？懷王方出而頃襄遷原愈遠，原尚望懷王之歸、心之悟也。司馬遷謂「其睠顧懷王，存君興國」，反覆無已。誠知原之心矣，如維禎讀《史》，將微子啓衰絰含璧，不如豫讓之吞炭也。謝枋得麻衣賣卜，不如貫高之絶肮也』。案：維楨身處元、明鼎革之際，晦迹以存身，故未以屈子殉國爲然。而奚氏發此憤激之詞，借斥維楨而暗斥明季屈節求生之士大夫，若錢謙益輩是矣。以《悲回風》一篇，託興於回風而寄意焉。稱『世之可以見天地萬物之情者，莫如風雷。虞舜大麓弗迷，天之所以眷孝子；姬旦偃禾盡拔，天之所以眷純臣。至屈子之悲風，不爲虞、周聖人之《升》，而爲伍胥、申徒之《蠱》，上無重《巽》，申命之君故也』。案：《升》之卦，『元亨用見，大人勿恤，南征吉』。則是吉象也。《蠱》之卦，『剛上而柔下』。則是凶象也。其卦下有巽，而上無巽，故『不事王侯，高尚其事』，宜乎歸隱也。而屈子强事王侯，則志不遂矣。據《易》旨以解是篇，似亦可備爲一説。

奚氏『詳注』，雖似有體式，而未一以貫之，若《離騷》一篇，因分章作注，每章先列舊注，而後於『蘇嶺曰』下直陳己見，蓋其『詳注』所發明旨意者也。《九歌》以下皆未分章，據韻爲斷，而舊注、詳注黎然相雜，未見條理所在。而所謂『舊注』，非主一家，蓋剪輯、排比王逸、洪興祖、朱熹、吴仁傑諸説而爲之。如，《離騷》：『紛吾既有此内美兮，又重之以脩能。扈江蘺與辟芷兮，紉秋蘭以爲佩。』注云：『賦而比也。紛，盛貌。重，再爲也。言我内受天地盛美之質，不敢自負，而又加之以修身之功能也。楚人名被爲扈。江蘺，《説文》即蘼蕪别名，香草也。辟，幽也。幽芷者，《本草》云：「一名澤芳，一名葯。」即白芷也。或云：即茝。恐非。紉，《禮記》：「紉鍼請補綴。」楚人呼擘爲紉。蘭有春蘭，方莖。秋蘭，圓莖，八月開白華，紫萼，俗稱燕尾香，煮水可療風。』案：『紛，盛貌』『辟，幽也』『楚人名被爲扈』三解，因王逸注。『江蘺，《説文》即蘼蕪别名』『幽芷者，即白芷也』『楚人呼擘爲紉』云云，因洪興祖《補注》。『賦而比也』『言我内受天地盛美之質，而又加之修身之功能也』云云，因朱子《集注》。『芷，或云：即茝。恐非』『蘭有春蘭，方莖。秋蘭，圓莖，八月開白華，紫萼，俗稱燕尾香，煮水可療風』云云，因吴仁傑《草木疏》。於是一斑，可以想見其全貌矣。

奚氏比綜舊注，申以己説，時見新意。如，《離騷》『指九天以爲正』，王逸注：『九天，謂中央八方也。』洪氏《補注》引《淮南子》：『九天：中央鈞天。東方蒼天。東北變天。北方玄天，西北幽天，西方昊天，西南朱天，南方炎天，東南陽天』朱子《集注》：『九天，天有九重也。』案：詳注從朱子，云：『按《天文圖》，第一重天，無星，帶八重轉動。第二重二十八宿天，第三重土星天，第四重木星天，第五重火星天，第六重日輪天，第七重金星天，第八重水星天，第九重月輪天。』以『九重天』解『九天』者是也。湖北江陵包山楚懷王左尹邵尬大夫墓，其中棺棺上飾物有九層，皆用絲織之物。一、二兩層皆爲錦夾衾，三層爲錦帶，四層爲帛類網狀物，五層爲鳳鳥紋繡絹面綺裏夾衾，六層爲二小衾二中衾，七層爲一小衾二中衾，八層爲一中衾一小衾，九層爲鳳鳥紋絹面素絹裏夾衾。九層飾物，蓋象九重天也。五、九之層，一處中位，一處極位，皆繡以鳳鳥，有導引亡魂來至之意。以地下實物徵之，以『九天』爲『九重天』者，最切楚人天體宇宙觀。『中央八方』之説出於齊稷下學人，非楚人舊説矣。又，『前望舒使先驅兮，後飛廉使奔屬。鸞皇爲余前戒兮，雷師告余以未具。』王逸注：『望舒，月御也，月體光明以喻臣清白也。飛廉，風伯也，風爲號令，以喻君命。言己使清白之臣如望舒先驅求賢，使風伯奉君命於後以告百姓。鸞，俊鳥也。皇，嶋鳳也。以喻仁智之士。雷爲諸侯，以興於君。言己使仁智之士如鸞皇先戒百官，將往適道，而君怠惰，告我嚴裝未具。』案：奚氏詳注云：『望舒，月御。飛廉，風伯，即箕星也。』則盡去其比況之意。又云：『鸞，出南方女牀山。孫柔之《瑞應圖》曰：「赤神之精，鳳皇之佐，色被五彩，聲中五音，人主進退有度、親疎有序則見，故車聆爲和鸞。」鳳凰，羽蟲之君。《爾雅》曰：「鶠鳳，其雌皇。」出於丹山東方君子之國，聲若簫，翼若干，身被五色，鳴中五音。九苞十象，七德五文，行鳴曰歸熙，止鳴曰提扶，飛鳴曰即都。雷，陰陽薄動之氣，以鼓萬物。《易》「震爲雷」。自子至卯積四陽而大壯，乃發聲。《文選》：雷師名阿香。王充《論衡》：「雷師左執連鼓，右執椎。」飛廉在後者，借疾風而使速也。前戒者，所以清道也。雷師告未具者，戒嚴之裝未備也。四句總是徘徊去留之意。』是雖因洪氏，而多增益、補綴之詞，若引《易》《論衡》，即所以發明『雷師』剩義也。其於王注，惟取『駕乘龍雲必假疾風之力』云云，是明此『總是徘徊去留之意』者，雖一善亦不棄矣。又引張鳳翼云：『飛廉、鸞皇等句，言神靈之擁衛耳，非善惡之分也。王注牽合，且以飄風、雲霓爲小人，然則《詩》之「飄風自南」，《孟子》之「大旱望雲霓」，亦豈小人乎？』蓋代爲己意，韙其所韙矣。

又，《少司命》：『悲莫悲兮生別離，樂莫樂兮新相知。』解曰：『三代以下，惟漢昭烈於隆中，如魚得水。杜拾遺《北征》：

「拜辭詣闕下，怵惕久未出。」足當此二句摧心折骨之語，非孤臣道不出。洪興祖謂爲後人《遠别離》，王世貞謂「第一情語」，幾幾乎認作「楊叛兒楊白花」之類，只由王叔師注作男女，誤了詞人之思淫以蕩，天之生理少耳。』案：則直斥舊注之非，徑以君臣契合解之，而無關乎男女矣。又，《天問》『馮翼惟像』，洪氏《補注》：『馮翼，無形之貌。』朱子《集注》：『馮翼，氤氲浮動之貌。』案：詳注：『馮翼，盛满貌。』其説是也。馮翼，或作『憑憶』『愊臆』等，氣充滿之貌也。又，《悲回風》『紛容容之無經』至『伴張弛之信期』八句，舊注皆未達旨，至今猶爲疑案。解曰：『此段正賦回風以比身世，前四句承上「捫天」八句來，言捫天乎，則虹霓霜露之紛紜，天體又青冥，而容與不可窮其經緯也。經緯者，即「天式縱横」也。馮崑崙乎，則有罔然未瀓之霧，其高且芒芒，萬里不可尋其紀極也。欲隱岷山至於江乎，則軋然連峰，疊岫洋洋，洶涌波濤，不可從其溯洄也。令我馳驅委移，焉所止哉！我將翻翻漂轉於國都之上下乎，遥遥集翼於君之左右乎，滈滈氾游於君之前後乎，冀君之一悟，心神伴奂，政令張弛，或有信我之期乎。後四句是不忘君國，正意固如此解，而行文全是賦「回風」云爾。』案：可謂别出心裁，雖非確詁，存之未廢增廣異聞矣。

奚氏『詳解』，以經義詳解屈賦二十五篇，而據《易經》爲解者居多，蓋其平生所學，邃於《易》故也。如，《離騷》：『瞻前而顧後兮，相觀民之計極。夫孰非義而可用兮，孰非善而可服。』解曰：『大觀在上，乃人君之位也。故《觀》之六三云：「觀我生進退，未失道也。」蓋察己之得失以從人，此「瞻前而顧後」，相民生之計極也。九五云：「觀我生，觀民也。」蓋察人之向背以修己，此「孰非義而可用，孰非善而可服」也。豈有君無中正之德而有孚顒若者乎？屈原真王佐之材矣。』又，『時繽紛以變易兮，又何可以淹留。蘭芷變而不芳兮，荃蕙化而爲茅。』解曰：『《易·咸》之九三曰：「咸其股，執其隨，往吝。」蓋一陽在二陰之上，必至於隨。大丈夫不能自振於流俗之中，乃與小人共馳於情欲，本原之地，所喪多矣，可羞孰甚焉。此其人本非碩果，不過榮貌儒名如。此章包孔光、張禹、張華、張説、王旦之徒耳。』又，『惟茲佩之可貴兮，委厥美而歷茲。芳菲菲而難虧兮，芬至今猶未沫。』解曰：『椒蘭之委美以從俗也，瓊佩之委美以徇道也。彼雖得利而遺臭，此雖失位而流芳，厥有間矣。在《剥》之上九：「碩果不食。」非人不食，我自不爲之食爾。然成敗之數，不足以傷。君子永壽間之，三君八俊永昌間之，五王芬芳，百世不沫。有志之士辨之，不可不早辨也。』《大司命》：『一陰兮一陽，衆莫知兮余所爲。』解曰：『陰陽不正，形氣並天命在内。「一陰一陽」云者，貞下起元之義。蓋天無心而人有欲，天惟無心也，故元而亨，亨而利，利而貞，貞而又元，通復循環，未嘗間斷，於穆之命，終古常新。人惟有欲也，故惻隱之發，而殘忍奪之；辭讓之發，而貪冒雜之；羞惡之發，而苟且間之；是非之發，而昏妄賊之；於是失其天矣。屈原此言，是亦常修能保養。行此四德者，蓋亦聖人之徒也。衆皆殘忍貪墨苟且昏妄之夫，何足知原哉？』又，《惜誦》：『思君其莫我忠兮，忽忘身之賤貧。事君而不貳兮，迷不知寵之門。』解曰：『《困》卦之彖曰：「困而不失其所亨，其惟君子乎？」如孔子之不主彌子，孟子之毁於臧倉，而屈原有之。原内則蔽於姦臣，外則制於强敵，有言不信，將無九五劓刖之禍歟？然以萬古綱常爲重，一身貧賤，富貴爲輕，致命遂志，守一心之忠，不干嬖幸之援引，可謂剛中之德也。』又，《涉江》『陰陽易位，時不當兮』，解曰：『陰陽，指小人君子；易位，即《易》「道長」「道消」之意。』又，《悲回風》：『聲有隱而相感兮，物有純而不可爲。』解曰：『「聲有隱而相感」，在《中孚》之九二，二陰相感，君臣之以誠應也。「鶴鳴在陰，其子和之」，天機之自動也。「我有好爵，與爾靡之」，天理之自孚也。故風后隱於海隅，力牧隱於大澤，而軒轅氏占夢；傅説隱於胥靡，呂尚隱於渭川，而高宗、西伯旁求，不期其應而應焉。此指好一邊説。「物有純而不可爲」，在《履》之六三，古之公卿大夫各修其德，以稱其分耳。初九之「素履」，而往不爲利害所雜，而負其初心也。九二之「履道坦坦，幽人貞吉」，謂心之純靜而無欲也。故文王徽柔而不免羑里之拘，周公謙德而不免流言之毀。悅以應乎剛而患猶莫測焉。此在不好一邊說。屈原之旨蓋如此。』

或者據《書經》以解之。如，《湘君》：『交不忠兮怨長。期不信兮告余以不閒。』解曰：『「交不忠」二句，即伊尹告太甲，「鬼神無常，享享於克誠」之意。高宗肜日，能回雊雉之祥；梁武麪性，竟召白烏之變。此克誠、不克誠之證也。原此二句，又包括人情而爲言。將高宗之信祖己，梁武之不信蕭介，舉在其中矣。』又，《湘夫人》：『聞佳人兮召余，將騰駕兮偕逝。』解曰：『自「偕逝」以下，欲築室以居夫人，語似怪誕，然誥誡之旨，與《梓材》何殊？其言壇壁房帷庭廡，則《周書》之若作室家，「既勤垣墉，惟其途塈茨」也。其言蓀椒蘭葯百草芳馨，則《周書》之若作《梓材》，「既勤樸斲，惟其途丹雘」也。王若監茲，則國亦丕亨。奈何懷王不返，頃襄充耳，故終以九嶷並迎，時不可得。一篇之中，怨不易釋矣。』又，《少司命》『登九天兮撫彗星』，解曰：『《春秋》與《綱目》皆書「孛」於某辰，《公羊傳》云：「孛者何？彗星也。」郭璞亦以彗星爲孛，言「星形孛孛似彗」也。然《齊世家》景公見彗而歎，晏子謂「茀將出，彗星何懼乎」？茀，即孛也。《新書》亦云：「日之精變爲孛，月之精變爲彗。」則彗、孛原是二星矣。《春秋》未嘗書「彗」。故附記於此。』案：蓋春秋之世，孛即彗，原是一星名，故《春秋》不書『彗』。及至戰國以下，則別爲二星矣。

或者據《禮經》以解之。如，《東皇太一》『陳竽瑟兮浩倡』『五音紛兮繁會』，解曰：『「陳竽瑟」下「浩倡」二字，另是一轉，猶《禮》所云「大合樂」也。八音俱備，不止絲竹矣。且《樂記》曰：「會守拊鼓。」乃衆器會守未奏，待拊鼓而始發聲，故上文言拊鼓，下文言「五音紛其繁會」。此正文字開闔處。……《周禮·樂器圖雅》：「瑟長八尺一寸，廣一尺八寸，三十三絃。頌長七尺二寸，廣一尺八寸，二十五絃。」』又，《抽思》：『善不由外來兮。名不可以虛作；孰無施而有報兮，孰不實而有穫。』解曰：『繼善成性，原於天命，非外鑠也。名者實之賓，宜以善養。入不可違道以干譽也。試觀從古帝王，孰有不施行仁義，能天與人歸而獲報者哉？《書》所謂「德惟治，否德亂」是也。孰有不修德立誠，能知至知終而有得者哉？《禮》所謂「陳義以種之，本仁以聚之，播樂以安之」是也。』

奚氏尤屬意於草木名物，於舊注多有疏補，然未可稱精善。如，《離騷》『索胡繩之纚纚』，王逸注：『胡繩，香草也。』案：奚氏曰：『《圖經》云：「芎藭，一名胡藭。」即胡繩也。苗如芹，葉香，細青黑文，赤如藁本，冬夏叢生。』此即蘼蕪也。吴氏《離騷草木疏》云：『蜀中亦有，而細苗名蘼蕪。蜀本《圖經》云：「苗似芹胡荽輩。吴氏云：『葉香細青黑文，赤如藁本，冬夏叢生。五月華赤，七月實黑，莖短兩葉。』唐本注云：『此有二種：一如芹葉，一如蛇牀，香氣相似。』」《嘉祐圖經》云：「其苗四五月間生，其葉倍薌。或蒔於園庭，則芬馨滿徑。七八月開白花。關中出者，俗呼爲京芎。」惟形塊重實，作雀腦狀者，佳謂之雀腦芎。』然『蘼蕪』『芎藭』何以稱『胡繩』，則亦未詳，僅以『胡藭』推測之，終不足信矣。又，《悲回風》『故荼薺不同畝兮』，洪氏《補注》：『荼音徒，《爾雅》：「荼，苦菜。」疏引《易緯》云：「苦菜生於寒秋，經冬歷春，得夏乃成。《月令》『孟夏苦菜秀』是也。」葉似苦苣而細，花黄似菊，堪食，但苦耳。』案：奚氏云『陶隱居云：「荼，一名苦菜，一名游冬。」即今之茗。三月生，扶踈；六月華，從葉出；八月實；冬不枯。《詩》：「誰謂荼苦，其甘如薺。」』據其所載，荼之爲苦菜，即今之苦麻菜也。然不當稱『茗』。茗者茶也。早曰茶，晚曰茗，而非苦菜。此奚氏未審矣。又，《湘夫人》：『麋何食兮庭中，蛟何爲兮水裔。』王逸注：『麋，獸名，似鹿也。』洪氏《補注》：『麋音眉。《月令》曰：「麋角解。」疏云：「麋，陰獸。情淫而游澤。」』案：解曰：『陸佃曰：「麋，陽獸，角始生而後護耳。」《博物志》：「麋聚草澤而食，其塲成泥，名曰麋暖。民隨之種稻，其收必倍。」』案：洪氏以麋爲陰獸，而奚氏據陸佃説，麋爲陽獸。未知孰是。又引《博物志》云云，蓋所以廣異聞也。

然則屈子終非孔儒門徒，執經義以解屈賦二十五篇之作，猶方枘圜鑿，不免齟齬難入。如，《離騷》：『朝飲木蘭之墜露兮，夕餐秋菊之落英。苟余情其信姱以練要兮，長顑頷亦何傷。』解曰：『讀《易》之《蒙》《蹇》二卦，坎在艮下爲《蒙》，稱「君子果行育德」。艮在坎下爲《蹇》，稱「君子反身修德」。蓋反身如山之不動，修德如水之滋潤，即此二章不倦之意。』案：《離騷》原意，屈子以飲露、餐英自比清潔之性，不爲時世塵垢所染；又甘居困貧而終守其節也。其於《蒙》《蹇》二卦何涉？即偶見異同，亦屬巧合，非屈子據《易》作賦矣。類此悠謬，則不勝舉矣。又，《山鬼》『乘赤豹兮從文狸』『被石蘭兮帶杜衡』，奚氏以『文狸』爲狐屬，而比附二十八宿之心星；以古蘭爲『石南』；『故紫姑可變二體』云云。則牽合之甚矣。又，《抽思》：『曾不知路之曲直兮，南指月與列星。願徑逝而不得兮，魂識路之營營。』是本屈子紀自漢北南行之事。而奚氏云：『此四句，賦而比，比之中又有微文隱義焉。月自東而西行，不可言「南」；列星亦不止於南也。蓋《天文》：「南宮太微者，天帝之庭也。月、五星順入軌道，司其所守；列宿其逆入若不軌道，以所犯命之，皆群下從謀也。」《正義》云：「順入，從西入也。循軌道不邪逆也。」入者，入太微之庭也。所守列宿，應在宫屬也。逆入，從東入也。不軌道，不由康衢而入也。其所犯帝座，是群下附從而謀上也。故原獨南指月與列星，以寄慨於楚之君臣云爾。』案：屈子夜行而不識路徑，故指月與列星以行。則何預『群下附從而謀上』耶？其失之求深矣。又，《雲中君》：『浴蘭湯兮沐芳，華采衣兮若英。』解曰：『浴蘭衣采，原以清潔自喻。李白襲爲詩曰：「沐芳莫彈冠，浴蘭莫振衣。處世忌太潔，至人貴藏輝。」劉次莊以爲近於屈原。余笑曰：此莊周之道，非屈原之道也。』然洪氏《補注》已云：『與屈原意異。』其豈未見耶？蓋抹他人名矣。

是書流傳未廣，惟見楚黄奚氏知津堂刻於清乾隆九年甲子者，國家圖書館有藏本。（黄靈庚）

# 楚辭疏

《楚辭疏》者，清吴世尚之所作也。世尚字六書，號群玉，安徽貴池縣也。世尚性剛介，不阿於時。當路重其博雅，食餼郡邑，老於諸生，未貢而卒。自少至老，肆力於學，日鈔覽六經、子、史不休，至腕脱，易左手作字。名其居曰『易老莊山房』。著作有《周易本義啓蒙通刊》十四卷附《周易經》二卷、《春秋義疏》四十卷、《老子宗旨》四卷、《莊子解》三卷。事載清謝錫伯乾隆《貴池縣志續編》卷六《人物》。

首爲吴氏作於雍正丁未序，其比較《詩》《騷》異同，乃云：『《騷》難讀於《詩》、難解於《詩》也。《詩》章離節促，《騷》浩浩千言，成片滚去。《詩》觸懷興託，事在目前；《騷》浮遊六極，綿絡千代，俄而入夢，俄而出夢，俄而占夢，無迹可尋。同一香草，有以己言，有以人言。共一遊行，有在寐中，有在寤中，層而非複，脱而不絶。其纏綿深至，懇切悲苦，冀幸君之一悟，俗之一改者，真所謂子之愛親命也，不可解於心者也』。職是之故，『《離騷》難讀，更難解也』。此皆其言治《騷》之經驗，蓋非所以反覆深究者，似不得有此言也。又云：『今歲大飢，余貧且病，愁悴無聊，聊復疏此本』。則當困窮迫蹙之際以讀《離騷》，每每與屈子心境相通，興寓同感，發爲解説，格外有致，斯斷非優遊飽食之倫、青雲得志之士、無病呻吟之徒所堪比況者矣。

是書凡八卷，稱『去取皆遵朱子所論定』，惟其編次略有改易：首卷《離騷》，卷二《九歌》，卷三《天問》，卷四《九章》，卷五《遠遊》《卜居》《漁父》，卷六《招魂》《大招》，卷七《九辯》，卷八《惜誓》《吊屈》《服賦》《哀時命》《招隱士》。其從林雲銘説，以《招魂》《大招》二篇亦爲屈子所作，故變改朱子舊次，遂易於《九辯》之前。各卷之首行，署『貴池吴世尚注釋』『受業曹文超曹持參訂』『男希掌希基校閲』。吴氏於《目録》之末附設『例言』，創爲義例，凡十六條。其論述各篇指歸，擇撢諸家，研覈臧否，皆要言不煩，告以尋繹《楚辭》諸篇義理之法，蓋讀其書之綱領也。

吴氏稱『《離騷》反覆千餘言，原不過止自明其本心之所在耳。原之心於楚，存殁以之，所謂天不變，此心不變也。天不變，此心亦不變也。故余於《離騷》止概以三言：曰「不去」，曰「死」，曰「自信」』。故其解《騷》，亦據此『三言』以疏通之也。如離析《離騷》段落，於各節末概述其義。其分節雖不免瑣碎，然微言大義，可以益人神智。如，首節『帝高陽』八句，謂述天錫、親期，皆在於宗臣惟行『忠孝』『無可去之義』『通篇大意，皆櫽括於此』。第三節『不撫壯』四句，前二句是『反言以明之』，『正欲撫壯而棄穢』。後二句是『正言以証之』，設喻己爲王之僕御，導彼先路也。第六節『余固知』四句，言『愛君之心根於天性』『《楚辭》九篇，汨羅一死，皆在此四句之中，真堪一字千金，一字一淚』。皆切中要旨。

吴氏稱『中間「跪敷衽以陳辭」至「索藑茅以筳篿」之一大段文字也，世之讀《騷》者試掩卷思之，遍取諸家注而閱之，然後知余之於此大有神助』云。以爲發此秘者，古今乃其一人。遂中間『跪敷衽』至『終古』一大段，爲其尋繹重點，乃一歸之以『夢景』。如，第二十六節『跪敷衽』至『余上征』云：『自此以下至「忍與此終古」，皆屈原跪而陳詞重華，冥冥相告，而原遂若夢非夢，似醒不醒，此一刻之間之事也。故其詞忽朝忽暮，倏東倏西，故其詞忽朝忽暮，倏東倏西，如斷如續，無緒無蹤，惝怳迷離，不可方物。此正是白日夢境，塵世仙鄉，片晷千年，尺宅萬里，實情虚景，意外心中，無限憂悲，一時都盡，而遂成天地奇觀，古今絶調矣。須知此是夢幻事，故引用許多神怪不經之説。相如、揚雄不識此意，遂一切祖之，真是癡人前説不得夢也。然屈原明明説夢，又不説出夢來，而千百年來亦竟無有人知此段之文之爲夢境者。甚矣，好學深思，心知其意者之難也。』又，第二十七節『朝發軔』至『求索』，云：『往就陳詞，本是託言；耿吾上征，則又託言中之託言。而自此以往，怪怪奇奇，無所不至矣，總是一片迷離夢景也。』又，第三十三節『世溷濁』至『終古』，謂『三者之求皆不可得』，而『萬無可奈，而忽然以醒，則尚是跪就重華而陳詞之一會也』。又謂『耿吾』是『乃入夢之始，其入也何其明白而從容。「焉能忍而與此終古」，乃出夢之終，其出也何其瞀亂而迫蹙。如夢中之所行，原亦無懷石沈淵之事矣，豈非中正乎？唯其不能忍與終古也，此夢之所以醒也。不然，原不待死於汨羅而先悶死於此陳詞之日矣。此千古第一寫夢之極筆也。而中間顛倒雜亂，脱離復疊，恍恍惚惚，杳杳冥冥，無往而非夢景矣』。又，篇末論曰：『重華之所耿以中正者，上征也。屈原之所謂吉日將行者，自疏也。夫縣圃咸池，閬風白水，崑崙流沙，赤水西海，此豈九州之内哉？而忽反顧臨睨夫舊鄉，則又仍然未去矣。故一篇雖皆虚設之詞，始終止是「不去」之意。後人因如何懷乎故都之文，遂以歷九州而相君期之，蓋即賈誼亦錯會原之心、《騷》之文氣也』。信如其言，古今解《騷》者無以『夢景』説之矣。然則屈子何以致此幻夢？吴氏未遑論及之。陳詞重華，告以『不量鑿而正枘兮固前修以菹醢』，哀其生不逢時，則九死體解，已不可免矣，於是涕泣浪浪，乃承此忽焉上征以去。是上征者，即『死』之讔語矣。求帝、三求女及西行遠逝者，猶反歸於祖宗所在之高丘、下丘，即史公所謂『反本』也。而於天國之上臨睨舊鄉而蜷局不行，蓋不忍卒死之意。終於從彭咸所居，則以『死』爲其人生之歸宿，其與吴氏所謂曰『不去』，曰『死』，曰『自信』三言，亦契合若符矣。

吴氏稱《九歌》之作，『情致縹緲，既見其情性功効之所在，又使人有彷彿不可爲像之意，可謂善言神之情狀者矣』。則其解《九歌》，注重『性情』『功効』二事。又云，『意中語外，隱隱念君憂國之情』，蓋有所寄寓矣。又比較三百篇云，『《離騷》兼變《風》變《雅》之聲，《九歌》則正可云《頌》之變調。而漢、魏之樂府，俱胎息於此矣』。蓋指漢之《安世房中歌》歟？吴氏以《東皇太一》《東君》《河伯》本屬天子之禮，楚祀東皇太皞，皆是『僭祀』。太一是上帝，『不曰東皇太皞，而曰東皇太一，蓋陽避祀上帝之名，陽竊祀上帝之實，辭遁而志譎者也』。案：楚祀東皇太一神，乃帝高陽也。稱『東皇』，以高陽在楚之東也。太一者，至高無上也，以高陽爲楚始祖故也。楚祀高陽，非僭禮。《東君》《河伯》二目，乃夏后氏《九歌》遺存於沅湘民間者，屈子遂因之不棄，亦不謂僭禮矣。其品評《雲中君》寫雲之妙，『筆有化工』，『末二句與杜子美「浮雲終日行，遊子久不至」，同一言不能盡之悲』。蓋其所謂『見其性情』者矣。以《湘君》祀堯長女娥皇，《湘夫人》祀次女女英。謂『屈原之歌，止以事神喻事君而明己意爾』。又謂《九歌》『惟此二篇最爲深婉』。以二《司命》，是屈子感歎離合生死不可以人力可爲，惟願受其天命所在，其『不願忘君，不求苟活如此』。而《山鬼》『善言鬼神之狀』，亦以『性情』爲説。《禮魂》『是凡祭畢之辭詞，乃送神之曲也』，則非可專爲一神，十篇皆通用之。是亦與黄維章、林雲銘之説同矣。

吴氏謂『天問』之名，『非倒其文』，亦『非天尊不可問』之意。《天問》之作，『非楚人從先廟祠堂壁畫上各處鈔録因共論述者」，『原自以忠而見放，信而見疑，因遂思天地之内，古今以來。有多少可知可不知，可信可不信者，遂作爲此篇』，可以『見原之良工苦心』。又謂『獨看得最有次第，故爲細分段落，而爲之發明隱而不言之故』。蓋其以篇首至『曜靈爲一段，『皆遂古之初傳道之言，未可盡知、未可盡信者也』。『不任汩鴻』至『何氣通焉』爲第二段，『皆言人之傳道地事，不可盡信者也』。『日安不到』至『烏焉解羽』爲第三段，言『鳥獸草木之異』，『原不盡信，固亦子不語怪之意』。而『禹之力獻功』以下則似不分段落，但以節辨之，蓋統以人事言之也。吴氏又謂『大抵多是反辭』，多譏語。如，『胡維嗜不同味而快鼂飽』注：『不同味，異常之美味也。快，足也。鼂飽，如言朝食，然此以食譬色。蓋食色，性也。』案：其説獨具慧眼。《詩·汝墳》『惄如調飢』、《衡門》『可以樂飢』、《候人》『季女斯飢』，飢、飽，皆男女兩性廋譏之語，性欲不得滿足爲飢。朝飽，猶《汝墳》『調飢』。王叔師『何特與衆人同嗜欲，苟欲飽快一朝之情』云云，蓋亦譏言男女情欲也。

吴氏以『《九章》體裁與《騷》一也，而各因其時各紀其事，故雖音節悲凉而部伍分明，頗爲易識』。又以《九章》之作虽非一時一地，然『多在頃襄王之世』。以《惜誦》作於『令尹子蘭卒使上官短屈平於頃襄王，襄王怒而遷之』之時，其『《九章之發端，猶在國之音也』。以《涉江》爲『去國之音』，篇中『詳其涉江之經歷及所至之地』。以《哀郢》作於『去國』而『九年不復』之後，『題曰「哀郢」，蓋亦若豫知有秦人拔郢之事矣』。則非以作於白起拔郢後矣。以《抽思》作於屈子流於漢北之時，『是時屈平不復在位』矣。案：注《思美人》云：『《抽思篇》「來集漢北」「永歎增傷」「結微情以陳詞」，猶在懷王世也。』則自相矛盾矣。以《懷沙》爲『絶命之詞，尤在《惜往日》《悲回風》之後也』。以《思美人》繼《抽思》之後而作，『「煢煢南行」「媒絶路阻」「言不可結而詒」，則在頃襄世也』。以《惜往日》爲三『惜』：『始惜受命之臣不得成其功，中惜靡君之情不著於當時而使君一寤，末惜靡君之禍不傳於後世而無所鑒戒』。以《橘頌》之『頌』爲『美盛德之形容也，體用比而題曰頌，意可知矣』，故而『句句説橘，即句句是屈原自説也』。以《惜往日》《悲回風》亦是『臨絶之音』。

吴氏以《遠遊》『實不過暢《離騷》中後兩段未竟之意也』，篇末復論云：『原之死也，非獨其志之所定，蓋亦其時之所極也。自古遭讒處亂，佯狂託瞽，猶恐不免，而原也作爲《離騷》《天問》《招魂》《哀郢》，昭布流傳，彼上官、子蘭輩，其肯晏然而已乎？欲得而甘心焉，勢所必至矣。故原展轉思惟，止有自沈一著耳。原之沈，原之文爲之矣。雖然原以此隕身，原即以此永世矣。』蓋是篇亦在生死兩端措意云。以『《卜居》作於初放之時，《漁父》則去沈淵未遠矣。故一則猶有悵望之情，一則盡屬決裂之語』。以『《招魂》，原自招也』。謂『蓋既以魂爲非我而招之，而魂絶不知有我之爲我，此而不驚嚇之、闌截之』。而『《招魂》之前半篇以驚嚇爲闌截，後半篇以引誘爲係縛，此最是招字中説不出的神理』。《大招》之作，則從林西仲説，以爲『招楚懷王』之魂。謂《九辯》『比興居多，最得風人之致。其於世道衰微，靈均坎壈，止以一「秋」字盡之，何其言簡而意括也』。又謂『《惜誓》《哀時命》雅與《騷》近，而賈得《騷》之精，莊得《騷》之氣，《招隱士》絶不與《騷》似，而小山獨得《騷》之神』。則論述各篇之指歸，其崖略可見矣。

吴氏稱《楚辭》傳本，字句多見不同，而『以朱子《集注》爲定』。然朱子《集注》至吴氏之世已有十餘種，其所據藍本者，蓋明吴原成化乙未刊刻本也。注釋多采用朱説，眉端文字音注及叶音，亦録自《集注》。其書雖以闡述義理見長，而於字義訓詁偶有創獲。如，《離騷》『皇考』注：『死曰考，平作《騷》，父已殁，故稱考。』又，『皇覽揆』注：『蒙上「皇考」文，此時父在，故不曰考。』案：其説是也。屈子作《騷》時，父已殁，故稱『皇考』，而『皇覽』一句，乃追憶之詞，如父猶在目前，故省稱『皇』也。又，『計極』注：『如言「至計」，乃倒字也。』案：此可例以『趁韻倒文』，備爲一解也。又，『孰非義』注：『在事曰義，在理曰善，其實一也。』案：對文義、善有别，散文則同矣。又，『蜷局顧』注：『蜷局，詰屈，猶云哭作一團也。顧，彼此相視也。』案：『哭作一團』以釋『蜷局』，妙肖情狀矣。以『彼此相視』釋『顧』，頗啓人神智。《東皇太一》『吉日兮辰良』注：『此句包下十一章而言，言凡祭祀，必筮日也。』案：其説是也。《湘君》『陫側』注：『陫側，憂貌。』案：朱注：『陫，隱也。側，不安也。』蓋非其義。《大司命》『離居』注：『謂將離去此世而不居，乃死之別名也。』案：是發明『死』之委婉語。《國殤》『霾兩輪』注：『霾輪縶馬』注：『終不反顧也。』案：朱子無注。叔師云：『言己馬雖死傷，更霾車兩輪，絆四馬，終不反顧，示必死也。』其取叔師説，是也。縶馬霾輪，猶《孫子·九地篇》之『是故方馬埋輪』，曹操注：『方，縛馬也。埋輪，示不動也。』明姚富《青溪暇筆》卷下：『「方馬」二字，諸家之注皆欠明白。富按：《詩·大明篇》傳注：「天子造舟，諸侯比舟，大夫方舟，士特舟。」《爾雅》注：「方舟併兩船，特舟單船。」「方馬」之義，當與「方舟」同。蓋並縛其馬，使不得動之義耳。』《九地篇》『死地吾將示之以不活』。《左傳》文公三年：『秦伯伐晉，濟河焚舟。』杜注：『示必死也。』《史記·項羽本紀》：『項羽乃悉引兵渡河，皆沈船，破釜甑，燒廬舍，持三日糧，以示士卒必死，無一還心。』皆曹公所謂『示不動』也。

或者輔以語法。如，《離騷》『紛吾既有』注：『《楚辭》中凡施於句首之字，如「紛」「汩」「忽」「羌」「謇」「耿」「溘」「時」云者，大抵多屬方言，而其意或承上，或總下，或發端，或繼事，或轉語，或証言，或正疏，或反僕，讀者各就上下文義，以意會之，斯可矣。』案：發明義例，雖不及精細，蓋有助於啓迪後學矣。

或者繹解比喻指歸。如，《離騷》『余既滋蘭』一節注：『此借以喻賢才政事也。君子在朝，招賢進能，立綱陳紀，皆先定規模，而後觀其成功。今一身見廢，而一切改變，前功垂成而忽敗，豈不哀哉！』又，『衆女嫉』注：『臣之輔君，猶妻之助夫，故以女爲喻。衆女，謂衆邪臣，即上官大夫靳尚等也。』又，『哀高丘之無女』注：『高丘以喻君，女以喻臣，無女者，無賢臣以爲之輔也。』以『虙妃』比『皇臣』，有娀佚女比『帝輔』，二姚比『王佐』。其求子遣媒役理者，『古者男女昏姻先有行媒，則本知名矣。於是乃以幣帛爲禮，遣使者往而結之，然後交親始固。此使者，即所謂理也。後文「理弱」及《九章》薜荔爲理。皆此理字也。《左傳》「行李之往來」，行即媒，李即理。蓋諸侯之交邦，亦若男女之昏姻也。周官使臣，有正有副，正即行，副即理，故曰「行李之往來」也』。

或者闡明、發揮要旨，其以爲屈子沉汨之志預先定之。如，《離騷》『願依彭咸之遺則』注：『原是取法前修，而非世俗之所尚，然即不合今，而彭咸所行，我願依之矣。古人終身之事，莫不先定於其志。屈子之志如此，其投汨羅也，豈決絶一旦而迫於無可如何者比哉？』《湘君》『心不同』句注：『男女之心不同，雖行媒而不能懽合，是徒勞也。夫婦之恩不甚，雖懽合而不能要其終。故輕絶也。昏姻之交如此，君臣之交亦然。君臣之交如此，人神之交亦然。』層層推進，則義無餘蘊矣。《惜誦》『吾使厲神占之』一節注：『厲神又告我曰：天者君也，登天是將得君而君可思矣。然登天無杭，則將得君而終不能得，君有始無終，君可思而不可恃矣。蓋余之昔夢如此，故至今果被衆口所讒毁，而遭放逐之危殆也。』案：其抉發隱喻之義，令人解頤，真知屈子心事者矣。

或者據經義以解之。如，《離騷》『恐年歲之不吾與』注：『《書》曰：「吉人爲善，惟日不足。」《易》曰：「君子進德修業，欲及時也。」意與此同。』又，『恐美人之遲暮』注：『此即孟子所謂「及是時明其政刑」之意。』又，『鷙鳥不群』注：『《左氏》曰：「見無禮於其君者，誅之，如鷹鸇之逐烏雀。」所謂「不群」也。』又，『就重華而陳詞』注：『此即《小雅》「呼天」之意。』《湘君》『美要眇』注：『要眇，猶言幽閒貞静也。宜，善；脩，長也。猶言「碩人其頎」也。』案：蓋據《關雎》以解之矣。

或者因史實以解之。如，《離騷》『朝搴阰之木蘭兮夕攬洲之宿莽』注：『二句即所謂「入則與王圖議國事，出則接寓賓客應對諸侯」者也。」《哀郢》『至今九年而不復』注：『懷王三十年與秦會，原諫不從，後竟厄於秦。頃襄王立，信用子蘭，復放屈原。此云「九年」，則正頃襄之世也。』案：朱子云：『《補注》：「考原初被放，在懷王十六年。至十八年復召用之。三十年，秦約懷王與會，原諫止之，不從。懷王遂死於秦。頃襄王立，復放屈原。」此云「九年」，不復不知的在何時也？』《惜往日》『惜往日之曾信』一節注：『惜者，惜其有始而無終也。往日，謂懷王時也。昭時，昭明其時之政治也。先功，祖宗之制度也。撫今思昔，大可惜者。往日曾見信於先君，而受命任事，尊奉祖制，照臨下土，昭明法度，別白嫌疑，蓋猶赫赫如昨日事也』。案：實事求是，切理饜心。

然字義訓詁，失之牽强，無徵不信。如，《離騷》『朕皇考』注『朕，幼也。』案：朕，無解幼義。又，『浩蕩』注：『浩浩，無際也。蕩蕩，不靜也。君信讒邪，中心昏惑，其象如此。』案：浩蕩，連語，叔師解『無思慮貌』，自是確詁。《東皇太一》『穆將愉』注：『將，進也。』案：『穆將愉』，猶敬且樂。將，且也。解『進』，非是。《湘君》『夷猶』注：『夷，平行緩來也。猶，猶豫遲疑之意。』案：夷猶，連語，即猶豫之聲轉。《大司命》『踰空桑』注：『踰，越也。』案：踰，降也，下也。楚人語降曰踰。《哀郢》『當陵陽』注注：『陵陽，地名也。其地在漢丹陽郡，今屬江南池州府，爲石埭縣也。』案：非是。陵，乘也。陽侯之波也。陵陽，乘水也。非地名。《抽思》『望南山』注：『望南山而流涕者，楚在南。』案：朱子《集注》本作『望北山』，引一作『南山』。吴氏據或本改也。實非。北，當作丘，二字古文相似而訛。丘山、流水相對文，皆泛言，不當具體指某山也。《懷沙》『孰知余之從容』注：『所謂德言盛、禮言恭，從容之至也。』案：叔師注：『從容，舉動也。』自是確詁。朱子曰：『從容，舉動自得之意。』益『自得』，則蛇足也。吴氏益非。又，比附牽合，不可理喻。如，《湘夫人》『聞佳人兮召予』注：『聞召命，即往從之。所謂「父召無諾，君命召不俟駕」，原之盼望乎懷王，不可言喻矣。』

案：屈子寧有是思耶？或見校勘未精。如，《離騷》『霑余襟之琅琅』。琅，浪之訛也。

是書刻於雍正五年丁未，扉頁題曰『楚辭注疏』，稱『貴池吴六書手定』，『尚論堂梓行』，《中國古籍總目》著録此書誤作『尚友堂』。中國科學院文獻情報中心有藏本。（黄靈庚）

# 屈騷心印箋注

《屈騷心印箋注》者，清夏大霖之所作也。大霖字用雨，號梅臯，衢州開化人也。標識『太末夏大霖用雨氏疏注，胞弟大贊則參氏、大襄克成氏同參，嚴陵毛雲孫謨遠氏、男景頤慕川氏閲梓』。太末，衢之古邑名。乾隆歲貢。未嘗仕宦，終其一生，蓋鄉間之塾師耳。閉户課讀諸生，兀兀窮年。畢生所著，僅此一書云爾。事載清徐名立光緒《開化縣志》卷七《人物志》。

是書成於乾隆甲子，皆屈子所作。凡五卷，卷一《離騷》，卷二《九歌》十一篇，卷三《天問》，卷四《九章》九篇，卷五《漁父》《卜居》《遠遊》《招魂》《大招》五篇。卷首有毛雲孫作於雍正十二年甲寅序，大霖作於乾隆九年甲子自述，《發凡》十八條，《參閲評論》五條，《注〈屈騷〉書後》騷體文一篇，史遷《屈原列傳》及《附頃襄王世家》，《七國圖説》。末有其子景頤後敘。其所以名『心印』者，原出於毛謨遠之勸勉，『此爲至性之文，亦今乃得至性人而後解，非以「心印」能通其故乎，請標是書曰「心印」』。然則『心印』者，本釋家語，不藉語言文字，以心參會，以期頓悟，則謂之『心印』。四庫館臣稱，大霖『因林雲銘《楚辭燈》而改訂之，據其自述，自林本以外，所見惟朱子、來欽之、黄維章三家本』，意謂參證未廣。然大霖之注《騷》，蓋以心領會之，惟『心印』頓悟而已。『乃屏棄一切沿習之訓釋，設心處地，如我作《騷》，諒其意中之應有，斷其情中之必無。覺其不倫類中，不無意之別在』。正緣乎此，是書於屈騷諸作之字詞訓釋，則多取自朱子《集注》，不甚措意。正文之下雖有『音釋』，如『降叶音紅』『能音耐』『茝昌改反』『化叶平聲』之類，亦多取舍於朱子、黄維章、林西仲三家而爲之，幾無發明。夏氏不通音韻，稱『笠翁《詩韻》，其取四支分垂奇爲三韻，予亦不能分』云云，夫據笠翁《詩韻》之類，豈可論《楚辭》古韻哉？宜館臣斥之當矣。故此二者，自可置之不論矣。

夏氏大略以朱子《集注》爲藍本，間或與《集注》異者，蓋參校《補注》《文選》李善注本也。其注《騷》，大率以四句爲節，《離騷》《九歌》二篇，亦遵朱子《集注》，以『比興賦』説之。其未孤立糾結於字義訓詁，胸中蓄其全局、全篇，『只以「順理成章」四字爲程。心印屈子幽思之作，必無不順之理，必無不成之章』。『一字一句間，皆以此權衡之』。又，其亦不甚拘泥於漢唐經師之注書體式，靈活變化，未拘一格。稱『有以我之言釋之者，有順作者口吻如講義者，又間有評論品其文者。此從事時，信筆所之，初未嘗定例也』。

《離騷》一篇，夏氏承朱子男女比君臣之説，重在闡繹男女君臣之寓意，其創新之所在也。注『靈修』云：『按「靈修」字義，既曰「婦悦其夫之稱」矣，則以婦道比臣道，一理而可通者也。乃又曰亦託詞以寓意於君，則字義無謂矣。』然尤致力抉發於三求女一段之意旨。『離騷』題下云：『按《史傳》言「好色而不淫」，朱子言「託意男女」，乃指本篇之三求女而言之也。

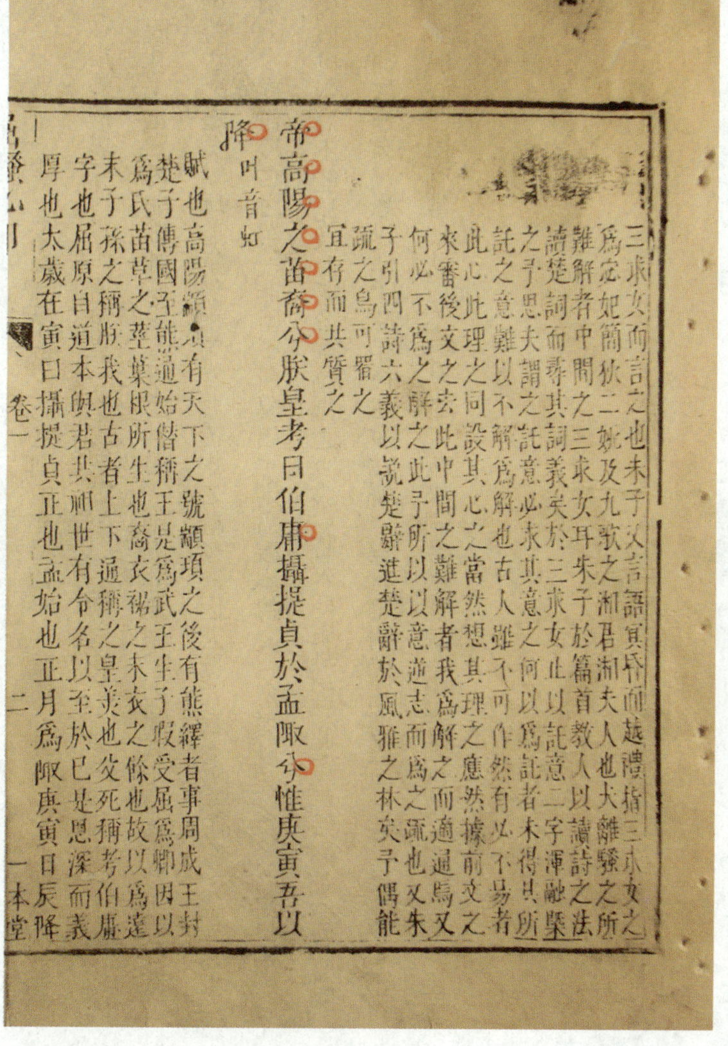

三求女而言之也朱子又言語冥昏而越禮指三求女之
爲宓妃簡狄二姚及九歌之湘君湘夫人也夫離騷之所
難解者中間之三求女耳朱子於篇首教人以讀詩之法
讀楚詞而尋其詞義矣於三求女止以託意二字渾融槩
之予思夫謂之託意必求其意之何以爲託者未得其所
託之意難以不解爲解也古人雖不可作然有必不易者
此心此理之同設其心之當然想其理之應然據前文之
來審後文之去此中間之難解者我爲解之而適通焉又
何必不爲之解之此予所以以意逆志而爲之疏也又朱
子引四詩六義以説楚辭進楚辭於風雅之林矣予偶能
疏之烏可畧之
宜存而共質之

帝高陽之苗裔兮朕皇考曰伯庸攝提貞於孟陬兮惟庚寅吾以
降叶音紅

賦也高陽顓頊有天下之號顓頊之後有熊繹者事周成王封
楚子傳國至熊通始僭稱王是爲武王生子瑕受屈爲卿因以
爲氏苗草之莖葉根所生也裔衣裾之末衣之餘也故以爲遠
末子孫之稱朕我也古者上下通稱之皇美也父死稱考伯庸
字也屈原自道本與君共祖世有令名以至於已是恩深而義
厚也太歲在寅曰攝提貞正也孟始也正月爲陬庚寅日辰降

離騷心印　卷一　二　一本堂

朱子又言「語冥昏而越禮」，指三求女之爲宓妃、簡狄、二姚及《九歌》之湘君、湘夫人也。夫《離騷》之所難解者，中間之三求女耳。……古人雖不可作，然有必不易者，此心此理之同。設其心之當然，想其理之應然，據前文之來，審後文之去。此中間之難解者，我爲解之而適通焉。又何必不爲之解之？此予所以以意逆志而爲之疏也。」《發凡》亦云：『文章片段須是前後轉折照應，应段段合來織成一片，斷無中間意旨與首尾意旨離開者。故《離騷》三求女之意無着落，便與全篇片段離開。今照定鄭袖、懷王邊説，却好與「閨中邃遠」「哲王不悟」語意相接，其片段乃成也。』蓋以難解之三求女，必置於通篇結撰之中，反覆稽考，而後方得發微其旨。於『好蔽美而稱惡』句下爲之詳釋，云：『三求女一段，從前講家未有各節標其意旨之所屬者。或以比求君，或以比求賢，或謂比求友，或謂自求配。余皆不暇審其説之孰優，大約以不解解之，皆是也。愚但疑使三求女止是一意，略無分别，則何用三求？詞既異而謂意同，古今無此文章。是以不肯放過，而翻復讀之。細審下文緊結「閨中邃遠」一節，則三求皆爲王之閨中言之，以冀王之寤可知也。王之閨中非鄭袖乎？其曰「邃遠」，非即夕次窮石，朝濯洧盤，遠與阻絶者乎？此一求所以云，意指鄭袖也。使哲王而寤也，必不受其蔽，而高辛之祥可發矣。何也？七國之雄，楚地爲大，屈子負王佐才，使得爲之發祥，固其志也。内非鄭袖庇黨人以蒙其君，則無非無儀，即簡狄也。何高辛獨先哉？此再求所以云，意在發祥也。乃終不寤，則覆亡之道矣。玩遠集無止句，悲覆亡之辭也。因悲覆亡而念及復業之少康，此三求爲意在收復，從可知也。或謂此時楚勢猶大，遂作覆亡之語，非臣子所忍出。則盍觀本傳，「屈原既死之後，楚日削，竟爲秦所滅」。是史遷以楚之興亡繫於原也。豈原以當局不能見及此乎？奈克復之少康，將來亦更無望。此留二姚亦是空致叮嚀，是以下文有「懷情不發」「難忍終古」之言，痛酸極矣。愚以二千餘年後忽發此解，豈有聰明能過前人？此狂妄之罪，不得辭也。然必如此解，而後行文見條理，遷客無邪心，固有當如此而不可易者。後來詞客必能諒之。若謂讀書勿求甚解，止宜略領其意於于言外，則斯言亦久矣，愚何敢與語此？』又，『終古』下云：『閨，内室也。邃，深也。遠不得近以道達下情也。哲王，謂其君也。不寤，惑於閨中之言而聽讒也。但玩「既」字，「又」字。便知二句不平説，則知上文三求女皆爲閨中也。曰「又不寤」，是又不寤閨中之蠱惑也。是文之本意，乃歸罪於鄭袖，瞭然可見矣。「懷朕情」者，指三求之情也。一求鄭袖之寤而遷改，再求閨中簡狄而發祥，至三求之留二姚，則極無聊之悲痛矣。「不發」者，三求俱不遂其情也。一求者無禮難遷，再求者無媒不可致，三求則已知理弱，無可以導言矣。』案：夏氏之説，以意逆志，未免求之過深。然以三求女釋爲三種不同寄寓之意，自成體繫，能自圓其説，則非深思熟慮者不能出矣，故宜存其説而不可輕斥之以『虚妄』。

夏氏解《騷》，或者屬意於通篇章法結構，及前後照應之關棙，雖未明言區分段落，而疏解之中亦已分之，且總括此段大旨，評騭上下過度之妙。若經師老究開講，語雖煩絮，而娓娓道來，甚有章法、見地。如，『遺則』下云：『從生之來路，敘到死之去路，已成一篇結構：一段敘世家，見君父之難忘。二段敘勤學，見好修之不懈。三段望君修之及時。四段陳王道之法戒。五段陳黨人之足以誤國。六怨王明而中道改心。七言一身退而群賢解體，君子道消。八言一姦柄而群邪競進，小人道長。九言甘心窮飢，固守芳貞。十矢守死善道，不辱前賢。若論尋常，心思已竭，筆墨亦窮，更無後幅文字矣。乃屈子有已而不已之心思，便有結而未結之文字，到此心斷意絕，水窮山盡之後，只發一聲歎息，血淚迸流，於前文寫未到處，逗出「哀民生」一句，使怨慕重慇，發人意想不到之奇文。』又，『可懲』下云：『總束「相道」至此五節，以承上文清白死直之意。爲此「至死不變」之語，以起下文女嬃之詈。然女嬃之詈又所以逼起折衷前聖。文之波節如此。』又，『浪浪』下云：『陳詞至此，凡九節，即前「三后純粹」一十四節之意。明帝王之法戒，傷時俗之大非，而自悲不辰也。前陳詞於君而不得，此又託陳詞於重華，正本傳所謂「其存君興國，而欲反覆之，一篇之中，三致意焉」者也。《楚辭》文，大抵皆然，議其重複者淺矣。』

又，『倚閶闔』句下云：『以上七節託爲不必實有之言，皆舒寫心中眼裏實有之事。』又，『又況揭車與江離』句下云：『《離騷》章法奇妙，令人不能悉指。即此段靈氛之占，乃引起巫咸之降也。巫咸之降爲九疑之神，乃遥應陳詞重華之問而此答也。所陳詞者百王之君道，此所告者，百世君臣遇合之道。陳詞曰「湯禹嚴而祇敬」，此告曰「湯禹儼而求合」。此對針呼應處。前陳詞以女嬃之詈逼起，此神告又指出時之變易，又應女嬃之詈一段，則嬃言是也。前文之行也，可順手而肆其汎濫，後文之取也，亦若不經意而自相應。此人巧此天工，又烏得而測之？後之得其意者太史公乎？』案：將上文陳詞與此之神告比較繫聯，而尋其行文脈絡所在，不以『重複』所惑，信乎獨具慧眼，發人所未發矣。

至於字義訓詁，非其所長，而偶見一二精義，非一無是處者。如，『陬詞』下云：『陬詞者，就放所之近者也。承上言以姊之嬋媛，固眷余者，而詈余之言且如此，是今世無有察余者矣。然余實依前聖所爲，則惟有依前聖以求節衷。歎余固憑我本心之所安，而今乃至於此。今見放江南，且濟沅湘南去矣。有重華墓在，可陳詞焉。』案：謂『有重華墓在』，一語道出天機。南楚沅湘之地，確有帝舜巡狩而死於九疑之遺迹。《山海經·海内南經》『蒼梧之山，帝舜葬于陽』，郭注：『即九疑山也。《禮記》亦曰，舜葬蒼梧之野。』又，《大荒南經》：『赤水之東，有蒼梧之野，舜與叔均之所葬也。』郭注：『舜巡狩，死於蒼梧而葬之，商均因留，死亦葬焉，墓在今九疑之中。』今出土於長沙馬王堆三號漢墓《古地圖》，九疑山繪有九條柱狀。山之西側有『帝舜』二字，譚氏其驤云，九條柱狀之後『建築物是舜廟』，而『九條柱狀物當繫舜廟前九塊石碑』，且引《水經·湘水注》『南山有舜廟，前有石碑，文字缺落，不可余復識』爲證。其説確乎不拔。帝舜神廟及九石碑，乃楚、漢祀舜之遺存。出土文物證夏説非妄。屈子陳詞，蓋至於舜陵及九石碑前矣。

夏氏稱《九歌》雖十一篇而猶一篇。云：『《九歌》十一篇，總敘曰「篇」目之，陰陽鬼神，皆託比之寓言也。合一十一篇，總名爲《九歌》，原是一篇。朱子原本右文詞而左篇目，如界《學》《庸》章法，黄本亦然。是古本原合爲一篇，可想而知也。」案：夏氏所謂『原合爲一篇』者，蓋以《九歌》爲不可分割之整體，減一之不可，增一之亦不可，固不必糾結於是否合乎『九』之數也。而詳解《九歌》，要在探求寄寓之旨，亦以整體視之，成乎一家。乃云：『首《東皇太一》，誠致而神歆，比君明臣良、虞廷喜起之象也。次君曰「雲中」，則受蔽者矣。誠致而神不歆，比君之昏蔽致太息勞心，似三仁憂國之時矣。先舉一明一昏以爲鑑，乃全文總冒也。次落入本題，皆楚國之神，湘君比懷王，湘夫人比鄭袖也。湘君女婦，何以比王？曰君貴陽明，惟婦言是聽，是亦女婦矣。君夫人者，寡小君也，比鄭爲顯。不行夷猶，比渚眇眇，何異雲中之舉乎？遺下女而不得至，將以遺遠者，亦已焉矣。不得已則猶有告，天命可委棄乎？民害可不念乎？夫秉彝物，則此有生之理，人之大司命也。愛養休息，此君人之道，民之少司命也。顧明命全而受者全，而歸動與天遊，乃不負大司命矣。念民害則是非不回，信賢有卒，而加祓濯，以秉太阿，乃不愧乎少司命矣。能如是，此惟明也。與日齊光，爲賦《東君》可也。不如是，厥惟濁也。下流惡歸，爲賦《河伯》可也。君至於濁而世有人道也哉！姦回罔魎，山鬼類耳。使鬼若人，揚揚得志，將人入山，不得見天。至於此時，謂君當思我，猶未必然。我枉思君，亦復何濟。所可悲者，内治不修，外侮日至，乃驅武勇之良民，効死於鋒鏑。哀哀國殤，可勝吊哉。念當此時，苟得《禮魂》於牖下，是全要領，亦云慶矣。此《九歌》寓言託比之大意如此。」

夏氏釋解《天問》一篇，不蹈前人之成説，别啓徑路，而類以後世之『策問』。乃云：『《天問》之文，今策問之式也。雜舉是非之説以爲問，要讀者察其孰是孰非爲去取耳。註此篇要如射策一般，求其主意之綱領，闢其異説之歧，趨歸於一理之大同，則得之矣。前古聖人以憂世憂民之心開天闢地，以奠安斯民，其憂勤致力者，無所不用其極。故先天而天不違，後天而奉天時。此皇天之所由集命也。乃有無知者，談天則誣天，説地則誣地，語人則誣人。傳其所不必傳，考其所無可考，極乎理之不可極，識乎理之不必識，而思與開天之聖人争其傳考極識，皆亂天下之説也。巧言簧口，何自古之已多，究竟俱無用。惟有傳考前王，極其理之已然，識其理之當然，憂勤無斁，以集天命，立國方永。此《天問》篇之意也。首以傳考極識，見聖人憂世之心，末以「皇天集命」，明峻命不易之理。中自「明明闇闇」至「曜靈安藏」，言聖人平天之事也，而中有誣妄之説。次「不任汩鴻」至「烏焉解羽」，言禹成地之事也，而中有誣妄之説與不可窮究、不必窮究之説。自「禹力獻功」至「焉得夫褒姒」，詳三代興亡之事也，中間言女婦見夫，婦人之大倫，言祥不足憑，言肆不足誅，問君之惑亂不惑亂耳。至於人才，乃國之榦。立賢無方，但視湯文顛倒功罪，勿如皇紂視人心之向背，知天命之去留，可歷考而知也。末以悟過改更，望君以悮國告令尹，是其本意。』案：策問者，本朝廷出題，臣下策其題而答之也。《天問》亦楚懷、襄所策者與？蓋亦未必是矣。

夏氏又以『王逸謂其「書壁」，情當有之。蓋明言規諫，久置不省，隱言「書壁」，或過一觀，應有此極思也。謂見圖畫而書，乃因不知其文之敘次，妄誣之説』。案：此説迂矣。果若非『見圖畫而書』，何以書之於壁？果若使君得見，書之於壁，不若書之册矣。且以出土文物證之，楚之公卿祠堂，當有寫三代興亡及志怪之壁圖，固不足怪矣。故不足推翻王逸舊説。

夏氏又以《天問》有錯簡，『篇中「帝降夷羿」連十二句，應置「惟澆在户」之前，接「何以遷之」之下，餘無不敘次者』。案：錯簡之事宜慎重。下有『阻窮西征，巖何越焉。化爲黄熊，巫何活焉。咸播秬黍，莆雚是營。何由並投，而鮌疾修盈。』皆問鮌禹之事，與上問啓、下問王子喬亦皆『不敘次』，豈亦錯簡耶？且『帝降夷羿』以下十二句移於此，與上『釋舟陵行何以遷之』亦不相屬連矣。錯簡與否，私心自是，不足信據。若有堅實文獻可徵，則徑改可耳。

夏氏以《九章》之名，『應與《九歌》皆文體之名。樂有以「九」爲名者，《九成》《九歌》《九德》是也。文有以「九」

名者，《九辯》是也。以「七」名者，《七略》《七發》是也。此《九章》固非一時一地之所作，而命之爲「九章」，則必屈子自名，非後人名之也。夫後人得其篇而集之斯可矣。』案：『九章』之名，史遷、漢志皆未載，始出王逸《章句》，當後所集，亦後所取名也。『九』『七』之爲文體名，即在《九章》《七發》之後，前此無此體也。夏説顛倒其次，不足取信。夏氏《九章》之次，自稱雖因林氏《楚辭燈》，九篇之次爲：《惜誦》《思美人》《抽思》《涉江》《橘頌》《悲回風》《惜往日》《哀郢》《懷沙》。然不盡與林説同，乃以《思美人》作於《抽思》之後。云：『《思美人》作于漢北無疑，應是懷王二十四年倍齊合秦，言事觸怒，見放於漢北，乃作《抽思》篇，有所「陳耿著」「豈今庸亡」之語，明争倍齊合秦事，乃繼《思美人》作。』案：據《楚世家》，楚倍齊合秦之事，宜在懷王二十四年至二十七年間，屈子諫懷不從，見讒而疏，即在此時。然稱『疏』者，非放也，蓋投閑散職於漢北也。此夏氏因襲林説而未深考矣。又，夏氏《懷沙》題下云：『按名篇之義殊不可得。考其所自沈淵爲汨羅江，今湖廣長沙府湘陰縣之屈津是也。然長沙，秦漢郡名，豈楚時已名其地乎？或曰：懷沙囊以自沈。豈然乎？』案：蓋存疑而未能決也。以『懷沙』爲『懷長沙』者，創自蔣驥，前無此説。然『長沙』，古无省名『沙』者，出土出獻亦無可徵也。而『懷沙』之名，當以『懷沙石以自沈』解之。

夏氏變更漢、宋諸本，未以《遠遊》《卜居》《漁父》爲次，而定《漁父》《卜居》《遠遊》之先後。未知其所據依。然稱《漁父》『辭是問答之辭，而篇乃屈子自搆。言辭殊不入耳，情亦貌合心離。則搆此篇，似亦無爲蓋刺世事。不獨朝中小人如彼，即草野中自負賢者，其立身處世不過如此也』。則儼然視漁父如小人之類。又稱《卜居》『卜立身行己自居何等之謂』。則以非卜所處之地也。又稱《遠遊》『當與文文山之《正氣歌》類看，勿作老莊之仙訣讀。蓋世無長生之理，尸解有之，惟孝子貞臣節義之士及生能爲生民禦災捍患，正氣凛凛者，皆不俟飡霞伏氣，採藥修丹。其正氣自然不磨，耀靈寰宇。夫人生秉秀靈，全而受者全而歸，氣化之理然也。屈子於《九歌》之《大司命》篇已發此意於寓言，此又暢言之耳』。案似皆饒有思致。

夏氏又承襲林西仲説，以二《招》皆屈子之所作。而《招魂》爲屈子自招其生魂，稱『亂曰一結，將一篇花團錦簇之文掃得灰寒冰冷』，大『似死諫之奏疏』。又云：『余讀《招魂》而思太史公所謂「悲其志」者，志安在哉？篇中所招，極宮室侍女備物之美，「亂曰」一結則神悽魂慘，曰「哀江南」而已矣。是前所爲招，正在彼者，皆我所不爲也。夫時俗所以汙濁，亦求所招之宮室侍女備物耳，固原之本得爲而不爲者也。以忠窮餓，志可悲焉。設爲宋玉招師之作則休，當如《大招》，何多添首尾起結？此爲屈子自招無疑。』又，《大招》爲招楚懷之死魂，云：『此篇辭旨，光明正大，與《招魂》篇迥殊，勿以體格相似，囫圇讀過。……此篇包涵王道之作用，非招懷王，誰克當此。』大略不過申引林氏餘藴，補其所闕而已。

是書『參閲評論』引毛以陽云：『三代以上之經書，折衷於孔子；三代以下之箋注，斷案於朱子。獨朱注《楚詞》，未能言簡意盡，識者以爲非朱子手定，乃後人附會。夫朱子生平精力，畢萃於四子之書，五經自《易》《詩》外，且未能輯注成書，則其未暇注《楚詞》也明矣。』案：此爲偏頗之説，不足爲據。他引毛衍孝、毛莘傳、方瑶玉、汪紫垣諸人語，謂『洛陽紙貴，永壽千秋』『已集前注《楚辭》者之大成』云云，於夏氏多褒美之詞，諂譽歸美，尤爲可厭。故是書爲後人多所詬病，評價不高。究其原因：一是詳則有餘，精練不足。諜諜不休，即有精藴妙言，而掩蔽於繁雜冗漫文字之中，使不得顯白矣。是以游氏《離騷纂義》《天問纂義》及崔富章《楚辭集校集釋》多舍棄不用。二是學淺語佻，好逞私臆，牽强附會，妄斥古義。三是徵引考證，頗類天方夜談，不爲典要。如，《雲中君》『冀州』云：『考《廣輿》，冀州在七國時，燕韓趙魏齊各分有其地，是以冀州代五國字，以隱言合從也。横，横一之也，即連横之横。覽有餘，猶言一手制之，力有餘也。』又，《少司命》『蓀何爲兮愁苦』云：『按本傳，懷王客死，襄王立，國人咎子蘭。襄王能不一念原之諫乎？則「目成」之言，應指襄王之動念也。

子蘭聞之大怒，使上官短原，王怒乃遷之。則可想襄王非上官再讒則不怒也，必使上官再讒，可知慮襄之用原也。則此篇寓意屬襄王，文之神理，乃得而順矣。』案：類此不煩悉舉，不知其所據，皆若虛妄夢囈，令人笑噱矣。

此書初爲其子景頣於乾隆三年戊午刻於弱水堂，後於乾隆三十九年甲午再刻於一本堂，且首增毛雲孫序。中國科學院文獻情報中心所藏者即一本堂刻本。（黃靈庚）

# 楚辭節注

《楚辭節注》者，清姚培謙之所作也。培謙字平山，號鱸香居士，華亭人。諸生，雍正時嘗保舉，未赴。好讀書，淹博經史，尤邃於集部之學。著述頗豐，有《松桂讀書堂集》八卷，已入《四庫全書存目》。四庫館臣稱，『喜刻巾箱小本。亦好事之士。所著有《春帆集》，刻於康熙庚子。《自知集》，刻於雍正甲辰。《樂府》及《覽古詩》，刻於乾隆己未。此本乃乾隆庚申裒合諸編，删爲一集。培謙自爲之序，其諸集序亦仍列之於卷端』云云。其人蓋生於康熙中葉，殁於乾隆初期也。又有《李義山詩箋注》十六卷，《春秋左傳杜注輯補》三十卷，《文心雕龍輯注》十卷，《姚平山古文斫》三十二卷，《角山樓增補類腋》五十五類，《讀經史》七卷，《周甲録》一卷，《唐宋八家詩》五十二卷，《陶謝詩集》十三卷，《硯北偶鈔》十七卷，《考古類編詳注》十二卷，《詩話》一卷，《五朝詩别裁集》等，俱冠以『松桂讀書堂集』，獨自刊行。事載清楊開光緒《重修華亭縣志》卷十六《人物》五。

是書依朱子《集注》爲藍本，彼此文字悉同。凡六卷：卷一《離騷》，卷二《九歌》，卷三《天問》，卷四《九章》，卷五《遠遊》《卜居》《漁父》，卷六《招魂》《大招》。卷首有門生張弈樞作於乾隆辛酉春之序，次爲姚氏自作《凡例》八則。張序謂《莊》《騷》雖竝稱，『然讀《莊》易，讀《騷》難』。其所以如此者，以莊子『寓言諷世，恢恢乎遊刃有餘，其情舒，故其辭易達』；而屈子『處憂讒傷，國步之多艱，冀君心之一悟，則有若諷若商，如怨如慕，或思窮天際，或想入幽冥，或仰企於古皇，或馳騁乎六合，倜儻詭奇，言重詞複，遂令讀者無從問津』云。案：是説偏頗。無論《莊》、抑或《騷》，皆『或思窮天際，或想入幽冥，或仰企於古皇，或馳騁乎六合』，驅役神鬼，出入風雲。所寄託者，俱要眇玄遠而不可窮極，故所以竝稱之。惟《莊》者以出世，而《騷》者以入世，然難讀之者則同矣。序又專述培謙云：『《南華》最奇恣，《楚辭》最幽陗，二者原不可偏廢。讀《南華》者，期于開拓心胸；讀《楚辭》者，宜於打掃心地。我於《楚辭》止節取訓詁，不尚議論，正欲使學者空所依傍，熟讀深思，庶人人得真面目』云云。案：此論精確，啓人心智，蓋爲讀《莊》《騷》入門之管籥也。

據《凡例》，是編爲『家塾課本』，每篇大旨及字義訓釋，皆節取朱熹《楚辭集注》爲依歸。至於序文，莫不如此。如，《離騷序》删末引淮南王安及宋景文公論《離騷》之語，又删朱子論解《離騷》以『六義』之按語，餘皆節取之。《九歌序》删末『是以其言雖若不能無嫌於燕昵，而君子反有取焉』數語及注文『此卷諸篇皆以事神不答而不能忘其敬愛，比事君不合而不能忘其忠赤，尤足以見其懇切之意，舊説失之，今悉更定』云云。《天問序》雖全引朱子序，然序末朱子以雙行注文議論讀《天問》之法者，則悉删之。《九章序》悉見朱子序，惟『今考其詞』以下至『豈獨春秋也哉』，則皆删之。《遠遊序》

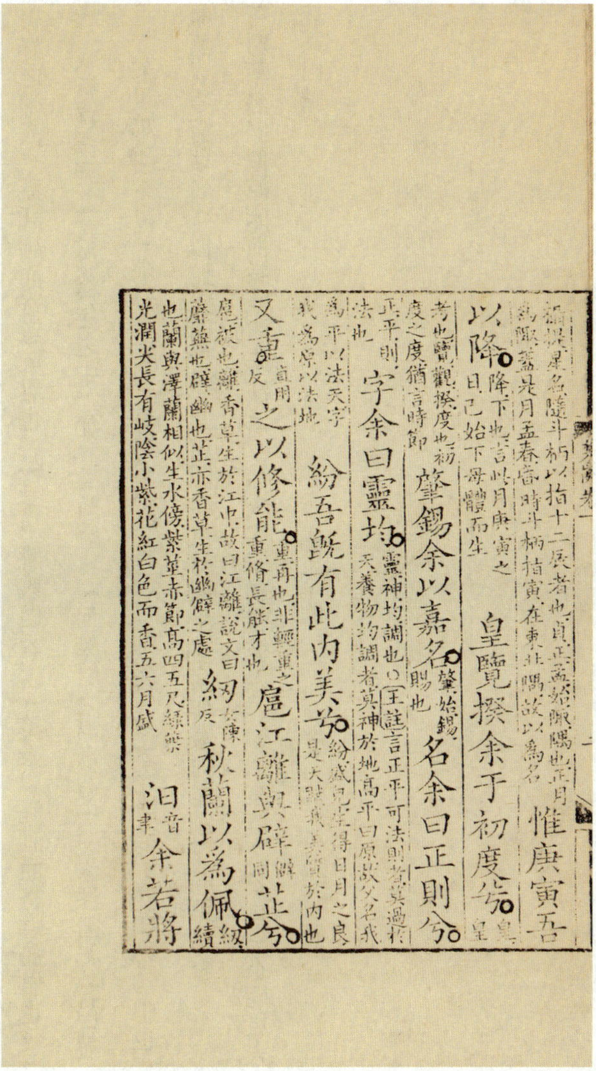
攝提星名隨斗柄以指十二辰者也貞正也孟始也陬隅也正月爲陬蓋是月孟春昏時斗柄指寅在東北隅故以爲名 惟庚寅吾以降○降下也言此月庚寅之日已始下母體而生 皇覽揆余于初度兮○皇皇考也覽觀揆度也初度之度猶言時節 肇錫余以嘉名○肇始錫賜也 名余曰正則兮○正平則法也 字余曰靈均○靈神均調也○王註言正平可法則者莫過於天養物均調者莫神於地高平曰原故父名我爲平以法天字我爲原以法地 紛吾既有此內美兮○紛盛貌言我得日月之良是天賦我美質於內也 又重直用反之以修能○重再也非輕重之重脩長能才也 扈江離與辟芷兮○辟同僻扈被也離香草生於江中故曰江離說文曰蘼蕪也辟幽也芷亦香草生於幽僻之處 紉女陳反秋蘭以爲佩○紉續也蘭與澤蘭相似生水傍紫莖赤節高四五尺綠葉光潤尖長有岐陰小紫花紅白色而香五六月盛 汨音聿余若將

節取朱序，惟『思欲制鍊形魂』以下，則删之也。《卜居序》删朱序『説者乃謂原實未能無疑於此而姑將問諸卜人則亦誤矣』，《漁父序》删朱序『漁父盖亦當時隱遁之士或曰亦原之設詞耳』。餘皆同朱序。二篇注釋，亦全輯自朱注。

姚氏於字義訓詁皆移置於當句之下，以爲『俾讀者一目瞭然』云，與『朱子逐章總詮』者不同。觀其删節之法，大略如下：

姚氏要在精簡，或者徑直節取其義，不求其所以然者，亦不存其書證，但以結論而已。如，《離騷》『又重之以修能』，朱注：『脩，謂長才也。能，獸名，熊屬，多力，故有絶人之才者謂之能。』案：姚氏但節取『能才也』之訓，『能獸名』以下所以釋『才能』者皆删之。又，『豈維紉夫蕙茝』，朱注未注『茝』字，云：『蕙，草名。《本草》云：「薰草也。生下濕地，麻葉而方莖，赤花而黑實，氣如蘼蕪，可以已厲。」陳藏器云：「即零陵香也。」』案：姚氏注但云：『蕙、茝，皆香草。』引書悉删之。又，『謡諑謂余以善淫』，朱注云：『《爾雅》云：「徒歌謂之謡。」《方言》云：「楚南謂愬爲諑。」』案：姚注删『爾雅云』『方言云』六字。又，『喟憑心而歷兹』，朱注云：『憑，滿也，恚盛貌。《左傳》《列子》《天問》皆云「憑怒」是也。』案：姚注節取『憑滿也恚盛貌』，删其引證之文。或者節取喻義，而删其比喻之詞。如，《離騷》『恐美人之遲暮』，朱注云：『美人，謂美好之婦人，蓋託詞而寄意於君也。』案：姚氏但云：『美人，託詞而寄意於君也。』删『謂美好之婦人』之喻詞，以求便捷也。或者置釋詞之義於釋句之中。如，《離騷》『何桀紂之昌被兮』，朱注云：『昌被，衣不帶之貌。桀紂之亂，若被衣不帶者。』案：姚注云：『桀紂之亂，若被衣不帶者。』則『昌被』之訓義，亦在釋句中也。《少司命》『穐蘭兮麋蕪』，朱云：『麋蕪，芎藭葉名，似蛇床而香。其苗四、五月間生，葉作叢而莖細，其葉倍香。七、八月開白花。』案姚注但節取『麋蕪，芎藭葉名，似蛇床而香』，朱注云：『夫人，猶言彼人，如《左傳》之言「不能見夫人也」。』案姚注删『如左傳』云云，抹其出處。

或者常用字義，人所習見，則悉删之。如，《離騷》『紉秋蘭以爲佩』，朱注云：『佩，飾也。《記》曰：「佩帨茝蘭。」則蘭芷之類，古人皆以爲佩也。』案：姚氏以爲『佩』字習見，毋庸詳注，故悉删之。又，『不撫壯而棄穢兮』，朱注云：『三十曰壯。棄，去也。』案：姚氏以爲二解習常，皆删之。又，『昔三后之純粹兮』，朱注云：『至美曰純，齊同曰粹。』案：姚氏以爲二解習常，皆删之。又，『雜申椒與菌桂兮』，朱注云：『桂，木名。《本草》云：「花白葉黄，正圓如竹。」』案：姚氏以桂爲平常物，人皆知之，故悉删之。又，『鮌婞直以亡身兮』，朱注云：『鮌，堯臣也。《帝繫》曰：「顓頊後五世而生鮌。」』案：姚氏以鮌爲人所習知，毋須詳注，故悉删之。又，『瞻前而顧後兮，相觀民之計極』。朱注云：『瞻，臨視也。顧，還視也。相觀，重言之也。計，謀也。極，窮也。』又，『僕夫悲余馬懷兮』，朱注云：『僕，御也。』《東皇太一》『撫長劍兮』，朱注云：『撫，循也。』案：以上諸解，姚氏皆删之，以爲其義習常也。《湘君》『中洲』，朱注云：『中洲，洲中也。水中可居者曰洲。』姚注但云：『中洲，洲中也。』删『水中可居者曰洲』，蓋已見於《離騷》『夕攬洲之宿莽』注也。《東君》『應律兮』，朱注云：『律，謂十二律，黄鍾、大、呂太簇、夾鍾、姑洗、仲呂、蕤賓、林鍾、夷則、南呂、無射、應鍾也。』案姚氏但節取『律謂十二律』，而删『黄鍾』以下十二名者，以爲人所習知也。

名物訓詁，朱注多引古書以釋之。姚氏節取其義，抹其出處，重作排比，以求簡略明白者。如，《離騷》『與朝搴阰之木蘭兮』，朱注云：『木蘭，木名。《本草》云：「皮似桂而香，狀如楠樹，高數仞，去皮不死。」』案：姚氏則删『本草云』三字。又，『荃不揆余之中情兮』，朱注云：『荃與蓀同。陶隱居云：「東間溪側，有名溪蓀者，根形氣色極似石菖蒲，而葉無脊。」蓋亦香草，故時人以爲彼此相謂之通稱，此又借以寓意於君也。』案：姚注云：『荃與蓀同，似石上菖蒲而葉無脊。蓋亦香草，故時人以爲彼此相謂之通稱，此又借以寓意於君也。』則删『陶隱居云東間溪側有名溪蓀者根形氣色極』數字，排比組織，似出於己者。又，『集芙蓉以爲裳』，朱注云：『荷，蓮葉也。芙蓉，蓮花也。《本草》云：「蓮，其葉名荷。其花未發爲菡萏，已發爲芙蓉。」』案：姚注云：『蓮，其葉名荷。其花未發爲菡萏，已發爲芙蓉。』則删『本草云』三字。又，『帥雲霓而來御』，朱注云：『霓，虹屬，陰陽交會之氣也。郭璞云：「雄曰虹，謂明盛者。雌曰蜺，謂暗微者。雲薄漏日，日照雨點則生。」』案姚注删節之，云：『雄曰虹，謂明盛者。雌曰蜺，謂暗微者。雲薄漏日日照雨點則生。』則抹其出處，删『郭璞云』也。《東皇太一》『璆鏘鳴兮』，朱注云：『璆、鏘，皆玉聲。《孔子世家》云：「環珮玉聲璆然。」《玉藻》云：「古之君子必佩玉，進則揖之，退則揚之，然後玉鏘鳴也。」』案姚注但云：『璆、鏘，皆玉聲。』删引《孔子世家》及《玉藻》文。《雲中君》『靈連蜷兮既留』，朱注云：『既留，則以其服飾潔清，故神悦之，而降依其身，留連之久也。《漢樂歌》言「靈安留」。亦指神而言也。』案姚注删引《漢樂歌》云云。又，《湘君》『吹參差兮』，朱注：『參差，洞簫也。《風俗通》云：「舜作簫，其形參差不齊，象鳳翼也。」望湘君而未來，故吹簫以思之也。』案姚注抹去『風俗通云』。又，《湘夫人》『帝子降兮』，朱注云：『帝子，謂湘夫人，堯之次女女英，舜次妃也。韓子以爲「娥皇正妃，故稱君；女英自宜降稱夫人也」。』案姚注抹云『韓子以爲』云云。《懷沙》『明告君子，吾將以爲類兮』。朱注：『《補》曰：「屈子以爲知死之不可讓，則捨生而取義可也。所惡有甚於死者，豈復愛此七尺之軀哉！」類，法也。以此言爲法也。』案姚氏抹『補曰』云云，但節取：『類，法也。以此言爲法也。』

姚氏雖以朱注爲宗，然或者『本文奥隱，注語須得更爲引伸者，間附王注若干條』。案姚氏所以復引王注者，義多勝朱注者，或補朱注所闕者。如，《離騷》『名余曰正則兮字余曰靈均』，節引朱注但云：『正，平；則，法也。靈，神；均，調也。』意甚簡略，又復引王逸注云：『言正平可法則者莫過於天，養物均調者莫神於地，高平曰原，故父名我爲平以法天，字我爲原以法地。』則以名平字原爲法天法地之義，若無王注，不足發其隱奥也。又，『雜申椒與菌桂兮』，朱注『菌』字無注。姚氏引王注云：『菌，薰也。葉曰蕙，根曰薰。』案：蓋補朱注所闕也。又，『反信讒而齌怒』，朱注但云：『齌，炊餔疾也。』極爲簡略。案：姚氏引王注云：『言懷王不徐徐察我忠信之情，反信讒言而疾怒我也。』蓋補其闕義也。又，『長顑頷亦何傷』，朱注但云：『顑頷，食不飽而面黄之貌。』案：姚氏引王注云：『衆人苟欲飽於財利，己獨欲飽於仁義。』所謂『食不飽而面黄』者，非真飢於食，乃守潔之喻詞也。又，『非世俗之所服』，朱注無説。案：姚氏引王注云：『非今時俗人之所服行。』服，非服飾之服，謂服行也。又，『忳鬱邑余侘傺兮』，朱注云：『忳，憂貌。侘傺，失志貌。侘，猶堂堂也，又立也。傺，往也，楚人語也。』案：姚氏引王注云：『中心鬱悒，悵然住立而失志。』蓋補朱子句意所未備也。又，『欲少留此靈瑣兮』，朱注云：『瑣，門鏤也，文如連瑣，以青畫之，則曰青瑣。』案：姚氏雖全引朱注，復引王注：『言未得入門，故欲少住門外也。』蓋所以補朱子未釋句意者也。《雲中君》『覽冀州兮有餘』，朱注云：『有餘，所望之遠，不止一州也。』案：姚氏删朱注，而引王注云：『言雲神所在高邈，乃望於冀州，尚復見他方也。』蓋以朱注不若王注剴切也。《河伯》『登崑崙兮』，朱注：『崑崙，山名，河出崑崙墟，色白，所渠並千七百一川，色黄，百里一小曲，千里一曲一直。』案姚注棄朱注，但引王注云：『崑崙山，河源所從出。』蓋以爲朱注不若王注簡賅也。又，《抽思》『軫石崴嵬，蹇吾願兮』。朱注：『軫石，未詳。』案姚氏引王注：『軫，方也。故曰：軫之方也以象地。崴嵬，高皃。』蓋以王注猶有可取處，未可悉廢也。又，《招魂》：『秦篝齊縷，鄭綿絡些。』朱注：『篝，落也，又曰籠也，可熏衣。縷，綫也。綿，纏也。絡，縛也，秦、齊、鄭，蓋其國土善爲此也。』案姚氏雖全引朱注，然又引王注云：『言爲君魂作衣，乃使秦人織其篝絡，齊人作綫縷，鄭國之工纏而縛之。』以爲蓋較朱説縝密也。又，『多迅衆些』，朱注：『迅衆，未詳。』案姚氏引王注云：『迅，疾也。用心齊疾，勝於衆人也。』

以爲未失一説，引之以補朱注所闕。

姚氏雖分析朱子訓詁字義於當句下，然其分章，稱『仍朱子，每章首各空一字。注中或總詮兩句、四句者，加一圈以别之』云，章旨亦一仍朱注。如，《離騷》『恐美人之遲暮』下云：『此承上章，言己但知朝夕脩潔，而不知歲月之不留，至此乃念草木之零落，而恐美人之遲暮，將不得及其盛年而偶之。以比臣子之心，唯恐其君之遲暮將不得及其盛時而事之也。』又，『各興心而嫉妬』下云：『言在位之人，心皆貪婪，内以其志量度他人，謂與己同，則各生嫉妬之心也。』又，『固前聖之所厚』句下云：『自「怨靈脩」以下至此，五章一意，爲下章回車復路起。』又，『豈余心之可懲』下云：『自「悔相道」至此五章，又承上文「清白以死直」之意。而下爲女嬃詈予起也。』又，『夫何煢獨而不予聽』下云：『屈原外困群佞，内被姊詈，故言衆人不可户户而説，必不能察己之中情，況世人又方並爲朋黨，何能哀我煢獨而見聽乎？爲下章就舜陳辭起。』又，『余焉能忍而與此終古』下云：『言此以比上無明王，下無賢伯，使我懷忠信之情不得發用，安能久與此闇亂嫉妬之俗終古而居乎？意欲復去也。』又，『孰云察余之善惡』下云：『以下乃原自念之詞，言雖往而亦將無所合也。』又，《東皇太一》題下云：『此篇言其竭誠盡禮以事神，而願神之欣説安寧，以寄人臣盡忠竭力，愛君無已之意。』又，《雲中君》題下云：『此篇言神既降而久留，與人親接，故既去而思之不能忘也。足以見臣子慕君之深意矣。』《湘君》『恩不甚兮輕絶』章下云：『此章比而又比也。蓋此篇本以求神而不答，比事君之不偶，而此章又别以事比求神而不答也。』又題下云：『此篇蓋爲男主事陰神之詞，故其情意曲折尤，多皆以陰寓忠愛於君之意。而舊説之失爲尤甚，今皆正之。』《河伯》『魚隣隣兮媵予』句下云：『既已别矣，而波猶來迎，魚猶來送，是其眷眷之無已也。三閭大夫豈至是，而始歎君恩之薄乎？』《山鬼》末云：『此篇言其被服之芳者，自明其志行之潔也。言其容色之美者，自見其才能之高也。子慕予之善窈窕者，言懷王之始珍己也。折芳馨而遺所思者，言持善道而効之君也。處幽篁而不見天、路險艱而又晝晦者，言見棄遠而遭障蔽也。欲留靈脩而卒不至者，言未有以致君之寤而俗之改也。知公子之思我而然疑作者，又知君之初未忘我而卒困於讒也。至於思公子而徒離憂，則窮極愁怨而終不能忘君臣之義也。」案：以上概括章旨及説行文前後過度，則皆全引朱注也。

朱子《集注》凡注音辨字，皆置於各章之下，而姚氏移置於當句，且多因襲朱注。如，《離騷》『雜申椒與菌桂兮』之『菌』下注：『渠隕反。』又，『豈維紉夫蕙茝』之『維』下注：『當作「唯」，古通用。』案：《辯證》云：『據字書，惟從心者，思也。維從系者，繫也。皆語辭也。唯從口者，專詞也，應詞也。三字不同，用各有當，然古書多通用之，此亦然也。後仿此。』實從朱説也。『茝』下注：『昌改反。』又，『荃不揆余之中情兮』之『荃』下注：『七全反，一音孫。』又，『謠諑謂余以善淫』之『諑』下注：『音卓。』又，『偭規矩而改錯』之『錯』下注：『音措。』《雲中君》『靈連蜷兮既留』之『蜷』下注：『音拳。』《湘夫人》『登白薠兮騁望』之『薠』下注：『音煩。』案：以上皆見朱注。然亦不見朱注者。如，《離騷》『貫薜荔之落蘂』之『薜』下注：『音敝。』『荔』下注：『音栵。』『蘂』下注：『如壘反。』《湘君》『隱思君兮陫側』之『陫』下注：『符沸反。』案：皆未見朱注。又，『擥木根以結茝兮』之『擥』下注：『攬同。』案朱注：『擥音覽，一作掔，啓妍反。』與朱注不同。又，『既替余以蕙纕兮』之『纕』下注：『音襄。』案朱注用反切，云：『息羊反。』又，『忳鬱邑余侘傺兮』之『忳』下注：『音豚。』案朱注用反切，云：『徒渾反。』《東皇太一》『君欣欣兮樂康』之『樂』下注：『音洛。』朱注用反切，云：『歷各反。』《湘君》『美要眇兮宜修』之『要』下注：『去聲。』案朱注用反切，云：『於笑反。』《招魂》『長離殃而愁苦』之『離』下注：『罹同。』案朱注：『離，一作罹。』又，『汝筮予之』之『予』下注：『與同。』案朱注：『予音與，一作與。』皆與朱注不同。或者音同而反切用字不同。如，《離騷》『寧溘死以流亡兮』之

『溘』下注：『苦合反。』案朱注『合』作『荅』。《湘君》『吹參差兮誰思』之『參差』下注：『上尺深反，下尺尸反。』案朱注：『上初簪反，下初宜反。』音同而用字不同也。或者二切取其一。如，《惜誦》『發憤以抒情』之『抒』字，朱注：『上與、又呂二反。』案姚注但取『上與反』。或者辨析字義，參以己見。如，《離騷》『來吾道夫先路』之『夫』字下夾注：『音扶，篇内自末章「僕夫」外，並仿此。』

姚氏於《天問》朱子『今荅之曰』者皆删之，且引書亦多删節之。如，『斡維焉繫』，朱注云：『斡，《説文》曰：「轂端沓。」則是車轂之内，以金爲筦而受軸者也。』案姚注但云：『斡，車轂之内，以金爲筦而受軸者也。』抹其出處。又，『伯禹腹鮌』，朱注：『腹，懷抱也。《詩》曰：「出入腹我。」』案姚注抹其出處，但云：『腹，懷抱也。』又，『八柱何當，東南何虧』。朱注云：『《河圖》言：「崑崙者，地之中也。地下有八柱，互相牽制，名山大川，孔穴相通。」《素問》曰：「天不足西北，地不滿東南。」注云：「中原地形，西北高，東南下，今百川滿湊，東之滄海。」』案姚注於『八柱何當』下但云：『《河圖》言：「地下有八柱，互相牽制。」』於『東南何虧』下注：『《素問》曰：「地不滿東南。」』多作删節。姚氏又謂『《天問》最爲難通，朱子多以「未詳」置之，蓋深以穿鑿爲戒也。篇中所用王注，非謂必然，聊取以備一解，至附注云云。偶從旁蒐得之，以其於本文稍可比附，開釋童蒙，不爲無助耳』云云。是故引王注及他説者尤夥，蓋非惟補朱注所闕，又不廢增廣異聞也。如，『伯强何處，惠氣安在』。姚注既節取朱注：『伯强，大癘疫鬼也，所至傷人。惠，順也。惠氣，謂和氣也。』又引王注：『言陰陽調和則惠氣行，不調和則厲鬼興。此言二者當何在。』蓋與朱注『天下之氣亦一而已，而有逆順之或異』云云者不同。又，『崑崙縣圃，其尻安在。增城九重，其高幾里』。朱注云：『崑崙、縣圃，見《騷經》。崑崙據《水經》，在西域，一名阿耨達山，河水所出，非妄言也。但縣圃、增城高廣之度，諸怪妄説，不可信耳。』案姚注云：

『王注：「《淮南》言崑崙之山九重，其高萬二千里。」附注：《水經注》曰：「崑崙山三級，下曰樊桐，二曰元圃，三曰增城，是爲天帝之居。」』蓋以爲屈子本問其高廣，古亦本有是説，不可斥之以『諸怪妄説』也。又，『焉有石林』，朱注：『未詳。』案姚氏《附注》引《李長吉注》：『《海外紀》：「石林山在東海之東，有石如木，挺立數仞，亦開花，朱色，爛然满山，故名。」』蓋所以補其闕也。又，『黑水玄趾，三危安在。延年不死，壽何所止』。朱注：『黑水、三危，皆見《禹貢》。玄趾，未詳。《素問》曰：「真人壽敝天地，無有終時。至人益其壽命而强，亦歸於真人。聖人形體不敝，精神不散，亦可以百數。」』案：姚氏引王注：『山名。』又引《穆天子傳》：『黑水之阿，爰有木禾，食者得上壽。』引《淮南子》：『三危之國，石城金室，飲氣之民，不死之野。』蓋以屈子『延年不死』者亦在黑水、玄趾、三危之間，而以朱注引《素問》云云，是答非所問也。又，『何乞彼小臣，而吉妃是得』。朱注：『小臣，謂伊尹也。言湯東巡至於有莘，乞匄伊尹，因得吉善之妃以爲内輔也。《史記》曰：「阿衡欲干湯而無由，乃爲有莘氏媵臣。」謂此也。然以孟子觀之，則爲此説者妄矣。』案姚氏《附注》云：『《世紀》曰：「湯夢人抱鼎俎對己而笑，寤而求伊摯於有莘之野。其君留而不遣，湯乃求昏於有莘，遂嫁女於湯，以摯爲媵臣。」《列女傳》：「有㜪之妃湯也，統領九嬪，咸無妒媢，卒致王功。」』蓋存之以廣異聞也。又，『驚女采薇鹿何祐，北至回水萃何喜』。朱注云：『此章未詳，亦當闕。』案姚氏引王注：『昔者有女子采薇菜，有所驚而走，此至回水之上而得鹿，其家遂昌熾，乃天祐之。』蓋引之亦以增廣異聞。

姚氏又謂，『明代黄維章始取二《招》，並歸之屈原，近林西仲又謂《招魂》自招，《大招》，招懷王。間取二篇細讀之，信然。今以殿二十五篇之後，注則仍用朱子，不敢據後人之見竄易前哲成書』云。見其謹慎之至。《招魂序》删朱序『以禮言之固爲鄙野，然其盡愛以致禱則猶古人之遺意也。是以太史公讀之而哀其志焉，若其譎怪之談荒淫之志，則昔人蓋已誤其譏於屈原今皆不復論也」，《大招序》但存删朱序「大招不知何人所作或曰屈原或曰景差」，餘皆删之。二篇字義訓詁亦多所删節，條例同他篇。如，「朕幼清以廉潔兮」，朱注：「幼，少也，言其性然也。清者，其志之不雜。廉者，其行之有辯。潔者，其身之不污。」姚氏删「幼少也言其性然也」。又，「雄虺九首」，朱注：「九首，一身九頭也。」案姚氏删之。又，「玄蠭若壺些」，朱注：「壺，乾瓠也。」姚氏删之。又，「藂菅是食些」，朱注：「藂，叢生也。」姚氏删之。又，「目騰光些」，朱注：「騰，發也。」姚氏删之。又，「離榭脩幕」，朱注：「幕，大帳也。」姚氏删之。又，「紅壁沙版」，朱注：「紅，赤白色。」姚氏删之。又，「稻粢穱麥」，朱注：「稻，今秔、糯二米也。」姚氏删之。案：以上蓋皆以其義習常者也。又，「高堂邃宇」，朱注：「邃，深也。」案姚氏删之，蓋以其已見於《離騷》「既以邃遠」注，不必重複也。或者删朱注引例者。如，「仰觀刻桷」，朱注：「桷，椽也。《春秋》「刻桓宮桷」。」案姚氏删引《春秋》云。或者删注意淺顯者。如，「坐堂伏檻」，朱注：「檻堂可坐而檻可凭伏也。」案姚氏以其淺顯而删之也。或者删「或説」者。如，「侍陂陁些」，朱注：「陂陁，長陛也。言侍從之人皆衣虎豹之文，異采之飾，侍衛階陛也。或曰：從君遊陂陁之中也。」案姚氏删「或曰」云云，以爲徒滋歧紛也。或者删朱注句釋者。如，「得人肉以祀，以其骨爲醢些」，朱注：「南方人常食蠃蜂，得人之肉則用以祭神，復以其骨爲醬而食之，今湖南、北有殺人祭鬼者，即其遺俗也。」案姚氏皆删之，蓋以爲聳人聽聞，不足以傳後，反見其心智不若朱子開拓矣。或者删朱子驗證於當時事者。如，「其土爛人，求水無所得些」注云：「言西方之土温暑而熱，焦爛人肉，渴欲求水，不可得之。今環靈、夏之間。有旱海六七百里。無水泉。即其證也。」案姚氏删「今環靈夏之間有旱海六七百里無水泉即其證也」。蓋以爲取引宋時地理，不足以驗證於古者，亦反見其局蹐於古書，不如朱子開通也。

姚氏《凡例》謂「古韻通轉，《楚辭》與三百篇一也。其中自有條理，即不以今韻叶之，亦似無所不可。若齟齬不合之甚者，仍當依朱子。又或稍有變易，總期於諧暢而已。別爲《叶音》一卷附後」。案《楚辭叶音》，爲劉維謙所作。維謙，字讓宗，又字友萍，號雙虹居士，松江人，姚氏同學也。姜亮夫以爲「字雙曄，號友萍」者，訛也。其人通古音學，著有《詩經叶韻辨訛》。而姚氏自稱「韻學素未究心」，故取之以附諸卷末。劉氏於朱子《楚辭正編》六卷内拈出與後世音不協者凡二百三十九字（姜氏誤作「二百四十二字」），皆擬注古音。依次爲《離騷經》《九歌》《天問》《九章》《遠遊》《卜居》《漁父》《招魂》《大招》九篇。其注音之法：或直音，如「降洪」「能奈」「隘抑」「英央」「雄形」之類。或反切，如「替土因切」「衖呼貢切」「螭丑歌切」「壄上與切」「取此苟切」之類。或注四聲，如「怒上聲」「圃去聲」「惡去聲」「喜平聲」「替上聲」之類。或據吴棫《韻補》，如「名《補》叶民」（《離騷》）、「牧《補》叶覓」（《天問》）、「名《補》叶綿」（《哀郢》）、「人《補》叶仍」（《遠遊》）之類。或改音，如「飽改叶閉」（《天問》）、「婦改扶委切」（《天問》）、「廚改叶池」（《惜往日》）、「奇改巨何切」之類。或「隔標」（即雙聲疊韻類隔）法，如「差隔標叶磋」「施隔標叶梭」「擇隔標叶度」「澤隔標叶度」之類。然其所擬多非古音。如「能音奈」。案：奈，古屬泰部，歌部之去聲也。能，古屬蒸部，之部之陽韻。能古音讀如耐，《離騷》與佩字協韻，而非音奈也。又，「晦音弭」。案：晦，古畝字，古屬之部。弭，古屬支部。《離騷》晦與芷同協之部，非讀弭音也。又，「悔音毁」。案：悔，古屬職部，之部之入聲。毁，古屬月部，歌部之入聲。《離騷》悔與茝同協之部，非讀毁音也。又，「待音題」。案：待，古屬之部。題，古屬支部。《離騷》待與期同協之部，非讀題音也。又，「雄音形」。案：雄，古屬蒸部。形，古屬耕部。《國殤》雄與弓、懲、凌同協蒸部，非讀形音也。又，「加音基」。案：加，古屬歌部。基，古屬之部。《天問》加與虧同協歌部，非讀基音也。又，「飽改叶閉」。案：飽，古屬幽部。閉，古屬質部。《天問》飽，當作飢字之訛，與繼同協質部也。又，「婦改扶委切」。案：婦，古屬職部，之部之入聲。「扶委」

之音，古屬歌部。《天問》婦與子同協之部，非讀『扶委』之音也。又，『嚴音昂』。案：嚴，古屬侵部。昂，古屬陽部。《天問》嚴與亡、饗、長同協陽韻，當作莊，避明帝諱改也，非讀昂音也。又，『廚叶池』『牛音宜』。案：廚，古屬侯部。牛，古屬之部。宜、池，古屬歌部。《惜往日》廚與牛、之爲之侯合韻，廚非讀池音、牛非讀宜音也。類此之訛，不勝其舉。劉氏雖自標精古音學，實亦一知半解之徒，是故姚氏所選亦未可稱善。

姚氏删節朱注，蓋隨心所欲，未有一定準則。故往往當删節而不删，不當删節者則删之。如《離騷》『相觀民之計極』，朱注：『相觀，重言之也。計，謀也。極，窮也。』姚氏悉删之。案：『相觀』連用，乃《離騷》特有句法。『計極』之義，乃治《騷》者所聚訟。皆不當删也。又，『心猶豫而狐疑兮』，朱注：『猶，犬子也。人將犬行，犬好豫在人前，待人不得，又來迎候，故謂不決曰猶豫。狐多疑而善聽，河冰始合，狐聽其下，不聞水聲，乃敢過。故人過河冰者，要須狐行然後敢度，因謂多疑者爲狐疑。』案：猶豫、狐疑，皆連語也。義存乎聲，不在其字形，不當析分爲二字。宋人不之知，清人固已知之矣。姚氏存之不删，可謂學之未精也。又，《河伯》『與女遊兮九河』，朱注云：『九河，徒駭、太史、馬頰、覆鬴、胡蘇、簡潔、鉤磐、鬲津也。禹治河至兖州，分爲九道，以殺其溢，其間相去二百餘里。徒駭最北，鬲津最南。蓋徒駭是河之本道，東出分爲八枝也。』案姚氏節取之，但云：『九河，禹治河至兖州，分爲九道，以殺其溢，其間相去二百餘里。』不唯不知九河之名，且抹其所以爲『九』之由。殊傷其旨也。《國殤》『短兵接』，朱注：『短兵，刀劍也。言戎車相迫，輪轂交錯，長兵不施，故用刀劍以相接擊也。《司馬法》曰：「弓矢，圍；殳矛，守；戈戟，助。凡五兵，長以衛短，短以救長。」』案姚注删引《司馬法》文，所以『短兵接』之意則晦不明矣。又，《招魂》『軒輬既低』，朱注：『軒，曲輈藩車也。輬，卧車也。皆輕車也。低，俛也。凡車行之勢，一低一昂，《詩》所謂「如輊如軒」者也。此則指其方低而未昂，方輊而未軒之時而言耳。」案：『此則指』云云，朱子以爲所特指者，離此語境乃無此意。姚氏删之，則令讀者惑矣。

朱子《集注》逐章詮釋，上下相貫，合之則兩全，離之則兩傷。如，《離騷》：『既替余以蕙纕兮，又申之以攬茝。亦余心之所善兮，雖九死其猶未悔。』朱注：『此言君之廢我，以蕙茝爲賜而遣之，如待放之臣予之以玦，然後去也。然二物芬芳，乃余心之所善，幸而得之，則雖九死而不悔，況但廢替而已乎。』案：姚氏『此言君之廢我，以蕙茝爲賜而遣之，如待放之臣予之以玦，然後去也』屬於『又申之以攬茝』句下，而『然二物芬芳，乃余心之所善，幸而得之，則雖九死而不悔，況但廢替而已乎』屬於『雖九死其猶未悔』下，各自獨立，則『二物』遂不明其爲何物也。又，『就重華而敶詞』，姚注云：『重華，舜號。舜葬於九疑山，在沅、湘之南，陳詞如下文所云。』案：朱注云：『重華，舜號也。《帝繫》曰：「瞽叟生重華，是爲帝舜，葬於九疑山，在沅、湘之南。」洪曰：「天下明德皆自虞帝始，其於君臣之際詳矣。屈原以世莫能察己之志，故欲就之，而陳詞如下文所云也。』是姚氏整《帝繫》及洪氏《補注》爲之，幾前後脱節不相續也。又，『夫孰非義而可用兮，孰非善而可服』。姚注云：『言瞻前顧後，則人事之變盡矣，故見民之計謀，於是爲極，而知唯義爲可用，唯善爲可行也。』案：朱注『言瞻前顧後，則人事之變盡矣，故見民之計謀，於是爲極』云云，分釋『瞻前而顧後兮，相觀民之計極』二句之義，『而知唯義爲可用，唯善爲可行』，分釋『夫孰非義而可用兮，孰非善而可服』二句之義，然四句本相貫，離之則傷矣。又，《湘君》原以『石瀨兮淺淺，飛龍兮翩翩。交不忠兮怨長，期不信兮告余以不閒』爲一章，朱注云：『此章興而比也。蓋以上二句引起下句，以比求神不答之意也。所謂興者，蓋曰石瀨則淺淺矣，飛龍則翩翩矣，凡交不以忠則其怨必長矣，期不以信則必將告我以不暇而負其約矣。所謂比者則求神而不答之意，亦在其中也。』案姚注訓詁分置於各句之下，而說藝文之語皆繫於『不閒』下，則令前後隔絶矣。又，《東君》朱子原以『青雲衣』以下六句爲一章，注引《晉志》云：『狼，一星，在東井南，爲野將，主侵掠。弧，九星，在狼東南，天弓也，主備盜賊。」案姚氏節引《晉志》，割列兩屬，於『射天狼』下云：『《晉志》云：「狼，一星，在東井南，爲野將，主侵掠。」』而於『操余弧』句下云：『弧，九星，在狼東南，天弓也，主備盜賊。』無『《晉志》云』三字，讀者遂誤非《晉志》文矣。姚氏或自亂其例。如，《東君》：『駕龍輈兮乘雷，載雲旗兮委蛇。長太息兮將上，心低佪兮顧懷。』姚注：『輈，車轅也，龍形曲似之，故以爲轅。雷氣轉似輪，故以爲車輪。言乘此車以往迎日，又以驟登高遠，而低佪顧懷，遂見下方。』案若據其體例，訓詁『輈，車轅也，龍形曲似之，故以爲轅。雷氣轉似輪，故以爲車輪』云云，當措置於『駕龍輈兮乘雷』下也。

是書刻姚氏自刻於乾隆六年辛酉春，扉頁自署『艫香居士讀本』。然其所據朱注，蓋非善本。如，《思美人》『思美人兮擥涕』，朱注：『擥，猶收也。』姚注同。案：收，當『抆』字之訛，宋本已誤，元至元二年丙子建安傅氏刻本正作『抆』字，已校改也。《招魂》『絚洞房些』，朱注：『洞，深也。』姚氏引『深』作『閑』。案：姚氏所據本訛也，宋端平刻本正作『深』字。是書未見續刻，流傳未廣。國家圖書館、浙江圖書館皆有藏本，而浙江圖書館藏本有無名氏圈點及書眉批注，略有參考價值。（黃靈庚）

# 離騷解

《離騷解》者，清謝濟世之所作也。濟世字石霖，號梅莊，廣西全州人。康熙五十一年壬辰進士。雍正四年丙午，官浙江道監察御史。以彈劾河南巡撫田文鏡不法，而戍邊陲阿爾泰。七年己酉，撰《古本大學注》獲罪入獄，陪斬免死。乾隆改元丙辰，召還，授江南道御史，三年戊午，改湖南糧儲道。八年癸亥，以參劾衡陽、善化知縣勒索錢財，貪贓枉法，而遭誣陷，再次罷官入獄。昭雪後，任湖南鹽驛道。未幾上書乞休。著述頗豐，計有《易在》《大學注》《中庸大義疏》《匧匩十經史評》《論孟箋》《以學居業集》《梅莊雜著》《西北域記》《纂言内外篇》等。事載《清史稿》卷二百九十三《謝濟世傳》、李元度《國朝先正事略》卷十五《謝梅莊觀察事略》。

是書依朱子《集注》爲藍本，文字彼此悉同。止《離騷》一卷，首無序，末有自跋，道其作書顛末頗悉，云：『《離騷》一篇，幼讀之不解，長讀之終不甚解。及至塞北，誦王元之「遷客生還知有望，商山不敢讀《離騷》」之句，九年中並未寓目焉。既果蒙恩召還柱下，旋因乞養，外轉湖南，又得溯汨羅之江，吊靈均之墓。自此方舟督運，冬去夏歸，每泊湘陰，輒酹酒朗讀竟夕。光陰徂謝，三載於兹。覺一篇十四章，血脈流貫，爿片分明。語誕而情真，詞複而義別，無不可解也。頃自淮歸舟，次扁擔峽，連日阻風不得進，乃援筆解之，名曰《離騷解》云。』案：謝氏學宗孔、孟，自幼習讀六經，畢生以倡明道學爲己任。然其仕途埳壈，一生之中，流放九年，二度下獄，幾遭不測，可謂淹蹇之至矣。然其於文網綿密之際，非惟敢於『讀《離騷》」，且又作此《離騷解》，蓋其心迹，由是可以揣摩矣。

謝氏是書以闡釋大義爲要務，稱《離騷》是「綜一生始末以立言」，蓋以爲屈子晚年之作。而以求帝不果，以諷寓「原在放所，必嘗詣襄王行在，求見而不得，故託言如此」云云，是以爲作於頃襄之世矣。分《離騷》爲十四章，每章之末皆概述大義。首章是首八句，「首述世系及生年月日名字」。二章「紛吾」至「齌怒」，「述少小勤學問，惜光陰，愛才華，尤尚節操。未幾，出圖吾君，實欲匡救引導，使之法三王二帝而鑒桀紂，無如群小結黨，國事孔棘，正在竭力挽回。不期君反信讒而怒我也」。三章「余固知」至「遺則」，申明信讒齌怒之義，衆皆貪競，而「（我）所急者，歲不我與，恐千秋萬歲之名不立，有辜皇考肇錫之意耳。今美政既無成，修名何由立？自念生不如死，無如受餓不死，忍凍不死，將來其惟投江死乎」。四章「長太息」至「所厚」，「述懷王見疏以後及襄王初年被放之事，而用以自傷也」。「古人正君必先正己，我未嘗一日不檢束此身，以爲感格君心之地，孰知身雖檢而君終不可格」；而「欲我改行，有死不爲也」。五章「悔相道」至「可懲」，「以自寬自勵也。原本以死自誓，及到放所，即欲自沈，忽然轉念此地既堪遊息，四野亦足

離騷解

湘源謝梅莊先生著　後學歸義徐維蕃友三重刊　族人謝洪謹西屏　謝洪誌博齋

綜一生始末以立言蓋被放將賦懷沙之作也　謝濟世

帝高陽之苗裔兮朕皇考曰伯庸攝提年貞於孟陬月兮惟庚寅日吾以降叶洪○皇覽揆上聲余於初度兮肇錫余以嘉名名余曰正則水土平而後正三壤之則故云兮字余曰靈均廣平曰原原田平均人爲萬物之靈故云

首述世系及生年月日名字

紛吾既有此內美兮又重之以脩能音耐扈江離與辟同僻芷兮紉人入秋蘭以爲佩○汨音聿余若將不及兮恐年歲之不吾與朝搴牽同

縱觀。雖云放臣，不失故我，何必從彭咸遊乎？時必有勸原改行以圖賜環者。原謂本性難移，體可解，心不可懲，何況於放』。『是六章『女嬃』至『陳辭』，『申明不吾知之義。原姊素愛弟，至放所相依，其始必勸之，而原訴之，至此遂重言責之』。七章『啓九辯』至『上征』，『陳辭重華，述三代廢興、則天之下，地之上，我並無可訴之處，不得不訴諸地下之前聖也』。原在懷王時，疏而未放。及至放所，撫今思昔，感激舊恩，天意民情及己身坎坷，而重華不見答，於是又舍地下而訴之天上也。八章『朝發軔』至『嫉妬』，『上征爲見帝，孰知帝不得見也』。九章『朝吾將濟』至『稱惡』，『因想先王惑於鄭袖，今王制於秦女，荒於神女。若内助得人，必不至此。故引詩人《關雎》《車牽》之義，思求淑女以配君子也』。十章『閨中』以下四句，『總承重華以下三章結之，其下二章承上文求女，再申明不吾知之義』。十一章『索藑茅』至『其不芳』，占卜靈氛求女之方，而氛誤答以求君，『意是時決策於詹尹，詹尹以此勸之，故託言如此』。十二章『欲從靈氛』至『觀乎上下』，問於巫咸求女之途，而咸亦誤答以求君，『其實時勢至此，女亦無益，只合浪遊以求之耳。意是時懷、襄兩朝舊僚必多以此勸之者，故託言如此』。十三章『靈氛既告』至『不行』，『言我雖欲去，但宗臣無去國之義。此行亦止暫去，而終不能不歸也』。又謂屈子所以西行，『西荒之崑崙、流沙，皆禹迹所至，可以問途者，此實情也。秦介西陲，與楚世婚，亦世讎，秦暴而强，其幅員略與楚等，此一行亦可覘其疆圉、關隘、政教、人民，以決其成敗。而故主客死，孤魂誰招？尤每飯不忘者，此則隱情也』。而『末曰「陟陞皇之赫曦」，何也？其上云云，夢遊也，然則原究未去也』。十四章爲『亂曰』四句，『朝廷既無足有爲之人，邪正又有不兩立之勢，我又何可居此都，亦仍遂我依彭咸之初志而已矣』。案謝氏所分章節，大致合理，而亦有可商者。如，二章、三章之分割，宜止於『何不改乎此度』，『乘騏驥』至『齌怒』宜入三章，自『乘騏驥』以下至『踵武』，皆以行車導路爲喻，始言『導夫先路』，然則何謂『先路』？則『三后純粹』四句是也。何以致之，何以覆之，則舉堯舜、桀紂正反爲例，而後述『世路』之險隘，而我之奔走導引，君之不從而疾怒矣。其文脈聯貫若符如此，則不宜割裂爲兩屬矣。又，『嫛詈』一章，宜止『不余聽』句，而『依前聖』以下四句當歸陳詞重華一章。又，『閨中』四句，爲總結求帝、三求女兩章，亦以以下文卜氛、問咸，是上下過渡之語，不宜分立一章，宜屬求女一章之末。謝氏既概述章旨，又探求其言外之旨。若七章『及至放所』，而『欲哭訴於懷王之墓，故託言如此』云云。純屬臆度之詞。又以末章西行爲『覘其疆圉、關隘、政教、人民，以決其成敗』云云，似屈子猶戰國策士，遊秦以爲楚間。豈有是理耶？

謝氏又於是書眉端有批注，蓋與段旨相爲照應、補充。其内容或者論述主旨，點明題意。如，『帝高陽』首段批云：『第一句便見無去國之義。前半篇政因讒言，欲依彭咸不果依，後半篇人莫我知，欲去故都不果去，而卒歸於依彭咸。篇中除重華無言、天帝未見、淑女難得外，其有交關者，靈修、黨人、女嬃、靈氛、巫咸五人而已。』案：謂『無去國』，是《騷》之大旨，彭咸是其依歸，而靈修、黨人、女嬃、靈氛、巫咸五人是貫穿全篇也。或者稽鉤前後相承關節。如，『初既與余成言』批云：『初成言而後有他，中藏「美政」二字在。』案：以此句照應篇末『美政』也。又，『願依彭咸』句批云：『汨羅一著，三十年前早就算定。』又，『固前聖』句批云：『前提「依彭咸」意作結，不但領振下文，亦使讀前者易分段落也。』案：以此二句皆爲上下相承之關節也。又，『女嬃』章批云：『懷疏襄放，《史記》本明。但《史記》誤以《離騷》爲懷王時見疏之作，中間又雜入「雖放流」一段，後人因下二章章法，亦嬋媛而下。此章遞到陳詞重華，下章即遞到乘風上征。蓋前後諸章皆可截然劃斷，中間不無藕斷絲連之妙。此斷續相間法也。』案：『斷續相間法』，猶吴世尚云『似斷而未斷，似續而不續』矣。又，『亂曰』批云：『「國無人」三字，收拾全篇；「莫我知」二句，收拾後半篇；「既莫足」二句，收拾前半篇。此倒捲法也。地理家所謂「回龍顧祖」者也。』案：『亂曰』四句，固是概括全篇之詞。謝氏分别拈出，一一道明要旨，見識自高矣。或者隱刺時世。如，『長太息』批云：『既見疏而猶哀民生，欲諫君而先好修姱，詞章氣節之士，那解道來？』又云：『敘中夾歎，如聞丁都護歌，想見聲淚齊下。』案：語頗憤激，如入彼情境。『那解道來』一語，似包含無窮之意。蓋撫今思古，隱然諷刺時世之意。謂當下詞章之輩，並無節氣可言，皆爲趨利避義小人，而朝廷舉用不明，使耿介節操之士屢遭困蹙耳。此蓋其所以道經汨淵而久盤旋不忍去者矣。

是書於《離騷》經文間有雙行字音字義之夾注，皆極簡略。注字音者，用直音法。如，『紉』下：『人、刃二音。』又，『汩』下：『音聿。』又，『阰』下：『音皮。』又，『箘』下：『困、窘二音。』又，『顑頷』下：『音感喊。』又，『纚』下：『音徙。』又，『侘傺』下：『音咤祭。』又，『菹』下：『音苴。』又，『阽』下：『音店。』又，『索』下：『音色。』又，『屬』下：『音素。』又，『屯』下：『音豚。』又，『羆』下：『音皮。』又，『緤』下：『音屑。』又，『娀』下：『音松。』或者省『音』字。如，『具』下：『局。』又，『理』下：『賴。』或者注字之異音。如，『夜』下：『裕、亞。』又，『御』下：『遇、迓。』或者但注聲調。如，『在』下：『上聲。』又，『怒』下：『上聲。』又，『數』下：『入聲。』又，『量』下：『平聲。』又，『鑿』下：『音漕，去聲。』又，『正』下：『平聲。』又，『圃』下：『去聲。』又，『望予』下：『上聲。』又，『惡』下：『去聲。』或者說以通假字、異體字、古今字。如，『辟』下：『僻同。』又，『攬』下：『擥同。』又，『化』下：『訛同。』又，『改錯』下：『措同。』又，『追』下：『隨同。』又，『離尤』之『離』下：『罹同。』又，『澆』下：『奡同。』又，『曾』下：『增同。』又，『釋女』之『女』下：『汝同。』又，『要』下：『腰同。』又，『媮』下：『愉同。』

或者說韻，用叶音法，亦用直音注韻字。如，『降』下：『叶，洪。』又，『能』下：『音耐。』又，『莽』下：『叶，母。」又，「茝」下：「音采。」又，「舍」下：「叶，恕。」又，「服」下：「叶，勃。」又，「替」下：「叶，梯。」又，「初服」「不服」「可服」下：「叶，偪。」又，「野」下：「叶，墅。」又，「節」下：「叶，即。」又，「家」下：「叶，姑。」又，「上下」「乃下」下：「叶，户。」又，「馬」下：「叶，母。」又，「古」下：「叶，故。」又，「曜」下：「叶，躍。」又，「佩」下：「叶，備。」又，「迎」下：「叶，御。」又，「茅」下：「叶，矛。」又，「化」下：「叶，訛。」又，「行」下：「叶，杭。」然則其所注字音，非古音也。如，「艱」下：「叶，基。」案：艱，文韻；基，之韻。古不同音。又，「態」下：「叶，替。」案：態，之韻；替，質韻，古不同音。又，「安」下：「叶，烟。」案：安，元韻；烟，真韻。古不同音。又。「懲」下：「叶，長。」案：懲，蒸韻；長，陽韻。古不同音。又，「慕之」之「慕」下：「叶，莫。」案：慕、莫與之字皆不協韻，「慕之」當作「慕之思」，之、思同協之韻。又，「待」下：「叶，啼。」案：待，之韻；啼，支韻。古不同音。蓋謝氏非知音之選矣。

謝氏間或文字校勘。如，洪氏《補注》本、朱子《集注》皆有「曰黄昏以爲期」二句，洪氏以爲竄入之文，朱子以爲原本或有之。而謝氏從洪校，則删之不存。又，「擥木根」下：「（擥）與攬同，一作掔，與搴同。」又，「從流」下：「一作流從。」案：蓋二本皆通，所以列異。或斷其是非。如，「不余聽」：「余，一作予。非。」案：非是。屈賦「余」「予」二字分用至嚴，凡領格用「余」，賓格用「予」。此用賓格，則舊本當作「予」。又，「曦」下：「一作戲。非。」案：赫戲，連語也。作「赫曦」者，訓詁字也。

謝氏於經文所作字義名物訓詁，皆雖因舊注，且極簡略，務爲新義，前所未聞。如，「名余曰正則兮」注：「水土平，而後正三壤之則，故云。」又，「字余曰靈均」注：「原田平均，令爲萬物之靈，故云。」案：解「正則」「靈均」，則皆從土田立意。又，『申椒』注：『申邑所産，碩大且芳。』案：則以申爲地名。又，『荃不察』注：『（荃）與蓀義同，蓋借君所佩以寓意於君也。』案：荃爲君之所佩者，臣似不得佩矣。又，『四荒』注：『以放所四境言。』案：則不出楚境之外矣。又，『斑陸離其上下』注：『以儀仗言。』案：以爲屈子求帝，役使百神、風雷，皆所興寓，祇壯其儀仗矣。又，『雄鳩』注：『鳴鳩，雄者尤善鳴，人常養爲媒，以誘他鳩。然晴則呼雌，雨則逐之，故惡其佻巧。』案：狀鳩之性，則與屈子惡鳩之意兩相應矣。又，『齊玉軑』云：『止留二車，二車故八馬。』案：自出機杼，且饒有新意矣。

然則謝氏時出陳腐之言，令人費解。如，『陳辭』一段批云：『兩引桀紂而不及幽厲，爲本朝諱也。楚當春秋之始已無周，原當戰國之末尚不敢無周，純臣也。』又，『朝吾將濟』三求女一段批云：『「高邱」句，諷刺顯然。夏之亡以妹嬉，商之亡以妲己，周之興以姜嫄。商姜大任，太姒邑姜，歷歷可考。而其亡也以褒姒。弄到此著，具見經國遠猷。其引有娀、二姚而不及姜嫄以下者，不敢也。楚之秉周禮者，原一人而已。』案：《天問》：『昭后成遊，南土爰底，厥利維何。逢彼白雉？穆王巧梅，夫何爲周流？環理天下，夫何索求？妖夫曳衒，何號於市？周幽誰誅，焉得夫褒姒？』則直斥昭、穆、幽數代，屈子未嘗爲周諱矣。且楚禮別於周禮，出土簡牘載之至悉，屈子亦當行楚禮。故屈子雖非嫡子而《離騷》自稱『帝高陽之苗裔』，猶『禘其祖之所自出』者矣。訓詁之事，亦極精疏。如，『羌』下：『楚謂秦爲羌，賤惡之詞。』案：王逸注：『羌，楚人語詞也，猶言「卿」，何爲也。』自是確詁，不可移易。又，『誶』下：『音萃，多言也。』案：誶訓多言，文獻不足徵矣。又，『九辯』下：『謂辨九州。』案：非是。《九歌》《九辯》皆樂歌名，啓作所以頌禹功德也。『計極』注：『民之計相觀極矣，言情僞端詳盡矣。』案：繳繞不通。計，當作許，通作所。所極，猶所愛、所敬也。言相觀民之所敬愛者也。又，『歷茲』注：『涅而不緇。』案：大誤。舊注云：『歷，經也。茲，此也。』當是不易之義。

是書於乾隆六年辛酉已定稿，然無刻本。至光緒十年甲申，長沙梁家鈺刊輯《梅莊雜著》，始刻是書。後歸義徐維益、胡敬思重刊《梅莊遺集》，則删棄此書。是書封署『丁丑商子莪訂』，不審『商子莪』爲何人。是蓋其舊物，然不知刻於何時，今藏於國家圖書館。（黃靈庚）

# 楚騷心解

《楚騷心解》者，清江中時之所作也。中時字子隨，號秋水，閩西泰寧人。蓋生於雍正六年戊申，卒於道光初年。乾隆間貢生。性好讀書，專求心得，不屑屑記誦，尤以身體力行爲要。年三十七赴鄉闈，歸途聞父卒，星夜奔喪，慟幾絶。後爰無復仕意，授徒爲鄉里塾師，且效虞卿著書以自娱。工詩，尤殫心屈子《離騷》及杜工部詩。著有《讀易蒙求》《莊子心解》《讀杜參解》及此《楚騷心解》也。事載清王琛光緒《重纂邵武府志》卷二十《儒林》。

《心解》依朱子《集注》爲底本，故彼此文字多合。凡四卷。卷一《離騷經》，卷二《九歌》《天問》，卷三《九章》，依次爲《惜誦》《思美人》《抽思》《涉江》《橘頌》《悲回風》《惜往日》《哀郢》《懷沙》，卷四《遠遊》《卜居》《漁父》《招魂》《大招》，稱所録者皆爲屈子之作。卷首有同學廖學信乾隆三十六序、中時自作《楚辭心解發凡》《目録》、司馬遷《史記·屈原列傳》、沈亞之《屈原外傳》及附林雲銘《楚懷襄二王在位事迹考》《摘録古音考》等。末有門生捐資刻書之『公啓』及捐者名録。

《發凡》稱『《離騷》者，屈子自敘之詞，即以名其書者也。今專採屈子之作，核實循名，當稱「楚騷」，不當稱「楚辭」』云。蓋是書所以名『楚騷』之由也。又稱『屈子千古第一至性人，至性鬱爲忠，忠迫爲怨』，而『卒自沉無悔者，此屈子之至性也』。蓋『至性』云云，猶今言『個性』也，讀屈子之書，當知其個性方得調遂。又稱其所參考注本有王逸《楚辭章句》、朱子《楚辭集注》及林西仲《楚辭燈》、陳第《屈宋古音義》，後又見李光地《離騷經注》《九歌注》數種，而『兹編酌取，有離有合，大抵仍前人之解，解之不通而吾解出焉』。蓋『參舊注，繁者删之，缺者補之，謬者正之』。江氏又謂『注』『解』雖爲異體，『而用實相因。注以徵其事，解以會其神』，『注失而解從之』，是故務使二者相因，不能已於解也。

《楚懷襄二王在位事迹考》雖鈔自林氏，然注文補林氏所闕，且間雜己意，亦不盡與林氏同。如，『戊申十六年，秦使張儀約楚絶齊，許以商於之地六百里。楚絶齊，秦不與地，遂攻秦』條，林氏注：『見本傳。林西仲曰洪興祖謂屈子被疏在此年。按《史記》被疏尚在前。疏者，祇是不與議國事耳，未嘗奪其左徒之位也。絶齊時，疑必諫。《離騷》云「反信讒而齌怒」，《惜誦篇》云「反離群而贅肬」。當俱指此。則奪其位者在此年耳。』江氏云：『林氏謂「被疏在前」，誠然。但執《史記》意，《離騷》作於此時，恐未必然也。《離騷》一篇，凡諸篇所言者，無不櫽括於其中。其作於《惜誦》《抽思》《思美人》等篇之後無疑。若執本傳「王怒而疏屈平，故憂愁幽思而作《離騷》」，夫一見疏即反覆數千百言，烏在其怨而不亂也？林氏因《惜誦篇》云「重著以自明」，謂作《離騷》之後重著是篇，蓋猶過執本傳之言。雖不信《離騷》作於被疏之年，猶意《離騷》作於失位

楚騷心解卷之一

泰寧江中時子隨集解

廖學任君卿同校

離騷經

帝高陽之苗裔兮朕皇考曰伯庸攝提貞於孟陬兮惟庚寅吾以降

降叶洪

初度兮肇錫余以嘉名名余曰正則兮字余曰靈均

楚騷心解　卷之一　一

之初也。不知《報任安書》明言「屈原放逐乃賦《離騷》」，則亦謂作於放逐之後。蓋本傳所言《離騷》兼執《惜誦》《抽思》《思美人》等篇，知《離騷》爲全書之總名矣。』江氏又於《事迹考》之末云：『《楚騷》次序，朱子謂定自劉向，而所作先後無可考。據林氏編輯《二王事迹》，繫某篇於某年之下，雖不盡的，亦有合者。如《惜誦》作於再諫取罪之時，《抽思》作於遷所，《思美人》作於召回之日，皆懷王時事。《涉江》《招魂》作於頃襄二年，以二年被放也。《卜居》作於四年，以有「既放三年」之語也。《哀郢》作於十年，以有「九年不復」之語也。《漁父》《懷沙》則絶命之詞，皆有明文可考。惟《離騷》一篇，非一時之言，不知作於何時。舊謂作於「見疏」之始。吾知其必不然也。』江氏於屈子各篇之作時，大略同林氏，其『心解』亦大略蓋見於此矣。

《摘録古音考》出自陳第《屈宋古音義》，謂專鈔録《毛詩》所無者一百五十餘字，然删其所證引他書之文，徑出其韻字，旁注古音，『以古音讀屈宋，不期叶而自叶』云。江氏所鈔録者，實陳氏《屈宋古音義目録》，所注古音悉依陳第，然實非其古音矣。如，『降音洪』。案：洪，入東部。降，入冬部。又，『能音泥』。案：能，入蒸部，之部陽聲。泥，入歌部。又，『佩音皮』。案：佩，入之部。皮，入歌部。又，『晦音米』。案：晦，入之部。米，入微部。又，『穢音意』。案：穢，入月部。意，入之部。若此類者，蓋不勝枚舉也。古音之學至清乾隆之世大備，名著頻出，非陳第輩可比，足見江氏孤陋寡聞，未闇其道也。

江氏以『《離騷》一篇乃屈子自敘生平，一片忠君愛國之心，欲去而終不忍去，欲不死而終不能以不死者，總因宗國有與存與亡之義，結不可解也。篇中千曲百折，纏綿愷惻，讀之使人落淚』。故特重此篇，爲其『心解』之大綱目，處處全在乎發微『忠君愛國』之旨，於『〇』下直陳己見。如，『及行迷之未遠』句下云：『《離騷》凡二千四百九十字，可謂肆矣，然斷而復連，複而不厭，每説到窮絶處，則生一曲。篇中凡作數大曲，此一大曲也。聖歎先生謂「《離騷》一轉一痛，蓋腸是九迴，文亦九曲也」。』又，『豈余心之可懲』句下云：『上解往觀四荒，意此解必從四荒説去，却斗然轉到自己身上，用筆真是飛行絶走。觀此解如此轉合，便知上解只是不能頓忘斯世，非欲去國求君也。』又云：『已上自念清白死直，終亦無濟，何必執迷不返？不如且止，進不與争，可以免罪。退而自善，不必求知，但昭質無虧可矣。乃博觀四荒，見人各有好，余所好獨不然，則忠君愛國之心不能自已，常操必不能變也。終清白以死直而已。至死不變，凡三結此意，一步緊一步，要知此處言死，正是不欲死之心。下文陳辭重華、見帝求女，猶冀幸君之一悟，俗之一改，所謂一篇之中三致意焉。至於「閨中」「哲王」兩已終絶，猶取決於靈氛、巫咸，豈欲一死了事哉？直爲下文女嬃詈余起也。』《離騷》『往觀四荒』，自來聚訟紛紛，未有確解。江氏『此處言死，正是不欲死之心』云云，蓋探見其藴。屈子復反於初，猶史遷『反本』，歸於帝高陽也。正是言『死』，然忽開下文女嬃詈予，蓋阻其死耳。乃因嬃詈而陳辭重華，告以『固前修以菹醢』，不容存活，於是上征求帝，蹈上冥途而去。見帝被拒，即死亦不成。閨中邃遠、哲王不寤，又不容不死。於是占氛問咸，一者待明主以求生，一者遠逝以就死。終焉從氛而不從咸，蹈西而去。及至登遐之際，僕夫余馬皆不欲行，又不願死，『蓋宗國世卿無可去之義』。亂曰『從彭咸』，卒明其死志，『惟有一死以報其國』矣。故『往觀四荒』者，實開屈子於生死兩端心理之較量，即江氏所云『此處言死，正是不欲死之心』，不廢其『忠君愛國』之旨也。又，於『焉能忍而與此終古』句下云：『此言「哲王不寤」，可知上求見帝一段，正喻己欲事君而爲讒人所間耳。舊以見帝比求賢君，求女比求賢臣，謂比求賢臣是也。謂比求賢君，則非也。下文去國求君，必借巫咸口中出之，非屈子所忍言，又豈屈子意哉？朱子謂「閨中」句，比下無賢伯，「哲王」句，言上無明王。但看「與此」字，則知哲王，明指楚王也。』江氏心解《離騷》『求帝』『求女』之旨，權衡『忠君愛國』之後，則取朱子説也。

江氏『心解』《九歌》務求『言外之旨』，以『屈子不得於君臣朋友之際，情之窮矣。窮而無所之，則獨物寄情而《九歌》作焉。其中有言祭者，有不言祭者，或更定其詞，或爲自言其意。莊言婉語，要皆情之不能自已，故宜分篇以讀之，言外以會之』。故篇篇皆定格於念舊憂國之中，乃以《東皇太一》『通篇皆致敬以悦神。起言將愉上皇，末言欣欣樂康，章法極爲嚴緊。「靈偃蹇」句，舊注指巫言自確，但不必謂神附於巫也。李安溪先生曰：太一，天神之至尊，可以喻君。然此但寫其竭誠盡敬以事之意，未有不合而怨慕之辭也』。蓋求之『言外』，太一非喻君也。以《雲中君》『每二句一轉，起言齋潔以迎神，「連蜷」二句，言神止於我前而未即降。「蹇將」二句，言神如不欲降。「龍駕」二句，言神又似欲降。「靈皇皇」二句，言神降而即遠去。末言神去而不知所之，蓋瞻望弗及，寔勞我心之意』。然『言外』似無所比附也。以《湘君》『篇中「揚靈未極」及「交不忠怨長」等語，蓋懷人而託爲求神之詞。深情宛轉，清音哀怨，讀至終篇，猶有惓惓之意焉。李安溪先生曰：「篇内言神人之際，難於交接以寓己意。然所喻者，則非斥君，蓋爲舊時同列之高位。」玩其詞義可得』。以《湘夫人》『前半寫望其來，皆有思不敢言之意。後半惜其去，若有綿而未斷之情。中間鋪陳，只是致其芳潔，可爲寄託其言之法。至其吞吐藴藉，曲折纏綿，真乃絶世文情。李安溪先生曰：「上章怨望之意多，此則但慨浮沉之異勢，欲合併而不能。蓋前所寓者，舊日寮寀。此所寓者，新進貴達。其用語之輕重，固不同也。」』又，細玩《大司命》，『直至末二句方點出正意。前俱意中想像翻空結撰之詞。離奇詭變，不可方物，而其情甚奇，其理甚正。屈子文每每如此，讀者只眩其奇怪，緣未尋其布置耳。李安溪先生謂「此篇喻昔日同輔政者。言昔日及爾同寮上引其君，下制天下，今老大而相疏，故自悲而相恤，相恤而不相絶，厚之至也」。此言外之意。言意則可，言文則不可』。以《少司命》『忽起忽落，若斷若連，與《大司命》篇另是一樣風致。

李安溪先生曰：「此亦以況同列晚進者。大抵原之黜退，親近用事者爲之，餘則流從隨俗，況也永歎。故《湘君》《大司命》，則望之深而至於怨，《湘夫人》《少司命》，則責之薄而依於厚，雖其託於鬼神，詞義荒忽，然其意指，猶可推而知也。」按《湘君》《湘夫人》《大司命》《少司命》四篇，先生皆謂以況同列，要當以況賢士。蓋戰國時，士之懷才抱德者一不見用，則去而之他。《湘君》篇「駕飛龍兮北征」，《湘夫人》篇「九疑繽兮並迎」，《大司命》篇「高馳兮冲天」，《少司命篇》「君誰須兮雲之際」，皆喻越國相君，爲人所得，不則絶人而遯世耳。當時知陳軫事秦，漆園伏處，蘭陵廢死，楚國未嘗事之。屈子宗國念重，美政望殷，能無惓惓於此哉？若夫同列而去國，不足挂齒耳』。以《東君》『後段奇情異采，寄託遥深』，且引李安溪『章末射狼，意有在矣』，蓋『欲王報怨雪耻之後，引用賢臣，施惠百姓，惓惓屬望，蓋在於斯』云。以《河伯》『即《騷經》末一段遠逝之意。分兩段看，而前段即伏後段之根。開口言「與女遊兮九河」，河在楚境外，是去國矣。「與女」二字貫下「乘水車」「駕兩龍」「登崑崙」「鱗屋龍堂」「貝闕朱宫」，皆與河伯同遊也。然四望之餘，已動歸思，雖宫闕之美，其能久居乎。故曰「悵忘歸」，再曰「何爲水中」，已欲别河伯去矣。却用健筆重起，又言有河渚之遊，方急轉落，别河伯南歸，總是惓念宗邦，不能暫忘，即臨睨舊鄉，蜷局不行之意也』。以『屈子既放於山澤之中，與人漸遠，與鬼爲隣，此《山鬼》之所爲作也』。而『以年老見放，無復華予，唯與魑魅爲儔，老死於此耳。山間採芝，忽念公子，知公子亦必思我，但我自分必死，居此鬼境，已與鬼爲伍矣，徒思公子而離憂耳。蓋猶惓惓於身後，無與爲治。其憂國之心至矣』。以《國殤》同林西仲説，諷『秦敗屈匄，復敗唐昧，又殺景缺，大約戰士多死于秦』之事，『寫得英氣勃勃』，悲憤之至。以《禮魂》亦同林西仲説『承上《國殤》而作』，蓋《國殤》亂辭，而『其憂國憂民之意微矣』。

《天問》素稱『難讀』，江氏反覆推尋其『立言之意』，乃引林西仲説，『以三代興亡作骨，其所以興者在賢臣，所以亡在惑婦。唯其有惑婦，所以賢臣被斥，讒諂益張，全爲自己抒胸中不平之恨耳。篇中點出妹喜、妲己、褒姒，爲鄭袖寫照，點出雷開，爲子蘭上官靳尚寫照，點出伊尹、太公、梅伯、箕比，爲自己寫照』。又以《天問》『文辭奇奥』，爲《騷》體『創格』，前人多『以爲不次序』，而『略疏其語脈』則見其本有次序可尋，極推結撰之巧妙。云：『説天一段便及生人之始。説地却從鮌禹治水説來，已爲後半人事作引。以下歷舉三代興亡之事，句句是問，絶不明言其故，却數借他事以旁敲之，令讀會於言外，其詞微矣。而總結之以「皇天集命，惟何戒之」，見得天命去留，只在戒與不戒。此一篇立言之旨也。至其用筆之妙，每説一事，於前作無數引子，於後作無數疑浪，步步自爲瀠洄，交相擊射，令讀者如入五花八門，迷不可出。然細尋其脈絡，或伏綫於前，或遥接於後，千頭萬緒，一絲不亂，百折不迴。如往而復，章法何等綿密。至後忽然變調，放聲大哭，血淚齊傾，把一篇紆迴曲折文字，臨了却如雷奔雨驟，地塌天崩，奇絶妙絶。』其皆蓋於逸『呵壁』『無次』之説而發也。

江氏訂《九章》先後作期，大致取林西仲説，以《惜誦》《思美人》《抽思》三篇作於懷王之世，餘六篇作於頃襄王之世，其次爲《涉江》《橘頌》《悲回風》《惜往日》《哀郢》《懷沙》，又稱『《思美人》篇，疑漢北南歸時所作，當在《抽思》之後』，而林氏在《抽思》前也。惟此一端，爲其所發明。餘皆著力於《九章》章法耳。《惜誦》一篇因林氏之説，作於見疏懷王時，『疏者，祇是不信任耳，未嘗放也』。論其章法，則云：『前半反覆明見罰之由，憤甚，筆筆快，所謂「發憤以抒情」也。後半見罰之後，若悟若悔，或述夢，或述古，總是自惜，筆筆曲，所謂「惜誦以致愍」也。』以《思美人》作於『漢北南歸時』。稱『此篇分兩大段看，前半思美人而不肯變節，結言「與纁黄以爲期」，蓋媒絶路阻，欲少待也。後半南行，自喜情質可保，結言「願及白日之未暮」，蓋處幽將疲，思早圖也。始終總是潔身以奉君耳』。以《抽思》作於疏居漢北而起憂思。其章法『以「憂」字起，以「憂」字結，總因逢君之怒，陳詞置若罔聞，徒抱此致君三五之思。此其所以憂也。後作三歌，意俱相承。「少歌」言抽思而君不聽，「倡」言身處異域，唯魂當歸郢，蓋思君之至也。「亂」言身不得歸，聊南行以娛心，而究不得南歸，此憂所以無告也。嗚呼，吾讀「倡」詞而廢書而歎焉。夫人臣思君之篤，至於夢魂九逝，此真可以感天動地。推斯志也，雖汨羅既沉之後，猶當惓惓懷王於異地，不知孟堅何所見，以爲怨恨懷王、忿恚自沉乎？篇中「望三五以爲像，指彭咸以爲儀」，蓋言君臣各盡其道耳，非必效彭咸之諫而死也。林氏謂「君誠上比三五，即己不幸而爲彭咸，亦所不惜。且謂漢北不得歸，狂顧南行，惓惓之意猶在未着。不知己不歸則君不寤，君不寤，何以上比三五？惓惓之意，正爲君耳。大抵屈子傷己之放，都從愛君憂國起見，彼專認作放己而懷愁，便蹈孟堅怨恨之説」。則其駁斥孟堅，亦本於『愛君憂國』一脈大旨也。以《涉江》初放頃襄時所作，引林西仲説，行走之程由東至南，『原之放江南，雖曰東遷，却是由東而至南。如郢都爲荆州，而鄂都爲武昌，則在郢之東矣。《哀郢》所謂「遵江夏」，即此也。湘江在長沙，乃過岳州、洞庭而東行，《哀郢》所謂「上洞庭而下江」，即此也。從此上沅，發枉渚，宿辰陽，入溆浦，皆在辰州，則至南耳。故《哀郢》又有「淼南渡」句。仲春而放，其曰「欸秋冬之緒風」，以餘寒尚未盡也』。其論此篇章法之妙，則謂前後映襯，稱『起手先作如許躊躇満志之筆，然後接敘涉江，又寫得如許荒凉。與前對看，愈覺難堪。此文章加倍反襯法也。末後付之「固然」，又覺前半之満志，便是後半荒凉之根』。可謂深中肯綮矣。《橘頌》一篇繫於《涉江》之後，蓋以爲南行途中見橘而作。以回風爲『國家危亡之象』，而『屈子見國事日非，亡可立待，不忍斥言，故託爲回風而悲之。起處即點題，摇蕙，喻傷殘善類也。微物隕性，亂機先兆，已知國事不可爲，而我獨至死不變，此自出於情之誠然。當此小人得志，賢豪隱遁，雖懷致君之遠志，而不能自遂。中段極寫愁思，總爲光蔽風飄，舉世惘惘，唯有超然遠去耳。且國當回風之秋，我年又老，是亦回風之秋也。……篇中用字多不可解，讀者當以意會之』云。以《惜往日》『非爲自己失位惜也，實爲今日法度廢壞，無以爲國，故追敘前日之明法度，國富强，見得以刑政修明之國，一旦敗壞至此。其所惜者大矣』。此説亦從『忠君愛國之心』入手。以《哀郢》作於頃襄王九年去離郢都時。而以林西仲『看此篇獨細』，故多從其解。論其章法，則稱『寫去國情形，步步如畫，寫哀郢心事，隱隱可想。其用筆尤極奇變，不可方物』云。以《懷沙》爲屈子絶筆，稱『屈子值世俗顛倒，無以自容，却付之「固然」，無足怪者，蓋即莫我知不尤人之意。而事關君國，未能平其心也。末言「懲違改忿，抑心而自强」，其非慷慨赴死可知。「離慜而不遷，願志之有像」，其爲從容就義可知。至其行文繁音促節，真腸斷氣絶候矣』。

江氏説《遠遊》之旨，要以『正氣』二字，而『輕舉遠遊』者在其形外也。論其章法云：『段段相生，極整齊，亦極變化。前半言求正氣，乃「輕舉遠遊」之訣，後半言遠遊，自帝宫而東而西，俱用帶筆接落。至召元武，似將北遊，却轉而南，整齊中已極變化。「忽臨睨舊鄉，邊馬不行」，故作一跌。然後轉落南遊，而北遊補寫於後。詳略開闔，曲盡其妙。其南遊獨在水中，大肆歌舞之娱，其樂無窮者。一以楚國荒凉，目不忍覩；一明汨羅形蜕，神無所悲。噫，其旨微矣。朱子謂神仙度世之説，無是理而不可期。足破千古之惑。乃又謂屈子有没世無涯之悲，願須臾無死，而僥倖於萬一。恐非屈子之意也。篇中言「輕舉」，皆言神而非言形，大抵古昔聖賢，精神長在天地，只是浩氣長存，不可磨滅，此屈子遠遊，必自求正氣始也，豈必長生而後謂之不死乎？篇中「餐六氣」等句，雖與《丹經》之言有合，却非謂餐玉飲露，可以辟穀上升也。看「精氣入而粗穢除」，蓋取天地之正氣，以充吾身之正氣，勿使穢雜而已。所謂直養無害，則塞乎天地之間，其寔一氣也』。其亦知言君子矣。

江氏以《卜居》『固是憑空結撰』，不必有其事。以《漁父》篇爲傳記體，雖類《國策》風，然『《國策》中亦正不可多得』云。又，以《招魂》《大招》皆屈子所作。以《招魂》爲自招其魂，以《大招》爲招楚懷之魂，皆本林西仲説。江氏稱《大招》

是『屈子悲懷王客死於秦，作爲此篇，實人臣之至情，此亦明白易曉者。末後説正始配天，尚賢發政，至於朝諸侯，尚三王，明知付之空言，然其致君之略、愛君之忠，實有如此遠志。借題發出，可勝浩歎。《招魂》麗以淫，此篇麗以則，簡古精奥，非三代以下所能』。二《招》風格絶異，當非出於一人之手。《大招》多雜以漢世習語，固非周秦人所作。《招魂》以絢麗稱，風格類《九辯》《高唐》《神女》，則非宋玉莫屬。王逸説當有所據，似未可輕易矣。

江氏注《騷》，以四句爲節解，字義訓詁，一字一義，亦必以『忠君愛國』爲原則，雖大略宗王逸舊注，間參雜朱子《集注》、李安溪《離騷經注》、張鳳翼《文選纂注》及林西仲《楚辭燈》等，然偶見發明新義。如，『怨靈修之浩蕩兮，終不察夫民心。衆女嫉余之蛾眉兮，謡諑謂余以善淫』。注云：『浩蕩，無檢束也。不忍斥言君敗德，故爲婦話夫之詞。下即以「蛾眉」自況也。徒歌曰謡。楚人謂愬爲諑。喻小人忌其修姱，造作蜚語而讒間之也。群小只知偷安，絶不爲國本計，致君亦不察乎民心。君既不察，則謡諑以行，蛾眉其如此群小何哉？此後文以求女事夫，況求賢事君也。』案：江氏『不忍斥言君敗德，故爲婦話夫之詞。下「蛾眉」自況』云云，纏綿於『忠君愛國』之間，見識卓絶矣。《離騷》屈子信以婦自比，而君以比夫也。故稱其君爲『荃』『靈修』，同僚之臣爲『衆女』。皆男女君臣之喻也。又，『浩蕩，無檢束』之訓，義同『無思慮』，未見他書，蓋亦其所會通也。又，或因舊注而疏暢之，雖乏新意，亦有可觀處。如，『前望舒使先驅』至『好蔽美而嫉妬』一節注云：『蓋望舒以喻先容，飛廉以喻繼進，鸞皇先戒，望君子爲之引翼，雷師未具，則夫人早已不前，雖鳳鳥日夜飛騰而飄風屯聚，雲霓踵至，陽若依附，陰相離間，是以聚散無常，離合不定，卒至見拒閽人，無以自達。如此看，則以飄風雲霓爲小人，誠爲不易之論矣。』王逸注以望舒『喻臣清白』之臣，飛廉『喻君命』，鸞鳥『以喻仁智之士』，飄風『以興邪惡之衆』，雲霓『以喻佞人』。江氏雖是因逸注而疏其説，然較王注通融、合理，無支離之病也。又，《天問》：『伯林雉經，維其何故？感天抑墜，夫誰畏懼？』注云：『舊本「感天」上有「何」字。非是。兹從別本。此解集註未详，《章句》以爲晉太子申生事，林注仍之，徒以「雉經」二字而臆斷之耳。玩上下文，此不應忽言申生。按《史記》，武王至，紂之嬖妾二女，二女皆經自殺。武王亦擊斬之，懸之小白之旗。此云「雉經」，當指紂之惑婦。伯林，疑其自經之處也。「感天抑地」，言平日讒殺忠良，其寃動天震地，夫復何所畏懼而亦自殺乎？』江氏度以上下文之關節，而易以武王殺紂二嬖妾之事，蓋勝舊注矣。《思美人》：『吾且儃佪以娱憂兮，觀南人之變態。竊快其在中心兮，揚厥憑而不竢。芳與澤其雜糅兮，羌芳華自中出。』注云：『南人，謂郢都之人。憑，依也。言南人變態無常，若我雖佩之，萎絶離異，竊自快有美在中，得所憑依無俟於外也。芳澤俱就在内者言，故云「芳華自中出」也。』南人，舊解闕如。江氏以屈子疏居漢北，而郢都在其南，故稱郢都之人爲『南人』，蓋於文理辭氣皆順也。又，《抽思》：『望三五以爲像兮，指彭咸以爲儀。』注云：『三五，三皇五帝也。蓋言君盡君道，臣盡臣道。』上句以言君，下句以言臣。其説是也。又，《悲回風》：『夫何彭咸之造思兮，暨志介而不忘。』注云：『造思，屈子自謂，言設心總欲爲彭咸也。介，節也。不忘自始至終，死生以之也。』謂屈子致思於彭咸，蓋倒句法，非謂彭咸致思於屈子也。其説是也。然江氏此書重在『心解』，字義訓詁亦非其所長，故勝義寥若晨星，不足道也。又，江氏於各篇皆有音注，置之於各篇天頭，蓋多取於朱子《集注》，無甚發明，亦自可置之不論。

江氏刻意『求言外之旨』，則未免牽合比附，至於無所不用其極。如，以《河伯》一篇『與女遊兮九河』，而『九河在齊，屈子見疏後，嘗使於齊，疑齊大夫有與屈子之善者，嘗館其家，知其意而送之南歸與』云云。真若癡人説夢矣。又，《天問》：『昏微遵迹，有狄不寧。何繁鳥萃棘，負子肆情？』注云：『有狄，簡狄也。元鳥致詒，乃昏昧微渺之事，在簡狄應不寧也。何衆鳥集棘之卵若知其可負子，而肆情吞之乎？「遵迹」字不可解，豈以履迹吞卵合作簡狄一人乎？舊註晉大夫解居父過陳，見婦人負子，欲肆其情。婦人引詩刺之曰：「墓門有棘，有鴞萃止。」言遵闇微之迹，有夷狄之行者，不可以寧其身。何繁鳥萃棘之刺，見負子而肆情耶？』江氏破舊説之不可通融，深中其痼。然以簡狄吞卵事解之，亦非。微，上甲微也，殷之先公。有狄，有易也。言微遵其父王恒之迹，往來於有易，共淫一女也。静安先生已解之。負，通作婦，有易氏女，與王恒通，又與昏微通，故曰『婦子肆情』也。又，《遠遊》『惟天地之無窮兮，哀人生之長勤』。注云：『長勤，長勞苦也。』王逸注：『傷己命禄多慮患也。』以『勤』爲『慮患』者是也。勤，亦憂也。《禮記·問喪》『服勤三年』，鄭注：『勤，謂憂勞。』《呂氏春秋·慎大·不廣篇》：『勤天子之難。』高誘注：『勤，憂也。』《穀梁傳》僖公二年：『不雨者，勤雨也。』勤雨，即憂雨也。《詩·魚麗序》：『始於憂勤，終於逸樂。』憂勤，平列復語，勤亦憂也。長勤，謂常憂也。長、常古亦通用。若此類者，則不勝其舉矣。

江氏自稱是編始於乾隆二十五年庚辰仲秋，閲月而草就，一再易稿，始克成書。然未遽付梓。至其將六秩之歲，即乾隆五十二年丁未，門生捐資刻此書以爲壽云。然此書流傳甚稀，覓遍國内各圖書館，竟不見有藏本，藏書家亦未見著録。此集今見藏大阪大學圖書館，爲西村氏『讀騷廬』所收藏《楚辭》百種之一，雖字迹漫漶不清，間有闕頁，蓋海内外孤本，故亦足珍寶也。（黄靈庚）

# 楚辭韻解

《楚辭韻解》者，清邱仰文之所作也。仰文字襄周，號省齊，山左滋陽人。雍正十一年癸丑進士。官知四川定遠、南充縣及陝西保安縣。頗有政績，聲名卓著。學宗二程，工詩能文。著有《碩松堂讀易記》十六卷及《春秋集義》《省齋自存草》。詳參清道光《濟寧直隸州志》卷八之三《人物》。

是書「就《楚辭》紀韻」，依朱子《集注》爲藍本，彼此文字略同。凡八卷：卷一《離騷》，卷二《九歌》，卷三《天問》，卷四《九章》，卷五《遠遊》《卜居》《漁父》，卷六《九辯》，卷七《招魂》《大招》，卷八《弔屈原》《服賦》《招隱士》。卷首有自作於乾隆三十五年庚寅序，稱古音之學，至毛西河分韻爲宫商角徵羽五部及『三聲』『兩界』『兩合』之説，驗之『上自六經百氏之書、下逮兩漢以來之詩賦箴銘，無不脗合』。及據此讀《楚辭》，『則見文公註本有不必叶而叶者，如「三聲」是也。有應叶無叶者，如「三聲」犯入聲是也。有闕其義以爲未詳者，如有入無入不相通是也。有叶而不得其説者，如兩合犯「三聲」是也。竊自喜爲格物之一端，於是紀以終卷。第「三聲」之通，天然之韻。五部之分，不啻十類。不曉通韻，固不可讀古人之書。盡廢叶音，通不一類，亦終口吃。故「三聲」之叶可盡省，通而不類，必存叶音。以核其聲類之所取，不妨用改音，作通韻讀法。釋義一併詳之』云云。則邱氏解《楚辭》之韻，同高鍾《楚辭音韻》，俱因毛氏《韻學要指》也。即據《平水韻》歸併古韻爲五部、三十韻，又配以五音：東冬江陽庚青蒸七韻爲一部，屬宫；真文元寒删先六韻爲一部，屬商；魚虞蕭肴豪歌麻尤八韻爲一部，屬角；支微齊佳灰五韻爲一部，屬徵；侵覃鹽咸四韻爲一部，屬羽。三聲者，古以平上去三聲相通，而不與入聲通，故曰『三聲』也。有『本韻三聲通，通韻三聲例並通，如東董送、冬腫宋、江講絳，以及陽養漾，庚梗敬等韻並同用類。』。兩界者，以宮、商、羽三部皆有入聲，而角、徵二部無入聲，有之與無，二者不得相通，故曰『兩界』。然『無入聲一界兩部全通，有入聲一界則宮商相通，不及羽部；商羽相通，不及宮部；羽宮相通，不及商部』。兩合者，無入聲角、徵二部之去聲又與入聲相通，故曰『兩合』，『又名回互通轉』。而『部』『聲』『界』『合』，又總稱『四門』云。若『五部』『三聲』『兩界』『兩合』亦不能通者，則委之以『叶』耳。

次爲《凡例》十六條，大略稱，『前十條，已盬通韻之腦；後六條，分別類韻，專爲改音諧聲而設』。其所謂『類韻』者：宮部三類：東冬一類，江陽一類，庚青蒸一類。商部二類：真文元一類，寒删先一類。角部四類：魚虞一類，蕭肴豪一類，歌麻一類，尤一類。徵部二類：支微齊一類，佳灰一類。羽部二類：侵一類，覃鹽咸一類。總十三類。『而叶以類取』。然或者『有類而不調者，如真元一類，不大同；佳灰一類，不大同是也。』

楚辭韻解卷之一 依朱文公分章

滋陽省齋邱仰文編

離騷經第一

離別也騷憂也屈原事楚懷王爲三閭大夫被讒見疏而作也

帝高陽之苗裔兮高陽帝顓頊有天下之號顓頊之後有熊繹者事周成王封於楚傳世至熊通是爲楚武王生子瑕食采於屈因氏焉屈爲楚同族故爲高陽後苗裔遠孫也朕皇考曰伯庸攝提貞於孟陬兮惟庚寅吾以降太歲在寅曰攝提貞于孟陬孟春之月斗柄正指寅方也庚寅日也吾以降總承上三項謂寅年寅月寅日下毋體而生得人

楚辭韻解卷之一　一　頑松堂

改音常叶其本韻」。或者「有同部不一類自調者，如東庚之合、陽庚之合，間有之；魚麻之合，支灰之合，間有之。但諧則已，不必另叶」。或者「有同界不同部自調者，如庚真之合，間有之；支歌、支麻之合，常多於本部，亦有之。但諧則已，亦不必另叶」。又稱「是編原爲取解韻，訓義止撮大意而止」。而所録者則有王逸、洪興祖、朱熹、林雲銘、毛西河、方望溪、王邦采諸家，亦「間附蠡測」云。次爲《古韻表》，三聲通者八十七韻居首，入聲十七韻居中，無入聲者八十三韻居後。

是書體例，依朱子《集注》之分章，逐韻爲解。「韻解」皆列每章之末，「訓義」則雙行小注，皆側置於各句之下。而「間附蠡測」者，則又繫於「韻解」之後也。

清代古音學，由顧亭林發其端，江慎修、戴東原承其緒，至段玉裁、王石臞、孔廣森而大備矣。邱氏生際康、雍，古音學未盡完善，故毛西河「五部」之説，學者奉之如圭臬，得以闡揚之。邱氏據西河以解《楚辭》韻者，亦是其一也。正以其古音學未備之時，説不甚密，則宜乎是其所是，非其所非。不可陳而不論。故棄其名目，徑以後之古韻部，逐篇擇其要而對勘之，則其得失自明矣。

《離騷》庸、降爲韻，邱氏謂「降」古讀平聲，「作冬、江三聲通」，即改音洪。案：庸，古入東韻。降，古入冬韻。此東、冬合韻。古音四聲，蓋不同今音四聲。所謂「三聲通」者，説亦無據矣。又，名、均爲韻，稱「庚、真合。名，庚韻；均，真韻。此宫商通韻」。案：庚者，即耕也。耕、真古多通韻。顧氏斷以「土音」者，非也。又，能、佩爲韻，云：「能，灰韻。佩，在隊韻，灰之去也。三聲合，不叶自諧。」案：能，本蒸韻，之韻之陽也。能，以聲，古音或在之韻。灰韻，即之韻。故能、佩爲同協之韻可也。又，與、莽爲韻，云：「與在六語，魚之上也。莽在七麌，虞之上也。魚、虞上韻合。」案：與，古入魚韻。莽，古入陽韻。莽，從犬，茻聲，茻音莫，故古音或亦在魚韻也。又，隘、績爲韻，云：「阨在陌韻，庚之入也。績在錫韻，青之入也。庚青入韻合。若隘本字，則是卦韻，佳之去，爲無入之去，合入聲卦隊六韻通陌錫七韻之例，亦説得去。然非古人用字本意。』案：非是。阨、隘古音同，皆入錫韻。此泥於《平水韻》四聲而不知陌韻之半，爲古錫韻中字也。又，他、化爲韻，云：『他，五歌；化在禡韻，麻之去也。歌麻三聲合。化，不叶「虎瓜」，自合。』案：是也。他、化古同入歌韻。而『虎瓜』之音古入魚韻，反不協韻。又，晦、芷爲韻，云：『畝在有韻，尤之上也。芷在紙韻，支之上也。尤支上韻合。畝讀米，從紙也。』案：非是。晦、芷古同入之韻。尤、支二韻皆有古之韻字。米，古入脂韻，非其古音也。又，服、則爲韻，云：『服在屋韻，東之入；則在職韻，蒸之入。東、蒸二部入韻之合。』案：服、則古同入職韻，之之入也。其陽爲蒸韻，非東韻也。又，艱、替爲韻，云：『此無入之去，攙平上則叶者。艱在删韻，有入之平。替在霽韻，無入之去。既越兩界，又非兩合，故用叶寒删六韻，例叶支微五韻。艱叶基，得支齊三聲入。《騷經》至此爲叶韻之始，前皆通韻也。』案：非是。艱，古入文韻，非寒删韻。又，艱古無基音，且基古入之韻，非支齊韻也。姚鼐以爲二句倒誤，涕、替相協韻者，是也。又，常、懲爲韻，云：『陽蒸之合。常，陽韻；懲，蒸韻。宫部通，改張從陽也。』案：非是。常，當作恒，避漢諱改也。恒、懲同協蒸韻。又，節、服爲韻，云：『節，九屑，先之入。服，一屋，東之入。宫、商二部入韻合。服改薛從屑也，服讀本字。則節亦可改盧斛切，音禄。所謂叶無定音也。』案：非是。節，古入質韻，脂之入。服，古入職韻，之之入。節改『盧斛』音禄者，決無是理。節，當從朱駿聲説，飾字之訛。飾、服古同協之韻。又，『古之』『慕之』爲韻，云：『支韻，本字押。』蓋以兩『之』字爲韻者，非是。案：『慕之』當作『莫之思』，緣下文『思九州』兩『思』字連用而脱誤也。之、思古同協之韻，非支韻也。又，迎、故爲韻，云：『既越兩界，又非兩合，例用叶。迎叶遇，得故一韻。此庚青叶魚虞之例。』案：非是。迎，陽韻，魚韻之陽也。對轉讀迓，與『故』字同入魚韻。若叶遇，則爲侯韻，亦不協也。又，同、調爲韻，云：

『兩字例可互叶，同叶調，蒲紅切，可讀蓬。調叶同，泥堯切，亦可讀嬈。』案：非是。同讀『蓬』，調讀『嬈』，決無此理。同，當作周，字之訛。洪氏《補注》引《淮南子》『知桀護之所周』，意謂淮南承《騷》，其所據本作『周』字。是也。周、調古同入幽韻。又，兹、沫爲韻，云：『兹，支韻；沫在隊韻，灰之去也。支灰三聲合。沫不改音自調。』案：非是。兹，古入之韻，非支韻。沫，古入微韻，非灰韻。二字不協韻。或説前二句倒誤。甚是。貴、沫古同協微韻。

《九歌·雲中君》宮、光、章三字，云『東陽二韻宮部合』。案：宮，古入冬韻，非東韻。冬、陽不協，宮居奇句，非入韻字。又，降、中、窮、⿰忄蟲爲韻，云：『東江合。』案：降，與中、窮、⿰忄蟲三字，古皆入冬韻，非江韻字。《湘君》來、思爲韻，云：『灰、支合，來改釐，從支也。』案：來、思古同協之韻，不必改。《湘夫人》壇與堂、房、張、衡爲韻，云：『壇，寒韻。衡，庚韻，餘皆陽也。宮商合，壇、衡改音，俱從陽。』案：非是。壇，居奇句，非入韻字。衡，古本入陽韻，不必改也。又，庭、門、迎、雲爲韻，云：『庭，青韻；門，元韻；迎，庚韻；雲，文韻。宮商二部合。』案：庭、迎二字皆居奇句，非入韻字。門、雲古同協文韻。《少司命》池、阿、歌爲韻，云：『支歌角徵二部合，池讀沱，支從歌也。』案：池、阿、歌三字古同協歌韻，不必改音。又，《東君》方、桑、明爲韻，云：『陽庚合，明讀芒，從陽也。』案：明之古音本在陽韻，毋須改也。又，《河伯》河、波、螭爲韻，云：『支歌之合。』案：河、波、螭三字古同協歌韻，螭，非支韻字。又，堂、宮、中爲韻，云：『陽東之合，堂改同，陽從東也。』案：非是。堂居奇句，非入韻字。宮、中古同協冬韻，非東韻也。《山鬼》阿、羅、笑、窕爲韻，云：『上二句五歌，下二句十八嘯，蕭之去也。分則各自爲韻，合則蕭歌三聲合，角部之通也。』案：阿、羅同協歌韻，笑、窕同協蕭韻，各自爲韻，歌、蕭二韻，不可合也。下文冥、鳴與蕭、憂亦各自爲韻，不可合。又，《國殤》弓、懲、凌、靈、雄爲韻，云：『東蒸青合。弓、雄，東韻，懲、凌，蒸韻，靈，青韻。宮部六韻之合。弓、雄二字不另叶音，所謂通韻本調，則不必改讀也。」案：非是。弓、懲、淩、雄五字古同協蒸韻，弓、雄非東韻字，靈，非入韻字。

《天問》爲、化爲韻，云：『爲，四支，化在禡韻，麻之去也。支麻三聲合，化改灰，支、灰同部。』案：爲、化古同協歌韻，非支、麻韻也。又，度、作爲韻，云：『十藥，蒸之入也。』案：非是。度、作古同協鐸韻，陽之入，非藥韻。且藥韻亦非蒸之入，蒸之入者乃職韻也。又，畫、歷爲韻，云：『畫在陌韻，庚之入也。歷在錫韻，青之入也。宮部入聲合。』案：畫、歷古同協錫韻，陌韻之半，古屬錫韻，猶庚韻之半，古屬青韻也。又，首、在、死、守爲韻，云：『首、守，二十五有，尤之上也。在，在賄韻，灰之上也。死，紙韻，支之上。支灰尤上聲合。在改紫，守改蓰，從支也。』案：非是。首、在、守三字爲韻，死非入韻字。首、守古同入幽韻，在，古爲之韻。之、幽合韻，猶『周章』，漢簡《蒼頡篇》作『戠章』也。下文趾、在、死、止四字，死居奇句，亦非入韻字。又，功、方、桑爲韻，云：『東陽之合，功改光，東從陽也。』案：功居奇句，非入韻字。又，謀、之爲韻，云：『尤支合，謀讀眉，自合支。』案：謀、之古同協之韻，謀不讀眉音。古尤韻之半，古屬之韻。之，之韻，非支韻也。又，嫂、首、止、殆爲韻，云：『嫂在皓韻，豪之上也。首在有韻，尤之上也。豪尤上聲合。止在紙韻，支之上也。殆在十賄，灰之上也。支灰上聲合。合之則角徵二部通，改［叟］（嫂）從有、改［底］（首）從紙。』案：上四句嫂、首同協幽韻，下二句止、殆同協之韻，不可合也。又，宜、喜爲韻，云：『宜，支韻；喜，紙韻，支之上也。支三聲合，喜不另叶自調。』案：非是。宜，古入歌韻。喜，古入之韻，非支韻。之、歌不協。當從別本作『嘉』，亦入歌韻。又，子、婦爲韻，云：『子，四紙，支之上也。婦，二十五有，尤之上也。支、尤上聲合。』案：子、婦，古同協之韻。又，惑、服爲韻，云：『惑，職韻，蒸之入也。服，屋韻，東之入也。宮部入聲合。服改拍，屋從職也。』案：屋韻之半，古屬職韻。惑、服同協職韻，之、蒸韻之入。若讀拍，則入鐸韻，尤非。又，沉、封爲韻，云：『沉在侵韻，封在冬韻，宮羽二部合，封改歆，從侵。」案：封，東韻，非冬韻。改音『歆』，非是。當從別本『封』下有『金』字，與『沉』同協侵韻。下文牧、國亦同協之韻，牧，亦非屋韻也。又，云、長、言、勝爲韻，云：『文陽元蒸四韻合，宫商二部之通也。』案：非是。當從或本『長』下有『先』字。云、先、言爲文真元合韻。勝，與下文『何環穿自閭社丘陵』之陵同協蒸韻。而『爰出子文』屬下，下文衹『長』『彰』同協陽韻，文，非入韻字也。

《九章·惜誦》肬、之爲韻，云：『支尤合。肬，讀移，合支。』案：肬、之同協之韻。尤韻之半，古屬之韻。肬音移，則爲歌韻字矣。又，情、路爲韻，云：『路，七遇；情，八庚。亦兩合攙平上。則叶者。』案：非是。中情，當從朱子校作『善惡』。惡、路同協魚韻。又，明、身爲韻，云：『庚真合，宫商部通，改音俱陽韻，姑仍之。』案：明，古入陽韻，非庚韻。陽、真不協。上二句當倒誤，信、身同協真韻。《抽思》亡、完爲韻，云：『亡，陽韻，完，寒韻。宫商二部之通也。』案：非是。古陽、寒分用至嚴。完，當從或本作光，與『亡』同協陽韻。《涉江》英、湘爲韻，云：『庚陽合。』案：庚韻之半，古屬陽韻。英、湘古同協陽韻。又，風、林爲韻，云：『東、侵，宫羽二部通。風，讀古音自合。』案：風，非東韻，亦侵韻字。又，中、窮、行爲韻，云：『東庚合。』案：中、窮，皆冬韻，非東韻。行，當從朱子屬下，本作『來』，因義訛也，與以、醢同協之韻。《思美人》莽、草爲韻，云：『莽在麌韻，虞之上也。草在皓韻，豪之上也。虞豪上韻合。草改七古，從麌也。』案：非是。莽，非麌韻，屬陽韻。芳草，當乙作『草芳』，與『莽』同協陽韻。又，佩、異、態、竢、出爲韻，云：『佩、態俱隊韻，灰之去也。異，出，四寘，支之去也。竢，四紙，支之上也。支灰三聲合。佩改備，從寘也。態改替，從霽也。支齊一類。』案：非是。佩、異、態、竢古同協之韻。出，古入物韻，不協，當作來，因義訛也。來，亦之韻。《哀郢》薄、釋爲韻，云：『薄，藥韻，陽之入也。釋，陌韻，庚之入也。宫商入聲合，釋，古音爍，從藥也。』案：薄、釋俱協鐸韻，皆陽之入也。又，心、風爲韻，云：『東、侵合，宮羽二部通。風，讀古音自合。』案：風，古入侵韻，非東韻。《橘頌》異、喜爲韻，云：『異在四寘，支之去也。喜四紙，支之上也。支三聲合。』案：異，古入職韻，之之入也。喜，古之韻字。又，失、地爲韻，云：『失在質韻，真之入也。地四寘，支之去也。無入之去通入聲寘未六韻，合質物六韻之例。』案：非是。過失，當從或本作『失過』，過、地古同協歌韻。《悲回風》江、洶爲韻，云：『冬、江合。』案：江、洶古同協東韻，非冬韻字。又，益、釋爲韻，云：『十一陌，庚之入也。』案：益，古入錫韻，耕之入也；釋，古入鐸韻，陽之入也。二韻不協。或者以此二句爲後人所增益。其説可從。《惜往日》聊、繇爲韻，云：『尤、蕭合，聊改留，蕭從尤也。』案：聊、繇同協幽韻，不必改也。又，廚、牛、之爲韻，云：『廚七虞，牛十一尤，之四支。角徵二部合，改音從尤也。』案：廚，古入侯韻，牛、之古入之韻。此之、侯合韻，不必改也。又，佩、好、代爲韻，云：『佩、代俱隊韻，灰之去也。好在號韻，豪之去也。角徵二部合，改音俱從支。』案：非是。佩、代古入之韻，好，古入幽韻。之幽合韻，不必改。《懷沙》默、鞠、抑爲韻，云：『默、抑十三職，蒸之入也。鞠一屋，東之入也。宮部入聲合。鞠改革，從陌，職一類也。』案：鞠，冬之入，非東之入。默、抑與鞠，屬之、幽合韻。又，匹、程爲韻，云：『韻例，匹在質韻，真之入，與上汩、忽，當同爲商部入聲之合。程、錯之叶，則無入之去，犯平上之例。例叶程字。』案：匹，當作正。正、程同協耕韻。

《遠遊》怪、來爲韻，云：『怪在卦韻，佳之去。來在隊韻，灰之去。佳、灰去聲合。』案：怪、來同協之韻，非卦、隊韻也。又，居、戲、霞、除爲韻，云：『居、除魚韻。戲，支韻。霞，麻韻。魚支麻合，角徵二部之通也。』案：居、戲、霞、除，古俱協魚韻。又，疑、浮爲韻，云：『支、尤合，浮改皮，從支也。』案：非是。疑，之韻。浮，幽韻。之幽合韻。改皮者，歌韻，則不協甚矣。又，門、冰爲韻，云：『元蒸合，宮商二部之通也。』案：門，古入文韻，非元韻；冰，古入蒸韻。

二韻不協。頗疑二句誤倒，門、源爲文元合韻。《卜居》凶、從爲韻，云：『二冬。』案：古韻凶、從並東韻字，非冬韻也。《漁父》移、波、釃、爲爲韻，云：『移釃爲支韻，波，歌韻。支歌合，波改披，從支也。』案：移、波、釃三字古皆歌韻，不必改。又，泥，歌韻，亦入韻字。

《九辯》廓、繹、客、薄爲韻，云：『廓、薄藥韻，陽之入；繹、客陌韻，庚之入。宮部入聲合。』案：廓、繹、客、薄古同協鐸韻，皆陽之入，不必分藥、陌二韻。下《招魂》託索石釋亦同。又，重、通爲韻，云：『東冬合』案：重、通同協東韻，非冬韻字。又，通、從、誦、容爲韻，云：『通一東，從容二冬，誦，宋韻，冬之去。東冬三聲合。』案：通、從、誦、容古亦同協東韻，無冬韻字。《招魂》縷、絡爲韻，云：『縷在麌韻，虞之上也。絡在藥韻，陽之入也。上入無合例。絡叶路，得虞三聲。二句仄韻。』案：非是。縷非入韻字，絡，魚之入，與下二句呼、居同協魚韻。又，衆、宮爲韻，云：『衆在送韻，東之去也。宮，東韻。東三聲合。』案：衆、宮古同冬韻，非東韻字。又，代、意爲韻，云：『泰、寘之合。代，泰韻；意，寘韻。代改地，從寘也。』案：代、意古同協之韻。若改代爲地，則不協矣。《大招》昭、遽、逃、遥爲韻，云：『昭、遥，蕭韻。逃，豪韻。遽在六御，魚之去也。通韻三聲之例，遽改敲，從肴也。蕭豪一類。』案：昭、逃，宵韻；遽，魚韻；遥，幽韻。幽、宵、侯、魚四部合韻者，始於後漢。此篇信非周、秦之作，後漢好事者所以招屈原之辭也。

邱氏以《離騷》作於見疏後，總分七段：自篇首至『遺則』十九節爲第一段，『前八節自言質性學行之美，引君當道之誠，而以得道不得道之君終其意。後十一節皆言讒人爲害。潔清之性，死不可移』。自『長太息』至『可懲』十三節爲第二段，『前七節重詳黨人之禍，爲反初作引。後六節言初服可貴，以不悔終之』。自『女嬃』至『浪浪』十三節爲第三段，『前三節借詈言作引，後九節詳敘德淫治亂之故，以不悔終之。此節承上起下。』自『跪敷衽』至『終古』十九節爲第四段，稱『前八節叩天門，後十節，求神女，皆寓言也。「閨中」一節作總束』。自『索藑茅』至『折之』十二節爲第五段，『前五節問卜，後七節降神，下則言時無可爲也』。自『時繽紛』至『婾樂』十五節爲第六段，『前七節言满朝皆小人，爲遠逝作引。後八節則云逝也。元之又元，却只收一樂歌之中，大奇』。蓋『陟陞皇』一節及『亂曰』一節又合爲一段矣。案：其分段大致合理。惟卜氛、問咸劃分不合理，自『索藑茅』至『不芳』爲卜氛，前三節是卜氛，後三節爲屈子聞占後自忖之詞。『欲從靈氛』至『觀乎上下』爲問咸，前六節爲咸告，後八節爲屈子聞告後自忖之詞。合此二十節爲一段可也。又，『陟陞皇』一節當屬第六段，不宜與『亂曰』混合。

邱氏以《九歌》篇數之爲九爲十一者，『不必深論，但以其寓意忠愛讀之可也』。又引楊慎云：『《楚辭·九歌》，巫以事神，其女妓之始乎？』又，論『雲中君』云：『雲神或曰豐隆，或曰屏翳，亦見《漢書·郊祀志》。按五臣以屏翳爲雲神，亦有云雨師者，如《天問》「萍號起雨」是也。王逸注：「豐隆曰雲師。」亦有云雷師者。《穆天子傳》曰：「天子升崑崙之山，封豐隆之葬。」郭璞曰：「豐隆，筮師，御雲得《大壯卦》，遂爲雷師。」則豐隆先爲雲師，後爲雷師可知矣。』案：於語義考之，豐隆本以肖雷聲之詞，猶後世云轟隆矣，是爲雷神名。雲神之名爲屏翳，雲霓蔽翳之狀矣。然則雲雨雷三者相感相應，故後世混而互名矣。又，論『湘君』云：『祀湘君，自始終説湘君，其寓意人君者自見。舊説直就人君説，豈非痴人説夢？』案：蓋寓意不可直説，隱約其辭以見之者。是也。又云：『《九歌》聲情壯麗，無如《東君篇》。相題也，如躔綿悱惻，又以《湘君》《湘夫人》二篇爲第一。千古妙文，只相題耳。』解『禮魂』云：『五音無鼓不和，故曰「會鼓」。一句説樂。芭，香草。代，迭也。謂傳芭更迭而舞也。一句説舞。姱，好貌。姱女，謂女巫。倡同唱，即女巫之歌。容與，歌將終而故緩其聲也。一句説歌。蘭、鞠，即所傳之芭。「長無絶兮終古」，謂常享春秋二時之祭。二句總結祀事。』案：皆繞有思致。

邱氏以《天問》『當求其呵問之意，是輯是作，皆可勿論』，則務求寄寓之意。又謂『大抵序不以事，而以意者近是，得其託據譬喻，自見條理』。故此篇不唯解韻，作注頗詳，或有可采者。如，『鴟龜』云：『鴟龜曳銜，謂障隄綿亘如鴟之曳尾相銜也。或有進是謀于鮌者，鮌誤聽之。此不過聽之，冀成其功，非「方命圮族」之比，堯何獨加罪也。』又，『大鳥何鳴』云：『羿浞等亂，得藥不臧也。少康喪而不喪也，自有天地以來，興興廢廢，須臾變滅，甕盎蚊蚋，無如少康奇。蓋天報禹功也，將敘舊物。故借大鳥，消盡一切壘塊。横插此段，特作雲間高唱，鳳翥鸞翔之筆。』又，『妹嬉何肆』云：『一妹嬉，輕輕斷送完夏事，寬妹嬉，甚鄭袖也。』又，『帝服厥躬』云：『此刺頃襄用子蘭也。忽作怒髮衝冠之筆，有舜之德則不敗，無舜之德則危矣。』又，『吴獲迄古』云：『南嶽，悼懷王止秦受制於人，不能制人也。』又，『昏微遵迹』云：『疑刺上官大夫、靳尚輩交搆鄭袖，其詞微，其情顯矣。』又，『何乞彼小臣』云：『刺懷襄二王迎婦于秦也。古之爲婚也，求賢以得配，天作之合也。今之爲婚也，畏逼以圖存，婚姻之義何居，亦左于計，而大事不可爲矣。《天問》中最隱約是此二語。』又，『夫何惡之媵有莘之婦』云：『有莘可謂不知人矣。「夫何惡之」，詞特激昂，借他人之酒杯，澆自己磊塊。』又，『彼王紂之躬』云：『孰使罪妲己，爲鄭袖寫照。』又，『中央共牧』云：『再説國勢，一句痛屢戰失地。』

邱氏稱《九章》『其隨事思念君國作也』。乃『按文義而更爲别次之，當分：《惜誦》一、《抽思》二、《涉江》三、《思美人》四、《哀郢》五、《橘頌》六、《悲回風》七、《惜往日》八、《懷沙》九。大約陳志無路，去住無門者，皆爲懷王作，如《惜誦》《抽思》是也。其悲放迹險遠，愁國亂危亡立見者，皆爲頃襄作，如《涉江》《哀郢》等篇是也。《悲回風》《惜往日》皆赴義前作』。又論各篇之旨，甚有見地。謂《惜誦》『惜其君而誦之也。大抵爲懷王見絀言之，蓋既失左徒之位，又因事進言而得罪』。謂《抽思》『抽拔君臣離合之故，蓋亦懷王時，在遷所而作也』。其釋『來集漢北』云：『懷王十七年，秦取楚上庸。漢北接壤上庸，猶屬楚。黄棘之會，秦復還楚上庸。頃襄九年，楚爲秦敗，乃割上庸、漢北與秦。然則「集漢北」，當在寧羌、南鄭之間，蓋楚懷王時事也。』案：是以《抽思》作於懷王時内證。謂《涉江》『初放江南時所作，蓋頃襄時事也』。謂《思美人》『係《涉江》後作，是時懷王已死于秦，未見其不爲襄王也，故是篇定當附《涉江》之後』。又，稱此篇『遵江夏以娱憂，自是江南之野所爲，「思美人」者，思頃襄，戀新主，即念故主也。篇中「前畫」「前轍」，皆指懷王時事，蓋撫今而思昔也』。謂《哀郢》『被放既久，頃襄國是日非，屈子哀思故都而作也』。又云：『懷王卒秦，當頃襄王之三年。是年聽讒，復放屈原。此云「九年不復」，蓋頃襄十一年也。二十一年，秦將白起拔郢，燒楚先王墓夷陵，楚徙陳。《楚世家》有明文，屈子之言，十年遂驗。』謂《橘頌》之作，『在遷所觸物寄興也』。謂《悲回風》『感風而悲也，赴淵前作』。又謂『《九章》中第一纏綿文字，非絶命辭也』。『篇中三言彭咸是三様：首言彭咸，謂其節之堅，故云「志介不忘」。次云彭咸，謂遇相等，故云昭所聞。末云彭咸，則欲效所爲，而疑其詞也，故曰「託」、曰「居」，可見屈子之死，大有商量在』。謂《惜往日》『將赴淵時作，合懷襄二王事。撮敘顛末，而並病其聽讒誤國也。詳其文義，當在《悲回風》之後、《懷沙》之前。蓋《悲回風》尚有上極至高，下極至深等語，此專留示後人』。又云：『《回風》之詞怳以惚，《惜往》之詞定以專；《回風》之詞肆以隱，《惜往》之詞曲以中；《回風》之詞激以厲，《惜往》之詞纖以淒。所謂從容就義。不知此味，不可讀《九章》之文。』謂《懷沙》『將赴汨羅所作』，是絶命辭，故殿於末矣。

邱氏稱『原欲後天而終以觀反覆無窮之變』，故而作《遠遊》。《卜居》《漁父》二篇，盡引顧亭林説，稱《卜居》『屈原自作，設爲問答，以見此心非鬼神吉凶之所得而移耳』。稱《漁父》以明屈子不從老氏之學，而從孔子之教矣。

邱氏之論《九辯》《招魂》，則從舊説，爲宋玉閔其師之作。謂《九辯》『分段細玩，其清俊峭拔之處，自不可殁。與後來擬《騷》者平緩漫衍、無病呻吟之作又自不同，故存之以備一體。自《惜誓》以下不録焉。惟向有分段，而無題名，今各撮二字名篇，取便私記，亦《九歌》《九章》之例云」。則分段從朱子，皆取篇中二字以爲名。雖非玉所舊，而頗便記誦，不妨存之。首曰『悲秋』，謂『傷放逐也，春女怨，秋士悲，感物而化，必至之情，故以爲比』。次曰『有美』，謂『賦同心也，此段句句峭勁有致』。次曰『西堂』，謂『傷國亂民愁，危亡將至也。承悲秋之意而廣言之，前以一身言，此兼君國言』。次曰『華敷』，謂『閔臣節也，即《騷經》責蘭意』。次曰『鳳翔』，謂『刺簡賢也』。次曰『學誦』，謂『哀固窮也』。次曰『杪秋』，謂『惜老將至也』。次曰『雲靡』，謂『刺讒邪也』。終曰『雲中』，謂『嘉遯思也，即《騷經》遠逝以自疏意』。又謂《招魂》『宋玉閔其師屈原無罪見逐，恐其魂魄離散招之。無悟君意，魂招生人，蓋楚俗也』。稱《招魂》『瓌瑋恣睢，絶世奇文，當與《天問》並讀。此兩漢藍本，謂開六朝淫靡，過也。《九辯》擬《騷》，不覺瞠乎其後。《招魂》自抒深情，較《騷》體一變，乃成異曲同工』。則揄揚之至矣。

邱氏取朱子説，以《大招》爲景差所作，所謂『大』者，『言不過廣招博求之謂，非必此大彼小之云』。謂『楚俗魂招生人，前招後招，事同一例，並是招原，自主生魂言』。賈誼《吊屈原》繫於後，蓋誼所以吊原所作，類同玉之『閔原』者也。而《服賦》亦録之，與原之事無涉，則不類矣。終之以淮南小山《招隱士》者，『託意以招屈原』也。然細玩是篇，似與屈子放逐亦無涉。故此二篇删之可也。

邱氏於字義訓詁，多取王逸、洪興祖、朱子諸注，蓋無所發明。間或探賾索隱，抉發微言大意，間或品文論藝，稽鉤文辭妙句者，蓋邱氏自爲之，多類明人評點者，或偶見深致之思，存之則庶幾於《騷》之有裨補云。乃舉其犖犖者如下：《離騷》『木蘭宿莽』云：『木蘭去皮不死，宿莽遇冬不凋，以爲自修堅定也。可以爲搜羅人才也可。』又，『撫壯棄穢』云：『穢比群小。蘭芷宿莽之外，皆穢也。「何不」者，痛心之詞。此可見屈子之性。』又，『耿介』云：『耿介，乃規規禮法之謂，與「昌被」字緊緊相對。』又，『滋蘭樹蕙』云：『大抵皆培植人才之比。』又，『練要』云：『是本領，精修而守約也。』又，『朝飲』云：『詳飲露餐英寫得濃，至太史公所謂「其志潔，故其稱物芳」者。』又，『未悔』云：『篇中言「不悔」者，不一而足，有直言者，有述意者，有十分冤抑，自有十分沉痛。』又，『悔相道』云：『大轉開下三節。』又，『製芰荷』云：『衣裳冠佩，種種得意，此所謂初服。』又，『芳與澤』云：『芳謂衣裳，澤謂玉佩。』又，『女嬃』云：『女嬃一詈，起下九節。』又，『上下求索』云：『上下求索，起下十六節，「飲余馬」五節，上求也。「哀無女」十節，下求也。「終古」節總束。』又，『吾令鳳鳥』云：『凡言「吾令」，皆激切期必之辭。上求三，下求亦三，錯雜中自整齊。』又，『無女』云：『起虙妃、有娀、二姚三事。舊注比臣，朱子比君，從美人一例。』又，『夕次窮石』云：『窮石、洧盤，只與「濟白水」「登閬風」一例，總言遠遯耳。不過文字搖曳，語皆將然而未必然之詞。自王逸以求女比賢臣，遂以窮石洧盤爲遯世隱居地。驕傲淫遊，信美無禮，爲隱士月旦評，誤其説者，穿鑿支離，無所不至，文字頓挫之妙，舉墜煙霧中矣。朱子説出，乃不煩解説，字得其職。近見望溪，尚坐此誤，急識於此。』則解求女之旨，悉從朱注説矣。又，『索藑茅』云：『窮迫時用占，古人亦爲之。』又，『巫咸』云：『問卜未了，再降神一回，謂實有也可，謂設言也可。狐疑者，不遠逝也。』又，《湘君》『捐玦遺佩』云：『冀湘君取之也。遺下女，恐其不取，欲轉致也。末二句又恐不致，則曰「俟之」而已。』又，《湘夫人》『降兮』云：『前篇説「不行」，此篇只得説「降」，文字變換之妙。』又，《大司命》『廣開』云：『莊皇之甚，迎大司命，特作風雨驟至之筆。』又，《少司命》『穐蘭』云：『前篇迎神作堂皇語，此篇特以飄洒起。《九歌》之變調。』又，《天問》『何逆』『何順』云：『二何字、二而字，激昂特甚。』又，《哀郢》『方仲春』云：『從百姓説起，得體傷心之事，還記得時日。』又，『出國門』云：『故鄉國門，説得鄭重如此，可見屈子心地忠厚。』《九辯》『悲秋』云：『以秋氣比放逐，遠行送歸，又可悲之甚者，爲生別離喻。』又，『西堂』云：『百草喻百姓，梧楸早凋喻賢人，白日喻君，長夜喻覆蔽。』末附《去入兩合明義》一篇，大略據顧氏《唐韻正》去入諸韻互通各字，略爲分晰其義，『別爲正通、旁通、閏通三項』，而逐韻逐字考之。見其於韻學，蓋用力亦深矣。

然精義寥若晨星，不無牽强附會之説。如，《離騷》『靈修』云：『美人，喻愛也。靈修，喻敬也。皆《騷》中趣極語，亦至性語。近見《楚辭辯》云「涉及夫婦鄙語」。謬甚。真所謂未易一一與俗人言也。』又，『椒榝』云：『椒性烈，比素有風節者。專佞，則盡改其節。榝類椒，臭惡有小毒，比權門鷹犬。充幃，則朝夕近君矣。』案：皆若射覆，不足爲訓。又，《天問》『該秉季德』云：『該秉，傷懷王聽稚子也。』又，『干協時舞』云：『干舞，悲戰藍田不知懼而增德也。』又，『擊牀先出』云：『擊牀，傷客死不可復生也。意懷王死于楚，或有將信將疑之事。最痛是此問。』又，『恒秉季德』云：『恒秉，悲宗緒也。楚世强大，削弱自懷王始，故屢言之，蓋同姓之義。』案：此節問殷先王恒、該、季、微數世事，静安先生言之详矣。其比附懷襄二王，悉無可取。又，《抽思》云：『抽，拔也。思，意也。』案：抽，爲拔引，是也。思，非意，猶憂也。抽思者，謂舒憂也。蓋若此者，則舉不勝舉矣。

是書有清乾隆三十七年壬辰碩松堂刻本，題『滋陽省齋邱仰文編』，國家圖書館有藏本。（黄靈庚）

# 離騷中正

《離騷中正》者，清林仲懿之所作也。仲懿字山甫，自稱『霞山』人。而四庫館臣云『不知何許人』。據乾隆《銅陵縣志》載，山左棲霞人。霞山，即棲霞山也。康熙五十年辛卯進士，雍正七年己酉官銅陵知縣。《山東通志》卷十五《選舉志》二『康熙四十四年乙酉科』有棲霞人林仲懿，與《銅陵縣志》不同。又，光緒《棲霞縣志》卷七《人物》下稱，『康熙辛卯亞元，筮仕銅陵一歲即解組，杜門著書，邑人罕識其面。爲文高古疎宕。酷嗜《莊》《騷》，獨以爲旨與孔孟合。喜莊、屈，著《離騷中正》《南華本義》二書，其子譔刻以行世』。則亦晦迹高行之士也。

是書以朱子《集注》爲藍本，止解《離騷》一篇。卷首有《讀騷管見》九則，拈出『中正』二字以定作『屈子之大旨』，爲探究屈子學派所屬、自沉、人品、善惡情趣、《離騷》文法、家學、《騷》之稱『經』及後世評騭諸端之門徑。稱屈子之學合於周公孔子之道，屈原賦『以執中爲宗派，主敬爲根柢，自敘學問本領，陳述帝王心法，與四子書相表裏，諒非誦法孔子不及此』，『終不得擯屈原於洙泗門牆之外』。稱屈子善善惡惡與孔孟同，人品、心術亦同。稱『嘗考屈原與孟子猶及同時，而年歲懸絶，原之壯也，孟子已殁』。若『使得與孟子遊』，必如『孟子之許陳良』而許屈子也。稱屈子之死非徒以怨，而心繫君國，其『不效龍逢、比干於懷王入關之日，而從容就義於九年不復之後』，以『隱痛頃襄之忘親事仇，楚亡無日，而終無以報懷王也』。可謂『至誠惻怛，仁至義盡』，若『聖人復起，知必於三仁之列爲屈子特置一座』耳。稱『文章以義爲先，而法即次之』，而『屈子本忠孝之大節，明道學之淵源，而託之乎詞賦者也』。不當『以説時文法説《離騷》』之文，宜『執中主敬之大義，粲然無復可疑』。而屈子『全幅精神，實畢注於《離騷》』，故『細按全書，其微言大義，羽翼聖經賢傳，有關學術人心，《離騷》盡之矣』。稱其注《騷》乃秉承父訓，『垂四十年乃似稍得靈均指趣而謬注評之』。則刻意於此，其年之久，似未可等閒視之。又極稱屈子等夷齊，『屈子竊取孔門傳授心法以著《離騷》，卒能成仁取義，不負所學。汨羅首陽，竝峙千古，然不幸不遇聖人。太史公悲其志，想見其爲人，而未窺其學術之淵源。自揚雄班固，倡言排之。揚雄爲莽大夫，班固爲竇氏賓客。之二人之排屈子也固宜。唯尚論者因襲不察，竟作一成不變之定案。忠亦可排，死亦可排，文章亦可排。二千餘年間無推屈子爲聖人之徒，《離騷》爲明道之書，此名教之一憾也』。案：林氏以屈子歸屬於孔門，《離騷》爲明道之作，大爲後人所病詬。四庫館臣斥之『甚迂』，絶無可取之意。然以今見出土楚竹書若《郭店楚墓竹簡》論之，蓋其説未可一概斥之。見之於子思氏及儒家之書有《緇衣》《窮達以時》《魯穆公問子思》《六德》《五行》《成之聞之》《尊德義》《唐虞之道》《忠信之道》《性自命出》及充斥儒家學理《語叢》

離騷中正

後學林仲懿註

離騷

帝高陽之苗裔兮朕皇考曰伯庸攝提貞於孟陬兮惟庚寅吾以降（降音洪）皇覽揆余於初度兮肇錫余以嘉名名余曰正則兮字余曰靈均（名叶民）

屈原名平楚同姓也楚之先祖出自帝顓頊高陽

四篇，中原周孔之學已傳入楚境，且已深入楚國學術矣。屈子雖不當列入孔門弟子，然其博聞廣覽，於周孔之學必爛熟於心，故《離騷》或與周孔名教合者固宜矣，屈子之死可與三仁並列，與夷齊齊驅，亦不足爲怪。足見林氏之説，有其合理之處矣。若館臣得見出土楚國遺書，蓋亦不至於統斥之以『迂』矣。

《離騷中正》分章『注評』，以一韻爲一章，『注』可約之爲四端：一則悉從舊注。如，『集芙蓉以爲裳』，注云：『芙蓉，蓮華也。《本草》云：「蓮，其葉名荷，其華未發爲菡萏，已發爲芙蓉。」』又，『女嬃之嬋媛兮』，注云：『楚人謂姊曰嬃。嬋媛，眷戀牽持之意。』案：皆悉取朱注爲解也。二則微作改易而義與舊同。如，『長太息以掩涕兮』，注云：『大聲歎曰太息，長出氣也。掩涕，猶收淚也。』案：乃因襲王注、朱注而稍作變通，實無異義也。又，『紛獨有此姱節』，注云：『紛，喜也。』案：洪氏、朱注並注：『紛，盛貌。』與訓『喜』者相因，蓋盛多則喜也。紛訓喜，見《方言》。又，『浞又貪夫厥家』，注云：『會稽人呼妻曰家里，故浞淫羿妻曰「貪厥家」。』案：王、朱並云：『婦謂之家。』三則林氏因舊注而演繹之也。間或附己新意。如，『惟黨人之偷樂兮』，注云：『黨人，謂上官、靳尚之徒。』又，『固時俗之工巧兮』，注云：『時俗，指黨人。』案：王、朱皆但泛言之，林氏則實之以真人名姓。略有差異矣。又，『固前聖之所厚』，注云：『前聖，即堯、舜、三后是也。』案：王、朱俱云：『如比干諫死而武王封其墓，孔子稱其仁也。』則亦泛稱之，未有實指也。又，『申申其詈予』，注云：『申申，猶言刺刺不休。』案：王注：『申申，重也。』朱注：『申申，舒緩貌也。』林云『刺刺不休』，亦猶重複之意，然與朱説異義。又，『爾何懷乎故宇』，注云：『宇，屋邊也。在屋則簷邊爲宇，在國則四垂爲宇。』案：蓋所以疏解王注『宇，居也』之訓也。四則發明新義，容有可觀。如，『惟庚寅吾以降』，注云：『降即《大雅》「維嶽降神，生甫及申」之意。』案：其説確也。古者降生之義用於偉人、神靈，蓋凡庸之生不該此義，故不得以泛泛出生之意解之。又，

『不量鑿而正枘兮』，注云：『鑿，孔竅也。正，猶定也。枘，刻木耑，所以入鑿。』案：王注：『正，方也。枘，所以充鑿。』朱注云：『鑿，穿孔也。枘，刻木端所以入鑿者也。正，謂審其正而納之也。』舊訓『正』爲『方正』。非也。正，訓定，猶固定之。用作動詞。甚確。又，『哀高邱之無女』，注云：『高邱，楚地，宋玉《高唐賦》：「巫山之陽，高邱之岨。」』案：王注但云『楚有高丘之山』，未爲確指。而林氏則巫山高丘説之。蓋是已。

『評』者則林氏自爲心解也。觀其所『評』，一以貫之演繹、闡述所謂『中正之旨』。如，首評『正則靈均』名字，云：『細玩「正則」「靈均」字義，正，不偏也；則，不差也。蓋以天命之性言，即「喜怒哀樂未發謂之中」是也。靈，善也。均，調也。蓋以率性之道言，即「發而皆中節謂之和」是也。下文「吾既有此內美」，即指正則、靈均之義，而言其所性之根於心而非由外鑠也。一生爲大儒而紹執中之傳，爲忠臣以立名教之坊，皆寓意於覽揆錫名之始，其旨微矣。』案：屈子生得世繫之正、日月生辰交會之正，故名曰『正則』。信可以一『正』字涵蓋其『內美』也。又，『荃不察余之中情』評云：『「中情」之中，便是「允執厥中」之中。情，實也，言執中之實理、實學也。下文「孰云察余之中情」「依前聖以節中」「相觀民之計極」「吾既得此中正」「苟中情其好修」，分明是灰綫草蛇之法，慎勿作中心字泛泛讀過。』案：蓋呼應其『內美』之正中也。又，釋『練要』云：『練者，煮縑而熟之也。夫修能亦在乎熟之而矣已，所學者熟，而融會貫通，自有提綱挈領、執簡御繁之妙，故曰「練要」。與夫子之一以貫、孟子之反説約，都是一家眷屬。此屈原所以自負「得此中正」也。』又，『跪敷衽以陳辭兮，耿吾既得此中正。駟玉虬以乘鷖兮，溘埃風余上征』一章，評云：『「陳詞重華，光明正大，與「三后之純粹」先後同揆，即「堯舜之耿介」心源可接。故曰「耿吾既得此中正」，著此一句，聲明自己學術，原本「執中」。則純粹、耿介，皆「執中」之衍義疏意可知已。「中情」「節中」之中，便是「允執厥中」之中亦可知已。此句在本文爲結上起下，而實全篇之點睛處也。其兼言「正」（者）何也？名曰「正則」，即是「中」字義也。修能伊始，則曰「吾既有此内美」。修能既成，則曰「吾既得此中正」。作者明明相應，讀者自看不出耳。其曰「有此内美」，即《孟子》所謂「我固有之」也。曰「重以修能」，即《孟子》所謂「盡其才」也。曰「得此中正」，即《孟子》所謂「求則得之」也。學者尊孟子而劣屈原，是操戈而入室也。中正之道，上與天通。陳詞甫畢，而駟虬乘鷖，奄忽上征矣。」案：《遠遊》「求正氣之所由」，亦即「耿吾既得此中正」之意。中正、正氣，乃上征飛升之本也。又，『既莫足與爲美政兮，吾將從彭咸之所居』末章云：『從彭咸之所居，本可直接第六十五章之後，唯是宗臣與國同休戚，國家事尚未可知，斷無一時齟齬憤激捐生之理，故託筵篿以自明其存君興國惓惓無已之心。且人臣事君，合則留，不合則去。此通義也。何必出於死之一策？不知已者，將謂可以無死而死，有乖中正之道。借靈氛、巫咸勉其遠逝，以示非不知有去之一策。而熟思審處，終有不能去者，蓋自開章第一句「帝高陽之苗裔」，大節已定。』

案：如此，則見前後一貫之以『中正』而無歧義，蓋其用心縝密之處。

林氏之解《離騷》後半篇，别出心裁，蓋能自成體統。以上征求帝是求訴於上帝。『只爲天門漸近，刻期見帝，陳此中正，訟彼黨人。故行色悤悤乃爾。豈知閽人不納，令其開關，以目視而不答，卒不得門而入』，『託言已費如許奔馳，冀一見帝而不得，以寓竭智盡忠，冀王之一悟而不得，黨人煬蔽之罪，可勝誅哉』。而解求女之旨，則云：『懷王外欺於黨人，内惑於鄭袖。黨人非夤緣於鄭袖，表裏爲姦，亦不至牢不可破。天閽之不開，鄭袖實爲厲階，故託爲求女之詞，以刺鄭袖而諷懷王也。』又云：『叩閽求女，俱是寓言。閨中邃遠，則明結求女十章之爲鄭袖而作也；哲王不寤，則明結叩閽八章之爲懷王而作也。』又，解末段八章西行遠逝之旨，是雖『言遠逝也，乃正所以明其無可逝』之意。云：『崑崙也，天津也，西極也，流沙赤水也，不周西海也，豈其可逝之地？又豈有湯禹諸君在焉而逝此以求之乎？古者同姓雖危不去國，無論時在戰國。九州無湯禹之君，即使有之，不忍背楚王而去故都。特行文不肯徑直落到從彭咸，故作此空中結構，以明其不可淹留而計無復之之苦衷。』案：雖言『遠逝』而『明其無可逝』之説以解末一段，亦有合理之處，宜當審之矣。

林氏之或致意於《離騷》文脈前後承接之間，點評行文之妙。如，『紛吾既有此内美兮』二句，云：『是牽上搭下法。既己所性之善，再加學問之功。《抽思》章「善不由外來，名不可以虚作」。即此二句注疏。江離、辟芷、秋蘭、木蘭、宿莽，皆芳也。芳與穢相反，蓋以喻言古今聖賢之嘉言懿行，帝王之良法美政，凡有益於身心性命，有裨於國計民生者，皆是也。後凡言芳皆仿此。曰紉、曰搴、曰擥、曰朝夕，喻言取善之功，惟日不足。曰扈、曰佩，喻言身體力行，服膺弗失，皆以言其修能也，皆所以修此内美也。下文滋蘭樹蕙，飲露餐英諸章，意皆仿此。修名、好修，皆從「修能」二字出。』又，『昔三后之純粹兮』二章云：『承上言吾道先路，非吾之路也，昔三后之路也。非三后之路，三后之純粹，遵堯舜耿介之道而得之者也』，『從三后逆溯堯舜，痛悼桀紂，手法矯變，指點醒豁。「彼堯舜之耿介」一句，是本文上下關鍵，遵之者爲三后，畔之者爲桀紂，便是道二、仁與不仁而已矣底説話。此二章又是前後文之關鍵。以三后堯舜點明自己之路，淵源有自；以桀紂引出黨人之路，覆轍可鑒。細尋其金鍼，實開文法衆妙之門。』又，評『悔相道之不察』以下五章云：『「忽反顧以遊目」，「反顧」謂反而自顧，昭質之未虧；「游目」謂「將往觀乎四荒」。一句中有牽上搭下之法，言不獨可以自信，且可與天下共信。好善惡惡，人心有同然。雖觀於四荒之遠，而芳澤在身，令聞彌章……先生自敘至「前聖所厚」，已是百鍊南金。特下一「悔」字，翻起波瀾，重複檢點，加倍寫出工夫之細密，德性之堅定，修名光於宇宙，姱節不避刀鋸，更覺浩然之氣溢於筆墨之外。若無此波瀾洄洑，則一直文字，望而易盡。』又，『閨中既以邃遠』一章云：『原懷中正之情，而不得發用以爲美政。楚事日非，目擊心傷，焉能忍而與此嫉妒之黨人鬱鬱久居哉。行文至此，山窮水盡。再看他下文如何轉身放步。然既不能與黨人久居，原雖無去國之志，而爲原謀者，將必出於去之一策，與下文又有自然相生之勢。』案：類此解《騷》之語，雖未脱盡晚明評點習氣，然屬意於通篇上下過渡之關節，反覆審諦，不至於落入支離斷裂之病，蓋『垂四十年』之功夫，於此見矣。

林氏考定《離騷》之作時及屈子自沈汨淵之年，於『願依彭咸之遺則』一章云：『下手作《離騷》，先有一彭咸在胸中，却是盡頭底打算。國家事倘有一綫可爲，豈忍出此？其自沈於何年，雖不可考，而《懷沙》絶筆，自是在「仲春東遷九年不復」之後。蓋自頃襄七年迎婦於秦，復與秦平，而復仇終無望矣，楚之亡可翹足而待矣。捐軀報國，氣作山河，豈不偉哉？孔曰「成仁」，孟曰「取義」，何獨至於屈原而劣之！』案：此雖未明言，然以《離騷》作於『盡頭底打算』之日、屈原自沈在頃襄七年以後，二者蓋亦同時耶？則破舊謂作於懷王時『見疏』之後，庶幾亦宜審之矣。

然林氏生當乾隆考古日趨精邃之時，而猶以浮辭解《騷》而臆測屈子之志，宜乎館臣斥之以『類多穿鑿』者矣。其注新説，憑空臆造，絶不可信。如，『見有娀之佚女』，注云：『佚女，蓋言隱也。猶《易·屯卦》二爻辭「女子貞不字」之義。』案：佚，猶懿也，美也。非隱逸之意。且引《易》云云，更屬多餘。又，『歷吉日乎吾將行』，注云：『歷，遍也，遍閲枝榦而卜其吉也。』案『遍歷枝榦』云云，純屬無中生有。又，妄爲比附如射覆之戲。如，『曰「日忽忽其將暮」，諷懷王浩蕩失時，則恐歲月之不我與。曰「折若木以拂日」，諷懷王及時好修，則綽有餘地以自適』之類是也。又，解西行而遠逝不周之旨，則云：『西北，乾位也。乾爲君爲父，示終不敢背君父之意也。又，西北盛陰用事，而後天乾位西北，以非至健不能與盛陰争，故陰陽相薄曰戰乎乾，寓意以堅剛之節與黨人争也。又，西北爲萬物成就之方，正則、靈均，全受全歸，純粹耿介，成始成終，蓋又寄意於此矣。』案：如此演繹《離騷》微意，悉無所依傍，顛倒錯亂，不經之甚，真若妄人夢囈虚幻之語矣。

是書流播未廣，惟見乾隆十年乙丑世錦堂刻本，山東大學圖書館有藏本，《四庫全書存目叢書》據此本影印也。（黄靈庚）

# 楚辭新注求確

《楚辭新注求確》者，清胡濬源之所作也。濬源字溥淵，號乙燈，江右分寧人。乾隆十三年戊辰舉人，五十二年丁未中選，先後官商水、考城、新鄭知縣。能詩，工書畫。致仕後，以培植後進自任，執教於梯雲書院、鎮興書室、樹春山房、毓芝齋。著有《飲墨時藝》三卷、《斗酒篇》二卷、《遺忠録》二卷、《霧海隨筆》十六卷、《韓集五百家注旁參辟謬》四十卷、《歷代經籍注疏目録》四卷、《秝田集》十六卷、《尚友集》十卷、《鐵拍集》一卷、《隨遇草》二卷、《外集》六卷、《義寧州志稿》四卷，惜多散佚。詳參清同治十二年《南昌府志》卷四十五《國朝文苑》。

是書頗見功力，且饒有新意，爲清季《楚辭》文獻名著。大抵依王萌《楚辭評注》，而《評注》據朱子《集注》爲其藍本，故胡本、朱本文字彼此略同。凡十卷：卷一《離騷》，卷二《九歌》，卷三《天問》，卷四《九章》，卷五《招魂》，卷六《卜居》《漁父》。以上七題二十五篇，皆屈子所作。卷七《九辯》，宋玉所作。卷八《大招》，景差所作。卷九《遠遊》，漢人擬作。卷十皆漢人所作：《惜誓》（闕名）、《弔屈原》、《服賦》（二篇賈誼）、《招隱士》（淮南小山）。以上亦七題二十五篇。卷首有作於嘉慶二十一年丙子自敘，稱自漢叔師以來注家，『或專疏其辭，或渾括其指，或牽於古而曲爲之説，遂致有累複扞格，齟齬不合，揆之情理，不安不確者』。以爲『求《楚辭》於註家，不若求之於史傳，求之於史傳，不若求之於本辭爲確也』。乃據『《楚辭評注》十卷，因取閲之，隨閲隨批，不覺竟其卷，爰書於額云』，而後整理成册者矣。

又，《凡例》七條，大略言讀《楚辭》之法，稱當須『求其脈絡之貫通』，而『求之免至逐字尋照』；稱注《天問》當略；稱《九歌》皆爲倡女（祭巫）唱詞；稱求《騷》之承接轉摺章法，當在明意；稱《遠遊》爲秦方士之作，而非屈子所作；稱《九辯》以下『有爲原而作，有不因原而作』。蓋此書所論要旨，亦盡在其中也。而論各篇作年先後，則見《卜居》之末云：『既放三年，猶能往見太卜，是尚未絶迹故都也。下篇《漁父》相與寒温，識爲三閭大夫，是尚未禁錮人事也。故猶有返國復用之望，情辭不極哀慟，作《九歌》、賦《離騷》，當在此。後至《九章》，則又經頃襄怒遷，憂極不可解矣。《天問》當在其後。《招魂》，則披髮行吟，若狂若迷矣。《哀郢》《懷沙》即在其時。通玩各篇，情辭氣調便知之。』則以屈子二十五篇，皆作於放逐以後矣。

胡氏論《騷》異於他者，乃在考辨屈子作《騷》之年，而定於屈子遭放之後。乃云：『太史公自序，固已明曰：「屈原放逐著《離騷》。」又，《報任安書》曰：「屈原放逐，乃賦《離騷》。」《漢志》：「屈原被讒放流，作《離騷》諸賦以自傷悼。」則《楚辭》，皆既放後作也。從來注家以《離騷》爲「見疏」懷王而作，《九歌》以下乃見放於頃襄

矧屈原於頃襄王頃襄怒而遷之則既放又遷之使益
遠耳細玩九章惜往日篇辭史傳原事正與之相符郎
可考屈子賦騷之前後疏與放年歲楚世家可互考
帝高陽之苗裔兮朕皇考曰伯庸攝提貞于孟陬兮惟庚
寅吾以降 降乎 攷
舊註楚顓頊後自周成王封熊繹爲楚子傳國至熊通
僭稱王生子瑕受屈爲卿因以爲氏苗裔之餘裔衣之
餘故以爲遠末子孫之稱攝提星名隨斗柄指十二辰
貞正也正月爲陬昏時斗柄指寅在東北隅故以爲名
新攷屈子自序開首世系由初生年月日命名字以迄終
身使居然與國同休戚之誼先序家世本生氏元鳥

而作。是泥《史記》文前後執而分之，故往往使此篇離憂忠悃，大旨不亮，而其文義遂覺往返複疊，脈絡不貫。且情既乖戾，理道亦扞格。不知《離騷》一篇，《史記》傳原於「王之怒而疏」後，即接作此，重是篇也。故極贊之「與日月争光」，然後再補序「既絀」後楚事，以見原之忠，而復曰「既嫉之」，與前「疾王」遥接。即又曰「雖放流，睠顧楚國，一篇三致意」云云，作《騷》當在此時。史筆不過急所重而先之耳，讀者不察，遂認爲未放時作。不知篇中，一則曰「依彭咸遺則」，再則曰「從彭咸所居」，是明矢志汨羅矣。假不放於江南，將安能預爲此語乎？如申生、召忽、荀息之死，豈必定要在水乎？若泥《史》文字句，則《懷沙》畢命，即遷即死，何以自既放直至《哀郢》九年後乎？且方纔一疏，疏後絀，尚使齊返。尚諫王勿入秦，何至遂爾誓死懟憤，寧非悻悻？要之篇中「濟沅湘南征」及亂詞「何懷故都」，便知既放後作。《史》稱「令尹子蘭聞之大怒」，聞其作《離騷》等篇也。卒使上官大夫短屈原於頃襄王，頃襄怒而遷之。則既放，又遷之，使益遠耳。細玩《九章》《惜往日》篇辭，史傳原事，正與之相符。即可考屈子賦《騷》之前後疏、與放年歲《楚世家》可互考。』其以《騷》作於放後而非作於疏後者是也。又疏理《原傳》敘事次第，謂史遷重《騷》，故先置之『疏』後云云，甚得史遷敘事之旨。且舉《騷》濟沅湘，以爲作於放後之證據，即所謂『求之於史傳，不若求之於本辭爲確』者矣。然史遷、班氏皆以爲屈原放逐而賦《騷》者，《騷》非僅《離騷》一篇，蓋統括原二十五篇也。胡氏據是以定《騷》之作時，則似亦斷矣。《惜往日》『焉舒情』注云：『舒情抽信，作賦之旨，史遷所云「屈原放逐，乃賦《離騷》」。』胡氏非不知之矣。何以前後自相齟齬耶。

《離騷》求帝、三求女及遠行西海等章節最爲難解，古來聚訟紛如，莫衷一是。胡氏以爲《離騷》大旨，即『史遷「冀君之一悟，俗之一改」，兩言盡之矣』。乃於上下相承間稽鈎『悟』『改』微旨。其同李安溪比求賢説。《騷》之上下求索，謂『求可告訴之路也』。蓋承陳詞一節，『古聖亦不爲之可否，且再求可告之門，只得上訴於天』也。又，『忽反顧以流涕兮』，稱『是轉關脱卸語。前「忽反顧遊目」，既由「悔相道」之不可反，逼到「觀四荒」。此「忽反顧流涕」，又從四荒上下，無可求索，逼到「求賢」一策，故接以「哀高邱無女」』。以『無女』況無賢，而後啓下三求女皆以比求賢也。若高邱比楚廷，則春宫比嗣君，『相下女之可詒』，則『指頃襄之臣如黄歇、昭睢輩』，意謂『楚大臣既無賢，且求之太子舍人等官』。始求虙妃之不遂，『此指敵國之賢不可求。觀窮石、洧盤，地在西北，意指秦人。《天問篇》夷羿妻雒嬪，故以比秦人，如張儀之徒兼相秦楚才而詐者也。下驕傲淫遊，顯指此輩』。次求簡狄之不遂，以比求列國之賢不成，謂『此指他邦之賢已事有主，不能求者，如六國之士寧越、徐尚、蘇秦、杜赫等。下鳳凰受詒，高辛先我自明』。終求二姚，比『求本國未仕之賢』，謂『遠集無所止，不如隨處求之。此指未仕在野之賢，恐亦非其君不仕，如漁父、弋人、莊周之隱。少康，夏后相子，帝高陽氏之後，楚與同出，故以指本國。未家，言未聘』。然『未仕之賢不肯出，則無可求矣』。接下占氛，而氛告以遠逝求女，猶比求賢；巫咸告以待時求君，謂『若以爲不得於懷，且須求之於襄』。而屈子不從咸告而從氛遠逝自疏者，是『靈氛主求女，是急於俗之改，巫咸主求君，是重於君之悟。然俗不改，小人蔽之，君卒不可得悟，故始終還念靈氛之言』。於是末段『專言周流，不復有求』。然則其『知滅楚者，秦也。故周遊乎天，亦一路西往，而不及東南。迨「陟陞皇」之處，乃回首南睨舊鄉，至此竟住，無限深憤』。案胡氏説《騷》下篇如是，以女比賢，見其説繫乎上下文，一貫相接，得自備爲一解。然則虙妃比秦之賢士，簡狄比他國之賢，二姚比未仕之賢，似亦牽合。屈子明知秦楚爲敵國，反而之秦求其賢，豈有此理耶！且謂卒篇一路西行是『漫遊』，何以反不意『漫遊』至敵讎之國，豈不落人『投秦叛楚』之口實歟？尤不可以理致之矣。

卷末附其子胡雲會三文：一則專論《騷》求女以比求君之旨，在於君之一悟，俗之一改。二則因『通篇大旨君、俗二意』

而細分段落，總七段、九十二章：自篇首至『脩名不立』爲第一段，凡十六章，言『將立身事君被讒之旨』。自『朝飲』至『前聖所厚』爲第二段，凡十章，言『壯既絀而放，誓死不變之旨』，謂『責在俗』。自『悔相道』至『余心可懲』爲第三段，凡六章，言『將自明芳潔之旨』。自『女嬃』至『望予』爲第四段，凡十七章，言『將中情欲訴，陳戒悟君之旨』。自『時曖曖』至『終古』第五段，凡十二章，言『將求賢相助之旨』。自『索藑茅』至『折之』爲第六段，凡十六章，言『將不好脩，歸罪黨人之旨』。自『時繽紛』至『不行』爲第七段，凡十一章，言『將聊作周流，不忍故鄉之旨』。而『亂曰』以下一章，言『知君終不悟，俗終不改，乃作絶望之詞』。三則《讀〈騷〉大意淺説》。三者皆因其父説而發揮之、敷演之矣。若其分段，庶補其父之所未備。然則以『女嬃』至『望予』一段，合『嬃詈』『陳詞』『上征求帝』爲一事者，殊不可解。上征求帝、三求女，既皆比求賢，當合爲一段。又以『索藑茅』至『折之』各爲一段，尤不可通。卜氛、問咸之後，皆有屈子自度之詞。自『世幽昧』至『其不芳』爲卜氛之後自度之詞，自『何瓊佩』至『觀乎上下』爲問咸之後自度之詞。則『索藑茅』至『觀乎上下』宜合爲一段矣。

胡氏論《九歌》最具心解處，即『《九歌》是代女巫口氣，歌以媚神』説。云：『玩末章「姱女倡」句，自知女倡即巫。若朝廷典禮，當有工祝，不當任之女巫。蓋女巫媚神，自上古歷夏商以來，久已成俗。《商書·伊訓》曰：「敢有恒舞于宮，酣歌于室。」時謂巫風。周初大姬封陳，好巫覡歌舞，其民化之，故《陳風》有《宛邱》之章，其風只在民間，不惟楚沅湘。而沅湘尤甚且鄙，屈子特借其詞文之以寄意耳。大要謂巫風足以亡國，因之感觸。』古之巫風有舞，然亦有歌詞乎？胡氏復云：『《齊書·禮志》何佟之議引《周禮》「女巫旱暵則舞雩」，鄭玄注：「使女巫舞旱祭。」鄭衆云：「求雨以女巫。」佟之又云：「今之女巫竝不習歌舞，方就教試，恐不應速。」則古女巫之有歌，歌有詞。《九歌》之爲歌詞也，明矣。顧從來注家，誤以爲樂章，何哉？』案以《九歌》十一篇皆爲樂神倡女歌詞，非祀神樂歌。則『予』『汝』乃倡巫與所娛之神間互動，似較舊説爲安。然則上古之世，倡巫非如後世民間跳神之巫，多爲王左右之輔弼之臣，其位至尊，若殷之巫咸、巫氛、巫戊是也。雖伊尹之戒，然不滅商廷巫風矣。『夫人作享，家爲巫史』。古之祭神亦以享神娛神，而享神以烝肴酒漿，娛神以女樂歌舞，不可方物矣。故雖『倡女』歌詞，猶不廢其原爲宮庭祀神之樂矣。且云『巫風足亡國，因之感觸』。亡國之音或有巫風，然非因巫風而亡國矣。胡氏至論《九歌》之寄寓，乃謂《東皇太一》『以比懷王，時王在秦，故末有「樂康」句祝之也』。《雲中君》『以比襄王，雲中，楚大澤也，有國之謂』。二《湘》以『比舊同氣宿賢，如《離騷》以女比賢之意，故多道情思』。二《司命》以『比富國執政，故有與君「導帝九阬」句及「夕宿帝郊」句，明當共忠於王也』。《東君》以『日比君，即以天狼比君側近嬖也』。《河伯》『遠隔江漢，比出使約縱之賢行人，當日國勢所賴』。《山鬼》以『比用事者，如靳尚之徒』。《國殤》《禮魂》『則明言將帥忠義之臣，兼以自比也。比意皆露』。拘牽比附，莫甚於是。若既以『雲中君』比襄王，何以有『横四海』『覽冀州』之語？豈比襄王有吞併三晉、一統天下之志耶？楚祀不越望，其不祀河神明矣。此篇本夏后氏《九歌》遺音，傳入沅湘而後猶未廢矣，亦無所比附寄寓之意。胡氏斥舊注爲『泥』，而其『泥』者有過於舊注矣。末附其子胡雲從二文：一者以辨《九歌》爲『代女巫之詞爲確乎不易』；二者以考《九歌》十一篇各所寄寓之意。實皆因其父之意而延拓之矣。

胡氏揆之『情理』，則不信《天問》爲觀圖之作。稱舊『但云「見楚先王廟及公卿祠堂壁畫呵而問之」，則廟與祠當在郢都，何云「放逐彷徨山澤」，豈廟、祠盡立于山澤間乎』？以其不合『情理』矣。謂《天問》之作，『大旨總爲楚懷嬖色信讒棄賢，以致亡國辱身而發，而故雜引荒誕以亂之，似癡非癡，憤極悲極也』。又謂『《天問》題甚明，是設天以問人，非人問天也。篇中所引多是戰國時野人語及横議家書，經秦火燒盡，必對必强解，便是迂板先生。惟怪妄鑿空，方成古今奇書，方見屈子忠憤無聊之極』。是故是篇之解，宜乎學陶之『但觀大意』，即『不爲章句訓詁，不求甚解，以意逆志，則將自得矣』。緣於是，胡氏於《天問》一篇，訓詁章句悉從叔師或朱子，無其發明，惟求其諷喻之旨。如，『惟澆在户』一節下云：『此以下至「齊桓身殺」，漸引古今興亡、女寵亂國以爲問，意謂人事有徵，確可恃也。蓋懷王初爲六國縱長，正有似齊桓，後縱散而敗，亦似齊桓也。齊桓任内嬖及用豎刁、開方、易牙，懷王嬖鄭袖，聽子蘭、靳尚、上官亦同。』又，『彼王紂之躬孰使亂惑』下注云：『明是諷懷、襄惑鄭袖，聽子蘭、靳尚、上官，此以下至於末，明比懷、襄，終篇點出楚事，吾告堵敖，自己忠國之本志也。』其謂《天問》以不見經傳所載而不可强解者，是也。然方之以『野語小説，荒怪無稽之詞』，則非也。《天問》所載三代古史，若鮌禹治水、啓干益位，與儒家經傳不同。然經傳所不載，而不可斥之以『野語小説』。近見出土楚墓竹書，若《容成氏篇》，所載三代古史，或與《天問》合者，而與經傳不同，豈亦『野語小説』耶。胡氏執經以解屈賦，不免圜鑿方枘，齟齬不入矣。

胡氏以《九章》『皆《離騷》餘韻，即可作《離騷》注脚』，斯可謂『以屈證屈』者矣。其解《九章》在於發微意旨，無非以史證屈，或引屈互證也。如，《惜誦》『所非忠』注云：『指天爲正，觀此益知疏後，使齊而反，必有多少讒言力諫不傳於外者，激怒懷王、子蘭，故遂致放而作《騷》也。』又，《哀郢》『亂曰』注云：『史遷所以「悲其志」也。亂辭全是不忘欲反。』《惜往日》注云：『此篇足考屈子疏、放、賦《騷》之前後。』又，『君含怒』注云：『史所謂「王怒而疏」。』案：是皆據史傳以爲解者也。《惜誦》『懲熱羹』一章注云：『上二句即《離騷》「悔相道」之旨，下二句，即巫咸「不用夫行媒」之旨。』又，《惜往日》『妬佳冶』一章注云：『即此可見古人以美女自比，不以比君也。此即上《離騷篇》之娥眉。』案：是皆以屈注屈，求其内證。胡氏以評點之法解《哀郢》一篇，『總是不忍舍故鄉』，且著眼於『哀』字，頗有思致。

如，『去故鄉』云：『初就道之哀。』又，『哀見君而不再得』云：『違君而哀。』又，『顧龍門』云：『離郢之哀。』又，『焉洋洋』云：『舟行之哀。』又，『將運舟』云：『中路之哀。』又，『哀故都』云：『漸遠之哀。』又，『登大墳』云：『回首之哀。』又，『當陵陽』云：『由東遷西浮至南渡之哀。』又，『江與夏』云：『既遠之哀。』又，『忽若去』注：『遠而既久，哀益深矣。』案：語雖寥寥，而大旨已明，亦可謂善讀《騷》者矣。

胡氏據史遷本傳，力主以《招魂》爲屈子所作，而編次《九章》之後。乃云：『《招魂》，《離騷》之極致，正披髮行吟，若狂若迷，不知身之是己。己之是心，自招自魂，愈奇愈妙，即《惜誦》之「魂中道無杭」、《哀郢》之「靈魂欲返」、《抽思》之「魂一夕九逝」等句之魂。至此更解散，不知所往，故招之。若死後出他人所招，便索然矣。』以《卜居》『即《離騷》問靈氛、巫咸之意』。以《漁父》『即女嬃詈予之旨』。其於《九辯》，但云『寫憂思亦極悲慘，然不及《九章》之真切沉慟，所謂倩人抑搔，未若毫毛在身，拔之無不省也』。蓋抑拙之而不言爲玉之作。然『目録』下仍署『宋玉』。以《大招》『此等題，一經學步，文雖工，便無奇情。然末數節，歸於正始昆，賞罰當，尚賢士，國家爲，尚三王等語，皆上世郅隆之道，足補《招魂》之所未及』云。惟不著其爲何人所作。以《遠遊》『一篇猶是《離騷》後半篇意而文氣不及《離騷》深厚真實，疑漢人所擬，此亦如《招魂》之與《大招》，細玩却有不同。此篇若以賦遊仙，則深洞元旨。後世談脩鍊家言，斷無能出其右。若道屈子心，似反達懷憂解憤釋矣。朱子病其直。非烇直也，病乃太認真。蓋《離騷》之遠逝，本非真心，不過無聊之極想。而兹篇太認真，轉成閒情逸致耳。』故闕名，而不以爲屈子所作。以《惜誓》非賈誼代屈之作，『明是自惜自誓』，蓋與屈子無關矣。而《招隱士》是否代屈哀閔者，則未置一詞。案：胡氏以《招魂》爲屈子自招其魂，不若舊説融通。史遷讀而『悲其志』，謂讀玉作《招魂》而悲原之志亦可，未謂此篇爲原所作矣。叔師之説當有所據，若無文獻可徵，似不可輕易之。《遠遊》爲賦登真，續《騷》之西行不遂，籍以排解憂懣。似亦未得以『閒情逸致』視之也。至若《惜誓》《招隱》二篇爲非代屈之作，蓋可作從矣。

胡氏偶或品文譚藝，雖不多見，而見識殊精。如，《招魂》『高堂邃宇』注云：『逐層鋪陳綺麗，此《兩京》《三都》賦之祖也。』又，《卜居》云：『此《客難》《解嘲》《答賓戲》之祖也。』案：意謂漢之賦，源自屈賦。劉勰嘗云：『衣被詞人，非一代也。』蓋於是得其驗證矣。

胡氏此書之旨，在於『求確』，即求文詞之意旨。如，《離騷》『美人遲暮』注云：『言又爲君惜時也。美人指君，亦不專指君，凡賢者皆是。篇中「内美」「保美」「信美」「蔽美」「兩美」「求美」「珵美」「委美」又「委美」，終以「美政」，「美」字公用也。《詩》之「西方美人」，亦非定是美女。惟「美人」誤作女解，遂致後求女俱誤解矣。不知臣道婦道，同屬坤體，君自屬乾，屈子以婦道擬君，豈非不倫乎？且後文虙妃、簡狄、二姚等，若指君，何不直言羲皇、帝嚳、少康乎？』又，《思美人》注云：『《楚辭》多是以美人指君，以女自比。蓋美人不定是女，如聖人、賢人、善人、大人之稱可以比君，亦可以自比。故末章又自謂「佳人」，佳人即美人。後世以美人、佳人稱女，習用故然，古人並不專屬也。不然美男子、美丈夫及佳士等稱，豈男子丈夫士不得謂「人」乎？從來注皆以美人爲女者，因其說美人處多及媒理故也。不知媒理亦不專男求女。如鄭忽辭齊婚、懿氏卜妻敬仲之類，女求男，正皆有媒，若男求女。如鄭子晳强委禽不得已，何難自致。大概君求臣易，臣求君難，男求女直，女求男不能徑達。屈子以美人比君而以女自比，情更深而文更雋。』其辨《騷》之『美人』是男是女，庶幾已無餘藴矣。然其所求者固不在『美人』之字義訓詁，而在於其寄寓之旨。於是可見其一斑。是故文字校勘，悉取於朱子《集注》，而詞義訓詁，則多取於叔師或朱子也。於己無所發明。惟注音考韻，或偶申己說，然多非其義。如，《離騷》名、均相協，注云：『名與均，韻本不通。然今楚音于真文庚青蒸侵韻都無分別。古人以方音爲詩，非後世按譜而求也。』案『今楚音于真文庚青蒸侵韻都無分別』，不僅楚音如此，吴音亦不别。此古今之變，非方音也。楚音真文與庚青相通，與蒸侵絶不通矣。又，常與懲相協，注云：『懲，才老讀仲良反。』案：非是。常，當作恒，避漢諱改也。恒、懲同協蒸韻。又，『占之』『慕之』爲韻，朱子以兩『之』字相韻，《騷》無其例。胡氏云：『慕字從莫諧聲，俱可韻「合」。篿、占自韻。』案：非是。慕，古入魚韻；合，古入葉韻。不協韻也。篿，古入元韻；占，古入談韻。亦不協韻也。『慕之』，古蓋作『莫之思』，後因下句『思九州』而脱『思』字，誤改『莫』爲『慕』也。之、思古同協之韻。又，兹與沬相協，注云：『沬，按古音平聲，則莫杯反。』案：《騷》之協韻，平入不拘。兹，古入之韻；沬，古入微韻，不相協韻。『惟兹佩之可貴兮委厥美而歷兹』當乙作『委厥美而歷兹兮惟兹佩之可貴』，貴、沬古同入微韻。若是可知，胡氏非知音之選矣。

是書但見務本堂嘉慶二十五年庚辰刊刻本，兹後無復續刻，故流傳未廣。國家圖書館有藏本。（黄靈庚）

# 離騷解·九歌解·讀騷列論

《離騷解》《九歌解》《讀騷列論》三種，皆清顧成天之所作也。成天字良哉，號小厓，松江府婁縣人。康熙二十年辛酉舉人，遊京師，且講學蔚州。雍正七年己酉，上見成天《皇城草》詩，寄情寓意，疑其有查嗣庭、吕留良諸人『感憤譏刺』之意。因查其所刻詩册，中有《聖祖仁皇帝挽詞》六章，詞意悲切。上覽之悽然墮涕，諭稱『以未登仕籍之人，懷感恩戴德之誠悃，則其秉性善良，居心忠厚可知』。乃欽賜進士第，此可謂因禍得福。時人榮之。嘗官翰林院侍講、御書房行走、三品少詹事。著有《燕京賦》《三重賦》《金管集》《東浦草堂文集》及《離騷解》《九歌解》《讀騷列論》，皆已收入《四庫全書》。清宋如林嘉慶《松江府志》卷五十九《古今人傳》。

是書以朱子《集注》爲藍本，凡三卷。卷一《離騷解》，成於乾隆六年辛酉，時年已七十一矣。審其作《騷解》之旨，在於『論世分疏』，而『梳櫛其大意，澄潤分沙，血脈流貫』。是以晤對屈子，體會真諦，探明藴奥，『不敢求同於前人』。而稱於『蒐羅詮釋，取合舍違』之事，以其『衰老精力弗能矣』。故此書之例，凡字義訓詁悉略之，惟解節旨、大意而已。如，解『離騷』之『離』，不泥於『遭罹』『别離』之義，乃以大意解之。以爲『孝子不得於親如窮人無所歸，忠臣亦然。惟其不忍離而不得不離，無所控訴，作此以告天下後世，明臣道之變，故以「離」名篇』云。其解《騷》，正緊扣在一『離』字之上。乃區分《離騷》凡四十四節，每節最少四言，或六言，或八言，或十言不等，而多至三十六言，參差錯落，蓋以意斷之矣。句中或注字音，悉出朱子《集注》，無甚新意，當可置之不論。惟其每節之『解』，自出機杼，則未可廢矣。如，解『修能』之爲『好學』，解『朝搴』『夕攬』之爲『勤學以致用』，解恐『遲暮』之爲『學成而事君』，解『道夫先路』之爲『致君於當道』，解『遵道而得路』『捷徑以窘步』之爲『陳善閉邪』，解『信讒而齌怒』一節爲『不同于群小而致君之怒』，解『飲露』『餐英』之爲『樂在其中，困窮不恤』，解『擥木根』以下爲『檢束細行』，解『時俗工巧』以下爲『狀黨人之態』，解『悔相道』一節爲『敘自放之由』，解『往觀四荒』之爲『隱居』『獨善迴思』，解『啓《九辯》』以下爲『皆陳重華之詞』，解上征求帝之爲『設言沖舉』，解卜氛問咸之爲『託占以言離也』，而解後篇遠逝西行之爲『歸結于重華，應前篇陳詞之意』。若類此者，皆饒有思致，固非『熟復之後，宛相告語』者所不能言矣。

四庫館臣稱，其『大旨深闢王逸以來「求女」譬「求君」之説，持論甚正』者，正其解之爲大異乎前人處，蓋亦其所創獲也。乃以求女爲諷諭懷、襄西迎秦婦之事，而

誅而自合爾乾隆辛酉新秋七十一叟小崖自叙

帝高陽之苗裔兮朕皇考曰伯庸攝提貞于孟陬（子侯反）兮惟庚寅吾以降皇覽揆余于初度兮肇錫余以嘉名名余曰正則兮字余曰靈均

首述其世系及始生之月日而命名命字鄭重之體也

紛吾既有此內美兮又重（直用反）之以修能扈江離與辟（僻同）芷兮紉（女陳反）秋蘭以爲佩

此言質美而好學也

離騷解

要在己之不得不『離』也。其於『三求女』一節解云：『此溯見疏見放、見遷之由，大段在争交鄰之失計。正言不得，故隱言之。蓋懷之結婚于秦，不智甚矣，襄又忘大仇而迎娶于秦。君臣醉夢如此，國事尚可爲耶？情不忍離而義不容以不離也。永離之根在此，特眩亂其詞以隱其意。白水、閬風在秦境外，故曰「反顧」仇地，不欲涉也。高邱，指秦言，雍地有建瓴之勢，閬風視下，不過一阜，故曰「高邱」。春宫，指襄言，瓊枝繼佩，兩美之合也。言列國即無可求，榮華方盛，公卿民庶之女皆可爲匹嫡也，何至求于虎狼之地乎？虙妃、娀女，必有所寄，鴆鳥、雄鳩，必有所指，不必鑿也。帝女、帝妃，極言攀援之荒謬。其曰「有虞二姚」，則望襄之能爲少康，不謂其竟忘不共也。懷既不明，襄復昏憒至此，此情抑不能發，此身安得而不離也乎？』又云：『要盟不反，重複求婚，所謂「理弱而謀拙」也。以仇讎而爲婚媾，懼不見聽，故曰「恐導言之不固」。總一嫉賢之心，遂致舉國無人如此。事君既蔽美而嫉妬，交鄰亦蔽美而稱惡，勢所必至矣。』又於『閨中既以』一節云：『閨中、哲王，兼指懷、襄而言，至此永無可爲之國事矣。此非一時之恨，終古之恨也。雖欲不離而不得也。玩此結束，

楚詞九歌解

顧成天小厓著

黃之雋唐堂閱

受業葉源宿河校對

東皇太一 舊本有祠字下諸篇同。太一神名天之尊神祠在楚東以配東帝故云東皇漢書云天神貴者太一太一佐曰五帝中宮天極星其一明者太一常居也淮南子曰太微者太一之庭紫宮者太一之居

吉日兮辰良穆將愉兮上皇

集注 日謂甲乙辰謂寅卯穆敬也愉樂也上皇謂東

豈是以求女比思君？』

案其解雖似自能圓之，成其一家，然覆審之亦不可通。上征求帝，既以致精靈於帝舜而『冲舉』，然求之不果而何以致意於求女以諷君迎秦婦耶？豈虙妃、娀女、有姚亦皆秦婦之倫耶？此失其上下相承之關節矣。宜乎立於通篇結撰之中以反觀求女之意，未可孤立節取之矣。蓋後半篇求帝、求女之事以及崑崙、白水、高邱、閬風諸地，皆非實有之事，實有之處，不過是屈子作賦所敷張之波瀾，不可泥之以實有也。館臣云：『詞賦之體與敘事不同，寄託之言與莊語不同，往往恍惚汗漫，翕張反覆，迴出於蹊徑之外，而曲終乃歸於本意。疏以訓詁，核以事實，則刻舟而求劍矣。《離騷》之末曰：「陟陞皇之赫戲兮，忽臨睨夫舊鄉。僕夫悲余馬懷兮，蜷局顧而不行。」即終之以亂曰云云，大意顯然。以前皆文章之波瀾也。不通觀其全篇，而句句字字，必求其人以實之，反詆古人之疎舛。是亦蘇軾所謂「作詩必此詩」也。』可謂中其肯綮矣。

顧氏考訂《離騷》之作時在頃襄之世，而於篇内探賾索隱，稽鈎證據。如，『願依彭咸之遺則』下解云：『此收結從前整躬事主，效忠無由，以致入秦不返，諱言之但願依彭咸及下文太息掩涕，則曉然矣。』又，『太息多艱』節解云：『此言襄王既嗣之後，予雖潔修自好，無意禄位，猶然抒悃而獻可替否也。』又，『怨靈修』一節解云：『前以「靈修」稱懷，此以「靈脩」稱襄，忠愛則同，而嫉妬亦同，兩相照應。』又，『鷙鳥不群』一節解云：『此言不用于懷，復不用于襄，雖抱悃忱，欲死直而無由也。』又，『反顧遊目』一節解云：『自標品格，必有激憤之處，子蘭所由短之，致襄怒遷，起下女嬃之詈。』又，『暾詞重華』下解云：『南征告舜，明是襄怒遷後語。』又，『西行遠逝』一節解云：『由西北而東南，痛懷不反，冀楚復興，惓惓言外，周流觀乎上下如此。』又，篇末解云：『前篇「願依彭咸之遺則」，在懷王時，第明致身之義耳。至襄而無可復望，則曰「將從彭咸之所居」。蓋守死善道之志決矣。』又云：『「依彭咸之遺則」，明志也，結懷世也。「從彭咸之所居」，遂志也，結襄世也。鋪敘隱然，頭尾顯然。』案：諸證之中，惟南征九嶷，陳詞帝舜一條，最可印證此篇之作宜遷於沅湘之後，即在頃襄之世矣。

顧氏解《騷》又重在論世以知人，或者據史實以深致之。如，解『路幽昧以險隘』云：『此便包着許多情事，如受詐絶齊，婦人謀國，皆幽昧險隘之案。』又，解『終不察夫民心』云：『入秦不反，民心必有義憤，舉朝盡喪，故曰「不察」。』案：雖不遑斷定是否爲屈子本意，然存之不廢爲增廣異聞矣。

又，釋『又何懷乎故都』云：『故都指郢都，言楚世都也。懷王二十一年，秦拔郢而楚徙陳，原望襄之恢復，至是更無望矣。』案：據《楚世家》，秦破郢而楚東遷陳者，在頃襄王二十一年，非懷王二十一年。朱子《集注》始誤爲『懷王二十一年』，顧亦有此誤。蓋因襲朱子而未覆檢《楚世家》之過矣。

卷二《九歌解》，成於康熙四十九年庚寅，早於《離騷解》三十二年。卷首有嚴文在作於雍正甲辰序、林令旭作於乾隆辛酉序、周彝作於康熙甲午序、黄之雋作於康熙癸巳序及顧氏作於康熙庚寅序。顧序力排漢、宋舊説，别開新面，乃云：『自《離騷》一篇而外，若《九章》則《騷》之照而注脚也。他如《天問》之故爲荒唐，《遠遊》之託爲元渺，尋其意緒，俱可沿故得新。唯《九歌》爲事神之詞，舊本於本題之下俱有「祠」字，後人去之。雖瑰瑀縹緲，不可方物，而實皆照題抒意，非即意命題。如，「太一」爲神之最尊，其文體則莊而不逸，麗而不流，但陳佩設歌舞之盛而已，不敢旁溢也。《雲中君》與《東君》稍殺焉。兩《司命》與人關切，則重寄其情矣。唯《河伯》越祀，而山鬼卑微，少涉於諧。《國殤》稱其武勇，《禮魂》頌其馨香，何嘗有一篇不切題者？而舊説但以不合于神爲不合于君，總以「隱寓忠愛」四字了之。他篇猶可，至于《湘君》《湘夫人》兩篇，誤解爲《離騷》求女之意，並爲一談，牢不可破。孰知《離騷》求女一則爲懷王之惑鄭袖，再則爲懷王之娶婦于秦，三則爲頃襄之迎婦于秦，第眩亂其辭以隱其意耳，未嘗以求女比思君也。況此事神而非寓言之比，豈有典册所載，皇皇聖配，而敢于狎侮若沿襲之解云云？」案：所謂『照題抒意，非意命題』云云，甚得屈子本旨。觀《九歌》諸篇，非字字句句以諷喻君臣之義。即便有之，亦出於不經意之中，不自來而來者矣。

《九歌解》之例，始列朱子《集注》，衹取其字義訓詁，而後於『解』下直陳己説，闡延大義。其所爲『解』，館臣稱『大抵以林雲銘《楚辭燈》爲藍本』，蓋非屬實。即以《東皇太一》《雲中君》兩篇爲例，解與林雲銘《楚辭燈》同者但一、二事而已。如，《東皇太一》『撫長劍兮玉珥，璆鏘鳴兮琳琅。』林注：『帶劍佩玉，整其服，以示迎神之敬。』而解云：『帶劍佩玉以致飭。』又，『五音紛兮繁會』，林注：『總上「揚枹」「拊鼓」三句。』解云：『曰「满堂」、曰「繁會」，總上文也。』而《雲中君》一篇則無一見，則他篇亦可以類推之也。『解』下多爲其所發明，時出勝義，斷非繩繩苟合者可比。如，解《東皇太一》『瑶席』云：『瑶席，席華而皖，美如瑶也。』解『浩倡』云：『倡，唱也，有引其聲者而後衆和之。』解『偃蹇』云：『舞態之舒也。』解《雲中君》『華采衣』云：『采衣若英，言繪爲采色，華若雲英，寫狀以依神也。』解『連蜷』云：『雲之曼衍卷舒貌。』解『帝服』云：『服，猶「兩服上襄」之服。』解『覽冀州』云：『獨言冀州者，溯高陽之遐軌，楚之先本于冀也。』解『横四海』云：『蓋即觸石而出，膚寸而合，不崇朝而遍天下之意。』若取引爲林説，必注明『林氏曰』。如《東君》一篇引用居多，解『心低佪』引林氏云：『日將升時，必盤旋良久而後忽上。』解『杳冥冥』引林氏云：『日入而登高，方得追送微光，從此後杳無所見，以日又從地下向東行也。』類此者，全篇亦僅八、九事而已，則不可因此篇而斷全篇皆『以林雲銘《楚辭燈》爲藍本』也。

於《九歌》十一篇而所以名『九』者，顧氏則稱，『《湘君》《湘夫人》意必竝祀，故篇雖有二，而意則聯屬。前曰「夕弭節兮北渚」也，而此即曰「帝子降兮北渚」也。蓋湘君之後即以夫人繼之，兩歌如一歌，無可疑者。至歌《大司命》之後，《少司命》即繼之，兩歌亦如一歌。故篇有十一，而總曰「九歌」也」。則以《湘君》《湘夫人》爲一歌，《大司命》《少司命》爲一歌。並『十一』歌爲『九』，正合《九歌》之數。其説與蔣驥《山帶閣注楚辭》同，而與林西仲置《國殤》《禮魂》二篇之於十一篇外者異矣。又，解《湘君》『君不行』云：『君，謂舜也。吾，湘君自吾也……此託爲《湘君》思舜之詞也。』解『邅道洞庭』云：『言望舜不來而回舟征北也。舜崩于蒼梧之野，二妃死于江湘之間。湘，即沅湘。江，謂岷江也。南北相距千餘里，後人即死處以建祠在長沙之地、洞庭之濱，故曰「駕飛龍兮北征，邅吾道兮洞庭」也。』解《湘夫人》『沅有芷』一節云：『沅芷澧蘭，以比湘君及己也……在湘君則曰：「女嬋媛兮爲余太息，横流涕兮潺湲，隱思君兮陫側。」而夫人則曰：「思公子兮未敢言，荒忽兮遠望，觀流水兮潺湲。」蓋湘君欲引爲齊眉，而夫人不敢當妃匹也。』類此説解，皆林氏《楚辭燈》無涉，尤非據林氏『以穿鑿附會』也。

顧氏援據以民俗以解二《湘》者，蓋於古爲一人耳。云：『余浮洞庭，涉瀟湘，身履蒼梧之境，見其俗猶尚鬼而好巫。每事神，則女子數十作群，連袂而歌。所執音器，亦與時俗之褻迴別。絶不可聽，而其聲嗚嗚曼引，頗有繞梁之韻。畢而詢其辭，都鄙俚難曉。細繹之，率皆爲神意中語，而末歸於歆享也。吾鄉僻居海濱，人家禱祀，悉用道士，設疏通誠，三獻而止。謟瀆之中，猶有先王之禮焉。至于郡邑各鎮，別有「太保」。所謂「太保」者，意即古之所謂「靈保」也。二、三爲偶，敲鼓唱拜，徹宵達旦。言神之本末出處，穢褻不經，謂之贊神。神其有知，其不受享而威怒也必矣。然祀之之後，憂者以喜，病者以愈，莫不曰神之福我。雖福不福未可知，然人心之靈，即鬼神也。何以翕然相向若是？既而思之，無惑也。凡事之沿爲俗者，未有不本于古。此真吴楚之舊風也，神之耳熟也久矣，雖聽之弗怪也。故嘗竊意《九歌》樂章，必國典所載。從前定多誕率嫚侮，原時因而正之，使一歸雅馴。』案：王逸云：『昔楚國南郢之邑、沅湘之間，其俗信鬼而好祀，其祠必作歌樂鼓舞以樂諸神。屈原放逐，竄伏其域，懷憂苦毒，愁思怫鬱，出見俗人祭祀之禮，歌舞之樂，其詞鄙陋，因爲作《九歌》之曲。』則與漢師之説，若桴鼓之相應於千年之後矣。

雖然，牽强曲附之説，固亦未能免。如解《湘夫人》『帝子』云：『謂湘君也……稱湘君以帝子，自卑之甚也。』蓋不知古世男女皆可稱『子』『公子』也。館臣舉例斥之云：『至於每篇所解……如《河伯篇》云：「九河，屬韓、魏之境，而崑崙在秦之墟。韓、魏不能蔽秦而東，諸侯始無寧日。「與女遊兮九河」，武關之要盟也。「衝風起兮横波」，伏兵之劫行也。「登崑崙兮四望」，留秦而不返也。「靈何爲兮水中」，朝章臺如藩臣，不與抗禮也。「與女遊兮河渚，流澌紛兮來下」，冬卒而春歸其喪也。則全歸之於懷王。又《山鬼篇》云：「楚襄王遊雲夢，夢一婦人名曰瑶姬。通篇詞意，似指此事。」則又歸之於巫山神女。屈原本旨，豈其然乎？』無中生有，則於斯亦可見矣。

卷三《讀騷列論》，不知作於何時。舉凡於屈子之死、《九章》《天問》《卜居》《漁父》、二《招》諸篇中之疑難問題並聚訟之端，皆所論列之，蓋其畢生研討《楚辭》全部精義之所在。

顧氏首闢朱子『屈原之忠忠而過者』之説，以爲『主憂臣辱，主辱臣死，主不令終而臣當何如哉？入秦不反之後，宜死者不獨一原，而忠愛所結，時事既無可爲。身殉之外，别無長策。然則彭咸一席，實天造地設矣』。案：屈子殞身自沈，乃古今第一難題，至今猶未白。然固非『忠愛』二字可了。『入秦不反之後，宜死不獨一原』，而『忠愛』者，舉楚國之内，亦非獨一原。死與不死，當由原之個性使然。惜顧淺談輒止，僅限於『忠愛』之上而未及深入於其人、其情、其性諸端矣。

顧氏又云：『世多誤認龍門一傳爲張本，謂《離騷》爲懷王時作。非也。同列之見忌，得失瑣細，何足與于憂愁幽思之數，而自誓一死于數年之前乎？且傳文明曰「疏」耳，「絀」耳，未嘗言放。故釋儀則諫，入秦則諫，固在左右也。原之放，放于頃襄而不放于懷王。《離騷》之作，作于頃襄既立之後，而不作于懷王在位之年。』案：其説自成一家，且與《離騷解》相互照應、補充。至於具體作時，又以『《騷》之作作于放，《涉江》《哀郢》作于遷，《懷沙》作于畢命之際』云。蓋在頃襄三年前後也。

顧氏論《涉江》《哀郢》二篇，以考釋路徑、地理最悉稱，云：『「哀南夷之莫吾知兮，旦余將濟乎江湘」。此言由郢都而至江湘，是南行也。南夷，謂江湘以南。豈有指君國之理？曰：「步余馬兮山臯，邸余車兮方林。」此言由陸路而至長沙也。曰：「乘舲船余上沅兮，齊吴榜以擊汰。」此言由水路而上沅湘也。湘水自南而下，故有不似湘江水北流之句，所以謂之「上沅」。曰：「入漵浦余儃佪兮，迷不知吾所如。」此言由湘水而入支流，至于遷所也。』案：其考釋屈子南遷路徑，大致可信。然又云：『《哀郢》《涉江》是一時作，《哀郢》宜在前，《涉江》宜在後。《哀郢》作于將涉江之時，《涉江》作于既涉江之後。自「發郢都而去閭兮」至「焉洋洋而爲客」。是言初放漢北，去郢已遠。「將運舟而下浮兮，上洞庭而下江」。是言從漢水而出，下于大江，又從洞庭而上，下于湘江也。「背夏浦而西思兮，哀郢都之日遠」。言今放在江南，去郢都愈遠也。「曾不知夏之爲邱兮，孰兩東門之可蕪」。夏，夏口也，即今漢口也。可蕪，猶言蕪否？言自今南渡而後，夏水轉爲邱墟，曾不能知矣，孰是郢都之蕪否？而又能顧耶？「唯郢路之遼遠兮，江與夏之不可涉」。此言不徒去郢遠，並去江夏亦遠，以申上文意也。』案：以『《哀郢》作于將涉江之時，《涉江》作于既涉江之後』者，是也。然《哀郢》路徑，自郢始發，順江、夏而東下，未嘗至漢北也。『夏之爲丘』之夏，尤不當爲夏口。舊釋大厦，不可移易。屈子東行，經洞庭。以洞庭之水勢自南而北，故『入洞庭』曰『上』。夏浦，夏水之浦也，非今漢口。『過夏浦』，則已東下也。終至鄂渚而止。

而《涉江》自鄂渚始而南行也。故其釋《哀郢》路徑，多不可通。

至於二《招》，顧氏既從林西仲皆定爲屈子所作，而又不從其『以《招魂》爲自招，《大招》爲招君』之説，『以爲《招魂》《大招》皆所以招懷王也。《招魂》作于歸喪之時，《大招》作于入廟之日』。《招魂》終曰『魂兮歸來哀江南』，是『言骸骨雖歸而國是愈非也。《大招》則賢者而後樂此之意。然《大招》《招魂》雖同一機軸，却是兩樣筆墨』。案：説雖牽合，似不廢多聞博識之意，而未可一概而斥之好奇。

惟以『《惜誦》《惜往日》二篇爲僞託，定爲河、洛間人所作。謂《卜居》亦爲僞託，定爲戰國人所作。謂漁父即莊周』。館臣斥之以『武斷』，當也。而《思美人》託玄鳥而致詞句，謂『因張儀生出鳥字，因商於生出元鳥字』。其説悉似夢囈，未知所云。又，謂『《抽思篇》曰：「理弱而媒不通兮，尚不知余之從容。」兹篇（《懷沙》）又曰：「重華不可遻兮，孰知余之從容。」兩提「從容」二字，豈漫然哉？深明其有怨思而無忿懟也。明良合而都俞吁咈，其爲從容也易知，君臣暌而悼歎咨嗟，其爲從容也難辨』。案：顧氏蓋以『從容』爲舒緩不迫之意。非也。王逸注《懷沙》：『從容，舉動也。』又注《抽思》曰『所欲』，則亦舉動之意。王引之《經義述聞》卷三十一《通説》『從容』條：『從容有二義：一訓爲舒緩，一訓爲舉動。其訓爲舉動者，字書、韻書皆不載其義，今略引諸書以證明之。《九章·抽思篇》曰：「理弱而媒不通兮，尚不知余之從容。」《哀時命》曰：「世嫉妬而蔽賢兮，孰知余之從容。」此皆謂己之舉動，非世俗所能知，與《懷沙》同意。《後漢書·馮衍傳·顯志賦》曰：「惟吾志之所庶兮，固與俗其不同；既俶儻而高引兮，願觀其從容。」此亦謂舉動不同於俗。李賢注：「從容，猶在後也。」失之。又案：《中庸》曰：「誠者不勉而中，不思而得，從容中道，聖人也。」從容中道，謂一舉一動，莫不中道。猶云「動容周旋中禮也」。《韓詩外傳》曰：「動作中道，從容得禮。」《漢書·董仲舒傳》曰：「動作應禮，從容中道。」王褒《四子講德論》曰：「動作有應，從容得度。」此皆從容、動作相對爲文。《中庸·正義》曰：「從容閒暇，而自中乎道。」失之。《緇衣》曰：「長民者衣服不貳，從容有常。」引《都人士》之詩曰：「彼都人士，狐裘黄黄；其容不改，出言有章。」從容與衣服相對爲文，「狐裘黄黄」，衣服不貳也；「其容不改」，從容有常也。《正義》以從容爲舉動，得之。《都人士序》曰：「古者長民者衣服不貳，從容有常。」義與《緇衣》同。《鄭箋》以從容爲休燕。失之。《大戴禮·文王官人篇》曰：「言行亟變，從容謬易，好惡無常，行身不類。」從容與言行相對爲文。從容謬易，謂舉動反覆也。盧辯注云：「安然反覆。」失之。《墨子·非樂篇》：「食飲不美，面目顔色，不足視也；衣服不美，身體從容，不足觀也。」《莊子·田子方篇》曰：「進退一成規，一成矩，從容一若龍，一若虎。」《楚辭·悲回風》：「寤從容以周流兮。」傅毅《舞賦》曰：「形態和，神意協，從容得，志不劫。」《漢書·翟方進傳》曰：「方進伺記陳慶之從容語言，以詆欺成罪。」此皆昔人謂舉動爲從容之證。』據其説可糾顧氏之謬誤矣。

《離騷解》《九歌解》《讀騷列論》原各自獨立成書，皆刻於乾隆六年辛酉。後合爲一編，國家圖書館有藏本。（黄靈庚）

# 屈騷指掌

《屈騷指掌》者，清胡文英之所作也。文英字質餘，號繩崖，江蘇武進人。乾隆十七年壬申遊宦於端州，餘皆不可考。博覽廣識，尤精於《詩經》學。著有《詩疏補遺》五卷、《詩經逢源》十卷、《詩疑義釋》二卷、《補王應麟詩考》二卷及《莊子獨見》三十三卷、《吴下方言考》十二卷。除《方言考》及是書外，惜餘皆散佚未傳。

是書大略以朱子《集注》爲藍本，凡四卷：卷一《離騷》，卷二《九歌》《天問》，卷三《九章》，卷四《遠遊》《卜居》《漁父》《招魂》《大招》。胡氏據班《志》『屈賦二十五篇』，以爲《九歌》二《湘》、二《司命》分别祇作一篇，『皆合廟分獻也』。《招魂》《大招》二篇亦屈子所作，『故第名之曰《屈騷》』云。首有王鳴盛序、自序及《凡例》十二條。王序於是書揄揚之不置，稱『手自鈔撮，爲之解誼。食貧居賤，東西遊走，輒攜行篋中，採剟修改至三、四過……于地理名物考索最精，不爲空言疏釋，而騷人之旨趣自出其有刊落舊説，别曁新義者，蓋必稽之往籍，按之目驗，而後著之未嘗苟駁前師，譎辭脞説以相詆訐。從來屈注，當以此爲第一家，質餘洵所謂好學深思、多聞博物之君子矣』。自序亦云『注屈《騷》最久』，前後達『二十五年』，見其用力之勤矣。

胡氏於屈賦二十五篇所作之時地，凡『于隱躍有據者，分注其時地于各篇之下』，而仍『依王逸本先後次序，蓋亦慎而闕疑之意』云。則見謹慎如是。而是耶非耶，宜亦分别論撰之。

稱《離騷》爲『初被疏放時回秭歸故居所作』。

案：蓋篇内曰『女嬃之嬋媛兮』，注云：『嬃，原姊名。聞原被放而歸視之，故歸州以此得名。又名其鄉曰「秭歸鄉」，後賢立廟于鄉祀之，離屈原故宅不遠。』然考是説也，乃後世因袁山松『屈原有賢姊，聞原放逐，亦來歸，喻令自寬全；鄉人冀其見從，因名曰秭歸。縣北有原故宅，宅之東北有女須廟，擣衣石猶存』云云而附會之。秭歸之名，因夔子國也。《春秋經》僖公二十六年：『楚人滅夔，以夔子歸。』杜注：『夔，楚同姓國，今建平秭歸縣。』夔、歸，古字通用。其地名秭歸，非因女嬃之歸也。《新蔡葛陵楚墓》：『及江、漢、沮、漳，延至於澨。』澨，亦即歸也。《騷》之作時，大抵《離騷》作于『放逐』江南之後，若王樹柟所稱，『在懷王入秦、頃襄將立之時』是也。果如其説，則篇内『濟沅湘』、就九疑陳詞帝舜之祠，便無著落矣。





屈騷指掌卷一

武進胡文英繩崖注

離騷 離騷先述祖父中及其姊末曰國無人玩其嚴整應是初被疏放時回秭歸故居所作秭歸即今宜昌府歸州

帝高陽之苗裔兮朕皇考曰伯庸。左傳僖二十六年夔子不祀祝融秋楚子滅夔蓋夔與楚皆祝融之後實顓頊高陽氏之後也楚武王子屈瑕受屈地爲卿子孫因得屈姓原即其後故與楚爲宗卿也皇考父也曲禮父曰皇考伯庸五臣注云原父名洪氏以爲原父字不知古有顯親揚名而無顯親揚字也且禮臨文不諱 攝提貞于孟陬兮惟庚寅吾以降。庸降古通韻。爾雅釋歲歲在寅曰攝提稱《九歌》是『祭之所有九，故謂之「九歌」』。而合二《湘》、二《司命》各爲一篇，以湊合『九』之數。又謂『内惟《東皇太一》《國殤》《禮魂》三篇無寓意，《雲中君》《東君》二篇，正説祭祀，略有寓意，餘六篇，則借祭神而寫其離合之思，期望之意』。以湘君爲湘山之神，以湘夫人爲天帝之女，處湘江而爲水神。以河伯爲河神，『楚自威王滅越之後，掠地至魯，皆屬楚境，故濱河土俗祀之。屈子過之，因爲作樂章』。案：歌之名曰『九』，似與九之定數不類。九者，丩也，龍也。《九歌》，本夏后氏祭祖之歌，所以歌禹德也。行於沅湘之間之《九歌》，因於夏桀敗走蒼梧而傳入之，而屈子又因沅湘《九歌》而更定其詞。故原之作《九歌》，類後世之藉樂府歌行之名者也。《九歌》之有十一篇或九篇，皆與『九』字無關。胡氏合二《湘》、二《司命》各爲一篇，亦是削足適履耳。《九歌》所以樂神，而寄寓之意在乎不經意間，故聚訟紛如，莫衷一是，胡氏蓋其一家言矣。又，楚俗不祭河，《九歌》所以有《河伯》章，是存夏禮矣。

稱《天問》『皆鬱極無聊，搔首問天之語。王逸謂天尊不可問，非也。戰國時，百家雜説繁稱已盛，屈子借以抒憤，不必古來盡有是事也』。案：胡氏此説，甚爲獨到。《天問》所問，確與當時百家諸子學術大有關係。蓋天地之所由生，陰陽之所以化，洪水之所以平，萬物之所以興，三代之所以興衰，人事之所以交替，凡宇宙間一切奇奇怪怪之事，紛紛紜紜之人，皆人之所困惑不解矣。孔、老、墨、楊、孟及鄒衍等皆各逞其智，著書立説，以探其藴奥。若出土楚簡《亙先》《萬物流型》皆屬此類，而屈子《天問》亦是一家矣。然屈子以發『問』爲之，中其所見而舒其所憤，釋其所疑。是以《天問》之所作，洵如胡氏所言，『不必古來盡有是事』矣。至於此篇所作時地，胡氏未有説。王逸以爲入宗廟呵壁畫而作，蓋原依據，於今不可知矣。或者作於屈子使齊間，聞稷下所言，歸後藉呵壁畫而作是篇以詰難之耶？

稱『《九章》之作，非作于一處一時』，而於九篇所作時地皆詳述之。謂《惜誦》『繼《離騷》後所作，玩其中云「儃佪干傺」，末云「曾思遠身」，大約自郢都將往江南時作也』。謂《涉江》『由今湖北至湖南途中所作，若後人述征行紀行之作也。按屈子由今之武昌府啓行，將濟臨湘縣江，故曰「將濟江湘」。不忘郢都，登武昌高處以望荆州府，則爲「反顧」矣，故曰「乘鄂渚而反顧」。由武昌之通山縣、崇陽縣、通城縣，至岳州府之臨湘縣渡江，至方臺山，舍車就舟，故曰「邸車方林」。由方林乘舟［泝］（泝）沅江而上，故曰「乘舲上沅」。經過常德府城南枉山陼，故曰「朝發枉陼」。由枉陼窮沅水而上，即爲辰州府城西南，故曰「夕宿辰陽」。由城西南入溆浦縣溪河，故曰「入溆浦余儃佪」。然玩末句「忽乎吾將行」，則溆浦仍屬過徑也』。《哀郢》爲『懷王將入秦，遷屈子于岳州時所作也』。謂《抽思》《思美人》二篇皆『作于今之江南』。謂《懷沙》『作于頃襄王怒而遷之之後，安于一死，故絶無冀望追憶之情。但其言曰「浩浩沅湘，分流汨兮」，則其猶未至于湘陰之地，而作于長沙，故名曰「懷沙」。然則何以有「北次」之言？蓋原之爲計審矣。王若不爲已甚，則死亦無益。王若急之，則汨羅之計，持之熟矣，而豫期死于此者。志稱汨羅山水明浄，異于常處，屈子久已擇爲致命遂志之所。史公所稱「雖死不肯自踈，不容葬此身于污淖之中」，所以自全其志者，豈旦夕之故哉』。謂《惜往日》是『垂死之音，作于今之湖南者』。謂《橘頌》是『賦物之祖也。寓意分明，與《荀子》諸賦競爽，未知作于何地』。謂《悲回風》『作于郢都，中所有之境，如聽潮水，從江淮，似爲今江南地。然細玩之，皆寓言也。屈子被疎之後，黨人謀復逐屈子，必先謀去屈子所樹之賢人。己既被嫌而不敢言，又不忍見此昏濁之象，故爲無聊之言以自託。始曰「悲回風之摇蕙」，即《離騷》樹蕙百畝，而今見其受侮如此也。末曰「吾惜往昔之所冀」，即《離騷》「冀枝葉之峻茂」，而今見其摧折如此，而將來更有可畏也』。

案：胡氏所考，蓋亦成其一家矣。然細審之，猶有諸多不密處。若謂《抽思》《思美人》二篇皆『作于今之江南』，則《抽思》曰『有鳥自南兮，来集漢北』，《思美人》曰『指嶓冢之西隈與纁黄以爲期』，『吾將蕩志而愉樂遵江夏以娱憂』，漢北、嶓冢、江夏，皆不在江南，則無以彌綸其説矣。又謂《惜誦》『自郢都將往江南時作』，不知其所據。案是篇詞氣，發憤疾讒，『恐情質之不信兮，故重著以自明』而作是篇，蓋在初見疏懷王時之心態矣。

稱《遠遊》『作于今之江南，繼《惜誦》而作也』。案：非是。胡氏蓋《惜誦》末『願曾思而遠身』，於是以爲將有遠遊四方之行。而不審『遠身』者，即自疏而退處其父封邑，即漢北之庸也。上篇曰『惟天地之無窮兮，哀人生之長勤』。長勤者，猶多艱也。説者或以是篇即《離騷》末段西行遠逝之續篇，藉以抒其殷憂者，蓋是已。篇末『與泰初而爲鄰』，乃誓死絶望之詞，與《騷》『吾將從彭咸之所居』同。

稱《卜居》之作，『當懷王時，在郢都作也，故有太卜之官及事婦人語。然則何以曰「放」？蓋始在國中任政，後出爲都，無事則不能見君，有似于放，故曰「放」也。未嘗去位爲民也，若已去位爲民，則不得見，乃其理也。何庸「卜」乎？且曰「讒人高張，賢士無名」，不過爲蔽障于讒而藉以抒憤耳』。案：是篇首句明言『屈原既放，三年不得復見』，作於既放三年以後矣。篇中『太卜』之官詹尹，乃設爲託寓之人，不必坐實而見其有無也。『事婦人』者，是諷刺鄭袖之詞，然謂必在郢中時所有之語，則亦牽合矣。屈子之放，在頃襄王改元之初，是篇蓋作於頃襄王三年後也。《哀郢》『九年不復』，則在頃襄王十二年矣。

稱《漁父》『作于荆沔之間，故漁父雖隱士，猶得而識之也』，篇末附《滄浪水考》。案：史遷採是篇於《屈原列傳》，載屈子見漁父在『頃襄怒而遷之』之後，且與《懷沙》相繫連，則作於頃襄遷于江南之時矣。叔逸編次於《卜居》後，應爲有識。若『作于荆沔之間』，則宜在懷王之時。胡氏《滄浪水考》，以爲『即今澤口所通長湖地爲滄浪水，在沔陽之南，江陵之北』。而不審漁父所歌，乃古之謡諺，非其所創，故歌詞所記地名，亦非必與屈子相遇之實録矣。

稱《招魂》『懷王時作于今之江南。故其言曰「路貫廬江兮左長薄」，言汨然南歸郢都，由是而穿出廬江之地，不覺大薄長洲之地已在吾之左，而脱離于此。故遥望甚廣，見懷王田獵之盛，而已將飛步及之，與課後先。所謂不忘欲返也。生人招魂，吴楚風俗有之。諺謂之「叫魂」，精神恍惚者皆用之。故曰「魂魄離散」、杜詩「剪紙招我魂」是也』。篇末附其《雲夢澤考》。案：改是編爲屈子所作，明、清注家多有是説，惟據史遷《傳贊》『余讀《離騷》《天問》《招魂》《哀郢》，悲其志』云云，而不審史遷但謂讀《招魂》而『悲其志』，未嘗言《招魂》爲原所作也。夫讀原所作可『悲其志』，讀宋玉所作亦可以『悲其志』。叔師以此篇爲宋玉所作，當必有據。若無堅實之證，未可輕薄叔師舊説。叔師以玉招其師屈子之魂，而曰『魂魄放佚，厥命將落』，則以爲屈子生魂矣。首段『長離殃而愁苦』，蓋述屈子放流、憂苦近死之狀也。末段述玉伴君遊獵之樂，而『目極千里』，忽遥思放於江南之屈子，故曰『傷春心』『哀江南』矣。若謂屈子自招，則遊獵一段不可解矣。説者或謂招楚懷亡魂，則歸之郢都可矣，何以曰『魂兮歸來哀江南』耶？又，《雲夢澤考》『雲夢澤夾跨漢江，漢江北之竟陵爲雲，漢江南之沔陽、潛江爲夢』云云，以破酈道元、郭景純之謬。其説誠確矣。

稱《大招》『作于今之湖南。聞懷王已死，而招其魂也』。案：非是。《大招》之作，叔師以『疑不能明』，故附置之篇末爲第十六。且用韻、用詞，多見漢世以後音義，斷非屈子所作。

胡氏《凡例》稱，『于此書，讀時甚多，解時甚少，記誦更絶不繫心，是以與古詩樂府互爲流環沈鬱，俯仰吟嘯』云云，則其所用心，不在乎耿耿於字義訓詁，崇尚考據，意在涵濡諷詠，探求屈子言外之旨，是所謂『空言疏釋而騷人之旨趣自出』矣。如：《離騷》『恐美人之遲暮』云：『美人，謂君也。古詩：「陽春布德澤，萬物生光輝。常恐秋節至，焜黄華葉衰。」蓋精華一謝，努力亦無及矣。臣子愛君以德，不當若是乎？』又，『黨人』云：『蓋上官欲讒原，必先與左右近臣互相糾結，及進讒之時，懷王亦必詢其真僞，而小人共文致其罪，故曰黨人。若漢唐宋明以小人而目君子爲黨，夫亦變白爲黑，愈出愈工，而君子幾無自全之術矣。』又，『冀枝葉』云：『此喻己平日培植人材之多，將以爲國家之用也。夫爲政之要，莫急于人材，伊、周之佐君，不過如是，而屈子已見及之。豈若世之高言經濟，而于人材漠不經心，至于孔亟之時，倉皇自斃，而無一人之足恃者哉。』又，『雖萎絶』云：『萎絶何傷，餓死事小也。衆芳蕪穢，失節事大也。』又，『貪婪』云：『婪，貪之盡也。靳尚楚臣，而敢受敵國之賄，則其于本國，貪婪可知矣。』又，『老冉冉』云：『君子疾没世之無稱，蓋必須實有功于民物，方能不朽，故世之未嘗聞道，而託于隱遁者之所以爲純盜虚聲也。不然，聖賢豈不知自逸而顧爲此汲汲哉。』又，『余不忍爲』云：『第曰不肯爲，不能爲，猶屬有强制。曰「不忍爲」，則三代直道，根心而然矣。』又，『鮌婞直』云：『鮌蓋才長而量不足者，觀祀典與舜勤衆事並舉，屈子屢以自況，亦可想見其爲人矣。』又，『紛總總』云：『飄風雲霓交相爲蔽之象也。太白詩「總爲浮雲能蔽日，長安不見使人愁」。即此意也。』胡氏以乘鷖上征爲求賢之喻，而『高丘無女』云：『喻君側之無賢人。蘇長公詞「瓊樓玉宇，高處不勝寒」。亦此意也。』又，『二姚』云：『有虞二姚，中興夏室者。虙妃，帝者之祥。有娀，王者之祥。二姚中興，霸者之祥。《易》：「妻道也，臣道也。」故屢以賢女喻賢臣。』又，『鵜鴂先鳴』云：『鵜鴂子規也。恒以三四月啼，其聲悲感，聽之使人百事皆隳，精神懈怠。此鳥一啼，春芳盡歇。喻小人功利之説既行，則士氣不振也。是時張儀猶未至楚，屈子已逆畏其有是説矣，國之存亡，争此髮間，安得不三致意哉。』《湘君》『杜若』云：『其根名當歸。古詩：「客行雖云樂，不如早旋歸。」古人多以客行喻失性，還歸爲返本，則遺之當歸，亦望君改過之意耳。』《湘夫人》『麋何爲』云：『二句皆借喻之辭，麋至于庭中，則以神不來而虚無人焉故也。蛟滯于水裔，則以神不惠而莫能興雲雨也。昔伍員歎麋鹿遊姑蘇之臺，楚何爲而蹈其覆轍？蛟龍失水，則蟻能苦之，何爲而罹此不祥？感慨無端，非一言之可盡，亦觸緒以增悲而已。』《天問》『伯强』云：『《後漢書》：「强梁祖門，共食磔死寄生。」是强梁所以消不祥也。指而問之者，以楚之頽敗如是莫有救者，則伯强之驅厲，與惠氣之順物，皆虚語耳。』又，『何所不死』云：『小人與君子同歸于盡，非小人獨不死也，人亦何苦爲小人哉。』又，『妹嬉』云：『憤鄭袖之惡而借以反之，非謂湯殛之爲不當也。』又，『堯不姚告』云：『懷襄于屈子，不猶瞽瞍之于舜乎？』又，『殷有惑婦』云：『以妲己比鄭袖，憤之甚而反言以詰之也。』《惜誦》『擣木蘭』云：『明楊溥在獄十年讀書，古人雖患難顛沛，不離學問。屈子「擣木蘭」以下，正患難中學問也。』《涉江》『奇服』云：『以奇服喻懿行。服，被服，猶云佩也，包下冠劍雜佩諸物而言。以宋玉之不敢直諫，猶曰「瑰意琦行，世俗不知」，則不但世俗怪屈子之奇，屈子亦自覺其異于俗矣。』又，『與重華遊』云：『屈子于《離騷》中，始則曰「就重華而陳詞」，末則曰「奏九歌而舞韶」，此則曰「與重華遊兮瑶之圃」，則屈子之生平，所得力而可見諸行事者，亦可想見矣。』《哀郢》『哀見君而不再得』云：『此應是諫入秦之後被逐，屈子亦知懷王之必死于虎狼之秦，而無相見之期矣。』《思美人》『指嶓冢之西隈』云：『嶓冢西隈，秦地也。纁黄爲期，即「黄昏爲期」之意。蓋屈子本與懷王密謀圖秦，故與齊同盟，王甚任之也。今復言之，思行其初志也。』《悲回風》『聞省想』云：『「聞省想而不可得」，孤子，放子苦境也。省，君之省察聞于己；想，己之想像聞于君。』案以上皆抉發微意，足見其思致之處矣。

胡氏《凡例》稱，『于書中鳥獸草木必聞見確切，曲釋其形，並考南北土名』，是所謂『必稽之往籍，按之目驗而後著』者也。見其用功之深，致力之鉅。如，《離騷》『江離與辟芷』云：『江離，江南俗名離香草。芷，一名澤蘭，根白如雪，葉如鳳仙花，對節而生。大者三歧，頂上開小紫花如米，通體皆香，郢中産。』又，『木蘭』云：『木蘭，一名樹蘭，小者數尺，高者數丈，皮細于木犀，葉亦相似，花小而香，閩粤人以之和烟草，名蘭花烟。』又，『申椒』云：『申地所産之椒。』又，『菌桂』云：『即今之肉桂，葉如柿而狹長，枝榦稠直，皮色如西北方之白楊。』又，『荃』云：『芳草，與萱草相似，此以芳草喻君也。』又，『木根』云：『木蘭之根也。』又，『鷙鳥』云：『鷙鳥，雕也，即鷹隼之類。《毛詩傳》：「雕，夫不，一宿之鳥。」夫不，夫不與婦同宿。一宿，獨宿也。前世，古来也。喻己之剛鷙，故不入群也。』又，『資菉葹』云：『菉，王芻也，楚名淡竹葉，又名竹葉菜，豫名菉草，秦名翠蛾兒，吴名水淡竹。』又，『藑茅』云：『著茅也。一名絲茅，似蘭而狹，長三四尺，赤葉無中莖，郢中産。《爾雅》：「葍，藑茅。」即此物也。』又，『筳篿』云：『寸折爲筳篿，布策也。《周易》策字從竹，可以類推。楚中或折草，折竹，折木枝，折炷香，信手布卦，以占吉凶。靈氛善占者，檀默齋云：「藑茅折草以卜，俗云搯茅卦是也。筳篿，擲珓以卜，俗云討筶子是也。珓或用木，或判竹，或以蜃蚌，各隨風土用之，故字或从玉、从竹。」』《湘夫人》『白蘋』云：『蘋草有青白二種，青蘋草似香附，生楚北平地。白蘋草似蔗草，生楚南湖濱。』《天問》『鯪魚』云：『《海外西經》：「龍魚陵居在其北，狀如狸。即有神聖，乘此以行九野。」又，《六書故》：「鯪，當作陵。」是鯪魚，即陵居之魚也。問今尚有此可乘之魚乎？』又，『采薇』云：『薇，野菜，俗名金剛藤，形極似蕨有粘涎者，楚人名鮎魚鬚，其爽者名黄鰊鬚，瀹之可食。北方曰龍鬚菜，滇中曰萆薢菜。』《涉江》『露申』云：『露申花，今名夜來香。』《思美人》『萹薄』云：『萹，即今之萹豆。《爾雅》：「萹，苻止。」又：「荅，接余，其葉苻。」蓋苻，草付也。接余，如人以掌付物，欲人來接余之物也。荅與萹，其葉皆圓如掌，荅葉在水流動，其付似欲人接，故曰接余。萹葉付物難動，故其付止于此也。薄，薄荷也。《本草》以菝蔄爲薄荷。誤也。菝蔄草，莖如馬齒莧而欠赤，葉如柳而嫩，開小白花，可以治癬，楚亦産之。此以萹薄雜菜，喻縱横雜説也。』《悲回風》『故荼薺』云：『荼，苦菜，吴名蒲公英，楚名苦菜，根似野萵苣。又，野萵苣、油菜，俱名苦菜。薺，即今之薺菜，郢中名蕨蒾菜，味甜。』

胡氏《凡例》稱，『兩涉楚南，三留楚北，詢之耆宿，按之衆圖，繹之屈子之書，髣髴之所涉，得什一于千萬』云云，於屈賦地理甚爲用心，躬自實地考察，明其原委，且通以今名，蓋古今一人耳。如，《離騷》『沅湘』云：『二水名。沅江發源貴州，經沅州府、辰州府，至常德府，入洞庭湖。湘水發源廣西，經永州府、衡州府，至長沙府，入洞庭湖。水本二而合言之者，猶《禹貢》「岷嶓既藝」之義也。』《涉江》『南夷』云：『自楚南以迄粵東西，皆在郢都之南，重華卒于粵西，故承上而言南夷豈能知我？然今將濟江湘而就之，寧不哀哉。觀下文「哀吾生之無樂兮，幽獨處于山中」可見。舊注謂屈子斥楚爲南夷，誤于未識地形故也。』又，『枉陼』『辰陽』云：『枉山在常德府城南，又府城東門外有屈子廟，廟前有招屈亭，劉禹錫詩「昔日居鄰招屈亭」是也。辰陽，即今辰州府之南。』又，『漵浦』云：『在今辰州府，今有屈子昭靈祠。』《哀郢》『東遷』云：『東遷，由今之草市長湖下漢江，至武昌，皆向東行也。或曰屈子何以不由荆江，出荆河口，過洞庭，至岳州府，豈不甚便，而爲此遠道也？曰：荆江險而難行，故人多由漢江也。或曰屈子何以不由虎渡口，至長沙，下岳州，不更便而穩乎？曰：虎渡口，須四月水長，方可行舟，仲春無水，不得行也。』又，『當陵陽』云：『陵陽，巴陵之陽也，前云「上洞庭」是也。焉至，何時而至也。』《岳陽風土記》：「屈原故宅在巴陵縣城南。」』案：蔣驥以陵陽爲安徽池州陵陽山，不若胡氏是説允當。《懷沙》『北次』云：『汨羅水在湘陰縣北七十里，由湘陰至汨羅，則爲北次。』

胡氏《凡例》稱，『屈賦中多有錯簡，緣古者竹帛分裂，師承各異，遂失正定』云云，故於校訂傳本錯簡，釐正文字訛誤，不遺餘力，特舉其犖犖可觀者。如，《離騷》『曰黄昏以爲期兮，羌中道而改路』云：『此二句衍文。洪興祖曰：「此二句，王逸無注，至下文『羌内恕己以量人兮』，始發『羌』字之義，疑後人所增也。」余按「黄昏爲期」，《抽思篇》有此二句。或係重出也。』案：其説是也。又，『長太息』云：『此二句脱簡，宜作「哀民生之多艱兮，長太息以掩涕」。』案：蓋艱、替二字不協，故倒乙之，以涕協替矣。姚鼐亦爲此説。又，『吾令豐隆乘雲兮，求宓妃之所在』云：『此二句疑應在「及榮華之未落」上。』《少司命》『與女遊兮九河，衝飇起兮水揚波』，云：『洪興祖云：「古本無二句。」古本豈能先于王逸及《文選》哉，疑而存之則可。坊本直删之，鄰于妄作矣。』《天問》『湯謀易旅』云：『此恐是錯簡，若移于「何道取之」之下，便于「桀伐蒙山」一氣相承矣。』《惜誦》『固煩言』云：『「固煩言」二句宜在「吾至今乃知其信然」下、「矰弋機」句之上。』又，『諒聰不明』云：『此二句疑應在「禍殃之有再」下、「不畢辭以赴淵」上。』案：見其校改並無版本依據，率多據上下文義，斯所謂『理校』者也。然理校古書，則宜慎之又慎矣。

胡氏《凡例》稱，『屈騷之注，一壞于穿鑿，再壞于詭隨』云云，則或繆舊注之訛，發明新義。是所謂『刊落舊説，別豎新義』矣。新義雖不多見，而偶或得其精到處。如，《離騷》『阰』云：『阰與陂同。洪氏承王氏之謬，以阰爲山名，在楚南。阰既可爲山名，則洲亦可以爲地名矣。』案：其説確矣。朝搴於阰，夕攬於洲，猶上下求索，朝夕不懈矣。阰、洲，皆非地名。《湘夫人》『夕張』云：『張，如《前漢書·王尊傳》「供張如法而辨」之張，謂陳設其帷帟諸物也。』《天問》『八柱何當』云：『何當，撐柱在于何處也。何虧，欠缺在于何所也。』案：清通無礙。《惜誦》云：『誦如《孟子》「爲王誦之」之誦，謂直言而無隱也。』案：倍書曰諷，以聲節之曰誦，皆直言也。又，『所讎』云：『于是衆小切齒如父兄之讎。』案：怨曰仇，父怨曰讎。訓『如父兄之讎』，則確也。又，『疾親君』云：『奔走先後，欲及前王踵武也。』案：甚是。疾，猶盡力、畢力也。《涉江》『切雲』云：『繡雲于冠也。』案：前所未及之説。《惜往日》『虛惑誤又以欺』云：『虛，不實也。使人自疑曰惑，使人自差曰誤，使人兩不知曰欺。』案：此宜解以對文，不當如舊注散言之。《招魂》『氾崇蘭』云：『氾，如氾濫之氾，氾崇蘭，如麥浪之狀是也。』又，『迅衆』云：『猶言出衆。』

胡氏精於方言，或以方言解之，或證以民俗，所謂『古人博學不遺于俗諺，審問不棄于芻蕘』也。如，《離騷》『謇朝誶』

云：『誶，叱唾之聲。吴、楚有此諺。《莊子》「虞人逐而誶之」。』又，『家衖』云：『衖音弄。吴楚諺謂宫中長巷曰衖。』《東皇太一》『椒漿』云：『漿，飯汁也。吴楚風俗祭祀皆用之。』《雲中君》『浴蘭湯』云：『浴蘭沐芳，爲神像潔也。至今吴楚迎神賽報猶然。或謂古無塑像，然觀《戰國策》「木偶人」「土偶人」之語，則像之設也，蓋已久矣。』案《招魂》亦有『像設君室』。《天問》『寘之』云：『吴楚謂塞爲寘。』《惜誦》『所咍』云：『咍，讀若戲，嗤笑之聲，吴楚諺也。』又，『無杭』云：『杭，浮梁旁扶手木也。吴楚諺謂之扶杭。』《抽思》『道逴遠』云：『逴與踔同。吴楚諺謂處於孤遠，聲援不及曰踔遠。《史記》「遼東踔遠」。』又，『敖朕辭』云：『楚人謂彊不聽曰敖。』又，『長瀨』云：『水流沙上有聲曰瀨，今江南溧陽縣有伍子胥投金瀨，即此類也。』案：瀨，亦是吴楚方言也。《招魂》『秦篝齊縷』云：『篝，燈也。縷，綫也。今吴楚俗爲生人叫魂者，取病人裏衣，備一小斗，實之以米，米上埋篝，篝旁插剪尺，剪尺上掛綫，用三人于深夜無人時往招。去時無聲，疾行至土神廟，或野處，化楮叫呼生人乳名。其抱斗者隨聲作應，背行引魂至家，以衣覆病者，遂愈也。』案：此極足參考，可與《招魂》互證之。

胡氏《凡例》稱，『屈騷之音，楚音也。然楚地甚廣，上至今之湖南北，下至今之上下江、江西，大抵《楚辭》之音，楚南北音十居其七，上下江音十居其三，秦燕豫粤之音亦多有之。第學者多泥沈約韻書。沈吴音，往往與楚音不同』。案：胡氏乃泛泛論之，然具體而微，則似無一可通。知其非知音之選矣。如，《離騷》：『能字與均字本屬一韻，他解叶入佩韻，牽强不可從。』案：能協佩，古音讀如耐，同協之韻，與真韻之均不協也。又，《天問》『寘之』云：『吴楚謂塞爲寘，與深、填二字聲本相諧。鄭康成云：「古者聲寘、填、塵同也。」孔穎達曰：「寘音田，又音珍。」是也。』案：寘、填，古入真韻；塵，古入文韻；真、文合韻。而深，古入侵韻，與寘、填、塵皆不諧也。

胡氏際逢乾隆訓詁考據之學之興盛，然其所爲學也似不與時世合流，注書猶憑臆『空言疏釋』，則悠繆之説，比比可指。王鳴盛目之爲『第一家』，則過矣。如，《離騷》『騏驥』云：『喻法度之可行者。』案：叔師注：『騏驥，駿馬也，以喻賢智。』此戰國通喻也，人皆知之。《韓非子・外儲説右下》：『如國者，君之車也。勢者，君之馬也。』《淮南子・主術訓》：『權勢者，人主之車輿；爵禄者，人臣之轡銜也；是故人主處權勢之要，而持爵禄之柄。』又曰：『是故權勢者，人主之車輿也；大臣者，人主之駟馬也。體離車輿之安，而手失駟馬之心，而能不危者，古今未有也。』郭店楚墓竹簡《窮達以時》：『子胥前多功，後翏（戮）死，非其智衰也。驥駒張山騹室於卲坴，非亡體壯也。窮四海，至千里，遇告（造）古（故）也。』以驥喻子胥。《呂氏春秋・本味篇》：『雖有賢者而無禮以接之，賢奚由盡忠？猶御之不善，驥不自千里也。』《知度篇》：『絶江者託於船，致遠者託於驥，霸王者託於賢，伊尹、呂尚、管夷吾、百里奚，此霸王者之船、驥也。』皆以驥喻賢能。《騷》亦即此意。又，『三后，見《呂刑》，謂伯夷、禹、稷也。』案：三后，當指楚先之三賢者，即出土楚簡老僮、祝融、鬻熊是也。又，『耿介』『昌被』云：『耿介，明而有分辨也。猖被，放縱無檢束，如不介馬而馳之類也。』案：此以行車爲喻，耿介，猶不隨貌。昌被，猶顛仆不隱也。又，『墜露』云：『墜露、落英，言學力自然，不假勉强也。』案：無根之説。又，『顑頷』云：『或揚視，或頷之，所謂「含怒待臣」也。』案：叔師訓『不飽』，猶志不遂之意，不可移易也。又，『浩蕩』云：『寬大不覺察也。』案：舊訓『無思慮』，猶糊塗也。當是確解。又，『忳鬱邑』二句云：『此二句脱簡，宜作「吾獨窮困乎此時兮，忳鬱邑余侘傺」。』案：非是。時協下句態，同入之韻。若倒乙以傺叶態，則出韻矣。又，『獨離』云：『離南也。《爾雅》：離南，活莌；倚商，活脱。一物也。又名通脱木，今婦人取以爲通草花。女嬃引之，蓋欲其學通脱以自全，非欲其爲惡行也。』案：判獨離，三字狀語，獨離，猶獨漉，落度不振之意，非草木名也。又，『騰衆車』云：『騰，飛騰，速駕也。』案：騰，傳也，若今之傳郵也。非『飛騰』之意。又，『陟陞皇』云：『西皇之地最高，故曰「陞皇」。』案：非是。陟陞皇，陟陞連文，猶陞也。皇，通作遑。陟陞皇，即登假也。《湘君》『薜荔拍』云：『拍，舒張貌。』案：非是。叔師云：『柏，榑壁也。』至確。戴東原云：『拍，王注云「搏壁也」，劉成國《釋名》云「搏壁，以席搏著壁也」。此謂舟之閣閭搏壁。』拍、搏，古字通用。《大司命》『九坑』云：『九州之坑坎也。是時民皆陷溺，列國之君不知民間疾苦，故欲與觀而拯之也。』案：九坑，舊訓九州之山，則坑者猶崗也，非陷坑之意。《國殤》『霾兩輪』云：『霾兩輪，縶四馬，敵來霾楚輪，縶楚馬也。』案：非是。叔師注：『言己馬雖死傷，更霾車兩輪，絆四馬，終不反顧，示必死也。』其説不移。縶馬霾輪，猶《孫子·九地篇》之『是故方馬埋輪』，曹操注：『方，縛馬也。埋輪，示不動也。』《天問》『其尻』云：『尻音考。尻，臀也。《莊子》「尻以爲輪」，《東方朔傳》「尻益高」。問其坐落何處，可以尋其本而上耶？』案：戴震亦爲是説。豈震之剿於是耶？然屈子問崑崙縣圃在何處，不問其尻尾也。尻，讀作處。楚簡處字皆作尻可證。《抽思》『初吾所陳』云：『此二句宜在「心怛傷之憺憺」下、「茲歷情以陳辭」上。』案：果如其説，則與上、下文皆不協韻矣。又，『來集漢北』云：『漢北，江南之地也。』案：非是。漢北，即漢水之北，斷不涉江南也。又，『軫石』云：『此二句疑應在「泝江潭」句下、「狂顧南行」句上。』案：果若其説，則『願』字與上、下文皆不協韻矣。《橘頌》『蘇世獨立』云：『蘇，散也，不與世相合也。』案：蘇無散義。蘇，舊訓寤，猶牾也。《荀子·議兵篇》：『以故順刃者生，蘇刃者死。』楊倞注：『蘇讀爲傃，傃，向也。』蘇、順相對爲文，蘇，牾逆也。《商君書·賞刑篇》：『萬乘之國不敢蘇其兵於中原』，高亨注：『蘇，逆也。』《遠遊》『哀人生之長勤』云：『長勤，不得休居也。』案：非是。叔師注以『長勤』爲『多憂患』之意。甚是。勤，亦憂也。《禮記·問喪》『服勤三年』，鄭注：『勤，謂憂勞。』《呂氏春秋·不廣篇》：『勤天子之難。』高誘注：『勤，憂也。』

《穀梁傳》僖公二年：『不雨者，勤雨也。』勤雨，即憂雨也。《詩・魚麗序》：『始於憂勤，終於逸樂。』憂勤，平列複語，勤亦憂也。長勤，謂長憂也。《招魂》『路貫廬江』云：『廬江，在今江南，所屬巢縣，有三閭祠。廬江，戰國亦屬楚。』案：若此，則廬江在今安徽巢縣。非是。王夫之《楚辭通釋》：『襄、漢之間有中廬水，疑即此水。長薄，山林亘望皆叢薄也。』其説是也。譚其驤有詳考，云：『亂所謂廬江，在今湖北宜城縣北，其地於《漢志》爲中廬縣。《沔水經》，「又東過中廬縣東，淮水自房陵縣維山東來注之」，注云：「縣即《春秋》廬戎之國也。縣故城南有水，出西山，名曰浴馬港，謂之馬穴山。侯山諸蠻北遏是水，南壅維川，以周田溉，下流入沔。」廬江之爲浴馬抑維川不可知，要之必居其中之一。蓋《招魂》所招懷王之魂，而「亂」所述一段行蹤，乃作者追記曩年扈駕襄、沔至郢都之景象也。自襄、沔至郢，廬江實所必經矣。亂下文云：「倚沼畦瀛兮遥望博，青驪結駟兮齊千乘。」再下云：「與王趨夢兮課後先。」又云：「湛湛江水兮上有楓。」而終之以「魂兮歸來哀江南」，與鄂西北地形悉能吻合。漢水西岸，自宜城以南即入平原，故遥望博平，結駟至於千乘。平原盡入於夢中。《漢志》：「編有雲夢宫。」編縣故城約今荆門縣境。自夢而南乃臨乎江岸，達於郢都也。若以移之皖境，則無一語可合。』廬江之地，可以定讞矣。惟譚氏以《招魂》爲招懷王之魂，亦非也。類若是者，蓋不勝其舉矣。

胡氏撰是書於乾隆二十六年辛巳已成，越二十五年，即乾隆五十一年丙午，『恐久而散佚，爰校而梓之』。即爲富芝堂刊刻《武進胡氏所著書》本，上海圖書館有藏本。（黄靈庚）

# 楚辭叶韻考

《楚辭叶韻考》者，清徐天璋之所作也。天璋字曦伯，或字睿川，江蘇泰州人，一作徐州人。清季光緒、宣統間，嘗館於廣州府署，又館於蕪城。入民國後，應黄炎培聘，出任東南大學國學研究院教授。一生以治學著述爲己任，著有《睿川易義合編》九卷、《尚書句解考正》不分卷（六册）、《堯典九族考》一卷、《詩經集解辯證》不分卷（四册）、《論語實測》二十卷、《四書箋疑疏證》八卷、《孟子集注箋正》七卷、《中庸箋正》一卷《序辨》一卷、《爾雅釋丘》一卷、《徐氏雙孝録》一卷、《徐氏類編》十卷、《理氣蒙求》四卷、《烏私集》三卷、《芻獻集》五卷、《既濟金鑒》一卷、《心性元旨》二卷《續編》二卷、《泰州徵獻録》等。

是書先剔出《楚辭》韻字，而後列引《廣韻》《集韻》、吴才老《韻補》、顧亭林《唐韻正》、戴震《屈賦音義》、《康熙字典》等書以考訂古韻、古讀音，間或於『予考』下審辨是非，以陳一己之見矣。如，《離騷》『忍隕』云：『同韻十一《軫》。』又，『極服』云：『服，古音匐，極、匐同韻十三《職》。』又，『迫索』云：『同韻十一《陌》。按：索，戴震《音義》古音博，本注所格切，與前索音嗦有別。朱熹《集注》：「索，所格反。」』又，『迎故』云：『迎，《字典》叶元具切，音遇，引此文。戴震《音義》：「迎爲迓字之誤，古音遇，與故同韻七《遇》。」予考《説文》：「迓，相迎也。」迎、迓二字義均通，讀音遇。』又，『媒疑』云：『媒韻十《灰》，疑韻四《支》，古通韻也。』又，《天問》『宜喜』云：

『喜，《集韻》：虛其切，音僖。《字典》叶音羲，引此文。與宜相韻四《支》。按：本注「喜」亦作「嘉」。顧炎武云：「嘉字，古音居何切，今本作喜，後人不知古音而妄改之也。」』又，『沈封金』云：『此凡兩叶一，沈音沉，與金同韻十二《侵》。一封，戴震《音義》：「甫歆切，蓋方音。」《辭》云：「比干何逆，而抑沈之？雷開阿順，而賜封之金？」予考：沈，當與金字相韻。』又，《抽思》『亡完』云：『完，本注亦作光。《字典》叶胡光切，音皇。與亡字相韻七《陽》。按：頤齋《楚辭注》，此以四句爲韻，完字與患字相韻，聞字、亡字，皆間句也。予考辭義，非四句爲韻，實兩句爲韻。完，當從本注作光。』

是書凡四卷，卷一爲《離騷》《九歌》《天問》，卷二爲《九章》《遠遊》《卜居》《漁父》。以上皆屈原所作。卷三爲《九辯》《招魂》（二篇宋玉所作）、《大招》（景差）、《惜誓》（賈誼）、《招隱士》（淮南小山）、《七諫》（東方朔）、《哀時命》（嚴忌），卷四爲《九懷》（王褒）、《九歎》（劉向）、《九思》（王逸）。首有作於民國辛亥自序，稱『音韻之學，南北殊聲，古今異叶』，而《楚辭》音韻出自天籟，『雖非拘四聲之中，實不越四聲之外』。乃館於廣州府

楚辭叶韻攷卷一

泰州 徐天璋曦伯 攷

門人 沈世德本淵 校

離騷經 屈子

庸 降 唐韻正降古音洪按孟子降水者洪水也是从轉注得音叶乎攻反

名 均 按庚真時本通或謂古本无通據此則古韻亦通

能 佩 韻補能叶音尼佩音皮字典能音奈佩音敗均引此文按禮記聖人耐以天下爲一家耐讀作能从字典能音奈爲長叶奴代反

與 莽 序 暮 度 路 莫補切音姥按上三莽字去聲古韻語虞通魚通遇古無上去分也

楚辭叶韻攷 離騷經 卷一 一

署之時，因友人施氏東道之請，欲『考其辭，折衷一是，畀學者得準繩』，而爲作是書之由。其路徑是，『由今溯古』，稱『平聲中一《東》，有通《陽》《侵》者；四《支》，有通《歌》《麻》者；上聲中四《紙》，有通二十五《有》者；六《語》，有通二十一《馬》者；去聲中六《御》，有通二十二《禡》者；入聲中《屋》《沃》《覺》，有通《藥》《陌》《錫》《職》者。「化」字在屈宋時，當叶讀「回」，後則叶讀「訶」矣。「錯」「樂」，在屈宋時，當讀去聲，後則讀入聲矣。餘若「下」古讀「户」，「馬」古讀「姥」，「野」古讀「墅」』。案：徐氏之説，是非雜陳，不可存而不論。字音之有四聲，自古而然，惟後所稱四聲，乃本之沈約《四聲譜》。沈氏之『四聲』，六朝、隋唐之『四聲』，非秦漢之『四聲』也。以《切韻》之『四聲』繩屈宋之賦，故有合與不合，不得云『不越四聲之外』矣。即以『錯』字爲例，若《離騷》錯叶度。錯，入聲《鐸》；度，去聲《暮》。度亦或入聲，猶《天問》度叶作之類，不得斷以『錯』必爲去聲矣。聲之叶與不叶，不必强以六朝、隋唐之四聲。如，《離騷》與莽序暮度路叶，上去不别；武怒舍故叶，去入不分。但存疑之可爾。

《支》之通《歌》《麻》者，以移、迤、爲、委、縻、靡、垂、隋、隨、奇、皮、宜、施等字，古音本入《歌》。如《離騷》馳蛇叶、《大司命》被離爲叶、《天問》歌地叶、《思美人》化爲叶之類是也。而上聲《紙》，古不與《有》相通矣。徐氏以《離騷》『芷畝』『在理』『媒疑』等爲例，畝、理、媒，《有》韻；芷、在、疑，《紙》韻。案：芷、理，見上聲六《止》，疑，見平聲七《之》，則皆非四《紙》矣。之、支二韻，屈宋分用未溷。又，《禡》之禡、罵、嫁、稼、㐹、啞、婭、嚇、罅、迓、咤、夜、夏、下、詐、喈、霸、謝等，本皆《魚》之去聲《御》，如《離騷》狐家叶、御下叶、馬女叶、車疏叶、《大司命》華居疏叶之類是也。而入聲中之《屋》《沃》《覺》，不通《陌》《錫》《職》矣。惟《藥》之躍、勺、繳、焯、糕、嬫、爚、約、礿、禴、瀹、爵、猑、逴等，本古《屋》《沃》《覺》三韻中字，是以可通矣。若《離騷》樂遨叶、

《遠遊》燿鶩叶、撟樂叶、《九辯》教樂高叶之類是也。徐氏泥於《切韻》以定古韻，則不若段氏、江氏等乾嘉諸老之遠甚矣。至若『平聲中一《東》，有通《陽》《侵》者』云云，屈宋辭賦東、陽、侵三韻分用至嚴，則尤不足信據矣。

漢人所作諸賦，或有東陽侵三部相叶者，蓋自戰國至兩漢，如賈誼《惜誓》明風方羊旁商翔鄉叶。東方朔《七諫》功公央矇江聰縱叶、容心叶、翔通叶、公堂叶。又，劉向《九歎》容讒叶。又，《七諫》廂朋叶，蒸陽合韻。又，《九懷》州脩遊牛流休悠浮求憭儔叶，之幽合韻。沚師叶，之脂合韻。壓怠茲叶，之支合韻。又，劉向《九歎》漫運叶、犇轅叶、怨難叶、前身叶、淵山叶、言遷叶，皆真文與元合韻。珠旄叶，幽侯合韻。又，集日叶，緝合韻。又，久首叶，之幽合韻。又，朋光叶，蒸陽合韻。《九思》隅埃如叶，之侯魚合韻。又，由劬朝叶、樞憂叶，幽侯韻。又，余取叶、耦睹叶，侯魚合韻。又，陌硌岳澤薄叶，樂鐸合韻。又，石數促辱樂白沐若躅爍呴剥告叶、曲石屋蔟叶，樂屋鐸合韻。又，干蟤攢沄延陳叶、姦存叶、歎眠叶、歎憐叶，元真文合韻。龍衡叶，東陽合韻。又，冥嚶征京明叶，耕陽合韻。案：屈原之幽侯魚蒸陽耕七韻分用至嚴，真文元三韻亦罕見通韻，信乎前修所言，『時有古今，地有南北，字有更革，音有轉移，亦勢所必至』。然此乃漢賦用韻如此，則不可以概屈宋辭賦矣。

是書雖成於清代古音學大備之後，而韻字標識，猶襲《廣韻》《集韻》之目，是可謂不知通變矣。且考訂屈、宋辭賦之韻，或有未密處。如：

《離騷》『庸降』云：『《唐韻正》降，古音洪。按：《孟子》：「降水者，洪水也。」是從轉注得音，叶乎攻反。』案：庸，古入東韻；降，古入冬韻。東冬合韻，非同部韻也。又，《孟子》『降水』之『降』，當作『洚』。又，『期路他化』云：『按「曰黃昏以爲期兮羌中道而改路」，本注云：「疑後人所增。」或云：「路字叶上武怒舍故爲韻。」今玩文義，二句與下相屬叶韻，不宜從上。當以期他化三字相叶，路字爲間句也。』案：『曰黃昏以爲期兮羌中道而改路』二句，洪氏《補注》

以爲『後人所增』，當是確論，删之可也。期，古入之韻；他、化，古入歌韻。之、歌古不相協韻。『間句』韻例，亦不足信。又，『涕艱替』云：『《韻補》艱叶居真切，音巾，又音勤。替叶才淫切。按：涕替同韻八《霽》，此以首句與第四句爲韻。説見期他化注。予考替朁，古字通潛。替，當讀音潛，與艱相韻。』案：替，古入質韻；朁、潛，古入侵韻，本不相通。替，當作扶，古通作拌，棄也。拌、艱爲元文合韻。或云『長太息以掩涕兮哀民生之多艱』二句倒乙，本作『哀民生之多艱兮長太息以掩涕』，涕、替同協質韻。又，『傺時態』云：『態，《字典》叶土宜切，音梯，引此文。按：傺韻八《霽》，態韻十一《隊》，本通韻也。予考《九章》志態相韻，態叶他計切，音替。志韻四《寘》，古音《支》通《寘》，《寘》通聲《霽》《隊》，此以平仄相韻者也。』案：非是。態，古入之韻；傺，古入祭韻，月韻之去聲也。態、傺，古不相協。傺，非入韻字。又，引《康熙字典》爲證，宜其説之多謬矣。又，『荒章常懲』云：『懲，《字典》叶仲良切，音長。引此文。按：荒章常並韻七《陽》，懲韻十《蒸》，通韻也。』案：屈宋辭賦，陽、蒸絶不相協。常，本作恒，避文帝諱改也。荒、章同協陽韻；恒、懲同協蒸韻。是本兩韻。又，『節服』云：『戴震《音義》，節讀如則，蓋方音。按：節韻九《屑》，《屑》本通《質》《職》等韻。』案：非是。節，古入質，質、職古不相協，猶之脂古不相協也。節，當作飾，字之訛。飾，古入職韻。又，『縱巷』云：『縱韻二《宋》，巷韻三《絳》，古通韻也。按巷亦作衖，叶胡貢切，紅去聲。』案：縱、巷古同入東韻，本協韻，亦不必讀叶音也。又，『占之慕之』云：『占，叶公户切，音估，與慕相韻七《遇》。或曰：占、慕非韻，以兩之字相韻。或曰：以慕字叶「下女」女字惡爲韻……予考下文「衆薆然而蔽之」「恐嫉妬而折之」，蔽、折兩字相韻。此非以兩之字爲韻也。文法以「占之」「慕之」爲句，與下文法句異，亦非上以四句爲韻，下以兩句爲韻也。占叶音估，與「慕」字相韻明焉。』案：占，古入談韻；慕，古入魚韻。不相協韻也。占，亦不得妄改音估，以文獻無徵也。『慕之』，原作『莫之思』，以『思』

字與下文『思九州』之『思』相重而妄删之，而改莫爲慕矣。思、之古同協之韻。又，『迎故』云：『迎，《字典》叶元具切，音遇，引此文。戴震《音義》：「迎，爲迓字之誤。」古音遇與故同韻七《遇》。予考《説文》：「迓，相迎也。」迎、迓二字義均通，讀音遇。』案：遇，古入侯韻。迎，古入陽韻，魚韻之陽也。迎，讀如還，或作迕、逆，魚陽對轉。不當讀遇。又，『同調』云：『調，《字典》叶從紅切，音同。引此文。按戴震《音義》引江慎修《古韻標準》，調字沿叶爲同者，因承「弓矢既調」「射夫既同」二句，誤認爲韻也。予考「調」字當爲「詷」字之僞。《説文》：「詷，共也。」「摯臯繇而能調」，意蓋指能詷也。』案：改『調』爲『詷』，韻雖協，而義不甚協矣。洪氏《補注》引《淮南子》『知椝彠之所周』，蓋意謂《淮南》祖構《離騷》此文，其所見本『同』作『周』。是也。同，當『周』字之訛。周者，言合也，義亦較『同』字爲允。又，『幃祇化蘺』云：『化，《字典》叶呼戈切，音訶。引此文。按《韻補》叶胡隈切，音回。予考四《支》，古通五《微》、十《灰》。幃韻五《微》，回韻十《灰》，化字當叶音回，不當叶音訶。』案：《離騷》『幃祇』一韻，古爲脂微合韻；『化蘺』一韻，古入歌韻。且古韻《支》《微》《灰》絶不相通，信非知音之選矣。又，『貴茲沬』云：『此韻兩叶一，《韻補》沬，叶謨杯切，音枚。與茲相韻一。戴震《音義》：「沬，莫貝切，音妹。」與首句貴字相韻。第二句爲間句……予考當從《韻補》叶沬音枚。』案：非是。沬，古入微韻，若作『沫』，古入月韻，歌韻之入也。茲，古入之韻。沬、沫，與『茲』皆不協韻。『惟茲佩之可貴兮委厥美而歷茲』，當乙作『委厥美而歷茲兮惟茲佩之可貴』，貴、沬古同入微韻。又，『待期馳蛇』云：『待，《字典》叶杜兮切，音啼。引此文。朱注：徒奇反。蛇，《廣韻》：弋支切，音移。按：待，本注作「侍」。《詩・羔羊》「委蛇委蛇」，本讀音移。委蛇，亦作「逶迤」。』案：《離騷》『待期』一韻，古同爲《之》韻。『馳蛇』一韻，古同入《歌》韻。蛇之音移，亦古《歌》韻也。

《九歌・雲中君》『降中窮⿰忄蟲』云：『降，叶音洪。按：上用《陽》韻，下用《江》韻，《陽》韻通《江》，故用降字，轉《東》韻也。』案：江、陽，古韻分用至嚴，不相通也。漢賦或二韻相通，而屈原絶無相通之例。降、中、窮、⿰忄蟲，古入冬韻，亦非東韻字，東、冬，屈宋亦分用也。又，《湘君》『極息側雪末絶』云：『極、息、側同韻十三《職》，雪、絶同韻九《屑》，《末》韻七《曷》，古通韻也。』案：《湘君》『極息側』一韻，同協職韻。『雪末絶』別一韻，同協《月》韻。職、月古不相通也。又，《少司命》『辭旗離知』云：『同韻四《支》，一句一韻也。』案：非是。『辭旗』一韻，古同協之韻。『離知』一韻，古歌、支合韻。又，《河伯》『堂宮中』云：『宮中，同韻一《東》，《字典》堂叶徒紅切，音同。引此文。按下文三句以「渚」「下」兩字相韻，魚字不入叶韻……堂字，非韻也。』案：以『堂』字非韻，是也。然『宮』『中』非《東》韻，《冬》韻也。屈、宋辭賦，東、冬多分用。又，《國殤》『靈』『雄』云：『戴震《音義》：「雄古音蠅，蠅韻十《蒸》，靈韻九《青》，雄，讀音蠅，以轉爲通也。」按：如戴説，則靈字非韻，當讀雄音蠅，直接懲凌叶讀也。』案：以『靈』爲非韻字，是也。『弓懲凌雄』爲韻，弓、雄，古入冬韻，懲、凌古入蒸韻，冬、蒸合韻。

《天問》『暖寒言遊』云：『暖，《集韻》許元切，音暄。寒，《字典》叶胡田切，音賢。引此文。本注熊性輕捷，好攀緣，上高木。虯龍，亦能攀緣上木，遊即緣行之義也。遊字，當讀如緣，暄、言同韻十三《元》，賢、緣同韻一《先》。古音相近通叶也。』案：非是。遊，古絶無讀緣之例。『暖寒言』爲一韻，古同協《元》韻。『焉有虯龍，負熊以遊』，虯龍，朱注乙作『龍虯』，是也。虯、遊，古爲《幽》韻。又，『首在死守』云：『《字典》引此文，首叶詩紙切，音矢。守叶式視切，音矢。在，音示上聲。按：守、首同韻二十五《有》，古叶通韻四《紙》也。』案：非是。首、守，古入《幽》韻，在，古入《之》韻。之、幽合韻，古有其例。死，古入《脂》韻，非韻字也。又，『趾在死止』云：『在，示上聲，叶韻四《紙》。』

案：非是。趾、在、止，古同協之韻。死，古入脂韻，亦非韻字也。又，『繼飽』云：『飽，《五音集韻》：許既切，音欷。戴震《音義》：讀如閉，蓋方音。與繼同韻八《霽》。按：或以繼味飽三字相韻。予考上下文義，味字非韻。』案：以『味』字非韻，是也。飽，當『飢』之訛字。《戰國楚竹書・魯邦大旱》『飽』字作『飤』，與『飢』字形似。飢、繼同協脂韻。《詩經・汝墳》『惄如調飢』、《衡門》『可以樂飢』、《候人》『季女斯飢』，飢，男女兩性廋讔之語，性欲不得滿足爲飢。朝飢，猶《汝墳》『調飢』也。王逸注『何特與衆人同嗜欲，苟欲飽快一朝之情』云云，則亦言男女情欲也。又，『勝文』云：『《辭》云：「吴光争國，久余是勝。何環穿自閭社邱陵，爰出子文。」或曰：「何環穿自閭社丘陵」句，「爰出子文」句，陵字是韻。按：當讀「何環穿自閭社」句，「丘陵爰出子文」句，陵字非韻。勝韻十《蒸》，文韻十二《文》，通韻也。或曰：此文當合上韻，以云言文三字爲韻先勝，皆問句也。』案：古無真文與蒸合韻之例。據洪氏所列異文，此文舊作『何環閭穿社以及丘陵是淫是蕩』也。後以其語猥褻，乃改爲『何環穿自閭社丘陵』爾。又，『是淫是蕩爰出子文』爲句，當屬下。而『文』，非韻字。『陵』字與『勝』字同協蒸韻。蕩與下『長』『彰』同協陽韻。否者，則皆出韻也。

《九章・惜誦》『情路』云：『兩字音無可叶，先旌孝公曰：「情，疑愫字之僞。」按：《字彙》：「愫，情實也。」似當讀情爲愫，與路字相韻七《遇》。』案：情，改作愫，不足爲訓，以文獻無徵也。朱子《集注》校改『中情』爲『善惡』，甚是。《離騷》云『孰云察余之善惡』。戰國楚簡文字，『情』字之心旁皆在『青』字之下，與『惡』字形似相訛，後復改『善惡』爲『中情』也。又，『信明身』云：『此凡兩叶一，信音伸，以首句與四句相韻，明字爲問句……』從時本庚通真，以明字叶身字爲韻。信，讀音訊，首句非韻。予考通篇皆以二句與四句相韻，則信不讀申明矣。』案：明，古入陽韻，絶不與真韻之信、身相協韻。以韻爲斷，『恐情質之不信兮故重著以自明』二句之乙，信、身協真韻。或曰：身，當作行，蓋字之訛。

明、行同協陽部。身、行同義，古書或互易之。褚少孫補《史記・龜策列傳》『行一良貞』，《集解》引徐廣：『行，一作身。』《荀子・非相篇》『行若將不勝其衣』，《淮南子・氾論訓》『身若不勝衣』。句式悉同，行，亦易作身矣。又，《涉江》『首以醢』云：『首，《字典》叶詩紙切，音始。醢，《韻補》叶虎李切，音喜。引此文。按：首，韻二十五《有》；以，韻四《紙》；醢，韻十《賄》。通韻……此以首句爲韻，二句間句行字非韻，四句以字與首句叶韻，六句醢字再叶。』案：非是。首字非韻，行字當入韻。行，古入陽韻，不與之韻以、醢協韻，當作來。蓋以同義改也。來，古亦之韻。又，《懷沙》『默』『鞠』『抑』云：『鞠，《字典》叶各頷切，音格。與默、抑同韻十三《職》。按鞠韻一《屋》，《楚辭》多叶，與《職》通。』又，『替鄙改』云：『改，叶[荀]（苟）起切。《字典》引張衡《思玄賦》「雖貧窮而不改」，叶理字爲韻。按：替，韻八《霽》，古無上去之分，霽與薺通。鄙韻四《紙》，改韻十《賄》，皆通韻也。』案：非是。抑，非職韻，古入質韻，脂韻之也。古去、入不別，與『替』同協質韻。『默』『鞠』爲職、屋合韻，『鄙改』爲同協之韻。是三韻，非二韻也。又，『質』『没』『匹』『程』云：『質、匹同韻四《質》，没韻六《月》。惟程字不能相叶。按：程字疑得字之僞。得，韻十三《職》，與《質》《月》皆通韻也。一本「懷情抱質兮」作「抱質懷情兮」，是以首句情字與四句程字同韻八《庚》。二句匹字、三句没字，皆間句也。』案：改『程』爲『得』，羌無文獻依據，不足信。質、没，皆非韻字。匹，俗作疋，當從朱注改作『正』。正，古亦有匹偶之義。正、程古同協耕韻。又，《思美人》『莽』『草』云：『莽音姥。草，《韻補》脞五切，徂上聲。按：當讀徂上聲，與莽相韻七《麌》。』案：非是。草，不讀徂音。上二句當乙作『搴長洲之宿莽兮，擥大薄之芳茝』。茝、草，爲之幽合韻，屈、宋本有是例也。又，『竢』『出』云：『竢音俟。出，《字典》叶赤至切，音熾。引此文。與俟字相韻。』案：出，古爲物韻，不讀熾音。出，當作『來』，與上『竢』字同協之韻。王逸注『不外受』云云，猶言『自來』之意也，則其舊本作『來』也。

《遠遊》『思悲懷』云：『思、悲，同韻四《支》；懷，韻九《佳》。古通韻也。按：此首句、二句、四句相韻。』案：思，古入之韻，悲、懷，古入微韻。古不相協也。思，非韻字。又，『居』『戲』云：『此音兩叶一。戲作古文呼字，叶。居字韻一，居音姬。戲音羲，叶韻四《支》。按：《天問》，居字叶衢、如爲韻，此文下句有除字韻。當讀居音車。』案：戲，古入歌韻，非古文呼字；居，古入魚韻，不讀『姬』。不相協韻。原文『娛戲』，當乙作『戲娛』，娛、居同協魚韻。又，『馳疑浮妃歌夷蛇飛徊』云：『浮，《韻補》叶符非切，音肥。歌叶居之切，音姬。均引此文。蛇，一本作迤，音移。按：馳、疑、夷、蛇，同韻四《支》；浮，韻十一《尤》；妃、飛，同韻五《微》；歌，韻五《歌》；徊，韻十《灰》。古韻支微灰相通。據《楚辭》，兼通歌尤也。』案：『疑』『浮』爲一韻，之幽合韻。『妃歌夷蛇飛徊』爲一韻，微歌脂合韻。之與微、脂、歌，古不相協國。又，『門冰』云：『門，韻十三《元》；冰，韻十《蒸》。時本蒸、元皆轉通也。按：第三句「源」字，或曰爲韻。予考文義，源字非韻。』案：門，古入文韻；冰，古入蒸韻。古不相協韻。原文乙作『從顓頊乎增冰兮，軼迅風於清源』。源與門爲協韻，文、元合韻。又，《卜居》『軏迹翼食』云：『軏，韻六《月》；迹、翼、食同韻十三《職》。通韻也。』案：軏，原作『軛』，與『迹』同協錫韻。翼、食同協職韻。是二韻也。又，《漁父》『察汶白埃』云：『埃，《字典》叶於支切，音醫。引此文。與上衣字相韻。按朱子注：「塵埃，《史》作温蠖。猶惛憒。」若從《史》，則白叶，蒲各切。蠖，于郭切，二字自叶。予考《楚辭》無不用韻者，汶汶疊字，當爲「汶没」之譌。察韻八《黠》，没韻六《月》，白韻十一《陌》，蠖韻十《藥》，古韻一氣通叶也。當以察没白蠖四字叶讀。』案：非是。衣、汶二字相協，微、文合韻也。白、蠖二字同協鐸韻。察字非韻。

《九辯》『服食察得』云：『服音匐。按：服韻一《屋》，食、得，同韻十三《職》，察，韻八《黠》。古通韻也。』案：

原文『驥不驟進而求服兮，鳳亦不貪餧而妄食。君棄遠而不察兮，雖願忠其焉得。』服、察二字非韻，食、得同協職韻。察，古與食、得亦不協韻也。又，『蔽汙』云：『蔽，韻八《霽》；汙，韻七《虞》；又韻七《遇》。兩字無相叶之音。或曰：蔽讀如濩，胡故切，音濩，言雲濛濛而蔽者，即雲氣布濩也。姑存之，俟考。』案：蔽，古月韻；汙，古魚韻。絶無相通之例。汙，即『汗』之訛。汗有『汙垢』義。《釋名·釋衣服》：『汗衣，近身受汗垢之衣也。詩謂之澤，受汗澤也。』《廣雅·釋詁》：『汗，濁也。』汗，元韻，月韻之陽聲也。又，『得彰』云：『此音非叶。或曰：首句慮字音録，與二句得字相韻。録韻二《沃》，得韻十三《職》，通叶也。三句忠字叶，陟良切，音張。與四句彰字相韻……按：辭義兩句一韻，非一句一韻。得字當爲「彷」字之譌。彰，一本作鄣。當讀得爲彷。鄣，之亮切，音障，相韻二十三《漾》。』案：無徵不信。王逸注『不虛出』云云，以釋正文『得』字。據義，得，舊蓋作『當』，謂當值也。當、鄣古同協陽韻。又，《招魂》『簿迫白日瑟』云：『簿迫白同韻十一《陌》，日瑟同韻四《質》，古通韻也。』案：薄、迫、白古同協鐸韻，日瑟，古同協質韻。質、鐸不相通韻，本屬二韻也。又，『先還先淹』云：『按文義，淹字宜與先還先三字通韻……漸字宜與下文相屬。』案：非是。淹、漸爲協談韻，不與先還先協韻也。又，《大招》『賦亂變譔』云：『賦，韻七《遇》；非通韻。李氏書城曰：「賦，當叶音泛。」……按：賦，如叶泛，韻三十《陷》，正通韻也。』案：非是。賦，當作傳。《論語·公冶長》『可使治其賦也』，《釋文》：『賦，梁武云：「《魯語》作傳。」』銀雀山漢簡《神爵傳》，即《神雀賦》。傳，當作傳，形訛字也。若劉安作《離騷傳》，或本訛作《離騷傳》，終訛作《離騷賦》。傳字與下亂、變、譔同協元韻。

賈誼以下諸篇爲兩漢辭賦，用韻自與屈、宋有別，故不遑論述矣。是書無刻本，爲清宣統三年鈔本，國家圖書館有藏本。

（黃靈庚）

# 離騷經注

《離騷經注》者，清賀際運之所作也。際運字詩樵，號性靈齋曰『三益』，古汲郡人。好學嗜古。道光二十八年進士，咸豐五年，官知蘇州府。史書、地志皆未載，他者未可詳考。蓋際洪楊之亂，是以不彰耳。

首有張燮承作於咸豐九年己未序，稱性靈詩樵先生『取《騷經》舊注刪節繁冗，薈萃精義，於每一換韻之下，或四句，或十數句，更復標舉大旨。不惟支節疏朗，即通首亦復貫通。如謂篇末歷舉崑崙、流沙，猶是惓惓懷王之意，較之舊注，或以爲取喻日薄西山，或以爲意在仇讎之秦，純駁奚啻霄壤？其他如據《漢書注》謂「憂動爲騷」，據《淮南子注》謂「申椒爲香草」，亦俱淹雅諦洽』。又謂『是卷於《韻補》《韻略》以及各本音注皆有考證，求其至當，直注其音於本字之末，使讀者一目瞭然，尤便吟諷』。案：張氏意謂是書蓋於字義訓詁、字音古韻兩端，有勝於他本者，屬友人誦芳之詞，未免稍過其實矣。

末有賀氏自識，作年不詳。稱『屈原作《離騷》，後人尊之爲「經」，其情哀，其意幽，其詞幻，其理奇。看是疑鬼疑神，實是如怨如慕。貌似詞重意複，神實語長心重。千古孤臣孽子往往有窮愁之苦志，呼籲之極思，寄託於尋常意計之外』。又以爲治《騷》者『以我之心志，實實於字句外，苦爲分明，詳加搜索，庶幾字裏行間，隱隱有注解露出，雖未必確合當日情事，自可於古大臣、古貴臣公忠體國之苦衷，不甚背謬』云云。則其方法，大略爲『以意逆志』，要在求其言外之旨矣。賀氏又謂，『舊有家塾讀本，注釋甚奇而正。一時記憶不清，聊志大略於此。舍此以外，恐靈均秘鑰終古塵封，是原不見諒於當時，復不見知於後世，不亦大可扼腕哉』。賀氏作書，固非白手起家，原別以『注釋甚奇而正』之『家塾讀本』爲藍本，是又不知誰人所作也。

卷首爲《離騷序》，文多因王逸及朱子序。然於《離騷》作時，王逸、朱子皆以爲屈原遭上官、靳尚之讒而後見疏於懷王，乃『憂心煩亂，不知所愬，乃作《離騷》』。則謂作於懷王之世也。而賀氏則謂懷王『客死於秦，襄王立，復用讒，遷原於江南。原憂心煩亂，不知所愬，乃作《離騷》』。則以爲作於頃襄再放江南之時矣。

是書藍本爲朱子《集注》，注釋亦依傍朱子《集注》，復參酌王逸注而刪節之。如，『余雖好脩姱以鞿羈兮』，王逸注：『鞿羈，以馬自喻也。韁在口曰鞿，革絡頭曰羈。言爲人所係累之也。』朱注：『言自繩束不放縱也。』案：賀注：『韁在口曰鞿，革絡頭曰羈。言己自繩束而不敢縱，正如馬之鞿羈也。』是取朱注而棄王注也。又，『忍尤而攘詬』，王逸注：『尤，過也。攘，除也。詬，耻也。言己所以能屈案心志、含忍罪過而不去者，欲除去耻辱誅讒佞之人，如孔子誅少正卯也。』朱注：『亦當一切隱忍而不與校，雖有遺者，或有耻辱，亦當以理解遣，若攘却之而不受於懷。』案：賀注：『攘詬者，謂或有耻辱，當以理遣，若攘除而不受於懷。』是大意從朱注而棄王注矣。又，『延佇乎吾將反』，王逸注：『延，長也。佇，立貌也。《詩》云：「佇立以泣。」』朱注：『延，引頸也。佇，跂立也。』案：賀注：『延佇，引跂也。』是綴合朱注而棄王注也。

離騷經　一

氏義門云去經之名則無異楚僭王之疑誤矣且懼宗國之將危慟君心之莫悟遂懷沙赴汨羅江以死

帝高陽之苗裔兮朕皇考曰伯庸攝提貞于孟陬兮惟庚寅吾以降

高陽顓頊有天下之號顓頊娶於滕隍墳氏女而生老僮是爲楚先其後熊繹事周成王封爲楚子居於丹陽其孫熊通求尊爵於周不許乃僭稱王徙都郢是時生子瑕受屈爲卿因以爲氏苗裔遠孫也苗草之末裔裾之末故取以爲遠末子孫之稱朕我也古者上下通稱之皇美也父死稱考伯庸考字也攝提星名隨斗柄以指十二辰者也貞正孟始陬隅也正月爲陬蓋是月孟春昏時斗柄指寅在東北隅故以爲

蓋於是三事，可見其一斑矣。

若取王逸注、洪興祖《補注》或他家之説，則以雙行小注爲之，而文字略有調整、刪改。如，『帝高陽之苗裔兮』注『高陽，顓頊有天下之號』下小注『顓頊娶於滕隍墳氏女，而生老僮，是爲楚先。其後熊繹事周成王，封爲楚子，居於丹陽。其孫熊通，求尊爵於周，周不許，乃僭稱王，徙都郢。是時生子瑕，受屈爲卿，因以爲氏。』案：語出王逸注引《帝繫》。『楚先』原有『周幽王時，生若敖，奄征南海，北至江漢』四句，刪之也。『熊通』原作『武王』、『徙郢都』原作『始都於郢』，改之也。又，『爲卿』原作『爲客卿』，刪一『客』字，蓋因朱子《辯證》也。朱子云：『客卿，戰國時官，爲他國之人遊宦者設。春秋初年，未有此事，亦無此官。況暇又本國王子乎？』蓋以『客』字爲羨。《史記·屈原列傳》張守節《正義》引王逸注：『楚王始都是，生子瑕，受屈爲卿，因以爲氏。』則無『客』字，是猶存其舊矣。又，『名余曰正則兮，字余曰靈均』注『正平則法靈神均調也』下雙行小注引王逸曰：『平正可法者莫過於天，養物均調者莫過於地。高平曰原。故名平以法天，字原以法地。父思善應而名字之，以表其德，觀其志也。』案：王逸注『高平曰原』下原作『故父伯庸名我爲平以法天，字我爲原以法地』。下又有『言己上能安君，下能養民也。《禮》曰：「子生三月，父親名之。既冠而字之。」名所以正形體，定心意也。字者所以崇仁義，序長幼也。夫人非名不榮，非字不彰。故子生』數句，則刪之矣。又，『又重之以脩能』注『脩能者，自脩治以擴其所能也』下雙行小注：『能，熊屬，多力，故有絶人之才者謂之能。』案：原出洪氏《補注》，『熊屬』上原有『本獸名』三字，則刪之也。而引時世之注，則以『○』別之，蓋采其説也。如，『願依彭咸之遺則』末引方望溪曰：『自首至此，皆正言己。意以後則言之不足而長言之，長言之不足而嗟歎之也。』又，『留有虞之二姚』末引何義門曰：『虙妃喻貴臣，佚女喻遺逸，二姚喻嗣君左右之賢。』

賀氏所自爲注，即以闡發大義爲主，而不在字義訓詁，多以四句爲節，或亦八句，或十六句，或二十四句，皆以義爲斷。如，『帝高陽』八句注：『開端八句，首四句譜系分明，見得情親義重；次四句顧名思義，見得不可苟安。』又，『紛吾』注：『言修身之潔，是内外交相養也。』又，『汩余若』四句注：『言操守之固，出處無二道也。』又，『忽奔走』八句注：『進諫被讒，明知難已。然心可告天，總是爲君之故。乃一大結束也。』又，『余既滋蘭』八句注：『廣植衆賢，原冀上供國用，今已先被斥，衆賢誰更收羅？良可悲也。』又，『啓《九辯》』二十四句注：『皆原陳舜之詞。見己之所守，無非正道也。與前「三后」數句，同一引古法。前略後詳，且用意用筆，絶不犯複。』又，『思九州』十六句注：『蓋靈氛既勉原以四方擇主而事，不必戀戀楚國，而原則答以世道暗昧，黨人不常，人皆好惡惡美棄香取臭，固已變亂極矣。』又，『朝發軔於天津』十六句注：『首四句由楚而西，車旂和緩。次四句言陷路淪波，卬須神助。又四句言車不能行，徒步遄往。末四句言果見懷王，龍興雲屬，苦思奇想，是幻是真。』案：賀氏以西行遠逝喻求懷王，『神高馳之邈邈』之『神』，爲『懷王之神』，『言欲見王陳詞，王如不聞，依然隨黨人媮樂耳』。其果如是耶？恐亦是臆度之詞矣。

賀氏或反覆於一『死』字中説開。如，『忳鬱邑』四句注：『四句又一總束，能死而不能隨俗，主意決矣。又一歸題法也。』案：賀氏所謂之『題』，乃一『死』字耳，謂歸於『死』之題也。又，『抑心而屈志』四句注：『見所守乃前聖之道，舍死再無他路矣，又一拍題法也。』案：拍者，猶説也。拍題，謂解題也。又，『悔相道』四句注：『忽然返己内省，或是自己走錯路頭，不覺回心轉意，非特波瀾壯闊，更見原之一死，並非冒昧輕生。』又，『曾歔欷』四句注：『哀生不逢辰，爲國運泣，非爲一己泣也，至此惟死而已，又一歸題法。』又，『閨中』四句注：『言深閨難達，嗣君又復不寤，以前千思萬慮，皆無所成，安能坐視不死？又一歸題法也。』又，『亂曰』四句注：『末段收拾通篇，獨明主意，實是情至義盡，非徒一死塞責也。」案：亦皆以『死』之題上説開。

或著眼於行文結構，前後照應之關節，語多精辟，頗能啓寤心思。如，『惟黨人』四句注：『揭明「黨人偷樂」，爲一篇之主腦，並説破「偷樂」之害，非但害一身，實足害國家也。原係貴戚，安能不諫？』又，『女嬃』四句注：『忽以女嬃作開，乃天理人情之至，非徒推波助瀾也。』又，『瞻前』四句注：『總束上文，見國計民生，舍此别無是處。』又，『跪敷衽』四句注：『忽開靈境，因見舜後，又欲上達天聽，看是離奇，實不過由聖希天之理，亦即人窮呼天之常。人當愁苦之極，往往有此幻想。文心奥衍，真是徑路絶而風雲通矣。』案：即史遷所謂『人窮則反本，未嘗不呼天也』。如是而論，求帝之幻，是原絶境中幻想，類西人之『瀕死體驗』耶？則啓人心智矣。又，『欲從靈氛』四句注：『從占想到巫，亦是波折法。』又，『莫好修』句注：『反映開端「脩能」，是通篇一大結穴也。』

或從賦體演變立言，以爲《騷經》爲五言古體權輿。如，『字余曰靈均』注：『除去數虛字，即是一首五古。此等句法，早爲蘇李鑿破混沌，開出門户矣。』案：此亦是一家言矣。

賀氏是集《騷》正文及注文皆注字音，標注置於字側。如，『降』字標側『紅』、『度』字標側『奪』、『序』字標側『趣』之類，皆粗鄙不堪讀。如，『均』字標側『諸盈切』，則改真韻爲耕韻。『佩』字標側『敗』，改之韻爲月韻。『莽』字標側『姆』，改魚韻爲之韻。憑臆私改，悉無條理可言。知其固非知音之選矣。

是書清咸豐九年己未刻於吴門，同治七年戊辰仲冬長無極室重鋟，且輯入張氏《可約録》。是本封頁墨題『張氏家學，含山張敦讓輯，子燮承鐫』，『長無極室重刊』，『亞陸得此目記，丁巳三月九日』。案：蓋名『亞陸』者所書，然不審其何人。是本今藏國家圖書館。（黄靈庚）

# 離騷經解

《離騷經解》者，清梅沖之所作也。沖字衷淵，號抱蓀、抱村，江蘇江寧人。自署「宣城」，乃其祖籍，所以不忘本貫也。嘉慶五年庚申舉人。博雅淹通，著作宏富，有《莊子本義》二卷、《然後知齋經義答問》二十卷、《勾股淺述》一卷及《然後知齋詩文集》《增訂事類賦》等。妻侯芝，字香葉，通經史，能詩，著小説《再生緣》。子曾亮，亦博學能文。事載清同治《上元江寧兩縣志》卷二十四《人物傳》。

首爲彭光蓀《解題辭》，『集文心雕龍』句以評梅氏是編，稱『擘肌分理，首尾周密，鋭思於機神之區，貫一爲拯亂之藥。跗萼相銜，内義脈注。彌綸一篇，不以繁縟爲巧；思接千載，唯取昭晳之能；備綜情變，而綱領之要可明』云云，往往言過其實，炫其淹博，祇玩弄辭章焉耳。次爲沖作於嘉慶乙亥《自敘》，論述《離騷》大旨，拈出『忠』『孝』二字，謂屈子之道，『在本孝作忠，先自治而後治人。以堯舜三王所以爲君爲國，厚責於己而責難於君，正君心，植人才，得古聖事君之大端矣。迫遇讒而廢，則又反覆於前世之治亂得失，以明道之無可變。而騰天入淵，千回百折，必欲斯道之上達於君。君終不寤，乃誓以身殉，而痛斥干時變道者之非，以明己之必無可他往，惟以身殉道，明道之無可變，自完忠孝。「得此中正」以立「修名」，外則無可商焉。蓋計之熟矣。其所以不可他去、不能退隱者，則以國之宗族，恩深義重，世同休戚。己又曾柄用，忍見國之破、君之亡，同草野未仕之臣蕭然高蹈哉？篇之初終，重明斯旨，著義之萬無可逃也』。又謂『其修己事君，正己正人，天下無道，以身殉道，則孔、孟之學也。一篇之中，反覆參究，除捨生殺身而外，無可自安焉」。其「修己」「正人」之説，劉獻廷《離騷經講録》及董國英《楚辭貫》皆已言之。蓋賢者體會文心，雖未互相參照，乃不約而趨同矣。

梅氏以朱子《楚辭集注》爲藍本，故與《集注》本多合，而與他本異。如，「揆余于」，洪氏《補注》本無「于」字。案：《集注》本亦有「于」字。又，「改乎此度」，洪氏《補注》本無「乎」字。案：《集注》本亦有「乎」字。又，「蕙芷」，洪氏《補注》本「芷」作「茝」。案：《集注》本亦作「芷」。又，「昌被」，洪氏《補注》本作「猖披」。案：《集注》本亦作「昌被」。又，「攘詢」，洪氏《補注》本「詢」作「詬」。案：《集注》本亦作「詢」。又，「家衖」，洪氏《補注》本「衖」作「巷」。案：《集注》本亦作「衖」。又，「舉賢才」，洪氏《補注》本無「才」字。案：《集注》本亦有「才」字。然亦有異於《集注》者。如，「荃不察」，《集注》本「察」作「揆」。案：《補注》本亦作「察」。蓋據《補注》本改也。「不能捨」，《集注》《補注》「捨」皆作「舍」。案：舍、捨古今字。又，「不厭」，《集注》《補注》「厭」皆作「猒」。案：猒、厭，古今字。又，「落蘂」，《集注》《補注》「蘂」皆作「蕊」。案：蕊、蘂，古今字。又，「聊暇日」，《集注》《補注》「暇」皆作「假」。案：《文選》本、單行《章句》亦作「暇」。蓋據之以改也。又，「判獨離乎」，《集注》《補注》「乎」皆作「而」。

離騷經解　宣城梅沖著

帝高陽之苗裔兮朕皇考曰伯庸攝提貞於孟陬兮惟庚寅吾以降降叶乎攻反高陽顓頊之後熊繹始封楚至熊通武王生子瑕受屈為卿因以為氏攝提星名隨斗柄以指十二辰者陬隅也孟春正指東北隅故正月為陬言已於正月庚寅之日生也皇覽揆余于初度兮肇錫余以嘉名名余曰正則兮字余曰靈均皇承上言皇考也覽觀揆度也初度之度猶言時節也子生三月父親名之年二十延賓友冠而字之所謂覽揆於初度也名平字曰原而申其義以正則靈均顧名思義見所行之莫非本于父命也靈善也神妙不測也均調也平治也正為世則而神能均調衆理以恊於善屈

又，『紛其並迎』，《集注》《補注》『紛』皆作『繽』。案：無本可據，蓋訛誤也。

梅氏解《騷》以抉發微意、闡述義窟爲宗，而『明劃段落，曲批竅會，詞不厭煩，並不避俗，期文之明以明屈子之心，而得人子人臣之道焉』。其於訓詁章句，王逸、洪興祖已極其詳，故不甚措意，或仍其舊而『參用』之者。故梅氏深意於《離騷》分段，藉分段以探究蘊意。其分六段、十四小節，於各段、節之末皆概述其要旨。首一段自篇首至『所厚』，『都是正説，將主意十分煞足，文境亦逼到萬無轉身之地』。凡六節：首節八句，謂屈子『而所以必死者，以無可去之義故也。首明與君共祖，世有令名，與國同休戚，不能捨而他適之故，即定於此，不是漫敘世系，次節重序父命而别解名字之義，以見己之必精體力行，終身持守不變，有以善成斯義，方爲不負父命，盡忠所以盡孝，此《騷經》之本也』。則以首八句便伏篇末從終彭咸而必死之義。可謂卓識真知。二節『紛吾』至『宿莽』，八句，『是自己本領，先自治而後治人。乃正己之學，所以爲導君先路之本』。三節『日月』至『齌怒』，二十四句，『正敘事君之事』。四節『余固知』至『蕪穢』，十六句，前八句是『正君心』，後八句是『植賢才』。五節『衆皆』至『遺則』，二十句，『言己之與時之不合，一氣逼到願依彭咸遺則』。六節『長太息』至『所厚』，二十六句，『承上依彭咸之意，特重加提唱，以足之見時勢所迫，素志所守，一死之外，更無别法也』。第二段『悔相道』至『可懲』，一節，二十句，『隱避一層，是爲屈子謀者第一要着，而屈子斷斷不能，故用作一小段先輕輕撇過，而趨勢醒。一「變」字啓下十三節』。第三段『女嬃』至『浪浪』，五十六句，『因女嬃之言而歷陳古今治亂興亡之故，以明道之必無可變』。第四段『跪敷衽』至『終古』，求帝以『欲自通於君』，求女以『欲結君之左右以轉通於君』。凡三節。首節『跪敷衽』至『嫉妬』，三十二句，『言己之欲自達於君而門不可入，延佇而不能去，有感歎蔽美而嫉妒者之多』。二節『朝吾濟』至『終古』，四十句，『冀得君之左右而通之，所謂無人乎穆公之側，則不能安子思也』。而虙妃以比君之貴寵之人，簡狄以比在下之賢，二姚以比嗣君之左右。三節『閨中』四句，求君、求君側之『結語』。第五段『索藑茅』至『未沫』，『設爲靈氛、巫咸之説而己答之之詞』，一節，七十四句。氛、咸皆勸其去國，以反面激其不可變之義。第六段『和調度』至『不行』，一節，四十句，從氛試之以變，而作遠逝西行之想，『故與正意相反，極力放遠去，説得極快樂，一筆拍轉即止』，明其無遠去故居而不可變之意矣。最後『亂曰』乃『直截痛快』，明其守道不變之正旨，謂『通篇別無剩義』矣。

梅氏解《騷》，最可稱道者，即在於其闡述『悔相道』一節，乃拈出一『變』字而推拓其旨。云：『「變」字是中後要緊關目。前段既將正旨煞足，固只有一死而已。然須臾未死，未嘗不冀君之一悟、俗之一改也，則猶望君之我用也。而屈子之世，非自變而從時，則萬無見用之理，天下滔滔賢愚皆變，後段所痛詆者是也。屈子欲用世而斷不能自變，故承前第一段之後，即欲透發不可變之義，徑接女嬃一段可也。却極力騰開，曰「悔相道之不察」，道何待再相哉？又何所悔哉？悔則須變矣。乃不遽説變，先設出歸隱自修一層，小作波折，故爲頓宕以激出變字，則行文運筆之妙也。而此處用正筆直透曰「雖體解吾猶未變」，怒雷破山，却止電光一閃。後段女嬃乃直教他變而痛説不可變，却不見有變字。文筆之善爲隱閃如此。』其反覆糾結於『變』與『不變』之間，終於揭示『悔相道』之理，且打通行文上下之關節。此其創發而勝於他人處矣。惟審其分段、分節，則不無可商之處。如，首段第二節，宜止於『數化』，言修己以正君，而君信讒不受其忠，數變其志也。『余既滋』八句，當獨立爲一節，言所植之賢爲君所棄而蕪穢也，故下文承述蕪穢之狀。又，卜氛宜獨立一節，止於『狐疑』，言靈氛勸其去，屈子自忖其國，而猶狐疑不忍行也。問咸別爲一節，止於『上下』，言巫咸告以留止待時，意與靈氛相反。屈子復自忖楚國皆變，留待必不得，故下文承從靈氛之占而作遠逝之想也。管同《與梅孝廉論〈離騷〉書》亦云：『「巫咸」一節，同謂巫咸勸屈子留以求合，屈子斥之，後所言皆與相應』。其説韙矣。

梅氏注《騷》，大抵據王逸《章句》、朱子《集注》或洪氏《補注》而彌綸之，無甚已所創獲。惟其探索幽旨，具見苦心。如，『恐美人之遲暮』注：『亦願君之及時並脩也。此節遞到事君，自此至「踵武」，皆正言事君之事。』又，『恐修名之不立』注：『透出所以不能忽變而從時之故。』又，『落英』『墜露』注：『曰墜、曰落，言既放之後，亦取同氣類之清潔者而服之也。』又，『雖九死』注：『重申上意，已叫破正旨。』又，『悔相道』注：『就上文説來，已百死無一生矣。而行路者之走入死徑，未有不悔其不察，而延佇將返者也。故欲及行迷之未遠而回車焉，情之所必有，亦義之不可少者也。四句乃於正文煞死之，後騰開虛頓。』又，上征求帝，驅役諸神之事，注：『鸞皇先戒，鳳鳥飛騰，猶孔子先以子夏、申以冉有之意。』又，以靈氛占曰止『故宇』，而『世幽昧』至『其不芳』爲屈子『對靈氛而自念之詞』。案：以上皆其一得之見，皆啓人思致。或説音韻者。如，『長太息』注：『上二句疑倒，蓋涕與替爲韻。』蓋取姚鼐説也。或徵引時賢説。如，『耿介』注：『耿，光也。介，大也。王逸注本《爾雅》古訓，後人乃以耿介爲鯁直廉介之義。《日知録》：「堯、舜只是耿介，同流合污不可以入堯舜之道矣。非禮勿視聽言動，是謂耿介，反是爲昌披。」語亦精警。』又，『退修初服』注引管翼之云：『横逆之來，君子必自反矣，況不得於君父者乎？故屈子悔其視道之不明，欲退而脩其初服，至於芳澤雜糅，昭質不虧，則内省可無咎矣。』是見不掩他人之美者矣。

然則梅氏以意逆志，不免拘牽扞格。如，屈子求虙妃以喻君側之顯貴以通君者。觀屈子其時既已不復在位，爲落度之罪人，且徘徊荒陬之地，何由得致言於顯貴之臣？是屬想入非非者矣。且屢言『世溷濁而嫉賢』『不周於今之人』『不吾其亦已』，蓋舉世已無一人可求，豈於君側之間猶有屈子同道者耶？真不可思議之事也。

是書刻於清嘉慶二十年乙亥，上海圖書館有藏本。（黄靈庚）

# 屈子楚辭章句

《屈子楚辭章句》者，清劉夢鵬之所作也。夢鵬字雲翼，號海亭，蘄水（今湖北浠水）人。乾隆十二年丁卯舉人，十六年辛未進士，後官直隸深州、饒陽知縣。造士撫民，甚有治聲。著有《春秋義解》十二卷，大旨推本《公》《穀》之學。事載《清史列傳》卷六十六《儒林傳》。

凡七卷，卷首有謝錫位序及夢鵬庚辰自序，序皆作於乾隆二十五年庚辰，即劉氏在知饒陽任上。自序稱本乎『知人論世』之原則，乃論屈子之世而逆屈子之志。然屈子之書『各本異同頗多，而序次亦復凌亂無紀。竊不自揣，考其沿誤，訂其編次，務求其安。雖于屈子之志未敢自信吻合，亦庶幾令後之讀此，明于所遇之不齊，不復懷「忿懟沉江，露才揚己」之疑，則於屈子亦未必無一當也』。是故首作《屈子紀略》一篇，以考屈子之生世，稱以楚武王庶子暇爲屈氏始封之祖，而屈與昭、景爲楚之三閭，即楚公姓大夫大族。『自屈暇垂二三百年，歷十六七王至屈伯庸，伯庸生平，平生於楚宣王之四年甲寅歲正月庚寅日。年方二十得事宣王，年四十餘爲懷王左徒，旋遭讒廢』。年五十，張儀來相。年六十餘，作《離騷》以諷諫。『冀王一悟，卒不可得。懷王受秦欺，客死武關』。年六十四，楚頃襄王立，愈益疏絶原。年七十六，見放江南而作《九歌》。再三年，作《卜居》《天問》。『頃襄二十一年癸未二月，秦拔郢』，原作《招魂》《哀郢》九章。是年四月，作《懷沙》。『五月五日，沉汨羅。死時年八十有五』。案：蓋考定屈生卒之年及各篇之作時，多麤疏失實之論，且定屈子生年亦似稍早，不當至耄耋之年猶遭放逐顛沛之苦，然古之發軔以考屈子生卒之年，則蓋從劉氏始也。

劉氏據其《紀略》，又不因循舊本，於屈子諸作重作編次，誠大異於人。即卷一《離騷》，一篇。卷二《九歌》，九篇：二《湘》合爲一篇，而題分《湘君》前後；二《司命》亦合爲一篇，而題分《司命》前後。凑合成『九篇』之數。卷三《卜居》，一篇。卷四《天問》，一篇。卷五《招魂》，一篇，蓋據史遷《傳贊》，亦以爲屈子所作。卷六《哀郢》九章，即首章《哀郢》，二章《抽思》，三章《橘頌》，四章《思美人》，五章《悲回風》，六章《涉江》，七章《惜往日》，八章《惜誦》，九章《遠遊》，皆抹去『抽思』『橘頌』『思美人』『悲回風』八篇原名，統以『哀郢』稱之。卷七《懷沙》一篇，然合《漁父》於《懷沙》之前若其序者，而删『漁父之歌』。總二十五篇，與《漢志》所載之數正合。

屈子章句卷之一

浠川劉夢鵬雲翼氏訂　男姪光[illegible]仝校

離騷

屈子離於憂患而作者也屈子之憂不關屈子也楚懷疏屈子而不用有年矣欺於秦困於魏韓怒於齊屈子蚤卜夏坵蕪突孤臣孽子心危慮深宜其多憂也夫楚懷不知憂而屈子獨憂之屈子憂之而楚懷復不信之於是幽愁憂

若此編次，則大受四庫館臣所非議，乃斥之云：『至北宋以後，始各以己意改古書，有所不通，輒言錯簡，六經遂幾無完本。餘波所漸，劉夢鵬以此法説《楚詞》。』（見《素問懸解提要》）又云，是書『篇章次第，竄亂尤多。如二卷《九歌》内《湘君》《湘夫人》《大司命》《少司命》本各自標題，而删除「湘夫人」「小司命」之名，稱「湘君」前後篇、「司命」前後篇。六卷《九章》内删《抽思》《橘頌》之目，統爲「哀郢」，又移置其先後，均不知何據。又誤以《史記》敘事之文，爲屈平之語，遂合《漁父》《懷沙》爲一篇，删去《漁父歌》而增入「乃作《懷沙》之賦其辭曰」九字，尤以意爲之也。』（見《楚辭章句提要》）然章學誠序此書則稱道之不置，『余觀雲翼自序，以屈子之志比於《小弁》之仁，以頃襄之忘仇結昏，同於平王之遺戍申許。《騷》《雅》同源，一言得其梗概。可謂讀古人書，能知古人之意者矣。他若定其二十五篇以從《漢志》，章剖句析，不必斤斤求合而自能以意逆志，可以一空前人之支離附會，與余夙所疑者，不啻釋而節解也。』（此序未見此書，見浙江圖書館藏稿本《章氏遺書》卷三）姜亮夫謂『阿其所好者』云（《楚辭書目五種》）。案：是各人所處之視角不同。館臣自遵《楚辭》舊編形式者言之，似以劉氏爲妄改矣；而章氏讀《騷》，惟以明屈子之志爲宗旨，而不較乎章剖句析以斤斤求合矣。則各拘一端，有所利弊，蓋與其所好惡者無涉矣。

據史遷『幽愁憂思而作《離騷》』，乃拈出一『憂』字，進而疏之云：『屈子之憂，不關屈子也。楚懷疏屈子而不用有年矣，欺於秦，困於魏韓，怒於齊，屈子蓋早卜夏坵蕪矣。孤臣孽子，心危慮深，宜其多憂也。夫楚懷不知憂而屈子獨憂之。屈子憂之而楚懷復不信之，於是「幽愁憂思」』。可謂要言而不煩，所以能明屈子之志者。其分《離騷》爲十二節，各節之末皆以三字概敘其旨，語多警省。自篇首至『宿莽』爲第一節，『述懷芳也』。自『日月忽其』至『敗績』爲第二節，以『懷君國也』。自『忽奔走』至『蕪穢』爲第三節，『惜群芳也』。自『衆皆競進』至『遺則』爲第四節，『慕前修也』。自『長太息』至『所厚』爲第五節，『語固窮也』。自『悔相道』至『可懲』爲第六節，『語憂違也』。自『女嬃』至『浪浪』爲第七節，『切陳詞也』。自『跪敷衽』至『而延佇』爲第八節，『思上征也』。以見帝比求君之一悟。自『世溷濁』至『終古』爲第九節，『哀無女也』。虙妃喻『高蹈之賢』，佚女、二姚比爲他國所得之賢。自『索藑茅』至『其不芳』爲第十節，『勗旁求也』。自『欲從靈氛』至『觀乎上下』爲第十一節，『歎媒勞也』。自『靈氛既告』至『顧而不行』爲第十二節，『從女逝也』。而『亂曰』以下别爲一章。案：審之有未足概其意者。如第六節之旨，設將遠行四荒以求合者，非『憂違』意也。第十一節本審楚人從化，已無賢者，獨己不改，非『歎媒勞』也。第十二節西行遠逝以寓赴死，非『從女逝』意也。

稱屈子作《九歌》之由，皆不關祀神祭鬼之事，稱『託於歌詠，賦比興以道達己志。《東皇太一》，表忠愛之情也。《東君》，致必讎之旨也。《雲中君》，思賢達之遇也。《湘君》，告語同志，待時後圖也。《司命》，諷喻朝賢，悲所志之不酬，或冀倖於萬一也。《河伯》，傷寥寂也。《山鬼》，遺所思也。《國殤》，痛楚兵挫，哀死事，語慎戎也。《禮魂》，諷隆禋祀，和神人也。其詞婉，其意曲，怨而不怒，思而不淫，二《雅》之變音乎』。且改易舊次，《東君》置《東皇太一》之後。以『湘君，洞庭山神，亦稱湘夫人，乃天帝之二女，處江爲神。即《列仙傳》所載江妃二女也。江湘之有夫人，猶河洛之有虙妃耳』。則從郭景純之説矣。楚本不祀河，非其望也。然『四瀆，河爲長，故水神河伯爲尊。原在沅湘而稱與河伯遊，借尊者以爲辭也』。以《山鬼》爲『辰沅洞庭之間，其地多山，故賦其所在以起興』。又以《國殤》諷喻楚之『貪忿速禍，連年用兵，戰士野死，暴骼横屍』，故賦其事。案：其多牽合之説。據出土楚遺書《太一生水》，蓋楚之宇宙生成之次，始太一，次爲水，次爲陰陽，次爲日月，次爲寒暑，次爲歲。《九歌》始禮『東皇太一』者，楚之宗神也，當居最先。次雲神者，水神，然其神因夏禮也。次二《湘》者，亦水神也，然其神因越禮也。司命者，陰陽神也，故又在水之後，其分大小，則因夏、越而别也。東君、河伯，皆因夏禮，故退居其後。山鬼者，沅湘越之故地山神也。國殤，楚之殤鬼，爲原所益，故又在其次矣。詳參拙著《楚辭與簡帛文獻》。故不可改易其次。又，二《湘》有『參差』之樂，爲舜所造，則非娥皇、女英莫屬矣。

稱《卜居》非屈子真疑而有未決者，祇是『借詹尹之口以自道己意』而已。然置是篇於《九歌》之後、《天問》之前者。抑有據依歟？蓋《卜居》爲設疑而問，《天問》亦設疑置問，以類爲屬。則以意逆之也。然則《九歌》《天問》皆作於『既放三年』耶？是其亦未深審之矣。

稱屈子之作《天問》，由於『屈子以忠貞之性，洞達之胸，頗能近道，而聞見富夥。熟復世變，悲厥狂愚。爰迹已事，用申質訊。凡夫參差不齊之故，事理違合之端，無可解，實無不可解，乃引而不發，令人自悟，不質言而若疑難焉。天者理而已，呼天問之，直據理問之而已』。其分《天問》八章，各章之末皆概括其旨。自篇首至『曜靈安藏』爲第一章，『屈子因溯大始以本人事』。自『不任汩鴻』至『烏焉解羽』第二章，『蓋開闢以來至是始成世宙也』。自『禹之力』至『湯何殛焉』爲第三章，『自夏始争於有扈，竊據窮寒至於成湯爰革夏正止，厥焦門多故矣』。自『舜閔』至『兩男子』爲第四章，『人倫之變聖人其有憂患』。自『緣鵠飾玉』至『誰使挑之』爲第五章，『夫天之生此民也，聚族而居，什之者帥，百之者長，千之者君，萬之者王，以智治愚，以賢治不肖，安之而已』。自『會鼂争盟』至『能流厥嚴』爲第六章，『聖人爲生民計而誅一紂以代天下。自『彭鏗』至『两卒無禄』爲第七章，『天下之生，一治一亂，戰國其劫運』也。自『薄暮雷電』至篇末爲第八章，『終及楚事以寓發問之旨』。案：其分章頗無條理。若大而言之，可分問天、問地、問人三章，問天止於『曜靈安藏』。問地自禹治水起而延及志怪之事，止於『烏焉解羽』。而問人又可分問夏、問商、問周及問楚四章也。

稱《招魂》亦爲屈子所作，蓋據史遷《傳贊》也。原作《招魂》者以自招其魂，其作此篇之由，則詳論之云：『假托抒情耳，又烏問俗之然否、事之有無也哉？原之言曰「魂一夕而九逝」，又曰「魂識路之營營」，又曰「何靈魂之信直」，又曰「魂營營而至曙」。嗚呼，孤臣放子，荒郊洒血，君門萬里，一日九迴，魂魄不守，有自來矣。今讀其書，崑崙縣圃，赤水流沙，非魂歷之境乎。虙妃佚女，高辛重華，非魂遇之人乎。湛露朝霞，則魂食飲也。瓊枝瑶華，則魂佩帶也。龍螭虬象，則魂輿馬也。望舒飛廉，則魂僕從也。下有大壑，上有帝閽，若枝東指，虞淵西流，魂乎魂乎，雖原亦不自知，仍飄風於何所矣，宜其招之也。子長讀而悲之，以此也夫。嗟乎，故國坵墟，人念禾黍，孤臣投窮，因操土音。凡夫宮室遊觀之勝，飲食侍御歌舞之美，不過假託巫陽之口，備道南州之樂耳。臺榭頹垣，第宅新主，撫今思昔，地是人非，課後先之何時，倚遥望而增嘆，徑被路漸，江介風凄，哀蓋不在己而在國矣。故結之曰「哀江南」。其《哀郢》之引言乎？王逸謂是篇爲宋玉招師，《大招》爲原自撰招詞。謬矣。《大招》情致靡謾，氣體膚弱，與《離騷》諸篇深婉悱惻，全不相似，必非原手。」案：其説證以屈子他賦，以所招之魂爲屈子『心煩慮亂』之魂，而誘以南土之美，假託招魂以抒其憂國之思。庶幾自成其解矣。又稱『此篇開端、亂語，皆原自言，非出代招之口，在玉不應有是語。逸固不如遷之確』云云，甚有致思，蓋亦得以自圓矣。

《哀郢》九章、《懷沙》編次，唯一依據爲史遷《傳贊》『讀《離騷》《天問》《招魂》《哀郢》悲其志』之語。以《懷沙》爲絶命之詞，且本傳全載之，蓋原不在《九章》之内。則《九章》之文見於《傳贊》者，祇見《哀郢》一篇。是以頓悟『哀郢』爲總名，而他八篇之文，乃其八章也，是云『哀郢九章』。《懷沙》既不在其内，則少一篇，故以《遠遊》實其數。而以《漁父》《懷沙》合爲一篇，稱『懷沙賦』。稱作《九章》之由與秦拔郢有關，『甲朝始行，九年不復。白起一烽，南郡焦土。時原已老矣，痛國故之禾黍，念龍關之遺楸，死者何辜，生者已憊，於是哀郢而作九章，以敘憂思』云。而九章各有其旨，『首章傷蕩析之苦也，次章慨靈修之化也，三章道芬芳之未沫，四章陳遺則之願依，五章咤無益於任石，六章哀不當之朕時，七章畢辭以自著，八章曾思而遠身，九章死而不容以自疏』。又稱作『懷沙』之時，『原九年不復，年老矣，國危矣，遇窮望絶矣。懷臣僕之憂，匪抉眼之忿，原得死所哉』。案：觀其所敘，多未得其要。如，一章既放在江南，而二章遠在漢北，不相接續矣。三章頌橘以自喻，與二章、四章亦皆無關連。且四章『思美人』者，思君之詞，以夫婦爲喻，非依彭咸遺則之意也。六章言涉江而入南夷無人之地，敘其遷徙之路徑，而要之以『哀不當之朕時』，大言無當矣。八章但敘諫君而遭斥，心緒煩亂，固未嘗遠身也。九章神遊天地四方，是《離騷》西行遠逝之意，歸於泰初之境，不過是死之讔語。故劉氏此卷編次，多爲後世病詬。觀其所失，非在於全不遵舊次，而在於拘守《傳贊》太過。史遷不著《九章》他篇之名，其時並無『九章』之稱，乃後人輯其九篇，合爲一編，故以『九章』名之。非原所自名矣。或疑史遷未悉見屈子之作，所舉者但其所見者矣。不可據以爲『哀郢』爲《九章》之總名也。其合《漁父》《懷沙》爲一篇，羌無文獻依據，以意妄改，尤不足憑信也。

是書底本用朱子《集注》，校、音、注三者兼備。音則悉從《集注》，無所發明，且無足觀。惟叶音之字皆作改作直音。古音之學至清乾嘉之世大備，劉氏欲以同部古音説之。如，《離騷》『謇吾法夫前修兮，非世俗之所服。雖不周於今之人兮，願依彭咸之遺則』。云：『服，叶音逼。』《集注》：『服，叶蒲北反。』案：服、逼，則古同入職韻。『蒲北』之音，古亦入職韻。又，『長太息以掩涕兮，哀民生之多艱。余雖好修姱以鞿羈兮，謇朝誶而夕替』。云：『艱，叶音勤。替，叶音秦。』《集注》：『替與艱叶，未詳。或云：艱，居垠反。替，它因反。』案：艱、勤、秦古皆入真韻。然『居垠』『它因』之音亦同入真韻。或因承朱子之誤。如，《國殤》：『帶長劍兮挾秦弓，首雖離兮心不懲。』云：『弓，叶音經。』《集注》同。案：弓、懲古入蒸韻，經入耕韻。古不同音。因朱子而誤也。或見誤改叶字音，反不若朱子反切者。如，《大司命》：『乘龍兮轔轔，高馳兮沖天。結桂枝兮延佇，羌愈思兮愁人。』云：『天，叶音汀。』天，古入真韻；汀，古入耕韻。《集注》：『天，叶鐵因反。』案：『鐵因』之音亦入真韻也。《河伯》：『乘水車兮荷蓋，駕兩龍兮驂螭。』云：『螭，叶音羅。』螭、羅雖同入歌韻，然螭轍紐，羅來紐，聲不同也。案：朱子云：『螭，丑知反。一音离，叶丑歌反。』則不讀來紐也。《國殤》：『旌蔽日兮敵若雲，矢交墜兮士爭先。』云：『先，叶音論。』先、論古雖同入真韻，先心紐，論來紐，不同聲也。案：朱子云：『先，叶音詢。』論，蓋『詢』之訛也。《天問》：『陰陽三合，何本何化。』云：『化，叶音歸。』化，古入歌韻。

歸，古入微韻。朱子云：『化，叶虎爲反。』案：『虎爲』之音亦入歌韻也。於此可見，其非知音之選也。

校則多見《集注》，而與洪氏《補注》異。以《離騷》一篇爲例，他篇則皆可類推也。如，『皇覽揆余于初度兮』，校云：『覽，一作鑒。「余」下一無「于」字。』案：《集注》本同。案：《補注》本無『于』字，云：『覽一作鑒，一本「余」下有「于」字。』又，『惟黨人之偷樂兮』，校云：『「惟」下一有「夫」字。』《集注》本同。案：《補注》本有『夫』字，引一無『夫』字。又，『荃不揆余之中情兮』，校云：『荃，一作蓀。揆，一作察。中，一作忠。』《集注》本同。案：《補注》本作『荃不察余之中情』，引察一作揆，中一作忠。或據《集注》而改字。如，『雜申椒與菌桂兮』，校云：『菌音郡，或從菌。』《朱注》本作『菌』，云：『菌，或从竹。』案：據《集注》本改『菌』作『箘』也。又，『反信讒而齌怒』，校云：『齌，一作齊，或作齋，一作欶。』案：校文悉同《集注》，惟『齌』作『齋』耳。或偶見異於《集注》本。如，『夕攬洲之宿莽』，《集注》本『攬』作『擥』，《補注》本亦作『攬』。又，『指九天以為正兮，夫惟靈修之故也。』。校云：『下有「曰黄昏以爲期兮羌中道而改路」十三字，非是。蓋因《九章》之語重出在此，而「改路」二字偶異耳。』案：《集注》本有此二句，且詳爲之注，云：『安知非王逸以前，此下已脱兩句邪？更詳之。』《補注》亦有此二句，校云：『王逸無注，至下文「羌内恕己以量人兮」，始釋「羌」義。疑此二句後人所增耳。』是蓋從《補注》也。館臣稱『是書就諸本字句異同，參互考訂，亦頗詳悉。然不注某字出某本，未足依據』。蓋未詳審之矣。

注釋頗簡練精要，無模稜依違之病，蓋撮王逸注、朱子《集注》爲之，擇其善者，而已之新義寥寥。然亦時見其所發明，確然可參之者。如，《離騷》『願依彭咸之遺則』，注云：『王逸稱「彭咸商賢大夫，諫紂不用，投淵而死」。語簡，而本末不詳。考之他書，彭咸諫紂不用，出奔耳。投淵之計，乃亡後不得已者之所爲。其殆有臣僕之憂者與？咸之爲人，雖不可詳，然即是二説。微亡箕辱，夷齊得死所，蓋兼之矣。夫有咸之志可死可不死，無咸之志死亦愈疏，忿懟者烏足法乎？屈子前後稱彭咸者凡六，志行之符，非小諒之效。子政「水遊」之云，亦泥於湛身之説，而非所以爲則矣。吾觀屈子驟諫不聽、任石無益之語，且若有不满於申徒、伍胥者，而於彭咸獨惓惓焉，寧無謂耶？且此篇作於楚懷疏絀之日，未應便欲「水遊」，可知依則，自有在也。』案：劉氏以依咸之則，不過從其志，非預作『水死』者。蓋近事理。其志，即不作亡國奴爾。國亡則不容苟活。屈子亦是已。又，《天問》：『該秉季德，厥父是臧。胡終弊於有扈，牧夫牛羊？』注云：『或疑「該」爲「啓」字之訛，此緣下「有扈」，疑事與啓涉故云。然今以下文考之，該，乃亥字之誤。有扈，當作有易。有易、有扈並夏時諸侯，傳寫訛耳。亥，契八世孫，上甲微之子也。厥父，上甲微也……臧，善之也。弊，敗也。牧牛羊者，有易拘留子亥困辱之，使爲牧豎也。原言亥少時秉德，其父善之，何終敗於有易，見辱殊方乎？』又，『有扈牧豎，云何而逢？擊牀先出，其命何從？恒秉季德，焉得夫樸牛？何往營班禄，不但還來？』注云：『子亥弊於有易，牧夫牛羊，故直謂之「牧豎」。逢，謂逢其害。言子亥先爲牧豎，猶是拘辱，云何又逢禍殃。蓋因上甲致討而殺以洩忿耳。牀，安身之座。擊牀，怒而自擊其牀，若斫案推席之類。先出，猶云遽起，皆疾怒貌。命，徽師之命。從，從之討有易。上甲以子故興師。河伯，本與有易友善，何以遂從殷命，亦兵出有名，不得不從耳。按《竹書》《山海經》載，夏帝泄之十二歲，殷侯子亥賓於有易而淫焉，有易之君殺亥，取僕牛。上甲微徵師河伯，討有易。即其事也……僕牛氏之女，亥之所淫，而爲綿臣之所取者。往營班禄，謂往使藩國，班賜禄命，所謂賓於有易是也。但，語辭。言亥若能常持少德，何至淫於有易而不得還乎？』又，『昏微遵迹，有狄不寧。何繁鳥萃棘，負子肆情？』注云：『昏微，猶云昏昧。迹，猶路也。遠方曰狄，即有易。繁鳥萃棘，借爲群狄聚處之喻。負子，謂殺亥。肆情，謂取僕牛。言有易昧於遵路，不自安寧也。』又，『眩弟並淫，危害厥兄。何變化以作詐，而後嗣逢長？」注云：『按《竹書》載，殷侯以河伯之師伐有易，殺其君綿臣。而《山海經》又稱，河念有易，有易潛出，爲國於獸方。蓋河伯實與有易友善。殷侯假師以義，河伯不得不助，而哀念有易，故使得潛化而出。據此，則潛出即綿臣之弟也。眩者，迷蔽於道之謂。眩弟與兄同惡相濟，何兄伏戮而弟顧以詐得脱乎？」案：《天問》『該秉季德』以下二十四句，自王逸以下説解皆誤，至静安先生以殷契甲骨文字所載祭亥、季、恒、微之事，以此『該』即殷先公亥，以季爲六世祖冥，以『恒』爲契文『王亙』，季之子，以『昏微』即上甲微也。於是《天問》此節之義至見大白。劉氏之説誠未稱縝密，且誤以『昏微』爲『昏昧』，以亥爲微之子，以『恒秉季德』誤釋爲『常持少德』，然其首釋『亥』爲殷侯王亥，可謂有見。後世何以昧其名而使之晦不顯耶？豈静安氏未嘗讀其書乎？設若劉氏得見後百年所出殷甲契文，蓋亦當仁不讓於静安先生也。又，《招魂》備言四方上下之害，多志怪之事，荒誕之言，而儒者斥之不經，朱之亦目之以『兒戲之談』。案劉氏乃駁之云：『屈子之書，所稱或有不經，人每譏其譎幻荒誕。蓋未深觀屈子者也。《離騷》諸篇所云，閬風縣圃之類盡寓言見意。《招魂》所稱，乃大荒之域、四極之表，奇形怪狀，雖非接於聽覩間，亦載在《山經》。原不過借是極言上下四方不祥耳，其有無固不及辨，亦不必辨也。』其説亦通達得體，可備後世參考矣。

音韻訓詁之事，誠非劉氏所嫻習，故臆造之説比比可見。如，《離騷》『怨靈脩之浩蕩兮』，注云：『浩蕩，失據無守之貌。』案：王逸、朱子並云：『浩蕩，無思慮貌。』無思慮者，猶糊塗不分也。則古訓不可移易。又，『忍尤而攘詬』，注云：『攘者，去而不存諸心之謂。』案：非是。攘、忍對文，猶包裹、包取之義。焦循云：『肴饌中有以讓爲名者，皆以他物實之於此物之中。如以肉入海參中則名讓海參。凡讓雞、讓鴨、讓藕，無非以物實其中。或笑曰，讓當與瓤通，謂以物入其中，如瓜之有瓤也。説者固以爲戲名，而不知古者聲音假借之義如此也。瓜之内何以稱瓤？瓤從褱者也。瓤從褱猶釀。《説文》：「釀，醖也。」

醞與縕通。《穀梁傳》「縕地於晉」，謂地入於晉也。《論語》「衣敝縕袍」，謂絮入於袍也。醞爲包裹於内之義，而釀同之，此所以名瓤名釀也。《説文》：「鑲，作型中腸也。」《釋名》云：「中央曰鑲。」皆以在中者爲義。囊，裹物者也，從襄省聲，即亦與讓同聲。然則讓取、包裹、縕入明矣。夫讓猶容也，容即包也。争則分，讓則合矣，故四馬駕車兩服在兩驂之中而《詩》曰「上襄」。水圍於陵，而《書》曰「懷山襄陵」。俱包裹之義也。不争則退遜，退遜則却，故讓有却義。能讓則附合者衆，故穰之訓衆，讓之訓盛，衆則盛也。」（《讀易餘籥》）焦氏之執從『襄』聲諸字之根，以會通諸字之義，其啓人思者夥頤。《説文》襄字訓『解衣耕』。蓋北土乾燥，下種必啓表土，而後覆之，是謂之襄。《左傳》定公十年：『葬定公，雨，不克襄事。』杜注：『襄，成也。』襄事，謂下柩反土以葬之事。引申爲入、藏、包、反。攘從襄聲，取入謂之攘，包容、包忍亦謂之攘，則不必改字。或省作『襄』也。《招魂》『露雞臛蠵』，舊解『露雞，露棲之雞』。劉注：『露，恐是「濡」字之誤。』案：妄意改字，不足取。訓『承露鷄』者亦非其義。《包山楚簡·遣策》有『囂（熬）鷄』『庶（炙）鷄』。則『露鷄』之『露』，『烙』字之假借。烙，灼也。即今謂烤雞、燒雞也。

是書爲藜青堂所刊，乾隆五十四年爲初刻，嘉慶五年重刻。是爲嘉慶五年重刻本，藏於浙江圖書館。臺北新文豐出版公司《楚辭彙編》（第九册）及《四庫全書存目叢書》影印者，即皆據乾隆五十四年初刻本也。（黄靈庚）

國家古籍整理出版專項經費資助項目
國家社科基金2010年重點項目（批准號10AZW002）
教育部人文社會科學重點研究基地首都師範大學中國詩歌研究中心重大項目
浙江省重點社科基地江南文化研究中心成果

# 楚辭文獻叢考

黄靈庚 撰

上

國家圖書館出版社

**圖書在版編目（CIP）數據**

楚辭文獻叢考：全三册 / 黄靈庚撰. -- 北京：國家圖書館出版社, 2017.12

ISBN 978-7-5013-6044-4

I. ①楚… Ⅱ. ①黄… Ⅲ. ①楚辭研究 Ⅳ. ①I207.223

中國版本圖書館CIP數據核字（2017）第058223號

國家圖書館出版社
官方微信

**書　名** 楚辭文獻叢考（全三册）

**著　者** 黄靈庚　撰

**責任編輯** 南江濤

**封面設計** 敬人書籍設計工作室
呂敬人+黄曉飛

**出　版** 國家圖書館出版社（100034 北京市西城區文津街7號）
（原書目文獻出版社　北京圖書館出版社）

**發　行** （010）66114536 66126153 66151313 66175620
66121706（傳真） 66126156（門市部）

**E-mail** nlcpress@nlc.cn（郵購）

**Website** www.nlcpress.com→投稿中心

**經　銷** 新華書店

**印　裝** 河北三河弘翰印務有限公司

**版　次** 2017年12月第1版　2017年12月第1次印刷

**開　本** 787×1092（毫米） 1/16

**印　張** 125

**字　數** 1800千字

**書　號** ISBN 978-7-5013-6044-4

**定　價** 980.00圓

# 序

黄靈庚

《楚辭》之於《詩經》，猶大江之於九河，一則泛蕩於北土，一則泛濫於南國。滂蕩於北者爲十五國之歌謡，泛濫於南者爲十七卷之楚騷。江、河俱出於崑崙之墟，沛焉歸之東海；《詩》《騷》同源乎商周之都，終然匯於華夏。是以研討吾國文學與學術，溯其源而派其流，探其本而疏其末；則必逍遥乎江河之域，周章於南北之區；誦《詩》以探文章之因緣，哦《騷》而究詩賦之波瀾。是以二千餘載之文脈變遷，學術淵源，由此發軔而懸車，焉得回繞而軼逾乎哉！

若夫靈均以帝高陽之裔，楚宗族之胄，染南國山林之風，秉江漢川澤之俗。忠以事君，雖九死其未悔；仁以愛民，亦一心之所善。遭讒見放，澤畔行吟，灑千秋之淚；藻思迸發，清麗悽惋，得江山之助。攟拾香草，鑄不刊之偉詞；懷石清淵，流永恒之英名。是以其賦也無所不參，無所不包：氣薄碧霄，令羲和而役望舒，驅風雲千變之勢；精貫漢津，乘玉虬而駕神鷖，挾雷霆萬鈞之力。出入陰陽，敢於冥婚往世神女；上下天地，庸非求合遠古聖帝？才冠列國，六經堪足彌其綸；學兼衆長，諸子難以概其心。蓋《離騷》陳逢讒之憂，《九歌》通神鬼之思，《天問》難幽明之理，《九章》據逐臣之怨，《遠遊》窮生死之途，《卜居》極是非之則，《漁父》寄獨往之志，《九辯》續師心之憤懣，二《招》呼魂魄之來歸矣。

嗟乎！郢社久湮而江聲依舊，懷襄永逝而隴樹如昔。惟屈子精神并二十五篇辭賦，疑雲霞出海，恍迎九萬重之旌旆；似風月盈天，愡仰二千年之光霽。狀慘愴則烈士霣涕，寫勝景雖春女息氣。既國家之忠臣，亦文苑之宗主。道藝雙崇，才德兼美，古今獨靈均一人爾。而獨軒翥奮飛於拔俗之詩，深思高舉於寫志之辭。至於彥和之云『氣往轢古，辭來切今，驚采絶艷，難與并能』者，洵爲千古不易之論矣。

爾乃賈傅途汨淵以憑吊，啓楚學之權輿；史遷作傳贊而悲志，領騷人之氣韻。淮南之旦日，承詔作傳，稱雄文一卷，兼之風雅，怨誹不亂，好色不淫，可以争光日月矣；中壘以窮年，修略録賦，集佚篇廿五，首以屈原，離讒憂國，續賦以諷，謂之感物造端焉。而後孟堅景伯，據經改易前疑，粲然大義；子雲季長，引傳釋解後惑，顯焉宏指。西京而東都，憑軾踵武而窮本，遵道得路；南儒及北士，漱潤瀝液以致幽，登堂嚌胾。濟濟鏘鏘，玉振金聲；申申翼翼，風起雲湧。豈非云盛哉！

若夫彙衆説而集大成者，無乃王逸之《楚辭章句》耶？逸字叔師，家居宜城，與屈子同一鄉里；闇曉舊聞，距懷襄僅歷四百；雅習楚語，登輶軒而通絶代；官至校書，入蘭臺以覩秘籍。復以鴻詞博學之才，綜理前賢；老成經師之法，詮注辭賦。博採異聞，融會諸家；消息是非，從容指意。乃詁『羌』之以『何爲』，明以楚語；訓『荃』之爲『香草』，詳其喻意。『奔走先後』爲『四輔』之職，『霾輪縶馬』成『必死』之示。是皆言之有據，固若泰山而移之不動；揆之成理，堅似鐵石而鏤之無痕。而概之依《詩》取興，引類譬諭：『善鳥香草以配忠貞，惡禽臭物以比讒佞；靈修美人以媲於君，虙妃佚女以譬賢臣；虬龍鸞鳳以託君子，飄風雲霓以爲小人。』是固師前以傳後，而後學承以定式。既文字訓詁之淵藪，又禮儀文獻之典型。中之以危言而存國，是絶世之行；繼之以殺身而成仁，爲俊賢之英。誠亦探得筌蹄，妙達奧義。竭其才智，通解屈宋漢賦者五十六篇；畢其精力，終成《楚辭章句》者十七卷。況且作者篇次，今人靡不遵其舊序；字義訓故，後世無敢騁其虛悟。故是書之出，而衆書悉佚，遂巋然獨存而傳今，卓爾特立而擅美。既非偶然，斯亦夐爾。蓋澤被詞林，斷非一日；霑濡後學，固已千秋。魏晉以下習《離騷》之作，徒有音義之什；而傳《楚辭》云者，惟此叔師是依；雖景純之有注，若捨此則無從啓手；智騫之有音，乃依注而甘爲附庸；莫不沿委以討源，揣本以達末，而奉之似蓍蔡，尊之如基址矣。

吾儕守形神於卷軸，虛歲紀於上庠；忝竊楚學之列，冒濫譚藝之林。才乏掞天，技愧吐鳳；雖研討有年，而創獲甚微。然矻矻終日，窮老耽騷；孜孜歷歲，考鏡辨章。志同道合，彙輯楚辭文獻於一集；沙披金揀，綜貫諸家注本於諸館。第甲乙，發凡例，各獻所蘊之長；勘黃卷，溯源流，盡得相契之樂。乃一尊王逸漢注爲宗主，爲根荄，爲柱礎；而旁視叔師以下爲裔孫，爲旁枝，爲附庸。觀夫簡策之傳於今者：一則《章句》，二則白文，三則洪《補》，四則《選》注矣。

伊《章句》已不見宋槧，更無論唐鈔。惟明正德一板爲最蚤，隆慶再梓降其次，萬曆諸梨又在後，光緒一槧終以末。彼此承傳，前後接屬。桑海歷刼，類鬼神之呵護；石室代藏，似瓣香之斷續。雖一言之不苟，從趙宋以重鋟；而臨文或改易，棄原籍之舊觀。度時愈晚，失真益多；雕板再三，魯魚更增。其理固然，而況兩千餘載之遺策乎！畢竟未失叔師真傳，依稀多存漢注遺珠。況夫洪列『一作』之異，可謂字字有案；或別『經傳』之分，猶稱篇篇吻合。既非無中生有，安得弄假成真？猶宜爲楚學嚆矢，且謂之治騷龜鑑矣。

白文首推歐陽詢之碑帖，若忽之爲曶，猶見古體；人之爲民，不避唐諱。《離騷》有『曰黃昏』之文，乃異乎蕭《選》所據；《九歌》無祭殤魂之曲，則暗合維章之論。次則米襄陽之書卷，幸存《騷》之全帙，亦宋鈔之完璧。文字異同，供校讎之助；篇章多寡，辨真僞所資。他則綠君亭之七帙，款式高雅；吳勉學之二卷，校讎精審；熊元性之楚騷，篆楷二體互用；顧大中之鈔録，山鬼一曲獨删。類若點漆凝脂，風神亦覺靈動；似璞玉渾金，磨礲乃至精純。學者宜當珍寶，而不因無注忽略之矣。

若乃宋洪氏興祖，際奸人以當路，黜荒阻而興懷；『生不得力爭而强諫，死猶冀感發以改行』。藉此抒懷，澆己塊壘；

浸浸乎揮翰奮藻，鰓鰓焉膽戰心慴；因叔師而作補，參校異同；類漢注之義疏，發微探窔。是以逸注録前，亦是漢之舊籍；『補曰』續後，則爲己所新構。《釋文》序次賴此傳存，《章句》原本差得推求。然則《補注》原籍亦已不存，至蚤祇有明翻，後如汲古寶翰，惜陰金陵，後先因襲，次第梓録，雖範式雷同，悉因循軌模；而文獻價值，皆未踰明槧矣。

若乃蕭氏編《選》，擴十篇而立騷體；善之作解，從一家而宗漢注。《選》之所傳，尤存唐鈔。如索之爲『求索』，雖一字抵千金；若騷之止『導言』，苟半篇當萬鍾。觀宋槧六臣注本，或以先五臣而後善注，是漢説唐疏次第不溷；或以先善注而後五臣，則是漢説唐疏竄亂失序。而據秀州舊式於韓國，足以斠正建陽之誤；因宋版蕭《選》之漢注，亦能參訂《章句》之譌。惜夫原非全帙，而序次未曉；止於招隱，而諫歎莫辨。惟夫甄辨異同，合三者以參勘；詳察是非，定一本於擇善。是故《章句》居首，總輯十種；《補注》攝中，繼録九刻；《選》注殿後，擴擇六槧。精心遴選，皆館藏之秘籍；刻意考述，惟自出於機杼。宋梓明槧，多常人所罕覯；字比句櫛，道他家所未言。彙諸刊於一集，體式自明；考衆本之因緣，源流各分。若是以往，叔師舊本可復，屈宋故書可完。是乃治騷要津，入門坦途。宜知其指，必須三者兼顧；復審其纂，猶當逐本綜理。或曰『精萃』之所在，亦職是故矣。

況乃元明以降，書惟論孟，學崇考亭。是以《集注》之出，而漢訓式微。晦庵之字義訓詁，悉本叔師；山川名物，原從慶善。而句解章説，因於詩教；闡義延理，緣乎子思中庸；寄意寓懷，肇於趙侯放逐；諷喻時事，猶在楚州投簪矣。是以朱子所尋大義，斷非三閭之所道；晦翁所見忠臣，亦是蘭家化身。稱『過於中庸而不可以爲法』，『不知學於北方以求周公仲尼之道』云者，於斯可知矣。雖然歸焉大家，發明良多：釋『九天』而説以『九重』，則出土楚墓棺飾之畫可證；解『靈修』而斷以夫婦，乃後人『女性中心』之思得啓。説『椒蘭』類以比興，而斥舊注『令尹』『大夫』之謬。通《九章》而考之時地，爲開明儒『初放』『再放』之辨。深壁堅壘，無罅可擊；理密詞正，何所不允。其力既勤，其功亦鉅矣。況乃傳本繁富，猶存宋板稀珍；列異駁雜，盡是當時所傳。據以考校漢籍，庶幾有獲；因而審訂舊注，豈復無益云哉？若乃杲之融衆説於己爐，科十四之段落；斗南别草木於忠奸，載逐客於青史；誠齋因柳文而讀問，從逸注而去取。皆晦庵同時，宋軸都存。是以并朱子爲四家，繫《選》注以後屬。則夫漢注盡在，比崑山之琅玕；佳槧無遺，同東觀之琬琰。顔以『叢刊』，不亦宜哉！

若乃明、清諸槧，或見字圈句點，層次淋纚；或爲朱批墨評，丹黄斑爛。或出名家，下語或卓識灼見；或繫遺佚，筆批於眉側并陳。若譚福堂閲半月於重五，識『或云』於竄亂；王觀堂聞四鼓於除夕，辨《九辯》於舊次；藤陰落魄秦晉，眉側璀粲，眩人惑目，用力亦致；時彦謄傳海東，行夾綿密，見縫插針，留迹最夥。或者其隱姓氏，誠布公而放言肆意。見諸李氏《箋注》者都百餘條，論議縱横，直據胸臆；見諸姚氏節注者則不勝計，剖析細微，曲盡章法；見諸王氏楚釋者，筆力輕捷，隱測言外。既承評點家法，猶屬騷苑奇芭。因碎義而不顧，固爲偏頗；集衆腋而成裘，宜當兼及。是以百方搜求，寫本稿本畢集；一體影印，朱色墨色貫舊。設州庠皆或庋藏，豈憂孤秘單傳？學者方便取需，不費功力易致。即是而言，『精萃』云者，洵爲不誣矣。

至若明、清異代鼎革之際，君昏國危，良臣側足；政亂權傾，閹豎當道。士大夫雖不能犯顔直言於朝廷，何如託迹寓意於楚騷？亦不妨冀君之寤，俗之一改矣。於是乎家誦沅湘芳草，雕板紛呈；人閲天禄閟藏，注家蠭午。寒讀之紉蘭結茝，飢讀之瓊靡菊英。玉卿傷場屋之屢折，證心靈均，意折彭咸；維章際黨案而下獄，託意簡策，發憤聽直；雲銘罹亂兵而繫囚，感會汨淵，瓣香孤燈；季立痛戚罷而絶意，綜理古音，審訂楚韻；孟侯逢異代之易幟，隱身鄉陬，史傳草木；昭仲悲崇禎之傾覆，扼腕曲澤，疏布怨辭；而農敗義師而遯蹤，窮困幽巖，通繹湘鄉；東原處窮約而乏食，寄寓人家，託辭發憤；涑塍蹇諸生之不起，牢愁貧病，消釋塊壘。至若陳玉李氏，永澄劉氏，安溪李氏，見心屈氏，皆時侘傺以吊湘，久鬱悒而擄憂，是不煩悉舉矣。落拓不偶之士，引屈子如知己；蹭蹬無聊之倫，詠騷詞以舒慨。是故或斥以『亡國之音』，聽之忽然悚驚；或譏之『不祥之書』，避之猶恐遲晚。若是違離本指，日昧昧而益遠；附會影響，志幽幽而莫申。雖然見一善而忘其諸所悠謬，得一義而知之不可盡廢。若汪氏解『敗績』爲『車覆』，『康娱』爲連語，皆正漢注之訛誤；黄氏類《九歌》爲『樂府』，二《招》亦屈作，則發前修所不及。雲銘之先後編次，蕫齋之訂證年月，孟侯之校正亂簡，涑滕之繪製地圖，東原之通釋地理變遷，季立之繫聯古今音韻，貽六之科《騷》三段，孟楚之疏楚俗言。凡皆言之鑿鑿，確然可據；義之昭昭，卓焉特立。前所未備，而後出轉精；設非處處精純，亦見時時深婉。故是集輯録明清佳槧，都百餘家；囊括海外遺佚，達十數種。至其優劣得失，悉陳列於考述；而評騭品第，乃側重於文獻矣。

嗚呼！煌煌巨策，歎蒐羅之難易；煒煒一編，省檢索之劬勞。使博學之倫，不致興闕典之苦；治《騷》之徒，惟有得階梯之助。宵夜難寐，恒慮失而繹騷；終古未安，詎沾喜而貢高？糊名以博一日之長，愧對後人；問學方歎百歲之短，思慕前賢。區區之懷，幸名山之有藏；耿耿之心，望臭味之無爽。知我罪我，一任博雅君子；孰毁孰譽，悉聽絶倫高士云爾。時維昭陽大荒落之歲，孟春陬月，敘於金華麗澤寓舍。

# 凡例

一、彙刊《楚辭》文獻，於今見梓者已有三四種，然皆非出於《楚辭》研究素有所得者所爲，何者當輯，何者當去，絶無標的；且輯無倫次，未見條理所在，版本疏於擴擇，精粗雜陳。前無提要説明，不識其所善否。蓋衹見館藏所有及易致之書，稍作分類而編次而已。是誠非《楚辭》學者所需矣。是故乃鳩集當今楚學研究雅有專長者，若趙敏俐（首都師範大學）、方銘（北京語言大學）、石川三佐男（日本秋田大學）、陳煒舜（香港中文大學）、殷夢霞（國家圖書館出版社）等，發凡探賾，重爲編次，爲學人提供一部切實有用之書，則是彙刊是書宗旨之所在也。

一、《楚辭》研究，宜從文獻起步，當以漢王逸《楚辭章句》爲入門必讀之書。彙刊《楚辭》文獻，即以是書爲軸心：首列單刻《章句》，次列洪興祖《補注》，次列《文選》之《騷》注，次列《楚辭》白文。後三類文獻，皆徑與逸注舊本相涉。各類所輯者非衹一本，若單行《章句》十八種，《補注》八種，《選》注二十一種，白文七種，且每類據刻時先後編次，都五十四種。其所輯諸本，多爲稀世秘珍，庋藏於海内外圖書館善本部，常人致之極難。此編首度公之於世，極方便學者披覽、查證之需，於學術不無裨益矣。

一、朱子《楚辭集注》亦是名作，且板刻繁富，明清而後注家多尊依之。然朱子以《諫》《懷》《歎》《思》『詞氣平緩，意不深切，如無所疾痛而强爲呻吟者』而盡棄不存，一改漢本舊貌。至其是非得失，宜置之不論，惟其去漢籍舊本遠矣。

故是編退居其次，且衹輯其宋槧二刻，元、明以下諸本，悉去而不論。而後所輯諸書，則依宋、明、清、民國之先後序次，都一百四十六種。

一、《楚辭》白文，既傳唐、宋書帖，又存明代佳槧，與注本多見異同，素爲學者忽略，故校勘注本，未覩徵引。實屬偏見矣。若歐陽詢《離騷》碑帖，存初唐傳本面貌，可謂一字千金。米襄陽、蘇軾書《九歌》而止於《山鬼》，《國殤》《禮魂》未在其内，亦其時所見板刻，頗可把翫。而吴氏、毛氏俱以校刻古籍見稱，所録《楚辭》白文傳本，皆不同凡響，未得以無注而輕棄之也。故亦單列爲一類，幸學人有以珍重之矣。

一、明、清以下注本之輯録原則，以進退漢注爲依歸，無非爲三事：一則以漢注爲是非，一則棄漢注而别爲之解，一則取漢注所是而去漢注所非。故是編大體輕義理而重考據，凡涉於異文考辨、文字訓釋、名物辨證、段落科分者，則皆一一輯録之。若與漢注隔絶殊遠，或者彼此絶無關聯、衹憑虚闡延要指大義者，蓋不在收録之列。惟於楚學研究有特殊地位，則亦酌情而輯録之矣。

一、《叢刊》原擬每書之首皆弁以『考論』，以其篇幅繁鉅，則抽出别爲一書。或者短衹千字，或者長至數萬，皆因内容而定，不作限制。大略首述著者姓氏、官職、學問及著作，次述著作因緣及其歷史背景，次爲内容介紹、詳論其版本因承及文獻價值，末以評定其學術局限及明版刻館藏所在等。而諸端之中，覈勘源流、詳審文獻價值，則是『考述』之重點。是故撰作之始，宜静心細讀，沈潛反復；一絲不苟，逐本校讎；臚列異同，不厭其煩，惟恐不周。無確切證據，忌斷語之虚妄。顔之推云：『觀天下之書未遍，不得妄下雌黄。』若是，觀《楚辭》之書未遍，似亦不得妄加評論矣。此誠非易易，雖反覆讀之，蓋挂一漏萬者亦未可免矣。

一、叔師《章句》、洪氏《補注》、李善《選》注、朱子《集注》，皆先爲『綜論』，其格式同他書『考論』，而以長篇詳論之，若視作『通論』，則亦可也。而後於各版刻悉作『分述』，既對勘各類版本差舛，又比較同類版刻異同，推究其彼此相承軌迹，是所謂『考鏡源流，辨章學術』也。是故執定一本，與他本逐字逐句對勘，然後方得明白。而後實是求事，斷其優劣是非。即是佳槧，見小疵而不隱其惡；縱爲劣本，得一善亦不掩其美。總以事實爲依據。

一、明、清學人於傳本《楚辭》所作圈點、批注，極有學術價值。如清譚獻圈點同治十一年翻刻汲古閣《補注》中逸注，與中華書局標點本對勘，則據譚氏圈點，可糾正其標點之誤者達數十處。王獻唐批注屈復《新注》本，若别行鈔録成册，則是一部《楚辭韻考》完整之作。故是編特别看重明、清以下名人手批。即是佚名所批，亦未可等閒視之。如王闓運《楚辭釋》之作，與逸注大相逕庭，據例不宜收録；而此本有佚名圈點、批注，其於研討屈作奥指，極有參考價值，是以破例輯録之。況且圈點、批注之本，皆絶無僅有之書，不可多得，尤宜所珍寶也。

一、編委略作分工，孰爲收輯版本，孰爲撰寫『叢考』，各司其責。『叢考』撰寫者二人：大都出自主編黄靈庚教授之手，他則陳煒舜教授供稿二十餘篇。惟以撰者學有所本，各有所長，視點切入，亦因人而别，是故難於一律。至於行文風格，彼此雅所貫習，尤不宜强求同一。所作『考述』，均係撰者歷年研究所得，非一時苟且之筆。末署撰者姓氏，以示文責自負之意。其他二、三編委，或者擔審讀『叢考』之任，貢獻一己之得；或者百方羅致，複製館藏古籍。則知是編之成，非一人之力可致，乃是諸君同心合作之效矣。

# 目録

## 上册

**楚辭集注綜論**……五三八

## 中册

## 下册

# 楚辭章句綜論

《楚辭章句》者，東漢王逸之所作也。逸字叔師，南郡宜城人。《後漢書·文苑傳》有傳，云：「元初中，舉上計吏，爲校書郎。順帝時，爲侍中。著《楚辭章句》行於世。其賦、誄、書、論及雜文凡二十一篇。又作《漢書》（原訛作《漢詩》，據魏晉遺物「王逸集書籤」改）百二十三篇。」唐《文選集注》引陸善經云，「後爲豫章太守」。余嘉錫謂「疑出謝承、司馬彪諸家書」，可補《後漢書》之闕（見《四庫提要辨證》）。

觀叔師所著賦、誄、書、論、雜文及《漢書》皆有篇數，獨《章句》未著篇數，甚爲可疑。然學人研習《楚辭》者，必以《章句》爲文獻基礎，以其最古者故也。惟《章句》傳於今者僅見明刻，其所以形成、流傳者莫得其詳也。

《四庫提要》稱：「初，劉向裒集屈原《離騷》《九歌》《天問》《九章》《遠遊》《卜居》《漁父》，宋玉《九辯》《招魂》，景差《大招》而以賈誼《惜誓》、淮南小山《招隱士》、東方朔《七諫》、嚴忌《哀時命》、王褒《九懷》及向所作《九歎》，共爲《楚辭》十六篇，是爲總集之祖。逸又益以己作《九思》與班固二敘，爲十七卷，而各爲之注。其《九思》之注，洪興祖疑其子延壽所爲。然《漢書·地理志》《藝文志》即有自注，事在逸前。謝靈運作《山居賦》亦自注之，安知非用逸例耶？舊説無文，未可遽疑爲延壽作也。」其以集《楚辭》十六卷者爲劉向，注《楚辭》十七卷者爲王逸，爲古今通説也。其實不然。《漢志》「詩賦志」本出於劉向、劉歆父子《七略·詩賦略》。劉向所集《楚辭》，祇以「賦」見稱，一概以『篇』總其數。如，除『《屈原賦》二十五篇』外，別有『《唐勒賦》四篇』『《宋玉賦》十六篇』『《趙幽王賦》一篇』『《莊夫子賦》二十四篇』『《賈誼賦》七篇』等，皆不以『卷』爲稱。王逸《離騷後敘》《天問後敘》亦皆稱『《屈原賦》二十五篇』，與劉氏《七略》、班固《藝文志》同。若有劉向集《楚辭》十六卷，則逸必稱《屈原賦》七卷，焉得於《後敘》別稱『屈原賦二十五篇』者歟？

劉向集《楚辭》十六卷之説，緣誤讀王逸《離騷後敘》始。《後敘》云：『楚人高其行義，瑋其文采，以相教傳，至於孝武帝，恢廓道訓，使淮南王安作《離騷經章句》，則大義粲然。後世雄俊，莫不瞻慕，舒肆妙慮，纘述其詞。逮至劉向，典校經書，分爲十六卷。孝章即位，深弘道藝，而班固、賈逵復以所見，改易前疑，各作《離騷經章句》。其餘十五卷，闕而不説。又以壯爲狀，義多乖異，事不要括，今臣復以所識所知，稽之舊章，合之經傳，作十六卷《章句》。』今觀《後敘》本旨，其前後祇説《離騷》一篇，未嘗涉及《離騷》以外他篇之作。謂劉安作《離騷經章句》『大義粲然』，然未分卷，至向『分爲十六卷』。其『分爲十六卷』者，乃於《離騷》一篇分爲十六章。宋趙希弁《讀書附志》卷下《楚辭類》於録『呂祖謙《離騷章句》一卷』之下云：『左呂成公所分也。以《離騷經》一篇爲十六章。公謂王逸嘗言，劉向典校，分《離騷》爲十六卷。班固、賈逵各爲《離騷章句》，惟一卷傳焉，餘十五卷闕而不録。今觀屈平所作凡二十有五，各有篇目，獨此一篇謂之《離騷》。竊意劉向所分此篇，猶一篇之中有數章焉。故嘗因逸之言，即《離騷》之一篇。反復求之，考其文之起伏、意之先後，固有十六章次第矣。因而分之爲十六章。』呂氏以『《離騷經章句》十六卷』爲『十六章』，誠得《後敘》原旨。惜《離騷經章句》已佚，然於林之奇編纂、呂祖謙集注《觀瀾文集》甲集第一卷《離騷》，猶存其所分『十六章』之舊。《隋書·經籍志》云：『後漢校書郎王逸集屈原已下迄於劉向。逸又自爲一篇，並敘而注之。今行於世。』魏徵固以集《楚辭》十六卷者爲王逸而非劉向也。《後敘》復云：『班固、賈逵復以所見，改易前疑，各作《離騷經章句》。其餘十五卷，闕而不説。』此『其餘十五卷，闕而不説』云，即《九歌》至《九歎》十五卷。雖然，亦不得據以爲劉向曾輯《楚辭》十六卷也。洪興祖《補注》於《後敘》『十五卷』下別出異文曰：『卷，一作篇。』案：據《漢志》『詩賦類』用『篇』不用『卷』通例，《後敘》『其餘十五卷』，原本應作『其餘十五篇』，指《離騷》外《九歌》至《九歎》十五篇。此異文存逸《後敘》之舊。未知何時訛改『篇』爲『卷』，以至使《離騷》十六卷與《楚辭》十六卷相混淆。《後敘》又云，『今臣復以所識所知，稽之舊章，合之經傳，作十六卷《章句》』，承劉向『分爲十六卷』來，其所舉例，『以壯爲狀』，見《離騷》，與《離騷》以外他篇了不關涉。故逸之『作十六卷《章句》』，以《離騷》一篇分爲十六章者。逸之《後敘》固未嘗言劉向集《楚辭》十六卷者。劉宋之世若有《楚辭章句》十六或十七卷本，范曄必於《王逸傳》言『著《楚辭章句》十六篇』或『著《楚辭章句》十七篇』。以范氏未見《章句》有『十六卷』或『十七卷』者，故不載逸作《章句》篇數，籠統其文。

今幸見六朝遺物《王逸集》『象牙書籤』，其所載逸所著述，可得與范書參證。象牙書籤有文字，云：『元初中，王公逸爲校書郎，著《楚辭章句》及誄、書、雜文二十一篇。』象牙書籤，屬魏晉或北朝遺物，雖不得早至漢代，要在范曄作《後漢書》前，可確切無疑。其文字古樸，在隸、楷之間，內容真實可信。所謂『二十一篇』者，以《章句》在其內。范氏《王逸傳》乃奪一『及』字，令《章句》篇數成無頭案。《隋志》載：『梁有王逸《正部論》八卷，後漢侍中王逸撰。亡。』又有『《王逸集》二卷』。《舊唐書·經籍志》有『《王逸集》二卷』。《王逸集》二卷在五代猶存。《正部論》八卷本，於隋、唐已佚不存，然於今猶見其遺文殘簡。《藝文類聚·寶玉部》上『玉』條引王逸《正部論》云：『或問玉符，曰：「赤如雞冠，黃如蒸栗，白如豬肪，黑如純漆。玉之符也。」』據此，《正部論》八卷（即八篇）類雜文。《王逸集》二卷（即二篇）

當爲逸之誄書賦論等詩文總集。於『二十一篇』中去《正部論》八卷，復去《王逸集》二卷，六朝所傳《章句》應爲『十一卷』（即十一篇）本。《隋志》著録六朝《章句》既有『十一卷』本、又有『十二卷』本，曰：『《楚辭》十二卷，並《目録》，後漢校書郎王逸注。梁有《楚辭》十一卷，宋何偃删王逸注。亡。』清嚴可均《全後漢文》卷五十七『王逸』條下謂『有《楚辭章句》十二卷』。蓋據《隋志》也。『十二卷』者，以《目録》一卷在内，即同宋何偃删王逸注十一卷本。《王逸集》『象牙書籤』所載與《隋志》所著録者吻合。

劉勰《文心雕龍・辯騷》云：『故《騷經》《九章》，朗麗以哀志；《九歌》《九辯》，綺靡以傷情；《遠遊》《天問》，瓌詭而惠巧，《招魂》《招隱》，耀豔而深華；《卜居》標放言之致，《漁父》寄獨任之才。故能氣往轢古，辭來切今，驚采絶豔，難與並能矣。自《九懷》以下，遽躡其迹，而屈、宋逸步，莫之能追。』自《騷經》至《九懷》凡十一篇，當是劉勰其時所據《楚辭》篇目。『自《九懷》以下』云云，指《七諫》《九歎》《哀時命》以下漢世《楚辭》之作，《九懷》未在其内。劉勰所據《楚辭》本《九懷》殿其末，以《招魂》《招隱》同類並列，且《招魂》在《招隱士》前，與《釋文目録》前十一卷篇次微别。其十一篇次序爲：《離騷》《九辯》《九歌》《天問》《九章》《遠遊》《卜居》《漁父》《招魂》《招隱士》《九懷》。《釋文》雖五代王勉所作，而其篇次則存南朝蕭梁前王逸《楚辭章句》之舊，誠較以作時先後爲次之今本目録猶爲古奥。

《隋志》又云：『楚有賢臣屈原，被讒放逐，乃著《離騷》八篇。』與漢代『屈原賦二十五篇』又别。據《釋文目録》，亦涣然可解。漢人尊《離騷》爲『經』，居於篇首，故六朝以後凡屈原《離騷》以外之作，皆以『離騷』稱之。《釋文目録》自《離騷》至《漁父》爲八篇。《隋志》所謂『乃著《離騷》八篇』，即《離騷》《九辯》《九歌》《天問》《九章》《遠遊》《卜居》《漁父》八篇。《九辯》本宋玉之作，以其次於《離騷》後，乃據《離騷》：『啓《九辯》與《九歌》兮，夏康娛以自縱。』《天問》亦云：『啓棘賓商，《九辯》《九歌》。』《九辯》皆在《九歌》前，雖宋玉所作，逸猶據此排列，置於《九歌》前。王國維手校汲古閣《楚辭補注》，於《目録》下批云：『按《九辯》《九歌》，皆古之遺聲。《離騷》云：「啓《九辯》與《九歌》兮，夏康娛以自縱。」《大荒西經》云：「夏后開上三嬪於天，得《九辯》與《九歌》以下。」故舊本《九辯》第二、《九歌》第三。後人以撰人時代次之，乃退《九辯》於第八耳。』其説是也。《釋文目録》篇次，誠存王逸《章句》之舊。六朝人或目《九辯》爲屈原所作者，正由於此。《三國志·陳思王植傳》引屈平：『國有驥而不知乘，焉皇皇而更索。』此出於《九辯》，非屈子所作，而定爲『屈平曰』，即其顯證。故《隋志》『八篇』云云，《九辯》一篇不次《漁父》後，而在《離騷》後，雜於屈原辭賦之中。六朝傳逸《章句》十一卷本，其篇目排列先後次第，除《招隱士》外，與《釋文》目録篇次大略相同。

要而言之，六朝之時傳《章句》但十一卷本。而《七諫》《九歎》《哀時命》《惜誓》《大招》《九思》等諸篇，其序文及『章句』是否王逸所作？《楚辭》十七卷本始於何時、究竟從何而來？考《九思序》與《九思》注，體式與前十六卷迥別，且見『譜録』『通夜』『停止』『攝斥』『山嶺』『荒阻』『又還』等十餘例屬六朝習語，斷非王逸或其子王延壽所作。館臣疏於詳考。蓋南朝、隋唐間好事者所爲，且出多人之手，前後矛盾，蓋陸續纍綴而成。此篇可置之不論。逸所輯《楚辭》本有十六卷（篇），然作《章句》衹十一卷，依次爲《離騷》《九辯》《九歌》《天問》《九章》《卜居》《漁父》《招魂》《招隱士》《九懷》。蓋逸作《章句》未竟而卒，但存十一篇，《七諫》以下五篇皆闕然未注，六朝時傳《楚辭章句》衹十一卷。今本《七諫》以下五篇注，非出自王逸，抑爲其子王延壽或王逸之後東漢一無名氏所作，猶託名爲『校書郎中王逸作』也。二書在魏晉六朝以前並行存在，各自獨立，未嘗混爲一書。其依據是：逸作《章句》，重點注《離騷》。故《離騷章句》最爲詳賅，始釋字義，次釋句意，終講明章旨，乃標準之『章句』體。《九歌》《天問》《招魂》三篇內容龐雜，亦以『章句』體注其義，然不若《離騷》詳盡。《九辯》《九章》（《惜誦》一篇除外）《遠遊》《卜居》《漁父》《招隱士》《九懷》諸篇內容相對簡單，皆用韻文形式釋義，極少單獨釋字義。此爲逸所獨創，或三言，或四言，或七言，言簡意賅，錯落有致。皆非標準『章句』體。《七諫》以下五篇，內容較《九辯》《九章》等篇猶爲單純、明白，若爲逸所注，必用韻文體。然自《七諫》以後注文皆用『章句』體，且或詳於《離騷章句》者。注文風格與前十一卷亦略有差別，截然爲二種書。抑或韻文式『章句』，繼踵者不甚擅長，或者欲爲而不能也。於文字注釋，見多與前十一卷無必要重複。王逸《章句》十一卷若所注詞義比較重要，不厭其煩。如以『靈』爲例，《離騷》『字余曰靈均』，注云：『靈，神也。』又：『夫唯靈修之故也』，注云：『靈，神也。能神明遠見者，君德也，故以諭君。』又：『欲少留此靈瑣兮』，注云：『靈以喻君。一云：靈，神之所在也。』《離騷》三例『靈』字於『神』義同，然首一例用於屈原名字，第二例喻君王，第三例指神靈。各有所指，王逸不嫌重複爲注。而《七諫》五篇釋義重複，不在此例。如《離騷》『唯昭質其猶未虧』，注云：『昭，明也。』《大招》『白日昭只』，注云：『昭，明也。』《天問》『何馮弓挾矢』，逸衹於《章句》以『挾箭矢』注，未獨爲『矢』字作注。《七諫・謬諫》『機蓬矢以射革』，注云：『矢，箭也。』《大招》『執弓挾矢』，注云：『矢，箭也。』類此重複注釋絕無必要。若出一人手，亦絕無可能。又如，《七諫・初放》：『平生於國兮，長於原壄。』注云：『平，屈原名也。高平曰原，坰外曰野。言屈原少生於楚國，與君同朝，長大見遠棄於山野，傷有始而無終也。』《九歎・離世》：『兆出名曰正則兮，卦發字曰靈均。』注云：『言己生有形兆，伯庸名我爲正則以法天；筮而卜之，卦得坤，字我曰靈均以法地也。』據前十一卷例，必皆省略，但曰：『皆解於《離騷經》。』決無作如此纍贅、重複。《七諫章句》以下五篇於體例或行文風格、習慣見其差別，前後注者於學術作風，亦有所區別。如，

《七諫・初放》：『往者不可及兮，來者不可待。』注云：『謂聖明之王堯、舜、禹、湯、文、武也。欲須賢君，年齒已老，命不可待也。』以『往者』爲『聖明之王堯、舜、禹、湯、文、武』六人。類此詩句亦見前十一篇，《遠遊》：『往者弗及兮，來者吾弗聞。』注云：『三皇、五帝，不可逮也。後雖有聖，我身不見也。』以『往者』爲『三皇五帝』。前後差異之大，若出一人手，誠百思未得其秘。『鬱鬱』之詞，於《九懷》前十一篇凡四見：或解『憂滿』，如《哀郢》『慘鬱鬱而不通兮』，注云：『中心憂滿，慮閉塞也。』或解『煩寃』，《抽思》『心鬱鬱之憂思兮』，注云：『哀憤結縎，慮煩寃也。』《悲回風》『愁鬱鬱之無快兮』，注云：『中心煩寃，常懷忿也。』或解『憤懣』，《九辯》『馮鬱鬱其何極』，注云：『憤懣盈胸，終年歲也。』而《七諫》以下五篇凡三見，皆解爲『憂毒』『愁毒』。《七諫・謬諫》『愁鬱鬱之焉極』，注云：『言憂毒之無窮。』《九歎・怨思》：『惟鬱鬱之憂毒兮，志坎壈而不違。』注云：『言己放逐，心中鬱鬱，憂而愁毒，雖坎壈不遇，志不離於忠信也。』《哀時命》：『心鬱鬱而無告兮，衆孰可與深謀？』注云：『言己心中憂毒而無所告語，衆皆諂諛，無可與議忠信也。』其義雖通，而釋語差別。行文遣詞，各有風格、習慣，其出二人之手爲剴切無疑矣。

二書於隋時蓋始合爲一體。《隋志》云：『後漢校書郎王逸集屈原已下，迄於劉向。逸又自爲一篇，並敘而注之。今行於世。』魏徵『今行於世』云云，今者初唐，抑其所見者，乃二書相合十六卷本。而在此前絶無此本。《隋志》『楚辭類』下未見著録王逸《楚辭章句》十六卷本。《舊唐書・經籍志》《新唐書・藝文志》始著録王逸《楚辭章句》十六卷，此書始於唐代者明矣。然《九思》一篇猶未在內。五代王勉所作《釋文》，其目録之末爲《九思》。此乃《楚辭章句》十七卷現存文獻最早記載。南宋晁公武《郡齋讀書志》、陳振孫《直齋書録解題》以及《宋史・藝文志》等所著録者皆爲十七卷本，《九思》一篇殿其末。故王逸《章句》十七卷本始見五代、北宋初。及至北宋仁宗天聖時，閩人陳説之以《楚辭章句》十七卷篇次，據作時先後爲次編纂。此乃現存王逸《楚辭章句》十七卷本來歷者也。

學者惟明乎此，方可得言《楚辭章句》文獻價值所在。叔師以漢之儒師解《詩》之法注《楚辭》，故若《毛詩》之宜有大敘、小敘。大敘者，即《離騷經後敘》，本宜置於《離騷經》之首。以《離騷經》別有小敘，後人恐二者淆亂，故別置於後也。小敘凡十一篇（《七諫》以下六篇小敘仿此）。大敘略説屈原承孔子之後，『獨依《詩》人之義而作《離騷》，上以諷諫，下以自慰，遭時暗亂，不見省納，不勝憤懣，遂復作《九歌》以下凡二十五篇。楚人高其行義，瑋其文采以相教傳』。逸復盛稱，『夫《離騷》之文依託五經以立義』，『故智彌盛者其言博，才益劭者其識遠。屈原之詞誠博遠矣，自孔丘終没以來，名儒博達之士著造詞賦，莫不擬則其儀表，祖式其模範，取其要妙，竊其華藻，所謂金相玉質，百歲無匹，名垂罔極，永不刊滅者』云。則大敘蓋其總説也，小敘皆爲各篇之專敘，略説作詩之始末、意旨、興諭及託寓等，雖多廖廖數語，若無新文獻、新發現，則爲後世學人研討每詩所必稽考者，蓋無可替代矣。稱《離騷》作於見疏懷王之後，稱《九歌》《九章》作於見放江南之後，稱《天問》作於呵問宗廟壁畫云，至今猶未足以易其説。然則時見比附太過，不無可商之處。若論《九歌》『上陳事神之敬，下見己之冤結，託之以風諫，故其文意不同，章句雜錯而廣異義』云云，事事比附君臣時世，未免流於牽合。論《招隱士》以淮南有大山、小山，類比『猶詩有《小雅》《大雅》』云者，實屬不倫。

叔師注《楚辭》秉承漢師家法，存漢世古義，誠爲文字訓詁之淵藪，禮儀文獻之典型，考據經義，最爲精密。其大略爲十端：

一、據漢師《五經》詁義爲解。其引《詩》據《韓詩》。《離騷》『忽奔走以先後兮』，注云：『奔走先後，四輔之職也。《詩》曰：「予聿有奔走，予聿有先後。」』四輔者，疑、丞、輔、弼四職也。叔師引《詩》見《大雅·緜》。《毛詩》作『予曰有奔奏』，《釋文》引《韓詩》『曰』作『聿』，又曰：『奏，本亦作走。』其因《韓詩》也。《招魂》『朱塵筵些』，王逸注：『筵，席也。《詩》云：「肆筵設机。」』《文選》本引《詩》作『設筵設机』。王注引《詩》在《大雅・行葦篇》，《毛詩》作『肆筵設席』，四庫《章句》本據《毛詩》改作『肆筵設席』。《毛詩》無『設机』例，《篤公劉》有『俾筵俾几』。『設筵設机』，抑此《詩》異文。王注引《詩》宗《韓詩》，蓋與《毛詩》別也。其引《書》據《今文尚書》。《離騷》『五子用失乎家巷』，注云：『《尚書序》曰：「太康失國，昆弟五人，須于洛汭，作五子之歌。」此佚篇也。』洪氏《補注》引《書・五子之歌篇》以補之。即唐、宋以來雜合古、今文《尚書》五十八篇本。逸注引《書》，乃漢伏生所傳《今文尚書》二十九篇本。孔壁所出《古文尚書》二十五篇本，雖有孔安國傳，然其時皆未在其内。《五子之歌》，《古文尚書》所存，逸從《今文尚書》，故云『佚篇』，非『未見全書』。他者引《左氏春秋》《周禮》《論語》《爾雅》《淮南子》等，皆依漢師舊説。二、以漢世今語釋古語。《離騷》『芳菲菲其彌章』，注云：『菲菲，猶勃勃，芬香貌也。』注以『勃勃』釋『菲菲』者，『勃勃』，漢世語；『菲菲』，先秦古語；『猶』者，所以通古今別語。『芬香貌』，則釋其義也。類此訓詁之例，則不可勝舉。三、以通語釋楚語。《離騷》『羌内恕己以量人兮』，注云：『羌，楚人語詞也，猶言卿，何爲也。』注以『羌』爲楚語。『猶言卿』，比況之詞，謂漢人語『羌』如『卿』。卿，漢世通語，所以別異方代語。四、詞義辨析。《離騷》『各興心而嫉妒』，注云：『害賢爲嫉，害色爲妒。』《九歌・東皇太一》『吉日兮辰良』，注云：『日謂甲乙，辰謂寅卯。』《九章・惜誦》『言與行其可迹兮』，注云：『出口爲言，所履爲迹。』五、發明比況意恉。《離騷》『荃不察余之中情兮』，注云：『荃，香草，以諭君也。人君被服芬香，故以香草爲諭。惡數指斥尊者，故變言荃也。』《九歌・山鬼》：『靁填填兮雨冥冥，猨啾啾兮又夜鳴，風颯颯兮木蕭蕭。』注云：『雷爲諸侯，以興於君。雲雨冥昧，以興佞臣。猨猴善鳴，以興讒言。風以喻政，木以喻民。雷填填者，君妄怒也。雨冥冥者，群佞聚也。猨啾啾者，讒夫弄口也。風颯颯者，政煩擾也。木蕭蕭者，民驚駭也。』六、闡發詩旨義理。《離騷》『紉秋蘭以爲佩。』注云：『佩，飾也，所以象德。故行清潔者佩芳；德仁明者佩玉；能解結者佩觿；能決疑者佩玦。故孔子無所不佩也。』據此，知其所『佩』者在於明德，德佩也。《九歌·湘夫人》『麋何食兮庭中，蛟何爲兮水裔』。注云：『麋當在山林而在庭中，蛟當在深淵而在水涯，以言小人宜在山野而陞朝庭，賢者當居尊官而爲僕隸也。』據此知其所言乃反物理者，所處皆未當其所。七、存漢世異説。《招魂》『砥室翠翹』，注云：『砥，石名也。詩曰：「其平如砥。」或曰：儃室，謂儃佪曲房也。』若從或説，砥讀如儃，猶『低佪』作『儃佪』之比。儃，猶儃佪，回曲貌。是存異説也。然於逸注『或曰』猶需詳考，或確有後所羼入者。八、或雖以韻語爲注，然未失其詞義之對應。《遠遊》『於中夜存』，注云：『恒在身也。』注『恒在身』云云，中，身也。《國語·楚語》『余左執鬼中，右執殤宮。』韋昭注：『中，身也。』夜，通作亦。注以『恒』釋之，讀夜作亦。《新蔡葛陵楚墓銘器》『平夜君』皆作『平亦君』。《戰國楚竹書》（二）《容城氏》：『既爲金桎，或（又）爲酒池，厚樂於酒。溥亦（夜）以爲槿（淫），不聖（聽）丌邦之正（政）。』亦猶常也。洪氏《補注》引《孟子》『梏之反覆，則其夜氣不足以存；夜氣不足以存，則其違禽獸不遠矣』説之，則非其旨。九、疏解古楚名物制度。《離騷》『忽反顧以遊目』，注云：『楚有高丘之山。或云：高丘，閬風山上也。舊説：高丘，楚地名也。』《九章·涉江》：『朝發枉陼兮，夕宿辰陽。』注云：『枉陼，地名。辰陽，亦地名也。言己將從枉陼，宿辰陽，自傷去國日已遠也。』枉陼、辰陽，皆楚地名。《招魂》『《涉江》《采菱》，發《揚荷》些』，注云：『楚人歌曲也。』洪氏《補注》：『揚荷，《文選》作陽荷。注云：荷當作阿。《涉江》《采菱》《陽阿》，皆楚歌名。』楚樂遺制也。又云『秦篝齊縷，鄭綿絡些』，注云：『篝，絡。縷，綫也。綿，纏也。絡，縛也。言爲君魂作衣，乃使秦人職其篝絡，齊人作綵縷，鄭國之工纏而縛之，堅而且好也。』招魂乃雜用秦式之篝、齊式之縷、鄭式之綿，實皆楚産也。猶《國殤》『吴戈』『秦弓』，指吴式之戈、秦式之弓，皆楚所製造。十、疏證三代遺事。《天問》一篇，猶楚之《檮杌》，『多奇怪之事，自太史公口論道之，多所不逮，至於劉向、揚雄，援引傳、記以解説之，亦不能詳悉』。若無叔師注解，則幾不可讀。如『胡䠶河伯，而妻彼雒嬪』，注云：『胡，何也。雒嬪，水神，謂宓妃也。《傳》曰：「河伯化爲白龍，遊于水旁，羿見，䠶之，眇其左目。河伯上訴天帝曰：『爲我殺羿。』天帝曰：『爾何故得見䠶？』河伯曰：『我時化爲白龍出遊。』天帝曰：『使汝深守神靈，羿何從得犯？汝今爲虫獸，當爲人所䠶，固其宜也。羿何罪歟？』羿又夢與雒水神宓妃交接也。」』案：逸引《傳》曰，已不可詳考，而羿射河神及妻雒嬪宓妃之事，猶爲楚所獨傳也。以此十端，其文獻價值之高，固不待言矣，古今凡治《楚辭》者莫不視以爲圭臬。

昔人云：智者千慮，必有一失。故其悠謬之説，逸亦不免焉。《離騷》『恐皇輿之敗績』，注云：『績，功也。言我欲諫争者，非難身之被殃咎也，但恐君國傾危，以敗先王之功。』案：屈子以行輿爲喻，皇輿敗绩，猶車輿毁敗也。非『以敗先王之功』云。戴震《屈原賦注》：『車覆曰敗績。《禮記·檀弓篇》「馬驚敗績」，《春秋傳》「敗績厭覆是懼」。是其證。』其説是也。《天問》『該秉季德』至『後嗣而逢長』一段，皆載殷先王該、冥、恒、微與有易國交往之遺事，静安先生據甲骨卜辭既已發明之，而逸解以夏啓、殷湯及解居父事，致《天問》此辭不得通者達二千餘載矣。雖然，類此猶大醇小疵，洵未可輕置。惟後人動輒責斥《章句》者，往往以是爲非，則未足取焉。《離騷》『固前聖之所厚』，注云：『言士有伏清白之志，以死忠直之節者，固乃前世聖王之所厚哀也。』案：逸注以『厚』解『厚哀』，學者紛然訾之。實未可移易。哀猶愛也。厚亦愛也。厚哀，平列同義。《太平經·大功益年書出歲月戒》：『大神言：「所誡衆多，所諫亦非一人所問。持是久遠相語者，誠重生耳，言特見厚哀尤深。」』類此者猶需謹慎，未可魯莽也。

世稱叔師《章句》殊多善本，其實不然。《章句》舊本原貌，湮然莫考。其所見傳者略有三大系統：一是單刻《楚辭章句》本，若明正德高第、黄省曾刊刻本，隆慶五年朱多煃夫容館刊刻本等，皆爲明刻翻宋本。二是合刻於宋洪興祖《楚辭補注》本，有清汲古閣毛表校刻本、《四部叢刊》明翻宋本。三是見收録於梁蕭統《文選》者，《楚辭》凡十三題：《離騷》《東皇太一》《雲中君》《湘君》《湘夫人》《少司命》《山鬼》《涉江》《卜居》《漁父》《九辯》五首《招魂》《招隱士》是也，李善注稱全録王逸《章句》。《文選》雖有唐鈔殘卷本及宋刻諸本，惟其非《楚辭》足本。比較上列諸種刻本，彼此歧異甚多，各類異文達六千餘例，以至竟不能裁定孰爲《章句》舊文。蓋其所據者，非出一源也。學者多未詳考，因其所據本，各取所需，以訛傳訛，而終不自知。特舉一二以説明之。《九歌·東皇太一》「君欣欣兮樂康」，《文選》本王逸注：「言己重作衆樂，合會五音，紛然盛美，神以歡欣。」案：《補注》本、正德本、隆慶本「重作」作「動作」。重作，猶「又作」「再作」。據義，《文選》本當存舊本之真。又，《雲中君》「聊翱翔兮周章」，《補注》本王逸注：「言雲神居無常處，動則翱翔，周流往來，且遊戲也。」案：《文選》本「且遊戲」作「且遊且翔」。其義無殊，但若作「且遊且翔」，與「動則翱翔」重複，舊本作「且翱翔」。又，《大司命》「羌愈思兮愁人」，正德本、隆慶本王逸注：「言己乘龍沖天，非心所樂，猶結木爲誓，長立而望，愈念楚國，愁且思也。」案：《文選》本、《補注》本「愈念」作「想念」。雖無異義，然正文作「愈思」，故注文當以正德本、隆慶本作「愈念」爲存真。《九辯》「廓落兮」，《補注》本王逸注：「喪妃失耦，塊獨立也。」案：《文選》本、正德本、隆慶本「喪妃」作「喪志」。「喪志」，是失志；「喪妃」，是失耦。以釋原文「廓落」，言孤寂貌。據此，《補注》本作「喪妃失耦」爲存真。《招魂》「往來倏忽，吞人以益其心些」，《文選》本王逸注：「言復有雄虺，一身九頭，往來倏忽，常喜吞人魂魄，以益其賊害之心也。」案：正德本、隆慶本及《補注》本「以益其賊害之心也」作「以益其心，賊害之甚也』。《文選》本依正文詞序釋義，當存舊本原貌。據此，三大系統《章句》本，各有優劣，彼此參驗、互校，而求其舊本之真，未可偏頗，執一本而不顧其餘。今特就單刻《單句》本系列、《文選》本系列、《補注》本系列三大系統《章句》本，各精選若干種，依次如下説明。（黄靈庚）

# 明正德覆宋本

是本録於明正德十三年，高第、黄省曾校刻，通稱『正德本』。第字公次，西蜀綿州人。正德進士，官長洲尹。著有《蓉溪書屋續集》。《明史》無傳。省曾字勉之，號五嶽，蘇州吴縣人。嘉靖舉人。從王守仁、湛若水遊，又學詩於李夢陽，所著有《五嶽山人集》《騷苑》等。《明史》附《文苑·文徵明傳》。

前有王鏊正德戊寅《重刊王逸注楚詞序》，稱『其書得之郡文學黄勉之，長洲尹西蜀高君公次見而奇之，曰：「此近世之所罕覩也。」相與校正，梓刻以傳』云。王氏以此本實爲高、黄二人合校刊行。後世版本著録往往單稱『黄本』，而抹去『高第』之名，未審其故。黄氏《五嶽山人集》卷二十五有《漢校書郎中王逸楚辭章句序一首》，詳敘刊刻此集之由，稱『予讀班固《藝文志》詩賦家首敘《屈原賦》二十五篇。則劉向所定《離騷》《九歌》《天問》《九章》《遠遊》《卜居》《漁父》，蓋舊次也。其宋玉《九辯》《招魂》，景差《大招》，賈誼《惜誓》，淮南小山《招隱》，東方朔《七諫》，莊忌《哀時命》，王褒《九懷》，皆傷屈原而作，故向悉類從而什伍之，而又附麗《九歎》。及王逸疏其旨蘊，而抒《九思》以終焉。傳歷詞林，莫之疵少。至宋晁補之乃短長向録，移置簡列。朱氏後出，大病晁書《續》《變》二集，僅有擇取，亦薪芻見陵之證也。其論《七諫》《九懷》《九歎》《九思》，則曰「雖爲騷體，然詞氣平緩，意不深切，如無所疾痛而強爲呻吟者」。嗚呼！四賢去原代遠，安能如躬遭者之疾痛邪！玉之於原已迴乎間矣，況其後者乎？特尚其懷忠慕良，緬思其人，而矩武其譔，斯亦靈修之徒也。仲尼次《詩》《風》《雅》與《頌》，惟以體萃，而詞意差錯不預焉。苟以詞意，則《關雎》《鹿鳴》《文王》《清廟》之音，靡有倫繼者矣。四賢所譔，既曰「騷體」，則體同而類以繼之，又何疑乎！且《離騷》者，屈子一篇之名也。朱子輒以冠衆目之上，此則語之童嬰、學究，當皆以爲未安者。由是觀之，則其所排削銷燼之文，豈足服藝苑之心乎！猥予翹景往哲，竇誦向書久矣，暇與長洲邑君高公次品藻群作，談及此編。尋頃假去，讀之洋洋，窺冀堂户。乃歸予釐校，授工梓之。柱國王公欣然爲序，予則悲其泯廢，幸其復傳，豈特賢之快覽，雖質之屈子，必以舊録爲嘉也。』此序未載此集，版本目録家亦多未著録。然據序所稱，黄氏刊刻此書之由，蓋以其時惟朱子《集注》大行，而此集漸至廢佚，學者多不復得

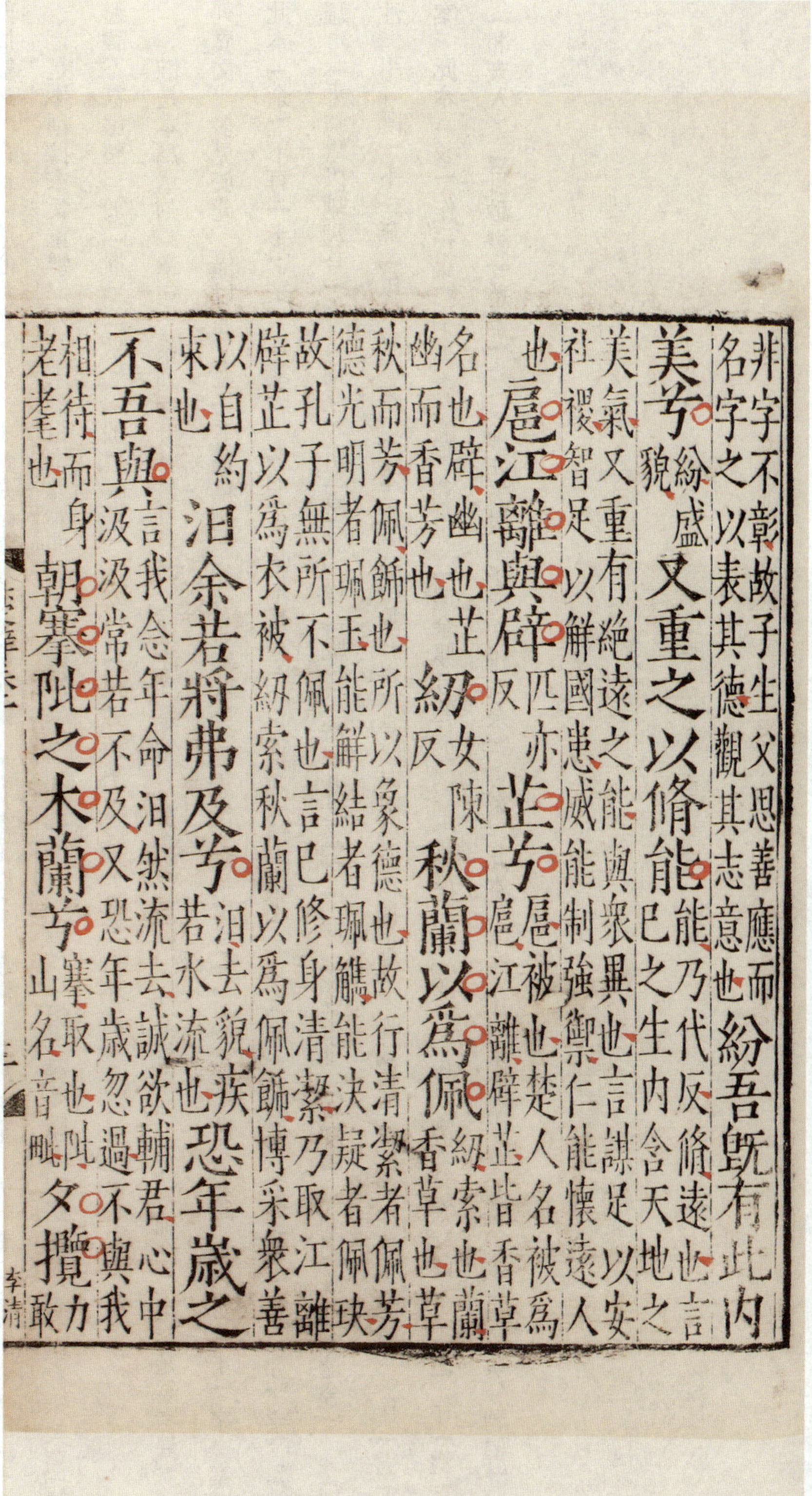

覩《楚辭》舊觀，故通特刊之以傳焉。且於宋世淆亂漢籍舊編、刪移篇次，多不以爲然。

是本前有目録，統稱之『楚辭』，凡十七卷，其依作者先後爲次：《離騷》《九歌》《天問》《九章》《遠遊》《卜居》《漁父》《九辯》《招魂》《大招》《惜誓》《招隱士》《七諫》《哀時命》《九懷》《九歎》《九思》。惟《離騷》一卷稱『經』，自《九歌》以下十六卷皆稱『傳』。目録之末附劉勰《辨騷》，每卷前皆有王逸小序，惟《離》《天問》二卷前後皆有王逸序，而《天問》王逸後序之末又附班固《離騷序》。每卷首下題『漢劉向子政編集王逸叔師章句』一行，『後學西蜀高第吴郡黄省曾校正』又一行。先小序，次正文。《楚辭》正文爲大字，《章句》注文爲雙行小字。半葉十行，行十八字。四周雙邊，白口，版心爲魚尾紋，中爲楚辭卷數、葉碼序數。下有刻工姓名：李清、李槐、奎、先、章、浩等。

是本稱據宋槧重雕，然其宋刻祖本原始面貌，已湮然莫考。於『匡』『桓』『恒』等少數宋諱字皆缺筆，猶存宋槧舊觀。避諱不甚嚴整，於『胤』『敬』『殷』『構』『玄』『慎』『貞』『禎』等字皆不避。

惟是本爲單刻《章句》系列存世者最早，與《補注》系列、《文選》系列相校多所異同。凡《補注》本《楚辭考異》所列異文，多見於此。僅以屈子二十五篇爲例，如：《離騷》『皇覽揆余初度兮』，《補注》引『余』下一有『于』字。案：此本『余』下有『于』字。《離騷》『汩余若將不及兮』，《補注》引『不』一作『弗』。案：此本『不』作『弗』字。《離騷》『乘騏驥以馳騁兮』，《補注》引『馳』一作『駝』。案：此本『馳』作『駝』字。《離騷》『閨中既以邃遠兮』，《補注》引『既』下一無『以』字。案：此本『既』下無『以』字。《離騷》『揚雲霓之晻藹兮』，《補注》引『藹』一作『靄』。案：此本『藹』作『靄』字。《九歌・湘君》『遺余佩兮醴浦』，《補注》引『醴』一作『澧』。案：此本『醴』作『澧』。《湘夫人》『目渺渺兮愁予』，《補注》引『予』一作『余』。案：此本『予』作『余』字。《湘夫人》『白蘋兮騁望』，

《補注》引『白』上一有『登』字。案：此本『白』上有『登』字。《少司命》『夫人自有兮美子』，《補注》引『自有兮』一作『兮自有』。案：此本『自有兮』作『兮自有』。《東君》『羌聲色兮娱人』，《補注》引『聲色』一作『色聲』。案：此本『聲色』作『色聲』。《天問》『僉曰何憂』，《補注》引『曰』一作『答』。案：此本『曰』作『答』。《天問序》『嗟號昊旻』，《補注》引『昊旻』一作『旻昊』。案：此本作『旻昊』。《天問》『伯禹愎鯀』，《補注》引『愎』一作『腹』。案：此本『愎』作『腹』。《天問》『河海應龍何盡何歷』，《補注》引一作『應龍何畫河海何歷』。案：此本作『應龍何畫河海何歷』。《天問》『何嗜不同味』，《補注》引『嗜』下一有『欲』字。案：此本『嗜』下有『欲』字。《天問》『而賜封之』，《補注》引『封之』下一有『金』字。案：此本『封之』下有『金』字。《天問》『帝何竺之』，《補注》引『竺』一作『篤』。案：此本『竺』作『篤』字。《九章·惜頌》『發憤以杼情』，《補注》引『杼』一作『抒』。案：此本『杼』作『抒』字。《涉江》『猨狖之所居』，《補注》引『猨』上一有『乃』字。案：此本『猨』上有『乃』字。《哀郢》『方仲春而東遷』，《補注》引一無『方』字。案：此本無『方』字。《懷沙》『寃屈而自抑』，《補注》引『寃屈而』一作『俛屈以』。案：此本作『俛屈以』。《橘頌》『不終失過兮』，《補注》引『不終』一作『終不』。案：此本作『終不』。《悲回風》『故荼薺不同畝』，《補注》引『薺』一作『苦』。案：此本『薺』作『苦』字。《遠遊序》『文采鋪發』，《補注》引『鋪』一作『秀』。案：此本作『秀』字。《卜居》『喔咿儒兒』，《補注》引『儒兒』一作『嚅唲』。案：此本作『嚅唲』。《卜居》『于嗟默默』，《補注》引『默默』一作『嘿嘿』。案：此本作『嘿嘿』。《漁父》『世人皆濁淈其泥而揚其波』，《補注》引『世人』一作『舉世』。案：此本『世人』作『舉世』。《漁父》『聖人不凝滯於物』，《補注》引『聖人』作『夫聖人者』。案：此本作『夫聖人者』。靜安先生云：『丁巳除夕，以此本校《楚詞補注》，凡三卷，知此本全與洪氏《考異》

所稱一本合，亦此本出於宋本之證。」然亦或不見《補注》本異文者，如《天問》「女岐無合」之「岐」，此本作「歧」，「何以尚之」之「以」，此本作「以」。《天問》「地方九則何以墳之」，此本作「地方九州則何以墳之」。《天問》「何環穿自閭社丘陵是淫是蕩」，《補注》引一作「何環閭穿社以及丘陵是淫是蕩」，此本無「是淫是蕩」四字。《卜居》「誰知吾之廉貞」之「貞」，此本作「真」。又偶見迥別於諸本者，如《補注》本《離騷》「精瓊靡以爲粻」，《補注》引揚雄《反離騷》作「靡」。案：此本「靡」作「麋」，而隆慶本作「靡」。《補注》本《九歌·大司命》「羌愈思兮愁人」，「羌」字諸本同，惟此本作「羗」。

至若王逸注文之歧異，則更爲繁複，且涉於歧義，較他本爲勝者甚多。即以屈子二十五篇爲例，如《離騷序》「猶依道徑以風諫君也」，《補注》引「依道徑」一作「陳直徑」，此本正作「陳直徑」。案：直徑，王逸《章句》習見。直，或作「直」，與「道」字形似相訛。《離騷》「惟庚寅吾以降」，此本王逸注：「惟，辭也。」《補注》本無注。案：惟字首出於此，舊本當有注。《離騷》「皇覽揆余初度兮」，此本王逸注：「余，我也。」《補注》本無注。案：余字首見於此，舊本當有注。《離騷》：「皇覽揆余初度兮，肇錫余以嘉名。」此本王逸注：「言己美父伯庸觀我始生年時，度其日月，皆合天地之正中，故賜我以美善之名也。」《補注》本無「己美」二字。案：正文「皇」字訓「美」，則舊有「己美」二字。《離騷》「恐美人之遲暮」，此本王逸注：「而君不建立道德，舉用賢能，則年老耄晚暮，而功不成，事不遂也。」《補注》本「舉用賢能」作「舉賢用能」。案：「建立道德」「舉用賢能」，相對爲文，舊本作「舉用賢能」也。《離騷》「惟夫黨人之偷樂兮」，此本王逸注：「黨，朋也。《論語》曰：「群而不黨。」」《補注》本「群而」作「朋而」。案：引《論語》見《衛靈公篇》，正作「群而」而非「朋而」也。《離騷》「謡諑謂余以善淫」，此本王逸注：「猶衆臣嫉妒忠正，言己淫邪不可任用也。」《補注》本『任』下無『用』字。案：任用，王逸注文習見。《離騷》『哀衆芳之蕪穢』，王逸注：『以言己脩行忠信，冀君任用，而遂斥棄，則使衆賢志士失其所也。』《九章・涉江》『邸余車兮方林』，王逸注：『以言己才德方壯，誠可任用，棄在山野，亦無所施也。』舊本當有『用』字。《離騷》『浞又貪夫厥家』，此本王逸注：『厥，其也。』《補注》本無注。案：厥字於此首出，舊本當有注也。《離騷》『莫好修之害也』，此本王逸注：『言士民所以變直爲曲者，以上不好用忠正之人，害其善志之故。』《補注》本『變直爲曲』作『變曲爲直』。案：此斥世俗邪惡，則舊作『變直爲曲』。《九歌・雲中君》『覽冀州兮有餘』，《補注》本王逸注：『餘，猶他也。』此本『他』下有『方』字。案：據王逸注文『尚復見他方也』云云，則舊本作『他方』。《湘夫人》『遺余褋兮醴浦』，《補注》本王逸注：『屈原託與湘夫人，共鄰而處，舜復迎之而去，窮困無所依，故欲捐棄衣物，裸身而行，將適九夷也。』此本『託與』作『設託』。案：據義，舊本作『設託』是也。《大司命》『固人命兮有當』，《補注》本王逸注：『言人受命而生，有當貴賤、貧富者，是天禄也。』此本『貧富』作『富貧』。案：貴賤、富貧相對爲文，舊本作『富貧』是也。《東君》『照吾檻兮扶桑』，《補注》本王逸注：『言東方有扶桑之木，其高萬仞，日出，下浴於湯谷，上拂其扶桑，爰始而登，照曜四方。』此本『日』下無『出』字。案：謂日『下浴於湯谷，上拂其扶桑』，不當有『出』字。此本是也。《山鬼》『子慕予兮善窈窕』，《補注》本王逸注：『言山鬼之貌，既以姱麗，亦復慕我有善行好姿，故來見其容也。』此本『故來』有『是以』二字。案：據文義，舊本有『是以』二字也。《山鬼》『采三秀兮於山間』，《補注》本王逸注：『言己欲服芝草，以延年命，周旋山間，采而求之，終不能得。』此本『年命』作『年壽』。案：年命、年壽，王逸《章句》並見，然有『延年壽』，無作『延年命』。《離騷》『揔余轡乎扶桑』，王逸注：『結我車轡於扶桑，以留日行，幸得不老，延年壽也。』《大招》『窮身永樂，年壽延只』，王逸注：『言居於楚國，窮身長樂，保延年壽，終無憂患也。」舊本作『年壽』是也。《天問》『鴟龜曳銜，鮌何聽焉』，《補注》本王逸注：『言鮌治水，績用不成，堯乃放殺之羽山，飛鳥水蟲曳銜而食之，鮌何能復不聽乎。』此本『能復』作『復能』。案：能復、復能，王逸注文皆有其例。然舊本作『復能』爲允。《天問》『東流不溢，孰知其故』，《補注》本王逸注：『言百川東流，不知滿溢，誰有知其故也。』此本『知其』下有『何』字。案：舊本有『何』字爲允。《柳河東集・天對》引王逸注有『何』字。《九章・惜誦》『迷不知寵之門』，《補注》本王逸注：『言己事君，竭盡信誠，無有二心，而不見用，意中迷惑，不知得遇寵之門户，當何由之也。』此本『遇寵』作『寵遇』。案：《九辯》『嘗被君之渥洽』，王逸注：『前蒙寵遇，錫祉福也。』據此，舊本作『寵遇』也。《涉江》『吾與重華遊兮瑶之圃』，《補注》本王逸注：『瑶，玉也。一云：瑶，石次玉也。』此本無『一云瑶石次玉也』七字。案：有此七字，羨文，舊本無此七字也。《懷沙》『知死不可讓，願勿愛兮』。《補注》本王逸注：『言人知命將終，可以建忠仗節死義，願勿辭讓而自愛惜之也。』此本『仗』作『伏』。案：仗，訛也。伏節，王逸注文習見。《離騷》『延佇乎吾將反』，王逸注：『言己自悔恨，相視事君之道不明審，當若比干伏節死義。』又『覽余初其猶未悔』，王逸注：『上觀初世伏節之賢士，我志所樂，終不悔恨也。』《離騷後敘》：『且人臣之義，以忠正爲高，以伏節爲賢。』《九辯》『紛純純之願忠兮』，王逸注：『思碎首腦，而伏節也。』《七諫・謬諫》『焉知賢士之所死』，王逸注：『言國無傾危之難，則不知賢士之伏節死義。』則舊本作『伏節』是也。《遠遊》『願輕舉而遠遊』，《補注》本王逸注：『高翔避世，求道真也。』此本『高』作『翺』。案：舊本作『翺翔』是也。《遠遊》『時髣髴以遥見兮』，《補注》本王逸注：『託皃雲飛，象其形也。』此本『飛』作『氣』。案：王逸注文無『雲飛』，而有『雲氣』。《遠遊》下文『遊驚霧之流波』，王逸注：『蹈履雲氣，游清波也。』舊本作『雲氣』是也。《卜居》『端策拂龜』，《補注》本王逸注：『整容儀也。』此本『容儀』作『儀容』。案：若作『容儀』，儀字出韻。舊本作『整儀容』是也。《九辯》『收潦而水清』，《補注》本王逸注：『溝無溢濫，百川净也。』此本『净』作『静』。案：净、静，雖古字通用。然據文義，舊本作『百川静』是也。類此舉不勝舉。

然此本亦有不若《補注》本者，如：《離騷》『恐皇輿之敗績』，此本王逸注：『皇，后也。』《補注》本『后』作『君』。案：案：君、后同義。王逸《章句》及兩漢遺義『皇』無釋『后』。《九歎・愍命》『嘉皇既殁終不返兮』，王逸注：『皇，君也。』《書・五子之歌》『皇祖有訓』，《孔傳》：『皇，君也。』《詩・正月》『有皇上帝』，《毛傳》：『皇，君也。』則《補注》本存其舊也。《離騷》『余既不難夫離別兮』，此本王逸注：『言我竭忠見過，非難與君別離也，傷念君信用讒言，志數變易，無常操也。』《補注》本『別離』作『離別』。案：離別、別離，王逸注並習見。然正文作『離別』，則注文亦作『離別』。若正文作『別離』，則注文亦作『別離』。如，《少司命》『悲莫悲兮生別離』，王逸注：『人居世間，悲哀莫痛與妻子生別離，傷己當之也。』則舊本作『離別』也。《離騷》『競周容以爲度』，《補注》本王逸注：『度，法也。』此本誤乙作『法，度也』。《離騷》『何方圜之能周兮』，此本王逸注：『言何所有方鑿受圜枘而能合者，誰有異道而相安耶？』《補注》本作『圜鑿受方枘』，引一作『方鑿受圜枘』。案：《九辯》：『圜鑿而方枘兮，吾固知其鉏鋙而難入。』王逸注：『正直邪枉，行殊則也。』則此注作『圜鑿受方枘』，蓋因《九辯》，則舊本作『圜鑿受方枘』也。《九歌・東皇太一》『穆將愉兮上皇』，王逸注：『上皇，東皇太一也。』此本『太』訛作『天』。《天問》『受壽永多，夫何久長』，《補注》本王逸注：『言彭祖進雉羹於堯，堯饗食之以壽考，彭祖至八百歲，猶自悔不壽，恨枕高而唾遠也。』此本『唾』訛作『眠』。《九章序》：『故復作《九章》。章者，著也，明也。』此本『著也明也』作『著明也』。案：據王注釋詞體例，鮮用複語，舊本作『著也明也』，而此本非也。

自《離騷》至《招魂》（《卜居》除外）此本皆有反切音注及考異，多因《文選》本、《補注》本及朱熹《集注》本羼入，非王逸舊本。如《離騷》『辟芷』，注：『辟，匹亦反。』又，『紉秋蘭』，注：『紉，女陳反。』又，『惟草木之零落兮』，注：『零，一作苓。』案：當王逸之世，無反切注音。《文選音決》：『辟，匹亦反。』朱熹《集注》：『紉，女陳反。』又，《補注》《集注》同引『零』一作『苓』。知其因此羼入。《九歌·湘君》『慌惚兮遠望』，注：『慌惚，一作荒忽。』案：《補注》《集注》同引『慌惚』一作『荒忽』。知其因此羼入。《九辯》『鵾雞啁哳而悲鳴』，注：『啁哳，上竹交，下陟轄。』案：《文選六臣注》明州本、建州本、秀州本、景宋本皆云：『啁，竹交反；哳，陟轄反。』此本因以羼入，未可視之爲舊本所當存者也。

臺灣『國立中央圖書館』藏此本，四册，有民國六年丁巳王國維題識，稱『明正德刊《楚辭章句》十七卷，行款古雅，字畫精湛，實出宋槧。書中不避宋諱，然目録自《九章》至《九思》下均有「傳」字，與洪興祖《補注》所引一本合。題名二行，舊云「漢護左都水使者光禄大夫臣劉向集後漢校書郎中臣王逸章句」，此本改爲「劉向子政編集王逸叔師章句」併一行，而第二行改刊「後學西蜀高第吴郡黄省曾校正」十三字。其餘猶宋本式也。舊爲張船山藏書。丁巳春得於上海』云。案：『九章』當作『九歌』，王氏筆誤也。此刊本國家、上海、湖南、北京大學等圖書館亦皆有庋藏，非僅臺北所有也。（黄靈庚）

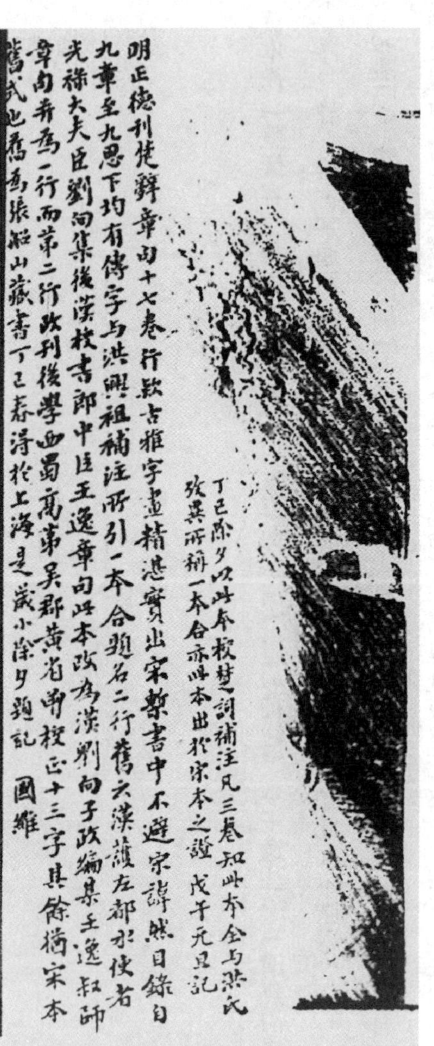

明正德刊楚辭章句十七卷行款古雅字畫精湛實出宋槧書中不避宋諱然目錄自九章至九思下均有傳字與洪興祖補注所引一本合題名二行舊云漢護左都水使者光祿大夫臣劉向集後漢校書郎中臣王逸章句此本改爲漢劉向子政編集王逸叔師章句并爲一行而第二行改刊後學西蜀高第吳郡黃省曾校正十三字其餘猶宋本舊式也舊爲張船山藏書丁巳春得於上海是歲小除夕題記 國維

丁巳除夕以此本校楚詞補注凡三卷知此本全與洪氏攷異所稱一本合亦此本出於宋本之證 戊午元旦記

# 明正德本殘本清袁廷檮手校

明正德高第、黄省曾刻本，殘存十卷。清袁廷檮於此本批校。廷檮字又愷，號壽階，長洲人，清乾隆監生。明袁氏六俊之裔也，爲吴下望族。富收藏，精考據，與周錫瓚、黄丕烈、顧之達號稱『藏書四友』。工詩，間及繪事。蓄書萬卷，多宋槧元刻，祕籍精鈔。著有《金石書畫所見記》《紅蕙山房集》等。

是本末有袁廷檮《跋》，稱『嘉慶十一年初秋，借黄蕘翁新得宋刊王逸注《楚辭》校此本。原缺七卷（第六至第十五），以《補注》本配入，亦宋槧也。别校於汲古閣翻雕本上。後有《釋音》一卷，《廣騷》一卷，則各本所無。手自影鈔，附裝於後，廿七日勘畢。袁廷檮記於五硯樓』云。案：正德本未嘗再刻，無《釋音》《廣騷》二卷。袁氏『手自影鈔，附裝於後』云者，《釋音》一卷，蓋鈔自隆慶本《楚辭疑字直音補》；而《廣騷》本揚雄所作，今失佚不傳，蓋即《反離騷》一卷歟？然此本亦未見有附此二卷。

袁氏於『楚辭目録』下筆批『丙寅七月九日甲寅以宋本校起，五硯主人』云云。丙寅者，即清嘉慶十一年也。『五硯』，又作『五研』。五硯主人，袁氏之號也。錢大昕《五研樓記》云：『袁子又愷，向居金昌亭畔，題其讀書之曰「三研齋」。三研皆其先世所貽，一爲介隱先生物；一爲「謝湖草堂研」，則尚之先生物；一爲「列岫樓研」，則永之先生物也。丁巳歲，青浦王侍郎以所藏「清容居士研」贈又愷，錢唐奚鐵生爲作「歸研圖」。未幾，又得谷虚先生「廉石研」，並前所藏而五。

是夏，又愷移歸楓橋舊居。謀藏書之所，惟兹樓宜，乃奉先世手澤及古今載籍，收藏惟謹，名其樓曰『五研』。暇日坐樓中，甲乙校讎，丹黄不去手。』其『以宋本校起』云云，即《跋》稱『黄蕘翁新得宋刊王逸注《楚辭》』本，實明翻宋洪氏《補注》本也。是以袁氏又云：『原缺七卷（即第六《卜居》、第十《大招》至第十五《九懷》七卷），以《補注》本配入，亦宋槧也。』又，『楚辭卷第一』下鈐『極瑞樓』之印。『極瑞樓』者，蓋亦袁氏居室名也。

《楚辭目録》自『第十卷《大招》』以下皆在『第』字上益『楚辭』二字，蓋以第二卷《九歌》至第九卷《招魂》，皆所以傳『離騷』者也。是因朱子《集注》爲説。而第十卷《大招》以下爲漢人續屈、宋之作，但名之以『楚辭』可耳，不得稱『傳』也。朱子《集注》自《九辯》至《招隱士》稱曰『續離騷』，則亦不從朱子也。各卷之首，原題『漢劉向子政編集王逸叔師章句〇後學西蜀高第吴郡黄省曾校正』二行，袁氏以朱筆抹去，皆改爲『王逸叔師章句〇後學西蜀高第吴郡黄省曾校正』，别起行『校書郎臣王逸上』，是因《補注》本改也。

袁氏校改，朱筆批於所校字之側，或校正文，或校注文，而皆有版本據依，其多可資以參證。其或以校改正文者。如，《離騷》『夕攬中洲』，袁氏改『攬』作『擥』。案：《文選》唐鈔本、《集注》本作『擥』，《補注》本引一作『擥』。又『余忍而』，

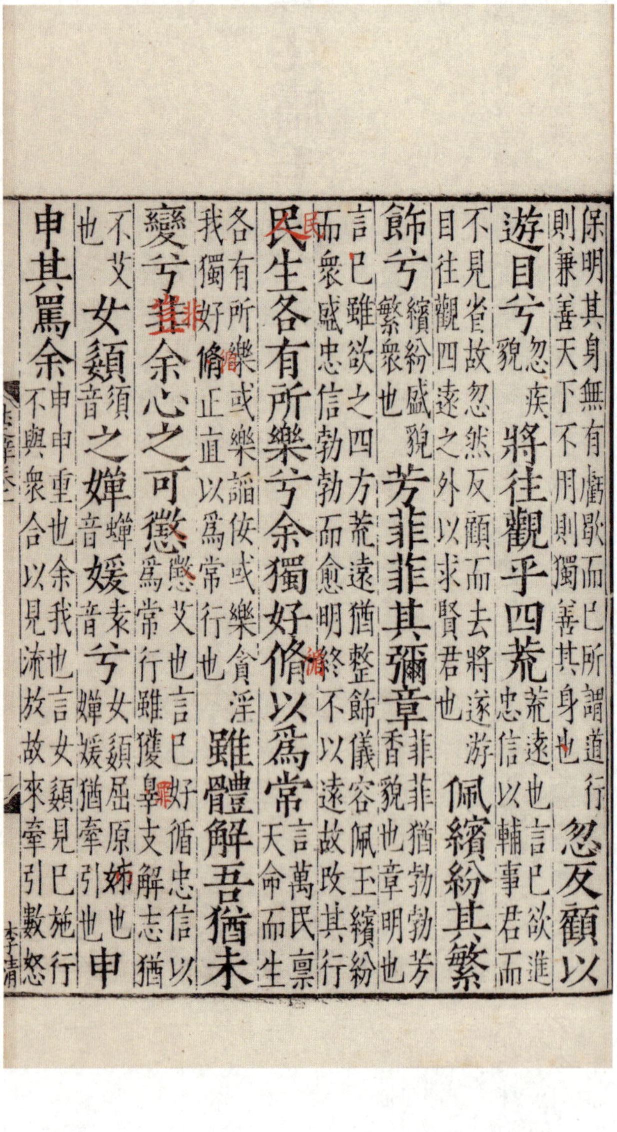
保明其身無有虧歇而已所謂道行則兼善天下不用則獨善其身也忽反顧以
遊目兮忽疾貌將往觀乎四荒荒遠也言已欲進忠信以輔事君而
不見省故忽然反顧而去將遂游目往觀四遠之外以求賢君也佩繽紛其繁
飾兮繽紛盛貌繁衆也芳菲菲其彌章菲菲猶勃勃芳香貌也章明也
言已雖欲之四方荒遠猶整飾儀容佩玉繽紛而衆盛忠信勃勃而愈明終不以遠故改其行
民生各有所樂兮余獨好脩以爲常言萬民稟天命而生
各有所樂或樂諂佞或樂貪淫我獨好脩正直以爲常行也雖體解吾猶未
變兮豈余心之可懲懲艾也言已好循忠信以爲常行雖獲皋支解志猶
不艾也女嬃須之嬋蟬媛袁兮女嬃屈原姊也嬋媛猶牽引也申
申其詈余申重也余我也言女嬃見已施行不與衆合以見流放故來牽引數怒

袁刪『余』字。案：《文選》本、《補注》本、《集注》本亦無『余』字。又『不群兮』，袁校『群』爲『群』。案：群、群一字。《補注》本作『群』。又『豈余心』，袁校『豈』作『非』。案：《補注》本、《集注》本引一本作『非』。又『以節中』，袁改『以』爲『之』。案：《文選》本、《補注》本引一本作『之』。又，『其鮮終』，袁校『鮮』爲『尠』。案：尠，鮮少之本字。又『率雲霓』，袁校『率』爲『帥』。案：注文『相帥來迎』，是舊作『帥』，《補注》本亦作『帥』。又『壒吾遊』，袁校『壒』作『壗』，《補注》引『一作壒』。案：壒、壗一字，《文選》本、《補注》本皆作『溘』。又『既受詒兮』，袁校『詒』作『詔』。案：《補注》本引一本作『詔』。又『摯咎繇』，袁校『咎』作『皐』。案：《文選》五臣本、《補注》本引一本作『皐』。又『神高馳』，袁校作『邁高地』。案：《補注》本引一作『邁高地』。又『國無人』，袁校『人』下有『兮』字。案：《集注》有『兮』字。《湘君》『蓀橈兮』，袁校『蓀』上補『乘』字。案：《文選》本作『承』，《補注》本引一作『乘』。《涉江》『邸余車』，袁校『邸』作『低』。案：《文選》本作『低』。《懷沙》『眴兮杳杳』，袁校『杳杳』作『窈窈』。案：《史記》作『窈窈』。《漁父》『歌曰』，袁校『歌』上補『乃』字。案：《文選》本有『乃』字。《九思》之《悼亂》，袁校：『又曰「隱思」，又曰「散亂」。』案：《補注》本目録有此異文。若是，皆有版本依據也。

或者校王逸注文。如，《離騷》『夕攬洲之宿莽』注云：『木蘭去皮不死，宿莽遇冬不枯。』袁校『遇冬』作『過冬』。案：遇，『過』之訛。以王逸注『草冬生不死者，楚人名曰宿莽』云，似舊本作『過冬』也。又『雜杜衡』注：『雜以芳芷，芬香益暢，德行彌盛也。』袁校『芬香』作『芳香』。案：正文『芳芷』，則注似作『芳香』。又『非世俗』注：『言己服然雖爲難法。』袁校刪『然』字。案：然，羨文，當刪。又『又申之以攬茝』注：『以自結束，執意彌篤也。』袁校『意』作『志』。案：《文選》本、《補注》本亦作『志』。又『競周容』注：『法，度也。』袁校乙作：『度，法也。』案：《文選》本、《補注》本亦作『度，法也』。又『鮌婞直』注：『婞狠自用。』袁校『狠』作『佷』。案：狠、佷一字。又『依前聖』注：『前代聖王。』袁校作『前世聖人』。案：《補注》本作『前世聖人』。唐人避諱改作『前代聖王』。又『夕余至』注：『雖乃通天。』袁校『乃』作『絶』。案：《補注》本作『絶』。又，『邈邈』注：『莫能逮及。』袁校『逮』作『追』。案：《補注》本作『追』。又『奏九歌』注：『《尚書》「簫韶九成」是也。』袁校『書』下補『曰』字。案：《文選》本有『曰』字。《湘夫人》『葺之』，校『葺』作『蓇』。案：《訓詁柳河東集》卷九韓注謂『蓇字當是「葺」字，傳寫作「蓇」耳。諸韻無此字，唯吴本《楚辭》中有如此者』。韓氏所稱吴本《楚辭》，今未可考。蓇字，當出《湘夫人》篇此二語。據《干禄字書》，蓇，俗葺字。葺，王逸未注，則下『芷葺兮荷屋』，王注：『葺，蓋屋也。』是不宜見諸後。葺，當作胥，古鉨文作骨。咠，俗體作[illegible]，故形似相訛。胥，通作疏，言布陳也。謂疏布以荷蓋也。袁改作『蓇』，實『胥』字也。《天問》『鮌何聽焉』注：『鮌何復能不聽之乎？』袁校『復能』作『能復』。案：《補注》本作『能復』。又，『何獸能言』注：『《禮記》曰：猩猩能言，不離禽獸也。』袁校『猩』作『狌』。案：狌、猩古今字。戰國楚簡亦作『狌』。《惜誦》『竭忠誠』，袁校補『竭盡』二字。案：《補注》本有注。又『背衆兮』注：『違衆而見憎惡也。』袁校『違衆』作『違偝衆人』。案：《補注》本作『違偝衆人』。又『不豫兮』，袁校補『豫猶豫也』。案：《補注》本有注。《涉江》『夕宿辰陽』注：『自傷去國日遠也。』袁校『日』下補『已』字。案：《補注》本有『已』字。《懷沙》『孔静』注引《詩》曰：『亦恐之將。』袁校『恐』作『孔』。案：《補注》本作『恐』。《橘頌》『不遷』注：『遷，徙也。』袁校乙作『徙，遷也』。案：袁氏蓋以爲下『難徙』注文。是也。《招魂》『實滿宮』注：『後宮也。』袁校『後』上補『充』字。案：《補注》本有『充』字。《九歎・靈懷》『以幽辟』注：『幽辟，暗昧也。』袁校『暗』作『闇』。案：《補注》本作『闇』。又『出國門』注：『昔放出國門。」袁校「昔」下補「己」字。案：《補注》本有「己」字。若是，皆有版本依據也。

然袁氏猶有私心自改，絶無據依，至不成文義者。如，《離騷》「余獨好修」注：「我獨好修正直以爲常行也。」袁校「修」字皆作「循」。案：「好修」，《離騷》數見。作「好循」，則不成其義。又「以爲理」，注云：「理，分理也，述禮意也。」袁校作：「理，述分理禮意也。」案：則不成其義。又「用夫行媒」注：「不必須左右薦達也。」袁校「必」作「當」。案：諸本皆作「必」，蓋以意改矣。又，「呂望之鼓刀」注：「言太公避紂，居東海之濱，聞文王作興，盍往歸之。至於朝歌，道窮困，自鼓刀而屠，遂西釣於渭濱。文王夢得聖人，於是出獵而遇之，遂載以歸，用以爲師，言「吾先公望子久矣」，因號爲太公望。或言周文王夢天帝立令狐之津，太公立在後。帝曰：「昌，賜汝名師。」文王再拜，太公亦再拜。太公夢亦如此。文王出田，見識所夢，載與俱歸，以爲太師也。」袁校「作興」作「政興」，「號」作「号」，「在後」作「其後」，「見識」作「而識」。案：除《補注》本「在後」作「其後」，皆無版本依據，率意妄改也。《離騷後敘》「以壯爲狀」，袁校作「以扶爲扶」。不知其意。案：前漢以往古書，多藉「狀」爲「壯」也，故逸有此言。《湘君》「夕弭節」注：「弭情安意。終志草壄也。」袁校「意」爲「惡」。案：語意不達矣。又「搴芙蓉兮」注：「猶入池涉水而求薜荔。」袁校改「池」作「它」。案：作「它」不辭，袁校妄改也。《天問》「周幽」注：「夏后布幣請而告之。」袁校「請」作「精」。案：作「請」「精」皆不辭。精，當作「糈」，祭神米也。又「受壽永多」注：「猶自悔不壽，恨枕高而眂遠也。」袁校「眂」作「睡」。案：《補注》本作「唾」。應劭《風俗通》：「彭祖壽年八百歲，猶恨唾遠。」彭祖《攝生養性論》：「養生之法：不遠唾，不驟行，耳不極聽，目不久視，坐不至疲，卧不及極。」是當作「唾遠」也。《惜誦》「而不可恃」注：「顧不可恃。」袁校「恃」下補「怙」字。案：《補注》本作「怙恃」，袁校乙訛也。又「謂汝何之」注：「汝遠去何之乎？」袁校「之」下補「湊」字。

案：不成其義。又『初若是而逢殆』注：『故爲讒人所危殆。』袁校『殆』作『怠』。案：怠，謾也。殆，危也。舊本作『危殆』。《哀郢》『眇不知』注：『則心中牽引而痛。』袁校『而』作『愁』。案：無版本依據。《抽思》『動容兮』注：『君令下而百姓之化行也。』袁校『化行』作『行化』。案：審下『則其化流行』，則舊作『化行』。《思美人》『而難當』注：『不我聽也。』袁校『聽』作『寓』。案：作『寓』出韻。又，『玩此芳草』，袁校『玩』作『抗』。案：無版本依據。《惜往日》『而嫉之』，袁校『而』下補『佞』字。案：無版本依據。又『自忍而』注：『心悲惻也。』袁校『心悲』作『悲心』。案：王注惟作『心悲』。《遠遊》『而娛戲』，袁校『娛』作『遊』。案：『戲』字出韻。娛戲，當『戲娛』之乙。王注『與戲娛』云云，舊本作『戲娛』。娛與居、霞同協魚部。《補》引『娛一作遊』者，是注異文，非謂正文，袁氏誤矣。《九辯》『而無成』注：『無成功也。』袁校『功』下補『名』字。案：有『名』字，出韻。《招魂》『費白日』注：『投之皜然如日光也。』袁校『皜』作『皓』。案：無版本依據。《九歎·逢紛》『云余』注：『言屈原與懷王俱顓頊之孫。』袁校『屈原』作『已』。案：無版本依據。

袁氏補刻正德《楚辭章句》本，僅國家圖書館有藏本，三册。而封面署曰『王逸注楚辭，元』。其以爲元槧歟？亦非也。

（黄靈庚）

# 明隆慶覆宋本

此本爲明朱多煃夫容館據宋版重雕於明隆慶辛未。《江西通志》卷六十九引《南昌府志》：『朱多煃字用晦，瑞昌王府奉國將軍。善爲詩，與里人余曰德相倡和，因介李于鱗、王元美間，數吟詠往還，以此譽延海內。有《芙蓉園稿》。』《明史·王世貞傳》稱，『「續五子」，則陽曲王道行、東明石星、從化黎民表、南昌朱多煃、常熟趙用賢』云。其齋名『夫容館』者，因『芙蓉圃』也，後亦多以『夫容館』稱此本。《江城名迹記》稱，芙蓉圃『在府城東北，明嘉靖中，瑞昌王府奉國中尉朱多煃構』。然王世貞《瑞昌王府三輔國將軍龍沙公暨元配張夫人合葬志銘》稱，『其後德甫罷閩臬歸，公治芙蓉園以居，多煃而時召德甫，德甫兄事公，而弟蓄多煃』云，則治『芙蓉園』者，乃父朱拱樹也。

王逸《章句》單刻本，當以此本爲最精善，字體方正，爲嘉靖、隆慶間仿宋體，雅見著録者稱道之不置。凡十七卷，依作者先後爲次：《離騷》《九歌》《天問》《九章》《遠遊》《卜居》《漁父》《九辯》《招魂》《大招》《惜誓》《招隱士》《七諫》《哀時命》《九懷》《九歎》《九思》。卷首有《史記·屈原列傳》、班固《離騷序》及劉勰《辯騷》。次爲《楚辭目録》，《離騷》一卷稱『經』，自《九歌》以下十六卷皆稱『傳』，與正德本蓋同祖本也。目録之末有『隆慶辛未歲豫章夫容館宋板重雕』之牌記。無序跋。目録後有《楚辭疑字直音補》，依十七卷先後爲次。音注多注《楚辭》正文，亦偶涉王逸注文。如，第一卷十一字出《離騷》，而『擥』『纚』『涀』『澆』『擥』『敻』『筳』『篿』『慆』『蜷』十字，皆出《離騷》正文，僅『滕』出王逸注文。半葉八行，行十七字，王逸《章句》雙行小字。單魚尾，白口，四周雙邊。卷一首葉版心有『章芝刻』三字，卷一末行有『姑蘇錢世傑寫章芝刻』九字，而『錢世傑寫章芝刻』七字爲雙行小字。每卷首行題『漢劉向編集』，次行題『王逸章句』。於『桓』『恒』二字皆缺末筆，避宋真宗諱也。然其他宋帝名諱皆未避。

是刻又有重修本、遞修本。重修本較原刻本若行款、字體、版框大小、牌記等悉同。惟刻工姓名及宋諱『匡』『弘』『玄』『殷』『胤』『敬』『惇』『貞』『禎』『構』『元』『沅』『完』『玩』『慎』『擴』等字於原版鏟去末筆，以仿宋本。卷首增王世貞《重刊王逸注楚辭序》，稱『吾友豫章宗人用晦，得宋《楚辭》善本，梓而見屬序。明興，人主方篤親親右文之化。公卿大夫脩業而息之，無庸于深長思者。用晦即不能默默，亦推所謂雅、頌而廣之爾』云云。據此，重修之時，蓋用晦猶在世，與初刻本相去不遠也。世貞序後爲目録，再次爲《史記·屈原列傳》、班固《離騷序》、劉勰《辯騷》，與原刻稍別。遞修本者，爲天啓三年朱謀垙遞修。謀垙字嵩岑，號達仁，多煃侄輩也。官鎮國中尉。著有《遐齡志注疏》《神隱志注疏》《道德經注疏》《陰符經注疏》《素書注疏》等五種。前增陳玄藻《補訂楚詞敘》及謀垙《補刻楚詞引》。陳敘稱，『豫章之有王氏注《騷》也，自用晦王孫始也。用晦好古，負詞賦聲。嘗得《離騷》宋本，板之以傳，琅琊先生業序而行矣。顧歲月綿邈，梨棗散落者殆十二、三，璧斷圭殘，文士惜之。兹晦卿王孫好古不減用晦，因舊刻重爲修訂。凡鼏之刓者、蝕者，及諸散落弗完者，一日而頓還舊觀』云。謀垙亦稱，用晦伯『鍥梓既久，流傳亦廣。久之蠹朽。無何用晦伯逝矣，殘缺其半，海内歎息。余聞而悲之，復謀初本補訂，命工重梓』云。嗚呼，自隆慶五年至天啓三年，不過五十載耳，而書之散落殘闕，不意若此之速耶！遞修本目録後有『熙寧辛亥夔州官舍鏤板』牌記，《疑字直音補》後有『天啓癸亥歲豫章叢桂堂宋版重雕』牌記，卷首一行『漢劉向編集王逸章句』，次行『明朱謀垙重訂』。雖名爲『遞修』，而去原刻本面貌稍遠矣。又，遞修本『熙寧辛亥夔州官舍鏤板』云者，宋神宋熙寧四年，稱用晦原刻祖本即北宋本，將商賈爲牟利而作僞，抑別有所據耶？未得詳審矣。

是本卷首既爲《楚辭疑字直音補》一卷，然注文中復有反切音注，頗見纍贅。如，《離騷》『豈余身之憚殃兮』之『憚』下有『大旦反』『畦留夷與揭車兮』之『揭』下有『去謁反』『忽馳騖以追逐兮』之『騖』下有『務音』『索胡繩之纚纚』之『索』下有『素各反』『余惟好修姱以鞿羈兮』之『姱』下有『口瓜反』等等，而未別置卷首《楚辭疑字直音補》中。則自亂體例，未爲純一也。此本異文雜出，與正德本悉同，如，《離騷》『哀民生之多艱』之『民』字下：『一作人。』又，『自前世而固然』之『世』字下：『一作代。』又，『何方圜之能周兮』之『周』字下：『一云同。』《九歌·湘夫人》『蓀壁兮紫壇』之『蓀』字下：『一作荃。』《天問》『昏微循迹』之『循』下：『一作遵。』又，『穆王巧挴』之『挴』下：『一作晦，一作侮。』《漁父》『何故至於斯』，注云：『曷爲遭放於斯也。』下有引《史》云『何故而至此』。且此篇引《史記》異文凡五條，與洪氏《補注》本同。此皆爲後世據《文選》本、《補注》本妄補，而非逸舊本所存也。未審其所據原刻宋本已有者歟？

是本爲全帙，首尾完整，與正德本無甚大差異，至訛誤亦同，如《七諫》《謬諫》『滅巧倕之繩墨』，二本皆脱『滅』字。然二本相較，亦微有差別，且互見優劣。如，《離騷》『豈余身之憚殃兮』，王國維云：『黄本（即正德本）「身之憚」五字占四格，蓋本無「身」字，後剜補。』案：是本原刻、重修、遞修皆無此『剜補』痕迹。《離騷》『羌内恕己以量人兮』，是本原刻、重修、遞修『羗』皆作『羌』。案：羗，俗羌字。《離騷》『競周容以爲度』，注云：『度，法也。』案：正德本此注乙作『法，度也』。《離騷》『延佇乎吾將反』，此本原刻、重修、遞修『佇』皆作『竚』。案：竚、佇雖同，版本則異。《離騷》『鮌婞直以亡身兮』，注云：『婞，很也。』案：正德本『很』作『狠』，此本原刻、重修、遞修皆作『佷』。《離騷》『霑余襟之浪浪』，注云：『衣眥謂之襟。』案：正德本『眥』訛作『貲』，此本原刻、重修、遞修皆訛作『皆』。《離騷》『又何必用夫行媒」，注云：「行媒，喻左右之臣也。」案：正德本「喻」作「諭」，此本原刻、重修、遞修亦皆作「喻」。《離騷》「精瓊靡以爲粻」，注云：「言我將行，乃折取瓊枝以爲脯腊，精鑿玉屑以爲儲糧。」案：正德本「儲糧」作「糧食」，此本原刻、重修、遞修亦皆作「粮食」。《少司命》「忽獨與余」注「而司命獨於我」，正德本「於」作「與」。案：作「與」是，作「於」訛也。《河伯》「衝風」注「衝遂也」，正德本「遂」作「隧」。案：作「隧」是，作「遂」訛也。《天問》「受壽永多」注「恨枕高而唾遠也」，正德本「唾」作「眠」。案：作「唾」是，作「眠」訛也。《九辯》「貧士失職」注「意未明也」，正德本「明」作「服」。案：作「服」是，作「明」訛也。又，「竊悲夫蕙華之曾敷兮」注「蕙草芬芳」，正德本「芬」作「紛」。案：作「芬」是，作「紛」訛也。又，「中結軫」注「心剖副也」，正德本「副」作「愊」。案：愊，古副字。《天問》：「八柱何當，東南何虧。」王逸注：「言天有八山爲柱，皆何當值？東南不足，誰虧缺之。」案：正德本正文、注文「虧」字，隆慶本皆作「虧」，異體字也。《九章·悲回風》：「寤從容以周流兮，聊逍遥以自持。」案：正德本「聊」字，隆慶本作「眇」。又，「軋洋洋之無從兮」，王逸注：「言欲軋沕己心，仿佯立功，則其道無從至也。」案：正德本注文「軋沕」作「軋惕」，隆慶本作「軋揚」。又，「施黄棘之枉策」，王逸注：「黄棘，棘刺也。」案：正德本注文「刺」作「刻」，隆慶本作「剌」。《大招》：「魂兮歸徠，麗以先只。」王逸注：「言先進靡麗美物，以快神心也。」

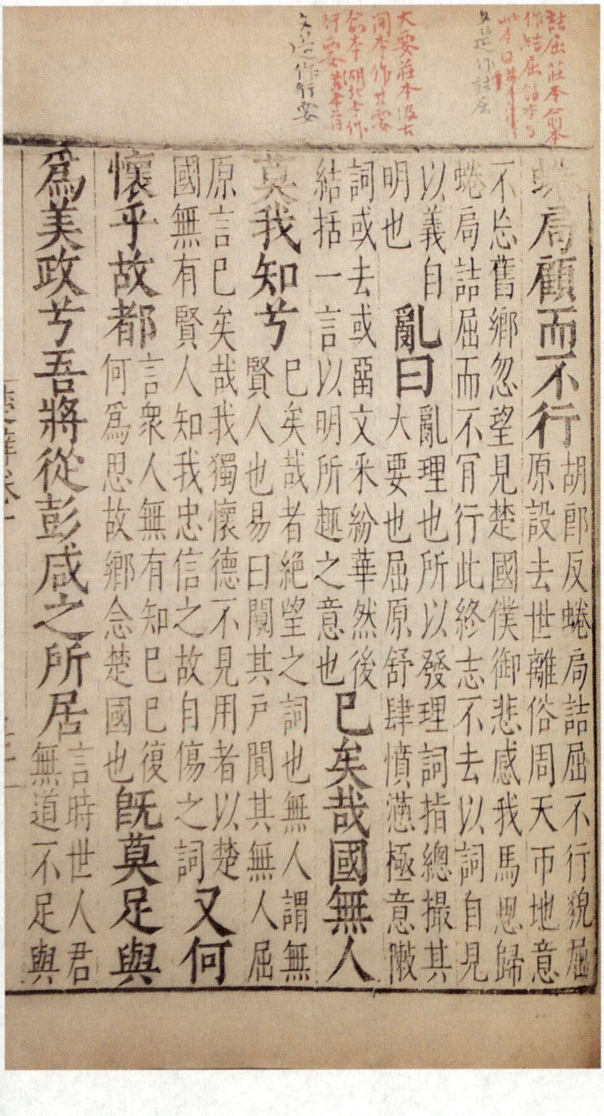
蜷局顧而不行胡郎反蜷局詰屈不行貌屈原設去世離俗周天帀地意不忘舊鄉忽望見楚國僕御悲感我馬思歸蜷局詰屈而不肎行此終志不去以詞自見以義自明也亂曰亂理也所以發理詞指總撮其大要也屈原舒肆憤懣極意陳詞或去或留文采紛華然後結括一言以明所趣之意也已矣哉國無人莫我知兮已矣哉者絶望之詞也無人謂無賢人也易曰闚其户閴其無人屈原言已矣哉我獨懷德不見用者以楚國無有賢人知我忠信之故自傷之詞又何懷乎故都言衆人無有知已已復何爲思故鄉念楚國也既莫足與爲美政兮吾將從彭咸之所居言時世之人君無道不足與

正德本注文『快』作『使』，隆慶本作『便』。又，『定空桑只』，王逸注：『空桑，瑟名也。《周官》云：「古者紘空桑而爲瑟。」』案：正德本注文『紘』作『言』。隆慶本『瑟名也』作『山名』，『古者紘空桑而爲瑟』作『空桑之琴瑟方丘奏之』。又，『青色直眉』，王逸注：『言復有美女，體色青白，顔眉平直，美目竊眄，媔然黠慧，知人之意也。』案：正德本『顔眉』，隆慶本作『額眉』。《惜誓》『惜余年老而日衰兮，歲忽忽而不反。』王逸注：『言哀己年歲已老，氣力衰微，歲月卒過，忽然不還而功不成，德不立也。』案：正德本『忽然不還而功不成』，隆慶本作『忽然不還功不成』。又，『臨中國之衆人兮，託回飇乎尚羊』。王逸注：『言己臨見楚國之中，衆人貪佞，故託回風，遠行遊戲也。』案：正德本『故託』作『女託』，隆慶本『遂託』。《招隱士》『嶔崟碕礒兮』。案：正德本『嶔』，隆慶本作『嶔』。又，『虎豹鬭兮』，王逸注：『殘賊之獸，忿争怒也。』案：正德本作『忿争怒』作『忽忽怒』，隆慶本作『忽急怒』。《七諫・怨世》『唐虞點灼而毁議』，王逸注：『言堯、舜至聖，道德擴被，尚點灸謗毁，言有不慈之過、卑父之累也。』案：正德本作『擴被』，隆慶本作『廣被』。《謬諫》：『經濁世而不得志兮，願側身巖穴而自託。』王逸注：『言己歷貪濁之世，終不得展其志意，但甘處巖穴之中而隱伏也。』案：正德本作『甘處巖穴之中而隱伏』，隆慶本『甘處巖穴之中卒而隱伏』。《七諫・亂曰》：『鉛刀進御兮，遥棄太阿。』王逸注：『言君放遠要褭英俊之士而駕橐駝，任使罷駑頓朽之人而棄明智之士也。』案：正德本作『頓朽』，隆慶本作『鈍巧』。《九懷・昭世》『與神人兮相胥』，王逸注：『留待松、喬，與伴儷也。』案：正德本作『留待』，隆慶本作『留侍』。《九歎・怨思》：『順風波以南北兮，霧宵晦以紛紛。』王逸注：『言己渡廣水，心迷不知東西，霧氣晦冥，白晝若夜也。』案：正德本作『不知』作『不不知』，隆慶本作『不知』。又，『日杳杳以西頽兮，路長遠而窘迫』。王逸注：『言日已西頽，年歲卒盡，道路長遠，不得復還，憂心迫窘，無所舒志也。』案：正德本作『日已』，隆慶本作『日以』。將祖本之別歟？抑重刻致訛耶？蓋未可魯莽也。

原刻本，臺灣『國立中央圖書館』、上海圖書館、江西省圖書館皆見收藏。重修本，亦藏國家圖書館。此爲原刻本，有傅承霖跋，稱『書背秦遊草紙字皆佳，古香可愛，務必保存，不可遺失』云。復有平舒潯青互題識，稱『東翁先浦先生，收藏大家也。余館所檢，閱古今書籍識，先生靡不注意，爲之後者其勗之』云，先浦，承霖字也。遞修本，唯國家博物館有藏本。

（黄靈庚）

# 明馮氏觀妙齋校刻本

此本爲明萬曆丙戌馮紹祖所刻於觀妙齋者。紹祖字繩武，明武林鹽官人。生平履歷未詳。馮氏，書商也；觀妙齋，在武林，蓋其杭州私刻坊齋名也，或名『三樂齋』。此本卷首有黄汝亨《重刊楚辭章句序》，末有馮氏《重刊楚辭章句後序》。馮序自稱，『蓋不佞居恒謂屈子生於怨者也，故犂帨不勝其呻吟。宋、景諸人，生於屈子者也，故呻吟不勝其犂帨。要以情文爲統紀，豈可過乎！是編也，不佞非以益《騷》，而聊以畢其所慕，緊起窮愁而揄伊鬱也』。馮氏校刻是書，蓋胸臆亦有塊壘之氣，籍此以舒揚之也。而黄序稱，《楚辭》世無善本，而『繩武博物，能裁蒐，自劉、王訖於近代，醫閒合文，要於神情』云云，悉以是本蒐集歷代評語而論之，於其底本之遴選、校讎之精否，未置一辭也。

馮氏於卷首又有《觀妙齋重校楚辭章句議例》五則：首曰『印古』，稱『《楚辭》先輩稱王逸本最古，蓋去楚未遠，古文不甚流濫脱軼耳。後人人各以意擅易。若晦翁所次《九辯》諸章，固自玢豳，要非古人之舊矣。今一意存古，故斷以王氏本爲正』。案：於其時人人尊朱注本，而馮氏獨尊王注本，其於版本之遴選，誠爲卓識。次曰『銓故』，稱『《楚辭》解，當漢孝武時已令淮南王安通其義矣。惜乎言湮世遠，今不復存。東漢王逸彙其故爲《章句》，蓋其詳哉。至宋洪興祖、朱晦翁俱有補注，總之不離王氏者居多。兹顓主王氏《章句》，洪、朱兩家間有裨益處，爲標其概於端，俾讀者得以詳考，亦毋混王氏之舊焉』。案：此論最爲篤實可信。《楚辭》文獻自王逸以下迄於今，蓋百數種之多矣，而無能出王氏之右。研討《楚辭》若舍王注，則真不可思議已，足知馮氏善爲學《楚辭》者。次曰『遴篇』，稱『《楚辭》編於劉子政者十六卷，《章句》於王叔師者十七卷。至唐、宋而下，互有編次。而《楚辭後語》，則朱子仍晁無咎氏故云。今主《章句》，則仍《章句》。即莫瞻《後語》不論矣』。案：唐人仍王氏《章句》之舊，傳其書者爲十六卷本，兩《唐志》所載是也。宋人以下亂其編次，且易以作者先後爲次。蓋馮氏未爲詳考耳。次曰『覈評』，稱『《楚辭》評，先輩鮮成集。即抽緒論，亦咸散漫。茲悉發家乘，若張氏《楚範》、陳氏《楚辭》、洪氏《隨筆》、楊氏《丹鉛》、王氏《巵言》等集，一一蒐載。而先王父小海公間有手澤，隨列之，要以佐《章句》及洪、朱二氏所不逮。如世所譏，優場搏戲，觀者亦與寓焉。固用修濫觴，抑似續皃不取也』。案：明人開評點風習，馮氏設立此例，亦風氣所染也。而『先王父小海公間有手澤，隨列之』云云，有籍以顯揚宗親之意，類來欽之《楚辭述注》，誠不足取矣。次曰『譯響』，稱『屈宋楚材，故音多楚，而間韻語，亦必尋聲。《章句》弗詳考，欲一通其響難。茲取洪、朱二氏者爲紬繹焉，務宜其音響而已。至與他本相證，若一作某某云者，節之並從大文，爲治古文者要刪焉』。案：此例以説音韻、考楚音，惟鈔洪、朱反切耳，無所發明，蓋非其所長也。又『一作某某云者』，乃校勘之事。混入此例，亦屬不類。

《議例》之後爲《楚辭目録》，凡十七卷：首《離騷》，次《九歌》，次《天問》，次《九章》，次《遠遊》，次《卜居》，次《漁父》，次《九辯》，次《招魂》，次《大招》，次《惜誓》，

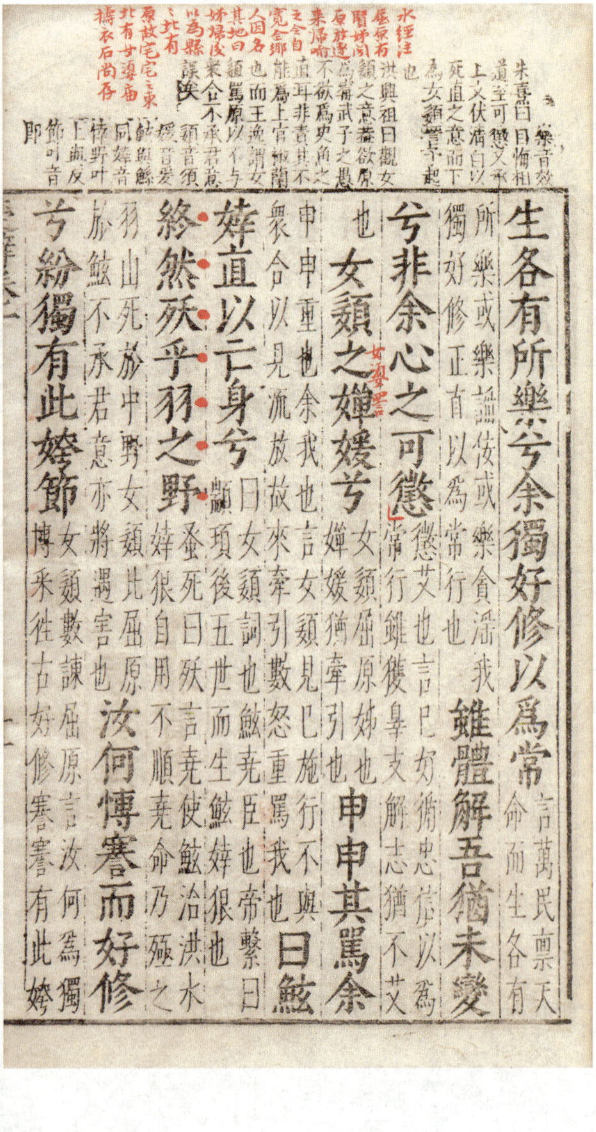
生各有所樂兮余獨好修以爲常言萬民稟天命而生各有所樂或樂謟佞或樂貪淫我獨好修正直以爲常行也雖體解吾猶未變兮非余心之可懲懲艾也言已好循忠信以爲常行雖獲辜支解志猶不艾也女嬃之嬋媛兮女嬃屈原姊也嬋媛猶牽引也申申其詈余申申重也余我也言女嬃見已施行不與衆合以見流放故來牽引數怒重詈我也曰鮌婞直以亡身兮曰女嬃詞也鮌堯臣也帝繫曰顓頊後五世而生鮌婞很也終然殀乎羽之野蚤死曰殀言堯使鮌治洪水婞很自用不順堯命乃殛之羽山死於中野女嬃比屈原於鮌不承君意亦將遇害也汝何博謇而好修兮紛獨有此姱節女嬃數諫屈原言汝何爲獨博采往古好修謇謇有此姱

次《招隱士》，次《七諫》，次《哀時命》，次《九懷》，次《九歎》，次《九思》。《離騷》稱『經』，《九歌》以下稱『傳』，與正德本、隆慶本同。卷一目録之下，首行爲『漢劉向子政編集王逸叔師章句』，次行爲『明後學武林馮紹祖繩武父校正』，版心爲『杭州郁文端書』。

據附録，首列《史記·屈原列傳》一篇，蓋其祖於隆慶朱多煃本也，隆慶本卷首有《屈原列傳》。然隆慶本《屈原列傳》全録《懷沙賦》，而此本删之，於『乃作《懷沙賦》』下注云：『其辭見第四卷。』偶見『桓』『恒』等字闕末筆避宋諱，亦同隆慶本。然卷三《天問》之末，王逸《天問後敘》後有班固《離騷序》，則又同正德刻本矣。附録又有《楚辭諸家書目》《楚辭章句總評》。《諸家楚詞書目》祇録宋以前者，凡十家：王逸《楚詞》十七卷、《楚詞釋文》、洪興祖《楚辭補注》與《考異》、晁氏《重編楚辭》《續楚辭》《變離騷》、林應辰《龍岡楚辭説》、周紫芝《楚辭贅説》、朱熹《楚辭集注》是也，每家之作皆有題記，多採録陳振孫《直齋書録解題》及晁補之《讀書志》以爲説。《總評》採漢揚雄至明王世貞等論列《楚辭》者二十四家，凡三十八條。

馮氏刻本顯著特色，在於蒐集諸家評語。於其所處位置者可分有三類：一是見諸附録三十八條《總評》，殿於十七卷之末：揚雄一條、魏文帝一條、沈約一條、庾信一條、劉勰六條、劉知幾一條、皮日休一條、蘇轍二條、葛立方一條、洪興祖一條、朱熹四條、祝堯二條、高似孫一條、汪彦章一條、陳傅良一條、李塗一條、葉盛一條、何孟春一條、姜南二條、張時徹一條、唐樞一條、茅坤一條、王世貞四條、劉鳳一條。《楚辭》古今評騭之要言妙義，蓋大略備於此矣。又，《總評》出自劉勰《文心雕龍》及王世貞二人者居多，劉勰六條分別出自《文心雕龍》之《辯騷》《詮賦》《聲律》《比興》《時序》《物色》，其視《楚辭》爲文學之典範，不若朱子空談性命者矣。採王世貞序隆慶刻本於此，蓋甚有深意焉。世貞序稱『後世中庸之士，垂裾拖紳以談性命者，意不能盡滿於原』云云，於朱子《楚辭集注》，則委婉斥之，亦『意不能盡滿於原』，而力主宗王逸注本。二是置於各篇正文之末者，猶『篇評』也，於《楚辭》各篇義理、旨意多所論列：《離騷》輯録十三家：劉安、賈島、宋祁、蘇軾、高似孫、朱熹、祝堯、嚴滄浪、李塗、馮覲、王世貞、張之象、陳深各一則。《九歌》輯録九家：張銑、呂延濟、姚寬、洪興祖、朱熹、楊慎、馮覲、張之象、陳深各一則。《天問》輯録四家：洪興祖、朱熹、馮覲、陳深各一則。《九章》輯録五家：洪興祖、朱熹、馮覲、張之象、陳深各一則。《遠遊》輯録四家：洪興祖、朱熹、祝堯、陳深各一則。《卜居》輯録五家：洪邁、洪興祖、朱熹、樓昉、王世貞各一則。《漁父》輯録五家：劉知幾、洪邁、洪興祖、朱熹、祝堯各一則。《九辯》輯録三家：祝堯、楊慎、陳深各一則。《招魂》輯録三家：朱熹、洪邁、王世貞各一則。《大招》收録二家：朱熹、陳深各一則。《惜誓》輯録一家：朱熹二則。《招隱士》三家：朱熹、高似孫、馮覲各一則。三是置於各篇之簡端者，即所謂『眉評』也。蓋於《楚辭》各篇某章、某句有所補益，然採自洪興祖《楚辭補注》、朱熹《楚辭集注》者居多：《離騷》録八家，凡二十六則：洪興祖九則、朱熹七則、張鳳翼三則、陳深二則、鍾嶸、劉知幾、劉次莊、王應麟、馮覲各一則。《九歌》十家，凡四十一則：洪興祖十則、沈括五則、朱熹十二則、張鳳翼二則、祝堯四則、樓昉四則、洪邁、劉次莊、王世貞、焦竑各一則。《天問》二家，凡九則：洪興祖八則、楊慎一則。《九章》六家，凡二十一則：洪興祖十一則、朱熹四則、馮覲三則、王應麟二則、無名氏一則。《遠遊》二家：洪興祖、朱熹各一則。《卜居》二家：洪興祖、樓昉各一則。《漁父》二家：葛立方、何孟春各一則。《九辯》五家：楊慎二則、呂向、洪邁、朱熹、張之象各一則。《招魂》三家：洪興祖四則、朱熹、張之象各一則。《惜誓》：何孟春一則。《招隱士》：朱熹一則。《七諫》二家：洪興祖二則、張之象一則。《九歎》二家：洪興祖、張之象各一則。《九思》：洪興祖一則。每篇眉端有單字反切音注或韻字叶音，自《離騷》至《哀時命》前十三篇（未計《七諫》在内）採自朱熹《集注》，後四篇採自洪興祖《補注》也。

馮氏採洪興祖《補注》『眉評』者，多涉於義理、題旨，所以見『有裨益處』。如，《離騷》『願依彭咸之遺則』句眉評引《補注》：『屈原死於頃襄之世，當懷王時作《離騷》已云「願依彭咸之遺則」，又曰「吾將從彭咸之所居」。蓋其志先定，非一時忿懟而自沈也。《反離騷》曰：「弃由聃之所珍，摭彭咸之所遺。」豈知屈子之心哉。』其謂屈子沉淵自殺，出於理性選擇，非意氣用事也。又，『衆女嫉余之蛾眉兮，謠諑謂余以善淫』句眉評引《補注》：『《反離騷》云：「知衆嫮之嫉妬兮，何必揚纍之蛾眉。」此亦班孟堅、顔之推以爲「露才揚己」之意。夫冶容誨淫，目挑心與，《孟子》所謂「不由其道者」，而以污原，何哉！』以爲屈子『蛾眉』之姿色出乎天然，無意自我標榜，而誣以『善淫』『露才揚己』，類同上官、靳尚之特也。《九歌・少司命》句眉評引《補注》：『劉次莊云：《楚詞》曰：「新沐者必彈冠，新浴者必振衣。」又曰：「與汝沐兮咸池，晞汝髮兮陽之阿。」皆潔濯之謂也。李白亦有此作，其詞曰：「沐芳莫彈冠，浴蘭莫振衣，處世忌太潔，至人貴藏暉。」與屈原意異。』蓋時人以太白與屈子同類，馮氏以爲未可同日語也。《天問》『陰陽三合何本何化』，王逸注『三合』爲『天地人』，眉評引《補注》：『《天對》云：「合焉者三，一以統同。吁炎吹令，交錯而功。」引《穀梁子》云：「獨陰不生，獨陽不生，獨天不生，三合然後生。」逸以爲天地人，非也。《穀梁》注云：「古人稱萬物負陰而抱陽，沖氣以爲和。」然則傳所謂天，盡名其沖和之功，而神理所由。會二氣之和，極發揮之美者，不可以柔剛滯其用，不得以陰陽分其名，故歸於冥極，而謂之天。凡生類稟靈知於天，資形於二氣，故又曰獨天不生，必三合而形神生理具矣。』《七諫・謬諫》『念三年之積思兮』，王逸未注『三年』之義，眉評引《補注》：『糜信以爲屈原著辭，見放九年，今東方朔《謬諫》之章云「三年積思願壹見」。愚謂此言朔自爲也。案《漢書・朔傳》「亦鬱邑於不登用」，故因名此章爲《謬諫》。若云「謬語」，因託屈原以諷漢主也。糜信，魏樂平太守也。一作庾信。予按《卜居》云：「屈原既放三年，不得復見。」則「三年積思」，正謂屈原也。唯以「謬諫」名篇，當如糜信之説爾。』此所謂綜理衆説，擇其所善也。馮氏取舍洪氏《補注》或變更位置。如，《天問》『康回憑怒，地何故以東南傾』句眉評引《補注》：『《騷經》《天問》多用《山海經》，而劉勰《辯騷》以「康回傾地」「夷羿斃日」爲「譎怪之談，異乎經典」。如「高宗夢得説」「姜嫄履帝敏」之類皆見於《詩》《書》，豈誣也哉？』案：《補注》此語原在《離騷》『啓《九辯》與《九歌》兮』下，其移於此者，蓋以斥勰『譎怪之談，異乎經典』也。

馮氏引朱氏《集注》爲『眉評』者，多取意於篇章結撰、上下承起。如，《離騷》『來吾道夫先路』句眉評引《集注》：『自「汩余」至此同一韻，意亦相承。』又，『固前聖之所厚』句眉評引《集注》：『自「怨靈脩」以下至此一意，爲下章「回車復路」起。』又，『豈余心之可懲』句眉評引《集注》：『「自悔相道」至可懲，又承上文「伏清白以死直」之意，而下爲女嬃詈予起也。』又，『五子用失乎家衖』句眉評引《集注》：『此爲舜言之，故所言皆舜以後事也。』又，『孰云察余之善惡』句眉評引《集注》：『「何所獨無芳草」，即上「豈惟是其有女」之意，又申言之而勉其行也。』《九歌·少司命》『忽獨與余兮目成』句眉評引《集注》：『至此，則神降於巫，而非復前章之意矣。』《遠遊》『往者余弗及兮，來者吾不聞』句眉評引《集注》：『唯天地之無窮四言，乃此篇所以作之本意也。』《招魂》『舍君之樂處而離彼不祥些』句眉評引《集注》：『此下乃歷詆上下四方之不善，而盛稱楚國之樂也。』間或亦取其發明旨意者，如《河伯》『波滔滔兮來迎魚鱗鱗兮媵予』句眉評引《集注》：『既相別矣，而波猶來迎，魚猶來送，眷眷之無已也。三閭大夫豈至是而始歎君恩之薄乎？』《山鬼》『子慕予兮善窈窕』句眉評引《集注》：『以上諸篇，皆人慕神之辭。此篇鬼陰而賤，不可比君，故以人況君，以鬼喻己，而爲鬼媚人之辭也。』然此類未若《補注》之夥頤。

若洪、朱有未足以闡揚大義，則擇他人之説以補之。如，《離騷》『湯禹嚴而祇敬兮，周論道而莫差』句眉評引王應麟曰：『「閨中既以邃遠兮，哲王又不寤」。以楚王之闇而猶曰「哲王」，蓋屈子以「堯舜之耿介」「湯武之祇敬」望其君，不敢謂之不明也。太史公《列傳》曰：「王之不明，豈足福哉！」此非屈子之意。』然則《補注》於『哲王又不寤』句下有注：『「閨中既以邃遠」者，言不通群下之情；「哲王又不寤」者，言不知忠臣之分。懷王不明而曰哲王者，以明望之也。太史公所謂「冀幸君之一悟，俗之一改」也。韓愈《琴操》云：「臣罪當誅兮，天王聖明。」亦此意。』案：王應麟以『哲王』爲『屈子以「堯舜之耿介」「湯武之祇敬」望其君』，而洪興祖『懷王不明而曰哲王者以明望之』。未如王氏之説切實可信，故取王氏。又，《九辯》『車既駕兮朅而歸』句眉評引楊慎曰：『舊注：「朅，去也。」又按《呂氏春秋》：「膠鬲見武王于鮪水，曰：『西伯朅去，無欺我也。』武王曰：『不子欺，將伐殷也。』膠鬲曰：『朅至。』武王曰：『將以甲子日至。』」注：「朅，何也。」然則朅之爲言盍也。若以解《楚辭》，則謂車既駕矣，盍而歸乎？以「不得見而心悲傷」也。意尤婉至。』或爲洪、朱所闕者，雖一二語亦見録用。如，《七諫·初放》：『塊兮鞠，當道宿。』眉評引張之象曰：『長句中間以短句。』

馮氏刻此書，是據隆慶本，於校勘不無用力處，或見優於正德、隆慶二本者。如，《離騷》『鮌婞直以亡身兮』，王逸注：『婞，很也。』正德本、隆慶本『很』作『佷』，此本作『狠』。案：作『狠』是也。又，『亂曰』，王逸注：『屈原舒肆憤懣，極意陳詞，或去或留，文采紛華，然後結括一言，以明所趣之意也。』此本『趣』作『起』。案：作『起』亦通也。《離騷後敘》『顛則不能扶，危則不能安，婉婉以順上』，此本『婉婉』作『婉娩』。案：作『婉娩』是也，《補注》本亦作『婉娩』。《天問》：『會鼂争盟，何踐吾期？』王逸注：『武王曰：「吾許膠鬲以甲子日至殷，今報紂矣，吾甲子日不到，紂必殺之，吾故不敢休息，欲救賢者之死也。」』此本『今報』作『令報』。案：作『令報』是也。《思美人》『媒阻路絶兮』，王逸注：『黨有隔絶，道壞崩也。』此本『黨有』作『黨友』。案：作『黨友』是也。《遠遊》『載雲旗之逶迤』，王逸注：『旌旗竟天，皆霓霄也。』此本『霓霄』作『電霓』。案：作『電霓』是也。《漁父》『何故至於斯』，王逸注：『曷爲遭放於斯也？』此本作『曷爲遭謗於斯也』。案：作『曷爲遭謗於斯也』是也。《九辯》『冬又申之以嚴霜』，王逸注：『刑罰刻峻而重深也。』此本『刻』作『劇』。案：作『劇峻』是也。《大招》：『長袂拂面，善留客只。』王逸注：『言美女工舞，揄其長袖，周旋屈折，拂拭人面，芬香流衍，衆客喜樂，留不能去也。』此本『屈』作『曲』。案：據王逸注文用例，有『曲折』而無『屈折』。又，《四庫》《楚辭章句》鈔本與此本多同，蓋其藍本也。

然此本亦有不如他本者，多爲校勘未精所致。如，《離騷序》『同列大夫上官，靳尚妬害其能』，此本作『妬』訛作『姤』。《離騷》：『皇覽揆余初度兮，肇錫余以嘉名。』王逸注：『言己美父伯庸觀我始生年時，度其日月，皆合天地之正中，故賜我以美善之名也。』此本脱『美』字，則正文『皇』字無處落實。又，『春與秋其代序』，王逸注：『言日月晝夜常行，忽然不久。春往秋來，以次相代。言天時易過，人年易老也。』此本『過』訛作『遇』。又，『忍尤而攘詬』，王逸注：『攘，除也。』此本『除』訛作『陰』。又，『製芰荷以爲衣兮』，王逸注：『芰，蔆也，秦人曰薢茩。』此本作『蔆』訛作『陵』。《天問》『舜服厥弟』之『弟』，此本訛作『第』。又，『眩弟並淫，危害厥兄。』王逸注：『言象爲舜弟，眩惑其父母，並爲淫泆之惡，欲共危害舜也。』此本『共』訛作『其』。《九章·惜誦》『欲儃佪以干傺兮』，王逸注：『言己意欲低佪留待於君，求其善意，恐終不用，恨然立住。』此本『住』訛作『性』。《思美人》『開春發歲兮』，王逸注：『承陽施惠，養百姓也。』此本『承陽』訛作『泰陽』。《漁父》『何故深思高舉』，王逸注：『獨行忠直。』此本『直』訛作『道』字也。

此本以輯諸家評説故，即爲時世所重，商家亦據以牟利，是以後有多種重印本、翻刻本，如，浙江圖書館藏明萬曆十六年戊子金陵益軒唐氏修版重印本，又藏明萬曆十五年丁亥馮氏改刻本，河南省圖書館藏明萬曆間金陵王少塘補版重印本，北京大學圖書館藏三樂齋書坊重印本等。又，日本内閣文庫藏明萬曆丁亥刻《楚辭句解評林》，扉頁題『馮夢龍先生評釋』，實據此本翻刻也。丁亥本與此本對勘，庶無別異。所以不同者：祇删去四則眉評，《總評》別益一條。蓋書肆託名『馮夢龍』所以牟利之本也。

此本爲原刻本，今藏於寧波市天一閣博物館，鈐有『朱別宥收藏記』『松桂堂』朱文長方印及『君治又印』，當是朱鄭卿氏原藏。然内有彭孫遹朱筆圈點、批評手澤，且鈐有『彭孫遹印』，應是彭氏舊物無疑，彌足珍貴也。孫遹字駿孫，號羨門，又號金粟山人，海鹽人，清順治己亥進士，授内閣中書。康熙十八年己未，以博學鴻詞第一，授編修，纍官吏部右侍郎兼翰林學士，充經筵講官，《明史》總裁。彭氏才學富贍，文采清華，與王士禛齊名，時稱『王彭』。著有《桂松堂集》《延露詞》《南往集》《金粟詞話》等。《清史稿》卷四八四有傳。彭氏朱筆圈點及評語，字迹工整可觀，皆見於正文及眉批，於王逸注文皆闕如。其所批語，皆鈔録於閔齊伋校刻三色套印《楚辭》及《彙評》中之朱批，無一條爲其自創，而原書墨批之語則悉棄之不録。是故無足觀也。惟其校改，則足資參證也。或者徑改訛字。如，《離騷》『纚纚』注云：『纚纚，索如貌。』案：彭氏改『如』爲『好』。又，『攘詬』注云：『攘，陰也。』案：彭氏改『陰』爲『除』。又，『製芰荷』注云：『芰，蔆也。』案：彭氏改『蔆』爲『蓤』。又，『未沬』，彭氏改『沬』爲『沫』，又校眉批『沬音昧』作『沫音末』。案：蓋沬、離同協歌韻也。又，《國殤》『平原忽兮路超遠』，改作『平原路兮忽超遠』，云：『「忽兮路」，一作「路兮忽」。』案：蓋以爲舊作『路兮忽』也。又，《天問》『發足』，改『足』爲『定』。又，『阿順』，彭氏改『阿』爲『何』。又，《惜誦》『所作忠』，改『作』爲『非』。又，《哀郢》『憂與愁』，改『愁』爲『憂』，校云：『愁，或本作憂。朱云「憂憂相接，首尾如一」是也。』又，《抽思》『抽怨』，彭氏改『怨』爲『思』，云：『朱謂篇名「抽思」者，取「少歌」首句二字。王解「爲君陳道拔恨」，則舊本相傳，誤作「怨」耳。』又，《悲回風》『荼苦』，彭氏改『苦』爲『薺』，云：『「荼薺」是。』又，《九辯》『氣清』，改『清』作『静』。案：其校云：『「氣清」之清，古本作「静」，當作叶平，音而遂訛作清耳。不應兩句疊用清韻也。一作「平」。』又，『然中路』，彭氏校云：『一本「然中路而迷惑兮，悲蹭蹬而無歸。性愚陋以偏淺兮，自厭按而學詩。蘭蓀雜于蕭艾兮，信未達其從容」。今按：歸、詩與容不韻，俗本誤也。』又，『靚杪秋』，彭氏校云：『靚與静同。一作儬，千定反，冷寒也。』又，『訾之』，彭氏改『訾』作『譽』，云：『訾，本作譽。是。』又，『躣躣』，彭氏校云：『躣，其俱反。又作躩，本或作躍。非是。』或者改避諱字。如，《天問》『洪泉』，彭氏改『泉』爲『淵』，云：『泉，當作淵，唐本避諱改。』又，《招魂》『雷淵』，彭氏校云：『淵，一作泉。非是。蓋避唐諱也。』或者存其異。如，《抽思》『何毒藥』，彭氏校云：『「何毒藥」，一作「何獨樂斯」。』又，《思美人》『未莫』，彭氏校云：『一本「莫」下有「也」字。』又，《哀時命》『無所施』校云：『一本無「所」字。』或者科分段落。如，《九辯》『何氾濫』校云：『自此「暗漠而無光」，專言壅蔽之禍，而舊本誤分「荷裯」以下爲別章，今宜正之。』又，『下暗漠』，彭氏校云：『朱本以「無光」以上爲一章，「堯舜皆有」以下通下一章。此首言前聖之可法，次言己志之不申，次願乞身以遠去，而不忘乎籲天，以正其君。文意方足。而舊本誤分「願賜不肖之軀」以下爲別章，則首段無尾，後段無首，不成文矣。今宜正之。』（黄靈庚）

# 明毛氏翻刻觀妙齋本及佚名評注

是本明毛氏晉汲古閣據據馮氏觀妙齋《楚辭章句》重梓，刻書之時蓋在崇禎間，易其名爲『楚辭箋注』。首爲黄汝亨《楚辭序》，次馮紹祖《校楚辭章句後序》，而馮刻舊本在附録之末；次《議例》，次十七卷《楚辭目録》。又，《屈原列傳》《各家楚詞書目》《楚辭章句總評》三篇，馮氏舊本亦本在附録，此本則皆依次逡於卷首。

此本與馮本相勘，或校馮本誤者。如，《離騷》『日月忽』注『言天時易過』，馮本『過』作『遇』。案：遇，過之訛字。又，『攘詬』注：『攘，除也。』馮本『除』作『陰』。案：陰，除之訛字。又，『製芰荷』注『芰蔆也』，馮本『蔆』作『陵』。案：陵，蔆之訛字。《思美人》『其遠烝兮』，馮本『烝』作『承』。案：承，烝之訛字。然承襲底本而未校改者。如，《離騷》『夫孰非義』注『言世之人臣』之『世』，此本訛作『悲』。《天問》『舜服厥弟』之『弟』，此本訛作『第』。又，『而吉妃是得』，此本『吉』訛作『告』。又，『眩弟並淫』注『欲共危害舜也』。此本『共』訛作『其』。又，『何逢彼白雉』注：『逢，迎也。』此本『迎』訛作『近』。《惜誦》『欲儃佪以干傺兮』注『悵然立住』，此本『住』訛作『性』，校改作『住』。《思美人》『陷滯而不發』，此本『陷』訛作『滔』。又，『開春發歲兮』注『承陽施惠』，此本『承陽』訛作『泰陽』。《遠遊》『誰可與玩』注『議忠貞也』，此本『貞』訛作『質』。又，『軒轅』注『黄帝以往』，此本『黄』訛作『皇』。《漁父》『何故深思高舉』注『獨行忠直』，此本『直』訛作『道』字。《九辯》『而鄣之』，此本『鄣』訛作『彰』字。《大招》『善留客只」，此本「只」訛作「止」字。案：以上皆承馮本訛誤而失校也。

此本文獻價值，在於無名氏之批點也。據其引書，止於何義門《讀書記》，蓋清乾隆間人。批點《離騷》至《招隱士》，凡十二卷，《七諫》以下皆闕而未批。據其所批，則可約爲校字、詁義及論文三端。校字、詁義及文法多爲側批，論述指意則爲眉批。

佚名之批校有對校，即據馮本以校訂此本訛誤也。如，《離騷》「夕攬」注「下秦太陰」，校「秦」作「奉」。案：是也。馮本亦作「奉」。又，「依前聖」注「依前伐聖王」，校「伐」爲「代」。案：是也。馮本亦作「代」。又，「覽余初」注「言曰正言危行」，校「曰」作「己」。案：是也。馮本亦作「己」。又，「率雲霓」注「又遇佞夫」，校「夫」作「人」。案：是也。馮本亦作「人」。《天問》「西北闢啓」注「獨當開啓」，校「當」作「常」。案：是也。馮本亦作「常」。又，「水濱之木」注「長大有殊木」，校「木」作「才」。案：是也。馮本亦作「才」。《遠遊》「而乖懷」，校「乖」作「永」。案：是也。馮本亦作「永」。又，「從顓頊」，校「項」下增「乎」字。案：是也。馮本亦有「乎」字。《大招》「登降堂」注「宜思徠歸」，校「思」作「急」。案：是也。馮本亦作「急」字。

或者參校洪氏《補注》本以校

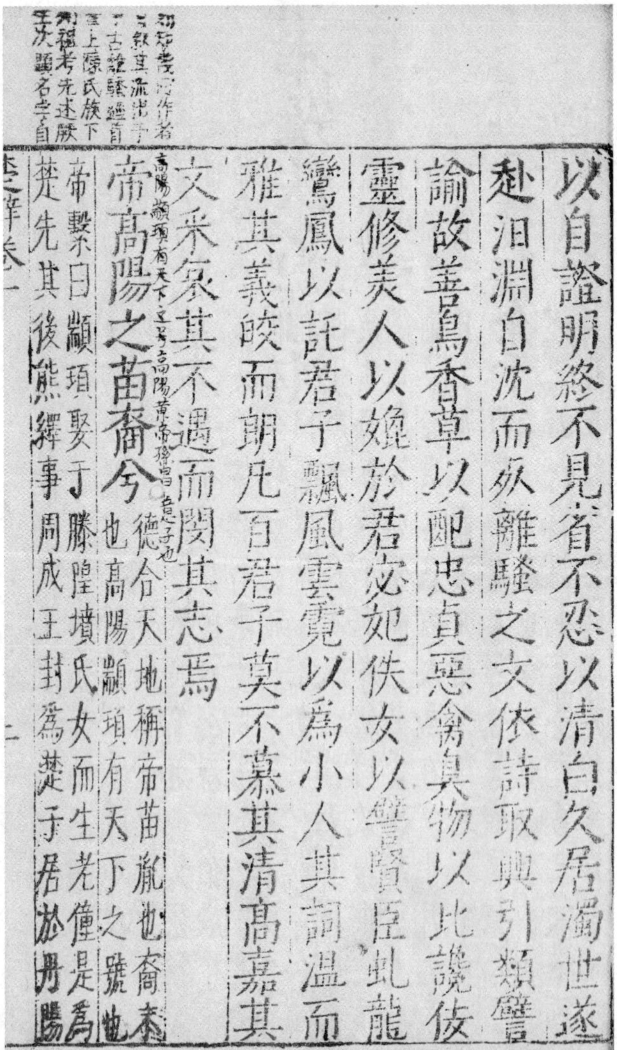
以自證明終不見省不忍以清白久居濁世遂赴汨淵自沈而死離騷之文依詩取興引類譬諭故善鳥香草以配忠貞惡禽臭物以比讒佞靈修美人以媲於君宓妃佚女以譬賢臣虬龍鸞鳳以託君子飄風雲霓以爲小人其詞溫而雅其義皎而朗凡百君子莫不慕其清高嘉其文采哀其不遇而愍其志焉

帝高陽之苗裔兮 德合天地稱帝苗胤也裔末也高陽顓頊有天下之號也帝繫曰顓頊娶于滕隍濆氏女而生老僮是爲楚先其後熊繹事周成王封爲楚子居於丹陽

訂此本。如，《離騷》『此度』注『惑讒之度』，校『讒』作『誤』。案：《補注》作『誤』。又，『衆皆競進』注『皆並進趣』，校『趣』作『取』。案：《補注》作『取』。又『四荒』注『四遠之外』，校『遠』作『荒』。案：《補注》作『荒』。又，『吾令豐隆』注『豐隆雷師』，校『雷』作『雲』。案：《補注》作『雲師』。《湘夫人》『澧有蘭』注『澧水之外』，校『外』作『內』。案：《補注》作『內』。《大司命》『壹陰』注：『陰，暖也。』校『暖』作『晦』。案：《補注》作『晦』。《天問》『何所冬暖』注『言地之氣』，校『地』上補『天』字案：《補注》本有『天』字。

或者據《補注》本臚列異文而不改，蓋所以存參也。如，《離騷》『弗及兮』，『弗』旁列『不』字。案：《補注》本『不』字。又，『非余心』，『非』旁列『豈』。案：《補注》本作『豈』。又，『罵余』，『罵』旁列『詈』。案：《補注》本作『詈』字。又，『用之』，『之』旁列『而』。案：《補注》本作『而』字。又，『嚴而』，『嚴』旁列『儼』。案：《補注》本作『儼』字。又，『擥茹』，『擥』旁列『攬』。案：《補注》本作『攬』字。又，『未迫』，『未』旁列『勿』。案：《補注》本作『勿』字。又，『前戒』，『前』旁列『先』。案：《補注》本作『先』字。又，『以延』，『以』旁列『而』。案：《補注》本作『而』字。《湘夫人》『白蘋』，『蘋』旁列『薠』。案：《補注》本作『薠』字。《悲回風》『故荼苦』，『苦』旁列『薺』字。案：《補注》作『荼薺』。又，『愍歎兮』，『歎』旁列『憐』字。案：《補注》作『愍憐』。《遠遊》『夕晞余身兮』，『兮』旁列『於』字。案：《補注》引一本『乎』，乎，亦猶於也。又，『以自樂』，『自』旁列『淫』字。案：《補注》引一本作『淫』。又，『沛罔象』，『象』旁列『瀁』字。案：《補注》引《釋文》作『瀁』。《招魂》『傷心悲』，『心』上增『春』字，且刪『悲』字。案：《補注》作『傷春心』。或據他本者。如，《離騷》『哀民生』，『民』旁列『人』字。案：《文選》本作『人』字也。《惜誦》『所作』，『作』旁列『非』字。案：《朱注》本作『非』字。

然亦偶見其妄改者。如，《天問》『受壽永多』，校『壽』下增『命』字。案：此憑臆增改，羌無版本依據也。

側批之爲訓詁字義者，所以補舊注所未備也。如，《離騷》『帝高陽』批：『高陽，黄帝孫，昌意子也。』《湘夫人》『荷屋』批：『屋，俎也。《字彙》以夏屋爲大俎。以荷爲之，覆之以芷。』《抽思》『軫石』批：『方石也。』《懷沙》『章畫』批：『章，脩明也。畫，所繪之痕，志，用意也。墨，施繪之具。前人有圖樣在，無可更改。』此類尤以解《天問》居多，首段庶幾每問必批，極爲用心。如，『冥昭』批：『昏明相雜。』又，『誰能極之』批：『窮其理。』又，『馮翼惟像』批：『溟涬渾淪，無像之像，誰能辨認？』又，『明明闇闇』批：『明闇相尋無端，何物所爲？』又，『陰陽三合』批：『陰陽二氣，有陰中陽，有陽中陰，合之以生天地，謂之造物必有托根之處，變動之方。』又，『圜則』批：『天體圜而重之以九，必有謀而以量之者。』又，『惟兹』批：『此事何人創造。』又，『斡維』批：『斡，謂車轂之内以金爲筦而受軸者。維，繫物之縻。極，謂天之盡處。』據此可以見其大略。批者蓋有志以解《天問》矣。其中偶創獲，啓人神思。如，『鴟龜』批：『鮌聽同事之謀，障隄綿亘，若鴟龜曳尾相銜。』案：以『鴟龜相銜』狀鮌所築之隄，證以馬王堆漢墓帛畫，蓋其説有據矣。又，『湯謀易旅』批：『湯，康字之誤。言少康一旅之師，何術而能復其故物耶？』案：以『湯』爲『康』，問少康復興事，蓋勝舊注矣。

或者以考辨草木名物者。如，《離騷》『扈江離與辟芷』批：『江蘺，芎藭苗。江蘺有二種：小葉似蛇床者，蘼蕪也。大葉似芹者，江蘺也。芷音紙，香艸，葉似蒿麻，可以沐浴。《本草》一名澤芳，一名虈，一名葯。《説文》：「楚謂之蘺，晉謂之虈，齊謂之茝。」』

佚名側批或以探究上下相承之法者。如，《離騷》『紛吾既』批：『二語牽上搭下。』又，『衆女嫉』批：『根上「興心嫉妬」來。」又，『謠諑謂』批：『彼淫人也而謂我善淫，所謂「恕己以量人」。』又，『固時俗』批：『所謂捷徑窘步、幽昧險隘也。』又，『孰異道』、『苟余情』皆批：『已上比也。』又，『製芰荷』批：『此下正是修吾初服。』

佚名側批或以審辨音韻者，凡不合者，皆以叶音説之。如，《離騷》『降』字批：『叶洪。』又，『名』字批：『叶眠。』又，『均』字批：『叶涓。』又，『能』字批：『叶尼。』又，『莽』字批：『叶姥。』又，『隘』字批：『叶乙。』又，『艱』字批：『叶勤。』又，『時』字批：『叶逝。』又，『態』字批：『叶替。』又，『安』字批：『叶烟。』又，『服』字批：『叶蒲北。』又，『懲』字批：『叶長。』又，『野』字批：『叶暑。』又，『巷』批：『叶永』。又，『差』字批：『叶磋。』又，『頗』字批：『叶坡。』又，『屬』批：『叶注』。又，『夜』批：『叶裕』。又，『下』批：『叶户』。又，『佩』批：『叶皮』。又，『理』批：『叶賴』。《湘君》『末』批：『叶蔑』。《湘夫人》『張』批：『叶悵』。又，『蓋』批：『叶記』。又，『壇』批：『叶唐』。《大司命》『天』批：『叶鐵因』。《少司命》『池』批：『叶拖。』《東君》『明』批：『叶芒』。又，『蛇』批：『叶移』。又，『雷』批：『叶黎』。又，『懷』批：『叶回』。又，『降』『行』皆批：『叶杭』。《河伯》『螭』批：『叶丑歌。』又，『宫』批：『叶光』。又，『中』批：『叶張』。又，『魚』批：『叶語』。《國殤》『馬』批：『叶姥』。又，『先』批：『叶新』。又，『壄』批：『叶，上與』。案：其叶音多無據，率意改音，幾無繩尺，謬誤固不待言，且顛倒錯亂。如，《離騷》『替』字批：『叶，才淫切，音近秦。』案：『才淫』之音，古屬侵部。秦，古屬真部。二者古音殊别，如何可叶？知其非知音之選矣。

佚名之眉批内容最爲富贍，用力亦最多。蓋其精彩議論多在眉批，且與側批、末評相互參驗矣。眉批重在各篇分段或指意，宜擇擇數例，以見其崖略可矣。如，《離騷》首八句批：『首言己之祖父、生辰、名字種種異人，所謂「紛吾既有此内美」

也。」又，『修能』批：『修能欲正身匡君，以成遠大之業也。』又，『余既滋』批：『自此以下至「興心嫉妬」，言己欲與群賢努力事君，而衆人心懷寵利並存，媢嫉之心，則已無同調矣。』又，『長太息』批：『以下八句略申守死之意。』又，『求帝』一段批：『此言雷師之告，或以先戒者，出於倉猝，乃使日夜從容撮合，而風與雲霓又不湊巧，其奈之何？皆言以正人爲通而讒佞間之也。幸而已至其地，使閽人開關相待，而九重深遠，日暮難達，吾其如讒佞之蔽賢，何哉？因思向所謂蕙蘭等物皆已蕪穢，正如先貞後黷之婦，未必盡心所事，爲國求賢，故己之離別不足恤，而君側之無人大可憂也。』又，『求女』一段批：『爲國求賢如爲君求配，故取喻於女。詎余求女情殷，或得媒而女德有不足取，或慕賢女之名而媒不肯申其意，己欲自求無由，又恐爲人所得，此時四望徘徊，無地可往。意中更有可求之女而媒無可用。甚且蔽美稱惡，則求女之志終無可遂矣。』是求帝、求女，皆以比求賢矣。《湘夫人》批：『前篇言湘君不行夷猶，此言湘夫人已降北渚，章法變化。「目眇眇」句，有指原自愁者，有主湘夫人見憐者，看來作湘夫人見憐爲是。』《山鬼》『靁填填』批：『雷雨而參以猨狖之啼，猨狖而雜以風木之響，當此景況，令人不敢怨公子，又復結而爲思，然思之無益，徒抱離愁，則謂山中人已入鬼籙可矣。』《天問》『何本』批：『已上問渾沌初闢時。』又，『日月安陳』批：『已上問天地既形後。』又，『夜光』批：『以上問日月。』又，『曜靈』批：『已上問生人氣化及天地明晦。』又，『羲和』批：『以上問地。』又，『羿焉彃日』批：『已上問山川人物之奇怪。』又，『何勤子』批：『已上問禹啓父子之事。』又，《惜誦》篇首批：『發憤抒情，是一篇之骨，非直冒此一段也。』《涉江》篇首批：『此屈原初放江南時所作，看題自明。』《抽思》『狂顧南行』批：『二語乃此段提綱。』《懷沙》首批：『記時記地，明自沉之寃屈也。』《惜往日》『遭讒人』批：『此言懷王後來相遇之薄。』《悲回風》『上高巖』一段批：『此言即由高山而至於天上，依舊思心難懲。此時水不可行，山又不可住，衹得隨風之動蕩潮汐者，與爲張弛，而伴此信期。如此用心，乃真是能「託彭咸之所居」者。』《遠遊》首批：『先點題面，以下逐層推明其義。』《卜居》末批：『自己不知龜策，亦不能知分明人鬼一理。』《漁父》首批：『漁父烟霞之侶，不與市井同居，宜其嘉三閭之孤忠。』《九辯》首段批：『自「蕭瑟兮」至「收潦而水清」，皆秋氣之可悲。以下言乘此氣者之可悲。』若此者，蓋步明人評點後塵矣。

佚名批《九歌》諸神名，《東皇太一》取朱子説，《雲中君》《湘君》《湘夫人》皆取叔師説，二《司命》取洪興祖説，《東君》《禮魂》皆取屈復説，《山鬼》取林西仲説。鈔録於各神下。又，《河伯篇》云：『黄河水神不在楚境内，舊説謂《九歌》皆楚人祀神之曲，屈原易以新詞。殊非定論。』蓋所以疑以傳疑也。又，《國殤篇》云：『謂死於國事者。《小爾雅》曰：「無主之鬼謂之殤。」懷王時，秦敗屈匄，敗唐眛，又殺景缺，楚人多死於秦。此三閭所以深痛之也。』則以此篇爲作於懷王世矣，然《九歌》亦非一時一地之作歟？恐亦未必也。

佚名批《九章》諸篇之末，於作時、大指皆有所論述。以《惜誦》『即《離騷》「余固知謇謇之爲患兮忍而不能舍也」之意』。則作於楚懷王之世見疏之日。以《涉江》作於『涉湘江而南也。湘江在長沙，過岳州洞庭而東行，又上沅水，發枉渚，宿辰陽，入溆浦，皆在辰州，由此而之江南之野』。是作於頃襄再放江南之初也。以《哀郢》『憂楚之將亡而郢都爲墟』，從林西仲説，作於放逐『九年不復』之後。以《抽思》『欲自言其意而君不見聽，窮思極慮，無可與語』。又據『篇中明云「來集漢北」，其非江南之作可知，意懷王當年之遷原於遠，疑即在此乎』。則以此篇作於懷王世，原居漢北時也。又，取屈復説，以《懷沙》爲『抱沙石以自沉也。此三閭之絶筆，應在《九章》之末，文義最明，不待高明而後知也』。以《思美人》之『美人者，懷王也。以君爲美人，見《衛風・簡兮》之篇。「指嶓冢之西隈」「觀南人之變態」，嶓冢在郢北，郢在漢南，此亦遷時作也』。則作於懷王時。以《惜往日》『將沉汨羅時所作也。蓋以己昔年曾見信於王，乃有初鮮終，歷懷襄兩朝，遞被放逐，讒諂得志，仁賢已廢，法度無存，知國必亡，不勝痛恨也』。以《橘頌》言『以國事不可爲而宗室無可去之義，因借橘之不能踰淮作個題目，句句爲己寫照，真精於比體者也』。然其作時未明。從屈復説，『題是《悲回風》，心是思楚國，故以思起，以思結。中段又用數思字，又用三彭咸字，其意可知。雖有隨風、流風、息風穴諸句，不過借以發論而已，其用大波、潮夕等句，乃正意也』。然亦未明其作於何時。末據林西仲，定九篇之次：《惜誦》《思美人》《抽思》《涉江》《橘頌》《悲回風》《惜往日》《哀郢》《懷沙》。若是，《橘頌》《悲回風》亦作於頃襄之世也。

佚名論《遠遊》云：『古詩遊仙之作，大抵皆憤時嫉俗，思與古爲徒耳，豈真謂神仙可以學得，不死可以力致耶？況屈原被放後，念念思君，那得此閒工夫？全其散誕，則謂遠遊，即自沉汨羅，斷無可疑。但三閭文字俱有意匠，正須尋其血脈，不可徑以自沉二字混過也。入手「悲時俗之迫阨」，是其所以遠遊之故；「求正氣之所由」，是用工夫；漠與澹，乃工夫得力處；所以能離人群而遁逸者也。得力後，何等受用？但恐浮慕而功有未盡，便終身無成耳。余所以既自用力而復就正王喬，得其秘鑰，自能跳蕩天空，周流八極。而始也「嘉南州之炎德」，終也「從顓頊乎層冰」，寒暖迥殊，分明由生而死。看他由帝宮而東，由東而西，由西而折轉迴南，然後由南而北。更與南遊大加頓挫，繞轉出北來。文氣何等盤鬱？末段結束，中間打轉前文，其勢如萬馬奔騰，同回大寨，殆行師之嚴於用律者也。』案：以《遠遊》大指爲自沉汨淵之隱語，深刻而有特見，誠發千古之秘。然則『從顓頊之層冰』，乃至與泰一同居，是讔言回歸祖居，反於本源也。若是，則《離騷》求帝、求女及西行之旨，幾亦思之過半矣。

佚名論《卜居》，本無所疑而卜詹尹以釋疑者，同『孔子厄於陳蔡，亦有「吾道非耶，何爲於此」之語。況《離騷》篇中命靈氛、要巫咸，其胸懷固早有定見，特以一生本領，被屈於時，雖爲國宗室，義無可去，而致命遂志，正不可以草草出之。

故内斷於心，外質於人，到得至是無是非之地，方纔一刀兩斷。史公所謂「重於泰山」者也。後學立志滔薄，乃輕議古人之用心，必不合也』。案：此論似失之求深。屈子藉卜詹尹以釋疑，原不過是敷張行文之波瀾耳，非必真有其事也。

佚名論《漁父》，乃從『聖人不凝滯於物而與世推移』入手，謂『此是時中作，用於堯舜之揖讓，征殊無以加』之時，『漁父何人，開口便解聖人之精義所存耶？毋亦處士横議，以「與世推移」，文其無忌憚之罪過，漁父順耳聽得，便欲以後世胡廣、馮道等人之徇時，妙用爲耿直者下一良劑也。屈原狷介，其行事雖不免過中，而斷不稍詭於正。謂尋常假借之談，乃足擾其曲衷耶。推屈原之志，以爲吾不敢冒托聖人之時中，而使稍涉於俗之依違誤國，則生不如死矣。故明知其去而不顧，絶不與較，所謂「道不同不相爲謀」是也。讀秦漢文所得多在詞章，讀《楚詞》所得兼在義理，學者可勿深辨耶』。案：蓋清平之世，言『聖人不凝滯於物而與世推移』，猶今謂『與時俱進』也。溷濁之時，言『聖人不凝滯於物而與世推移』，猶今云『投機取巧』也。漁父之處亂世而借聖人語『聖人不凝滯於物而與世推移』，是真不知時者也，於屈子尤爲不宜，屈子焉能承受？故不必如此發揮、曲解。

佚名以《招魂》爲招屈子魂，《大招》爲招懷王魂。論其大要云：『此篇以「離殃」「愁苦」四字爲骨。夫「離殃」「愁苦」之人。無論已死未死，苟非去其所憂，即司命爲之返魂，予以非常富貴，使之享受，正恐昔事傷心，終欲久留人世不得也。然無此一招，則無以見忠臣義士，其繫心在宗社之存亡，而區區徜來之物，不足縈其方寸也。故前面將四方之苦説得片刻難存，一旦返其故居，則宫室、器用、飲食、聲色，種種快樂異常。且先故與具，豈不可喜？然一念宗社將亡，則樂不幾時而悲無窮期矣。正孟子所謂「所欲有甚於生，所惡有甚於死」是也。或謂《大招》末段何獨不然？曰：《大招》爲懷王言之。懷王返國苟悔過，國存可以任意措置。若屈原魂返故居，上官、靳尚者流依然作祟，安得復有生路？文之要指如此，其爲宋玉所作與屈子自作，正不必深辨也。」案：其以招屈子之魂，敷施宮室、器用、飲食、聲色種種之娱爲徒勞無謂之事，不足以解其『離殃』『愁苦』。而《大招》則否。如此區别二《招》之用，蓋是皮相之説矣。

是本《離騷序》闕前半，又，『來違棄而改求』注『相背而更求』以下至後敘皆闕。而其他十六卷，皆爲完帙。扉頁鈐『心常潛大業手不釋群經』之印，不審其爲何人之物，今藏於中國科學院文獻情報中心。（黄靈庚）

# 明俞初刻本附錢陸燦批校

《楚辭章句》十卷本，明俞初所校刻也。初，字太初，徽州新安人。生平履歷皆莫考，蓋生於嘉靖、隆慶、萬曆間。此本刻於萬曆十四年丙戌，爲隆慶五年辛未朱多煃刻本之後，於《楚辭章句》萬曆諸刻中最早。首有其同鄉吴琯序，稱王注《楚辭》善本，『曾刻之豫章王孫，序之婁東王長公。今其本已漸漫漶，予友俞太初復校以入梓，亦良苦心』。則以爲其所據底本，蓋豫章夫容館隆慶本也。序末署『金陵徐智督刻』。然則比勘隆慶本，頗見異同：是本合隆慶本十七卷爲十卷：卷一《離騷經》，卷二《九歌傳》《天問傳》，卷三《九章傳》，卷四《遠遊傳》《卜居傳》《漁父傳》，卷五《九辯傳》《招魂傳》，卷六《大招傳》《惜誓傳》《吊屈原》《服賦》，卷七《招隱士傳》《七諫傳》，卷八《哀時命傳》《九懷傳》，卷九《九歎傳》，卷十《九思傳》。其中《吊屈原》《服賦》二篇，蓋據朱子《集注》本增入，序、注悉因朱子，非逸本所有也。又，《離騷經》一篇之末，不見王逸《後敘》，蓋删之矣。《天問》一篇，『厥嚴不』以下皆闕。而《大招》一篇小序，亦取朱子《集注》，而云『舊序不録』。則已改易逸本舊觀頗多，實不足以稱善矣。

此本以正德本爲底本，參校他本，故若逐篇逐句對勘隆慶本，似見差異夥頤，特舉《離騷》《九歌》《九辯》三篇爲例，他篇之增益或改易，似皆可類推、消息之矣。如：《離騷》『何不改乎此度也』注：『言願君務及年德盛壯之時。』案：隆慶本『願』下有『令』字。又，『椉騏驥』，校云：『椉，古乘字。』案：隆慶本『椉』作『乘』。又，『羌中道』，隆慶本『羌』

作『羌』。案：羌，俗羌字也。又，『求索』注：『言在位之人無有清潔之志，皆並進趨，貪婪於財利。』案：隆慶本『進趨』作『進趣』。又，『落英』注：『動以香潔』。案：隆慶本『潔』作『浄』。又，『囊芙蓉』注：『芙蓉，蓮萼也。』案：隆慶本『萼』作『荂』。荂，古華字。萼，訛字也。又，『雜糅兮』注：『雜，糅也。』案：隆慶本作『糅，雜也』。舊本當爲『糅』字作注，而非解『雜』字也。又，『羽之野』注：『婞狠自用。』案：隆慶本『狠』作『佷』。又，『不服』注：『言衆人讒佞之行滿於朝庭。』案：隆慶本『庭』作『廷』。又，『鮮終兮』下無注。案：脱訛也。隆慶本有『鮮，少』之注。又，『澆身被服』注：『服，一作於。』案：隆慶本『被服』作『被於』。此本據朱注本改也。又，『顛隕』注：『隕，墜也。』案：隆慶本『墜』作『墮』。又，『后辛之菹醢兮』注：『辛，殷之亡王，紂名也。爲武王所誅滅。』案：隆慶本無『武』字，蓋脱誤也。又，『霑余襟』注：『衣眥謂之襟。』案：隆慶本『眥』作『皆』。皆『眥』字之訛也。又，『椉鷖兮』『椉雲』，隆慶本『椉』作『乘』。案：椉，古乘字。又，『世溷濁』，隆慶本『世』作『時』。案：《文選》本作『時』，避唐諱也。又，『謂幽蘭之』，隆慶本『之』作『兮』。案：洪氏《補注》本作『其』。又，『而得舉』注：『至朝歌。』案：隆慶本作『至於朝歌』。又，『精瓊爢』，隆慶本『爢』作『靡』。案：正德本、洪氏《補注》本亦作『爢』。又，『聊暇日』下注：『故暇日遊戲婾樂而已也。』案：隆慶本『故暇日』作『故假日』。《湘君》『宜脩』注：『修，

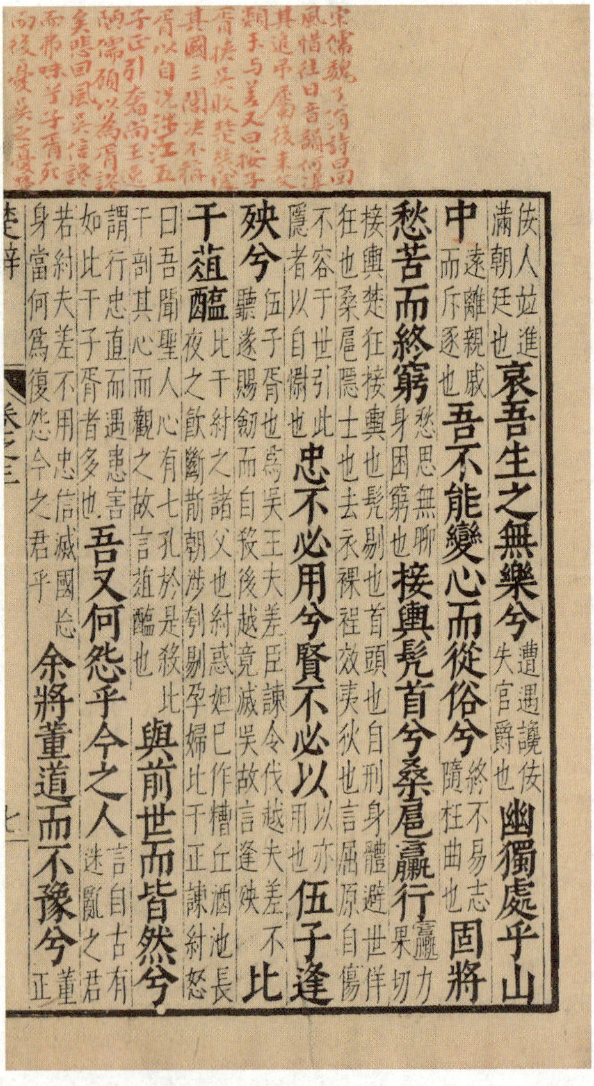
佞人並進滿朝廷也 哀吾生之無樂兮 遭遇讒佞失官爵也 幽獨處乎山中 遠離親戚而斥逐也 吾不能變心而從俗兮 終不易志隨枉曲也 固將愁苦而終窮 愁思無聊身困窮也 接輿髡首兮桑扈臝行 臝力果切 接輿楚狂接輿也髡剔也首頭也自刑身體避世佯狂也桑扈隱士也去衣裸裎效夷狄也言屈原自傷不容于世引此隱者以自慰也 忠不必用兮賢不必以 以亦用也 伍子逢殃兮 伍子胥也爲吳王夫差臣諫令伐越夫差不聽遂賜劒而自殺後越竟滅吳故言逢殃 比干菹醢 比干紂之諸父也紂惑妲己作糟丘酒池長夜之飲斷斮朝涉刳剔孕婦比干正諫紂怒曰吾聞聖人心有七孔於是殺比干剖其心而觀之故言菹醢也 與前世而皆然兮 謂行忠直而遇患害如比干子胥者多也 吾又何怨乎今之人 言自古有迷亂之君若紂夫差不用忠信滅國亡身當何爲復怨今之君乎 余將董道而不豫兮 董正

楚辭 卷之三 七

飾也。言二女之貌要眇而好，又宜修飾也。」案：隆慶本「修」皆作「脩」。又，「桂舟」注：「舟，船也。猶乘桂木之船，沛然而行。」案：隆慶本「船」皆作「舩」，下同。舩，俗船字。又，「未極」注：「極，已也。」案：隆慶本無「也」字。又，「潺湲」注：「欲求變節。」案：隆慶本「欲求」作「求欲」。又，「木末」注：「固不可得之者也。」案：隆慶本無「者」字。《湘夫人》「鳥何萃」注：「萃，聚也。」案：隆慶本無「也」字。又，「朝馳」注：「自傷驅馳不出湘潭之間。」案：隆慶本「驅」作「駈」，俗字也。又，「擗蕙櫋」注：「以折蕙覆櫋屋。」案：隆慶本「折」作「析」。又，「杜衡」注：「杜蘅，香草也。」案：隆慶本「蘅」皆作「衡」。《大司命》「紛總總」，隆慶本「總」作「緫」。案：正德本作「緫」，朱注本作「總」。《東君》「夜皎皎」注：「運轉而西行。」案：隆慶本無「行」字。又，《國殤》「操吴戈」注：「操吾科；吾科，楯之名也。」案：隆慶本「科」作「利」。《九辯》「志不平」注：「意未服也」。案：隆慶本「服」作「明」，則出韻也。又，「廓落兮」注：「魄獨立也。」案：隆慶本「魄」作「塊」，是也。又，「瘀傷」注：「於去聲。」案：隆慶本作「於去也」。非是。又，「而增傷」注：「心剖偪也。」案：隆慶本「偪」作「副」。又，「而無效」，隆慶本「效」作「効」。案：效與効同。

是本注音或叶音，多有未見隆慶本者，是據朱子《集注》增入矣。如，《離騷》「宿莽」注：「莽，莫補切。」案：據朱注增入矣。又，「數化」注：「化，叶虎瓜切，變也。」案：隆慶本無「叶虎瓜切」四字，據朱注增入矣。又，「百晦」注：「晦，古畝字，叶满彼切。」案：據朱注增入矣。又，「求索」注：「索，叶所格切。」案：據朱注增入矣。又，「國亂流」注：「國，作固是。」案：隆慶本但作「一作固」，是據朱注斷矣。又，「改錯」注：「錯，七故切。」案：據朱注增入矣。又，「追曲」注：「追，古隨字。」案：據朱注增入矣。又，「雧芙蓉」注：「雧，古集字。」案：隆慶本作「雧，集音。」

是據朱注增入矣。又，「可懲」注：「懲，叶直良切。」案：據朱注增入矣。又，「殀乎」注：「殀，於嬌切。」案：據朱注增入矣。又，「不頗」注：「頗，普禾切。」案：據朱注增入矣。又，「其上下」注：「下，叶音户。」案：據朱注增入矣。又，「洧盤」注：「洧，于軌反。」案：據朱注增入矣。又，「見有娀之佚女」注：「娀音嵩，又音戎。佚，一作妷，並音逸。」案：隆慶本但作「音戎」，是據朱注增入矣。又，「終古」注：「古，叶音故。」案：據朱注增入矣。又，「猶未沬」注：「沬，叶莫之切。」案：據朱注增入矣。又，「涉余」注：「余，叶音與。」案：據朱注增入矣。又，「徑待」注：「待，叶徒奇切。」案：據朱注增入矣。《雲中君》「憺兮壽宮」注：「憺，徒濫切。宮，叶古荒切。」案：據朱注增入矣。《湘君》「薜荔綢」注：「綢音儔。」案：據朱注增入矣。又，「陫側」注：「陫，符沸切。」案：據朱注增入矣。《湘夫人》「愁余」注：「余，叶音與。」案：據朱注增入矣。又，「木葉下」注：「下，叶音户。」案：據朱注增入矣。《大司命》「涷雨」注：「音東，從水。」隆慶本「涷」作「凍」。案：是據朱注本改也。又，「沖天」注：「沖，一作翀。天，叶鐵因切。」案：是據朱注本改也。《少司命》「臨風怳」注：「怳，許往切。」案：據朱注增入矣。《東君》「既明」注：「明，叶音芒。」又，「翾飛兮翠曾」注：「翾，許緣切。曾，作縢切。」案：據朱注增入矣。《河伯》「縢予」注：「縢，以證切。」案：據朱注增入矣。《山鬼》「窈窕」注：「窈音杳。窕，徒了切。」案：據朱注增入矣。《國殤》「争先」注：「先，叶音詢。」案：據朱注增入矣。字音或與朱注不同，亦悉不見隆慶本。如，《離騷》「忳鬱邑」注：「忳音屯，又音豚。」案：朱注：「忳，徒渾反。」是不同矣。又，「要之」注：「要音邀。」案：朱注：「要，於遥反。」洪氏云：「要，伊消切。」皆不同矣。又，「竝迎」注：「迎，去聲，叶音與。」案：朱注：「迎，魚慶反，叶音御。」是又不同矣。又，「婉婉」注：「婉，一作蜿，音元。」案：朱注：「蜿，於原反，一作婉，於阮反。」皆不同矣。《雲中君》「華采衣兮若英」注：「華音花。英，於羌切。」案：朱注：「華，户花反。英，叶於姜反。」

音同而反語用字異。《湘夫人》『嫋嫋兮』注：『嫋，奴了切。』案：朱注：『奴鳥反。』音同而反語用字異。《山鬼》『石磊磊兮葛蔓蔓』注：『磊，力軌切。』案：朱注：『磊，魯猥反。』音同而反語用字異。

此本與正德本相勘，則同多異少。如，《招魂》『二八侍宿』注『故晉悼公賜魏降女樂二八』，降，隆慶本作『絳』，是；作『降』，訛；正德本亦作『降』。又，『瑶漿蜜勺』注『以漱口也』，漱，隆慶本作『嗽』。漱、嗽同，正德本亦作『漱』。《大招》『醢豚苦狗』注『肉言乃以肉醬啗烝豚』，隆慶本『言』上無『肉』字，是；正德本亦衍『肉』字。又，『麗以先只』注『以使神心也』，隆慶本『使』作『便』，正德本亦作『使』。《七諫序》『以昭忠信矯曲朝也』，隆慶本『以』上有『所』字，正德本亦無『所』字。又，《沉江》『賢俊慕而自附』注『言天下賢英俊慕周之德』，隆慶本『賢』下有『能』字，正德本亦無『能』字。《哀時命》『賢者遠而隱藏』，引『一云隱而退藏』，隆慶本『退』作『退』，正德本亦作『退』。《九懷・陶壅》『過萬首兮嶷嶷』注『屬交跱也』，注文『屬』，隆慶本作『萬首』，正德本亦作『屬』。《九歎・靈懷》『櫂舟杭以横濿兮』注『厲渡也』，『厲渡』之『厲』，隆慶本作『濿』，正德本亦作『厲』。《離世》『若青蠅之僞質兮』注『青繩變白使黑』，隆慶本『繩』作『蠅』，正德本亦作『繩』。又，『山中檻檻』注：『檻檻，車聲貌也。』隆慶本無『貌』字，正德本亦有『貌』字。《怨思》『日杳杳以西頹兮』注『下無所舒志也』，隆慶本無『下』字，正德本亦有『下』字。《憂苦》『念我煢煢』注『不求忠直之事』，隆慶『不』作『而』，非；正德本亦作『不』。如上所述，則此本以正德本爲藍本，非據隆慶本緟刻，吴琯序『予友俞太初復校以入梓』云云，係不實之詞也。日本莊允益寬延三年刻本，則據此本緟刻，正德本、隆慶本皆未傳於海東故也。

然則此本之所貴者，以有清錢陸燦批語故也。陸燦字爾弢，號湘靈，又號圓沙，江蘇常熟人。錢謙益族子也。順治十四年丁酉舉人，以奏銷案除名。客金陵、維揚幾三十年，鬱邑不得志於時。晚寓武進。學古文於顧大韶，學詩於吴偉業，學時文於馬世奇，學佛於熊開元，巋然大家氣象，人稱『布衣文宗』。著有《調運齋集》《圓硯居詩集》《圓沙集》及主修《常熟縣志》二十六卷。陸燦批點評語，朱筆眉批居多，偶見墨批或旁批，甚可把玩，於《楚辭章句》文獻研究不無參價值。

錢氏批點此書，僅《離騷》《九歌》《九章》《卜居》《漁父》數篇，皆屈子所作也。其於《離騷》一篇最爲用力，眉批分是篇爲八節：首節自『帝高陽』至『先路』，謂『正意已寫竟，下曲折寫之』。謂『恐美人』一句，『出題意，此《離騷》之根』。二節『昔三后』至『遺則』，謂『已斷自己究竟』。三節『長太息』至『可懲』，謂『徘徊去國而不知所從』。四節『女嬃』至『浪浪』，謂『因女嬃之詈而自寫其悲哀』。五節『跪衽敷』至『好修之害也』，稱『此下大率皆寓言，遥接上陳詞而申説之』，又謂『陳詞欲上征，求女而決占于靈氛曰可，又決占于巫咸曰不必』。六節『余以蘭』至『未沬』，謂『巫咸之占無奈而蘭椒不可居也』。七節『和調度』至『不行』，謂『信靈氛之占而遠行，而究竟不得不念故鄉，總是懷舊君之意』。又，『亂曰』以下爲節八節，『總收故鄉，卒莫吾知，無與爲美政，收前二節，願依彭咸之遠則，猶彭咸所居。總結周遊四荒，若上下求索，終無可適矣』。案陸氏所分《離騷》章節，前四節差近之。至合求帝、三求女、卜氛問咸爲一節，則不免雜亂無次。求帝、三求女宜一節，止於『終古』，卜氛、問咸宜一節，止於『未沬』。如是，則上下層次釐然矣。錢氏以《離騷》求帝、求女皆爲求君之喻。《離騷》『望予』句旁批『蓋求大君而不遇之比也』，又，『望瑶臺』眉批：『總是託求女以寫求君之意。』案：若是而言，不審其帝確比何人，三女又比何人矣。又以卜氛是勸他國。『索藑茅』眉批：『疑而託靈氛占之勸，勸别求。』意謂走他國諸侯矣，故下『靈氛既告』眉批：『卒用靈氛之占而遠行。』又，『忽臨睨』眉批：『懷鄉一句揔上不能舍故國之意。』若是，豈西行遠逝，是走西秦之喻耶？獨不畏陸離長鋒歟？又，篇末總評云：『讀《燕燕于飛》諸詩，與《離騷》同一關鈕。女中莊嚴，男中三閭，千古愛君顧主情事至矣。』是言令人解頤矣。

錢氏於《九歌》但注意於二《湘》及《少司命》。《湘君》篇末旁批：『通篇無神來之意。至「時不再得」一語，神宛然在矣，以其遇之難，故云不可再得也。』《湘夫人》『時不可兮驟得』眉批：『一曰「不可再得」，又曰「不可驟得」，正見其邀之難。』案：或曰『不可再得』，或曰『不可驟得』，變文以避複，驟亦再也。又，『嫋嫋』眉批：『《月賦》「洞庭始波，木葉微脱」二語，一篇生色，然本此，可見《楚辭》寫景之妙。希逸收作八字，此可悟古人脱化融鑄之妙。』案：是藝苑之公論。而《少司命》『穐蘭兮』眉批：『一云司命主人子孫，蘭主人生子之祥，蘼蕪主之根，主婦人無子，故首言之。』又，『夫人兮』眉批：『夫人，猶言凡人也，非夫婿之夫。美子，所美之人也，非子孫之子。《先宫保佟母誌銘》「夫人兮自有美子」，上下俱用，差前輩亦有此逗漏。非欲捉短，爲吾輩須節點，故揭出之身。』又云：『公銘顧君升全用「夫人兮自有美子，蓀何以兮愁苦」，尤非。韓柳文亦不全襲古人語句。』案：變易古訓，憑臆爲斷，終是無根之説矣。

錢氏或考辨屈子投水事。如，《哀郢》篇首眉批：『郢滅在頃襄王之世，今哀郢，則知嘗投汨羅也。』《漁父》篇末批云：『《漢書·馮岑贊》「屈原赴湘」，師古注但引《楚辭·漁父篇》「寧赴湘流葬于江魚腹中也」。汨羅之事，疑以傳疑可知。』案：屈子沉湘投水之事，賈生《吊屈》言之悉矣，豈容二千年後之陋儒懷疑之？錢氏不過是拾掇汪瑗遺義，然實不足爲據矣。《卜居》眉批：『雖設爲質疑，然却是譬己。雖衆意明決，然不可爲彼意。細味造語自見。』是屈子所問，猶反激於世矣，故宜從反意識之。《漁父》眉批：『撰語奇，俱陗真切，在《楚辭》中最爲明快。』漁父亦寓言中人，未必真有此乃翁。又，『三閭』眉批：『三閭，官名。楚有昭屈景三姓，言主三族之官也，故曰三閭大夫。』楚之三族未必指昭、屈、景，蓋《春秋》之『三户』矣。

錢氏考辨屈作真僞。如，《涉江》『伍子』眉批：『宋儒魏了翁詩曰：「回風惜往日，音韻何凄其；追吊屬後來，文類玉與差。」又曰：「按子胥挾吴敗楚，幾墟其國，三閭決不稱胥以自況。《涉江》五子，正引奢、尚。王逸陋儒，顧以爲胥，謬矣。《悲回風》『吴信讒而弗味兮，子胥死而後憂。』吴之憂，楚之喜也。此足明爲後人哀原而吊之之作。《懷沙》既作之後，文詞尚多，『吾將從彭咸之所居』，《漁父》『葬江魚之腹中』，俱見『乘桴浮海』之意。自投汨羅，乃祖來傳襲之誤。」』又，《惜往日》『子胥死』眉批：『豈子胥死時，屈大夫尚在邪？子胥，楚先世之仇，屈決不引以自傷。』案：此皮相之説。近出土楚竹書多有稱贊伍子胥者，楚人固不忌矣。蓋在屈子之時，孝必在忠之上，父讎必報，雖國君亦不避。余已有專文論之，此不贅。《九章》九篇不得因詠子胥而斥爲非屈子所作矣。

錢氏旁批皆甚簡約，點到即止。然内容龐雜，或説音韻。如，《離騷》『吾以降』眉批：『楊誠齋《讀罪己詔詩》「辭起吾降日」，自注：「降音洪。」』又，『脩能』眉批：『歸熙甫《季舟墓志銘》「又脩能也」，叶下「年不待」也。』又，『厥家』句旁批『姑』，下批：『家，叶古胡反。』或解字義。如，《離騷》『曰黄昏』下批：『古人親迎之期，《儀禮》所謂「初昏」也。』又，『家巷』下批：『巷音弄。』注文『一作衖』旁批：『俗字。』或揭上下關節。如，《離騷》『朝搴』句旁批『承江離二句』，『昔三后』句旁批『援古推開説』，又，『夫唯靈脩』眉批：『與美人遲暮遥相呼應。』又，『女嬃』下批：『女嬃詈。』又，『不予聽』眉批：『起下就舜陳詞。』又，『欲從靈氛』眉批：『一占不已而又決之巫咸。』又，『惟此黨人』眉批：『黨人三見。』『余乃下』句旁批『對前上征』，『又況揭車』句旁批『總承上八句』。或説句法。如，《離騷》『不吾知』句旁批『倒句』，《湘君》『時不可』句旁批『折腰句』。或點明意旨。如，《離騷》『帝高陽』句旁批『世系』，『攝提』句旁批『年月日』，『名余』句旁批『名』，『字余』句旁批『字』，『紛吾』句旁批『好潔』，『汩余』句旁批『憂年』，『初既與余』句旁批『慮君』，『余既滋』句旁批『自喻』，『衆皆競進』句旁批『刺時』，『忽馳騖』句旁批『自明』，『非世俗』句旁批『自斷』，『長太息』句旁批『自歎』，『既替余』句旁批『怨君』，『衆女嫉』句旁批『刺邪』，『忳鬱邑』句旁批『自歎』，『悔相道』句旁批『反初服』，『製芰荷』句旁批『自信』，『忽反顧』句旁批『觀四方』，『女嬃』句旁批『又一波』，『啓九辯』句旁批『徵古』，『不量鑿』句旁批『自傷』，『朝發軔』句旁批『上征』，『前望舒』句旁批『倒字法』，『時曖曖』句旁批『刺世』，『溘吾遊』句旁批『求女』，『欲從氛』句旁批『巫咸占』，『何瓊佩』句旁批『歎世』，『芳菲菲』句旁批『自信』，『蜷局』句旁批『無處可去』，《漁父》『何不淈其泥』旁批『態語』。

錢氏於《漁父》篇末云：『己未初借雪客《楚辭》一本，揭一篇，陸燦記。』案：『己未』者，清康熙十八年，亦其批點之時也。『雪客』，即周氏在浚字也，號黎莊，周亮工之子，河南祥符（今開封）人。官太原府經歷。後寓居南京，工詞，淹通文史，著《金陵百詠竹枝詞》《雲煙過眼録》等，家富藏書。則是書原爲周氏舊藏。鈐有『方白山人』印。案明趙吁俊，字宅卿，號『方白山人』。其崇禎間猶在，惜生平事迹不詳。撰《藝海瀝液》五卷。不知爲此人否？若是，則周氏此書得之於趙氏矣。又有『南陔堂印』，案南陔堂，清徐以升居室名。以升字階五，號恕齋，浙西德清人。雍正元年二甲進士，官至廣東按察使，著有《南陔堂詩集》十二卷。是書又爲徐氏所得。又有『芑堂』印。案：即張燕昌字也，號文魚、金粟山人，浙江海鹽人。清嘉慶舉孝廉方正。善畫，工篆刻。著有《金石契》《芑堂印存》《金粟山人逸事》等。則又轉歸張氏矣。又有『曾藏烏程龐氏家』『龐青城收藏印』『烏程龐氏百匱樓藏書圖記』。案：青城，即民初巨商龐元澄也，字清臣，後改青城，號淵知，浙江南潯人。晚歲棲居上海，喜書法與藏書，室名『百匱樓』。則又成龐氏舊物。是書自明趙吁俊至清徐以升、張燕昌，再至民國龐青城，三百年間已遞轉五人手，真可爲一歎矣。今藏復旦大學圖書館。（黄靈庚）

# 明萬曆朱刻本附西村時彦批校

是本爲明朱燮元、朱一龍二氏校於刻於萬曆二十九年辛丑也。燮元字懋和，山陰人。萬曆二十年壬辰進士，歷萬曆、天啓、崇禎三朝，先後官大理評事、蘇州知府、僉都御使、兵部侍郎、四川布政使、禮科右給事中等。事迹具《明史》本傳。著述頗豐，有《督蜀疏草》二十卷、《朱襄毅疏草》十二卷、《朱少師奏疏》八卷、《蜀事紀略》一卷、《黔事摘疏》三卷、《朱少師公事實》一卷等，皆多存世。一龍字虞言，竟陵人。然此本卷首題「朱一龍官虞」，「官虞」者，蓋又字也。萬曆二十年壬辰進士，始官蘇州府推官，後至吏部考功郎中。著述未詳。燮元、一龍蓋本同僚也。申時行稱「郡守朱侯懋和、司理朱侯官虞，以聽政之暇，手自讎校，重付剞劂，以公諸同好者」。知此本當在二人同官蘇州之時校刻也。姜亮夫氏《楚辭書目五種》臆斷之，謂此本「蓋在未達時」刻。非也。

是本十七卷篇次，悉同正德本、隆慶本、馮紹祖本。《離騷》獨稱「經」，《九歌》以下皆稱「傳」。清葉德輝《郎園讀書記》以爲祖隆慶本。比勘二本，如，「桓」「恒」等字末筆皆闕。其説是也。然亦不盡相同。如，隆慶本目録前有《屈原列傳》、班固《離騷序》、劉勰《辨騷》，而此本删《屈原列傳》，劉勰《辨騷》置於目録之後。隆慶本卷一之末爲《離騷後敘》，而此本卷三之末爲《天問後敘》、班固《離騷序》及《離騷後敘》。隆慶本目録後有《楚辭疑字直音補》，此本則删之不存。隆慶本字體秀麗，而此本文字渾重似顔體，《藝風藏書記》稱「字大悦目，頗便老眼」云。卷首爲嘉靖四十一年壬戌科狀元、吴郡申時行《重刻楚辭序》，稱『惟《六經》厄於秦火，一綫幾絶，漢初諸儒補葺斷爛，網羅放失，各以訓故顓門名家，能折角解頤，膾炙當世。而濂、洛、關、閩之儒始得尋其源流，闡繹其統緒，令微言大義，煥然復明。蓋漢儒之功宏以遠矣。逸之於《楚辭》，猶漢儒之於《六經》，可遂廢乎！余謂説《詩》者，無以《風》《雅》之變荑稗《離騷》；讀《楚辭》者，無以考亭之説駢枝逸注。兩存而不遺可矣』。則刻此書者，於朱子删芟王注《楚辭》，抑有微意云耳。

此本據隆慶本翻刻，故文字多見與隆慶本同。如，《九歌·少司命》『目成』注：『而司命獨於我睨而相視』，『獨於』，隆慶本同，而正德本作『獨與』。《天問》『鼇戴山抃』注：『背負蓬萊之山而抃』，隆慶本同，正德本『抃』下有『舞』字。《九章·惜誦》『疾親君』，隆慶本同，而正德本無『疾』字。《九辯》『中瞀亂兮』，此本同隆慶本『瞀』下有『茂音』二字，而正德本作『戊音』。又，『羌儵忽』，此本同隆慶本『儵』下有『同倏』二字，而黄本作『音倏』。《招魂》『其土爛人』注：『濕暑而熱。』隆慶本同，而正德本作『温暑而熱』。又『鵠酸臇凫』，『臇』下有『子兖反』三字，隆慶本同，而正德本作『姊兖反』。又，『懸火延起兮』注：『燒於野澤。』隆慶本同，而正德本『於』作『于』。《九歌·逢紛》『飄風來之洶洶』注：『復聞乎讒佞洶洶欲來害己也。』隆慶本同，而正德本『乎』作『于』。然亦有歧異處，蓋據他本改也，僅以《離騷》爲例。如，《離騷序》『上官靳尚妬害其能』及正文『嫉妬』之『妬』，此本悉作『姤』，則同馮本也。『羌中道而改路』之『羌』，

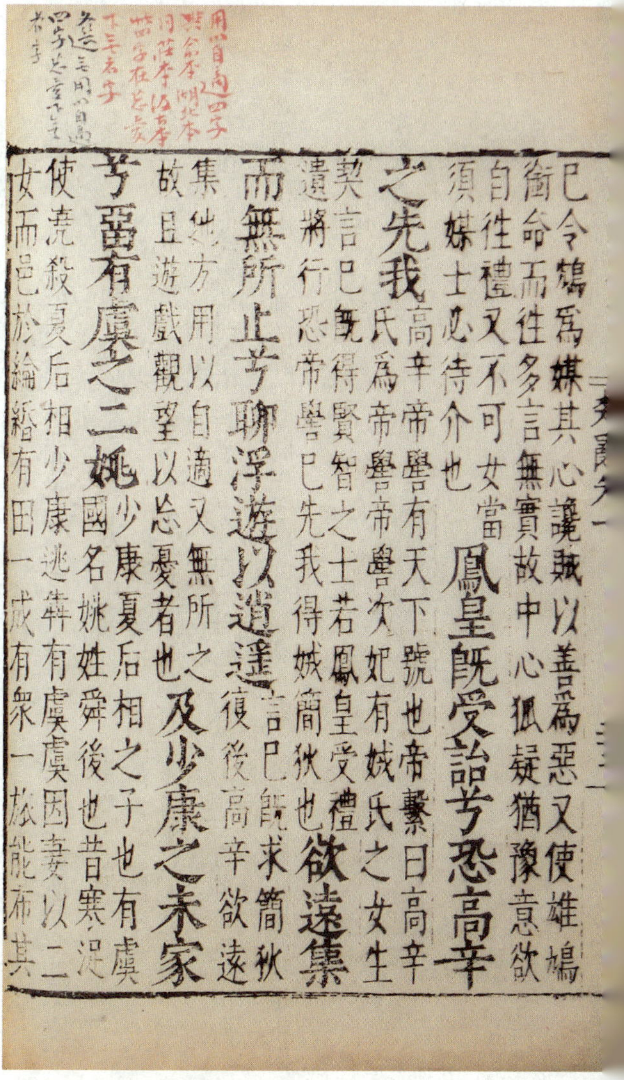
已令鴆爲媒其心讒賊以善爲惡又使雄鳩銜命而往多言無實故中心狐疑猶豫意欲自往禮又不可女當須媒士必待介也鳳皇既受詒兮恐高辛之先我高辛帝嚳有天下號也帝嚳日高辛氏爲帝嚳帝嚳次妃有娀氏之女生契言已既得賢智之士若鳳皇受禮遺將行恐帝嚳已先我得娀簡狄也欲遠集而無所止兮聊浮遊以逍遥言已既求簡狄復後高辛欲遠集他方用以自適又無所之故且遊戲觀望以忘憂者也及少康之未家兮留有虞之二姚少康夏后相之子也有虞國名姚姓舜後也昔寒浞使澆殺夏后相少康逃奔有虞虞因妻以二女而邑於綸有田一成有衆一旅能布其

此本作『羌』，則同正德本、馮本也。『欲少留此靈瑣兮』，隆慶本王逸注：『靈喻君。瑣，門鏤也，文如連瑣，楚王之省閤也。靈，神之所在也。瑣，門有青瑣也。言未得入門，故欲少住門外也』而此本『省閤也』下有『一云』二字，則同馮本、俞初本也。『呂望之鼓刀兮』，隆慶本王逸注：『或言：周文王夢立令狐之津，太公在後。帝曰：「昌，賜汝名師。」文王再拜，太公夢亦如此。文王出田，見識所夢，載與俱歸，以爲太師也。』此本『周文王』作『文王』，『夢』下有『帝』字。則同俞初本也。『詔西皇使涉余』，隆慶本王逸注：『以蛟龍爲橋，乘以渡水，侶周穆王之越海，比黿鼉以爲梁也。』此本『度水』作『渡水』。『亂曰』，隆慶本王逸注：『亂，理也。所以發理詞指，總撮其行要也。』此本『行要』作『大要』，馮本作『其要』，皆不同也。則他卷異同，亦可以推知。類此，蓋二朱氏所校改也。

於明代單刻王注《楚辭》，此本未足稱精善，比之正德、隆慶二刻，自見遜色。然於今世言之，明刻古籍已屬稀世珍寶，不可多見。且此本又見日本國西村時彦氏朱筆批校，則尤珍貴也。

西村氏據《文選》本、汲古閣《楚辭補注》與此本對勘，批語要在列異，尤注重判斷『或説』之是非。批語朱、墨二色，置於天頭，汲古閣《補注》本用朱批，《文選》本用墨批，丹黄燦然焉。如：

《離騷序》『猶陳直徑』，朱批曰：『汲古閣本作「猶依道徑」，餘與此本合。』案：道，唐宋俗體作『𨗴』，即『直』字之訛也。此雖列王注《楚辭》單刻本與汲古閣《補注》本異同，而是非即在其中也。

《離騷》『帝高陽之苗裔兮』王逸注：『德合天地稱帝。苗，胤也。裔，末也。高陽，顓頊有天下之號也。《帝繫》曰：「顓頊娶于騰墳隍氏女而生老僮，是爲楚先。」其後，熊繹事周成王，封爲楚子，居于丹陽。周幽王時生若敖，奄征南海，北至江、漢。其孫武王求尊爵於周，周不與。遂僭號稱王，始都於郢。是時生子瑕，受屈爲客卿，因以爲氏。屈原自道本與君共祖，俱出顓頊胤末之子孫，是恩深而義厚也。』墨批曰：『《文選》無「德合天地稱帝」六字、「墳隍氏」之「墳」字、「是爲楚先」之「爲」字、「周幽王時生若敖奄征南海北至江漢」十五字、「因以爲氏屈原自道本與君共祖俱出顓頊」十七字，「胤末」上有「因」字。』案：西村氏列王注《文選》本與諸本異同，蓋由此可見其一斑，學者不可忽焉。

「余既滋蘭之九畹兮」，王逸注：『十二畝爲畹，或曰：田之長爲畹也。』墨批：『《文選》無「或曰」八字。』朱批：『按莊氏云：「凡或說，恐後人所贅。」其它補削可知。』案：西村氏以『或說』爲竄亂之文，『其它補削可知』云云，類此則删之可也。

『謇吾法夫前修兮』，王逸注：『言我忠信謇謇者，乃上法前世遠賢，固非今時俗人之所服行也。謇，難也。言己服飾雖爲難法，我仿前賢以自脩潔，非本今世俗人之所服佩。』墨批：『《文選》無「謇難也」二十八字。』朱批：『「謇難也」上，莊本有「或曰」二字，汲古閣本有「一云」二字，湖北本與此本合，俞本亦無。案六臣注是呂向説，恐後人竄入也。』案：此據六臣注《文選》本删之。

『芳與澤其雜糅兮』，王逸注：『雜，糅也。』朱批：『「雜糅也」，莊本、汲古閣本作「糅雜也」，湖北本、俞本與此合。』墨批：『《文選》作「糅雜也」。』案：蓋據《文選》本、汲古閣本乙正也。

『國亂流其鮮終兮』，王逸注：『鮮，少。』朱批：『汲古閣本「鮮少」下有「也」字。莊本、俞本無「鮮少也」三字，湖北本與此合。』墨批：『《文選》有「也」字。』案：蓋以《文選》本有『鮮少也』爲存舊。

『厥首用夫顛隕』，王逸注：『言澆既滅殺弑夏后相，安居無憂，日作淫樂，忘其過惡，卒爲相子少康所誅，其頭顛隕而墜地。』朱批：『「澆既滅殺弑夏后相」，與俞本合。莊本、湖北本無「弑」字。湖北本作「澆既滅夏殺夏后相」。莊本「夏后相」下有「而」字，餘本無。』墨批：『《文選》作「澆既殺夏后相」。』案：蓋以《文選》本作『澆既殺夏后相』爲存舊。

『曾歔欷余鬱邑兮』，王逸注：『曾，累也。歔欷，懼貌。或曰：曾，重。歔欷，哀泣之聲也。鬱邑，憂也。』墨批：『《文選》無「或曰」以下十五字。』朱批：『「或曰」以下十五字，與莊本合。湖北本、俞本「曾重」作「當重」。恐字誤也。汲古閣本無「曾重」二字爲是。』案：蓋以《文選》本無『或曰』以下十五字爲存舊。

『溘埃風余上征』，王逸注：『言我設往行遊，將乘玉虬，駕鳳車，掩塵埃而上征，去離世俗，遠群小也。』朱批：『「遠群小也」下，莊本有「然此以下多寓言」七字。餘本皆無之。』墨批：『《文選》亦無之。』案：蓋以有『然此以下多寓言』七字，後所增益也。

『聊逍遥以相羊』，墨批曰：『逍遥，《文選》作「須臾」，《說文》亦然。』案：西村氏蓋以《文選》作『須臾』者，爲古本也。

『後飛廉使奔屬』，王逸注：『飛廉，風伯也，風爲號令，以喻君命。言己使清白之臣如望舒，先驅求賢，使風伯奉君命於後，以告百姓。飛廉，風伯神名也。或曰：駕乘龍雲，必假疾風之力，使奔屬於後。』朱批曰：『「飛廉風伯神名也」，莊氏云：「風伯也」，此誤入。』墨批曰：『《文選》無「飛廉風伯神名也」一句，並無「或曰」以下十八字。』案：西村氏據《文選》本、莊氏校語，『飛廉風伯神名也』及『或曰』十八字皆竄入之文。

『吾令豐隆乘雲兮』，王逸注：『豐隆，雷師。』墨批曰：『《文選》作雲師。』朱批曰：『雷師，汲古閣本作「雲師」。餘本皆作「雷師」。汲古閣本云：「雲師一曰雷。」可知「一曰」是後所竄入也。』案：此但據餘本，而未依《文選》也。『折若木以拂日兮』，王逸注：『或謂：拂，蔽也。以若木鄣蔽日，使不得過也。』墨批曰：『「或謂」以下《文選》同。』案：西村氏意謂『或說』多爲後世竄入，然亦有似存舊說，若《文選》有之者是也。

『日康娛以淫遊』，王逸注：『言宓妃用志高遠，保守美德，驕傲侮慢，日自娛樂，以遊戲自恣，無有事君之意也。』朱批曰：『「驕敖」，湖北本作「驕放」，恐字誤。「日自娛樂」，作「日自康樂」。王逸釋「康娛」爲「娛樂」，其作「康樂」者，恐誤也。餘本皆與此本合。』案：西村氏未見隆慶本，而以湖北本爲隆慶本，以此本校湖北本之誤，猶校隆慶本之誤也。然隆慶本作『驕敖』『日自娛樂』，則未訛也。

『來違棄而改求』，王逸注：『言宓妃雖信有美德，驕傲無禮，不可與共事君，來違去相弃而更求賢良也。』朱批曰：『「來違去相弃」，與俞本、湖北本同。莊本作「雖來復相棄去」，汲古閣本作「來復棄去」。』又墨批曰：『《文選》六臣本作「違去相弃」。』案：西村氏列諸本異同，蓋意謂此本與《文選》六臣注本最近，則宜從此本也。

『欲遠集而無所止兮，聊浮遊以逍遥』，王逸注：『欲遠集他方，用以自適，又無所之，故且遊戲觀望以忘憂者也。』朱批曰：『「用以自適」四字，與俞本、湖北本同。莊本、汲古本此四字在「忘憂」下，無「者」字。』又墨批曰：『《文選》無「用以自適」四字，「忘憂」下無「者」字。』案：舊本蓋無『用以自適』四字，此本誤也。

『説操築於傅巖兮，武丁用而不疑』。王逸注：『《書》曰：「高宗夢得説，使百工營求諸野，得諸傅巖，作《説命》」是也。』朱批曰：『「書曰」，湖北本作「書序」二字，汲古本作「書序曰」三字。』又墨批曰：『《文選》無「書曰」以下之文。』案：引文見《説命序》，則有『序』字是也。然《文選》本無此引文，西村氏未謂竄入，蓋後人删之也。

『荃蕙化而爲茅』，王逸注：『荃、蕙，皆香草也。』朱批曰：『「荃蕙皆香草也」，莊本、湖北本、俞本皆同，汲古本無此七字，蓋脱也。』又墨批曰：『《文選》作「荃蕙皆香草」五字。』案：汲古本無此注，當是脱訛，此西村氏據《文選》本以爲證也。

『齊玉軑而並馳』，王逸注：『軑，錮也，車轄也。』朱批曰：『「軑錮也車轄也」，莊本作「軑車轄也」，汲古本作「軑錮也一云車轄也」。俞本、湖北本與此同。』又墨批曰：『《文選》作「軑轄也」。』案：據西村氏，似以《文選》爲存真，莊本亦據《文選》本校改也。

西村氏條列諸本異同，遺漏頗多。如，《離騷》『皇覽揆余于初度兮』，王逸注：『覽，覩也。余，我也。』正德本、隆慶本、俞本、馮本、湖北本皆同。《文選》尤刻本『覩』作『睹』，汲古本作『觀』。《文選》本、汲古本皆無『余我也』之注。未見西村氏出校。類此舉不勝舉。蓋於諸本異文有所選擇歟？然則何以於『也』字之有無而不厭其煩皆條列之耶？抑其檢校不細而疏忽之耶？百思未得其解也。

西村氏批校惟於《離騷》一卷頗見用力，而《九歌》以下則幾謂闕如，僅於《七諫》一卷偶見數條。其校語不無可商者。如：《離騷》『扈江離與辟芷兮』，王逸注：『辟，幽也。芷幽而香芳也。』朱批曰：『汲古閣本無「芳也」二字。非也。』墨批曰：『《文選》與汲古閣本合。』案：芳亦香也。有『芳也』二字贅，當刪。西村氏説非也。又，『見有娀之佚女』，王逸注：『謂帝嚳之妃，契母簡狄也。配聖帝，生賢子，以喻真賢也。』朱批曰：『「真賢」，與俞本、湖北本同。莊本作「貞賢」。非也。』又墨批云：『《文選》亦作「貞賢」。』案：作『真賢』，避宋諱改字也。舊當作『貞賢』。西村氏誤校也。

《七諫·初放》『聞見又寡』，王逸注：『屈原多才有智，博聞遠見，而言淺狹者，是其謙也。』朱批曰：『「是其謙也」，隆慶本「是」作「見」。』又，『余將誰告』，王逸注：『言舉當世之人皆行佞僞，當何所告我忠信之情。』朱批：『隆慶本「情」作「悄」。』案：隆慶本作『是其謙也』、作『悄』。西村氏未見隆慶本，以湖北本爲隆慶本，故凡此異同，皆湖北本之誤也。

是書原爲西村氏『讀騷廬』所收藏《楚辭》百種之一，今藏於日本國大阪大學圖書館。（黃靈庚、石川三佐男）

# 日本莊允益刻本

是本爲日本國莊允益恭録刻於日本寬延三年江户前川六左衞門，當清乾隆十五年庚午。允益，或名益恭，字子謙。生平履歷已不可詳考。卷首有明王世貞序，次爲日本國服氏元喬題識，次爲莊允益自序，次《凡例》六則，次《楚辭目録》。服氏稱『莊子謙與二三子校《楚辭》王注』云，知其非一人力也。莊序稱『王逸所傳，前後十七篇，古注唯王逸存而傳其義。雖非無强附，亦與後世注家結構頗異，學者足據以玩焉。今兹與友人井勃門、柳大禮讀之，遂句焉梓於前川氏』云，其褒揚王逸如是，而井勃門、柳大禮、前川氏等，蓋與其事者也。

此本篇次，與正德本、隆慶本、馮紹祖本等皆無異同：首《離騷》，次《九歌》，次《天問》，次《九章》，次《遠遊》，次《卜居》，次《漁父》，以上皆屈原；次《九辯》，次《招魂》，以上皆宋玉；次《大招》，屈原或云景差；次《惜誓》，未詳，或云賈誼；次《招隱》，淮南小山；次《七諫》，東方朔；次《哀時命》，嚴忌；次《九懷》，王褒；次《九歎》，劉向；次《九思》，王逸。《離騷》獨稱『經』，《九歌》以下皆稱『傳』。

莊氏《凡例》稱，『馬端臨《經籍考》：「晁氏曰：《漢書·志》：屈原賦二十五篇。今起《離騷經》，至《大招》凡六，《九章》《九歌》又十八則，原賦存者二十四篇耳，並《國殤》《禮魂》在《九歌》之外，則溢而爲二十六篇。不知《國殤》《禮魂》何以繫《九歌》之末？又不可合十一爲九。然則謂《大招》爲原辭，可疑也。夫以《招魂》爲義，恐非自作。或曰景差，蓋近之。今按《釋文》篇第，與此等亦異：《離騷》次《九辯》，而後《九歌》《天問》《九章》《遠遊》《卜居》《漁父》《招隱士》《招魂》《九懷》《七諫》《九歎》《哀時命》《惜誓》《大招》《九思》。興祖曰：「按王逸《九章》注云：『皆解於《九辯》中。』則《釋文》篇第蓋舊本也，後人始以作者先後次序之耳。」朱熹《離騷》七篇與今本王注之目同，至《續離騷》大有出入，今世行王注一本亦有加《吊賦》《服賦》二篇而載朱注，且《大招》《惜誓》之序取朱熹，妄作可笑。此書之篇次與佗所嘗行同，從之』。案：莊氏於宋人改移舊本頗存異意，尤重《釋文》篇次，然未加詳考焉。其所謂『今世行王注一本亦有加《吊賦》《服賦》二篇而載朱注，且《大招》《惜誓》之序取朱熹，妄作可笑』者，蓋斥明萬曆四十七年吴郡俞初及劉廣重刻王注本也。

莊氏又論此本所載漢人所作序，饒有新意。稱『王逸之序，一載在《離騷》後，一在《天問》後。在《天問》後者，獨敘其意，當在此也。在《離騷》後者，非唯説《離騷》。及劉向編集，則可謂之總序矣。雖《楚辭》之源在《離騷》一篇，則置《離騷》後亦非無謂也』。又辨此本不載班固序之由，稱『晁氏云：「逸續爲《九思》，與班固二序附之爲十七篇，今本多載其長文一序（起端昔在漢武者），議論精確，辭藻雅健。後世稱道其詞，亡論出於其手。其一序短文者，一本載之，意義淺露，

楚辭卷之十

漢劉向編集

王逸章句

大招傳章句第十

大招者屈原之所作也或曰景差疑不能明也屈原放流九年憂思煩亂精神越散與形離別恐命將終所行不遂故憤然大招其魂盛稱楚國之樂崇懷襄之德以比三王能任用賢公卿明察能薦舉人宜輔佐之以興至治因以諷諫達己之志也

詞不足觀。蓋非固作，後人剽原本傳僞撰之也。此二序存之亦可，不存亦於義無缺。且逸之言曰：「固等解義多乖異，事不要括。」顧論亦固不相合，則不取而載之，蓋後人所羼也。今從無者，不共載之」。則其取捨之間，可謂審矣。

莊氏於此本校勘甚力，校改夥頤，然多有所本。《凡例》首則稱，世傳《章句》本異文雜出，且多爲『書賈之爲，而不能無擇者也，音亦有可疑焉。此本皆不出，獨存王氏之舊』云，其所用心，在乎求『王氏之舊』，於《楚辭》異文多所決擇焉，不若洪氏《釋文》之『存異』云。劉申叔《楚辭考異》云：『觀今所傳王本，明刊而外，惟日本莊益恭本較爲精善。』亦於此本校讎之精確稱道之不置也。若《離騷》：『固俗之工巧兮，偭規矩而改錯。』王逸注：『言今世之工才知强巧，背去規矩，更造方圓，必失堅固，敗材木也，以言佞臣巧於言語，背違先聖之法，以意妄造，必亂政治，危君國也。』此本『必失』作『必不』。據文義，當作『必不』爲長。《哀時命》：『執權衡而無私兮，稱輕重而不差。』王逸注：『稱量賢愚，必不過差，各如其理也。』亦作『必不』。《離騷》：『芳與澤其雜糅兮』，王逸注：『糅，雜也。』明正德本、隆慶本、劉廣萬曆本、清湖北本、四庫《章句》等本皆訛作『雜，糅也』。惟此本未訛。於此可見一斑也。

此本好用古字，如『草』作『艸』、『華』作『蕚』、『罪』作『辠』、『秋』作『穐』、『仙』作『僊』之類。《凡例》又稱，『今所校華本四通，此方寫本一通』云云，皆其對校本也。若『華本』者，莊氏雖未詳明，據其本首録王世貞序，則始於明崇禎朱多煃夫容館遞修本，抑其所稱『華本』歟？而『此方寫本』之面貌，未可得知。《凡例》又云，『諸本誤字比比出焉』，則其所據校本，非祇此二本矣，取材廣泛，若明刻王注諸本、《文選》諸本、洪興祖《楚辭補注》、朱熹《集注》本及漢唐注疏皆嘗參證焉。而於底本未預一言。與明正德本、隆慶本、汲古閣《補注》本及朱熹《楚辭集注》本相校，多見歧異。而與俞初本多同。如，《離騷》『扈江蘺與辟芷兮』，《文選》本、正德本、隆慶本、《補注》本、《楚辭集注》本作『離』

或『蘺』，惟毛晉緑君亭本作『籬』，蓋此本所據依者也。《離騷序》『屈原名平，與楚同姓』。正德本、隆慶本、《補注》本皆無『名平』二字，惟朱熹《楚辭集注》本《離騷序》有『名平』二字，蓋此本據《集注》增補也。《離騷》『何不改乎此度』，王逸注：『言願令君甫及年德盛壯之時脩明政教，棄去讒佞，無令害賢，改此惑誤之度，脩先王之法也。』此本『言願』下無『令』字。蓋據萬曆馮紹祖本、俞初本删也。《離騷》『乘騏驥以馳騁兮』，乘字異文雜出，幾難董理。《文選》五臣注陳八郎本、呂祖謙《集注觀瀾文集》本作『策』。《文選》六臣注建州本作『乘』，謂『五臣作「策」』，六臣注明州本、秀州本作『策』，謂『逸本作「乘」』。米芾書法《離騷經》作『椉』。洪氏《補注》引《文選》、朱子《集注》、錢杲之《集傳》引『乘』一作『策』，《補注》又引一作『椉』，《集注》本作『椉』，引一作『乘』。此本作『椉』，蓋據《集注》本也。《九歌·山鬼》『余處幽篁兮終不見天』，諸本王逸注：『言山鬼所處，乃在幽篁之內，終不見天地，所以來出，歸有德也。』此本『天地』作『天也』，《補注》本亦作『天也』。是據《補注》本改也。《離騷》『來違棄而改求』，《補注》本王逸注：『言宓妃雖信有美德，傲驕無禮，不可與共事君，來復棄去而更求賢也。』單刻王逸注諸本作『來復棄去而更求賢也』作『來違去相弃而更求賢良也』，此本作『雖來復棄去而更求賢良也』。則參校諸本爲之。《天問》：『何試上自予，忠名彌章？』此本『自予』作『自干』。蓋據別本注文『自干忠直之名』而改也。《哀郢》『眇不知其所蹠』，王逸注：『言己顧視龍門不見，則心中牽引而痛，遠視眇然，足不知當所踐蹠也。』此本《章句》『當所』作『所當』，《四庫》本同。據義，所當，即『當所』之乙，莊氏據《四庫》本改也。《懷沙》『孔静幽默』，王逸注：『默默，無聲也。』此本作『默，無聲也』。《史記·集解》引王逸注：『墨，無聲也。』默、墨古字通用。據《集解》，舊本作『默，無聲也』。諸本羡一『默』字。此本據《史記》删也。《思美人》『媒絶路阻兮』，王逸注：『良友隔絶，道壞崩也。』明正德本、隆慶本、劉廣本、俞初本、朱燮元本、湖北本『良友』作『黨有』，馮紹祖本作『黨友』，此本亦作『黨友』。則據馮紹祖本改也。又，『開春發歲兮』，王逸注：『承陽施惠，養百姓也。』此本『承陽』訛作『泰陽』，據因馮本訛也。或據文義徑改之。《思美人》『固朕形之不服兮』，王逸注：『我性婞直，不曲撓也。』此本『曲』作『屈』。蓋以『屈撓』爲恒語，古書多作『屈撓』，鮮作『曲撓』，故改『曲』爲『屈』也。《遠遊》『召豐隆使先導兮』，王逸注：『呼語雲師，使清路也。』明正德本、隆慶本、馮紹祖本、劉廣本、俞初本、朱燮元本、湖北本『語』作『吾』，『語』之爛敚。此本作『召』，據文義改也。然祖俞初本爲多。若《離騷》『憑不猒乎求索』，王逸注：『言在位之人，無有清潔之志，皆並進趨，貪婪於財利，中心雖滿，猶復求索，不知猒飽也。』明正德本、隆慶本『趨』作『趣』，《補注》本作『取』，惟俞初本作『趨』，蓋此本所據依者俞初本也。《離騷》：『朝飲木蘭之墜露兮，夕餐秋菊之落英。』王逸注：『言己旦飲香木之墜露，吸正陽之津液，暮食芳菊之落華，吞正陰之精蕊。動以香浄，自潤澤也。』此本『浄』作『潔』，據依者即俞初本也。《雲中君》『華采衣兮若英』，諸本王逸注：『華采，五色采也。』《文選》本無『采』字。此本及俞初本無『色』字。五色、五采，皆通。然莊氏祖俞本而不從《文選》本也。《湘夫人》『搴汀洲兮杜若』，諸本王逸注：『言己雖欲之九夷絶域之外，猶求高賢之士，平洲香草以遺之，與共修道德也。』此本『平洲』上有『采』字，俞初本亦有『采』字。《東君》『夜皎皎兮既明』，諸本王逸注：『言日既陞天，運轉而西，將過太陰，徐撫其馬，安驅而行，雖幽昧之夜，猶皎皎而自明也』此本『而西』下復有『行』字，俞初本『而西』下亦有『行』字。則其祖俞初本也。《思美人》『吾誰與玩此芳草』，王逸注：『誰與竭節，盡忠厚也。』俞初本『厚』作『孝』，此本同。則據俞初本改也。類此舉不勝舉。

莊氏整理此本，尤致意於竄亂之文。其《凡例》稱，『一本題「箋注」者，凡入于《文選》者引五臣注，未及興祖《補注》，佗又有攙入』云云。所謂『箋注』，即寶翰樓翻刻汲古閣《補注》本也。所謂『攙入』者，謂五臣注、《補注》或有攙入王氏《章句》也。《離騷》『余既滋蘭之九畹兮』，王逸注：『十二畝爲畹。或曰：田之長爲畹也。』莊氏批注云：『凡或説恐後人所贅，其他補削可知。』若《離騷》『折若木以拂日兮』，諸本王逸注『拂，擊也。一云：蔽也。』而此本無『一云蔽也』四字，蓋以爲後人攙入而删之也。《九歌》卷首諸本皆有《東皇太一》《雲中君》《湘君》《湘夫人》至《禮魂》十一篇小目，此本不載，以爲後人所增，故删之也。俞初本亦無十一篇小目，是祖俞初本也。《東皇太一》『陳竽瑟兮樂康』，諸本王逸注『陳，列也。』此本無注。《文選》本、俞本亦無注。陳列義見《離騷》『就重華而敶詞』，然彼無注而反出於後者，則後所增益，故删之也。《涉江》『齊吴榜以擊汰』，諸本王逸注：『言己始去，乘𦩷舲之船，西上沅、湘之水，士卒齊舉大櫂而擊水波，自傷去朝堂之上，而入湖澤之中也。或曰：齊悲歌，言愁思也。』此本無『或曰齊悲歌言愁思也』九字。蓋以爲後所增益而删之也。有然亦有未删者。《離騷》『後飛廉使奔屬』，王逸注：『飛廉，風伯也，風爲號令，以喻君命。言己使清白之臣如望舒，先驅求賢，使風伯奉君命於後，以告百姓。飛廉爲風伯神名也。或曰：駕乘龍雲，必假疾風之力，使奔屬於後。』莊氏批云：『風伯也，此誤入。』謂『飛廉爲風伯』至『奔屬於後』皆攙入之文。又，《離騷》『曾歔欷余鬱邑兮』，王逸注：『曾，累也。歔欷，懼貌。或曰，哀泣之聲也。鬱邑，憂也。』正德本、隆慶本、劉廣本、湖北本作『或曰當重歔欷哀泣之聲也』。此本『當』作『曾』。案：作『當』，不辭。諸本文理不通，惟此本未訛。唐鈔本《文選》陸善經注：『曾，重也。歔欷，悲泣之聲也。』則『或曰』之説，明知因陸注闌入之。其存之所以未删者，蓋廣異聞耳。

《楚辭音》一卷殿於末，與隆慶本《楚辭疑字直音補》多所異同。如，《離騷》一篇，此本收録八十一條，隆慶本收録十一條，僅『擥』『蕢』『筳』『篿』四條相同。他篇亦如是。『崇文堂主人』稱，『《楚辭》之有音，蓋權輿於《釋文》《補注》乎？今本插出［入］注中者，采擷沙汰之，猶考信字書，乃逐卷出字，使易求索。俲宋本別附，附之後末，無點王氏正體』云。案：此本《楚辭音》乃從竄入王注中列出，『無點王氏正體』。可謂確當也。此本《楚辭音》有不見於王注本者，如《離騷》篇『衺』『娩』『陬』『肈』『羌』『鶩』等。或有見於王注本而未録者，如『辟』『能』『駝』『茝』等。音切用字亦不盡同。如正德本『攬力敢反』，此本『擥魯敢』；正德本『詬古豆反』，此本『詬呼漏』；正德『媛袁音』，此本『媛音爰』。又謂『《楚辭》之有音，蓋權輿於《釋文》《補注》』，豈未見《隋志》歟？其有徐邈《楚辭音》一卷，宋處士諸葛氏《楚辭音》一卷，孟奥《楚辭音》一卷，釋道騫《楚辭音》一卷。蓋始於六朝間也。

昔人云，校書若秋風掃葉，時掃時有。雖然莊氏罄其力而爲之，猶存剩義。若《離騷》『忽馳騖以追逐兮』，騖，此本作『鶩』，從鳥。非也。襲正德本、隆慶本、馮本之訛也。《離騷》『固亂流其鮮終兮』，王逸注：『鮮，少也。』此本無注，脱之也。《離騷》『雖好脩姱以鞿羈兮』，『雖』上諸本皆有『余』，惟此本無『余』字。脱訛也。《離騷》『申申其詈予』，此本『詈予』作『駡余』。案：莊氏不審詈之爲歷也，歷數其惡也。作『駡』，武怒之貌也。又，《楚辭》賓格用『予』，領格用『余』。舊本則爲『詈予』是也。此本襲正德本、隆慶本、馮本之訛也。《離騷》：『駟玉虬以椉鷖兮，溘埃風余上征。』王逸注：『言我設往行游，將乘玉虬，駕鳳車，掩塵埃而上征，去離世俗，遠群小也。』此本『群小也』下羡有『然此以下多寓言』七字。《離騷》『忽緯繣其難遷』，王逸注：『遷，徙也。言蹇脩既持其佩帶通言，而讒人復相聚毁敗，令其意一合一離，遂以乖戾而見距絶。言所居深僻，難遷徙也。』此本二『徙』字皆誤作『徒』。《九歌·東君》『應律兮合節，靈之來兮蔽日』。莊本敓正文『靈之來兮蔽日』一句，且脱王逸注文『言乃復舒展詩曲，作爲雅頌之樂，合會六律，以應舞節』二十一字。《國殤》『矢交墜兮士争先』，諸本王逸注：『墜，墮也。言兩軍相射，流矢交墮，壯夫奮怒，争先在前也。』此本兩『墮』字皆訛作『隨』。《國殤》『凌余陣兮躐余行』，王逸注：『言敵家來，侵淩我屯陣，踐躐我行伍也。』此本『屯陣』之『陣』訛作『軍』。《九辯》：『驥不驟進而求服兮，鳳亦不貪餧而妄食。』王逸注：『干木闔門而辭相也，顏闔鑿坏而逃亡也。』此本『逃亡』之『亡』字作『主』。則出韻也。又，《九辯》『然潢洋而不遇兮』，王逸注：『佷倡後時，無所逮也。』此本及俞初本『逮』作『遇』，是涉俞初本訛也。《抽思》『蓋爲余而造怒』，王逸注：『責其非職，語横暴也。』此本『其非』乙作『非其』，俞初本同。則俞初本誤乙也。《惜往日》『諒聰不明而蔽壅兮』，王逸注：『君知淺短，無所照也。』俞初本及此本『短』作『陋』。王逸《章句》但作『淺短』，而無『淺陋』。《九辯》『君不知兮』，王逸注：『聰明淺短，志迷惑也。』是其本證。莊氏襲俞初本誤改也。《漁父》『何故至於斯』，王逸注：『曷爲遭此患也？』明正德本、隆慶本、劉廣本、湖北本作『曷爲遭放於斯也』，下有『史云何故而至此』七字。此本作『曷爲遇放於斯也』，下無『史云何故而至此』七字。俞初本同。作『於斯』，出韻，莊氏據俞初本誤改也。《悲回風》『折芳椒以自處』，王逸注：『言己獨念懷王，雖見放逐，猶折香草以自修飭行善，終不怠也。』此本『逐』作『遂』。訛也。《漁父》『安能以身之察察』，王逸注：『己清潔也。』明正德本、隆慶本、馮紹祖本、劉廣本、俞初本、朱燮元本、清湖北本作『察己清潔也』，惟此本作『獨己清潔也』。獨字，當屬誤益也。《招魂》：『土伯九約，其角觺觺。』王逸注：『約，屈也。言地有土伯，執衛門户，其身九屈，其角觺觺，主觸害人也。』案：『其角觺觺』之『其』，正德本、隆慶本、《文選》本、汲古閣《補注》本皆作『有』。此本訛也。類此亦時或見焉，然小疵未足掩其大醇也。（黄靈庚、石川三佐男）

# 西村時彦楚辭考異稿本

西村時彦，字子俊，號『天囚』，又號『碩園』，日本國大隅種子島人。文學博士，明治、大正間漢學家。嘗爲大阪《朝日新聞》記者、編輯局主筆、特派員等。清光緒二十三年丁酉、二十五年己亥、三十二年丙午三度入中國，廣交中國名士，蒐羅漢籍無算。光緒二十七年辛丑一月至二十八壬寅間，爲《朝日新聞》社之派遣留學生入住中國，目睹義和團之興及八國聯軍入華之戰事，與張之洞、劉坤一、辜鴻銘友善。且時於《楚辭》獨有所鍾，矻矻研討。取齋名『讀騷廬』，並乞銘其匾額於杭州詁經精舍曲園俞樾氏。民國六年丙午以後，執教於京都大學文學部，講授『漢文總説』『屈原賦説』『辭章體例』等課目。著有《楚辭集釋》《楚辭纂説》《屈原賦説》《楚辭王注考異》及《尚書異讀》《尚書文義》《論語集釋》《日本宋學史》《金陵勝概》《碩園先生遺集》等。西村氏購得《楚辭》類典籍百餘種，不祇於日本絶無僅有，在中國亦罕見其匹。且逐部批閲，丹黄燦然，用力至深。於今悉存大阪大學圖書館。

稿本十七卷，批校於莊允益校刻《王注楚辭》本，卷次悉仍莊刻之舊。所用對校本有十三種：一、明王鏊本覆刻朱氏校本，即朱燮元、朱一龍刻於萬曆二十九年本，前有申時行序，西村氏誤謂刻於萬曆十八九年，簡稱『朱本』。二、明俞初校刻本，前有吴琯序，刻於萬曆十四年，簡稱『俞本』。三、明馮紹祖校本，前有黄汝亨序，刻於萬曆十四年，簡稱『馮本』。四、隆慶本、重刻《湖北叢書》本，謂『隆慶辛未重雕宋本，先於萬曆十四年，光緒二十二年湖北崇文書局重刊』云，簡稱『湖北本」。五、汲古閣《箋注》本，清初毛表校刊，簡稱「汲古本」。六、寬延覆刻汲古閣《箋注》本，謂「有異同」，簡稱「寬延本」。七、同治覆刻汲古閣《箋注》本，謂「有異同，同治十一年金陵書局」，簡稱「金陵本」。案：即同治十一年金陵書局洪氏《楚辭補注》本也。西村氏誤作「箋注」。八、古寫本《文選》殘本第六十三卷第六十六卷，簡稱「金澤本」。九、胡氏《文選考異》。十、《文選》六臣注，簡稱「六臣本」。謂「寬義版最劣，以靜嘉堂宋本精校也」。十一、胡刻《文選》李善注，簡稱「李善本」。十二、《史記》。案：蓋取《屈原列傳》所存《懷沙賦》及三家注徵引王逸注也。十三、《文選旁證》。然未用王注《楚辭》正德本、隆慶本，蓋未見也。西村氏云：『何義門云：「《楚辭》隆慶辛未芙蓉館宋本重雕者善。」予按明俞初校本吴琯序云：「是書善本曾刻之豫章王孫，序之婁東王長公。」豈用晦，王孫字歟？何氏所謂「芙蓉館宋本重雕」者，予未獲寓目，然知吴琯所謂王長公序，即此本也。此文亦載寬延覆刻汲古閣《箋注》本卷首。蓋與時薉園之學或行，學者艷慕弇州，故刻《楚辭》雖非豫章本，而借王序以爲重也。則莊子謙之於《騷》學選法彌淺，亦可知而已。』案：惜以西村氏未見豫章本故，斷語亦疏。豫章有三本：初印本無王世貞序，再印本即有王序也。俞本雖祖豫章，然改易頗多，固未得同年語也。「楚辭卷之一」「楚辭卷之四」

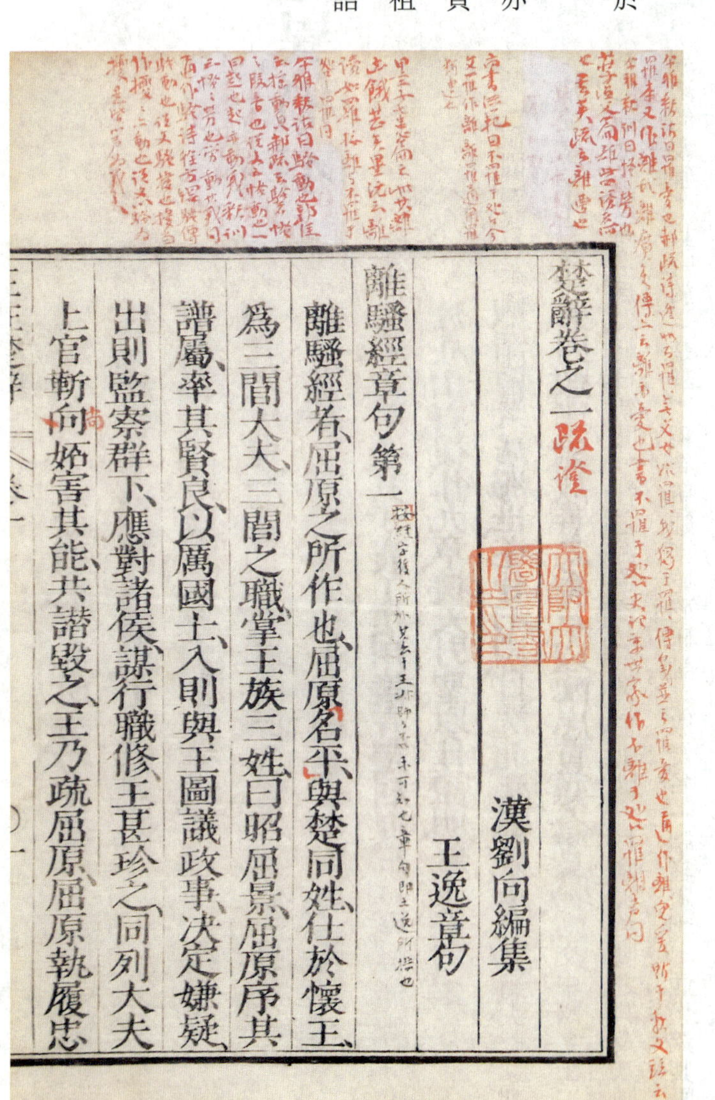
楚辭卷之一

離騷經章句第一

漢劉向編集

王逸章句

離騷經者屈原之所作也屈原名平與楚同姓仕於懷王為三閭大夫三閭之職掌王族三姓曰昭屈景屈原序其譜屬率其賢良以厲國士入則與王圖議政事決定嫌疑出則監察群下應對諸侯謀行職修王甚珍之同列大夫上官靳尚妬害其能共譖毀之王乃疏屈原屈原執履忠

下皆有『考異』二字，『楚辭卷之五』下有『王注考異』四字，卷之一又署名『西村時彦撰』。餘下十四卷之首皆無此類標識。據此，知此稿批校乃西村氏《楚辭王注考異》之權輿也。惟《楚辭王注考異》但存《離騷》《九歌》二卷，此稿本爲全帙也。

西村氏之批校，以求王逸注本之舊貌。稱『唐人「世」作「時」、作「代」、作「俗」、作「葉」，「民」作「人」，「治」作「理」、作「化」。洪興祖曰：「世所傳《楚詞》，惟王逸本最古。凡諸本異同，皆當以此爲正，又李善注本有以『世』爲『時』爲『代』、以『民』爲『人』之類，皆避唐諱，當從舊本。」』故凡《楚辭》王逸注文，諸本與莊本不同之異字、異句，大小不捐，即『也』『者』『乎』之類虛詞，悉條列之，而別出於眉端、地脚或注文之旁，以備考證之用。然未涉《楚辭》正文。如，《離騷》：『皇覽揆余于初度兮，肇錫余以嘉名。』王逸注：『皇，皇考也。覽，覩也。揆，度也。余，我也。初，始也。言己父伯庸觀我始生年時，度其日月，皆合天地之正中，故賜我以美善之名也。』正文『覽』，《文選》本作『鑒』，洪氏《補注》、朱子《集注》、錢杲之《集傳》同引一作『鑒』。《補注》本正文無『于』字，引一有『于』字，《集注》《集傳》有『于』字，引一無『于』字。西村氏皆未列其異文。惟於王逸注文條列之，眉端曰：『金澤本無「覽覩也」以下十二字。「己父」，朱本、湖北本、俞本竝作「己美父」，汲古閣本無「己美」二字，《文選》有「美」字。』又，注文『故賜我以美善之名也』之『也』字旁西村朱筆圈之，地脚批曰：『金澤本、六臣本無「也」字。』又，『恐修名之不立』，王逸注：『立，成也。言人年命冉冉而行，我之衰老，將以速至，恐修行建德，而功不成、名不立也。《論語》曰：「君子疾没世而名不稱焉。」屈原建志清白，貪流名於後世也。』正文『修』，《補注》本作『脩』。西村氏皆未列其異文。然注文雜列諸本異文，眉端批校曰：『「修行建德」，金澤本作「修名達德」，六臣本、李善本作「修身建德」。各本注無「論語曰」以下二十六字。』可謂逐本對勘，條列清晰，不厭其煩，蒐括詳盡。然亦或見遺漏者。如『覽覩也』之『覩』字，《補注》《集注》《集傳》

皆作『觀』。『修行建德』，《補注》本作『脩身建德』。此未見西村氏列異也。《思美人》『開春發歲兮』，王逸注：『泰陽施惠，養百姓也。』西村氏批校：『「泰陽」，各本皆作「承陽」，惟重刻馮本作「泰陽」。此本從誤本也。』《遠遊》『建雄虹之采旄兮』，王逸注：『係綴螮蝀，文采紛紤也。』西村氏批校：『各本「紤」作「錯」。此本誤。汲古本作「文采錯」也。』

西村氏以『或曰』爲竄入之文，然後以定版本是非。如，《離騷》『紉秋蘭以爲佩』，王逸注：『紉，索也。蘭，香草也，秋而芳。佩，飾也，所以象德也。故行清潔者佩芳；德光明者佩玉；能解結者佩觿；能決疑者佩玦。故孔子無所不佩也。言己脩身清潔，乃取江蘺、辟芷以爲衣被，紉索秋蘭以爲佩飾，博采衆善以自約束也。』西村氏批校曰：『《文選》六臣本、金澤本無「也故行清潔者佩芳德光明者佩玉能解結者佩觿能決疑者佩玦故孔子無所不佩也」三十四字。金澤本陸善經引王逸曰：「佩者所以象德，故仁明者佩玉，能解結者佩觿，能決疑者佩玦，故孔子無所不佩也。屈原自以行清貞，故佩芳蘭以爲興也。」可知割裂補綴，非王注之舊也。』則以金澤本乃竄入之文。又，『謇吾法夫前修兮，非世俗之所服』。王逸注：『言我忠信謇謇者，乃上法前世遠賢，固非今時俗人之所服行也。或曰：謇，難也。言己服飾雖爲難法，我仿前賢以自修潔，非本今世俗人之所服佩。』西村於地脚批云：『「或曰」之二。』眉端批云：『朱本、俞本、湖北本、馮本並無「或曰」二字，汲古閣本作「一云」。今按《文選》六臣注，向曰「謇，難也」云云，可知是後人攙入，非王注也。《文選》各本無「或曰」以下三十字。』則以爲《文選》本存其舊也。《楚辭章句》『或曰』有二十例，西村氏皆斷之以『竄入』。又，『忽反顧以遊目兮』，王逸注：『忽，疾貌。』西村氏墨批：『《文選》無「忽疾貌」三字。』又朱筆批校：『前有「忽奔走以先後兮」句，而無注，至此有注，可知其竄入也。』則類此者亦以爲『竄入』之文，而以《文選》本存其舊也。

或增補莊本脱文。如，《九歌・東君》『應律兮合節』，王逸注：『言日神悦喜，於是來下，從其官屬，蔽日而至也。』西村氏批校云：『合節下，此本脱注文「言乃復舒展詩曲作爲雅頌之樂合會六律以應舞節」二十一字及正文「靈之來兮蔽日」六字。』《天問》『何羿之射革，而交吞揆之』，王逸注：『揆，度也。言羿好射獵，不恤政事法度，浞交接國中，布恩施德而吞滅之也。』西村朱筆批校云：『正文「交吞」下，俞本有「滅」字。「揆度也」上諸本皆有「吞滅也」三字，此本脱之。』

西村氏於王逸注義或有所異議。如，《離騷》『恐美人之遲暮』，王逸注：『遲，晚也。美人，謂懷王也。人君服飾美好，故言美人也。言天時運轉，春生秋殺，草木零落，歲復盡矣。而君不建立道德，舉用賢能，則年老耄晚暮，而功不成，事不遂也。』西村氏於『人君服飾美好故言美人也』之旁朱筆圈之，地脚批曰：『此説非也。』又於眉端、注旁批校云：『《文選》各本無「人君服飾」以下十一字。按：序説「靈脩美人以媲於君」，則美人，比也，「非以服飾美好故稱君言美人也」。注與序説矛盾，疑後人竄入，不可據也。』意謂《文選》本無『人君服飾』以下十一字，存其舊本。又，『女嬃之嬋媛兮，申申其罵余』。王逸注：『申申，重也。余，我也。言女嬃見己施行不與衆合，以見流放，故來牽引，數怒重罵我也。』西村氏於地脚朱筆批：『「余我也」，竄入。』又於眉端墨批：『各本「申申重也」作「申重也」，無「余我也」三字。「流放」作「放流」，「罵我」作「詈我」，金澤本脱「不與衆合」之「與」字。』又朱筆批曰：『東方朔《七諫・自悲》曰：「隱三年而無決兮」，是以屈原爲退隱也。王注云：「已放在山野滿三年矣。」又云：「古者人臣三諫不從，待放三年，君命還則復，無則遂行也。」似非「見放流」，而自退待放也。其注矛盾矣。』又，下文『吾將遠逝以自疏』，王逸注：『言賢愚異心，何可合同。知君與己殊志，故將遠去自疏而流遁也。』西村朱批云：『按「自疏」字，非見放流，而屈原自退可知也。』蓋謂《離騷》『往觀四荒』、西行『遠逝』，俱是『自退待放』而非『見流放』也。

西村氏或因王注用詞或詞義以校改，而定諸本是非。如，《九章・惜誦》『欲儃佪以干傺兮』，王逸注：『言己意欲低佪留待於君，求其善意，恐終不用，悵然立住。』西村批校：『汲古閣本「悵然」作「恨然」。誤。』案。其説是也。王注用詞之例，無『恨然』有『悵然』。《離騷》『吾獨窮困乎此時也』，王注：『悵然住立而失志者，以不能隨從世俗。』《九歌・山鬼》『怨公子兮悵忘歸』，王注：『故我悵然失志而忘歸也。』本篇上文『心鬱邑余侘傺兮』，王注：『楚人謂失志悵然住立爲侘傺也。』《涉江》『懷信侘傺，忽乎吾將行兮』，王注：『故悵然住立，忽忘居止，將遂遠行，之它方也。』又，《抽思》『超回志度，行隱進兮』。王逸注：『超，越也。言己動履正直，超越回邪，忘其法度，隱行忠信，日以進也。』西村批校云：『汲古閣本「忘度」作「志度」，「忘其法度」作「志其法度」。舊校不云有「志」作「忘」者，則可知宋本無作「忘」者。各本作「忘」者，皆非。』案：其説確也。作『忘度』者，亦詞例所未見也。《思美人》『媒絶路阻兮』，王逸注：『黨友隔絶，道壞崩也。』西村氏批：『黨友，汲古閣本作「良友」是也。俞本、湖北本作「黨有」。非。』案：王注詞例有『良友』，無『黨友』『黨有』也。《九辯》『登山臨水兮』，王逸注：『升高望遠，視江河也。』西村批校：『江河，胡氏云：「當作河江，與上方、下鄉爲韻。」』又，西村氏或闡揚王逸旨意。《離騷後敘》：『「帝高陽之苗裔」，則《詩》「厥初生民，時維姜嫄」也。』西村批云：『自敘傳之始。』西村氏或求莊允益本所祖，稱『《九歌》《九章》《七諫》《九懷》《九歎》《九思》等篇各本篇首有小目，而俞本獨無之。而此本亦不載小目，豈祖俞初本與？』或徑校改莊本誤字。如，《離騷序》『同列大夫上官靳向』，西村改『向』爲『尚』。《離騷》『忽緯繣其難遷』，王逸注：『遷，徒也。』西村改『徒』爲『徙』。皆極具眼光，發前所未發。

然則偶或失之斷。如，《天問》：『女岐無合，夫焉取九子？』王逸注：『女岐，神女，無夫而生九子也。』西村氏批校云：

『「九子」下汲古閣本有「天對云陽健陰淫」以下十九字。宋人竄入也。』案：『天對云陽健陰淫』以下十九字，爲洪氏《補注》文，本非王注舊本所有。謂『宋人竄入』於王注，非也。又，『胡羿射夫河伯，而妻彼雒嬪』。王逸注：『胡，何也。雒嬪，水神，謂宓妃也。《傳》曰：「河伯化爲白龍，遊於水旁，羿見射之，眇其左目。河伯上訴天帝曰：『爲我殺羿。』天帝曰：『爾何故得見射？』河伯曰：『我時化爲白龍出遊。』天帝曰：『使汝深守神靈，羿何從得犯也。汝今爲蟲獸，當爲人所射，固其宜也。羿何罪歟？』」羿又夢與雒水神宓妃交接也。』西村朱筆批校云：『汲古閣本無「羿又夢與雒水神宓妃交接也」十二字。按：此十二字不經，恐竄入也。』案：但以『不經』而以爲『竄入』之文。斷也。類此皆其小節處，蓋亦小疵，不足掩大醇也。

稿本原爲西村氏『讀騷廬』所收藏《楚辭》百種之一，今藏於日本國大阪大學圖書館。（黄靈庚、石川三佐男）

# 楚辭疏證稿本

《楚辭疏證》稿本十七卷，日本國西村時彦所著也。西村時彦著有《楚辭考異》稿本已著録。此稿本謄鈔於莊允益《王注楚辭》刻本，卷次悉仍其舊。

首爲文體正名，辨『楚辭之名』『離騷之名』『屈原賦之名』『騷之名』四目，每目之下皆徵引文獻出處，以爲稱名之始，悉出漢武以後。稱『唐代《文選》學盛行，「騷」爲其類耳，故無「楚辭」專書。至宋《文選》學衰而猶不廢「騷」，於是「騷」學與「楚辭」學專書亦多撰著。而朱子言「騷學至本朝而衰」者，言文體之變耳』。案：賦，猶詩也。屈原固有内證，若《悲回風》『竊賦詩之所明』是也，不始於班《志》也。

次爲『楚辭傳世緣起』，凡二則：其一以高祖樂楚聲之故，楚辭得以傳揚。其二以漢初楚地諸侯王『世世善詩賦，能以書自樂，而元王玄孫劉向有《楚辭》之編，蓋向承家學。尊尚《楚辭》而屈賦之「與日月同光」者，實元王子孫之功也』。又謂屈原之後，雖有宋玉、唐勒之屬傳之，然漢興所以蔚然成風，『以高祖樂楚聲也，上有所好，下有甚焉』。至劉向《楚辭》成集。稱『宣帝時，劉向年猶少，而待詔金馬門者，可知其學固夙成，又可知其善「楚辭」也。高祖樂楚聲，當時擬作「楚辭」者，蓋皆通其聲。至武宣之際，則見誦讀猶不易，況擬作楚聲之辭乎？可見世變矣』。案：西村氏考察細緻，立論有所據依，出人意表，『楚辭』之傳，因於『高祖樂楚聲』説，亦未見前人所道。

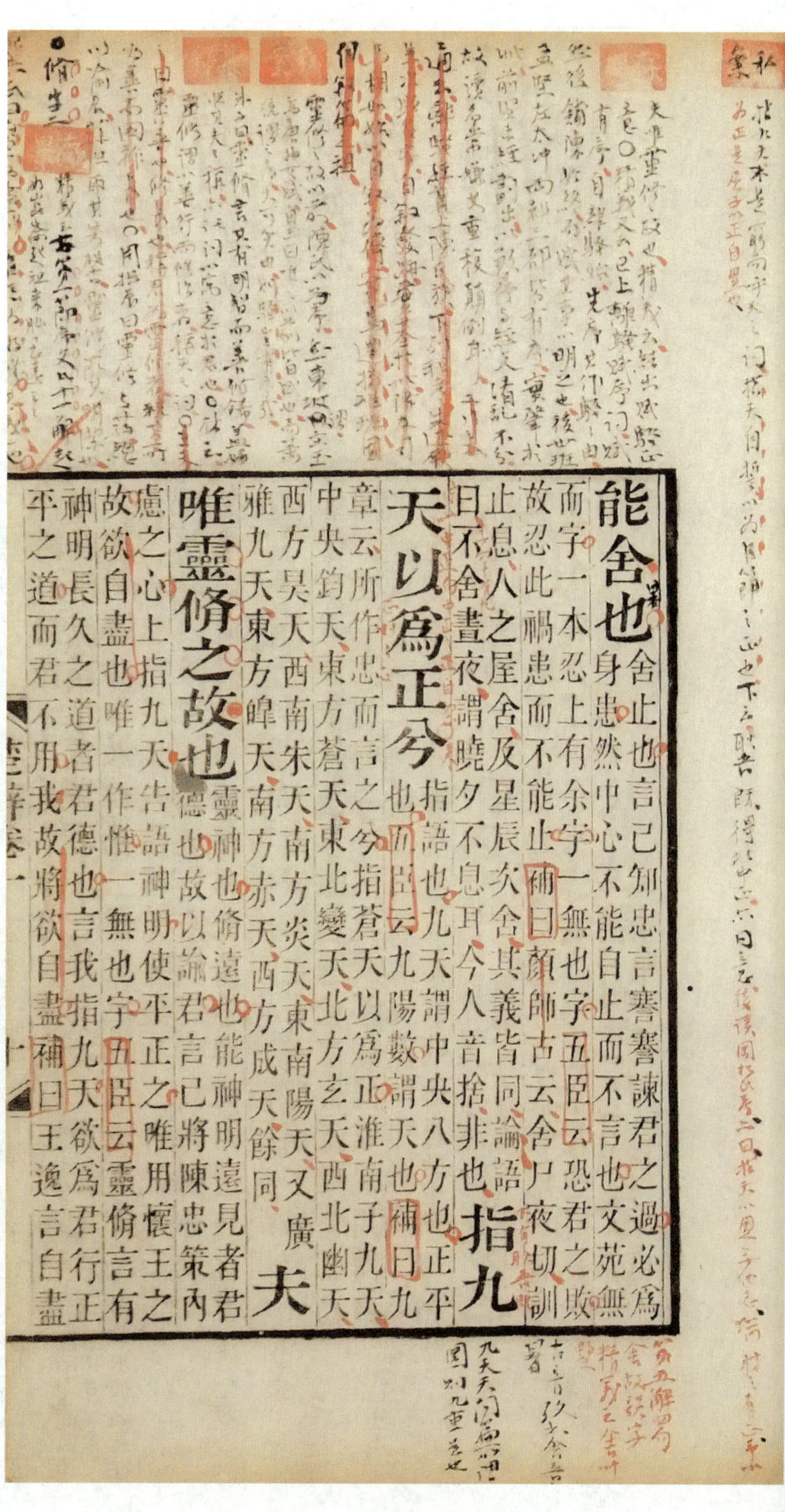

能舍也舍止也言已知忠言謇謇諫君之過必爲身患然中心不能自止而不言也文苑無而字一本忍上有余字一無也字五臣云恐君之敗故忍此禍患而不能止補曰顏師古云舍尸夜切訓止息人之屋舍及星辰次舍其義皆同論語日不舍晝夜謂曉夕不息耳今人音捨非也指九天以爲正兮指語也九天謂中央八方也正平也五臣云九陽數謂天也補曰九章云所作忠而言之兮指蒼天以爲正淮南子九天中央鈞天東方蒼天東北變天北方玄天西北幽天西方昊天西南朱天南方炎天東南陽天又廣雅九天東方皞天南方赤天西方成天餘同夫唯靈脩之故也靈神也脩遠也能神明遠見者君德也故以諭君言已將陳忠策內慮之心上指九天告語神明使平正之唯用懷王之故欲自盡也唯一作惟一無也字五臣云靈脩言有神明長久之道者君德也言我指九天欲爲君行正平之道而君不用我故將欲自盡補曰王逸言自盡

次考辨屈賦『二十五篇』：力主劉向舊説而斥後世疑僞之非，稱『二十五篇，劉向所定，班史承劉歆《七略》而録之，蓋出於元王家學焉。後人疑僞託者，皆無證據，唯曰不類耳。類與不類，顧人人所見不同耳。師心臆斷，未足翻倒舊説。況劉向與司馬相如肩踵相及，豈以仿《大人賦》而作者託之屈原哉？諸家之見皆非也』。又稱『《九章·惜往日》似屈原死後，作文吊之者，誠不似屈子自作者。然奈無證何？《漢書·揚雄傳》「又旁《惜誦》以下至《懷沙》一卷名曰《畔牢愁》」。是明指《九章》首《惜誦》，尾《懷沙》，與今本目次不同。而其中向目次未詳。然一卷中必有《惜往日》，劉向以爲屈原作，可推知也。則未可斥爲贋作。若《惜誦》以下至《懷沙》一卷中無《惜往日》，是漢以後贋作，王逸豈不辨之？則《九章》

之目仍從舊傳可也』。以《惜往日》爲漢人吊屈之作，至今尚有喋喋未休者。觀西村氏條析縷分，句句入理。蓋可以息喙，而《惜往日》爲屈子所作亦可以定讞矣。

次爲『屈賦本領』：本者，所謂歸依也。領者，所謂開啓後世也。稱『屈子之文寓道術於華藻以言志之什，兼載道之辭，實先秦諸子中爲一創體之文』。其於『本』，稱『屈子道術出于孟子』、『屈賦二十五篇中所説道術與《孟子》符合』，『《孟子》有貴戚之卿、異姓之卿，屈子與楚同姓，竟不去國；貴戚之卿之謂也。《孟子》「直我所欲也」章，明舍生取義之道；屈子諫而見讒，遂投汨羅者，以《孟子》所謂「所惡有甚於死者」也。曰「内美」、曰「保厥美」、曰「孰非善而可服」、曰「善不由外來」，是皆「性善」之説也。曰「修能」、曰「重仁襲義」、曰「修繩墨而遵道」，是皆孟子存養之學也。曰「正則」、曰「正氣」，是《孟子》「浩然之氣」也。屈子之學自孟子來可知也』。又以爲『莊子之説亦隱見于二十五篇中，而《遠遊》一篇則雖寓言能述長生久視之術，如心醉老莊者，然熟讀而審求之，是强自寬之詞、聊自慰之言。其實舍此求彼之意在于言外，不可不知也』。其於『領』，則從辭章學言之，二十五篇爲詞賦之宗，『其體奇創，造語措詞之法亦奇創，言言句句，莫非奇創。而騈體對文，至原一變，以華藻勝，以開兩漢以後之法門』云。案：西村氏疏屈賦之『本』，以爲出於《孟子》，未免局狹。以心性仁義論之，似更與《郭店楚墓竹簡》子思氏學相近。實不盡如此。蓋以儒家爲宗，旁及道家、名家、神仙家之學皆有所依歸也。而論屈賦之辭章統之以『奇創』，蓋得其實也。

次爲『騷學源流考』，實爲發明中國楚辭學史：以爲『騷學』之源，始於漢武時淮南王安作《離騷傳》，集成於王逸《楚辭章句》。而其論王注頗詳悉，列王注引書之目，蓋以王説皆有所據：《詩曰》凡一百、《尚書》凡十七、《尚書序》凡一、《論語》凡十三、《易》凡十、《左傳》凡七、《帝繫》凡四、《爾雅》凡四、《禮記》凡二、《周禮》凡二、《春秋外傳》

（《國語》）凡一、《淮南言》凡八、《山海經》凡四、《孝經》凡一、《孟子》凡一、《司馬法》凡一、《援神契》凡一、《括地象》凡一、《凌陽子明經》凡一、《禹大傳》凡一、《列仙傳》凡一、《相玉書》凡一、《傳》凡二。以爲『訓詁本于《爾雅》《説文》，注用韻語，頗闡義理，是爲王注之長』。又稱王逸『注語往往過甚，罵君爲「闇愚」，二《招》形容女色頗嫌淫褻之類，不可以爲訓。是爲王注之短。然瑜多瑕少，後世注家皆宗之。雖好主異者，至訓故則不能軼于王注也。王逸以後，注《楚辭》者亡慮壹百六七十家。東晉梁隋之書佚而不傳，唐代《文選》學盛行，而無《楚辭》專書，至宋《文選》學衰，而騷學乃興，專書以後不尠，就中洪氏《補注》、朱子《集注》爲其翹楚。《補注》補王注之未備者，《集注》參取王、洪二注，斷以義理。《集注》出而王注殆廢』。至『明王注復行，弘治、正德間吴郡梓行王逸《楚辭章句》，王鏊序之。隆慶辛未重雕于宋本豫章朱氏，王世貞序之。又有馮氏、俞氏校刻本。而汲古閣《箋注》本亦善』。西村氏又以明代陳第《屈宋古音義》、汪瑗《楚辭集解》、黄文焕《楚辭聽直》爲『最著』。概括三書之長：『《古音義》説叶韻之非』，《集解》『剿襲宋林應辰《龍崗楚辭説》，以爲屈子不死汨羅』。《聽直》『更定《九章》篇次』。其論清代，則推崇王夫之《楚辭通釋》、戴東原《屈原賦注》、蔣驥《山帶閣注楚辭》、王樹枏《離騷箋》、朱駿聲《離騷補注》等，稱『乾嘉以後，引證的確，無輕浮之病。然其注騷者，借以自況，不得屈子之意。欲得屈子之意，不如熟讀正文也』。西村氏推崇王逸《章句》，可謂有識。然以王逸『注語往往過甚，罵君爲「闇愚」，二《招》形容女色頗嫌淫褻之類，不可以爲訓』云云，儼然道學家本色，腐迂之甚，固非王注畏友。又，直斥汪氏以爲屈子不死汨淵，亦一家之言，宜寬容之可也。

次爲『楚辭繪像』：述論清蕭雲從《離騷圖》至悉，稱『始因《章句》廣爲三十圖，一時論爲神品。然考其圖，《九歌》凡九，《天問》凡五十四，而目録、凡例所稱，《離騷》《遠遊》諸圖俱已散佚，香草圖亦未之逮。乾隆四十七年詔群臣參考成編，補爲全帙。是爲欽定補繪《離騷》全圖二卷。於是體物摹神，粲然大備」云。案：西村氏首開『楚辭繪圖』之例，蓋爲饒宗頤氏《楚辭書録》、姜亮夫氏《楚辭書目五種》先導也。又據西村氏，今傳蕭雲從親定《離騷圖》，亦非原本舊觀矣。

次爲『研究書目』：分爲『訓詁』『義理』『韻』『草木蟲魚』『地理』類，『訓詁』有《楚辭章句》、洪氏《補注》、戴氏《屈原賦注》；『義理』有朱氏《集注》、龔氏《離騷箋》；『韻』有《屈宋古音義》《詩本音》《古韻標準》；『草木蟲魚』有吴氏《離騷草木疏》、屠本畯《草木蟲魚疏》；『地理』有《山帶閣注》。案：分類得各書之長，可謂專精。然過於簡陋，若『訓詁』類宜補明汪瑗《楚辭集解》、清朱駿聲《離騷補注》，『韻』類宜補顧氏《音學五書》、江氏《楚辭韻讀》及王念孫《毛詩群經楚辭古韻譜》，『草木蟲魚』類宜補清祝德麟《離騷草木疏辨證》。而屠本畯之作，名曰『離騷草木疏補』，而非『草木蟲疏』也。

次爲『王注竄亂』：西村氏稱『莊氏曰：「或説棃後人所贅。」』此見塙矣。《離騷》「曾歔欷余鬱邑兮」，注云：「曾，重也。歔欷，哀泣之聲也。鬱邑，憂也。」與唐寫《文選》殘本陸善經曰「曾，重也。歔欷，哀泣之聲也。鬱邑，憂愁之皃」，大同小異。陸氏所見王注，或有此「或曰」，則陸氏必無此注。可知「或曰」是攙入陸注也。其他陸注引王注與今本異。《大招》「三圭重侯」，注「或曰」二十一字，必汲古本是《補注》之文誤入王注，蓋明人所挖入也。俞本《九章·惜誦》篇「心鬱邑余侘傺兮」下有「言解見《騷經》」五字，他本無之，後人竄入也。汲古本《遠遊》「載雲旗之逶迤」，注「皆雲霓也」下有「此二句見《騷經》」六字。後人竄入也。按王注爲後人所攙亂，而各有一長一短，皆非其舊。宜彼此對勘，從是擇善，以立一尊也。又，「已解於《九辯》中」「已解於《九章》中」，亦皆後人攙入，不可據以正篇第也』。案：以王注有『或曰』『或云』之類，信有後所攙入，然未可一律斥之。王注之前，有賈逵、班固各作《離騷經章句》一卷，揚雄、劉向各作《天問解》，王氏偶或采之以存異。如，《離騷》『哀高丘之無女』，王注：『或云：高丘，閬風山上也。舊説：高丘，楚地名也。』當是漢世遺説，非攙亂之文也。《漢書·揚雄傳》『奚必云女彼高丘』，顔氏引蘇林注：『高丘，謂楚也。』蘇林，西晉人，其説因王注，所見者宜有『或曰高丘楚地名』也。《文選》本《離騷注》雖稱言『王逸注』，多所删芟，固非其舊也，未足爲據。又，『已解於《九辯》中』『已解於《九章》中』，後承前省略之例，當可以正篇第先後，亦非攙入之文也。西村氏之言過矣。

次爲《漢志》《隋志》新舊《唐志》《宋志》《元志》《明志》等所載《楚辭》之作著録、王逸生平及劉向學術淵源譜録。案：據西村氏所著録，《漢志》因劉歆（劉向之子）《七略》，但稱『屈原賦二十五篇』，並無『楚辭』之書名。《隋志》始見《楚辭》王注十一卷，新、舊《唐志》有《楚辭》王注十六卷，《宋志》以後則爲《楚辭》王注十七卷也。則所謂劉向集『《楚辭》十七卷』説，其文獻依據蕩然無存矣。則必啓學人之思，别闢蹊徑以求之。其有裨益於《楚辭》成書研究亦非細事矣。史載王逸生平甚爲簡略，而西村氏備列後漢諸帝年號，稱逸與張衡、趙岐、馬融、許慎輩同時，亦多有參考價值焉。劉向學術淵源譜系，當爲西村氏發明。其稱『向屢下獄而其忠於宗室則同，宜哉向之眷眷於原也』，朱子斥之『詞氣平緩，意不深切，如無所疾痛而强爲呻吟者』。而『劉向則成帝知有可觀』，朱子棄之未録，深爲可惜也。

次列疏證王注《楚辭》『參證書目』：自『十三經注疏』至清代考據經書諸子之什，大略已備矣。案：唯未見王念孫父子四種及段氏《説文注》、朱氏《説文通訓定聲》等，深可怪也。蓋西村雖踵武清代考據之學，然家法不甚詳悉也。

西村此書功夫，在於『疏證』王逸注文，頗類唐宋之『正義』也。或校訂文字，或發微王注之奥，或正王注之訛，或注明出處，或疏證字義，或補王注未備，不一而足，至爲詳備，且多發明，甚得清代考據家義諦。重點疏證屈、宋之作，而漢世辭賦相對簡略，但疏王注引文出處。如，《離騷》『帝高陽之苗兮』，王逸注：『德合天地稱帝。苗，胤也。裔，末也。高陽，顓頊有天下之號也。《帝繫》曰：「顓頊娶于騰隍氏女而生老僮，是爲楚先。」其後，熊繹事周成王，封爲楚子，居于丹陽。周幽王時生若敖，奄征南海，北至江、漢。其孫武王求尊爵於周，周不與。遂僭號稱王，始都於郢。是時生子瑕，受屈爲客卿，因以爲氏。屈原自道本與君共祖，俱出顓頊胤末之子孫，是恩深而義厚也。』案：西村氏於正文旁批注：『堯舜以前姓號上有「帝」字。』案：意謂『帝』之稱在堯舜以前，是一姓之祖也。於注文『德合天地稱帝』旁批注：『《白虎通・號篇》之文，「地」下有「者」字。』案：意謂『德合天地稱帝』出于《白虎通》，且有異文。於注文『苗胤也』旁批：『《説文》云：「草生于田者。」「穀曰苗。」』意謂苗是穀生于田者之稱也。於『顓頊』下批注：『顓頊，名也。』案：蓋以補王注所闕。於注文『帝繫』旁圈之，又批注曰：『《大戴禮・帝繫》曰：「顓頊娶于滕奔氏，滕氏奔之子謂之女禄氏，産老童。」汪氏云：「按《史記》作滕濆，老童作卷章，注：老童名。』案：意謂王注出《大戴禮》也。然引有誤。本作『顓頊娶于滕氏，滕氏奔之子謂之女禄氏，産老童』。衍一『奔』字。於注文『受屈爲客卿』之『客』字圈之，批注曰：『《史記》注引王注無「客」字，衍也。』案：以『客』爲衍文是也。朱子《集注》云：『客卿，戰國時官，爲他國之人遊宦者設。春秋初年，未有此事，亦無此官。况暇又本國王子乎？』蓋亦以『客』字爲衍也。《九歌・湘夫人》『辛夷楣兮葯房』，王逸注：『辛夷，香草，以作户楣。』案：王注甚爲簡略。西村氏疏云：『《山海經・北山經》「其草多芍藥芎窮」，郭注云：「芍藥，一名辛夷，亦香草屬。」郝疏云：「《廣雅》：『欒夷，芍藥也。』張揖注《上林賦》：『留夷，新夷也。』新與辛同。留、欒聲轉字。王逸注《楚詞・九歌》：『辛夷，香草也。』是欒夷即留夷。」《離騷》之「留夷」，即《九歌》之「新夷」，與芍藥正一物也。』其説詳實也。《天問》：『昭后成遊，南土爰底。』王逸注：『言昭王背成王之制而出遊，南至於楚，楚人沈之，而遂不還也。』又云：『厥利惟何，逢彼白雉？』王逸注：『言昭王南遊，何以利于楚乎？以爲越裳氏獻白雉，昭王德不能致，欲親往逢迎之。』案：昭王伐楚與白雉之事不能接續。西村氏疏云：『《竹書》：「昭王十九年，祭公辛伯從，王伐楚，天大曀，雉兔皆震。」徐氏《統箋》引此二句及朱子《集注》「昭王南遊至楚」云云，白雉事無所見。舊注謂云云。今據《竹書》「昭王十九年伐楚，涉漢，天大曀，雉兎皆震」。當是「厥利維何，逢彼兔雉」也。汲冢未出，世不知有雉兎事，遂譌爲白雉耳。』其駁舊説當矣。《懷沙》：『明以告君，吾將以爲類兮。』王逸注：『告，語也。類，法也。《詩》云：「永錫爾類。」言己將執忠死節，故以此明白告諸君子，宜以我爲法度。』案：西村氏疏云：『《大雅·既醉》第五章也。《傳》曰：「類，善也。」』蓋疏其引《詩》出處，然明其義不取《毛詩》也。又疏云：『《荀子·非十二子篇》云：「甚僻違而無類。」』王氏《集解》引王念孫曰：『「言邪僻而無法也。《方言》：『類，法也。』」《廣雅》同。《楚詞·九章》「吾將以爲類兮」，王注與《方言》同。』蓋意謂王注不取《毛傳》，而用《方言》也。《惜往日》『或訑謾而不疑』，王逸注：『張儀詐欺，不能誅也。』案：西村氏疏云：『《大雅·民勞篇》：「無縱詭隨。」《傳》曰：「詭隨，詭人之善、隨人之惡者。」馬氏引《經義述聞》云：「詭隨，疊韻字，不得分訓，詭古讀若戈。隨讀若譎。譎音土禾反，字或作詑，又作訑。隨，其假借字也。」因引「謾訑」句以證之。』則據音求義，反覆而旁通之也。《悲回風》『任重石之何益』，王逸注：『百二十斤爲石。言己數諫君而不見聽，雖欲自任以重石，終無益於萬分也。』案：西村氏疏云：『《尚書·五子之歌》：「關石和鈞」，《傳》曰：「金鐵曰石。」《正義》引《律曆志》曰：「三十斤爲鈞，四鈞爲石，是石爲稱之最重。」重石，衡量之器最重者也。王注尤明白。《論語》曰：「任重道遠。」』則『重石』之義至此顯白無遺也。後人解『石』爲『沙石』。誤矣。《遠遊》：『餐六氣而飲沆瀣兮，漱正陽而餐朝霞。』王逸注：『遠棄五穀，吸道滋也。《凌陽子明經》言：「春食朝霞。朝霞者，日始欲出赤黄氣也。秋食淪陰，淪陰者，日没以後赤黄氣也。冬飲沆瀣，沆瀣者，北方夜半氣也。夏食正陽，正陽者，南方日中之氣是也。並天地玄黄之氣，是爲六氣也。」』案：西村氏疏云：『劉向《列仙傳》云：「淩陽子明者，銍鄉人也。好釣魚於旋溪，釣得白龍。子明懼，解釣拜而放之。後得白魚，腹中有書，教子明服食之法。」此所引《經》，豈其書歟？予未知其存亡。』其所明其出處也。又疏云：『《莊子·逍遥遊·音義》引王逸注作「朝霞者，日欲出赤黄氣也」。「冬飲」作「冬食」。「南方日中之氣」，無「之」字。「是也」，無「是」字。「天地玄黄」作「天玄地黄」。』此校引文異同，可以參證者也。又，『張《咸池》奏《承雲》兮』，王逸注：『思樂黄帝與唐堯也。《咸池》，堯樂也。《承雲》，即《雲門》，黄帝樂也。』案：西村氏疏云：『《竹書紀年》：「顓頊二十一年作《承雲》之樂。」徐文靖《統箋》引此注云：「時竹書未出，皆未知《承雲》顓頊樂也。」』則據《竹書》以正王注之訛也。《卜居》『將游大人』，西村氏疏云：『《孟子·盡心上篇》曰：「孟子謂宋句踐曰：子好遊乎，吾語子遊。」』案：意謂『將游大人』之『游』同《孟子》『子好遊』之『遊』也。《漁父》『滄浪之水』，王逸無注。西村氏疏云：『《尚書·禹貢》曰：「嶓冢導漾，東流爲漢水。又東爲滄浪之水。」皮氏引《史記》曰：「又東爲蒼浪之水。」《索隱》曰：「馬融、鄭玄皆以蒼浪爲夏水，即漢别流也。《漁父》『歌曰』云，是此水也。」案滄浪，蓋以青蒼得名。《文選》陸士衡《塘上行》「垂影蒼浪泉」，李善注引《孟子》「滄浪之水清」，云：「滄浪，水色也。」今趙注所無。盧文弨以爲劉熙注。據盧説，則今文家以滄浪爲水色名。《説卦·震》爲蒼筤竹，言竹色青蒼也。古詩《東門行》「上用滄浪天」，言天色青蒼也。漢水青蒼，故曰蒼，李白詩所謂「漢水鴨頭緑」也。』案：其説頗見思致，自當備爲一解也。《九辯》『何時俗之工巧兮』，王逸注：『静言諓諓，而莫信也。』西村氏疏云：『一作「靖言」』。《尚書·堯典》「吁，静言庸違」。今古文同。皮氏《考證》引此注及《九歎》注，又引《潛夫論·救邊篇》云「淺淺善靖」，則《左傳》「靖潛」，正謂其能譏耳。莽詔云「靜言令色」，尤「靜言」即「巧言」之證。殷云「《史記》以善詁靖，似猶未晰」。』案：斯則所謂發微王注『靜言』之義也。《招魂》：『經堂入奧，朱塵筵些。』王逸注：『筵，席也。《詩》云：「肆筵設几。」』西村氏疏云：『今《詩》無此文。《大雅·行葦》第二章曰：「或肆之筵，或授之几。」又曰「肆筵設席」。又《公劉》「俾筵俾几」。胡氏《文選考異》曰：「設筵設几」者，《公劉》之「俾筵俾几」也。凡叔師所引皆非今之《毛詩》。單行《楚辭》作「設」，洪興祖誤爲「肆」。今《毛詩》仍無「肆筵設几」之文。今按古鈔《文選》殘本「肆」作「設」。單行《楚辭》皆作「肆」，未必作「設」者。陳氏《魯詩遺説考》云：「叔師引《詩》本作『肆筵設机』，机字是席字之誤。下文云『有以覃筵好席，可以休息也』可證。」』案：其旁紹遠引，不啻説《招魂》之遺義，且有助於《詩》義之發微也。《大招》『豕首縱目，被髮鬤只』，王逸注：『言西方有神，其狀猪頭從目，被髮鬤鬤。』案：西村氏引《海内北經》『其爲物，人身黑首，從目』之文，所以廣異聞也。《招隱士》『蟪蛄鳴兮啾啾』，王逸注：『蟬得喜呼號也。秋節將至，悲嘹噍也。以言物盛則衰，樂極則憂，不宜久隱，失盛時也。』西村氏曰：『《大雅·蕩篇》第六章：「如蜩如螗，如沸如羹。」馬氏《通釋》云：「詩意蓋諷時人悲歎悉如蜩螗之鳴，憂亂之心如沸羹之熱。淮南王《招隱》曰『歲暮兮』云云，劉向（當作『東方朔』）《七諫》『身被疾不閒兮，心沸熱其若湯』。正如此詩義。」』案：此引《詩》以證《楚辭》，至爲愜洽。類此勝義，舉不勝舉，其於王注《楚辭》，用心可謂深矣。

雖然，蓋智者千慮，必有一失，故悠謬之説亦不無或見焉。如，《天問》：『出自湯谷，次于蒙汜。』王逸注：『言日出東方湯谷之中，暮入西極蒙水之涯也。』案：王逸未注『湯谷』。西村氏疏云：『《尚書·堯典》曰：「分命羲仲，宅嵎夷，曰暘谷。」今文作「曰崵谷」。《淮南子》作「湯谷」，羅氏《考證》引《史記·索隱》曰：「《史記》舊本作『湯谷』。」

《山海經・海外東經》「下有湯谷」，是《尚書・堯典》所謂「暘谷」。郭注云：「谷中水熱也。」誤。』其以『湯谷』『暘谷』『崵谷』爲一者，是也。然猶有剩義。古字則作『昜』。旦日之出謂之昜。丁山云：『昜者，雲開而見日也。从日，一者，雲也。』（《中國古代宗教與神話考》）谷者，道也。昜谷，日陽所行之道。或作『飛谷』。《九歎・遠遊》『橫飛谷以南征』，王逸注：『飛谷，日所行道也。』又，《惜誦》『行婞直而不豫兮』，王逸注：『豫，厭也。』西村氏疏云：『《爾雅・釋詁》：「豫、射，厭也。」郝疏：「通作序。序、豫俱從予，聲而近射，故《釋言》云：『豫，敘也。』敘、序同。《孟子》云：『序者，射也。』」』案：豫、序、敘、射雖通用，然皆無厭義，且施於此亦不通。汲古閣本王逸注作：『豫，猶豫也。』西村氏漏校也。孫詒讓《札迻》：『豫，猶言詐也。《晏子春秋・問上篇》云：「公市不豫。」《鹽鐵論・力耕篇》云：「古者商通物而不豫。」《禁耕篇》云：「教之以禮，則工商不相豫。」《周禮・司市》鄭注：「定物賈，防誑豫。」皆即此「不豫」之義。王注竝失之。』其説是也。然豫之爲『猶豫』，猶遲疑不決也。又釋『欺詐』，其義相通也。又，《招魂》：『土伯九約，其角觺觺。』王逸注：『約，屈也。言地有土伯，執衛門户，其身九屈，其角觺觺，主觸害人也。』西村氏疏云：『《呂氏春秋・本味篇》「旄象之約」，注云：「約，飾也。」畢校云：「此論味之美名，何忽及於飾乎。《楚辭・招魂》『土伯九約』，王逸注：『約，屈也。』九屈，短屈，必屘之訛。《玉篇》云：『短尾也。』今時牛尾、鹿尾，皆爲珍品，但『象尾』不可知耳。《説文》無『屈』有『屘』，云『無尾也』，『無』字亦誤衍。」』案：約，爲『屈約』，然無『短尾』之義。且《説文》『無尾』之『無』，古作『无』，本有『短屈』之義，非衍文。《大招》『昭質既設』，王逸注：『昭質，謂明旦也。』西村氏曰：『《小雅・賓之初筵》「發彼有的」，《傳》：「的，質也。」馬氏《通釋》引孔廣森曰：「此質謂侯中受矢之處。」馬氏又云：「《楚辭・大招》『昭質既設，大侯張只』，昭質即的質也。王逸注訓爲明旦。失之。的質，竝言，猶正鵠，不嫌竝舉。」』案：王念孫《讀書雜志・餘編》下：『昭，讀爲招。招質，謂射埻的也。《呂氏春秋・本生篇》曰：「萬人操弓，共射（其）一招。」高注云：「招，埻的也。」《盡數篇》曰：「射而不中，反循于招，何益于中？」《別類篇》曰：「射招者，欲其中小也。」《小雅・賓之初筵篇》「發彼有的」，《毛傳》曰：「的，質也。」《荀子・勸學篇》曰：「質的張而弓矢至焉。」是埻的謂之質，又謂之招。合言之則曰招質。《魏策》曰：「今我講難於秦，兵爲招質。」是其明證也。作昭者，假借字耳。設謂設昭質，非謂設禮，昭質在侯之中，故即繼之以大侯，猶《詩》言「大侯既抗」，而繼之以「發彼有的」也。若以昭質爲明旦，則義與下文不相屬。且明旦謂之質明，不謂之昭質也。』則懷祖既以發其遺義，且在孔、馬輩先也。西村氏不當引彼舍此。既未之見耶？類此小疵，未足掩其大醇之美耳。

稿本原爲西村氏『讀騷廬』所收藏《楚辭》百種之一，今藏於日本國大阪大學圖書館。（黃靈庚、石川三佐男）

# 楚辭王注考異

《楚辭王注考異》者，日本國西村時彦氏之所作也。西村有《楚辭考異》稿本已著録，此稿爲西村氏『屈子學三書之二』。扉頁題『大正己未八月起稿十二月畢業』，大正己未，即日本大正天皇十年（1919）也。

首列『楚辭王注考異對勘書目』十一種：日本莊允益《王注楚辭》十七卷（即此稿底本）、觀妙齋馮紹祖《重校楚辭》十七卷（簡稱『馮本』）、明俞初《重梓楚辭》十卷（簡稱『俞本』）、明朱燮元朱一龍《重刻楚辭》十七卷（簡稱『朱本』）、湖北叢書《楚辭章句》十七卷（簡稱『湖北本』）、明毛表《楚辭箋注》十七卷（簡稱『汲古本』）、古鈔《文選》殘本（簡稱『古鈔本』）、《文選》六臣注本（簡稱『六臣本』）、《文選》李善注本（簡稱『李善本』）、胡克家《文選考異》六卷（簡稱『胡本』）、梁章鉅《文選旁證》二十七至二十八卷（簡稱『旁證本』）等。每書皆有『提要』，於校刻者姓氏、序跋、卷次、所據底本、對校本及其優劣所在等，多所論列。如，評騭莊允益本，稱『莊氏以我邦所傳寫本爲豫章本，未知的否？其所校讎「四本」，亦未知何書？豫章本坊間罕覯，而海内著録家無録及此寫本者，則亦恐散逸日久也。我邦王逸《楚辭章句》單注本，惟有斯書。刻版尚存，最可珍重。而惜誤脱亦不尠。因取家藏諸本以考異同，庶幾有小補騷學』云。其論是其所是，非其所非，得體公允，於此見其一斑。而國内學人力推莊本之精，且列爲諸本之最。蓋未若西村氏深入故也。

西村氏專爲王逸《楚辭章句》而作，故不涉《楚辭》正文也。凡《離騷》《九歌》二卷。審其體例，首標《楚辭》正文，次低一格條列王逸注文，次以雙行小字臚列各本異同。如，《離騷》『惟庚寅吾以降』，列王逸注三條：『《孝經》曰云云』條下雙行小字云：『《文選》各本無此九字。』『「故男」句八字「女句」八字』條下雙行小字云：『《文選》各本無之。』『而生得陰陽之正中也』條下雙行小字云：『六臣本、李善本無此九字。』又，『已矣哉者』條下雙行小字云：『汲古本、《文選》二本無「哉者」二字。』『易曰闚其户闃其無人』條下雙行小字云：『《文選》二本無此九字。『屈原言已矣哉』條下雙行小字云：『汲古本無「哉」字，《文選》二本「哉」作「者」。』『我獨懷德不見用者』條下雙行小字云：『《文選》二本無「獨」字、「者」字。』『忠信之故』條下雙行小字云：『《文選》二本「故」下有「也」字。』『自傷之詞』條下雙行小字云：『《文選》二本「詞」下有「也」字。』《九歌·湘君》『蓀橈兮蘭旌』，列王逸注四條：『橈船小楫也』條下雙行小字云：『《文選》本無「船」字。』『縛束屋』條下雙行小字云：『《文選》本無「束」字。』『乘船』條下雙行小字云：『《文選》本「船」上有「舟」字。』『蘭爲旌旗』條下雙行小字云：『《文選》本「旌旗」作「旌旆」。』然至《湘夫人篇》又變更體例：《楚辭》正文爲雙行小字，王逸注文及西村氏考異爲單行大字。

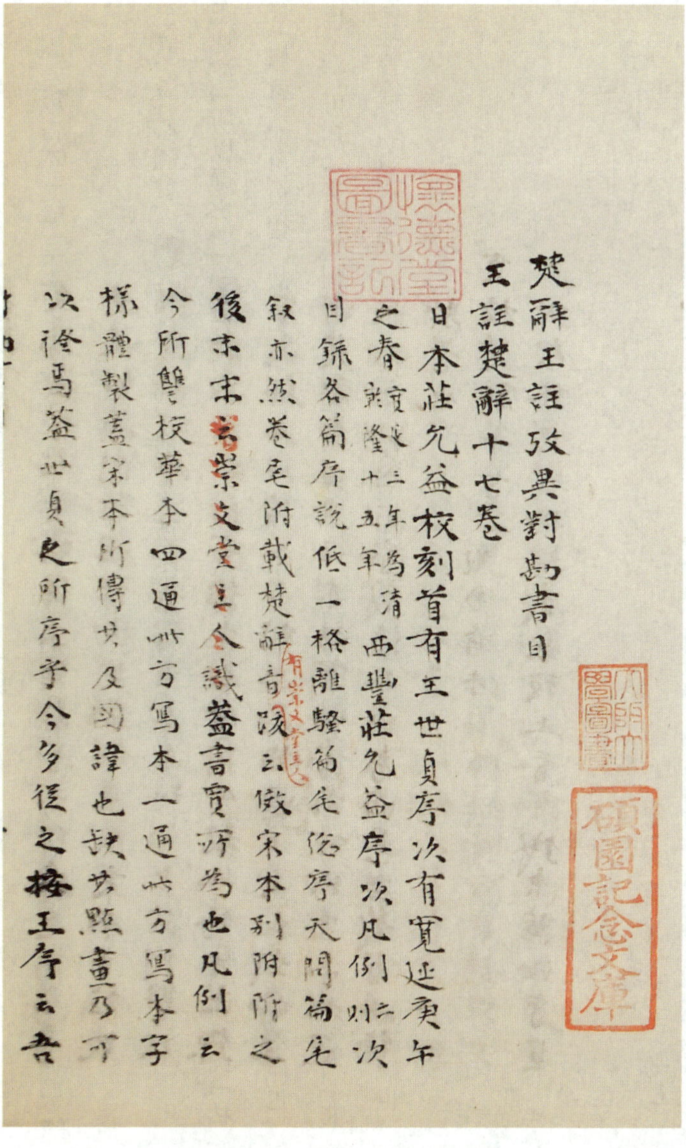
楚辭王註攷異對勘書目
王註楚辭十七卷
日本莊允益校刻首有王世貞序次有寬延庚午
之春（寬延三年爲清乾隆十五年）西豐莊允益序次凡例（凡例則二）次
目錄各篇序說低一格離騷篇尾後序天問篇尾
敘亦然卷尾附載楚辭音跋云倣宋本刻附所之
後末（崇文堂主人識）蓋書賈所爲也凡例云
今所讐校華本四通外方寫本一通外方寫本字
樣體製蓋宋本所傳其及國諱也缺其點畫乃可
以證焉益世貞之所序今多從之按王序云吾

一篇貫通不分，正文句與句之間以『〇』以分別之。如，《少司命》『羅生兮堂下』爲雙行小字，列王逸注二條：『閑而清浄』條下考異云：『馮本、俞本、汲古本「閑」上有「空」字，汲古本無「而」字。』『誠司命君之所宜幸集也』條下考異云：『諸本皆無「之」字。』於此知其所作，在於羅列諸本王注異同也。

西村氏列異之中，偶下斷語，別正訛者。如，《離騷》『霑余襟之浪浪』，王逸注『衣眥謂之襟』條下考異云：『湖北本、汲古本作「眥」，是。馮本、朱本作「背」，古鈔本作「皆」，俞本作「貲」，皆「眥」誤。按胡氏《文選考異》云：「此出《爾雅·釋器》，考《釋文》：眥，才細反。又，子移反。不得作皆。《詩·鄭風·正義》引作皆，其誤與此同。」』案：西村氏以『眥』字爲正，以『皆』『背』『皆』『貲』爲『眥』字之訛也。又，『擥茹蕙以掩涕兮』，王逸注『茹柔㜸也』條下考異云：『六臣本、李善本「㜸」作「耎」，古鈔本作「悪」，蓋字誤。』案：西村氏斷以作『㜸』『耎』爲正，作『悪』爲訛也。又，『夕余至乎縣圃』，王逸注『縣圃維乃通天』條下考異云：『李善本無「崑崙縣圃」四字，「維乃」作「乃維」，「通」作「上」。非也。俞本、六臣本「維」作「雖」。誤。汲古本「維」下有「絶」字。亦非是。』案：西村氏辨諸本之訛，以『縣圃維乃通天』爲正也。

西村氏或徑於『私案』下直陳己説，悉心體會，頗見精敏之論，發他人所未發，極有參考價值。如：《離騷》『紉秋蘭以爲佩』，列王逸注『所以德也』『「故行清潔者佩芳」至「無所不佩也」』『自約束也』四條，西村氏『私案』曰：『古鈔本陸善經引王逸曰：「佩者，所以象德，故行仁明者佩玉，能解結者佩觿，能決疑者佩玦，故孔子無所不佩也。屈原自以行清貞，故佩芳蘭以爲興也。」可知《文選》刪節王注，而陸氏所引，亦與今本同。後人任意竄改，今之所傳，非王氏之舊也。』案：西村氏據唐鈔本陸善經《文選集注》所引王逸注，與李善注本、六臣本不同，而斷其爲節删本。其識塙也。

《文選》李善注、六臣注所存王逸注之有無，未可爲舊本如此，尤不可據《文選》李善本、六臣本而節删他本，視爲衍文也。

又，『恐美人之遲暮』，列王逸注『人君服飾美好故言美人也』『年老耄』『晚暮』『事不遂也』四條，西村氏『私案』曰：『王逸序説曰「依《詩》取興，引類譬諭」云云，「靈修美人以媲於君」。然則美人與《詩・北風・簡兮》四章「西方美人」同。是比也，非以「服飾美好」故稱君言美人也。此注與序説矛盾，疑是後人竄入。《文選》不録者，非删節，而唐猶無此文也。』案：其識卓也。美人，非謂懷王，屈子自喻。下『好蔽美而稱惡』『好蔽美而嫉妒』『兩美其必合』『孰求美而釋女』，美，皆『美人』之省。《離騷》本篇稱君曰『靈修』、曰『荃』，無稱『美人』。屈子生爲帝高陽之冑，楚封君伯庸之子，得其世系之美；時逢三寅，得其生辰之美；順母體而下，得『初度』之美；名曰正則，字曰靈均，得名字之美；四者統謂之『内美』，扈帶江離，綴辟芳芷，紉佩秋蘭，又上搴木蘭，下攬宿莽，朝夕采擷，集衆芳於己身，儀容修態，成其外美。既有内美，兼以外修，稱之曰『美人』，亦當之無愧矣。

又，『及前王之踵武』，列王逸注『予曰』條，西村氏『私案』云：『梁氏《文選旁證》曰：朱氏珔曰，今《詩》先後在上，「曰」作「聿」。《詩》「見晛曰消」「曰喪厥國」，《釋文》引《韓詩》，「曰」俱作「聿」。則此注當亦引《韓詩》也。「奔走」，今《詩》「走」作「奏」。《釋文》云：「本亦作走。」然則《文選》「曰」作「聿」者，王注之舊。今本作「曰」者，後人妄改也。』案：王逸於東漢爲治今文學，故引《詩》《書》，皆今文也，與古文不同。《韓詩》亦今文也。

又，『申申其詈余』，列王逸注『申申重也余我也』『不與衆合』『流放』『詈我』四條，西村氏『私案』云：『序説既云「王乃疏屈原」又云「放逐離別，中心愁思」，以爲懷王放逐屈原，與此注「放流」合。東方朔《七諫・自悲》則曰「隱三年而無決兮」，是以屈原爲隱退也。其下王注云云，「放在山野滿三年矣」。放之與隱，其義不同，故其下又云：「古者人臣三諫不從，待放三年，君命還則復，無則遂行也」。待放者，非放，而隱也。或强合，或調移，遊移不確，殆以己矛攻己盾矣。」案：西村氏發微王注前後齟齬，不可調遂，可謂善讀書者也。

又，「世溷濁而嫉賢兮，好蔽美而稱惡」，列王逸注「再言世溷濁者懷襄二世不明故群下好蔽忠正之士而舉邪惡之人也」條，西村氏「私案」云：「王逸以《離騷》爲成于懷王之時，而此言「懷襄二世不明」，乃似《離騷》成于襄王之世，可謂矛盾矣。」案：王逸説《離騷》之作時，前後支梧，宜西村氏之駁難矣。

然此稿本誠非完帙，僅《離騷》《九歌》二卷，與《楚辭考異》大略相同，蓋從《楚辭考異》録出者也。此稿僅考王注之異，而彼者考《楚辭》正文及王注之異也。《天問考異》以下闕如，知此稿爲未竟之作也。惟「考異」遺漏甚夥。僅就《離騷序》言之，不下十數事。如，「屈原與楚同姓」，《文選》李善注本無「原」字。西村氏未列。「屈原序其譜屬」，古鈔本陸善經引序「原」作「景」、「譜」作「諸」，皆訛也。西村氏未列。「同列大夫上官、靳尚妬害其能」，莊允益本「尚」訛作「向」，古鈔本「妬害」訛作「妬宕」，馮本「妬」訛作「姤」，他本未訛。西村氏皆未列。「王乃疏屈原」，《文選》本「疏」作「流」。西村氏未列。「言以放逐離別」，汲古本「以」作「已」。西村氏未列。「而屈原放在草野」，汲古本無「而」字。西村氏未列。「宓妃佚女以譬賢臣」，古鈔本陸善經引序「譬」作「辟」。西村氏未列。又，《離騷序》「騷愁也」條下，西村氏校云：「古鈔本無「也」字。以下「也」字有無不標出。」然自此以下「也」字之有無多見標出。則前後矛盾，自亂其體例矣。

稿本原爲西村氏「讀騷廬」所收藏《楚辭》百種之一，今藏於日本國大阪大學圖書館。（黄靈庚、石川三佐男）

# 王注楚辭翼

《王注楚辭翼》者，日本國董鷗洲之所作也。鷗洲，蓋名也。然字、號皆未詳。自稱『北越董鷗洲』。饒宗頤氏《楚辭書録》稱『《楚辭翼》清北越董鷗洲撰』，以爲清國之北越人。未知其所據。中國古有『越』之地名，然無稱『北越』之例，況饒氏亦未目驗此書，蓋臆測之詞也。國内學者如姜亮夫、崔富章、周建忠等氏著録此書，多承其誤。『北越』者，日本國江户時之地名，在今富山縣與新瀉縣之間。董氏嘗師事『太宰春台先生』。春台者，號也，名純，字德夫，又號『紫園』，爲江户中期漢學家。則推董氏之生世，蓋在清康熙、雍正之時也。他皆闕如莫考焉。

翼者，輔也，助也。書名『王注楚辭翼』，所以輔翼王注也，猶宋羅願之《爾雅翼》、明焦竑之《老子翼》《莊子翼》、陸鍵之《尚書傳翼》、童品之《周易翼義》、清孫承澤之《詩經朱傳翼》之類也。董氏撰此書，蓋以疏解《楚辭王注》之義也。

卷首無序跋、目録、凡例。據《離騷序》『被纚衺』云云，『讒』字作『纚』，其所據底本蓋與莊允益《王注楚辭》同祖本。

董氏依《楚辭》及王注設立條目，凡三卷，五百七十一條。卷一：《離騷》一百四十六條，《九歌》五十六條，《天問》六十條；卷二：《九章》七十一條，《遠遊》四十四條，《卜居》十二條，《漁父》六條，《九辯》一百二十六條，《招魂》十八條，《大招》六條，《惜誓》二條；卷三：《招隱士》十二條，《七諫》十三條。《哀時命》以下四篇皆闕，蓋董氏未竟之作也。

此書體例：凡所疏解文字，則立爲條目，每條目之間或用『〇』號隔開，王逸注文多首標『注』字，以與正文區别之也。

《楚辭》有注，當以王逸《章句》最早，且多存古義。宋代洪興祖《補注》，雖有補其未備之意，然非所以疏解王注也。漢代所注之書，後世多有義疏，若皇侃《論語疏義》、邢昺《論語疏》、劉寶楠《論語正義》之類也，惟《楚辭》闕如。董氏創爲此書，則補中國之闕焉，實屬難能可貴。觀其信而好古，翼助《王注楚辭》，一本於漢、唐，精研章句，不墮家法：或者訂文字，或者詳徵本事，或者發明旨意，或者説草木蟲魚，或者疏解詞義，或者注明王注引文出典，或者審辨衆説以定於一。讀之覺時見勝義，令人解頤，誠叔師之諍友，楚騷之功臣也。

《離騷》『字余曰靈均』，王逸注『子生三月父親名之』條，董氏引《禮記·内則》『三月之末，擇日翦髮爲鬌，男角女羈，否則男左女右。是日也，妻以子見於父，貴人則爲衣服，由命士以下皆漱澣。男女夙興，沐浴，衣服，具視朔食。夫入門，升自阼階，立于阼，西鄉；妻抱子出自房，當楣立，東面。姆先，相曰：「母某敢用時日，祇見孺子。」夫對曰：「欽有師。」父執子之右子，咳而名之。妻對曰：「記有成。」遂左還授師』云云。案：王逸注『子生三月父親名之』云云，非《禮記》原文，蓋節取其義。頗爲簡略，不便初學。董氏乃不厭其煩，詳引《禮記》本文，以疏解生子取名之禮始末，且較之洪氏《補注》，尤爲詳盡，則於讀《騷》者不無裨益也。

《離騷》『忽奔走以先後兮』，王逸注『四輔之職也』條，董氏云：

王註楚辭翼卷之一

離騷經　　北越　董臨洲　著

○離騷經者屈原之所作也

史記屈原者名平楚之同姓也爲楚懷王左徒博聞彊志明於治亂嫻於辭令入則與王圖議國事以出號令出則接遇賓客應對諸侯王甚任之上官大夫與之同列爭寵而心害其能懷王使屈原造爲憲令屈平屬草藁未定上官大夫見而欲奪之屈平不與因讒之曰王使屈平爲令衆莫不知每一令出平伐其功曰以爲非我莫能爲也王怒而疏屈平屈平疾王聽之不聰也讒諂之蔽明也邪曲之害公也方正之不容也故憂愁幽思而作離騷離騷者猶離憂也

『《禮記·禮運》：「王前巫而後史，卜筮瞽侑皆在左右，王中心無爲也。」鄭注曰：「此所以達禮於下也。教民尊神，愼居處也。瞽，樂人也。侑，四輔也。」或云：左輔右弼、前疑後丞爲四輔。《晉書·天文志》：「北極四星曰四輔，輔佐北極也。」』案：王逸注以『奔走先後』爲『四輔之職』，蓋取『左輔右弼前疑後丞』之義。而董氏臚列三解，雖未下斷語，蓋用『侑四輔』之義。孔穎達疏：『侑是四輔，典於規諫者也。』《離騷》本諷諫之詩，規勸君王以守至正之道。則以『侑四輔』爲長也。

《九歌·雲中君》劉良注『雲中君雲師屏翳也』條，董氏云：『曹子建《洛神賦》：「於是屏翳收風，川后靜波。」李善曰：「《楚辭》注曰：屏翳，雨師名。」虞喜《志林》曰：「韋昭云：屏翳，雷師。」喜云「雨師」。然說屏翳者雖多，並無明據。曹植《誥洛文》曰：「河伯典澤，屏翳司風。」植既皆爲風師，不可引他說以非之。』案：董氏獨取曹子建屏翳爲風伯說，而力斥諸家之非，此所謂辨析衆說以尊於一者也。

《東君》『簫鐘兮瑤簴鳴龥兮吹竽』條，董氏云：『簴音渠。鐘鼓柎横曰簨，縱曰簴，所以舉鐘磬鼓者。龥與篪同，音池，樂器，以竹爲之。長尺四寸，圍二寸，七孔，一孔上出，徑三分。凡八孔，横吹之。《禮記·明堂位》曰：「夏后氏之龍簨虡，殷之崇牙，周之璧翣。」注曰：「簨虡，所以縣鐘磬也，横曰簨，飾之以鱗屬，植曰簴，飾之以臝屬、羽屬。簨以大版爲之，謂之業。」《詩經·周頌·有瞽篇》：「有瞽有瞽，在周之庭，設業設虡。」毛公《傳》：「業，大板也，所以飾栒爲縣也。植者爲簴，衡者爲栒。」又，《大雅·靈臺篇》「虡業維樅」，毛公《傳》曰：「植者曰虡，横者曰栒。」又，《小雅·何人斯篇》：「伯氏吹壎，仲氏吹篪。」毛公《傳》曰：「土曰壎，竹曰篪。」』又，王逸注『以爵命賢能進有德也』條，董氏云：『爵大夫以上與燕享，然後賜爵，以章有德，故因爲謂「命」。秩爲爵祿爵位。《周禮·夏官》「司士掌群臣之版，以治其政令」

云云，「以德詔爵，以功詔禄，以能詔事，以久奠食」，注曰：「德，謂賢者。食，稍食也。賢者既爵，乃禄之。能者事成，乃食之。」《王制》曰：「司馬辨論官材，論進士之賢者，以告於王，而定其論。論定，然後官之。任官，然後爵之。位定，然後禄之。」』王逸注『簴』字無注，『鱅』『竽』但曰『樂器名』，洪氏《補注》亦甚簡略。董氏則詳疏其義，旁紹遠徵，博綜典籍，備且周悉矣。又，王注『以爵命賢能進有德』，今人多不曉其意，以辨『爵』『禄』『位』『官』及『德』『賢』『能』諸字之義，讀之胸中疑慮，渙然冰釋也。

《天問》『長人何守』，王逸注『防風氏』條，董氏云引《國語·魯語》下『吴伐越墮會稽』之章：『仲尼曰：「丘聞之，昔禹致群神於會稽之山，防風氏後至，禹殺而戮之，其骨節專車，此爲大矣。」客曰：「敢問誰守爲神？」仲尼曰：「山川之靈，足以紀綱天下者，其守爲神；社稷之守，爲公侯，皆屬於王者。」客曰：「防風氏何守也？」仲尼曰：「汪芒氏之君也，守封隅之山者也，爲漆姓。在虞、夏、商，爲汪芒氏。於周爲長翟。今爲大夫。」客曰：「人長之極幾何？」仲尼曰：「僬僥氏長三尺，短之至也。長者不過十之數之極也。」』注云：「封，封山。隅，隅山。在今吴郡永安縣也。十之三丈也，防風氏也。」』王注引《春秋》，甚簡略。董氏引《國語》載防風事，以疏解王注所未備也。雖洪氏《補注》亦引《國語》，然董氏用王逸《章句》本，蓋未見《補注》，而與洪氏暗合也。

《九章·惜誦》『待明君其知之』，王逸注『秦繆舉由余齊桓任管仲』條，董氏引《史記·秦本紀》云：『戎王使由余於秦。由余，其先晉人也，亡入戎，能晉言。聞繆公賢，故使由余觀秦。秦繆公示以宮室積聚，由余曰：「使鬼爲之，則勞神矣。使人爲之，亦苦民矣。」繆公怪之，問：「中國以《詩》《書》禮樂法度爲政，然尚時亂，今戎夷無此，何以爲治，不亦難乎？」由余笑曰：「此乃中國所以亂也。夫自上聖黃帝作爲禮樂法度，身以先之，僅以小治。及其後世，日以驕淫，阻法度之威，以責督於下；下罷極，則以仁義怨望於上。上下交爭怨而相篡弒，至於滅宗。皆以此類也。夫戎夷不然。上含淳德以遇其下，下懷忠信以事其上。一國之政，猶一身之治，不知所以治。此真聖人之治也。」於是繆公退而問内史廖，曰：「孤聞鄰國有聖人，敵國之憂也。今由余賢，寡人之害，將奈之何？」内史廖曰：「戎王處辟匿，未聞中國之聲，君試遺其女樂，以奪其志。爲由余請，以疏其間，留而莫遣，以失其期。戎王怪之，必疑由余，君臣有間，乃可虜也。且戎王好樂，必怠於政。」繆公曰：「善。」因與由余曲席而坐，傳器而食，問其地形與其兵勢，盡詧。而後令内史廖以女樂二八遺戎王。戎王受而説之，終年不還。於是秦乃歸由余，由余數諫不聽。繆公又數使人間，要由余。由余遂去降秦。繆公以客禮禮之，問伐戎之形』云云。『三十七年，秦用由余，謀伐戎王，益國十二，開地千里，遂霸西戎。天子使召公過，賀繆公以金鼓』云云。案：王注但『秦繆舉由余』五字，董氏疏引《史記》詳載其事始末，類孔氏《五經正義》之疏漢人傳注也。此亦補洪氏《補注》所未備也。

董氏於《楚辭》正文及王逸注之字音字義尤多訓釋。如，《離騷序》『虯龍鸞鳳』條，董氏云：『虯，俗虬字，音求，龍無角者。鸞音鑾，神鳥也，赤神之精，鳳凰之佐。鷄身赤毛，色被五采，鳴中五音。人君進退有度，親疏有序則至。』董氏據《山海經》所以疏『虯鸞』之義也。《離騷》『朕皇考曰伯庸』，王逸注引《詩》『既右烈考』條，董氏云：『《詩經·周頌·雝篇》：「既右烈考，亦右文母。」毛《傳》云：「烈考，武王也。文母，太姒也。」鄭氏《箋》云：「烈，光也。子孫所以得考壽與多福者，乃以見右助於光明之考與文德之母婦美焉。」』王注引《詩》，所以釋『皇考』之『皇』字之義，皇，光也；烈，亦光也。董氏詳引毛《傳》、鄭《箋》，尤明『皇』即『烈』字之義，『考』即『父考』。後人或謂『皇考』指『遠祖』，非也。又，『何桀紂之昌被兮』，王逸注『惶遽』『陷阱』條，董氏云：『惶音黄，遽也。陷音咸，墜人地也。阱與穽同，坑，陷獸。』董氏以『惶遽』爲平列同義，陷，墮人之所。阱，所以捕獸者。皆剴切不磨，見其訓詁精確。《九歌·

東皇太一》『玉瑱』條，董氏云：『《詩經·鄘風·君子偕老篇》「玉之瑱也，象之揥也」，毛公《傳》：「瑱，塞耳也。揥，所以摘髮也。」』董氏據《毛傳》所以疏『瑱』字之義也。《湘君》『水裔』條，董氏云：『裔音洩，末也，表也。李周翰曰：「裔，際也。」』裔之爲末，又爲表，蓋字義相反爲訓，實相通也。《天問》王逸注引《詩》『時惟尚父時惟鷹揚』條，董氏云：『《詩經·大雅·大明篇》：「維師尚父，時維鷹揚，涼彼武王。」毛公《傳》曰：「師，大師也。尚父，可尚可父。鷹揚，如鷹之飛揚。涼，佐也。」鄭氏《箋》云：「尚父，呂望也，尊稱也。鷹，鷙鳥也。佐武王者爲上將。」』王注引《詩》，所以解《天問》『蒼鳥群飛孰使萃之』。董氏引《傳》《箋》之解以疏王注引《詩》之義也。《惜誦》王逸注『怨耦曰仇』條，董氏云：『《左傳》桓公二年：「初，晉穆侯之夫人姜氏以條之役生大子，命之曰仇。其弟以千畝之戰生，命之曰成師。師服曰：『異哉，君之名子也。夫名以制義，義以出禮，禮以體政，政以正民。是以政成而民聽，易則生亂。嘉耦曰妃，怨耦曰仇，古之命也。』」』董氏引《左傳》既所以明出處，又辨『妃』『仇』之對文別義也。散文，嘉耦亦曰仇，《詩·關雎》『君子好仇』是也。《懷沙》『同糅玉石』條，董氏云：『糅，雜也。今謂異色物相集曰糅。雜，廁也。廁與廁同。《釋名》曰：「雜也，言人廁其上也。」』散文糅、雜二字義同，對文則異物相雜曰糅，人廁置其上曰雜。董氏據古訓，所以別『糅』『雜』之義，以爲此取『異物相集』，塙也。《漁父》『顔色憔悴』，王逸注『皯黴黑也』條，董氏云：『皯音干，面黑氣也。黴音離，黑色也。又，黑黄色。』王注『皯黴』以釋『顔色憔悴』之義，董氏據古訓所以疏解『皯黴』之義也。類此不勝其舉，殊便於初學《楚辭》者也。

雖然，可商可議之處甚多。或者標舉引文失當。如，《離騷序》『被纔衺』條，董氏云：『纔音才，暫也。亦作才，《晉書·謝鉉傳》「才小富」。亦作裁，《後漢書·馬援傳》「裁知書」。』案：纔、才、裁，碻爲一字，然施於『被讒衺』，則不辭。

纔，非『暫』之義，即『讒』字之訛。董説誤也。《離騷》『攝提貞于孟陬兮』條，王逸注：『太歲在寅曰攝提格。孟，始也。貞，正也。于，於也。正月爲陬。』董氏引袁黄《歷史綱鑑・天皇氏紀》：『天皇氏一姓十三人，繼盤古氏以治，是曰天靈。澹泊無爲，而俗自化。始制干支之名，以定歲之所在。十干曰閼逢（甲也）、旃蒙（乙也）、柔兆（丙也）、彊圉（丁也）、著雍（戊也）、屠維（己也）、上章（庚也）、重光（辛也）、玄黓（壬也）、昭陽（癸也）。十二支曰困敦（子也）、赤奮若（丑也）、攝提格（寅也）、單閼（卯也）、執徐（辰也）、大荒落（巳也）、敦牂（午也）、協洽（未也）、涒灘（申也）、作噩（酉也）、閹茂（戌也）、大淵獻（亥也），兄弟各一萬八千歲。』蓋以疏解天干地支來歷。案：《歷史綱鑑》者，明末袁黄之所作也。所載三皇五帝之事，異於經典者多荒誕不經，不足爲據也。日本學人所據文獻有限，抑未精古籍之致歟？此亦爲董氏非華人之一證也。王注『太歲在寅曰攝提格』者，乃出《爾雅・釋天》文，郝氏《義疏》：『寅者，《説文》云：「髕也。正月陽气動，去黄泉，欲上出，陰尚彊。象宀不達，髕寅于下也。」《釋名》云：「寅，演也。演生物也。」攝提格者，《史記・天官書・索隱》引李巡云：「言萬物承陽起，故曰攝提格。格，起也。」《開元占經》廿三引孫炎云：「陽攝持攜萬物，使之至上。」按：攝提，星名，屬東方亢宿，分指四時，從寅起也。故鄭注「是類謀」云：「攝提招紀天元甲寅之歲。」』太歲，歲陰之別名；攝提，太歲所次名也。若明其注文出處，則當引《爾雅・釋天》也。或臚列諸説，無關宏旨，引文訛誤，且徒滋歧紛。如，《九歌・湘君》『聊逍遥兮容與』，王逸注『容與而戲』條，董氏云：『容與，閑適貌。又，未決貌。司馬相如賦「翱翔容與」，《漢・郊祀歌》「澹容與」，注曰：「閑適貌。」《禮記・曲禮》曰：「卜筮所以使民定嫌疑容與也」，注曰：「猶，獸名。與，亦獸名。皆進退多疑惑。似之。」』案：董氏列『容與』爲二解，甚無必要，徒生歧義耳。《湘君》『容與』，即戲遊貌。王注不易。訓『閑適』亦同。然不作『多疑』解。訓『多疑』者，猶與也。或作猶豫、由夷、夷由。然容與、猶與，本非一詞。又，引《曲禮》文多有脱誤，不可卒讀。原文作：『卜筮者先聖王之所以使民信時，日敬鬼神，畏法令也，所以使民決嫌疑，定猶與也。』引『注』亦多脱文，原出《孔疏》，非鄭注也。作：『「定猶與也」者，《説文》云：「猶，獸名，玃屬。」與，亦是獸名，象屬。此二獸皆進退多疑，人多疑惑者。似之。』又，《遠遊》『服偃蹇以低昂兮』條，董氏云：『低音隄，垂也，下也。昂音卬，舉也，高也。《史記》曰：「二至前二日，垂土炭于衡兩端，輕重均。陰氣至則土重，陽氣至則炭重。」是所衡之低昂也。』案：衡，量器也。兩端輕重均則平衡，否者低昂也。然董氏引文，不見《史記》。《山堂肆考》卷十一《時令》『懸土炭』條引《史記·天官書》孟康注：『先至三日，懸土炭於衡兩端，輕重適均。冬至日，陽氣至則炭重，夏至日，陰氣至則土重。』則知其引文訛誤亦多，亦可見其草率粗鄙也。或者釋詞有誤。如，《遠遊》『步徙倚而遥思兮』，王逸注『彷徨東西』之『彷徨』條，董氏云：『彷徨，見不審貌。』案：王注『彷徨』以釋『徙倚』之義。《哀時命》『獨徙倚而彷徉』，王逸注：『徙倚，猶低佪也。』《戰國策·魏策》『而右湖以臨彷徨』，鮑彪注引《集韻》：『彷徨，仿佯；仿佯，徙倚也。』然『徙倚』不解『不審』之義。董氏誤也。

《王注楚辭翼》爲謄稿本，原爲西村氏『讀騷廬』所收藏《楚辭》百種之一，今藏於日本國大阪大學圖書館。（黄靈庚、石川三佐男）

# 楚辭音

《楚辭音》者，隋僧智騫之所作也。見録於《隋書·經籍志·楚辭類》，稱『《楚辭音》一卷，釋道騫撰』。又有徐邈撰《楚辭音》一卷、宋處士諸葛氏撰《楚辭音》一卷、孟奥撰《楚辭音》一卷、無名氏《楚辭音》一卷，惜皆佚不傳。《隋志》又稱『後漢校書郎王逸集屈原已下迄於劉向，逸又自爲一篇，並敘而注之，今行於世。隋時有釋道騫善讀之，能爲楚聲，音韻清切，至今傳《楚辭》者，皆祖騫之音』。則隋以前所傳者，即王逸《楚辭》注本也。所謂『楚聲』，以楚方俗之聲讀王注《楚辭》也。智騫或往來於荆楚間，閑習楚音，故能通其音韻也。考其遁入禪門，師事智果，而果師事智顗，顗固楚人，爲陳隋間天臺大師。隋開皇十一年，晉王廣延至揚州，設千僧會，智果、智騫皆預焉。則智騫通曉楚聲，抑受之於智顗歟？然智騫《楚辭音》於唐宋之世已佚。今有殘卷唐鈔本，於二十世紀初首見於敦煌藏經洞之石窟，爲法人伯希和（Paul Pelliot）竊得，今藏於巴黎國民圖書館，編號爲P. 2494。後爲王重民氏、姜亮夫氏等攝影而歸，國人方始知有是書存世也。

道宣《續高僧傳》卷四〇《雜科·聲律篇》末附《隋東都慧日道場釋智果傳附智騫傳》，稱道騫爲江表人，陳亡至江都慧日道場，後入東都，『偏洞字源，精閑通俗。晚以所學，追入道場。自秘書正字，讎校著作，言義不通，皆諮騫決。即爲定其今古，出其人世，變體訓短，明若面焉。每曰：「余字學頗周，而不識字者多矣，無人通決，以爲恨耳。」造《衆經音》及《蒼》《雅》《字苑》，宏敘周贍，達者高之，家藏一本，以爲珍璧。晚事導述，變革前綱，既絶文褥，頗程深器。《綴本》兩卷，陳敘謀猷，學者秘之，故斯文殆絶』。據此，知智騫乃隋世精於訓詁之釋流，出家智果住持之慧日道場。『晚以所學，追入道場』，甚得煬帝器重也。又，據洪邁《容齋隨筆・五筆》卷七，騫字訓虧，而『文人相承，以騫虧之騫誤爲軒昂掀舉義之騫字』，騫字遂『廢於今』。《楚辭音》殘卷本有『騫按』二字，唐以前寫本『騫』字正作『鶱』，下從鳥。今作『騫』者，訛字也。又，《隋書・經籍志》稱『道騫』，《文選音決》則稱『騫上人』，唐以後蓋稱呼如此。智騫、騫上人、道騫，實一人也。生平所著，除此書外，別有《爾雅音決》三卷，《方言注》一卷，《蒼雅》《字苑》二種，《急就章音義》一卷，《衆經音義》若干卷等，惜皆已亡佚。

《楚辭》存世之本，最早者爲近年出土安徽阜陽西漢夏侯灶墓之《楚辭》殘簡本，惜乎《離騷》但存『惟庚寅吾以降』之『寅吾以降』四字，《涉江》則但存『船容與而不進兮，淹回水而凝滯』二句之『不進旖（兮）奄（淹）回水』六字。次則當推此鈔本也。然此鈔本亦非當日足本，但存八十四行，起《離

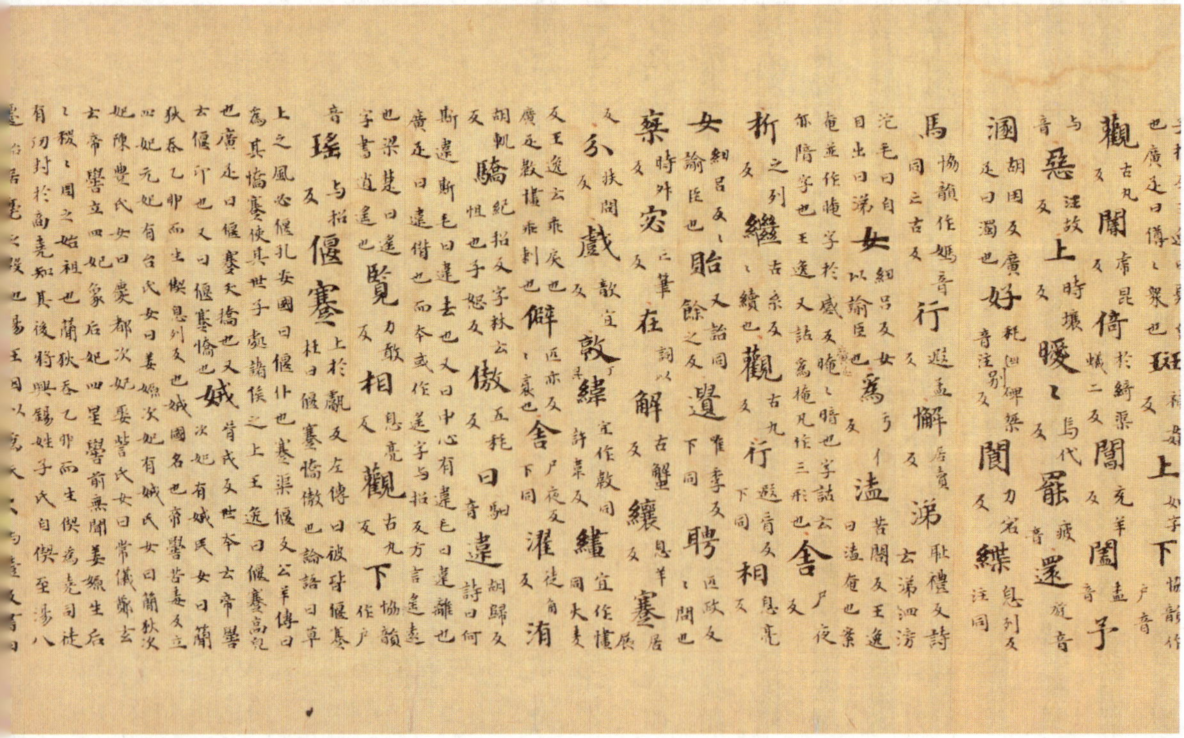

騷》『駟玉虬以乘鷖兮』之『乘』字，止『雜瑶象以爲車』之『瑶』字，釋《離騷》正文一百八十八條，王逸注文九十六條，計凡二百八十四條目。以『奄茲』條下有『騫按』云云，是鈔本爲智騫所爲《楚辭音》之殘泐本，亦《隋書》所著録者也。此鈔本書法工整秀麗，爲敦煌諸寫本之最。又不避隋唐諱，或云寫自五代後，抑是隋以前之寫本，蓋智騫所自爲者，亦未可知也。

鈔本依王注《楚辭》爲之音注，注音之法有四：一曰反切法。此乃其注音所用之主要方法。反切皆言『反』。隨文而注，不避重複，或一見，或二見，亦或三見、四見，至多爲五見。其一見者：鷖，烏計反；埃，烏來反；離，力智反；瑣，桑果反；鏤，立豆反；省，生景反；莫，亡故反；弭，亡爾反；曼，亡半反；近，勤靳反；卒，麁（麤）忽反；過，古卧反；御，五駕反；總，子孔反；斑，補奸反；曖，烏代反；薆，烏概反；別，碑桀反；閬，力宕反；緤，息列反；興，許膺反；飄，扶摇反；屯，大昆反；相，息羊反；閽，虎昆反；閶，充羊反；懈，居賣反；析，之列反；遺，唯季反；宓，亡筆反；解，古蟹反；閶，充羊反；分，扶問反；戲，歆宜反；僻，匹亦反；濯，徒角反；洧，胡軌反；傲，五耗反；覽，力敢反；瑶，與招反；食，詳吏反；好，呼老反；雄，尤弓反；鳩，居尤反；拙，止悦反；導，徒到反；效，户孝反；溷，胡困反；邃，雖醉反；語，魚據反；藑，臼并反；氛，敷分反；草，七老反；眩，胡絢反；珵，丁合反；難，乃旦反；近，巨靳反；別，碑列反；幃，許韋反；幐，杜恒反；繽，匹賓反；迎，魚敬反；告，古毒反；强，巨兩反；索，疏格反；操，七曹反；屠，度胡反；寧，泥定反；謳，烏侯反；該，古來反；賈，工户反；叩，苦後反；恐，丘用反；芷，之視反；蕙，胡桂反；茅，亡交反；菅，古顔反；更，古孟反；艾，五蓋反；羌，祛姜反；委，於詭反；樧，疏黠反；茱，常瑜反；萸，羊朱反；揭，丘桀反；菲，孚尾反；浡，步没反；和，胡戈反；調，徒幺反；度，徒故反；羞，私由反；纕，陟姜反；屑，索結反；餱，胡鉤反。

其二見者：棄，時升反；上，時壤反；遠，于願反；朝，張遥反；飲，於鴆反；轡，碑偏反；行，遐盲反；相，息亮反；舍，尸夜反；要，於遥反。其三見者但『降古巷反』一條。其四見者：折，支列反；惡，烏故反；行，遐孟反。其五見者：爲，于僞反；觀，古丸反。凡二條。或徑省『反』字者，如，卒，麆（麤）忽；在，嗣以；敦，丁昆；思，胥詞；處，昌汝；處，召汝；易，羊豉；晏，烏雁；糳，丸委；糳，祖各；近，巨勤；腊，四赤。二曰直音法。如，偏音遍，知音智，縣音玄，還音旋，日音馹，娀音戎，頓音鈍，好音耗，恖音詞，復音伏，怙音户，觀音官，廷音定，脯音甫。三曰『如字』法。『如字』者，依本字讀也。如，宅，如字。上，如字。或曰『依文讀』，如，上下，『二字依文讀』。四曰『協音』法，即因協韻而改字音也。如，屬，協韻，作章喻反。下，協韻，作户音。馬，協韻，作媽，音同，亡古反。古，協韻，作故音。行，協，胡剛反。

智騫音注之例，蓋亦爲四事：一、以存古音也。如，長，《廣韻》音直良切，澄母；智騫：『長，徒良反。』定母。案：古無舌上音，澄母讀定母。則『徒良』爲『長』字古音。濯，《廣韻》音直角切，智騫音『徒角反』。亦澄母讀定母。則『徒角』爲『濯』字古音。治，《廣韻》音直吏切，智騫音『徒吏反』，亦澄母讀定母。『徒吏』爲『治』字古音也。《離騷》『洧盤』之洧，《文選》六臣注音于鬼反，洪氏《補注》音于軌切。案：于鬼、于軌二切音同，喻母三等。喻母三等古音歸匣，智騫音『胡軌反』，爲匣母。則『胡軌』爲『洧』字古音也。『來違棄』之違，《廣韻》音雨非切，喻母三等；智騫音『胡歸反』，匣母。例亦同此。『胡歸』爲『違』字古音也。『求索』之索字，《文選》六臣注、洪氏《補注》同音所革切，而智騫音『疏各反』。案：古韻，索、各同鐸部，革爲職部。則『疏各』爲『索』字古音也。二、或因楚之方音。如，圃，《廣韻》音博古切，上聲；又音博故切，去聲。智騫『博音布』，音博故切，去聲。蓋楚音也。又，『下』字，智騫皆讀『户音』。《文選集注》『周流乎天余乃下』，陸善經注引公孫羅《音決》：『下，楚人音户。』公孫氏襲智騫《楚辭音》，以爲楚音『下』

讀『户』也。『緤馬』之『馬』，智騫音媽，實『音莽』也。蓋楚音陽聲韻多作陰聲韻也。三、或據字義而注。如，《離騷》『好惡』字，智騫或音『汪故反』，又音『烏故反』，皆去聲，用爲動詞也。又，『吾將上下而求索』，智騫『上音時賞反』，去聲。用作動詞也。『前望舒使先驅』之『驅』，智騫音『丘于』『丘芋』二反。案：『丘于』之音，爲內動詞，平聲；『丘芋』之音外動詞，去聲也。『先驅』之『驅』，內動詞，音『丘于』者是也。『飄風屯其相離兮』之『離』，智騫音『力智反』。案：離音『力支』者，內動詞，平聲；音『力智』者，外動詞，去聲。『相離』之『離』，外動詞，則音『力智』者是也。『焉能忍而與此終古』之『焉』，智騫音『於連反』。案：《顏氏家訓·音辭篇》云：『案諸字書，焉者鳥名。或云語辭，皆音於愆反。自葛洪《要用字苑》分焉字音訓，若訓安訓何，當音於愆反。「於焉嘉客」「焉用佞」「焉得仁」之類是也。若送句及助詞，當音矣愆反，「故稱龍焉」「故稱血焉」「有民人焉」「有社稷焉」「託始焉爾」「晉鄭焉依」之類是也。』『於連』『於愆』音同。『矣愆』者，蓋別一字。此訓『安』，故音『於連』也。第四，或因文字假借而注。如，『溘埃風』之『溘』，智騫云：『苦閤反。王逸注：「溘，猶掩也。」案掩蓋也。《埤蒼》云：「溘，依也。」』智騫意謂『掩蓋』埃土而上征，掩本字，而溘訓『依傍』，借字也。又，『緯繣』之『緯』，訓『乖剌』，智騫謂『宜作⿰韋攵，同許韋反；繣宜作㦎，同火麥反』。案：⿰韋攵㦎，本字，而緯繣，借字也。

鈔本所録正文，多存古字，彌足珍貴，大有裨益於《楚辭》文字校勘。如，『日忽忽其將暮』，鈔本『暮』作『莫』。案：『晚暮』之字古本作『莫』。又，『求索』字皆作『⿱宀索』。案：⿱宀索，但見《説文》，聞一多氏視爲『一字千金』。然考之張家山漢簡、馬王堆漢墓帛書等，『求索』字悉作『⿱宀索』，其爲古字可知也。『又何可以淹留』，王逸注：『不可以久留，宜速去也。』鈔本出『宜』字，謂『⿱宀⿴囗多，古宜字』。案：蓋智騫所據本『宜』作『⿱宀⿴囗多』也。王逸注：『軔，搘輪木也。』鈔本『搘輪」之『揞』作『掿』，智騫云：『《迩疋》曰：「掿，拄也。」注「本作枝字」。』蓋智騫所見本有『揞』作『掿』者。引《爾雅》『掿，柱也』云，以『掿』爲本字，『掿』『枝』皆借字也。又，『奄茲』條，智騫云：『奄宜作崦、嵫二字，同於炎反。茲，宜嵫，同咨音。郭云：「止日之行，勿近昧谷也。」《山海經》云：「西南三百六十里曰崦嵫之山，上多丹木，其葉如穀，其實如瓜，赤華而黑理，食之已癉，可以御火。」注云：「日没所入山也。」《禹大傳》云：「洧盤水出崦嵫山也。」《穆天子傳》云：「遂驅陞于弇山，乃紀其迹于弇山之石而樹之。」案此弇山，即崦嵫山也。《大荒西經》云：「西海陼中有神，人面鳥身，珥兩青虵，踐兩赤虵，名曰弇茲。」騫案：弇茲之神居此山，因以名焉，而加山旁。《穆天子傳》「天子遂驅升于弇山」，郭注：「弇，弇茲山，日入所也。」「乃紀其迹于弇山之石」，郭云「銘題之」。』案：戰國楚簡無『崦』『嵫』字，古衹作『弇』字。《戰國楚竹書》（六）《競（景）公虐》：『女川（順）弇亞（惡）。』隨縣擂鼓墩楚簡三一：『二弇。』一二二：『二鞥。』弇、鞥，皆古『鞥』字，謂車具也。《離騷》『崦嵫』之『崦』，古字作『弇』，以言『山』而益山旁也。《穆天子傳》存其古字矣。『树』字條，智騫謂『又椒、又茮同』。案：椒、茮，皆古『椒』字也。『蘇冀壤』之『蘇』字，謂『宜作穌，同，私胡反』。案：穌，即『蘇』之古字也。『荅』字，鈔本作『畣』。案：畣，即古『荅』字也。或存以異體字。如，『鴆』字，謂『或雄字也』。案：鴆、雄一字也。『糈』字，謂『宜作稰，《説文》「祭具也」，見《示部》。或從貝，作賥』。案：糈、稰、賥，皆一字也。『榘矱』之『矱』字，謂『宜作彠，又蒦同』。案：矱、彠、蒦，皆一字也。『亮』字，謂『宜作諒。諒，信也』。案：亮、諒一字也。或以正訛字。如，『蓀蕙化而爲茅』之『蓀』字，謂『本或作荃，非也。凡有荃悉蓀音』。案：荃、蓀同也。『故宅』之『宅』字，謂『如字，或作宇音。』案：宇，即『宅』之訛字也。或存其方言，補叔師之闕。如，『來違棄』之『違』字云：『而本或作遥字，与招反。《方言》：「遥，遠也。梁楚曰遥。」』案：蓋騫公所見或本作『來遥棄』，遥，楚語也。或據其注，以求正文錯簡。如，『曰勉升降以上下兮』，智騫注：『曰，于月反，曰，靈氛之詞。』案：上文於『曰勉遠逝而無狐疑兮』句，『曰』字未注。據此可知，騫公所見本『曰勉升降以上下兮』一句，蓋本在『豈維是其有女』句下，『曰遠逝而無狐疑兮』一句則在『告余以吉故』下也。且逸不注『遠逝而無狐疑兮』之義，至下文『心猶豫而狐疑』，乃注：『心中狐疑，念楚國也。』原本『遠逝而無狐疑兮』一句，在『心猶豫而狐疑』之後，承前注略也。今本錯亂倒乙耳。又，鈔本注文所引，計有《詩》《書》《説文》《字詁》《爾雅》《廣雅》《聲類》《方言》《山海經》《穆天子傳》《淮南子》《世本》等多種，或與今傳世本有所異同，或今已亡佚，皆彌足珍貴也。於『豈珵美之能當』句，出『珵』字，智騫謂『郭本止作程字，取同音』。案：『郭本』者，即郭璞《楚辭注》也。郭氏是書於唐、宋之世已佚，幸此書而存其鴻爪也。鈔本之末頁有『下蔡者楚縣也其俗奢淫好哥謡』十三字，出《楚辭音》佚文，未知爲誰人所作也。

然騫公識斷或有疏誤者。如，以俗字『緫』爲『總』之正字，連語『偃蹇』分二字二義釋之者是也。又，反切注音，體例不甚嚴密或雖同一字音而反切用字前後歧異者。如，『卒，麁忽反』。又，『卒，麄忽』。案：智騫蓋讀『卒』如『猝』字，而反切上字皆用『麤』字之俗體爲『麁』『麄』，人多不識，且徒滋歧紛也。又，『少失紹反』，『少失邵反』。案：紹、邵音同，然不當爲二也。又，『要一鈔反』，又，『要於遥反』。案：一、於聲同，宜統一爲字。或清濁不分者，如，『蹇居展反』，又，『蹇渠偃反』。皆不知其所出也。或見鈔誤，如『恖胥詞』之『詞』，當作『詷』者是也。

鈔本據巴黎國民圖書館『伯希和第二四九四號』縮微膠卷印影。又，姜亮夫民國二十四年攝製影片，民國二十九年昆山趙氏、吴縣王氏合輯《庚辰叢編》鉛印本，臺灣大學印《敦煌秘笈留真》本，中華書局一九八一年版周祖謨《問學集》（上冊）

第一六九頁前附敦煌寫本《楚辭音》殘卷書影插圖六幅，杭州大學出版社一九九六年版張金泉《敦煌音義滙考》第三八四至三九〇頁載敦煌寫本《楚辭音》殘卷書影，皆可參證也。然《庚辰叢編》鉛印本或有誤字，如，『卒鼀忽反』之『鼀』訛作『廉』者是也。洵不若據膠卷印影者可信。（黄靈庚）

# 校刻三色套印楚辭彙評

《校刻三色套印楚辭彙評》二卷者，明閔齊汲之所校刻也。齊汲，字及武，號遇五，晚號「三山汲客」，烏程人。生於明萬曆三年，蓋清順治十八年猶在人世。明末諸生，不求仕進，耽於著述，精文字學。著有《國語裁注》《戰國策裁注》《春秋公羊傳裁注》《六書通》。明崇禎《烏程縣志》卷七《例貢》有其名。然地志皆無傳，蓋生於明清鼎革之世，其事不彰耳。惟清同治十三年校《湖州府志》卷七十六《文學》有其傳，稱「不求進取，耽著述，批校《國語》《國策》《檀弓》《孟子》等書，彙刻十種。士人能讎一字之譌，即贈全帙。展轉傳校，悉成善本」云。故傳存「朱墨字板」「五色字板」，後謂之「閔本」，爲閔氏所鐫刻，極精善。此《楚辭》二卷，乃其存世之一爾。

是書上、下二篇（卷），上卷爲屈子所作二十五篇：依次爲《離騷》《九歌》（十一篇）、《天問》、《九章》（九篇）、《遠遊》《卜居》《漁父》；下卷輯宋玉以下「皆爲屈子而作」者四十篇：宋玉《九辯》《招魂》，景差《大招》，賈誼《惜誓》，淮南王劉安《招隱士》，東方朔《七諫》（七篇），嚴忌《哀時命》，王褒《九懷》（九篇），劉向《九歎》（九篇），王逸《九思》（九篇）。總六十五篇。但校刻《楚辭》正文，無注，每篇之末皆附王逸《章句》小序。其所據底本，即單刻王逸《章句》，是故與洪氏《補注》本多見歧異，而與正德、隆慶本悉同。如，《離騷》「皇覽揆余于初度兮」，《補注》本無「于」字，《章句》本亦有「于」字。又，「夕攬中洲之宿莽」，《補注》本無「中」字，《章句》本亦有「中」字。又，

『荃不揆余之中情兮』，《補注》本『揆』作『察』，《章句》本亦作『揆』。於此見其一斑也。

《楚辭》正文偶見音注，似皆有所本，非其所發明。僅以《離騷》一篇聊舉數事，而他篇亦可以類比。或者徑因朱子《集注》，如，『紛吾既有此内美兮』之『紛』字注『墳』、『又重之以脩能』之『能』字注『奴代』、『紉秋蘭以爲佩』之『紉』字注『女陳』之類是也。或者徑改通假字，如，『扈江離與辟芷兮』之『辟』字注『僻』、『何桀紂之昌被兮』之『被』字注『披』、『九疑繽其並迎』之『迎』字注『御』之類是也。或者自標古音，如，『夕攬中洲之宿莽』之『莽』字注『姆』、『浞又貪夫厥家』之『家』字注『姑』、『余猶惡其佻巧』之『巧』字注『考』之類是也。或者以叶韻故改音，如，『又樹蕙之百畮』之『畮』字注：『古畝字，叶每。』又，『終然殀乎羽之野』之『野』字注：『上與。』或者注明或本異文，如，『忽馳騖以追逐兮』之『馳』字注：『一作馳。』又，『澆身被於强圉兮』之『於』字注：『一作服。』又，『率雲霓而來御』之『率』字注：『一作帥。』

彙評爲閔氏所輯集，分朱、墨二色。其形式爲二：一是眉批或總評，眉批置於各篇簡端，總評置於各篇之末；二是旁批，置於各篇正文間。語多雋永，不乏真知灼見，皆極有參證價值。著力於屈、宋二家，則漢代《七諫》以下則廖寥也。

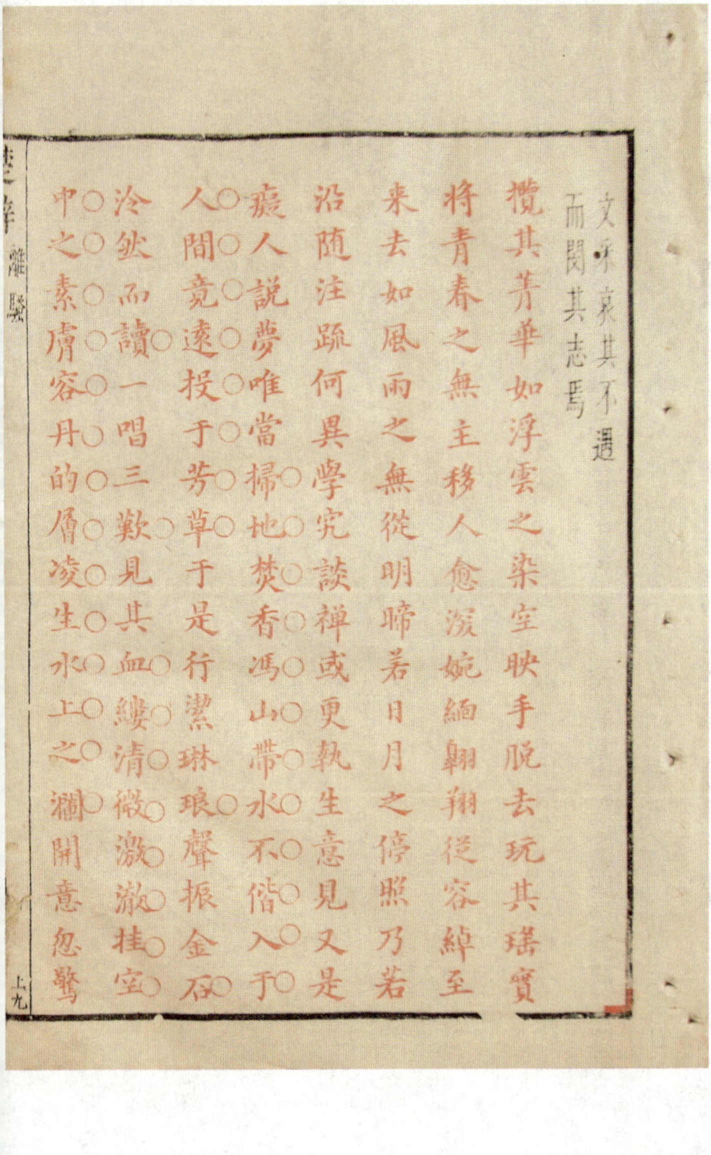
文采哀其不遇
而閔其志焉
攬其菁華如浮雲之染空映手脫去玩其瑤實
將青春之無主移人愈淚婉緬翺翔從容綽至
來去如風雨之無從明晞若日月之停照乃若
沿隨注疏何異學究談禪或更執生意見又是
癡人說夢唯當掃地焚香憑山帶水不偕入于
人間竟遠投于芳草于是行潔琳琅聲振金石
泠然而讀一唱三歎見其血縷清微激澈挂空
中之素膚容丹的層凌生水上之瀾開意忽驚
楚辭 離騷 上九

《離騷》批語最多，見其所集，用力最鉅。眉批多於譚藝、旨意及結撰處下意。蓋朱、墨二色似各有側重，朱批重在探求文詞指意，而墨批專於論藝、章法結撰及文字正訛之間，故其批語亦較朱批多矣。如，簡端朱批曰：『前世未聞，後人莫繼，亘古奇作也。劉勰曰：「不有屈原，豈見《離騷》。」信哉！』又曰：『自古文章家不掩其情質者，屈子一人。』此乃《離騷》總評也。朱批凡説句法或篇章結構者，則皆極簡略。如，『苟余情其信姱以練要兮』句眉批『長句』。案：以此句爲一篇中最長者也。『紛總總其離合兮』『九疑繽其並迎』『欲從靈氛之吉占兮』等句眉批『重句』。案：謂此三句屈賦中再見也。『恐高辛之先我』句眉批：『恐高辛之先我、及少康之未家，意絶妙而語似遥對。』案：指求簡狄、求二姚，二節遥相呼應也。『不吾知其亦已兮苟余情其信芳』句眉批『倒句』。案：以二句爲倒句法，順讀則爲『苟余情其信芳兮不吾知其亦已』也。然朱批簡端亦偶見説章法者。如，『恐高辛』一段批曰：『「恐高辛之先我」、「及少康之未家」，意妙絶，而語似遥對。』

《離騷》朱色又有旁批，於正文旁注二字以明此段或此節之要旨。如，『帝高陽之苗裔兮』句旁批『世系』，『攝提貞于孟陬兮』句旁批『出生』，『名余曰正則兮』句旁批『名字』，『紛吾既有此内美兮』句旁批『行能』，『恐美人之遲暮』句旁批『慮君』，『昔三后之純粹兮』句旁批『徵古』，『惟黨人之偷樂兮』句旁批『刺世』，『余固知謇謇之爲患兮』句旁批『自誓』，『初既與余成言兮』句旁批『傷君』，『余既滋蘭之九畹兮』句旁批『自喻』，『衆皆競進以貪婪兮』句旁批『刺邪』，『非余心之所急』句旁批『自明』，『苟余情其信姱以練要兮』句旁批『自斷』，『長太息以掩滋兮』句旁批『自歎』，『謇朝誶而夕替』句旁批『怨君』，『衆女嫉余之蛾眉兮』句旁批『刺邪』，『忳鬱邑余侘傺兮』句旁批『自歎』，『鷙鳥之不群兮』句旁批『自寬』，『悔相道之不察兮』句旁批『反初服』，『不吾知其亦已兮苟余情其信芳』旁批『自信』，『忽反顧以遊目兮』句旁批『觀四方』，『女嬃之嬋媛兮』句旁批『女嬃詈』，『依前聖以節中兮』句旁批『就舜』，『阽余身而危死節兮』句旁批『自傷』，『跪敷衽以陳辭兮』句旁批『上征』，『世溷濁而不分兮』句旁批『刺世』，『朝吾將濟於白水兮』句旁批『遊仙』，『世溷濁而嫉賢兮』句旁批『刺世』，『世幽昧以眩曜兮』句旁批『刺世』，『命靈氛爲余占之』句旁批『靈氛占』，『巫感將夕降兮』句旁批『巫咸占』，『余以蘭爲可恃兮』句旁批『刺椒蘭』，『惟茲佩之可貴兮』句旁批『自信』，『歷吉日乎吾將行』句旁批『遠行』，『忽臨睨夫舊鄉』句旁批『懷鄉』。且各以標識符號明其段章起止，讀之層次井然，於《離騷》分章斷節，用心亦深矣。

墨批皆置於簡端，而無旁批。篇首批曰：『《離騷》變風之遺也，興、比、賦錯出成章，驟讀似未易瞭，細玩井然有理。』又曰：『「汩余」十二句總是汲汲慕君，繼日待旦之意，寫得濃至。』於『忽馳騖』二句批曰：『即「汩余」一段意，而語蓋盡矣。』於『三后』一節批曰：『開説妙，三后、堯、舜、桀、紂是樣子，起己之不得君，不得於君則勢必敘得何等詳婉。』又，於『悔相道』一節批云：『顛倒神思，想及退修初服，意尤悽惋。下文女嬃、重華、靈氛、巫咸便就此轉出，真是無中生有。』又，於『忽反顧』二句批曰：『顧反初服，終不能忘情，爲女嬃詈起。』，於『依前聖』二句批云：『進退維谷，就先聖以取衷。』於『不量鑿』二句批曰：『進則危吾身，退則危吾君，雖舜其何以告之哉？』於『吾將上下求索』句批曰：『重華亦無所以折衷，故將上下求索。』於『心猶豫』二句批曰：『上下求索而終無所適從，猶豫狐疑爲下二占起。』於『索藑茅』一節批云：『靈氛占曰可以去矣。』於『巫咸之夕降』一節批曰：『巫咸占曰不必去也。』於『恐鵜鴂』二句批曰：『巫咸之意止此。以下乃原自敘衷曲，似以答上二占。』於『又何懷乎』二句批曰：『託爲遠行，而卒反故都，曰「又何懷乎」，懷之至矣。』此乃論《騷》之藝技及上下結撰之章法也。又於『何不改乎此度也』曰：『朱校定本無「也」字。宜刪。』又，於『自前世』句批曰：『李善本以「世」爲「時」爲「代」，以「民」爲「人」，皆避唐諱耳。今宜正之。』此皆關涉文字校勘也。

觀其評語或有所依憑，非虛空造玄。如，『昔三后』句朱批曰：『構法全亂，不可謂似亂非亂，然別是一格調。中間突然陡説處，了不具原委，總只是難苦氣人，東説兩句，西説兩句，只道己心事，不管人省不省，然却是真切語，不必盡而實無不盡。』案馮覲云：『《離騷經》斷如復斷，亂如復亂，讀者莫得循其聲而繹其緒。』此批語蓋因馮氏而發也。又，『女嬃之嬋媛兮』句眉引《水經注》：『屈原有賢姊，聞原放逐，來歸喻之，令自寬全。鄉人因名其地曰姊歸，後以爲縣。縣北原故宅，宅之東北有女嬃廟，擣衣石尚存。』案：此本出洪氏《補注》也。『溘埃風余上征』句眉批：『此下大率俱寓言。』案：朱子《辯證》云：『至於經涉山川，驅役百神，下至飄風雲霓之屬，則亦汎爲寓言，而未必有所擬倫矣。』此即其所本矣。於《離騷序》朱批云：『太史公引《離騷》入《傳》，未嘗言「經」也。蓋後人尊之，非屈子意。』案：洪氏《補注》：『古人引《離騷》，未有言「經」者。蓋後世之士祖述其詞，尊之爲經耳。非屈原意也。』其説本洪氏也。

《九歌》朱、墨二色之評語，皆重於談藝。朱批篇首著眼於『奇』字，云：『《九歌》句法稍碎而特奇陗，在《楚騷》中最爲精潔。』又云：『以神喻君，以事神比愛君，意非不合，而言出便覺無味耳。』墨批篇首著意於『情』字，云：『《九歌》神情慘惋，辭復騷艷，喜讀之可以佐歌，悲讀之可以當哭。清商麗曲，備盡情態矣。』又於《雲中君》篇批云：『巫降神之降而託於物，則見其貌之美而服之好。蓋身則巫而心則神。』《湘君》『君不行兮夷猶』朱批云：『此是事神女之辭，以男女之情道説，故尤爲濃至。』又，『采薜荔兮水中』句眉批『陗語』。又，『時不可兮再得』句眉批『折腰語』。而墨批云：『《九歌》諸篇賓主彼我之辭，最爲難解。』又云：『以求神而不答，比事君之不偶。』又，《湘夫人》『登白蘋兮騁望』句，朱批云：『《月賦》得此二句，一篇增色，可見《楚辭》寫景之妙。』篇末墨批云：『娥皇，正妃，故稱君。女英，次妃，故稱夫人。』《大司命》墨批云：『大司命，陽神而尊，故但爲主祭者之辭。』《少司命》墨批云：『少司命亦陽神而少卑者，故爲女巫之意以接之。』於『與女沐』二句批云：『「與女」二句《河伯》篇中語羨，當刪。』於『入不言兮出不辭』句朱批云：『撰語入神。』《東君》篇末墨批云：『日神也。於天子朝日於東門之外，《漢志》亦有東君。』《河伯》篇『送美人』句墨批云：『子美詩「岸花飛送客，檣燕語留人」。即是此意。』《山鬼》篇墨批云：『以上諸篇皆爲人慕神，此篇獨爲諂媚人之辭。而以人況君，以鬼自喻，尤爲悽惋。』於『若有人兮山之阿』句朱批云：『起語脱洒。』《國殤》篇墨批云：『摹寫志士輕生介胄，不可犯。』《禮魂》篇末墨批云：『謂以禮善終者。』於『春蘭兮秋菊』句朱批云：『江文通「春草暮兮秋風驚」數語，從此脱去，而反其意，亦自悽絶。』而朱色旁批僅見《山鬼》『被薜荔兮帶女蘿』句，引《丹鉛録》：『薜荔者，據《本草》，絡石也。在石曰石鯪，在地曰地錦，繞叢木曰常春藤。』蓋補王逸注未備耳。《九歌》篇末於王逸《九歌序》後墨批云：『沅湘之間，其俗尚鬼，祭祀則令巫覡作樂，諧舞歌吹爲容，其事陋矣。自原爲之，緣之以幽渺，涵之清深，琅然笙匏，遂可登於俎豆。若曰淫於沔嫚而少純白，不備爲屈子病。則是崇崗責其平土，激水使之安流也固矣。』此援引陳深以爲作結。則比較二者，彼此映照，各有所長，可以互補之矣。

《天問》朱批之語見於句法多變，且著眼於『怪誕』之事。云：『或長言，或短言，或錯綜，或對偶，或一事而累累反覆，或聯數事而鎔成片語，其文或陗險，或澹宕，或佶倔，或流麗，章法、句法、字法無所不奇，可謂極文之變。』於『女岐無合』句墨批云：『此女岐蓋古之神女，非下所云澆嫂也，無夫而生九子。』於『洪泉』句朱批云：『泉，當作淵，唐本避諱改。』或反覆求其文意所在。於『薄暮雷電』句朱批云：『《補注》：「薄暮，喻將老。雷電，喻君暴怒。」似得文情。』又批云：『以上總是説天地間多不可解之事，似俱是興起語。以下乃是正意言君欲徼福上帝，但當自奉其威嚴。「厥嚴不奉而作師長先」，吴光可鑒也。「爰出子文亦只是天道不測之意。楚人謂未成君而死曰堵敖。以比懷王也。」

而墨批更多在於文義之注釋。於『應龍』一節墨批云：『有鱗曰蛟龍，有翼曰應龍。禹治水時有神龍以尾畫，水從所當決者，因而治之。康回，共工名也。共工與顓頊争爲帝，不得，怒而觸不周山，天維絶，地柱折，故東南傾。』於『焉有虬龍負熊以遊』句朱批：『語多不經，當時稗官之説，記猶多後人不得見，遂指爲妄耳。』於『羿焉彃日』句墨批曰：『《淮南》言堯時十日並出，草木蕉枯，堯命羿仰射中其九。曰日中皆死墮其羽翼，故留一日也。《穆天子傳》曰：「北至于曠原之野，飛鳥之所解其羽。」』於『化爲黄熊』句墨批云：『禹治水時自化爲熊，以通轘轅之道，塗山氏見之而慙，遂化爲石。時方孕啓，禹曰：「留吾子於予。」石破北方而啓生。其石在嵩山。見《漢書注》。』於『射夫河伯』句墨批曰：『《傳》曰：「河伯化爲白龍，游於水旁，羿見射之，眇其左目。又夢與雒水神宓妃交。」』於『白蜺嬰茀』句墨批曰：『《列仙傳》：「崔文子學仙於王子僑，子僑化爲白蜺，而嬰拂持藥與之文子。崔文子驚怪，引戈擊蜺，因墮其藥，俯而視之，子僑之尸也。須臾爲大鳥，飛鳴而去。」』於『何繁鳥萃棘』句墨批云：『解居父聘乎吴，過陳之墓門，見婦人負其子，欲與之淫，婦人則引《詩》刺之曰：「墓門有棘，有鴞萃止。」言雖無人，棘上猶有鴞，汝獨不愧也。』於『水濱之木』句墨批云：『伊尹母姙，身。夢神女告之曰：「臼竈生鼃，亟去無顧居。」無幾何，臼竈中有生鼃，母去東走。顧視其邑，盡爲大水，母因溺死，化爲空桑。水乾之後，有小兒啼水涯。人取養之，既長大，有殊才。有莘惡其從木中出，因以送女。』於『會鼂争盟』句墨批云：『武王將伐紂，紂使膠鬲視武王師。膠鬲問曰：「欲以何日行師？」武王曰：「以甲子日。」膠鬲還報紂。會天大雨，道難行，武王晝夜行。或諫曰：「雨甚，軍士苦之，請且休息。」武王曰：「吾約膠鬲以甲子至殷，今報紂。其吾甲子日不到，紂必殺之，吾故不敢休息，欲救賢者之死也。」遂以甲子日朝誅紂，不失期也。』於『鼓刀揚聲』句墨批云：『吕望鼓刀在列肆，文王親往問之，呂望對曰：「下屠屠牛，上屠屠國。」文王喜，載與俱歸。』於『彭鏗斟雉』句墨批云：『彭祖進雉羹事，至帝堯八百歲，猶自悔不壽，恨枕高而唾遠也。』案：亦皆見王逸注。

朱色於此篇旁批至多，著眼於分段分節，各標以分節符號，斷以脈絡所在。如，《天問》『曰遂古之初』句旁批：『古初二十六問。』『夜光何德』句旁批『月』，『不任汩鴻』句旁批：『鮌魚治水十二問。』『康回憑怒』句旁批：『搜神二十九問。』『禹之力獻功』句旁批：『禹娶塗山二問。』『啓代益作后』句旁批：『啓益二問。』『帝降夷羿』句旁批：『羿二問。』『阻窮西征』句旁批：『鮌禹又三問。』『白蜺嬰茀』句旁批：『王子喬三問。』『蓱號起雨』句旁批：『搜神又四問。』『惟澆在户』句旁批：『澆三問。』『女歧縫裳』之『女歧』旁批：『澆嫂。』『覆舟斟尋何道取之』旁批：『少康滅斟尋。』『桀伐蒙山』句旁批：『桀湯三問。』『舜閔在家』句旁批：『堯舜二問。』『厥萌在初』句旁批：『紂二問。』『登立爲帝』句旁批：『伏羲女媧二問。』『得兩男子』句旁批：『太伯、仲雍。』『后帝是饗』句旁批：『湯尹二問。』『簡狄在臺』句旁批：『簡狄吞卵二問。』『有扈牧豎』句旁批：『有扈二問。』『恒秉季德』旁批：『湯出獵二問。』『何繁鳥旁批『解居父』。『成湯東巡』句旁批：『湯尹又二問。』『湯出重泉』句旁批：『湯伐桀二問。』『何踐吾期』句旁批：『武王伐紂七問。』『昭后成遊』之『昭后』旁批『周昭王』。『妖夫曳衒』句旁批：『褒氏滅周。』『彼王紂之躬』句旁批：『紂君臣五問。』『稷維元子』句旁批：『后稷二問。』『何馮弓挾矢』句旁批：『殷周之際十問。』『秉鞭作牧』句旁批『文語』，以爲文王語也。『伯林雉經』句旁批『申生』二字，因承舊注指『申生』事。『皇天集命』句旁批：『天命二問。』『初湯臣摯』句旁批『伊尹』。『勳闔夢生』句旁批『闔盧夢壽』。『中央共牧』句旁批：『物異四問。』『兄有噬犬』句旁批：『秦公子鍼。』俱爲點睛之筆，便於讀者領悟也。

屈子《九章》《遠遊》以下諸篇，眉評之語多斷以文義及承啓結構間。如，《惜誦》首簡朱批：『是《離騷》餘韻，而微較清澈。』又，墨批云：『此篇全用賦體，無所寄託。』《涉江》墨批：『首敘高潔之行楚人莫知。』又云：『此敘南遊，經歷荒遠悽慘之景。』《哀郢》墨批云：『原之被放，適會凶兼人民離散，而原亦在行中。』又於『九年不復』句批云：『考原初放在懷王十六年，至十八年復召用之。三十年秦約懷王與會，原諫止之不從。懷王遂死於秦。頃襄王立，復放屈原。此云「九年不復」。不知的在何時也。』於『鳥飛返故鄉』句墨批云：『《禮》曰：「大抵鳥獸失喪其群匹，越月踰時，則必反巡，過其故鄉。」』《抽思》墨批云：『大抵以下諸篇用字立語多不可解。』末簡朱批引朱注云：『《九章》非一時之言也，其詞大抵多直致，而無潤色。《惜往日》《悲回風》，又其臨絶之音，以故顛倒重覆，倔强踈鹵，尤憤懣而悲哀，讀之使人歎息流涕而不能已。董子有言：爲人君者不可不知《春秋》，前有讒而不見，後有賊而不知。嗚呼，豈獨《春秋》也哉！』是皆因朱注也。於《惜誦》『所作忠』句朱批：『作，或作非。朱注本亦以非作作字，便成拙句。』則不從朱注本也。於『有志極而無旁』句朱批：『隋句。』『心鬱結而紆軫』句朱批：『總收上三句。』《哀郢》『過夏首而西浮兮』句眉批：『淡語情深。』『焉洋洋而爲客』句朱批：『黯然。』『曾不知夏之爲丘兮，孰兩東門之可蕪』句朱批：『警句。』《抽思》『固切人之不媚兮』句朱批：『鍊句。』《懷沙》『古固有不竝兮』句朱批：『思之不得，轉而爲怨；怨之不已，轉而自解。最是懊恨處。』《思美人》『車既覆而馬顛兮』句朱批：『車覆馬顛而更駕，以自況，非謂君也。』於『令薜荔』數句墨批云：『耻因先容託以有悼。』《悲回風》『悲回風之摇蕙兮』句朱批：『語多不次。』於『孤子唫而抆淚兮，放子出而不還』句朱批：『孤子，自喻；放子，喻君。』於『憚涌湍』句墨批云：『永嘉林應辰推論以爲屈子不死於汨羅，比諸「浮海居夷」之意。今考諸稗歸傳記，稗官里人皆云。』篇末墨批云：『《九章》悲悽引泣，因拙爲工，篇雖不倫，各著其志。《惜誦》稱「作忠造怨，君可思而不可恃」也。《涉江》則徬徨鉅野，死林薄矣。《哀郢》篇「曾不知夏之爲丘乎，孰兩東門之可蕪」，三復其言而悲之。《抽思》「憂心不遂，斯言誰告」。《懷沙》自沉也，知死不可讓，明告君子。太史公有取焉。《思美人》以爲邪也，擥涕焉，而竚眙焉，而又莫達焉，捨彭咸何之矣。《惜往日》有功見逐，而弗察其罪。讒諛得志，國勢傾危，恨壅君之不昭，故願畢辭而死也。《橘頌》獨産南國，皭然精色。《悲回風》負重石，聽波聲之相擊，惴惴其慄，滅矣没矣，不可復見矣。此以材苦其生者也。嗟乎，神人不材，原獨不聞乎？其義不得存焉爾。」案：此乃陳深評語，見蔣之翹《七十二家評楚辭》。

《遠遊》朱批云：「『往者弗及』『來者弗聞』，一篇本旨，託遊仙以寄意耳。」篇末墨批云：「『厭世之迫隘而欲昇舉，亦無聊之辭。」案：朱墨論意旨不同。前者見孫鑛，後者見陳深。然朱批於結構入眼，於『漠虛静以恬愉兮』句旁批：『慕道。』於『恐天時之代序兮』句旁批：『乘時。』於『無淈滑而魂兮』以下八句朱批：『真語實語，有此悟境，會須脱穎而去，區區楚襄，何足死也。』於『嘉南州之炎德兮』句旁批：『登遐。』於『紛溶與而並馳』之『溶』字朱批：『溶，水盛貌。』於『淩天地而徑度』句朱批：『陗句。』於『涉青雲以汎濫游兮』句旁批：『懷舊。』於『氾容與而遐舉兮』句旁批：『曠覽。』於『下峥嶸而無地兮』句旁批：『歸真。』且以下六句朱批：『當是神仙真境，都無人説到。』案：其於《遠遊》致意尤篤，評價非凡。又篇末朱批云：『鋪敘開整，過續分明，後來作賦之祖也。但其蹊徑近方，令步武者易襲耳。』亦在結構入眼。而墨批則多於文句注釋，且非所自造，各有所因襲。如於『聞赤松之清塵兮』句墨批云：『《列仙傳》：「赤松子。神農時爲雨師，服水玉，教神農，能入火自燒。至崑山上，常止西王母石室。隨風雨上下，炎帝少女追之，亦得仙俱去。」』於『羨韓衆之得一』墨批云：『韓衆亦見《列仙傳》。』『夕始臨乎於微閭』句墨批云：『《周禮》：東北曰幽州，其山鎮曰醫無閭。』於『召黔贏而見之兮』句墨批云：『黔贏，天上造化神名。或曰：水神。』又云：『司馬相如《大人賦》多襲此語。』

案：皆因《補注》也。於『殞六氣而飲沆瀣兮』句墨批云：『《陵陽子明經》言：「春食朝霞，秋食淪陰，日没以後赤黃氣也。冬飲沆瀣，北方夜半氣也。夏食正陽，南方日中氣也。并天地玄黃之氣，是爲六氣也。」』於『仍羽人於丹丘兮』句墨批云：『丹丘，晝夜常明之處。』案：皆因王逸注。

《卜居》『曰余有所疑』句朱批：『設爲質疑，然却是譬己嗤衆，以明決不可爲彼意。細玩造語自見。』又墨批云：『句法變化，不可羈制。』皆妙達其旨。又，篇末爲篇內『滑稽』二字補義，曰：『《史記·滑稽傳·索隱》曰：「滑，亂也。稽，同也。言辯捷之人言非若是，言是若非，能亂異同也。」揚雄《酒賦》「鴟夷滑稽」，顔師古曰：「滑稽圜轉，縱捨無窮之狀。」此詞所用二字之義，當以顔説爲正。』言之有據。又，《漁父序》朱批云：『撰語俱奇陗直切，在楚騷最爲明快。』於『舉世皆濁』句旁批：『情語。』於『何不淈其泥』句旁批：『態語。』皆精警破的。而墨批在於探究設問賦體之源流，《卜居》篇末引弇州山人曰：『《卜居》《漁父》便赤壁諸公作俑，作法乎凉，令人永慨。』《漁父》篇末引弇州山人曰：『今人以賦作有韵之文爲《阿房》《赤壁》，果固耳。然長卿《子虛》已極衍，《卜居》《漁父》實開其端。』亦且有思致。

閔氏於宋玉之賦極用心，從詞旨、體裁、結構、藝術皆論及之。《九辯》首簡墨批云：『《九辯》古樂章，《天問》云：「啓棘賓商，《九辯》《九歌》。」』朱批云：『攢聚景物景事，句句警策，一層逼一層，音調最悲切，骨氣最遒緊，真是奇絶。以下諸篇亦莫能及也。』又，篇末總評朱批云：『《騷》至宋大夫乃快其語，最醒而俊。春女怨，秋士悲，可以知物化矣。』墨批云：『深悽眇悦。』皆切中其綮。又，《九辯》分章悉據朱熹。如，『泊莽莽兮與壄草同死』眉批：『朱云：「舊本此章誤，分『申包胥』以下爲別章，並誤以『同』字爲『固』字，既斷語脈，又不叶韻，又使章數增減不定，今皆正之。」』其分章悉依朱熹。於『何氾濫之浮雲兮』句朱批：『自此至「暗漠而無光」，專言壅蔽之禍，而舊本誤分「荷裯」以下爲別章。

今宜正之。」於『願寄言夫流星兮』句朱批：『朱本以「無光」以上通上章爲一章，「堯舜皆有」以下通下章爲一章。此首言前聖之可法，次言己志之不申，次願乞身以遠去，而終不忘于籲天以正其君。文意方足，而舊誤分「願賜不肖之軀」以下爲別章。則首段無尾，後段無首，而不成文矣。今宜正之。』

《招魂》全篇結構之朱批有『指事』『東』『南』『西』『北』『上』『下』『築室』『室中陳設』『女侍』『堂上景物』『飲食』『戲具』『歡情』『傷時』『田獵』『總歎』，並標分段記號，瞭然不紊。簡端墨批云：『《招魂》爛然列肆，談鎖則神怡心動，言惺則縮頸咋舌，如味則饞口津津，情見乎辭，意態極姸。』又，篇末總評朱批：『構格奇，撰語嚴，備談怪説，瑣陳縷述，務窮其變態，自是天地間一種瓌瑋文字，前無古，後無今。』墨批引弇州山人云：『楊用修云：《招魂》遠勝《大招》，足破宋人眼耳。宋玉深知不如屈，宏麗不如司馬，而兼撮二家之勝。』又於『蝮蛇蓁蓁』句朱批：『故爲怪事怪語，然必要有所本，非鑿空臆造者。觀北方冰雪可見。』又，『入脩門些』句朱批：『以下言故居之當反。』又，『秦篝齊縷鄭綿絡些』句朱批：『此乃七言歌行之祖，《柏梁》非倡始也。』又，『夏室寒些』句朱批：『枚乘《七發》亦從此變化。』又，『獻春發歲兮』句朱批：『一句總收。』無論譚藝或章法，皆有所發微也。閔氏所集之評語，見其善於比較、彙綜。如，《大招序》朱評：『光艷不如《小招》，而骨力過之，昭明取彼舍此，何也？』又墨批引陳深云：『夫以原之孤介枯槁赴淵死且不惜哉，可以鬼怪懼之，可以荒淫動之耶？若曰及時歸郢，察幽隱，存孤寡，治田邑，阜人民，禁苛暴，流德澤，舉賢能，通罷庸，尚三王，及君子無恙，尚可爲也。以是招之可矣。此則《小招》所不及也。』篇末總評云：『招魂之禮不專主爲人死設，如杜子美《彭衙行》：「煖湯濯我足，剪紙招我魂。」蓋當時關、陝間風俗，道路勞苦之餘，則皆爲此禮，以祓除而慰安之。』見其推重《大招》如此。於全篇結構，朱批有『反故』『庀具』『娱耳』『悦目』『樂志』『保世』『惬志』

等，且據以爲分段。於『豐肉微骨』句朱批：『語重。』蓋以爲太過歟？於『美冒衆流』以下朱批：『極醇極正，却不迂腐。謂是宋人一派。未然。』於『昭質既設』以下眉批：『曲中之奉大射揖讓，尤奇絶。』其揄揚之態度於此可見。

閔氏蓋推重賈誼才氣之非凡。《惜誓》簡首朱批云：『光鋩四射，不可迫觀。自是洛陽年少。然屈宋遺蹤爲之一變矣。』又墨批云：『瓌異奇偉，計非誼莫能作。』於其文采之富贍，遂肯定此篇爲賈誼所作。又批云：『知幾其神，此篇本旨，惜傷身之無功，所謂「惜誓」也。是亦「反騷」之意。王逸乃謂刺懷王有始無終。吾不解其所以。』於『黃鵠』數句墨批云：『黃鵠神龍，賢者之凝滯，鸞鳳麒麟，聖人之推移。』篇末朱批云：『賈生暢達用世之才，故其文如《惜誓》《鵩鳥》《吊屈原》諸賦，皆自成一家，不襲屈宋也。唯其不襲，是以似之。』是所謂『賈生得屈宋之骨，而子雲得屈宋之表』也。

評《招隱士》之藝道，盡得其本色之所在。簡首朱批云：『全是急節，略無和緩意。然造語特精陗，咄咄敲金石聲。』墨批云：『《漢·藝文志》有淮南王賦四十四篇。此或其一也。此篇視漢諸作，若爲高傑。説者以爲亦託意以招屈原。』又，篇末總評云：『讀《招隱》如晨霽於終南，獨立千仞，峰嵚皴蹙，反漫明睇，遠樹歷歷，煩草芊芊，禽鹿奔跂，真有山静太古之意。儼然高士出没其間，留連而莫知其所處所也。更復筆力驚絶，如夏鑄九鼎，龍文漫滅，已成自然，蒸變絪緼，將興神怪。八公之徒寧特西漢異人，焉知非三代先秦遺耉耶！即並諸穆天之謡，詛楚之文，吾見其上，未見其下。可謂屈氏之畏友也。』又墨批引楊菴云：『劉子《辨騷》云：「《招魂》《大招》，耀豔而深華。」四字尤盡二篇妙處。皮日休評《楚辭》「幽秀古艷」。亦與此相表裏。予稍易之云：《招魂》耀豔而深華，《招隱》幽秀而古朗。』

漢以後擬作，惟獨於《哀時命》有評，簡首朱批云：『迎之無首，隨之無尾，纏綿反覆，誅自具章法，唐以後人不能及。惜其調入窠舊，不能脱穎出也。』篇末墨批輯孫鑛語云：『此篇識力，宜在長沙之後。然朱子以爲較《七諫》諸篇，差不推萎耳。

姑輯之。』蓋遵依朱子《集注》之舊式也。《七諫》以下諸篇，肯定少，批評多。《七諫》篇首朱批云：『此後來擬和之始也，亦往往有佳句。昔人比之「無病而呻吟」，情有不存耳。』墨批亦云：『《七諫》《九懷》《九歎》《九思》，《秭歸外志》不録，而蓋以宋玉賦十篇。』篇末朱批：『西京本色，自不減三楚精神，效邯鄲而失故步，殷鑒不可不慎。』《九懷》篇末朱批：『《諫》《懷》《歎》《思》可論工拙于句字間耳。如王子淵者乃不足以當唐宋之中駟，其負文名于當時，何耶！』又批云：『意平無味，語平無色。』《陶壅》『杳杳兮世惟』句朱批云：『「杳杳兮世惟」，猶云「滔滔是天下皆是也」。是歇後語。』《九歎》眉批：『騁詞有之，曜德則未也。』《逢紛》『歎曰譬彼流水』以下朱批：『略有境。』《靈懷》首句朱批：『全不成章。』《遠逝》『歎曰譬彼蛟龍』以下旁批：『即《逢紛》章法。』《愍命》『今反表以爲裏兮顛裳以爲衣』句朱批：『只反表以爲裏，顛裳以爲衣，已見大致，瑣瑣不已，有何意味。』《九思》朱批：『朱紫陽云：「《七諫》《九懷》《九歎》《九思》雖爲《騷》體，然其辭氣平緩，意不深切，如無所疾痛而給爲申吟者。」《諫》《歎》或粗有可觀，兩王則卑已甚矣。故雖附書尾，而人莫讀莫之讀。今亦不復以纍篇恨也。』又篇末朱批：『右文之必傳者，如雲蒸霞蔚，石皺波紋，極平常，極變幻，卻自然天成，不可模仿。若可仿者，定非至文。賈生、小山得《騷》之意，而自出機杼者也。以後仿之愈似，去之愈遠。紫陽作《楚辭集注》，芟去《諫》《懷》《歎》《思》四篇。極是。』《逢尤》『悲兮愁』句旁批：『成何等句法。』然亦偶見肯定之處。如，《七諫・初放》『伏念思過兮』句朱批：『態語近情。』《怨世》『皇天保其高兮，后土持其久』句朱批：『佳句。』《九懷・危俊》『林不容兮鳴蜩』句朱批：『微有致。』《愍命》『心溶溶其不可量兮情澹澹其若淵』『叢林之下無怨士兮江河畔無隱夫』朱批：『佳句。』蓋一善可陳則必及之，亦不因人而廢棄之矣。

評語除譚藝論文者外，或見文字校勘、字義考證，偶有發明。如，《離騷》『曰黃昏以爲期兮』句，朱批曰：『「黃昏」

二句一本無。洪云：「王逸不注，而後始釋羌義。此蓋後人所增也。」』《國殤》『平原忽兮路超遠』句，朱批：『「忽兮路」，一作「路兮忽」。』《惜誦》『所作忠而言之兮』之『作』字圈，旁批『非』字，以爲『非』字之訛也。朱批曰：『作，或作非，朱注本从非，作「作」字，便成拙句。』《涉江》墨批云：『欸，歎也。《方言》云：「南楚謂謂然爲欸。」《史》《漢》亞父曰「唉」，及唐人「欸乃」，作此字也。』又於『死林薄』『芳不得薄』云：『上薄，叢薄。下薄，附也。』《哀郢》『憂與愁其相接』之『愁』字圈，朱色旁批『憂』字，朱批曰：『愁，或本作「憂」，朱云：憂憂相接，首尾如一。是也。』《大招》『魂虖歸徠無東無西無南無北只』句批曰：『一本「魂乎歸徠無東西南北只」。』《天問》『洪泉極深』句圈『泉』字，批云：『泉，當作淵，唐本避諱改。』『胡維嗜欲不同味』句圈『維』字，謂當作『爲』。『到擊紂躬』之『到』字圈，旁批『列』，以爲列『字之訛也。』『足周之命以咨嗟』之『足』字圈，旁批『定』字，以爲『定』之訛也。『雷開阿順』之『阿』字圈，旁批『何』字，以爲『何』字之訛。《抽思》『何毒藥之謇謇兮』句朱批云：『何毒藥，一作「何獨樂斯」。』『少歌曰與美人抽怨兮』之『怨』字圈，旁批『思』，朱批云：『朱謂篇名「抽思」者，取「少歌」首句二字爲名。王解爲君陳道拔恨，則舊本相傳誤作「怨」耳。』於『少歌』墨批云：『少歌，樂章章節之名，《荀子》佹詩亦有「小歌」。倡亦歌之音節，所謂發聲句者也。』《懷沙》墨批：『此篇入《史記》，少有異同。』又校云：『「曾傷」四句，若依《史記》移諸上文「懷情抱質」之上，而以下章「死不可讓」承「余何畏懼」之下，文意尤貫通。但《史》於此又再出，恐是後人因校誤加也。』《思美人》『願及白日之未莫』句朱批：『一本「莫」下有「也」字。』《悲回風》『故荼苦不同畝兮』之『荼』字圈，旁批『薺』字，朱批：『荼，薺是。』《遠遊》『野宋寞亓無人』句墨批云：『宋，一作寂，一作家。皆寂字也。』《九辯》『天高而氣清』之『清』字圈，旁批『靜』字，朱批：『「氣清」之「清」，古本作「靜」，當是。叶平音，而遂訛作「清」

耳。不應兩疊句用清韵也。一作平。』於『靚杪秋』之『靚』字朱批云：『靚與静同，一作覩，干定反，冷寒也。』於『願一見兮道余意』墨批云：『余，宋玉爲屈原自余也。凡言「余」者、「我」者仿此。』於『泊莽莽兮與壄草同死』朱批云：『壄，一作野，並古文野字。』於『然中路而迷惑兮』句朱批云：『一本「然中路而迷惑兮，悲蹭蹬而無歸。性遇陋以褊淺兮，自壓按而學詩。蘭蓀雜於蕭艾兮，信未達其從容。」今按：歸、詩與容不韻，俗本也。』於『今誰使虖訾之』之『訾』字圈，朱批云：『訾本作譽，是。』於『右蒼龍之躍躍』句朱批云：『躍，其俱反，又作躩。本或作「躍」，非是。』《招魂》『巫陽對曰』句墨批：『巫陽對語不可曉，恐有脱誤。』於『旋入雷淵』句朱批云：『淵一作泉，非是。是蓋避唐諱也。』又，『紅壁沙版』之『紅』字朱批：『《説文》：「紅，帛赤白色。」即今俗呼桃紅也。若今所紅，古直謂之赤耳。可補《鄉黨篇》「紅紫」注。』又，『菎蔽象棊』之『菎蔽』，朱批：『箟蔽，當从竹。箟，竹名。蔽，博箸也。从艸，非。』又，『實羽觴』句墨批：『有以羽觴爲項羽所製而得名，此可以正其誤。』《七諫·怨世》『余奈世之不知芳』句，朱批云：『一本「余奈世不知芳何」，一本「余奈何不知芳何」。』《自悲》『吾固知乎命之不長』句，朱批云：『一本「固知余命之不長」，一本「吾乎固知命之不長」。』《謬諫》『固時俗之工巧兮』以下數句，朱批云：『此八句《九辯》文，曼倩偉人，亦假而不歸耶。』《哀時命》『路中斷而不通』之『斷』字朱批云：『斷，一作絶。』『操規矩而無所施』之『所』字朱批云：『一本無「所」字。』『霧濛濛』朱批云：『一本無下「濛」字。』『雲依斐而承宇』句朱批云：『依斐，一作斐斐。』又，『魂眐眐以寄獨兮』句朱批云：『眐，從目，獨視也。一作耵，從耳，獨行也。』又，《天問》『湯謀易旅』句之『湯』字旁批『湯』字。蓋以上言澆事，下言少康，不當商湯，以存疑也。『穆王巧梅』之『穆王』旁批『穆王』二字，『齊桓九合』句旁批『齊桓』二字，『彭鏗斟雉』之『彭鏗』旁批『老彭』二字。此類蓋皆所以存疑，未敢遂定也。然誤解亦見。如，《天問》『該秉季德」之「該」字旁批「啓」，誤以爲啓事也。「干協時舞」之「干」字旁批「舜」，誤以爲舜事也。「眩弟並淫」之「眩弟」旁批「象」，誤以爲象事。類此蓋大醇小疵耳，未足損其總體水平也。

是書末葉朱批「四十八改元泰昌」，記其刻於萬曆四十八年庚申，朱墨藍三色套印本。原爲海東西村時彦氏「讀騷廬」所收藏《楚辭》百種之一，故偶見西村筆批。如，《天問》篇末簡端批云：「《箋注》此體下有原創爲之。先儒謂其文義不次，乃原雜書其壁，而楚人輯之。今讀其文，章句之短長，聲韻之詰崛，皆有法度，似作也，非輯也。屈子以文自明，且在無聊，何之焉而不爲作也。」是書今藏於日本國大阪大學圖書館。（黄靈庚）

# 讀楚辭雜志

《讀楚辭雜志》者，清王念孫之所作也。念孫字懷祖，號石臞，江蘇高郵人。舉乾隆四十年乙未進士，選庶吉士，官觀政工部都水司、陝西道監察御史、吏部掌印給事中。念孫學宗漢師經訓，精於文字聲音訓詁考據，終其一生，耿介專一，不惑於道、釋二氏，於訂正古籍多所發明，巋然爲清世古學名家。其學雖出於休寧戴氏，而精審則過之。同門友段懋堂序其書，稱『能互求古今形、音、義三者分合，能以古音得經義』，推天下一人。著有《廣雅疏證》二十二卷，《讀書雜志》八十二卷，《餘編》二卷，《方言疏證補》一卷，《釋大》一卷，《毛詩群經楚辭古韻譜》二卷，《王石臞先生遺文》四卷，《丁亥詩鈔》一卷。《清史列傳》卷六十八《儒林》、《清史稿》卷四百八十一《儒林》及徐世昌《清儒學案》卷一百、趙之謙《國朝漢學師承續記》皆有傳。

《讀楚辭雜志》，屬條目式之讀書札記，凡二十六條：《離騷》四條，《九歌》一條，《天問》二條，《九章》六條，《九辯》一條，《招魂》四條，《大招》三條，《七諫》一條，《九懷》一條，《九歎》四條。王氏讀王逸《楚辭章句》，凡遇詰詘不通處，則詳爲考證。其例先引《楚辭》正文，次引王逸注，而後於『案』下直陳己見。而每立一義，旁徵博引，必以書證爲據依，求其安而後止，不敢以私臆揣其意，故其説若泰山不移，後人多遵依之。觀念孫之所『志』《楚辭》者，蓋爲六端焉。

或者審辨字形，訂正訛誤。如，《懷沙》：『懲連改忿兮，抑心而自强。』王逸注：『懲，止也。言止己留連之心，改

讀書雜志餘編下

楚辭　　高郵王念孫

余雖脩姱以鞿羈兮謇朝誶而夕替

離騷余雖脩姱以鞿羈兮今本脩上有好字臧氏用中拜經日記曰王注云言己雖有絕遠之智姱好之姿絕遠之智釋脩字姱好之姿釋姱字不言好脩余雖脩姱以鞿羈兮與上苟余情其信姱以練要兮同一句法舊本脩上有好字者因下文多言好脩而衍今依臧說刪謇朝誶而夕替王注曰鞿羈言爲人所係累也誶諫也替廢也言己雖有絕遠之智姱好之姿然已爲讒人所鞿羈而係累矣故朝諫謇謇於君夕暮而身廢弃也念孫案雖與唯同言余唯有此脩姱之行以致爲人所係累也唯字古

其忿恨。』念孫云：『案連，當從《史記·屈原傳》作「違」，字之誤也。違，恨也。言止其恨，改其忿也。恨與忿義相近。若云「留連之心」，則非其類矣。班固《幽通賦》「違世業之可懷」，曹大家曰：「違，恨也。」《無逸》曰：「民否則厥心違怨。」《邶風·谷風篇》「中心有違」，《韓詩》曰：「違，很也。」很亦恨也。』案：其説確也。此文『連』『忿』，相對爲文。連，即『違』之訛。蓋通作恚，忿也。懲違（恚），古有其例。《後漢書·黄吉傳》『化導不能以懲違』，《魏書·孝明帝紀》『庶革止懲違』。或作懲忿。《易·損·象》『君子以懲忿窒欲』，《左傳》成公三年『各懲其忿以相宥也』。忿、恚義亦同。

或者審辨句法，正其句讀。如，《招魂》：『巫陽對曰：「掌寢，上帝其命難從。若必筮予之，恐後之謝，不能復用。」』王逸注：『謝，去也。巫陽言如必欲先筮問求魂魄所在，然後與之，恐後世怠懈，必去卜筮之法，不能復脩用。』《文選》呂延濟注略同。下文『巫陽焉乃下招曰』，王逸注：『巫陽受天帝之命，因下招屈原之魂。』念孫云：『案此則「不能復用」爲句，「巫陽焉乃招曰」爲句明矣。「焉乃」者，語詞，猶言巫陽於是下招耳。王注「因下招屈原之魂」，「因」字正釋「焉乃」二字。《遠遊篇》「焉乃逝以俳佪」。是其證。《列子・周穆王篇》「焉迺觀日之所入」。迺與乃同。今本《楚辭》及《文選》皆以「不能復用巫陽焉」爲句，非也。「不能復用」者，謂不用卜筮，非謂不用巫陽。且「用」字古讀「庸」，與「從」字爲韻。若「不用巫陽」連讀，則失其韻矣。今據王、呂二注訂正。』案：其説是也。洪氏《補注》、朱子《集注》皆誤以『不能復用巫陽焉』爲句，蓋宋人已失其句讀矣。

或者破假借字，求其本義。如，《離騷》：『余雖好脩姱以鞿羈兮，謇朝誶而夕替。』王逸注：『鞿羈，言爲人所係累也。誶，諫也。替，廢也。言己雖有絶遠之智，姱好之姿，然已爲讒人所鞿羈而係累矣，故朝諫謇謇於君，夕暮而身廢棄也。』念孫：『案雖與唯同。言余唯有此脩姱之行，以致爲人所係累也。唯字古或借作雖。《大雅・抑篇》曰：「女雖湛樂從，弗念厥紹。」言女唯湛樂之從也。《管子・君臣篇》：「故民迂則流之，民流通則迂之，決之則行，塞之則止，雖有明君能決之，又能塞之。」言唯有明君能如此也。《莊子・庚桑楚篇》：「唯蟲能蟲，唯蟲能天。」《釋文》曰：「一本唯作雖。」皆其證也。』案：其説是也。雖字從虫，唯聲，音同相通。唯，獨也，但也。言余獨脩姱以致鞿羈也。而王注作語詞『雖』，則傷於詞氣之不暢矣。又，《招魂》：『光風轉蕙，氾崇蘭些。』王逸注：『崇，充也。言充實蘭蕙，使之芬芳。』《文選》呂延濟注：『崇，高也。』

念孫云：『案二説均有未安。崇蘭，猶叢蘭耳。《文子·上德篇》：「叢蘭欲茂，秋風散之。」《説文》：「叢，聚也。」《廣雅》：「崇，聚也。」是崇與叢同義。』案：其説是也。崇蘭，古亦有例。劉峻《辨命論》：『顔回敗其叢蘭。』王僧孺《從子永寧令謙誄》：『崇蘭自芳，珏玉自光。』叢、崇古同入冬韻，亦通用字也。又，《大招》：『昭質既設，大侯張只。』王逸注：『昭質，謂明旦也。明旦既設禮，張施大侯，使衆射之。』念孫引其子引之云：『昭，讀爲招。招質，謂射埻的也。《呂氏春秋·本生篇》曰：「萬人操弓，共射一招。」高注曰：「招，埻的也。」《盡數篇》曰：「射而不中，反循于招，何益于中？」《别類篇》曰：「射招者，欲其中小也。」《小雅·賓之初筵篇》「發彼有的」，《毛傳》曰：「的，質也。」《荀子·勸學篇》曰：「質的張而弓矢至焉。」是埻的謂之質，又謂之招。合言之則曰招質。《魏策》曰：「今我講難於秦，兵爲招質。」是其明證也。作「昭」者，假借字耳。設謂設昭質，非謂設禮，昭質在侯之中，故即繼之以大侯，猶《詩》言「大侯既抗」，而繼之以「發彼有的」也。若以「昭質」爲「明旦」，則義與下文不相屬。且「明旦」謂之「質明」，不謂之「昭質」也。』案：其説是也。招、昭古音同，可通用也。

或者不限形體，因聲求義。如，《九歎》：『行叩誠而不阿兮，遂見排而逢讒。』王逸注：『叩，擊也。言己心不容非，以好叩擊人之過，故遂爲讒佞所排逐也。』念孫云：『案王訓「叩」爲「擊」，則「叩誠」二字，義不相屬。今案「叩誠」，猶言「款誠」。《廣雅》：「款，誠也。」款、叩一聲之轉。款誠之爲叩誠，猶叫門之爲款門也。重言之曰「叩叩」。引繁欽《定情詩》：「何以致叩叩，香囊繫肘後。」《廣雅》曰：「叩叩，誠也。」轉之則又爲款款矣。』案：其説確矣。《離騷》『余固知謇謇之爲患兮』，謇謇，王注『忠貞貌』。即款款、叩叩之聲轉。或作拳拳、款款、空空、慤慤、悃悃、區區、悃悃，皆聲之轉矣。前修有言，連語之字，其義存乎聲，不在其形，宜因聲以求義，未可拘其形體。

或者排比詞例，發明古義。如，《離騷》：『高余冠之岌岌兮，長余佩之陸離。』王逸注：『陸離，猶嵾嵯，衆貌也。』念孫云：『案陸離有二義：一爲參差貌；一爲長貌。下文云「紛總總其離合兮，斑陸離其上下。」司馬相如《大人賦》云「攢羅列聚，叢以蘢茸兮；衍曼流爛，痑以陸離」。皆參差之貌也。此云「高余冠之岌岌兮，長余佩之陸離」。岌岌爲高貌，則陸離爲長貌，非謂參差也。九章云：「帶長鋏之陸離兮，冠切雲之崔嵬。」義與此同。』其説是也。若解『參差』，則與『長』字不合矣。朱季海云：『然物有長短而參差見，凡言參差則長在其中。』（《楚辭解故》）則訓『長』、訓『衆』，義固相因。而『陸離』之訓『長』，已多不曉，雖漢師亦未能免。又，《抽思》『願摇起而横奔兮』，王逸注：『欲摇動而奔走。』念孫云：『案摇起，疾起也。「疾起」與「横奔」，文正相對。《方言》曰：「摇，疾也。燕之外鄙，朝鮮、洌水之間曰摇。」《淮南•原道篇》曰：「疾而不摇。」《漢書•郊祀志》曰：「遥興輕舉。」遥與摇通。彼言「遥興」，猶此言「摇起」矣。』案：其説確也。《方言》：『汩、遥，疾行也。南楚之外曰汩，或曰遥。』摇、遥古字通用。摇疾，亦楚語。後人知摇爲摇動之義，而摇疾之訓反没矣。

或者反覆詳審，糾舊注之謬。如，《離騷》：『啓九辯與九歌兮，夏康娱以自縱。不顧難以圖後兮，五子用失乎家巷。』四句素爲解《騷》者所惑，蓋古今所公認難題也。王逸注：『啓，禹子也。《九辯》《九歌》，禹樂也。言禹平治水土，以有天下，啓能承先志，纘敘其業，育養品類，故九州之物，皆可辯數，九功之德，皆有次序，而可歌也。《左氏傳》曰：「六府三事，謂之九功。九功之德，皆可歌也，謂之《九歌》。」夏康，啓子太康也。娱，樂也。縱，放也。圖，謀也。言夏王太康不遵禹、啓之樂，而更作淫聲，放縱情慾，以自娱樂，不顧患難，不謀後世，卒以失國。兄弟五人皆居於閭巷，失尊位也。《尚書序》曰：「太康失國，昆弟五人須于洛汭，作《五子之歌》。」此佚篇也。』洪氏《補注》：『《山海經》云：「夏后開上三嬪於天，得《九辯》與《九歌》以下。」注云：「皆天帝樂名。啓登天而竊以下用之。」《天問》亦云：「啓棘賓天，《九辯》《九歌》。」王逸不見《山海經》，故以爲禹樂。巷，里中道也，此言太康娛樂放縱，以致失邦耳。五子之失乎家巷，太康實使之。』戴先生《屈原賦注》云：『言啓作《九辯》《九歌》，示法後王，而夏之失德也康娛自縱，以致喪亂。「康娛」二字連文，篇内凡三見。』念孫始列三家説，蓋三家者而後爲之詳辨，是其所是，糾其所失。乃引其子引之曰：『洪釋《九辯》《九歌》，戴釋「康娛」，皆郅確矣。其以「夏」爲「夏后氏」，則與王注同。今案：夏，當讀爲下。《左氏春秋》僖二年：「虞師、晉師滅下陽。」《公羊》《穀梁》皆作「夏陽」。即《大荒西經》所謂「夏后開上三嬪于天，得《九辯》與《九歌》以下。此大穆之野，高二千仞，開焉始得歌《九招》」者也。郭璞注引《開筮》：「不得竊《九辯》與《九歌》以國於下。」亦其證也。自「啓《九辯》《九歌》」以下皆謂啓之失德耳，言啓竊《九辯》《九歌》於天，因以康娛自縱於下也。詒謀不善，子姓姦回，故下文有「不顧難以圖後」也。《墨子·非樂篇》引武觀曰：「啓乃淫溢，康樂于野，萬舞翼翼，章聞于天。天用弗式。」《竹書》：「帝啓十年，帝巡守，無《九招》于大穆之野。」皆所謂「下康娛以自縱」者也。解者誤以「啓九辯與九歌」爲美啓之詞，又誤以夏爲夏后氏之夏，是以詰鞫爲病矣。又案「五子用失乎家巷」，失字因王注而衍。注内「失國」「失尊位」，乃釋「家巷」二字之義，非以文中有「失」字而解之也。「五子用乎家巷」者，「用乎」之文，與「用夫」「用之」同。下文「日康娛以自忘兮厥首用夫顛隕」、「后辛之菹醢兮殷宗用之不長」是也。若云「五子用失乎家巷」，則是所失者家巷矣，注何得云「兄弟五人家居閭巷失尊位」乎？揚雄《宗正箴》曰：「昔在夏時，太康不恭。有仍二女，五子家降。」降與巷，古同聲而通用。亦足證「家巷」之文爲實義。巷，讀《孟子》「鄒與魯鬨」之鬨，劉熙曰：「鬨，構也。構兵以鬭也。」五子作亂，故云「家鬨」。家，猶内也。若《詩》云「蟊賊内訌」矣。鬨字亦作閧。《呂氏春秋·慎行篇》「崔杼之子，相與私鬨」，高誘曰：「鬨，鬭也。」私鬨，猶言家鬨。鬨之爲鬨，猶鬨之爲巷也。《宗正箴》「五子家降」，降亦鬨也。《呂氏春秋·察微篇》「楚卑梁公，舉兵攻吴之邊邑，吴王怒，使人舉兵侵楚之邊邑，吴、楚以此大隆。」大隆，謂大鬭也。降與隆通。《逸周書·嘗麥篇》曰：「其在夏之五子，忘伯禹之命，假國無正，用胥興作亂，遂凶厥國。皇天哀禹，賜以彭壽，思正夏略。」五子「胥興作亂」，所謂「家鬨」也。五子，即五觀也。《楚語》曰：「堯有丹朱，舜有商均，啓有五觀，湯有太甲，文王有管蔡。是五王者，皆元德也，而有姦子。」五觀，或作武觀。《竹書》：「帝啓十年，帝巡守，舞《九招》于大穆之野。十一年，放王季子武觀于西河。十五年，武觀以西河叛，彭伯壽帥師征西河，武觀來歸。」《墨子》引武觀亦言「啓淫溢康樂于野」。是五觀之作亂，實啓之康娱自縱，有以開之，故云「啓九辯與九歌兮，夏康娱以自縱。不顧難以圖後兮，五子用乎家巷」也。王注以家巷爲家居閭巷，失之矣。五子家巷，即當啓之世。揚雄宗正箴及王注以爲太康時，失之矣。』案：念孫父子考辨夏啓及五子家巷之史事，足破二千餘年之惑誤，當稱漢師及王注諸家之諍臣矣。惟其以五子爲五觀、武觀一人，似亦不確。戰國楚竹書《訟城是》（容成氏）云：『禹又（有）子五人，不以丌子爲後，見㕣咎（咎繇）之賢也，而欲以爲後。㕣咎（咎繇）乃五壤（讓）以天下之賢者，述（遂）偁疾不出而死。禹於是虖（乎）壤（讓）益，啓於是虖（乎）攻益自取。』出土文獻以證『作亂』者，乃禹之五子，啓之兄弟，而非啓之五子也。

訓詁、考據之學，務求平實融通，而深戒好奇、過深或面壁虚空之説，抑又何其難哉！雖精如念孫或亦不能免焉。如，《大招》：『吴酸蒿蔞，不沾薄只。』王逸注：『沾，多汁也。薄，無味也。言味不濃不薄，適甘美也。』念孫云：『案王注以「沾」爲「多汁」，非也。沾亦薄也。言其味不薄也。《廣雅》曰：「沾，溥也。」溥與薄同。《漢書·魏其傳》注云：「今俗言薄沾沾，」』案：王注不易。此言『吴人工調鹹酸，爚蒿蔞以爲虀』，其味適當，不濃不淡。濃即沾也。淡即薄也。若過濃過淡，則皆不堪飲也。念孫釋『不沾薄』爲味厚者，非也。王注『沾』訓『多汁』，即濃厚之意。當是確詁。沾，讀如黏。《説文》：『相箸也。』相箸，猶黏稠若糊也。正是『濃厚』之意。又，《七諫》：『邪説飾而多曲兮，正法弧而不公。』念孫云：『「正法弧而不公」，公與容同，謂己之正法戾於流俗而不見容，非謂君之正法膠戾不用，亦非謂衆皆背公而鄉私，已在上句内，此但言己不容於世耳。「邪説飾而多曲」，即所謂邪曲害公也。「正法弧而不容」，即所謂方正不容也。容與公，古同聲而通用，故容貌之容本作頌，從頁、公聲。容受之容，古作宊，從宀、公聲。《淮南子·主術篇》：「萬民之所容見也。」容與公同。《齊俗篇》：「望君而笑，是公也。」公與容同。』案：公，見紐。容、頌，皆喻紐四等。三字雖同部，而聲不同，不得通用。古書或相亂，訛字也。『邪説』與『正法』，『多曲』與『不公』，皆相對爲文。不公，言不公正，即邪曲也。公，不當訓容。王逸注：『言世俗之人推佞以爲賢，進富以爲能，故君之正法，膠戾不用，衆皆背公而鄉私也。』王説未可易矣。

《讀楚辭雜志》原載於《讀書雜志·餘編》下卷，刊刻於清嘉慶年間。此據黄靈庚家藏本影印。（黄靈庚）

# 楚辭王逸注札迻

《楚辭王逸注札迻》者，清孫詒讓之所作也。詒讓字仲容，號籀廎，浙江瑞安人。同治六年丁卯舉人。光緒元年乙亥，捐資以官刑部主事。自後澹於進身，潛心樸學。二十九年癸卯，以經濟特科徵，不應；三十一年乙巳，聘京師大學堂教習，三十三年丁未，徵禮部禮學館總纂，皆不就。晚興鄉梓教育事業，親主温州師範學校，任浙江教育會長。人稱其學，承乾嘉諸老義法，襲金榜、錢大昕、王念孫、段玉裁四家，而明大義，鈎深窮高則過之，故有『晚清特立之儒』之譽。著有《周禮正義》八十六卷、《墨子閒詁》十九卷、《周書斠補》三卷、《周禮三家佚注》一卷、《周禮政要》四卷、《尚書駢枝》一卷、《大戴禮記斠補》三卷、《六曆甄微》一卷、《名原》七卷、《契文舉例》一卷、《古籀餘論》三卷、《古籀拾遺》三卷、《大篆沿革考》一卷、《政和禮器文字考》一卷、《九旗古誼述》一卷、《廣韻姓氏刊誤》一卷、《札迻》十二卷、《籀廎述林》十卷、《温州經籍志》三十六卷、《四部别録》一卷、《百晉精廬塼録》一卷、《温州古甓記》一卷、《温州建置沿革表》一卷等。事載《清史稿》卷四百八十二《儒林傳》、《清儒學案》卷一百九十二《籀廎學案》、章炳麟《孫詒讓傳》及錢南揚《孫詒讓傳》。

孫氏以爲群經、諸子之書，『有三代文字之通叚，有秦、漢篆隸之變遷，有魏、晉正艸之輥淆，有六朝、唐人俗書之流失，有宋、元、明校槧之羼改，逵徑百出，多岐亡羊，非覃思精勘，深究本原，未易得其正也』。於是匡違擴佚，必有誼據，無以孤證臆説，貿亂古書之真，乃踵武王念孫《讀書雜志》之例，卒成《札迻》十二卷云。而《楚辭王逸注札迻》即見《札迻》之卷十二，是孫氏讀《楚辭》王逸注本所作校勘筆記，蓋亦所以通叚借、辨流變、别正俗，考版刻者也。其所讀者爲毛晉校刊洪興祖《補注》本，旁參日本莊允益刻本、戴震《屈原賦注》及俞蔭甫《讀楚辭》數種。總二十八條：《離騷》三條，《九歌》一條，《天問》十條，《九章》六條，《遠遊》一條，《招魂》四條，《大招》一條，《哀時命》一條，《九思》一條。皆極精審，每下一字一義，可謂泰山不移也。

孫氏校《楚辭》，塗徑多方。或者審辨字形以正其義。如，《招魂》『胹鼈光羔』，注云：『羔，羊子也。或曰：血鼈

札迻卷十二

瑞安孫詒讓

楚辭王逸注 毛晉刊洪興祖補注本 戴震屈原賦注校 俞樾讀楚辭校 日本莊允益刊本

離騷經第一 薋菉葹以盈室兮判獨離而不服王注云判别也女須言衆人皆佩薋菉枲耳爲讒佞之行滿於朝廷而獲富貴汝獨服蘭蕙守忠貞判然離别不與衆同故斥弃也又九歌抽思云好姱佳麗兮胖獨處此異域注云背離鄉黨居他邑也洪校云胖一作叛一作柈 凡補注本云某一作某皆洪氏所校舊本與王注覼淆無别明刻單注本亦或誤采之竝非也莊本不誤 補注云胖音泮舊音伴又悲回風云氾潏潏其前後兮伴張弛之信期注云伴俱也弛毁也言己思君念國而衆人俱共毁己言内無誠信不可與期也洪補注云伴讀若背畔之畔言己嘗以弛張之

炮羔，和牛五藏爲羔臛、鶩爲羹者也。』孫氏云：『注「或曰」以下有譌，審校文義，或本正文「羔」蓋作「羹」，注當云，或曰：胹鼈炮羹，和牛五藏爲羹臛者也。今本「羹」誤涉正文作「羔」，又衍「鶩爲羹」三字，遂不可通。』案：其説是也。羔、羹形近相訛。又，《哀時命》：『孰魁摧之可信兮，願退身而窮處。』王注：『言己爲諛佞所譖，被過魁摧，不可久止，願退我身，處於貧窮而已。』孫氏云：『魁摧，義未詳，竊疑當作「魁堆」。摧、堆形近而誤。《九歎・遠遊》：「陵魁堆以蔽視兮，雲冥冥而闇前。」注云：「魁堆，高貌。」此亦言高危不可久處，故欲退身而窮處也。』案：其説是也。王注之義蓋訓萎積，則不可通。又，《九思・怨上》：『進惡兮九旬，復顧兮彭務。擬斯兮二蹤，未知兮所投。』注云：『紂爲九旬之飲而不聽政。』洪校云：『惡，一作思。進惡，一作集慕。九旬，一作仇荀。復，一作退。仇荀，謂仇牧、荀息。』徐氏云：『此文當從別本。「惡」作「思」，「九旬」作「仇荀」，即仇牧、荀息，與下句彭咸、務光正相對。故下文總承之曰「二蹤」也。復，當作退。復、退古今字，故一本作「退」。退與進，文亦正相對。以進退無主，故下承之云「未知所投」也。尋文究義，不當如今本甚明。《九思》爲王逸自作，注不知何人所補，疑出魏、晉以後。此釋爲「紂爲九旬之飲」，蓋所據已是誤本。洪興祖疑注爲叔師子延壽所作，則不宜有此巨謬。殆不然矣。』案：審退之古字作『𢓚』，因訛爲『復』。『仇荀』而訛作『九旬』，亦形似故也。謂《九思》注『疑出魏、晉以後』，頗有見地。注文參雜魏、晉以後習語，若『譜録』『通夜』『停』『所攝』（攝訓斥棄）、『荒阻』『山嶺』之類，皆不得見諸東京之時矣。

或者據韻以校正傳本之訛字。如，《離騷》：『曰勉陞降以上下兮，求榘矱之所同。』王注：『言當自勉强，上求明君，下索賢臣，與己合法度者，因與同志，共爲治也。』又，《七諫》：『不量鑿而正枘兮，恐榘矱之不同。』洪校云：『同，一作周。』孫氏云：『此「同」竝當作「周」，與下「調」協韻。同、周形近。上文云：「何方圜之能周兮」，注云：「言何所有圜鑿受方枘而能合者。」洪校亦云：「周，一作同。」以彼《七諫》别本證之，知此「同」亦當作「周」也。《淮南子·氾論訓》云：「有本主於中而以知榘矱之所周者也。」淮南王嘗爲《離騷傳》，《氾論》所云，必本此文，然則西漢本固作「周」矣。上文「雖不周於今之人兮」，注云：「周，合也。」此注似亦以合法度釋「周」字，與上注同。疑王本自作「周」。今本涉注「同志」之文而誤耳。自今本誤作「同」，而與「調」韻不協。考古音者遂滋異論。江永《古韻標準》以爲古人相效之誤，戴本《音義》同。段玉裁《六書音均表》則以爲古三部與九部之合韻，俞正燮《癸巳類稿》又以爲雙聲爲韻，殆皆未究其本矣。」案：其説不刊。乾嘉諸老多以同、調爲韻，而比之以《小雅·車攻》：『決拾既佽，弓矢既調。射夫既同，助我舉柴。』以二句『調』協三句『同』，强爲之説矣。又，《天問》：『勳闔夢生，少離散亡。何壯武厲，能流厥嚴。』王注：『壯，大也。言闔廬少小散亡，何能壯大，厲其勇武，流其威嚴也。』孫氏云：『「嚴」與「亡」「饗」「長」韻不協。江永以爲效《殷武詩》「嚴」「遑」韻而誤（《古韻標準》）。段玉裁以爲古音八部、十部之合韻（《六書音均表》）。俞正燮以爲「嚴」是「莊」字，漢人所改（《癸巳類稿》）。三説不同。俞是也。注「威嚴」亦即「莊嚴」。《禮記·表記》云：「威莊而安。」孔疏釋爲「威嚴矜莊」是也。諸家如字讀，竝失之。』案：其説是也。《楚辭》傳本因漢諱而改者，時或見之。若《離騷》『常』協『懲』韻，常，本作恒，避漢文帝諱改，與『懲』字同協蒸韻，非蒸、陽合韻也。

或者通文字叚借，求其本字本義。如，《天問》：『荆勳作師夫何長？悟過改更，我又何言？』王注：『荆，楚也。師，衆也。勳，功也。初，楚邊邑之處女與吴邊邑處女争采桑於境上，相傷，二家怒而相攻，於是楚爲此興師，攻滅吴之邊邑，而怒始有功。時屈原又諫言：「我先爲不直，恐不可久長也。」欲使楚王覺悟，引過自與，以謝於吴。不從其言，遂相攻伐，言禍起於細微。』孫氏云：『吴、楚構兵，乃楚平王時事，屈子安得諫之？王注殊憒憒。此「勳」當讀「闔」。《易·艮》九三爻辭「厲熏心」，李鼎祚《集解》本「熏」作「閽」，引虞翻云：「古閽作熏字，《艮》『爲閽』。閽，守門人。荀氏以熏爲動。」《釋文》引荀本同。《續漢書・百官志》「光禄勳」，劉昭注引胡廣《漢官解詁》云：「勳，猶閽也。《易》曰『爲閽寺』，主宫殿之職。」《漢書・百官公卿表》注如淳引胡公説略同。荆勳，即荆閽，蓋謂鬻拳也。莊十九年《左傳》：「初，鬻拳强諫楚子，楚子勿從，臨之以兵而從之。鬻拳曰：『吾懼君以兵，罪莫大焉。』遂自刖也。楚人以爲大閽，謂之大伯。後其後掌之。」杜注云：「使其子孫常主此官。」此云「作師」，師即官也。言鬻拳之後世，其官秩何久長也。「悟過改更」，亦蒙上文而言，謂楚王既從鬻拳之諫而改過，則鬻拳又何言乎？此假鬻拳之諫君，以自寓其憂國之忱，何嘗直斥懷王乎。』案：其以勳爲閽之通叚，而荆閽者即鬻拳，較之舊注，自是融通無礙矣。又，《招魂》：『晉制犀比，費白日些。』王注：『比，集也。費，光貌也。言晉國工作簙棊箸，比集犀角以爲雕飾，投之皜然如日光也。』孫氏云：『王以「犀比」爲「簙箸」，古書未見。考《戰國策・趙策》説「趙武靈王胡服賜周紹黄金師比」。《史記・匈奴傳》作「黄金胥比」，《集解》引徐廣云：「或作犀毗。」《索隱》云：「《漢書》見作犀毗。此作『胥』者，犀聲相近。延篤云：『胡革帶鉤。』班固與竇憲書牋云『賜犀比金頭帶』是也。」此「犀比」，疑亦指金帶鉤言之，蓋本胡服，武靈效之，遂行於世。以其原本出於趙，故云「晉制」。趙即三晉之一也。「犀比」，以黄金爲之，故得「光費白日」矣。』案：若此説成立，則胡服帶鉤已傳之楚境，是故戰國楚墓屢見帶鉤出土。《大招》云：『小腰秀頸，若鮮卑只。』王注：『鮮卑，衮帶頭也。言好女之狀，腰支細小，頸鋭秀長，靖然而特異，若以鮮卑之帶，約而束之也。』衮帶，謂大帶也。王注『衮帶頭』云云，大帶鉤也。鮮卑，即『師毗』之音轉。則復以形况楚女細腰之狀矣。

或者辨詞義之異同，求傳注之旨。如，《離騷》『吾令蹇脩以爲理』，王注：『理，分理也，述禮意也。』戴震注：『理，治也，主治事者之稱。』孫氏云：『「理」即「行理」之「理」。《國語·周語》云：「行理以節逆之。」《左傳》昭十三年云：「行理之命，無月不至。」杜注云：「行理，使人通聘問者。」此理亦猶言「使」也，與「媒」義略同。《廣雅·釋言》云：「理，媒也。」理，詳言之則曰「行理」，猶媒亦曰「行媒」。下文云「又何必用夫行媒」。故下文云「理弱而媒拙兮」，《九章·抽思》云「理弱而媒不通兮」，注云：「知友劣弱，又鄙朴也。」又，《思美人》云：「令薜荔以爲理，因芙蓉以爲媒。」皆理、媒並舉。王注下文亦以「媒」「理」爲釋，而「分理」之義，則未當。』案：其説是也。蓋散文，理猶媒也，其義不別。若對文，則理爲分理，媒爲謀合男女也。此理、媒，散文也。而王注以對文別義。又，《惜誦》：『壹心而不豫兮，羌不可保也。』王注：『豫，猶豫也。言已專壹忠信以事於君，雖爲衆人所惡，志不猶豫。』又云：『行婞直而不豫兮，鮌功用而不就。』王注：『豫，厭也。』又，《涉江》：『余將董道而不豫兮，固將重昏而終身。』王注：『豫，猶豫也。言已雖見先賢執忠被害，猶正身直行，不猶豫而狐疑也。』孫氏云：『豫，猶言詐也。《晏子春秋·問上篇》云：「公市不豫。」《鹽鐵論·力耕篇》云：「古者商通物而不豫。」《禁耕篇》云：「教之以禮，則工商不相豫。」《周禮·司市》鄭注：「定物賈，防誑豫。」皆即此「不豫」之義。王注竝失之。』案：其説確也。《淮南子·覽冥篇》：『道不拾遺，市不豫賈。』又，《荀子·儒效篇》：『魯之粥牛馬者不豫賈。』不豫賈，謂不誑賈也。豫之爲訓『欺詐』，後多不知，雖叔師亦不能免。又，《懷沙》：『巧倕不斲兮，孰察其撥正。』王注：『撥，治也。言倕不以斤斧斲斫，則曲木不治，誰知其工巧者乎。』洪氏《補注》：『《史記》作「揆正」。揆，度也。』孫氏云：『撥謂曲枉，與正對文。《管子·宙合篇》云：「夫繩扶撥以爲正。」《淮南子·本經訓篇》云：「扶撥以爲正。」高注云：「撥，枉也。」《修務訓》云：「琴或撥刺枉橈。」注云：「撥刺，不正也。」《荀子·正論篇》云：「不能以撥弓曲矢中。」《戰國策·西周策》云：「弓撥矢鉤。」皆其證也。王釋爲「治」，失之。』案：其説確也。《淮南子・主術篇》『扶撥枉橈』。撥，亦訓枉也。可與孫説相補。

或者以《楚辭》解《楚辭》，重内證也。如，《大司命》：『固人命兮有當，孰離合兮可爲。』王注：『言人受命而生，有當貴賤貧富者，是天禄也。』孫氏云：『當，猶值也。言人之命各有所當值，不能强爲。《九辯》云：「惟其紛糅而將落兮，恨其失時而無當。」注云：「不值聖王而年老也。」彼「無當」爲「不值」，則此「有當」即言有所值明矣。此注義不若《九辯》之密合矣。』案：此據《九辯》『無當』以解《大司命》『有當』矣。又，《遠遊》『左雨師使徑侍兮』，孫氏云：『侍，當作待。《離騷》云：「路脩遠以多艱兮，騰衆車使徑待。」注云：「言崑崙之路險阻艱難，非人所能由，故令衆車先過，使從邪徑以相待也。」此文當與彼同。《離騷》洪校云：「待，一作侍。」彼别本雖亦與此同，然以注「從邪徑以相待」之義覈之，則王本必不作「侍」明矣。』案：此以《離騷》之『徑待』校《遠遊》之『徑侍』也。又，《招魂》：『軒輬既低，步騎羅些。』王注：『軒、輬，皆輕車名也。低，屯也。一曰：低，俛也。』孫氏云：『《九章・涉江》云「邸吾車兮方林」，注云：「邸，舍也。」洪校云：「邸，一作低。」此「低」與彼「邸」聲義同，蓋謂舍車而楮柱其轅於地。《説文・車部》云：「卻車抵堂爲䡴。」低與抵義亦同。王釋「邸」爲「舍」，是也。而釋「低」爲「屯」，則尚未密合。别説以「低」爲「俛」。尤誤。』案：據《涉江》『邸吾車』以解《招魂》之『既低』也。低、邸、抵並同氐聲，其義當亦相通。《説文》：『氐，至也。』至，猶止也。馬王堆漢墓帛書《十經・三禁》：『進不氐，立不讓。』謂進而不舍止也，與簡書同。故低、邸、抵並有止舍之義。

雖然，智者猶不免千慮一失。如，《離騷》『判獨離而不服』，王注：『判，别也。女嬃言衆人皆佩薋菉枲耳，爲纔佞之行，滿于朝廷，而獲富貴，汝獨服蘭蕙，守忠直，判然離别，不與衆同，故斥棄也。』孫氏以『判獨離』之判，同《抽思》『牉獨處』之『胖』、《悲回風》『伴張弛』之『伴』，云：『判、胖、伴、叛字竝通，蓋分別離散之意，即《遠遊》注所謂「叛，散也」。云「判獨離」「胖獨處」者，言叛散而獨離處也。云「伴張弛之信期」者，言張弛任時，叛散無定也。諸篇官舛異而義實同。』案：《騷》云『判獨離』，王注以『判獨離』爲『獨服蘭蕙判然離別』，增字解經，固非其義。然孫氏亦未得之。獨離，猶疲頓不振之貌。因聲以求，其字或作『獨漉』『漉獨』『東籠』，倒乙又作『鹿獨』『羸瘇』『龍鐘』『隴種』『潦倒』『落籜』『郎當』『蘭單』『藍攙』『闌彈』『闌殫』『拉搭』『邋遢』等，皆聲之轉。女嬃謂汝判然潦倒不振，以不服資菉葹故也。非『分別離散』之意矣。又，《天問》：『昏微循迹，有狄不寧。何繁鳥萃棘，負子肆情。』王注解以晉大夫解居父聘吴，過陳之墓門，而欲淫婦人之事。孫氏復因王注，云：『狄，當爲惕。言解居父昏闇微行，遵循軌迹，心當憂惕不安，何反肆其情而致繁鳥之刺乎？』案：非是。昏微，殷先王上甲微也。有狄，即有易也。『昏微循迹』者，言微遵其父叔亥、恒竝淫於有易。王静安云：『古狄、易二字同音，故相通假。《説文·辵部》，逖之古文作逷。《書·牧誓》「逖矣西土之人」，《爾雅》郭注引作「逷矣西土之人」。《書·多士》「離逖爾土」，《詩·大雅》「用逷蠻方」，《魯頌》「狄彼東南」，《畢狄鐘》「畢狄不龔」。此逖、逷、狄三字異文同義。《史記·殷本紀》之簡狄，《索隱》曰：「舊本作易。」《漢書·古今人表》作簡逷，《白虎通·禮樂篇》：「狄者，易也。」是古狄、易二字通。有狄即有易。』清華簡《保訓》：『昔微叚（假）中於河，以復有易，有易伓（服）厥罪。微無害，迺追（歸）中於河。微寺（志）弗忘，傳貽子孫，至于成康（湯）。』其言者，蓋亦此事也。王静安云：『「繁鳥萃棘」以下，當亦記上甲事，書闕有間，不敢妄爲之説。』案：棘，商人社也。清華簡《程寤》：『大姒夢見廷隹（唯）棘，迺小子發取周廷杍（梓）桓（樹）於氒（厥）間，化爲松柏棫柞。』梓，周人社。棘之化松柏，周代商之象也。故後以棘爲凶險之處。《方言》：『凡草木刺人，江、湘之間謂之棘。』棘，比凶險。《易・坎》上六：『繫用徽纆，寘于叢棘，三歲不得。凶。』王弼注：『險陗之極，不可升也。嚴法峻整，難可犯也。宜其囚執，寘于思過之地，三歲，險道之夷也，險終乃反，故三歲不得；自脩三歲，乃可以求復，故曰「三歲不得，凶」也。』繁，謂衆多也。鳥，『玄鳥』之鳥；繁鳥，指亥、恒、微諸人，殷人以鳥爲其族之精，故甲骨文亥或從隹作『⿱隹亥』（詳參《殷契拾掇》四五五），或作『隻』（詳參《殷契佚存》八八八），皆从『隹』，短尾鳥。萃，集也。謂殷先王亥、恒、微竝淫有易女，同集於商社也。負，通作婦。《爾雅・釋蟲》：『蟠，鼠負。』《釋文》：『負又作婦。』《説文・蟲部》鼠負作鼠婦。《漢書・周亞夫傳》『亞夫爲河内守時，許負相之』，顔注：『許負，河内温人，老嫗也。』許負即許婦。婦，指有易女，始與亥、恒通；後與其子『昏微』通。子，謂微也。父與子竝淫一婦，故斥之曰『婦子肆情』也。又，《橘頌》『淑離不淫，梗其有理兮。』王注：『淑，善也。梗，强也。言己雖設與橘離別，猶善持己行，梗然堅强，終不淫惑而失義也。』孫氏云：『離與麗通。言橘之章色善麗而不淫邪，又有文理也。』案：蔣驥《山帶閣注楚辭》：『淑，美。離，麗也。兼上花葉枝果之美，而本之以不遷難徙，則是美麗而不淫，既强梗而復有文理矣。』則蔣驥固已言之矣，豈孫氏未之見耶？

《札迻》爲孫氏首刊之書，自刻於清光緒二十年甲午，二十八年壬寅又有斠正重修版本。國家圖書館皆有藏本。（黃靈庚）

# 楚辭考異

《楚辭考異》者，清劉師培之所作也。師培字申叔，號左盦，生於光緒甲申，卒於民國己未，享年三十又六。江蘇儀徵人。曾祖文淇、祖毓崧、伯父壽曾皆以治《左氏春秋》，而稱於道、咸、同、光四朝，列《清史·儒林傳》。父貴曾亦以經術稱鄉里。幼聰慧，承紹家業，服膺漢學，以昌邕揚州學派爲己任，世稱揚學『殿軍』。光、宣間，學以實事求是爲鵠，趨於革新，近於戴氏學；民初以後，則以篤信古義爲宗，近於惠氏學，復歸守舊。勤勉自礪，涉獵甚博，凡經史子集皆有發明，非專攻一經或一學者可比，於其成就言，蓋小學、經學及校勘學三端也。與餘杭章炳麟交，排滿興漢，易名『光漢』，入光復會、同盟會，主張民族民權。任《警鐘報》主筆及《民報》編輯。時學業益進，至有『二叔』之稱（炳麟初字枚叔）。主編《國粹學報》，倡導古學，衣被學人。又擬建國粹學堂，手編國學教科書。民初後，先後任教於蕪湖皖江中學校、兩江師範學校、四川國學院及北京大學。晚年又創辦《國故月刊》，任總編。錢玄同、陳鍾凡、劉富曾、尹炎武、蔡元培分別爲其作年表、繫年、行述、墓銘、傳記、事略等。著述甚豐，都七十四種，後人輯爲《劉申叔先生遺書》。

《楚辭考異》屬校勘之作，嘗分別連載於《國粹學報》《中國學報》《國學叢刊》，後收入寧武南氏刊刻《劉申叔先生遺書》。其所校者，爲《楚辭》正文、王逸序文及《章句》，即取清同治十一年金陵書局復刊汲古閣毛表校刻洪興祖《補注》爲底本，舉凡有宋以往辭書、類書、注疏、筆記等徵引《楚辭》與洪本歧異者，悉逐一條列之。卷首劉氏題記，略敘作是書之因由及作是書之宗旨，稱『今所傳王本，明刊而外，惟日本莊益恭刊本較爲精善。然毛刊洪氏《補注》本出自宋槧，尤爲近古。《補注》以前恒列異文，蓋屬宋人校記。於博考衆本外，恒注《史記》《文選》異文，亦間及《藝文類聚》。宋代之書，斯爲昭實。惟是漢人所引，文已互乖。六朝而降，異本滋衆，故群籍引稱，文多歧出。即書出一人之手，後先援引，迺復互殊。勘讎同異，昔鮮專書，致舊本之觀，靡克闚睹，學者憾焉。今以洪本爲主，凡古籍所引異文，按條分綴，序及《章句》文亦附校，篇各爲卷，名曰「考異」，以補宋人校記之缺。惜孟堅、景伯《章句》，自昔弗昭，景純所注書亦墜失，殊文異字，勘審靡資，興念及此，猶叔師所云「愴然悲感」也』云云。蓋既所以補宋人所未備，學者又據此見自漢以來引徵《楚辭》之繁富，爲後所重者若是哉。

觀其體例，凡作考異條目者，則始出《楚辭》正文；若《補注》有異文，以雙行小字繫於正文下。次另行起低一格，案下臚列宋以前徵引《楚辭》異文。王逸序、注文亦然，然其所列異文，又較正文者低一格。全書依《補注》編次，都十七卷：卷一《離騷考異》，正文五十五條，序六條，注十五條。卷二《九歌考異》，正文六十六條，序二條，注九條。卷三《天問考異》，正文三十六條，序一條，注十六條。卷四《九章考異》，正文六十二條，注十六條。卷五《遠遊考異》，正文三十四條，注七條。卷六《卜居考異》，正文十四條，注一條。卷七《漁父考異》，正文十一條，序三條。卷八《九辯考異》，

楚辭卷第一攷異　儀徵劉師培申叔

離騷經

序　王乃疏屈原（疏亦作逐）

案文選本篇李注引疏作流據新序節士篇云復放屈原自以作流爲長

序　猶依道徑（一云陳直徑 一云陳道徑）

案爾雅釋天疏引作猶陳正道

序　又使誘楚

案文選祭屈原文注引作誘懷王義較長

序　自沈而死

案文選本篇注引作自投而死也

序　故善鳥香草

楚辭攷異　一

正文五十五條，注三條。卷九《招魂考異》，正文四十六條，序二條，注十條。卷十《大招考異》，正文二十一條，注八條。卷十一《惜誓考異》，正文八條，注一條。卷十二《招隱士考異》，正文十四條，注三條。卷十三《七諫考異》，序一條，三十六條，注二條。卷十四《哀時命考異》，正文十六條。卷十五《九懷考異》，正文二十五條，注四條。卷十六《九歎考異》，正文三十六條，注五條。卷十七《九思考異》，正文十二條，注一條。劉氏自稱『此編之旨以臚列異文爲主，餘惟訂正誤字，《章句》是非，概弗議及』云。其所徵引文獻，計有《尚書注疏》《尚書大傳》《毛詩注疏》《左傳注疏》《禮記注疏》《論語注疏》《爾雅注疏》《文選》李善注、《藝文類聚》《北堂書鈔》《玉燭寶典》《初學記》《白帖》《太平御覽》《事類賦注》《原本玉篇》《宋本玉篇》《廣韻》《説文繫傳》《慧琳音義》《希麟續音義》、羅願《爾雅翼》、《史記》三家注、《漢書》顔師古注、《後漢書》李賢注、《路史注疏》《莊子釋文》、任淵《山谷詩内集注》、史容《山谷詩外集注》《渚宫舊事》《高士傳》、宋咸《國語補音》、顔師古《匡謬正俗》、王楙《野客叢書》、王觀國《學林》、俞琰《周易參同契發揮》《山海經》郭璞注、王應麟《詩考》、馬永卿《嬾真子》、王念孫《讀書雜志》等，憑一人翻閲之力，遠紹博引，矻矻孜孜，至於窮盡，實屬未易矣。

劉氏雖言『臚列異文爲主』，然其爲學也精於校勘、考據，偶或審辨字義，訂正譌誤，以陳一己之説，發前賢所未發。《離騷》『女嬃之嬋媛兮』，《考異》曰：『《詩·桑扈·鄭箋》云：「胥有才智之名也。」疏云：「《易》『歸妹以須』，注亦云：『須有才智之稱。』天文有須女，屈原之妹名女須。鄭志答冷剛云：須有才智之稱。屈原之妹以爲名。是胥有才智之稱。」胥、須古今字耳。據《詩》疏所云，似鄭君所見之本，嬃字作須。』案：其説是也。須、嬃，古今分別字，與『胥』音同通用。女嬃，謂有才智之女也。然屬寓言，非實有其人，類《列子》愚公不愚而稱『愚』，智叟無智而稱『智』，相反爲言也。又，『恐鵜鴂之先鳴兮』，《考異》：『鴂，當作「鴂」。《史記・曆書》「秭鴂先滜」，《索隱》本作鷤䳏，云：「鷤音弟，䳏音圭。《楚詞》云：『慮鷤䳏之先鳴，使夫百草爲之不芳。』解者以鷤䳏爲杜鵑也。」是《索隱》所據《楚詞》「鴂」字作「䳏」。《後漢書・張衡傳》注、《漢書・揚雄傳》顔注、羅願《爾雅翼》引此亦作「鷤䳏」。顔注云：「䳏音桂。」又云：「鷤字或作鶗，亦音題。鴂，又音決。」據顔説，似作䳏爲本字，鴂即䳏字叚文。王以買鵤爲訓，鵤、鴂、䳏並音近字也。惟隋、唐已有作「鴂」之本，《玉燭寶典》五引作題鴂，又云：「其音鵙，故以音自名。」始以題鴂即鵙鳥。故《文選・思玄賦》注、《詠懷詩》注並引作鶗鴂，任淵《山谷詩内集注》卷十二引作鷤鴂，卷六及《事類賦注》二十四亦均作「鶗鴂」。《廣韻》因之，遂列「題鴂」於十六《屑》「鴂」字注，洪氏《補注》亦因之，以音決爲本音，並以子規、鶗鴂爲二物，誤之甚矣。』案：其辨『鵜鴂』之沿革詳且審也，足破古今之疑矣。《九歌序》『其俗信鬼而好祠，其祠必作歌樂鼓舞』，《考異》云：『《御覽》引作「其俗敬鬼神好夜鼓舞」。』案：宋本《御覽》卷五百七十二作『其俗敬鬼神於夜作樂鼓舞』。其引文雖有誤，然出『於夜』異文，於《九歌》祭鬼神均在夜，則提供堅實證據也。又，《湘君》『遺余佩兮醴浦』，《考異》：『《書・禹貢・疏》《史記・夏本紀・索隱》引「遺」作「濯」。據王注訓「遺」爲「離」，似作「濯」，非王本。』案：其説是也。又，《天問》：『反成乃亡，其罪伊何？』王注：『言殷王位已成，反覆亡之，其罪惟何乎？罪若紂也。』《考異》：『據注似當作「及成反亡」。』案：聞一多《楚辭校補》：『劉説是也。王注曰「言殷王位已成，反覆亡之」，是王本作「及成乃亡」。今本作反，因及反形近，又蒙注中「反覆亡之」之文而誤。』又，『梅伯受醢』，《考異》：『《禮記・王制》疏引「受」作「菹」。是也。』案：菹醢，屈賦習見。《遠遊》『野寂漠其無人』，《考異》：『人，與韻弗叶，疑字誤。』案：《九辯》：『蟬寂默而無聲。』《哀時命》：『嘆寂默而無聲。』皆蹈襲屈原《遠遊》，無人，即『無聲』之訛。聲，與上『榮』、下『征』同叶耕韻。

劉氏雖未及考辨，然其啓人致思之功，則未可没也。

劉氏乃校勘名家，素稱爲學者楷模。然較其《管子斠補》《晏子春秋斠補》《老子斠補》《莊子斠補》等，《考異》不及遠甚，未可稱善。觀所出異文，或徒爲列異而於考訂無助，或疏於版本選擇，或校勘不精，錯誤百出，或見誤校者。如，《離騷序》「王乃疏屈原」，《文選》本《離騷經序》「疏」作「流」。《考異》云：「據《新序·節士篇》云：『復放屈原。』自作『流』爲長。」案：非也。《史記·屈原列傳》：「王怒而疏屈平。」班固《離騷贊序》：「王怒而疏屈原。」即王序所因。舊作「疏」是也。王注或言「放流」。《離騷》「又樹蕙之百畝」，王注：「言己雖見放流，猶種蒔衆香，修行仁義，勤身自勉，朝暮不倦也。」又，「申申其詈予」，王注：「言女嬃見己施行不與衆合，以見放流，故來牽引數怒，重詈我也。」《懷沙》「汨徂南土」，王注：「言己見草木盛長，己獨汨然放流，往居江南之土，僻遠之處，故心傷而長悲思也。」《大招序》：「屈原放流九年，憂思煩亂，精神越散，與形離别。」或爲「流放」。《九懷序》「言屈原雖見放逐」，《補注》引「放逐」一作「流放」。《通路》「悲命兮相當」，王注：「不獲富貴，值流放也。」惟未見單作「流」者。又，「扈江離與辟芷兮」，王注：「扈，被也。楚人名被爲扈。」《考異》：「《太平御覽》九百八十三引注『被』作『披』。」案：被、披古今字。然宋本《太平御覽》引王注：「扈，被也。楚人名披爲扈。」則後一「被」字作「披」也。未知其所據本。又，「夕攬洲之宿莽」，《考異》：「《藝文類聚》八十一引作『夕攬中洲之宿莽』。」案：宋紹興本「夕」訛作「多」，「中」作「華」。未知其所據本。又，「怨靈修之浩蕩兮」，《考異》：「《類聚》三十引『靈』，胡誤作『苓』。」案：胡，未知誰人，亦不知其所據本。宋紹興刻本亦作「靈」，然「修」訛作「循」。又，「謡諑謂余以善淫」，王注：「謡，謂毁也。諑，猶譖也。」《考異》：「《御覽》四百八十三引『謡』作『讃』。引注『謡』亦作『讃』。」案：宋本《御覽》引正文及注皆作「譖」。未知其所據本。又，《湘君》「桂櫂兮蘭枻」，《考異》：

『蘭與欄同。《説文》「欒」字下云：「木似欄。」《繫傳》云：「欄，木蘭也。」「木蘭」二字合稱爲「欄」。《學林》云：「以桂木爲櫂，以木蘭爲枻。」其説是也。』案：單稱『蘭』，或爲草，或爲木。此『蘭枻』，即木蘭也。以語境可得定之。然『木蘭』無作『欄』者，《繫傳》『欄，木蘭也』之『蘭』，即『闌』之訛也。欄，柵闌，以木爲之，故曰『木闌』也。劉説誤也。又，『橫大江兮揚靈』，王注：『靈，精誠也。』《考異》云：『《後漢書・杜篤傳》注引作「揚舲」。未知據何本。』案：王注『靈精誠』云云，其舊本作『靈』。若作『舲』字，必與『船』字連用。《涉江》『乘舲船余上沅』是也。若作『舲』，與下文『揚靈兮未極』，亦不相接榫。『揚靈』，屈賦恒語，猶言顯靈也。《離騷》『皇剡剡其揚靈』是也。《文選・贈士孫文始》李善注引《楚辭》亦作『揚靈』，其所據唐本未訛。劉氏列此異文，蓋未經攈擇，徒滋歧紛耳。姜亮夫《屈原賦校注》云：『舲，本字；靈，借字也。』且引《通釋》云：『舲與艫同，揚靈，鼓枻而行如飛也。』尤非也。又，《悲回風》『居戚戚而不可解』，《考異》：『《文選》潘岳《悼亡詩》注、陸機《答張士然詩》注所引並無「可」字，《古詩十九首》注引有「可」字，「居」誤「君」。』案：覆六臣注奎章閣本、上海涵芬樓影宋六臣注建州本、李注尤袤本、袁褧本亦皆作『居』字，未訛也。劉所據者，蓋劣本也。列此異文，無益於校勘也。又，王注『思念憔悴』云云，居訓『思念』。『居戚戚』與上『愁鬱鬱』相對爲文，居猶愁也。《郭店楚墓竹簡》『處』皆作『凥』。《成之聞之》：『君衰絰而凥立，一宮之人不勳（勝）。』又：『朝廷之立（位），讓而凥戔（賤）。』《性自命出》：『蜀（獨）凥則習父兄之所樂。』《語叢》（三）：『牙（與）爲𢘲（義）者遊，益。牙（與）莊者凥，益。』居之古字亦作『凥』。是以二字相亂。《儀禮・既夕禮》『士處適寢』，鄭注：『今文處作居。』《禮記・檀弓上》『不晝夜居於內』，《孔子家語》『居』作『處』。『處戚戚』之處，讀如《詩・雨無正》『鼠思泣血』之鼠，鄭箋：『鼠，憂也。』或作癙，《正月》『癙憂以痒』，《毛傳》：『癙、痒，皆病也。』《釋文》：『癙音鼠。』《爾雅・釋詁》：『癙，病也。』孫炎注：『癙，畏之病也。』處、鼠、癙三字音同通用。《呂氏春秋・愛士篇》『陽城胥渠處』，高注：『處，猶病也。』處亦癙也。劉氏於『居』字不及一語，其疏於考證也。又，《遠遊》『澹無爲而自得』，《考異》：『《文選・琴賦》注引「澹」作「淡」。』案：《文選》諸本注引皆作『澹』，唯同治八年金陵書局本作『淡』，爲劣本也。若劉氏徵引古籍，或惟標書名及篇，未及卷次，於覆核尤爲不便。且以求全而言，遺漏甚多。僅《慧琳音義》引《楚辭》及王注，見諸《考異》者，但十之二、三耳。其他亦可類推。至若《三國志》《晉書》《南史》《列子》張湛注、《古文苑》章樵注、《全唐詩》《蘇氏演義》《封氏聞見記》《夢溪筆談》《海録碎事》《文昌雜録》《太平廣記》《記纂淵海》《全芳備祖》《古今合璧事類備要》《容齋隨筆》《西溪叢語》《古今事文類聚》《考古質疑》及宋人注唐韓、柳文集、宋人注蘇詩、後山詩等宋以前古籍百餘種之多，皆存《楚辭》異文，劉氏均未之及。余作《楚辭異文辯證》（中州古籍出版社二〇〇〇年版），所輯得異文，蓋不啻十倍矣。若此而言，蓋古人云，『前修未密，後出轉精』。其是之謂也。

劉氏著《考異》，以增益洪氏《補注》所闕者，古今一人耳，是故後人重其書，若姜亮夫、金開誠輩後先引用，唯恐不之及。然皆未注明其出處，不覆核原書，以致蹈襲其誤而不自知，貽誤後人者夥頤。如，《離騷》『寧溘死以流亡兮』，《補注》：『以，一作而。』《考異》：『《慧琳音義》八十一、九十三並引「以」。』案：《慧琳音義》卷九十三『溘然』條但引王注云：『奄然而至，不期而忽有者曰溘然。』而無引正文，卷九十八『溘死』條引正文有此語。姜亮夫《屈原賦校注》亦謂《一世經音義》九十三引作『以』。是蹈襲劉氏，未覆檢原書也。又，『芳菲菲其難虧兮』，《考異》曰：『原本《玉篇・亏部》引「菲菲」作「霏霏」。』案：原本《玉篇・亏部》『虧』字引《楚辭》作『菲菲』。劉氏誤也。姜亮夫《屈原賦校注》蹈襲其誤，亦謂作『霏霏』。又，『索藑茅以筳篿兮，命靈氛爲余占之』。《考異》：『《玉燭寶典》八引「藑」作「瓊」，

「氛」作「氣」。」案：《玉燭寶典》卷八無此引文，卷九有此引文。姜亮夫《屈原賦校注》蹈襲其誤，亦謂『《玉燭寶典》八引「夐」作「瓊」，「氛」作「氣」』。又，《東皇太一》『君欣欣兮樂康』，《考異》云：『《文選·舞賦》注引「君」誤作「吾」。』案：韓國藏《文選》六臣注奎章閣本、日本國足利學校藏六臣注明州本、六臣注建州本、李善注尤袤本、胡本、四明林氏本、乾隆四十六年據宋袁袟刊本李善注引《楚辭》皆作『君』未訛。唯清同治八年金陵書局翻刻本及四庫本李善注引『君』作『吾』，是爲劣本，即劉氏所據。姜亮夫《屈原賦校注》、金開誠《屈原集校注》亦謂《文選·舞賦》注引《楚辭》『君欣』之『君』作『吾』。蓋並剿襲劉氏，而未及覆覈也。又，《山鬼》『既含睇兮又宜笑』，《考異》云：『《白帖》二十一引「睇」作「皓」。二十四引「含睇」作「宜睇」。』案：《白帖》卷二十四『宜笑』條注引：『《楚辭》「既含睇兮」，注：「宜笑齒白也。」』其作『含睇』未訛也。然但引前半句，無引『又宜笑』三字。姜亮夫《屈原賦校注》亦謂『《六帖》二十一引「睇」作「皓」，二十四引「含睇」作「宜睇」』。惟改『白帖』爲『六帖』，餘皆同。是劉氏既訛在前，而姜氏蹈襲其後，雖改頭換面，未能掩其劣迹，誠『宜笑』事也。又，《涉江》『入漵浦余儃佪兮，迷不知吾所如』。《考異》：『《御覽》四百九十引作「出漵浦於邅迴」。』案：宋本《御覽》引《楚辭》作『入漵浦予邅迴兮，迷不知其所如』。不知其所據本。又，『吾』作『其』，劉氏漏校。姜亮夫《屈原賦校注》同劉校，乃剿襲其文也。又，《遠遊》『羨韓衆之得一』，《考異》：『《後漢書·張衡傳》注引「之」作「而」。』案：考《後漢書》諸本《張衡傳》注皆作『之』，未見有作『而』者，不知其所據何本。而姜亮夫《屈原賦校注》、金開誠《屈原集校注》亦謂『《後漢書·張衡傳》注引「之」作「而」』。俱因襲劉氏，未覆檢原書故也。又，『耀靈曄而西征』，《考異》：『《文選·寡婦賦》注引「耀」作「曜」。』案：耀、曜雖同，然考《文選》宋刻諸本《寡婦賦》注皆作『耀』，惟同治八年本作『曜』。姜亮夫《屈原賦校注》亦謂『《文選·寡婦賦》注引「耀」

作「曜」』。則蹈襲劉氏也。又，『聊仿佯而逍遥兮』，《考異》：『《慧琳音義》六十一引「而」作「以」。』案：覆檢《慧琳音義》，『而』作『以』者，本引《離騷》『聊逍遥以相羊』，非出《遠遊》。劉氏張冠李戴。姜亮夫《屈原賦校注》亦謂『《慧琳音義》六十一引「而」作「以」』。是蹈襲劉氏之訛也。又，『駕八龍之婉婉兮』，《考異》：『《文選·封禪文》注引作「宛宛」。』案：此本引《離騷》異文，非出於《遠遊》。姜亮夫《屈原賦校注》、金開誠《屈原集校注》亦張冠李戴，謂『《文選·封禪文》注引作「宛宛」』，蹈襲其誤也。又，『降望大壑』，《考異》：『《山海經·大荒東經》郭注引「望」作「土」。』案：覆《山海經》諸本注引均作『望』，未審其所據何本。姜亮夫《屈原賦校注》亦謂『《山海經·大荒東經》郭注引「望」作「土」』，蹈襲其訛也。《漁父》『何不餔其糟而歠其醨』，《考異》：『《慧琳音義》二十四引「餔」作「哺」。』案：《慧琳音義》卷二十四無此引文，檢卷三十四『糟糠』引有此異文。姜亮夫《屈原賦校注》亦謂『《慧琳音義》二十四引「餔」作「哺」』。蹈襲其訛也。又，『滄浪之水濁兮』，《考異》：『《文選·歸田賦》注引「濁」作「淥」。』案：《文選》宋刻諸本注引皆作『濁』，惟唯同治八年金陵書局本作『淥』。姜亮夫《屈原賦校注》亦謂『《文選·歸田賦》注引「濁」作「淥」』。蹈襲其訛也。類此訛誤，蓦略一百七十餘處。余瞪乎其惑，不審姜、金諸氏何以如此耶！然姜、金諸人之書一版再版，播諸海内外，學人奉如珪臬，相承其訛而未加措意。嗚呼，學術乃天下公器，理應嚴謹不苟，實事求是，不可唯名家之依違。後之學人尤不可魯莽從事，當深以此爲戒矣。

是書無單印本，見諸《劉申叔先生遺書》，收録於丙類《群書校釋》第二十種，民國二十五年寧武南氏校印本，國家圖書館有藏本。（黄靈庚）

# 楚辭校補

《楚辭校補》者，易培基之所作也。培基字寅村，號鹿山，居室名『易吟邨』。湖南善化縣人。生於清光緒庚辰六年，卒民國二十六年丁丑。光緒末，入武昌，就學湖北方言學堂，又之海東求學，入同盟會，與武昌起事。民國三年癸丑，任教湖南高等師範學堂。九年己未，任湖南省立第一師範學校校長。十一年辛酉，任湘軍總司令部秘書長。十六年丙辰，任北平女子師範大學校長。十八年，任國民黨中央政治會議委員、故宫博物院院長。後遭誣侵占古物，被迫去職，遁迹上海，鬱鬱不得志，終死於租界。培基小學近章炳麟，經學近康南海。著有《三國志補注》《散氏盤釋文》《讀孫子雜記》等。事載《中華民國史・人物傳》卷七。

是書衹《離騷》一卷，易氏稱『比時隨讀隨記書端，並無副本，早年劉君（申叔）索稿，曾録數葉塞責，《國故》中綴，未續寄。諸公承踵前徽，自當陸續鈔寄』云云，知是書之作，爲劉師培所約也。首爲易氏作於宣統元年之序，辨戴震漢『無《楚辭》之名』之謬者，是也。然列舉《漢書》及王逸《九思序》以爲佐證，則非也。案：《朱買臣傳》『説《春秋》言《楚辭》』及《王褒傳》『宣帝徵能《楚辭》者』云云，朱買臣、九江被公等當日所『言』、所『誦』之『楚辭』，是否即屈、宋辭賦，羌無實證。且朱買臣、九江被公所『言』、所『誦』之『楚辭』，果爲屈、宋辭賦之作，則爲以《漢書・藝文志》未别立『楚辭』之體，而統以『賦』稱之耶？《地理志》云：『始，楚賢臣屈原被讒放流，作《離騷》諸賦以自傷悼。後有宋玉、唐勒之屬慕而述之，皆以顯名。漢興，高祖王兄子濞於吴，招致天下之娛遊子弟，枚乘、鄒陽、嚴夫子之徒，興於文、景之際。而淮南王安亦都壽春，招賓客著書。而吴有嚴助、朱買臣，貴顯漢朝，文辭並發，故世傳「楚辭」。』據此，漢人所稱『楚辭』，雖與屈、宋之作有關係，而二者有所區别。漢稱屈、宋之作爲『賦』，類似或摹擬屈、宋漢人之作爲『辭』。《楚辭》十七卷衹對劉安、東方朔、王褒、莊忌、劉向等漢人『追憫屈原』、代屈原『舒憂瀉憤』之作，方冠之以『楚辭』。故漢世所稱『楚辭』，屈原、宋玉等詩賦不在其内，尤其對於内容與屈原遭憂無關之漢世辭賦，如司馬相如《大人之頌》、枚乘《七發》、張衡《思玄賦》、揚雄《反離騷》等，雖形式相似，仍不得以『楚辭』稱之也。又，王逸《九思序》見『譜録』之類六朝口語詞，本非逸所自作，不足引以爲證據也。

序又謂『滅楚者，秦也。滅秦者，《楚辭》也。楚自頃襄王忘讎，君臣渫嬻，已處必亡之勢。屈原爲賦二十五篇，且以身殉。《荆楚歲時記》載「搏艾競舟」事，知楚人感原之至，而引屋社之恫深也。故秦雖亡楚，《楚辭》以繫民心，國雖亡而心不殄。商公有言，「楚雖三户，亡秦必楚」。故陳涉之興，必曰「張楚」；項梁之起，必假懷王。項籍震乎楚歌。沛公不亡楚舞。六國均亡於秦，而民特懷楚，楚遵何德而致是哉？朱明滅於東胡，汪沐曰年七十又五，日誦《楚辭》，於屈子自沈日，投揚子江而死。其餘遺民如王夫之、錢澄之、黄宗羲、顧炎武諸君，以屈賦之音，爲復邦之舉，日征月邁，其應如響』云。易氏身處清之季世，其人固非前清之遺老，乃民國之先驅，惟顛覆清廷、建立民國爲己任，不知緣何出此憤濆之詞。觀其末年任職故宫博物院，身罹誣詬，百口莫辨，幾陷牢獄之災，而鬱鬱以終。然此事已在作是書之後，與治《楚辭》亦了不相涉矣。序又述治學經歷，謂『齠齔受學，即愛《楚辭》，時通行者爲毛氏汲古閣本。稍長，治目録校讎之事，苦毛本不善，見凡善於毛本者必售、必借，即以校正毛本。十年於兹，所校之本，曰黎文景刻元至正本，曰明王孫芙容館仿宋本，曰明正德王鏊刊本，曰黄省曾校敦本，曰宋錢杲之《離騷集傳》本。惟以王注、洪《補》爲斷，凡朱熹《集注》雖善本不録』。據序所言，蓋以毛氏汲古閣《補注》爲藍本，而校以黎氏元至正等刻五本也。然則黎氏所刻元至正本，即朱熹《集注》也。乃云『凡朱熹《集注》雖善本不録』，則自亂其例矣。其所列『元本』，皆非《楚辭章句》。又，王鏊未嘗刻《楚辭》，明正德高第、黄省曾刻《楚辭》十七卷，王鏊爲之序，謂『其書得之郡文學黄勉之，長洲尹西蜀高君公次見而奇之』，乃謀『與校正梓刻以傳』。則所謂『明正德王鏊刊本』者，實『黄省曾校敦本』也，何以歧而爲二？若易氏稍留意之，亦不致有此謬誤矣。

易氏序又云：『其餘治《楚辭》諸家，自宋以來，如吴仁傑之《草木疏》，高似孫之《離騷略》，陳第之《屈宋古音義》，王夫之之《楚辭通釋》，錢飲光之《莊屈合詁》，毛奇齡之《天問補注》，戴震之《屈原賦注》，王念孫之《讀書雜志》，方績之《屈子正音》，俞樾之《楚辭札記》，朱駿聲之《離騷補注》，曹耀湘之《讀騷論世》，王闓運之《楚辭釋》，孫詒讓之《札迻》，郭焯瑩之《讀騷大例》，馬其昶之《屈賦微》，類書如《文選》李注、《白孔六帖》《藝文類聚》《初學記》《北堂書鈔》《一切經音義》《太平御覽》，均徵引比集，參校同異。間或推闡其義，或訂榷其誤。用日既多，爲書益夥，乃名之曰《楚辭校補》。』其意甚善。參證諸家，亦庶幾備矣。然上所列諸家之作，文中罕見徵引，抑徒張其聲勢耶？

易氏是書，與劉申叔《考異》蓋並時，劉氏校讎雖未用正德、隆慶諸本，而所引『類書』，大略相同，而各自列異及下斷語，則不盡同矣。如，《離騷序》『王乃疏屈原』，劉校：『疏亦作逐。案：《文選》本篇李注「疏」作「流」。據《新序·節士篇》云：「復放屈原。」自以「流」爲長。』則斷作『流』。而易校：『《文選》本篇李注「疏」作「流」。疏、流一義。《左氏·昭二十年傳》：「出入周流。」《釋文》「流」作「疏」。』則以爲兩可，而各有依據也。又，『惡禽臭物』，易校：『按《文選》劉琨《答盧諶詩》注「臭」作「醜」。』而劉校未列異出校。又，『扈江離與辟芷兮』，易校：『按《書鈔》百二十八「芷」作「茘」。《文選・吴都賦》《思玄賦》注引均作「江蘺薜芷」，注：「扈，被也。」《吴都賦》注引此「披」。元本亦作「披」。王闓運解作「扈從」之扈。非是。』劉校增引《玉篇》『辟』作『廦』，《後漢書・張衡傳》《説文繫傳》十二引作『江蘺薜芷』，而注文『被』别爲一條。據此三例，可知二書異同之崖略矣。

是書專校《楚辭》正文及王逸注文，以毛氏汲古閣《補注》爲藍本，而後校以明仿宋本及注疏徵引《楚辭》。凡涉諸本異同，則設立條目。其能斷則斷，否則但列其異而已。如，『攝提貞於孟陬兮』條云：『按注「太歲在寅曰攝提格」，《文選・思玄賦》「倚摇攝提而低佪劉流兮」，云『舊注：「提提，星名，形似車。」』無「格」字。元本、正德本亦無「格」字。』案：蓋斷以『格』爲衍文。是也。又，『謡諑謂余以善淫』條云：『《御覽》四百八十三引此「謡」作「譖」。』案：謡，叔師訓『毀』。然謡無『毀』義。譖有毀義。䍃、詹古書相亂，《周禮・冬官・考工記》矢人『是故夾而摇之』，《釋文》：『摇，本又作搢』搢，摇字别文。漢隸從䍃之字或變從晋。《漢書・天文志》『元光中天星盡搢。』搢、擔形近相訛。《史記・建元以來王子侯表》『千鍾侯劉摇』，《漢書・王子侯表》作劉擔。《墨子・經下》『而不可擔』，擔，摇字形訛。謡、譫古亦相訛。舊本作『譫』，通作『譖』。侵、談旁轉，照、穿旁紐雙聲。譖，毁也。《九思・逢尤》『被諑譖兮虚獲尤』，諑譖，『譖諑』倒乙，叔師蓋因於此。《御覽》引《楚辭》作『譖諑謂余善淫』，是存其舊本也。又，『皇覽揆余初度兮』條云：『按《文選・西征賦》注引此作「皇鑒」，「余」下有「於」字。正德本亦有「於」字。』案：『於』之有無，未下斷語，但存異而已。或者發明剩義。如，『雜申椒與菌桂兮』云：『按王釋「雜重椒與菌桂兮」，不成文理。申亦物也，即柛之古文。《説文》云：「木自弊曰柛。」柛，胞木也。菌，朝榮夕落，胞草也。椒、桂，堅實馨香，而雜此自弊自萎之柛菌，此喻君子小人，雜處一廷。《淮南》書「申茉杜茝，美人所服」。申亦柛。』其説雖曲，存之亦可備爲一解也。又，『僕夫悲余馬懷』條云：『按僕夫非馬，安知馬之思歸？以懷思屬馬，言甚無理。《詩·終風》「願言則懷」，傳：「懷，傷也。」傷訓病。《秦策》「必大傷」，《呂覽·本生篇》「性惡得而不傷」，《晉語》「枯且有傷」，注均「傷病也」。此言僕夫悲余馬病，蜷曲不行。《詩》：「陟彼阻矣，我馬瘏矣，我僕痡也，云何吁矣。」屈原此辭，即本之《詩》。揚子雲故曰，「有惻隱古詩之義」。』其説是也。

易氏雖爲名家，而過於自信，曲爲之説在所未免。或者校語宜斷而未斷。如，『注覽觀也』條云：『按正德「觀」作「覩」。』觀、覩雖同義，然『覽』古祇訓『觀』，而無訓『覩』。《説文·見部》：『覽，觀也。从見、監，監亦聲。』《文選·思玄賦》『覽蒸民之多僻兮』，舊注：『覽，觀也。』《呂氏春秋·重言篇》『將以覽民則也』，高注：『覽，觀也。』則舊本似作『觀』。或者憑臆妄改，昧其舊本。如，『哀民生之多艱』條云：『按歎字古從喜，下宜作「謇朝誶而夕替兮余雖好修姱以鞿羈」，羈與艱爲韻，後人誤倒也。』果如其説，羈，古在歌部，與真文之『艱』字亦不協韻矣。上二句宜倒作『哀民生之多艱兮長太息以掩涕』，涕、替古同在脂質部。或者釋義牽合。如，『紛吾既有此内美兮』條云：『按「紛吾」即紛如也。《太玄》「視鸞鳳紛如」，注：「紛如，有文章也。」』非是。『紛吾既有』句法，猶吾紛既有也，倒句。又，『余固知蹇蹇之爲患兮』條云：『蹇即謰字，見《集韻》。《方言》：「謰，吃也。楚語也。」又。《一切經音義》引《通俗文》：「言不通利謂之謇吃。」此言己謇乞，不敢上官便佞也。』蹇蹇，汲古閣本作『謇謇』，叔師訓『忠貞貌』，是也。朱子《集注》：『謇謇，難於言也。直詞進諫，己所難言，而君亦難聽，故其言之出有不易者，如謇吃然也。』易氏因朱注，以『忠貞』之『謇』，因於『謇難』義。非也。漢馬王堆帛書本《易》作『王僕蹇蹇』，蹇，蹇之別文。上博簡《周易》作『訐訐』，則字無定形。又，《郭店楚墓竹簡·性自命出篇》：『有其爲人之迴迴如也，不有夫柬柬之心則采；有其爲人之柬柬如也，不有夫恒怡之志則縵。』又曰：

『君子執志必有夫生生之心，出言必有夫柬柬之信，賓客之禮必有夫齊齊之容，祭祀之禮必有夫齊齊之敬。』柬柬，即訐訐、謇謇，忠愨貌。謇、柬同元部，並見紐雙聲。其義與『謇難』字無涉。《廣雅·釋訓》：『悾悾、愨愨、懇懇、叩叩，誠也。』又曰：『拳拳、區區、款款，愛也。』謇謇、蹇蹇、柬柬、拳拳、款款、空空、愨愨、懇懇、區區、悃悃、叩叩，皆聲轉也。前修有言，連語之字義存乎聲，不在其形，宜因聲求義，未可拘其形體也。又，『哀高丘之無女』條及《離騷》求女之指歸，説以『玄女戰法』，『虙妃即玄女，所謂九天妃』，比附秦楚之戰。其不經虚妄，莫甚於此。又，易氏於底本校勘不細，訛誤疊見。如『貞于』之『于』訛爲『於』，『零落』之『零』訛爲『靈』，『紉秋蘭』之『紉』訛爲『細』，『汩余』之『汩』訛爲『汨』。

是書原刊於《國學叢刊》，自篇首至『夕餐秋菊之落英』刊於民國十一年第一卷第一期，『苟余情』至『永不刊滅者矣』刊於民國十二年第二卷第一期，今輯出別行。國家圖書館有藏本。（黄靈庚）

# 楚辭校補

《楚辭校補》者，聞一多之所作也。一多，原名家驊，又名多，自號一多，湖北浠水縣人。聞氏爲民國著名詩人與學者，又是民主鬥士。少時畢業於清華學校，後留學美利堅，專攻外國文學與美術。歸後，曾任中央大學、青島大學、清華大學、武漢大學與昆明西南聯大中文系教授。初與梁實秋、徐志摩、劉夢葦輩結『新月社』，倡導新詩，嘗梓版《死水》《紅燭》二集。後轉入中國古典文學研究，涉及領域極廣，惟於《楚辭》造詣尤深，著《楚辭校補》《天問釋天》《天問疏證》《離騷解詁》《九歌解詁》《九章解詁》等數種，而《楚辭校補》爲其刻意之作。抗日戰争以後，聞氏投身於民主政治鬥争，曾任中國民主同盟中央執行委員及民盟雲南支部宣傳主委，兼《民主》週刊社長。屢發表演説或文章，抨擊時政，深爲其時執政者所忌，民國三十五年丙戌七月十五日，於昆明寓所爲偵緝所殺，至爲慘烈。聞氏遺著，經其友朱自清、雷海宗、潘光旦、吴晗等整理彙輯爲《聞一多全集》。

離騷

皇覽揆余初度兮　一本余下有于字——以上校語轉錄洪興祖補注本所載，後仿此。

案當從一本補于字。度卽天體運行之宿度，躔度，「初度」謂天體運行紀數之開端。離騷用夏正，以日月俱入營室五度（日月如連璧，五星如貫珠。）爲天之初度，曆家所謂「天一元始，正月建寅，」「太歲在寅曰攝提格」是矣。以「攝提貞于孟陬」之年生，卽以天之初度生。「皇覽揆余于初度」者，皇考據天之初度以觀測余之祿命也。要之，初度以天言，不以人言。今本余下脱于字，則是以天之初度爲人之初度，殊失其旨。唐寫本文選集注殘卷，（下稱唐寫本文選）今本文選，朱熹楚辭集注本，（下稱朱本）錢杲之離騷集傳本，（下稱錢本）明正德王鏊刊本，（下稱王鏊本）明朱燮元重刊宋本，（下稱朱燮元本）大小雅堂本並有于字。文選沈休文和謝宣城詩注引亦有。文選西京賦注及馬永卿孏眞子四引並作於，本篇于於錯出。

又重之以脩能

案朱校能一作態。能態古字通。（懷沙「非俊疑傑，固庸態也，」論衡累害篇引作能。莊子馬蹄篇「故馬之知而態至盜者，」態讀爲能。漢書司馬相如傳「君子之態，」史記集解引徐廣本作能。素問風論「願問其診及

楚辭校補　離騷　三五五　乙

聞氏自民國二十五年乙丑，始『與《楚辭》結不解之緣』，雖然屢稱，其研討《楚辭》原出於祇是『不管好壞都要弄個明白』之意，似爲學術而學術也。實不然。聞氏秉性耿介剛直，嫉惡如仇，且富於民族氣節，曾屢著文言，士當須繼承、高揚屈子之愛國精神。蓋與其時如火如荼抵御日寇之民族戰争息戚相關，即是其醉心於《楚辭》研究之内在動機也。

首有作於民國三十年乙卯《引言》及《凡例》。據《引言》稱，研究《楚辭》，則自定『三項課題』：一是探究屈子及其所作之歷史背景。二是通其假借字，準確詮釋詞義。三是糾正《楚辭》傳本文字之訛誤。『要交卷，最好是三項同時交出，但情勢迫我提早交卷，而全部完成，事實上又不可能』。於是祇將最基本之項，即校正文字先行了結，且儘量將『詮釋字義的部分容納在這裏，一併提出』。故其雖顔曰『校』，乃詮釋詞義之『詁』，已在其内矣。

聞氏以《四部叢刊》景印明翻宋刻洪興祖《楚辭補注》爲底本（即涵芬樓景印江南圖書館藏明翻宋本），參校明刻漢王逸《楚辭章句》諸本、明清刻洪氏《補注》諸本、劉氏師培《楚辭考異》、許維遹《楚辭考異補稿》、劉永濟《楚辭通箋》及『古今諸家成説之涉及校正文字者，都二十八家』，遠有洪興祖、朱熹、王夫之，近舉游澤承、陸侃如、郭沫若，《楚辭》古今名家皆囊括之矣。又，《凡例》之後爲『校引書目版本表』，其中『注釋《楚辭》諸書』者四種，皆宋以前注本。『載録《楚辭》全篇諸書』者四種，《史記》有《懷沙》《漁父》二篇，《文選》有《離騷》《東皇太一》《雲中君》、二《湘》《少司命》《山鬼》《涉江》《漁父》《九辯》五首、《招魄》《招隱士》十一篇（聞氏誤以《大司命》亦在内），《渚宫舊事》有《哀郢》一篇，《注釋音辯唐柳先生集》有《天問》一篇，亦皆宋以前文獻矣。而『雜引《楚辭》零句諸書』者凡五十七種，除清張玉書《佩文韻府》，悉是唐、宋以前之古書。篇次仍洪氏《補注》十七卷次第之舊，校勘條目總三百七十五：《離騷》三十七條，《九歌》四十二條，《天問》五十三條，《九章》七十七條，《遠遊》八條，《卜居》三條，《漁父》三條，《九辯》二十五條，《招魂》二十條，《大招》十六條，《惜誓》三條，《招隱士》六條，《七諫》二十四條，《哀時命》八條，《九懷》十三條，《九歎》十七條，《九思》二十條。都二十萬言。

聞氏校正文字，旨在求《楚辭》古本舊貌。自稱據内容，約爲五事：一是『今本誤，可據別本以是正者』。如，《離騷》『反信讒以齎怒』之『齎』，聞氏據《匡謬正俗》七、《太平御覽》九一三、又九八一、《事類賦注》二四、《合璧事類續集》四一等書引並作『齊』，唐寫本《文選》作『齊』，載陸善經説曰『反信讒而同怒己也』，『正以「同」訓「齊」』，今本《文選》亦作「齊」，五臣説與陸同。《釋文》曰「齊或作齎」，是《釋文》本亦作「齊」。疑古本如此。今作齎，亦後人以訓詁字改』。又，《雲中君》『聊翺遊兮周章』，聞氏始據王逸注文『言雲神居無常處動則翺翔周流往來且遊戲也』云云，謂王氏舊本『翺遊』作『翺翔』。又據原本《玉篇·音部》、《文選》沈休文《齊安陸昭王碑文》注、慧琳《一切經音義》二七、王觀國《學林》五所引亦作『翺翔』，與王本同。今本已誤『翺翔』作『翺遊』矣。二是『今本似誤而不誤，當舉證説明者』。如，《國殤》『平原忽兮路超遠』，校者或從別本作『平原路兮忽超遠』，意謂今本誤者。聞氏據《文言》曰：『伆，邈，離也。楚謂之越，或謂之遠；吴越曰伆』，並謂『伆、忽通。《荀子·賦篇》曰「忽兮其遠之極也」，本書《懷沙》曰「道遠忽兮」，伆字並作忽。「平原忽」與「路超遠」衹是一義而變文重言之以足句，與上文「出不入兮往不返」詞例正同。一本以忽字倒在兮下，非是。《書鈔》一一八、《文選》王簡棲《頭陀寺碑文》注引亦作「平原忽兮路超遠」，諸本並同』。三是『今本用借字，別本用正字，可據別本以發明今本之義者』。類此校文，是『破假借字』，已度越校勘之範疇，蓋所謂『詮釋詞義容納在這裏』之意。如，《離騷》『女嬃之嬋媛兮』之『嬋媛』，聞氏據《方言》校改爲嘽咺，釋爲『急喘貌』。又，『吾令蹇修以爲理』之『蹇』，聞氏據《路史後紀》注一引《文選》五臣本，校改作『謇』字，云『謇，吃也』，即『令謇吃之人爲媒』之意。又，

《大司命》『導帝之兮九坑』之『坑』字，聞氏據《文苑》校改爲『岡』字，云『九岡，山名』，在楚國。皆其所發明者也。四是『各本皆誤，而以文義、語法、韻律諸端推之，可暫改正以待實證者』。如，《離騷》『固時俗之工巧兮』之『固』字，聞氏據《九辯》謂當作『何』，字形之訛。又，《河伯》『惟極浦兮寤懷』之『寤』字，聞氏據『顧懷』之詞例，校改爲『顧』，蓋『聲之誤』。又，《天問》『厥萌在初何所億焉』之『何』，聞氏探下文『誰所極焉』，云『何當爲誰』，蓋義之誤。又，《九歎》『譬彼蛟龍乘雲浮兮』，聞氏『以下文韻例推之，此當依一本改「蛟」爲「雲」，而删「乘雲浮兮」四字』。所謂得之『韻例』也。又，《東君》『簫鐘兮瑶簴』之『簫』、『瑶』二字，聞氏據述賓句法例，校『簫』爲『擣』、校『瑶』爲『搖』。此所謂得之『語法』也。其間多所發明。五是『今本之誤，已經諸家揭出，而論證未詳，尚可補充證例者』。如，《河伯》『日將暮兮悵忘歸』之『悵』字，劉永濟氏謂『當爲憺』。聞氏從其説，進以《東君》『觀者憺兮忘歸』、《山鬼》『留靈修兮憺忘歸』二事證之，以補劉氏文獻無徵也。又，《懷沙》『懷質抱情獨無匹兮』之『匹』，《朱注》本謂『匹爲正之誤』。聞氏從其説，且引《哀時命》『顧陳列而無正』之『無正』及日本瀧川龜太郎《史記會注》引楓木三本並作『獨無正』以證之，以佐朱子也。又，《遠遊》『淩天地以徑度』之『地』字，俞樾校改爲『池』，且謂『天池亦星名』。聞氏從其説，引《哀時命》曰『勢不能淩波以徑度兮』，謂『語與此相似，可證此言度亦謂度水』。以堅俞氏説也。

綜觀聞氏之學，自是大學問家氣度，郭在貽先生稱譽之不置，云：『其敏鋭的目光，縝密的思辯，使他不僅敢於破舊，而全善於立新。文中重要許多發現，真有石破天驚之慨。』信非溢譽之詞。總括聞氏此著治學特色及其成就，蓋有如下四者焉。

一是基於前人研究成績，續補、擴充《楚辭》異文材料，求其完備無缺。《楚辭》異文考索，肇自民初劉師培氏《楚辭考異》。然劉氏是『述而不作』，衹是羅列存於唐宋以前諸書中《楚辭》零言殘簡，而於王逸以後注家是非，則未置一詞。

劉氏徵引文獻，亦衹三十餘種，未可稱全。聞氏以劉書爲基址，加以補輯、擴充，徵引典籍達六十五種，幾於倍蓰矣。如，《離騷》『溘埃風余上征』之『溘』字，劉氏《考異》引《文選・吳都賦》注、江淹《雜體詩》注、謝玄暉《在郡卧病呈沈法曹詩》注引三事，謂作『颸』。聞氏從《考異》之校，又益吳曾《能改齋漫録》、葉大慶《考古質疑》二事以補之。又，『椒專佞以慢慆』之『慢慆』，劉氏《考異》校引衹《文選・祭屈原文》注、《類聚》八九，聞氏益以《北堂書鈔》三〇、葉廷圭《海録碎事》五等二事以補之。又，《山鬼》『被薜荔兮帶女羅』之『羅』字，劉氏《考異》一無所校，聞氏徵引《宋書・樂志》三、《類聚》一九、《御覽》三九一、《合璧事類前集》六九、《文選・謝靈運從斤竹澗越嶺溪行詩》注引五事，謂古本作『蘿』，補劉氏所闕也。又，《天問》『死則又育』之『則』字，劉氏《考異》校引衹《類聚》一引作『而』。聞氏增益《初學記》一、《御覽》四、《事類賦注》一、《海録碎事》一、《錦繡萬花谷後集》一引五事以證其説，謂本當作『而』。考其所徵之典籍，較之劉氏《考異》富且博矣，雖片言隻語，而視之如至寶。如宋洪邁《容齋隨筆》、龔頤正《芥隱筆記》、袁文《甕牖閒評》、王得臣《麈史》等，存《楚辭》零句殘文僅二三事耳，聞氏爲之披沙淘金，翻檢全書，可謂一絲不苟，小大不捐者矣。所以搜索《楚辭》異文之『全』，正是此書重要特色。

二是聞氏善於體會文心，端摩上下文意，於紛絮錯綜中求其藴奧，多發前人所未發。如，《離騷》『終然殀乎羽之野』之『殀』字，舊注皆訓短折、早死之意。聞氏以『鮌非短折，焉得稱殀』，乃詳審其特定之語境，謂『殀當從一本作夭。夭之爲言夭遏也。《淮南子・俶真訓》曰：「天地之間，莫能夭遏。」又曰：「四達無境，通于無圻，而莫之要御夭遏者。」夭遏雙聲連語，二字同義，此曰「夭乎羽之野」，猶《天問》曰「永遏在羽山」矣。《禮記・祭義》疏引《鄭志》荅趙商曰：「鮌非誅死，鮌放諸東裔，至死不得反於朝。」案放之令不得反於朝，即夭遏止之使不得反於朝也。此蓋本作夭，王注誤訓爲「蚤死」，後人始改正文以徇之。唐寫本及今本《文選》並作夭。』又，『伯禹愎鮌』之『愎』字，王注訓『愚佷』，於義不可通。其後衆説紛絮，莫衷一是。聞氏曰『「禹」「鮌」二字當互易，愎，當從一本作腹。《廣雅·釋詁》一曰：「腹，生也。」腹訓生者，字實借爲孚。玄應《一切經音義》二引《通俗文》曰：「卵化曰孚。」《玉篇》曰：「孵，卵化也。」《集韻》曰：「孵，化也。」孚、孵同，化亦生也。《夏小正》曰「雞桴粥」，《樂記》曰「煦嫗覆育萬物」。桴粥、覆育並即孚育，猶化育也。覆與腹通。「伯鮌腹禹」者，《山海經》注引《歸藏·啓筮篇》曰：「鮌死三年不腐，剖之以吳刀，化爲黄龍。」《初學記》二二、《路史後紀》注一二並引作「鮌殛死，三年不腐，副之以吳刀，是用出禹」。據此則傳説似謂鮌爲爬蟲類，卵化而成禹。此正問其事，故下云「夫何以變化」矣（《説郛》五引《遁甲開山圖榮氏解》曰：「女狄暮汲石紐山下泉水中，得月精如雞子，愛而含之，不覺而吞，遂有娠，十四月生夏禹。」《史記·夏本紀·正義》引《蜀王本紀》曰：「禹母吞珠孕禹，坼副而生。」《路史後紀》一二曰：「以六月六日屠疈而生禹。」以上傳説均已由鮌生禹變而爲鮌妻生禹。然云吞月精如雞子，云剖坼而生，則卵化之遺意猶存焉。又，《玉篇》鮌或作鯀，而《禮記·内則》注曰：「卵，讀曰鯤。」是「鮌」、「卵」古爲一語。傳説中鮌即卵，故或云「剖之以吳刀」，或云孵化而生也）。《海内經》曰：「帝令祝融殺鮌於羽山之郊，鮌復生禹。」復生，即腹生，謂鮌化生禹也（《中山經》：「南望墠渚，禹父所化。」蓋即羽山）。《海内經》之「鮌復生禹」，即《天問》之「伯鮌腹禹」也。』則其解『伯鮌腹禹』，羌有實據，固勝舊注夥頤。又，《惜誦》『願曾思而遠身』之『曾思』，舊注多訓『重思』，蓋以『曾』爲『增』，訓重；以思爲思慮之義也。聞氏謂『義不可通。疑思當爲逝，聲之誤也。《淮南子·覽冥篇》曰「還至其曾逝萬仞之上」，高注：「曾，猶高也；逝猶飛也。」本書《九思·悼亂》曰「玄鶴兮高飛，曾逝兮青冥」。或曰增逝。《史記·賈生傳·弔屈原文》曰「摇增逝而去之」，《漢書·梅福傳》曰「大戴鵠遭害，則仁鳥增逝」，班彪《覽海賦》曰「超太清以增逝」，張華《鷦鷯賦》曰「又矯翼而增逝」。此云「原願曾思而遠身」，猶上文云「欲高飛而遠集」也。」聞氏又謂「本篇末段大意與《離騷》末段略同，彼云「吾將遠逝而自疏」，曾逝亦猶遠逝也。今本逝誤爲思」。類此新解，皆於體會文心處得之，且徵諸典籍，互求聲氣，可以確然成立矣。

三是於《楚辭》書例及漢世舊注發微索隱，以校正今本《楚辭》之訛字或訛句，求古本舊貌。如，《天問》「康回馮怒墜何故以東南傾」之「何故以」，聞氏據通篇之問詞，皆曰「何」「何以」或「如何」，而無「何故」或「何故以」者，謂其舊本當作「何以」，乃定「故」字爲衍文。又，《離騷》「扈江離與辟芷兮」之「辟」字，聞氏據王注曰：「辟，幽也，芷幽而香。」則從原本《玉篇》所引，謂古本作「薜」。又，《少司命》「緑葉兮素枝」之「素」字，聞氏據王注「吐葉垂華，芳香菲菲」云云，謂當從一本作「華」，舊本如此。又，《國殤》「操吳戈兮被犀甲」之「吳戈」，聞氏據王注引「或曰作『吾科』」，訓「盾之名也」，謂舊本當作「吳科」。又，《惜誦》「所作忠而言之兮」之「作」字，聞氏據王注「設君謂己所言非忠」云云，謂舊本書當從一本作「非」。又，《橘誦》「類可任兮」之「可任」，聞氏據王注「故可任以道事用」云云，謂舊本當從一本作「任道」。又，《悲回風》「重任石之何益」之「重任石」，聞氏據王注「雖欲自任以重石」云云，謂舊本當從或本作「任重石」。又，《招魂》「目極千里兮傷春心」之「傷」字，聞氏據王注引「或曰」，謂舊本當作「蕩」字，而「今作傷者，蓋涉下文「哀江南」而誤」。又，《七諫》「舉世皆然兮余將誰告」之「舉」字，聞氏據王注曰：「舉，與也。」乃謂「正文舉當作與，注「舉，與也」當作「與，舉也」。惟正文作「與」用借字，故注以正字「舉」釋之。若正文本作「舉」，則字義已明，無煩訓釋，更無以借字「與」轉釋正字「舉」之理」。此不啻校正文，亦以校王氏注文也。又，《九懷》「余悲兮蘭生」之「生」字，聞氏據王注「哀彼芳草，獨隕零也」云云，謂「「隕零」之語與「生」義相左。疑「生」

當作「芷」，字之誤也』。又，《九歎》『姿盛質而無愆』之『姿盛質』，聞氏據王注『姿質茂盛』云云，謂舊本當作『姿質盛』，倒乙。類此不勝其舉，言之鑿鑿，皆一錘定音云爾。

四是注重以古世民俗及新出土文物資料之文獻價值以校釋《楚辭》。如，《天問》『何肆犬體而厥身不危敗』之『犬體』，聞氏始據王注『肆其犬豕之心』云云，謂舊本當作『犬豕』；後讀豕爲矢，古書通用。犬豕，即狗矢。《韓非子・內儲説下篇》説燕人妻有通於士者，夫至，適遇士出，問何客，妻佯曰無客，因誣其夫惑易，而浴之以狗矢。聞氏據此乃謂『舜注矢以御醉，蓋猶燕人浴矢以解惑。此其事雖不雅馴，然以穢惡禳災，今民間巫術猶多行之，以今推古，宜亦同然，因不必爲舜諱也。本篇「肆犬豕」當即斥此』。其説雖未必是，然頗新穎，啓人思致。聞氏開啓現代《楚辭》民俗研究先河，此其研究勝於他人之處者也。又，王重民於法國巴黎圖書館發現爲伯希和劫走敦煌舊鈔《楚辭音》殘卷，『不避隋、唐諱，存者八十四行，起「駟玉虬以乘翳兮」，迄「雜瑤象以爲車」，凡釋《離騷》經文一百八十八，注文九十六，希世之寶也』。聞氏得王重民所饋贈之『影片』，『歡慶感激』，乃爲《敦煌舊鈔〈楚辭音〉殘卷跋（附校勘記）》，繫於此書之末，則國內以《楚辭音》殘卷校勘《楚辭》者，當推聞氏爲首。如，《離騷》『望崦嵫而勿迫』之『崦嵫』，殘卷本作『奄茲』，聞氏引唐寫本《文選集注》亦作『奄茲』，意謂古本蓋如此。又，『聊逍遥以相羊』之『逍遥』，或本作『須臾』，而聞氏引卷子本作『嬃臾』，乃定舊本作『須臾』也。又，『吾將上下而求索』及『索藑茅以筳篿兮』之『索』，卷子本並作『𡩋』，聞氏謂『此求𡩋本字，見《説文》《廣雅》，經傳皆用索，用𡩋者此爲首見』。又，『雄鳩之鳴逝兮』之『雄』字，卷子本作『𪀚』，聞氏謂『此古字之僅見者』。惜其未爲與《離騷》一一相勘，蓋其時此書已就而未及補校也。

雖然，聞氏《校補》或有疏誤之處，蓋不免千慮之一失也。如，《方言》卷四郭注引《楚辭》『遺余佩兮醴浦』，原出自《湘夫人》，而聞氏誤謂出於《湘君》，蓋未與原書復覈也。姜亮夫氏後作《屈原賦校注》復承其誤，亦謂出自《湘君》，是尤可笑噱者。類此錯誤，蓋有十餘事。又，《離騷》『又好射夫封狐』之『狐』字，聞氏校改爲『豬』，謂字之誤。文獻不足徵。湯炳正氏讀狐爲豭，則較聞説爲優。出土楚簡『豭』字作『豞』。狐與豭、豞，古字通用也。又，『欲少留此靈瑣兮』之『瑣』，聞氏校改爲『藪』，謂『此本作藪，以聲誤爲巢，而巢與瑣同，又轉寫爲瑣』。其不審『巢』『瑣』非一字，巢，屬宵韻；瑣，屬歌韻；而藪，古屬侯韻。三字古不同音，無致『音訛』之由。又，《惜誦》『魂中道而無杭』之『無杭』，其義自豁，謂無舟杭也，而聞氏校改爲『亡杭』，謂『疊韻連語，即茫沆，魂氣浮動貌』。反致義晦澀不通矣。又，《九思》『呂傅舉兮殷周興』之『呂傅』，聞氏謂『疑當作「傅呂」，傳寫誤倒也。上云「思文丁兮聖明哲」，先武丁，後文王，此云「傅呂舉兮殷周興」，先傅説，後呂望，二句相承文也』。此蓋聞氏未審古書二名連用，未必以其時之先後爲次，而以字音四聲爲次也。呂，上聲；傅，去聲；故上聲『呂』在先而去聲『傅』在後也。他如《離騷》『湯禹』、《荀子·成相》『禹舜』等，並其比。皆不可謂後人傳鈔之倒乙也。類此者蓋求之過深，反致惑誤。然白璧微瑕，猶未失其卓然爲大家氣象矣。

《聞一多全集》民國三十七年戊子由開明書店鋟版，一九八二年八月由三聯書店再版，凡八卷，精裝四册。《楚辭校補》入録於《全集》（第二册）《古典新義》中，今輯出別行。圖家圖書館有藏本。（黄靈庚）

# 楚辭補注綜論

《楚辭補注》者，宋洪興祖之所作也。興祖字慶善，號練塘，鎮江丹陽人。《宋史》卷四百三十三《儒林三》有其傳，云：『少讀《禮》，至《中庸》，頓悟性命之理。績文日進。登政和上舍第，爲湖州士曹，改宣教郎。高宗時在揚州，庶事草創，選人改秩軍頭司引見，自興祖始。召試，授秘書省正字，後爲太常博士。上疏乞收人心，納謀策，安民情，壯國威。又論國家再造，一宜以藝祖爲法。紹興四年，蘇、湖地震。興祖時爲駕部郎官，應詔上疏，具言朝廷紀綱之失。爲時宰所惡，主管太平觀。起，知廣德軍，視水原爲陂塘六百餘所，民無旱憂。一新學舍，因定從祀：自十哲曾子而下七十有一人，又列先儒左丘明而下二十有六人。擢提點江東刑獄，知真州。州當兵衝，瘡痍未瘳。興祖始至，請復一年租，從之。明年再請，又從之。自是流民復業，墾闢荒田至七萬餘畝。徙知饒州，先夢持六刀。覺曰：「三刀爲益，今倍之，其饒乎！」已而果然。是時秦檜當國，諫官多檜門下，争彈劾以媚檜。興祖坐嘗作故龍圖閣學士程瑀《論語解序》，語涉怨望，編管昭州，卒。年六十有六。明年，詔復其官，直敷文閣。興祖好古博學，自少至老，未嘗一日去書。著《老莊本旨》《周易通義》《繫辭要旨》《古文孝經序贊》《離騷楚詞考異》行于世。』又，《宋史·藝文志》録其著作有：《易古經考異釋疑》一卷，《口義發題》一卷，《論語説》十卷，《續史館故事録》一卷，《韓愈辯證》一卷，《韓文年譜》一卷，《聖賢眼目》一卷，《杜詩辨正》二卷。事又載清光緒《丹陽縣志》卷二十《儒林》，而卷三十五《書籍志》載其著作有：《周易通義》二十卷，《考異》十卷，《春秋本旨》二十卷，《韓文辨證》一卷，《古今易總志》三卷，《繫辭要旨》、《古文孝經序贊》一卷，《古今考異釋疑》一卷，《黄庭堅内外注》二卷，《語林》五卷，《左氏通解》十卷。是見其著書之勤矣。

洪氏坐罪，緣所以序程瑀《論語解》也。序文已散佚，不復得見。謝采伯《密齋筆記》（卷四）載云：『程尚書瑀《解論語》「弋不射宿」，言孔子不欲陰中人之意。至「周公謂魯公」四句，則曰「可爲流涕」。洪慶善作序有云：「感發於孔子之一射，流涕于周公之四言。」魏安行作漕爲開板。初書出，秦檜亦自不知。忽有人譖謂是譏諷。魏隨追官，籍其家，程、洪皆得罪。』則序之要害，在於『感發於孔子之一射，流涕于周公之四言』也。據李心傳《建炎以來繫年要録》載，『忽有人譖』者，即『右正言王珉』是也。又，《宋志》及《地志》皆未見有《老莊本旨》，《宋志》又不載《古文孝經序贊》，異同若此，未可思議。陳振孫《直齋書録解題》，洪氏《韓文辨證》八卷，非『一卷』。又，《春秋本旨》二十卷。張之洞《書目答問》著録《韓柳年譜》八卷，其中洪興祖《韓子年譜》五卷，而非『一卷』也。然洪氏諸書之『行於世』者，於今惟《楚辭補注》十七卷巋然獨存而已。

《補注》之作時已不可考。陳振孫《直齋書録解題》，著録洪興祖撰《楚辭考異》一卷，稱『興祖少時，從柳展如得東坡手校《楚辭》十卷，凡諸本異同，皆兩出之。後又得洪玉父而下本十四、五家參校，遂爲定本。始補王逸《章句》之未備者。書成，又得姚廷輝本作《考異》，附古本《釋文》之後。其末又得歐陽永叔、孫莘老、蘇子容本於關子東、葉少協，校正以補《考異》之遺。洪於是書用力亦以勤矣』。則洪氏《補注》，蓋在『少時』已啓其端，大略徽宗崇寧、大觀年間。既得東坡手校本，又得洪玉父以下十四、五家校本，又得北宋歐陽修、孫莘老、蘇子容本於關子東、葉少協。參校版本之富贍，至今無出其右也。至成書之日，蓋高宗紹興十四、五年以後，屢遭左遷降職以至二十四年編管昭州之時也。洪氏生逢姦人當路，致意屈子，以澆己之塊疊，若屈子『生不得力争而强諫，死猶冀其感發以改行，使百世之下聞其風者，雖流放廢斥，猶知愛其君，眷眷而不忘，臣子之義盡矣』。原書兼載《楚辭釋文》，而《楚辭考異》一卷附於其末。則《補注》《釋文》《考異》，舊本爲三書。刻於何時更不得詳知。至晁公武《郡齋讀書志》雖著録《釋文》《考異》二編，而稱『未詳撰人』。公武與興祖同時，其著《志》之時，非不能辨正興祖之書，是有意隱其名。

《宋史》本傳稱『離騷楚詞考異』，鄭樵《通志》稱『離騷章句十七卷』，《郡齋志》稱『凡王逸《章句》，有未盡者補之』。姜亮夫云：『洪書初刻，僅題「章句」，而未用興祖之名也。又，《宋史》謂興祖著書，有「贊離騷」之語，則原本或亦作「離騷」，故作史者據之入傳也。是則鄭氏此録，必洪書無疑。鄭氏卒紹興三十二年，後於洪氏二十五年。即《通志》成書時，洪書尚未大行，宜其不甚知名也。』案：李心傳《建炎以來繫年要録》（卷一百六十九）：『（紹興二十四年十二月）丙戌，洪興祖送昭州編管。』又云：『（紹興二十五年八月）癸巳，左朝散大夫昭州編管洪興祖卒。』無名氏《宋史全文》（卷二十二上）亦云：『（乙亥紹興二十五年秋八月）癸巳，昭州編管洪興祖卒。』秦檜死於是年十月二十二日。據以上推，興祖生年蓋在哲宗元祐四年己巳。鄭樵作《通志》，似與洪氏編管昭州同時，著録其書而不敢署其名，深爲秦檜諱耶？與『知名』與否無涉矣。設僅序他人《論語》而深見猜忌，則推知補注《楚辭》之書，尤不敢公然刊刻行世矣。終洪氏在世之年，此書當未曾鋟梓。檜死後，文網始開，其人方得昭雪，其書亦始梓刻於世矣。然公武、漁仲所見者，抑洪氏稿本或鈔本歟？是以三書各自獨立，而終無定名。姜氏引《宋史》『贊離騷』，斷句有誤。原作『《古文孝經序贊》《離騷楚詞考異》行于世』，『贊』字當屬上。然不足以定洪氏原書舊名爲『離騷』也。

《補注》三書合一編，宜於鐫刻以後，據集内『補曰』以爲書名，非洪氏所自定。然宋刻已不復得見，其舊貌無從考辨。

今所存者惟爲明刻本。《釋文》祇存零簡殘字，凡七十七條，並與《考異》散入各句之下。四庫館臣稱，『目録後有興祖附記，稱鮑欽止云「《辨騷》非《楚辭》本書，不當録。班固二序，舊在《九歎》之後，今附於第一通之末」云云。此本《離騷》之末有班固二序，與所記合。而劉勰《辨騷》一篇仍列序後，亦不詳其何故。豈但言其「不當録」，而未敢遽删歟？漢人注書，大抵簡質，又往往舉其訓詁，而不備列其考據。興祖是編，列逸注於前，而一一疏通、證明、補注於後，於逸注多所闡發。又皆以「補曰」二字别之，使與原文不亂，亦異乎明代諸人妄改古書，恣情損益。於《楚辭》諸注之中，特爲善本。故陳振孫稱其用力之勤，而朱子作《集注》亦多取其説云』。《補注》體例，館臣言之詳審矣。舊本固無《辨騷》一篇，班固二序原在《九歎》之後，今置班固二序及《辨騷》於《離騷後敘》之末，疑明人據單刻《章句》增益、移易之。四庫鈔本亦據明刻鈔録，宋槧於清初蓋已佚矣。

惟《楚辭釋文》之編，於今已佚，然爲洪氏親所目驗，《補注》中存其異文七十七條，又存其目録，序次不同於今本者：《離騷經》第一，《釋文》亦第一，然無『經』字。《九歌》第二，《釋文》第三。《天問》第三，《釋文》第四。《九章》第四，《釋文》第五。《遠遊》第五，《釋文》第六。《卜居》第六，《釋文》第七。《漁父》第七，《釋文》第八。《九辯》第八，《釋文》第二。《招魂》第九，《釋文》第十。《大招》第十，《釋文》第十六。《惜誓》第十一，《釋文》第十五。《招隱士》第十二，《釋文》第九。《七諫》第十三，《釋文》第十二。《哀時命》第十四，《釋文》第十四。《九懷》第十五，《釋文》第十一。《九歎》第十六，《釋文》第十三。《九思》第十七，《釋文》第十七。洪氏云：『按《九章》第四，《九辯》第八，而王逸《九章》注云：「皆解於《九辯》中。」知《釋文》篇第蓋舊本也。後人始以作者先後次敘之爾。』其説是也。劉勰《辯騷》云：『故《騷經》《九章》，朗麗以哀志；《九歌》《九辯》，綺靡以傷情；《遠遊》《天問》，瓌詭而惠巧，

《招魂》《招隱》，耀豔而深華；《卜居》標放言之致，《漁父》寄獨任之才。故能氣往轢古，辭來切今，驚采絶焰，難與並能矣。自《九懷》已下，遽躡其迹，而屈、宋逸步，莫之能追。』自《騷經》至《九懷》凡十一篇，劉勰其時所據《楚辭》舊本篇目之次。『自《九懷》以下』云云，則《七諫》《九歎》《哀時命》以下漢人的《楚辭》之作，《九懷》一篇不在其内。故劉勰所見《楚辭》，《九懷》一卷殿其末。且以《招魂》《招隱》二篇同類並列，且《招魂》在《招隱士》之前，與《釋文目録》十一卷篇次微有别，即《離騷》《九辯》《九歌》《天問》《九章》《遠遊》《卜居》《漁父》《招魂》《招隱士》《九懷》。《釋文》雖爲五代王勉所作，然其篇次，則存南朝蕭梁之前王逸《楚辭章句》之舊也。又，王國維手校汲古閣《楚辭補注》本，於《楚辭目録》下批云：『按《九辯》《九歌》，皆古之遺聲。《離騷》云：「啓《九辯》與《九歌》兮，夏康娱以自縱。」《大荒西經》云：「夏后開上三嬪於天，得《九辯》與《九歌》以下。」故舊本《九辯》第二、《九歌》第三。後人以撰人時代次之乃退《九辯》於第八耳。』《釋文》以《九辯》次《離騷》之後，存王逸《楚辭章句》之舊。六朝人遂目《九辯》爲屈原之作。《三國志・魏書・陳思王植傳》引屈平曰：『國有驥而不知乘，焉皇皇而更索。』此二語出於《九辯》，非屈子所作，而謂『屈平曰』云云，是其顯證。《隋志》屈子『八篇』説，《九辯》一篇不次《漁父》後，而次《離騷》之後、《九歌》之前，雜於屈原之作中，正合爲『八』之數也。六朝傳本王逸《楚辭章句》十一篇先後次第，除《招隱士》外，與《釋文》篇次大略相同也。設無《釋文目録》，則《楚辭》古本篇次，庶幾『馮馮翼翼』，不可識知也。又，非惟於此，《楚辭》宋世傳本亦偶見於《補注》之中。如《悲回風》『草苴比而不芳』下，洪氏云：『苴，《釋文》：七古切。鮑欽止本云：七閭、子旅二切。林德祖本云：丈買、士加二切。比音鼻。』《七諫》『謬諫』題下，洪氏云：『鮑慎思云：「篇目當在『亂曰』之後。」按古本《釋文》，《七諫》之後，「亂曰」別爲一篇。《九懷》《九思》皆同。』鮑本、林本及《釋文》今皆未傳，幸據《補注》所引，而存其一、二鴻爪。

《考異》一編，原附於《釋文》之末，既校《楚辭》正文，又校王逸序文、注文。今散入各篇各句之下，雖非其舊本，而於校訂《楚辭》正文或王逸《章句》，皆不無裨益、參徵之功。僅於《離騷》一篇，各舉三事以説明之。一、據《考異》以校正《離騷》正文者。如，《離騷》『汩余若將不及兮』，《補注》引『不』一作『弗』。案：弗，不之深也。舊本蓋作『弗及』。又，『曰黄昏以爲期兮，羌中道而改路。』《補注》：『一本有此二句。王逸無注。至下文「羌内恕己以量人」，始釋「羌」義。疑此二句後人所增耳。《九章》曰：「昔君與我誠言兮，曰黄昏以爲期。羌中道而回畔兮，反既有此他志。」與此語同。』案：《文選》本無此二句，未見闌入。洪氏謂五臣本有此二句有注，其所見五臣本已竄入矣。然宋刻《五臣注文選》陳八郎本亦無此二句。又，『進不入以離尤兮，退將復修吾初服。』《補注》引一無『復』字。案：王逸注：『退，去也。言己誠欲遂進竭其忠誠，君不肯納，恐重遇禍，故將復去，脩吾初始清潔之服也。』王注『復去』云云，即『退去』之訛。退，古作復，與『復』形似。《文選·思玄賦》『修初服之娑娑兮』，李善注引《離騷》無『復』字，則存其舊本也。二、據《考異》以校正王逸《離騷序》《離騷》注文者。如，《離騷序》『猶依道徑以風諫君也』。《補注》引『依道徑』一作『陳直徑』，一作『陳道徑』。案：王注有『道徑』，無『直徑』。《涉江》『猨狖之所居』，王注：『非賢士之道徑。』《思美人》『羌宿高而難當』，王注：『飛集山林，道徑異也。』《九歎·思古》『錯權衡而任意』，王注：『言君棄先王之法度而不奉循，猶置衡稱不以量物，更任其意而商輕重，必失道徑、違人情也。』舊本似作『道徑』。直，舊作『⿺乚直』，與『道』俗體『⿺乚直』相似，是以訛爲『直徑』也。《離騷》『何方圜之能周兮，夫孰異道而相安。』王逸注：『言何所有圜鑿受方枘而能合者，誰有異道而相安耶？言忠佞不相爲謀也。』《補注》引一云『方鑿受圜枘』。案：《九辯》：『圜鑿而方枘兮，吾固知其鉏鋙而難入。』則作『圜鑿受方枘』，因《九辯》文也。《史記・孟子列傳》：『持方枘欲内圜鑿，其能入乎！』《索隱》：『按：方枘，是筍也；圜鑿，是孔也。謂工人斲木，以方筍而内之圜孔，不可入也。故《楚詞》云：「以方枘而内圜鑿，吾固知其鉏鋙而不入」是也。謂戰國之時，仲尼、孟軻以仁義干世主，猶方枘圜鑿然。』《淮南子・氾論訓》：『據籍守舊教，以爲非此不治，是猶持方枘而周員鑿也。』爲古之喻語，俱無作『圜枘受方鑿』者。《索隱》所見唐本非也。又，『朝發軔於蒼梧兮』，王逸注：『軔，搘輪木也。』《補注》引『搘』一作『支』。案：《詩・小旻》『是用不潰于成』，《正義》引王逸注作『支輪木』。《説文・木部》：『榰，柱氏也。古用木，今以石。从木、耆聲。《易》曰「榰恒凶」。』段注：『引伸爲凡支拄、拄塞之偁。』《爾雅・釋言》：『榰，柱也。』郭注：『相榰柱。』榰輪，同支輪，謂止輪也。騫公《楚辭音》殘卷引王逸注：『軔，枝輪木也。』黎本《玉篇》殘卷《車部》『軔』字：『楚辭「朝發軔於蒼梧」，王逸云：「枝輪木也。」』《文選・長楊賦》『是以車不安軔』李善注、《懷舊賦》『水漸軔以凝沍』，李善注、《詩・雨無正・孔疏》並引王逸注：『軔，支輪木。』《慧琳音義》卷五〇『轂輞』條引王注《楚辭》：『輞，枝輪木也。』輞，軔之訛。卷七四『爲軔』條：『《楚辭》：「朝發軔」，王逸曰：「軔，支輪木也。」』卷八八『復軔』條王逸注《楚辭》：『軔，支輪木也。』卷九一『發軔』條引王逸注《楚辭》：『枝輪木也。』支、枝古今字。則舊作『支輪木』，洪氏或本存其舊。據此一斑，窺見《考異》十七篇文獻價值之所在也。

唐、宋人注漢人已注之書，多采用『正義』或『疏義』之體式，若孔穎達《五經正義》、邢昺《論語疏》《爾雅疏》是也。而此所以稱『補注』者，洪氏不拘『疏不破注』之慣例。列王注於前，而於『補曰』以下以己之所補者繫之，大略約爲『疏解』『補益』『存異』『正訛』五事：凡王逸注之簡質者疏解之，王逸注之意未備者則補益之，王逸注義若非衹一端者則廣徵異説以並存之，王逸注之訛誤者訂正之，王逸注草木蟲魚鳥獸之義俱甚簡略而詳爲辨析疏證之，凡王逸之義理幽微未顯者則申而發之，直抒己之懷抱，後世《楚辭》研討者莫不宗其所向，奉之若圭臬。

洪氏所以疏解王逸説之『簡質』者，如：《離騷序》：『三閭之職，掌王族三姓，曰：昭、屈、景。』案：洪氏云：『《戰國策》楚有昭奚恤。《元和姓纂》云：「屈，楚公族，芈姓之後。楚武王子瑕食采於屈，因氏焉。屈重、屈蕩、屈建、屈平，竝其後。」又云：「景，芈姓，楚有景差。漢徙大族昭、屈、景三姓於關中。」』序説楚族三姓『昭屈景』，簡略之甚，故洪氏乃引《戰國策》及《元和姓纂》以疏證之。《離騷》『朕皇考曰伯庸』，王逸注：『朕，我也。』案：洪氏云：『蔡邕云：「朕，我也。古者上下共之，咎繇與帝舜言稱『朕』，屈原曰『朕皇考』。至秦獨以爲尊稱，漢遂因之。」』朕、我雖同爲自稱之詞，而古今用法有別，故洪氏引蔡邕之説以疏證之。《離騷》『日康娱而自忘兮，厥首用夫顛隕。』王逸注：『言澆既滅殺夏后相，安居無憂，日作淫樂，忘其過惡，卒爲相子少康所誅，其頭顛隕而墜地。自此以上羿、澆、寒浞之事，皆見於《左氏傳》。』案：王注《離騷》陳詞一節，雖據《左傳》，然未引其文，撮其要爲解。洪氏引《左傳》云：『昔有夏之方衰，后羿自鉏遷于窮石，因夏民以代夏政。恃其射也，不修民事，而淫于原獸。寒浞，伯明氏之讒子弟也，信而使之，以爲己相。浞行媚于內，施賂于外，愚弄其民，而虞羿于田，樹之詐慝，以取其國家。內外咸服，羿猶不悛，將歸自田，家衆殺而亨之。靡奔有鬲氏，浞因羿室生澆及豷，恃其讒慝詐僞，而不德于民，使澆用師，滅斟灌及斟尋氏。靡自有鬲氏，收二國之燼，以滅浞而立少康。少康滅澆于過，后杼滅豷于戈，有窮由是遂亡。』又引《論語兼義》云：『羿逐后相自立，相依二斟，夏祚猶尚未滅。及寒浞殺羿，因羿室而生澆，澆長大，自能用師，始滅后相。相死之後，始生少康，少康生杼，杼又年長，始堪誘豷，方始滅浞而立少康。計太康失邦，及少康紹國，向有百載乃滅有窮。而《夏本紀》云：「仲康崩，子相立。相崩，子少康立。」都不言羿、浞之事，是馬遷之疏也。』則全引《左傳》原文，所以疏王注簡略也。其又引《論語兼義》

辨《夏本紀》不載羿、浞，爲疏漏闕失，《史記》尤未足爲憑也。《國殤》『車錯轂兮短兵接』，王逸注：『短兵，刀劍也。言戎車相迫，輪轂交錯，長兵不施，故用刀劍以相接擊也。』案：洪氏復引《司馬法》曰：『弓、矢，圍。殳、矛，守。戈、戟，助。凡五兵。長以衛短，短以救長。』蓋所以疏解『長兵不施』之義也。《天問》：『何勤子屠母，而死分竟地？』王逸注：『言禹愊剥母背而生，其母之身分散竟地，何以能有聖德，憂勞天下乎？』案：洪氏云：『《史記·楚世家》：「陸終生子六人，坼剖而産焉。」干寶曰：「《前志》所傳，修己背坼而生禹，簡狄胸剖而生契，歷代久遠，莫足相證。魏黄初五年，汝南屈雍妻生男從右胳下水腹上出，而平和自若，母子無恙。《詩》云：『不拆不副，無災無害。』原詩人之旨，明古之婦人常有坼剖而産者矣。又有因産而遇災害者，故美其無害也。」禹母事出《帝王世紀》。禹以勤勞修鯀之功，故曰「勤子」也。上云「《九辯》《九歌》」，言啓以禹故，得享備樂。何以修己生禹而反遇災害邪？言坼剖而産則有之。「死分竟地」，未必然也。竟地，猶言竟天也。唐段成式云：「迸分竟地。」蓋用此語。』洪氏廣徵遠紹，以疏解王注『愊剥母背而生』之義也。《哀郢》：『去故鄉而就遠兮，遵江夏以流亡。』王逸注：『江夏，水名也。』案：王注『江夏』甚簡略。洪氏云：『《前漢》有江夏郡。應劭曰：「沔水自江別至南郡華容爲夏水，過郡入江，故曰江夏。」《水經》云：「夏水出江津，於江陵縣東南。」注云：「江津豫章口，東會中夏口，是夏水之首，江之汜也。所謂『過夏首而西浮，顧龍門而不見』也。」又云：「又東至江夏雲杜縣，入于沔。」注云：「應劭曰：江別入沔爲夏水。原夫夏之爲名，始於分江，冬竭夏流，故納厥稱。既有中夏之目，亦苞大夏之名矣。當其決入之所，土謂之賭口焉。鄭玄注《尚書》『滄浪之水』言：『今謂之夏水。』劉澄之著《永初山川記》云：『夏水古文以爲滄浪，漁父所歌也。』因此言之，水應由沔。今按：夏水是江流沔，非沔入夏。假使沔注夏，其勢西南，非《尚書》又東文。余亦以爲非也。自賭口下沔水。兼通夏首，而會於江，謂之夏汭。故《春秋傳》『吴伐楚，沈尹成奔命於夏汭」也。杜預曰：『漢水曲入江即夏口矣。』」」夏水自江出，入於沔；入沔後東流與江會，是爲江夏。自江出者爲『夏首』，入沔後復入於江者爲夏口。此所疏解『江夏』及『夏水』『夏首』之義也。

洪氏所以補益王逸注之所未及者，如：《離騷》『帝高陽之苗裔兮』，王逸注：『德合天地稱帝，苗，胤也。裔，末也。高陽，顓頊有天下之號也。《帝繫》曰：「顓頊娶于騰隍氏女而生老僮，是爲楚先。其後熊繹事周成王，封爲楚子，居于丹陽。周幽王時生若敖，奄征南海，北至江漢。其孫武王求尊爵於周，周不與，遂僭號稱王，始都於郢。是時生子瑕，受屈爲客卿，因以爲氏。」屈原自道本與君共祖，俱出顓頊胤末之子孫，是恩深而義厚也。』案：洪氏云：『皇甫謐曰：「高陽，都帝丘，今東郡濮陽是也。」張晏曰：「高陽，所興之地名也。」劉子玄《史通》云：「作者自敘，其流出於中古。《離騷經》首章上陳氏族，下列祖考，先述厥生，次顯名字。自敘發迹，實基於此。降及司馬相如，始以自敘爲傳。至馬遷、揚雄、班固自敘之篇，實煩於代。」』洪氏以爲『高陽』之號因其所興之地爲之，故引皇甫謐、劉子玄二家之説以引申之。又，洪氏引劉子玄説後世『序傳』之權輿，實基於《離騷》此首章，於文體學不無參徵價值，故申而引之，以發明王注所未及也。《九歌·東皇太一》『吉日兮辰良』，王逸注：『日謂甲乙，辰謂寅卯。』案：洪氏引沈括存中云：『「吉日兮辰良」，蓋相錯成文，則語勢矯健。如杜子美詩云：「紅豆啄餘鸚鵡粒，碧梧棲老鳳凰枝。」韓退之云：「春與猿吟兮，秋鶴與飛。」皆用此體也。』若爲常格，此句當爲『吉日兮良辰』，洪氏引沈括語，則以爲別開『相錯成文』之新格，以補益王注所未及也。《國殤》『子魂魄兮爲鬼雄』。案：王逸未注『魂魄』之義。洪氏云：『《左傳》曰：「人生始化曰魄，既生魄，陽曰魂。用物精多，則魂魄强。」疏云：「人稟五常以生，感陰陽以靈。有身體之質，名之曰形。有噓吸之動，謂之爲氣。氣之靈者曰魄。既生魄矣，其内自有陽氣也，氣之神者曰魂。魂魄，神靈之名，本從形氣而有，附形之靈爲魄，附氣之神爲魂。附形之靈者，謂初生之時，耳目心識，手足運動，啼呼爲聲。此則魄之靈也。附氣之神者，謂精神性識，漸有所知。此則附氣之神也。魄在於前，魂在於後，魄識少而魂識多。人之生也，魄盛魂强，及其死也，形銷氣滅。聖人緣生以事死，改生之魂曰神，改生之魄曰鬼。合鬼與神，教之至也。魂附於氣，氣又附形，形强則氣强，形弱則氣弱，魂以氣强，魄以形强。」《淮南子》曰：「天氣爲魂，地氣爲魄。」注云：「魂，人陽神；魄，人陰神也。」』此所以補王注『魂魄』二義之所未備也。《抽思》『少歌曰』，王逸未注『少歌』之義。案：洪氏云：『《荀子》曰「其小歌也」，注云：「此下一章，即其反辭，總論前意，反覆説之也。」此章有「少歌」，有「倡」，有「亂」。「少歌」之不足，則又發其意，而爲「倡」；獨「倡」而無與和也，則總理一賦之終，以爲「亂辭」云爾。』此所以補王注未及『少歌』之義也。《悲回風》『馮崑崙以瞰霧兮』，王逸注：『遂處神山，觀濁亂之氣也。』案：《補注》：『馮，登也。』其説所以補王注未及也。宋本《玉篇·馬部》：『馮，乘也，登也。』《文選·西征賦》『憑高望之陽隈』，李善注引《廣雅》：『憑，登也。』馮又爲依，登亦爲依，詞義所以相互滲透也。《左傳》昭公十年『登軾而望之』，孔疏：『横施一木名之曰軾，得使人立於其後時依倚之。曹劌登軾，得臣云「君謂馮軾」，皆謂此也。』孔氏亦以憑爲登也。

洪氏所以存舊説以廣異聞者，如：《離騷》『啓《九辯》與《九歌》兮』，王逸注：『啓，禹子也。《九辯》《九歌》，禹樂也。言禹平治水土，以有天下，啓能承先志，纘敘其業，育養品類，故九州之物，皆可辯數，九功之德，皆有次序而可歌也。《左氏傳》曰：「六府、三事謂之九功，九功之德皆可歌也，謂之九歌。水、火、金、木、土、穀，謂之六府。正德利用、厚生，謂之三事。」』案：洪氏云：『《山海經》云：「夏后上三嬪於天，得《九辯》與《九歌》以下。」注云：「皆天帝樂名。啓登天而竊以下用之。」《天問》亦云：「啓棘賓商，《九辨》《九歌》。」王逸不見《山海經》，故以爲禹樂。

五臣又云：「啓，開也。言禹開樹此樂。」謬矣。《騷經》《天問》多用《山海經》，而劉勰《辨騷》以「康回傾地」、「夷羿彃日」爲「譎怪之談，異乎經典」。如「高宗夢得說」「姜嫄履帝敏」之類，皆見於《詩》《書》，豈誣也哉！』王注引《左傳》說《九辯》《九歌》，洪氏引《山海經》說《九辯》《九歌》，且謂『《騷經》《天問》多用《山海經》』，别於經典。蓋所以廣博聞、存異說也。《湘君》：『君不行兮夷猶，蹇誰留兮中洲。』王逸注：『君，謂湘君也。言湘君蹇然難行，誰留待於水中之洲乎？以爲堯用二女妻舜，有苗不服，舜往征之。二女從而不反，道死於沅、湘之中，因爲湘夫人也。所留，蓋謂此堯之二女也。』案：洪氏云：『逸以湘君爲湘水神，而謂留湘君於中洲者，二女也。韓退之則以湘君爲娥皇，湘夫人爲女英。』又於篇末『湘君』目下云：『《山海經》曰：「洞庭之山，帝之二女居之。」郭璞疑「二女」者，帝舜之后，不當降小水爲其夫人，因以二女爲天帝之女。以余考之，璞與王逸俱失也。堯之長女娥皇爲舜正妃，故曰君。其二女女英，自宜降曰夫人也。故《九歌》詞謂娥皇爲君，謂女英帝子，各以其盛者，推言之也。《禮》有小君、君母，明其正自得稱君也。』逸以湘君爲湘水神，湘夫人爲堯之二女。郭璞以『二女』爲『天帝之女』。韓愈以湘君爲娥皇、湘夫人爲女英。洪氏俱條列之，以廣異聞也，而後折衷取舍之，乃以韓愈說爲是也。《天問》：『何所不死，長人何守？』王逸注：『《括地象》曰：「有不死之國。」長人，長狄。《春秋》云：「防風氏也，禹會諸侯，防風氏後至，於是使守封嵎之山也。」』案：洪氏云：『《山海經》：「不死民在交脛國東，其人黑色，壽不死。」注云：「圓丘上有不死樹，食之乃壽。有赤水，飲之不老。」又：「大荒之山，日月所入，有人三面，一臂奇右，其人不死。」《淮南》曰：「西方之極，石城金室，飲氣之民，不死之野。」《國語》：「仲尼曰：『昔禹致群神於會稽之山，防風氏後至，禹殺而戮之，其骨節專車。』又曰：『山川之守，足以綱紀天下者，其守爲神。』客曰：『防風氏，何守也？』仲尼曰：『汪芒氏之君，守封嵎之山者也。爲漆姓，在虞、夏、商爲汪芒氏，於周爲長狄，今爲大人。』客曰：『人長之極幾何？』仲尼曰：『長者不過十之，數之極也。』注云：『十之三丈，則防風氏也。今湖州武康縣東有防風山，山東二百步有禹山，防風廟在封、禺二山之間。」』《穀梁》文公十一年：「叔孫得臣敗狄于鹹。長狄也，射其目，身横九畝。」』洪引《山海經》《淮南》『不死』之義，詳於《括地象》；又引《國語》『長人』之説，甚於《春秋》。此所以增廣異聞也。《懷沙》『非俊疑傑兮』，王逸注：『千人才爲俊，一國高爲傑也。』案：王注以『傑』高於『俊』。而洪氏云：『《淮南》云：「知過萬人謂之英，千人謂之俊，百人謂之豪，十人謂之傑。」』則『傑』未若『俊』之遠甚也。是存别説也。

洪氏所以訂正王逸之注訛誤者，如：《離騷序》『乃作《離騷經》，離，别也。騷，愁也。經，徑也。言己放逐離别，中心愁思，猶依道徑以風諫君也。』案：洪氏云：『余按古人引《離騷》未有言「經」者，蓋後世之士祖述其詞，尊之爲經耳，非屈原意也。逸説非是。』洪氏又以《離騷》稱『經』，乃後世所尊，非屈原本意。此所以正王逸之誤也。又，『是時秦昭王使張儀譎詐懷王，令絶齊交。又使誘楚。請與俱會武關，遂脅與俱歸，拘留不遣，卒客死於秦。』案：洪氏引《史記》云云，乃謂『使張儀譎詐懷王令絶齊者，乃惠王，非昭王也』。此所以正王逸之訛也。《離騷》『將往觀乎四荒』，王逸注：『荒，遠也。言己欲進忠信以輔事君，而不見省，故忽然反顧而去，將遂遊目往觀四荒之外，以求賢君也。』五臣云：『觀四荒之外，以求知己者。』案：王注以『往觀四荒』爲『求賢君』，洪氏云：『禮失而求諸野，當是時國無人莫我知者，故欲觀乎四荒以求同志。此孔子「浮海」「居夷」之意。然原初未嘗去楚者，同姓無可去之義故也。賈誼《吊屈原》云：「歷九州而相其君兮，何必懷此都。」失之矣。』則以『原初未嘗去楚者，同姓無可去之義』。是以逸説與賈誼『歷九州而相其君』，並斥棄之也。《九章·惜往日》：『封介山而爲之禁兮，報大德之優游。』王逸注：『言文公遂以介山之民封子推，使祭祀之。又禁民不得有言燒死，以報其德，優遊其靈魂也。』案：洪氏云：『《史記》：晉初定，賞從亡，未至隱者介子推。推亦不言禄，禄亦不及。介子推從者乃懸書宫門。文公出，見其書，曰：「此介子推也，吾方憂王室，未圖其功。」使人召之，則亡。遂求其所在，聞其入緜上山中。於是文公環緜上山中而封之，以爲介推田，號曰「介山」。以記吾過，且旌善人。「封介山而爲之禁」者，以爲介推田也。逸説非是。優遊，大德之貌。』則《史記》詳載介子推本事，文公賜封介山爲『介推田』，未聞封介山民者。屈子『封介山而爲之禁兮報大德之優遊』，正合《史記》封田之意。故以逸説無所依據而斥爲『非是』也。又，王注『優遊其靈魂』云云，曲爲之説。改訓『大德之貌』，蓋爲『悠悠』『陶陶』『滔滔』之别文。此言報介子滔滔之大德，渙然無疑義也。《遠遊》：『恐天時之代序兮，耀靈曄而西征。』王逸注：『託乘雷電以馳騖也。靈曄，電貌。《詩》云「曄曄震電」。西方少陰，其神蓐收，主刑罰。屈原欲急西行者，將命於神，務寛大也。』案：洪氏云：『《博雅》云：「朱明、耀靈、東君，日也。」張平子云：「耀靈忽其西藏。」潘安仁云：「曜靈曄而遄邁。」皆用此語。曄音饁，光也。征，行也。逸説非是。』則據張衡《思玄賦》、潘岳《寡婦賦》『耀靈』之詞例，以爲俱出《遠遊》，同爲『日』之稱，而非『雷電』之名。此言天時替代，日陽西沉，猶《離騷》『日月忽其不淹兮，春與秋其代序』也。王注『屈原欲急西行者，將命於神，務寛大』云云，繳繞不通也。《招魂》『大苦鹹酸』，王逸注：『大苦，豉也。』案：洪氏云：『《本草》：「豉味苦。」故逸以大苦爲豉。然説《左氏》者曰，「醓醢鹽梅」，不及豉。古人未有豉也。《内則》及《招魂》備論飲食，言不及豉。史游《急就篇》曰：「及有無夷鹽豉。」蓋秦漢以來始爲之耳。據此，則逸説非也。又，《爾雅》云：「蘦，大苦。」郭氏以爲「甘草」。又，《詩》云：「隰有苓。」陸機《草木蟲魚疏》云：「苓，大苦也。可爲乾菜。」此所謂大苦，蓋苦味之甚者爾。』洪氏以爲『豉』是秦漢以後之物，戰國以往未有豉。逸以『大苦』爲『豉』，不知古今之變也。據《爾雅》，大苦即『蘦』，亦《詩》之『苓』，然審之於此文，『所謂大苦，蓋苦味之甚者』，毋需深解。《七諫·自悲》『屬天命而委之咸池』，王逸注：『咸池，天神也。言己自哀不能修人事以見愛於君，屬禄命於天，委之神明而已。』案：洪氏云：『言己遭時之不幸，無可奈何，付之天命而已。逸説非是。屬音燭，付也。《淮南》云：「咸池者，水魚之囿也。」注云：「水魚，天神。」』王注『屬禄命於天，委之神明』云云，蓋以『屬』爲『接續』之義，洪氏改訓付，釋此句爲『付之天命』，其義簡要且如冰釋無礙矣。

洪氏辨析疏證王注草木蟲魚鳥獸之義，長至數千言，而實事求是，切理猒心，迄今無出其右。如，《離騷》『紉秋蘭以爲佩』，王逸注：『蘭，香草也，秋而芳。』案：蘭究爲何草？據王注，實不可得知。洪氏云：『《相如賦》云「蕙圃衡蘭」，顏師古云：「蘭，即今澤蘭也。」《本草》注云：「蘭草、澤蘭，二物同名。蘭草，一名水香，李云都梁是也。」《水經》云：「零陵郡都梁縣西小山上有渟水，其中悉生蘭草，緑葉紫莖。澤蘭如薄荷，微香，荆、湘、嶺南人家多種之。」此與蘭草大抵相類。但蘭草生水傍，葉光潤尖長，有歧，陰小紫，花紅白色而香，五、六月盛。而澤蘭生水澤中及下溼地，苗高二、三尺，葉尖，微有毛，不光潤，方莖紫節，七月八月開花，帶紫白色，此爲異耳。《詩》云「士與女，方秉蕑兮」，陸機云：「蕑即蘭也。其莖葉似藥草。澤蘭廣而長節，節中赤，高四、五尺，漢諸池苑及許昌宫中皆種之。」《文選》云「秋蘭被涯」，注云：「秋蘭，香草，生水邊，秋時盛也。」《荀子》云：「蘭生深林。」《本草》亦云：「一種山蘭，生山側，似劉寄奴，葉無椏，不對生，花心微黄赤。《楚詞》有秋蘭、春蘭、石蘭，王逸皆曰香草，不分别也。」近時劉次莊《樂府集》云：「《離騷》曰『紉秋蘭以爲佩』，又曰『秋蘭兮青青，緑葉兮紫莖』。今沅、澧所生，花在春則黄，在秋則紫，然而春黄不若秋紫之芬馥也。由是知屈原真所謂多識草木鳥獸，而能盡究其所以情狀者歟？」黄魯直《蘭説》云：「蘭生深山叢薄之中，不爲無人而不芳，含香體潔，平居與蕭艾同生而不殊。清風過之，其香藹然，在室滿室，在堂滿堂，所謂含章以時發者也。然蘭蕙之才德不同，蘭似君子，蕙似士夫。概山林中十蕙而一蘭也。《離騷》曰：『予既滋蘭之九畹，又樹蕙之百畝。』《招魂》：『光風轉蕙，泛崇蘭。』以是知楚人賤蕙而貴蘭矣。蘭蕙叢出，蒔以沙石則茂，沃以湯茗則芳，是所同也。至其發華，一幹一華而香有餘者，蘭；一幹五、七華，而香不足者，蕙也。蕙雖不若蘭，其視椒、榝則遠矣。』其言蘭蕙如此，當俟博物者。』則辨『澤蘭』『蘭草』『蘭蕙』之異同，庶幾無遺義也。《湘夫人》『辛夷楣兮葯房』，王逸注：『辛夷，香草，以作戶楣。』案：不識『辛夷』爲何草。洪氏云：『《本草》云：「辛夷，樹大連合抱，高數仞。」此花初發如筆，北人呼爲木筆。其花最早，南人呼爲迎春。逸云「香草」，非也。』洪以辛夷爲木，故可作門楣，其非香草明也。又，《少司命》：『秋蘭兮麋蕪，羅生兮堂下。』王逸未注『麋蕪』之義。案：洪氏云：『《山海經》云：「臭如蘪蕪。」《本草》云：「芎藭，其葉名蘼蕪，似蛇牀而香，騷人借以爲譬，其苗四、五月間生，葉作叢，而莖細，其葉倍香。或蒔於園庭，則芬香滿徑，七、八月開白花。管子曰：「五沃之土生蘼蕪。」《相如賦》云：「芎藭昌蒲，江離蘪蕪。」師古云：「蘪蕪，即芎藭苗也。」』則知麋蕪，即芎藭之苗也。他者，若屈賦中『江離』『芷』『木蘭』『宿莽』『申椒』『菌桂』『荃』『留夷』『揭車』『杜衡』『菊』『薜荔』『芙蓉』『薋』『菉』『葹』『玉虬』『鷖』『望舒』『飛廉』『鸞皇』『雷師』『鳳鳥』『幽蘭』『瓊枝』『鴆』『鳩』『藑茅』『珵』『鵜鴂』『蕭艾』『榝』『玉鸞』『蛟龍』等等，王逸注皆簡略或未注，洪氏則旁徵博引，條分縷析，即於經典名物訓詁之牽互者，亦能鈎析分明，則叔師遺義，由此得以顯白。不亦《楚辭》之功臣、王逸之諍友乎！若逐條出之，裒而集爲一編，庶幾與陸璣比侔，而成《楚辭草木蟲魚疏》之書也。

漢世以下評騭屈原，或褒或貶，造語兩端，各有所偏。洪氏往往申叔師之義，邕揚己之胸臆，直抒其懷抱。《離騷》：『雖不周於今之人兮，願依彭咸之遺則。』王逸注：『彭咸，殷賢大夫，諫其君不聽，自投水而死。言己所行忠信雖不合於今之世，願依古之賢者彭咸餘法，以自率屬也。』案：叔師以爲屈子投水，以諫君不從，類古賢彭咸，出於一時之激忿，似非理性之選擇。洪氏未以爲然，云：『顏師古云：「彭咸，殷之介士，不得其志，投江而死。」按屈原死於頃襄之世，當懷王時作《離騷》，已云「願依彭咸之遺則」，又曰「吾將從彭咸之所居」。蓋其志先定，非一時忿懟而自沈也。《反離騷》曰：「弃由、聃之所珍兮，摭彭咸之所遺。」豈知屈子之心哉！』蓋以彭咸、屈子雖同投水死，而彭咸率性所至，屈子經懷、襄二世之久，終以義不容苟活，理之所必然，二者未可同日語也。洪氏力倡叔師『若屈原膺忠貞之質，體清潔之性，直若砥矢，言若丹青，進不隱其謀，退不顧其命，此誠絶世之行、俊彦之英也』之確論，以駁斥班固『謂之露才揚己，競於群小之中，怨恨懷王，譏刺椒蘭，苟欲求進，强非其人，不見容納，忿恚自沈，是虧其高明而損其清潔者』之悠謬，折衷是非，復申叔師餘義，爲之長論，大爲屈子人格張目，曰：『或問：古人有言，殺其身有益於君則爲之。屈原雖死，何益於懷、襄？曰：忠臣之用心，自盡其愛君之誠耳，死生、毁譽，所不顧也。故比干以諫見戮，屈原以放自沈。比干，紂諸父也。屈原，楚同姓也。爲人臣者三諫不從則去之，同姓無可去之義，有死而已。《離騷》曰：「阽余身而危死兮，覽余初其猶未悔。」則原之自處審矣。或曰：原用智於無道之邦，虧明哲保身之義，可乎？曰：愚如武子，全身遠害可也。有官守言責，斯用智矣。山甫明哲，固保身之道，然不曰「夙夜匪解，以事一人」乎？士見危致命，況同姓，兼恩與義，而可以不死乎！且比干之死，微子之去，皆是也。屈原其不可去乎？有比干以任責，微子去之可也。楚無人焉，原去則國從而亡，故雖身被放逐，猶徘徊而不忍去，生不得力争而强諫，死猶冀其感發而改行，使百世之下聞其風者，雖流放廢斥，猶知愛其君眷眷而不忘，臣子之義盡矣。非死爲難，處死爲難，屈原雖死，猶不死也。後之讀其文知其人，如賈生者亦鮮矣。然爲賦以吊之，不過哀其不遇而已。余觀自古忠臣義士，慨然發憤，不顧其死，特立獨行，自信而不回者，其英烈之氣，豈與身俱亡哉！「仍羽人於丹丘，留不死之舊鄉」。「超無爲以至清，與太初而爲隣」。此《遠遊》之所以作，而難爲淺見寡聞者道也。仲尼曰：「樂天知命，故不憂。」又曰：「樂天知命，有憂之大者。」屈原之憂，憂國也。其樂，樂天也。《離騷》二十五篇，多憂世之語。獨《遠遊》曰：「道可受兮，不可傳。其小無内兮，其大無垠。無滑而魂兮，彼將自然。壹氣孔神兮，於中夜存。虚以待之兮，無爲之先。」此老、莊、孟子所以大過人者，而原獨知之。司馬相如作《大人賦》，宏放高妙，讀者有淩雲之意。然其語多出於此，至其妙處，相如莫能識也。太史公作傳，以爲「其文約，其辭微，其志絜，其行廉，其稱文小而其指極大，舉類邇而見義遠。其志絜，故其稱物芳。其行廉，故死而不容自疏。濯淖污泥之中，以浮游塵埃之外。推此志也，雖與日月争光可也」。斯可謂深知己者。揚子雲作《反離騷》，以爲「君子得時則大行，不得時則龍蛇，遇不遇命也，何必沈身哉」！屈子之事，蓋聖賢之變者。使遇孔子，當與三仁同稱雄，未足以與此。班孟堅、顔之推所云，無異妾婦兒童之見，余故具論之。」而其中『生不得力争而强諫，死猶冀其感發而改行』之語，尤爲後世評論屈子者所稱道不置，以爲古今不刊之論也。

《補注》十七卷之文獻價值，猶在於《楚辭》正文及『補曰』前所存之王逸《章句》，與單刻《楚辭章句》對勘，見其優於他本者亦夥頤。明清以後，版刻流傳頗多。後之治《楚辭》者多取《補注》本以爲文獻依據，幾成思維定勢，蓋古今學人經驗所積習，固非『易見』二字足以説明之也。觀《補注》本精善所在，於以下兩端以見之。僅以屈賦七篇爲例，各臚列數事以窺見其全貌。如：

第一、《補注》本《楚辭》正文與單刻《楚辭章句》本對勘以見其優者。《離騷》：『朝搴阰之木蘭兮，夕攬洲之宿莽。』單刻本『洲』上有『中』字。案：阰、洲舉爲文，『洲』上不當有『中』字。王注『夕入洲澤采取宿莽』云云，王注舊本固無『中』字。又，『女嬃之嬋媛兮，申申其詈予。』單刻本『詈予』作『罵余』。案：散則罵、詈同，對文别義。罵之爲言武也，詈之爲言歷也。怒謂之罵，以言語歷數之爲詈。下文牽引鮌之事數詈之，則舊本作『詈』。《楚辭》領格用余，賓格用予，分別至嚴。此用賓格，當作『詈予』，《補注》本存其舊也。又，『固亂流其鮮終兮』，單刻本『固』作『國』。案：王逸注『羿以亂得政，身即滅亡，故言鮮終』云云，王注舊本固無『國』字之義。《文選》本亦作『固』。作『國』者非是，《補注》本存其舊也。又，『舉賢而授能兮，循繩墨而不頗』。單刻本『賢』下有『才』字，『循』作『修』。案：舉賢、授能，對舉爲文，有『才』字則羨也。王逸注：『不遺幽陋，舉賢用能，行用先聖法度，無有傾失』云云，其舊本亦無『才』字。又以『行』釋『循』字之義，亦不作『修』也。又，『望崦嵫而勿迫』，單刻本『勿』作『未』。案：勿，禁詞；未，未將之詞。王注『望日所入之山，且勿附近』云云，其本作『勿』也。《九歌・湘夫人》『白薠兮騁望』，單刻本『白』上有『登』字，『薠』作『蘋』。案：薠，秋生於路上；蘋，春生於水澤。言騁望於薠草始生之時，以在秋也。作『蘋』，非是。舊本作『薠』。『白薠』以記時，非高敞之處，有『登』字，益不可通。《補注》本是也。《天問》：『僉曰何憂，何不課而行之。』單刻本『曰』作『答』。案：王注『衆人曰何憂哉，何不先試之』云云，其本作『曰』字，《補注》本存舊也。又，『胡維嗜不同味，而快鼂飽。』單刻本『嗜』下有『欲』字。案：嗜亦欲也。《慧琳音義》卷六十六『琪嗜』條引《考聲》云：『嗜，欲也。』王注『特與衆人同嗜欲』云云，欲爲釋語，因以誤衍爲『嗜欲』也。《九章・惜誦》『竭忠誠以事君兮』，單刻本『君』下有『子』字。案：君，謂君主，楚王也。非『君子』之『君』。王注『竭盡忠信以事于君』云云，舊本無『子』字。《補注》本存其舊也。《哀郢》『方仲春而東遷』，單刻本無『方』字。案：王注『正以仲春陰陽會時』云云，舊本有『方』字。《懷沙》『寃屈而自抑』，單刻本『寃』作『俛』。案：俛，俯也。寃，曲也。俛，寃之訛也。寃屈，寃結、鬱結，皆聲之轉，抑鬱貌。《補注》本存其舊也。《悲回風》『故荼薺不同畝兮』，單刻本『薺』作『苦』。案：荼、薺，二草名。若作『苦』，則衹爲荼一物，亦不得云『同畝』也。王注『荼薺不同畝而俱生』云云，舊本作『薺』是也。

又，『心機羈而不形兮』，單刻本『形』作『開』。案：形者，分也。《周禮·遂人》『以土地之圖經田野造縣鄙形體之灋』，鄭注：『經、形、體，皆謂制分界也。』賈《疏》：『形體二者，同實而異名，明俱爲分界處所也。』鄭以事説之，形猶分也。賈以名説之，形猶所分之所。皆通也。《莊子·德充符》：『「何謂德不形？」曰：「平者，水停之盛也。其可以爲法也，内保之而外不蕩也。德者，成和之修也。德不形者，物不能離也。」』不形、不離，相對爲文，形，亦謂離分。易『形』作『開』者，未審其義而妄改之。《補注》本存其舊也。《遠遊》『美往世之登仙』，單刻本『美』作『羑』。案：此若作『羑往世』，則與下文『羑韓衆』重複。羑，美字之訛。《補注》本存其舊也。又，『無滑而魂兮』，單刻本『無滑』作『無淈滑』。案：滑、淈，並謂亂也。有『淈』字，襲同義而羑也。《補注》本存其舊也。《卜居》『誰知吾之廉貞』，單刻本『貞』作『真』。案：廉貞，古之習語，不作『廉真』。《補注》本存其舊也。若此類者，則不勝舉也。

第二、《補注》本王逸序文與注文與單刻《楚辭章句》本對勘以見其優者，以《離騷》一篇言之，則不勝其舉也。《離騷序》：『言己放逐離別，中心愁思，猶依道徑，以風諫君也。』單刻本『己』作『以』。案：以、己古通用。己，『己』字之訛也。《補注》本存其舊。《離騷》『皇覽揆余初度兮』，王逸注：『覽，觀也。』單刻本『觀』作『覩』。案：覽，古祇訓『觀』，無訓『覩』。《説文·見部》：『覽，觀也。』《文選·思玄賦》『覽蒸民之多僻兮』，舊注：『覽，觀也。』《呂氏春秋·審應覽·重言篇》『將以覽民則也』，高注：『覽，觀也。』則舊本作『觀』，《補注》本是也。又，『扈江離與辟芷兮』，王逸注：『江離、芷，皆香草名。』單刻本『芷』上有『辟』字。案：辟，即『幽僻』之『僻』，芷之飾語，非香草也。有『辟』字，衍文。《補注》本存其舊也。又，『夕攬洲之宿莽』，王逸注：『水中可居者曰洲。』單刻本『水中可居者』作『水可居中者』。案：單刻本作『水可居中者』，不辭也。《補注》本是也。又，『恐皇輿之敗績』，王逸注：『皇，君也。』單刻本『君』作『后』。案：君、后雖同義。然王注及兩漢遺義『皇』無釋『后』者。《九歎・愍命》『嘉皇既殁，終不返兮』，王注：『皇，君也。』《書・五子之歌》『皇祖有訓』，《孔傳》：『皇，君也。』《詩・正月》『有皇上帝』，《毛傳》：『皇，君也。』則舊本作『君』。又，『余既不難夫離別兮，傷靈脩之數化』。王逸注：『言我竭忠見過，非難與君離別也。』單刻本『離別』作『別離』。案：據王注文例，正文作『離別』，則注文作『離別』。正文作『別離』，則注文作『別離』。《少司命》『悲莫悲兮生別離』，王注：『人居世間，悲哀莫痛與妻子生別離，傷己當之也。』則舊本當作『離別』也。又，『既替余以蕙纕兮，又申之以攬茝。』王逸注：『然猶復重引芳茝以自結束，執志彌篤也。』單刻本『執志』作『執意』。案：王注文例，但作『執志』，而無『執意』。下文『自前世而固然』，王注：『言鷙鳥執志剛厲，特處不群。』《大司命》『高駝兮沖天』，王注：『言己雖見疏遠，執志彌堅。』《九歎・愍命》：『回邪辟而不能入兮，誠願藏而不可遷。』王注：『言己執志清白淵靜，回邪之言，淫辟之人，不能自入於己，誠願執藏此行，以承事君，心終不移也。』則舊本作『執志』是也。又，『就重華而敶詞』，王逸注：『敶詞自説，稽疑聖帝，冀聞秘要以自開悟也。』單刻本『秘要』作『要説』。案：秘要，王注習用恒語。《遠遊》『審壹氣之和德』，王注：『究問元精之祕要也。』祕、秘同。秘要，始出於後漢，因乎讖緯。《後漢書・方術傳附任文公》：『父文孫，明曉天官風角祕要。』《三國志・蜀書・諸葛亮傳》注引《蜀記》『千井齊甃，又何祕要。』則舊本作『秘要』是也。又，『霑余襟之浪浪』，王逸注：『衣眥謂之襟。』單刻本『眥』作『貲』，或作『皆』。案，眥，目眶也。衣眥，衣領之襟，似目之眶也。《爾雅・釋器》李巡云：『衣眥，衣領之襟也。』貲、皆，皆『眥』之訛。《補注》本存其舊也。若此類者，他篇俯拾皆是。知《補注》本所存王逸《章句》多存其舊也。

雖然，《補注》本『訛』『脱』『衍』及『竄亂』之文時或見焉。見於《楚辭》正文者，《離騷》：『澆身被服强圉兮，縱欲而不忍。」單刻本「服」作「於」。案：王逸注：「言浞取羿妻而生澆，彊梁多力，縱放其情，不忍其慾，以殺夏后相也。」未釋「被服」之義。被於，猶拔扈也。作「被服」，非是。又，「殷宗用而不長」，單刻本「而」作「之」。案：用之，猶「厥首用夫顛隕」之「用夫」，謂「以是」也。「而」之古字，與「夫」字形似。夫，亦之也。《補注》本作「而」，非也。《九歌·湘夫人》：「鳥萃兮蘋中，罾何爲兮木上。」單刻本「萃」上有「何」字。案：以下句「罾何爲兮木上」斷之，「萃」上有「何」字是也。《補注》本脱訛也。《少司命》：「夫人自有兮美子，蓀何以兮愁苦。」單刻本作「夫人兮自有美子，蓀何爲兮愁苦」。案：蔣驥《山帶閣注楚辭》：「『兮』字當在『人』字下。」又，王注「言天下萬民人人自有子孫，司命何爲主握其年命，而用思愁苦」云云，其本作「何爲」也。則《補注》本非也。《天問》：「伯禹愎鮌，夫何以變化？」單刻本「愎」作「腹」。案：腹鮌，言禹生於鮌也。王注「鮌愚狠愎而生禹」云云，舊本作「腹」，《補注》本因「狠愎」誤改正文作「愎」也。又，「比干何逆而抑沈之？雷開阿順而賜封之？」單刻本「封之」下有「金」字。案：沈、金古同協侵部，若無「金」字，則出韻。王注「阿順於紂乃賜之金玉而封之」云云，舊本有「金」字。《補注》本脱訛也。《懷沙》「懲連改忿兮」，單刻本「連」作「違」。案：連、忿，對舉爲文。當作「違」，通作「恚」，謂忿也。王注「則止已留連之心」云云，舊本已誤也。《橘頌》「不終失過兮」，單刻本作「終不失過兮」。案：王注「敕慎自守，終不敢有過失」云云，舊本作「終不失過兮」。《補注》本乙訛也。《漁父》「何故深思高舉」，單刻本同《史記》作「何故懷瑾握瑜」。案：王注「獨行忠直」云云，以「瑾瑜」之玉喻忠直之行。而「深思高舉」無此義也。見於王逸注文者，《離騷》「帝高陽之苗裔兮」，王逸注：「《帝繫》曰：「顓頊娶于騰隍氏女而生老僮，是爲楚先。」」單刻本「騰隍氏」作「騰墳隍氏」。案：王逸引《帝繫》，見《大戴禮記》，其作「顓頊娶于滕氏，滕氏奔之子謂之女禄氏，産老童」。騰、滕，奔、墳，古字並通用。無「隍」字。《山海經·大荒西經》

郭注引《世本》：『顓頊娶于滕墳氏』，宋衷曰：『滕墳，國名。』吴任臣《山海經廣注》：『《國名記》：「滕墳作勝濆。」注云：「勝奔也。高陽妃勝奔氏國。」或作騰隍。誤。』《太平御覽》卷七九《皇王部》四《顓頊高陽氏》引《帝王世紀》、卷一三五《皇親部》一《顓頊妃》引《世本》並作『勝墳氏』。《路史後紀・高陽》『勝奔氏曰娽』條：『奔，即勝濆也。《埤蒼》云：「娽，顓帝之妻名。」《世本》《人表》皆作女禄。《大戴禮》：「勝奔氏之子謂之女禄。生老童。」』又，《國名紀・世妃后之國》『勝濆』條曰：『高陽妃勝奔氏國，或作騰隍。誤。』濆、墳、奔古字通用，勝、滕、騰亦通用。滕墳氏，非氏之復名，即《戴記》『滕氏奔』之乙。有『隍』字，衍文也。滕，氏名。奔，人名。而《補注》本誤脱『墳』字。又，『惟庚寅吾以降』，《補注》本『惟』字無注。案：單刻本有注：『惟，辭也。』《文選》本亦有注。『惟』字首見，宜有注。《補注》本脱之。又，『皇覽揆余初度兮，肇錫余以嘉名。』王逸注：『言父伯庸觀我始生年時，度其日月皆合天地之正中，故賜我以美善之名也。』案：單刻本『言』下有『己美』二字。皇，訓『美』，則有『己美』二字是也。《九歎・遠逝》『承皇考之妙儀』，王注：『上以承美先父高妙之法，不敢解也。』《愍命》『昔皇考之嘉志兮』，王注：『言昔我美父伯庸體有嘉善之德，喜升進賢能，信愛仁智以爲行也。』皆以『美父』連文。《補注》本脱之。又，『惟夫黨人之偷樂兮』，王逸注：『黨，朋也。《論語》曰「朋而不黨」。』單刻本『朋而』作『群而』。案：《論語》諸本作『群而不黨』，無作『朋而不黨』。《補注》本訛也。又，『謇吾法夫前修兮，非世俗之所服。』王逸注：『一云：謇，難也。言己服飾雖爲難法，我仿前賢以自修潔，非本今世俗人之所服佩。』案：單刻本無此注，『一云』之説，見《文選》五臣呂向注。蓋由五臣注竄入也。又，『阽余身而危死兮』，王逸注：『阽，猶危也。或云：阽，近也。言己盡忠，近於危殆。』單刻本無『或云阽近也言己盡忠近於危殆』十三字。案：《慧琳音義》卷九八『阽危』條：『《楚辭》云：「阽余身以危死。」王注云：「亦危也。」』

黎本《玉篇》殘卷《阜部》『阽』字：『《楚辭》「阽余身以危死」，王逸曰：「阽，危也。」』皆無『或曰』以下十三字。《補注》本有此十三字，後所竄亂也。又，『欲少留此靈瑣兮』，王逸注：『一云，靈，神之所在也。瑣，門有青瑣也。言未得入門，故欲小住門外。』案：小住，古之恒語。《搜神記》卷一『薊子訓』條：『見者呼之曰：「薊先生小住。」』並行應之，視若遲徐，而走馬不及。』卷二『吴孫峻』條：『小住須臾，更進一冢上便止，徘徊良久。』《藝文類聚》卷七〇《服飾部》下《胡牀》引《世説》：『公曰：「小住，老子於此處，亦復不淺。」』因便據胡牀，與諸賢士談謔竟坐。』叔師注文不當有六朝語，當竄入之文。《九辯》『忼慨絶兮不得』，王逸注：『中情恚恨，心剥切也。』案：《慧琳音義》卷四九『忼慨』條、卷五五『慷慨』條同引王逸注《楚辭》：『中情恚恨，心切剥也。』據辭例，古無作『剥切』，但有『切剥』。《九懷·匡機》『余深愍兮慘怛』，王注：『我内憤傷，心切剥也。』《九思·憫上》『思怫鬱兮肝切剥』。《隸釋》卷八引漢無名氏《金鄉長侯成碑》『昆嗣切剥，哀慟感情』，卷一二漢無名氏《李翊夫人碑》『慟切剥兮年不榮』，陸雲《與戴季甫書》『追慕切剥，不能自勝』則舊本作『切剥』。剥與上『軾』及下『北』『感』，爲職、屋合韻。若作『剥切』，出韻也。又，『何云賢士之不處』，王逸注：『二老太公歸文王也。』單刻本『二老』作『大老』。案：『二老』之二，與『上』之古文『丄』形似。舊本當作『上老』。或作『大老』，則據義妄改也。《補注》本類此者亦不勝其舉，宜反覆詳審之，參校諸本異同，是其是，非其非，求其舊本者可也。

《補注》現存傳本，重要者摹略爲六種：明翻刻宋本，明末清初汲古閣毛表校刊本，清吴郡陳枚寶翰樓復刊汲古閣《楚辭箋注》本，日本國寛延二年皇都書林刊刻汲古閣《楚辭箋注》本，清道光二十六年惜陰軒叢書仿汲古閣本，清同治十一年金陵書局重刊汲古閣本。（黄靈庚）

# 明翻刻宋本

是本刻於明世，據宋槧重録，爲現存《楚辭補注》諸本之最早刻本。然其底本未詳。首爲十七卷《楚辭目録》，「楚辭目録」下爲洪興祖雙行小注，引班固《離騷序》以釋「楚辭」之名。次一行爲「漢護左都水使者光禄大夫臣劉向集」，又次一行爲「後漢校書郎臣王逸章句」，下洪爲氏雙行小注，引《後漢書》王逸本傳。次爲十七卷目録。每卷目録下又以雙行夾注爲作者名氏及附《楚辭釋文目録》序次。宋諱「貞」「楨」「恒」「桓」「構」「篝」「匡」「筐」等字皆闕筆，而「真」「慎」等字不避，所據宋本，蓋刻於高宗之世也。然避諱不甚峻嚴，若《離騷》「齊桓聞以該輔」之「桓」字未闕筆。

《楚辭》卷第一爲《離騷經章句》，衹《離騷》稱「經」。而《九歌》以下六卷屈子之作則統稱「離騷」，《九辯》以下十卷皆稱「楚辭」。「楚辭卷第一」下雙行夾注，洪氏引《隋》《唐書·志》，臚列宋以前《楚辭》之書也。次一行爲「校書郎臣王逸上」，又一行爲「曲阿洪興祖補注」。卷二以下十六卷衹存「校書郎臣王逸上」一行，無「曲阿洪興祖補注」一行。

正文爲大字，各句之下首録王逸《楚辭章句》，次録諸本異文、《釋文》。所列異文，蓋出於洪興祖《楚辭考異》，而散入正文中者。如，《離騷》「何桀紂之猖披兮」，王逸注：「桀、紂，夏殷失位之君。猖披，衣不帶之貌。」猖，一作昌；披，一作被。《釋文》，即《楚辭釋文》也，亦散入正文中者。如，《離騷》「日月忽其不淹兮」，王逸注：「淹，久也。」忽，《釋文》作曶。次引《文選》五臣注。如，《離騷》「汩余若將不及兮」，王逸注：「汩，去貌，疾若水流也。」不，一作弗。五臣云：『歲月行疾，若將追之不及。』末爲『補曰』，以申王注之義也。如，《離騷》『朕皇考曰伯庸』，王逸注：『朕，我也。』補曰：『蔡邕云：「朕，我也。古者上下共之，咎繇與帝舜言稱『朕』，屈原曰『朕皇考』。至秦獨以爲尊稱，漢遂因之。」唐五臣注《文選》云：「古人質與君同稱朕。」』案：洪引蔡邕、五臣之説，所以補王注所不及也。

《楚辭》正文，或存屈子之舊。如，《天問》『吾告堵敖以不長』，洪氏《考異》：『一本「以」下有「楚子」。』毛氏刊刻汲古閣本同，寶翰樓翻汲古閣本、金陵書局同治十一年翻刻汲古閣本皆作『一本「以」下有「楚」』。案：《補注》云：『《左傳》：「楚子滅息，以息嬀歸，生堵敖及成王焉。」楚子，文王也。莊公十九年，杜敖生。二十三年，成王立。杜敖，即堵敖也。《天對》注云：「楚人謂未成君而死曰堵敖。」堵敖，楚成王兄也。』周封楚以子爵，故楚之國君皆稱『楚子』。《春秋》昭公四年：『夏，楚子、蔡侯、陳侯、鄭伯、許男、徐子、滕子、頓子、胡子、沈子、小邾子、宋世子佐、淮夷會於申。』杜注：『楚靈王始會諸侯。』楚靈王稱『楚子』也。堵敖，

既右烈考伯庸字也屈原言我父伯庸體有美德以忠輔楚世有令名以及於己補曰蔡邕云朕我也古者上下共之咎繇與帝舜言稱朕屈原曰朕皇考至秦獨以爲尊稱漢遂因之唐五臣注文選云古人質與君同稱朕又以伯庸爲屈原父名皆非也原爲人子忍斥其父名乎

攝提貞于孟陬兮太歲在寅曰攝提格孟始也貞正也于於也正月爲陬補曰並出爾雅陬側鳩切

惟庚寅吾以降庚寅日也降下也孝經曰故親生之膝下寅爲陽正故男始生而立於寅庚爲陰正故女始生而立於庚言已以太歲在寅正月始春庚寅之日下母之體而生得陰陽之正中也補曰天問云皆歸䠶鞠而無害厥躬何后益作革而禹播降九歎云赴江湘之湍流兮順波湊而下降徐徘徊於山阿兮飄風來之匈匈降乎攻切下也見集韻說文曰元氣起於子男左行三十女右行二十俱立於巳爲夫婦裹妊於巳巳爲子十月而生男起巳至寅女起巳至申故男年始寅女年始申

名熊囏，楚文王子，成王兄也，《史記・楚世家》：『杜敖五年，欲殺其弟熊惲，惲奔隨，與隨襲弑杜敖代立，是爲成王。』堵敖立五年而殁，其位不長也。據此《天問》正文，當從引一本作『吾告堵敖以楚子不長』也。景宋本存其舊也。四庫全書《楚辭補注》本亦引一本作『吾告堵敖以楚子不長』，館臣蓋據景宋本鈔録也。毛氏汲古閣本以下無『子』字，皆脱訛也。

此本録王逸《楚辭章句》，或存其舊義。如，《九歌・湘君》『搴芙蓉兮木末』，王逸注：『搴，采取也。』毛氏刊刻汲古閣本、寶翰樓本、四庫全書《楚辭補注》、金陵書局同治十一年翻刻汲古閣本『采』皆作『手』。案：《文選・初去郡》『攀林搴落英』，李善注引王逸曰：『搴，采取也。』其所據唐本作『采』。毛氏以下諸本作『手』，皆訛也。《國殤》『出不入兮往不反』，王逸注：『言壯士出闉，不復顧入，一往必死，不復還反也。』毛氏刊刻汲古閣本、寶翰樓本、四庫全書《楚辭補注》、金陵書局同治十一年翻刻汲古閣本『闉』皆作『鬬』。案：出闉，猶出門、離家也。《儀禮・士冠禮》『闑西閾外』，鄭注：『閾，閫也。』賈疏：『閫，門限，與閾爲一也。』若作『出鬬』，索然無味。此本存其舊也。又，《天問》：『該秉季德，厥父是臧。』王逸注：『該，苞也。言湯能苞持先人之末德，修其祖父之善業，故天祐之以爲民主也。』毛氏刊刻汲古閣本、寶翰樓本、四庫全書《楚辭補注》、金陵書局同治十一年翻刻汲古閣本『苞』皆作『包』。案：該既訓『苞』，則《章句》舊本當亦作『苞』是也。《九章・惜誦》『又衆兆之所讎』，王逸注：『父怨曰讎。』毛氏刊刻汲古閣本、寶翰樓本、四庫全書《楚辭補注》本並同，金陵書局同治十一年翻刻汲古閣本及單刻《楚辭章句》諸本『父怨』皆作『交怨』。案：交，『父』字之訛也。《慧琳音義》卷九『怨讎』條引《楚辭》注云：『父怨曰讎。』其所據王逸《楚辭章句》唐本亦作『父』字。《説文・言部》：『讎，猶譍也。』引申之爲言匹對、怨仇。《慧琳音義》卷五〇『怨讎』條引《三蒼》：『怨偶曰讎。』散文仇、讎不别。馬王堆漢墓帛書《九主》：『是□□□昔撝□□施□伐□㕤（仇）讐，民知之無所告朔（愬）。』

讎與讐同，仇讎連文，平列不別。《周禮·典瑞》『穀圭以和難』，鄭注『難，仇讎之和者』，賈疏：『仇爲怨，讎爲報。』《詩·谷風》『反以我爲讎』，孔疏：『讎者，至怨之稱。』朱子《楚辭集注》：『讎，謂怨之當報者。』明林兆珂《楚辭述注》：『怨耦曰仇，讎，謂怨之當報者。但我專思竭忠於君，非有他志，何讎於衆，而視爲必報之讎乎。』皆妙達屈子心事。對文讎者甚於仇。怨之深者莫甚父怨。父怨必報，義也。《淮南子·人間訓》：『魯人有爲父報讎於齊者，刳其腹而見其心，坐而正冠，起而更衣，徐行而出門，上車而步馬，顔色不變。其御欲驅，撫而止之曰：「今日爲父報讎，以出死，非爲生也。今事已成矣，又何去之！」追者曰：「此有節行之人，不可殺也。」解圍而去之。』《新書·淮難》：『白公勝所爲父報仇者，報大父與諸伯父、叔父也。』《地官·調人》：『凡和難，父之讎辟諸海外，兄弟之讎辟諸千里之外，從父兄弟之讎不同國。』《申鑒·時事篇》：『或問復讎，古義也。曰：「縱復讎可乎？」曰：「不可。」曰：「然則如之何？」曰：「有縱有禁，有生有殺，制之以義，斷之以法，是謂義法並立。」曰：「何謂也？」「依古復讎之科，使父讎避諸異州千里；兄弟之讎，避諸異郡五百里；從父從兄弟之讎，避諸異縣百里。弗避而報者無罪，避而報之，殺。犯王禁者，罪也；復讎者，義也。以義報罪。從王制，順也；犯制，逆也。以逆順生殺之。凡以公命行止者，不爲弗避。」』《漢書·灌夫傳》：『願取吴王若將軍頭以報父讎。』《蘇武傳》：『昆莫既健，自請單于報父怨，遂西攻破大月氏。』《後漢書·何顒傳》：『友人虞偉高有父讎未報，而篤病將終，顒往候之，偉高泣而訴。顒感其義，爲復讎，以頭醊其墓。』《列子·湯問篇》：『魏黑卵以暱嫌殺丘邴章，丘邴章之子來丹謀報父讎。』《郭店楚墓竹簡·六德篇》：『爲父絶君，不爲君絶父。』是雖以説喪制，蓋以父之喪甚於君之喪也。《史記·吴太伯世家》：『子胥、伯嚭鞭平王之尸，以報父讎。』楚人譽之，未以爲非。周、秦報讎多用讎，或通『售』。《戰國楚竹書》（七）《鄭子家喪》：『售（讎）邦之怲（病），將必爲帀（師）。』《睡虎秦墓竹簡·日書（甲）·稷辰》：『弋猎、報讎、攻軍、圍城，始殺可取不可鼠（予）。』《星》：『百事凶，可以斂人、攻讎。』《五月》：『此（觜）百事凶，可以斂人、攻讎。』或作『戩』，《清華大學藏戰國竹簡（壹）·耆夜》：『方臧（壯）方武，克燮仇戩（讎）。』漢代讎父讎亦用『仇』。馬王堆漢墓帛書《明君》：『三軍之士握鍁者（屠）敵若報父母之㕚（仇）者，盡德其君而戰士。』此古今別語也。毛氏刊刻汲古閣本、寶翰樓本、四庫全書《楚辭補注》本並作『父怨』，是存王逸《章句》之舊也。又，《招魂》『㨝梓瑟些』，補曰：『㨝，古八切。』案：毛氏刊刻汲古閣本、寶翰樓本、四庫全書《楚辭補注》本、金陵書局同治十一年翻刻汲古閣本『八』並訛作『入』。又，《七諫·怨世》『雖有八師而不可爲』，王逸注：『八師，爲禹、稷、咼、臯陶、伯夷、倕、益、夔也。言堯舜有聖賢之臣八人以爲師傅，不能除去虛僞之謗。平疾讒之辭也。』金陵書局同治十一年翻刻汲古閣本及單刻《楚辭章句》諸本『平』作『乎』，斷句作：『八師，爲禹、稷、咼、臯陶、伯夷、倕、益、夔也。言堯舜有聖賢之臣八人以爲師傅，不能除去虛僞之謗乎？疾讒之辭也。』案：乎，『平』字之訛也。正文非問句，釋文亦不當問句也。又，《自悲》『聊愉娛以忘憂』，王逸注：『言己乘騰高山，以爲庳小，陟險猶易，聊且愉樂，以忘悲憂也。』毛氏刊刻汲古閣本、寶翰樓本、四庫全書《楚辭補注》本、金陵書局同治十一年翻刻汲古閣本『庳』並訛作『痺』，惟此本存其舊也。

此本『補曰』，或存洪氏原本之舊者。如，《九歌·山鬼》『思公子兮徒離憂』，《補注》引五臣云：『思子椒不能用賢，使國若此，但使我羅其憂愁。離，羅也。』金陵書局同治十一年翻刻汲古閣本『羅』作『罹』。案：羅、罹古今字。古本作『羅』，此本存原本之舊也。又，『伯禹愎鮌，夫何以變化？』《補注》引《天對》云：『氣孽宜害，而嗣續得聖。汙塗而蕖，夫固不可以類。』汲古閣本、寶翰樓本、同治本『汙』皆訛作『汗』，此本存其舊也。《天問》：『何往營班祿，不但還來？』《補曰》：『《詩》云：「經之營之。」營，度也。《記》曰：「請班諸兄弟之貧者。」班，分也。』金陵書局同治十一年翻刻汲古閣本無『記曰』二字。案：脱訛也。《記》，《禮記》也，洪氏引《禮記》文，多省作《記》。引文見《檀弓上》：『君子不家於喪，請班諸兄弟之貧者。』鄭注：『以分死者所矜也，禄多則與鄰里鄉黨。』洪氏謂商湯施禄於百姓，故引《禮記》『班』訓『分』之義，以疏《天問》『班禄』也。《卜居》『寸有所長』，《補注》引《莊子》云：『梁麗可以充城，而不可以窒穴。』毛氏刊刻汲古閣本、寶翰樓本、四庫全書《楚辭補注》、金陵書局同治十一年翻刻汲古閣本『充』皆作『克』。案：引文見《秋水篇》，『充』作『衝』，謂犯也。充，通假字也。作『克』，即『充』字之訛也。此本存其舊也。《九辯》：『謂騏驥兮安歸，謂鳳皇兮安棲？』《補注》引五臣云：『騏驥安歸，在於良樂；鳳皇安棲，在於聖明；自喻時無知己也。』毛氏刊刻汲古閣本、寶翰樓本、四庫全書《楚辭補注》、金陵書局同治十一年翻刻汲古閣本五臣注『安棲』作『安歸』。案：正文『安歸』『安棲』皆未注，《文選》六臣注正作『騏驥安歸，在於良樂；鳳皇安棲，在於聖明』。則此本存其舊也。《招魂》：『冬有突廈』，《補注》：『突、窔，竝於叫切。』毛氏刊刻汲古閣本、寶翰樓本、四庫全書《楚辭補注》、金陵書局同治十一年翻刻汲古閣本『叫』並作『門』。案：『門』，『叫』之訛也。此本存其舊也。又，『發激楚些』，《補注》引文穎曰：『其樂促迅哀切也。』毛氏刊刻汲古閣本、寶翰樓本、四庫全書《楚辭補注》、金陵書局同治十一年翻刻汲古閣本『促』並訛作『浞』。《九歎·怨思》：『菀蘼蕪與菌若兮，漸藁本於洿瀆。』《補注》引《管子》云：『五沃之土，五臭疇生，蓮與蘼蕪，藁本白芷。』金陵書局同治十一年翻刻汲古閣本『五沃之土』作『五沃之上』。案：引文見《管子·地員篇》，删略甚多，然作『五沃之土』也。汲古閣本、寶翰樓本、四庫《補注》本皆作『五沃之土』，同治本則訛也。

雖然，此本訛誤亦時或見之。如，《離騷》『朕皇考曰伯庸』，《補注》引蔡邕云：『朕，我也，古者上下共之。咎繇與帝舜言稱「朕」，屈原曰「朕皇考」。』此本『咎繇』訛作『咎辭』。又，『紉秋蘭以爲佩。』此本『紉』訛作『紛』。《補注》引陸機云：『澤蘭廣而長節，節中赤，高四、五尺。』此本『赤』訛作『亦』。又，『朝搴阰之木蘭兮』，《補注》引任昉《述異記》云：『木蘭州在尋陽江也。』此本『州』訛作『川』。又，『雜杜衡與芳芷』，《補注》引《爾雅》：『杜，土鹵。』此本『土』訛作『上』。又，『延佇乎吾將反』，王逸注：『言己自悔恨相視事君之道，不明審察。』此本『察』訛作『當』。又，『將往觀乎四荒』，《補注》引賈誼《吊屈原》云：『瞝九州而相其君兮，何必懷此都。』此本『瞝』訛作『瞞』，四庫《補注》本又易作『歷』。又，『羿淫遊以佚畋兮』，《補注》引賈逵云：『羿之先祖也爲先王射官，帝嚳時有羿，堯時亦有羿，是善射之號。此羿，夏時諸侯有窮后也。』此本『夏』訛作『商』。又，『朝發軔於蒼梧兮』，王逸注：『蒼梧，帝舜所葬也。』此本脱『帝』字。又，『折若木以拂日兮』，《補注》引《淮南子》曰：『若木在建木西，末有十日，其華照下地。』此本『末』訛作『未』。又，『折瓊枝以繼佩』，王逸注：『言己行遊，奄然至於青帝之舍，觀萬物始生皆出於仁義。』此本脱『義』字。又，『吾令鴆爲媒兮』，《補注》引《廣志》云：『其鳥大如鶚，紫緑色，有毒，食蛇蝮，雄名運日，雌名陰諧，以其毛瀝飲巵，則殺人。』此本『瀝』訛作『歷』。又，『雄鳩之鳴逝兮』，洪氏引《釋文》雄作『鴆』。此本『鴆』訛作『鳩』。又，『邅吾道夫崑崙兮』，《補注》引《淮南子》云：『崑崙虛中有增城九重，上有木禾，珠樹、玉樹、琁樹、不死樹在其西，沙棠、琅玕在其東，絳樹在其南，碧樹瑤樹在其北。』琁，又作璇，此本訛作『琔』。又，『已矣哉，國無人莫我知兮』，王逸注引《易》曰：『闚其户，闃其無人。』此本『闃』訛作『閴』。《離騷後敘》洪氏班固《離騷序》『小雅怨悱而不亂』，此本『怨』訛作『恕』。《九歌·湘夫人》『罔芳椒兮成堂』，《補注》曰：『𦊱，古播字，本作𦊱。』此本『𦊱』訛作『匊』。

又，『白玉兮爲鎮』，王逸注：『以白玉鎮坐席也。』此本『玉』皆訛作『王』。《天問》『冥昭瞢闇』，《補注》：『瞢，毋豆切。』毋豆，當『母登』之訛。又，《天問》：『河海應龍，何盡何歷？』《補注》引《天對》云：『胡聖爲不足，反謀龍知？畚鍤究勤，而期畫厥尾。』期，此本訛作『欺』。又，『焉有石林，何獸能言？』《補注》引《山海經》『鵲山有獸，狀如禺。』此本『禺』訛作『寓』。又，『妹嬉何肆，湯何殛焉？』《補注》：『妹音末。』此本『妹』作『妹』、『未』作『末』，皆訛也。又，『登立爲帝，孰道尚之？』《補注》引《天對》云：『惟德登帝，師以首之。』師，衆也。此本訛作『帥』。又，『何條放致罰，而黎服大説？』《補注》引《書》云：『造攻自鳴條，朕載自亳。』此本『載』訛作『哉』。《九章·惜誦》『戒六神與嚮服』，《補注》引《孔叢子》曰：『幽禜，祭星也；雩禜，祭水旱也。』此本兩『禜』字訛作『榮』。又，『行婞直而不豫兮，鮌功用而不就。』《補注》：『鮌以婞直忘身，知剛而不知義，亦君子之所戒也。』此本『忘』訛作『亡』。《涉江》：『船容與而不進兮，淹回水而疑滯。』《補注》：『江淹賦云：「舟凝滯於水濱。」杜子美詩云：「舊客舟凝滯。」皆用此語。其作「凝」者，傳寫之誤耳。』此本『其作「疑」者』之『疑』，訛作『凝』。《哀郢》：『去故鄉而就遠兮，遵江夏以流亡。』《補注》引《水經注》云：『江津豫章口，東會中夏口，是夏水之首，江之汜也。』此本『首』訛作『苔』。又引《春秋傳》：『吴伐楚，沈尹戌奔命於夏汭也。』此本『戌』訛作『戍』。又，『當陵陽之焉至兮，淼南渡之焉如。』此本脱『淼』字。《抽思》：『愁歎苦神，靈遥思兮。』王逸注：『靈遥思者，神遠思也。』此本易『思』作『憂』，不審『思』亦憂也。《懷沙》『孰察其撥正』，《補注》：『《説文》曰：「撥，治也。」比末切。』此本『末』訛作『未』。《思美人》『備以爲交佩』，王逸注：『言己解折萹蓄，雜以香菜，合而佩之，修飾彌盛也。』此本『佩之』下衍『言』字。又，『憚褰裳而濡足』，王逸注：『又恐汙泥，被垢濁也。』此本『汙』訛作『汗』。《橘頌》：『后皇嘉樹，橘徠服兮。」《補注》：「《説文》云：「周所受瑞麥來麰，天所來也。」故爲行來之來。」此本「麰」訛作「⿺走全」。《悲回風》「故荼薺不同畝兮」，《補注》引《詩》云「堇荼如飴」。此本「堇」訛作「菫」。又，「氣繚轉而自締」，《補注》：「締，丈尔切。又音啼，結不解也。」此本「丈」訛作「文」。《遠遊》「内惟省以端操兮」，《考異》：「一云朴素我情。」此本「朴」訛作「林」。又，「左雨師使徑侍兮」，王逸注：「告使屏翳，備不虞也。」此本「不」訛作「下」。《漁父》「何故至於斯」，王逸注：「曷爲遭此患也。」此本作「曷爲遇放於斯也。」患，與上「原」「官」協韻，若作「斯」，則出韻也。又，「新沐者必彈冠」，王逸注：「拂土坌也。」此本「土」訛作「塵」。又，「新浴者必振衣」，王逸注：「去塵穢也。」此本「塵」訛作「土」。又，「鼓枻而去」，《補注》：「枻音曳。」此本脱「枻」字。《九辯》「何所憂之多方」，王逸注：「内念君父及兄弟也。」案：「弟」與「黨」「竝」「明」協韻，兄弟，當「弟兄」之乙也。又，「老嵺廓而無處」，《考異》：「嵺，一作廫。」此本「廫」訛作「廖」。《招魂》「稻粢穱麥」，《補注》引左太沖《蜀都賦》云：「粳稻漠漠。」此本「漠漠」訛作「漢漢」。惟四庫《補注》本作「漠漠」。又，「蘭膏明燭，華鐙錯些。」五臣云：「似蘭漬膏取其香也。」案：洪氏引《文選》五臣李周翰注，原作「言以蘭漬膏，取其香也。」似，本作「以」。四庫《補注》本作「以蘭漬膏」。則未訛也。景宋本及汲古閣本、寶翰樓本、同治本皆訛作「似蘭漬膏」。又，《招魂》「同心賦些」，王逸注：「言衆坐之人各欲盡情，與己同心者，獨誦忠信與道德也。」案：此本「衆」作「樂」，不辭也。汲古閣本、同治本皆作「衆」。《大招》「蜮傷躬只」，《補注》：「蜮音域，又音或。」此本「音」訛作「蜮」。又，《惜誓》「水背流而源竭兮，木去根而不長。」王逸注：「言水横流背其源泉則枯竭，木去其根株則枝葉不長也。」案：據王注「背其源泉」云云，正文當作「水背源而流竭」，背源、去根，相對爲文。此本倒乙也。《九歎・怨思》「歸骸舊邦，莫誰語兮」，王逸注：「言己思念故鄉，雖死欲歸骸骨於楚國，無所告語，達己之心也。」此本「思念」訛作「心念」。《九思·傷時》「乘戈龢兮謳謡」，《補注》：「戈字從弋。」此本「從」訛作「作」。類此疏誤，抑緣自所據宋本歟？或翻刻所增者歟，已不能考辨也。

此本浙江圖書館、天一閣博物館、國家圖書館、北京大學圖書館等皆有庋藏。商務印書館《四部叢刊初編》據涵芬樓借江南圖書館藏本景印。此本原爲丁丙舊藏，今藏於南京圖書館。（黄靈庚）

# 明汲古閣毛扆校刻本附王國維批校

此本款式同明刻翻宋本，其存世完帙，今惟二部：其一見國家圖書館，本王静安舊藏；其一見南京圖書館，屬丁丙原物也。每卷之末皆有『汲古後人毛扆字奏叔依古本是正』之圖記。扆，蓋虞山汲古閣毛晉子也。其所稱『古本』，爲宋槧也。末有毛扆跋，稱『今世所行《楚辭》，率皆紫陽注本，而洪氏《補注》絶不復見。紫陽原本「六義」，比事屬辭，如堂觀庭，如掌見指，固已探古人之珠囊，爲來學之金鏡矣。然慶善少時，即得諸家善本，參較異同，後乃補王叔師《章句》之未備者而成書。其援據該博，考證詳審，名物訓詁，條析無遺。雖紫陽病其未能盡善，而當時歐陽永叔、蘇子瞻、孫莘老諸君子之是正。慶善師承其説，必無刺謬。扆方舞勺，先人手《離騷》一篇，教扆曰：「此楚大夫屈原所作，其言發於忠正，爲百代詞章之祖。昔人有言：「《國風》好色而不淫，《小雅》怨誹而不亂，若《離騷》者，可謂兼之。」我之從事鉛槧，自此書昉也。小子識之。」壬寅秋，從友人齋見宋刻洪本，黯然於先人之緒言，遂借歸付梓。其《九思》一篇，晁補之以爲不類前人諸作，改入《續楚辭》。而紫陽並謂《七諫》《九懷》《九歎》《九思》「平緩而不深切」，並删去之，特增賈長沙二賦。則非復舊觀矣。洪氏合新舊本爲篇第，一無去取。學者得紫陽究其意指，更得洪氏而溯其源流。其於是書，庶無遺憾』云云。毛氏刻此書之時，在清康熙元年壬寅，正值鼎革之際，陽言其所以刻此書者，蓋溯《楚辭》源流，以求其舊本之真，實或寄寓遺民守節之志也。其所據宋槧，亦與明翻宋本略别。如，此本宋諱不避，然偶見若『匡』字之類闕筆，蓋未盡校改也。

此本於宋本訛誤多所匡正。如，《離騷序》「卒客死於秦」，洪氏引《史記》曰：「乃令張儀詳去秦厚幣委質事楚。」明翻宋本「幣」作「弊」，此本校正爲「幣」。《離騷》「朕皇考曰伯庸」，《補注》引蔡邕云：「朕，我也，古者上下共之。咎繇與帝舜言稱「朕」，屈原曰「朕皇考」。」明翻宋本「咎繇」作「咎辭」，此本校正爲「咎繇」。又，「紉秋蘭以爲佩」，明翻宋本「紉」作「紛」，此本校正爲「紉」。又，「延佇乎吾將反」，王逸注：「言己自悔恨，相視事君之道，不明審察，若比干伏節死義，故長立而望，將欲還反，終己之志也。」明翻宋本「察」作「當」，且屬下。案：審察，古之習語。《韓詩外傳》：「此三威，不可不審察也。」《漢書·貢禹傳》：「有命審察後宮，擇其賢者留二十人，餘悉歸之。」《後漢紀·孝順皇帝》：「復之之道，審察緩急之謗譽，鈞同寒燠之罪罰，以崇王政，則陰陽和也。」《戰國策·楚策》：「此不恭之語也，雖然，不可不審察也。」《韓非子·喻老》：「故曰同事之人，不可不審察也。」若無「察」，語意未足也。此本校正「當」作「察」者，是也。又，「啓《九辯》與《九歌》兮」，王逸注：「言禹平治水土，以有天下，啓能承先志，纘敘其業，育養品類，故九州之物皆可辯數，九功之德皆有次序而可歌也。」明翻宋本「次序」作「大序」，此本校正爲「次序」也。《補注》「夷羿弊日」，明翻宋本「日」作「曰」，此本校正爲「日」。又，「浞又貪夫厥家」，王逸注：「浞行媚於內，施賂於外，樹之詐慝，而專其權勢。」明翻宋本「浞」作「足」，此本校正爲「浞」。又，「厥首用夫顛隕」，

之君也。本無明字 言與行其可迹兮 出口爲言所履爲迹 情與貌其不變 志願爲情顏色爲貌變易也言已吐口陳辭言與行合誠可循迹情貌相副内外若一終不變易也 故相臣莫若君兮 言相視臣下忠之與佞在君知之明也補曰相視也息亮切傳曰知臣莫若君 所以證之不遠 證驗也言君相臣動作應對察言觀行則知其善惡所證驗之迹近取諸身而不遠也一本之下有而字 吾誼先君而後身兮 言我所以修執忠信仁義者誠欲先安君父然後乃及於身也夫君安則已安君危則已危也補曰誼與義同人臣之義當先君而後已 羌衆人之所仇 仇讎也羌然辭也怨耦曰仇言在位之臣營私爲家已獨先君後身其義相反故爲衆人所仇怨一本羌下有然字一本仇下有也字 專惟君而無他兮 惟一作思一作爲 又衆兆之所讎 兆衆也百萬爲兆讎

《補注》引《左氏傳》：『昔有夏之方衰，后羿自鉏遷于窮石。』明翻宋本『鉏』作『鉅』，此本校正爲『鉏』。又，『相觀民之計極』，王逸注：『言前觀湯武之所以興，顧視桀紂之所以亡，足以觀察萬民忠佞之謀，窮其真僞也。』明翻宋本『僞』作『爲』，此本校正爲『僞』也。又，『溘埃風余上征』，《補注》：『《遠遊》云：「掩浮雲而上征。」』明翻宋本『云』作『去』，『浮』作『孚』，此本校正爲『遠遊云掩浮雲而上征』也。又，『折瓊枝以繼佩』，王逸注：『觀萬物始生，皆出於仁義。』明翻宋本脱『義』字，此本補『義』字是也。又，『心猶豫而狐疑兮』，《補注》引《禮記》曰：『決嫌疑，定猶豫。』明翻宋本『豫』作『與』，此本校正爲『豫』也。《九歌·東君》『羌聲色兮娱人』，《考異》：『一作色聲。』明翻宋本脱『一』字，此本校補『一』字。《山鬼》『風颯颯兮木蕭蕭』，王逸注：『言己在深山之中，遭雷電暴雨，猨猴號呼，風木摇動。』明翻宋本『猴』作『狖』。案：猨，猴也。此本校正作『猴』者是也。《天問》：『焉有石林，何獸能言？』《補注》引《山海經》『鵲山有獸狀如禺，捷類獮猴，被髮垂地，名曰猩猩。』明翻宋本『禺』訛作『寓』，此本校正爲『禺』也。又，『何條放致罰，而黎服大説？』《補注》引《書》云：『造攻自鳴條，朕載自亳。』明翻宋本『載』訛作『哉』，此本校正爲『載』也。又，『何變化以作詐，後嗣而逢長？』王逸注：『舜爲天子，封象於有庳，而後嗣子孫長爲諸侯也。』翻宋作『庳』作『鼻』，此本校正爲『庳』也。類此校正蓋不勝舉，見毛氏於此刻，用功亦勤矣。

然校書若掃秋葉，時掃時有，此本亦有新增之訛。如，《離騷》『喟憑心而歷兹』，《補注》：『《方言》云：「憑，怒也，楚曰憑。」注云：「恚盛貌。」引《楚詞》「康回憑怒」。皮冰切。』此本『冰』訛作『水』也。又，『求宓妃之所在』，《補注》引《顔氏家訓》云：『虙字从虍，宓字从宀，下俱爲必。』此本『虍』訛作『它』也。《天問》：『羿焉彃日，烏焉解羽？』《補注》引《穆天子傳》曰：『北至曠原之野，飛鳥之所解其羽。』此本『北』訛作『比』。又，『有扈牧豎』，洪氏《補注》：

『竪，臣庾切。』此本『臣』，訛作『巨』。或據意妄改者。如，《九歌·湘君》『搴芙蓉兮木末』，明翻宋本王逸注：『搴，采取也。』此本據單刻《楚辭章句》校改爲『手取』。蓋審察不精也。

此本爲國家圖書館所藏，民國六年丁巳除夕，王國維嘗執此本自《離騷》至《天問》三卷，逐字與《楚辭章句》明正德本、隆慶本對勘，乃謂『知此本全與洪氏《考異》所稱一本合，亦此本出於宋槧之證』云。靜安於此本正文、王逸注文間録記批語，雖寥數字若未經意者，然彌足珍貴，極有學術價值。

或於《楚辭》舊本篇次有所微。如：於《楚辭目録》下批云：『按《九辯》《九歌》，皆古之遺聲。《離騷》云：「啓《九辯》與《九歌》兮，夏康娱以自縱。」《大荒西經》云：「夏后開上三嬪於天，得《九辯》與《九歌》以下。」故舊本《九辯》第二、《九歌》第三。後人以撰人時代次之乃退《九辯》於第八耳。』其說於考釋《楚辭》舊本篇次，極有參考價值。蓋《釋文》目録篇次，存王逸《章句》之舊。六朝人或目《九辯》一篇爲屈原所作者，亦正由於此也。《三國志·陳思王植傳》引屈平：『國有驥而不知乘，焉皇皇而更索。』此出於《九辯》文，非屈子所作，而定爲『屈平曰』，即其證也。故《隋志》『八篇』云云，《九辯》一篇不次《漁父》後，而在《離騷》後，雜於屈原辭賦之中。知六朝傳逸《章句》十一卷本，其篇目排列先後次第，與《釋文》目録篇次相同也。

或者於《楚辭》正文有所校正。如，於《離騷》『豈余身之憚殃兮』，洪氏《考異》云：『一無「身」字。』靜安批云：『黄本（即正德本）「身之憚」五字占四格，蓋本無「身」字，後剜補。』案：知宋本單刻《章句》本原無『身』字，有『身』字者，後據洪氏《補注》本妄補，而洪氏所見宋本固無『身』字也。又，『壒吾遊此春宫兮』，洪氏《補注》『壒』作『溘』，《考異》：『一作濫。』靜安批云：『黄本「壏」，後剜作「壒」。』案正德本原刻，『壒』字確有剜改之迹，靜安目光如炬，雖細微之變易，亦無所逃逸。

或者於王、洪引文有所訂正。如，《離騷後敘》下洪興祖《補注》引班固《離騷序》：『多稱「崑崙冥婚宓妃虛無之語」。』案：『冥婚宓妃虛無之語』云云，未知所指。静安批云：『《文選》曹子建《贈白馬王彪詩》注引班固《楚辭序》：「帝閽宓妃虛無之語。」』蓋謂『冥婚』即『帝閽』之訛。其説是也。又，《補注》本《離騷後敘》下復有班固《離騷贊序》，静安批云：『《贊序》，黄本失載。』案：則有《贊序》者，洪氏據他本補益之也。

或者徑自校改王逸注文之訛。如，《九歌·大司命》『使涷雨兮灑塵』，王逸注：『迴風爲飄。暴雨爲涷雨。言司命爵位尊高，出則風伯、雨師先驅爲軾路也。』静安批云：『案：作「戒」是也。戒，古或作「戎」，故訛爲「軾」「拭」。』或補王、洪舊注所不備者。如，《天問》：『恒秉季德，焉得夫朴牛？』王逸注：『恒，常也。季，末也。朴，大也。言湯常能秉持契之末德，修而弘之，天嘉其志，出田獵得大牛之瑞也。』《補注》：『《説文》云：「特牛，牛父也。」言其朴特。朴，匹角切。一云，平豆切。無樸音。』案：静安批云：『《北山經》：「敦薨之山，其獸多之兕旄牛。」注：「或作樸牛。樸牛，見《離騷》《天問》，所未詳。」是郭景純所見《天問》作「樸牛」。即《大荒東經》所云「有易殺王亥取僕牛」者也。』是知王、洪所注，皆非也。

静安於《九歌》卷末批云：『丁巳除夕，以正德黄勉之刊《章句》本校此二卷。』又於《天問》卷末批云：『丁巳除夕二鼓，復校此一卷。』案：除夕之夜，人多沉湎於天倫，與兒孫輩同席飲宴，敘坐歲迎春之樂。唯静安氏一人獨居書齋，潛心批校《楚辭》至三鼓，未審其爲何等心緒。其爲學不亦勤乎！然校文亦不啻三卷，若第四卷《九章》，校《惜誦》一篇，校《涉江》一篇止於『與日月兮同光』句。蓋未竟也。（黄靈庚）

# 清寶翰樓本附清王引之手評

此本爲吴郡寶翰樓翻刻毛氏汲古閣本也。封面雖易名『楚辭箋注』，然右上方仍署『汲古閣校』，左下方署『常熟毛氏藏版』，每卷之末仍有『汲古後人毛表字奏叔依古本是正』之圖記，存汲古閣原刻舊式。知是刻本出毛氏汲古閣也。寶翰樓，爲明季清初陳枚所創書肆。枚，號爰立。諸生，與撰《楚辭燈》之林雲銘友善。其别建書肆有『武林文治堂』『金陵孝友堂』。

此本對勘於明翻宋本，凡明翻宋本之訛誤者，此本多不誤，蓋『後出轉精』也。如，《離騷》『長顑頷亦何傷』，明翻宋本洪氏《考異》：『頷一作頷。』案：乙訛也。此本校正作『頷一作頷。』又，『矯菌桂以紉蕙兮』，明翻宋本五臣云：『舉此香木以自以。』案，自以，不辭。此本校作『自比』是也。又，『索胡繩之纚纚』，明翻宋本王逸注作『言己行雖據履根木』云云。案：此本校作『言己行雖據履根本』也。又，『遵赤水而容與』，王逸注作『動以潔清自洒飾也』。案：此本校作『動以潔清自洒飾也』。《九歌·東皇太一》『陳竽瑟兮浩倡』。案：此本校作『陳竽瑟兮浩倡』。明翻宋本《湘君》『余佩兮醴浦』。案：『余』上脱『遺』字，此本作『遺余佩兮醴浦』。《河伯》『與女遊兮九河』，明翻宋本《補注》『漢許商上書』云云。案：此本校作『漢許商上書』。明翻宋本《天問序》『神靈碕瑋』，《補注》『一作』下闕字。案：此本校補作『一作瑰。』明翻宋本《天問》：『女歧無合，夫焉取九子。』洪氏引《天對》云：『歧靈而子，焉以夫爲怪。』案：此本校作『歧靈而子焉以夫爲』，則删『怪』字，蓋以爲羡文也。又，明翻宋本『既驚帝切激，何逢長之』。王逸注：『致天罰，如誅於紂。』

案：此本校作『致天罰，加誅於紂』。又，明翻宋本《天問後敘》『既有』下闕一字，『連蹇其文』下闕三字，無異文。案：此本『既有』下補『解』字。此本『連蹇其文』下無闕三字，補異文『一云乃復支連其文』八字。明翻宋本《九章·惜誦》『戒六神與嚮服』，《補注》：『孔安國王肅用此說。文一說云，六宗，星、辰、風伯、雨師、司中、司命。』案：此本『文一説』校作『又一説』。明翻宋本《哀郢》『蹇侘傺而含慼』。案：此本校正作『蹇侘傺而含慼』。又，明翻宋本『堯舜之抗行兮』，《補注》：『行，不孟切，』案：此本校正作『行，下孟切』。明翻宋本《抽思》『長瀨湍流，泝江潭兮』。《補注》：『説：楚人名深曰潭。』案：此本『説』上補『一』字。明翻宋本《卜居》『將與雞鶩爭食乎』，洪氏引五臣云：『雞鶩，喻讒夭。爭食，爭食祿也。』案：此本校正『夭』作『夫』。明翻宋本《九辯》『皇天十分四時兮』。案：此本校作『皇天平分四時兮』。又，明翻宋本『收恢台之孟夏兮』，《考異》：『合，一作臭。』案：此本校作『台，一作臭。』又，明翻宋本『顧託志乎素餐』，洪氏：『《釋文》作食，音係。』案：此本校『係』作『孫』。然『食』當作『飧』，此本亦脱訛也。明翻宋本《招魂》『多迅衆些』，洪氏引五臣云：『兵來迅疾。』案：此本校作『其

屈原有以美人喻君者恐美人之遲暮是也有喻善人者滿堂兮美人是也有自喻者送美人兮南浦是也

月忽其不淹兮淹久也忽釋文作曶春與秋其代序代更也序次也言日月晝夜常行忽然不久春往秋來以次相代言天時易過人年易老也惟草木之零落兮零落皆墮也草曰零木曰落零一作苓恐美人之遲暮遲晚也美人謂懷王也人君服飾美好故言美人也言天時運轉春生秋殺草木零落歲復盡矣而君不建立道德舉賢用能則年老耄晚暮而功不成事不遂也補曰屈原有以美人喻君者恐美人之遲暮是也有喻善人者滿堂兮美人是也有自喻者送美人兮南浦是也不撫壯而棄穢兮年德盛曰壯棄去也穢行之惡也以喻讒邪百草爲稼穡之穢讒佞亦爲忠直之害也文選無不字五臣云撫持也言持盛壯之年廢弃道德用讒邪之言爲穢惡之行補曰撫芳武切不撫壯而弃穢者謂其君不肯當年德盛壯之時棄遠讒佞也五臣注誤何不改

楚辭卷一 七

來迅疾」。又，明翻宋本「班其相紛些」，《考異》：「班，一作班。」案：此本校作：「班，一作斑。」明翻宋本《大招》「粉白黛黑，施芳澤只」。王逸注：「言美女又工糊飾，傳著脂粉，面白如玉。」案：此本校「傳」作「傅」。明翻宋本《惜誓》「休息虖崑崙之墟」，《補注》：「虛，或從上。」案：此本校「上」作「土」。明翻宋本《招隱士》「王孫遊兮不歸」，王逸注：「違偕舊土，棄室家也。」案：此本校「偕」作「偝」。又，明翻宋本「王孫兮歸來」，王逸注：「旋反舊邑，入故字也。」案：此本校「字」作「宇」。明翻宋本《七諫・沉江》「夷吾忠而名彰」，王逸注：「二子各欲立其所傳公子」。案：此本校「傳」作「傅」。明翻宋本《怨世》「遇孫陽而得代」，王逸注：「建道流仕垂功業也。」案：此本校「仕」爲「化」。明翻宋本《七諫亂曰》「騰駕駝」。案：此本校補作「騰駕橐駝」。明翻宋本《哀時命》「疾憯恒而萌生」。案：此本校作「疾憯怛而萌生」。明翻宋本《株照》「款冬而生兮」，王逸注：「物郎盛陰，不滋育也。」此本校「郎」作「叩」。明翻宋本《九歎・怨思》「蹇離尤而千詬」。案：此本校「千詬」作「干詬」。明翻宋本《九思・怨上》「蠋入兮我懷」，《補注》：「濁音蜀。」案：此本校作「蠋音蜀」。類此校改，皆見此本之善於明翻宋本者也。

然或仍本之訛而未校改或致新增之誤者。如，《天問》：「女歧無合，夫焉取九子。」洪氏引《天對》云：「岐靈而子，焉以夫爲。」案：湯炳正曰：「《天問》洪氏《補注》凡引《天對》，皆在「補曰」之後。而此條無「補曰」，所引《天對》與王逸注相連，當爲傳寫脱誤。」又，「焉有虬龍，負熊以遊」。《補注》引《天對》云：「嬉大玄熊，相待以神。」案：大，當作「夫」。翻宋本作「嬉夫」未誤，此本新增之訛也。《九章・惜誦》「戒六神與嚮服」，《補注》引《孔叢子》曰：「幽禜，祭星也；雩禜，祭水旱也。」此本兩「禜」字訛作「榮」，翻宋本、汲古閣本亦訛作「榮」，是仍其舊訛也。又，「懲於羹者而吹整兮」，《補注》：「整臼，受辛也。」此本「臼」訛作「曰」。又，「行婞直而不豫兮，鮌功用而不就」。《補注》：『鯀以婞直忘身，知剛而不知義，亦君子之所戒也。』此本『忘』訛作『亡』。《涉江》：『船容與而不進兮，淹回水而疑滯。』《補注》：『江淹賦云：「舟凝滯於水濱。」杜子美詩云：「舊客舟凝滯。」皆用此語。其作「凝」者，傳寫之誤耳。』此本『其作「凝」者』之『凝』，訛作『疑』。《懷沙》：『知死不可讓，願勿愛兮。』王逸注：『言人知命將終，可以建忠伏節死義。』此本『伏』字訛作『仗』。《思美人》『憚蹇裳而濡足』，王逸注：『又恐汙泥，被垢濁也。』此本『汙』訛作『汗』。《悲回風》『草苴比而不芳』，《補注》：『苴，反賈、士加二切。』案：反，當『丈』字之訛。明翻宋本、汲古閣本亦訛作『反』。《遠遊》『逴絶垠乎寒門』，《考異》：『連，《釋文》作踔。』案：連，『逴』字之訛。明翻宋本、汲古閣本亦訛作『連』。《漁父》『何不餔其糟』，《補注》：『餔，布乎初。』案：初，『切』字之訛也。明翻宋本、汲古閣皆作『切』，此本新增之訛也。又，『滄浪之水清兮』，《補注》：『漁父歌之不達水地。』案：明翻宋本作『漁父歌之不違水地』。達，當『違』字之訛，此本新增之訛也。明翻宋本《招魂》『翡翠珠被』，《補注》：『翡大於翠。』而此本訛作『翡大於群』。又，明翻宋本『挐黃粱些』，《補注》：『《本草》：「黃粱出蜀漢商淅間。」』此本訛『淅』作『浙』。又，明翻宋本『華鐙錯些』，《補注》：『《説文》曰：「錯，金涂也。」亦支錯。』案：支錯，不辭，當作『交錯』。此本、汲古閣本及金陵本亦皆訛作『支錯』。明翻宋本《大招》『王虺鶱只』，《補注》：『鶱讀若鶱，音軒。』案：『音軒』者，蓋讀如『鶱』，高飛也。後一『鶱』當作『鶱』。此本、汲古閣本及金陵本亦皆訛也。明翻宋本『美冒衆流』，王逸注：『冒，覆。』而此本、汲古閣本皆訛『冒』作『冒』。汲古閣本《七諫·初放》：『數言便事兮，見怨門下。』洪氏《考異》：『一作「數諫便事」。』案：明翻宋本及此本皆脱『一』字。又，明翻宋本『與麋鹿同坑』，《補注》：『坑，字書作坑。』案：此本、汲古閣本訛作：『坑，字書作抗。』明翻宋本《沉江》『將方舟而下流』，王逸注：『大夫方舟，士特舟。』此本訛『特』

作『持』。又，明翻宋本『赴湘沅之流澌兮』，《補注》：『澌，流冰也。此當從仌。』此本『冰』訛作『水』，此本新增之訛也。又，明翻宋本《怨世》『驥躊躇於弊輂兮』，洪氏《考異》：『輂一作轝，一作輦。』《補注》：『輂，拘玉切。大車駕馬。』案：音『拘玉』，字當作『輂』。此本、汲古閣本亦訛。明翻宋本《謬諫》『恐榘矱之不同』，《補注》：『榘，俱雨切。』此本、汲古閣本訛作『俱兩切』。明翻宋本《七諫亂曰》『鉛刀進御兮』，《補注》：『賈誼云：「莫邪爲鈍兮，鉛刀爲鋸。」』案：鋸，當『銛』字之訛。此本、汲古閣本亦皆訛也。明翻宋本《哀時命》『璋珪雜於甑窐兮』，王逸注：『窐甑，土孔。』此本、汲古閣本皆訛『土』作『上』。明翻宋本《九懷·陶壅》『吾乃逝兮南娭』，王逸注：『往之太陽，遊九野也。』此本『野』訛作『予』。汲古閣本亦作『野』，未訛。《九歎·愍命》『刜讒賊於中廇兮』，《考異》：『廇，一作霤。』《補注》：『廇音淵，中庭也。』案：淵，當『溜』字之訛。明翻宋本、汲古閣本亦皆訛作『淵』。《九思·悼亂》『跓竢兮碩明』，《補注》：『跓，竹句切。』此本『句』訛作『旬』。凡此之事，皆疏於校改也。

是本有王引之朱筆評語，皆置於書之天頭，内容多屬談文論藝之言，與其擅長於考據訓詁者不類。總一百七十一條：《離騷》四十一條，《九歌》二十五條，《天問》十條，《九章》二十五條，《遠遊》六條，《卜居》七條，《漁父》四條，《九辯》十六條，《招魂》十七條，《大招》三條，《招隱士》五條，末有總評十二條，且署曰『道光十有五年王引之識於秦郵研經室之北牕』云。引之，字伯申，號曼卿，念孫石臞先生之冢子也，高郵人。父子相承，皆精文字音韻訓詁之學，不爲鑿空之談，不爲墨守之見，聚訟之説而求其是。史稱『高郵二王』。著《經義述聞》三十二卷、《經傳釋詞》十卷以傳世。

是本評語非引之自造，鈔摘於他人之作。如，卷首凡四條，皆有出處。第一條云：『詞賦之有屈子，犹觀遊之有蓬閬，縱適之有溟海也。』案：此條爲明人劉鳳語，見蔣之翹《七十二家評楚辭》。第二條云：『騷者愁也，始乎屈原。爲君昏闇時，寵乎讒佞之臣。含忠抱素，進乎逆耳之諫，君暗不納，放之湘南，遂爲《離騷經》。以香草比君子，以美人喻其君，乃變而入其騷刺之旨，正其風而歸於化也。』案：此條見唐賈島《二南密旨·論風騷之由》。第三條云：『古人引《離騷》，未有言「經」者。蓋後世之士祖述其詞，尊之爲「經」耳，非屈原意也。』案：此出洪興祖《補注》，『古人』誤作『古文』。第四條云：『古人文字大率只是平説，而意自長。後人文字務意多而酸澀。如《離騷》初無奇字，只恁説將去，自是好。後來如魯直地著力做，却自是不好。』案：此條見《朱子語類》。其餘評語，蓋皆類此。

然亦見爲引之綜合類比者。如，卷末總評『反離騷』條云：『雄少好詞賦，慕司馬相如之作以爲式。又怪屈原文過相如，至不容，作《離騷》，自投江而死。悲其文，讀之未嘗不流涕也。以爲君子得時則大行，不得則龍蛇，遇不遇命也，何必湛身哉。迺作書，往往摭《離騷》文而反之，自岷山投諸江流以吊屈原云。始雄好學博覽，恬於勢利，仕漢三世不徙官。然王莽爲安漢公時，雄作《法言》，已稱其美，比於伊尹、周公。及莽簒漢，竊帝號，雄遂臣之。以耆老久次轉爲大夫。又放相如《封禪文》，獻《劇秦美新》以媚莽意，得校書天禄閣上。會劉尋等以作符命爲莽所誅，辭連及雄，使者來，欲收之。雄恐懼，從閣上自投下，幾死。先是，雄作《解嘲》，有「爰清爰静，遊神之廷；惟寂惟寞，守德之宅」之語，至是京師爲之語曰：「爰清静，作符命，唯寂寞，自投閣。」雄因病免，既復召爲大夫，竟死莽朝。其出處大致本末如此，豈其所謂龍蛇者耶！然則雄固爲屈原之罪人，而此文乃《離騷》之讒賊矣，他尚何説哉！揚雄所以議屈原者如此，而班固亦譏其「露才揚己」，顔之推又病其「顯暴君過」。愚嘗折衷而論之曰：或問：古人有言：「殺其身有益於君則爲之。」屈原雖死，何益於懷、襄？曰：忠臣之用心，自盡其愛君之誠耳。死生毁譽，所不顧也。故比干以諫見戮，屈原以放自沈。比干，紂諸父也。屈原，楚同姓也。爲人臣者三諫不從則去之，同姓無可去之義，有死而已。《離騷》曰：「阽余身而危死兮，覽余初其猶未悔。」則原之自處審矣。或又曰：寧武子「邦無道則愚」，而仲山甫「明哲以保其身」。今原乃用智於無道之邦，以虧明哲保身之義，亦何足爲賢乎？曰：愚如武子全身遠害，可也。有官守言責，斯用智矣。山甫明哲，固保身之道。然不曰「夙夜匪解，以事一人」乎？士見危致命，況同姓兼恩與義，而可以不死乎！且比干之死，微子之去，皆是也。屈原其不可去乎！有比干以任責，微子去之可也。楚無人焉，原去則國從而亡。故雖身被放逐，猶徘徊而不忍去。生不得力争而强諫，死猶冀其感發以改行，使百世之下聞其風者。雖流放廢斥，猶知愛其君，眷眷而不忘，臣子之義盡矣。非死爲難，處死爲難。屈原雖死，猶不死也。後之讀其文，知其人，如賈生者亦鮮矣。然爲賦以吊之，不過哀其不遇而已。余觀自古忠臣義士，慨然發憤，不顧其死，特立獨行，自信而不回者，其英烈之氣，豈與身俱亡哉！」案：此雜糅洪、朱二人之説，自『雄少好詞賦』至『顯暴君過』，見朱子《楚辭後語》。自『愚嘗折衷而論之』至『豈與身俱亡哉』，見洪興祖《補注》。

王引之手評，原書於上海涵芬樓藏陸時雍刊《楚辭榷》，後燬於倭亂，已無從得致。王欣夫於民國十四年乙亥四月據涵芬樓本臨照謄録於此本。欣夫三十八年題記稱，『原本藏涵芬樓，據其書録，謂「王文簡手評」』。然細案不合王氏家法，恐是後人僞託，或别出他人。而鑑之未確也』。一九六〇年十月二十一日又題稱，『案湯金釗撰文簡墓志銘云：「道光十四年十一月二十四日卒於位」，安得十五年尚在秦郵校此書耶！亦可謂不善作僞矣，有此鐵證可糾《涵芬樓餘燼書録》之誤』云。案：涵芬樓原本已燬於戰火，無從覆核。然造假之徒，不至拙劣若此。僅以『不類家法』而斷之以僞作，似未亦足取信。文簡公雖訓詁家之流，其於《楚辭》藝術之道有所契合，鈔摘前人評騭之説而手録之，於情於理，皆無可置疑矣，學者反覆詳審之可也。此本今藏於復旦大學圖書館。（黄靈庚）

# 日本國翻刻楚辭箋注

是本鋟版於日本寬延二年十一月皇都書林，學者平安柳啓美糾合中村治郎兵衛、八尾平兵衛、西村市郎右門、中川茂兵衛、河南四郎右衛門、植村藤右衛門、小林半兵衛、藤澤三郎兵衛、上柳治兵衛、風月莊龍衛門等十人校刊之。柳啓美，即上柳治兵卫之學名，字公通，號四明，故或稱『上柳四明』；或號士明。日本京都人。此本之末有柳啓美題跋，稱『《楚辭》十七卷，朱子全注，梓行有年，流布極廣。獨若王逸古注，則資諸華版，而稍稍散乏，既垂泯滅。往自伊洛餘波，浸淫海東。而吾邦縫掖，專以程朱爲準的，不肯些轉。其視當時書肆，亦惟一切阿順，以射賈利，遂致忽略爾。近十許年，習風稍遷，學者易方，古書鏤版，往往而出。而猶不及此者，獨何哉？逸注善本，固未易得。若其具洪興祖之補，則絶無之也。蓋興祖之於逸，拾遺糾謬，該綜精覈，窮致其力。故逸注雖詳，猶倚藉洪氏，然後可謂大備也。予購求數年，今而始獲。乃閲之，則汲古閣毛奏叔所校，重爲整飭可傳。然但興祖序題，宜存而不存，且《補注》間有數字脱而不補，因知此希世殘編。雖彼大方，而僅僅一種，無復别本可校也。况吾異邦，而獲之爲幸，焉暇指其微瑕乎！因即翻刻，以弘其傳，覽者察諸』云云。知其刊刻此書之旨，在乎存漢世舊注及洪氏《補注》也。

此本首册封面題『楚辭注』，扉葉及册二、册八封面皆題『楚辭箋注』。卷首增益明王世貞《楚辭序》，删卷末毛表跋文。日本學人竹治貞夫據此，以爲此本即據陳枚寶翰樓本重刊。崔富章、石川三佐男二氏非其説，謂此本據毛表汲古閣本重梓。其證據是：卷七《漁父》「世人皆濁何不淈其泥」，「世人皆濁」，汲古閣本同翻宋本，皆無注。汲古閣本「世人皆濁」下有六字空白，翻宋本無空白，有「一作「舉世皆濁」，《史記》云：舉世皆濁」之注。寶翰樓本有「人貪婪也。一作「舉世皆濁」，《史記》之［云］：舉世皆濁」之注。此本同汲古閣本，「世人皆濁」下有六字空白，西村時彦於空白處手書「人貪婪也。一作「舉世皆濁」，《史記》之云：舉世皆濁」之注。眉批云：「隆慶本無注，今據金陵本補入。汲古本同。人貪婪也，馮本作「衆貪鄙也」。」案：《漁父》上文「舉世皆濁我獨清」，王逸於「舉世皆濁」下注「衆貪鄙也」，洪氏《考異》：「一作「世人皆濁」。《史記》作「舉世混濁而我獨清，衆人皆醉而我獨醒」。」前有王、洪之注如此，則此「世人皆濁」不當重復有注也。其説是也。

此本祖汲古閣本重雕之證據，非祇一事。蓋凡寶翰樓本新增之訛，而此本不訛者，皆是也。如，《河伯》「與女遊兮九河」，《補注》：「漢許商上書云。」案：寶翰樓本「商」訛作「啇」。此本仍作「商」，未訛。《天問》「悟過改更我又何言」，《補注》：「更音庚。」案：寶翰樓本「庚」訛作「庚」。此本仍作「庚」，未訛。《九章・惜誦》「懲於羹者而吹整兮」，《補注》：「整臼，受辛也。」案：寶翰樓本「臼」

訛作「曰」，此本仍作「曰」，未訛。《遠遊》「逴絶垠乎寒門」，洪氏《考異》：「逴，《釋文》作踔。」案：寶翰樓本「逴」訛作「連」，此本仍作「逴」，未訛。《漁父》「何不餔其糟」，《補注》：「餔，布乎切。」案：寶翰樓本「切」訛作「初」，此本仍作「切」，未訛。《九辯》「然露曀而莫達」，洪氏《考異》：「露，一作雱。」案：寶翰樓本「露」訛作「露」，此本仍作「露」，未訛。《七諫・沉江》「將方舟而下流」，王逸注：「大夫方舟，士特舟。」案：寶翰樓本「特」訛作「持」，此本仍作「特」，未訛。又，「赴湘沅之流澌兮」，《補注》：「澌，流冰也。此當從仌。」案：寶翰樓本「冰」訛作「水」，此本仍作「冰」，未訛。《怨世》「驥躊躇於弊輂兮」，《補注》：「輂，拘玉切。大車駕馬。」案：寶翰樓本「輂」訛作「輦」，此本仍作「輂」，未訛。《自悲》「徐風至而徘徊兮」，《考異》：「一作徘佪。」案：寶翰樓本「佪」訛作「徊」，與正文同，不必列其異也。此本仍作「佪」，未訛。《七諫》亂曰「鉛刀進御兮」，《補注》：「賈誼云：『莫邪爲鈍兮，鉛刀爲銛。』」案：寶翰樓本「銛」訛作「鋸」，此本仍作「銛」，未訛。《哀時命》「璋珪雜於甑窐兮」，王逸注：「窐甑，土孔。」案：寶翰樓本「土」訛作「上」，此本仍作「土」，未訛。《九懷・陶壅》「吾乃逝兮南娭」，王逸注：「往之太陽，遊九野也。」案：寶翰樓本「野」訛作「予」。此本同汲古閣本，仍作「野」，不訛。然此本亦有新增訛字。如，《離騷》「吾以降」，《補注》「降乎攻切」，此本「乎」訛作「平」。又，「辟芷」，《補注》「辟匹亦切」，此本「匹」訛作「四」。又，「葉相對婆娑」，此本「婆」訛作「娑」。又，「佩繽紛」，《補注》「繽匹賓切」，此本「匹」訛作「四」。又，「溘埃」，《章句》「埃塵也」，此本「埃」訛作「娭」，翻宋本亦訛作「娭」。又，「折瓊枝」，《補注》「高萬仞」，此本「仞」訛作「初」。

此本圈點句讀者亦柳啓美氏也。據其斷句，以正中華書局版《楚辭補注》點校本標點之繆者。略舉數事如下：《離騷》

『惟庚寅吾以降』，王逸注（中華本斷句）：『言己以太歲在寅正月始春庚寅之日，下母之體，而生得陰陽之正中也。』案：柳氏斷句：『言己以太歲在寅正月始春庚寅之日，下母之體而生，得陰陽之正中也。』以『而生』二字屬上。柳氏是也。又，『製芰荷以爲衣兮，集芙蓉以爲裳』，《補注》曰（中華本斷句）：『芰，荷葉也，故以爲衣。芙蓉，華也，故以爲裳。』柳氏斷作：『芰荷，葉也，故以爲衣。芙蓉，華也，故以爲裳。』案：芰，非荷葉。芰荷，即荷葉。《本草》云：『嫩者荷錢，貼水者藕荷，出水者芰荷。』『芰荷』二字連文，出水之荷葉也。柳氏是也。又。『芳菲菲其彌章』，王逸注（中華本斷句）：『菲菲，猶勃勃，芬，香貌也。』案：柳氏斷句：『菲菲，猶勃勃，芬香貌也。』逸以『勃勃』釋『菲菲』，以漢世之『勃勃』比況先秦之『菲菲』，所以通古今語，『芬香貌』三字，訓釋『菲菲』之義。《九歌·東皇太一》『芳菲菲兮滿堂』，王逸注：『菲菲，芳貌也。』『芳貌』，同此注『芬香貌』。『芬香貌』爲『菲菲』之釋語，『芬』下逗號應去之。柳氏是也。又，『羿淫遊以佚畋兮』，《補注》（中華本斷句）：『羿，五計切。《説文》云：「帝嚳，射官也，夏少康滅之。」』柳氏斷作：『羿，五計切。《説文》云：「帝嚳射官也，夏少康滅之。」』案：『帝嚳射官也』五字不當斷。柳氏是也。《雲中君》『華采衣兮若英』，王逸注（中華本斷句）：『華采，五色采也。言己將修享祭以事神，乃使靈巫先浴蘭湯，沐香芷，衣五采，華衣飾以杜若之英，以自潔清也。』柳氏斷作：『華采，五色采也。言己將修享祭以事神，乃使靈巫先浴蘭湯，沐香芷，衣五采華衣，飾以杜若之英，以自潔清也。』案：注文『衣五采華衣』，以釋正文『華采衣』，而『飾以杜若之英』，以釋正文『若英』，『華衣』二字當屬上。柳氏是也。又，『極勞心兮㤝㤝』，王逸注（中華本斷句）：『屈原見雲一動千里，周遍四海，想得隨從，觀望西方，以忘己憂思，而念之終不可得，故太息而歎，心中煩勞而㤝㤝也。』柳氏斷作：『屈原見雲一動千里，周遍四海，想得隨從，觀望西方，以忘己憂，思而念之，終不可得，故太息而歎，心中煩勞而㤝㤝也。』案：注文『憂思』

非連語。『思而念之』，以釋正文『勞心』，『思』字當屬下。柳氏是也。『東君』解題。洪氏《補注》（中華本斷句）：『《博雅》曰：「朱明耀靈。東君，日也。」』柳氏斷作：『《博雅》曰：「朱明、耀靈、東君，日也。」』《遠遊》『耀靈曄而西征』，《補注》（中華本斷句）：《博雅》云：『朱明耀靈。東君，日也。』柳氏斷作：『《博雅》曰：『朱明、耀靈、東君，日也。』案：《天問》：『角宿未旦，曜靈安藏？』王逸注：『曜靈，日也。』《招魂》：『朱明承夜兮，時不可以淹。』王逸注：『朱明，日也。』王念孫《廣雅疏證補正·釋天》：『朱明，日也。』朱明、耀靈、東君，皆並列，日之別名。柳氏是也。『河伯』解題，《補注》引《穆天子傳》云（中華本斷句）：『天子西征，至於陽紆之山，河伯、無夷之所都居。』柳氏斷作：『天子西征，至於陽紆之山，河伯無夷之所都居。』案：無夷即馮夷，《穆天子傳》郭璞注：『無夷，馮夷也。』『河伯無夷』爲一，不宜斷爲二。柳氏是也。《國殤》『車錯轂兮短兵接』，洪氏《補注》引《司馬法》曰（中華本斷句）：『弓矢、圍殳、矛、守戈、戟助。凡五兵，長以衛短，短以救長。』柳氏斷作：『弓矢圍，殳矛守，戈戟助，凡五兵，長以衛短，短以救長。』案：五兵者，弓矢、殳、矛、戈、戟也，用途雖各不相同，然『長以衛短，短以救長』，其標點應作：『弓矢，圍；殳、矛，守；戈、戟，助。凡五兵，長以衛短，短以救長。』柳氏是也。《天問》『彼王紂之躬，孰使亂惑』，王逸注（中華本斷句）：『惑，妲己也。』柳氏斷作：『惑妲己也。』案：惑字，無專釋『妲己』義。注文『惑妲己』以答正文『彼王紂之躬孰使亂惑』之問。柳氏是也。《九章·惜誦》『心鬱邑余侘傺兮』，王逸注（中華本斷句）：『侘，猶堂堂立貌也。』柳氏斷句：『侘，猶堂堂，立貌也。』王逸以以『堂堂』釋『侘』，所以通古今異語。侘、堂古同透紐，鐸陽平入對轉。『立貌』者，釋『侘』字義。『堂堂』下宜斷。中華本訛，柳氏是也。《涉江》『哀南夷之莫吾知兮』，王逸注（中華本斷句）：『屈原怨毒楚俗，嫉害忠貞，乃曰哀哉南夷之人，無知我賢也。』柳氏斷作：『屈原怨毒楚俗嫉害忠貞，乃曰：哀哉南夷之人，無知我賢也。」案：屈原所怨者乃『嫉害忠貞』之『楚俗』，『屈原怨毒楚俗嫉害忠貞』當一氣連讀。柳氏是也。《哀郢》『何百姓之震愆』，王逸注（中華本斷句）：『言皇天不純一其施，則萬物夭傷；人君不純一，其政則百姓震動以觸罪也。』柳氏斷作：『言皇天不純一其施，則萬物夭傷；人君不純一其政，則百姓震動以觸罪也。』案：此注文句對應工整，『皇天不純一』與『人君不純一』相對，『其施』與『其政』，亦對舉爲文。『其政』二字當屬上。柳氏是也。又，『當陵陽之焉至兮』，《補注》（中華本斷句）：『前漢丹陽郡，有陵陽仙人。陵陽，子明所居也。』柳氏斷作：『前漢丹陽郡有陵陽，仙人陵陽子明所居也。』案：陵陽在今安徽省青陽縣南，西漢時屬丹揚郡，故云『前漢丹陽郡有陵陽』。仙人子明得道於此，世稱『陵陽子明』。中華本大誤，柳氏是也。《懷沙》：『非俊疑傑兮，固庸態也。』王逸注（中華本斷句）：『言衆人所謗，非傑異之士，斯庸夫惡態之人也。』柳氏斷作：『言衆人所謗非傑異之士，斯庸夫惡態之人也。』案：『謗非』二字不宜斷。『謗非』者，誹謗也。柳氏是也。又，『萬民之生，各有所錯兮』，王逸注（中華本斷句）：『言萬民稟受天命，生各有所錯，安其志，或安于忠信，或安於詐僞，其性不同也。』柳氏斷作：『言萬民稟受天命，生各有所錯安，其志或安于忠信，或安於詐僞，其性不同也。』案：注文『錯安』，平列復語，不當分屬二句，『安』字屬下。『其志』下逗號宜删，標點當作：『言萬民稟受天命，生各有所錯安：其志或安于忠信，或安於詐僞，其性不同也。』柳氏是也。《卜居》『以潔楹乎』，王逸注（中華本斷句）：『順，滑澤也。』柳氏斷作：『順滑澤也。』案：王逸詮釋《卜居》，用三字句韻文。如『以自潔乎』，王逸注：『修清潔也。』又，『將突梯滑稽』，王逸注：『轉隨俗也。』又，『如脂如韋』，王逸注：『柔弱曲也。』『順滑澤』作一句。柳氏是也。又，『將與雞鶩争食乎』，五臣云（中華本斷句）：『雞鶩，喻讒夫争食，争食禄也。』柳氏斷作：『雞鶩，喻讒夫；争食，争食禄也。』案：中華本誤，柳氏是也。《惜誓》『乃集大皇之壄』，《考異》（中華本斷句）：『一注云：「皇，美也。大，美之藪。」』柳氏斷作：『一注云：「皇，美也。大美之藪。」』案：『大美之藪』四字不宜斷。王逸注：『大皇之壄，大荒之藪。』柳氏是也。《招魂》『光風轉蕙，氾崇蘭些』，王逸注（中華本斷句）：『氾猶汎。汎，摇動貌也。』柳氏斷句：『氾猶汎汎，摇動貌也。』案：逸以『汎汎』釋『氾』，蓋漢世多用疊語，所以通古今之異。『摇動貌』者，則釋其義。柳氏斷句是也。又，『蒻阿拂壁，羅幬張些』，王逸注（中華本斷句）：『言房内則以蒻席薄床，四壁及與曲隅，復施羅幬，輕且涼也。』柳氏斷作：『言房内則以蒻席薄床四壁及與曲隅，復施羅幬，輕且涼也。』案：據其標點，點校者以『蒻席』唯薄床一物而已，『四壁及與曲隅』屬意於下。則誤解原意。正文『蒻阿拂壁』，非僅『薄床』而已，四壁、曲隅，皆薄及之。『薄床』下逗號宜改頓號，以床、四壁、曲隅三事並列，皆用作『薄』字賓語。柳氏是也。《大招》『比德好閑，習以都只』，王逸注（中華本斷句）：『言選擇美人，比其才德、容貌，都閑習於禮節，乃敢進也。』柳氏斷句：『言選擇美人，比其才德，容貌都閑，習於禮節，乃敢進也。』案：都閑者，猶大方典雅也。《史記·司馬相如傳》『相如之臨邛，從車騎，雍容閒雅甚都』，《集解》：『韋昭曰：「閒，讀曰閑。甚得都邑之容也。」郭璞曰：「都猶姣也。《詩》曰『洵美且都』。」』又曰『姣冶閑都』，《索隱》：『郭璞云：「姣，好也。都，雅也。」』謂儀容無鄉俗之態，妝著典雅有都市之風度者，謂之閑都。訓詁字又作『嫻都』。都有典雅姣好之義。『都閑』二字屬上。柳氏是也。又，『曲屋步壛，宜擾畜只』，王逸注（中華本斷句）：『曲屋，周閣也。步壛，長砌也。言南堂之外，復有曲屋周旋，閣道步壛，長砌其路，險狹宜乘擾謹之馬。』柳氏斷作：『曲屋，周閣也。步壛，長砌也。言南堂之外，復有曲屋，周旋閣道，步壛長砌，其路險狹，宜乘擾謹之馬。』案：曲屋訓『周閣』，即『周旋閣道』，『周旋』宜屬下，柳氏是也。《招隱士》『石嵯峨』，逸注（中華本斷句）：『嵯峨，巀嶭，峻蔽日也。』柳氏斷作：『嵯峨巀嶭，峻蔽日也。』案：王注《招隱士》，用七字句韻語。如，『谿谷嶃巖兮』，王逸注：『崎嶇間窩，險阻僮也。』又，『水曾波』，王逸注：『踴躍澧沛，流疾迅也。』又，『猨狖群嘯』，王逸注：『禽獸所居，至樂佚也。』『嵯峨巀嶭』爲一句。柳氏是也。《九歎·遠逝》『飄風蓬龍，埃坲坲兮』，王逸注（中華本斷句）：『蓬龍，猶蓬轉風貌也。』柳氏斷句：『蓬龍，猶蓬轉，風貌也。』案：逸以『蓬轉』釋『蓬龍』之義，蓋前漢言『蓬龍』，後漢言『蓬轉』，所以通古今異語。『風貌』者，釋其義。『蓬轉』下宜用逗號點斷，柳氏是也。《愍命》『懷椒聊之蔎蔎兮』，王逸注（中華本斷句）：『椒聊，香草也。《詩》曰：「椒聊且蔎。」蔎，香貌。』柳氏斷作：『椒聊，香草也。《詩》曰：「椒聊且。」蔎蔎，香貌。』案：引《詩》見《唐風·椒聊》，其作『椒聊且，遠條且』。《詩》原文『且』下無『蔎』字。柳氏是也。《九思》亂曰『配稷契兮恢唐功』，王逸注（中華本斷句）：『恢，大唐堯也。稷、契，堯佐也。』柳氏斷句：『恢，大。唐，堯也。稷、契，堯佐也。』案：大，『恢』之釋語。《説文·心部》：『恢，大也。』柳氏是也。《九思·逢尤》『念靈閨兮隩重深』，無名氏注（中華本斷句）：『靈，謂懷王閨閤也。』柳氏斷作：『靈，謂懷王；閨，閤也。』案：靈，無『閨閤』之義。靈，猶『靈修』之省，謂懷王。閨、閤，被釋詞與釋詞之關係。柳氏是也。又，《九思·疾世》『欲衒鬻兮莫取』，無名氏注（中華本斷句）：『行賣曰衒鬻，賣也。』柳氏斷作：『行賣曰衒。鬻，賣也。』案：《説文·行部》：『衒，行且賣也。』《國語·齊語》『市賤鬻貴』，韋昭注：『鬻，賣也。』《淮南子·説山訓》『郢人鬻其母者』，高誘注：『鬻，買也。』對文行且賣謂之衒，凡買賣謂之鬻。『鬻』字，不解『行且賣』。其標點應作：『行賣曰衒。鬻，賣也。』柳氏是也。凡此皆勝於中華書局標點本者。今人點校《楚辭補注》，柳啓美氏之句讀不可不參詳之也。

然柳氏斷句或見疏誤者。如，《離騷》『羌内恕己以量人兮』，王逸注：『羌，楚人语詞也，猶言卿，何爲也。』柳氏斷句：『羌楚人語詞也，猶言卿何，爲也。』則不成句法。案：逸以『羌』爲楚語。『猶言卿』者，蓋漢人其時以『羌』爲『卿』，以今讀比況古音，通古今語之變也。卿，漢世亦作『慶』。《漢書・揚雄傳》『厥高慶而不可虖强度』，顔師古注：『慶，發語辭也，讀音羌。』又曰『竢慶雲而將舉』、『慶夭顇而喪榮』。顔師古注：『慶音羌同。』《後漢書・班固傳》李賢注：『慶讀如卿。』『何爲』者，釋『羌』字之義。『犹言卿』下宜斷。中華本斷爲：『羌，楚人語詞也，猶言卿何爲也。』則亦訛也。《九章・懷沙》『鬱結紆軫兮，離慜而長鞠』，王逸注：『言己愁思，心中鬱結紆屈，而痛身遭疾病，長窮困苦，恐不能自全也。』案：審此注文，『心中鬱結』，釋正文『鬱結』，『紆屈而痛』，釋正文『紆軫』，其標點宜作：『言己愁思，心中鬱結，紆屈而痛，身遭疾病，長窮困苦，恐不能自全也。』中華本斷句亦同其訛。《遠遊》『驂連蜷以驕驁』，《補注》引《説文》云：『騑，驂旁馬。』案：據其標點，以騑在驂之旁。非也。洪氏又云：『則驂、騑一也。初駕馬者，以二馬夾輈，謂之服。又駕一馬，與兩服爲參，故謂之驂。又駕一馬，乃謂之駟。故《説文》云：「驂，駕三馬也。駟，一乘也。」兩服爲主，參之兩旁二馬，遂名爲驂；部舉一乘，則謂之駟。指其騑馬，則謂之驂。』騑、驂，皆旁馬之别稱，二者同義，故『驂』下宜斷。段注《説文》本在『驂』下補『也』字，亦不以『騑』爲『驂旁馬』也。中華本斷句亦同其訛。《卜居》『若千里之駒乎』，洪氏引五臣云：『千里駒展才力也。』案：『駒展才力』所以釋正文『千里』也。駒以『千里』稱者，以其展才力也。『千里』下宜斷，『駒』屬下。而中華本斷句：『千里駒，展才力也。』訛也。《招魂》『蝮蛇蓁蓁』，《補注》引《爾雅》：『蝮虺博三寸，首大如擘。』案：蝮、虺，被釋詞與釋語之關係。郭舍人《爾雅》注：『蝮一名虺，江淮以南曰蝮，江淮以北曰虺。』以方言别其義。『蝮虺』不當連文，『蝮』『虺』下皆宜斷。中華本斷句：『蝮，虺博三寸，首大如擘。』亦訛也。《大招》『西方流沙，漭洋洋只』，王逸注：『言西方有流沙，漭然平正，視之洋洋，廣大無涯，不可過也。』案：漭然、洋洋，對舉為文，『視之』屬上，『洋洋』屬下，其標點宜作：『言西方有流沙，漭然平正視之，洋洋廣大無涯，不可過也。』中華本斷句亦同其訛。

此本簡端有西村時彦手寫批校，或列異文，或斷是非，皆有版本依據，識斷亦精，多具參證價值。如，《離騷》『字余曰靈均』，王逸注：『字之以表其德，觀其志也。』批校云：『「志」下一本有「意」字。』案：明正德本、隆慶本作『字之以表其德，觀其志意也』。又，『扈江離與辟芷兮』，王逸注：『江離、芷，皆香草名。辟，幽也。芷幽而香。』批校云：『一本「江離」下有「辟」字。「草名」下有「也」字，「而香」下有「芳」字。』案：明正德本、隆慶本作『江離、辟芷，皆香草名也。辟，幽也。芷幽而香芳』。又，『何不改乎此度』，王逸注：『言願令君甫及年德盛壯之時，修明政教，棄去讒佞，無令害賢，改此惑誤之度，修先王之法也。』批校云：『一本無「令」字，「甫」作「務」。』案：《文選》本無『令』字，『甫』作『務』。又，『又樹蕙之百畝』，批校云：『一本「畝」作「晦」。按：晦，叶满彼切。』案：朱子《楚辭集注》本作『晦』，云：『古畝字，叶满彼切。』是從朱本也。又，『豈余心之可懲』，批校云：『豈，一本作非。』案：明正德本、隆慶本『豈』作『非』。又，『厥首用夫顛隕』，王逸注：『言澆既滅殺夏后相，安居無憂，日作淫樂，忘其過惡，卒爲相子少康所誅，其頭顛隕而墜地。』批校云：『一本「墜地」下有「論語曰羿善射奡湯舟俱不得其死然」十五字。今按：王注單行本皆有「論語曰」十五字。』案：其據明正德本、隆慶本也。又，『霑余襟之浪浪』，王逸注：『言己自傷放在草澤，心悲泣下，霑濡我衣，浪浪而流，猶引取柔耎香草，以自掩拭，不以悲放，失仁義之則也。』批校云：『一本「泣」下有「涕」字，單注本皆然。』案：此據王注單行本也。又，『九疑繽其並迎』，批校云：『迎，去聲，叶音興。』案：迎、興，古不同音。洪氏《補注》、朱子《集注》皆云：『叶音御。』此條未知其所出。又，『衆薆然而蔽之』，批校云：『蔽，如字。又叶下折韻，音鱉。』案，此據朱子《集注》也。又，『莫好脩之害也』，王逸注：『言士民所以變曲爲直者，以上不好用忠正之人，害其善志之故。」批校云：『一本「善志」作「善士」。按《文選》作「善士」。非也。』案：此據《文選》本也。

汲古閣《補注》本之訛誤，此本雖有所校改，然遺漏之處亦不少。如，《離騷》『朝搴阰之木蘭兮』，《補注》引任昉《述異記》云：『木蘭州在尋陽江，地多木蘭。』此本同汲古閣本，誤作『木蘭川在尋陽江也多木蘭』。《招魂》：『蘭膏明燭，華鐙錯些。』五臣云：『似蘭漬膏取其香也。』案：《文選》六臣注：『翰曰：「言以蘭漬膏，取其香也。」』似，即『以』字之訛也。翻宋本、汲古閣本亦皆誤作『似』。《七諫・怨世》『雖有八師而不可爲』，王逸注：『八師，謂禹、稷、契、皋陶、伯夷、倕、益、夔也。言堯、舜有聖賢之臣八人以爲師傅，不能除去虛僞之謗乎？疾讒之辭也。』案：明翻宋本、汲古閣本『乎』字作『平』。句讀作『不能除去虛僞之謗，平疾讒之辭也』。此本作『乎』，爲新增之訛也。

此本原爲日本國學者西村時彥氏『讀騷廬』所藏《楚辭》百種之一，今藏於日本國大阪大學圖書館。（黄靈庚、石川三佐男）

# 俞樾輯評楚辭補注

此本署曰『曲園先生輯評百大家評點王注楚辭』，曲園先生，乃俞樾號也。俞樾別有《讀楚辭》《楚辭人名考》，已著録。是書凡十七卷。卷首爲毛表汲古閣刊刻《楚辭補注跋》。《評點楚辭姓氏録》，自司馬遷下以至陸佃，凡八十二家。比較蔣之翹《七十二家批評楚辭》，則增益蘇轍、汪道昆、王慎中、郭正棫、馬夢楨、黄汝亨、葛立方、吴國倫、張之象、吕延濟、金蟠、宋玹十二家，依《總評》序次排列。然『朱應麟』，此本誤作『失應麟』。次爲沈亞之《屈原外傳》，次爲《總評》。其增益者，如蘇轍曰：『吾讀《楚辭》，以爲除書。』又如引宋玹曰：『《左氏》羽翼《春秋》，屈氏羽翼《風》《雅》一也，是宜《離騷》作《詩傳》。』計凡九條，餘同蔣氏所輯。據是，俞氏蓋多輯自蔣氏七十家也。次爲《楚辭補注目録》，悉同汲古閣本。《離騷》卷之首爲『校書郎臣王逸上』，下署雙行『曲阿洪興祖補注，曲園居士輯評』。《九歌》以下各卷，但署『校書郎臣王逸上』。

俞氏各卷皆有眉評及卷末總評。眉評多涉譚藝，末評則議論是篇要指。《離騷》眉評二十六條，而未見于蔣氏者，如『朝發軔於』一段眉評輯王慎中云：『前云「就重華以陳詞」，故此云「朝發軔于蒼梧」，二字非漫用。』又，『閨中』一節輯金蟠云：『許多情緒到此收結，又復起下情之無已，思之離奇如此。』又，『索藑茅』一節眉評輯汪道昆云：『此即用龜策卜居意。』則皆論篇段關節相承之妙也。篇末總評十條，其未見於蔣氏者，如輯金蟠云：『文章不本至性，矜奇炫好，何益？

必如屈子之志、之品、之遇、之才，可生、可死、可帝、可鬼，則極灝縱，自有準繩，極元渺，皆爲真篤矣。今人小不得意，輒擬廢絶風雅，聊擅一偏，又謂甲世也。讀《離騷經》，自秦漢來，無人落筆處。』是論《離騷》之作出於性情，文質相副，非無疾痛而摹擬其辭者所可及矣。或者不署名氏，蓋自爲之也。如『夕歸次于窮石』眉評云：『《淮南子》曰：「弱水出于窮石。」』又云：『《禹大傳》曰：「洧盤之水出崦嵫山。」』是所以釋『窮石』『洧盤』矣。

《九歌》眉評三十條，篇末總評十一條，皆屬譚藝，未涉要指。如《雲中君》『猋遠舉』眉評輯金蟠云：『讀下便有天顏咫尺之想。』蓋其感染力如此之妙。又，《國殤》眉評輯金蟠云：『傷心慘目之言，俱帶浩氣，後人《從軍行》諸篇，都不出此。』真情讀之，方得有此感受。又，篇末總評輯郭正棫云：『《九歌》簡峻微婉，三百篇以下絶調。後人蹈襲，可厭。』稱『絶調』，則無人可及矣。又輯金蟠云：『此楚風也。《國風》自《邶》以下皆變，終之《豳風》以正之。若屈子《九歌》，所以正楚風也。朱子謂祀神之盛，幾於變《頌》。夫緣《頌》之義，盡《風》之情，流連藎惻，則終不失其正者爾。所謂「删

楚辭卷第一

隋唐書志有皇甫遵訓參解楚辭七卷郭璞注十卷宋處士諸葛楚辭音一卷劉杳草木蟲魚疏二卷孟奥音一卷徐邈音一卷始漢武帝命淮南王安爲離騷傳其書今亡按屈原傳云國風好色而不淫小雅怨誹而不亂若離騷者可謂兼之矣又曰蟬蛻於濁穢以浮游塵埃之外不獲世之滋垢皭然泥而不滓推此志雖與日月爭光可也班孟堅劉勰皆以爲淮南王語豈太史公取其語以作傳乎漢宣帝時九江被公能爲楚詞隋有僧道騫者善讀之能爲楚聲音韻清切至唐傳楚辭者皆祖騫公之音

離騷經章句第一　離騷

校書郎臣王　逸上　曲阿洪興祖補注

曲園居士輯評

離騷經者屈原之所作也屈原與楚同姓仕於懷王爲三閭大夫三閭之職掌王族三姓曰昭屈景戰國策楚有昭奚恤元和姓纂云屈楚公族芈姓之後楚武王子瑕食采於屈因氏焉屈重屈蕩屈建屈平並其後又云景芈姓楚有景差漢徙大族昭屈景三姓於關中屈原序其譜屬率其賢良以厲國士入則與王圖議政事決定

評點王注楚辭　卷一　一　中華圖書館印行

《詩》」，不能遺信矣。」以『楚風』論《九歌》，庶幾是已。

《天問》眉評二十四條，側評一條，篇末總評七條。王逸《天問敘》謂屈子『見楚有先王之廟及公卿祠堂，圖畫天地山川神靈、琦瑋僪佹及古賢聖怪物行事，周流罷倦，休息其下，仰見圖畫，因書其壁，何而問之』。以爲『呵壁』之作。側評引金蟠云：『有此異境，當有異書。』則亦信而不疑也。然諸家評語，多以句法之奇崛而議論《天問》。如。篇末總評輯馮夢禎云：『不知屈子胸中，忽然有天，其胸中之天忽然而有問。問忽然而在此，問忽然而在彼，問忽然可解，問忽然不可解。總之雲行水流，即原亦莫知其然而然也。』又輯金蟠云：『每一問，發人多少想路，句則鬼劇神鏤，味則山珍海錯，勢則星飛電閃，思則塚函枕笈，藻則寶彝丹穴，體則鼇負鯨掀，開天地間無數文章膽識矣。』是皆謂《天問》之宏博，而漫無頭緒、不可窮詰之意，蓋構思謀篇之奇也。

《九章》眉評四十五條，篇末總評十條。篇末總評輯陳深云：『《九章》悲悽引泣，用拙爲工，篇雖不倫，各著其志。《惜誦》稱作忠造怨，君可思而不可恃也。《涉江》則傍偟鉅野，死林薄兮。《哀郢篇》「曾不知夏之爲丘兮，孰兩東門之可蕪」。三復其言而悲之。《抽思》憂心不遂，斯言誰告。《懷沙》自沈也，知死不可讓，明告君子，太史公有取焉。《思美人》非爲邪也，擥涕而竚眙焉，而又莫達焉，舍彭咸何之矣。《惜往日》有功見逐，而弗察其罪，讒諛得志，國勢瀕危，恨壅君之不昭，故願畢詞而死也。《橘頌》獨產南國，皭然精色。《悲回風》負重石，聽波聲之相擊，惴惴其慄，滅矣没矣，不可復見矣。此以材苦其生者也。嗟乎，神人不材，原獨不聞乎，其義不得存焉爾。』概述九篇大意，皆要言不煩，誠無遺珠之憾也。又輯郭正械云：『《九章》如《惜誦》《哀郢》《抽思》《懷沙》，意真響切，但是絕唱。而昭明只取一首，何也？』是千古同心，共譏昭明眼識卑陋矣。

《遠遊》眉評十條，譚藝；篇末總評七條，論指兼譚藝。總評輯金蟠云：『身已閒而志愈忙，腸甚熱而才益曠，理國理身，皆有成訣，非他人罹困，但感憤悲壯已也。讀此章宜更上一層想。』其所謂『更上一層想』者，猶『厭世迫隘而欲昇舉』也，是亦出於無聊，而作遁世之詞。

《卜居》眉評四條，論指；篇末總評七條，譚藝。總評輯王世貞云：『《卜居》《漁父》，便是赤壁諸公作俑。』又輯陳深云：『句極長不見有餘，極短不爲不足，以十六「乎」字，之惟意所適，無不中繩，必矣聖乎，後此猶病。』皆有思致，是讀此篇之指南。

《漁父》眉評二條，篇末總評六條，多以辨漁父其人之有無。總評輯金蟠云：『《漁父》一則，實費參度。謂真有漁父，則屈子所云重華、虙妃諸神，豈其真有？謂假設漁父，則《魯論》所紀孔子遇丈人一段，至今不得姓氏里族，豈亦假設？總之文體獨創，忽出新境，各示名言，隨人思索有會，此《楚詞》之不可不讀，又不可徑讀也。』則議論平平，首施兩端、依違無定之詞。

《九辯》眉評十九條，篇末總評九條，皆譚藝。大略謂宋玉感物抒憂，得屈子之神矣。卷九《招魂》眉評二十四條，篇末總評十條；《招魂》眉評七條，篇末總評五條。皆譚藝，二篇大略皆以清麗二字擬之矣。《惜誓》眉評三條，篇末總評四條；皆譚藝，以孤絶之境界論之。《招隱士》眉評四條，篇末總評九條，皆譚藝，大略謂其有奇瑋之氣矣。《哀時命》眉評、篇末總評各三條，皆譚藝，謂其《騷》餘響，爲『梁園之傑』。而《七諫》《九懷》《九歎》《九思》四篇，皆無評語，蓋從朱子之説，以『其詞氣平緩，意不深切，如無所疾痛而强爲呻吟者』而棄斥之矣。

是書據毛氏汲古閣本重刊，然未審其所據者爲何時刻本。與汲古閣諸本相勘，蓋多同於明末汲古閣刻本，異於清同治翻刻本。如，《離騷敘》『妬害其能』，同治本『妬』作『妒』，汲古閣本亦作『妬』。又，『豈維紉』注『故堯有禹、咎繇、伯夷；朱虎、益、夔』；同治本『益』上有『伯』字，汲古閣本亦無『伯』字。又，『延佇乎』注『相視事君之道不明審察』，同治本『審』下無『察』字，汲古閣本亦有『察』字。又，『陸離』注：『猶嵾嵯，衆貌也。』同治本『嵾』作『嵾』，汲古閣本亦作『嵾』。又，『耿吾既』注『言己上覯禹、湯、文王脩德以興』，同治本『覯』作『睹』，汲古閣本亦作『覯』。又，『佚女』注『以喻賢貞也』，同治本『喻』作『諭』，汲古閣本亦作『喻』。《湘君》『媒勞』注『則媒人疲勞而無功也』，同治本『也』作『已』，汲古閣本亦作『也』。《少司命》『竦長劒』注『言司命執持長劒』，同治本『劒』作『劍』，汲古閣本亦作『劒』。《東君》『緪瑟』，同治本『緪』作『絙』，汲古閣本亦作『緪』。《天問》『該秉』注：『該，苞也。』同治本『苞』作『包』，汲古閣本亦作『苞』。又，『牧竪』，同治本『竪』作『豎』，汲古閣本亦作『竪』。《思美人》『自鎮』注『自鎮止而慰己也』，同治本『自』上有『故』字，汲古閣本亦無『故』字。《九辯》『卬明月』注『上告昊旻』，同治本『上告』作『告上』，汲古閣本亦作『上告』。《惜誓》『而不猒』，同治本『猒』作『厭』，汲古閣本亦作『猒』。又，《七諫亂曰》『鈆刀』，同治本『鈆』作『鉛』，汲古閣本亦作『鈆』。《九懷·匡機》『余深愍』，同治本『愍』作『愍』，汲古閣本亦作『愍』。據是，知其藍本爲汲古閣原刻本也。

或者異於汲古閣原刻本而同於清同治翻刻本，曲園先生據同治翻刻本改易之矣。如，《離騷》『後飛廉』注：『飛廉，風伯也。』汲古閣本無『飛廉風伯也』之注。案：據同治本增補也。《湘君》『桂舟』注：『舟，船也。』汲古閣本『船』作『舩』。案：同治本亦作『船』，據以改也。又，『横大江』注『下附郢之碕』，汲古閣本『碕』作『陭』。案：同治本亦作『碕』，據以改也。《河伯》『心浩蕩』注：『浩蕩，志放貌。』汲古閣本『志』作『忠』。案：同治本亦作『志』，據以改也。《天問》『斡維』，汲古閣本『斡』作『幹』。案：同治本亦作『斡』，據以改也。又，『女岐無合』，汲古閣本『岐』作『歧』。案：神女曰女岐，亂澆者曰女歧。同治本亦作『岐』，據以改也。《遠遊》『精晈晈』，汲古閣本『晈』作『皎』。案：同治本亦作『晈』，是據以改也。《招魂》『絚洞房』，汲古閣本『絚』作『絙』。案：同治本亦作『絚』，據以改也。《大招》『踞牙』注『出齒踞牙』，汲古閣本注文『踞』作『倨』。案：非是。同治本亦作『踞』，是據以改也。《招隱士》『峨峨』，汲古閣本『峨』作『巇』。案：同治本亦作『峨』，據以改也。《七諫・沈江》『發矇』，汲古閣本『矇』作『曚』。案：同治本亦作『矇』，是據以改也。《九懷・通路》『蕙嶺』，汲古閣本『蕙』作『葱』。案：同治本亦作『蕙』，是據以改也。《九思・疾世》『叫我友』，汲古閣本『叫』作『吅』。案：吅，俗叫字。同治本亦作『叫』，據以改也。

然則曲園先生或據同治翻刻本以誤改底本者。如，《惜誦》『讎也』注：『交怨曰讎。』案：汲古閣本『交』作『父』，是也。是據同治本誤改。《七諫・怨世》『雖有八師』注：『不能除去虛僞之謗乎？疾讒之辭也。』案：汲古閣本『乎』作『平』，是也。謂不能除去虛僞之謗，平疾讒之辭也。是據同治本誤改。《九懷・危俊》『紓余轡』注『緩我馬勒』。案：汲古閣本『緩』作『綏』，是也。是據同治本誤改。又，《株昭》『神章靈篇』注『河曰洛書』。案：汲古閣本『曰』作『圖』，是也。是據同治本誤改矣。

是集或者疏於精校，時見訛誤之字。如，《東君》『天狼』眉評輯王逸云：『天狼以喻食殘，曰爲王者。』案：『食』，當作『貪』；『曰』，當作『日』。《九章》末總評輯陳深云：『《思美人》非爲邪也，擘涕而竚昭焉。』案：昭，當『貽』字之訛。又，底本原有訛字，而多未及改正。如，《離騷》『紉秋蘭』洪氏引陸機『節中亦高四五尺』。亦，當作『赤』。又，『木蘭兮』洪氏引任昉『木蘭川在尋陽江』。川，當作『州』。又，『將往觀』洪氏引賈誼《吊屈》『瞝九州』，瞝，當作『矚』。

又，『羿淫遊』洪氏云：『此羿，商時諸侯，有窮后也。』商，當作『夏』。又，『邅吾道』洪氏引《淮南子》『玉樹琁樹』，琁，當作『琁』。但《離騷》一卷猶如是，則遑論其他哉。書末署斠訂者爲吴縣王鼎，似不關曲園老人，豈曲園忍其所爲耶？不勝令人氣息。

是集爲民國六年石印本，由上海中華圖書館刊行，國家圖書館有藏本。（黄靈庚）

# 金陵書局刊本附譚獻批校

是本鋟刻於清同治十一年，金陵書局據汲古閣本重刊，扉頁題『湘鄉曾國藩署檢』，款式及每半頁行數、字數悉同毛氏汲古閣本。

是本雖稱翻刻汲古閣本，然於汲古閣本文字訛誤，多見校正之事。如，《離騷》『豈維紉夫蕙茝』，王注云：『故堯有禹、咎繇、伯夷；朱虎、伯益、夔；殷有伊尹、傅説；周有吕、旦、散宜、召、畢，是雜用衆芳之效也。』案：汲古閣本脱『伯益』之『伯』，此本補之。又，『延佇乎吾將反』，王注：『言己自悔恨，相視事君之道不明審，當若比干伏節死義，故長立而望將欲還反，終己之志也。』案：汲古閣本『明審』下衍『察』字。又，『後飛廉使奔屬』，王注云：『飛廉，風伯也。風爲號令，以喻君命。』案：汲古閣本脱『飛廉風伯也』五字，此本補之。《九歌·河伯》『心飛揚兮浩蕩』，王注云：『浩蕩，志放貌。』案：汲古閣本『志』訛作『忠』，此本正之。《山鬼》『猨啾啾兮又夜鳴』，王注『猨狖號呼』云云，汲古閣本『狖』訛作『猴』。案：此本正之。《天問》：『女岐無合，夫焉取九子？』汲古閣本『岐』作『歧』。案：神女曰女岐，澆嫂曰女歧，舊宜作『女岐』，此本正作『岐』。又，『白蜺嬰茀，胡爲此堂』，王注『言此有蜺茀，氣逶移相嬰』云云，汲古閣本『此有』訛作『北有』。案：此本正之。《哀時命》『蘢廉與孟娵同宫』，王逸注：『言世人不識善惡，乃以甂窐之土雜厠圭玉，又使醜婦與好女同室也。以言君闇惑不别賢愚也。』明翻宋本『甂窐之土』訛作『甂窐之一』，汲古閣本、寶翰樓本訛作『甂室之上」，四庫《補注》本訛作『甑室之士』。案：惟此本作『甑室之士』，是存原本之舊也。

學術之事，常是前修未密，後出轉精。然此本雖後出，其校勘未可稱善，新增訛誤多於校改舊誤，僅以《離騷》一卷爲例，條舉其犖犖者。如，『名余曰正則』，注『言正平可法則』云云，此本『言』訛作『右』。又，『未改此度』，注『脩明政教』云云，此本『明』訛作『改』。又，『乘騏驥』，注『可致千里』云云，此本『里』訛作『旦』。又，『夫唯捷徑』，注『徑，邪道也。』此本『道』訛作『迫』。又，『畦留夷』，《補注》：『藕、藒並丘謁切。』此本『丘』訛作『王』。又，『長顑頷』，《補注》：『頷，户感切。』此本『頷』訛作『領』。又，『矯菌桂』，《補注》：

知釋文篇第蓋舊本也後人始以作者先後次敘之爾鮑欽止云辨騷非楚詞本書不當錄班孟堅二序舊在天問九歎之後今附于第一通之末云

# 楚辭卷第一

隋唐書志有皇甫遵訓參解楚辭七卷郭璞注十卷宋處士諸葛楚辭音一卷劉杳草木蟲魚疏二卷孟奥音一卷徐邈音一卷始漢武帝命淮南王安爲離騷傳其書今亾按屈原傳云國風好色而不淫小雅怨誹而不亂若離騷者可謂兼之矣又曰蟬蛻於濁穢以浮游塵埃之外不獲世之滋垢皭然泥而不滓推此志雖與日月爭光可也班孟堅劉勰皆以爲淮南王語豈太史公取其語以作傳乎漢宣帝時九江被公能爲楚詞隋有僧道騫者善讀之能爲楚聲音韻清切至唐傳楚辭者皆祖騫公之音

## 離騷經章句第一　離騷



『《九章》云：「擣木蘭以矯蕙。」』此本『章』訛作『草』。又，『願依彭咸』，注：『以自率厲也。』此本『率』訛作『主』。又，『馳椒丘』，《補注》引如淳曰：『丘多椒也。』此本『多』訛作『安』又，『五子用』，注：『兄弟五人須于洛汭。』此本『汭』訛作『月』。又，『夫維聖哲』，注：『茂，盛也。』此本『盛』訛作『里』。又，『夫孰非義』，《補注》：『五臣云：「服，用也。」』此本『云』訛作『去』。又，『命靈氛』，注：『以卜去留，使明智靈氛占其吉凶也。』此本『卜』訛作『十』、『占』訛作『古』。又，『蘇糞壤』，注：『幐，香囊也。』此本『囊』訛作『之』。又，『求榘矱』，注：『因與同志共爲治也。』此本『共』訛作『其』。又，『武丁用』，《補注》：『傳説舉於版築之間。」此本『版』訛作『阪』。又，『恐鵜鴂』，《補注》：『陸佃《埤雅》云：「陰氣至鵙鳴」』此本『鳴』訛作『勞』。又，『蘭芷變』，注『言蘭芷之草』，此本『芷』訛作『已』。又，『今直爲』，《補注》：『《淮》曰：「膏夏紫芝，與蕭艾俱死。」』此本『芝』訛作『芠』。又，『委厥美』，注：『不意明君弃其至美。』此本『美』訛作『关』。又，『麾蛟龍』，注：『大曰龍。』此本『大』訛作『夫』。於此見其一斑，他卷亦可推知，此本斷非善本，不得選作整理底本。惟於今所見整理、點校補注，皆陽稱用『汲古閣本作底本』，如中華書局者，實爲此本。其選本不精，抑汲古閣本不易見耶？雖然，何可誣調世人耶？

清譚獻批點此本。獻，原名廷獻，字仲修，號復堂，仁和人。初應浙江巡撫馬新貽之聘，任詁經精舍監院，總校浙江書局。清同治六年中舉，屢應禮部試不第。署秀水縣教諭，歷任歙縣、全椒、合肥知縣。旋辭歸鄉里，潛心著述。應張南皮之聘，主講湖北經心書院。攻今文經學，好議論古今治亂得失。太炎先生歎其淹博深邃而師事之，蓋同光之間碩師也。獻工駢文、詩詞，稱『近代詞壇宗師』。著有《復堂類集》二十一卷，其中《復堂文》四卷、《復堂詩》十一卷、《復堂詞》六卷。又有《復堂日記》八卷、《補録》二卷、《續録》一卷。徐珂輯録其論詞之語爲《復堂詞話》。皆傳於世。事載《清儒學案》卷一百八十三《曲園學案》。

此本有『譚獻』印章，當是其遺物。其圈點爲朱、藍二色，稱，『朱筆圈點用張惠言皋文《七十家賦鈔》本』，『藍筆圈點用蔣湅塍山帶閣注本』。蓋譚氏從張、蔣二本移於此本也。朱筆圈點自《離騷》至《九思》，藍筆僅見《楚辭》正文。每卷之末備載其時：《離騷》卷末題云，『辛巳五月朔日讀』。《九歌》卷末題云，『五月二日』。《天問》卷首藍筆題云，『此篇蔣本皆句圈』，卷末題云，『初四日』。《九章》卷末題云，『五月五日讀』。《遠遊》卷末題云，『端昜又讀』。《卜居》卷末題云，『六日讀』。《漁父》卷末題云，『六日』。《九辯》卷首題云，『蔣本無』，卷末題云，『夕誦《九辯》畢』。《招魂》卷末題云，『初九日芒種微雨』。《大招》卷末題云，『五月九日，雨中又讀』。《惜誓》卷首題云，『以下蔣本無』。《招隱士》卷末題云，『五月十日』。《七諫》卷末題云，『十一日讀』。《九懷》卷首題云，『張氏賦鈔不録』。卷末題云，『十四日讀』。《九歎》卷末題云，『望日微雨』。《九思》卷首題云，『張氏不録』，卷末題云，『光緒七年五月望日譚獻卒業』。知其圈點《楚辭》，前後僅半月也。

然獻僅批點《楚辭》正文及王逸注，於五臣注、洪氏《補注》皆未圈末點。稱『古籍之有漢注者稀若晨星，叔師本注中有羼亂，《補注》采「一曰」「或云」之例，頗疑非王氏之舊。即「一作」異同，亦非《釋文》，［乃］洪語，多慶善固襍據所見而已。洪語多複衍，殆若旒贅』云。案：蓋其意凡『一曰』『或云』皆爲洪氏所衍，欲探明叔師漢注之舊也。故『一云』之注，亦多不圈點。如，《離騷》『謇吾法夫前修』，王注：『一云：謇，難也。言己服飾雖爲難法，我仿前賢以自脩潔，非本今世俗人之所服佩。』案：譚氏不圈點。《天問》『河海應龍，何盡何歷』，王注：『或曰：禹治洪水時，有神龍以尾畫地，導水所注當決者，因而治之也。』案：譚氏不圈點。或者但點之而不圈。如，《九歌·山鬼》『石磊磊兮葛蔓蔓』，王注：『或曰：三秀，秀材之士，隱處者也。言石、葛者，喻所在深也。』案：譚氏『或曰』以下但點不圈。又，《招魂》『目極千里兮傷春心』，王注：『或曰：蕩春心。蕩，滌也。言春時澤平，望遠可以滌蕩愁思之心也。』譚氏『或曰』以下亦但點不圈。

譚氏學養深厚，圈點句讀，時見勝義，與中華書局白化文等標點本對勘，或足以正今人之訛者。如，《離騷》『芳菲菲其彌章』，中華本標點王注：『菲菲，猶勃勃。芬，香貌也。』案：非是。譚氏圈點王注：『菲菲〇猶勃勃〇芬香貌也〇』

其斷句是也。『勃勃』比況之詞，『芬香貌』，是釋其義。『芬』下不當斷也。又，『申申其詈予』，中華標點本王注：『以見放流，故來牽引數怒，重詈我也。』案：非是。譚氏圈點王注：『以見放流〇故來牽引〇數怒重詈我也〇』以『數怒』二字屬下，是也。又，『前望舒使先驅兮』，中華標點本王注：『言己使清白之臣，如望舒先驅求賢。』案：非是。譚氏圈點王注：『言己使清白之臣如望舒〇先驅求賢〇』以『如望舒』屬上，是也。又，『雷師告余以未具』，中華標點本王注：『言己使仁智之士，如鸞皇先戒百官。』案：非是。譚氏圈點王注：『言己使仁智之士如鸞皇〇先戒百官〇』以『如鸞皇』屬上，是也。又，『恐導言之不固』，中華標點本王注：『又恐媒人弱鈍，達言於君不能堅固。』案：譚氏圈點王注：『又恐媒人弱鈍〇達言於君〇不能堅固〇』『於君』下當斷者，是也。又，『求榘矱之所同』，中華標點本王注：『當自勉强上求明君，下索賢臣。』案：譚氏圈點王注：『當自勉强〇上求明君〇下索賢臣〇』『勉强』下當斷者，是也。又，『鳴玉鸞之啾啾』，中華標點本王注：『鸞，鸞鳥也。以玉爲之，著於衡，和著於軾。』案：非是。譚氏圈點王注：『鸞〇鸞鳥也〇以玉爲之〇著於衡〇和〇著於軾〇』其標點作：『鸞，鸞鳥也，以玉爲之，著於衡。和，著於軾。』《九歌·東皇太一》『璆鏘鳴兮琳琅』，中華本標點王注：『要垂衆佩周旋而舞，動鳴五玉鏘鏘而和。』案：譚氏圈點王注，『要垂衆佩〇周旋而舞〇動鳴五玉〇鏘鏘而和〇』，是也。又，《少司命》『竦長劍兮擁幼艾』，中華本標點王注：『擁護萬民長少，使各得其命也。』案：非也。譚氏圈點王注『長少』二字屬下，是也。又，《禮魂》『傳芭兮代舞』，中華本標點王注：『言祠祀作樂而歌，巫持芭而舞，訖以復傳與他人更用之。』案：譚氏圈點王注『訖』字屬上，是也。《惜誦》『心鬱邑余侘傺兮』，中華本標點王注：『侘，猶堂堂立貌。』案：譚氏圈點王注『堂堂』點斷，是也。《哀郢》『淼南渡之焉如』，中華本標點王注：『淼，淼，瀰望無際極也。』案：譚氏圈點王注作『淼淼瀰望〇無際極也〇』，是也。《抽思》『初吾所陳之耿著兮』，中華本標點王

注：『論説政治道明白也。』案：譚氏圈點王注『政治』下點斷，是也。又，『軫石崴嵬』，中華本標點王注：『軫，方也。故曰：軫之方也，以象地。』案：譚氏圈點王注『也』下未斷連讀，是也。《懷沙》『離慜而長鞠』，中華本標點王注：『言己愁思，心中鬱結紆屈，而痛身遭疾病，長窮困苦，恐不能自全也。』案：譚氏圈點王注作：『言己愁思○心中鬱結○紆屈而痛○身遭疾病○長窮困苦○恐不能自全也○』，是也。《橘頌》『曾枝剡棘』，中華本標點王注：『棘，橘枝，刺若棘也。』案：棘非『橘枝』。譚氏『枝』下未斷。是也。《卜居》『以潔楹乎』，中華本標點王注：『順，滑澤也。』案：順，非被釋詞，不當斷。譚氏『順』下未斷。是也。《招魂》『靡散而不可止些』，中華本標點王注：『言欲涉流沙，少止則回入雷公之室，轉還而行，身雖靡碎，尚不得休息也。』案：譚氏『少止』屬上，『止』下點斷。是也。又，『秦篝齊縷』，中華本標點王注：『篝絡，縷綫也。』案：譚氏圈點，『篝○絡○縷○綫也○』，以『絡』『綫』爲釋語。是也。又，『汜崇蘭些』，中華本標點王注：『汜，猶汎，汎，摇動貌也。』案：譚氏圈點以『汎汎』連文。是也。又，『盛鬋不同制』，中華本標點王注以『裝飾兩結垂鬌鬘下髮』爲一句。案：譚氏『結』下點斷，分爲二句。是也。又，『粔籹蜜餌』，中華本標點王注以『小臇臛鳧煎熬鴻鶬令之肥美』爲一句。案：譚氏『鶬』下點斷，分爲二句。是也。《大招》『漭洋洋只』，中華本標點王注：『言西方有流沙，漭然平正視之，洋洋廣大無涯，不可過也。』案：譚氏以『視之』屬下，『洋洋』點斷。是也。又，『比德好閒，習以都只』。中華本標點王注：『言選擇美人，比其才德、容貌，都閑習於禮節，乃敢進也。』案：不成句法。譚氏圈點王注，『言選擇美人○比其才德○容貌都閑○習於禮節○乃敢進也○』，是也。又，『血氣盛只』，中華本標點王注：『言魂來歸，己則心志説樂。』案：譚氏圈點王注以『己』字屬上。是也。又，『名聲若日，照四海只』。中華本標點王注：『言楚王方建道德名聲，光輝若日之明，照見四海，盡知賢愚。』案：譚氏圈點王注以『名聲』屬下。是也。

又，『立九卿只』，中華本標點王注：『言楚選置三公，先用諸侯，盡極，乃立九卿以續之，用士有道，不失其次序也。』案：『盡極』獨立，不成句法。譚氏圈點王注以『盡極』屬上。是也。《七諫·初放》『長於原壄』，中華本標點王注：『長大見遠，棄於山野，傷有始而無終也。』案：譚氏圈點王注以『長大見遠棄於山野』爲一句。是也。又，『莫我振理』，中華本標點王注：『言己懷忠正而君不知群下，無有救理我之侵冤者。』案：譚氏圈點王注以『群下』二字屬下。是也。《自悲》『心沸熱其若湯』，中華本標點王注：『心中怛然而氣熱，若湯之沸。』案：不成句法。譚氏圈點王注以『而氣熱』三字屬下。是也。又，『施玉色而外淫』，中華本標點王注：『言讒邪之言雖自內感己志，而猶不變，玉色外潤而內愈明也。』案：譚氏圈點王注『內感』下點斷，『己志』屬下。是也。《哀時命》『志浩蕩而懷傷』，中華本標點王注：『言己隨從仙人，上游所居，卓卓日以高遠，中心浩蕩，罔然愁思，念楚國也。』案：譚氏圈點王注『上游』屬上，『所居』屬下，『卓卓』下點斷。是也。《九歎·逢紛》『曷其不舒予情』，中華本標點王注：『欲漫污人以自著，明君何不舒我忠情以詰責之乎。』案：譚氏圈點王注『明』字屬上。是也。又，『建虹采以指招』，中華本標點王注：『虹，采旗也。』案：譚氏圈點王注以『虹采』連文。是也。

然譚氏句讀誤斷之處亦復不少，特舉其犖犖者。如，《離騷》『惟庚寅吾以降』，譚氏圈點王注：『言己以太歲在寅○正月始春○庚寅之日○下母之體而生○得陰陽之正中也○』案：非是。《文選》無『而生得陰陽之正中』九字。王觀國《學林》卷七『攝提』條引王注：『言我攝提歲正月庚寅日下母之體。』亦無此九字。蓋後所增益也。即有此九字，『而生』二字當屬下。『夫唯靈修之故也』，譚氏圈點王注：『言己將陳忠策內慮之心○上指九天○告語神明○使平正之○』案：『忠策』下當斷。又，『羌內恕己以量人兮』，譚氏圈點王注：『羌○楚人語詞也○猶言卿何爲也○』案：非也。其所據本別。

五注以羌爲楚人語。『猶言卿』，比況之詞，蓋漢人語『羌』如『卿』，所以通古今别語。故『卿』下宜斷。又，『雖九死其猶未悔』，譚氏圈點王注：『雖以見過支解九死〇終不悔恨〇』案：『見過』下宜斷。又，『就重華而敶詞』，譚氏圈點王注：『言己依聖王法而行〇不容於世〇故欲渡沅湘之水南行〇就舜敶詞自説〇稽疑聖帝〇冀聞祕要〇以自開悟也〇』案：非也。以標點斷之，當作：『言己依聖王法，而行不容於世，故欲渡沅、湘之水，南行就舜，敶詞自説，稽疑聖帝，冀聞祕要，以自開悟也。』『而行』『南行』皆屬下，『之水』『就舜』下當斷。中華標點本斷句，誤同譚氏。又，『霑余襟之浪浪』，譚氏圈點王注：『猶引取柔耎香草〇以自掩拭〇不以〇悲放失仁義之則也〇』案：『悲放』二字屬上，『放』下宜斷。又，『蜷局顧而不行』，譚氏圈點王注：『蜷局，詰屈不行貌。』案：蜷局、詰屈，聲轉字。『不行』，乃其義也。『詰屈』下當斷。《九歌·雲中君》『極勞心兮懺懺』，譚氏圈點王注：『觀望四方〇以忘己憂思〇而念之終不可得〇』案：非也。此標點當作：『觀望四方，以忘己憂，思而念之，終不可得。』中華本標點斷句，誤同譚氏。又，《東君》『操余弧兮反淪降』，譚氏圈點王注：『復循道而退〇下入太陰之中〇不伐其功也〇』案：『下』字當屬上。中華本標點斷句，誤同譚氏。《天問》『靡蓱九衢，枲華安居』，譚氏圈點王注：『言寧有蓱草〇生於水上無根〇乃蔓衍於九交之道〇』案：『無根』二字當屬下。中華本標點斷句，誤同譚氏。又，『穆王巧梅，夫何爲周流』，譚氏圈點王注：『穆王乃更巧詞周流而往説之〇欲以懷來也〇』案：『巧詞』下宜斷。中華本標點以『周流』屬上，亦誤也。又，『彼王紂之躬，孰使亂惑』，譚氏圈點王注：『惑〇妲己也』案：『惑』是被解釋詞，不當斷。《惜誦》『所以證之不遠』，譚氏圈點王注：『言君相臣動作應對〇察言觀行〇則知其善惡所證驗之迹〇近取諸身而不遠也〇』案：『善惡』下當斷。又，『矰弋機而在上兮』，譚氏圈點王注：『矰繳，射矢也。』案《説文·矢部》：『矰，惟射矢也。从矢、曾聲。』段注：『《周禮·司弓矢》云：「矰矢，茀矢，用諸弋射。」注云：「結繳於矢謂之矰。矰，高也。」」矰者，謂繳矢以射也。標點當作：『矰，繳射矢也。』中華本標點斷句，誤同譚氏。《懷沙》『萬民之生，各有所錯兮』。譚氏圈點王注：『言萬民禀受天命〇生而各有所錯安其〇志或安于忠信〇或安于詐僞〇其性不同也〇』案：不成句法。標點宜作：『言萬民禀受天命，生而各有所錯安，其志或安于忠信，或安于詐僞，其性不同也。』中華本標點『安』字屬下，亦誤。《謬諫》『滅巧倕之繩墨』，譚氏圈點王注：『言君偝先王之法〇則自亂惑也〇』案：『法則』，當連文，『則』字宜屬上。《哀時命》『不知進退之宜當』，譚氏圈點王注：『愁不知進止之宜〇當何所行者也〇』案：『宜當』，當連文，『當』字屬上。

譚氏批注甚少，價值未可稱高。如，《離騷》『皇覽揆余初度兮』，批注：『予，下同。』蓋謂『余』同『予』，下『余』字皆同。案：《離騷》賓格用『予』，領格用『余』，分用至嚴。譚氏未之審也。又，『憑不猒乎求索』，批注：『馮。』蓋謂本當作『馮』也。案：馮、憑通用。《九歌·禮魂》『成禮兮會鼓』，批注：『鼓。』蓋謂鼓與鼓，同也。案：鼓，俗鼓字也。

是刻本雖爲普通古籍，讀者得致不難。惟此本以有譚氏圈點、批注，故列爲善本，今藏於浙江圖書館。（黄靈庚）

# 金陵書局刊本附西村時彦楚辭集釋手藁

《楚辭集釋》手藁十七卷，附於清同治十一年金陵書局刊刻《楚辭補注》之中，日本國西村時彦氏之所作也。西村氏有《楚辭考異》藁本已著録。此藁末有碩園主人大正八年五月念日所作題識，稱『此書二十年前於滬上購獲之，嘗一再讀過。今年病間又把而讀之，遂加句點。東方、嚴、王以下，所謂「無病呻吟」者，予以病呻吟中且讀且點，不知病在身也』。知西村氏晚年猶耽樂於《楚辭》，且病中不輟，獻身於學術，不亦令人肅敬之乎！

此書内容極爲富贍，如《離騷》一篇，則凡涉及《離騷》之句數字數、韻脚、分節、篇名、『離騷』之義、稱『經』之旨及每句字義訓詁、古今聚訟之説，皆一一論列之。據其體例，此書爲『集釋』『存異』『私案』『音義』『句點』五端，『集釋』『存異』『私案』三事各鈐陰文印記以區別之，鈔録於每頁眉端。『集釋』者，蒐録除王逸《章句》《文選》五臣注、洪興祖《補注》以外，歷代名家之説，若華版諸書有王伯厚、朱熹、吴仁傑、錢杲之、張之象、陳第、周拱辰、黄文煥、林雲銘、王夫之、李光地、方望溪、吴世尚、朱冀、張德純、戴東原、王邦采、徐煥龍、蔣驥、林西仲、屈復、陳大文、胡文英、錢欽光、陳本禮、王闓運、龔景翰、張松南、江中時等，日版諸書有龜井昭陽氏《楚辭玦》、岡松氏《楚辭考》等，無慮近百家，頗類游國恩氏『楚辭纂義』也。『存異』者，所以存古今異説，以廣異聞也。如，《離騷》『朕皇考曰伯庸』，西村氏於『集釋』下備列王逸、五臣、洪興祖、方望溪、胡文英等以『皇考』爲屈子之父，又於『存異』下引王闓運云：

『皇考，大夫祖廟之名，即太祖也。伯庸，屈氏受姓之祖。若以「皇考」爲父，屬辭之例，不得稱父字，且於文無施也。』此所以存『皇考』之異説也。『私案』者，錯綜古今聚訟之説，擇其平正公允者而爲之也。如，《離騷》：『指九天以爲正兮，夫唯靈修之故也。』王逸注：『言己將陳忠策，内慮之心，上指九天，告語神明，使平正之。唯用懷王之故，欲自盡也。』五臣（呂向）云：『言我指九天，欲爲君行正平之道，而君不用我，故將欲自盡。』《補注》云：『王逸言「自盡」者，謂自竭盡耳。五臣説誤。』則逸『自

焉懲一作悶魏文帝典論云優游按衍屈原尚之窮侈極妙相如之長也然原據託譬喻其意周旋綽之有餘度長卿子雲不能及宋子京云離騷爲詞賦之祖後人爲之如至方不能加矩至圓不能過規矣

帝高陽之苗裔兮德合天地稱帝苗胄也裔末也高陽顓頊有天下之號也帝繫曰顓頊娶于騰隍氏女而生老僮是爲楚先其後熊繹事周成王封爲楚子居于丹陽周幽王時生若敖奄征南海北至江漢其孫武王求尊爵於周周不與遂僭號稱王始都於郢是時生子瑕受屈爲客卿因以爲氏屈原自道本與君共祖俱出顓頊胄末之子孫是恩深而義厚也補曰皇甫謐曰高陽都帝丘今東郡濮陽是也張晏曰高陽所興之地名也劉子玄史通云作者自敘其流出於中古離騷經首章上陳氏族下列祖考先述厥生次顯名字自敘發跡實基於此降及司馬相如始以自敘爲傳至馬遷楊雄班固自敘之篇實煩於代

朕皇考曰伯庸朕我也皇美也父死稱考詩曰既右烈考伯庸字也屈原言我父伯庸體有美德以忠輔楚世有令名以及於己補曰蔡邕云朕我也古者上下共之咎繇與帝舜言稱朕屈原曰朕皇考至秦獨以爲尊稱漢遂因之唐五臣注文選云古人質與君同稱朕又以伯庸爲屈原父名皆非也原爲人子忍斥其父名乎

攝提貞于孟陬兮太歲在寅曰攝提格孟始也貞正也于於也正月爲陬補曰並出爾雅陬側鳩切

惟庚寅吾以降庚寅日也降下也孝經曰故親生之膝下寅爲陽正故男始生而立於寅庚爲陰正故女始生而立於庚言己以太歲在寅正月始春庚寅之日下母之體而生得陰陽之正中也補曰天問云皆歸躬鞠而無害厥躬何后益作革而禹播降九歎云赴江湘之湍流兮順波湊而下降徐徘徊於山阿兮飄風來之匈匈降平攻切下也見集韻說文曰元氣起於子男左行三十女右行二十俱立於巳爲夫婦裹妊於巳巳爲子十月而生男起巳至寅女起巳至申故男年始寅女年始申

盡』之義，有『自殺』『自竭盡』之異。西村氏於『私案』云：『「指九天」，不是「窮而呼」之詞。指天自誓，以爲臣節之正也。下「耿既得之中正」，亦同意。後讀岡松氏《考》，亦云：「指天以誓，無他志，猶射之有正。予以爲正，是屈子以正自異矣。」』則以『指九天以爲正』爲屈子自誓，以『中正』爲人臣之準繩。蓋其不厭於『自盡』之説，而別爲解也。『音義』者，即考訂入韻字古音或辨析字義訓詁也，皆鈔録於每頁之簡末。如，《離騷》：『紛吾既有此内美兮，又重之以修能。』西村氏云：『第三解：能、佩協韻。陳氏《古音》云：「能音泥，佩音皮。」能字，《集注》奴代切。林西仲云：「能叶奈。」陳本禮云：「能叶佴。」《指掌》云：「能字與均，本屬一韻，他解叶入佩韻。牽强也。不可從。」按：此説非也。』西村氏羅列衆説，以爲『能』、『佩』二字協韻，古音與今音别也。又，『恐美人之遲暮遲』，王逸注：『美人，謂懷王也。人君服飾美好，故言美人也。』西村氏云：『王注非也。美人，與《詩·簡兮》美人同。』其所以辨『美人』之義也。『句點』者，以〇點讀王逸注、洪興祖《補注》，或於句旁手批校勘事也。如，《離騷》：『曰黄昏以爲期兮，羌中道而改路。』補曰：『一本有此二句。王逸無注。至下文「羌内恕己以量人」，始釋羌義。疑此二句後人所增耳。九章曰：「昔君與我誠言兮，曰黄昏以爲期。羌中道而回畔兮。反既有此他志。」與此語同。』其所句點也。西村氏又於『曰黄昏以爲期兮』句旁朱批曰：『《集注》無此二句。』其所爲校勘也。

觀此書學術價值即在此五端：『集釋』在乎臚列諸家之説，便於學人縱觀所涉論題，且全面、系統瞭解之。如，『《離騷》分段』一目，西村氏始概述之，云：『錢氏《集傳》分爲十四節，陳第分爲七節，張氏《節解》十三節，屈氏《新注》十三段，戴氏注十段，蔣驥二十章，《精義》十節，《彙訂》三大段，姚、張共九段。大同小異，今從姚氏爲可。』後詳列之，云：『張之象曰：「長篇長句爲《離騷經》一篇，如轉換反覆，凡更七十餘韻。其間有八句爲一韻者五段，十句爲一韻者一段，十二句爲一韻者二段，餘皆四句爲一韻也。」張德純《節解》云：「通計本篇並亂詞，共得九十三解（皆四句一解），凡三百七十二句，二千四百七十二字。『曰黄昏以爲期』二語，十三字不在此數（案《節解》分爲十三節）。」錢氏《集傳》云：「右《離騷賦》十四節，三百七十二句（案『曰黄昏』二句不在此數，《節解》而多一句，以「亂曰」爲一句）。蓋古詩有章，賦有節無章。今約《離騷》一篇，大節十有四：其一，『高陽』二十四句；其二，『三后』二十四句；其三，『滋蘭』八句；其四，『競進』二十八句；其五，『靈修』十二句；其六，『鷙鳥』三十二句；其七，『女嬃』十二句；其八，『前聖』四十句；其九，『上征』七十二句；其十，『靈氛』二十句；其十一，『巫咸』三十六句；其十二，『以蘭』二十句；其十三，『將行』三十六句；其十四，『亂』五句。而大節之内，或有小節，學者當自得之。」《屈辭洗髓》云：「自『帝高陽』至『攬宿莽』，序己之生質不凡爲一段。自『日月不淹』至『前王踵武』，述己之忠君急切爲一段。自『荃不揆余』至『衆芳蕪穢』，言靈之信讒爲一段。自『衆皆競進』至『朝誶夕替』爲一段。自『替余蕙纕』至『昭質未虧』爲一段。自『反顧游目』至『夫何煢獨』爲一段。自『依聖折中』至『耿吾既得』爲一段。自『馳虬乘鷖』至『蔽美嫉妬』爲一段。自『朝吾將濟』至『導言不固』爲一段。自『溷濁嫉賢』至『與此終古』爲一段。自『索藑茅』至『草不芳』爲一段。自『何瓊佩』至『歷吉日將行』爲一段。自『折瓊枝爲羞』至『假日媮樂』爲一段。自『陟陞皇』至終爲一段。凡十三段。」《精義》云：「前後凡十節，九十二解，二千四百九十言，古今辭賦家第一首巨製。」明陳第《屈宋古音義》分爲七節：自「帝高陽」至「不忍爲此態也」爲第一節，自「鷙鳥」至「余心」爲第二節，自「女嬃」至「浪浪」爲第三節，自「跪袵敷」至「高丘」爲第四節，自「溘吾」至「能忍」爲第五節，自「索藑茅」至「吾將遠逝」爲第六節，自「邅吾」至「蜷局」爲第七節。』蓋以上諸家分段『大同小異』，皆入於『集釋』。而於『存異』下云：『王邦采《離騷彙訂》自「帝高陽」至「豈余心可懲」

爲第一段，自「女嬃之嬋媛兮」至「與此終古」爲第二段，自「索藑茅」至終爲第三段。石城陳大父海帆《離騷串解》分爲三大段，自起始至「彭咸之遺則」爲首大段，自「長太息」至「與此終古」爲中大段，自「索藑茅」至「顧而不行」爲後大段。』以二家異於諸家之分也。學者覽此，蓋《離騷》一篇古今分節異同，大略瞭然於胸矣。

若以西村氏之『集釋』爲歸，蓋取其相類，而所以設立『存異』之目者，蓋以求其別異，似有可取者，則不可廢也。如，《離騷》：『曰黃昏以爲期兮，羌中道而改路。』漢、宋以來多以爲竄亂之文，刪之不存。西村氏於『存異』下引陳本禮《精義》云：『「曰」者，標經正文，故以「曰」字另起。此從《谷風·氓》「蚩章」之見棄於夫也，脱化而出。惟《文選》脱此二句，似昭明不知《離騷》有敘，特刪此二句。後世以訛傳訛。』以陳禮之説可備爲一解，故存其異也。又，『衆皆競進以貪婪兮，憑不猒乎求索。』王逸注：『言在位之人無有清潔之志，皆並進取，貪婪於財利，中心雖滿，猶復求索，不知猒飽也。』兹後注家多承王注，以『衆』爲『在朝者』或『黨人』。西村氏於『存異』下引陳本禮《精義》云：『此專指蕪穢之衆芳言，蓋黨人不足責也。兹所樹之一二君子，猶望其砥勵廉隅，扶持世道，不意衆皆競進，而入于黨人之局，日流于頷索而不厭，反責人之不己若，各興心而嫉妬也。』陳氏以上下關捩説『衆』爲上文『衆芳』，與王注『在位』黨人異。陳説似勝舊注，故特表而存之。西村氏又云：『《精義》本之《補注》。』案：下文『各興心而嫉妬』，《補注》云：『貪婪之人不知其非，自恕以度人，謂君子亦有競進求索之人，故各興心而嫉妬也。』蓋指『反責人之不己若各興心而嫉妬』而言。然《補注》亦以『衆』爲在位之黨人，與《精義》別也。

『私案』者，爲西村氏所創見也。或疏證舊注，或正謬誤，或發明新義，或比較諸説，擇善而從，或探藝文源流也。如，《離騷》：『謇吾法夫前修兮，非世俗之所服。』王逸注：『言我忠信謇謇者，乃上法前世遠賢，固非今時俗人之所服行也。一云：謇，難也。言己服飾雖自修潔，非本今世俗人之所服佩。』西村氏『私案』云：『王注前説爲佳。一説，非也。似六臣説，呂向説也。後人竄入，非王注之舊也。服，行也。《書・説命》「旨哉説乃言惟服」，《傳》云：「美其所言皆可服行。」又，《管子・權修篇》「上身服以先之」，注云：「服，行也。」遺法，《集傳》云：「謂不去其君也。」義淺。蹇，《九歌・雲中君》，蹇，詞也。謇、蹇相通。「謇吾」之謇，亦似助詞。王夫之曰：「謇，楚人語助詞也。」』案：西村氏以『一云』爲後所竄亂，非王注舊義。又辨『謇』爲語助詞，非『謇難』之義。皆是也。又，『鸞皇為余先戒兮，雷師告余以未具。』王逸注：『鸞，俊鳥也。皇，嶋鳳也。以喻仁智之士。雷爲諸侯，以興於君。』又，『飄風屯其相離兮，帥雲霓而來御。』王逸注：『回風爲飄。飄風，無常之風。以興邪惡之衆。雲霓，惡氣，以喻佞人。』西村氏『私案』云：『屈子欲見帝者，設言欲見懷王。而雷神未具，飄風雲霓妨之，閽者倚門不開，皆言有讒者也。下言「好蔽美而嫉妬」，是其所以求索而不得者，豈鄭袖之所致歟？』案：雷師、飄風、雲霓，皆喻讒者，以斥鄭袖之屬，頗爲新奇，實申王注『以興邪惡之衆』『以喻佞人』而敷演之也。又，『忽反顧以流涕兮，哀高丘之無女。』王逸注：『女以喻臣。言己雖去，意不能已，猶復顧念楚國，無有賢臣，心爲之悲而流涕也。或云：無女，喻無與己同心也。』又，『及榮華之未落兮，相下女之可詒。』王逸注：『言己既修行仁義，冀得同志，願及年德盛時，顏貌未老，視天下賢人，將持玉帛而聘遺之，與俱事君也。』西村氏『私案』云：『求女以喻求賢，自是正解。《辨騷》有此説。蓋見帝以喻王之一悟，王之一悟略不可得，則欲以人事君。遍求賢者亦不可得已。林注以是時專寵，故爲屈子感諷之微詞。林亦不通。《史記》：鄭袖言而出張儀，與秦合從，約婚姻。屈子使從齊來，追張儀弗及。求女之解，蓋亦有據。然嫌鑿求，不若舊説之愈也。』又案：『《離騷》全文用比體，不直指其實。斥言其事以求女，非比體也。故不取。』案：《離騷》求女，有『求君』『求賢』『諷鄭袖專權』等解，西村氏錯綜權衡，以爲『求賢』最剴切原意，故力主『求賢』説也。《九歌·雲中君》『華采衣兮若英』，王逸注：『若，杜若也。』又，『靈連蜷兮既留』，王逸注：『靈，巫也。楚人名巫爲靈子。』西村氏『私案』云：『若英，王注以爲杜若之英，朱子以爲「衣采衣如草木之英」。讀若爲如。朱説是也。《離騷》「汩余若將不及兮」「覽椒蘭其若茲兮」，皆讀若爲如。今從朱説。又，靈，王逸以爲巫，朱子以爲「靈，神所降也，楚人名巫爲靈子，若曰神之子也」。朱子曰：「以其服飾清潔，故神悦之，而降依其身，留連之久也。漢樂歌言『靈安留』，亦指神而言也。」』案：西村氏比較王、朱二家，則擇朱而棄王也。《國殤》『凌余陣兮躐余行，左驂殪兮右刃傷。』西村氏『私案』引曹子建《白馬篇》：『白馬飾金羈，連翩西北馳。借問誰家子，幽并遊俠兒。少小去鄉邑，揚聲沙漠垂。宿昔秉良弓，楛矢何參差。控絃破左的，右發摧月支。仰手接飛猱，俯身散馬蹄。狡捷過猴猨，勇剽若豹螭。邊城多警急，胡虜數遷移。羽檄從北來，厲馬登高堤。長驅蹈匈奴，左顧凌鮮卑。棄身鋒刃端，性命安可懷。父母且不顧，何言子與妻。名編壯士籍，不得中顧私。捐軀赴國難，視死忽如歸。』乃稱『此詩從《國殤》脱胎來』。案：其所以探藝文源流也。

西村氏於《楚辭》字詞音義訓，雖然不多見，或發明剩義，且有所據依。如，《離騷》『不撫壯而棄穢兮』，王逸注：『年德盛曰壯。』西村氏云：『《禮》曰：「三十曰壯。」』案：據《禮》以糾舊注也。朱子《集注》即用此説。又，『競周容以爲度』，王逸注：『周，合也。度，法也。』西村氏云：『「周容」之周，不必訓「合」，爲「周遍」之「周」，亦通。周容，八面求圓之謂也。』案：《山海經·海外西經》『兩女子居水周之』，郭璞注：『周，猶繞也。』《詩·皇皇者華》『周爰咨誰』，《集傳》：『周，遍也。』則知西村訓『周遍』者，於古有證據也。又，『固亂流其鮮終兮』，王逸注：『言羿因夏亂代之爲政，娱樂畋獵，不恤民事，信任寒浞，使爲國相。浞行媚於内民，施賂於外，樹之詐慝，而專其權勢。羿畋將歸，使家臣逢蒙射而殺之，貪取其家，以爲己妻。羿以亂得政，身即滅亡，故言鮮終。』錢澄之云：『亂流，謂逆亂之流，統諸凶言也。』案：西村氏云：『亂流，亂法而不返也。注以爲亂逆之流，是屬流之流。未妥。王夫之曰：「橫流而度曰亂流，言不順理也。」亦通。』

西村氏偶涉於校勘者，且頗可觀。如，《離騷》『羿淫遊以佚畋兮』，《補注》：『羿，五計切。《說文》云：「帝嚳射官也，夏少康滅之。」賈逵云：「羿之先祖也，爲先王射官，帝嚳時有羿，堯時亦有羿，是善射之號。」此羿商時諸侯，有窮后也。』西村氏『商時』劃竪錢，又『私案』云：『《論語·憲問》十四：「南宮适問於孔子曰：『羿善射，奡盪舟，俱不得其死然。禹、稷躬稼而有天下。』夫子不答。」孔曰：「羿，有窮國之君，篡夏后相之位。其臣寒浞殺之，因其室而生奡。」《左傳》襄公四年：『魏絳曰：「昔有夏之方衰也，后羿自鉏遷于窮石，因夏民以代夏政。恃其射也，不脩民事，而淫于原獸。棄武羅伯，因熊髡尨圉用寒浞。寒浞，伯明氏之讒子弟也。伯明后寒棄之，夷羿收之。信而使之，以爲己相。浞行媚于內，而施賂于外，愚弄其民。而虞羿于田，樹之詐慝，以取其國家。」』案：西村氏徵引《論語》《左傳》載羿之事，蓋以正羿爲『商時諸侯』之訛，乃夏時諸侯也。雖校一『商』字，見其用力之深矣。

西村氏『句點』，有勝於今人校點本者。如，《雲中君》『極勞心兮𢥞𢥞』，王逸注（中華書局白化文校點本）：『屈原見雲一動千里。周遍四海。想得隨從觀望西方。以忘己憂思。而念之終不可得。故太息而歎。心中煩勞而𢥞𢥞也。』西村氏句點：『屈原見雲一動千里，周遍四海，想得隨從，觀望西方，以忘己憂，思而念之，終不可得，故太息而歎，心中煩勞而𢥞𢥞也。』案：『憂思』二字非連語。『思而念之』，以釋正文『勞心』之義，則『思』字當屬下。其標點宜作：『屈原見雲一動千里，周遍四海，想得隨從，觀望西方，以忘己憂，思而念之，終不可得，故太息而歎，心中煩勞而𢥞𢥞也。』西村氏句點是也。《哀郢》『淼南渡之焉如』，王逸注（中華書局白化文校點本）：『淼，滉，彌望無際極也。一云：淼，瀁，彌望無棲集也。」西村氏句點：『淼滉彌望無際極也。一云：淼瀁彌望無棲集也。』案：稽考古訓，無『淼，滉』『淼，瀁』之義。『淼滉』『淼瀁』，實『滉瀁』之訛誤。淼，古作渺。《說文新附》：『淼，大水也。從三水，或作渺。』淼、渺有曠遠無際之義。逸以『滉瀁』釋『渺』字之義，故曰『滉瀁彌望』。《切韻・蕩韻》：『滉，滉瀁。』又，《養韻》：『瀁，滉瀁。』《玉篇・水部》：『漾，浩漾滉瀁，水無際。』《慧琳音義》卷九四『滉瀁』條：『滉瀁，水貌。瀁，或作漾，音同也。』《集韻・養韻》『養』字有『瀁漾潒』三字，曰：『滉瀁，水貌，或從羕，或從象。』《藝文類聚》卷六三《居處部三》『館』條引潘尼《東武館賦》：『彌望遠覽，滉瀁夷泰，表裏山河，出入襟帶。』滉瀁，猶大而無際也。又，《文選・西京賦》：『前開唐中，彌望廣潒。』廣潒、滉瀁，聲之轉。或作潢洋（見《新序》卷九《善謀》）、汪洋（見南齊劉孝威詩）、汪庠（見東魏《東嶽嵩陽寺碑》）等。故標點應作：『滉瀁彌望，無際極也。一云：滉瀁彌望，無棲集也。』西村句點是也。

此書《天問》以下，『集釋』祇存『解題』，文內未見『集釋』『存異』『私案』之目。其未竟之作歟？西村氏於訓詁未精，釋義不無疵瑕焉。如，《離騷》『世並舉而好朋兮』，王逸注：『朋，黨也。』西村氏『私案』云：『「世並舉而好朋兮」，注：「朋，黨也。」蓋女嬃不言「黨」而言「朋」，勸弟之婉辭，然實非「朋」而「黨」也。此注得之。上文「惟夫黨人之偷樂兮」，注：「黨，朋也。」恐非。』案：朋、黨，散文不別。女嬃言『朋』，上文言『黨人』，散文也。非『勸弟之婉辭』。對文別義。山東銀雀山漢簡《六韜》：『以祿取人胃（謂）之交，以義取人胃（謂）之友。友之友胃（謂）崩（朋），崩（朋）之崩（朋）胃（謂）黨，黨之黨胃（謂）群。』朋者，少於黨也，稱『朋』、稱『黨』，並無褒貶也。又，『保厥美以驕傲兮，日康娛以淫遊。』王逸注：『言宓妃用志高遠，保守美德，驕傲侮慢，日自娛樂，以遊戲自恣，無有事君之意也。』西村氏『私案』云：『「保厥美而驕傲兮」，非不事王侯、高尚其事之徒，則大人恃才之類也。可知「厥美」，言獨善，非言德也。蓋王注誤矣。虙妃夕歸朝濯，所謂驕傲康娛也。「來違棄而改求」，其「來」者，望蹇修來也。「違棄」者，屈子以虙妃驕傲故改求也。』案：厥美，王注釋『美德』，西村氏改訓『獨善』，寧有别乎？來，非『來去』之來，猶乃也，於是也。西村氏訓『望蹇修來』，繳繞之説也。此書『音義』之考辨音韻，或取朱子協韻説，或取陳第《古音考》之『某音某』、『某讀如某』之説，悉難取信，不可從也。觀中國古音學於清乾嘉以後日趨精密，而光緒末季，西人馬伯樂、高本漢之徒以西方字母擬古音。西村氏於此豈未之聞耶？雖然，未足掩其大醇耳。

此書原爲西村時彦氏『讀騷廬』所藏《楚辭》百種之一，今藏於日本國大阪大學圖書館。（黄靈庚、石川三佐男）

# 楚辭校文

《楚辭校文》者，清毛祥麟之所作也。祥麟字瑞文，號對山，世籍吴中，祖遷居上海。生卒不詳，蓋生於嘉慶，卒於光緒初也。國子監生，官浙江候補監大使。高祖、祖及父皆有文名。少承庭訓，成童就傅，究心經史，鑽研詩文，蔚然有成。工詩畫，精醫術，喜著述，不樂仕進，著有《三略彙編》《史乘探珠》《亦可居詠草》《對山書屋墨餘録》《對山三話》等。事載《中國畫學著作考録》。

《校文》屬謄清稿本，前後無序跋、『例言』『目録』。以清同治十一年金陵書局刊刻洪興祖《楚辭補注》爲底本，校勘《楚辭》正文與王逸注文。參校本有《楚辭補注》明刻仿宋本（簡稱『仿宋本』）、清汲古閣毛表校刻本（簡稱『毛本』）、清道光二十六年丙午《惜陰軒叢書》仿汲古閣本（簡稱『惜陰軒本』）、文瀾閣《四庫全書》鈔録《楚辭補注》本（簡稱『文瀾閣本』）、明馮紹祖觀妙齋本（簡稱『馮本』）、明萬曆十四年俞初刻本（簡稱『俞本』）、唐李善《文選》注本（簡稱《文選注》）等，凡《楚辭》十七卷之異文，悉逐條列出，且間下斷語。《楚辭》正文頂格，王逸注文低一格，《補注》又低一格，其層次井然，甚見條例也。分上、中、下三卷，末附《考證》一卷。

姜亮夫《楚辭書目五種》嘗稱，『祥麟通人，書中斷語，皆極精慎，當有所據』，『非空疏苟且之作』。其説韙也。特舉毛校屈賦七篇之數例如下，足以窺其一斑也。

《離騷》『循繩墨而不頗』條引朱子《楚辭辯證》云：『循、脩，唐人所寫多相混。故《思玄賦》注引「脩繩墨」，而解作「遵」字，即「循」字之義也。』案：單行《章句》正德本、隆慶本、馮本、俞本『循繩墨』皆作『修繩墨』，毛氏引朱子，蓋以斷諸本正文訛誤也。又，『帝高陽之苗裔兮』，王逸注引《帝繫》『顓頊娶於騰隍氏』條，毛氏校云：『騰隍氏，俞本、馮本並作「滕隍墳氏」。按：《山海經・大荒西經》注引《世本》作「滕墳氏」，今本《大戴禮記・帝繫篇》作「顓頊娶于滕氏，滕氏奔之子謂之女祿氏，産老童」。《文選注》作「滕隍氏」。』案：雖未下斷語，實已斷王注無『墳』者非也。又，清吴任臣《山海經廣注》云：『《國名記》：「滕墳作勝濆。」注云：「勝奔也。高陽妃，勝奔氏國。」或作騰隍。誤。』《路史後紀》八《高陽》『勝奔氏曰娽』條：『奔，即勝濆也。《埤蒼》云：「娽，顓帝之妻名。」《世本》《人表》皆作女祿。《大戴禮》：「勝奔氏之子謂之女祿。生老童。」』濆、墳、奔古字皆通，勝、滕、騰亦通。滕墳氏，非其氏之復名，即《戴記》『滕氏奔』之乙。隍，衍文。滕，氏名。奔，人名也。又，『紉秋蘭以爲佩』，洪氏《補注》引《方言》『續楚謂之紉』條，毛氏校云：『按《方言》云：「纙、剿，續也。秦晉續折謂之剿。」又云：「擘，楚謂之紉。」』此引《方言》『擘』作『續』，當是誤蒙上文。』案：此所以校正《補注》訛誤也。

《九歌・湘夫人》『罔芳椒兮成堂』條，毛校云：『仿宋本、成化本、毛本、

楚辭校文卷上

楚辭卷第一 仿宋本毛本同惜陰軒本辭下有補注二字每卷仿此

劉香草木蟲魚疏 香誤按仿宋本毛本惜陰軒本並作香與隋書經籍志合

離騷經章句第一

屈原與楚同姓序 原下俞本有名平二字文選注引作屈與楚同姓

乃疏屈原序 疏仿宋本毛本馮本同作疏是也文選注誤作流

其子襄王序 子下○文淵閣本有頃字與史記屈原傳合

馮本「罙」作「匊」。按《説文》：「罙，古文番。」段玉裁云：「《九歌》『罙芳椒』，罙一作播。丁度、洪興祖皆云：『罙，古播字。』按：播以番爲聲，此屈賦假番爲播也。」又，洪文惠《隸釋》卷第十九《魏横海將軍吕君碑》：「遂罙聲兮方表，掃醜虜於南域。」注云：「罙即播字。」』案：毛氏所以校正文『罙』字之義也。又，毛氏於洪氏《補注》『罙古播字本作罙』條校云：『按「本作罙」，當云「一作匊」，庶與上文義不相背。』案：毛氏所以正《補注》引文之訛也。又，《湘君》『望涔陽兮極浦』，王逸注：『涔陽，江碕名。』毛氏校云：『仿宋本「碕」，俞本並作「陭」。《文選》注同。按：《廣韻》：「碕，石橋。」《類篇》：「碕，曲岸。」《集韻》：「碕，聚石爲彴。」是從碕不誤。又按：《方言》：「隑，陭也。江南人呼梯爲隑。」《類篇》：「陭，隑也。隑，曲岸皃。」則碕通作陭，陭又通作隑耳。』案：毛氏所以辨析『碕』『陭』之義異同，又所以斷王逸注文之字正訛也。又，《東君》『暾將出兮東方』，《補注》『暾他昆切』條，毛氏校云：『「他昆，俞本作「徒昆」。按《廣韻》《類篇》《韻略》均作「他昆」，仿宋本亦作「他昆」。』又，『長太息兮將上』，《補注》『疑不即進貌』條，毛氏校云：『文瀾閣本「不」下無「即」字，「貌」下有「言」字。』案：此二條皆所以斷《補注》本之是非也。

《天問》一篇，校改《補注》居多。《天問序》洪氏《補注》『天地事物之憂』條，毛氏校曰：『文瀾閣本「憂」作「變」，是。按：注云：「夫天地之間，千變萬化，豈可以次序陳哉！」』案：此雖以意斷之，而洪氏原文塙作『天地事物之變』也。又，『焉有石林』，洪氏《補注》『狀如禺捷』條，毛氏校云：『「禺」，仿宋本作「寓」。按《説文》：「禺，母猴屬。」《爾雅注疏·釋獸》「寓屬」注云：「寓，寄也。謂獮猴之類多寄寓木上，故題云寓屬。」是寓本與禺通也。』案：據《爾雅》注，洪氏原書作『寓』，後人改作『禺』也。又，『穆王巧梅』，洪氏《補注》『梅一作珻』條，毛氏校曰：『珻，誤。仿宋本、毛本均作「坶」，字从土。按戴氏《方言疏證》引此云：「梅、坶，皆挴之訛。《廣雅》：挴、䀀，貪也。《玉篇》《廣韻》

並云：挴，貪也。皆本此。」』案：此據洪氏引或本，所以校正文『梅』字也。然梅、珻、挴同每聲，例得通用，不必斷云『訛』也。又，『中央共牧后何怒』條，毛氏校云：『成化本注有「牧一作收一作枚」七字。按洪頤煊《讀書叢録》云：「《廣雅》：枚，收也。《爾雅・釋詁》：收，聚也。《方言》：枚，凡也。《説文》：凡，最也。最，古通作聚字。是枚有收聚義也。」』案：毛氏意謂『共牧』當作『共枚』，謂收聚之義。蓋可備爲一解。然古書『最』爲『聚合』，本作『最』『冣』，皆『聚』字之訛，非通假字。最、聚古不同音。

《九章・惜誦》『戒六神與嚮服』，洪氏《補注》『幽榮祭星也雩榮祭水旱也』條，毛氏校云：『按榮，當爲「禜」。各本並誤。《廣韻》：「禜，祭名。」《集韻》：「禜，祭水旱也。」禜榮字形相近而訛。文瀾閣本作「禜」。』案：其説是也。文瀾閣《四庫》本，雖清代鈔本，頗多篡改之事，或見勝義，未可一概廢斥之也。又，『欲儃佪以干傺兮』，洪氏《補注》『傺謂求仕而不去也』條，毛氏校云：『按《離騷》注：「傺，住也。楚人謂住曰傺。」仕，當是「住」字之誤。』案：其説是也。此以《楚辭章句》之内證校訂訛字也。《涉江》『入漵浦余儃佪兮』，王逸注『漵浦水名』條，毛氏校云：『《文選注》無「浦」字。』案：浦，水涯之名。漵，水名。則有『浦』字者，衍也。《哀郢》『去故鄉而就遠兮』，洪氏《補注》『是夏水之苔』條，毛氏校云：『仿宋本、毛本並誤。文瀾閣本「苔」作「首」，與《水經注》合。』又，『兼通夏目而會於江』條，毛氏校云：『文瀾閣本「目」作「首」是也。按《哀郢》「過夏首而西浮兮」。』案：據文瀾閣本《補注》以正『苔』『目』皆『首』之誤字，不廢《四庫》鈔本之文獻價值也。《抽思》『亂曰長瀨湍流』，王逸注『楚人名淵曰潭』條，毛氏校云：『淵，仿宋本、毛本、馮本、惜陰軒本同，俞本作「潤」。按：《説文》：「淵，回水也。」「潤，水流浼浼貌。」尋繹文義，「淵」似不誤。然曹刻《韻略》「潭」下釋：「潭，潤也。楚人名潤曰潭。」洪氏亮吉《曉讀書齋雜録》引此注亦作「潤」。或當時所見本異與？」案：此所謂存疑也。正德本、隆慶本亦皆作「潤」，其所據宋本作「潤」，而俞本祖正德本。又，《慧琳音義》卷三六『潭潭』條引王逸注《楚辭》：『潭，閑也。南楚之人謂深水曰潭。』慧琳曰：『潭，閑也，深也。亦形聲之字也。作灘者，非古文之字。』《文選》謝靈運《述祖德詩》『隨山疏浚潭』，李善注：『楚人謂深水爲潭。』以『潭』爲『深水』。其所據本又別也。潭之爲言覃也。覃，謂延也。《淮南子・原道訓》『以曲隈深潭相予』，高注：『深潭，回流饒魚之處。潭，讀《葛覃》之覃。』潭有深義。回流曰淵，水未必深也。舊作『深水』爲允。又，閑，幽也。潭之爲閑，幽深之義也。舊本似作『淵』者是也，作『潤』，蓋『閑』字之訛也。《懷沙》『舒憂娱哀』，洪氏《補注》『含憂虞哀』條，毛氏校云：『王氏念孫曰：「含，當爲舍字之誤。舍，即舒字也。《説文》舒從予、舍聲。」洪氏頤煊曰：「虞與娱同。《莊子・讓王篇》『許由虞於潁濱』，《釋文》：『虞，本作娱。』《孟子・盡心》『驩，虞如也』，丁音『驩虞』，義當作『歡娱』，古字通用耳。」』案：王氏、洪氏皆精於校勘，爲清世大家。毛氏徵引時賢之説，所以校正《楚辭》訛誤也。《思美人》『滯而不發』，洪氏《補注》『陷一作淊』條，毛氏校云：『仿宋本、毛本「淊」作「滔」。俞本無此四字。按：郭忠恕《佩觿》：滔淊，上他牢翻，滔天。下胡感翻，淤淊。』《惜往日》『乘氾泭以下流兮』，王逸注『秦人曰撥也』條，毛氏校云：『按仿宋本「撥」作「橃」，字从木是也。《玉篇・木部》：「橃，海中大船也。泭也。」亦作䑺。今本誤「撥」。』案：此皆據字書所以辨析字形、校正訛字也。《橘頌》『行比伯夷』，王逸注『引而去之』條，毛氏校云：『俞本無此語。案：加此語，義較明暢，殆俞本誤脱耳。馮本不脱，與仿宋本合。』案：俞本祖正德、隆慶二本，然二本亦有『引而去之』四字，信爲俞本所脱也。《悲回風》『故茶薺不同畝兮』，洪氏《補注》引《詩》『菫茶如飴』條，毛氏校云：『案堇當爲菫。仿宋本、毛本並誤。《説文》：「菫，艸也。根如薺，葉如細柳，蒸食之甘。」殆即《詩》所謂「菫茶如飴」者也。岳本《毛詩》

亦作「堇」。』案：此所以校《補注》本之訛字也。

《遠遊》『内惟省以端操兮』，王逸注『林素我情』條，毛氏校云：『林，疑「朴」之譌。仿宋本字形模糊，微似「林」。毛本、惜陰軒本、局本承作「林」。』案：其説是也。《莊子・馬蹄篇》：『同乎無欲是謂樸素。』朴與樸同。又，『載營魄而登霞兮』，王逸注『抱我靈魂而上升也』，毛氏校云：『魂，俞本作「魄」，馮本同。』案：其校是也。正德本、隆慶本、湖北本、朱本、莊本亦作『魄』。『載營魄』者，《老子・道經》十章『載營魄抱一』。朱謙之《校釋》云：『魄，形體也，與魂不同。故《禮運》有「體魄」，《郊特牲》有「形魄」。又魂爲陽爲氣，魄爲陰爲形。高誘注《淮南子・説山訓》曰：「魄，人陰神也。魂，人陽神也。」王逸注《楚辭・大招》曰：「魂者，陽之精也；魄者，陰之形也。」此云「營魄」即「陰魄」。《素問・調精論》「取血于營」，注：「營主血，陰氣也。」又《淮南・精神訓》：「濁營指天。」知營者陰也。營訓爲陰，不訓爲靈。「載營魄抱一」，是以陰魄守陽魂也。抱如鷄抱卵。一者，氣也，魂也。抱一則以血肉之軀，守氣而不使散泄，如是則形與靈合，魄與魂合。』仙人形與神俱登，而俗人魂魄離散，魂神則無所之，形魄終歸於地。據此，『靈魂』舊作『靈魄』也。又，『造旬始而觀清都』，洪氏《補注》『旬始氣加雄雞』條，毛氏校云：『加，誤。按仿宋本、毛本並作「如」，是也。』案：其校是也。王逸注引《春秋考異郵》曰：『太白，名旬始，如雄雞也。』則亦作『如』字也。

《卜居》『寸有所長』，洪氏《補注》『梁麗可以克城』條，毛氏校云：『克，毛本同，仿宋本作「充」。按《莊子・秋水篇》「梁麗可以衝城」是也。仿宋本「衝」「充」音近而誤。局本沿毛本，因「充」「克」形近轉誤。』案：毛氏據《莊子》，所以辨諸本致誤之由，頗見思致也。《漁父》『何故至於斯』，王逸注『曷爲遭此患也』條，毛氏校云：『仿宋本作「曷爲遇放於斯也」。俞本同，馮本「放」作「謗」。』案：毛氏雖未斷『曷爲遭此患也』是非，其是非自見矣。正德本、隆慶本、劉本、湖北本亦作『曷爲遭放於斯也』，莊本作『曷爲遇放於斯也』。四庫《章句》本作『曷爲遭謗於此也』。則知馮本同《四庫》本也。然作『於斯』，斯字出韻。《文選》本亦作『曷爲遭此患也』。蓋存其舊也。

末附『考證』一卷，計四十一條：《離騷》十七條：『謇朝誶而夕替』『何昔日之芳草兮今直爲此蕭艾也』『畦留夷與揭車兮』『攝提貞于孟陬兮』『反信讒而齌怒』『余既滋蘭之九畹兮』『製芰荷以爲衣兮』『索瓊茅以筳篿兮』『豈珵美之能當』『九疑繽其並迎』『又何芳之能祇』『巫咸將夕降兮』『薋菉葹以盈室兮』『忽緯繣其難遷』『來吾道夫先路』『皇覽揆余初度兮』『聊逍遥以本羊』。《九歌》一條，『盍將把兮瓊芳』。《九章》五條：《惜誦》『又莫察余之中情』『反離群而贅肬』『固煩言而不可結詒兮』《涉江》『朝發枉渚兮』《懷沙》『曾傷爰哀永歎喟兮世溷濁莫吾知人心不可謂兮』。《卜居》一條：『將呢訾慄斯喔咿嚅唲以事婦人乎』。《招魂》十條：『何爲乎四方些』『逐人駓駓些』『往來侁侁些』『氾崇蘭些』『二八侍宿射遞代些』『煎鴻鶬些』『瑤漿蜜勺』『舍君之樂處而離彼不祥些』『雕題黑齒』『懸人以娭』。《招隱士》二條：『恫荒忽』『樹輪相糾兮』。《九辯》三條：『羌無以異於衆』『奄離披此梧楸』『故騙跳而遠去』。《九歎》一條：『櫂舟航以横濿兮』。《九思》一條：『藰蘂兮青葱』。其旁紹遠引，考訂精微，勝義紛如，頗見功力也。條目次序頗亂，如，《離騷》中夾《九歌》，以《九思》一條置於首，蓋隨讀隨録，非一時之作，終焉未遑以序次排比之矣。

毛氏雖通人，未免百慮之一失。三覆毛氏斯書，猶不無疵瑕焉。一、引文脱落，不可卒讀。如，《離騷》『攝提貞于孟陬兮』，王逸注『攝提格』條，毛氏校引朱子《楚辭辨證》云：『王逸以太歲在寅曰攝提格，遂以爲屈子生於寅年寅月，得陰陽之正。以今考之，日月雖寅，而歲未必寅也。蓋攝提自是星名，即劉向所言「攝提失方，孟陬無紀」，而注謂「攝提之星隨斗柄以指十二辰者也」。其曰「攝提貞于孟陬」，乃謂斗柄正指寅字，而「貞于」二字亦爲衍文矣，故今正之。』案：『斗柄正指寅』下『字』字當删，且脱『位之月耳非太歲在寅之名也必爲歲名則其下少一格字』二十二字。二、識斷未精。如，《九歌·國殤》『出不入兮往不反』，王逸注『壯士出鬭』條，毛氏校云：『鬭，不誤，仿宋本作閫。非是。』案：《爾雅·釋宮》『橛謂之闑』，郭璞注：『闑，門閫。』陸德明《釋文》引《禮記》注：『閫，門限也。』出閫，猶謂出門也。逸注『言壯士出閫，不復顧入，一往必死，不復還反也』。於義較作『出鬭』者爲長，毛校失之斷矣。三、求之過深，徒滋歧紛。如，《思美人》『遇豐隆而不將』，王逸注『雲師徑遊』條，毛氏校云：『徑，仿宋本作「侹」。按：《玉篇》：「徑，小道也。」「侹，急也。」《廣韻》：「侹，直也。」是從「侹」爲允。又按《爾雅》「直波爲徑」。則「徑」亦訓直，二字古殆通用耳。俞本、馮本「遊」並作「逝」。』案：求之過深也。作『徑遊』者，見《九辯》『願自往而徑遊兮』。作『徑逝』者，見《抽思》『願徑逝而未得兮』及《七諫·怨思》『願壹往而徑逝兮』。皆古恒語，而皆未有作『侹』者。四、選用對校本未善，單刻以正德本、隆慶本最善，而毛氏未見，故校引不周。如，《遠遊》『奇傅説之託辰星兮』，王逸注『其精著於房尾也』條，毛氏校云：『俞本「精」不誤。作「星」誤也。馮本亦誤。』案：正德本、隆慶本、莊本、湖北本『其精』皆作『其星』。又，傳説星，在箕尾，則舊作『星』是也。毛氏誤斷也。

稿本字體工整，書法遒勁，今藏於上海圖書館。（黄靈庚）

# 文選楚辭王注綜論

《文選》者，梁蕭統之所輯集也。統字德施，小字維摩，梁武帝冢子也。天監元年立爲皇太子，中大通三年辛亥以病亡，謚曰『昭明』，後多以『昭明太子』稱之，其書亦名『昭明文選』。《梁書》有傳。《文選》爲僅存最早通代詩文總集，選録周、秦、兩漢、三國、晉、宋、齊、梁詩文辭賦等，計七百餘篇，都三十卷。隋初，蕭氏族人該作《文選音義》三卷，開隋、唐注《文選》之先。該之門人崇賢館直學士、蘭臺郎兼沛王府侍讀李善，於唐高宗顯慶間爲《文選注》，引證弘富，體式嚴明，長於釋事，精以考義，分三十卷爲六十卷，遂成集成性之作。善又招徒講授，號稱『文選學』，幾與六經並侔。善之同門友公孫羅撰《文選注》六十卷、《文選音決》十卷、《文選鈔》等，惜皆未傳。唐開元後，呂延濟、劉良、張銑、呂向、李周翰五人踵武其後，爲『《文選》五臣注』。

《文選》存於世者有宋槧，其犖犖可舉者是：宋高宗紹興三十一年陳八郎校刻五臣注本（簡稱『五臣本』）、宋孝宗淳熙八年尤袤校刻單行李善注本（簡稱『尤刻本』）、韓國藏奎章閣翻刻宋哲宗元祐九年秀州州學六臣注本（簡稱『秀州本』）、日本國足利學校藏宋紹興二十八年明州校刻六臣注本（簡稱『明州本』）、《四部叢刊初編》景印宋寧宗慶元建州刻六臣注本（簡稱『建州本』），日本國金澤文庫藏《文選集注》唐鈔本（簡稱『唐鈔本』），明、清以後刻本繁多，精粗並存，而無足觀也。

《文選》卷三十二、卷三十三爲『騷體』，皆出於《楚辭》，凡十三篇，分上、下二卷：上卷選録《離騷》及《九歌》四首：

《東皇太一》《雲中君》《湘君》《湘夫人》，五篇。下卷選録《九歌》二首：《少司命》《山鬼》；《九章》一首：《涉江》；《卜居》，《漁父》；《九辯》五首：即篇首『悲哉秋之爲氣也』至『馮鬱鬱其何極』五章；《招魂》，《招隱士》，八篇。李善注本，『騷體』二卷即因襲王逸舊注，《楚辭》原文及王逸注之存於今者，當以《文選》本爲最早也。

《文選》李善注本、呂延濟等五臣注本等皆出於初唐之時，是以避唐高祖、唐太宗之名諱。如：《招魂》『旋入雷淵』，王逸注：『言從雷淵雖得免脱，其外復有曠遠之野，無人之土也。』唐鈔本、六臣本『淵』皆作『泉』。案：避高祖名諱也。《離騷》『哀民生之多艱』，《文選》本作『人』。明州本、秀州本作『民』，曰：『逸本作「人」字。』又，『終不察夫民心』，《文選》唐鈔本、尤刻本作『人』，建州本謂『五臣作「民」』。明州本、秀州本作『民』，曰：『逸本作「人」。』又，『民生各有所樂兮』，《文選》本作『人』。又，『覽民德焉錯輔』，唐鈔本、建州本、尤刻本作『人』，建州本謂『五臣本作「民」』。明州本、秀州本作『民』，謂『逸本作「人」字』。又，『鮌婞直以亡身兮』，王逸注引《帝繫》曰：『顓頊後五世而生鮌。』《文選》本『世』作『葉』。又，『不顧難以圖後兮』，王逸注『不謀後世』云云，《文選》本『世』作『葉』。又，『世溷濁而嫉賢兮』，王逸注：『懷襄二世不明』云云，明州本、秀州本『二世』作『二葉』。案：或本作『時』『葉』，皆避唐諱也。又，『相觀民之計極』，《文選》唐鈔本、建州本、尤刻本作『人』，建州本謂『五臣本作「民」』。秀州本、明州本作『民』，謂『逸本作「人」字』。又，『民好惡其不同兮』，《文選》建州本、尤刻本作『人』，建州本謂『五臣作「民」』。明州本、秀州本作『民』，謂『逸本作「人」字』。案：舊本蓋作『民』，易作『人』者，避太宗諱也。又，『自前世而固然』，《文選》本『世』作『代』。建州本謂『五臣作「世」』。明州本、秀州本作『世』字，曰：『逸本作「代」字。』又，『世溷濁而嫉賢兮』，《文選》唐鈔本『《離騷經》一首』下云：『自「時溷濁而嫉賢兮」以後爲下卷。』

蓋其本『世』作『時』。建州本作『時』，謂『五臣作「世」』。明州本、秀州本作『世』，謂『逸本作「時」』。單刻《章句》本作『時』。又，『世幽昧以昡曜兮』，《文選》建州本、尤刻本作『時』，建州本謂『五臣作「世」』。明州本、秀州本作『世』，謂『逸本作「時」字』。又，『哀朕時之不當』，王逸注『值菹醢之世』云云，《文選》本『世』作『日』。《卜居序》『卜己居世何所宜行』及《卜居》『世溷濁而不清』、《漁父》『而漁父避世隱身』，《文選》本『世』皆作『俗』。案：舊本宜作『世』，易作『時』『俗』『葉』『日』或『代』者，亦避太宗諱也。又，《招魂》『倚沼畦瀛兮遥望博』，王逸注：『言己循江而行，遂入池澤，其中區瀛，遠望平博，無人民也。』《文選》本『無人』下無『民也』二字。案：蓋避唐諱删之也。

《文選》本《楚辭章句》或偶見避高宗諱。如：《離騷》『豈維紉夫蕙茝』，王逸注『以致于治』云云，《文選》本『治』作『化』。又，『夫唯捷徑以窘步』，王逸注『急疾爲治故身觸陷阱』云云，《文選》本『治』作『化』。又，『願竢時乎吾將刈』，王逸注『以時進用而待仰其治』云云，唐鈔本『其治』作『其化』。又，『偭規矩而改錯』，王逸注『以意妄造必亂政治』云云，《文選》本『治』作『化』。又，『求榘矱之所同』，王逸注：『因與同志共爲治也。』《文選》本『治』作『化』。案：皆避高宗諱也。

《文選》本喜用今字、訓詁字或異體字。如，《離騷》『扈江離與辟芷兮』，『畦留夷與揭車兮，雜杜衡與芳芷』。《文選》本『離』作『蘺』『留夷』作『藰荑』『揭』作『藒』『衡』作『蘅』。案：蘺、藰荑、藒、蘅，皆訓詁字也。又，『來吾道夫先路』，《文選》本『道』作『導』。案：道、導，古今字。又，『荃不揆余之中情兮』，尤刻本『中』作『忠』。案：中、忠，古今字。又，『時曖曖其將罷兮』，五臣本『罷』作『疲』。建州本謂『五臣作「疲」』。明州本、秀州本作『疲』，謂『逸本作「罷」字』。案：疲本字，罷借字。又，『冀枝葉之峻茂兮』，《文選》本作『峻』作『葰』。案：峻、葰，古今字。又，『忳鬱邑余侘傺兮』『曾歔欷余鬱邑兮』，《文選》本『邑』作『悒』。案：鬱悒，訓詁字。又，『回朕車以復路兮』，《文選》本『回』作『迴』。案：回、迴，古今字。又，『雧芙蓉以爲裳』，《文選》本『雧』作『集』。案：雧、集，古今字。又，『就重華而敶詞』，《文選》本『敶』作『陳』，『詞』作『辭』。案：敶、陳，古今字。詞，借字；辭，本字。又，『羿淫遊以佚田兮』，《文選》本『畋』作『田』。案：田、畋，古今字。又，『后辛之菹醢兮』，《文選》本『菹』作『葅』。案：菹、葅，古今字。又，『湯禹儼而祗敬兮』，唐鈔本、建州本作『嚴』，建州本謂『五臣本作儼』。秀州本、明州本作『儼』，謂『逸本作「嚴」字』。案：嚴、儼，古今字。又，『夕余至乎縣圃』，五臣本作『懸』。建州本謂『五臣作「懸」』，明州本、秀州本作『懸』。案：縣、懸，古今字。又，『路曼曼其修遠兮』，《文選》本『曼曼』作『漫漫』。案：曼、漫，古今字。又，『總余轡乎扶桑』，《文選》本『總』作『揔』。案：總、揔，古今字。又，『登閬風而緤馬』，《文選》本『緤』作『紲』。案：緤、紲，古今字。又，『載雲旗之委蛇』，五臣本作『逶迤』。建州本作『委蛇』，謂『五臣作「逶迤」』。尤刻本作『委移』，明州本、秀州本作『逶迤』，『逸本作「委移」字』。案：委蛇、委移、逶迤，皆一字也。五臣本以訓詁字爲之。又，『皇覽揆余初度兮』，《文選》本作『鑒』。案：覽、鑒，異體字。又，『夕攬洲之宿莽』，唐鈔本作『𢹿』，《音決》：『或作攬字，同。』建州本謂『五臣作「擥」』；五臣本、明州本、尤刻本作『擥』。又，『攬茹蕙以掩涕兮』，唐鈔本、建州本作『𢹿』，謂『五臣作「擥」』。秀州本、明州本作『擥』，謂『逸本作「攬」字』。案：攬、𢹿、擥，異體字。《山鬼》『被薜荔兮帶女羅』，王逸注：『女羅，兔絲也。』《文選》本『羅』作『蘿』，『兔』作『菟』。案：羅與蘿、兔與菟，並古今字。《涉江》『冠切雲之崔嵬』，王逸注：『崔嵬，高貌也。』《文選》本『嵬』作『巍』。案：嵬、巍古今字。《卜居》『喔咿儒兒』，《文選》本『儒兒』作『嚅唲』。案：儒兒，强笑噱貌。《文選》本作『嚅唲』，訓詁字也。《漁父》『子非三閭大夫與』，《文選》六臣本『與』作『歟』。案：與、歟通用，歟，訓詁字也。又，『鼓枻而去』，五臣本『枻』作『栧』。建州本謂『五臣本作「栧」』，明州本、秀州本作『栧』。案：枻、栧，古今字。《九辯》『宋廖兮收潦而水清』，《文選》本『廖宋』作『宋漻』。案：宋、寂，廖、漻，皆古今字也。又，『坎廩兮』，《文選》本『廩』作『壈』。案：因『坎』字從土旁，而易『廩』作『壈』，訓詁字也。又，『蟬宋漠而無聲』，《文選》本『宋漠』作『寂寞』。又，『欲寂漠而絶端兮』，五臣本、建州本、尤刻本作『寞』，建州本謂：『五臣本作「漠」。』明州本、秀州本作『漠』，曰：『逸本作「寞」。』案：寂漠、寂寞皆同，寂寞，訓詁字也。又，『鴈廱廱而南遊兮』，《文選》本『廱廱』作『噰噰』。案：噰噰，訓詁字也。又，『悲憂窮戚兮』，《文選》本『戚』作『慼』。案：慼，訓詁字也。又，『葉菸邑而無色兮』，建州本謂『五臣本作「萒」』，明州本、秀州本作『萒』。案：菸萒，訓詁字也。又，『枝煩挐而交橫』，五臣本作『拏』。建州本謂『五臣本作「拏」』，明州本、秀州本作『拏』。案：挐、拏，古今字也。又，『柯彷佛而萎黃』，五臣本『萎』作『痿』。建州本謂『五臣本作「痿」』，明州本作『痿』；秀州本、尤刻本作『委』。案：痿，訓詁字也。《招魂》『掌㾕』，《文選》本『㾕』作『夢』。案：㾕，古夢字。又，『舍君之樂處』，五臣本作『捨』，建州本：『五臣作「捨」字。』明州本、秀州本作『捨』，曰：『逸本作「舍」字。』案：舍、捨，古今字。又，『靡散而不可止些』，五臣本作『糜』。建州本：『五臣作「糜」。』明州本、秀州本作『糜』。案：靡、糜，古今字。又，『玄蠭若壺些』，五臣本作『蜂』。建州本：『五臣作「蜂」。』明州本、秀州本作『蜂』。案：蠭、蜂，古今字。又，『蛾眉曼睩』，《文選》本『蛾』作『娥』。案：『蛾眉』之作『娥眉』者，訓詁字也。又，『娭光眇視』，《文選》本作『嬉』。案：娭、嬉，古今字。

《文選》本《楚辭》及王逸注或見存古字古義。如：《離騷》『何桀紂之猖披兮』，《文選》本『猖』作『昌』。案：昌、猖古今字。又，『各興心而嫉妒』，王逸注：『害賢爲嫉，害色爲妒。』《文選》本『妒』作『妬』。《音決》：『妒，或作妬，同。』案：妬，始見出土文獻，清華簡（六）《鄭武夫人規孺子》及馬王漢墓帛書《十六經・稱》。妒，則未見出土文獻。妬，古字也。又，『終然殀乎羽之野』，王逸注：『蚤死曰殀。』《文選》本『殀』皆作『夭』。案：夭，古殀字。《九歌・雲中君》『靈連蜷兮既留』，王逸注：『連蜷，巫迎神導引貌也。』《文選》本『導』作『道』。案：道，古導字。《卜居》『寧誅鋤草茅』，《文選》六臣本『鋤』作『鉏』。案：鉏，古鋤字也。《招魂》『㚔而得脱其外曠宇些』，五臣本、六臣本、尤刻本『㚔』作『幸』。案：㚔，古幸字。又，『冬有突廈』，王逸注：『廈，大屋也。《詩》云：「於我乎夏屋渠渠。」』《文選》本『廈』作『夏』。案：夏，古廈字。舊本作『夏』。《文選・辨命論》『瑶臺夏屋』，李善注：『《楚辭》曰：「冬有大夏。」王逸曰：「夏，大屋也。」』《太平御覽》卷一百七十四《居處部》二《室》引王逸注：『夏，大室。』亦並存原本之舊。

《文選》本與單刻《楚辭章句》本、《楚辭補注》本對勘，其歧異之紛繁，莫過於此者。要而言之，蓋《文選》本存其舊本者居多，其文獻價值固不可同日而語，宜據之以校正他本之訛。即以《楚辭》正文、王逸注文分別言之。

據《文選》本《楚辭》以校他本《楚辭》正文訛亂。如：《離騷》『乘騏驥以馳騁兮』，五臣本作『策』。建州本謂『五臣作「策」』，明州本、秀州本作『策』，謂『逸本作「乘」』。案：此文乘車，非乘馬也，舊本宜作『策』。《九辯》『馭安用强策』，《補注》：『策，馬箠，所以驅策。』五臣本存其舊。王逸注『言乘駿馬一日可致千里』云云，以今制釋古制，後人據注妄改『策』爲『乘』也。又：『曰黄昏以爲期兮，羌中道而改路。』洪氏《補注》：『一本有此二句。王逸無注，至下文「羌内恕己以量人」，始釋羌義。疑此二句後人所增耳。《九章》曰：「昔君與我誠言兮，曰黄昏以爲期。羌中道而回畔兮，反既有此他志。」與此語同。』案：其説是也。《文選》本無此二句，未見竄入也。又，『後悔遁而有他』，《文選》本『遁』作『遯』。案：王逸注：『遁，隱也。』《説文・辵部》：『遁，遷也。一曰：逃也。从辵，盾聲。』遯本字，遁借字也。《慧琳音義》卷八六、卷八八、卷九五『遯世』條、卷八八『隱遯』條引同王逸注：『遯，隱也。』《文選・演連珠》『臣聞遯世之士』，劉孝標注引王逸曰：『遯，隱也。』皆作『遯』字，存原本之舊。又，『擥木根以結茝兮』，《文選》本作『掔』。案：王逸注：『擥，持也。』擥，謂『總撮』，亦作『攬』。掔，謂手持之固也。舊本作『掔』是也。又，『謇吾法夫前脩兮』，五臣本作『蹇』。建州本謂『五臣作「蹇」』。明州本、秀州本作『蹇』，曰：『逸本作「謇」字。』又，『汝何博謇而好脩兮』，《文選》五臣本作『蹇』。明州本、秀州本作『蹇』，謂『逸本作「謇」字』。建州本謂『五臣作「蹇」』；案：蹇、謇通用。此爲語助詞，字从言作『謇』者，後人所改。五臣本作『蹇』，用借字，存其舊本。又，『謠諑謂余以善淫』，建州本謂『以』字『五臣作「之」』。明州本、秀州本『以』作『之』，曰：『逸本作「以」字。』案：王逸注『譖而毁之謂之美而淫』云云，原本作『之』字，五臣本存其舊也。又，『退將復脩吾初服』，五臣本無『復』字。建州本謂『五臣本無「復」字』。明州本、秀州本無『復』字，曰：『逸本有「復」字。』案：王注『復去』云云，復，退之訛。退，古作復，與『復』形似。原本無『復』字，或本因王注羨也。又，『曰鮌婞直以亡身兮』，唐鈔本、建州本作『鮌』。明州本、秀州本作『鯀』，曰：『逸本作「鮌」。』案：王觀國《學林》卷二『鮌』條：『⿰骨系音衮，亦作⿰骨玄，其字皆從骨。諸字書皆曰「禹父名也」。鯀音衮，亦作鮌，其字皆從魚，諸字書皆曰「魚也」。古人多借用字，故尚書禹父名用鯀字，其實當用⿰骨系字也。』其説失之旨。俞樾《讀王觀國學林》（見《俞樓雜纂》卷二十七）云：『然《説文》有「鮌」無「⿰骨系」，終疑「⿰骨系」爲俗字。《廣韻》於「⿰骨系」字下曰：「《尚書》本作鯀。」乃悟⿰骨系者，鯀之變也；鯀者，鮌之變也。漢人作隸，往往以角爲魚，《北海景君碑》：

「元元鰥寡。」《曹全碑》：「撫育鰥寡。」鰥字左旁之魚，並變從角，此鯀之所以誤爲鯀也。賴《廣韻》《尚書》本作鯀一語，而知其致誤之由，然則仍當作鯀爲正。」其説是也。然鯀非正字，俗鮌字。《文選》或本作『觤』，存漢本舊迹也。又，『終然殀乎羽之野』，明州本、秀州本『羽』下有『山』字，謂『逸本無「山」字』。建州本謂『五臣本有「山」字』。案：王逸注『乃殛之羽山死於中野』云云，原本有『山』字，五臣本存其舊也。又，『欲少留此靈瑣兮』，五臣本、建州本、明州本『瑣』作『璅』。案：瑣，宜作『璅』，實爲『巢』。靈巢，神靈之所居也。古之神靈，皆遠古先帝之原型，其傳説之居雖已神化，陞至天界靈山，然未脱盡其鴻荒蒙昧遺迹。大抵北土之民多穴居，以其地寒；南土之民皆巢居，以其地熱。靈巢，因有巢氏、大巢氏之傳説也。《莊子·盜跖篇》：『古者禽獸多而人少，於是民皆巢居以避之，晝拾橡栗，暮栖木上，故命之曰有巢氏之民。』《九歌》東君以扶桑爲檻，爲巢居遺制，與靈巢同。靈巢，猶謂神居。璅字從玉，猶『夐』之爲『瓊』，美之也。『巢』作『璅』者，是存其舊。又，『聊逍遥以相羊』，唐鈔本、建州本作『須臾』，《文選集注》謂『陸善經本爲「逍遥」』。建州本謂『五臣作「逍遥」』。明州本、秀州本作『逍遥』，謂『逸本作「須臾」字』。案：須臾、逍遥，聲之轉也。然《楚辭音》殘卷作『𦔳臾』，云：『本或作「消摇」二字。非。』蓋原本作『須臾』，《文選》或本存其舊也。又，『雷師告余以未具』，五臣本作『我』。建州本謂『五臣作「我」』。明州本、秀州本作『我』，謂『逸本作「余」字』。案：俞樾《茶香室叢鈔》卷一『吾我二字條』云：『國朝楊復吉《夢闌瑣筆》云：「元趙德四書箋義曰：『吾、我二字，學者多以爲一義。殊不知就己而言則吾，因人而言則曰我。「吾有知乎哉」，就己而言也；「有鄙夫問於我」，因人之問而言也。』」按此條分別甚明。「二三子以我爲隱乎」，我對二三子而言；「吾無隱乎爾」，吾就己而言也。「我善養吾浩然之氣」，我對公孫丑而言，吾就己而言也。』以雷師告我，則原本作『我』，五臣本存其舊也。又，『繼之以日夜』，五臣本、六臣本、尤刻本『繼』上有『又』字』；唐鈔《集注》謂『陸善經本「繼」上有「又」字』。建州本謂『五臣本有「又」字』。案：有『又』字，足於詞氣，蓋存其舊也。又，『周流乎天余乃下』，唐鈔本無『乎』字，《集注》謂『陸善經本「天」下有「乎」字』。五臣本作『天乎』。建州本謂『五臣作「天乎」』。明州本、秀州本作『天乎』，謂『逸本作「乎天」字』。案：舊本蓋無『乎』字，五臣本『天』下增『乎』字，然詞氣詰詘，後乃乙作『乎天』。其演變之迹斑斑可考也。又，『閨中既以邃遠兮』，建州本謂『王逸本無「以」字』。明州本、秀州本謂『逸本無「以」字』。案：《離騷》『既……又……』句法，似無『以』字，六臣本校語，猶存逸本之舊也。又，『勉遠逝而無狐疑兮』，建州本謂『王逸本無「狐」字』。明州本、秀州本謂『逸本無「狐」字』。案：下文『心猶豫而狐疑』，則舊本當有『狐』字，或本蓋脱訛也。又，『惟此黨人之不諒兮』，《文選》本作『亮』。案：亮、諒古字通用。蓋原本作『亮』，多借字，存其舊也。又，『固時俗之流從兮』，建州本謂『五臣本作「流從」』。明州本、秀州本作『流從』，謂『逸本作「從流」字』。案：王逸注『隨從上化若水之流』云云，原本作『從流』，《文選》或本存其舊也。又，『齊玉軑而並馳』，《文選》本『軑』作『軑』。案：軑，後人多謂俗『軑』字。考包山楚墓竹簡袂字作『袂』，則『軑』字隸定即作『軑』，蓋亦古文。

《九歌・湘君》『期不信兮告余以不閒』，明州本、秀州本作『我』，謂『逸本作「余」字』。建州本謂『五臣作「我」』。案：俞樾《茶香室叢鈔》卷一『吾我二字條』已辯吾、我之別。此因人而言，則舊本作『我』字也。《湘夫人》『芷葺兮荷屋』，《文選》本『葺』下有『之』字，明州本、秀州本云：『逸本無「之」字。』案：以下文『繚之兮杜衡』句法例之，舊本蓋有『之』字是也。《少司命》『綠葉兮素枝』，建州本、尤刻本作『華』，建州本謂『五臣本作「枝」字』。明州本、秀州本作『枝』，云：『逸本作「華」字。』案：王逸注『芳草茂盛吐葉垂華』云云，原本作『華』，五臣本存其舊也。

《九章・涉江》『苟余心其端直兮』，建州本云：『五臣本有「心」字。』明州本、秀州本有『心』字，云：『逸本無「心」字。』案：王逸注『言我惟行正直之心』云云，原本無『心』字，五臣本存其舊也。又，『迷不知吾所如』，《文選》本『吾』下有『之』字。案：有『之』字，暢於詞氣。單刻《章句》本『吾』下有『之』字。《補注》《集注》引『吾』下一有『之』字。皆襲唐本之舊也。又，『猨狖之所居』，《文選》本『猨』上有『乃』字。案：『猨』上有『乃』字者，暢於詞氣。朱子《集注》本、單刻《章句》本及《補注》引『猨』上一有『乃』字者，皆據唐本之舊也。

《漁父》『聖人不凝滯於物』，建州本謂『物』上『五臣本有「萬」字』。明州本、秀州本並謂：『逸本有「萬」字』。案：原本有『萬』字，朱子《集注》引《史記》『於』下有『萬』字，《高士傳》『物』上亦有『萬』字。則並存其舊也。又，『歌曰滄浪之水清兮』，《文選》本『歌』上有『乃』字。案：『歌』上有『乃』字，暢於詞氣也。又，『可以濯吾纓』『可以濯吾足』，《文選》本『吾』作『我』。案：俞樾《茶香室叢鈔》卷一『吾我二字條』已辯吾、我之別。『濯吾纓』『濯吾足』之兩『吾』字，皆當作『我』，漁父對屈子而言，《文選》本存其舊也。

《九辯》『然欿傺而沈藏』，《文選》本『欿』作『坎』，洪氏《補注》：『欿，本多作坎，與「坎」同。』案：《説文繫傳・欠部》『欿』字：『欲得也。从欠、臽聲。讀若貪。臣鍇按：《楚辭》曰「欿侘傺而沈藏」。』又曰：『歁，食不滿。从欠、甚聲。讀若坎。』欿與貪同，歁與坎同。欿、坎非一字。然作『欿』不辭，作『坎』者是其舊本也。

《招魂》『恐後之謝』，建州本『之謝』作『謝之』，謂：『五臣無「之」字。』唐鈔本、陳本、明州本、秀州本無『之』字，明州本曰：『逸本有「之」字。』案：王逸注『恐後世怠懈必去卜筮之法』云云，王氏舊本蓋無『之』字，《文選》本存其舊也。又，『有六簙些』，五臣本作『博』。建州本作『簙』，謂『五臣本作「博」字』。明州本、秀州本作『博』，曰：

『逸本作「簙」字。』案：博，古『簙』字。唐鈔本引羅氏《音決》：『博爲簙。』其本亦作『博』也。又，『歸來兮不可以久些』，五臣本『久』下有『止』字。建州本謂『五臣本「久」下有「止」字』。明州本、秀州本『久』下有『止』字。案：王逸注『言其寒殺人不可久留也』云云原本『久』下有『止』字也。又，『像設君室』，建州本：『五臣本作「居」。』明州本、秀州本作『居』，曰：『逸本作「君」字。』案：王逸注『乃爲君造設第室法像舊廬』云云，舊本作『居室』也。《文選·八謝玄暉齊敬皇后哀策文》注、王巾《頭陀寺碑文》注、《太平御覽》卷一百七十四、《藝文類聚》卷六十一、《唐類函》卷一百五十五引『君』亦作『居』。明州本、秀州本存其舊也。

據《文選》本王逸注文以校正他本《楚辭章句》。如：一是據《文選》本王逸注文以校正他本《楚辭章句》之訛亂者。如：《離騷》『攝提貞于孟陬兮』，王逸注：『太歲在寅曰攝提格。』《文選》本無『格』字。案：攝提，歲陰名，非太歲名。謂歲陰正當於孟陬之月，是年爲寅年寅月也。有『格』字者，涉《爾雅·釋天》羨也。《文選》本存其舊也。又，『皇覽揆余于初度兮』，王逸注『言己父伯庸』云云，《文選》本『父』上有『美』字。案：皇，『父考』之美稱。原本『父』有『美』字。《文選》本存其舊也。又，『夕攬洲之宿莽』，王逸注：『木蘭去皮不死，宿莽遇冬不枯。以喻讒人雖欲困己，己受天性，終不可變易也。』《文選》本『枯』下有『屈原』二字。案：據義，『枯』當補『屈原』二字，《文選》本存其舊也。又，『恐美人之遲暮』，王逸注：『則年老耄晚暮，而功不成，事不遂也。』《文選》本無『事不遂』三字。案：事不遂，與『功不成』重複，蓋後所竄亂也。又，『不撫壯而棄穢兮』，王逸注：『穢，行之惡也，以喻讒邪。百草爲稼穡之穢，讒邪亦爲忠直之害』云云，《文選》本『邪』作『佞』。案：以下句『讒佞亦爲忠直之害』斷之，則原本作『讒佞』，《文選》本存其舊也。又，『昔三后之純粹兮』，王逸注『謂禹湯文王也。』《文選》本『禹湯』作『湯禹』。案：據例，則原本作『湯禹』。詳參下拙著《楚辭章句疏證》『湯禹儼而祇敬』注。或作『禹湯』者，後以時世先後乙之也。又，『惟夫黨人之偷樂兮』，王逸注：『黨，朋也。《論語》曰：「朋而不黨。」』《文選》本『朋而』作『群而』。案：王注引《論語》，見《衛靈公篇》，其作『群而不黨』，《文選》本存其舊也。又，『申申其詈予』，王逸注：『申申，重也。』《文選》本『申申』作『申』。案：申申，疊詞。據例，則當作『申申重貌』。單用『申』，爲重義，故注云：『申，重也。』唐本存其舊。又，『殷宗用而不長』，王逸注『武王杖黄鉞』云云，《文選》本『杖』作『把』，建州本作『祀』。案：《北堂書鈔》卷一百二十四『斧鉞』條引王逸注『武王杖黄鉞』作『武王把黄鉞』。唐本蓋作『把』。祀，『把』字之訛。又，『朝發軔於蒼梧兮』，王逸注：『軔，搘輪木也。』《文選》本『搘』作『支』。案：《詩·小旻》『是用不潰于成』，《正義》引王逸注作『支輪木』。騫公《楚辭音》殘卷引王逸注：『軔，枝輪木也。』黎氏鈔本《玉篇》殘卷《車部》『軔』字：『《楚辭》「朝發軔於蒼梧」，王逸云：「枝輪木也。」』《文選·長楊賦》『是以車不安軔』李善注、《懷舊賦》『水澌軔以凝沍』李善注、《詩·雨無正》孔疏並引王逸注：『軔，支輪木。』《慧琳音義》卷七十四『爲軔』條：『《楚辭》：「朝發軔」，王逸曰：「軔，支輪木也。」』卷八十八『復軔』條王逸注《楚辭》：『軔，支輪木也。』卷九十一『發軔』條引王逸注《楚辭》：『枝輪木也。』支、枝古今字。則舊作『支輪木』也。又，王逸注：『蒼梧，舜所葬也。』《文選》本『葬』作『居』。案：《集注》引陸善經云：『蒼梧，舜所葬也。』後蓋據陸注改之。下『九疑繽其並迎』，王注：『九嶷，舜所葬也。』此作『所居』，彼作『所葬』，文互相備也。又，『吾將上下而求索』，王逸注『不可卒至』云云，《文選》本『至』作『徧』，秀州本作『遍』。案：徧與遍同。騫公《楚辭音》殘卷爲『卒徧』注音，則其所見舊本作『徧』。又，『飲余馬於咸池兮』，王逸注：『咸池，日浴處也。』《文選》本『浴處』作『所浴』。案：據下文『扶桑日所拂木也』，舊本蓋作『日所浴』。又，『倚閶闔而望予』，王逸注『疾讒惡佞』云云，《文選》本作『疾惡讒佞』。案：《惜誦》『有招禍之道也』，王注：『言己疾惡讒佞，欲親近君側，衆人悉欲來害己，有招禍之道，將遇咎也。』則舊作『疾惡讒佞』也。又，『莫好脩之害也』，王逸注：『言士民所以變曲爲直者』云云，《文選》本『變曲爲直』作『變直爲曲』。案：此斥世俗邪惡，則舊作『變直爲曲』是也。又，『羌無實而容長』，王逸注：『言我以司馬子蘭懷王之弟，應薦賢達能，可怙而進，不意内無誠信之實，但有長大之貌，浮華而已。』《文選》本無『司馬』二字、無『懷王之弟』四字，『應薦』作『能進』。案：據義，《文選》本蓋存其舊，宜據以校改之。又，『又何芳之能祗』，王逸注：『言子椒苟欲自進求入於君，身得爵禄而已。』《文選》本『自進求入』作『求進自入』。案：正文『干進而務入』云云，舊本作『求進自入』也。又，『委厥美而歷兹』，王逸注『不意明君弃其至美』云云，《文選》本『不意』作『不遭』。案：《思美人》『遭玄鳥而致詒』，王注：『自傷不遭聖主而遇亂世也。』《九歎・思古》：『還顧高丘泣如灑兮。』王注：『言己不遭明君無御用者，重自哀傷。』王逸《哀時命序》：『不遭明君，而遇暗世。』舊本作『不遭』是也。《九歌・東皇太一》『穆將愉兮上皇』，王逸注『必擇吉良之日』，《文選》本『吉良』作『吉辰』。案：據義，則舊作『吉辰』是也。《雲中君》『極勞心兮㤝㤝』，王逸注『文選本『觀望西方』云云，《文選》本『西方』作『四方』。案：據義，舊本作『四方』是也。《湘君》『蓀橈兮蘭旌』，王逸注『以薜荔榑飾四壁』云云，《文選》本『榑』作『搏』。案：榑，當作搏。又，『女嬋媛兮爲余太息』，王逸注『故女嬃牽引而責數之』云云，《文選》本『數之』作『之數』。案：作『責之數』，『數』字屬下，屢也。《文選》本存其舊。又，『石瀨兮淺淺』，王逸注：『瀨，湍也。淺淺，流疾貌。』六臣本無注，而屬之於呂延濟。案：竄亂之也。黎氏鈔本《玉篇》殘卷《石部》『碊』字：『《楚辭》「石瀨兮碊碊」，王逸曰：「疾流貌也。」』碊與淺同。《文選・早發定山》『出浦水淺淺』，李善注：『《楚辭》曰：「石瀨兮淺淺。」王逸曰：「淺淺，流疾貌也，」」皆屬王逸注。又，《湘夫人》『蛟何爲兮水裔』，王逸注『以言小人宜在山野而陞朝庭』云云，《文選》本『宜在山野』作『當處野』。案：『當處野』『陞朝廷』相對爲文，則舊本作『當處野』也。又，『夕濟兮西澨』，王逸注：『自傷驅馳不出湘潭之間。』《文選》本『湘潭之間』作『湖澤之域』。案：王注或言『湖澤之中』，或言『湖澤之域』，而無作『湘潭之間』者。《湘君》『沛吾乘兮桂舟』，王注：『言己雖在湖澤之中，猶乘桂木之舩。』《涉江》『齊吴榜以擊汰』，王注：『自傷去朝堂之上而入湖澤之中也。』《懷沙》『脩路幽蔽』，王注：『言己雖在湖澤之中。』《文選》本存其舊。又，『將騰駕兮偕逝』，王逸注『則願命駕騰馳而往』云云，《文選》本『命駕騰馳』作『願騰駕』。案：騰，傳也。騰駕，謂傳車也。若作『命駕騰馳』者，但一乘駕也，則『偕逝』義不得調遂。《文選》本存其舊也。又，『葺之兮荷蓋』，王逸注『屈原困於世願築室水中』云云，《文選》本『世』下有『上』字。案：『世上』『水中』爲對文，舊本作『世上』是也。又，『蓀壁兮紫壇』，王逸注：『以蓀草飾室壁，累紫貝爲室壇。』《文選》本『壇』上無『室』字。案：『壇』上有『室』字，羨也。又，『遺余褋兮醴浦』，王逸注『屈原託與湘夫人』云云，《文選》本『託』上有『設』字。案：據義，則舊作『設託』是也。《山鬼》『若有人兮山之阿』，王逸注：『若有人，謂山鬼也。』《文選》本無『若』字。案：舊無『若』字是也。又，『折芳馨兮遺所思』，王逸注：『言山鬼修飾衆香，以崇其善，屈原履行清潔，以厲其身。』《文選》本『善』作『神』。案：崇其神、厲其身，對舉爲文，舊本作『崇其神』是也。又，『余處幽篁兮終不見天』，王逸注『終不見天地』云云，《文選》本『天地』作『天也』。案：舊作『天也』是也。地，『也』字之訛。《涉江》『固將愁苦而終窮』，王逸注『身困窮』云云，《文選》本『窮』作『極』。案：舊本作『困極』。極，與下注文『不仕』之『仕』字協韻。若作『窮』，出韻也。《卜居》『屈原既放』，王逸注『遠出郢都』云云，《文選》本『遠出』作『違去』。案：遠出，『違去』之訛。又，『竭知盡忠』，王逸注「披心胸」云云，《文選》本作「披胸心」。案：若作「披心胸」，胸字出韻。舊作「披胷心」是也。又，「余有所疑」，王逸注：「意遑惑也。」《文選》本「遑惑」作「惑遑」。案：若作「意遑惑」，惑字出韻。舊本作「意惑遑」是也。又，「端策拂龜」，王逸注：「整容儀也。」《文選》本「容儀」作「儀容」。案：若作「整容儀」，儀字出韻。舊作「整儀容」是也。又，「寧與騏驥亢軛乎」，王逸注：「沖天區也。」《文選》本「區」作「驅」。案：據義，謂沖天驅馳也。舊本作「沖天驅」是也。又，「蟬翼爲重」，王逸注：「近佞讒也。」《文選》本「佞讒」作「讒佞」。案：王注有「讒佞」，而無作「佞讒」者。《離騷》「不撫壯而棄穢兮」，王注：「棄去讒佞，無令害賢。」《九辯》「猛犬狺狺而迎吠兮」，王注：「讒佞讙呼而在側也。」《惜誦》「有招禍之道也」，王注：「言己疾惡讒佞。」《七諫・沈江》「彼離畔而朋黨兮」，王注：「言彼讒佞相與朋黨。」《哀命》「何君臣之相失兮」，王注：「言讒佞害己。」若作「佞讒」，出韻。又，「黄鐘毁棄」，王逸注：賢者匿也。《文選》本作「賢隱藏」。案：若作「賢者匿」，匿字出韻，舊作「賢隱藏」是也。又，「瓦釜雷鳴」，王逸注：「群言獲進。」《文選》本作「愚讙訟也」。案：王注用三字句韻語，作「群言獲進」者，非其例。若作「群言進」，進字出韻。舊作「愚讙訟」是也。又，「物有所不足」，王逸注：「地毁東南。」《文選》本作「地虧東南角也」。案：毁，當作「虧」。《漁父》「吾聞之」，王逸注：「受聖人之制也。」《文選》本作「受聖制也」。案：王注爲三字句韻語，舊本作「受聖制也」。又，「新沐者必彈冠」，王逸注：「拂土坌也。」《文選》本作「拂土芥」。案：若作「土坌」，出韻。舊作「拂土芥」是也。《九辯》「蕭瑟兮」，王逸注「陰冷促急」云云，《文選》本「冷」作「氣」。案：陰令，不辭。《文選・秋興賦》「蕭瑟兮」，李善注引王逸曰：「陰氣促急，風暴疾也。」唐本作「陰氣」也。陰氣，謂寒風，故云「急促」也。又，「廓落兮」，王逸注「喪妃失耦」云云，《文選》本「妃」作「志」。案：喪志，猶失志也。作「喪妃」，與「失耦」重複也。又，「余萎約而悲愁」，王逸注：『身體疲病而憂貧也。』《文選》本『貧』作『窮』。案：王注以『憂貧』解『約』字義，舊作『憂窮』是也。『窮』與上注文『容』字爲韻，若作『憂貧』，出韻也。又，『柯彷彿而萎黄』，王逸注『肌肉空虚』云云，《文選》本『肌肉』作『腹内』。案：言『肌肉空虚』，不辭。舊作『腹内』是也。又，『恨其失時而無當』，王逸注：『不值聖王而年老也。』《文選》本『王』作『主』。案：王注有『聖主』，無作『聖王』。《思美人》『遭玄鳥而致詒』，王注：『自傷不遭聖主而遇亂世也。』《九懷・陶壅》『悲九州兮靡君』，王注：『傷今天下無聖主也。』王，『主』字之訛。又，『步列星而極明』，王逸注『告上昊旻』云云，《文選》『告上』作『上告』。案：上告，屈賦恒語。《天問》『西伯上告』是也。舊本作『上告』。又，『竊悲夫蕙華之曾敷兮』，王逸注：『以興在位之貴臣也。』《文選》本『貴』作『賢』。案：舊作『賢臣』是也。《招魂》『靡散而不可止些』，王逸注『轉還而行』云云，《文選》本『轉還』作『運轉』。案：王注無作『轉還』，但作『運轉』。《九歎・怨思》『下江、湘以邅迴』，王注：『邅迴，運轉也。』《遠逝》『中木摇落時槁悴兮』，王注：『以言讒人亦運轉其言。』則舊作『運轉而行』也。又，『高堂邃宇』，王逸注『屋甚深邃』云云，《文選》本『甚』作『宇』。案：若作『堂室』，與上句『其堂』字複。又，據義，屋甚，亦不辭。注以『屋』釋『宇』，原本作『屋宇』是也。又，『蛾眉曼睩，目騰光些』。王逸注『蛾眉玉白，好目曼澤』云云，《文選》本『白』作『貌』，唐鈔本、明州本『貌』作『皃』。案：貌，古作皃。白，『皃』字之訛。《文選・日出東南隅行》『美目揚玉澤』，李善注：『《楚辭》曰：「蛾眉曼睩，目騰光。」王逸曰：「言美女之貌，蛾眉玉貌，曼好目曼澤。」』《文選》本存其舊也。又，『坐堂伏檻，臨曲池些』。王逸注：『檻，楯也。言坐於堂上，前伏檻楯，下臨曲水清池，可漁釣也。』《文選》本無『檻』字。案：無『檻』者，則『下』字屬上，《文選》本存其舊也。又，『撫案下些』，王逸注：『撫，抑也。一云：撫，抵也。以手抵案而徐下行也。』《文選》

本『抑』作『抵』。案：撫之爲抑，爲抵者，其義相通。唐人用『一云』之説，與洪氏所見者別。洪氏兩存之，蓋未能決也。或以洪氏引『一云』，爲叔師所存舊説者，非也。又，『宫庭震驚』，王逸注：『震，動也。驚，駭也。』《文選》本無注。案：此二注蓋出《補注》。後敚『補注』二字，遂竄入王逸注也。《文選》本存其舊也。又，『有六簙些』，王逸注：『以菎蔽作箸，象牙爲棊，麗而且好也。』《文選》本『麗』作『妙』。案：據義，舊蓋作『妙』。單刻《章句》本亦皆作『妙』。又，『成梟而牟，呼五白些』。王逸注：『言己棊已梟，當成牟勝，射張食棊，下兆於屈，故呼五白以助投也。』《文選》本『兆於屈』作『逃於窟』。案：此謂我勝彼敗，其棊逃於窟中不出，故呼之以五白，使出之也。則舊本作『逃於窟』也。《招隱士》『枝相繚』，王逸注：『仁義交錯，條理成也。』《文選》本『仁義交錯』作『信義枝結』。案：『信義枝結』，謂信義結於枝也。後人未審，遂妄改爲『仁義交錯』，《文選》本存其舊也。又，『聊淹留』，王逸注：『周旋中野，立踟躕也。』《文選》本『周』作『便』。案：便旋，猶徘徊也，來去不定貌。《文選·西京賦》『奎踽盤桓』，薛綜注：『盤桓，便旋也。』據此，舊本作『便旋』，《文選》本存其舊也。又，『蟪蛄鳴兮啾啾』，王逸注：『以言物盛則衰，樂極則哀。』《文選》本『哀』作『憂』。案：《禮記·樂記》《史記·樂書》並曰：『樂極則憂，禮粗則偏矣』。是王注所因。舊本蓋作『樂極則憂』也。又，『淒淒兮漇漇』，王逸注：『衣毛若濡也。』《文選》本『衣毛』作『毛衣』。案：衣毛，謂以毛爲衣也。毛衣，平列同義，謂衣也。舊本蓋作『毛衣』也。又，『亡其曹』，王逸注：『違離黨輩，失群偶也。』《文選》本『黨輩』作『鄉黨』。案：王注詞例，無『黨輩』而有『鄉黨』。《離騷》『惟此黨人其獨異』，王注：『黨，鄉黨也，謂楚國也。』《抽思》『牉獨處此異域』，王注：『背離鄉黨，居他邑也。』《遠遊》『形穆穆以浸遠兮』，王注：『卓絶鄉黨，無等倫也。』《文選》本存其舊也。

二是據《文選》本《楚辭》王逸注文刪《楚辭章句》他本羨訛。如：《離騷》『惟庚寅吾以降』，王逸注：『言己以太歲在寅、正月始春、庚寅之日下母之體，而生得陰陽之正中也。』《文選》本無『而生得陰陽之正中』九字。案：『而生得陰陽之正中』九字，後所增益也。《文選》本存其舊也。唐鈔本陸善經引王注有『而生得陰陽之正中』九字，蓋唐本已羨也。又，『恐美人之遲暮』，王逸注：『美人，謂懷王也。人君服飾美好，故言美人也。』《文選》本無『人君服飾美好故言美人也』十一字。案：日人西村時彦云：『王逸序説曰「依詩取興，引類譬諭」，「靈脩美人以媲於君」云云。然則美人與《詩·邶風》四章「西方美人」同。是比也，非以服飾美好故稱君言美人也。此注與序説矛盾，疑是後所竄入。《文選》不録者，非删節，而唐世猶無此文也。』其説是也。又，『既遵道而得路』，王逸注：『夫先三后者，據近以及遠，明道德同也。』《文選》本無『夫先三后者據近以及遠明道德同也』十五字。案：『夫先三后者稱近以及遠明道德同也』十五字，後所竄亂，據《文選》本删之可也。又，『初既與余成言兮』，王逸注：『初，始也。』《文選》本無注。案：上文『初度』已見注，不當重複。《文選》本存其舊也。又，『余既滋蘭之九畹兮』，王逸注：『十二畝曰畹。或曰：田之長爲畹也。』《文選》本無『或曰田之長爲畹也』八字。案：後所竄入也。又，『畦留夷與揭車兮』，王逸注：『畦，共呼種之名。五十畝爲畦也。』《文選》本無『畦共呼種之名』六字。案：既云『五十畝爲畦』，則『畦共呼種之名』六字，爲後竄入也。又，『謇吾法夫前修兮』，王逸注：『一云：謇，難也，言己服飾雖爲難法，我仿前賢以自脩潔，非本今世俗人之所服佩。』案：西村時彦云：『六臣本向曰「謇，難也」云云，似後人取呂向注竄入王注矣。』其説是也。又，『長太息以掩涕兮』，王逸注：『艱，難也。』《文選》本無注。案：李周翰有注，蓋因五臣本竄入也。又，『及行迷之未遠』，王逸注『同姓無相去之義，故屈原遵道行義，欲還歸也。』《文選》本無『屈原遵道行義』六字。案：有『屈原遵道行義』者，後所增益，據《文選》本删之可也。又，『欲少留此靈瑣兮」，王逸注：「一云，靈，神之所在也。瑣，門有青瑣也。言未得入門，故欲小住門外。」《文選》本無注。案：「小住」，六朝恒語。《搜神記》「薊子訓」條：「見者呼之曰：「薊先生小住。」並行應之，視若遲徐，而走馬不及。」又，「吴孫峻」條：「小住須臾，更進一家上便止，徘徊良久。」《藝文類聚》卷七十《服飾部》下「胡牀」引《世説》：「公曰：「小住，老子於此處，亦復不淺。」因便據胡牀，與諸賢士談謔竟坐。」則「一云」者，魏晉遺説，竄亂於王注。據《文選》本删之可也。又，「又好射夫封狐」，王逸注：「言羿爲諸侯，荒淫游戲，以佚畋獵，又射殺大狐，犯天之孽，以亡其國也。」《文選》本無「犯天之孽以亡其國也」九字。案：原文無「犯天之孽以亡其國」之義。吕延濟注有「犯天之孽以亡其國」八字，蓋因五臣本竄亂也。宜據《文選》本删之。又，「阽余身而危死兮」，王逸注：「阽，猶危也。或云：阽，近也。言己盡忠，近於危殆。」《文選》本無「或云阽近也言己盡忠近於危殆」十三字。案：單刻《章句》本亦無「或曰」以下十三字，蓋後所增益。宜據《文選》本删之。又，「曾歔欷余鬱邑兮」，王逸注：「歔欷，懼貌。或曰，哀泣之聲也。鬱邑，憂也。」《文選》本作無「或曰哀泣之聲也」七字，無「鬱邑憂也」之注。案：唐鈔本陸善經注：「歔欷，悲泣之聲也。鬱悒，憂愁之貌。」則「或曰」之説及「鬱邑憂也」之解，蓋皆因陸注竄入，宜删之也。又，「跪敷衽以陳辭兮」，王逸注：「陳辭於重華，道羿、澆以下也，故下句云「發軔於蒼梧」也。」《文選》本無注。案：此説上下文關楔，不類王注體例，當後所增益，據《文選》本删之可也。又，「總余轡乎扶桑」，王逸引《淮南子》曰：「日出湯谷，浴乎咸池，拂于扶桑，是謂晨明。登于扶桑，爰始將行，是謂朏明。」《文選》本「淮南子曰」作「淮南言」。又，「夕歸次於窮石兮」，王逸注「《淮南子》言弱水出於窮石」云云，《文選》本無「子」字。案：高誘《淮南序》：「光禄大夫劉向校定撰具，名之《淮南》。」班氏《藝文志》因向、歆父子《七略》，但題《淮南》，皆無「子」字。無「子」字，則存劉向之舊名。又，「折若木以拂日兮」，王逸注：

『拂，擊也。一云：蔽也。』《文選》本無『一云蔽也』四字。案：下文注云：『或謂：拂，蔽也。』與『一云蔽也』重複。舊本無『一云蔽也』四字是也。又，『後飛廉使奔屬』，王逸注：『或曰：駕乘龍雲，必假疾風之力，使奔屬於後。』《文選》本無『或曰駕乘龍雲必假疾風之力使奔屬於後』十七字。案：『或曰』者，非漢世舊説，後所竄亂也。又，『紛總總其離合兮』，王逸注：『紛，盛多貌。』《文選》本無注。案：紛之爲『盛多』，已解於上『紛吾既有此内美兮』。《集注》引陸善經：『紛，衆多貌。』則有注者，蓋因陸注竄亂也。又，『哀高丘之無女』王逸注：『有高丘之山。女以喻臣。或云：高丘，閬風山上也。無女，喻無與己同心也。舊説：高丘，楚地名也。』《文選》本無『或云高丘閬風山上也舊説高丘楚地名也』十七字，又無『無女喻無與己同心也』九字。案：皆非叔師舊説，據《文選》本删之可也。又，『吾令豐隆椉雲兮』，王逸注：『豐隆，雲師。一曰雷師。』《文選》本無『一曰雷師』四字。案：『一曰』之説，非王注舊文，據《文選》本删之可也。又，『欲自適而不可』，王逸注：『意欲自往，禮又不可，女當須媒，士必待介也。』《文選》本無『女當須媒士必待介』八字。案：後所增益，據《文選》本删之可也。又，『聊浮遊以逍遥』，王逸注：『故且遊戲觀望以忘憂，用以自適也。』《文選》無『用以自適也』五字。案：後所增益，據《文選》本删之可也。又，『户服艾以盈要兮』，王逸注：『艾，白蒿也。或言：艾，非芳草也，一名冰臺。』《文選》本無『或言艾非芳草也一名冰臺』十一字。案：後所增益，據《文選》本删之可也。又，『今直爲此蕭艾也』，王逸注：『以言往日明智之士，今皆佯愚，狂惑不顧。』《文選》本無『狂惑不顧』四字。案：『狂惑不顧』四字，後所增益，據《文選》本删之可也。又，『麾蛟龍使梁津兮』，王逸注：『或言：以手教曰麾。津，西海也。蛟龍，水虫也。以蛟龍爲橋，乘之以渡，似周穆王之越海，比黿鼉以爲梁也。』《文選》本無注。案：『或言』之説，後所增益，據《文選》本删之可也。《雲中君》『華采衣兮若英』，王逸注：『華采，五色采也。』《文選》本『五色』下無『采』

字。案：采，羡文。據《文選》本刪『采』字可也。又，『蹇將憺兮壽宮』，王逸注：『蹇，詞也。』《文選》本無注。案：張銑注：『蹇，辭也。』有此注者，蓋因五臣本竄亂之，宜據《文選》本刪之可也。《涉江》『入漵浦余儃佪兮』，王逸注：『漵浦，水名。』《文選》本『漵』下無『浦』字。案：有『浦』字，羨也。宜據《文選》本刪之也。又，『迷不知吾所如』，王逸注『雖循江水涯』云云，《文選》本『循』下無『江』字。案：言入漵浦，所經行者爲漵水也，舊不當有『江』字。宜據《文選》本刪之也。又，『猨狖之所居』，王逸注『山林草木茂盛』云云，《文選》本無『山林』二字。案：若有『山林』二字，與『草木』重複，宜據《文選》本刪之也。又，『與前世而皆然兮』，王逸注：『如比干、子胥者多也。』《文選》本作『若比干子胥者』。案：有『多也』二字爲語贅，後所增益之，宜據《文選》本刪之也。《九辯》『而變衰』，王逸注：『形體易色，枝葉枯槁也。』《文選》本無『葉』字。案：王注用七字句韻語，葉，羨也。《文選·秋興賦》『而變衰』，李善注引王逸曰：『形體易色，枝枯槁也。』亦無『葉』字，則存其舊也。《招魂》『其角觺觺些』，王逸注：『觺觺，猶狺狺，角利貌也。』《文選》本無『猶狺狺』三字。案：狺狺，犬吠聲，無角利義。《文選》本存其舊。『猶狺狺』三字，後竄亂之，刪之可也。又，『仰觀刻桷，畫龍蛇些』。王逸注『言仰觀視屋之榱橑』云云，《文選》本無『觀』字。案：舊本作『仰視』是也。有『觀』字，羨也。《文選》本存其舊。又，『文異豹飾，侍陂陁些』。王逸注：『或曰：侍陂池，謂侍從於君遊陂池之中，赫然光華也。』《文選》本無『赫然光華』四字。案：有『赫然光華』四字，後所增益也。又，『露雞臛蠵』，王逸注：『蠵，大龜之屬也。』《文選》本無『之屬』二字。案：《太平御覽》卷八百六十一《飲食部》十九《臛》引王逸注：『蠵，大龜也。』亦無『之屬』二字。《文選》本則存其舊。又，『酎清涼些』，王逸注：『酒寒涼，又長味好飲也。』六臣本無『好飲也』三字，唐鈔本作『又長味好飲也』作『又又長味』，羨『又』字。然舊本作『酒寒清涼又長味也』，『好飲也』三字，蓋後所增益，《文選》本存其舊也。又，『肴羞未通，女樂羅些』。王逸注：『言肴膳已具，進舉在前，賓主之禮，殷勤未通，則女樂倡蕩，羅列在堂下也。』《文選》本無『倡蕩』二字。案：『倡蕩』二字，蓋後所增益，《文選》本存其舊也。又，『發激楚些』，王逸注：『激，清聲也。言吹竽擊鼓，衆樂竝會，宮庭之內，莫不震動驚駭，復作激楚之清聲，以發其音也。』《文選》本『激』下有『楚』字，無『吹竽擊鼓』四字。案：《文選·嘯賦》『收激楚之哀荒』，李善注：『《楚辭》曰：「宮庭震驚發激楚。」王逸曰：「激楚，清聲也。」』虞羲《詠霍將軍北伐》『未窮激楚樂』，李善注：『《楚辭》曰：「宮庭震驚發激楚。」王逸曰：「激楚，清聲也。言樂衆並會，復作激楚之聲也。」』孔融《薦禰衡表》『激楚陽阿』，李善注：『《楚辭》曰：「宮庭震驚發激楚。」王逸曰：「激楚，清聲也。」』唐本『激』下舊有『楚』字也。又，上文既云『吹竽彈瑟又搷擊鳴鼓』，此注不復言『吹竽擊鼓』。『吹竽擊鼓』四字，蓋後所增益也。

三是據《文選》本王逸注以補《楚辭章句》他本所闕。如：《離騷》『惟庚寅吾以降』，王逸注：『惟，辭也。』《補注》本無注，案：惟字首見，原本當有注。又，『申申其詈予』，王逸注：『予，我也。』案：《補注》本無『予我也』之注。脱訛也。宜據《文選》本補之。又，『浞又貪夫厥家』，王逸注：『厥，其也。』《補注》本無注。案：脱訛也。宜據《文選》本補之。又，『厥首用夫顛隕』，王逸注：『其頭顛隕而墜地。』《文選》本『地』作『也』，下有『論語曰羿善射奡湯舟俱不得其死然』十五字。案：據義，『地』當作『也』，下舊有『論語曰羿善射奡湯舟俱不得其死』十五字。《補注》本脱訛也，宜據《文選》本補之。又，『豈唯是其有女』，王逸注『豈獨楚國有臣而可止』云云，《文選》本『有』下有『君』字。案：據義，舊本作『有君臣』，宜據《文選》本補之。又，『爾何懷乎故宇』，王逸注：『爾，女也。』《補注》本無注。案：脱訛也。宜據《文選》本補之。又，『荃蕙化而爲茅』，王逸注：『荃、蕙，皆香草也。』《補注》本無注。案：脱訛也。宜據《文選》本補之。又，『又何芳之能祗』，王逸注：『言子椒苟欲自進，求入於君，身得爵禄而已，復何能敬愛賢人，而舉用之也。』《文選》本『言』下有『子蘭』二字。案：據下文『覽椒蘭其若兹兮』，王注：『言觀子椒、子蘭變志若此，況朝廷衆臣，而不爲佞媚以容其身邪！』則『言』下宜據《文選》本補『子蘭』二字。又，『委厥美而歷兹』，王逸注：『兹，此也。』《補注》本無注。案：脱訛也。宜據《文選》本補之。又，『雜瑶象以爲車』，王逸注『乘明智之獸象玉之車』云云，《文選》本『象』上有『載』字。案：乘、載對文，宜據《文選》本『象』上補『載』字。又，《九歌・雲中君》『龍駕兮帝服』，王逸注：『服，飾也。』《補注》本無注。案：脱訛也。宜據《文選》本補之。《涉江》『將董道而不豫兮』，王逸注『不猶豫而狐疑』云云，《文選》本『不』上有『志』字。案：若無『志』字，文義不周。《惜誦》『壹心而不豫兮』，王注：『雖爲衆人所惡，志不猶豫。』宜據《文選》本補『志』字。《卜居》『智有所不明』，王逸注：『孔子厄於陳也。』《文選》本『陳』下有『蔡』字。案：宜據《文選》本『陳』下補『蔡』字也。《招魂》『光風轉蕙，氾崇蘭些』。王逸注：『光風，謂雨已日出而風，草木有光也。』《文選》本『光』下有『色』字。案：《文選・和徐都曹》『風光草際浮』，李善注：『《楚辭》曰：「光風轉蕙汎崇蘭。」王逸注曰：「光風，謂日出而風，草木有光色也。」』唐鈔本《文選》謝玄暉《和徐都曹一首》李善注引王逸曰：『光風，謂雨已日出而風，草木有光色也。』唐本『光』下有『色』字。又，『青驪結駟兮齊千乘』，王逸注：『官屬齊駕駟馬，或青或黑，連千乘，皆同服也。』《文選》本『連』下有『車』字。案：作『連車千乘』，則語意足也，當補。單刻《章句》亦有『車』字，並存其舊也。

《文選》本《楚辭》亦並非完全保存原本《章句》舊貌，鈔録王逸《離騷序》《九歌序》《九章序》《九辯序》《招魂序》《招隱士序》等篇小序，俱非其全文，皆節録之也。而於王逸注文多有删芟。如：《離騷》『帝高陽之苗裔兮』，王逸注：『德合天地稱帝。《帝繫》曰：「顓頊娶于騰隍氏女而生老僮，是爲楚先。」其後，熊繹事周成王，封爲楚子，居于丹陽。周幽王時生若敖，奄征南海，北至江、漢。其孫武王求尊爵於周，周不與。遂僭號稱王，始都於郢。是時生子瑕，受屈爲客卿，因以爲氏。屈原自道本與君共祖，俱出顓頊胤末之子孫，是恩深而義厚也。」《文選》無『德合天地稱帝』六字、無『周幽王時生若敖奄征南海北至江漢』十五字、無『以爲氏屈原自道本與君共祖俱出顓頊』十六字。案：皆删之也。又，『惟庚寅吾以降』，王逸注：『寅爲陽正，故男始生而立於寅。庚爲陰正，故女始生而立於庚。言己以太歲在寅、正月始春、庚寅之日下母之體而生得陰陽之正中也。』《文選》本無『故男始生而立於寅』『故女始生而立於庚』十六字。案：皆删之也。又，『皇覽揆余于初度兮』，王逸注：『余，我也。初，始也。』《文選》本無注。案：删之也。『名余曰正則兮，字余曰靈均』。王逸注：『言己上能安君，下能養民也。名，所以正形體，定心意也。字者，所以崇仁義，序長幼也。』《文選》本無注。案：删之也。『又重之以脩能』，王逸注：『言己之生，内含天地之美氣，又重有絶遠之能，與衆異也。言謀足以安社稷，智足以解國患，威能制强禦，仁能懷遠人也。』《文選》本無『言謀足以安社稷智足以解國患威能制强禦仁能懷遠人也』二十四字。案：删之也。又，『紉秋蘭以爲佩』，王逸注：『故行清潔者佩芳，德仁明者佩玉，能解結者佩觿，能決疑者佩玦，故孔子無所不佩也。言己脩身清潔，乃取江離、辟芷以爲衣被，紉索秋蘭以爲佩飾，博采衆善以自約束也。』《文選》本無『故行清潔者佩芳德仁明者佩玉能解結者佩觿能決疑者佩玦故孔子無所不佩也』三十三字。案：唐鈔本陸善經引王注：『佩者所以象德，故仁明者佩玉；能解結者佩觿；能決疑者佩玦，孔子無所不佩。屈原自以行清貞，故佩芳蘭以爲興也。』陸氏所據本亦有『故行清潔』三十三字，雖與今本多别，在唐世或本已有『故行清潔』三十三字也，李善本則删之也。又，『豈維紉夫蕙茝』，王逸注：『言禹、湯、文王雖有聖德，猶雜用衆賢，以致于治，非獨索蕙茝，任一人也。故堯有禹、咎繇、伯夷；朱虎、伯益、夔；殷有伊尹、傅説；

周有呂、旦、散宜、召、畢，是雜用衆芳之效也。」《文選》本『治』作『化』，無『故堯有禹咎繇伯夷朱虎伯益夔殷有伊尹傅説周有呂旦散宜召畢是雜用衆芳之效也』三十八字。案：删之也。又，『夫唯捷徑以窘步』，王逸注：『至于滅亡以法戒君也』，《文選》本無『以法戒君也』五字。案：删之也。又，『願竢時乎吾將刈』，王逸注：『刈，穫也。草曰刈，穀曰穫。』《文選》本無『草曰刈穀曰穫』六字。案：删之也。《慧琳音義》卷三十八『刈穫』條、卷四十六『秋穫』條、卷四十七『刈者』條同引王逸注《楚辭》：『草曰刈，穀曰穫。』唐本猶有『草曰刈穀曰穫』六字也。唐鈔本亦有『草曰刈穀曰穫』六字。又，『羌内恕己以量人兮』，王逸注：『羌，楚人語詞也，猶言「卿」，何爲也。』《文選》本無『猶言卿何爲也』六字。又，『老冉冉將至兮』，王逸注：『七十曰老。』《文選》本無注。又，『長顑頷亦何傷』，王逸注：『何者？衆人苟欲飽於財利，己獨欲飽於仁義也。』《文選》無『何者衆人苟欲飽於財利己獨欲飽於仁義也』十八字。又，『擥木根以結茝兮』，王逸注：『根以諭本。』《文選》本無注。案：删之也。又，『貫薜荔之落蘂』，王逸注：『蕊，實也。累香草之實，執持忠信貌也。』《文選》本無『累香草之實執持忠信貌也』十一字。又，『怨靈脩之浩蕩兮』，王逸注：『上政迷亂則下怨，父行悖惑則子恨。』《文選》本無注。又，『終不察夫民心』，王逸注：『夫君不思慮，則忠臣被誅；忠臣被誅，則風俗怨而生逆暴，故民心不可不熟察之也。』《文選》本無『夫君不思慮則忠臣被誅則風俗怨而生逆暴故民心不可不熟察之也』二十八字。又，『衆女嫉余之蛾眉兮』，王逸注：『衆女，謂衆臣也。女，陰也，無專擅之義，猶君動而臣隨也，故以喻臣也。』《文選》本無『女陰也無專擅之義猶君動而臣隨也故以喻臣也』二十字。又，『自前世而固然』，王逸注：『自前世固然，非獨於今，比干、伯夷是也。』《文選》本無『比干伯夷是也』六字。案：皆删之也。又，『佩繽紛其繁飾兮』，王逸注：『繁，衆也。』《文選》本無注。案：删之也。《慧琳音義》卷二十九『繽紛』條引王逸注《楚辭》云：『繽紛，盛貌。繁，衆。』唐本有注也。又，『瞻前而顧後兮』，王逸注：『瞻，觀也。前謂禹、湯，後謂桀、紂。』《文選》本無注。案：皆刪之也。又，『吾令羲和弭節兮』，王逸注：『按節，徐步也。』《文選》本無注。案：刪之也。又，『望崦嵫而勿迫』，王逸注：『崦嵫，日所入山也。下有蒙水，水中有虞淵。』《文選》本無『下有蒙水水中有虞淵』九字。案：刪之也。黎氏鈔本《玉篇》殘卷《山部》『崦』字：『《楚辭》「望崦嵫而勿迫」，王逸曰：「山名，下有［豪］（蒙）水，中虞淵，日所入也。」』則顧野王所據梁本亦有『下有蒙水水中有虞淵』九字也。《慧琳音義》卷七十四『崦嵫』條：『《楚辭》「望崦嵫而勿迫」，王逸曰：「山名。下有豪（蒙）水，中虞淵，日所入也。」』卷九十六『崦嵫』條引王逸注《楚辭》：『下有蒙水，中虞淵，日所入也。』慧琳所見舊本亦有『下有蒙水水中有虞淵』九字。又，『總余轡乎扶桑』，王逸引《淮南子》曰：『日出湯谷，浴乎咸池，拂于扶桑，是謂晨明。登于扶桑，爰始將行，是謂朏明。』《文選》本無『是謂晨明登于扶桑』八字。又，『望瑶臺之偃蹇兮』，王逸注：『石次玉曰瑶，《詩》曰：「報之以瓊瑶。」』《文選》本無注。又，『欲自適而不可』，王逸注『又使雄鳩銜命而往』云云，《文選》本無『銜命而往』四字。案：皆刪之也。《九歌·東皇太一》『揚枹兮拊鼓』，王逸注：『揚，舉也。』《文選》本無注。又，『陳竽瑟兮浩倡』，王逸注：『陳，列也。』《文選》本無注。《雲中君》『蹇將憺兮壽宮』，王逸注：『憺，安也。』《文選》本無注。《湘君》『君不行兮夷猶』，王逸注：『言湘君所在，左沅、湘，右大江，苞洞庭之波，方數百里，群鳥所集，魚鼈所聚，土地肥饒，又有險阻，故其神常安，不肯遊蕩。既設祭祀，使巫請呼之，尚復猶豫也。』《文選》本無『左沅湘右大江苞洞庭之波方數百里群鳥所集魚鼈所聚』二十三字。又，『沛吾乘兮桂舟』，王逸注：『猶乘桂木之船，沛然而行，常香净也。』《文選》本無『常香净也』四字。又，『吹參差兮誰思』，王逸注：『言己供修祭祀，瞻望於君，而未肯來，則吹簫作樂，誠欲樂君，當復誰思念也。』《文選》本無『供修祭祀』『誠欲樂』七字。又，『駕飛龍兮北征』，王逸注：『征，行也。』《文選》

本無注。又，『采薜荔兮水中』，王逸注：『薜荔之草，緣木而生。』《文選》本無注。《湘夫人》『洞庭波兮木葉下』，王逸注：『言秋風疾則草木搖，湘水波而樹葉落矣，以言君政急則衆民愁，而賢者傷矣。或曰：屈原見秋風起而木葉墮，悲歲徂盡，年衰老也。』《文選》本無『或曰屈原見秋風起而木葉墮悲歲徂盡年衰老也』二十字。又『白薠兮騁望』，王逸注：『薠，草，秋生，今南方湖澤皆有之。』《文選》本無『今南方湖澤皆有之』八字。案：皆删之也。

《文選》本於王逸注徵引典籍或異説，多所删芟不存。如：《離騷》『惟庚寅吾以降』，王逸注：『《孝經》曰：「故親生之膝下。」』《文選》本無此引文。又，『名余曰正則兮，字余曰靈均』。王逸注：『《禮》曰：「子生三月，父親名之。既冠而字之。」』《文選》本無此引文。又，『恐脩名之不立』，王逸注：『《論語》曰：「君子疾没世而名不稱焉。」』《文選》本無引《論語》文。又，『怨靈脩之浩蕩兮』，王逸注：『浩猶浩浩，蕩猶蕩蕩，無思慮貌也，《詩》曰：「子之蕩兮。」』《文選》本無引《詩》文。又，『步余馬於蘭皋兮』，王逸注：『澤曲曰皋。《詩》云：「鶴鳴于九皋。」』《文選》本無『詩云鶴鳴于九皋』七字。又，『芳與澤其雜糅兮』，王逸注：『芳，德之臭也。《易》曰：「其臭如蘭。」』《文選》本無『易曰其臭如蘭』六字。又，『駟玉虬以椉鷖兮』，王逸注：『《山海經》云：「鷖身有五采，而文如鳳。」鳳類也，以爲車飾。』《文選》本無『而文如鳳鳳類也以爲車飾』十一字。案：皆删之也。又，『呂望之鼓刀兮，遭周文而得舉』。王逸注：『或言周文王夢天帝立令狐之津，太公立其後。帝曰：「昌，賜汝名師。」文王再拜，太公亦再拜，太公夢亦如此。文王出田，見識所夢，載與俱歸，以爲太師也。』《文選》本無注。案：王注所列異説也，《文選》删之。又，『遭吾道夫崑崙兮』，王逸注引《河圖括地象》言：『崑崙在西北，其高萬一千里，上有瓊玉之樹也。』《文選》本無此引文。又，『國無人莫我知兮』，王逸注：『無人，謂無賢人也。《易》曰：「闃其户，閴其無人。」』《文選》本無『易曰闃其户閴其無人』

九字。《九歌・東皇太一》「璆鏘鳴兮琳琅」，王逸注：「璆、琳、琅，皆美玉名也。《爾雅》曰：『有璆琳琅玕焉。』或曰：糾鏘鳴兮琳琅。糾，錯也。琳琅，聲也。謂帶劍佩衆多，糾錯而鳴，其聲琳琅也。」《文選》本無「爾雅曰有璆琳琅玕焉或曰糾鏘鳴兮琳琅糾錯也琳琅聲也謂帶劍佩衆多糾錯而鳴其聲琳琅也」四十字。又，「瑤席兮玉瑱」，王逸注：「瑤，石之次玉者。《詩》云：『報之以瓊瑤。』」《文選》本無注。案：皆删之也。《雲中君》「龍駕兮帝服」，王逸注：「龍駕，言雲神駕龍也。故《易》曰：『雲從龍。』」案：《文選》本删引「故易曰雲從龍」六字。《湘君》「聊逍遥兮容與」，王逸注：「逍遥，遊戲也。《詩》云：『狐裘逍遥。』」《文選》本删「詩云狐裘逍遥」六字。《涉江》「比干菹醢」，王逸注：「比干，紂之諸父也。一云：比干，紂之庶兄。」《文選》本無「一云比干紂之庶兄也」九字。案：删之也。

《文選》本《楚辭》雖較他刻本爲早，文獻價值甚高。然不可惟《文選》是從，其文字訛誤、劣於他本者蓋亦夥頤。

一是見於《楚辭》正文。如：《離騷》「申申其詈予」，《文選》本「詈」作「罵」。案：散則罵、詈不别。對文怒謂之罵，以言語歷數之爲詈。下文牽引鮌之事數責之，舊本作「詈」是也。又，「豈余心之可懲」，五臣本「可」作「何」。建州本謂「五臣作『何』」。明州本、秀州本作「何」，曰：「逸本作『可』字。」案：豈，何也。若「可」作「何」，語重複也。又，「孰云察余之善惡」，《文選》本「善惡」作「美惡」。案：王注「不分善惡」云云，舊本作「善惡」也。《文選・少司命》「孔蓋兮翠旍」，《文選》本「旍」作「旌」。案：旍、旌，皆旗名也。然王逸注「翡翠之羽爲旗旍」云云，原本蓋作「旍」也。

二是見於王逸注文。如：《離騷》「皇覽揆余于初度兮」，王逸注：「覽，觀也。」明州本、秀州本、建州本「觀」作「覩」，尤刻本作「睹」。案：睹、覩同。覽字古訓「觀」而無訓「睹」。《説文・見部》：「覽，觀也。从見、監，監亦聲。」《文選・思玄賦》「覽蒸民之多僻兮」，舊注：「覽，觀也。」舊本作「觀」是也。又，「余不忍爲此態也」，王逸注「不忍以中正之性』云云，『鷙鳥之不群兮』，王逸注『以喻中正』云云，《文選》本『中正』作『忠正』。案：『中正』以言性，『忠正』以言行。舊作『中正』是也。中正，王注恒語。下文『耿吾既得此中正』，王注：『則中心曉明，得此中正之道。』《九辯》『心怦怦兮諒直』，王注：『志行中正，無所告也。』《九歎・惜賢》『心隱惻而不置』，王注：『不能置中正而行佞諛也。』《憂苦》『好遺風之激楚』，王注：『猶言惡典、謨中正之言，而好諂諛之説也。』又，『及行迷之未遠』，王逸注『及己迷誤欲去之路』云云，《文選》本『及己迷誤』作『反迷己誤』。案：據義，則舊作『乃迷己誤』也。反，『乃』字之訛。《招魂》『靡散而不可止些』，王逸注：『言欲涉流沙少止，則回入雷公之室，轉還而行，身雖靡碎，尚不得休息也。』《文選》本『休息』作『休止』。案：王注但作『休息』，無作『休止』。《天問序》：『休息其下。』《遠遊》『乘間維以反顧』，王注：『攀持天紘以休息也。』舊本作『休息』是也。又，『網户朱綴，刻方連些』。王逸注『朱丹其緣』云云，《文選》本『緣』作『椽』。案：緣、椽雖古字通用。然王注既以『緣』訓『綴』，舊本作『其緣』是也。又，『和酸若苦』，王逸注：『其味若苦而復甘也。』《文選》本『復』作『後』。案：後，『復』字之訛也。《招隱士》『攀援桂枝兮』，王逸注：『登山引木，遠望愁也。』《文選》本『登山引木』作『登引山木』。案：作『登引山木』，不辭。唐鈔本亦作『登山引木』，猶存其舊也。又，『虎豹鬭兮』，王逸注：『殘賊之獸，忿争怒也。』唐鈔本作『忽争怒』，尤刻本、明州本、秀州本作『忽急怒』，建州本脱『急』字。案：據義，舊作『忿争怒』。忽，『忿』字之訛。又，『馳椒丘且焉止息』，王逸注：『土高四墮曰椒丘。』尤刻本、六臣本『土高四墮曰椒丘』作『土高曰丘，四墮曰椒丘』，分爲二解。案：《文選・月賦》『菊散芳於山椒』，李善注：『王逸《楚辭》注：「土高四墮曰椒。」山椒，山頂也。』其敓『丘』字，然亦一解也。《九家集注杜詩》卷六《桔柏渡》『前登但山椒』，郭知達注引《廣雅》曰：『土高四墮曰山椒。』張揖蓋因《離騷注》也。

唐鈔本猶未訛。又，『纂芙蓉以爲裳』，王逸注：『猶復裁製芰荷』云云，《文選》本『裁製』作『製裁』。案：裁製，謂製衣。製裁，謂控制。《文選》本乙訛也。又，『霑余襟之浪浪』，王逸注『不以悲放，失仁義之則』云云，《文選》本『悲放』作『悲故』。案：據義，舊本作『放故』。後羨『悲』字，而訛作『悲故』也。又，『求宓妃之所在』，王逸注『欲與並心力』云云，唐鈔本『並心力』作『並心』。尤刻本、六臣本作『並力』。案：唐本蓋有『並心』『並力』之異，後糅合之爲『並心力』也。又，『來違棄而改求』，王逸注『來復棄去而更求賢』云云，《文選》本『來復棄去』作『求去相棄』。案：『求去相棄』，不辭。求，『來』字之訛。又，『雄鳩之鳴逝兮』，王逸注『多語言而無要實』云云，《文選》本無『言』字。案：語言、要實相對，舊本宜有『言』字。又，『懷椒糈而要之』，王逸注『巫咸將夕從天上來下』云云，《文選》本『來下』作『下來』。案：王注但作『來下』，無作『下來』。上文『周流乎天余乃下』，王注：『周流求賢，然後乃來下也。』《雲中君》『靈皇皇兮既降』，王逸注：『言雲神來下，其貌皇皇而美，有光明也。』則舊本作『來下』。又，『摯咎繇而能調』，王逸注『乃能調和陰陽』云云，《文選》本『乃』作『力』。案：力，『乃』字之訛。《東皇太一》『奠桂酒兮椒漿』，王逸注『乃以蕙草蒸肴』云云，《文選》本『乃』作『及』。案：及，『乃』字之訛也。《雲中君》『猋遠舉兮雲中』，王逸注：『猋，去疾貌也。』《文選》本『猋』作『焱』。案：《文選·七啓》『風厲焱舉』，李善注：『《楚辭》曰：「焱遠舉兮雲中。」王逸注云：「焱，去疾貌。」』亦作『焱』字。《補注》：『《大人賦》曰「猋風湧而雲浮」。李善引此作焱，其字從火。非也。』洪説是也。《慧琳音義》卷十二『飈聚』條謂飈字從三犬、從風，非從火。王注『去疾貌也』云云，舊本作猋。焱音以冉反，非卑遥反。《説文·火部》：『焱，火華也。從三火。』無去疾義。段注：『古書焱與猋二字多互譌，如《曹植·七啓》「風厲猋舉」，當作焱舉。班固《東都賦》「焱焱炎炎」，當作「猋猋炎炎」。李善注幾不別二字。』猋，或作歘；歘，忽之別文，急疾貌，以同義易之也。焱，『歘』之爛脱，是李善所據者也。《卜居》『與波上下』，王逸注：『隨衆卑高。』《文選》本『卑高』作『高卑』。案：若作『高卑』，卑字出韻，《文選》本非也。《涉江》『與日月兮同光』，王逸注『言己年與天地相敝』云云，《文選》本『敝』作『敵』。案：敝，謂終也。詳參拙著《楚辭章句疏證》卷五《九章·惜誦》『又蔽而莫之白』注。相敝，相終也。後不識『敝』有『終』義，遂改『敝』爲『敵』也。

三是《文選》本王逸注脱訛或者竄亂於五臣。如：《離騷》『喟憑心而歷兹』，王逸注：『喟，歎也。兹，此也。』《文選》本無注。劉良注：『喟，歎。』案：竄亂入五臣也。『兹』字始見於此，原本有注。宜據單刻《章句》本補之。又，『濟沅湘以南征兮』，王逸注：『濟，渡也。沅、湘，水名。征，行也。』《文選》本無注。案：『濟』『沅湘』『征』，皆始見於此，舊宜有注，宜據單刻《章句》本、《補注》本補之。又，『不量鑿而正枘兮』，王逸注：『正，方也。枘，所以充鑿。』《文選》本無『枘所以充鑿』五字。案：『枘』字始見於此，舊當有注。《文選》本脱訛也。又，『世溷濁而嫉賢兮，好蔽美而稱惡』。王逸注：『稱，舉也。』《文選》本無注。案：騫公《楚辭音》殘卷：『偁，又稱同，尺仍反。』其所見本有此注。《文選》本脱訛也。又，《湘君》『鳥次兮屋上』，王逸注：『次，舍也。再宿曰信，過信曰次。』《文選》本脱『再宿曰信』四字。

《文選》自鈔本至刻本，自李善注本至六臣合刻本，其間反覆錯雜，已不易董理，令諸本文字斑駁舛異，莫知所從。《離騷》『鷙鳥之不群兮』，五臣本無『之』字。建州本有『之』字。謂『五臣無「之」字』。知建州本非祖五臣本，蓋與李善注本同也。明州本、秀州本無『之』字，曰：『逸本有「之」字。』是知明州、秀州二本並祖五臣本，而有『之』字者，蓋參校王逸《楚辭章句》舊本也。善讀書者宜『辨章學術，考鏡源流』，綜彙諸本異同，一一疏通之。不可執一端而妄下斷語也。（黄靈庚）

# 初唐鈔文選集注本

《文選集注》者，唐鈔本也，然不知誰人所撰所鈔。鈔本不啻避唐高祖淵、太宗世民之諱，或避高宗治之諱。中宗顯、睿宗旦、玄宗隆基以後唐諸帝名諱皆不避。如，《離騷》『願竢時乎吾將刈』，王逸注『待仰其治』云云，鈔本作『恃仰其化』。又，『終然殀乎羽之野』，王逸注『言堯使鮌治洪水』云云，唐鈔本『治』作『修』。又，『啓九辯與九歌兮』，王逸注『言禹平治水土』云云，唐鈔本『平治』作『平理』。而《文選》他本皆未避。據此，鈔本蓋編於高宗弘道至武周長安之間。説者或云宋人所鈔，或云『海東』（日本）人所鈔。然於宋諱皆未避，當非宋人遺物。鈔本彙集李善注、公孫羅《文選音決》《文選鈔》、五臣注、陸善經之説，爲初唐『《文選》學』集成性之作，而陸善經以後《文選》學者悉未闌入。鈔本多隋唐俗字。如，《招魂》，『網户朱綴』，王逸注：『網户，綺文鏤也。』鈔本『網』作『冈』。案：冈，俗罔字，今作『網』。又，『室中之觀，多珍怪些』，王逸注：『金玉爲珍，詭異爲怪。言縱觀房室之中，四方珍奇玩好怪物，無不畢具也。』鈔本『珍』作『珎』，『怪』作『恠』。案：珎，俗珍字。恠，俗怪字。若非初唐人所撰所鈔者，則百思莫得其解也。

鈔本原爲一百二十卷，今僅存二十四卷。第六十三卷爲《騷》一，存篇首至『恐導言之不固』陸善經注，『《離騷經》一首』下云：『自「時溷濁而嫉賢兮」以後爲下卷六十四。』然第六十四卷《騷》二、六十五卷《騷》三皆闕不存。第六十六爲《騷》四，存宋玉《招魂》、劉安《招隱士》二篇。其書體例：首李善注，次《音決》《鈔》，次五家（即五臣）注、次陸善經注，而《離騷》一卷未見引五臣注。李善注《騷》，即王逸《楚辭章句》也。鈔本於《音決》《鈔》、五家注、陸善經四家時見文字異同，而不及李善注本，其底本即李善注本也。如：王逸《離騷序》，李善注本極簡略，曰：

> 《離騷經》者，屈原之所作也。屈與楚同姓，仕於懷王，爲三閭大夫。同列大夫上官靳尚妬害其能，共譖毀之。王乃流屈原。原乃作《離騷經》。不忍以清白久居濁世，遂赴汨淵自投而死也。

鈔本云：『《音決》案：序不入或並録後序者皆非。今案此篇至《招隱篇》，《鈔》，脱也。』羅氏《音決》亦有《離騷序》，然是否同李善注本，不可知也。羅氏又以爲叔師序當必載入，而《離騷後序》不當載入。蓋羅氏其所見本亦有《後序》者也。《文選鈔》則無《離騷》至《招隱士》諸篇序，《集注》以爲羅氏『脱』也。然鈔本又引陸善經注本載序，曰：

> 《離騷經》者，屈原之所作也。屈原與楚同姓，仕於懷王爲三閭大夫。三閭之職，掌王族三姓。曰：昭、屈、景。屈原序其諸（譜）屬，率其賢良，以厲國士。入則與王啚（圖）議政事，決定嫌疑。出則監察群下，應對諸侯。謀行職脩，王甚珍之。同列大夫上官靳尚妬宕（害）其能，共譖毀之。王乃流屈原。屈原執履忠貞，而被讒邪，憂

文選卷第六十三　梁昭明太子撰　集注

騷一　屈平離騷經一首

離騷經一首　自時溷濁而嫉賢号以　後為下卷十四李善曰

序曰離騷經者屈原之所作也屈原與楚同姓仕於懷王為三閭大夫上官靳尚妬害其能共譖毀之王乃流屈原屈原乃作離騷經不忍以清白之居濁世遂赴汨淵自沉而死音決案序不入或并録後序者皆非今案

唐鈔文選集注彙存　卷六三　一七九七

心煩亂，不知所愬，乃作《離騷經》。離，別也。騷，愁也。經，徑也。言己放逐離別，中心愁思，猶陳道徑以風諫君也。故上述唐虞三后之制，下序桀紂羿澆之敗，冀君覺悟，反於正道而還己也。是時秦昭王使張儀譎詐懷王，令絶齊交。又使誘[楚]，請與俱會武關，遂脅與俱歸，拘留不遣，卒客死於秦。其子襄王復用讒言，遷屈原於江南。而屈原放在艸野，復作《九章》，援天引聖以自證明，終不見省。不忍以清白久居濁世，遂赴汨淵自沈而死。《離騷》之文，依《詩》取興，引類譬諭，故善鳥香草以配忠貞，惡禽臭物以比讒佞，靈修美人以媲於君，宓妃佚女以譬賢臣，虬龍鸞鳳以託君子，飄風雲霓以爲小人。其詞温而雅，其義皎而明，凡百君子，莫不慕其清高，嘉其文采，哀其不遇，而愍其志。

陸氏引此序，與《補注》本、單行《章句》本相校，文字幾無差異。陸善經注本載《離騷序》爲全帙，李善注本爲節録也。説者或謂李善本所載《離騷序》爲王逸原序，《補注》本、單行《章句》本所載《離騷序》爲後人所增益者。其謬亦不攻自破矣。又，《文選·爲賈謐作贈陸機》「英英朱鸞」，李善注引王逸《楚辭序》：「虬龍鸞鳳，以託君子。」顔延年《祭屈原文》「連類龍鸞」，李善注引王逸《楚辭序》：「善鳥香草，以配忠貞；虬龍鸞鳳，以託君子。」傅咸《贈何劭王濟》「雙鸞遊蘭渚」，李善注引王逸《楚詞序》：「虬龍鸞鳳，以託君子。」李善注引文，皆不見其注本《離騷序》，其爲删節，非王逸舊序也。

鈔本真切古樸，多見古字古義或假借字義，存原本舊貌。如：《離騷》「朝濯髮乎洧盤」，鈔本「盤」作「般」，建州本、尤刻本作「槃」，建州本謂「五臣作「盤」」。案：般，謂般河也。古本文質，舊本宜作「般」。又，「雄鳩之鳴逝兮」，鈔本「雄」作「⿰厷鳥」。案：⿰厷鳥，古雄字。《郭店楚墓竹簡·語叢》（四）「雄」字皆作「⿰厷鳥」。《招魂》「藂菅是食些」，唐鈔本「藂」作「菆」、「菅」作「⿱艹姦」。案：菆、藂，皆古叢字。⿱艹姦、菅通用。六臣本、尤刻本亦作「叢」「菅」，皆後所改易。又，『懸人以娭，投之深淵些』，鈔本『懸』作『縣』。《文選》他本皆作『懸』。案：縣，古懸字。鈔本存古字也。又，《離騷》『集芙蓉以爲裳』，王逸注：『芙蓉，蓮華也。』鈔本『芙蓉』作『扶容』《招魂》『芙蓉始發』，王逸注：『芙蓉，蓮華也。』鈔本『芙蓉』亦作『扶容』。案：『芙蓉』『扶容』，古字通用，鈔本則用假借字義也。又，『理弱而媒拙兮』，王逸注：『拙，鈍也。』鈔本『鈍』作『頓』。案：鈍，本字；頓，借字。《招魂》『身服義而未沬』，王逸注『未曾有懈已之時』云云，唐鈔本『懈』作『解』。案：解、懈，古今字。又，『汝筮予之』，鈔本『汝』作『女』。案：女，古『汝』字。又，『有柘漿些』，王逸注：『柘，藷蔗也。』鈔本作『諸』。案：諸，省文。六臣本『藷』作『謂』，『諸』字之訛也。鈔本存其舊。又，『光風轉蕙，氾崇蘭些』。王逸注：『言天雨霽日明，微風奮發，動摇草木，皆令有光，充實蘭蕙，使之芬芳而益暢茂也。』鈔本『天雨霽日明』作『天濟日明』。案：《初學記》卷一《天部》上《風》第六『春晴日出而風曰光風』條引王逸注：『天霽日明，微風動摇草木，皆令有光。』有『雨霽』之『雨』，羡也。濟、霽古字通用。唐鈔本存其舊也。又，『成梟而牟』，鈔本引陸善經本作『杲』。案：梟，古堯反。杲，古老反。同音通用也。

鈔本於《楚辭》文獻研究，尤多啓人之思，學人視爲稀世珍寶，其學術價值蓋約爲以下四事。

首先，李善注刻本存於今，惟以尤刻本爲最早最善，執鈔本與尤刻本對校，見尤刻本多爲後世删改之迹，據鈔本以復其舊也。如，《離騷》『惟庚寅吾以降』，尤刻本王逸注：『言己以太歲在寅，正月始春，庚寅之日下母之體。』《補注》本、單刻《章句》本『下母之體』下有『而生得陰陽之正中也』九字，鈔本『下母之體』下亦有此九字。又，『紉秋蘭以爲佩』，尤刻本王逸注：『佩，飾也，所以象德。言己修身清潔，乃取江離辟芷以爲衣被，紉索秋蘭以爲佩飾，博采衆善以自約束。』《補注》本、單刻《章句》本『所以象德』下有『故行清潔者佩芳，德光明者佩玉，能解結者佩觿，能決疑者佩玦，故孔子無所不佩也』五句。鈔本引陸善經載王逸注『所以象德』下亦有此五句。尤刻本名爲李善注本，實非其本之舊也。又，『紉秋蘭以爲佩』，尤刻本、建州本作『紐』，建州本謂『五臣作「紉」』。明州本、秀州本作『紉』，並曰：『逸本作「紐」。』案：鈔本即同李善注本，亦作『紉』，引《音決》云：『紉，女珍反。』公孫氏《音決》本亦作『紉』也。尤刻、建州二本皆非李善舊本也。又，『各興心而嫉妒』，秀州本、明州本作『與』，並曰：『善本作「興」。』案：鈔本亦作『興』，則所謂『善本作「興」』者，非舊善本也。又，『又申之以攬茝』，鈔本『又』下有『重』字。《音決》、陸善經並爲『重』字注音。案：尤刻本『又』下無『重』字，與鈔本、《音決》、陸善經本皆别，其非舊善本也。又，『周論道而莫差』，鈔本『而』作『既』，又曰：『今案：陸善經本作「而」。』案：尤刻本亦作『而』，同陸善經本，非李善本也。又，『繼之以日夜』，鈔本曰：『陸善經本「繼」上有「又」字』。案：鈔本無『又』字。尤刻本有『又』字，同陸善經本，非李善本也。《招魂》『挂曲瓊些』，秀州本曰：『善本作「絓」。』明州本曰：『善本從「系」。』案：鈔本亦作『挂』，作『絓』者非善本之舊也。又，『川谷徑復』，鈔本作『谿』，曰：『陸善經本作「川」。』案：明州本、秀州本作『谿』，曰：『逸本作「川」字。』尤刻本作『川』，與鈔本别，其非舊善本也。又，『離榭修幕』，鈔本『榭』作『謝』，引陸善經作『榭』。案：尤刻本作『榭』，與鈔本别，其非舊善本也。又，『菉蘋齊葉兮白芷生』，鈔本『蘋』作『薠』。案：尤刻本作『蘋』，與鈔本别，其非舊善本也。

再次，鈔本載陸善經引《楚辭》及王逸注異乎他本，以考辨《楚辭》諸本異同。如：《離騷》『衆皆競進以貪婪兮』，鈔本曰：『陸善經本無「衆」字。』案：蓋與善本異也。『長顑頷亦何傷』，鈔本『顑頷』作『減淫』，引陸善經注：『顑頷，亦爲減淫。』案：陸善經注本字亦作『顑頷』，與善本作『減淫』者異也。又，『聊逍遥以相羊』，鈔本『逍遥』作『須臾』，曰：『陸善經本爲「逍遥」。』案：《楚辭音》殘卷作『褎臾』，曰『本或作「消揺」二字。』建州本謂『五臣作「逍遥」』。明州本、秀州本作『逍遥』，謂『逸本作「須臾」字』。作『須臾』者，蓋古本也。『褎臾』者，訓詁字也。又，『喟憑心而歷兹』，王逸注『喟然舒憤懣之心』云云，鈔本『懣』作『満』。案：満，古懣字。又，『朝濯髮乎洧盤』，王逸注：『言宓妃體好清潔，暮即歸舍窮石之室，朝沐洧盤之水，遁世隱居，而不肯仕。』鈔本陸善經引王逸注：『蹇脩既通誠言於宓妃，而讒人復相與離合而毁之，令其意乖戾，暮則歸舍窮石之室，朝沐洧盤之水，而不肯相從。』案：陸善經本所據底本不嘗異於善本，又別於《補注》本、單刻《章句》本也。又，《招魂》『豺狼從目，往來侁侁』，鈔本引陸善經注：『此二句在「一夫九首」之上。』案：陸善經所見或本『豺狼從目往來侁侁』在『一夫九首拔木九千些』之上也。又，『然後得瞑些』，鈔本『瞑』作『眠』，曰：『陸善經本作「瞑」。』五臣本作『眠』。建州本謂『五臣本作「眠」』。明州本、秀州本作『眠』，曰：『逸本作「瞑」字。』案：陸善經所據本異於李善注本，非五臣注本，亦非王逸原本，乃李善注本也。又，王逸注：『瞑，卧也。言投人已訖，上致命於天帝，然後乃得眠卧也。』《文選》他本王注『瞑卧也』之『瞑』皆同《補注》、單刻《章句》本，惟鈔本亦作『眠』也。《文選》陸機《答張士然詩》『薄暮不遑瞑』，李善注：『瞑，古眠字。』《慧琳音義》卷三『睡眠』條引王逸注《楚辭》：『眠，卧也。』卷五十七『睡眠』條引王逸注《楚辭》：『眠，亦卧也。』皆同李善注本也。又，『抑騖若通兮引車右還』，鈔本『還』作『運』，引《音決》：『還音旋。案《文選》本盡作「還」，而《楚辭》作「運」，音旋。』案：蓋《音決》本、五臣本皆作『還』，李善本作『運』。運、先，真、文合韻。舊宜作『運』。作『還』出韻也。又，《文選•七發》『兵車雷運』，李善注：『王逸《楚辭注》云：「運，轉也。」音旋也。』李善注引所據唐本亦作『運』也。《招隱士》『枝相繚』，鈔本引陸善經本『繚』作『糾』。案：其本不同。《古今事文類聚》前集卷二十八、《集百家注編年杜陵詩史》

卷十一洙注引作『樛』。糺、樛同音居休反，古字通。蓋同陸善經本也。又，『林木茷骫』，鈔本曰：『《音決》、五家、陸善經本作「柭」。』又，『骫』作『骪』。案：《補注》曰：『柭、茷並音跋。』骫、骪亦同。然皆別於李善本也。又，『蘋草靃靡』，鈔本曰：『《音決》：蘋音頻。案：此即《字林》所謂「青蘋草」者也。蕭、鶩等諸音，或以爲薠，音煩。非。』又曰：『陸善經本「薠」作「蘋」。』公孫羅本、陸善經本亦作『蘋草』，而蕭該、道騫本作『薠草』也。又，『獮猴兮熊羆』，王逸注：『百獸俱也。』鈔本『俱』上有『皆』字。案：王注用四字句韻語，舊有『皆』字是也。《文選》他本作『皆具』。俱，偕也，不當作『具』。唐鈔本存其舊也。于惺介《文選集林》王逸注：『百獸皆俱也。』其所據本亦作『皆俱』也。

再次，據鈔本可以補《文選》他本羨、脱之訛。如，《離騷》『惟黨人之偷樂兮』，王逸注：『偷，苟且也。』六臣本無『且』字。案：脱訛也，鈔本亦有『且』字。又，『初既與余成言兮』，王逸注：『言，猶議也。』《文選》諸本無注。案：然鈔本亦有注，蓋刻本脱訛也。又，『孰非善而可服』，王逸注：『服，服事也。』案：鈔本無『服事』之『服』字，羨訛也，當删。又，『率雲霓而來御』，王逸注『欲與俱共事君』云云，鈔本無『共』字。案：俱亦共也。有『共』字，羨訛也。又，『余猶惡其佻巧』，王逸注：『佻，輕也。巧，利也。』六臣本、尤刻本皆無注。案：鈔本亦有注，六臣本、尤刻本脱訛也。《招魂》『纂組綺縞，結琦璜些』。王逸注：『言幬帳之細皆用綺縞，又以纂組結束玉璜，爲帷帳之飾也。』唐鈔本『帷帳』下無『之飾』二字。案：有『之飾』二字，後所增益也。《文選·贈秀才入軍五首》『組帳高褰』，李善注引王逸曰：『以幕（纂）組結束玉璜爲帷帳也。』亦無『之飾』二字。六臣本『之飾』作『者』，據義改也。又，『二八齊容，起鄭舞些』。王逸注：『言二八美女，其儀容齊一，被服同飾，奮袂俱起而鄭舞也。或曰：鄭舞，鄭重屈折而舞也。』鈔本無『或曰鄭舞鄭重屈折而舞也』十一字。案：『或曰』已下十一字，後所增益，非王逸所列舊説，鈔本存其舊也。

最後，據鈔本可以校正《文選》他本文字誤訛。如，《離騷》『競周容以爲度』，王逸注『言百工不循繩墨之直道』云云，鈔本『循』作『脩』，六臣本作『不隨』。案：循，『脩』字之訛。六臣本作『隨』，據義改也。鈔本存其舊也。又，『恐修名之不立』，王逸注『修行建德』云云，鈔本作『脩名達德』。案：正文作『修名』，注文亦宜作『脩名達德』是也。又，『長顑頷亦何傷』，王逸注『我形貌信而美好』云云，鈔本『美好』作『好美』。案：美好，『好美』之乙也。《招魂》：『容態好比，順彌代些。』王注：『言美女衆多，其貌齊同，姿態好美，自相親比。』是其證。又，『偭規矩而改錯』，王逸注『必失堅固』云云，鈔本『必失』作『必不』。案：『必不』，語益堅決；『必失』，則平平也。又，『馳椒丘且焉止息』，王逸注：『則徐步我之馬於芳澤之中』云云，鈔本『徐步』有『徐行步』二字，尤刻本、六臣本作『徐徐行步』。案：舊作『徐行步』是也，鈔本存其舊也。又，『夕余至乎縣圃』，王逸注『淮南子曰』，鈔本作『淮南言』。《文選》他本作『淮南子言』。又，『朝吾將濟白水兮』，王逸注『淮南子言』，鈔本作『淮南言』。六臣本、尤刻本作『淮南子曰』。案：『淮南言』乃舊稱也。《招魂》『紅壁沙版』，王逸注：『紅，赤白色也。』鈔本『白色』作『白』。案：赤白曰紅，與下『沙，丹沙也』爲對文也。鈔本存其舊。六臣本、尤刻本『白色』作『貌』，皆非。又，『文緣波些』，五臣本『緣』作『緑』。建州本作『緑』，謂『五臣本作「緑」』。明州本、秀州本作『緑』。明州本曰：『逸本作「緣」字。』案：王逸注『風起水動，波緣其葉上而生文』云云，舊本作『緣』。鈔本引《音決》：『緣，以船反。或爲「緑」，非。』則公孫羅本亦作『緣』也。又，『厲而不爽些』，王逸注：『則其味清烈不敗也。』鈔本『不敗』作『不知敗』。案：《太平御覽》卷八百六十一《飲食部》十九《臛》引王逸注：『其味清列而不知敗也。』亦作『不知敗』。鈔本存其舊也。

然鈔本文字脱、羨、乙之訛時或見焉，舉其數事以見一斑。如：《離騷》『皇覽揆余于初度兮』，王逸注：『覽，觀也。』案：

鈔本無注，脱訛也。又，『來吾道夫先路』，王逸注：『遂爲君導入聖王之道』云云，鈔本『遂爲』下有『化』字。案：有『化』字，羡也。又，『非余心之所急』，王逸注：『衆人急於財利，我獨急於仁義也。』鈔本無『財』字、『仁』字。尤刻本無『仁』字。案：財利、仁義，相爲對文，舊有『財』『利』『仁』字是也。下文『長顑頷亦何傷』，王注『衆人苟欲飽於財利，己獨欲飽於仁義』云云，亦以財利、仁義相對。鈔本脱訛也。又，『背繩墨以追曲兮』，王逸注：『繩墨，所以正曲直』，鈔本『曲直』作『曲者』，尤刻本、六臣本作『曲直者』。案：曲者，當『曲直者』之脱訛。又，『夫維聖哲以茂行兮』，王逸注：『哲，智也。』鈔本無注。案：脱訛也。又，『固前脩以菹醢』，王逸注『而方正其枘』云云，唐鈔本『枘』作『柄』。案：柄，『枘』字之訛也。又，『循繩墨而不頗』，鈔本、建州本作『脩』，建州本謂『五臣本作「循」』。秀州本作『循』，謂『逸本作「修」字』。明州本亦作『循』，謂『逸本作「脩」字』。案：王逸注『循用先王法度』云云，舊本作『循』是也。鈔本作『脩』，『循』字之訛也。又，『何方圜之能周兮』，王逸注『言何所有圜鑿受方枘而能合者』云云，鈔本『圜鑿受方枘』作『方鑿受圓枘』。案：《九辯》：『圜鑿而方枘兮，吾固知其鉏鋙而難入。』則作『圜鑿方枘』，因《九辯》也。《史記・孟子列傳》：『持方枘欲内圜鑿，其能入乎！』《索隱》：『按：方枘，是筍也；圜鑿，是孔也。謂工人斲木，以方筍而内之圜孔，不可入也。故《楚詞》云：「以方枘而内圜鑿，吾固知其齟齬而不入」是也。謂戰國之時，仲尼、孟軻以仁義干世主，猶方枘圜鑿然。』《淮南子・氾論訓》：『據籍守舊教，以爲非此不治，是猶持方枘而周員鑿也。』無作『圜枘方鑿』者。鈔本非也。又，『將往觀乎四荒』，王逸注『往觀四荒之外以求賢君』云云，鈔本『求賢君』訛作『賢求君』。又，『夫何煢獨而不予聽』，王逸注『皆行佞僞』云云；『帥雲霓而來御』，王逸注：『雲霓，惡氣，以喻佞人。又遇佞人相帥來迎，欲使我變節以隨之也。』鈔本『佞』皆訛作『倿』。又，『忽緯繣其難遷』，王逸注『遂以乖戾而見距絶』云云，鈔本『遂』

訛作『逐』。又，『鸞皇爲余先戒兮』，王逸注：『皇，雌鳳也。』唐鈔本『雌鳳』訛作『鳳雌』。《招魂》『檻層軒些』，王逸注：『檻，楯也。從曰檻，横曰楯。』鈔本『横曰』下脱『楯』字。又，『稻粢穱麥，挐黄粱些』。王逸注：『言飯則以秔稻糅稷，擇新麥糅以黄粱，和而柔嬬，且香滑也。』鈔本『飯』作『飲』。案：飲，『飯』之訛字。又，『實羽觴些』，王逸注：『勺，沾也。觴，觚也。』唐鈔本『沾』作『沽』，無『觴觚也』三字。案：沽，『沾』字之訛。《北堂書鈔》卷一百四十四《酒食部·漿》七『瑶漿』條引王逸注：『勺，沾也。』則亦作『沾』。無『觴觚也』者，脱訛也。《招隱士》『王孫遊不歸』，王逸注：『違偝舊土，棄室家也。』唐鈔本無注。案：脱誤也。尤刻本、六臣本皆有注，且『偝』作『背』。又，『歲暮兮』，王逸注：『年齒已老，壽命衰也。』鈔本『齒』作『歲』。案：《九辯》『春秋逴逴而日高兮』，王逸注：『年齒已老，將晚暮也。』據此，舊本作『齒』，鈔本非其舊也。學者於此，宜仔細審辨，從其所是，而正其訛誤者可也。

鈔本卷六十八有『荆州田氏藏書之印』及『博古堂』鈐記，原爲北宋藏書家田偉舊物，今藏日本國金澤文庫，不知何時流入海東。上海古籍出版社二〇一一年據鈔本景印。（黄靈庚）

# 宋秀州州學刻六臣注本

清朱彝尊《曝書亭集》稱，《文選》合刻李善注、五臣注爲『六家注』者，以廣都裴氏刻本爲最早，然宋徽宗崇寧五年始雕，政和元年畢工。其實非也。哲宗元祐九年有秀州（浙江嘉興）州學刻『六家注』本，即裴刻祖本也。

秀州本末附沈嚴撰於仁宗天聖四年《五臣注本後序》及李善注本校勘、雕刻、進呈年月、各主官名氏，與其事者有公孫覺、賈昌朝、張逵、陳堯佐、呂夷簡等，皆一時之選也。據沈序，秀州本之底本爲天聖四年平昌孟氏刻五臣注本，合天聖九年進呈李善注國子監本，於是乎五臣注居前，李善注屬後，而爲『六臣注本』。稱『秀州州學今將監本《文選》逐段詮次，編入李善並五臣注。其引用經史及五家之書，並檢元本出處對勘寫入，凡改正舛錯脱剩約二萬餘處。二家注無詳略，文意稍不同者，皆備録無遺。其間文意重疊相同者，輒省去，留一家，總計六十卷』云，爲有宋以來合刻《文選》六臣注本權輿也。

秀州本《楚辭》十一篇正文與五臣本同，以用天聖四年平昌孟氏刻五臣注本故也。如：《離騷》『皇覽揆余初度兮』，秀州本『覽』作『鑒』，『余』下有『于』字，謂『逸本無「于」字』。案：『逸本』者，王逸《楚辭章句》本也。下同。建州本無『于』字，謂『五臣作「鑒」』，『余』下有『于』字。又，『紉秋蘭以爲佩』，建州本『紉』作『紐』，謂『五臣作「紉」』。案：秀州本作『紉』，曰：『逸本作「紐」。』又，『不撫壯而棄穢兮』，秀州本無『不』字，云：『逸本有「不」字。』案：建州本謂『五臣無「不」字』。又，『何不改此度』，建州本『度』下有『也』字，謂『五臣無「也」

字』。案：秀州本無『也』字，謂：『逸本有「也」字。』又，『乘騏驥以馳騁兮』，秀州本『乘』作『策』，謂『逸本作「乘」』。案：建州本謂『五臣作「策」』。又，『惟夫黨人之偷樂兮』，建州本無『夫』字，謂『五臣本有「夫」字』。案：秀州本有『夫』字，云：『逸本無「夫」字。』又，『余既不難夫離別兮』，建州本無『夫』字，謂『五臣本有「夫」字』。案：秀州本有『夫』字，云：『逸本無「夫」字。』又，『鳳皇翼其承旂兮』，秀州本『翼』作『紛』，謂『逸本作「翼」字』。案：建州本謂『五臣本作「紛」字』。又，『蜷局顧而不行』，建本謂『五臣無「顧」字』。案：明州本、秀州本無『顧』字，謂『逸本有「顧」字』。王逸注『蜷局詰屈而不肯行』云云，原本無『顧』字。五臣本存其舊也。

《九歌·雲中君》『極勞心兮⿰忄蟲⿰忄蟲』，秀州本作『忡』，謂『逸本作「⿰忄蟲」字』。案：建州本謂『五臣作「忡」』。《湘君》『望夫君兮未來』，秀州本『逸本作「歸」字』。案：建州本『未』作『歸』，謂『五臣作「未」字』。又，『承蓀橈兮蘭旌』，秀州本『承』作『采』，謂『逸本作「承」字』。建州本謂『五臣作「采」』；『旌』作『旗』，謂『逸本作「旌」字』。案：建州本謂『五臣作「采」、作「旗」』。又，『期不信兮告余以不閒』，秀州本『余』作『我』，謂『逸本作「余」字』。案：建州本謂『五臣作「我」』。《湘夫人》『白薠兮騁望』，建州本『白』上有『登』字，謂『五臣本無「登」字』；

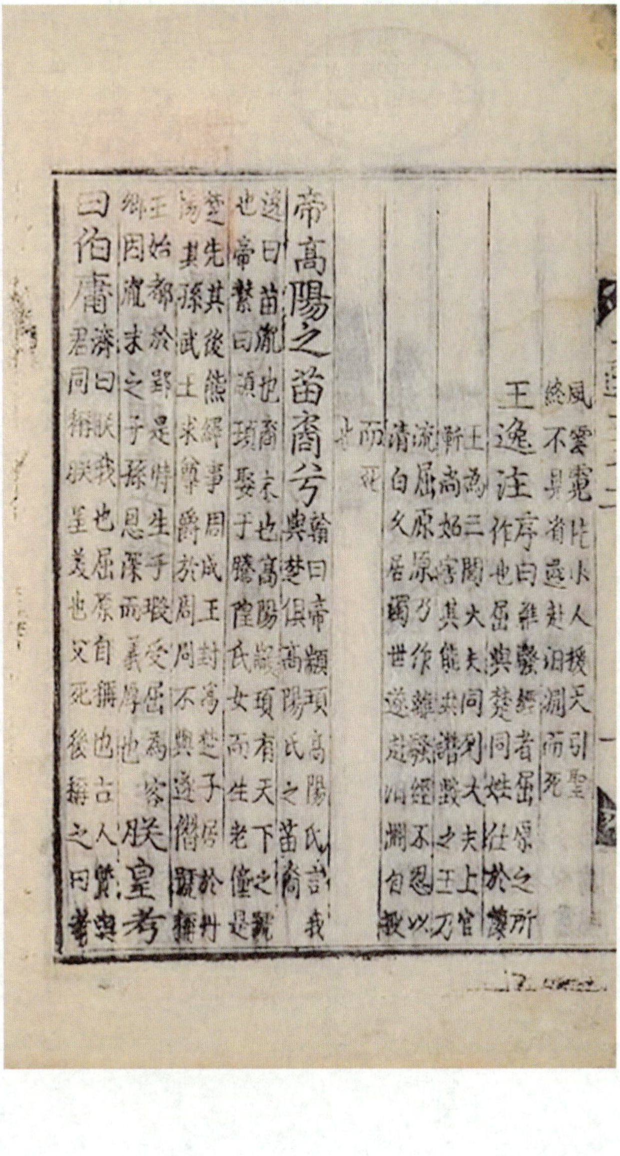
王逸注

帝高陽之苗裔兮

朕皇考曰伯庸

『薠』作『蘋』，謂『五臣本作「薠」字』。案：秀州本無『登』字，云：『逸本有「登」字、作「蘋」字。』又，『麋何食兮庭中』，建州本『食』作『爲』，謂『五臣本作「食」字』。案：秀州本云：『逸本作「爲」字。』又，『蕙櫋兮既張』，建州本秀州本『蕙』作『蓮』，云：『逸本作「蕙」字。』案：建州本謂『五臣本作「蓮」字』。又，『疏石蘭兮爲芳』，建州本無『兮』字，謂『五臣本有「兮」字』。案：秀州本有『兮』字，云：『逸本無「兮」字。』又，『繚之兮杜衡』，秀州本『兮』下有『以』字，云：『逸本無「以」字。』案：建州本：『五臣本「兮」下有「以」字。』《少司命》『綠葉兮素枝』，建州本『枝』作『華』，謂『五臣本作「枝」字』。秀州本云：『逸本作「華」字。』又，『蓀何以兮愁苦』，秀州本『以』作『爲』，云：『逸本作「以」字。』案：建州本謂『五臣本作「爲」字』。又，『蓀獨宜兮爲民正』，建州本『蓀』作『荃』，謂『五臣本作「蓀」字』。案：秀州本云：『逸本作「荃」字。』

《涉江》『登崑崙兮食玉英』，秀州本『食』作『飡』。案：建州本謂『五臣作「飡」』。又，『旦余濟乎江湘』，秀州本『乎』作『於』，謂『善本作「乎」』案：建州本謂『五臣作「於」』。又，『苟余心其端直兮』，秀州本『苟』作『等』，云：『逸本作「苟」字。』又云：『逸本無「心」字。』案：建州云：『五臣作「等」。』又，建州本無『心』字，云：『五臣本有「心」字。』又，『入漵浦余儃佪兮』，秀州本『儃佪』作『邅迴』，謂『逸本作「儃佪」』。案：建州本謂『五臣本作「邅迴」』。又，『吾又何怨乎今之人』，建州本：『五臣本無「何」字。』案：秀州本無『何』字，云：『逸本有「何」字。』

《卜居》『往見太卜』，建州本『往』上有『乃』字，曰：『五臣本無「乃」字。』案：秀州本無『乃』字，曰：『逸本作「乃往」。』又，『將氾氾若水中之鳧乎』，秀州本『氾氾』作『泛泛』。案：建州本曰：『五臣本作「泛泛」。』又，『世溷濁而不清』，秀州本『世』作『俗』，曰：『逸本作「世」字。』案：建州本曰：『五臣本作「俗」。』又，『龜策誠不能知事』，建州本『知』下有『此』字，曰：『五臣本無「此」字。』案：明州本、秀州本無『此』字，曰：『逸本有「此」字。』

《漁父》『舉世皆濁』，建州本『舉世』作『世人』，謂『五臣本無「人」字』。案：秀州本無『人』字，謂：『逸本有「人」字』。又，『是以見放』，秀州本『放』下有『耳』字，謂：『逸本無「耳」字』。案：建州本謂『五臣本有「耳」字』。

《九辯》『葉菸邑而無色兮』，秀州本『邑』作『悒』。案：建州本謂『五臣本作「悒」』。又，『枝煩挐而交横』，秀州本『挐』作『拏』。案：建州本謂『五臣本作「拏」』。又，『柯彷彿而萎黄』，秀州本『萎』作『痿』。案：建州本謂『五臣本作「痿」』。又，『紛旖旎乎都房』，秀州本作『猗柅』，曰：『逸本作「旖旎」字。』案：建州本謂『五臣本作「猗柅」』。又，『鳳獨遑遑而無所集』，秀州本無『獨』字，曰：『逸本有「獨」字。』案：建州本：『五臣本無「獨」字。』又，『嘗被君之渥洽』，建州本『嘗』作『常』，謂：『五臣本作「嘗」。』案：秀州本作『嘗』。又，『欲寂漠而絶端兮』，建州本『漠』作『寞』，謂：『五臣本作「漠」。』案：秀州本作『漠』，曰：『逸本作「寞」。』

《招魂》『長離殃而愁苦』，秀州本『離』作『罹』。又，『而離彼不祥些』，秀州本『離』作『罹』。案：建州本：『五臣作「罹」。』又，『汝筮予之』，秀州本『予』作『與』。案：建州本：『五臣作「與」。』又，『恐後之謝』，建州本『之謝』作『謝之』，謂：『五臣無「之」字。』秀州本無『之』字，曰：『逸本有「之」字。』又，『舍君之樂處』，秀州本『舍』作『捨』，曰：『逸本作「舍」字。』案：建州本：『五臣作「捨」字。』又，『歸來不可以託些』，『歸來不可以久淫些』，建州本『歸來』並作『歸來歸來』，謂『五臣本作「歸來」』。秀州本並作『歸來』，曰：『逸本作「歸來歸來」。』又，『然後得瞑些』，秀州本作『眠』，曰：『逸本作「瞑」字。』案：建州本謂『五臣本作「眠」』。又，『靡散而不可止些』，秀州本『靡』作『糜』。案：建州本：『五臣作「糜」。』又，『玄蠭若壺些』，秀州本『蠭』作『蜂』。案：建州本：『五臣作「蜂」。』又，『歸來恐自遺災些』，建州本『歸來』作『歸來歸來』，謂『五臣本作「歸來」』。案：秀州本作『歸來』。曰：『逸本更有「歸來」二字。』又，『像設君室』，秀州本『君』作『居』，曰：『逸本作「君」字。』案：建州本：『五臣本作「居」。』又，『川谷徑復』，秀州本『川』作『谿』，曰：『逸本作「川」字。』案：建州本：『五臣本作「谿」。』又，『順彌代些』，秀州本『代』作『世』，曰：『逸本作「代」。』案：建州本亦作『代』。又，『文緣波些』，建州本謂『五臣本作「緑」』。案：秀州本作『緑』，曰：『逸本作「緣」字。』又，『臑若芳些』，建州本謂『五臣本作「胹」』。案：秀州本作『胹』，曰：『逸本作「臑」字。』又，『有柘漿些』，建州本謂『五臣本作「蔗」』。案：秀州本作『蔗』，曰：『逸本作「柘」字。』又，『鵠酸臇鳧』，建州本作『臇』，謂『五臣本作「臇」』。案：秀州本作『臇』。又，『發揚荷些』，建州本謂『五臣本作「陽」』。案：秀州本作『陽』，曰：『逸本作「揚」字。』又，『娭光眇視』，建州本作『埃』，謂『五臣本作「嬉」』。案：秀州本作『嬉』，曰：『逸本作「娭」字。』又，『奏大呂些』，建州本謂『五臣本作「秦」字』。案：秀州本作『秦』。又，『有六簙些』，建州本謂『五臣本作「博」字』。案：秀州本作『博』，曰：『逸本作「簙」字。』又，『成梟而牟』，建州本謂『五臣本作「鳧」字』。案：秀州本作『鳧』，曰『逸本作「梟」字。』又，『酎飲盡歡』，建州本『盡』上有『既』字，謂『五臣本「盡」上無「既」字』。秀州本『盡』上無『既』字，曰：『逸本「盡」上有「既」字。』

《招隱士》『山氣巃嵷兮』，建州本作『隴』，謂：『五臣作「巄」字。』案：秀州本作『巃』。又，『水曾波』，建州本謂：『五臣作「增」字。』案：秀州本作『增』。又，『虎豹穴』，建州本作『岤』，謂：『五臣作「穴」字。』案：秀州本作『岤』。又，『樹輪相糾兮』，建州本作『糺』，謂：『五臣本作「糾」字。』案：秀州本作『糾』。又，『林木茷骫』，建州本謂：

『五臣本無「林木」二字。』又，『莜』作『茇』，謂：『五臣本作「莜」字。』案：秀州本無『林木』二字，亦作『莜』。又，『青莎雜樹兮』，建州本謂：『五臣本作「新」字。』案：秀州本『雜』作『新』，曰：『逸本作「雜」字。』又，『白鹿麏麚兮』，建州本謂：『五臣本作「⿸鹿嘉」字。』案：秀州本作『⿸鹿嘉』。

秀州本《楚辭》十一篇或見不同五臣本者，據別本校改故也。如：《湘夫人》『芷葺兮荷屋』，秀州本『葺』下有『之』字，云：『逸本無「之」字。』案：建州本『葺』下有『之』字，謂『五臣本無「之」字』。秀州本據他本補『之』字也。《漁父》『不凝滯於物』，秀州本謂『於』下『逸本有「萬」字』。案：建州本謂『五臣本有「萬」字』。然秀州『於』下『逸本有「萬」字』，未從五臣本，蓋據他本刪之也。《九辯》『䡇騑轡而下節兮』，建州本『䡇』作『覽』，謂『五臣作「覽」』。秀州本作『䡇』，曰：『逸本作「覽」字。』案：秀州本未從五臣本，據他本改作『䡇』也。又，『何曾華之無實兮』，秀州本謂：『逸本無「華」字。』案：『逸本』者，五臣本也。建州本亦謂：『逸本無「華」字。』建州本襲秀州本，非王逸注本也。秀州本未從五臣，而據他本補『華』字也。《招魂》『歸來往恐危身些』，建州本『歸來』作『歸來歸來』，謂『五臣本作「歸來」』。案：秀州本作『歸來歸來』，不從五臣本，而據他本也。又，『挂曲瓊些』，建州本『挂』作『絓』，謂『五臣本作「卦」』。案：秀州本作『挂』曰：『善本作「絓」。』其既不從五臣本，又不從善本，而據他本改作『挂』也。

秀州本《楚辭》正文祖天聖四年平昌孟氏刻五臣注本，李善注則祖天聖九年國子監本，致《楚辭》正文、王逸注相齟齬。如，《離騷》『皇覽揆余初度兮』，建州本謂『五臣作「鑒」』。案：秀州本作『鑒』。然王逸注：『覽，觀也。』則亦作『覽』而不作『鑒』也。又，『畦留夷與揭車兮』，建州本謂：『五臣作「藒」』案：秀州本亦作『藒』，曰：『逸本作「揭」字。』然王逸注：『揭車，亦芳草，一名芞輿。』則作『揭』而不作『藒』也。又，『冀枝葉之峻茂兮』，建州本謂『五臣本作「葰」』。案：秀州本作『葰』，曰：『逸本作「峻」。』然王逸注：『峻，長也。』則猶作『峻』不作『葰』也。又，『時曖曖其將罷兮』，建州本謂『五臣作「疲」』。秀州本作『疲』，謂『逸本作「罷」字』。案：正文雖作『疲』，然王逸注文仍作『罷』。蓋《楚辭》正文李善注監本與孟刻五臣注本不同，於可見其一斑也。

秀州本見有優於他本而足可采者，略舉數事以明之。《雲中君》『極勞心兮㦬㦬』，王逸注『屈原見雲一動千里』云云，秀州本『一動千里』作『一舉千里』。案：『一舉千里』云云，恒語。《韓詩外傳》『夫黃鵠一舉千里』是也。秀州本存其舊也。《少司命》『晞女髮兮陽之阿』，王逸注：『阿，曲隅，日所行也。』秀州本作『阿，曲陽阿，日所行也』，建州本作『阿，曲阿，日所行也』。案：王注下『俱沐咸池，乾髮陽阿』云云，則秀州本蓋存其舊。《涉江》『冠切雲之崔嵬』，王逸注：『言己內修忠信之志，外帶長利之劍。』秀州本本『脩』作『備』。案：內備、外帶，相爲對文，舊本作『內備』是也。又，『欸秋冬之緒風』，王逸注：『愁而長歎，心中憂思也。』尤刻本、建州本、明州本『心中』作『之中』，秀州本作『之言』。案：作『之中』，不辭。作『之言』，『之』字屬上，秀州本亦通也。《九辯》『憭慄兮』，王逸注『思念暴戾』云云，秀州本『暴』作『卷』。案：《文選·秋興賦》『憀慄兮』，李善注引王逸曰：『息念卷戾，心自傷。』息，『思』之訛，其亦作『卷戾』。卷，曲也。戾，亦曲也。卷戾，平列同義，謂卷曲不舒也。言『暴戾』，不辭也。又，『心煩憒兮忘食事』，王逸注『忽不食』云云，秀州本『忽』作『忘』。案：舊作『忘不食』是也。忽，『忘』字之訛。又，『皇天平分四時兮』，王逸注：『何直春生而秋殺也。』秀州本『直』作『宜』。案：舊作『何宜』是也。何宜，何當也。直，『宜』字之訛。又，『奄離披此梧楸』，王逸注『痛傷茂木』云云，秀州本『痛』作『病』。案：舊作『病傷』是也。又，『何云賢士之不處』，王逸注：『二老太公歸文王也。』單刻《章句》、景宋本『二老』作『大老』，尤刻本亦作『二老』。案：『二老』費解，太公年七十，則謂之『上老』。秀州本作『上老』是也。古文上字作丄，與『二』字相訛。或作『大老』者，據義妄改也。《招魂》『永嘯呼些』，王逸注：『陽主䰟，陰主魄。』唐鈔本、明州本、尤刻本作『陰主魂陽主魄』。案：《左傳》昭七年：『人生始化曰魄，既生魄，陽曰魂。用物精多，則魂魄强。』《淮南子·精神訓》：『天氣爲魂，地氣爲魄。』高誘注：『魂，人陽神；魄，人陰神也。』其作『陰主魂陽主魄』者，乙也。秀州本未乙也。又，『激楚之結』，王逸注：『激，感也。結，頭髻也。』秀州本無注，而歸之於劉良注。案：激楚之結，妖女舞清商之曲而所繫髮結也，則不當釋言『其結殊形能感楚人』。後因五臣而增益二注。幸秀州本存其舊也。又，『獨秀先些』，王逸注：『故異之，而使之先進也。』唐鈔本『故異之而使之先進也』作『故異或曰前而先進也』，秀州本作『故其或使前而先進也』，建州本、明州本、尤刻本皆作『故秀異獨前而先進也』。案：據義，則作『故其或使前而先進也』。秀州本蓋存其舊也。

秀州本雖稱佳槧，然合六家爲一，李善注與五臣注不免相竄亂，僅舉《招魂注》以見其一斑也。如：『川谷徑復』，王逸注：『復，反也。』秀州本歸之於李周翰注。案：竄亂之也，唐鈔本此注屬王逸。又，『厲而不爽些』，王逸注：『厲，烈也。』秀州本歸之於李周翰注。案：竄亂之也。《慧琳音義》卷二〇『厲聲』條引王逸注《楚辭》：『厲，烈也。』黎氏鈔本《玉篇》殘卷《厂部》『厲』字：『《楚辭》「厲而不爽」王逸注：「厲，烈也。其味清烈也。」』又，《叕部》『爽』字引『烈』作『列』，古字通用。《文選·關中詩》『棱威遐厲』，李善注引王逸曰：『厲，烈也。』蘇武《古詩》四首『絲竹厲清聲』，李善引王逸注：『厲，烈也。謂清烈也。』唐本亦屬王逸注也。又，『有餦餭些』，王逸注：『餦餭，餳也。』秀州本歸之於呂延濟注。案：竄亂之也。《太平御覽》卷八百五十二《飲食部》十《餳》：『《楚辭》「粔籹蜜餌有張皇」，王逸注：「張皇，餳也。」』張皇、餦餭同。《北堂書鈔》卷一百四十七《酒食部·粔籹》五十二『蜜作粔籹』條引王逸注：

『餦餭，餳也。』皆屬之王逸注。羅氏鈔唐本《玉篇》殘卷《食部》『餭』字：「《楚辭》『粔籹蜜餌有餦餭』，王逸注：「餦餭也。」」爛敓『餳』字，然亦屬王逸注也。又，『挫糟凍飲』，王逸注：『挫，捉也。』秀州本歸之於張銑注。案：竄亂之也。又『被文服纖』，王逸注：『文，謂綺繡也。纖，謂羅縠也。』秀州本歸之於呂延濟注。案：竄亂之也。又，『長髮曼鬋』，王逸注：『曼，澤。』秀州本歸之於劉良注。案：竄亂之也。鈔本、建州本、尤刻本皆亦屬王逸注。又，『竽瑟狂會』，王逸注：『狂，猶竝也。』秀州本歸之於李周翰注。案：竄亂之也。又，『倚沼畦瀛兮遥望博』，王逸注：『沼，池也。畦，猶區也。』秀州本歸之於劉良注。案：竄亂之也。《慧琳音義》卷六十『田畦』二條引王逸注《楚辭》：『畦，區也。』卷六十一『田畦』條：『《楚辭》云：「畦猶區也。」』卷六十八『畦壠』條、卷七十二、卷七十七、卷八十三『畦稻』條、卷八十一『襌畦』條同引王逸注《楚辭》：『畦猶區也。』其所據本猶未訛也。又，『懸火延起兮玄顔烝』，王逸注：『懸火，懸鐙也。』秀州本歸之於呂向注。案：竄亂之也。鈔本亦屬王逸注也。

秀州本『訛』『羡』『脱』『乙』者，亦復不少見。如，《離騷》『羌内恕己以量人兮』，王逸注：『以心揆心爲恕。』秀州本『揆』下無『心』字。案：脱訛也。又，『雷師告余以未具』，王逸注『告我嚴裝未具』云云，秀州本『裝』作『衣』。案：衣，『裝』字之訛也。又，『朝發軔於天津兮』，王逸注：『天津，東極箕、斗之閒，漢津也。』秀州本『漢津』作『津漢』。案：乙訛也。《涉江》『世溷濁而莫余知兮』，王逸注『言時世貪亂』云云，秀州本『言時世』乙作『時言世』。《招魂》『秦篝齊縷鄭綿絡些』，王逸注：『綿，纏也。絡，縛也。』秀州本無注。案：脱訛也，唐鈔本亦有二注。又，『高堂邃宇』，王逸注：『邃，深也。』秀州本無注。案：呂延濟注：『邃，深。』則有此注者，蓋因呂注羡也。又，『懸人以娭，投之深淵些』，王逸注：『言豺狼得人，不即啗食，先懸其頭，用之娭戲，疲倦已後，乃擿於深淵之底，而棄之也。』建州本『而棄之』作『而弃』，明州本無『棄之』之『之』字，秀州本訛作『棄也』，下有『命』字。案：《文選》六臣本『而棄之』皆作『而棄』。弃、棄古字同。秀州本羡『命』字也。

宋天聖九年秀州官刻本已久佚，明宣德三年戊申朝鮮李朝秀州活字翻刻秀州本，今藏韓國，一九八三年據秀州活字翻刻本景印。（黄靈庚）

# 宋明州州學刻六臣注本

明州本爲趙善繼知明州時所録。明州者，浙江寧波也，以近『四明山』而得名。前有盧欽題記，稱『右《文選》歲久漫滅殆甚，紹興二十八年冬十月，直閣趙公來鎮是邦。下車之初，以儒雅飾吏事，首加修正字畫，爲之一新，俾學者免魯魚亥豕之訛，且欲垂斯文於無窮云』。則知斯槧亦官學所刻也。

明州本大略同秀州本，蓋據秀州本重録也，五臣注居前，李善注屬後。宋諱闕筆字有『玄』『弦』『怰』『炫』『眩』『絃』『袨』『縣』『朗』『敬』『檠』『驚』『鏡』『弘』『泓』『殷』『匡』『恒』『姮』『禎』『貞』『徵』『署』『樹』『屬』『讓』『佶』『桓』『完』『構』『彀』等，而『構』『搆』等改用他字多於闕筆。明州本《楚辭》正文同五臣本，注文同李善本，故正文、逸注常見齟齬。如：

《離騷》『各興心而嫉妬』，建州本謂『五臣本作「與」』。案：明州本、秀州本作『與』，曰：『善本作「興」。』然王逸注『各生嫉妬之心』云云，則亦作『興』不作『與』也。又，『謇吾法夫前脩兮』，建州本謂『五臣作「蹇」』。案：明州本、秀州本作『蹇』，曰：『逸本作「謇」字。』然王逸注『言我忠信謇謇者』，則亦作『謇』不作『蹇』也。又，『鮌婞直亡身兮』，建州本謂『五臣作「方」』。案：明州本、秀州本作『方』，謂『逸本作「亡」字』。然王逸注『乃殛之於羽山死於中野』云云，則亦作『亡』而不作『方』也。又，『湯禹儼而祇敬兮』，建州本謂『五臣本作儼』。案：明州本、秀州本作『儼』，謂『逸本作「嚴」字』。然王逸注：『嚴，畏也。』則未從五臣也。又，『循繩墨而不頗』，建州本『循』作『脩』，謂『五臣本作「循」』。案：秀州本、明州本作『循』，謂『逸本作「修」字』。王逸注『循用先王法度』云云，則未從五臣也。又，『夕余至乎縣圃』，建州本謂『五臣作「懸」』。案：明州本、秀州本作『懸』。然王逸注：『縣圃，神山也。』則未從五臣本也。又，『聊逍遥以相羊』，建州本作『須臾』，謂『五臣作「逍遥」』。案：明州本、秀州本作『逍遥』，謂『逸本作「須臾」字』。又，『欲遠集而無所止兮』，建州本謂『五臣作「進」』。案：明州本、秀州本作『進』，謂『逸本作「集」字』。然王逸注『欲遠集他方』云云，則未從五臣本也。又，『焉能忍與此終古』，建州本謂五臣本『忍』下有『而』字。案：明州本、秀州本『忍』下有『而』字，謂『逸本無「而」字』。然王逸注『安能久與此闇亂之君終古而居』云云，則未無『而』字也。又，『芬至今猶未沫』，建州本謂『五臣本有兩「芬」字』。案：明州本、秀州本作『芬芬』，謂『逸本作「芬至今猶未沫」』。然王逸注『所行芬芳誠難虧歇』云云，則亦作『芬至今猶未沫』也。又，『揚雲霓之晻藹兮』，建州本『揚』下有『志』字，謂『五臣本無「志」字』。案：明州本、秀州本謂『逸本有「志」字』。又，『鳳皇翼其承旂兮』，建州本謂『五臣本作「紛」字』。案：明州本、秀州本作『紛』字，謂『逸本作「翼」字』。然王逸注：『翼，敬也。』

則未從五臣本也。又，『屯余車其千乘兮』，建州本謂『五臣本無「其」字』。案：明州本、秀州本無『其』字，謂『逸本有「其」字』。又，『載雲旗之委蛇』，建州本謂『五臣作「逶迤」』。案：明州本、秀州本作『逶迤』，『逸本作「委移」字』。然王逸注『載雲旗委移而長』云云，則從別本作『委移』也。

《九歌・雲中君》『猋遠舉兮雲中』，明州本、秀州本『猋』作『焱』。案：王逸注：『猋，去疾貌也。』則亦作『猋』，正文、王注不同祖本也。又，『極勞心兮𢥞𢥞』，建州本謂『五臣作「忡」』。案：明州本、秀州本作『忡』，謂『逸本作「𢥞」字』。然王逸注：『𢥞𢥞，憂心貌也。』則未從五臣本也。《湘君》『望夫君兮未來』，建州本『未』作『歸』，謂『五臣作「未」字』。案：明州本、秀州本謂『逸本作「歸」字』。又，『承荃橈兮蘭旌』建州本作『荃』上有『承』字，謂『五臣作「采」』。案：明州本、秀州本『承』作『采』，謂『逸本作「承」字』。然王逸注『乘舟船則以蓀爲楫櫂』云云，借『承』爲『乘』，則不作『采』也。《湘夫人》『白薠兮騁望』，建州本『薠』作『蘋』，謂『五臣本作「薠」字』。案：明州本、秀州本作『薠』，云：『逸本作「蘋」字。』然王逸注：『蘋，草，秋生。言己願以始秋蘋草初生望平之時，修設祭具，夕早灑掃，張施帷帳，與夫人期歆饗之也。』則作『蘋』不作『薠』也。《少司命》『綠葉兮素枝』，建州本『枝』作『華』，謂『五臣本作「枝」字』。案：明州本、秀州本作『枝』，云：『逸本作「華」字。』然王逸注『吐葉垂華』云云，則作『華』不作『枝』也。

《涉江》『苟余心其端直兮』建州本謂『五臣作「等」』。案：明州本、秀州本作『等』，云：『逸本作「苟」字。』然王逸注：『苟，誠也。』則作『苟』不作『等』也。《九辯》『紛旖旎乎都房』，建州本謂『五臣本作「猗柅」』。案：明州本、秀州本作『猗柅』，曰：『逸本作「旖旎」字。』然王逸注：『旖旎，盛貌也。』則未從五臣本也。《招魂》『舍君之樂處』，建州本：『五臣作「捨」字。』案：明州本、秀州本作『捨』，曰：『逸本作「舍」字。』然王逸注：『舍，置也。』則未從五臣本也。又，『而離彼不祥些』建州本：『五臣作「罹」字。』案：明州本、秀州本作『罹』。然王逸注『陸離走不之鄉』云云，則亦作『離』也。又，『靡散而不可止些』，建州本：『五臣作「糜」。』案：明州本、秀州本作『糜』。然王逸注：『靡，碎也。』則亦作『靡』也。又，『然後得瞑些』，建州本謂『五臣本作「眠」』。案：明州本、秀州本作『眠』，曰：『逸本作「瞑」字。』然王逸注：『瞑，卧也。』則不從五臣本也。又，『像設君室』，建州本：『五臣本作「居」。』案：明州本、秀州本作『居』，曰：『逸本作「君」字。』然王逸注『爲君造設第室』云云，則亦作『君』也。又，『川谷徑復』，建州本：『五臣本作「谿」。』案：明州本、秀州本『川』作『谿』，曰：『逸本作「川」字。』然王逸注：『流源爲川，注谿爲谷。』則亦作『川』也。又，『文緣波些』，建州本謂『五臣本作「緑」』。案：明州本、秀州本作『緑』。明州本曰：『逸本作「緣」字。』然王逸注『波緣其葉上而生文』云云，則亦作『緣』也。又，『有柘漿些』，建州本謂『五臣本作「蔗」』。案：明州本、秀州本作『蔗』，曰：『逸本作「柘」字。』然王逸注：『柘，謂蔗也。』則亦作『柘』也。又，『發揚荷些』，建州本謂『五臣本作「陽」』。案：明州本、秀州本作『陽』，曰：『逸本作「揚」字。』然王逸注『采取菱芰，發楊荷葉』云云，則作『楊荷』也。又，『娭光眇視』，建州本作『埃』，謂『五臣本作「嬉」』。案：明州本、秀州本作『嬉』，曰：『逸本作「娭」字。』然王逸注：『娭，戲也。』則不作『嬉』也。又，『奏大吕些』，建州本謂『五臣本作「秦」字』。案：明州本、秀州本作『秦』。然王逸注『奏大吕』云云，則不作『秦』也。又，『成梟而牟』，建州本謂『五臣本作「梟」字』。案：明州本、秀州本作『梟』，曰『逸本作「梟」字。』然王逸注『言已棊已梟』云云，則亦作『梟』也。《招隱士》『青莎雜樹兮』，建州本謂：『五臣本作「新」字。』案：明州本、秀州本作『新』，曰：『逸本作「雜」字。』然王逸注『草木雜居」云云，則亦作「雜」也。

明州本雖祖秀州本，偶見二本有不同處，蓋明州本據他本校改也。如：《離騷》「攬茹蕙以掩涕兮」，建州本作「擥」，謂「五臣作「擥」」。秀州本作「擥」，謂「逸本作「攬」字」。案：明州本作「擥」，據他本校改也。又，「周流觀乎上下」，王逸注：「言我願及年德方盛壯之時，周流四方，觀君臣之賢，欲往就之也。」案：明州本屬張銑注。秀州本亦屬王逸注，竄亂之也。蓋據他本改也。《湘君》「桂櫂兮蘭枻」，王逸注：「櫂，楫也。枻，船旁板也。」案：明州本屬之於張銑注。秀州本亦屬王逸注，竄亂之也。蓋據他本改也。《山鬼》「猨啾啾兮又夜鳴」，明州本「又」作「狖」。秀州本亦作「又」。案：明州本蓋據他本改也。《招魂》「雕題黑齒，得人肉以祀，以其骨爲醢些。」王逸注：「言南極之人雕畫其額，齒牙盡黑，常食蠃蜂，得人之肉用祭先祖，復以其骨爲醢醬也。」秀州本「蠃蜂」作「黽蚌」。案：明州本作「蠃蚌」。唐鈔本、尤刻本亦作「黽蚌」。明州本據他本校改也。《招隱士》「虎豹穴」，建州本作「岤」，謂：「五臣作「穴」字。」案：秀州本作「岤」，明州本作「穴」，則不從秀州本也。

明州本新增訛、羡、脱、乙者，亦時或可見。如，《離騷》「芬至今猶未沫」，王逸注「所行芬芳誠難虧歇」云云，明州本「難」訛作「歎」。又，「爾何懷乎故宇」，王逸注「何必思故居而不去」云云，明州本「居」作「君」。案：君，「居」字之訛也。《涉江》「苟余心其端直兮」，王逸注：「雖在遠僻之域，猶有善稱，無害病也。」明州本「雖」訛作「路」。《漁父》「漁父莞而笑」，王逸注：「笑離齗也。」秀州本作「笑離齗」，明州本作「笑難齗」。案：《文選·魯靈光殿賦》「玄熊蚺談以齗齗」，張載注引《蒼頡篇》：「齗，齒根也。」笑離齗者，謂笑使齒與齗分離也。難齗，「離齗」之訛。《九辯》「心怵惕而震盪兮」，建州本謂「五臣本作「蕩」」。案：明州本作「蕩」。然王逸注：「思慮惕動，沸若湯也。」則舊本作『湯』。蕩、盪，皆假借字也。《招魂》『帝告巫陽』，王逸注：『帝，謂天也。』明州本無此注。案：脱訛也，秀州本亦有注。又，『而離彼不祥些』，王逸注『陸離走不之鄉』云云，明州本『走』作『是』。案：形訛也。又，『永嘯呼些』，王逸注：『夫嘯者，陰也。呼者，陽也。陽主䰟，陰主䰟。故必嘯呼以感之也。』明州本『陽主魂陰主魄』作『陰主魂陽主魄』。案：秀州本作『陰主魄陽主魂』，明州本乙訛也。

明州本刻於高宗紹興二十八年，傳本稀少，國家圖書館、臺灣故宫博物院僅見藏殘本。日本國足利學校藏全帙本，爲現存最早《文選》六臣注本。一九六二年日本文化財審委員會確定爲『日本國寶』，余於二〇一〇年十一月赴日本時嘗目驗此物。然此帙非初印本，補修之處甚多。始由日本汲古書院嘗據此本景印出版，後人民文學出版社二〇〇七又據汲古景印本重印。（黄靈庚）

# 宋刻建州六臣注本

建州本以贛州本爲祖本。宋之建州府，即今閩北建瓴市，其地書坊以麻沙紙刻印古書著稱，人稱『麻沙本』或『建本』。建州本亦『麻沙本』歟？以未嘗目驗此物，不敢妄下雌黄也。贛州本刻於孝宗乾淳間，雖據秀州本重録，而倒置原刻先五臣注後李善注次序，即移李善注於前，退五臣注於後，爲後世先李善後五臣之權輿。建州本據贛州本重録，則一仍其舊，故亦李善注居前，五臣注屬後也。

建州本避宋諱同明州本，然增闕筆字『慎』『惇』『醇』『擴』等，蓋避孝宗、光宗、寧宗名諱也。其於秀州本校記凡稱『逸本』『善本』云者，悉改爲『五臣』。蓋其本《楚辭》正文，悉宗秀州祖本，即平昌孟氏刻五臣注本也。如：《離騷》『皇覽揆余初度兮』，秀州本『覽』作『鑒』，『余』下有『于』字，謂『逸本無「于」字』。案：建州本無『于』字，謂『五臣作「鑒」』，『余』下有『于』字。又，『紉秋蘭以爲佩』，秀州本作『紉』，曰：『逸本作「紐」。』案：建州本『紉』作『紐』，謂『五臣作「紉」』。又，『不撫壯而棄穢兮』，秀州本無『不』字，云：『逸本有「不」字。』案：建州本謂『五臣無「不」字』。又，『何不改此度』，秀州本無『也』字，謂：『逸本有「也」字。』案：建州本『度』下有『也』字，謂『五臣無「也」字』。又，『乘騏驥以馳騁兮』，秀州本『乘』作『策』，謂『逸本作「乘」』。案：建州本謂『五臣作「策」』。又，『惟夫黨人之偷樂兮』，秀州本有『夫』字，云：『逸本無「夫」字。』案：建州本無『夫』

字，謂『五臣本有「夫」字』。又，『余既不難夫離別兮』，秀州本有『夫』字，云：『逸本無「夫」字。』案：建州本無『夫』字，謂『五臣本有「夫」字』。又，『各興心而嫉妬』，秀州本『興』作『與』，曰：『善本作「興」。』案：建州本謂『五臣本作「與」』。又，『謇吾法夫前脩兮』，秀州本作『蹇』，曰：『逸本作「謇」字。』案：建州本謂『五臣作「蹇」』。又，『鮌婞直亡身兮』，秀州本作『方』，謂『逸本作「亡」字』。案：建州本謂『五臣作「方」』。又，『湯禹儼而祗敬兮』，秀州本作『儼』，謂『逸本作「嚴」字』。案：建州本謂『五臣本作儼』。又，『循繩墨而不頗』，秀州本謂『逸本作「修」字』。案：建州本『循』作『脩』，謂『五臣本作「循」』。又，『聊逍遥以相羊』，秀州本作『逍遥』，謂『逸本作「須臾」字』。案：建州本作『須臾』，謂『五臣作「逍遥」』。又，『欲遠集而無所止兮』，秀州本作『進』，謂『逸本作「集」字』。案：建州本謂『五臣作「進」』。又，『芬至今猶未沬』，秀州本作『芬芬』，謂『逸本作「芬至今猶未沬」』。案：建州本謂『五臣本有兩「芬」字』。又，『揚雲霓之晻藹兮』，秀州本謂『逸本有「志」字』。案：建州本『揚』下有『志』字，謂『五臣本無「志」

六臣註文選卷第三十二

梁昭明太子撰

唐李善并五臣註

騷上

離騷經

屈平 銑曰史記屈原字平仕楚爲三閭大夫上官靳尚妬其才能譖毀之王乃流屈原於江南不知所訴乃作離騷經離别騷愁也言已遭放逐離别愁苦猶陳正道以諷諫也上述唐堯下序桀紂以香草善鳥龍鳳以譬忠貞君子以靈脩美人以喻於君以臭草惡禽飄風雲霓比小人援天引聖終不見省遂赴汨淵而死

王逸註 序曰離騷經者屈原之所作也屈與楚同姓仕於懷王

字」。又，『鳳皇翼其承旂兮』，秀州本作『紛』字，謂『逸本作「翼」字』。案：建州本謂『五臣本作「紛」字』。又，『屯余車其千乘兮』，秀州本無『其』字，謂『逸本有「其」字』。案：建州本謂『五臣本無「其」字』。又，『載雲旗之委蛇』，秀州本作『逶迤』，謂『逸本作「委移」字』。案：建州本謂『五臣作「逶迤」』。又，『蜷局顧而不行』，秀州本無『顧』字，謂『逸本有「顧」字』。案：建本謂『五臣無「顧」字』。

《九歌·雲中君》『極勞心兮懺懺』，秀州本作『忡』，謂『逸本作「懺」字』。案：建州本謂『五臣作「忡忡」』。《湘君》『望夫君兮未來』，秀州本『逸本作「歸」字』。案：建州本『未』作『歸』，謂『五臣作「未」』。又，『承蓀橈兮蘭旌』，秀州本『承』作『采』，謂『逸本作「承」字』。建州本謂『五臣作「采」』；『旌』作『旗』，謂『逸本作「旌」字』。案：建州本謂『五臣作「采」、作「旗」』。又，『期不信兮告余以不閒』，秀州本『余』作『我』，謂『逸本作「余」字』。案：建州本謂『五臣作「我」』。《湘夫人》『白薠兮騁望』，秀州本云：『逸本有「登」字、「薠」作「蘋」字。』案：建州本『白』上有『登』字，謂『五臣本無「登」字』；『蘋』作『薠』，謂『五臣本作「薠」字』。又，『麋何食兮庭中』，秀州本云：『逸本作「爲」字。』案：建州本『食』作『爲』，謂『五臣本作「食」字』。又，『蕙櫋兮既張』，秀州本『蕙』作『蓮』，云：『逸本作「蕙」字。』案：建州本謂『五臣作「蓮」』。又，『疏石蘭兮爲芳』，秀州本『芳』下有『兮』字，云：『逸本無「兮」字。』案：建州本『芳』下無『兮』字，謂『五臣本有「兮」字』。又，『繚之兮杜衡』，秀州本『兮』下有『以』字，云：『逸本無「以」字。』案：建州本：『五臣本有「以」字。』《少司命》『緑葉兮素枝』，秀州本云：『逸本作「華」字。』案：建州本『枝』作『華』，謂『五臣本作「枝」』。又，『蓀何以兮愁苦』，秀州本『以』作『爲』，云：『逸本作「以」字。』案：建州本謂『五臣本作「爲」』。又，『蓀獨宜兮爲民正』，秀州本云：『逸本作「荃」字。』案：

建州本『蓀』作『荃』，謂『五臣本作「蓀」』。

《涉江》『登崑崙兮食玉英』，秀州本『食』作『飱』。案：建州本謂『五臣本作「飱」』。又，『旦余濟乎江湘』，秀州本『乎』作『於』，謂『善本作「乎」』案：建州本謂『五臣作「於」』。又，『苟余心其端直兮』，秀州本『苟』作『等』，云：『逸本作「苟」字。』又云：『逸本無「心」字。』案：建州云：『五臣作「等」。』又，建州本無『心』字，云：『五臣本有「心」。』又，『入漵浦余儃佪兮』，秀州本『儃佪』作『邅迴』，謂『逸本作「儃佪」』。案：建州本謂『五臣本作「邅陟」』。又，『吾又何怨乎今之人』，秀州本無『何』字，云：『逸本有「何」字。』案：建州本：『五臣本無「何」字。』

《卜居》『往見太卜』，秀州本無『乃』字，曰：『逸本作「乃往」。』案：建州本『往』上有『乃』字，曰：『五臣本無「乃」字。』又，『將氾氾若水中之鳧乎』，秀州本『氾氾』作『泛泛』。案：建州本曰：『五臣本作「泛泛」。』又，『世溷濁而不清』，秀州本『世』作『俗』，曰：『逸本作「世」字。』案：建州本曰：『五臣本作「俗」。』又，『龜策誠不能知事』，秀州本『知』下無『此』字，曰：『逸本有「此」字。』案：建州本『知』下有『此』字，曰：『五臣本無「此」。』

《漁父》『舉世皆濁』，秀州本無『人』字，謂：『逸本有「人」字』。案：建州本『舉世』作『世人』，謂『五臣本無「人」』。又，『是以見放』，秀州本『放』下有『耳』字，謂：『逸本無「耳」字』。案：建州本謂『五臣有「耳」字』。

《九辯》『葉菸邑而無色兮』，秀州本『邑』作『邑』。案：建州本謂『五臣本作「邑」』。又，『枝煩挐而交横』，秀州本『挐』作『拏』。案：建州本謂『五臣本作「拏」』。又，『柯彷彿而萎黃』，秀州本『萎』作『痿』。案：建州本謂『五臣本作「痿」』。又，『紛旖旎乎都房』，秀州本作『猗柅』，曰：『逸本作「旖旎」字。』案：建州本謂『五臣本作「猗柅」』。

又，『鳳獨遑遑而無所集』，秀州本無『獨』字，曰：『逸本有「獨」字。』案：建州本：『五臣本無「獨」字。』又，『欲寂漠而絶端兮』，秀州本作『漠』，曰：『逸本作「寞」。』案：建州本『漠』作『寞』，謂：『五臣作「漠」。』

《招魂》『長離殃而愁苦』，秀州本『離』作『罹』。又，『而離彼不祥些』，秀州本『離』作『罹』。案：建州本：『五臣作「罹」。』又，『汝筮予之』，秀州本『予』作『與』。案：建州本：『五臣作「與」。』又，『恐後之謝』，秀州本無『之』字，曰：『逸本有「之」字。』案：建州本『之謝』作『謝之』，謂：『五臣本無「之」字。』又，『舍君之樂處』，秀州本『舍』作『捨』，曰：『逸本作「舍」字。』案：建州本：『五臣本作「捨」。』又，『歸來不可以託些』，『歸來不可以久淫些』，秀州本曰：『逸本作「歸來歸來」。』案：建州本『歸來』並作『歸來歸來』，謂『五臣本無下「歸來」二字』。又，『然後得瞑些』，秀州本作『眠』，曰：『逸本作「瞑」字。』案：建州本謂『五臣本作「眠」』。又，『靡散而不可止些』，秀州本『靡』作『糜』。案：建州本：『五臣本作「糜」。』又，『玄蠭若壺些』，秀州本『蠭』作『蜂』。案：建州本：『五臣本作「蜂」。』又，『歸來恐自遺災些』，秀州本曰：『逸本更有「歸來」二字。』案：建州本『歸來』作『歸來歸來』，謂『五臣本無下「歸來」二字』。又，『像設君室』，秀州本『君』作『居』，曰：『逸本作「君」字。』案：建州本：『五臣本作「居」。』又，『川谷徑復』，秀州本『川』作『谿』，曰：『逸本作「川」字。』案：建州本：『五臣本作「谿」。』又，『順彌代些』，秀州本『代』作『世』，曰：『逸本作「代」。』案：建州本亦作『代』。又，『文緣波些』，秀州本作『緑』，曰：『逸本作「緣」字。』案：建州本謂『五臣本作「緑」』。又，『臑若芳些』，秀州本作『胹』，曰：『逸本作「臑」字。』案：建州本謂『五臣本作「胹」』。又，『有柘漿些』，秀州本『柘』作『蔗』，曰：『逸本作「柘」字。』案：建州本謂『五臣作「蔗」』。又，『發揚荷些』，秀州本作『陽』，曰：『逸本作「揚」字。』案：建州本謂『五臣本作「陽」字』。又，『娭光眇視』，秀州本作『嬉』，曰：『逸本作「娭」字。』案：建州本『娭』作『埃』。又，『奏大呂些』，建州本謂『五臣本作「秦」』。案：秀州本『奏』作『秦』。案：建州本作『埃』，謂『五臣本作「嬉」』。又，『有六簙些』，秀州本作『博』，曰：『逸本作「簙」字。』案：建州本謂『五臣本作「博」』。又，『成梟而牟』，秀州本作『皋』，曰『逸本作「梟」字。』案：建州本謂『五臣本作「皋」』。又，『酎飲盡歡』，秀州本『盡』上無『既』字，曰：『逸本「盡」上有「既」字。』案：建州本『盡』上有『既』字，謂『五臣本無「既」』。

建州本於秀州本訛亂之處有所校正。如：《離騷》『勉遠逝而無狐疑兮』，秀州本謂『逸本無「狐」字』。案：下文云『心猶豫而狐疑』，舊本有『狐』字是也。建州本有『狐』字，蓋據他本補正也。又，『今直爲此蕭艾也』，建州本謂『五臣本無「蕭」字』。秀州本無『蕭』字，謂『逸本有「蕭」字』。案：王逸注『今皆直爲蕭艾而已』云云，原本有『蕭』字。尤刻本存其舊，建州本蓋據尤刻本校正也。又，建州本謂『五臣本無「也」字』。秀州本無『也』字，謂『逸本有「也」字』。案：尤刻本有『也』字，建州本蓋據尤本補『也』字。又，『苟得列乎衆芳』，建州本『列』作『引』，謂『五臣本作「列」』。秀州本謂『逸本作「引」字』。案：建州本未從秀州本，據他本校改也。《湘夫人》『擗蕙櫋兮既張』，秀州本『蕙』作『蓮』，云：『逸本作「蕙」字。』案：王逸注『以枿蕙覆櫋屋』云云，原本作『蕙』。蓮，蕙字之訛也。建州本作『蕙』，云『五臣本作「蓮」字』。則據他本校正也。《涉江》『吾又何怨乎今之人』，秀州本無『何』字，云：『逸本有「何」字。』案：若無『何』字，不辭也。王逸注『當何爲復怨今之君乎』云云，舊本有『何』字也。尤刻本亦有『何』字。建州本有『何』字，云：『五臣本無「何」字。』蓋據他本補『何』字也。《九辯》『鳳獨惶惶而無所集』，秀州本無『獨』字，曰：『逸本有「獨」字。』建州本有『獨』字，謂：『五臣本無「獨」字。』案：上文『衆鳥皆有所登棲兮』之『皆』，與此『獨』字相對，則舊有『獨』字。建州本據他本補正也。《招魂》『去君之恒幹』，王逸注：『恒，常也。』秀州本無注。案：脱訛也。建州本有注，尤刻本亦有注，蓋據尤刻本補正也。又，『奏大呂些』，秀州本『奏』作『秦』。建州本作『奏』，謂『五臣本作「秦」字』。案：秦，『奏』之訛，唐鈔本亦作『奏』。建州本據他本校正也。

建州本宗贛州本，改易五臣、李善之舊次，難免有相互竄亂、脱羨之訛。如：《離騷》『悔相道之不察兮』，王逸注：『悔，恨也。相，視也。察，審也。』建州本歸之於張銑注。案：竄亂之也。唐鈔本、明州本、秀州本皆屬王逸注。又，『就重華而敶詞』，王逸注引《帝繫》曰：『瞽叟生重華，是爲帝舜。葬於九疑山，在沅、湘之南。』建州本無『重華舜名也』五字。案：脱訛也。唐鈔本、秀州本、明州本、尤刻本亦皆有『重華舜名也』五字。又，『周流觀乎上下』，王逸注：『言我願及年德方盛壯之時，周流四方，觀君臣之賢，欲往就之也。』建州本屬張銑注。案：竄亂之也。秀州本亦屬王逸注。《招魂》『經堂入奧，朱塵筵些』。王逸注：『塵，承塵也。』建州本無注。案：脱訛也。唐鈔本、明州本、秀州本皆有注。

建州本據他本校改秀州本，識斷或見未精之處。如：《離騷》『悔相道之不察兮』，建州本無『兮』字，謂『五臣本有「兮」字』。秀州本曰：『逸本無「兮」字。』案：《離騷》單句皆有『兮』字，建州本據他本誤删也。又，『揚雲霓之晻藹兮』，建州本『揚』下有『志』字，謂『五臣本無「志」字』。明州本、秀州本謂『逸本有「志」字』。案：王逸注『披雲霓之翳鬱，排讒佞之黨群』云云，原本無『志』字。尤刻本亦無『志』字，建州本所據者羨也。《山鬼》『杳冥冥兮羌晝晦』，建州本『杳』下復有『杳』字。案：明州本、秀州本、尤刻本『杳』下無『杳』字。建州本所據者羨也。《招魂》『雕題黑齒』，建州本『黑』作『墨』。案：王逸注『齒牙盡黑』云云，舊本蓋作『黑』也。唐鈔本、明州本、秀州本、尤刻本亦皆作『黑』。建州本所據者非也。

建州本以後出轉精，訛誤較明州本爲少，然亦時見新增之訛。如：《離騷》『衆女嫉余之蛾眉兮』，王逸注：『衆女，謂衆臣也。』建州本『衆臣』作『臣衆』。案：乙訛也。又，『殷宗用夫不長』，王逸注『武王杖黄鉞』云云，《文選》本『杖』作『把』，建州本『把』作『祀』。案：祀，『把』字之訛。又，『湯禹儼而祗敬兮』，建州本『祗』作『祇』。案：訛誤也。又，『世幽昧以眩曜兮』，王逸注：『眩曜，惑亂貌。』建州本『曜』作『曤』。案：曤，蓋因『眩』字從『目』訛也。又，『覽木其猶未得兮』，建州本『猶』作『獨』。案：獨，『猶』字之訛也。又，『豈珵美之能當』，王逸注：『珵，美玉也。《相玉書》言：「珵大六寸，其耀自照。」』秀州本『自照』作『自曜照』。建州本作『自衍照』。案：建州本訛也。又，『惟此黨人之不諒兮』，王逸注：『諒，信也。』建州本『諒信也』作『信亮也』。案：乙訛也。又，『齊玉軑而並馳』，王逸注『齊以玉爲車轄』云云，建州本『齊』作『濟』。案：濟，訛字也。《東皇太一》『璆鏘鳴兮琳琅』，王逸注『動鳴五玉，鏘鏘而和』云云，建州本『動鳴五玉』訛作『動鳴玉玉』。案：訛也。《湘君》『桂櫂兮蘭枻』，王逸注：『櫂，楫也。』建州本無注。案：脱訛也。《慧琳音義》卷五十七『鞭榜』條王逸注《楚辭》：『櫂亦楫也。』九十九『櫂柁』條引王逸注《楚辭》：『櫂，楫也。』則舊本有注。又，『夕弭節兮北渚』，王逸注『己已衰老』云云，建州本『己已』作『日日』。案：作『日日』，訛也。《山鬼》『表獨立兮山之上』，王逸注『特立於山之上而自異』云云，建州本『特立』作『獨立』。案：明州本、秀州本、尤刻本皆作『特立』。建州本誤改也。《招魂》『娭光眇視』，建州本『娭』作『埃』。案：作『埃』者，『娭』字之訛也。《招隱士》『桂樹叢生兮』，王逸注：『以興屈原之忠貞也。』唐鈔本、尤刻本、明州本、秀州本『貞』作『良』。建州本『忠』下無『良』字。案：貞與下『藏』字協韻，作『忠貞』，出韻，舊本作『忠良』也。建州本無『良』字，脱訛也。

贛州本已無完帙本，國家圖書館有藏本，闕九卷。建州本有完帙本，據張元濟《涵芬樓燼餘書録》載，建州本刻於寧宗慶元以後，今藏國家圖書館。民國七年商務印書館據建州本景印，入《四部叢刊初編》。中華書局一九七七年、浙江古籍出版社一九九九年又分别據此本景印也。（黄靈庚）

# 宋尤袤刻李善注本附胡克家考異

尤袤，字延之，號遂初，南宋晉陵人。孝宗淳熙間，嘗知貴池，因梓《文選》李善注。自兹以後，單行善注《文選》，皆祖尤刻本。末有尤袤作於淳熙八年辛丑題記，稱『貴池在蕭梁時，寔爲昭明太子封邑，血食千載，威靈赫然，水旱疾疫，無禱不應。廟有「文選閣」，宏麗壯偉，而獨無是書之板。蓋缺典也。往歲邦人嘗欲募衆力爲之，不成。今是書流傳於世，皆是五臣注本。五臣特訓釋旨意，多不原用事所出。獨李善淹貫該洽，號爲精詳，雖「四明」「贛上」各嘗刊勒，往往裁節語句，可恨，袤因以俸餘鋟木。會池陽袁史君助其費，郡文學周之綱督其役，踰年乃克成。既摹本藏之閣上，以其板寘之學宫，以慰邦人所以尊事昭明云』。所云『四明』『贛上』者，即明州本、贛州本也。以所見六臣本於李善注『往往裁節語句可恨』，故重鋟之。然袤未云據何本重刻也。

北宋天聖九年，國子監嘗刊刻善注，世稱『監本』。秀州本之善注，即因監本也。靖康之亂，板毀於戰火，書亦不傳。故袤刻單行善注本，爲存於今者最早傳本。後毛晉翻刻善注，猶據尤刻本也。四庫館臣稱，善注『自南宋以來，皆與五臣注合刊，名曰「六臣注文選」』。而善注單行之本，世遂罕傳。此本爲毛晉所刻，雖稱從宋本校正，今考其第二十五卷陸雲《贈兄機》注中有「向曰」一條、「濟曰」一條。又贈《張士然詩》注中有「翰曰」「銑曰」「濟曰」「向曰」各一條，殆因六臣之本削去五臣，獨留善注，故刊除未盡，未必真見單行本也。惟是此本之外，更無别本，故仍而録之，而附著其舛互如右』

云云。以爲袌刊善注，删削六臣注而成，並無真善注本可據依也。清胡克家撰《文選考異》，復用明袁褧翻宋廣都裴氏刻本（稱「袁本」）、元陳仁子翻建州本（稱「茶陵本」）參校，二刻皆六臣注本，胡氏亦謂「尤本仍非未經合併也」。

然此説頗爲後人所疑。蓋六臣本爲宋天聖四年平昌孟氏刻五臣注本，王逸注爲天聖九年國子監本單行李善注本，然不用其正文。若尤刻本删六臣注而成，則《楚辭》正文宜與五臣本同。對勘之下，大爲不然，尤刻《楚辭》反異於五臣本者居多。如：

《離騷》「朝濯髮乎洧盤」，建州本「盤」作「槃」，謂「五臣作「盤」」。案：尤刻本「盤」作「槃」。又，「世幽昧以眩曜兮」，建州本「世」作「時」，謂「五臣作「世」」。明州本、秀州本作「世」，謂「逸本作「時」字」。案：尤刻本「世」作「時」。又，「民好惡其不同兮」，建州本「民」作「人」，謂「五臣作「民」」。明州本、秀州本作「民」，謂「逸本作「人」字」。案：尤刻本「民」作「人」。又，「摯咎繇而能調」，建州本「咎」作「臯」，謂「五臣作「咎」」。明州本、秀州本作「咎」，謂「逸本作「臯」字」。案：尤刻本「咎」作「臯」。又，「又何必用夫行媒」，建州本無「又」字，謂「五臣有「又」字」。明州本、秀州本有「又」字，謂「逸本無「又」字」。案：尤刻本無「又」字。又，「今直爲此蕭艾也」，建州本謂「五臣本無「蕭」字」。秀州本無「蕭」字，謂「逸本有「蕭」字」。案：尤刻

文選卷第三十二
梁昭明太子撰
文林郎守太子右内率府録事參軍事崇賢館直學士臣李善注上
騷上
屈平離騷經一首　九歌四首
離騷經一首　屈平　王逸注
序曰離騷經者屈原之所作也屈與楚同姓仕於懷王爲三閭大夫同列大夫上官靳尚妬害其能共譖毁之王乃流屈原原乃作離騷經不忍以清白久居濁世遂赴汨淵自投而死也
帝高陽之苗裔兮　苗胄也裔末也高陽顓頊有天下之號也帝繫曰顓頊娶于滕隍氏女而

本有『蕭』字。又，『又何必用夫行媒』，建州本無『又』字，謂『五臣有「又」字』。明州本、秀州本有『又』字，謂『逸本無「又」字』。案：尤刻本無『又』字。又，『使夫百草爲之不芳』，建州本無『夫』字，謂『五臣有「夫」字』。明州本、秀州本有『夫』字，謂『逸本無「夫」字』。案：尤刻本無『夫』字。又，『苟得列乎衆芳』，建州本『列』作『引』，謂『五臣本作「列」』。明州本、秀州本作『列』，謂『逸本作「引」字』。案：尤刻本『列』作『引』。又，『鳳皇翼其承旂兮』，建州本謂『五臣本作「紛」字』。明州本、秀州本作『紛』字，謂『逸本作「翼」字』。案：尤刻本亦作『翼』。又，『屯余車其千乘兮』，建州本謂『五臣本無「其」字』。明州本、秀州本無『其』字，謂『逸本有「其」字』。案：尤刻本有『其』字。又，『載雲旗之委蛇』，建州本謂『五臣作「逶迤」』。明州本、秀州本作『逶迤』，云：『逸本作「委移」字。』案：尤刻本作『委移』，則不從五臣本而從逸本也。

《東皇太一》『君欣欣兮樂康』，王逸注：『康，安也。』五臣本同。案：尤刻本『安』作『樂』。《雲中君》『猋遠舉兮雲中』，秀州本『猋』作『焱』。建州本作『猋』。案：焱，火華、火光也。猋，疾速也。王注云：『猋，去疾貌也。』尤刻本亦作『猋』，則未從五臣也。《湘君》『望夫君兮未來』，建州本『未』作『歸』，謂『五臣作「未」字』。明州本、秀州本謂『逸本作「歸」字』。案：尤刻本作『歸』。又，『蓀橈兮蘭旌』，建州本『蓀』作『荃』，上有『承』字。謂『五臣作「采」』。明州本、秀州本作『采』，謂『逸本作「承」字』。案：尤刻本作『承荃』。《湘夫人》『白薠兮騁望』，建州本『白』上有『登』字；『薠』作『蘋』，謂『五臣本作「薠」字』。明州本、秀州本云：『逸本有「登」字。』又云：『逸本作「蘋」字。』案：尤刻本『白』上有『登』字，『薠』作『蘋』。又，『麋何食兮庭中』，建州本作『爲』，謂『五臣本作「食」字』。明州本、秀州本作『食』，云：『逸本作「爲」字。』案：尤刻本作『爲』。又，『疏石蘭兮以爲芳』，建州本無『兮』字，謂『五臣本有「兮」字』。明州本、秀州本有『兮』字，云：『逸本無「兮」字。』案：尤刻本無『兮』字。《少司命》『緑葉兮素枝』，建州本作『華』，謂『五臣本作「枝」字』。明州本、秀州本作『枝』，云：『逸本作「華」字。』案：尤刻本作『華』。又，『蓀獨宜兮爲民正』，建州本作『荃』，謂『五臣本作「蓀」字』。明州本、秀州本作『蓀』，云：『逸本作「荃」字。』案：尤刻本作『荃』。《山鬼》『啾啾兮又夜鳴』，建州本『又』作『狖』。案：尤刻本亦作『狖』。又，王逸注『猨猴善鳴』云云，尤刻本作『猨狖善鳴』。皆不從五臣本也。

《涉江》『邸余車兮方林』，五臣本『邸』作『低』。案：尤刻本作『邸』。『苟余心其端直兮』，建州本：『五臣作「等」。』明州本、秀州本作『等』，云：『逸本作「苟」字。』案：尤刻本作『苟』。又，『吾又何怨乎今之人』，建州本：『五臣本無「何」字。』秀州本無『何』字，云：『逸本有「何」字。』案：尤刻本有『何』字。又，王逸注『滅國亡身』云云，尤刻本作『忘身』。案：五臣本作『亡身』。《卜居》『往見太卜』，建州本『往』上有『乃』字，曰：『五臣本無「乃」字。』明州本、秀州本無『乃』字，曰：『逸本作「乃往」。』案：尤刻本『往』上有『乃』字。又，『屈原曰』，王逸注：『吐詞情也。』五臣本『情』作『請』。案：尤刻本亦作『情』。又，『吾寧悃悃款款』，王逸注：『志純一也。』五臣本作『志純也』。案：尤刻本亦作『志純一也』。《漁父》『漁父莞而笑』，王逸注：『笑離斷也。』秀州本作『笑離斷』。案：尤刻本作『笑難斷』。則尤刻本皆不從五臣也。

《九辯》『收恢台之孟夏兮』，尤刻本『台』作『炱』。案：單行《楚辭章句》本作『炱』。又，『柯彷彿而萎黄』，建州本謂『五臣本作「矮」』，明州本、秀州本作『矮』。案：尤刻本作『委』。又，『擥騑轡而下節兮』，明州本、秀州本作『擥』，曰：『逸本作「覽」字。』案：尤刻本作『覽』。又，『聊逍遥以相佯』，建州本作『羊』，謂『五臣本作「佯」』。

秀州本作『佯』。案：尤刻本作『羊』。又，『嘗被君之渥洽』，建州本『嘗』作『常』，謂：『五臣本作「嘗」。』秀州本作『嘗』。案：尤刻本作『常』。又，『何云賢士之不處』，王逸注：『二老太公歸文王也。』秀州本、明州本『二老』作『上老』，建州本作『大老』。案：尤刻本亦作『二老』。二，古『上』字。又，『欲寂漠而絶端兮』，建州本『漠』作『寞』，謂：『五臣本作「漠」。』明州本、秀州本曰：『逸本作「寞」。』案：尤刻本作『寞』。其未從五臣本也。

《招魂》『歸來兮不可以託些』，建州本作『歸來歸來』，謂『五臣本作「歸來」』。明州本、秀州本作『歸來』，曰：『逸本作「歸來歸來」。』案：尤刻本作『歸來歸來』。下文『歸來兮不可以久些』『歸來恐自遺災些』，尤刻本皆作『歸來歸來』，而未從五臣本也。又，『得人肉以祀』，尤刻本『以』作『而』。案：建州本、單行《楚辭章句》本皆作『而』。又，『鄭綿絡些』，尤刻本『綿』作『緜』。案：建州本作『緜』。又，『二八侍宿』，王逸注『故晉悼公賜魏絳女樂二八』云云，尤刻本『故』作『左傳曰』。又，『步騎羅些』，王逸注『羅列而陳』云云，尤刻本『而陳』作『之陳』。又，『班其相紛些』，王逸注『除去威嚴』云云，尤刻本『去』作『其』。又，『遒相迫些』，王逸注『竝進技巧』云云，尤刻本『技』作『伎』。又，『懸火延起兮玄顔烝』，王逸注『煙上烝天』云云，尤刻本『烝天』作『蒸于天』。其與五臣本別也。

綜上所述，尤刻本非祖於秀州本、明州本或贛州本刪削而成。尤氏刻書雖嘗參校六臣本，然必以單行善注本爲底本也，惟不知其爲何本耳。館臣、胡氏以爲由六臣本鈔出，其失之斷也。

尤刻本校勘頗精，《楚辭》正文或與五臣注本相合，然少於相異者，蓋尤氏或據五臣注本校改也。如：《離騷》『繼之以日夜』，建州本謂『五臣本有「又」字』。秀州本有『又』。案：尤刻本『繼』上有『又』字。又，『使夫百草爲之不芳』，建州本謂『五臣有「爲」字』。明州本、秀州本謂『逸本有「爲」字』。案：尤刻本有『爲』字。又，『芬至今猶未沫』，秀州本、明州本作『芬芬』，謂『逸本作「芬至今猶未沬」』。建州本謂『五臣本有兩「芬」字』。案：尤刻本作『芬至今猶未沬』。《湘夫人》『麋何食兮庭中』，建州本謂『五臣本作「食」字』。明州本、秀州本作『食』，云：『逸本作「爲」字。』案：尤刻本作『爲』。《少司命》『與女沐兮咸池』，建州本『咸』下有『之』字，明州本、秀州本無『之』字。案：尤刻本『咸』下有『之』字。《涉江》『余幼好此奇服兮』，王逸注『言己少好奇偉之服』云云，秀州本『偉』作『瑋』，建州本亦作『偉』。案：尤刻本『偉』作『瑋』。又，『登崑崙兮食玉英』，建州本謂『五臣作「飱」』。明州本、秀州本作『飱』。案：尤刻本作『食』。

尤刻本校正他本之訛。如：《離騷》『惟夫黨人之偷樂兮』，王逸注：『偷，苟且也。』六臣本無『且』字。案：脱訛也。尤刻本有『且』字。又，『衆女嫉余之蛾眉兮』，王逸注『猶衆臣嫉妒忠正』云云，尤刻本作『中正』。案：中正，王注習語。又，『勉陞降以上下兮』，王逸注：『勉，强也。』六臣本無注。案：脱訛也。唐鈔本、尤刻本皆有注。又，『樧又欲充夫佩幃』，王逸注『使居親近，無有憂國之心』云云，尤刻本『使』上有『皆』字。案：舊有『皆』字是也。六臣本『皆』訛作『此』。《湘君》『女嬋媛兮爲余太息』，王逸注『言己遠揚精誠』云云，尤刻本『精誠』作『精神』。案：精神以言魂靈，不當作『精誠』也。又，『將以遺兮下女』，王逸注『以與貞正之人』云云，尤刻本『貞』作『忠』。案：貞正，王注未見。舊作『忠正』是也。《招魂》『氾崇蘭些』，王逸注：『崇，充也。』六臣本無注。案：脱訛也。唐鈔本、尤刻本皆有注。又，『朱明承夜兮時不可以淹』，王逸注：『朱明，日也。』五臣本無注。案：脱訛也。尤刻本有注，『日』上有『謂』字。《招隱士》『山曲岪』，王逸注：『盤詰屈也。』六臣諸本『詰』作『結』，唐鈔本作『詰』。案：皆訛也。尤刻本亦作『詰』，據他本校改也。

然尤刻本訛亂而未見他本。如：《離騷》『唯昭質其猶未虧』，王逸注『外有芬芳之德，内有玉澤之質』云云，尤刻本訛作『外有芬芳之德，外有玉澤之質』也。又，『吾令鴆爲媒兮』，王逸注：『鴆，運日也，羽有毒可殺人，以喻讒佞賊害人也。』唐鈔本作『羽有毒煞人以喻讒賊也』。尤刻本作『鴆惡鳥也明有毒殺人以喻讒賊』。案：明，『羽』字之訛。又，『九疑繽其並迎』，王逸注『紛然來迎』云云，《文選》本作『紛然迎我』，尤刻本訛作『紛然近我』。《九辯》『車既駕兮朅而歸』，王逸注『回逝言邁』云云，尤刻本『邁』訛作『還』。《招魂》『不能復用』，王逸注『必去卜筮之法』云云，尤刻本脱『去』字。又，『歸來反故室』，王逸注『言君魂急來歸』云云，尤刻本『君』作『若』。案：若，『君』字之訛也。又，『娭光眇視』，王逸注『目采盼然』云云，尤刻本『盼』作『眇』。案：眇，『盼』字之訛也。又，『獻歲發春兮』，王逸注『萬物皆感氣而生』云云，唐鈔本、六臣本『感』作『含』。案：《論衡·命義篇》：『人稟氣而生，含氣而長，得貴則貴，得賤則賤。』舊作『含氣』是也。尤刻本作『感氣』，訛也。

清胡氏克家不遺餘力，精校單行善注本，即以尤刻爲底本，參校稱『袁本』（明袁褧翻宋廣都裴氏刻本）、『茶陵本』（元陳仁子翻刻宋建州本），且與校勘名家顧廣圻、彭兆蓀反覆詳論，深相剖晰，條列件繫，成《文選考異》十卷。其卷六中有《楚辭考異》，《離騷》四十五條，《九歌》十二條，《九章》六條，《卜居》二條，《漁父》二條，《九辯》二十二條，《招魂》三十九條，《招隱士》四條。都一百三十二條。《楚辭》正文及王注皆論列之，是其所是，非其所非，往往言之有據，揆之成理，見其識斷精確，功力深厚，蓋可資參考者甚夥。如：

《離騷》『紐秋蘭以爲佩』條：『袁本云逸作「紐」。茶陵本云五臣作「紉」，下「豈惟紐夫蕙茝」校語同。案：各本所見皆非也。此「紐」《楚辭》作「紉」，下載「舊音女陳反」，洪興祖《補注》「女鄰切」。又下文「矯菌桂以紉蕙兮」，各本盡作「紉」，蓋「紐」傳寫訛耳。凡《楚辭》及善引逸注，不必全同。而《文選》今本傳寫之誤，或失文義，仍當相正。』又，『注以脩用天地之道』條：『何校「脩」改「循」，陳同。《楚辭》注作「循」。案：上云「遵循也」，「循」字是也。「循」「脩」二字，群書多混。前人論之詳矣。』又，『注言吞陰陽之精蘂』條：『案：洪興祖本《楚辭》注無「言」字。「陰陽」作「正陰」，是也。各本及單行《楚辭》注皆誤。』又，『注反迷己誤欲去之路』條：『案：「反迷己」，當依《楚辭》注作「及己迷」。各本皆誤。』又，『脩繩墨而不陂』條：『袁本、茶陵本「陂」作「頗」，注同。案：此尤延之改也，《楚辭》正作「頗」。洪興祖云：「頗，一作陂。」爲尤所據，謂引《易》曰「無平不頗」，其字宜作「陂」耳。詳逸引群經不必與今同，改者未是。「脩」當作「循」，袁本云逸作「脩」，茶陵本云五臣作「循」。詳逸注「循用先聖法度」，各本皆同，是逸作「循」，不作「脩」，校語所見，實傳寫訛也。單行《楚辭》注亦訛。』又『注鴆惡鳥也明有毒殺人』條：『案：「惡鳥」當依《楚辭》注作「運日」，此因五臣向注作「惡鳥」，不知者誤混善注。又「明」，當依《楚辭》注作「羽」，亦不知者因形近誤之。各本誤皆同。』又，《雲中君》『注屈原思神略垂』條：『案：「垂」，當依《楚辭》注作「畢」，讀於「畢」字句絶。各本皆誤。《少司命》「悲莫悲兮」句注亦有此語，可證。』又，《湘君》『承荃橈兮蘭旌』條：『案：「承」，衍字也，《楚辭》無。洪興祖《補注》云：諸本或云「乘荃橈」，「乘」一作「承」。或云「采」。皆後人增。其説是也。因逸注有「乘舟船」之語，誤添正文耳。後又作「承」，即此本。又作「采」，即五臣本也。袁本云：逸作「承」。茶陵本云：五臣作「采」。據所見爲校語。非。』又，《山鬼》『注睇微盻也』條：『茶陵本「盻」作「眄」，袁本作「盼」。案：《楚辭》作「眄」，「眄」字是也。下「美目盻然」，各本及《楚辭》皆作「盼」。非。洪興祖引《説文》：「南楚謂眄曰睇。」眄，眠見切。可證。逸以「眄」注「睇」，二字俱當作「眄」，與《詩》「美目盼兮」無涉。洪於下又引《詩》者，所見已誤下

「眄」爲「盼」耳。《七啓》「睇眄流光」注引此，亦其證。』又，《涉江》『苟余心其端直兮』條：『袁本云：逸無「心」字。茶陵本：五臣有「心」字。案：《楚辭》有「心」字。二本所見，蓋傳寫脱。此亦初無而尤脩改添之。』又《九辯》『注視江河也』條：『案：「江河」當作「河江」。各本皆倒。此以「江」與上「傷」「方」、下「鄉」爲韻。《楚辭》注亦倒。凡此篇逸注用韻，其誤有可以所協推知者，例如此。』又，《招魂》『旋入雷淵』條：『袁本、茶陵本「淵」作「泉」，注同。案：《楚辭》作「淵」。此必尤延之校改。』又，《招士》『注走住殊異』條：『案：「殊異」當依《楚辭》注作「異趨」。各本皆誤。「趨」字韻。洪興祖云：「一云走跸殊也。」亦非。』

胡氏《考異》之作非專爲《楚辭》，故其力之所及蓋甚有限。一是遺漏夥頤。《文選》本《楚辭》與洪興祖《補注》、單行《章句》逐字對勘，各類異文蓋二千三百多條，胡氏所考者不及其十之一，且尤需考辨之重要異文皆未及之。《離騷》『帝高陽之苗裔兮』，王逸注：『德合天地曰帝。』《文選》本無注。案：《補注》及單行《章句》皆有注。《逸周書·謚法》：『德象天地曰帝。』《公羊傳》成公八年何休注引孔子曰：『德合天者稱帝。』言『象』、言『合』寔同，皆漢以前舊詁，王注所因。舊本有注是也。善注本删之也。又，王逸注引《帝繫》曰：『顓頊娶于騰隍氏女而生老僮，是爲楚先。』《文選》本『騰』作『滕』，單行《章句》本『隍』下有『墳』字。案：王注引《帝繫》，見《大戴禮記》，作『顓頊娶于滕氏，滕氏奔之子謂之女禄氏，産老童』。騰與滕，奔與墳，古字通用。無『隍』字。《山海經·大荒西經》郭注引《世本》：『顓頊娶于滕墳氏』，宋衷曰：『滕墳，國名。』吴任臣《山海經廣注》：『《國名記》：「滕墳作勝濆。」注云：「勝奔也。高陽妃勝奔氏國。」或作騰隍。誤。』《太平御覽》卷七十九《皇王部》四『顓頊高陽氏』引《帝王世紀》、卷百一三十五《皇親部》一《顓頊妃》引《世本》作『勝墳氏』。《路史·後紀》八《高陽》『勝奔氏曰禄』條：『奔，即勝濆也。《大戴禮》：

「勝奔氏之子謂之女禄。生老童。」』又，《國名紀・上世妃后之國》『勝濆』條：『高陽妃勝奔氏國，或作騰隍。誤。』濆、墳、奔古字通用，勝、滕、騰亦通用。滕墳氏，非其氏之復名，即《戴記》『滕氏奔』之乙。滕，氏名。奔，人名。《文選》本無『奔』字，有『隍』字，皆訛也。類此者蓋不勝舉也。二是胡氏考辨時有疏誤。如，《離騷》『注使家臣衆逢蒙』條：『案：當依《楚辭》注去「衆」字。各本皆衍。』案：《左傳》襄公四年云：『家衆殺而亨之。』昭公五年曰：『昭子即位，朝其家衆。』家衆，謂家臣衆。舊作『家臣衆』亦通。又，『皆出仁義』條：『袁本、茶陵本「仁義」作「於仁」。案：二本是也。《楚辭》注作「於仁義」，亦衍「義」字。』案：仁義，王注習語也，舉不勝舉。無『義』字者，脱訛也。又，『注言我願及年德方盛壯之時周流四方觀君臣之賢欲往就之』條：『袁本、茶陵本無此二十四字。案：此尤延之據《楚辭》注添之，詳文義，當是二本脱也。』案：袁本、茶陵本以此二十四字屬張銑注，竄亂之也。秀州本亦屬王逸注，猶存其舊。胡氏蓋未見秀州本故也。又，《九辯》『注以興在位之賢臣也』條：『案：「賢」當依《楚辭》注作「貴」。各本皆訛。』案：正文『竊悲夫蕙華之曾敷兮』，蕙華，芳草，以興賢也。舊作『賢臣』是也。

尤袤原刻善注《文選》於宋淳熙八年，清胡克家於嘉慶十四年據宋本重梓，校正尤刻原本諸多訛誤，末附《文選考異》，則爲後世所稱道善注《文選》佳槧也。國家圖書館有藏本。（黄靈庚）

# 清葉氏海録軒校刊李善注本附佚名批注

海録軒，即清葉樹藩室名。樹藩字星衢，蘇州長洲人。生平未詳，蓋於乾隆之世以朱墨套印重刊汲古閣何焯評點李善注《文選》本稱著，然已非宋刻舊本，頗多改易。眉端則爲何氏焯批語。

詳觀《騷》二卷，葉氏多據洪氏《補注》本校改之。如，《離騷》「惟庚寅」，此本「惟」字無注，而尤刻宋本：「惟，辭也。」案：《補注》本亦無注，是據《補注》删之也。又，「以降」，注云：「而生得陰陽之正中也」，尤刻宋本無此九字。案：《補注》亦有此九字，是據《補注》補之也。又，「夕攬」，尤刻宋本「攬」作「擥」。案：《補注》本亦作「攬」。又，「改乎」，尤刻宋本「乎」作「其」。案：《補注》本作「乎」。又，「昔三后」，此本「昔」字無注，尤刻宋本：「昔，往也。」案：《補注》本亦無注，是據《補注》本删之也。又，「夕餐」，尤刻宋本「餐」作「湌」。案：《補注》本亦作「餐」。又，「亦何傷」注云：「言己飲食清潔誠欲使我形貌信好中心簡練而合於道要。」尤刻宋本作「言己飲食好美中心簡練而合道要」。案：《補注》本作「言己飲食清潔誠欲使我形貌信而美好中心簡練而合於道要」。是據《補注》本改也。又，「落蘂」，此本「落」字無注，尤刻宋本：「落，墮也。」案：《補注》本亦無注，是據《補注》本删之也。又，「纚纚」注：「索好貌。」尤刻宋本作「好貌也」。案：《補注》本亦作「索好貌」。又，「所服」注：「固非時俗之人所服行也」，尤刻宋本作「固非時俗之人所可服行也」。案：《補注》本亦作「固非時俗之人所服行也」。又，「陳辭」，尤刻宋本「辭」作「詞」。案：《補注》本亦作『辭』。又，『偃蹇』注：『高貌。』尤刻宋本『貌』作『意』。案：《補注》本亦作『貌』。又，『留二虞』注：『是不欲遠去之意也。』尤刻宋本『之意也』作『貌』。案：《補注》本亦作『之意也』。又，『其猶未得』，尤刻宋本『猶』作『獨』。案：《補注》本亦作『猶』。又，『齊桓聞』注：『方飯牛。』尤刻宋本『飯』作『飲』。案：《補注》本亦作『飯』。又，『荃蕙變』注：『皆香草也。』尤刻宋本『也』作『名』。案：《補注》本亦作『也』。又，『苟得列』，尤刻宋本『列』作『引』。案：《補注》本亦作『列』。又，『翼其』，尤刻宋本『翼』作『紛』。案：《補注》本亦作『翼』。《雲中君》『連蜷』，尤刻宋本作『連蹉』。案：《補注》本亦作『連蜷』。《湘君》『芳洲』注：『香草叢生水中之處。』尤刻宋本『叢』作『藂』。案：《補注》本亦作『叢』。《山鬼》『狖夜鳴』注：『猨猴善鳴』，尤刻宋本『猨』作『狖』。案：《補注》本亦作『猨』。《涉江》『奇服』注：『少好奇偉之服。』尤刻宋本『偉』作『瑋』。案：《補注》本亦作『偉』。又，『旦余』注：『言明旦者。』尤刻宋本『旦』下有『之』字。案：《補注》本亦無『之』字。又，『何怨乎』注：『滅國亡身。』尤刻宋本『亡』作『忘』。案：《補注》本亦作『亡』。《九辯》『收恢台』，尤刻宋本『台』作『炱』。案：《補注》本亦作『台』。《招魂》『不能復用』注：『必去卜筮之法。』尤刻宋本無『去』字。案：《補注》本亦有『去』字。又，『玄蠭』注：『又有飛蜂。』尤刻宋本『有』下有『大』

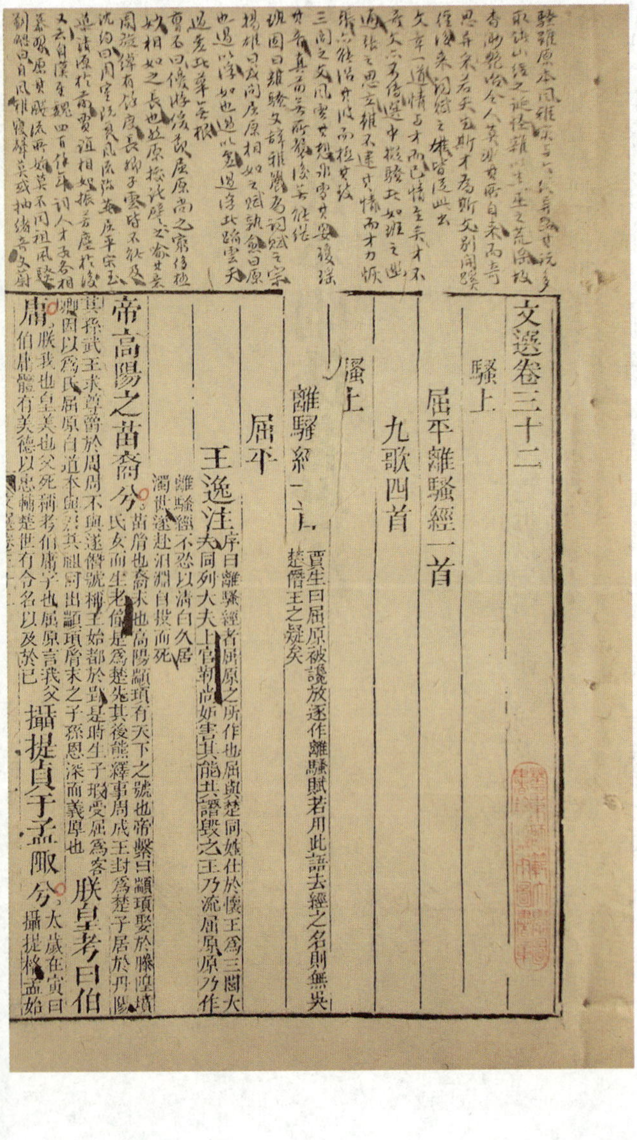
文選卷三十二
騷上
屈平離騷經一首
九歌四首
騷上
離騷經一首
屈平
王逸注
帝高陽之苗裔兮
朕皇考曰伯庸
攝提貞于孟陬兮

字。案：《補注》本亦無『大』字。又，『朱綴』注：『朱丹其緣。』尤刻宋本『緣』作『椽』。案：《補注》本亦作『緣』。又，『盛鬋』注：『垂鬢下髮。』尤刻宋本作『鬢下鬋』。案：《補注》本亦作『垂鬢下髮』。又，『飾高堂』注：『張高堂。』尤刻宋本無『張』字。案：《補注》本亦有『張』字。又，『臑若』注：『肥牛之腱爛熟之。』尤刻宋本無『爛』字。案：《補注》本亦有『爛』字。又，『敬而』注：『言君魂急來歸。』尤刻宋本『君』作『若』。案：《補注》本亦作『君』。又，『按鼓』，尤刻宋本『按』作『桉』。案：《補注》本亦作『按』。又，《招隱士》『歲暮』注：『得齒已老。』尤刻宋本無『齒』字。案：《補注》本亦有『齒』字。

間或據宋刻六臣本校改之。如，《離騷》『偷樂』，注云：『偷，苟也。』案：尤刻宋本、《補注》本『苟』下有『且』字，六臣本亦無『且』字，是據六臣刪之也。或據單刻《章句》本校改之。如，《離騷》『鴆』注：『鴆，惡鳥也，毒可殺人，以喻讒賊。』案：尤刻宋本『毒』上有『明有』二字，《補注》作『羽有』，單刻《章句》亦無『羽有』二字。是據單刻《章句》本刪之也。《九辯》『何云賢士』注：『大老太公歸文王也。』案：尤刻宋本、《補注》本『大』作『二』。單刻《章句》本作『大』，是據刻《章句》本改也。然作『二』、『大』皆非。舊本當作『上』，形訛爲『二』。後人以『二老』不詞，復改作『大』矣。或據他本校改之。如，《離騷》『委移』，尤刻宋本作『逶迤』，《補注》本作『委蛇』。案：作『委移』者，蓋據他本，已不可考矣。或據義以理校之。如，《招魂》『得人肉』注：『常食黿蛇。』尤刻宋本『黿蛇』作『嬴蚌』，《補注》本『嬴蜂』。案：蓋據文義改之矣。又，『撫案下』注：『以手抵案徐徐而行者也。』尤刻宋本作『以抵案而徐行者』，《補注》本『以手抑案而徐來下』。案：蓋據文義校改之矣。

或者仍尤刻宋本之訛。如，《離騷》『用夫行媒』注：『言臣能中心常好善。』臣，當作『誠』。尤刻宋本亦訛作『臣』。

案：《補注》本猶作『誠』。或者見脱訛。如，《招魂》『紅壁』之『紅』字，唐鈔本注：『紅，赤白也。』尤刻宋本注：『紅，赤貌也。』《補注》：『紅，赤白色也。』案：此本無注，當係脱訛也。或見憑臆删芟之。如，《招魂》『魂往必釋』注：『魂往。』尤刻宋本作『魂行到』，《補注》本作『魂行往到』。案：蓋據義删之。又，『雜芰荷』，尤刻宋本注：『倚荷，立生特倚也。』《補注》注：『倚荷，謂荷立生水中持倚之也。』案：此本無注，蓋删之矣。

觀此本之獻價值，尤在乎眉端佚名批注，凡八十五條：即《離騷》三十六條、《東皇太一》二條、《雲中君》一條、《湘君》五條、《湘夫人》四條、《少司命》二條、《山鬼》三條、《涉江》四條、《卜居》三條、《漁父》一條、《九辯》十條、《招魂》十一條、《招隱士》三條。觀其内容，以譚藝論道、品文高下居多。徵引前人之説者，則有班固、王逸、曹丕、劉勰、沈約、洪興祖、朱熹、劉辰伯、桑悦、王鳳洲、孫月峰、陸時雍、陳眉公、蔣之翹、孫鑛等，别有『郭云』『胡云』，則莫可考也。而無著名氏者，蓋佚名自爲之説。

佚名氏之於屈子其人其文，揄揚備至。如，稱『文章之道，情與才而已。情至無才不奇，文亦不佳。《選》中擬《騷》者，如班之《幽通》，張之《思玄》，雖不逮其情，而才力恢張，亦能紹其波而極其致』。蓋情之尤見重於才矣。又，稱『三閭之文，風雲其想，飛雪其姿，瓊瑶其奇，真前無所製，後無能紹』云云。蓋指《騷》之求帝求女，能使役百神、上征飛行之類言矣。佚名氏之論《騷》則稱，『吾導先路，遵道得路，捷徑窘步，幽昧險隘，皇輿敗績，奔走踵武，文義連絡，皆以馳騁之必適路，喻爲治之貴適道也』。案：《騷》自『乘騏驥』至『數化』一節，設駕輿行路爲喻，屈子自比御者，導引君輿，至於三后之路也。故拈出如上之語，誠得意指之所在也。又，『自首至前聖所厚，文義錯綜反覆，皆敘己之忠而見蔽，正道莫容。至『悔相道』一段，則精神振起，詞采煥發，而去國遠逝張本。自此以下皆有段落可尋』。又，『前聖所厚以上乃作此本意，以下皆作者波瀾，而文以波瀾而始奇』。案：《騷》以『前聖所厚』爲實虛兩界，實則寫其本事，虛則想像之詞矣。又，『無數波瀾，皆從女嬃發源，因女嬃之詈而歎衆皆不察，而涉江南征，陳詞於舜。陳詞畢而遂肆意遠逝，乃縣圃維留，而帝閽延佇，更歷閬丘，上下求索同心，而終無所遇。於是命占于靈氛，決疑於巫咸，波瀾節節相生』。疏理脈絡，是可謂善讀《騷》者矣。又，批語偶及字義訓詁。如，『靈瑣』之『瑣』，謂『當作璅。縣圃之靈璅，神仙所居者也』。案：是也。璅，實作『巢』。靈巢，神靈所居。古之神靈，皆遠古先帝之原型，其傳説之居雖已神化，陞至天界靈山，然未脱盡其鴻荒蒙昧遺迹。大抵北土之民多穴居，以其地寒；南土之民皆巢居，以其地熱。靈巢，因有巢氏、大巢氏之傳説。《莊子·盜跖篇》：『古者禽獸多而人少，於是民皆巢居以避之，晝拾橡栗，暮栖木上，故命之曰有巢氏之民。』浙江餘姚河姆渡遺址（距今七千餘載）有檻欄居室，是巢居之遺存。東君以『扶桑』爲檻，亦巢居之遺制，與靈巢同。靈巢，即神居也。後以爲神靈所居多以玉爲之，則益『玉』旁而作『璅』，是以與『瑣』字相亂矣。

佚名氏批語，論《九歌》諸篇，多在寄寓諷諫、篇章結構之間，不無精妙之言。如，稱『《九歌》皆錯綜麗語，離奇妖冶，視《騷經》更爲樂而淫，哀而傷』。又，《雲中君》『思夫君』二句，『以見臣子慕君深意』。《湘君》『一心不同」等語皆無憂國思君之隱，躔綿不解，故傷交吐露不自覺知耳。總之性情之所在，則啓口皆是，語此當悠然言表。若紛紛比擬，獨是筌蹄之見』。又於『鳥次』數句批云：『此言望神不至而俯仰所見如此。』《山鬼》『與前數篇一例，「了慕予」句，當依舊注。「余處幽篁」，余字亦人，代爲設辭耳。至「靈脩」「公子」「山中人」及兩「君思我」君字，俱指山鬼而言。「留靈脩」二句，言山中雲雨杳冥，靈脩留此而不歸，豈不慮歲晏而無歡乎？此「予」字亦假代之詞。「君思我兮不得閒」，言君自言思我，乃託詞「不閒」，而忘歸，我能無怨哉？「采三秀」二句及「芳杜若」二句，指言山鬼之樂處山中而不返。

末四句則總言山中淒淒之意，以致其思念之意。此山鬼當是避世之士，没齒於山而不出，亦與三間同道者，故較他篇詞更諄切，亦淮南《招隱》之類也』。案：佚名氏以《九歌》之情思爲不經意之吐露，而非有意於寄託，見識深刻獨到。即有所隱喻，亦在恍惝迷離之際，似有似無，不可遂定。舊注於字字句句皆牽合君臣大義，是故多見扞格不合矣。而探《山鬼》之意指，以爲寄意於山中隱士，而隱士不出，庶幾是已。稱《文選》之於《九章》而所以取《涉江》者，『《九章》俱情致斐疊，而篇法詞藻，華整可觀，莫如此篇，故昭明獨取其一』也，故其批詞著意於篇法結撰。云『「被明月」下十句句法，長短極錯綜而挺健』，云『「駕青虬」數語亦是大言以自廣』，皆是也。稱《九辯》『遠行送别，去故就新，貧士羈旅，數此何時不黯然？惟當秋則倍甚，每項各在上半句點綴情意，句法極緊峭』。稱《招魂》『自「高堂邃宇」已傳宫室婦女之盛，此「翡帷翠帳」一段則承上「離榭」代暮，言遊於别館之高堂也。因在别館，故有人異。四句言隨從侍衛之人皆羅列而伺候之也』。稱《招隱士》『「虎豹鬭兮」，即上文已見，此更説得駭人，以明不可久留。上兩言「聊淹留」，末以「不可久留」作結，極看照應章法，前云「不歸」，末云「歸來」，俱是照應處』。

葉氏校刻是書，始於乾隆三十四年己丑，蕆事於三十七年壬辰，版式大略同毛晉本，自是汲古系統之一。批語悉見眉端，間於下端有校語，字迹爲行書小楷，工整可觀，藏於華東師範大學圖書館。（黄靈庚）

# 金陵書局同治八年重刻李善注本附王同愈批校

此本乃金陵書局於清同治八年己巳據毛氏汲古閣李善注本重刻也。同治二年，曾國藩於安慶設金陵書局。明年，金陵克復，乃移局於江寧府，聘績學之士任校讎，招陶吴之民事剞劂，「但求校讎之精審，不問成本之遲速」，名流如張文虎輩亦與其事。其所刻書，雅以精善稱著。此《騷》二卷，即從此本録出者也。

此本雖翻汲古閣本，同出宋尤袤刻《文選》李善注本。然與之相較，略有異同，且據洪興祖《補注》本校改者居多。如，《離騷》「皇覽」注：「覽，覩也。」尤刻本「覩」作「睹」。案：覩、睹同。又，「辟芷」注：「芷幽而香。」尤刻本「香」下有「也」字。案：《補注》本亦無「也」字。又，「秋蘭」注：「秋而芳。」尤刻本「芳」下有「也」字。案：《補注》本亦無「也」字。又，「夕攬」，尤刻本「攬」作「擥」。案：攬、擥同。又，「純粹」，尤刻本「純」作「湻」。案：純、湻通假字。又，「惟黨人」，尤刻本「惟」下有「夫」字。案：《補注》本亦無「夫」字。又，「偷樂」注：「偷，苟且也。」尤刻本「苟」下無「且」字。案：《補注》本亦有「且」字。又，「有他」，尤刻本「他」作「佗」。案：他、佗同。又，「百畞」，尤刻本「畞」作「畝」。案：畞、畝同。又，「夕餐」，尤刻本「餐」作「湌」。案：《補注》本亦作「餐」。又，「纚纚」注：「索好貌。」尤刻本作「好貌也」。案：《補注》本作「索好貌」。又，「願依彭咸」注：「欲願依古之賢者彭咸。」尤刻本無「願」字。又，「攬茝」，尤刻本「攬」作「擥」。案：攬、擥同。又，「嫉余蛾眉」注：「嫉妬中正。」尤刻本「中」作「忠」。案：《補注》本亦作『中』。又，『何方圓』注：『圓鑿受方枘。』尤刻本作『方枘受圓鑿』。案：《補注》本亦作『圓鑿受方枘』。又，『菉』注：『王蒭也。』尤袤本『蒭』作『芻』。案：《補注》本亦作『芻』。又，『啓九辯』注『皆有次序』，尤袤本『序』作『敘』。案：《補注》本亦作『序』。又，『不頗』及注『無平不頗』，尤袤本『頗』作『陂』。案：《補注》本亦作『頗』。又，『陳辭兮』，尤袤本『辭』作『詞』。案：《補注》本亦作『辭』。又，『白水』注『白水潔浄』，尤刻本『潔』作『絜』。案：《補注》本亦作『潔』。又，『偃蹇』注：『高貌。』尤袤本『貌』作『意』。案：《補注》本亦作『貌』。又，『猶未得』，尤袤本『猶』作『獨』。案：《補注》本亦作『獨』。又，『寧戚』注『方飯牛』，尤袤本『飯』作『飲』。案：《補注》本亦作『飯』。又，『翼其』注：『敬也。』尤袤本『翼』作『紛』。案：《補注》本亦作『翼』。《涉江》『何怨』注『滅國亡身』，尤袤本『亡』作『忘』。案：《補注》本亦作『亡』。《九辯》『鳳亦』注『顔闔鑿坏』，尤袤本『坏』作『培』。案：《補注》本亦作『坏』。《招魂》『涉江采菱』，尤袤本『菱』作『蔆』。案：《補注》本亦作『菱』。偶或據《文選》他本校改者。如，《招隱士》『山曲岪』注『盤結屈也』，《補注》本、單行《楚辭》本、尤袤本『結』作『詰』。案：六臣注本亦作『結』。

此本雖稱佳槧，或見脱漏、誤校者。如，《招魂》『彼往習之』二句無注，尤袤本、六臣本皆有注：

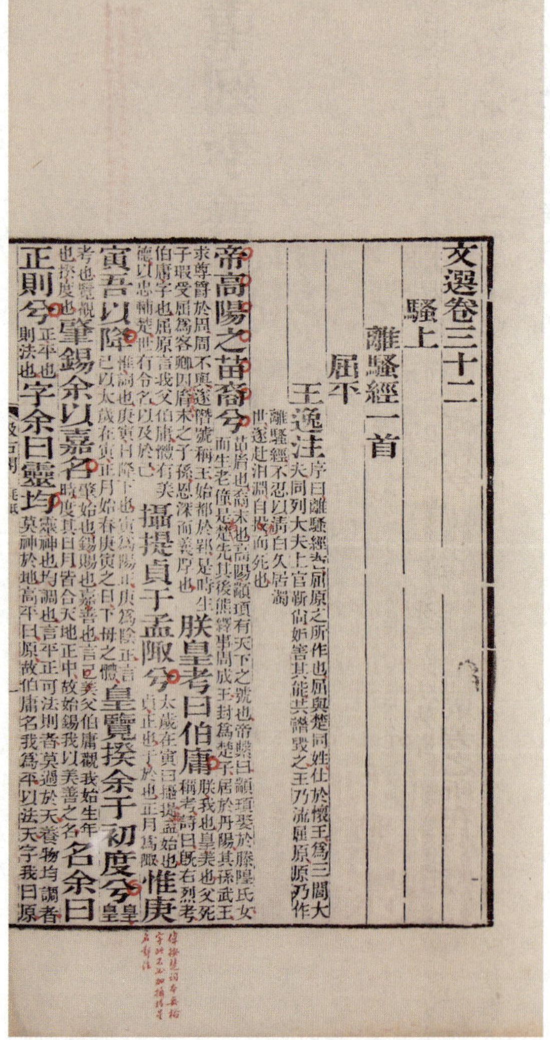
文選卷三十二
騷上
離騷經一首
屈平
王逸注 序曰離騷經者屈原之所作也屈原與楚同姓仕於懷王爲三閭大夫同列大夫上官靳尚妬害其能共譖毀之王乃流屈原原乃作離騷經不忍以清白久居濁世遂赴汨淵自投而死也
帝高陽之苗裔兮 苗胤也裔末也高陽顓頊有天下之號也帝顓頊曰顓頊娶於滕隍氏女而生老僮是楚先其後熊繹事周成王封爲楚子居於丹陽其孫武王求尊爵於周周不與遂僭號稱王始都於郢是時生子瑕受屈爲客卿因氏焉屈原其末之子孫恩深而義厚也 朕皇考曰伯庸 朕我也皇美也父死稱考詩曰既右烈考伯庸字也屈原言我父伯庸體有美德以忠輔楚世有令名以及於己 攝提貞于孟陬兮 太歲在寅曰攝提孟始也貞正也于於也正月爲陬 惟庚寅吾以降 惟詞也庚寅日降下也寅爲陽正庚爲陰正言已以太歲在寅正月始春庚寅之日下母之體 皇覽揆余于初度兮 皇皇考也覽視也揆度也 肇錫余以嘉名 肇始也錫賜也嘉善也言已美父伯庸觀我始生年時度其日月皆合天地正中故始錫我以美善之名 名余曰正則兮 正平也則法也 字余曰靈均 靈神也均調也言正平可法則者莫過於天養物均調者莫神於地高平曰原故伯庸名我爲平以法天字我曰原

『釋，解也。言彼十日之處，自習其熱，冤行往到，身必解爛也。』案：蓋脫誤也。又，『歸來歸來』二句無注，尤袤本、六臣本皆有注：『言魂魄宜急來歸，此誠不可以託附而居之。』案：蓋脫誤也。又，《離騷》『邅吾道』注『言己設去遠方』，尤袤本、《補注》本『方』作『行』。案：不知其所據本。《漁父》『不凝滯於萬物』，《文選》諸本及《楚辭》諸本皆無『萬』字。案：當是誤衍。又，《九辯》『何云賢士』注『大老太公』，尤袤本、《補注》本作『二老』，單行《楚辭》本作『大老』。案：此據單行《楚辭》本改也。六臣注作『上老』。甚是。二，古『上』之訛，『大老』，據義妄改也。《招魂》『雕題』注『常食黿蛇』。案：尤袤本作『蠃蚌』，六臣本作『黿蚌』，單行《楚辭》本、《補注》本作『蠃蜯』。未見作『黿蛇』者，當是臆改也。

此本有清王同愈朱筆批點。同愈，字文若，號勝之，別署栩緣，室名栩栩盦，江蘇元和人。光緒十五年己丑進士，改庶吉士，先後官順天鄉試同考官、日本國參贊、湖北學政、湖北學務處兼兩湖大學堂監督、江西提學使、散官授翰林院編修。精算學，工書畫，著有《栩緣隨筆》《栩緣日記》《栩緣詩文集》《校士算存》《選硯芻言》《說文檢疑》《疑年表》，別刊《先正讀書訣》《女學弟子職》等。事載《民國人物碑傳集》卷四顧廷龍《清江西提學使王公行狀》。

王氏批點此本有側批、眉批及圈點。側批多據洪興祖《楚辭補注》本校此本。其見諸《離騷》者，如，《序》『自投』，王校『投』作『沈』。案：《補注》本作『自沈』。又，『改其此度』，王校『其』作『乎』。案：《補注》本作『乎』。又，『夕餐秋菊』注：『言吞陰陽之正藥。』王氏刪『言』『陽』二字，『吞』下補『正』字，眉批云：『據洪興祖本改，各本及單行《楚詞》注皆誤。』案：其校是也。『吞正陰之精蕊』與上『吸正陽之津液』對舉。又，『所服』注：『所可服行也。』王氏刪『可』字。案：《補注》本無『可』字。又，『哀人生』，王校『人』作『民』。案：《補注》本作『民』。又，『終不察」注「終不見省察」，王氏刪「見」字。案：《補注》本無「見」字。又，「悔相道」注：「言己自恨視君之道。」王氏作「言己自悔恨相視君之道。」案：《補注》本亦作「悔恨相視」。又，「步余馬」注：「則徐徐行步我之馬。」王刪「徐行」二字。案：《補注》本作「徐步」。又，「及行迷」注：「言及旋我之車以反故道，反迷己誤欲去之路。」王校作：「言乃旋我之車，以反故道，及己迷誤欲去之路。」案：《補注》本作「言乃旋我之車，以反故道，及己迷誤欲去之路」。又，「椒丘」注：「土高曰丘，四墮曰椒丘。」王氏刪「曰丘」二字。案：《補注》本作「土高四墮曰椒丘」。又，「退復脩」注「將復去脩吾」云云，王氏「將」上補「故」字。案：《補注》本有「故」字。又，「世竝舉」注「相朋黨」，王氏「相」下補「與」字。案：《補注》本作「相與」。又，「之節中」，王氏校「之」作「以」。案：《補注》本作「以」。又，「脩繩墨」，王校「脩」作「循」。案：《補注》本作「循」。又，「覽人德」注「有道德之者」，王氏刪「之」字。案：《補注》本無「之」字。又，「私阿」注：「所祐爲阿。」王校「祐」爲「私」。案：《補注》本作「私」。又，「襟」注：「衣皆謂之襟。」王校「皆」作「眥」，云：「《楚詞》注作「眥」，文出《爾雅·釋器》。」案：《補注》本作「眥」。又，「陳辭兮」注「言己覩禹湯文王脩德以興天下見羿澆桀紂行惡以亡」，王氏校「己」爲「上」，刪「天」字。案：《補注》本「己」下有「上」字，無「天」字。又，「中正」注「此中正之道」「故得乘雲駕龍」，王氏「此」上補「得」字，校「得」作「設」。案：《補注》本有「得」字，且「得」作「設」。又，「將暮」注「曰又忽去」，王校「曰」爲「日」。案：《補注》本作「日」。又，「扶桑」注「延年壽」，王氏「壽」下補「也」字。案：《補注》本有「也」字。又，「緤馬」注「而留止」，王氏「止」下補「也」字。案：《補注》本有「也」字。又，「溘吾遊」注：「言我行遊，奄然至於青帝宮，觀萬物始生皆出於仁，復折瓊枝以續佩，守行仁義，志彌固也。」王氏「我」下補「行」字，易「宮」爲「之舍」，「守行仁義」

爲『守仁行義』。案：皆依《補注》本增改也。又，『夕歸』注『暮所歸窮石之室』，王校『所』爲『即』。案：《補注》本作『室』。又，『來違棄』注『來去相棄』，王校作『來復棄去』。案：《補注》本作『來復棄去』。又，『佻巧』注『多語而無要實』，王氏『語』下補『言』字。案：《補注》本有『言』字。又，『高辛』注『嚳有天下號也』，王氏『嚳』上補『帝』字。案：《補注》本有『帝』字。又，『先我』注『受禮遺，將恐帝嚳以先我得簡狄也』，王校『將』下補『行』字，『以』作『已』。案：《補注》本有『行』字，『以』作『已』。又，『筳篿』注：『楚人名結草折竹以卜曰篿筳。篿音專，筳音廷。』王氏作：『楚人名結草折竹以卜曰篿。筳音廷，篿音專。』又，『吉故』注『尤吉善也』，王校『尤』爲『就』。案：《補注》本作『就』。又，『苟中情其好修』注『言臣能中心苟好善』，王氏作『言誠能中心常好善』。案：《補注》本作『言誠能中心常好善』。又，『得舉』注『聞文王化興盍往歸之』，王校『化』爲『作』，『興』下補『曰』字。案：據四庫《補注》本改也。又，『路修遠』注『其路長遠』，王校『長』作『遥』。案：《補注》本作『遥』。又，『啾啾』注：『鳴聲。言從崑崙將遂升天。』王校『聲』下補『也』字，『言』下補『己』字。案：據《補注》本補也。又，『詔西皇』注『動與神獸聖王相接』，王校『王』作『帝』。案：《補注》本作『帝』。又，『徑待』注『先使從邪徑』，王校『使從』作『過使』。案：《補注》本作『過使』。又，『顧而不行』注『此終志不失』，王校『失』爲『去』。案：《補注》本作『去』。

側批見諸《九歌》者，如，《東皇太一》『辰良』注『吉辰之日』，王校『辰』爲『良』。案：《補注》本作『良』。又，『長劍』注『所以威不服』，王校『服』爲軌『。案：《補注》本作『軌』。又，『玉珥』注『垂衆佩』，王校『垂』上補『要』字。案：《補注》本有『要』字。又，『璆鏘鳴』注『動鳴五玉鏘五音而和』，王校作『動鳴五玉鏘鏘而和』。案：據《補注》本改也。又，『君欣欣』注『重作衆樂』，王校『重』爲『動』。案：《補注》本作『動』。《雲中君》『爛昭』注『巫執事恭敬」，王校「巫」上補「言」字。案：《補注》本有「言」字。《湘君》「蹇誰留」注「以爲堯二女妻舜」，王校「爲」下補「用」字。案：《補注》本有「用」字。又，「使江水」注「使江順徑徐流」，王校「江」下補「水」字。案：《補注》本有「水」字。又，「駕飛龍」注「神思略垂」「還亟歸故居」，王校「垂」作「畢」「還亟」作「亟還」。案：據《補注》本改。又，「承荃橈」，王刪「承」字。案：《補注》本無「承」字。又，「揚靈」注「揚其精神」，王校「神」作「誠」。案：《補注》本作「誠」。《湘夫人》「帝子降」注「不遭值堯而遇暗君」，王校「堯」下補「舜」字。案：《補注》本有「舜」字。又，「白薠」，王校「薠」爲「蘋」。案：《補注》本作「蘋」。又，「騁望」注「望平之時」，王校「望平」爲「平望」。案：《補注》本作「平望」。《少司命》「秋蘭兮」注「閑而」，王校作「空閑」。案：《補注》本作「空閑」。又，「素華」，王氏眉批：「華一作枝。」案：《補注》本作「枝」。又，「夫人自有兮」，王校作「夫人兮自有」。案：《補注》本作「夫人兮自有」。又，「與汝遊」二句，眉批：「洪本云：「此《河伯》章中句，古本無此二句。」」又，「荃獨宜」，王校「荃」爲「蓀」。案：《補注》本作「蓀」。《山鬼》「山之阿」注「見山之阿」，王校「見」下補「於」字。案：《補注》本有「於」字。又，「折芳馨」注「故折香馨」，王校「香」作「芳」。案：《補注》本作「芳」。又，「神靈雨」注「則靈應之而雨」，王校「則」下補「神」字。案：《補注》本有「神」字。

側批見諸《九章》以下者。如，《涉江》「欸秋冬」注「愁而長歎之中憂思也」，王校作「愁而長歎心中憂思也」。案：《補注》本「中」作「心」。又，「步余馬」注「我馬壯强行山皋」，王校作「我馬强壯行於山皋」。案：《補注》本「我馬强壯行於山皋」。又，「擊汰」注：「汰，水波。」王校「波」下補「也」字。案：《補注》本有「也」字。又，「淹回水」注「隨水流」「還之者也」，王校作「隨水回流」「還之意也」。案：據《補注》本改也。又，「接輿」注「自刑體」，王校『刑』下補『身』字。案：《補注》本有『身』字。又，『桑扈』注『效夷也』，王校『夷』下補『狄』字。案：《補注》本有『狄』字。《卜居序》『卜己居俗』，王校『俗』作『世』。案：《補注》本作『世』。又，『乃往見太卜』，王校『稽神明也』之注文於此句下。案：《補注》本注在此句下。《漁父序》『之所作』『避俗時』，王校『作』下補『也』字、『俗』作『世』。案：依《補注》本改也。《九辯》『愴怳』注『中情愴怳』，王校『愴』爲『悵』。案：《補注》本作『悵』。又，『超逍遥』注『遠出遊逝』，王校作『遠去浮遊』。案：《補注》本作『遠去浮遊』。又，『收恢台』注『以養民』，王校『民』下補『也』字。案：《補注》本有『也』字。又，『以孟夏兮』注『在茂美樹』，王校『美』下補『之』字。案：《補注》本有『之』字。又，『沈藏』注『竄巖藪』，王校『藪』作『籔』，又改爲『穴』。案：《補注》本作『穴』。又，『遒盡』注『之若流』，王校作『若流水』。案：《補注》本作『若流水』。又，『曾欷』注『以興在位之賢臣』，王校『賢』作『貴』。案：《補注》本作『貴』。又，『飛颺』注『政言德惠所由出之也』，王校作『言政令德惠所由出也』。案：《補注》本作『言政令德惠所由出也』。又，『慘悽兮』注『心惻隱也』，王校乙作『心隱惻也』。案：《補注》本作『隱惻』。又，『懷德兮』注『之明德』，王校仡『之聖明』。案：《補注》本作『聖明』。《招魂》『蕪穢』注『無所用也』，王校『用』下補『之』字。案：《補注》本有『之』字。又，『考此盛德』注『考校己盛德』，王校『己』下補『之』字。案：《補注》本有『之』字。又，『恒閒』注：『去君之恒閒，里也。』王校『閒』下補『閒』字。案：《補注》本復有『閒』字。又，『玄蠭』注『又有大飛蜂』，王校删『大』字。案：《補注》本無『大』字。又，『恐自』注『魂魄欲往者』，王校『魂』上補『言』字。案：《補注》本有『言』字。又，『啄害下人』注『言啄天下欲上之人』，王校『言』爲『主』。案：《補注》作『主』。又，『豺狼』注『有豺狼之獸』，王校『豺』上補『言天上』三字。案：《補注》本有『言天上』三字。又，『遺災』注『往必自害不旋踵』，王校『自』下補『與』字、『踵』下補『也』字。案：《補注》本有『與』字、『也』字。又。『羅幬張』注『施羅幬』，王校『施』上補『復』字。案：《補注》本有『復』字。又，『明燭』注『以觀其鐙錠』，王校刪『以』字。案：《補注》本無『以』字。又，『射遞代』注引或曰：『遞代，夕，暮也。』王校『遞』上補『夕』字。案：《補注》本有『夕』字。又，『固植』注：『固，堅。』王校『堅』下補『也』字。案：《補注》本有『也』字。又，『絙洞房』注『竟於洞達滿房室』，王校作『竟满於洞達之房室』。案：是也。《補注》本作『竟識洞達滿於房室』，以『洞達』爲『竟識』。非是。又，『遺視矊』注『時竊視安詳諦』，王校補作『時時竊視安詳審諦』。案：《補注》本有兩『時』字、『審』字。又，『飾高堂』注『雕飾幬帳之高堂』，王校『帳』下補『張』字。案：《補注》本有『張』字。又，『伏檻』注『前伏楯下』，王校『伏』下補『檻』字。案：《補注》本有『檻』字。又，『芙蓉始發』注『池中有芙蓉始發其』，王注『其』下補『華』字。案：《補注》本有『華』字。又，『雜芰荷』注引或曰『倚荷立生特倚也』，王校作『倚荷謂荷立生水中特倚之也』。案：依《補注》本改也。又，『侍陂陁』注『侍從於君』，王校『侍』上補『謂』字。案：《補注》本有『謂』字。又，『遂宗』注『以衆盛』，王校『以』上補『遂』字。案：《補注》本有『遂』字。又，『稻粢』注『言飯則以稻糅穱』，王校『稻糅』作『秔稻粢』。案：《補注》本作『秔稻粢』。又，『和酸』注『而後甘者也』，王校刪『者』字。案：《補注》本無『者』字。又『粔籹』注『衆哧甘具』，王校『肯』作『美』。案：《補注》本作『美』。又，『華酌』注『恣意所用者也』，王校刪『者』字。案：《補注》本無『者』字。又，『美人既醉』注『言美人醉』，王注『人』下補『酣』字。案：《補注》本有『酣』字。又，『眇視』注『目采眇然』，王校『眇』作『盼』。案：《補注》本作『盼』。又，『奏大呂』注『進夏樂大呂』，王校『樂』下補『奏』字。案：《補注》本有『奏』字。又，『放陳』注『除其威嚴』，王校『其』作『去』。案：

《補注》本作『去』。又，『結撰』注『君能結撰博思』，王校『結』上補『言』字。案：《補注》本有『言』字。又，『酎飲既盡歡』，王校删『既』字。案：《補注》本無『既』字。又，『反故居』注『還楚國』，王校『還』下補『反』字。案：《補注》本有『反』字。又，『菉蘋』注『爾雅曰菉王芻也』，王校删『爾雅曰』三字。案：《補注》本無『爾雅曰』三字。又，『左長薄』注：『長薄在江北，時東行，故言「左」者也。』王校作：『長薄在江北，東行，故言「左」也。』案：是依《補注》本改也。又，『引軍右還』注『順通共護』，王校『護』作『獲』。案：《補注》本作『獲』。又，『斯路漸』注『君不事用』，王校『事』作『見』。案：《補注》本作『見』。又，『哀江南』注『來以歸江南』，王校删『以』字。案：《補注》本無『以』字。《招隱士》『枝相繚』注『信義枝結』『賢君楨幹』，王校作『仁義交結』『賢君爲楨幹』。案：依《補注》本改也。又，『隴嵸』，王校『隴』作『巃』。案：《補注》本作『巃』。

王氏側批或據《文選》諸本。如，《離騷》『縣圃』注：『縣圃，神山。淮南子曰：「縣圃在崑崙閶闔之中，乃維上天。」言己朝發帝舜之居，夕至縣圃之山，受道聖王，而登神明之山。』王氏校作：『縣圃，神山也，在崑崙之上。《淮南》言：「崑崙維乃通天。」言己朝發帝舜之居，夕至縣圃之上，受道聖王，而登神明之山。』案：此據《文選》本改也。又，『筳篿』注：『楚人名結草折竹以卜曰篿筳。篿音專，筳音廷。』王氏作：『楚人名結草折竹以卜曰篿。筳音廷，篿音專。』案：此據尤袤本校改也。《湘君》『朝騁鶩』注『言己顧反朝』，王校『反』作『及』。案：尤袤本作『及』。《山鬼》『猨啾啾』注『猨猴號狖响』，王校作『猨號狖响』。案：《文選》本作『猨號狖响』。《涉江》『余心其』『僻遠之』，王校作『余心之』『僻遠其』。案：單行《楚辭》本作『余心之』，朱子《集注》作『僻遠其』。又，《卜居》『之鼂乎』，王校眉批引何云：『乎字衍。』案：見何義門《讀文選記》也。《漁父》『而笑』注『笑難斷』，王校眉批引胡刻改『笑離斷』。案：胡校是也。《招魂》『爛人』注『燋爛人身内』，王校『内』爲『肉』。案：尤袤本亦作『肉』。又，『多迅』注：『迅，疾。』王校『疾』下補『也』字。案：尤袤本亦有『也』字。又，『盛鬋』注『垂鬢下髮』，王校『髮』作『鬋』。案：六臣注本作『鬋』。又，『不奇』注『誠足怪奇』，王校『足』作『獨』。案：《文選》六臣本作『獨』。

王氏側批或據單行《楚辭》本及朱子《集注》本。如，《離騷》『麾蛟龍使梁津』，王校『使』作『以』。案：單行本《楚辭》作『以』。《東皇太一》『蕙肴蒸』注『及以蕙蒸肴』，王校『蒸』作『烝』，『及』作『乃』，『蕙』下補『草』字。案：改『蒸』爲『烝』，因五臣本也。他者據《補注》本改。《雲中君》『極勞心』注『以志己憂』，王校『志』爲『忘』。案：《文選》本、《補注》本、單行本《楚辭》皆作『忘』。《湘夫人》『鳥萃』王校『鳥』下補『何』字。案：單行《楚辭》本有『何』字。《九辯》『騆跳』王校眉批引朱子云：『馬立不常謂之騆。作「騆跳」。非是。』《招魂》『上帝其命』注『欲使巫陽招之也』，王校刪『招之』二字。案：單行《楚辭》無『招之』二字。又，『朱塵筵』注引《詩》『肆筵設机』，王校『机』作『席』。案：四庫單行《楚辭》本作『席』，《毛詩》亦作『席』。然王逸引《詩》多與《韓詩》。又，『歸來歸來反故居』，王校刪『來歸來』。案：朱子《集注》本作『歸反故居』。又，『菎蔽』注：『菎，玉也。蔽，簙箸，以玉飾之。或言：菎蕗，今之箭囊也。』王校『菎』作『琨』，『蔽』作『讓』，『菎蕗』作『箟簬』。案：《補注》《集注》引『菎』一作『琨』。《集注》作『讓』，引一作『蔽』。單行《楚辭》本『菎蕗』作『箟簬』。則參諸本定之也。

王氏眉批作專一考證，其每下一義，必有所據依，而引王念孫者居多，蓋甚有可采者。如，《離騷》『紉秋蘭』眉批云：『袁本云，逸作「紐」。茶陵本云，五臣作「紐」。非也。《楚辭》作「紉」，下載舊音「女陳反」。洪興祖《補注》「女鄰切」。紐，但傳寫誤耳。』案：其說是也。唐鈔本《文選集注》亦作『紉』。又，『余雖好脩姱』，王校刪『好』字，眉批云：『王云：

臧氏用中也，逸注「絶遠之智」釋「修」字，「姱好之姿」釋「姱」字，不言「好修」。此因下文多言「好修」而衍。又云：雖與唯同。言予唯有此脩姱之行，以致爲人所係累也。唯，古或借作雖。《大雅》「女雖湛樂從」，言女唯湛樂之從也。《莊子·庚桑楚》「唯蟲能蟲，唯蟲能天。」《釋文》：「一本唯作雖。」是其證。謇，讀如《惜誦》「謇不可釋」之「謇」。謇，詞也，非文「謇謇爲患」之謇。按此不必改謇爲蹇。』案：『王云』者，引王念孫《讀書雜志》之言也。又，『陸離』眉批引王云：『陸離有二義：一爲參差皃，一爲長皃。此爲長皃，非參差也。《九章》「帶長鋏之陸離」。』案：此亦見王念孫《讀書雜志》。又，『夏康娱』眉批云：『王云：夏，當讀爲下，自「啓九辯與九歌」以下，皆謂啓之失德耳。言啓竊《九辯》《歌》於上，因以康娱自縱於下也。又云：失字因王注而衍。「用乎」與「用夫」「用而」同。下文「厥首用夫顛隕」「殷首用而不長」是也。又云：巷，讀《孟子》「鄒與魯閧」之閧，劉熙曰：「閧，構也。構兵以鬬也。」五子作亂，故云「家閧」。家，猶内也。若《詩》云「蟊賊内訌」矣。閧字亦作鬮。《呂氏春秋·慎行篇》「崔杼之子，相與私閧」，高誘曰：「鬮，鬬也。」私閧，猶言家閧。閧之爲鬮，猶閧爲巷也。《法言·學行篇》「一閧之市」。閧即巷字。』案：此亦見王念孫《讀書雜志》。《東皇太一》『玉瑱』眉批：『瑱，朱子音鎮。洪曰：《周禮》：「玉鎮，大寶器。」故書作瑱。鄭司農云：「瑱，讀爲鎮。」』案：鎮、瑱古亦通用。又，『蒸兮』眉批：『何云：「蒸，當作烝。烝，進也。」按《説文》：「烝，火氣上行也。」「蒸，折麻中幹也。」』案：烝、蒸古亦通用。《九辯》『侹攘』眉批：『王云：侹攘，亂貌。《哀時命》「摡塵垢之枉攘兮」，王注：「枉攘，亂貌。」侹攘與枉攘同。此注失之。』案：此注云『卒遇譖讒而遽惶也。』遽惶，亦亂之意。又，『紛旎旖』注『旎旖，盛貌也。《詩》「旎旖其華」。』眉批云：『按今《詩》作「猗儺其華」，與王逸所引不同，蓋兩見異本也。又，《詩》「濕桑有阿，其葉有難」。《上林賦》「猗狔從風」，張揖曰：「猶阿難也。」《史記》作旖旎，《漢書》作猗狔，《洞簫賦》「阿那腝腇」，其義皆同。』案：旖旎、猗狔、猗儺、阿難、阿那，皆聲之轉也，其義不別。《招魂》『不能復用』眉批：『王云：此以「不能復用」爲句，「巫陽焉乃下招曰」爲句，「焉乃」者，語詞，言巫陽於是下招。且注中「因」字正釋「焉乃」二字。《遠遊篇》「焉乃逝以徘徊」。是其證。用，古讀爲庸，與從字爲韻。若以「不用巫陽」連，失其韻矣。今本《楚辭》及《文選》皆失之。』案：此亦見王念孫《讀書雜志》。又，『崇蘭』注：『崇，充也。』眉批：『王云：呂延濟注：「崇，高也。」二説均未安。崇蘭，猶叢蘭耳。《説文》：「藂，聚也。」《廣雅》：「崇，聚也。」』案：此亦見王念孫《讀書雜志》。叢、崇古字通用。藂、叢同。又，『蒻阿』注：『蒻，蒻席也。阿，曲隅也。』眉批：『王云：以阿爲牀，則上與蒻字不相承，下與拂壁不相屬。按：蒻與弱同。阿，細繒也。弱阿，猶言細緆。《淮南・齊俗》曰「弱緆羅紈」是也。言以弱阿佛牀之四壁也。』案：此亦見王念孫《讀書雜志》。又，『臑若』眉批云：『王云：「臑，熟也。」若猶而也，言熟且芳也。顧歡《老子義疏》：「若，而也。」若無熟義，不得與臑同訓。』案：王逸注：『臑若，爛熟也。』蓋以『若』爲狀字，猶然也，本不訓熟。案：此亦見王念孫《讀書雜志》。

王氏側批或脱漏及誤録者。如，《離騷》『引乎衆芳』注『苟欲引於衆賢之位』，王校注文『引』作『列』。案：因《補注》本改也。然《補注》本正文作『列乎衆芳』，則亦宜改作『列』。此漏校也。《湘君》『桂櫂』注『舉其楫』，王氏『楫』下補『櫂』字。案：《補注》本作『櫂楫』，乙誤也。《少司命》『秋蘭兮』注『清静』，《補注》本作『清淨』。案：此漏校也。《漁父》『濯吾纓』注『沐浴陞朝』，王校作『沐浴朝廷也』。案：《補注》本作『沐浴升朝廷也』。則删『陞』字不通。

王氏側批、眉批或所據版本不明。如，《少司命》『竦長劍』注『以誅絶惡』，王校『絶』爲『邪』。案：不知其所據本。《涉江》『淹回水』注『有意還之者也』，王校『意』作『竟』。案：不知其所據本。《九辯》『皇天』注『何直春生』，王校『何直』作『謂宜』。案：《文選》六臣注秀州、明州本作『何宜春生』，未見有作『謂宜』者。《招魂》『離彼不祥』注『陸離走不善之鄉』，王删『陸離』，『走』上補『而』字。案：《文選》他本皆有『陸離』二字，單行《楚辭》本、《補注》本作『而陸離走不善之鄉』。其删『陸離』二字，不知其所據也。又，『蝮蛇』注『蝮虺』，王校『虺』作『它』。案：不知其所據。《補注》本、單行《楚辭》本作『蝮虺惡蛇』。又，『撫案下』注『以抵案而徐徐來行者也』，王校作『以手抑案而徐徐來下也』。案：單行《楚辭》本、《補注》本、《集注》本皆作『以手抑案而徐徐來下也』。則不審其所據本。又，『朱塵筵』注引《詩》『肆筵設机』，王校云：『袁荼陵本「肆」作「設」。按：設字是也。「設筵設机」者，《篤公劉》之「俾筵俾机」也。凡叔師所引，皆非同《毛詩》。單行《楚詞》作「設」，洪本誤爲「肆」。』案：肆，陳也。亦通。《文選》本作『設筵設机』，而單行《楚辭》本及《毛詩》亦作『肆筵設机』也。其所見單行《楚詞》，則不知爲何本。又，《離騷》『須臾』眉批：『王作「逍遥」，注云一作「須臾」。』案：《楚辭補注》『一作』云者，非出王注，乃出洪氏《考異》也。

王氏之圈點，實其句讀也，據此可正中華標點之訛。《離騷》『哀民生』注：『言己自傷所行不合於俗〇將效彭咸沈身於淵〇乃太息長悲〇哀念萬民〇受命而生〇遭遇多難〇以隕其身也』。案：中華標點本『哀念萬民受命而生』連讀。非也。又，『雖九死』注：『雖以見過支解〇九死終不悔恨』。案：中華標點本作『雖以見過，支解九死，終不悔恨』。非也。又，『芳菲菲』注：『菲菲〇猶勃勃也〇芳香貌也』案：中華標點本作：『菲菲，猶勃勃。芬，香貌也。』非也。又，『申申其』注：『故來牽引〇數怒重詈我也』案：中華標點本作：『故來牽引數怒，重詈我也。』非也。又，『就重華』注：『故欲渡沅湘之水〇南行就舜陳詞〇自説稽疑聖帝〇冀聞祕要〇以自開悟也』。案：中華標點本作：『故欲渡沅湘之水南行，就舜陳詞自説，稽疑聖帝，冀聞祕要，以自開悟也。」非也。又，『結幽蘭』注：『故結芳草長立○有還意也』。案：中華標點本作：『故結芳草，長立有還意也。』非也。又，『鳴和鸞』注：『鸞○鸞鳥也○以玉爲之○著於衡○和著於軾』。案：當作：『鸞，鸞鳥也，以玉爲之，著於衡。和著於軾。』而中華標點本作：『鸞，鸞鳥也。以玉爲之，著於衡，和著於軾。』非也。《雲中君》『華采衣』注：『乃使靈巫○先浴蘭湯○沐香芷○衣五采華衣○飾以杜若之英○以自潔清』。案：中華標點本作：『乃使靈巫先浴蘭湯，沐香芷，衣五采，華衣飾以杜若之英，以自潔清。』非也。又，『極勞心』注：『觀望西方○以忘己憂○思而念之○終不可得○故太息而歎』。案：中華標點本作：『觀望西方，以忘己憂思，而念之終不可得，故太息而歎。』則不成句法也。《少司命》『擁幼艾』注：『擁護萬民○長少使各得其命也』。案：中華標點本作：『擁護萬民長少，使各得其命也。』非也。《卜居》『以潔楹』注：『順滑澤也』。一句讀。案：中華標點本作：『順，滑澤也。』非也。《招魂》『秦篝齊縷』注：『篝○絡○縷○綫也』。案：中華標點本作：『篝絡，縷綫也。』非也。又，『氾崇蘭』注：『氾○猶汎汎○搖動貌也』。案：中華標點本作：『氾猶汎，汎，搖動貌也。』非也。又，『敬而無妨』注：『言君魂急來歸○還反所居故室』。案：中華標點本作：『言君魂急來歸還，反所居故室。』非也。以上舉其大略，亦窺豹見一斑者矣。

此本今藏於上海李保民先生。李氏乃吾之摯友，特貢獻於是編之撰，則不勝謝忱之意。（黄靈庚）

# 文選楚辭章句

《文選楚辭章句》者，明陳與郊之所作也。與郊字廣野，一字隅陽，號玉陽仙史、高漫卿、任誕軒，浙江海寧人。萬曆二年甲戌進士，授直隸河間府推官，九年辛巳，徵吏科給事中，遷都給事中。時趙用賢、吴中行、沈思孝、鄒元標等人因張居正而得罪，與郊上疏請召用，中外稱之。十八年庚寅，擢太常寺少卿，提督四夷館，二十年壬辰，免官歸里，構隅園。沉潛群書，耽於戲曲。著有《陳奉常集》《隅園集》《考工記輯注》《檀弓輯注》《廣修辭指南》《方言類聚》《文選章句》等及傳奇多種。事載康熙《海寧縣志》卷十一《名臣傳》。

是書原出《文選章句》之卷十三。四庫館臣論《文選章句》：『此書以坊刻《文選》顛倒棼亂，每以李善所注竄入五臣注中，因重爲釐正，汰其重複，斥五臣而獨存善注。凡善所録舊注，如《楚辭》之王逸，《兩京賦》之薛綜，《詠懷詩》之顔延之、沈約，皆仍存之，亦時時正其舛誤。較閔齊華、張鳳翼諸本差爲勝之。然點竄古人，增附己説，究不出明人積習，不如存其原本之愈也。』然陳與郊雖存王逸舊注，亦頗有批評：『叔師注《騷》，非迂滯戾情，則迫切害義。刺虚滅刃，寧必純鉤？故不避壹再彈射。』其所録篇章，同《文選》舊本，即《離騷》《九歌》六首（《東皇太一》《雲中君》、二《湘》《少司命》《山鬼》）《涉江》《卜居》《漁父》《九辯》五首、《招魂》。《離騷》《招魂》篇幅較長，皆分作若干段。其餘各篇僅作一段。正文中之小注爲反切、直音、協音即校勘，每段正文後先列王注，《離騷》及二《湘》《少司命》《山鬼》五篇復有陳與郊按語，繫於王注之後。陳與郊對於王注批評，主要在於兩方面：一是迂曲附會，二是誤解舛繆。

糾王注之迂曲附會者，如《離騷》『朝搴阰之木蘭兮，夕攬洲之宿莽』，王逸注：『言己旦起升山采木蘭，上事太陽，承天度也；夕入洲澤採取宿莽，下奉太陰，順地數也。動以神祇自敕誨也。木蘭去皮不死，宿莽遇冬不枯。以喻讒人雖欲困己，己受天性，終不可變易也。』陳與郊斥之云：『木蘭宿莽之不死且枯也，搴其芳、攬其貞，固足矣。朝夕云者，胡必承太陰太陽而託諸天之度、地之數耶？且動曰神祇，固矣夫！』又，『前望舒使先驅兮，後飛廉使奔屬』等句，王逸注：『望舒，月御也。月體光明，以喻臣清白。飛廉，風伯也。風爲號令，以諭君命。言己使清白之臣如望舒，先驅求賢，使風伯奉君命於後，以告百姓也。鸞，俊鳥也。皇，雌鳳也，以仁智之士也。雷爲諸侯，以興君。言己使仁智之士如鸞皇，先戒百官，將往適道。而君怠惰，告我嚴裝未具也。』陳與郊斥之云：『乘雲龍者，道合真與？靈瑣，楚閤與？望舒象臣、飛廉象令、雷師象諸侯與？夫悱惻無聊，而託之乎汗漫，故龍鸞之，神祇之，用寫其鬱邑耳。寧一一有指且象也！必徇象而爲之詞者，皆勿取。』又，『溘吾游此春宮兮，折瓊枝以繼佩』，王逸注：『言己行遊，奄然至於青帝之舍，觀萬物始生，皆出於仁義，復折瓊枝以續佩，守仁行義，志彌固也。』青帝在東，

帝高陽之苗裔兮朕皇考曰伯庸攝提貞于孟陬侯子
兮惟庚寅吾以降乎工皇覽揆余于初度兮肇錫余以
嘉名名余曰正則兮字余曰靈均紛吾既有此內美
兮又重之以脩能音耐扈戶江離與辟芷兮紉女鎮秋蘭
以爲佩
德合天地稱帝苗胤也裔末也高陽顓頊有天下
之號也帝系曰顓頊娶于滕隍墳氏女而生老僮
是爲楚先其後熊繹事周成王封爲楚子居於丹
陽周幽王時生若敖奄征南海北至江漢其孫武
王求尊爵於周周不與遂僭號稱王始都於郢是
時生子瑕受屈爲客卿因以爲氏屈原自道本與
君共祖俱出顓頊胤末之子孫皇美也言我父伯
庸體有美德以忠輔楚太歲在寅曰攝提格正月
爲陬庚寅日也寅爲陽正故男始生而立於寅
爲陰正故女始生而立於亥言已以太歲在

故曰萬物始生。然陳與郊云：『人之觀仁義而必于萬物始生焉，迂矣哉。』又比對後文所提及西皇而駁斥之云：『且遊青帝而由仁義行，則登白帝者其崇禮弘智乎？』又，下文令蹇修求虙妃，王逸注：『宓妃，神女也，以喻隱士。蹇脩，伏羲氏之臣也。言宓妃體好清潔，暮舍窮石之室，朝沐洧槃之水，遁世而不肯仕也。宓妃驕傲侮慢，日自娛遊，無有事君之意也。』將蹇脩附會爲伏羲氏之臣固是於使無徵，而宓妃之『信美無禮』乃言其容貌姣好而生活孟浪，非隱士之謂也。故陳與郊斥云：『若乃虙妃不必謂隱君子，蹇修不必謂伏羲氏之臣。』又，『余以蘭爲可恃兮』，王逸注：『蘭，懷王少弟司馬子蘭也。』又，『椒專佞以慢諂兮』，王逸注：『椒，楚大夫子椒也。』案：皆附會之甚。陳與郊斥云：『蘭必曰楚蘭，椒必曰楚椒，吾無取焉。』又，『麾蛟龍使梁津兮，詔西皇使涉予』，王逸注：『言我乃麾蛟龍橋海，使少皞來渡，動與神獸聖帝相接。言能渡萬民之厄也。』又，『路不周以左轉兮』，王逸注：『過不周者，言道不合於世也。左轉者，言君行左乖，不與己同志也。』陳與郊斥之云：『麾梁詔陟，夫豈爲物設？千乘八龍，夫豈爲自容？泥而則之，其惡能測之？若不周喻俗，左轉喻國，又奚山徑之名而數數也？抑末矣。』

正王注之誤解舛謬者。如，《離騷》『余既滋蘭之九畹兮』八句，王逸注：『雖見放流，猶種蒔蕙蘭，脩行仁義也。積纍潔飾，復植衆香，芬芳益暢，德行彌盛也。種植衆芳，幸其茂長成熟，吾將穫取而饗其功。以言君亦宜畜養衆賢，以時進用，而待仰其治也。脩行忠信，而遂斥棄，則使衆賢志士，失其所也。』陳與郊曰：『樹栽衆芳，用自潔飾，非樹衆賢之謂也。刈者未刈，萎者遂萎，故不哀身而哀道焉。衆賢何與乎？』王逸將『樹衆芳』解作『勤身自勉』，庶無問題，但又將之比擬爲君王畜養衆賢，則有所扞格。陳與郊以爲前後文之比喻應係一致，故仍然解釋爲用自潔飾方佳。又，女嬃一段，王逸云：『女嬃見己施行不與衆合，以見流放，故來牽引，數怒重罵我也……原汝何爲獨博采往古，好修謇謇有此姱異之節，不與衆同，而見憎也。……屈原外困群佞，内被姊詈，知世莫識。』陳與郊認爲，女嬃對屈原責備是出於關愛，而非不理解：『夫姊弟，人情所最篤也。見罹憂患，何得不疾寬焉？寬之急，若詈道之。痛惻自極鑒而曲方之，而暇誨阿承，希富貴耶？叔師不太泥與？』正因女嬃理解，故雖責備而非要求屈原抑志從俗，反更肯定其弟所爲之正確。又，『吾令羲和弭節兮，望崦嵫而勿迫。路曼曼其脩遠兮，吾將上下而求索』。王逸注：『言我恐年老，欲令日禦按節徐行，日入之山，且勿迫近，冀及盛時遇賢君也。……天地廣大，路遠且長，不可卒遍，吾方上下左右以求索賢人，與己合志也。』陳與郊云：『君子之悲放逐而託行遊，則豈暇索士而遺興焉？身且不逢，友生奚益？王於四荒，既曰求賢君矣，及上下求索，求之不獲而延佇，輒曰賢士焉，抑有異辭耶？其無乎？』點出王注自身扞格之處，又進而論證此行並非求君，而是求賢臣。又，『忽反顧以流涕兮，哀高丘之無女』。王逸注出現類似之誤：『楚有高丘之山，女以喻臣。言己雖去，意不能已，猶複顧念楚國，無有賢臣，心爲之悲而流涕也。』此説看似圓通，實則非也。陳與郊云：『哀女，哀無君也。今曰反顧楚焉則可，可云哀楚之無臣乎？且無臣亦何至流涕焉？』復引後文靈氛、巫咸之注而爲證：『況靈氛之指女，巫咸之指行媒，叔師固謂君矣。若之何以己之矛陷己之盾也耶？』靈氛所言『何所獨無芳草兮，爾何懷乎故宇』句，王逸注：『言何所獨無賢芳之君，何必思故居而不去也？』確將求女解爲求賢君。至若巫咸所言則更明顯，如『苟中情其好脩兮，何必用夫行媒』句，王逸注：『言诚能中心好善，則精感神明，賢君自擧用之，不必須左右薦達也。』故陳與郊看出王注前後矛盾，認爲『哀女』並非『哀楚之無臣』矣。

陳與郊於《九歌》只評論二《湘》《少司命》及《山鬼》四篇，大抵紹述朱熹之説以斥王逸之繆。如，《山鬼》『折芳馨兮遺所思』，王逸注：『所思，謂清潔之士，若屈原者也。言山鬼脩飾衆香，以崇其神。屈原履行清潔，以厲其身，神人同好，故折香馨相遺，以同其志也。』又，『歲既晏兮孰華予』，王逸注：『言己宿留懷王，冀其還己，憺然忘歸。年歲晚暮，誰當復使我榮華也。』又，『怨公子兮悵忘歸』，王注：『公子，謂公子椒也。所以怨公子椒者，以其知己忠信，而不肯達。故我悵然失志，而忘歸也。』忽謂屈原放逐以山鬼爲友，忽謂思念懷王、怨恨子椒，洵然支離破碎。陳與郊據朱熹《集注》而別爲解：『「有人」，固山鬼矣。子則託鬼子人，予，鬼自予也。「所思」，指人之悦鬼而鬼欲媚之者。「靈脩」，亦稱欲媚；「公子」，即謂靈修。「山中人」，則山鬼自命爾。通章寓言人鬼，而託意君臣。其言薜荔女蘿者，明高潔也。「含睇宜笑」者，多材藝也。「子幕予譱」者，王親屈也。「折遺所思」者，效群嚞也。幽篁晝晦者，蒙障蔽也。忘歸歲晏者，嗟難察也。公子然疑者，遭讒奪也。曰「徒離憂」者，終中熱也。注謂山鬼思原，又謂原留楚王及怨楚公子椒。王叔師殊爲憒憒，善乎紫陽之論曰：鬼陰而賤，不可擬尊，故以人況君，以鬼自況，而爲鬼欲媚人之詞，得歌意矣。』則解二《湘》《少司命》亦大抵如是，兹不一一矣。

與郊之按語，雖篇幅有限，而頗有新意。如，《離騷》『昔三后之純粹兮』，王逸注：『后，君也。謂禹、湯、文王也。』陳氏以下文『彼堯舜之耿介兮』相勘，云：『三后安見非三皇乎？而曰禹湯文王。禹湯文王何舉，而加諸堯舜之上耶？通過上下文之比對，認爲對三后敘述在堯舜之前，則其時代當早於堯舜，故非湯、禹、文王。又，『悔相道之不察兮，延佇乎吾將反。回朕車以復路兮，及行迷之未遠。』王逸注：『言自恨相視事君之道不審，若比干伏節死義，故長立而望，將欲還反以終己之志也。……言乃旋我之車以反故道，及己迷誤欲去之路，尚未甚遠也。同姓無相去之義，故原欲還歸也。』又，『唯昭質其猶未虧』，王逸注：『言我外有芬芳之德，內有玉澤之質，二美在己，而不得施用，故獨保明其身，無有虧失而已。所謂道行則兼善天下，不用則獨善其身。』案：朱注雖未再言及『同姓無相去之義』，然仍沿襲兼善、獨善之語。陳與郊曰：『原之佇反行迷也，其猶今是昨非之歎乎！乃疑爲去國，律以宗卿。所謂作者之志在魚兔之外，述者之意在筌蹄之內，失則遠矣。且獨善非所以論原也。承之曰往觀門荒，此忍獨善者耶？故昭質猶未虧、芬猶未沫，吾無異焉。』陳氏以爲『往觀四荒』即求賢君，則屈原用世之心並未因今是昨非而稍息，非窮則獨善者可比。又，下文求有娀佚女一段，王逸注：『簡狄配聖帝，生賢子，以喻貞賢也。……言己望瑶臺高峻，睹有娀氏美女，思得與共事君也。』陳氏曰：『有娀佚女既喻貞賢，鴆鳩將曷喻哉！如曰士必紹介而後通，則皇皇求士又未必逐臣意也。』以爲訪賢非君臣際合，不必央媒，故求女不可解爲求賢臣。又，『屈心而抑志兮，忍尤而攘詬』。王逸注：『言己所以能屈案心志，含忍罪過而不去者，欲以除去恥辱，誅讒佞之人，如孔子誅少正卯也。』陳氏云：『靈均之時，何時哉？身不免于讒，而欲去讒懷詬之釋，誤矣。且去讒而云去恥辱也，不幾於懟與？』以爲『攘詬』並非去恥辱，説亦可從。

對於《離騷》分段，陳與郊也有新見。稱『巫咸既歷引先哲而不勉之及時，且憐之偃蹇，憂之嫉折，喻之以今昔變化，安見其決狐疑、告吉故耶？始曰好修，卒曰莫好修之害，言莫好修之貽害故也。竊斷巫咸之告至此，庶自余以下辭旨響答，視混入原序之重複蔓衍者，則何如？』朱熹認爲巫咸之語止於『使百草爲之不芳』，而陳與郊則將其後『何瓊佩之偃蹇』至『莫好修之害也』一段皆歸爲巫咸之語，而非屈原自述。蓋歷陳世途之險惡，巫咸方能敦促屈原把握時機。否則這段文字與前文屈原斥責時政的内容相近，自會令人感到重複蔓衍。其説頗有道理。

陳與郊之論不無瑕疵。如，謂《離騷》求宓妃『來違棄而改求』，陳與郊曰：『無禮改求，未必不謂君之不禮士者，讀者文無害哉。』王逸注：『言宓妃雖有美德，驕傲無禮，不可與共事君。來去相棄，而更求賢也。』且前章注文亦僅云『宓妃用志高遠，保守美德，驕傲侮慢』，並無所謂『君不禮士』之意。陳氏蓋失察矣。

是書從《文選章句》輯出，刻於明萬曆二十五年丁酉，國家圖書館有藏本，《四庫全書存目叢書》亦據是本影印。（陳煒舜）

# 文選楚辭纂注

《楚辭纂注》者，明張鳳翼之所作也。鳳翼字伯起，號靈虚，别署泠然居士，長洲人。鳳翼生五齡，猶不言。一日見大父掃除，遽謂姆：『汝當代掃。』聞者異之。稍長，日益開敏，補諸生。已入太學，皆屈其曹。嘉靖四十三年甲子舉於鄉。四上春官報罷，遂棄去，讀書養母，耻以詩文字翰結交貴人。因先輩經商，家道小康，或賣字、鬻書自給，歷三十年以終其身。性至孝，童子時，父怒捽其髮，遽曰：『徐之，是中有簪，末鋭，懼傷大人手。』父意遂解。母年九十餘卒，鳳翼年七十一，鬚髮一夕盡白。卒於萬曆四十一年癸丑，壽八十七。初，鳳翼與弟獻翼、燕翼並有才名，吴人以比皇甫汸兄弟，曰：『前有四皇，後有三張。』善書，平生臨二王最多，墨迹流傳至今者尚多。著作有《四書句解》《瑞蘭閣景行録》《自訂年譜》《夢占類考》《海内名家工畫能事》《談輅》《國朝詩管花集》《處實堂集》《文選纂注》《陽春六集》《敲月軒詞稿》等。道光《蘇州府志》卷八十六《人物志》有傳。

是書原見《文選纂注》之卷七，非單獨成書。其所收《楚辭》篇目無異於《文選》舊本，即《離騷經》《九歌》之《東皇太一》《雲中君》、二《湘》《少司命》《山鬼》六篇、《九章》之《涉江》一篇、《卜居》《漁父》、宋玉《九辯》五章、《招魂》及淮南小山《招隱士》，共十七篇。張氏自序云，六臣注之長處爲『參經例傳，探賾索隱』，然而注文『錯舉則紛遝而無倫，雜述亦糾纏而鮮要。或旁引效颦，或曲證添足，或均簡而重出，或比卷而三見。蓋稽古則有餘，發明則不足』，『令覽者不終篇而倦生』。張氏編撰此書時，曾致函友人沈懋學曰：『《文選》之役，本欲盡洗故箋，一出胷臆。弟恐歲不我與，或不能竟，故不得不有所因。然創自己見者，十恒二三，自諒於藝林不無小補。』可見其本意另作新注，後恐年事漸高，無法完成，無奈退而求其次，基於舊注而作增删，且謂在如此著述方式下，己見尚能有十之二三。故王書才稱，爲一般讀者著想、從一般讀者角度出發，是此本可取之處。李善於諸篇全用王逸《章句》，五臣則自爲別解。張鳳翼於《離騷經》題下雙行小注云：『諸注同異不一，今參用唐宋各家而折衷之。』所謂唐、宋諸家之説，除李善所用王逸《章句》、五臣注外，尚有洪興祖《楚辭補注》及朱熹《楚辭集注》。整體而言，《離騷經》多用王説，《招魂》多用朱説，《九辯》並采五臣及朱説，其餘篇章則以兼用衆説爲主。至於洪説，則主要於解題、訓釋、注音時運用。張鳳翼很少直接迻録舊注，而多有撮寫增删，藉此亦時以表達一己之見矣。

《纂注》採用《章句》之處可謂比比皆是。如，《離騷經》『皇覽揆余於初度兮，肇錫余以嘉名』，《章句》云：『言父伯庸觀我始生年時，度其日月，皆合天地之正中，故

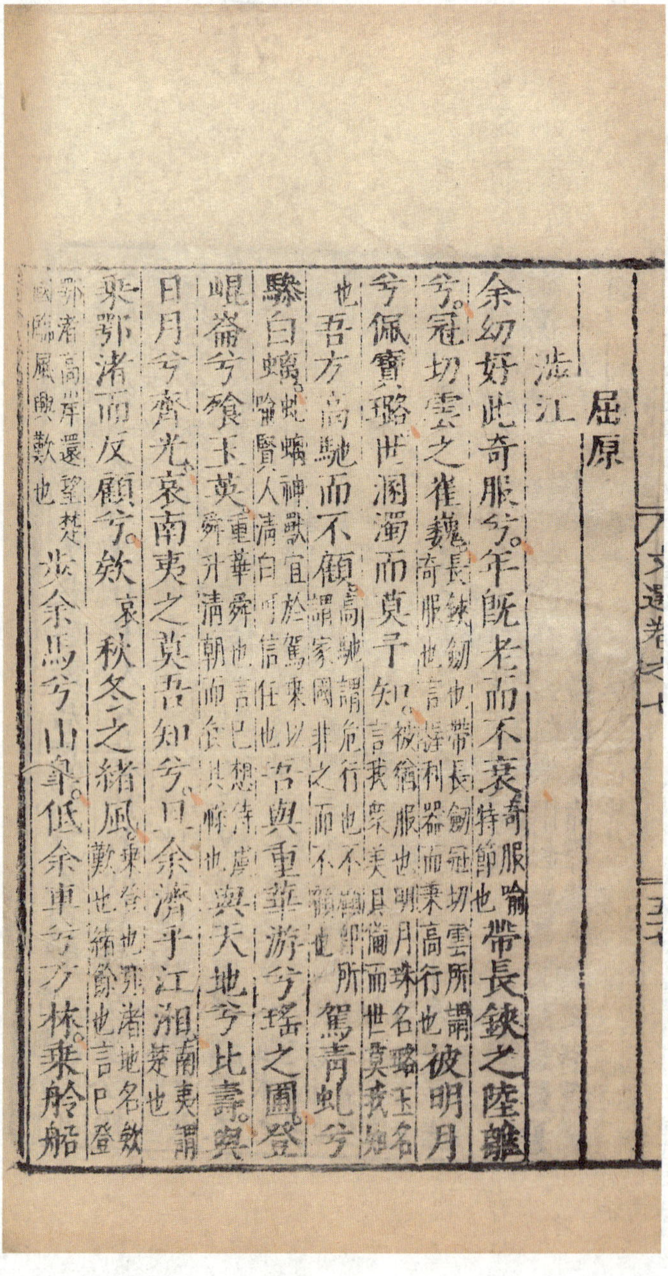

始錫我以美善之名也。」《纂注》除將『美善之名』改爲『善名』外，幾乎一無更易。其次，《纂注》有更多注文採取删撮之法。如，『扈江離與辟芷兮，紉秋蘭以爲佩』，《章句》云：『行清潔者佩芳，德仁明者佩玉，能解結者佩觿，能決疑者佩玦，故孔子無所不佩也。言已修身清潔，乃取江離、辟芷，以爲衣被；紉索秋蘭，以爲佩飾；博采衆善，以自約束也。」《纂注》文字則遠爲簡約：『言已脩身清潔，被服香草也。』蓋張氏以爲此二句文義甚顯，不必一一細解，捨本逐末耳。再者，《章句》有引用故籍爲證者，《纂注》亦有轉録。如，《東皇太一》『蕙肴蒸兮蘭藉』，《章句》：『藉，所以藉飯食也。《易》曰「藉用白茅」也。」案：『藉用白茅』，出自《周易·大過》初九，孔穎達《正義》：『以柔處下，心能謹慎，薦藉於物用潔白之茅，言以潔素之道奉事於上也。』王逸此處引《易》證《騷》，甚爲熨貼，故《纂注》亦從而引用之。對於《章句》之説，《纂注》還有所增補。如，《涉江》：『帶長鋏之陸離兮，冠切雲之崔嵬。』《章句》：『言已内修忠信之志，外帶長利之劍，戴崔嵬之冠，其高切青雲也。』張鳳翼認爲，長劍、高冠不僅是對服飾描寫，也是對品德的陳述：『帶長劍，冠切雲，所謂奇服也。言握利器而秉高行也。』所言較《章句》更爲合理而充實。由於王逸以儒家詩教立場解讀屈騷，故也時有誤解之處，後世如洪興祖、朱熹諸家每有糾正，然猶未能盡。故詮釋於《章句》未洽處，亦有所修正批駁。訓釋方面，如，《雲中君》『靈連蜷兮既留』之『靈』字，《章句》：『靈，巫也。楚人名巫爲靈子。』朱熹《集注》亦從之。然《纂注》則駁曰：『靈，神也。楚人名巫爲靈子，若曰神之子也，非即以巫爲靈也。』又，《離騷經》『靈均』之『靈』，《章句》即云：『靈，神也。』而此處竟因『楚人名巫爲靈子』舊説，徑將『靈』與『巫』相等同，無疑混淆《雲中君》『靈』與『靈子』之概念。張鳳翼稱，楚人所以『名巫爲靈子』，是因爲巫師能溝通天人，有如神靈之子。所論甚爲合理。辭章方面，如，《湘君》『駕飛龍兮北征』，《章句》云：『屈原思神略畢，意念楚國，願駕飛龍北行，亟還歸故居也。』王逸對《湘君》認知誤區，在於將虛構的祀神過程與實有流放經歷混爲一談，以致詮釋時摇擺於這兩條軸綫間，主旨不清。《纂注》則曰：『「駕飛龍」以下皆指湘君而言，想望之辭也。舊注以爲屈原自敘，疑誤。』明清以還，學者對於『駕飛龍』等句主角或指爲湘君，或指爲迎神者，各有不同，然鮮有將其定爲屈原本人者。换言之，諸家的基本一致點在於將這幾句解爲祭神『想望之辭』，而非屈原流放時的實況。張鳳翼雖對王逸之説持有懷疑，但已有此認知，可謂得風氣之先。

四庫館臣論《文選五臣注》云：『今觀所注，迂陋鄙俚……而以空疏臆見，輕詆通儒（李善），殆亦韓愈所謂「蚍蜉撼樹」者歟？』蓋五臣注以辭章賞析爲旨歸，不重文獻考據，且所言也時有未洽。然館臣又曰：『疏通文意，亦間有可採。唐人著述，傳世已稀，固不必竟廢之也。』館臣亦瞭解其特色何在。就屈騷而言，唐人注解本尠，且李善注全用王逸《章句》，故五臣注自有其價值。洪興祖《補注》，亦抄録五臣注文於《章句》之下，學者稱便。張鳳翼《纂注》以文學賞析爲宗，故於五臣注時有採掇，所採之説包括解題與詞句兩方面。解題方面，如，《少司命》之職掌，《章句》《補注》與《集注》皆未明言。爲五臣注云：『司命，星名，主知生死，輔天行化，誅惡護善者也。』《文選》不收《大司命》，然五臣此語則概二《司命》而言之。《纂注》於《少司命》題下小注云：『司命，星名，主知生死。』文雖較五臣注簡略，然於『登九天兮撫彗星』句又注云：『撫持彗星，欲掃除邪惡也。』此言雖由《章句》而來，卻仍呼應了五臣『誅惡護善』之意。至於五臣有關詞句論述，《纂注》參酌更多。如，《招魂》篇首『朕幼清以廉潔兮』等句，玩味語氣及内涵，非屈原之語莫屬。然王逸以後多以此篇爲宋玉所作，《章句》於此段僅作文字訓釋，於敘述者身份無所論及，如此可能造成理解上的誤差。而五臣注云：『皆代原爲辭。』司馬遷把《招魂》與屈原《離騷》《天問》《哀郢》並稱而『悲其志』，良有以也。然此段在體裁上近乎大賦虛設主客答問小引，東漢至晚明間的學者大率以《招魂》作者爲宋玉，將此段視爲『代爲屈原之詞』也未嘗没有一定理據。故朱熹《集注》亦跟從五臣之説。張氏《纂注》亦從之曰：『自「朕幼清」至「愁苦」六句，乃宋玉代爲屈原之詞。』其説正承五臣而來。段落以外，《纂注》在句、詞解釋上時亦採用五臣之説。如，《涉江》『船容與而不進兮，淹回水而疑滯』句，《章句》：『言士衆雖同力引櫂，船猶不進，隨水回流，使己疑惑，有還意也。疑一作凝。』屈原諫君放逐，意志甚決，不容有疑。王逸解爲『使己疑惑』未安。此處『疑』作『凝』是。五臣云：『疑滯者，戀楚國也。』參《離騷經》曰『僕夫悲余馬懷』，以主角身邊之人側寫其不捨心態，與《涉江》『船容與而不進』相勘，其揆一也。故五臣解爲『戀楚國』，視《章句》爲穩妥。故《纂注》據五臣之説曰：『疑滯者，若有戀也。』增一『若』字，更能點出屈原那種似有似無的依戀故都之情。同篇『苟余心其端直兮，雖僻遠之何傷』句，《章句》曰『言我惟行正直之心，雖在遠僻之域，猶有善稱，無害疾也。故《論語》曰「子欲居九夷」也。』此兩句文義本淺，實無須如此詳作字面解釋。而五臣則云：『原自解之辭也。』爲屈原自我寬慰之語，可謂一語見的，因此《纂注》亦全從之。此外，《纂注》還會在五臣注的基礎上增加個人意見。如，《離騷經》『爲余駕飛龍兮，雜瑶象以爲車』二句，五臣注云：『飛龍喻道。瑶，玉也。象，牙也。以比君子之德。言我遠游，但駕此道德以爲車。』《纂注》於此説有所參考修訂：『龍，神物。象，象牙也。與玉間雜而爲車，喻神氣爲馭，道德爲車也。』沿襲五臣『道德爲車』之説，並增加了『神氣爲馭』之解。

洪興祖《補注》乃補正王逸《章句》之作，在《章句》的基礎上申述己説，於王逸既補足未詳，糾正疏漏，旁徵博引，且於舊籍多標明出處。而《纂注》對於《補注》徵引，正以解題及訓釋爲主。如，《九歌》諸篇下的解題或注文，多爲洪興祖所補。以《湘君》爲例，洪興祖據劉向《列女傳》《禮記注》及韓愈《黄陵廟碑》，考證二《湘》即虞舜二妃，又據王逸、郭璞之説而平議曰：『《離騷·九歌》既有《湘君》，又有《湘夫人》。王逸以爲「湘君」者，自其水神。而謂「湘夫人」，乃二妃也。從舜南征三苗不反，道死沅湘之間。《山海經》曰：「洞庭之山，帝之二女居之。」郭璞疑二女者，帝舜之后，不當降小水爲其夫人，因以二女爲天帝之女。以余考之，璞與王逸俱失也。堯之長女，娥皇爲舜正妃，故曰「君」。其二女女英，自宜降曰「夫人」也。故《九歌》詞謂娥皇爲君，謂女英帝子，各以其盛者推言之也。《禮》有小君、君母，明其正，自得稱君也。』所論頗具説服力。故《纂注》依其説而簡言之云，『湘君，湘水神堯長女舜正妃也』。而『湘夫人，堯次女，舜次妃也。正妃稱君，故降稱夫人。』見其與《補注》之傳承關係。在訓釋方面，如，《雲中君》『思夫君兮太息』之『夫』字，王逸無注，而《補注》云：『《記》曰：「夫夫也，爲習於禮者。」上夫，音扶。』案：此語出自《禮記・檀弓上》，注疏即謂『「夫夫」，上音扶，下如字』，知音『扶』者乃語詞。《纂注》則曰：『「夫」即《禮記》是「曰夫之「夫」之「夫」。』雖略有手民之誤，然可知其以《補注》之説爲可從。對於《補注》觀點，《纂注》亦有不贊同者。如，《離騷經》『名余曰正則，字余曰靈均』句，《章句》云：『靈，神也。均，調也。言正平可法則者，莫過於天；養物均調者，莫神於地。高平曰原，故父伯庸名我爲平以法天，字我爲原以法地。』案：《説文》段注云：『古名字相應。』平、原與正、均爲同義詞，屬於互訓關係。《補注》則曰：『《史記》屈原名平，《文選》以平爲字，誤矣。正則以釋名平之義，靈均以釋字原之義。』《文選》於篇題下所標作者皆以字不以名，而《離騷經》題下卻標『屈平』，蓋以『平』爲字。故洪興祖引《史記》爲據，以『正則』解『平』，『靈均』解『原』，『平』爲名，『原』爲字，並批駁《文選》之説。然《纂注》云：『正，平也。則，法也。高平曰原。正則猶云原也，言平正可法則也。靈，神也。均，調也。猶云平也。舊注以平爲名，以原爲字，與前引自詆誤。且《選》中若明遠、文通之類皆猶字。舊題下云平，則知亦字也。』張鳳翼認爲《文選》之説，未必無所本；且『正則』未嘗無『原』義，『靈均』未嘗無『平』義。若因此而推論『平』爲名、『原』爲字，會有扞格。昭明手編的《文選》三十卷原本今已不存，然無論李善注或五臣注本，『騷類』所收屈作題下皆作『屈平』。進而言之，李善注於『騷類』全用《章句》，於今日頗具校勘價值。唐時《楚辭》傳本，是否有以原爲名而平爲字的可能？是乃一大公案矣。

南宋朱熹《集注》汲取《章句》與《補注》訓詁成就，並將《楚辭》研究推向一個新階段。此書的學術價值有三：一爲辯證王、洪誤説，二爲別有創見，三爲探求作者言外之意，闡發微詞奥義。兼以朱熹理學宗師地位，此書在元、明、清三世流傳廣泛，影響至巨。故此，《纂注》於《集注》之説頗有參用。對於《楚辭》諸篇篇題，《集注》較舊注時有更爲合理新説。如，《九章》之題，王逸序云：『《九章》者，屈原之所作也。屈原放於江南之壄，思君念國，憂心罔極，故復作《九章》。章者，著也，明也。言己所陳忠信之道，甚著明也。卒不見納，委命自沈。楚人惜而哀之，世論其詞，以相傳也。』以『著』『明』二字釋『章』，未得其要。而《集注序》云：『屈原既放，思君憂國，隨事感觸，輒形諸聲。後人輯之，得其九章，合爲一卷，非必出於一時之言也。』《史記》收録《懷沙》全文，又言及《哀郢》，卻並未提到『九章』之名。最早提到《九章》是《楚辭》編纂者劉向，其《九歎·憂苦》云：『歎《離騷》以揚意兮，猶未殫於《九章》。』大概劉向在編纂《楚辭》時，纔把屈原這九篇作品合在一起，稱爲《九章》。朱熹之説，平實近理。故《纂注》徵用此説。《集注》對於篇旨修正，《纂注》亦有所參酌。如，《集注》論《山鬼篇》云：『以上諸篇皆爲人慕神之詞，以見臣愛君之意。此篇鬼陰而賤，不可比君，故以人況君，鬼喻己，而爲鬼媚人之語也。』姑勿論『鬼陰而賤，不可比君』道學之語，若從内文來看，山鬼似乎處於比較『主動』位置，與前篇諸神『被動』受祭位置不同。故朱熹提出『人況君，鬼喻己』之説，不爲無見。《纂注》於題下即引用朱熹之説。次者，朱熹除了斟酌採用王、洪舊説外，往往嘗試爲之分出段落脈理，如此無疑結合了訓詁和辭章探究，避免了注文流於瑣碎，故亦常爲《纂注》所重視。如，《離騷經》『蘇糞壤以充幃兮，謂申椒其不芳』句下，《集注》云：『自念之詞止此。」篇中靈氛勸屈原遠逝，而屈原不欲離開楚國，故有此語。朱熹所斷甚然，而《纂注》從之。後文中，屈原又徵求巫咸意見。巫咸看法亦與靈氛相近，希望屈原趁年富力强之時早到他國謀求際合。『恐鵜鴂之先鳴兮，使夫百草之不芳』句下，《集注》又云：『以上皆巫咸辭。』而《纂注》亦從之。對於一些文句探析，《纂注》對《集注》也時有跟從。如，《山鬼》『怨公子兮悵忘歸，君思我兮不得閒』句下，《章句》分别云：『公子，謂公子椒也。言己所以怨公子椒者，以其知己忠信而不肯達，故我悵然失志而忘歸也。言懷王時思念我，顧不肯以閒暇之日召己謀議也。』五臣則云：『君縱相思，爲小人在側，亦无暇召我也。』皆附會曲解，有膠柱鼓瑟之嫌，難怪朱熹批評爲『曲義碎説』，繼而指出：『公子，即所欲留之靈脩也。鬼采芝於山間而思此人，雖怨其不來，而亦知其思我之不能忘也。』《纂注》則撮寫爲：『山鬼雖怨公子之不來，而亦知其必思己也。』誠然曲得文衷。對於難以索解文字，《纂注》亦能採納《集注》之見。如，《招魂》中巫陽『掌夢上帝其命難從』一段，《章句》解云：『巫陽言如必欲先筮問，求魂魄所在然後與之，恐後世怠懈，必去卜筮之法，不能復修用。但招之可也。』然上帝既已請巫陽筮問，若遵從帝命，正可强調卜筮之法的重要；若越過筮問而直接招魂，反倒有可能導致『後世怠懈』。故《章句》雖勉强言此段大略，卻頗有紕繆，難合邏輯。《集注》則曰：『此一節巫陽對語不可曉，恐有脱誤。然其大意以謂帝命有不可從者：如必筮其所在而後招以與之，則恐其離散之遠，而或後之，以至徂謝，且將不得復用巫陽之技矣。』在質疑有闕文前提下，以人命危淺爲著眼點，提出筮慢招快，並將恐怕『不能復用』者由『卜筮之法』改換爲『巫陽之技』，文理遠爲通順。故《纂注》全部採録。

由於《纂注》編寫宗旨以辭章賞析爲主，故其可取創見亦多在此端。至於訓詁考訂始終非張鳳翼所長，故難免瑕瑜互見之憾。王逸《離騷序》言《楚辭》『依《詩》取興，引類譬諭』，『善鳥香草以配忠貞，惡禽臭物以比讒佞』，『虬龍鸞鳳以託君子，飄風雲霓以爲小人』。故王逸注文便以此法求之，如其注《離騷》『朝搴阰之木蘭兮，夕攬洲之宿莽』二句，即是一證。張鳳翼對於王逸過度詮釋作出批評。他以《離騷》中『前望舒以先驅兮』數句爲例，針對《離騷序》而討論道：『以上望舒、飛廉、鸞鳳、雷師，但言神靈爲之擁護耳。初無善惡之分也。舊注牽合，且以飄風雲霓爲小人。然則《卷阿》之言「飄風自南」，《孟子》之言「若大旱之望雲霓」，亦皆象小人耶？』拈出《詩經》及《孟子》中文例，駁斥王逸將《楚辭》中飄風、雲霓簡單比擬成小人弊端。又，同篇『余以蘭爲可恃兮，羌無實而容長。委厥美以從俗兮，苟得列乎衆芳。椒專佞以慢慆兮，榝又欲充夫佩幃』幾句，王逸注云：『蘭，懷王少弟，司馬子蘭也……言子蘭棄其美質正直之性，隨從諂佞，苟欲列於衆賢之位，無進賢之心也。……椒，楚大夫子椒也。……榝，茱萸也，似椒而非，以喻子椒似賢而非賢也。』若蘭、椒皆爲真名，則榝則不宜純是比喻。此外，後文更有『覽椒蘭其若玆兮，又況揭車與江離』二句，揭車、江離更不似人名。故張鳳翼曰：『此言椒蘭，指賢人之改節者。舊注直以爲指子蘭、子椒，然則下文揭車、江離又誰指哉？』蘭、椒、榝、揭車、江離，皆改節賢人之喻體，靈活看待蘭、椒與子蘭、子椒之聯繫即可，不必勉强坐實。其次，《九歌》爲有寄託的作品抑或純粹的祀神之辭，古來也一直有争論。王逸《九歌序》云：『屈原放逐，竄伏其域，懷憂苦毒，愁思沸鬱。出見俗人祭祀之禮，歌舞之樂，其詞鄙陋。因爲作《九歌》之曲，上陳事神之敬，下見己之冤結，託之以風諫』，若如王逸所解，則『上陳事神之敬』與『下見己之冤結』兩重旨意在《九歌》十一篇中乍合乍離，既有牴觸，又復會通，不可致詰。對於王逸這種解會方式，朱熹表達不認同態度，《集注·目録序》即謂王氏『遽欲取喻立説，旁引曲證以强附於其事之已然，是以或以迂滯而遠於性情，或以迫切而害於義理』。因此，朱熹對王逸有關《九歌》論述作了修定，朱熹認爲《九歌》基本內容仍是祀神，而忠君愛國之思祇是屈原創作時一種心態與寄託。言下之意，就是不宜將其篇章字句與忠君愛國之思二者分別對號入座。

張鳳翼將朱熹這一層看法更明確地揭示出來，並提出要訂正王逸注文：『原見祝詞鄙陋，因爲更定，且以事神之言，寫忠君之意。然詞之所指，惟在神耳。舊注牽合附會，一爲正之。』對於《文選》所録《九歌》諸篇詮釋，張鳳翼基本上就採取這種態度。

張鳳翼對《楚辭》諸篇解讀，大體而言仍以參照舊説爲主，而避免濫用寄託説。在篇旨及文本兩方面，《纂注》皆有所究心。如，《招魂》篇旨，《章句》序曰：『《招魂》者，宋玉之所作也。招者，召也。以手曰招，以言曰召。魂者，身之精也。宋玉憐哀屈原，忠而斥棄，愁懣山澤，魂魄放佚，厥命將落，故作招魂。欲以復其精神，延其年壽，外陳四方之惡，內崇楚國之美，以諷諫懷王，冀其覺悟而還之也。』是以其爲宋玉招屈原之生魂、同時諷諫君王之作。《集注》之序則曰：『《招魂》者，宋玉之所作也。古者人死，則使人以其上服升屋履危，北面而號曰：「皋！某復。」遂以其衣三招之，乃下，以覆屍。此禮所謂復。而説者以爲招魂復魂，又以爲盡愛之道而有禱祠之心者，蓋猶冀其復生也如是，而不生則不生矣，於是乃行死事。此制禮者之意也。而荆楚之俗，乃或以是施之生人，故宋玉哀閔屈原無罪放逐，恐其魂魄離散而不復還，遂因國俗，託帝命、假巫語以招之。以禮言之，固爲鄙野，然其盡愛以致禱，則猶古人之遺意也。是以太史公讀之而哀其志焉。若其譎怪之談、荒淫之志，則昔人蓋已誤其譏於屈原，今皆不復論也。』大體上仍從《章句》之説，唯不復言及『諷諫懷王』，而著重宋玉對於其師屈原的關愛之情。明代後期開始，《招魂》作者及所招爲生魂或死魂之意見歧出。最早爲萬曆間陳深遥承司馬遷之舊，重提此篇爲屈原所作，惜論述甚爲不足。至明末黄文煥、清初林雲銘、蔣驥、近代游國恩等皆以爲屈原自招生魂。換言之，清代以至民初，有關作者争論雖多，但學者仍多傾向將這篇視爲招生魂之作。另一方面，與蔣驥時代接近顧成天在《讀騷列論》中較早提出此篇爲屈原招懷王亡魂之作，清末張裕釗、馬其昶等皆從之，然此説在清代的接受度相對不足。而萬曆時張鳳翼較顧成天更早提出了招死魂之説，《纂注·招魂》題下注曰：『此必原死而玉作以招之也。舊説皆云生時欲以諷楚王，殊未妥。』雖仍沿襲《章句》《集注》之説，將作者定爲宋玉，且篇幅甚慳，卻有兩處值得注意。其一，認爲此篇爲宋玉招屈原之死魂而作；其二，支持《集注》看法，淡化諷諫君主寄託説内涵。故明末蔣之翹、沈雲翔等人《楚辭》集評本皆迻録此語。其次，對於一些篇章段落内容，張鳳翼也有自己看法，比較顯著就是二《湘》。兹以《湘君》爲例，張鳳翼確然屏除《章句》寄託説，將全篇單純解作迎神不遇纏綿悱惻之辭。通過字解句析，比較有條理地貫通了全篇的大意。如王逸注『望涔陽兮極浦，横大江兮揚靈』句，以爲『屈原思念楚國，願乘輕舟，上望江之遠浦，下附郢之碕，以渫憂患，横度大江，揚己精誠，冀能感悟懷王，使己還也』。《纂注》則以其附會過甚，指出諸句乃祭者思望湘君的幻想之辭。又『桂櫂兮蘭枻』以下『采薜荔兮水中，搴芙蓉兮木末。心不同兮媒勞，恩不甚兮輕絶』諸句，王逸解作：『屈原言己執忠信之行，以事於君，其志不合，猶入池涉水而求薜荔，登山緣木而采芙蓉，固不可得也。』『婚姻所好，心意不同，則媒人疲勞，而無功也。屈原自喻行與君異，終不可合，亦疲勞而已也。』『人交接初淺，恩不甚篤，則輕相與離絶。言己與君同姓共祖，無離絶之義也。』其義亦皆牽强。而張鳳翼簡單指出其爲祭者勤苦潔清候神之語。皆合乎『詞之所指，惟在神耳』之説，足以破除歷來某些學者對《九歌》牽强附會之解，讓讀者得以瞭解這組作品原本面貌。又，《湘君》『捐余玦兮江中』句，《章句》云：『先王所以命臣之瑞。故與環即還，與玦即去也。』《補注》贊同此説，而進一步證成之：『玦，古穴切，如環而有缺。《左傳》曰：「佩以金玦，棄其衷也。」《荀子》曰：「絶人以玦。」皆取弃絶之義。《莊子》曰：「緩佩玦者，事至而斷。」《史記》曰：「舉佩玦以示之。」皆取決斷之義。』實則弃絶、決斷二者皆有了斷含意，似以遺玦象徵人神之間隔絶。而《集注》僅云：『此言湘君既不可見，而愛慕之心終不能忘，故猶欲解其玦珮以爲贈，而又不敢顯然致之以當其身，故但委之於水濱，若捐棄而墜失之者，以陰寄吾意，而冀其或將取之。」於是則全然忽略玉玦之文化内涵。而《纂注》將『遺玦』舉動解作『不欲神之我絶』，既照顧到玦作爲器物象徵意義，且切合了温柔敦厚篇旨。

是書從《文選纂注》輯出，而《文選纂注》爲明萬曆間刻本，國家圖書館有藏本，《四庫全書存目叢書》即據是本影印。

（陳煒舜）

# 楚辭筆記

《楚辭筆記》者，清許巽行之所作也。巽行字密齋，華亭人。生於清雍正四年，卒於嘉慶三年。官臨海、興安、南陵等縣令。生平博覽群籍，購善本，校讎精審，尤好《文選》《説文》《廣韻》諸書，著有《文選筆記》八卷、《古音表》一卷、《韻通》六卷、《古韻》二卷、《考正説文》十卷等。事詳清嘉慶《松江府志》卷六十《古今人物傳》。

卷首有《密齋隨録》，末條則稱，『壬戌、癸亥之間，讀書華亭相國園中之仿佛山房，始與定庵、史亭、古齋共業《文選》，苦坊本訛異不可讀，悉心讎校。甲戌，在京從曹劍亭借得何義門先生校本，手録一過，互爲校正。此癸丑本也。乙酉官浙東，復得新刻汲古閣本，校閲再三。此丙戌本也。甲午，得吴中葉氏刻義門批本，又校之。此甲午本也。丁酉，官粤西，得金壇于氏刻本，又校之。此戊戌本也。癸卯，得錢士謐校汲古閣本，又校之。此癸卯本也。丁未，歸家，悉以癸丑、丙戌、甲午、戊戌、癸卯五本藏家塾以付諸孫。戊申歲，至京師，復在琉璃廠書肆得汲古閣本，己酉，長夏無事，又校之。辛亥夏，合癸亥、丙戌二本又校之，然疑訛處尚多。乾隆癸丑冬，官退身閒，因交代留滯南陵，杜門謝客，日手是編，反復尋玩，又校，至乙卯八月訖，尚未愜意也。丙辰三月，復校，至五月初四日校訖。又自五月初九日至六月初六日止，復校一遍。又，戊午再校，至六月初五畢。諸本較爲翔實矣。異日有力，當與《筆記》同付棗梨，以公同好』。其玄孫許嘉德謂前後『凡十三』校。足見其矻矻不已，勤力之至，罕與倫比。而玄孫嘉德，光緒初，嘗官華亭署理，知富陽縣，公事之餘，又承傳高祖巽行經年校訂《文選》遺意，反覆校勘，削五臣注竄入善注，或別善注誤入五臣注之文，以還復李善《文選》注本舊貌，其『博采諸家，加之案語，以期相互考證』。蓋祖孫二代精心刻意之作也。

《楚辭筆記》非獨立之書，原見巽行所著《文選筆記》之卷六。《筆記》以條目式之讀書劄記，拈出正文數字以爲條目，內容多襲及文字校勘、字義訓詁。《離騷》二十三條，《九歌》十七條，《涉江》五條，《卜居》八條，《漁父》二條，《九辯》七條，《招魂》二十三條，《招隱士》三條，都八十五條。底本爲明茶陵陳氏翻刻宋建州六臣注本，參校洪興祖《楚辭補注》、朱熹《楚辭集注》、戴東原《屈原賦注》、何焯《義門讀書記》等多家之説，然後下案語，斷以是非得失。『案』語或二：一爲巽行『密齋公』之案，見諸各條筆記正文。二爲其玄孫嘉德之案，見雙行夾注。許氏於《楚辭》異文是非，多依歸朱注本。《離騷經》『皇覽』條云：『一作「皇鑒」。然《楚詞》各本異同最多，今竝不取，當以朱子本爲準。』然亦不盡然。如，《九歌》『夫人』條云：『「夫人自有兮美子」句，朱本云：「夫人兮自有美子。」細諷音節，「兮」字在「有」下爲勝。』案：此未從朱注本也。

許氏家學精於考據，凡立一義，必旁徵博引，以文獻爲依據，不務鄉壁虛造，而作無根之説。且淵源有自，後以承前，積祖孫二代研習成果，是故勝義紛陳。摹略其説，蓋爲如下數事。

文選筆記卷第六

華亭許巽行

屈平離騷經

何云賈誼曰屈原被讒放逐作離騷賦若用此語去經之名則無吳楚僭王之疑矣案史記云作離騷不言經亦不言賦近日戴震注楚詞題曰屈原賦二十五篇斯得之矣嘉德案洪云古人引離騷未有言經後尊之爲經非屈子意

皇覽 一作皇鑒然楚詞各本異同最多今竝不取當以朱子本爲準嘉德案朱子本洪氏本竝作覽云一作鑒又案五臣作鑒

蘺於 何改離與嘉德案朱本洪本竝作扈江離與辟芷何校依之

文選筆記卷六 離騷 一 騷

或者列異而不下斷語。如，《離騷》『家巷』條云：『巷與衖同。』又，《涉江》『余濟』條云：『「余」下一本有「將」字。』又，『苟余』條云：『「苟余心其端直兮雖僻遠之何傷」二句，朱本云：「苟余心之端直兮，雖僻遠其何傷。」』《卜居》『慄斯』條云：『王作「慄」，一作「栗」。』又，『嚅唲』條云：『一作「儒兒」。』《九辯》『鴈嗈』條云：『一作廱，一作噰。』又，『窮蹙』條云：『蹙，一作戚，一作慼，竝子六反。』《招魂》『翠幬』條云：『幬，一作帳。』又，『歸來』條云：『「歸來歸來返故室」句，各本竝作「歸反故室」，無「來歸來」三字。』《招隱士》『隴嵸』條云：『隴，一作巃。』案：以上諸條皆未下斷語，蓋以爲皆兩可也。

或者徑直改字、刪字、補字。如，《離騷》『從流』條云：『當作「流從」。』案：是也。單刻《章句》本、洪氏《補注》本、朱子《集注》本皆作『流從』。後人蓋據王注『隨從上化若水之流』而乙作『從流』也。又，『充其』條云：『當作「充夫」，依朱子。』案：洪本亦作『充夫』。又，『能祇』條云：『注訓敬，當作祇。祇，祇裯，短衣。都兮切。』案：許氏以『祇』借作『祇』，故訓短衣。《九歌》『木華』條云：『「洞庭波兮木華下」，華，注明作「葉」字。』案：《楚辭》諸本皆作『木葉下』，無作『華』者。又，『慌忽』條云：『當作「荒忽」。』嘉德亦云：『案《楚辭》朱洪本竝作「荒忽」，云：「一作慌惚，音同。」五臣向注作「慌」。』案：蓋古本質簡，故作『荒忽』，後易之以訓詁字。《涉江》『欸秋』條云：『譪字也。當从欠，矣聲。烏開切。』《卜居》『抗軛』條云：『當作「亢軶」。』又，『廉真』條云：『「真」當作「貞」。』《招魂》『既盡』條云：『「酎飲既盡歡」句，「既」字衍。』又，『征些』條云：『「汩吾南征些」，與下「白芷生些」，二「些」字竝衍。』

或者從何義門《讀書記》校改。如，《離騷》『蘺與』條云：『何改「離與」。』又，『改其』條云：『「何不改其此度也」，其，何改「乎」。』又，『齊怒』條云：『何改「齎」。』又，『引乎』條云：『「引乎衆芳」，引，何改「列」。』《九歌》『承荃』條云：『「承荃橈兮蘭旌」句，何削「承」字，「荃」作「蓀」。』《卜居》『詹引』條云：『何改「詹尹」。』《九辯》『忘食』條云：『忘，何改「妄」。』《招魂》『來歸』條云：『「魂之來歸」，何改「歸來」。』又，『爲兮』條云：『「何爲兮四方些」句，兮，何改「乎」。』又，『墨齒』條云：『何改「黑齒」。』又，『娥眉』條云：『娥，何改「蛾」。』

或者考辨字形。如，《九歌》『猋遠』條云：『「猋遠舉」之「猋」，朱子本作「焱」，从三火。洪云：「猋，群犬走貌。作焱，从火非也。」案：《説文》：「猋，犬走皃。从三犬。」甫遥切。「焱，火華也。从三火。」以冉切。《爾雅》：「扶摇謂之猋。」郭云：「暴風從上下也。」必遥反。此言「猋然遠舉」，則亦如「扶遥」之義。』案：許氏不輕下斷語，然意謂作『猋』者是也，作『焱』者訛也。又，『白蘋』條云：『蘋，王作「薠」。案《説文》：「蕡，大蓱也。」《爾雅》：「苹，蓱其大者。」蘋，符真切。《説文》：「薠，青薠似莎者。」附袁切。蓱，浮於水，不可登，亦不可張。細尋注義，知作「蘋」者，非也。』嘉德申其説，云：『案段《説文》注引《九歌》作「薠」，不誤。朱本、洪本竝作「薠」，皆云：「作蘋，非。」洪云：「薠狀如莸。見《爾雅》。」』案：其説是也。然猶有剩義。薠雖生道旁，亦不可登、不可張。或本有『登白薠』之『登』，衍也。白薠騁望，謂薠草初華之時，正值秋令，乃騁望也。又，《卜居》『欵欵』條云：『《説文》：「欵，意有所欲也。从欠，窾省。」苦管切。或作款，从奈。《五經文字》云：「作欵，非。」』案：據《説文》以正作『欵』字之訛也。

或者辨聯緜字諸體。如，《離騷》『須臾』條云：『王作「逍遥」，注云：一作「須臾」。』案：須臾、逍遥，聲轉字也。《九辯》『旖旎』條云：『注引《詩》「旖旎其華」。案：《萇楚》作「倚儺」，與王引不同，蓋所見異本也。又，《詩》「隰桑有阿，其葉有難」。《上林賦》「猗狔從風」，張揖云：「猗泥，猶阿難也。」《史記》作「旖旎」，《漢書》作「猗柅」。

《洞簫賦》「阿那腲腇」。其義皆同。《説文》：「旖，旗旖施也。」於離切。「儺，行有節也。《詩》曰：佩玉之儺。」諾何切。《萇楚・釋文》：「猗，於可反。儺，乃可反。猗儺，柔也。」案：旖旎、猗狔、阿儺、阿難、阿那，皆一字也。

或者正舊説之誤。如，《九歌》『辛夷』條云：『注「香草」。案北人呼爲木筆，非香草也。』嘉德亦云：『洪注亦云。』案：此所以正王注之訛者也。《卜居》『婾生』條云：『《説文》：「婾，巧黠也。从女，俞聲。」託侯切。』案：婾，王氏未注，洪氏訓『樂』，以爲未協，故據《説文》以正其義。又，《九辯》『氣清』條云：『洪云：「清古本作瀞。」案：《説文》：「瀞，無垢薉也。从水，静聲。」疾正切。《禮記》：「冬温而夏清。」《音義》云：「清，七性反。」《説文》：「清，寒也。从仌，青聲。」七正切。疑當爲清，言天高而氣寒也。又，《説文》：「瀙，冷寒也。从水，親聲。」七定切。與「清」音義同。又，《毛詩傳》中絜清字皆音浄，依此讀之，則不煩改字。』案：此所以正洪氏之訛也。《招魂》『洪云』條云：『洪云：「李善以《招魂》爲《小招》，以有《大招》故也。」案：今止云「招魂」，不云「小招」。是洪氏所見異本。林西仲云：「此屈原自作也。太史公贊云『余讀《招魂》悲其志』。是悲屈原之志，非悲宋玉之志也。」』案：不從舊説以此篇爲宋玉所作，以招屈原之魂者，而從林西仲之説，以爲屈原自作自招也。又，『謝之』條云：『「恐後謝之不能復用巫陽」句，一本作「之謝」。林云：「若必待筮，恐遲，至徂謝，不能再用巫陽，而招所以難從帝命也。」比舊注爲勝。』案：此亦據林説以正舊注之失也。又，『揚荷』條云：『注云：「楚人歌曲也。」言《涉江》《采菱》《揚荷》三者，皆歌曲之名。其下「涉彼大江」云云，是釋歌曲命名之義。本或改「揚荷」爲「陽阿」。非是。』

或者增益書證。如：《離騷》『修繩』條云：『「修繩墨」之修，當作循。』嘉德云：『案注「循用先聖法度」，是王逸作「循」，洪亦「循」字。』案：蓋底本誤作『修』也。又，『相觀』條云：『洪云：「覽相觀於四極，《左傳》『尚猶有臭』、《書》

『弗遑暇食』語同。」案：《左傳》「繕完葺牆」，當亦如此類。』又，《九歌》『玉瑱』條云：『洪云：「《周禮》：玉瑱，大寶器。故書作瑱。鄭司農云：瑱，讀爲鎮。」《小行人》：「王用瑱圭。」劉：吐電反。《釋文》云：「宜作鎮音。」』

或者破解假借，求其本字本義。如，《離騷》『乘旂』條云：『乘，當作承。』嘉德云：『案《楚辭》逸注：「畫龍虎爲旂。」各本「虎」作「蛇」。非。洪《補注》作「交龍爲旂」。』案：乘、承古同蒸部，牀、禪旁紐雙聲，例可通用。《文選》諸本皆作『承旂』，逸注『敬承旂旗』云云，其舊本亦作『承旂』。又，『婉婉』條云：『當作「蜿蜿」，注亦然。』案：王注釋『龍貌』，以形況龍蟲也，當從虫。洪氏《補注》引《釋文》作『蜿蜿』，《廣雅・釋訓》：『蜿蜿，蝹蝹，動也。』王念孫《疏證》：『《楚辭・大招》「虎豹蜿只」，王逸注云：「蜿，虎行貌也。」行與動同義。重言之則曰蜿蜿。宋玉《高唐賦》云：「振鱗奮翼，蜲蜲蜿蜿。」司馬相如《封禪文》云：「宛宛黄龍，興德而升。」竝字異而義同。張衡《西京賦》云「海鱗變而成龍，狀蜿蜿以蝹蝹」，皆動之貌也。』女之柔順則謂之婉婉也。

或者糾正他説之訛。如，《九歌》『肴蒸』條：『何云：「蒸，當作烝，進也。」案：《説文》：「烝，火氣上行也。」「蒸，折麻中幹也。」然經典每多通用。』案：以爲蒸、烝二字通用不別，毋需改字。此所以糾何氏輕率也。《招隱士》『恫荒』條云：『「恫荒忽」之「恫」，何云：「宋本作洞。」案所貴宋本者，取其無譌字耳。今流傳宋本皆有譌字。余家藏有宋本，又華亭相國藏有風雲樓本，又曹侍御藏有棟亭曹氏本，本各不同。若不加考覈，則信古而反誤者有之。此篇朱子作「恫」，音義通。《思玄賦》云：「恫後辰而莫及。」注：「恫，痛也。」他公切。《説文》：「恫，痛也。一曰：呻吟也。从心，同聲。」他紅切。「洞，疾流也。从水，同聲。」徒弄切。《詩》云：「神罔時恫。」《釋文》：「音通，痛也。」《説文》引作「侗」，皆不作「洞」字。』又，『硱磳』條云：『「硱磳磈硊」，何云：「宋本作硱磈磳硊。」案「硱磳磈硊」與上「嵚崯碕礒」皆疊韻，宋本非是。』案：許氏校書唯正是從，不迷信宋槧，尤爲難能也。

或者刪、或者補王逸注文之衍、脱。如，《招魂》『仰觀』條云：『注脱「言仰觀屋之榱橑皆刻畫龍蛇而有文章也」十七字，當補。削去「仰視龍蛇成文章也」八字。』又，『粔籹』條云：『「粔籹蜜餌」下脱注「粔籹吴謂之寒具方言餌謂之餻」十三字。』

嘉德往往申其高祖之意爲説。如，《九歌》『歸來』條，巽行云：『朱子作「未來」。』未作斷制。嘉德云：『案胡云：「詳逸注『未肯來』，是王作『未』。袁本云：『逸作「歸」，非。』朱作『未』」。』案：蓋據胡校以申巽行之説也。又，『蘭以』條云：『「疏石蘭以爲芳」，以字，朱子作「兮」。』嘉德云：『案洪慶善亦作「兮」。』案：據洪本以申其作『兮』者爲是也。或者注明巽行出處。如，《涉江》『吾之』條云：『一本云「迷不知吾所如」。無「之」字。』案：嘉德云：『朱、洪本皆無「之」字。』以爲『一本』者，即朱、洪二本也。《招魂》『釋呰』條云：『注脱「釋解也言彼十日之處自習其熱魂行往到身心解爛也」二十二字。』嘉德云：『逸注《楚辭》有。』又，『託呰』條云：『下脱注「言魂宜急來歸此誠不可託附而居之也」十六字。』嘉德云：『案逸注《楚辭》有。』案：二條脱文，以爲皆據王注《楚辭》補之也。然嘉德於巽行之説，於義未協者，非依違從之，必糾其謬，唯理是從。如，《離騷》『來御』條云：『《詩》「百兩御之」，《釋文》：「五嫁反，本亦作『訝』，又作『迓』，同，迎也。王肅：魚據反，云：待也」』嘉德云：『案注：「御，迎也。」則與訝同。古訝、迓、御皆通。』案：巽行但謂御同訝、迓，訓迎、訓待，似兩可，未爲斷制，見其謹審。而嘉德據舊注，則斷之訓迎。是祖孫二人不同處。又，《九辯》『駒跳』條云：『朱子云：「跼音局，馬立不常謂之跼。作駒，非。」』嘉德云：『案《廣韻》：「騆，馬立不定。」《集韻》：「馬立不常謂之騆。」然則義當爲「騆」。洪本作「騆」，是也。朱本作「跼」，恐傳寫誤足旁。』案：其以爲本作『騆』，作『跼』者爲訛字。未從巽行説也。

許氏辨他説之非，或者疏忽之。如，《離騷》『何云』條：『何云：「賈誼曰：『屈原被讒放逐作《離騷賦》。』若用此語，去『經』之名，則無吴、楚僭王之疑矣。」案：《史記》云「作《離騷》」，不言經，亦不言賦。近日戴震注《楚詞》，題曰「屈原賦二十五篇」，斯得之矣。』案：稱『經』之説，肇自王逸，後世已識其非，固無庸覼縷矣。惟『始楚賢臣屈原被讒放逐作《離騷》』之語，何云『賈誼曰』，未知其出處所在。《漢書·藝文志》云：『屈原被讒放流，作《離騷》諸賦以自傷悼。』《史記·太史公自序》云：『屈原放逐而作《離騷》。』皆未以爲賈誼語也。何氏引語之訛，蓋不可不辨。或者辨訛未得其要者。又，『朝誶』條云：『注引《詩》「誶予不顧」。今《詩》作「訊」。《釋文》云：「本又作誶，音信。」案《説文》：「誶，讓也。从言，卒聲。《國語》曰：誶申胥。」雖遂切。「訊，問也。从言，卂聲。」息晉切。《爾雅》：「誶，告也。」』案：以爲本當作『誶』，作『訊』者非。殊不知誶、訊古字通用，兩可也。王注引《詩》，據《韓詩》，與《毛詩》自是不同。不可據《毛詩》爲説也。《九歌》『愁余』條云：『注明作予字，今誤爲余。非也。《説文》：「余，語之舒也。从八，舍省聲。」以諸切。「予，推予也。象相予之形。」余呂切。《爾雅》：「卬、吾、台、予、朕、身、甫、余、言，我也。」予、余雖並訓我，然遍檢音韻諸書，無有以余字入語韻者。康成注《曲禮》云：「余、予，古今字。」然予爲余呂切，余爲以諸切，則不可混也。』案：古無四聲之别，余、予同音，不分平上。屈賦余、予用作第一人稱，皆訓我。然領格用『余』，賓格用『予』。『愁余』之余，當作予，賓格也。許説雖是，然未得其要也。或者不明賦家多敷演誇侈，一物而多用之例。如，《離騷》『荃不』條云：『洪興祖云：「荃與蓀同。」案：顔延年《祭屈原文》云：「比物荃蓀，連類龍鸞。」是荃蓀不同物。』案：荃、蓀一物，蓋以方音不同而爲二名。賦家敷揚其文，往往兩用之，以逞其博物。《子虚賦》云『芷若射干，穹窮昌蒲，江離蘪蕪』，又云『被以江離，糅以蘪蕪』。以江蘺、蘼蕪、芎藭爲三草。《索隱》引郭璞云，芎藭『今歷陽呼爲江離』。

古猶以爲一草。洪氏《補注》：『《本草》：「蘼蕪，一名江離。」』亦以江蘺、蘼蕪爲一草。夫異物同名，或同物異名，古之習見。賦家因之麗文，唯弘博是務，蔚麗其辭，雖一草因異名而分別用之。而解者扼之以格物，則失其旨也。

是本始刻於光緒五年己卯，至十年甲申蕆事，由杭州任有容齋鋟刻，國家圖書館有藏本。（黃靈庚）

# 楚辭集評

《楚辭集評》者，清于光華之所作也。光華字惺介，號晴川，齋名心簡，江蘇金壇縣人。乾隆間邑諸生。終生未仕，遊歷豫、楚、粵，主羊城鳴臯書院，以教授門生爲業，篤好《昭明文選》，自唐六臣注暨以後前修名宿評注，采輯鈔録，編纂成帙，《昭明文選集評》十五卷，爲明清《文選》評點集大成之作，學者奉爲圭臬焉。又著有《四書集益》六卷、《心簡齋集録》六卷、《古文分編集評》四集。事載光緒《金壇縣志》卷九《文學》。

是書原見《昭明文選集評》之卷八，于氏集明、清評注屈子《離騷》《九歌》六首（《東皇太一》《雲中君》《湘君》《湘夫人》《少司命》《山鬼》）、《九章》一首《涉江》《卜居》《漁父》及宋玉《九辯》五首、《招魂》，淮南小山《招隱士》，凡十七篇。集評有眉評、側評、總評，三者以眉評爲主。總評用全稱，眉評則多以簡稱。計録朱熹（稱『朱子曰』）、林兆珂（稱『林曰』）、陸生生（稱『陸曰』）、孫月峰（稱『孫曰』）、方廷珪（稱『方曰』）、李安溪（稱『李曰』）、何義門（稱『何曰』）、浦起龍（稱『浦曰』）、周平園（稱『周曰』）、邵子湘（稱『邵曰』）、孫執升等十一家，而以何義門、孫月峰、方廷珪三家居多。如，《離騷》一篇三十九條：『何曰』八條，『孫曰』五條，『朱子』、『浦曰』各四條，『方曰』『李曰』各三條，『林曰』『陸曰』各一條，不著姓氏者三條，『總評』録孫月峰、陸雨侯、陸生生、浦二田、方伯海、周平園各一條。《九歌》五首十八條：『何曰』『孫曰』各五條，『方曰』三條，『陸曰』二條，不者姓氏者一條，『總評』

録孫月峰、何義門各一條。《涉江》一篇七條：『方曰』三條，『朱子』一條，不著姓氏者一條，『總評』録孫月峰、何義門各一條。《卜居》一篇三條：『孫曰』『何曰』各一條，不者姓氏者一條。《漁父》一篇四條：『何曰』一條，不著姓氏者一條，『總評』録孫月峰、邵子湘各一條。《九辯》五首十七條：『方曰』四條，『孫曰』二條，不著姓氏者八條，總評録方伯海、孫月峰、孫執升各一條。《招魂》一篇二十九條：『何曰』五條，『孫曰』二條，不著姓氏者十九條，『總評』録孫月峰、何義門、方伯海各一條。《招隱士》一篇六條：『方曰』二條，『邵曰』『何曰』及不著姓氏者各一條，『總評』録孫月峰、方伯海各一條。于氏彙集諸家而彌綸之，至一若出於己所出者。其不著姓氏者，蓋于氏自爲之矣。

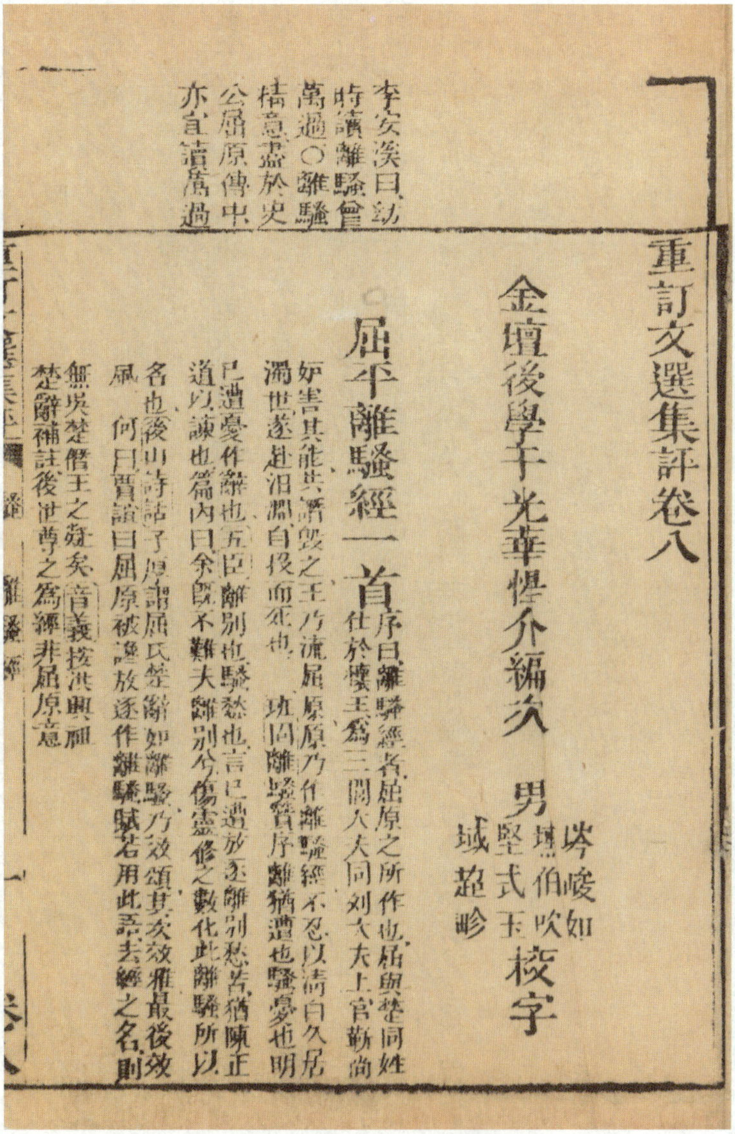
李安溪曰：幼時讀離騷，曾萬過。○離騷精意盡於史公屈原傳中，亦宜讀萬過。
重訂文選集評卷八
金壇後學于光華惺介編次　男　岑峻如　堪伯吹　堅式玉　域超畛　校字
屈平離騷經一首
序曰：離騷經者，屈原之所作也。屈與楚同姓，仕於懷王，爲三閭大夫，同列大夫上官靳尚妒害其能，共譖毀之，王乃流屈原。原乃作離騷經，不忍以清白久居濁世，遂赴汨淵自投而死也。班固離騷贊序：離，猶遭也；騷，憂也。明已遭憂作辭也。五臣：離，別也；騷，愁也。言已遭放逐，離別愁苦，猶陳正道以諷諫也。篇內曰余既不難夫離別兮，傷靈修之數化，此離騷所以名也。後山詩話：子厚謂屈氏楚辭如離騷，乃效頌，其次效雅，最後效風。何曰：賈誼曰屈原被讒放逐，作離騷賦，若用此語去經之名，則無嫌楚僭王之疑矣。音義：按洪興祖楚辭補註，後世尊之爲經，非屈原意。

于氏於《離騷》一篇最爲著力，以疏理篇章結構、前後承接之章法不遺爲意，藉是闡演大旨。如，陳詞重華『啓《九辯》』一節，評云：『此處與「三后純粹」一段相應，前約言之，此詳舉之，歷陳勸誡以舉賢授能爲務，所謂「衆芳所在」「遵道得路」者也。』篇末『總評』引方伯海曰：『按讀《離騷》，當細分其前後段落。自前至後，由淺入深。中有虛有實，有虛中實，實中虛，並無一句重複，無一字没意義、没着落，又當知其前後用意所在。前處處不忘芳草，後處處不忘玉。所以然者，因芳草皆變於黨人，不可與共歲寒，玉則歷歲寒而不變也。此是言芳草、言玉。前後分界處。前往觀四荒，欲求賢士，志行同己，不出楚境之内。後求賢士，志行同己，始博求之九州。此是求賢士，四荒九州前後分界處。其一篇大旨，總是寫出自家一片謇謇忠誠，期於與君共修美政。其見疏於君以此，見忌於黨人亦以此。但宗臣誼與國共存亡，明知禍害，總期於君悟俗改，而以守死善道，明其初終不渝之意。自「帝高陽」至「彭咸遺則」爲一大段，是大夫自明守死意，以後篇中所云「溘死」「危死」「前聖」「前修」等語，皆與此相應。中間或以四句爲一章，或以八句爲一章。一章各指一事，而言但俱屬由任而疏時説，章法自明。自「長太息」至「前聖所厚」爲二大段，中間怨君美政不修，歸罪於黨人，而以己之不能與黨人爲群，結以「伏清白死直」，應上「彭咸遺則」意。章法同上。自「悔相道」至「豈余心之可懲」爲三大段，中間見君能悔其所爲，則必召己共修美政，功業不難立就。因又想黨人忌己已深，勢難復用，「進不入」二句是承上轉下。以下亦各以四句、八句爲一章，是大夫欲以見替後，率性一意獨行，不見詘於黨人，而結之以「解體未悔」，應上「九死」及「彭咸」意。合上段俱是由疏而替時説，引下女嬃一詈來，生出下面許多奇峰。實則《騷》之大意至此已盡。「女嬃」至「忍與此終古」，合四小段爲一大段，波瀾俱從姊詈其「婞直」二字生出。蓋大夫將往觀乎四荒，祇求楚國志行同己之人，與結知心，不自知爲婞直也。直到姊詈其婞直，因想我屬宗臣，忠臣諫君，本非婞直。聞姊言後，見己志行不諒於姊，何況他人？而以「不予聽」一嘆作小住脚。且將往觀四荒之念放下，想到折中前聖，明其果屬婞直與否。「前聖」二字，遥應上「前聖所厚」。而以「沾余襟之浪浪」爲小住脚。「跪敷衽」二句又是承上起下，因重華不爲折中，想到見帝，帝閽不内，因發出「世溷濁」一嘆爲小住脚。因帝閽不爲折中，想到求女，總是欲折中其爲婞直與否。因女不可求，發出「時溷濁」一嘆爲小住脚。下用「閨中」

四句作大劈落，而以「不能忍與黨人終古」結住，仍遥應上欲「依彭咸遺則」意，爲四大段。中間亦各以四句、八句爲一章，惟見帝、求女二嘆，各以二句爲章法。「索藑茅」至「觀乎上下」，合下巫咸二小段爲一大段。「索藑茅」至「狐疑」作小住脚，靈氛教以九州求女是主，巫咸教以九州擇君是賓，仍以上下求女結住。前以「索藑茅」二句領下，後以「巫咸將夕降」二句領下，遥爲章法。下亦各以四句、八句爲一章，爲五大段。「靈氛告余以吉占」至末爲六大段，中亦以以四句、八句爲一章。前後章法一絲不亂，中間起伏迴合照應，已盡各截分註，細閱當自得之。』此六大段之分雖出方氏，于氏亦同其説故矣，是故其注中求帝、求女之旨，悉以比求賢臣、知己爲解也。又，三『求女』一節眉批引何義門云：『此辭難通處，無如求女三節，然寄情屬望之懇到，全在此段。歷來注家莫有得其説者，王逸注稍近，而指未明。惟吾師安溪先生云：《楚辭》所謂「求女」者，非求君也，欲其君之得賢臣焉爾。始也「哀高丘之無女」，則高位者無人矣。繼而「相下女之可貽」，猶望其有處於下位而備進用者也。乃求女如宓妃者而不可得，相與驕傲淫遊而已。上下相習，大小成風，亂國之朝，其勢固然。於是思遺佚之士，曰庶幾其登進乎？乃爲媒者鴆已毒矣，鳩猶巧焉，隱逸之賢安能以自通？鳳凰既受他人之詒而不爲吾國媒，則有娀之佚女必爲高辛之有，而非高陽之所有矣。雖然望未絶也，使少康而有賢配，倘所謂祀夏配天，不失舊物者乎？奈何媒理之妬蔽無異於前，則事既可知，而原之望於是絶矣。蓋是時懷昏而不悟，襄淫而失道，原固灼見之，而惓惓之誠不能自已焉。他日《天問》之作，反覆於鮌、禹、啓、少康之事，夫亦此志也。按此宓妃貴女以喻賢臣，佚女以喻遺佚之賢，少康以喻嗣君，二姚以喻嗣君左右之臣也。』則與方氏分段亦可相互比照，見其比綜裁剪之妙矣。

于氏以《九歌》名『九』而有十一篇者，既取閔氏《瀹注》合二《司命》爲一，而以《禮魂》爲『諸篇之亂辭』。則合『九』之數矣。又取《補注》『《九歌》十一首名「九」者，取「簫韶九成」「啓《九辯》《九歌》之義』。蓋依違其説，不能決斷之矣。《東皇太一》因舊説，爲天之至尊神。《雲中君》是雲神。《湘君》《湘夫人》因閔氏，『祇泛言湘水爲是，稱君、稱夫人，亦當是有此稱名耳，不必實有其人也』。則不從舊注以爲堯之二女娥皇、女英也。以二《司命》並指三台、上台二星爲説。以《山鬼》爲泛稱山神，不必『言夔魖螭魅等也』。于氏評《九歌》則側重於譚藝。如，《東皇太一》引陸曰：『唐人詩多或于一句中自成對偶，謂當句對，蓋起于「蕙肴蘭藉」「桂酒椒漿」也。』又，《湘君》『君不行兮夷猶』，評云：『起得超，又一變法。』又，『斵冰兮積雪』，引孫曰：『隋語。』又，《湘夫人》『嫋嫋兮』二句，引孫曰：『《月賦》得此二句，一篇增色，可見楚《騷》寫景之妙。』旁批：『寫祭時景，景中有聲。』又，《少司命》『入不言』二句引陸曰：『《神女》《登徒》巧處，皆本此二句來。』又，《山鬼》『若有人』句引孫曰：『起語脱洒。』又，『被石蘭』句引方曰：『須看他一路寫來，定是山鬼，不是城郭郊野之鬼。』又，『雷填填』三句引方曰：『三句中並不見一鬼字，而能令後之人讀其文者如覩鬼形，如聞鬼嘯，此謂用暗結法。』

于氏以《九章》皆『原遭放逐，隨事感觸，輒形之聲，共得九章，非一時作也』。以《卜居》『假爲卜以決取舍，用以正俗，非真有疑而問也』。以《漁父》『當時隱士』『假設之辭』。則皆因朱子《集注》爲説也。又，《涉江》首句引方曰：『只一開口，形神聲口俱變，《九歌》《九章》明是兩時作。』又，『乘舲船』句眉批：『步步於決裂之中，寓不忍之意。』又，『深林』句引方曰：『「深林」六句，極寫荒涼、幽暗、卑濕不堪光景。謝靈運遊山諸詩多脱胎於此。』又眉批云：『《卜居》《漁父》開宋玉《對問》《客難》《解嘲》一派，似應列出。』則深致《楚辭》之流變也。

于氏以《九辯》爲宋玉『閔惜其師』之作。則因王逸爲説也。又，眉批云：『《九辯》已變屈子文法，加以參差磊落，而多峻急之氣，不若屈子之纏綿。迺知古人之文未有不脱化而能自主者。』又，引孫曰：『攢簇景物景事，句句警策，一層逼一層，音調最悲切，骨氣最遒緊，真是奇絶。後四首皆莫能及。』又，引方曰：『通幅無一句涉入「秋」字，知是悲秋本意。行文僅百餘字，而曲折盡致，極嶺復岡聯之妙。此等處須讓古人獨步。』又，篇末『總評』引孫月峰曰：『《騷》至宋大夫乃快，其語最醒而俊。』于氏《招魂》之作爲列四解：一是逸云『屈原厥命將落，欲復其精神，延其年壽，故作此』。是招屈子生魂。二是五臣『諷君冀其覺悟而還之』。是諷諭之意。三是《瀹注》『原始死時，玉作以招之』。則是招屈子死魂。四是《楚辭燈》因史遷《傳贊》，爲屈子所作，『自招』其魂之詞。蓋亦未能決斷之矣。又眉批曰：『四方領前半，樂處伏後半。』復以『東』『南』『西』『北』『上』『下』『室中陳設』『女侍』『堂上景物』『酒醴』『女樂』『戲具』『歡情』『傷時』『總歎』等疏理其段次結構。又『土伯』眉批云：『此上歷詆四方上下之不善，而下文盛稱楚國之樂也。』又，眉批云：『大概作兩層寫。「像設君室」以下爲一大段，「翡帷翠帳」以下爲一大段，中用「離榭修幕」二句鈎連上下，粘成一片，無迹可尋。筆法奇妙。兩大段中，每段有三層，而下段中三層俱用「歸來」收住，相接處俱緣上來。文法變化中又極整細。』又，『肴羞』句眉批引何曰：『此處説歌舞靡曼之樂，與前侍御者又別。前擬平居，此稱宴會也。「娱酒不廢」，總結上文。』又，『箟蔽』句引何曰：『歌舞之中，忽間以戲劇，總不令文勢直也。』又，『亂曰』眉批云：『「亂詞」説明遷江南，故寫出思君不見之情，而以「哀江南」結之。』案：以上則詳述其結撰之妙也。于氏《招隱士》一篇，則從《瀹注》爲『言隱士不可終隱之意』，而非傷屈原而作也。又，『聊淹留』句引方曰：『兩「聊淹留」，前是原之之詞，此是疑而怪之之詞。言前此不歸，或爲「攀援桂枝聊淹留」也。今歲序屢易，兼之山中景物，到處驚心駭目而尚不歸，豈猶是攀援桂枝聊淹留乎？章法迴合中，移步换形，各盡其妙。』則其善乎前後比較而揭櫫其旨意矣。

于氏每篇皆爲注釋，剪輯諸家，而多因王逸《章句》而節取之。如，《離騷》『帝高陽之苗裔兮』，注云：『苗，胤也。

裔，末也。高陽，顓頊有天下之號。《帝繫》曰：「顓頊娶于滕隍氏女而生老僮，是爲楚先也。」』又，『朕皇考曰伯庸』，注云：『朕，我也。伯庸，原父字也。』又，『皇覽揆余于初度兮，肇錫余以嘉名』。注云：『皇，皇考也。肇，始也。』又，『扈江蘺與辟芷兮，紉秋蘭以爲佩』。注云：『扈，被也，楚人名被爲扈。紉，結也。江蘺、辟芷、秋蘭，皆香草。辟，幽僻也。』又，『汩余若將弗及兮』，注云：『汩，去貌，疾若水流也。』又，『朝搴阰之木蘭兮，夕攬洲之宿莽』。注云：『搴，取也。阰，山名。攬，采也。木蘭去皮不死，宿莽遇冬不枯。屈原自喻也。』又，『不淹兮』，注云：『淹，久也。』又，『恐美人』，注云：『美人，謂君也。』又，『不撫壯而棄穢兮』，注云：『年德盛曰壯。穢，惡行也，喻讒邪。』又，『乘騏驥以馳騁兮』，注云：『騏驥，駿馬也，喻賢智。』又，『昌披』注云：『衣不帶貌。』又，『幽昧險隘』，注云：『幽昧，不明也。險隘，喻傾危也。』又，『皇輿』注云：『皇輿，君之所乘，以喻國也。』又，『奔走先後』注云：『四輔之職也。』又，『謇謇』注云：『忠言貌。』又，『靈修』注云：『靈，神也。修，遠也。能神明遠見者，君德也，故以稱君也。』又，『成言』注云：『謂懷王始信任己，平議國政也。』又，『滋蘭九畹』注：『滋，莳也。十二畝曰畹。』又，『願竢時』注云：『言待時而用也。』又，『委絶』注云：『委棄不用也。』又，『憑不厭』注云：『憑，滿也，楚人名滿曰憑。不厭求索，不知厭足也。』又，『冉冉』注云：『行貌。』又，『顑頷』注云：『不飽貌。』又，『胡繩纚纚』注云：『胡繩，亦香草。纚纚，索好貌。』又，『彭咸』注云：『殷賢大夫，諫其君不聽，自投水而死。』又，『鞿羈』注云：『以馬自喻也，韁在口曰鞿，革絡頭曰羈，言爲人所依[係]累也。』又，『靈修浩蕩』注云：『靈修，謂懷王也。浩蕩，無思慮貌。』又，『謡諑』注云：『謂毁譖也。』又，『偭規矩而改錯』，注云：『偭，背也。錯，置也。』又，『背繩墨以追曲』，注云：『追，猶隨也。繩墨，所以正曲者。』又，『周容』注云：『周合求容也。』又，『忳鬱邑余侘傺兮』，注云：『忳，憂貌。侘傺，失志貌。

又，楚人名住曰傺。』又，『鷙鳥』注云：『鷙，執也，謂能執服衆鳥，鷹鸇之類也，以喻忠正。』又，『岌岌』注云：『高貌。』又，『眩曜』注云：『惑亂貌。』又，『黨人』注：『黨，鄉黨，謂楚國也。』又，『舊鄉』注云：『楚國也。』又，《東皇太一》『上皇』注云：『東皇也。』又，《雲中君》『周章』注云：『猶周流之意。』又，《湘君》『君不行兮夷猶』，注云：『君，謂湘君也。夷猶，猶豫也。』又，『薜荔拍兮蕙綢』，注云：『拍，搏壁也。綢，縛束也。』又，《湘夫人》『鳥何萃兮』二句注云：『鳥當集木巔而言蘋中，罾當在水中而言木上，喻失其望也。』又，《少司命》『夫人兮』注云：『夫人，謂萬民也。』又，《山鬼》『若有人』注：『謂山鬼若人也。』又，《涉江》『乘舲船』注云：『舲船，船有牕牖者也。』又，《卜居》『端筴拂龜』注云：『整儀容也。』又，《九辯》『過中兮』注云：『年過半也。』又，《招魂》『巫陽對曰掌夢』，注云：『言招魂者，本掌夢之官所職主也。』又，《招隱士》『慕類兮以悲』，注云：『哀己不遇也。從此已上皆陳山林傾危，草木茂盛，麋鹿所居，虎兕所聚，不宜育道德養情性也。』以上皆據王逸注而節録之，雖或非字字悉同，而其意旨則無異也。

或者存諸家異同而未作斷語，蓋增廣博聞之意。如，《離騷》『名余曰正則兮，字余曰靈均』。注引閔氏《瀹注》云：『正則，平正可法則也。其名「原」之意如此。靈，善也。均，亦平也。其字「平」之意如此。《史記》以爲原名平者，誤矣。』又引《集成》云：『正，平也；均，亦平也。名以貴之，復字以重之。欲使原其立名之意，承上「嘉名」來，則上隱「平」字，下隱「原」字，故名平字原也。』案：閔氏據五臣張銑，斥《史記》之誤。蓋一家説也，未足爲據，故復引方伯海説以存異。又，『三后』注云：『三后，指三皇。』又引引《瀹注》：『三后，舊注謂禹、湯、文王。《蒙引》謂指楚先王之賢者，以三后不宜先堯舜也。』案：三皇，見朱子《集注》。《瀹注》引《蒙引》者，明汪瑗所作也。又，『九天』注云：『謂中央八方也。一云：陽數爲九。』案：王逸以『中央八方』釋『九天』，而呂向以『陽數』釋『九』之義，兩存之也。又，『忍尤而攘詬』，注云：『言忍君之尤而欲除耻惡之人。一云：物自外來而取之曰攘。今詬自外來而受之亦曰攘，即伏清白以死直也。』案：前解據王注，後解據汪瑗，以爲皆通，故兩存之也。又，《離騷》『悔相道』四句，注云：『相道，輔君之道，不見察於君也。延佇將返，不決於去也。迴車復路，復返本國，以去國爲非，故曰「行迷」。朱子云：「相道，相視道路也。不察，不審察也。輕犯世患，引領跂望，而旋車以復昔來之路，猶得及迷誤未遠之時，覺悟而歸也。悔其初輕出仕，將隱去之意。」』案：以『相道』爲『輔君之道不見察於君』，以『迴車復路』爲『復返本國，以去國爲非』者，皆見張鳳翼《文選纂注》。而又引朱子之說。以爲皆可通，故兩存之也。又，『蘭皋』注云：『澤曲曰皋。一云：丘有椒者。』案：前者見王逸注，後者見呂延濟注。又，『進不入』二句注云：『進，謂仕也。退，去也。初服，未仕之時。』案：首解見汪瑗《集解》，次解見王逸注，末解見蔣驥《山帶閣注楚辭》，亦衹取其所需耳。又，『陸離』注云：『陸離，參差，美好貌。』案：『參差』見王逸注，『美好貌』見洪氏《補注》矣。又，『女嬃』，既因舊注謂屈原姊，又引《集解》云：『嬃者，賤妾之稱，比黨人也。』案：兩存其異。又，『博謇』，因舊注解『博采往古，好修謇謇』，又引一說：『博者立志廣大也。謇作蹇，不避艱險也。』案：後說見汪氏《集解》。又，『蹇修以爲理』，注云：『蹇修，伏羲氏之臣也。理，分理，述禮意也。一云：蹇修，謇博好修之人，媒妁之別名也。』案：前說見王逸注，後說見汪氏《集解》。又，《東皇太一》『璆鏘鳴兮琳琅』，注云：『璆琳琅，皆美玉名。鏘，佩聲也。整其服飾，以示迎神之敬。』案：訓詁見王逸注，後見林氏《楚辭燈》。又，《湘君》『陫側』注云：『陫，陋也。一云：隱也。即「展轉反側」之意。因女太息，即轉加企望也。』案：前說見王逸注，後說見汪氏《集解》。又，《湘夫人》篇末引《淪注》云：『此與《湘君篇》，愚合諸家注而參輯之，去其附會之說，而求其直捷之解云爾。近有《集解》云：「《湘君》一篇，則湘君之召夫人者也。《湘夫人》一篇，則夫人之答湘君者也。前以男召女，故稱女、稱下女。後以女答男，故稱帝子、稱公子、稱遠者。其中或稱君、或稱佳人、或稱夫君，則彼此相謂之詞也。以男遺女，故有玦有珮，此男子所有事也。以女遺男，故有袂有褋，此女子之所有事也。其于彼此酬答之際，一一相應。」亦或有見，故并録于此。」案：湘君、湘夫人爲男女對偶之唱，雖始發於汪氏，而經閔氏張揚之，後多采其説。于氏引之，亦甚爲有特見矣。

或者徵引諸家而省其姓氏，融會之若出己意，而見其彌綸之功夫矣。如，《離騷》『衆皆競進』注云：『衆，指黨人也。』又，『不吾知』二句注云：『二句是倒裝文法，謂余情信芳，雖不吾知，其亦已矣。』又，『終古』注云：『猶言終身。』又，『芳草』注云：『比美女也。』案：以上皆見汪瑗《集解》。又，『九死』注云：『九，數之極也。』案：此義見吴世尚《楚辭疏》。又，『衆女』注云：『指黨人也。』案：見林雲銘《楚辭燈》。又，『無禮』注云：『猶不恭也。』案：見何焯《讀書記》。又，《雲中君》『浴蘭湯』句注云：『潔其身，盛其服，所以爲迎神之敬。就主祭者言。』又，『未央』注云：『仰望靈光之無盡也。』又，『覽冀州』注云：『覽，望也。冀州，爲九州之首。』又，『横四海』注云：『仍從事於周章也。』又，《湘夫人》『夕張』注云：『張，陳設也。陳設帷帳，欲迎而享之也。』案：以上皆見林雲銘《楚辭燈》。又，《涉江》『奇服』注云：『喻異行也。』案：見唐五臣張銑注。又，『冠切雲』二句注云：『所謂奇服也。』案：見明林兆珂《楚辭述注》。又，《九辯》『霑軾』注云：『軾，下横木。』又，『侹攘』注云：『狂遽貌。』案：皆見朱子《集注》。又，『而極明』注云：『至天明也。』案：見陳第《屈宋古音義》。又，『塊獨』注云：『塊，塊然也。』案：王夫之《通釋》『乃塊然困處』云云，是取其説也。又，『專思君兮不可化』注云：『君，指懷王也。不可化，謂同姓之故，不終變也。』案：前説見陳第《屈宋古音義》，後説見王逸注。又，『紛旖旎乎都房』，注云：『旖旎，盛貌也。房，花房也。』案：前説見王逸注，後説見五臣劉良注。若是者不勝悉舉，據是亦可以類推矣。

或者據王逸注，而據他家以疏通之。如，《離騷》『荃』注云：『香草，以諭君也。《補注》：「荃與蓀同。」《遯亝閒覽》：「蓀則今人所謂石菖蒲者是也。」』又，『齊怒』注云：『齊，疾也。一云：同也。《集解》作「齌」，言怒氣之盛如火也。』又，『羌』注云：『楚人語詞，即乃也。』案：羌之訓乃，見五臣呂延濟，所以疏王注也。又，『侘傺兮』，注引黃伯思《翼騷》云：『些、只、羌、誶、謇、紛、侘傺者，楚語也。』案：王注但以『傺』爲楚語，而于氏據伯思説，侘傺，皆楚語也。又，《招魂》『赤蟻若象，元蠭若壺些』。注云：『壺，乾瓠也。《鄺露赤雅》：「赤蟻若象，渾身帶大刃，負萬鈞，雜食虎豹蛇虺。遺卵如斗，人取爲醬，是名蚳醢。」』案：王逸注：『螘，蚍蜉也。小者爲蟻，大者爲蚍蜉也。』然則『赤蟻若象』無解也，故于氏引《鄺露赤雅》以疏補之矣。

或者因宋人之説以斥漢注之非。如，《離騷》『落英』注云：『《補注》：「秋花無自落者，讀如『我落其實而取其材』之落。」史正志《菊譜敘》：「荆公詩：『黃菊飄零滿地金。』歐陽曰：『秋花不比春花落，爲報詩人仔細看。』荆公笑曰：『歐陽九不學故也，不見《楚詞》云「夕餐秋菊之落英」云云』。噫，荆公拗性自文耳。《詩》之『訪落』，訓落爲始。蓋謂花始敷也。草之精秀者爲英，本菊之始英，以其精華所聚而餐之。不然，殘芳剩馥，豈堪咀嚼乎？」《西溪叢話》：「沈約云：『英，葉也。言食秋菊之葉。』據《神農本草》，菊服之輕身耐老。三月採葉。《玉函方》：王子喬變白增年方：甘菊，三月上寅采，名曰玉英。是英謂之葉也。」』案：于氏悉棄漢注，而據其所引，則以落爲始義，而英爲葉也。又，《湘君》『沛吾乘』注云：『吾，設祭者之詞。舊注指屈原自謂者，非也。』案：朱子《集注》：『吾，蓋爲祭者之詞。舊注直以爲屈原，則太迫。』雖未標明朱子，是因宋人以斥漢注矣。

或者摒棄諸家，而直陳自創新義。如，《離騷》『先路』，舊多解以『先王之路』。案：于氏注云：『即前馳，意開先引導也。』則前所未聞矣。又，『前修』，舊解『前世遠賢』或『前代修習道德之人』。案：于氏注云：『前修，古之聞人也。』則亦前所未聞矣。又，《少司命》『悲莫悲』二句注云：『二語是情語之祖，此則言神之來去似之也。』案：説『情語』而祖述此二句，則發前所未發矣。又，《山鬼》『悵忘歸』注云：『憺忘歸，鬼自忘歸也。悵忘歸，悵公子之不歸也。公子，即靈修也。』案：于氏云：『靈修，即所思之人而慕予之窈窕者也。』似於舊説爲優。又，《漁父》『深思高舉』注云：『深思爲獨醒，高舉爲獨清。』案：以屈注屈，饒有思致。又，《九辯》『申旦』注云：『猶達旦也。』案：朱子解申爲重。非也。又，『忼慨絶兮不得』，注云：『絶，謂不思。』案：周孟侯云：『「忼慨絶」三字最毅而惋，言一往繾綣故國之思，庶幾借利刃割之，無如遺而復來，何也？思君怨君，一語淒斷。』是亦以『絶』爲『不思』之義矣。

或者闡演大旨，則廣引衆家而擇其善。如，《離騷》『黨人偷樂』注引方伯海曰：『惡黨人蔽主妨賢，是一篇作《騷》大旨。此處纔提出。偷樂者，偷安目前以爲樂也。不忍斥言君，歸罪於黨人，是「怨誹不亂」處。』又，『九天』注引閔氏《瀹注》云：『「九天爲正，言己之謇謇爲君之意，可質九天，非爲身家私謀也。』又，《湘君》『捐余玦』四句引《瀹注》云：『捐玦遺佩，并以杜若遺之者，冀以此邀其來也。舊注謂君之於臣，與環即還，與玦即去，故捐玦冀君復用之意。殊爲牽合。下女，神之侍女，不敢指言湘君而託之下女，猶方君之下執事也。』又，《山鬼》一篇引汪氏《集解》云：『此篇借山鬼述己意也。大旨言賢者初慕山林，既而厭其寂寞，出仕忘歸。故託山靈以思賢者，欲招以終志隱遁，而賢者卒迷世途而不復返也。』案：以爲招隱之詞，則似與小山《招隱》一例看矣。

或者涉於文字校勘者。如，《離騷》『指九天』句引何曰：『他本此下有曰「曰黄昏以爲期兮羌中道而改路」二句，後人所增，王逸本無之也。』又，『不難離别』句云：『善「難」下有「夫」字。』又，『擥木根』句云：『五臣作擥，音牽。』

又，《湘夫人》『播芳馨』下云：『匊，古播字。』又，《少司命》『與汝遊兮』二句下云：『《補注》：古本無此二句。朱子云：二句《河伯章》中語。』又，《涉江》『食玉英』下云：『五臣「食」作「餐」。』又，《九辯》『羌無以異於衆芳』云：『羌一作嗟。』又，《招魂》『娭光』校云：『娭，一作嬉。』

于氏或以叶音説韻。《凡例》云：『古韻可通無須更叶，故《韻略》盡删通韻之叶，以省重複。今照《韻補》叶八：如東冬江通，而江叶公、降叶洪；支微齊佳灰通，而來叶離、哀叶依；真文元寒删先通，而津叶陵、安叶烟、山叶仙、年叶民；歌麻通，而華叶和、家叶歌；侵覃鹽咸通，而南叶誑、三叶森之類。亦以誌諧聲切響之一則，非敢破《韻略》例也。』又云：『凡字有兩音、三音者，韻書本分入各韻通用。但有一音，即有一義，非是義而借用是音者，仍謂之叶。如，簡能之能叶音台，棲宿之宿叶音秀，驂乘之乘叶平聲，簡易之易叶入聲，長短之長叶音仗，升降之降叶音杭之類，又悉注明叶字以别疑義，總期同人研求韻學，考據詳明之意。』案：觀于氏之世，古音之學已行，則叶音之説已不之信矣，而猶執宋吴棫《韻補》以爲據，以繩墨《楚辭》古韻，則不通者固其宜矣。如，《離騷》『不能舍也』云：『舍，叶戌。』案：舍，古入鐸韻，與故字爲魚鐸平入合韻。戌，古入質韻。則不叶矣。又，『所服』云：『服，叶鼻。』案：服，古入職韻，之韻之入聲，故與則字同協職韻。鼻，古入質韻。則不叶矣。又，『以爲理』云：『理，叶賴。』案：理，古入之韻，故與在字同叶之韻。賴，古入歌韻，則不叶矣。《招魂》『課後先』云：『叶私。』案：先，古入真韻，與下句『青兕』之『兕』爲脂真合韻，不必改先爲私音矣。又，『上有楓』云：『叶音近芬。』案：楓，古入侵韻，芬，古入文韻，古不協韻矣。據是五事，足以推知其叶音之謬矣。

于氏或失於剪裁。如，《離騷》『矯菌桂』注云：『《本草》：「菌桂，花白蘂黄，正圓如竹。」』案：菌桂，已見上文『雜申椒與菌桂』，《補注》云：『《本草》有菌桂，花白蘂黄，正圓如竹。』不審何以省前而詳後？或者取舍不當。如，《離騷》

『所厚』注云：『言不爲前聖所鄙薄也。何曰：厚，重也。遲回鄭重，不欲自決也。』案：王逸注：『言士有伏清白之志，以死忠直之節者，固乃前世聖王之所厚哀也。故武王伐紂，封比干之墓，表商容之閭也。』以『厚』解『厚哀』，則未可移易。周、秦、兩漢之世，哀猶愛也、憐也。《呂氏春秋・慎大覽・報更篇》『人主胡可以不務哀士』，《淮南子・説林訓》『各哀其所生』，高誘並云：『哀，猶愛也。』《釋名・釋言語》：『哀，愛也。愛乃思念之也。』哀、愛古多以同義互易之。《禮記・樂記》『肆直而慈愛者』，鄭注：『愛，或爲哀。』《管子・形勢解》『見愛之交』，《形勢篇》作『見哀之役』。厚哀，平列同義。《太平經・大功益年書出歲月戒》：『大神言：「所誡衆多，所諫亦非一人所問。持是久遠相語者，誠重生耳，言特見厚哀尤深。」』徐福《上疏言霍氏》：『霍氏太盛，陛下即厚愛之，宜以時抑制，無使至亡。』夏侯湛《昆弟誥》：『厚愛平恕，以濟其寬裕。』厚哀、厚愛，皆古恒語。于氏取『何曰』改訓『遲回鄭重』者，非也。又，《九辯》『收恢台』注云：『恢台，長養也。』案：是取五臣呂延濟説。非是。洪氏《補注》：『《舞賦》云：「舒恢炱之廣度。」注云：「恢炱，廣大貌。」炱與台，古字通。黄魯直云：「恢，大也。台，即胎也。言夏氣大而育物。」』其義雖是，而以訓詁字義者，則亦失之矣。恢台，猶廣大無際之貌。其聲之轉，別爲浩蕩、溷沌、鴻洞、洚洞、港洞、虹洞、閎達、浩腸、圖傲、觰傲、陶傲、豁達、泓澄、灝翔、皓翔、浩洋、磺洋、洸洋、朦朧、惝怳、埃晵、靉靆、曖曃、貸駭、懛獃、懛剴、儓儗、怠疑、癡騃、糊塗、鶻突等，則未可勝舉矣。隨文所施，皆各具一義，而以訓詁字分別之。恢台孟夏，猶《懷沙》『滔滔孟夏』也。

于氏以何焯所評汲古閣爲藍本，合六十卷爲十五卷，而是書從第八卷中輯出。是書于堂初刻於乾隆三十七年壬辰，名『昭明文選集評』；錫山啓秀堂重刻於乾隆四十三年戊戌，名『重訂文選集評』。是爲重訂本也，國家圖書館有藏本。（黄靈庚）

# 楚辭膠言

《楚辭膠言》者，清張雲璈之所作也。雲璈字仲雅，又字簡松，先世本海寧陳氏子，入繼錢塘張氏，遂爲錢塘人。乾隆三十五年庚寅舉人，年至花甲，官湖南安福知縣。六十五歲，又調任湘潭知縣，歷時十二年，卓有政績，人稱『張佛子』『張青天』。性好吟詠，善爲文，著述甚豐，計有《簡松草堂詩集》二十卷，《簡松草堂文集》十二卷，《蠟味小稿》五卷，《金牛湖漁唱》一卷，《知還草》五卷，《復丁老人草》二卷，《三影閣箏語》三卷，《四寸學》六卷，《選學膠言》二十卷，《補遺》一卷，《遊楚吳吟》一卷，《歸艎草》一卷，《兩淮鹽法志》五十六卷，《垂綏録》十卷，《選藻》八卷。事載《清史列傳》卷七十二《文苑傳》。

《楚辭膠言》二卷，原本《選學膠言》之卷十三、十四。『膠言』者，出《魏都賦》『牽膠言而踰侈』，張載注引李剋書曰：『言語辯聰之説，而不度於義者，謂之膠言。』則稱『膠言』者，猶無其理而詭其詞之意，蓋自謙之詞也。據張氏序稱，讀《文選》之際，『顧文義不無舛誤，注家尚多異同，與夫名物、典故、字句、音釋，有出於諸説所未備之外者，不能無疑。隨疑隨檢，隨檢隨記，簡眉牘尾間，久而漸满，翻之如黑螘屯聚，相雜於白蟫趁趠之中，幾不復辨。乃取而件繫條録。凡諸家未及者補之，諸家已有者删之，諸説未盡者詳之，諸説未安者辨之。且因此以見彼，有不必爲《文選》設者，觸類而引申云云。《楚辭膠言》二卷則亦是已。

此二卷屬條目式劄記，各卷前有目録，凡一百五條。《離騷》爲一卷，五十一條，《九歌》以下爲一卷，五十四條。若據内容言之，蓋分十一類焉。

一屬審辨字音，則有『降音洪』『莽音姥』『在音止』『舍音暑』『化音訛』『穢音意』『索音素』『服音逼』『時音是、態音剌』『屬音注』『御當音迓』『馬音姥』『媒音迷』『茅音侔』『巧音竅』『美惡之惡亦音污』『待音持』『來音釐』『上平聲』『帶音蒂』『池音沱』『蕭音颼』『顧音古』『風孚金反』『滯音帶』『醢音以』『明音芒、通音湯』『久音几』『知音親』『絡音路』『衆音宗』『美有郎岡二音』『爽平聲』『陳田通音』三十四條，悉據陳第《屈宋古音義》。蓋以陳氏精於考古，足以徵引矣。引文間或有訛字。如，『時音是、態音剌』條，《屈宋古音義》『剌』作『剃』是也。

二屬審辨字形，則有『隘同阸』『巷即衖』『迎疑還字之譌』『沬沫不同』『播古作⿱釆丮』『邸當作低』『巫當作筮』七條，多以辨正舊注之疏誤，頗有心解。如，『隘同阸』條，《屈宋古音義》『隘音益』。雲璈云：『隘，本與阸同。據《玉篇》，即是阸字。陌、錫、職古通，與「績」正叶，不必作「益」音。』案：隘、績古同入錫韻。又，『巷即衖』條：『「五子用失乎家巷」，朱子注：「衖音巷。」他本竟刻作「家巷」。是朱子所見《楚辭》本作「衖」，今皆作「巷」。雲璈按：

選學膠言卷十三　　錢唐張雲璈仲雅述

騷

離騷稱經 屈平離騷

何氏讀書記云賈生曰屈原放逐作離騷賦若用此言去經之名則無異楚辭王之嫌矣洪興祖曰古人引離騷未有言經者蓋後世祖述其辭尊之爲經耳非屈子之意也雲璈按經之名出於王叔師然叔師章句序云離別也騷愁也經徑也言已放逐別離中心愁思猶陳直徑以風諫君也據此則與經典之解

選學膠言　卷十三　一　騷

《玉篇》「衖」字下注云：「胡絳切。」《爾雅》云：「衖，門謂之閎。」亦作「巷」。陸氏《爾雅音義》：「衖，户絳反。《聲類》猶以爲巷字。」是「衖」與「巷」本一字。今人「衖」字皆作「弄」音，無有知其即爲「巷」字者矣。然上文「啓《九辯》與《九歌》兮，夏康娱以自縱」。巷與縱爲叶，則巷正作「弄」音，不必如《集評》之叶爲閧也。《毛詩》：「子之丰兮，俟我乎巷兮，悔予不送兮。」當以弄音爲叶，亦不必如《屈宋古音義》之「音諷」也。』又，『「邸當作低」條：『「邸余車兮方林」，注：「邸，舍也。」胡中丞云：「袁本、茶陵本邸作低。」按《楚辭》作「低」，洪興祖本作「邸」，云：「一作低。」《補注》以爲「低」無「舍」義。非也。《廣雅・釋詁四》：宿、次、低、弛，舍也。洪失之未考耳。善注引逸亦「低」字。尤延之改「邸」。』案：邸、低同氐聲，古可通用。氐，本有止舍義。又，『「巫當作筮」條云：『「帝告巫陽曰」，注：「女曰巫，陽，其名也。」雲璈按：下文「魂魄離散，汝筮予之」。則巫當爲「筮」，陽，乃筮人之名也。蓋傳寫之訛。考《周禮・春官・簭人》「掌三《易》以辨九簭之名：一曰《連山》，二曰《歸藏》，三曰《周易》。九簭之名：一曰巫更，二曰巫咸，三曰巫式，四曰巫目，五曰巫易，六曰巫比，七曰巫祠，八曰巫參，九曰巫環，以辨吉凶。」鄭注云：「此九巫，皆當爲筮字之誤，」此「筮」誤「巫」，亦與之同。或者古字通也。』案：其可備爲一説。

三屬審辨字義，則有『阰』『詠』『落英』『無平不頗』『須臾即逍遥』『靈』『艾非美好之稱』『欸』『誅茅』『突梯滑稽』『温蠖』『恢台即恢炱』『駒跳』『呰』『九約』『廢』『先故』十七條。或融會全篇之旨，審辨舊注是非。如，『靈』條云：『「靈偃蹇兮姣服」，注以靈爲巫，並下《雲中君》「靈連蜷兮既留」之靈，亦指爲巫，曰「楚人名巫爲靈子」。雲璈按：此「靈」字指巫猶可，《雲中君》之「靈」謂「巫」，則不可通。且下文「靈皇皇兮既降」，又指爲神。忽而稱巫，忽而稱神，豈理也哉？當如于氏《集評》皆指神爲是。』又，『落英』條：『《野客叢書》云：「士有不遇，則託文見志，往往反物以爲言，以見造化之不可測。原蓋借以自諭，謂木蘭仰上而生，本無墜露而有墜露。秋菊就枝而殞，本無落英而有落英。物理之變則然。吾憔悴放浪於楚澤之間，固其宜也。異時賈誼作賦吊原，有『鏌鋣爲鈍』之語，張平子《思玄賦》有『珍蕭艾於重笥兮，謂蕙芷之不香』。此意正與二公同，皆所以自傷也。古人託物之意，大率如此。荆公用『殘菊飄零』事，蓋祖此意。歐公譏之，荆公以爲『不學』，後人遂謂歐公之誤，不知歐公意固有在。歐公學博一世，《楚辭》之事，顯然耳目之所接者，豈不知之？其所以爲是言，蓋深譏荆公用『落英』事耳，以爲荆公得時行道，自三代以下未見其比。落英反理之論，似不應用。欲荆公自觀物理而反之於正耳。」雲璈按：王氏此論，於舊説之外，別爲一解，可補叔師所未及。然足以參義理而未足以資考覈也。」又，『温蠖』條云：『「安能以皓皓之白蒙世俗之塵埃乎」，《史記》「塵埃」作「温蠖」。朱子曰：「白音薄，與蠖叶韻。」然或漢時楚人改之，必當時解「温蠖」爲「塵埃」也。方氏《通雅》謂「北人讀白爲帮該切，正與埃叶，不必以此正《史記》之是也。」雲璈按：方説非是。温蠖爲塵埃，必是當時楚語，安可以北人方言證南人乎？且古人之文，不必逐句有韻，必處處求叶，失之鑿矣。郝京山以「温蠖」之合音爲污。』案：湯炳正氏《屈賦新》探據張家山漢簡謂『温蠖』即『溷污』之假借。又謂舊本『塵埃』『温蠖』皆作『埃塵』『蠖温』，與上『汶』爲韻文部。馬王堆漢墓帛書《五十二病方》：『君欲練色鮮白，則察觀尺污（蠖）。尺污（蠖）之食方，通於陰陽。』亦蠖、污二字相通之證。郝京山以『温蠖』之合音爲『污』。可謂有識矣。又，『廢』條云：『「娛酒不廢，沈日夜些」。言飲酒晝夜不輟也。《古樂府》「廢禮送客出」。亦當作「止」字用。注謂「飲酒不廢政事」，又以「廢」爲「發」，引「明發不寐」。並非。説見施愚山《蠖齋詩話》。』案：其説是也。

四屬審辨協韻，則有『艱與替叶』『注中叶韻』『古人韻緩』三條。據韻例以校改訛字。如，『注中叶韻』條云：『「登山臨水兮」注：「升高遠望，視江河也。」「江河」二字當乙，與上注「心自傷也」「之他方也」叶。下文「愴悽增欷兮」注：「歎息也。」「歎」上脱「累」字。下「坎壈兮」「身困窮也」，「窮」字作「極」。下「貧士失職而志不平」注：「意未明也。」「明」，作「服」，與上下韻方叶。皆依《楚辭》增改。』或者據方音以證《楚辭》用韻。如，『古人韻緩』條云：『「湛湛江水兮上有楓，目極千里兮傷春心，魂兮歸來哀江南」。《屈宋古音義》：「南音寧。古與音、心爲韻，沈約屬之覃矣。」雲璈按：《詩・燕燕》以南叶心，沈重讀尼心切。陸德明所謂「古人韻緩，不煩改字」者也。嘗聽今常熟人呼東西南北爲「東西能北」，恍然於陸氏「韻緩」之説，能，蓋「南」之轉音也。惟轉故緩，寧之與能，俱因緩而相近。今人呼「寧可」，往往作「能可」。則知「韻緩」之説可以論古人之音，故馬貴與指爲確論。』案：所謂『韻緩』者，猶韻寬，心在侵韻，南在覃韻，寬之亦可以互叶也。侵、覃皆閉口韻，其古音相近。

五屬校勘文句，則有『九歌』『河伯章錯簡』二條。於引文詳加審訂，辨其真僞。如，『九歌』條，宋姚寬《西溪叢語》據《魏都賦》劉淵林注引《九章》之辭曰：『蔀也必獨立。』引《卜居》之辭曰：『横江潭而漁。』『今閲二篇又無此句，信有闕文。淵林出漢後，何爲獨見全書也』。雲璈云：『《卜居》首尾完善，未見其闕。《魏都賦》注引《九章》「蔀也必獨立」，乃引《橘頌》「蘇世獨立」以注賦之「非蘇世而居正」句。「蘇世」二字譌爲「蔀也」，又衍一「必」字。非《九章》有闕文也。觀注下文又引王逸注「蘇寤也」自明。或「横江潭而漁」，揚子《解嘲》中有之。孟陽《魏都》注實是誤記子雲之文爲屈子之語，似未可據此以疑《楚辭》也。』案：其説是也。又，『河伯章錯簡』條云：『「與汝遊兮九河，衝飇起兮水揚波」。洪興祖曰：「此二句《河伯》章中語也。」雲璈按：叔師此二句無注，則自《河伯》章錯簡無疑。陳季立亦以此二句爲誤入。』案：可謂異代同聲也。

六屬考辨名物者，則有『攝提星與攝提格不同』『江離』『菌桂』『荃』『蘭蕙』『胡繩結縷』『薜荔』『芙蓉爲裳』『六博五白』九條。或別出新義。如，『芙蓉爲裳』條云：『上言芰荷爲衣，此又言芙蓉爲裳，不應重複乃爾。此芙蓉，恐是木芙蓉。《離騷》之意，雖不必真以爲裳，然木芙蓉實可績，其皮以爲絺綌，至今有之。世以「搴芙蓉兮木末」，爲木芙蓉之證。則大謬。』然於其所不知者，則存疑以闕如之，而不肯人云亦云，蓋謹慎之至矣。如，『蘭蕙』條云：『蘭之説既不一，蘭之類亦正多。即今之所謂「春蘭」「秋蕙」，其名目已不可悉數。加以似蘭非蘭，而得蘭之名者，實難臆斷。總之不可以混《離騷》之蘭。今之蘭蕙，大都産自山谷，安能種之至於「九畹」「百畝」哉？自當以朱子之辨爲的。至以都梁、澤蘭、零陵當《離騷》之蘭蕙，亦意爲説耳，終不識是何香草也。』又，『胡繩結縷』條云：『方氏《通雅》云：「《上林賦》云：『布結縷』，《爾雅》：『傅，橫目。』注：『一名結縷，俗謂之鼓箏草。』師古曰：『結縷蔓生著地之處，皆生細根。』《離騷》『索胡繩之纚纚』，蓋結縷也。」雲璈按：方氏此説，亦想像之辭。叔師注：「胡繩，香草。」若結縷、橫目，皆不聞其有香也。』

七屬考辨地理者，則有『流沙』『冀州即中國之稱』『洞庭』『南夷』『修門』五條，彌綸舊説，多有創獲。如，『冀州即中國之稱』條云：『《日知録》云：「古之天子常居冀州，後人因之遂以冀州爲中國之號。《楚辭》『覽冀州』，《淮南子》『殺黑龍以濟冀州』，《路史》云：『中國總謂之冀州。』」雲璈按：此猶今時呼京師爲長安之意。叔師必指定「兩河間」，泥矣。屈子所謂「遠舉雲中」，豈僅覽冀州而已哉！猶云「覽中國而有餘」耳。或云：冀州爲九州之首，有餘，則九州皆在一覽之中矣。良是。』又，『洞庭』條云：『洞庭之名，經傳無考，《爾雅・釋地》十藪，但言楚有雲夢。言洞庭始見於靈均此文。然詳玩辭意，似屬微波淺瀨，可以眺玩，故有秋風嫋嫋木葉下之語，當是洞庭山下小水，因山得名。非如今日浩渺之狀故。但言洞庭而未有湖，稱當日言水道者，皆不之及。迨雲夢涸而水悉歸於洞庭湖，遂成巨浸矣。』又，『南夷』條云：『《困學紀聞》云：「屈原楚人而《涉江》曰『哀南夷之莫吾知』，是以楚爲夷也。陰邪之類，讒害君子，變於夷矣。」雲璈按：屈子豈肯以楚爲夷？蓋指其所放之地而言，近於今湖南之苗疆，故曰夷。且深寧曾以《離騷》之稱「哲王」，謂「楚君之闇而猶曰哲，蓋屈子以堯舜之耿介、禹湯之祇敬望其君，不敢謂之不明也。太史公曰：『王之不明，豈足福哉。』此非屈子之意。」審是，則更無以夷稱其本國之理。深寧之言自相矛盾矣。』

八屬考辨經制者，則有『畹數不同』『《九辨》《九歌》是禹樂』『太一』『壽宮』『湘君湘夫人』『九天』『糖霜始於唐大曆』『揚荷』七條。或存異説以存疑之。如，『畹數不同』條云：『注：「十二畝爲畹。」雲璈按：《説文》：「田三十畝爲畹。」《魏都賦》張孟陽注引班固曰：「畹，三十畮。」此《説文》所本。而《玉篇》云：「秦孝公二百二十步爲畮，三十步爲畹。」是計七畹餘成一畝也。多寡懸殊不一。宋張淏《雲谷雜記》云：「《玉篇》訛舛，畝字作步字耳。山谷遂以多少分貴賤，正《玉篇》謬本有以誤之。」』案：山東銀雀山漢簡《孫子兵法·吳王問篇》：『孫子曰：「范、中行氏制田，以八十步爲婉，以百六十步爲畛，而伍稅之。智氏制田，以九十步爲婉，以百八十步爲畛。韓、魏制田，以百步爲婉，以二百步爲畛。趙氏制田，以百二十步爲婉，以二百四十步爲畛。」』婉即畹字，畛即畮字，則畹又畮之半也。或融會諸説以辨證之，如，『糖霜始於唐大曆』條云：『洪邁云：「自古食蔗，但爲柘漿。《招魂》所云『濡鼈炰羔有柘漿些』是也。孫亮時，交州獻甘蔗餳。《南中八郡志》『笮甘蔗汁，曝成飴，謂之石蜜。』唐太宗遣使至摩揭陁國，取熬糖法，即詔揚州上諸蔗榨瀋如其劑，色味美于西域，然祇是今之沙糖，不言作霜。然則糖霜，非古也，歷世詩人亦未言之。惟東坡《過金山寺作詩送遂寧僧圖贊》云：『冰盤薦琥珀，何似糖霜美。』黃魯直《在戎州作頌答梓州雍熙長老寄糖霜》云：『遠寄蔗霜知有味，勝於雀子水晶鹽。』

則遂寧糖霜見於文字者，實始二公，甘蔗所在皆植，獨福唐、四明、番禺、遂寧有糖冰，而遂寧爲最，亦皆起於近世。唐大曆中，有鄒和尚者始來小溪之繖山，教民以造霜之法。繖山在縣北二十里，前後爲蔗田者十之四，糖霜户十之三。蔗有四色，曰杜蔗，曰西蔗，曰艻蔗，《本草》所云荻蔗也，曰紅蔗，《本草》之崑崙蔗也。惟杜蔗紫嫩，味極厚，專用作霜。凡霜一甕中，品色亦自不同。惟疊如山者爲上團，枝次之，甕鑑次之，小顆塊次之，砂脚爲下。紫爲上，深琥珀次之，淺黄又次，淺白爲下。遂寧王灼作《糖霜譜》七篇。」雲璈按：如洪説，則蔗霜始於唐大歷，而入詠於宋之蘇、黄，非謂蔗作糖盡出於唐以後也。何義門評《三國志》，據《吴志》「甘蔗餳」以駁王灼之説誤矣。但宋時糖霜貴紫，與今不同。又，《老學菴筆記》謂「唐以前書傳凡言糖者皆糟耳，如糖蟹、糖薑皆是。」雲璈按：餳本音唐，與餳不同。《方言》「餳謂之餹」是也。餳、餹即糖字，自古有之。豈必皆指糟耶？放翁説恐未確。』

九屬考辨人物者，則有『正則靈均』『女嬃不必是屈原姊』『巫咸』三條，其於舊注擇善而從，且有所補綴矣。如，『女嬃不必是屈原姊』條云：『淪注云：「據《水經注》，原有賢姊，聞原放逐，來歸諭令自寬。今以鮌爲比，非知原者，非原姊明矣。」《集解》云：「嬃者，賤妾之稱，比黨人也。嬋媛，妖態也。賈逵《章句》云：『楚人謂女曰嬃。』」雲璈按：《漢書·高帝紀》「呂禄過其姑呂嬃。」師古曰：「嬃，呂后妹呂嬃，樊噲妻也。」《陳平傳》：「帝命斬噲，道中計曰：『呂后女弟女嬃夫。』」是妹亦可以稱嬃。則知嬃乃女之通稱，不必專屬姊妹。淪注、《集解》之説良是。』案：此説多爲後人所徵引。又，『巫咸』條：『「巫咸將夕降兮，懷椒糈而要之」。注：「巫咸，古神巫也，當殷中宗之世。」朱子云：「此引巫咸，祇在一巫字，聊借生發。自史遷附會入《封禪書》，而巫咸之爲神巫，千年不白矣。」雲璈按：《列子》《莊子》皆言鄭有神巫曰季咸，以巫而咸名，故謂之巫咸，非必以商賢相爲巫也。』

十屬考辨歷史典故者，則有『上官大夫非靳尚』『彭咸遺則』『五子非太康弟』『甲氏』四條。或者發微索隱，破古今之惑。如，『上官大夫非靳尚』條云：『王逸序「同列上官大夫靳尚妬害其能，共譖毀之，王乃流原」。雲璈按：《史記》上官爲令尹子蘭所使，當頃襄之世，而《楚策》載靳尚爲張旄所殺，在懷王時。是此上官大夫非靳尚。故《漢書·人表》列上官大夫於五等，而别列靳尚在七等。足知此上官大夫，别是一人。』案：其説是也。《屈原列傳》張守節《正義》引王逸云：『上官靳尚。』則以上官靳尚爲一人者，誤自王逸也。又，『彭咸遺則』條：『洪興祖曰：「屈原死於頃襄之世，當懷王時作《離騷》，已云『願依彭咸之遺則』，又曰『吾將從彭咸之所居』，蓋其志先定，非一時忿懟而自沈也。《反離騷》云：『棄由聃之所珍，摭彭咸之所遺。』豈知屈子之心哉。」雲璈按：此論未允。太史公稱「平雖放流，睠顧楚國，繫心懷王。冀幸君之一悟，俗之一改也」。如此，豈先有致死之心哉？迨懷王不反，頃襄復聽上官之讒，怒而遷之，然後作《懷沙》之賦，以沈於汨羅。「彭咸」云者，止自傷諫君不聽，與之相同。其後投水而死，適符其迹，非志先定也。至林應辰《龍岡楚辭》謂「屈平不死汨羅，比諸浮居夷海之意」。其説雖新而實臆。沈湘之事，傳自司馬遷，賈誼、揚雄，皆未有異説。漢去戰國未遠，必非虚語。』案：其説是也。

十一屬論藝者，則有『離騷稱經』『《離騷》作於頃襄之世』『美人自喻』『亂』『屈子用琴歌』『以人比君』『九辯』『述古語』『《招魂》三閭自作』九條。或考訂《離騷》作時，如，『《離騷》作於頃襄之世』條云：『古史云，太史公言《離騷》作自懷王之世，原始見疏而作。雲璈按：文中直斥「子蘭」，當在懷王之末年、頃襄王時也。』案：其説是也。又篇中陳詞重華而徑至九嶷之山，則在放於沅湘之時，宜其作於襄王之世矣。又，『美人自喻』條云：『「恐美人之遲暮」，注：「美人，謂懷王也。」洪興祖云：「有以美人喻君者，『恐美人之遲暮』是也。有以喻善人者，『滿堂兮美人』是也。有以自喻者，

『送美人兮南土』是也。」雲璈按：此美人亦是自喻。蓋睹草木之零落，而自傷遲莫，因欲撫壯棄穢以改此度也。觀上下文義自明。若作指君，謂其年老而功不成，如注所云，恐無此立言之體。』案：其説是也。《離騷》首八句言其『内美』，而『扈江離』以下言其『修能』，即外美也。内、外皆美，自是『美人』矣。又，『亂』條云：『「亂曰」，注：「亂，理也。所以發理詞指，摠撮行要也。」雲璈按：《爾雅·釋詁》：「亂，治也。」《説文》：「从乙，乙治之也。」理即治義，故曰「理也」。方氏《通雅》云：「屈原用『亂曰』，賈生用『誶曰』，《史記》用『訊曰』，劉向用『歎曰』，此猶章句論解之家，在漢曰故、曰林、曰微、曰箋、曰注、曰疏、曰解、曰通，然後人各以意名書，千百其變，而《楚詞》尚守此數法，歷至今日，二李楊王無別創者。其曰『永言之道，近於性情乎』。《國語》指《那頌》，卒章爲『亂辭』，摘《小宛》首章爲篇目。《左傳》所引數章之末，謂之卒章。一章之末句，亦謂之卒章。一句謂之一言，一字亦謂之一言，古人不拘也。」』案：説雖出自《通雅》，然以篇章結撰之法以解『亂』義，頗爲新穎。

然三審其解，亦非條條皆立精義，不免龐蕪疏謬之説。如，『《九辨》《九歌》是禹樂』條：『「啓《九辯》與《九歌》兮」。雲璈按：《九辯》《九歌》，自應如注作「禹樂」爲是。于氏《集評》引《山海經·大荒南經》云：「夏后開上三嬪於天，得《九辯》《九歌》以下。」郭注又以爲「登天而竊之」。其説荒誕不可訓。』案：《九辯》《九歌》，信爲『禹樂』。九者，虬也，龍也。禹字从虫、九，頌禹之歌也。歌爲啓之所造，故又以爲『啓樂』。禹，本夏后氏之天帝也。故又以爲『天帝之樂』，而爲啓竊之於天。三説本不悖矣。又，『沬沬不同』條云：『「芳菲菲而難虧兮，芬至今猶未沬。」注：「沬，已也。」《招魂》云：「朕幼清以廉潔兮，身服義而未沬。」注亦云：「沬，已也。」王氏《學林》云：「《易》『豐其沛，日中見沬』，王弼注：『沬，微昧之明也。』音莫貝切。蓋屈平自謂我之芬芳未至於晦昧也。宋玉自謂身服義而未至於晦昧也。

以沫爲已，誤矣。《漢書·王商》引《易》曰『日中見昧，折其右肱。』蓋沫與昧義同，故通用之。《玉篇·水部》曰：『沬，亡活、莫蓋二切。』」雲璈按：「亡活切」者，旁從「本末」之「末」，所謂避浮沫之害是也。「莫蓋切」者，旁從午未之未，即《易》所謂「日中見沬」，《詩》所云「沬之鄉矣」是也。二字偏旁不同，《玉篇》同爲一字，而分二切以訓之，誤也。《廣韻》於去聲收「沬」字，莫負切，與昧同音。皆從「午未」之「未」。於入聲收「沫」字，莫撥切，與「秣」同音。皆從「本末」之「末」。二字不同也。曹子建《應詔詩》：「元駟藹藹，揚鑣漂沫。流風翼衡，輕雲承蓋。」審如此則當用入聲「沫」字。子建借用去聲「沬」字，非口中沫也。《舞賦》云：「良駿逸足，愴悍淩越。龍驤横舉，揚鑣飛沫。」此用入聲，不誤矣。』案：『雲璈按』以下亦皆鈔自《學林》之文，而『雲璈按』原作『安國按』，雲璈竊以爲此語，而易以己名矣。未審雲璈氏何以苟且營營之若斯耶！

《楚辭膠言》則從《選學膠言》中輯出别行，原見宋星五、周藹如校輯《文淵樓叢書》本第十三、十四册，上海文淵樓刻於民國十七年，國家圖書館有藏本。（黄靈庚）

# 讀楚辭記

《讀楚辭記》者，清何焯之所作也。焯字潤千，後字屺瞻，晚號茶仙，蘇州人。何氏先世元元統間旌爲『義門』，故焯以『義門』名其齋，人稱『義門先生』。康熙二十四年乙丑拔貢，四十一年壬午以李文貞薦，命直書房。四十二年癸未，賜進士第，改吉庶士，官武英殿纂修。五十三年甲午，中蜚語，遭收繫。後勘察無咎，赦其罪，仍值武英殿校書如故。爲人敦氣節，善持論，博學强識，藏書數萬卷，凡經傳、子史、詩文集、雜説、小説、小學多參稽互證，以得指歸，於其真僞、是非、疏密、隱顯、工拙、源流皆各有題識，如别黑白，及刊本之訛闕、同異，字體之正俗，亦分辯而補正之。著有《義門讀書記》五十六卷，《文集》十二卷，《家書》四卷、《分類字錦》六十四卷、《義門題跋》一卷、《庚子消夏記校正》一卷及《困學紀聞箋》等。事載《清史稿》卷四百八十四《文苑傳》、《清史列傳》卷七十一《文苑傳》及《清儒學案》卷四十一《安溪學案》。

何氏《讀楚辭記》，原出《義門讀書記》之卷四十八，是何氏讀《文選·騷》所作條目式筆記。《離騷》三十七條，《九歌》十一條，《卜居》二條，《漁父》一條，《九辯》一條，《招魂》七條，《招隱士》一條。首引《楚辭》正文，而後陳己所見。內容龐雜，或校勘，或釋義，或抉發要恉，或品文譚藝，甄真僞，斷是非，語多寥寥，然能道人所未道，啓人思致者夥頤。館臣稱『考證皆極精審』云云，讀《騷》之什，亦猶是已。

或者通文字假借，抉發剩義。如，《離騷》『傷靈修之數化』，云：『化與訛同，數訛，屢訛其路也。』案：訛，从言、化聲，是與化通。此説後爲姜亮夫《屈原賦校注》所挹取。又，《東皇太一》『蕙肴蒸兮蘭藉』，云：『蒸，當作烝，進也。』案：蒸，从艸、烝聲，是與烝通。此説後爲戴震《屈原賦注》所挹取。或者涉及文字校勘。如，《少司命》『與汝遊兮九河』二句，王逸無注，説者多以爲由《河伯》竄入。當删。何氏云，此二句『猶言江漢以濯之也』，意謂不當以羡文而删之。

或者通詞義訓詁，以糾舊注之訛。如，《離騷》『固前聖之所厚』，云：『厚，重也。遲迴鄭重，不遽引決也。』案：王注：『言士有伏清白之志，以死忠直之節者，固乃前世聖王之所厚哀也。故武王伐紂，封比干之墓，表商容之閭也。』王氏『厚哀』云云，哀猶愛也、憐也。《淮南子·説林篇》『各哀其所生』，高注：『哀，猶愛也。』《釋名·釋言語》：『哀，愛也。愛乃思念之也。』厚哀，平列同義，猶今喜好也。謂前聖喜好『服清白以死節』者。而何氏取意於死生之決擇，故厚改訓『遲迴鄭重』。謂前聖於生死之際，見鄭重其事，不遽引決也。似可備爲一説。又，『余焉能忍與此終古』，云：『終古，言没世不可待也。』案：就屈子一人言，猶云終身一世也。甚是。然此義汪瑗《楚辭集解》即已發之，云：『所謂「終古」是舉己之終而言，猶曰「終身」云耳。』二人可謂之不約而同。又，『陟升皇之赫戲兮』，云：『陟升，猶言升遐。此終言至死不能或忘楚國，反應前「焉能忍與此終古」之辭也。』案：至確。升，或

義門讀書記 文選

第四卷 騷

長洲何焯屺瞻

屈平離騷經 賈生曰屈原被讒放逐作離騷賦若用此語去經之名則無異楚僭王之疑矣

恐年歲之不吾與 此恐字謂身之修

朝搴阰之木蘭兮二句 朝夕卽若將不及之意

恐美人之遲暮 此恐字謂君之正

既遵道而得路 緣上先路來

夫唯捷徑以窘步三句 道之者非故至于捷徑窘步也

恐皇輿之敗績 此恐字謂國之安

忽奔走以先後兮 緣上馳騁來

傷靈修之數化 化與訛同數訛屢訛其路也

余旣滋蘭之九畹四句 此卽上文注中衆芳喻羣賢也

作陞。陟陞，平列同義，猶登上也。皇，讀如遐，古字通用。《呂氏春秋·先己篇》『督聽則姦塞不皇』，高注：『皇，暇也。』或作偟。《爾雅·釋言》：『偟，暇也。』郝氏《義疏》：『偟者，經典通作遑，皆皇之或體也。皇與假俱訓大，又俱爲暇，其義實相足成。後人見經典皇暇之皇皆作遑，遂以遑爲正體。遑變作徨，又省作偟。』假、暇，古字通用。《説文》段注：『古多借假爲暇。《周書·多方》「天惟須夏之子孫」，鄭云：「夏之言假。」』《大雅·皇矣》《周頌·武》二箋皆作「須假」，而孔本作暇。《孫卿子》「其爲人也多假日，其出入不遠也」，賈逵《國語》注：「假，閒也。」』《登樓賦》「聊假日以銷憂」，李善云：「假，或爲暇」。』陟陞皇，謂登遐也。或作升遐、升假、登假，謂登升僊逝，死之諱語。或作登霞，《遠遊》『載營魄而登霞』是也。古之貴賤尊卑共之。《竹書紀年》：『帝王之崩皆曰陟。』單稱之曰陟，複語爲『陞假』『陟陞皇』也。又，《招魂》：『涉江采菱，發揚荷些。』云：『注「喻屈原背去朝堂，隱伏草澤」。按此非喻也。前言容飾，此言歌舞戲劇。前是平居，此是宴會。』案：其斥舊注是也。洪氏《補注》：『揚荷，《文選》作「陽荷」。注云：「荷當作阿。《涉江》《采菱》《陽阿》，皆楚歌名。」』洪氏已正舊注之非。考《淮南子·俶真篇》：『足蹀《陽阿》之舞，而手會《綠水》之趨。』高注：『《陽阿》，古之名倡也。』《説山篇》：『欲美和者，必先始於《陽阿》《采菱》。』高注：『《陽阿》《采菱》，樂曲之和聲。有《陽阿》，古之名俳，善和也。』《選》注因《淮南子》也。

或者抉發前後關聯，而求文詞意旨之所在。如，《離騷》『恐年歲』云：『此恐字謂身之修。』又，『恐美人』云：『此恐字謂君之正。』又，『恐皇輿』云：『此恐字謂國之安。』案：若是，則三『恐』字之意旨明矣。又，『既遵道而得路』云：『緣上「先路」來。』又，『夫唯捷徑以窘步三句』云：『道之者非，故至於捷徑窘步也。』又，『忽奔走以先後』云：『緣上「馳騁」來。』案：意謂『來吾道夫先路』以下至『數化』句，由『先路』『得路』『窘步』『數訛其路』，皆從行路設喻，甚得屈子本心也。又，『女嬃之嬋媛兮』云：『身雖在野而節愈高，望愈歸則忌者必不能釋，女嬃所以復以鮌死羽野戒之也。』又，『就重華』云：『所謂「依前聖」以折其中節也。』又，『求矩矱之所同』云：『則無「不量鑿而正枘」之患也。』又，『蘭芷變而不芳兮』四句云：『此所謂「衆芳之蕪穢」也。本爲同類，而信道不篤，隨俗遷貿，不忍斥言，故託爲巫咸告我若是也。』又，『芳菲菲而難虧兮』二句云：『緣上昭質未虧，芳菲彌章來。』又，『吾將遠逝而自疏』云：『吾將者，彷徨瞻顧之詞，猶前猶豫狐疑也。』又，《招魂》『魂兮歸來入修門些』云：『頂上「樂」字。』案：何氏皆因前後文義以解之，可謂注重内證，以《騷》解《騷》者也。

《騷》之最難解者，莫如『三求女』一段。何氏以爲屈子『寄情屬望之懇到，全在此段』，不可存而不論。乃從其師李安溪之説，稱『《楚辭》所謂「求女」者，非求君也，欲其君之得賢臣焉爾。始也「哀高丘之無女」，則高位者無人矣。繼而「相下女之可貽」，猶望其處於下位而備進用者也。乃求女如虙妃者而不可得，相與驕傲淫遊而已。上下相習，大小成風，亂國之朝，其勢固然。於是思遺佚之士，曰庶幾其登進乎？乃爲媒者鴆已毒矣，鳩猶巧焉，隱逸之賢安能以自通？鳳皇既受他人之詒而不爲吾國謀，則有娀之佚女必爲高辛之有，而非高陽之所有矣。雖然，望未絶也，使少康而有賢配，倘所謂祀夏配天，不失舊物者乎？奈何媒理之妬蔽無異於前，則事既可知，而原之望於是絶矣。蓋是時懷昏而不悟，襄淫而失道，原固灼見之，而惓惓之誠不能自已焉。他日《天問》之作，反復於鮌、禹、啓、少康之事，夫亦此志也。按此虙妃貴女以喻貴臣，佚女以喻遺佚之賢，少康以喻嗣君，二姚以喻嗣君左右之臣也』。又謂『吾師此論，實有以究難言之隱，發前賢所未發，當與作者共千古矣』。案此説雖取之安溪，然亦有何氏己所心解矣。若解『余猶惡其佻巧』云：『拙如鳩者，猶惡其巧，言佞人之多也。』又，『欲自適而不可』云：『鴆鳩既蔽賢，己又無力以進賢，故云。』即由此發明意旨矣。

何氏大略隨文批注，文字頗簡略，蓋多未及深致之矣。且悠謬之説亦不能免焉。如，《東皇太一》『疏緩節兮安歌』，云：『安歌，升歌。』案：安，無升降之義。安，猶舒徐也。《左傳》襄七年『吾子其少安』，杜注：『安，徐也。』疏，與下句『陳竽瑟』之陳相對，猶疏布、展陳之意。舊訓希，非是。緩節，謂節奏舒緩也。音節舒緩則行歌亦舒緩，以相應之，無剽疾促節也。歌樂之緩急，因土風然也。急者清，爲哀戚之音；緩者濁，爲歡娱之樂。楚風清激剽疾，其音哀且傷。然又以一地言之，樂者舒緩，哀者促急，則又不較土風也。此『疏緩節』云云，爲《雅》《頌》之樂，音節舒徐，安歌曼聲，以美東皇太一形容，且娱樂之。又，『陳竽瑟兮浩唱』，云：『浩唱，間歌也。』案：浩，無間、閒之訓。浩，舊訓大，亦非。浩，猶合也。《漢書·地理志》『浩亹』，顔注：『蓋疾言之，浩爲閤耳。』《晉書音義·帝紀》『浩亹』條：『《漢書》：金城郡浩亹縣，孟康曰：「浩亹，音合門。」顔云：「今俗呼此水爲閤門河。蓋疾言之耳。」浩音閤。』《水經注·河水》：『閤門河又東，逕浩亹縣故城南，王莽改曰興武矣。闞駰曰：浩讀閤也，故亦曰閤門水。』閤、合古通用。浩唱，猶合唱、合歌也。《儀禮·鄉飲酒》『乃合樂』，鄭注：『合樂，謂歌樂與衆聲俱作。』又，《禮記集説·月令》引孔氏云：『節奏齊同謂之合舞，此亦謂之大合樂。』又，《少司命》『臨風怳兮浩歌』，亦同此意。敢鐘銘文：『至諸長竽，會奏倉倉。』會奏，即浩倡。唱，或作倡，古作『昌』。又，《少司命》『竦長劍兮擁幼艾』，云：『幼艾，嗣君也。革其舊而新是圖，庶可易亡爲存耳。』案：幼艾訓『嗣君』，文獻無徵，則不可信。王注：『幼，少也。艾，長也。』洪氏《補注》：『《孟子》曰：「知好色，則慕少艾。」説者曰：艾，美好也。《戰國策》云：「今爲天下之工或非也，乃與幼艾。」又：「齊王有七孺子。」注云：「孺子，謂幼艾美女也。」或曰：麗姬，艾封人之子也，故美女謂之艾。猶姬貴姓，因謂美妾爲姬耳。』則以『幼艾』爲美女之稱，不兼稱幼與老。王注訓『少長』，似未可移易。《禮記·曲禮》『五十曰艾』，鄭注：『艾，老也。』《左傳》定十四年『盍歸吾艾豭』，杜注：『艾，老也。』《戰國策・趙策》：『今爲天下之工，或非也，社稷爲虚戾，先王不血食，而王不以予工，乃與幼艾。』幼艾，謂老與幼也。《孟子・梁惠王》：『老吾老，以及人之老；幼吾幼，以及人之幼；天下可運於掌。』敬老護幼，王者稱仁德，是少司命所職也。

何氏《讀書記》爲其子何雲龍、猶子何堂及門生沈彤所輯集，初刻於乾隆十六年辛未。後蔣維鈞續輯之，成五十八卷，刻於乾隆三十四己丑，此編即從五十八卷中單獨輯出，國家圖書館有藏本。（黄靈庚）

# 楚辭音義

《楚辭音義》者，清余蕭客之所作也。蕭客字仲林，又字古農，姑蘇長洲人。本一介布衣，師事惠棟，鋭志樸學，時稱其在深寧、亭林之間，以輯佚、考據見長。著述甚豐，有《爾雅釋》《注雅别鈔》《文選音義》《文選雜題》《選音樓詩拾》《古解經鉤沉》。《鉤沉》一書已入《四庫全書》，館臣稱『採掇舊詁，最爲詳核』云。卒於乾隆二十四年己卯，年四十九。事載《清史稿》卷四百八十一《儒林傳》附《惠棟傳》後。江藩《漢學師承記》卷二亦存其傳。

《楚辭音義》一卷，原爲《文選音義》之第七卷。此書蓋用尤刻李善注爲底本，注音釋義，皆輯自舊注，而己不著一字，蓋類其《古解經鉤沉》，信古訓而已。觀其體例，拈出所注《楚辭》之字以爲條目，隨文而注釋之。約舉其事，蓋爲校字、注音、釋義三端，而其重點在乎校字、注音矣。

一曰臚列異文，正文及注分開，皆未下斷語。如，《離騷》正文『覽』『攬』『乘』條，引五臣作『鑒』『𩢍』『策』。又，『不撫』『度也』條，引五臣無『不』字、『也』字。又，『𩢍』條，引五臣作『掔，音牽』。又，『鳥之』『復脩』『蕭艾』『車其』『局顧』條，引五臣無『之』『復』『蕭』『其』『顧』五字。又，『嚴』『脩』『須臾』『霓』『引』條，引五臣作『儼』『循』『逍遥』『蜺』『列』。又，『使』『爲』條，引五臣『使』下有『夫』字，無『爲』字。又，『從流』條，引五臣作『流從』。又，『芬』條，引五臣有兩『芬』字。《離騷》注文『爲客卿因』條，引王逸注下有『以爲氏屈原自道本與君同祖共出顓頊」十六字。『陰陽之精藥』條，引逸注『陰陽』作『正陰』。《九歌・東皇太一》正文『蒸』條，引《補注》一作『烝』。又，《湘夫人》『登白蘋』條，引五臣『無「登」字，「蘋」作「薠」』。又，『葺』『兮杜』條，引『五臣「蘭」下人「兮」字，「葺」下有「之」字，「兮」下有「以」字』。《山鬼》『蕭蕭』條，引《補注》：『《文苑》作「搜搜」。』又，《涉江》『又何』條，引五臣無『何』字。又，《卜居》『廉真』條，引六臣『真』作『貞』。又，《九辯》『落』條，引五臣有『兮』字。又，『菸邑』條，引五臣『邑』作『邑』。又，『駒』條，引何曰：『《楚辭》作「駒」。』又，《招魂》『梟』條，引五臣作『梟』。又，『不可』條，引何曰：『《楚辭》下多一「以」字。』又，《招隱士》『磳磈』條，引何曰：『宋本作「磈磳」。』

校勘注文，徑改其字，然不明其版本依據。如，《離騷注》『以修用』條，云『修改循』。又，『有種蒔』條，云『有改猶』。又，『所祐爲』，云『祐改私』。又，『德之者』條，云『之改人』。又，『的明其人』條，云『的改曉，「明」下增「得」字。其改真』。又，『反用幽』條，云『用改目』。又，『可貴茲』條，云『茲改重』。又，『行芬芳』條，云『下增「誠難」二字』。《九歌・東皇太一》注『吉辰』條，云『吉改良』。又，《少司命》注『可爲』條，云：『可改何』。又，《涉江》注『劍也』條，『劍改鋏』。偶亦見其出處。如，《招隱士》注『荆棘走住』條，引何曰：『宋本「棘」

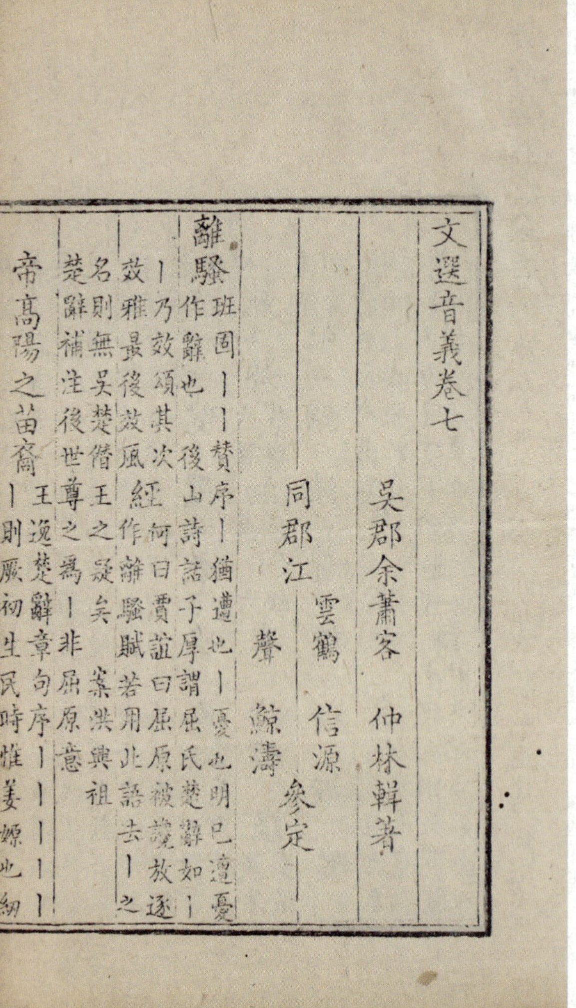
文選音義卷七

吴郡余蕭客　仲林輯著

同郡江　雲鶴　信源　參定

聲　鯨濤

離騷班固｜｜贊序｜猶遭也｜憂也明已遭憂作辭也後山詩話子厚謂屈氏楚辭如｜｜乃效頌其次經何曰賈誼曰屈原被讒放逐效雅最後效風作離騷賦若用此語去｜之名則無吴楚僭王之疑矣案洪興祖楚辭補注後世尊之爲｜非屈原意

帝高陽之苗裔｜王逸楚辭章句序｜｜｜｜｜則厥初生民時維姜嫄也紉

作「刺」，「住」作「注」。」

二是隨文注音，未依正文序次，集數字爲一條，用直音法。如，《離騷》「葰」條：「音峻。」又，「搴緯繣珵」條，引《補注》「褰徽畫呈四音」。又，「阰偭忳資纕糈榝靡粻」條：「舊毗面屯茲相所殺糜張九音。」又，「茝」條：「音采。」又，「顑頷謇」條，音「坎菡蹇」。又，「譏」條：「音機。」又，「諑婞筳篿」條：「善：啄、脛、廷、專四音」。又，「女嬃」條：「舊音須。」又，「御」條：「舊音迓。」又，「古」條：「《楚辭釋文》音故。」又，《湘夫人》「罾葯櫋」條：「《補注》增渥綿三音。」又，《山鬼》「來」條：「音釐。」又，《卜居》「喔咿嚅唲」條：「舊足握伊儒兒五音。」又，「滑稽」條：「舊注滑音骨。」又，「明」條：「《楚辭音》音芒。」又，《招魂》「酡」條：「舊音馱。」又，《招隱士》「岤」條：「善音血。」，又，「蟪碕礒靃」條：「舊惠綺蟻髓四音。」又，「磳磈」條：「音增傀。」

注直音者或省「音」字，如，《離騷》「枘」條「內」，「索」條「色」，「馬」條「姥」，「貽」條「異」，《雲中君》「英」條「央」，《九辯》「懭」條「曠」，「憐」條「鄰」，「晣」條「制」，「餧」條「委」，《招魂》「結」條「計」，「蛇」條「移」，「簴」條「巨」，「簙」條「博」，「假」條「格」，《招隱士》「蝯」條「袁」，「聊」條「留」，「麚」條「加」。

或者存其異讀。如，《湘夫人》「者」條：「渚、覩二音。」《九辯》「憭沉」條：「善音了血，《楚辭音》憭音流。」又，「恨」條：「舊音朗，《補注》音亮。」又，《招魂》「臑」條：「耎、而二音。」

或者但注聲調。如，《離騷》「悔」條：「上聲。」又，「輔」條：「上聲。」又，「正」條：「平。」又，「戲」條：「舊平聲。」又，《東皇太一》「倡」條：「平。」又，《湘夫人》「張」條：「去。」又，《涉江》「圃」條：「去。」又，

《招隱士》『硊』條：『危上聲。』又，『倚』條：『上聲。』

或者引經傳舊注及韻書以爲説。如，《離騷》『索』條：『徐邈《尚書音》音素。』又，『巷』條：『《經世大典》注：「衖音弄。」《唐韻》衖同巷。』又，『屬』條：『《九經補韻》讀爲注。』又，《招魂》『宎』條：『郭璞《爾雅音》：宎音杳。』又，『蘭』條：『《韻補》音連。』又，『瓊』條：『《韻補》音强。』又，『衆』條：『《九經補韻》音終。』又，『先』條：『《韻補》音辛。』又，《招隱士》『漇』條：『《集韻》音躧。』用反切注音者，則以一字爲一條。如，《離騷》『降』條音『乎攻切』。或者校字、注音並用。如，《離騷》『齊』條，『《楚辭》作「齌」，《補注》音賫』。

三是隨文釋義，雖勝義寥寥，然據舊注或時賢之説以解之，並無私心臆説之病。如，《離騷》『經』條，引何焯《讀書記》：『賈誼曰：「屈原被讒放逐作《離騷賦》。」若用此語，去經之名，則無吳楚僭王之疑矣。』而後於『案』下引洪氏《補注》：『後世尊之爲「經」，非屈原意。』意謂洪氏已言之矣。又，『帝高陽之苗裔』條引王逸《離騷後敘》：『「帝高陽之苗裔」則「厥初生民，時惟姜嫄」也。「紉秋蘭以爲佩」，則「將翺將翔，佩玉瓊琚也」；「夕攬洲之宿莽」，則《易》「潛龍勿用」也；「駟玉虬而乘鷖」，則「時乘六龍以御天」也；「就重華而陳詞」，則《尚書》「咎繇之謀謨」也；「登崑崙而涉流沙」，則《禹貢》之敷土也。』案：蕭客以屈子爲亦儒者，故據經義以解《騷》可也。又，『落』條云：『《補注》：「秋花無自落者，當讀如我落其實而取其華之落。」史正志《菊譜敘》：「荆公詩『黃菊飄零滿地金』，歐陽曰：『秋花不落春花落，憑仗詩人子細看。』荆公笑曰：『歐陽九不學故也，不見《楚辭》云「夕餐秋菊之落英」』云云。噫，荆公蓋拗性自文耳。《詩》之「訪落」，訓「落」爲「始」。蓋謂花始敷也。草之精秀者爲英，本菊之始英，以其精華所聚而飡之。不然殘芳剩馥，豈堪咀嚼乎？」』則據史正志，以『落英』爲始開之花也。

館臣於蕭客《文選音義》多置貶斥之詞，以爲『鏬漏叢生』，與《古解經鉤沉》『如出二手』云。《楚辭音義》蓋亦是已。引書不加攟擇。如，《涉江》『欸』條云：『陳芳《芸窗私記》：「今人暴見事之不然者，必出聲曰欸。烏開切。乃歎聲也。」舊音哀。』案：王逸注：『欸，歎也。』《方言》：『欸，然也。南楚凡言然者曰欸。』錢繹《箋疏》：『通作誒、唉。《說文》：「誒，可惡之辭。一曰：誒，然。」又云：「唉，應也。讀若塵埃。」《莊子·知北遊篇》：「狂屈曰：唉。」《釋文》引李頤注云：「音熙，應聲也。」按：今俗欸、誒二字俱音愛，相應之聲曰欸，相惡之聲曰誒。嗔喜祇在輕重之間耳。』而蕭客別引未見經傳之《芸窗私記》，且無所發明，可謂之『本書尚存，轉引他籍』矣。又，於韻脚字則注叶音，大率以《康熙字典》爲據，則訛誤盈紙，不堪卒讀。蓋不通古音，非其所長也。如，《離騷》『態安懲』條：『《字典》叶梯煙長三音』。案：態古入之韻，梯古入脂韻。安古入元韻，煙古入真韻。懲古入蒸韻，長古入陽韻。皆不同也。又，『佩』條，『叶敝』。案：佩古入之韻，敝古入物韻。不同音也。又，『調』條：『《字典》叶遇「同」。』案：調古入幽韻，同古入東韻。不同音也。又，『媒』條：『叶糜。』案：媒古入之韻，糜古入微韻，不同音也。又，《卜居》『通』條：『《字典》叶湯。』案：通，非入韻字，不可讀湯也。又，《招魂》『漸』條『失』。案：漸古入談韻，失古入質韻，不同音也。館臣云：『蓋蕭客究心經義，詞章非所擅長，强賦六合，違才易務，其見短也宜矣。』則中肯綮矣。

《楚辭音義》原輯自蕭客《文選音義》之第七卷而成書，刻於清乾隆二十三年戊寅，題『吴郡余蕭客仲林輯著』，『同郡金旦評又砌、朱燦華和中參定』，首有沈德潛序及蕭客自序。國家圖書館有藏本。（黃靈庚）

# 楚辭集釋

《楚辭集釋》者，清朱琦之所作也。琦字玉存，號蘭坡、蘭友，安徽涇縣人。嘉慶七年壬戌進士。選庶吉士，歷官編修、右贊善、中允、洗馬、侍講。道光元年，入直上書房，御稱『品學兼優』。琦研精經術，學問篤實，主講席於鍾山、正誼、紫陽書院幾三十年，以實學牖迪後進，雅爲時世所重。時與桐城姚鼐、陽湖李兆洛並負儒林宿望。著有《經文廣異》十二卷、《文選集釋》二十四卷、《小萬卷齋文稿》二十四卷、《詩集》三十二卷、《續集》十二卷、《經進稿》四卷。又輯《國朝古文彙鈔初集》百七十六卷、《二集》百卷、《國朝詁經文鈔》六十二卷。《清史稿》卷四百八十二《儒林》、《清史列傳》卷六十九《儒林》及徐世昌《清儒學案》卷一百三十八《墨莊學案》皆有傳。

《集釋》者，乃『集注』之體，彙集『曩昔』『時賢』諸家之説，序稱『將兼存互析，土壤細流之益，當亦儒修所不廢』云。而見於《楚辭》所彙集者，『曩昔』大略有王逸《章句》、《文選》六臣注，洪氏《補注》，朱子《集注》，錢杲之《集傳》，吴仁傑《離騷草木疏》，《史記》三家注，《漢書》顔注，許慎《説文》，張揖《廣雅》，高誘《淮南子注》，陸璣《詩疏》，十三經注疏，酈道元《水經注》，郭璞《爾雅注》、《山海經注》、《穆天子傳注》，揚雄《方言》，王觀國《學林》，王應麟《困學紀聞》，周密《浩然齋雅談》，李時珍《本草綱目》等。『時賢』大略有顧炎武《日知録》，馬位《秋窗隨筆》，王念孫《廣雅疏證》、《讀書雜志》，郝懿行《爾雅義疏》、《山海經注》，段玉裁《説文解字注》，張雲遨《選學膠言》，孫志祖《文選補正》，錢大昕《潛研堂答問》，臧庸《拜經日記》，孔廣森《經學卮言》，陳氏《逢衡》，何焯《義門讀書記》等。凡二卷，爲條目式札記，總一百一十五條：《離騷》四十四條，《東皇太一》五條，《雲中君》四條，《湘君》四條，《湘夫人》五條，《少司命》一條，《山鬼》一條，《涉江》四條，《卜居》一條，《漁父》二條，《九辯》四十三條，《招隱士》一條。其每立一解，左右采獲，薈萃群言，旁參互證，考究異同，終而斷以己意。舉凡文字校勘、詞義訓詁、名物地理、楚俗文化，皆所論列，袪疑釋惑，不無精核之處。

其於《楚辭》文字校勘者，識見不俗。如，《離騷》『偭繩墨而不頗』，注引《易》曰『無平不陂』。《集釋》云：『《楚辭》本「陂」作「頗」，注同。校者謂應從「頗」，並云王注引《易》不必同今本。余謂「陂」與「頗」音義可通，而字則異。《書·洪範》作「頗」，《易·泰卦》作「陂」。《易·釋文》云：「陂，彼僞反，傾也。又破河反，偏也。」雖兼取「頗」之音義，而不云一作頗。唐玄宗因讀《洪範》不知頗之可叶誼，故詔改從「陂」。然改書未改易也。其原詔今《册府元龜》載之。《中興》，引《周易》「無平不陂」，又引《釋文》云：「陂字亦有頗音。」可知《易》之「陂」，古無作「頗」者。本書《思玄賦》「行頗僻而獲志兮」，注：「頗，傾也。」蕭該《音》本作陂，「布義切」下亦引《易》「無平不陂」。若《易》果作「頗」，則注於「頗傾也」下即可引《易》，何必以蕭該《音》本爲證乎？《楚辭》今本必後人所改，非王逸之舊，不得據以改《文選》也。』案：其說是也。《方言》：『陂，衺也。陳、楚、荊、揚曰陂。』陂，楚語。舊本當作『陂』，後以

文選集釋卷十八

涇　朱　珔　蘭坡　　姪曾孫　欽成　歉成　校字

離騷經　屈平

攝提貞于孟陬兮王逸注太歲在寅曰攝提正月爲陬案爾雅曰攝提格此不言格者省文耳史記天官書索隱引李巡云言萬物承陽起故曰攝提格格起也郝氏謂攝提星名屬東方亢宿分指四時從寅起也故鄭注是類謀云攝提招紀天元甲寅之歲又正月爲陬郭注即引離騷是語漢書劉向傳云攝提失方

文選集釋　卷十八　一　小萬卷齋

今音易『陂』爲『頗』。《文選》本作『陂』，是存其舊，宜據《文選》校改《楚辭》可也。又，《湘夫人》『播芳椒兮成堂』，《集釋》云：『朱子《集注》本作「匊」，云「古播字」。案洪興祖云：「字本作冞。」盧氏文弨曰：「似當作冞，从丑，象手舉之形，四點，米之象也。《漢幽州刺史朱君碑》『冞芳馨』，《魏橫海將軍呂君碑》『遂冞聲方表』，皆即播字。見《説文》菊、鞠等字從之。」余謂播字古文作「𢿱」。若「冞」，則在《采部》，爲「番」之古文。獸足謂之番，从采、田，象其掌冞，亦當象獸足之形。段氏謂「播以番爲聲，屈賦假番爲播」是也。盧説非許義。』案：其説審矣。匊，『冞』字之訛，非古『播』字也，而借爲『播』。

其於《楚辭》詞義訓詁者，多所發明。如，《離騷》『謇吾法夫前修兮』，《集釋》云：『注云：「言我忠信謇謇者，乃上法前代遠賢。」案孫氏《補正》謂「黄伯思《翼騷》云：『些、只、羌、誶、謇、紛、侘傺者，楚語也。』則謇字不當作謇諤訓」。余謂謇與蹇通。《易》「王臣蹇蹇」，《晉書・王豹傳》作「王臣謇謇」。《後漢書・朱暉傳》注：「謇與蹇同。」《九歌・惜誦篇》「謇不可釋」注云：「謇，辭也。」後《雲中君篇》「蹇將憺兮壽宮」，《湘君篇》「蹇誰留兮中洲」，注亦竝云：「蹇，詞也。」則此處固當一例。』案：其説確矣。王逸注引一云：『謇，難也。』謇之訓難，非難易之難，猶那也，奈何也。朱子《集注》：『謇，難詞。』難、那，歌、元陰陽對轉，同泥紐雙聲。王引之《經傳釋詞》曰：『那者，奈之轉也。』又，《雲中君》『聊翱游兮周章』，《集釋》云：『注云：「周章，猶周流也。言雲神居無常處，動則翱翔，周流往來，且游且翔也。」案五臣注：「周章，往來迅疾也。」又注《吴都賦》「周章夷猶」云：「恐懼不知所之也。」注《魯靈光殿賦》云：「顧盼周章」「驚視也。」王氏《學林》曰：「周章者，周旋舒緩之意。蓋《九歌》有翱翔字，《吴都賦》有夷猶字，《靈光殿賦》有顧盼字，皆與周章相屬，亦優游不迫之貌。《前漢・武帝紀》：『元狩二年，南越獻馴象。』應劭注：『騶者，教能拜起周章，從人意也。』所謂『拜起周章』者，其舉止進退，皆喻人意而不怖亂也。而五臣反以爲迅疾、恐懼、驚視，誤矣。」余謂周章乃不定之意。觀此處王注可知。《吳都賦》劉注：「周章，謂章皇周流也。」《羽獵賦》「章皇周流」，李善注：「章皇，猶傍偟也。」劉又引《楚辭・湘君篇》「君不行兮夷猶」，王注：「夷猶，猶豫也。」太沖賦正言獵事，故曰「輕禽狡獸，周章夷猶，狼跋乎紭中」，更何得云「舒緩」？下文「魂褫氣懾」，即五臣「恐懼」之義，「不知所之」者，言其傍偟無定也。《靈光殿賦》「俯仰顧盼，東西周章」，蓋極狀殿之宏麗，上下左右驚視無定也。五臣語無不合。惟「騶象拜起周章」，似與舒緩義稍近，然亦言其或拜或起，周旋進退，在在若解人意，原不指一事，但非恐懼驚視。此則各隨文釋之，要其爲不定之意固略同。王氏説殊未的。又案周章與譸張二字音竝同。《爾雅・釋訓》：「譸張，誑也。」《尚書・無逸》「譸張爲幻」。蓋亦眩惑無定之意。譸張一作侜張，侜一作倜，又作輈張。本書劉越石《答盧諶詩序》「自頃輈張」，注云：「輈張，驚懼之貌也。」此與五臣釋周章爲恐懼、爲驚視相合。則知其以同聲義得通矣。』案：朱氏因聲以求周章、譸張、輈張之義，以根於不定之意爲基址，宜隨文釋之，而訓『舒緩』、訓『驚視』『恐懼』、訓『眩惑』、訓『不知所之』者，皆可通，誠發前人所未發矣。

其於《楚辭》草木蟲魚鳥獸諸名物之審訂者，一絲不苟。如，《離騷》『榝又欲充夫佩幃』，《集釋》：『注云：「榝，茱萸也。」案《説文・木部》：「榝似茱萸，出淮南。」《爾雅》：「椒，榝醜，莍。」郭注：「榝似茱萸而小，赤色。」是許、郭皆以二者微異。《廣雅》則謂榝即茱萸。《詩・唐風・椒聊篇・正義》引李巡注亦云：「榝，茱萸也。」與此注合。又，《説文・草部》「藙」字云：「煎茱萸。漢律：會稽獻藙一斗。」《禮記・内則》「三牲用藙」，鄭注云：「藙，煎茱萸也。漢律：會稽獻焉。《爾雅》謂之榝。」則《説文》之「藙」，即《内則》之「藙」，鄭君亦以爲即榝，不待煎後始名爲「藙」

矣。椵亦作葰。《南都賦》「蘇葰紫薑」。葰與蔢形相近也。』案：椵、蔢、茱萸三物，散文不別也。若對文，則分爲三名，椵，類椒，似茱萸，而茱萸之煎後名蔢矣。琦雖未分別，所引書證則已辨之矣。葰，椵字或體，非形似而訛。琦『葰與蔢形相近』，則徒滋歧義。又，《招魂》『蝮蛇蓁蓁』，《集釋》：『注云：「蝮，大蛇。」案《爾雅·釋魚》：「蝮虺，博三寸，首大如擘。」《説文》：「蝮，虫也。」又云：「虫一名蝮，博三寸，首大如擘指。」是「虺」當作「虫」，借作「虺」也。《詩·斯干·正義》及《漢書·田儋傳》注引郭云：「此自一種蛇，人自名爲蝮虺。」今蝮蛇，細頸大頭，焦尾，色如艾，綬文。文間有毛，似猪鬣，鼻上有鍼，大者七八尺。一名「反鼻」，非虺之類。《南山經》「猨翼之山多蝮虫」，郭注：「大者百餘斤。」又，《北山經》：「大咸之山有長蛇，其毛如彘豪。」郭注：「説者云長百尋。」郝氏謂「彼蓋蝮虫之最大者，即《楚辭·招魂》所稱也」。若《爾雅》所釋乃是土虺，江淮間謂之土骨蛇，與此固名同而實異矣。』案：則蝮蛇之爲物，非蛇屬，其毛彘豪，類猿猴之反鼻若猩猩者。而今人解者多誤以虺蛇矣。

其於《楚辭》地名之考辨者，糾舊注之失。如，《離騷》『夕歸次於窮石兮』，舊注皆以《山海經》《淮南子》弱水所出之窮石山解之，謂在甘肅山丹縣。《集釋》：『《晉地記》云：「河南有窮谷，蓋本有窮氏所遷。」此爲近之鉏，則今滑縣東十五里有鉏城是已。據此知羿國之窮石與弱水所出之窮石絶不相及，不容混合爲一。且羿之遷，豈得遠至張掖乎？又案《説文》：「竆，夏侯氏諸侯，夷羿國也。」窮與竆，今古字。段氏亦云：「《左氏》之竆石，杜不言其地所在，蓋非《山海經》《離騷》《淮南子》所云弱水所出之窮石也。」《説文》弱水出張掖山丹，則去夏都安邑甚遠，惟許於「鄯善」之下即出「竆」字，固謂西北邊耳。余謂後人以羿之有窮合弱水之窮石，或即因此。然許未明言《説文》次第，亦不無移置，不得執此定羿國在今之山丹也。』案：其説確矣。有窮后羿，本在東夷，今山左大汶口文化，蓋其遺存也。甘肅山丹有大地灣遺址、馬廠遺址，其文化類型屬仰韶、半坡，與東夷文化大異其趣。而窮甘肅之域亦未見東夷文化遺迹。以考古實物亦可證后遷未遠至甘肅之山丹矣。又，《湘君》『邅吾道兮洞庭』，王逸注：『洞庭，太湖也。』《集釋》：『案吴之震澤，别稱太湖。中雖有洞庭兩山，不得即以爲湖名，致混於楚之洞庭。觀下《湘夫人篇》「洞庭波兮木葉下」，注但以爲湘水波，則知此處非遠及震澤矣。當是本云「大湖也」，古多以「大」爲「太」，傳寫遂作「太」耳。』案：其説至確。《書・禹貢》『彭蠡既瀦』，《釋文》：『張勃《吴録》云：「今名洞庭湖。」案：今在九江郡界。』是今之鄱陽湖也，則亦名洞庭。蓋『洞庭』亦大湖之意也。又，《涉江》『入漵浦余儃佪兮』，王逸注：『漵，水名也。』《集釋》：『案《説文》「漵」字在新附中。《玉篇》：「漵，浦也。」重文爲澳，云：「水名，在洞庭。」似即以「澳水」爲「漵水」。《説文》有「瀩」字，澳，或爲瀩之省。然《説文》但云「水名」，未詳何地。《元和志》「敘浦縣」下引《離騷》此文，云「入敘浦而邅迴」。是「敘」不从水。敘，又與「序」通。《水經・沅水篇》注云：「沅水又東，與序溪合，水出武陵郡義陵縣鄜梁山，西北流逕義陵縣，王莽之建平縣也。又西北入于沅。」《方輿紀要》云：「漵水在今漵浦縣西三十里，一名漵溪，一名漵洲。源出鄜梁山，流入沅。山在縣東漵浦縣，本漢義陵縣地。」葉氏又引《辰州志》：「漵浦在萬山中，雲雨之氣，皆山嵐烟瘴所爲也。故下云『霰雪紛其無垠兮，雲霏霏而承宇』也。」』案：其辨漵水、澳水、敘水、序溪之爲一水之異同，破古今之惑，且甚有裨於地學研究矣。

其於《楚辭》楚俗文化之鈎沉者，爲出土實物所驗證。如，《湘夫人》：『捐余袂兮江中，遺余褋兮澧浦。』王逸注：『褋，襜襦也。』置袂、褋於澧水之浦，舊以『裸身而行，將適九夷』説之。《集釋》非之，而取朱子《集注》『陰寄我意而冀其或將取之』之説，云：『案《韓詩外傳》：「孔子適楚，至阿谷之隧，有處子佩瑱而浣者。孔子曰：彼婦人，其可與言矣乎？抽絺綌五兩授子貢，曰：善爲之辭，以觀其語。子貢曰：吾北鄙之人也，將南之楚，於此有絺綌五兩，吾不敢以當子身，敢置之水浦。」可爲此處二語之證。又案褋，《說文》作襍，云：「南楚謂襌衣曰襍。」《方言》曰：「襌衣，江淮、南楚之間謂之褋，古謂之深衣。」又，《說文》「褕」字云：「一曰直裾謂之襜褕。」《方言》曰：「襜褕，江淮、南楚謂之褈褣。」《廣雅》亦云：「褈褣，襜褕也。」襜襦即襜褕，則與襌衣有別。屈原，楚人，當用楚語。褋爲襌衣，故段氏以王注言「襜襦」爲非。惟《釋名》云：「荆州謂襌衣曰布襹，亦曰襜褕，言其襜襜然宏裕也。」是以兩者爲一耳。』案：其說是也。能又以楚語釋《楚辭》，以明襌衣、襜褕之有別，則於研討楚之服飾不無裨補矣。又，《招魂》：『秦篝齊縷，鄭緜絡些。』王逸注：『篝，落也。縷，綫也。綿，纏也。絡，縛也。言爲君魂作衣，乃使秦人織其篝落，齊人作綵縷，鄭國之工纏而縛之。』《集釋》：『案《說文》：「篝，客也。可熏衣。」即今之熏籠。客與落通。但此言爲衣，與熏籠無涉，注云「織其篝落」，未明何物，當是「篝」爲「褠」之同音借字，《呂氏春秋·明理篇》注云：「縕，褸格繩也。」後《直諫篇》注作「縷格」，畢氏校本云：「褸格即縷絡。《方言》：『絡謂之格。』義得通也。」余謂《說文》：「褸，衽也。」《爾雅》：「衣裗謂之裞。」郭注：「衣縷也，齊人謂之攣。」《釋文》：「縷，又作褸。」是縷即褸也。《玉篇》：「緜，新絮也。」《說文》：「絡，絮也。」即《孟子》之「絲絮」。絡，雖通格，而此「緜絡」連文，疑俱謂絮。此注以緜絡字竝作虛用，恐非。』案：以篝爲褠之借字，指招魂之衣，蓋類長沙馬王堆漢墓之帛畫，與篝籠無涉矣。戰國楚墓出土帛畫之類，皆爲此物，出土實可證其說於古有徵矣。

《集釋》雖精義紛呈，功力深厚，然未必條條皆是，間有千慮一失之疏誤。如，《離騷》『長顑頷亦何傷』，王逸注：『顑頷，不飽貌。』《集釋》：『案《說文》「顑」下云：「食不飽面黄起行也。讀若戇。」「顲」下云：「面顑顲皃。盧感切。」前又別出「頷」字，云：「面黄也。」段氏謂《離騷》假借頷爲顲，許書之「頷」，恐淺人所增。考《方言》：「頷、頤，頜也。南楚謂之頷，秦晉謂之頜頤。」是頷正訓頤，尚在《說文》之前。《說文》已有「頷」「頤」字，則「頷」字可不收。且不相厠，疑當如段説，又安知《離騷》之「頷」非即「顑」字傳寫之譌乎？若《廣韻》：「顑顲，瘦也。」即《説文》之義。復有「顣」字，云「食不飽」，亦屬重出矣。』案：頷音胡感反，顲音盧感反，音不同，則本非一字。楚簡作『褱衾』，落拓不偶貌。《戰國楚竹書》（五）《苦成家父》：『於言有之：「褱衾以至於今才（哉）！無道正也，伐是恬適。吾之圖之。」苦成家父曰：「吾敢欲褱衾以事世才（哉）？」』褱衾，猶不滿足也。聲轉作坎窞。《易·習坎》初六『習坎，入於坎窞。』坎窞，猶窞井，言不足於地者。或作埳窞。《文選·長笛賦》『埳窞巖覆』，李善注：『埳，即坎也；窞，坎中小坎也。』析之以二字二義。失之旨。或作歁陷。《呂氏春秋·審應覽·不屈篇》：『入於門，門中有歁陷。新婦曰：「塞之，將傷人之足。」』高注：『歁，讀曰脅。』畢沅云：『歁從欠，呼濫切，疑即坎窞。』高下不平謂之坎坷。《漢書·揚雄傳》『濊南巢之坎坷兮』，顔師古注：『坎坷，不平貌。』或作頖頗，《玉篇·頁部》『頖』字、《廣韻》去聲第二九《換韻》並曰：『頖頗，不平也。』山之嵯峨不平字作嵁巖，《廣韻·咸韻》：『嵁巖，不平正皃。』《莊子·在宥篇》字作嵁巖，《釋文》：『嵁，苦巖反。巖音嚴，語銜反。』皆以訓詁字爲之。仕途不達謂之埳軻。《後漢書·馮衍傳》『非惜身之埳軻』，李賢注：『《楚詞》曰：「然埳軻而留滯。」王逸曰：「埳軻，不遇也。」』心之不平謂之欿憾。《哀時命》『志欿憾而不憺』是也。相反爲訓則作耿介、慷慨等。華之事未足期者名曰菡萏，《艸部》：『芙蓉華未發爲菡萏。』或作菡蓞，《慧琳音義》卷七十三『花菡』條：『又作菡，同胡感反，謂花之未發者也。』食之不飽曰顑頷。各書以訓詁字。此屈子設喻奔走前驅，不遇於世，爲衆所斥，道路坎坷蹇難，不得於志。顑頷，猶不遇皃。不必扼其訓詁字義解『食不飽』矣。上飲露餐菊，自況清潔芳香之性而非實有其事。逸云『不飽』，猶不得於志，與坎坷不遇者通矣。《説文》顲頷、顑頷雖同義，然非一詞。顑顲者，或作坎廩，困躓皃。《九辯》『坎廩兮貧士失職而志不平』，《文選》李周翰注：『坎廩，數遭患禍，身困窮也。』或作坎壈，《九歎·怨思》『志坎壈而不違』，王逸注：『不遇貌。』《玉篇・車部》『輡』字、《廣韻・感韻》『輡』字皆作『輡轗』，訓『車行不平』。隨文所用，其訓詁字雜出，未可勝舉矣。而朱氏混『顑頷』『顑顲』爲一，且分拆之爲二訓，則失其旨矣。又，《集釋》以《涉江》『哀吾生之無樂兮，幽獨處乎山中。吾不能變心以從俗兮，固將愁苦而終窮。接輿髡首兮，桑扈臝行』六句協韻，云：『行字古讀航，與中、窮韻，是以東入陽矣。《楚辭》如《河伯篇》：「魚鱗屋兮龍堂，紫貝闕兮朱宮，靈何爲兮水中。」堂與宮、中韻。《惜誓篇》：「比干忠諫而剖心兮，箕子被髮而佯狂。水背流而源竭兮，木去根而不長。非重軀以慮難兮，惜傷身之無功。」功與狂、長韻。《卜居》：「尺有所短，寸有所長。物有所不足，智有所不明。數有所不逮，神有所不通。」通與長、明韻。皆是其故。由於江韻本與東、冬、鍾韻同用，而江又近陽也。』案：《楚辭》東、冬與陽不通韻，其分用至嚴。故《涉江》祇協中、窮，爲同冬韻，行，與下以、醢字協韻，當來字之訛，同入之韻。《河伯》堂字非入韻字，宮、中同入冬韻。《惜誓》功字非入韻，狂、長同協陽韻。《卜居》用字非入韻字，長、明同協陽韻。朱氏於音韻之學，蓋未精善矣。

《楚辭集釋》原爲《文選集釋》之卷第十八、十九，今輯出別爲一書。此書刻於光緒元年乙亥，爲涇川朱氏梅村家塾藏板。後復有民國上海受古書店與中一書店印行本。此據國家圖書館藏本影印。（黃靈庚）

# 楚辭考異及李注補正

《楚辭考異》者，清孫志祖之所作也。志祖字詒穀，或字頤谷，號約齋，杭之仁和人。乾隆三十一年丙戌進士，官刑部主事洊歷郎中，遷江南道監察御史。天性恬澹，博覽群籍，道術精熟。以治鄭學見稱，著《家語疏證》。病宋人率臆删削古書，善本已甚難得。輯《風俗通佚文》、謝承以下諸家《漢書》《六韜佚文》，仿《困學紀聞》《考古質疑》之例，爲《讀書脞録》七卷。雅精《選》學，仿朱子《韓文考異》之例，乃著《文選考異》四卷、《文選李注補正》四卷、《文選理學權輿補》一卷。後阮元敦請主講紫陽書院以終。事載徐世昌《清儒學案》卷九十五《頤谷學案》。

《楚辭考異》原在《文選考異》卷三之中。據孫氏序稱，即以汲古閣毛晉校刻《文選》李善注爲底本，『借閲三家校本，參稽衆説，隨筆甄録』，而成《文選考異》之書，『以正毛刻之誤』云。『三家』者，即潘稼堂、何義門兩家校本及圓沙本也。故校語中時見引用潘、何、圓沙三家之説，而於『按』下直陳己意，多見精審。孫氏但校《楚辭》正文，未涉王逸舊注。屬條目式札録，總三十九條：《離騷》十一條，《東皇太一》一條，《湘君》二條，《湘夫人》四條，《少司命》三條，《山鬼》一條，《九辯》六條，《招魂》十條，《招隱士》一條。觀其校書之法，大略爲六：

一是用諸本對校，而不著一語，但列其異而已。如，《離騷》『夫唯靈脩之故也』下，何云：『他本有「曰黄昏以爲期兮羌中道而改路」二句，王逸本無。』《考異》云：『按洪興祖《補注》云：「王逸不注此二句，後章始釋羌義，疑此後人所增也。朱子《楚辭集注》云：「洪説雖有據，然安知非王逸以前此下已脱兩句耶？更詳之。」」案據孫氏意，蓋『增』『脱』二者皆有可能，寧存其異而不可武斷。又，《少司命》『孔蓋兮翠旍』，《考異》引《集注》云：『此句上一有「揚」字。』又，《山鬼》『風飄飄兮木蕭蕭』，《考異》引《補注》云：『蕭蕭，《文苑》作搜搜。』又，《招魂》『奏大呂些』，《考異》：『五臣作「秦」。』案以上諸例，皆惟列異而無斷語矣。

二是採用諸家之説以校改之。如，《離騷》『扈江蘺於辟芷兮』，《考異》：『潘校從六臣「於」改「與」。』案：《楚辭》諸本皆作『與』。又，『非時俗之所服』，《考異》：『《辯證》引洪氏曰：「李善本以世爲時、爲代，以民爲人，皆以避唐諱耳，今當正之。」』案：《楚辭》諸本皆作『世』。又，『偭繩墨而不頗』，《考異》：『圓沙本校「偭」改「循」。志祖按：《集注》云：「循一本作偭。非是。」《辯證》云：「循、偭，唐人所寫多相混，故《思玄賦》注引『偭繩墨』而解作『遵』字，即『循』字之義也。」』案：《楚辭》諸本皆作『循』。又，『誠難和調度以自娛兮』，《考異》：『《楚辭》、六臣無「誠難」二字，潘云：「二字連上注。」』案：其校是也。又，《湘君》『望夫君兮歸來』，《考異》：『五臣「歸」作「未」。《集注》云：「一作歸，非是。」』案：《楚辭》諸本皆作『未』。又，《九辯》『有美一人兮心不繹』，《考異》引《辯證》云：『注訓「繹」爲「解」，即當作「釋」。《補》訓「抽絲」，乃説爲「釋」字耳。又疑或是「懌」字，喜悦意耳。』案：《楚辭》諸本亦皆作『繹』。又，《招魂》『不

文選考異卷三

仁和孫志祖頤谷輯

離騷經 何云賈誼曰屈原被讒放逐作離騷賦若用此語去經之名則無吳楚僭王之疑矣 音義云按洪興祖補注後世尊之爲經非屈原意

皇覽揆余於初度兮覽五臣作鑒志祖按西征賦皇鑒揆余之忠誠沈休文和謝宣城詩揆余發皇鑒李善注引騷竝作鑒

扈江蘺於辟芷兮潘校從六臣於改與

何不改其此度也其當作乎

荃不察余之忠情兮忠當作中

可以久些』，《考異》引顧炎武云：『五臣《文選》本作「不可以久止」。不知古人讀久爲几，正與止爲韻也。』案：《楚辭》諸本亦皆無『止』字。

三是據唐宋諸書徵引《楚辭》零簡殘句以校之。如，《離騷》『皇覽揆余於初度兮』，《考異》：『覽，五臣作「鑒」。志祖按：《西征賦》「皇鑒揆余之忠誠」，沈休文《和謝宣城詩》「揆余發皇鑒」，李善注引《騷》竝作「鑒」。』案：據《文選》李注所引以校也。又，『聊須臾以相羊』，須臾，五臣本作『逍遥』。《楚辭》同。《考異》引《集注》云：『相羊，《玉篇》引作「徜徉」。』案：據《玉篇》所引以列異也。又，《東皇太一》『吉日兮辰良』，《考異》：『按《蜀都賦》「吉日良辰」注及《東征賦》「撰良辰而將行」、謝靈運《九日從宋公詩》「良辰感聖心」、盧子諒《贈劉琨詩》「良辰遂往」注引《楚辭》竝作「吉日兮良辰」。恐《楚辭》別本亦有作「良辰」者，不盡如沈存中所云也。古人文法亦不忍以此爲工。韓文公《羅池廟碑》「春與猿吟兮秋鶴與飛」乃故以此見致耳。』案：其廣徵李注非一條，蓋後啓劉師培作《楚辭考異》之權輿也。又，《招魂》『畫龍蛇些』，《考異》：『《七命》「陰虯負檐」，注引此語作「龍虯」。』案：若作『龍虯』，出韻，此蓋列異而已。

四是據《楚辭》諸本以校改之。如，《九辯》『車駕兮朅而歸』，何校『車』下增『既』字。《考異》：『《楚辭》亦有「既」字。』又，『嗟無以異於衆芳』，何校『嗟』字改作『羌』。《考異》：『《楚辭》亦作「羌」。』案：嗟，羌之訛字。又，『余委約而悲愁』，《考異》：『《楚辭》作「萎」，《集注》：「萎，草木枯也。約，窮也。」』案：蓋舊本作『萎』也。

五是斷以句法而校改之。如，《招魂》『恐後謝之』，《楚辭》作『恐後之謝』。《集注》云：『恐其離散之遠而或後之，以至徂謝。』《辨證》云：『恐後之，如漢武帝遣人取司馬相如遺文，而曰「若後之矣」之意。注云：「言己在他人後也。」』《考異》云：『按「謝不能」三字，當句。言巫陽謝不能而帝復用之也。《文選》作「謝之」。固非。《集注》解「後之」之義，得矣。而訓謝爲徂謝。亦非。」案：其以『謝不能』爲句，而斷作『謝之』者爲非。然王念孫《讀書雜志・餘論》下以『不能復用』爲句，而『巫陽焉』三字屬下，以『巫陽焉乃下招曰』爲句。王説是也。

六是徑改訛字，直陳己意。如，《離騷》『何不改其此度也』，《考異》：『其，當作「乎」。』案：《楚辭》諸本皆作『乎』。又，『荃揆余之忠情』，《考異》：『忠，當作「中」。』案：《楚辭》諸本皆作『中』。又，《湘君》『承荃橈兮蘭旌』，『承』字《楚辭》無，五臣本作『采』。《考異》：『按「承」疑「乘」。』《少司命》『蓀何以兮愁苦』，《考異》：『以，當從五臣作「爲」。』又，《九辯》『鳳亦不貪餧而忘食』，《考異》：『忘，當依《楚辭》作「妄」。』又，《招隱士》『山氣巃嵸兮』，《考異》：『巃誤隴。』

孫氏但據潘、何、圓沙三本，取材未稱廣博云。如，《湘夫人》『疏石蘭以爲芳』，《考異》云：『五臣本「蘭」下有「兮」字。』案：韓國藏秀州六臣本及日本國藏明州六臣本『蘭』下竝有『兮』字，云：『逸本無「兮」字。』《太平御覽》卷九九四《百卉部》一『石蘭』引『楚辭』作『疏中石蘭兮以爲芳』，當皆引而參徵之，知唐本或作『疏石蘭兮以爲芳』也。而《楚辭》作『疏石蘭兮爲芳』。亦宜出校。蓋孫氏所據者爲毛刻李善注本，而宋刻《文選》李注本，《楚辭》正文用五臣本，而注用李善注舊本，蓋其時已不見李注《文選》本，乃從六臣本輯出，故與秀州本、明州本不同矣。

《文選李注補正》亦屬條目式札録，於字義訓詁有所補正。序稱『釋事遺義亦所不免』，『仿吴師道校《國策》之例，輯李注補正』云。然《文選》李注《楚辭》全録王逸注，則其所『補正』者，似與李善無涉，即指王逸注也。總三十九條：《離騷》十二條，《東皇太一》一條，《雲中君》三條，《湘君》二條，《湘夫人》二條，《少司命》一條，《山鬼》三條，《涉江》二條，《卜居》一條，《九辯》二條，《招魂》九條，《招隱士》一條。每條始列《楚辭》正文，次列王逸注文，而後『正曰』

下爲其所補也。觀其所補，博采諸家，然取引朱子《集注》《辯證》爲多，他者有王觀國《學林》、黄伯思《翼騷》及楊慎、許慶宗、戴震、金甡、錢大昕、趙曦明等，知其解皆有所據依也。或偶見其所辨證、發明，於《楚辭》研究亦不無有助焉。如：《離騷》『惟黨人之偷樂兮』，王注：『黨，朋也。《論語》曰：「群而不黨。」』《補正》云：『按下文「惟此黨人其獨異」，注云：「黨，鄉黨，謂楚國也。」又，「惟此黨人之不諒兮」，注云：「楚國之人不尚忠信之行。」不應此處互異。』案：其説確矣。黨人，亦宜指楚國之人。又，《招魂》『費白日些』，王注：『費，光貌也。皜然如日光。』《補正》：『費，耗也。「費白日」，猶云耗損光陰耳。』案：洪氏《補注》：『費，耗也。咈，日光也。』據此，王注舊本讀作咈。《慧琳音義》卷九十八『麗咈』條引王逸注《楚辭》：『咈，光皃也。』其所見唐本作『咈』字。孫氏云云，則取別説，謂消費時日。亦通也。然其精義寥若晨星，或者以不誤爲誤。如，《招魂》『麗而不奇些』，王注：『不奇，奇也。《詩》云：「不顯，顯也。」』《補正》：『按服奇者志淫，此則雖華麗而不奇衺也。與上文「厲而不爽」意同。注非。』案：王注云：『言美女被服綺繡，曳羅縠，其容靡麗，誠足奇怪也。』是謂『麗且奇』之意，與『厲而不爽』者異矣。奇，猶《涉江》『奇服』之奇，謂好也。非奇衺之意。

《考異》《補正》二編，輯自錢塘汪師韓《文選理學權輿》增補一卷『附録』之中，重刊讀畫齋刻於光緒十五年己丑，國家圖書館有藏本。（黄靈庚）

# 楚辭旁證

《楚辭旁證》者，清梁章鉅之所作也。章鉅字宏中，號茝林、退庵，閩之長樂人。舉嘉慶七年壬戌進士第，改庶吉士，散館授禮部主事，入直軍機處，官至江蘇巡撫。耽樂書傳，雖服官四十餘年，抱殘守闕，甄微闡幽，未嘗一日廢書。著述宏富，計有《論語旁證》二十卷，《孟子集注旁證》十四卷，《夏小正經傳通釋》四卷，《倉頡篇校證》三卷，《三國志旁證》二十四卷，《國朝臣工言行記》十二卷，《春曹題名録》六卷，《樞垣紀略》十六卷，《南省公餘録》八卷，《滄浪亭志》四卷，《梁祠輯略》二卷，《稱謂拾遺》十卷，《退庵隨筆》二十二卷，《歸田瑣記》八卷，《文選旁證》四十六卷，《玉臺新詠讀本》十卷等。事載徐世昌《清儒學案》卷一百三十四《鑑塘交遊》。

《旁證》凡二卷，非於各篇通篇訓釋，屬條目式字義訓釋札録。其所訓釋者，既見《楚辭》正文，又涉王逸舊注。正文頂格，注則低一格。《離騷》正文九十六條，注五十一條；《九歌》正文三十五條，注五條；《涉江》正文十二條，注二條；《卜居》正文九條，《漁父》正文三條，注一條；《九辯》正文十七條，注十二條；《招魂》正文四十九條，注二十七條；《招隱士》正文六條，注五條。總三百三十條。凡文字校勘、詞義訓詁皆所涉獵，考覈精湛，多存古義。底本蓋爲尤刻《文選》李善注本，而所以名曰『旁證』者，取此本以外凡引用《楚辭》及王注以證之也。是故廣徵群籍，遠引旁紹，庶幾無所不及，宏且博矣。

概言之，《旁證》内容，蓋無非『校』『釋』二事，而『校』較『釋』居多，蓋占其大半。校者，乃校《楚辭》及李善注也。然《選》注《楚辭》十一篇，悉本王逸《章句》，故其校『注』者，即王逸注也。

其校《楚辭》之法，特舉《離騷》爲例，蓋有七端焉，餘篇則可以類推之。一是惟列《文選》諸本異同，而不下斷語。如，『何不改此度也』，《旁證》云：『六臣本「改」下有「其」字，無「也」字。《楚辭》本作「何不改乎此度」，洪本作「何不改此度」。』又，『乘騏驥以馳騁兮』，《旁證》：『六臣本「乘」作「策」。』又，『擥木根以結茝兮』，《旁證》：『六臣本校云：「擥，五臣作掔。」』又，『謠諑謂以善淫』，《旁證》：『六臣本「以」作「之」。』又，『鷙鳥之不群兮』，《旁證》：『六臣本無「之」字。』又，『申申其詈予』，《旁證》：『六臣本「詈」作「罵」。』又，『曰鮌婞直以亡身兮』，《旁證》：『六臣本「亡」作「方」，校云：「王逸作之（亡）。」』又，『湯禹嚴而祇敬兮』，《旁證》：『六臣本「嚴」作「儼」，《楚辭》本亦作「嚴」。洪本作「儼」。下文「湯禹嚴而求合兮」，《楚辭》本作「儼」，互異。』又，『攬茹蕙以掩涕兮』，《旁證》：『六臣本「攬」作「擥」。』又，『雷師告余以未具』，《旁證》：『六臣本「余」作「我」。』又，『時曖曖其將罷兮』，《旁證》：『六臣本「罷」作「疲」。』又，『閨中既邃遠兮，哲王又不寤。』《旁證》：『六臣本、洪本「既」下有「以」字，《楚辭》本無。』又，

文選旁證卷第二十七

長樂梁章鉅撰

卷三十二　離騷經一首

離騷經　漢書賈誼傳云被讒放逐作離騷賦地理志亦云屈原被讒放流作離騷諸賦以自傷悼是當時本無經名離騷經之名實始於王叔師注離者別也騷者愁也經者徑也言已放逐離別中心愁思猶依道徑以諷諫君云云則竟似屈子自題經字矣顏師古曰離遭也憂動曰騷遭憂而作此辭項氏家說引楚語伍舉曰德義不行則邇者騷離遠者距違韋注騷愁也離畔也王伯厚謂伍舉所謂騷離屈平所謂離騷皆楚言是也

帝高陽之苗裔兮　朱子楚辭集注曰苗者草之莖葉根所生

文選旁證　卷二十七　一

『余焉能忍與此終古』，《旁證》：『六臣本「忍」下有「而」字。』又，『何必用夫行媒』，《旁證》：『六臣本「何」上有「又」字，《楚辭》本、洪本同。』又，『時亦猶其未央』，《旁證》：『六臣本「其」作「而」，《楚辭》本作「其」。』又，『恐鶗鴂之先鳴兮』，《旁證》：『《楚辭》本「鶗」作「鵜」，洪本亦作「鵜」，云：「鵜，一作鶗。」』又，『使百草爲之不芳』，《旁證》：『六臣本「使」下有「夫」字，無「爲」字。《楚辭》本有「夫」字、「爲」字，洪本亦有。』又，『苟得引乎衆芳』，《旁證》：『《楚辭》本「引」作「列」。』又，『屯余車其千乘兮』，《旁證》：『六臣本無「其」字。』又，『載雲旗之委移』，《旁證》：『六臣本「委移」作「逶迤」，《楚辭》作「委蛇」。』又，『蜷局顧而不行』，《旁證》：『六臣本無「顧」字。』二是據《楚辭》本校改之。如，『衆女嫉余之蛾眉兮』，尤本『蛾』作『娥』。《旁證》：『按六臣本及《楚辭》並作「蛾」，應從之。』又，『吾獨窮困乎此時也』，《旁證》：『元槧本、毛本無「吾」字，《楚辭》本有。』又，『悔相道之不察兮』，《旁證》：『六臣本無「兮」字，校云：「王逸無兮字。」非也。《楚辭》本有。』又，『依前聖之節中兮』，《旁證》：『《楚辭》本「之」作「以」。』又，『覽察草木其獨未得兮』，《旁證》：『六臣本「獨」作「猶」，《楚辭》本亦作「猶」。』三是據王逸注以校改《楚辭》。如，『何桀紂之昌披兮』，《旁證》：『《楚辭》本「昌」作「猖」。按注「衣不帶」義，則當作「裮」。《廣韻》《玉篇》可證。』又，『偭繩墨而不頗』，《旁證》：『六臣本「偭」作「循」。按王注「循用先聖法度」，則作「循」爲是。』四是據五臣注以列異。如，『畦留夷與揭車兮』，《旁證》：『五臣「揭」作「藒」，良注可證。』又，『冀枝葉之峻茂兮』，《旁證》：『五臣「峻」作「葰」，向注可證。』又，『豈余心之可懲』，《旁證》：『五臣「可」作「何」，銑注可證。』又，『汝何博謇而好修兮』，《旁證》：『五臣「謇」作「蹇」，向注可證。』又，『路曼曼其修遠兮』，《旁證》：『五臣「曼曼」作「漫漫」，濟注可證。』又，『聊須臾以相羊』，《旁證》：『五臣「須臾」作「逍遥」，向注可證。《楚辭》本同。』又，『朝濯髮乎洧槃』，《旁證》：『五臣「槃」作「盤」，銑注可證也。《楚辭》本亦作「盤」。』又，『摯臯繇而能調』，《旁證》：『五臣「臯」作「咎」，良注可證。』又，『固時俗之從流兮』，《旁證》：『五臣「從流」作「流從」，銑注「流行相從」。』五是據古注徵引《楚辭》以列異。如，『皇覽揆于初度兮』，五臣『覽』作『鑒』，無『于』字。《旁證》云：『銑注可證《楚辭》本亦無「于」字。按本書潘安仁《西征賦》「皇覽揆余之忠誠」、沈休文《和謝宣城詩》「揆余發皇鑒」注並引《楚辭》，知古本應作「鑒」也。』又，『哀人生之多艱』，《旁證》：『姚氏鼐曰：「按「人」當作「民」。據注「哀念萬民」可見，蓋避諱改，下同。」』又，『駟玉虬以乘鷖兮，溘埃風余上征。』《旁證》：『本書《吴都賦》注、謝元暉《在郡卧病呈沈尚書詩》注、江文通《擬張黄門詩》注引「溘埃風」並作「溘飇風」。《吴都賦》注作「兮上征」，謝詩注作「而上征」。《思玄賦》注同此。』又，『聊須臾以相羊』，《旁證》：『《玉篇》引作「儴徉」。』六是徵引時賢考校之説。如，『紉秋蘭以爲佩』，尤本『紉』作『紐』，六臣本校云：『逸作「紐」，五臣作「紉」。』下『豈紉夫蕙茝』語同。《旁證》引胡克家《考異》曰：『《楚辭》作紉，載舊音女陳反，洪興祖《補注》女鄰切。又下文「矯菌桂以紉蕙兮」，各本盡作「紉」。蓋「紐」但傳寫訛耳。』又，『長太息以掩涕兮，哀人生之多艱。』《旁證》：『姚氏鼐曰：「二句疑誤倒，蓋涕與下替爲韻。」《齊東野語》已有此説。』又，『又況揭車與江蘺』，《旁證》引胡克家《考異》曰：『蘺，當作「離」，上「扈江離」，無「艸」，不當歧異。《楚辭》皆作「離」。洪謂「《文選》作蘺」，指五臣耳。』七是徑斷以己意。如，『雜杜衡與芳芷』，《旁證》：『《離騷》「衡」作「蘅」是也。』又，『各興心而嫉妬』，《旁證》：『六臣本「興」誤作「與」。』又，『余獨好脩以爲常』，《旁證》：『常，當作「恒」，與「懲」爲韻。此避漢諱改。』又，『周流乎天余乃下』，《旁證》：『六臣本「乎天」作「天乎」。誤。』

又，『欲遠集而無所止兮』，《旁證》：『六臣本「集」作「進」，洪曰：「集一作進。」皆誤。』又，『曰勉遠逝而無疑兮』，《旁證》：『六臣本「無」下有「狐」字，《楚辭》本、洪本並有，注云：「一無『狐』字。」案有者是也。下文「心猶豫而狐疑」，即其證。』又，『今直爲此蕭艾也』，《旁證》：『六臣本無「蕭」字、「也」字。蓋誤。』又，『芬至今猶未沫』，《旁證》：『六臣本「芬」字重，恐誤。』又，『揚雲霓之晻藹兮』，《旁證》：『六臣本「揚」下有「志」字。誤。』又，『鳳皇翼其承旂兮』，《旁證》：『六臣本「翼」作「紛」字。誤。』

其校王逸注之法，蓋亦有七端焉。一是據《楚辭》王注以補其闕。如，『帝高陽之苗裔兮』注『爲客卿』。《旁證》：『王逸《楚辭》注「因」下有「以爲氏屈原自道本與君同祖共出顓頊」十六字，各本皆脱。』案：《文選》注本皆删之矣。又，『恐高辛之先我』注『受禮遺將』。《旁證》：『《楚辭》本「將」下有「行」字。是也。各本皆脱。』又，『留有虞之二姚』注『少康留止有虞』『是不欲遠去貌』。《旁證》：『《楚辭》本「少康」上有「幸若」二字，「貌」作「意」。是也。各本皆有脱誤。』又，《招魂》『厲而不爽些』注『楚人名羹曰爽』。《旁證》：『《楚辭》本注「羹」下有「敗」字。是也。各本皆脱。』二是據《楚辭》王注以删其衍。如，『扈江蘺與辟芷兮』注『辟爲幽也』。《旁證》：『「爲」字不當有，各本皆衍。應據《楚辭》注删。』又，《雲中君》『華采衣兮若英』注『兼衣言青黄五采之色』。《旁證》：『《楚辭》注無「言」是也。此衍。』又，《涉江》『旦余濟乎江湘』注『言明旦之者』。《旁證》：『《楚辭》本注無「之」字，是也。各本皆衍。』三是據《楚辭》王注以改其訛。如，《離騷》『昔三后之純粹兮』注『而有聲名之稱』。《旁證》：『尤本「聲名」作「聲明」。按當作「聖明」，《楚辭》注可證。』又，『霑余襟之浪浪』注『衣皆謂之襟』。《旁證》：『《楚辭》注「皆」作「眥」。是也。各本皆誤。』又，『退將復脩吾初服』，《旁證》：『六臣本無「復」字。』案：王注『故將復去脩吾初始清潔之服』

云云，復，退之訛。退，古作復，與『復』形似。《文選·思玄賦》『修初服之娑娑兮』，李善注引《離騷》無『復』字，亦存其舊本矣。又，『耿吾既得此中正』注『言己覩禹湯文王脩德以興天』。《旁證》：『《楚辭》注「己」下有「上」字，「與」下無「天」字。是也。各本皆誤。』又，『吾令鴆爲媒兮』注『鴆惡鳥也明有毒』。《旁證》：『《楚辭》本「惡鳥」作「運日」，「明」作「羽」。是也。』又，『告余以吉故』注『當去尤吉善也』。《旁證》：『《楚辭》注「尤」作「就」。是也。各本皆誤。』又，『摯咎繇而能調』注『力能調和陰陽』。《旁證》：『《楚辭》注「力」作「乃」。是也。各本皆誤。』又，《湘君》『駕飛龍兮北征』注『屈原思神略垂』。《旁證》：『《楚辭》注「垂」作「畢」。是也。此誤。《少司命》「悲莫悲兮」句注亦有此語可證。』又，《涉江》『邸余車兮方林』注『捨於方林』。《旁證》：『捨，當依《楚辭》本作「舍」。各本皆誤。』又，《九辯》『何所憂之多方』注『及兄弟也』。《旁證》：『《楚辭》注「兄弟」作「弟兄」。是也。各本皆誤。』又，『從風雨而飛颺』注『政言德惠所由出之也』。《旁證》：『《楚辭》本注作「言政令德惠所由出也」。是也。各本皆誤。』又，『心閔憐之慘悽兮』注『心惻隱也』。《旁證》：『《楚辭》本注「惻隱」作「隱惻」。是也。各本皆倒。』又，《招魂》『啄害下人些』注『言啄天下欲上之人』。《旁證》：『《楚辭》本注「言」作「主」。是也。各本皆誤。』又，『層臺累榭』注『有木謂之臺無木謂之榭』。《旁證》：『「有」「無」二字，當從《楚辭》本注上下互換。各本皆誤。』

四是徵引時賢考校之説。如，《離騷》『既遵道而得路』注『以脩用天地之道』。《旁證》：『何校「脩」改「循」。《楚辭》注正作「循」。』案：『何校』，即何焯《義門讀書記》也。又，『忽奔走以先後兮』注引《詩》曰『予聿有奔走，予聿有先後』。《旁證》引朱珔云：『今《詩》「先後」在上，「聿」作「曰」。《詩》「見晛曰消」「曰喪厥國」，《釋文》引《韓詩》「曰」俱作「聿」。則此注當亦引《韓詩》也。奔走，今《詩》「走」作「奏」，《釋文》云：「本亦作走。」』

又，《東皇太一》『吉日兮辰良』注『必擇吉辰之日』。《旁證》：『《楚辭》注「辰」作「良」。何據改是也。各本皆誤。』又，《九辯》『登山臨水兮』注『視江河也』。《旁證》引胡氏《考異》：『「江河」，當作「河江」，此與上「方」、下「鄉」爲韻。』又引何焯云：『《卜居》《漁父》《九辯》《招隱》王注皆有韻可讀。』又，『馮鬱鬱其安極』注『終年歲也』。《旁證》引胡氏《考異》：『「年歲」當作「歲年」，各本皆倒。』案：作『年歲』，則出韻。又，《招魂》『去君之恒幹』注『閈里也楚人名里曰閈也』。《旁證》：『何校、段校「里」下皆添「門」字。』

五是考辨諸本是非。如，『路幽昧以險隘』注『險隘諭傾危也』。《旁證》：『陳云「諭，喻誤。」胡公《考異》曰：「喻、諭通用。」袁本皆作「諭」，茶陵本皆作「喻」。《楚辭》注亦喻、諭錯出。』案：喻、諭皆可也。又，『夕餐秋菊之落英』注『言吞陰陽之精蘂』。《旁證》：『洪本無「言」字，「陰陽」作「正陰」。是也。』案：吸正陽、食芳菊、吞正陰，皆儷偶相對，則『吞正陰』上不當有『言』字。正陽、正陰，相對爲文。則舊作『正陰』也。又，『及行迷之未遠』注『言及旋我之車以反故道，反迷己誤欲去之路』。《旁證》：『《楚辭》本「及」作「乃」，「反迷己」作「及己迷」。是也。各本皆誤。』案：據義，舊作『反迷己誤』。『及旋』之『及』，乃之訛字。又，『耿吾既得此中正』注『中心曉明得此中正之道精合真人』。《旁證》：『毛本「曉」誤作「的」，又脱「得」字，「精」誤作「情」，「真」誤作「其」。應依六臣本改。』又，『夕余至乎縣圃』注『乃維上天』。《旁證》：『六臣本作「雖乃通天」。按《楚辭》注作「維絶通天」。此亦尤本據今本《淮南·天文訓》校改。恐非是。』又，『何必用夫行媒』注『言臣能中心常好善』。《旁證》：『六臣本「臣」作「誠」。是也。毛本「常」誤作「苟」。』案：《楚辭》本亦作『言誠能中心常好善』。又，『惟茲佩其可貴兮』注『此誠可貴茲』。《旁證》：『六臣本「茲」作「重」。是也。此尤本誤。』案：《楚辭》本亦作『重』。又，『菲菲而難虧兮』

注『言己所行芬芳誠難虧歇』。《旁證》：『元槧本「難」作「歎」，毛本脱「誠難」二字，或又誤移此二字爲下句正文。』案：《楚辭》本亦作『難』。又，『及余飾之方壯兮』注『言我願及年德方盛壯之時周流四方觀君臣之賢欲往就之』。《旁證》：『六臣本無此二十四字，尤本據《楚辭》注添。』《湘夫人》『擗蕙櫋兮既張』注『擗折也』。《旁證》：『六臣本「折」作「析」。是也。』案：《楚辭》本亦作『析』。又，《漁父》『漁父莞爾而笑』注『笑難斷也』。《旁證》：『六臣本「難斷」作「離斷」。是也。此誤。』又，《九辯》『重無怨而生離兮』注『而逐放也』。《旁證》：『六臣本「逐放」作「放逐」。是也。』又，《招魂》『恐後之謝』注『必卜筮之法』。《旁證》：『六臣本「必」下有「去」字。此尤本脱。』又，『以其骨爲醢』注『常食蠃蚌』。《旁證》：『六臣本「蠃」作「龜」，毛本「蠃蚌」作「龜蛇」。皆誤。』又，『赤蟻若象』注『其大如象』。《旁證》：『洪本「大」作「狀」。』

六是臚列諸本異同。如，《離騷》『余固知謇謇之爲患兮』注『謇謇忠言貌，《易》曰「王臣謇謇」』。《旁證》：『《楚辭》注「言」作「貞」。今《周易》作「蹇蹇」。』又，『殷宗用之不長』注『殷宗遂絶不得長久也』。《旁證》：『六臣本無「絶」字，《楚辭》本注有。』又，『來違棄而改求』注『來去相棄』。《旁證》：『《楚辭》注「來」下有「違」字，洪本作「來復棄云」。』

七是徑自校改。如，《離騷》『浞又貪夫厥家』注『使家臣衆逢蒙』，《楚辭》注無『衆』字。胡氏《考異》曰：『各本皆衍。』《旁證》：『謹案襄四年《左氏傳》云：「羿猶不悛，將歸自田，家衆殺而烹之，以食其子。其子不忍食諸，死于窮門。」是家衆者，佐寒浞殺羿者也，似仍宜存「衆」字。』又，『折瓊枝以繼佩』注『皆出於仁』。《旁證》：『《楚辭》本「仁」下衍「義」字，尤本作「皆出仁義」。亦非。』案：《楚辭章句》正德本亦無『義』字。又，『懷椒糈而要之』注『糈精米」。《旁證》：『尤本「米」誤作「美」。』又，《山鬼》『既含睇兮又宜笑』注『睇微盼也』、又『美目盼然』。《旁證》：『兩「盼」俱應作「眄」。洪注引《説文》：「南楚謂眄曰睇。」眄眠見切也。與《詩》「美目盼兮」無涉。』

梁氏之釋《楚辭》字詞者，多采前人或時賢之説，計有王逸《楚辭章句》、洪氏《補注》、朱子《集注》、吳仁傑《離騷草木疏》、沈括《夢溪筆談》、項安世《家説》、史繩祖《學齋佔畢》、龐元英《文昌雜録》、林雲銘《楚辭燈》、屠本畯《楚詞協韻》、顧炎武《日知録》、蔣驥《楚辭餘論》、徐文靖《管城碩記》、龔景翰《離騷注》、張雲璈《選學膠言》、余蕭客《文選音義》、姚鼐《古文辭類纂》、臧琳《拜經日記》、朱珔《文選集釋》、李光地《離騷經注》、蔣天驥《楚辭新注》及楊慎、金甡、姜皋、葉樹藩、王引之諸家，而後於『按』下是其所是，非其所非，且融會貫通之，成一家之言。

或者據楚言以彌綸舊説。如，《離騷》首『離騷經』條，據《漢書》『本無「經」名』，然據王逸序，『似屈子自題「經」字』。又，比較『別愁』『遭憂』二解，不若以《國語》伍舉『騷離』解『離騷』，『皆楚言是也』。

或者因舊注以詳疏之。如，《離騷》『憑不厭乎求索』，王逸注：『憑，滿也。楚人名滿爲憑。』梁氏云：『憑與馮同。《方言》：「馮，怒也，楚曰憑。」郭璞注：「馮，恚盛貌。」昭五年《左傳》「震雷馮怒」，杜預注：「馮，盛也。」本書《長門賦》「心憑噫而不舒」，注：「憑噫，氣滿貌。」皆可互證。』又，《涉江》『接輿髡首兮』注『自刑體』條云：『姜氏皋曰：「梁氏玉繩《古今人表考》引《高士傳》暨《列仙傳》云：陸通字接輿，佯狂不仕，時人謂之楚狂。楚王遣使往聘，夫妻去隱峨眉山，壽數百歲，俗傳爲仙。而馮氏景《解春集》又謂接其姓，輿其名，引齊有接子作證也。」髡首事，終無所考。』又，《招魂》『注大呂律呂』條引徐文靖云：『《史記·平原君傳》「使趙重於九鼎大呂」，《正義》：「大呂，周廟大鐘。」又《樂毅傳》「大呂陳於元英」，《索隱》：「大呂，齊鐘名。」以兩説證之，蓋鑄鐘而應大呂之律者也。《左傳》襄十九年「作林鐘」，昭二十一年「鑄無射」，皆鐘名而應律者。』

或者補洪氏《補注》所疏漏。如，《離騷》『苟余情其信姱以練要兮』條云：『洪曰：「信姱，實好也。與信芳、信美同意。」龔氏景瀚曰：「《玉篇》：姱，奢貌。洪訓爲好，當兼此義始備。」』案：姱非泛稱美好，謂奢侈之好也。又，『説操築於傅巖兮』條云：『洪引《史記》徐廣曰：「《尸子》：傅巖在北海之州。孔安國曰：傅氏之巖，在虞、虢之界。」姜氏皋曰：「《水經注》：『河水又東，沙澗水注之。水北出虞山，東南逕傅巖，歷傅説隱室，俗名之聖人窟。』又曰：『傅説傭隱，止息於此也。』」陳氏逢衡《竹書紀年集證》云：「《説命》之築當訓居，謂築居於此巖也。」據《水經》所云，則説築傅巖爲棲息之義，益信矣。』

或者補朱子《集注》所疏漏。如，《離騷》『苗裔』條申朱注『遠末子孫之稱』，云：『《左氏》昭二十九年傳注：「元孫之後裔稱苗裔。」』案：《爾雅·釋親》『曾孫之子爲玄孫』，則五世之後稱『苗裔』也。又，『注女以喻臣』條云：『徐氏文靖曰：「《集注》：『女，神女，蓋以比賢君。於此又無所遇，故下欲遊春宮、求虙妃、見佚女、留二姚，皆求賢君之意。』然「哀高丘之無女」，哀所遭之寡偶也。當是《孟子》「願爲有室」「願爲有家」之意。』又，『注言觀子椒子蘭變節若此』條云：『《楚辭辯證》云：「屈子於蘭芷不芳之後，更嘆其化爲惡物，而揭車、江離亦以次而書罪焉。蓋其所感，益以深矣。初非以爲實有是人，而以椒、蘭爲名字者也。而史遷作《屈原傳》『乃有令尹子蘭』之説，班氏《古今人表》又有『令尹子椒』之名。王逸因之，又謟爲司馬子蘭、大夫子椒而不復記其香草臭物之論。流誤千載，遂無一人覺其非者。」然後漢孔融曰：「屈平悼楚，受譖於椒、蘭。」豈亦妄爲是言哉？雖然《騷》以香草喻君子，雜卉喻小人，非必定爲椒蘭而發，而要其人則實也。』案：其説至確。史遷所載、班氏《人表》，亦非必皆因《騷》此語，史有其人矣或者因時賢以糾舊説之訛。如，《離騷》『靈神也』條云：『徐氏靖《管城碩記》曰：「《尚書·盤庚》『吊由靈』，孔安國傳曰：『吊，至。靈，善。』孔穎達疏云：『「吊至靈善」，皆《釋詁》文。』伯庸字其子，當訓善，不當以神靈稱之。」』又，『又重之以脩能』條云：『龔氏景翰曰：「脩從肉，《説文》曰脯也。修從彡，《説文》曰飾也。《玉篇》治也。古字多通用。此脩字當與《大學》脩身同，作脩飾、脩治訓。下文脩名、好脩義並同此。王叔師訓爲遠，朱子又訓爲長。俱非。」』又，『求宓妃之所在』『注宓妃神女也』條云：『姚氏鼐曰：「宓妃者，蓋后羿之妻。《天問》所謂『妻彼洛嬪』者是也。言方令蹇修爲理，彼乃難於遷而歸我，而反適無道之羿，相從於驕傲無禮，何足顧耶？下言歸次窮石，窮石，是羿國。羿自鉏歸於窮石也。」』案：窮石，即《左傳》襄四年『后羿自鉏遷于窮石』，在河南滑縣東也。又，《招魂》『魂兮歸來哀江南』條引林先生云：『蔣天驥《楚辭新注》以爲「哀江南」者，原沉於汨羅，蓋哀江地。郢在江北，哀江在南，玉在郢招之，故曰「魂兮歸來哀江南」也。其説甚當。不知者以爲庾信之《哀江南》本此，失其義矣。』案：蔣天驥即蔣驥，書名《山帶閣注楚辭》，不名《新注》也。以『哀江』爲近汨羅之水名，雖乏根據，亦不失爲一家説也。

或者據時賢以疏舊注。蓋王逸注、朱子注於草木蟲魚之類，皆極簡略，後人讀之不知其爲何物，故梁氏詳疏之，以補其闕。如，《離騷》『扈江蘺與辟芷兮』條引張雲璈云：『《史記》《漢書·子虛賦》江蘺皆不從艸，《楚辭章句》亦然，《離騷草木疏》同。《困學紀聞》十七云：「江離，《史記·索隱》引《吴録》：臨海海水中生，正青似亂髮。《廣志》爲赤葉紅華。今芎藭苗曰江離，緑葉白華。又不同。《藥對》以爲麋蕪，《古今注》以爲芍藥。」』又引朱氏珔云：『《廣雅》云：「攣夷，芍藥也。」攣夷即留夷。攣、留聲之轉，即此下文所稱「畦留夷」者是也。恐不得因江蘺字或不以艸，遂以芍藥之名將離者當之。」』則皆補舊説之簡矣。他者如『木蘭』『宿莽』『菌桂』『蕙茝』『揭車』『荃』『胡繩』『薋菉葹』『鸊鴂』『艾』

『椴』『芰』『大苦』皆是也。

或者辨正舊注及時賢之悠謬。如，《離騷》『女嬃之嬋媛兮』條云：『洪曰：「《説文》：『嬃女字也。音須。賈侍中説，楚人謂女曰嬃。』《水經注》引袁山松云：『屈原有賢姊聞原放逐，亦來歸喻，令自寬，全鄉人冀其見從，因名曰秭歸。縣北有原故宅，宅之東北有女嬃廟，擣衣石猶存。』秭與姊同。女嬃之意，欲原爲甯武子之愚，不欲爲史魚之直耳。」張氏雲璈曰：「《楚辭集解》云：『嬃者賤妾之稱，比黨人也。嬋媛，妖態也。』朱氏綬曰：「以下文『衆不可户説』觀之，則女嬃自宜黨人解之。」若内被姊詈，不得歸之於衆也。」案洪氏又云，嬃『非責其不能爲上官椒蘭也，而王逸謂女嬃罵原以「不與衆合、不承君意」。誤矣』。則『賤妾』之説，固因王逸注矣。又，『九歌』條云：『五臣注謂「九者陽數之極」。楊氏慎謂「古人言數之多止於『九』，《逸周書》言『左儒九諫』，孫武子言『九天九地』，此豈實數乎？楚詞《九歌》乃十一篇，《九辯》亦十篇，宋人不曉古人虚用『九』字之義，强合《九辯》二章爲一章。可笑也。」按余蕭客謂「取簫韶九成，啓《九辯》《九歌》之義」，亦無所據。至顧成天又合《湘君》《湘夫人》及《大司命》《少司命》皆爲一章，以應《九歌》之名，益無謂矣。』

或者以楚證楚。如，《離騷》『注九辯九歌禹樂也』條云：『林先生曰：「此因《尚書》九歌而臆度之耳。」翁先生曰：「按《山海經》：『西南海之外，赤水之南，流沙之西，有人珥兩青蛇，乘兩龍，名曰夏后開。開上三嬪於天，得《九辯》與《九歌》以下。』郭璞注：『皆天帝樂名。開登天而竊以下用之。』此事雖惝恍，然必所本。《天問》云：『啓棘賓商，《九辯》《九歌》。』亦正用此。此篇末『奏《九歌》而舞韶』句，亦當如此解。」』案：其説以《天問》解《騷》，是也。《楚辭》載禹、啓之事與經傳多不同，而與《山海經》《竹書》合。惟説《九辯》《九歌》皆『禹樂』，亦『天帝樂名』，實同。禹，夏后氏亦升格爲天帝也。

或者審辨音韻。如，《離騷》『肇錫余以嘉名字余曰靈均』條云：『屠氏本晙《楚詞協韻》名讀彌延反，均讀居員反。顧氏炎武曰：「真諄臻不與耕清青相通，然《離騷》以名從均讀，《卜居》以耕名生清楹從身讀，《九辯》以清平生聲鳴征成從人讀也。秦漢之書亦時有之。」姜氏皋曰：「李注：均，調也。是即韻字。」然則此二句作去聲讀亦可。』案：屠氏改音，無所依據，不足爲訓。然引顧氏謂《楚辭》耕、真二部通韻，則爲有識。

梁氏此書雖功力甚深，然誤校、誤釋亦不能免。其誤校者，如《離騷》『好蔽善而稱惡』注『懷襄二世不明』，《旁證》：『六臣本「世」作「葉」。』案：此《文選》本避唐諱改字，舊本作『世』。毋須列其異，類此皆屬此例。又，《九辯》『聊逍遥以相佯』，注『以遊戲也』。《旁證》：『戲，當讀平聲，與上「驅」、下「流」爲韻。』又引姜皋云：『《遠遊篇》「吾將從王喬而娱戲」。戲與居爲韻，故《古韻標準》云：「戲，荒胡切。」』案：皆非。戲，古入歌韻。居，古入魚韻。古不相協。《遠遊篇》『娱戲』當作『戲娱』。娱、居同入魚韻。此不足爲歌魚合韻之證。《楚辭》本注『遊戲』作『戲遊』。遊與驅、流爲侯幽合韻也。又，『鳥獸猶知懷德兮』注『慕歸堯舜之明德也』。《旁證》：『《楚辭》本作注「明德」作「聖明」。』案：明與上「方」、下「王」「相」同協韻。若作『明德』者，則出韻。非謂作『明德』『聖明』之兩可也。

其誤釋者，如《離騷》『苗裔』引李光地云：『不遠稱「能繹」而遠溯「高陽」，亦大夫不敢祖諸侯之義。』案：非是。屈子首稱『帝高陽』，帝猶『始祖』之稱。楚之宗法制度迥別於三代。三代之禮，『不王不禘』，『禘其祖之所自出』，故姬周禘黄帝，以后稷配；禘后稷，則以文、武配。别子爲宗，是爲大宗，然皆不得禘也。别庶爲小宗，則祖彌廟，然不得祖大宗，尤不得『禘其祖之所自出』也。黄以周曰：『諸侯不敢祖天子，大夫不敢祖諸侯，故國君始祖封君，又立母弟爲大宗以統衆兄弟。衆兄弟宗大宗，不敢祖諸侯，無論屬之絶不絶。」楚人不然，庶不别宗、卑不别於尊。據出土楚簡，若平夜君、邵佗、東宅公、王孫喿、司馬子音、蔡公子家等祝禱祭祀，雖或爲小宗、庶子，皆得祀老童、祝融、鬻融，即禘其祖之所自出者。蓋凡出自楚族血統者皆得以禘，皆得以上祖君統。故屈原自表世系亦以君統稱之，曰『帝高陽之苗裔』，於楚禮未爲僭越也。梁氏未深考矣。又，『傷靈修之數化』條引何焯云：『化與訛同。數訛，屢訛其路也。』案：王逸注：『化，變也。』變、化，散文同，對文别。下『固時俗之流從兮，又孰能無變化』。《天問》『伯禹愎鮌，夫何以變化』。變化，平列同義。下『蘭芷變而不芳兮，荃蕙化而爲茅』。變、化相對爲文，未可溷矣。異物感生謂之化。《周禮·大宗伯》『以禮樂合天地之化』，鄭注：『能生非類曰化。』《莊子》謂鯤『化』而爲鵬，莊生夢而『化』爲蝶及雀入水而『化』爲蛤。《荀子·正名篇》：『狀變而實無别，而爲異者謂之化。』楊注：『化者，改舊形之名。』猶下『荃蕙化而爲茅』，改其荃蕙之形。變，形但有所改，猶存其故態。化深變淺。《易·繫辭》上：『知變化之道者。』李鼎祚《集解》引虞翻：『在陽稱變，在陰稱化。』陽變，但有所滋生。陰化，彼此相感化。又：『變化者進退之象也。』李鼎祚《集解》引荀爽：『春夏爲變，秋冬爲化。』春夏之時，萬物滋生，猶存故態，是謂之變；秋冬之時，或實或萎，形質皆變，是謂之化。化生、造化、政化、教化、坐化、物化，皆不言變；而變易、變輪、變故，皆不言化。則王注『數變』云云，散文也，雖不足以當靈脩『數化』，然毋需改爲『訛』也。

《楚辭旁證》二卷，原爲《文選旁證》之第二十七卷、二十八卷，今别輯出之。據其自序，蓋道光十三年癸巳已定稿，然刻於道光十八年矣。國家圖書館有藏本。（黄靈庚）

# 文選楚辭箋證

《文選楚辭箋證》者，清胡紹煐之所作也。紹煐字耀廷，號枕泉，安徽績溪人。清道光舉人，道光二十九年官太和縣訓導，嘗捐修學宫，整理書院學規，與知縣禦寇守城有功，告歸。咸豐間猶在籍，殉髮難。其人深諳古學，工詩詞。著有《文選箋證》三十二卷。事載民國《太和縣志》卷七《秩官志》。

是書一卷，爲條目式之札記。其行文之例，首録《楚辭》原文一句作爲箋證條目，次低二格爲其箋證。凡一百十五條，其中《離騷》四十六條，《九歌》十五條，《涉江》五條，《卜居》二條，《九辯》七條，《招魂》三十七條，《招隱士》三條。胡氏學有所本，精於考據，無稽不言，立論精鑿，蓋有功於《楚辭》也。據其箋證内容，約爲以下數事。如：

或者校正文字，擇擇衆家，惟善是從。如，《離騷》『皇覽揆余于初度兮』條云：『五臣「覽」作「鑒」，無「于」字。《旁證》云：「本書潘安仁《西征賦》『皇鑒揆余之忠誠』，沈休文《和謝宣城詩》『揆予發皇鑒』注並引《楚辭》，知古本應作「鑒」也。」』案：其引梁氏《旁證》，以爲『皇覽』之『覽』，古本作『鑒』，是也。又，《湘君》『望夫君兮歸來』條云：『《楚辭》本、六臣本「歸」並作「未」。《旁證》云：「按注『未肯來』之語，則作『未』是也。」此恐誤。』案：其説是也。又，《湘夫人》『登白薠兮騁望』條云：『王逸曰：「薠草秋生。騁，平也。」《楚辭》「薠」作「蘋」。《補注》曰：「蘋或作蘋。一本此句有登字。皆非也。」紹煐按：登字當有。後人因「蘋」誤爲「蘋」，疑「登」字不合，删之。』案：

其據《楚辭》校『蘋』作『薲』，又正此句有『登』字，而不從洪校也。又，《九辯》『嗟無異於衆芳』條云：『《楚辭》「嗟」作「羌」是也。五臣作「嗟」，向注「嗟，歎聲」。妄改「羌」爲「嗟」耳。』案：是據《楚辭》校《文選》，實是求是，而不惟以唐本是從也。又，《九辯》『白露既降下有百草兮奄離披此梧楸』條云：『王逸曰：「痛傷茂木又芟刈也。」《補注》曰：「梧桐梓楸皆早凋。」《説文》：「菩，草也。《楚辭》有菩蕭。」段氏補云：「今《楚辭》無菩蕭，惟《九辯》有梧楸。蓋許所見作菩蕭，正百草之中二也。」紹煐按：《集韻》「菩」字注：「《楚辭》有菩蕭」，當本《説文》。《玉篇》：「菩草似艾。」據許則當作「菩蕭」。此借木「梧楸」爲之。』案：其説是也。此説又見劉永濟《校字記》，然胡氏在其前矣。

或者祛疑解惑，抉發剩義。如，《離騷》『吾令蹇修以爲理』云：『王逸曰：「蹇修，伏羲氏之臣也。理，分理，述禮意也。」按：理亦媒也。此云「吾令蹇修以爲理」，猶下云「吾令鴆以爲媒」。理、媒二字，互文見義，故下又云「理弱而媒拙」。《廣雅》：「理，媒也。」《旁證》云：「《九章》：『吾令薜荔以爲理。』又云：『因芙蓉以爲媒。』亦以媒、理對言。」』案：其説是也。散文媒、理不別，而叔師釋以對文也。又，『惟此黨人其獨異』條云：『王逸曰：「黨，鄉黨，謂楚國。」按前「惟黨人之偷樂兮」，注：「黨，朋也。」此又以「黨」爲「鄉黨」，前後異解，竊所未曉。本書《幽通賦》「匪黨人之敢拾兮」，注引應劭曰：「自謙不敢與鄉人更進也。」則以爲「鄉黨」者是。』案：其説是也。《騷》之『黨人』，皆指楚之在位者，故稱『鄉黨』，非漢世所謂『朋黨』也。又，《湘君》『駕飛龍兮北征』條云：『戴氏震曰：「飛龍，舟名。

文選箋證卷二十四

屈平離騷注王逸　　績溪胡紹煐枕泉學

旁證云項氏家説引楚語伍舉曰德義不行則邇者騷離遠者距違韋注騷愁也離畔也王伯厚謂伍舉所謂騷離屈平所謂離騷皆楚言是也

攝提貞於孟陬兮

注王逸曰太歲在寅曰攝提格孟始也貞正也按如注説則原生於寅年寅月寅日恐未必然蓋據爾雅而誤也爾雅不單言攝提此謂星名大戴禮厤失則攝提失方孟陬無紀盧注攝提左右六星與斗相值恒指中氣尚書中候曰攝提移居是攝提

自沅湘以望涔陽，故曰北征。洞庭，在其中道所邅回者也。」紹煐按：《離騷》云「爲余駕飛龍兮」，又云「邅吾道夫昆侖」，句法與此同。上飛龍謂馬，故下句云「雜瑶象以爲車」。此轉道洞庭，舟名是也。』案：據《騷》以解《九歌》，排比句法，推演其義，以證戴注之有故也。又，《卜居》『將呢訾慄斯喔咿嚅唲以事婦人乎』條云：『王逸曰：「呢訾慄斯，承顏色也。喔咿嚅唲，强笑噱也。」按呢訾慄斯，局縮貌。呢慄、訾斯爲疊韻，呢訾、慄斯爲雙聲。慄斯即呢訾，皆意重語複以形容之辭。《廣雅》：「嘁咨，慙也。」呢訾、慄斯與嘁咨音義並通。《晉語》「戚施不可使俯」，義亦同也。《廣韻》：「喔咿，强顔貌。」本此。《韓詩外傳》「雀喔咿而笑之」，是喔咿爲笑貌。嚅之言柔也。《集韻》：「咊呢，小笑貌。」「咊呢」與「嚅唲」亦通。』案：其以呢訾、慄斯、喔咿、嚅唲爲連語，且據聲以解之，切理而饜心矣。

或者考辨古韻。如，《離騷》『肇錫余以嘉名』條云：『顧氏炎武曰：「真諄臻不與耕清青通，然古人於耕清青韻中字往往讀入真諄臻韻者，多繇方音之不同。然《離騷》『肇錫予以嘉名』，與均韻，是名從均讀矣。《卜居》『將遊大人以成名乎』，與身韻，是名從身讀矣。今吴人讀耕清青皆真音。」紹煐按：《周禮·均人》注：「旬，均也，讀如𤳉。𤳉，《原濕》之𤳉。」今《詩》𤳉作畇。𤳉从𤇾聲，則𤳉、均音近也。此皆雙聲假借也。』案：耕、真二部相通，非惟《楚辭》如此。王獻唐云：『均入真部，與名韻，猶《説文》赹讀若煢也。』案：均、赹皆古真部，名、煢皆古耕部。是其例也。又，『余獨好修以爲常』條引《旁證》云：『常，當作恒，與懲爲韻。此避漢諱改。』案：其説是也。《郭店楚墓竹簡》凡『恒常』義皆作『恒』。《老子》（甲本）『知足之爲足，此恒足矣』；『是故聖人能輔萬物之自然，而弗能爲，道恒亡爲也』；『道恒亡名，朴雖微，天地不敢臣』。恒，長沙馬王堆漢墓帛書甲、乙二本《老子》亦同，其爲漢初本，在文帝前也，而今諸通行本《老子》皆改作『常』。又，《郭店楚墓竹簡·五行篇》：『□而不傳，義恒□□。』《魯穆公問子思篇》：『子思曰：

「恒稱其君之亞（惡）者，可謂忠臣矣。」』《成之聞之篇》：『古之用民者，求之於己爲恒。』《尊德義篇》：『因恒則固。』又：『凡動民必順民心，民心有恒。』皆用『恒』不用『常』，蓋存楚語之舊也。

或者疏證方言楚語。如，《離騷》『扈江蘺與薜芷兮』條云：『王逸曰：「扈，被也。楚人名被爲扈。」按《方言》：「帍裱謂之被巾。」《廣雅》：「帍裱，被巾也。」扈與帍同，是扈爲被也。』案：其説是也。然猶有剩義。此文『扈江蘺』之『扈』，訓被者，猶佩帶也，非披覆之意。《文選》唐寫本陸善經注：『扈，帶也。』陸氏以疏王注，謂扈爲佩帶。至確。《吴都賦》『扈帶鮫函』，扈帶，平列同義，扈亦帶也。扈之爲言護也。《史記·司馬相如列傳》：『扈從横行，出乎四校之中。』扈從，亦平列同義，扈猶從也。《九辯》『扈屯騎之容容』，王注：『群馬分布，列前後也。』扈猶隨從也。言隨從、言扈帶，其義相通。而楚人因之，則佩帶亦謂之扈帶矣。又，『謇吾法夫前修兮』條云：『按《雲中君》「蹇將憺兮壽宫」，注云：「蹇，詞也。」蹇與謇通，然則謇爲楚人語詞矣。下「謇朝誶而夕替」，義當同。彼注「朝諫謇於君」，亦非。』案：其説是也。謇或訓難，非難易之難，猶那也，奈何也。朱子《集注》：『謇，難詞。』難、那，歌、元陰陽對轉，泥紐雙聲。《詩·桑扈》『受福不那』，《説文·鬼部》引《詩》作『受福不儺』。儺即難也。難亦那也。王引之曰：『那者，奈之轉也。』（訓見《經傳釋詞》）元、月對轉，謇，或作盍。《東皇太一》『盍將把兮瓊芳』，王注：『盍，何不也。』盍將把，比《雲中君》『蹇將憺』，盍亦謇也。盍訓『何不』，問難之詞；而謇訓『乃』，逆轉之詞。或作蓋。《抽思》：『與余言而不信兮，蓋爲余而造怒。』補注、朱子集注同引蓋一作盍，言乃爲余而造怒也。難、然古字通。然，逆轉之詞。（訓見《經傳釋詞》）難之訓然，猶謇之訓然，其義亦通。惟楚人以『謇』爲之矣。

或者考辨名物，通其古今之變。如，《離騷》『雜申椒與菌桂兮』條云：『王逸曰：「菌，薰也。葉曰蕙，根曰薰。」紹熯按：

本書《南都賦》「芝房菌蠢生其隈」，注：「菌蠢，是芝貌。」此云「菌」，當是桂貌。桂之鬱積輪輑謂之菌桂，猶山之鬱積輪輑謂之菌山，《西山經》「南海之內有菌山」是也。蜀本《圖經》云：「木蘭樹高數仞，葉似菌桂。」則亦以菌桂爲名矣。』案：其說是也。《九歎・怨思》『菀蘼蕪與菌若兮』，菌若連文，菌，若之疏狀字，非謂蕙根。《九懷・匡機》『菌閣兮蕙樓』，菌、蕙相對，狀言其芳潔也。菌桂，猶芳芷、芳茝、芳椒、幽蘭、石蘭之句法。洪氏《補注》據《本草》以爲『正圓如竹』之菌桂，非也。又，《湘夫人》『辛夷楣兮葯房』條云：『王逸曰：「辛夷，香草，以作户楣。」戴氏震曰：「古者堂室南北五架，正中曰棟，次棟曰楣。北楣以北爲室與房。」紹煐按：楣之言眉也。北楣對北言之，亦謂之楣。楣在北，以北爲房，故與房對舉。注以爲「門楣」則與下「廡門」義複。』案：其説是也。此『辛夷楣』即指房楣，其在北也。又，《招魂》『赤蟻若象元蜂壺些』條云：『按：壺，瓠也。瓠形大腰細，玄蜂似之。《海内北經》：「大蠭其狀如螽，朱蛾其狀如蛾。」郭注：「蛾，蚍蜉也。《楚辭》曰：『元蜂如壺，赤蛾若象。』謂此也。」吴氏《廣注》：「《方言》：『蜂大有蜜謂之壺蜂。』《嶺表録異》：『唐劉恂見大蜂結房山林間，大如巨鐘。』《杜陽雜編》：『唐德宗時，吴明國貢碧蜜蜂，聲如鸞鳳，大者重十餘斤。』」蛾與蟻通。《五行記》：「後魏兖州有赤蟻與黑蟻鬬，長六七步，廣四寸。」元賢云：「潮州有盈尺之蟻。」則《離騷》所云，非寓言矣。』案：『赤蟻若象』『玄蜂壺』，皆狀蟻、蜂之大。胡氏所徵引，雖屬志怪，然存之不廢多聞廣博之識矣。

或者考訂屈原生平及三代古史，正其訛誤，補其缺失。如，《離騷》『攝提貞於孟陬兮』條云：『王逸曰：「太歲在寅曰攝提格。孟，始也。貞，正也。」按：如注說，則原生於寅年寅月寅日，恐未必然，蓋據《爾雅》而誤也。《爾雅》不單言攝提，此謂星名。《大戴禮》曆失則「攝提失方，孟陬無紀」，盧注：「攝提，左右六星，與斗相值，恒指中氣。」《尚書中候》曰：「攝提移居。」是攝提爲星名。此謂攝提值指於孟陬耳。《爾雅》曰：「貞，當也。」顧炎武曰：「古人不以甲子名歲，且使屈原生於庚寅，至楚懷王被執於秦壬戌之歲，年僅三十有三，何以云『老冉冉其將至』乎？」」案：以攝提爲星名，非歲名，雖非其所始發，然有所取證，自成一家。惟攝提爲歲名、星名本並行不悖，二者兼之。攝提之星正當於陬訾之次，是年爲攝提矣。又，『昔三后之純粹兮』條，叔師以『三后』爲夏商周三代開國之主，朱子以爲指少昊顓頊高辛，戴震以爲『楚之先君賢而昭顯者，在楚言楚，其熊繹、若敖、蚡冒三君乎』。胡氏曰：「『戴爲近之，屈原楚人，所謂數典不忘其祖也。』」案：以『三后』爲楚之先王，是也。然未必指熊繹、若敖、蚡冒。據出土祭祀楚簡載，三后，即老僮、祝融、鬻熊三人也。

然則是書考證未密，頗有疏漏。如，《離騷》『來吾道』之『來』，以爲『發語詞』，而不知『吾來道』之倒文。妄改『忽奔走』之『忽』爲『急』，而不知『忽』本有『急疾』之義。《招魂》『露雞臛蠵』之『露雞』，引《禮禮·中庸》注『雞棲半露』爲證，而不知『露』通作『烙』，烙雞，猶今之烤雞也。又，《離騷》『促又貪夫厥家』之『促』，當作『浞』，是鈔録之誤矣。

是書原爲胡氏《文選箋證》之卷二十四，輯出單行。《文選箋證》有清光緒間世澤樓刊刻本及貴池劉世珩《聚學軒叢書》（第五集）刻本。而是本爲清鈔，封面鈐『孫氏藏書』『縯萬過眼』，首卷又鈐『中容過眼』，是知孫詒讓舊藏矣，尤爲珍貴。然不識『縯萬』其人，亦不知鈔自誰人之手，今藏於温州市圖書館。（黄靈庚）

# 楚辭選注考

《楚辭選注考》者，清尚兆山之所作也。尚山，字仰止，句容人。家貧好學，肄業於江寧惜陰書院。善畫，尤嗜金石古鼎彝器，力無以致，常典衣以購之。又，裹糧走亂山荒野墟墓間，拓摩崖石刻。光緒間，左宗棠議浚赤山湖，兆山與其事，未半而廢之。兆山惜之，爲纂輯《赤山湖志》六卷以志之。嘗與修府志事，又著金石、輿地之志幾二十餘種，虽多未成書，而樂此不疲。又有《括囊詩草》《括囊詞草》傳於世。光緒《續纂句容縣志》卷十八《藝文》有其傳。

是書爲尚氏讀《文選》本《楚辭》十七篇條目式札記，未及謄清之稿本。凡六卷，卷一《離騷》，四十五條。卷二《九歌》，十五條；《涉江》，六條；《卜居》，四條。卷三《九辯》，七條。卷四《招魂》，三十七條。卷五《招隱士》，三條。卷六賈誼《吊屈原賦》，九條。則《離騷》《招魂》二篇用力最勤，幾居其大半。於王逸《章句》有所疏補、匡正，然涉及於《楚辭》文字校勘、用韻、訓詁、句法及歷史文化典故者爲多，亦見言必有據，時有創獲也。

或者涉於文字校勘者，如：《離騷》『皇覽揆余于初度兮』條，校云：『《文選》五臣本「覽」作「鑒」，無「于」字。而《文選》潘安仁《西征賦》「皇覽揆余之忠誠」、沈休文《和謝宣城詩》「揆予發皇覽」注並引此語作「鑒」。』案：雖未下斷語，蓋謂《離騷》古本作『皇鑒』也。又，『不撫壯而棄穢兮』條，校云：『五臣《文選》本無「不」字，注：「撫，持也。」王逸注此句，是下文「何不改其此度」句解義。按：當有「不」字。』案：其校是也。又，『五子用失乎家巷』條，校云：『按或云「失」字衍。或云：揚雄《宗正箴》「五子家降」，《潛夫論・五德志》：「啓子太康、仲康更立，兄弟五人皆有昏德，不堪帝事，降在洛汭。」巷，當讀如降。或云：《逸周書・嘗麥篇》：「在夏之五子，忘伯禹之命，假國無正，用胥興作亂。」巷，当讀如閧。似皆實鑿。』案：『用夫』，屈賦習見，『失』爲衍文無疑。又，作『家降』不辭。作『家閧』，猶内亂也。此王夫之説，蓋是也。又，『修繩墨』條，校云：『王注「循用先聖法度」，六臣本《文選》「修」作「循」。』案：修，或作『脩』，與『循』字形似相訛。又，『珵』條云：『王逸注，《相玉書》：珵。按或云：珵，玉笏之首不抒者也。凡六寸，通下。玉笏其長一尺。鄭康成引《相玉書》曰：「珽玉六寸，明自炤。」或云：珵即珽，音同。』案：珵、珽蓋本一字。然此『珵』，宜讀如郭注作『程』，謂量也。《涉江》『疑滯』條云：『王逸注：「疑，惑也。滯，留也。」按或云：「疑，止也。」即凝也。不知所本。』案：疑、凝古今字。古本當作『疑』字。《招魂》『十日代出』條云：『王逸注：「言東方有扶桑之木，十日竝在其上。」按《御覽》四引《汲冢古書》：「本有十日迭次，而運照無窮。」』案：然叔師舊本蓋作『竝出』矣。《招隱士》『恫』條云：『按或云，《文選》宋本作「洞」。作「恫」者誤。』案：其説是也。《後漢書・馮衍傳》『終悇憛而洞疑』，李賢注：『洞亦不定也。《史記》「[盡]（虛）愒洞疑」。』是其證。又，『樹輪相糾兮』條云：『按《文選・吳都賦》「輪囷糾」，注：「輪囷，屈曲貌。」齊公子糾，《淮南・氾論訓》《新序》並作「糺」。《家語・正論解》「慢則糺於猛」，即《左傳》「慢則糾之以猛」是也。』案：糺、糾、紏並一字也。

或者涉於字音叶韻者，如：《離騷》『肇錫余以嘉名』條云：『顧氏炎武曰：「真湻臻不與耕清青通，古人於耕清青韻中字往往讀入真湻臻韻者，方音之不同也。如《離騷》『嘉名』之『名』與『均』韻，《卜居》『成名』之『名』與『身』韻。」按《周禮·均人》注：「旬，均也，讀如『𤲞𤲞原濕』之『𤲞』。」今《詩》「𤲞」作「均」。𤲞，從「𤇾」，則𤲞、均音相近。鏗，或作鋞，從身。是身、堅音相近。』案：兆山引『𤲞』『均』相通之例，以證顧氏『耕清青音韻中字往往讀入真湻臻韻者』爲不誣也。又，『並迓』條云：『《文選》誤作「並迎」，與下不合韻。《九歌·湘夫人》。』案：《湘夫人篇》亦有言『並迎』者，謂皆當作『並迓』。其説是也。然迎、迓音同通用。非誤字也。又，『摯咎繇而能調』條云：『江慎修曰：「《小雅》：『決拾既佽，弓矢既調。射克既同，助我舉柴。』首句與四句爲韻，中二句非韻。屈子此效《詩》中之韻也。」按《韓非子》：「形名參同，上下和調。」東方朔《七諫》「恐渠獲之不同」「恐操行之不調」。皆其法也。』案：據《韓非子》《七諫》等，以爲『同』『調』古音相叶韻者。非也。《離騷》『同』當『周』字之訛。又，『鳳皇翼其乘旂兮』條校云：『王逸注：「翼，敬也。」按《遠遊篇》注同。六臣本此句「乘」作「承」。《文選·思玄賦》注引此句亦作「承」。』案：乘、承音同通用。王注『敬承旂旗』云云，其本作『承』字。洪氏《補注》本、單刻《章句》本亦皆作『承』也。『卜居』條云：『按郭注《爾雅·釋訓》及王注屈子《卜居》、宋玉《九辯》皆用韻。餘又不用韻。未知仿於何體。殆古有此例歟？』案：王注用韻者自《涉江》後半篇始，計有《哀郢》《抽思》《思美人》《惜往日》《悲回風》《遠遊》《卜居》《漁父》《九辯》《招隱士》《九懷》等，間或用散體不韻。古無其例，乃叔師所創製也。

或者涉於字義訓詁者，如：《離騷》『修能』條云：『王叔師訓「修」爲「遠」，朱子訓「修」爲「長」。按《大學》

「修身」之「修」作「脩」。《説文》：「修，飾也。」《玉篇》：「修，治也。」修與脩古字通。』案：其不猒王、朱舊注，則別以『修能』之『修』爲『飾治』也。又，『扈』條云：『王逸注：「扈，被也，楚人名被爲扈也。」按：扈與帍同。《方言》：「帍裱曰被巾。」《廣雅》：「帍、裱，巾也。」』案：此引《方言》《廣雅》所以疏王注也。又，『齊怒』條云：『王逸注：「齊，疾也。」按《爾雅》：「齊，疾也。」按：或云《大雅・板・傳》：「懠，怒也。」《釋文》：「懠，疾怒也。」當讀如「天之方懠」之「懠」是也。』案：齊、懠義同，懠，後起訓詁專字也。又，『終古』條云：『《考工記》鄭康成注：「齊人之言終古，猶常也。」』案：因洪氏《補注》也。又，『黨』條云：『前文「惟黨人之偷樂兮」，王逸注：「朋也。」復文「惟此黨人其獨与」，王逸注：「鄉黨，謂楚國。」而《文選・幽通賦》「匪黨人之敢拾兮」，注引應劭曰：「自謙不敢與鄉人更進也。」皆注異意同此。』案：對文，則同門曰朋，阿比曰黨。散則同也。訓鄉黨，亦散文不別。又，『祇』條云：『王逸注：「祇，敬也。」按《皋陶謨》「日嚴祇敬六德」，《史記・夏本紀》作「振」。《粊誓》「祇復之」，《魯世家》作「敬」，徐廣曰：「一作振。」《內則》「祇見孺子」，鄭注：「或作振。」』案：蓋因王引之説。然不若讀作『帶』，謂佩帶也。見余《楚辭章句疏證》。又，『邅』條云：『王逸注：「邅，轉也。楚人名轉爲邅。」《湘君》「邅吾道兮洞庭」，注同。《九章》「欲儃佪以干傺兮」。儃與邅亦同。《廣雅》：「邅，轉也。」』案：邅、轉於音祇有開合之別。蓋楚人讀之爲開口呼，而北土讀之爲合口呼也。《湘君》『拍』條云：『王逸注：「拍，搏壁。」按或云：劉成國《釋名》：「搏壁，以席搏著壁也。」謂舟中之壁也。』案：拍、搏音同通用。又，《湘夫人》『壇』條云：『按《淮南・説林訓》「腐鼠在壇」，高誘注：「楚人謂中庭曰壇。」《楚辭・謬諫》「滿堂壇兮」。《荀子・儒效篇》：「言有壇宇。」皆庭也。』案：因洪氏《補注》也。《七諫》『雞鶩滿堂壇兮』，注云：『高殿敞陽爲堂，平場廣坦爲壇。』皆無室屋也。又，《少司命》『竦』條云：『王逸注：「竦，執也。」按《玉篇》：「摤，執也。」《廣韻》：「，執也。」《國語》曰：「竦善抑惡。」《文選・吴都賦》「竦劍而趨」，劉逵注引《秦零陵令上書》曰：「陛下以神武扶揄長劍以自救。」皆其意也。洪氏注非。』案：洪氏訓立，猶上也、舉揚也。洪説亦是。摤亦舉也，或作『聳』。摤、竦、聳音同通用。《涉江》『低』條云：『王逸注：「舍也。」《廣雅》：「低，舍也。」漢孝文帝紀韻注：郡國朝宿之舍在京師者率名邸。邸，至也。《説文》：「氐，至也。」』案：洪氏《補注》本、單刻《章句》本亦作『邸』。本字作『氐』，至也，有舍止義。《廣雅》舍有宿止、舍棄二義，弛舍者，即舍廢也。則非其義。又，『齊吴榜』條云：『王逸注：「吴榜，船櫂也。」又某注云：「齊舉大櫂。」按《方言》：「吴，大也。」《説文》：「吴，大言也。」補是吴榜即大櫂也。』案：王注『齊舉大櫂而擊水波』云云，則尚氏『某注云』者，亦叔師説也。其引《方言》《説文》者，所以疏證之也。《招魂》『藂』條云：『王逸注：「柴棘爲藂。」按《周禮・大司徒》「其植物宜叢物」，注：「叢物，萑葦之屬。」』案：藂，亦古叢字。然其義有『柴棘』『萑葦』之異。又，『陂陀』條云：『王逸注：「長陛也。」按《文選・子虚賦》「罷池陂陀」，《上林賦》「波池貏豸」，並謂岸之重次第也。』案：罷池、陂陀、波池、貏豸並同，猶今云『斜坡』也。

或者涉於句法結構者，如：《離騷》『忽奔走以先后兮』條云：『王逸注：「言己急欲奔走前後以輔翼君者。《詩》曰：『予聿有先後，予聿有奔走。』」按《釋文》：《韓詩》「走」作「奏」。《詩》「見晛曰消」「曰喪厥國」，《韓詩》「曰」字皆作「聿」，或者此文「忽」字即「曰」字，故逸引《詩》之文。』案：據引《詩》異文，以『忽』爲『曰』，謂句首語助詞也。然王注以『急』釋之，蓋亦解忽疾義也。又，『薋菉葹以盈室兮』，云：『薋，蒺藜也。菉，生芻也。葹，枲耳也。三者皆惡草也。按下文「蘇糞壤以充幃」，則「薋」爲草名不可通。《説文》：「薋，草多貌。」《小雅・莆田・傳》：「茨，積也。」茨與薋同。《廣雅・釋詁》：「茨，積也。」又：「稽，積也。」《釋名》：「茨，次也。」以積次解似較王注稍諧。然明宋濂《志釋》云：「薋葹盈室，何有芳蓀。」則有作草名解者矣。』案：據下文『蘇糞壤』以例此『薋菉葹』，謂『薋』爲動詞，積次之義。句法是也。其引宋濂《志釋》，見《寄胡徵君仲申》。《招魂》『恐後之謝不能復用巫陽焉乃下招曰』條云：『王逸注：「恐後世怠懈，必去卜筮之法，不能復修用。」又注曰：「巫陽受天帝之命，因下招屈原之魂。」按《説文》「焉」段注：「焉亦訓如是。」引《招魂》「巫陽焉乃下招曰」，《莊子・遠遊篇》「焉乃逝以徘徊」。蓋「用」古讀爲「庸」，與上文「從」字爲韻。』案：其以『巫陽』屬下，且以『焉乃』連文者，蓋因王念孫説也。

或者考訂古史及文化典故者，如：《離騷》『三后』條云：『王逸注：「后，君也，謂禹、湯、文王也。」朱子曰：「三后若果如説，不應其下方言堯、舜，疑謂三皇，或少昊、顓頊、高辛也。」按《下武詩》「三后在天」，所指者太王、王季、文王。屈原爲楚人，則当指楚之先君賢而顯者，在楚言楚，其熊繹、若敖、蚡冒之君乎？又，《後漢書・馮衍傳》：「《顯志賦》『昔三后之純粹兮』，與此句文同。」』案：此説蓋因戴震《屈原賦注》也。然據新蔡葛陵楚墓楚簡，三后，猶三楚先也，指老童、祝融、鬻熊（或穴熊）三人。惜乎兆山氏若見此簡，蓋亦爲此説也。又，『九天』條，兆山云：『王逸注：「九天，中央八方也。」按：見《呂覽・有始篇》及《廣雅・釋天》。所謂「圜則九重」，如《天問篇》是也。』案：蓋據朱子『天有九重』説以舍王注也。又，『啓九辯與九歌兮夏康娱以自縱』條云：『夏康，啓子太康也。』按或云：夏，當讀爲下。康娱，当爲荒淫解，非太康也。《大荒西經》：「夏后開上三嬪於天，得《九辯》《九歌》以下。此大穆之野，高二千仞，開焉始得九招者也。」郭注引《開筮》曰：「不得竊《九辯》《九歌》以下。」《墨子・非樂篇》引逸書武觀篇曰：「啓乃淫溢康樂，于野飲食，將將銘筦磬以力，湛濁于酒，渝食于野，萬舞翼翼，章聞于天，天用弗式。」《竹書紀年》：「帝啓十年，帝巡狩舞《九韶》

於大穆之野。」及《海外西經》《大荒西經》《易歸藏》皆有啓失之說。或云：《尚書》「須夏之子孫於河」，《鄉飲酒義》及《釋名》皆訓假也。夏康娛，猶暇豫也。未知孰是。』案：康，非太康者是也。啓、夏對文，即夏后啓也，不當讀作『暇』。又，『浞』條云：『王逸注：「羿田將歸，浞使家臣衆逄蒙射而殺之。」按《左襄四年傳》：「羿猶不悛，將歸自田，家衆殺而亨之。」《路史後記》：「羿以龐門，是子爲受教之臣。八年，羿歸自畋，龐門取枇梧殺之，家衆烹之以食其子。」《淮南子》亦云：「羿死於枇梧。」』案：枇梧，蓋羿所死之地名也。又，『巫咸』條云：『王逸注：「古神巫也，當殷中宗之世。」按《路史後記》：「神農使巫咸主筮。」《莊子·逸篇》黄帝言巫咸，與《歸藏》云：「黄帝將戰筮於巫咸」合。郭璞《巫咸山賦序》：「巫咸以鴻術爲堯帝醫。」《書·君奭》「巫咸乂王家」，又，「咸子巫賢」。《書序》：「伊陟贊於巫咸作《咸乂》四篇。」孔傳：「巫，男巫也，名咸，殷之巫也。」《正義》曰：「《君奭傳》曰：巫，氏也。鄭玄曰：巫咸，巫官也。」《史記正義》：「巫咸及巫賢冢皆在蘇州常熟縣西南隅山上。」《越絶書》：「虞山者，巫山所出也。」《史記·天官書》：「昔之傳天數者，高辛之前重黎，唐虞羲和，有夏昆吾，殷商巫咸。」《呂氏春秋》：「巫彭作醫，巫咸作筮。」《莊子》：「巫咸祒曰來。」《説文》：「巫咸初作筮。」又，「其死而爲神。」秦《詛楚文》：「丕顯大神巫咸。」《海外西經》：「巫咸國在女丑北。」《淮南·墬形訓》：「軒轅邱在西方，巫咸在其北。」又，《莊子》：「鄭有神巫曰季巫。」《列子》：「神巫季咸自齊來處於鄭。」其説不一。蓋始者曰巫咸，至其後族類既繁，時代更異，故各出而不同矣。』案：尚氏以『巫咸』之族説之，而代各不同者，庶幾是也。《涉江》『接輿髡首』條云：『王逸注：「自刑身體，避世不仕也。」按梁玉繩《古今人表·接輿考》未引此説。《國語》：「箕子接輿漆身爲癘，被髮爲狂。」殆接輿別有髡首之事歟？』案：蓋傳聞不同矣。

或者考輿地、彝器、草木、志怪等名物者，如：《離騷》『菌桂』條云：『王逸注：「菌，薰也。葉曰蕙，根曰薰。」五臣注：

「菌桂，香木也。」按左思《蜀都賦》「菌桂臨崖」，劉逵注：「菌桂，出交趾，圓如竹。」《本草》：「菌桂，花白蕊黄，正圓似竹，故字或從竹作箘。」蜀本《圖經》云：「木蘭樹高數仞，葉似菌桂。」《山海經》：「南海之内有菌山」，《南都賦》：「芝房菌蠢生其隈」，注：「菌蠢，是芝貌。」則菌桂、菌山，皆以其貌鬱積輪菌而得名也。故以「菌桂」對「若」，以爲「蕙」，則與下「蕙茝」複矣。』案：其説是也。菌者，言鬱積貌。又，『製芰荷以爲衣』條云：『按《詩·陳風》「有蒲與荷」，《爾雅》樊光注引《詩》云：「有蒲與茄。」《漢書·揚雄傳》：「《反離騷》『衿芰茄之緑衣兮』，顔師古注引張揖《字詁》云：『茄亦荷字也。』」』案：荷、茄古音同，當爲一草名。又，『豐隆』條云：『王逸注：「豐隆，雲師。」按《文選·思玄賦》豐隆舊注：「雷公也。」《穆天子傳》：「天子升于昆侖之丘，以觀黄帝之宫而豐豐隆之葬。」郭璞曰：「豐隆，筮，御雲得《大壯》，遂為雷師。」《淮南子》：「季春三月，豐隆乃出。」許慎注：「雷師。」《水經·河水注》：「豐隆，雷公也。」《大雅·雲漢·傳》「隆隆而雷」。《揚雄傳》「隆隆者絶」，顔注：「隆隆，雷聲也。」是作雷公説者爲多。此作雲師者，皆一類也。』案：上文『雷師告余以未具』，則此作雲師是也。又，『吾令蹇修以爲理』條云：『王逸注：「蹇修，伏羲氏之臣也。理，分理，述禮意。」按下云「吾令鴆爲媒」，《九章》「令薜荔以爲理，因芙蓉以爲媒」。《廣雅》：「理，媒也。」是其句皆相類也。』案：其例以名法，則謂理、媒皆同義，不必分别爲『述禮意』云。又，蹇修，亦猶『鴆』『薜荔』『芙蓉』之類，亦不當謂實有其人。其説是也。又，『鴆』條云：『王逸注：「鴆，惡鳥也，明有毒。」按《楚辭》注「明」作「羽」是也。《廣志》：「運目大如鴞，紫緑色，有毒，食蛇蝮。雄名運目，雌名陰諧。以其毛歷飲巵則殺人。」《淮南》言：「運目知晏，陰諧知雨。」』案：其説本洪氏《補注》。又，《湘夫人》『辛夷楣』條云：『王逸注：「辛夷，香草，以作户楣。」按：正中曰棟，次棟曰楣。或云：户楣，與下「廡門」複。其理雖是，然恐古人不拘其格也。』案：『户楣」，但云『楣』，『户』字蓋襯詞，亦未複也。又，『白玉兮爲鎮』條云：『王逸注：「以玉鎮坐席。」按《東皇太一》「瑶席兮玉瑱」。《文選·江賦》「金精瑱其裏」，注：「謂文采相雜。」《華嚴音義》四引《漢書訓纂》曰：「瑱，謂珠玉壓座爲飾。」或云：此上句言屋，王注《湘夫人》，下以諸家證之，似王注是也。』案：此言屋内之飾，與上下文亦未嘗有隔閡者。又，『褋』條云：『王逸注：「襜褕也。」按《釋名》：「荆州謂禪衣曰布襹，亦是襜襦。」《説文》：「褕，一曰：直裾謂之襜褕。」又，「南楚謂禪衣曰褋。」《方言》：「禪衣，南楚曰褋，東關之西謂之禪衣。」師古《急就篇》：「直裾，禪衣也。」』案：禪衣無裏，亦作單衣，猶内衣也，類今婦人所御直統褻也。《涉江》『枉渚』條云：『王逸注：「地名。」按《御覽》六十五引《湘州記》曰：「枉山在郡東十七里，有枉水出焉。山西漢溪口有小灣，謂之枉渚。山上有楚祠存焉。」』又，『辰陽』條云：『王逸注：「亦地名。」按《水經注》：「沅水東逕辰陽縣東南，合辰水。舊治在辰水之陽，故所名，《楚辭》所謂『夕宿辰陽』也。沅水又東，歷小灣曰枉渚。」』案：皆因洪氏《補注》，蓋所以疏補王注簡略也。《卜居》『將突梯滑稽如脂如韋以潔楹乎』條云：『王逸注：「轉隨俗也，柔弱曲也，順滑澤也。」按柳子厚《乞巧文》：「突梯卷臠，爲世所賢。」王叡《炙轂子》：「滑稽者，轉注之器，若漏巵之類。」《莊子》：「絜之百圍。」賈誼：「度長絜大。」皆旋繞以度之意。』案：以『突梯滑稽』爲器名，能旋轉者也。《九辯》『梧楸』條云：『王逸注：「痛傷茂木，又芟刈也。」按《説文》：「菩，艸也。引《楚辭》云：『菩蕭兮』。」《集韻》「菩」注云：「《楚辭》有菩蕭。」《楚辭》無「菩蕭」二字，惟此有「梧楸」，當即此也。《玉篇》：「菩，草似艾。」』案：叔師既注『茂木』，其舊作『梧楸』也。許慎所引作『菩蕭』者，蓋别本也。《招魂》『大吕』條云：『王逸注：「律名。」按《史記·平原君傳》「使趙重於九鼎大吕」，《正義》：「大吕，周廟大鍾。」《樂毅傳》「大吕陳於元英」，《索隱》：「大吕，齊鍾名。」《吕氏春秋·貴直篇》「其無使齊之大呂陳之庭」。《左》襄十九年作「林鍾」，昭二十一年「鑄無射」。皆鍾名也。』案：鍾，樂器也。宮爲五音之首，大呂爲六律之首，據饒宗頤所考，楚律以姑洗爲呂鍾，較之周律，爲低一階也。

或者蓋闕如之所以存疑者，如，《離騷》『九畹』條云：『王逸注：「十二畝爲畹。」按《説文》及《魏都賦》所載注引班固云云，皆「三十畝」也。孟堅《離騷章句》当亦同。』案：蓋畹之義漢世有『十二畝』『三十畝』之別，未得其詳，故兩存之。又，『忍尤而攘詬』條云：『王逸注：「攘，取也。」按戴震讀「攘」爲「讓」，云：「寧受一時之尤詬也。」或云：《孟子・滕文公》注、《漢書・景紀》集注皆訓取也。』案：蓋攘有取、受之義，似未能決。實一義之引申，並受義於『褱』，爲包裹之義，故不必改字也。又，『謇』條云：『「謇吾法夫」，王逸注：「言我忠信謇謇者」。「謇朝誶」，王逸注：「朝諫謇于君。」按《雲中君》「蹇將憺兮壽宮」，注：「蹇，詞也。」蹇與謇通。此「謇」亦語詞，當讀爲《惜誦》「謇不可解」之「謇」。黄伯思《翼騷》所云：「些、只、羌、誶、紛、侘傺者，皆楚語也。」未知孰是。』案：以『謇吾法夫』『謇朝誶』之『謇』爲語詞者是也。然『謇』字句法，蓋亦楚語如此。又，『高余冠之岌岌兮長余佩之陸離』條云：『王逸注：「陸離，猶參差衆貌。」按《九章》「帶長鋏之陸離，冠切雲之崔嵬」。陸離，復爲長貌。』案：蓋『陸離』有『參差』『長』之義，似未能決，而兩存之。然訓『參差』者，亦謂長也。又，『蘭』條云：『王逸注：「懷王少弟司馬子蘭也。」按《史記》「頃襄王立其弟子蘭爲令尹」。不是乃懷王之少子也。未知孰是。』案：二説存之以闕疑也。又，『飛龍』條云：『「爲余駕飛龍兮，邅吾道兮昆侖」。《湘君》：「駕飛龍兮北征，邅吾道兮洞庭。」一当爲馬名，一爲舟名。』案：蓋亦並存之以置疑也。

要之，勝義紛如，屬上乘之作。然尚氏雖精於考據，然亦見其未周疏略之處。如，《離騷》『遁』條云：『王逸注：「隱也。」按《說文》：「遷也。」」案：王注訓隱，則讀如『遯』。遯、遁固非一字。又，『昌披』條云：『王逸注：「昌披，衣不帶貌。」按《廣雅・釋訓》：「裮被，不帶也。」《玉篇》云：「裮，尺羊反。」《莊子・知北游篇》「齧缺問道乎被衣」。昌披，即裮被也。』案：昌披、裮被，皆連語，亦一字也。作『裮被』者，以訓詁字爲之也。被、披古今字。其舊本蓋作『昌被』者是也。又，『軑』條云：『王逸注：「軑，輨也。」按《廣韻》：「軑，車輪也。」《說文》：「軑，車輨。」《漢書・揚雄傳》「肆玉釱而下馳」，作「釱」。《方言》：「輪，韓、楚之曰軑」是也。』案：諸說皆未確。軑，讀如靾，馬韁繩也。參見余《楚辭章句疏證》。又，《湘夫人》『白薠兮騁望』條云：『《文選》「薠」作「蘋」，王逸注：「蘋草秋生。騁，平也。」按一本作「登白蘋兮騁」，《小雅・節南山・傳》：「極也。」』案：薠、蘋非一草，薠秋生於澤中，蘋春生於水上。言於薠草於秋始生之時騁望，故不當有『登』字矣。詳參拙著《楚辭章句疏證》。又，『公子』條云：『注即湘夫人，《少司命》「公子」，王逸注：「公子椒也。」』案：九歌諸篇皆祭神之詞，不宜比附君臣，以爲『公子椒』者非也。公子，古者男女通稱。《左傳》桓公三年：『凡公女嫁于敵國，姊妹則上卿送之，以禮於先君；公子，則下卿送之。於大國，雖公子，亦上卿送之。』《釋文》：『公子，公女。』是諸侯之女亦稱公子也。或稱『女公子』，莊公三十二年『女公子觀之』，杜注：『女公子，子般妹。』《文選・西京賦》『有憑虛公子者』，李善注引《博物志》曰：『王孫、公子，皆古人相推敬之辭。』上文言『帝子』，此變言『公子』，蓋親昵推敬之意也。《少司命》『艾』條云：『王逸注：「長也。」按《左傳》定十四年「盍歸吾艾豭」，杜注：「艾，老也。」若《國語》之「國君好艾」，韋昭注：「艾，嬖妾。」與《孟子・萬章》「少艾」，皆指少者。洪有說。』案：幼艾，謂老與幼。《孟子・梁惠王上》：『老吾老，以及人之老；幼吾幼，以及人之幼；天下可運於掌。』敬老護幼，王者仁德，少司命之所職也。則王注不易，洪說非也。《招魂》『露鷄』條云：『王逸注：「露棲鷄也。」

按《禮記·中庸·正義》引《異義》云：「符朗爲青州刺史，善能知味，食鷄知棲半露。」《御覽》九百十八引《江表傳》：「南郡獻長鳴承露鷄。」」案：承王注之訛。包山楚簡《遣策》有『囂（熬）鷄』『庶（炙）鷄』。『露鷄』之『露』，『烙』字假借。烙，灼也。今謂之烤雞、燒雞者是也。又，『長薄』條云：『王逸注：「廬江地名。」按或云：陸機詩「按轡遵長薄」，王維詩「清川帶長薄」，皆非地名也。』案：王注：『廬江、長薄，地名也。』其引省『長薄』者，則誤以爲『長薄』爲『廬江』之地名。逸注『地名』，當有所本，未可輕易。此文曰『左』，蓋在廬江東。《魏書·安陽王傳·英》：『先是，馬仙琕雲騎將軍馬廣率衆拒屯於長薄，軍主胡文超別屯松峴。英至長薄，馬廣夜遁入於武陽，英進師攻之。』長薄，蓋在宜城武陽之北也。類此亦未廢其學精醇者也。

尚氏此稿本，未見藏書家著録之，今藏於北京大學圖書館。則公之於世者亦屬首次，幸學人珍寶之。（黄靈庚）

# 楚辭翼注

《楚辭翼注》者，清李詳之所作也。詳字審言，一字愼言，又字愧生，晚號齳叟，揚州興化人。天資聰穎，尤嗜讀昭明書，家貧不能得，寓外戚家許氏讀之。鷄鳴風雨，遥夜昏鐙，繞案長吟，窮日夜披覽。光緒十一年乙酉，瑞安黄體芳督學江蘇，録詳爲第一名入學。繼受知於長沙王先謙，復以第一名補廩膳生。十七年辛卯，謝元福官淮陽海道，乃依之爲門下掌書記。民國後，鼓吹民族主義，爲《國粹學報》撰稿人。後任東南大學教授、大學院特約著述員。其博聞彊識，學宗乾嘉諸老，以阮文達《研經室集》、錢詹事《潛研堂集》爲鈐鍵，榜其齋曰『二研』，志嚮往之。著有《愧生叢録》四卷《續録》一卷、《顔氏家訓補注》一卷、《世説新語箋釋》一卷、《藥裹慵談》六卷、《選學拾瀋》一卷、《杜詩證選》一卷、《韓詩證選》一卷、《汪容甫文箋》一卷、《文心雕龍補注》一卷、《學製齋駢文》二卷《續集》二卷、《清代學術概論》一卷、《匑齋藏石記釋文自定本》二卷、《江蘇通志存稿》二卷、《通化縣志存稿》二卷等，後由其子李稚甫彙刻爲《二研堂全集》。民國《續修興化縣志》卷十三《文苑》有傳。

《翼注》一卷，成於民國十四年乙丑，其時爲東南大學教授，蓋授徒之講稿也。首有自序，謂所以作此書者，『羽翼王逸之注也』。稱『王逸之注，既賴洪氏以傳。洪氏《補注》，又爲洪容齋、朱元晦兩先生所重。後世説《楚辭》者，妄有改定，鑿空皮傅，幾同虚造，蓋失師法久矣。詳今所説，一以王、洪爲本，先輩緒言，攬取其善，或有異同，輕下己意。於所不知，蓋闕如也』。李氏之學源於維揚之脈，既承吴中惠氏師守漢注家法，又傳皖學之勇於度越漢師、反復取證而自成一家，是故治《楚辭》，特倚重漢王逸《章句》，然實事求是，不爲叔師所囿，别創新意，蓋亦汪中、焦循、劉文淇之儔也。雖名曰『羽翼王逸之注』，而未事事以叔師之意爲是非也。如，首『離騷經』云：『太史公曰：「離騷，猶離憂也。」離訓遭、騷訓憂。班固、應劭説亦如此。』而叔師注云：『離，別也。騷，愁也。』則與史遷、班氏皆異，是棄叔師而從班氏矣。又云：『「經」字爲王逸所加。逸説：「經，徑也。」謂原放逐，「猶依道徑以諷諫君。」說甚迂回。洪興祖言：「古人引《離騷》，未有言經者，蓋後世之士祖述其詞，尊之以爲經耳。」洪氏特奉承蘇東坡詩筆，仿佛幾與「六經」同列，此亦宋人之見，不足爲訓。詩文引用，屏去「經」字，存而不論可也。』案李氏斥叔師《離騷》稱『經』之説，且引洪氏爲據，固未嘗尊叔師也。李氏又以洪説『特奉承蘇東坡詩筆』，則其於洪説猶有所取舍矣。

李氏但以『翼注』屈子所作，爲條目式筆記。《離騷》二十八條，《九歌》十三條，《九章》二十條，《卜居》《漁父》合爲一條，《天問》《遠遊》二篇無解。其書體例，以節引叔師、洪氏、朱子、錢杲之及戴氏震、朱氏駿聲諸注，各有所取

# 楚辭翼注

揚州興化李詳審言

## 離騷經

太史公曰：「離騷，猶離憂也。」離訓遭，騷訓憂。班固、應劭説亦如此。《離騷》本爲《漢志》屈原賦二十五篇之一，後世統以首篇兼攝衆作，概名爲《騷》，非是。經字爲王逸所加。逸説：「經，徑也。」謂原放逐，「猶依道徑以風諫君」。説頗迂回。洪興祖言：「古人引《離騷》，未有言經者，蓋後世之士，祖述其詞，尊之爲經耳。」洪氏特承蘇東坡詩筆，仿佛《離騷經》幾與六經同列，此亦宋人之見，不足爲訓。詩文引用，屏去經字，存而不論可也。

**帝高陽之苗裔。**

王注：「德合天地稱帝。高陽，顓頊有天下之號。」朱子曰：「苗裔，遠孫。苗者，草之莖葉，根所生也。裔者，衣裾之末，衣之餘也。」

**朕皇考曰伯庸。**

王注：「朕，我也。皇，美也。父死稱考。伯庸，字也。」洪補注：「蔡邕云：『朕，我也。古者上下共之，至秦獨

楚辭翼注　一六三

舍而排比之，若成其一家。如，《離騷》『朕皇考曰伯庸』條，引王注：『朕，我也。皇，美也。父死稱考。伯庸，字也。』又引洪《補》：『蔡邕云：「朕，我也。古者上下共之，至秦獨以爲尊稱。」』案：但節取王、洪二家。又，『攝提』至『以降』條，引朱駿聲云：『攝提，太歲在寅曰攝提格。古大橈作甲子，但以紀旬，不以紀年月，年月自有《爾雅》「歲陽」「歲名」「月陽」「月名」。屈子之生，當在楚宣王二十七年著雍攝提格畢陬之月。』又引王注：『孟，始也。正月爲陬。』又引戴震云：『貞，當也。蓋攝提之年，當孟春寅月。』又引朱子云：『原言此月庚寅之日，己始下母體而生。』案：則節取四家之説。又，『紛吾』至『修能』條，引王注：『修，遠也。言己之生，内含天地之美氣，又重有絶遠之能。』又引洪《補》：『重，儲用切，再也。非輕重之重。』案：亦祇取王、洪兩家。《湘君》『薜荔柏兮蕙綢』條，引王注：『拍，搏壁也。』詳云：『拍壁之義，人多未曉。惟戴東原《屈原賦注》引劉熙《釋名》：「拍壁，以席搏著壁也。」「此謂舟之閤閭搏壁」。其義乃顯。』案：則取王、戴兩家，而引戴氏所以明『拍壁』之義也。

或者條疏舊注餘義，是所謂『羽翼王注』也。如，《離騷》『長太息』至『善淫』條，引王注：『諑，猶譖也。』乃云：『諑，通作椓。』案：李氏以爲諑、椓皆有傷害之義，音同豖可通用。又，『湯禹』至『菹醢』條，引王注：『苟，誠也。』乃云：『苟，音亟，自亟敕也。謂聖哲自亟敕修行，因得有此天下。』案：李氏以爲『苟』訓『誠』，乃『自亟敕』之『苟』，而非『苟且』之『苟』也。又，『忽馳騖』至『遺則』條，引王注：『旦飲香木之墜露，吸正陽之精液。暮食芳菊之落華，吞正陰之精蕊。』乃云：『王注《遠遊》篇，注引《陵陽子明經》：「夏食正陽。正陽者，南方日中氣。秋食淪陰。淪陰者，日没以後赤黄氣也。」屈子雖飲露餐英，兼食二氣。』案：李氏引《陵陽子明經》，以疏『正陽』『正陰』之義也。《少司命》『竦長劍兮擁幼艾蓀獨宜兮爲民正』條，云：『幼艾，似宜以原注「少長」爲訓。若依洪氏《補注》引《孟子》及《戰國策》，如後世之所謂「擁幼妾」之比司命，何能爲「民正」而曰「宜」也。』案：此所以翼助舊注者也。《河伯》『乘白黿兮逐文魚』條，詳云：『「文魚」，原注「鯉魚」。洪氏《補注》疑之。余案：《文選·吴都賦》「文鰩夜飛而觸綸」，善注：「《西山經》：『秦器之山，濩水出焉。是多鰩魚，狀如鯉，魚身而鳥翼，蒼文而白首，赤喙。常行西海而游於東海，夜飛而行。』」王逸「鯉魚」之説有因，特未云「似鯉」耳。』

或者涉於《楚辭》文字校勘。如，《離騷》『余固知』至『數化』條，云：『「曰黄昏」二句，王逸無注，洪疑此二語爲後人所加。』案：李氏雖未下斷語，蓋以二語爲衍文，而不從朱子謂古有此二語矣。又，『湯禹』至『菹醢』條，云：『「循繩墨而不頗」，五臣注：「循，一作修。頗，一作陂。」詳案：漢隸循、修致相溷，古書以之循、修互見。頗，爲古音。《洪範》「無偏無陂」，唐元宗開元十四年改「頗」爲「陂」。非也。所云「一作陂」者，係《楚辭》俗本。』案：李氏以或作『修』者爲『循』之訛。是也。而謂改作『陂』爲俗本。則亦非也。陂，古音如頗。邪頗字古作陂。《方言》：『陂，衺也。陳、楚、荆、揚曰陂。』則陂，楚語也，舊本當亦作陂。後以今音易『陂』爲『頗』矣。又，『曾歔欷』至『上征』條，云：『「溘埃風余上征」，王注：「溘，猶掩也。」洪云：「《遠遊》『掩浮雲而上征』，故逸云：『溘，猶掩也。』」余，當作而。《文選》謝玄暉《在郡卧病詩》善注引此句作「而上征」，與《遠遊》句同。』案：《文選·吴都賦》注、《魏都賦》注、《思玄賦》注、吴曾《辨誤録》卷下引班固《離騷注》引此句『余』作『兮』，謝靈運《初發石首城詩》注引亦作『而』。余，蓋『兮』字之訛，而後據義易作『而』也。《河伯》『紫貝闕兮朱宫』條，云：『朱宫，一作珠宫，作「珠」爲是。珠與貝對，猶「鱗屋」與「龍堂」也。』案：王注『紫貝作闕朱丹其宫』云云，舊本作『朱宫』。《文選·石闕銘》『河庭紫貝』，善注引《楚辭》作『珠宫』。《抽思》『何毒藥之謇謇兮』，云：『一作「何獨樂斯之謇謇兮」。當從一作，於理爲順。』案：此所謂理校也。

或者於『詳案』下正舊注之誤，而斷之以己意。如，《離騷》『扈江離』至『宿莽』條，引王注：『楚人名被爲扈。辟，幽也。』而後『詳案』云：『江離，辟芷，今之川芎、白芷。本朱氏駿聲説。秋蘭，今藥物之澤蘭，非「蘭蕙」之「蘭」。』案：蓋以宋人考辨草木至繁，如治絲益棼，故未之從。又，『悔相道』至『初服』條，云：『相道，爲道路之道，故有「延佇將反」、「行迷未遠」之語。王注謂「相視事君之道」。非。』案：審以上下文義，則知舊注之誤矣。又，『溘吾』至『爲理』條，引王注：『理，分理也。』而後『詳案』云：『胡氏紹瑛曰：「理亦媒也。此云『吾令蹇修以爲理』，猶下云『吾令鴆以爲媒』，媒、理互文見義。下又云『理弱而媒拙』。」梁氏《文選旁證》云：「《九章》『令薜荔以爲理』，又云『芙蓉以爲媒』，皆以媒、理對言。」』案：以媒、理互文見義，不必訓『理』爲『分理』也。又，『紛總總』至『終古』條，云：『終古，猶言永古。《九章·哀郢》「去終古之所居」，並與此同。戴注引鄭君注《考工記》：「終古，猶言常也。」洪補注早引之。不可從。』案：意謂戴注剿襲洪氏，時或有之，蓋舉一端以明之矣。又，『索藑茅』至『該輔』條，引王注：『筳，小折竹也。楚人名結草折竹以卜曰篿。』而後『詳案』云：『唐用杯珓以卜，或用蚌殼，今則刻木爲之。狀如牛角之末，剖分爲二，擲之於地，以觀俯仰。以，猶與也。瓊茅、筳篿，自是兩事。』案：『杯珓』『蚌殼』之説，見宋程大昌《演繁露》卷三《卜教》：『後世問卜於神，有器名盃珓者，以兩蚌殼投空擲地，觀其俯仰，以斷休咎。自有此制後，後人不專用蛤殼矣。或以竹，或以木，略斲削使如蛤形，而中分爲二，有仰有俯，故亦名珓盃。』則非其發明矣。

或者直陳己説，都無所依傍。或説以通假，或解以訓詁，或因上下文而探其意旨，不一而足，皆頗能自成其一説，蓋於《楚辭》不無有所裨補焉。如，《離騷》『固時俗』至『爲度』條云：『改錯之錯，音厝，與度爲韻。』又，『製芰荷』至『可懲』條云：『「不吾知其亦已，苟余情其信芳」。倒句。言「苟余情其信芳，不吾知其亦已」。』又，『羿淫遊』至『不長』條云：

『「殷宗用而不長」，《天問》「吾告堵敖以不長」，與此同。』又，『朝發軔』至『求索』條云：『既陳詞於重華，故自蒼梧至于縣圃，由南而之西也。』又，『飲余馬』至『來御』條云：『「先戒」，謂戒途，非戒百官。』又，『紛總總』至『無女』條云：『望予，謂待予，跟「吾令」句來。』《湘君》『期不信兮告余以不閒』條云：『即「初既與余成言兮，後悔遁而有他」意。』《大司命》『令飄風兮先驅使涷雨兮灑塵』云：『即風伯清塵，雨師灑道，引迓神靈，表示敬意。』又，『折疏麻兮瑶華』條云：『疏麻、瑶華爲一物。』《哀郢》『甲子鼂吾以行』條云：『鼂，即朝莫之朝。此《説文》引杜林説。』又，『曾不知夏之爲丘兮孰兩東門之可蕪』條云：『夏，即大厦，不可拘定大殿之説。「孰兩東門之可蕪」，云「孰可使兩東門淪爲草莽」。』《抽思》『蓋爲余造怒』條云：『比「信讒而齌怒」更甚。』《惜往日》『不逢湯武與桓繆兮』條云：『桓即齊桓，繆即秦穆。古書「秦穆」皆作「秦繆」。』又，『因縞素而哭之』條云：『晉文縞素以哭介推，僅見此賦。』又，《漁父》篇云：『「新沐」四語，上有「吾聞之」，分明是古語。故《荀子·不苟篇》有此四語，云：「新浴者振其衣，新沐者彈其冠，其誰能以己之潐潐，受人之掝掝。」亦本古語，但字微異耳。「滄浪之水清」四句，《孟子》引作《孺子之歌》，亦古語也。』

或者據引後世辭賦詩文，所以闡發屈子之『衣被詞人』者，然多見於《九歌》以下。如，《湘夫人》『洞庭波兮木葉下』條云：『謝莊《月賦》：「洞庭始波，木葉微脱。」本此。』《東君》『羌聲色兮娱人觀者憺兮忘歸』條云：『謝靈運《石壁精舍還湖中詩》：「清暉能娱人，遊子憺忘歸。」用此。《楚辭》「衣被詞人」，遠矣。』《河伯》『送美人南浦』條云：『江淹《别賦》「送君南浦」，本此。』《山鬼》『歲既晏兮孰華予』條云：『張衡《思玄賦》「恃已知之華予」，本此。』《涉江》『淹回水而疑滯』條云：『江淹《别賦》「舟凝滯於水濱」，用此。疑、凝通用。』《哀郢》『鳥飛反故鄉兮狐死必首丘』條云：『《淮南子》：「鳥反故鄉，狐死首丘。」即用原語。淮南作《離騷傳》，固宜熟精是書。』以上皆屬此類也。

李詳之論向之輯集《楚辭》十六卷，其序云：『屈原所作，《漢・藝文志》謂之「屈原賦」，班固亦承劉向父子《録》《略》之説。及向別編屈、宋諸作，定爲《楚辭》。《隋志》因標「楚辭」一目，不列「總集」之内，後世相承不改。其實皆賦體也。漢武帝世，朱買臣能言「楚辭」。宣帝時，九江被公又能爲「楚辭」。是「楚辭」二字爲舊有之名。向、歆父子采入《録》《略》，則名之爲「賦」，及編定一集，則謂之「楚辭」。亦名從主人之義。』李氏是説，未及深考矣。向編《楚辭》之説，文獻不足徵。其稱屈、宋之作，皆稱『賦』。班氏因其父子《録》《略》而爲《志》，故亦稱『屈原賦二十五篇』『宋玉賦十六篇』『賈誼賦七篇』等。若向、歆確嘗編屈宋之作爲《楚辭》，則必見諸其《録》《略》及班氏《藝文志》矣。後人以向嘗編《楚辭》者，爲曲解叔師《離騷後敘》故也。考叔師《離騷後敘》云：『楚人高其行義，瑋其文采，以相教傳，至於孝武帝，恢廓道訓，使淮南王安作《離騷經章句》，則大義粲然。後世雄俊，莫不瞻慕，舒肆妙慮，纘述其詞。逮至劉向，典校經書，分爲十六卷。孝章即位，深弘道藝，而班固、賈逵復以所見，改易前疑，各作《離騷經章句》。其餘十五卷，闕而不説。又以「壯」爲「狀」，義多乖異，事不要括，今臣復以所識所知，稽之舊章，合之經傳，作十六卷章句。』其『劉向典校經書分爲十六卷』云云，蓋後世所謂『劉向集楚辭十六卷』，唯一文獻依據。非也。詳審逸之《後敘》本意，前後衹説《離騷》一篇，未嘗涉及乎《離騷》以外他篇之作。謂淮南王劉安作《離騷經章句》『大義粲然』，而未嘗分卷，至向『分爲十六卷』。其『分爲十六卷』，乃於《離騷》一篇之中別分爲十六章也，與《離騷》以外他篇了不關涉。宋趙希弁《讀書附志》卷下『楚辭類』於録『呂祖謙《離騷章句》一卷』之下云：『左呂成公所分也。以《離騷經》一篇爲十六章。公謂「王逸嘗言劉向典校，分《離騷》爲十六卷。班固、賈逵各爲《離騷章句》，惟一卷傳焉，餘十五卷闕而不録」。今觀屈平所作凡二十有五，各有篇目，獨此一篇謂之《離騷》。竊意劉向所分此篇，猶一篇之中有數章焉。故嘗因逸之言，即《離騷》之一篇。反復求之，考其文之起伏、意之先後，固有十六章次第矣。因而分之爲十六章。」案呂氏獨具慧眼，以『《離騷經章句》十六卷』爲『十六章』，甚得逸《後敘》本意。惜其書《離騷章句》佚未傳，未得知其分章始末。然於林之奇編纂、呂祖謙集注《觀瀾文集》（甲集）首卷《離騷》，則存其『十六章』之舊。後因逸之《後敘》，謂向『典校經書分爲十六卷』者，乃指《楚辭章句》十六卷，且定向集《楚辭》十六卷説始於逸《楚辭章句》，不亦誣乎！《後敘》復云：『班固、賈逵復以所見，改易前疑，各作《離騷經章句》。其餘十五卷，闕而不説』。觀『其餘十五卷，闕而不説』云云，即《九歌》至《九歎》十五卷也。雖然，亦不可據以爲向之曾輯《楚辭》十六卷。《楚辭》十六卷本，蓋王逸所集。《隋書·經籍志》云：『後漢校書郎王逸集屈原已下迄於劉向。逸又自爲一篇，並敘而注之。今行於世。』魏徵亦以集《楚辭》十六卷者逸也，非西漢劉向。洪氏《補注》本於『十五卷』下別出異文：『卷，一作篇。』案：據《漢·藝文志》『詩賦類』用『篇』不用『卷』通例，《後敘》『其餘十五卷』，原本應作『其餘十五篇』，指《離騷》外《九歌》至《九歎》十五篇。異文存叔師《後敘》之舊。未知何時訛改『篇』爲『卷』，以至使《離騷》十六卷與《楚辭》十六卷相混淆也。《後敘》又云，『今臣復以所識所知，稽之舊章，合之經傳，作十六卷章句』，承接劉向『分爲十六卷』來，其所舉例，『以壯爲狀』，見《離騷》，亦與《離騷》以外他篇不關涉也。故逸『作十六卷章句』，以《離騷》一篇分爲十六章者也。逸之《後敘》固未嘗有劉向集《楚辭》十六卷之説。不論五季《楚辭釋文》十七卷本，抑或今傳《楚辭章句》十七卷本，皆非劉向所爲。故李氏『向、歆父子采入《録》《略》，則名之爲「賦」，及編定一集，則謂之「楚辭」。亦名從主人之義』云云，不足信據矣。

詳之慎於取舍，雖一義之不苟，而或不無粗疏之處。如，《離騷》『皇覽』至『靈均』條引朱注：『高平曰原，故名平而字原。正，平。則，法。靈，神。均，調也。各釋其義，以爲美稱。《禮》曰：「子生三月，父親名之。二十則使親友冠而字之。」雖朋友之職，亦父命也。」案：朱注『高平曰原，故名平字原。正，平。則，法。靈，神。均，調也』云云，是因王注。而引《禮》以下，見諸洪《補》。本非朱子之説矣。或訓詁不密。又，釋『抽思』云：『抽謂引申悲思。』案：抽，籀也，讀也。《抽思》『與美人抽怨兮』，王注：『爲君陳道，拔恨意也。』陳道，即『讀』之義。屈賦『思』字，多爲憂愁之義。王注『拔恨意』云云，以抽爲『拔引』意。亦非。顔師古《匡謬正俗》『籀』條：『問曰：《鄘詩·墻有茨篇》云：「中冓之言，不可讀也。」毛《詩傳》云：「讀，抽也。」抽是何義？答曰：「讀，止謂「道讀」之「讀」，更訓爲「抽」，翻成難曉。按：許《説文解字》曰：『籀，讀也。从竹、擂聲。』擂，即古抽字。是以「籀」或作「箍」。蓋毛公以「籀」解「讀」，傳寫字省，故止爲「抽」。此當言讀「籀」也，不得爲「抽引」之義。又，《左氏傳》云，「其繇曰專之」，「渝其繇曰士刲羊」之類字，雖爲「繇」音，訓皆作「籀」，並未讀卜筮卦「繇」之辭也。」』其説是也。抽思，即籀思、讀思，猶謂告憂、訴愁也。篇末『道思』云云，亦同此義。

此書爲稿本，未嘗鋟刻，藏於國家圖書館。江蘇古籍出版社一九八八年據此稿本排印，收入《李審言文集》，始獲見焉。

（黄靈庚）

# 文選楚辭平點

《文選楚辭平點》者，黄侃之所作也。侃原名喬馨，更名侃，字季剛，晚號量守居士，湖北蘄春人。清光緒三十一年乙巳留學日本，師從章太炎，受小學、經學，爲章門第一大弟子。精文字、音韻、訓詁之學，『古聲十九紐』『古韻二十八部』，皆其所發明也。早年鼓吹革命，與事同盟會；民國後，澹出政治，熱衷學術，先後任教於北京大學、武昌高等師範、北京師範大學、山西大學、中央大學、金陵大學等。民國四年甲寅，受聘於北京大學文科教授，講授辭章學及文學史。在此期間，執贄師從劉師培習《春秋》學。其人傲岸放蕩，言行乖張，學問自視甚高，非其倫者則痛排擊之不置。民國九年己未，與劉師培創辦《國故》月刊，旨在『昌明中國固有之學術』，對抗陳獨秀、胡適之倡導新文化。治學謹嚴，不苟取予，若非定論，未敢示人。稱『年五十當著書』。然其年未及五十而逝。著有《文心雕龍札記》《黄侃論學雜著》《文字聲韻訓詁筆記》《説文箋識四種》《爾雅音訓》等，皆爲其門人所整理也。

侃手批《文選》，丹黄爛然，見其用力已深，雖屬讀書札記，參差錯落，寥寥數語，然根極理要，不乏真知灼見，學術價值甚高。而此書三十二卷、三十三卷爲《楚辭平點》，凡一百五十九條：《離騷》凡一百條，《九歌》二十條，《涉江》六條，《卜居》二條，《漁父》三條，《九辯》四條，《招魂》二十條，《招隱士》四條。或者採擷舊説，或者疏通奥義，或者核其版本，或者辨其訛誤，曲得騷人之藴奥，皆爲治《楚辭》者所當深致之。故侃之《楚辭平點》不可不讀，宜取其長而舍其短，未可存而不論也。

侃云：『《離騷》本稱《離騷賦》，以爲「經」者，蓋淮南作《傳》時所題。』案：此説無文獻可徵。《漢書・淮南王傳》：『使爲《離騷傳》，旦受詔，日食時上。』師古注：『傳，謂解説之，若《毛詩傳》。』劉安《離騷傳》已佚。班固以爲『淮南王安敘《離騷傳》，以「國風好色而不淫，小雅怨誹而不亂，若離騷者，可謂兼之。蟬蜕濁穢之中，浮遊塵埃之外，皭然泥而不滓。推此志，雖與日月争光可也」』。則《史記・屈原列傳》自『屈平疾王聽之不聰也』至『推此志也雖與日月争光可也』一大段，是劉安《離騷傳》遺文，而太史公採之以入《屈原傳》者，未見有稱『經』者。《漢書・藝文志》稱『屈原賦二十五篇』，知劉向亦未以『經』稱《離騷》。以『經』稱《離騷》者是東漢王逸，其《離騷敘》云：『屈原執履忠貞而被讒邪，憂心煩亂，不知所愬，乃作《離騷經》。離，別也。騷，愁也。經，徑也。言已放逐離別，中心愁思，猶依道徑以風諫君也。』輯録《楚辭》十六卷，亦非劉向乃王逸也。

侃云：『《楚辭》唯宜守叔師家法，不宜紛紜妄説。李氏采《章句》無所沾益，誠知訓詁之精者也。』案：其説甚是。東漢王逸《楚辭章句》十七卷是現存最古《楚辭》注本，《楚辭》研究者皆無法繞開，是必讀文獻。然流傳於今世之《楚

云賁侍中説楚人謂妒曰嫛嫕猶撣援也。終然夭乎羽之野句然乃也。
資菉葹以盈室兮句以言之間也。判獨離而不服句服用也。喟憑心而歷
茲句茲詞也反離騷舒中情之煩或。濟湘沅以南征兮句反離騷横江湘
以南淮。就重華而陳詞句反離騷將折衷虖重華。五子用失乎家巷句乎
言之間也紛紛妄説皆緣不了此耳。又好射夫封豨句夫言之間也下同。
乃遂焉而逢殃句焉言之間也。脩繩墨而不陂句脩改循據注及五臣如此。
覽民德焉錯輔句焉猶因也招魂焉乃下招之焉義同于此。夫維聖哲以
茂行兮句維獨也以與也。覽余初其猶未悔句初先古也。曾歔欷余鬱邑
兮句反離騷雖增欷以於邑。霑余襟之浪浪句之言之間也。跪敷衽以陳
詞兮句反離騷恐重華之纍與。總余轡乎扶桑句反離騷解扶桑之總轡兮
縱令之遂奔馳。聊須臾以相羊句聊即僇也須臾五臣作逍遙。鸞皇爲余
先戒兮句反離騷鸞皇騰而不屬兮豈獨飛廉與雲師。班陸離其上下句陸
離其上下倒語也。時曖曖其將罷兮句時時世也罷讀曰疲。哀高丘之無
女句反離騷奚必云女彼高丘。吾令蹇脩以爲理句理猶行理之理。忽緯

一八一

辭章句》單行本但有明刻本，明以前《楚辭章句》之舊觀悉無所知。《楚辭章句》又見録於宋洪興祖《楚辭補注》及唐李善《文選注》。即現存《楚辭章句》之三大版本系統。若以單刻《楚辭章句》本與《補注》本、《文選》本逐字對勘，異文竟達六千多條，其原始舊貌幾難董理。《楚辭》研究者亦往往不加精選，各取所需。學界亟盼有一相對真實可靠《楚辭章句》本問世。此亦余撰寫《楚辭章句疏證》初衷也。

侃以《離騷》『皇覽揆余于初度兮』之『于』字爲『羡文，《楚辭》無』。案：有無『于』字，雖無關宏旨，然有『于』字者，暢于詞氣。《文選》唐鈔本、六臣本『余』下有『于』字。秀州本有『于』字，謂『逸本無「于」字』。《洪補》引『余』下一有『于』字。朱子《集注》、錢杲之《離騷傳》『余』下有『于』字，引一無『于』字。王逸《章句》正德本、隆慶本、朱本、俞本、湖北本、莊本、《四庫》本、王國維手校《洪補》本『余』下有『于』字。《永樂大典》卷一四七〇七『初度』引『余』作『予』，『予』下亦有『于』字。

侃以『扈江離與辟芷兮』之『扈』，即訓『憮』也。案：以『扈帶』之『扈』爲『憮』之假借。非也。《文選》唐寫本陸善經注：『扈，帶也。』陸氏蓋以疏解王逸《章句》，謂扈訓被，非被覆，猶佩帶也。至確。《吴都賦》『扈帶鮫函』，扈帶，平列同義，扈亦帶也。扈江離，佩帶江離也。《方言》卷四：『帍裱謂之被巾。』郭璞注：『婦人領巾也。』《廣雅·釋器》：『帍裱，被巾也。』裱，表也，上衣之稱（詳《説文·衣部》）。帍，被帶也。扈、帍音同義通。扈，猶護也。《史記·司馬相如列傳》：『扈從横行，出乎四校之中。』扈從，平列同義，扈亦從也。《九辯》『扈屯騎之容容』，王逸注：『群馬分布，列前後也。』扈，隨從也。隨從、扈帶，其義相通。蓋楚人因之，佩帶之引申，亦謂之扈帶也。故不當破其通假字。

侃以『何桀紂之昌披兮』之『昌披猶梟薄也，墮弛之貌，故訓衣不帶。』案：昌披、梟薄，語之轉，其義存乎聲，不當析爲二字。《離騷》此以駕馭爲喻。狷披，非衣飾。狷披，與上『彼堯舜之耿介』之『耿介』，相對爲文。狷披，蹌踉貌。錢杲之《離騷集傳》：『狷披，行不正貌。桀紂失道，彼唯捷行邪路，而自窘急其步。』錢澄之《屈詁》：『耿介，言不爲捷徑所惑；昌披，言不由道路以行。得路者安坐而至，窘步者覆轍以亡。』二錢得屈子本心。或爲『傷破』，《易林·大畜之睽》：『心志無良，傷破而行。』乙作『披狷』，謂倒仆潰敗。《北齊書·昕傳·附晞》：『萬一披狷，求退無地。』聲之轉或作『葥倀』。《廣韻》去聲第四三《映韻》：『葥倀，失道皃。』言水波動蕩不定作『磅唐』，《文選·長笛賦》『駢田磅唐』是也。或作『播蕩』，言遷徙流離無所止。《左傳》襄公二十五年『成公播蕩』，杜注：『播蕩，流移失所。』或作『波盪』，《文選·西京賦》『河渭爲之波盪』，李善注：『波盪，摇動也。』或作『波蕩』，《後漢書·公孫述傳》『方今四海波蕩』是也。歌、月對轉爲『滯沛』，《文選·上林賦》『奔揚滯沛』，李善注：『滯沛，奔揚之貌也。』蹌踉倒仆則作『顛波』，《文選·琴賦》『爾乃顛波奔突』是也。或作『顛沛』，《論語·里仁》『顛沛必於是』，馬融注：『顛沛，偃仆也。』或作『顛狽』，《後漢書·馬融傳》『顛狽頓躓』是也。或作『猖敗』，魏孝文帝《吊殷比干墓文》：『咨堯舜之耿介兮，何桀紂之猖敗。』其隨文所施，皆書以訓詁字，其别文錯雜，然宜乎因聲以求之也。

侃以『羌内恕己以量人兮』之『羌，猶其也。《史記·高祖本紀·集解》引《風俗通》：「沛人語初發聲皆言其。」』案：羌，非純爲『發聲』之詞。王逸注：『羌，楚人語詞也，猶言卿，何爲也。』王逸以『羌』爲楚語。『猶言卿』，是比況之詞，謂漢人語『羌』如『卿』，所以通古今别語。《廣雅·釋詁》：『羌，卿也。』蓋以今語釋古語。或讀如『慶』。《漢書·揚雄傳》『厥高慶而不可虖疆度』，顔師古注：『慶，發語辭也。慶，讀曰羌。』又，『竢慶雲而將舉』『慶夭顇而喪榮』，張晏曰：『慶，辭也。』顔師古注：『慶，讀與羌同。』《後漢書·班固傳》『永延長兮膺天慶』，李賢注：『慶，讀曰卿。』

則『何爲』者，釋『羌』字之義。今語『竟然』之『竟』，蓋其遺義也。

侃以『長顑頷亦何傷』之『顑頷』即《説文》作『顑顲』。案：顑頷、顑顲，非一語。顑頷，根於不足、不飽、不滿之義。楚簡作『裛衣』，落拓不偶貌。《戰國楚竹書》（五）《苦成家父》：『於言有之：「裛衣（顑頷）以至於今才（哉）！無道正也，伐是恬適。吾之圖之。」苦成家父曰：「吾敢欲裛衣（顑頷）以事世才（哉）？」』聲之轉作『坎窞』『埳窞』『歛陷』（《呂氏春秋・不屈篇》：『入於門，門中有歛陷。新婦曰：「塞之，將傷人之足。」』高注：『歛，讀曰脅。』畢沅云：『歛從欠，呼濫切，疑即坎窞。』），高下不平謂之『坎坷』『頖頷』，山之嵯峨字作『嵁巖』，仕途不達謂之『埳軻』，心志不平謂之『欿憾』，華之事未足期者名曰『菡萏』、莟萏，皆書以訓詁字。屈子設喻奔走前驅，不遇於世，爲衆所斥，道路坎坷蹇難，不得於志。顑頷，猶不遇皃。不必泥其訓詁字義解『食不飽』。《説文・頁部》：『顑，顑顲，食不飽，面黄起行也。从頁、咸聲，讀若贛。』又：『顲，顑顲也。从頁，焱聲。』《炎部》：『焱，侵火也。从炎、亩聲。讀若桑葚之葚。』焱，力荏反；葚，常衽反。頷、顲，同部不同聲。《説文》顲頷、顑頷同義，然非一詞。顑顲，或作『坎廩』，《九辯》『坎廩兮』，《平點》云：『坎廩，顑顲也。』甚確。或作『坎壈』『轗軻』等，隨文所用，其訓詁字雜出也。

侃以『忳鬱邑余侘傺兮』之『侘傺，猶躊躇也。』案：其説確也。王逸注：『侘傺，失志貌。侘，猶堂堂，立貌也。傺，住也，楚人名住曰傺。』謂『失志貌』，是也，然猶析之爲二義，則失之旨。侘傺，蓋『叱咤』之乙，鬱邑侘傺，猶嗚咽叱咤，悲憤不平之貌。《史記・淮陰侯列傳》『項王喑噁叱咤，千人皆廢』，《索隱》：『叱，昌栗反；咤，卓嫁反，或作吒。叱吒，發怒聲。』喑噁叱咤，猶此『鬱邑侘傺』。叱吒，《漢書》作『猝嗟』，《列子・湯問篇》作『肆咤』，《後漢書・光武帝紀》作『嘯咤』，《列女傳》作『怛恔』，《韓非子・守道篇》作『嗟唶』，《史記・魯仲連列傳》作『叱嗟』。皆語之轉，根於抑屈不申，則難於行者作『躊峙』也。

侃以『余獨好脩以爲常』之『常』當作『恒』，與『懲』爲韻。案：其説確也。常，陽部；懲，蒸部。出韻。戴震《屈原賦注》：『懲，讀如長，蓋方音。』江有誥《楚辭韻讀》：『常、懲謂陽、蒸合韻。』聞一多《楚辭校補》：『常、懲元音近，韻尾同，例可通叶。』其説皆不可信。孔廣森《詩聲類》：『若《離騷》，「余獨好脩以爲常」「豈余心之可懲」，則本「恒」字，漢人避諱改爲常耳。慎勿又據爲陽可通蒸也。』梁章鉅《文選旁證》：『常，當作恒，與懲爲韻。此避漢諱改。』其説皆是也。《郭店楚墓竹簡》凡恒常義皆作恒。《老子》（甲本）『知足之爲足，此恒足矣』；『是故聖人能輔萬物之自然，而弗能爲，道恒亡爲也』；『道恒亡名，朴雖微，天地不敢臣』。恒，長沙馬王堆漢墓帛書甲、乙二本《老子》亦同，其爲漢初本，在文帝前。今諸通行本《老子》皆改作『常』。又，《郭店楚墓竹簡·唐虞之道》：『□而不傳，義恒□□。』《魯穆公問子思篇》：『子思曰：「恒稱其君之亞（惡）者，可謂忠臣矣。」』《成之聞之篇》：『古之用民者，求之於己爲恒。』《尊德義篇》：『因恒則固。』又：『凡動民必順民心，民心有恒。』皆用『恒』不用『常』，蓋楚語也。

侃以『來違棄而改求』爲『來去相棄而更求賢也。「去」下有「違」字。』案：王逸注：『違，去也。言宓妃雖信有美德，傲驕無禮，不可與共事君，來復棄去而更求賢也。』王注既爲『違』字單獨作注，故無庸於『去』下增『違』字。《文選》本『來復棄去』作『求去相弃』。求，即『來』之訛，則唐本無『違』字。據義，舊本作『來去相弃而更求賢也』。弃與棄同。

侃以『覽相觀於四極兮』之『覽、相、觀，複語也』。案：王逸注『言我乃復往觀視四極』云云，則以『覽』爲『復往』，猶『周覽』之義。以『相觀』連文，皆爲『觀視』者。則失之旨。聞一多《離騷解詁》：『覽，俯視貌。』至確。覽，非凡人所觀視，神靈之視。神居九天之上，下視人寰，則謂之覽。詳參《楚辭章句疏證》『皇覽揆余初度兮』注。屈子，帝高陽之裔，亦猶神也。上遊春宮，其視下也謂之覽。相觀，平列複語，散則不別。

侃以『豈珵美之能當』之『珵』，『珽』之別字。案：王逸注：『珵，美玉也。《相玉書》言：「珵大六寸，其耀自照。」』道騫《楚辭音》殘卷引《相玉書》：『珵大六寸，明自照矣。』則與唐本別。《相玉書》已佚，未可究詰。《楚辭音》又謂『郭本止作程，取同音』。郭説是也。若以珵爲玉名，謂玉之美不能當，設非增字則其義不可調遂。屈子玉曰瑶、曰琳琅、曰明月、曰寶璐、曰瑾瑜，而無作珵玉、珽圭。程，與上文『覽察』爲儷偶對舉；珵，非美玉。《九章·懷沙》『驥焉程兮』，王逸注：『程，量也。』《漢書·東方朔傳》『程其器能』，顔師古注：『程，謂量計之也。』程美，品評美惡也。幸《楚辭音》猶存郭注，晉人知其非玉名也。

侃以『曰勉升降以上下兮，求矩矱之所同。湯禹儼而求合兮，摯咎繇而能調』之『同』『調』對轉爲韻。案：非知音之選。同，東部，侯之陽；調，幽部，冬之陰。出韻也。《楚辭》無東、冬合韻之例。段氏《六書音均表》説以通韻。亦失之旨。洪興祖《補注》引《淮南子》『知榘矱之所周』，謂《淮南》祖構《離騷》此語，以『同』爲『周』之訛。同、周、和散則不別，對文別義。周，美詞。《論語·爲政》『君子周而不比』，《集解》引孔注：『忠信爲周，阿黨爲比。』王逸注『與己合法度者』云云，因上『雖不周於今之人兮』注『周合也』省，知其舊本作『周』。《左傳》昭公二十年：『今據不然。君所謂可，據亦曰可；君所謂否，據亦曰否。若以水濟水，誰能食之？若琴瑟之專壹，誰能聽之？同之不可也如是。』《晏子春秋》卷七《景公謂梁丘據與己和晏子諫》第五：『公曰：「維據與我和夫？」晏子對曰：「據亦同也，焉得爲和？」公曰：「和與同異乎？」對曰：「異。和如羹焉，水、火、醯、醢、鹽、梅，以烹魚肉，燀之以薪，宰夫和之；齊之以味，濟其不及；以洩其過，君子食之，以平其心。君臣亦然。君所謂可，而有否焉，臣獻其否，以成其可；君所謂否，而有可焉，臣獻其可，以去其否。是以政平而不干，民無争心。故詩曰：『亦有和羹，既戒且平；鬷嘏無言，時靡有争。』先王之濟五味、和五聲也，以平其心，成其政也。聲亦如味，一氣、二體、三類、四物、五聲、六律、七音、八風、九歌，以相成也。清濁、大小、短長、疾徐、哀樂、剛柔、遲速、高下、出入、周疏，以相濟也。君子聽之，以平其心，心平德和，故詩曰：『德音不瑕。』今據不然，君所謂可，據亦曰可；君所謂否，據亦曰否。若以水濟水，誰能食之？若琴瑟之專一，誰能聽之？同之不可也如是。」公曰：「善。」」《後漢書・文苑傳附劉梁》：『得由和興，失由同起，故以可濟否謂之和，好惡不殊謂之同。《春秋傳》曰：「和如羹焉，酸苦以劑其味，君子食之以平其心。同如水焉，若以水濟水，誰能食之？琴瑟之專一，誰能聽之？」是以君子之行，周而不比，和而不同。』據此，同，猶一也。君臣曰『周』、曰『和』，而不曰『比』、曰『同』也。

侃以『何瓊佩之偃蹇兮』之『偃蹇，猶蔚薈也。』案：其説至確。偃蹇、蔚薈，猶衆盛貌。與晻藹、蔚薈、蓊藹、幽藹、夭遏、窈藹等，皆語之轉也。

侃『邅吾道夫崑崙兮』之『邅，即展也』。案：其説至確。展，讀如『輾轉』之『輾』。又，《九歌・湘君》『邅吾道兮洞庭』，黄侃云：『邅，轉也。』輾轉，反側不安貌，古作『展轉』也。王逸注：『邅，轉也，楚人名轉曰邅。』邅、展、轉，皆同元部；同知紐雙聲。邅、展，開口；轉，合口。楚人蓋讀合口之『轉』爲開口之『邅』。屈、宋辭賦無『轉』，同轉字皆作『邅』。

侃以《雲中君》『極勞心兮⿰忄蟲⿰忄蟲』之『極，疲也』。案：至確。王逸注：『屈原見雲一動千里，周遍四海，想得隨從，觀望西方，以忘己憂，思而念之，終不可得，故太息而歎，心中煩勞而⿰忄蟲⿰忄蟲也。』王逸《章句》四庫本『煩勞』作『極勞』。極，猶疲也。《後漢書・劉玄傳》：『臣誠力極，請得先死。』《方術傳・華佗》：『佗語普曰：「人體欲得勞動，但不當使極耳。」」極勞，同《史記・屈原列傳》『勞苦倦極』之『倦極』。皆平列同義。四庫本《章句》作『極勞』，則存其舊。

侃以《湘君》『承荃橈兮蘭旌』之『承』作『乘』。案：其説未審。橈，舟楫也，焉得爲『乘』？作『承』亦不辭也。《文選》韓國藏奎章閣本『承』作『采』，謂『逸本作「承」』。洪興祖《補注》云：『諸本或云「乘荃橈」。乘，一作承，或云「采荃橈兮蘭旗」』。皆後人增改，或傳寫之誤耳。」洪校是也。後涉王逸注『乘船則以蓀爲楫櫂』云云，而羨『乘』字，或本以『乘』爲『承』，音訛；或本以『乘』爲『采』，形訛也。

侃以《山鬼》『君思我兮然疑作』之『然，詞也』。案：其説未確。洪氏《補注》：『然，不疑也。疑，未然也。』是也。然疑者，猶是非未決也。故王逸注『言懷王有思我時，然讒言妄作，故令狐疑也』云云，以『狐疑』釋之。清莊述祖有《石鼓然疑》之作，杭世駿有《諸史然疑》之作，然疑，皆同此義。然，非語詞。

侃以《涉江》『齊吴榜以擊汰』之『吴，猶茉也。鋘，即鏵之別字』。案：以『吴』爲『茉』『鋘』，好奇之説，求之過深。古無以『茉』爲行舟之器，亦無『茉榜』連用之證。王逸注：『吴榜，船櫂也。』慧琳《一切經音義》卷五七『鞭榜』條引王逸注《楚辭》：『榜，船櫂也。』《文選・江賦》『涉人於是榜』，李善引王逸注：『榜，船櫂也。』舊本蓋無『吴』字。王逸注『士卒齊舉大櫂』云云，以『大』釋『吴』也。若舊作『吴榜』，其釋義當云：『大船櫂也。』洪氏《補注》：『字書：「艅，船也。」吴，疑借用。榜，進船也。』則改『吴』爲『艅』。非是。《文選・子虛賦》『榜人歌』，張揖注：『榜，船也。《月令》曰：「命榜人。」榜人，船長也。』洪氏蓋因張揖説。《史記・司馬相如列傳》『榜人歌』，《集解》引郭璞注：『唱櫂歌也。榜，船也。』榜訓船，讀如舫，謂併二船。然非其義。榜之爲櫂，則通作篣。《後漢書・陳寵傳》『斷獄者急於篣格酷烈之痛』，李賢注：『篣即榜也。古字通用。《聲類》：「笞也。」』榜笞以拷掠罪人者，其形似舟櫂，楚人因之，則櫂亦謂之榜也。

侃又以『與前世而皆然兮』之『與，舉也』。案：其説確也。與、舉，古字通用。《周禮·地官司徒·師氏》『王舉則從』，鄭注：『故書舉爲與。杜子春云：「當爲與。」』《史記·呂后本紀》『自決中野兮蒼天舉直』，《集解》引徐廣曰：『舉，一作與。』《漢書·高五王·劉友傳》『舉』即作『與』。《韓非子·外儲説右下》：『慶賞賜與，民之所喜也。』《韓詩外傳》卷七『與』作『舉』。舉，皆也，都也。《左傳》宣十七年：『舉言群臣不信。』杜注：『舉，亦皆也。』《荀子·不苟篇》『舉積此者』，楊倞注：『舉，皆也。』《七諫·初放》『舉世皆然兮』，《晉書·禮志》『舉世皆然，莫之裁貶』。

侃以《卜居》『將突梯滑稽，如脂如韋，以潔楹乎』之『「潔楹」未詳，當爲「敬」之緩音』。案：其説無據，不可信。《文選》呂向注：『潔楹，謂同諂諛也。』是也。戴震《屈原賦注》：『絜楹，旋繞之稱。凡度直曰度，圍曰絜；莊周書所謂「絜之百圍」，賈誼所謂「度長絜大」是也。楹，柱也。堂上有東西楹。』戴氏以『絜』爲『計度』，亦通。絜之圍繞以度之，有阿順、曲奉之義。以『楹』爲『柱』，則扞格不合。楹，通作逞。《左傳》昭二十三年『胡子髡、沈子逞滅』，《公羊傳》『逞』作『楹』。逞，迎也。張家山漢墓竹簡《式法》：『天一曰困，逞之者死。』又曰：『凡徙、娶婦，右地左天吉，伓（倍）地逞天辱，伓（倍）天逞地死。』逞，皆訓迎也。絜逞，謂曲迎也。

侃以《九辯》『故駒跳而遠去』之『駒，猶𢓊也。《楚詞》作「踽」』。案：《説文·彳部》：『𢓊，行皃。』段注：『此與《足部》「躣」音義同。《走部》又有「趯」字。』駶跳、踽駣、駒跳、𢓊跳，皆一語之別構，馬疾奔貌。狀音聲急促，其訓詁字作『噭咷』『噭誂』『叫咷』『激曜』等。其義蓋在乎聲，未可扼其訓詁字。

侃於《招魂》『若必筮之，恐後之谢，不能復用巫陽焉。乃下招曰』云：『細審注文，「巫陽焉」三字當屬上爲句。』案：

王念孫《讀書雜志・餘論下》以「不能復用」爲句，而「巫陽焉」三字屬下。是也。王逸注「不能復用，但招之可也」云云，蓋亦以「不能復用」四字爲句。上文言上帝命巫陽招魂，巫陽對以「掌夢」，謂非其職事，故上帝乃答巫陽曰：「若必筮予之，恐後之謝，不能復用。」此「若必筮予之」三句乃上帝語也。王逸注「巫陽言如必欲先筮問求魂魄所在」云云，以「若必筮予之」三句爲巫陽對上帝語，宜其説之多所牽合也。屈原命在旦夕，若必筮而後招，恐其命已謝落，則不能復其魂魄。又，「復用」之「復」，猶招魂復魄。王逸注「不能復修用」云云，以「復」爲「重複」。亦失之旨。

侃又以「倚沼畦瀛兮遥望博」之「畦，即瀛也。詳《蜀都賦》，劉注引王逸曰：「瀛，澤中也。」班固以爲畦。是王本無「畦」字。然作「畦」字，古字，假借「畦」爲「洼」「瀛」，又「洼」之後出字耳。沼、畦、瀛，三字聯文，古雖不避複語，而此訛羨，既有明徵，不得用彼之例矣」。案：此非沼、畦、瀛三字聯用。倚沼、畦瀛，皆述賓語。倚猶依循也，倚沼，言循沼也。畦，非區畦、隴埒之名。畦之猶言跬也。跬瀛者，謂越瀛、過瀛也。則「畦」字不當删。

侃又以「與王趨夢兮課後先，君王親發兮憚青兕」之「「先」「兕」對轉爲韻」。案：真、脂對轉爲韻，於《楚辭》羌無實徵。「憚青兕」，聞一多《楚辭校補》謂「青兕憚」之乙，徐仁甫《古詩别解》「憚」讀爲「殫」，殪也。皆較侃爲允當。

侃以《招隱士》「嶔崟碕礒兮硱磈磳硊」之「硱磈猶魁隗，磳硊猶嶄巖也」。案：硱磈、魁隗，猶巍峨也。磳硊、嶄巖，猶崱嶷也，亦作嵯嵾、崔嵬、厜礒。皆語之轉。

侃又以「樹輪相糾兮林木茷骪」之「茷骪猶駊騀，亦盤紆也」。案：茷骪、駊騀，語之轉也。或作「癹骫」，《史記・司馬相如列傳》「崔錯癹骫」，《集解》：「骫，古委字。」骫、骪同，或亦作骩。茷骪，或乙作「骩骳」，《漢書・枚乘傳》「其文骩骳，曲隨其事」，顔師古注：「骩骳，猶言屈曲也。」《説文繫傳・骨部》「骩」字：「《楚辭》「林木茂骩」，謂木槃曲也。』茂骫，即『茷骫』之訛。又，《漢書·司馬相如傳》『沛艾赳螑仡以佁儗兮』，張揖曰：『沛艾，駊騀也。』沛艾，亦語之轉。宋本《玉篇·馬部》：『駊騀，馬摇頭。』《文選·東京賦》『齊騰驤而沛艾』，薛綜注：『沛艾，作姿容貌也。』猶摇頭欲振貌。聲之轉，與畔岸、畔涣、徘徊、旁皇等皆爲語之變，皆有委曲盤紆之義也。

侃批點《文選》原有數部，後經戰亂散佚，僅存二部：一者原爲侃子念田所藏，今藏於武漢大學圖書館。一者爲侃女念容所藏，今流於臺灣。前者爲侃猶子耀先輯録成册，一九八六年由上海古籍出版社出版。後者爲侃婿潘重規輯録成書，一九七七年由臺北文史哲出版社出版。侃子延祖據二本重輯，二〇〇六年由中華書局出版。（黄靈庚）

# 楷帖離騷九歌

楷帖《離騷》《九歌》者，唐歐陽詢之所書也。詢字信本，潭州臨湘人。生陳武帝永定元年，卒唐太宗貞觀十五年，享壽八十五。官至銀青光禄大夫，率更令。世稱『歐陽率更』。其書博采衆家，初學右軍，而險勁過之，所謂得其力而失其温潤。又學子敬之法，獨智永與之匹敵。尤及鍾元常，博取衆長，融會貫通，遂成名家。宋李昉《太平廣記》卷二百八《書》三及明嘉靖《江西通志》卷八《流寓》并有傳。

楷帖《離騷》，原石刻已不存，拓本後爲明陳瓛刻入《玉煙堂帖》、明董其昌刻入《戲鴻堂帖》。首行標題『離騷』二字，另起行則書正文。『貞』字闕末筆，當存南宋臨摹本舊貌。自『固前脩以菹醢』之後，多有爛敓斷簡，且錯簡雜出，不成篇次。如，『歔欷余鬱邑』至『鴆告』皆闕，以『余以不好』一句錯接於『曾歔欷』之『曾』字下。又，『心猶豫而狐疑』，本接『欲從靈氛之吉占兮』句，而錯置於『吾將從彭咸之所居』下。又，『時亦猶其未央』之『央』字至『駕八龍之』亦皆闕。雖然，全文基本完整，當是唐初《離騷》寫本，猶存其參校價值，彌足珍貴。如，『曰黄昏以爲期兮羌中道而改路』，洪氏《補注》云：『一本有此二句，王逸無注。至下文「羌内恕己以量人」，始釋「羌」義。疑此二句後人所增耳。《九章》曰：「昔君與我誠言兮，曰黄昏以爲期。羌中道而回畔兮，反既有此他志。」與此語同。』案：《文選》本無二句，説者或以爲宋人所增。然則歐書已有此二句，則在唐初已然，蓋與《文選》非同祖本也。

楷帖《九歌》，原有宋鐫石刻，稱不知何時埋入土中。清嘉慶二十三年戊寅重出於河北潤豐縣。石之一面刻小楷《九歌》，一面刻章草《千文》，皆歐陽詢所書也。重出之時石已殘泐，《九歌》殘存六篇：《東皇太一》《雲中君》《湘君》《河伯》《山鬼》，而《湘夫人》存『帝子降兮』至『桂棟兮蘭橑』，『辛夷楣兮』至篇末皆闕。《東君》止存『裳，舉長矢兮射天狼』至篇末三十六字。然石刻於今亦不存。

標題『九歌』居首，而『歌』字右半亦闕，而每篇之題則皆置篇末，蓋當時所傳之舊式也。於《山鬼》篇之末題『率更令歐陽詢書』。則其所據本《九歌》止於《山鬼》。自《東皇太一》至《山鬼》凡九篇，而《國殤》《禮魂》二篇未預在其內也。明季陸時雍、黃維章及清人陳遠新、李光地等皆以《九歌》止九篇，《國殤》《禮魂》二篇爲外附於末，本不在其內。若見歐書《九歌》，不亦覓得證據乎？蓋皆未見也。或者又曰：歐書《九歌》止六篇者，因蕭統《文選》也。案：蕭氏《文選》卷三十二輯《九歌》六篇：《東皇太一》《雲中君》《湘君》《湘夫人》《少司命》《河伯》《山鬼》，無《東君》一篇。則其非據《文選》者甚明矣。

觀歐書寫本與《文選》本異，而與《補注》本多同。如，《離騷》『扈江離』，《文選》本『離』作『蘺』。案：《補注》本亦作『離』。又，『日月曶』，《文選》本『忽』作『曶』。案：《補注》引《釋文》亦作『曶』。

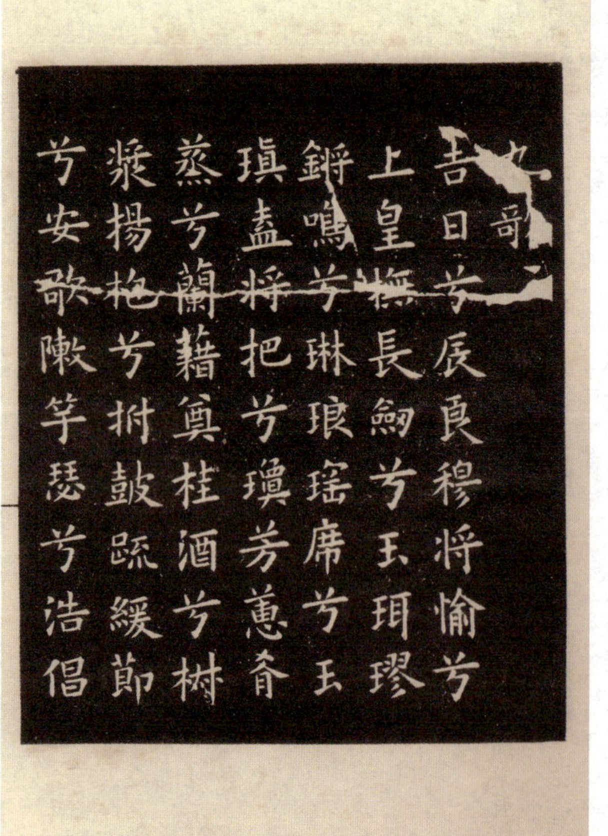

下皆同。又，「不撫壯」，《文選》本無「不」字。案：《補注》本亦有「不」字。又，「此度」下，《文選》六臣本有「也」字。案：《補注》本亦無「也」字。又，「棄騏驥以駝騁」，《文選》本作「策」，「駝」作「馳」。案：《補注》本亦作「棄」，引一本作「駝」。又，「惟黨人」，《文選》本「惟」下有「夫」字。案：《補注》本亦無「夫」字。又，「荃不揆」，《文選》本「揆」作「察」。案：《集注》本作「揆」，《補注》引一作「揆」。又，「齌怒」，《文選》本「齌」作「齊」。案：《補注》引《釋文》作「齌」。又，「留夷與揭車」，《文選》本作「蒥荑與藒車」。案：《補注》本亦作「留夷與揭車」。又，「杜衡」，《文選》本「衡」作「蘅」。案：《補注》本亦作「衡」。又，「峻茂」，《文選》五臣本「峻」作「葰」。案：《補注》本亦作「峻」。又，「竢時」，《文選》五臣本「竢」作「俟」。案：《補注》本亦作「竢」。又，「擥木根」，《文選》五臣本「擥」作「掔」。案：《補注》本亦作「擥」。又，「謇吾法」，《文選》五臣本「謇」作「蹇」。案：《補注》本亦作「謇」。又，「民生」「民心」「民德」「民好惡」，《文選》本「民」作「人」。案：《補注》本亦作「民」。又，「忳鬱邑」，《文選》本作「忳欝悒」。案：《補注》本亦作「忳鬱邑」。又，「鷙鳥之」，《文選》本無「之」字。案：《補注》本亦有「之」字。又，「攘詢」，《文選》本「詢」作「詬」。案：《補注》引《釋文》亦作「詢」。又，「回朕車」，《文選》本「回」作「迴」。案：《補注》本亦作「回」。又，「㠄芙蓉」，《文選》本「㠄」作「集」。案：《補注》本亦作「㠄」。又，「詈予」，《文選》五臣本、六臣本「詈」作「罵」。案：《補注》本亦作「詈」。又，「亡身」，《文選》六臣本「亡」作「方」。案：《補注》本亦作「亡」。又，「殀乎羽」，《文選》本「殀」作「夭」，「羽」下有「山」字。案：《補注》本亦作「殀乎羽」。又，「博謇」，《文選》本「謇」作「蹇」。案：《補注》本亦作「謇」。又，「𠻘詞」，《文選》本「𠻘」作「陳」。案：《補注》本亦作「𠻘」。又，「家衖」，《文選》本「衖」作「巷」。案：《集注》

本亦作『術』，《補注》引一作『術』。又，『佚畋』，《文選》本『畋』作『田』。案：《補注》本亦作『畋』。又，『菹醢』，《文選》五臣本『菹』作『葅』。案：《補注》本亦作『菹』。又，『湯禹儼』，《文選》六臣本『儼』作『嚴』。案：《補注》本亦作『儼』。又，『循繩墨』，《文選》六臣本『循』作『循』。案：《補注》本亦作『循』。又，『遠集』，《文選》五臣、六臣本『集』作『進』。案：《補注》本亦作『集』。又，『世溷濁』『世幽昧』，《文選》本『世』作『時』。案：《補注》本亦作『世』。又，『無狐疑』，《文選》六臣本無『狐』字。案：《補注》本亦有『狐』字。又，『其猶未得』，《文選》本『猶』作『獨』。案：《補注》本亦作『猶』。又，『勉陞降』『陟陞皇』，《文選》本『陞』作『升』。案：《補注》本亦作『陞』。又，『咎繇』，《文選》本『咎』作『臯』。案：《補注》本亦作『咎』。又，『委蛇』，《文選》本作『逶迤』。案：《補注》本亦作『委蛇』。又，『顧而不行』，《文選》五臣本無『顧』字。案：《補注》本亦有『顧』字。又，《山鬼》『帶女羅』，《文選》本『羅』作『蘿』。案：《補注》本亦作『羅』。又，『帶杜衡』，《文選》本『衡』作『蘅』。案：《補注》本亦作『衡』。又，『靁填填』，《文選》本『靁』作『雷』。案：《補注》本亦作『靁』。

歐書寫本或與《文選》本多合，而別於《補注》本者。如，《離騷》『覽揆余于』，《補注》本無『于』字。案：《文選》本亦有『于』字。又，『夕攬洲』，《補注》本『攬』作『攬』。案：《文選》本亦作『攬』。又，『雜申椒』，《補注》本『椒』作『椒』。案：《文選》唐鈔本亦作『椒』。下同。又，『昌被』，《補注》本作『猖披』。案：《文選》本作『昌披』，《集注》本亦作『昌被』。又，『憑不厭』，《補注》本作『憑不猒』。案：《文選》本亦作『憑不厭』。又，『落蘂』，《補注》本『蘂』作『蕊』。案：《文選》本亦作『蘂』。又，『煢獨』，《補注》本『煢』作『煢』。案：《文選》本亦作『煢』。又，『能忍而』，《補注》本『忍』下無『而』。案：《文選》本亦有『而』字。又，『思九州』，《補注》本『思』作『恖』。

案：《文選》本亦作『思』。又，『湯禹儼』，《補注》本『儼』作『嚴』。案：《文選》本亦作『儼』。又，『蜿蜿』，《補注》本作『婉婉』。案：《文選》本亦作『蜿蜿』。又，《雲中君》『猋遠舉』，《補注》本『猋』皆作『焱』。案：《文選》本亦作『焱』。《湘君》『澧浦』，《補注》本『澧』皆作『醴』。案：《文選》本亦作『澧』。又，『時不可』，《補注》本『時』皆作『旹』。案：《文選》本亦作『時』。《湘夫人》『登白薠』，《補注》本無『登』字。案：《文選》本亦有『登』字。又，『沅有芷』，《補注》本『芷』皆作『茝』。案：《文選》本亦作『芷』。又，『麋何爲兮庭中』，《補注》本『爲』皆作『食』。案：《文選》本亦作『爲』。或與諸本皆異者。如，《離騷》『舉賢才』，《文選》本、《補注》本並無『才』字。案：單刻《章句》本有『才』字。又，『鳳凰既』，《文選》本、《補注》本『凰』並作『皇』。又，『赫戲』之『赫』作『菾』。案：於傳世諸本皆無徵矣。

歐書或用省偏旁字。如，《離騷》『有它』，傳本『它』作『佗』或『他』。又，『何方員』，傳本『員』作『圓』或『圜』。又，《湘君》『望岑陽』，傳本『岑』皆作『涔』。又，『搴夫容』，傳本『夫容』皆作『芙蓉』。又，與傳世本不同。《河伯》『水揚波』，傳本『水揚波』皆作『横波』。案：此句又見《少司命》篇，説者多以爲由《河伯》竄入，後因改《河伯》爲『横波』也。又，雜用古字。《山鬼》『譱窈窕』。案：朱注云：『譱，古善字。』又，雜用俗字。《山鬼》『葛蔓蔓』。案：蔓，俗蔓字也。又，或見闕文。如，《離騷》『岌岌』，敚一『岌』字。又，《山鬼》『留靈脩兮憺忘歸』。案：『憺』字原闕。或見訛字。如，《離騷》『傅巖』之『傅』，訛作『傳』。

歐帖《離騷》，文物出版社二〇〇三年據故宮博物館藏拓本影印；歐書《九歌》，中華書局民國二十五年據高多廬藏《舊拓唐歐陽詢率更令正草九歌千文》影印。國家圖書館、上海圖書館皆有藏本。（黃靈庚）

# 離騷經九歌書帖

《離騷經》《九歌》者，皆宋米芾之所書也。芾，初名黻，字元章，號鹿門居士，又號海嶽外史。初居太原，後徙襄陽，人稱『米襄陽』。官禮部員外郎。以善書稱，徽宗召爲書畫博士。其書博采諸家之長，於顔真卿、柳公權、歐陽詢、褚遂良、王羲之皆深研之，而後得心應手，自成大家。傳世之書作則有《苕溪詩卷》《蜀素帖卷》《虹縣詩》《多景樓詩》《研山銘》《魏泰詩真迹》《龍井方圓庵記》《跟東坡木石圖》《致景文隰公尺牘》《致葛君德忱尺牘》《樂兄帖》《跋歐陽修集古録》《法書三種》《米芾書翰墨迹》《宋拓米襄陽行書》《群玉堂米帖》。宋王稱《東都事略》卷一百十六《文藝》九十九有傳。

《書離騷經九歌》衹鈔録《離騷》《九歌》正文，序及注皆無涉，然《九歌》各篇正文之後皆配各神圖像，明人陳綬所繪。《離騷》一篇首尾完整，《九歌》衹九篇，闕《國殤》《禮魂》，同歐陽詢《九歌》帖。惟二篇亦有神圖，且『國殤圖』次於『禮魂圖』之後。圖爲明人所增，原書蓋無《國殤》《禮魂》二篇也。明、清之際若黄維章、林雲銘之輩以《國殤》《禮魂》二篇本不在《九歌》之内，若見米氏此帖，必引之以爲佐證矣。是抑米氏所據本如此，將其所删芟之者以湊九篇之數耶？則頗令人深省矣。

陳子展氏嘗云：『此種《離騷》本子倘俱出自唐、宋，較諸王氏《章句》本、朱氏《集注》本，字句必有異文可供校勘，全篇字數可供核計。自惜余垂垂老矣，無能爲役爾。』（參見《楚辭直解》）其看重此類寫本文獻價值，頗有見地。執二篇與《補注》本、《集注》本、《文選》本以及單刻《章句》本對勘，文字多所異同，蓋米氏所據宋本猶如此，其文獻價值之高，固自不待言。如，《少司命》『與女遊兮九河，衝風至兮水揚波。』洪氏《補注》：『王逸無注，古本無此二句。此二句河伯章中語也。』朱子《集注》：『當刪去。』聞一多氏《楚辭校補》：『考《九歌》舊次，《河伯》本與《少司命》銜接，此本《河伯》篇首二句，寫官不慎，誤入本篇末，後人以其文義不屬，又見上文適有「與女沐兮咸池，晞女髮兮陽之阿」二句，與此格調酷似，韻亦相叶，因即移附其後，即成今本也。』姜亮夫《屈原賦校注》：『此處上下皆冀望之詞，得有沐咸池二句，決不得有「衝風至兮水揚波」句，則此二句誤衍無疑，蓋河伯中語誤入此處者也。』黄侃《文選平點》亦謂『二句王逸無注，蓋復《河伯》章中語也』。案：米帖有此二句，北宋本猶如此。《河伯篇》首二句作『與女遊兮九河，衝風起兮横波』。與此不同。若謂由彼羼入，彼似不得古有此二句。今彼此兩存者，是其古本之舊。九河，猶天河，虚構之語。王逸無注，古本《河伯》一篇，以水神繫雲神、二湘之神後，蓋在二《司命》前，注亦承前而省也。米書與傳世《楚辭》諸本異同，大略如下：

或者存古字。《離騷》『扈江離與辟芷兮』，米書『與』作『与』。案：与，古與字。《離騷》凡『與』字皆作『与』。又，『乘騏驥以馳騁兮』，米書『乘』作『椉』。『以』作『㠯』。案：椉，古乘字；㠯，古以字。《離騷》凡『以』字皆作『㠯』。又，『又樹蕙之百畝』，米書『畝』作『晦』。案：晦，古畝字。《補注》引《釋文》《集注》亦皆作『晦』。又，『畦留夷與揭車兮』，米書『留』作『畱』。案：畱，古留字。且米氏皆書作『畱』。又，『憑不猒乎求索』，米書『憑』作『馮』。案：馮，古憑字，且米氏皆書作『馮』。又，『佩繽紛其繁飾兮』，米書『繁』作『緐』。案：緐，古繁字。《湘夫人》『罔薜荔兮爲帷』，米書『罔』作『网』。案：网，古罔字。

或者存唐、宋俗字。《湘君》『蛟何爲兮水裔』，《補注》《集注》引一作『㐮』。案：《離騷》『帝高陽之苗裔兮』，米書兩『裔』字皆作『㐮』。案：俗裔字。又，『紛吾既有此内美兮』，米書亦作『羑』。案：俗美字。《文選》唐鈔本、《玉篇》殘卷唐寫本引亦皆作『羑』。案：又，『來吾道夫先路』，米書『來』作『来』。案：俗來字。米氏皆書作『来』。又，『雜申椒與菌桂兮』，米書『椒』作『𣐊』。案：俗椒字。米氏皆書作『𣐊』。又，『路幽昧以險隘』，米書『險』作『险』。案：俗險字。《玉篇》殘卷唐寫本引亦作『险』。又，『各興心而嫉妬』，米書『妬』作『姤』。案：俗妬字。又，『謠諑謂余以善淫』，米書『淫』作『滛』。案：俗淫字。米氏皆書作『滛』。又，『忳鬱邑余侘傺兮』，米書『鬱』作『欝』。案：俗鬱字，米氏皆書作『欝』。又，『唯昭質其猶未虧』，米書『虧』作『尌』。案：俗虧字。《玉篇》殘卷唐寫本引亦作『尌』。又，『忽反顧以遊目兮』，米書『顧』作『頋』。案：俗顧字。米氏皆書作『頋』。文選唐鈔本亦作『頋』。又，『佩繽紛其繁飾兮』，米書『繽』作『繽』。案：俗繽字。米氏皆書作『繽』。又，『溘埃風余上征』，米書『風』作『凬』。案：俗風字，米氏皆書作『凬』。又，『路曼曼其脩遠兮』，米書『曼』作『㬅』。案：俗曼字。《楚辭音》殘卷、文選唐鈔本亦作『㬅』。又，『紛總總其離合兮』，米書『總』作『総』。案：俗總字。《文選》唐鈔本引陸善經亦作『総』。又，『椒專佞以慢慆』，米書『慢』作『㥾』。案：俗慢字。《湘君》『石瀨兮淺淺』，米書『瀨』作『瀬』。案：俗瀨字。《湘夫人》『葺之兮荷蓋』，米書『蓋』作『盖』，案：俗蓋字，米氏皆書作『盖』。

或者與唐本合者。《離騷》『夕攬洲之宿莽』，米書『攬』作『擥』。案：《文選》唐鈔本作『擥』，《音決》：『或作攬字，同。』又，『恐美人之遲暮』，米書『遲』作『遅』。案：《文選》唐鈔本亦作『遅』。又，『惟夫黨人之偷樂兮』，米書無『夫』字。案：《文選》本亦無『夫』字。又，『夫何焭獨而不予聽』，米書『焭』作『煢』。案：《文選》本亦作『煢』。又，『求宓妃之所在』，米書『宓』作『虙』。案：《文選》亦作『虙』。又，『世幽昧以昡曜兮』，米書『昡』作『眩』。案：《文選》本亦作『眩』。又，『駕八龍之婉婉兮』，米書『婉婉』作『蜿蜿』。案：《文選》本亦作『蜿蜿』。《東皇太一》『撫長劍兮玉珥』，米書『劍』作『劒』，下同。案：《文選》本亦作『劒』。又，《湘君》『鼂騁騖兮江皋』，米書『鼂』作『朝』。案：《文選》本亦作『朝』。又，《湘夫人》『白薠兮騁望』，米書『白』上有『登』字，『薠』作『蘋』。案：《文選》本『白』上有『登』字，且『薠』亦作『蘋』。又，『荒忽兮遠望』，米書『荒忽』作『慌惚』。案：《文選》本亦作『慌惚』。又，『罔芳椒兮成堂』，米書『罔』作『播』。案：《文選》本亦作『播』。又，《少司命》『孔蓋兮翠旍』，米書『旍』作『旌』。案：《文選》本亦作『旌』。又，『蓀獨宜兮爲民正』，米書『蓀』作『荃』。案：《文選》本亦作『荃』。《山鬼》『被薜荔兮帶女羅』，米書『羅』作『蘿』。案：《文選》本亦作『蘿』。又，『乘赤豹兮從文狸』，米書『狸』作『貍』。案：《文選》本亦作『狸』。又，『飲石泉兮蔭松柏』，米書『伯』作『栢』。案：《文選》亦作『栢』。

或者與宋洪、朱二本合者。《離騷》『不撫壯而棄穢兮』，《文選》五臣本無『不』字。謂：『逸本有「不」字。』《補注》《集注》《集傳》皆有『不』字，並引一無『不』字。案：米書有『不』字。又，『曰黄昏以爲期兮，羌中道而改路』。《補注》：『一本有此二句，王逸無注。至下文「羌内恕己以量人」始釋羌義。疑此二句後人所增耳。五臣説誤。』案：《文選》本無此二句，未見闌入。洪氏謂五臣於此二句有注，則已竄入矣。然五臣宋陳八郎本亦無此二句。未知其所據本。米書亦有此二句，則知宋本如此。米書凡『羌』字悉作『羗』，俗字也。又，『道』訛作『路』。又，『閨中既以邃遠兮』，《文選》本、《章句》本無『以』。案：米書有『以』字，同《補注》《集注》本。又，《湘君》『蓀橈兮蘭旌』，《文選》『旌』作『旗』。案：米書亦作『旌』，同《補注》《集注》本。

或者與單刻《章句》本同。《離騷》『何桀紂之猖披兮』，米書作『昌披』。案：《章句》本亦作『昌被』。《補注》《集注》《集傳》皆作『猖披』。又，『貫薜荔之落蕊』，米書『蕊』作『蘂』。案：《單句》本亦作『蘂』。又，『殷宗用而不長』，米書『而』作『之』。案：《章句》本亦作『之』。又，『舉賢而授能兮』，米書『賢』下有『才』字。案：《章句》本『賢』下亦有『才』字。又，『總余轡乎扶桑』，米書『總』作『捴』。案：捴，俗揔字。《章句》本亦作『揔』。又，『悤九州之博大兮』，米書『悤』作『思』。案：悤，古思字。《章句》本亦作『思』。又，『湯禹嚴而求合兮』，米書『嚴』作『儼』。案：《章句》本亦作『儼』。又，『揚雲霓之晻藹兮』，米書『藹』作『靄』。案：《章句》本亦作『靄』。又，《湘君》『美要眇兮宜修』，米書『修』作『脩』。案：《章句》本亦作『脩』。又，『遺余佩兮醴浦』，米書『醴』作『澧』，下同。案：《章句》亦作『澧』。又，《湘夫人》『目眇眇兮愁予』，米書『予』作『余』。案：《章句》本亦作『余』。又，『鳥萃兮蘋中』，米書『萃』上有『何』字。案：《章句》本『萃』上亦有『何』字。又，『沅有茝兮澧有蘭』，米書『茝』作『芷』。案：《章句》本亦作『芷』。又，『九嶷繽兮並迎』，米書『嶷』作『疑』。案：《章句》本亦作『疑』。《大司命》『君迴翔兮以下』，米書『迴』作『回』。案：《章句》本亦作『回』。又，『紛總總兮九州』，米書『總總』作『總總』。案：《章句》本亦作『總總』。又，『導帝之兮九坑』，米書『導』作『道』。案：《章句》本亦作『道』。又，『靈衣兮被被」，米書「被被」作「披披」。案：《章句》本亦作「披披」。《少司命》「夫人自有兮美子」，米書「自有兮」作「兮自有」。案：《章句》本亦作「兮自有」。又，《東君》「夜晈晈兮既明」，米書「晈晈」作「皎皎」。案：《章句》本亦作「皎皎」。又，《河伯》「衝風起兮横波」，米書「横」上有「水」字。案：《章句》本「横」上亦有「水」字。又，「魚隣隣兮媵予」，米書「隣隣」作「鱗鱗」。案：《章句》本亦作「鱗鱗」。《山鬼》「被石蘭兮帶杜衡」，米書「衡」作「蘅」。案：《章句》本亦作「蘅」。又，「東風飄兮神靈雨」，米書「飄」作「飄飄」。案：《章句》本亦作「飄飄」。又，「猨啾啾兮又夜鳴」，米書「又」作「狖」。案：《章句》本亦作「狖」。

或者獨異於諸本者。《離騷》「豈維紉夫蕙茝」，米書「維」作「惟」。案：《楚辭》諸本皆作「維」。又，「憑不猒乎求索」，米書「猒」作「厭」。案：《楚辭》諸本皆作「猒」。又，「願依彭咸之遺則」，米書「依」作「從」。案：《楚辭》諸本皆作「依」。又，「謇朝誶而夕替」，米書「替」作「暜」。案：《楚辭》諸本皆作「替」，惟緑君亭本亦作「暜」。又，「忍尤而攘詬」，米書「詬」作「詾」。案：《楚辭》諸本皆作「詬」。又，「澆身被服强圉兮」，米書「强」作「彊」。案：《楚辭》諸本皆作「强」。又，「夫維聖哲以茂行兮」，米書「以」作「之」。案：《楚辭》諸本皆作「以」。又，「跪敷衽以陳辭兮」，米書「衽」作「袵」。案：《楚辭》諸本皆作「衽」。又，「夕歸次於窮石兮」，米書「歸」作「婦」。案：《楚辭》諸本皆作「歸」。又，「聊浮遊以逍遥」，米書「遊」作「游」。案：《楚辭》諸本皆作「遊」。又，「吕望之鼓刀兮」，米書「鼓」作「皷」，下同。案：《楚辭》諸本皆作「鼓」。又，「使夫百草爲之不芳」，米書「草」作「艸」。案：《楚辭》諸本皆作「草」。又，「豈其有他故兮」，米書「他」作「它」。案：《楚辭》諸本皆作「他」。又，「樧又欲充夫佩幃」，米書「幃」作「韋」。案：《楚辭》諸本皆作「幃」。又，「芬至今猶未沫」，米書「沫」作「沫」。案：《楚辭》諸本皆作『沬』。又，『陟陞皇之赫戲兮』，米書『赫』作『赤』。案：《楚辭》諸本皆作『赫』。又，《雲中君》『横四海兮焉窮』，米書『窮』作『窮』。案：《楚辭》諸本皆作『窮』。《大司命》『導帝之兮九坑』，米書『坑』作『阬』。案：《楚辭》諸本皆作『坑』。《少司命》『秋蘭兮麋蕪』，米書『秋』作『龝』，下同。案：《楚辭》諸本皆作『秋』。《河伯》『登崑崙兮四望』，米書『崑崙』作『崐崘』。案：《楚辭》諸本皆作『崑崙』。

若此六端，米書所書二篇，有助於《楚辭》校勘者夥已。

米書《離騷經》真迹今藏臺北故宫博物院。《九歌》小楷書，見清内府刻馮銓撰集《快雪堂書法》五卷之第三卷中，北京大學圖書館有藏本。（黄靈庚）

# 篆楷二體楚辭

《篆楷二體楚辭》者，明熊宇之所校刊也。宇字元性，號珍峰，湖南善化（今長沙）人。明正德十二年丁丑進士，授行人。既而擢御史。嘉靖八年乙丑，以御史出知松江府，後以不趨奉上官去職。歸里後，惟讀書自娱，手不釋卷。喜吟詠，有文名，工詩書。事載崇禎《松江府志》卷三十二《國朝名臣宦績》。

是集名『楚騷』，首爲宇作於正德十五年庚辰序，書以篆體，所以詳述作書始末。曰：『屈子賦《騷》，舊五卷，凡七題，爲篇二十有五。其《續騷》《後語》，總九卷，大抵愍原擬《騷》，間不豫楚。概号「楚辭」云。案原，楚産；汨羅，長沙屬邑。繼響《風》《雅》，唯《騷》爲宗。氾裁《語》《續》，取節原賦，僭名「楚騷」。曰壹觀聽職，長沙定云。知原衷者唯朱子，仍五卷，遵明也。馬氏稍知原，附傳賈傅，慨能囶（國）系類也。或曰注《騷》主藝，夫楝宋者忠定，侂胄構仆焉。遁翁命義嚴矣，併省何有？覺者先示衷領也。按《騷》之鳴，葆貞協則，逆以怨則必睽，眡以辭則彛越，彛越騁虛靡雅之經。心睽積慭，驟臣之明。微朱子，屈衷滋閟矣，獨懷、襄不亮哉？嗟乎，語有之：遠佞人殆也，忠狷乃離网，省焉君子前。二王之委，振矣甚哉。屈子之辰後宣父，《板》《蕩》《止棘》，録垂經世。《騷》體即變，争義揆同，弗獲與正，時胥淪焉，説斯淆矣。尚幸朱子定著，可甄監焉。是式風天下以秩敘，寧無謂楚風之續乎哉？』案：其『壹觀聽職，長沙定云』，則是集似乃作於退職長沙之時，在嘉靖八年之後，其不無微意云。序稱正德庚辰，蓋預作之矣。明嘉萬以後之解《騷》

者，多譚藝之作，而鮮深於義理者，是故熊氏斥之，惟推朱子之『命義嚴』。退翁者，朱子號也。朱子晚歲遭僞學之禁，屏居寒泉，依《易序卦》『遁者退也』，因改號曰『遁翁』。崔富章氏未了其意，斷句作：『遁翁命義，嚴矣併省，何有覺者，先宗衷領也。』則不成其義也。

是集以篆、楷二體書寫《屈騷》，凡五卷，計二十五篇：卷一《離騷》，卷二《九歌》，卷三《天問》，卷四《九章》，卷五《遠遊》《卜居》《漁父》。篇首皆無小序。末附《史記·屈原賈生列傳》，即敘所謂『馬氏』之『既能囯（國）系類也』。然『馬氏』者，未識其爲何人，抑司馬氏太史遷歟？似無省稱『馬氏』者。其又以云『遵明也』，亦不知所指云矣。

是集雖以《集注》爲藍本，然或異於《集注》者。如，《離騷》『此度也』，《集注》無『也』字，引一本有『也』字。又，『夫唯靈脩』『傷靈脩』『恐脩名』『法夫前脩』『好脩姱』『怨靈脩』『退將復脩』『余獨好脩』『而好脩兮』『脩遠兮』，《集注》『脩』皆作『修』。下『脩』字皆同。又，『雜杜蘅』，《集注》『蘅』作『衡』。又，『馮不厭』『喟馮心』、《天問》『馮怒』，《集注》『馮』皆作『憑』。又，『而嫉妒』，《集注》『妒』作『妬』，下同。又，『佩闠閴』，《集注》作『佩繽紛』，下文及《思美人》皆同。又，『霑余裣』，《集注》『裣』作『襟』。又，『辮陸離』，《集注》『辮』作『斑』。又，『望

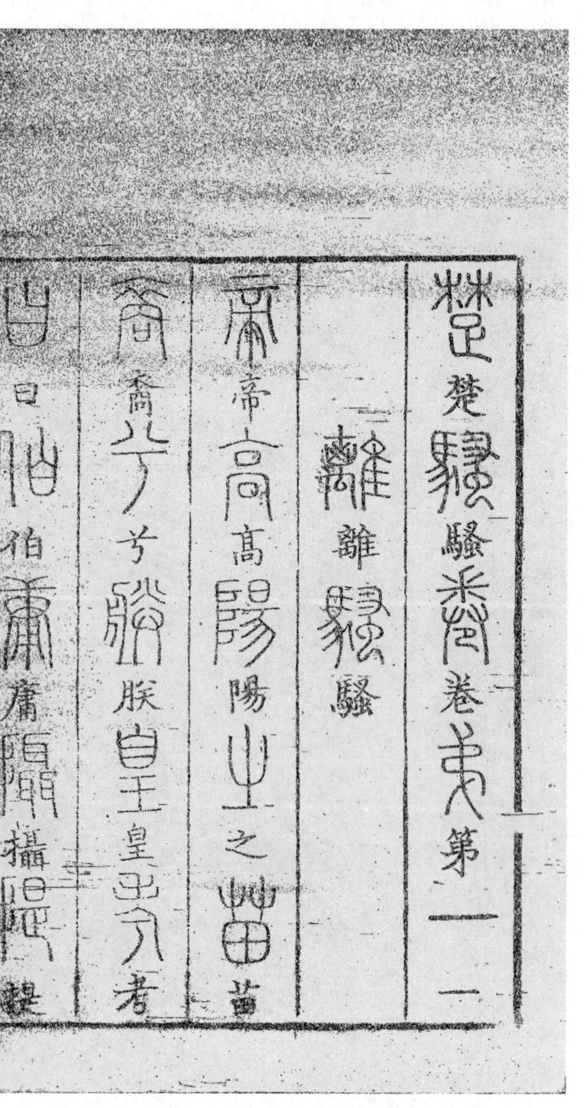

余」，《集注》「余」作「予」。又，「洧槃」，《集注》「槃」作「盤」。又，「恐道言」、《大司命》「道帝」，《集注》「道」作「導」。又，「折璚枝」「精璚靡」，《集注》「璚」作「瓊」。又，「以爲糧」，《集注》「糧」作「粻」。又，「之翼翊」，《集注》「翊」作「翼」。《雲中君》「爤昭昭」，《集注》「爤」作「爛」。又，「焱遠舉」，《集注》「焱」作「猋」。《湘夫人》「登白蘋」，《集注》「蘋」作「薠」。《天問》「其尻」，《集注》「尻」作「凥」。又，「蹕日」，《集注》「蹕」作「彈」。又，「莆藋」，《集注》「藋」作「萑」。又，「篤之」，《集注》「篤」作「竺」。《惜誦》「饗服」，《集注》「饗」作「嚮」。《懷沙》「曚瞍」，《集注》作「矇瞍」。《思美人》「遠烝兮」，《集注》「烝」作「蒸」。《惜往日》「雜揉兮」，《集注》「揉」作「糅」。《悲回風》「攄青冥」，《集注》「攄」作「據」。《悲回風》「清澂兮」，《集注》「澂」作「澄」。又，「麄氣」，《集注》「麄」作「麤」。又，「清原兮」，《集注》「原」作「源」。《卜居》「誅鉏」，《集注》「鉏」作「鋤」。又，「促訾」，《集注》「促」作「哫」。皆是也。

熊氏所書篆體，不盡小篆，或用古文，若「箬」「嬂」「彝」之類。然正之以出土楚簡文字，則「貞」宜作「貞」，「伯」宜作「白」，「陬」宜作「取」，「惟」「唯」「維」皆宜作「隹」，「嘉」宜作「[illegible]」，「歲」宜作「戠」，「恐」宜作「忎」，「汩」宜作「曶」，「蘭」宜作「蘭」，「茉」宜作「未」，「遁」宜作「遯」，「晦」宜作「晦」，「厭」宜作「猒」，「服」宜作「艆」，「索」宜作「索」，「顑頷」宜作「褱衣」，「偭」宜作「面」，「厚」宜作「亯」，「私」宜作「厶」，「蒼梧」作「桑虛」，「扶桑」宜作「榑桑」，「雄」宜作「䧺」，「媮」「愉」宜作「偷」，「懤」宜作「佟」，「汝」宜作「女」，「崑崙」宜作「昆侖」等，蓋熊氏未之見矣。

熊氏校勘未精，訛字屢見。如，《離騷》「汩余」之「汩」、《天問》「汩鴻」之「汩」，從曰，不從日，此集作「汨」。

非是。《湘君》「捐余玦」，捐，篆體未誤，楷體誤作「損」。《天問》「比至回水」，比，當「北」字之訛。又，「荆勳佝師」，佝，當「作」字之訛。《涉江》「款秋冬」，款，當「欵」字之訛。

是集刻明正德十五年庚辰，國家圖書館、中國科學院文獻情報中心、寧波市天一閣博物館皆有藏本。（黄靈庚）

# 校刊楚辭

《校刊楚辭》者，明吴勉學之所讎刻也。勉學字肖愚，又作『有愚』『有遇』，號師古，徽州歙縣人。博覽群籍，嘗官光禄署丞，後棄官爲商，以梓刻古籍見稱於明隆慶、萬曆之間。凡校刻經史子集一百餘種，『讎勘精審』，傳於今者如二十三史、《資治通鑑》《古今醫統正脈》《事物紺珠》等，『刻資費及十萬』，雅稱佳槧，未可多得。後經營刻書舖，坊名『師古齋』云。輯集且鋟刻《唐樂府》《二十子全書》。清道光《歙縣志》卷八《人物》有其傳。

吴氏《楚辭》此刻，凡二卷，十七篇。上卷皆屈子之作：第一《離騷》，第二《九歌》，第三《天問》，第四《九章》，第五《遠遊》，第六《卜居》，第七《漁父》。下卷宋玉以下所作：第八宋玉《九辯》，第九宋玉《招魂》，第十景差《大招》，第十一賈誼《惜誓》，第十二淮南小山《招隱士》，第十三東方朔《七諫》，第十四嚴忌《哀時合》，第十五王褒《九懷》，第十六劉向《九歎》，卷十七王逸《九思》。卷首輯司馬遷《屈原列傳》，然不載《懷沙賦》。且無目録。每篇皆《楚辭》正文，無注。每篇之首全録王逸小序。卷末皆標署『明新安吴勉學校刻』云。

吴氏所據本與高第、黄省曾明正德刻《楚辭章句》多同，與洪氏《補注》異。不煩悉舉，但舉第一篇《離騷》例。如，《序》『言以放逐離别』，《補注》『以』作『已』，《章句》本同。又，『陳直徑』，《補注》作『依道徑』，《章句》本同。『放在山野』，《補注》本『山』作『屮』，《章句》本同。又，『閔其志』，《補注》『閔』作『愍』，《章句》本同。《離騷》

「余于初度」，《補注》無「于」字，《章句》本亦有。又，「夕攬中洲」，《補注》無「中」字，《章句》本亦有。又，「何不改乎」，《補注》無「乎」字，《章句》本亦有。又，「椉騏驥以駝騁兮」，《補注》「椉」作「乘」「駝」作「馳」，《章句》本同。又，「昌被兮」，《補注》「昌被」作「猖披」，《章句》本同。又，「惟黨人」，《補注》「惟」下有作「夫」字，《章句》本亦無。又，「荃不揆」，《補注》「揆」作「察」，《章句》本同。又，「余忍而」，《補注》無「余」字，《章句》本亦有。又，「夫惟靈修」，《補注》「惟」作「唯」，《章句》本同。又，「以爲期」，《補注》「期」下有作「兮」字，《章句》本亦無。又，「傷靈修」「恐修名」「法夫前修」「好修姱」「怨靈修」「將復修」「而好修兮」「固前修」「令蹇修」「信修」「其好修」「莫好修」「路修遠」，《補注》「修」並作「脩」，《章句》本同。又，「百畮」，《補注》「畮」作「畝」，《章句》本同。又，「雜杜蘅」，《補注》「蘅」作「衡」，《章句》本同。又，「競進而」「溘死而」，《補注》「而」作「以」，《章句》本同。又，「落蘂」，《補注》「蘂」作「蕊」，《章句》本同。又，「申之以」。《補注》「以」作「以」，《章句》本同。又，「駝椒丘」，《補注》「駝」作「馳」，《章句》本同。又，「非余心」，《補注》「非」作「豈」，《章句》本同。又，「其罵余」，《補注》「罵余」作「詈予」，《章句》本同。又，「煢獨而不余聽」，《補注》「煢」作「焭」

赴汨淵自沈而死離騷之文依詩取興引類
譬喻故善鳥香草以配忠貞惡禽臭物以比
讒佞靈修美人以媲於君宓妃佚女以譬賢
臣虬龍鸞鳳以託君子飄風雲霓以爲小人
其辭溫而雅其義皎而朗凡百君子莫不慕
其清高嘉其文采哀其不遇而閔其志焉
帝高陽之苗裔兮朕皇考曰伯庸攝提貞于孟陬
兮惟庚寅吾以降皇覽揆余于初度兮肇錫余以
嘉名名余曰正則兮字余曰靈均紛吾既有此內

『余』作『予』，《章句》本同。又，『佚田』，《補注》『田』作『畋』，《章句》本同。又，『國亂流』，《補注》『國』作『固』，《章句》本同。又，『縱欲殺』，《補注》無『殺』，《章句》亦有。又，『康娱以』，《補注》『以』作『而』，《章句》本同。又，『菹醢兮』，《補注》『菹』作『葅』，《章句》本同，下皆同。又，『用之』，《補注》『之』作『而』，《章句》本同。又，『湯禹嚴』，《補注》『嚴』作『儼』，《章句》本同。又，『舉賢才』，《補注》無『才』字，《章句》亦有。又，『修繩墨』，《補注》『修』作『循』，《章句》本同。又，『危死節兮』，《補注》無『死』字，《章句》亦有。又，『擥茹蕙』，《補注》『擥』作『攬』，《章句》本同。又，『而未迫』，《補注》『未』作『勿』，《章句》本同。又，『余前戒』，《補注》『前』作『先』，《章句》本同。又，『令鳳凰』，《補注》『凰』作『鳥』，《章句》本同。又，『率雲霓』，《補注》『率』作『帥』，《章句》本同。又，『以驕敖』，《補注》『敖』作『傲』，《章句》本同。又，『既寠』，《補注》『既』下有『以』字，《章句》本無。又，『悤九州』，《補注》『悤』作『思』，《章句》本同。又，『豈惟』，《補注》『惟』作『唯』，《章句》本同。又，『幽蘭兮』，《補注》『兮』作『其』，《章句》本同。又，『勉升降』，《補注》『升』作『陞』，《章句》本同。又，『湯禹儼』，《補注》『儼』作『嚴』，《章句》本同。又，『之從流』，《補注》『從流』作『流從』，《章句》本同。又，『茲佩其』，《補注》『其』作『之』，《章句》本同。又，『晻靄』，《補注》『靄』作『藹』，《章句》本同。又，『涉余』，《補注》『余』作『予』，《章句》本同。《離騷》一篇既如此，餘十六篇可以類知也。

然則吴氏非全因《章句》本，或見與《補注》同而異於《章句》者，蓋有所攟撦。如，《離騷》『忽馳騖』，《章句》本『騖』作『鶩』，《補注》同。又，『喟憑心』，《章句》本『憑』作『凴』，《補注》同。又，『身被服』，《章句》『服』作『於』，

《補注》同。又，『棄鷖兮』『棄雲兮』，《章句》本『棄』作『乘』，《補注》同。又，『總余轡』『紛總總』，《九懷》『總駕』，《九歎》『總旄』，《章句》本『總』作『緫』，《補注》同。又，『令帝閽』，《章句》本『閽』作『閽』，《補注》同。又，『聊假日』，《章句》本『假』作『暇』，《補注》同。又，《九歌序》『其祠必作歌樂鼓舞』，《章句》本無『歌』字，《補注》有。《東皇太一》『撫鼓』，《漁父》『鼓枻』，《章句》本『鼓』作『皷』，《補注》同。《湘君》『宜修』，《天問》『其修』『疾修』，《哀郢》『修美』，《抽思》『修姱』，《招魂》『修門』『修態』『修幕』，《七諫》『修竹』，《章句》本『修』作『脩』，《補注》同。《少司命》『秋蘭』，《章句》本『秋』作『秌』，《補注》同。《東君》『杳冥冥』，《章句》本『杳冥冥』作『杳冥』，《補注》同。《國殤》『帶長劍』，《章句》本『劍』作『劒』，《補注》同。《天問》『女岐無合』，《章句》本『岐』作『歧』，《補注》同。又，『九則』，《章句》本『則』上有『州』字，《補注》無。又，『墬何故』，《章句》本『墬』作『地』，《補注》同。又，『竟墬』，《章句》本『墬』作『墜』，《補注》同。《惜誦》『情沈抑』，《思美人》『沈菀』，《惜往日》『沈流』，《九辯》『沈藏』，《章句》本『沈』作『沉』，《補注》同。又，『糳申椒』，《章句》本『糳』作『鑿』，《補注》同。《涉江》『重昏』，《章句》本『昏』作『昬』，《補注》同。《懷沙》『非俊』，《章句》本『非』作『誹』，《補注》同。《思美人》『擥涕』，《章句》本『擥』作『覽』，《補注》同。《惜往日》『聰明』，《七諫》『不聰』，《章句》本『聰』作『聦』，《補注》同。又，『久故之』，《章句》無『之』字，《補注》有。又，『早殀』，《章句》本『早』作『蚤』，《補注》同。《遠遊》『餐六氣』，《章句》本『餐』作『湌』，《補注》同。又，『於微閭』，《章句》本作『微於閭』，《補注》同。《漁父》『皆濁』『皆醉』，《章句》本『濁』下有『而』字，《補注》無『而』字。又，『聖人』，《章句》作『夫聖人者』，《補注》同。又，『深思高舉』，《章句》本作『懷瑾握瑜』，《補注》同。又，『自令放』，《章句》本『令』下有『見』字，《補注》無。《九辯》『紛糅而』，《章句》本『而』作『立』，《補注》同。《九懷》『懼吾心』，《章句》本『懼』作『惧』，《補注》同。又，『接糧』，《章句》本『糧』作『粮』，《補注》同。《九歎》『躬速速』『直躬』『躬獲』『躬純粹』，《章句》本『躬』作『躳』，《補注》同。又，『辭靈脩』『山脩遠』『道脩遠』，《章句》本『脩』作『修』，《補注》同。又，『龍逢』，《章句》本『逢』作『逄』，《補注》同。又，『徙弛』，《章句》本『弛』作『施』，《補注》同。《九思》『失軌』，《章句》本『軌』作『軏』，《補注》同。

或者與《章句》《補注》皆異者，蓋取自他本。如，《離騷》『扈江蘺』，《章句》《補注》『蘺』並作『離』，《文選》六臣本作『蘺』。《湘夫人》『匊芳椒』，《章句》本作『播』，《補注》作『𦊆』，朱子《集注》作『匊』。又，『杜衡』，《七諫》『杜蘅兮』，《章句》本、《補注》『蘅』並作『衡』。《大司命》『紛総総』，《章句》本『総』作『總』，《補注》作『緫』。《禮魂》『會鼓』，《章句》本、《補注》『鼓』並作『皷』。《遠遊》『夜烱烱』，《章句》本『烱』作『炯』，《補注》作『耿』。《九歎》之首，《章句》《補注》皆有九篇目録，而此本無。《九歎》『洶湧』，《章句》本、《補注》『湧』並作『涌』。又，『傷猒次』，《章句》本作『厭』，《補注》作『壓』。

是本字體娟秀，校讎精審，當屬善槧。偶見一、二誤校者。如，《懷沙》『懲微改忿』，《章句》本『微』作『違』，《補注》本作『連』。案：《章句》『則止己留連之心』云云，則舊作『連』，通作『戀』。《史記》作『違』。連、忿相對爲文。據義，當作『違』，通作『恚』，謂忿也。又，《惜往日》『無田』，《章句》本、《補注》『田』並作『由』。案：田，當『由』之訛字也。然不足掩其精淳矣。

吴氏《楚辭》此刻本，世傳甚罕見。此本封題『藍氏藏書，《楚辭》上下，楚江公遺』。又云：『辛巳秋九月十六日，家慈强健，我家雖貧，惟此心不爲貧累。晨昏定省，誠可樂也。裝完並以志喜。漣。』扉頁鈐『閩中藍氏漪藏書印』『戴成芬芷農圖籍』。案：楚江公者，紹興俞楚江也，清康熙時人。是書本其遺物，後爲閩中藏書家戴成芬、藍漪所藏。名『漣』者，即漪之子也。今藏於國家圖書館。（黄靈庚）

# 毛刻屈子

《屈子》者，明毛晉之所校刻也。晉原名鳳苞，字子晉，號潛在，江蘇常熟人。晉奮起爲儒，遊魏孝廉叔子、錢宗伯牧齋之門。屢試不第，遂不思仕進，隱居故里。家富，惟嗜讀書及重金購藏宋、元精刻及名家鈔本爲娱，藏書數萬卷，構汲古閣以庋藏之，富甲一郡。毛氏又據其藏本，延海内名士校勘以刻印之。畢生梓刻古籍，凡六百餘種，若《十三經注疏》《十七史》《文選李注》《宋六十名家詞》等，皆以雕刻精良，校勘詳明，流布天下，稱重後世。其所刻者，版心下署『汲古閣』或『緑君亭』，時人以『毛刻』稱之。著有《和古今人詩》二卷，《和友詩》一卷，《野外詩》一卷，《題跋》若干卷，《虞鄉雜記》若干卷，《隱湖小識》若干卷，《海虞古今文苑》若干卷，《毛詩名物考》若干卷，《宋詞選》一百卷，《明僧弘秀集》若干卷，《隱秀集》若干卷，《國秀集》若干卷，《閨秀集》若干卷，《明詩紀事》若干卷，《方輿勝覽》若干卷，《明朝詞苑英華》若干卷。錢伯宗誌其墓。事載清康熙《常熟縣志》卷二十《文苑》。

是書首録王逸《離騷後敘》，次爲《評》，而分『總評』『章評』。『總評』凡二十四條，『章評』凡五十條，其中《離騷》十二條，《九歌》十二條，《天問》三條，《九章》七條，《遠遊》五條，《卜居》五條，《漁父》六條。輯集六朝沈約、庾信、劉勰至明王世貞、劉鳳、陳深、陳第、張之象諸家之説，多與蔣之翹《七十二評楚辭》同，然偶或亦異，蓋毛氏自爲選輯，非悉鈔録於他書者也。末有《楚譯》上、下二篇，《參疑》一篇，司馬遷《屈原列傳》及《凡例》六則。

是書不分卷，首行標題『屈子』二字，次行署『漢劉向子政編集王逸叔師章句』，又次行『明東吳戈汕莊樂毛晉子晉參定』。繼之爲《屈子》章次：第一《離騷》，第二《九歌》，第三《天問》，第四《九章》，第五《遠遊》，第六《卜居》，第七《漁父》，每題之下皆有類『題記』之文，大略據王逸序增删之。如，《離騷題記》首云：『屈子名平字原，與楚同姓，楚武王子瑕食采於屈因氏焉。』案：此爲逸序所無，蓋晉所增益。然删『離騷經者屈原之所作也』一句，餘皆同逸序。《九歌題記》删『九歌者屈原之作也』一句，餘皆同。《天問題記》删『天問者屈原之所作也』一句，又移『不言問天天尊不可問也故曰天問也』十五字於『云爾』下，餘皆同。《九章題記》删『九章屈原之所作也』一句，餘皆同。《遠遊題記》删『遠遊者屈原之所作也』一句，餘皆同。《卜居》《漁父》可以類推之。而後依次爲《屈子》七篇，全是白文，王逸之注皆删之不存。

毛氏《凡例》稱，『古今諸本字句，多有參差。今合王、朱二本，兼宋刻、篆刻與諸行本詳定無訛』。然其所據藍本，蓋王逸單行《章句》本，故文字與《章句》多同。如，《離騷敘》『陳直徑』，《補注》作『依道徑』。案：《章句》作『依道徑』。又，『草野』，《補注》作『山野』。案：《章句》同。又，『閔其志焉』，《補注》『閔』作『愍』。案：《章句》同。《離騷》『揆余于初度』，《補注》無『于』字。案：《章句》有『于』字。又，『何不改乎此度也』，《補注》無『乎』字、『也』字。案：《章

遠游

悲時俗之迫阨兮願輕舉而遠游質菲薄而無因兮焉託乘而上浮遭沈濁而汙穢兮獨鬱結其誰語夜耿耿而不寐兮魂營營而至曙惟天地之無窮兮哀人生之長勤往者予弗及兮來者吾不聞步徙倚而遙思兮怊惝怳而永懷意荒忽而流蕩兮心愁悽而增悲神儵忽而不反兮形枯槁而獨留內惟省以端操兮求正氣之

遠游　綠君亭

句》有『乎』字、『也』字。又，『惟黨人』，《補注》『惟』上有『夫』字。案：《章句》亦無『夫』字。又，『荃不揆』，《補注》『揆』作『察』。案：《章句》作『揆』。又，『雜杜衡』及《湘夫人》『繚之兮杜衡』、《山鬼》『帶杜衡』，《補注》『蘅』作『衡』。案：《章句》同。又，『舉賢才』，《補注》無『才』字。案：《章句》有『才』字。又，『思九州』，《補注》『思』作『恖』。案：《章句》同。又，『豈惟是』，《補注》『惟』作『唯』。案：《章句》本同。《九歌序》『下以見己之寃結』，《補注》無『以』字。案：《章句》有『以』字。《湘君》『澧浦』及《湘夫人》『澧有蘭』，《補注》『澧』作『醴』。案：《章句》同。又，《湘夫人》『登白蘋兮』，《補注》作『白薠兮』。案：《章句》同。又，『鳥何萃兮』，《補注》無『何』字。案：《章句》有『何』字。又，『澧有蘭』，《補注》『澧』作『醴』。案：《章句》同。《大司命》『君回翔』，《補注》『回』作『迴』。案：《章句》同。又，『道帝之』，《補注》『道』作『導』。案：《章句》同。《少司命》『夫人兮自有』，《補注》作『夫人自有兮』。案：《章句》同。又，『翠旌』，《補注》『旌』作『旍』。案：《章句》同。《東君》『夜皎皎』，《補注》作『夜晈晈』。案：《章句》同。《河伯》『水橫波』，《補注》無『水』字。案：《章句》有『水』字。《山鬼》『帶女蘿』，《補注》『蘿』作『羅』。案：《章句》同。又，『狖夜鳴』，《補注》『狖』作『又』。案：《章句》同。《國殤》『首雖離兮』，《補注》『雖』作『身』。案：《章句》同。又，『魂魄毅兮』，《補注》作『子魂魄兮』。案：《章句》同。《天問敘》『嗟號旻昊』，《補注》『旻昊』作『昊旻』。案：《章句》同。又，『呵而問之』，《補注》『呵』作『何』。案：《章句》同。《天問》『伯禹腹鮌』，《補注》『腹』作『愎』。案：《章句》同。又，『應龍何畫河海何歷』，《補注》作『河海應龍何盡何歷』。案：《章句》同。又，『靈蛇吞象』，《補注》『靈』作『一』。案：《章句》同。又，『胡爲嗜欲』，《補注》『爲』作『維』。案：《章句》同。又，『死分竟墜』，《補注》

『墜』作『地』。案：《章句》同。又，『何所意焉』，《補注》『意』作『億』。案：《章句》同。又，『列擊紂躬』，《補注》『列』作『到』。案：《章句》同。又，『穆王巧挴』，《補注》『挴』作『梅』。案：《章句》同。又，『箕子佯狂』，《補注》『佯』作『詳』。案：《章句》同。又，『帝何篤之』，《補注》『篤』作『竺』。案：《章句》同。又，『蠭蟻微命』，《補注》『蠭蟻』作『蠭蛾』。案：《章句》同。又，『夫何長先』，《補注》無『先』字。案：《章句》有『先』字。《九章敘》『著明也』，《補注》作『著也明也』。案：《章句》同。《惜誦》『抒情』，《補注》『抒』作『杼』。案：《章句》同。又，『所非忠』，《補注》『非』作『作』。案：《章句》同。又，『以折中』，《補注》『折』作『枂』。案：《章句》同。又，『擣木蘭』，《補注》『擣』作『檮』。案：《章句》同。《涉江》『而凝滯』，《補注》『凝』作『疑』。案：《章句》同。又，『之何傷』，《補注》『之』作『其』。案：《章句》同。又，『吾之所如』，《補注》無『之』字。案：《章句》有『之』字。又，『乃猨狖』，《補注》無『乃』字。案：《章句》有『乃』字。又，『而從俗兮』，《補注》『而』作『以』。案：《章句》同。《哀郢》『忽若去』，《補注》無『去』字。案：《章句》有『去』字。《抽思》『與我成言』，《補注》『成』作『誠』。案：《章句》同。又，『豈不至今』，《補注》無『不』字。案：《章句》有『不』字。《懷沙》『陶陶孟夏』，《補注》『陶』作『滔』。案：《章句》同。又，『窮不得』，《補注》『得』作『知』。案：《章句》同。又，『邑犬群吠』，《補注》『犬』下有『之』字。案：《章句》無『之』字。又，『懲違』，《補注》『違』作『連』。案：《章句》同。《思美人》『與曛黃』，《補注》『曛』作『纁』。案：《章句》同。又，『古之人兮』，《補注》『古』下無『之』字。案：《章句》有『之』字。《惜往日》『不聰明』，《補注》作『聽不明』。案：《章句》同。又，『無舟檝』，《補注》『檝』作『楫』。案：《章句》同。《橘頌》『終不過失兮』，《補注》『終不』作『不終』。案：《章句》同。《悲回風》

『昭彭咸』，《補注》『昭』作『照』。案：《章句》同。又，『縹綿綿』，《補注》『綿』作『緜』。案：《章句》同。又，『之浮涼』，《補注》『涼』作『源』。案：《章句》同。又，『以瀲霧兮』，《補注》『瀲』作『瞰』。案：《章句》同。又，『任重石』，《補注》作『重任石』。案：《章句》同。《遠遊敘》『文采秀發』，《補注》『秀』作『鋪』。案：《章句》同。《遠遊》『魂營營』，《補注》『營』作『縈』。案：《章句》同。又，『而永懷』，《補注》『永』作『乖』。案：《章句》同。又，『蹕御兮』，《補注》作『還衡兮』。案：《章句》同。《卜居敘》『履忠貞』，《補注》『履』作『體』。案：《章句》同。又，『執忠直』，《補注》『直』作『正』。案：《章句》同。又，『乃往至』，《補注》無『乃』字。案：《章句》有『乃』字。《卜居》『慄斯』，《補注》『慄』作『栗』。案：《章句》同。又，『知此事』，《補注》無『此』字。案：《章句》有『此』字。《漁父》『舉世皆濁』，《補注》『舉世』作『世人』。案：《章句》同。

毛本或同《補注》而不同《章句》，是據《補注》校改也。如，《離騷》『而危死兮』，《章句》『死』下有『節』字，《補注》無『節』字。又，『以菹醢』，《章句》『菹』作『葅』，《補注》作『菹』。又，『求虙妃』，《章句》『虙』作『宓』，《補注》作『虙』。又，『之流從』，《章句》『流從』作『從流』，《補注》作『流從』。《悲回風》『以瀲霧兮』，《章句》作『以瀲霧露兮』，《補注》作『以瞰霧兮』。

毛本或不與《章句》《補注》同，蓋據《文選》《集注》等校改也。如，《離騷》『扈江蘺』『與江蘺』及《惜誦》『播江蘺』之『蘺』，《章句》《補注》皆作『離』。又，『襍申椒』『雜糅兮』之『襍』，《章句》《補注》皆作『雜』。又，『媮樂兮』之『媮』，《章句》《補注》皆作『偷』。又，『憑不厭』之『厭』，《章句》《補注》皆作『猒』。又，『老冄冄』及《大司命》『老冄冄』之『冄冄』，《章句》《補注》皆作『冉冉』。又，『而攘詢』之『詢』，《章句》《補注》皆作『詬』。

又『羽之野』之『野』，《章句》《補注》皆作『野』。又，『與九謌』之『謌』，《章句》《補注》皆作『歌』。又，『家衖』之『衖』，《章句》《補注》皆作『巷』。又，『聖哲之茂行』之『之』字，《章句》《補注》皆作『以』。又，『駟玉虬』之『虬』，《章句》《補注》皆作『虯』。又，『其將莫』及《河伯》『日將莫』之『莫』，《章句》《補注》皆作『暮』。又，『使犇屬』之『犇』，《章句》《補注》皆作『奔』。又，『於竆石兮』及《雲中君》『焉竆』之『竆』，《章句》《補注》皆作『窮』。又，『雄𨾊』之『𨾊』，《章句》《補注》皆作『鳩』。又，『以昡曜兮』之『昡曜』，《章句》《補注》皆作『眩曜』。又，『以多囏兮』之『囏』，《章句》《補注》皆作『艱』。《東皇太一》『兮璚芳』之『璚』，《章句》《補注》皆作『瓊』。《雲中君》『謇將憺兮』之『謇』，《章句》《補注》皆作『蹇』。《湘夫人》『爲瑱』之『瑱』，《章句》《補注》皆作『鎮』。《大司命》『齊速』之『齊』，《章句》《補注》皆作『齋』。《少司命》『沐兮咸沱』之『沱』，《章句》《補注》皆作『池』。又，『慫長劒兮』之『慫』，《章句》《補注》皆作『竦』。《東君》『瑤虡』之『虡』，《章句》《補注》皆作『簴』。又，『高馳翔』之『馳』，《章句》《補注》皆作『駝』。《山鬼》『雷填填兮』之『雷』，《章句》《補注》皆作『靁』。《國殤》『天時懟』之『懟』，《章句》《補注》皆作『墜』。《天問》『列星安敶』之『敶』，《章句》《補注》皆作『陳』。又，『何所冬煖』，《章句》《補注》皆作『暖』。又，『下土方』，《章句》《補注》『土』下皆有『四』字。又，『蒲雚』，《章句》《補注》皆作『莆雚』。又，『僎體協鹿』之『僎』，《章句》《補注》皆作『撰』。又，『犬豕』，《章句》《補注》皆作『犬體』。又，『何親揆發定』之『定』，《章句》《補注》皆作『足』。《惜誦》『而事君兮』之『而』，《章句》《補注》皆作『以』。又，『之所仇也』『之所讎也』『之所咍也』『不可釋也』『莫之白也』，《章句》《補注》皆無五『也』字。又，『顛越兮』之『顛』，《章句》《補注》皆作『巔』。又，『懲熱羹』之『熱』，《章句》《補注》皆作『於』。又，『蓋堅志而』，《章句》《補注》皆作『蓋』字。《涉江》『吾與天地兮』，《章句》《補注》皆無『吾』字。《哀郢》『波而從流』之『而』，《章句》《補注》皆作『以』。《哀郢》『憂與憂』，《章句》《補注》皆作『憂與愁』。又，『彼堯舜之抗行』，《章句》《補注》皆無『彼』字。《抽思》『獨樂斯』，《章句》《補注》皆作『毒藥之』。又，『既煢獨』之『煢』，《章句》《補注》皆作『惸』。《懷沙》『離慜』之『慜』，《章句》《補注》皆作『愍』。又，『黨人之鄙固』，《章句》《補注》皆無『之』字。又，『民生禀命』，《章句》作『人生有命』，《補注》作『萬民之生』。《思美人》『靈晟兮』之『晟』，《章句》《補注》皆作『盛』。又，『竊快在其中心兮』，《章句》《補注》皆無『在其』二字。又，『其遠蒸』之『蒸』，《章句》《補注》皆作『承』。又，『以爲媒』之『以』，《章句》《補注》皆作『而』。又，《惜往日》『不清澂』之『澂』，《章句》《補注》皆作『澈』。《橘頌》『類任道兮』，《章句》《補注》皆作『類可任兮』。又，『過失兮』，《補注》《章句》皆作『失過兮』。《遠遊》『以淩遠兮』之『淩』，《章句》《補注》皆作『浸』。又，『超氛埃』之『超』，《章句》《補注》皆作『絶』。又，『曜靈』之『曜』，《章句》《補注》皆作『耀』。又，『先蘦』之『蘦』，《章句》《補注》皆作『零』。又，『清澂兮』之『澂』，《章句》《補注》皆作『澄』。又，『之逶迤』之『迤』，《章句》《補注》皆作『蛇』。又，『使徑待兮』，《章句》《補注》皆作『侍』。又，『而爲衛』之『而』，《章句》《補注》皆作『以』。又，『沛罔瀁』之『罔瀁』，《章句》《補注》皆作『罔象』。又，『四方兮』之『方』，《章句》《補注》皆作『荒』。又，『列缺兮』之『缺』，《章句》《補注》皆作『鈌』。《卜居》『誅鉏草』之『鉏』，《章句》《補注》皆作『鋤』。《漁父》『乃歌曰』，《章句》《補注》皆無『乃』字。

毛氏或據義校改者。如，《離騷》『曰黄昏以爲期兮，羌中道而改路』，洪氏云：『一本有此二句，王逸無注，至下文「羌內恕己以量人」始釋「羌」義。疑此二句後人所增耳。《九章》曰：「昔君與我誠言兮，曰黄昏以爲期。羌中道而回畔兮，反既有此他志。」與此語同。」案：洪本猶存此二句，蓋所據本如此，存其舊也。《章句》本有衍此二句，毛本則删此二句，是也。《天問》『焉有龍虯』，《章句》《補注》皆作『焉有虬龍』。案：其校是也。虬、遊協幽韻。虬龍，『龍虬』之乙，類『魚鮪』『草芥』『烏烏』『禽犢』『舟楫』之例，『以大名冠小名』也（詳俞樾《古書疑義舉例》第三十一條）。又，《章句》『有角曰龍，無角曰虬』云云，其先釋龍，後釋虬，舊本亦作『龍虬』。虯，古『虬』字。傅玄《桃賦》：『根龍虬而雲結兮，彌千里而屈盤。』龍虬，古有其語。又，吴任臣《山海經廣注》引王注作『非虬』。非，飛也。亦以虬、遊協韻。《惜往日》『被離讟』之『讟』，《章句》《補注》皆作『謗』。案：《章句》『虚蒙誹訕』云云，以『蒙』釋『被』，以『誹訕』釋『讟謗』，則舊本作『讟謗』也。《遠遊》『長向風』之『長』，《章句》《補注》皆作『晨』。案：晨，長之訛，遠也。《呂氏春秋·仲冬紀·長見篇》『以其長見與短見也』，高注：『長，遠也。』《章句》『想承』云云，猶遠承也。《文選·魏文帝雜詩二首》：『向風長歎息，斷絶我中腸。』言我長向風歎息。祖構於此，則其所據舊本作『長向風』也。《卜居》『水中之鳧與波上下』，《章句》《補注》『鳧』皆有『乎』字。案：有『乎』字衍也。『水中之鳧與波上下』，當一句讀。

毛氏校字或據古字、本字改之。如，『余』作『予』『野』作『野』『虬』作『虯』『遊』作『游』『並』作『竝』『暮』作『莫』『乘』作『椉』『偷』作『媮』『華』作『蕚』『吹』作『龡』『深』作『湥』『懼』作『愳』之類是也。案：《楚辭》予、余分用至嚴，凡領格用『余』，賓格用『予』。若一律改爲『予』，則溷矣。惜毛氏未詳審之。又，偷、媮，古今字，古本『媮樂』字，當作『偷』。或誤改致違音義者。如，《離騷》『夕朁』、『既朁』之『朁』。案：《章句》《補注》皆作『替』。蓋以『替』與『多艱』之『艱』不叶，故改『朁』也。朁，古入侵韻；艱，古入文韻。古不協韻。舊本蓋作『哀民生之多艱兮長太息以掩涕』，涕、替古同入質韻。又，《湘夫人》『匊芳椒兮』之『匊』，《補注》作『罙』。案：作『匊』，罙之訛字。罙，古播字。《天問》『女岐縫裳』之『岐』，《章句》《補注》皆作『歧』。案：神女作『岐』，與澆通者作『女歧』。不可溷也。又，『荆勳侚師』之『侚』，《章句》《補注》皆作『作』。案：侚，疾速也。於義不通。舊本當作『作』，作師，興師也。《抽思》『願摇赴』，《章句》《補注》『赴』皆作『起』。案：摇起，猶疾興也。作『赴』不通。

末《楚譯》上、下二篇，《參疑》一篇，稱『東吴戈汕莊毛晉子晉參定』。《楚譯》上篇爲《譯韻》，其例分篇爲譯，各篇括出入韻字。《離騷》『共轉八十二韻』，蓋謂换韻八十二也。若首韻『庸』『降』，次韻『名』『均』，故『名』下標『一』字，謂一换韻也。餘下可依次類推。然末韻『都』『居』，而『都』下標『八十四』。是《騷》『轉韻』凡八十四，而非『八十二』，蓋偶記誤耳。韻字與今音别者，則標注其古音，讀之使協韻。如，《離騷》『莽』下標『姥』『茝』下標『彩一音齒』『隘』下標『益』『怒』下標『上聲』之類是也。觀其所注古音，多與陳第《屈宋古音義》同。如，《離騷》『降洪』『能泥』『佩皮』『在止』『他拖』『化訛』『晦米』『虧欺』之類是也。陳氏據韻繫連，盡破叶音之謬。然其所擬古音，亦多訛誤。如『能』古屬之韻，『泥』古屬歌韻；『佩』屬之韻，『皮』屬歌韻；『晦』屬之韻，『米』屬脂韻；『虧』屬歌韻，『欺』屬之韻。古本不同音也。是以陳謬毛亦謬，皆不足爲訓。或未見陳氏《古音義》者，如《離騷》『名綿』『均娟』『遠沿』『離雷』之類，雖不知鈔自何書，然亦皆非古音讀。毛氏信非古音之選矣。《楚譯》下篇爲《譯字》，即譯屈賦篇内疑難字音，猶注音也。亦分篇爲譯，括出若干字，例同《譯韻》。觀其譯音，多見朱子《集注》。如，《離騷》『陬子侯切』『紛墳』『重去聲』『扈户』『荃蓀』之類是也。偶或未見《集注》者，蓋毛氏自注也。如，《離騷》『辟僻』『搴簡』『菌窘』『婾偷』『奔去聲』『先去聲』是也。或涉於臚列異文及文字校勘。如，《離騷》『維當作唯』『擥攬同』『侘按古託字非侘』、《天問》『藿一作萑與萑同」、《涉江》『鋏古挾字』之類是也。或見其注音有誤，如《離騷》『紉妍』。案：紉，朱注『女陳反』，泥母。妍，五堅反，疑母。蓋誤讀泥母爲疑母也。《湘夫人》『匊菊今音播』。案：匊，本作『𠕋』，洪氏《補注》：『古播字。』作『匊』者，訛字也，尤不當讀『菊』。

《參疑》者，毛氏於屈賦疑難字句所作考證，蓋爲補《楚譯》所未備也。其例拈出篇中字句爲條目，而後悉心考辯，務求至當，最見其功力。或者涉於文句校勘。如，《離騷》『侘』條云：『按《説文》不載「侘」字，但有「侂」字，引《論語》「侂六尺之孤」。今文作「託」。韻經《禡韻》但有「詫」字，誇也，誑也。云「通侘」。又，《韻會》詫在《禡韻》，音陟駕切。疑即「侂」訛爲「侘」。俟詳之。』案：侂與侘同，非訛字也。楚簡『宅』或作『厇』，是其證。又，《惜誦》『莫察予之中情』條云：『按朱考亭云：「中情，當作善惡。」字於義不悖，於韻已合。然直改二字矣。又按《古音義》：「情字，疑或愫字，與路爲韻。」蓋情、愫字形稍同，舊本模糊致訛。理或有之。』案：古有言『情愫』，而無言『中愫』也。亦非。楚簡『情』字心旁或書於『青』下，與惡字形似相訛。蓋或本始訛作『善情』，而後又改作『中情』矣。或者考訂古韻，然自出私意，反失之悠謬。如，《離騷》『艱暜』條云：『《屈宋音義》艱音斤，替音侵。恐非。舊本俱作「替」字，亦非。按替，从竝、从白聲。當作暜。或从竝、从白，或从兓、从日。』案：非是。『暜』，古『普』字，音義皆不遂。『暜』，亦與『艱』字不協韻。《離騷》舊本作『於民生之多艱兮長太息以掩涕』，涕、替同屬脂韻。乙訛也。又，《天問》『飽』條云：『與「繼」叶。按古音不載，《韻會》作戲，許既切。朱注音備。今從《韻會》，俟博者詳考。』案：飽，屬幽韻，帮紐。戲，屬歌韻，曉紐。備，屬之韻，帮紐。皆非『飽』字古音也。楚簡『飽』字作『飤』，與『飢』形近相訛。繼、飢同屬脂韻。或者考證字義，詮解義理，然勦襲浮辭而已。如，《離騷》『落英』條云：『始生之英也。與《周頌》「訪落」及昭公六年「章華臺成則落」

之落同。蓋嗣王謀之于始則曰「訪落」，宮室始成而祭，則曰「落成」，故菊英始生，亦曰「落英」。設或隕落，豈復可餐？況菊花獨枯于枝上而不墜。』案：此説已見宋史正志《史氏菊譜後序》矣。

是書刻於明萬曆四十六年戊午，版心上方見『緑君亭』三字，字體娟秀，頗爲精美，當屬佳槧。首頁鈐『金山姚氏褢舊館藏書』之印，藏於國家圖書館。（黄靈庚）

# 翰苑七賢楷書楚辭

《翰苑七賢楷書楚辭》者，清季民初王仁堪、蔣艮、洪思亮、周克寬、呂佩芬、曹鴻勛、張百熙七人之所書也。王仁堪書《離騷》，蔣艮書《九歌》，洪思亮書《天問》，周克寬書《九章》，呂佩芬書《遠遊》，曹鴻勛書《卜居》，張百熙書《漁父》，皆楷體。前王仁堪等六人底本乃用朱子《楚辭集注》，惟張百熙用洪氏《楚辭補注》。

王仁堪字可莊，又字忍庵，號公定，福建閩縣人。出身世家，祖慶雲，官工部尚書；父傅燦，官刑部主事。同治九年庚午舉人，光緒三年丁丑進士。先後官翰林院編修、提督山西學政、貴州鄉試副考官、教習吉庶士、廣東鄉試副考官、江蘇鎮江知府，以直聲聞，徐世昌、梁任公皆出其門下也。工書，宗歐、褚，名重一時。王氏書以朱子《集注》爲藍本，《離騷序》用朱子而不用王逸。然與宋端平本多見異同。如，《離騷序》「迺作《離騷》」，端平本「迺」作「乃」。又，《離騷》正文「揆於余」，端平本「於」作「于」，古今字。又，「夕擥洲」，端平本「擥」作「攬」，《文選》本作「擥」。又，「雜杜蘅」，端平本「蘅」作「衡」，古今字。又，「憑不厭」，端平本「厭」作「猒」，古今字。又，「馳椒邱」，端平本「邱」作「丘」，下「高邱」亦同，古今字。又，「集芙蓉」，端平本「集」作「雧」，古今字。又，「遊目」，端平本「遊」作「游」，二字同。又，「不頋難」，端平本「頋」作「顧」，下「頋後」「反頋」「頋而」亦同，頋，俗字。又，「又繼之」，端平本無「又」字，《補注》本有「又」字。又，「班陸離」，端平本「班」作「斑」，二字通。又，「而嫉妒」，端平本

『妒』作『妬』，二字同。又，『掩靄兮』，訛；端平本『掩靄』作『晻藹』，是也。又，『委迤』，訛；端平本『迤』作『蛇』，是也。

蔣艮字仲仁，號後山，河南商城人。光緒六年庚辰進士。官翰林院編修、國史館教習、山東鄉試副考官，入直上書房。著有《蔣氏易説》《春秋傳録》《禮記録》《後山經録》《後山札記》等，書稱於時。見載《中州藝文録》卷三十四。蔣氏以朱子《楚辭集注》爲藍本，《九歌序》用朱子而不用王逸。然與宋端平本多見異同。如，《湘君》『承荃橈』，端平本無『承』字，『荃』作『蓀』。《文選》本作『承荃橈』。又，『朝馳騁』，端平本『朝』作『鼂』，古今字。又，『時不可』，端平本『時』作『旹』，古今字。《湘夫人》『麋何食』，端平本『食』作『爲』，《文選》本作『食』。又，『荃壁』，端平本『荃』作『蓀』，二字同。又，『九疑』，端平本『疑』作『嶷』，古今字。《大司命》『元雲』，端平本『元』作『玄』，避清諱。又，『在余』，訛；端平本『余』作『予』，是也。又，『予高飛』，衍『予』字；端平本無『予』字，是也。又，『九阬』，端平本『阬』作『坑』，二字同。《少司命》『夫人自有兮』，端平作『夫人兮自有』，《文選》本作『夫人自有兮』。又，『游兮九河』，端平本『游』作『遊』，二字同。又，『翠旍』，端平本『旍』作『旂』，《文選》本作『旍』。《東君》『安駈』，端平本『駈』作『驅』，駈，俗字。又，『頋懷』，端平本『頋』作『顧』。又，『瑶虡』，訛；端平本『虡』作『簴』，是也。又，『操予弧』，端平本『予』作『余』。又，『撰予轡』，端平本『予』作『余』。《河伯》『水横波』，衍『水』字，端平本無『水』

離騷

離騷經

離騷經者屈原之所作也屈原名平與楚同姓仕於懷王為三閭大夫三閭之職掌王族三姓曰昭屈景屈原序其譜屬率其賢良以厲國士入則與王圖議政事決定嫌疑出則監察羣下應對諸侯謀行職修王甚珍之同列上官大夫及用事臣靳尚妬害其能共譖毀之王疏屈原屈原被讒憂心煩亂不知所愬迺作離騷上述唐虞三后之制下序桀紂羿澆之敗冀君覺悟反於正道而還己也是時秦使張儀譎詐懷王令絕齊交又誘

字，是也。『魚鱗鱗』，端平本『鱗』作『隣』，二字通。《山鬼》『帶杜蘅』，端平本『蘅』作『衡』。又，『狖夜鳴』，端平本『狖』作『又』。《補注》本作『又』。

洪思亮，原名鈞，字注竹，又字景存，號朗齋，安慶懷寧人。光緒三年丁丑進士，改庶常散館，授翰林院編修。後官浙江衢州知府、湖州知府，入民國，任民政部長、民政司長。貪贖枉法，治聲狼籍，人品不佳，惟工於書。洪氏以朱子《楚辭集注》爲藍本，《天問序》用朱子而不用王逸。然與宋端平本有異，或見訛誤。如，《天問序》『何而問之』，端平本『何』作『呵』是也。《天問》正文『安敶』，端平本『陳』作『敶』。敶、陳，古今字。又，『遂考成功』，訛；端平本作『遂成考功』，是也。又，『墜何故』，訛；端平本『墜』作『墬』，是也。又，『冬煖』，端平本『煖』作『暖』。煖與暖同。又，『長人所守』，訛；端平本『所』作『何』，是也。

周克寬字伯遜，號湘笙，別號容齋，常德武陵人。光緒三年丁丑進士。授翰林院侍講仁士，雲南鄉試正考官。書稱於時。周氏書以朱子《楚辭集注》爲藍本，《九章序》用朱子而不用王逸。然與宋端平本有異，或見訛誤。如，《惜誦》『顛越』，端平本『顛』作『巔』，古今字也。《涉江》『款秋冬』，訛；端平本『款』作『欵』，是也。又，『枉渚』，端平本『渚』作『陼』。《哀郢》『難辭』，訛；端平本『辭』作『持』，是也。又，『妒披離』，端平本作『妬被離』，妒、妬同，被、披古今字。《抽思》『願遥赴』，訛；端平本『赴』作『起』，是也。又，『難窺』，訛；端平本『窺』作『虧』，是也。《思美人》『羌憑心』，端平本『憑』作『馮』，古今字也。《惜往日》『獨障廱』，端平本『障』作『鄣』，二字同。又，『桓穆』，端平本『穆』作『繆』，二字通。又，『妒佳冶』，端平本『妒』作『妬』，二字同。《悲回風》『馮昆侖』，端平本『昆侖』作『崑崙』，二字同。

呂佩芬字曉初，號季蘭，又號筱雲，寧國府旌德人。光緒六年庚辰進士，授翰林院編修。官文處行走、文淵閣校理、直隸永定河道員。著有《東瀛參觀學校記》《湘軺日記》《特科記事》。書稱於時。呂氏以朱子《楚辭集注》爲藍本，《遠遊序》用朱子而不用王逸。然與宋端平本有異。如，『所繇』，端平本『繇』作『由』，二字同。又，『孅往世』，端平本『孅』作『美』，二字同。又，『登僊』，端平本『僊』作『仙』，二字同。又，『寑遠』，端平本『寑』作『浸』，二字同。又，『不思』，端平本『思』作『懼』，古今字。又，『夕晞余目』，譌；端平本『目』作『身』，是也。又，『褱琬琰』，端平本『褱』作『懷』，古今字。又，『正筞』，端平本『筞』作『策』，筞，俗字。

曹鴻勛字仲銘，號蘭生，室名校經堂、益堅齋，山左濰縣人。光緒二年丙子進士，授翰林院修撰。官湖南鄉試副考官，湖南學政，雲南永昌知府，貴州按察使、布政使、巡撫，陝西巡撫。工書，尤精漢隸。曹氏以朱子《楚辭集注》爲藍本，《卜居序》用朱子而不用王逸。然與宋端平本有異。張百熙字治秋，湖南長沙人。同治十三年甲戌進士，授翰林院吉庶士、編修、侍講、侍讀。官山左、廣東學政、四川鄉學正考試官；後又任國院祭酒、內閣學士、工部尚書、刑部尚書、吏部尚書。嘗主持京師大學堂。著有《奏辦京師大學堂情形疏》《奏舉大學堂總教席摺》《奏派學生赴東西洋各國留學摺》《奏定學堂章程》《學務綱要》等。張氏書以洪興祖《楚辭補》爲藍本，故《卜居序》改用王逸而不用朱子也。

王氏等七人之書爲民國名儒吳季衡收藏，後商務印書館於民國二十四年因吳氏所藏影印。此爲民國二十五年再版本，上海圖書館有藏本。（黃靈庚）

# 寫本離騷經

寫本《離騷經》者，清佚名之所書也。但書《離騷》及《九歌》之《東皇太一》《雲中君》《湘君》《湘夫人》《少司命》《山鬼》，《九章》之《涉江》，《涉江》一篇無『亂曰』十二句。若以此鈔本與《文選》及單行《章句》《補注》《集注》對勘，則確然無疑，鈔自《文選》也，其於校勘《楚辭》或有可參證之處。如：

《離騷》『改其』，單行《章句》《集注》『其』作『乎』，《補注》無『其』字。案：《文選》作『改其』。又，『吾導』，單行《章句》《補注》《集注》『導』作『道』。案：《文選》作『導』。又，『昌披』，單行《章句》《集注》作『昌被』，《補注》作『猖被』。案：《文選》作『昌披』。又，『惟黨人』，《補注》『惟』下有『夫』字。案：《文選》無『夫』字。又，『荃不察』，單行《章句》《集注》『察』作『揆』。案：《文選》作『察』。又，『齊怒』，單行《章句》《補注》《集注》『齊』作『齋』。案：《文選》作『齊』。又，『夫唯靈修之故也』下，單行《章句》《補注》《集注》皆有『曰黄昏以爲期兮羌中道而改路』二句，此本無。案：《文選》亦無。又，『杜蘅』，《補注》《集注》『蘅』作『衡』。案：《文選》作『蘅』。又，『競進以』，單行《章句》『以』作『而』。案：《文選》作『以』。又，『不厭』，單行《章句》《補注》『厭』作『猒』。案：《文選》作『厭』。又，『落蘂』，《補注》《集注》『蘂』作『蕊』。案：《文選》作『蘂』。又，『人生』『人心』『人德』『相觀人』『人好惡』，單行《章句》《補注》《集注》『人』作『民』。案：

《文選》作『人』，避唐諱也。又，『娥眉』，單行《章句》《補注》《集注》『娥』作『蛾』。案：《文選》作『娥』。又，『方圓』，單行《章句》《補注》《集注》『圓』作『圜』。案：《文選》作『圓』。又，『攘詬』，《集注》『詬』作『訽』。案：《文選》作『詬』。又，『集芙蓉』，單行《章句》《補注》《集注》『集』作『雧』。案：《文選》作『集』。又，『詈予』，單行《章句》作『駡余』。案：《文選》作『詈予』。又，『不予聽』，單行《章句》『予』作『余』。案：《文選》作『予』。又，『陳詞』，單行《章句》《補注》《集注》『陳』

茝兮貫薜荔之落蘂矯菌桂以紉蕙兮索
胡繩之纚纚謇吾法夫前修兮非時俗之
所服雖不周於今之人兮願依彭咸之遺
則長太息以掩涕兮哀人生之多艱余雖
好修姱以鞿羈兮謇朝誶而夕替既替余
以蕙纕兮又申之以攬茝亦余心之所善

兮雖九死其猶未悔怨靈修之浩蕩兮終
不察夫人心衆女嫉余之娥眉兮謠諑謂
余以善淫固時俗之工巧兮偭規矩而改
錯背繩墨以追曲兮競周容以為度忳鬱
邑余侘傺兮獨窮困乎此時也寧溘死以
流亡兮余不忍為此態也鷙鳥之不羣兮

作『敶』。案：《文選》作『陳』。又，『家巷』，《集注》『巷』作『街』。案：《文選》作『巷』。又，『固亂流』，單行《章句》『固』作『國』。案：《文選》作『固』。又，『被服』，單行《章句》作『被於』。案：《文選》作『被服』。又，『縱欲』，單行《章句》『欲』下有『殺』字。案：《文選》無『殺』字。又，『葅醢』，《補注》《集注》『葅』作『菹』，下同。案：《文選》作『葅』。又，『湯禹嚴』，《補注》《集注》『嚴』作『儼』。案：《文選》作『嚴』。又，『舉賢』，單行《章句》『賢』下有『才』字。案：《文選》無『才』字。又，『危死』，單行《章句》『死』下有『節』字。案：《文選》無『節』字。又，『攬茹蕙』，單行《章句》『攬』作『擥』。案：《文選》作『攬』。又，『勿迫』，單行《章句》『勿』作『未』。案：《文選》作『勿』。又，『路漫漫』，單行《章句》《補注》《集注》『漫』作『曼』。案：《文選》作『漫』。又，『須臾』，單行《章句》《補注》《集注》作『逍遥』。案：《文選》作『逍遥』。又，『先戒』，單行《章句》『先』作『前』。案：《文選》作『前』。又，『吾令鳳皇』，單行《章句》作『鳳凰』，《補注》《集注》作『鳳鳥』。案：《文選》作『鳳皇』。又，『又繼之』，單行《章句》《補注》《集注》無『又』字。案：《文選》有『又』字。又，『帥雲霓』，單行《章句》『帥』作『率』。案：《文選》作『帥』。又，『班陸離』，單行《章句》《補注》《集注》『班』作『斑』。案：《文選》作『班』。又，『可貽』，單行《章句》《補注》《集注》『貽』作『詒』。案：《文選》作『貽』。又，『虙妃』，《補注》『虙』作『宓』。案：《文選》作『虙』。又，『洧槃』，單行《章句》《補注》《集注》『槃』作『盤』。案：《文選》作『槃』。又，『閨中既以』，單行《章句》無『以』字。案：《文選》有『以』字。又，『瓊茅』，單行《章句》《補注》《集注》『瓊』作『藑』。案：《文選》作『瓊』。又，『無疑兮』，單行《章句》《補注》《集注》『無』下有『狐』字。案：《文選》無『狐』字。又，『美惡』，單行《章句》《補注》《集注》「美」作「善」。案：《文選》作「美」。又，「九疑」，單行《章句》「疑」作「嶷」。案：《文選》作「疑」。又，「湯禹儼」，《補注》「儼」作「嚴」。案：《文選》作「儼」。又，「不亮兮」，單行《章句》《補注》《集注》「亮」作「諒」。案：《文選》作「亮」。又，「從流」，《集注》作「流從」。案：《文選》作「從流」。又，「與江蘺」，單行《章句》《補注》《集注》「蘺」作「離」。案：《文選》作「蘺」。又，「晻藹」，單行《章句》「藹」作「靄」。案：《文選》作「藹」。又，「涉予」，單行《章句》「予」作「余」。案：《文選》作「予」。又，「婉婉」，《集注》作「蜿蜿」。案：《文選》作「婉婉」。又，「委移」，單行《章句》《補注》《集注》作「委蛇」。案：《文選》作「委移」。又，「假日」，單行《章句》「假」作「暇」。案：《文選》作「假」。又，「陟升」，單行《章句》《補注》《集注》「升」作「陞」。案：《文選》作「升」。

《湘君》「承蓀橈」，單行《章句》《補注》《集注》無「承」字。案：《文選》有「承」字。《湘夫人》「愁予」「召予」，單行《章句》「予」作「余」。案：《文選》作「予」。又，「登白蘋」，《補注》無「登」字，《補注》《集注》「蘋」作「薠」。案：《文選》作「登白蘋」。又，「荃壁」，單行《章句》《補注》《集注》「荃」作「蓀」。案：《文選》作「荃」。又，「成堂」，單行《章句》「成」作「盈」。案：《文選》作「成」。《少司命》「夫人自有兮」，單行《章句》《集注》作「夫人兮自有」。案：《文選》作「夫人自有兮」。又，「蓀何以」，《補注》《集注》「以」作「爲」。案：《文選》作「以」。又，「衝飈起」，單行《章句》《補注》《集注》「飈」作「風」。案：《文選》作「飈」。又，「翠旌」，《補注》《集注》「旌」作「旍」。案：《文選》作「旌」。《山鬼》「女蘿」，《補注》《集注》「蘿」作「羅」。案：《文選》作「蘿」。又，「杜衡」，單行《章句》「衡」作「蘅」。案：《文選》作「衡」。又，「雷填填」，單行《章句》《補注》《集注》「雷」作「靁」。案：《文選》作「雷」。又，「狖夜鳴」，《補注》《集注》「狖」作「又」。案：《文選》作「狖」。《涉江》「崔巍」，單行《章句》《補注》《集注》「巍」作「嵬」。案：《文選》作「巍」。又，「比壽」，單行《章句》《補注》作「同壽」。案：《文選》作「比壽」。又，「齊光」，單行《章句》《補注》作「同光」。案：《文選》作「齊光」。

鈔本或偶用俗字。如：《離騷》「宿莽」，單行《章句》《補注》《集注》「莽」作「莾」。案：莾，俗莽字。又，「玉蚪」，單行《章句》《補注》《集注》「蚪」作「虬」。案：蚪，俗虬字。或偶見訛誤。如：《離騷》「江蘺於」「啓九辯於」，於，當作與，訛字也。又，「獨窮困」，《文選》本、單行《章句》《補注》《集注》「獨」上有「吾」字。案：脱「吾」字也。又，「扶日」，單行《章句》《補注》《集注》「扶」作「拂」。案：扶，拂之訛。又，「之爲」，單行《章句》《補注》《集注》作「爲之」。案：乙訛也。又，「其若滋」，單行《章句》《補注》《集注》「滋」作「茲」。案：滋，茲之訛。又，「誠難和調度」，單行《章句》《補注》《集注》無「誠難」。案：羡訛也。《湘君》「美要渺」，《文選》及單行《章句》《補注》《集注》「渺」作「眇」。案：渺，眇之訛也。

鈔本或於某字下標識横錢，蓋爲分段記號。其分《離騷》爲十五段：首段篇首至「先路」，二段「昔三后」至「數化」，三段「余既滋蘭」至「遺則」，四段「長太息」至「可懲」，五段「女嬃」至「不予聽」，六段「依前聖」至「浪浪」，七段「跪布衽」至「望予」，八段「時曖曖」至「改求」，九段「覽相觀」至「終古」，十段「索藑茅」至「其不芳」，十一段「欲從靈氛」至「之爲不芳」，十二段「何瓊佩」至「之害也」，十三段「余以蘭」至「未沬」，十四段「和調度」至「虧而不行」，「亂曰」以下蓋十五段也。又分《東皇太一》五段、《雲中君》三段、《湘君》五段、《湘夫人》六段、《少司命》

四段、《山鬼》四段、《涉江》三段，皆以意斷矣。

鈔本字體端正，書法秀整可翫。首鈐『臣烱』『朗庭』『好事人』『小技』等五印，烱、朗庭，抑爲鈔者名或字歟？末鈐『睟玉瑩』『達德』『桂林軒圖章』『仁罣堂印』，未識爲何人。此鈔本今藏於上海圖書館。（黄靈庚）

# 楚辭集注綜論

朱熹之《楚辭集注》與王逸之《楚辭章句》，並稱爲《楚辭》學史上兩大『豐碑』，影響所及，蓋至今亦無足以替代之，皆爲治楚辭之龜鑑。

熹字元晦，號晦庵，又號雲谷老人、滄洲病叟、遯翁、晦翁、雲谷外史、考亭先生等，祖籍徽州婺源，宋高宗建炎四年（一一三〇）生於福建尤溪，寧宗慶元六年（一二〇〇）卒於建陽。理宗嘉定二年詔賜謚曰文，後世多以文公稱之。高宗紹興十八年戊辰，登王佐榜進士第，先後官左迪功郎、泉州同安縣主簿、知南康軍、兩浙東路常平茶鹽公事、江南西路提點刑獄公事、秘閣修撰等，終寶文閣待制。事載見《宋史》卷四百二十九《道學傳》三。

朱熹畢生以講學弘道爲己任，受學於二程門人楊時之再傳弟子李侗，故人稱二程『四傳弟子』，『致廣大，盡精微，綜羅百代』（全祖望《宋元學案・晦翁學案》），爲有宋理學之集大成者。熹著述甚富贍，計有《周易本義》《易學啓蒙》《詩集傳》《儀禮經傳通解》《四書章句集注》《四書或問》《論孟精義》《家禮》《資治通鑑綱目》《八朝名臣言行録》《伊洛淵源録》《紹熙州縣釋奠儀圖》《太極圖説解》《通書注》《西銘解》《近思録》（與呂祖謙合撰）、《延平答問》《童蒙須知》《小學》《陰符經解》《周易參同契考異》《朱子語類》《晦庵先生文集》《昌黎先生集考異》等，《楚辭集注》，乃其一也。

屈子其人其事，固非純儒所稱道。漢班固稱，『且君子道窮，命矣。故潛龍不見，是而無悶。關雎哀周道而不傷，蘧瑗持可懷之智，寧武保如愚之性，咸以全命避害，不受世患。故《大雅》曰：「既明且哲，以保其身。」斯爲貴矣。今若屈原露才揚己，競乎危國群小之間，以離讒賊，然責數懷王，怨惡椒、蘭，愁神苦思，强非其人，忿懟不容，沈江而死，亦貶絜狂狷景行之士。多稱崑崙，冥婚宓妃，虚無之語，皆非法度之政，經義所載。謂之兼詩風、雅而與日月争光，過矣』。延至北宋，心性理學勃興，濂溪、二程、横渠等皆不及屈子。偶或及之，亦未以爲然，若程顥謂『《離騷》之中，憂君之心則至，然謂之不合道者』。（朱熹《二程外書·朱公掞録拾遺》）議論與漢儒同調。明人若毛以陽者謂『非朱子手定，乃後人附會』（見夏大霖《屈騷心印參評》）。其不知熹雖專壹於伊川理學，猶耿耿於楚辭，以爲『原之爲人，其志行雖或過於中庸而不可以爲法，然皆出於忠君、愛國之誠心。原之爲書，其辭旨雖或流於跌宕怪神，怨懟激發而不可爲訓，然皆生於繾綣惻怛、不能自已之至意。雖其不知學於北方以求周公、仲尼之道，而獨馳騁於變風、變雅之末流，以故醇儒莊士或羞稱之，然使世之放臣、屏子、怨妻、去婦抆涕謳唫於下，而所天者幸而聽之，則於彼此之間，天性民彝之善，豈不足以交有所發，而增夫三綱五典之重？此予之所以每有味於其旨，而不敢以「詞人之賦」視之也』。據此，熹之所以耽心於楚辭者有二焉：一以重屈子『忠君、愛國之誠心』；二是讀屈子辭賦，而『交有所發』云。

且夫『忠君、愛國之誠心』云者，是激於時世之語。靖康之耻，二帝北狩。宋鼎南移，金虜入侵，强兵壓境，朝廷偏安於東南一隅，岌岌乎危於頃刻之際。自高宗、孝宗、光宗、寧宗以下，積弱數世，佞臣若秦檜、若洪适、若史浩、若高文虎輩，後先秉權，於外偷安忍耻，忘不共戴天之讎，屈辱稱臣於金，以和議之策爲『經邦大略』，不圖恢復之大業；於内親小人、遠賢臣，國賊結黨，竊居要害之位，蒙上欺下，貨賂公行，貪欲無厭，置君國之不顧。尤其於君國危亡之際，朝廷命官及士大夫多作自家計，『如項安世等遁去數日，如李詳等搬家歸鄉者甚衆，侍從至欲相率出城』（《齊東野語》）。熹以爲屈子之『忠君』『愛國』之精神，正可以勵國士，盡掃萎靡不振之氣。且以屈子爲「愛國」者，亦肇見於熹，前此未以「愛國」稱屈子。

四庫館臣云：『周密《齊東野語》記紹熙内禪事，曰：「趙汝愚永州安置，至衡州而卒。朱熹爲之注《離騷》以寄意焉。」然則是書大旨在以靈均寓放逐宗臣之感，以宋玉招魂抒故舊之悲耳，固不必於箋釋音叶之間規規争其得失矣。』（《楚辭集注提要》）以爲熹之作《集注》，緣乎趙汝愚貶斥永州事而諷喻之。汝愚以趙宋皇家同姓之誼，於光、寧禪代之際，定策安邦，其功最鉅。卒爲佞臣韓侂胄等所讒構，見放永州而身死荒陬。史稱『汝愚學務有用，常以司馬光、富弼、韓琦、范仲淹自期。凡平昔所聞於師友，如張栻、朱熹、吕祖謙、汪應辰、王十朋、胡銓、李燾、林光朝之言，欲次第行之』（《宋史·趙汝愚傳》）。熹最爲汝愚所知，而不爲寧宗所知，竟斥之以僞學、僞黨而去。故注楚辭以寄哀渫憤，即所謂『以交有所發，而增夫三綱五典之重』者，職是也。明 薛文清《讀書録》亦云：『朱子《楚辭集注》成於晚年，所感爲深矣。』然上天乎冥冥無知，終未白其心迹。

汝愚之寃獄發，確乎爲熹之作《集注》直接原因。然熹之作此書，固非一地一時之性起，積於胸臆，非一日矣。熹早歲目覩其父松以忤逆秦檜『決策議和』而『出知饒州』，終焉抑鬱愁苦，病死建瓯。後又申以慶元黨禍，賢貞遭絀，窮處孤苦。觀其一生落拓，『登第五十年，仕於外者僅九考，立朝纔四十日。家故貧，少依父友劉子羽，寓建之崇安，後徙建陽之考亭，簞瓢屢空，晏如也』（《朱熹傳》）。熹之晚歲，觸怒權臣韓侂胄，貶出朝廷，『作牧於楚』，尤貧病交疊，落寞之至，較之屈子之窮戚，有以過之。而其追憶父訓，猶耿耿目前，稱『建隆庚申，距今己未，二百四十年矣。嘗記十歲時，先君慨然顧語熹曰：「太祖受命，至今百八十年矣。」歎息久之。銘佩先訓，於今甲子又復一周，而衰病零落，終無以少塞臣子之責』云（朱熹《蒙恩許遂休致中遠丈以詩見賀已答之復賦一首附記》）。遂以屈子之賦爲『窮而呼天，疾痛而呼父母之詞』。熹於『病中不敢勞心看經書，閑取《楚詞》遮眼』。其雖稱『閑取』，而於其時心境，未免異代同聲之悲，可想而知。故是書之作，乃積父子二代之寃屈以寄意於《離騷》，不啻起於趙汝愚貶黜焉。

況熹自幼好《楚辭》，嘗於稠人廣衆『獨歌《離騷經》一章，吐音洪暢，坐客竦然』（《朱熹年譜長編》）。至老猶未衰，時時誦讀不輟。然於前世注家之字義訓釋、作者選録及作品取舍之間，猶未饜其心。其云：『近又看《楚詞》，鈔得數卷，大抵世間文字，無不錯誤，可歎也。』（朱熹《與方伯謨》）又云：『亦便有無限合整理處。但恐犯忌。不敢形紙墨耳。因思古人，是費多少心思做下此文字，只隔一手，便無人理會得，深可嘆息也。』（朱熹《答鄭子上》）於是便有注疏之志，此爲學術是非也。熹乃巡視自漢以來注家，反覆諟審，是非得失，瞭然於心。乃云：『然自原著此詞，至漢未久，而説者已失其趣，如太史公蓋未能免，而劉安、班固、賈逵之書，世不復傳。及隋、唐間爲訓解者尚五六家，又有僧道騫者，能爲楚聲之讀，今亦漫不復存，無以考其説之得失。而獨東京王逸《章句》與近世洪興祖《補注》並行於世，其於訓詁名物之間，則已詳矣。顧王書之所取舍，與其題號離合之間，多可議者，而洪皆不能有所是正。至其大義，則又皆未嘗沈潛反復、嗟歎咏歌，以尋其文詞指意之所出，而遽欲取喻立説，旁引曲證，以强附於其事之已然。是以或以迂滯而遠於性情，或以迫切而害於義理，使原之所爲壹鬱而不得申於當年者，又晦昧而不見白於後世。予於是益有感焉，疾病呻吟之暇，聊據舊編，粗加隱括，定爲集註八卷。庶幾讀者得以見古人於千載之上，而死者可作，又足以知千載之下有知我者，而不恨於來者之不聞也。』其作書之旨，固不在字義訓詁之間，而在闡發屈子『義理』也。

熹之定《集注》爲八卷者：首《離騷》卷一，次《九歌》卷二，次《天問》卷三，次《九章》卷四，次《遠遊》《卜居》《漁父》卷五，謂『以上「離騷」，凡七題二十五篇，皆屈原作，今定爲五卷也』。自此以下爲『續離騷』，凡八題十六篇，定爲三卷：即《九辯》卷六，《招魂》《大招》二篇卷七，《惜誓》《吊屈原》《服賦》《哀時命》《招隱士》五篇卷八。其較王逸、興祖，增賈誼《吊屈原》《服賦》，而删《七諫》《九懷》《九歎》《九思》四篇。熹以楚辭出於真性情，非矯揉造勢之作，稱《七諫》《九懷》《九歎》《九思》四篇『雖爲騷體，然其詞氣平緩，意不深切，如無所疾痛而强爲呻吟者。就其中諫、歎，猶或粗有可觀，兩王則卑已甚矣。故雖幸附書尾，而人莫之讀。今亦不復以累篇袠也。賈傅之詞，於西京爲最高，且《惜誓》已著于篇，而二賦尤精，乃不見取，亦不可曉。故今並録以附焉。若揚雄則尤刻意於楚學者，而其《反騷》，實乃屈子之罪人也。洪氏譏之，當矣。舊録既不之取，今亦不欲特收，姑别定爲一篇，使居八卷之外，而並著洪説於其後。蓋古今同異之説，皆聚於此，亦得因以明之，庶幾紛紛或小定云』。

自熹之《楚辭》八卷本定，明、清注本多從其取舍。若明林兆珂《楚辭述注》、黄文焕《楚辭聽直》、周拱辰《離騷草木史》、陸時雍《楚辭疏》、李陳玉《楚辭箋注》，清林雲銘《楚辭燈》、賀貽孫《騷筏》、王夫之《楚辭通釋》、王萌《楚辭評注》、高秋月《楚辭約注》、屈復《楚辭新注》、蔣驥《山帶閣注楚辭》、許清奇《楚辭訂注》、仰邱文《楚辭韻解》、姚培謙《楚辭節注》、胡濬源《楚辭新注求確》、王闓運《楚辭釋》、丁元正《楚辭輯解》等皆襲朱子八卷本，而王氏《章句》、洪氏《補注》幾廢不傳矣。

熹又據宋晁補之所集《續楚辭》《變楚辭》二書，輯録自戰國《荀子·成相》至宋呂大臨《擬招》，凡五十二篇，爲《楚辭後語》六卷，蓋作爲楚辭之流變。熹雖因晁氏二書，而於諸篇取舍之間，皆有繩尺，標準至嚴，謂辭、義兼顧，而重於義理。稱『蓋屈子者，窮而呼天，疾痛而呼父母之詞也。故今所欲取而使繼之者，必其出於幽憂窮蹙怨慕悽涼之意，乃爲得其餘韻，而宏衍鉅麗之觀，懽愉快適之語，宜不得而與焉。至論其等，則又必以無心而冥會者爲貴，其或有是，則雖遠且賤，猶將汲而進之；一有意於求似，則雖或真如楊、柳，亦不得已而取之耳。若其義，則首篇所著荀卿子之言，指意深切，詞調鏗鏘，君人者誠能使人朝夕諷誦，不離於其側，如衛武公之抑戒，則所以入耳而著心者，豈但廣廈細旃，明師勸誦之益而已哉，此固余之所爲眷眷而不能忘者。若《高唐》《神女》《李姬》《洛神》之屬，其詞若不可廢，而皆棄不録，則以義裁之，而斷其爲禮法之罪人也。《高唐》卒章雖有「思萬方、憂國害、開聖賢、輔不逮」之云，亦屠兒之禮佛、倡家之讀禮耳，幾何其不爲獻笑之資，而何諷益之有哉。其息夫躬、柳宗元之不棄，則晁氏已言之矣。至於揚雄，則未有議其罪者，而余獨以爲是其失節，亦蔡琰之儔耳。然琰猶知愧而自訟，若雄則反訕前哲以自文，宜又不得與琰比矣。今皆取之，豈不以夫琰之母子無絶道，而於雄則欲因反騷而著蘇氏、洪氏之貶詞，以明天下之大戒也。陶翁之詞，晁氏以爲中和之發，於此不類，特以其爲古賦之流而取之，是也。抑以其自謂晉臣恥事二姓而言，則其意亦不爲不悲矣。序列於此，又何疑焉。至於終篇，特著張夫子、吕與叔之言，蓋又以告夫游藝之及此者，使知學之有本而反求之，則文章有不足爲者矣。其餘微文碎義，又各附見於本篇，此不暇悉著云』。其取舍嚴於義理，於揚雄、蔡琰輩失節之事痛斥之不置，而殿以張子、吕大臨之作，則未免道學之氣過甚。

熹於《楚辭》八卷，每篇之作皆爲小序。或者傍依王逸舊説，稍爲增減，改作之，意旨則同。如，《離騷》一篇，朱序前半與王序同，惟王序『屈原放在山野。復作《九章》，援天引聖以自證明，終不見省，不忍以清白久居濁世，遂赴汨淵，自沈而死』云。朱序略增改數字，作『屈原復作《九歌》《天問》《九章》《遠遊》《卜居》《漁父》等篇，冀伸己志以悟君心，而終不見省，不忍見其宗國將遂危亡，遂赴汨羅之淵，自沈而死』。王序『《離騷》之文，依《詩》取興』以下，朱序全删之，易以淮南王安『《國風》好色而不淫』一段及宋景文公『《離騷》爲詞賦之祖，後人爲之，如至方不能加矩，至圓不能過規矣』。即逸《後敘》『所謂金相玉質，百歲無匹，名垂罔極，永不刊滅者』之意。《天問》一篇，朱子全襲王序，惟删『何不言問天天尊不可問故曰天問也』『憂心愁悴』等數句，蓋以爲不經之説。又，《遠遊》一篇，逸序『深惟元一，修執恬漠，思欲濟世，則意中憤然，文采秀發，遂敘眇思，託配仙人，與俱遊戲，周歷天地，無所不到』云云。而熹序則稱『屈原既放，悲歎之餘，眇觀宇宙，陋世俗之卑狹，悼年壽之不長，於是作爲此篇，思欲制鍊形魂，排空禦氣，浮遊八極，後天而終，以盡反復無窮之世變』。惟用詞異，其意旨略同。《九辯》一篇，惟節録王序『閔惜其師忠而放逐，故作《九辯》，以述其志云』。《哀時命》一篇，但取『莊忌之所作也』，餘皆删去。或者申引王逸之説，直陳己見。如，《九歌》一篇，王序『出見俗人祭祀之禮，歌舞之樂，其詞鄙陋，因爲作《九歌》之曲。上陳事神之敬，下以見己之冤結，託之以風諫』云。朱序申其意，乃云：『蠻荆陋俗，詞既鄙俚，而其陰陽人鬼之間，又或不能無褻慢淫荒之雜。原既放逐，見而感之，故頗爲更定其詞，去其泰甚，而又因彼事神之心以寄吾忠君愛國眷戀不忘之意。』其説較王氏融通。又，《九章》之作，王序云：『屈原放於江南之野，思君念國，憂心罔極，故作《九章》。』以爲皆作於放逐江南之時。朱氏申其義，云：『屈原既放，思君念國，隨事感觸，輒形於聲。後人輯之，得其九章，合爲一卷，非必出於一時之言也。』以《九章》『非必出於一時之言』，則近乎事實，且多爲後世認可，黄文焕以下更定《九章》序次，皆藉此而出。《招魂》一篇，逸序以爲玉『哀屈原忠而斥棄，愁懣山澤，魂魄放佚，厥命將落，故作《招魂》欲以復其精神，延其年壽』云。蓋以招原之生魂。據禮，無招生魂之儀。朱子序乃申疏其意，云：『古者人死，則使人以其上服升屋，履危北面而號曰：「皋！某復。」遂以其衣三招之，乃下以覆尸，此《禮》所謂「復」。而説者以爲招魂復魄，又以爲盡愛之道而有禱祠之心者，蓋猶冀其復生也。如是而不生則不生矣，於是乃行死事。此制禮者之意也。而荆楚之俗，乃或以是施之生人。故宋玉哀閔屈原無罪放逐，恐其魂魄離散而不復，還遂因國俗，託帝命，假巫語以招之。以禮言之，固爲鄙野，然其盡愛以致禱，則猶古人之遺意也。是以太史公讀之而哀其志焉。』

或者於舊注皆無所採用，別爲新解。如《卜居》一篇，逸序以爲屈原『心迷意惑，不知所爲，乃往至太卜之家』云。朱序云：『屈原哀憫當世之人習安邪佞，違背正直，故陽爲不知二者之是非可否，而將假蓍龜以決之，遂爲此詞，發其取舍之端，以警世俗。說者乃謂原實未能無疑於此，而始將問諸卜人，則亦誤矣。』所謂『說者』，亦指逸序。又，《漁父》一篇，逸序以漁父爲原所見之人，二人問答，真有其事。朱序稱『漁父蓋亦當時隱遁之士，或曰亦原之設詞耳』。蓋未之信也。又，《大招》之作，王逸存疑於屈原、景差之間。朱序以爲『詞義高古，非原莫及。其不謂然者，則曰《漢志》定著《原賦》二十五篇，今自《騷經》以至《漁父》已充其目矣。其謂景差，則絕無左驗。是以讀書者往往疑之。然今以宋玉《大》《小言賦》考之，則凡差語皆平淡醇古，意亦深靖閒退，不爲詞人墨客浮夸艷逸之態，然後乃知此篇決爲差作無疑也』。又，《惜誓》一篇，王逸雖『或曰賈誼』，然存疑之，云『不知誰所作』『疑不能明』。朱序用斷制之，曰：『《惜誓》者，漢梁太傅賈誼之所作也。』又以爲『洪興祖以爲其間數語與《吊屈原賦》詞指略同，意爲誼作無疑者。今玩其辭，實亦瓌異奇偉，計非誼莫能及，故特據經說而並録傳中二賦，以備一家之言云』，故此篇之下增《吊屈原》及《服賦》二篇，注則取漢書顏師古說。於此見朱子於舊說『沈潛反覆，嗟歎咏歌，以尋其文詞指意之所出』之功矣。

朱子聲言其作《集注》要在求其『義理』之正，而於文字音釋訓詁，見其句斟字酌，一絲不苟，亦頗下功夫，絕非無所用心而漫衍爲之。審諟朱子所謂『集注』，蓋爲二事：一是集前人之校，二是集前人之注。集校者亦爲二事：臚列《楚辭》異文，反切注音。其所列《楚辭》異文，均未出諸洪氏《楚辭補注》，蓋惟剿襲洪氏《考異》而已；其所爲音切，皆出於吳棫《韻補》。故此二者，無甚新意，皆未足觀。其「集注」者，集王逸《章句》《文選》五臣注及洪興祖《補注》三家之說。字義訓詁，則多取王、洪二家，而因襲王氏《章句》居多。惟其取法前賢之途徑則爲多方，蓋約之以十端。

一是悉從王逸注，特舉犖犖可觀者。如：《離騷》「帝高陽」注：「德合天地稱帝。高陽，顓頊有天下之號也。」又，「昔三后之純粹兮」注：「后，君也。三后，謂禹、湯、文武也。至美曰純，齊同曰粹。」又，「昌被兮」注：「昌被，衣不帶之貌。」又，「競進以貪婪」注：「並逐曰競。愛財曰貪，愛食曰婪。」又，「忳鬱邑余侘傺兮」注：「忳，憂貌。侘傺，失志貌。侘，猶堂堂也，又立也。傺，往也，楚人語也。」又，「芳菲菲其彌章」注：「菲菲，猶勃勃，芳香貌也。章，明也。」又，「終然殀乎」注：「蚤死曰殀。」又，「充幃兮」注：「幃謂之幐，即香囊也。」又，「椒糈」注：「椒，香物，所以降神。糈，精米，所以享神。」《東皇太一》「吉日兮」注：「日謂甲乙，辰謂寅卯。」《雲中君》「謇將憺」注：「謇，詞也。憺，安也。」《湘君》「桂櫂」注：「櫂，楫也。枻，船旁板也。」《湘夫人》「疏石蘭」注：「石蘭，香草。疏，布陳也。」《大司命》「既極」注：「極，窮也。」《少司命》「晞女髮」注：「晞，乾也。」《東君》「交鼓」注：「交鼓，對擊鼓也。」《河伯》「遊兮九河」注：「河爲四瀆長，九河：徒駭、太史、馬頰、覆鬴、胡蘇、簡、潔、鉤磐、鬲津也。衝，隧也。」《山鬼》「若有人」注：「謂山鬼也。」《國殤》「帶長劍兮挾秦弓」注：「猶不舍武也。」《天問》「夜光」注：「月也。」又，「女歧」注：「神女，無夫而生九子。」又，「不任汩鴻」注：「汩，治也。鴻，大水也。」又，「小臣」注：「謂伊尹也。」又，「師望在肆昌何識」注：「師望，大師呂望，謂太公也。昌，文王也。言太公在市肆而屠，文王何以識知之乎？」《惜誦》「情沈抑」注：「沈，没也。抑，按也。」《涉江》「被明月」注：「在背曰被。」《哀郢》「楫齊揚以容與」注：「齊揚，同舉也。容與，徘徊也。」《抽思》「泝江潭」注：「逆流而上曰泝。潭，深淵也。」《懷沙》「鳳皇在笯」注云：「笯，籠落也。」《橘頌》「紛緼宜脩」注：「紛緼，盛貌。」《悲回風》「施黃棘之枉策」注：「黃棘，棘刺也。枉，曲也。」《招魂》「川谷徑復」注：「流源爲川，注谿爲谷。」以上皆徑取於王逸《章句》。

二是反覆比較，或者因王逸注引『或説』。如，《離騷》『曾歔欷余鬱邑兮』，朱注引或説云：『歔欷，哀泣之聲也。』又，『吾令豐隆乘雲兮』，朱注云：『豐隆，雷師。』此王注用『一曰』。《九辯》『泬寥兮』，朱注引或曰：『蕭條無雲貌』。《招魂》『撫案下些』，朱注引王注『一説』云：『撫案下者，以手撫案其節而徐行也。』

三是於王注或頗作節取，擇善而從；或者檃括其意。如，《離騷》『帝高陽之苗裔兮』注：『顓頊之後有熊繹者，事周成王，封爲楚子，居於丹陽。傳國至熊通，始僭稱王，徙都於郢，是爲武王。生子瑕，受屈爲卿，因以爲氏。』王注作『受屈爲客卿』，朱子删『客』字。《辨證》云：『客卿，戰國時官，爲他國之人遊宦者設。春秋初年，未有此事，亦無此官，況瑕又本國之王子乎？』蓋以『客』字爲衍訛。又，《湘君》『望涔陽兮極浦』注：『涔陽，江碕名。』王注『名』下原有『近附郢』三字。朱子蓋以文獻無徵而删之。《東君》『青雲衣兮白霓裳』，王注：『言日神來下，青雲爲上衣，白蜺爲下裳也。日出東方，入西方，故用其方色以爲飾也。』朱注：『青衣白裳，日出東方，入西方，故用其方色以爲飾也。』删數字而特重『方色以爲飾』之義。《山鬼》『表獨立兮山之上，雲容容兮而在下』。王注上句云：『表，特也。言山鬼後到，特立於山之上而自異也。』又注下句云：『言山鬼所在至高邈，雲出其下，雖白晝猶瞑晦也。』朱注嫌其繁瑣，節之云：『表，特也。雲反在下，言所處之高也。』《惜誦》『又衆兆之所咍也』，朱注：『咍，咍笑，楚語也。』删王注『楚人謂相咍笑曰咍』。《惜往日》『不清澂其然否』，王注：『内弗省察其侵寃也。』朱注：『清澂，猶審察也。』其删節王注爲解。《九辯》『收潦而水清』，王注：『言川水夏濁至秋而清，傷人君無有清明之時也。』朱注删節之，云：『收潦，水清。川水夏濁至秋而清也。』《招魂》『牽於俗而蕪穢』注：『蕪穢，田不治而多草也。』王注：『不治曰蕪，多草曰穢。』熹因王注而彌綸之。

四是因王注《楚辭》草木蟲魚、地理名物之類，皆極簡略，而洪氏旁徵遠紹，補之甚悉，朱注此類，則多取洪説。蓋篇内隨處可見，不勝其舉。不啻於此，凡王注簡易而洪氏補益者，熹亦多因襲之。如，《離騷》『又重之以修能』注：『重，再也，非輕重之重。能，才也。能，獸名，熊屬，多力，故有絶人之才者謂之能。』又，『蛾眉』注：『謂眉之美好如蠶蛾之眉也。』又，『偭規矩而改錯』注引洪曰：『偭規矩而改錯者，反常而妄作。背繩墨以追曲者，枉道以從時。』又，『雧芙蓉』注：『蓮花也。《本草》云：「蓮，其葉名荷，其花未發爲菡萏，已發爲芙蓉。」』又，『高翺翔』注：『一上一下曰翺，直刺不動曰翔。』《東皇太一》『陳竽瑟』注：『竽，笙類，三十六簧。瑟，琴類，二十五弦。』《湘君》『君不行兮夷猶』注：『君，謂湘君，堯之長女娥皇，爲舜正妃者也。舜陟方死於蒼梧，二妃死於江、湘之間，俗謂之湘君。』逸以湘君爲泛稱湘水神，湘夫人爲堯二女娥皇、女英。洪氏補注引韓退之説，以湘君爲娥皇、湘夫人爲女英。則朱子取韓説，亦以湘君爲堯長女娥皇，湘夫人爲次女女英，實從洪氏。又，『捐余玦兮江中』注：『玦，如環而有缺。捐玦遺佩以貽湘君也。』王注以爲『先王所以命臣之瑞，故與環即還，與玦即去也』。洪氏《補注》謂『捐玦遺珮以詒湘君，與《騷經》「解佩纕以結言」同意』。蓋以爲毋需深解。朱子雖未明言，實從洪説。《湘夫人》『辛夷楣』注：『葯，白芷葉也。』王注但云『白芷葉』。洪氏云：『《本草》：「白芷，楚人謂之葯。」博雅曰：「芷，其葉謂之葯。」』是朱子據洪氏以補王注。《惜誦》『魂中道而無杭』注：『杭，方兩舟而並濟也，通作航。』《哀郢》『凌陽侯』注：『陽侯，陽國之侯，溺死於水，其神能爲大波。』王注但云『大波之神』，是節引洪氏以疏王義。

五是或者因襲《文選》唐五臣注。如，《離騷》『又申之』，朱注：『申，重也。』見《文選》劉良注。又，『馳椒丘』注：『丘上有椒，故曰椒丘。』是取《文選》呂延濟注。又，『結幽蘭而延佇』注：『言以芳香自潔而無所趨向也。』是取《文選》李周翰注。《山鬼》『余處幽篁兮終不見天』注：『幽，深也。篁，竹叢也。』是《文選》呂向注。《九辯》『憯悽增欷兮』

注：『欷，泣歎貌。』見《文選》張銑注。《大招》『獨秀先』注：『秀先，言秀異而先進於衆也。』而《文選》劉良注云：『秀異而先進於前。』其意實同。於此可見，毋庸覼縷矣。

六是熹注或者節録王、洪二家之説，而重作排比、組織之，若一出於己者。如，《離騷》『椒專佞以慢慆兮』注：『慆，淫也。《書》曰：「無即慆淫。」』案『淫也』見王注。引《書》，則節取洪氏。《雲中君》『謇將憺兮壽宮』注：『壽宮，供神之處，《漢》：「武帝時置壽宮神君。」亦此類也。』案『供神之處』見王注。『《漢》：「武帝時置壽宮神君」』，見洪氏《補注》。《湘君》『吹參差』注：『參差，洞簫也。《風俗通》。云：「舜作簫，其形參差不齊，象鳳翼也。」』案『洞簫也』見王注。引《風俗通》云云，見爲洪氏《補注》。《東君》『鳴篪兮吹竽』注：『篪、竽，樂器名也。篪以竹爲之，長尺四寸，圍三寸，一孔上出，横吹之。』案『樂器名也』，見王注。『篪以竹爲之，長尺四寸，圍三寸，一孔上出，横吹之』云云，取洪氏《補注》。《國殤》『短兵接』注：『短兵，刀劍也。言戎車相迫，輪轂交錯。長兵不施，故用刀劍以相接擊也。《司馬法》曰：「弓、矢，圍；殳、矛，守；戈、戟，助。凡五兵，長以衛短，短以救長。」』案『短兵』至『相接擊』見王注。引『《司馬法》』以下，節取洪氏《補注》。《天問》『康回憑怒，墜何故以東南傾』注：『康回，共工名也。憑，盛滿也。《列子》曰：「共工氏與顓頊争爲帝，怒而觸不周之山，折天柱，絶地維，故天傾西北，日月星辰就焉；地不滿東南，百川水潦歸焉。」』案『共工名也』見王注。『憑盛滿』以下，節取洪氏。《招魂》『湛湛江水兮上有楓』注：『楓，木名也。似白楊，葉圓而岐，有脂而香，厚葉弱枝善摇，至霜後，葉丹可愛，故騷人多稱之。』案『木名』見王注。『似白楊』以下云云，則節取洪氏。

七是或者因舊注而申引、發揮之。如，《離騷》『苗裔兮』，王注：『苗，胤也。裔，末也。』朱注：『苗裔，遠孫也。

苗者，草之莖葉根所生也。裔者，衣裾之末，衣之餘也。故以爲遠末子孫之稱也。」又，『謇謇』，王注：『謇謇，忠貞貌也。』朱注申其義，云：『謇謇，難於言也。直詞進諫，己所難言，而君亦難聽，故其言之出有不易者，如謇吃然也。』又，『製芰荷』，王注：『芰，蔆也。秦人曰薢茩。』朱注申其義，云：『生水中，葉浮水上，花黄白色，實紫色，兩頭鋭者也。』《雲中君》『靈連蜷』注：『楚人名巫爲靈子，若曰神之子也。』案『楚人名巫爲靈子』者，王逸舊説。『若曰神之子也』，朱子申解王注。《湘夫人》『思公子』注：『公子，謂湘夫人也。帝子而又曰公子，猶秦已稱皇帝，而其男女猶曰公子、公主，古人質也。』案『謂湘夫人也』者，本於王逸注。『帝子而又曰公子』以下，朱子申引王注義也。《東君》『駕龍輈兮乘雷』注：『輈，車轅也，龍形曲，似之，故以爲轅。雷氣轉似輪，故以爲車輪。』案『車轅』之解本王注，而『龍形曲似之故以爲轅』云云，申王注以疏之。《惜誦》『令五帝以折中兮』注：『五帝，五方之帝，以五色爲號者，太一之佐也。折中，謂事理有不同者，執其兩端，而折其中也。若《史記》所謂「六藝折中於夫子」是也。』案『五方之帝』云者，王注舊義。『以五色』以下，皆所以申疏王義。《九辯》『燕翩翩其辭歸兮』，王注：『將入大海飛回翔也。』朱子申解其義，云：『鴈陰起則南，陽起則北，避寒燠也。』又，《招魂》『軒輬既低』，王注：『軒、輬，皆輕車。』案：朱注申疏其剩義，云：『軒，曲輈藩車也。輬，卧車也。皆輕車也。低，俛也。凡車行之勢一低一昂，詩所謂「如輊如軒」者也。此則指其方低而未昂、方輊而未軒之時而言耳。』《大招》『三圭重侯』，王注但以『重侯』爲『子男』。案：朱注疏其剩義，云：『重侯，猶曰陪臣，謂子男也。蓋楚僭王號，其縣宰皆號曰公，如申公、葉公之類，其小者應亦比子男也。』又，『揖辭讓』，王注但言『上手爲揖』。案：朱注申引其義，云：『上手延登曰揖，壓手退避爲讓，致語以讓爲辭。』

八是或者所以補王、洪之闕者。如，《離騷》『恐美人』，王注謂『懷王』，闕其所以稱者之義。朱注疏其所以稱『美人』者，云：『美人，謂美好之婦人，蓋託詞而寄意於君也。』《雲中君》『沐芳』，芳，王、洪未注。朱注補之，云：『芳，芷也。榮而不實者謂之英。』《東君》『暾將出』，暾，王、洪皆無注。朱注補之，云：『暾，温和而明盛也。』又，『應律兮合節』，王、洪未注『律』『節』之義。案：朱注補之，云：『律，謂十二律，黄鍾、大呂、大簇、夾鍾、姑洗、中呂、蕤賓、林鍾、夷則、南呂、無射、應鍾也。作樂者以律和五聲之高下，節，謂其始終先後疏數疾徐之節也。』《河伯》『子交手兮東行』，交手，王、洪皆未注。朱注補之，云：『交手者，古人將别，則相執手以見，不忍相遠之意。晋宋間猶如此也。』《惜誦》『所非忠而言之』，所字，王、洪皆未注。朱注云：『所者，誓詞，猶所謂「所不與舅氏同心」「所不與崔慶」者之類也。』《涉江》『齊吴榜』，王、洪無注。朱注補之，云：『齊，同時並舉也。吴，謂吴國。榜，櫂也。蓋效吴人所爲之櫂，如云「越舲蜀艇」也。』《抽思》『望三五以爲像兮，指彭咸以爲儀』。像、儀，王、洪未注。朱子益之，云：『像，謂肖古人之形而則其象也。儀，謂以彼人爲法而效其儀，如《儀禮》所説「國君行禮，而視祝爲節」之類是也。』《惜往日》：『願陳情以白行兮，得罪過之不意。情冤見之日明兮，如列宿之錯置。』王、洪説甚簡略。朱子乃逐文注之，云：『白，明也。自明其行之無罪也。不意，出於意外也。情冤，情實與冤枉，猶言曲直也。列宿錯置，言其光輝而明白也。』《遠遊》『魂營營』，王、洪無説。朱注補之，云：『營營，猶曰熒熒，亦耿耿之意也。』《招魂》『像設君室』，像，王、洪無説。朱注況之以今，云：『像，蓋楚俗人死，則設其形貌於室而祠之也。』《大招》『孤寡存只』，孤、寡，王、洪皆無説。朱注補其闕，云：『孤者，幼而無父者也。寡者，老而無夫者也。』

九是或者據洪氏《補注》而别爲新解。如，《離騷》『世溷濁而嫉賢兮，好蔽美而稱惡』。洪氏云：『再言「世溷濁」者，甚之也。』朱注申其義，云：『再言世之溷濁而嫉賢蔽美，蓋以爲雖四方之遠而其風俗之不美，無以異於齊州也。』《國殤》

『魂魄毅兮爲鬼雄』，注：『魂魄，死者之神靈也。蓋魂神而魄靈，魂氣而魄精，魂陽而魄陰，魂動而魄静，生則魂載其魄，魄檢其魂。死則魂遊散而歸於天，魄淪墜而歸於地也。』案：魂魄，王注無解。朱子蓋綜合、節録洪氏引《左傳》孔《疏》，然與洪説亦有異。《辨證》復『或問魂魄之義』條，曰：『子産有言：「物生始化曰魄，既生魄，陽曰魂。」孔子曰：「氣也者，神之盛也。魄也者，鬼之盛也。」鄭氏注曰：「噓吸出入者，氣也。耳目之精明爲魄，氣則魂之謂也。」《淮南子》曰：「天氣爲魂，地氣爲魄。」高誘注曰：「魂，人陽神也。魄，人陰神也。」此數説者。其於魂魄之義詳矣。蓋嘗推之，物生始化云者，謂受形之初，精血之聚，其間有靈者，名之曰魄也。既生魄陽曰魂者，既生此魄。便有暖氣，其間有神者，名之曰魂也。二者既合，然後有物。《易》所謂「精氣爲物」者是也。及其散也，則魂遊而爲神，魄降而爲鬼矣。説者乃不考此，而但據左疏之言，其以神靈分陰陽者，雖若有理，但以噓吸之動者爲魄，則失之矣。其言附形之靈、附氣之神。似亦近是，但其下文所分，又不免於有差。其謂魄識少而魂識多，亦非也。但有運用畜藏之異耳。』《哀郢》『至今九年而不復』。注：『《補注》：「考原初被放，在懷王十六年，至十八年復召用之，三十年，秦約懷王與會，原諫止之，不從，懷王遂死於秦。頃襄王立，復放屈原。」此云「九年不復」，不知的在何時也。』朱注雖全録洪説，然未苟同洪氏謂再放頃襄之時已『九年』，以爲理當别論。

十是徑不從舊説，而獨創新解，故精義紛呈，而發前所未發。如，《離騷》『指九天』，王注、洪氏皆以『九天』爲中央八方之説。朱注以『渾天』説之，云：『九天，天有九重也。』又，『初既與余成言』，王注：『成，平也。言，猶議也。』洪氏據《九章》作『誠言』。朱注蓋於男女婚姻爲説，云：『成言，謂成其要約之言也。』又，『鞿羈兮』，舊注皆以爲爲人所係累。朱注云：『鞿羈，以馬自喻。言自繩束不放縱也。』又，『和調度』，和調，王注無説，洪氏以爲『重言之』。

朱注發其微旨，云：『調，猶今人言格調之調，度法度也。言我和此調度以自娱，而遂浮遊以求女，如前所言虙妃、佚女、二姚之屬，意猶在於求君也。』《湘君》『駕飛龍』，飛龍，王、洪皆無説，蓋視以若乘飛龍上天。朱注：『駕龍者，以龍翼舟也。』《湘夫人》『捐余袂兮江中，遺余褋兮澧浦』。王注『捐棄衣物，裸身而行，將適九夷』云云，比附屈子流放困窮。非是。朱注：『此篇首末大指，與前篇同。捐袂、遺褋，即捐玦、遺佩之意。然玦、佩，貴之；而袂、褋，親之也。』朱子取義於男女歡娱，頗得其旨。《東君》『援北斗』，王注：『斗，謂玉爵。言誅惡既畢，故引玉斗，酌酒漿，以爵命賢能、進有德也。』洪氏云：『此以北斗喻酒器者，大之也。斗舊音主。』朱注：『北斗，七星，在紫宫南，其杓所建，周於十二辰之舍，以定十有二月，斟酌元氣，運平四時者也。』則以紀四時解之，庶幾近旨。《山鬼》『遺所思』，王注：『所思，謂清潔之士若屈原者也。』未免直白，而失諷諭微意。朱注別爲解之，云：『所思，指人之悦己而己欲媚之者也。』又，『怨公子』，王注：『公子，謂公子椒也。言己所以怨公子椒者，以其知己忠信而不肯達。』洪氏云：『怨蘭之蔽賢如葛石之於三秀。』皆引諭失義。朱子棄其説，乃云：『公子，即所欲留之靈脩也。鬼采芝於山間而思此人，雖怨其不來，而亦知其思我之不能忘也。』《遠遊》『載營魄』，王注：『抱我靈魂而上升也。』洪氏云：『《老子》曰「載營魄」。説者曰：「陽氣充魄則爲魂，以魂能運動則生金矣。」』皆未達其義。朱注：『載，猶加也。營，猶熒熒也。魄，説見《九歌》矣。此言熒魄者，陰靈之聚，若有光景也。霞，與遐通。謂遠也。蓋魄不受魂，魂不載魄，則魂遊魄降，而人死矣。故修鍊之士必使魂常附魄，如日光之載月質；魄常檢魂，如月質之受日光，則神不馳而魄不死，遂能登仙遠去而上征也。』其説爽快，則無礙義。《大招》『冥凌浹行』，王逸注以冥爲玄冥，凌爲馳驅，浹爲周遍，謂『玄冥之神遍行凌馳於天地之間』。果若其説，與下文『魂無逃』不可接榫。朱注未從，乃云：『冥，幽暗也。凌，冰凍也。浹，周洽也。言春氣既發，幽暗冰凍之地無不周洽而流行，故魂魄之已散而未盡者，亦隨時感動而無所逃，於是及此時而招之。』甚是。又，『昭質既設』，王注『昭質』爲『明旦』。朱注：『昭質，爲射侯所畫之地，如言白質、赤質之類也。』是也。

熹之爲學，實事求是，其恪守先聖古訓，於其所不知而不强爲之解，寧付之闕如。計凡十七事，而見於《天問》一篇者至多。如，『胡爲嗜不同味而快鼂飽』注：『二句未詳。』又，『啓棘賓商』注：『棘賓商，未詳。』又，『吴獲迄古』注：『此章未詳。舊注以兩男子爲太伯、虞仲，未知是否？』又，『該秉季德』注：『此章未詳。』又，『逢彼白雉』注：『白雉事，無所見。』

朱子以講習爲業，善發論議，循情責實，反覆審諟，揭櫫微旨，頗爲深切。如，《離騷》『唯昭質其猶未虧』，王逸解以獨善其身。非其旨意。朱注：『唯，獨也。昭，明也。言獨此光明之質有退藏而無虧缺，所謂道行則兼善天下，不用則獨善其身也。』蓋近本旨。又，『忽反顧以遊目兮，將往觀乎四荒。佩繽紛其繁飾兮，芳菲菲其彌章』。王注以往觀四荒爲求賢君，吕延濟謂求知己，洪氏以爲同姓無可去之義，謂求同志。朱注因仍王説，云：『言雖已回車反服，而猶未能頓忘此世，故復反顧而將往觀乎四方絶遠之國，庶幾一遇賢君，以行其道。』蓋設想之辭，非謂必去楚而走他國。下文求女，王氏改易爲求賢，而朱氏一以貫之，仍以求君説之。其説較王注通融。又，『昔日之芳草兮，今直爲此蕭艾也。豈其有他故兮，莫好脩之害也』。朱注：『蕭艾賤草，亦以喻不肖。世亂俗薄，士無常守，乃小人害之。而以爲「莫如好脩之害」者，何哉？蓋由君子好脩，而小人嫉之，使不容於當世，故中材以下，莫不變化而從俗，則是其所以致此者，反無有如好脩之爲害也。東漢之亡，議者以爲黨錮諸賢之罪，蓋反其詞以深悲之，正屈原之意也。』朱氏論及黨錮，因其時僞學之禍而發，以爲古今一理，則讀之令人噓欷。《河伯》『波滔滔兮來迎，魚隣隣兮媵予』。洪云：『屈原託江海之神迎己者，言時人遇己之不然也。』

朱氏申洪氏之説，云：『既已別矣，而波猶來迎，魚猶來送，是其眷眷之無已也。三閭大夫豈至是而始歎君恩之薄乎？』庶幾屈子心事如此。又，《山鬼題解》：『今按此篇文義最爲明白，而説者自汨之。今既章解而句釋之矣，又以其託意君臣之間者而言之，則言其被服之芳者，自明其志行之潔也。言其容色之美者，自見其才能之高也。子慕予之善窈窕者，言懷王之始珍己也。折芳馨而遺所思者，言持善道而効之君也。處幽篁而不見天、路險艱而又晝晦者，言見棄遠而遭障蔽也。欲留靈脩而卒不至者，言未有以致君之寤而俗之改也。知公子之思我而然疑作者，又知君之初未忘我而卒困於讒也。至於思公子而徒離憂，則窮極愁怨而終不能忘君臣之義也。以是讀之，則其他之碎義曲説，無足言矣。』其説《山鬼》，遮前繫後，彌合無間，真善讀書者。

熹乃理學大師，其作《集注》，固以求『義理』爲準的，故據性理之義以解《楚辭》，凡涉及神怪之事，皆斥之不經，頗具特色。如，《天問》：『明明闇闇，惟時何爲。陰陽三合，何本何化。』朱注：『此問蓋曰明必有明之者，闇必有闇之者，是何物之所爲乎？陰也，陽也，天也，三者之合，何者爲本，何者爲化乎？今答之曰：天地之化，陰陽而已。一動一静，一晦一明，一往一來，一寒一暑，皆陰陽之所爲而非有爲之者也。然《穀梁》言天而不以地對，則所謂天者，理而已矣。成湯所謂「上帝降衷」，子思所謂「天命之性」是也。是爲陰陽之本，而其兩端循環不已者，爲之化焉。周子曰：「無極而太極，太極動而生陽，動極而静，静而生陰，一動一静，互爲其根。分陰分陽，兩儀立焉。」正謂此也。然所謂太極，亦曰理而已矣。』屈子本旨是否與子思、周子合，當屬別論，而未失其爲一家説。又，《惜誦》：『固煩言不可結而詒兮，願陳志而無路。』結言，王、洪皆未明確。朱注：『《騷經》云「解佩纕以結言」，《思美人》曰「言不可結而詒」。疑古者以言寄意於人。必以物結而致之。如結繩之爲也。』則發前人所未發。又，《哀郢》：『曾不知夏之爲丘兮，孰兩東門之可蕪。』注云：

『夏，大屋也。丘，荒墟也。孰，誰也。兩東門，郢都東關有二門也。蕪，穢也。言楚王曾不知都邑宮殿之夏屋，當爲丘墟；又不知兩東門亦先王所設以守國者，豈可使之至於蕪廢耶？懷王二十一年，秦遂拔郢，而楚徙陳，不知在此後幾年也。』案：朱子雖未斷定《哀郢》之作，與白起拔郢，楚遷都於陳有關。然爲後之汪瑗、王夫之、林雲銘輩謂《哀郢》作於白起拔郢之說張目。惟懷王二十一年，史載無秦拔郢之事。懷王，當『襄王』之筆誤。又，『外承歡之汋約兮，諶荏弱而難持。忠湛湛而願進兮，妬被離而鄣之。』朱注：『此章形容邪佞之態最爲精切，讀者宜深味之，則知佞人之所以殆。又信此語與孔聖之言，實相發明也。』朱子蓋深感於慶元禍發，小人紛紛，假以聖人之言攻擊道學，極可深味。《悲回風》：『物有微而隕性兮，聲有隱而先倡。』王、洪皆未達其旨。朱注：『言秋令已行，微物凋隕，風雖無形，而實先爲之倡也。世之治亂、道之興廢，亦猶是矣。』蓋猶後世言『月暈知風，礎潤知雨』之意。又，『惟佳人之永都兮，更統世以自貺。眇遠志之所及兮，憐浮雲之相羊。介眇志之所惑兮，竊賦詩之所明。』王、洪雖逐字爲解，皆未達其旨。朱注：『統世，謂先世之垂統傳世也。自貺，謂己得續其官職也。相羊，浮遊之貌。因自言其志之高遠，與浮雲齊，而不能有合於世，是以其志不能無惑，而遂賦詩以明之也。』其說合乎性理，於義亦無礙。《遠遊》：『故天地之無窮兮，哀人生之長勤。往者余弗及兮，來者吾不聞。』洪氏但云『憂世之語』。朱注揭櫫其旨，乃云：『此章四言，乃此篇所以作之本意也。夫神仙度世之說，無是理而不可期也，審矣。屈子於此乃獨眷眷而不忘者何哉？正以往者之不可及，來者之不得聞，而欲久生以俟之耳。然往者之不可及，則已末如之何矣。獨來者之不得聞，則夫世之惠迪而未吉、從逆而未凶者，吾皆不得以須其反覆熟爛，而睹夫天定勝人之所極，是則安能使人不爲没世無涯之悲恨？此屈子所以願少須臾無死，而僥倖萬一於神仙度世之不可期也。嗚呼，遠矣！是豈易與俗人言哉？』其以『天定勝人』之意解之，頗可玩味。

朱熹於古之自然科學或有可采者，則未拘理學舊義而從新説。如，《天問》：『夜光何德，死則又育。厥利維何，而顧菟在腹。』朱注：『此問月有何德，乃能死而復生？月有何利，而顧望之菟常居其腹乎？答曰曆家舊説，月朔則去日甚遠，故魄死而明生，既望而去日漸近，故魄生而明死，至晦而朔，則又遠日而明復生，所謂「死而復育」也。此説誤矣。若果如此，則未望之前，西近東遠，而始生之明，當在月東；既望之後，東近西遠，而未死之明，却在月西矣。安得未望載魄於西，既望終魄於東，而遡日以爲明乎？故唯近世沈括之説，乃爲得之。蓋括之言曰：「月本無光，猶一銀丸，日耀之乃光耳。光之初生，日在其傍，故光側而所見纔如鈎，日漸遠則斜照而光稍滿。大抵如一彈丸，以粉塗其半，側視之，則粉處如鈎；對視之，則正圓也。」近歲王普又申其説：「月生明之夕，但見其一鈎，至日月相望，而人處其中，方得見其全明。必有神人能凌到景，傍日月而往參其間則，雖弦晦之時亦復見其全明，而與望夕無異耳。」以此觀之，則知月光常滿，但自人所立處視之，有偏有正，故見其光有盈有虧，非既死而復生也。若顧菟在腹之問，則世俗桂樹、蛙、兔之傳，其惑久矣。或者以爲日月在天，如兩鏡相照，而地居其中，四旁皆空水也。故月中微黑之處，乃鏡中大地之影，略有形似，而非真有是物也。斯言有理，足破千古之疑矣。』案：朱子『月光常滿，但自人所立處視之，有偏有正，故見其光有盈有虧』云云，較之西哲哥白尼『太陽中心』説，蓋又先於五百餘年矣。

熹精於文學闡釋，其啓人心智固多。如，解《離騷》方之《詩》『六義』，尤『比』『興』『賦』三義以貫通之，蓋古今爲其一人。稱『《周禮》太師掌六詩以教國子，曰風、曰賦、曰比、曰興、曰雅、曰頌，而《毛詩大序》謂之「六義」。蓋古今聲詩條理，無出此者。《風》則閭巷風土男女情思之詞，《雅》則朝會燕享公卿大夫之作，《頌》則鬼神宗廟祭祀歌舞之樂，其所以分者，皆以其篇章節奏之異而別之也。賦則直陳其事，比則取物爲比，興則託物興詞，其所以分者，又以其屬辭命意之不同而别之也。誦《詩》者先辨乎此，則《三百篇》者若網在綱，有條而不紊矣。不特《詩》也，楚人之詞亦以是而求之，則其寓情草木，託意男女，以極遊觀之適者，變《風》之流也。其敘事陳情，感今懷古，以不忘乎君臣之義者，變《雅》之類也。至於語冥婚而越禮，據怨懟而失中，則又《風》《雅》之再變矣。其語祀神歌舞之盛，則幾乎《頌》，而其變也，又有甚焉。其爲賦，則如《騷經》首章之云也，比，則香草惡物之類也。興，則託物興詞，初不取義，如《九歌》「沅芷澧蘭」，以興思公子而未敢言之屬也。然《詩》之興多而比、賦少，《騷》則興少而比、賦多。要必辨此，而後詞義可尋，讀者不可以不察也。』《辨證》又云：『《離騷》以靈脩、美人目君，蓋託爲男女之辭，而寓意於君，非以是直指而名之也。靈脩，言其秀慧而脩飾，以婦悦夫之名也。美人，直謂美好之人，以男悦女之號也。今王逸輩乃直以指君，而又訓靈脩爲「神明遠見」。釋美人爲「服飾美好」。失之遠矣。』此説爲後世如游國恩氏《離騷》男女君臣之喻、『《楚辭》女姓中心説』張本。又，『閨中既以邃遠兮，哲王又不寤』。洪氏云：『閨中既以邃遠者，言不通群下之情。哲王又不寤者，言不知忠臣之分。』朱注於藝文説之，云：『閨中深遠，蓋言虙妃之屬不可求也。哲王不寤，蓋言上帝不能察司閽壅蔽之罪也。言此以比上無明王、下無賢伯。』以爲乃比喻之義，不當徑説之。《湘君》『桂櫂兮』一章，朱注：『此章比而又比也。蓋此篇本以求神而不答，比事君之不偶，而此章又别以事比求神而不答也。』朱子以『比之又比』之法，探求《湘君》諷諭之旨，可謂得其藴奥。《湘夫人》：『沅有芷兮澧有蘭，思公子兮未敢言。荒忽兮遠望，觀流水兮潺湲。』朱注：『此章興也。所謂興者，蓋曰沅則有芷矣，澧則有蘭矣，何我之思公子而獨未敢言耶？思之之切，至於荒忽而起望，則又但見流水之潺湲而已。其起興之例，正猶《越人之歌》所謂「山有木兮木有枝，心悦君兮君不知」。』其説比興之法，引例至當，又與《越人之歌》比較，知其時沅、湘民間已有此體也。《九辯》『悲哉秋之爲氣也』，秋氣，王、洪皆未注。朱注：『秋者，一歲之運，盛極而衰，肅殺寒涼，陰氣用事，草木零落，百物凋悴之時，有似叔世危邦，主昏政亂，賢智屏絀，姦凶得志，民貧財匱，不復振起之象。是以忠臣志士遭讒放逐者，感事興懷，尤切悲歎也。」屈、宋狀秋之文學意象，至是顯白。又，『登山臨水兮送將歸』，朱注：『在遠行羈旅之中，而登高望遠，臨流歎逝，以送將歸之，人因離別之懷，動家鄉之念，可悲之甚也。』登高以舒憂，臨水以歎逝，乃古今文人所同感。《詩・氓》既曰『送子涉淇，至于頓丘』，則是臨水。又曰『乘彼垝垣，以望復關』，則是登高。曹植《幽思賦》：『信有心而在遠，重登高以臨川。』亦是臨水。又，《感節賦》：『登高墉以永望，冀銷日以忘憂。』亦是登高。又《臨觀賦》：『登高墉兮望四澤，臨長流兮送遠客。』則登高又臨水。皆與玉賦互證。朱子首從文學言之，其說信不誣矣。

朱子或舉當時民俗以證古義，尤開豁心智，而見其識力之非凡。如，《招魂》：『雕題黑齒，得人肉以祀，以其骨爲醢些。』注云：『南人常食蠃蜯，得人之肉則用以祭神，復以其骨爲醬而食之。今湖南、北有殺人祭鬼者，即其遺俗也。』朱子親歷見其事，故以證《招魂》，是見開通處，讀書而不泥於書。或者取證於其時地理。如，《招魂》：『其土爛人，求水無所得些。』注云：『言西方之土溫暑而熱，燋爛人肉，渴欲求水，不能得之。今靈、夏之間。有旱海六七百里。無水泉。即其證也。』靈，靈寶也。夏，西夏也。皆在今西北，蓋在宋世已無水。然朱子於屈子所言怪誕之事，多視如『無稽』，以爲不必深究之。如，《天問》：『鴟龜曳銜，鮌何聽焉；順欲成功，帝何刑焉。』注云：『鴟龜事無所見，舊說謂鮌死爲鴟龜所食，鮌何以聽而不爭乎？特以意言之耳。詳其文勢與下文應龍相類，似謂鮌聽鴟龜曳銜之計而敗其事。然若且順彼之欲，未必不能成功，舜何以遽刑之乎？然若此類無稽之談，亦無足答矣。』『鴟龜相銜』之事，見長沙馬王堆漢墓帛畫，其下部兩側各有一龜，背立一鳥，象『鴟龜曳銜』也。又，長沙子彈庫戰國《楚帛書》：『爲禹爲萬，以司堵襄。』饒宗頤氏謂『萬即當冥』。冥，玄冥。

《山海經・海外北經》：『北有禺彊，人面鳥身。』郭璞注：『字玄冥，水神也。』江陵鳳凰山八號楚墓出土龜質漆畫，其神正是人首鳥足，説者以玄冥當之。其説是也。《國語・魯語》『冥勤其官而水死』，韋昭注：『冥，契後六世孫，根國之子，爲夏水官，勤於其職而死於水也。』《史記・殷本紀》『曹圉卒，子冥立』，《集解》：『宋忠曰：「冥爲司空，勤其官事，死於水中，殷人郊之。」』《索隱》：『《禮記》曰：「冥勤其官而水死。」』玄冥，龜也。其神人首鳥足，故冥亦猶鳥也。玄冥佐禹治水，亦佐鯀治水。鴟龜曳銜，玄冥之象。屈原問鯀治水何聽從玄冥。是雖『無稽之談』，有本事可稽。他如『一蛇吞象』『焉有虬龍負熊以遊』『雄虺九首』、河神妻洛嬪、『化爲黄熊』等，皆可類推之，而未可概斥之以『怪誕』也。

熹爲《楚辭辨證》，分上、下二卷，計《目録》三條，《離騷》六十四條，《九歌》二十八條，《天問》十八條，《九章》十一條，《遠遊》三條，《卜居》《漁父》各一條，《九辯》五條，《招魂》五條，《大招》一條，《晁録》一條，凡一百四十一條。蓋專以研討《楚辭》疑難問題，與《集》簡約清要者迥異。稱『余既集王、洪《騷》注，顧其訓故義文義之外猶有不可知者。然慮文字之太繁，覽者或没溺而失其要也。别記於後，以備參考』云，其所以補《集注》所不及。故往往旁紹遠引，舉凡一字一音之正誤、一詞一義之是非、人物典故之考訂、地理名物之審定等，皆論列之，短則數十言，長至數千言，決疑祛惑，訂正舊注之謬誤，其最見功力，多發前人所未發。

《離騷》『攝提貞于孟陬』，《辨證》云：『王逸以太歲在寅曰攝提格，遂以爲屈子生於寅年寅月寅日，得陰陽之正中。補注因之爲説，援據甚廣。以今考之，月日雖寅，而歲則未必寅也。蓋攝提自是星名，即劉向所言「攝提失方，孟陬無紀」，而注謂「攝提之星隨斗柄以指十二辰者也」。其曰「攝提貞于孟陬」，乃謂斗柄正指寅位之月耳，非太歲在寅之名也。必爲歲名，則其下少一「格」字，而「貞于」二字亦爲衍文矣。故今正之。』朱説雖未盡得旨，而未失爲一家言。又，『惟庚寅吾以降』，《辨證》云：『「惟庚寅吾以降」「豈維紉夫蕙茝」「夫唯捷徑以窘步」，據字書，惟從心者，思也。維從系者，繫也。皆語辭也。唯從口者，專詞也，應詞也。三字不同，用各有當。然古書多通用之，此亦然也。後放此。』此説惟、唯、維三字異同。又，『兩美其必合兮』，《辨證》云：『兩美必合，此亦託於男女而言之。注直以君臣爲説，則得其意而失其辭也。下章「孰求美而釋女」亦然，至説「豈惟是其有女」，而曰「豈唯楚有忠臣」。則失之遠矣。其以芳草爲賢君，則又有時而得之。大率前人讀書不先尋其綱領，故一出一入，得失不常，類多如此。幽昧、眩曜二語，乃原自念之辭，以爲答靈氛者，亦非是。』朱子以文學眼目，以爲《離騷》以男女比君臣，則自是度越人處。又，『循繩墨而不頗』，《辨證》云：『循、脩，唐人所寫多相混，故《思玄賦》注引「脩繩墨」而解作「遵」字，即循字之義也。』此所以辨字形之訛。《東皇太一》『靈偃蹇兮既服』，《辨證》：『舊説以靈爲巫，而不知其本以神之所降而得名。蓋靈者，神也，非巫也。若但巫也，則此云「姣服」，義猶可通。至於下章則所謂「既留」者，又何患其不留也哉！《漢樂歌》云：「神安留。」亦指巫言耳。』其辨靈、神、巫三者之異同。《天問》『齊桓九會』，《辨證》云：『九，本糾字，借作九耳。《左傳》展禽犒師之言，正作糾字。「糾合宗族」，亦此義也。唯《莊子》「九雜天下之川」，作九，則亦古字通用，而非九數之驗也。諸儒通計「九會」之數不合，遂有裳衣兵車之辯。蓋鑿説也。然此辭亦作「九會」，則其誤也久矣。如《公羊》《穀梁》，故是戰國時人也。』辯齊桓『九會』，非會者九，謂糾會。其破千古之惑。

朱子於《哀郢》之郢，《辨證》爲之詳考，云：『楚文王自丹陽徙江陵，謂之郢。後九世，平王城之。又後十世，爲秦所拔，而楚徙東郢。』楚之城郢，始自平王之説，爲近出地下簡帛文獻所證實。清華大學藏戰國竹書《楚居》云：『至武王酓徹自宵徙居免（沔）焉，始□□□□□福。衆不容於免，乃渭（潰）疆浧（郢）之波（陂）而宇人焉，氏（抵）今曰浧（郢）。

至文王自疆浧（郢）徙居湫浧（郢），湫浧（郢）徙）居樊浧（郢），樊浧（郢）徙居爲浧（郢），爲浧（郢）復徙居免浧（郢），焉改名之曰福丘。」郢之字，楚簡作浧，盈之古字。《九店楚簡·日書》：「乃浧（盈）其志。」又云：「凥之不浧（盈）志。」《郭店楚墓竹簡·老子》（甲種本）：「金玉浧（盈）室，莫能守也。」又云：「恃而浧（盈）之，不不若已。」又云：「長短之相型也，高下之相浧（盈）。」又云：「保此道者不谷（欲）尚浧（盈）。」（乙種本）云：「大浧（盈）若中，其用不窮。」《太一生水》：「一缺一浧（盈），以紀爲萬物經。」《語叢》（四）：「金玉浧（盈）室不如謀，衆強甚多不如時。」盈，謂圓満無缺。《墨子·經》上：「盈，莫不有也。」《禮記·禮運》「是以三五而盈」，孔《疏》：「盈，謂月光圓滿。」足以容衆而圓満無匱乏之居，則名之「郢」。然武王、文王所居之郢，爲疆郢。疆者，疆界也。武王未嘗築城，但爲之以疆界。始築城於郢者，乃子常囊瓦。《左傳》昭公二十三年：「楚囊瓦爲令尹，城郢。」杜注：「囊瓦，子囊之孫子常也，代陽匄。楚用子囊遺言已築郢城矣，今畏吴復增脩以自固。」孔《疏》：「楚自文王都郢，城郭未固，子囊心欲城之，其事未暇，將死而令城郢，故可謂之爲忠。今郢既固矣，足以爲治，而囊瓦畏吴侵偪，恐其入寇國都，更復增脩其城，又求自固，不能遠撫邊境，惟欲近守城郭，沈尹謂之必亡，爲其事異故也。」孔《疏》「楚自文王都郢，城郭未固」云云，臆度之詞，然子囊亦未築城，是以吴師一舉而下，似無障礙矣。杜注不足信。武王始爲之疆界，後至昭王之世，郢猶未嘗有城，囊瓦爲平王令尹，始爲城郢。朱子之説，誠爲不刊。

朱子爲《楚辭》大家，《集注》一書，固稱千古傑作。然極一人之力，欲盡去古今之惑，庶幾無此可能。是故其疏誤之處，時或可見，蓋未能免。如，《離騷》「女嬃之嬋媛」注：「嬋媛，眷戀牽持之意。」非也。案：王注：「嬋媛，猶牽引也。」謂氣鬱結糾纏不舒之意，訓詁字作嘽咺，《方言》：「凡恐而噎噫，南楚、江湘之間曰嘽咺。」猶喘息貌也。其字無定，隨文所施，則別文紛雜。或作低佪、邅迴、儃佪、嬋娟等，則未可拘泥。又，『汝何博謇而好脩』注：『博謇，謂廣博而忠直。』案王注『博采往古』云云，蓋以『謇』爲『采』，通作『寋』，謂采取。又，《辨證》云：『《九辯》不見於經傳，不可考，而《九歌》著於《虞書》《周禮》《左氏春秋》，其爲舜、禹之樂無疑。至屈子爲《騷經》，乃有「啓《九歌》《九辯》」之説，則其爲誤亦無疑。王逸雖不見《古文尚書》，然據《左氏》爲説，則不誤矣。顧以不敢斥屈子之非，遂以啓脩禹樂爲解，則又誤也。至洪氏爲《補注》，正當据經傳以破二誤，而不唯不能顧，乃反引《山海經》「三嬪」之説以爲證證，則又大爲妖妄，而其誤益以甚矣。然爲《山海經》者，本據此書而傅會之，其於此條，蓋又得其誤本，若他謬妄之可驗者亦非一。而古今諸儒皆不之覺，反謂屈原多用其語，尤爲可笑。今當於《天問》言之，此未暇論也。五臣以啓爲開，其説尤謬。王逸於下文又謂太康不用啓樂，自作淫聲。今詳本文，亦初無此意。若謂啓有此樂，而太康樂之太過，則差近之。然經傳所無，則自不必論也。』屈子所引三代以往史事，異乎經傳所載，而與《汲冢》古書多合。洪氏引《山海經》爲解，正其眼目過人處。朱子泥經傳以解《離騷》，未免捉襟見肘，至妄改本文以就經傳，則反見拘迂不通。又謂《山海經》因《離騷》附會之，寧有其據乎？又，《雲中君》『猋遠舉兮雲中』，朱本作『焱』，《辨證》云：『《説文》從三犬，而釋爲群犬走貌。然《大人賦》有「焱風湧而雲浮」者，其字從三火，蓋別一字也。此類皆當從三火。』洪氏《補注》：『《大人賦》曰「猋風涌而雲浮」。李善引此作焱，其字從火。非也。』洪説是而朱説非。《慧琳音義》卷十二『飇聚』條謂飇字從三犬、從風，非從火。王注『去疾貌也』云云，舊本作『猋』。焱音以冉反，非卑遥反。《説文·火部》：『焱，火華也。从三火。』無去疾義。段氏注云：『古書焱與猋二字多互譌，如曹植《七啓》「風厲猋舉」，當作焱舉。班固《東都賦》「焱焱炎炎」，當作「猋猋炎炎」。李善注幾不別二字。』猋，或作歘；歘，忽之別文，謂急疾貌，以同義互易之。焱，歘字爛脱，是李善所據，朱子不能別，反譏洪氏，以不訛爲訛，陋矣。又，《湘夫人》『登白薠兮騁望』注：『薠草秋生，今南方湖澤皆有之。似莎而大，鴈所食也。』案：王逸注：『薠，草，秋生，今南方湖澤皆有之。』洪氏《補注》：『薠音煩。《淮南子》云：「路無莎薠。」注云：「薠狀如葴。」葴音針，見《爾雅》。又，《説文》云：「青薠似莎者。」司馬相如《賦注》云：「似莎而大，生江、湖，鴈所食。」』朱注乃取舍於王、洪之説，並無新義。然王注舊本無『登』字，注『言己願以始秋薠草初生平望之時』云云，薠草，但以紀時，未見『登臨』之意。若有『登』字，則『白薠』爲陵阜，乃得調遂。朱氏增一『登』字，是未審諟。《湘夫人》『思公子兮未敢言』，注云：『未敢言者，尊而神之，懼其瀆也。』案：王逸注：『所以不敢達言者，士當須介、女當須媒也。』王氏以古禮説之，男女交合必介於媒理。而朱子乃以『尊而神之』解之，當非其義。《國殤》：『霾兩輪兮縶四馬，援玉枹兮擊鳴鼓。』注云：『援，枹擊鼓。』案：王逸注：『言己馬雖死傷，更霾車兩輪，絆四馬，終不反顧，示必死也。』其説不移。縶馬霾輪，猶《孫子·九地篇》之『是故方馬埋輪』，曹操注：『方，縛馬也。埋輪，示不動也。』明姚富《青溪暇筆》卷下云：『「方馬」二字，諸家之注皆欠明白。富按：《詩·大明篇·傳注》：「天子造舟，諸侯比舟，大夫方舟，士特舟。」《爾雅注》：「方舟併兩船，特舟單船。」「方馬」之義，當與「方舟」同。蓋並縛其馬，使不得動之義耳。』士卒之進退，在吾主帥之車。帥車不動，士卒亦堅守不動。縶馬霾輪，即《九地篇》所謂『死地吾將示之以不活』。《左傳》文公三年：『秦伯伐晉，濟河焚舟。』杜注：『示必死也。』《史記·項羽本紀》：『項羽乃悉引兵渡河，皆沈船，破釜甑，燒廬舍，持三日糧，以示士卒必死，無一還心。』曹公所謂『示不動』。朱子舍王注而闕其説，亦未及深考。《天問》：『永遏在羽山，夫何三年不施。』注云：『遏，猶禁止也。施，謂刑殺之也。』案：王注『遏』訓『絶』，與釋『禁止』者同。然帝堯未嘗殺鯀，乃流放於羽之野。《堯典》曰『極』者，黄生《義府》『流放竄殛』條：『《孔傳》總訓流放竄殛爲誅，則是誅罰之意，非死刑也。」且施釋『刑殺』，於古無徵。王注釋『舍』，洪氏訓『捨』。是也。又，《哀郢》『方仲春而東遷』，注云：『仲春，二月，陰陽之中，沖和之氣，人民和樂之時也。』案：未知其所據。王逸注：『仲春，二月也，刑德合會嫁娶之時。』王氏蓋據禮經爲説，羌有依據，未可易移。《周禮·媒氏》：『中春之月，令會男女。於是時也，奔者不禁。』鄭注：『中春陰陽交以成昏禮，順天時也。』《禮記·月令》，仲春之月，『玄鳥至。至之日，以大牢祠高禖，天子親往』。鄭注：『燕以施生時來，巢人堂宇而孚乳，嫁娶之象也。』又，『遵江夏以流亡』，注云：『江，大江也。夏，水名。或以爲自江而別以通于漢，還復入江，冬竭夏流，故謂之夏。而其入江處，今名夏口，即《詩》所謂「江有汜」也。』案：王逸注：『江夏，水名也。』洪氏引謂《漢書》『有江夏郡，應劭曰：「沔水自江別至南郡，華容爲夏水，過郡入江，故曰江夏。」』江夏，非江、夏二水，指夏水過南郡至入江一段水域。舊注是也。又，『過夏首而西浮兮』，注云：『浮，不進之而自流也。』案：王逸注：『船獨流爲浮也。言己從西浮而東行，過夏水之口，望楚東門，蔽而不見，自傷日以遠也。』以浮爲順水飄浮，以『西浮』爲『從西浮而東行』，最爲剴切。朱説非也。《抽思》『與美人之抽思』注：『抽，拔也。思，意也。』案：非是。《補注》本作『抽怨』。王逸注『拔恨意』云云，正釋『抽思』義。抽，拔也，亦引也。思，猶怨也，愁也。篇末『道思』，與『抽思』同。後人不識『思』有愁義，而妄改爲『怨』。《懷沙》『孰知余之從容』，王逸注：『從容，舉動也。』朱注：『從容，舉動自得之意。』案：從容，即舉動，而『舉動』者，未必皆『自得』。《抽思》『尚不知余之從容』是也。《九辯》『獨申旦而不寐兮』，朱注：『申，重也。』案：申訓重，云『重旦』，不辭。王逸注『夜坐視瞻而達明也』，以申爲達義。《文選》李周翰注：『申，至也。』申旦，謂至旦。自是不易。《招魂》『長人千仞』，注云：『八尺曰仞。』案：王注：『七尺曰仞。』漢世古義。『八尺』云者，始於唐顔師古《漢書注》。此當從古。又，『蘽菅是食些」，注云：「蘽，叢生也。」案：蘽，古「叢」字。朱云「叢生」，蓋未識「蘽」字。王注云：「柴棘曰蘽。」自是不刊。《大招》「四酎并孰」注：「酎，三重釀酒。《秦月令》云：「春釀之，孟夏始成。「漢亦以春釀，八月乃成」。此云「四酎」，則是四重釀矣。并，俱也。舊注以爲「四酎俱熟」，未知孰是也。」案：王逸注：「醇酒爲酎。并，俱也。嗌，咽也。言乃醖釀醇酒，四器俱熟，其味甘美，飲之醲滑，入口消釋，不苦澀，令人不咽滿也。」王氏云「四器」，非「四酎」。《周官·鄉師》：「正歲，稽其鄉器，比共吉凶二服，閭共祭器，族共喪器，黨共射器，州共賓器，鄉共吉凶禮樂之器。」鄭注：「祭器者，簠簋鼎俎之屬，閭胥主集爲之。喪器者，夷槃、素俎、楬豆、輁軸之屬，族師主集爲之。此三者民所以相共也。射器者，弓矢楅中之屬，黨正主集爲之爲州長，或時射于此黨也。賓器者，尊俎、笙瑟之屬，州長主集爲之爲鄉大夫，或時賓賢能於此州也。吉器，若閭祭器者也。凶器，若族喪器者也。禮樂之器，若州黨賓射之器者。鄉大夫備集此四者，爲州黨族閭有故而不共也。」據此，祭、喪、吉、凶四器鄉大夫皆以行酒，故謂之「四酎」。朱説非也。

朱子於古音之學未精，舉凡説解音韻者多非其義。如，《離騷》：「長太息以掩涕兮，哀民生之多艱。余雖好脩姱以鞿羈兮，謇朝誶而夕替。」注云：「替與艱叶，未詳。或云：艱居垠反，替它因反。」案：朱氏疏於深考。替，舊作扶，訛爲替。《説文·夫部》：「扶，竝行也。从二夫。讀若「伴侶」之伴。」音薄旱反。扶，侶伴之別文，通作拌。《方言》：「拌，棄也。楚凡揮棄物謂之拌。」郭璞《音義》：「拌音伴。」《廣雅·釋詁》：「拌，棄也。」王念孫云：「拌之言播棄也。《吴語》云「播棄黎老」是也。播與拌古聲相近。《士虞禮》「尸飯，播餘於篚」，古文播爲半，半，即古拌字。謂棄餘飯于篚也。」拌，楚語。夕拌，夕見放棄。扶、艱爲元文合韻。又，《天問》：「勲闔夢生，少離散亡。何壯武厲，能流厥嚴」。亡、嚴出韻。《辨證》云：「余始讀《詩》，得吴氏《補音》，見其疑於《殷武》三章嚴、遑之韻，亦不能曉。及讀此篇，見其以嚴叶亡，乃得其例。余於吴氏書多所刊補，皆此類。今見《詩集傳》。」案：非是。亡，陽部；嚴，談部。古無相協之例。江有誥《楚辭韻讀》謂舊本「嚴」作「莊」，避漢明帝諱，改作嚴。其説甚是。莊，謂雄武、威嚴。《論語・爲政》『臨之以莊則敬』，《集解》引包注：『莊，嚴也』又，《周書・謚法》：『兵甲亟作曰莊。』又云：『叡圉克服曰莊。』蔡邕《獨斷》下：『好勇致力曰莊。』洪氏《補注》引《史記》：『闔廬用伍子胥、孫武，破楚入郢。』《左傳》定公四年：『楚人爲食，吴人及之，奔食而從之，敗諸雍澨，五戰及郢。』《呂氏春秋・簡選篇》：『吴闔廬選多力者五百人，利趾者三千人，以爲前陳，與荆戰，五戰五勝，遂有郢。』《説苑・指武篇》：『吴王闔廬與荆人戰於柏舉，大勝之，至于郢郊，五敗荆人。』《論衡・率性篇》：『且闔廬嘗試其士於五湖之側，皆加刃於肩，血流至地。』皆其所謂『能流厥莊』之意。又，《辨證》云：『雄與凌叶，今閩有謂雄爲形者，正古之遺聲也。』案：雄之古音，讀呼肱反，蒸部。形，耕部。閩音雄如形者，非其古音。又，《大招》『二八接武，投詩賦只。叩鍾調磬，娱人亂只』。注云：『賦，與下亂、變、譔不叶，未詳。』案：其未深考。賦，讀如傅，古字通用。《論語・公冶長》『可使治其賦也』，《釋文》：『賦，梁武云：「《魯論》作傅。」』銀雀山漢簡《神爵傅》，即《神雀賦》。傅，當作傳，形訛字。若劉安作《離騷傳》，或訛作《離騷傅》，終訛作《離騷賦》。傳字與下『亂』『變』同協元韻。傳，謂傳遞。『投詩傳』者，謂二八舞女聯袂而舞，投合歌詩之節奏，相互傳遞之。

朱子徵引舊注，偶或疏於校對，而造成張冠李戴。如，《離騷》『哲王又不寤』注：『哲，知也。』案：王注舊本『知』作『智』。又，《招魂》『有六簙些』注：『《博雅》云：「投六箸，行六棊，故爲六簙也。」』案：王逸注：『簙，箸也。投六箸，行六棊，故爲六簙也。』是本出王注，而非出於《博雅》也。

《集注》八卷，蓋書成於寧宗慶元元年乙卯前後，始刊於慶元四年戊午，其時《辨證》《後語》皆未成書，爲《集注》單行本，已見載於日本國《大正三年内閣書目》，然國内未見藏此本。據熹題記載，《辨證》成書於慶元五年己未，書成而熹卒。然熹在世時是否有單行刻本，已不可得知。清丁丙《善本書室藏書志》載，《辨證》之末有熹門人楊楫寧宗嘉定四年七月四日跋，稱『慶元乙卯，楫自長澮往侍先生於考亭之精舍。時朝廷治黨人方急，丞相趙公謫死於道。先生憂時之意，屢形於色。忽一日出示學者以釋《楚辭》一編。楫退而思之，先生平居教學者，首以《大學》《論》《孟》《中庸》四書，次而六經，又次而史傳，至於秦漢以後詞章，特餘論及之耳。乃獨爲《楚辭》解釋，其義何也？然先生終不言，楫輩亦不敢竊有請焉。歲在己巳，忝屬胄監，與先生嗣子將作薄同朝，因得録而藏之。今以屬廣文游君參校而刊於同安郡齋』。余之門生李永明考定，此非《辨證》單刻本，蓋《集注》八卷、《辨證》二卷之合刊本，刻於寧宗嘉定四年同安郡齋者也。此本原爲傅增湘舊藏，傅氏《藏園群書經眼録》及王文進《文禄堂記書記》皆見著録，今存臺灣『中央圖書館』，然但見《辯證》二卷。存於今者惟以寧宗嘉定六年癸酉章貢郡齋刻本、理宗端平二年乙未刻本爲最早，元、明以後屢見翻刻，然皆祖此二刻也。

# 王涔章貢郡齋刻本

是本爲《楚辭集注》存世最早刻本，《集注目録》闕『卷一《離騷》第一』至『卷三《天問》第三』，且無總目、序跋。是本《目録》闕『卷一《離騷》第一』至『卷三天問第三』，無總目、序跋。《集注》八卷：首卷《離騷》、卷二《九歌》、卷三《天問》、卷四《九章》、卷五《遠遊》《卜居》《漁父》（以上屈原）、卷六《九辯》（宋玉）、卷七《招魂》（宋玉）《大招》（景差）、卷八《惜誓》（賈誼）《吊屈原》（賈誼）《服賦》（賈誼）《哀時命》（莊忌）《招隱士》（淮南）是也，末附揚雄《反離騷》一卷，然殘『以於邑兮』至『蹠彭咸之所遺』，文及注蓋據他本配補。又鈔録洪興祖注《離騷後敘》一段文字附於末。《辯證》爲上、下二卷。然無《後語》六卷。

《辯證》卷首有王涔刻書題記，稱『晦庵先生□□（《集注》）、《□（辯）證楚辭》得於□□，因是正之，刊於□（章）貢郡齋，俾學者□（知）風雅之變云。嘉□（定）癸酉三月甲子□（襄）陽 王涔書』。則是本爲襄陽王涔刻於寧宗嘉定六年癸酉，去朱子卒於寧宗慶元六年庚申者，衹十七年。王涔之慕朱子若是，至爲刻其書者，抑亦朱子門生或私淑歟？然其人其事皆不可詳考。范成大《吴郡志》卷七《宫宇》有『王涔』條，云：『朝奉郎，新福建提刑，改除嘉定九年五月到任九月宫觀。』又，《廣東通志》卷二十六《職官志》有宋襄陽人王涔者，任『惠州軍州事』。當是其人。

崔富章氏稱嘗目驗此本（《楚辭書目五種續編》），謂『蓋嘉定六年刻書時，《後語》未編定，故《反騷》附於卷末。

嘉定十年刊《後語》，《反騷》遂入《後語》中』云云。以爲《後語》編定，在嘉定六年以後。然熹之季子在後語跋云：『先君晚歲草定此編，蓋本諸晁氏《續》《變》二書，其去取之義精矣，然未嘗以示人也。每章之首略敘其述作之由，而因以著是非得失之迹，獨《思玄》《悲憤》及《復志賦》以下至於《幽懷》，則僅存其目而未及有所論述，故今於此十九章之敘，皆因晁氏之舊而書之。若夫鞠歌、擬招二章，則非歸來子之書所及者，讀者又當以識夫旨意於言詞之外也。嘉定壬申仲秋，在始取遺藁謄寫成編，捧玩手澤如新，而音容不復可見矣，因涕泣而書其後。又五年，歲在丁丑，補外守來星江，寔嗣世職，既取郡齋所刊《楚辭集注》重加校定，復併刻此書，庶幾並行』。余弟子李永明以爲後語於嘉定五年由朱在編定。又謂王洊嘉定六年章貢郡齋刻本之所以未收録後語者，朱在其時官於泉州温陵，章貢爲贛州舊名，去泉州温陵亦數百里之遥。二者本不在一地，故洊刻書之時，蓋未聞有《後語》之編，即聞之亦不易得致之。然未可斷言『嘉定六年刻書時《後語》未編定』。其説庶幾矣。明戴銑《朱子實紀年譜》，慶元元年乙卯，『是歲《楚辭集注》成』，『又有《辯證》《後語》』。明李默《紫陽文公先生年譜》，慶元五年己未，時年七十，『春三月，《楚辭集注》

楚辭卷第一　朱熹集註

離騷第一

離騷經者屈原之所作也屈原名平與楚同姓仕於懷王爲三閭大夫三閭之職掌王族三姓曰昭屈景戰國策楚有昭奚恤元和姓纂云楚武王子瑕食采於屈因氏焉屈重屈蕩屈建屈平其後又云景氏有景差至漢皆徙關中屈

《後語》《辯證》成」。則編定《後語》者亦朱子，而非朱在，惟朱子「僅存其目而未有所論述」耳，然篇目實已手定。而朱在嘉定十年刊《集注》《辯證》《後語》合刻本，蓋已放失。於是可知是本之珍貴。

是本與端平本相校，文字或見歧異。然是本或優於端平本者。如，《離騷》「朝搴」，注引説文作「攓」，端平本作「攓」。案：《説文》正作「攓」，从手、寒聲。攓，蓋俗字。又，「三后」注：「謂禹、湯、文武也。」端平本「武」作「王」。案：指周之文王、武王，作「武」是也。又，「弭節」注：「按節徐步。」端平本「步」作「行」。案：作「步」字是也。又，「以爲理」注：「即理，叶音賴，上聲。」端平本無「上聲」二字。案：脱訛也。又，「求虙妃」注：「虙妃，伏虙氏女。」端平本注文「妃」作「如」。案：如，訛字。又，「欲遠集」注：「集，一作進。」端平本「一」作「二」。案：訛字也。又，「齊玉軑」，端平本「軑」作「軚」。案：楚簡「大」或作「犬」，「太」字之點在右上。則「軑」作「軚」者，亦古字。《東皇太一》「姣服」注：「姣服，一作妖服，古字並通。」端平本「一作妖服」之「服」作「般」。案：般，𨑒之訛字。𨑒，古服字。又，「右東皇太一」，端平本無「右」字。案：脱訛也。《山鬼》「狖夜鳴」注：「狖，猨屬。」端平本注文「狖」作「又」。案：正文作「狖」，則注文不作「又」。《禮魂》「容與」注：「與，一作冶。」端平本「一」作「二」。案：訛誤也。《天問》「遂成考功」注：「《書》所謂『決九川』。」端平本「川」作「州」。案：《書·禹貢》作「決九川」。又，「而死分竟地」注：「未知是否。」端平本「知是」作「是知」。案：乙訛。《惜誦》「矰弋機」注：「弋，一作惟。」端平本「惟」作「雉」。案：雉，惟之訛。《涉江》「奇服」注：「奇偉之服，以喻高潔之行，貢郡齊刻本也没有「下」字冠、劍、被服是也。」端平本無「下」字。案：脱訛也。又，「凝滯」注：「滯，丑介反。」端平本「介」作「亦」。案：亦，介之訛字。《抽思》「道卓遠」注：「卓，一作逴。」端平本作「一作卓」。案：卓，逴之訛。《懷沙》「滔滔」注：「漫漫，水大貌。」端平本無『漫漫』二字。案：脱訛也。又，『不可遷』注：「《史》作牾。」端平本『牾』作『悟』。案：《史記》亦作『牾』。《遠遊》『迫阸兮』注：「阸音厄，一作隘。」端平本『作』作『音』。案：非是。又，『登仙』注：「仙，一作僊。」端平本注文『仙』作『似』。案：似，仙之訛字。《漁父》『何不淈其泥而揚其波』，注：「淈其泥，《史》作「隨其流」。」端平本無『淈其泥』三字。案：脱訛也。

是本文字訛誤，亦時或見之。如，《離騷》『矯菌桂以紉蘭兮』，端平本『蘭』作『蕙』。案：作『蕙』是也。單行《章句》、洪氏《補注》《文選》諸本皆作『蕙』。又，『妖乎羽之野』，端平本『妖』作『殀』。案：作『殀』是也。單行《章句》、洪氏《補注》《文選》諸本皆作『殀』。又，『濯髮於』，單行《章句》、洪氏《補注》《文選》諸本『於』作『乎』。案：乎，與上句『於』交錯爲文。則作『乎』是也。端平本亦誤。《雲中君》『思夫君』注：「《記》曰「夫夫」是也。」案：端平本『是也』作『也是』。是也。《哀郢》『曾不知』注：「懷王二十一年，秦拔郢，而楚徙陳。」案：秦拔郢、楚徙陳之事，在頃襄王二十一年，蓋朱子筆誤而未及校改。端平本亦誤。《抽思》『并日夜而無正』注：「「日」下仍有「憾」字。」案：洪氏《補注》引一本作作『并憾日夜而無正』。則『日下』當作『日上』。《懷沙》『舒憂娱哀』注：「舒，《史》作舍。」案：《史記》『舒』作『舍』。端平本亦誤作『舍』。

是本卷三至卷八前後有『湖山訥庵手校遺書』『湖山訥庵楊氏手校』題識，内有楊訥庵朱墨圈點批注。訥庵，蓋明楊舟也。舟字濟川，號訥庵，姓楊氏，即楊用之之父也，武功人。其人蓋正德、嘉靖之間，則是本當爲楊氏世藏舊物。

楊氏評點自《天問》以下至《招隱士》，而於《天問》一卷特見推重，眉批最多。觀其所批，或據他本訂正是本文字訛誤。如，《離騷》『紉秋蘭』注：「《記》曰：「佩帨茝蘭。」芷之類，古人皆以爲佩也。」楊氏『芷』上補『則蘭』二字。

案：端平本有『則蘭』二字。又，『朝搴阰』注：『皆芳久固之物。』楊氏『芳』下補『香』字。案：端平本亦有『香』字。又，『貫薜荔』注：『荔薜，香草也。』楊氏『荔薜』之『薜』改作『荔』，然上『荔』字猶未改爲『薜』也。《大司命》『導之兮』，楊氏『導』下補『帝』字。案：端平本亦有『帝』字。《天問》『成康東巡』，楊氏『康』改作『湯』。案：端平本亦作『湯』。楊氏於《九章》各篇題上皆補『右』字，蓋據《九歌》之例補之也。或提示後學注意。如，《天問》『九天之際』注眉批：『以朱晦庵之至論，學者當究詳。』又，『列星安陳』注眉批：『此即宜熟講究。』或推本朱子説淵源。如，《天問》『陰陽三合』注『一静一動』一段眉批：『本《太極圖》。』或補朱注所闕者。如，《哀郢》『楫齊揚』，揚氏眉批云：『亝，此失音，用考。即齊字也。』案：亝，古齊字。又，『焉如』，楊氏補『如』下云：『往也。』《思美人》『須時』眉批：『須，待也。』《悲回風》『惟佳人』眉批：『此佳人亦原自謂，以陳己之志也。此二節不注者，蓋義可曉也。』《遠遊》『高陽邈以遠兮余將焉所程』，楊氏眉批：『高陽，古聖帝，蓋原所自出之帝也。程，法也。今邈且遠矣，余將安所法哉。』或者亦見其疏誤者。如，《天問》『后何喜』注：『百里自鬻之比。』楊氏『里』下補『奚』字。案：《惜往日》『聞百里之爲虜兮』，則無『奚』字。《集注》諸本亦無『奚』字，不當補。《哀郢》『遵江夏』注：『冬□夏流，故謂之夏。』揚氏『□』補作『凝』。非也。案：端平本作『竭』，是也。

是集各卷之首或末鈐有『陸時化』『潤之』『聖松老人』『聽松老人』等印。陸時化，字潤之，號聽松山人，婁縣人。卒於清乾隆四十六年。精於鑒賞，富收藏。聚書萬卷，購善本而手校之，以貽其裔。事載王昶《國子監生陸君潤之墓志銘》。著有《吴越所見書畫録》六卷。則是本後爲陸氏所藏。又鈐有『鐵琴銅劍樓』之印，則又爲常州瞿氏所藏。信夫，楚弓楚得矣。是本今藏於國家圖書館。（黄靈庚）

# 朱鑑刻本

是刻《集注》八卷、《辯證》二卷、《後語》六卷，爲存世最早且最完整之刻本。《集注目録》以首卷《離騷》稱『經』，卷二《九歌》至卷五《漁父》皆目以『離騷』，凡七題二十五篇，皆屈子所作。卷六《九辯》至卷八《招隱士》，皆目以『續離騷』，凡八題十六篇，宋玉、景差、賈誼、莊忌、淮南小山等人所作。《目録》後有朱子題記，稱『右《楚辭集注》八卷，今所校定，其第録如上』。案：章貢本無此題記，且無『經』『離騷』『續離騷』之別，蓋朱在或朱鑑所爲，然必朱子生前所定也。又，揚雄《反離騷》一篇，章貢本在附於《招隱士》之後，此本則迻諸《後語》卷二之末。又，《後語目録》下亦有題記，稱『右《楚辭後語目録》，以晁氏所集録《續》《變》二書刊補定著，凡五十二篇。晁氏之爲此書，固主於辭，而亦不得不兼於義。今因其舊，則其考於辭也宜益精，而擇於義也當益嚴矣。此余之所以兢兢而不得不致其謹也』。則篇目悉因晁氏而無所删補矣。而《後語目録》卷二復有賈誼《吊屈》《服賦》二目，而《後語》但存其目。末有朱子門生鄒應龍嘉定壬申跋、子朱在嘉定丁丑跋及孫朱鑑端平乙未跋。鑑跋云：『《吊屈》《服賦》已見《續騷》，亦附卷末，而《後語》之作，皆復收入。其本旨既不可知。而二集並存，則爲重複。』則知朱子以悉因晁氏而未及删正，故二集兩存之。是集《續騷》末無附《反騷》而見諸《後語》卷二者，蓋亦朱鑑所迻正矣。

是本與章貢本比勘，其或有所優者，已論於前矣。然是本多爲後世翻刻者所祖，若元至正二年傅氏刻本、十三年高氏刻本、明成化十一年吴氏刻本、天啓六年蔣氏刻本是也，至有三十餘種，其傳不可謂不廣，然比較後出諸刻，優劣互見，特舉數事以明其崖略。蓋承傳之異同，必有其因襲；文字之訛變，必知其緣由。學者當察審之矣。

是本存其朱子之舊，而後出諸本訛傳者。如，《離騷》『朝濯髪乎洧盤』，元刻二本、成化本『乎』作『於』。案：聞一多引季鎮淮云：『《離騷》語法，凡二句中連用介詞「於」「乎」時，必上句用「於」，下句用「乎」。「朝發軔於蒼梧兮，夕余至乎縣圃」。「飲余馬於咸池兮，總余轡乎扶桑」。「覽相觀於四極兮，周流乎天余乃下」。胥其例也。』其説是也。則是本存其舊矣。《湘夫人》『鳥何萃兮蘋中』注：『蘋，水草。』元刻本、明天啓本注文『蘋』作『薠』。案：此注『蘋中』之蘋，非注『登白薠』之薠也。是本存其舊。《天問》『厥利惟何』注：『必有神人能淩到景。』元刻二本、成化本『到』作『倒』。案：到景，言所至月影，非顛倒之義。舊本是作『到』矣。又，『何惡輔弼』，元二刻本、成化本皆有『惡烏各反』之注。此本無。案：上文『夫何惡之』注：『惡，烏路反。』音與『烏各』同。則不當於此重復矣。章貢本亦無注。《惜誦》『魂中道而無杭』注：『言夢登天而無航者。』元刻本、成化本『航』作『船』。案：朱注云：『杭，方兩舟而並濟也，通作航。』則舊本作『航』不作『船』也。《九辯》首章

其語祀神歌舞之盛則幾乎頌而其變也又有甚焉其爲賦則如騷經首章之云也比則香草惡物之類也興則託物興詞初不取義如九歌沅芷澧蘭以興思公子而未敢言之屬也然詩之興多而比賦少騷則興少而比賦多要必辨此而後詞義可尋讀者不可以不察也

帝高陽之苗裔兮朕皇考曰伯庸攝提貞于孟陬兮惟庚寅吾以降 陬側鳩反又子侯反降叶乎攻反○此章賦也德合天地稱帝高陽顓頊有天下之號也顓頊之後有熊繹者事周成王封爲楚子居於丹陽傳國至熊通始僭稱王徙都於郢是爲武王生子瑕受屈爲卿因以爲氏苗裔遠孫也苗者草之莖葉根所生也裔者衣裾之末衣之餘也故以爲遠末子孫之稱也朕我也古者上下通稱之皇

末：『右一，章既無名，舊本連寫，或分或合，易致差誤。今既釐正，因各標章次以別之。』元二刻本、成化本無『章既』至『以別之』二十八字。案：據例，舊當有此二十八字，章貢本亦有此二十八字。又，『歷群神之豐豐』注：『豐厶，言多也。』元刻二本、成化本『厶』作『豐』。案：厶，重文符號，非『厶』字。舊本固如此，則不必校改也。

然是本訛誤不復少見，蓋校勘不精。如，《離騷》『殫殃兮』，章貢本注：『殫音彈。』此本脱之。又，『齋怒』注：『又一作歁。』章貢本作『歀』。歁，俗『歀』字也。又，『荃不揆』注引陶隱居：『東間溪側有名溪蓀者。』案：章貢本『東』作『冬』，是也。作『東』誤。《山鬼》『狖夜鳴』注：『又，猨屬。』案：正文作『狖』，則注文不作『又』也。章貢本亦作『狖』。《禮魂》『容與』注：『與二作冶。』案：訛誤也。章貢本亦作『一』。《天問》『遂成考功』注：『《書》所謂「決九州」。』案：《書·禹貢》作『決九川』，章貢本亦作『川』。又，『而死分竟地』注：『未是知否。』案：『知是』之乙訛也。章貢本亦作『知是』。又，『何試上自予』注：『試，一作譏。』案：《補注》：『試，一作誡。』譏，即『誡』之訛也。《抽思》『何回極之浮浮』注：『言其運轉之速而不可常。』章貢本『常』作『當』。案：當，當值也。作『常』則義不遂。又，『并日夜而無正』校：『「日」下仍有「憾」字。』案：洪氏《補注》引一本作『并憾日夜無正』。則『下』當『上』字之訛也。章貢本亦訛。《懷沙》『舒憂』校：『舒，《史》作「舍」。』案：非也。《史記·屈原列傳》『舍』作『舍』。章貢本亦訛。《遠遊》『迫阨』校：『阨音厄，一音隘。』案：章貢本作『一音嗌』。是其其舊也。洪氏《補注》：『阨，一作隘。』是本襲洪氏，則改後一『音』字爲『作』，訛矣。《九辯》『心繚悷』注：『悷，虛帝反。』案：虛，當作『靈』，訛字也。元刻本、成化本亦作『靈』。又，『常浴於甘洲』。案：《山海經·大荒南經》、洪氏《補注》『甘洲』作『甘淵』。洲，當『淵』字之訛也。又，《辯證》下『從右脇下水腹上出』。案：水腹，義不可通。元刻本、成化本『水』

作「小」。是也。水，「小」字之訛也。《後語》卷二《匏子之歌》「慮殫爲河」注引《史記》注：「謂川閭也。」元刻二本、成化本「川」作「州」。案：《史記・河渠書》亦作「州」。若是者，皆朱鑑校之不精也。

是本爲朱熹之孫鑑所刻，鋟於宋理宗端平二年乙未。其存世者，則但見國家圖書館所藏一部，蓋亦舉世孤本矣，《中華再造善本》收録此書。（黄靈庚）

# 馮氏校刊楚辭

《校刊楚辭》者，明馮惟訥之所輯集也。惟訥字汝言，號少洲，山左臨朐人。嘉靖十七年戊戌進士，有文名。官宜興縣令、揚州府同知、南京户部員外郎、浙江督學副使、山西參政、山西按察使、陝西右布政使、江西布政使等，爲官清廉守正，所治皆有惠政。隆慶五年辛未致仕，加光禄卿。著有《詩經約注》《楚辭旁注》《文獻通考纂要》《杜律删注》《唐音翼》《馮光禄詩集》等，尤以所輯《古詩紀》一百五十六卷見聞於時，人稱與蕭氏《文選》『並轡』。《明史》卷二百十六《馮琦》附載其傳。

馮氏《楚辭旁注》已佚，此爲其所校刻《楚辭》本，凡八卷，前五卷皆屈子之作，二十五篇，後三卷爲宋玉以下所作，十六篇。以《離騷》爲『經』，《九歌》以下至《漁父》皆稱『離騷』，他者爲『續離騷』，而總名猶稱『楚辭』，其序次爲卷一《離騷經》第一，卷二《離騷九歌》第二，卷三《離騷天問》第三，卷四《離騷九章》第四，卷五《離騷遠遊》第六、《離騷卜居》第七、《離騷漁父》第八，卷六《續離騷九辯》第九（宋玉），卷七《續離騷招魂》第九（宋玉）、《續離騷大招》第十（景差），卷八《續離騷惜誓》第十一（賈誼）、《續離騷吊屈原》第十二（賈誼）、《續離騷服賦》第十三（賈誼）、《續離騷哀時命》第十四（莊忌）、《續離騷招隱士》第十五（淮南小山），皆因襲朱子《集注》也。末附司馬遷《屈原傳》。

此本唯録《楚辭》正文，於各篇標注音叶外，注悉未與。其所以然者，蓋卷首陳崔嘉靖辛巳冬十月之序，道其刻書之由。

稱『操觚之士不能存天率道，慱務協情，反以上世典籍爲難知，因其己見，參益注解，强引其論議，雖讀者順聲，究者釋意，而本來之義已十裂其六矣。朱子注釋百氏，固詳其實。但以古學精廣，引書定証，頗述異遠，故往往不能以日月考之。而《楚辭》一書亦多闕略，使人內不能明性，以合貞介之機；外不能索古，以通《風》《雅》之秘，而三閭之志徒以想像于湘流爾。此《楚辭》之所以刻也』。自宋朱子以來，注《楚辭》者多因事而起，藉屈子以據其胸中塊壘也。或者

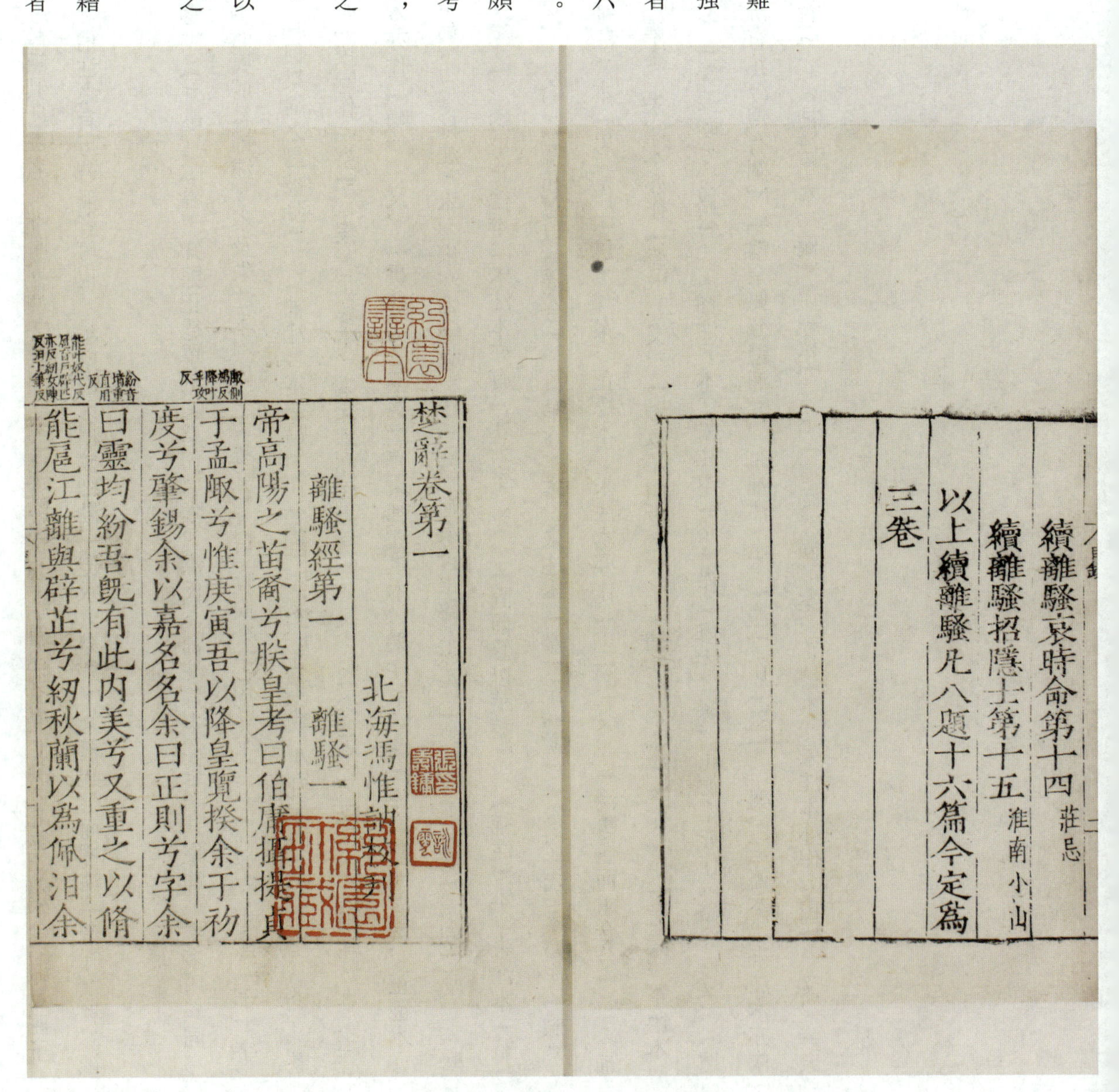
續離騷哀時命第十四 莊忌
續離騷招隱士第十五 淮南小山
以上續離騷凡八題十六篇今定爲三卷

楚辭卷第一
北海馮惟訥校
離騷經第一 離騷一
帝高陽之苗裔兮朕皇考曰伯庸攝提貞于孟陬兮惟庚寅吾以降皇覽揆余于初度兮肇錫余以嘉名名余曰正則兮字余曰靈均紛吾既有此內美兮又重之以脩能扈江離與辟芷兮紉秋蘭以爲佩汨余

棄其字義訓詁，專以演繹大義。故讀其所注者，非唯違屈子本旨，又漫無統緒，無端雜己之思，寓己之憂，後人欲識真屈子，藉其注而不可得矣。以此而言，信注之有毋若無者可也。是以馮氏精校細勘，但求《楚辭》之舊觀，而標注「音叶」者，衹以方便讀者耳。

馮氏所據者，僅對勘《離騷》《九歌》二卷，知與正德單刻《章句》本、洪氏《補注》本、朱子《集注》本多所異同。餘者亦可以類推。或同於正德本而異於《補注》本及朱注本，如，《離騷》「皇覽揆余于初度兮」，《補注》本無「于」字。案：正德本亦有「于」字。又，「何桀紂之昌被兮」，《補注》本「昌」作「猖」。案：正德本、朱注本亦作「猖」。又，「荃不揆余之中情兮」，《補注》本「揆」作「察」。案：正德本、朱注本亦作「揆」。又，「又樹蕙之百晦」，《補注》本「晦」作「畝」。案：正德本、朱注本亦作「晦」。又，「貫薜荔之落蘂」，《補注》本、朱注本「蘂」作「蕊」。案：正德本亦作「蘂」。又，「唯昭質其猶未虧」，《補注》本、朱注本「虧」作「虧」。案：正德本亦作「虧」，下「虧」字同。又，「舉賢才而授能兮」，《補注》本無「才」。案：正德本、朱注本亦有「才」字。又，「固前修以葅醢」，《補注》本、朱注本「葅」作「菹」。案：正德本亦作「葅」。又，「擥茹蕙以掩涕兮」，《補注》本、朱注本「擥」作「攬」。案：正德本亦作「擥」。又，「思九州之博大兮」，《補注》本「思」作「恖」。案：正德本、朱注本亦作「思」。又，「湯禹儼而求合兮」，《補注》本「儼」作「嚴」。案：正德本、朱注本亦作「儼」。又，「恐嫉妬而折之」，《補注》本「妬」作「妒」。案：正德本、朱注本亦作「妬」。又，《湘君》「美要眇兮宜脩」，《補注》本、朱注本「脩」作「修」。案：正德本亦作「脩」。又，「遺余佩兮澧浦」、《湘夫人》「沅有芷兮澧有蘭」「遺余佩兮澧浦」，《補注》本「澧」作「醴」。案：正德本、朱注本亦作「澧」。《少司命》「穐蘭兮麋蕪」，《補注》本「穐」作「秋」，下「穐蘭」同。案：正德本、朱注本亦作「穐」。又，「夫人兮自有美子」，《補注》本「兮」在「有」下。案：正德本、朱注本「兮」字亦在「人」下。

或同於《補注》本及朱注本而異於正德本。如，《離騷》「夫惟靈脩之故也」，正德本、朱注本「脩」作「修」。案：《補注》本亦作「脩」。下「靈脩」「前脩」「脩姱」「復脩」「好脩」「脩遠」「蹇脩」皆同。又，「羌中道而改路」，正德本「羌」作「羗」。案：《補注》本、朱注本亦作「羌」，下「羌」字皆同。又，「雜杜衡與芳芷」、《山鬼》「被石蘭兮帶杜衡」，正德本「衡」作「蘅」。案：《補注》本、朱注本亦作「衡」。又，「憑不厭乎求索」，正德本「憑」作「凴」。案：《補注》本、朱注本亦作「憑」。下「憑心」同。又，「忽馳騖以追逐兮」「馳椒丘且焉止息」，正德本「馳」作「駞」。案：《補注》本、朱注本亦作「馳」。又，「鷙鳥之不群兮」，正德本「鷙」作「騺」。案：《補注》本、朱注本亦作「鷙」。又，「申其詈予」，正德本「詈予」作「罵余」。案：《補注》本、朱注本亦作「詈予」。又，「夫何煢獨而不予聽」，正德本「予」作「余」。案：《補注》本、朱注本亦作「予」。又，「固亂流其鮮終兮」，正德本「固」作「國」。案：《補注》本、朱注本亦作「固」。又，「澆身被服强圉兮」，正德本「服」作「於」。案：《補注》本、朱注本亦作「服」。又，「縱欲而不忍」，正德本「欲」下有「殺」字。案：《補注》本、朱注本亦無「殺」字。又，「后辛之菹醢兮」，正德本「菹」作「葅」。案：《補注》本、朱注本亦作「菹」。又，「湯禹儼而祇敬兮」，正德本「儼」作「嚴」。案：《補注》本、朱注本亦作「儼」。又，「循繩墨而不頗」，正德本「循」作「修」。案：《補注》本、朱注本亦作「循」。又，「阽余身而危死兮」，正德本「死」下有「節」字。案：《補注》本、朱注本亦無「節」字。又，「望崦嵫而勿迫」，正德本「勿」作「未」。案：《補注》本、朱注本亦作「勿」。又，「總余轡乎扶桑」，正德本「總」作「揔」。案：《補注》本、朱注本亦作「總」。又，「鸞皇爲余先戒兮」，正德本「先」作「前」。案：《補注》本、朱注本亦作「先」。又，「吾令鳳鳥飛騰兮」，正德本「鳥」作「凰」。

案：《補注》本、朱注本亦作『鳥』。又，『帥雲霓而來御』，正德本『帥』作『率』。案：《補注》本、朱注本亦作『帥』。又，『紛總總其離合兮』、《大司命》『紛總總兮九州』，正德本『總』作『總』。案：《補注》本、朱注本亦作『總』。又，『溘吾遊此春宮兮』，正德本『溘』作『榼』。案：《補注》本、朱注本亦作『溘』。又，『及榮華之未落兮』，正德本『華』作『荂』。案：《補注》本、朱注本亦作『華』。又，『吾令豐隆椉雲兮』，正德本、朱注本『椉』作『乘』。案：《補注》本亦作『椉』。又，『求虙妃之所在』，正德本『虙』作『宓』。案：《補注》本、朱注本亦作『虙』。又，『保厥美以驕傲兮』，正德本『傲』作『敖』。案：《補注》本、朱注本亦作『傲』。又，『閨中既以邃遠兮』，正德本『既』下無『以』字。案：《補注》本、朱注本亦有『以』字。又，『曰勉陞降以上下兮』，正德本『陞』作『升』。案：《補注》本、朱注本亦作『陞』。又，『詔西皇使涉予』，正德本『予』作『余』。案：《補注》本、朱注本亦作『予』。又，『聊假日以媮樂』，正德本『假』作『暇』。案：《補注》本、朱注本亦作『假』。《湘夫人》『目眇眇兮愁予』，正德本『予』作『余』。案：《補注》本、朱注本亦作『予』。又，『荒忽兮遠望』，正德本『荒忽』作『慌惚』。案：《補注》本、朱注本亦作『荒忽』。《大司命》『君迴翔兮以下』，正德本『迴』作『回』。案：《補注》本、朱注本亦作『迴』。又，『靈衣兮被被』，正德本『被被』作『披披』。案：《補注》本、朱注本亦作『被被』。《少司命》『孔蓋兮翠旍』，正德本『旍』作『旌』。案：《補注》本、朱注本亦作『旍』。又，『蓀獨宜兮爲民正』，正德本『蓀』作『荃』。案：《補注》本、朱注本亦作『蓀』。《東君》『杳冥冥兮以東行』，正德本『杳冥冥』作『杳冥』。案：《補注》本、朱注本亦作『杳冥冥』。《河伯》『魚隣隣兮媵予』，正德本『隣隣』作『鱗鱗』。案：《補注》本、朱注本亦作『隣隣』。《山鬼》『猨啾啾兮又夜鳴』，正德本『又』作『狖』。案：《補注》本、朱注本亦作『又』。

或見異於正德本、《補注》本而同朱注本。如，《離騷》『何不改乎此度』，朱注本同，《補注》本無『乎』字，正德本『度』下有『也』字。又，『夕擥洲之宿莽』，朱注本同，《補注》本作『夕攬洲之宿莽』，正德本作『夕攬中洲之宿莽』。又，『椉騏驥以駝騁兮』，朱注本同，《補注》本、正德本『椉』作『乘』，《補注》本『駝』作『馳』。《雲中君》『謇將憺兮壽宮』，朱注本同，正德本、《補注》本『謇』作『蹇』。又，『焱遠舉兮雲中』，朱注本同，正德本、《補注》本『焱』作『猋』。《湘夫人》『登白薠兮騁望』，朱注本同，正德本『薠』作『蘋』，《補注》本無『登』字。《東君》『簫鐘兮瑤簴』，朱注本同，正德本、《補注》本『鐘』作『鍾』。《山鬼》『乘赤豹兮從文貍』，朱注本同，正德本、《補注》本『貍』作『狸』。《禮魂》『春蘭兮秋鞠』，朱注本同，正德本、《補注》本『鞠』作『菊』。

藉此可知，馮氏校刻《楚辭》本，大體以朱注本爲主，又參校王注本、洪氏《補注》本優劣，而後審定之也。然亦或見疏漏示改易者。《離騷》『汨余若將弗及兮』，《補注》本、朱注本『汨』作『汩』。案：王逸注：『汩，去貌，疾若水流也。』則作『汩』是也。正德本亦訛作『汨』。《湘夫人》『匊芳椒兮盈堂』，正德本『匊』作『播』，《補注》本作『𢷞』。案：𢷞，古播字，匊，訛字也。

『音叶』之注，悉標於各篇眉端，或直音，或反切，或叶音。如，《離騷》『攝提貞于孟陬兮，惟庚寅吾以降』。注云：『陬，側鳩反。降，叶乎攻反。』又，『紛吾既有此内美兮，又重之以脩能』。注云：『紛音墳。重，直用反。能，叶奴代反。』又，『苟余情其信姱以練要兮，長顑頷亦何傷』。注云：『姱，苦瓜反。要，於笑反。顑，虎感反。頷，户感反。』《雲中君》『華采衣兮若英』，注云：『華，户花反。英，叶於姜反。』《湘君》：『望夫君兮未來，吹參差兮誰思。』注云：『來，叶力之反。參，初簪反。差，初宜反。思，叶新齎反。』《國殤》：『凌余陣兮躐余行，左驂殪兮右刃傷。』注云：『躐，音獵。行，胡郎反。』《天問》：『天何所沓，十二焉分。日月安屬，列星安陳。』注云：『沓，徒合反。分，叶敷因反。屬，之欲反。』又，『馮珧利決，封豨是䠶。』注云：『馮音憑。珧音遙。豨，虚豈反。䠶。叶時若反。』又，『何惡輔弼，讒諂是服。』注云：『惡，烏路反。服，叶蒲北反。』《哀郢》：『將運舟而下浮兮，上洞庭而下江。』注云：『上，時掌反。下，遐嫁反。江，叶音工。』《懷沙》：『鬱結紆軫兮，離慜而長鞠。』注云：『鞠，叶各額反。』《思美人》：『勒騏驥而更駕兮，造父爲我操之。』注云：『更，平聲。造，七到反。父音甫。爲，去聲。操，七刀反。』《遠遊》：『步徙倚而遥思兮，怊惝怳而永懷。』注云：『怊音超。惝，昌兩反。怳，吁往反。懷，叶胡威反。』又，『軒轅不可攀援兮，吾將從王喬而娱戲。』注云：『戲音嬉。』《漁父》：『新沐者必彈冠，新浴者必振衣。』注云：『衣，叶於巾反。』《九辯》：『悲憂窮戚兮獨處廓，有美一人兮心不繹。』注云：『處，昌呂反。繹，叶以略反。』《招魂》：『長人千仞，惟魂是索些。十日代出，流金鑠石些。』注云：『索，叶先各反。鑠，詩若反。石，叶詩若反。』《大招》：『青色直眉，美目媔只。靨輔奇牙，宜笑嘕只。』注云：『媔音綿。靨，於牒反。輔，扶羽反。嘕，虚延反。』《吊屈原》：『謂隨夷溷兮，謂跖蹻廉。莫邪爲鈍兮，鈆刀爲銛。』注云：『跖，之石反。蹻，居略反。銛，息廉反。』《服賦》：『坱圠無垠』，注云：『坱，烏郎反。圠，於黠反。』《招隱士》：『歲暮兮不自聊，蟪蛄鳴兮啾啾。』注云：『聊，叶音留。蛄音姑。啾音揫。』案：標注『音叶』者，實皆從朱子《集注》中輯出，與朱注悉同，似無己所發明矣。是故朱子誤而馮氏亦誤。如，《天問》：『勳闔夢生少離散亡，何壯武厲能流厥嚴。』注云：『嚴，叶五郎反。』案：嚴，古入談韻；『五郎』之音，古入陽韻。不可改音『五郎』。嚴，本作『莊』，避明帝諱也。亡、莊古叶陽韻。《惜誦》：『恐情質之不信兮，故重著以自明。撟茲媚以私處兮，願曾思而遠身。』注云：『明，叶音芒。身，叶音商。』案：身，古入真韻，商，古入陽韻。二字不同音。蓋原本『恐情質之不信兮故重著以自明』二句乙作『故重著以自明兮恐情質之不信」，信、身同叶真韻。或見鈔録訛誤而未校者。如，《懷沙》「眴兮杳杳」，注云：「眴，胡給反。」案：據朱注，給，當作「絹」，字之訛也。《九辯》「憯悽增欷兮」，注云：「欷，虚役反。」案：朱注本「役」作「毅」。役，當「毅」字之訛也。

陳氏自題作序之歲，曰「嘉靖辛巳冬十月」。案：嘉靖自元年壬午至四十五年丙寅，中間無「辛巳」之歲，正德十六年及萬曆九年爲辛巳。而馮氏生於正德十年乙亥，卒於隆慶六年壬申，享年六十。若序寫於正德十六年，馮氏但七歲小兒，未及至其刻此書之年也。若作於萬曆九年，則馮氏已下世十年矣，序之作時亦不當遲於此。陳序紀時蓋有誤矣。然此本刻於明嘉靖三十年間可無疑慮，至於具體爲何年，則已不可詳考。字體工整秀穎，爲明版書固有特色。首頁鈐「四明張氏約園臧書」「南書房翰林王懿榮海上練兵暇日所得」之印，可考見其流傳之迹。今藏於國家圖書館。（黄靈庚）

# 七十二家批評楚辭

《七十二家批評楚辭》者，明蔣之翹之所輯刊也。之翹字楚稺，號石林，一號雪樵，别署石户農，秀水聞溪人。與俗殊尚，孤清刻苦。家多藏書，博學好古，杜門讀書。通五經之學，負笈至南都，遊於焦竑之門。應郡邑試不第，布衣終身。明亡，隱於襄城，以遺民自處。年三十，注釋《離騷》，鐫行於世。後凭吊三閭遺迹，擔簦入楚，遊南嶽，覽三湘七澤之勝，隨所感觸，輒形諸詩，是故集中楚詩居多也。編纂及鏤板刊行者有《晉書校注》《輯注韓昌黎集》《柳河東集》《甲申前後集》《蔣石林先生遺詩（聞川雜詠）》《檇李詩乘》等。事載孫静菴《明遺民録》卷十八《蔣之翹》。

蔣之翹《離騷注》已放失不傳，惟存此《七十二家評楚辭》。是書依朱子《楚辭集注》而成，故又稱『七十二家評楚辭集注』，分四集，總二十卷：一集《楚辭》八卷，即《離騷經》卷一、《九歌》卷二、《天問》卷三、《九章》卷四、《遠遊》《卜居》《漁父》卷五、《九辯》卷六、《招魂》《大招》卷七、《惜誓》《吊屈原》《服賦》《哀時命》《招隱士》卷八，末附揚雄《反離騷》。案：即《楚辭集注》目次也。惟賈誼《吊屈原》《服賦》及揚雄《反離騷》原俱見朱子《楚辭後語》之卷二，蔣氏移置《吊屈原》《服賦》二篇於卷八，又以《反離騷》爲附録，是依朱子舊本也。二集《楚辭附覽》上下二卷，上卷爲東方朔《七諫》、王褒《九懷》，下卷爲《九歎》、王逸《九思》，四篇皆朱子以『其詞氣平緩，意不深切，如無所疾痛而强爲呻吟者』而盡芟之矣。三集爲朱子《楚辭辯證》上下卷。四集《楚辭後語》八卷，前六卷仍朱子舊編，後二卷爲蔣氏所續補，輯明代以下劉基《思歸引》、方孝孺《絶命詞》等二十五篇，其中蔣氏自爲《攘訽賦》《謏賦》二篇。校注音義及每篇小序悉本朱子《集注》，而《後語》卷七、卷八所增補二十五篇，皆無注，小序則蔣氏自爲之矣。

卷首爲黄汝亨序，次蔣之翹自序，次朱熹《集注》原序，次司馬遷《屈原列傳》、沈亞之《屈原外傳》，次李贄《傳贊》。次宋顔延之《祭屈原文》，次蔣之翹自爲《哀屈原文》，次許國《屈原論》，次《吊屈原詩》，録李白至陸佃十一家，次『評楚辭姓氏』，計有司馬遷、班固、劉向、揚雄、王逸、曹丕、顔之推、顔延之、蕭統、沈約、江淹、庾信、劉勰、鍾嶸、李白、韓愈、李賀、柳宗元、杜牧、顔籀、劉知幾、賈島、皮日休、洪興祖、蘇軾、朱熹、祝堯、高似孫、汪彦章、陳傅［己］（良）、劉辰翁、嚴羽、葉盛、李塗、王應麟、姚寬、張鋭、洪邁、樓昉、蔣翬、

焦竑曰讀騷且未觀文辭只其題引便不覺百端交集若未免有情亦復誰能遣此

楚辭卷一

宋新安朱　熹集註

明檇李蔣之翹評校

離騷經

離騷經者屈原之所作也屈原名平與楚同姓仕於懷王爲三閭大夫三閭之職掌王族三姓曰昭屈景戰國策楚有昭奚恤元和姓纂云楚武王子瑕食采於屈因氏焉屈重屈蕩屈建屈平並其後又云景氏有景差至漢皆徙關中屈原序其譜屬率其賢良以厲國士入則與王圖議政事決定嫌疑出則監察羣下應對諸

楚辭　離騷　卷一　一

侯謀行職修王甚珍之同列上官大夫及用事臣靳尚妒害其能共譖毀之王疏屈原屈原被讒憂心煩亂不知所愬乃作離騷班孟堅曰離猶遭也顔師古云擾動曰騷洪曰其謂之經蓋後世之士祖述其詞尊而名之耳非原本意也上述唐虞三后之制下序桀紂羿澆之敗冀君覺悟反於正道而還已也是時秦使張儀譎詐懷王令絶齊交又誘與俱會武關原諫懷王勿行不聽而往遂爲所脅與之俱歸拘留不遣卒客死於秦而襄王立復用讒言遷屈原於江南屈原復作九歌天問九章遠遊卜居漁父等篇冀伸

桑悦、何孟春、馮覲、胡應麟、朱應麒、李夢陽、何景明、徐禎卿、王廷相、茅坤、楊慎、許國、王世貞、劉鳳、張鳳翼、李贄、孫鑛、李廷機、馮夢禎、黄汝亨、焦竑、陳深、張鼐、陳繼儒、鍾惺、黄道周、蔣之華、蔣之翹、陸鈿、宋瑛、陳仁錫（一本作陳山毓）、陸時雍，凡七十二家；次《楚辭總目》及目録，次《楚辭總評》，起司馬遷至陸佃。蔣氏自序云『予酷嗜《騷》，未嘗一日肯釋手。每值明月下，必掃地焚香，坐石上，痛飲酒，熟讀之，如有淒風苦雨，颯颯從四壁間至，聞者莫不愴然，悲心生焉。竊論孔公删後《詩》亡，能變《詩》而足以存《詩》者惟是。其辭麗以則，其情悽以婉。至美人夢寐，一篇三致其思，自有一種涕泣無從，令血化碧於九泉，而天地震驚之意。詩可以怨，信然。宋景而下莫及也，況乎相如以浮辭媚主上，雄爲莽大夫而復反其意以自文過，儻屈氏有鬼，必執罪而問之，是尚得並稱歟？若夫原情闡旨，則太史公猶未相知也。下而班固、顔之推之徒，烏足置喙焉？有深獨契，惟留此朽墨數行，與汨羅一片悠悠，映對千古耳。奈之何世復乏佳刻，殊晦厥意。王逸、洪興祖二家訓詁僅詳，會意處不無遺譏。惟紫陽朱子注甚得所解。原其始意，似亦欲與六經諸書並垂不朽。惜其明晦相半，故余敢參古今名家評，暨家傳李長吉、桑民懌未刻本，裁以臆説，謀若剞劂氏，僉曰可。庶貽玆來世，以見予與原爲千古同調，獨有感於斯文云。』讀序知其於《楚辭》用功深已：一是蔣氏以己與屈子千古同調，深好《楚辭》，乃至『未嘗一日肯釋手』；二是蔣氏以宋玉、景差、司馬相如、揚雄之徒，遠無屈子之忠節氣概，其作亦不可同日而語；三是蔣氏以王、洪諸注，皆不如朱子《集注》，朱子注《騷》，『似亦欲與《六經》諸書並垂不朽』；四是蔣氏以《楚辭》世乏佳刻，而朱子之注明晦相半，故乃參古今名家評而重刊之；五是蔣氏家傳有李賀、桑悦未刻本，此二書皆不見於世，幸賴蔣氏此書集録以存。又，《凡例》云：『《楚辭》刻本稱良者，近代多白文、多王逸《章句》，甚至有僞張伯起《纂注》，中間脱略多誤，評僅數家，猶真僞相半。又語溪陸氏《疏》、周氏《别注》並行，皆拾昔人之剩意以爲新語，與正文不合，小玼原意。予深

者，非是。」宋本「者」作「皆」。案：宋本非也。

校書如掃秋葉，時掃時有，故偶見漏校或誤改之處。如，《離騷》「以爲理」注：「即理叶賴。」宋本「賴」下有「上聲」二字。案：《廣韻》賴音落蓋切，入去聲《泰韻》，不讀上聲。而「理叶賴」之「賴」，當讀上聲。此本無「上聲」者，脱訛也。又，《東皇太一》「姣般」，宋本「般」作「服」。案：宋本是也。服，古作𦨈。般，「𦨈」字之訛也。又，《東君》「照吾檻兮扶桑」注：「言，主祭者自稱也。」宋本作：「吾，主祭者自吾也。」案：宋本是也。元刻本、成化本「自吾」作「自言」，則據義改也。又，《山鬼》「猨啾啾兮狖夜鳴」注：「又，猨屬。」宋本「又」作「狖」。案：宋本是也。又，《懷沙》「舒憂」校：「舒，《史》作「舍」。」案：非也。《史記·屈原列傳》「舍」作「含」。宋本亦誤作「舍」，元刻本、成化本作「含」。又，《卜居》「粟斯」注：「斯，亂也。其從木者，非是。」案：亂，當作「辭」，宋本作「辭」。然宋本「斯辭也」倒於「非是」下，則乙誤矣。又，《九辯》「心繚悷」校：「悷，虛帝反。」案：虛，當作「靈」。宋本誤同。又，《大招》「設菰粱只」，宋本「粱」作「粱」。案：宋本是也。又，《辯證》上「常浴於甘洲」。案：《山海經·大荒南經》、洪氏《補注》「甘洲」作「甘淵」。洲，當「淵」字之訛也。宋本誤同。又，《辯證》下「從右脇下水腹上出」。案：水腹，義不可通。元刻本、成化本「水」作「小」者是也。宋本誤同。

或者偶見蔣氏因明本校改者，如，《東皇太一》「樂康」注：「樂，待各反。」成化本「待」作「歷」。案：宋本作：「樂音洛。」待，非是。又，《惜誓》「異虖犬羊」注：「遠見避害。」宋本「見」作「世」。案：元刻本、成化本亦皆作「見」矣。

蔣氏忠雅堂刻是書於有天啓六年丙寅，國家圖書館、浙江圖書館皆有藏本。（陳煒舜、郭劍鋒）

# 楚辭評林

《楚辭評林》者，明沈雲翔之所輯也。雲翔字千仞，蘇州人。《引》自稱「鹿城」。同治《蘇州府志》卷六十六《選舉》八「清康熙年」下有「沈雲翔千仞」條，曰「歲貢」。又，民國《完縣新志》卷三《存書目録》有「《十三經古注》」之目，云：「明沈雲翔輯。本金姓，一名蟠。」而光緒《鎮安府志》卷十五《書籍》亦載有「《十古經古注》二百八十九卷」，云：「明金蟠彙訂，永懷堂合刻本。」則末云「金蟠」爲沈雲翔別姓名。又，是書《引》之末鈐有「金蟠」「字曰蟾」「古金天氏」三印，是知「沈雲翔」「金蟠」即一人也。然則「金蟠」何以改「沈雲翔」？已不可考矣。目録後題「古與堂訂輯」，古與堂，明崇禎九年舉人李蒸故居，在松江府婁縣城内。蒸字竹西，明亡，隱居婁縣不出，蓋其時參與是書訂輯也。終末又題「慶城人」，慶，恐「鹿」字之訛。鹿、角音同。姑蘇之北五里有角里鎮。惟未見有以「城」稱者，俟考。又，劉樹國先生近函告，角、鹿，即讀婁字。婁城，即江蘇崑山舊城也。

是書又稱《八十四家評點朱文公楚辭集注》，凡九卷：卷首一卷，首爲司馬遷《屈原列傳》。次《楚辭集注總評》，輯司馬遷至明金蟠，凡五十七條。次《楚辭集注目序》，都八卷，首卷《離騷》，次卷《九歌》，三卷《天問》，四卷《九章》，五卷《遠遊》《卜居》《漁父》，六卷《九辯》，七卷《招魂》《大招》，八卷《惜誓》《吊屈原》《鵩賦》《哀時命》《招隱士》，皆依朱子《集注》舊次也。次《批評楚辭姓氏》，計八十四家，末云：「《楚辭》行世者，向惟七十二家稱善，然尚有未盡，如宋蘇子由、國朝汪南溟、王遵巖、余同麓等十餘家，在所遺漏。茲復輯入彙成八十四家，搜羅校訂，自謂騷壇無憾也。』觀其所增者，除上四人外，有姜南、董份、郭正棫、葛立方、張之象、呂延濟、金蟠等。據是，則知是書乃據蔣氏《七十二評楚辭》藍本，續輯補綴而已。四庫館臣斥之曰：『因朱子《集註》雜採諸家之説，標識簡端，冗碎殊甚，蓋坊賈射利之本也。』

然又不盡如是。沈氏乃儒者流，所輯《十三經古注》，乃其當行本色，於《楚辭》本無著意。案《引》自稱，『於丙子之冬，緘户紬篇，爲之遵其句節，誌夫窾釋，詳稽論列，慎剔效尤。《諫》《懷》《歎》《思》之作，既不使無病而呻；荀、楊、馬、蔡之詞，亦安得屬郢而和？袟袟蘭茝，厥繇且條，詎曰漉醑之助哉？爰授梨棗，兼彙品騭，後之讀者，得取衷焉』。是書之作於崇禎九年，戰亂四起，明庭風雨飄搖，國家敗亡之迹已呈露無遺矣。即讀《諫》《懷》《歎》《思》諸作，浸浸然其已無『無病而呻』之感，何況讀屈宋諸篇哉？即以牟利言，鋟刻是書不見有效。沈氏所以輯編是書者，蓋所以寄黍離之悲、寓遺民之思也。故隱其真姓名而署『沈雲翔』而易『婁城』爲『鹿城』者，其用心亦可知矣。

是書所輯評語，爲眉評、間評、總評三種。眉評居多，皆置於簡端，間評則置句子右側，總評繫於各篇末，蓋悉從蔣氏

楚辭集注卷之一

朱熹集註

離騷經第一

離騷經者屈原之所作也屈原名平與楚同姓仕於懷王爲三閭大夫三閭之職掌王族三姓曰昭屈景屈原序其譜屬率其賢良以厲國士入則與王圖議政事決定嫌疑出則監察羣下應對諸侯謀行職修王甚珍之同列上官大夫及用事臣靳尚妬害其能

楚辭集注　卷一　離騷　一　聽雨齋

《七十二家評楚辭》例也。而所增十二家，以金蟠（即沈雲翔）居多，計六十餘條；蔣之翹在其次，總九條；何孟春再其次，總七條；其餘則一、二條而已。

觀金氏所增評語，或於屈子人格極盡褒美之意，進而推崇其所作辭賦，爲其人格所化。如，《卷首總評》曰：『天賦屈子之才，必有是著作；天賦屈子之性，必有是沈抑。不困厄，烏虖激。龍門子長之論是已。向使以如是之才不爲文章而爲事業，以如是之性不使懷憤而使效忠，所表建當何似耶？故君子讀楚《騷》，不能不再三歎也。』則以爲忠事國君，乃屈子天性。而忠以被謗，則必激於言詞而後發爲賦，亦其天性所致。『不困厄烏虖激』，斯所謂『窮而後工』也。又曰：『恨不得屈子當年圖議政事。應對賓客，諸辭令一併讀之，當不僅射父、倚相等埒。』蓋以今所傳屈子之辭，僅十之二、三，惜已多佚，若『諸辭令』云者，已不可考矣。又，《離騷總評》曰：『文章本不至性，矜奇炫好何益？必如屈子之志、之品、之遇、之才，可生可死，可帝可鬼，則極灝縱，自有準繩；極元渺，皆爲真篤矣。今人小不得意，輒擬廢絶風雅，聊擅一偏，又謂甲世也。讀《離騷經》，自秦、漢來，無人落筆處。』以屈子之文出於至性、真篤，故能無所不極，而始終有其準繩，絶非小人『矜奇炫好』所可比矣。其所斥之小人，揆之以明季弄權禍國之流，若魏忠賢、馬士英、阮大鋮之輩是也。又，《離騷》『何昔日』眉評：『士苟有心，能不三歎？』又，『及年歲』眉評：『詞託巫咸至此，心更執也，讀者猶難爲情，況當日乎？』又，『固時俗』眉評：『椒蘭豈必無變？此是其痛心疾首之。』蓋揆度時世，皆有所諷喻、鍼砭，似非泛泛興歎之意矣。

金氏讀《騷》之法，不在於文詞，而重其義旨所在。如，《九章》總評云：『讀《九章》，不徒憫其志，耽其詞，當得其義而珍之。觀夫忘身賤貧，則自待菲薄者媿矣。可思不可恃，則熱中者非矣。顧龍門，則悻悻者小矣。爲余造怒，則作惡有道矣。善不繇外，死不可讓，則成仁決矣。惜廱不昭，則孝子慈孫之痛至矣。無轡銜舟楫，則喪亡炯戒再三矣。后王嘉樹，惜祖宗之培植。重石何益，悵一死之未補。嗚呼，豈特後人箕尾山河之壯烈已哉！』於《九章》各篇之旨，皆以甚簡要之語概述之，是所謂『當得其義而珍之』也。若『忘身賤貧』，稱『自待匪薄者媿矣』。『可想不可恃』，稱『熱中者非矣』。『顧龍門』，稱『悻悻者小矣』。雖寥寥一語，頗得其玄奥。知其真善讀書者矣。又，《惜往日》『惜往日之曾信』眉批：『君子念其君之恩，瀕死不忘如此，豈非因哀怨而愈見者乎？孔子所謂「可以怨」者也。』其以《惜往日》爲瀕死怨君之詞，而怨君之所以不君恩，是其義之正，亦合乎孔子『可以怨』之《詩》旨矣。又，《悲回風》『浮江淮』眉評：『臨絶命詞，歷歷容與乃爾，所謂「從容就死」，難也。』則同洪祖興所謂『蓋其志先定，非一時忿懟而自沈也』。

金氏以《九歌》諸詞，類《詩》之《風》《頌》，其總評云：『此楚風也。《國風》自《邶》以下皆變，終之《豳風》以正之。若屈子《九歌》，所以正楚風也。朱子祀神之盛，幾於變《頌》。夫緣《頌》之義，盡《風》之情，流連蓋惻，則終不失其正者爾，所謂删《詩》不能遺信矣。』正以『緣《頌》之義』，故詞無『鄙陋』之言，有典雅之馴。正以『盡《風》之情』，則愁腸婉轉，純是靈性語，喜讀之可歌，悲讀之可泣矣。而言外之旨，方深切體會。如，《雲中君》『靈皇皇既降』眉評：『是下便有咫尺天顔之想。』蓋須臾不忘君國之意。又，《湘君》『心不同兮媒勞』句間評：『名言，諷詠不盡。』蓋百方求君不合之後，方有如是體會。推之他人他事，未嘗不如是矣。又，《國殤》『出不入兮往不反』眉評：『傷心慘國之言，俱帶浩氣。後人《從軍行》諸篇，都不及此。』所謂『浩氣』，猶視死如歸，絶無怨恨之情，故較之後世《從軍行》戀念家室父母者，總不免令人氣沮矣。若非出於貞潔忠義之手，安得若是耶？

金氏雖《天問》未置眉評、間評，然其總評云：『每一問，發人多少想路？句則鬼劌神鏤，味則山珍海錯，勢則飛星電閃，思則塚函枕笈，藻則寶彝丹穴，體則鼈負鯨掀，開天地間無數文章膽識矣。』則以《天問》非視如童蒙讀本，乃屈子情思所寄，有其深意所在。然《天問》多見不可解處，而不能强解。其云：『屈子去古未遠，世事猶稀，其臚列衍奥已如是，使生於漢唐宋後，興懷捉筆，更安極耶？』豈謂是意耶？又，《遠遊》總評云：『身已閒而志愈忙，腸甚熱而才益曠，理國理身，皆有成訣，非他人罹困，但感憤悲壯已也。讀此章，宜更上一層想。』則亦非如他人視《遠遊》爲仙遊戲娱之作，『身已閒而志愈忙，腸甚熱而才益曠，理國理身，皆有成訣』云云，目光自是高人一等。『宜更上一層想』，然不識如何『更上』，惜金氏未嘗詳論矣。

金氏讀《騷》，善於比較。如，《楚辭總評》云：『《南華》《離騷》，皆古今奇絶之文，而後人於六經之後，並尊爲經。夫經，常也。奇而不可越，乃常也。讀《南華》，使人不敢萌利達之心；讀《離騷》，使人不敢忘生民之意。』其以《離騷》與《莊子》比，謂讀《莊》，則『使人不敢萌利達之心』，讀《騷》，『使人不敢忘生民之意』。皆從自身修養言，一則意在修己，一則重在利人矣。又，《離騷序》評曰：『王逸本「不忍以清白久居濁世，遂赴汨羅」，便見得小了。此云「不忍見其宗國」云云，纔得屈子大端。』王序、朱序論屈子沉汨之别，一則『不忍以清白久居濁世』，立義在己身，是『見得小了』；一則『不忍見其宗國』，立義在國家，故云『纔得屈子大端』。又，評《屈原列傳》間齊楚一段：『秦人節節詐，楚人着着痴，筆端如見，誠敘事之樂境，人物之化工也。』拈出『詐』『痴』二字，妙達史遷意旨也。又，《漁父》總評曰：『《漁父》一則，實費參度，謂真有漁父則屈子所云重華、宓妃諸神，豈其真有？謂假設漁父，則《魯論》所記孔子遇丈人一段，至今不得姓氏里族，豈亦假設？總之，文體獨創，忽出新境，各示名言，隨人思索有會。此《楚詞》之不可不讀，又不可徑讀也。』以『漁父』方之《騷》之重華、虙妃，又比之《論語》『孔子遇丈人』，在於真真假假不可於定論、甄别之間。又，金氏《招魂》總評云：『《天問》《招魂》皆屈、宋特立之筆，如此唱和，真不媿爲師弟同調。』又云：『《招魂》雖皆設詞，然孤臣罹患，所謂諸惡趣，實並有之，何必遠方魑魅？得志怙寵，所謂諸妙麗，亦實並有之，豈在蓬壺帝闕哉？讀者莫謂修詞已也，則諷諫楚王，亦一説也。』此以《招魂》與《天問》相比也。《招魂》敘四方上下諸惡，在於『諷諫楚王』；而《天問》敘天地四方之奇，在於『舒瀉憤懣』。是其不同處。又，《大招》總評云：『《招魂》已極一時之盛美，則後起者必變爲古鬱，勢當然也。不然何取？而復爲之聚訟者，軒輊其間，何耶？夫前無所倡，《招魂》難於創始；後踵其華，《大招》難於後勁。此二篇所以並垂千古也。後賢取材於富，廢一豈可哉？』此以二《招》互比也。《大招》以『古鬱』取勝，而《招魂》以『艷麗』見長，不足分其軒輊，且並傳而垂之千古矣。又，《九辯》總評云：『《九辯》之佳，不在言情處，在不言情處。言情，則屈子之情，自道已至。再加充潤，終不出其意中。惟不言情者，隨景列況，則一段清新蕭遠之色，又自獨出矣。唐人詩律，必情景兼工，又必寫景而情自至爲工，正以此也。然則首章與諸章之《辯》，豈不瞭然矣乎？』此以《九辯》與屈賦比也。蓋屈以舒情見長，宋以繪景取勝矣。『惟不言情者，隨景列況，則一段清新蕭遠之色，又自獨出』云云，概括玉賦之特色，頗爲鞭辟入裏之言。

金氏或於古今聚訟之端，直陳己見。如，《招魂》『巫陽對曰』眉評：『斷者不可復續，本謂魂不可招，人各有志，雖上帝豈能强之不死？巫陽之技但可欺俗人，不能欺志士。筮之不得，則而後安所復用矣。此最趨達之言。玉固明知筮爲無益，托以通彼昏，所謂不仁者不可與理道哉。』案：王逸注此段文云：『巫陽對天帝言，招魂者，本掌寱之官所主職也。言天帝難從掌寱之官，欲使巫陽招之也。巫陽言如必欲先筮問求魂魄所在，然後與之，恐後世怠懈，必去卜筮之法，不能復修用，但招之可也。』以爲巫陽承天帝之命而爲招魂，廢掌寱之官不用，亦是天帝之意。而金氏以爲掌寱之筮與巫陽之招，俱是欺人之技，固不可復已死之命魂。玉設爲廢筮而用巫陽，不過『託以通彼昏』，乃假借之詞。是亦其一己之説矣。

金氏評語或涉譚藝論文，雖似片言隻語，無甚繫統，往往下點睛之筆，啓人思致多已。如，《楚辭總評》：『忠蓋語易腐，偏佚麗；懇切語易戇，偏婉轉；寄諷語易諧，偏雄陗。所以《風》《雅》，道學之家俱不可廢。』以爲文雖傳道之器，若無《風》《雅》，則易流於偏與諧。又，《離騷》『閨中』眉評：『許多情緒，到此收結。又復起下情之無已，思之離奇如此。』《惜誦》『令五帝』眉評：『治氣干霄。』又，『欲横奔』眉評：『處世之難，笑啼不敢，讀至此涕泗交集矣。』《哀郢》『將運舟』眉評：『許多去國之情，言之有不忍思，思之有不忍言。』又，『外承歡』眉評：『骫髒之骨，寫妖冶如辭，「承歡」二語已攝其魄。』《悲回風》『夫何彭咸』眉評：『芬芳之志觸於景物，形于詠歎，兩相流連，而味益雋。』《遠遊》『玉色頩』眉評：『形容仙姿，恍惚欲出。』又，『騎膠葛』眉評：『縱筆所如，得遊仙之樂。』《卜居》『將氾氾』間評：『其勢翩邈，不可止也。』又，總評：『相其體勢，太湖七十二峰，參差胸前，躍出不止，九嶷列秀也。』《漁父》『漁父曰』間評：『漁父自是大有作用人。』《九辯》『獨申旦』眉評：『「過中」「無成」二語，使人痛絶，劉先生「肉生」之感，亦猶是也。』又，『卬明月』眉評：『仰明月、步列星，有傷心不語之致。』又，『彼日月』眉評：『以日月有瑕況君，亦猶望其更明也，屈子忠厚之遺乎！』又，『左朱雀』眉評：『疊字皆奇麗，後人因作奇字擬古矣。』《招魂》『砥室翠翹』眉評：『奇藻奪目，筆墨間香風迷路。』又，『翡帷翠帳』眉評：『此下言施設之盛。』又，『室家遂宗』眉評：『此下言飲饌之盛。』又，『肴羞未通』眉評引吴國倫：『此下言祭時女樂之盛。』又，『二八齊容』眉評引吴國倫：『此下言宴飲之樂。』又，『菎蔽象棋』眉評引吴國倫：『此下言田獵之樂。』金蟠曰：『此下當言遊嬉之樂。』又，『娱酒不廢』眉評：『此言吟詠之樂，遂爲後人尋芳選韵之本，屈宋真開千古風流。』《大招》『嫮修傍浩』眉評：『煉語秀出。』又，『接徑千里』眉評：『許多層疊，漸引正訓，古人立言之意，如此深厚。後人有意急白，自覺索然也。』《惜誓序》眉評：『觀朱子敘引，其珍重誼何如哉？

誼當必重何如哉？」又，眉評引何孟春：『賈誼《惜誓賦》不知作於何時，誼死年三十三耳，已有「惜余年老」之語。』又，總評：『吟詠無多，孤遠絶俗，寓言處有高崖斷壑之槩，嶄嶄巖巖。』《吊屈原賦》『已矣』眉評：『古人詞意重出，如《楚辭》中最多。然感慨錯綜，迴宕自生。三覆皆有餘藴，不似後人逐篇换字，其中已覺意盡詞煩矣。』又，總評：『以今吊古，卻自出主張，不爲前人所囿。』《鵩鳥賦》『其生兮若浮』眉評：『賈生胸中寔未能如是耳，然其言類有道者也。』又，總評：『賈太傅吊屈大夫，太史公獨列二賦於傳，皆是從自家不得意中有相入處。然《服賦》較《吊屈》文，又絶不同矣。』《招隱士》『攀援桂枝』眉評：『極高陗而芳婉已極矣。』又，總評：『文字中别有洞天，誠位置三閭於此南面，百城勿易也。況郢中濁世，招之肯來耶？』又曰：『人生苦無多佳境，但時讀《招隱士》，胸襟自開丘壑，骨子自脱煙火。』若是者，則不勝舉矣。

金氏所增他家，悉置意於篇章句法，似補七十二家所未備，亦蓋爲金氏所首肯。如，《離騷》『靈氛』眉評引汪道崑：『此即龜策卜居意。』《湘君》『采薜荔』眉評引何景明：『「采薜荔」二句有點綴風景之妙，唐人作詩多摸擬此。』《九歌》總評引呂延濟：『每篇之目，皆楚之神名。所以列於篇後者，亦猶《毛詩》題章之趣。』《天問》總評引蔣之翹：『借他人之酒杯，澆自己之塊壘，骨力自是遒上。後唐王維《魚山送迎神曲》及韓愈《羅神廟詞》，皆不能彷彿矣。』《哀郢》眉評引蔣之翹：『《哀郢篇》於《九章》中最爲悽惋，讀之寔一字一淚也，太史公雅好之。梁昭明乃舍此而選《涉江》，何耶？』《惜往日》『臨玄淵』眉評引蔣之翹：『慮君子身後之事，直是古龍、比首流，班固謂其「忿懟沉江」，誤甚矣。』《卜居》『寧超然高舉』眉評引郭正棫：『忠憤之極，若計無所之，其文渤然。』《九辯》『悲憂窮戚』眉評引郭正棫：『玉故原弟子，其文骯髒悲憤，亦酷似之，信是班門作首。』又，『秋既先戒』眉評引汪道昆：『秋氣凜然而萬物摇落，喻己爲讒佞所害，是以播遷，故竊悲也。』《招魂》篇首引郭正棫：『遊神八極，歌哀腸苦，升屋一聲，鬼神爲泣。』又，『容態好比』引郭正棫：

『六朝淫麗，宋玉其作俑乎？』《招隱士》『坱兮軋』眉評：『運斤處似《招魂》，脱略清警，自是名作。』

然金氏流於陳腐亦似或見。如，《離騷》『女嬃』眉評：『《水經》云：「屈原有賢姊，聞原放逐來歸，喻令自寬全。鄉人因名其地曰秭歸，後以爲縣。縣北有原故宅，宅之東北有女須廟，擣衣石猶存。」然則忠良萃于一門，其姊亦不朽之傑哉。』案：是因舊之誤也。『秭歸』之名，因古之夔子國。《春秋》僖公二十六年：『秋，楚人滅夔，以夔子歸。』杜注：『夔，楚同姓國，今建平秭歸縣。』夔、歸古字通用。其地名『秭歸』，固非因女嬃之歸。《新蔡葛陵楚墓》：『及江、漢、沮、漳，延至於瀤。』瀤，即歸也。《漢書·武五子附胥傳》：『始，昭帝時，胥見上年少無子，有覬欲之心。而楚地巫鬼，胥迎女巫李女須，使下神祝詛。女須泣曰：「孝武帝下我。」左右皆伏。言「吾必令胥爲天子」。胥多賜女須錢，使禱巫山。會昭帝崩，胥曰：「女須，良巫也。」殺牛塞禱。及昌邑王徵，復使巫祝詛之。後王廢，胥浸信女須等，數賜予錢物。宣帝即位，胥曰：「太子孫何以反得立？」復令女須祝詛如前。』顔注：『女須者，巫之名也。』段注《説文》『嬃』字：『《周易》「歸妹以須」，鄭云：「須有才智之稱。天文有須女。」按：鄭意須與諝、胥同音通用，諝者，有才智也。』劉師培《楚辭考異》：『須，有才智之名。』女巫之有才智者通稱『女嬃』。《離騷》於當世人物，皆讔言之。楚王曰『荃』『靈修』，己曰『正則』『靈均』，同列曰『衆芳』『衆女』『蘭椒』等，無一爲真名。女嬃即原姊，嬃亦非其名，蓋寓名，謂有才智之女也。

是書始刊於明崇禎十年丁丑，後有清康熙間聽雨齋翻刻朱墨印本。然康熙本已改明刻舊式，如，删沈雲翔序、《集注》舊目、沈亞之《外傳》及『八十四家姓氏』後題記等，當非善本。是書爲明崇禎始刻本，國家圖書館有藏本。（黄靈庚）

# 管城楚辭集注碩記

《管城楚辭集注碩記》者，清徐文靖之所作也。文靖字容尊，號位山，安徽當塗人。雍正元年癸卯舉人，乾隆元年丙辰薦舉博學鴻詞，試不入格。十七年壬申，又薦舉經學，特授翰林院檢討。著有《周易拾遺》十四卷、《禹貢會箋》十二卷、《竹書統箋》十二卷、《山河兩戒考》十四卷、《皇極經世考》三卷、《管城碩記》三十卷，皆收入《四庫全書》。事載《清史稿》卷四百八十五《文苑》、《清史列傳》卷六十八《儒林》及《文獻徵存録》卷五。

《管城楚辭集注碩記》原爲《管城碩記》之卷十四至卷十七，凡四卷，爲讀朱子《楚辭集注》之筆記。自敘稱，『窮年翻閲，掩卷輒忘，故不得已而託之管城子，假以記室』。管城子者，筆也。而取《詩·巧言》『蛇蛇碩言，出自口矣』，名曰『碩記』者，蓋自謙、自抑之辭也。或者以『其書博引群書，攟摭秘册，或一説而取證數十説，必求其正且大，使之有可信無可疑而後已，則誠可以爲記之碩者』云云。則非其原旨矣。是書據《楚辭集注》卷次，每條始引《楚辭》正文爲綱，次繫之以《集注》原文，而後爲其『碩記』。總一百一十八條，卷十四爲二十七條：《離騷碩記》十九條，《九歌碩記》八條。卷十五、卷十六皆《天問碩記》，共五十條。卷十七爲四十一條：《九章》十三條，《遠遊》六條，《九辯》一條，《招魂》十一條，《大招》九條，《惜誓》一條。内容多以正文字、通訓詁爲宗，或疏朱子之義，或補朱子之闕，或辯朱子之謬，或考證地理，或考辨古史人物，或格物以窮理，總以求其淵奥。每立一義，必旁紹遠引，不厭其複，務至考覈明確，是乃發古今之覆，決聚訟之疑，正沿襲之訛，庶幾不留剩義矣。

或疏朱子之義，蓋此類居多。如，《離騷》『吾令豐隆乘雲兮』，朱子但云『豐隆，雷師』。徐氏云：『《穆天子傳》：「天子升于昆侖之丘，以觀黃帝之宮，而豐豐隆之葬。」郭璞曰：「豐隆筮御雲，得《大壯》，遂爲雷師。」然則世所稱「豐隆」爲「雷師」者，亦猶《莊子》所云「傅説乘東維，騎箕尾」，而比于列星者乎。』案：徐氏承朱子『雷師』之解，引《穆天子傳》以疏證之，又據傅説死後爲宿，以豐隆亦在列星之中矣。又，『巫咸將夕降兮』，朱子云：『巫咸，古神巫，當殷中宗之世。』甚爲簡略。徐氏疏其義，云：『按《世本》「巫咸作筮」，《歸藏》曰：「昔黃帝將戰，筮于巫咸。」《周禮·簭人》「一巫更，二巫咸」，注曰：「巫當讀爲筮者也。」《南華》逸篇曰：「黃帝立巫咸以通九竅。」郭氏《巫咸山賦序》：「巫

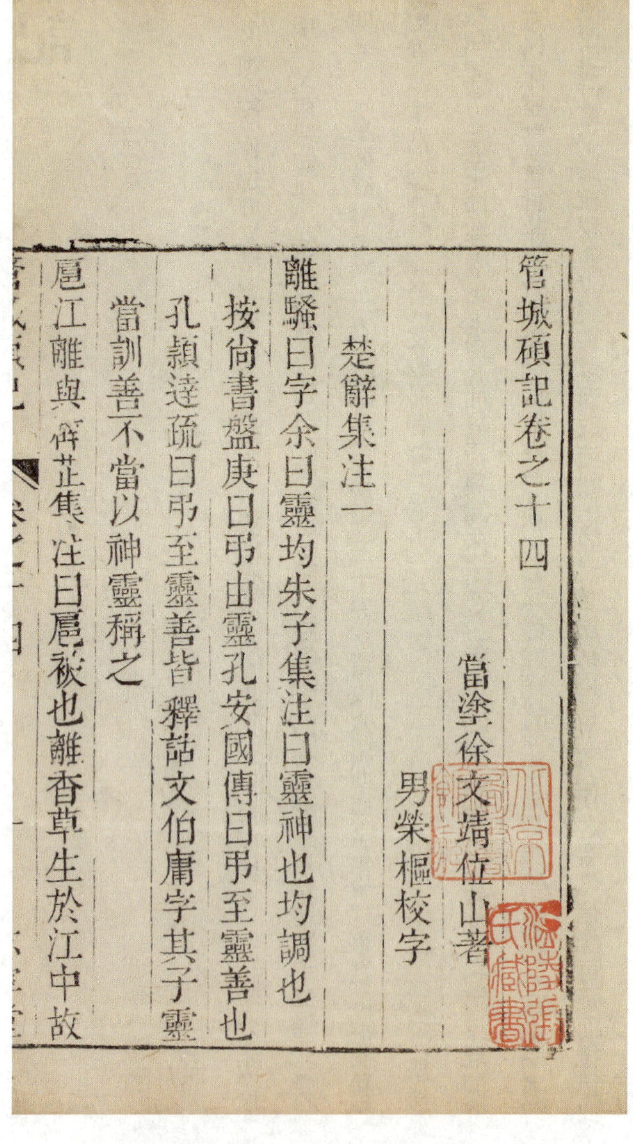

管城碩記卷之十四

當塗徐文靖位山著

男棨樞校字

楚辭集注一

離騷曰字余曰靈均朱子集注曰靈神也均調也

按尚書盤庚曰弔由靈孔安國傳曰弔至靈善也

孔穎達疏曰弔至靈善皆釋詁文伯庸字其子靈

當訓善不當以神靈稱之

扈江離與辟芷集注曰扈被也離香草生於江中故

咸以鴻術爲帝堯醫師。」此巫咸主醫者也。《山海經》：「大荒之中有靈山，巫咸、巫即、巫肦十巫從此升降。」此則古所謂神巫者也。《史記·封禪書》曰：「太戊有桑穀生於廷，一暮大拱，懼……伊陟贊巫咸，巫咸之興自此始。」《索隱》曰：「《尚書》：巫咸，殷臣名。今云巫咸之興自此始，則以巫咸爲巫覡。然《楚詞》亦以巫咸主神，蓋史遷以巫咸是殷臣，以巫接神事，太戊使禳桑穀之災，故云。」又《竹書紀年》：「太戊十一年，命巫咸禱于山川。」鄭康成亦曰：「巫咸謂之巫官。」以此證之，《集注》以巫咸爲古神巫，當殷中宗之世，蓋有所本也。』又，『邅吾道夫崑崙兮』，朱子云：『邅，轉也。』徐氏疏其義，云：『按《易·屯》二曰：「屯如邅如。」王弼曰：「正道未行，困於侵害，故屯邅也。」此所云「邅吾道」者，蓋亦「屯邅」之意也。』《天問》：『圜則九重，孰營度之。』朱子云：『圜，謂天之形也。則，法也。九，陽數之極。所謂九天也。』徐氏申朱説，云：『按《説卦傳》：「乾爲天爲圜。」圜與圓同，故圜爲天也。九重，九層也。《淮南》曰：「天有九重，人亦有九竅。」近西儒所測第一重最下曰月輪天，第二重曰水星天，第三重曰金星天，第四重曰日輪天，第五重曰火星天，第六重曰木星天，第七重曰土星天，第八重曰恒星天，第九重最上曰宗動天。《曆學疑問》曰：「以視差言之，與人目遠者視差微，近則視差大，故恒星之視差最微，以次漸增，至月而差極大也。以行度言之，近天圜者爲動天所掣，故左旋速而右移之度遲。漸近地心，則與動天漸遠而左旋漸遲，即右移之度反速，故左旋之勢恒星最速，以次漸遲，至月而爲最遲也。右移之度恒星最遲，以次漸速，至月而反最速也。是二者宛轉相求，其數巧合。高下之理，可無復疑。」以此推之，天實有九重，非以九爲陽數之極而云「九重」也。』案徐氏以西學釋『九重』之義，則非宋儒所能及矣。《哀郢》『發郢都而去閭兮』，朱子云：『郢都，在漢南郡江陵縣。』徐氏云：『按《春秋》桓二年：「蔡侯鄭伯會于鄧。」傳曰：「始懼楚也。」杜注：「楚國今南郡江陵縣北紀南城也。」《楚世家》：「文王熊貲始都郢。」《水經注》曰：「江陵西北有紀南城，楚文王自丹陽徙此，楚人謂之郢都。」《地理志》：「江陵，故楚郢都。」孔仲達曰：「世謂之南郢也。亦曰紀郢。楚雖都郢，未有城郭。」文公十四年，楚莊王立，鬬克公子燮因城郢爲亂，事未得訖。襄公十四年，「楚子囊還自伐吴，將死，遺言謂子庚必城郢」。昭公二十三年，「楚囊瓦城郢」。事在楚平王十一年也。定四年，吴人入郢，昭王奔隨。明年，吴師歸，楚復入郢。又明年，吴復伐楚，取番。楚恐，去郢，北徙都鄀。《左傳》「令尹子西遷郢于鄀」。林氏曰：「改鄀爲郢，故曰遷郢于鄀，世謂之北郢，亦曰鄀郢。」子惠王徙鄢，命曰鄢郢。《水經注》：「滄浪之水躔絡鄢郢，地連紀郢，咸楚都矣。」《哀郢》之所謂郢都，不知其何所指？《楚記》曰：「楚郢都南面舊有二門，一曰修門，一曰龍門。東面亦有二門。」其下曰「顧龍門而不見，孰兩東門之可蕪」，哀故都之日遠，此《集注》據以爲紀郢也。』案：徐氏之考辯紀郢、鄀郢、鄢郢之由來至悉，可補朱注之未備。其考城郢始本末，亦甚有見。清華竹簡《楚居》載楚都郢者爲武王而非文王，楚之名郢者凡二十八都，多爲典籍所未載，而陳郢未在其內。此蓋因襲殷商之制，屢遷都城而居無定處，由此見楚文化源於殷商矣。詳參拙文《清華簡楚居箋疏》。《遠遊》『逴絶垠乎寒門』，朱子云：『寒門，北極之門也。』徐氏申朱義，云：『《漢・郊祀志》：「黄帝接萬靈明庭。明庭者，甘泉也。所謂寒門者，谷口也。」服虔曰：「黄帝升仙之處也。」師古曰：谷口，仲山之谷口也。……以仲山之北寒涼，故謂此谷爲寒門也。』《招魂》：『大苦鹹甘，辛酸行些。』朱子云：『大苦，豉也。鹹，鹽也。酸，酢也。辛，謂椒薑也。甘，謂飴蜜也。』而徐氏疏其義云：『《月令》：「春，其味酸。夏，其味苦。季夏中央，其味甘。秋，其味辛。冬，其味鹹。」《内則》：「凡和，春多酸，夏多苦，秋多辛，冬多鹹。調以滑甘。」注曰：「多其時味以養氣。」此所云「苦甘鹹辛酸」者，概舉五味之和而言，不必專指一物也。又按《釋名》曰：「豉，嗜也，調五味可甘嗜也。」不得以大苦名之。』《大招》：『昭質既設，大侯張只。』朱子云：『昭質，謂射侯所畫之地，如言白質、赤質之類也。』徐氏申其義，疏之云：

『《儀禮・郊射禮》曰：「凡侯，天子熊侯，白質。諸侯麋侯，赤質。大夫布侯，畫以虎豹。士布侯，畫以鹿豕。凡畫者丹質。」又《小雅・賓之初筵》「發彼有的」，毛傳曰：「的，質也。」《正義》曰：「《周禮》鄭衆、馬融注皆云：十尺曰侯，四尺曰鵠，二尺曰正，四寸曰質。」是質在正之中也。』

或補朱子之闕。如，《離騷》『見有娀之佚女』，朱子《辯證》：『舊説有娀國在不周之北，恐其不應絶遠如此。』徐氏然其説，乃申引之云：『今案《殷本紀》曰：「桀敗于有娀之虚。桀奔于鳴條，夏師敗績。」《括地志》曰：「高涯原在蒲州安邑縣北三十里南坂口，即古鳴條陌也。」《正義》曰「有娀當在蒲州」。謂此也。』《河伯》，朱子云：『舊説以爲馮夷，其言荒誕，不可稽考，今闕之。大率謂黄河之神耳。』徐氏云：『按胡應麟《筆叢》曰：「《竹書紀年》：帝芬十六年，洛伯用與河伯馮夷鬬。洛伯、河伯，皆國名也。用與馮夷，諸侯名也。」世率以馮夷爲水神，賴此折之。』案：徐説是也。

洛伯馮夷，夏后氏諸侯，居於河，後奉爲河神。夏人祀河而楚人不祀河。是故《九歌》有《河伯》篇，是存夏樂之舊矣。《天問》：『女岐無合，夫焉取九子。』朱子云：『女岐，神女，無夫而生九子。女岐之事無所經見，釋氏書有九子母之説，疑即謂此。然益荒無所考矣。』徐氏引《山海經》以補其闕，云：『按《海外西經》：「女子國在巫咸北。兩女子居，水周之。」郭璞《圖贊》曰：「簡狄有吞，姜嫄有履，女子之國浴于黄水，乃娠乃字，生男則死。」又《大荒東經》：「有司幽之國，思士不妻，思女不夫。」郭注曰：「言其人直思感而氣通，無配合而生子。」皆此類也。』又，『焉有石林』，朱子云『未詳』。徐氏補之，云：『《莊子》曰：「老子見孔子，從弟子五人，歎曰：吾聞南方有鳥，其名爲鳳，所居積石千里，天爲生食。其樹名瓊枝，高百仞，以璆琳琅玕爲實。」當即爲石林也。杜子美《鳳凰臺詩》：「西伯今寂寞，鳳聲亦悠悠。山峻路絶蹤，石林氣高浮。」亦即以此爲石林矣。』案：屈子所問石林，是否《莊子》所載瓊樹之『璆琳琅玕』，未遑定論。然其所以補朱子所闕矣。又，『焉有龍虯，負熊以遊』。朱子云『未詳』。徐氏云：『《五帝本紀》曰：「黄帝者，少典之子。」徐廣曰：「黄帝號有熊。」《索隱》曰：「黄帝號有熊，以其本是有熊國君之子也。」《帝王世紀》曰：「黄帝受國於有熊，居軒轅之丘。」《封禪書》曰：「黄帝鑄鼎於荆山，鼎既成，有龍垂胡髯下迎黄帝。黄帝上騎，群臣後宫從上者七十餘人。龍乃上去。」故問「焉有龍虯負熊以遊」也。』案：徐氏以取證黄帝乘龍上升之事以解『焉有龍虯負熊以遊』者，補朱子『未詳』矣。又，『該秉季德，厥父是臧。胡終弊于有扈，牧夫牛羊』。又，『恒秉季德，焉得夫樸牛。何往營班禄，不但還來』。朱子皆云『未詳。』徐氏云：『《漢書・古今人表》：帝嚳妃簡逷生卨。卨五世孫冥，冥子垓。師古曰：「垓音該。」是即該也。《竹書》：「帝杼十三年，商侯冥死于河。」《禮》曰「冥勤其官而水死」是也。此承上「簡逷在臺玄鳥致貽」至于該而能秉卨商之季德，以承父冥之臧善，所謂「厥父是臧」也。』徐又云：『《山海經》曰：「有困民國，有人曰王亥，託于有易，河伯僕牛。有易殺王亥，取僕牛。河伯念有易，有易潛出爲國，名曰揺民。」又按《竹書紀年》曰：「夏帝泄十二年，殷侯子亥賓于有易，有易殺而放之。十六年，殷侯微以河伯之師伐有易，殺其君緜臣。」即是事也。據此《天問》「樸牛」即「僕牛」也，音同字異耳。《山海經》郭注：「河伯僕牛，皆人姓名。微，殷之賢王，假師伐罪，河伯不得不助。既而哀念有易，使得潛化而出，爲揺民國。」此承前「該秉季德」，言殷侯子亥若能恒秉季德，賓於有易而不淫，有易又焉得殺之而取僕牛？上甲微假師河伯，以滅有易，河伯哀念有易，潛出之，國於揺民。遂往營班禄，食租衣税，不但使之生還也。又，微在夏爲殷侯，郭注「殷之賢王」。誤。有易取僕牛，僕牛，地名。如文八年「取武城」、昭十年「取鄆」之例，郭注「人名」。誤。』案《天問》自『該秉季德』至『後嗣而逢長』一節，皆問殷先冥、該、恒、微之事，静安先生既已據殷墟甲骨文發明之，無餘義矣。然乾隆間劉夢鵬據《竹書》《山海經》解『該秉季德』之該爲殷先王該，而徐氏又在劉氏前矣，何後悉委之静安而抹其名，蓋未取徵於殷之遺册故矣。然徐氏解『昏微遵迹』猶仍舊注之誤，引晉解居甫事説之，而不以『昏微』爲『殷侯微』矣。《抽思》：『軫石崴嵬，蹇吾願兮。』朱子云：『軫石，未詳。』徐氏云：『《二十八宿山經》曰：「翼山、軫山相連，在楚荆門山中央。齊伯曰：軫者，生於蒙山，長爲楚國。」《一統志》：「蒙山在荆門州西。又，州南五里有荆門山。」是星家以蒙山爲軫山。「軫石崴嵬」，蓋言世路之崎嶇，於所願爲蹇難也。』案以『軫石』爲『軫山』者，雖未遑定論，蓋亦一家説矣。《招魂》『掌瘳』，朱子無説。徐氏云：『瘳當作㝲，《説文》：「楚人謂寐曰㝲。」讀衣倨切，於去聲。巫陽之意，以人之死猶㝲也。其修短之數有掌之者，雖上帝有筮予之命，難從矣。若必然欲筮予之，則不宜後。恐後之而神氣凋謝，不能復。《禮・雜記》曰：「諸侯行，死於館，則復如於其國。」注曰：「復，招魂復魄也。」《檀弓》疏曰：「招魂者，是六國以來之言，故《楚辭》有《招魂》之篇。」此蓋言魂魄離散，久則徂落衰謝，不能如始死之時，以衣招魂而復之。至是始用巫陽焉，則無及矣。意或然也。』案：以『㝲』爲『人死』之狀，當其所發明，亦以補朱注所闕矣。

或辯朱子之謬，如，《離騷》曰『字余曰靈均』，朱子『靈』訓『神』。徐氏以爲『伯庸字其子，靈當訓「善」，不當以「神靈」稱之』，乃引取證於《尚書・盤庚》『弔由靈』，孔安國《傳》曰：『靈，善也。』又，『哀高丘之無女』，朱子以『女』爲『神女，蓋以比賢君也。於此又無所遇。故下章欲遊春宫，求虙妃，見佚女，留二姚，皆求賢君之意也。』徐氏斥其謬，云：『按「哀高丘之無女」，哀所遭之寡偶也。即《孟子》「願爲有室，願爲有家」之意。求虙妃，則「令蹇脩以爲理，紛總總其離合」也。見有娀，則「吾令鴆以爲媒，鴆告余以不好」也。留二姚，則「理弱而媒拙，恐導言之不固」也。苟既無媒妁之言，是以所如不合也。不得已而命靈氛爲余占之，言雖兩美其必合，孰信脩而慕之也。若以求虙妃、佚女、二姚，皆求賢君之意，夫不求宓犧而求其女，不求高辛而求其妃，不求少康而求其二姚，可謂求賢君乎哉。』案：三求女是否爲求其偶之意，無所比附者，猶待商榷。然求君之比，未爲徐氏所認可，故改易之也。又，《九歌》之東皇太一，朱注但云：『太一，神名，天之尊神。祠在楚東，以配東帝，故曰東皇。』徐氏不猒於此，旁徵博引，以疏其簡而斥其謬。云：『按《春秋元命包》曰：「中宫天極星，星下一明者，太一常居。」《文耀鉤》曰：「中宫大帝，其北極星下一明者，爲太一之光，含元氣以斗布，當是天皇大帝之號也。」是時楚僭稱王，因僭祀昊天上帝，故有皇太一之祠。祠在楚東，故於「皇太一」之上加一「東」字，非以配「東帝」爲「東皇」也。《漢·郊祀志》曰：「天神貴者太一，太一佐曰五帝。」徐堅曰：「昊天上帝，一曰天皇大帝，一曰太一。其佐曰五帝。」則「東皇」乃太一之佐耳，豈太一反配之乎？其辭曰「穆將愉兮上皇」，上皇即太一是也。』案：楚之太一神而繫以『東皇』，以祠在楚東，非五帝之『東帝』者明矣。其駁甚是。然猶有剩義。楚祠所以在東者，以其先祖在東而不在西，故其俗尚東、貴左，而太一之神亦以『東皇』稱之也。《天問》『應龍何畫』，朱子云：『《山海經》曰：「禹治水，有應龍以尾畫地，即水泉流通，禹因而治之也。」』徐氏云：『按《嶽瀆經》曰：「堯九年，巫支祈爲孽，應龍驅之淮陽龜山足下，其後水平，禹乃放應龍於東海之區。」至應龍以尾畫地，《集注》所引《山海經》，今《經》無是文。據漢《周憬碑》「應龍之畫」，柳州《天對》「畚鍤究勤，而欺畫厥尾」。則古本自應有是文也。』案：朱子引文蓋出《水經圖經》，而非《山海經》。徐氏引《周憬碑》等疏之，知其引文有謬矣。《思美人》：『遷逡次而勿驅兮，聊假日以須旹。』朱子云：『遷，猶進也。逡次，猶逡巡也。』徐氏云：『《後漢志》曰：「攝提遷次，青龍移辰，謂之歲。」孔氏《詩疏》曰：「在天爲次，在地爲辰。」賈公彦《周禮疏》曰：「次，十二次也。」《左傳》：「鄭裨竈曰：歲不及此次也已。」皆是類也。此承上「造父操駕」，遷移逡次而勿驅，蓋假日以須旹，非止「逡巡」之謂也。』案：其説是也。遷逡，猶逡巡，謂，退也。遷逡次，謂退次而不前也。朱注以『逡次』爲『逡巡』，則不可通。《遠遊》『張《咸池》

奏《承雲》兮』，朱子云：『《咸池》，堯樂。《承雲》，黃帝樂也。又曰顓頊樂，又曰有虞氏之樂。無所稽考，未詳孰是。』徐氏云：『《竹書紀年》：「帝顓頊高陽氏二十一年，作《承雲》之樂。」《吕覽》：顓頊令飛龍作效八風之音，命曰《承雲》。』則《承雲》定爲顓頊之樂矣。

或辯《楚辭》地理。如，《離騷》『夕歸次於窮石兮』，朱子云：『窮石，山名，在張掖，即后羿之國也。』則以『窮石』之地在西域張掖。徐氏以『有窮國』不在張掖，云：『據《竹書》：「太康元年癸未，帝即位，居斟鄩，畋于洛表。羿入居斟鄩。」京相璠曰：「今鞏洛渡北有尋谷水，東入洛。」則羿之所居，在河南而近洛也。襄四年《左傳》：「后羿自鉏遷于窮石，家衆殺而烹之，以食其子。其子不忍食，死于窮門。」是羿雖據有夏都，而始終未嘗離窮國也。又哀二十六年傳：「衛出公自城鉏，使以弓問子贛。」《括地志》：「故鉏城在滑州衛城縣東十里。」羿自鉏遷窮，地應相近，何由遠引張掖之窮石以爲即羿國乎？《水經注》，「窮水出六安國安豐縣窮谷，《春秋》吴救灊，沈尹戌與吴師遇于窮」是也。吴氏以爲即有窮國也。』《天問》：『阻窮西征，巖何越焉。』朱子云：『羽山東裔，而此云西征，已不可曉。或謂越巖墮死，亦無明文。』徐氏云：『《帝王世紀》曰：「帝羿有窮氏自鉏遷于窮石，寒浞殺羿于桃梧，遂代夏立爲帝。寒浞襲有窮之號，因羿之室，生奡及豷。」此言「阻窮」者，猶言阻險，謂寒浞殺羿而阻有窮之國也。《晉書·地理志》曰：「濟南平壽，古寒國，寒浞封此。」《一統志》：「萊州府濰縣東北有寒亭。」是浞自濰縣東北遷於河南之窮石，爲「阻窮而西征」也。巖谷之險何所踰越，而不憚煩也。《集注》謂「似言鯀事」，以下文有「化爲黃熊」耳。據上文「浞娶純狐」「何羿之䠶革」，則「阻窮西征」，自應屬上文矣。』案：其説皆是也。羿居東土，國稱有窮。有窮，即窮也。有，類『有虞』『有夏』之有。窮石，窮桑也。石、桑，陽、鐸平入對轉，審禪旁紐雙聲。桑，或名柘。柘，石聲。其相通之證。《左傳》昭公二十九年『遂濟窮桑』，杜注：『窮桑，地在魯北。』是有窮國故地也。

或者涉於人物考證。如，《離騷》：『覽椒蘭其若兹兮，又況揭車與江離。』朱子《辯證》云：『屈子於蘭芷不芳之後，更歎其化爲惡物，而揭車江離亦以次而書罪焉。蓋其所感益以深矣，初非以爲實有是人，而以椒、蘭爲名字者也。而史遷作《屈原傳》，乃有「令尹子蘭」之説，班氏《古今人表》又有「令尹子椒」之名，使此文首尾横斷，意思不活。王逸因之，又謂以爲司馬子蘭、大夫子椒，而不復記其香草臭物之論。流誤千載，遂無一人覺其非者，甚可歎也。』徐氏辯駁之，云：『據此，則史公之《屈原傳》「懷王稚子子蘭，勸王行」，未必實有其事，而鄭袖、靳尚、上官大夫皆可疑矣。又，班氏《古今人表》，屈原上中，陳軫、占尹中上，令尹子椒、子蘭中下，懷王、靳尚下上。雖取舍無可取正，而要其人則實也。乃謂「非實有是人」，而以椒、蘭爲名字，過矣。後漢孔融曰：「屈平悼楚，受譖於椒、蘭。」豈亦妄爲是言哉。雖《離騷》以香草喻君子，雜卉喻小人，非必定爲椒、蘭而發。而《騷》之言「蘭」者十，言「椒」者六，如所云「幽蘭不可佩」「謂申椒其不芳」「余以蘭爲可恃，羌無實而容長」「椒專佞以謾慆，榝又欲充夫佩幃」，而欲使言者無罪，聞者足戒，不綦難哉！此「令尹子蘭聞之大怒，卒使上官大夫短屈原於頃襄王，頃襄王怒而遷之」者也。』案：《騷》之『覽椒蘭其若兹』，未必指子蘭、子椒，然不可據此以否定史遷《屈原傳》『子蘭』、班氏《古今人表》『子椒』之實有其人。徐氏所駁是也。

或格物以窮理。如，《離騷》『朝搴阰之木蘭兮』，朱子但引《本草》云：『皮似桂而香，狀如楠樹，高數仞，去皮不死。』徐氏云：『《神農本草》：「立春之日，木蘭先生。」《别録》曰「杜蘭」，《本經》曰「林蘭」，《綱目》曰「木蓮」、曰「黄心」。《白樂天集》：「木蓮生巴峽山谷間，民呼爲黄心樹，身如青楊，有白紋。葉如桂而厚大，無脊，花如蓮花，四月初始開，二十日即謝，不結實。」《廣雅》：「木蘭似桂，皮辛可食。葉似長生，冬夏榮，常以冬華，其實如小柿，甘美。」

則木蓮木蘭不得爲一種明矣。』案：徐氏以黄心樹雖冒『木蘭』之名，與有實之木蘭非一物矣。又，『資菉葹以盈室兮』，朱子云：『資，蒺藜也。菉，王芻也。葹，枲耳也。三物皆惡草，以比讒佞。』徐氏以『資』爲『蒺藜』，蓋無疑義，而『菉』『葹』之解，則未以爲然，乃云：『《爾雅》：「菉，王芻。」注曰：「菉，蓐也。」《小雅》「終朝采緑」，注曰：「緑，王芻也。」序以爲「婦人思其君子」，豈得以惡草加之？《爾雅》又有「竹篇蓄」，注曰：「似小藜，好生道傍。」孫炎及某氏以此爲「菉竹」。《思美人》篇曰「解萹薄與雜菜」，注亦曰：「萹蓄雜菜，皆非芳草。」此與資相似，同爲惡草者也。至若「葹，枲耳」。「葹」當是「務」之譌。許氏《説文》：「務，卷耳也。」《後漢書·劉聖公傳》：「遣李松會朱鮪，與赤眉戰於務鄉。」《字林》曰：「務，毒草，」因以爲名。《郡國志》弘農有務鄉，蓋即此也。王逸本誤「務」爲「葹」，而因以「葹」爲惡草。謬矣。葹，即宿莽也。《思美人》篇曰：「嘉長州之宿莽，吾誰與玩此芳草。」又《山海經圖贊》曰：「菤葹之草拔心不死，屈平嘉之，諷詠以比。」其不爲惡草明矣。』案：徐氏以爲『菉』非『王芻』，爲『菉竹』『萹蓄』之草，『與資相似』；又以『葹』爲『務』之訛，毒草卷耳，方得與『資』同類矣。

或於行文上下之義發微索隱。如，《離騷》『曰勉升降以上下』，朱子云：『記巫咸語也。』徐氏云：『其上曰「欲從靈氛之吉占」，又曰「告余以吉故」，又曰「靈氛既告余以吉占兮，歷吉日乎吾將行」。則是曰「勉升降以上下」，蓋靈氛語也。』其説是也。巫咸告以吉故之中，插入靈氛之語，看似甚無理，實爲錯簡竄亂之文矣。王逸注未爲上文『曰勉遠逝而無狐疑兮孰求美而釋女』二句釋義，至此『勉陞降以上下兮』一句，始訓『勉』義。則舊本以上『曰勉遠逝而無狐疑兮』一句爲巫咸告語，而以此『曰勉陞降以上下兮』一句爲靈氛占詞。後所竄亂之。騫公《楚辭音》殘卷本于此『曰勉陞降以上下兮』注：『曰，靈氛之詞。』其所據隋本猶未亂矣。又，《東君》：『舉長矢兮射天狼，操余矢兮反淪降。』朱子引《晉志》

云：『狼一星，在東井南，爲野將，主侵掠。弧，九星，在狼東南，天弓也。主備盜賊。』徐氏云：『按《前漢・天文志》曰：「秦之彊，候太白，占狼弧。」張衡《大象賦》「弧屬矢而承天」，韓公賓注曰：「弧矢九星，常屬矢而向狼。」原蓋以天狼喻秦，己欲操弧以射之，而孰意其矢反激而淪降也。《史記》曰：「時秦昭王與楚婚，欲與懷王會，懷王欲行，屈平曰：秦，虎狼之國，不可信，不如無行。」則此以東君喻君，以天狼喻秦，從可知矣。』案：以『天狼』喻秦之説，多以屬戴震所發。然徐氏固已在戴震前矣。

徐氏考證，非條條皆爲確論，其疏誤之説在所未免。如，《雲中君》，朱子云：『謂雲神也，亦見《漢書・郊祀志》。』徐氏未以爲然，辨之云：『《左傳》定四年：「楚子涉雎濟江，入于雲中。」杜注：「入雲夢澤中。」是雲中，一楚之巨藪也。雲中君，猶湘君耳。《尚書》「雲土夢作乂」，《爾雅》「楚有雲夢」，相如《子虚賦》「雲夢者方九百里」。湘君有祠，巨藪如雲中可無祠乎？「靈皇皇兮既降，猋遠舉兮雲中」。亦猶《湘君》云「横大江兮揚靈耳」。豈必謂雲際乎？《封禪書》「晉巫祠東君、雲中」，《索隱》曰：「王逸注《楚辭》：雲中君，雲也。」則以「雲中」爲雲神，自逸始矣。』案：《郊祀志》『晉巫祠五帝、東君、雲中君』云云，是因史遷，雲中君其在晉也。逸注《楚辭》則因《史記》。而史遷當有所本。《九歌》原爲夏后氏頌禹之樂，夏桀以前傳於夏墟，夏人祀雲神因於夏，故有『覽冀州』之詞。夏亡，桀率族遷居其族，流於蒼梧之地，《九歌》之樂因而傳於沅湘之間，遂爲民間娱神之歌，雖增改二《湘》《少司命》《山鬼》之目，然《雲中君》《大司命》《東君》《河伯》四篇，猶是夏樂之舊矣。後屈子更定其詞，衹去其『鄙陋』耳。是故今傳《九歌》猶有夏后氏所祀之神，則未足怪也。尤不可因是而改爲祀雲夢之神也。且楚祀雲夢，文獻無足徵，終是揣測耳。《天問》：『鴟龜曳銜，鯀何聽焉。』朱注云：『舊説謂鯀死爲鴟龜所食，鯀何以聽而不爭乎。特以意言之耳。詳其文勢，與下文應龍相類，似謂鯀聽鴟龜曳銜之計而敗其事。」徐氏云：『鴟、龜皆水族，鮌化爲黄能，入于羽淵，任鴟龜或曳或銜，何遂聽之？非「鴟鳶」之鴟，謂鮌死爲鴟龜所食也。至舊説謂「鮌死爲鴟龜所食，鮌何以聽而不争」。此大悖也。夫既云「鮌死」而又誰與之争乎。』案：舊説固謬，而徐氏亦未爲得矣。鴟，即『鴟鳶』之鴟，非水族。長沙馬王堆漢墓帛畫下部兩側各有一龜，背立一鶚，即『鴟龜曳銜』。長沙子彈庫《戰國楚帛書》：『爲禹爲萬，以司堵襄。』饒宗頤氏謂『萬即當冥。冥爲玄冥。《山海經·海外北經》：「北有禺彊，人面鳥身。」郭璞注：「字玄冥，水神也。」江陵鳳凰山八號楚墓出土龜質漆畫，其神正是人首鳥足，説者以玄冥當之。』其説是也。《國語·魯語》：『冥勤其官而水死。』韋昭注：『冥，契後六世孫，根國之子，爲夏水官，勤於其職而死於水也。』《史記·殷本紀》『曹圉卒，子冥立』，《集解》：『宋忠曰：「冥爲司空，勤其官事，死於水中，殷人郊之。」』《索隱》：『《禮記》曰：「冥勤其官而水死。」』玄冥，龜也。其神人首鳥足，冥亦鳥也。玄冥佐禹治水，亦佐鮌治水。鴟龜曳銜，即玄冥之象。屈子問鮌之治水何以聽從玄冥也。又，『閔妃匹合，厥身是繼。胡爲嗜不同味，而快一鼂飽』。朱子云：『下二句未詳。』徐氏云：『孔氏《書傳》曰：「辛日娶妻，至于甲日，復往治水。」此蓋問禹重繼嗣而娶，何嗜欲不同味而徒快一、二鼂之飽乎。』案：非也。正文『飽』字出韻，蓋『飢』之訛，《戰國楚竹書》（二）《魯邦大旱》『飽』字作『飤』，與『飢』字形似。飢，繼古同協脂部。《詩·汝墳》『惄如調飢』、《衡門》『可以樂飢』、《候人》『季女斯飢』，飢、飽，皆男女兩性廋讔之語，性欲不得滿足爲飢。朝飢，猶《汝墳》『調飢』。王逸注『何特與衆人同嗜欲，苟欲飽快一朝之情』云云，亦言男女情欲。又，王注：『以辛酉日娶，甲子日去。』因《孔傳》。湖北雲夢睡虎地秦簡《日書》（第八九八簡反）：『癸丑、戊午、乙未，禹以取梌山之女日也。不棄，以必子死。』梌，即嵞。所記時日則與《尚書》《史記》皆别。是宜存疑之，不可强解矣。又，『何馮弓挾矢，殊能將之』。朱子云：『馮引，弓持滿也。其他文多不可曉。』

徐氏據《周本紀》『紂乃釋西伯賜之弓矢斧鉞使得征伐』，云：『此言秉弓挾矢有殊能而將之者，蓋西伯也。』案：非也。王逸注：『馮，大也。挾，持也。言后稷長大，持大强弓，挾箭矢，桀然有殊異將相之才。』謂后稷有『馮弓挾矢』之異能，兼有文武材。蓋未可易也。《戰國楚竹書》（一）《孔子詩論》：『后稷之見貴也，則以文、武之悳也。』孔子以后稷兼有文、武之材。逸注『將相』云云，以文、武之材稱其德。然后稷『馮弓挾矢』之武材，人罕言之，漢以後幾不傳。則『馮弓挾矢』，周、秦佚説，幸《天問》存之。又，《天問》『將之』，非『將相』之將。將，行也。《詩·燕燕》『遠于將之』，毛《傳》：『將，行也。』后稷施行殊能也。《招魂》『路貫廬江兮左長薄』，朱子云：『廬江、長薄，皆地名。』徐氏云：『《水經》：「匯水出桂陽縣盧聚。」酈注曰：「水出桂陽縣西北上驛山盧溪爲盧溪水，東南流，逕桂陽縣故城，謂之匯水。」又《深水注》曰：「許慎云：深水出桂陽南平縣也。縣有盧溪。盧聚山在南平縣之南，九疑山東也。」又按《隋書·地理志》：「桂陽縣有盧水。」即《楚辭》所謂盧江者也。《一統志》：「盧溪在辰州府盧溪縣西二百五十里，《唐志》謂武德四年割沅陵置盧溪縣。」則又與桂陽盧溪相去絶遠，讀者不可不知也。又長薄，乃江邊長岸草木交錯處，非地名也。陸機詩「按轡遵長薄」，王維詩「清川帶長薄」。則長薄不得專以一地名之。』案徐氏桂陽盧溪水釋此『盧江』。非也。《招魂》所寫遊獵之樂，當在江北，不在江南。王夫之《通繹》：『襄、漢之間有中廬水，疑即此水。』其説是也。譚其驤有詳考，曰：『亂所謂廬江，在今湖北宜城縣北，其地於《漢志》爲「中廬縣」。《沔水經》，「又東過中廬縣東，淮水自房陵縣維山東來注之」，注云：「縣即春秋盧戎之國也。縣故城南有水，出西山，名曰浴馬港，謂之馬穴山。侯山諸蠻北遏是水，南壅維川，以周田溉，下流入沔。」廬江之爲浴馬抑維川不可知，要之必居其中之一。蓋《招魂》所招懷王之魂，而亂所述一段行蹤，乃作者追記曩年扈駕襄、沔至郢都之景象也。自襄、沔至郢，廬江實所必經矣。亂下文云：「倚沼畦瀛兮遥望博，青驪結駟兮齊千乘。」再下云：

「與王趨夢兮課後先。」又云：「湛湛江水兮上有楓。」而終之以「魂兮歸來哀江南」，與鄂西北地形悉能吻合。漢水西岸，自宜城以南即入平原，故遥望博平，結駟至於千乘，平原盡入於夢中。《漢志》：「編有雲夢宫。」編縣故城，約今荆門縣境。自夢而南乃臨乎江岸，達於郢都也。若以移之皖境，則無一語可合。』則廬江之地定讞矣。此曰『左』，蓋在廬江東。《魏書·中山王英傳》：『先是，馬仙埤使雲騎將軍馬廣率衆拒屯於長薄，軍主胡文超别屯松峴。英至長薄，馬廣夜遁入於武陽，英進師攻之。』長薄，蓋在宜城武陽之北矣。

綜上所述，徐氏殫精竭慮，旨在發明藴奥，勝義紛如，雖有紕漏不合處，猶若小疵大醇，未足掩其美矣。據徐河孫敘，徐氏此書至遲已成於乾隆二年，而刻於九年甲子，國家圖書館有藏本。（黄靈庚）

# 離騷集傳

《離騷集傳》者，宋錢杲之之所作也。首署『晉陵錢杲之』云，則以爲『晉陵』人。然據友人錢志熙氏考證，晉陵者，是其祖籍也。杲之之叔父曰錢文子，宋永嘉樂清人，爲史容作《山谷外集注序》者，而自署『晉陵錢文子』。其兄曰錢寅，紹熙四年癸丑陳同甫榜進士，有二子：曰謚之、木之，皆入朱子門牆。《朱子語類》載云：『錢木之，字子山，晉陵人，寓永嘉。』杲之亦當永嘉樂清人也。清徐乃昌氏《隨庵叢書》刊本《離騷集傳》著録爲『宋錢皋之』。皋，杲之音訛也。又，錢文子嘗作《離騷集傳序》，未見《集傳》所載，蓋佚也。序稱『予來長沙，訪原遺迹，邈不可見。而土人獨以原死之日，共作綵舟競渡湘水。追尋荆楚之故事，因取《離騷》，命兄子稾之稍加讎正，且采集舊注，以傳於楚人』云（見元陳仁子《文選補遺》卷二十八『屈原』條引）。則又名『稾之』者，蓋『杲』又『稾』之脱訛也。文子宦遊長沙事，指寧宗慶元二年至四年，知醴陵縣，稾之隨其行，故『命兄子稾之稍加讎正，且采集舊注，以傳於楚人』云云，亦其鋟刻之時地也。序又稱，『《詩》載十五國風，微若檜，遠若秦，悉具録之。而楚以大國，近在江、漢間，良卿良臣，交政中國，亦當彬彬見於文辭，而於《詩》無傳焉。至屈原賦《離騷》，忼慨感憤，遠遊放言。而劉安、司馬遷、揚雄之徒深味其辭，以爲同於《風》《雅》。至祖述其後者，遂尊之以爲經。古者詩有六義：唯風、雅、頌以名其篇，而賦與比、興迭行其間，無定體。至《離騷》之作，則自其生而長，長而仕，仕而不得志，不得志而不得去，終始本末，實敷言之，而賦之體具矣。騷，猶擾也。自傷離此擾擾，以名其賦也。漢王逸以「離」爲「别」，「騷」爲「愁」，「經」爲「徑」，既失其旨。而梁蕭統選文，乃特名之以「騷」。彼徒習其讀不得其義，又爲畏之，不敢以齒諸賦，則遂摭其目而名之，夫《關雎》《鵲巢》不繫曰詩，而夫人知其爲詩。《離騷》不繫曰賦，而王逸、蕭統遂不知其爲賦。不亦異哉！且士懷材不用於世，其進退固有道矣。歷觀諸詩，若《考槃》，則不仕者也；若《黄鳥》，則欲仕而決去者也。若《羔裘》，則既仕而去之者也。至於《小明》，則以畏罪而不敢去。《兔爰》，則以遇患而不能去。《邶·柏舟》，則以兄弟之恩而不可去，被固各當於義也。若屈原出於三閭，爲懷王左徒，王始見知而終不用，則亦已矣。而負其行能，不忍湮没，鬱邑欷歔，發於詞華。怨靈脩之浩蕩，惡衆女之謡諑，怪虙妃、娀女之深藏，而傷椒蘭揭離之變化，問之女嬃，愬之重華，占之靈氛，質之巫咸，欲去而不能去，卒於被讒放逐，自沈汨羅。是以後之君子哀其忠，惜其死，遐想其英靈，雖千載而猶在也。……蓋原之博物似子産，寓言似莊周，殺身似比干，而《離騷》之文則遂爲詞賦之祖云』。文子力倡屈子《離騷》爲『賦』體，屬詩之六義。謂『自其生而長，長而仕，仕而不得志，不得志而不得去，終始本末，實敷言之，而賦之體具矣』。而稾之亦以『賦』體解《離

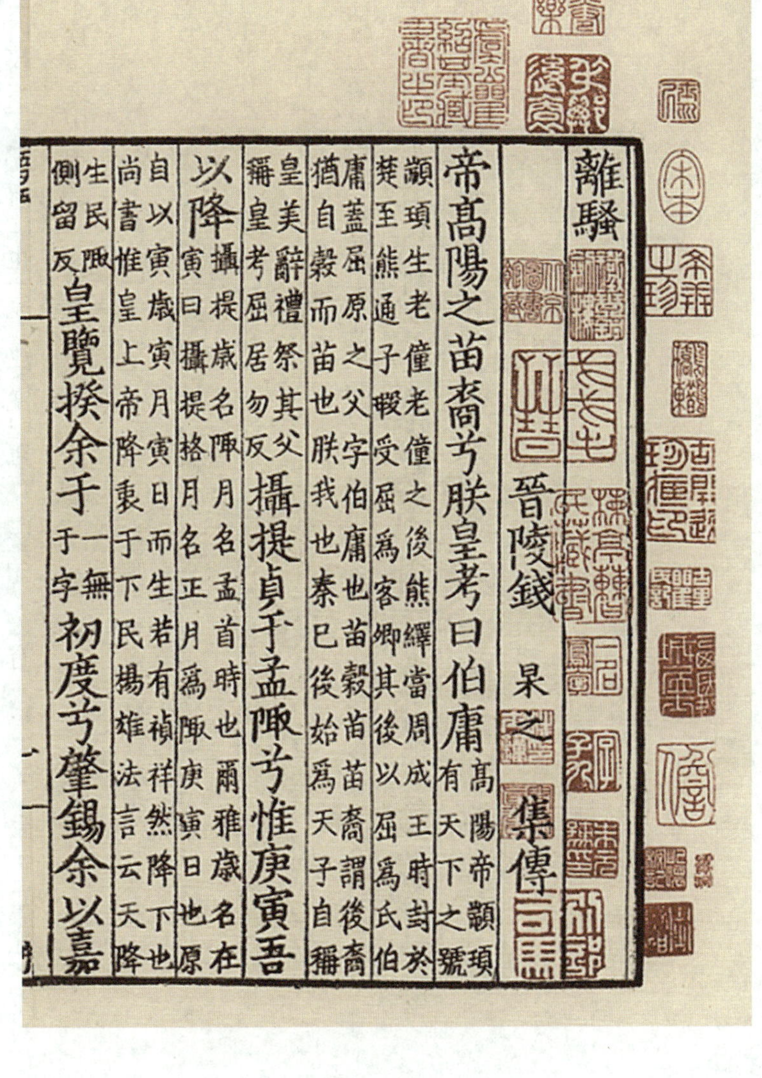
離騷

晉陵錢杲之集傳

帝高陽之苗裔兮朕皇考曰伯庸高陽帝顓頊有天下之號顓頊生老僮老僮之後熊繹當周成王時封於楚至熊通子瑕受屈爲客卿其後以屈爲氏伯庸蓋屈原之父字伯庸也苗裔苗苗裔謂後裔猶自穀而苗也朕我也秦已後始爲天子自稱皇美辭禮祭其父稱皇考屈居勿反攝提貞于孟陬兮惟庚寅吾以降攝提歲名陬月名孟首時也爾雅歲在寅曰攝提格月名正月爲陬庚寅日也原自以寅歲寅月寅日而生若有禎祥然降下也尚書惟皇上帝降衷于下民揚雄法言云天降生民陬側留反皇覽揆余于一無于字初度兮肇錫余以嘉

騷》，稱『古詩有節有章，賦有節無章』，乃分《離騷》十四節云。則叔侄二人之説，相承一貫若合符節。然清阮元斥之云：『惟不解昭明置《騷》於詩之後，遂認《騷》爲賦，未免隅見。錢曾《讀書敏求記》中稱之如此。』此集或避宋諱字，如，『攝提貞于孟陬兮』之『貞』、注文『生若有禎祥』之『禎』、『齊桓備以該輔』之『桓』等，皆闕末筆，猶存宋刻舊式也。

《集傳》多同單行《章句》本，蓋同其祖本也。故與洪氏《補注》本、朱子《集注》本多見異同。如，『皇覽揆余于初度兮』，校云：『一無「于」字。』案：單行《章句》本有『于』字，洪氏《補注》本無『于』字。又，『汩余若將弗及兮』，校云：『弗，一作不。』案：單行《章句》本作『弗』，朱子《集注》本、洪氏《補注》本並作『不』。又，『夕擥中洲之宿莽』，校云：『擥，一作攬；一無「中」字。』案：《補注》、《集注》本作『擥』，然無『中』字。單行《章句》本作『攬』，而亦有『中』字。又，『何不改乎此度也』，校云：『一無「也」字。』案：單行《章句》本有『也』字，朱子《集注》本、洪氏《補注》本並無『也』字。又，『荃不揆余之中情兮』，校云：『揆，一作察。』案：單行《章句》本、朱子《集注》本作『揆』，洪氏《補注》本作『察』。又，『夫惟靈脩之故也』，校云：『惟，一作唯。』案：單行《章句》本作『惟』，朱子《集注》本、洪氏《補注》本並作『唯』。又，『衆皆競進而貪婪兮』，校云：『而，一作以。』案：單行《章句》本作『而』，朱子《集注》本、洪氏《補注》本並作『以』。又，『申申其詈余』、『夫何煢獨而不余聽』，朱子《集注》本、洪氏《補注》本兩『余』字並作『予』。案：單行《章句》本亦作『余』。又，『國亂流其鮮終兮』，校云：『國，一作固。』案：單行《章句》本作『國』，朱子《集注》本、洪氏《補注》本並作『固』。又，『澆身被於强圉兮』，校云：『於，一作服。』案：單行《章句》本作『於』，朱子《集注》本、洪氏《補注》本並作『服』。又，『湯禹嚴而祇敬兮』，校云：『嚴，一作儼。』案：單行《章句》本作『嚴』，朱子《集注》本、洪氏《補注》本並作『儼』。又，『舉賢才而授能兮』，校云：

『一無「才」字。』案：朱子《集注》本、單行《章句》本有『才』字，洪氏《補注》本無『才』字。又，『擥茹蕙以掩涕兮』，校云：『擥，一作攬。』案：單行《章句》本作『擥』，朱子《集注》本、洪氏《補注》本並作『攬』。又，『閨中既邃遠兮』，校云：『一有「以」字。』案：朱子《集注》本、洪氏《補注》本『既』下有『以』字，單行《章句》本亦無『以』字。又，『湯禹儼而求合兮』，校云：『儼，一作嚴。』案：單行《章句》本作『儼』，洪氏《補注》本作『嚴』。又，『固時俗之從流兮』，校云：『從流，一作流從。』案：單行《章句》本作『從流』，朱子《集注》本、洪氏《補注》本並作『流從』。

然《集傳》亦見異於單行《章句》本。如，『既初與予成言兮』『既替予以蕙纕兮』，單行《章句》本兩『予』字並作『余』。又，『忍而不能舍也』，校云：『一有「余」字。』案：單行《章句》本『忍』上有『余』字。又，『夫惟靈脩之故也』，校云：『一有「曰黄昏以爲期兮羌中道而改路」，凡十二字。』案：單行《章句》本有『曰黄昏以爲期兮羌中道而改路』十二字，此本則刪之。又，『何方圜之能同兮』，單行《章句》本『同』字作『周』。又，『申申其詈余』，校云：『詈，一作罵。』案：單行《章句》本作『罵』。又，『縱欲而不忍』，校云：『欲，一作殺，一兼作「欲殺」。』案：單行《章句》本『欲』下有『殺』字。又，『殷宗用而不長』，校云：『而，一作之。』案：單行《章句》本作『之』。又，『阽余身而危死兮』，校云：『一有「節」字。』案：單行《章句》本『死』下有『節』字。又，『跪敷衽以陳詞兮』，校云：『詞，一作辭。』案：單行《章句》本作『辭』。又，『駟玉虬以椉鷖兮』『吾令豐隆椉雲兮』，注並云：『椉，一作乘。』案：單行《章句》本作『乘』。又，『望崦嵫而勿迫』，校云：『勿，一作未。』單行《章句》本作『未』。又，『鸞皇爲余先戒兮』，校云：『先，一作前。』案：單行《章句》本作『前』。又，『帥雲霓而來御』，校云：『帥，一作率。』案：單行《章句》本作『率』。又，『鳳皇既受詔兮』，校云：『詔，一作詒。』案：單行《章句》本作『詒』。又，『豈唯是其有女』，校云：『唯，一作惟。』

案：單行《章句》本作『惟』。又，『孰云察余之中情』，校云：『中情，一作「善惡」，一作「美惡」。』案：單行《章句》本作『善惡』。又，『謂幽蘭其不可佩』，校云：『其，一作兮。』案：單行《章句》本作『兮』。又，『九疑繽其並迎』，校云：『疑，一作嶷。』案：單行《章句》本作『嶷』。又，『時繽紛其變易兮』，校云：『其，一作以。』案：單行《章句》本作『以』。又，『榝又欲充夫佩褘』，校云：『褘，一作幃。』案：單行《章句》本作『幃』。又，『惟茲佩之可貴兮』，校云：『之，一作其。』案：單行《章句》本作『其』。又，『揚雲霓之晻藹兮』，校云：『藹，一作靄。』案：單行《章句》本作『靄』。又，『鳳皇紛其承旂兮』，校云：『紛，一作翼。』案：單行《章句》本作『翼』。又，『聊抑志而弭節兮』，校云：『一無「聊」字。』案：單行《章句》本無『聊』字。又，『邁高馳之邈邈』，校云：『邁，一作神。』案：單行《章句》本作『神』。夫若是者，乃錢氏據他本校改也。

《集傳》所列異文，或見於《文選》諸本，蓋存唐本《楚辭》舊貌也。如，『非世俗之所服』，校云：『世，一作時。』又，『哀民生之多艱』，校云：『民，一作人。』案：洪氏《補注》云：『李善注本有以「世」爲「時」爲「代」、以「民」爲「人」之類，皆避唐諱，當從舊本。』《集傳》類此異文即屬此例，存唐本《楚辭》之舊也。又，『不撫壯而棄穢兮』，校云：『一無「不」字。』案：《文選》五臣本無『不』字。又，『何不改乎此度』，校云：『乎，一作其。』案：《文選》五臣本作『其』。又，『乘騏驥以馳騁兮』，校云：『乘，一作策。』案：《文選》五臣本作『策』。又，『何桀紂之猖披兮』，校云：『猖，一作昌。』案：《文選》本作『昌』。又，『惟黨人之偷樂兮』，校云：『一有「夫」字。』案：《文選》五臣本『惟』下有『夫』字。又，『荃不揆余之中情兮』，校云：『中，一作忠。』案：《文選》李善注本作『忠』。又，『畦留夷與揭車兮』，校云：『留夷，一作蒥荑。』案：《文選》五臣本作『蒥荑』。又，『雜杜衡與芳芷』，校云：『衡，一作蘅。」案：《文選》本作「蘅」。又，「冀枝葉之峻茂兮」，校云：「峻，一作葰。」案：《文選》五臣本作「葰」。又，「憑不猒乎求索」，校云：「憑，一作凴。」案：《文選》本作「凴」。又，「夕餐秋菊之落英」，校云：「餐，一作飡。」案：《文選》五臣本作「飡」。又，「擥木根以結茝兮」，校云：「擥，一作掔。」案：《文選》五臣本作「掔」。又，「忳鬱邑余侘傺兮」「曾歔欷余鬱邑兮」，校並云：「邑，一作悒。」案：《文選》本作「悒」。又，「何方圜之能同兮」，校云：「圜，一作圓。」案：《文選》本作「圓」。又，「回朕車以復路兮」，校云：「回，一作迴。」案：《文選》本作「迴」。又，「雧芙蓉以爲裳」，校云：「雧，一作集。」案：《文選》本作「集」。又，「曰鮌婞直以亡身兮」，校云：「亡，一作方。」案：《文選》六臣本作「方」。又，「終然殀乎羽之野」，校云：「殀，一作夭；一有「山」字。」案：《文選》本作「夭」，且「羽」下有「山」字。又，「依前聖以節中兮」，校云：「以，一作之。」案：《文選》本作「之」。又，「就重華而敶詞」，校云：「敶一作陳。詞，一作辭。」案：《文選》本作「陳辭」。又，「羿淫遊以佚畋兮」，校云：「畋，一作田。」案：《文選》本作「田」。又，「后辛之菹醢兮」「固前脩以菹醢」，校並云：「菹，一作葅。」案：《文選》本作「葅」。又，「循繩墨而不頗」，校云：「循，一作脩。」案：《文選》六臣本作「脩」。又，「駟玉虬以乘鷖兮」，校云：「虬，一作虯；鷖，一作翳。」案：《文選》五臣本作「虯」；唐鈔本作「翳」。又，「夕余至乎縣圃」，校云：「縣，一作懸。」案：《文選》五臣、六臣本作「懸」。又，「欲少留此靈瑣兮」，校云：「瑣，一作璅。」案：《文選》本作「璅」。又，「路曼曼其脩遠兮」，校云：「曼，一作漫。」案：《文選》五臣、六臣本作「漫漫」。又，「聊逍遥以相羊」，校云：「逍遥，一作須臾。」案：《文選》唐鈔本、六臣本作「須臾」。又，「吾令鳳鳥飛騰兮」，校云：「鳥，一作皇。」案：《文選》本作「皇」。又，「繼之以日夜」，校云：「一有「又」字。」案：《文選》本「繼」上有「又」字。又，「斑陸離其上下」，校云：『斑，一作班。』案：《文選》本作『班』。又，『時曖曖其將罷兮』，校云：『罷，一作疲。』案：《文選》五臣本作『疲』。又，『登閬風而緤馬』，校云：『緤，一作絏。』案：《文選》本作『絏』。又，『吾令豐隆椉雲兮』，校云：『椉，一作乘。』案：《文選》本作『乘』。又，『欲遠集而無所止兮』，校云：『集，一作進。』案：《文選》五臣本作『進』。又，『索藑茅以筳篿兮』，校云：『藑，一作瓊。』案：《文選》本作『瓊』。又，『孰云察余之中情』，校云：『中情，一作美惡。』案：《文選》本作『美惡』。又，『覽察草木其猶未得兮』，校云：『猶，一作獨。』案：《文選》六臣本、李善注本作『獨』。又，『蘇糞壤以充幃兮』，校云：『以，一作以。』案：《文選》本作『以』。又，『求榘矱之所同』，校云：『榘，一作矩。』案：《文選》本作『矩』。又，『摯咎繇而能調』，校云：『咎繇，一作皋繇。』案：《文選》六臣本、李善注本作『臯繇』。又，『又何必用夫行媒』，校云：『一無「又」字。』案：《文選》六臣本、李善注本無『又』字。又，『時亦猶其未央』，校云：『其，一作而。』案：《文選》五臣本作『而』。又，『恐鵜鴂之先鳴兮』，校云：『鵜，一作鶗。』案：《文選》本作『鶗』。又，『使夫百草爲之不芳』，校云：『一無「夫」字，一無「爲」字。』案：《文選》六臣本、李善注本或無『夫』字，或無『爲』字。又，『今直爲此蕭艾也』，校云：『一無「蕭」字，一無「也」字。』案：《文選》五臣本無『蕭』字，無『也』字。又，『榝又欲充夫佩幃』，校云：『夫，一作其。』案：《文選》五臣本作『其』。又，『又況揭車與江離』，校云：離，一作蘺。』案：《文選》五臣本作『蘺』。又，『芬至今猶未沬』，校云：『芬，一作芬芬。』案：《文選》五臣本作『芬芬』。又，『駕八龍之婉婉兮』，校云：『婉婉，一作蜿蜿。』案：《文選》六臣本作『蜿蜿』。又，『載雲旗之委蛇』，校云：『委蛇，一作委移，一作逶迤。』案：《文選》五臣本作『逶迤』，李善注本作『委移』。又，『陟陞皇之赫戲兮』，校云：『陞，一作升。』案：《文選》本作『升』。

《集傳》作於洪氏《補注》、朱子《集注》之後，然於洪、朱猶有未厭人之處，故攟集舊説而折衷己意，傳而述之，發微探幽，多見新意。如，『惟庚寅吾以降』，注云：『降，下也。《尚書》：「惟皇上帝，降衷于下民。」揚雄《法言》云：「天降生民。」』案：錢氏蓋謂『降』，非尋常『下降』之意，引《書》者以爲若皇天上帝之『降』也。姜亮夫《楚辭通故》乃綜合古書稱『降』之例，謂『降字用爲降生義，猶自天而降也』，『不易爲一般人所使用』，『含有深厚之宗教性的感生意識』。凡降、陟，爲神靈、偉人之上下，俗人之上下則毋得侈曰陟降。觀屈子所生，當高陽之精『攝提』合會於『娵訾』之室，生辰三寅之正，乃神靈降生之象。屈子以高陽冑子自負，其生曰『降』，其死曰『陟陞皇』，昭示其日月交合而生之神格。人神雙重之血脈，凡楚宗室冑子出於帝高陽者，不論貴賤賢愚，人皆共之，唯此生辰得三寅之正者，爲其獨有，是異於常人而自命不凡處。錢氏可謂得《騷》稱『降』之旨也。又，『何桀紂之猖披兮』，王逸注：『猖披，衣不帶之貌。』案：屈子於此設喻車輿，謂堯舜耿介不墮，遵道得路也；桀紂捷徑窘步，不遵道而枉行故也。錢氏云：『猖披，行不正貌。桀紂失道，彼唯捷行邪路，而自窘急其步。』頗得屈子本旨。猖披，連語也，或爲傷破、披猖、萠倀、磅唐、播蕩、波盪、波蕩、滯沛、顛波、顛沛、猖敗等，隨文所施，各書以訓詁字，則別文錯雜，是以宜乎因聲求之也。又，『又重之以脩能』，注云：『能，協韻，宜音耐。《禮記》：「聖人耐以天下爲一家。」蓋古文能、耐通。』又，『羌内恕己以量人兮』，注云：『恕己，不責己也。量人，輕度人也。』又，『朝飲木蘭之墜露兮，夕餐秋菊之落英』。注云：『飲蘭露，餐菊英，蓋處窮約自潔清。』又，『雖九死其猶未悔』，注云：『九死，九死而一生，謂必死也。』又，『忳鬱邑余侘傺兮』，注云：『侘傺，進退無所據之貌。』又，『悔相道之不察兮』，注云：『相道，擯相先導之人也。』又，『雖體解吾猶未變兮』，注云：『體解，支裂之也。』又，『殷宗用而不長』，注云：『用，猶以也。殷宗以此遂絶，不長久。』又，『皇天無私阿兮』，注云：『偏愛曰私，徇私曰阿。』

又，『瞻前而顧後兮』，注云：『前謂古也，後謂今也。』又，『曾歔欷余鬱邑兮』，注云：『曾，語助。歔欷，短息也。』又，『前望舒使先驅兮，後飛廉使奔屬』，注云：『先驅，居先而驅也。奔屬，奔而相連屬也。』又，『時曖曖其將罷兮』，注云：『將罷，謂日昏暮，人將罷散也。罷，讀如字，作疲者，非。』又，『哀高丘之無女』，注云：『女喻賢臣可配君者。』又，『解佩纕以結言兮』，注云：『結，猶約也。《公羊春秋傳》：「古者不盟，結言而退。」』又，『吾令鴆爲媒兮』，注云：『鴆，喻使小人求賢士，則小人反謂賢者爲不美，而不肯行。』又，『恐高辛之先我』，注云：『又慮帝嚳先我而得簡狄，喻賢士或爲他國所用。』又，『及少康之未家兮』，注云：『未家，未有室家也。』又，『命靈氛爲余占之』，注云：『靈氛，古善占氛氣者。』又，『九疑繽其並迎』，注云：『九疑，九疑山之神也。』又，『何瓊佩之偃蹇兮』，注云：『偃蹇，高長貌。』又，『余以蘭爲可恃兮』，注云：『蘭，喻所收賢才也。』不爲令尹子蘭，下椒、樧之物，亦『喻所收賢才』。又，『從彭咸之所居』，注云：『案原作《離騷》在懷王時，至頃襄王遷原江南，始投汨羅，不當預言投江事也。從彭咸之所居者，猶言相從古人於地下也。』案：凡皆不襲舊說，自出機杼，且遠紹博引，持之有據，簡要明快，頗達屈子本旨也。

錢氏又不厭舊注拘泥儒家之說，非出孔氏之學者則棄之不用。如，『啓《九辯》與《九歌》兮』，王逸注云：『啓，禹子也。《九辯》《九歌》，禹樂也。言禹平治水土以有天下，啓能承先志，纘敘其業，育養品類，故九州之物，皆可辯數。九功之德，皆有次序而可歌也。《左氏傳》曰：「六府三事，謂之九功。九功之德，皆可歌也，謂之《九歌》。水、火、金、木、土、穀，謂之六府。正德、利用、厚生，謂之三事。」』案：王注引左氏此說，不足以解《離騷》也。洪氏《補注》云：『《山海經》云：「夏后上三嬪於天，得《九辯》與《九歌》以下。」注云：「皆天帝樂名，啓登天而竊以下，用之。」』《天問》亦云：「啓棘賓商，《九辯》《九歌》。」王逸不見《山海經》，故以爲禹樂。《騷經》《天問》多用《山海經》，而劉勰《辯騷》以「康回傾地」

「夷羿弊日」爲「譎怪之談，異乎經典」。』其説是也。然逸非未見《山海經》，是不用之也。錢氏注云：『《書·大禹謨》「勸之以《九歌》」則《九歌》禹時已有之。原詞多用《山海經》，不專據《尚書》也。』則較洪氏融通也。是以錢氏解《騷經》求帝、求女及西行求女三段，多引《山海經》爲説。如，『吾令羲和弭節兮』，注云：『《山海經》云：「東南海外有羲和之國，有女子名曰羲和，是生十日，常浴日於甘淵。」』又，『總余轡乎扶桑』，注云：『《山海經》云：「黑齒之北曰湯谷，有扶木，九日居下枝，一日居上枝，皆戴烏。」郭璞注云：「扶木，扶桑也。」』又，『折若木以拂日兮』，注云：『《山海經》云：「南海之内，黑水之間，有木名曰若木，若水出焉。」又云：「灰野之山，有樹青葉赤華，名曰若木，日所入處，生崑崙，西附西極。」』又，『鸞皇爲余先戒兮』，注云：『《山海經》云：「女牀山有鳥，狀如翟，而五采畢備，聲似雉，而尾長，名曰鸞。見則天下安寧。」』又，『吾令鳳鳥飛騰兮』，注云：『《山海經》云：「丹穴之山有鳥焉，其狀如雞，五采而文，曰鳳鳥。見則天下大康寧。」』又，『巫咸將夕降兮』，注云：『《山海經》云：「大荒之中有靈山，巫咸、巫即、巫肦、巫彭、巫姑、巫真、巫孔、巫抵、巫謝、巫羅，十巫從此升降。」』又，『路不周以左轉兮』，注云：『《山海經》云：「西北海之外，大荒之隅，有山而不合，名曰不周。」郭璞注云：「此山形有闕，不周匝，因名之。西北不周風所自出也。」』案：其所引《山海經》雖同見於洪氏《補注》，是否徑直剿自洪氏，固未敢武斷，然較之叔師，猶百尺竿頭，更進一步矣。

錢氏以《離騷》爲賦，而賦當分節，於是分《離騷》爲十四節，蓋爲宋人《離騷》分節之權輿。稱『今約《離騷》一篇大節十有四：其一、「高陽」二十四句，其二、「三后」二十四句，其三、「滋蘭」八句，其四、「競進」二十八句，其五、「靈脩」十二句，其六、「鷙鳥」三十二句，其七、「女嬃」十二句，其八、「前聖」四十句，其九、「上征」七十六句，其十、「靈氛」二十句，其十一、「巫咸」三十六句，其十二、「以蘭」二十句，其十三、「將行」三十六句，其十四、「亂」

五句。而大節之中，或有小節。學者當自得之』。案：錢氏分節，大致爲後世學者所尊從。然其時呂祖謙氏亦爲《離騷》分節，未知錢氏見之否？呂氏分《離騷》十六節，首節、二節、三節、七節、十六節同錢氏，可謂桴鼓相應，殊途同歸也。又，呂氏四節『競進』至『遺則』二十句，五節『長太息』至『所厚』二十八句，六節『悔相道』至『可懲』二十四句，八節自『依前聖』至『上征』四十四句，九節『朝發軔』至『好蔽美』二十八句，十節『濟白水』至『終古』四十四句，十一節『索藑茅』至『故宇』十句，十二節『世幽昧』至『狐疑』十句，十三節『巫咸』至『不芳』二十二句，十四節『何瓊佩』至『自疏』四十句，十五節『邅吾道』至『不行』二十八句，則似較錢氏分節更趨合理矣。

雖然，錢氏訂舊注，猶有未密之處。如，『忽奔走以先後兮』，注云：『奔走，疾趨也；先後，導從也。』王逸注：『奔走先後，四輔之職也。《詩》曰：「予聿有奔走，予聿有先後。」是之謂也。』漢以『奔走先後』爲官職名。《漢書·王莽傳》：『博士李充爲犇走，諫大夫趙襄爲先後。』自『乘騏驥以馳騁』至此一段，以行路爲喻。『忽奔走以先後』，承上『皇輿』言，謂奔走於皇輿之先後也。注曰『奔走先後，四輔之職也』者，四輔，《尚書大傳》謂之四鄰，前曰疑，後曰丞，左曰輔，右曰弼。車前覆則礙止之，後傾則承持之，輔弼之義亦然。四輔之名起於車輔，故王引以説奔走先後之義。《漢書·杜鄴傳》『分職於陝，並爲弼疑。』顏師古注：『弼疑，謂左輔、右弼、前疑、後承也。』《王莽傳》有『師疑』『傅丞』之職，皆因車輿四輔爲名。錢氏不明古職，蓋以尋常之義解之，疏矣。又，『怨靈脩之浩蕩兮』，注云：『浩蕩，縱放貌。怨王以靈脩之德縱放不自守，故於人心不能察。』案：繳繞之説。王注云：『浩猶浩浩，蕩猶蕩蕩，無思慮貌也。《詩》曰：「子之蕩兮也。」』逸析『浩蕩』爲二字雖未是，然訓『無思慮』，確然不移。《九歌·河伯》『心飛揚兮浩蕩』，《哀時命》『志浩蕩而傷懷』，王注並解『志放貌』，謂曠放達觀、無所鞿羈，與解『無思慮』者同。浩蕩，猶不別貌，訓詁字或作溷沌、溷濁、鴻洞、涬洞、港洞、虹洞、恢炱、圖傲、觡黝、陶遨、泓澄、潢洋、洸洋、朦朧、惝恍、埃䁋、靉靆、曖曃、貸駭、懛猷、怠疑、癡騃等，魚、陽對轉或作糊塗、鶻突。説者宜因聲抽繹，則會心非遠；拘形强解，則生扞格也。又，『衆皆競進而貪婪兮』，注云：『婪亦貪也。求得不已曰貪，未得而固得之曰婪。』王逸注：『愛財曰貪，愛食曰婪。』自是確詁。錢説非也。貪之義在財物，婪之義在女色。逸説『愛食』，食猶色也。古者謂色欲滿足爲食飽，謂色欲不足爲食飢。《詩·汝墳》『惄如調飢』，毛傳：『調，朝也。』鄭箋：『未見君子之時，如朝飢之思食。』《衡門》『可以樂飢』，毛傳：『樂飢，可以樂道忘飢。』鄭箋：『飢者，不足於食也。泌水之流洋洋然，飢者見之，可飲以療飢，以喻人君愨願，任用賢臣，則政教成，亦猶是也。』《天問》：『胡維嗜不同味，而快鼂飽？』王注：『言禹治水道娶者，憂無繼嗣耳。何特與衆人同嗜欲，苟欲飽快一朝之情乎？』亦言男女情欲也。錢氏以不誤爲訛也。又，『固前聖之所厚』，注云：『人有自安於清白而死於忠直者，固前聖所厚禮也。』以『厚』爲『厚禮』，意雖得之，而失之無據。王逸注：『言士有伏清白之志，以死忠直之節者，固乃前世聖王之所厚哀也。』逸以『厚』爲『厚哀』者，哀，猶愛也。《淮南子·説林篇》『各哀其所生』，高誘注：『哀，猶愛也。』《釋名·釋言語》：『哀，愛也。愛乃思念之也。』厚哀，平列同義。徐福《上疏言霍氏》：『霍氏太盛，陛下即厚愛之，宜以時抑制，無使至亡。』夏侯湛《昆弟誥》：『厚愛平恕，以濟其寬裕。』厚哀、厚愛，皆平列同義。錢氏蓋未審『厚哀』二字同義而易之也。又，『長余佩之陸離』，注云：『陸離，光耀也。』王注云：『陸離，猶嵾嵯，衆貌也。』皆未得其旨。王念孫《讀書雜志·餘編》下：『念孫案：陸離有二義：一爲參差貌；一爲長貌。下文云「紛總總其離合兮，斑陸離其上下。」司馬相如《大人賦》云「攢羅列聚，叢以蘢茸兮；衍曼流爛，痑以陸離」。皆參差之貌也。此云「高余冠之岌岌兮，長余佩之陸離」。岌岌爲高貌，則陸離爲長貌，非謂參差也。《九章》云：「帶長鋏之陸離兮，冠切雲之崔嵬。」義與此同。』其説是也。聲之轉或作『淋灕』，《哀時命》：

『冠崔嵬而切雲兮，劍淋灕而從横。』王注：『淋灕，長貌也。』淋灑，《文選·洞簫賦》『被淋灑其靡靡兮』，李善注：『淋灑，不絶貌。』亦長也。宜乎因聲求之，不當爲其字所蔽也。又，『夫何焭獨而不余聽』，注云：『焭，苦也。女嬃謂人皆好朋，汝何焭苦獨處而不聽我言。』焭訓苦，無徵不信。王逸注：『焭，孤也。《詩》曰：「哀此焭獨。」』當爲碻解，且引《詩》爲證，説有根據。《書·洪範》『無虐煢獨而畏高明』，孔傳：『煢，單，無兄弟也。無子曰獨。』對文無父曰孤，散則煢、孤、獨皆謂孤單也。又，『攬茹蕙以掩涕兮』，注云：『茹，猶藏也，納也。蕙草喻己美行。攬而茹藏之，且自掩其涕，猶霑襟浪浪然。』茹，古無解懷藏者，失之無據。王注云：『茹，柔耎也。』固是碻解不可易也。又，『時亦猶其未央』，注云：『央，中也。夫央，謂其時未過中，尚可有爲。』王注云：『央，盡也。言己所以汲汲欲輔佐君者，冀及年未晏晚，以成德化也。然年時亦尚未盡，冀若三賢之遭遇也。』其義通暢無礙。《雲中君》『爛昭昭兮未央』，王注云：『央，已也。』已亦盡也。錢氏訓過中，乃生隔閡也。又，『和調度以自娱兮』，注云：『調度，猶程式也。和，適中也。』非也。和調度、聊浮游，對舉爲文。和，猶聊且也。調度，猶浮游也。王注云：『言我雖不見用，猶和調己之行度，執守忠貞以自娱樂，且徐徐浮游以求同志也。』失之拘牽。和，通作爰，猶乃也。調度，猶跮踱，乍行乍止貌也。《史記·司馬相如列傳》『跮踱輵轄』，《集解》引徐廣：『跮踱，乍前乍却也。』《索隱》引張揖：『跮踱，疾行皃。』又，『遵赤水而容與』，注云：『與讀如豫，容與，雍容暇豫也。』錢氏分析二字二義，失之鑿也。容與，連語也，或作猶豫、猶與、夷猶、閼與、儲與、容裔、遊豫、躊躇、踟蹰、躑躅、趑趄、彳亍、跢跦、蹢躅等，言徘徊不前也。王注云：『容與，遊戲貌。』亦徘徊之義也。又，『騰衆車使徑待』，注云：『騰，上奔也。奔騰衆車，使徑至西海而待己。』騰，非奔騰，傳郵也。騰衆車者，謂傳車相屬，如置郵矣。王注云：『騰，過也。』則亦失之旨。又，『朝發軔於蒼梧兮，夕余至乎縣圃』。注云：『原不容于世，陳詞重華，因託神仙譎怪之説，思得飛遊以適其意也。』屈子上征飛行，叩閽求帝，爲反歸先祖之死亡之行，非惟『託神仙譎怪』以寄寓者。説詳參拙著《楚辭與簡帛文獻》。又，錢氏注音，多與洪氏《補注》、朱子《集注》雷同，雖偶見反切用字不同，亦無足觀。蓋蹈襲其説也。

《集傳》有宋槧本，原爲毛氏汲古閣舊物，後歸黄丕烈，今藏於國家圖書館。《中華再造善本》所輯刊者，即是本也。極精美。兹後，有清乾隆四十七年吴翌鳳鈔寫本、影宋本、乾隆五十一年鮑廷博輯刻《知不足齋叢書》本、民國間上海文端樓石印《離騷》三種本等，皆據宋本鋟刻也。（黄靈庚）

# 離騷草木疏

《離騷草木疏》者，宋吴仁傑之所作也。仁傑字斗南，一字南英，號蠹隱居士。其先河南洛陽人，後移居蘇之昆山。登淳熙五年進士，歷官羅田縣令、國子學録。邃於經史之學，好古博通，强識聞，講學於朱子之門。著述宏富，蓋有《集古易》《古易圖説》《兩漢刊誤補遺》《洪範圖》《鹽鐵新論》《郊祀贅説》《靖節先生年譜》《杜甫年譜》等多種，然多已散佚，今見存《四庫全書》者，惟《集古易》《古易圖説》《兩漢刊誤補遺》與此書耳。

吴氏專取屈賦草木爲説，是故顔之曰『離騷草木疏』。凡四卷。首卷香草，有蓀、芙蓉、菊、芝、蘭、石蘭、蕙、芷、茝（葯）、杜蘅、蘼蕪（江離）、杜若、芰、薷等十四種；卷二爲良草，蓋次於香草者，有荼、薜荔、女蘿、菌、茹、紫、華、苽、蕁、蘋、蒿、苴、蔞、蕢、胡、繩、芭、藑茅、揭車、留夷等二十種；卷三爲嘉木，有橘、桂、椒、松、柏、辛夷、木蘭、莽草、楸、黄棘十四種。末卷爲惡草，有薋、菉、葹、艾、茅、蕭、葛、萹、薺、樧、篁十一種。合四卷，凡釋草木五十五種。末有仁傑作慶元丁巳後序及方燦作於慶元庚申跋。吴序云：

仁傑少喜讀《離騷》文，今老矣，猶時時手之。不但覽其昌辭，正以其竭忠盡節，凜然有國士之風。每正冠斂衽，如見其人。凡芳草嘉木，一經品題者，謂皆可敬也。因按《爾雅》《神農書》所載，根莖花葉之相亂，名實之異同，悉本本元元，分别部居，次之于槧，會萃成書，區以别矣。夫樧似椒，蕭艾似蘗，與夫紫菊之似蘭，及己之似杜蘅，猶大佞之於忠，鄉願之於德也。得是書，形見色屈，或庶幾焉舉無以亂其真。昔劉杳爲《草木疏》二卷，見於本傳。其書今亡矣。杳疏凡王逸所集者皆在焉。而仁傑獨取諸二十五篇之文，故命曰「離騷草木疏」。夫子不云乎？「《詩》可以興，可以觀，可以群，可以怨。邇之事父，遠之事君，多識於鳥獸草木之名」。班固識三閭「怨恨懷王」，是未知《離騷》之近於《詩》，而《詩》之可以怨也。劉勰亦譏三閭「鴆鳥媒娀女，爲迂怪詭異之説」，又王逸注：「鴆媒，謂鴆食蚍，羽有毒，可以殺人者。」按「鴆有二焉。瑶碧之山有鳥如雉，其名曰鴆」。郭璞謂「此更一種，非食蚍者也」。《離騷》之文，多怪怪奇奇，亦非鑿空置辭，實本之《山海經》。其言鷟、鸞皇、鴆鳥，與《詩》麟、騶虞、鳳皇何異？勰又何足以知之？《離騷》以薌草爲忠正，蕕草爲小人，蓀、芙蓉以下凡四十又四種，猶青史《忠義》《獨行》之有全傳也。薋菉葹之類十一種，傅著卷末，猶《佞幸》《姦臣》傳也。彼既不能流芳後世，姑使之遺臭萬載云。

吴氏序後，復有方燦作於慶元六年庚申跋，但謂吴氏『以淹該之學、從政之暇，訓釋諸書，警引後進，不爲不多』云。

離騷草木疏卷第一

迪直郎行國子録河南吴仁傑撰

蓀荃

荃不察余之中情兮王逸注荃香草以諭君也惡數指斥尊者人君被服芳香故以香草爲諭洪慶善曰荃與蓀同莊子得魚忘荃崔音孫云香草可以餌魚疏曰蓀荃也九歌蓀橈蓀壁皆一作荃蓀不察余之中情蓀何爲兮愁苦數惟蓀之多怒蓀獨宜兮爲民正蓀詳聾而不聞願蓀美之可完皆以諭君也沈存中云香草之類大率多異名所謂蘭蓀蓀即今昌蒲是也東坡先生石昌蒲贊引本草注云生下濕地大根者乃是昌陽不可服韓退之云訾醫師以昌陽引年欲進其豨苓也不知

仁傑結銜稱『國子學録』，其時所居官職也。觀此書之作非純爲格物以辨草木之什云，有所託寓矣。清鮑廷博跋云，『考先生是書成於慶元丁巳，維時寧皇初政，韓侂胄方專擁戴功，與趙汝愚相軋，既而斥汝愚，罷朱子，嚴僞學之禁，從而得罪者五十九人。先生官止國録，未敢誦言。乃祖述《離騷》，譬諸草木，按神農《本草》諸書，爲之别流，品辨異同。薰蕕既判，忠佞斯呈。用補劉杳舊疏之亡，因以暢其流芳遺臭之旨，庶幾言者無罪，聞者足戒。觀其自序，厥意微矣。至前三卷首列名銜，而末卷自資菉葹以下缺而不署，又隱然寓不屑與小人爲伍之意。其疾惡之嚴如此』云云。蓋知人論世之言。考仁傑此書與朱子作《楚辭集注》同時，皆意在諷刺其時韓侂胄用事、斥立僞學之目。然吴氏既登朱子之門，而疏中説與朱子多或違戾，豈未相質正故耶？

吴氏考辨草木，依《爾雅》《本草》《毛詩》及《山海經》等先秦古籍，於古今異同多所論撰，考辨至悉，所以補漢注所闕者夥矣。其所論辨蓋爲四事：一辨『同名而異物』者。如，杜若，《本草》又名杜蘅。吴氏據《嘉祐圖經》杜若雖一名杜蘅，而復出『杜蘅』條，謂自是二物而同名，斷『杜蘅，《爾雅》所謂「土鹵」者也；杜若，《廣雅》所謂「楚蘅」者也。其類自别。然古人多相類引用。《九歌》云「采芳洲兮杜若」，又《離騷》「雜杜蘅與芳芷」，王逸輩皆不分别，但云「香草也」』，致後人誤以爲一草。又，艾，王逸訓『白蒿』，吴氏據《爾雅》『艾，一名冰臺』，郭璞注：『即今艾蒿也。』乃以『艾蒿與白蒿不同。白蒿，《詩》所謂蘩也。《詩》有「采蘩」，有「采艾」。《本草》有「白蒿」條，又别出「艾葉」條。《嘉祐圖經》云：「艾初春布地生，苗莖類蒿，而葉背白。」又云：「白蒿葉上有白毛，從初生至枯，白於衆蒿，頗似細艾。」按：蒿與白蒿相似耳，便以艾爲白蒿，則誤矣』。蓋白蒿、艾蒿雖同名蒿，而終非一草。二辨異名而同物者。如，芙蓉，王逸但訓『蓮華』，吴氏引《爾雅》郭璞注，又名『芙蕖』，引陸機又名『水芝丹』，引《本草圖經》又名『菡萏』，引《蘇鶚演義》又名『水白』『水華』。皆同物異稱也。又，菊，吴氏據《本草》別名『日精』『女節』『女華』『女莖』『更生』『周盈』『傅延年』『陰成』，又謂『穎川人呼白菊爲「回蜂菊」，汝南名「荼苦蒿」，上黨及建安順政郡並名「羊歡」，河内名「地薇」』云云。則皆一物異稱也。或類同而實異者。如，蓀，據《本草》又名『昌蒲』。然吴氏謂昌蒲有兩種，一是石昌蒲，或名昌陽，生石上，食之能『輕身不忘，延年不老』。二是溪蓀，亦名昌陽，又名水昌、白昌、泥昌，『氣穢味腥』，斷不可入藥。二者『不可同日而語也』。《離騷》所稱當是『石昌蒲』也。三者辨析諸説，然後折衷之，不能斷者，則羅列衆家，而存疑之。如，菊之種類甚多，《離騷》所稱，究爲何者，未易斷。吴氏乃引陶隱居云，『菊有兩種，一種莖紫，氣香而味甘，葉可作羹食。一種青莖而大，作蒿艾氣，味不堪食者，名曰苦薏』；且引《圖經》云，『南陽亦有兩種，白菊葉大似艾，莖青根細，花白蕊黄。其黄菊葉似桐蒿，花蕊都黄。然今服餌家多用白者』。以『南京又有一種開小花，花瓣下如小珠子，謂之珠子菊，入藥亦佳。正月採根，三月採葉，五月採莖，九月採花，十一月採實』；而蘇東坡以爲『菊黄中之色，香味和正，花葉根實皆長生藥也』。吴氏乃折衷之，謂『東坡取朱遜之之説，云「當以黄爲正，餘皆可鄙」，蓋本《月令》也。今服食家多用白菊，然遜之之説亦自有理』。蓋菊之佳者，或白或黄，終未能斷也。四者別創新義以駁舊注之謬者。如，宿莽，王逸注《離騷》以爲『冬生不死』者，郭璞《爾雅》注以爲即『拔心不死』之『卷施草』。吴氏駁斥之，謂郭璞祖王逸，實『亦自無所本』。乃論辨之，以『宿莽』即《山海經》『朝歌之山有莽草焉，可以毒魚』之『莽草』，郭璞注：『今用之殺魚。』或作『芒草』『葞』，一名『春草』，可以毒魚。據《圖經》，屬木，『若石楠而葉稀，無花實。一説藤生，繞木石間』。而非草類也。而『謂之草者，乃蔓生』故也。又以『古方皆用莔草，今醫家取其葉，用之甚效』云云。又，黄棘，王逸訓『刺』，洪興祖以爲『地名』。吴氏據《山海經》『苦山有木焉，黄華而員葉，其實如蘭』，乃以『《離騷》草木多用《山海經》』，《九章》蓋取諸此，地名之説誤也』。而『今此所云黄棘以華黄得名，又其實如蘭，則用爲馬策者，特取其香耳，不以刺爲嫌也』。其皆言之有據，可成一家之説。是故館臣云，『以其徵引宏富，考辨典核，實能補王逸訓詁所未及。以視陸璣之疏《毛詩》，羅願之翼《爾雅》，可以方軌竝駕，争騖後先。故博物者恒資焉。迹其賅洽，固亦考證之林也』。

吴氏作書，旨在託寓諷喻，藉格物以興懷寄意耳，故將草木悉分列品第高下，而每釋一物，必辨其品性所在。如，説芙蓉則引濂溪先生云：『陶淵明愛菊，世人愛牡丹。予獨愛蓮之出淤泥而不染，濯清漣而不妖，中通外直，不蔓不枝，香遠益清，亭亭净植，可遠觀而不可褻翫焉。菊，花之隱逸者也；牡丹，花之富貴者也；蓮，花之君子者也。』則以芙蓉推譽君子之品性者也。又，説菊之性，則謂『百卉造作無時，而菊獨後開。考其理，菊性介烈，不與百卉盛衰，須霜降乃發。而嶺南海常以冬至微霜故也。其天姿高潔如此，宜其通仙靈也』。蓋類屈子『余獨好修以爲常』之品格也。説蘭之性，則迥異乎他人。古今説蘭，皆以蘭爲芳香之物，興寓清潔之性；而吴氏以蘭雖『可用浴而不可食。頃聞蜀士云，屢見人醉渴，飲瓶中蘭華水，吐利而卒者。又峽中儲毒以藥人，蘭華爲第一。乃知其美必有其惡。蘭爲國香，人固服媚之，又當愛而知其惡也。《離騷》以蘭爲不可恃，亦不爲無説』云云。『甚美必有其惡』者，固腐迂之見，且不合屈子稱蘭本旨。然其託寓之意在於『國香』，蓋指斥讒衆於一時之韓侂胄等權貴，蓋諷寓亦深矣。説橘之性，則重其『江南爲橘，江北爲枳』，『地氣使然』，以寓君子守土安命，不肯易性變節也。又，説桂之性，引簡齋《賞木犀花詩》『武林曾識最高枝』之句，以桂即巖桂，亦名木犀花；復引《長短句》『三閭未識孤妍，《離騷》遺恨千年』之句，乃謂『豈欲三閭於桂之外别稱巖桂，如蘭與石蘭之比乎』？蓋意取乎蘭、桂『幽僻而能自芳』之間矣。説椒之性，則謂『性不耐寒，若陽中之樹，冬須草裹，不裹即死。其生陰中者，少稟寒氣，則不用裹。一木之性，寒暑異質，所謂習與性成者。《離騷》於椒不能無譏切，亦以此歟』？其骨子裏亦是品評人物，蓋子椒、子蘭輩近之矣。又，以松之性『凌冬不凋，理爲佳物，但人多輕忽，近易之爾』。蓋以松喻守節之臣而爲時世所遺棄者也。又，以『篁竹在衆竹中最其下者，故見斥於《離騷》，比之讒邪，正以其叢薄幽昧蔽塞而已。唐劉寬夫有《敗竹記》，其略曰：「有竹叢生，日光不透，陰氣常凝，一庭常昏，四時失序，病其蔽翳，因命斤斧，有質微而葉苿蓴者去之，聚而曲者去之，其獨立自持者保之。去者存者，邪正乃分。」其説蓋祖《離騷》之遺意云』。案《山鬼》『余處幽篁兮終不見天』，王逸注：『言山鬼所處，乃在幽篁之内，終不見天地，所以來出，歸有德也。』幽篁，本無所寄興。四庫館臣稱『騷人寄興義不一端，瓊枝、若木之屬，固有寓言。澧蘭、沅芷之草，亦多即目，必舉其隨時抒望觸物興懷，悉引之於大荒之外，使靈均所賦悉出伯益所書，是澤畔行吟，主於侈其博贍，非以寫其哀怨，是亦好奇之過矣』。其説韙矣。然吴氏『比之讒邪，正以其叢薄幽昧蔽塞』云云，於此當别有所指。鮑廷博云：『追開禧丁卯，平原卒，羅玉津園之禍。於是蘇師旦、程松、陳自强之流，或誅或竄，舉其黨而一空之，苿蓴去而邪正分，其《敗竹》之謂歟？當汝愚之責永州而卒於衡也，朱子亦爲之注《離騷》以寄意焉。其成書後於先生二年，而其感時傷逝，纏綿惻怛，不能自已之情，亦時時流露於行墨間，是書也，可謂先得朱子之心矣。』蓋以爲因趙汝愚黨禍而發，可謂深得吴氏立言之意耶？

吴氏所據《楚辭章句》，雖多删節，然或異於他本。如，《離騷》『紉秋蘭以爲佩』，王逸注：『行清潔者佩芳，言己修潔，乃取江離、芷蘭以爲被服，博采衆善，以自約束也。』案：他本作：『佩，飾也，所以象德，故行清潔者佩芳。言己修身清潔，乃取江離、辟芷以爲衣被，紉索秋蘭以爲佩飾，博采衆善，以自約束也。』蓋吴所據本『佩飾』作『佩服』也。又，『荃不察余之中情兮』，王逸注：『荃，香草，以諭君也。惡數指斥尊者，人君被服芬香，故以香草爲諭。』案：他本王注皆作：『荃，香草，以諭君也。人君被服芬香，故以香草爲諭。惡數指斥尊者，故變言荃也。』蓋吴所據本『數指斥尊者』一句在『以諭君也」之後也。又，「雜杜蘅與芳芷」，《補注》本「蘅」作「衡」，《文選》本作「蘅」。案：吴氏所據本《文選》本也。又，「夕飡秋菊之落英」，王逸注：「英，華也。言己食菊之落英，以香净自潤澤也。」案：他本作：「英，華也。言己暮食芳菊之落華，吞正陰之精蘂，動以香净自潤澤也。」蓋吴所據本「落華」作「落英」也。又，「製芰荷以爲衣兮，集芙蓉以爲裳」。王逸注：「芙蓉，蓮華也。言己進不見納，裁芰荷，合芙蓉爲衣裳，被服愈潔，修善益明。」而他本王注作：「芙蓉，蓮華也。言己進不見納，猶復裁製芰荷，集合芙蓉，以爲衣裳，被服愈潔，修善益明。」蓋吴所據本「裁」下無「製」字、「合」上無「集」字也。又，《東皇太一》「蕙肴烝兮蘭藉」，他本「烝」作「蒸」。案：吴氏所據本作「烝」也。吴氏援引甚博，所引者有《山海經》、《神農本草》陶隱居注、陳藏器注、《爾雅》郭璞注、《廣雅》、《蜀本圖經》、《嘉祐圖經》、《淮南子》《集韻》《搜神記》及唐、宋間名賢筆記等，或與他本異同，或爲遺簡遺文。如，《爾雅・釋草》：「藒車，芞輿。」而此書引《爾雅》作「揭車」，其所見宋本蓋如此。雖非得其古本之舊，然存之亦有裨於古籍校勘之助耳。

宋人治學皆印以「理」，而失漢學實事求是遺風。是故吴氏疏屈賦草木，據「理」而作無根之説。如，説「蓀」之性，乃以「藥有君、臣、佐、使，而此爲君，《離騷》又以爲君諭，良有以也」。信夢中囈語矣。又，格物之間，似不甚精審。如，「蘋」條，正文爲「白蘋兮騁望，與佳期兮夕張」，出《湘君篇》。吴氏以「蘋」即《集韻》之「蕢」，謂「水苻也」。稱「蘋爲萍類，根不植泥，生於水上，今人呼爲浮菜者是也」。案：蘋，《楚辭》他本多作薠。洪氏、朱子並校曰：「薠，一作蘋。非也。」王逸注：「薠草秋生，今南方湖澤皆有之。」即莎草也。「白薠兮騁望」，言薠草生時乃騁望之，將與夫人期約也。吴氏所據誤本，而弊弊焉强爲疏解，於義無所取。又，是書所立條目有不密處。如，「華」條，但據《雲中君》「浴蘭湯兮沐芳，華采衣兮若英」而立，謂「蘭也，芳也，華也，若也，四者皆香草」。且斥洪氏《補注》「以華爲五色采，則因王逸誤而莫之能正』。案：『華采衣』與上『浴蘭湯』爲對文，言以蘭湯爲浴，以采衣爲華也。王、洪之説不可移易。

是爲宋慶元六年羅田方氏原刊本，藏於國家圖書館。後屢見鋟刻、傳鈔，有元刊本，明無名氏鈔本，明影宋本，常熟錢氏鈔曹秋岳本，清無名氏鈔本，清乾隆四十一年丙申方甘白手鈔本，四十四年己亥海昌祝氏刊本，四十五年庚子鮑氏知不足齋覆邵晉涵藏宋刊本，五十九年甲寅石門馬俊良輯《龍威秘書》本，《四庫全書》本，同治七年戊辰《藝苑攟華》本，光緒儀徵張丙炎輯《榕園叢書》覆知不足齋本，光緒三年丁酉鄂《崇文書局叢書》覆知不足齋本，日本寫本，民國元年鄂官書局重雕本，民國商務印書館《國學基本叢書》本，《叢書集成初編》本，民國文瑞樓石印《離騷》三種本，中華書局一九五八年據《叢書集成初編》重編本等，蓋傳本亦夥頤。（黄靈庚）

# 離騷草木疏補

《離騷草木疏補》者，明屠本畯之所作也。原名畯，後改本畯，字田叔，自號『憨先生』，又號『豳叟』『乖龍丈人』『無蓋庵頭陀』，浙東鄞縣人。以父蔭授刑事檢校，歷太常典簿南禮部郎中、兩淮都轉運鹽丞、福建鹽運司同知、辰州知府等。爲人好詼諧，自著《乖龍先生傳》，署歲在萬曆四十六戊午，時年八十，則推其生年，知在嘉靖十八年己亥也。博學多識，尤致力於草木蟲魚，著述頗豐，有《卦玩》《尚書別録》《書經虹臺講義》《太常典禮總覽》《瑯琊代醉編》《栖真館集》《白榆集》《由拳集》《毛詩鄭箋》《香奩》《瓫史》《傳潔典記》《憨士列傳》《演讀書十六觀》《燕閒彙纂》《兼三圖》《情彩編》《詩言王至》《憨子雜俎》《艾子外語》《韋弦佩》《憨聾觀》《山林友議》《山林經濟籍》《閩中海錯疏》《野菜箋》《海味索隱》《閩中荔枝通譜》《茗笈》《屠田叔詩草》《聾觀》《五子諧策》《笑詞》多種，即『楚辭類』亦有二種：《楚辭協韻》十卷、《離騷草木疏補》四卷是也。然《明史》竟不爲立傳。清汪源澤康熙《鄞縣志》卷十五《品行》有傳。

屠氏所以著是書，專補吴仁傑《離騷草木疏》之闕，故顔曰『疏補』。乃悉從吴《疏》編次，總分四卷，卷一爲『香草部』，屠氏雖無增補之事，然條目、次序有所改易。吴氏原有條目及次序爲『蓀』『芙蓉』『菊』『芝』『蘭』『石蘭』『蕙』『芷』『茝』『杜蘅』『靡蕪』『杜若』『芰』『蘦』，而屠氏條目及次序易爲『江離』『芷蘭』『菌』『蕙』『茝』『荃』『留夷』『揭車』『杜蘅』『菊』『薜荔』『胡』『繩』『芰』『芙蓉』『茹』『藑茅』『華』『杜若』『蘋』，其中『薜荔』『菌』

『華』『蘋』『葍茅』『揭車』『留夷』『胡』『繩』九目，吴書原爲卷二條目。卷二亦爲『香草部』，吴書原有十五種，屠氏增補『麻』『秬黍』『薇』『藻』『稻』『粢』『麥』『粱』『雚』『菁』『蒿』『藻』十二種，而原在卷一『蘼蕪』『菌』『芝』『蘦』移於此。卷三爲『嘉木部』，吴書原有十種，屠氏增補『梧』『楓』二種，而易『茮』爲『蕉』，『莽艸』爲『莽』。卷四爲『惡草惡木部』，屠氏雖無增補，而次序有所改易，『篁』原在最末，而屠易至『蕭』之後。

每條之下，先列《楚辭》原文，次録王逸《章句》，而後爲屠氏《疏補》也。如，卷一『茝（葯）』條，先引《離騷》『又申之以攬茝』，明『茝』出處所在。次引王逸注『言己復重引芳茝。以自結束，執意彌篤也』。列古訓古義。又於『○』下引《九歌》『辛夷楣兮葯房』，王逸注：『葯，白芷也。』蓋列『茝』字異義。以上皆低二格。而後頂格爲屠氏所補，云：『茝，香蒲也。一名莞，一名苻離，一名葯，一名蘺，一名雎，一名醮。春初生，嫩葉未出時，色紅白，可以爲菹。生噉之，甘脆。至夏抽梗於叢葉中，花抱梗端，謂之蒲釐。花中有蕊，屑細若金粉，謂之蒲黄。蒒其粉，後有赤滓，謂之蒲萼。其葉名龍須，出山石，空中莖倒垂，可織以爲席。』案：屠氏所補，實因吴疏而節録之，並無有所補綴，於此斑可見其全豹矣。

離騷草木疏補一卷　香草部

宋河南吳仁傑斗南　疏

明甬東屠本畯田叔　補

江離

離騷曰扈江離與辟芷兮王逸注扈被也辟幽也言己修身清潔乃取江離辟芷以爲衣被慱采衆善以自約束也補

江離芎藭苗也四五月間生大葉似芹而香或蒔于園庭則芬香滿逕

離騷草木疏補　卷之一　二

卷首有四序：首爲屠緯真序，次爲本畯自序，次爲黎民表序，末録吴仁傑舊序。緯真者，蓋其族人，序稱『其考古也博，其收采也約，其摽名也顯，其核實也精』。又怪其身爲『貴介子，通籍有年，幸際昌運，生平不識離憂侘傺事，而好《騷經》何居？蓋田叔高潔耿介，方之屈子，遇不同而心同也』。次爲自序，謂吴仁傑《離騷草木疏》『雖援引博贍，而鑄詞蔓衍，讀之無由解頤矣。不佞遭讒被播，頗類靈均，而輕外坦中，無復愁鬱憤懣。頃實好二氏而不好《離騷》，即好《離騷》，獨有《遠遊篇》爾。夫餐六氣，飲沆瀣，漱正陽，含朝霞，壹氣孔神，凌虚徑度，王喬韓衆，吾師乎？乃知屈子胸中何所不有，而何止鬱鬱稱《騷》』云。蓋藉此以抒發其邑鬱歟。黎序稱，本畯平生爲學，於名物考古，『好奇多愛，嘗輯陸機之《疏》以附經，采才老之韻以叶《楚》，修墜補亡，乃其所長，昌歜之嗜，宜其同之』。又以『《草木補》之於《騷》，比之《毛詩》，若鄭司農之《箋疏》』云。視是書甚高，非唯爲吴氏功臣，且復爲屈賦之『鄭學』也。而本畯自序，以『屈左徒竭忠盡節，被讒遭放，行吟悼離，發抒憤懣，乃作《離騷》。其草木鳥獸，凡《山經》《海志》之所未收，由夷、鑿齒之所未録者，彼皆靡奇弗狀，靡怪弗名，可謂博物洽聞，詞賦之聖者』。乃因仁傑《草木疏》舊編而輯補之，『遵斯部區，芟彼蔓衍，每篇冠以《離騷》，若《毛詩》之有小序。然後摽釋物名，不至委瑣。復録「疏麻」「秬黍」「稻」「粢」「麥」「薇」「藻」「梧」「楓」十品附之，毋令湮没無傳』云。案其作書之旨，蓋在於此也。

屠氏此書在於『芟彼蔓衍』而務簡明。若執是書與吴氏原書逐條對勘，則知屠氏所釋，悉從吴《疏》而芟删之，求訓義之精練直捷。如，卷一『菌』條，吴《疏》於『傑按』下，廣徵博引，始三引《山海經》及郭注，以證『菌桂』之『菌』與訓蕙草之『菌』當是二物，蕙草之菌從艸，而菌桂之菌當『從竹』，『詎可强合而一哉』？而後廣引《本草》及《楚辭》以辯『蕙』『薰』之同異。其洋洋灑灑，蓋六百餘言。而屠氏釋云：『菌，薰草也，一名燕草，一名蕙草。生下濕地，葉如麻，兩兩相對，方莖，赤花，黑實，氣如蘼蕪，七月中旬開花，即零陵香也。』但存四十餘言，無一條引文，蓋綜合吴《疏》所引，芟盡枝蔓，衹存其主榦耳。若《騷經》之『蘭』，古今聚訟紛如，至爲繁雜。吴《疏》卷一『蘭』條，旁徵博引，列陳古今異説，以辨『蘭草』『澤蘭』之異，謂《騷》之『秋蘭』，皆《本草》之『蘭草』。前後達千餘言。讀者如墜十里雲霧，終不能知其爲何物。而屠氏釋云：『蘭，緑葉紫莖，如莎草，初春生，其芽如麥門冬，長五六寸，一榦一花，有紅、白、紫三色而甚香。在江南者春芳，在荆、楚及閩中者秋復再芳，故曰「春蘭」「秋蘭」也。今沅、澧所生，花在春則黄，在秋則紫，然春黄不若秋紫之芬馥也。以其生於深林之下，故稱「幽蘭」。』寥寥數語，簡潔明瞭。

吴《疏》格物，或有未能斷者，則列陳衆説，至爲龐蕪，讀者莫從。屠氏乃條分疏理之，而以『〇』分别之。如，卷二『芝』條，屠氏據吴《疏》删節之，云：『芝，菌也，一歲三華，無根而秀，無實而生，形色瑋異，一名木葚。〇五芝五色，生於五嶽，赤如珊瑚，白如截昉，黑如澤漆，青如翠羽，黄如紫金，而皆光明洞徹，如堅冰也。〇松柏之脂淪地，千歲化爲茯苓，其上生小木，狀如蓮花，名木威喜芝，夜視有光，持之甚滑，爇之不焦，佩之辟兵，可以爲茞。』又，卷三『桂』條，吴《疏》原書列桂者三，文至繁瑣，屠氏以『〇』分别之，云：『桂有箘桂、牡桂、板桂三種。箘桂生交趾桂林，正圓如竹，葉似柿葉，其香可作飲中品。葉有三道文，表裏無毛，尖狹而光澤，人家園圃亦有種者，多植於嶺北，則氣味少辛辣。三月、四月生花，花白蕊黄，九月結實。木皮青黄，肌理緊實，其卷若筒，故曰「筒桂」。一名「肉桂」。今稱「箘桂」者，筒，箘字訛也。今人多以裝綴花果作筵。〇牡桂，木桂也，一名梫生，生南海，葉如枇杷而大，白華，華而不著子，叢生巖嶺，冬夏常青，間無雜木，皮薄色黄，少脂肉，氣味如木蘭，其嫩枝名桂枝，削去皮，名桂心。即官桂也。〇板桂生桂陽及合浦，半卷多脂，生高山顛，冬夏常榮，春華秋英。』凡此若衣之挈領、網之提綱，甚便初學。

屠氏非唯增益吴《疏》所闕者條目，或補吴《疏》釋義所無也。如，卷一『芰』條，屠氏云：『芰，水栗也。兩角者爲薐，三角、四角者爲芰。生水中，葉緑似荇，浮水上，花有黄紫白三色，晝合宵炕，隨月轉移，猶葵之向日也。其花落而實生，漸向水中乃熟。秦人謂之薢茩。其實餌之，可以斷穀。〇羅願曰：「吴楚風俗當菱熟時，士女相與采菱，故有《采菱》之歌以相和，爲繁華流蕩之極。」《招魂》「涉江采菱，發《揚阿》」，《揚阿》者，采菱之曲也。《淮南子》云：「欲學謳者，必先徵于樂風，欲美和者，必先始於《陽阿》《采菱》。」蓋《采菱》者，衆所共取節奏，宜和爲曲，以與衆樂之。』案：『水中，葉緑似荇，浮水上，花有黄紫白三色，晝合宵炕，隨月轉移，猶葵之向日也。其花落而實生，漸向水中乃熟』及『其實餌之可以斷穀』及『羅願曰』云云，皆吴《疏》所無，屠氏所增補也。又，卷二『蘼蕪』條，屠氏引羅願曰：『按《古今注》：「將離贈以芍藥。芍藥一名可離，亦猶相招贈以文無，文無一名當歸也。」文無，蓋即今之蘼蕪。然今之當歸，自是一種，非蘼蕪之類。似細葉芎藭，惟莖葉卑下於芎藭也。然則古亦以蘼蕪爲當歸矣。』案：引文不見吴《疏》，屠氏所補也。或徑以己説附益於吴《疏》之下，以〇别之。如，卷三『桂』條，在釋『三桂』後，屠氏附補己説：『丹桂，樹如冬青，榦或糾曲，葉如橘葉，而尖長光澤。九月開花，花五瓣而細，有紅、黄二色。味苦而香，一名金粟。人家多種於園庭，芬香滿逕。是月人取花入鹽梅汁内，浸一宿，取起去其苦水，以蜜和鹽梅浸之，入甆器内，固封數日，謂之桂梅酒。按酒又可作湯。近時好事春其花作餅，謂之桂餅。其花白者名木犀花。』案：其所補釋者，雖未必皆是，存之無傷，蓋有裨於增廣異聞矣。

屠氏所增條目，體例亦同：先引《楚辭》原文，次引王逸注文，而後爲其所釋之義。如，卷二『麻』條，先引《九歌》『折疏麻以瑶華』與《天問》『枲麻安居』及王逸注、郭璞注，明其出處所在及舊釋之義，而後屠氏釋云：『麻，草之繁衍而多者也。其色白，大者如箭如葦，細者如藋，其有實者名苴，又名蕡，其無實者名枲，又名牡麻。其縷可以練絲爲布，其莖圓者名胡麻，亦有實，一名油麻。其淳黑方莖，一葉兩莢者名巨勝麻。與麥相爲候，麥黃種麻，麻黃種麥。蓋種麥者以夏至前十日爲上時，至日爲中時，至後爲下時。種枲太早則剛堅，厚皮多節，晚則皮不堅；寧失於早，不失於晚。種麻熟耕地，縱横七遍已上。生則無葉，是藝麻欲熟之驗。』又，『薇』條，先引《天問》『驚女采薇力何祐』句及王逸注，明其出處，而後屠氏釋云：『薇，山菜也，莖葉皆似小赤豆，蔓生，其味亦如小赤豆。藿，可作羹，亦可生食。古人種之，以供宗廟祭祀。』案：今觀其所增條目及於所釋之物之品類、物候、種植、用途，釋義務詳盡周密，雖無關於屈賦稱『麻』稱『薇』之旨，蓋得通博物之助耳。

屠氏所立體例不密。據例，『按』下本非吴《疏》舊文所有，屠氏所補也。然審之未盡然。如，卷一『留夷』條，屠氏『按』下云：『《上林賦》「雜以留夷」，張揖注：「留夷，新夷也。」顔師古以爲留夷香草也，新夷乃木耳。』案：吴《疏》卷二『留夷』條，固有此釋，且引例全同。則固非屠氏所補益之語，不當在『按』下也。屠氏補釋多有舛誤，四庫館臣云：『於仁傑疏多所删汰，自謂明簡過之，而實則反失之疎略。又每類冠以《離騷》本文及王逸註，擬於《詩》之小序，亦無關宏旨，徒事更張。至仁傑謂宿莽非卷葹，斥王逸注及郭璞《爾雅》注之誤。本畯是書引羅願《爾雅翼》以明之，不知其引《南越志》「寧鄉草名卷葹」，江、淮間謂之宿莽者，正主郭之説。不免自相刺謬，尤失於考證矣。』此其一端耳。其所增補條目，屈賦之中原無興寓寄託之意，徒逞博識多聞，實無關宏旨。則删之可也。又，屠氏更易吴《疏》舊編條目序次，未見其所以然者，亦徒滋歧紛而已。

是書刻於明萬曆二十一年癸巳，國家圖書館、北京大學圖書館皆有藏本，後未見鐫刻，故流傳未廣。《四庫全書存目叢書》據此本景印。（黃靈庚）

# 離騷草木疏辨證

《離騷草木疏辨證》者，清祝德麟之所作也。德麟字止堂，或字趾堂，號芷塘，嘉興海寧人。乾隆三十八年癸巳進士，選庶吉士，授編修。四庫館開，官翰林院提調，署編修，獻書《履坦幽懷集》《虛齋先生遺集》等數種。後官監察御史。五十年庚戌乞歸。嘉慶初，講學於雲間書院。工詩，著有《悦親樓詩鈔》。清博潤光緒《松江府續志》卷二十七《寓賢》有傳。

德麟生值乾嘉樸學鼎盛之時，精於校讎考據，且與修《四庫全書》，得覩宋槧祕籍。見『有《離騷草木疏》，稱係影宋鈔者，與曩見本無異。亥豕盈目，甚或不可句讀。既竊録副本，因取《永樂大典》中所載，逐條對勘。而《大典》因韻件繫，文既割裂挂漏，字亦得失互差。乃復取五《雅》《山海經》《淮南子》《齊民要術》及各種《本艸》詳較，字剔句搜，凡改正四百五十字有奇，增損二百五十字有奇。其説與他書異同者，時亦出其螢爝之明，附注條下以備參考。並錯采《説文》《玉篇》《廣韻》《集韻》等書，訓釋音義，雖不敢云有所闡發，較之舊本，或加詳焉』。錢泰吉跋稱，『今見此册，始知辨證詳審，定爲斗南功臣』。蓋清世考據家之本色也。誠如祝氏序稱，此書以宋刻《離騷草木疏》爲底本，取《永樂大典》及五《雅》諸書詳校，並附考證。是故一依吴氏原書四卷規模，其所『辨證』，則以雙行夾注雜置於《離騷草木疏》間，短則數字，長而千餘言。觀其『辨證』，皆言之有據，非務無根遊説者可比。摹略其書，蓋約爲如下數端。

一是辨證音注或校訂吴氏徵引《楚辭》原文。審其音注，或參徵洪氏《補注》、朱子《集注》而改易之，或直陳己説，校語悉本洪、朱二家。如，卷一『蓀』條，吴氏原引《離騷》『荃不察余之中情兮』，無校語。祝氏校云：『荃，七緣切；察，今本一作揆；中，今本一作忠。』案：洪、朱同音七全切。『七全』『七緣』音同，切語用字異耳。然校語悉出洪《補注》、朱子《集注》。吴氏原引《少司命》『蓀何爲兮愁苦』，無校語。祝氏校云：『爲，今本一作以。』案：悉出洪《補注》、朱子《集注》也。又，『蕙』條，吴氏原引《離騷》『豈維紉夫蕙茝』『既替余以蕙纕兮』二句，皆無校語。祝氏校云：『茝，叙上聲，又齒、止二音。此叶齋，上聲。』又云：『纕音相。』案：悉出洪《補注》、朱子《集注》，而音



綠葉紫華今蘭葉與華亦然故景純以爲蘭屬而山谷謂蘭蕙叢生蒔以沙石則茂沃以湯茗則芳是所同也至其發華一榦一華而香有餘者蘭也一榦五七華而香不足者蕙也蕙雖不若蘭其視茉𣗳則遠矣然則蘭蕙葢略相似但以著華多少爲別耳本艸於薰艸外別出蕙實云生魯山平澤五月收味辛香正應是蘭蕙之蕙此說是也

德麟按已上三條吳氏所疏直指今之蘭蕙葢根似麥門冬而苗葉長大者其蘭與蕙不過以著華多少爲別而朱子楚辭辯證則云蘭蕙名物補注所引本艸言之甚詳已得之矣復引劉次莊黃魯直云云而不能決其是非今按蘭本艸云似澤蘭則可推類以得蕙則自爲零陵香如黃說皆不相似劉說詞又不明大抵古之所謂香艸必其華葉皆香燥溼不變故可刈而爲佩若今之蘭蕙雖香而葉乃無氣香雖美而質弱易萎不可刈佩其非古人所指甚明則與吳疏正絕相戾然朱子謂蕙爲零陵香其說卽本之藏器蘭之果爲何物究亦無所指實通志則直以蘭蕙薰爲一物謂蘭舊名煎澤艸婦人和油澤頭者是卽今之醒頭艸也並載於此明者察焉

芷　芳

扈江離蘺同與辟匹亦反芷兮王逸注扈被也言己修潔乃取江離辟芷以爲衣被釆眾善以自約束也畦畱夷與藒車兮雜杜衡與芳芷王逸注言雜植芳芷德行彌盛也芷葺兮荷屋以芷覆屋也又浴蘭兮沐芳洪慶善曰白芷一名芳香以比沐浴潔濯之謂也李白亦有此作曰沐芳莫彈冠浴蘭莫振衣處世忌太潔至人貴藏暉與此意異仁傑按本艸白芷名芳香

注不盡與洪、朱同，乃祝氏自爲也。或者辨吴氏引文之字音。能決者則決之，不能者則雜列之。如，卷二『紫』條，吴氏引《山海經》郭注『一名茈莀』，祝氏於『莀』字下注云：『音利。』又引《爾雅》『藐一名茈艸』，祝氏於『藐』字下注云：『音睦。』案：莀音利、藐音睦，乃其所自斷也。又，卷三『桂』條，吴氏引《爾雅》『梫，一名木桂』，祝氏於『梫』字下注云：『精、侵、寑、浸四音。』案：蓋未能斷，則並臚列之以待詳考也。

二是辨證《草木疏》引文異同。或者雜列吴氏引書異文異句，多未下斷語，蓋供讀者參考耳。如，卷一『蓀』條，吴氏原引《抱朴子》『韓蓀服昌蒲十三年』。祝氏曰：『韓蓀即韓衆，衆音終。』案：蓀，古叢字，與衆、終音同通用。吴氏引陶隱居《本草》『東間溪側有名溪蓀者』，祝氏謂『今本《本草》側作澤』。吴氏《疏》謂『如溪蓀自是石昌蒲一類中尤穎耳，藥有君臣佐使而此爲君，《離騷》又以爲君喻，良有以也』。祝氏謂『《永樂大典》脱「藥有君臣」已下二十一字』。又，『芙蓉』條，吴氏引《爾雅》邢昺疏云：『今江東人呼荷華爲芙蓉。』祝氏謂今本『華』字『一作葉』。又，卷二『華』條，吴氏引《爾雅》郭璞注：『蘆，葦也。謂蒹爲薕，似萑而細長，高數尺，江東人呼爲薍。』祝氏云：『今本作薕薍，即古篆荻字，係从陸本。』又，『紫』條，吴氏引《山海經》『闞澤』，祝氏云：『闞，今本作閼。』又，卷三『茮』條，吴氏引賈思勰『茮於二、三月移之先作熟穰泥』，祝氏於『穰』字下云：『一作囊。』又，『松』條，吴氏疏云，『又取松之柔條，細削成縷，搥壓成綫，織而爲扇，上有華紋，不減穿藤之巧。又有杉扇，惟以白杉木劈削如紙，貫以綵組，相比如羽，亦可招風』。祝氏云：『《永樂大典》脱「又有」下一節。』又，卷四『蕭』條，吴氏引《毛詩正義》引《爾雅》『蕭萩』，祝氏校云：『今本作荻。按石經及陸本俱作萩。』又，『椴』條，吴氏引《爾雅·釋草》『莁荑』，祝氏校云：『音無夷，莁，一作蕪。』或者補吴本殘缺者，如，卷二『芭』條，吴氏謂『閩人灰理其皮，令□滑，績以爲布。』祝氏據宋本，云：『□，原本作錫。』

三是格物辨正，定吴氏是非。此爲祝氏『辨證』主要内容。據其所辨，蓋約爲三事：或者發明吴氏《草木疏》體例。如，卷二『薜荔』條，吴氏引屈賦『令薜荔以爲理兮，憚舉趾而緣木』二句，謂出《離騷》。祝氏辨之云：『按此二句乃《九章・思美人》之辭，而曰《離騷》云者，以《離騷》概二十四篇也。』於吴氏識斷精到之處，雖未全愜於心，則亦稱之不置。如，卷一『杜若』條，吴氏釋解《九歌・雲中君》『華采衣兮若英』句，曰：『華、若，香艸名。此言以華艸之色爲衣而以杜若爲飾耳。慶善以「榮而不實」爲釋，亦非是。《詩》「二矛重英」，毛注：「英，飾也。」《集韻》以羽飾矛曰英。又《詩》「朱英緑縢」，言以朱爲英飾。又，「羔裘晏兮，三英粲兮」，此謂英爲裘飾，如上文「羔裘豹飾」耳，毛公以三英爲三德，其説恐誤。歐陽公曰：「三英當是述羔裘之美。」程氏曰：「三英，若五紽之類。自是衣服禮儀制度，鄭景望少卿謂英者出縫綫之飾云。」』案：此爲吴氏新解。祝氏辨之云：『朱子《辯證》云：「若英，若即如也，猶《詩》云『美如英耳』，注以爲杜若，則不成文理矣。」今吴氏之説亦自可喜。』蓋祝氏用朱熹之説，然以吴説饒有新意，故亦存之以備考也。

或者廣徵博引，縷析細辯，以補充吴氏所闕者。如，吴氏自序『仁傑獨取諸二十五篇之文』云云，未詳其『二十五篇』所指。祝氏補其闕，云：『《漢志》載「屈原賦二十五篇」，葛立方《韻語陽秋》四：韓退之詩「《離騷》二十五」，王逸序《天問》亦曰「屈原凡二十五篇」。今《楚辭》所載二十三篇而已，豈非並《九辯》《大招》而爲「二十五」乎？《九辯》者，宋玉所作，非屈原也。今《楚辭》之目雖以是篇並注屈宋，然《九辯》之序止稱「屈原弟子宋玉所作」。《大招》雖疑原文，而或者謂景差作。若以宋玉痛屈原而作《九辯》，則《招魂》亦當在屈原所著之數，便爲二十六矣。不知退之、王逸之言何所據耶？愚謂退之、王逸之言乃本舊説也。』案：『舊説』者，即班固《漢志》也。據《楚辭》之目，自《離騷》至《漁父》七卷，正『二十五篇』。祝氏謂『二十三』，蓋《卜居》《漁父》未以自稱，則不在其數也。又，卷一『菊』條之『菊』

字或作『蘜』者，吴氏未有説。祝氏條目易作『蘜』，云：『或从蘜。近俱通作「菊」。非。德麟按：蘜，許慎曰：「日精也，似秋華。从艸、籟省聲。」徐鍇《繫傳》曰：「蘜，即九月黄華者也。一名女精，一名女華。《説文》又别出「蘜」字，引《爾雅》曰：治蘠也。」徐鍇以爲《本艸》蘜有十名，不言「治蘠」。殆勿深考。《爾雅》又别出「大菊蘧麥」，《説文》上蘧下菊。菊即蘧麥。徐鍇謂「今之瞿麥，其小而華色深者，俗謂之石竹」。又，鄭樵曰：「菊叢生，莖細弱，華葉皆可愛，故有南天竹之名。」據諸家之説，則菊與此蘜、蘜字迥别，不可混也。又，《月令》：「鞠有黄華。」鞠即蘜字省文，亦可从。』案：其説是也。又，『芝』條，古昔或以芝、栭爲一物，而吴氏但謂『芝自芝，栭自栭也』，别爲二物，然其無所考辨。案：祝氏則詳辨之，以補其闕，云：『陶宏景《别録》，木生者爲檽，地生者爲菌。檽同栭，《類篇》作楩，並音而。《説文》：「萸，木耳也。」一曰萮茈，音汝件反，楩、萸字雖艸木書法不同，而、染音聲亦異，實爲一物。今樹間所生脃薄形似耳者是也。菌不必皆地生，朽木株上亦有，大概陰濕處多，故《莊子》曰「烝成菌」。《爾雅》「中馗菌小者菌」。邢昺疏辨菌大小之異名也。即此狀如蓋，五色皆有，極類芝，當或得芝稱。《通志》「芝曰菌」可證。今南方人家常啗之，故人君燕食可以爲庶羞之用。愚謂：栭，木耳也，芝即菌也。郭璞注《爾雅》釋菌爲地蕈，邢昺引《説文》云：「蕈，桑萸也。」以木産别於土生，與《别録》意略同，要是一種二物。然菌或可以稱芝，與瑞艸之芝非可同日而語，不得牽混。又，《通志》釋橡櫟，亦引《爾雅》「栵栭」郭注，按《内則》本文「蔆椇」以下十三種，雖皆果屬，然已出棗栗，則「芝栭」當是蕈屬，其爲此二物無疑。賀、鄭「輭棗栭栗」之説，皆非也。』信乎祝氏善格物者，所補闕者亦夥頤。

或者糾正吴氏之謬誤者，雖於吴氏引文隻字單句，猶校之不置。如，卷二『蓴』條，吴氏引劉氏《漢書刊誤》論『《上林賦》「巴苴」云：「苴，蓴苴也。」』祝氏校云：『按「巴苴」乃《子虚賦》中語，此云《上林》，誤。』又，『苴』條吴氏引陶隱居云：『今人呼赤者爲蘘荷，白者爲覆葅。』祝氏云：『按本條下引《蘇鶚演義》云云，則赤、白字係誤倒。又按崔豹《古今注》亦云「紫者曰蓄葅，白者曰蘘荷，解毒用蘘荷」可證。』案：巴苴、蓴苴、蓄葅，並聲之轉也。然祝氏糾吴疏繆者，多於格物之間。如，卷一『芰』條，吴氏云：『杜牧之《晚晴賦》云：「復引舟於深灣，忽八九之紅芰，姹然如婦，斂然如女。」今蔆華色黄白而葉緑，故《反離騷》曰「矜芰茄之緑衣」，又《三都賦》云「緑芰泛濤而浸淫」。牧之所云，似誤以芰爲芙蓉華也。』案：祝氏以吴説爲非，駁之云：『按《埤雅》云：「荷，總名也。的中有青爲薏，皆倒生兩芽，一成芰荷，一蕅荷也。又生一芽爲華。蕅荷帖水生蕅者也，芰荷無蕅，卷荷也，與華偶生出水上，亭亭如纖者，亦謂之距荷。」農師此説實本《説文》，芙蓉名目甚繁，荷芰原可通稱。疏以牧之爲誤者，殆未深考耳。』蓋未盡意，於此條之末，復據徐鍇《説文繫傳》誤以芰、菱爲英光之説而詳加考辨，云：『按《説文》「蔆」字下注「芰也」。徐鍇《繫傳》曰：「按《爾雅》『蔆蕨攈』注云：『今水中芰也。』《齊民要術》有種芰法，一名蔆。池中種之。《爾雅》别有『薢茩英光』，注云：『決明也。葉鋭，黄赤華，實如山茱萸。或曰：蔆，關西謂之薢茩。』今按決明，藥草也，形似馬蹄者，葉鋭，而實與山茱萸亦良似，華深黄色。《爾雅》注『或曰蔆』，則謂英光爲水中之蔆矣。又按《國語》『楚屈到嗜芰』，則許慎云『楚謂之芰』。屈到死，將以芰祭，其子去之，以爲芰非祭用。按：蔆，籩豆之實。則屈到嗜芰爲決明之菜，非水中芰蔆審矣。祭不用，故去之。今按決明菜治目，故以光明爲名。又以屈建之言考之，則慎所注全是菜也。但菜一名英光、薢茩，又與水中蔆同名。蔆凡三名，菜有其二，所異者蕨攈，所以致惑。」愚按鍇謂薢茩又名水中蔆，良是。其言「或曰蔆，則謂英光爲水中之蔆」語，非。蓋薢茩乃有二名，英光自爲菜耳，不得與蔆牽混。至「蔆」「芰」二字，叔重所解，本自分明。其曰「楚謂之」者，不過以别方言之異耳。鄭康成注《周官·籩人》及《禮記·內則》等篇，皆曰：「蔆，芰也。」鍇乃以英光誤蔆，又以芰誤英光，愈引愈亂，殊乖本義。明升庵楊氏引黃公紹云云，與鍇説略同，至以芰爲雞頭，並以「蔆蕨攗」爲決光，愈益混殽。其曰《楚辭》「緝芰荷以爲衣」，若是蔆葉不可爲衣。獨不思楚人名蔆爲芰，屈原實楚材耶。則其説亦不待攻而自破矣。」如此，《離騷》「芰荷」之爲何物，無惑於後世矣。

祝氏辨《山海經》真僞，饒有思致。吳氏《草木疏序》「《離騷》之文多怪怪奇奇，亦非鑿空置辭，實本之《山海經》」云云。祝氏辨之曰：「此謂《離騷》文多用《山海經》，説本《補注》。朱子則直謂《山海經》實因此書而作，遂於《辯證》中歷指其妄。蓋疑漢儒之僞譔也。明楊慎據《春秋傳》「鑄鼎象物，物物而爲之備」之文，謂《山海》有「經」有「圖」，「經」則九鼎之文，「圖」則九鼎之圖也。今則經存而圖亡，後人因其義例而推廣之，益以秦、漢郡縣地名，故讀者疑信相半。信者遂以爲禹、益所著，既迷其原。而疑者遂斥爲後人贋作，抑亦軋矣。據此，則信爲有夏之書而爲漢儒所傅益者也。説頗近理。」案：其説是也。蓋祝氏之爲學，霑濡乾嘉之風，實事求是，下語甚謹，唯三代典籍是據是依，而不作鄉壁無根之説矣。

審祝氏是書，猶有未猒於心者。或者疏於校勘。如，卷一『蓀』條，吳氏引《抽思》『願蓀美之可全』。案今《楚辭》諸通行本，無作『全』者。本作『完』，或作『光』。吳氏既誤作『全』，祝氏仍其誤，乃云『全，一作完』。又，卷三『橘』條，吳氏引《橘頌》『后皇嘉植橘徠服兮』。案：植，今《楚辭》通行本皆作『樹』，字之訛也。祝氏未校，則遺漏之也。又，卷一『芰』條，祝氏引《説文繫傳》『《齊民要術》有種芰法，一名蔆』。案今考《説文繫傳》『一名』上原有『亦同』二字。脱此二字，則不辭也。祝氏未嘗與原文相校也。或者字音反切有不合古者。如，卷一『茝』條，茝，洪氏《補注》音昌改切，《廣韻·海韻》音昌紿切，皆三等音。而祝氏茝讀『釵』之上聲。案《集韻·麻韻》釵音初牙切，爲二等音。茝不當讀『釵』之上聲也。祝氏於格物辨證之間，不無牽合之説，或以不繆爲繆也。如，卷一『蘭』『蕙』條，吳氏雖辨蘭蕙至繁，終未識其爲何物。祝氏引《通志》以『蘭』爲『舊名煎澤艸，婦人和油澤頭者，是即今之醒頭草』附會之，則無益於學術耳。又，卷二『女蘿』條，吴氏引陶隱居『生雜木上而以松上者爲真』，復引《本艸》『兔絲子』條『一名兔纍，蔓延艸木上』之語以爲證。祝氏辨之曰：『此云「蔓延草木上」，則釋文之在木爲女蘿，在艸爲兔絲。亦屬强爲分别。』案：審陶隱居之釋文，固無『强爲分别』之意。又，『藒車』條，吴氏引劉氏《漢書刊誤》論『《上林賦》「諸柘」云：「諸，山芋。字當作藷，《集韻》：『藇，香草芞輿然。』」則藷爲山芋，藇爲藒車，本二物也。』祝氏以『若《子虚賦》「諸柘」聯稱，恐不當爲山芋』。案：柘、山芋二物正相類，若作藒車爲香草，則不類也。《子虚賦》之『諸』，正指『山芋』耳。

此書流傳未廣，傳世版刻但見清乾隆四十四年祝氏悦親樓刊本，國家圖書館、浙江圖書館皆有藏本。（黄靈庚）

# 天問天對解

《天問天對解》者，宋楊萬里之所作也。萬里字廷秀，號誠齋，江右吉水人。紹興二十八年戊寅進士。初官贛州司户，後調永州零陵丞。孝宗時，除臨安府教授，知隆興府奉新縣。後歷官國子博士、太常博士、太常丞、漳州及常州知州、廣東提點弄獄、吏部員外郎中、樞密院檢詳官兼太子侍讀、秘書監、江東轉運副使。爲官清廉，勤政愛民，推賢舉能，直言敢諫。寧宗時，韓侂胄專權，堅辭焕章閣待制、寶謨閣學士致仕。卒謚文節。以善詩稱，始宗江西，後自成一家而爲『誠齋體』。與尤延之、陸務觀、范致能齊名，人稱南宋『中興四家』云。著有《誠齋集》一百三十卷存於後世。《宋史》卷一九二《儒林三有其傳。

《天問天對解》一卷，首有萬里自撰小引，稱『予讀柳文，每病於《天對》之難讀。少陵曰：「讀書難字過。」然則前輩之讀書，亦有病於難字者耶？病於難，前輩與予同之。初病於難，而終則易焉。予豈前輩之敢望哉？因取《離騷天問》及二家舊注釋文，而酌以予之意以解之，庶以易其難云』。案：誠齋作此解，緣由讀柳文起，解柳文《天對》而後旁及屈子《天問》，是故據《天對》以解《天問》之義，而往往《天問》注簡，《天對》注詳。其例以『問曰』、『對曰』爲區别屈、柳之文，注文則皆低正文二格。四庫館臣云：『訓詁頗爲淺易，其間有所辨證者。如《天問》：「雄虺九首，儵忽焉在？」引《莊子》「南方之帝曰儵，北方之帝曰忽」，證王逸注「電光」之誤，特因《天對》「儵忽之居，帝南北海」而爲之説。又如，《天問》

「鯪魚何所，鬿堆焉處」。獨謂「堆當爲雀，鬿雀，在北號山，如雞虎爪，食人」。證王逸注「奇獸」之誤，亦因《天對》「鬿雀在北，號惟人是食」而爲之説。未嘗別有新義也。』又，楊氏稱『離騷天問』者，蓋以《離騷》爲『經』，而屈子他篇爲『離騷』，因晁補之之説也。『二家舊注』者，一爲漢王逸《天問》注，二爲宋童宗説《天對》注也。

楊氏《天對》注若無涉於《天問》之義者，姑且不論，然觀其注《天問》亦非簡單『淺易』二字可概括之。蓋彌綸舊注，辨析曲直，存其所是，去其所非，亦甚不易。如，『遂古之初，誰傳道之？上下未形，何由考之？』王逸注：『遂，往也。初，始也。言往古太始之元，虚廓無形，神物未生，誰傳道此也。言天地未分，溷沌無垠，誰考定而知之？』案：王注二問，分別爲釋。而楊氏合而解之，云：『遂古，往古也。太古天地未分之説，傳之者誰？何以考究？』以所問者原本一事。注頗簡括，然明瞭無滯，而剪裁取舍之功夫，尤費心思。又，『陰陽三合，何本何化？』王逸注：『謂天地人三合成德，其本始何化所生乎？』案：楊注云：『獨陰不生，獨陽不生，獨天不生，三合然後生。此《穀梁子》之言也。陰陽三合若之何？而本原若之何？』其不從王説。《天對》云：『合焉者三，一以統同。吁炎吹冷，交錯而功。』以對無釋其疑，則亦不從柳子也。又，『帝降夷

天問天對解

廬陵　楊萬里　廷秀撰

予讀柳文每病天對之難讀少陵曰讀書難字過然則前輩之讀書亦有病于難字者耶病於難前輩與予同之初病於難而終則易焉予豈前輩之敢望哉因取離騷天問及二家舊注釋文而酌以予之意以解之庶以易其難云

問曰遂古之初誰傳道之上下未形何由考之

遂古往古也太古天地未分之説傳之者誰何以考究

天問天對解　一　豫章叢書

羿，革孽夏民。」王逸注：『帝，天帝也。夷羿，諸侯，弑夏后相者也。革，更也。孽，憂也。言羿弑夏家，居天子之位，荒淫田獵，變更夏道，爲萬民憂患。」案：説甚繁沓，楊注云：『言天降后羿以篡夏革命，而爲夏民之孽也。』則頗簡括，勝舊爲夥。人固習知其所道前人不能道者为獨創，安知運乎匠心而删繁就簡、彌綸衆説亦不爲为獨創者乎？又，『焉有石林，何獸能言？』王逸注：『言天下何所有石木之林，林中有獸能言語者乎？《禮記》曰「猩猩能言，不離禽獸」也。』案：王注以『石林』爲『石木之林』。究是木之石抑或石之木，含混不詳。楊注但云：『石山無木。』則所謂『林』者，謂山之若木也。又，『靈蛇吞象，厥大何如？』王逸引《山海經》云：『南方有靈蛇，吞象，三年然後出其骨。』案：靈，洪氏《補注》本作『一』。楊氏據《山海經》則定作『靈』者是也。又，『該秉季德，厥父是臧。干協時舞，何以懷之？』楊氏無注。案：蓋存於其所不知則闕如之義也。又，『啓棘賓商，《九辯》《九歌》。』王逸注：『棘，陳也。賓，列也。《九辯》《九歌》，啓所作樂也。言啓能備修明禹業，陳列宫商之音，備其禮樂也。』案：揚注從朱子《辯證》云：『「啓棘賓商」，當作「啓夢賓天」，如秦穆公、趙簡子夢上賓于鈞天，九奏萬舞也。古篆書夢字似棘，天字似商。』據此推知《天問天對注》，當作於朱子《集注》後也。偶或見其創獲發明。如，『馮翼惟像，何以識之？』王逸注：『言天地既分，陰陽運轉，馮馮翼翼，何以識知其形象乎？』洪氏《補注》引《淮南子》注：『馮翼，無形之貌。』案：楊注：『天地之馮馮而盛滿，萬形之翼翼而衆多，何以然也。馮馮，盛滿。翼翼，衆也。見顔師古《漢書・禮樂志》「桂華馮馮翼翼」注。』則以『馮翼』爲『盛滿』『衆多』之義也。

然楊氏屬意解《天對》，或據《天對》以解《天問》，故方枘圓鑿而齟齬不入者時或見之。至於字義訓詁，尤非其所長，以舊注不誤爲誤也。如，『不任汩鴻，師何以尚之？』王逸注：『汩，治也。鴻，鴻水也。師，衆也。尚，舉也。言鯀才不任治洪水，衆人何以舉之乎？』而楊注云：『汩，謂亂。「不任汩鴻」者，謂鯀之才不能任治水之事，故於鴻水反汩亂奔潰，而益甚也。《書》曰：「鮌堙洪水，汩陳其五行。」王逸，東漢人，時《古文尚書》未出，故誤爾。』案：逸注引《書》，爲《今文尚書》，蓋宗今文師説也。不得謂其『時《古文尚書》未出』。汩有治、亂二解，正反同訓也。汩鴻，言治鴻水也。若解亂，則『不任汩鴻』，遂扞格不通矣。又，『帝乃降觀，下逢伊摯。何條放致罰，而黎伏大説？』楊注云：『湯出觀風俗，而逢伊尹，遂放桀于鳴條，而黎民大伏。』以正文及注文之『伏』一作『服』。案：王逸注：『黎，衆也。説，喜也。言湯行天罰以誅於桀，放之鳴條之野，天下衆民大喜悦也。』以『黎服』爲『衆民』者是也。服，不當作『伏』。服，謂民也。朱季海《楚辭解故》謂服讀作𠬝。《方言》云：『𠬝，農夫之醜稱也。南楚凡罵庸賤或謂之𠬝。』黎𠬝，即黎民。其説是也。甲文作『𠬝』，云：『丁亥卜，叀今庚寅，用𠬝。』（《粹》四四七）『囗酉卜，侑於祖甲，用𠬝。』（《拾》一·一二）『庚寅卜，酒，血，三宰，册伐廿邑，卅牢，卅𠬝。』（《前》八·一二·六）『來庚寅，酒，血，三宰於妣庚，册伐廿邑，卅牢，卅𠬝。』（《後》上二一·一〇）以上諸『𠬝』字，即民也。宗周鐘銘：『南國𠬝子，敢陷虐我土。』又曰：『𠬝子迺遣閒來逆邵王。』（于省吾《雙劍誃吉金文選》卷一）𠬝，即楚民。楚爲子爵，故曰『𠬝子』。漢馬王堆帛書《經法·亡論》：『大殺服民，僇（戮）降人，刑無罪，過（禍）皆反自及矣。』又曰：『三不辜：一曰妄殺賢。二曰殺服民。三曰刑無罪。此三不辜。』服民，平列同義。服即民也。於此一斑，見其全豹。

是書有單行本及誠齋本集本二種：單行本刻於明崇禎十年丁丑古香齋，後有民國六年丙辰《豫章叢書》刊本。本集本見上海涵芬樓《四部叢刊初編》據藝風堂藏宋鈔景印《誠齋集》，其卷九十五爲《天問天對解》，當是最早刻本。《四庫全書》稱據『浙江范懋柱家天一閣藏本』鈔録，然於今天一閣藏書已不見此書，未知其爲何本也。此據《豫章叢書》本影印。（黄靈庚）

# 楚辭芳草譜

《楚辭芳草譜》者，宋謝翱之所作也。翱字皐羽，宋之遺民也。明宋濳溪作《謝翱傳》，稱本是福之長溪人，後徙建之浦城。翱傳其家學，試進士不中。會丞相文天祥開府延平，署諮事參軍。及宋亡，天祥被執以死，翱悲不能禁，行浙水東，失聲哭。嚴有子陵臺，翱挾酒以登，設天祥神主，再拜跪伏，號而慟者三。以竹如意擊石，作『楚歌』招之。遊倦，輒憩浦陽江源及睦之白雲邨，尋隱者方鳳、吴思齊，晝夜吟詩不自休。其詩直遡盛唐而上，不作近代語，卓卓有風人之餘。文尤嶄拔峭勁，雷電恍惚，出入風雨中。前至元甲午，去家武林西湖上，前代遺老尚多存者，咸自詫見翱晚。明年乙未，以肺疾作而死，年四十七。所著别有《手鈔詩》八卷，《雜文》二十卷，《唐補傳》一卷，《南史補帝紀贊》一卷，《楚詞芳草圖譜》一卷，《宋鐃歌鼓吹曲》各一卷，《睦州山水人物古迹記》一卷，《浦陽先民傳》一卷，《天地間集》五卷，《晞髮集》十卷，《遺集》二卷，《東坡夜雨句圖》一卷，《浙東西遊録》九卷，餘仿秦、楚之際月表作《獨行傳》及《左氏傳續辨》《歷代詩譜》，皆未完。所選唐《韋柳諸家詩》及《東都五體詩》不在集中。事載明程敏政《宋遺民録》卷二《謝皐羽》。

據景濂所述，此書原有『譜』有『圖』，今但存其『譜』，而『圖』不復見，蓋已久佚。翱當宋、元易代之際而作此譜，非徒博物而已，當有所寄寓。總録《楚辭》芳草，凡二十三種，祇一卷，列條目二十三，編次先後，不别品第，不分類屬。曰『江離』『薰草』『菌』『蘭』『蕙』『杜若』『茝』『蘼蕪』『卷施』『菉』『菊』『荃』『薜荔』『款冬』『艾』『蕒』『莎』

『匏』『蓼』『茨』『蔆』『蘋』『萍』是也。

觀其釋義，或者據王逸《章句》爲解。如，『蓼』條云：『蓼生水澤。《楚辭》曰「蓼蟲不知徙乎葵菜」，言蓼辛葵甘，蟲各安其故，不知遷也。』案：語出東方朔《七諫・怨世》。王逸注：『言蓼蟲處辛烈，食苦惡，不能知徙於葵菜，食甘美，終以困苦而癯瘦也。以喻己修潔白，不能變志易行，以求禄位，亦將終身貧賤而困窮也。』則翱之説，悉因王注節録之也。

或者整合王注、洪氏《補注》爲解，然不盡同，時參以己説。如，『江離』條云：『江離之草，屈原幼時所先採，蓋自其初度固已「扈江離辟芷」矣。張勃云：「江離出海水中，正青，似亂髮。」《楚辭》之于江離，畦而種之。則非水物。《本草》：「蘼蕪，一名江離。」又云：「被以江離，揉以蘼蕪。」又不應是一物也。』案：《離騷》首段屈子自敘己出生，而『扈江離與辟芷』承此而下，故翱以爲幼時『初度』所佩飾，蓋所謂己所『心解』也。引張勃至『又不應是一物』，則因洪氏《補注》以斥張説之謬。又，『薰草』條云：『世以蕙草，蓋即薰草，臭如蘼蕪，可以已癘，故古之祓除，以此草薰之，因謂之薰草。

楚辭芳草譜

宋　謝翱

江離

江離之草屈原幼時所先採盖自其初度則固巳扈江離辟芷矣張勃云江離出臨海縣海水中正青似亂髮楚辭之于江離畦而種之則非水物本草蘼蕪一名江離又云被以江離揉以蘼蕪又不應是一物也

薰草

楚辭芳草譜　一

王逸《章句》云：「菌，薰也。」今之零陵香。」案：『世以蕙草，蓋即薰草，臭如蘼蕪，可以已癘』云云，見洪引《本草》及陶隱居注。『故古之祓除，以此草薰之，因謂之薰草』云云，則翺所增補也。引王注而删『葉曰蕙根曰薰』六字，蓋散文不別也，葉亦曰薰。『今之零陵香』云者，則取洪引陳藏器説。

或者斥舊説之謬。如，『菌』條云：『按王逸云：「菌即薰。」司馬云：「大芝。」支遁云：「舜華。」則王説恐非。《七諫》云：「飲菌若之朝露。」即《莊子》所謂「朝菌」者，豈此耶？』案：翺以菌爲芝，自造新説也。然《離騷》『申椒』『菌桂』平列對舉，菌桂，似不當爲『菌芝』『桂木』二物。菌，桂之飾語，取其芳香之意。王注未可輕易之。

或者辨釋草之是非。如，『卷施』條云：『卷施草，拔心不死，江淮間謂之宿莽。説見郭璞贊。故《離騷經》曰：「朝搴阰之木蘭兮，夕攬洲之宿莽。」非宿草也。』案：王逸云：『草冬生不死者，楚人名曰宿莽。』蓋王注以爲『宿草』，故翺辨其非。又，『菉』條云：『《離騷》云：「薋菉葹以盈室兮，判獨離而不服。」皆指惡草，異「菉竹」之菉。』案：王逸云：『菉，王芻也。』引《詩》『終朝采菉』爲證。《毛詩》『菉』作『緑』，鄭《箋》：『緑，王芻也，易得之菜也。』翺以爲此可食，非惡草名，故曰『異「菉竹」之菉』。

或者發微屈子意旨。如，『荃』條云：『荃，昌蒲也。一名蓀。《楚辭》曰「數惟蓀之多怒兮」「蓀佯聾而不聞」。《楚辭》言香草皆以喻臣，唯言「蓀」者喻君。蓋蓀于藥爲君也。』案：『蓀于藥爲君』者，以蓀之爲藥，君服之宜開啓心智，故以稱君也。此説是否屈子本意，姑且不論。然以蓀之藥性説解之，蓋其所發明也。

或者藉解草以寄寓其旨。如，『杜若』條云：『杜若，一名杜蘅。苗似山薑，花黄赤，子大如棘。《九歌·湘君》曰：「采芳洲兮杜若，將以遺兮下女。」《湘夫人》云：「搴汀洲兮杜若，將以遺兮遠者。」杜若之爲物，令之不忘，搴采而贈之，以明其不相忘也。』案：二《湘》之杜若，絶無此義。則『明其不相忘』者，蓋翱所寄寓之意也。宋室雖屋，而求同志舊友守節如故，心心相印，至死不能相忘，故寄情於杜若也。

此《譜》無單行本，翱之《晞髮集》《天地間集》，皆未見收録。今但見於陶宗儀《説郛》卷一百四及《香艷叢刊》中。姜寅清氏稱『列楚芳亦有未盡，恐爲謝氏未竟之業云』（《楚辭書目五種》）。庶幾是已。（黄靈庚）

# 楚辭辯體

《楚辭辯體》者，元祝堯之所作也。堯字君澤，江西廣信人，延祐五年戊午進士，歷任江山尹、無錫同知、萍鄉同知。著有《大易演義》《四書明辨》《策學提綱》《古賦辯體》等。事載清李人鏡同治《南城縣志》卷六《人物・職官》。

是書凡二卷，分爲『楚辭體上』『楚辭體下』，本非獨立成書，原爲於《古賦辯體》首二卷。明人錢溥爲《古賦辯體》作序云：『矧當其時以詞賦取士，得是集而辯其體，未爲無助於世。』延祐元年甲寅恢復科舉，辭賦是考試内容之一，《古賦辯體》遂應運而生，以供士子觀摩研習之用。四庫館臣云：『其書自《楚詞》以下，凡兩漢、三國、六朝、唐、宋諸賦，每朝録取數篇，以辨其體格，凡八卷。其外集二卷，則擬騷琴操歌等篇，爲賦家流別者也。採摭頗爲賅備。』

上卷收《離騷經》《九歌》（無《國殤》《禮魂》）、《九章》之《惜誦》《涉江》《哀郢》《抽思》《懷沙》；下卷收《九章》之《思美人》《惜往日》《橘頌》《悲回風》及《遠遊》《卜居》《漁父》《九辯》及荀子《禮》《知》《雲》《蠶》《箴》五賦。此外卷三『兩漢體』收賈誼《吊屈原賦》《鵩鳥賦》，卷九、十『外録』又分『後騷』『辭』『文』『操』『歌』五類，除《招魂》《惜誓》《哀時命》《招隱士》《反離騷》外，還收録了不少後世續騷之篇章。其本與朱子《集注》多合，蓋其底本也。

如此編排，祝堯有深意存焉。《楚辭體小序》云：『《騷》者，《詩》之變也。《詩》無楚風，楚乃有《騷》，何邪？

愚按屈原爲《騷》時，江漢皆楚地，蓋自文王之化行乎南國，《漢廣》《江有汜》諸詩已列於二《南》十五《國風》之先，其民被先王之澤也深。風雅既變，而楚狂《鳳兮》之歌、滄浪《孺子清兮濁兮》之歌，莫不發乎情，止乎禮義，而猶有詩人之六義，故動吾夫子之聽。但其歌稍變於《詩》之本體，又以「兮」爲讀，楚聲萌蘖久矣。原最後出，本《詩》之義以爲《騷》，凡其寓情草木、託意男女以極遊觀之適者，變風之流也。其敘事陳情、感今懷古，不忘君臣之義者，變雅之類也。其語祀神歌舞之盛，則幾乎頌矣。至其爲賦則如《騷經》首章之云，比則如香草惡物之類，興則託物興辭，初不取義，如《九歌》「沅芷澧蘭」以興「思公子而未敢言」之屬。但世號《楚辭》，初不正名曰賦，然賦之義實居多焉。自漢以來，賦家體製大抵祖原意，故能賦者要當復熟於此，以求古《詩》所賦之本義，則情形於辭而其意思高遠，辭合於理而其旨趣深長，成周先王二《南》之遺風，可以復見於今矣。』則祝堯以爲，詩、騷、賦在文體發展上一脈相承，而騷又是由詩向賦演變過程中的一個關鍵，而與詩、賦互有損益異同。騷之誕生受到《國風》二《南》滋養，其同於詩者在於保持了詩之六義，『發乎情，止乎禮義』，無論在風雅頌體式還是賦比興手法皆然。《騷》不同於《詩》之兩大特徵，一爲句中採用『兮』字之楚聲，二爲賦筆比重逐漸增加。因此，習慣上雖不將騷體歸爲賦類，其實卻是賦體的濫觴。進而言之，爲了避免踵飾增華而不重內涵，

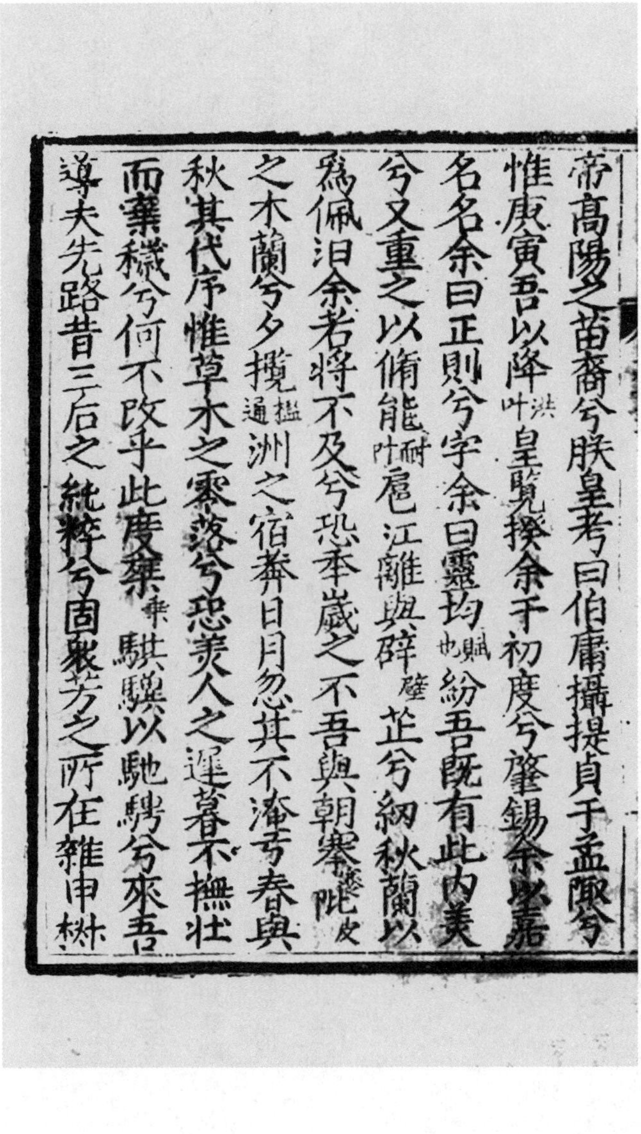
帝高陽之苗裔兮朕皇考曰伯庸攝提貞于孟陬兮
惟庚寅吾以降叶洪皇覽揆余于初度兮肇錫余以嘉
名名余曰正則兮字余曰靈均賦也紛吾既有此內美
兮又重之以脩能叶耐扈江離與辟壁芷兮紉秋蘭以
爲佩汩余若將不及兮恐年歲之不吾與朝搴阰毗皮
之木蘭兮夕攬通擥洲之宿莽日月忽其不淹兮春與
秋其代序惟草木之零落兮恐美人之遲暮不撫壯
而棄穢兮何不改乎此度棄乘騏驥以馳騁兮來吾
導夫先路昔三后之純粹兮固衆芳之所在雜申椒

祝堯特別强調創作者要『求古《詩》所賦之本義』，纔能意思高遠、旨趣深長，達致情、辭、理三者相合效果，重現二《南》遺風。由此可知，祝堯之《楚辭》論，實有『別裁僞體』動機。

『楚辭體』兩卷中，共録屈原、宋玉、荀卿三家。而以屈、宋爲主，荀子爲輔。屈原名下注云：『原與楚同姓，仕於懷王，爲三閭大夫，掌王族昭、屈、景三族。與王圖政監下，應對諸侯。同列上官大夫及用事臣靳尚妬其能，譖之王，王疏原。原乃作《離騷》《九歌》《九章》《遠遊》等篇，陳正道以諷諫，泄其憂悲憤懣無聊不平之思，致其繾綣惻怛不能自已之意。以靈修美人喻君，以香草善鳥龍鳳比忠貞君子，以臭草惡鳥飄風雲霓比小人。上述唐虞，下序桀紂，援天引聖，終不見省。不忍見宗國將遂危亡，遂自沈於汨羅之淵。』此蓋承襲王逸《離騷序》。於『宋玉』名下則注云：『玉，屈原弟子也，爲楚大夫。閔其師忠而放逐，故作《九辨》以述其志。玉賦頗多，然其精者莫精於《九辨》。昔人以屈宋並稱，豈非於此乎得之？太史公曰：「屈原之後，楚有宋玉、唐勒、景差之徒，皆以賦見稱。」或問揚子雲曰：「景差、唐勒、宋玉、枚乘之賦也，善乎？」曰：「必也淫。詩人之賦麗以則，詞人之賦麗以淫。」審此則宋賦已不如屈，而爲詞人之賦矣。宋黄山谷云：「作賦須以宋玉、賈誼、相如、子雲爲之師，略依仿其步驟，乃有古風。」老杜詠吴生畫云：「畫手看時輩，吴生遠擅場。」蓋古人於能事不獨求誇時輩，要須前輩中擅場爾，此言尤後學所當佩服。但其言自宋玉以下而不及屈子，豈以《騷》爲不可及邪？』將宋玉作品定義爲『詞人之賦』，且徵引各家之説，以後世創作者僅能追步宋玉，屈原作品則爲高不可及之典範。屈、宋作品之後，又有《後敘》云：『右屈宋之辭，家傳人誦，尚矣。删後遺音，莫此爲古者，以兼六義焉爾。賦者誠能雋永於斯，則知其辭所以有無窮之意味者，誠以舒憂泄思、粲然出於情，故其忠君愛國，隱然出於理，自情而辭，自辭而理，真得詩人「發乎情、止乎禮義」之妙，豈徒以辭而已哉？如但知屈宋之辭爲古，而莫知其所以古，及其極力摹仿，則又徒爲艱深之言以文其淺近之說、摘奇難之字以工其鄙陋之辭，汲汲焉以辭爲古，而意味殊索然矣，夫何古之有？能賦者必有以辨之。』概括屈、宋所作之『古』，並非因爲辭章古雅，而是由於憂國憂民之情、忠君愛國之理。若無此情此理，一味以古雅的辭章來文飾淺近內容，則無大意味可言。至於『荀卿』名下注云：『其時在屈原先，楚賦於斯已盛矣。愚今先屈後荀誠逆舛，但以屈子之騷，賦家多祖之，卿賦措辭工巧，雖有足尚，然其意味終不能如騷章之淵永，若欲寘之於首，恐誤後學。』此論至碻。蓋從後世流派影響來看，荀子自然不及屈宋。《禮賦》題下小注則曰：『純用賦體，無別義。後諸篇同。卿賦五篇一律，全是隱語，描形寫影，名狀形容，盡其工巧，自是賦家一體，要不可廢。然其辭既不先本於情之所發，又不盡本於理之所存，若視風騷所賦，則有間矣。吁，此楚騷所以爲百代詞賦之祖歟！』觀其五賦，說理體物而不足於情，與詩騷比興之義就有所違背。然荀賦對後世仍頗有影響。即非全篇爲說理、體物，參考學習其寫作技法者仍爲數甚多。故祝堯將荀賦附於屈宋之後，甚有識見矣。

基於情理比興原則，祝堯對於《漢書・藝文志》『不歌而誦謂之賦』之說有所保留。他認爲：『「不歌而誦謂之賦」，則知辭人所賦，賦其辭爾，故不歌而誦。詩人所賦，賦其情爾，故不誦而歌。誦者其辭，歌者其情，此古今詩人辭人之賦所以異也。』指出『不歌而誦』者祇是『辭人之賦』，視六詩已落第二義矣。又云：『觀古之詩人其賦古也，則於古有懷。其賦今也，則於今有感。其賦事也，則於是有觸。其賦物也，則於物有況。情之所在，索之而愈深，窮之而愈妙。彼其於辭，直寄焉而已矣。』無論懷古感今、觸事況物，都是以情爲依歸，故富於言外之音，可堪玩味，此乃以雕琢辭章爲務的後人所不及處。祝堯又以揚雄之說爲基礎，在『詩人之賦』『辭人之賦』中間添上『騷人之賦』：『宋（玉）、唐（勒）以下則是詞人之賦，多沒其古詩之義，辭極麗而過淫傷，已非如騷人之賦矣，而況於詩人之賦乎？』如前所述，祝堯已以宋玉之作爲『辭人之賦』，則『騷人之賦』自然非屈原作品莫屬矣。《兩漢體小序》進一步點出『騷人之賦』之特徵：『吟詠情性也，騷人所賦。有古詩之義者，亦以其發乎情也。其情不自知而形於辭，其辭不自知而合於理。情形於辭，故麗而可觀。辭合於理，故則而可法。然其麗而可觀，雖若出於辭而實出於情。其則而可法，雖若出於理而實出於辭。有情有辭，則讀之者有興起之妙趣。有辭有理，則讀之者有詠歌之遺音。如或失之於情，尚辭而不尚意，則無興起之妙，而於則乎何有？……是以三百五篇之《詩》，二十五篇之《騷》，莫非發乎情者。爲賦爲比爲興，而見於風雅頌之體，此情之形乎辭者，然其辭莫不具是理。爲風爲雅爲頌，而兼於賦比興之義，此辭之合乎理者，然其理本不出於情。理出於辭，辭出於情，所以其辭也麗，其理也則。而有風比雅興頌諸義也與。」祝堯認爲『騷人之賦』情、辭、理三者乃『不自知』而能合，因而仍保存『詩人之賦』之『麗以則』性質。情、辭之合爲麗，辭、理之合爲則。麗出於情而非辭，故可觀，則出於辭而非理，故可法。如此就避免堆砌辭藻、枯燥説理之弊，方合乎六詩大義。對於『騷人之賦』與『詩人之賦』之異同，祝堯此處並未提及。但合而觀之，其差異蓋有三端：一、《詩三百》有正有變，而《騷》純是變風變雅，亦即亂世之音。二、《詩三百》二雅、十五國風來自全國各地，而騷則全爲楚地之作，且在句中帶有『兮』字楚音。三、《騷》比《詩》更注重辭藻，賦筆比重也更高。

對於兩漢之賦，祝堯認爲：『漢興，賦家專取詩中賦之一義以爲賦，又取騷中贍麗之辭以爲辭，所賦之賦爲辭賦，所賦之人爲辭人，一則曰辭，二則曰辭，若情若理，有不暇及，故其爲麗，已異乎風騷之麗，而則之與淫遂判矣。賈馬楊班，賦家之升堂入室者，至今尚推尊之。晦翁云：自原之後，作者繼起，獨賈生以命世英傑之材，俯就騷律，非一時諸人所及。』以爲『麗以則』與『麗以淫』之『麗』各自以『則』與『淫』爲肇因，乃兩種不同審美效果。兩漢賦家又以賈誼爲第一。祝堯論賈誼《吊屈原》之手法云：『雖曰賦而比，比義實多。』論《鵩賦》云：『賦也。其辭汗漫恍惚，皆遺世忘形之語。此太史公讀之而有令人爽然自失之歎。』又合二賦而論曰：『晦翁云：「生有經世之才，文章蓋其餘事。愚觀二賦，實奇偉卓絶。」

然《吊屈原賦》用比義，《鵩賦》全用賦體無他義，故同死生、齊物我之辭，雖有逸氣，而其理未免涉於荒忽恠幻，若較之《吊屈》於比義中發詠歌嗟歎之情，反覆抑揚，殊覺有味。』以爲《吊屈》勝於《鵩賦》，主要原因就在於《吊屈》是比而賦，而《鵩賦》則是平鋪直敘説理之言。與祝堯賦論中賦、比、興三法並重觀念是一致的。其後賦家，祝堯認爲要擇善而從：『定齋云：「賦則漫衍，其流體亦叢雜。長卿長於敘事，淵雲長於説理。」林艾軒云：「揚子雲、班孟堅衹填得腔子滿，張平子輩竭盡氣力又更不及。如是則賈生之非所及，毋論也。張平子輩之更不及，不論也。」若長卿子雲孟堅之徒，誠有可論者，蓋其長於敘事則於辭也長，而於情或昧；長於説理則於理也長，而於辭或略。衹填得腔子滿，則辭尚未長，而況於理？要之皆以不發於情故爾。所以漁獵攟摭，誇多鬬靡，而每遠於性情，哀荒褻慢，希合苟容，而遂害於義理。間如《上林》《甘泉》，極其鋪張，終歸於諷諫，而風之義未泯。《兩都》等賦，極其眩曜，終折以法度，而雅頌之義未泯。《長門》《自悼》等賦，緣情發義，託物興辭，咸有和平從容之意，而比興之義未泯。一代所見，其與幾何？誠以其時，經焚坑之秦，故古詩之義未免没而或多淫。近風雅之周，故古詩之義猶有存而或可則。古今言賦，自《騷》之外，咸以兩漢爲古，已非魏晉以還所及。心乎古賦者，誠當祖騷而宗漢，去其所以淫而取其所以則可也。今故於此備論古今之體製，而發明揚子麗則麗淫之旨，庶不失古賦之本義云。』所謂『祖騷而宗漢』，於楚辭可全盤接受，於漢賦則有去取，蓋古賦之本義正同於六詩之義，以『麗以則』爲鵠的。於漢賦學其歸於諷諫、折以法度、緣情發義、託物興辭和平從容之『則』，而去其漁獵攟摭、誇多鬬靡、哀荒褻慢、希合苟容鋪張眩曜之『淫』，則庶幾矣。其次，祝堯認爲六朝唐宋之賦以失古賦之體，他從形式上論道：『問答之體其源出自《卜居》《漁父》，宋玉輩述之，至漢而盛。首尾是文，中間是賦，世傳既久，變而又變。其中間之賦，以鋪張爲靡，而專於詞者則流爲齊、梁、唐初之俳體。其首尾之文，以議論爲便，而專於理者則流爲唐末及宋之文體。』其於正變源流，言之甚確矣。

是書末兩卷爲『外録』，繼續從辯體角度討論《楚辭》及相關作品。《外録小序》云：『觀晁氏《續騷》，以陶公《歸去來辭》爲古賦之流，疑其詩流爲賦，賦又流爲他文，何其愈流愈遠邪？又觀唐元微之曰：「詩訖于周，《離騷》訖于楚。是後詩人流而爲二十四……雖題號不同，而悉謂之詩。」愚謂二十四名或爲文，或爲詩，要皆是韻語，其流悉源於詩，但後代銘、贊、文、誄、箴之類，終是有韻之文，何可與詩賦例論？亦嘗反覆推之，然後知後代之賦本取於詩之義，以爲賦名。雖曰賦，義實出於詩，故漢人以爲古詩之流。後代之文，間取於賦之義，以爲文名。雖曰文，義實出於賦。故晁氏亦以爲古賦之流。所謂流者，同源而殊流爾。如是賦體之流固當辯其異，賦體之源又當辯其同。異同兩辯，則其義始盡，其體始明。……夫自帝王之書，有「明良」之歌、《五子之歌》，詩文雖互見，而詩體實自異。及聖人删商周之詩爲一經，而詩體始與文體殊趍。』祝堯以後代之文『間取於賦之義，以爲文名』，則甚有卓識。無論是銘、贊、誄、箴之類韻文，抑或散文、駢文，内容大率以敘事、説理爲主，而抒情性較弱，此文筆相辨之一端。然文雖於詩之比興較遠，其敘事、説理卻合於賦義，故祝氏以賦爲詩之流，而文爲賦之流，良有以焉。然《尚書》『明良』之歌出自《堯典》，而此篇以散文爲主；《五子之歌》雖乃篇名，然五歌卻以散文相連屬。故祝氏云『詩文雖互見，而詩體實自異』，其言雖然，卻與前文『文出於詩』論述則生扞格矣。然祝堯認爲，後世各種文體，皆六詩不同比例之配合而成，則甚具啓發性。《外録小序》又曰：『論詩之體，必論詩之義。詩之義六，惟風比興三義，真是詩之全體。至於賦雅頌三義，則已鄰於文體。何者？詩所以吟詠情性，如風之本義，優柔而不直致，比之本義，託物而不正言，興之本義，舒展而不刺促。得於未發之性，見於已發之情。中和之氣形於言語，其吟詠之妙，真有永歌嗟歎舞蹈之趣。此其所以爲詩而非他文所可混。人徒見賦有鋪敘之義，則鄰於文之敘事者。雅有正大之義，則鄰於文之明理者。頌有褒揚之義，則鄰於文之贊德者。殊不知古詩之體，六義錯綜。昔人以風雅頌爲三經，以賦比興爲三緯。經其詩之正乎！緯其詩之葩乎！

經之以正，緯之以葩，詩之全體始見。而吟咏情性之作，有非復敘事、明理、贊德之文矣。詩之所以異於文者以此。賦之源出於詩，則爲賦者固當以詩爲體，而不當以文爲體。後代以來，人多不知經緯之相因，正葩之相須，吟咏無所因而發，情性無所緣而見。問其所賦，則曰賦者鋪也。如以鋪而已矣，吾恐其賦特一鋪敘之文爾，何名曰賦？是故爲賦者不知賦之體，而反爲文；爲文者不拘文之體，而反爲賦。賦家高古之體不復見於賦，而其支流軼出。賦之本義乃有見於他文者。』在祝堯看來，麗以則爲本，賦以情爲基，若後世賦家求麗而無視於情，正迷失了賦之本意，便生『爲賦者不知賦之體，而反爲文；爲文者不拘文之體，而反爲賦』之情形。因此，爬梳辭賦源流，還必須注意其他文體。『外録』兩卷又細分『後騷』『辭』『文』『操』『歌』五類，正是此意。祝氏云：『觀《楚辭》於屈宋之後，代相祖述，《續騷》《後語》等編中所載如二《招》《惜誓》，以下至王荆公《寄蔡氏女》、邢敦夫《秋風三疊》，皆本於騷，猶曰於賦之體無以異。他如《秋風》《絶命》《歸去來辭》等作，則號曰「辭」，《吊田横》《萇弘》等作則號曰「文」，《易水》《越人》《大風》等作則號曰「歌」，雖異其號，然取於賦之義則同。蓋於其同而求其異，則賦中之文，誠非賦也。於其異而求其同，則文中之賦獨非賦乎？必也分賦中之文而不使雜吾賦，取文中之賦而可使助吾賦。分其所可分，吾知分非賦之義者爾，不以彼名曰賦而遂不敢分。取其所可取，吾知取有賦之義者爾，不以彼名他文而遂不敢取。此正魯男子學柳下惠法也。賦者其可泥於體格之嚴，而又不知曲暢旁通之義乎？今故以歷代祖述楚語者爲本，而旁及他有賦之義者，因附益於辯體之後，以爲外録。庶幾既分非賦之義，於賦之中又取有賦之義，於賦之外嚴乎其體，通乎其義，其亦賦家之一助云爾。』嚴體通義之説，頗能讓讀者進一步瞭解《楚辭》發展之支脈。

抑有進者，祝堯在朱熹基礎之上，進一步以賦比興之手法來概括《楚辭》篇章。如，《少司命》：『首兩章興也。中間意思纏綿處似風，末段正言稱贊處又似雅與頌。然全篇比賦之義，固已在風興雅頌之中矣。』又，《東君》：『賦也。似不兼別義，卻有《頌》體。』又，《哀郢》：『賦也，有風義。』又，《卜居》：『賦也，中用比義。』若此者，不一而足。

復次，軼書重要片段，也藉《辨體》而得以保存之。如，《卜居》解題下引宋人洪景盧（邁）云：『自屈原詞賦假爲漁父、日者問答之後，後人作者悉相規仿。司馬相如《子虛》《上林》以子虛、烏有先生、亡是公，楊子雲《長楊賦》以翰林主人、子墨客卿，班孟堅《兩都賦》以西都賓、東都主人，張平子《兩京賦》以馮虛公子、安處先生，左太沖《三都賦》以西蜀公子、東吳王孫，魏國先生皆改名換字，蹈襲一律，無復超然新意稍出於規矩法度者。』

蒙元之世，《楚辭》學著作甚爲罕見，今存者惟此而已。錢大昕《補元史藝文志》著録劉莊孫《楚辭補旨音釋》，今亡。然劉氏主要活動時期仍在南宋，其書未必能反映典型元代《楚辭學》風貌。且於明人吳訥《詩源辨體》、徐師曾《詩體明辨》、許學夷《詩源辯體》中每有徵引，影響甚大。

是書從《古賦辯體》中輯出，有明成化二年金宗潤刻本、明嘉靖十一年刻本、嘉靖十六年刻本，國家圖書館皆有藏本。（陳煒舜）

國家古籍整理出版專項經費資助項目

國家社科基金2010年重點項目（批准號 10AZW002）

教育部人文社會科學重點研究基地首都師範大學中國詩歌研究中心重大項目

浙江省重點社科基地江南文化研究中心成果